国家古籍整理出版专项经费资助项目
全国高等院校古籍整理研究工作委员会直接资助项目（批准号：1874）

清诗总集序跋汇编

1

朱则杰 编

凤凰出版社

图书在版编目（CIP）数据

清诗总集序跋汇编 / 朱则杰编. -- 南京 : 凤凰出版社, 2021.11
ISBN 978-7-5506-3527-2

Ⅰ. ①清… Ⅱ. ①朱… Ⅲ. ①古典诗歌—序跋—汇编—中国—清代 Ⅳ. ①I222.749

中国版本图书馆CIP数据核字(2021)第208109号

书　　名	清诗总集序跋汇编
编　　者	朱则杰
责任编辑	樊　昕
装帧设计	徐　慧
出版发行	凤凰出版社(原江苏古籍出版社) 发行部电话025-83223462
出版社地址	江苏省南京市中央路165号,邮编:210009
出版社网址	http://www.fhcbs.com
照　　排	南京凯建文化发展有限公司
印　　刷	江苏凤凰通达印刷有限公司 江苏省南京市六合区冶山镇,邮编:211523
开　　本	652毫米×960毫米　1/16
印　　张	148
字　　数	1857千字
版　　次	2021年11月第1版
印　　次	2021年11月第1次印刷
标准书号	ISBN 978-7-5506-3527-2
定　　价	680.00元(全五册)

(本书凡印装错误可向承印厂调换,电话:025-57572508)

目　录

第一册

第二册

第三册

第四册

第五册

前　言

关于清诗总集，可以有广义、狭义两种概念。

广义者，凡是在正文中正式（非附带）收有清人诗歌作品的总集，都可以视为清诗总集。这从作者的角度来说，可以同时兼收其他时代，例如明代、民国之类；从作品的角度来说，可以同时兼收其他体裁，例如词曲、散文之类。

至于狭义者，自然是指绝对专收清人诗歌作品的总集。但这样的清诗总集，相对于广义者而言，所占的比例是相当有限的。例如从作品的角度来看，以诗为主而兼收词曲者就十分普遍，并且往往被认为天经地义，顺理成章。从作者的角度来看，大量总集本来就没有明确的时代限定。例如谢正光、佘汝丰两位先生共同编著的《清初人选清初诗汇考》①，所列第一种冯舒辑《怀旧集》，其作者实际上绝大多数卒于明代②。又如王士祯辑《感旧集》以及张应昌辑《国朝诗铎》，则收有卒于明代的程嘉燧③。所以，如果真要这样严格计较起来，那在学术研究上将会带来很大的困难，反而不太现实。

这里还要对"清人"作一个说明。这主要涉及清初为明朝捐躯的殉节诗人和坚守民族气节的遗民诗人，传统的观念时常将其归入明代。例如朱彝尊辑《明诗综》，自序就说："明命既讫，死封疆之臣、

---

① 谢正光、佘汝丰《清初人选清初诗汇考》，南京大学出版社 1998 年 12 月第 1 版。

② 参见夏勇《清诗总集通论》第二章《清诗总集的基本类型》第一节《全国类》第二部分《通代》，中国社会科学出版社 2016 年 7 月第 1 版，第 121 页。

③ 参见拙著《清诗考证》初编第二辑之十一《清诗总集作者丛考》第一条"《感旧集》《国朝诗铎》误收程嘉燧"，人民文学出版社 2012 年 5 月第 1 版，上册第 546—548 页。

亡国之大夫、党锢之士，暨遗民之在野者，概著于录焉。”[1]这批作者，大约占到全书的五分之一；所以像松村昂先生《清诗总集叙录》正式立目者凡一百四十四种，第二十六种在说明理由之后就反而收录了《明诗综》[2]。又如沈德潜等辑《明诗别裁集》、《国朝诗别裁集》两书，还同时收录此类作者，造成自相重复，归属不定，被人质疑[3]。因此，笔者过去在思考《全清诗》上限的时候，主张“原则上应当是凡入清以后有诗歌传世的作者均予收入”[4]。有关清诗总集如陶煊、张璨两人合辑《国朝诗的》，凡例第五款说：“虽山林遗老，没于顺治甲申[元年，1644]以后者，皆盛世之人文，概收入集。”[5]也正是这个意思。至于下限，正常同样应当照此类推，不过有时候可以适当放宽些。

如此看来，广义的清诗总集，其范畴确实很广。但这纯粹是从理论上来说，而具体怎样对待则是另外一回事。例如本拙编，在有关总集所收作品的体裁方面不做限定，但对作者的时代在一定程度上还是予以考虑。像一般书名或凡例号称只收到明代为止者（可以称作“跨代”型），尽量不予列入，或者放在“附录”中，或者酌加按语简要说明；一般兼收历代而明确包含清代者（可以称作“通代”型），所列也不多，其中有些主要为了配套或者仅仅作为示例而已；而全书的主体，则仍然是专收清代本朝者（可以称作“当代”型）。

那么，传世的各类型清诗总集，总数究竟有多少呢？这在目前

---

① 朱彝尊《明诗综》，中华书局 2007 年 3 月第 1 版，第 1 册第 1 页。

② 松村昂《清诗总集叙录》，日本汲古书院平成二十二年（2010）十一月发行，第 153—155 页。

③ 参见本拙编第一全国类第 55 种《国朝诗别裁集》附录之十，第 1 册第 331 页。

④ 朱则杰等《朱则杰教授荣休纪念集——〈全清诗〉探索与清诗综合研究》前编《〈全清诗〉探索》第三篇《论〈全清诗〉的体例与规模》第二部分《〈全清诗〉的体例构想》第二条“上限与下限”，浙江大学出版社 2020 年 8 月第 1 版，第 13 页。

⑤ 本拙编第一全国类第 48 种《国朝诗的》第九条，第 1 册第 289 页。

显然只能大致估测。通常所说,大约至少可达数千种。而如果再取一个比较便捷的数字,则很可能多达上万种。例如近年徐雁平先生编著《清代家集叙录》,专门著录清代家集,仅“已目验者”就已经有“1006种(见叙录正文)”①。这些清代家集,基本上属于我们所说的宗族类清诗总集;而宗族类在我们所分清诗总集的十种基本类型中②,论数量大致处于中等的位置,这样推算整个清诗总集就可以达到上万种。

这里特别需要注意几个问题。一是所谓总集,与原书的规模大小无关。极而言之,最小的总集,不但作者可以只有两个人,而且作品可以只有一两个残句。因此,有些很小的总集,很容易为人所忽略。二是某些总集(母总集)乃至别集,其内部往往还包含若干子总集或实际上的小总集。总集如屠倬辑《是程堂倡和投赠集》、黄丕烈辑《同人唱和诗集》,内部就分别包含十九个、三个子总集③;别集则如樊增祥《樊樊山诗集》,内部包含《二家咏古诗》、《二家试帖诗》等数种小总集④。这种情况,同样很容易为人所忽略。三是随着时间的推移,大量新的总集还会不断产生。例如目前仍旧以图画实物形式而存在的题咏诗歌,一旦编纂成书,那就是一种总集。地方志中收录诗歌作品的“艺文”之类,一旦单独抽出,那也是一种总集。就像本拙编所收总集之类著作的群体题辞,如果逐种予以辑出,那同样可以生成许多新的总集。因此,传世清诗总集的总数确实无法准确统计,其中很多还有待于我们去发现。徐雁平先生在《清代家集

① 徐雁平《清代家集叙录·凡例》第二款,安徽教育出版社2017年11月第1版,上册第63页。

② 关于此种分类法,可参见拙作《关于清诗总集的分类》,载《甘肃社会科学》杂志2008年第1期,第100—102页;夏勇《清诗总集通论》第二章《清诗总集的基本类型》,第107—227页。

③ 本拙编第四唱和类第35种、第37种,第4册第1533页、第1538页。

④ 所举两种可见本拙编第五题咏类第2种、第六课艺类第7种,第4册第1707页、第5册第1971页;其他各种因未见序跋而不列。

叙录》的《后记》中一再感慨自己起先“明显对家集文献的实际状况估计不足”①，这正是过来人的经验之谈。可以这样说，现存清代的各种文献，按照我们原有的一般认识，再怎样估测都不会嫌多，而只会嫌少。

面对这么多的清诗总集，要想汇录它们的序跋，以及做其他类似的工作，显然都只能参照过去我们对《全清诗》分“编”法的设计②，或者借鉴《清代家集叙录》的做法，分批分类进行操作。前述《清初人选清初诗汇考》，主要就是辑录清初一部分全国类诗歌总集的序跋，可以看作目前唯一的一部准“序跋汇编”③，涉及清诗总集五十五种。而如别集，则仅有本师钱仲联先生主编的《历代别集序跋综录·清代卷》④，涉及清人别集三百余种；相对于至少四万种的存世清人别集而言⑤，这自然也只相当于一个初编。

本拙编作为《清诗总集序跋汇编》，同样是一个分批编纂的产物。这里需要先做一个说明：关于总集计算的单位，通常都是称“种”。但这个“种”，有时候存在“大种”与“小种”的区别。某些成系列的总集，例如魏宪辑《诗持》凡四集，按总书名亦即母集计算大种只有一种，而按四个子集计算小种就是四种。又如前述屠倬辑《是程堂倡和投赠集》，大种为一种，小种又有十九种，并且各自都有相应的序跋之类文字，这样加起来就有二十种。像《清初人选清初诗汇考》，所谓五十五种乃按小种计算，如计大种则为四十五种。而本

---

① 徐雁平《清代家集叙录》，下册第2467页。

② 参见《朱则杰教授荣休纪念集——〈全清诗〉探索与清诗综合研究》前编《〈全清诗〉探索》第四篇《论〈全清诗〉分“编”法的设计》，第16—21页。

③ 参见陆林《知非集：元明清文学与文献论稿》第三辑第五篇《〈清初人选清初诗汇考〉平议》，黄山书社2006年7月第1版，第421页。

④ 钱仲联《历代别集序跋综录·清代卷》，江苏教育出版社2005年10月第1版。

⑤ 参见李灵年、杨忠《清人别集总目》，安徽教育出版社2000年7月第1版；柯愈春《清人诗文集总目提要》，北京古籍出版社2002年2月第1版。

拙编主要根据有关序跋的实际情况，有的以小种立目，例如《诗持》凡四集①；有的则以大种立目，例如刘云份辑《翠楼集》(《二集》以下无序跋)②，以及前述黄丕烈辑《同人唱和诗集》(各子集序跋都不长)；还有个别甚至同时以大种与小种分别立目，例如《是程堂倡和投赠集》，不过子集只取第十七个《潜园吟社集》作为示例③。因此，本拙编所列总集，准确地说应该是五百"目"；只是按照通常的习惯，也不妨称之为五百"种"。

本拙编立目五百种，一个微妙之处是为了统计方便。与前面估测的上万种清诗总集(包括可能无序跋者)相比，这个数字刚巧只占到百分之五左右。按照这个比例，如果要全部编完《清诗总集序跋汇编》，大概还需要二十个左右这样的规模。因此，本拙编实际上同样乃是《清诗总集序跋汇编》的初编——如果仿照系列总集的普遍提法而又避免"编"字重复，则称作"初集"更加合适。希望以此作为开端，将来的学者在有条件的时候能够接下去编纂"二集"、"三集"等等，使之一步步走向完备，最终完成真正意义上的"汇编"，并且可以改名为"全编"。

本拙编所列五百种清诗总集，有些如前所述确实做过特意的选择，但更主要的还是根据编纂过程中笔者得书的便捷程度，随见随收。因此，读者在某些方面不要受这个所谓"选目"的误导。同样，所用各总集的版本，一般也都是根据笔者当时得书的实际情况，而不一定就是最好的。特别是古籍整理日新月异，有些新出的点校本很可能质量很高，而笔者却未能及时读到，或者后来读到了也不再去替换原先的影印刻本之类(当然也可能各有优劣)。本拙编的目的，主要是为读者提供一个集中阅读的便利。读者如果需要引用，则最好能够核对总集原书，尽量依据原书引用；特别是如果用于辑

① 本拙编第一全国类第 10 种以下，第 1 册第 63 页以下。

② 本拙编第八闺秀类第 5 种，第 5 册第 2070 页。

③ 本拙编第四唱和类第 36 种，第 4 册第 1536 页。

佚，那就更应当尽量选择最合适的版本。

不过，本拙编在诸多体例的设计上，有意从读者的角度考虑，力求实用与方便。例如全书采用简体横排，不但更便于读者当前阅读，而且更便于日后从其电子书提取文字；所录序跋的正文全部插入页码，不但更便于读者核对原书，而且就是所插页码的格式"第×页"在从电子书提取文字之后都可以现成"粘贴"。这即使对于引用乃至辑佚，也同样能够提供最大程度的便利。其他类似的实用与方便之处，相信读者在使用的过程中，一定还会不断地体会到。

另外，本拙编对各种新出的点校本清诗总集，即使不用作编纂的底本，但在文字特别是标点方面一般也都会相互比勘，从中得到过不少有益的启迪。尤其像《清初人选清初诗汇考》这样集中的序跋汇编，其中多半再次进入本拙编，所惠予的帮助自然更大。此外还有不少对应的序跋散见于其他各种论著之中，其标点断句之类往往也具有参考借鉴的意义。因此，本拙编可以说也是众多学者相关研究成果的一个结晶，谨在此一并致以衷心的感谢。

凡　例

一、本拙编辑录清诗总集的序跋，立目者取五百种。

二、所取总集，首先按照“全国”、“地方”、“宗族”、“唱和”、“题咏”、“课艺”、“歌谣”、“闺秀”、“方外”、“域外”凡十种基本类型亦即大类进行排序。某些总集如果可以同时归入不同的大类，则通过综合考虑而最终确定一类。各大类内部，再根据小类或者兼顾成书时间等因素进行排序，具体标准各大类不尽相同。例如第一全国类内部，将并称群体总集全部放在综合性总集之后，两者再大致按照成书时间排序；第二地方类内部，以八旗总集冠首之外，其他基本上参照《清史稿・地理志》所列行政区划排序；第三宗族类内部，则先按姓氏音序，同一姓氏者再参照地方类排序。其他可以类推。

三、每种总集，都以书名立目。个别书名在理解上可能会有歧义者，酌情用方括号添补两个字。某些计划编成系列总集而实际只编到初集者，则书名中原有的“初集”之类字样一般予以省去。

四、凡是总集，必然都有编者。编者如果原书不详，或者存在异说，则适当予以补充和说明。相关的编纂方式，统一称“辑”。

五、每种总集之下，收录原书的序跋。所谓序跋，包括某些与序跋性质接近的征启、题辞、画记、辞赋、书札、表奏乃至个别人物传记等等在内，总体上都与总集成书相关。但今人点校本的“点校说明”之类，一般不收。

六、序跋的标题，一般采用作者带篇名的形式。篇名中的“序”、“跋”、“凡例”、“题辞”等词汇、短语，如果现成来自原书（包括版心位置），则加引号标示；如果原书没有而系笔者描述，则不加引号。某些原无署名或主语而作者不便确断的“凡例”，以及本来就可能涉及多位作者的“题辞”之类，则标题处作者从略。

七、序跋的正文，一般不分段落。但每篇的原书分页处以及结尾处，都插入页码。某些影印本既有底本的页码（可以称作“小页码”），又有影印本新添的页码（可以称作“大页码”），则两者同时予以插入（此类在该篇序跋标题处括注起止页码时，统一取“大页码”）。所有插入的页码，统一使用阿拉伯数字；如果原书每页分为两面，则再用“a”、“b”予以区分。

八、某些总集之下，在原书的序跋之外，还录有其他相关的资料，称作“附录”。同一总集如果“附录”太多，则以十条为限。

九、原书序跋与“附录”资料，无论多寡，都分别逐题添加一级序号。各题之下如果还有篇、条之类可分而原无序号者，则分别再添加二级序号。添加的二级序号，统一加方括号标示；个别属于原书本来就有而可能与一级序号混淆者，则加六角括号标示。

十、某些序跋和“附录”的正文之后，加有笔者（包括个别学生）的按语。按语的一部分内容，可以与拙著《清诗考证》系列并参。某些按语涉及与作者自撰诗文别集的比勘之类，总体上属于随机行为，而并不表示有关方面的工作已经穷尽，这一点请读者不要误解。

十一、本拙编依据的原始文献，字体有繁有简，现在统一用简体。某些通假字、古今字、避讳字之类，尽量改为通行的规范字。但也有一些字有意保持原样，例如与唱和相关的“唱”与“倡”，以及普遍存在的“抄”与“钞”之类。原书的缺字，用白钉□代替；模糊莫辨者，用黑钉■代替。

十二、本拙编引及各种今人的点校本，由于对原文的认识理解可能不尽相同，所以有时候在文字特别是标点方面会做一些调整。所有调整如有错误不妥之处，其责任都归笔者。

十三、本拙编关于旧历年份的表述，基本上遵循年号纪年、干支纪年、公元纪年三者并出的原则，缺者一般予以补足。民国年份，以及日本明治六年（同治十二年，1873）以后，因为正常使用公历，所以干支不再作为要求。

十四、本拙编凡是方括号中的内容，均系笔者所加。个别原书中的方括号，则统一改为六角括号。

十五、以上所列各款，在全书中可能存在个别未尽一致之处。此外还有一些涉及全书体例的问题，未能一一细述，则读者可以自己观察、总结。

01 全国类

01－001 诗源

姚 佺

十七卷。姚佺辑，《四库禁毁书丛刊》集部第169册，影印清初抱经楼刻本。

一、姚佺"序"（第2—4页）

姚子选《诗源》竟，有楚之士来诘予者曰："子何袭于'源'之说耶？吾闻钟嵘准的诗[第1a页]人，口陈标榜，曰'其源出于《国风》''其源出于《楚辞》'，故其名曰《诗品》。张为以法度一则，若主人处其门下者，若升堂、入室、及门，故其名曰[第1b页]《诗图》。吕居仁自言傅[传]衣豫章，以二十五人为之法嗣，故其名曰《诗派》。今子既不主于专家之学，而申、辕、王、韦，又杂然散处于疆圉方[第2a页]域之内，何乃自令隘为？名之曰'源'，不亦固乎？"予曰："子知夫一源之源，而未知夫众源之源也。吾以众源之源告子，子乌得小夫'源'之[第2b页][第2页]说欤？凡人非能生而诗也。情无定位，触感而兴。故喜而哑，忧而歔，怒而叱咤；引而成音，气实为佐，是为声源。然后审则宜类，以制六[第3a页]志；哀有哭泣，乐有歌舞，喜有施舍，怒有战斗，故审声以出治，而制其杀淫涤滥，是为化源。又有乐师北面而为弦，宗祝以辨礼而尸，[第3b页]商祝以辨礼而后主人，而后崇君亲，本孝悌，正人心，以明风俗，考阴阳而判内外，是为教源。若是者，皆'源'也。昔者，《禹本纪》言河出昆[第4a页]仑，高二千五百余里，日月所相隐避为光明。若博望凿空自使大夏以还，多采玉石以献天子，号为河源，乌睹所谓昆仑者耶？众人[第4b页][第3页]惟不知源，故纷纷焉，'品'焉、'图'焉、'派'焉者以为昆仑焉。然而诗之源不在是，故终不能有得于诗也。慕'四始'者,而诚大夏之是屏,不'品'[第 5a 页]焉而嵘,不'图'焉而为,不'派'焉而居仁,而惟日月相隐避为光明焉,则诗之昆仑,峻极于天矣。"[第 5b 页][第 4 页]

二、姚佺"诗源发凡"(第 4—7 页)

一[一] 《国风》者,国是风化之界,诗以当国为别,故谓之"国风"。仲尼尊鲁,《易象》《周礼》《春秋》尽在鲁。又孔子居鲁,故得道其详。今《璇玑》《石鼓》皆在吴,又所见异辞,所传闻异辞。吴,予所见者也。人之存亡远近、播迁得失,见而知之,孰与于吴?固当居首。吴与越皆称会稽,《禹贡》谓之震泽,《周礼》谓之具区,《左传》谓之笠泽,其实一也。周泰伯五世孙周章,封吴子,都于勾吴,称西吴,今越地也,故使之次[第 1a 页]于吴。豫章星分牵牛,而王勃以为翼轸者,地在于吴之头、楚之尾,两汉皆隶扬州,故使之次于越。汉高封韩侯于楚,今吴为之石城。《左氏·襄十四年[壬寅,－559]》,楚子为庸浦之役,子襄帅师于棠,棠即和、滁之间也。孔子生平欲有为,常在于楚。在外十有四年,居陈、蔡者强半。失鲁司寇,将之荆,先之以子夏,申之以冉有,其故可知也,故次于豫章。闽则荒服矣,蜀则蚕丛矣。粤与滇,与黔,此皆椎结,去中原远。然而冠裳文字,与中国同。禹朝诸[第 1b 页][第 4 页]侯于会稽,而舜先南巡狩于苍梧之野,是自古通朝聘也,故次闽,次蜀,次粤与滇与黔。唐虞以来,东南为文明之区久矣。天道以后起者胜,退成功而进方来,故不使西北复居于先也。若邶、鄘、卫则豫,齐则山东,唐则晋,秦则秦。太师所第,孔子删定,不敢紊也。既有列国指掌,则举而措之耳。乃若燕,历代所都,又三百年声名文物之乡,如周公之豳,王业艰难,当尊其事,使专一国,故次于众国之后,以别于诸国云。此世次也。[第 2a 页]

一[二] 国史采众诗,必明好恶。彼声能写情,情皆可见。设有言而非志,谓之矫情。情见于声,矫亦可识也。或吴人吴吟,或楚人吴吟,皆当晓其作意,知其本情。故也自有选以来,如《金针诗格》

《风骚要式》、“诗品”“诗话”之类，无不指陈利病，冀诗人之变改。《尚书》之“三风十愆”，疾病也。诗人之“四诗[始]”“六义”，救药也。即一诗之内，或发端，或落句；或颔联，或颈联；或用事，或写景，各有格式，不可乱也。故予是选，救病为多。典刑未亡，觊可追改，则箴规之[第2b页]意切耳。若曰“格岂为我辈设乎？子上栋下宇，我有巢氏之民也，生姜树上生”，也只得凭你说。

一[三] 选不征诗。若叩门求之，所见或不逮所闻，以为我负诺矣。乃自如农姜公，西惠巴蜀之锦，东袖蓬莱之石。而小范范子，亦赠我数万重兵。公亮张公，输三年之畜；玄扈蒋公，倾四海之囊。若允康万公，揽三湘之杜茝；而雪窦魏公，陈千里之莼羹。王子望如，有碣石雁门之饶；陈子翼仲，多日至月增之赠。张稚恭、孙豹人两公，定三秦之[第3a页]豪杰；陈阶六、张伯玉、李条侯三公，又列泗上之诸侯。舆父刘氏，过江之第一流，皆出其夹袋；而云增李公，又以课文之暇课诗，惠我以百二十国宝书。盖不必驱辎轩，自无不采之地矣。

一[四] 移风易俗，莫善于诗。而父子不亲，君臣不敬，朋友道绝，是人理薄也。故教人使厚此人伦也，不能概举。如吴之卷首，贤人不仕，赋《郊居》。遭乱闵之，赋《江上》。遁世无闷，赋《南村》。有黍离之忧，赋《古兴》。忧其国，赋《雪狮》。苦于征，赋《年饥》。《游仙》，舒不平[第3b页][第5页]也。《白堤》，思故旧也。《琵琶》，所以报天子也。《十二弃》，忆旧也。《精舍》，乐隐也。《康山》，退隐也。《焦湖》，泌之洋洋也。《丹葵》，忠于君也。《棣园》，乐兄弟也。《逸事》，孝子也。《留别》，笃友也。《金陵》，悯伤也。《端午》，思其盛也。《紫云》，贤贤易色也。《杂诗》，修洁也。《课屯》，政本也。《丰城剑》，叹老也。《虫说》，见恻隐之仁焉。《雨中》，见勤雨之思焉。而诗之敦厚温柔，概可见矣。

一[五] 予旧字“仙期”，而王翰有诗云：“东堂起集贤，贵德后神仙。”一字“佺期”，而沈佺期、杨佺期皆轻躁之[第4a页]流。齐世祖与王湛曰:“刘湛、江湛,并不善,非佳名也。”乃改“德元”。予因去二字,而改“山期”云。

一[六] 得一人如获一师,得一诗如获一璧。而梁溪钱子础日,托人贻诗;此人“拟向长安归寄来”,浮沉石头者既多。若苕上陈聚正、戴宋芬、田子年皆无诗,则衣袈不戒,渍于漏舟者复半。更有恨事,计子甫草、沈子子相、许子竹隐,及殿飏陈公、昼初马公、九万陆公,皆误投一童姓者。童坊鸣佩、采握二君,则善人也。外有一人,虽为童氏,实非[第 4b 页]二君之比。今余不着其名,坊中之长脚耳。烟花无赖,灭裂风雅。诸公诗,偶入其手,辄废去。来谓予曰:“诸公诗,留于《二集》矣。”予曰:“何谓?”驵曰:“闻已竣工耳。”予曰:“未也。”急索之,已尘涴矣。此真名教之罪人也。今一面征之,而《二集》佳什,若于吴门,求寄金阊门外凌家巷清忠风世坊下■宅;秣陵,乞寄雨花台下梅冈书屋,必无有误。梅冈书屋者,予不慧行馆,身作刘曼山,卖书于市者也。家贫不能聚书,惟卖书可以观书于市。近得维[第 5a 页]章黄公、菡生丁公、俞郃黄公,约“古欢社”,专以课书为绩。盖世有勤于聚,倦于读者。今二公往返校雠,订讹讨谬,予得踞灶以听之,亦一乐事也。菡生雅慕荆川之言,以为诗不过应酬之作;更看山中静坐十年后,文字更何如。故无诗授予,而以予梅冈为石仓,幸甚。

一[七] 选诗不叙爵里年齿。诗到即刻,随拈即选。或有徒在师前,或兄居弟后。诸如此类,不辨详也。

一[八] 予但选诗,不入自运之作。刘子威云,古人忠质,[第 5b 页][第 6 页]务遵让,且善不必自己。春秋诸大夫,赋以见志,皆陈其国风,未有所自为也。盖有不知而作之者,我无是也。多见而识之,知之次也。

梅冈书屋主人吴苇度船子校。[第 6a 页][第 7 页]

则杰按:以上序言及凡例,谢正光、佘汝丰《清初人选清初诗汇考》亦曾辑录(南京大学出版社 1998 年 12 月第 1 版,第 61—66 页)。

三、陈昭“至日偶作(时录《诗源》)”及姚佺按语(第7页)

每遇佳辰欲赋诗，浮云满目转生悲。乾坤此日还长至，身世何年睹汉仪？枯柳犹然含冻色，寒[第6a页]梅争拟吐南枝。恃公椽笔维忠孝，贱子殊深山斗思。

[原按]右诗陈若木作也。若木向于诗不敢轻作，今录缮之后，宫商谐合，方知诗即是乐。予钦其笃学，载于此，以见无有一法从懈怠中得，而风必薰人，为嚆矢焉。石耳山人识。[第6b页][第7页]

则杰按：此诗及姚佺按语，刘和文《〈清初人选清初诗汇考〉原录序跋补阙》之二(《江西师范大学学报》2009年第3期，第99页)、《清人选清诗总集研究》第四章第二节《清诗总集遗佚序跋辑考》第三部分(安徽师范大学出版社2016年10月第1版，第173页)亦曾辑录。

【附录一】《诗源》“吴一之三”赵起元《跋诗源》及姚佺点评(第180页)

十万雄师夜出关，弓刀不动战云寒。中军大将能持重，列象无声按剑看。

[点评]……姚辱庵曰：此诗谬以属予，予不敢当。然论作诗、阅诗之法，先辈固有言及此者，要下剪裁手段，宁割爱，勿贪多。如数万健儿，人各自为一营，非得大将军方略不能整顿慑服。词人闻此，庶其威振风雅，为诗学中兴哉。

【附录二】孙枝蔚《溉堂集·前集》卷五《挽姚山期》二首(上海古籍出版社1979年12月第1版，上册第276—277页)

已矣朱弦绝，伤哉白马稀。仇人翻有恨，狂士幸全归。架剩残书卷，棺藏破衲衣。无由说疏阔，松下但歔欷。[其一]

买酒因开户，删诗不下楼。几人求月旦，满世畏阳秋。寿本无

千岁，魂应遍九州。但怜闻笛处，独自哭同俦。[其二]

则杰按：此组诗歌不但写及姚佺纂辑《诗源》，而且关系姚佺谢世时间，参见《清初人选清初诗汇考》此集按语（第 67 页）、陆林《〈清初人选清初诗汇考〉平议》（载《知非集：元明清文学与文献论稿》，黄山书社 2006 年 7 月第 1 版，第 428 页）。

【附录三】王士祯《香祖笔记》卷五（上海古籍出版社 1982 年 12 月第 1 版，第 98 页）

姚佺撰《诗源》载一诗云："白日骑羊三洞远，青天扪虱万峰高。"乃宋末人诗，见谢翱《天地间集》而不之知。

则杰按：此处所说二句，实为明人胡应麟《饮酒漫成，寄李允达》一诗颈联（《少室山房集》卷六十六，《景印文渊阁四库全书》第 1290 册，第 491 页）。《诗源》该联，见于"吴一之一""卷下"第一家吴天放最末一首《途次小饮》（第 92 页），但全诗其他各句文字多不相同。

01－002　吾炙集

钱谦益

一卷。钱谦益辑，台湾新文丰出版公司《丛书集成续编》第116册，影印民国常熟丁氏刻《虞山丛刻》本。

一、钱谦益题辞（第4页）

每观吴越间名流诗，字句襞绩，殊苦眼中金屑。秋灯夜雨，泊舟吴门，从扇头得遵王新句，不觉老眼如月。因语郭指曰："诗家之铺陈攒俪，装金抹粉，可勉而能也；灵心慧眼，玲珑穿透，本之胎性，出乎毫端，非有使然也。'莫取琉璃笼眼界，举头争忍见山河'，取出世间妙义，写世间感慨，正如忉利天宫殿楼观，影现琉璃地上，殆所谓非子莫证，非我莫识也。"正欲摘取时人清词丽句，随笔钞略，取次讽咏，以自娱乐。遂钞此诗压卷，名曰《吾炙集》。复戏题二绝句于右："笼眼琉璃映望奇，诗中心眼几人知。思公七尺屏风上，合写吾家断句诗。""高楼额粉笑如云，还钵休随喜庆群。大叫曾孙莫惊怖，老[第2a页]夫还是武夷君。"丙申[顺治十三年，1656]中秋十二日，蒙叟题。[第2b页][第4页]

则杰按：此题辞原置内文第一家钱曾第一题《秋夜宿破山寺十二首》之后。又载钱谦益《苦海集》（《牧斋杂著》第二种，上海古籍出版社2007年6月第1版，上册第111页），标题作《题族孙遵王破山断句诗后二首[并序]》，其他文字亦略有出入。

二、钱谦益跋（第21页）

余于采诗之候，撰《吾炙集》一编，盖唐人《箧中》之例，非敢以示人也。长于少年，疑余复有雌黄。戏题其后云："杜陵矜重[第36a页]数篇诗，吾炙新编不汝欺。但恐旁人轻着眼，针师门有卖针儿。"闻者一笑而解。[第36b页][第21页]

则杰按：此跋实为钱谦益《陆敕先诗稿序》内一段文字，见《牧斋有学集》卷十九（上海古籍出版社1996年9月第1版，中册第825页）。后人又以之误辑为钱谦益佚诗并序，题作《戏题〈吾炙集〉后》（《牧斋杂著》第九种《牧斋集再补》，下册第911页）。

又，此处诗歌，亦见《牧斋有学集》卷八（上册第419页），系《金陵杂题绝句二十五首，继乙未[顺治十二年，1655]春留题之作》之十五。

三、王应奎跋（第21页）

是书编次先后，诸本微有不同；而许有介诗，亦有不编入者，盖为牧翁未成之书也。余此本从钱遵王家借钞，而许诗则又得之亡友侯秉衡者。适见曹彬侯处有冯定远手录本，而点阅则出自牧翁，甚为可玩。余因借归临之，凡一日而毕。时馆太原含芳斋。戊辰[乾隆十三年，1748]七月廿四日，柳南识。[第36b页][第21页]

四、徐兆玮"跋"（第21页）

《吾炙集》，非完帙也。王渔洋《古夫于亭杂录》称："以诗贽虞山，时年二十有八，其诗皆丙申年[顺治十三年，1656]少作也。先生欣然为序之，又采入所纂《吾炙集》。余尝有诗云：'白首文章老巨公，未遗许友八闽风。如何百代论骚雅，也许怜才到阿蒙？'"今集中无渔洋诗，证一。《陈确庵诗钞》有《钱梅仙五十赠言》诗云："著述谁宗匠？虞山有巨公。登龙声气合，斟雉本源同。考牒知昭谏，题辞重太冲。尚传吾炙句，一日满江东。"自注："梅仙与虞山同系武肃。虞山序其诗，手书其警句入《吾炙编》，寄示京师各[名]家。"今集中无梅仙诗，证二。《鲒埼亭集外编·周征君墓幢铭》："鄮山先生周姓，讳容，字茂三，浙之宁波府鄞县人也。……少即工诗。常熟钱侍郎牧斋称之，谓如独鸟呼春，九钟鸣霜，所见诗人无及之者，录其诗于《吾炙集》。"《牧斋有学集·题交芦言怨集》，亦言"《吾炙集》中有周茂之、许有介及宗人幼光者，皆能为针师者也"。今集中无鄮山诗，证三。《柳南随笔》载牧斋[第1a页]尺牍《与黄庭表与坚》云："往从行卷中，得见新篇，珠光玉气，涌现于行墨之间，辄为采录，收入《吾炙集》中。时人或未之许，久而咸以为知言也。"今集中无庭表诗，证四。此册为柳南草堂钞藏本，自"篯后人曾遵王"以下，至"侯官许友有介"，著录者凡二十有一人。"西江半衲澄之"下注云："毛本不载其诗。"疑柳南当日或假汲古秘帙对勘，故卷中时有标举异同之处。其所采撷，率皆《板》《荡》之余音、《黍离》之变调，盖遗民故老，怆怀旧国，其零篇剩墨，可歌可泣，令人流连咏叹，凭吊欷歔而不能自已。然则集中无渔洋、梅仙、鄮山、庭表诗，毋乃与虞山选诗之旨不合，故始取之而终舍之欤？而柳南此本，又安知其非实为完帙欤？渔洋之序迦陵《箧衍集》也，谓牧斋此集"秘不示人"，是其断章取义，实有难言之隐痛矣。绛云灰烬，《吾炙》独存，夫岂非天意哉！光绪丁未[三十三年，1907]八月，剑心徐兆玮跋。[第1b页][第21页]

则杰按：此处所引诸家诗文，王士祯（原名士禛，渔洋其号，又号阮亭，谥文简）《古夫于亭杂录》，见卷三"平生知己"条（中华书局1988年10月第1版，第66页），有节略；陈瑚（确庵其号）《钱梅仙五十赠言》，见其《确庵文稿》卷十下（《四库禁毁书丛刊》集部第184册，第315页），系该题十首之五；全祖望《鲒埼亭集外编·周征君墓幢铭》，见卷三（《全祖望集汇校集注》本，上海古籍出版社2000年12月第1版，上册第860页）；钱谦益《牧斋有学集·题交芦言怨集》、王应奎（柳南其号）《柳南随笔》，均详下文附录；又"渔洋之序迦陵《箧衍集》"，可见陈维崧（迦陵其号）辑《箧衍集》该种。

五、张继良"跋"(第22页)

牧翁《吾炙集》,不分卷数,采诗凡二十一家。丁未[光绪三十三年,1907]秋,余以柳南王氏钞藏本转录一通,与徐剑心前辈共读之,沉郁悲凉,谓此中热泪可掬,未尝不有余哀焉。且为之搜集考证,知当日所采并不止此,惜其原帙之不可复睹也。以语丁君秉衡,秉衡则出许有介诗一小册以赠。展视之,亦柳南故物,诗即《吾炙集》中所采,丹黄满纸,灿然可玩。末有牧翁题诗、柳南识语各一则,皆集所未载。盖柳南既钞二十一家之本,又见冯定远传录许诗牧翁点阅本,因复钞临之而别为一本者。余因取题诗识语补录集尾,而以圈点还之,许诗且校其字句之小异者。以为今日得见牧翁手迹,虽零铅剩粉,弥可宝矣。既将录稿付手民,复从李丈竟宇假得一本,互勘之,亦二十一家,编次先后微有不同,而"篯后人曾"至"东海何云"二十家之后,有钱兴国(字孝标,有《攓云集》,见柳南《海虞诗苑》)一跋云:"是叶石君照牧翁原本所钞临,勘阅亦仍其旧。"跋后乃[第1a页]接录许诗,明非钞自叶本而别出之。读至此,而二十一家乃悉复其旧矣("幼光""澄之"本一家,实只二十家)。意此为牧翁定本,叶氏得其二十家,冯氏得其一家。叶本今固无圈点,玩"钞临""仍旧"二语,知兴国时亦必有之,殆又为后人转钞所略欤?然编次勘阅,则固信而可据也。遂又以叶本校二十家,仍录钱跋于何云诗后。集中凡柳南所校注者,亦并见焉。《吾炙》当时禁网密,故秘而未刊。又其书无卷次条贯,人各件系之,编采时为人传写去者,不能无先后详略。故柳南所见毛本,则阙"西江半衲",亦有阙许有介者。今合观叶、冯二本,则陈迹宛然。阙者固非,而渔洋、梅仙、鄮山、庭表诸诗,为牧翁始取而终舍之,剑心之论,不亦较然无疑乎?嗟夫!二百余年破碎沉霾之物,至今而犹见延津之合,岂非大奇?临校毕,亟告剑心、秉衡,皆谓余言之不谬,而为之狂喜者累日。南祴识。[第1b页][第22页]

则杰按:以上题辞、跋文,以及下文附录钱谦益《题交芦言怨集》、王应奎《柳南随笔》各一部分文字，谢正光、佘汝丰《清初人选清初诗汇考》亦曾辑录（南京大学出版社 1998 年 12 月第 1 版，第 33—37 页）。

【附录一】钱谦益《牧斋有学集》卷十九《题交芦言怨集》（中册第 829—830 页）

余年来采诗，撰《吾炙集》，盖兴起于遵王之诗。所至采掇，不能盈帙。然所采者，多偃蹇幽仄、幺弦孤兴之作；而世之通人大匠，掉鞅词坛者，顾不与焉。尝为诗曰："杜陵矜重数篇诗，吾炙新篇［编］不汝欺。但恐旁人轻着眼，针师门有卖针儿。"于时才笔之士，不免侧目。余自此专翻内典，不复论诗，此集遂辍简矣。今年秋，遵王复以近作见示，且属余为剪削。余告之曰："古人之诗，以天真烂漫、自然而然者为工。若以剪削为工，非工于诗者也。天之生物也，松自然直，棘自然曲；鹤不浴而白，乌不黓而黑。西子之捧心而妍也，合德之体自香也，岂有于矜颦笑、涂芳泽者哉？今之诗人，骈章丽句，谐声命律，轩然以诗为能事，而驱使吾性情以从之，诗为主而我为奴。由是而膏唇拭舌，描眉画眼，不至于补凑割剥，续凫断鹤，截足以适屦，犹以为工未至也。如是，则宁复有诗哉？"吾之所取于《吾炙》者，皆其缘情导意、抑塞磊落、动乎天机而任其自尔者也；通人大匠之诗，铺张鸿丽，捃拾渊博，人自以为工，而非吾之所谓自然而然者也。遵王之学益富，心益苦，其新诗陶洗镕炼，不遗余力矣，而其天然去雕饰者自在。西施之嫣然一笑，岂不益增其妍，而合德亦何恶于异香也哉？余非针师也，而卖针于吾门者，人尽如遵王，则老妪之反唇于饮光者，固将嗑然而笑，而余亦可以无"旁人着眼"之叹矣。《吾炙集》中，有周茂之、许有介，及宗人幼光者，皆能为针师者也。它日相见，其以吾言质之。

则杰按：据原书"校记"，"周茂之"别本或作"周茂三"。

【附录二】钱谦益《牧斋有学集》卷二十二《送方尔止序》（中册第 905 页）

尔止……今年癸卯[康熙二年，1663]，自金陵过访。……点定《嵞山诗》一卷，贮《吾炙集》中。

则杰按：据此，《吾炙集》原来还收有遗民诗人方文（尔止其字，嵞山其号）诗。参见李圣华《方文著述考》（载《严迪昌先生纪念文集》，吉林文史出版社 2006 年 12 月第 1 版，第 346 页）。

【附录三】方文《嵞山集·再续集》卷三《石塔寺怀僧介立》（上海古籍出版社 1979 年 12 月第 1 版，下册第 999 页）

城南石塔寺，曾寓六年前。夙好僧何在？重来客黯然。经房尘暗积，讲席月（一作"字"）空悬。独有江行草，虞山为尔传。（牧斋先生《吾炙集》，选介立《江行草》数十首，极推之。）

【附录四】王士祯《王士禛全集·渔洋诗集》卷十四《癸卯稿·方尔止言虞山先生近撰〈吾炙集〉，谬及鄙作，因寄二首》（齐鲁书社 2007 年 6 月第 1 版，第 1 册第 366—367 页）

不薄今人爱古人，龙门登处最嶙峋。山中柯烂蓬莱浅，又见先生制作新。[其一]

白首文章老巨公，未遗许友八闽风。如何百代抡骚雅，也许怜才到阿蒙？（先生寓书云："偶爱许友诗，因仿《箧中集》例为此书。""许友八闽风"，先生句也。）[其二]

则杰按：其二自注所说此集编纂缘起，与前录钱谦益《题交芦言怨集》说法不同。

又，此处所引"许友八闽风"，原见钱谦益《牧斋有学集》卷八《题许有介诗集》（上册第 383 页，许友字有介）；"先生寓书"云云，则钱谦益有关著作内未见，可能已佚。

又，王士祯《渔洋诗话》《古夫于亭杂录》另外还有相关叙述，可见《箧衍集》该种附录。

【附录五】王应奎《柳南随笔》卷五（《柳南随笔、续笔》本，中华书局1983年10月第1版，第85—86页）

钱宗伯《吾炙集》，所采皆名章秀句，可入团扇屏风者。集无卷帙次第，总计仅二十一人，为钱[錢]后人曾遵王、东海何云士龙、太仓黄翼圣子羽、南阳邓汉仪孝威、合肥龚鼎孳孝升、勾吴沈祖孝雪樵、庐山光熊幻住、宣城唐允甲祖命、梅磊杓司、庐陵赵嶷国子、秦人王天佑平格、旧京孤臣一是、橘社吴时德不官、瓮城宗人饮光、旧京胡澂静夫、楚江杜绍凯苍略、江上张项印大玉、建昌王师正帅先、旧京王潢元倬、西江半衲澄之、侯官许友有介。此选疑为公未成之书。按公尺牍中，《与黄庭表（与坚）》云："往从行卷中得见新篇，珠光玉气，涌现于行墨之间，辄为采录，收入《吾炙集》中。时人或未之许，久而咸以为知言也。"今《吾炙集》具在，并无庭表诗。又《渔洋诗话》云："顺治辛丑[十八年，1661]，方盦山（文）自虞山过广陵，言牧斋近选[撰]《吾炙集》，载阮亭诗数篇。"今集中亦并无王诗，未知何故。

则杰按：此处所引钱谦益《与黄庭表（与坚）》，见《钱牧斋先生尺牍》卷一（《牧斋杂著》第四种，上册第262页）。

【附录六】何绍基《东洲草堂诗集[钞]》卷十二《为林镜帆题许瓯香先生画册》小序（上海古籍出版社2006年7月第1版，上册第326页）

册为健翁大宗师作。其子月溪，购于浙中。孙雪村，乞国初诸老题咏。王渔洋诗云："瓯香真擅八闽风，蒙叟题诗论最公。今日涛园图画里，重教流恨满江东。"注云："牧翁撰《吾炙集》，寄余诗，云此集因许有介而作。'八闽风'，先生句也。此事四十年往矣。""石林卜筑此幽栖，浩劫重新路未迷。仿佛风流吟七字，野航人远雁声低。"注云："栎园侍郎示余名人画册，有有介先生题句云云，余深爱之，今亦四十年矣。"后题"康熙己卯[三十八年，1699]花朝前四日"。玩渔洋诗意，盖因先生高行，不能无慨于钱、周矣。雪村而后，不知何时复失此册。至先生六世孙香士舍人，复收得之。其七世孙熙亭孝廉，转丐林镜帆编修持示索诗。余自见栎翁《读画录》，即急欲见先生画，幸获披对；又感渔洋诗意，辄成一篇。

则杰按：此小序又单独收入何绍基《东洲草堂文钞》卷十二（光绪刻本，第 3a—b 页），标题作《跋许熙亭藏许瓯香先生画册》，其他文字相同。

【附录七】叶昌炽《缘督庐日记抄》卷十三宣统元年“己酉”（1909）“二月”“初四日”条（《续修四库全书》第 576 册，第 768 页）

日晡，罟里瞿良士自光福归，过访。夜饭后，复登岸，谈极久。携张南祴新刊《佚丛甲集》四册见贻，一为《牧斋集外诗》，后附《河东君诗》；一为《吾炙集》，亦牧翁选定同时诸子之作；一为翁孺《素兰集》；一为《龙川集》，李晴峰著。此四家不伦不类，要之其人皆不可湔洗之案，张君汇而刻之，亦可谓好奇矣。

【附录八】杨钟羲《雪桥诗话续集》卷一（北京古籍出版社 1991 年 8 月第 1 版，第 41 页）

《吾炙集》举钱遵王“莫取琉璃笼眼界，举头争忍见山河”为压卷。他若黄子羽“江明无月夜，猿唤不眠人”，邓孝威“金甲御沟芳草路，铜驼故里落花声”，庐山光熊“猎火乱烧无蒂草，林霜不杀有心松”“身经刀过头方贵，尸不泥封骨始香”，旧京孤臣一是“何事春陵犹未见，最怜灵武竟无望”，皆怨慕凄惋之音。王文简叙《箧衍集》，以是集与施愚山《藏山集》、叶讱庵《独赏集》并称，而惜其未之见也。近人剑川赵藩钞自周季贶斋头，唐西川刻入《怡兰堂丛书》。

【附录九】蒋寅《清集读记》第二则“张进过录何义门钞本《吾炙集》”（《文献》1997 年第 1 期，第 96—99 页）

……中国社会科学院文学所藏有张进钞本《吾炙集》，有康熙五十五年（1716）丙申三月“老潜馆客”跋云：“康熙戊辰［二十七年，

1688]秋，从冯丈补之借得此《吾炙集》第一卷，约以阅五日即还。属余以积雨留汪氏延古轩不归，亡妻太原孺人手自钞之。比予归，则已届五日之期矣。太原迎予，谓吾辍针纫为君传得此书矣，勿失信于长者。今去戊辰[康熙二十七年，1688]已将三十年，太原之亡亦十二年，灯下展视，百感交集，识此使寿余他日见之，知手泽杯棬所存，永永珍惜也。”又雍正元年[癸卯](1723)张氏跋云：“右《吾炙集》一册，乃是牧翁所选同时人及门下士诗，大略欲续《列朝诗》之意。雍正癸卯[元年，1723]重阳，假馆过义门书塾，见此书于乱纸中。敬读吾师后跋，知是师母王孺人手钞，字画端楷秀劲，颇效虞山冯氏书法。因向小山二世叔借归，展玩累日，即于灯下传钞，其圈点亦皆仍之。潦草涂抹，他日尚当以正书重录。九月十三日夜石湖张进书于月吟楼。”据此，是卷乃传录自何焯夫人王氏钞本，老潜馆客即何义门别号。冯补之名武，冯班侄。其藏本不知是否即王应奎所称冯班手录本……而何义门跋称其所借仅为《吾炙集》第一卷，则非完帙可知，后人种种猜测不攻自破。将张进传钞本与南裓草堂本对读，二者差异颇大。……

【附录十】谢正光、佘汝丰《清初人选清初诗汇考》按语(第 39—40页)

是集以诗系人……而人则但举籍贯、名号而已，不如其他选本中小传之详尽。清末邓实，为作《补传》一卷，收入《古学汇刊》第二集。以今日视之，《补传》之缺漏尚多。

又：光绪《杭州府志·艺文·十》著录海宁许士杰撰《吾炙诗人传略》一卷，未见传本。

则杰按：此集作者等，另可参见孙之梅《钱谦益与明末清初文学》第四章第二节第四部分《〈吾炙集〉的编选》(齐鲁书社1996年2月第1版，第397—411页)。

01－003　离忧集

陈　瑚

二卷。陈瑚辑，民国元年（1912）昆山赵氏刻《峭帆楼丛书》本。（浙江大学图书馆藏）

一、陈陆溥“离忧集序”（第1a—2a页）

余祖确庵公生际横流，圣远言湮，以倡明濂洛关闽之传为己任。一时起而和之者，远近毕至，人谓斯世一大昌明运会也。洎乎劫火既燃，鸟举云散，肥遁于荒村寂寞之滨，忧心愁悴，崎岖乱离，不复系念于当世。然身虽隐而明道之心愈笃。戊子［顺治五年，1648］、己丑［六年，1649］间，举讲学会，每月朔必考德课业，同志之士靡然向风，相于往来吟咏于七十二潭之上。于是有《离忧集》，吾祖诠次诸同人之诗歌而为之传记者也。“离忧”者何？屈原放逐，忧愁幽思而作《离骚》，太史公以为“离骚”者，犹“离忧”也。斯集之命名，其即此［第1a页］意欤！尝考有宋之季王鼎翁、谢皋羽、唐玉潜诸公之事而悲之：方其运去物改之后，徬徨徙倚于残山剩水间，孤愤激烈，悲鸣长号，其平生著述见于诸家别集中者犹班班可考，识者谓其身不啻沧海之一粟而纲常系之，诚有见于天理民彝之不可泯也。余祖理学文章，海内望之如山斗，矧夫一时意气相与之人，又皆重道敦伦之士，或倡和焉，或称述焉，皆足以起人心之忠义，振末俗之委靡；百代之下，诵其诗，论其世，有不知其心者哉？当时虞山钱宗伯牧斋曾为之序，与《从游集》并付梓行世久矣。厥后有以刻板质诸他姓者，先君子一斋公［第1b页］偿其值而归之于家。其间朽脱不全者，不下数十板。余为之搜罗补辑，仅得诗稿数叶，其序竟归乌有，不禁扼腕太息

云。岁在重光大渊献[辛亥,雍正九年,1731],陬月二十二日,蔚村后人陈陆溥乾如补序。[第 2a 页]

二、潘道根“离忧集跋”(第 1a 页)

咸丰纪元[辛亥,1851]秋,从娄东叶涵溪借《顽潭诗话》,呵冻钞一副本。至小除,又借得此卷。新正谢客,草草录之。至十二日,雨窗灯下录成。因识其《从游集》,尚当访诸藏书家云。徐村老农潘道根确潜,时年六十有五。[第 1a 页]

三、缪朝荃“离忧集跋”(第 1a—2a 页)

昆山赵静涵先生管江南制造局翻译馆,卜居沪上龙华路小花园。素好藏书,既精且富,陆续购得黄荛圃士礼居、汪阆源艺芸书舍两家所藏,遴择覆刊,凡十六七种。朱子《韩昌黎集考异》及龚安节《野古集》,其尤著者。先生既殁,哲嗣学南继先生就翻译馆事,亦将及二十年矣。近年以来,筑峭帆楼七楹,轩窗明爽,[第 1a 页]几砚整洁,将藏书庋置其中,厘次卷帙,分别部居,昕夕研究,且时时增益之。所得如《钜鹿东观集》《红雨楼题跋》及《星湄诗话》等书,均属校勘题识,先后刊行。近又寄示陈安道《离忧》《从游》两集刊本,亦属余题跋。余未及报,而沪上“制造局之变”起矣。学南所居峭帆楼,相距伊迩,于炮雷弹雨中,恐已付诸一炬。此间去沪仅百里,亦已戒严,末由通问。越旬余,得学南来书,知全家眷口,孑身而出;两世收藏,尽归乌有。余婉为函慰,并属其收拾余烬,或尚有得。始知《离忧》刊板,尚存局中,与《从游》板片,幸均无恙。考陈安道之孙横山布[第 1b 页]衣述《安道公年谱》,载顺治十五年戊戌[1658],《离忧集》成;公以国变后诸贤怀奇负异而肥遁不得志者纪之以诗,缀之以传,列为一集,取“‘离骚’者,‘离忧’也”之意以为名等语。当时虞山钱宗伯曾为之序,今遍检《初学》《有学》两集均无之,故横山为之补序也。校竟,并志于此。癸丑[民国二年,1913]小春月上浣,同里后学

缪朝荃谨识,时年七十有三。[第 2a 页]

则杰按:以上序跋,谢正光、佘汝丰《清初人选清初诗汇考》亦曾辑录(南京大学出版社 1998 年 12 月第 1 版,第 48—51 页)。

01－004　从游集

陈　瑚

二卷。陈瑚辑，民国元年(1912)昆山赵氏刻《峭帆楼丛书》本。(浙江大学图书馆藏)

一、钱谦益"从游集序"(第1a—2a页)

《从游集》者，确庵子评次其门弟子之歌诗，用以宣导志意，考论德业者也。汉唐以来，凡为学者必有师，专门名家，各创诗[师]说。而读书肄业之法，至宋之考亭、西山为大备。元季则有吴莱立夫唱道于白麟溪，宋景濂、胡仲申为高弟子，悉得其蕴奥。而景濂当洪武初，自禁林归浦阳，方逊志执经来侍，一坐历四春秋，学成而后去。景濂送逊志之序，以谓理学之渊源、人文之绝续，盛衰几微之载、名物庶数之变，无不肆言极辨，而会归于大通。盖古人师资教学，或源或委，禀承古昔，如此其不苟也。自[第1a页]儒林之传分歧于儒家，而古学一变。自江门、姚江之学侧出于经术，而古学再变。于是乎封蔀之以制科之帖括，爚乱之以剽贼之词章，举世胥变为俗学，而江河之流，不可复返矣。确庵子独抱遗经，居今而稽古。诸子彬彬文质，括羽镞砺。当戎马蹂躏之日，处荒江茅屋之中，衣裳襜如也，剑佩锵如也。其称诗也，佚而不偷，怨而不怒；商歌羽音，声满天地，以是为可乐而穷，穷而老也。率是而行，古学可以兴，俗学可以绝，先王之诗可以变而克正。若犹是骈花俪叶，以词赋为君子，则靡靡者天下皆是，而确庵子亦何乐乎有是哉？余尝尚论皇初，当九[第1b页]域飙回、三精雾塞之后，中山、开平以干戈汗马荡涤宇宙，金华以黼黻文章绘画日月，其为元功一也。容刀玙璠，陶铸宁海；麻衣碧血，树三百年节义之帜；泮宫之阙祀也，祖庭其舍诸？此则确庵子与诸子之责，而余未能以极论也。姑为序于此，以引其端。岁在屠维大渊献[己亥，顺治十六年，1659]，余月二十一日，虞山蒙叟钱谦益谨序。[第 2a 页]

则杰按：此序又载钱谦益《牧斋有学集》卷二十（上海古籍出版社 1996 年 9 月第 1 版，中册第 850—851 页）；除删去末尾署款之外，其他文字亦颇多出入。

二、缪朝荃“从游集跋”（第 1a—b 页）

余既为《离忧集》题跋，归之学南。其书凡上、下两卷，明季遗老与温如先生共得二十二人，原系潘晚香征君手抄本。《从游集》亦上、下两卷，皆四方门弟子所作，共得三十一人，子谦、子庄、一斋诸子皆附焉。原系余家藏本，抄自季菘耘征士者。今得学南先后刊行，实深钦佩。《安道年谱》载顺治十六年己亥[1659]《从游集》成，较《离忧集》式[适]后一年耳。钱宗伯《离忧集序》已佚，此序独完好如故，且系以年月为“屠维大渊献余月”，即己亥[顺治十六年，1659]四月，适是书辑成之时也。此次重刊，平湖葛君词蔚曾为助梓，风雅好古，亦近今不易得者。校勘既竟，并[第 1a 页]附志之。时癸丑[民国二年，1913]一阳月既望，同里后学缪朝荃谨跋。[第 1b 页]

则杰按：以上序跋，谢正光、佘汝丰《清初人选清初诗汇考》亦曾辑录（南京大学出版社 1998 年 12 月第 1 版，第 68—70 页）。

01－005 启祯遗诗

陈济生

十卷。陈济生辑，《四库禁毁书丛刊》集部第 97 册，影印顺治刻增修本。

一、吴甡"两朝遗诗选序"（第 232—233 页）

陈子何为而录《遗诗》哉？或曰："陈子工诗，殆录万历以后诸什，备一代制作也欤？"夫录诗，则不必人也。选唐音者，不黜王、储。王、储失身禄山者，而诗亦至今脍炙矣。陈子奚其然？陈子盖录其人，因以存其诗也焉耳。录其人，则不必诗也，而其人已千秋矣。存其人之诗，则不必诗之工也，而[第 1a 页]诗亦与其人俱千秋矣。古之忠臣烈士，触迕权奸，身临大节，而甘投犴狴、糜鼎镬，视死如归，故裂眦骂贼，泣血剖心。其一时所垂片言只字，皆足炳照汗青，争光日月，而况诗以言志、歌咏性情者乎？子舆氏尚友古人，曰："诵其诗，读其书，不知其人，可乎？"是以论其世也。不论世无以知人，不知人则诵读奚益也？予读陈子所录《遗诗》，而不禁涕泗之无从也。我明之乱，酿于万历末年，[第 1b 页]而炽于天启朝。阉人擅柄，刘楚忠良。其间膺、滂之俦，皆已身膏斧锧，而甫、节之毒焰，几不可扑。当是时，天下震恐，国家元气剥削无余。烈皇御极，首诛奸逆，励精图治，宵旰不遑者十有七年，而终不克挽日驭于崦嵫。乃一二佥邪贪鄙之人，实秉国成，营私固宠，奸蔽丛生。以致黄巾、赤眉，横行中原；将士离心，反为倒戈，独使至尊身殉社稷。此海内士民所号天拊心，愿攀[第 2a 页]龙髯而不得者也。弘光南播，纲弛纽解；群奸满朝，议弃淮北；戎马生郊，江南失守，而大厦遂以不支。嗟何忍言，嗟何忍言！

草野之人，久已知其有今日。然形瘁眼枯，扶杖无期。自侍从、名流，守牧、下吏，进士、孝廉，青衿、韦布之流，无不伤心往事，思为烈皇死者。其忠肝义胆，沥血成碧，往往于悲歌哀号之余想见之，以是知天下讴吟思汉之心，祖宗三百年养士之报，陈子所为[第 2b 页][第 232 页]录《遗诗》也。陈子先大夫文庄公起巍科，为词林，历事两朝。中遘阉祸，几蹈不测。后蒙烈皇殊眷，伫俟宣麻，而公报逝矣。平生著作最多，以授陈子。陈子瑰才玮器，千秋自命。初抱用世之志，思发挥先人未竟之业。而遭时不辰，退而著书，将有事于名山之藏。观所论著，不啻燃藜太乙、探秘二酉也者。而首为昭代征文献，为诸臣存忠节，使天下后世惓惓于君父大义，而凛[第 3a 页]凛知有纲常名节之重，其志殊远，而其功亦最伟矣。自古父子前后纂述、以文章名世者，唯龙门、眉山二氏最著，而今复见之于陈子。然予窥陈子，非徒以文章博洽名世已者。盖窃比于子舆尚友古人之意，其要曰“知人”，曰“论世”。[第 3b 页][第 233 页]

二、释智光(姜垛)“陈皇士诗选序”(第 233—235 页)

长洲陈皇士，为故太史文庄公之子。希世俊民，东序秘宝。八族侈于术艺，四姓蔚为名家。迨陪京肇造，戴縰垂缨，朝廷命掌乘舆、令车府，斯亦扬声紫微之地，拔秀朱宣之日也。既奸臣专政，王途芜秽，乃奉益部之使，往探禹穴之迹。鹳鹄摩天，想其羽仪；龟龙蟠泥，潜其鳞甲。于是鞬[第 1a 页]户好古，继晷焚膏；婆娑儒林，栖迟岩穴。居惟屏迹，俨青鸟之食玉山；家有赐书，如大匠之构云屋。昔逢萌挂冠东都，刘向校书天禄，方之皇士，不啻过也。今辑谊臣烈士、通人硕旧之诗若干卷，曰《两朝遗诗》。余闻而叹曰：“此《三百篇》之遗意，而前代作述者之志也。”夫诗者，古先王采风问俗，登诸朝庙，观礼义之偏全，验人心之贞邪，考刑政之平苛，察人伦之兴废；非徒缀文美丽，摛[第 1b 页][第 233 页]词靡漫已也。下逮灵均，委体渊沙；至于贾生，早终哭泣。以彼含忠履洁，故有骚人之体；惟此三表五饵，洵为博士之流。又荆轲易水之歌，苏武河梁之什；马迁发愤于刑辱，刘琨高啸乎扶风，是皆临命慷慨，赴节艰危，千载流光，异世振藻者矣。若乃扬雄沉郁，相如滥虚，义正既乖，菁华何裨？宝而无当，韩昭宁取瓦卮？藏之弥坚，周客笑为燕石。尝考熹宗之世，党部钩运[连]。曹节、侯[第 2a 页]览，流毒中貂；李膺、范滂，陷身北寺。爰及思宗之朝，数遭"阳九"。鲍宣、龚胜，绝斥玺书；翟义、陈丰，露兵郡国。又或梁砀庸作，西川依附。抗箕山于巢、许，思祖腊于汉家。若斯之流，佥云人杰。乃将军之头，横填草野；辽东之帽，愁绝边天，犹以放言遗词，为学士所流传、儒生所诵被，后之览者，未尝不泫然揽涕也。且夫牛头马腹，桂蠹葵虫，流俗之薄，诚可叹愍。《南陔》亡则孝子之道缺，《伐[第 2b 页]木》废则朋友之道衰。不有神龙，孰为众介之长？不有巨海，孰为百川之归？况翡翠苕兰，芬芳悦目；恢张博诞，广厦接榱。田巴稷下之讥，杜口一说；淮南都市之字，贵值千金。今兹之选也，殆谓望表影附，聆声响和；岂直发风涌泉，雕章缛采而已乎？抑闻之，颖客解传，比异同而为言；应劭注书，标音义而立说。然元凯斥其浅近，正议目为紊疏。盖书成一家，名逾千祀。譬如驾虬螭者，[第 3a 页]必绝众尺之观；奏钧天者，必尽万舞之美。援彼曩哲，要于阃奥，固文囿之轨域、吾党之劝诫也。往者辛未[崇祯四年，1631]公车，余与左侍郎联镳北阙，掇第南宫；侍郎出文庄公门，余出先师倪文正公门，两先生彪炳一时，海内人宗，长安客舍，把酒相庆。自宗守不固，先师仗节，侍郎握爪衔须，无忝坛坫；余独忍羞含垢，惭负坐帷。当时以不见文庄为恨，晚乃交其令嗣皇士，投分金石，讨论坟典。[第 3b 页][第 234 页]呜呼！君臣朋友之际，盖难言者哉。[第 4a 页][第 235 页]

则杰按：此序又载姜埰《敬亭集》卷六（华东师范大学出版社 2011 年 5 月第 1 版，第 183—185 页），标题作《启祯遗诗序》，其他文字相同。

三、王光承“两朝遗诗序”（第 235—236 页）

富贵佚乐，时至则从之，非君子所期也；刀锯鼎镬，时至则从之，亦非君子所期也。太平之世，守身谨度，保全功名，君子不以为怯；一当世难，则斩脰陷胸，焚家沉族，君子不以为勇，然而国家事不可言矣。世宗皇帝以来，边鄙无狗吠之警，朝廷无曹、马、张、赵平阳金城之祸，士君子垂[第 1a 页]绅搢笏，从容啸咏百有余年。熹宗之末，日以多事；二十年间，持节守义之士接踵而死。丙寅[天启六年，1626]、丁卯[七年，1627]，张让当国，则死之。甲申[崇祯十七年，顺治元年，1644]之春，黄巢入京师，则死之。乙酉[顺治二年，1645]之夏，伯颜下江南，则死之。小人道其变，君子道其常，于死难诸贤无所损益也，然而国家事不可言矣。呜呼！贤人君子之死，盖可忽乎哉？君子死而国亡：钩党诛，则汉祚尽；崇宁之狱兴，则徽宗为虏，此实祸之及国家者也。君[第 1b 页][第 235 页]子死而国不亡：比干死，孔之[子]系之殷。文文山之死，宋亡已三年；谢叠山之死，宋亡已十年，而史官系之宋，此虚名之及国家者也。呜呼！贤人君子之死，盖可忽乎哉？丙寅[天启六年，1626]、丁卯[七年，1627]之君子死于狱，甲申[崇祯十七年，顺治元年，1644]之君子死于都城，乙酉[顺治二年，1645]之君子或死于封疆，或死于家食；当其慷慨即命之时，各有诗歌以明忠孝之志。九州四海，闻其死生大节而已，文辞或未之详也。太仆陈皇士曰：“吾谨志之，以[第 2a 页]备国史之阙。其余贤人君子之不死者，立意较然，不欺其志，与死同科，则亦载其诗词，如死难诸贤例。”夏馥、张俭，不死于北寺狱，天下皆谓之党人；陶潜不死于义熙，后世皆谓之晋人，此皇士之诗史也。呜呼！当吾世而得见贤人君子，其一言半辞，盖可忽乎哉？夫皇士非乐为此书也，时也；时至而节义出焉，时至而文章出焉矣。[第 2b 页][第 236 页]

四、尹民兴"两朝遗诗叙"(第236—237页)

太仆陈皇士以《两朝诗选》属叙于民兴,民兴拱而称:水有坊,激而成波;人有坊,激而著节。礼教者,民之坊也;坏坊毁教,滔滔之水放诸壑,夫子怆然矣。昔者圣王不竞弓刀,唯是古礼古乐,谨诸胶序,使民习安而悦豫,守其礼乐,若上町之护穑也,岂复更造辟违之戾节,以枭乱天下哉?求之于此,取之于彼,所谓国之神器也。先高皇洞畅斯意,薪艾不义之后,即选儒[第1a页]臣,明修理宪,然后孝子忠臣祇敬而有所至矣。虽靖难之日,诛殛淫苛,其视落肌如委土耳;迨之议礼建储,肉飞陛殿而不悔,夫岂有所跂预哉?各悦其心之所甚安也。当是时,众心如藩,悖节不起;玄纽天下,不在金版六韬,而寓升降揖让之中,是至逸至一之术也。有治琦辩者,抉毁先坊,优奖冯道,品选古绩,独赞狄公若曰:"是不劙盘盂而安人国家者。"夫民之趋利,张乎不可遏也。先王缨之以礼,劫之以义,抗之以美名,昭之以祸灾,而民犹有窃发者;今哆然大号,曰礼[第1b页][第236页]义不足偈,名祸不足规也,是犹废垣堕墉,而招盗贼入室也,民将何所不至乎?卒之,魏、客繁妖,李孽凶逝[逆],两朝巨公卿折腰俯面,娩乎妇女者,岂尽安恣睢[耶]?禽兽之行,亦或持之有故;奉一逖公据在心国也,卑卑之道毋足论。假之老狐之毒未衰,五王之烈不著,夺裘鄙事,何裨七尺之孤?事有裨于一时,而不足著永防者,君子不由也。中行穆子,不受鼓降,惧贾贰于边鄙,况持国安君大事哉?一夫之言滑诸夏,言不可以不慎矣。烈皇帝握操健斧,锄逆彰奸,若得四三名[第2a页]弼夹辅其间,自然诛磔如霆,剪除人心之茨摚;乃至旋睇无人,姑示涵盖,魏、客、田、崔既逸显戮,而诸彪虎宜裂肢破骨者多逸诸山林,眈眈其视,诸君子又不洁身靖共,媚于明主,既滋小人口实,日夜谗构,而明主亦渐厌薄之。于是追维逆孽,邪党杂进,是以敝裘不足衣,借虎豹之毛,欲温其沧也,其不底于伤害者几何矣。两朝之祸,始于破先王之防,终于树防不峻,无所惮惧也。不惮惧则不故革，如南行者无所期，何能不北走也哉？昔贤谓为政者，尽于仲弓问政之章[第 2b 页]矣。人心好上，不可下也。先之以平其心，小过之赦，所谓夜行者不尽见物，物乃安。因举贤才，多吾羽翼；羽翼既成，吾不败矣。然后握大柄，而之生之死，之死之生。兴礼设教，而民不之骇突也。诸君子功或攘之，穷竟小人之情；贤或遏焉，孤特独立，谗口交至，何能申必行之法，起可风之俗乎？呜呼！此宰相之业也。业不可见，存其言而几焉矣。《两朝遗诗》，固犹先王之宪民，而德教之排撇也。诵其愿悫，薄浇可敦焉；诵其隅方，挠挑可息焉；诵其隆高，卑陬可作焉；诵其端直，旁辟[第 3a 页]可化焉。以砥狂夫之说澜，而存法崖于亏缺之后，虽曰声歌，非小补矣。[第 3b 页][第 237 页]

五、归庄"两朝诗选序"(第 238 页)

《传》曰："诗言志。"又曰："诗以道性情。"古人之诗，未有不本于其志与其性情者也。故读其诗，可以知其人。后世人多作伪，于是有离情与志而为诗者。离情与志而为诗，则诗不足以定其人之贤否，故当先论其人，后观其诗。夫诗既论其人，苟其人无足取，诗不必多存也。陆机失身逆藩，潘岳党于贼后，沈约教梁武弑故君，昭明以其诗之工，选之特多。王维、储光羲污禄山伪命，皮日休受黄巢官，选唐诗者，顾津津不置。精于论诗而略于论人，此古今文人之通蔽也。国朝诗，选者不下数十家，大率惟其诗不惟其人。吾友陈太[第 1a 页]仆皇士有《两朝遗诗》之选，而属序于余。详其旨，盖借诗存人，人不得滥；以人重诗，诗不必尽工，其可谓知所重，善于选后世之诗者矣。两朝者，天启、崇祯也。万历中科第而卒于其时，或通籍其时而死在后者，皆列焉。首录忠义诸公，如罹阉祸死者，与于甲申[崇祯十七年，顺治元年，1644]、乙酉[顺治二年，1645]之难，及前乎此、后乎此之殉国者；次则硕德名贤，立朝著大节而获考终者；次则高士幽人，足羽仪一世者。虽丧乱之后，山河间阻，文字遗轶，搜访或有未备，要之入是选者，其无作伪之人、离情与志之诗，可必也。

夫以数十年之中、天下之大，崇高富贵之人，能为诗者何限？而不得与焉；至于忠义以下诸君子，则旁[第 1b 页]搜博采，得一二逸篇秘稿亟录之，以为一代风雅之光。世之文人学士，其亦思所以自立，而知徒敝精神于声韵之学无为也！或疑郑、卫淫辞，孔子不削；选诗而论人，毋乃隘乎？余闻之夹漈郑氏曰："孔子所定《三百篇》，皆所谓雅乐，安得存郑、卫亡国之音？此必秦火之后，世儒附会，以足三百篇之数。"阳明先生是其说，余亦以此论为不可易。通其意者，知余所谓人无足取，诗不必多存，未为苛论；而皇士此选，有补于世道人心，为不可少也。昆山年家社盟弟归庄撰。[第 2a 页][第 238 页]

则杰按：此序今人已据以辑入《归庄集》卷三（上海古籍出版社 1984 年 6 月新 1 版，上册第 181—182 页），标题作《天启崇祯两朝遗诗序》。

六、叶襄"陈皇士诗选序"（第 239 页）

陈太仆皇士裒辑近代诗数百家，凡若干首，大抵启、祯以来，贤人君子之作也。集成，叶子读而叹曰："盖闻王者之迹熄而诗亡——非诗之亡，而采诗者之亡也。"昔者周之方盛，天子五年一巡狩，命太师陈诗，以观民风。孟春之月，群居者将散，行人振木铎于路，以所采诗献之，比其音律以闻。刑政之得失，于是乎稽；风俗之哀乐，于是乎出。及周之衰，天子不时巡，诸侯放恣，无复修述职之典，而诗遂亡矣。秦政肆虐，燔诗书，废礼乐，严诽谤之令，民皆幽忧咿郁，钳口塞舌，安有所[第 1a 页]为诗者？自兹以降，采风之与，不在上而在下。由汉以来，或一代而数十篇，或多至千余篇，至唐而始极盛。要皆下之所表彰，非太史职也。明兴诸诗，号称为最。至启、祯之世，乱形见矣。阉寺擅权，盗贼蜂起。外有边隅之忧，而内有朋党之祸。贞臣志士，隐然有履霜坚冰、积薪厝火之患，往往托诸诗歌，以发其悯时病俗之意。言出祸随，旋见孥戮。迨乎宗室板荡，王风下衰，沉族溺渊，至死不悔者，尤比比皆是。顾其一二逸诗，尚在传述之口，若存若亡；不有君子举而录之，亦终于泯焉而已。此皇士之功，所以弗可及欤？呜呼！汉室党锢之祸，激而为曹节、皇甫；二患未已，而黄巾、张角[第1b页]之乱乘之，国遂以亡。流揽古今，可为叹息流涕者也。陈子网罗放失，采辑旧闻；诗系以人，人系以传。“诗亡，然后《春秋》作焉”；若此者，亦《春秋》之志也。或曰：“孔子删诗，不废郑、卫；《小戎》《无衣》之作，列于《国风》。令必择人而后诗，诗之道将隘欤？”虽然，陈子之意不欲广也。夫惟不欲广，而后天下之真诗存焉。如以诗而已，今之纷纷言诗者，又多乎哉！[第2a页][第239页]

七、陈三岛“两朝遗诗选序”（第240—241页）

太仆氏以所论次《遗诗》若干卷示予，予长叹息久之，因言曰：嗟乎！三十年以来，国家变乱之故、君子小人之进退，尽于此矣，岂非天哉？此不独当于采风之家而已也，固可谓之史。则以《春秋》之事论列焉，可乎？自古国家之乱，未有不始于妇寺，而成于小人。妇寺得其机，则小人趁间以进。小人进而君子退，则国安得而不败？齐桓公使寺人貂漏师于多鱼，后五公子俱因之以为变。晋厉公田，因寺人张孟[孟张]，而使胥童、夷羊五、长鱼矫杀驹伯、苦成叔于其位。当是时，身毙，国几[第1a页]亡。齐侯及晋，战于平阴，夙沙卫殿，殖绰、郭最曰：“以刑人殿国师，谁之辱也？”乃代之殿。后灵公以卫为太子傅，未几，叛于高唐，齐于是有崔杼之乱。彼夫忠贤之祸，则是寺人貂、张孟[孟张]、夙沙卫三者之类也。杨、左诸君子，不幸当其时，未能去之，以至于死。今编是书者，于数君子之死痛惜叹惋，而传其事于册，岂非《春秋》谨始之义然欤？嗟乎！晋杀伯宗而霸衰，楚杀郤宛而国危，周杀苌弘而王室乱矣。且春秋二百四十余年，有超乘投戈，结缨而死国事者；有流血鼓音，环甲执兵，固即死者，如是不一。《书》故曰：“听鼓鼙之声，则思将帅之臣。”嗟乎！此原轸、解侯诸大夫，其见重于天下万世，[第1b页]有以也哉。自珰祸既作，于是变生辽海、广宁间，贼起蜀、楚、秦、晋间，至有今日之甚。其间仗节死义之臣，蒙刀锯，甘鼎镬，冲冠裂眦，死而无悔者，几何人也，安得不书其人，书其事，为天下万世法？太仆氏曰："是皆然矣；若夫甲申［崇祯十七年，顺治元年，1644］、乙酉［顺治二年，1645］间，其事尚忍言哉？"予泣曰："甲申之变，其在京师而从死者，则皆《春秋》所谓仇牧之忠者也；乙酉之变，其在留都而死焉者，则皆《春秋》所谓孔父之义者也。不然，其为季友、蘧瑗之行欤；不然，其为瑕吕饴甥及包胥之行欤？若夫不出此数者，其去还无社、巫臣之类也者几希矣。嗟乎！尚忍言哉？"太仆氏亦唏嘘，泣数行下。予曰："然则好君子而恶小人者，天［第2a页］下万世之公也。重其行，则录其事，以传后代、世世弗绝者，贤人君子之德、作史者之志也。"逆珰之祸，如伯宗、苌弘之贤可传于《春秋》者，数君子止耳；甲申、乙酉之变，其同仇牧、孔父之忠且义者又数君子止耳，其为季友、包胥之行又数君子止耳，余则不可闻焉。其不可得而闻者，何也？予所以同太仆氏叹息而废书也。虽然，向使数十辈君子者不遭变乱之故，朝无小人，野无盗贼，其大者固皆将相之任，小者亦刺史、良有司之职，内则礼乐兵农，无不备至；外则偃旌息鼓，勒铭书功，由是至厮役、妇女咸知其姓氏，相与传道不置，甚者图其形貌以为盛事，则所谓《遗诗》，非"大［小］［第2b页］［第240页］雅"《天保》《彤弓》之篇，即《车攻》《吉日》之章也。惜乎！其有所不能，则岂诸君子忠有余而力不足欤？抑气数已然，欲转乱为治，即贤者不能欤？将吾道之不行，而生小人，以速之祸欤？抑治乱有时，一往一来，而不可常欤？将《诗》所谓"人之云亡，邦国殄瘁"者，是欤非欤？故曰，非人之所能为也，天也。［第3a页］［第241页］

八、陈济生"刻两朝遗诗引"（第242页）

自干戈二十余年，海内文献大半凋谢，有志之士怃然忧之。古之为史者，或记其人，或记其言。金源一代人文，得元好问为之采辑，而《中州集》与《金史》并传。元之末年，翰林学士张翥序当时死事为一书，曰《忠义录》。况生值熙朝之季，家承太史之遗；恩命犹新,藏书未散;定、哀之□□□□□□□□□□□□尚在,[第 1a 页]岂非小子之责也?□□□□□□□□□□□□□□元、张二公之意,略存启、祯以下之文。幸得一二论笃之士,助以成书;庶几四方贤达诸公,惠而好我。今所求者,一奏疏,二诗文,三著书,四碑状。此固本诸大君子好贤乐善之盛心,而亦忠臣孝子之所亟垂许可者也。嗣是而广之,则隆、万以上,亦可得而纪焉。谨启。长洲陈济生顿首。[第 1b 页][第 242 页]

九、陈济生"启祯遗诗自序"(第 242—243 页)

己亥[顺治十六年,1659]夏,予所论定《两朝遗诗》告成,而序之曰:声音之道,关乎气运。读启、祯以来诸公之作,而不禁为之唏嘘而欲绝也。虞后之言诗,谐声和律,以格神人。暨乎雅颂之作,登歌清庙,意主乎温柔敦厚而已。王风渐降,变雅聿兴。其愍时伤乱、幽墨愤邑之情,间托于草木禽鱼以见志。非幽、厉以下之诗人,不能为和平大雅之音也。时有所不能,而势有所不可也。《离骚》之作,诡奇沉痛,不可方幅;而忠君爱国,缠绵思慕。至于《惜往日》《悲回风》,朱子谓其随事感触,油然有忠孝之意。假使当谗贼萌芽、家国覆乱之时,而为优柔纡缓之[第 1a 页]调,亦何异于处清明淳厚之朝,而独为涕洟蹙蹐之状也哉?启、祯以来,理学节义、名臣伟儒,国史家乘,彰彰可考。人不必以诗传,而诗则以人重。其间阉竖煽虐,则王[皇]甫、曹节之祸,未有烈于此者也。么魔犯阙,九庙震惊,则侯景、黄巢之乱,未有过于斯者也。若夫乙酉[顺治二年,1645]建国[弘光],上无东晋之强,下无南宋之久;疆土人民,一朝沦丧;贞人烈士,捐躯赴义,陷脰绝胸,则又有所南、信国之遗风焉。盖生当承平之世,上之雍容朝庙,无所见其危苦激切之情;下者啸傲委蛇,无所发其牢愁结轖之气,故其为诗,摅心纵笔,妙合自然。及夫身世觥尶,国家板荡,疾痛惨怛,情见乎词,即读书乐道[第 1b 页][第 242 页]之士,无不激昂奋迅于其时者。呜呼!治乱存亡之间,亦可以感矣。集中诸作，格体非一，工拙亦异；至其发乎性情，止乎礼义，幽思而不伤，怨诽而不怒，其有合于风骚之意，则一也。予故厘为数卷，而校定之。或曰："子之持论则是矣；其有未罹阉祸，及不死于申[甲申，崇祯十七年，顺治元年，1644]、酉[乙酉，顺治二年，1645]之难者，而子皆录之，何也？"予答之曰："夫子删诗，不遗曹、卫。而景差、宋玉，皆得以文词附屈子之书。集中所存，要皆品节文章，卓然可传于后世。庶几读是书者，无愧于知人论世之旨也。"长洲陈济生定斋谨识。[第2a页][第243页]

十、陈济生"两朝遗诗凡例"(第243—244页)

一[一] 是选以人为重，以节义为主，以观近代有三大事：乙丑[天启五年，1625]、丙寅[六年，1626]之际，罹逆阉祸以死者，一也；崇祯时殉国者，又一也；乙酉[顺治二年，1645]以还，洁身死者，又一也。凡此诸公，皆两间正气，一代伟人，特首录之。至数十年间，或理学绍古，或经济匡时，或正色立朝，直言忤主，孤忠大节，易地皆然，故次录之。他如磊落之才，未登仕籍；文章之士，沦弃山林，羽仪所存，知交多有，则以是终焉。共得八卷。衡量之间，宁严不滥。事缘实著，人以类从。

一[二] 明诗选本，不下数家。近日钱宗伯《列朝诗》出，已具[第1a页]大观。兹于世远者，概不复及。惟通籍在万历以还，捐馆在天启以后，上自先文庄师友一辈，以至不佞济生交与之间，数十年中，约略具载。至于当世人文蔚兴，嗣刻奇赏，兹不混入。

一[三] 三大事诸公，多四方之产。河山阻绝，重以兵戈；搜访有心，邮筒莫致。或仅尝寸脔，或未见一斑。今就箧中所存，先付剞劂。尚期海内同人，共怀彝好，各出秘藏，以光风雅。

一[四] 诸君子人各一集，集系一传。或取之奏疏语录，或取之丰碑行状。所采录者，止生平大节。其行谊细微，生卒年月，不无阙略。尚图搜辑，续所未备。[第1b页][第243页]

一[五] 同时诸君子,有有文无诗者,悉于他传中附见,以志景仰。海内秘本遗编,或属家珍,或存友笥,望悉赐邮寄,补入成书。

一[六] 第一卷:天启间死珰祸者。二卷:崇祯甲申[十七年,顺治元年,1644]死难,暨在任、在籍先后死者。三、四卷:乙酉[顺治二年,1645]以后殉节者。事迹虽异,忠义则同。第或传闻有漏,岁月未详,期共厘正,以佐不逮。

一[七] 第五、六卷:先达理学经济、品节文章,暨天启忤珰逮黜者,悉尊科次成编。七、八卷:自启、祯来,高士名贤、知交气谊,或简存旧帙,或征求秘册,大都未经传播。即吉光片羽,亟愿表彰。至如程孟阳、李长蘅,[第2a页]诗固作手,人亦高流,因钱宗伯收之已备,重复则无取,补遗又不必;若云间之董、陈,竟陵之钟、谭,近世竞宗之,人诵其篇,家有其集,亦无俟余之采录也。凡有阙遗,多如此例。

一[八] 是选始于癸巳[顺治十年,1653],成于乙未[顺治十二年,1655],诗到随选随刻。有始仅见数首,或数十首,收之稍宽;及得全集,觉前多滥,既已刻成,遂不复削。有本不工诗,偶得一二,欲存其人,不计工拙,当分别观之。

长洲陈济生述。[第2b页][第244页]

则杰按:此集虽然以"启祯"命名,但所收作者大量已经进入清朝。因此就其实质来说,应当作为清代本朝诗歌总集看待更为合理。

又,此处凡例第一款以及第六、第七两款谓此集"共得八卷",而实际有十卷,殆为后来增改。

【附录一】朱彝尊《明诗综》卷七十"陈济生"条(中华书局2007年3月第1版,第7册第3524页)

济生字皇士,长洲人。官太仆寺丞。……经乱归田,辑《启祯两朝遗诗》,又命工传写明三百年来忠臣义士像,装以为册,可称好事矣。惜其诗锓板未终,而像亦为蠹鱼所蚀,览观者惜焉。

【附录二】归庄《归庄集》卷十《随笔二十四则》之十八（下册第518—519页）

苏州陈太仆皇士，尝选《启祯两朝遗诗》，自名公卿以至处士皆有之，卷帙甚多，作序者六人：吴相国鹿友、姜给谏如农、薛开封谐孟、王玠右、叶圣墅[野]及余也。诸诗中多有感慨时事、指斥今朝者，固选者失检点，亦以顺治时禁网疏阔也。康熙初，为"国史"事，杀戮多人，自此文网渐密。五年丙午[1666]，有嘉兴张某，偶于坊间得《两朝诗选》一部，见中有触时忌者，遂以为奇货，将设诈局。时陈太仆及作序薛、叶两君皆已故；余与玠右，彼亦知为贫士；独侦知太仆之弟，及吴、姜二氏家甚富，可恐吓也。而姜久寓吴中，时张兄弟皆欲入京，于是便道过吴门，遂首发难端。其兄与莱阳宋按察玉叔有故，宋与姜同县；姜之子，宋之婿也。张于是以逆书谋叛为名，往巡抚军门处一首呈，使其兄闻之于宋。宋大惊惧，力劝其婿，宜有以应其求。而托余转闻之于太仆之弟，其人置之罔闻。姜氏稍有所费。张某者，尝发觉"科场"之弊，致考试官皆置重辟，以为人慑其威，将惟其所欲，不敢不听，至是乃大失望。后又至兴化，恐吓吴相国；相国亦不应，吾知其不能忘情也。相国之子源来为中翰，在京六年。丁未[康熙六年，1667]春，忽有吕中、沈天甫等至京师，以此事恐吓中翰，索二千金。中翰初惧祸，将称贷以应之；或以为不可，教之具录自明，且以吕中等索诈实情上闻。后遂得旨严究，部拟一人辟，余皆流徙。此事处分殊快人意，自此告讦之风当少息矣。吾意吕中等必是张某所主使，不然何其事之巧相符也？方事未定时，亲友皆为余危，余则置之度外，看花游山，日日狂醉。侥天之幸，得免于祸；盖亦因与有力者事关一体，故叨其庇云。（《归玄恭文续钞》）

则杰按：此处叙及"作序者六人"，后来增加者毋论，其中多出一位薛寀——《启祯遗诗》卷四"薛太仆"（敷政）条附及薛寀，也说："寀字谐孟，官至开封知府。今为沙门，名米，号堆山和尚。……洎余书成，堆山亦序之。”(第 337 页)而其序言，很可能已经遗佚。

又，关于此集“文字狱”，顾炎武《顾亭林诗文集·亭林佚文辑补》有《与人书十首》(中华书局 1983 年 5 月第 2 版，第 231—237 页)，可以并参。

【附录三】陈瑚《确庵文稿》卷四上《皇士撰〈启祯遗诗〉，闽中余赓之铨部赠诗四首，次韵和之》(《四库禁毁书丛刊》集部第 184 册，第 249 页)

鸿飞龙卧罢朝参，稽古弘文昔郑覃。有道姓名传郡北，穷愁诗句动江南。垂绅委珮先公服，玉轴牙签故国函。收拾残编无限恨，十年戎马费寻探。[其一]

万事伤心鬼一车，镌除岛索史臣家。箫韶世远仍观乐，风雅人亡尚采葩。旧恨凄迷三矢在，新愁杳霭六龙遐。范车袁室无言语，载记分明当齿牙。[其二]

王官心事旧恩縻，落日西风战戟麾。一代传人灯下草，两朝遗墨案头披。身沉白马清流祸，涕洒冬青义士诗。莫道中原文献绝，羹墙尚许见吾师。[其三]

永夜函关记见闻，朝堂边鄙事纷纷。庾词讔语春秋志，孝节忠规天地文。血染花笺啼蜀帝，泪分斑管泣湘君。绝伦已遇桓谭赏，合有人将野录焚。[其四]

【附录四】谢泰宗《天愚先生诗集》卷三《和秦汝翼寄答陈皇士选刻〈启祯遗诗〉》(《清代诗文集汇编》第 12 册，第 180 页)

吊古同人会有时，忠良何必叹文遗。两朝未丧先师义，千载如生司隶仪。金石声销佳句在，山河传处为留诗。侯芭自识玄经意，窃取能参言外奇。

【附录五】朱希祖《明季史料题跋·启祯两朝遗诗跋》（辽宁教育出版社1998年12月第1版，第100页）

《启祯两朝遗诗》十卷，南明陈济生所选，刻本版式与钱谦益《列朝诗集》同。此本系海宁吴骞旧藏，中有缺叶，及诗人小传皆系管廷芬手写补足。卷首有管氏题诗二首，兹录于左：《读长洲陈定叔所选〈天启崇祯两朝遗诗〉，有慨于怀，因题二律》："'变徵声中句不工，黍离递降作王风。几家碧血沉钩党？一队青磷泣鬼雄。如此江山吟故国，不堪憔悴听秋虫。有人收拾零星墨，昏夜当愁化白虹！''天地荒荒奈尔何？沧桑人物患才多。文章半堕红羊劫，慷慨全摹正气歌。万里烽烟磨盾鼻，两番朝局记风波。羡他俊杰趋时好，脱却南冠颂止戈。'时道光十五年，岁在乙未[1835]，嘉平月，海昌管廷芬芷湘氏书于渟江寓舍之笔花吟馆。"

《启祯两朝遗诗》曾列乾隆《禁毁书目》，且康熙六年[丁未，1667]以此书牵连顾炎武入狱，故此书在清初已多毁弃。盖此狱去浙江南浔"明史案"仅四年，人皆惴惴于藏书之被杀，故留传绝少。近十年来，始稍有传本，然皆残缺，如江安傅沅叔先生仅得三册，南洋中学图书馆仅得四册，惟武进陶氏始得全部十卷，海宁陈乃乾为作《启祯两朝遗诗考》以张其眼福。近陶氏藏本已归北平图书馆，余持以相校，则管诗及传皆较陶本稍多，诚为此书最完全之本矣。其中且有管氏补注事迹，增补遗诗甚多，吴兔床亦间有朱笔加注，弥足珍也。

01-006 诗慰

陈允衡

初集二十四卷、二集十一卷、续集四卷。陈允衡辑，《四库禁毁书丛刊》集部第56册，影印顺治刻本。

一、李明睿“诗慰序”（第2—3页）

若诗选生者，孔子当先为之矣。今观《三百篇》中，不独鲁三家、晋六卿无诗，即郑、卫二国，孔子交游不少，亦未见载其诗。岂子产、蘧伯玉辈皆不能诗乎？余惑焉。今年七月朔日，余泊舟清凉台[第1a页]下，毒热难耐。移榻观音寺，热愈甚。忽骤雨飞来，飒飒有秋气。适窗外叩门声急，得伯玑近选，读之洒然不知毒热之去体，亦如骤雨之生新秋也。披襟快读，且读且叹，数年来，目中未尝见有如此清新幽澹之诗，亦未见有[第1b页]如此领新抉异、微显阐幽之选。伯玑又欲余作友夏诗序。友夏诗何必序？当友夏在日，伯敬曾为刻诗金陵，相戒勿乞名人一字为序。今人刻诗，往往序多于诗，何也？且序皆意满口涩，舌佞词夸，恨不举汉魏六朝三唐归[第2a页]之一人，此又何也？友夏每欲序余诗，余止之曰：“即子自谓无誉，人必以为阿好，非子戒伯敬旨。”后余讲学白鹿洞，友夏来访，艾千子亦来谈诗甚剧。千子曰：“吾不作诗，亦不谈诗。今人皆耻不如李、杜，不耻不如孔、孟，抑又何[第2b页][第2页]也？昔有父诫其子，子熟睡不醒。父呵之，子曰：‘大人所教，儿已尽知，大都欲教儿谄耳。’子不欲友夏序诗，是矣。予为子点定古文，何如？”故余近刻《四部稿》中，有千子语，无友夏序，其一证也。伯玑兹选皆布衣，无膴仕，深得孔子[第3a页]序逸民、《史记》列传首伯夷之意。且古道秋心，神交响接；慰一代之吟魂，振千秋之落魄；或吹山阳之笛，或奏流水之琴，何必阿私所好，如近贤之持诗瓢作媚灶、托选钵为垄断云尔乎？人必盖棺然后论定，诗必人亡然后[第3b页]鉴空；若哆口面谀，谁能不波？近虞山选诗，惟存逝者，得是道焉。况死者得生者而薪尽火传，生者得死者而芝生菌出，亦如雨过凉生，夏去秋来，自然之理。谁能执热，逝不以濯？试向清凉台下，服此一味清凉散，谀佞悉除，[第4a页]史巫不用，始为以诗重人，不以人重诗。庶几孔子之志，因以解余惑。噫！难言之矣。选诗若伯玑者，其可也。同里老友李明睿题。[第4b页][第3页]

二、朱之臣"诗慰序"（第4—5页）

夫真诗之在天地间，如日月之光、花草之色，与夫禽鱼之动荡活泼，俱生生而不能自止者，精神为之也。每见攻诗者，徒言格调，惟古是摹。是舍自己之精神，以求合于人之面貌。譬之枯骨[第1a页]一具，号曰"人耳，人耳"，将取笑于骷髅矣。盖生熟之生，即生死之生。凡物熟，则死矣，诗顾可熟乎哉？余前在万历、天启间，惑于曩说，偶一吟言，字摹而句拟；小有出入，悉抹杀，以规规于古人之格。今覆视之，不觉愧汗浃背。夫[第1b页]诗者，情与景二者而已。人之情，无时无之。诗之景，亦无时无之。情之动于中，而景之触于外；音影不停，机倪争出。若死守一法，以猥仿邯郸之步，则诗可不作。人之有是作者，亦可不入目矣。老来无事，间与友人之精出者[第2a页]论之，而深信以谓必然者，则南州陈伯玑其人也。伯玑才高学博，余目中无两。时时过余，评弹此道，因出所著《诗慰》视余。余读之，服其神解。盖尽删所谓临摹之本，而仅存手书，直向所留毛颊之间而点其眼孔。诸子以久[第2b页][第4页]潜之魄，何幸遇伯玑而覆露此光色以动荡其精神，其慰藉何如也。伯玑先侍御公，与余有通家之好。国是人才，往往取衷焉。今见伯玑识力如此，深幸孔、李之交之有后，遂不厌衰飒，为一引其端。犹记前时见虞山先生[第3a页]《列朝诗集》，目不辍者余月，洵是千秋杰构。余即不敏，每遇其微意钟处，为之骨惊。今伯玑又拾虞山之偶遗，大似昔人所称补亡者，其为竞爽何疑焉。八十三老人、成都归园居士朱之臣书。[第3b页][第5页]

三、周体观"诗慰续集序"（第5—6页）

孔子曰"君子疾没世而名不称焉"，伤贤者之志也。太史公以所闻许由、务光，义至高而文辞不少概见，序列阙焉。其传伯夷，于《采薇》一歌留连反复，不能辄已，何系之重也。夫隐逸君子，名不[第1a页]载于国书，辞不宣于郊庙，考槃独寤，散发行吟；其在当年，已不遇于时矣。赍志而没，长恨终古；后之学者，趋舍异时，静躁殊致，虚愿易结，笃行难几，谁复能无所慕爱，发其幽潜也。江右陈子伯玑，天性高淡，不事荣利，薄弃[第1b页][第5页]俗学，闭户著书。虽转徙赁舂，手不释卷；饭蔬饮水，皇皇评缀。以余所交，真能嗜古，陈子一人而已。每怀故旧，言念先民，取平生闻见之交，检其遗草，专家分注，名曰《诗慰》。此其用意深厚，岂近人所及。已复尚论旁采，广为《续[第2a页]集》；隔代闻声，咸与兹选。俾湮没泉石、零落杖屦者，一旦而播之通都大邑，藏之名山，传之其人。庶几往者俯首，少所叹息。昔虞仲翔徘徊孤愤，求一人之知，死亦不恨。孔文举饮其貌似中郎者，谓无老成，尚有典型。古人情[第2b页]竭一端，犹克流韵，风动后世。今兹交美，雅道无讥，以期垂远，宁有斁欤？况导性情，敦旧俗，以厚人伦而美教化，固"四始""六义"之本也。诸君子传矣，余盖乐得而序之。古燕周体观撰。[第3a页][第6页]

四、钱谦益"爱琴馆评选诗慰序"（第7—9页）

夫诗者，言其志之所之也。志之所之，盈于情，奋于气，而击发于境风识浪奔昏交凑之时世，于是乎朝庙亦诗，房中亦诗；吉人亦诗，棘人亦诗；燕好亦诗，穷苦亦诗；春哀亦诗，秋悲亦诗；吴咏[第1a页]亦诗，越吟亦诗；劳歌亦诗，相舂亦诗，穷尽其短长高下、抑抗清浊、吐含曲直、乐淫怨诽之极致，终不偭背乎五声六律七音八风九歌之伦次，诗之教如是而止。古之为诗者，学溯九流，书破万卷，要归于言志永言，有物有[第 1b 页]则，宣导情性，陶写物变。学诗之道，亦如是而止。陆士衡、曹子桓、沈休文、江文通，与夫李、杜、元、白、皮、陆之绪言，皆具在也。古学日远，人自作辟。邪师魔见，酝酿于宋季之严羽卿、刘辰翁，而毒发于弘、德、嘉、万之间。学者甫知声[第 2a 页]病，则汉魏齐梁、初盛中晚之声影，已盘牙于胸中。佣耳借目，寻条屈步，终其身为隶人而不能自出。吁！可悼也。余辑昭代诗集，征文献之阙遗，仿《中州》序论，聊荟蕞及之耳。才人志士，爰慕良多。长洲叶圣野、吴江戚右朱，手[第 2b 页][第 7 页]自缮写，勒成一集。其尤且谤之者则间作。爱我者，未必果我之得；而尤且谤者，亦未必果我之失。信彼是之，两行而已。豫章陈伯玑以评选《诗慰》见示，余读而叹赏之。万茂先诗，曾累寄余，乱后失去；今得之，如见故人。其余[第 3a 页]多访求未获者，乍见之，如新相知，致足乐也。吾友孟阳之诗，再经点定，笔墨生动，风致迢然；譬如美人，经时再见，转觉顿睖婴娸，眄睐有异，为掩卷彷徨者久之。又益以悟诗人之妙，心灵意匠，生生不停，新新相续，殆所谓[第 3b 页]夜壑已趋，交臂非故；而顾欲以饾饤之学、方隅之见，寻[挦]扯其体格，割剥其人代，旋而思之，不将哑然一笑乎？唐人选唐诗者，一代不数人。今选家之坛墠，多于储胥矣。伯玑之为，有异于是。访沉冥，扣寂寞；不以声利熏附人，[第 4a 页]不以名字吸取人；一句半什，郑重护惜；不肯以衣中宝珠，博易人间抟黍之饭，何斤斤也。伯玑为诗，风流蕴藉，振奇拔俗。旅居芜江，以“爱琴”自署其馆；其爱此诗也，如此琴矣。昔者，元次山集其同时隐沦之作，名曰《箧中》；谢[第 4b 页][第 8 页]皋羽采天水遗民之诗，题曰《长留天地间》。我知伯玑之用意，希风古人者远矣，不徒贤于世之君子而足也。岁在丁酉[顺治十四年，1657]，中元后二日，虞山蒙叟钱谦益为序于碧梧红豆之村庄。[第 5a 页][第 9 页]

则杰按：此序又载钱谦益《牧斋有学集》卷十五（上海古籍出版社 1996 年 9 月第 1 版，中册第 713—714 页）；除删去末尾署款之外，其他文字基本相同。

又，以上四篇序言以及下文三条附录，谢正光、佘汝丰《清初人选清初诗汇考》亦曾辑录（南京大学出版社 1998 年 12 月第 1 版，第 79—85 页）。

五、熊文举“诗慰序”（第 9—10 页）

田舍凄寥，抱疴委顿。偶陈子伯玑自白门以《诗慰》见示，且曰：“先生其序之！”予发函简读，喟然而叹：“何陈子之眷怀风雅、敦崇古谊也！”明代以甲、乙两科网罗英俊豪杰，自帖括而外，虽有奇才[第 1a 页]异能，往往束之高阁，以故工诗之士多弃掷于残山剩水之间；其不从诸生致身者，又皆挟册弹铗，游大人以成名，每无所遇而肮脏以老，然而其诗故自在也。嗟乎！风尘澒洞，兵燹相寻。往予沦落长安，亲见金匮石室之[第 1b 页][第 9 页]藏尚委诸沟涂灰烬，而况诸君子抱志不遂其身，且久与草木同其朽腐，而又何有于身后之诗文？乃陈子伯玑苦心肆访，毕力旁搜；丙夜丹铅，兀兀不休，句栉而字比之。嘘起鲍坟之精魄，洗发吉楼之神爽。其所抉索披[第 2a 页]寻，皆于闲处、峭处、冷处，作者所不经思阅者、所未着眼处。一语点睛，鳞甲飞动；三毛增颊，神采焕然。即起诸君子于九原而面证之，未有如斯之欣畅会心者。曩予与伯玑论诗于畴昔，持议者多异同；独于牧斋先生近所[第 2b 页]选《列朝诗》，有水乳之合。陈子相视而笑，莫逆于心。于论次程孟阳诗，得其概矣。汤义仍先生尝言，颇得天下郡县志读之，其中文字不让古人者往往而是，然皆湮没无能为名，故知名亦命也。伯玑此选，实为诸君子造命。[第 3a 页]岂惟集中诸君子；凡在残山剩水之间吟咏无聊者，亦可以自慰矣。伯玑自云：“慰地下之诗魂，存世上之交道。”大雅不沦，玄风肆被。盛德胜事，其在斯乎，其在斯乎！耻礨居士熊文举题。[第 3b 页][第 10 页]

六、熊人霖“诗慰叙”(第 11—13 页)

友人陈伯玑选《诗慰》,昉穆庙以降所闻所见,凡枳棘蓬蒿之士,深心于诗而不得志于当世者所作,胪然具焉。客读而叹曰:“‘文章憎命达’,亶哉!陈子不阿造物之所厚,不薄造物之所忌,可谓[第 1a 页]深心于言诗矣。”南荣子曰:“陈子深于诗哉!夫陈子固深心世道,而托丹铅以为之墉塈者也。”盖方明运肇隆,神明嘉响,登明选公;刘、宋应制之文,本诸醇穆。迨礼乐兴于百年,元气应律,和风动籁,若有吹息于莫之知者。敬[第 1b 页]轩德行之儒,西涯经术之士,起而言诗,投颂合雅,从纶扉树之标鹄,一代风气遂开。空同、大复、沧溟、弇州、太霞、太函之徒,皆躬逢不讳之盛世,振藻摛思,律黄钟,吕大吕,比于归昌贺世遒然和吉之音,固其气候以取之也。[第 2a 页]抑观文章词赋之盛,莫过于汉矣。维时廷擢则有若董仲舒、贾谊,特拜则有若卜式、倪宽,出牧则有若黄霸、张敞,侍从则有若司马相如、东方朔,论兵则有若赵克国、严尤,出使则有若苏武、班超,皆君臣契合,志气展舒;前[第 2b 页][第 11 页]席而议,发挥无所顾忌,固宜艰涩揪敛之气不感于喉吻。又其时,天子之求才甚急,公卿不敢游意。比交怀一技以上,虑无不摇翮振鳞,扶云掊风;其士之栖迟陇亩者,非椎无文,即石隐不欲以文见者也。是以山林之士,[第 3a 页]其诗赋不少概见焉。有明诸公之诗,其所感则亦若是也。迨风气日开,弦诵者众,薪槱有所不胜收,而士以高材抑郁,或困于蓬蒿,或困于枳棘者,不可胜数。中逵罝兔,不可不谓极盛焉;然椒桂既连,名士弗起,无论作者、[第 3b 页]读者,皆无以自慰。即其时,延伫怅望于白驹杕杜者,当更无以喻诸其怀。此殆盛极而穷,未可比其音于惮缓焦杀、粗厉沉淖者也。选昉盛极之时,故酎谢山人,而孙太白、陈白云祧焉。若曰夫命不达而名达,慰矣乎?文[第 4a 页]长、眉公,名达矣,而时未可祧,抑山林之诗之不迁者哉?若夫三纪以来,稽古比律,飙兴霞蔚,工良心苦。昔也璞藏,今兹琴往;自非发之名山,悬之国门,岂能存绕梁于弦绝之余,俾作者、读者皆有以自慰欤? 嗟夫! 世道江河,[第 4b 页][第 12 页]弃枯集菀,况陵谷观改,竽瑟用殊;季札挂剑,殆未可今人中求也。而陈子之书,溯王正于己未,吊灵均于庚寅,其以是墉壑于世道耶? 夫宁惟诗,夫宁惟诗! 进贤熊人霖题。[第 5a 页][第 13 页]

七、陈弘绪“诗慰序”(第 13—15 页)

予曩辑海内知交所著篇什,权度而删订之,掇其清异,汰其繁芜,合五十余人,名曰《神听集》。其比闾而晨夕以诗商榷者,莫如万茂先,日必以雪藤笺书其日之所得,互相褒赏抨击,略不少[第 1a 页]恕;月必用乌丝栏格子,录其月课驰示,期于倾箧而止。积岁时而朱黄淋漓,纸札相压,扃钥于筐箱中,以为常。余小星苔园,距予见山楼咫尺。自其王父德甫先生暨其尊公,悉能诗。每剪烛闲步,辄取以高下甲乙。小星贻[第 1b 页][第 13 页]予,有“卧病草堂生燕子,怀人风雨落灯花”之句。友夏涉彭蠡,寓铁柱观,与诸子袒跣大叫,呼卢轰饮,暇辄持《鹄湾吟稿》索评骘。记其公车柬予云:“悔不南而北,南可以见吾士业、士云,北徒北耳。”复出所未刻诗索评骘,如往[第 2a 页]昔,为手录其可传者,而颇效他山之攻。伯宗寄《峄桐》前、后集,予寝食以之,许以作序,至今尚负然诺。黎美周拥楫龙沙,过予室,盘桓徙倚,或书箑,或写须菩提,或白描少林面壁像;去则遣仆阿三持卷帙见畀,曰:“知子无暇,[第 2b 页]然阅美周诗,安可以后于他酬应?”是皆予《神听集》中最契洽之友也。自丧乱以来,夙昔汲冢鲁壁之藏,既已荡然烟云;而诸君篇什,亦遂为突骑抛掷委置于沟渠瓦砾、马通狼秽间。窃痛念诸君,生平落拓不偶,或赖予选[第 3a 页]而以其惊人句长留天壤,庶可以腾光怪于异代,而又不幸如此,则是落拓不偶之中而重伤夫不偶也! 又安能已于太息呜咽而继之以涕泗萑兰也哉? 吾宗伯玑,词坛之飞将也。总角时,已工为古近体,如射洪、襄阳、辋[第 3b 页][第 14 页]川当日。比年风絮雨萍,飘泊靡定,类杜门著作以自娱。顷从长干寄予《诗慰》数帙。取而披读之，率多予《神听集》中人，为之雀跃狂喜，无以异明月之乍还合浦，而干将、莫邪之再合延津也。昔扬雄没而《法言》兴，仲长统逝而[第 4a 页]《昌言》出，马迁生而《史记》未振，文固如是，诗亦宜然。诸君幸得伯玑搜抉表彰，抑又何恨于"去白日之昭昭，袭长夜之悠悠"哉？嗟乎！作诗者可以好丑并见，而选诗者必不可以瑕瑜倒置，是故选者较作者尤难。《海赋》一篇，萧[第 4b 页]统存木玄虚而略张融；《淮西》片石，姚铉采段文昌而删削韩愈。选者如是，作者其又何赖焉？今伯玑兹集，所遇无非隽永，所拔无非奇秀；铢两而称，量之不爽，诸君其真可以相慰于九京矣。予既乐为之序，而又以胸膈所[第 5a 页]记忆之姓名，别载一纸，属其寻折戟于沉沙，访残珪断璧于宿莽，以补《南陔》《白华》之阙略焉，伯玑其尚有以慰予梦寐于异日也夫。丁酉[顺治十四年，1657]阳月，宗社弟弘绪书于章贡读书楼。[第 5b 页][第 15 页]

则杰按：此序又载陈弘绪《陈士业先生集·寒崖近稿》卷一(《四库全书存目丛书补编》第 54 册，第 372—373 页)，仅末尾署款删去"宗社弟弘绪"五字。

【附录一】曹溶《静惕堂诗集》卷二十《赠陈伯玑二首》之一(《四库全书存目丛书》集部第 198 册，第 168 页)

匝岁还相见，江边客况新。囊空沽酒夜，诗瘦浣花春。北里休成志，南禅且结邻。(伯玑有体疲之恨，近止于僧庐。)词场多后劲，孰可共松筠？(伯玑方选近代诗。)

【附录二】傅增湘《藏园群书经眼录》卷十八"诗慰续集"条(中华书局 1983 年 9 月第 1 版，第 5 册第 1550—1551 页)

清刊本，十一行二十三字，每集首叶版心下方有"澄怀阁藏板"五字。诗后及行间各有评语，间加圈点。封面小启录后：

"初集廿家已刻行世。一、二集中姓氏尚有求其全稿未得者，不能依次授梓。兹取箧中已订数家，及海内君子近日见示先集与亡友之作，随所丹铅，登之梨枣。名曰'续'者，以俟推广，庶成大观云。"

目列后：

《清宫集》（石首王启茂天庚，王璲序）、《天爵堂集》（甬东薛冈千仞，林古度序）、《潭庵集》（临川汤开先季云，傅占衡序，孙汧如序）、《时术堂集》（皖桐方其义直之，陈焯序）、《王学人遗集》（新安王玄度尊素，吴道会序）、《枣堂集》（豫章释行溥等可，自序，刘不息序）、《峄桐后集》（贵池刘城伯宗，陈际泰、史可程序）、《河村集》（历阳戴重敬夫，黎遂球、张自烈序）、《四溟山人集》（山东谢榛茂秦，自序，陈文烛序）、《林孝廉集》（福清林章初文，林古度之父。曹学佺、王惟俭序）、《涉江集》（新安潘之恒景升，江盈科、屠隆序）、《溉园集》（豫章万时华茂先，舒日敬、陈弘绪序，喻珩序）、《自娱斋集》（武林闻启祥子将，刘同升序）、《鳌峰集》（闽徐𤊹兴公，南居益序）、《莲须阁集》（番禺黎遂球美周，万时华、徐世溥序）、《昔耶园集》（豫章余正垣小星，康范生、胡学浃序）、《射堂集》（归安吴梦旸允兆，林时对序）、《雪鸿集》（贵竹谢三秀君采，李维祯序）、《汶[汉]上集》（新都程可中仲权，董复亨序）。

则杰按：此目不全，且次序不同。

【附录三】郑振铎《西谛书话·西谛题跋（摘录）》"诗慰"条（生活·读书·新知三联书店 1998 年 5 月第 2 版，第 475 页）

清陈允衡编，存十五种十八卷，四册，清初澄怀阁刻本。

余先得陈允衡《国雅》，但历访南北各肆求《诗慰》却不可得，即董某复刻本亦未有。顷乃于上海来薰阁得原刻《诗慰》四册，虽残阙不全，亦欣然收之。曾至北京图书馆抄得《诗慰》全目，计《初集》二十家，此本存者凡十四家；《二集》十家，《续集》八家，则此本均无有。北京图书馆藏本所缺高淳邢孟贞《石臼后集》一卷，此本却有之。海内有此书者，恐无第三家也。此书入全毁总目，故流传甚少。一九五七年一月十日，西谛记。时大雪方霁，弥望皆白，是今岁丰稔之兆也。

则杰按：此处所说“《二集》十家，《续集》八家”，均与实际不符。

又，此外《诗慰》有关评论，可参见陈允衡《国雅》该种附录。

01－007　国雅

陈允衡

不分卷。陈允衡辑，《四库全书存目丛书》集部第399册，影印康熙刻本。

一、王士祯(禛)“国雅序”(第1—2页)

《诗》“六义”，曰“风”，曰“雅”，曰“颂”。说者曰，“雅”者，正也，正乐之歌也。周之盛时，君飨其臣，臣答其君，以至行人征戍，皆有歌诗，被诸乐府。成王之世，元公述文武之德，诰戒[第1a页]嗣辟，故受厘陈诫之辞为多，此“大、小雅”之正也。《天保》《彤弓》之既远，而“繁霜”攸兴；《文王》《下武》之弗陈，而《板》《荡》斯作，此“大、小雅”之变也。正变虽殊，其轨于“雅”则一也。太史公曰：“择其言尤雅者。”“雅”之义大矣。明诗自洪、永以来，扶舆[第1b页][第1页]之气，轮囷磅礴。至于弘治、嘉靖之间，何、李、边、徐，以逮娄江、济南诸名贤，比肩接踵；声诗之美，直掩李唐。九华顾氏发凡起例，作为《国雅》一书，其有功于风教甚巨。四五十年来，浸以衰息，异喙争鸣；或宕易以犯节，或流湎而[第2a页]忘本，君子伤之。夫当末流之会，而称说古昔先王之遗，以移易风俗，荡涤情志，此非有心世道者不能也。陈子有忧焉，于是网罗搜讨上下数十年中所为荐绅、隐逸，郊庙、赠答，缘情、赋物之作，复为《国雅》一书；发凡起例，一[第2b页]仿顾氏之旧，而标举参互，神明于昔人而出以独断，斯其为必传之业亡疑也。陈子少为贵公子；避地以来，狐裘蒙茸，播迁琐尾，于鸠兹、白下之间赁舂以居，至贫病不能归豫章，顾不屑问家人生产，独锐意删述。予尝过[第3a页]其招提之居，丹铅甲乙，与隐囊药裹相间。好学深思如此，虽欲其书勿传，又岂可得哉？予故乐观其成而序之。时康熙元年[壬寅，1662]阳月之望，书于文选楼中。[第3b页][第2页]

则杰按：此序《王士禛全集》(齐鲁书社2007年6月第1版)未载。

二、喻周"国雅初集序"(第3—5页)

予尝泛览《广舆》一记，襄州府治西有文选楼矣，池阳府城西又有文选楼矣，维扬府城南则又有文选楼矣。人亦有言，"风""雅"变而为"骚"，"骚"变而为"选"。考亭、东坡，虽不无遗议，逸与统固并行焉。[第1a页]夫古诗犹古诗耳，独以入选者为选体，直置之百家之前，而列之《三百篇》之后。且地既屡迁，时必数易，岂去取之识，敏妙殊绝，盖无地无时而不与之俱，反覆精详而后成书？迄今诵昭明者，过于叔师，殆有由然，非幸致也。[第1b页]吾观于伯玑，益知选者之难其人也。天下无粹白之狐，而有粹白之裘。若使蒙马以虎皮，续貂以狗尾，鲜有不讶其非类者。合而成体，散而成章，则神龙之变化耳。精于选者，何以异是？伯玑早慧夙成，深思好学。居会城时，[第2a页]与予日夕招携。乙酉[顺治二年，1645]避乱黄山，弃帖括，专诗文，更不以俗学俗思稍分其意。比年选刻众集，海内盛行，固已登坛而扫桃茢矣。近日词场，易为雄霸；得吾伯玑，深喜斯道之有主盟也。然予以为伯玑力任选事，较昭明为尤[第2b页][第3页]难。昭明，帝室之胄，何事不可为？适凡所历处，辄筑室以待；披览之余，恣其赏会。伯玑虽贵公子，近成窭人，且善病。游履所至，或建康，或钱塘，或广陵，捆载诗文半于袱被，自僦僧房民舍寓之。即米盐凌杂，日费经营。昭明集[第3a页]刘、庾诸子，共相扬榷，谓之"高斋十学士"。伯玑乃以一人心目，摩研编削。予自丙戌[顺治三年，1646]一别，壬寅[康熙元年，1662]仲夏，始会于芜城。见其偃卧床蓐，柴瘠过甚，犹手持口诵，不离于侧；尽出诸稿，复加订正，其精神非懈如是。于以证向今故，篇章[第3b页]光觌，有何毫发之殊哉？抑予更有进焉：古诗三千，仲尼删之为《三百》。如《唐棣》，则删其章；“素绚”，则删其句。此选诗之法也。季札于《郐》以下无讥，不足讥也。而《豳风》则高出诸国之上，里巷谣吟，安敢望大圣人制作？以此知诗之[第4a页]一道，当论其人，又当论其地也。伯玑既广十五国而选之矣，其人其地，俾读者自得之。所以继《国风》而名为《国雅》者，盖多贤人君子赓歌讽喻之所为，非仅仅即景言情之事，伯玑固有愿学孔子之深意乎？夫以远宗洙泗[第4b页][第4页]者，而乃近拟齐梁，尚浅之乎窥伯玑也。南昌喻周谨序。[第5a页][第5页]

三、陈允衡“国雅初集凡例”（第5—6页）

［一］ 初，雪岚部公视学楚中，拟刻《河北七子诗》，及《台阁》《山林》二集。程子石门、李子云田董其事，未成。丁酉[顺治十四年，1657]冬，部公过白下，欲以见属。衡方庐居，弗克承命。庚子[顺治十七年，1660]春，云田来访，相与订《国雅》之目。合海内词人，概方外、闺秀，约百二十家；掇其英华，互相校勘，勒成一书，将刻之禾中。会过庐廷尉北上，不果，而云田所订之稿携归汉上矣。衡箧中诸集一手丹铅者，存五十[第1a页]余种。辛丑[顺治十八年，1661]，装至吴越，欲授梓，又不果。壬寅[康熙元年，1662]夏，过邗上，阮亭王公、昆仑程公见而欣赏。台使道南胡公方建安定书院，谈经之暇，扬扢风雅，采诸公之言，捐俸见赠，因得经始是书。曰《国雅》“初集”者，盖即箧中之藏先以行世，未及广征；见闻所阙，俟之“二集”搜补云。

［二］ 顾起纶《国雅》旧刻，悉称官爵、文学、山人。衡惧其僭也，仿程庆珫《声文会选》例，首称别号。盖唐宋诗词诸刻，亦有称字称号者，非创也。评[第1b页][第5页]中凡曾奉周旋、承提命者，或称字称号，以申击节；若在神交景仰，与先达大老，则称官爵称公。不敢私相援引，亦不敢如近选“先生”“夫子”之多。所以安愚贱，亦所以存古雅。

［三］ 选中诸作，皆从全集寻绎。每录一诗，必吟咏数过而后登之。深恐鲁莽，失作者之意。至选之多寡，因集之多寡以为去留。末载“阅诗若干首，选若干首”，以明所见止此，非故有轩轾也。［第 2a 页］

［四］ 古人选诗，原无圈点。然欲嘉惠来学，稍致点睛画颊之意，亦不可废。须溪阅杜，沧浪阅李，不无遗议；但当其相说以解，独得肯綮处，亦可以益读书之智。顾东桥批点《唐音》，不斳深切著明者，惟恐后学趋向悠谬，必矩于正，则圈点不为无功。若近人满纸皆圈，逐句作赞，究不知其风旨所在，反令目眩心骇，将为蛇足乎。衡所服膺者，妄欲力追古法，未必有当。然宁简略，使读者自得之章法，是所最重，非［第 2b 页］如《诗归》好论字句已也。若能于全无圈点中，会圈点之意，则此道三昧有在笔墨之外者，以俟解人可耳。至说诗鄙见，载散评中，兹不具论。

康熙改元［壬寅，1662］之秋，豫章陈允衡伯玑氏识。［第 3a 页］［第 6 页］

则杰按：以上序言及凡例，谢正光、佘汝丰《清初人选清初诗汇考》亦曾辑录（南京大学出版社 1998 年 12 月第 1 版，第 87—91 页）。

【附录一】《四库全书总目》卷一百九十四集部总集类存目之四（中华书局 1965 年 6 月第 1 版，下册第 1771 页）

国雅初集（无卷数。副都御史黄登贤家藏本）

国朝陈允衡编。允衡有《古人几部》，已著录。是编选国初人诗，体例一仿明顾起纶之旧，故亦以《国雅》为名。自魏裔介以下，凡五十余家。

【附录二】王士祯《古夫于亭杂录》卷四“本朝诗选”条（中华书局 1988 年 10 月第 1 版，第 96 页）

陈伯玑（允衡）《国雅》，始甚矜贵，不妄入一篇；后遂泛滥，可惜。

其《诗慰》一编，先已成书，乃可传，盖无所瞻徇故也。

【附录三】刘声木《苌楚斋续笔》卷八"陈允衡《诗慰》等书"条（《苌楚斋随笔、续笔、三笔、四笔、五笔》本，中华书局 1998 年 3 月第 1 版，上册第 401 页）

国初陈允衡所编《诗慰》□卷、《国雅》□卷，久无传本。毛德琦编辑《庐山志》十五卷，前有引用书目六页，中列此二书。据此，则毛氏当日实见传本，并引用之矣。

01－008　溯洄集

魏裔介

十卷，附贾开宗、宋荦“诗论”与姚佺“诗话”不分卷。魏裔介辑，《四库全书存目丛书》集部第386册，影印康熙元年壬寅（1662）刻本。

一、卢传“清诗溯洄集序”（第507—508页）

原夫经有五，而《诗》居其一；乐有六，而《诗》综其全。则知诗之为道，固甚大也。苟非言忠孝而厚风俗者，不足以垂世而行远。故唐代以诗取士，当时作[第1a页]者如林，而杜子美独至，岂非以言本忠孝，足厚风俗而维人心乎？然则诗不发情止义，动关至极，虽比音协律，绚熳成篇，其于世道无补，即于人心无系也，其为诗，何足录哉？总宪石生[第1b页][第507页]先生，博极群书，精究理道，于周、程、张、朱莫不表彰论定，使大义炳于日星。尤留心诗学，上溯汉魏两晋，下迄唐宋元朝，远搜近览，日阅数万言。故唐诗有选，今诗有集；一曰《清览》，一曰《观[第2a页]始》，前后刻以垂世。兹再取皇清诗，编次而授诸梓，名曰《溯洄》。盖爱其诗，则思其人；思其人而不得，则不禁溯洄以从，此兹集之所由名也。先生其有“兼葭”“伊人”之思乎？且是集几[第2b页]经岁月，随其邮筒所寄、往来所质者，不论公卿大夫、布衣寒士，择焉必精，语焉必详，非徒为音律正其比赋，实欲为音律正其性情也。其有功《三百》，岂曰小补之哉？是诗具在，读者当自[第3a页]得之。顺治辛丑[十八年，1661]冬十二月朔前一日，闽崇安卢传尔唱谨序。[第3b页][第508页]

二、钱棻“序”(第509—511页)

诗教之日繁也,代异尚,人异轨。正始、太康,运本相连,而晋、宋忽判;景云、开、宝,代非中隔,而初、盛攸分。陶、谢诗号开山,然澹、艳从此歧途;李、杜诣俱称圣,而天、人[第1a页]各有独至。甚且数年之间,风气递转;一人之身,盛衰改观,其变有不可胜穷者。虽然,江海之大,吞吐日月,震荡星河,极天下澒洞浩漾之观矣;苟循流而往,积石岷嶓,未尝不俨然在望也。声[第1b页]诗之变,虽每况弥下,然三言始于夏侯,四言始于韦孟,五言始于苏、李,六言始于谷永,七言始于《柏梁》,九言始于高贵乡公;他若骚选离合,莫不肇端汉魏以前、典午而后,大都皆踵事之增[第2a页]尔。故变风变雅,还归“四始”;半齿半腭,总属五音。品诗者不惟其言,惟其所以立言之意,权衡而是正之,则均一淫风也,出于奔者可删,出于刺者可录;均一颂戴也,戴桓叔、戴共叔可删,刺郑[第2b页][第509页]庄、刺晋昭可录;均一劳苦也,闵时衔恤则为正雅,困役伤财则为变风。一出一入,“六义”斯昭。故采诗三千,存者三百,盖其慎也。鄗城先生之嗜诗也,深且笃矣。《清览》有选,《观始》有选,讨论得失[第3a页]有《诗话》。隐侯“八病”,记室“三品”,靡不该举。兹复有《溯洄集》之选,所以考镜古今盛衰之变,与发明著书之意,将以“垂示来叶,厘正风气”,以求无愧古圣人删诗之本旨。洋洋洒洒,业详具自序中[第3b页]矣。乃且庵顾侍御,复将先生之命,授简于余,余将何言哉?凉飙乍起,白露初流;秋水盈盈,蒹葭弥望。余方深“宛在”之想,而忽读是集,其能无“溯洄”之思乎?夫“溯洄”,秦风也。燕之筑、赵之瑟、秦之[第4a页]缶,悲歌慷慨其天性;然秦尤以雄武开国,《小戎》《驷驖》《车邻》“白颠”,咸以戎事显。独《蒹葭》一章,其思深,其音远,缠绵悱恻,千载而下犹得想见慕贤好善之诚。先生之以是命其集也,殆欲于磊砢[第4b页][第510页]英多之中,不失温厚和平之遗意乎?若乃句权字比,斤斤人代之间,争工拙而较正变,逐末遗本,先生勿之屑也。先生所谓独得古圣人删定之旨者以此。至立朝大节，海内咸耳而目之；余[第 5a 页]散人也，不具论。康熙壬寅[元年，1662]七月下浣，武水钱棻仲芳拜序。[第 5b 页][第 511 页]

三、严沆“序”(第 511—513 页)

依古以来，作者代有；斐然成一家之言，藏名山，传来世，盖已仅矣。若夫《小雅》之材，登高而赋诗，暂而合于温柔敦厚之旨；尝试校其生平，衡得失，一彼而一此。宝敝帚者，欣然自多；人往年湮，则芜蔓而不足观采。于是楮墨腐于案尘，声华没于草露；人与[第 1a 页]骨未朽，而零落随之，岂不痛哉？且夫岩穴之士，附青云而始显。颜渊虽笃学，得孔子而益彰。闭户著书之子，立言足以垂不朽，而遇不能达天禄之编，力不能勒荆山之石，有昌黎之集而他日不逢伯长、师鲁之鉴，终淹灭而无所发闻。悲夫！此《昭明文选》所以嘉与古人而贻惠来学，功诚不可泯[第 1b 页][第 511 页]也。间尝旷观历代之书，若《唐文苑》《宋文粹》《元文鉴[类]》，广甄博采，厥绩茂焉。然卷帙浩繁，善否淆混；学者寓目，不能竟披沙而拣金，为力亦已困矣。若唐人选唐诗，时在同朝之间，人即耳目之近；考其志，择其言，引绳操墨，折衷以一切之法；掩瑕而存瑜，藏拙而呈美。后人受其书而习其读，就所见以[第 2a 页]信所长，既无淹灭之忧，又免芜蔓之诮。故选家之力能全作者而善传之选，若是其不可已夫。清兴，息马投戈，渐渍于文教。二十年以来，学士大夫，家握灵蛇之珠，人怀隋氏之璧；穷巷掘门之徒，抱膝而行吟，歌声若出金石者，众矣。然巴人下俚，千倡万和，音獿杂而[第 2b 页]不沦。虽有卓尔不群之材，所谓不更孔公，风雅无别。作者虽多，传不传未可知也。昆林魏先生，以多材多艺之元臣，擅穆如清风之手笔，雅尚爱奇，人伦藻鉴。尝取近时名彦之作，选为《观始集》。亦既纸贵海内，犹虑搜采或有未竟，续成《溯洄集》一书。目阅手批，笔则笔，削则削，断断如也。且夫操选[第 3a 页]政者，近今不乏矣。其意各有所向，持所见以行一切之法，而不揆于

“六义”之正，不足以垂来者，传无穷。若济南、云间之流，号为彬彬矣，然其言曰修辞宁失之理，取声调格律而不言性情，于兴观群怨之旨何归焉？先生之论诗，一准于发乎情，止乎礼义；言有合于温柔敦厚之旨，《国风》之不淫、《小[第 3b 页][第 512 页]雅》之不怨者，乃始登之简牍，施之丹黄。故是集，沨沨乎善入人之心，渊乎其似道，郁乎其远于鄙倍，虽与《三百篇》《离骚》并存可也。若夫篇什之或多或寡，或取或去，自唐人选唐诗已不能舍己见而徇人之意，先生何与知焉？独是先生身为周召伊傅，高[第 4a 页]步于彤庭；退食论思之余，不忘“四始”扶风之旨，俯首论著，若儒生然。然羔雉之所投，赠答之所及，于学士大夫之集，大略具备矣；而穷巷掘门，歌声若出金石者，得无有郁声于岩穴而不得特达于大人长者之前者乎？则或传或不传，犹复有幸有不幸焉。此先生溯洄怀想之心，诚睪然达望而不能已[第 4b 页]也。士有志身后名者，当益以所作就正于有道，徐俟他日之论定，岂不盛哉？康熙元年[壬寅，1662]春王正月，文林郎吏科都给事中禹航严沆谨序。[第 5a 页][第 513 页]

四、魏裔介“溯洄集自序”（第 514—516 页）

东华十丈尘里，簿书鞅掌，日无宁晷。归而困惫，偃卧竹香斋中，寻华山处士睡方；门外有剥啄声，辄怫然不乐，岂复有拈须高吟之致？然余于他书[第 1a 页]掩卷嗜卧，独至于今之文人才士，其所为发抒性情、欲歌欲泣之什，不觉投枕而起，三致意焉。嗟乎！谓古今人不相及，岂尽然哉？犹记前辈论文有云：“来春花鸟，非复败梗枯枝；诘旦风[第 1b 页]光，岂是残烟剩雨？”文固云尔，诗亦宜然。自《三百篇》以后，诗凡几变矣。衰于春秋战国，盛于两汉；衰于魏晋六朝，盛于唐；衰于五代宋[元]，盛于明；衰于万历以后，盛于[第 2a 页]皇清之初。人心酿世运，世运变人心，良非偶然。变而不失其正，则有心世道者之责也。今海内言诗者颇多，然绮靡淫佻之习，流荡忘返，比于蜩聒虫吟，而愤激悠谬之词杂出不经，亦岂[第 2b 页][第 514 页]鸾鸣凤哕耶？将欲垂示来叶，厘正风气，难已。余于唐诗，有《清览》之选。凡言诗之旨，载于诸家诗话及余所著《兼济堂诗话》中。于皇清诗，有《观始》之选。一时操觚之流，刮[第 3a 页]垢磨光，刓精刿目，咸以大雅被服厥躬，沨沨乎其盛哉！数年以来，复有仕籍缙绅先生，及菰芦中布衣贤士所作，发抒性情、欲歌欲泣之什，或得之投赠，或得之选刻。每有所见，不敢荒[第 3b 页]忽，必择其雅驯而意旨隽永者，令胥史录之赫蹏。积日累月，盈箱溢箧。如入五都之市，百货骈阗；行山阳[阴]之道，千岩竞秀。辛丑[顺治十八年，1661]之春，楗户无事，大加澄汰芟削，存十之二。虽集中诸人有[第 4a 页]识与不识，然余既与之生同世、生同时矣，今得读其言志之作，而闻其欲歌欲泣之致、抑扬感慨之声，或关于典礼制作，载朝庙之鸿猷；或协于伦纪游览，拾香草之名物，彬彬乎各有[第 4b 页][第 515 页]其义，非无当于正变也。《诗》不云乎："所谓伊人，在水一方。溯洄从之，道阻且长。溯游从之，宛在水中央。"诗人好贤，溯洄于方舟之间，不敢言劳。余兹溯洄于铅椠之间，岂敢薄视风雅，使文[第 5a 页]人心灵，淹没无闻，而不表见于后世乎？是余兹集之志也夫，是余兹集之志也夫！集既告竣，因取《诗正》《诗源》时人诸刻论诗有合诗教者并录于首，使世之学者得以览焉。[第 5b 页]顺治辛丑[十八年，1661]十二月，鄗南魏裔介自序。[第 6a 页][第 516 页]

则杰按：此序又载魏裔介《兼济堂文集》卷五（中华书局 2007 年 8 月第 1 版，第 105—106 页），标题作《今诗溯洄集序》；除删去末尾署款之外，其他文字基本相同。

又，此处所说"取《诗正》《诗源》时人诸刻论诗有合诗教者并录于首"云云，可参见孙敏强、吴慧慧《贾开宗、宋荦〈诗正〉之"诗论"考论》一文（《福建师范大学学报》2014 年第 6 期，第 61—66 页）。

五、顾豹文“序”(第517—519页)

顺治中,御史大夫柏乡魏先生尝选四方名人之诗,名曰《观始集》。其书流布天下,笔削之旨,群宗焉。康熙改元[壬寅,1662]以来,先生复取作者近时之诗,汇删论订。“二集”成,易其名曰《溯洄》。豹文伏而读之,而序言于末曰:六经,皆圣人所作,而《诗》独形四方之风。儿童[第1a页]妇女之讴吟,亦或登于劝惩之列。《诗》与《春秋》相表里,所以伸王者之大权也。王者之御天下也,不惟平其赋税,劝其耕桑,除其盗贼,使得引养引恬是为;盖厚其生,而复将正其德,使熙然游于礼乐中和之域,其父慈,其子孝,其兄弟友,其夫义而其妇贞。窥其隐微之情,索其不可见之志,取其蕴[第1b页]结感怀、迫而不得已而动于心、宣于口之言,邪者邪,正者正,厘然并载于太史之简,则沃土瘠土、山国泽国,风俗之所渐、政教之所播、习尚之所成,莫不了如灿见而不可掩。于是行其赏罚而用其整齐,使邪者不终于邪,而正者益出于正。故《诗》者,持也,持天下之心志,而囿之以礼乐中和。此所[第2a页]谓伸王者之大权,而列于六经之一也。诗亡,然后《春秋》作。采风之使不行,巡狩之迹熄,庆让之大典废,于是四方自成其俗而王者不知,圣人有忧之;既删“风”“雅”“颂”之诗,以彰显先王之志,而复作为《春秋》,以明著赏罚劝惩之法。盖《诗》,治天下之言;而《春秋》,治天下之行事。治人之行事者,治其事而[第2b页][第517页]已;治人之言者,则并其心志而治之。猝然发于咏歌之细,在墙阴桑野之间;俄而播于四国,传于千秋,有善得闻,而有恶不可盖,民滋惧矣。未删之诗,有邪有正;既删之《诗》,有正而无邪。故其言,则公卿大夫士与夫田夫野老、儿童妇女之言也;其旨,则圣人之旨也。三代以后,六经不可更作,而诗[第3a页]独未亡。诗亡于王迹之熄而不亡于四方之风,独所以采之删之者非其道耳。故由汉魏迄今,乐府艺苑之所留,亦复厘然具在而不可废。用斯而谈,则先生是选,所以助政教、维人心,诚古名大臣之志也。当国家初定,承明之季世，征斂繁苛，吏道稠浊，萑苻之弄兵者众，民救死扶伤之不给；虽[第 3b 页]武定祸乱，而边圉犹未靖，供亿犹未休，頖宫鞠为茂草，负耒者亦已鲜矣，而安暇横经？故四方之诗，哀怨多而和平少。即有去汤火而登衽席者，犹涸鱼之乍濡于沼，鬣舒鳞举，而非有掉尾大川之乐。观其始者，如《民劳》《板》《荡》之余，幸而有《汝坟》《汉广》之篇，则已善矣。自[第 4a 页]先皇帝在宥十有八年，鲸鲵渐已除，蟊贼渐已去。继之以今上维新之政，虽民生犹苦蹙也，然兵革杀掠之惨免，季世之稗政止，凛然人畏三尺之律，而禁绝其哗嚣恣肆、罔上行私而不知戒惧之风，所用导之、齐之治天下之行事者，概可见矣。于是乎取天下[第 4b 页][第 518 页]之言而观其心志，其诸得无有发乎情止乎礼义，而稍进于礼乐中和之域者乎？溯而洄之，伊人宛在。先生之志，盖汲乎欲跻斯世于三代之隆，而望贤大夫士之共维之也；抑古王者之采诗也，非惟观风，亦以考治也。正德急矣，厚生尤要焉。先生立朝之大节，著嘉谟嘉猷，入告于我[第 5a 页]后，焚草稿而顺之于外者夥；而又附于辅轩所采之义，存《大东》之章，进《七月》之什，以此当监门之图，讽于不言之微，动于观感之隐，先生之心至矣，豹文何足以知之？康熙元年[壬寅，1662]三月，属吏顾豹文谨序。[第 5b 页][第 519 页]

则杰按：以上序言，谢正光、佘汝丰《清初人选清初诗汇考》亦曾辑录(南京大学出版社 1998 年 12 月第 1 版，第 97—105 页)。

【附录一】《四库全书总目》卷一百九十四集部总集类存目之四(中华书局 1965 年 6 月第 1 版，下册第 1768 页)

溯洄集十卷(浙江汪启淑家藏本)

国朝魏裔介撰。裔介有《孝经注义》，已著录。裔介尝选国初诗为《观始集》，今未见传本。是编乃所选康熙中诗，以续前集者也。意求备一时之人，故限于卷帙，不能备一人之诗，大抵一人三数首而已。惟每体之末，必附以己作，所收较他人为夥，则似不若待诸他人之论定焉。

则杰按：此处所说《观始集》，实际还有传本，可参见《清初人选清初诗汇考》著录（第 22—31 页）。又称《溯洄集》"乃所选康熙中诗"，则据前录各序作期来看，时段显然也不准确。

【附录二】魏裔介《兼济堂文集》卷五《宋牧仲诗序》（上册第 113 页）

牧仲昔与贾子静[静子]言诗，余深服其论，载之《溯洄集》首，以风示海内作者。

【附录三】魏裔介《兼济堂文集》卷六《陆何异灌余集序》（上册第 137 页）

余向在京师，尝览天下风雅之章数十万言，择其隽永者付之剞劂，名《溯洄集》。凡策名通籍者，固多裒录；其于山林之士，尤惓惓留意焉。

01-009 天延阁赠言集

梅　清

四卷。梅清辑，梅清《天延阁后集》附，《四库全书存目丛书》集部第222册，影印康熙刻本。

一、梅清“天延阁赠言集引”（第487页）

予性最疏懒，不善事交游；形迹之间，落落而已。然友朋之乐，中心以之，不敢或渝。以故宴游登眺，赠答之篇所在都有。岁庚子[顺治十七年，1660]，搜诸记载，曾汇为一卷，拟付剞劂；惜从宁阳道上失去之，至今悒悒有遗恨焉。数年以来，疏懒之性逾于昔日，见赠之言仍与年俱积。唯恐散漫，渐致莫稽。亟取其仅存者若干首辑之，以志不忘。夫诗为心声；君子好我，赠之以言，其声同、其心同也。故谓千古知己之心不尽由于语言文字，可；谓[第1a页]千古语言文字之知己不由于心，不可也。丙午[康熙五年，1666]秋七月望前，瞿山梅清书于天延阁。[第1b页][第487页]

【附录一】《四库全书总目》卷一百八十二集部别集类存目之九（中华书局1965年6月第1版，下册第1645页）

天延阁诗前集十六卷、后集十三卷，附花果会唱和诗一卷、赠言集四卷（内府藏本）

国朝梅清撰。清字润公，号瞿山，宣城人。顺治甲午[十一年，1654]举人。是编分前、后二集。前集分十六编：一曰“乐府”，二曰“稼园草”，三曰“新田集”，四曰“燕征草”，五曰“宛东草”，六曰“休夏集”，七曰“驱尘集”，八曰“越游草”，九曰“匣琴集”，十曰“寒江集”，十一曰“归舟集[草]”，十二曰“岳云集”，十三曰“梅花溪上集”，十四曰“雪庐草”，十五曰“菊间草[集]”，十六曰“唱和诗”；以一集为一卷，卷各有序。后集编年，分十三卷，自康熙甲寅[十三年，1674]至戊辰[二十七年，1688]，或以一年为一卷，或以二年为一卷；末附《花果会唱和诗》一卷、《赠言》四卷，则皆同人宴游酬答之作也。

则杰按：此处所说《花果会唱和诗》，今《四库全书存目丛书》内未见。至于“前集”最末所谓“唱和诗”，则另见《敬亭倡和集》该种。

又，据梅清别本《瞿山诗略》卷首“目次”(《四库全书存目丛书》集部第222册，第541页)，此《赠言集》以及《花果会唱和诗》亦曾附刻于《瞿山诗略》之末。

01－010　诗持一集

魏　宪

四卷。魏宪辑，《四库禁毁书丛刊》集部第38册，影印康熙枕江堂刻本。

一、魏宪"诗持一集自序"（第3页）

归震川云，文章为天地之元气，得其气者与天地同流。诗固有韵之文章也。自皇娥作歌后，未尝稍熄，亦犹四时之气运，行而不穷。然是气也，养之自我，则纯矣。无旁委焉，坚勇以持之；无寒俭焉，博习以资之；无苦难焉，游泳啸歌以涵育之。譬诸为人，自幼自老，自庄自妍，自夷自异，绝无矫拂于其间，斯其气得焉矣。今之学为诗者不然，大意起于为名。名心胜，则世之权足以荣[第1a页]辱毁誉于我，而我不能自制其荣辱毁誉之权，委蛇婉转以将之，时为工媚，时为艰深，时为险僻，时为放宕纵横，与世以可议之端，世亦因得而议之曰"此其乖于《三百篇》之旨也，非诗之教也"，则其气馁矣，其何以观风会之归，为性情之正也哉？然或者曰："治世之音和以平，乱世之音噍以杀，子夏氏尝言之矣。高廷礼之选唐诗也，曰'初'，曰'盛'，曰'中''晚'，本世运之递降，而诗亦随之。若必一以正始之音，则青莲飘逸，已启中唐门[第1b页]户；少陵钻研，早辟晚唐溪［蹊］径，俱可置不录矣，奚可哉？"而余曰："非也。诗有才与情焉，有法与调焉。骋于才者轨以法，有其情者协以调。法得矣，蕴藉以深之；调合矣，风致以美之。则无论其为汉魏，为三唐，为宋元明，皆可以入正宗，又奚问其世代之升降、人心之纯杂、音韵之和戾也哉？方今天子圣明，崇尚风雅，时进元老大臣雍雍庙廊之上赓韵赋诗，如高念东、沈绎堂二先生皆荷[第 2a 页]殊遇，坐见卿云八伯之风，正吾辈读书养气以鼓吹休明之一日也，其可曰诗仅韵事也哉？"吾于是集已三刻矣，悠悠知己，其拭目俟之。康熙辛亥[十年，1671]中秋前五日，闽三山魏宪惟度题，时寓金阊之虎丘山房。[第 2b 页][第 3 页]

二、魏宪"凡例"（第 4—5 页）

［一］　是集刻于潭阳，自甲子[天启四年，1624]至丙戌[顺治三年，1646]，总二十三年之风雅，仅得两卷。丙午[康熙五年，1666]携入京师，纸贵一时，而板亦漫灭矣。兹悉照原本，广至辛亥[康熙十年，1671]。阅稿四百余家，得诗三千余首，至精以严。旅次吴门，囊中羞涩，渐次告成。尚有遗珠，再容辑补。

［二］　唐人之选唐诗者六家，各矜所尚，原不相袭，故能并行天壤。今之选家，动相诋毁，曰某也以显贵登，某也以师友录，某某多而某某少，如[第 1a 页]聚讼焉。故是集所选，得之先辈遗稿者十之三，得之寒士逸篇者十之七。其它大家有专集行世者，宁以见少获罪，亦甚避此讪谤矣。

［三］　是选略有评骘，以快一时心目，未敢遂为定见。近阅诸家刻本，不曰"辑定"，即曰"汇订"；虽不敢直任选者之功，于天下名稿仍有所去取。则此谦光也，直惜墨如金而已。知我罪我，何庸心焉。

［四］　于鳞云"唐无五言古诗"，遂开百二十年口实。故[第 1b 页]今日词坛，习近体者多，习古风者少，曰"唐时犹难之"。间有为古风者，一入时选，膜不相关，竟置之矣。寥寥千载，谁复进而求诸《三百篇》乎，进而求诸汉魏乐府乎？故是选所载，于古风尤多。

［五］　选诗贵得其大全，偏师短锐不与焉。如尚才情者不遵法度，论格调者不尚性灵，用浮华而少蕴藉，重工巧而乖风致者，皆非全也，无可选也。胡元瑞《笔丛》有曰唐代《诗选》《诗删》皆不[第 2a 页]及廷礼《品汇》者，谓其全也。故是选兢兢以偏至贻讥。

［六］ 天下之大，才人之广，即御穆骏、驾羲车以求之，亦难以遽尽。故是集所载，吴越为多，齐鲁次之，燕赵次之，秦晋又次之，楚蜀两粤又次之，滇黔吾闽抑又次之。如曰汇十五国之“风”为六十载全书也，则愿俟之异日云。

［七］ 余是选既竣，即有补石仓之举，各家一册，板式悉照石仓旧本。广辑昭代，上溯启、祯，补宗[第2b页][第4页]伯曹能始先生未竟之业。不论显晦存殁，直接十二代宗工，诚盛事也。有志千秋者，乞以全稿邮寄白下，共商剞劂焉。

闽两峰居士魏宪惟度书于虎丘客邸。[第3a页][第5页]

则杰按：以上序言及凡例，谢正光、佘汝丰《清初人选清初诗汇考》亦曾辑录（南京大学出版社 1998 年 12 月第 1 版，第 112—115 页）。

01-011 诗持二集

魏　宪

十卷。魏宪辑,《四库禁毁书丛刊》集部第38册,影印康熙枕江堂刻本。

一、魏宪"诗持[二集]自序"(第107—108页)

经有六,而《诗》其一。窃闻之,诗者持也,非徒于长林丰草间自为吟咏已也。上自帝王治道之巨,下及民生日用之细,以至闺房赠答、友朋宴享,无不备载。自吾夫子删定以来,"二南"表江汉之化,《郑》《卫》刺溱洧之风,美恶互观,贞淫各见,将使天下后世之人博征广览以察其旨之所存,庶几以草野旌别之微权,补庙廊彰瘅之所不及。[第1a页]《诗》之为经,其与《书》《礼》《大易》《春秋》默相维持,固自有深焉者也。《三百篇》变而《离骚》,泽畔孤臣,抒为长句;餐兰佩芷,山鬼佳人,一篇之中三致意焉。《离骚》变而乐府,芳树白杨、朱鹭黄鹄,洋洋洒洒。至汉魏六朝,名士比肩;昭明《文选》一楼,并峙天壤,何其大小同声、上下毕协,从古及今如出一辙也?数传而唐,以诗取士,缙绅大夫以迨方外,暨夫闺秀,无不知诗。而沈、宋、王、孟、李、杜、钱、刘诸君子,时为大历,为长庆,为西昆,体屡变而义不[第1b页]殊,风递降而情若一。熟读全唐,揣摩其故,庶几得之。明兴,一洗宋元积习,如日月经天,照耀四表。青田、长沙、北地、信阳、历下、竟陵诸派,变而愈盛,要必归于《三百篇》之旨。所谓感者足兴,闻者足戒,未尝不折衷于孔氏,以维持之也。今天子临轩诏赋,群工百职事拜手赓扬,以至畎亩伏处之士,靡不家握灵蛇,人怀荆璧,以鼓吹一时。然不得其人以持之,则散得其人矣。而见有异同,体有纯驳，则杂杂，则争争，则渐而之衰。[第 2a 页]故今日之正笏而谈者，有若柏乡、高阳、合肥、栎下、梅村、荔裳、愚山、阮亭、黄石、绿厓诸君子，靡不崇尚风雅，相为倡和，上接“明良”“喜起”之歌。而吾党有心之士，抱鼓钟以和者，今不下数十辈，罔不涤荡繁靡，敦培忠厚，轨于正始，以佐高深。故余是集之选，总其名曰“持”者，盖将持之于其盛也。持之于其盛，而逆有以振其衰也。其于名教风尚之间，不能无窥管之讥、杞忧之诮矣。然知之而故为之者，何也？盖余于是集也，其体裁必[第 2b 页][第 107 页]正，其丰格必高，其性情必深，其意旨必婉，其讽诫必微，其典实必确，其缭绕于笔端、逗露于言外者必逶迤而清峭，庶几可以告无罪于天下焉。若夫世道之醇薄、人心之邪正，则惟赖在上诸君子崇经学，育人才，有以倡起而持之，非愚之所敢知也。[第 3a 页][第 108 页]

则杰按：此序又载魏宪《枕江堂集》文类“序”（《四库未收书辑刊》第八辑第 16 册，第 586 页），标题即作《诗持二集序》；正文文字颇多出入，并且末尾还有残缺。

二、魏宪“凡例”（第 109—110 页）

［一］　余选《诗持》，自甲子[天启四年，1624]至丙戌[顺治三年，1646]为一集，丁亥[顺治四年，1647]至今日为一集。每得佳稿，必郑重评骘，次第梓传，独不敢轻用“征文”。盖近日征诗成套，初无选刻，实意不过借此作纳交之资；即有刻者，亦属情面，不甚悬诸国门共相欣赏，余甚耻之。故不惮悉力博采，必不敢虚词相欺。

［二］　昭代风雅，远轶三唐，岂容妄置高下？但地有远近，邮筒不能速至；诗有多寡，编次难于概就。[第 1a 页]故必以得诗之迟速，为登选之后先；间有弟居兄前，师列徒后者，皆检点之所不及也。

［三］　廊庙、山林，体分固殊；语以风雅，初无差别。但缙绅诸公，已成之名，不难远播；草野隐沦，毕世沉吟，或艰于剞劂，或窘于舟车，至有湮没名山、肮脏以老者，余甚为之扼腕。故是集所镌，无

分出处；亦爱才之念，不觉其自至焉耳。

［四］　迩来选诗，多表彰同时。已赴玉楼之召，终淹石室之藏。故是集所登，不问存没，一以佳篇为[第 1b 页]主。凡我同人，有慈孝至情、生死交谊者，勿靳遗草，悉付拔尤。

［五］　近代选本，多不列僧诗，泥于东坡“蔬笋气”之说。不知诗以性情为主；僧之性情，与世之性情不同，昔人尝言之。况近来佳士，不得志于举业者，悉寄迹空门。故予选方外之诗，十居其一。然必以风雅为程；如潜心内典，为颂为偈者，别有宗旨，不敢强入。

［六］　是选名宿，皆万里神交，未谋一面。间有先世故[第 2a 页]人、平生知己，亦必酌于寸心之可否，以质乎当代之是非。倘不吝鸿章，下询刍荛，必须全稿见贻，以便决择。盖人心如面，彼去我取，各有不同，岂能一视？若所惠教仅寥寥一二篇，又多投赠祝挽之词，绝非得意者，悉置高阁。

［七］　济南、竟陵，日相操戈，殊属无谓。夫诗本性情；性情所近，岂能相强？故余是选，必即其人之所长而折取之，不敢以管窥之见强人从我。至[第 2b 页][第 109 页]于腐者必删，怪者必黜，不过轨于正始之音，以求其必传而止。元轻白俗，郊寒岛瘦，又何事纷纷乎？

［八］　是选始自都门，成于白下。车马劳人，仓促之间自有遗珠。如吴之沈眉生、顾修远、顾茂伦、张友鸿，越之陆梯霞、范文白、毛驰黄、徐野君，楚之李云田、谭拟陶，豫章之万茂先、曾青藜，秦之李叔则、韩圣秋，晋之魏斗仲、韩雨公，豫之侯朝宗，燕之梁公狄，齐鲁之王鹤潭、姜如须，[第 3a 页]滇黔之台九峰、沈石友，粤之郭菽子，蜀之刘浣松，吾闽之李元仲、崔五竺、徐器之、彭尔仁、许同玉、高云客、罗石夫、陈子槃、林丹夫、何畹仲，皆风雅宗工，夙昔所企慕者。山川阻修，无从得其传稿；即偶记诵一二章，亦非全璧，尚图博搜以传。

［九］　词坛鼓吹，今日极盛。余得读其全集者，必载于姓氏之下。若未得其全集，曾于某选本得见者，亦注诸简端，以便考订。至若友人口诵，及[第 3b 页]扇头、单条上抄录者，不便赘叙。

［十］ 风雅虽由性情，尤关学问。每见友人之诗，近作必胜于前。少陵所云“晚节渐于诗律细”，非虚语也。倘全集中未及尽登，或集外续录见贻者，仍于其人姓氏之下注“再见”“三见”等字，庶便于稽查，氏里则不复赘。

枕江堂主人魏宪惟度书。［第 4a 页］［第 110 页］

则杰按：以上序言及凡例，谢正光、佘汝丰《清初人选清初诗汇考》亦曾辑录（南京大学出版社 1998 年 12 月第 1 版，第 115—119 页）。

三、魏宪“诗持二集登选氏里”“附征言”（第 114 页）

是选《一集》向刻于家，皆甲子［天启四年，1624］以后诗。意在总六十年风雅，为一代全书。缘闽多兵燹，且僻处一隅，未得遍搜名稿，故行世甚少。兹谋新增是集，兼订《三集》，次第出质大方。凡我［第 7b 页］同人，有先世遗篇、平生枕秘，统祈全集邮教，共襄千秋盛业，幸甚。两峰居士魏宪惟度拜书，时寓白下之清凉山一拂祠。［第 8a 页］［第 114 页］

01－012　诗持三集

魏　宪

十卷。魏宪辑,《四库禁毁书丛刊》集部第38册,影印康熙枕江堂刻本。

一、魏宪"诗持三集自序"(第385页)

余携近代诗三百有余家至云间,访旸谷傅先生论定。自夏徂冬,六阅月始告成。因与掀髯而言曰:作诗非难也,选诗难;选亦非难也,选今人之诗难。同生天壤,不能无所爱憎,而去取实爱憎之媒,一难。阖户自修,深山养晦;箧中之秘,觅之无由,二难。诗学日替,名实不敷;我以名收,世以实求;无其实焉,非阿则瞽,三难。载质而来,绍介以进;忤之不可,许之不能,四难。纵笔讥嘲,触[第1a页]冒忌讳;作固有罪,选亦与均,五难。本属名流,或娴无韵,不娴有韵;因无韵而及有韵,快于人不快于己,六难。幅员之广,词人无数,得者一而失者百,七难。甚至不为诗而抡诗,名似爱才,心实网利,妒与谤交,八难。当此八难,而欲强为负荷,得毋莛击蠡测,为识者所诮让哉?而余顾孜孜为之,至再、至三者,何也?曰:从吾所好焉耳。心有所好,不能徙而之他。如好龙者,不能禁其不绘龙;好剑者,不能禁其不冶剑也。余少习举子□[业],[第1b页]便已留心风雅,至一领青衫,质长安酒垆者十五载。山川文物,感慨交胸,凡所以销我岁月、致我性情者,舍诗蔑由。而同人过爱,谬相引重,或雁鱼千里,或缟带一朝;或把酒论心,或狂歌问世,无不以诗相赠。至花晨月夕,辙迹所之,不惮搜索捃摭而来者,不知其几矣。若尽尘高阁,使闻人达士毕生苦吟,不得一见寰宇,而余又郁郁于心,不得以行其志，卒其业焉，不几虚生圣代，与草木同朽，无由自附于陈诗采风之义，[第2a页]为刍荛之得也乎？故余今日之齐，之鲁，之楚，之梁，之燕赵，之吴越，仆仆于车尘马足而不敢即安者，务使我生以后，自甲子[天启四年，1624]至今，风雅名篇不至散漫无纪。而天下后世之人，得从而指之曰“夫夫也，以其好而存斯集、存斯人也”，则余亦大幸矣。康熙庚戌[九年，1670]至日，闽两峰魏宪惟度题。[第2b页][第385页]

二、魏宪“凡例”（第386页）

[一] 是选《一集》刻于潭阳，《二集》刻于白下，兹《三集》复刻于云间，大约皆甲子[天启四年，1624]以后诗。不论显晦存殁，悉留天壤，仍初志也。但寰宇之大，才人蔚兴，名稿林立，欲遍辑其全则不能，欲专择其精则不敢；随各集之多寡，撮其大略，存其诗以存其人，以见余之苦心云尔。

[二] 是集间有评点，不能如竟陵《诗归》之详，亦不能如济南《诗选》之约。或人评一二首，或首圈一[第1a页]二句，皆就一时之见，取其惬余心者而已，非敢遂以为定则也。至叙及情款，稍附数言，则区区之私，无关大概。

[三] 各家之诗，有以体序者，有以类序者，有以时与地序者，各从所好。是选则悉以体序之，非僭且妄也，盖便于后起者之汇订焉耳。

[四] 每见近代选家，多列小序，标其爵里姓氏，以及生齿子嗣，诚为复古；间有恣其低昂者，疑涉褒贬。我何人斯，而敢如是。故宁论其诗之好[第1b页]否，略其品之优劣，以俟百年论定云。

[五] 是编虽约，颇尽十五国之“风”。独云间诸家较详者，盖居其地而交其贤士大夫，所得为独多。而旸谷傅先生捐冰俸相资，则又云间别驾也。缁衣攸好，先其近者，谁曰不然？

[六] 有集已成而增益者，业难更定，而新编较胜于前，则不忍

遽弃,仍以“再见”“三见”为例。

［七］ 天下之大,闻人达士岂能尽登?况是选专主于诗,词赋不与焉。至其人以功德胜、以气节胜、［第 2a 页］以政事胜、以文翰胜者,则末艺遂为所掩,正不必局于诗也。若专攻“四始”,留意三唐者,愿毋靳尔音。

［八］ 闺秀、方外诗,余将另为论次。兹集姑附各卷之后,亦缘其篇什之少云。

枕江堂魏宪惟度书于云间之潭西草堂。［第 2b 页］［第 386 页］

则杰按:以上序言及凡例,谢正光、佘汝丰《清初人选清初诗汇考》亦曾辑录(南京大学出版社 1998 年 12 月第 1 版,第 119—122 页)。

01－013　诗持四集

魏　宪

一卷。魏宪辑，《四库禁毁书丛刊》集部第38册，影印康熙枕江堂刻本。

一、魏宪“诗持四集自序”（第656页）

余乙卯[康熙十四年，1675]游梁，大中丞佟公假馆艮岳之侧，造而请曰：“中原风雅，自吹台振响后，何、李继之，忽经千百年，词坛荒芜，莫有增华者，子盍新厥事？”余曰“唯唯”，因而有《两河新篇》《中原倡和》之刻。是选随之，业未及半，中丞赋山颓木坏之歌，余抱残书之楚。楚之士大夫日治戎马，惟楼橹刍茭是问。博谋及野，获数十家。庚申[康熙十九年，1680]复返大梁。同游诸子为卜草堂，属余重理旧业。雪苑竹川间，彬彬[第1a页]如也。键户仅匝月，南征兵且薄城下，四关马矢高与睫齐。众军呜呜中，竟有拥白皙红颜而敲棋煮茗者，致三百里墟落人烟绝少，寂如太古。余潜居寡欢，日借吟咏与铙吹互答，悉胠敝箧，晨夕较论。其解悟独超、涵养素裕，致在情而不强、遇在景而不凿者，命曰神明之师；其词旨温蔼、才气刚毅，无刻削之习者，命曰仁义之师；其法律精细、起止端慎，无杂乱之趋者，命曰节制之师；其取材弘富、音节高亮，无险涩固陋之容[第1b页]者，命曰勇猛之师；其以干将莫邪为气魄，土缶芦笳为音调，绝巘穷崖为耸拔，幽谷寒泉为渊邃者，别立行伍以待之，庶几有临瀚海、封狼居胥之概，岂仅以五言为长城，非偏师所得攻哉？乃一日者，午睡方浓，剥椓声急，传南服纳款，健卒指日凯旋；所挟姣慧琵琶马上者，悉欲放归；星日万里，庐舍依然，车来贿迁，有如畴昔。余今而后，喜可知也。曰中原坛坫，其不即于荒也已。倘中丞公而在，其必曰吹台盛业，后有继者，其[第 2a 页]在斯乎，其在斯乎？时康熙十有九年[庚申，1680]秋七月朔，竹川钓叟魏宪惟度题。[第 2b 页][第 656 页]

二、魏宪“例言六则”（第 657 页）

[一] 是集诗征两河，刻经三载。梁魏之宗工殊胜，家吐青莲；湘沅之巨手必登，人矜白璧。吴越间多秀出，以舟楫尚慰印须；秦晋未快探奇，缘马牛每艰道左。或居其地而友其贤，倡和无辍晨夕；抑诵其诗以观其政，风声播先咫尺云尔。

[二] 近代诗必论派，风雅派从何来？诸家选必择人，山野人复何限？是集贵得和平，不分仕隐。廊庙虽多应制之什，山川亦寄吟眺之章。岛瘦郊寒，[第 1a 页]堪容别调；元轻白俗，谁许争先？我严鱼目之混，谁甘龙甲之遗？

[三] 古宗汉魏，离经不远；律及元宋，视唐则卑。近日作者应酬，动以七言；昔时风人耽吟，岂专一体？仆虚心搜索，近于古者必登；雅志推求，略见疵者悉摈。诸体俱备，即枫落吴江，亦自称快；片词得意，虽材用晋国，实切同心。

[四] 敏捷千首，无逾八叉之奇；结构十年，何如一字之易。同属温厚和平之旨，岂关多寡疾徐之间？[第 1b 页]故是集所载，多而连篇累牍，少而片言只字；靡不聿升大雅之堂，尚其共此不刊之典。

[五] 题贵朴雅，“先生”“夫子”之必删；苟取清新，牛鬼蛇神之远遁。略存氏里，表人杰与地灵；不列爵秩，待家乘及国史云。

[六] 圈点虽属私耽，略标眉目于一时；评骘未敢絜词，爰揭精神于千载。倘其知我，笔床墨斗，如见素心；借曰犹人，据史引经，亦属剩事。

东冶魏宪惟度书。[第 2a 页][第 657 页]

则杰按：以上序言及凡例，谢正光、佘汝丰《清初人选清初诗汇考》亦曾辑录（南京大学出版社 1998 年 12 月第 1 版，第

122—125页)。

【附录一】法式善《陶庐杂录》卷三(中华书局1959年12月第1版,第85页,原标第五十七则)

《诗持》凡三集,魏宪编。《一集》四卷,《二集》十卷,《三集》十卷,汇刻于康熙九年[庚戌,1670]。宪仿石仓例,欲补其缺,版式悉照石仓旧本,意甚良也。后又有《百家》之刻。统校一过,复沓沿袭,颇染坊间陋习,然闽诗赖以存者不少。

则杰按:此处称"《诗持》凡三集",盖未见最末之《四集》。

又,所说《百家》,指魏宪辑《百名家诗选》,参见该种。

又,所谓"闽诗赖以存者不少",将选诗重点定在福建一地,提法欠妥,容易使读者误解为地方类诗歌总集。

01－014　高言集

田茂遇等

总卷不详，此存“选闽诗”四卷。田茂遇、董俞辑，《四库全书存目丛书补编》第41册，影印康熙九年庚戌(1670)刻本。

一、王广心“序”(第124—126页)

余览前代诗骚之作，其追大雅之元音、守唐人之矩矱，历三百年而不变者，惟七闽为最著。若膳部、景运，高骞“十才子”，风标■[第1a页]举。高廷礼尤能采摭三唐，别体制之始终，审音律之正变；《品汇》《正声》二书，可谓诗家之三尺矣。弘、正以来，则郑少谷志存忠爱，辨晰精严；虽以对扬少陵，庶几[第1b页][第124页]无忝。其他《三山诗选》《闽诗正声》，莫不铿锵鼓舞，力挽颓波。至启、祯末造，正始而既衰矣，曹石仓风流蕴藉，犹先民之遗；《诗选》间有滥觞，无惭雅奏。与他省之缅[第2a页]矩决樊，随时易向；方坚北地、信阳之壁垒，旋坠公安、竟陵之溪谷者，去而天壤。盖诸君子主持风会之功，不可泯也。我皇清圣主右文，玉振金声，普天协[第2b页]律；七闽才彦云蒸，共相鼓吹。傅石漪先生家学渊深，工于吟啸，裒其乡上自石仓诸先生、近逮山林遗逸诸诗，俾吾友髯渊田子、苍水董子溯厥源流，录其绩[第3a页]颖，为《闽中高言集》，作《十五国风》之倡。余读之，华整流丽，秀于色而妍于态，则膳部、石仓之衣冠未改也；高深浑厚，雄于布格而亮于谐声，则廷礼、少谷之音节[第3b页][第125页]未亡也；彬彬郁郁，有正风而无变雅，有天宝而无开成，季札观止，其在斯乎。即其间作者，或以山川盘郁艰深，写色而入于幽；或以兵革流离怆况，言情而沦[第4a页]于细，要本阅历之偶移，非关性情之偏至。君子由剥而泰，则窈眇之思开而昌大之音作。兹者弓矢载橐，百蛮率舞，知将粹其中和，发为讴颂，于以黼黻太平，[第 4b 页]传之金石，讵独为林、高诸先生嗣徽艺苑也？时康熙九年庚戌[1670]中秋，华亭王广心题于茗粥堂。[第 5a 页][第 126 页]

二、董俞“高言集小序”（第 127 页）

七闽去神京六千余里，于天官家分野为牛、女。自秦置闽中郡，汉封无诸为闽越王，后立郡县，而都会始盛。其地东滨大海，南距交广，北控淮浙，土肥衍而水清驶。其山崒嵂而杰峙、苍蔚而蜿蜒者以百数，而武夷为最著。其精气所萃，物产之饶，不可悉举。吾意自有七闽以来，魁奇敏达之才、高深俊伟之彦，代不乏人；而稽诸往册，自唐以前，文采人物，不少概见，何欤？岂前此遐[第 1a 页]陬僻壤，先王诗书礼乐之泽尚未被耶？抑扶舆清淑之气，迟之久而后发，一发而遂极其盛耶？故言功业则有刘子羽、蔡襄、李纲、陈俊卿之流，理学则有杨时、游酢、蔡元定、真德秀、罗从彦之辈，著述则有杨亿、郑樵、胡寅、袁枢之徒；他如欧阳詹、胡安国、刘康夫，以经术显；陈瓘、郑侠、黄龟年，以直节闻；刘韐、陈文龙、林琦，以忠义著；人才之盛，指不胜屈。至于风雅一道，江为、林无隐开于前，刘后村、柳屯田嗣其孅，杨载、张以宁兴于[第 1b 页]后，至明初而作者云兴，后先照耀，而闽中诗学，至今雄视海内。或曰闽中之诗，大约祖林、高而祢郑、傅，华整流丽，饶于藻而逸于态，秀于写景而婉于言情；而以予观之，则不仅是也。兹集始于曹能始诸人，此时当明之末造，操觚之士非阳慕王、李而失诸肤浮，则醉心钟、谭而伤于孤僻；而闽中诸贤则斤斤守其说而不变，去二患而备众美，可谓习俗之所不能囿，而风气之所不能移者也。夫闽才之盛，固不止于诗，而诗其[第 2a 页]一端也；溯深穷高，不可以知正变之故乎？别驾阳谷傅公，闽人而深于诗者也；因田子髴渊有《十五国高言集》之选，与予论次闽风，别驾公尽出箧稿见示。集已告成，即为之叙闽派源流如此。云间董俞苍水氏撰。[第 2b

页][第 127 页]

三、田茂遇"高言集选闽诗题词"(第 128 页)

盖闻驺君拓地,家承绣衣七载之书;棠港肇邦,人传白马三郎之国。江淮间在汉代,徙籍以后,奕世尚操土风;牛女分自扬域,千里而遥,厥壤久沾文教。辅轩者星税壶公之岭,登临者日涉螺女之川。浴凤池边,吐凤之才华间出;钓龙台畔,雕龙之名彦蔚兴。科目宁始自欧阳,羡起衰之联第;理学既宗乎元定,识[第 1a 页]不愧之夙心。郑夹漈之博辑琬琰,草堂何如峃殿;江醴陵之间颂草木,笔邮倘忆生花。洎闽派独盛于明时,而雅音未纯乎曩制;家持一帜,人各分门。洪、永时之浦舍人,与"十子"颉颃其何愧;弘、正间之郑吏部,将单行掉鞅以自雄。迨石仓宝朋,挽艺苑之榛芜;而幔亭伯仲,张郢调之鼓吹。三百余年之风流邈矣,五十列城之名胜依然。今朝廷德洽扶桑,威行善眩。楼船横海,不惜语[第 1b 页]儿之授珪;蝉蜕登仙,更出逋鲸于赴水。用常使相,以振兴学校;留意安抚,以永靖烽烟。由是九叠峰前,不乏鼓琴之客;万松岩下,每来穴研之贤。胡氏安寅,竹林竞爽;林家藻蕴,棣萼联跗。慷慨若郑监门,绘陈当宁;缥缈如梅仙尉,迹著骖鸾。"六君子"嗣有人焉,"四先生"冀可作矣。夫榕阴凝绿,谁登管弦绿野之堂;荔幄流丹,更忆觞咏红雪之社。问逸老之黄庭尊酒,吊词客于月下花前。使赏并凌云,载觏[第 2a 页]龙池双赋;将调同赓雪,重吟汉水一联。珊瑚之网肆张,重渊斯购;江瑶之俎杂进,珍错遥登。毋曰勾践、无诸,人文到今为盛;应知武夷、高盖,山川振古称奇。凡得人□百有□人,得诗□千□百有□首。[第 2b 页][第 128 页]

四、田茂遇"选闽诗凡例六则"(第 129 页)

[一] 汉初无诸,都冶摇,都东瓯,壤地相接,皆粤裔也。七闽、两粤,向拟合集。今秋傅石漪先生佐郡公暇,留心风雅,搜罗闽诗甚

富，属赵子双白见示。不揣固陋，勉为点定，得如干家，遂专集问世。至两粤诗，宋潮州近许邮寄，亦即日有成书也。

［二］《高言》一集，《燕赵》而下，皆断自龙飞初祀。王敬哉先生有《燕赵明诗》，与拙选先［第1a页］后并行。乃闽诗，远及启、祯以前。譬之岁令，自冬而春，为序一嬗。从赵子双白请也。要以存近代闽派。故上溯石仓园诸子，旁逮笋江、漳浦诸公。四瑚八琏，非不知为夏商法器尔。

［三］闽诗，袁表《明初十子》一刻，极有斟酌，而不及浦舍人。后邓汝高有《闽诗正声》一选，虽虞山讥其瓣香廷礼，未叶唐音，然石仓以前，荔乡诗派所必取衷。将来拟汰其靡弱，薙厥嚣繁，汇编合梓，庶几彬彬一代之盛焉。［第1b页］

［四］余性懒散，避客五年。诗文邮筒，未尽谢绝。每检视废簏，鼠啮蠹蚀，存焉者寡。兹集丹黄评骘，句敲字击，董子苍水之功居多。至张子研铭、沈子彦澈，风雨联几，互有商榷。杪秋，周子鹰垂、王子季有归自都门，与张子崑远、豫章载加参订。盖尊酒细论，实赖良友之助云。

［五］秋间过娄东，以兹集就正梅村先生，手授周吏部朴园全集。吏部方今硕果，梅翁乡闱本房师也，得诗既迟，编录稍后。诸凡卷帙，随到［第2a页］随梓。上驷固列前茅，精骑方推后劲，左甄、右甄，皆一军之选也。山川阻修，挂漏是惧。若曰妄有殿最，余则何敢？

［六］顾子伟南，向来同事铅椠。奇文欣赏，厥有年所。适从楚幕曰归，长江风湿，臂偶不良。记室之评，间存一二。萧斋岁寒，与余有事《十五国高言》合选。盖兹集始事，石友弘揽折衷，借手卒业，行将与海内乐观其盛矣。

康熙己酉［八年，1669］孟冬之望，华亭田茂遇髴渊父谨识。［第2b页］［第129页］

【附录一】《四库全书总目》卷一百九十四集部总集类存目之四（中华书局 1965 年 6 月第 1 版，下册第 1768 页）

高言集四卷（江苏周厚堉家藏本）

国朝田茂遇、董俞同编。茂遇字髴渊，顺治戊子[五年，1648]举人。俞字苍水，终于布衣。皆华亭人。是书题曰《十五国风高言集》，而别标一"闽"字为子目。据其"凡例"，乃以一省之诗为一集，此乃十五集中之一也。

则杰按：此种又称《高言集·选闽诗》（参前田茂遇"题词"及"凡例"标题）。另"凡例"第二款所说《高言集》内的《燕赵诗》，曾有顺治十六年已亥（1659）刻本，上海图书馆有藏。此外如"凡例"第一款所说的《两粤诗》，则未见成书。

【附录二】徐世昌《晚晴簃诗汇》卷二十四"田茂遇"条（中华书局 1990 年 10 月第 1 版，第 1 册第 801 页）

髴渊……选当代名人诗，名《十五国风》，又选《高言集》……

则杰按：此处将《十五国风高言集》书名一分为二，当作两种总集，误。

又，法式善《陶庐杂录》卷三著录陶煊、张璨两人合辑《国朝诗的》时，也曾叙及"田茂遇、董俞纂《十五国风高言集》，以一省之诗为一编"；而所见点校本（中华书局 1959 年 12 月第 1 版，第 77 页，原标第十六则），该处将"十五国风"与"高言集"用顿号点断，似乎也是误把此集当作了两种总集。

01－015　骊珠集

顾有孝

十二卷。顾有孝辑，康熙九年庚戌（1670）刻本。（上海图书馆藏）

一、宋实颖“三体骊珠集序”（第 1a—3b 页）

闻之诗者，人心之乐也。昔吾夫子删诗正乐，问于太师氏，列十五国“风”以明风土之音不同，分“大”“小”二“雅”以明朝廷之音有间，陈“周”“鲁”“商”三“颂”之音所以侑祭也，定《南陔》《白华》《华黍》《崇丘》《由庚》《由仪》六笙之音所以叶歌也。得诗而得声者三[第 1a 页]百篇，则系于“风”“雅”“颂”。得诗而不得声者则置之，谓之逸诗，如《河水》《祈招》《车乘》《大武》之类是也。故采诗莫先乎正声，正声莫严乎辨体。诗之体，岂易言哉？自汉武《柏梁》，创为七言之体，而晋魏作者，吟写性灵，留连光景，于格力体制无取焉。逮乎初、盛以还，少陵崛起，始能上薄风骚，[第 1b 页]下该沈、宋；言夺苏、李，气吞曹、刘；掩颜、谢之孤高，杂徐、庾之流丽，尽得古今之体势，而兼诗人之所独专。则言诗之体而至于律，不尤难之难哉？余友顾子茂伦，有三体《骊珠》之选，而问序于余。余读之而叹曰：“美哉！洋洋乎真盛世之声也哉。”其间赠答宴会之什，有似乎“风”；帝京怀[第 2a 页]古之作，有似乎“雅”；郊庙大礼之篇，有似乎“颂”。茂伦与海内之缙绅贤大夫及文人学士游，而能得其诗、得其声焉；得其声，辨其体焉，可谓直入少陵之室，骎骎乎为《三百》之苗裔矣，岂独闻弦赏音，足知雅曲而已也？昔诗人王摩诘得辋川别墅，与道友裴迪浮舟往来竹洲花坞，[第 2b 页]弹琴赋诗；斋中所有，唯药铛、茶臼、经案、绳床而已。而司空表圣居王官谷，泉石林亭，颇极幽栖；晚年布衣鸠杖，徜徉其中，不事臧否。我茂伦之高情胜致，师表人群，实堪伯仲。以视今之所号为诗人者，奔走于势利之途，伺候于公卿之门，借一卷诗册为市道交者，其为人贤不[第 3a 页]肖何如也？康熙九年，岁次庚戌[1670]，三月上巳，吴门同学弟宋实颖题于读书堂之松风。[第 3b 页]

二、顾有孝"凡例"（第 1a—2a 页）

一[一] 《骊珠》之选，始于丁未[康熙六年，1667]冬日。阅稿三千余部。初拟合三体共成一集，而惜交寡断，遂至泛滥。恐重大难行，先出七律行世。五律、七绝，当即续梓矣。

一[二] 诗到有先后，随到随选，初无次序。至有子弟列于前，而父兄列于后者，非有所轩轾。览者谅之。

一[三] 同人如朱子近修，杜子于皇，龚子仲震，纪子伯紫，孙子豹人，钱子去病，龚子半千，朱子子葆、子蓉，俱未曾以集见贻，仅从各选中抄录。而钱子尔斐，韦子剑威、六象，姚子文初，钟子宣远，唐子闻宣，郭子皋旭，沈子仲芳，戴子应商，文子园公，沈子声远，竟不及借光。颙[第 1a 页]望速惠新集，入五律、七绝中也。

一[四] 诗之能传远与否者，在词之工拙，不在选之多寡。应思名贤林立，刻非专集，纵使其工，岂能多载？而颇有以录少为嫌者，何其不谅乎？更有友人尺素远颁，而诗集竟为将命者浮沉，披览无从，罪不在我。为毁为誉，任之而已。

一[五] 时贤诗，余向有《丽则集》《诗略》诸选。近更有《百名家英华》《江左三大家诗钞》之刻，颇为艺林所赏。今赵子山子复约余同订《丘樊》《台阁》二集。同人名篇，幸即惠寄，并详注爵里是望。

一[六] 吾邑诗，已有《文起》之选。两书彼此互见，不入此集者[第 1b 页]颇多。而同人如山夫、雪嵋、弘人、安节、山子诸嗣君，皆诗才高妙，览者求之于《文起》可矣。

一[七] 余息影菰芦，交游实寡。而广为搜致名集者，金子耿

庵、张子虞山、彭子骏孙、钱子础日、计子甫草、袁子重其、喻子非指、家修远兄也。功不可泯，因亦附识。[第 2a 页]

【附录一】孙枝蔚《溉堂集·文集》卷二《与顾茂伦》（上海古籍出版社 1979 年 12 月第 1 版，下册第 1113 页）

向者屡蒙索及拙稿，云方有《骊珠集》之选，不谓便已成书。勤作懒写，既是夙疾，亦不意过烦搜刮，谬采拙律四首，皆见于黄心甫旧选者，对之面赤而已。

则杰按：以上序言、凡例及附录，谢正光、佘汝丰《清初人选清初诗汇考》亦曾辑录（南京大学出版社 1998 年 12 月第 1 版，第 107—110 页）。

01－016　闲情集

顾有孝等

六卷。顾有孝辑，陆世楷增辑，《四库禁毁书丛刊》集部第172册，影印康熙刻本。

一、王士禄“闲情集序”（第648页）

自《国风》浸微，《离骚》继作，其辞之诙诡瑰丽、幽渺凌忽，以视成周太史所陈，诚有间矣。然其衷情之缠绵悱恻，实本于忧谗畏讥、爱君忧国之思。故太史公曰：“《国风》好色而不淫，《小雅》怨诽而不乱，《离骚》可谓兼之。”自汉魏至三唐，才人叠迹；绮靡之制，穷极纤渺；沿波讨源，莫不同祖“风”“骚”，亦[第1a页]犹之路鼗出于土鼓，篆籀生于虫书也。李阳冰称太白之诗，言多讽兴，驰骋屈、宋，为“风”“骚”之后一人。子美特变本加厉尔，然其所推“江湖万古流”者，不越“风”“骚”、汉魏，是可得其旨趣矣。元、白艳体，联珠缀玉，先后一揆，乃杜牧之独以“劝淫导媟”重相诋諆，何欤？即牧之所自作，语多绝艳，所谓“劝淫导媟”者，毋乃躬自蹈之欤？松陵顾子茂伦，夙号高才生，其学上下千载，于三楚、两京、六[第1b页]朝以迄近代之诗，无不综览而诠衡之，谓唐人之诗妙于言情，而理在其中；宋人主意，元人主词，去古皆远；惟胜国季迪、眉庵、昌谷诸公，义合风雅，语兼哀艳，直可嗣响唐音，称骚人苗裔。乃取三百年以来名家诸集，择其丽而有则者撰次成编，名曰《闲情集》。当湖陆子孝山复加参伍，付之剞劂。拾三闾之香草，架孝穆之珊瑚。驰函远寄余京邸。每读一过，流芬送馥，目眩魂摇，洵[第2a页]册府中之木难、火齐也已。余观古今隐逸诗人，首推陶元亮，乃其《闲情》一赋，备极帷房旖旎之致；揆厥风旨，正与《悲士不遇赋》同一寄托。萧统嗤为“白璧微瑕”，所以来东坡之诮。呜呼！能通乎元亮之意者，斯可与读茂伦兹集矣。若夫《玉台》剩彩，《香奁》浮藻，岂足与同日而论哉？[第 2b 页][第 648 页]

则杰按：此序又载朱鹤龄《愚庵小集》卷八（上海古籍出版社 1979 年 11 月第 1 版，上册第 375—378 页），标题下有一“代”字，正文文字相同，可知实为朱鹤龄代撰。

二、陆世楷“闲情集序”（第 649—650 页）

松陵顾茂伦先生，隐居立言，著述甚富，而尤邃于诗学。凡汉魏、六朝、三唐，以及近代诸名家诗集，靡不综览而论定之。兹复搜辑有明一代之诗，录其艳体，别为《闲情》一集，数千里邮示余。余复搜诸家藏稿，更为增定，因序之曰：夫“闲情”者，靖节先生用以命其赋，而昭明犹以微瑕目之。[第 1a 页]顾子以是名兹集也，殆将自娱其情欤，抑以证天下之同情也，则余姑妄测之，可乎？《虞书》曰：“诗言志。”卜氏曰：“诗者，志之所之也。”志之在心，静则为性，而动则为情。乃后之论诗者，往往置性而言情。情之所发，而诗生焉；诗之所感，而情又生焉。情生于诗，诗生于情，盖相禅而不息者也何？则天地之间，安往而非情哉？彼夫君亲僚友之交、埙篪琴瑟之好，以情协情，固赓飏赠答所由[第 1b 页]来也。至于日月成象、山川成形，以及微而虫鱼，轻而卉木，此亦何情之有？而诗人往往著为咏歌，形诸寤叹，若无一不可动吾情，即无一不自具彼情者。是则有天地即有情，有情即有诗，诗无尽而情亦与之无尽。虽然，自有诗以来，而情之变极矣。适其情则以喜以乐，不适其情则以怒以哀。情之动也，遂有一发而不复止者。将何以救之？还救之以诗而已。诗之为用，能化无情[第 2a 页]为有情，亦能化有情为无情。情不自起，亦不自灭。分用之，若见其有余；专用之，反见其不足。专之久而忘焉，则情也而归于性矣。譬犹水然，当其泛溢而无所底，必因其润下之势而导之，乃得安其性焉，以易就故耳。夫情之易就而不可移者，有甚于男女之际乎？此"《国风》好色"，所谓"发乎情而止乎礼义"也。说者以为诗亡骚作，乃取喻于美人香草，驰想于神女虙妃，是岂情之正[第 2b 页][第 649 页]乎？而汉魏以后，递相祖述，何也？余思汉魏以后之诗，其善于言情者，《三百篇》皆言之矣：《关雎》，宫词之原也；《卷耳》，闺怨之祖也。"鸡鸣"赠佩，非同声乎？《车牵》"式燕"，非定情乎？《硕人》之章，《长门》之赋也；《谷风》之什，《白头》之吟也。执袪执手，则怨别矣；尚瑶尚英，则催妆矣。他如静女、丽人，荡妻、少妇，滥觞于《三百篇》者，难以更仆数也。古人以情而形诸诗，今人因诗而情弥炽，于是家擅风流，人矜[第 3a 页]轻薄；搦管则翻《子夜》，濡毫辄拟《无题》；甚且沉酣歌舞之场，纵恣闺房之内，不几以诲淫溺志，归罪风雅乎？夫重瞳泣下虞兮，隆准心伤楚舞；陈王归国，乃赋洛神；太白长流，爰歌越女，此皆壮士失意之时、才人抑首之日，借以耗彼雄心、销其愁垒，非真谓柔乡可老、秀色忘饥也。况复明眸皓齿，转盼衰残；白纻红弦，逢场游戏，有识之士方将等富贵于浮云，齐彭殇于隙影，而何有[第 3b 页]于是哉？兹集也，诗与情来，情随诗往；诗无留响，情无滞思。其始也钟情，其终也忘情矣。盖四大本空，万缘俱幻。知其为空为幻，而后可以用吾情。用之不移，而情于是乎尽。情尽则心明，心明则性现。所以革囊可试，何妨染天女之花；莲性常存，并欲涉泥犁之趣。余愿今天下诗人，即以《闲情》之集为复性之书，可也。[第 4a 页][第 650 页]

则杰按：此序称此集"搜辑有明一代之诗"，但其中至少有一部分作者实际已经进入清代；前面该序称其"取三百年以来名家诸集"，殆即此意。

三、尤侗"序"（第 651 页）

《周南》"之子"，比以桃华；楚国美人，赠之香草。落叶淋铃之曲，帝王犹然；凌波行雨之辞，神仙不免。乃知钟情吾辈，故是名言；解事小儿，要非定论。若使采衣不御，瑶瑟无声；埋月露于骚坛，劚烟花于艺苑;则青天寡色,绿水焉文?珊瑚之树,芜作蓬蒿;翡翠之禽,化为鹈鴂。岂所以鼓吹聋俗、絺绣裎乡哉?奈何郑、卫易流,齐、梁迭变。房中之[第1a页]乐,半入桑中;陌上之歌,浸淫马上。锦鞋罗袜,竞制新题;秘戏迷藏,咸称古意。甚王昌之无礼,真宋玉之罪人。斯儒家有狭斜之讥,释氏设泥犁之戒也。辟疆先生,雅工刀札;平原公子,妙解商黄。偶从草阁之余,裒采《玉台》之体。吴娃越艳,递代秦宫;鲁缟齐纨,并陈燕市。箫楼公主,素号比肩;桂殿嫦娥,争夸垂手。靡不妍鞶巧笑,动魄惊魂。洵《南部》之丛书,为《西昆》之绝调。若言好色,何[第1b页]减《国风》?以奏希声,无惭《大雅》。谢东山之丝竹,渐近自然;宋广平之梅花,岂伤盛德?正于滓秽之外,别见清虚;亦惟绚烂之中,方臻平淡。昔年靖节,曾赋"闲情"。哀窈窕于东篱,子虚枕障;老温柔于三径,亡是钗钿。虽姬姜之思已深,而羲皇之梦故在。取以名集,实获我心矣。仆本恨人,对此绮语;既思情多,复愁才尽;其敢刻画无盐、唐突西子乎?辄奉来书,点冻而已。[第2a页]康熙庚戌[九年,1670]孟冬下浣,吴门同学弟尤侗谨序。[第2b页][第651页]

则杰按:此序又载《尤侗集·西堂文集·西堂杂组·二集》卷三(上海古籍出版社2015年5月第1版,上册第189—190页),标题即作《闲情集序》;除删去末尾署款之外,其他文字基本相同。

01－017　纪事诗钞

顾有孝

十卷，末二卷配自顾有孝辑《骊珠集》(参见该种)。顾有孝辑，清初抄本。(浙江图书馆藏)

一、魏禧序(第 1a—2a 页)

顾子茂伦以诗学名天下数十年，所论定古今人诗为类亦数十，最后选洪、永以来纪事诗凡十卷，缄其书来，属予为之叙。盖自《诗》亡而《春秋》作，圣人以史续诗。至杜甫，诗多纪载当代事，论者称"诗史"，则又补史之阙。然后世有心之士，居其位而不得行其志，与夫不得居其位者，于当世治乱成败得失之故，风俗贞淫奢俭之源流，史所不及纪，与忌讳而不敢纪者，往往见之于诗。或直述其事，不加褒贬，或微词寓意以相征，盖不一而足，非独子美为然也。顾子抱道衡门，身为匹夫而慨然有天下之虑，其所收录[第 1a 页]皆取有关世道，所谓"言者无罪"而"闻者足戒"，其庶几矣乎？且夫天下之变不可胜穷，而治乱靡知其所底；然前事者后事之师，数百年之是非善恶，等而上之，至于尧舜数千年，推而下之又数千年，大抵如是也。《书》曰："与治同道罔不兴，与乱同事罔不亡。"草野之人，不敢诵言朝廷之事，然观民情之苦乐、有司之所奉行，则其得失可知也。故曰："问善御者莫如马，问善治者莫如民。"是故托物以微讽，其旨曲，不若据事以直书，其情危。虽里巷歌谣之细，上可以备黻扆之法戒，下可以儆官邪而正民俗，称曰"诗史"，夫何让焉？昔汝南许子伯与其友人说世俗将坏，因夜举声号哭；顾子之选，予[第 1b 页]之叙，亦悲歌以当哭也夫！时庚申[康熙十九年，1680]冬至，宁都易堂同学

弟魏禧撰。[第 2a 页]

则杰按：此序又载魏禧《魏叔子文集·文集外篇》卷十（中华书局 2003 年 6 月第 1 版，中册第 539—540 页），标题即作《纪事诗钞序》；除删去末尾署款之外，其他文字亦略有出入。

【附录一】叶舒颖《叶学山先生诗稿》卷八《哭顾茂伦》八首之三（台湾新文丰出版公司《丛书集成续编》第 174 册，第 638 页）

负郭无田可立锥，啼号终岁仗谁知？到头都不关心曲，只少刊成本事诗。（茂伦辑本事诗，表微阐幽，诗中之史。集成未得授梓，病笃，惟以此遍嘱旧交。）

则杰按：此处所说"本事诗"，当即指《纪事诗钞》。

01－018　本事诗

徐　釚

十二卷。徐釚辑,《四库禁毁书丛刊》集部第94册,影印乾隆二十二年丁丑(1757)半松书屋刻本。

一、尤侗"序"(第527页)

琅琊公子,有情死之言;邺下才人,多忧生之叹。百岁每伤于哀乐,三生交感于精魂。春思秋悲,琴歌酒赋。江山花草,尝触物而流连;黛泽衣裳,愿随身而宛转。无题漫兴,即事因书。然而前人乐府,大都寄托之词;吾辈闲情,半作虚空之语。若乃馆娃宫畔,偶遇西施;桃叶渡头,朅来子夜。西陵松柏,郎跃青骢;南浦芙蓉,妾乘素舸。华灯绮席,争看红粉之回;风雪旗亭,窃听双鬟之唱。贮阿娇于金屋,颈宛鸳鸯;迎小玉于妆楼,舌偷鹦鹉。非花非雾,恍若游仙;为雨为云,邈如梦寐。斯伤春杜牧,赢薄幸之[第1a页]名;而恨别江淹,著销魂之句也。又况彩云易散,白日长辞。兰香去后,消息全无;紫玉归时,形容宛在。残香剩粉,玉钩斜陈迹空存;堕珥遗簪,金屈戌旧游不在。人非木石,宁不凄怆?子有鼓钟,且以喜乐。用借阴阳之律,爰成长短之歌。昔唐人孟棨集《本事诗》,采艳搜奇,亦云备矣;徐子电发续谱兹编,孝穆前身,冬郎今日。昉自铁崖而降,断从蒙叟以还。并富篇章,堪资讽咏。惊奇字之盈箧,疑美人之满堂。仿佛画图,参差弦管。臣真好色,对此目招;仆讵知音,观之眉舞。南部烟花之记,定擅无双;西昆锦瑟之题,宜标第一。[第1b页][第527页]

则杰按:此序又载《尤侗集·西堂文集·西堂杂组·二集》卷三(上海古籍出版社2015年5月第1版,上册第190—191

页),标题作《续本事诗序》,其他文字相同。

二、吴中立"序"(第527页)

《本事诗》,枫江渔父手编,渔洋山人阮亭王先生所论定也。中立佐郡山左,于役济南,以通家子谒先生于新城里第,从池北书库抽架上诗一编诵之,校诸唐人孟棨所撰,倍十之八九。先生谓中立:"此余老门人徐检讨电发钞撮。三十年前,余曾与之决择诠次,自元迄明,迨本朝,分前、后两集,合为十二卷。向留蚕尾山房,惜未锓梓,几饱蠹鱼之腹矣。"中立僻在海隅,政事清简,承先生命,请为校雠,授之剞劂氏。若检讨,名釚,吴江人,又号虹亭,浮沉金马,虽知之有素,然固未尝相识也。康熙四十三年甲申[1704]元日,长白山樵吴中立谨书。[第1a页][第527页]

三、王士祯(禛)札(第528页)

[一]

尊选《本事诗》极佳,第前集中所收,有类小说者,恐妨大雅,稍稍删削,辄僭拈出,不知有当否?惟大方裁之。余不既。士禛顿首。

[二] 又

虹亭太史足下:两荷垂询,以乏便羽,皆失裁复,心常拳拳。承惠寄《词苑丛谭》,枕藉读之,如聆言笑。近从侯官林兄吉人,得读《甘泉宫瓦诗记》,又旷若复面也。比来动止当清佳,吟诗作画,尚如畴昔否?里中有稼堂,吴有悔庵,禾有竹垞,倡酬定不寂寞耳。《本事诗》久应锓梓,伫望见示。能乘兴写垂虹秋色一幅寄我,尤妙,未敢必也。俞羡长刻集,及徐介白、俞无殊二君诗,各见惠一本。人便附[第1a页]候,勿吝嗣音。不一。庚辰[康熙三十九年,1700]九月望前,士禛顿首。

[三] 又

虹亭孤情绝照,如云中白鹤,今之徐孺子也。每得手书,回环三复，不能自已。《本事诗》得吴世兄表彰镌梓，欣慰无量。但此书本出虹亭数十年苦心撰著，不佞安敢掠美？得附名参订足矣。小序俟书寄到时属笔，幸早邮示。不佞刻《精华录》，向来牧老托顾侠君料理，此板不知存贮何所，恐遂散失，祈一询之，取庋郡署，均感荷矣。竹垞久无音讯，闻明诗已选成，能索寄一部否？附及。士禛载顿首。

右阮亭先生三札。[第 1b 页][第 528 页]

则杰按：其中第二札，又载《王士禛全集·集外文辑遗》卷四（齐鲁书社 2007 年 6 月第 1 版，第 3 册第 2446 页）。

四、徐釚"略例"（第 528—529 页）

一[一] 集名《本事诗》者：己酉[康熙八年，1669]、庚戌[九年，1670]间，余客燕齐，尘土满面，跅跎纵酒，颓然自放。辛亥[康熙十年，1671]归憩菊庄，夏六月暑甚，坐卧竹林，回思曩日与伯紫、方虎诸君旗亭倡和，恍惚如梦，偶有编辑。昉自明初，暨国朝诸家诗歌，其事有足征述者，萃为一编，名之曰《本事诗》，稍资一时谈柄，以为是可诵之尊前酒边云尔。

一[二] 宫掖之作，如《长恨歌》《连昌宫词》之类，虽或寄慨兴亡，然皆述内庭之事，余故间为采入。"白头宫女在，闲坐说玄宗"，吾辈不可无此情性也。

一[三] 香闺标格，代有其人。何况红楼起社，青雀连盟；居然[第 1a 页]脂粉山人，宛是裙衩名士，其艳情逸韵，不更堪道乎？余亦备录，第宁简勿繁。道韫柳絮单词，鲍娘香茗一赋，虽或传或不传，总令谈之者齿颊俱芬耳。

一[四] 宠姬爱妾，固不独石家金谷园中、张家燕子楼上也。瘗玉埋香，千古同恨。则陈王《金瓠》之辞、潘子《泽兰》之咏，均宜入选。岂云伤哀之作，遂不关霓裳锦瑟欤？

一[五] 游仙诸女，仿佛飞琼、兰香者，皆可作秦女吹箫之伴。谁谓麻姑鸟爪，仅降之蔡经家耶？

一[六] 幽期冥感之事，往往见之传奇小说。岂咏歌所及，反不足资诵说耶？余亦间采一二，传之好事云。

一[七] 青楼狭邪之娼，色艺双绝、名驰北里南院间者，花间[第1b页][第528页]酒边津津道之，犹令人色飞眉舞。但词非幼妇，而讹云足当缠头者，概不入选。

一[八] 歌童人宠，自霍氏家奴以下，栉比而生，讵谓世无秦青？鄂君绣被，竟令香消耶？余故录之，仿佛见郑樱桃于歌板青尊之下。

一[九] 教师乐工，一曲动人，灯残月落，犹令人按拍寻味不已。何况红牙檀板，不知断送多少情人。“一声河满子，双泪落君前”，千古肠裂，原不止孟才人也。故如龟年、贺老之流，余亦采入，要当歌之于江南风景、落花时节云尔云。

一[十] 诗人逸事，间采诸家诗话，及《列朝诗集》小传中，为之[第2a页]节略其一二。大抵纵情任诞者居多，录之借以消磨块磊。若云名教中自有乐地，余固应作罪人也。

一[十一] 是编乘兴偶辑，非关窅渺。两月之内，便拟杀青。且家鲜藏书，肆无善本；所阅别集、野史数十种而外，不能旁搜遍览，故多遗漏。如有博雅君子，举以相告，尚俟增入。

一[十二] 小说家所记，事多失实，且诗杂鄙俚，仅可充委巷流谈者，总无明证，并不混载。

一[十三] 近时名贤，如牧斋、梅村诸先生而外，岂遂无红粉青衫之感？余既未事征求，遂不能遍读藏稿。遗珠之叹，深用歉然。倘有汇寄，更须续集。[第2b页]

康熙十一年，岁次壬子[1672]，腊月梅花开日，吴江徐釚书于菊庄之香雪窝。[第3a页][第529页]

五、徐釚“启”(第530页)

盖闻文通叠恨，斑管催题；孝穆牵情，玉台留咏。是以豪家破镜，传来公主短诗；别殿分钗，歌就乐天长句。楼头燕子，红粉都非；江上琵琶，青衫欲湿。斯皆谱新词于乐府，谈往事于尊前者也。夫洛妃乘雾，佩深交甫之遗；宋玉窥墙，目送东邻之子。是耶非也，如听哀蝉；珊乎迟来，恍闻落叶。避风欲筑，难留赵后之裾；泪雨空垂，谁拥樊家之髻。若乃烟迷龙塞，远嫁明妃；露冷雀台，长怀魏武。绮阁之金莲已邈，后庭之玉树依然。他如蟋蟀机边，愿寄流黄之锦；蘼芜山上，难成翡翠之巢。颜随芳草俱埋，人传碧玉；魂与落花同陨，代有绿珠。欲识凤凰，天下空闻萧史；漫求鸾鹤，人间讵降兰香？此奉倩所以伤神，而[第 1a 页]潘岳因之作赋。下此则笙歌北里，攀回油壁之车；鼓吹西楼，看罢柘枝之舞。恨不留诗于崔护，妒杀桃花；谁能系马于章台，生憎杨柳。而况西陵松柏，惯结同心；禾水鸳鸯，真成比翼。醉忆扬州之梦，敢记烟花；醒惭巫峡之魂，终迷云雨。春风一曲，最怜刺史情多；香雾两行，谁说司空见惯。尔乃桃根桃叶，空余怨粉啼香；兰桨兰桡，只剩晓风残月。未免有情，谁能遣此。于是歌翻白苎，檀槽与象管同催；酒渍红裙，锦瑟并霓裳迭奏。何戡犹在，忆旧曲于花前；贺老云亡，叹新声于月下。绛纱缥缈，不嫌长笛之赋马融；翠帐低徊，恰似短箫之吹嬴女。甚至歌怜河满，时时误识樱桃；情比鄂君，夜夜偷熏绣被。卧秦[第 1b 页]宫于花底，错赐缠头；羡霍氏之家奴，无劳半臂。既云钟情自在吾辈，何妨识曲便记当年。用缀乌丝，爰披白雪。硃研花露，点薛涛濯锦之笺；墨傅松煤，写张泌妆楼之记。惟广搜夫佳什，更遥集乎名篇。远传玉山堂上之人，闲吹铁笛；近接红豆庄前之叟，坐爱银筝。（谓铁崖、蒙叟）休弹出塞从军，身非荡子；漫说开元天宝，情类宫人。谱以新题，且向鬓丝禅榻畔；编成佳话，聊资歌扇酒旗旁。如云逸致堪标，会借小窗班史；倘曰风情可画，敢劳深院王维。因传《本事诗》，愿续断肠句。吴江徐釚拜启。[第 2a 页][第 530 页]

则杰按：此启又载徐釚《南州草堂集》卷二十四（《续修四库全书》第 1415 册，第 397—398 页），标题作《征选〈续本事诗〉

启》;除删去末尾署款之外,其他文字相同。

六、徐大椿"本事诗书后"(第531页)

《续本事诗》,乃先王父辛亥岁[康熙十年,1671]所编也。王阮亭先生见而赏之,相与采择诠次,留玩案头。适其门生吴公中立来守吾苏,先生举以畀之,嘱为剞劂,公下车即捐俸开梓。未几而吴公去任,携此板北归;又以事羁寓维扬,板渐散失,求者甚众,而书不可复得矣。乙亥[乾隆二十年,1755]春,汪君念贻好古耽书,与余共襄重锓,阅岁而工毕。考是书之作,先王父年三十六,北游旋里,不得展其志,故为此寄情托兴之笔。自己未[康熙十八年,1679]举鸿博、操史笔以后,一切非经世诗文不作矣。然是书之所录,虽文士之艳词逸事为多,间亦有关三朝典故者,考古家不无所取征。故诗采国风,亦圣人之所不废也。乾隆二十二年[丁丑,1757]花朝后二日,孙大[第1a页]椿敬识。[第1b页][第531页]

【附录一】光绪十四年戊子(1888)邵武徐氏刻《邵武徐氏丛书·二集》本《本事诗》徐榦《跋》(《续修四库全书》第1699册,第388—389页)

吴江徐电发先生,以缠绵悱恻之才,发为诗歌,负一时盛名。虽举鸿博,直史馆,终以兀傲遭重口谣诼,挂席南归,自放于五湖烟水间,何遇之蹇也! 所辑《本事诗》十二卷,取有明以来缠绵悱恻之作,总为一集,读之能增春女之悲而益秋士之哀,其移人也深矣。蒋君敬臣劝余重付剞劂。余惟徐先生尚有《词苑丛谈》六卷,当时与此书皆盛行海内,原板散失;《丛谈》已刻入《海山仙馆丛书》,《本事诗》则未闻有重镌者,宜蒋君之怂恿付梓也。余尝读蒋君《重游端园》绝句云:"旧游题字忍重看? 联襟人非景物残。无限感今怀昔意,夕阳明处一凭栏。""秋香几树傍池开,池水曾经照影来。回合画廊无恙在,伤心红粉久成灰。"又《金缕曲·题香囊》云:"巧样丝千缕。记年时、谢郎爱佩，殷勤乞与。妆阁已非当日旧，故物紫罗珍护。更莫问、余香难驻。月不重圆花易谢，早美人、零落归黄土。重检点，泪如雨。

回思玉腕轻携处。有多少、难宣隐曲，欲披情愫。只有灵犀心暗印，密与金针共度。怅缘薄、留仙不住。雪爪几痕添线迹，与马嵬、剩馥同千古。呼不起，白杨墓。”蒋君盖亦缠绵悱恻人也，故于此书爱之特深。君名清翊，吴县人。端园在吴之木渎镇。附笔于此，以待后有徐先生其人辑《续本事诗》之采取云。光绪戊子[十四年，1888]四月，邵武徐榦识。

【附录二】毛奇龄《西河集》卷五十九《续本事诗题词》（《景印文渊阁四库全书》第1320册，第523—524页）

自《祈招》止王，左丘志始；墓门负子，屈氏更端。于是韩婴有记实之文，刘向得征情之序。此即后人“本事”之所自昉矣。顾汉魏以来，代有踪迹；而旁引曲述，迄无成本。都尉录别，附见史文；郡掾赠言，彰于《诗品》。晋乐载桃叶之词，吴调列明君之曲。从未有汇所见闻，裒为一集，如唐孟启[棨]所传者。盖唐人为诗犹近风。讽有其言在此而意在彼者，有题鲜缘情而文实多寄旨者。自非晰所从来，用为标识，则绿珠之篇，无与左司；息妫之吟，但咏楚事，几何不伦于白华之疑、采唐之讼也？夫切类指事，所以附理；起物拟议，所以植情。故诗为乐体，事为诗志。无疾而呻吟，听者谓其不能吟；无指而怨刺，识者谓其非所刺。盖物触者理通，而事形者志起也。特录事之文，藏于篇什；本始遗轶，徒具讽叹。而近且大雅不作，载述未闻。吴江徐子电发，因有《续本事诗》之选，所以备辑题序，媲诸记事。予惟是近代以来，时移物更，景与会迁。其间阅历遭逢，感慨都有。南皮酣饮，不废盘桓；西塞流离，自伤羁绁。王粲起登楼之制，陈琳成记室之言。塞姑昨日，都护难归；驿骑明朝，逐臣将去。然且世际因革，遇有兴丧。就其上声，言闻变调。岂无帆开牛渚，歌用莎持；人在彭城，道逢播掿？绝弦声苦，犹怀五日当年；破鉴光分，虚过上元子夜。又况才人沦落，意气慷慨；高逸未就，怨愤斯作。汾阴无西顾之悲，明河增北门之诮。帘前烛影，岁月依然；北阙书成，故人休上。天下有事，故流易坐丁忧叹。如今日者，即微斯编，亦必以为序传之当兴，向、婴可与嗣矣。

01－019　莼阁诗藏

赵　炎

十七卷。赵炎辑,康熙刻本。("中华古籍资源库"网站影像版,原书藏中国国家图书馆)

一、沈荃"诗藏序"(第1a—7a页)

诗之有选,何始乎?始于梁昭明、徐孝穆,非也。孔子尝删诗矣;《三百篇》之后,"四始""六义",垂为专经。而所谓三[第1a页]千篇者安在?即有古逸,寥寥无多。选则存,不选则亡。诗之有赖于选,岂偶然哉?自宋以后,诗赋不列于制举。士大夫工为韵语者,登[第1b页]临酬赠,遣兴怡情,非有父兄师友之训、荣辱得失系乎进取也。乃吟咏甫毕,同人竞相传赏。稍有疵字棘句,辄交口訾议之。而选家[第2a页]又复高自位置,逞月旦之口,曰若者连城,若者洞光,若者珷玏、鱼目,摘抉爬梳,俨深文老吏然。予谓必胸罗万卷,具"八叉""七步"之才、[第2b页]玉衡冰鉴之识,然后扬榷品题,不差累黍,否则矇瞍之操埏埴耳。余自叨侍讲幄,屡荷殊眷,上殿论诗;退而自维,欲[第3a页]有所论次,以昭同文之盛,顾困于尘坌未果。宋观察荔裳自吴中来,津津称赵子二火诗不置。且曰:"二火,闽高士也,而游于吴,与吴[第3b页]梅村太史订忘年交,迩固侨寓云间矣。"今秋,余膺命典浙闱。事竣,道经里门,二火投诗见访,以所选《诗藏》索序。余于舟次披览两日[第4a页]夕,喟然叹曰:"甚哉!诗之未易选也,今而后选政有归矣。"盖诗教至今日称极盛也。自北地、信阳、历下、娄东振起之后,竟陵欲易之[第4b页]以真率,而人辄排之。今之作者,于乐府、古体宗魏晋,于近体宗盛唐。万派归墟,学海洋洋矣。然天分造诣，自不可强。今即举当世之[第 5a 页]名流大家，或有法徐、庾而过于靡，拟陶、韦而近于僿，规模杜陵而不无矜厉太过者。二火斟酌去取，断然不疑。若其所抡选一二新[第 5b 页]名家，亦必騄駬飞黄，堪为后劲，然后登诸作者之林。是以揽其尺幅，则锦绮辉煌；汇诸大冶，则金碧映现。甚哉！二火之精于选诗也。[第 6a 页]乃二火非欲以之炫世，而自托于名山之藏。夫玉藏山，珠藏渊，光气出焉。今天下方慕乐二火之诗，请即兹选，以印可之。埋名而名[第 6b 页]我随；《明堂》《宝鼎》，无逾乎此。康熙十一年，岁次壬子[1672]，季冬，云间年家弟沈荃拜撰。[第 7a 页]

二、赵炎“征选今诗藏引”（第 1a—2a 页）

原夫声教之有诗歌，性情所启；风雅之分正变，格律斯存。论其世，则黄歌逐肉，依然嶰谷之音；论其人，则丹陛鼓鼙，不废箕山之调。三百篇删录既定，尚余古逸流传；五七言体制日新，各有天才擅美。河梁酬赠，情致宜深；邺下宴歌，才华贵丽。处士咏怀之什，发源于阮啸嵇琴；名流应制之词，掞藻似潘江陆海。若乃阴、何轻婉，变成沈、宋风华；卢、骆铺张，不及高、岑磊落。况以青莲之俊逸，方之子美之沉雄。李如灵凤九苞，共云霞而绚彩；杜则神龙万变，挟风雨而游空。中晚以来，颓靡日甚。惟“前七子”之起于弘、正，空同、大复，天作高山；并“后七子”之振自[第 1a 页]嘉、隆，沧溟、弇州，人钦学海。此诚东壁之间气，郁为北斗之宏声。炎，闽峤鄙人，艺林末学。少入季长之帐，粗识亡书；长游元礼之门，略闻绪论。飘零兵燹，踪迹孤单。泛梗吴中，徒赁舂于皋庑；采莼泖上，曾问字于云亭。值五茸之盘敦纷纭，乐与晨夕；兼四方之邮筒络绎，积有岁年。且观当代之诗家，较之古昔而倍盛。登朝硕彦，既有明堂清庙之章；漱石幽人，亦多大吕黄钟之韵。偶为品定，命曰《诗藏》。将以矜秘帙于山中，岂敢侈知音于宇内？迩者同人披玩，契若椒兰；上客采询，劝登梨枣。近体先经付梓，诸卷嗣将汇成。第恐孤吟只困于壤虫，寸管难窥夫全豹。敢恳[第 1b 页]高贤长者，锡之佳制，俯慰调饥。或前编登载无多，大名不妨再见；或新咏各体具备，压卷借以增光。至于爵衔里居、原名别号，亦祈细加详示，以便刊入简端。漳浦赵炎启。[第 2a 页]

则杰按：以上序言及征诗“引”，谢正光、佘汝丰《清初人选清初诗汇考》亦曾辑录（南京大学出版社 1998 年 12 月第 1 版，第 140—143 页）。

01－020　诗观初集

邓汉仪

十二卷。邓汉仪辑，《四库全书存目丛书补编》第39册，影印康熙慎墨堂刻本。

一、邓汉仪“诗观序”(第1—4页)

《十五国名家诗观》之选成，予反覆读之，作而叹曰：“嗟乎！此真一代之书也已。”当夫前朝末叶，铜马纵横，中原尽为荆[第1a页]榛，黎庶悉遭虔戮。于是乎神京不守，而庙社遂移。有志之士，为之哀板荡、痛仳离焉。此其时之一变。继而狂冠鼠窜于秦中，列镇鸱张于淮甸；驯[第1b页][第1页]至瓯闽黔蜀之间，兵戈罔靖，而烽燧时闻。此其时为再变。若乃乾坤肇造，版宇咸归，使仕者得委蛇结绶于清时，而农人亦秉耒耕田，相与歌太[第2a页]平而咏勤苦。此其时又为一变。夫惟变之之极，故其人之心力才智，亦百出而未有穷。其历乎兴革理乱、安危顺逆之交，中有所藏，类不能默然[第2b页]而已。以故忧生悯俗、感遇颂德之篇，杂然而作。一时公卿以迄韦布，其号为能诗，沉雄古丽，安雅柔淡，以几于汉魏四唐之盛者，盖指不胜屈。而[第3a页]世之选者，顾乃遗大取小，专采夫一二花草风云、釐祝饮宴、闺帏台阁之辞，以是谀说时人之耳目，而于铺陈家国、流连君父之旨，盖或阙焉，乌[第3b页][第2页]在追《国雅》而绍诗史也？予生也晚，然适当极乱极治之会，目击夫时之屡变，而又舟车万里，北抵燕并，南游楚粤，中客齐鲁宋赵宛洛之墟，其与[第4a页]时之贤人君子论说诗学最详，而猥蒙不弃，其以专稿赐教者日盈箱笥。爰因家居寡营，乃发旧簏，取诸名家之诗，芟繁就简，汇次成书，不意此[第4b页]选之遂足纪时变之极而臻一代之伟观也。昔吴公子札来聘宗邦，请观周乐；其论断古帝王以及列国之声诗，得失升降，锱黍弗爽，故龙门氏[第 5a 页]称其闳览博物焉。予才万不逮吴公子，而幸值鼎新之运，俾草茅跧伏之士，优游铅椠，以勿负岁时，亦一乐也。而今天子且博学好古，进诸文[第 5b 页][第 3 页]学侍从之臣，临轩赋诗，以继夫柏梁、昆明之盛事。然则太师陈诗以观民风，是编也，其亦可以备咨诹而佐纪载也矣。南阳邓汉仪序，[第 6a 页]时康熙壬子[十一年，1672]季秋望日。[第 6b 页][第 4 页]

则杰按：此序谢正光、佘汝丰《清初人选清初诗汇考》亦曾辑录（南京大学出版社 1998 年 12 月第 1 版，第 144—146 页）。

二、邓汉仪“诗观初集凡例(十三则)”（第 4—5 页）

［一］ 诗道至今日，亦极变矣。首此竟陵矫“七子”之偏，而流为细弱。华亭出，而以壮丽矫之。然近观吴越之间，作者林立，不无衣冠盛而性情衰。循览盈尺之书，略无精警之句。以是叶应宫商，导扬休美，可乎？或又矫之以长庆，以剑南，以眉山，甚者起而嘘竟陵已熸之焰，矫枉失正，无乃偏乎？夫《三百》为诗之祖，而汉魏四唐人之诗昭昭具在；取裁于古而纬以己之性情，何患其不卓越，[第 1a 页]而沾沾是趋逐为？故仆于是选，首戒幽细，而并斥浮滥之习，所以云救。

［二］ 仆历年来浪游四方，同人以诗惠教者甚众。藏之笥箧，不敢有遗。庚戌[康熙九年，1670]家居寡营，乃发旧簏，取诸同人之诗略为评次。盖阅两寒暑，而始竣厥事。

［三］ 是选只就箧中所存论次行世，未敢广布征檄。乃同里诸子，惠而好我，倾囊见赐。辛亥[康熙十年，1671]久驻维扬，诸公过存，辱以专稿见饷。兼以南北邮筒绎[第 1b 页][第 4 页]络相望，遂成巨观。

［四］ 同人不分仕隐，诗到者即为登选。乃有交谊夙敦而篇章难觅者，仆亦听之。至邮筒远寄，或致浮沉，实非仆咎。

［五］　选数多寡，实非有意，皆因其卷之繁简、地之远近。然枫落吴江，一语足传，何必连篇累牍乃足垂世？

［六］　照《国雅》例，概不称“先生”“夫子”；照《诗志》例，不书官爵。诗随到随梓，不序前后。［第 2a 页］

［七］　释子诗，杂同人之中。闺秀诗，另为一帙，尤严赝本，已登《翠楼》诸集者不载。

［八］　圈点略标眉目，评语俱极短简，不敢浓圈密赞，亦不敢引经据史。

［九］　仆至邗，同人即贻以公书，戒以宁严勿滥。仆始终守此盟，一人不敢妄入。

［十］　温柔敦厚，诗教也。骂座非，伤时尤非。故仆以“慎墨”名其堂，芟除不遗余力。

［十一］　淮扬当事主持斯事者，则转运何公云壑（林）、李［第 2b 页］公星河（景麟），明府孙公树百（蕙），功为甚巨。

［十二］　是编谋始，则宫子紫阳（伟镠）、丁子谦龙（日乾）、陈子念共（忠靖）、宗子梅岑（元鼎）、张子桐仙（琴）；赞襄者，则黄子仙裳（云）、宗子鹤问（观）、桑子楚执（豸）、许子师六（承家）、江子辰六（闿）、季子希韩（公琦）、范子汝受（国禄）、华子龙眉（衮）、许子元锡（纳陛）；其客邗面订是选者，则杜子于皇（濬）、张子稚恭（恂）、孙子豹人（枝蔚）、计子甫草（东）、赵子山子（沄）、宋子既庭（实颖）、彭子中郎（始奋）、魏子冰叔（禧）、朱子锡鬯（彝尊）、诸子骏男（九鼎）；而捐资最多者，［第 3a 页］则黄子天涛（九河）、顾子临邗（九锡）、范子献重（廷瓒），功不可泯。

［十三］　是编行后，即谋《二集》。鸿章赐教，祈寄至泰州寒舍，或寄至扬州新城夹剪桥程子穆倩、大东门外弥陀寺巷华子龙眉宅上；其京师，则付汪子蛟门；白门，则付周子雪客，邮寄最便。

壬子［康熙十一年，1672］仲冬，邓汉仪书于慎墨堂。［第 3b 页］［第 5 页］

【附录一】乾隆十五年庚午(1750)深柳读书堂重修本仲之琮《重辑诗观序》(第 1a—6a 页)

诗发源于《三百篇》。其后递为升降,以迄于今。汉魏一升,六朝一降。唐又一升,宋元明又一降。国朝之诗,格高而韵远,体大而味深,轶宋元明而接唐人,至是又一升矣。国朝操选政者,不下数十家,然佳者未尝数数覯。如《诗存》《诗永》《诗最》之类,妍媸并登,多繁芜未经精择。正如西子、无盐,同贮金屋;蒹葭、玉树,并植雕栏,令阅者排沙简金,见宝无多。《箧衍》一选,最为矜贵;然拘于一偏,所收过少,不免论甘忌辛、好丹非素之诮。惟邓孝威先生《诗观》初集、二集、三集,广搜博采,去取允当,诸选无出其右者。曩得其书读之,或清而腴,或淡以远;或朴茂温厚,或瑰奇风藻;或浑然天成,或雕琢精工;或气韵沉雄如幽燕老将,或风流自赏如三河少年;玄圃积玉,无非夜光,诚大观也哉!虽起唐人于今日,擘笺沫墨于词场骚坛间,其格力风调,亦必无以相过——皆先生精择之力也。先生既没,其书久不行世,论者皆以为憾。予于戊辰[乾隆十三年,1748]春过吴陵,购求得之,其中多残缺不全,且木有腐朽者,字画亦或模糊不辨,鱼鲁豕亥。数年来,遍为搜求,召剞劂氏于家,残缺者补之,腐朽者易之,模糊者修之,乃如珠之还、剑之合,复得完善如初。虽后来数十年之诗未得并入集中,然裒集当代才子巨公佳制,以鸣一时之盛,亦未尝不可与唐人之《英灵》《间气》诸选并垂不朽也。于是不敢藏弆箧中,为之弁数言于简端,而以公诸世。时乾隆十有五年[庚午,1750]春王正月,如皋后学仲之琮苍璧题于深柳读书堂。

01－021　诗观二集

邓汉仪

十四卷、闺秀别卷一卷。邓汉仪辑，《四库全书存目丛书补编》第39—40册，影印康熙慎墨堂刻本。（下录均见第39册）

一、邓汉仪“序”（第473—475页）

甲寅[康熙十三年，1674]春，予复至广陵，选《诗观》之《二集》。于时藩兵弗戢，烽达沅湘；山薮群盗，罔知国纪，并事草窃。诸大吏严[第1a页]重封疆，羽檄四出。广陵仕女，奔窜江上，爨烟为之不举。予时坐昭明文选楼，日批四方所邮诗稿，虽困馁不倦。客有过之者，曰：“时事[第1b页][第473页]孔棘，子何为者？”予曰：“不然。夫乱，固暂耳，徐当自定；铅椠，吾业，敢自废乎？”乃未几而关陇平，未几而闽越靖，未几而豫章横浦、珠崖象[第2a页]郡捷书且日闻也。七国虽强，岂能越殽渑尺寸？唐时河北诸将虽跋扈，敢终失臣节乎？此予所以当人情骚动时，而选事未尝或辍[第2b页]也。迨戊午[康熙十七年，1678]，是选告竣。值天子下明诏，命公卿诸大臣各举宏词博学之士，齐集阙下，以待策问。若是书之成，敷扬德化，以助流[第3a页]政教，有适合者。顾予实衰庸浅陋，伏在草莽，惟百里负米，以养八十之慈亲。而群下过举，郡县敦迫，敢不奔趋以赴盛会？赖国恩[第3b页][第474页]浩荡，终放之江湖，以裒集一代之风雅；兼得勉将菽水，以遂乌鸟之私情，予也不重有庆幸哉？时[第4a页]康熙戊午[十七年，1678]孟秋下浣，南阳邓汉仪书于古文选楼。[第4b页][第475页]

二、邓汉仪“诗观二集凡例(十四则)”(第 475—476 页)

一[一] 选诗之旨,已见《初集》,兹不更赘。

一[二] 前辈若牧斋、梅村、芝麓、岩荦、雪堂、栎园诸先生诗,《初集》选载甚多,此不更录。

一[三] 同人诗已见前集者,兹亦不更采录。惟以新篇赐教者,更为点定付梓。

一[四] 诗篇随到随刻,并不因爵位之崇卑、人物之新旧。借是修隙,岂属同心?[第 1a 页]

一[五] 荔裳、西樵、绎堂、顾庵、说岩诸公诗,皆采自吴孟举选本。阮亭先生,则独登其西山游诗。王敬哉、子雍两先生诗,高阳、柏乡两相国诗,甲寅[康熙十三年,1674]夏已邮到。益都相国稿无从觅,仅登其一,殊为歉然。

□[一][六] 都门诸公稿,邮寄独后,编次参差,幸惟见谅。

一[七] 广平申凫盟、遵化周伯衡、松陵计甫草、宁[第 1b 页][第 475 页]都曾庭闻、颍川刘公甗诸公,皆与仆交称莫逆,遗稿在笥,悉为采登。

□[一][八] 京师诗,得之汪子季角。蜀中诗,得之费子此度。黔中诗,得之江子辰六。八闽诗,得之黄子俞邰。粤东诗,得之李子镜月。关中诗,得之李子屺瞻。

一[九] 诸君邮诗浮沉者,大半属有挂漏,非仆之愆。[第 2a 页]

一[十] 诸公诗,皆照原本发梓;惟音韵欠谐、字句重复者,则略为更窜。

一[十一] 是编始自甲寅[康熙十三年,1674],成于戊午[康熙十七年,1678],阅五载而竣事,则以刻资维艰之故。观察金公长真,首任其事;而转运薛公淄林、何公云壑,别驾卞公谦之、俞公汇嘉,大令许公石园,及太史徐公健庵,皆捐资相助,故克有成。

一[十二] 名家诗品,已刻十余家,皆极精严,无敢滥[第 2b 页]入。

一[十三]　是选之后，将谋《三集》。名流巨篇，望即惠教。

一[十四]　予将游都门，拟有《京华澄观录》之选，以扬盛事。

戊午[康熙十七年，1678]七夕，慎墨堂自述。[第3a页][第476页]

则杰按：以上序言及凡例前四款，谢正光、佘汝丰《清初人选清初诗汇考》亦曾辑录（南京大学出版社1998年12月第1版，第146—148页）。

【附录一】乾隆十五年庚午（1750）深柳读书堂重修本仲之琮《重辑诗观二集序》（第1a—3b页）

明季钟、谭以凄清幽独之调，矫“七子”之弊，海内靡然从之。二十年间，相率以不读书之枵腹，求为意表之言、物外之象，梦入鼠穴，幻之鬼国，诗道熸息而国运从之。我国家鼎新以来，文明日起，诗教大盛。哲匠宗工，森起于其间，根柢深厚，音节和平，一变胜国之陋派而归于大雅。于是淫哇绝响，复闻正始之音矣。夫“七子”诗学盛唐，竟陵见其止于匡廓，所由乘隙而起，而谬种流传，贻害天下。国朝诸公，乃力持唐调以挽之。其以唐人为师，似与“七子”无异，而诗则若泾渭薰莸，不可同日而语。何者？彼以剽贼，此以性灵。剽贼则形骸之外，去之更远；黄茅白苇，弥望皆是，见者易出[生]厌心。性灵则开阖变化，纵横百出，如乔岳耸峙，千岩万壑，令人登陟不穷；又如大海万里，鱼龙出没，万怪惶惑，浑浑乎，茫茫乎，非可一览而悉。孝威邓先生，学植渊宏，识解超异，方执大称以称量天下。《诗观·初集》，裒辑虽富，犹未足以尽其美，是以复有《二集》之选。《初集》中，所登多得之《国雅》《诗志》诸选。《二集》则诸选屐齿之所未及者，复采撷荟萃，且加以壬子[康熙十一年，1672]后六载中士大夫及骚人墨客、方外之徒之邮筒，而得若干篇，其多几与《初集》相埒。后之学者，纵观其盛；洛诵之余，如玉果璇珠、银烛金膏，皆可披图而视，其亦可以饫目而餍心矣夫。时乾隆十有五年[庚午，1750]秋八月上浣，如皋后学仲之琮苍璧氏题于深柳读书堂。

01－022　诗观三集

邓汉仪

十三卷、闺秀别卷一卷。邓汉仪辑，《四库全书存目丛书补编》第40—41册，影印康熙慎墨堂刻本。（下录此本见第40册）

一、邓汉仪“序”（第348—351页）

《诗观》初、二集之选，行世已久，余拟筑室罗浮，优游暮年，以养亲为志。适朝廷有征辟盛典，当事谬举[第1a页]衰朽，力辞不获，乃买舟北上。于时魁奇俊伟之士、鸿才博学之儒，云集京师，飞词振采，皆极一时之盛。独余留滞都门，深知衰朽之质，不足以扬[第1b页]休盛代；日望还山，得遂养亲之志。而四方之士，辱蒙不弃，咸以诗稿见投，充盈箧笥。间为批阅，不禁望洋而叹曰：“文章之道，上关国运。今[第2a页]圣天子右文好士，敦尚风雅，共庆人才辈出。其发于诗者，或雄拔岸异，凛乎如虎豹蛟龙之腾集也；或清和闲雅，穆乎如琴瑟钟鼓之谐声也；或[第2b页][第348页]高华典贵，皇乎如鼎彝球图之隆重也；或老健苍深，挺乎如虬松怪柏之坚凝也。讽咏之余，诸美毕集，诚足以鼓吹休明，而为不朽盛事。夫汉魏[第3a页]四唐之诗，雄视百代；而我朝人才蔚起，诗学大兴，较之曩时，何多让焉？余也不敏，亲提铅椠来京，又值天下名家聚会之日，投诗满案，无异取[第3b页]琅玕于阆风之苑，探奇珍于罔象之渊，不诚一代之巨观哉？”暨余还山，寓居维扬，拟有《京华澄观录》之选。而同人见余囊诗甚富，投赠愈多，竞劝[第4a页]复选《三集》，曰：“子之《初》《二》两集，广搜博采，极廿余年之精神命脉，成此大部，心力可谓竭矣。独是天地之储才无穷，愈出而愈新；幸遭遇盛时，长杨[第4b页][第349页]羽猎之篇、清庙明堂之什，与夫里巷讴歌、山林啸咏之词，皆思献之彤廷，远嗣“雅”“颂”之遗音者，是非有《诗观·三集》之选也不可。”[第5a页]余深然其言，遂汇集天下名家诗稿，细加评订。既慎且严，历五载始告厥成。余也虽未获登天禄石渠，从诸臣后，珥笔承明，著为诗歌，以扬扢[第5b页]熙朝；尚得遂厥初愿，于萱庭承颜之暇，而选一代诗词，俾天下魁奇俊伟之士、鸿才博学之儒，咸登是选，以见圣天子右文好士、敦尚风雅，[第6a页]有此人才辈出之盛，即继汉魏四唐而起，亦庶乎可也，余不借此仰报圣恩于万一哉？康熙己巳[二十八年，1689]春杪，南阳邓汉仪[第6b页][第350页]自序于慎墨堂。[第7a页][第351页]

则杰按：此序及下文附录仲之琮序、吴嘉纪诗、李邺嗣文，谢正光、佘汝丰《清初人选清初诗汇考》亦曾辑录(南京大学出版社1998年12月第1版，第148—153页)。

二、张潮“诗观三集序”(《四库禁毁书丛刊》影印康熙慎墨堂刻本，集部第2册，第510—512页)

邓子孝威有《诗观》之选。《初集》甫出，不胫而走天下。继而有《二集》之选。今《三集》且复成书矣。或问于予曰：“是三选也，则皆同乎？”予[第1a页]曰：“不同。”夫邓子选诗之初，固非有意于问世也。投赠既多，涉猎难遍，于是拔其言尤雅者录而珍之，大都弃瑕取瑜，排沙见宝。故其为书，皆精金美玉，陆离夺[第1b页][第510页]目。其选也，邓子自为政也。然耳目之所及有限，天地之生才无穷；沧海遗珠，其不及收者盖亦多矣。《二集》之选，虽世与邓子互相为政，亦出于事势之所不[第2a页]得不然，然已不能如《初集》之去取唯意矣。至《三集》之成，若迫于所不得已。邮筒竿牍，日陈于前；欲婉则违于己，欲直则忤于人。与其忤于人也，宁违于己，则是[第2b页]人自为政，有非邓子之所得而操焉者矣。此其故，邓子知之而未尝敢以告人。顾以予有参订之责，独私为予言之。予谓邓子：东坡有言：“凡物皆有可观；苟有[第3a页]可观，皆有可乐。”今日之诗，岂遂无可观乎？是役也，宁少毋多，宁严毋滥，则是子仍可自为政也，其何嗛之有哉？予因思夫天地之化，日出而不穷，而唯文人之[第3b页][第511页]心为甚。譬之春花秋月，古未尝或异于今，今未尝或殊于古，然每当花晨月夕，则人必留连玩赏于其间而不能去，从未闻有习而生厌者。则是《三集》也，亦犹[第4a页]今春之花、今秋之月，自足以供世人之留连玩赏；其不胫而走天下也，固将与《初集》《二集》有同观焉耳。惜乎选事未竣，而邓子忽有骑鲸之变。其令嗣方回，欲[第4b页]与予踵其志而成之。夫予于邓子存日，尚不欲越俎而代庖，顾于其殁而遂为蛇足乎？是以仍其旧贯，不复有所增益，而识其大略如此。[第5a页]时康熙庚午[二十九年，1690]冬月，新安张潮题于诒清堂。[第5b页][第512页]

则杰按：此序《四库全书存目丛书补编》影印本缺漏，盖因底本收藏单位不同所致。

【附录一】乾隆十七年壬申(1752)深柳读书堂重修本仲之琮《重辑诗观三集叙》(第1a—3a页)

《二集》以戊午[康熙十七年，1678]告竣，至己巳[康熙二十八年，1689]又历十有一寒暑矣。其间清辞丽句、逸韵雄篇，积累日益多。先生汰其沙砾，采其菁华，汇而辑之，以为《三集》。而前之渗漏而未登《初》《二集》者，更搜补于其中。由是沧海无遗珠，而令人有观止之叹矣。予既卒业，为掩卷累欷者久之。当楚咻初息之时，别裁伪体，复归于正。或且厌弃唐人，以为离之始工，而转入宋人之流派。高者师法苏、黄，下乃效及杨、陆诸人。甚且遗其神明，而独拾滓滓。是何异越人之学远射参天，而发适在五步之内也？先生是选，严于采择。其收入集者，二[一]循唐人之风格；有入于宋人丽厉之习者，皆屏弗取。是书出，而数十年来学者，如得指南车而不迷于所向。于是郊庙之诗肃以雍，朝廷之诗宏以亮，赠答之诗温以远，山薮之诗幽以旷，刺讥之诗微以显，哀悼之诗怆以深，莫不得唐人之神髓，而不仅沓[袭]其皮毛，风气遂直接四唐，而超出于宋、元、明之上。则先生是选之感人心而端世教者，其功诚不容没也。余于国初之诗，常欲与海内诗人共俎豆是选，而奉以为雅宗，此岂余之阿好也哉？时乾隆十七年[壬申，1752]八月既望，如皋后学仲之琮题于避喧书屋。

【附录二】《四库全书总目》卷一百九十四集部总集类存目之四（中华书局1965年6月第1版，下册第1772页）

诗观十四卷、别集二卷（内府藏本）

国朝邓汉仪编。汉仪字孝威，泰州人。康熙己未[十八年，1679]召试博学鸿词，以年老授中书舍人。是编皆选辑国初诸人之作，别集则闺阁诗也。

则杰按：此处著录一组卷数，与《诗观》任何一集均不吻合，可能系残本拼凑而来。

【附录三】杨积庆《吴嘉纪诗笺校》卷七《寄邓孝威》三首之三（上海古籍出版社1980年2月第1版，第205页）

大雅久荒芜，斯人起林薄。操持正始音，一唱谐众作。矫矫泥滓中，何用嗟沦落？（时选《诗观》）

【附录四】孙枝蔚《溉堂集·续集》卷六《次韵答邓孝威》八首之三（上海古籍出版社1979年12月第1版，中册第896页）

君网珊瑚上海船（孝威《诗观·二集》又将刻成矣），我惟储肉似寒鸢（东坡诗"冻鸢储肉巧谋身"）。因看载酒填门户，益觉谈经让草玄。

【附录五】孔尚任《湖海集》卷一《江都董子祠访邓孝威,时选〈诗观·三集〉》(《孔尚任全集辑校注评》本,齐鲁书社 2004 年 10 月第 1 版,第 2 册第 724 页)

选楼笔砚久凄凉,董子帷前草更荒。药裹经冬同客住,茶烟到晚为诗忙。采风一卷添齐鲁,主社十年接李王。垂老能吟梁父句,不妨雪雨扑匡床。

【附录六】李邺嗣《杲堂诗文集·杲堂文续钞》卷三《答邓孝威先生书》(浙江古籍出版社 1988 年 2 月第 1 版,第 652 页)

闻先生方卧选楼,遥接其坛墠。《诗观》一出,风动海内。

【附录七】沈德潜等《清诗别裁集》卷十二"邓汉仪"条(中华书局 1975 年 11 月第 1 版,上册第 219 页)

孝威与国初诸前哲游,洽闻广见。所选《诗观》共四集,虽未脱酬应,然亦足备后人采择。

则杰按:《诗观》之《四集》可能尚未成书,至少没有传世,可参见下文附录夏荃笔记。

【附录八】杨际昌《国朝诗话》卷二(《清诗话续编》本,上海古籍出版社 1983 年 12 月第 1 版,下册第 1727 页)

邓舍人《诗观》诸选,流播海内,意在力返唐音。

【附录九】徐世昌《晚晴簃诗汇》卷四十六"邓汉仪"条(中华书局 1990 年 10 月第 1 版,第 2 册第 1783 页)

孝威早负诗名。与吴梅村、龚芝麓游。当时名流,多申缟纻。所辑《诗观》四集,搜罗最富。其中遗集罕传者,颇赖以得梗概。

【附录十】夏荃《退庵笔记》卷一"《诗观》无《四集》"条(民国排印《海陵丛刻》本,第 9a—10a 页)

《扬州府志》《国朝诗别裁集》皆称《诗观》凡四集,后人遂有《四集》之疑。案孝威先生,于康熙九年庚戌[1670]选《诗观·初集》,十一年壬子[1672]梓行。十三年甲寅[1674]选《诗观·二集》,十七年戊午[1678]梓行。是年秋,应鸿博入都。十八年己未[1679],三月朔赴试,四月授内阁中书舍人衔,五月谢恩还山,时公年六十三矣。二十四年乙丑[1685],复至郡,寓董子祠,选《诗观·三集》。《三集》开雕于二十八年[己巳,1689],时公已先没,不及见,公寿盖近七十云。《三集》选事,皆先生三子劢相主之,选政颇滥,安得复有《四集》之选邪?乾隆十三年[戊辰,1748],如皋仲苍璧先生(之琮)来吾邑购《诗观》全板去。板已残朽,先生鸠工于家,残者补之,朽者易之,板复完好,印本盛行。如皋黄丈楚桥(学圯)告余:苍翁之购诗板,由胡先生西垞(裘錞)怂恿之。西垞游泰久,稔知邓氏板可售。及至皋,下榻苍翁古树园,偶言及,翁欣然购之,价止八十金。其修补,尽出西垞手。后因书禁严,仲氏举板缴县解司,然集内只应禁之人奉旨抽毁,原书仍准行世。惜抽毁后,仲氏惧祸,竟未领回。闻全板久贮江宁夫子庙中,悉归煨烬矣。今诸集,字迹明净,无仲序者,原板也;字迹稍模糊,有仲序者,修板也。板毁后,书不可多得,《三集》尤鲜。余家《初》《二》《三集》俱全,先君子所藏,子孙珍之。

《诗观》无《四集》,余既辨之详矣。后阅张山来《友声集》中载邓劭荣(字若雍,孝威次子)《与山来书》,有"拙选《四集》,已梓多篇;特恳瑶章,以光梨枣"等语,又云"澹心先生诗,承慨允代梓,位次在四卷之首;必得佳吟连篇梓去,殊觉可观"云云,可见当日实有《四集》之刻矣;时孝威先生已没,若雍此举,特欲续阿翁选席耳。近《诗观》初、二、三集间有传本,《四集》则都未之见。当日书成与否,尚未可知。即苍璧先生重辑《诗观》序,亦止称《初》《二》《三集》,略未言及

《四集》。是则可疑也，书以俟考。

则杰按：另外同卷其前一条为“《诗观·二集》”（第 8b—9a 页），兹从略。

01－023　诗风

徐　崧等

十八卷，存十六卷。徐崧、汪文桢、汪森辑，《四库禁毁书丛刊补编》第56—57册，影印康熙十二年癸丑（1673）刻本。（下录均见第56册）

一、汪琬"序"（第620—622页）

《诗》莫善于"风"。昔者成周有采风之官，往往求诸民间而献于天子，用以正风俗、观教化、审音律，率系乎此；而其后孔子遂录十五国正变以冠"雅""颂"，何其盛也！[第1a页]至于晋、唐以来，诗人并起。卑者以绮靡为工，高者以沉雄壮丽为上，而风人之旨隐矣。吾尝论之，"风""雅""颂"三者之中，求其微言逸思，或怨而不怒，或哀而不伤；或正而似反，或规而似颂，作之[第1b页][第620页]者一唱三叹，而能令读者往复紬绎、逌然有得于章句之外，喜为之悲、郁为之畅，手足为之蹈舞、心魄为之荡摇，而讫不知其所以然，盖得诸"风"者居多。太史公曰："《国风》好色不淫。"此泥其文[第2a页]而未喻其旨也。彼溺于饤饾之习，浸淫乎剽窃模拟之说，累百千言而不足以感物，则去之愈远矣。今松陵徐子松之，与吾宗人周士、晋贤，诠次本朝之作，名之曰"风"。窥其意，以为凡与"风"[第2b页]不合者，虽其文采之绮靡、音节之沉雄，而不免于饤饾、模拟，必不登是选。盖其名，《诗》之所自也。国家之兴，几三十年，海内一定。天子方润色太平，间从万几之暇，数命左右文学扈侍诸臣赋[第3a页]诗殿廷；而公卿大夫，亦莫不以诗自奋。"大家""名家"之目，所在麕集林列。顾又得是选以助之，自此以后，诗教益昌；虽使采诸太师而见录于孔子，厕之于“二南”正风之列，而亦可以无愧，然[第3b页][第621页]后知本朝之媲盛成周也，则三君子之功可谓伟矣。松之隐居吴中，平时撰著藏箧衍者逾数十卷。而周士、晋贤伯仲，年虽甚少，又皆才锐而学敏。极三君子之所得，夫岂仅长于诗者哉？选既竣，介予友朱先生长孺，命予为序，故乐道其始末如此。康熙十二年[癸丑，1673]八月之望，长洲汪琬书于城西之苕华书屋。[第4a页][第622页]

二、曹尔堪“序”（第622—625页）

“大块噫气，其名为风；是惟无作，作则万窍怒号”，此蒙庄《齐物》之旨也。齐物者，齐之以不齐。吹万不同，莫风为甚。风之[第1a页]遇物为声，众籁间发。大如霆奋，细若虫吟。八音十二管，莫能尽奏也。然其出于虚而入于虚，一因天地之自然。故蒙庄曰：“若有真宰，而特不得其[第1b页][第622页]然。”又曰：“大言炎炎，小言詹詹。”此人籁也。继之曰：“喜怒哀乐、虑叹变热、姚佚启态，日夜相代于前而莫知其所萌。”是亦人心之自然者欤？先王采十[第2a页]五国之诗而名之曰“风”，治乱贞淫、强弱奢偻，习尚互殊，易之而莫能相强，要皆有出于自然者。以之鼓吹休明，节宣治化，使人心贞正之念油然[第2b页]以生，邪僻之思涣然以释，则《三百篇》如出于一者，又曷以故？盖诗者，人心自然之感也。极其致，一莫坠之自然也。故名之曰“风”，八音十二管由之[第3a页]以协也。抑有“风”而后有“雅”“颂”也，有《三百篇》而后有楚骚汉魏也，有六朝三唐也。三唐而后，盛于有明。至本朝，而掩迹千秋，名家叠出。[第3b页][第623页]上自朝庙，下逮草野，无不循流溯源，追踪“四始”。风会之兴，于斯极矣。我友松陵徐松之，狎主骚坛几三十余年；近与汪子周士、晋贤，裒定诸家近[第4a页]诗凡若干卷，命曰《诗风》，其本乎诗之自来者欤？夫“风”为《三百篇》之首；下之楚骚汉魏、六朝三唐以至有明，国士习尚操诸上，时代盛衰操诸下。扬[第4b页]风扢雅之家，取气运所钟，海内之菁英才智归乎一人炉冶之中，以归一代之正始。故名之曰“风”，使海内知“风”之义，因识诗之所自来，性情感而[第5a页]声调发，由人心之自然合乎天地之自然，综遗派别，百代同轨，采新裁则群材合度，神来境诣之中，不知其所以工而自无不工，所谓“有真宰而[第5b页][第624页]不得其然”者也。松之与周士、晋贤费搜辑之劳，以操鼓舞天下之术，有不闻风而响臻者哉？昔唐人自选一代之诗，《英灵》不取拾遗，《间气》兼遗供[第6a页]奉，后之读者讥其失实。是集行世，作者与选者英华相为焕发，范器熔金，咸叹精绝；一代风气之宗，舍松之与周士、晋贤之选，安所折衷乎？[第6b页]康熙十二年癸丑[1673]孟冬之朔，魏塘曹尔堪拜题。[第7a页][第625页]

三、王光承“序”（第626—630页）

松陵徐臞庵，天都汪周士、汪晋贤，取数十年来海内大家之诗，遴次成集；自上卿巨公以至山林散人，凡[第1a页]属名篇，无不尽载，名之曰《诗风》，洋洋大观也。客问于余曰：“《诗》有‘风’‘雅’‘颂’，而独取于‘风’，‘四始’之义备乎？”余曰：“否，否。‘风’可以兼‘雅’‘颂’，‘雅’‘颂’[第1b页]不可以兼‘风’，言‘风’则‘雅’‘颂’具矣。何也？‘雅’者，歌咏太平者也；‘颂’者，成功之后，追美盛德之形容也。三王之祭川也，先河而后海，则‘二南’[第2a页]《豳风》为重，而‘雅’‘颂’次之。‘敝芾甘棠’‘四牡骓骓’，皆言旬宣之事；‘肃肃兔罝’‘江汉浮浮’，皆言武勇；‘彼茁者葭’‘其祁孔有’，皆言田猎获禽之[第2b页][第626页]多；‘夙夜在公’‘春秋非懈’，皆言承祭之敬，而前事者后事之师矣。先儒三分《豳风》，以正礼节者为‘雅’，乐成功者为‘颂’；又云：‘登歌《豳风》，随[第3a页]事而变其音节。’则《豳风》可以为‘雅’，可以为‘颂’，此其彰明较著者也。至于‘东山’‘零雨’与‘采芑’‘采薇’何异？‘四国是皇’与‘胜殷遏刘’何异？小[第3b页]儒之论，以为周公止宜为‘风’；则卫武而‘雅’，僖公而‘颂’，又何以为之说？故曰‘风’可以兼‘雅’‘颂’也。王朝宴飨之乐、宗庙祭祀之章，作于卿[第4a页]士大夫，朝成篇什，暮传人口，其流通为易；若乃列国之风，半出于野夫游女，朝廷之上安得而知之？‘雅’‘颂’近而‘风’远；虽圣君贤相，不[第 4b 页][第 627 页]能以京师之风尚概诸方州，势必遣辖轩四出而采之以闻天子。故曰‘雅’‘颂’不可兼‘风’也。‘风’之时义大矣哉！孔子系《易》，天地日月，其[第 5a 页]辞不同；至于‘巽’，多言文章之事，而于《三百篇》为近。‘巽’者，‘风’也。‘家人’曰：‘风自火出。’言风化自家而出也，‘二南’之义也。‘家人’之‘贲’曰：‘王假[第 5b 页]有家，交相爱也。’文王后妃，钟鼓琴瑟之乐也。‘小畜’曰：‘风行天上，君子以懿文德。’风在上而懿之，此言词章之感神人、和百族，‘雅’‘颂’之[第 6a 页]美也。‘蛊’曰：‘山下有风，君子以振民育德。’风在下而振之，太史采风以观民之好恶是也。‘风’之时义大矣哉！《乐记》一书，备言声音之变，[第 6b 页][第 628 页]而终之曰：‘八风从律而不奸。’则‘雅’‘颂’之从‘风’明。今集中所载，为体不一，有近‘雅’者，有近‘颂’者，既不得奏之以为宴飨之用，而宗庙升[第 7a 页]歌又不之采，故统名之曰‘风’，此《诗风》之说，义备而体周也。”臞庵文为时雄，行为人表；独行民■，不撄于物，此闾阖广莫之风，行于高山[第 7b 页]峻岭者也。周士鸿硕多才，伟丽沉博，翱翔坛坫，出入有光；而晋贤以英妙之姿，搴云直上，吐词摛藻，皆成黼黻，此条风，景行于广[第 8a 页]畴上苑，发荣庶类者也。是集也，三君子左提而右挈之，衡鉴精详，取舍明允，吾知非一世之书矣。琅琊同学弟王光承玠[第 8b 页][第 629 页]右氏题于镰山草堂。[第 9a 页][第 630 页]

四、徐崧“凡例”（第 631—633 页）

一[一]　崇祯辛巳[十四年，1641]，余与史弱翁、吴惕斋、徐掌文诸君唱和东湖，欲辑《江左诗风》。俄以鼎革，不果。至顺治戊子[五年，1648]，余与吴门金孝章、姚文初、陆履长、杨曰补、申维久诸君，有《南字倡和诗》。莱阳姜如须、濑上宋其武诸君，莫不次赠，远近和者数百人。自后遂发兴鬻产，选刻《诗南·初集》；曰“诗南”者，义冠“风”“雅”，论诗、论人，必求兼美。刻已强半，力未能继，陈皇士助余成之。皇士更托他友补选,未免参错。如归子玄恭,时与皇士往来检阅样本,竟不及刻,大致发怒。金沙蒋太史虎臣,特寓书于余,嘱表彰其尊人;刻成,印寄偏脱此页,回札有"无字真经"[第 1a 页]之语。盖选诗,乃茧丝牛毛之功,非易事也。顺治中,淮阴倪子天章来吴门,与余同寓虎丘,甚善,相订同选《诗风·初集》。余即撰"征引",刻作一笺。此"引"曾于白堤舟中,虞山牧翁极为称赏。不意己亥[顺治十六年,1659]江上之变,天章典业尽在京口,荡然无遗。顺治末,特过访淮上。时以史祸讹传,畏言声律。迄今天章谢世,"引"稿亦亡。兹则仍颜"诗风初集"者,从初志也。

一[二] 兹集今岁不出"征引",不先刻封面;即在同郡同邑,亦不相闻;只就余箧中旧存诸稿录出。初意只限三百页,不期来者益多,势不可止。梓人候样,未有成稿,随选随刻。自三月起,至十月竣工,遂至千有余页。人分[第 1b 页]各卷,卷分各体;堆床满案,头晕目花。古人成书,或十年二十年,或三易稿五易稿;疾行、善步,恐难兼也。

一[三] 风雅之道,难于制义。必须深究前人体裁,细察历代风气;汉魏三唐,朝吟夕讽,自然心领机熟,景赴笔随。今之为诗者,能日不辍卷乎,能读至夜分乎?既无科第以诱于前,又无黜罚以督于后,不过资以应酬,假以破俗;欲求其工,乌可得也?今代实与古人颉颃者,不过数十人。若一概以求之,某于汉魏六朝如苏、李,如陶、谢;某于三唐如李、杜,如王、孟,如元、白、温、李,是指鼠为璞,误乾为亥。板腐则称以典赡,浅率则称以冲远,浓俗则称以绮丽,窒塞则称以古拙,杂乱则称以[第 2a 页]变化,散漫则称以雄放,犹骄者加之以豪,吝者加之以俭。真诗不出,俱由于此。兼之俗情好胜,自是者多。舍陶、谢而比徐、庾,舍李、杜而比钱、刘,便忿然不乐。故余每畏评骘人诗。至选辑,则一以清正醇雅为主。脉贯丝抽,义贵精当。赝奇伪博,概不敢收。

一[四] 近日征刻,大都篇之多寡,视其资;序之前后,视其地。

见鱼投饵，因灶燃薪；厚实为最，名高次之。殊不知风雅之道，苟其能合，不以韦布而贱；如其未然，不以公卿而尊。《三百篇》中，所采者果皆何人耶？兹则表故人之遗什，发潜德之幽光；非为羔雁之资，仅作筌蹄之具。[第 2b 页][第 631 页]

一[五] 余所刻拙稿《松之诗选》《草庐新咏》《霁南轩诗》，及选本《怀音集》《缟纻集》《南字倡和》《九日倡和》诸集，不啻数千页，俱以讹传禁诗，悉付祖龙。惟《诗南》板尚存，正谋行世；《云山酬倡》卷数甚多，随地征选，方事裒搜。如其中诸名公诗已刻者，兹不重载。

一[六] 诗贵锻炼，必须自改。盖当日情事难宣，作者立意有在；合符函盖，机彀甚微；得失自知，他人不与也。俞无殊《玄墓杂诗》，旧稿适存余处，遂刻入集内，然新改者更胜。至如《送梵林上人》诗云"远携瓢笠出云萝"，或改"瓢笠"曰"古砚"，不无遗议。故改诗，必阅者识力远过作者，不嫌奋笔；或旁观者清，偶易一字，点铁成金，其功[第 3a 页]非小。倘稍有可商，如毛大可诗集与《诗粹》不同，今刻"一作某"或"原作某"。

一[七] 专集不若选集；专集百篇，不若选集几首。盖专集不久遂废，选集虽远犹存；专集难于遍贻，选集易于众见。丁亥岁[顺治四年，1647]，余刻《霁南轩诗稿》，后板被毁，遍觅其本不得；黄心甫偶采一二入《扶轮续集》，惟此几首犹存。宋子建《烟雨楼诗》，久亡其稿；见余《诗南》集中载之，如获故物。然而选集之内，诗之有无，似亦有数。魏惟度尝言："众稿纷披，或系偶录，忽先梓就；亦有写就数十首，将发梓，忽以他故而遗者。"如余于武林孝廉徐兰生，夙好也，闻其已刻古体；近过鸳湖，以集贻人，独余无[第 3b 页]处觅其集。吴孟举《八家诗选》内，余首选宋臬宪荔裳第一首，而钞手偏遗之。周青士五律后《铁桥》一首，不知何人所作，已刻删去，更补周诗；或写者遗其样，或刻者失其名。诸如此类，难以枚举。

一[八] 诗家最重前辈，以学有先后也。然人有千家，地悬万里，乌能执一？席允叔所选《诗存》，列文友于顾庵之前，次合肥于双白之后,似其命意云然。至于兹集,师弟长幼,偶不及检;次第倒置,出于无心。譬诸饮椒之庆,少者为先;积薪之势,后来居上。

一[九] 人我山高,蜀洛党异;不惟互为讥揣,甚而形及戈矛,余窃畏焉。况余世外菰芦,胸怀坦率。来则不拒,佳则[第4a页]必录;彼此是非,概置不论。

一[十] 他选俱列方外、闺秀,而此集不及者,以主人不喜释氏。故月函、愿云、墨庵、阆亭诸师诗,皆用原名刻入。而余别有《鸥前集》之刻;至闺秀,则又有《善怀集》,大约叙人不叙体、取存不取亡也。

一[十一] 余夙好抄辑。如《岁寒诗话》《宝积录》《镜人录》《续灯录》《诗余谱》《江山留胜集》,种数不一。欲事剞劂,顾以独任力绵,往往中辍。桐城方尔止见赠诗,有"八年前见《怀音集》,《间气》《英灵》总不如。怪尔家贫好梨枣,逢人墨妙比琼琚"之句。然友朋离合,自有机缘;书集成否,更有气数。顺治间,武塘李子赤茂约余同选《大雅集》,复邀京[第4b页][第632页]口潘子江如、漳浦杨子季平,共相评定;未几,季平归卒,不终其事。已亥[顺治十六年,1659]春,周子上恒、曹子达夫约余同选《应试论铨》《表铨》,坊间拥万堂恳选《香奁名咏》,俱刻十分之三,以江上之变而止。古人名氏,有二人并称者,亦有三人连类者,或文章相匹,或气谊相孚;兹幸周士、晋贤两兄同事,得成斯集。

一[十二] 周士今岁都门与王子禹庆选刻乡、会墨,而晋贤近又与余同俞无殊选刻唐诗,二君专意于此,无暇他刻。将来《二集》之举,稍俟时月。必诗擅作家,惠须全稿;集名"大雅",不能遍及。曾青藜尝言:"时诗概选最难。如梅村诸先生集,佳者选不能尽。及阅他稿,竟有通本[第5a页]无一首可入选者。"黄心甫《广集·凡例》云:"素所慕友,偶尔握晤,即索其稿。须全本相付,乃可恣情披索。彼去我取,人各一见。不谅者辄书数首见投,何足尽己所长?悉从置阁。"余亦以为然。

一[十三]　近日选本，每有“二见”“三见”。赵双白所选《诗藏》五律，初时汪茗文诗只录一首；嫌其太少，因有“再见”。兹集每人一体内或有重出者，则比于“再见”之例。至一首内有全句脱落者，今欲改正，凑配甚难，不得已刻作双行。诗题后小序，本拟双行；或有单行者，此皆写手潦草，余未及校，漫然发样，致行款不整，字画不精，不无缺陷。[第5b页]

一[十四]　唐人选诗，芮挺章《国秀集》，间杂己作。余于每体末卷，各附一二首，以见就正有道之意。

癸丑[康熙十二年，1673]十月望日，吴江臞庵居士徐崧松之识。[第6a页][第633页]

【附录一】底本陈去病题记三则（出处详下按语）

[一]　虞山黄摩西（人），别数年矣。每闻其嗜书成癖，辄心慕之不已。顷居吴门，摩西忽来觅余一见。倾谈移时不能去，遂与同访冷肆。余得徐松之《云山酬唱》两帙；君见之，即曰：“余有松之《诗风初集》，它日欲观之乎？”余曰：“诺。”翼日，君果以书来，并以相赠，又贻诗四章。呜呼！得友如此，可谓“古道照颜色，交情胜宝刀”矣。合亟识之，以征高谊。垂虹亭长。

则杰按：此则见于卷首（第56册第620页）。所说黄人“贻诗四章”，今本《黄人集》（上海文化出版社2001年8月第1版）内未见。

[二]　此书之病，在仅标姓名，不列字号与其籍贯，令后之读者几不胜其考索之繁，诚亦一憾事也。《云山酬唱》，即无此弊。去病读竟志。

则杰按：此则见于卷一目录之后（第56册第635页）。

[三]　右《诗风初集》十八卷，松陵徐松之先生辑本，近世所罕见者也。其第三、四卷已佚；欲补足之，亦殊难，姑以俟诸它日而已。松之名崧，少与吴长兴、赵少文、史弱翁辈相习。国变后，隐居村落，

日以选诗为务。所辑刊者，有《云山》《缬林》等集。《云山酬唱》两帙，顷得之卧龙街冷肆。《诗风》一种，余向未闻之。虞山黄摩西（人），好义士也，慨然举此为赠，为朋架生辉。斠订之余，合亟志之。辛亥[宣统三年，1911]黄钟之月，去病记于太郎桥巷。

则杰按：此则见于卷尾（第57册第442页）。

【附录二】孙枝蔚《溉堂集·续集》卷五《得徐松之、汪晋贤书，兼惠示〈云山酬唱〉诗、〈诗风初集〉，赋此奉答》（上海古籍出版社1979年12月第1版，中册第834页）

雨过江风送鲤鱼，剖鱼未了意踌躇。较之木李投何厚？想及隋珠报不如。（张平子诗："何以报之明月珠。"）四海埙篪同伯仲，前身皮陆重樵渔。选诗懒效中州集，应怕人看当史书。（选例不用小序，不加评骘。）

【附录三】阮旻锡《夕阳寮诗稿》卷十二《云间徐臞庵选〈诗风初集〉中有〈秋烟〉绝句，不知何人作也，误入予诗，云："淡笼衰柳浅笼山，拂水穿林露未干。几度白云迷渡口，西风吹散一天寒。"因笑题一绝，仍和其诗》（厦门大学出版社2011年4月第1版，第258—259页）

谁将淡墨写秋烟？误向轮山集内编。但使清吟堪共赏，诗传何用姓名传？

则杰按：此处所说《秋烟》绝句，《诗风》见于卷十八（第436页）。

【附录四】阮旻锡《夕阳寮诗稿》卷十二《接丁韬汝来书，知〈秋烟〉绝句误入余诗者乃其旧作，重题一绝奉寄》（第259页）

滇海作书报我知，秋烟拂水是君诗。少陵虢国夫人语，张祐集中却见之。

01－024　过日集

曾　灿

二十卷、名媛一卷，附《金石堂诗》（另见该种）。曾灿辑，《清代家集丛刊》第156—161册，影印康熙宁都曾氏六松草堂刻本。（下录均见第156册）

一、龚鼎孳“过日集序”（第3—19页）

今天下诗极盛矣。自学士大夫，以至山林高蹈之士，以诗名家者指不[第1a页][第3页]胜屈。而选诗者，亦亡虑数十百家，于以鼓吹风雅，表彰文治，甚盛业也。然选者大抵采声誉，广[第1b页][第4页]交游，标榜逸士及一时名位之通显者。其初也，取天下人之声诗以役己；其既也，驱在我之性[第2a页][第5页]情以从人，而要非古人作诗之意旨。此其弊，亦终于徇人而已矣。故选日盛，而诗日衰。吾同年[第2b页][第6页]曾二濂都谏仲子青藜，肆力诗道，盖已有年。近余延致宾幕，饮酒论诗，不欲苟同于古人，而并[第3a页][第7页]不欲苟异于今人。其为诗也，清真微婉，远追韦、柳。其选诗也，旁搜博购，以己意毅然去取之。虽[第3b页][第8页]声誉、交游与当时名位之通显者未之或遗，然惟论其诗而已，无所谓徇人之具也。或谓青藜[第4a页][第9页]是选，惟取其性情之所近，犹是青藜之诗也。不知诗本性情；选诗而违其性情，亦岂可以为选[第4b页][第10页]乎？即近代历下之选，取其近于历下者而已；竟陵之选，取其近于竟陵者而已。二者虽或失之[第5a页][第11页]隘，或失之泛，而皆得其性情之所近。夫万篇麕集，苟不独持己见，去取一断于心，而徒随声附[第5b页][第12页]和，以能自成一书者，无有也。且夫性情之间，乌可以强同也？以杜子美诗擅三唐，而不为欧阳[第6a页][第13页]永叔所悦。永叔好梅圣俞诗，尝自谓知圣俞者莫如修。然圣俞所自负者，皆修所不好；而所自[第6b页][第14页]为不足者，则修所甚称。甚矣！诗之难知也。青藜以“过日”名其选，盖自为其性情谋也。子美《赠郑[第7a页][第15页]炼赴襄阳》诗有曰：“把君诗过日。”夫炼不以诗名，而子美为是语，意必有所取于炼，而不在诗之[第7b页][第16页]名与不名也。然则青藜持此意以选诗，固有以正天下之性情；而天下之人得此意以读青藜[第8a页][第17页]之选诗，宜有以感发其性情，而一归之于正。是则青藜有异于世之选诗者矣。[第8b页][第18页]康熙癸丑[十二年，1673]秋七月既望，淮南龚鼎孳撰。[第9a页][第19页]

则杰按：此序又载《龚鼎孳全集·定山堂文集》卷五（人民文学出版社2014年11月第1版，第3册第1666—1667页）；除删去末尾署款之外，其他文字相同。

二、沈荃“序”（第21—33页）

诗之盛，未有盛于今日者也。古人之体，与其能事，则既皆有之。人之于诗，若衣冠拱揖之不可去。能者见[第1a页][第21页]其工，而不能者亦覃思绩学，竭蹶以从事。为之者众，故工者益多；工者多，则为者益众，而诗道亦以日杂。呜呼！去其杂，存其工，使天[第1b页][第22页]下后世见今日能诗者之多，为唐宋以来所未有，则亦选之者之责也。天下选诗，无虑数十家，有名于时者不少，宁都曾子青藜所[第2a页][第23页]选《过日集》称最善。往余与青藜游长安时，知其十许岁便工为诗，三十则名已动天下。既游历吴、越、燕、楚间，士之能诗者每挟册投[第2b页][第24页]赠，卷帙日多。青藜芟繁就简，严于去取。而贫走衣食，历五年未成。洎余典试两浙士，返过毗陵，与青藜相遇，则其刻已裒然成帙矣。[第3a页][第25页]取而读之，抑何精而备，准于古人而宜于今也。近世诗贵菁华，不无伤于浮滥，有识者恒欲反之以质，于是尊尚宋诗以救弊。夫田[第3b页][第26页]夫游女之言，可登风雅，诗之贵质似已；不知田夫游女之言，十五国中何限，而见于《三百篇》者，仅仅若是。则诗之不专以质传，可知[第4a页][第27页]也。况采风之君子，或掇拾其辞，假托其义，欲使民间之情得上通于天子。而顾谓《三百篇》所载，尽由于田夫游女之言，岂通论乎？且[第4b页][第28页]今之好为宋诗者，皆村野学究肤浅鄙俚之辞。求其如欧阳永叔所云"哆兮其似春，凄兮其似秋，使人读之可以喜，可以悲"者，百不[第5a页][第29页]得一焉。此不过学宋人之糟粕，而非欲得宋人之精神也。故善学诗者，当先审其趋向。趋向不正，是舍周、孔而谋管、商矣。青藜是选，[第5b页][第30页]既本以质，而出之沉雄典雅，要使天下学诗之人皆彬彬乎质有其文，是则青藜之意也。余叨窃侍从之班，见[第6a页][第31页]今天子锐意文学，一时公卿大夫以及韦布之士莫不崇尚风雅，以成一代之文献。则斯集也，诚足以正风尚而敦世教也已。[第6b页][第32页]康熙壬子岁[十一年，1672]涂月，云间沈荃题于毗陵之舟次。[第7a页][第33页]

三、施闰章"序"（第35—47页）

以今人而论今人诗，谁有能者，吾见其难矣。盖夫人而能诗也夫。夫人而能诗，阙其一焉则不欢。而天之[第1a页][第35页]生才，大不齐也。虞廷典乐，禹、皋不摄后夔；孔氏列科，颜、闵不长文学。今必叙交游，侈门阀，将使董、贾骈肩，曹、刘接堵。即盛世生才独[第1b页][第36页]异，而家握隋珠，昔人弗之贵矣。李唐取士以诗，其多不可胜载。而唐人之以选诗名者，如芮挺[章]、元结、殷璠辈，约有六家，篇帙皆少。其[第2a页][第37页]最善，莫如《河岳英灵集》。殷璠之自序其书也，谓若名不副实，才不合道，虽权压梁、窦，终无取焉。其矜慎如此，而当时不以为罪，至今[第2b页][第38页]传其书不衰。夫必有特立独行之心，而后有知人知言之识。诗与乐同源，与世运相上下，六季三唐可考也。明之弘、正、隆、万，各标一[第3a页][第39页]二先生之言，驱天下能言之士并轨一途，其失也踵随而肤附。轻俊之士从而矫之，遂仇选体而伪初、盛；号为通人笃论，而流尚空[第 3b 页][第 40 页]疏，浸就卑薄。至于子美之作，天下靡然风从。余观杜诗，无所不有；近世专取发扬蹈厉者为"杜体"，于是温柔敦厚之教，变为金戈铁[第 4a 页][第 41 页]骑之声，君子有忧之矣。夫论诗之难，以钟记室之品目，人别源流，所言不无得失。大抵采风谣，则征夫游女，时有所长；穷正变，则鸿[第 4b 页][第 42 页]笔巨工，间有所短。称诗家莫盛今日，要使书不备人，人不备体，用其长而拔其最，亦庶乎正始之敷华、河岳之振秀矣。青藜曾氏，西[第 5a 页][第 43 页]江之能言者也。其学与宁都易堂诸君子相砥砺，不与人苟同。挟其艺游京师、四方，所交弥众。而论诗，特择以真气为正始，不袭浮[第 5b 页][第 44 页]格；卒之原本古学，波澜宏阔，包纳细流。间录海内词人所作，用以自娱，谓之《过日集》。盖向所称诸家之病，庶几免焉。余不幸少有声[第 6a 页][第 45 页]诗之癖，长而旁交泛览；读当世名人之诗，意有独惬，辄自牍记，窃比殷璠之义。辞多撷少，目为《藏山集》，惴惴乎不敢出也。余论青藜[第 6b 页][第 46 页]之选而及之，亦以见斯事之难也。康熙癸丑[十二年，1673]嘉平月，宣城施闰章撰于寄云楼。[第 7a 页][第 47 页]

则杰按：此序施闰章《施愚山集》（黄山书社 1992 年 5 月至 1993 年 6 月第 1 版）未载，可见诸伟奇《古籍整理研究丛稿・施闰章集外拾遗》（同社 2008 年 4 月第 1 版，第 244—246 页）。

四、陈玉璂"序"（第 49—60 页）

诗者何？经是也。古人诗即为经；后人诗非惟不可为经，渐且不可为诗。譬之江河之流，愈趋愈下，亦势所必至。愚尝谓后人之诗，即深当乎古人，必不能列之[第 1a 页][第 49 页]于经，此诗之不幸也。然后人之诗，非但汉魏而后不敢语于《三百篇》，即《十九首》最为近古，而亦不可谓之经。古人视经重，故视诗弥重。夫诗之所以为经者，何哉？古人立言，皆思有益于天下[第 1b 页][第 50 页]后世；大而君父之大伦，细至昆虫草木，莫不旁引曲譬，使人观感有悟，足以为戒，足以师。故曰:“温柔敦厚,诗教也。”今人不知所以立教之本,徒雕绘于语言文字,固已失之,而又以《三百篇》为[第 2a 页][第 51 页]不可学,上者远宗汉魏,次法初盛唐。呜呼!昔人由《三百篇》出而为汉魏,由汉魏出而为唐。今人乃欲由汉魏、唐以出,其流将不得为汉魏,为唐。嗟乎!非《三百篇》果不可学也。古人十三学《诗》诵[第 2b 页][第 52 页]《勺》,十五成童舞《象》,春诵夏弦,秋学《礼》,冬学《书》;其于《诗》也,殆终身焉。今人甫解声律,即以为出语惊其长老,高自标置,为人讪笑而莫之耻;苟亦终身焉,藏修游息,服习久而变化生,纵不能果[第 3a 页][第 53 页]至乎《三百篇》,亦何至为汉魏、唐人所拘系,而不克独行以成一家言也?余向为《文统》之选,旋事《诗统》,持是论以求天下之诗,而曾子青藜《过日集》先成。近客昌亭,翻阅累日夜,叹其获我心。大[第 3b 页][第 54 页]约取体必高以浑,取词必正以则;宁简毋滥,宁朴毋华,而其意一主《三百篇》。柳子厚传梓人曰,群材毕聚,群工毕会,执斧斤刀锯者环立;梓人左持引,右执杖,量宇度木,群工悉视其色以为[第 4a 页][第 55 页]指向。是群工之能,梓人之能也。今天下诗家之能,可不谓青藜之能乎哉?青藜固贫士也,弹铗走四方;虽达官巨公争相折节而赠馈,盖亦无几。青藜恒节其旅食余羡,铢累以付剞劂,凡阅[第 4b 页][第 56 页]数岁而讫工。青藜岂借是以弋取声称、鸣得意?诚见夫诗道波靡,非此不可云救。故青藜尝语余曰:“余见近世诗人,裒然有集,中无有关于伦理教化者,则笑之。何也?以其无本也。”是可以观[第 5a 页][第 57 页]青藜之用心矣。余十年以来,家居落落,拮据为《文统》一书,亦有鉴于前代古文之失,思欲以一发引千钧。用心虽与青藜略同,而才识疏短,取舍无当,其不及青藜也远甚。当世士君子,倘因[第 5b 页][第 58 页]《过日》一集,以为昭代诗、文不可偏废,亦罗致余选,考其得失,辨其旨归,有诗教之入人深,而于此又稍补于世之学者,余与青藜交快之。三复斯编,余其能已于深望也哉?是为[第 6a 页][第 59 页]序。时康熙岁次癸丑[十二年,1673],阳月,毗陵陈玉璂椒峰氏拜撰于姑苏客馆。[第

6b 页][第 60 页]

则杰按:此序又载陈玉璂《学文堂集·文集·序·七》(《四库全书存目丛书补编》第 47 册,第 94—95 页);除删去末尾署款之外,其他文字基本相同。

五、曾灿"过日集凡例"(第 61—76 页)

[一] 集名《过日》,取少陵"把君诗过日"之义。或谓"过日"本作"过目",为"伤神"属对。然"过日"意义甚长;易以"过目",便索然老学究语矣。

[二] 余以病废之后,出游吴、越、燕、齐间,同人贻赠不下千卷,遂编次以娱耳目,非敢告世也。既以坊人请授剞劂,而顾茂伦、程杓石诸子复广搜他本,以备采录。然有佳诗甚多,限于卷帙,不能悉登者;有全稿不及搜致,仅从偶见录其一二者。又频年饥驱道路,水陆顿徙,旧稿有散失者。兹欲暂毕初集,以应坊人之求;其他名篇,嗣登《二集》。

[三] 兹集人始乙酉[顺治二年,1645],诗终癸丑[康熙十二年,1673],共二十卷,外附《名媛》一卷。启、祯以前巨公名篇,备载《列朝诗选》中,不复借表彰也。至死义诸公不登选帙者,亦王介甫不欲列孔子于"世家"之意。[第 1a 页][第 61 页]

[四] 选中原无次第,而卷首取冠群才。然有余素所心折,而未冠于卷首者,是卷首有限尔。余才短学疏,谬司丹黄,去取既严,出处不问。有仕籍通显而仅录一二首者,有从未知名、未识面录至数十首者。虽采访未遍,鉴别未精,亦不敢婞阿爱憎,取辱贤者耳。昔刘后村选元、白绝句,白取二三首,元止五言一首;而刘眘虚平生竟以十四首传,彼"诗窖子"之万篇岂能胜乎?是诗之传,以工不以多也。周栎园语人曰:"今之操诗选者,于风雅一道,本无所窥,不过借以媚时贵耳。某也贵,宜首宜多;某也贵不某若,宜次宜减。某也昔卑而今贵,递增之;某也昔贵而今贱,遂骤减之。非仕籍也,而仕

籍矣;非履历也,而履历矣。故观近人所选,不必细读其中去取若何;闭其书而暗射之,则其人历历可数矣。”余服膺此言,谓如吴道子画地狱[第 1b 页][第 62 页]变相,又如温太真燃犀照牛渚中牛鬼蛇神各呈其状,真操选政者药石,生我之言也。余念风雅一道,一世风气所关,不敢视为木鱼漆鸭,酬献宾客,渔猎衣食。故凡登选诗,皆自捐资剞劂。虽集中不无情面,然伤于风雅,即骨肉知交不敢听命。知我罪我,谢之而已。

[五] 集中不加圈点评语者,尊古也。《文选》一书,家传户诵,垂千百年不变,要略示其的,随后人所领取耳。评点切当者,不无裨益后学,而古人之精神,或反沉泥于句下。况仁者见仁,智者见智,亦何必执一法以例天下之学者乎?

[六] 诗有不必众体备者;一体苟长,便可颉颃古人。如孟襄阳,止以五言独擅,遂称“王、孟”;少陵无乐府,未尝以此减价。今人刻集,必欲诸体毕备;珠不足而益以鱼目,使人并真珠而疑之。集[第 2a 页][第 63 页]中有一体佳者,选至数十首,余或一首不录。

[七] 诗可被之金石管弦,乃名“乐府”。古篇题虽存,而其法自汉后亡已久矣。后人沿习为之,问其命题之义则不知,问其可入乐与否则不知。作者昧昧而作,选者昧昧而选。然则今人用古乐府题者,虽极工,但可言“古诗”,不可言“乐府”也。故兹选不立“乐府”一体,统以“杂言”古诗概之,以别于“五言”“七言”古诗耳。圣人曰:“多闻阙疑。”又曰:“不知为不知。”予自安愚陋,以待能者,不敢逐声循例,重诬古人也。

[八] 六言诗,必每句增损一字不得,然后称体。唐张继以六言诗寄皇甫冉,冉酬以七言。洪容斋编《唐绝万首》,而六言不满四十。高廷礼《品汇》,所选不满三十。盖非独工者难,而作者亦鲜矣。今人间有作六言诗者,每句中增入一字不为多,损去一字[第 2b 页][第 64 页]不为少,饾饤攒簇,都无情致,故此体不录。

[九] 今人论诗,必宗汉唐,至以道理、议论胜者斥为宋诗,虽

佳不录。此亦过也。宋诗到至处，虽格调不及，亦自天地间不可磨灭。且如李山甫“尧将道德终无敌，秦把金汤可自由”，是道理也；杜牧之“江东子弟皆豪俊，卷土重来未可知”，是议论也，何尝非唐人之诗耶？至方外诗，东坡所谓蔬笋气，固属可厌；而一切禅悦参悟之言，仅可载于语录。即儒者诗，如邵子“天向一中生造化，人从心上起经纶”，岂不精微？亦是语录当存，何可登之风雅也？今日僧诗，如无可、月函、石潮、蒲庵、�、梵林诸诗，净炼矜贵，可谓脱尽宗门蹊径矣。

［十］ 集中有素交如眭修年、高云客、徐昭法、顾茂伦、应嗣寅、陆丽京诸子，或仅录一二首，或一首未存。因索稿不得，而他选中去［第3a页］［第65页］取复有异同，故不敢以一脔盖全体，宁阙之以俟他日。

［十一］ 诗以道性情，音韵相近，声律自谐。《三百篇》至汉魏六朝，初无一定之韵。自沈约韵谱一出，唐人稍加增损，取以设科，名曰《礼部韵略》，遂使千余年间学诗者奉为刑书。余考沈韵，“东”“钟”、“真”“文”、“支”“微”、“鱼”“模”、“寒”“删”、“萧”“豪”、“庚”“青”、“覃”“盐”，应分也，今不分。“东”“钟”、“鱼”“模”而以“东”“冬”、“鱼”“虞”分为二韵；“支”“微”、“真”“文”、“寒”“删”、“萧”“豪”、“庚”“青”、“覃”“盐”数韵虽分，而“微”韵之“惟”“危”“眉”“悲”，“删”韵之“残”“阑”“餐”“珊”，“文”韵之“春”“纯”“屯”“轮”，“青”韵之“清”“情”“精”“莺”，混入“支”“寒”“真”“庚”诸韵。“真”“文”又分为“真”“文”“元”，“庚”“青”分为“庚”“青”“蒸”，“萧”“肴”分为“萧”“肴”“豪”，“覃”“盐”分为“覃”“盐”“咸”。“江”“阳”本一音也，分而为二；“麻”“遮”本二音也，合而为一。种种舛谬，不可殚数。明初宋文宪等正讹订谬，定为《正韵》，虽“东”“钟”、“支”“齐”、“庚”“青”、“真”“文”诸韵间有混淆，然尚不失《中原音韵》之正。至韵［第3b页］［第66页］谱之舛，则在唐李涪已极言之矣，况唐时多有不拘沈韵者。又或谓古风不拘，律则未有不严者。不知少陵五律《雨晴》“从

西万里风，久雨不妨农”；摩诘五排《禊饮应制》“宜春小苑东，灞浐亦朝宗”，《扈从温汤》“旌旗渭水东，词赋属文宗”；襄阳《元日》“今朝岁起东，无禄尚忧农”，岂非“东”“冬”二韵乎？襄阳五律《省覲》“劳歌涉海涯，亲望老来归”，岂非“支”“微”二韵乎？少陵七律《崔氏东山草堂》“落日更见渔樵人，饭煮青泥坊底芹”，岂非“真”“文”二韵乎？善夫夏洪基曰：“学唐者，宜学其品格之高古、气韵之浑厚；学李、杜者，又宜学其才情识力，学其清新俊逸、卓炼沉雄，不徒拘拘于韵谱也。若必韵谱之拘，则三唐悉用沈韵而诗如李、杜者有几？今人知依唐韵而诗如唐者复有几？”其所重，盖可知已。况音有古今异读，盖运会使然，不可强合。纵使孔子[第 4a 页][第 67 页]复生，恐不能以《三百》之韵比今人而同之。以故沈韵之不合古者多矣，今韵之不合沈者又多矣，岂沈不用古则是，而今不用沈则非哉？宋濂溪曰：“《国风》、‘雅’‘颂’四诗，以位言之，则上自王公，下逮小夫贱隶，莫不有作；以人言之，其所居有东西南北之殊，故所发有剽疾重迟之异。四方之音，万有不同。孔子删《诗》……皆堪被之管弦者，取其音之协也。”楚汉以来，《离骚》之辞，《郊祀》《安世》之歌，以及于魏晋诸作，曷尝拘于一律？亦不过协比其音而已。明末云间陈大樽选近诗，凡用《正韵》者，诗虽佳弗录。甚矣夫！其舍父而庙别祖也。今余所选，率多唐韵；习尚既久，不能厘正。而用《正韵》者，亦并存之。若一律兼用两韵，则不敢收入也。

［十二］　近世率攻钟、谭，虞山比之为诗妖。然钟、谭贬王、李太过，今人又[第 4b 页][第 68 页]贬钟、谭太过。顷见施愚山论，颇为持平。予谓作诗、选诗，不必横据二家于胸中。如学道家，不必横据朱、陆于胸中，此轩彼轾，此异彼同，只求一是而已。余所选诗，去纤巧，归于古朴；去肤浅，归于深厚；去滞涩，归于宛转；去冗杂，归于纯雅。不论其为汉魏六朝、初盛中晚、宋元明之诗，而要归于沉雄典雅。黄鲁直曰：“子弟凡病皆可医，惟俗不可医。”曹能始序胡白叔诗曰：“作诗先辨‘雅’‘俗’二字。”孙北海曰：“诗文之事，莫妙于易，莫

难于老。”又曰:“吾辈读书,即不能穷及理奥,决不可事禅悦以助波澜;吾辈作诗文,即不能力追大雅,决不可袭噍聱以堕恶道。”钱虞山论诗曰:“宁质而无佻,宁正而无倾;宁贫而无僦,宁弱而无剽。宁为长天晴日,无为盲风涩雨;宁为清渠细流,无为浊沙恶潦;宁为鹑衣短褐之萧条,无为天吴紫凤之补坼;[第 5a 页][第 69 页]宁为书生之步趋,无为巫师之鼓舞;宁病而呻吟,无梦而厌呓;宁人而寝貌,无鬼而假面。”余曰:“宁为钟、谭之木客吟啸,无为王、李之优孟衣冠也。”

[十三] 和韵诗最不宜作。诗贵自然;若限定韵脚,必至牵率傅会。是未有意,先有诗也。盛唐和诗,和意而不和韵。至元、白,皮、陆,乃次原韵。明初遥和唐人,起于闽人林鸿、高棅,遂至张楷和李、杜诗各十余卷,捧心学步,只供哕呕。集中和诗,惟合肥龚芝麓无用意之迹,且能各肖体裁,如和少陵则似少陵,和康乐则似康乐。余周旋左右有年,每见即席叠韵,信手连篇,都成妙丽,盖天才之独绝也。欧阳文忠公曰:“《薛苹唱和诗》,冯宿、冯定、李绅,皆唐显人;灵澈,亦以诗名后世,而皆不及苹,岂唱者得于自然,和者牵于强作也耶?”[第 5b 页][第 70 页]

[十四] 徐巨源曰:“诗文之传,有幸有不幸焉。幸而出于童子,则传者十九。又幸而出于妇人女子,则一脱口,蔑不传矣。”然今妇人之能诗,传者亦鲜。岂习之者少,抑隐而不出耶?今见栎园老人载其家姬王氏诸句,皆清婉多致,不肯付诸梓人。曰:“吾惧他日列狡狯瞿昙后,秽迹女士中也。”兹集名媛另为一卷,而方外附入正集。但名媛诗,叙写情致,多伤流荡,余特以节妇贞女冠其篇首,如方维仪之清深贞静、朱中楣之秀整幽闲、张昊之词格逶迤、吴山之意旨高远。其他亦取其性情之正,不背于《关雎》哀乐之旨者。若媟嫚之词,则《竹枝》《枣竿》已饶有之,何当于风雅也?

[十五] 诗须有谓而发。古人登高作赋,遇物成诗,亦兴会所到。今人每故命一题,强人作诗。或拟乐府,或次古韵。或一饮酒必索句,[第 6a 页][第 71 页]或一登临必分题。唱者既无意味,和者更觉

索然。且骊珠已获，鳞爪安施？李西涯曰："夏正夫、刘钦谟同在南曹，有诗名。刘有俊思，名差胜。夏每见卷中有刘诗，累月不下笔。"陈眉公少时见王元美云："往者燕都之会，于鳞诗必晚出。见他人有工者，即废己作。"大约人能矜名者，必虚心。君苗焚砚，太白搁笔，只是古人见地高，能自重。余选中，宴集诸诗虽亦不少，然必取其寄托高远、意味深长者；若第点缀夫春花秋月、晓风夜露，而无性情以流行其间，吾无取焉耳。

［十六］ 选中不书官爵，不称"先生"，亦古人临文不讳之义。昌黎之送李愿，不及其家世；颍滨之作传引，直呼为"子瞻"。至于周公作诗，诞生"后稷"；子路问津，答以"孔丘"，此其尤彰明较著者。吾辈既以文字相交，自无世俗之见。倘或以过分为罪，则余又何敢［第 6b 页］［第 72 页］辞。

［十七］ 古诗一首中有一二句佳者，便可擅场，如"池塘生春草""微云澹河汉"之类是也。古人原不逐句求工，而警句亦不多得。但古人之诗，必通首匀称，无鄙弱浅涩之病。故余于是选，苟遇一二佳句，如饥之得食，寒之得衣，虽通首未称，亦不敢避狂瞽，以曲全其美。余才不逮作者，而好为刘季绪之掎摭，自属非分。然明镜嫌于尘垢，瑾瑜畏其疵瑕。深心学古者，当知我也。

［十八］ 余选钱虞山诗，皆其晚年所作。盖《初学集》久脍炙人口，不必余选而已知其工。虞山才大学优，作宋诗而能不蹈宋人鄙俚浅陋之习。然喜摭拾故实，刻画古人，又未免为学府书厨所累。至其七言绝句，风流蕴藉，一唱三叹，则纯乎其为唐人诗矣。［第 7a 页］［第 73 页］

［十九］ 近代文人，诗品渐贵，隆、万以来所不及也。盖当承平之时，不过登临宴飨、酬赠问答，初无关于安危治乱之故。若历沧桑，遭变难；徘徊于黍离麦秀，坎坷于人散家亡，则其为诗，定有以感天地而泣鬼神者。昌黎有云："和平之音澹薄，而愁思之声要妙；欢愉之辞难工，而穷苦之言易好也。"近日如吴梅村、龚芝麓、赵韫退、

梁玉立、施尚白、曹澹余、钱幼光、王阮亭、陈说岩、徐方虎、魏和公、陈元孝、程周量诸诗，怨而不诽，哀而不伤；或肖摩诘之幽闲，或写杜陵之悲壮，此永嘉、正始之音不可概见者。他如魏冰叔、钱开少、蔡大敬之杂言，彭骏孙、彭躬庵、林确齐[斋]之五古，李武曾、王蓼航、颜修来之七古，高苍岩、宋荔裳、姜铁夫之五律，周元亮、吴孟举之七律，杜于皇之五古、五律，周伯衡、魏善伯、丁雁水、郭快庵、田子纶、赵天羽、陈赓明之五、[第 7b 页][第 74 页]七律，董文友之杂言、七绝，毛大可之七律、五排，吴六益之七律、七绝，彭禹峰之七排，钱虞山、严荪友之七绝，或标唐人之词，或拟宋人之调，而要皆浑厚博畅，归于雅驯。余读其全稿，因得而论列之。若邺下“应、刘”，著述原富；唐时“姚、宋”，诗篇不传。如今日之曹秋岳、严颢亭、阎古古、徐健庵、汪蛟门、申凫盟、曹顾庵、朱锡鬯，虽在盛名之下，未窥全豹，不敢轻为评论也。方密之曰：“今人有‘唐人无诗，诗在宋元’之说，总由学疏而自便，好异而力薄，故迁就而遮掩耳。”徐崧[松]之曰：“唐诗尚风华，故多浮而不实；宋诗贵尖刻，未免显而近粗。”余所选者，虽不敢云藻鉴之至精，然准之古人之诗，唐、宋两病，吾知免夫。

［二十］　此集计十年而后成，非惟剞劂之云难，良亦辑校之不易。将伯之助，幸有其人。丽句或藏箧笥，佳篇偶寄邮筒——搜辑之功，则[第 8a 页][第 75 页]顾茂伦、徐崧[松]之、程杓石、袁重其也。嘉树成阴，能植者芟其繁冗；清泉入户，疏流者汰其污泥——参订之功，则魏冰叔、彭躬庵、徐贯时、蔡九霞、魏和公、吴子政也。字画既多亥豕，文章难辨鲁鱼——校阅之功，则张无择、徐祯起、杨震百、王勤中、华子三也。成千仞者亏一篑，行百里者半九十——捐资玉汝之功，则吴伯成、姚六康、吴孟举也。斯集也，茂伦、贯时开之于先，伯成、六康继之于后。竭十数人之精神，乃得完余十年未竟之业。古语云：“专弦难听，水一难食。”验之斯集，岂不信然？

六松主人曾灿止山题于金阊之寓斋。[第 8b 页][第 76 页]

则杰按：以上序言、凡例，以及下文附录郑振铎《西谛书话》，谢正光、佘汝丰《清初人选清初诗汇考》亦曾辑录（南京大学出版社1998年12月第1版，第184—201页）。

【附录一】沈德潜等《清诗别裁集》卷七“曾传灿”条（中华书局1975年11月第1版，上册第121页）

曾传灿，字青藜，江西宁都人。……

青藜选本朝诗，名《过日集》。所选纯不胜杂，而人才略备，余于此窃有取焉。

则杰按：曾灿原名传灿。

【附录二】方濬师《蕉轩随录》卷十一“音韵”条（《蕉轩随录、续录》本，中华书局1995年2月第1版，第433—435页，总第四百六十六则）

宁都曾青藜（灿）选辑国初诸家诗，名《过日集》。其凡例有云：“诗以道性情，音韵相近，声律自谐。……”按：此论极精确，讲韵学者宜三复之。

【附录三】郑振铎《西谛书话·西谛题跋（摘录）》“过日集”条（生活·读书·新知三联书店1998年5月第2版，第468页）

清曾灿辑，二十卷，三十二册，清康熙刊本。

一九五六年春过上海，徐森玉先生告予云：“君集明清人总集，适有《过日集》是禁书，惜已为文管会所得。”予至文管会索阅此书，拟他日借阅之，盖不复作皮藏想。回京后，得景郑函云：“沪上有《过日集》乙部，欲得之否？”亟函购之。今晚从厂肆归，正苦无书，景郑乃邮此书至，灿灿有光，玄览堂中又多乙部佳本矣。六月十七日西谛记。时久雨初晴，凉暖匀恰，甚怡悦也。

此本虽夺牧斋序，然可补钞，无伤也。文管会从修文堂得此书，价百金。景郑为予从吴眉孙许得此本，价仅三十六金，甚感其作合之功。西谛。一九五六年六月十七日。

则杰按：此处所谓"牧斋序"，当指此集附刻《金石堂诗》卷首钱谦益（牧斋其号）"原序"，详见该种。

01－025　同人集

冒　襄等

十二卷。冒襄辑，余稷订，《四库全书存目丛书》集部第385册，影印乾隆冒氏水绘庵刻本。

一、李清“同人集序”（第1—3页）

海内才人善为诗古文辞者，必有数十才人与之交游。而数十才人之诗古文辞，皆因唱和往复，聚于一才人之箧笥，以成奇[第1a页]丽之观。然当其始也，视为易得而弃置漫灭者何限？及其时移事易，故人或既往或遥隔，然后求其所唱和往复者，谓是龙之一鳞、凤之一羽，而化为沉灰余[第1b页][第1页]烬则已久矣，岂不惜哉！吾友冒辟疆，天才骏发，殖学汲古。自其尊人嵩少先生登显仕、负公望，辟疆年方弱冠，论辨蜂涌，摇笔数千言，学士大夫无不执手愿[第2a页]结交者。惜乎再中副车，甫膺一命，遭世多故，而身遂隐。然宾客争造其门，请谒无虚日。令嗣谷梁、青若，英英趾美，又相与结纳不衰。盖四十余年车马纷错，邮[第2b页]筒交驰，皆由才学兼富，声气歙集；较之人貌荣名，不可同日而语也。今辟疆乃取其故人投赠诸作，共十余卷，名曰《同人集》，镂版行世，余因之有所感焉：夫自丧[第3a页]乱以来，辟疆所阅历者，兵戈之抢攘、山川之险阻、祸患疾病之颠连，靡不毕备。王、谢家长物，半就散落，而故人笔墨，则独守而弗失。是以死生殊途，离合异[第3b页][第2页]候，犹得摩挲柔翰，以想见其须眉肝胆。辟疆之于文章可谓深，而其于朋友亦可谓厚矣。且故人操行，岂必尽同？常人之情，久则好褒讥、计恩怨；苛及笔墨，或[第4a页]存或削，而辟疆则曰：“以彼其才，皆吾所尝亲昵者，于心终不忘。其悉付剞劂，无有所遗。”嗟乎！惟才怜才，故其情深谊厚一至于此，可为激昂慨叹者也。曩者嵩[第 4b 页]少先生与余莫逆，余因善辟疆，儿子辈复善谷梁、青若，其交三世矣。予才不逮辟疆远甚，而辟疆顾取其旧作，附刊集内，并属为序，其无乃非以文录，而以友[第 5a 页]录乎？是重余愧也。予焚砚有年，独念辟疆之命，义不可辞，故流连反覆，而书其简端如此。年家眷弟李清撰。[第 5b 页][第 3 页]

二、韩则愈“同人集序”(第 4—6 页)

左丘明作《春秋传》，载列国大夫于其朝聘宴飨，莫不歌诗贶答，以托其意。而一时使臣之风采，与时政之得失，胥系之。[第 1a 页]自采诗之官不设，而诗歌之典亦废，有绝裾割席、玉帛生戎者矣。汉魏以降，稍稍近古。河梁握手之篇、渭城折柳之什，文缘情生，缠绵凄恻，[第 1b 页]令人留连不能自已，亦其性之有独异也。如皋冒辟疆先生，自其束发，即负盛名。当代鸿公巨卿，莫不以得交辟疆为快。尺素遥通，赓和如流。[第 2a 页]今所刻《同人集》，其大略也。癸丑[康熙十二年，1673]五月，予自维扬访先生于东皋，茗碗相对，话畴昔事如昨日。而四十年间，向之所与笔札相通、性命相托者，强半[第 2b 页][第 4 页]化为异物；岿然灵光，惟先生独存。嗟乎！先生以文章、朋友为性命者也。今一旦思其人而不得，则读其诗，如见其人焉；读其诗而终不得见其人，[第 3a 页]则并取其人之奏记序传，勒成一书，以成不朽，使其人精灵呼之欲出，则庶几如见其人焉。先生之心，亦良苦矣。至于遭时不偶，蠖伏自甘；寄觞咏于[第 3b 页]寒碧，送日月于湘中；翻云覆雨，都置不问。酒人词客，唱予和汝；草稿甫成，传诵已遍；他人艳羡不能得，先生则乐此不为疲，与少壮无异也。吾故[第 4a 页]曰：聆先生之绪论，知先辈风流犹有未坠。读《同人集》，可以简栖而遥集，可以千里而命驾；观人之法、论世之道，尽在于此，诚古今之罕遘、宇内[第 4b 页][第 5 页]之奇观也。若徒侈其文辞、慕其爵里以为美谈，先生方戢影空山，白云自怡，又焉用此浮名，同于碌碌者为哉？

是为序。[第5a页]康熙癸丑[十二年,1673]夏五,鄢陵韩则愈题。[第5b页][第6页]

三、张大心“叙”(第6—8页)

有白日在天,而爝火胜之者乎?有江河行地,而潢潦夺之者乎?不能也。不能则息其胜且夺之之心而已矣,而又奚怪焉?而又欲以尘垺蒙之,而又欲以粪壤阏之,而庸讵知愈不能也?如尔夫者而系踵于世者,何也?如皋冒巢民氏之才之学之品,白日[第1a页]欤?江河欤?而妄诱胜且夺之者,繁有徒;既而力殚脉绝,而濒于死也;而设诟构诅,而格蟼种凶,若白日真可尘垺而蒙,而江河真可粪壤而阏也。而巢民氏乃偃佒困畏,譬日而微,譬江河而竭,铄明缩泽,而仅以不终灭没者,一寄之《同岑[人]集》。而予亦旁睨而愕栗,而噤不发声三年于兹。盖尝私是[第1b页][第6页]集而商之,果且有同乎哉?果且有不同乎哉?果且无同乎哉?果且无不同乎哉?方同方不同,方不同方同。胡然而同也?胡然而《同岑[人]》有集也?是以不同同也,以不同同其同也。不同,是谤之囮也。犹之夜也,欲无为天之戮民而免于患祸,庸可得耶?且也相与同之,耳矣,予先人其一也,予亦其一也。[第2a页]昔者秦淮之役,谒乡妧兆之舍,则梁氏、先人、琴牧氏、霖生氏、渔仲氏、巢民氏申伯季欢,予隅坐称犹子,上下四方莫不共见。而前乎此,思白氏、眉公氏、季重氏、能始氏、质公氏、念台氏、居之氏、石斋氏、鸿宝氏、孩未氏、郧仙氏,以至指不给屈,而无有乎不同。而后乎此,牧斋氏、觉斯氏、孝升氏、梅村氏、[第2b页]晋斋氏、百史氏、镀文氏,以至指不给屈,而又无有乎不同。巢民氏酒醒寐觉,静言长想,其为同者几何?恐巧历不能算。然而同也者,即不同也。夫有同与不同,故《同人》之有集也;无同与不同,故《同人》之未有集也。今日者,诸君子皆为古人,而巢民氏皤然孑遗一老为硕果;而予也幸未丧,斯为匏[第3a页]瓜,为散木。所谓同者不可复作,而如尔夫者系踵而未有已,予安得不愿有喙三尺而三年噤也?孔子曰："去其'楚'。"老子曰："并去其'人'。"张子曰："去其'集'，并去其'同'。"亦因是也。抑去其同而果可耶？业已同之矣，彼又耳而目之矣，彼将谓我之得其情，而姑以是不平平也？无益之怒甚焉，益之侮甚焉，恶[第3b页][第7页]乎可？予向也不发声，而今也发声，声则且噫呜嗷啼，而声之蓬艾之间、畎浍之侧。有人焉，其名为"窃"：于日窃其隙辉，于江河窃其剩滴，无往而不用其窃也。而习闻巢民氏，少也始胜衣而誉藉，壮也光彩被天下；即咳唾所及，亦足渐九里、沾八区；虽老犹意其室中之藏，于是投迹而同之。其同之，[第4a页]是也；俾尔为求旦之鸟、满腹之鼠，其亦已矣，而若之何务胜且夺之也？而若之何且变计于蒙且阏之也？片合纷起，尘涸杂抵而不已也？意者未有以予之言告之者耶？往语之，则曰："情有常，理有常，力有常，势有常。"人莫不好上而排其所不克；彼恶夫物有制之，是物覆彼以自谍也，抑彼以自注[第4b页]也，故曰"情"也。凡光可掩，惟日不可掩；凡流可争大，江河不可争大，故曰"理"也。可胜且夺者在一时，不可蒙且涸[阏]者在万世，故曰"力"也。非是，则命羿之弹，试鲧之湮，后无复日与江河乎？日不息其照，而不能禁尘埻之无翳；江河不改其浩浩，而不能禁粪壤之无淤[阏]，若是者"势"也。故曰，皆"常"也。故知其[第5a页]常，而同，可也；不同，可也；同乎同而不同乎不同，可也。如尔夫者而系踵于世者，何也？而怪其系踵者，何也？予则谬矣，而以予为果谬者，又安知其非谬也？彼未始离乎"岑"而足以造于怨者，众也。康熙乙卯[十四年，1675]陬月立春日，金坛世侄张大心拜手谨题。[第5b页][第8页]

四、吴绮"叙"（第9—11页）

盖闻百年之运，借声气为盛衰；一人之身，视交游为进退。故尚稽列国，名卿传赠答之章；下及累朝，君子赋宴歌之什。一时聚散，千古污隆，此其所关非偶[然]也。予友冒子巢[第1a页]民，英年振藻，蔚豹上京；中岁辞荣，伏鸾南国。驱车海内，见玉帛于汉唐；赠纻人间，历槃敦于邹鲁。所纪《同人》一集，何啻名山万言？然而考厥姓名，叙土风者凡十五国；稽其岁月，换霜雪者迨六十年。[第1b页]其间世事之递迁，以及人情之迭异，览其始终之数，不无今古之怀矣。盖世值河清，人当霞蔚。菁华未竭，朝修振鹭之容；风义相师，户守雕龙之业。士龙入洛，首谒茂先；文举登门，曾通元礼。于是置郑庄之驿，雅爱[第2a页]琴尊；开谢傅之堂，惟谈书画。先进之遇后进，岂待识韩？今人之似古人，偏能说项。但有弹冠之望，都无按剑之嫌。当斯之时，亦云盛矣。洎乎金刀匿耀，玉弩斜芒；时号"三君"，人分两部。顾厨竞长，宁非角上争蜗；[第2b页][第9页]蜀洛连衡，何异穴中斗鼠？然而爱名如癖，争摹郭泰之巾；养誉为高，并伏王咸之阙。奔车塞路，入太学以看碑；举袂连云，聚华阴而成市。昧危机于白马，愿学清流；申明信于丹鸡，耻非钩党。此一时也，识者忧焉。至于物[第3a页]变人销，时移事改；鲁殿空留其硕果，玄都已净于桃花。知己晨星，叹辽阳之归鹤；天涯夜月，听白下之啼乌。然而皂帽相逢，青尊无恙。南山种豆，堪为杨恽之歌；东海成桑，且饮信陵之酒。公子登台而作赋，美人刻[第3b页]烛以催诗。于此为欢，嗟其晚也。乃观所载，悉取其华。或授简梁园，寄幽情于草木；或飞书衡岳，写别绪于山川。或感时事之艰危，而勉存忠孝；或言性情之敦厚，而并及篇章。则有陈、董、王、曹，引邺侯为小友；[第4a页]文、姚、倪、范，许苏轼为奇才。漳浦见而倾心，机部闻之捧手。此皆正人之望，同膺国士之知。继而西铭倡群彦于吴中，伯宗聚多贤于江左。"泖湖三子"，争驾舒章；"蠡水四家"，齐镳士业。姜郎伯仲，领泰岱之英；侯氏弟昆，[第4b页][第10页]撷汝嵩之秀。朱子鸿翔于西蜀，黎生凤翥于东瓯。莫不接席交欢，登堂展拜。兄袁弟灌，合气谊于班荆；大孔小杨，结心知于佩茝。并属一时之快事，宁堪千载之伤心？若乃天水司农，最后合纪、群而缔好；庐江宗伯，于兹集嵇、阮[第5a页]以论交。彩笔红笺，叙欢娱于乱离之后；银筝玉管，杂慷慨于歌舞之间。老子床前，时同看月；舍人池上，尝共挥毫。宾客尽于东南，词赋传于中外。又岂知风流云散，意气灰颓？玉树长埋，钟子下闻琴之泪；金门静掩，羊昙兴击箠[第5b页]之哀，如今日者哉？嗟乎！离鸿身世，暮云难归；杜宇河山，斜阳自老。白头似我，怅旧事之都非；青眼逢君，问故人而有几。流传简牍，遐想平生，又未尝不心伤其晚，而神往其盛也。年家同学弟吴绮拜撰。[第6a页][第11页]

则杰按：此序又载吴绮《林蕙堂全集·文集》卷四（《清代诗文集汇编》第68册，第65—67页），标题作《同岑集序》；除删去末尾署款之外，其他文字基本相同。

五、余稷“跋”（第525页）

余束发时，即闻如皋有巢民冒先生者，当前明末造，主坛坫，持清议，有“东汉三君”之目，心窃慕之。及读《宜兴陈氏一家言》先生五十序，于先生平生懿行大节，约略悉备。至当日鸡鸣埭座中詈怀宁一事，尤序致淋漓，谓较胜演孔东塘《桃花扇》剧也。虽世异地隔，私心未尝不向往焉。庚午[乾隆十五年，1750]，叔兄宽夫官如皋，余因偕侄来如。舟中，私念昔所向往者，今得履其地、过其居、读其书，为生平一快事。至则首以此询叔兄，得《同人集》读之，盖海内诸名贤与先生当日投赠倡和之诗文，而先生之行谊亦附见焉。益叹其年太史之推崇先生者，信而有征，非阿其所好也。然终以不得窥全豹为憾。既而与先生从子殿[第1a页]邦交。暇日过其居，则水绘园之遗址也。而昔日之堂庑台榭，已鞠为荒烟茂草矣，周览徘徊不忍去。今春，殿邦持是集完本相告曰：“此先伯巢民公之遗书也。流传既久，板多缺失漫灭，无以应四方之求。然欲补刊，必资校定，非君不可。”余愧谫陋，不当斯任；第曩时向往之私，与殿邦谆嘱之诚，不敢固辞。乃与叔兄于簿书之暇，互相参校。是集旧苦诗文杂出，年岁失序，颇碍观览。因特为分别类叙，庶几诸体不淆，岁月可考。间有旧刻犹存、不能编次者，则各仍其旧。为卷十二，而帙之多寡，一以体类为定。编成，质之殿邦与其群从鲁良、尊六、麦岐、帝臣诸君，皆曰"善",遂付剞劂焉。其间搜罗放失,补苴掇葺,立修颇殚心力。立修之祖为无誉公,即巢民先生难弟。是役[第 1b 页]也,力修可谓无忝厥德矣。呜呼!以先生之懿行大节,声满寰宇,闻风慕义者莫不以世异地隔为憾,不谓游其园林,访其诗文,湮没至此,可谓不幸矣。然余生也晚,不得见先生,而得交其群从;不得尽读先生之书,而犹得见此集,使昔日向往之私,因是集之重锲,得与校雠之役,而附之不朽,岂非不幸之幸耶?若耶后学余稷跋,时壬申[乾隆十七年,1752]杏月。[第 2a 页][第 525 页]

【附录一】《四库全书总目》卷一百九十四集部总集类存目之四(中华书局 1965 年 6 月第 1 版,下册第 1767 页)

同人集十二卷(两江总督采进本)

国朝冒襄编。襄字辟疆,如皋人,自号巢民。所居有朴巢、水绘园、深翠山房诸胜。晚年却扫家居,与友朋觞咏;辑其酬答诗文都为一集,凡十二卷,盖仿顾阿瑛《玉山草堂雅集》而作。然阿瑛但文酒之欢;此并其寿序之类亦皆载入,故繁富胜之,而精美则不及焉。

【附录二】法式善《陶庐杂录》卷三(中华书局 1959 年 12 月第 1 版,第 92 页,原标第八十则)

《同人集》十二卷,冒襄纂。襄字辟疆,世称巢民先生。以前壬午[崇祯十五年,1642]副举授司理官,亲老不仕。膺征辟,皆辞免。是书乃其故人投赠之作,刻于康熙癸丑年[十二年,1673]。

【附录三】梁绍壬《两般秋雨盦随笔》卷五"《同人集》姓氏"条(上海古籍出版社 1982 年 8 月第 1 版,第 269 页)

如皋冒辟疆《同人集》,自胜朝至国初名士,斯为极盛。先君宰开平,松柏司巡检冒芬是其裔孙,特假而手钞姓氏一帙:始董其昌,终蔡启僔,共四百五十有六人。

【附录四】郑献甫《补学轩诗集》卷六《书冒辟疆〈同人集〉》二首（《清代诗文集汇编》第608册，第369—370页）

诗编偶阅同人集，词客多为异代官。箕颍以来忘世易，沧桑之际置身难。琴尊北海穷文举，丝竹东山老谢安。一咏一觞常事耳，末流怜尔独登坛。[其一]

红羊黑劫谁能免，白马清流数特奇。九秩寿高征士录，八厨名重党人碑。欢悲有伴伤蛮素，倡和无情厌陆皮。遗老已亡遗构尽，朴巢留得小孙枝（集系其裔孙重刻）。[其二]

01－026　感旧集

王士祯等

十六卷。王士祯(禛、正)辑,卢见曾等补传,《四库禁毁书丛刊》集部第74册,影印乾隆十七年壬申(1752)刻本。

一、朱彝尊"原序"(第155页)

见新而遗旧者,人之情也。然时方日趋于新,未必尽惬吾意之所存,往往不若出于旧者之无敝,则新者反陈,而旧者只见其可慕焉。彝尊儿时见先王父母治酒食,宴宾客,瓷碗多宣德、成化款识,近亦嘉靖年物;酒杯则画芳草斗鸡其上,谓之"鸡缸",若万历窑所制;至或下劳傔从,见闻所习,无足异也。既遭兵火,往时之杯棬尽失。而景德镇近日瓷碗,颇极精巧;或谓可胜曩昔,惟有识者辄以为不然。盖尝以月之朔望,观于京师慈仁寺。比日中,天下之货咸集。贵人入市,见陈瓷碗,争视之。万历窑一器,索白金数两,而宣德、成化款识者倍蓰焉。至于[第1a页]芳草斗鸡之酒缸,非白金五镒市之不可,有力者购之不少惜。既得之,惟有嗟咨叹赏而已。是可取以喻天下之才焉。少日所见先人之执友往来谈艺,先人退语彝尊曰,某盖博通六经二十一史者也,某盖读书万卷者也。及年二十余,渐识海内知名士;酒间赋诗,赠酬倡和,不乏叩其学、年齿均者,恒不若父事、兄事之人,辄寻常视之。今年且半百,眼暗发白,历游燕晋、齐鲁、吴楚、闽粤之交,始觉后生足畏,益逊三十年前生才之盛,转恋旧游之可怀,则倡和之篇、赠酬之作,盖已零落无存矣。新城王先生阮亭以诗名天下久,于学无所不博,其交友较予尤广。感时怀旧,辑平生故人诗,存殁兼录,凡五百[第1b页]余首,而以哲昆考功终焉。入是集者，山泽憔悴之士居多，故皆予旧识。其诗或往日所见，谓为无足异；兹讽咏之，而信其可传——传之更久，后之嗟咨叹赏宜何如矣！或曰："先生仕为郎，一时岩廊翰苑朝会宴喜、应制投赠之作，咸乐得先生甄综之；顾寥寥数人外，多置而不录，何居？"曰："独不睹夫市瓷碗者耶？黄者、缥者、碧者、百子图者、龙文五采者，皆昔日皇居帝室之所尚也，而有识者莫或顾焉。"然则先生亦取夫芳草斗鸡之酒缸，足以传于后而已。布衣秀水朱彝尊序。

[原]按：此序与《曝书亭集》删定之本小异，今从原本。[第 2a 页][第 155 页]

则杰按：此序朱彝尊《曝书亭集》见于卷三十六（《曝书亭全集》本，吉林文史出版社 2009 年 12 月第 1 版，第 422 页），标题即作《感旧集序》；除删去末尾署款之外，其他文字亦略有出入。

二、王士祯"自序"（第 156 页）

仆自弱冠，薄游京辇，浮沉江介，入官中朝，尝与当代名流服襄骖驾。自虞山、娄江、合肥诸遗老，流风未沫，老成具存，咸相与上下其议论，颇窥为文之诀。时年力壮盛，无穷愁忧生之嗟；加名师益友，近在家庭，忽忽不自知其乐也。弹指已往，才如夙昔，遂多死生契阔之感。康熙壬子[十一年，1672]秋，以王事于役巴蜀，行褒斜谷中，回忆旧游，不胜羊昙华屋之痛。已而回舟下峡，奉太夫人讳，徒跣东归，与先兄考功相依为命，未期而考功又殉母死矣。风流顿尽，发言莫赏。忆昔与考功从容燕语，每举《选》诗"所遇无故物，焉得不速老"之句，怃然久之，讵谓中年备历[第 1a 页]斯境！自考功云亡，倏及半载，恒欲编缀遗文以报地下，呜咽摧藏，辄掩卷而止。一日，读魏太子与元城令书："徐、陈、应、刘，一时俱逝。……谓百年已分，长共相保；何图数年之间，零落殆尽！……既痛逝者，行自念也。"又读欧阳子所作《张君墓表》，叙述河南幕府旧游，以为："自君之卒……师鲁死且十余年，王顾者死亦六七年，其……与君同府而游者盖八九死矣；其幸而在者，不死则病，且衰如予是也。”怅触纡郁，不禁泣下沾襟也。因念二十年中，所得师友之益为多。日月既逝，人事屡迁；过此以往，未审视今日何如。而仆年事长大，蒲柳之质，渐以向衰；岁月如斯，讵堪把玩？感子桓“来者难诬”之言，辄取箧衍所藏平生师友之作，[第1b页]为之论次，都为一集，自虞山而下凡若干人，诗若干首；又取向所撰录《神韵集》一编，芟其什七附焉。通为八卷，存殁悉载；窃取《箧中》收季川《中州》登敏之之例，以考功终焉，命曰《感旧集》。康熙十三年甲寅[1674]孟夏，济南王士正序。[第2a页][第156页]

则杰按：此序又载《王士禛全集·渔洋文集》卷一（齐鲁书社2007年6月第1版，第3册第1535—1536页），标题即作《感旧集序》，正文讫于“以考功终焉”。

三、卢见曾“刻渔洋山人感旧集序”（第157页）

自古一代之兴，川岳钟其秀灵，必有文章极盛之会，以抒泄其菁英郁勃之气。其发为诗歌，朝廷之上，用以鼓吹休明；即散见于山林盘涧之间，片璧碎金，都堪宝贵。而又必有人焉，为之别裁伪体，彰微阐幽，以论定一代之作，而使之必传于后。选之昉于梁昭明太子，尚矣。近代以来，元遗山之《中州集》、钱牧斋之《列朝诗选》、朱竹垞之《明诗综》，亦其人也。我朝诗教聿兴，跨明轶宋，顾独未有选人。百年奄忽，宗尚迁流；正始遗音，邈焉莫逮。羽翼接武诸贤，陈迹湮没，有求其爵里而不得者。乾隆丁巳[二年，1737]，罢官扬州，尝与马君秋玉论及此事。自维谫陋，不足[第1a页]扬扢风雅；而顾瞻当代，迟之又久，以至于今，则仍未有其人。予滋惧焉。辛未[十六年，1751]冬，以公役至京师，谒昆圃黄夫子于家，出所抄渔洋先生《感旧集》见示，拜受而卒读之。其搜剔也，广而不滥；其持择也，约而不遗。窃谓此书传，我朝之诗与人与俱传矣。盖[顺]治、[康]熙之交，正当我朝诗人初盛之会，遁世之遗老、兴国之硕彦，无不萃会一时。

先生以应运星精、诞发介胄，早登坛坫，宏奖风流；自非淹雅鸿儒，即无由登龙门而长声价。是故我朝之诗人虽不尽于是集，集中名家之诗亦非是集之所能尽，而人之以诗鸣于我朝之初盛而必传于后者，已囊括而无遗。后先生而起者，如有志于本朝诗选，舍是[第 1b 页]集将焉归乎？尝考国初时，钱宗伯牧斋有《吾炙集》，叶侍郎讱庵有《独赏集》，施侍读愚山有《藏山诗》，其体例均与兹集仿佛。然三书者，今或莫举其名。先生之存也，是集亦仅有其序而未流传其书。讵意殁后四十余年，犹为宗工之所购求珍秘，以转授于予；马君秋玉又不期而遇于京邸，不忘久要，慨然任剞劂之事。此盖有天焉，非人之所能为也。于是不远千里，延淄川老友张孝廉榆村至署，采集故实；以长夏簿书余晷，秉烛操觚，仿遗山以下各诗选之例，人系之以小传，而述所缘起如右以贻之。至集之名《感旧》，则先生有取于曹子桓之言、死生契阔之情，自序言之尽矣。抑予官扬州日，忆平山、红[第 2a 页]桥为先生修禊赋《冶春》之地，亦尝与诸名士觞咏其间。虽文采风流，未足后先辉映，然当时高怀逸韵，犹仿佛遇之于琴尊林壑之间。乃忽忽十余年，已成往事。此又叙述兹集，亦不觉忽焉感旧，喟然而三叹也。乾隆壬申[十七年，1752]夏六月，德州后学卢见曾撰。[第 2b 页][第 157 页]

则杰按：此序另外又有作者手迹，置于全书之首（第 152—154 页）。

四、卢见曾"感旧集补传凡例"（第 158—159 页）

一[一] 先生主诗教，以神韵为宗。是集自虞山而下，凡三百三十三人，诗二千五百七十二首。遭遇不同，性情各异。而一经先生选次，如金之入大冶，渣滓悉化，融炼一色，洵选家之巨手也。其人其诗，悉依原本，不敢妄有增减。

一[二] 先生自序编纂是集在康熙甲寅年[十三年，1674]，是成书已久，特未尝版行于世。闻先生殁后，其甥益都赵缓庵执端，即其家遍索原本不得，得散稿一束，开有目录抄存。此本共为四大卷，卷百余页，考功在第二卷末，与自序所云“通为八卷”“以考功终”及朱序“凡五百余首”者[第 1a 页]不合，其为先生晚年更定未成之书无疑也。今依抄本序次，共厘为十六卷；补遗各诗，汇载每大卷之末者，各附正选之后。如虞山《读吴梅村艳诗有感》四首，入“补遗”者一，今仍叙于第三首，庶不失作者之意。

一[三] 是集所载，皆先生同时师友，故原本但列名字。先生之殁距今才四十年，已多湮没不传；传之后世，不知其人，何以逆其志？今为各补小传。其采集诸书，述而不作，从《明诗综》之教也。书法亦依本例，官衔则书其著者，宠遇谪遣之有关于诗与人者亦书，余俱从略。

一[四] 集中诸公，多散见于先生说部；其不载与不尽者，乃旁搜别书。是集本以先生为主，故先生之书俱列在[第 1b 页]前；他所采录，则各标作者姓名于初见一条。无可考者，就其乡人访问。如无锡刘雷恒等传，皆顾司业栋高所作是也。采集诸书，淄川张孝廉元之力居多；搜罗幽隐，则同里宋编修弼；集成而复加校订，则江宁秦孝廉大士也。宋编修有《蒙泉集》，张孝廉有《书香堂集》，秦孝廉有《抹云山楼集》。

一[五] 采录诸书，有节删而无窜易；两书重见，存其详者。摘句已见本集，仍载原句；全篇已见本集，则不重录；不见本集者，仍录全篇。别见与本集小异，亦全录之。数首摘一，录其首句。至于序传大篇，节录其近诗话者；或有关大节及文人韵事附见，则并录之。本选本传外[第 2a 页]有可以类及者，以鄙意附记于末。凡此皆所谓其义窃取者也。

一[六] 诗家议论，各有不同。如严沧浪《诗话》，虞山之所极诋，而渔洋亟称之。何、李、王、李，皆一代之才，而攻之者如仇国。窃以《三百篇》降而汉魏，其旨虽同，其体则异。王、孟、韦、柳，其趣若同；而李、杜、孟、韩，其境则异。诗以言志；人各有其志，即各有其言。性情遭际，断不相袭，而欲执一格以绳之，岂通论哉？传中所录论诗各条，具有微旨，愿与海内诗人共证之。

一[七] 是集辗转抄写，讹误颇多。宋编修蒙泉尝订正之，复委榆村之孙宷、余子谦以校雠之役；再三过，尚有阙[第 2b 页][第 158 页]疑。玲珑山馆藏书充栋；所与稽者，厉樊榭鹗、陈授衣章，皆博雅君子，幸重检阅而后授梓，毋致有鲁鱼亥豕之讹，是则余所深望也夫。

一[八] 是集搜辑虽勤，而见闻未广，是以小传间有缺者。书成后所得，拟续刻《小传补遗》一帙于集尾。览是编者，或简编轶事，或桑梓旧闻，或邑志家乘、名人传记之所载，摭拾既确，望即邮示，以便随到随续，俾昔贤方躅悉得表彰，是又印须之至切者也。

雅雨山人卢见曾载识。[第 3a 页][第 159 页]

则杰按：以上除凡例第八款之外，谢正光、佘汝丰《清初人选清初诗汇考》亦曾辑录（南京大学出版社 1998 年 12 月第 1 版，第 155—161 页）。

五、张元“刻感旧集后序”（第 453 页）

余闻渔洋先生有《感旧集》一书久矣。先生所著诗古文集及说部诸书，先后皆已行世，独是书久而未出。然尝纵观先生诸书，所载自诸老前辈、名公巨卿外，类多隐逸穷约、憔悴专壹之士，而于其间或举其生平轶事，以及谈宴歌咏、名章隽句；每一循讽，辄有秋水蒹葭，萧寥遗世之想，则益思亟见其书，乃求之五十余年而卒不可得。德州雅雨卢公，与先君子辛卯[康熙五十年，1711]同举于乡；余昔假馆安德，每相过从，商略风雅，公亦以未见是书为憾。今岁夏五，于历下接公手札，谓今已得是书，将系以小传、付梓，邀余佐成其事。而余亦窃幸及见是书之得行于[第 1a 页]世也，乃克期就道。及抵长芦官舍，则已征书累累，灿然具备矣。于是遍检渔洋诸书，其有未备则参之他家撰著，搜罗咨访，辑为小传；而发凡起例、增减审定，则公自总其成。时当盛暑，案牍委积，应酬轇轕，公五官并用，犹且日不暇给;稍有闲隙,即复批阅;膏以继晷,挥汗援毫,动逾夜分。如是者两月有余,乃得就绪。公之勤于所事,虽其天性然哉,而于是书亦已究心不遗余力矣。吾观一代之兴,类不乏殚心骚雅之士,当其濡墨含毫,擢搯肝肾,亦各思名当时而垂后世;而扬扢无人,不须时而泯没无闻者,盖往往而有。是集所列诸公,徒以得遇渔洋别裁撰录,撷其菁华;复得公为小传,表而出之,则是[第 1b 页]书之传,不独可以衣被海内,而其流风余韵,虽奕世百年之后,犹可遇诸长言咏叹之间而流连不置,斯其遭遇亦似有天焉于其间者,非偶然也。余今且老矣,尚及从事编纂,观厥成书,一释向者闻而未见之憾,且附名编末以闻于世,是又余之所深幸也夫。乾隆十七年[壬申,1752]中秋前十日,淄川八十一岁老人张元书于长芦官舍之广居堂。[第 2a 页][第 453 页]

【附录一】王士祯《渔洋诗话》卷上第六十四则(《清诗话》本,上海古籍出版社 1978 年 9 月新 1 版,上册第 177 页)

六合李侍郎敬,字退庵。顺治末,与余及长洲汪苕文(琬)、南海程周量(可则)论诗京邸,其说甚精。余极爱其五言,如"酒醒亭午后,人忆秣陵西",又"瓜步新添水,清明远送行",此例数十句,皆不减古人。辛丑[顺治十八年,1661]归田,舟过广陵,犹与余论诗移晷。未几病卒。病中自订平生诗文若干卷刻之,戒其子庋阁二十年后乃可印行。今三十余年矣。余门人吴昺编修,其婿也;属索诸其子,至再,不可得,今无有知其姓字者矣。余尝录二十余篇于《感旧集》,将来或不尽湮没者,意在斯乎。

则杰按:李敬诗,《感旧集》见于卷五末(第 253—255 页),凡"二十七首"。

【附录二】王士祯《古夫于亭杂录》卷五"咏李后主诗"条(中华书局 1988 年 10 月第 1 版,第 108—109 页)

江都门人宗元鼎,字梅岑,以诗鸣江淮间。有咏李后主绝句,云："江淮歌舞寻常事，便遣曹彬下蒋州。"余最爱其措语之妙，取入《感旧集》。近覆阅之，乃知其误。南唐自元宗时，周世宗屡侵淮南，国势削弱，至迁都豫章以避之，非始宋也。后主仁爱，无荒淫失德，但溺于释氏耳；宋太祖谕徐铉曰："江南亦有何罪？但卧榻之旁，岂容他人鼾睡邪？"亦非以歌舞为兵端。宗语非实事矣。

则杰按：所说宗元鼎该诗，《感旧集》见于卷四（第 229 页），题作《百尺楼》，又"江淮"作"江南"。

【附录三】朱彝尊《曝书亭全集·曝书亭集外稿》卷七《郎梅溪诗序（见家藏手稿）》（吉林文史出版社 2009 年 12 月第 1 版，第 887 页）

新城王先生贻上，朝野交称诗伯。迩者既甄综唐宋诸家之作，授之海内学诗者矣；而《感旧》一集，秘不示人，其用意之微远，学者犹未尽测其旨格。

【附录四】卢文弨《抱经堂文集》卷十四《题王阮亭先生〈感旧集〉后》（中华书局 1990 年 6 月第 1 版，第 198—199 页）

王阮亭先生辑其平生知交之诗为一编，曰《感旧集》，凡三百三十有五人。此本藏北平黄昆圃先生家。先生瓣香阮亭，既尽梓其遗书；此编以未得校雠，尚留箧中。不鄙浅学，诿诿及之。余观阮亭生平好奖引气类，于同时人士所造有一字之俊、一韵之工，靡不津津激赏，且笔而记之。今其书如《池北偶谈》《居易录》《古夫于亭杂录》《渔洋诗话》中所载，且至有重见叠出而不厌者。学者因先生艳称之，亦愿争先睹其全为快。今是编所载，朝庙十一，山林十九，其人则皆素所称述之人也。然向者第等诸窥豹一斑，而今乃得见其全，其为快意当更何如哉？因亟校归之，冀有好事者付之梓。原本分四卷，卷帙重大，拟每卷分上、下二篇；又诗之先后与目不相应，今定从目；序所云"以考功终"者，今乃在第二卷末，此则不敢妄易云。阮亭自序为康熙十有三年甲寅[1674]，余今兹始得参校，为乾隆十有六年辛未[1751]，盖相去七十有七年，而先生之书犹有不尽出如斯者也。闰五月廿四日校竟并识。

[附识] 卷后又有“补遗”，此或钞时偶遗，或后时所见，非是别有义例，今当归并一处。凡是正三百余字。有近人名字难考者，此不可以意为定也。有诗中下字偶不契勘而误者，如云“醉时喜得虎头笔，满壁烟云峰削戌”，今若从《汉书·司马相如传》改作“戌削”，则非韵；然“削戌”实无所出。又如云“始焉弩在机，终也刃出鞸”，上韵用“术”字，下韵用“必”字，此必因“韠”字形近“鞸”，遂误读“鞸”为“韠”也；“鞸”，浦顶切，与“术”“必”二韵不协。又有一诗序云“乐羊以息壤而克中山”，案“息壤”是甘茂拔宜阳事；若乐羊之克中山，则谤箧也。唐人诗“吾闻中山相，乃属放麑翁”，事虽误用，终不失为佳诗，特学者不可沿习所闻而不考其本也。予是以著之，且明予之所不改者类如此。

则杰按：此跋实作于前录卢见曾、张元诸序跋之前，而所校之本当即卢见曾刊本所据。唯其所说人数，则与卢见曾凡例第一款所说略有出入。

又其附识所举《感旧集》诸例，“醉时喜得虎头笔”两句，见于今本卷九宋琬《雪夜蘋园听何山人弹琴歌》(第311页，“喜”作“携”)；“始焉弩在机”两句，见于同上《蜥蜴行》(“鞸”后注有“叶”字)；“乐羊以息壤而克中山”句，见于今本卷五刘孔和《庚辰先相国文集成，感赋》小序(第243页)。

【附录五】王昶《春融堂集》卷四十四《感旧集跋》(上海文化出版社2013年8月第1版，下册第789页)

王文简公撰《感旧集》，皆其生平揽环结佩之友。读第一卷中第二人即程孟阳，颇不可解。考孟阳卒于崇祯癸未[十六年，1643]，是时文简生才九[十]岁，山左、吴中，何由相见，得录其诗？至虞山撰《列朝诗传》，系在顺治丙戌[三年，1646]，录孟阳诗二百十五首。窃意文简以世家子弟，久仰虞山。及宦游江北，伻来至苏台，诗筒问询，而虞山即为作序，且赠以五言长句，有“麟角”“牛毛”之比，尤为感戢，故于虞山所爱者亦多脍炙。是于孟阳诗拣录四十二首以为枕秘，久而不辍，后遂杂入《感旧集》中，而实不得为“感旧”也。雅雨运使既得此本于北平昆圃侍郎家，又文简曾孙孝肃贻一帙来，大概约略相同，而中多错乱，因请淄川张孝廉元整齐排次，并请惠定宇、沈学子两君助之，兼采文简丛书资其佐证，遂以孟阳诗列入首卷；而文简于孟阳年齿相悬，不应入“感旧”之处，未经计及，故有此误耳。是集初从北平来，余尚在官梅亭幕舍，未几入都；又逾两年，书成刻以贻余。阅孟阳诗，觉排次者混于所收而未能审其故也，行将以告运使，考而正之。

则杰按：此跋刘和文《〈清初人选清初诗汇考〉原录序跋补阙》之三（《江西师范大学学报》2009 年第 3 期，第 99—100 页）、《清人选清诗总集研究》第四章第二节《清诗总集遗佚序跋辑考》第一部分（安徽师范大学出版社 2016 年 10 月第 1 版，第 167—168 页）亦曾辑录。此外该两处还录有一篇李慈铭《越缦堂读书记》“读感旧集记”，兹从略。

又，此跋所述某些历史情况，不一定符合真实，可参见袁鳞、李梅训《惠栋、沈大成参与补刊〈感旧集〉献疑》一文（《图书馆杂志》2019 年第 7 期，第 104—107 页）。

【附录六】潘德舆《养一斋诗话》卷六（《清诗话续编》本，上海古籍出版社 1983 年 12 月第 1 版，下册第 2089 页）

吾乡诗人入古人堂奥者，前推宛丘，后则虞山。“南楼楚雨三更远，春水吴江一夜生”，《渔洋诗话》录之；而《感旧集》则“生”改作“增”，殊无意绪。然《古调堂集》本作“增”；阎再彭《送虞山之江南》诗“涛声二月不知冷，花气三山到处增”，正用此韵，渔洋从其原本刻耳。

则杰按：所说张养重(虞山其字)该诗,《感旧集》见于卷四(第228页),题作《春日将渡江,留别》。又王士祯《渔洋诗话》,见于卷上第五十四则:"淮阴张养重虞山游浙东,过广陵谒余。揖甫罢,余亟问曰:'夙爱足下"南楼楚雨三更远,春水吴江一夜生"。平生如此好句,复有几?'张退,为邱洗马季贞(象随)曰:'夙昔快意之作,不意阮亭一见便能道出。'"(《清诗话》本,上册第175页)

【附录七】刘声木《苌楚斋续笔》卷七"《感旧集》非原本"条(《苌楚斋随笔、续笔、三笔、四笔、五笔》本,中华书局1998年3月第1版,上册第394—395页)

新城王文简公士祯所编之《感旧集》十六卷,久已脍炙人口,咸谓出自王文简公所手定,故鉴别精粹,可推善本。而不知今世所行之《感旧集》,系由后人所窜乱,并非王文简公原本。声木谨案:长洲顾贻禄字禄百,又号瑗堂,撰有《吹万阁诗文集》十二卷,乾隆戊子[三十三年,1768]家刊本,前有里生沈文悫公德潜序。《诗集》中有《论诗绝句》二十首,中有诗云:"感旧新城洒泪频,搜罗遗轶慰陈人。自从雅雨矜繁富,顿失庐山面目真。"自注云:"昔见《感旧集》原本,不及今刻之半。"云云。是顾氏当日尚得《感旧集》原本,不及今刻之半,其为德州卢雅雨鹾使见曾所窜乱者多矣。

则杰按:刘声木《苌楚斋五笔》卷七"论《感旧集》非原书"条也有相关论述,兹附录于此:"新城王文简公士祯,编《感旧集》一书,久无传本。德州卢雅雨都转见曾,于大兴黄昆圃侍郎叔琳家,得钞本《感旧集》,为之采辑故实,成补传,附于每人之下,分为十六卷,乾隆壬申[十七年,1752]六月□□马秋玉□□□□刊写字本。声木谨案:此书虽名出自文简,实为都转所窜乱,已屡见前人撰述。即以予所知者言之,例如蒲坂吴天章征君雯,诗句最为文简所激赏,称为天才,集中只录诗五首。

其见于《渔洋诗话》者，如《题云林秋山图》七绝；见于《分甘余话》者，如《过真定赋诗》七绝，均不在集内。□□宋牧仲中丞荦，诗集自不能与文简抗行，然在国初，实为一作手，亦未可泯灭，且与文简为至交，文简尝引为同调，不应斥其诗一字不录；即以诗一端而论，亦应论列。殆都转全以一己之爱憎代为去取，决非文简当日原本明矣。”(《苌楚斋随笔、续笔、三笔、四笔、五笔》本，下册第1015页)

【附录八】张世进《著老书堂集》卷四《书阮亭先生〈感旧集〉后》(《四库禁毁书丛刊》集部第168册，第590页)

尚书老去念朋俦，零落清诗箧底收。截取一方都是锦，汇来千腋始成裘。山川秀气于中聚，生死交情仗此留。谋付枣梨垂不朽，遗编赖有替人搜(集为卢雅雨先生校刊)。

【附录九】闵华《澄秋阁集·二集》卷三《题渔洋老人〈感旧集〉后》四首(《四库未收书辑刊》第十辑第21册，第572页)

风流绝代是新城，一辈诗人借奖成。四海交游残稿在，老年编次尚分明。[其一]

一编感旧箧中珍，谁识渔洋有替人。好是津门卢运使，搜罗补传费精神。[其二]

采兼廊庙与岩阿，一代风骚入网罗。何事偏遗赵宫赞，不教留得一诗歌？[其三]

清吟蝉腹圣鸣蛙，生不同时只自嗟。他日若留诗数卷，不知编传属谁家。[其四]

【附录十】汤大奎《炙砚琐谈》卷中(《四库未收书辑刊》第十辑第30册，第774页)

荆溪储长源(国钧)，水榭先生子也，以工诗受知于卢雅雨运使。

雅雨刊渔洋《感旧集》成，长源题其后云："题襟到处狎名贤，采撷精英在一编。若准元家箧中例，不应牵拂到松圆。""北宋南施各擅场，后来得髓说莲洋。论交不薄昆山体，纤弱终嫌近女郎。""黄叶声多酒不辞，才名早已冠当时。如何铁网搜罗遍，翻失崔郎七字诗？""浮青诗价重连城，雾里看花苦不明。别有垫巾人激赏，海棠枫叶好诗名。"卢由是衔之。按："枫叶翠微空"，又"雪压一枝红海棠"，皆水榭集中句也。水榭以诗质渔洋，渔洋答书有"老至看花，如堕云雾"之语。后扬州郭元釪（于宫）见《浮青集》，极为激赏，赠诗云："他时应号储枫叶。"又云："一时称谓浑无定，又欲呼君储海棠。"长源为阿翁舒忿，故刻意评驳渔洋。文人相轻，多成门户，大率尔尔。

01－027　留青二集

陈　枚

十卷。陈枚辑,《四库禁毁书丛刊》集部第155册,影印康熙凭山阁刻本。

关于此集所在系列,最初的《留青集》亦即“一集”(康熙十二年癸丑[1673]刻本)凡四卷,仅卷三“下册”所谓“像赞”一类中勉强杂有个别诗歌作品,不像此集开始明确收有“应酬诗”(或称“应酬诗句”),故此不予著录。

一、徐士俊“留青二集序”(第291—292页)

天地日与人相酬酢,故曰喜以答春,乐以答夏,怒以答秋,哀以答冬。答者,酬酢之谓也。况候虫春鸟,时至则鸣。文人之心无穷,绨章绘句,若春葩之烂漫于眼[第1a页]前,惜无留之者以垂不朽。彼其好古耽佳之士,优游文苑,斧斤艺林;或采琪花,或拾瑶草;日积月累,遂岿然成集。以之应酬当世,将见左之左之,无不宜之;右之右之,无不有之。不独可以自[第1b页]娱,其衣被天下也无量。吾友陈子简侯《留青一集》,久矣脍炙人口;穷乡僻壤,偶然窥见,若饥十日而得大牢焉。今复以《二集》行世,乃索余糠秕之言为前导,余不敢辞。盖陈子才识兼备,架藏[第2a页]宝母石,胸有如意珠;披朝华,启夕秀;群分类聚,约十有数条;间作狡狯游戏观,亦不过“多买胭脂画牡丹”之意云尔。甚哉!《二集》之不可少也。譬之求贤者必有副车,渔色者必有篷室;优宾则[第2b页][第291页]有又宴,览胜则有后期。孔明之表,有《前出师》,不可无《后出师》;东坡之赋,有《前赤壁》,不可无《后赤壁》。读陈子《留青二集》,亦足以知其兴趣矣。是书也，辑于西湖，梓于秣陵。春江花月之中，常有云[第 3a 页]签秘笈，遥遥相接。四方声气之酬酢，更从此始。岂必高踞孤峰，求知后世，使人不可攀跻也哉？康熙丁巳[十六年，1677]插柳日，西泠同学弟徐士俊顿首题。[第 3b 页][第 292 页]

二、陈枚“序”（第 292—294 页）

文章应酬，犹天地之有流行寒暑、人身之有作止周旋也，泛应曲当，酬酢无方。苟非通才，虽目穷万卷，腹富五车，往往执笔临文，未能倚马立就，其不见嗤于[第 1a 页]书簏行厨者鲜矣。丙辰[康熙十五年，1676]春，余自浪游旋里，尘役为劳。一日坐凭山阁，听好鸟弄音，名葩吐艳，兴至则浮白烹茗，拈毫拂砚，偶检四方投赠诸篇什，汇而读焉。其为颂扬也，则得巴人规讽之旨；[第 1b 页][第 292 页]其为哀悼也，则得良友思慕之情；其为往来赠答也，则得苏、李、应、刘之缠绵婉折；其为穷原晰委也，则得张、左、王、曹之博综渊雅。于是朝夕遴校，拔其可以应世、可以酬时者十之五六，可以[第 2a 页]悦心、可以快目者十之二三，而附以一得之长，不惜订疑析奥，殚志毕虑，而煌然成篇，遂有《二集》之举。客或谓余曰：“子操月旦既久，亦知文章以传世为贵，不徒以趋世为工耶？且前集业已[第 2b 页]纸贵洛阳，风行宇内矣，兹复沾沾于是，丹黄而甲乙之，无乃赘乎？”余曰：“唯唯，否否。古来经集子史而外，弘文大篇，作者林立，代有传书，或以繁冗而不适于用，或以精深而无裨于时；求其泛[第 3a 页]应曲当，酬酢无方者，反不若是集之简而便，切而要也。然则余于是役也，正如苏子所云‘江上清风，山间明月，耳得之而为声，目寓之而成色’，几与天地之流行寒暑、人身之作止周旋同一[第 3b 页][第 293 页]取携挹注而已，岂若书簏行厨终归无用也哉？”客无以应，谢不敏而去。古杭陈枚简侯氏漫题于凭山阁。[第 4a 页][第 294 页]

01－028　留青广集

陈　枚

十二卷。陈枚辑,《四库禁毁书丛刊补编》第53册,影印康熙十八年己未(1679)刻本。

一、陈枚序(第259—260页)

苏子瞻云:"象犀珠玉、珍怪之物,有悦于人之耳目,而不适于用;金石草木、丝麻五谷,有适于用,而用之则敝,取之则竭。悦于人之耳目,用之不敝、取之不竭,而[第1a页]求无不获者,惟书乎?"噫!知言哉。此余《留青集》之不惮一而再,再而广也。虽然,犹有说:传世之书与制举之书,其体则一,其用则殊。经集子史,传世之书也;比偶帖括,制举之书也。外此,则有风[第1b页]云月露之词、野乘稗官之句,非其正言庄论,即属感物兴怀,以自成一家言。正如子瞻所谓象犀珠玉、珍怪之物,徒悦一时之耳目,而不适于用;金石草木、丝麻五谷,虽适于用,而用之则[第2a页]敝,取之则竭。其于酬酢往来、交际赠答之事,皆无所取资焉。今余之是集也,殚终岁之网罗,广搜博采,无体弗备,无美弗登。对之如商彝周鼎,古色斓斑;按之如玉徽金铣,新声窈窕。如入华[第2b页][第259页]严海中,无非宝藏;如游旃檀林内,无非异香。其用物也宏,其庀材也博。分之则昆山之片玉,合之如狐腋之千金。又何必复穷陆氏之《连珠》,乃成大观;探王氏之《合璧》,始称奇赏也?是书一出,[第3a页]俾操觚家借纸上之波澜,成胸中之丘壑;沐群言之芳泽,运匠心之经营,不诚愈于金石草木、丝麻五谷,以迄象犀珠玉、珍怪之物,用不敝而取不竭者也哉?余编辑既竣,计类凡二十有四,汰[第3b页]其繁,补其略,去无用以适有用,较前此《一集》《二集》之选，其为益不既多乎？遂操笔以序之，而畀诸剞劂氏。时康熙十八年，岁次己未[1679]，菊月重九前四日，古杭陈枚简侯题。[第 4a 页][第 260 页]

01－029　留青新集

陈　枚等

三十卷。陈枚辑，陈德裕增辑，《四库禁毁书丛刊》集部第 54—55 册，影印康熙刻本。（下录均见第 54 册）

一、张国泰"叙"（第 3—6 页）

凡名山石室之藏、天禄虎观之秘，无论学者不能广稽邃览，以开发其神智，即幸而获窥其富，而目之所[第 1a 页]下、手之所运，虽穷年矻矻难遍也。士而以博雅名，岂偶然欤？陈子简庵慨焉，爰取古今载籍，从而删繁就约，殚精搜瑜，成书数十种，[第 1b 页]业已风动海内，脍炙艺苑矣。晚年更尽抉其余，旁及其所未剖，上溯天文星纬，下际山海舆封，与夫名贤之经纶勋业、当代之制度[第 2a 页]典章，理学之渊源、文章之宗匠，如江如海之声华、为凤为龙之纹绣，无不网罗品第，计得书若干卷。如游群玉之圃，而赤球火珠咸[第 2b 页][第 3 页]惊异宝；如入万花之谷，而玉树琪柯不类凡卉；如观武库之兵，而太阿龙泉莫非神器；如沃仙厨之果，而火枣冰桃皆成奇味。以至[第 3a 页]极天地所独钟之气，罄贾胡所莫购之蕴，于书靡勿有也，何其富哉！严江毛会侯、方渭仁两先生，时过陈子，读之称快，因以《新集》颜[第 3b 页]之，遂劝梓以行世。陈子喟然曰："余不学，谬持寸管，甲乙群书，而参以浅识。余惧夫美不尽收而无一当于大方也。前者已误，更何事[第 4a 页]乎灾梨以自号为博雅乎？"既而坊友闻其选竣，力请于陈子，始得出付剞劂。甫捉刀，诸士汹汹知为陈子晚年所成，必多奥异，趋而[第 4b 页][第 4 页]问者齿几敝矣。无何，陈子顿仙去，读陈子书者殊为扼腕不置。兹陈子长君子厚，毅然欲继乃公业，紬绎补订，幸成完书。今而后，价[第5a页]百倍洛阳矣！子厚沉酣家塾有年，一旦以珠辉玉立之才，发为光彩，早已蜚声上雍，卓卓无两，是真善读父书者也，陈子可谓不死[第5b页]矣。书成，问序于予。予苦淹陋，何足以不文之言弁大集？独念子厚矫矫翩翩；风云一便，必非池中物。当礼帏，孜孜不怠，其志务探讨[第6a页]以冀不坠先声如此，其为陈子幸、为子厚望者若操左券耳。试质之读是书者，岂遂河汉予言乎？戊子[康熙四十七年，1708]初夏，白岩山叟张国[第6b页][第5页]泰顿首拜题，时年七十有二。[第7a页][第6页]

二、陈枚“留青新集例言”（第7—8页）

一[一]　应酬诗、古文、词，人所时有。在博雅君子，固自独出心裁；而临时猝办，或亦少资稽考。宁贻大雅之机[讥]，甘蹈浅见之诮。

一[二]　四六以骈丽为工，由来尚矣。然应酬文章，唯取辞贵达意、风华典雅而已。[第1a页]若理学、经济，各见专集；嗣登别选，概置勿录。

一[三]　尺牍所以通情愫、达远怀也。浓艳则失之浮华，平淡或邻于鼻鄙。意取清新，词尚风雅，无论短札长篇，是集兼收，庶无遗憾。

一[四]　启牍，诸刻具载全篇，从无节取。今凭[第1b页]管见，遍搜诸牍中，凡有新声隽语，摘其精华，分门别类，另为一卷，以供采择。

一[五]　翰藻，吾乡陆景宣先生所著《口谱》也。久秘箧中，不轻问世。四方竞相传写，珍若碎金。辞典类详，有裨古学不浅。余向得是本，奉为鸿宝。窃思玉蕴于[第2a页]山，工则采之；珠藏于浦，渔者求焉。况有美勿彰，贻讥大雅；备载入集，非唯表作述之功，益以资博恰之助。原列姓名，以志不忘所自。

一[六]　皇舆氏族以反各种，前刻悉载。今不惮婆心，重加厘

订,复收集中,以备参考。[第2b页][第7页]

一[七] 刑政诸书,坊刻甚夥。皆以文词相尚,而于临民事宜略焉未悉。是集一一详明,其于仕学兼优之意不无小补云。

一[八] 诗林切工,字尚新颖,对取工巧。兔园常谈,概铲不录。或涉隐僻,不合时用者,亦从割置。分门别类,考核精详,有[第3a页]裨初学非浅。以部帙浩繁,另为一册,以供同好。

一[九] 诗韵种类甚多,莫若笠翁先生者为最。特附诗林之内,用资引证。

一[十] 仆得中痰风疾,卧床四载。手足虽废,而心思耳目益倍畴昔。特命大儿将集中紧要与后学之必需者,检出合[第3b页]为一册,名曰《新集》,呈巨眼,用鉴婆心。

西泠陈枚东皋氏漫识于凭山阁。[第4a页][第8页]

01－030　昭代诗存

席居中

十四卷。席居中辑，《四库禁毁书丛刊补编》第55—56册，影印康熙十八年己未(1679)刻本。(下录均见第55册)

一、席居中“昭代诗存自序”(第244—246页)

诗至今日而极盛云。古者，太史陈诗以观民风，衢谣巷歌，悉登风雅。而李唐亦[第1a页]以诗取士，故其时之诗，皆与气运相关。迨宋以后，束于帖括。虽有明三百年，经诸大儒才子振兴陶铸之力，诗体屡变，犹未底于成。[第1b页]直至今日，而始称极盛者，何也？曰：时为之也。有右文之主立于上，馆阁鸿儒多以文章侍从，柏梁有歌，长杨[第2a页]有赋。噫！盛已。不宁惟是。三十年来，贤人君子伏于下者，遭时感遇，或功业不建，赍志以老，类无不殚精竭虑于有韵之言，以自写其[第2b页][第244页]悲愤无聊、嵚崎历落不得展之志，盖人之用心一也。前此之人心，于诗为兼及；今日之人心，于诗有专攻。兼及犹泛，专攻则精。今日[第3a页]诗之盛，底于极盛者，非时为之，而谁为之乎？故前三百年酝酿之深，不及今三十年观成之效。今人岂能跨越前人，而前人竟不及[第3b页]今人者，时为之也。余选冠以“昭代”，从时也。然有顺时之义，有敬时之义。于制作之备美者，弦之歌之；于篇章之庞杂者，谨之严之。颜[第4a页]曰《诗存》，“存”者传也。非传之所能尽也，存之而传在其中矣。不敢尽登其可传者，但期无失忠厚风人之意。存其诗以存其人，而并存[第4b页][第245页]其人之心。此即论世知人之微旨也。骚雅之林，而原本于圣贤戒惧之学，尤愿于海内同声之士共勉之矣。书“昭代”，志盛也。“存”之为

[第 5a 页]言，志谨也。会刻成，遂书之篇首，以为序。时康熙岁在己未[十八年，1679]，仲秋上浣之吉。[第 5b 页][第 246 页]

二、席居中“凡例”(第 247—248 页)

一[一] 予性疏懒，平生无他好。束发即耽诗，浸淫岁月，竟成诗癖。于古人篇章，恒为讽咏。而于近时名作，如云蒸霞蔚，久切瞻企。爰为裒集，以成镌行，盖遂所愿也。

一[二] 予之有选，非敢自鸣成家，亦非敢与当代巨公诸刻齐驱并驾，夺帜韵府。聊借以问世，就正诸大选手。至梨枣之费，悉出私橐，并无弋取。

一[三] 予集所选，主于发潜德，表幽贞。其人可传，其事可传，其人之篇什可传，亟登入集。他如问劳赠答，借唱和为金兰谱者，不敢滥收；盖可存之一时，不可存之永久，与颜集之意弗惬也。[第 1a 页]

一[四] 诗风之盛，莫过昭代。集中惟序诗不序人。诗从体序，先古次律。若人则论诗，非欲以后学躐前辈，更非欲轩山林而轻台阁也。

一[五] 集分十四卷。有居最先者，即有居后殿者。然亦第因邮筒所至之先后，为涉笔之先后，并为付梓之先后，非前卷为甲，末卷为乙也。与选诸公，幸鉴之。

一[六] 诸名家入选，有多至数十首者，有少仅一二首者。多则系全稿繁富，美不胜收；少则或得之笺札及箑头，至吉光片羽，咸足增重简帙，非敢任意宽严，以从私好。

一[七] 宝邸、益都两相国诗，仅登一首，无从觅全帙。高阳、柏[第 1b 页]乡两相国，并总宪魏环溪、学士叶讱庵两先生诗，则又止获旧稿，未读新篇，登梓无多，殊深歉怀。并俟搜求编集，以快高山仰止之思。至若愚山、绎堂、容斋、阮亭、健庵、说岩、苕文诸先生诗，皆素所响慕，而近句正远莫能致，虽勤锓梓，亦须征购。

一[八]　予处幽陋,不能遍识海内骚人伟士,亦止就声气所洽,或缟纻既订者,肯为惠赠,因事剞劂。故于吟坛艺圃,诖误良多。间有镌诸枣版,亦不过仅从诸选本采入数首。而钟吕寥寥,颇怀饥渴。

一[九]　拙选始事,一卷、二卷,皆有批点。因其夙昔手订,不无有论断未当处。既而思一己偏执之见,岂可强世从[第 2a 页]同;况球琳珠玉,识者共知其宝,亦不必用予赘笔。以故削去前刻,直锲本文,使鼻观眉留,家会批点于无批点之中,更觉蕴藉深长。先予而问世者,则赵双白、徐松之、顾茂伦三君,有同心焉。

一[十]　选事始于乙卯[康熙十四年,1675],迄今庚申[康熙十九年,1680],岁凡六易。宇内后起者,屡见成书。予非玩愒从事,致兹耽搁。要自其难其慎,不欲苟且卒业。全书出,阅者当自见之。

一[十一]　征启既出,四方皆有鸿编邮致。其为同志借手甚勤、见惠孔多者,则黄子仙裳、顾子茂伦、金子孝章、许子竹隐、纪子伯紫、孙子豹人、贺子天士、宗子定九、孙子无言诸公,尤有厚力焉。[第 2b 页][第 247 页]

一[十二]　邮筒所到,积案盈箱。鸡鸣风雨,予固时事丹黄,然目不给赏。其间晨夕与俱,相为面订,则有张子瑶房、黄子屺怀、王子九有、胡子元恭;校阅则有钟子山眉、王子正言、张子与参,暨侄子揩、刨侯辈。用是表彰,不敢擅能。

一[十三]　邮寄瑶章固多,然亦有付托失人,竟致沉阁未到小斋者。亦有舛致他手,虽明知惠仆,竟弗转致者。以故集中遂不获借光,非余什袭藏之,不以示世也。

一[十四]　参订校阅,不无借群公之力。然欲指某诗为某所加额,却难标署。故每卷首只刻贱名,不敢妄列名流,蹈时刻之套。[第 3a 页]

一[十五]　缁流开士,能尽洗尘襟,直抒灵性,往往发为诗歌,以当感触,亦自古吟选所必采列。兹用另编一卷,以志方外。

一[十六]　闺秀之作,宇内惠寄不少。余惟存其有裨风化者梓之,以垂不朽。如游女思妇之言,亦《三百篇》所必载也。因别为一卷,殿诸兹选。

一[十七] 兹选既竣,予即勉事《二编》。凡远近诸名家瑶章大刻,速求惠赐,以成巨观。

庚申[康熙十九年,1680]季秋,居中谨识。[第3b页][第248页]

则杰按:前录徐崧(松之其字)、汪文桢、汪森三人合辑《诗风》,卷首徐崧署款时间为"癸丑[康熙十二年,1673]十月望日"的"凡例"第八款已经提到"席允叔所选《诗存》"(详见该种)亦即席居中(允叔其字)此集,但有关内容很可能系徐崧后来所补。至于此集"凡例"第九款所说"先予而问世者"有"徐松之",则当指徐崧此前问世的其他类似总集。

又,以上序言及凡例,谢正光、佘汝丰《清初人选清初诗汇考》亦曾辑录(南京大学出版社1998年12月第1版,第165—169页)。

01－031　清诗初集

蒋　鑨等

十二卷。蒋鑨、翁介眉辑,《四库禁毁书丛刊》集部第3册,影印康熙二十年辛酉(1681)镜阁刻本。

一、蒋鑨"清诗初集序"(第352—353页)

诗之有选,自《三百篇》始也。诗之以朝代为推移而有初、盛、中、晚之分,则自唐始也。初盛中晚之说,创于宋之严仪[羽],而成于明之高棅。论者疑之,谓张燕公与曲江,皆初唐,而岳州、荆州以后,多激昂繁变之音,则二公亦初亦盛;以燕公系初唐,溯岳阳唱和之作,则孟浩然亦盛亦初。以右丞系盛唐,酬春夜竹亭之赠,同左掖梨花之咏,则钱起、皇甫冉亦中亦盛。一人之身,更历二时,将何所据以为断欤?然自初盛中晚之说出,后世读其诗者,细绳其体格声响,亦往往殊焉,未尝不叹严、高两君之言诚无以易也。夫诗之为初盛,为中晚,亦犹《三百篇》之有[第1a页]正变云尔。正风,其初也;《大雅》、"三颂",其盛也;变风、变雅,其唐之中晚乎?由是以推,汉兴,《大风》之歌、《安世房中》诸曲,其初也;《秋风》《瓠子》《太乙》《芝房》《宝鼎》,骎骎乎盛矣;东京以下作者,其为中晚乎?魏晋六朝,气运偏驳,难以例推。然如黄初邺下,力返正始;过江诸谢,风藻陆离,初盛之差数睹矣;《玉树后庭》《子夜》《读曲》,其为中晚乎?唐承六朝淫靡之余,其变而之上也难。故虽如椽巨手若燕、许二公,裔皇镗嗒,可谓盛矣,而仅系以初。然则初者,极衰之转捩,而甚盛之而芽也,岂偶然哉?明初,刘、袁、高、杨诸公振响于前,长沙、京山嗣音于后,至"七子"而其盛极矣;公安、竟陵,以自然刻露相为救,气格少下，流于中晚而不知，[第 1b 页]此亦势之无如何者也。我朝运际昌期，词赋之盛远迈千古。世祖章皇帝时，胜国遗贤如钱牧斋、吴梅村、龚芝麓、王觉斯、熊雪堂诸君子，同祖风骚，执耳坛坫，斌斌乎含燕而吐许矣。今上藻思天纵，万几之暇，留神翰墨，日与台阁侍从诸臣赓歌拜手。一时若高阳、宝坻、益都、真定、蔚州、昆山、定州、桐城、华亭、宣城、新城诸作者，莫不大吕黄钟，竞鸣迭奏。而风雅所蒸，山陬海澨之士，亦各扼腕而谈四声，侈白雪。猗欤休哉，无乃盛欤！而予则断断以为初焉者，何以故？夫诗，与乐相表里者也。作乐者，必审律以定声；而律[第 2a 页]始于黄宫之子，得天地之初气。是以断嶰竹而吹之，叶鸣凤之雌雄，太和之元音起焉。邃古以前，其诗不传。卿云纠缦，喜起赓飏，作于洪荒初辟之际，遂为百代诗歌祖。而五子怨怼，北里淫哇，诗愈甚而愈下矣。初之为义，顾不重欤？且夫天下之物，莫不有初。花之始萼也，苞英咀华，鲜艳夺目；比其烂熳离披，则封彝妒之。日月之初也，光彩常新；至于盛满，鼓缶而歌矣。诗莫盛于唐；唐诗之盛，莫如开元、天宝，然子美必祖审言，而沈、宋、苏、李诸公终为冠冕八代。初也者，祖也，必然之理也。此予于国朝诗选定以“初”名，顾将使当代之知所宗，而后起之知所守，义至矣。特予寡昧，乌足扬扢休明？但束发以来，志[第 2b 页][第 352 页]存国雅。长而挟策通都，所交贤豪长者，无不缀玉联珠，更和叠唱。岁月浸寻，积有多种。未忍自秘，谨与翁子武原分体汇辑，得十二卷，公之宇内。虽人不数什，未免一臠半豹之恨，然以是为召云命吕之嚆矢，亦于初之义有合焉尔。时康熙岁次辛酉[二十年，1681]，夏至日，毗陵蒋鑨谨述于武昌雄楚楼之西偏。[第 3a 页][第 353 页]

二、翁介眉“序”(第 353—354 页)

诗之盛也，莫今日若。诗之滥也，亦莫今日若。惟其盛，故不能无滥。惟其滥，则不得无选，而别其次第之体裁。往予于西湖，与二三同人于镜阁论诗。丙辰[康熙十五年，1676]春，适蒋子玉渊来自毗陵，更出其历年秘录，论列今昔，独有渊源，因谓蒋子曰："诗自《三百篇》以降，至汉，为正始元音。迨魏晋，气格递变；浸淫齐梁陈隋，流入绮靡，愈变愈下。至唐开元、天宝间，乃备美一时，振拔千古，盛已！五代时，文字磨灭，与世运俱沦，无诗。宋非无诗也，特以理学与骚雅杂出，二者谬不相入，即谓之无诗亦宜。元以诗余、填词擅场，正音大雅蔑矣勿问，故其为诗亦多不传。自明代风[第 1a 页]气一振，矫敝古今，以汉魏三唐为宗，如济南、景陵、公安、云间诸君子，各主骚坛，树帜当代。我朝定鼎以来，数十年间，群才毕出，璀璨当时。不惟起五季宋元之衰，并且超轶前代，大有过于王、杨、卢、骆；虽初也，而实盛矣。万里声华，一代国宝，宁忍听其散失而弗彰？是乌可以无集?"于是相与商订，广罗风雅；炳耀千秋，以垂不朽。独恨九州廓落，车尘马迹所未着；至若名岳巨浸，有负绝世才而不姓氏人间者，孰能如青莲、少陵，孤舟万里，匹马千关，为搜奇猎胜也者？蒋子深以予论为快。曩因家大人宦西粤，迁于秦陇，往来觐省，乃舟扬子，帆彭蠡，阁登滕王，陟大庾岭以西，盘纡南徼，极蛮烟瘴[第 1b 页][第 353 页]海地，然后豫章两粤之风物名胜，可得历历也。迨策骑天中、殽函、潼关、五陵、咸阳、陇右之际，然后韩魏三秦之人物形势，可得历历也。厥后出百二雄关，筏九折之黄流，驱车汾晋，揽古朔漠沙碛遗址，及五帝三王，并后季诸侯所建都地，与近代仕宦若遗老于以登碣石，观沧海，振衣黄金台上，然后赵晋燕蓟之国风人材，可得历历也。及承乏黄州，祖自冀北，至于齐鲁，若青，若徐，若淮，若扬，溯洄蕲黄江夏；又奉檄从军，泛舟洞庭，登衡岳，吊九嶷故迹，则荆楚之雄风，又可历历也。诸所经过地，悉凭轼徘徊，迂途问访，与结声气、观礼乐文章而去。所得遗词逸稿，并西湖故所未卒业者，欲综集之。值楚塞用[第 2a 页]兵，繁剧交错，不遑计及。岁庚申[康熙十九年，1680]，蒋子忽溯挽长江，晤予于赤壁前，喜慰交至。此数年来，蒋子之搜罗益广。更以予之阅历纪采，取以印可。蒋子翻然起曰："吾业成矣。昔龙门太史欲成汉家一代全书，恨所有未及耳目，乃辙环十二州而归，书于是乎就。以是知今古有心人，得毋千载有同券耶?”予避席曰:“是安敢上拟子长公也;但足迹闻见所到，不敢少有埋没贤者，以为国朝光。若其滥中别盛，盛中遴精，是在吾子进退之，知几斛明珠中，自能寻径寸夜光也。”蒋子于是刻日纠工，聚精会神，以竟厥绪，知其用心独苦矣。远寄武陵，不禁于焦劳烦困之中，为之蹶然而起，以志予两人相与有成[第 2b 页]如此云。康熙二十年，岁次辛酉[1681]之夏，钱塘翁介眉题于邸廨之惜阴斋。[第 3a 页][第 354 页]

三、蒋鑨“凡例(十二条)”(第 355 页)

一[一]　是选始于丙辰[康熙十五年，1676]之夏，客游湖上。与翁子武原各出藏本，不下数百家。因侨寓于祖山僧舍，午夜篝灯，共相校雠。迨匝月，而武原即省觐秦川，予亦薄游吴会，未及成书。庚申[康熙十九年，1680]春日，放棹汉江。适武原分署岐亭，寻理旧业。武原又以驱驰王事，不获晨昏。幸与牛子潜庵，时加欣赏。越岁共八月，始告厥成。

一[二]　选家例有征启，先期传布，广积邮筒，然后从事丹黄。予则采辑于平时，或由专稿，或拾残笺。凡有合于声调者，咸笔之简首。高山景行，诚有素心。至挂一漏万，贻讥不免，容俟《二编》汇成，以塞固陋之罪。[第 1a 页]

一[三]　编次无分后先，校正宁论甲乙?山林廊庙，悉属等观。入斯集者，固美前茅，尤夸后劲。

一[四]　选本具载爵里姓氏，以别显晦，殊非善道。况数十年间，海内名公耽情风雅者，如景星庆云，靡不毕睹。故兹集止注氏籍，其字号则互书之。郡邑概不列前代别名，纪实也。

一[五]　作者林立，美不胜收。以工费浩繁，限于篇什。诸体全备者，固足称雄;间有仅录一体者，亦堪珍贵。

一[六]　集中诸诗，俱按律审音，严加选择，务求深浑渊涵，一归大雅。皇皇巨观，实备一朝之盛。

一[七] 前列校定姓氏,俱予昔同砚席,或久经唱酬者,方与[第1b页]参稽;绝非仰企嘉名,为攀援德色。

一[八] 鸿篇大章,积案充栋,武原复汇辑邮传。予一手拮据,不惮寒暑。而眼光所及,镜悉妍媸;选载集中,当无鱼目混投之叹。

一[九] 借阅名家稿本,初在西陵,则就商于方子渭仁、毛子稚黄、王子丹麓,及家弟波澄;来寓汉上,则取资于熊子元献、李子仁熟、张子石虹、罗子鲁峰。厥后李子劬庵,寄自景陵;叶子井叔,邮来黄郡。篇帙累累,备采尤多。此皆有意匡维吾道者,不可以不志。

一[十] 选本底稿,皆亲自裁订,并未假手书佣。鲁鱼亥豕,或可免焉。[第2a页]

一[十一] 近来缁流羽士、闺秀名姬,清思艳咏,颇多佳制。若概行编入,似非雅观。行当另增二卷,附行问世。

一[十二] 是刻将成,远方邮寄,折柬纷投。其间姓氏多讹,里居未晰;或素昧平生,单刺遥致者,概不敢轻入。

蒋鑨载顿首。[第2b页][第355页]

则杰按:以上序言及凡例,谢正光、佘汝丰《清初人选清初诗汇考》亦曾辑录(南京大学出版社1998年12月第1版,第176—182页)。

01－032　箧衍集

陈维崧等

十二卷。陈维崧辑，蒋国祥校订，康熙三十六年丁丑(1697)蒋氏刻本。(浙江图书馆藏)

一、宋荦“序”(第1a—2a页)

陈其年太史尝钞本朝名公硕人之诗，得三百余纸，不以示人，名曰《箧衍集》。没后数年，其同里蒋京少氏始得之于敝簏，因与其宗人萝村氏谋付剞劂而传之，萝村来请予序。予惟昭代诗人林立，六合之内无虑数十百家，若合裒其全集，几于充栋矣。其年所钞，大都本其交游所及，国不过数人，人不过数诗，诗取高雅恬澹，如闻古乐。其年此集，意存矜慎，不求备也。今人每言“十五国风”独无吴、楚，以为孔子删之，与修《春秋》斥吴、[第1a页]楚之意同。其论似善，而其实不然。夫孔子生于鲁襄公二十一年[己酉，－552]，至二十九年[丁巳，－544]，吴季札来聘，请观周乐，工歌“十五国风”，自“二南”以迄于曹、郐，本无吴、楚，而谓孔子削之，不亦谬乎？故吾尝观《春秋》内外传，如僖五年[丙寅，－655]，晋士蔿赋诗；成九年[己卯，－582]，君子引诗；襄八年[丙申，－565]，郑子驷引诗，此皆可入“风”。昭十二年[辛未，－530]，楚右尹子革引祭公谋父作《祈招》之诗，其体可入“雅”。《国语》周敬王十年[辛卯，－510]，单穆公引武王所作饫歌，名之曰《支》，其体可入“颂”。然而孔子不录者，岂非原本所无，而遂不求备也哉？是故善选诗者，宁损其多，无益其少，此[第1b页]亦师金所云“刍狗未陈，盛以箧衍”之义也。既陈，则苏者取而爨之，而又何盛焉？虽然，无方之传，应物而不穷；萝村谋续刻以广之，

第本太史矜慎之意,勿滥登焉可也。商丘宋荦撰。[第2a页]

则杰按:此序刘万华已据以辑入《宋荦全集(附宋氏家集)·内编·集外诗文》卷二(浙江古籍出版社2020年7月第1版,第3册第1495—1496页)。

二、王士祯(禛)"序"(第1a—b页)

古人说诗不一家。若刘勰、钟嵘、殷璠、严羽,洎近代昌谷徐氏,予皆有取焉。若齐己《诗格》、谢榛《诗说》,则无取乎尔。故诸经皆有故训,而善说《诗》者,唯以意逆志,自得于永言声律之表,此物此志也。唐人选诗,自《英灵》《间气》诸集,犹存古意,不必篇目之众多也。至《鼓吹》《三体》以来,浸失之。尔后得其旨者,如杨升庵之《明诗》、杨梦山之《弘正诗》、顾玄言之《国雅》,譬诸清庙朱弦,独闻疏越,其去淫哇嘈嗽之音固有辨矣。顺治末,南城陈伯玑尝续《国雅》,意存矜慎;予读而善之,嘉其始而勖其终,伯玑不能从也。钱牧[第1a页]翁有《吾炙集》,施愚山有《藏山集》,叶讱庵有《独赏集》,皆秘不示人;意其于唐人之旨必有合者,而惜予之未及见也。陈其年太史撰《箧衍集》,时官京师,不旬日与予辄相见,未尝一语及此书。殁将十年,而其同里蒋子京少,始得于敝簏而传之,先以质予。予曰:"此古琴瑟疏越之遗也,后有赏音,庶无闻古乐而思卧,诗教其兴欤?"康熙壬申[三十一年,1692]长至雪夜,济南王士禛序。[第1b页]

则杰按:此序《王士禛全集》(齐鲁书社2007年6月第1版)未载。

三、蒋景祁"箧衍集序"(第1a—b页)

唐人选唐诗,刻于琴川毛子晋氏者七种;外此有《丽则集》,亦并板行。愚意唐以诗取士,一代操选者,当不止数家,而数家独传。且其书卷帙寥寥,人不备,诗亦不备,疑弗可以传,而迄今千数百年,尚有考而诵之者。意必其不阿时好，自发心赏，有异乎他家之为者，故君子有取焉。本朝不以诗取士，而诗格直追唐人；传之后世，必有信其不诬者。顾今之选者无虑数十家，计其卷帙，几于汗牛充栋。噫！盛矣哉。吾乡陈其年先生工于诗，间尝钞数十年以来名公硕人之诗，得三百[第 1a 页]余叶，手自披咏，名曰《箧衍集》，秘不示人。既殁，而其从子枋乃检而存之。然其选主于自怡，故不谋于人；艰于借钞，故篇弗求备。使迟以岁月，博以摭采，岂不伟然一代之全书哉？丁丑[康熙三十六年，1697]初夏，过家萝村吴门寓舍，出示斯集。萝村氏谓足备本朝诗选之一，因不敢秘，以付剞人。惜尚有未经先生采入者，萝村谋嗣刻为《箧衍续集》云。后学蒋景祁书。[第 1b 页]

四、蒋国祥"箧衍集序"（第 1a—b 页）

代有诗选，选不一家。若近代之选唐诗者，几云备矣，顾犹憾其不备，而选者又不必尽佳。今所传《箧中》诸集，以唐人而选唐诗者也，多至百余首，少仅数十首，岂足尽尔时作者之诗？而所选止此，亦以见选者之宁约毋博；而作者实不尽此，选者之意旨已尽于此。历下之选唐诗，谓唐无五言古，而后拟汉魏者视六朝又一类矣，拟六朝者视三唐又一类矣；历下之选出，而后明代之选唐诗，与明代之选明诗，又各为一类矣。风会日新，人才歧出；作者不易，选者綦难。方今家各一编，类皆陶铸中晚，[第 1a 页]调剂宋元，以思溯沿乎六朝，归墟于汉魏。而阳羡陈其年先生，以诗词名天下三十余年；晚应诏入史馆，未几身殁，海内作者有不尽其才之慨。家京少与游最久，搜其遗箧，得斯集示予。与斯选者，大都先生平昔交游、耳目所及，亦若夫唐人之选唐诗也。卷凡十二，诗备诸体。其人次错出，不分时代，悉遵原本，无所傅益。其有未交先生，或为耳目所遗，咸以不与斯选为憾。思与京少嗣为《箧衍续集》，其犹先生是选之意也夫？后学萝村蒋国祥书于吴门旅舍。[第 1b 页]

则杰按：以上序言，谢正光、佘汝丰《清初人选清初诗汇考》亦曾辑录(南京大学出版社1998年12月第1版,第252—255页)。

【附录一】乾隆二十六年辛巳(1761)华绮刻本卷首浦起龙《重刻今诗箧衍集序》(《四库禁毁书丛刊》集部第39册,第329页)

岁辛巳[乾隆二十六年,1761],吾同年子华生天和,取昔义[宜]兴陈太史《今诗箧衍》旧刻,新其板,而谒予为序。《箧衍》出太史殁后,渔洋、绵津皆惊赏之,以为疏越遗音,持择矜慎。独其集限康熙癸丑[十二年,1673],后皆阙如。天和学敏而志逊,特以扬前光,未敢葳续录也。且夫博而返之约,理有固然。我国家文教诞敷,卓冠前古。即诗之一途,若《全唐》《四朝》,荟粹继显;而方虎、孟举、侠君、锡鬯诸作者,各占一代,网罗而表率之。渐磨广厉,百有余年,而鸿才丽制,等身接踵,斯亦博极而将返之约之会矣。天和固善适其会者也。盖尝于宸编圣训,仰窥而得所宗焉。御选《诗醇》,括千载以六家;雅言庭命,申"二南"于《三百》,此物此志也,尚约也。天和为此,庶有合哉,其以吾言过庭而正之。乾隆辛巳[二十六年,1761]畅月,三山伧父浦起龙书,时年八十有三。

【附录二】民国二十年(1931)余姚黄氏校补本王葆心《校印箧衍集序》(出处详下按语)

江表华氏,自松、扬略著姓氏,要以常州华氏擅词翰之宗。王柳村征有清一代江苏之诗,捃摭锡、金暨松、扬诸华至三四十人。其风雅好事者,吾得二人焉,曰华龙眉衮,继之者又有华天和绮。方是时,吴下诗坛社事流闻四方。邓孝威四[三]辑《诗观》,助其征集者龙眉也。而陈其年《箧衍集》书出身后,初未大著,乃天和亟亟为之传布。壬戌[民国十一年,1922]之冬,余于江夏刘禺生处始见《诗观》,今夏黄君绩宣复出《箧衍》示余。绩宣之主官书处也,而穷搜旧有椠本,锐然以收拾一方文献自任,无意中得是书,即华氏旧镌未印行之版也。大喜过望,加以雠,复乞余序之。华氏是刻,盖始于乾隆二十六年[辛巳，1761]，浦二田为之序；书成，偶印行一二，即由其后人携版至湖北，今为汉阳黄氏得之。若推其久閟不行之故，或由乾隆廿年[乙亥，1755]后，"三通""四库馆"迭开，天下遗书稍稍间出。是时，朝廷于故明遗佚诸老之文字颇多不乐，尤忌者钱蒙叟、金道隐、屈翁山之诗文，于是词臣承旨磨勘，而销毁禁锢诸家著述之令行。今毁禁诸目具在，而《箧衍》一篇与《诗观》均属抽销之列，盖以二书于钱、金、屈诸氏之诗，率一见再见不已；而当日华氏右助传布之两书，自是至今百数十年，尝在若存若灭间。《诗观》自原刊外，未经重梓。惟《箧衍》先梓于康熙中宜兴蒋京少氏，再梓于乾隆辛巳[二十六年，1761]之华氏，徒以关涉禁令，藏书及目录家迄少簿录，驯至镌是书者怵心严令，付诸扃鐍以图免祸。而《箧衍》较显者，则以光绪初张文襄曾著于书目，访求尚有人。而旧本固极难得，孰知犹有佳椠近在会城，久锢于尘埃委积也哉？今乃获重燃烬[薪]于绩宣之手，又恰出自沧桑之后，其中若有天焉。爰促其取集中审是未精者与年远缺佚之篇什，鸠补精勘而流布焉。窃以为是书者，若非绩宣勤于职事，搜索于市楼寂寞之中，行与爨薪伍耳。然则古今文字显晦有时，岂不以其人哉？抑蒋氏之传刻是书，渔洋、绵津皆期以赓续；及华氏再梓，二田又期。以绩宣之才，宜所优为。以检讨此集之旨而言，仍不出缘情绮靡之宗；盖检讨生平以词境通诸诗家，复以诗豪张大其词境，其于绩宣夙昔矜尚之风旨倘有合焉否耶？宜乎此书待绩宣而始显，又不徒竟华氏未竟之志而已。丙寅[民国十五年，1926]长夏大暑日，罗田王葆心。

[原]按：是刻见于诸家书目者，只无锡《大公图书馆藏书目录》有之，曰十二卷，八册，乾隆辛巳[二十六年，1761]金匮华绮重校刊，是可证。刊讫，曾有印本。今此版尚是朱印，传为光绪中随华若汀太守入武昌，久之归黄氏。就其中多伪[讹]缺未校，又只朱印揣之，知当时即朱本亦甚鲜。至其惧有触禁，久閟勿行之故，可以吴枚庵翌凤选清代诗证之。世称吴选较沈选门户稍宏大，有正、外二集，蒙

叟、梅村皆入外集，蒙叟之姓名则易为彭抝，字六吉，为浙江常山人；屈翁山姓名则易为翁绍隆，字骚余，为广西临桂人。当时法网之密如此，其书至国变后始有刻本。然则当日改姓名之选本尚不敢付印，况此刻乃未改者乎？观此而华本久不问世之故，益可想见矣。己巳[民国十八年，1929]早秋再记。

则杰按：此序及原按，录自刘和文点校本《箧衍集》卷首（安徽师范大学出版社2015年3月第1版，第9—10页）。另外前录各序，该本亦曾辑录（第11—15页）。

又，此处所说“吴枚庵翌凤选清代诗”云云，可见其所辑《国朝诗》该种。

【附录三】民国二十年(1931)余姚黄氏校补本黄嗣艾《序》一（出处详下按语）

迦陵撰《箧衍集》十二卷，初不示人。没将十年，宜兴蒋氏始刻传之。予家藏一部。比既得金匮华氏残版，亟校补其十之四五，不徒华刻本较蒋刻本所选诗篇多所删改，且有蒋刻本无其人而华刻本存之者，殆亦故为隐讳也欤？渔洋序云“未尝一语及此”，暨华刻本称为迦陵原本，则蒋氏当日之刻，传信或有节取之义耳。噫！中国左衽，幽思难忘。彼牧斋尝书王猛事于先族祖直方公扇，君子谓之“微而婉”。迦陵之撰诸家诗篇，题曰《箧衍》，其亦意在斯乎，其亦意在斯乎？夫故物之光复，比者二十年矣，更幸自嗣艾而曲为彰之焉。言念先民，躬逢世变，不胜感恻。辛未[民国二十年，1931]仲冬，汉阳祖籍余姚黄嗣艾谨志。

【附录四】民国二十年(1931)余姚黄氏校补本黄嗣艾《序》二（出处详下按语）

丙寅[民国十五年，1926]初夏，偕室人周莲馥君闲游武昌东山宝通寺。莲馥偶至佛殿，见有架版，累然尘积，展视之，乃迦陵《箧衍集》也，金匮华氏刻。盖有清乾隆辛巳[二十六年，1761]，文禁再严；沈文悫编辑《国朝诗别裁集》，冠以钱牧斋，方被谴。而集内涉及明末遗老诗稿尤夥，其遂畏之辍刻欤？抑亦其后之人携来武昌，而因事藏于山寺欤？红抹版未校，且残阙。茗次引谈，相对凄绝。莲馥劝补印颇殷，兵事起矣；比掌理官书之暇，幸得完版，则又迷云宿草、天上人间，莲馥不及见，伤也云何？

萧寺诗魂动古春，凭栏话旧一沾巾。劫余正始遗音在，那复挥弦共赏人？[其一]

东吴年少上书悲，零落貂蝉仕宦迟。仆本恨人翻异趣，杜门高诵黍离诗。[其二]

何如灶下得中郎，几度摧薪竟未伤。呵护到今龙象力，为他托命梵天王。[其三]

苦语深思百辈才，补亡写定有余哀。莺花剩水残山里，无限风骚笔底来。[其四]

余姚黄嗣艾重题。

则杰按：以上黄嗣艾两序，录自刘和文《〈清初人选清初诗汇考〉原录序跋补阙》之四（《江西师范大学学报》2009年第3期，第100—101页）。又前录浦起龙、王葆心两人序及原按，该处亦曾辑录。此外王葆心序及原按、黄嗣艾两序，还可见刘和文《清人选清诗总集研究》第四章第二节《清诗总集遗佚序跋辑考》第二部分（安徽师范大学出版社2016年10月第1版，第169—171页）。

【附录五】刘廷玑《在园杂志》卷二“志在春秋”条（中华书局2005年1月第1版，第58页，总第八十七则）

山阳司训陈求夏（履端），乃其年检讨（维崧）之子也。十年来，微禄不足以糊口，时卖文以资不给。先其年有《箧衍集》，选予诗若干，付梓竟尔遗落。询之求夏，曰：“此集刻于先人身后，为人窜易。

稽其原本，不独公诗未登，今现存未刻者尚多过半。拟刻《箧衍续集》以成先志，苦于俸薄不足以供剞劂，奈何！”

【附录六】王士祯《渔洋诗话》卷下第五十九则（《清诗话》本，上海古籍出版社1978年9月新1版，上册第214页）

顺治辛丑[十八年，1661]，方盦山（文）自虞山过广陵，言牧斋先生近撰《吾炙集》，载阮亭诗数篇。此集竟未之见。同时陈伯玑（允衡）撰《国雅》，施愚山（闰章）撰《藏山集》，叶讱庵（方蔼）撰《独赏集》，陈其年（维崧）撰《箧衍集》，今唯《箧衍》一集行于世。

则杰按：此处所说“顺治辛丑[十八年，1661]”，当为康熙二年癸卯（1663），可见钱谦益（牧斋其号）辑《吾炙集》该种附录。

【附录七】王士祯《古夫于亭杂录》卷四“本朝诗选”条（中华书局1988年10月第1版，第95—96页）

撰本朝诗者数十家，大都以为结纳之具。风骚一道，江河日下，皆若辈为之。唯钱牧斋先生《吾炙集》、施愚山《藏山集》、叶讱庵《独赏集》、陈其年《箧衍集》，卷帙不多，犹有殷璠、高仲武唐选之风。

01－033　国朝诗选

汪联福等

六卷。汪联福、章鹤鸣辑，《中国人民大学图书馆藏古籍珍本丛刊》第105—107册，影印康熙二十七年戊辰（1688）喻义堂刻本。（下录均见第105册）

一、毛升芳“序”（第367—380页）

时当采芍，藉桃柳以班荆；节是秉兰，面湖山而命驾。南州高士，对酒花前；东里畸人，论心雨后。自述任昉、[第1a页][第367页]王俭，殊惭风雅之林；固知伏胜、陈农，亦有艺文之录。借钞诗而永日，昭代为宗；资攻错以言怀，典型在望。登高有作，人称洒洒大夫；[第1b页][第368页]博物斯名，世说翩翩公子。绘风烟之气状，抑有旨焉；镂花月之光华，非无为也。况乎陈琳未老，好句偏多；庾信何悲，绮言久著。读书[第2a页][第369页]山下，正逢杨柳飘时；论史亭中，恰值牡丹开候。采声华于缟纻，倚马争妍；收物望于簪裾，雕龙竞巧。不逢韵士，焉识才人？有客徐君，[第2b页][第370页]为言良友。时则武林章子子愚、新安汪子警庵，觚操沈、宋，翰染江、萧。出厥绪余，接鸿名于庆历；殚其委宛，绍盛事于初中。卜两峰三[第3a页][第371页]竺之区，名山有副；咏晓风残月之句，流水移情。怀古则龙标、摩诘之俦，无斯苍壮；言情则义山、飞卿而外，未足缠绵。江上青峰，驱笔[第3b页][第372页]端之潘、夏；窗前幽鸟，听字里之应、徐。矧本朝多燕、许之俦，而列郡半曹、刘之侣。剖兹琬琰，人人值南国楩楠；裁彼云霞，[第4a页][第373页]处处遍西园灯火。子云词赋，丹椠依然；敬礼文章，绨缃如故。古苔阶面，搜来风云月露之词；细草篱头，写出组纟笙簧之什。齐秦豫[第 4b 页][第 374 页]晋，悲歌慷慨殊声；吴楚江黄，秀拔容与异致。珊瑚架徐陵之笔，红豆新声；玳瑁装逸少之书，青毡丽句。铜琵铁拨，杂沓筵前；纨扇练[第 5a 页][第 375 页]裙，飘飏座侧。惟其严明为主，绝无情面之交。漫云十万名钱，岂芜扬草；即使千金买赋，莫秽江花。自此七略三都，古光皆见；从兹五[第 5b 页][第 376 页]车双管，片羽仍存。绿帙丹经，彩映悬藜之室；紫霞青简，辉腾杀竹之家。人传曹植箜篌，网罗一代；户说王筠芍药，藻鉴千秋。诚哉！箧[第 6a 页][第 377 页]有鲛珠，无非杨、骆；笔飞桂露，人尽金、张矣。于时仆本拙人，君皆作者。缅惟“六义”，窃可附于知音；只此四声，聊将引为同调。碧波南[第 6b 页][第 378 页]浦，遥思缇缃铅墨之欢；绿雨东风，愿识金版玉箱之制。弁之里语，述尔弘裁。康熙二十有七年[戊辰，1688]孟夏之月，年家眷同学弟毛[第 7a 页][第 379 页]升芳拜序。[第 7b 页][第 380 页]

二、邵锡荫“序”（第 381—389 页）

昔太史之采风也，贡于天子，采于乐官，以审其俗尚之贞淫美恶。而风俗各异，好尚亦殊。孔子删诗，自朝[第 1a 页][第 381 页]庙以及劳人思妇之作，必采录焉。故殷有瞽，宗周有大司，汉置协律都尉。齐梁以还，雕绘竞起。至唐而工诗者益众，句栉字偶，篇什[第 1b 页][第 382 页]繁富。虽世代升降不同，然所以备观览、垂鉴戒则一而已矣。国朝重熙累洽之后，无事不复乎古，名卿才士杂沓振[第 2a 页][第 383 页]起；设于声音之道无可媲美郅隆，则亦学士大夫之耻也。吾友章子子愚、汪子一言，取海内名人诸作，扬扢而裒集之，颜之曰《国朝[第 2b 页][第 384 页]诗选》。上自名公巨卿，下至骚人逸士，无不网罗搜辑。大凡入兹选者，昌明博大，断然以风雅为归；内有温厚和平之旨，外发风华绮[第 3a 页][第 385 页]丽之章，可谓各擅所长，俱臻其极者矣。余发甫燥入塾，制举之暇，间学为诗，资性驽下，未能窥其堂奥。然海内名人，不以余之疏浅，[第 3b 页][第 386 页]辄多投览；往复之余，神游心赏，将有事于删订，以成全书。适二子以所编《诗选》问序于余，余乐其志之雅与余合，而且能佐余所未[第4a页][第387页]逮也。异日采风所至，不烦搜集，开卷即获。可以凌轹昔贤，鞭笞末学。大雅未亡，归之继起。后之览者，其亦可以识二子之志也夫。[第4b页][第388页]康熙二十有七年，岁次戊辰[1688]，小春榖旦，辋川主人邵锡荫喟翁撰。[第5a页][第389页]

三、汪联福“序”（第391—395页）

是岁孟春，余过章子愚斋头，见白萼芬菲，翠篁交茂，相顾而乐。适有严存庵先生、邵戒三先生乔梓诗集，颂之不觉神驰而意会，因语曰：“如是佳制，再得诸名家汇为一编，以公同好，不亦快哉?”章子[第1a页][第391页]曰：“余两人浅见寡闻，安能悉识？今邵子樾公精于文而长于诗，所蓄名家诗集最多。”为之相请。邵子果不私所藏也，慨然遂发其箧中诸名集若干，以示余两人。余因得纵观而颂之，不禁跃然曰：“何若斯之盛乎！昔唐以诗取士，工者固多；[第1b页][第392页]今圣朝未尝专以诗取士，而工者益多。伟哉！其风华秀雅，比之盛唐又何让焉？余也碌碌，未工于诗，而喜颂诗，且欲选是集以拟于唐，恐世以为笑而以为责，奈何?”章子曰：“不然。余与子选是集，公同好也。[第2a页][第393页]既公之天下，则天下之名家皆出其瑶章以教余两人，而兹集之未得载者别集之所必传，则一代之诗以成，岂非快然大观也哉?”余曰：“唯唯。”爰汇是编，以公之同好云。时[第2b页][第394页]康熙二十有七年[戊辰，1688]孟春月，西泠汪联福题于喻义堂。[第3a页][第395页]

则杰按：以上序言，潘承玉《〈清初人选清初诗汇考〉六补》之一亦曾辑录(《古籍整理研究学刊》2002年第5期，第64—65页)，所据即该底本原书。

01－034　盛朝诗选

顾施祯

十二卷。顾施祯辑，《稀见清代四部辑刊》第八辑第70—74册，影印康熙二十八年己巳(1689)心耕堂刻本。(下录均见第70册)

一、郑重“盛朝诗选序”(第1—13页)

松陵顾子适园，夙负隽才，缵文好学。向有《文选疏解》一书，予既为订定行世矣。[第1a页][第1页]已而念国朝风雅之盛，媲美三唐，因辑士大夫及山林俊彦之作，为若干卷，名曰[第1b页][第2页]《盛朝诗选》，而征序于余。余受而读之，曰：“洋洋乎大观也哉！”粤自“断竹”“飞土”之歌作，而诗始权舆。逮至汉，《安世[第2a页][第3页]房中》、枚乘《十九首》出，诗体大著。下而三国、两晋、宋、齐、梁、陈，时有曹、刘、沈、谢、颜、鲍、徐、庾之徒，摛华掞藻，镂金[第2b页][第4页]错采；风雅之盛也，而衰实基之。迄乎有唐，自神龙、开元、天宝、大历，作者代兴，洗涤六季之余习，远绍汉魏[第3a页][第5页]之醇风，猗欤盛哉！宋、元继之，气复卑薾。明之初年，尚沿旧习。至弘、正以后，始恢正始遗风。于时空同、大复[第3b页][第6页]倡于前，于鳞、元美继于后。是诸公者，树帜中原，执骚坛之牛耳，代起继兴，为有明极盛。至我[第4a页][第7页]朝，开天建极，人文丕著，作者蔚兴。家握灵蛇，人矜鸿宝。羽林、佽飞，咸起而授经握管；中山、朝鲜，且入而说礼[第4b页][第8页]敦诗。诚汉、唐以来所不逮也。顾子网罗搜辑，诸体悉备。其有成集专行者，已尽撷其英华；即家藏抄本，或[第5a页][第9页]为人所传诵之一章一什，亦咸采掇不遗，其用心良苦矣。余公余之暇，颇好吟咏。既得顾子是编，极羡我[第5b页][第10页]朝人文弘丽若此，不仅跨越汉、唐而已，媲美虞周“卿云烂熳”之章“梧桐萋萶”之什矣。于以鸣[第6a页][第11页]国家之盛，侈多士之观，不亦伟乎？故为之序，以质当世之作者。时[第6b页][第12页]康熙二十八年己巳[1689]孟夏，建安郑重题。[第7a页][第13页]

二、顾施祯“自序”(第15—19页)

圣人正位凝命，爰有制作。礼也者，纳民于轨物也。乐也者，淑民之性情也。而非“雅”“颂”，无以成乐，况五方之风俗之贞淫形于诗，四民之情好形于诗。先王陈诗观风，专命太史，诚巨典也。三代而下，此事不复讲矣。然汉魏以来，[第1a页][第15页]历朝诗集，君臣有倡和，郊庙有颂章；出师有饯，宴会有歌，非一朝之“雅”“颂”乎？下及骚客文人、樵渔闺阁，寄情托意，非一朝之“风”乎？第欲执“颂”之体，而求宽静柔正也；执“雅”之体，而求广大而静、疏达而信也；执“风”之体，而求正直廉谦也，未之或能。嗟乎！《三百篇》[第1b页][第16页]不复继矣。惟“十五国”之风气，终古不可易耳。其于历朝之习尚，各有所优，而绌者亦见。我朝四十余年，文教诞敷，宇宙为之一新。顷天子临轩，群工搢笏，载赓载歌，莫非“雅”也“颂”也；畎亩之间、山林之内，长言短咏，皆有古之遗风。三代而下，惟我[第2a页][第17页]朝为独盛耳。顾不收采而会合之，虽荆璧隋珠、南金东箭，各呈其宝，而非一道同风之意也。祯久客京华，不揣鄙陋；仰体皇上崇经尚古，窃见朝野风雅炳郁；敢取昭代之诗，选辑成书，名曰《盛朝诗选》，庶[第2b页][第18页]几兰不遗于春，菊不遗于秋。若夫登骚坛，执牛耳，海内自有宗工，祯当退三舍矣。是为序。康熙二十七年，岁次戊辰[1688]，十一月，吴江顾施祯题于长安之心耕堂。[第3a页][第19页]

三、顾施祯“盛朝诗选征引”(第21—23页)

盖闻星云烂熳，帝歌作而解愠阜财；荇藻流连，王风著而入人及物。嗣是文明日启，汉、魏为隆；科举代兴，晋、唐尤盛。呈祥河岳，昌世自有伟人；琢器瑚琏，巨手固多名选。况今圣天子隆右文之治，贤宰执秉爱士之诚。跻至化于唐尧，康衢击壤；监弘文于姬旦，农事歙豳。宵旰余闲，卑河汾之所赋；赓歌继起，陋宫体以为词。一时班、马同堂，千载元、刘接席。谐音叶律，遥闻掷[第 1a 页][第 21 页]地金声；短句长篇，伫看普天玉振。独是藏诸笥箧，固金匮石室之珍；何如付之枣梨，显清庙明堂之用？窃施祯，笠泽寒儒，金台介士。喜觐神京之胜，短铗犹弹；馋窥上苑之花，长杨有待。乃性耽好古，且志切尊今。维兹《文选疏解》，汇成一书；爰有《古文兹程》，编为全集。幸巨公之不弃，业问世已告成。伏念大人先生，应制皆锦心之句，登高尽华国之才。视草鸾坡，剩有琅玕欲吐；谈经鹤禁，还余兰蕙分香。至若高蹈风尘，望白云而长咏；甘辞轩冕，[第 1b 页][第 22 页]采黄菊以孤吟。无不笔带烟霞，气含兰茝。又如琳宫之客、"莲社"之英。修静含毫，坛上无非白鹤；惠休觅句，舌根大半青莲。奚况艳矣香奁、猗欤彤管。啖香妙质，伴绿绮兮长怀；咏絮高才，对银灯而拈韵。此皆瑶章既富，不吝剞劂宜先。振熙朝之鼓吹，被环海之云霞。奕奕声歌，冠辎轩而成黼黻；煌煌篇什，编乐府而动神人。既人文璀璨于当今，亦圣治昭明于奕祀。共襄胜举，用慰虔思。谨启。[第 2a 页][第 23 页]

四、顾施祯"凡例"（第 27—35 页）

一[一] 历朝诗选，先君后臣。如唐诗则始太宗、玄宗，宋诗则始太祖、太宗，明诗则始高祖、太宗。此冠履定分，不敢逾也。

一[二] 本朝崇尚风雅，振起诗歌。普天率土之中，罔不家事吟咏，篇什最繁。一时名家辈出，指不胜屈。我世祖章皇帝入关定鼎以后，睿思天纵，文炳日星，卓绝千古。至我皇上践祚以来，崇文讲学，招选名儒，亲试群僚；登封[第 1a 页][第 27 页]巡狩、游观驻跸所临，龙章凤篆，舒锦飞霞，固已被金石、流管弦矣。但未经题明，不敢擅梓。臣祯将具辞上请宸翰，奉有谕旨之后，方敢将圣制诸体，首列一集，以志今朝之盛云。

一[三]　诗之为道，发性止情，贵得天机。故樵歌牧唱，颇合风雅；而禅谜儒诂，反多累赘。是集不拘雅俗，期于意致沉郁、声调高洁者，概行入选。[第 1b 页][第 28 页]

一[四]　九州风气不齐，言人人殊。声音之道，关乎土俗。即四唐名家辈，南北趋尚，声调迥绝。兹选因其兴趣，顺其情好；凡有合于诗法者，急为登选，故不无殊同，未敢为竟陵、历下作执中也。

一[五]　诗歌之家，在朝在野，皆风雅中士也。故不序爵，不叙齿；但因诗到先后随付剞劂编次之，非有意为异同、分位置也，庶几可告无罪。

一[六]　四言古诗，《三百篇》遗响也。故昭明选诗，首冠四言。今选家往往不录，而作者遂复寥寥。是《选》首列"四[第 2a 页][第 29 页]言"，以见古体，亦尊经之遗意耳。

一[七]　乐府有古有今，从前选家已经分别言之。然古有此题，而今则变其调；今袭其调，而古则无此题，故乐府无定名也。是《选》凡旧题新调、新题旧调，俱入"乐府"，以纪本朝诗学，非限今古也。

一[八]　"歌""行""篇""引""吟""辞""曲""叹"诸名，皆乐府遗音也。诗家概列为古风，殊失命名之意。是《选》凡系以名者，另入"歌行"一体，庶几采诗之家易为分别。

一[九]　五古、七古诸诗，凡无"篇""引""辞""曲"诸名而止有柄者，[第 2b 页][第 30 页]方入"五古""七古"集内，所以别"乐府""歌行"之体也，识者辨之。

一[十]　五律、七律，作者林立，故卷帙独多。然海内诗歌名家，每于二律精研；篇什既繁，遗珠之叹谅所不免。

一[十一]　五排、七排，多属应制之体，其或宾朋投赠、宴饮登涉，作者取骈丽工致、精练严整为词，不以属意为尚，古今通例也。

是《选》五、七排律，凡有合于章法而无板重复沓之瑕者概行入选，亦蠡管窥天之见云。[第 3a 页][第 31 页]

一[十二]　五绝、七绝，由来尚矣；画壁记名，闻歌识姓，以定诗格之高下。至于六言，作者绝少，间存一二；然既有此体，不宜缺略，故列于末卷，以志各体具备云。

一[十三]　寿挽诸什，恒多套习。非溯交情，即歌美德。正所谓庆贺之言近谀，吊唁之音易好，非“雅”非“风”也。故佳什虽多，概不选入。

一[十四]　《香奁》《玉台》诸体，多言情言怨之诗，近于私昵。虽香草琅玕，借美人以喻君父，在古贤已然，固不独杜牧伤春、玉溪咏史也。今贤此体佳什绝多，祯将广[第 3b 页][第 32 页]搜博采，别有专选问世。故集中“无题”等作，概不入选。

一[十五]　慷慨悲歌，诗之变也；温厚和平，诗之正也。诗家往往于登眺游览之下，兴会所及，黍离麦秀辄形诸咏，未敢云合宜也。故是集所选，宁失之冠冕正大，不失之激楚哀繁，识者幸有以鉴而谅我。

一[十六]　海内篇什，星稠绮合，至今而蔑加矣。在京华者，十得二三，未能遍征。其外邮筒所及，无虑万家，搜罗难尽。故每卷以五十页为则，盈即复起，随到随刻，[第 4a 页][第 33 页]不论年月，不限成数也。

一[十七]　是集专汇昭代风雅，纪今诗之盛超轶前代，卷帙贵乎大备；特以剞劂维艰，不无弃取。兹先数卷问世，祯将广辑诸诗，逐渐增刊，以备大观云。

一[十八]　近诗选家林立；行世善本，各出手眼，概加评点。但作诗之人，各有兴会；性情所至，形于咏言。而选者意为议论，或泛加褒美，殊失作者大旨。故是集就诗选诗，不敢妄加评点，意为溢辞也。

一[十九]　本朝缙绅先生，及耆旧尊宿，珠渊玉海，诗集繁盛。

[第 4b 页][第 34 页]或今列朝籍，而刊本纸贵；或人已云亡，而遗集流传，未可仆数。祯因鄙性悭执，不欲冒昧操选，故必因其投赠，或系彼好友见贻，方敢入集。兹选有存有不存，非开罪脱略也。《征引》附于集端，凡有刻集抄稿，倘惠而好我，如锡十朋，敢不寿诸梨枣以传世云？

吴江顾施祯识。[第 5a 页][第 35 页]

则杰按：以上除《盛朝诗选征引》之外，谢正光、佘汝丰《清初人选清初诗汇考》亦曾辑录（南京大学出版社 1998 年 12 月第 1 版，第 240—246 页）。

【附录一】吕履恒《梦月岩诗集》卷首《凡例四则》之四（《四库全书存目丛书》集部第 261 册，第 9—10 页）

正差讹。……《盛朝诗选》颇多纰缪，如《秦中怀古》结句原本云“已见嬴非无尺土”（选本易“已见”二字为“本是”）、《洛阳秋思》“不信高皇易赵王”（选本云“诒赵王”）、《怀公毅》末句“潺湲清泪落吴钩”（选本云“垂泪洒吴钩”）之类，今悉从原本，庶见庐山面目云。

【附录二】《四库全书总目》卷一百八十四集部别集类存目之十一（中华书局 1965 年 6 月第 1 版，下册第 1667 页）

梦月岩诗集二十卷（浙江巡抚采进本）

国朝吕履恒撰。……此集乃雍正乙巳[三年，1725]其侄缵曾等校刊。……前有“凡例”……称《盛朝诗选》载其《秦中怀古》诗、《洛阳秋思》诗、《怀公毅》诗，字句皆有所窜乱，今悉从原本云云。

01－035　皇清诗选

孙　鋐等

三十卷。孙鋐、黄朱芾辑，《四库全书存目丛书》集部第398册，影印康熙二十九年庚午(1690)凤啸轩刻本。

此集美国哈佛大学哈佛燕京图书馆所藏原刻本，卷首多《御制诗》特别是孙鋐《恭进皇清诗盛初编奏章》《恭纪》《征刻皇清诗盛二编启》三文，该三文即据以补录。

一、孙鋐"恭进皇清诗盛初编奏章"（第1a—3a页）

江南松江府华亭县[学]附监生臣孙鋐，诚惶诚恐、稽首顿首上言，奏为圣化旁流六合，文明远胜百朝，恭缮《皇清诗盛初编》，进呈睿鉴，以庆同风事：臣闻帝德难名，赓拜志明良之喜；王心无逸，讴吟扬恺悌之休。惟太和全萃[第1a页]于人心，斯风雅上光乎国运。钦惟皇上濬哲维人，亶聪作后。止仁止孝，笃《关雎》《麟趾》之深慈；乃武乃文，恢《天保》《采薇》之鸿烈。出康衢而观治，耕田凿井，咸颂高深；临卷阿以来游，凤翙梧生，群歌泮奂。探金简而平成底绩，驻翠华而补助施恩。固已薄海兴谣，普天铭德矣。臣[第1b页]鋐衡茅贱质，呫哔末流。未登大雅之堂，幸际升平之世。伏睹大清御宇以来，天造重熙，祥开奕叶。应五百年之景命，名世聿兴；合十五国之风谣，元声斯在。黄钟建而律吕齐鸣，洪钧鼓而金晶入冶。民物咸自欣其生育，天地不复秘其光华。或为清庙明堂之奏，或为《芝房》《宝鼎》之章。或沐化而言情，或感时而赋物。皆[第2a页]足以黼黻盛治，鼓吹雍和。方之前古，洵未有盛于今日者也。臣辄不揣愚陋，妄加编辑。敢曰采风，窃附于輶轩？庶几陈诵，自同于矇瞽。共合两京十五省所得之诗，汇为三十卷，缮刻成帙，就圣驾经临地方，跪捧恭献，尘渎御览。臣铉海隅僻陋，罔识忌讳，干冒尊严，无任战栗惶悚待罪之至。谨露章恭[第 2b 页]进以闻。康熙四十四年[乙酉，1705]三月二十七日，江南松江府华亭县学附监生臣孙铉恭进。[第 3a 页]

二、孙铉“恭纪”（第 1a—2b 页）

盖闻文运之兴，关乎国运。上有云汉天章之美，则下有鼓吹休明之盛。自古以来，赓歌喜起，掞藻摛华，由朝廷以及邦国，代有可观，于今尤烈。兹由我皇上学贯天人，言成谟诰。天经地纬，已炳炜于无疆；[第 1a 页]日就月将，更缉熙于不已。是以千编御制，几倍《卿云》《湛露》之歌；四库奎文，远迈麟德《柏梁》之什。托忧勤于毫素，非徒玩志云山；垂训诫于行间，聊用寄情花鸟。加以学先齿胄，弥弘少海文澜；望隽金枝，载赓宗英雅奏。洵玉林之尽宝，宜海甸之同风。小臣孙铉，锄茅陋质，未登作者之堂；抱膝迂流，幸际[第 1b 页]升平之世。有怀扬扢，采十五国之名篇；广效搜罗，得三十卷之雅集。上由御制，次迨睿裁。或仰瞻碑版而探珠，或捧读邸抄而获宝。或录于名山梵刹，或得之驿壁邮亭。虽绿字赤文，未遂全窥于秘府；而吉光片羽，已堪照耀于寰区。敬冠简端，见[第 2a 页]化行之有自；永垂奕叶，彰声教之郅隆。江南松江府华亭县[学]附监生候补典籍臣孙铉拜手稽首恭纪。[第 2b 页]

三、孙铉“征刻皇清诗盛二编启”（第 1a—3b 页）

盖闻探珠宜于合浦，采玉端在昆冈。言志惟诗，谱宫商而应节；导和入乐，托比兴而流音。如枚、马之扶轮，裔皇景运；得渊、云以承盖，彪炳昌期。杼本七襄，吟成而胥推才子；芒腾万丈，纸落而竞美宗工。昆池传健举之章，湘瑟赏神来之句。洵朱丝白雪，幽韵长在清琴；而碧杜红兰，古香独留缥帙。非资荟集，曷赞雍和？钦惟[第 1a 页]昭代右文，启合宫而安松栋；圣人久道，赓复旦而陋柏梁。学士西清，不浅裁云镂月；水心上巳，时许赏花钓鱼。笔果如椽，早已篇雄凤阁；丝诚独茧，争夸什播鸡林。缅异曲而同工，均扬风以抡雅。此铉于戊辰[康熙二十七年，1688]里居之岁，业有《皇清诗盛》之镌。是镌也，诗几万首，人约千家。颜曰“初编”，原徐搜夫琬琰；兹标《盛集》，益博揽乎荪荃。顾僻处海隅，诗筒殊隘；而途遥天半，鲤素倘沉。维神京绾纶辔之区，更[第 1b 页]熙代值文明之昼。吴山越水，已翠霭之全收；东箭西璆，亦瑰奇之毕会。振藻而云霞绚彩，谐声而溪谷俱调。原号乐游，王孙合迎芳草；居邻好峙，妙侣宜出长楸。由馆阁以逮衡茅，从典章而该赠答。旃檀作国，片片含菜；群玉为峰，层层结秀。其间雪车冰柱，才情允迈曩贤；零雨朔风，感遇还归吾辈。人谓琉璃作匣，独映文心；余知翡翠为床，都输绣口。若夫长山硕彦，[第 2a 页]帝里英流。“七穆”“三明”，欣枌榆之毓俊；“双丁”“二到”，美丰沛之钟奇。握得青镂，壮采每凌崇岳；吞来丹篆，清思全漱飞湍。既属诗豪，非徒笔虎。然而担簦挟策，羁旅偏多；钓月锄云，浩歌不少。虽心空贝叶，齐己犹赋梅花；即身着羽衣，尧宾也吟仙子。开士幽居祇树，鹅笙吹向玉宸。人比君徽，或者题为荼燕；才追苏蕙，岂无锦织璇玑？绪各多端，篇犹纂组。云山印墨，临秋水而挹芙蓉；花鸟脂笺，对春风而舒桃李。倘照甘泉宫里，葱郁一株；[第 2b 页]如留玄武阙前，光莹三寸。所冀墨乡君子，艺苑鸿儒。与有同心，悉公藏弆之秘；惠而好我，允贻卷帙之珍。无嫩弗彰，伫连篇而累牍；有言还赠，果大昭而小鸣。搜百二国之宝书，乐逾朋锡；采十五风之篇什，盛等工歌。曩日殷家，谩以《英灵》作集；当年芮氏，仍将《国秀》名编。庶金春玉应，敷天安熙皞之辰；而凤翙鸾吟，匝地献升平之象。爰赍油素，以纪见闻；敬俟麦光，即登梨枣。谨[第 3a 页]启。云间孙铉雪窗氏拜具。[第 3b 页]

四、汪琬“皇清诗选序”（第 1—4 页）

吾门孙子思九，素以才学知名。发为举业之文，散华落藻，流闻海隅。及其暇也，复与知交以诗[第1a页]歌相赠答，尤多清丽迥拔、风流韶令之词，既已为时贤所引重矣。间又取本朝士大夫及骚人墨[第1b页][第1页]客、方外之徒所作散见于世者，汇而葺之以行。其选既成，出示余于丘南。余未暇寓目也，因问思九所以删存去留[第2a页]之意，知其用唐开元、大历为宗，则又告之曰：古之为诗者，问学必有所据依，章法、句法、字法必有所师承，无唐宋一也。[第2b页]今且区唐之初、盛、中、晚而四之，继又区唐与宋而二之，何其与余所闻异也？且宋诗未有不出于唐者也，杨、刘则学温、[第3a页]李也，欧阳永叔则学太白也，苏、黄则学子美也，子由、文潜则学乐天也。宋之与唐，夫固若埙篪之相倡和，而駏驉之相[第3b页][第2页]周旋也明矣。且吾子独不见夫庖人乎？均之肉也，或切之为胾，或泥之为臡，为菹，或捶而干之为脯，烹之为羹，其若大[第4a页]小、若精粗、若濡、若干之质不同也，而味同；其若酒、若糁、若酰醢、若桂姜所以佐之之味不同也，而其为肉则无不同。一[第4b页]旦荐诸几席，或嗜或否，非肉之有异，而群一座之口舌，为庖人所易故也。诗道亦然。善于选者，其犹吴人之善为庖者[第5a页]也。于以易学诗者之耳目，导其心志而转移其风气，皆在是矣。信如是也，虽专宗唐之开元、大历可也。[第5b页][第3页]康熙戊辰[二十七年，1688]孟冬，钝翁汪琬序。[第6a页][第4页]

则杰按：此序又载汪琬《尧峰文钞》卷二十七(《景印文渊阁四库全书》第1315册，第476页)，标题作《国朝诗选序》；除删去末尾署款之外，其他文字亦略有出入。

五、徐乾学“皇清诗选序”(第4—7页)

在昔文明之运，至圣朝受命而盛始极。凡经生制义家言，自开科至今，固已美善毕臻，得未[第1a页]曾有矣。若诗词古文，咸各抉奥探源，摽新尽变，月异而岁不同。即以诗论，魏晋而降，南北朝以还，至李唐而规格大成。[第1b页][第4页]时盖功令所趋，国家非是无以取士,士非是末由进显,故言诗者奉为玉尺焉。宋元迄明,非不琅琅作家,终难等量。独[第 2a 页]至我朝,家隋珠而户和璧;距初造未久,已集初盛中晚百家之长,与相颉颃。由兹以往,未见其止[第 2b 页]也。宋世始好为词,故词于宋为专美;而近时词人林立,争奇极妍,时或驾曩贤而上之。古文自左氏、司马氏首路扬镳,[第 3a 页]分据史席,六季毋论已,唐宋大家仅得八人;而我朝未百年间,古文名世者接踵而是,人自为集,不啻邓林玄圃,风气[第 3b 页][第 5 页]幂兀,波澜渺然,皆能抽写性灵,极文章之能事,直与诸大家后先拱挹焉。词自《倚声》《瑶华》诸录,多已雕本行世。若诗、古[第 4a 页]文,未有选定。余每思裒辑成编,卒卒未遑也。青溪思九孙子、奕藻黄子,并赋才清英,神藻苕发,为当世珪璋之选,慨然[第 4b 页]有扬风扢雅、表彰昭代之志。十年间搜采诗集,首自三韩,远洎滇益;备或全豹,细至寸脔;捃据殆遍,登录唯谨。今则[第 5a 页]裒然成书矣。思九为余中表章子虞球佳婿。刻未竣,章子来京邸,属余弁言简首,业心识之。近家季寅协家邮中,复以[第 5b 页][第 6 页]为请。伏思圣朝崇文之盛、人望之多,既骎骎度越前古;而凡郊庙房中之什,诸公又各有纪述,以发皇典章,[第 6a 页]归于丽则,行将被管弦、播金石,镂以行远,非今代风骚之首庸乎?其为垂久无疑也。因寓数言,用志二子苦心云尔。[第 6b 页]时康熙岁次丁卯[二十六年,1687],仲冬,年家眷侍生徐乾学拜撰。[第 7a 页][第 7 页]

六、陆庆臻"皇清诗选序"(第 8—11 页)

尝论诗之为道,不唯作家难,选家正复不易。作家之难,难于风格代异,好尚人殊。兼揽集成,则材有弗逮;[第 1a 页]注思专美,则势有或偏。溯自诗学初兴,迄于今日,体制各出,规模未尝一贯;必欲朝宗自我,图厌群心,虽以少陵之大家称首,犹未[第 1b 页]闻牢笼诸体、包纳众流,故曰难也。若选家之难,则又有可言者。作者之精神往矣,而我直于行间字里追蹑而与相召呼,仿佛亲见[第 2a 页]其心细如发、气静如丝，或拈髭而苦吟，时含毫而微笑，急起点勘之、评骘之；于运掉处见风神，于照应处见筋节，于发挥潇洒处见[第 2b 页][第 8 页]性灵；写景则景若可即，咏物则物若可扪，怀人则人若可把挹而摩挲，纪事则事若可控揣而件系，使诗人当日苦心，出落活现于[第 3a 页]纸上——某为某家，某某为某家，而其人亦遂若各各点首，眉须欲动，此其所以为难也。抑非独此也，诗文变化，视风会为转移。风会所[第 3b 页]移，虽以李唐一代，不能不分初、盛、中、晚。非强为之分，势则然也。乃一先生之言久矣，哄然聚讼，选者将何适遵？余以为此甚无谓，诗[第 4a 页]取发皇性情，兼工气调；苟寥廓为状，枯癖为理，置之可也。独是方州之遥，广轮万里；硕彦之众，翰墨千家，置邮而征，犹惧弗给，则罗[第 4b 页][第 9 页]致之难。诗具矣，而心手相悬，进退不必尽如吾意——其人或本怀未惬，而遽授梓人；或高唱颇传，而适遗编目；或望劳云树而鳞羽罕[第 5a 页]接，遂尔阙如；或契洽邻姻，而笺素频贻，数觏不鲜，则抉择之难。选既成，则难在缮治——篇翰云委，剞氏洒削以须，而鸠工庀材之勿继；[第 5b 页]梓既成，则难在校雠——点画波淆，书肆虚架以请，而鲁鱼亥豕之终存。于是古今之诗，鸿编广集，近世盖少。然历朝代有专刻，率多流[第 6a 页]传永永，况乎圣治纯熙，崇文劝学；一统之化，肇造方新，而海内诗教，遂已跨越前世，振古希有，信有如健庵先生所言者。[第 6b 页][第 10 页]人文若此，而可无裔皇巨丽之观，用垂不朽也乎？此我思九孙子、奕藻黄子，勤勤然弗能已于《皇清诗选》之役也。二子才[第 7a 页]为时出，敏妙轶群，皆用世之器。尤笃嗜诗学，精研而审择之，去其众难，罗备美而彰尽善。后有博物君子阐扬[第 7b 页]本朝风雅之盛，将人尽折衷是书；其为传世，尚可量欤？是书之成，前后约数年，一旦出以行远，盖二子之精心厚力，于是为不可及也[第 8a 页]已。戊辰岁[康熙二十七年，1688]夏杪，年家眷同学弟陆庆臻笏田氏拜手题。[第 8b 页][第 11 页]

七、孙鋐“盛集初编刻略”（第 12—15 页）

［一］ 国家人文彪蔚，远胜历朝。而风雅一宗，尤为备美。即今数十年间，名噪吟坛者已不下千百人。将来接武而起者，又可量耶？是编所以鸣盛也，而未足以竟其盛，故曰《盛集初编》。

［二］ 胜国之诗，汇而刻之者虽多，惟陈黄门（大樽）、李舍人（舒章）、宋中丞（辕文）《明诗选》为最著。三先生皆郡人，而鋐又在私淑之列。不揣谫陋，辄继是编，亦庶几魏子（惟度）《补石仓诗》之遗意耳，敢曰云间一脉，［第 1a 页］赖以不坠乎？妄操铅椠，洟涊何及。

［三］ 自古帝王之作，辑诗者必尊而弁之首，以见文明之盛，自上开也。我世祖章皇帝，暨今皇帝，圣制如林，宸翰遍天下。鋐草茅微贱，伏处海陬，仰窥奚自？即《卿云》《南风》之咏，时或得之传诵；第恐坐井贻讥，不足以奉飏睿藻之万一。所望翰苑先生、骚坛耆宿，倘有珍藏，统祈汇寄，冠诸简端，以垂万世，无任虔祷。［第 1b 页］

［四］ 集中所收，上则名公巨卿，下而布衣方外，其黼绣岩廊，寤歌薖轴，无非所以鼓吹休明者也。然胜国之遗，间有入者，以诗或出于交会之际，身曾处乎覆载之中，其词可采，亦附于编。

［五］ 鋐自束发以来，雅好吟咏。每见当代大人先生之作，辄录而藏之。积有岁时，溢乎箱箧。随付枣梨，以明素尚；兼欲公诸同好，用惬鄙怀，非故有所雌黄于其间也。［第 2a 页］

［六］ 魏学士（石生）曰：世之所贵乎诗者，以义关伦物、温厚和平者为上，感慨怨诽、辞旨激切者次之；优游观化、舒写性灵者为上，随物赋形、功力悉敌者次之；寄托不凡、了无尘翳者为上，兴会当前、挥洒任意者次之。其上者，为杜，为王、孟，为李太白；其次者，为柳宗元、杜牧之，为李义山，为钱起、刘长卿。命意虽同，而措辞则异。亦可以知诗之所尚，在此不在彼矣。观诗者当具此手眼。

［七］ 魏子（惟度）曰：诗人各有性情所近，岂能强合？元轻［第 2b 页］［第 12 页］白俗，岛瘦郊寒，自是定论；不过轨于正始之音，以观其

合与否耳。今之言诗者，于济南、竟陵，日相操戈，殊属无谓。

［八］　周子(向山)曰：阅诗者之难，倍于作者。盖人各有境地，有识见，有意趣，有力量；使阅者精神不能与作者相副，不失之出，则失之入矣。鋐编校之次，实以是言为兢兢，未知有合于作者之旨否也。

［九］　论诗者，谓必规摹初盛，诚类优孟衣冠；然使挟其佻巧之姿，曼音促节，以为得中晚之秘，则风[第 3a 页]斯下矣。窃意诗本性情，苟中有所得，则如太阿绕指，皆不失为神物。有高、岑之标格，而后运以元、白之风流，何患不登颠造极耶？兹选华实兼收，实非庞杂。

［十］　数年以来，又家眉山而户剑南矣。在彼天真烂熳，畦径都绝，此诚诗家上乘；倘不衫不履，面目颓唐，或大袖方袍，迂腐可厌，辄欲夺宋人之席，几何不见绝于"七子"耶？芟芜涤垢，具有苦心，识者鉴之。[第 3b 页]

［十一］　四言乐府之制，上继《三百篇》，下宗汉魏。必体裁悉合，乃登斯选。得诗一卷。

［十二］　李沧溟云：唐无五言古诗。允若是，虽李、杜、王、孟不得称全才矣。今所登者，皆标格清真，神貌浑噩，以存一代之元音，不欲袭陈见也。得诗凡四卷。

［十三］　歌行长短，既无定则，不易擅长。随声转韵，既病其太拘；跅弛荡潏，漫无纪律，又失之太肆。古人云不疾不徐，有数存焉于其间，此予选七言古[第 4a 页]诗之志也。得诗凡五卷。

［十四］　律诗曰近体，以其为近今之所尚也。盖律之为体最严，而为法亦最备。虚实开阖、章句字法，情景相生、选词设色，一有未安，疵纇立见。予曾有"学诗八法"，专言近体。是编先以之论定诸作。五言律得六卷，七言律得八卷。

［十五］　诸家各体中，排律最少。大约出于应制者十之三，出于投赠者十之五。鸿篇巨制，尚俟搜罗。兹五、七言，共得诗二卷。

[第 4b 页][第 13 页]

[十六] 绝句,间多佳构,缩之犹得三卷。

[十七] “离合”“回文”之制,出自古人之绪余。后复广为“藏头”“断腰”“地名”“曲调”诸体,巧慧之士所乐道也。然必巧不伤雅,斯为得之。故合为一卷,以备其体。

[十八] 以上凡为卷三十。先经汇钞成本,然后删辑付梓,是以多寡不伦。

[十九] 是役也,始于庚申[康熙十九年,1680]之秋,竣事于戊辰[康熙二十七年,1688]之夏。得诸家善本二十余种,专集、杂稿数百部。其他或自邮筒,或因酬倡。逮至壁间扇头,悉供采择。盖历[第 5a 页]九寒暑而后成。奕藻校雠参订之功,实居其半。

[二十] 中间稍涉圈评,皆昔年捧读之时,聊快一时;管窥之见,殊不足齿也。至如浓圈极赞,几同闹牍,非惟不敢,抑且不暇。

[二十一] 诸选中,大都一人自为一册。今概分从各体,以成巨观。

[二十二] 总目止书姓氏、里居,而略其爵秩者,不欲于仕隐之际,相形互绌也。诗中编次之法亦然,未尝有意为先后。[第 5b 页]

[二十三] 荐绅先达,倘谅鄙怀;名家专集,曾获奉教者,附见于姓氏之下,否则阙焉。

[二十四] 诗人目次,各聚一省。但铉索居寡与,千里之外,足迹限焉。兼以困于诸生,不能专心搜辑。故所得独吴越为最富,非有所徇,势则然也。

[二十五] 京师、各省之诗,多出乡先达邮寄,及同社见贻。若滇、黔每省不过数人,人不过数章,孤陋之讥,自是难免。[第 6a 页]

[二十六] 宇内名公,有仰之若泰山北斗,而大作如景星卿云,未易觏止者,先列于姓氏之中,以俟金玉之惠。

[二十七] 凡诗之有关风教、表扬潜德者,见则必收。其直陈时事、风议得失,虽言多剀切,不失忠爱之旨,亦必存之于编。要当

谅其苦心，不应复计工拙也。

［二十八］ 宫闺艳体，诗家之常。然惟乐而不淫，乃为中节。今所录者，期于情不溢乎浮靡，体不流于词曲。[第6b页][第14页]美人香草，不即不离，安在屈、宋不可复作？

［二十九］ 诗以人重，故论品为先。如石仓《诗选》，一人自为一集，一集自为一序，次其生平大略，诚法之善者。第百年论定，非所敢知，故不复为疣赘。

［三十］ 济南《诗选》，间于原本易一二字，或删去数句，颇有功作者。是编虽不敢仿此例，但既经锓刻、抄誊，岂无讹舛？遇有未当者，必与同社诸君揣摩校正，务求谐稳，盖不欲因毫发之瑕而诋全璧也。[第7a页]

［三十一］ 千里邮笺，浮沉不免。其有竣役之余，瑶章始至，阙遗是愧，概俟将来。

［三十二］ 闺吟奁制，正在搜辑；别成一书，不复混之集中，恐使巾帼增嫌，衣冠短气耳。

［三十三］ 高僧能诗者，代不乏人，惟以脱尽蔬笋气、不涉颂偈者为佳。如休上人之怨别寄怀，固不坏瞿昙本性也。入选无多，殊为怅怅。

［三十四］ 圣朝文教覃敷，殊方异域咸知讴颂。侧闻朝鲜、日本诸国，多有诗歌传播，而竟无从考索。即家恺[第7b页]似太史，往年奉使朝鲜，曾有采风诗封达御前，亦以未经留目为恨。尚容补辑，以扬盛化。

［三十五］ 书既繁多，校雠不易。其间字画之讹，如秋风落叶，随扫随有；虽经覆阅，不无遗憾，幸高明正而教之。

［三十六］ 是编凡广流"征引"、预布封签，一应俗套，概不敢循。其刻资皆出自私橐，复得奕藻相助为理，遂次第告成。穷措大作孟浪之举，不无周章万状。[第8a页]然或以一得之愚，邀宗工赏识，私心无憾矣。

［三十七］ 缘刻资断续，故竣工倍迟，而所收亦殊隘。今秋即拟有《二编》之役。倘名卿硕彦有新制高篇，即惠寄以光续选。

［三十八］ 皇清文选、词选，虽多佳刻，然时地各殊，未为萃美。铉拟兼收博采，汇成一书，以彰本朝文治之盛。统祈示教；得睹如椽，曷胜幸甚！

云间孙铉思九氏谨识。［第8b页］［第15页］

则杰按：以上各文，谢正光、佘汝丰《清初人选清初诗汇考》亦曾辑录（南京大学出版社1998年12月第1版，第203—217页）。

【附录一】《四库全书总目》卷一百九十四集部总集类存目之四（中华书局1965年6月第1版，下册第1771页）

皇清诗选三十卷（内府藏本）

国朝孙铉编。铉字思九，江南华亭人。其书采国初诸诗，分体编录。其凡例有曰："论诗者必规摹初盛，诚类优孟衣冠；然使挟其佻巧之姿，曼音促节，以为得中晚之秘，则风斯下矣。"又曰："数年以来，又家眉山而户剑南矣。在彼天真烂漫，畦径都绝，此诚诗家上乘；倘不衫不履，面目颓唐，或大袖方袍，迂阔可厌，辄欲夺宋人之席，几何不见绝于'七子'耶？"其持论未为不当。然其所选，则皆为交游声气之地，非有所别裁也。

01－036　兰言集

王　晫

二十四卷，附若干。王晫辑，康熙霞举堂刻本。（“中华古籍资源库”网站影像版，原书藏中国国家图书馆）

一、朱一是“兰言集旧序”（第1a—2a页）

古者士相见之礼，必以贽。玉帛、禽鸟之属，贽之末也，不如贽以言。故谓与人千金，不如一言之感动者，知己之深也。然言之为贽，有二等：有口舌之言，有文辞之言。言在口舌，相见则贽焉，不相见不贽焉；言在文辞，无相见、不相见之异焉。“子产有辞，诸侯赖之”——诸侯，众词也。“《诗》曰：‘辞之辑矣，民之协矣；辞之怿矣，民之莫矣。’”——民，尤众词也。夫至诸侯与民皆赖之，其贽亦大矣，“若之何其释辞也”？其重也，非玉帛、禽鸟之比也。然贽，［第1a页］相为赠者也。凡赠者，视其人之可赠。赠在人也，可赠在我也。我先有其可赠之美，乃人有其赠之美。可赠之量大，斯赠之人多。量愈大，赠愈益多。譬诸府库，百珍物罗，且蓄之狭；量小，夫有一金之获则惊，夜卧不贴席矣。予友王子丹麓，当今之府库也。交满天下，受人赠亦满天下。惟先有其可赠之美，多受人赠之美。火之散于空也，阳燧能出之；铁之恃其重也，磁石能致之。气类之相感，呼不以声，走不以胫。于是丹麓合订所获，悬国门焉，曰《兰言集》。丹麓甚爱其赠也，不私所爱也。出府库于通衢，俾人人分赠以去。人人分赠，［第1b页］丹麓受赠之量愈大而完。昔子瞻见《史记》以为贫人骤富，予兹亦借丹麓兹集以疗其贫矣，爰乐而为之序。［第2a页］

二、王晫"兰言集旧序"(第1a—2a页)

老氏送孔子曰:"富者赠人以财,仁者赠人以言。"然赠人以财,则人知感之颂之;而赠人以言,则人或忽而不记。盖为空言无益,而财足以济用也。于是定交者咸以财为准,且以受人之财之多寡为交之浅深焉。嗟乎!沿至今日,甚有求而不得,思多方以中之者矣;毋惑乎当世之人视交游为畏途,而朋友之道衰也。故仁者赠人必以言。言近誉,闻之足以愧;言近规,闻之足以勉。荀子有云:"赠人以言,重如金石珠玉。"顾岂[第1a页]区区货财可等乎?予性不谐俗,而每遇贤人君子,辄思下拜。辱有投赠,虽片语只字,亦必什袭藏之。岁月既久,篇章遂多。恐历久而失其传,付之剞劂。其曰"兰言"者,盖取诸《易》传"同心之言,其臭如兰"也。或谓诗以道性情;是集所载皆宴游赠答之词,则所称性情者何由而见?不知古诗《三百篇》中,诸侯卿大夫士率以赠答相尚。至汉魏以来,宴游赠答之篇难可指数,岂尝尽以酬应掩其性情哉?第诸君子赠言过于赞美,或疑其不近古道;要皆欲使予愧所未至而勉所已至,则誉之中仍不失规之意,亦犹行古之道也。闻之[第1b页]士不难于处不知己,而难于处知己,予用是盖滋惧焉。[第2a页]

三、王晫"兰言集例言(十则)"(第1a—2b页)

一[一] 自束发论交,四方诸君子辄有投赠。藏诸箧笥,篇什恒满。前已刻成两集,流布海内。日久板坏,儿子言检校重刻,分体类编,合新旧共得二十四卷。单词只字,不敢为天地间匿美也。

一[二] 交游既广,往来书牍日繁。其随手酬答及言事涉俗情者,概置不录。故所载寒暄通问、谈风月外,连篇累牍,惟论诗文为最多耳。

一[三] 名贤不我遐弃,著撰所刻或列贱名。然而江山阻长,原稿未经寄到,常有不及知者。当即广搜,汇补[第1a页]入集,以志不忘。

一[四]　集中所载诸先生，亡者过半。然昔人之重知己，不间存殁。故凡属遗笔，命儿子加意搜罗，有一可存，片言不弃。

一[五]　迩来抱恙，动连岁月。儿子钞写发刻，病中概不寓目。及呈样本，校对旧刻，失钞诗一百十三首、词二十五首、杂文共十三首、像赞二首、尺牍三十三首；其未刻诗词、尺牍，失钞更多。业已刻成，责之无益也。请俟异日续刻《补遗》十卷，尽载佳篇。此后若有赠贻，统于续集借光。[第 1b 页]

一[六]　五十生辰，偶填《千秋岁》词感怀。一时大江南北名家竞相属和，累数百人，并有诗赋小传见贻，俱另刻入《千秋雅调》，共成五卷，以志光宠。其《六十寿言》及"九老倡和"诸诗，又为一卷附焉。

一[七]　小像有墨刻《听松图》，为谢君文侯所写。时正少壮，喜乞品题。所得瑶章，动盈卷轴。自甲寅[康熙十三年，1674]先君子亡后，心绪日非，此图便久沉阁。戊寅[康熙三十七年，1698]长夏，复手自编次，分为六卷，颜曰《听松图题词》，属杨少司马序而传之。

一[八]　墙东小筑，不盈一亩。虽有花竹，只期易安。四方诸[第 2a 页]君子暨二三同好，每过草堂，辄有题咏。岁月既久，纸笔遂多。亦汇成编，为《墙东志》五卷。

一[九]　先君子志墓之文，以及生前祝嘏之词，不敢混附，特另刻成编，曰《幽光集》，合计二卷，藏之家乘，以为子孙永宝。

一[十]　《今世说》《广闻录》及重刻《霞举堂集》，与此书同时并行。故其中所列序文共计十一首、题词一首、评林共二十首、本传一首，兹不复载。

松溪王晫识。[第 2b 页]

四、王晫"兰言集例言(十则)"后记(第 3a—b 页)

是集言儿谋刻，颇费经营，久难就绪。因忆先友稚黄尝欲卖田刻集，谋之诸子虎男，诸曰："产去可以免役，纸贵可以操赢，是有两得无两失也。"后毛卒用其语，予亦何妨效颦？遂卖去南村地荡九亩有奇，得价五十四两。不足，又益以称贷，剞劂始能告竣。虽云好事，实具苦心。

唐郑璠在岭南象江得怪石，弹之有好声，辇归荥阳，费钱六十万。宋荣咨道尝以钱三百万，买虞世南夫子庙初刻碑。或谈此二事，有应声曰："这两个痴人，好一棒打杀！何不买百弓上水田、[第3a页]九品入流官乎？"以彼闲钱，何妨作达？伧且笑其痴；似予拮据，为此不急之务，其不为守财者所非笑而诟詈也几稀。

刻集既成，松溪又识。[第3b页]

则杰按：以上除"唐郑璠"一段之外，王兵《稀见清初清诗总集序跋辑考》之五亦曾辑录(《明清文学与文献》第四辑，社会科学文献出版社2016年3月第1版，第155—157页)。

01－037　遗民诗

卓尔堪

十六卷，附一卷。卓尔堪辑，中华书局上海编辑所1961年6月第1版，书名改称《明遗民诗》。（下录均见上册）

一、卓尔堪“遗民诗序”（第1页）

当天步移易之际，天之生才反独厚，而人之禀受者亦不一。其刚烈清正之气，大则发为死事之忠臣，次则蕴为肥遁之志士。死事者名垂青史，固无论已。独是肥遁者敛迹岩穴，一往不返，或为袁闳而土室自封，或为范粲而柴车终老；或为唐珏、谢翱而夜哭西台，涕洒冬青；甚或戢影方外，如雪庵和尚之流，类皆胸蕴英奇，不克见之行事，不得已而寄之于言。况既谢绝尘事，自毕力学问，其所纂者俱堪风世。虽曰“身将隐矣，焉用文之”，诸君子固无意于流传，而彼为造化者，岂肯闭塞所禀受之气，而使其所蕴之英奇泯没于天下后世乎？此诸君子往往有诗歌存于宇内者也。第生各异地，遗诗涣散，不尽昭昭于耳目间；近者易于搜罗，远者难于毕集，久之能保其无传流湮没之不齐者欤？予窃谓诸君子之始迹虽不伦，要其归则心皆不贰，实所谓同类也。同类则当使其相聚。其间有性情孚而交称莫逆者，亦有山川间之而托诸神交者。余多方搜采，久而成集，而诸君子之诗为之一聚，则诸君子之性情亦为之一聚。其禀诸大造之气，蕴而未尽泄之奇，当亦为之一聚。如闻歌泣太息于一堂，各吐其胸臆而无间。使天下后世皆得而窥见之，岂非一大快乎？宝香山人卓尔堪序。［第1页］

二、宋荦“遗民诗序”(第2页)

予尝观宋自南渡以迄于亡，其诗文流传于后世者，不特李伯纪、宗如霖、张德远、文文山诸忠臣之集而已。他如谢叠山、刘须溪、郑所南、谢皋羽诸君子，生当德祐、祥兴末造，身不摄尺寸之柄，无宗、李、张、文丝粟之劳，徒以时移世易，矢志孤忠，啸歌伤怀，放废山泽以终老；而其诗文流传至今，亦若与宗、李、张、文等。此非有宋之遗民哉？即胜国可知矣。夫“遗民”之称何昉乎？《大雅·云汉》之诗曰：“周余黎民，靡有孑遗。”而卫懿公之国灭身歼也，《春秋》传云：“卫之遗民男女宵济河。”是则古今所称遗民，大抵皆在凶荒丧乱亡国之余，而忠义牢骚者多出于其中，其歌也有思，其哭也有怀。孔子删《诗》，未尝尽存风雅之正而逸其变，又岂能使狂童怨女、放士鲜民，皆奏《清庙》之音，而不为《黍离》《板》《荡》之咏也哉？是故人不一境，境不一诗，各自道其志之所感已尔。宝香主人卓子任氏，集胜国遗民之诗，自姜公如农以下若干人，梓为十六卷，来请叙于予。予读其诗，类皆孤清凛冽，幽忧激楚，如对空山积雪，寒气中人，可谓穷愁之音易工矣。然皆敦厚而不流于焦杀；史迁所云“《小雅》怨诽而不乱”，兹为近之。夫濮水之清商、天津桥之杜鹃，虽非盛世所宜闻，然譬诸霜雁叫天，秋蛩吟野，亦气候所感使然，非谓天壤间必不可有此凄清之响也。或疑如姜公埰、张公怡辈，尝仕宦矣，奈何一切皆“民”之？非也。孔子论次“逸民”，虞仲固有土之君，柳下惠亦三仕为士师者也。夫既“逸”矣，概从而“民”之，何为不可乎？呜呼！诗必发愤而作，非徒然也。故黄山谷曰：“《北征》不可无，而《南山》可不作。”读胜国遗民诗，几与德祐、祥兴诸君子争烈矣。既版行，遂不辞而序之。西陂宋荦撰。[第2页]

则杰按：《遗民诗》另外有十二卷本，此处“梓为十六卷”即相应作“梓为十二卷”(《四库禁毁书丛刊》集部第21册，第405页)。

又，此序刘万华已辑入《宋荦全集(附宋氏家集)·内编·

集外诗文》卷四(浙江古籍出版社2020年7月第1版,第3册第1549—1550页),所据《遗民诗》系十二卷本。

三、卓尔堪“遗民诗凡例(十则)”(第3—4页)

［一］ 兹集名《遗民诗》。自显仕以及布衣,咸曰“遗民”,祖《鲁论》叙列“逸民”,虞仲国君,展禽士师,与朱张、少连并称之义也。且前人有《长留天地间集》,又有《遗民录》,皆仕隐相间,则此亦不必区而别之。

［二］ 余生也晚,未能遍悉诸君子事实,为之立传。然出处、爵里,不可不载。兹从诸诗序、传志中,采其一二,仿《品汇》式列于目录内。其详者亦约言之。略者宁缺,弗敢虚饰,读其诗梗概自见。其间有事功显达于前者,史传已载,尤略。

［三］ 不加圈点,并不载评语。圈点固不合古,评语尤不敢轻。以诸君子之诗,多近变风变雅;旨趣所在,即间窥及,亦难言之。

［四］ 诗最多者,诸体必备,俾读者得窥全豹。然必于诸体中择其所长者多录之,其所短者间登一二焉。

［五］ 遗民惟重末路。苛求其他,吾则何敢?

［六］ 人与诗并重,然人更重于诗。其有以人传诗者,诗不过数首;虽有微瑕,亦所必录。

［七］ 诗所尚不同,有雄浑高老者,有清新绮丽者,惟善是择;能兼有者,亦兼录之,不绳一律。

［八］ 诗题亦所最重。况当易世之际,纪忠、纪烈、纪事等诗,虽有小疵,未敢尽弃。

［九］ 传世之作,人生平无几,贵精不贵多。但欲悉诸公生平涉历,并末路怀抱,以畅心目,非多录不可。若[第3页]俱枫落吴江,亦奚贵焉?

［十］ 俱选已往遗民之诗。得诗即梓,先后固无诠次。其间有得其全集,选至百数十首者。其余未见全稿,或仅得数首或数十首

者，姑就所见录之；俟觅得全稿，选入“再见”中。至耳目所未逮，正在访求补入。四方同志，倘有留心收录者，敢恳邮筒惠寄，以便续选入集，不致憾于遗漏。［第 4 页］

则杰按：以上序言及凡例，以及下文附录朱彝尊诗、邓之诚跋，谢正光、佘汝丰《清初人选清初诗汇考》亦曾辑录（南京大学出版社 1998 年 12 月第 1 版，第 262—267 页）。

【附录一】乔寅《理咏堂集》卷四《赠卓子任选〈遗民诗〉》（康熙刻本，第 62a 页）

劫火烧残图籍空，燕山沉井慨何穷。谁搜放失传遗老，独表幽潜续变风？浩气长留冰雪后，高吟多在草茅中。所思赖尔重相见，把卷依然笑语同。

【附录二】李驎《虬峰文集》卷十三《卓鹿墟选〈遗民诗〉成，索赠》二首（《四库禁毁书丛刊》集部第 131 册，第 350 页）

白发遗民山泽多，无边血泪迸长歌。幽光不得君为发，万古神伤奈若何！［其一］

孤曜能明昏黑天，西山高义得君传。铁函智井藏心史，肯使沉埋四百年？［其二］

【附录三】朱彝尊《曝书亭全集·曝书亭集》卷二十一《赠卓处士尔堪》（吉林文史出版社 2009 年 12 月第 1 版，第 263 页）

忠贞公后族蝉联，一代遗民借尔传。辛苦辽阳存过所（其先世入关过所尚存），篝灯重话革除年。

【附录四】梅文鼎《绩学堂诗文抄·文抄》卷五《书卓鸿胪手录〈唐诗汇钞〉后》（黄山书社 1995 年 12 月第 1 版，第 144—145 页）

《唐诗汇钞》者……鸿胪少卿卓公定庵所手录也。……戊子［康熙四十七年，1708]仲冬，余过邗上，从卓子鹿墟许得而读之。鹿墟为公玄孙，传世五叶……鹿墟选刻《逸民诗》，阐幽翼教，竹垞太史称之，谓当与《谷音》《天地间集》并垂。

【附录五】沈德潜等《清诗别裁集》卷八"卓尔堪"条（中华书局1975年11月第1版，上册第151页）

卓尔堪，字子任，江南江都人。

子任系靖难忠臣讳敬之后，代传清白。壮岁南征闽逆，为右军前锋。又尝辑胜国逸民诗成集。文武并娴，远近争高其行。

【附录六】邓之诚《骨董琐记全编·三记》卷一"卓尔堪"条（北京出版社1996年6月第1版，第418—419页）

《四百家遗民诗》十六卷，卓尔堪撰。尔堪字子任，江都人。末附其《近青堂诗》一卷，以自附于遗民之列。所选诗有一人先后数见者，殆随得随刊，不得以体例纯[绳]之。当时逸老披剃者多，仍录其诗者，从其志也。所录皆置身枯槁、寂寞自甘之士；其驰骛声华、出处可议者，概从摈弃，取舍可谓谨严。搜罗不遗，一代遗民之作，大约具备。今其本集多半不传，赖此犹得见其梗概，裒集之功过于标榜风骚、借通声气者远矣。朱彝尊《曝书亭集》有《赠卓处士》诗，云："忠贞公后族蝉联，一代遗民借尔传。辛苦辽阳存过所（原注云'其先世入关过所尚存'），篝灯重话革除年。"尔堪为靖难忠臣卓敬之后，其世次详吴伟业所为《卓海幢墓表》。尔堪因先世辽东戍籍，故自署辽阳，以表忠贞。近人谈八旗文献者，遂以为汉军旗人，盖沿沈德潜《国朝诗别裁》之误。至谓尔堪于康熙乙卯[十四年，1675]从靖逆将军李文襄征闽，为右军前锋，李文襄[可]证以梅文鼎《绩学堂文钞·卓子任山塘话别[图]题辞》。尔堪从军，信有其事，然意别有在，非图膴仕也。不然，朱彝尊安得称之为"处士"乎？

则杰按：据《清初人选清初诗汇考》所录推测，此条可能原来就是《遗民诗》题跋。

【附录七】许楚《青岩集》卷十二《征明遗民诗文启》(《四库未收书辑刊》第五辑第27册,第123页)

往读吾乡程篁墩宗伯所辑《宋遗民录》一书,喜其彪忠激俗,有裨正史;微憾讨类寂寥,未畅厥绪。盖两宋崇重理学,休养士气,度越前古,以致靖康、德祐之间,王途屯否,□□凭陵,立朝诸彦翕然肮脏糜躯,矢忠报国。下及衡茆贱士,亦多张皇绝壑,潦倒荒汀,隐忍呼天,灭没姓字而不得,如冬青、晞发者流,难更仆数。此宋之遗民所由盛也。有明三百年,养士深仁濊泽,显逾两宋。甲申[崇祯十七年,顺治元年,1644]鼎湖之难,每讶攀龙髯而长逝者,何仅落落数公?迨夫□戈少息,烽驿才通,而后怀仁耻粟、抱愤沉渊之徒,黯黯熊熊,错综以闻,徐知山林节义,雅抗前修。其间更有寝车茧室,蟠瓮牖以穷年;匿影秽形,感苍鹅而潜遁。物论既定,生前冢文,忽煊化后。虫鱼偶注,山鬼咸惊。道树孤森,仪人天际。伏愿吾侪慨公秘枕之珍,毋吝锦囊之锡。唐司空表圣云:"上有日星,下有风雅。"是今日遗民之集,乌可以不传?

则杰按:许楚生活时代为明万历三十三年乙巳(1605)至清康熙十五年丙辰(1676。可见江庆柏《清代人物生卒年表》,人民文学出版社2005年12月第1版,第207页),此启显然远远早于卓尔堪纂辑《遗民诗》;尽管其"明遗民诗"后来未知成书与否,但仍然可以作为一种参考。

01－038 凤池集

沈玉亮等

十卷，卷三"嗣刻"。沈玉亮、吴陈琰辑，《四库全书存目丛书》集部第 402 册，影印康熙四十四年乙酉(1705)刻本。

一、吴陈琰"序"(第 449—450 页)

原夫吁咈都俞，咎繇为之拜手；优游泮奂，召奭于以陈诗。盖载歌实应制之权舆，而从游即侍宴之嚆矢。斯则鸣国家之盛，非等月露风云；摅忠爱之忱，可感神人上下者也。若夫马卿《上林》之赋，诡托子虚；扬云《羽猎》之篇，谬称文似。浸淫两晋，差许陆海潘江；泛滥六朝，独数庾清鲍俊。逮乎沈、宋功力，犹待上官之品题；燕、许文章，漫夸巨公之手笔。《早朝》丽制，百喙自此同声；《扈从》鸿词，千首辄多习调。大抵时非熙皞，会异名良；体远风骚，音离雅颂。虽有唐千秋之节，但传杰句于开元；即左司三卫之诗，不闻嗣响于永泰。阳春之和绝寡，清风之颂弥希。今者[第 1a 页]圣主右文，嗣王勤学。作必有述，仰云汉之昭回；歌辄能赓，衍图书之奥秘。既生盛世，岂有不学无术之公卿；乃见伟人，率多闳览博物之君子。或仿柏梁之宴，齐嚼徵而含商；尝随洛水之游，均扬芳而掞藻。徐摛宫体，禁御流传；谢朓韵言，直庐宣播。噌吰鞺鞳，罔非钟吕元音；缜密粹精，胥属庙堂重器。郊寒岛瘦，吾知免夫；枚速马工，是之取尔。而又广收侍从之彦，秘殿抽毫；新开文学之科，行宫受简。一言而为世法，便足千秋；五字而擢英才，何烦三策。史册应传佳话，野人争说异闻。美哉焕乎，斐[第 1b 页][第 449 页]然盛矣。琰也久栖岩穴，迟谒金门。猥缘宵旰求贤，下征书于两浙；遂致衡茆献赋，叨赏拔于九重。近侍频宣，召玉阶而引见；温纶亲受，出宝笈以赐书。忻当圣明特达之知，可无黼黻太平之助？爰与友人沈子玉亮，导扬正始，搜辑诸家；藏弆多篇，都为合集。凤池染翰，自非一壑一丘；鳌禁摛辞，居然有典有则。噫嘻！诙谐殿上，曼倩只滑稽之雄；诵诗君前，浩然特酸寒之最。纵《清平》三调之草，荡佚非宜；迄《会昌一品》之编，张皇[第 2a 页]无谓。间有遭逢异数，终非至性发挥。讵若斯文，咸臻尽善。赋堪掷地，铿锵自作金声；诗可问天，呼吸直通帝座。譬若适五都之市，宝气难名；有如望千仞之台，铢两悉称。布诸衢巷，后应前呼；奏以管弦，一唱三叹。庶几讴吟风雅，各谙朝庙威仪；鼓吹休明，不失对飏体制。翊兹文治，讵铺张扬厉之浮华；扇彼醇风，存温厚和平之遗教云尔。康熙四十四年乙酉[1705]七月中元日，钱塘吴陈琰宝崖氏谨序。[第 2b 页][第 450 页]

二、沈玉亮“序”（第 450—451 页）

[底本第 1 页原缺]有上相如之赋，气早凌云；时惊平子之文，声堪掷地。矢音皆成金玉，吹气并若芝兰。庶几奉扬圣代之仁风，导宣两朝之雅化。流传海宇，庆溢人寰。亮学惭绣虎，才谢雕龙；系出隐侯，绪由沈子。羡论音于八体，追隶事于双声。得管未足以窥天，量蠡安能以测海？诵瑶函而心喜，对缥帙以神驰。鬻产鸠工，典琴授梓。有同学宝崖吴生陈琰者，文成紫电，志上青云。挟册则心识千人，发函则腕驰十吏。珠宫贝阙，夺席群英；日观天门，赐书谒帝。偶抱西河隐痛，聊迟北斗同来。相与参稽，助予考订。但[第 2a 页]就将迫促，时届五旬；装璜分拿，类分十卷。当代巨公之丽制，鼎脔甫尝；薄海学士之鸿章，豹斑未睹。窃谓万岁山呼，时遇乘鸾之客；九霄云丽，偕逢骑象之臣。问轶事于岁星，证前因于奎宿。献颂则陶钧庶物，非疏迭之所得闻；披图则符箓千秋，岂下方之能窃记？备轩辕之逸驾，谷应飙浮；访宛委之奇文，龙腾凤舞。或留中于天上，或散落于人间。当俟搜罗，再为剞劂。所愧亲串丹铅，字讹鱼豕；儿男

纸笔，写误金银。而琰入棘闱，方豪文战；亮依药碾，尝怯病魔。珊瑚网漏，用是疚心；琬琰镌迷，尚容泥首。敬告知己，遥望同人。谅此乘韦之先资，延伫辎轩之再寄。则是丰城[第 2b 页][第 450 页]剑气，终瞩双飞；合浦珠光，企怀两美。庶几丝簧迭进，天姥知而下宠；彝鼎并张，山灵护以永久云尔。时中秋前三日。[第 3a 页][第 451 页]

【附录一】《四库全书总目》卷一百九十四集部总集类存目之四（中华书局 1965 年 6 月第 1 版，下册第 1773 页）

凤池集（无卷数。内府藏本）

国朝沈玉亮、吴陈琬同编。玉亮字瑶岑，武康人。陈琬有《春秋三传同异考》，已著录。是编刻于康熙乙酉[四十四年，1705]，裒国朝应制之诗，分体编辑，无所诠择。末附杂剧一折，则自古所无之创例也。

则杰按：此集虽然正文不标卷次，但卷首总目实际分标十卷，沈玉亮序也明言“类分十卷”。此处称其“无卷数”，及影印本新添扉页称其“不分卷”，似均欠妥。其中文体，在“诗”之外，也还包含“律赋”“诗余”“词余”（即“杂剧”）各一卷。至于吴陈琰作“吴陈琬”，则系后来避嘉庆皇帝名“颙琰”之讳而改。

01－039　华及堂视昔编

汪　森

六卷，附一卷。汪森辑，康熙四十六年丁亥(1707)华及堂刻本。(“中华古籍资源库”网站影像版，原书藏中国国家图书馆)

一、汪森“序”(第 1a—b 页)

尝读仲长统《乐志论》有云:“良朋萃至[止]，则陈酒肴以娱之。”是知伊人不乏，而无有遐心，永朝永夕，亦“乐志”之一也。然而事往时移，星流云散;为欢无几，俄焉凋谢。为今视昔，能不慨然?余少耽吟咏，雅爱同声。幸辱通人名彦，率多相思命驾。有一至、再至者无论，乃若频年浃月，屐齿恒亲;风雨晦明，流连缱绻，尝得数人焉:松陵则俞鹿床、徐朧庵，梅里则周筜谷、沈蓝村，苏台则俞旅农，琴川则顾雪坡，皆定交一日，遂同函盖;竞擅才情，濡毫洋洒。凡登山临水，月夕花晨，怀人赠友，志喜言愁，有动于中，莫不于诗发之。往往阄韵拈题，逞奇斗艳;征歌飞爵，丙夜[第 1a 页]喧呶。以云“乐志”，良不诬也。奈岁之不与，聚亦难常。鹿床年最高，则最先逝。筜谷继之，朧庵、兰村又继之。旅农、雪坡齿最少于诸公，亦复化为异物。嗟乎!岁月如流，人生何几?天道难知，类有然矣。余薄宦万里，今者键户索居，回首昔游，邈不可得。适裒集吟稿，将付梨枣。因念诸君子虽精魄销亡，而手泽未泯。其所著全编，未能遍搜。聊取在桐溪倡酬者，采择成编。岂惟余追维曩昔，以志不忘?抑使世之知诸君子者，庶乎览其一二，犹将仿佛其音容也。余既各缀小传，复书数言，以弁其首。康熙四十六年丁亥[1707]秋九月朔日，小方壶汪森序。[第 1b 页]

则杰按：此序谢正光、佘汝丰《清初人选清初诗汇考》亦曾辑录（南京大学出版社 1998 年 12 月第 1 版，第 282—283 页）。

又，此序又载汪森《小方壶文钞》卷三（《清代诗文集汇编》第 185 册，第 443—444 页），标题即作《华及堂视昔编序》；除删去末尾署款之外，其他文字基本相同。

【附录一】汪筠《谦谷集》卷五《书〈华及堂视昔编〉后二首（有序）》（《四库未收书辑刊》第十辑第 21 册，第 110 页）

先大父碧巢先生手辑旧雨诸君子在梧桐乡倡酬之什，萃为斯刻——吴江俞南史鹿床、徐崧臞庵，嘉兴周篔筜谷、沈进蓝村，长洲俞玚旅农，常熟顾文渊雪坡，凡六家，各系小传。寒窗检读，用志卷末。

雅集浮溪谷自环，风流未绝主宾间。论交要复双金似，可但圭塘与玉山？［其一］

云散吟窝落月寒，书存还当故人看。溪南大有中州例，后世相知未是难。［其二］

则杰按：《华及堂视昔编》所收作者，第五家俞玚之后还附有其子俞芑，实际凡七家。

又，《清初人选清初诗汇考》按语曾引及曹溶《倦圃尺牍》某札"读《华及》一编，有心手相遂、才法兼到之善"云云，推测汪森（字晋贤，碧巢其号）"亦尝欲收秋岳诗而未果"（第 284 页）。但《华及堂视昔编》系康熙四十六年丁亥（1707）追录亡友之作，绝不可能在曹溶（秋岳其号）生前（卒于康熙二十四年乙丑，1685）预约其作品入选；该处所谓"《华及》一编"，当指汪森早期自撰诗集《华及堂诗稿》，而希图曹溶宣扬者。

01－040　国朝诗乘

刘　然等

十二卷。刘然辑，朱豫补辑，《四库禁毁书丛刊》集部第156册，影印康熙玉古堂刻拙真堂增刻本。

此集书名，影印本称"诗乘初集"；但底本扉页及版心均作"国朝诗乘"，唯卷端题"诗乘初集"，而据内容则以"国朝诗乘"最为恰切。

一、陈鹏年"诗乘序"（第3—5页）

金陵朱子介士，宿儒也。尝以制义屈其曹偶于棚试中，而场屋辄踬，今且以明经老矣。生平最好诗，每得句则喜而不寐。纪伯[第1a页]紫、胡芝山赏鉴其诗，为之序言以行世，其稿皆刘子简斋所评订。刘方从事《诗乘》之选，遂与介士相商榷。无何，简斋下世，其役未就。介士悯简斋之赍志以殁[第1b页]也，慨然捐资以卒其业，而缀稿投牍，乞言于余。余览之而喟然曰："是古之义也夫，是古之义也夫！"古之君子，不耻其身之不见庸，而耻其言之不立；古之为友[第2a页]者，不惧其友之亡，而惧其亡而无所传于世。今观刘子之为是选也，殚精研思于"六义"之正变、诸家之派别、五七言之源流、古乐府之声辞离合，罔不胪陈缕[第2b页][第3页]析，灿然如指诸掌，其用意可谓勤矣。至于持择谨严，论议高阔，直欲靡济南、竟陵之垒而拔其帜，又无论钟嵘、高棅等辈。是岂不欲其言之既立，为学诗者通[第3a页]亿载之津哉？然而人亡编绝，奄忽之间，委于朝露，良可悼已。朱子以寒素，擅高才，寝食汉唐，贯穿经史，岂不足以自成一家言，而必为之订残补阙，以终刘子[第3b页]未竟之绪；其所以不死其友者，未有若斯之笃者也。独惜其集隘，诸所著名、称雄诗坛者，或阙焉；而加意表彰幽隐之士，颇与荆公所删宋次道之《唐诗百家[第 4a 页]选》同意。朱子乃遍搜诸名家诗，拔萃取尤，多则数十首，少则数首，评跋付刊，汇为十卷——每卷七八十叶——可作数十卷；洋洋洒洒，成一代之大观矣。抑闻之，“乘”者，[第 4b 页][第 4 页]车也。以“乘”名编，将取诸无所不载之意，似犹未足以却车也。兹尽发其藏而精讨焉，则片羽重千钧，不较愈于脱辐输载也哉？康熙庚寅[四十九年，1710]余月望日，[第 5a 页]赐进士出身中宪大夫知江南苏州府事奉敕纂修方舆馆前江宁府知府加四级长沙陈鹏年书于金阊薇署之箴白堂。[第 5b 页][第 5 页]

则杰按：此序又载陈鹏年《陈鹏年集·道荣堂文集》卷二(岳麓书社 2013 年 5 月第 1 版，第 764—765 页)，标题作《诗乘选序》；除删去末尾署款之外，其他文字亦颇多出入。

又，此处所说“汇为十卷”，与原书目录一致，而与内文不合。

另外参见下文按语。

二、丁灏“序”(第 5—6 页)

韦布之士，伏处衡茅，取海内之篇章，丹黄甲乙，出己意以论定之，似无关斯世轻重之数。然选在一室，而风行乎十五国；选在一日，而观感夫千百年，责綦重矣。盖选诗更难于作诗——作诗不过一时之兴会，选诗则存乎生平之学识。识不精，不能辨析毫芒；学不深，不能会通渊奥。求其学识兼优，一书甫出，举世奉为金科玉律，诚戛戛乎其难之。刘子简斋长于诗，《西涧诗集》久已行世，于是有《诗乘》之选。夫诗，昉虞夏商周，历汉魏，浸淫于六朝，极盛于三唐，沿流于宋元明，上下数千百年，文人学士众矣，未有如简斋“发凡”[第 1a 页]一编，娓娓数千[一万七千余]言，能发前人之所未发。洞如观火，靡不烛照也；美若家珍，历可悉数也。今天子右文，书法直逼钟、王，诗韵复追李、杜。久道化成，声教讫乎四海。命诸儒臣，辑选《全唐诗》颁示天下。公卿大夫，名作如林；山林隐逸之士，即事怀古，声出金石，皆可发抒义蕴，鼓吹休明，洋洋乎极诗之盛矣。简斋曩从孝昌相公诣京师，修史之暇，常与名公论诗，溯流穷源，别裁伪体。归而谂母，与朱子东田唱和无虚日。东田制义已三折肱，徐果亭先生称其[第1b页][第5页]得先辈真诠；老来诗更真朴苍秀，纪伯紫所鉴赏，简斋复为之选评，自不胫而走矣。二子与余投分有年，不幸简斋即世，东田且衰老。纵余后死，复谁与抗论古今，商榷风雅乎？简斋有论史书二十卷，载史事甚详；并词赋诗序、传记碑铭百余卷，遗稿具在，令嗣禹平时以不能授梓为忧。《诗乘》虽刊，所惜昔年刊者仅半，挂漏殊多。东田悯简斋之赍志以殁也，博采诸名家诗，手评付梓，拮据二载，以成其书，可传不朽。呜呼！势利熏心，鄙吝入骨，谁肯贫而好义，寝食其中，垂老不倦如东田者？真不负亡友矣。余故略序其始[第2a页]末，俾无忘代为续成之雅谊；复愀然以悲，不禁昔者吾友人琴之感也。康熙己丑[四十八年，1709]嘉平朔日，皋亭同学弟丁灏顿首具稿。[第2b页][第6页]

则杰按：以上序言，谢正光、佘汝丰《清初人选清初诗汇考》亦曾辑录（南京大学出版社1998年12月第1版，第276—279页），但陈鹏年序作者署“赐年家眷弟徐秉义顿首拜撰”，序文“汇为十卷”作“汇为十二卷”；丁灏序文“简斋有论史书二十卷，载史事甚详”，作“简斋有论明书二十卷，载明事甚详”，疑所据原书印本有异。此外其下还录有“康熙庚午”（二十九年，1690）胡任舆序、“康熙辛巳”（四十年，1701）刘然序残文（第279—280页），则根据内容并联系陈鹏年序“朱子介士，宿儒也。……胡芝山赏鉴其诗，为之序言以行世，其稿皆刘子简斋所评订”云云，可知其乃为朱豫（介士其字）自著诗集而作（胡任舆号芝山，刘然号简斋），与此集无涉。

又，钞本徐秉义《培林堂文集》十四卷（《清代诗文集汇编》第131册，存十二卷），卷首“目录”（第1—7页）未见《国朝诗乘》

相关文章；唯卷三有一篇《刘简斋文集序》（第85页），则为刘然别集而撰，与《国朝诗乘》无涉。

三、刘然“诗乘发凡”（第10—32页）

［一］ 古“明良”一歌，倡自虞舜。诗之见于正经者，昉此。《三百篇》备载周家始末，如成王《闵予》《访落》《敬之》《小毖》四诗，深入学问，一代太和气象由是而开。汉兴，高帝歌《大风》，说者谓“‘威加海内’两语，少落偏霸”，然余窃喜其英雄本色，毫不粉饰；史称“豁达大度”，即此可觇。武帝《秋风》《瓠子》，直接“风”“骚”；《柏梁》一体，尤为七言之祖。于时，李都尉陵、苏中郎武、枚都尉乘，并［第1a页］济济后先相望，郁为“河梁”、《十九首》等诗。成帝中，婕妤班昭，又以一女子创为乐府五言，皆可为世师法。少陵论诗而尊曰“汉道”，信不诬也。东京以还，诗不概见于选体；据徐陵《玉台新咏》论之，《冉冉孤生竹》为傅毅作，《游戏宛与洛》为东汉初之诗，蔡邕《饮马长城窟行》则又东汉之季，数作亦可窥见一斑。建安、黄初，曹氏父子昆弟大畅厥旨，汉道因之弥盛，时会使然也。典午风雅浸薄，众喙雷同；就中高座，余特推彀左记室太冲。太冲负奇气，当与宋鲍参军、齐谢太守并数而成鼎足，较同时“三张”“二潘”“二陆”辈岿然出头角［第1b页］矣。萧梁一家作述，与曹氏略同；但其时囿于风气，不自振拔，浮艳方张，此少陵所谓“耻与齐梁作后尘”也。贞观、开元之间，太宗作于前，玄宗继于后，二宗皆命世豪杰，主张斯道，故能使有唐一代声诗冠绝今古。余尝私论之：诗统之传，历代不泯。虞周，其元气也；汉魏，其正朔也；晋宋齐梁陈隋，其闰位也；唐，其定历也；宋元明，其余分也。《三百篇》后，楚犹有骚，秦独无诗，则其“阳九”“百六”之劫运也。主持风会，惟帝王权力是赖。故汇帝王诗，冠于卷首，法史家先“本纪”而后“列传”意。［第2a页］

［二］ “诗言志，歌永言”。子舆氏论读诗法，亦曰：“以意逆志，是为得之。”志者何？诗人大本领关系处耳。余尝谓苏属国、刘太

尉、颜鲁公、张睢阳辈，虽使其诗不尽佳，得片语只字，亦皆可传。何者？忠孝之大志，本不磨也。若使传者尽皆佳构，则虽与日月争光、山河等寿，何有？天宝末，少陵以盖世才崛起布衣，说者谓其一饭不忘君父，卓然忠孝，与鲁公、睢阳同志。余窃按少陵集中，岂独君父云尔？凡其生平疏救房琯，祖送郑虔，寄怀弟妹、妻女、子侄，举一切骨肉之谊、朋友之爱，莫不咨嗟垂注，达之著作，以写其缠绵缱绻之致，此真[第 2b 页][第 10 页]千古诗人至性也。沈约、杨素，怂恿乃公作何等事？而历来选家尤载其诗；约之诗犹曰"所累非外物，为念在玄空"，素之诗犹曰"独飞时慕侣，寡和乍孤音"，是犹欲掩其势利恒态而窃附于志高行洁一流，岂将谓天下后世皆可欺哉？余凡值此等，皆据史指明，庶几诛乱贼于既亡，抑以知风雅事非若辈所能与。

［三］ 四言诗，权舆《三百篇》。自尼父删定，遂与六经并重。后有作者，万不能逮。韦孟讽谏，曹植应诏，束皙补亡，纷纷继作；虽复载诸选体，然其间辞意靡近，去"六义"风旨甚远。余意凡[第 3a 页]属四言，概不登录；非敢以挂漏贻讥，一为名教尊经，一为古人藏拙。

［四］ 古四言制，亦本"五声"。太古音希；声虽有五，奏缺其一，第以四言取象。四言虽似缺一，然如天有四时，实备五行之气，不妨其为五声也。厥后，世风渐降，竞趋繁吹，于是创作五言，以象"五声"；更作七言，以象"七均"。声音之道，五而备，七而盈，蔑以加矣。风、雅、颂，为三代音；歌、行、吟、操、辞、曲、谣、谚，为两汉音；律、排律、绝句，为唐音。两汉与《三百篇》迥不相侔；唐原本汉道，而能自出机杼。譬则《三百篇》，先王之封建井田也；[第 3b 页]汉、唐，后世之郡县阡陌也。唐与汉共一郡县阡陌之法，但汉持其大纲，禁网疏阔；唐则节目规条，纤毫不乱。唐可以变汉，而五代宋元明皆不能变唐，则其法已可通行而无弊也。六言谷永之制，适符"六律"之数，唐高骊舞词亦六言，但于音有去无返，于文无筋束。八言绝不成句，无当于"八风"之说。九言句太冗长，多以四、五言相离为读，两端、中间不能浑贯，此奚当于"九歌"义哉？故论古今诗体，断以五、七言

为正,四言、杂言可不作。

[五] 《三百篇》虽号四言,其间亦时有出入,如:"祈父""肇禋",二言诗[第4a页]也;"螽斯羽""麟之趾",三言诗也;"谁谓鼠无牙""谁谓雀无角",五言诗也;"我姑酌彼金罍""我姑酌彼兕觥",六言诗也;"维昔之富不如时,维今之疚不如兹",七言诗也。汉世四言之作,一字不敢增减,与《三百篇》已大悬绝。又《三百篇》用韵不拘隔句,汉则间押;《三百篇》韵脚或用助语,汉则绝无;《三百篇》只作首章开端,余或换字换韵,故为重复,使人咏叹其趣,汉则直叙到底;《三百篇》文字散行,即一二偶句本非有心,汉则初为排比,其流遂至全篇皆对。此如河源,虽本出昆仑,及入龙门、积石,遂分流异派;求其仍归星宿海,了不可得。[第4b页][第11页]今人偏欲以漏舟断楫泛惊涛澎湃中,问滥觞自出之地,岂非大错?

[六] 近代选家,并载古逸。余按《三百篇》自稷、契逮陈灵,历世千六百余年。其诗可存者,业经尼父手定;其不存者,率散佚不可复考。《左》《国》《庄》《列》中,间载歌谣,强半赝作,识者已不深信。若乃《穆天子传》《汲冢周书》《越绝书》《吴越春秋》《拾遗记》等,诞妄不经,大似排场子弟,颦笑俱假。历来选本往往采摭,何异痴人说梦?今概弃去,庶为风雅留一线真面目在。

[七] 汉武立乐府官采诗,以四方之声合八音之调,用之甘泉[第5a页]圜丘,此"乐府"之名所由昉也。魏晋六朝互相摹拟,其辞繁简纯驳不同,然皆可被管弦、谐金石,非专以词采取胜。自唐而后,指授不明,声调错迕。少陵明眼特出,弃绝此等不为,自为前后《出塞》《新安》《石壕》《潼关吏》《无家》《垂老》《新婚别》诸篇,一空从前窠臼,是谓奇作。长吉《金人辞汉歌》,自拈古事为题,另具乐府一法。明初杨铁崖、李西涯辈,踵杜为"今乐府",袭李为"拟古乐府",不拘音节,直抒胸臆,其间亦小有可观,然只供词人案头把玩之具,究与古法何有?余就左克明、郭茂倩两家书,择其辞意深厚奥崛者,随体附见,谓此[第5b页]可以益五七言古之气。至于音节合乐与否,

聊附管见，以补左、郭之不逮；较世所传《乐府解题》《乐府类编》《古乐苑》等，言简意尽，读者辨之。

［八］《三百篇》变为古诗，古诗变为近体，近体出而古诗尽亡；乐府变为填词，填词变为杂曲，杂曲行而乐府尽废。古诗亡，则上下情款不相通达；学士大夫粗知染翰摛辞，以自表见，而田夫野老、妇人女子凡一切根心之诗皆为堙郁不振，则是后世无“风”也。乐府废，神、人之感格，率不以正音；优伶歌妓徒能按拍度曲，渐趋新异，而朝廷大宗祀、大宴飨、［第 6a 页］大征伐举一切当作之乐章皆入猥亵，则是后世无“雅”“颂”也。余颇详于“风”“雅”“颂”源流之故，以俟后之君子凡负修明之责者，尚其鉴诸。

［九］“风”“雅”“颂”三体，在《三百篇》中划然画定，不容丝毫混入，此尼父所谓“各得其所”者是也。若至今日流传之诗，错杂互见，学者第当以意会之而已。钟嵘《诗品》列曹植等于《国风》，列阮籍一人于《小雅》，已自牵合可笑；明末孙淇澳《唐诗选》复以一人感遇之诗为“风”，一时纪事之诗为“雅”，一朝纪功之诗为“颂”，偏枯板执，不能尽得《三百篇》之全理。余谓三代之［第 6b 页］［第 12 页］世，封建立国，民情土俗各有不同，故太史得采风以陈。自秦以后，更易郡县，天下统于一尊而采风之官已废，安得“风”在？雅音之作，本自王朝；宴飨会同、出师遣使，皆有诗以识其事。入汉以来，武帝《柏梁台诗》，群臣更相唱和，语意冗亵，不复联贯，去“雅”甚远。六朝宴会，杂以优伶百戏，转转相效，久而不变，国体为之大伤，安所称雅则哉？“颂”之一体，郊天社地，告成功于鬼神，其体关系甚大。汉《明堂诗》《西极天马歌》，皆特命文臣撰词，好諛［谀］失实。陵夷至于颜延之《郊祀》二歌，本为宋颂；逮其后谢超宗窜易数字，遂用之萧齐，不［第 7a 页］以为异，则其文浮泛不切可知。余既详于“风”“雅”“颂”源流，而决不强配其体，以蹈俗儒蒙混陋习。凡学者，当会其意于格外。

［十］诗主词，乐府主声。词之用方，声之用圆。大雷霆、细蠛蠓皆声，有声则皆可抑扬合乐，而一局于词则不能。何者？声非字

数能限，而词必借字乃成。天下尽有有其声无其字者矣，故声可以轶出一切字之外，而字特其声根柢处。汉鼓吹曲《朱鹭》《思悲翁》《艾如张》《上之回》《翁离》《将进酒》《雉子班》《圣人出》《远如期》《石流》等篇，皆不成文理，不分句读，而能与乐[第 7b 页]协；无他，声存故也。声存斯乐存，岂复可以词求之？虽然，余尝论乐府古词，高下各半如此——曲惟《战城南》《君马黄》《有所思》《上邪》《上陵》，似皆出汉名人手无疑；其余历年久远，俗工各以私意翻译，故取其声之依稀近似者杜撰成章，初不暇计其词之妥适与否。譬《小雅》"笙诗"六篇，皆有声无词，束皙乃为补亡。《朱鹭》等十篇，大抵声在词逸，如"笙诗"之类；其所传诸词，疑即束皙补亡之类。彼欲文从字顺，则苦声相左；欲律叶调和，则苦词不属。合乐之法，声为重，词为轻；宁使词累，毋使声病，所以一切敢为杜撰而不讳也。且其间[第 8a 页]《务成》《玄云》《黄雀》《钓竿》，至今无一词可考，岂非散亡者众哉？或曰："子之论，创矣；然何以别无考证，一旦悬断其如此？"曰：以其词之不类也知之。李延年尝因胡曲作《横吹》二十八解矣，今有全曲在乎？汉武帝《天马》等歌皆列乐府矣，今顾有此曲比乎？士君子读书论古，当通考前后体势之归，以决是非去取之道。不然，则吾未闻西京歌词而有鼓吹破体如斯甚者也。

［十一］ "《古今乐录》，声、辞、艳相杂"；"大字是辞，细字是声，声辞合写"，故训诂不可复辨。历来论鼓吹曲，讹舛坐此。余不知"声辞合[第 8b 页][第 13 页]写"之说，独鼓吹一曲然邪？抑他曲皆然也？如仅系鼓吹一曲，则其说似矣；乃证之他曲，如《安世房中歌》《郊祀乐歌》，皆汉人绝大手笔，又皆汉乐工肄习传世之章，初无声词[辞]合写之谬，其故谓何？且微独此而已，汉以来所传乐府，亡虑百有余首，皆明白坦正，绝无鼓吹一曲之比。惟铎舞歌《圣人制礼乐篇》钩唇涩吻，不可句读，与此同；然其辞出于晋，又非若汉之年代久远，容有流播失真者也。由此以言，声辞合写仅见于鼓吹曲中数首，而他曲不然，此其说已不可通；若他曲皆声辞合写，不致大误，而鼓吹曲

中数首独[第 9a 页]不可解，则其理尤不可信也。故辨鼓吹曲，要当以余言为正。

［十二］ 乐府有正声，有别声。一曰“短箫铙歌”，二十二曲，即鼓吹曲也；二曰“鞞舞歌”，五曲；三曰“拂舞歌”，五曲；四曰“鼓角横吹”，十五曲；五曰“胡角”，十曲；六曰“相和歌”，三十七[三十]曲；七曰“吟叹”，四曲；八曰“四弦”，一曲；九曰“平调”，七曲；十曰“瑟调”，三十八曲；十一曰“楚调”，十曲；十二曰“大曲”，十五曲；十三曰“白纻歌”，五曲；十四曰“清商”，八十四曲，凡二百五十一曲，如诗之为“风”为“雅”。又“郊祀十九章”“东都五诗”“梁十二雅”“唐十二和”，凡四十[第 9b 页]八曲，如诗之为“颂”。是为正声。一曰“汉三侯之诗”，一章；二曰“汉房中之乐”，十七章；三曰“隋房内”，三[二]曲；四曰“梁”，十曲；五曰“陈”，四曲；六曰“北齐”，二曲；七曰“唐”，五十五曲，凡九十一曲，是谓别声。琴在正声之外，九操十二引，凡五十七曲，以音相授，并不著辞；其有辞，自梁始。舞在别声之外，与歌相应。自六代之舞至于汉魏，亦并不著辞；其有辞，自晋始。他如杂体，又总四百十九曲，不得其声，则以义类相属，分为二十五门，曰“遗声”；“遗声”者，逸诗之流也。详见郑夹漈《通志·乐府篇》。余选不能备载篇目，大较取其辞瑰玮骀荡，而声在所[第 10a 页]略。至于诸曲源流，亦分类于简端，使拟作者检某题在某曲，可以不迷于所往。

［十三］ 后夔典乐，声诗遂与诗《三百篇》体制不齐，然皆宴享祀乐章，非仅取经生讲说义理。汉初，太乐氏以声歌肄业，瞽史例能歌诗。东汉之季，声诗浸微。曹孟德平刘表，乃得汉雅乐郎杜夔；夔止能歌《鹿鸣》《驺虞》《伐檀》《文王》四篇，其余声皆不传。至太和末，又失其三，只得《鹿鸣》一篇。自晋，《鹿鸣》亦失，后世不复闻声诗矣。乐府之作，虽云协律，其声散佚，讫无统纪。崔豹、吴兢等，或以事解目，或以义释名，卒未能指声[第 10b 页][第 14 页]之离合得失，犁然大正之。唐《龙池乐章》取用七律，王维《渭城》绝句、李白《清平

调》，皆合乐。至今，此等亦不能歌。惟长短句如《调笑令》《菩萨蛮》《六么》《河传》等曲，至宋益盛，故《诗余[图谱]》所收广为二百余调；其间知律之士，类能按拍歌之，此亦时为之变也。大抵魏晋以后，不独声诗不明，并乐府亦多舛误。元北曲、今南戏纷纷继起；欲求古乐，那复可得？

[十四] 汉乐府中真有不可解者。鼓吹曲，军乐也。在军言军，《朱鹭》《艾如张》《战城南》《临高台》似矣。《上之回》《上邪》《上陵》《圣人出》《远如期》，则又皆飨祀诵祷之词，与军乐不类；然犹可曰汉大[第 11a 页]驾祠甘泉汾阴，备千乘万骑，有黄门前后部鼓吹——鼓吹之用非一，义可相通。若夫《芳树》之愁妒夫、《君马黄》之伤美人、《有所思》之绝欢好、《巫山高》之悲行路、《将进酒》之作放歌，岂亦军乐宜有？况乐府既以合乐为主，则必如填词家按宫切谱，一字不可增减，一调不可移易，始为合拍，何以同一鼓吹，在魏，缪袭改造十二曲，则曰《楚之平》《战荥阳》《获吕布》《克官渡》《旧邦》《定武功》《屠柳城》《平南荆》《平关中》《应帝期》《邕熙》《太和》；在吴，韦昭改造十二曲，则曰《炎精缺》《汉之季》《摅武师》《伐乌林》《秋风》《克皖城》《关背德》《通荆门》《章洪德》《从历数》《承天[第 11b 页]命》《玄化》；在晋，傅玄改造二十二曲，则曰《灵之祥》《宣受命》《征远东》《宣辅政》《时运多难》《景龙飞》《平玉衡》《文皇统百揆》《因时运》《惟庸蜀》《天序》《大晋承运期》《金灵运》《於穆我皇》《仲春振旅》《夏苗田》《秋狝田》《顺天道》《唐尧》《伯益》《玄云》《钓竿》二名则仍其旧？宋，何承天于义熙末年，又私制十五曲，《朱鹭》易以《朱路》，但称路车之美；《思悲翁》易以《思悲公》，述周公居东之事；《翁离》易以《雍离》，言雍士离心；《战城南》言士卒勇于赴敌；《巫山高》言李氏窃命，宣武伐之；《上陵》感死生之无常；《将进酒》著乱亡之当戒；《君马黄》止咏马；《芳树》止咏树；《有所思》言孝养[第 12a 页]有道；《雉子班》易以《雉子游原泽》，谓隐遁为贤；《上邪》“[上邪]下难正”，则以“邪”为邪正之“邪”；《临高台》“[临高台，]望天衢”，则以“高台”为升仙之地。至

于《远如期》，易以《远期》，但云肃候远人；《石留》易以《石流》，乃言石上流水。不独词之繁简与汉不同，并其意旨亦天渊悬绝。如是而谓乐府尽能合乐，吾不信也。

［十五］　鼓吹曲凡三用：一奏于殿庭宴群臣，一奏于甘泉汾阴，一奏于军中马上，古制所谓“建威扬德、风敌劝士”是也。余尝考之，有箫笳者为鼓吹，有鼓角者为横吹；横吹兼胡乐用之，专为军设，与鼓吹庞杂不同。其所谓曲，则附于乐器而[第12b页][第15页]有此声，非人为之歌也。古大臣诸侯进阶，皆假[借]鼓吹；汉武帝时，南越加置七郡，假鼓吹；后宣帝时，班超拜长史，亦假鼓吹，其乐率于道路奏之。若军中马上，鸣鼓吹角，亦或施于道路，至今皆然。未有道路间，令人声曼衍为曲之理。以此言之，诸曲特鼓吹之乐谱，如今所谓“工、凡、五、六、乙、上、尺”者耳。晋刘畴避乱坞壁，群胡谋害之；畴援笳吹为《出塞》《入塞》之曲，群胡垂泪去。今《出塞》《入塞》列于横吹曲中，以是知鼓吹、横吹皆无借于人声，甚明。

［十六］　汉高祖置酒沛宫，悉召故人父老子弟纵酒，发沛中儿百[第13a页]二十人教之歌，于时乐府未立也。武帝定《郊祀歌》十九首，使童男女七十人歌之，此乐府用人声之始。相和歌亦然。其法丝竹迭奏，执节者发声为歌，故曰“相和”。舞曲亦用人声；凡声之节奏，即舞之低昂。此与后世演杂剧一例，但变化差殊耳。清商曲，兼西音、吴音；其间思淫节短，强半言男女之欲。陈文帝以为华夏正声，非也。唐十部乐，列清商署。至长安以后，工伎散亡，曲存无几。大抵清商曲有“送”有“变”，与各曲又不同。“变”者，如《子夜变》《欢闻变》；“送”者，如《子夜变歌》，前作“持子送”、后作“欢娱我送”是也。其无送声，则仍作“变”。《子[第13b页]夜惊[警]歌》无送声，故呼为“变头”。“变头”者，谓六变之首，故也。间尝以臆断之：“变”如今曲之转腔，“送”如今曲之宾白。无送声，必“变”者，调不当终，故另起一头作转也。《欢闻变歌》曲终则云“阿子，汝闻不”，是送声之明证。又舞曲中舞，以《白纻四解》送，是送声之遗法也。清商送声之

外，相和曲、杂曲、大曲等，又有“艳”，有“趋”，有“乱”。“艳”如今曲之引子，魏武帝《步出夏门行》前有“云行雨施”三十七字为“艳”；“趋”如今曲之尾声，《艳歌何尝行》“念与君离别”十句为“趋”是也；“乱”与《关雎》之“乱”同，《离骚》将终亦有“乱”，所谓乐之卒章是也。至于《青阳度》曲，更名“倚[第 14a 页]歌”，“倚歌”则专用铃鼓，无弦，而有吹八音，又不全用。此皆人声与乐器分合之大致。

［十七］　乐府题，有因地成者，如《陇头》《关山》《长安道》《洛阳道》《煌煌京洛》《东、西门行》之类是也；有因人成者，如《王子乔》《淮南王》《羽林郎》《焦仲卿妻》《雁门太守》《慕容垂》《刘生》《木兰》《丁督护》《杨白花》之类是也。有感时者，如《苦热行》《苦寒行》《子夜四时》《四时白纻》《从军五更转》之类是也；有述事者，如《游猎》《从军》《斗鸡》《饮马长城窟》之类是也。有怀古者，如《梁甫吟》《婕妤怨》《秋胡行》《楚妃叹》《昭君辞》《铜雀伎》之类是也；有托物者，如《鸡鸣》《乌[第 14b 页][第 16 页]生》《猛虎行》《野田黄雀行》《乌夜啼》《紫骝马》《折杨柳》《采菱曲》《枣下何纂纂》之类是也。有拈古诗为题者，如《门有车马客》《结客少年场》《胡姬年十五》《长相思》《古离别》之类是也；有取歌谣为题者，如臧质之为《石城乐》、宋隋［随］王［刘］诞之为《襄阳乐》、梁武帝之为《襄阳踏铜蹄》之类是也。又题有极怪诞而可喜者，如《枯鱼过河泣》《当来日大难》之类；有极豪举而可喜者，如《爱妾换马》之类；有极猥亵者，如《定情篇》《双行缠》《千金意》《时世妆》《秦王卷衣》之类。有一题而彼此异名者，如《公亡渡河》一名《箜篌引》，《陌上桑》一名《艳歌行》，甚则有三名、四名之[第 15a 页]类；有题无意义，而率臆自成者，如《企喻》《捉搦》《雀劳利》《昔昔盐》《两头纤纤》之类。大抵古人作乐府，不拘拘古法。今人必雷同剿袭，毫不敢失邯郸故步；一有高手，则群起讶之，真所谓“见骆驼，马肿背”也。

［十八］　乐府与诗不同。诗避俚，乐府不避俚。“风”“骚”后有此种妙文，真天地自然生成，不可思议。予尝摘其句，如：“男儿可怜

虫,出门怀死忧。”“黄禾起羸马,有钱始作人。”“傍能行仁义,莫若妾自知。”“入门各自媚,谁肯相为言?”“利剑不在掌,结友何须多!”“失意杯酒间,白刃起相仇。”千古人情世态,推勘殆尽。每[第15b页]讽诵一过,真令唾壶欲碎。

［十九］ 项籍《垓下歌》、汉高帝《楚歌》、武帝《李延年歌》,皆绝世英雄,杀人曾不转瞬;至与彼美缱绻,遂涕泣哀感,不能自胜。蛾眉溺志,智愚一辙,真可叹也,亦可畏也。及东京以降,乐府诸章强半述男女悦慕之词。如《秦罗敷》《董娇娆》《子夜》《碧玉》《桃叶》《卢莫愁》《谢芳姿》《杜秋娘》《丹阳孟珠》《苏小小》之类,不一而足;片言只字,粉香玉炙,千秋犹在,不可谓非巾帼厚幸也。余尝谓乐府一体,虽兼“雅”“颂”,要出于《国风》为多。

［二十］ 汉魏乐府,最有体裁,不可移易一字。入典午,文人遣词好[第16a页]尽,遂少蕴藉。如石崇《明君辞》,“朝华不足嘉,甘与草莽并”,言已不得时而远适胡□,如“朝华”变为“草莽”,词意惨切,此便可住;乃又益以“传语后世人,远嫁难为情”,真可谓狗尾续貂。傅玄《秋胡行》,“引身赴长流,果哉洁妇肠”,言其生平节操不受污染,致不惜投水自明,“果哉洁妇”不可转矣,此意亦便可住;乃又益以“彼夫既不淑,此妇亦大刚”,似为秋胡末减,真可谓点金成铁。余于此等,尽行抹去,使知词意以含蓄不尽为贵。

［二十一］ 乐府有“解”,自李延年《新声二十八解》始。延年之曲,散亡已[第16b页][第17页]久。他乐府如《陌上桑》,凡三解;《董逃行》,凡五解;《善哉行》,凡六解;《折杨柳行》,凡四解;《西门行》,凡六解;《东门行》,凡四解;《雁门太守行》,凡八解;《艳歌何尝行》,凡四解;《白头吟》,凡五解。至如魏晋人拟作,又不在此内。如以“解”为一调,则何不竟言“调”;以“解”为一章,则何不竟言“章”;以“解”为一节,则何不竟言“节”?且“解”既为乐府定名,则他曲似皆当有,不应独见于此。辗转玩索,卒不得其意义所在。或告余曰:“‘解’与‘散’同义,此当如《广陵散》之‘散’,王维《渭城》绝句亦有散声。此

或一说。”余窃按《广陵散》今已不传;《阳关三叠》又只就本句叠之,与传奇[第 17a 页]中“合前”相似;乐府之“解”,则各具一义,词颇不类,其说不能无疑。踌躇累夜,豁然有醒,盖乐府有“解”,特为相和歌曲设耳。汉相合[和]歌曲,丝竹更相和;执节者为之歌旧本一部,至魏明帝分为二部,是丝竹与人声交相用也。八音中,唯丝最善变,竹次之;他金、石、匏、土、木,其声皆窒,不甚变;革有燥湿,虽变亦不离其本音。声音之道,变则难解,不变则易解。乐府辞之叶于丝竹而以“解”名者,欲人之审听也。其“解”之多寡,则以辞之繁简为之,非有定限也。嗟乎!安得神解之士,而与言古乐乎?[第 17b 页]

[二十二] 五音统于宫,备于商;人称五音而曰“宫商”,犹称平、上、去、入而止曰“平仄”也。唐俗乐二十八调,独无徵。其曰“正”,曰“高”,曰“中吕”,曰“道调”,曰“南吕”,曰“仙吕”,曰“黄钟”,是为七宫;曰“越调”,曰“大食调”,曰“高大食调”,曰“双调”,曰“小食调”,曰“歇指调”,曰“林钟”,是为七商;曰“大食”,曰“高大食”,曰“双”,曰“小食”,曰“歇指”,曰“林钟”,曰“越”,是为七角;曰“中吕调”,曰“正平调”,曰“仙吕调”,曰“黄钟”,曰“般涉调”,曰“高般涉”,是为七羽。宫、商、角、羽齐具,独去徵不用,徵即在商中耳。段安昌《乐府杂录》二十八调,以平、上、去、入纪之;有上平声调,则为徵声。全赐序《乐典》,亦云:“合奏之,羽[第 18a 页]比于角,徵流于商。……宫、羽中声为清角,商、羽中声为流徵。移宫换羽,角必逐宫。”由此言之,非无徵音,但无徵调。《周礼》无商,亦是无商调也。宋白《五音解》曰:“合口通音谓之宫,其音雄雄洪洪然;开口吐声谓之商,其音锵锵跄跄然;张牙涌唇谓之角,其音喔喔确确然;齿合唇开谓之徵,其音倚倚巇巇然;齿开唇聚谓之羽,其音诩诩吁吁然。”大抵宫、商、角、徵、羽,皆天地自然之声,不假安排,不事穿凿;任击瓦缶食器,在在皆具;非独不可缺,本自不缺耳。

[二十三] 诗一而已,其流乃至十余种:曰“歌”,曰“行”;曰“叹”,曰“怨”;曰“悲”,曰[第 18b 页][第 18 页]“乐”;曰“篇”,曰“辞”;曰

“讴”,曰“谣”;曰“操”,曰“引”;曰“弄”,曰“曲”……主于人之声而命名者,为“行”,为“曲”;散歌为之“行”,入乐则谓之“曲”。主于丝竹之音而命名者,为“引”,为“操”,为“吟”,为“弄”,各有调以主之;摄其音谓之“调”,总其调亦谓之“曲”。歌虽主人声,其中调者皆可以被之丝竹;引、操、吟、弄虽主丝竹,其有辞者皆可以形之歌咏。盖主于人者,有声必有辞;主于丝竹者,取音而已,不必有辞,其有辞者通可歌也。此亦浃[夹]漈之说。近人不考其命名之义,往往歌、行、辞、曲一例妄作;更或谓“行”如行草之“行”,“吟”如虫螀之“吟”,转转承讹,率臆自用,此诗体之所以[第19a页]日淆乱也。余于此按体明辨,最宜深究。

[二十四] 诗表里于《易》。《易》以卦象尽天地万物之变,此无声之诗;诗能取天地万物之变,皆纳于五七字中,此成象之《易》。然而《易》之为书,或假之蓍龟,凭之奇偶,以著其征兆于未萌;至于当前吉凶之数,则不与[予]明言。此即诗人隐深其旨,缘贞淫而申劝戒之义。自《三百篇》来,温柔敦厚之教既衰,徒以留连景物之什夸多斗靡,此不过一才人之技,始与经绝矣。乐天《答元九书》云,仆擢在谏官,启奏之外有可以救济人病、禆补时阙者辄咏歌之,上以广宸聪、副忧勤,次以酬[第19b页]恩奖、塞言责,下以副平生之意。今操觚家,宜识此言。

[二十五] 诗在魏有三变:曰“建安”,曰“黄初”,曰“正始”。建安应、刘诸彦更唱迭和,又有曹氏父子昆弟立其上,宜其响绝千古。黄初则“七子”零落殆尽;即陈思应诏诸作,手笔亦微与建安时别,故黄初次之。正始之间,庄老肇兴,嵇中散、阮嗣宗辈实为作俑;然其诗意清峻,能不煎染一字,此正始所以足尚也。钟嵘《诗品》系嵇、阮于晋,可谓无识。陶靖节作《英雄群辅录》,乃以嵇、阮属魏,山涛等五人属晋。余考阮尝作《劝进表》,又尝求为步兵校尉,则其心于晋,卒亦不能脱然无累也。[第20a页]大抵魏末诗人,负气骨者绝少。应璩《百一》,当曹爽时,能独立不惧;嵇中散托迹酒狂,不肯贬志司马,

其出处大致与靖节先后略同。此外皆随时偃仰，碌碌不足道矣。永嘉清谈弥盛，风雅夺席；其时挽颓波、崇雅则者，越石、景纯而已。史称“永嘉之末，复闻正始之音”，意本指此。若靖节，人品极高，驾出晋人上，但其诗别自成家，开李唐“王、孟”门户；揆之风雅，犹未达一间。

[二十六] 五言古，以苏、李为宗，其妙在纯静淡泊，不忼激，不雕绘，不驰骋，浑然元气见于言表——此无意为诗，真至诗也。《十九首》[第20b页][第19页]则有意为诗矣，卒不掩其风流蕴藉处。魏晋以来，乃崇气格，去古遂远。然建安、黄初、太康、元康，实擅坛坫之胜。唐诸大家率由此出，未可诽议。余生平绝不喜谢康乐诗，谓其镌刻靡曼，笔墨之间毫无灵气，不知古今人何多效之。大抵此君蹊径浅露，便于无才钝汉摹仿，故遂不可扑灭耳。今试举其一二，如“晨策寻绝壁，夕息在山楼”“朝旦发阳岩，景落憩阴峰”“晓日发云阳，落景次朱方”“宵济渔浦津，旦及富春郭”“迎旭凌绝嶝，映泫归溆浦”“朝游登凤阁，日暮集华沼”“倏烁夕星流，昱奕朝露团”，命意全无变化；至“昏旦变气[第21a页]候，山水含清晖”“时竟夕澄霁，云归日西驰”“秋岸澄夕阴，火旻团朝露”“夕虑晓月流，朝忌曛日驰”“晓霜枫叶丹，夕曛岚气阴”“我行乘日垂，放舟候月圆”“朝搴苑中兰，畏彼霜下歇；暝还云际宿，弄此石上月”，大都不出其意。就其集中佳构如“扬帆采石华，挂席拾海月”，“扬帆”即“挂席”，无有分别；“初景革绪风，新阳改故阴”，“初景”即“新阳”，不甚差殊；“千念集日夜，万虑感朝昏”“既枉隐沦客，亦栖肥遁贤”，则两语俱合掌。余选凡属此等，皆细指出。读古人书，知好处易，知丑处难。学者于此问津，思过半矣。[第21b页]

[二十七] 七言古，汉魏六朝不多见。其体肇自宁戚叩牛之歌。至汉武《柏梁》、平子《四愁》之外，余悉杂见古乐府中。唐以来，李、杜大家始称擅场，其流不胜指数。余尝谓此体，能直抒胸臆、淋漓悲壮、沉郁顿挫，令人欲涕欲歌者，上也；其次，则不妨以奥涩诡谲

为妙，如昌黎、长吉是矣；又其次，则宁为温、李绮语，决不可蹈香山、玉川平庸腐滥习气。余于此择别极精；虽以卢、骆《长安》《帝京》诸篇，概行削去。彼其时，风气初开，局定死板格套，故不能变化入微。譬盲妇弹词，靡靡可听，究有何警心动魄处？余持此见，虽开罪古人、大忤时论不惜。[第22a页]

［二十八］ 五、七言近体，号曰“律”，陈隋间有之，至沈、宋而后定。余按“律”者，一成不可移易之谓。设起、结不称，非律；对仗不工，非律；词采不章，非律；意兴不属，非律。律体较他作尤难：初唐人务声响，不能镵刻，故多浮。晚唐人取风韵，不能壮往，故多弱。惟开元、天宝、大历、贞元、开成之间，作者蔚起，穷妍尽态，而后有唐一代之诗独高千古。少陵云：“晚节渐于诗律细。”知言哉！律中金针，其在于此。

［二十九］ 律既名“近体”，则与古法悬绝可知。乃其间好异之士，欲超津筏而上，爰有不工对仗，纯以气行者，崔司勋之《黄鹤楼》、[第22b页][第20页]李太白之《凤凰台》是也；有铲去浮滑，独成拗调者，王右丞之《出塞作》、杜少陵之《郑附马宅宴洞中》是也。太白才气高逸，本不欲以律自缚，故集中此题最少；少陵创为变格，又有晚节诗律渐细之感，则其意未尝不以变格为非正，甚明。余按少陵集中，如《白帝城最高楼》《晓发公安》诸作，虽与正律龃龉，皆可以空前绝后，兹并采入。至如崔、李《黄鹤楼》《凤凰台》诗，烂熟人口，一概弃去，良不为过。

［三十］ 变律外，又有小律，仅六句而止。或通首皆对；或中联对，起、结不对；或起四句对，结不对；或起句不对，中联、结对。唐以[第23a页]来，间有之，惟太白入妙。余谓律既以八句为正，则一增一减，皆非律矣。小律外，又有六言诗，或四句，或八句，乃至十数句，作者不乏，然吟咏再四，殊无风韵可取，兹并弃去。堂堂之阵，正正之旗，所向自尔克敌，安事此子午、阴平，偏师制胜哉？

［三十一］ 绝句，六朝乐府十居二三。至以“绝句”命名，盖自

唐始。唐梨园子弟歌辞，皆取诸七言绝句。故李太白、王龙标辈，擅名于代；虽以少陵诗中圣手，不能不为少逊，他可知已。余按从来律体，繁重镵画，势难猝成；感触时事、率意赠送，与夫[第 23b 页]游览纪胜、分题刻烛，断皆以绝句为便。但绝句之词，宜含蓄，宜寄托，使人一唱三叹，心知其妙而口不能言；其所以然，方为登峰造极。若肤浅鄙俚，如老弋阳落场诗，则虽牧猪奴可办，何足为贵？余从《唐人万首绝句》加意遴择，又博访诸家秘本以益之，洋洋大观，真可谓"毫发无遗憾"。

［三十二］　排律，非古也，唐省试诸士用之，然六韵而止。麟德、垂拱中，王、杨、卢、骆以此唱和相高，大都不过十数韵而止。少陵《秋日夔府咏怀》，乃至百韵。厥后，元、白争效之，靡极矣。余谓此排偶烦缛，大伤古法，易令人生厌。但古人以此抒写性情，[第 24a 页]吟弄风月，尚不为过；陵迟至于今日，贡谀缙绅，代充羔雁，堂堂风雅竟为无耻下流之媒，真令人可痛可恨。余此选，一涉称功诵德，概行芟去。养诗品，正人品，均于此有赖。

［三十三］　作古诗，纯以气为主。有灏灏落落、不可屈抑磨灭之气沉积胸中，然后可以上九天，下九渊；挥八极，罗万象，使人惊怖。其言若无纪极，而又能从容于法度、曲折于绳墨，此真绝境也。生气不属，蕭然块然，如剪彩为花，范土为偶，非不形体粗具，然终归于顽物而已。古今才人，造此境地最难。吾于汉得孔北海，于魏得曹子建，于晋得左太冲，于齐得[第 24b 页][第 21 页]谢玄晖，于唐得李太白、杜少陵、韩昌黎；余子波逐风靡，皆为世转而不能转世矣。

［三十四］　作律诗，莫妙于熨贴本题。题面熨贴，然后可徐议纵横出入展拓之法；不熨贴而讲展拓，鲜有不迂远失体者。杜必简《和康五望月有怀》云："暂将弓并曲，翻与扇俱团。"余按"弓并曲"，弦时月也；"扇俱团"，望时月也——弦、望相隔旬余，无端混于一瞬，此不认题之一验。少陵《和贾舍人早朝》云："旌旗日暖龙蛇动，宫殿风微燕雀高。"古人君视朝，类于将辨色时——内庭所以赋庭燎，外

廷所以苦待漏;暖日可照旌旗,微风[第25a页]可飏燕雀,则去早朝时远矣,此又不认题之一验。释齐己尝以《早梅》诗质郑员外谷云:“前郊深雪里,昨夜数枝开。”郑改“数”字为“一”字,乃与“早梅”合,己大服。可见诗当认题,在唐人已如此,余可例推。

[三十五] 诗落议论,便有蹊径可寻。然余观唐人律体诗,多不轻涉议论。至五、七言绝句,尺幅既窄,非借议论行之则毫无制胜处。虽在历来名家,未尝必欲脱然去此以为高也。王龙标《答武陵田太守》云:“曾为大梁客,不负信陵恩。”杜少陵《八阵图》云:“江流石不转,遗恨失吞吴。”高常侍《咏史》云:“不知天[第25b页]下士,犹作布衣看。”司空文明《金陵怀古》云:“伤心庾开府,老作北朝臣。”刘宾客《馆娃宫》云:“艳倾吴国尽,笑入越王家。”崔永嘉《长门怨》云:“买得相如赋,君心不可移。”凡“五绝”,不讳议论如此。王子羽《凉州词》云:“醉卧沙场君莫笑,古人征战几人回。”戎刺史《感春》云:“名位未沾身欲老,读书宁救眼前贫?”孙叔向《送咸安公主》云:“玉颜便向穹庐去,卫霍空承明主恩。”权载之《赠老将》云:“辘轳剑折虬须白,转战功多独不侯。”李义山《贾生》云:“可怜夜半虚前席,不问苍生问鬼神。”林黄门《歌风台》云:“莫言马上得天下,自古英雄尽解诗。”章碣《焚[第26a页]书坑》云:“坑灰未冷山东乱,刘项原来不读书。”凡“七绝”,不讳议论如此。由此推之,非独绝句,虽律亦然。少陵《蜀相》云:“三顾频繁天下计,两朝开济老臣心。”又《咏怀古迹》云:“伯仲之间见伊吕,指挥若定失萧曹。”其议论皆恢弘确当,颠扑不破。若薛能借喻忠武,谓“当年诸葛成何事?只合终身作卧龙”,又“废却蜀书全不读,武侯无可律吾身”,则偏锋用事,殊乖定案,为可惜。

[三十六] 诗虽小技,与史法通;非才、学、识全备,绝不能精义入神。即如“马嵬驿”一诗,唐人作者,亡虑数十家。李义山云:“可怜四[第26b页][第22页]纪为天子,不及卢家有莫愁。”李承古云:“浓香犹自随鸾辂,恨魄无由离马嵬。”白乐天云:“六军不发无奈何,宛转

蛾眉马前死。”刘宾客云：“官军诛佞幸，天子舍妖姬。”皆伤明皇迫于军叛，不得已而诛太真者，失体甚矣。惟少陵《北征》云：“不闻夏殷代，中自诛褒妲。”则明以诛杀之权归诸明皇之悔祸，谓其远胜夏殷，正在于此。此与孔子书“天王狩于河阳”同意。又唐人“春日幸望春宫”应制诗，前后数十余首，如李子至云：“圣词今日光辉满，汉主秋风莫道才。”郑文靖云：“幸同葵藿倾阳早，愿比盘根应候荣。”苏庭硕云：“宸游对此欢[第 27a 页]无极，鸟弄欢声杂管弦。”大都语意著迹。至王右臣《和雨中望春》一作，乃曰：“为乘阳气行时令，不是宸游玩物华。”卓然洗去人主盘游恶习，此非有识者不能。

［三十七］ 诗人用古事，有正用，有反用，正用决不如反用妙。少陵《秋兴》云：“匡衡抗疏功名薄，刘向传经心事违。”说者谓少陵力救房琯，此诗以衡自喻，余窃不谓然。按衡事元帝朝，恭显方专权自恣，逐堪、猛，杀贾捐之。是时衡方诏对，陈时政得失，乃略不及此，卒以依阿致位宰执，则其不能抗疏，明矣；使其抗疏，则遭遇必不如是之厚，故曰“功名薄”也。刘向，宗[第 27b 页]室大贤，当阳朔中，痛大将军王凤乱政，再四陈封事极谏，将欲扫除君侧之恶；而其志不果，遂乃不得已徒以传经终老，则其遇之穷可知矣，故曰“心事违”也。少陵引此，所以冷讽“同学少年”，谓其不能为刘向之骨鲠，只如匡衡只苟合，故曰“多不贱”，曰“自轻肥”也。用意深挚，只一反证自明。

［三十八］ 俗儒论诗，动以“淡远”为尚，不知“淡远”特诗家一种，论全诗决不在此。古今以此名家者，莫如陶靖节、孟襄阳。靖节五古，可谓旷代无两；襄阳只长于五言近体，余作皆少匠心，可见“淡远”二字最难得。皮袭美论太白云：“歌诗之风，荡来[第 28a 页]久矣。吾唐惟李太白，言出天地外，思出鬼神表。读之则神驰八极，测之则心怀四溟。”元微之论少陵云：“上薄‘风’‘骚’，下该沈、宋；言夺苏、李，气吞曹、刘；掩颜、谢之孤高，杂徐、庾之流丽。”又云：“铺陈终始，排比声韵；大或千言，次犹数百；词气迅迈，风调清深；属对律切，脱弃凡进。”凡古人论诗之极至，大抵如此，岂“淡远”二字可括哉？余

尝谓效李、杜不得，不失为才人豪士；效陶、孟不得，将流为浅陋庸腐、空疏无用之学究。何者？李、杜诗必从读书入，而陶、孟则竟可率臆为也。世有知者，当必首肯予言。[第 28b 页][第 23 页]

［三十九］ 有唐一代开辟手，不止李、杜。其前则张曲江、陈伯玉，其同时则岑嘉州、高常侍，其后则韩昌黎、李长吉。至于晚唐，又有李才江洞。皆能自出心手，不屑屑与时俗共偃仰。才江诗，济南、竟陵皆未鉴拔，鲁莽疏漏可胜浩叹？

［四十］ 唐人诗，从《离骚》入者什之一，太白、长吉皆是；从选体来者什之九，少陵而外，难更仆数；若清微窅眇，不事剿袭，不肯雷同，别立一家，孤芳自赏，三百年间惟孟东野、贾阆仙二子而已。阆仙既没，唐人皆向慕之，吊其墓者凡数十诗；至诸王孙李洞，乃铜铸其像，朝夕礼事，此真诗人千秋不世[第 29a 页]之奇遇。东野及身穷厄，仅以一尉终老，身后音响阒寂，无复师法其遗编、表彰其清品者，岂非其调弥高，和弥寡欤？余于少陵后，绝爱东野诗，故此选搜辑最备。学者反复读之，真热闹场中一贴清凉散。

［四十一］ “《国风》好色而不淫”，“发乎情，止乎礼义”，虽圣贤弗禁也。士君子不得志于当时，抑郁扼塞无所资以展舒，则往往假巫云楚雨达其日夕愿慕之诚与生平缱绻之致，此又不得与登徒好色同科矣。李义山不附令狐绹，遂偃蹇宦途，史乃厚诬其偷合无行，或挟其诗以为口实；韩致尧《香奁》一[第 29b 页]集，说者谓和凝少时所作，嫁名于韩，又或谓出韩熙载手。此皆非也。恶义山，则不惮深文以入之；爱致尧，则反令代僵以脱之，总以《无题》《香奁》为东墙供状云耳。不知才人寄托，原本《离骚》，此当与镜花水月同观；若一着迹，便成冤案。余选不废艳体，尝谓此中虽涉帷箔，差胜俗儒麻麻木木手笔。昔荆公晚年喜义山诗，当与余此意同。

［四十二］ 古人以齐名为重，大谬。丈夫有志千古事，当磊磊落落，独往独来，安能随人脚根行止？况从前纷纷齐名之说，皆不足据。“曹、刘”齐名，曹胜于刘；“庾、鲍”齐名，鲍高于庾；“燕、许”齐

名，[第30a页]许屈于燕；“沈、宋”齐名，沈愈于宋；“王、孟”齐名，孟劣于王；“李、杜”齐名，李逊于杜；“钱、刘”齐名，钱拙于刘；“元、白”齐名，元远不逮白；“温、李”齐名，温大不如李。乃至“文学四友”，崔、苏仅盼后尘；“吴中四士”，延陵少称高调。下至“大历十才子”，不过李校书端、卢郎中纶、崔补阙峒、司空水部曙，差为拔群挺秀而已。俗儒一概耳食，毫不敢置优劣于其间，所谓“盲牛瞎马，不谙路径”；达人视之，止增嗢噱耳。

［四十三］ 诗之一道，尽人皆可为，无一人能尽善。李、杜煌煌大篇，独步千古，集中可供采择者不过什之三四，其余粗率冗杂[第30b页][第24页]多矣。俗儒心胸不阔，动为古人压倒；其实斯道得失分界自有定论，不可以成见画。余阅唐人专集不啻四百余家，其中妍媸各半。排沙简金，只在选手。选家眼光，即作者心血；此处一差，去而万里。嗟乎！不可不慎也。高棅亡论矣，济南、竟陵一味鲁莽，其得罪于风雅不小。

［四十四］ 诗人志芳行洁，不以名位动其心，乃与“风雅”二字合；不然笔补造化，皆绪余也。太白气甚豪，胆甚壮，识度则甚浅。观其诗如“中宵出饮三百杯，明朝归揖二千石”“王公大人借颜色，金章紫绶来相趋”“高冠珮雄剑，长揖韩荆州”之类，皆[第31a页]不值达人一嗤；况以布衣得一翰林供奉，此何足奇？遂云：“当时笑我微贱者，却来请谒为交亲”，丑甚矣。余尝谓三唐人士除少陵、昌黎、香山十数子外，其余只办工声律、应帖试、溺富贵利禄而已，总未闻道。牛僧孺诮刘梦得云：“莫论世上升沉事，且斗尊前现在身。”真槛中之牛，不识篱壁间大有人在也。然而富贵场中，为此牛者不少，则又奈何？

［四十五］ 唐诗中，布衣人品极高，无出王宏右。宏少与太宗同学；及即位访其乡，竟无从物色处，则其人出庄光一头地。秦系、唐球，亦颇能脱弃富贵，但其人名心未净。故系诗多羼兀，[第31b页]类以隐自文者。球弃瓢江中，亦非真能忘名，想其家有副本耳；不然

茫茫江水，谁能踪迹唐山人瓢而取之？且捻稿为圆，又安能入水不濡，尚存十之二三在乎？流俗传讹，殊不可据。若唐末周处士朴，则高踞二君之上。朴性喜吟诗，其呆状往往令人绝倒，煞是天机流动，无毫发沽名意。黄巢破闽，求得朴，欲用之，朴厉声曰："我尚不事天子，安能从贼？"此真诗人风骨哉！天宝从乱诸臣，九泉能无汗下？余爱其人，故广搜其诗录之；诗苦不多，真憾事。

［四十六］ 诗中用语助字面，《三百篇》十居四五。汉以来，间有之。然必[第 32a 页]令出脱稳老，不可移易，方臻妙境。缪袭《挽歌诗》云："自古皆有然，谁能离此者？"杜少陵效之，《玉华宫》云："冉冉征途间，谁是长年者？"两"者"字皆妙。陶渊明《杂诗》云："结庐在人境，而无车马喧。"韩昌黎效之，《祖席》云："淮南悲木落，而我亦伤秋。"两"而"字皆妙。又汉古词云："远道不可思，宿昔梦见之。""之"字押句极好。柳子厚《掩役夫张进骸骨》云："生死悠悠尔，一气聚散之。""之"字如此用，更有许多意义。所以，字法无论虚实，断要自然为主。不然只取新异，不顾文理，如李颀"早晚荐雄文似者"之"者"字、贾岛"天人不可怨而尤"之"而"字，直是扭捏，[第 32b 页][第 25 页]岂复成诗？竟陵专取此等字样，矫枉过正，真小儿强作解事语。

［四十七］ 作诗酬赠中有一定称谓，不可调，不可傲，尤不可近俗。曰"公"，尊有位也，方外如之；曰"丈人"，曰"先生"，曰"夫子"，重齿德也，亦间通于有位之同僚；曰"尔"，曰"汝"，谓泛交也，在交深而形迹脱略者亦并用之；曰"某郎"，曰"某生"，指后进也，子弟姻娅亦皆可以类及。历来诗家通例如此。若于数者之外有称全字者，有以官爵为号者，有呼"贤主人"者，有直斥行辈者，皆视其平日交际如何，不妨变通取用。王粲《从军行》云："相[第 33a 页]公征关右，赫怒震天威。"皎然《酬邢端公》云："大贤当佐世，尧时难遇［退］身。""相公""大贤"著称，未免近"调"。高适《送从甥》云"诸生曰万盈"马异《送皇甫湜赴举》云"秀才皇甫湜"、太白"饭颗山前逢杜甫"、少陵"岑参兄弟皆好奇"，诸如此类，皆直举其人姓名不讳，虽云古道，不綦傲慢

乎？余按《春秋》法，书字为褒，书名为贬；《礼》，“君前臣名，父前子名”。非君非父，率臆妄施，适长后来浮薄恶习，余最不喜，故于此痛切言之。至如鄙俚称呼，大伤风教，莫如“夫君”“情人”等语。王维《送孙二》云：“郊郭谁相送，夫君道术亲。”徐彦伯《饯唐州高使君》云：“情人拂瑶[第 33b 页]袂，共惜此芳时。”在唐人沿《离骚》、六朝不觉，今一脱口，便与营伎调笑声口无别。好古之士，固不当以此等污笔墨。

[四十八] 诗家用事，贵有根据。少陵“功曹非复汉萧何”句，刘贡父讥其失典，盖何未尝为功曹也。焦弱侯曰：少陵自用孙策语——策谓虞翻“卿以功曹为吾萧何”；时杜位为京兆功曹，故少陵以此比之。余按《汉书》注，何为主计吏，即功曹也。贡父、弱侯之说皆过。读书之难如此。大抵古人用事，必出六经为上，出诸正史为次，出稗官小说往往致误，虽在少陵有所不免。如乘槎一事，唐人皆以为张骞，少陵有“乘槎消息近，[第 34a 页]无处问张骞”语。及考骞本传，止曰“汉使穷河源”而已，绝未有乘槎事。张华《博物志》云“天河与海通，有人乘槎去”，亦不言骞。《荆楚岁时记》言“武帝使骞至大夏寻河源，见织女牵牛”云，本出杜撰，了无所本。此一误也。又勾践破吴，范蠡沉西施于江，见《吴越春秋》；《墨子》亦有“西施沉其美”之语。考二说，则蠡未尝同泛五湖。杜樊川不知何据，其《咏杜秋娘》云“西子下姑苏，一舸逐鸱夷”，扁舟五湖，古今遂据此以为美谈。而李义山又言渔人“网得西施”，其说愈谬。此又一误也。湘君、湘夫人，灵均之寓言，岂确指为舜妃？段成式吊李义[第 34b 页][第 26 页]山[群玉]云：“曾说黄陵事，今为白日催。老无男女累，谁哭到泉台？”竟以黄陵二女郎确为舜妃无疑，侮圣伤教，罪不容诛。按舜年三十征庸，沩汭已厘降；计陟方时，二女当逾百岁，岂复洒涕成斑如小儿女子态？此又一误也。望夫石，唐人作者甚多，皆谓妇人望夫不归，遂化为石；每过其下，风雨必至，故刘禹锡诗云：“望来已是几千岁，只似当年初望时。”顾况诗云：“山头日日风和雨，行人归来石

应语。"余按袁州府有望夫石，唐太守郑望夫于此修堰溉田，故以为名，则与俗传何啻霄壤之别？刘子玄言："城池旧迹，山水得名，皆传[第35a页]诸委巷，矜为故实。"此古今通弊。但唐人咏唐事，犹讹舛至此，不可解也。或曰："望夫石凡数处，袁州其后见者耳。"余谓信如此，亦当存而不论。

［四十九］　唐以诗取士，士专心致志在诗，故能各名一家。宋取士既废诗不用，政和末李彦章为御史，又言"士大夫作诗有害经术"，世方以诗为禁，宜宋作者寥寥也。杨大年为西昆体，自是才人风致，未可厚非。天圣中，梅圣俞最有诗名，然立意蹇涩，好拈僻韵，此等皆不足取。欧阳永叔学太白，王介甫、黄鲁直学少陵，三公于李、杜可谓闯其藩篱而据之。惟[第35b页]东坡不肯貌古，率意挥洒，时有天真烂漫处，但下笔轻遽，征事冗杂，为可厌耳。余尝谓坡诗与文正相反，文洗涤明净，不使一字翳目；诗则牛鬼蛇神，无所不有，此其所最不可解处。南渡末[初]，陆放翁杰然崛起，《渭南》一集诗至万首有奇。余读其"关河可使成南北？豪杰谁堪共死生"，又"一生未售屠龙技，万里犹思汗马功"，想见此老抱奇不展，真令人泫然涕下。至云"南人孰谓不知兵？昔者亡秦楚三户"，又"安得铁衣千万骑，为君王取旧山河"，忠君爱国血诚和盘托出，少陵以后一人而已。[第36a页]

［五十］　欧阳公序梅圣俞，曰"诗以穷而后工"。信斯言，则风雅一道，惟草茅布衣与一切憔悴困苦、不得志之人始可以自命作家，而外此富贵、世胄皆不得与于斯道之数。然余观汉魏以来，凡以诗传世者，皆出于帝王卿相，非是则又皆制科、有位之士，而草茅布衣百不得一。此何以故？盖代之隆也，人嗜学问、崇经术，其端倡之自上，故公卿大夫皆折节为诗文，以冀不朽。降自晚季，古学浸衰，士侥幸于名位；声色货利之好，皆有以蛊惑其心志，耗废其年力，是其于风雅一道，虽心知之而不能为。其黠者，则又以权势凭借之[第36b页][第27页]后，众流望风归之；是惟无作，作则门客、记室相与奔走辐

矮，累牍连幅，莫不象其意旨而卒办；虽有才智博雅之士，皆不得傲之以其所难。此古今诗文真伪难易之辨。余此选，意在阐微，故于草茅布衣之诗多方搜辑；虽片语入彀，亦不忍没。至如公卿大夫一切通行之作，备见各家选本，陈陈相因，则加意择其尤工者以传于后，宁严毋滥，宁简毋冗，期于全首精到乃已。昔元次山《箧中集》惟拔同时隐约处士五六辈，外仅一进士而已——孟云卿是也。噫！次山其仁人之用心夫。[第 37a 页]

［五十一］　刘勰《文心雕龙》、钟嵘《诗品》，皆导扬风雅。然余谓勰持论较长，嵘《诗品》所载上品徐陵等凡十一人，次品魏文帝等凡三十人，又次品班固等凡十五人，孟坚、魏武皆汉魏宗工，刘桢、王粲、应璩皆建安翘楚，今反屈于徐陵下，已大不可；况其源流一表，又以曹植等六人为得《国风》体，阮籍一人为得《小雅》体，李陵等二十一人为得《楚词》体，其意欲于《国风》《小雅》《楚词》强分优劣，悖谬实甚。余于此尽行抹去，千年漆室，一炬炳然。

［五十二］　中唐诗极弊者，元稹；晚唐诗极弊者，杜荀鹤。稹生疏谫劣，[第 37b 页]较乐天不啻云[霄]壤，然体制规格犹未大失。晚唐风气雷同，皆由许浑、刘沧作俑。浑、沧走入甜俗一路，易令人喜，亦令人厌。惟至荀鹤，鄙俚至极，虽欲少为宁耐不可得。此等诗，何以竟传；传矣，又何以有人为之曲赞？真难解也。今试举一二：《旅泊遇郡中叛乱》云："遍搜宝货无藏地，乱杀平人不怕天。"《访蔡融》云："每见苦心修好事，未尝开口怨平交。"《伤病马》云："顾主强抬和泪眼，就人轻刷带疮皮。"诸如此类，不一而足。又不知此老何以高自位置，而曰"只应吾道在，未觉国风衰"，尤难解也。蜣螂含粪，以为香美。非予拔一二合作，[第 38a 页]几成千古笑柄！予何意与不通人结缘至此？

［五十三］　诗谶之说，历来有之。潘岳《金谷园诗》"投分寄石友，白首同所归"，卒与石崇就刑东市。梁武帝《冬日诗》"雪花无著处，水镜不安台"，简文帝《咏月诗》"飞轮了无辍，明境[镜]不安台"，

遂肇台城之变。隋炀帝《凤艒歌》:"三月三日到江头,正见鲤鱼波上游。意欲持钩往撩取,恐是蛟龙还复休。""鲤"与唐姓叶,或谓唐兴之兆在此。他如崔曙《明堂火珠诗》"夜来双月满,曙后一星孤",及来年曙卒,惟一女,名"星星"。诗人刘希夷自为诗云:"今年花落颜色改,明年花开复谁在?"后果以来春下[第38b页][第28页]世。诗之有谶,似矣。余独谓不然。人生穷通生死,有天主之。趋避一说,特圣人假此垂教,非刻定印板。唐李、杜大家诗中,穷愁死亡等字十居四五,二公毫不以为嫌。今人作诗拘忌,动以富贵、台阁气象相高;殊不知昏愚之富贵、空疏之台阁,尸居余气,醉生梦死,何足当识者一哂?余生平扫除诗谶,盖欲作者、阅者皆放怀于天地间。

[五十四] "好花风雨""良晨[辰]雷晦",言全美最为难得。诗人遇穷,往往类此。隋薛道衡"空梁落燕泥"句为炀帝所妒,至于杀身。刘希夷"花落""花开"句,其舅宋延清乞之,不肯与,乃以土囊压杀[第39a页]之。李贺中表妒贺才名,投其集入溷。光天化日中,自有此等魑魅作祟。至今传染愈多,慧心文人无地可以自处。此亦造物不仁之一验。少陵云:"世人皆欲杀,我意独怜才。"怜才之真者,余目中绝无所遇;独抱此区区一念,与古慧心文人上下感触。故此选所载,汉魏六朝人三百有奇,唐人千二百有奇,宋金辽元率称是。嗟乎!片言入选,千古生香,此亦余怜才一念寄于无可如何之地者也。

[五十五] 诗有注,所以核典故,解晦塞;明白坦易之作,何用注为?然李、杜《千家注》中,荒谬穿凿,十居三四,不得不细为刊正。至[第39b页]于中晚词人好援僻事,时复杂出经史传记、稗官小说、仙释内外典之间;非考覆精博,曷以了然心目?余此选,凡有旧注,已善者择录之,舛误者辨之;无旧注而用事蹇僻,不惮广搜旁采,折衷一是。昔人称佳注,惟以裴松《三国志》、郦道元《水经》为最,余此注未识能鼎峙而三否。

[五十六] 世论唐诗,以初、盛、中、晚强分优劣。余按《全唐风雅》有云:仪凤、通天,淫哇盛行;神龙、景云,雅音未逌。差快人意,

只一玄宗开元耳。天宝、至德之间，烟尘骚动，銮舆为之播迁，安所称盛哉？少陵、昌黎煌煌大篇，俨然蚁视百代，乃与王、岑、钱、[第 40a 页]刘、韦、柳、刘、白诸家同崛起于唐之中叶。由此观之，不得高视初、盛，卑视中、晚，可知矣。余选即据此例，断以高祖武德，至睿[玄]宗先天，计九十五年为“初唐”；自玄宗开元，至宪宗元和，计一百八年为“中唐”；自穆宗长庆，至昭宗天佑[祐]，计八十五年为“晚唐”。诗以体分，人以代次。又各采其人行事汇于篇首，附以《纪事》《诗话》等书，皆高棅旧本所未载者。学者论世知人之法，于是乎在。

[五十七]　唐用四声《广韵》，或云即沈约韵也。约韵出，孙愐作《唐韵》，于沈所分全不敢合。丁度、司马光、黄公绍、毛晃等，皆仍其旧。[第 40b 页][第 29 页]余按约韵施于律则可，施于古则不尽可。此何以故？大凡作诗，句尾易协，首、腹难调；调首、腹之音，则不得株守平仄。今就韵中一等为例：如“东”为平，在抑扬间；“董”低于“东”，为抑；“动”高于“东”，为扬。然“通”“同”均是平声，“通”则低于“东”，“同”则不止低于“东”，且低于“董”。由此细推，深入奥窔，恶得泥平仄一法，遂谓尽抑扬大致哉？古人穷彻源流，每用一音，不啻权度再四，然后声调谐美。此三代之遗，汉魏犹为近之。约晚见天竺梵演之法，特就吴音谱入，遂以“四声八病”之说讥诮前古；呆竖子之见，不足训也。昔汉武帝命李延年为协律[第 41a 页]郎，声韵兼举。至唐文皇，命太常卿祖孝孙正宫调，起居郎吕才习音韵，协律郎张文收考律吕声韵一道，关系最重。余欲仿其遗意，会《三百篇》《离骚》、汉魏古诗乐府与一切有韵书重加考订，详著古借用、转用、通用之源流，以正约合并之谬，此亦大复古之一端也。或曰：“今所传韵出南宋刘渊，约另有原本，虽杨升庵亦未经见。”余按与约同时精韵学者，有杨议[?]之《群玉典韵》、杨[阳]休[之]之《韵略》、李概之《音韵决疑》、刘英[善]经之《四声指归》、夏侯谢[咏]之《四声音韵[韵略]》、释静[洪]之《韵音[英]》；前乎约者，有晋吕静之《韵集》、张谅之《四声韵林》、徐广兄弟之[第 41b 页]《音释》，最先又有魏李著[登]之

《声韵[类]》、周研之《声韵》。今其书皆为约采用，故皆不传。宋吴才老《补韵[韵补]》一书，朱子注《诗传》《楚辞》皆用之，升庵为之转注梓行，中间与世本多所异同。大抵声韵细入微茫；才老虽详补叶，于先秦两汉正音反多遗漏，又遭宋人沿袭太过，随意妄叶。如《彼茁》篇，“虞”既叶作“牙”音，又叶作“红”音，皆非定论也。元周德清《中原音韵》分阴分阳，最协乐府，但于入声皆作平、上、去用，有北无南，亦与诗家有碍。明洪武中，乐韶凤、宋濂、王僎、李叔允、朱右、赵壎、朱廉、孙蕡等，奉诏撰《正韵》，增入声在内，字画一依毛晃，[第 42a 页]笺注乃出杨时伟，颁行学官近三百载，而说者犹有余憾，则甚矣韵学之难也！

［五十八］《柏梁》、“河梁”多重用韵，其时风气初辟，不甚拘谨，故也。《焦仲卿妻》一篇，乃重四“妇”字，四“门”字，三“母”字，两“语”、两“还”、两“归”、两“来”、两“君”、两“之”、两“留”等字，犹曰此篇娓娓近二千言，欲达情愫不得不尔。曹子建《弃妇篇》，通计十六韵，中间重用者五，则大可诧矣。又太白《峨眉歌》，平羌、清溪、三峡、渝州，地名叠用；逊[孙]逖《赠韦侍郎》诗，云间、山上、河边、林下、府中、署里，字义叠用，皆诗病也。更有只一七律，而前、后称呼各异者，如少[第 42b 页][第 30 页]陵《送郑虔贬台州》，既曰“郑公”，又曰“先生”；只一五律，而起、结使事累赘者，如太白《赠卢征君》，既比之陶令、梁鸿，末复比以杨伯起，是也。凡此学者切宜戒之。

［五十九］汉魏六朝人集，余家藏二百余种；唐集近三百种；顷又得王子安节、宓草昆仲手钞秘帙三百余种。循次披览，拔其尤者，汇为百二十卷。其他选本如宋人《文苑英华》《唐文粹》《宋文鉴》《丽泽编》《天厨禁脔》《古今诗统》《唐编类歌诗》《弘秀集》《众妙集》《芦中集》《四家唐诗》《百家唐诗》《三体唐诗》《万首绝句》《唐绝选》，元人《唐诗鼓吹》《唐音》，明人《历代类选》《古诗纪》《唐诗[第 43a 页]类苑》《唐诗纪》《诗隽类函》《汉魏六朝百名家集》《汉魏诗乘》《风雅逸编》《古唐诗所》《十二代诗》，篇帙浩繁，皆细心探索，审酌去取，不局

一格，不执一见，并不穿凿一解，祈于古人精神与我之精神两相焕发。此选出，他本可尽束高阁。

［六十］　唐人选唐诗，行世者凡十数家，如《河岳英灵》《中兴间气》《国秀》《搜玉》《箧中》《丽情》《极玄》《御览》《才调》《丹阳》《又玄》等集，皆是今依宋板善本校正无讹，与坊刻迥异。其中间双行分注，曰“俗作某字，今作某字”，则余按本庚订者也；或曰“此某某字，疑当作某某字”，则古人琢句未妥，而余间付臆见，以存阙[第 43b 页]疑一法者也。坊本“帝虎”在在刺目，一旦廓清，庶可无忝吾家中垒。

［六十一］　人生诗文行世，有幸有不幸。古人正集多非手定，故其间散佚不少。升庵《丹铅录》载，李端《古别离》见于《庐山志》［“古乐府”］，刘绮庄《杨［扬］州送人》诗见于《续南部烟花录》。由此推之，读书不博，妄操选政，其所挂漏何可胜数！余此选于诸家正集外，并采京省各郡县志书，以补前人耳目所未逮。洋洋大观，或在于此。

［六十二］　先辈操选政，不置圈点，盖恐人意见异同，不敢以一己私[第 44a 页]论率天下后世，虚心学问之一端也。自正、嘉而后，坊贾始以圈点书易售，射利者争效之，大失邯郸故步。然其间下笔颇矜贵，评语多简尽，未有如今日靡滥至极者。余此选只就诗论诗，不为古人欺，亦不为今人转。凡其琢句神妙处，例从“○”；其工细处，例从“、”；或通首明净，中间一二字病，必为抹出，例从“｜”；五七言长篇，有段落，有关捩，古今人高下分界正在此，今一一指明——段落例从“∟”，关捩例从“∧”。至于篇中、句中、字中，间附评跋数字或十数语，要皆与作者意趣印证明确，绝不敢夸多斗靡，妄矜腹笥。此余与流俗[第 44b 页][第 31 页]不苟同、亦不苟异处。

［六十三］　余负书癖廿年以来，穷经读史，铅椠未尝释手。然苦草茅逢掖，无资致书，所以闻见有限。余此选始于乙丑［康熙二十四年，1685］三月，终于丙寅［康熙二十五年，1686］二月，缮写付梓。嗣有“宋金元明四代诗选”，与“国朝诗词合选”。宋人集家藏二百余

种,明近千余种;惟金、元自《中州诗选》及《中州乐府》《宋元四十家诗》外寥寥仅十数种,恐有散佚,不敢草率集事。海内藏书家倘出宛委秘编,限日借钞,最称艺林一快。若当代名贤新制未经行世者,幸速邮寄金陵水西门外南街玉谷堂,或莫愁湖华严庵,或[第 45a 页]清凉山一佛祠,即当按次授锓,不至以浮沉获戾。金玉尔音,世所愿闻。

[六十四] 古诗既经选定,篇帙累万,非重资不能竣事。今立一法,变通于此:凡表彰当代名贤诸作,镂板若干,即募刻古人诗若干。至于贤士大夫雅意好古,或于古诗人赏心之家捐资认刻一种,以明平素得力之境,仆即注捐刻姓氏于本卷首,不敢忘其所自。此其令闻远播,超出常伦,又非区区鄙见能域也。嗟乎!云笈贝叶,竞欲锓行;野史稗官,亦思问世。独古慧心文人艰辛刻苦,仅以数诗博身后名,顾使其[第 45b 页]生少知音,没归湮灭,此亦仁人所深悲而极痛也。昔穆伯长修刻《昌黎集》,吴太守芾刻《姑溪集》;降至近代,此事尤夥。秉彝之好,古今攸同。仆虽弇鄙寡识,安敢非薄当世,谓无穆、吴其人哉?

[六十五] 名贤著作,多寡不等;今不立画一法,则人或惮其募刻繁碎,裹足不前,事必中辍。今四方手授稿本,每梨板一块两面,连写刻、圈点、工料、评跋在内,议定付梓人刻价纹银叁钱伍分,即查定篇数若干,先行给价,冲刻古诗之费;其原稿即系本堂发价代刻,限期成书,决无迟滞。在名贤,只如[第 46a 页]自刻文集,毫无浪费;在古人,不朽名篇,借手行世;在仆,俯仰今古,亦可效一得之愚,请正于海内先达——一举而三善备,愿与同志共勉之![第 46b 页][第 32 页]

则杰按:此份凡例据其具体叙述,实际乃为刘然此前所辑、未见成书的唐以前诗歌总集"诗乘"而撰,而附刻于《国朝诗乘》卷首。

01－041　小南村集

徐昂发等

七卷。徐昂发、金国栋辑，康熙四十九年庚寅（1710）芳润堂刻本。（“中华古籍资源库”网站影像版，原书藏中国国家图书馆）

一、徐昂发“小南村集序”（第 1a—2a 页）

慕古人之志行，诵其言，往往想见其居游之迹，若身与之晨夕而习闻其绪论；非古今之遂相及也，亦得古人之意而已。陶渊明，古之高士，其清真淡泊得于性，形于诗。千载而下，慕其为人，则欲学其诗而卒未有及者。盖渊明之诗，渊明之志行为之也；区区以文辞拟之，固矣。金子最木，近辑酬倡之诗，凡六人，人各为卷，取渊明《移居》诗句，总曰《小南村集》，属予审定，且请为之序。集中之诗，未知于渊明何如？然诸君皆能不汩于荣利，不錮于嗜欲，屏氛嚣而味虚白，相与放怀于琴觞山水间，陶冶性灵，流连节序，各有所自得，不为坎壈失职、悼道悯俗之言，庶几善学渊明而得其意者欤？吴中风雅代兴，如[第 1a 页]松陵、北郭最著，奚独有慕于南村？盖袭美以郡寮与山泽友，旋又散去；青丘诸公，多不终节，孰若“南村”“素心人”？——名氏即不可考，大率如“刘遗民”之徒，超然世网，与渊明合志，奇文疑义相与赏析，此最木所为尚友也。然自古旷达之士，彼其中或不自得，有托而逃焉。若渊明，非徒耻事二姓，抗高世之节而已；其天资近道，不害于饥渴而自得其乐，故因闲观时，因静照物，因时起志，因物发咏，其言皆道也。诸君幸生太平无事之世，亦能无待于外而自乐其乐。春醪共抚，情话永日，《停云》之思也；顾惜景光，追探坟典，《荣木》之志也；风日闲美，班坐临望，“斜川之游”也。以视渊明，殆旷世一契矣。最木且曰："吾夙好[第 1b 页]林泉，久厌喧杂，将谋十亩之园于山水佳绝处，栽花种竹，仿陶九成遗意，命之曰'小南村'，与同志乐之。"然则其寄托也愈远，吟咏愈益多。予将扁舟相访，从诸君以游于小南村有日矣，为书以俟之。康熙庚寅[四十九年，1710]七月朔，同学徐昂发。[第 2a 页]

则杰按：此序又载徐昂发《畏垒山人文集》卷三(《清代诗文集汇编》第 225 册，第 760—761 页)；除删去末尾署款之外，其他文字基本相同。

01－042　名家诗选

吴　蔼

四卷、闺秀一卷。吴蔼辑，《四库禁毁书丛刊》集部第170册，影印康熙刻本。

一、周在都“序”（第2页）

余不敏，分守维扬。扬固东南一大都会，为汉、唐、宋旧墟。董子之流风，教思未泯；欧公之余韵，德泽犹存。而四方之贤士大夫、高人寓公，日月有至。登平山者，发怀古之音；问竹西者，构情深之句。稽之往古，每多高文大篇，光诸典册。近者翠华临幸，睿藻辉煌；山陬海澨，莫不向风慕义，沐浴咏歌，鼓吹风雅，为太平韵事。猗欤盛哉！岂非时为之乎？余尝欲裒辑国朝之诗，为艺林诵法；无如鞅掌滋烦，有所未[第1a页]逮，然心向往者久矣。吴子吉人，望族而负隽才。自天都来维扬，以表彰风雅为己任。其所著《阶木诗稿》，已脍炙人口。一日者，以其所订定《名家诗选》请序于余。余披览之下，见夫高华典重，吐茹轻扬。举凡登临吊古、咏物赠答之章，真得《三百篇》之遗意，可以追踪汉魏，驱驾三唐，囊括两宋。且上自台阁公卿，下及山林隐逸，咸登集内。此诚一代之英华，可作骚坛之宝筏。若余也，家籍大梁，世传清白；公余之暇，不废吟咏。先司农《赖古堂》，及《偶遂》《恕老》诸集，暨余《桑乾草》《向山楼[第1b页]稿》《餐云书屋稿》《雪舫吟》诸刻，俱得与选，与前辈后先辉映，快何如之？余尝谓具千古之心胸者，可与考古；具一代之心胸者，可与证今。若吉人者，殆其人也。虽然，吉人生太平之世，方富于年；兹编一出，晶莹璀璨，光彩陆离，固应有目共赏。自此从事《二集》之选，其量正未有艾，宁非国朝之大观欤？此诚时为之也。余与吉人乃文字之交，集成而为之弁其语于简端。时康熙四十九年，岁次庚寅[1710]，夏五月，大梁年家弟周在都[第 2a 页]燕客题于广陵东阁公署。[第 2b 页][第 2 页]

二、吴蔼“序”（第 3 页）

风雅一道，至今日为极盛矣。圣天子稽古右文，万几之暇，睿藻琳琅，近命史官修集《全唐诗》。海内之士，喁喁向化，莫不心慕手追，揣摩合律，借以歌咏太平，摛写性灵。文教之隆，蔑以加兹。然古今之诗，流派分而渊源合。国初大家，如牧斋钱公、梅村吴公、芝麓龚公、栎园周公，人人奉为模楷，推盛唐正派。抑知皆原本风骚，出入汉魏；如造九层台，须大筑基，乃可岳立。甚矣！诗未有无本而可苟作者也。第诗有学问，有性情。学问不易言，性情可自悦。故[第 1a 页]诗难，而作之者恒多。独是作诗各有师承。汉魏宗《三百》，唐宗汉魏六朝，宋又宗唐。世变而诗道不变，即诗变而所以作诗之法终不变。近世议论纷纭，强欲分唐与宋为二，低昂颠倒，不啻视为歧途。噫！可嗤也已。今夫水归其壑；海，大壑也，万派百川，朝宗于海。设处汉魏之人于唐，可名之为唐，不可名之为汉魏；处唐之人于宋，可名之为宋，不可名之为唐。究之汉魏也，唐也，宋也，一而已矣。余本此意，以读国朝之诗，或学曹、刘，或学颜、谢，或学韩、杜，或学元、白，或学苏、陆，面[第 1b 页]貌不同，章法则一，凡以求夫源之殊途同归已尔。是集也，荐绅先生，以迄骚人逸士之流，远而神往，近而把臂，必得真学问、真性情而后采之。否则，廊庙之诗，虽绚烂勿录也；山林之诗，虽高华勿取也。至于闺秀之章、方外之吟，又岂徒谢夫脂粉、蔬笋之气哉？昌黎云，文“无难易，惟其是尔”。诗与文，无二道也。求其是者，学问出焉，性情出焉，而诗盛矣，而诗传矣。集成，而姑叙其大概如此。倘有惠而好我者，谨次第以付之梓人。[第 2a 页]时康熙四十九年，岁次庚寅[1710]，春三月，天都吴蔼吉

人题于广陵之奎映楼。[第 2b 页][第 3 页]

三、吴蔼“凡例六[七]则”(第 4 页)

[一] 《三百篇》而后,如汉魏诗,莫可崖涘。至唐则初盛中晚,树帜扬镳;宋则名流接踵,标新竞异,俱后学之指南。自尊唐者薄宋,祢宋者祧唐,而路始歧矣。愚谓诗无定格,总以抒写性灵、出入风雅者为佳。是《选》唐音与宋节兼收,初不别分蹊径,要之追踪古人则一云尔。

[二] 是《选》卷集诸家,诗编人后。先古诗,次律诗,次排律,次绝句。体例庶不混淆。[第 1a 页]

[三] 是《选》上自台阁公卿,下及山林隐逸,以诗名家者,皆行选录。以得诗之先后为编次,不论年世,不分爵里,不序长幼。至若缁流羽士、闺秀名媛,当并采入。

[四] 集内诸家,有登选数十首者,有登选一二首者。集分多寡,非阿所好。

[五] 当代名选林立,如商丘宋公之《十五子诗选》、顾子茂伦之《百名家英华》、陈子其年之《箧衍集》、曾子青藜之《过日集》、席子允叔之《诗存》、黄子交三之《诗衡》、邓子孝威之《诗观》、魏子惟度之《诗持》、王子景州之《离珠集》、王子歙州之[第 1b 页]《选评》、宗子定九之《诗成》、徐子松之之《百城烟水》、朱子自观之《诗正》、卓子子任之《逸民集》、倪子永清之《诗最》,以讫名公专稿,皆取而折衷之,不敢以私意妄为论定。

[六] 从来作者固难,识者亦复不易。是《选》不用评点,一遵旧式,以便作家之自为批阅。

[七] 近日廊庙有和雅之音,名山多藻丽之什。所当广为裒辑,以彰风雅。凡有鸿章伟制,祈邮寄广陵运司前淮北会馆内自收,或北圈门程友声舍甥处亦可,北柳巷则梓人徒圣言处,书林则新胜街集古堂、绿荫堂,俱无浮[第 2a 页]沉之失,皆可随次编选入卷。但是

《选》剞劂精工，如前辈名家皆捐资代刻；倘有同志共勷厥成，尤所跂望。

天都吴蔼吉人识。[第 2b 页][第 4 页]

则杰按：以上序言及凡例，谢正光、佘汝丰《清初人选清初诗汇考》亦曾辑录（南京大学出版社 1998 年 12 月第 1 版，第 270—274 页）。

01－043　国朝诗正

朱　观

六卷，存二卷。朱观辑，《中国人民大学图书馆藏古籍珍本丛刊》第 105 册，影印康熙五十三年甲午(1714)刻本。

一、裴之仙“序”(第 3—6 页)

新安朱子自观，评选《岁华纪胜》《群芳纪胜》诸书，传之久矣。而《国朝诗正》分编散见，未睹全书。一日，朱子肃衣冠，出是集示予，且属予序。予展读未竟，辄诧而问曰：“李唐三百年来，其时之诗人，可指而数也。异哉！朱子何所遇之多耶？”而朱子但曰“然”，予固莫解其选之工而多为何故也。越数日，偶见有他集，其诗多不惬予意，其名则在《诗正》中；亟翻而阅之，篇目甚少，其诗之味皆可于口，于是始悟曰：“昆冈之石，不尽璞也；[第 1a 页][第 3 页]合浦之蚌，不尽珠也。舍伯乐而求骥，冀北之驽劣者正多也；舍匠石而购材，蜀山之朽蠹者过半也，而况诗乎？”久矣夫，诗之贵选也。今天子诞敷文教，宵旰之余，时洒宸翰。一时之词臣，皆扬扢风雅，鼓吹休明。故士之濯磨于诗者益盛。独惜乎选者甚少。虽然，予亦不愿其多也。自夫子删《诗》，而选之途已辟。降至汉魏，选者无闻。昭明所选，犹谓有未当。乃有唐人选唐诗，而李、杜不[第 1b 页][第 4 页]与，概可知矣。然则选诗可易言哉？要贵得其意而已矣。得其意，则如挈其领，振其纲。由是舒其精鉴，抉其偏私，虚心以定去取；勿惮烦，勿徇名，勿任一时喜怒，毋急遽以观其成，庶有裨于诗教乎？今朱子年方艾选是书，而今且老矣，其丹黄搜访犹然不倦，何有字句之未工，与闻见之未广，至为选诗之途增一蔀障也耶？且其他著述甚富，无不皆然。此吾所以谓诗贵选，而选者亦不愿其多也。或曰："何谓得其意?"予曰："夫子删《诗》之意，即读《诗》之意也。读《诗》之意，即朱子名是书[第 2a 页][第 5 页]之意也。且朱子所以名《诗正》者，岂徒正诗之文辞，正诗之体格已乎?"而朱子遽曰"默"，予亦不复言，退而为之序。时康熙甲午岁[五十三年，1714]中和节，年家眷同学弟裴之仙拜手撰。[第 2b 页][第 6 页]

二、朱观"国朝诗正凡例"（第 7—10 页）

一[一]　诗学至国朝，风气盖称极盛，而名选叠出，予何敢妄肆丹黄？第读时贤佳制，偶一钞录，以供案头展阅，遂为二三知己怂恿，因有是役。要皆不诡于法，故以《诗正》名集。

一[二]　国初名家，如牧斋、梅村、芝麓三先生，暨诸先辈诗，其专集盛行海宇已久。诸家选本，悉从登载。兹集仅举一二，不敢多及。

一[三]　诸家选本，皆盛列冠盖之作。予伏处衡茅，未多[第 1a 页][第 7 页]接读廊庙大制。故集内所选，大半皆岩穴士。阐微显幽，固属鄙怀。然恐阙然不备，嗣容广征博采，以志其盛。

一[四]　是集四方以诗惠教者，悉为登录。而所见有详有略，故所选多寡亦异。其已经选梓而复载者，则注"再见""三见"于名下。

一[五]　方外之士、闺中之秀，往往诗有可传者，因并录以备雅观。

一[六]　前代诗选，大约无评点者多。近选俱尚评点，又[第 1b 页][第 8 页]跋以统论。予虽从众，然惟就诗论诗，不涉溢美。

一[七]　予侨寓广陵最久，镂板亦多。若汉水、漳江等处，俱偶一游历。还新安，亦养疴逾载。所镌板皆随地命工，而告成则于淮阴。故剞劂略有不等。

一[八]　诸君选刻，有携去自印分编，一时未得索回者，盖十之三。嗣征回以成全璧。

一[九] 是选外，有《岁华纪胜》《群芳纪胜》《诗体搜奇》《崇雅集》诸刻，业已传播遐迩。然皆系小品，卷帙无取繁多。[第2a页][第9页]

一[十] 是集因乏资斧，未得成书。赖程君克庵为之校订捐资，以告厥成，始成胜览。

一[十一] 四方名公，凡属指教、玉成兹集者，登名篇首，以志铭佩。

新安朱观自观父识。[第2b页][第10页]

则杰按：以上序言及凡例，谢正光、佘汝丰《清初人选清初诗汇考》亦曾辑录（南京大学出版社1998年12月第1版，第285—288页），唯裴之仙该序末尾署款年份“甲午”作“乙未”（康熙五十四年，1715）。

【附录一】朱观《岁华纪胜》初集“凡例”第一款（潘承玉《〈清初人选清初诗汇考〉六补》之四“《岁华纪胜》二卷，《二集》二卷”条，《古籍整理研究学刊》2002年第5期，第68页）

予丙子岁[康熙三十五年，1696]侨寓广陵，有《国朝诗正》之选，博采宇内诸名家诗，寿之枣梨，以彰一代人才之胜。

【附录二】朱观《岁华纪胜二集》“凡例”第六款（同上，第69页）

拙选《国朝诗正》付梓者既已积成卷帙，而未登梓者尚多名作，倘同志者惠襄剞劂，俾得告成，尤所颙望。

【附录三】法式善《陶庐杂录》卷三（中华书局1959年12月第1版，第79页，原标第二十三则）

新安朱观字自观，选《国朝诗正》八卷，裴之仙序之，刻于康熙五十三年[甲午，1714]。

则杰按：据上文附录有关叙述，《国朝诗正》可能属于时间跨度较大的递刻本。前录吴蔼《名家诗选》凡例第五款介绍“当代名选”时已经提到“朱子自观之《诗正》”(详见该种),大概也就是这个原因。

01－044　清晖赠言

侯铨等

十卷。侯铨等辑，宗玄、尚图、师研生、陈翔、庄葳、杨波点校，《中国书画全书》本，上海书画出版社 2000 年 12 月第 1 版。（见第 7 册）

一、王翚“自序”（第 815 页）

康熙岁次戊寅[三十七年，1698]九月，翚自京师归里，祗奉睿书“山水清晖”四大字颜之草堂楣间，率子若孙北面叩首以志殊恩。退，复编次缙绅先生投赠序跋诗歌，汇为一集，登之枣梨，作而叹曰：“翚何敢以绘事矜能名也！然自少而壮，壮而老，其间师法有渊源，奖成有知己，邀恩有先资，乌可忘其所自欤？”忆自童子时，即嗜翰墨；得古迹真本，辄摹仿数纸，必得其神乃已。每欲出以就正有道而未敢也。会王廉州师自娄至虞，见翚所图便面小景，把玩赞叹，携之袖中。是夕，方伯孙公宴师于山堂，宾客数十人，笙歌骈集。师握余扇，注视不释手。酒半，遍示诸客，称许过当，一座尽惊。随命其客邀致，翚得以弟子礼见。因出董文敏所图长卷，指点诲诱，郑重而别。居久之，师葺染香庵初成，始贻书相招，悬榻以待。遂介谒太常王公。公一见如故，馆之幸舍。周臣与端士诸公，晨夕侍侧，语下往往契合。因尽发家藏宋元名迹，相与披寻议论；指示宗派，悉有依据，翚益快闻所未闻。由是磅礴点染，颇能涉其津涯，与古人参于毫芒之间，会诸意象之表，皆两公之教也。东涧钱公尝题翚画册，详述师学渊源，谓能匠心描写，烟云满纸，非画史渲染分寸者所可几及。梅村吴公亦尝赠以长歌，有“顿挫淋漓写胸臆”之句。数公之才学地负海涵，题识叹赏不轻许可，而独于翚也若此，于是窃忝知名于四方，盖三十余年矣。迨数公相继谢世，老成典型零落殆尽，尺牍往来藏弆箧衍间，一披读辄为流涕。欲如曩时笔床砚匣，陪诸令嗣趋庭宴笑，所谓“其言明且清”者，又何可复得哉！乃颛庵少麓宰[宰、麓]台中允，笃念世好，提奖弥殷。而中允家学绳武，挥洒妙天下，力为之延誉公卿间。适坚斋宋黄门，奉命绘《南巡图》。首蒙招致，图就进呈，深称上旨。更荷青宫召见，赐坐赐食，得拜睿书之褒，而公卿群艳其事，乐为称道，布衣之荣于斯极矣。於乎！回思弱弄柔翰，囿于见闻；自奉廉州、太常二公教育，始得所依归，确实真传，摆脱俗学；而酬应逼促，毁誉多口；方且安分守素，隐遁山中以没世；岂意年近桑榆，待诏辇毂，而殊恩渥宠，载锡彤庭，实下士之至荣而旷代之奇遇也。兹者归耕故里，咏歌太平，瞻仰荣光，不违“咫尺永绎”四字之义，以娱暮景而乐余年，俾子孙世保于弗替，并识平生师友汲引之力，以知其来有自也。乌目山人王翚拜手敬识。[第 815 页]

二、张云章序（第 815—816 页）

古今人之不相及，非独成德者之不易，即艺之成亦岂易易哉？其得之也由于性，其习之也由于勤，其博而取之也无所不该，其要而归之也无不得其精，是四者，德与艺之所同也。有一不出于是，其成之也难矣；即或几于成，其名之传也不远矣。海虞石谷子之绘事，其至矣乎。石谷子胸藏丘壑，笔带烟霞，固矣。又自少客于娄东之王太常及毗陵巨室，尽发其累世所藏名迹，心摹手追，以月以年，自右丞、营丘、荆、关、董、巨诸家咸萃焉。钱宗伯称之曰：“子久衣钵，殆将持归石谷。”亦以子久为独得诸家之真传者也。王太常则谓，五百年以来，惟石谷一人而已。吴祭酒遂以石谷与宗伯同为其地灵异所钟，而曰：“文有东涧，画有石谷。”方是时，石谷子年尚少壮，为三公所推许者如是，况今又加以四十余年之功，其为出神入化，集诸家之大成，更当何如哉？大凡实大者声必闳。始者，石谷子名擅东南；迨其后，海内无不知[第 815 页]石谷者。始之品题起于数公，而投赠诗文充满箧笥；迄今而世所号能文章、善诗歌者，有不称道石谷见之篇什者鲜矣，较向所得又不啻倍屣[蓰]焉。聚集多而必散，物之常理也。石谷子语予，虽什袭之惟谨，已十失其三四矣，然其存者犹八百余篇。予中表侯子秉衡，恐其更致散佚，因偕席子渭南昆季，论次为十卷，捐资授梓，将以传之久远。於戏！可谓盛矣。是又唐宋以来工画之家不能尽得之其时之名流者，石谷子何以致之若是其多哉？向非所谓四者之兼备，其声名之远出，何以至是哉？然则非惟今人无不及古人之憾，而古人且有逊于今者。石谷子生子久之乡，其画视子久为增胜。年今八十余，子久固多寿而石谷子又将过之。而孜孜朝夕，不自满假，精求其理，是何异卫武公之年数九十有五犹日陈懿德以自儆也？吾于是重叹夫艺成之难如此，况欲求德成而上者，可不加勉哉？石谷子姓王氏，名翚，字石谷，又号耕烟散人云。康熙癸巳[五十二年，1713]三月，嘉定张云章叙。[第 816 页]

三、高鈖序（第 816 页）

余筮仕西川，其地为古巴渝之境。扁舟下峡，得窥锦江、峨眉之秀丽。既而改官滇南，则昆明之倒流，鸡足、点苍之巀嶭，见其丹崖万仞，翠壁千寻，即中州天台、雁宕之奇亦何以过之，未尝不喟曰："安得丹青名手一绘图之，以为他日卧游之胜？"迨佐郡苏台，而篻篁所驻则在海虞，因得交于王子石谷。石谷之绘事，天下推为第一。虽年逾大耋，而兴酣落笔，磅礴解衣，时时为余挥洒绢素。余见其巨幛，则千岩万壑，竞秀争流；其小幅，则咫尺间具有湖山千里之势。向之西蜀南云诸山川之奇胜，不尽见于王子粉墨之间哉？抑余尝阅《名画记》，作绘虽远昉于虞，而山水之图则盛于六朝。历隋唐以迄今，其间擅名者，何啻数百家，而绝类离伦，则以唐王摩诘为逸品。盖以摩诘精于诗，故诗中有画，画中有诗，迥非画史所能及也。石谷亦能诗，以胸中丘壑发为笔下林峦，烟云变灭，入化超神，即摩诘复生，亦何以加哉？宜乎片楮半缣，天下珍为拱璧矣。是为序。康熙癸巳[五十二年，1713]夏五，三韩年家世弟高鈖具稿。[第816页]

四、席镐序(第816页)

《清晖赠言》十卷，皆当代巨公胜流所为诗若文，以贻石谷先生者也。往余过先生舍，见案上置小帧二、长卷一，发之皆投赠之作，忻叹以为见所未见，因告先生盍镌诸？先生曰："向辱以文辞相遗者多矣，懒自收拾，半供蟫蚀。亦尝念捃摭散落，都为一编，庶不湮知己谬相称许之意，顾有其愿而未及酬也。"久之，余复以为言，乃搜巾箱所弆及诸门人抄录者以来，则倍蓰于前之所见矣。然纷纭丛杂、字画漫灭者，已什之三四，因请睬城侯师为之寻辑而付诸梓。余惟古人之以画著也，非不足以𫄨王侯之履、走公卿之车骑，而投赠成书，流传绝少。乃世之景仰先生者，或形之篇什，或见诸载记，刻画摹拟，言重词复，有余慕焉。迄今而网罗残缺，尚累累八百有余篇。此固艺林之所未睹，而先生可概见矣。余获交于先生，且居相近。暇日过从，见先生操纸舒翰，时而凝神定虑，时而解衣磅礴，辄为之忺然忘倦。先生又尝出其所制以遗余，甚厚善也。是刻既成，爰次其缘起如此。若先生人品之高、兴会之雅，沿波讨源，耽思旁讯，以极笔墨之精妙，既见诸诗若文矣，皆不暇以云也。康熙癸巳[五十二年，1713]清和，同里席镐。[第816页]

五、王掞"序"(第816—817页)

中州之山多壮，西北之山多奇，东南之山多秀。往往高人逸士，生其间者，遗弃世营，息心虑度其阴阳之景，寻其脉络起伏之势，观其气之厚薄浓淡，而托之笔墨以传其神。故画无师，以山水为师。吾吴之山多秀，而虞山为最。山丰土瘦，石回环玲珑，沸为泉，汇为湖，林木蓊郁。有元大痴黄子久居焉，得其胜以作画，遂为大家。阅四百余年，而复生王子石谷。昔先君子酷嗜六法，与华亭董宗伯后先继[第 816 页]起，相与考击源流，海内推为南宗嫡裔。而一见石谷画，遽惊赏；致之家，悉出所藏古人真迹示之，石谷艺遂日进。尝游京师，供奉内廷，一时名公巨卿、文人学士争交之。每酒坛文宴，必致石谷。晴窗琴几，观者环侍。石谷注目凝志，含毫渫墨，良久乃下笔，若不知所从来者。已而岗峦回互，林瀑影映，屏嶂雄峙，溪石幽邃，四时之景象，云霞烟雾、风雨日雪之变幻，如闻其声，如接其光。一堂之上，倏忽之间，汇天地万物之备，嘻！其亦奇矣。于是各为诗歌文以张之。山川以石谷画增色，而文人之诗文亦以石谷画而益胜；一时争奇斗彩，遂极笔墨之盛。迨后退居虞山，向之交游，八九凋谢，而石谷亦颓然老矣。因辑其生平四方投赠诗文札翰，都为一集，皆一时名流也。中以先君子为多，而属叙于余。尝闻之先君子，画必以大痴为正宗，而谓石谷能尽其妙。吾因思石谷之得于子久者，盖其得于虞山者也。今石谷画，虽天台、雁荡之奇峭，嵩、华、泰岱之雄壮，随笔所至，无美不集；要其气骨之灵秀，实虞山有以钟之。一虞山也，子久得之于前，石谷得之于后，固宜其渊源莫二矣。尝见古之画者多寿。今石谷行年八十余，而颜益童，发益苍，精神益固。闻昔子久得道后，不知其所终，石谷殆亦其人也欤？康熙甲午[五十三年，1714]三月，娄东弟王掞具稿。[第 817 页]

六、王吉武序（第 817 页）

石谷王先生以画名家，海内竞推之，以为几于圣者也。予初识面于奉常公斋，时先生方壮盛。后二十年相见于京邸，晚数遇于吴门。今辱过我里，则先生年已八十余矣。予非知画者，然即平日所亲炙者言之，而知先生盖学道者也。其即之也，温然栗然，气静而神闲；听其言，简而旨，终日无尘俗，虽名动天下而色冲乎若虚，不自矜满，油油然外和而内介，其视贵富势利之途泊如也。尝与予言："吾向观宋元诸名迹于显者之家，及数十年问之，则易主矣；或不至数十年，而已易主矣。当其权势熏灼，何求不得，乃未几而后人不能守，甚者或没之官，岂非聚而必散，固物理之常耶？岂非富贵场中倏忽变幻，如浮云朝露之无定凭耶？吾于此有慨焉，是故不以彼而易此也。”又曰：“吾于是道也，因乎性，成乎□[天]。故耳目所营、心思所注，虽万物之众而惟吾事之知，愈久而愈觉其境之无尽也。虽非誉巧拙所不暇计，而况其他乎？与天俱适，习焉若忘，终吾之身而已。”予曰：“先生之言，尽之矣。”夫用志不分，乃凝于神。庖丁治牛、纪昌治射，宜僚之弄丸、张旭之善草书，胥是道也。先生之于画，亦若是而已矣。其几于圣也，复何疑哉？抑予又闻静者多寿，盖得山之性者也。先生丘壑置怀，年大耋而有婴儿之色，正所谓德全而神不亏者，其寿岂可量耶？姑书以志之。康熙甲午[五十三年，1714]涂月，年家眷弟王吉武拜题。[第 817 页]

七、唐孙华序(第 817—818 页)

乌目山人王石谷先生以绘事名天下，盖天纵之以绝异之资，而又加之以过人之学。其包孕众有、牢笼万象，论者谓其出入变化于宋元诸名家，有其过之，无不及焉。由是，尺蹄寸缣，重于天球弘璧。自名公巨卿，以至胜流韵士，交口赞誉，以为画家之圣无异词。其所投赠诗文，盈箱累乘；然人但称石谷之画而已，而未有言及石谷之为人者也。夫古今艺事之绝者，亦兼以人重。如右军之于书，非专以书重也；右丞之于画，非专以画重也；中散之于琴，非专以琴重也；仲宣之于弈，非专以弈重也；野王之于笛，非专以笛重也。盖不徒重其艺，而亦兼重其人也。石谷之为人，道气冲淡，神情疏散，乐静爱闲，于声势喧竞之途泊如也。其生平敦重风义；与之交，不为翕翕然；至其感知己、笃故旧，终身如一日，斯可谓方雅君子矣。忆吴门宋坚斋少司马为比部时，受命绘《南巡图》，重币延迎石谷至京邸，凡东南画家名辈数人并集一堂，秾纤分寸悉禀受王先生指麾，无敢逾越。予每过之，见其帘阁据几，凝神定志，寂若无人。诸贵人争相延致，辎軿填咽，悉谢不往也。时今总宪纳兰凯功，年甫成童，一日问予曰：

"石谷之画,果为海内第一乎?"予应之曰:"然。"[第 817 页]又谓予曰:"近者石谷以数幅进呈,上展视甚喜,顾谓左右诸贵人:'汝曹能得王某画乎?'皆对曰:'不得也。'上益喜,微笑曰:'是家非肯轻为人画者,固知汝曹不能得也。'"图成之后,诸巨公挽留不得,遽拂衣以归;上意欲留之供奉内庭,而知其雅志,亦不强也。是石谷之高阁静退,皇上亦深知之矣。其与人交,坦直和厚,始终不渝。自弱冠时,受知于吾州奉常王公;一水一石,奉常公见之辄惊异叹赏,以为古今未有,名亦以是日起。及奉常公殁,每言及,辄为呜咽。谢傅西州之痛,时时不忘于心,其感知己而笃故旧如此。予故表而出之,以见石谷之艺固足上掩古人,而其为人亦无愧于古人也。康熙甲午[五十三年,1714]阳月,娄东年家弟唐孙华顿首拜撰。[第 818 页]

八、陈见龙"赠石谷先生序"(第 818 页)

余家虞山北麓,距石谷所居一牛鸣地耳。甫离襁褓,即与石谷嬉戏往来。两家父母易子而抱,交相爱护。出就外傅,同舍共学,晨夕无间也。年仅舞勺,遘甲[甲申,崇祯十七年,顺治元年,1644]、乙[乙酉,顺治二年,1645]之际,彼此避难,音问阔绝者久之。迨海宇升平,余仍事帖括,而石谷已专志丹青矣。落笔便有奇气,前辈名流往往逊为弗及。迨娄东王廉州玄照先生见其扇头小幅,把玩赞叹,不忍释手,谓三百年来所仅见,不久当享大名于天下。因招致娄东,并引之谒奉常烟客王公,一见欢如平生。两公尽出所藏唐宋元明名人真迹,朝夕临摹,更指示而开导焉。三年而学大就。自是每一命笔,直欲驾古人而上之。四方名公胜流,书币踵门无虚日;而以诗文赠贻者,亦盈溢缃笥矣。岁丙寅[康熙二十五年,1686],车驾南巡,命绘天下舆图。都谏坚斋宋公荐之,得待诏承明,给笔札。为图以进,天子嘉赏;又蒙青宫召见,赐坐赐食;又赐"山水清晖"四大字。一时辇上公卿,皆艳称其事,以为旷代未有,作为歌咏以志之。石谷身被宠荣,对扬休命,既奉归,颜之草堂楣间。因汇集诗文,并前后所赠贻及往来尺牍，悉付梓人，所以志知己之感也。余自侨寓吴门，未得与石谷数数相见。今年二月，扁舟来访，共话三十余年离索之情，恍如隔世。而曩日枌榆旧侣，俱已墓有宿草，余两人犹得把臂相寻、追忆七十年前旧事，不可谓非厚幸也。余穷老无成，且长作吴趋寓客，而回首故园，湖山不改。然欲如少时与石谷嬉游竹马，聚首靡间，岂可复得哉？于其别也，敢述吾两人之世好如此，不禁感慨系之矣。同里云骧陈见龙。［第 818 页］

01－045　长留集

孔尚任

二十卷。孔尚任辑，中国书店1991年6月第1版，影印康熙五十四年乙未(1715)岱宝楼刻本。(下录均见上册)

一、吴之振"序"(第1a—2b页)

近世主领骚坛之人，每对学者讲"三昧"，谈"神韵"。问其所以，则曰："可以意会，不可以言传。作诗久，自能了悟。"学者闻其语，虽不甚解，亦不复问。比于禅宗，则棒喝之微旨也。其真与伪，学者且不能知之，又安能学之？吾谓大抵袭沧浪之绪语耳。夫诗者，无论学士大夫、野老士女，即景即事，称心成语；有情有理，矢口叶韵；闻者莫不感发，和者无不畅遂；以之被笙歌，则合乎声律，可以召八风，通万籁，所谓率其天真，诚能动物也。非谓别有门庭，自号曰"诗[第1a页]人"，招致生徒，传授衣钵，俟其面壁久参，一言印证，微笑相视，不许门外汉窥其半字，然后曰"此大家也"，"此正派也"。吾每持此论诗，世无信者。后读孔东塘员外、刘在园观察两公传稿，无非以当前景、实在事、委宛之心情、活泼之物理，浩歌微吟，随体裁制；清不涉空，真不涉俗；气动而发，意尽而止；参之汉魏唐宋、近代作者，既不剿袭，亦不背戾。盖自作其诗，我既不肯学人；各成其诗，人亦不须学我，谓之"大家"可，谓之"自成一家"可；谓之"正派"可，谓之"独[第1b页]创一派"亦可。闻孔、刘两公素未谋面，仅以诗调略同，订交水乳。甲午[康熙五十三年，1714]冬，始晤于淮上署斋，促膝三阅月，商榷风雅，欲尽收近贤传稿，选为《长留集》，用存真诗，而先以所自著者易手选定，以观旨趣之同异。且不远千里，邮寄惠教。予下帷三覆，见两公之诗，无一同意，无一同句，而皆能自作其诗，各成其诗；两公之志，则无不同也。志同则道合，道合则声应气求，孔、刘两姓于是乎千古莫解矣。考古今诗家，两姓并著者，代不乏人。大要以名实相埒、格品[第 2a 页]不殊者，后学衡其轻重，连类而称之耳。惟唐之《长庆集》，则元、白所自定者。若明之王、李、钟、谭，则又党同伐异，以排挤标榜为事，不必其集之合而存也。今孔、刘两公，既同调矣，而又各选其诗，合存其诗，不与古人竞美，不与今人争长，倡予和汝，自足无憾。他日者《长留集》成，人人入其选，在在存其诗，合天下而一道同风，所谓"大家""正派"者，不两公归而又谁归哉？黄叶村农吴之振。[第 2b 页]

二、孔尚任"序"（第 1a—3b 页）

丙寅[康熙二十五年，1686]秋，奉使淮扬。以河议龃龉，羁留四载，得与吴越之士商榷风雅。座上客多啧啧称刘处州者，予未习其人也。还京后，每过慈仁寺，搜廊下残编。得《刘存稿》一册，鼠啮煤熏，仅有字形。灯下披阅，才数行，即拍案呼跃，以为技痒在心三十年，始得遇麻姑一爪，岂非快事！于是通名邮筒，果得处州报函，乃癸酉[康熙三十二年，1693]春杪也。自此消息时闻，不啻面语。盖风雅正派，不绝如缕，若无在园先生，谁其续之？予冷曹多年，抱膝闲啸，凡馆阁名流、落魄词客，无不把臂[第 1a 页]倡和，领其风旨；至若磁针珀芥之间，则犹有吸引不灵者。惟我在园之诗，一句一字，皆非予口所能言，而又无非予意所欲言，而又无非代予所言，而予不必更有所言。其性情相合若此，岂非造物凑泊之一异事哉？既解组，遁迹林泉，闻先生历观察，迁廉使，由栝苍之豫章，宦迹所至，篇什日富。惜天下之言诗者，不获识其面；而予又不能跋胠箧，尽窃其奇秘，与天下共读。所谓风雅正派，不绝如缕者，不岌岌坠乎？甲午[康熙五十三年，1714]腊月，薄游江南。舟维袁浦，[第 1b 页]遇先生为淮徐观察，河绩既底，退食多暇，将生平所作，汇为《葛庄诗》编年、分体二部，付梓已竣。予急欲读之，遂投刺造谒。一见欢然，全非生客。盖神交已久，较之面交为尤密也。款留三月，往来清署，瓶花茗碗之侧、雅歌薄醉之余，语默相对，形神不分，觉两人知己，自足千古；相须相遇，岂偶然哉？既得《葛庄诗》，吟不去口，常展案头，拉客共读而指之曰："此诗真，无一皮毛语；此诗新，无一窠臼调；此诗雅，无一粗鄙声；此诗清，无一饾饤字；此诗趣，无一板[第 2a 页]腐气。凡古今诗家平熟无味之意、含糊不了之辞，一概洗除，令读者动心变志，啼笑无端，真如声之震耳、色之眩目、五味之沁舌；兴观群怨，逐首感发，而可为学诗准的者。"余适选《长留集》，遂以此冠其端焉。客曰："温柔敦厚，诗人之旨也。诗虽主于感发，而尤贵乎涵蓄。盛唐以后，此境荡然，操觚者不可不更有以进之也。"余曰："诗存乎人，患其人不文耳，文则未有不温柔者；患其人不质耳，质则未有不敦厚者。至于性灵日新，生意无穷，凡情触于景而[第 2b 页]无所不言者，感发之谓也；景缠于情而不能尽言者，涵蓄之谓也。非谓平熟含糊、剿袭陈腐之语，不痒不痛，自欺欺人，而遽谓之涵蓄也。若持盛唐以薄近代，则人亦将持'雅''颂'以薄汉魏。总之，一画以后，文明渐启，自然之运也；虽有圣哲，不敢以一画之浑沦，而薄六经之详明；风雅变迁，亦若是尔。吾观在园之诗，句句有本，篇篇自运。不与古人较工拙，亦不求合于古人；不与今人争短长，亦不望知于今人。闭户读书，自作在园之诗，而在园之诗于[第 3a 页]是乎传矣。"康熙己[乙]未[五十四年，1715]仲春，曲阜弟孔尚任撰于袁浦之云踪馆。[第 3b 页]

则杰按：此序汪蔚林已据以辑入《孔尚任诗文集》卷六（中华书局 1962 年 8 月第 1 版，第 3 册第 491—493 页）。

【附录一】《孔尚任全集辑校注评》本《长留集》卷首刘廷玑《序》（齐鲁书社 2004 年 10 月第 1 版，第 3 册第 1363—1364 页）

余生平颇耽吟咏，而学无专家，缘景生情，聊自写其性情而已。

其于声律体裁，未尝绳拘幅守、摹效前人也。后与圣裔东塘先生交，往来手函，论诗为多，心心相印，言言莫逆。数十年积悃不能举以先人者，而先生无不发之。知己之快，自足千古矣！迨先生解组后，遍游天下名山大川，诗兴益豪，诗论益高。甲午[康熙五十三年，1714]冬，扁舟来淮南，留馆数月，晨夕过谈，又觉睹面之请益，胜于削牍之质疑也。尝记其论诗曰："世运递迁，而声诗乘之，不能不变者，诗之体裁；未尝或变者，诗之旨趣也。兴观群怨，古之皆同；而词之厚薄、意之深浅，则有古今之分。此固仿之不能肖、避之不能免者。学者仿之、避之，徒多一依违之遮耳。吾每劝诗人多读书，自发其所欲言。至于'汉魏唐宋'，当置之度外。盖诗以道性情，更无他义。苟能以己之性情，发人之性情，人即爱而读之；读之，斯传之矣。传者，传其旨也，传其趣也。有旨有趣，厚亦传，薄亦传；深亦传，浅亦传。若夫体裁之古今，任之可耳，无关于性情事，慎勿仍存'汉魏唐宋'之见，以自挠其天真也。"语毕，出箧中所贮诸作授余。余迴[回]环寻味，不能定为何代体裁，但觉旨趣深长，天真流露，不禁喟然曰："东塘之诗，东塘之性情在焉。读东塘之诗，可以见东塘之性情，即可以自发其性情。是殆浸乎汉魏唐宋之神，而尽代其仿之、避之之迹者也。"因念余向所作诗，固远不及先生；然以之自写其性情，则一也。况余之性情，又因东塘之诗而有所触发，何复计余诗之工拙哉！先生然余言，遂有"孔刘合选"之举。予既忝[属]同调，敢不以芜稿应之乎？虽然，东塘理学契于宸衷，经济登于政府，著作文章编于金石，海内之重东塘也，不仅诗也。即以诗言，而《湖海》《岸堂》《石门》诸集，盈尺等身，亦洋洋乎当代之大家矣。但恐海内人士，未易至而遍读也；不揣弇鄙，选而刻之，计诸体诗若干首。虽删存未当，不足以尽东塘之美，而天下之向慕东塘，思读东塘之一字而脍炙于口者，得此大集，岂非巨鼎之丰脔哉？康熙乙未[五十四年，1715]仲春，辽东海弟刘廷玑撰于袁浦行署之鹤笠亭。

则杰按:此序影印本未见,而前录孔尚任该序又不见《孔尚任全集辑校注评》本(包括该书内其他孔尚任小集),不知何故。

又,此序署款所谓"辽东海",似衍一"东"字或"海"字。

01－046　友声集

赖鲲升等

七卷。赖鲲升、赖凤升、赖纬邺辑，《四库全书存目丛书》集部第414册，影印康熙五十六年丁酉(1717)赖氏霞绮园刻本。

一、张尚瑗"叙"(第651—653页)

赖子牧庵、晋公工诗，好论交。远近名下士既慕赖子之才而乐与之游，又各能以意厚之。从其游者，人人各自以为赖子亲己。赖子之所好惟诗，士欲从赖子游者必投以诗，亦有答赖[第1a页]子之投，更叠唱和。积数十年，诗益多。裒而刻之，名曰《友声集》，属叙于石里张子，以余亦所与游之一也。夫《鹿鸣》之章，取其得食而相呼；而继之以嘤鸣《伐木》，鸟与兽皆能以声自为，进而自得其友。人唯是逃于空虚，放于无[第1b页][第651页]何有之乡，甘与物相绝？夷、惠非无情；矜贞之郎，以放寡宗。大圣如舜，犹曰"有羶行"，人多慕之。周、孔以下，三千八百七十子之徒，浸淫逮于颍川、平舆，人伦月旦之所自起。盖未有无其声而能使海内之士靡然景从者，亦未[第2a页]有无其实而盗其声，积久而不陨者。故曰：学问无方，心志不通，身之罪也。心志通矣，名誉不闻，友之罪也。真积力久，而后有闻。闻誉彰彻，而始能得友。人身之精者为言；诗文之于言，又其精也。吾以实学所得之声通乎友，[第2b页]而友以其声之精者发为投赠之诗与文。魏文帝追忆徐、陈、应、刘，撰其遗文，都为一集，曰"追思昔游，如在心目"。陈遵工书牍，友人得其书，皆藏弆以为荣。戴洪正得密友，立为一编，焚香告祖考，号曰《金兰籍》。盖友之贻，足以[第3a页]为吾重。而吾所以重友之贻，至于没世不忘，则岂有五交三衅，以视其友;浮者自浮、沉者自沉,以视其友之贻者乎?文者,心之声也。声者,实之宾也。不以友为宾,而以实名之;不以友所贻之诗若文为声,而以心结之。白鹖[第 3b 页][第 652 页]相视而相化,雄鸣于上风,雌应于下风。友声之相通,人与禽均非无所致然也;无亦返乎其实,以致其声,而以心告天下——此赖子刻《友声集》之本旨也夫。时[第 4a 页]康熙丁酉岁[五十六年,1717]仲春月,吴江张尚瑗撰。[第 4b 页][第 653 页]

二、吴正名“序”(第 653—654 页)

霞绮园在会昌邑治之北,湘水环焉。长松高梧,修竹名花,参错于亭台池沼之间,盈十数亩,实为一邑之胜。友人赖维牧、晋公兄弟与欧、胡、沈诸君子肄业其中,会之人美秀而多文,诸[第 1a 页]君子尤为杰出。《过日集》谓吾师易堂魏季子先生之诗,为当今布衣第一。诸君子闻其风而慕之,遂担簦陟翠微峰而问业焉。吾师亦乐与之言,日夕不辍。诸君子又特篮舆迎至园中,吾师更为述其登华山绝顶,高韩昌[第 1b 页][第 653 页]黎痛哭处十里,日月从两耳升降,视黄河如袜带委地下,燕、赵、秦、豫隐隐见黑子,俯仰天地,悲从中来,有披发入山、长往不返之思。诸君子闻而惝恍若身遇之,诗日以不同,沉郁顿挫,缠绵悱恻,各具至性,皆有成集。其得[第 2a 页]意处,又往往无或非超遥物表,翱翔天际,人莫可得而控驭也。于是,霞绮园之诗名重于时。远迩人士过从赠答之篇章,亦因之以日积。维牧恐其久而或散佚,遂辑而录之。将以付梓,属余引其端。余览之,而有感于《伐木》[第 2b 页]之诗焉。夫《传》所称事父事君,刑寡妻,至兄弟,御家邦,诗之教亦弘矣。而乃出幽谷,迁乔木,求友声于和平,归致极于神听,谓之何哉?盖尝闻之,诗之内有诗,诗之外有诗。人既不求之于外而又忽之于内,则诗几何其不亡[第 3a 页]也?《诗》曰:“鼓钟于宫,声闻于外。”又曰:“鹤鸣于九皋,声闻于天。”诸君子尝有挟其诗歌游吴越间,名动公卿与耆旧,有以也夫。康熙乙未岁[五十四年,

1715]仲春，贵池同门弟吴正名拜题于绮园百尺梧桐阁。[第3b页][第654页]

三、彭天华“序”（第655—657页）

《友声集》者，霞绮园诸君子所辑四方友人往来赠答之作也。余读之，起而叹曰：“甚矣！人之不可以不自树也。”《书》曰：“树之风声。”又曰：“十年之计，在于树木；百年之计，在于树人。”木所以为材[第1a页]也，人所以取材也。夫人必自树，而后树人。树而林立焉，风遭之而成声。不观夫松涛之响于万壑乎，与海水之沸扬而澎湃也无以异。余与霞绮园二赖子、欧阳子、胡子、沈子、曾子、王子及其昆弟子侄交，盖读书学古外，[第1b页]其于医药卜筮、弹琴击剑以及仙灵幽渺之事，无不究晰，且精且善；遇事则如手足百骸之共运也，以成其躯。既已树之，又树之林立比栉焉，宜其风声之远而且长也。由是四方君子之闻其声也，来而相求；诸君子又遨[第2a页]游于四方，迹其声而往求之。相与赠答之多，遂裒然而成帙，付之梓，命曰《友声集》，深有得于春山伐木“嘤鸣”之意矣。在昔延陵季子、韩宣子诸人过都越国，会聘相享，列国之大夫皆各赋诗以见志，因以卜其人之生死、家[第2b页][第655页]国之兴衰。夫言为心之声。古人但一歌咏《三百篇》之诗，不过断章取义，单词片语；于俄顷之际，其感报影响，遽已如龟筮之先机，无纤毫悠谬。况诸君子与四方名贤流连光景，由绎其心，镂以为词章，连篇累牍，有不共臻[第3a页]其神听和平者乎？然而声抑岂足以尽人之蕴哉？俯仰天地，低徊古今；前无所规，后无所效，有如陈子昂之感念悠悠，独怆然而涕下者。抑其沉郁顿挫之怀，泯其所自树，浸假摧而为薪，燔而为火，恒有与天地不能为息[第3b页]者焉。霞绮诸君子既尝规于易堂诸先生而师事于吾庐夫子者也，诸先生平昔所讲求，皆宝惜人才，用以寄其薪尽火传之志；得诸子而亲授之，借以瞑目。余亦忽忽垂六十之年，而欧阳子、沈子、胡子皆以先后入地下，[第4a页]帙中诸名贤大半成古人，可不甚哀？独维牧、晋公兄弟硕果巍然，相率其诸贤子弟有沧峤、嵇立、桐村辈起而效之，顾已森立而能溉之培之，嗣续以之，可不谓甚幸？将见发皇而为栋梁，为鳌极，以之撑柱天地，扶轮日月，[第 3b 页][第 656 页]又岂仅以声诗洋溢为哉？时康熙乙未年[五十四年，1715]孟夏，南州同学弟彭天华拜撰。[第 5a 页][第 657 页]

四、赖鲲升“书后”（第 694—695 页）

家大人及仲父与邑中欧、沈诸先生，读书霞绮园，朝夕讲贯，砥砺实行，好诗古文辞。更游梅川，扪石壁，登百丈翠微峰，问业于吾庐魏太夫子。既而迎至园中，商榷评定，各有所得。自以荒陬识见不广，又买舟而游吴越，以逮齐鲁燕赵间，探古今胜迹，得交当世之名人巨公与夫山林逸士，相与诗歌赠答。于是而霞绮园之名，亦遂有闻于大江南北。嗟夫！吾[第 1a 页]邑僻处山陬，连岗复岭，水石硋磕，蹑履而至者自昔罕有其人焉。况士乐家居，不得与贤人君子相晋接，无怪乎见识之弇鄙、胸次之狭隘也。陶渊明诗曰：“昔欲居南村，非惟卜其宅。闻多素心人，乐与数晨夕。”马子才曰：“司马子长生平喜游方，年少足迹不肯一日休，非直为景物役也，将以尽天下之大观，以助其气。”以观家大人、仲父之出而交游者，不与二贤[第 1b 页][第 694 页]者悠然有吻合耶？嗣是而文人墨士时或纡道过访，啸傲于花晨月夕之间；时或鱼书燕信，怀思于暮云春树之际。鸿雁雅什，美不胜收。藏弆秘笈，已非一日。迨至辛巳[康熙四十年，1701]，讫于甲午[康熙五十三年，1714]，绮园四惧洪水。藏书古玩，悉为波臣所夺；而锦句瑶笺，从泥淖中命鲲升兄弟搜觅抄誊，得若干首，存者仅什之二三耳。呜呼！远方诸君子，俱已半作古人；即同堂诸父执，亦先后[第 2a 页]谢世；家大人、家仲父人琴之痛，悲从中来。爰将所仅存者寿诸梨枣，以无负生平求友之意云尔。至于岁月远近，次第不无参差，缘从遗失搜辑，随得随录，未及重定，诸先生或亦鉴其衷而恕其谬耳。时强圉作噩[丁酉，康熙五十六年，1717]毕寎月上巳日，赖

鲲升敬跋。[第 2b 页][第 695 页]

【附录一】《四库全书总目》卷一百九十四集部总集类存目之四(中华书局 1965 年 6 月第 1 版,下册第 1778 页)

友声集七卷(浙江巡抚采进本)

国朝赖鲲升编。鲲升字沧峤,会昌人。其父方勃,偕弟方度,于邑治之西辟霞绮园,与邑人沈开进、胡应相、曾鉴、欧有骏读书其中,一时多为题咏。后鲲升兄弟复读书园中,因辑投赠之作,合为一编。凡序、记、书、传、赋二卷,诗五卷,盖仿《玉山草堂集》例也。

则杰按:此集据各卷所署,编者除赖鲲升之外,尚有赖凤升(桐村其字)、赖纬邺(嵇立其字)二人。

01－047　诗伦

汪　薇

二卷。汪薇辑,《四库未收书辑刊》第十辑第30册,影印康熙寒木堂刻本。

一、张伯行"序"(第100—101页)

天下之道,莫大于伦。古昔帝王励世磨俗,与夫圣贤所以立教垂训者,亦莫大于伦。故唐虞以命司徒,三代以悬学校;孔、孟以至程、朱,著之于书而揭之为规。虽时势不齐,政教殊致,凡以见伦之为重,而为学者所当务,其旨一也。自学术多歧,卑者既溺于功利,而聪明高旷之士竞从事于诗歌,以曲蘖为韵,泉石为高,风云月露为绮丽,曰"吾以抒我性而写我情也";见有敦伦饬纪,循循于矩范者,非目之为腐,则笑以为拘。千古之名教纲常,真若非为我辈设矣。夫独不思性者何?仁义礼智之谓;非[第1a页]抒于五者之伦,而更于何抒?情者何?恻隐羞恶、辞让是非之谓;非写于五者之伦,而更于何写?且夫古今言诗者必宗于《三百》,《三百》之言何言乎?《鹿鸣》《天保》,君臣赠答之辞也;《屺岵》《蓼莪》,孝子怀思之什也;《棠棣》,所以亲兄弟;"嘤鸣",所以好朋友也。至若《周南》之首《关雎》,《召南》之首《鹊巢》,其中言夫妇者又至详且悉,抑不宁惟是凡出乎性情之正,而为贞为善者,皆其合乎伦,而天下以师以法者也;其不出乎性情之正,而为淫为邪者,皆其不洽乎伦,而天下以惩以创者也?孰谓诗之作非以明伦,而伦之[第1b页][第100页]外又别有诗乎?予同年友汪辱斋先生,旷世轶材,其学问一归于笃实;惧世之习诗者泛滥而莫知所折衷也,因以五者之伦为纲,而采其诗之有合于是者,辑为一编，略为批示其旨趣，而名之曰《诗伦》。惜乎剞劂粗成，而已抱龙蛇之痛矣。戊戌[康熙五十七年，1718]春仲，及门程子翼山奉其书，述其师之遗命，以求序于予。予翻其诗，读之，其精忱盘结、寄托遥深者，一《鹿鸣》《天保》之辞也；感伤风木、涕殒乌鸣者，一《屺岵》《蓼莪》之什也；念骨肉为天性，思胶漆于陈雷，一《棠棣》之亲、"嘤鸣"之好也；铺麋东门，罗敷陌上，一古者《关[第 2a 页]雎》之流风，而《鹊巢》之遗化也。放旷之作、艳冶之章，澄汰殆尽焉。其有关于世道人心者，良非浅鲜。夫予向者恐学者识力未定，溺志于词华，亦尝发为缓读诗、缓作诗之论矣；诚如先生所辑，粹然一出于性情之正，而深得乎古昔圣贤明伦立教之遗，不惟无误来学，抑且大有功于人纪，又何诗之不可读，而诗之不可作乎？遂不辞而为之序。仪封年弟张伯行。[第 2b 页][第 101 页]

二、汪薇"诗伦凡例(共六条)"(第 101—102 页)

一[一]　兹集所录，大旨不出君臣、父子、夫妇、昆弟、朋友之间。此外纵名篇络绎，佳句骈罗，而无与人伦者，概不载。

一[二]　集中诗，不分五伦类编者，以一诗专言一伦，则可分；间亦有旁及数端，难以偏举，如黄涪翁《赣上食莲有感》一篇是也。故宁依世代编次，观者详之。

一[三]　诗家以雅令相尚；或失之腐，或失之俚，均魔也。是集独言人伦，尤易混入。翻阅历代诗，严[第 1a 页]加简别。一近乎二者，必汰去。不惟琴筝之声调不容杂，而兰蕙之气味亦留心辨之矣。

一[四]　诗之所以能感人者，咏叹淫佚之效多也。故是集一以乐府为主，而辅以五七言古诗，更择其顿挫深长，足以羽翼乐府者；而陈势浩瀚、修辞密丽之作，无取焉。要使读者有所感发，不至以才掩情斯已矣。

一[五]　历代诗汗牛充栋，今所收入不过二卷。非一意以少为贵，且取便行笈也。诗非言伦，体非乐府，无论岁月远近，不敢滥收。

［第 1b 页］［第 101 页］

一［六］ 从来诗道之升降，关乎气运。昭代扬风扢雅，海内向风，称极盛矣。然名家大集不尽出，且未经作者选定，小子敢自许知音？跂予望之，且有待焉。

新安汪薇识。［第 2a 页］［第 102 页］

则杰按：据最末第六款，此集不选"昭代"诗；但其中作者，实际有已经进入清代者，例如卷下朱一是、周篔等。下录李钟侨"后序"，甚至一再直接称其包括"古今"。

三、李钟侨"后序"（第 183 页）

江南程君翼山自其乡来，携新安夫子所辑《诗伦》，而告予曰："子其略述数言，此夫子之命也。"窃谓诗之本于伦，旧矣。昔之为诗者，或中林野人、幽闺妇女，专朴穷陋，素不知有文章者；及其激于伦理，不能自禁，而发于欢娱燕昵、悲愁感叹之音，往往应度合节，幽奥绝特。而使后之宗工硕人，或磨岁月、抽肝肾，配青偶白，穷精极妙，以求其仿佛而不可得。甚者学其体度声律；一或相似，则众推为雅制。是伦之系于诗也，岂小哉？今兹集之作，裒古今，辨文质；如咸英之奏，众管皆鸣，而笙竽琴瑟，各有列［第 1a 页］位；反覆上下，以归于中；奇而不纤，丽而不缛；正而多风，质而能赡，盖中古之雅音欤？夫诗之为道，自天地事物之状、风云月露怪奇可喜之观、山川之伟丽、草木泉石之怪特，存乎人者，哀乐虑叹、无聊不平、怨诽之思、闲适之趣，所感非一。虽然，此诗之苗裔也。若吾夫子之辑是编也，而专于伦，岂其截取一体也哉？所谓诗之至者，未必不备于斯焉。夫子林居二十年，于学无所不究，时发于诗，往往铿锵要眇，灭迹穷神，至于牢笼百物，雕镌万象，浑融刻露，不可跻攀。又以其暇日，评骘古今诗。是编甫［第 1b 页］成，而夫子遂厌世矣。钟侨素不知诗，况于是集之广大而深宏者，奚足以赞且论耶？虽然，有夫子之命，不敢以默。于是泫然流涕而书之，并示翼山以订其得失焉。清溪门人李钟侨百

拜谨识。[第2a页][第183页]

四、吴瞻淇“后序”(第183—184页)

兴观群怨,系乎君父。则五伦之外,无所谓兴观群怨者。古今诗话,莫如孔子矣。伦有正变,诗亦有正变。孔子删诗,《新台》《桑中》《东门》《溱洧》,列之“风”;《节南山》《繁霜》《小弁》《民劳》《板》《荡》《桑柔》,著之“大、小雅”,凡以志乎伦之变,而惩其极焉者也;其在正风、正雅无论矣,故曰诗亡然后《春秋》作。《春秋》之褒贬,与诗之贞淫,[第2a页]其劝惩则一。汉诗上接《国风》,然《柏梁》之君臣、《河梁录别》之朋友、《白头吟》之夫妇,虽悱恻缠绵,殆未可以伦当之也。诗选肇于萧统,而齐梁绮靡之习兴。至唐,才调纵横,格律屡变,如李、杜、韩、元、白诸公,讽切时事,为能得乐府之遗。降至西昆、香奁诸体,奸声溺志,徒以悦人而已。溪翁先生《诗伦》一编,直可为裁红晕碧者之针砭焉。虽诗之流品,代有传人,未可一格限,然使太史陈风,其必不以此易彼也。昔姚氏之《文粹》、吕氏之《文鉴》、真氏之《正宗》,凡近体皆不收,意存复古。然不若此选之简而不杂以腴,[第2b页][第183页]庄而不局于理,使人一唱三叹,悠然有世教之思焉,不悖于孔子矣。溪翁游宦后,屏迹家居,著书甚富,此特其寄兴之一。以余性闲僻,命其门人翼山携至吴门,属余与伯兄艮斋是正,为撮其概如此。翼山同弟左卿、夔佀,校雠甚勤,得并书。康熙丁酉[五十六年,1717]夏日,同里后学吴瞻淇识。[第3a页][第184页]

【附录一】许承尧《歙事闲谭》卷七“汪思白《诗伦》”条(黄山书社2001年5月第1版,上册第204—205页)

汪思白薇,编《诗伦》二卷,刻于康熙丁酉[五十六年,1717]。所选诗,上自伯夷《采薇歌》,下至明代止,大旨不出君臣、父子、夫妇、昆弟、朋友之间,故名《诗伦》,选择精博;间附评注,亦甚谛当。前有仪封张伯行序,后有门人李钟侨及同里吴瞻淇二跋。李跋称其“林居二十年，于学无所不究，时发于诗，往往铿锵要眇，灭迹穷神，至于牢笼百物，雕镂万象，浑融刻露，不可跻攀”。吴跋称此选“简而不杂以腴，庄而不局于理，使人一唱三叹，悠然有世教之思”，又言“以余性闲僻，命其门人翼山携至吴门，属余与伯兄艮斋是正”，是刻“翼山同弟左卿、夔侣校雠甚勤”云。按：汪薇字棣园，一字思白，康熙二十四年乙丑[1685]进士，与吾宗师六先生同榜，为程御龙兄弟之师。《志》称其以户部郎中视学福建，三年报政，考下等，效力南河，工毕遂告归，闭户读书十有七年，所著有《经概》五卷。据李跋，则其自作诗必甚工，惜今已不传矣。又，《诗伦》“参阅姓氏”中，有许起昆玉载、许稷履凝，皆吾唐模村人也。又于《黄山志·续集》中，见思白一诗，题云《秋日，玉依、禹裁叔季有黄山之游，口占小诗以壮之》，诗云：“忆昔山中迷雾雨，怅恨佳游老难补。以此定知英妙游，千峰万峰开清秋。蹑险升高恣搜讨，山灵爱少不爱老。吾闻山后之奇胜山前，愿勿迟回遗悔在他年。”又，程读山《雨窗绝句》之一云：“一棹青箱返八闽，簪花副本写圆匀。纵饶过眼烟云散，终胜求田问舍人。”原注：“汪棣园先生罢福建学使归，归装惟书万卷，多异本，尤秘惜之。购善书者数人，抄录副本。公日坐小园，湘帘棐几，惟以雠校为事，可谓韵甚。今善和之积虽散，士大夫犹啧啧不置。”又，棣园诗，新近乃得其手写刻《看香草》一卷，乃晚岁居岩镇时病中作。

01－048 国朝诗的

陶 煊等

六十卷。陶煊、张璨辑，《四库禁毁书丛刊》集部第156—158册，影印康熙六十一年壬寅(1722)刻本。(下录此本均见第156册)

另外此集“湖广”地区原“附”陶煊《石溪诗钞》、张璨《石渔诗钞》各一卷，《四库禁毁书丛刊》分别影印在集部第183册、第132册。

一、程梦星“序”(第438页)

古今之诗，历代以来，选者当不下数百家。存于后者，未能十一。诗大备，极盛于唐。唐人选唐诗，宜其弘富精当矣。今所传《河岳英灵》《中兴间气》《搜玉》《极玄》诸集，仅亦标其篇联字句之工，而未及其体裁述作之大意者；亦犹今之时艺所录，揣摩场屋之资，而未遑博其收、极其变也。自是而后，随运代而风气日移，缘好尚而选裁互异，要亦不能有定则耳。长沙陶奉长先生选《诗的》六十余卷，皆百年以内近人之诗，萃疆宇之观，备古今之体。锓其本于广陵，欲以公诸海内。其鉴别也精，其搜采也富；[第1a页]不立异于时，不苟同于众；参会折衷，既以见才人之面目，又以存先民之矩矱。诚哉！如射之有的矣。予得因是而窃论之：宋、元之诗，虽皆以古为宗，然人自为诗，各不相袭。由后而观，曰此宋诗，此元诗；在当时之作者，则未尝有意驱而纳诸一辙。至于明，始有格调气势之论矣。古必汉、魏，律必盛唐；举宋、齐、梁、陈暨大历以降之作，悉弃而弗采，实云隘矣。于是何、李倡于前，王、李沿于后。公安、竟陵矫之，云间诸子复小异之，而一代之诗局遂终。至于虞山，乃力主山阴，挽其众尽趋于宋；学者从之，持论者多不与也。夫诗出于性情之真，与物俱新而无有

[第 1b 页]终穷，如食味之可口、采色之悦目、鼓钟琴瑟之娱耳，其可矣，曾何规拟之务而欲必出于同，曾何界别之拘而必欲尽趋于一也？往予外王父蛟门汪公，辟宋诗之堂户，一时奉槃敦者颇众。先君子以馆甥常在其侧，每有题咏，仍治唐音，外王父未尝不称善。又予旧闻一父执之论曰："诗必法宋，自非定论。然三百年间，唐人中晚之诗，尘埋日久；今因尚宋诗，而中晚诗尽出人间，人始知其美，则不为无功。"此诚通人之言、拔俗之识也。以征于《诗的》所收既富且精而不拘一辙，明者所见略同，斯言益信。彼射之有的，立于百步之外，耦俱注目，其至尔力，[第 2a 页]其中非尔力，惟巧为能。虽以羿教射，不能与人以巧。然舍的而求命中之技巧，亦无所于托矣。的者，巧之地也，非徒志射而已。是其所以命名之旨欤？先生仲子倧，与予同辛卯[康熙五十年，1711]乡举；自其来客广陵，数面谈而弗之及，顷始知之。此虽一事之微，推其生平，学有根柢，不自为表襮者类是已。此其为选，已探索于风雅之道深，宜其过绝诸家，足以行远而示后也。古歙程梦星。[第 2b 页][第 438 页]

二、费锡璜"序"(第 439 页)

《诗》十三国皆有风，惟楚独无。然《汉广》《汝坟》诸诗，载在《周南》，实楚之诗也。屈原作《离骚》，刘安、司马迁皆以为兼《国风》《小雅》之长，是周诗独盛于楚矣。前朝诗兴于闽，衍于吴越，盛于中原，公安、竟陵起而更新之；论缅谓明诗变衰于楚，然清汰之功亦不可泯。国朝诗，楚风最盛。康熙三十五年[丙子，1696]，遇长沙陶石溪先生于京邸，与极论天下诗，以谓：吴越之诗婉而驯，其失也曼弱；楚蜀豫章之诗勇于用才使气，其失也剽而争；中原之诗雄健平直，其失也板而乏风致。京都杂五方之风，山左颇染三吴之习。[第 1a 页]前朝闽诗胜于粤，今粤中之诗，遂与中原吴楚争衡。——此天下诗之大较也。惟时石溪与锡璜建此议，欲有所标指，以持天下风雅，寻各以事散去。湘南江北，相隔数千里，不见者二十五年。一日，扁舟至扬，狂喜之后，则出天下分省《诗的》示我，见其采访之博而决择之精。盖自其先祖夔友太史先生、尊人五徽先生，至石溪三世，留心风雅，所以酌定如是之不可易也。盖尝论之，持风雅有数难：具千百品之目，尽照众美，而后平奇浓淡，皆收而不没其长；又能深入汉、晋、唐、宋、元、明，贯其源流，辨其家数，较其升降，而后各尽其体裁；周行天下，尽南北东西[第 1b 页]之风气，而后知强弱盛衰之不同，持一定之衡而不举一以废百。诗品高者高之，次者次之；才多者多之，才少者少之；不为名所欺，不为位所骇，不为资所动，操之自我而我无所容心于其间。如是，庶于风雅有所裨益矣。石溪足迹遍天下，交尽各省名流，任侠而尚义，急友朋之分，曾破数千金不惜。今令子已成名，或有声庠序。年近七十，自谓平生精力多萃此书，是以特走数千里至广陵，不期年而梓成，此中若有神助者然，洵异数也。其书照各省分置，不惟有以见各省风气之盛衰，亦以征王风之广且博也。名之曰《国朝诗的》，言诗之准则也。欲[第 2a 页]观今天下诗，于是书取则可也。成都同学弟费锡璜拜撰。[第 2b 页][第 439 页]

三、周仪“序”(第 440 页)

《书》云：“诗言志，歌永言。”志者，心之所之也。然言之不文，传之不远。自古立言之士，必其精神才力，足以长留天地而不泯；虽值劫灰“阳九”之会，亦辗转出于汲冢鲁壁，而为贤人君子所捃拾以传于后。周诗《三百篇》，经圣人删定，为万世章程。逮梁萧统有《文选》之书，而汉魏诗附载。继此而唐，而宋，而金元，而明，皆赖选本以传。因叹选政之事，有功于作者不小。譬如嘉谷美种遍生田亩，苟不遇良农，刈之，获之，簸其糠秕，汰其沙砾，以登于仓庾，则皆狼戾腐败而不可食矣。今[第 1a 页]国家声教覃敷，人文化成。虽山陬海澨，户晓诗书，俗同邹鲁。而扬风扢雅之士，霞蔚云蒸，沨沨郁郁，于斯为盛。长沙奉长陶先生，才是国华，诗为家事。曩者皋比朱邸，掉鞅骚坛，长安文笔之士无不抠衣倒屣而问业焉。嗣后舟车所至，敦槃缟纻半天下，故得网罗十五国之篇章，汇为卷帙。自湖湘而来广陵，雕板行世，名之曰《诗的》。“的”者何？射之所志也。射之为力不同，而其必志于的，则一也。苟不中于的，则虽贯革没羽而无当；中于的，则忠爱悱恻之情、温柔敦厚之旨，可以廉顽立懦、感物移人，一字千金，数篇可老，庶作者之精神，借选者之心[第1b页]眼，方克留声光于大地、被清气于两间也。先生别我三十余年，衡燕江鱼，停云空赋。今得白头相对，犹于僧窗佛火间，抵掌细论，览一代之盛，见斯篇之成也，岂非厚幸哉，岂非厚幸哉！晚耕同学弟周仪拜稿。[第2a页][第440页]

四、许炳“序”（第441页）

维楚多才隽，陶子称巨擘。小年赋梁园，不愿登仕籍。立志在谋道，直趋贤圣域。典坟穷搜探，子史详考核。百家尽贯穿，理窟窥幽赜。溯流务穷源，食鸡必食跖。冰雪净聪明，汗简手不释。著书万千言，有伦而有脊。诗篇特其余，峭拔标丰格。久挹东篱风，尘鞅未得觌。朅来遇芜城，晤对欣接席。于野合同人，终期为丽泽。虚怀特扮谦，冲抱亦渊默。议论倒浃泉，浩浩流不息。编辑今人诗，名家恣搜剔。侧寓文选楼，千年继芳迹。评骘何惨淡，此事实重责。意匠失毫芒，观者易指摘。正如闲情赋，乳臭讥在昔。取舍惟寸心，雠绎劳晨夕。伪体既别裁，风雅复分晰。[第1a页]所采咸精华，糟粕务洗涤。卓识抗古今，沧海岂蠡测？成竹具在胸，发矢必中的。斯文赖荟萃，洪声振金石。鸡林价立腾，人口争脍炙。坐待兹编成，骚坛庶增益。同学弟许炳拜稿。[第1b页][第441页]

五、王棠“序”（第441—442页）

诗之为道，美刺而已。故诗之教，与《春秋》同其权。而诗之未亡，与《春秋》同其用。当是时，天子五载一巡狩，太师陈诗以观民风。其中或美或刺，天子因之而施黜陟刑赏之典。自美刺不复上闻,此王者之迹熄,而诗之所以亡。孟子言"诗亡,然后《春秋》作",职是故也。然予谓诗本性情,诗亡而性情实有不与之俱亡;是诗之亡,亡其诗之用,而诗实未尝亡也。自《三百》后,体制各殊,其源流井井,有不得遽绝于世,亦视夫性情与之相续于无已也。故其用若不能奏绩于后世,而用之权,则自诗人操之为无[第 1a 页]疑。长沙陶奉长先生,家学渊源,交游遍海内。考据精详,搜罗极博,于诗道中折肱洗髓,历有年所。以选《国朝诗的》见示,不以棠无似,辱使序之。予惟先人占籍江陵,与陶之令祖密翁先生道义相契,何敢以不文辞?或谓"诗至李唐,风诗盛矣;自唐而后,难为继响",不知诗之为教,关乎气运。国家定鼎,文治休明。今圣天子尤重风雅,一时侍从文学诸臣无不掞藻敷华,对扬休命;海宇承风,共沾德化,各有著述,自成一家之言。较之四唐,于斯为盛。此不可谓之无笔迹也。或谓"作诗[第 1b 页][第 441 页]难,操选政者尤难;使有挟持,或存市心,皆不足以垂后而传远",予谓不然——陶子秉至公之心,传性情之学;世远年湮,读之犹若见其人呻吟之状,盖作者灵光独照,有不能遏之使不一露,此何虑乎后之不垂而传之不远耶?又谓"方隅异处,南北殊途,天之降才必有参差不齐之数",不知风诗之教,原如五音竞奏,彼各合其性情之安,从而调之,始克收其太和之气。乐理如是,诗道何独不然?且陶子所谓"的"者,非法则之谓也。美刺合乎性情,乃所以为的也。苟得其的,则非漫然而已也。栾城言,为文贵有谓;山谷论诗言,诗须有属,乃足以垂世传后。文[第 2a 页]有谓,诗有属,即《春秋》之旨,即未亡之诗也。然则诗虽亡,果可得其用,虽亡不亡也。陶子于诗之教能得其性情之微,则其考订,讵不大有裨于世教乎?是为序。年家眷世同学弟王棠。[第 2b 页][第 442 页]

六、吴寅"跋"(第 442 页)

康熙丙子[三十五年,1696],余客游京师,见贤臣名士声称文物之盛,而得接于长沙之陶子石溪,资论风雅。亡何,石溪以丧去藩邸还楚。余于他所，得闻人文之胜，时深其想望。因叹天下之广，涵濡圣人教化者数十余年，才华辈出，夫岂少自写其性情于诗歌中者？恨足迹未远，而闻见实疏，故未能遍耳。余心终不能忘。岁庚子[康熙五十九年，1720]，余方匿影于文选楼，故人江文山具言其有友陶君，挟所集本朝天下诗来扬州，谋授诸梓。余以为至广远者天下，其为诗甚繁以赜，岂易集而成帙？既而获晤，熟视之，即向之去藩邸[第1a页]还楚者之石溪，相睽二十五载。坐甫定，重以是集为言。余嘉叹，未及请稿，亦以为岁月可就。洎辛丑[康熙六十年，1721]秋，闻已订成帙，将付雕氏。壬寅[康熙六十一年，1722]夏，刻六十卷，署曰《诗的》，工且告竣。余心异，受而读之。凡素所得闻者，略载无遗；而幽潜挂漏之篇，亦不致少缺。夫以天下才人发诸性情所不能已，忠孝节烈之见于草木虫鱼、民物风土者，若聚异同堂，倾奇觌面，不知其教行于上者迥非一日；今而后四海之远、千载以下，读其诗想望其人与其事，洋洋乎一代之风归诸大雅，是石溪之为功于数十余年而成于一岁之中也。吁！其盛矣乎。同学弟吴寅。[第1b页][第442页]

七、江祥“书国朝诗的后”（第443页）

国家文教所敷，无远弗届。不独一时名卿巨公，亲淑圣人之化者，为能自抒至性，著为诗歌，以相与鼓吹乎休明；虽山陬海隅，匹夫匹妇，游泳太和，亦莫不蓬然兴，勃然起，盖洋洋乎大雅哉，极千古之盛矣。自陈风之典不行于朝廷，而诗教之微权往往寄诸草野操选者之手，故代必有作，作必有选。选也者，非仅汰芜收华，取悦世俗已也；要必无悖宣圣删订之旨，使读者见其美足以兴起，见其刺足以垂戒，其庶几于人心世道有所裨益。是故作者难，而操选政为尤难也。若徒于字比句栉，竞[第1a页]奇角异，譬诸云彩花香、月华海市，当其时，非不目爽情怡，一转瞬而声光俱寂，世亦何赖乎有是选也。矧夫上下于数十年之间，鸠合九有之作者，而以一人之心洽乎其心，一人之神行乎其神，裒之为集，以成昭代之伟观，夫岂易易哉！然则居斯日，据骚坛，执牛耳，吾正惧鲜其人，而孰意陶君奉长，竟能应我朝文治昌明之运，而有此十五国风之选也。猗欤休哉！至于陶君家学有源，积行有素；处作、处选，皆在不愧，诸君子已先予言之，夫又奚赘焉？同学愚弟石林江祥拜识。[第 1b 页][第 443 页]

八、陶煊“征选国朝诗的引”（第 443—444 页）

盖自骚坛执耳，莫盛于当代之词宗；而吾楚偃旗，谁信谓雄风之大国？诚知山川不限，得肆力于志言；况生屈、宋之乡，应共引为家事。翼六经而苗裔古乐，义系存亡；阅屡变而收拾遗音，时关聚散。玉池近望，慨考功之佚句何多；选阁遥披，即水部之名篇未录。从来艺苑，未易主盟。故唐百家谓显然在人者不待选，乃竟置李、杜、王、孟之俦；至曾大府诸缀之以传者多率书，遂滋议论鉴裁之诟。虽曰魏门而两汉奥，气象实拔起于曹、刘；虽曰晋激而六朝舒，超然孰比拟夫陶、谢？非博求多识，何[第 1a 页]所折衷；必远致藏书，庶资皇览。因不揣固陋，谬与三[二]三同志商榷声情，网罗放失。颜名《诗的》，聊依北海、虞山之规；洗发郢春，兼雪公安、竟陵之屈。请自汉魏而下，讫于熙朝，集雅奏于一堂，珠联璧合；将循江山以往，遍夫海岳，令词英之毕会，霞起云蒸。若夫擅赋铜山，最增文厄；未敢侈标轩过，诡誉形馨。或征人行早之诗，曾并收于图画；或刺史《箧中》之集，肯弗坠其风流。或疏越朱弦，张于鲁壁；或吉光片羽，秘在陶瓶。或阮步兵之百篇，尚存全本；或张公子之千首，未丧隐居。或拾穗高歌，陈君自晦；或卯桥杰作，别籍犹收。亦有季萼英华，绝同才子；[第 1b 页][第 443 页]不妨林间物外，竟拟风人。凡诸白璧之遗，愿辍绛云而赐。伏惟词章宗匠，蔚积龙文；海宇同人，新裁鸿宝。璨珠玑于字里，跨左凌曹；吐星月于行间，驱元隶白。彬彬之盛，大备于时。非惟借文栋以黼我国华，直欲接卿云而规夫风始。统虚群札，企溢百朋。谨启。长沙陶煊拜启。[第 2a 页][第 444 页]

九、陶煊"国朝诗的凡例"(第448—449页)

一[一] 是选搜求本朝诗篇,分省而编次之。盖仿《三百篇》遗意,列国之诗,各自为什。故始自长白,迄于滇黔,爰以昭同风之盛焉。

一[二] 本朝选本,殆不乏人。如陈伯玑、魏惟度、邓孝威诸先生所选,行世已久。然《诗慰》止载国初之人,而《诗观》《诗持》,缺略殆甚;海宇甚宽,传人无几。兹特广为搜辑;虽漏万犹讥,较诸选略备。

一[三] 诗自汉魏六朝,历于唐宋元明,其所传者,自出机杼,各臻其妙。迨琅琊出,一变而为工丽矣。竟陵出,又一[第1a页]变而为清癯矣。矫者过偏,学者日下,东施之颦效而吠声者不止矣。近日竞谈宋人,几于祖大苏而宗范、陆;学唐者又从而排击之,各竖旌幢,如水火之不相入,可怪也。不知苏、陆诸公,亦俎豆三唐,特才分不同、风气各别耳。使学者各就其性之所近,以神明乎古人,则皆可以登作者之堂。如必执一格以绳之,则汉魏而下,不必有六朝矣;三唐而下,不必有宋金元明矣。此岂诗之定论哉?是选要于中的,故浓奇平淡,无不兼收。

一[四] 集内所载,有一人而连篇累牍,多至数十首;有一人[第1b页]而片羽吉光,仅存一二篇者。盖以全稿所得,美不胜收;亦或口耳流传,爱不忍弃。多寡各异,非有阿私。

一[五] 兹选始于国朝定鼎之初。虽山林遗老,没于顺治甲申[元年,1644]以后者,皆盛世之人文,概收入集,所以重昭代也。

一[六] 姓名之下,系以小传,古今选本类多有之。兹选所重在诗,不全关乎人也。况生长各乡,闻见不确;一有谬误,所系非小。故于姓氏、乡里之外,不敢轻缀一辞。

一[七] 海内新诗惠教者颇多,然登汰必慎,不敢冒昧概付梨枣。盖欲力还大雅,虽获罪何辞?要于必传,故宁严[第2a页]毋滥。

一[八] 凡选有借刻、代刻之谬。或因好友嘱致，欲附啖名；或因解惠频施，借以塞报。然而风雅何事，乃竟等于情求；作述攸关，更欲因为利孔。余滋惧焉。颜以《诗的》，固以张射者之鹄，亦以挽既颓之波。

一[九] 唐人选唐诗，如《河岳钟[英]灵》《中兴间气》诸集，概不用圈点评语，欲使读者自有会心。斯集一遵前式，毋事点污。

一[十] 集中诗人，以得诗之先后为次第。前后参差，未免倒置，读者谅之。[第 2b 页][第 448 页]

一[十一] 方外、闺秀诗之可传者，亦复不少。兹特另为分编，不致紊淆，庶成大雅。

一[十二] 是编校正者，皆海内名流。而张子岂石、费子滋衡商订尤多，至邀欣赏。而首倡剞劂者，则于同亮明府，暨诸同人之力，不敢泯也。

一[十三] 本朝诗教最盛，幅员甚广。如滇黔西粤，尤远不易致。窃叹积三十年苦心，而所传者犹止于此。荒烟蔓草，何地无才；沧海遗珠，惄焉永叹。倘有枕中鸿宝，或先世遗集，不吝惠教；表扬续刻，犹有俟焉。

长沙陶煊识。[第 3a 页][第 449 页]

十、陈鹏年“序”(版本详下按语，第 1a—2a 页)

诗之有选，犹物之有权衡也。无权，则衡百货者无以得轻重；无选，则言“六义”者无以定优劣。然论诗于远代易，论诗于近代难。远代褒讥予夺，可以指麾略定；近代则触手忌讳，回护之意胜，则淘汰之功浅。如少陵之所谓别裁伪体，盖其难哉。请以有明一代之论言之：国初无论矣，自弘治以来，何、李倡于前，王、李继于后，天下靡然从之，未有议其非者也。然曰汉魏，曰盛唐，不过求肖于声调字句之间。譬之优孟学叔敖，衣冠虽具，而神气索然矣。昆山于是起而訾之，虞山又从而剧论之，然后习[第 1a 页]于空同、元美之派者，渐觉其非。夫岂汉魏三唐之不可学哉？诚以伪体之多，而别裁之不可以缓也。此其人皆意气激昂，不顾世俗之毁誉，故能卓然独出其所见，毅然独伸其所说，虽以之论定近代无难。今之近代，犹昔之近代也。吾乡陶氏，世执牛耳。而奉长先生，早有诗名，足迹几遍天下。近从事《国朝诗的》之役，而以之问序于余。余非能论诗者，然持论诗者之论，则亦欲其别裁伪体而已矣。唐之诗，藻丽莫如王、杨，而子美以为近于风骚；奇崛莫如长吉，而牧之以为骚之苗裔；刻削莫如东野，而退之以为横空妥帖。古人之论诗，皆在皮毛形貌[第1b页]之外，乃可以得其真。今奉长先生进退百家，网罗遗轶；不牵于流俗，不怵于毁誉。兼收并采，如入五都者，百物具陈；观武库者，五兵毕萃。或可当鲸鱼碧海之目，或可备天吴紫凤之观；或可供琪花瑶草之玩，或可作彝器法物之珍，要皆无赝鼎阑入于其中。是不独取精多而用物弘也，抑其持择可谓严矣。其于少陵之所称，庶其近矣乎。然则以之论次近代，何难哉？石村陈鹏年题于燕山之虚舟诗屋。康熙六十年，岁在辛丑[1721]，清明前五日。[第2a页]

则杰按：此起四篇原序，《四库禁毁书丛刊》影印本缺，兹据浙江图书馆藏原刻本补录。该本卷首有关序跋，依次为吴寅"跋"，陈鹏年、程梦星、先著、费锡璜、王棠、杜诏、周仪、孙勷、许炳等九人"序"（另许炳之前有陈恭尹"石溪诗序"，盖为所附陶煊本人《石溪诗钞》而作），陶煊"国朝诗的凡例""征选国朝诗的引"，江祥"书国朝诗的后"。

又，陈鹏年此序，《陈鹏年集》（岳麓书社2013年5月第1版）未载。

十一、先著"序"（第1a—2b页）

由梁萧统氏以来，诗于是乎有选。其始也，意盖主于录赋；他文与诗，特附及之。其后所选之诗，人遂拟以为体。唐有选而未成巨观，宋无选而各行专集。后之从事于斯者，恒有矣，或以寡，或以多；

或以人收,或以代举,其要归诸去取者之心目而已。目明则不眩于妍媸,心公则不移于憎爱。然非有论世之具、谈艺之能、独造之功、兼到之识,则亦不能审其第而定其衡也。长沙陶君奉长先生,世传诗学,餍饫于风雅者五十余年。晚而东来,出其箧中所搜罗采辑之诗得若干篇,为五十卷,名曰《诗[第1a页]的》,遂以付之剞氏。"的"之为言,欲以标其准而示之归也。予终览焉,如入五都之肆,百宝错陈;如构九成之台,众材毕致。凡此百年以内之人,仕者、处者,存者、逝者,皆得寓姓名、留光响于其间,沨沨乎风、洋洋乎观矣。顾予思之,诗之为道广而为教微:其广也,蟠天际地,从古逮今,生新续古,而未有终穷;其微也,关乎世道,本乎人心,潜运密移,而未尝自觉。故自《三百篇》后,作者相望于二千年中,所谓感神人、被金石、用之郊庙朝廷者,虽有隆替,固无止熄。不独雄篇大章,卓然名世之作,与天壤而俱存;即骚心怨思,一句之微,有能极人工而出天巧者,咸[第1b页]可与于兴观群怨之品。然非有以会萃总集之,将不免于遗忘散失,致其人之心思才力,销归于乌有,则至可嗟惜。在于盛名之下、家有其集者,可不至于泯没;外是而名微地僻,才人学士殚毕生之技,以冀望其万一得传,所操为至悴,所恃为愈危矣。此选之功不可以已,而奉长氏之用心为不可及也。夫诗,于古昔则乐章也。太师陈诗以观民风,不入乐者,谓之徒诗。此则汉晋而降,百家所为有韵之言是已。然有雅郑焉,苟非深探其故而力挽其流,往往起于一二人之私好,流俗附之,遂成风气,有识者所不许也;必也本之以温柔敦厚之旨,出[第2a页]之以和平安雅之音,光华秾郁,雄伟奋扬,作其气象而别其疆域。非汉唐为之程,不足以致功。诸如所见纤佻肤薄、剽剥襞积,自以为新奇,而不可厕于大雅之列者,似皆不足以云诗耳。起而转之,吾知其在《诗的》矣。辛丑[康熙六十年,1721]秋八月,泸州同学先著。[第2b页]

则杰按:此处所说"五十卷",与实际不合,盖当时尚未定稿。

十二、杜诏“序”(第 1a—2a 页)

湖南陶奉长先生以宿学老成,游踪几遍天下;搜罗当代名人之作,按省分编,以次选定,名之曰《国朝诗的》。去冬来游锡山,出所录江以南诗示予,谓予曰:“夫子删诗,不录吴楚,而江、汉泳之‘二南’,为诗所自起,似乎楚非无诗,吴独不著。春秋以降,吴会人文甲于寰宇。设太史采风,必将以冠十五国焉。某楚人也,操楚音以采诗吴下,愿广而求之四方。若今之长白,昔日之邠、岐也;今之燕、蓟,昔日之丰、镐也。今上以天亶首出之姿,[第 1a 页]宸章藻耀,亘古未有。王公以下,左右珥笔诸臣,赓扬盛际,直与雅颂颉颃,非列国之风可比。故当首列之。自是由江而淛,旁及齐晋,下讫滇黔。虽其间风尚不同,要莫非王化之所熏蒸,噍杀不形,淫靡不作。又得名公卿如钱虞山及王新城辈,沿流溯源,有以导夫前路,不至趋风附和,剽窃于王、李,蒙晦于钟、谭。故诗学至本朝极盛;于今拟之三唐诗格,正在开元、大历间。当此世而有赏音如吴季子者,论次列国之风,不知如何叹美,安得漫云自郐无讥哉?”先生之言云尔。或疑其浩瀚无所抉择;曰:“不然。诗,犹夫射也。栖鹄于正,正有远近,有[第 1b 页]高下;射者持弓矢审固,要于中的而止,此《诗的》之所由名也。”比客广陵,有一二同志者,首倡剞劂,因贻书属予为序。予惟《三百篇》后,惟楚骚继之,则言诗宜莫善于楚,况楚材之杰出如先生者乎?今先生编辑海内诸诗大旨,以太史公所云“好色不淫,怨诽不乱”者为质的,于以张诗人之鹄,以风示当世,有非可苟焉者。予将鼓棹渡江,于竹西歌吹间,佐先生以校雠之役。兹特以先生之命,漫缀数语于卷首云。康熙六十年辛丑[1721]六月一日,锡山年侄杜诏。[第 2a 页]

十三、孙勷“序”(第 1a—2a 页)

夫诗,思也。的,正鹄也。心触成思,发而为声,著之为言者,《书》所谓“诗言志”者是也。然人心不同,有如其面;而思之所著,岂无贞淫？苟不悬一鹄以表之，譬诸射者，虽具弓矢，将安适从乎？此陶君奉长先生于其所选昭代十五国风而有《诗的》之目也。盖我国家定鼎以来，声教所届，外薄四海。故凡含齿戴发之伦，莫不舍[含]铺击壤，相忘帝力于何有。而一时渐渍太和、鼓吹休明者，前古莫并。乃犹葸葸然而必悬一的以招之，夫岂无说哉？夫春，生也，而榆荚落；秋，杀也，而燕麦出。彼天地之气尚且不纯，而况九有之大、万民之众，秉赋风土之互殊，刚柔习尚[第1a页]之交变，乃欲心无异思，思无异言，必不得之数矣。故夫太史陈风，虽闬里歌谣，悉贡天府，亦何尝以其异思异言而不采也？要惟察其词之旨归，以验为邦之醇醨而下政令以整齐之而已。自诗教不行于上，而草野之夫，以为无关于家国也，故所思所言愈庞杂而不可纪。噫！诗竟如斯而已乎？抑亦不得善扬风雅者，一起而振之耳。今陶君夙学名流，足迹遍天下，所交皆贤豪。凡片辞只字可采者，虽人不我识，悉录以归。积数十年之苦心厘剔，乃始检付剞劂，俾成昭代巨观，而标之曰"的"。盖欲使善者读之，而有所感发加勉；不善者读之，而亦有所惩[第1b页]戒取程。其有补于诗教为何如？而国家右文之盛，亦于斯并见焉。如必谓悬的为招，使人一思、思一言，则是郑、卫之风，不当与"二南"并列，夫岂昔日先师删诗之意，又岂今日陶君标诗之志哉？噫！若陶君者，真可谓善于维风持雅者矣。是为序。德州同学弟孙勷。[第2a页]

则杰按：以上序跋、凡例及征诗"引"等，谢正光、佘汝丰《清初人选清初诗汇考》亦曾辑录（南京大学出版社1998年12月第1版，第289—306页），唯次序与《四库禁毁书丛刊》影印本、浙江图书馆藏原刻本均不尽相同。

【附录一】法式善《陶庐杂录》卷三（中华书局1959年12月第1版，第77页，原标第十六则）

《诗的》六十卷，长沙陶煊辑，同里张灿[璨]参订之。刻于康熙六十年[辛丑，1721]。前有陈鹏年、孙勷、杜诏、程梦星、王棠、先著、周仪、许炳、费锡潢[璜]九序。满洲一卷，盛京二卷，直隶二卷，江南十七卷，江西二卷，浙江八卷，福建二卷，湖广十卷，附《石溪诗》(陶煊著)一卷、《石渔诗》(张灿[璨]著)一卷，山东二卷，河南二卷，山西一卷，陕西二卷，四川一卷，广东一卷，广西一卷，贵州一卷，云南一卷[方外二卷，闺秀二卷]。凡例所云"颜以'的'者，固以张射者之鹄，亦以挽既颓之波"，语涉矜夸。虽未必然，然仿《三百篇》遗意，兹称鸿裁。余久欲仿而为之，工程浩巨，望洋而已。田茂遇、董俞纂《十五国风高言集》，以一省之诗为一编，亦此例也，惜今无存。

则杰按：此处所说《十五国风高言集》，实际还有残存者，详见该种。

【附录二】《清代文字狱档》第四辑"陶煊张灿[璨]同辑《国朝诗的》案"第四份"陶士僖等免其治罪旨"(上海书店出版社 2007 年 6 月第 1 版，第 229—230 页)

(乾隆四十四年[己亥，1779]正月二十九日)

奉旨：陶汝鼐[陶煊祖父]、黎元宽所刻诗集各种虽俱有违悖语句，但其人系明季科目，在本朝未经出仕；至陶煊、张灿[璨]选刻《国朝诗的》将钱谦益、屈大均等诗选入，尚在未经查禁以前，本人久已身故，其子孙亦无另行刊刻之事，均非徐述夔一案可比。所有各项书籍，自应一体行查销毁；至陶汝鼐之曾孙陶士僖、陶士伦，张灿[璨]之子张之澴，俱着加恩免其治罪。钦此。

(军机处档、《实录》)

则杰按：本案共四份，前三份为湖南巡抚"李湖奏查办违悖诗集折""李湖奏俟审定陶煊选诗案后起程折"，及"军机处查检陶汝鼐等书奏"(第 226—229 页)，兹从略。

01－049　悦心集

雍正皇帝

四卷。雍正御辑，雍正刻本。（浙江图书馆藏）

一、雍正“御制悦心集序”（第 1a—3b 页）

朕生平澹泊为怀，恬静自好；乐天知命，随境养和。前居藩邸时，虽身处繁华，而寤寐之中，自觉清远闲旷，超然尘俗之外，然不好放逸身心。披阅经史之余，旁及百家小集；其有寄兴萧闲、寓怀超脱者，佳章好句，散见简编——或如皓月当空，[第 1a 页]或如凉风解暑；或如时花照眼，或如好鸟鸣林；或如泉响空山，或如钟清午夜，均足以消除结滞，浣涤烦嚣，令人心旷神怡，天机畅适。因随意采录若干则，置诸几案间，以备观览。自总理万几以来，宵旰不遑；求如曩时之怡情悦目，不可复得。然宁静之宰，不因物动；恬澹之致，[第 1b 页]岂为境移？此乃可以自信者。爰取向所采录，汇为一书，名之曰《悦心集》。夫心者，人之神明，所以为万化之源、万事之本。而劳之则苦，扰之则烦；蔽之则昏，窒之则滞。故圣贤有存心、洗心之明训，佛祖有明心、寂心之微言，无非涵养一心之冲虚灵妙，使无所累，与天地太和元气[第 2a 页]浑然流行，无入而不自得也，如孔门之春风沂水、仙家之吸露餐霞、如来之慧雨香花，以及先儒之霁月光风、天根月窟，其理同，其旨趣何弗同耶？是编所录，有庄语，有逸语，有清语，有趣语，有浅近语，不名一体。人有仕，有隐；有儒，有释；有高名，有无名，亦不专一家。总之，戒贪祛[第 2b 页]妄，屏虑释思；寄清净心，游欢喜地；言近旨远，辞简味长；俯仰之间，随时可会。然而，喧寂在境，而不喧不寂者自在心；往往迹寄清廓之乡而神思萦扰，身处尘氛之地而志气安舒，则见道、未见道之分也。昔朗禅师以书招永嘉禅师山居，师答曰："未识道而先居山者，但见其[第3a页]山，不见其道；未居山而先识道者，但见其道，必忘其山。见道忘山者，人间亦寂也；见山忘道者，山中乃喧也。"旨哉！斯言。知此义者，始可与读《悦心集》。雍正四年丙午[1726]三月初三日，御笔。[第3b页]

则杰按：此序又载雍正《世宗宪皇帝御制文集》卷八(《景印文渊阁四库全书》第1300册，第85—86页)，标题即作《悦心集序》；除删去末尾署款之外，其他文字相同。

【附录一】鄂尔泰、张廷玉等《国朝宫史》卷三十三《书籍・十二》（北京古籍出版社1994年8月第1版，第628页）

《悦心集》一部：世宗宪皇帝在藩邸时，宸襟偶寄，披阅经史之余，旁及百家小集，采集成书。凡四卷。雍正四年[丙午，1726]校刊。

【附录二】吴振棫《养吉斋丛录・余录》卷三（中华书局2005年12月第1版，第369页）

世宗龙潜时，采辑群言，为《悦心集》。如黄洽之矢不欺、林逋之戒沽名、邵雍之勉为善、司马光之劝知足，皆古来名贤至论。其它单词片语，无非祛妄止贪，提撕警觉之意。

【附录三】宝鋆《文靖公遗集》卷六《读〈悦心集〉有感，叠季春诗韵》
（《续修四库全书》第1536册，第231页）

赢得清幽谢遽匆，扫花时复课山童。梨云梦醒红窗月，絮雪香吹紫楝风。洞壑喜闻群玉府，池塘笑对信天翁。悦心御订宸谟远（集为宪庙选订，武英殿板行天下），展读全教俗虑空。

01－050　国朝诗品

陈以刚等

二十五卷，存二十卷。陈以刚、陈以枞、陈以明辑，《四库禁毁书丛刊》集部第 39 册，影印雍正十二年甲寅(1734)棣华书屋刻本。

一、陈以刚"序"(第 519 页)

古今诗家相沿，具有品流。体物杂撰，言辞各殊，而莫不因情发气，因气成声，因声绘词，因词定韵。譬之神工哲匠，器饰杂出，而妙骋心机，随方合节。抽造化之秘思，达精神之浮英。语其极，皆可以格天地，动神人，畅风教，通庶情。《三百篇》兴观群怨之旨，发乎情，止乎礼义。降而汉魏六朝、三唐两宋，以迄元明，体裁各别。大抵皆自出机杼，吟咏其性情。相如巧为形似之言，"二班"长于情理之说。体要既得，异曲同工。淑媛邪正，由兹判焉。国朝教化翔洽，风气日趋于醇厚。圣天子嘉意文治，倡兴古学。作者蹈古辙之嘉粹，刊佻靡[第 1a 页]之非经。庶子春花，家丞秋实。十五国中，追踪正始而名噪词坛者，远轶前代。将欲等其品流，擅文囿之撰，以成一代巨观，良非易事。昔高仲武、芮挺章辈，以唐人选唐诗；陈黄门、李舍人辈，以明人选明诗。谓生同时者，如一井之中，共言沟洫、阡陌曲直之数，非道路人推测比。余心悦此语，辄怀裒集之想。于乙巳岁[雍正三年，1725]，始事于秋浦。旋奉制府檄，主教钟阜，生徒讲习，未遑卒业。连年复奉聘纂辑《江南通志》。于癸丑[雍正十一年，1733]之春，始再返秋浦。乃取箧中所藏名家诸集，汇选付梓，而大旨一以发抒性情、渊源理义为正宗。故自豪贤硕彦、宗工巨匠、壶女缁释之流，莫不蓄材会调，饰章命意，包韫[第 1b 页]本根，标题色相，斯鸿才之妙拟、宗哲之冥造也。魏石生论诗，以义关伦物、忠厚和平者为上，感慨怨诽、词旨激切者次之；优游观化、舒写性灵者为上，随物赋形、功力悉敌者次之；寄托不凡、了无尘翳者为上，兴会当前、挥洒任意者次之，其亦犹此意也。计前后阅十年，剞劂成，颜之曰《诗品》。俾天下之读是集者，因韵考词，因词求声，因声定气，因气征情。于以宣窈渺之思，光神妙之化；发乎情，而止乎礼义，亦足以征一代之文献，而备观风者之采择也矣。雍正甲寅岁[十二年，1734]秋七月，天长陈以刚书于秋浦之文选楼。[第 2a 页][第 519 页]

则杰按：此序谢正光、佘汝丰《清初人选清初诗汇考》亦曾辑录（南京大学出版社 1998 年 12 月第 1 版，第 311—313 页）。

二、陈以刚、陈以枞、陈以明“国朝诗品凡例”（第 520—521 页）

[一]　我朝文教覃敷，远轶唐汉。操觚之家，炊经酌史，悉衷于道。公卿大夫，宣猷布化，鼓吹休明；里巷之士，发抒性情，自鸣一得，亦归雅正。是集姑就所见者绣诸枣梨，管内窥天，不无挂漏；然一脔之美，全鼎可征。

[二]　圣人删诗，垂教万世。“二雅”“三颂”“十五国风”，皆发明天德王道。其片言只字，亦能鼓铸群灵，陶冶万象。汉魏以降，流失渐达。风云月露，叛道离经；媟语淫辞，溺情诬性。不知《夭桃》非纵欲之文，“濮上”岂诲淫之句？兹编所录，皆取发明经传及有关于世道人心者；其靡丽[第 1a 页]新声，虽妙绝一时，亦置而不录。

[三]　《诗》与《易》相为表里，举一义而众理悉该。如《关雎》之思贤、《葛覃》之勤俭、《卷耳》之仁恕，凡千百世齐家治国之道，悉包括无遗，所谓“言不尽意，立象以尽意”者如此。苏、李、“十九”之后，惟嗣宗、子建、元亮、少陵四家犹识此旨；其余则盛唐诸家，间有合作。宋元以后，广陵不弹矣。编内所存，大抵皆言近旨远，寄托遥深，庶几有兴观群怨之益。

［四］ 诗与文，旨同而体异。文不宜复，诗则非复不能尽致。《三百五篇》，自“三颂”、《大雅》外，其《国风》《小雅》皆以复语见意，或数篇之中只易一二语，一篇之内只易一二字，[第1b页]反复丁宁、欲歌欲泣之情溢于言表。两汉六朝，遗音未泯。唐人创为今体，貌虽不古，而低徊往复，神味悠长，或一意而再四推详，一言而再三咏叹，风人之旨什一犹存。宋元以来，虽尽失故步，然犹未敢指以为非。自明人以八股之法论诗，始以复为病。甚至欲改“澄江如练”之句，胶柱鼓瑟，识者齿冷。编内所载，一弹三叹，节短音长；非敢薄今，实由爱古。

［五］ 虞山钱氏云，友人赠诗盈数尺，总无一字。谓其中无一意思云。愚谓诗与文不同，文取意畅，诗取情深。如《芣苢》诸篇，非无意也，意在言外也。且诗之至者，岂惟不落言诠、不由理解？即妙契在心，拈花微笑，犹属第[第2a页]二义。何也？诗，乐章也。其所以感天地、格鬼神、陶冶万物者，非词也，非意也，音节也。古乐今虽不传，然取风雅骚选及少陵作诵之，不必考其辞、审其意，但闻其声音节奏，能令人油然而喜、戚然而悲、潸然而泣。如《卷耳》诗，一句一韵，末章复用四“矣”字以促之，其词凄紧，岂不动人心魄？屈、宋、曹、刘之作，类此甚多，不独“高楼明月”一章为五音克谐也。杜集乾元以前，诗多舂容和雅；上元以后，作多慷慨激烈；即如《题省壁》一诗，乃将去官之时，其音磊落嵚崎，令人毛发俱竖，是亦一证也。兹选所收诸名作，非音律悉协者不敢登诸剞劂。[第2b页][第520页]

［六］ 萧氏尝言，中州诗派，当以蔡正甫为主，宇文太学、蔡丞相、吴深州之类不宜压卷。后世称为定论。我朝景运方隆，仁摩义渐；文教之盛，迥非前代可比。然诗家正宗，当以孝感、桐城、泽州、新城四大家为鼻祖。国初吴、钱诸公，亦犹宇文、吴、蔡，不当列于简端。是集仍以太仓冠首者，亦仿遗山首叔通之意。

［七］ 遗山《中州集》、虞山《列朝选》，皆中列姓字，上冠爵谥，下系小传。兹编原效其例，但当代公卿，钟鼎之勋未能悉知；而岩穴

之士，传闻异辞，既不敢妄为附会，又千古之业，仍照《国雅》例直书名讳，更觉明显可稽。以下只列爵里，不载事实。[第 3a 页]

［八］　国朝诗，选家林立。然皆不能行于当时，岂能传于后世？惟《诗观》《诗持》二集，颇为承学之士口诵心维，惜其局于识解，不成大观。且集中所载，止国初诸家；至近日名贤如新城之王司寇、青门之邵隐君、广陵之王殿元、龙眠之二张相公、蓉城之吴学士，皆有鸿章巨篇可以信今传后，而两集俱未及登载，岂足以昭示来兹？拙选广为搜辑，恨僻处江渎，见闻不远，亟望海内文人助余不逮，共襄盛举。

天长陈以刚烛门氏、陈以枞季思氏、陈以明厚村氏同述于金陵之清溪书屋。[第 3b 页][第 521 页]

则杰按：此凡例刘和文《〈清初人选清初诗汇考〉原录序跋补阙》之五（《江西师范大学学报》2009 年第 3 期，第 101—102 页）、《清人选清诗总集研究》第四章第二节《清诗总集遗佚序跋辑考》第二部分（安徽师范大学出版社 2016 年 10 月第 1 版，第 171—172 页）亦曾辑录。

【附录一】法式善《陶庐杂录》卷三（中华书局 1959 年 12 月第 1 版，第 81 页，原标第三十九则）

《诗品》十八卷，附二卷，天长陈以刚选。刻于雍正十二年［甲寅，1734］。自吴伟业以下三百四十余家，方外三十余家，闺秀十九家。虽有世故之见存，时时有具只眼处，不可没也。

则杰按：此条所记不完整（详下有关附录），并且内容与影印本二十卷也并不相同（影印本未见“方外”）。

【附录二】刘声木《苌楚斋五笔》卷十“国朝诗品”条（《苌楚斋随笔、续笔、三笔、四笔、五笔》本，中华书局 1998 年 3 月第 1 版，下册第 1080—1081 页）

天长陈烛门□□以刚、季思□□以枞、厚村□□以明三兄弟，同编《国朝诗品》廿五卷。自廿二卷至廿五卷后四卷未刊，卷数系当时刊成后续增者，前二卷为“方外”，后二卷为“闺门”。卷首有参订名氏，为金坛王弱林侍郎澍等四十四人、弟安州密山□□德荣等三人、门人当涂赵难涸□□泉等廿九人。其编诗大旨，烛门自序“以发抒性情、渊源理义为正宗”云云。雍正甲寅[十二年，1734]七月，棣华书屋自刊写字本。声木谨案：新城王文简公士祯《古夫于亭杂录》云：“撰本朝诗者数十家，大都以为结纳之具。风骚一道，江河日下，皆若辈为之。惟钱牧斋先生《吾炙集》、施愚山《藏山集》、叶讱庵《独赏集》、陈其年《箧衍集》，卷帙不多，犹有殷璠、高仲武唐选之风。陈伯玑允衡《国雅》，始甚矜贵，不妄入一篇；后遂泛滥，可惜。其《诗慰》一编，先已成书，乃可传，盖无所瞻徇故也。上元龚贤，字半千，撰《诗遇》，率近体，专宗晚唐，亦不至恶道。”云云。陈氏兄弟编诗，同在国初，百余年来，竟无一人道及，亦久未见于著录，予故略举其大概于此。

【附录三】中国科学院图书馆藏本邓之诚题跋

此集见禁书书目，以录钱谦益诗也。其他所录，人各一二诗，皆非其至者。所录之人，亦嫌未备。大约多从选本，非真有各家之集也。亦无宗旨，唯触忌讳者，尽从删汰而已。终不免于禁，不亦冤乎？其实此等书，早应湮没，是禁之邀以传之。集中多取张廷玉父子之诗，犹可以私其乡里为解；若常安亦盈一卷，非贡谀而何？时值承平，游士得以此猎食。故清初诗选最多，今十不存一矣。其幸存者，反以少而见珍。可笑也。丙戌[民国三十五年，1946]十月二十日，文如居士识于成府村居之五石斋。（录自北京中国科学院图书馆藏本）

则杰按：此跋《清初人选清初诗汇考》据该藏本手迹辑录（第 313 页），兹转录于此。

又，《四库禁毁书丛刊》影印此集，扉页曾交代所据底本即系“中国科学院图书馆藏”(第517页),但此跋未收。

【附录四】谢正光、佘汝丰《清初人选清初诗汇考》按语(第313—315页)

是书传世不多。据《中国古籍善本书目》所著录之庋藏单位,惟中国社会科学院文学研究所及中国科学院图书馆而已。前者所藏,存一至十三卷;后者则邓之诚旧物,有邓氏手跋,亦仅存卷一至二十。惟美国哥伦比亚大学图书馆所藏,完整无缺。

书作廿五卷,卷一至卷廿一收三百七十六人。卷廿二、三收诗僧三十六,末二卷收闺门二十二。总四百三十四人。顺、康两朝作手,当不止此。视卓尔堪所收之遗民诗人尚少,阙略可知。……

诸家著录,多题陈以刚辑。然书内每卷均署“天长陈以刚烛门、以枞季思、以明厚村同选”。知预选事者,实陈氏兄弟三人;以刚居长,执笔为序耳。书前参校姓氏达七十六人之多,皆陈氏之门生故旧也。……

又:乾嘉间法式善(1753—1813)所见《国朝诗品》,亦非完本。

01－051　国朝诗选

彭廷梅

十四卷。彭廷梅辑,《四库禁毁书丛刊补编》第56册,影印乾隆十二年丁卯(1747)金陵书坊刻本。

一、允禧“序”(第277页)

辟地为园,置木石,游者旷观焉。修而瘦,曲而盘,疏有逸致,蕃而华然,木之类不齐也。顽而坚,秀而古,玲珑而怪僻,厚重而润温,石之类不齐也。顺其自然而缀之,所嗜正矣。必欲矫其性而各出其奇,乖也。嗜正者心正,好乖者心乖。物情也,而有通乎诗。楚攸彭湘南长于诗,游余幕府。一日,持其据经楼所选诗名曰《国朝诗选》,属余序。余窃叹诗始于《三百》,承于汉魏,盛于三唐。格严声叶,为操觚家诸体嚆矢。湘南是《选》,振裘得领[第1a页]矣。我圣朝文教资治,在朝若野,悉皆橐毫囊墨,各抒其性之所发。其修者,曲者,疏而逸者,蕃而华者;顽者,秀者,怪以僻、温以润者,正耶乖耶?正而乖耶?乖而正耶?如木如石,各秉灵气,自然不齐。彼陟其园者,游目四顾,矜色相为骚坛雄,以廓落假大方,跼蹐假严密,不知雕饰早掩天真,所谓矫其性者。湘南三十余年,汇而斟酌之。顺其自然,罗诸艺圃;矫其性者,损而除之。正气勃勃从纸[第1b页]端出,毫无乖气相戾。非湘南以正心相印,何以使入选者悉印正乎?噫嘻!人以类聚;人端,其取友必端,况寄言于诗为心之声耶?读是《选》,知湘南之嗜,卜湘南之心,而知湘南之为湘南也。后世为诸体嚆矢,未必不以此《选》为正。紫琼道人题于西邸花间堂。[第2a页][第277页]

二、彭廷梅“序”（第 278 页）

诗盛于三唐，而唐人选唐诗《河岳英灵》诸集，李、杜二公，均未得与选。或者二公诗格过高，赏音绝少耶？抑或二公当时羁旅天涯，诗少流传，遗漏未选耶？想唐人操选之时，未有不殚心搜罗者；或人与地远，耳目难周，搜罗虽广，未抵遗漏之半。不独唐为然。即宋、金、元、明四朝选本，代有搜罗，代有遗漏，尤不及唐人之诗之选之多也。至我朝圣圣相仍，文教四溢，一时王公巨卿及骚客缁流，[第1a 页]咏歌太平，多醇正大雅之章，骎骎乎轶于唐矣。余选此凡三十余年，江湖风雨，橐笔自随。气类相召，所遇日多，所选日益少；所持日谨，所选日益真；选之又选，几于无选。今老矣，首皓颜苍，艰于跋涉，未尽搜罗。恒以遗漏诸名公佳诗，未与此《选》为憾。纵诸公或不憾余，余反惧诸公之恕我，正以不憾为憾者也。若假我以年，俾得遂搜罗之愿，免致沧海遗珠，庶几稍释其憾。此中有天焉，未敢必也。兹先将选成今古各体诗若干[第 1b 页]卷，剪灯校雠，斋心一诵，鬼神通焉。试起唐人见之，以视《河岳英灵》诸选如何哉？张子大法读此而有进于《考工记》铸金之说，曰：“金与锡，黑浊之气竭，黄白次之；黄白之气竭，青白次之；青白之气竭，青气次之，然后可铸也。”呜呼！斯言也，尽是《选》之道矣。乾隆十二年丁卯[1747]春，楚攸彭廷梅湘南题于西邸之青云别业。[第 2a 页][第 278 页]

三、彭廷梅“凡例”（第 279 页）

一[一]　是《选》始于国朝定鼎之初。毋论仕隐，但有佳篇，既收入集。以朱邸冠首，重天潢也。

一[二]　集中诸名家诗，以得诗迟早为次第。位置参差，读者谅诸。

一[三]　兹集鼓吹休明，皆盛世元音。其咏人逸客，有生于前明，目击兵燹，间有一二纪事之句，写其境遇，究竟并无刺讽；以此删去,未免可[第1a页]惜。乾隆二年[丁巳,1737]内,欣奉圣旨:“凡发人诗中阴私、无叛逆实迹者,罪坐。”而作者、选者,均得邀免咎戾。

一[四] 诗贵有品,以玄穆冲澹为则。兹选淘汰再三,务归大雅。否则矜才使学,虽潘江陆海,弗敢滥登。

一[五] 集中有一见、再见者。如前辈杜茶村诸公诗,先经选定,业入编次;后搆诸作,不忍割弃,因以“再见”为例。[第1b页]

一[六] 《据经楼诗选》曾经选过五言律诗,已刊行世者,此集毋烦重选。

一[七] 海宇名流,诗集未及见者甚多,不无沧海遗珠之憾。拙序已详言之。伏恳邮寄据经楼,以便添入。

楚攸彭廷梅识。[第2a页][第279页]

则杰按:以上序言及凡例,谢正光、佘汝丰《清初人选清初诗汇考》亦曾辑录(南京大学出版社1998年12月第1版,第336—339页)。

【附录一】法式善《陶庐杂录》卷三(中华书局1959年12月第1版,第80页,原标第三十二则)

《据经楼诗选》十四卷,分体类编,彭廷梅禀紫琼道人意所辑,故多高澹之音。道人序其端云:“矫其性者,损而除之。正气勃勃从纸上出,毫无乖气相戾。”可以知道人之寄托焉。乾隆七年[壬戌,1742]刻。

则杰按:此条所述彭廷梅辑《据经楼诗选》,卷数恰巧与《国朝诗选》相同;所引允禧(紫琼道人其号)序《据经楼诗选》之语,又见于前录《国朝诗选》序,不知两集之间究竟是何种关系。

01－052　皇清文颖

乾隆皇帝

一百二十四卷。乾隆敕辑，《景印文渊阁四库全书》第 1449—1450 册。（下录均见第 1449 册）

一、乾隆皇帝"皇清文颖序"（第 1—2 页）

我大清受命百有余年，列祖德教涵濡，光被海宇；右文之盛，炳焉与三代同风。朕绍闻逊志，以是为学，亦以是为治；矢其文德，一纪于兹。《易》曰："观乎人文，以化成天下。"盖自有天地，而人经纬乎其间。士君子之一言一行、国家之制度，文为礼乐刑政，布[第 1a 页]之为教化，措之为事功，无非文也。乃其菁英所萃，蔚为国华，词以敷之，声以永之，律以和之；谐协六同，彰施五色；典谟作焉，雅颂兴焉。《诗》不云乎："追琢其章，金玉其相。"文之盛也。而赓之曰："勉勉我王，纲纪四方。"则所谓其风自上也。曩我皇祖命大学士陈廷敬选辑《皇清文颖》，储之延阁，未及刊布。皇考复允廷臣之请，开馆编辑，随时附益，久之未竣。朕因命自乾隆甲子[九年，1744]以前，先为编次。凡[第 1b 页][第 1 页]御制诗文廿四卷、臣工赋颂及诸体诗文一百卷。录成，序其首简。昔之论文，以代为次者，于汉则有《西汉文类》，唐则有《文苑英华》《唐文粹》，宋则有《文海》《文鉴》，元则有《文类》，明则有《文衡》，皆博综一代著作之林，无体不备。今是编惟取经进之作、朝廷馆阁之篇，与诸书小异。然以观斯文风尚，当有取焉。在《易》，"涣"之象曰"风行水上"，善立言者以为天地自然之文。而《序卦》"受之以'节'"，言文之不可过也；继之以"中孚"，言有实也。节而不流，征之以信，有典有则，[第 2a 页]可久之道其在斯乎。朕孜孜典学,求所以善持之者,因以为摘文者鹄,俾共勉云。乾隆丁卯[十二年,1747]孟冬月,御笔。[第 2b 页][第 2 页]

则杰按:此序又载乾隆《御制文·初集》卷十一(《清高宗(乾隆)御制诗文全集》本,中国人民大学出版社 1993 年 8 月第 1 版,第 10 册第 403—404 页);除删去末尾署款之外,其他文字相同。

二、张廷玉等“进表”(第 2—4 页)

经筵日讲起居注官太保保和殿大学士兼吏部尚书仍管翰林院事三等伯加五级臣张廷玉等奉敕编辑《皇清文颖》告竣,恭呈睿览。臣等谨奉表恭进者:伏以皇谟载道,瑶编回学海之澜;帝治同文,锦躔撷辞林之实。[第 1a 页]丽三辰之珠璧,光被无涯;调六艺之笙簧,化成有象。集腋之功甫就,含章之意斯昭。册府宏开,书城永峙。臣等诚惶诚恐、稽首顿首上言:窃惟结绳以降,代有篇章;断竹而还,人多述作。演灵书于八会,启妙理于三坟。帝曰典而臣曰谟,虞史肇汇编之体;圣为经而贤为传,孔门垂著录之规。撰词赋于西都,上自宣武,而下周枚马;校艺文于东观,大如诏令,而旁及箴铭。沿波讨源,[第 1b 页][第 2 页]晋挚虞始为诠叙;类分代次,梁萧统实开选楼。从兹四库并称,丁签即随乎甲乙;夫且万川争汇,海若悉纳夫江河。而唐而宋而元,缥囊益富;为《粹》为《鉴》为《类》,缃帙弥增。凡兹签轴之纷纶,悉是休明之鼓吹。顾言期贯道,非徒藻绘之资;而文可经天,必待圣神之世。故简册虽繁于往古,而英华独盛于本朝。钦惟皇帝陛下,[第 2a 页]聪明建极,圣哲敷文。性本生安,裕多能于天纵;功崇问学,昭盛德以日新。奎雯集三古之大成,金声玉振;睿藻腾九霄之异采,凤翥龙翔。耀薄海以光华,观万国车书之盛;登淳风于浑穆,缵累朝谟烈之遗。仰惟[第 2b 页]圣祖仁皇帝,德合钦明,六十一年媲尧天之广运;世宗宪皇帝,道符濬哲,一十三载同舜日之重熙。元首明而股肱良,敕几时勤赓载;教化行而风俗美,吁俊更切旁求。盐梅舟楫之司，词成霖雨；棫朴菁莪之泽，气蔚云霞。在祖宗丕显丕承，盛美递宣为雅颂；我皇上善继善述，大文远迈乎夏商。不有编摩，曷称扬扢？[第3a页]爰发九重之明诏，令辑一代之鸿文。馆开刘井柯亭，编始石渠金匮。禹鼎汤盘之制，皆达化而穷神；周情孔思之章，总旋规而折矩。志九官之职命，直继都俞；纪八伯之拜稽，重歌纠缦。率土共传彝训，信巍焕以难名；钧天高奏英咸，岂言思所能拟？首登御制，若乾坤之统六爻；次列宗亲，如藩垣之共辰极。三雍雅乐，陋淮王丛桂之篇；七略鸿文，藐子建浮萍之咏。遂分卷帙，下逮臣工。择其烂然可观，亦复裒[第3b页][第3页]然成集。嘉谟嘉猷之入告，吉人吉士之敷陈。或鱼藻鹿苹，义存讽谕；或星云梧凤，志切赓扬。或薛易匡诗，每依经以著论；或董醇贾茂，因对策以建言。缕析条分，博观约取。仿刘舍人评古，先辨体裁；效钟记室品诗，特崇雅正。虽合前后群僚之才思，难上配乎高深；而萃山川大地之瑰奇，实愈彰夫广厚。譬诸嘉禾擢秀，俱含湛露以浓瀼；又如瑞木敷荣，遥映卿云[第4a页]而璀璨。美矣善矣，帝王之制作，畴可比伦；唐哉皇哉，宇宙之文章，孰大于是？臣等才非梦鸟，技止雕虫。粗知数墨寻行，敢谓禀经酌雅？扣盘测日，空求烛末之光；执管窥天，终局井中之识。幸侍垂裳之座，时瞻圣藻之雷动风行；欣随珥笔之班，得睹群言之鲸铿春丽。伏愿[第4b页]珠囊朗揭，金镜常悬。学冠环瀛，弥求政本于缉熙敬止；文高振古，益溯心源于精一执中。无怠无荒，操议礼考文之柄；有恒有物，取衔华佩实之儒。则河自出图，洛自出书，再觏苞符于盛世；且天不爱道，地不爱宝，重瞻景庆于昌时矣。臣等无任瞻[第5a页]天仰圣，激切屏营之至，谨奉表恭进以闻。乾隆十二年[丁卯，1747]七月□日。[第5b页][第4页]

则杰按：此表又载汪由敦《松泉文集》卷五（《清代诗文集汇编》第272册，第280—281页），标题即作《恭进皇清文颖表》，首尾文字略有出入。

三、“皇清文颖凡例”(第5—7页)

一[一] 我朝文治光昌，超越百代。圣祖仁皇帝宸章宏富，地负海涵；勒为三编，传于册府。世宗宪皇帝御制文集，炳蔚今古，昭垂奕祀。皇上圣学渊深，文思格被；风行泉涌，奎藻日新。焕乎文章，于斯为至。敬录首简，以著化成所[第1a页]自。但限于卷帙，所登才百分之一二。然由容光以观羲御，溯回澜以测谷王。闻韶观止，无待九成；卿云在霄，均贲五色。郁郁彬彬，美矣大矣。御制自《乐善堂全集》已刻外，按年裒录；遵旨甲子年[乾隆九年，1744]以后者，统俟续入。

一[二] 柏梁宴启，梁孝先赓；花萼楼开，申岐竞爽。我朝宗英懿属，大雅不群；服训飧和，富有篇藻。今编录各体，谨以宗室诸王列群臣[第1b页][第5页]之冠。其文学诸臣，起逢掖而登蓬瀛，列承明而参槐棘。盈廷师济，莫不涵泳圣涯，摛词染翰。综其大概，以备昭代人文。至山林韦布，未望清光；击壤歌衢，采风难遍；与夫方外属国，偈颂乐歌，间或仰达宸聪，究乃无关风雅，概无取焉。

一[三] [第2a页]圣朝袭庆延光，寰宇沐德；休明鼓吹，竞献葵忱。或绕电流虹，效封人之致祝；或观河狩岳，听游童之欢谣。或丰功盛烈，谱朱鹭于军中；或上瑞嘉祥，对白麟于陇首。铺张扬厉，篇轴纷陈。以及应制纪恩、考试馆课，一时多至数十百人，一题多至千有余首。兹集或节取于连章，或别裁于侪偶；甄录綦严，所存从略。[第2b页]

一[四] 馆阁之体，原以宣扬德意，黼藻文明。必风雅无乖，方可津梁后学。臣等编辑之初，面奉世宗宪皇帝谕旨，选录务在谨严，即御制亦不必多载。仰见圣衷详慎，昭示来兹之至意。今所选若干篇，皆取音律和平、词义正大者。其波澜虽富而音调未谐、绘藻虽华而体裁未合，概不滥入。

一[五] 《唐文粹》《文苑英华》《宋文鉴》《元文类》诸书，自诗赋

［第3a页］以及碑志，各体具备。是集原奏惟取进呈应制之作，先据大内交出册页及名人文集刻本现为内府所收与康熙年间遵旨以平日著作进呈缮本进御者，方行甄录；其寻常酬应之篇，虽著作如林，裒然成集，而未经［第3b页］［第6页］乙览，概不入选。是以诸体未能悉备，与《文粹》诸编体裁小异。［第4a页］［第7页］

四、纪昀等"提要"（第111—112页）

臣等谨按：《皇清文颖》一百二十四卷。康熙中，圣祖仁皇帝诏大学士陈廷敬编录未竟。世宗宪皇帝复诏续辑，以卷帙浩博，亦未即蒇功。我皇上申命廷臣，乃断自乾隆甲子［九年，1744］以前，排纂成帙。［第48［1］b页］冠以列圣宸章、皇上御制二十四卷，次为诸臣之作一百卷。伏考总集之兴，远从西晋。其以当代帝王诏辑当代之文者，不少概见。今世所传，惟唐令狐楚《御览诗》，奉宪宗之命；宋吕祖谦《文鉴》，奉孝宗之命尔。然楚所录者，佳篇多所漏略；祖谦所略［录］者，众论颇有异同。固由时代太近，别择为［第2a页］难；亦由其时之为君者不足以折衷群言，故或独任一人之偏见，或莫决众口之交哗也。我国家定鼎之初，人心返朴，已尽变前朝纤仄之体。故顺治以来，浑浑噩噩，皆开国元音。康熙六十一年中，太和翔洽，经术昌明。士大夫文采风流，交相照映。作者大都沉博绝［第2b页］［第111页］丽，驰骤古人［今］。雍正十三年中，累洽重熙，和声鸣盛。作者率春容大雅，沨沨乎治世之音。我皇上御极之初，肇举词科，人文蔚起。治经者多以考证之功，研求古义；摛文者亦多以根柢之学，抒发鸿裁。佩实衔华，迄今尚蒸蒸日上。一代之著作，本足凌轹古人。恭逢我世祖章皇帝、圣祖仁皇帝、［第3a页］世宗宪皇帝，聪明天亶，制作日新。我皇上复游心藻府，焕著尧文，足以陶铸群才，权衡多［众］艺。譬诸伏羲端策而演卦，则纤［谶］纬小术不敢侈其谈；虞舜拊石而鸣韶，则弦管繁声不敢奏于侧。故司事之臣，其难其慎，几三十载而后能排纂奏［第3b页］御，上请睿裁。迄今披检鸿篇，仰见国家文治之盛与皇上圣鉴之明，均轶千古；俯视令狐楚、吕祖谦书，不犹日月之于爝火哉？乾隆四十三年[戊戌，1778]二月恭校上。总纂官臣纪昀、臣陆锡熊、臣孙士毅，总校官臣陆费墀。[第4a页][第112页]

则杰按：此提要又载《四库全书总目》卷一百九十集部总集类之五（中华书局1965年6月第1版，下册第1728—1729页）；除删去开头“臣等谨按”和末尾署款之外，其他文字基本相同。

01－053　本朝馆阁诗

阮学浩等

二十卷、附录一卷、续附录一卷。《附录》以前阮学浩、阮学濬辑，《续附录》阮芝生、阮葵生辑，乾隆二十三年戊寅（1758）刻本。（浙江图书馆藏）

一、沈德潜“序”（第1a—2b页）

馆阁之诗，贵气局严整，属对雅切；然必具有性灵，而后开阖变化，泯其俳俪之迹。王、杨、卢、骆，陈、杜、沈、宋，燕、许、曲江，应制赠送诸篇，所以弁冕三唐，辉映百代，胥是道也。自后世谓“台阁之诗主堂皇，山林之诗主萧疏”，“台阁体”非性灵之所属，诗家弗尚，于是作诗者遂相率而为寒瘦。譬之于味，知藜藿而不知凤麟之膏；譬之于服，知布帛而不知黼黻之佩；譬之于乐，知筌琵而不知黄钟大吕之音。东野、长江，倘令其作为雅颂，以咏歌一代功德，恐未许为擅长矣。[第1a页]圣天子崇重风雅，诏乡、会试改用五言八韵诗，欲俾多士咸殚心于声律，他日飏言矢音，继虞廷、成周之盛，诚旷典也。然无以示之准则，徒事裁花斗叶，妃白取青，语句虽工，而于扬扢之义，宁有当乎？前辈阮裴园先生，偕难弟澄园先生，取国初迄今名公巨卿鼓吹休明之什，以及礼闱试帖，撷其精藻，删其繁芜，汇为一十八卷。风格各殊，体裁异制；而情必本于忠爱，声必极于和平；法律备，而性灵存焉。披华启秀，凡其可以追踪王、杨、卢、骆，[第1b页]陈、杜、沈、宋，燕、许、曲江者，始采入集，洵馆阁诗之圭臬也。是编出，而多士识所旨归，乃知藜藿之外别有凤麟，布帛之外别有黼黻，筌琵之外别有黄钟大吕。研穷诵习，一师法乎前贤，既以中程式，决科名；迨至橐笔殿陛，拜献赓歌，取怀裕如，无待入政后学，而彬彬蔚蔚，风雅之振兴，度越有唐远矣。裴园先生归田以来，会集淮上能文之士，日有课，月有考，手订《敬义斋制义》，文章日进而上；今又以诗引翼学者，海内英流咸得窥石渠天禄之藏，以沐浴于[第 2a 页]熙朝温柔敦厚之教，先生之功伟哉！乾隆戊寅[二十三年，1758]夏月，馆后进长洲沈德潜题。[第 2b 页]

则杰按：此集所谓“一十八卷”，或曰“十八卷”（详下阮学浩序），盖未及计算卷十九、卷二十之“补遗”两卷以及《附录》《续附录》各一卷。

又，此序又载《沈德潜诗文集·归愚文钞余集》卷二（人民文学出版社 2011 年 10 月第 1 版，第 3 册第 1542—1543 页），标题即作《本朝馆阁诗序》；除删去末尾署款之外，其他文字基本相同。

二、齐召南“序”（第 1a—2b 页）

淮上二阮太史前辈选《本朝馆阁诗》成，以子进士芝生来从游，即属为序。召南自惟弇陋，又病久废书，深愧无以报命。适雨霁风清，坐石亭翻阅竟，作而叹曰：“盛哉乎！斯世。”伊古立教，取言志者治人性情，感发兴起，义归无邪，功与礼乐相终始；而篇章所录，“雅”有正变，“风”有贞淫，不能不转移于时地。求夫会值郅隆，化成久道；环海兵销刑厝，率土俗易风移；洋溢颂声，衢歌壤击；天帱地载，盛德攸同；野无遗贤，朝罗群雅；虽古称极盛如唐虞周室，絜功较绩，尚未能及我[第 1a 页]大清之圣圣相承，重熙累洽，民安物阜，符瑞毕臻，直总埏垓，以大钧陶厚人伦而美教化也。况汉魏至元明，时世治乱靡常，气运盛衰迭见者，岂可同日语哉？诗有总集，昉自六朝。伏滔、袁豹、谢灵运、颜延之，即有晋宋宴会各编，专纪当时侍从应诏所作。唐以诗著，选者稍多。若崔融集《学士》，张孝嵩集《朝英》，书已失传；其传若殷璠之《河岳英灵》、高仲武之《中兴间气》、元结之《箧中》数种，或诗取杂篇，或人收遗佚，并无关于时政，其于古人立教微意概乎未之有闻也。[第 1b 页]太史硕学雄才，所著诗歌甚夥，花萼联珠，馆阁咸宗焉。曩者敕编《文颖》，群视太史为准绳。今因功令乡、会取士兼用唐律八韵，太史患初学者不得其门，无以导之先路，且古今各体见闻未备，亦不足以扩心思而循轨范也，乃依《文颖》例，搜益广，择益精；语必性情，词皆典则。周官太师教“六诗”，德本“中和祗庸孝友”。卜子序《诗》言：“治世之音安以乐。”经解言：“温柔敦厚而不愚。”是书采录，可谓兼之。即书是语复二太史，未知二太史谓可与言诗否也。[第 2a 页]乾隆戊寅[二十三年，1758]天中节，天台后学齐召南书于浙之敷文书院。[第 2b 页]

则杰按：此序又载齐召南《宝纶堂文钞》卷四（《续修四库全书》第 1428 册，第 523—524 页），标题作《馆阁诗序》；除删去末尾署款之外，其他文字亦颇多出入。

三、阮学浩“序”（第 1a—3a 页）

诗教之兴，昉于后夔典乐。厥后上沿为治，下习为俗。自朝廷以及闾巷，自国学以及家塾，莫不有取于诗。逮“山林”“台阁”之说起，遂谓“穷而后工”，似声韵一途为骚人羁客之所专长而非士君子之急务，非笃论也。夫作诗者，忧愉舒惨，变态万殊，各视其运会之污隆、遭逢之通塞，而性情、才分之优绌不与焉。“明良”载歌，而后若周文公之《七月》、召康公之《卷阿》，类皆飏言矢音，黼黻治具。汉柏梁台之建，则丞相、大将军、御史大夫之属，赓续成篇。唐初诗体大备，则有应制暨奉和[第 1a 页]圣制之作；其间张道济、苏廷硕辈，鍧鈜炳耀，照映千秋，未闻其以异于窈眇寒瘦者而转为贬抑也。且夫学者宗仰杜诗，目以大成，尚已；少陵之献《三大礼赋》也，自称“漱吮甘液，游泳和气”，即其诗云“前辈飞腾入，余波绮丽为”，则旨归概可识矣。令当日从容密勿，襄赞丝纶以效太平之润色，何遽不如燕、许诸公？而卒之幽愁沉郁，以少陵之诗传，则亦其所值之时为之。谓少陵能工于天宝、至德之年，而不能工于贞观、景云之代，岂理也哉？益信“穷而后工”乃诗人有激之谈，[第 1b 页]而未可为鼓吹休明者道也。恭惟国家列圣相承，重熙累洽；我皇上亶聪明睿智之姿，天纵多能，凌轹雅颂。迩者春官录士，诏省论表判语，改用唐律八韵，著为令，猗欤盛哉！胥一世而措之礼乐陶淑之中，崇实黜浮，未有如今日者也。学浩于诗学鲜所窥寻，顾曩者承乏纂局，职在搜讨。窃见本朝百余年，人文璘玢，擅美篇什；册府所收，凡馆课、[第 2a 页]进呈、廷试，与夫恭纪、恭和，公余、于役等诗，珠渊玉海，景合云蒸，允堪程式，艺林争先快睹。爰偕弟学濬，检手钞旧帙，增以礼闱试帖，得十八卷，为《馆阁诗》，梓而行之。体裁风格不名一家，要必本忠爱之心，抒和平之奏，温柔敦厚而不杂以粗厉猛起之音者，始登斯集。至如堂廉宠遇、簪绂殊荣，或时见于臣僚之所撰述，尤必联翩备载，扬厉恩晖。俾草茅呫哔之士读之，咸知生际[第 2b 页]昌时，圣天子奎壁之光下饰万物，涵濡教泽，迈汉唐而远媲虞周，因之蹈德咏仁，益以笃其拜献媚兹之谊，非徒曰肄业及之也。壬戌[乾隆七年，1742]、乙丑[乾隆十年，1745]后，采摭较稀，则缘谒告以还，耳目狭陋。方今承明著作，日新富有。嗣有名公巨制流播田间者，曝背余闲，不辞重缀辑焉。乾隆二十二年，岁次丁丑[1757]，嘉平月既望，翰林院检讨充《皇清文颖》馆纂修官加二级山阳阮学浩谨序。[第 3a 页]

四、阮学濬“后序”（第 1a—2b 页）

学者束发受书，即学为应举之文。迄于槁项黄馘，不能作一韵语。见有耽心吟咏者，则群戒且笑，以为有妨举业。是所谓“东向而望，不见西墙”者也。唐制，调露中，进士科试帖经，经通试杂文，杂文谓诗赋也；其后先试杂文，次论策帖经，杂文放者始得以次试，而帖经被落仍许诗赎。诗之重如是，故其诗传。方今圣天子以文治化成天下，万几余暇，天藻葩流；日星云汉，照耀垓埏。皇哉，唐哉！炳焉与三代[第 1a 页]同风。特诏春官秋赋，兼以诗取士；又谕台臣、请

[诸]学臣岁、科试，亦参唐律八韵，盖即古者崇四术以造士之意。寰海文学之彦，涵濡教泽，当如何扬芳摛藻，歌咏太平，润色鸿业，以称上旨哉？涣汗所被，景合风靡。艺林镂刻，人自为书，要皆不免于简略寒俭；芸阁蓬山，秘帙罕觏。夫钧天广乐，必有伟丽之观；帝室皇居，必蓄非常之宝。山泽之臞，而欲作金华殿中语，殊虞其不类耳。家兄里居多暇，与濬商榷，特奉[第 1b 页]《皇清文颖》所选诸体诗为宗，复有增益，荟萃成书，并就正于长洲、天台两宗伯，爰付之梓，以公同志。濬谫陋无似，何敢言诗？朱子有云："诗者，志之所之，亦观其志之高下何如耳。志出于高明纯一之地，诗固不待学而能。"又谓："洗涤尽肠胃中夙生荤血脂膏，方有所措。"平日诵述，折衷前贤，是选大旨亦不越此。"四始"彪炳，"六义"环深。学者诚由是编涵泳津漱，斐然成家，和其声以鸣国家之盛，毋徒借为应举之津筏，弋获科名而已，是则区区之愿也夫。[第 2a 页]乾隆戊寅[二十三年，1758]六月上旬，山阳阮学濬书于吴门寓舍。[第 2b 页]

五、"本朝馆阁诗凡例"（第 1a—3a 页）

一[一]　国家文治光昌，圣作物睹，臣工著述，具见于《皇清文颖》。《文颖》卷首，恭录圣祖仁皇帝、世宗宪皇帝文集，暨我皇上御制诗文。盖奉敕编定之书，版藏内府。兹集则取其便于诵习；[第 1a 页]睿藻高深，如日月昭回，未便与繁星并列，故所载止馆阁诗，为初学攻试帖者式焉。

一[二]　《文颖》卷帙浩繁，诗、文并纂；穷乡下士，购求为难。兹集谨加铨择，间搜续出文集、钞本益之。要之，鸿辞杰构及大典礼所关，约略备矣。非第荟萃菁华，抑亦导扬庥美。

一[三]　馆阁诗，所以祗效对扬，义归雅正。蓬莱鸡鹊，非山亭水榭之观；大濩云门，岂赵瑟秦筝之曲？兹集遴选矜慎，苟铺张极盛而未协体裁，驰骋[第 1b 页]有余而偶乖音律者，皆不敢泛为登载。

一[四]　右文之典，至我朝而极盛。圣祖仁皇帝延接儒臣，南书房应制之篇，腾辉简册。皇上锡宴词曹，亲临棘院；隆恩异数，叠被声诗。至于旧学耆英，邀蒙殊眷；君歌臣答，再睹中天，凡皆前史之所未闻，生人之所[第 2a 页]仅见。网罗特富，用以昭示来兹。

一[五] 迩日《和声集》《玉堂名翰》诸刻，所选止翰苑诗。兹集稍广其例，凡中外巨公名流之作皆录焉。序次则以登科之先后、服官之岁月。其或历仕已久，复预词科，如汤睢州、施宣城诸公，仍从前列，余悉准此。

一[六] 园花向日，具有性情；野老歌衢，知工颂祷。矧夫观国用宾者乎？秘省钞书之士、成均肄业之英，以逮叩阙摅忱，迎[第 2b 页]銮奏曲，苟有当于扬扢，咸在所不遗焉。[第 3a 页]

01－054　禁林集

杭世骏

八卷。杭世骏辑，乾隆刻本。（浙江大学图书馆藏）

一、杭世骏“禁林集序”（第 1a—2a 页）

朝廷有大典礼，云蒸雷动，发皇耳目。持橐簪笔之臣，例得飏言。必有高奇伟丽之作，烂然被锦绣之光，铿乎叶韶钧之奏，锵洋鼓舞，宣畅皇风，是其职业。近稽中古，召穆矢音，吉甫作诵，载在圣经。自汉以还，雅颂变而为乐章，乐章变而为歌诗。五言长律，歌诗之变而尤近者。其体整而不佻，其辞和而不肆，以贡忱，以言志，纯如也。皇朝德教洋溢，暨讫海宇；制作焕炳，若景庆之丽中天。伏下风而思献芹曝者，操弄柔翰，皆欲描绘[第 1a 页]日月于万一。金春玉应，声满天地。皇帝勤乙夜之览，虚怀洪纳，特命录其副于西清。领文学掌故之职者，次第编辑，将以垂诸永久。而玉堂深秘，外庭之臣莫由得而窥也。余滥厕清班，从诸老先生后，获一紬金匮之藏。逮被放归田，追理故业，已如钧天广乐，远在天上。稍从诸家文集中，搜其长律一体有关于圣治者，将以诒之来哲。顾惭经术未精，而崦嵫已及，卒卒未暇。门人邱永，请任编辑，搴稂掇砾，清而[第 1b 页]不杂；翟均廉复为区分门类，俾读者不迷于方。私心窃念国家景运，与天无极；文谟武烈之昭垂法守者，亦与天无极，斯编岂遂足以揄扬盛德乎？后有述者，承我权舆，则搜集之微勤，借附天府之球图，以传之不朽，二生之益我者岂浅哉？欢抃鼓舞，为序其缘起如此。乾隆岁在戊寅[二十三年，1758]，小寒食日，旧史杭世骏。[第 2a 页]

01－055　国朝诗别裁集

沈德潜等

三十二卷。沈德潜、翁照、周准辑，中华书局1975年11月第1版，影印乾隆二十五年庚辰(1760)教忠堂重订本，书名改称《清诗别裁集》。(下录均见上册)

一、沈德潜"国朝诗别裁集序"(第1—2页)

国朝圣圣相承，皆文思天子。以故九州内外，均沾德教。余事作诗人者，不啻越之镈、燕之函、秦之庐，夫人能为之也。予辑[第1a页]国朝诗，共得九百九十六人，诗三千九百五十二首；较之钱牧斋《列朝诗选》、朱竹垞《明诗综》，只及十之二三，于数为少。及观唐殷璠《河岳英灵集》，云自贞观及开元，共得二十二人，诗二百三十四首；高仲武《中[第1b页]兴间气集》，云自至德元年[丙申，756]至大历末年，作者数千，选者二十六人。以予所辑较之，又于数为多。然而不嫌其少者，以牧斋、竹垞所选，备一代之掌故，而予惟取诗品之高也；不嫌其多者，以殷璠、高仲武只[第2a页]操一律以绳众人，而予唯祈合乎温柔敦厚之旨，不拘一格也。自问学殖疏浅，见闻狭隘；中间略作小传，远逊牧斋之详；略存诗话，远逊竹垞之雅。唯殷璠所云"权压梁、窦，终无所取"者，敢窃比焉；高仲武[第2b页][第1页]所云"苟悦权右，取媚薄俗"者，庶几免焉。书成，凡三十二卷，付诸剞劂；播诸艺林，或以为是而褒之，或以为非而斥之，或以为不烦褒、斥而置之，一听乎当世之辞人，予不得而知之矣。[第3a页]乾隆二十五年[庚辰，1760]仲冬日，沈德潜自题，时年八十有八。[第3b页][第2页]

则杰按：此序又载《沈德潜诗文集·归愚文钞》卷十一(人

民文学出版社 2011 年 10 月第 1 版，第 3 册第 1305—1306 页）；除删去末尾署款之外，其他文字亦颇多出入。

二、沈德潜“国朝诗别裁集序”后记（第 2 页）

此系增减第一次本也。初番刻本，校对欠精，错误良多，甚有评语移入他篇者，兹既一一改正。又当代名流，搜罗未广，兹复增入诸家，以补从前阙略。稍加芟夷，不留平近，总求无戾乎风雅之旨也。重付开雕，质之艺苑。至南粤、西江翻刻，比初次刻本错字尤多，识者自能鉴诸。德潜又识。[第 3b 页][第 2 页]

三、沈德潜“凡例”（第 3—5 页）

［一］ 诗之为道，不外孔子教小子、教伯鱼数言。而其立言，一归于温柔敦厚，无古今一也。自陆士衡有“缘情绮靡”之语，后人奉以为宗，波流滔滔，去而日远矣。选中体制各殊，要惟恐失温柔敦厚之旨。

［二］ 本朝御制诗，如日月经天，江河行地，千百世当奉全集为准绳，非臣子所敢选也。钱牧斋选明高帝以下诸帝诗，失尊君之体矣。兹编不敢采入三圣御诗，别于牧斋选本。[第 1a 页]

［三］ 黄昆圃侍郎，多藏北方学者诗。王遴汝上舍，多藏南方学者诗。余从两处捆载而来。选中所收，几有十分之三；余皆逐渐征取，鳞次投赠，积久成多，以供采择。然四方万国，其边徼之远，不能遍收也。挂漏实繁，不无遗憾。

［四］ 国朝选本诗，或尊重名位，或借为交游结纳，不专论诗也。陈检讨《箧衍集》，较诸本为善，然只及康熙癸丑[十二年，1673]，以下阙如。兹补癸丑后八十余年诗，而名位、交游之念不扰于中，此差可自信者。

［五］ 是选以诗存人，不以人存诗。盖建竖功业者重功[第 1b 页]业，昌明理学者重理学，诗特其余事也。故有功业、理学可传，而兼工韵语者，急采之；否则人已不朽，不复登其绪余矣。观者谅之。

［六］　人必论定于身后。盖其人已为古人，则品量与学殖俱定；否则或行或藏，或醇或驳，未能遽定也。集中采取，虽前后不同，均属已往之人。

［七］　诗必原本性情、关乎人伦日用及古今成败兴坏之故者，方为可存，所谓其言有物也。若一无关系，徒办浮华，又或叫号撞搪以出之，非风人之旨矣。尤有甚者，动作温柔乡语，如王次回《疑雨集》之类，[第 2a 页]最足害人心术，一概不存。

［八］　诗不能离理，然贵有理趣，不贵下理语。陶渊明"汲汲鲁中叟，弥缝使其淳"，圣人表彰六经，二语足以尽之。杜少陵"江山如有待，花柳自无私"，天地化育万物，二语足以形之。邵康节诗直头说尽，有何兴会？至明儒"太极圈儿大，先生帽子高"，真使人笑来也。选中近此类者，俱从芟薙。

［九］　唐诗蕴蓄，宋诗发露；蕴蓄则韵流言外，发露则意尽言中。愚未尝贬斥宋诗，而趣向旧在唐诗。故所选风调音节，俱近唐贤，从所尚也。若乐府及四言，[第 2b 页][第 3 页]有越唐人而窃攀六代汉魏者，所云虽不能至，心向往之。

［十］　前代臣工，为我朝从龙之佐，如钱虞山、王孟津诸公，其诗一并采入，准明代刘青田、危太仆例也。前代遗老而为石隐之流，如林茂之、杜茶村诸公，其诗概不采入，准明代倪云林、席帽山人例也；亦有前明词人而易代以来食毛践土既久者，诗仍采入。编诗之中，微存史意。

［十一］　诗人名下，未详生平者，只载其表字、省分、郡邑，与[第 3a 页]夫科目、官位之有无；若传志可考，轶事可传，诗话可引，或详或略，辄缀评论，使读者得其诗品，并如遇其为人。

［十二］　卷中有科目者，一以科目之先后为次；无科目者，约以辈行之先后为次。世祖十八年，俱先科目而后词人。圣祖六十一年，若准此例，恐辈行之先后太相悬矣，故三分二十年，科目、词人相间次第之。世宗朝及今上二十五年以前，仍准[第 3b 页]世祖朝之例。

［十三］　人之无名位者，一生无他嗜好，惟孳孳矻矻于五字七字之中。而忽焉徂谢，苟无人焉表而彰之，人与诗归无何有之乡矣。予与同人远近征求，志其生平，聊存发潜阐幽之意。

［十四］　闺阁诗，前人诸选中，多取风云月露之词。故青楼失行妇女，每津津道之，非所以垂教也。选本所录，罔非贤媛。有贞静博洽，可上追班大家、韦逞母之遗风者，宜发言为诗，均可维名教伦常之大；而风格之高，又其余事也。以尊诗品，以端壶范，谁曰不[第4a页]宜？

［十五］　国初诗僧，有弃儒而逃入禅学者，诗自激昂顿挫，铮铮有声。其后多习口头禅说，以偈为诗。即有稍知向学者，亦只奉《弘秀集》一类为金针，于源流升降茫然于中也。广为搜罗，共得四十四人。中有能读儒书、通禅理者，格外赏之。羽士二人，附释子之后。

［十六］　初刻中邮寄篇翰，时候不齐。有锓板将成，陆续远到者，科目、辈行之先后不能倒置也。因于三十二卷外，复辑“补遗”四卷。今俱叙入三十二卷中，并归[第4b页][第4页]正集矣。故卷数较少，而诗篇较多。

［十七］　诗中有相沿误用者，如“孤负”之误“辜负”（李陵《答苏武书》“孤负陵心”“陵虽孤恩”，杜诗“孤负沧洲愿”，韩诗“孤负平生志”，皆是也。“辜”，罪也，与“负”不协），“疑丞”之误“凝丞”（“左辅右弼，刚疑后丞”，“疑”谓有疑而问也，“凝”字何解），“苍黄”之误“仓皇”（《北山移文》“苍黄反覆”，杜诗“形势反苍黄”，昌黎文“值吾南逐，苍黄分散”，柳州文“数州之犬，苍黄吠噬”。宋人以后始有“仓皇”），“闺阁”之误“闺阁”（史迁云“身为闺閤之臣”，《文翁传》“使传教令，出入闺閤”，注谓东向小门也。二字不专属之妇人。又相臣避尊居閤，故云“黄閤老”。宋后改为“阁”。诗中唐以前宜“閤”，宋以后宜“阁”），“烂漫”之误“烂熳”（“烂漫”见《鲁灵光殿赋》。《说文》《玉篇》等书，并无“熳”字），“匡襄”之误“劻勷”（“匡襄”，犹赞襄也。“劻勷”，急遽貌。《楚辞》“逢此世之劻勷”，杜牧诗“尘土惊劻勷”，昌

黎有"新师不牢,勗勦将逋"语,如何混为一),误认"滥觞"为末流(《家语》孔子曰:"江始出于岷山,其源始于滥觞。""滥",泛也。"觞",酒杯也。言初出微而下流始大也。近人多以"滥"为"烂",以"觞"为"伤"矣)、"清和"为四月(张衡《归田赋》"仲春之月,时和气清";谢灵运诗"首夏犹清和",言四月犹二月,故下云"芳草亦未歇"也。后人有"四月清和雨乍晴"句,失却"犹"字义矣),此类不可[第5a页]枚举。他如"委靡""靡(上声)"字、"百揆""揆(上声)"字之类,无平声者,误读平声;"漕"字、"雍"字、"丈人行""行"字、"冗长""长"字之类,有两音者,总读平声(卫有"漕邑",平声;"运漕"之"漕",去声。"雍和""辟雍",平声;"雍州"之"雍",去声。"行列"之"行",平声;"辈行"之"行",去声。"长短"之"长",平声;"冗长"之长,去声);"朝请"之"请",非上声,宜读去声(《汉律》"春朝曰'朝',秋曰'请'",同"靓"音);"宁馨"之"宁",非平声,宜读去声(张谓诗"家无阿堵物,门有宁馨儿",东坡诗"空使奸雄笑宁馨"),亦不可枚举。集中一一校正。恐外间溺于俗本,转以为讹,故一论列之。

[十八] 是集创始于乾隆乙丑[十年,1745],至戊寅岁[乾隆二十三年,1758]告成镌刻。今岁庚辰[乾隆二十五年,1760],又复增删镂版,共经十六寒暑矣。然鲜见寡闻,虽殚苦心,只抽孤绪,恐无当于大雅之林也。四[第5b页]方学者,有谅予之愚,竂启未逮,所深望焉。[第6a页][第5页]

则杰按:以上序跋、凡例,以及下文附录乾隆皇帝诗文,谢正光、佘汝丰《清初人选清初诗汇考》亦曾辑录(南京大学出版社1998年12月第1版,第341—347页、第350页)。

【附录一】乾隆《御制文·初集》卷十二《沈德潜选〈国朝诗别裁集〉序》(《清高宗(乾隆)御制诗文全集》本,中国人民大学出版社1993年8月第1版,第10册第414—415页)

沈德潜选国朝人诗,而求序以光其集。德潜老矣,且以诗文受特达之知，所请宜无不允。因进其书而粗观之，列前茅者则钱谦益诸人也。不求朕序，朕可以不问；既求朕序，则千秋之公论系焉，是不可以不辨。夫居本朝而妄思前明者，乱民也，有国法存。至身为明朝达官而甘心复事本朝者，虽一时权宜，草昧缔构所不废，要知其人则非人类也。其诗自在，听之可也；选以冠本朝诸人则不可，在德潜则尤不可。且诗者何？忠孝而已耳。离忠孝而言诗，吾不知其为诗也。谦益诸人，为忠乎？为孝乎？德潜宜深知此义。今之所选，非其宿昔言诗之道也。岂其老而耄荒，子又不克家，门下士依草附木者流，无达大义、具巨眼人捉刀所为，德潜不及细检乎？此书出，则德潜一生读书之名坏。朕方为德潜惜之，何能阿所好而为之序？又钱名世者，皇考所谓"名教罪人"，是更不宜入选。而慎郡王，则朕之叔父也。虽诸王自奏及朝廷章疏署名，此乃国家典制，然平时朕尚不忍名之；德潜本朝臣子，岂宜直书其名？至于世次先后倒置者，益不可枚举。因命内廷翰林为之精校去留，俾重锓版以行于世，所以栽培成就德潜也，所以终从德潜之请而为之序也。

则杰按：此序《清初人选清初诗汇考》所录，正文"先后"作"前后"，并有署款："乾隆二十有六年，岁在辛巳[1761]，仲冬月，御笔。"（第342—343页）

【附录二】乾隆《御制诗·四集》卷五十九《五词臣五首》之五《故礼部尚书衔原侍郎沈德潜》（《清高宗（乾隆）御制诗文全集》本，第7册第212—213页）

沈德潜与钱陈群，余尝称为"江浙二老"，施恩则同，而守分承恩则沈不逮钱远甚。德潜……辛巳[乾隆二十六年，1761]来京，以选刻《国朝诗别裁集》乞序。阅之，则以钱谦益辈为本朝之冠。其人皆士类所不齿，德潜首列之，离忠孝而言诗，乖于正道。其它序次，亦多踳误。意德潜耄荒，或其门下士依草附木者流所为，而德潜未及检。因命内廷翰林重为精校，以定去留，并序示大义而还之，犹包容不加责也。……

东南称二老，曰钱沈则继。并以受恩眷，佳话艺林志。而实有优劣，沈踌钱为粹。钱已见前咏，兹特言沈事。其选国朝诗，说项乖大义。（钱谦益品本不端，且以明季大臣降顺本朝，复膺显秩，而又阴为诽刺，进退无据，实不足比于人类。德潜取为《国朝诗》之冠，竟不论其名节有亏，妄加评许，昧于忠孝大义，尚何足以言诗！详见向所作《国朝诗别裁集序》。）制序正厥失，然亦无诃厉。仍予饰终恩，原无责备意。昨秋徐（述夔）案发，潜乃为传记。忘国庇逆臣，其罪实不细。用是追前恩，削夺从公议。彼岂魏征比，仆碑复何日（叶）？盖因耄而荒，未免图小利。（徐述夔家饶于资，德潜为之作传，不过图其润笔，贪小利而谀大逆，不知有耻，并不知畏法矣。）设曰有心为，吾知其未必（叶）。其子非己出，纨袴甘废弃。（德潜无子。其嗣子种松不知何所来，人甚不肖，狎邪作恶。曾命该抚就近约束之，幸而未致生事抵罪。而德潜末年所得谀墓财，皆被其荡费罄尽。娶妾至多，养子至十四人；其视德潜赐举人者不久即夭，其余无一成材者。实德潜忘良负恩之报也。）孙至十四人，而皆无书味。天网有明报，地下应深愧。可惜徒工诗，行阙信何济？

【附录三】《清代文字狱档》第七辑“沈德潜选辑《国朝诗别裁集》案”第一份“查明《国朝诗别裁集》曾否销毁谕”（上海书店出版社 2007 年 6 月第 1 版，第 434 页）

（乾隆四十一年[丙申，1776]十二月初一日）

奉上谕：前因沈德潜选辑《国朝诗别裁集》进呈求序，朕偶加披阅，集内将身事两朝、有才无行之钱谦益居首，有乖千秋公论，而其中体制错谬及世次前后倒置者亦复不可枚举，因于《御制文》内申明其义，并命内廷翰林为之精校去留，俾重锓板以行于世，其原板自一并销毁。但阅时既久，此板曾否销毁？或彼时地方官视为无关紧要，不行查毁，任听存留，而沈德潜身故后，其门下士无识者流又复潜行刷印，则大不可。着传谕杨魁，即查明此板现存何处；如未经销毁，即委员将板片解京，并将未经删定之刷印原本一并查明恭缴。钦此。

（军机处档）

则杰按：本案共四份，后三份为江苏巡抚“杨魁奏查缴《国朝诗别裁集》书板折”、广东巡抚“李质颖奏查缴《国朝诗别裁集》书板折”，及“军机处缴进杨魁解京之沈德潜家藏各件奏”（第434—437页），兹从略。

【附录四】袁枚《随园诗话》卷一第三十一则（人民文学出版社1982年9月第2版，上册第15页）

本朝王次回《疑雨集》，香奁绝调，惜其只成此一家数耳。沈归愚尚书选《国朝诗》，摈而不录，何所见之狭也！尝作书难之云：“《关雎》为《国风》之首，即言男女之情。孔子删诗，亦存郑、卫。公何独不选次回诗？”沈亦无以答也。唐李飞讥元、白诗“纤艳不逞，为名教罪人”，卒之千载而下，知有元、白，不知有李飞。或云：“飞此言见于杜牧集中。牧祖佑年，老不致仕，香山有诗讥之，故牧假飞语以诋之耳。”

则杰按：此条针对《国朝诗别裁集》凡例第七款而言。其所谓“尝作书难之”云云，详见袁枚《小仓山房诗文集·文集》卷十七《再与沈大宗伯书》（上海古籍出版社1988年3月第1版，下册第1504—1505页）。

又，王彦泓（次回其字）实际卒于明末，非“本朝”或“国朝”人。今人多有订正，兹不赘。

【附录五】钱泳《履园丛话》卷八“[谭诗]总论”条（中华书局1979年12月第1版，上册第204—205页）

沈归愚宗伯与袁简斋太史论诗判若水火。宗伯专讲格律，太史专取性灵。自宗伯三种《别裁集》出，诗人日渐日少；自太史《随园诗话》出，诗人日渐日多。然格律太严固不可，性灵太露亦是病也。

则杰按：此处所说"三种《别裁集》"，指沈德潜等辑《唐诗别裁集》《明诗别裁集》及《国朝诗别裁集》。

【附录六】法式善《梧门诗话》卷五第三十二则（《梧门诗话合校》本，凤凰出版社 2005 年 10 月第 1 版，第 165 页）

"林梢一抹青如画，知是淮流转处山"及"满地碧云如水流"两绝句，《淮海集》中高唱也。《宋诗钞》中亦曾选入。曩阅宋中丞《筠廊偶笔》，云宦江南时偶于村壁见之，不知何人所作，因列为无名氏。而王渔洋《池北偶谈》、沈归愚"近人诗选"俱仍其讹。石门吴岱芝(宗元)《渡淮绝句》，有"笑煞谈诗王宋辈，著书漫说姓名湮"之句。又归愚宗伯虽诗坛老宿，而评骘诗文则时有谫陋处。……

则杰按：此处所说《国朝诗别裁集》误录宋人秦观《淮海集》诗云云，见于卷十五最末无名氏《题壁》二首(上册第 274—275 页)。

【附录七】张宗泰《鲁岩所学集》卷十五《书〈国朝[诗]别裁集〉王士正〈谒文忠烈公祠〉诗后》（《近代中国史料丛刊续编》第 161/3 册，第 913—914 页）

毕秋帆《续资治通鉴》附注，谓元祐党人姓名碑有二，并徽宗手书。一刻石置端礼门，凡百有二十人，首文彦博，事在崇宁元年[壬午，1102]九月；明年九月，臣僚请颁端礼门石刻于外路州军。一刻石置文德殿之东壁，凡三百九人，首司马光；又命蔡京书石，颁之天下，事在崇宁三年[甲申，1104]六月。两次人数多寡不同，冠首者亦文彦博、司马光之各异。王渔洋《谒文忠烈公祠》诗云："天遣不同韩富没，姓名留冠党人碑。"自用崇宁元年[壬午，1102]所书之碑，非误笔也。沈归愚不悉其事之始末，乃谓《党人碑》以司马光为第一，文彦博次之，欲易"留冠党人碑"作"留重党人碑"，自以为谛当，知其一不知其二，未免失之不考矣。

则杰按：此处所说《国朝诗别裁集》录改王士祯（渔洋其号）《谒文忠烈公祠》诗句一事，见于卷四王士祯（以“王士正”立目）最末（上册第67—68页）。

又，此文刘和文《〈清初人选清初诗汇考〉原录序跋补阙》之六（《江西师范大学学报》2009年第3期，第102页）、《清人选清诗总集研究》第四章第二节《清诗总集遗佚序跋辑考》第三部分（安徽师范大学出版社2016年10月第1版，第173—174页）亦曾辑录。

【附录八】昭梿《啸亭杂录·续录》卷三“国朝诗别裁集”条（中华书局1980年12月第1版，第462页）

沈归愚宗伯选《国朝诗别裁集》进呈御览，纯皇帝以其去取纰缪，令内廷词臣更为删定行世，然其中犹有未及改者。如闺秀毕著《纪事》诗，乃崇德癸未[八年，崇祯十六年，1643]饶余亲王伐明，自蓟州入边，其父战死，故诗有“蓟丘”语，非死流寇难也。当其时，海宇未一，不妨属词愤激。归愚选入，已为失于检阅，而内廷诸公仍其纰缪。此与商辂《续纲目》滁州之战，书明太祖为“贼兵”同一笑柄。又黄子云[《画鹰》]诗，以舒穆禄少宰阿尔稗为元人。盖野鸿未登朝籍，故引证或有所错误；而词臣辈亦沿其失，何其舛也！

则杰按：此处所说毕著《纪事》诗、黄子云（野鸿其号）《画鹰》诗，《国朝诗别裁集》分别见于卷三十一（下册第563—564页）、卷三十（第549—550页）。

【附录九】沈德潜、周准《明诗别裁集》卷首沈德潜《序》（上海古籍出版社1979年9月第1版，第1—2页）

宋诗近腐，元诗近纤，明诗其复古也。而二百七十余年中，又有升降盛衰之别。尝取有明一代诗论之：洪武之初，刘伯温之高格，并以高季迪、袁景文诸人，各逞才情，连镳并轸，然犹存元纪之余风，未极隆时之正轨。永乐以还，体崇台阁，骫骳不振。弘、正之间，献吉、仲默，力追雅音；庭实、昌谷，左右骖靳，古风未坠。余如杨用修之才华、薛君采之雅正、高子业之冲淡，俱称斐然。于鳞、元美，益以茂秦，接踵曩哲。虽其间规格有余，未能变化，识者咎其鲜自得之趣焉；然取其菁英，彬彬乎大雅之章也。自是而后，正声渐远，繁响竞作。公安袁氏，竟陵钟氏、谭氏，比之自郐无讥，盖诗教衰而国祚亦为之移矣。此升降盛衰之大略也。编明诗者，陈黄门卧子《皇明诗选》，正德以前，殊能持择；嘉靖以下，形体徒存。尚书钱牧斋《列朝诗选》，于青丘、茶陵外，若北地、信阳、济南、娄东，概为指斥；且藏其所长，录其所短，以资排击。而于二百七十余年中，独推程孟阳一人。而孟阳之诗，纤词浮语，只堪争胜于陈仲醇诸家。此犹舍丹砂而珍溲勃，贵筝琶而贱清琴，不必大匠国工，始知其诬妄也。国朝朱太史竹垞《明诗综》，所收三千四百余家，泯门户之见，存是非之公，比之牧斋，用心判别；然备一代之掌故，非示"六义"之旨归，良楛正闰杂出错陈，学者将问道以亲风雅，其何道之由？余与周子钦来，夙有同心，慨焉决择，合群公选本，暨前贤名稿，别而裁之：于洪、永之诗，删其轻靡；于弘、正、嘉、隆之诗，汰其形似；万历、天启以下，遂寥寥焉。而胜国遗老，广为搜罗，比宋逸民《谷音》之选。得诗十二卷，凡一千一十余篇，皆深造浑厚，和平渊雅，合于"言志""永言"之旨；而雷同沿袭，浮艳淫靡，凡无当于美刺者屏焉。有明之诗，诚见其陵宋跞元而上追前古也。至杨廉夫、倪元镇诸公，归诸元人；钱牧斋、吴梅村诸公，归诸国朝人。编诗之中，微具国史之义。其他前、后"七子"，或存或删；理学诸子、古文名家，与夫党锢、殉国诸贤，有及有不及。因诗存人，不因人存诗也。寡闻单见，挂漏良多，尚期博雅君子窾启未逮。乾隆三年[戊午，1738]秋七月望日，长洲沈德潜题于灵岩山居。

则杰按：此序又载《沈德潜诗文集·归愚文钞》卷十一（第3

册第1303—1305页)，标题即作《明诗别裁集序》；除删去末尾署款之外，其他文字亦略有出入。

又，该本《明诗别裁集》卷首另外还有周准《序》(第3页)、蒋重光《序》(第4页)，兹从略。

又，《明诗别裁集》虽称“明诗”，但作者明确包含“胜国遗老”“殉国诸贤”亦即清初遗民以及殉节之士。

【附录十】谭嗣同《谭嗣同全集·石菊隐庐笔识·学篇》第七十三则(中华书局1981年1月第1版，上册第121页)

沈归愚选《别裁集》，张纲孙《涿州城》诸诗，已收入《国朝诗》，云张丹作，何以又列于明人？又费安[密]、陈恭尹诸人，两代皆收其诗，究当何从？又翁照《咏史》诗“文成五利封”及“孔光谮王嘉”二章，一见于周金然之《咏史》，一见于唐孙华之《述古》，不但意境俱同，即出辞亦不甚异，选者两存之，何耶？[《明诗别裁集》]自序云：“编诗之中，微具国史之义。”殆未然也。

则杰按：此处所说张纲孙(张丹)、费密、陈恭尹等人情况，正可见清初的明遗民诗人，两朝诗歌总集往往各自收录，甚至同一系列之内也不避重复。该三人《明诗别裁集》均见卷十二(第317页、第315页、第322页)；《国朝诗别裁集》此本费密已删，另两人均见卷八(上册第146页、第136页)。其中张纲孙(张丹)系一人异名，《国朝诗别裁集》小传已经交代“一名纲生[孙]”。又所说翁照、周金然、唐孙华三人诗歌作品，《国朝诗别裁集》分别见于卷三十(下册第552页)、卷十三(上册第231页)、卷十六(第284页)。

01－056　国朝诗观

王锡侯

十六卷。王锡侯辑，《四库禁毁书丛刊》集部第35册，影印乾隆三十年乙酉(1765)三树堂刻本。

一、王锡侯“序”(第311—312页)

古者太史輶轩采诗，以观民风。子曰：“诗可以观。”朱子曰：“诗本人情，该物理，可以见政事之得失、风俗之盛衰，其为观也大矣哉。”我朝列圣相承，璇章睿藻，并于天文；馆阁诸公，赓飏迭和，以谱明良之盛者，又已永垂不朽。於戏！真所谓大观在上矣。以故[第1a页]学士文人、隐流方外，讴吟性情、咏歌光化者，遍于海宇，蔚为奇观，即雅颂之盛不难复追，而况汉唐以下乎？虽然，古之作者多矣。《三百》之存，輶轩之采也；汉魏六朝之贻，《文选》之力也；唐音之传，《十种》之选也；宋元以来，代有作者，即代有传。是作者不必传，其作[传]者之才、[第1b页]之识能及于作者；譬之昆山之玉、沧海之珠，其宝非弗贵也，必有捃拾之、珍藏之者，而后光华流通于海宇。侯于诗，心窃好之，欲录之传之；而又虑山林风雨之庐藏弃者多，欲力搜而传之。兹综十三郡之作及外省邮寄者计若干卷，锓之于木，名曰[第2a页]《国朝诗观》。或曰：“天下大矣，即西江之诗尚不能尽其十一，斯名也，何为哉？”予应之曰：“是固不足以概国朝之诗也，然即是诗而观，亦可见我朝湛恩滊泽，涵天际地，学士大夫皆得优游餍饫，为此治世之音，如凤鸟之鸣于朝阳，有耳目者争先睹之为快[第2b页][第311页]矣；况有是集而分观之，更合诸公之选者而合观之，其未选者待诸公搜集而再观之，愚于暇日复勤襞绩而续观之，又何必存见

少之意也哉?”乾隆乙酉年[三十年,1765]孟秋月,滨洲王锡侯书。[第3a页][第312页]

二、王锡侯“诗例”(第312页)

一[一] 温柔敦厚,诗教也。凡语涉讥讪、事关朝政及自鸣不平者,概不敢载。

一[二] 风雅之道,裨益风教。凡淫辞艳曲,蛊人心术者,不录。

一[三] 名公巨卿,有专集行世者,天下已经传诵,亦不胜录。

一[四] 闺壶之作,佳者亦录。盖《三百篇》,皆劳人思妇之所作也。

一[五] 释道之什,晋唐依赖,无朝无之,佳者亦录。[第1a页]

一[六] 每人之诗,汇作一处,便阅也。每人名下,序其家世履历,及约其行事者,此仿朱竹垞《明诗综》,及王阮亭《感旧集》之例。

一[七] 村师谓学诗有妨制艺。圣人曰:“不学诗,无以言。”文独非言之一端乎?能诗者,工稳秀腻,雍容抑扬,令人讽咏而不能已已。以此施之于文,又安往而不佳哉?

一[八] 诗卷前后,随到随刻,未尝计及官阀履历、世次工拙也,望高明原谅。

锡侯识。[第1b页][第312页]

01－057　国朝诗观二集

王锡侯

六卷。王锡侯辑,《四库禁毁书丛刊》集部第35册,影印乾隆三十五年庚寅(1770)刻本。

一、王锡侯“序”(第579页)

国家以声韵程士,十余年间,薄海之内,抽思研秘,追汉孕唐,斐然日上。固可观人文以化成天下矣,夫岂一人之耳目所能尽哉?然天下之理,合而观之,万物一太极;分而观之,一物一太极。夫是诗也,耳目虽隘,而见者集[第1a页]之,继见者又集之,则虽不足合观以尽今日之诗,未始不可分观以见今日之诗也。前集十六卷已经板行,兹复选若干卷成为《二集》,以待后之采择而论定者。至于义例,已详前集,兹不复赘。乾隆庚寅[三十五年,1770]长至月,滨洲王锡侯韩伯氏书。[第1b页][第579页]

01－058　霄峥集

宫国苞

八卷。宫国苞辑，乾隆三十三年戊子(1768)春雨草堂刻本。(中国国家图书馆藏)

一、宫国苞“序”(第1a—2a页)

昔元次山择其同时人诗为一集，题曰《箧中》，而一时之诗赖其所录以传，而作者之诗反或不传焉，未尝不憾其以众掩独也。然亦正幸其以独成众之功为不小，厥后踵而行之，代不乏人，集名难更仆数矣。余自幼喜读唐人诗，大率以严沧浪之言为准；若杨氏之《正音》、高氏之《正声》、李氏之《选》，暨本朝王氏之《三昧》，亦素所沉湎濡首者也。迨稍壮，纵观四唐、两宋、金元明诸名家诗，乃喟然曰："诗亦何必以严氏之言为拘拘耶?"窃念我宫氏，自先太史[第1a页]筑春雨草堂，馆天下知名士，如周栎园、杜茶村、施愚山辈争缟纻焉。至高祖先中丞，著有《读书纪数略》，曾进御览，赉予有加，奉命刊行；又有《文苑英华选》行世。祖红椒公，亦著有《红椒山房诗集》。其后箸屡析，所藏书亦漫无统纪，日仰屋梁，株守兔园册子；率尔成咏，亦复了不异人。间从涉历郡国，凡于耆旧朋侪惠好之诗浏览寻绎；得一佳什，如珠一箪。于是日扩其观，而广罗以[第1b页]为富焉。披吟至再，爰简撮其尤者开雕以公诸同好，亦《箧中》之故步云耳。昌黎云，文无难易，唯其是而已矣。眉山亦云："短长肥瘦各有态，玉环飞燕谁敢憎?"窃取斯义以为权衡，虽不足品藻渊流，庶亦无乖商榷云尔。乾隆戊子[三十三年，1768]秋八月，海陵宫国苞霜桥氏书于半红楼之西窗。[第2a页]

二、“凡例”（第 1a 页）

一［一］ 是集冠以壶庵，而同时诸前辈概未登入，非谀也。壶庵诗存甚少，即诸选中亦不过一二见，且少游外家李氏，窃其余论，犹是瓣香之义云。

一［二］ 是集随列随登，并非有心甲乙。

一［三］ 是集仅列乡贯、姓氏，科分一概未登。

一［四］ 是集章法紧要处列之旁批，余皆载在篇末。

一［五］ 是集美不胜收，《二集》嗣出。倘有四方君子远惠瑶函，即寄玉扬州府泰州税务桥西宫中丞第内，一并登录。［第 1a 页］

01－059 国朝诗正声集

项　章

七卷，卷首一卷。项章辑，乾隆三十四年己丑(1769)怀斯堂刻本。(中国国家图书馆藏)

一、项章“序”(第1a—2a页)

诗以合乐，五音得则宫悬和，政教行则风诗正。子卜子曰：风，风也；声音之教，所以风天下也。古诗《三百篇》，和平广大，其理一轨于正。彼出于在上者，固由于学问之醇、涵养之厚；至野人女子莫不皆然，岂尽从学问涵养中来欤？良由当时德泽之深，涵泳渐摩，有以移其性情也。我朝文教覃敷，重熙累洽，道德一而风俗同。其在公卿髦士，则《甘棠》、“素丝”也；其在闾巷闺门，则《桃夭》《江汉》也。盖温柔敦厚之教深矣。但世之论诗者，往往[第1a页]各持一说。尊汉魏则薄三唐，而不知三唐之取材于汉魏也；尊三唐则薄宋元，而不知宋元之取骨于三唐也。予自束发，即喜韵语。虽四十无闻，而自士大夫以及湖海名流，长篇短什，所在投赠多有。曩岁从花南叶太史游，初有《联珠》之刻。数年来，奚囊益富，复哀益而付攻木氏。虽决择不拘一格，而一以温柔敦厚之旨为主。颜之曰“正声”，大雅之林，和其声以鸣盛，庶其惠我好音乎？若夫闻钟而以为盘，扪籥而以为烛，予固自知其妄也已。[第1b页]乾隆三十有四年，岁次己丑[1769]，长至日，桐城项章饮棠氏序。[第2a页]

二、项章“凡例”(第1a—b页)

一[一]　采诗有关名教风化，总以无戾于温柔敦厚之旨为主；

一切讥讪怒詈之章，概不载入。

一[二] 选诗与作诗不同。作诗各有宗派，不相沿袭；选诗惟取合于正声，不拘一格。识者鉴之。

一[三] 凡诗已经前人梓行、流传海内者，不复重赘。

一[四] 旧选诗人名下，俱有小传；今存殁并载，未能备悉其为人，不敢僭注。

一[五] 集中诗随得随刊，惟恐久致遗失；诸凡爵位、科[第 1a 页]分、年齿未及排次，非敢意为前后。

一[六] 是选佳篇，自有公评；又一人意见，未必尽合诸贤，故不更加评点。

一[七] 释道各写怀抱，别有一种风旨，佳者亦为采入。

一[八] 闺壶之诗，得幽闲贞静者亦登，以备体裁。

一[九] 鄙人见闻寡渺，兹特就耳目所及，先梓行世。倘有鸿章巨制，不吝珠玉者，次第续刊。

一[十] 诗中注释，俱照作者原本，不敢妄为增损。[第 1b 页]

01－060　续同人集

袁　枚

十七卷。袁枚辑，王英中、廖可斌校点，《袁枚全集》本，江苏古籍出版社 1993 年 9 月第 1 版。（见第 6 册）

一、袁枚“序”（第 1 页）

冒巢民先生有《同人集》十二卷，序曰：“海内才人，同声相应。当其始也，视为易得而弃置焉；及时移事易，其人已往，则雪泥鸿爪，往往思之于无穷，岂不可惜？”斯言也，余悔知之已晚。余在名场垂六十年，四方投赠之诗不下万首，多糊屋壁，题“诗世界”三字以颜之。不数年，尽皆剥蚀，因之自悔。想学巢民先生付之剞劂，又苦无力。乃选其诗之最佳者梓而存之，号曰《续同人集》。其已附集中及《诗话》者，俱不录。随园。[第 1 页]

则杰按：此序具体内容仅就集内诗歌而言，未及“文类”，实际则仍然属于总序。

又，此处所引冒襄（巢民其号）《同人集》序，乃撮其大意，出自该集第一篇李清序（参见该种）。

01－061　同音集

石钧等

不分卷。石钧、王昶、许宝善、石嘉吉辑,《稀见清代四部辑刊》第三辑第78—79册,影印嘉庆三年戊午(1798)刻本。(下录均见第78册)

一、石钧"序"(第1—2页)

余性嗜章句。凡风雅之友以篇帙见贻者,悉贮而藏之。三十年来,积卷盈架。迄今重为披读,不觉黯尔神伤。盖于中抱人琴之感者,已十而三矣。余惧日久散佚,故汇为一集,不[第1a页][第1页]限存殁;名之曰《同音》,盖取"笙磬相和"之意。庶几才士呕心,不终湮没;而余怀旧阐幽之忱,亦借以稍展云尔。嘉庆三年,岁次戊午[1798],仲冬之初,吴门石钧书。[第1b页][第2页]

二、石钧"凡例"(第3—4页)

一[一]　是集平生缟纻之交为多,读其诗如见其人;不独阐才士之名,亦以慰停云之思。非敢广搜博取,以成大观,识者幸勿笑其隘。

一[二]　是集中,亦有不相识者。然发潜阐幽,余之志也。是以山林隐逸之士,附采焉。若立身庙朝、早擅盛名诸公,固无借于斯集;故苟非相识,不敢阑入。

一[三]　是集为王述庵、许穆堂两先生选定;即属至交,若诗不能采,钧不敢强焉,诸君子谅之。[第1a页][第3页]

一[四]　是集同人少壮之作居多;他日与年俱进,尚当续采,读者勿以遗珠见訾。

一[五]　是集因钧交接名贤之日正长，恐他日续增，年齿等位置舛错，故不列卷次，以便转易。

一[六]　是集同调诸君子，强取钧诗采入，以申“同音”之义，故附刊于末。

一[七]　是集因钧困于尘事，故命小儿嘉吉编校；倘有阙误，希恕其陋。

石钧谨识。[第 1b 页][第 4 页]

01－062　湖海诗传

王　昶

四十六卷。王昶辑,《续修四库全书》第1625—1626册,影印嘉庆八年癸亥(1803)三泖渔庄刻本。(下录见第1625册)

一、王昶“湖海诗传序”(第531页)

古人选诗者有二。一则取一代之诗,撷精华,综宏博,并治乱兴衰之故、朝章国典之大,以诗证史,有裨于知人论世,如《唐文粹》《宋文鉴》《元文类》所载之诗与各史相为表里者是也。一则取交游之所赠、性情之所嗜——偶有会心,辄操管而录之,以为怀人思旧之助;人不必取其全,诗不必求其备,如元结、殷璠、高仲武、姚合之类所谓“唐人选唐诗”者是也。二者义类已不同矣。予弱冠后,出交当世名流。及洊登朝宁,扬历四方;北至兴、桓,西南出滇、蜀外,贤士大夫之能言者揽环结佩,多以诗文相质证,往往录其最佳者藏之箧笥,名曰《湖海诗传》。今忽忽将六十年,而予年亦八十矣。去岁自钱塘归,发而观之,则向日所录,虫穿鼠蚀,失者十之二三;诗中之人,长逝者亦十之八九,并有声消迹灭、无所表见者,是不得不[第1a页]急为传世也。因属同志编排前后,复稍加抉择,要不失乎古人谨慎之意。共得六百余人,编四十六卷。以科第为次,起于康熙五十一年[壬辰,1712],迄于近日。其间布衣韦带之士,亦以年齿约略附之,而门下士并附见焉。视《感旧》《箧衍》二集,多至一倍有奇,亦云富矣。间以遗闻轶事,缀为“诗话”,供好事者之浏览;虽非比于知人论世,而怀人思旧之助,亦庶几元结诸公之遗。至于往时盛有诗名而为投契所未及者,则姑置之,盖非欲以此尽海内之诗也。然百余年中,士大夫之风流儒雅，与国家诗教之盛，亦可以想见其崖略，或不无有补于艺林云。嘉庆癸亥[八年，1803]中秋，王昶书。[第1b页][第531页]

则杰按：此序又载王昶《春融堂集》卷四十一（上海文化出版社2013年8月第1版，下册第736页），标题作《湖海诗传自序》；除删去末尾署款之外，其他文字相同。

【附录一】王昶《春融堂集》卷三十一《又答彭乐斋观察书》（下册第615—616页）

古人录诗，或以诗存人，或以人存诗。若《箧中》《谷音》《天地间》诸集，诗不必皆工，不工不足为颣，期于诵其诗可以知其世。……某年二十，始与海内贤士大夫交。见所作，辄采录之，为《湖海诗传》。迄于丁丑[乾隆二十二年，1757]，成二十卷。其后积于卷轴、未及编次者，尚牛腰然，而其人亡者已十七八矣。某之齿少于执事二十有六[五]；天假之若至执事之年，则此数十年中，凡有诗未有集、有集未甚行者，皆得取以见于世。是匪独可以慰夙心、谢亡者，度亦执事所乐闻也。

【附录二】袁枚《续同人集·文类》卷三王昶《答简斋先生书》第三通（《袁枚全集》本，江苏古籍出版社1993年9月第1版，第6册第343页）

弟选《湖海诗存》已断手，亦作诗话以发明之。……明岁勒成，当以呈教。

【附录三】黎简《五百四峰堂诗钞》卷二十四上《因许周生寄王兰树[泉]侍郎》（中山大学出版社2000年4月第1版，第337页）

久知大冶铸祥金（先生选《江海诗》）……

则杰按：此处所谓《江海诗》，即指《湖海诗传》。《五百四峰堂诗钞》此前卷二十二还有《寄许周生。周生书来，言王少司寇兰泉(昶)近刻〈江海诗传〉,欲选拙诗寄刻。作短句答之,不必呈司寇也。得三十二韵》(第278页)、《周生索予诗稿未得,以所与唱酬者二十首录寄王兰泉侍郎。作诗笑周生,亦不必寄侍郎也》(第287页),兹从略。

【附录四】赵翼《瓯北集》卷四十六《述庵侍郎遣人送示新刻〈湖海诗传〉,所辑皆生平交旧,凡六百余人,人各系小传,其心力可谓勤矣,敬题六绝句》(上海古籍出版社1997年4月第1版,下册第1206页)

涉江逾岭采芳荪,多是题襟旧墨痕。辛苦雅轮扶只手,故应一代仰龙门。[其一]

有唐何止万诗人,篇什如今几个存。太息茫茫烟雾里,不知多少暗啼魂。[其二]

也是生平大愿船,尽收交旧入新编。淮南宾友何多幸,得附刘安总上仙。[其三]

万骨枯成一将功,唐诗选只说荆公。由来牛耳冠裳会,专属葵丘霸主雄。[其四]

往事伤心踏战塴,选诗特为百篇增。不知朽骨空山里,可识欧阳序宛陵。(选赵璞函诗,独盈一卷,盖公与璞函同从军滇蜀,璞函已殉难木果木,故存殁之感倍深,亦可见笃于风义矣。)[其五]

对镜亲描两翠蛾,自矜绝艳渺横波。一从粉黛丛中过,始觉人间佳丽多。[其六]

则杰按:另外同卷此前《稚存说述庵侍郎近状,尚无恙,喜赋》一诗亦云:"落落江天大耋身,骚坛犹欲独扶轮。诗文采到新先辈(刻《湖海诗传》《湖海文传》二书,将告成)……"(第1172页)

【附录五】洪亮吉《洪亮吉集·更生斋诗续集》卷一《赵兵备见示题〈湖海诗传〉六截句，奉酬一首》（中华书局2001年10月第1版，第4册第1518页）

六百家诗六十年（始于乾隆之元［丙辰，1736］），定知谁可继前贤。虚期识力超今古，却以科名派后先。旧雨谅难忘沈赵（沈尚书德潜为王侍郎诗派所自出，赵兵部文哲又其患难友也，故所选独多），边风采不到黔滇。灵光一老仍无恙，毕竟输渠笔阵坚。

则杰按：此诗首句自注所说《湖海诗传》作者起始时间有误，参前自序可知。

【附录六】洪亮吉《北江诗话》卷一第十五则（人民文学出版社1983年7月第1版，第8页）

近青浦王侍郎昶有《湖海诗传》之选，刊成寄余。余于近日诗人，独取岭南黎简及云间姚椿，以其能拔戟自成一家耳。

侍郎诗派，出于长洲沈宗伯德潜。故所选诗，一以声调格律为准，其病在于以己律人，而不能各随人之所长以为去取，似尚不如《箧衍集》《感旧集》之不拘于一格也。

【附录七】蒋湘南《游艺录》卷下（民国资益馆排印《蒋子遗书》本，第7a—b页）

乾隆中，诗风最盛，几于户曹、刘而人李、杜。袁简斋独倡“性灵”之说，江南北靡然从之。……王述庵《湖海诗传》所选袁诗，皆非其佳者。此盖有意抑之，文人相轻之陋习也。

【附录八】林昌彝《射鹰楼诗话》卷五（上海古籍出版社1988年12月第1版，第105页）

王兰泉先生所选《湖海诗传》，至五［六］百余家，不为不多，皆平平无奇。凡诸家集中佳篇可采，概不选入，岂见地有未到、眼界有未明耶？乌足以示天下！集中所选诸家，惟满洲梦文子麟及粤东黎二樵简二家诗如天风浪浪，银镄屈曲，在诸家中可称压卷矣。

【附录九】李慈铭《越缦堂读书记》集部总集类"湖海诗传"二则（上海书店出版社2000年6月第1版，第1208—1209页）

阅王述庵司寇（昶）《湖海诗传》。此书去取颇为失当，予素厌之。然所载《蒲褐山房诗话》，皆有资掌故。高庙六十年中，下逮仁庙之初，朝野文献，半赖以足征。其体裁全仿朱氏《静志居诗话》，几亦足与相亚。惟过尊沈归愚，谓为一代宗主，虽师门之谊，然述庵于诗固无所解，宜其见嗤识者耳。卷中江浙人十居八九，其时海内富乐，三吴尤繁盛，为裙屐所归。上而公卿，多投簪早退，优游山水；下至商贩，亦争辇金结客，投辖题襟，风流骀荡，饱享太平之福。呜呼！可为羡艳者已。咸丰辛酉[十一年]（一八六一）三月十六日。

阅《湖海诗传·蒲褐山房诗话》。此书于癸丑[咸丰三年，1853]、壬戌[同治元年，1862]岁评点两过，一归劫火，一为周叔云携去。述庵生极盛之世，又享大年，交遍寰中；国朝人物，是集已得大半。而拘守归愚师法，短于鉴裁，故所选者往往肤庸平弱，腔拍徒存；求如明之青丘、"二李"、大复、大樽，国初之牧斋、梅村以及稍后之渔洋、愚山、伽[迦]陵、翁山，竟无一首。盖自海珊、樊榭、宝意外，无能成家；而自沃田、西庄、白华、兰雪、云伯外，并无堪节取。此固去取未精，而我朝诗学之衰，亦可概见矣。同治辛未[十年]（一八七一）十一月二十六日。

【附录十】徐世昌《晚晴簃诗汇》卷八十三"王昶"条（中华书局1990年10月第1版，第4册第3461页）

王昶，字德甫，号兰泉，青浦人。……

诗话：兰泉……所著各书，流传最广者为……《湖海诗传》，几于家置一编。

01－063　小停云馆芝言

师　范

十“册”，存六“册”。师范辑，嘉庆十年乙丑(1805)小停云馆刻本。(“中国哲学书电子化计划”网站影像版，原书藏美国哈佛大学哈佛燕京图书馆)

一、师范“小停云馆芝言序”(第 1a—2a 页)

诸生时，习闻王西樵《涛音集》、叶子吉《独赏集》、陈其年《箧衍集》之盛，心窃艳之，乃有《采兰集》之役。所录者虽仅乡里交游之作，然斤斤自守，颇有抉择，今已半刻《滇南诗略》中。辛酉[嘉庆六年，1801]秋，既令望江，邑为吴楚要冲，凡同好之过访者，一帆两桨，直抵南郭外，岁无虚月。遂葺小停云馆，为授餐地。簿书少暇，仍与邑绅衿把酒谈宴，每拈五、七字纪其事。其未经至馆者，亦以邮筒相往来。时日渐久，积卷成帙，题曰《小停云馆芝言》，陆续开雕，借消鄙吝。偶一展玩，如亲晤语。《经》云：[第 1a 页]“同心之言，其臭如兰。”《记》云：“与善人交，如入芝兰之室。”诗以“芝言”名，盖举芝已可兼兰矣。夫诗者，志也，又持也。细之包乎万物，大之不越五伦。君、父，尚矣。兄弟、夫妇间，求如机、云、轼、辙，秦、徐、苏、窦，代不数见。惟朋友，会则随时，聚则随地；合则相乐，离则相忆。君臣、父子之所难达者，朋友足以达之；兄弟、夫妇之所难尽者，朋友足以尽之。然则《芝言》之刻，不徒为诗。即以诗论，如辨味然，莫不期于粱肉，充之则珍错可也，蔬笋亦可也；天下之口，未必大远于吾之口，岂或舍此而为疮痂之嗜乎？如审音然，无不准于琴瑟，推之则钟[第 1b 页]鼓可也，磬管亦可也；天下之耳，未必遽异于吾之耳，岂或置此而羡瓦釜之鸣乎？昔人谓本朝人选本朝诗，易见真面。唐之《极玄》《才调》《箧中》，宋之《谷音》，金之《中州》，皆是也。后世有子云，倘亦跻予于二“韦、元”、杜之列，以与昭代之王、叶、陈竞美，则予之名转因集中诸君子以不朽矣。“同声相应，同气相求”；“嘤其鸣矣，求其友声”，古人岂欺我哉？嘉庆甲子［九年，1804］重阳日，小停云馆主人古建宁师范荔扉氏撰于皖江舟中。［第 2a 页］

则杰按：此序又载师范《二余堂文稿》卷四（上海书店出版社《丛书集成续编》第 132 册，第 521 页），但因原书脱页而正文止于“后世有”。

二、师范“凡例”（第 1a—3a 页）

［一］ 诗以言志；志之所存，言可征焉。集中诗，非敢云“选”，然多则百余首，少亦十数首，要以温柔敦厚为本。凡词之浮艳者、音之噍杀者、体之破碎者、气之亢激者，虽有佳句，概从割爱，不肯稍事依违，致累盛名。

［二］ “声依永，律和声”；“永”，咏也。虞廷赓歌、三代诸谣谚，胥有自然之音调。即后世乐府，以及五、七言古近体，莫不皆尔。乃自试帖家创为“一三五不论”之说，遂至失小粘者，虽老宿亦所不免。集中未叶处，间更一二字，俱以李、杜、韩、苏为准。点［第 1a 页］金之诮，识者谅之。

［三］ “小停云馆”，纪地也。地以人传，人以诗传矣。谷黄门西阿、刘司马寄庵、沈大令巡梅、段大令可石、左大令蘅友、钱大令玉山、沙大令雪湖、石大令北江、潘文学兰如、王上舍柳村，虽未经至馆，然鱼素缠绵，密逾缟纻；备登之，用志不忘。间有至馆而诗未采入者，或酬唱无多，或往来未洽。挂漏之咎，实所难辞；弃取之私，可告无罪。

［四］ 李刺史石帆、宁刺史鞠溪、顾大令小逋、周大令柳桥，皆有专刻行世；卢大令湘艖、周大令石苔、廖大令钟隐，除辱题［第 1b 页］

小照并唱和数作外，未见全稿。谨镌雅号，永袭兰芬。

［五］ 名次先后，皆随手抄撮，且以卷帙之多寡相配，并无成见。张竹轩住馆最久，其前集石帆刺史早为授梓，故所录自辛酉［嘉庆六年，1801］始，体格在邢石臼、吴陋轩间。至其清而能厚，淡而能腴，则又此君素所擅场。

［六］ 癸亥［嘉庆八年，1803］闰二月，请病闲居，赁屋双莲寺前，与曹扶谷中隔一巷，袒臂趿履，时相过从。其气静以深，其学渊以邃。其《吹云阁集》，可与《静惕堂》《曝书亭》鼎足而三。宦皖后作，未示副本，故所收尚略。即与余唱和之什，亦未经尽为刊入；每一展［第2a页］对，耳目焕然。

［七］ 刘寄庵初令新城，调曹县，请病归。起复，补文登。以失察前任盗案，议发军台效力。两县士民如失慈父母，有代谋赎罪者，有相伴坐台者。入关后，流连东省几一载，诸衿耆送至开封而后别，远抵汉口者复数人。今上亲政，同尹楚珍阁学被特旨召见，题朝城，升武定同知。去年秋，因邓山人寄刊稿三册，古诗有杜有陶，五律有苏州有随州，七律有香山有东坡有放翁，五、七绝有中唐有北宋。神交十载，虽未识面，然紫芝眉宇，已得自卷中；联辔之盟，毋渝息［第2b页］壤。

［八］ 予诗存自戊子［乾隆三十三年，1768］，然学诗实始于乙酉［乾隆三十年，1765］。四十年中，积好成癖。近抱幽忧之疾，长吟短咏，借以过日。每遇一赏心之篇，如听王子晋鹤背吹笙，令人骨节玲珑。缩食减衣，黾勉成此。果愈仲车之病，句以通神；持较思邈之方，吾非食耳。敬告同人，毋吝珠玉。

乙丑［嘉庆十年，1805］送春日，小停云馆主人师范手识。［第3a页］

【附录一】民国《新纂云南通志》卷七十八《艺文考·八(滇人著述之书·八)》“集部·五·总集类”(云南人民出版社 2007 年 3 月第 1 版,第 4 册第 387 页)

小停云馆芝言:十册。清师范辑。范,见前“史部·地理类·杂志”。是书共十册,计九十三人之诗——滇省十有八人,其他各省七十有五人,而江、浙为最多,皆范同时契友。前有“凡例”七[八]则,自序一。嘉庆乙丑[十年,1805]刊于小停云馆。自序云:“诸生时……诗以‘芝言’名,盖举芝已可兼兰矣。”其滇人诗,黄琮辑《滇诗嗣音集》已多入选云。

则杰按:《小停云馆芝言》之类所谓“册”,见于版心及各“册”目录,系内部第一层次计数单位。

01－064　朋旧遗诗合钞

曾　燠

二十二卷。曾燠辑，嘉庆十年乙丑(1805)赏雨茅屋刻本。（苏州大学图书馆藏）

一、曾燠“朋旧遗诗合钞序”（第1a—b页）

呜呼！子敬不作，孰调床上之琴？景阳有灵，犹惜囊中之锦。求茂陵之遗稿，古得几人？定敬礼之小文，后需知者。仆之选朋旧诗卷，岂得已哉？夫大化之运，岁月易驰；志士之羞，草木同腐。孔悝因之铭鼎，羊祜所以沉碑。至若功名但荣诗勋，文章每憎命达，吁！可悲已。况乎诗人之穷，振古弥甚。阮籍问途，至于恸哭而返；陶潜乞食，欲以冥报相贻。谁言千首堪轻列侯，实则万言不及杯水。又如子安绮岁，岭海之魂不归；长吉芳龄，玉楼之召早赴。岂以雕肝琢肾，精魄易于销亡；状物写情，造化忌其神巧？然而人既往矣，诗则传矣。虽复三辰之咎，潦倒生平；亦谓千秋之名，寂寞身后。［第1a页］乃至故纸漫漶，遗墨飘零。琼瑰尽化于泣余，彩笔不传于梦里。蔡中郎之残字，有女仅存；谢安石之碎金，无人能拾。若仆所钞二十八家，更足使人深痛者已。呜呼！追河朔之曩游，半登鬼录；抚平原之拱木，空叹人生。幸也，尝观《储说》，得与同时；偶藏《论衡》，居然独秘。方以嵇生之故，兴悲于酒垆；岂宜子云之书，使覆诸酱瓿。每从竹素，还接兰言。焕若神明，疑见颜色。怜花红而玉白，谁唱秋风；攀柳条与梅枝，忆题人日。传之世间同好，慰彼地下修文。南城曾燠。［第1b页］

则杰按：此序又载曾燠《赏雨茅屋外集》(《续修四库全书》

第 1484 册，第 233 页)；除删去末尾署款之外，其他文字相同。

【附录一】法式善《陶庐杂录》卷三(中华书局 1959 年 12 月第 1 版，第 93 页，原标第八十五则)

《朋旧遗诗合钞》二十二卷，南城曾燠编，皆已往之人，凡得三十家，去取颇有体裁，刻于嘉庆十年[乙丑，1805]。

则杰按：此处称《朋旧遗诗合钞》作者"凡得三十家"，似包含其后《续钞》一卷所收者；《续钞》笔者未见，可参见孙殿起《贩书偶记》卷十九集部总集类"各朝诗之属"(上海古籍出版社 1982 年 11 月新 1 版，第 520 页)。

01－065　群雅集

王　豫

四十卷。王豫辑，嘉庆刻本。（浙江图书馆藏）

一、阮元“群雅集序”（第 1a—2a 页）

昔归愚宗伯订《别裁集》，谓王新城执严沧浪之意选《唐贤三昧集》，而于少陵“鲸鱼碧海”或未之及。此宗伯独亲风雅之旨。其实，新城但于《三昧集》持此论耳；其裁伪体，与宗伯固无歧趣也。近今诗家辈出，选录亦繁，要以宗伯“去淫滥以归雅正”为正宗；与其出奇标异于古人之外，无宁守此近雅者为不悖于《三百篇》之旨也。丹徒王君柳村之论诗也，以宗伯为归。近日数大家声气炫赫之时，王君独去之若浼，抱残守拙，以为吾恐其言之或非雅也。［第 1a 页］以故伏处大江金、焦两山之北渚，而交游亦几遍于海内。用是著录《国朝别裁》以后诸家之诗，积成卷帙，名之曰《群雅集》，即以归愚宗伯居首。虽为先辈、友人录其著作，而编诗大旨亦即在是。盖已泛滥于宋元诸家及明嘉、隆前后之蹊径门户，而折衷而得所归焉，又何虑近时门径之少有出入者乎？王君以未定之草示元，属元为序。元将入觐，马首戒途，匆遽未遍读，而其大旨已得览之，乃为之序。［第 1b 页］嘉庆十二年［丁卯，1807］孟冬，扬州阮元序。［第 2a 页］

则杰按：此序又载阮元《研经室集·三集》卷五（中华书局 1993 年 5 月第 1 版，下册第 692—693 页）；除删去末尾署款之外，其他文字基本相同。

二、吴锡麒"群雅集序"（第1a—2a页）

诗之可以动天地、感鬼神、匡政治、厚人伦者，惟在得乎性情之正而已。"雅"者，正也。故《小雅》之材七十四、《大雅》之材三十一，其间亦有正有变，要之陈美刺、察兴衰，虽变而未有不出于正者，故曰"雅"也。自汉魏六朝以来，作者代起，而极其备，莫盛于唐，于是言诗者多以唐为宗。然不善学之，往往剽窃剿袭，貌合神离；实之不存，翩其反矣。本朝人文炳蔚，韶濩锵鸣。新城司寇以"神韵"导之于前，长洲宗伯以"体裁"齐之于后，禀温柔敦厚之[第1a页]旨，扬顺成和动之音，以正步趋，以端矩矱，比而同之，亦何异木之有绳、射之有的也乎？今王君柳村，学宗伯之学者也，复继宗伯《国朝[诗]别裁集》而辑其以后诸家之诗，名之曰《群雅》，以问序于余。余尝慨近代之为诗者矣：阐单而少味，则病在空疏；驳杂而不精，则病又在堆垛；甚或雕巧淫艳者有之，支离破碎者有之，是皆不足以言雅也。夫例之以雅，则不必学唐者而后雅；即不学唐者而但求其能雅，斯异辙而同归矣，斯万殊而一本矣。然则是集也，因其所已至而勉其所未至；"夫惟大雅，卓尔[第1b页]不群"，人亦谁不乐去"风"而即"雅"也哉？吾独念宗伯生平结交遍宇内，及晚跻显仕、归乐林泉，投缟献纻者若鱼龙之趋大壑，宜其搜疏之富、抉择之当如此。若柳村跧伏荒江之滨，无名位可以号召斯世，不过摩挲缃竹、驱染烟毫，乃数十年来自名公巨卿以逮布衣通士，络绎奔赴，得掩群雅而尽有之，较两称铢、存真去伪与宗伯等，岂老子所谓不出户而知天下者乎？然而雅音为不绝矣。嘉庆丁卯[十二年，1807]冬十一月，钱塘吴锡麒序。[第2a页]

三、石韫玉"群雅集后序"（第1a—b页）

象犀珠玉，世人所谓宝也；然不有人焉搜访而采掇之，则亦埋没于深山大泽之中，而无以自呈。文章之事亦然。士方呫哔窗下，偶遇一事一物触于目而会于心，抒写于长言咏叹之间，不啻象有牙、犀有角、水怀珠而石藏其璞也。然其显者为公卿大夫，王事贤劳，无暇料理及铅椠之事；山林寂寞之士，穷居一乡一邑，声气不广，稍有撰述，其力不足以孤行于世，往往湮没无传，欲求如扬子云之书为后人覆缶而不可得也。——是在好事者之善为[第 1a 页]掇拾矣。本朝诗学最盛。吾乡沈归愚先生《别裁》一集，略见其大概矣。继此至今，又历五六十年，其间操觚之士不知又几百辈。此如珍禽奇兽、嘉树芳草，日生于天地之间而不可穷也。丹徒柳村王君，起而绝续之，即断自归愚先生始，撰成《群雅集》四十卷，所收诗七百余家，可谓勤矣。然海内文章之士，林立而薪积，意尚有鸿文硕学可以信今传后而柳村未及见者乎？补遗之役，吾不能不终责之柳村也。嘉庆己巳[十四年，1809]夏四月，琢堂弟石韫玉序。[第 1b 页]

四、法式善"法梧门先生书"(第 1a—b 页)

半月前，曾修覆函，并拙诗一帙，交鲍子鸿起寄呈，迩来谅入照矣。令亲陈孝廉来，又蒙赐札及《群雅集》。披览一过，足征老眼无花，去取皆具卓识，当与述庵侍郎《湖海诗传》并行矣。第侍郎所选，兼收宋派，而尊选独收唐音，蹊径微不同耳。弟少年科第，未能穷究经史。中年承纂官书，程期卒迫，无暇研究声律。而东南文人墨士，谬相推许。东涂西抹，随便应酬，可存者不过十之一二，余多率笔。爱我者，其严汰之为感。冶亭先生到京，必能相见，面将此[第 1a 页]集致之。选中微有小误，另纸呈上。诸维鉴登。不宣。戊辰[嘉庆十三年，1808]二月廿四日。[第 1b 页]

五、秦瀛"秦小岘先生书"(第 1b 页)

久不得见，思之黯然。张孝廉寄槎来，接手书，欣承足下履候致佳为慰。选最难，惟沈文悫为第一巨眼。尊选采录精当，足以继之。仆以衰老，不能为藩司转进而处槐棘之任，自知毫无裨益，惟增愧叹。后岁春间，定返里门，可重续松寥之游也。述庵先生墓志乃仆所撰，曾见之否。草草不具。外诗二章呈正。此复。[第 1b 页]

六、阮亨“群雅集后序”（第 1a—b 页）

丹徒王柳村先生既选《群雅集》，予兄为序其颠末矣。先生曰“是即为斯集之凡例也可”，盖即以归愚宗伯之例为例也。然亦有未尽者：宗伯所定，大抵皆已往之人；而斯选则无论已往、见在，皆就所见而存，或全集未窥，或邮寄未至，而吉光片羽，不免九鼎一脔，读者未可以是少之，此又例外之例也。若夫持择之精、遴选之慎，非别裁伪体、为诗教干城者不足与知斯事，此又不止订沧浪之谬，兼以补宗伯之缺，固随读者之自为领悟，无待予之哓[第 1a 页]哓赘述矣。嘉庆丁卯[十二年，1807]冬，仪征阮亨拜撰于珠湖草堂。[第 1b 页]

七、王豫像题赞（第 1a—b 页）

[一]　征君高旷处，千古一奇人。弱笔摹形似，传来恐未真。

受业许淑慧。[第 1a 页]

[二]　目可瞻焉，而盲其瞳。手披万卷，而了于胸。梦传文壸，学并春融。呜呼！此山林之征士，而湖海之诗翁。

道光壬午[二年，1822]春，梅叔阮亨赞。[第 1b 页]

01－066　群雅二集

王　豫

十八卷。王豫辑，嘉庆刻本。（浙江图书馆藏）

一、倪琇题辞（第 1a 页）

癸酉[嘉庆十八年，1813]春，予同漕帅阮云台先生转漕瓜渚，见法祭酒时帆《怀人诗》三十二首中一首云：“菊溪梅庵伯仲，如何中杂劣诗？京口集刊群雅，饼金购自高丽。”注称：“王君柳村刻《群雅集》成，高丽人以重价购之。”时予闻琉球人亦购是集，有“海外传诗卷，江南此布衣”之句。兹柳村续选《二集》，又得十三卷，出以示予。读毕，因题数语，以志其盛。昆明倪琇。[第 1a 页]

则杰按：此处所说“续选《二集》，又得十三卷”，殆指稿本而言。

二、阮亨“序”（第 1a 页）

丁卯[嘉庆十二年，1807]秋，王君柳村既属序《群雅》初集以行，一时名公卿若法时帆祭酒、石琢堂廉访，咸寓书走索，并属其续辑遗漏各诗。王君因编成《二集》四十卷，将次发刊，复偕陈子穆堂过珠湖草堂索书弁语。予与王君谊结葭莩，情深兰契；捧诵再三，不敢固却，就其失载各家检予所辑《瀛舟笔谈》《淮海英灵续集》中诗之后逸者补以归之。试质之法、石两先生，其以余为知言否？爰书之以为序。嘉庆辛未[十六年，1811]闰上巳，仲嘉阮亨识于道东书屋。[第 1a 页]

则杰按：此处所说“编成《二集》四十卷”，殆指稿本而言，或与初集混淆。

三、王豫“序”(第 1a 页)

仆所选《群雅》初集,业付梓人,就正海内宗工矣。厥后辱诸名流不弃,陆续邮寄,裒然盈箧。恐其久而遗失,亟取而采录之,续成《二集》。不分科目,不序行辈,因随到随刻故也;阅者勿诮其与初集异,幸甚!嘉庆十有六年辛未[1811]春正月人日,柳村甫王豫识于江都翠屏洲之诗征阁。[第 1a 页]

四、法式善“题辞”(第 1a 页)

海陵邓孝威,选诗黄叶村。老年应征召,襆被春明门。旅夜勤甄综,雪寒酒弗温。忍饥事吟啸,坐对孤灯昏。诘朝王新城,狭巷停高轩。渔洋手校本,今尚诗龛存。(王新城手校《诗观·二集》,余买自厂肆。)北渚集群雅,体例诗观伦。愧我非羼提,欲辨先忘言。扫叶力勘任,跋尾徒增烦。(来书乞作序。)朝廷开科制,微君孰玙璠?此集时续成,携过秋菘园。白发两诗翁,林下倾清尊。

梧门法式善。[第 1a 页]

01－067　皇清文颖续编

嘉庆皇帝

一百六十四卷。嘉庆敕辑，《续修四库全书》第 1663—1667 册，影印嘉庆武英殿刻本。（下录均见第 1663 册）

一、嘉庆皇帝“皇清文颖续编序”（第 1—3 页）

日升月恒，天之文也。川流岳峙，地之文也。经世载道，人之文也。观乎人文，以化成天下，文之义理大矣哉。稽古圣贤立[第 1a 页]言，典谟训诰，载在《尚书》；制度官常，著于《周礼》。三代鸿文，诚尽善矣。汉唐宋元明，皆有巨集，为《文类》《文粹》《文鉴》《文衡》，不可殚述。我大清受[第 1b 页]上天之宝命，开奕代之丕基；龙兴东海，定鼎燕京；式廓舆图，抚绥函夏。列圣右文成治，敷教同风；炳炳[第 2a 页]麟麟，菁莪芸萃，猗欤盛哉！乾隆九年[甲子，1744]，皇考继两朝未竟之志，辑百年至颖之文，编次成书，厘为一百二十四卷。[第 2b 页][第 1 页]敬录圣祖、世宗诗文，列于卷首；皇考圣制继之；诸王臣工次之。御书序文，[第 3a 页]命名《皇清文颖》。昭明有象，垂裕无涯，诚盛世同文之极轨也。甲子再周，文治益盛。爰集《续编》，敬循前则。恭录皇考高宗纯皇帝文十卷、诗[第 3b 页]二十八卷，冠于简端，用光艺府。我皇考文三集、诗五集，久已颁行海宇；是编特依旧则，手自钞录，诚所谓管窥蠡测，奚能揄扬万一哉？[第 4a 页]次则予幼时恭和诗篇及书窗日课，择取文六卷、诗十二卷，附于圣制卷后。而诸王臣工，赓扬骏烈，赓和奎章；溯虞廷喜起之歌，迈唐[第 4b 页][第 2 页]代早朝之作；文则清真雅正为宗，诗以《国风》、“雅”“颂”为本；六十余年进呈诸作灿然毕陈，妙集千狐白腋、万选青钱，得文五十卷、诗五十八卷。统

[第5a页]成一百六十四卷。较之前编，已赢四十卷矣。呜呼！创业以武，守成以文，古今之通义也。然文修武备，盛代之鸿猷；文恬武嬉，末世之败则。予勉[第5b页]图文治，克绍武功，岂敢尚寻章摘句之虚文，稍忽沐雨栉风之实录乎？知斯义者，可观《文颖》。馆臣以序请，爰写予意，用志岁月。[第6a页]嘉庆庚午[十五年，1810]孟夏月，御笔。[第6b页][第3页]

二、董诰等“表”（第4—8页）

经筵讲官太子太师文华殿大学士管理刑部稽查钦奉上谕处事务世袭骑都尉加五级臣董诰等奉敕编辑《皇清文颖续编》告竣，恭呈睿览。臣等谨奉表恭进者：伏以乾玑甄曜，奎垣征聚纬之祥；泰策陈符，斗极启丛云之奥。[第1a页]振元音于橐籥，万籁均调；炳继照于光轮，十华贲采。园呈凤彩，耀国瑞而文擅凌云；境秘龙威，探柱史而籍成编玉。道昭扬盛，化洽敷文。臣等诚惶诚恐、稽首顿首上言：窃惟金泥阊色，五香熏披蕤之书；玉券斐文，三洞闷灵兰之典。韵倡葛天八阕，嶰谷凰筠；写传皇策一篇，羽陵蠹简。固知录图雉雉，已开文字之先；大麓鸽鸽，遂兆赓扬之盛。耀钩垂象，漆书发藻[第1b页]于西州；含雾通神，瑶管谐声于南雅。下逮兰台修史，特志艺文；藜杖雠书，曾传目录。源探两汉，已擅千诗百赋之奇；觞滥六朝，又分骈俪单行之制。芸签四库，丙丁之部独繁；艺苑百家，甲乙之评谁定？由是选尊萧统，词林始掇清英；体辩挚虞，学海爰标流别。卷排玳瑁，齐裒石镜之书；笔架珊瑚，争序玉台之咏。特是荆潭唱和，甄综第及一隅；河岳英灵，篇什仅存三卷。五百家播[第2a页]芳文粹，致诮繁芜；九十卷品汇诗编，徒夸正始。求其风琴雅管，胪一代之篇章；兼且道籥言枢，备诸家之著述。计唐宋元明之代，作者飙腾；综粹鉴类衡之编，裒然日富。然而姚宝臣黜春华而采秋实，徒矫宋白之偏；吕伯恭重经术而略文辞，乃为陈骙所驳。苏滋溪失遗山之野史，宁非沧海遗珠；程篁墩载瀛国之卮词，终愧连城完璧。从未有[第2b页]

[第 4 页]勋华递嬗，化成久而图牒益彰；谟烈重光，作睹昭而苞符毕萃；轶唐代一经之懿躅，仿汉廷续史之前规，如今日者也。钦惟皇帝陛下，智握珠囊，[第 3a 页]道融金鉴。萝图席瑞，七德绥而律授文昌；松栋凝庥，五运汁而镜澄太史。贮琅函于四阁，圣集大成；幸玉署于九年，天临有喜。东鹣西鲽，咸觇文轨之同；北黍南茆，共诩艺林之盛。不有扬扢，曷示昌明？爰俞抱牍之陈，特启䌷书之局。溯自金科始创，记麟止[第 3b 页]于先丁；及兹玉楮重锼，复龙躔之周甲。重熙累洽，文命敷而愈昭；云蔚霞蒸，风会进而益上。首登圣制、御制之什，撰合两仪；洎及奏进、经进之篇，胪分众体。天高九𢿱，统次舍以提纲；[第 4a 页]圣萃一家，挈后先而合节。仰惟高宗纯皇帝，运模立制，显袠六为七之经；建极敷言，苞文万指千之富。制高石鼓，摭景者咸仰羲娥；章倬银潢，泝源者必尊星宿。经天度远，窥璇管以测全晖；观水澜回，酌铜蠡而知稗海。我[第 4b 页][第 5 页]皇上发绨缃于手泽，贻谋笃堂构之思；流笔札于心声，发咏俨羹墙之慕。示大文于寰宇，刊布者已揭日月而行；庋新制于尚方，什袭者愿快星云之睹。由是遴从乙帐，旨非游夏所能窥；[第 5a 页]宣付西山，道识文武之咸在。浮河出洛，若唐典之合虞书；玉极金筐，如文卦之重羲画。神明灿矩，极古今词囿之巨观；雅正垂型，俾海宇学流以共率。至若晖分日干，秀毓璇源。拟七启于清燕，对三雍于紫闼。题屏赋就，间采其梁园明月之章；刻烛催成，亦撷其陇首清晨之句。下逮旄车俊乂，鹓序儒臣。经排千佛之名，版列百官之表。或西清授简，依体而答柏[第 5b 页]梁；或中禁挥毫，拈韵而赓枫陛。或武功震铄，谱铙吹之雄风；或庆典蒿皇，播中和之乐职。或金门直漏，簪毫奏待诏之篇；或玉辂巡方，击壤献迎銮之曲。或螭坳近侍，集遂以[第 6a 页]御览题名；或龙勺遥颁，诗亦缘拜恩纪事。凡此扬葩振藻，皆浚发于匠心；因之酌雅禀经，必别裁夫伪体。部居州次，众制分攡其门；相质披文，九变各殊其用。观夫都研京练，赋心以浏亮为工；岱禅河清，颂体极形容之美。铭题诸器，凛戒慎以勒金人；箴诵于官，效忠荩而陈丹扆。文成

属笔，赞岂类夫决科；义取析薪，论本资于破理。匡诗费易，郛良说以诠经；贾茂董醇，婞[第 6b 页][第 6 页]雅材而射策。枚叔壮连犿之采，事取观潮；扬云创俳偶之文，语同结琲。鸡碑雀篆，纪实者曾无愧辞；凤髓龙筋，隶事者不烦加点。迈三唐之格律，气壮风云；汰六季之风骚，习消金粉。是则道该群籍，括刘勰之文心；义列四科，入钟嵘之诗品。金绳曜采，继龙门太史之书；绿牒摛华，标凤阁舍人之样。凡夫元轻白俗，词不越月露风云；岛瘦郊寒，事无与典章法度。言未登于大雅，听[第 7a 页]岂滥夫明堂。此皆上禀睿裁，仰邀圣鉴。握银华而照物，瑕颣全捐；秉玉尺以程材，幅员胥准。金能跃冶，被陶铸而悉作奇珍；材可中绳，荷培植而咸成翘秀。故足羽仪台阁，金羁并玉轪交驰；鼓吹性灵，文律与言泉偕鬯。譬游潍涣，观澜而[第 7b 页]自识含章；如听磬茎，按节而即知鸣盛。乃当金华削稿，欲付汗青；石叶濡函，先陈副墨。天题式焕，弁序引之一篇；文思同钦，挈纲维于全部。璇文在上，承五色以舒华；璪冕居尊，映九章而腾采。臣等才非梦鸟，忝华国之未能；技止雕虫，幸依光之自近。摹天绘日，方敬群言斧藻之难；附翼攀鳞，[第 8a 页]亦叨下体菲葑之采。海以纳流而更广，山不辞壤而益高。命名仍踵夫前编，计帙已增于昔纂。韵流策府，经天纬地之谓"文"；秀发书田，异亩同生者曰"颖"。析卷百六十四，知宗经证圣之毕包；演纪兆秭京垓，卜握符阐珍之未艾。伏愿离晖普照，彰宝箓之洪延；晋昼重光，焕庆霄之纠缦。[第 8b 页][第 7 页]告功升岱，为铺扬鸿景之原；叶气流春，著润色太平之实。禽梧翙吉，蔼多士而才备九能；麟绂征徽，扇皇风而化覃八索。嘉谋嘉献以为嘉告，炳焉与三代同风；立德立功因以立言，廓然大一王之制。指南得路，修词者群奉为金针；拱北归型，谈艺者争藏于玉枕。家寻油素，诵万遍万本以流传；典贮瑯嬛，长一字一金之声价。焯三光于璧府，[第 9a 页]昌时之祥瑞，不仅麟仪凤济之奇；证六艺于谟觞，盛世之文章，重睹虹玉龙钤之契。臣等无任瞻天仰圣，激切屏营之至，谨奉表恭进以闻。[第 9b 页]嘉庆十五年[庚午，1810]五月□日。[第 10a

页][第8页]

三、"皇清文颖续编凡例"（第9—10页）

一[一] 我朝圣圣相承，敷文成化。高宗纯皇帝临御六十年，诗文合四万余首，函天盖海，实为开辟以来所未有。在乾隆甲子[九年，1744]以前者，已载入《文颖》前编；自甲子以后，篇帙益富，是[第1a页]编谨登不及百分之一。仰璿琯以窥天，难名运量；挹铜蠡而测海，莫罄渊深。我皇上文思绳武，盛业日新，今自《味余书室全集》《御制初集》，暨嘉庆九年[甲子，1804]至十五年[庚午，1810]诗文选定，均出睿裁。鸿篇巨什，巍乎焕乎。绍[第1b页]尧之文，弗可尚已。

一[二] 前编恭载圣祖仁皇帝、世宗宪皇帝、高宗纯皇帝诗文，俱称"御制"。是编于高宗纯皇帝诗文，敬称"圣制"；我[第2a页]皇上诗文，敬称"御制"，以著重光阐绎、缉熙同文之盛。

一[三] 诗文为运会所关。近数十年来，制雅辑颂，风气尤蒸蒸日上。良由寿考作人，化成久道；渐摩[第2b页][第9页]文治，涵泳圣涯。兹编搜罗既广，归务谨严，以祈尽善尽美。至于吟风弄月之篇、范水模山之什，吐属虽工，无关大雅，一遵前编旧例，概从阙如。

一[四] 是编臣工诸作，除进呈应制外，全集曾经奏进者方行选择；其未呈[第3a页]乙览者，均不入选，以杜滥收。

一[五] 诸王列宗室之前，宗室冠群臣之首。宗室之与科目者，以科分先后为次，用标若木浚源之秀、分华毓瑞之隆。

一[六] 臣工进册恭和诗篇及经进诗集，其原稿编年者，酌采乾隆甲子[九年，1744]以后之作；未编年者，计作者年分在甲子以后，方行采录。

一[七] 前编所载臣工著作，进册恭和与私作，前后[第3b页]互见，初无定例。是编分门析类，先典礼，次奉敕，次应制，次敬题，次恭和，次纪恩，而以私作殿焉。

一[八] 臣工恭和诸诗，悉遵圣制、御制集中次序。如一题多至数人，其前后编次，或以[第 4a 页]科目，或以官阶。私作亦准此例。至奉命出使恭纪之作，则列于本人私作之首。

一[九] 前编以四言列五言之前，六言附七言之后。今四言仍遵旧例，六言则改置七言之前。

一[十] 是编文目，体例悉遵前书。唯臣工文内答问、露布二体，前编附见"杂著"中；今所甄采，较前增富，因另立两门，益昭美备。[第 4b 页][第 10 页]

01－068　同人集

朱照廉

首集三十六卷、次集三十四卷、三集十六卷。朱照廉辑,《稀见清代四部辑刊》第六辑第83册,影印嘉庆十七年壬申(1812)小云谷木活字本。

一、朱照廉"序"(第1—9页)

题汉上之襟,倡余和汝;听山阳之笛,感旧怀人。集著《松陵》,皮、陆则同时竞爽;体名"长庆",元、白则把臂入林。夫惟侨、札之交欢,不妨管、晏而合传。我[第1a页][第1页]朝敦崇风雅,鸣盛宫商。集文苑之英华,树骚坛之正则。时值风云之契,人擅庾、鲍之长。立言不朽,于斯为盛。凡夫《大雅》之才二十一,《小雅》之才七十二;元音异响,众制分门;莫不雅兴飙[第1b页][第2页]流,逸情云上。则陈思入室,公幹升堂,岂仅百数十人已哉?惟仆才同樗栎,心契芝兰。钻仰于问字之亭,私淑诸横经之舍。或寻声韵,而得赏音;或炙言论,而喻同调。只此闻见所录,遂已蔚为[第2a页][第3页]盛观。夫真体内充,言归有物;大用外腓,语自惊人。要必折中文质,方轨前贤。希圣而得一体之称,游艺而著专家之目。庶几郁神明于五岳,一扫芜音;漱沆瀣于三霄,不侪凡鸟。其味隽,其[第2b页][第4页]致远;其言浅,其情深也。若或典实敷陈,不存真宰;风华驰骤,亡按前规。非才赡而疏于筋脉,则力劲而伤于斧斤;非识暗而昧于源流,则学疏而俭于边幅。甚至庸音杂体,歧途又歧;[第3a页][第5页]心声无得,准的何依?此作者之难耳。兹集录萃东南之美,列通儒之林。笙簧触手,间羽振而宫沉;雕缋满前,实锦张而绣错。通怀类情,则异代接武；扬风扢雅，则殊途同归。寸珠得照[第3b页][第6页]乘之辉，片羽见吉光之美。或出或处，若有同心；一倡一和，都为知己。既臭味之无差，亦形骸而罔隔。取鉴于屈、宋、班、马，亦艳亦香；比观于卢、骆、王、杨，谁前谁后？良以铜山之钟，地隔而霜应；晨[第4a页][第7页]风之铎，音远而律谐。嘤鸣摛伐木之歌，兰臭系断金之义。准兹选理，各有当焉。用是汇为一编，公诸同好。评论惟三品，仰惭记室之才；采录近百人，要皆骊珠之选。惟交游之有道，信文[第4b页][第8页]章之有神。明月绿窗，怀伊人而宛在；寥天孤鹤，览云霄而下之。是为序。嘉庆十七年，岁次壬申[1812]，孟夏月，上元小云谷朱照廉自识于游艺轩之北。[第5a页][第9页]

二、"同人集姓氏目录"朱照廉后记(第19—20页)

昭代诗教昌明，作家林立。一时扬葩振藻，莫不人握隋珠，家怀荆璧。昔沈文悫公有《国朝别裁》之选，足该一代源流正变。近司寇王述庵先生辑《湖海诗传》，采英撷华，极称美备。照廉未谙宫商，略谐竞病，何敢妄操月旦？兹选凡名公巨制，有专集流传海内、脍炙人[第5a页][第19页]口者，概未敢登；乃汇而为一，复别之为三：《首》《次》两集，或系陈、雷世好，或因嵇、吕交深，惟就蒙见所及、案头所有付之剞劂，差比于《感旧》《箧衍》二选；其中有集已版行而流播未广者，采摭一二，吉光片羽，以志藏写，固不能尽备也。《三集》或邮筒惠寄，或交友諈诿，并为采入，以广应求之雅；间有借诗存人，不关持择者，是又当分别以观焉。小云谷廉又识。[第5b页][第20页]

01－069　国朝诗

吴翌凤

十卷、外编一卷、补六卷。吴翌凤辑，光绪新阳赵氏刻本。（浙江图书馆藏）

一、吴翌凤“序”（第1a—b页）

或有问于余曰：“古今人诗同乎？”余曰：“不同。古人之诗浑，今人之诗巧；古人之诗含蓄，今人之诗发露；古人之诗多比兴，今人之诗多赋；古人之诗纡余婉曲，无意求工，今人之诗好着议论，动使才气，每用一意惟恐不达，往往自下注脚，此今人所以远逊古人也。”曰：“然则今人中亦有卓然名家者乎？”余曰：“［顺］治、［康］熙之代，若莱阳宋氏之浑雄、宣城施氏之澹远、新城王氏之音调谐畅、秀水朱氏之意趣疏宕，求之古人未易多得，而况羽翼、接武者又不一其人乎？”余往时论次所及如此。年来撰录唐宋元明诗竣，甄综此集，厘为［第1a页］十卷，而以常山、娄东诸家之诗附焉。法度神韵，纯超自然。读者谓同于古人之诗也，因书以为序。嘉庆元年丙辰［1796］春二月朔日，书于长沙寓斋。［第1b页］

【附录一】叶昌炽《缘督庐日记抄》卷十四宣统三年“辛亥”（1911）“三月”“廿一日”条（《续修四库全书》第576册，第785页）

得赵学南书，谢赠书拓，自言有志流通古籍，十年之内可刻成丛书一部；吴枚庵《国朝诗选》枣梨已蒇，即日可以见寄。

则杰按：刻本吴翌凤（枚庵其号）辑《国朝诗》，牌记以及各编最末一行均署“新阳赵元益校刻”。赵元益卒于光绪二十八年壬寅(1902);据此处记载,其最后成书当已在长子赵诒琛(学南其字)手中,书名或作《国朝诗选》。

【附录二】孙静庵《栖霞阁野乘》卷十"吴枚庵所选国朝人诗"条(民国二年[1913]中华图书馆排印本,下册第93页)

吴枚庵翼[翌]凤所选国朝人诗,近时始有刻本,门户较沈选稍宏大,有正集、外集。蒙叟、梅村诸家,皆入外集。蒙叟之姓名,则易为"彭抝",字曰"六吉",谓为"浙江常山人"。屈翁山姓名则易为"翁绍隆",字曰"骚余",谓为"广西临桂人"。想见当时法网之密。然虽易姓更名,而诗仍多脍炙人口之作。姓名既异,遂无人过问者,斯所以为中国之法禁欤?

【附录三】王国维《王国维全集·东山杂记》第五十一则(浙江教育出版社、广东教育出版社2010年9月联合第1版,第3册第369—370页)

吴枚庵《国朝诗选》以明末诸人别为二卷附录,其第一人为彭抝,字谦之,常山人。初疑无此姓名,及读其诗,皆牧斋作也。此虽缘当日有文字之禁,故出于此;然令牧斋身后,与"羽素兰"同科,亦谑而虐矣。

则杰按:吴翌凤此集特地用化名来收录钱谦益(牧斋、蒙叟均为其号)诗歌,其实是出于好意,而并非以之"与'羽素兰'同科","谑而虐"。

01－070　怀旧集

吴翌凤

十二卷、续集六卷、又续集二卷、女士诗录一卷。吴翌凤辑，嘉庆刻本。（中国国家图书馆藏）

一、吴翌凤“叙”（第1a—b页）

昔新城王文简公论次师友之诗为《感旧集》，凡三百三十余家。同时宜兴陈其年氏有《箧衍集》，宁都曾青藜氏有《过日集》，泰州邓孝威氏有《诗观》四集。虽旨趣不同，然其人其诗咸并传于世。余不敏，束发时即喜为有韵语。稍长，谬厕词坛，二三前辈引为小友，一时谈艺之士亦皆不我遐弃，与订揽环结佩之好。江湖浪迹，吟侣益多。间尝录其所作，藏诸箧笥，忽忽不自收拾。今者年开八秩，颓然老矣。回忆前辈诸先生，墓木久拱；即辱在辈行者，亦凋丧已尽。苟不急为订定，恐益饱鼠蠹。幽居无事，[第1a页]爰取五十余年来次第所录者，重加补缀，厘为一十二卷，名曰《怀旧集》。其名位通显及诗号大家，播在人口者，固不借是以传；若夫山林寒瘦之士，么弦孤韵，浮沉隐约，没世之后遗章零落，恐不免有名字翳如之叹。此余区区采集之微意，窃自附于新城《感旧》之例云尔。嘉庆十八年[癸酉，1813]秋八月，吴翌凤书于归云草堂。[第1b页]

二、“例言”（第1a—2a页）

[一]　是编所录，均属已往之人。其余今、旧雨之诗，另编为《印须集》。

[二]　前辈中如李客山、翁霁堂、黄野鸿诸先生，余少时俱尝接

席;缘已入沈氏《别裁集》中,兹不具录。

［三］ 是集以诗存人,亦以人存诗。自一二首以及数十首,多寡不一,各就其至佳者登之,非有所轩轾于其间也。

［四］ 每人各注字号、爵里、著作;间缀诗话,或述行谊,或论诗品,或叙交游踪迹,聊寓怀人感旧之意,然亦不能[第1a页]遍及也。

［五］ 集中诗不拘一格,各就其诗之面目,以见作者之性情学力,不敢操一律以绳众人也。

［六］ 诗取其佳,不取其多。刘昚虚,有唐大家,传诗不过十四首;崔信明,五字千古,惟其佳也。此集皆盖棺论定,无应酬牵率之烦,故采取最精;以续沈氏《别裁集》之后,或无愧焉。

［七］ 编次既竟,复多以遗集见贻者,辑为《续集》四卷。业经开雕,又有所得,随时编录,故五六卷以下,以得诗之先后为次,以便将来增辑云。[第1b页]

［八］ 女士若干人,或交其夫,或友其子,亦甄录所当及也。然不便仍"怀旧"之名,别为"女士诗录"一卷。[第2a页]

01－071　印须集

吴翌凤

八卷、续集六卷、又续集六卷、女士诗录一卷。吴翌凤辑，嘉庆刻本。（“中华古籍资源库”网站影像版，原书藏天津图书馆）

一、初集吴翌凤“叙”（第 1a—b 页）

余辑平生师友之诗为《怀旧集》一十二卷，均属已往之人。又采录今、旧雨之诗凡若干家，节取“匏叶”诗人之义，名之曰《印须集》，聊识数言于卷首。夫我朝当右文之世，坛坫之盛，前有新城，后有长洲，力追雅音，主持风会。三十余年来，故老云亡，承学之士拾人唾余，互相轻薄，一时尖新豪宕之习沦浃宇内，熏入骨髓，莫可洗涤；先民矩矱，荡然无存，而风雅之事衰矣。余草茅贱士，学术疏陋，无转移风会之力，惟喜往来谈艺诸贤，无不别裁伪体，抗心正始，即今卷中所采诸诗人是[第 1a 页]也。亦有友其人而未读其诗者，随时补录。自非素与游处及尝通问识面者不敢滥登，一仍《怀旧集》之例云。嘉庆十九年，岁在阏逢阉茂[甲戌，1814]，闰二月朔，漫翁自书于归云舫，时年七十有三。[第 1b 页]

则杰按：此处称《怀旧集》为“一十二卷”，乃指其中初集（自称“前集”）而言，未含《续集》以下各个部分。

二、《续集》吴翌凤“印须续集引”（第 1a 页）

往于甲戌[嘉庆十九年，1814]春编次《印须集》八卷。今秋检付梓氏，而陆续以佳诗见投者甚多；倘欲一一鳞次羼入，则来者未已，有妨刊刻，因别为《续集》。昔邓孝威撰《诗观》，凡四集；近时怀宁潘镆撰《国朝诗萃》，亦分二集。兹援其例，前集略叙科分辈行；兹以得诗之先后为次，以便随时编入云。丁丑[嘉庆二十二年，1817]小除，枚庵钝叟志。[第1a页]

【附录一】钱泳《履园丛话》卷六"枚庵先生"条（中华书局1979年12月第1版，上册第171页）

吴枚庵先生名翌凤，长洲人。少为诸生，工诗。家甚贫，以馆谷自给。尝手抄秘书，至数十百卷无倦色。乾隆五十年[乙巳，1785]，吴中大饥，乃携其母夫人暨妻、子出游，历湖北、湖南、广东、江西诸省，凡二十余年无所遇，母已百岁，枚庵亦七十余矣。余尝书楹帖赠之云："卖赋卅年惟奉母，浪游千里为寻诗。"晚年家居，仿渔洋《感旧集》之例，选平生交游之诗曰《怀旧集》十八卷，又《印须集》十八卷……

则杰按：此处所说《怀旧集》《印须集》卷数均与实际不符，可能钱泳当时所见如此。

【附录二】杨钟羲《雪桥诗话》卷十（北京古籍出版社1989年12月第1版，第490页）

吴枚庵藏书，多手钞精本。尝举诗社于支硎，与释寒石唱酬尤密。其题画扇赠吴槎客云："决决泉流漾浅沙，深山雨过落松花。闲来偶践山僧约，留得先春顾渚茶。"词亦明秀。所辑《怀旧集》《印须集》，孤寒憔悴之士多借以传。

【附录三】郑振铎《西谛书话·西谛题跋(摘录)》"印须集"条（生活·读书·新知三联书店1998年5月第2版，第469—470页）

清吴翌凤辑，八卷、续集六卷、又续集六卷、女士诗录一卷，十二册，清嘉庆刊本。

二十余年前曾收得枚庵《怀旧》《印须》二集，劫中已失之。去岁立愿收总集一类书，乃复于修绠堂架上得《怀旧集》。遍访《印须》不得，久之，乃于邃雅斋书堆里获之。至是二集乃得合璧。今春赴沪，在旧居乱书里又检得《怀旧》一部。回京后，偶过修绠堂，在其门后架上复见到《印须集》一部，即此本也。漫复收之，俾得与沪寓的一部重得配齐。劫火取去我的《怀旧》《印须》，今乃倍得之，能无所感欤！一九五六年六月二十四日，西谛。

01－072　慰托集

黄安涛

十六卷。黄安涛辑，道光五年乙酉（1825）刻本。（浙江图书馆藏）

一、黄安涛“慰托集序”（第1a—2a页）

呜呼！士有攻苦半世，奄忽一朝。心声手迹，魂魄攸恋。末契之托，后死之责矣。是以简文伤往，为撰《中庶》之集；元结悼逝，爰有《箧中》之编。岂不以不朽之业、未竟之志，传之其人，是诚在我者哉？然而作者如牛毛，存者如凤羽。燃奇于坑，投贺于溷；光焰灰灭，仇者忌焉。籧篨是承，酱瓿是覆；珍贝芥视，愚者懵焉。惟仇与愚，斯亦已矣。若夫生则款款，订雷、陈之交；没则恳恳，展范、张之谊。故欢在目，遗编在床。谓宜表彰有资，阙坠无虑。顾悠忽者，率劖辑之失时；倥偬者，或编述之靡暇。卒之，羽陵朽蠹，莫证名山之藏；竹素丛残，空寄秋坟之唱。山丘阒若，声尘翳如。昔任昉《答刘孝绰诗》曰：“讵慰耋嗟人？徒深老夫托。”[第1a页]眷怀斯言，良可慨息。安涛束发就傅，过庭闻诗。先大夫以置膝之爱，示取友之方。谈道艺则踞门而听，启文宴则执烛而侍。誉清声于弱齿，引小友为忘年。并以竹林俊游，茑萝密昵。文字之乐，臭味所同。岁月贸迁，人琴凋丧。既悲墓草之宿，复痛乾荫之摧。茫茫百端，忽忽千古。每怀畴曩，怆然恨然。且念巨源字孤、延陵挂剑，气谊之笃，交道称之。文章者，性命之事，粗非邻于玩物；精神之绵，讵几同于血祀？郑重珍惜，宜何如矣。安涛宦游廿年，辙迹万里。朋笺每束乎马背，家编恒置乎囊中。萍踪流转，人事缠迫。时时深亡失之惧，负因循之疢焉。比来高凉，簿书少闲。友人吴江潘眉远道过从，舍弟若济佐理郡务。相与诠次，并任校雠。爰萃诸编，合为一集。将以告[第1b页]诸家祭，质诸幽冥。庶几播芳艺林，借释没世之憾；信心知己，无渐把臂之言。道光五年[乙酉，1825]正月，黄安涛撰。[第2a页]

二、黄安涛“凡例”(第1a—b页)

一[一] 是集专录先子里闬旧交，及安涛自幼所奉教，兼有捧袂之素者，所以承先志而存执友也。如白峰孙先生、瞻麓顾翁，未尝与先子相识，而其诗固为先子平生所叹赏，口诵手钞，藏弆其遗稿久矣，神交所系，不殊素心，故列于朱、张、宗、钱之次。至于家编可宝，亲串攸关，如楠荫伯父，暨芝亭汪君、元圃张君，并登于编。若夫梓里多才，名贤相望，佳章杰作更仆难数，顾不在宾友目中，不敢阑入。

一[二] 是集因人存诗，诗多者存亦多，诗少者存亦少。集中惟漱冰上人，遗稿全录；余虽小有抉择，而真面自在，与选[第1a页]家之斤斤于去取者不同，顾可传之作正复不少耳。

一[三] 方外一门，选家每附于简末；漱冰上人诗最工，与先子交最深，兹列于瘦客沈先生之次，盖仰体先志，不复援常例也。

一[四] 先子故交诗人，集外尚有一二；即安涛文字之友，已下世而遗集待传者，某某亦可屈指。是集编于粤东，仅就行箧所携采录也；他日搜访有得，再为续编。[第1b页]

三、黄安涛“编慰托集成，附题卷末四首”(卷十六末，第17a—b页)

几月编摩几手誊，十人以外一山僧。性真流露自然好，风雅别裁非曰能。卷里神仙惟老蠹，人间吊客是青蝇。玉杯若作银杯化，遗憾泉台恐不胜。[其一][第17a页]

独抱遗编似抱经，啾啾词客聚精灵。当年叹赏同浮白，此日功名只杀青。未卜他生仍恋恋，可怜余发亦星星。伤心空继先人志，

不见端书鲤过庭。[其二]

一辈人多山泽癯，漫将唐宋判诗衢。寥寥陈起江湖集，落落张为主客图。酒座凄凉花黯淡，交情明白泪模糊。不堪枨触前游在，抹月披风字半无。[其三]

姓氏今非冥漠君，雕锼齐付郢人斤。群贤可有斯文感，九地能无此举闻？遗稿仍埋刘蜕冢，高秋莫唱鲍家坟。他时携向枫根读，读罢篇篇当纸焚。[其四][第17b页]

四、黄若济“伯子编辑慰托集成，题词四律，予亦附六绝句于后”（同上，第18a—b页）

故纸丛残只字珍，更番采录寄交亲。（平湖胡瘦山辑《续槜李诗系》，同里周次山明府选《嘉善诗钞》，并将诸公诗录寄；嗣缘两君先后谢世，未及成书。）而今文字缘方了，谁证名山一段因？[其一]

子费编摩我手钞，灯残衙鼓听频敲。者回重触黄垆感，墨汁干时泪点抛。[其二]

渺矣音容隔夜台，遗编检自乱书堆。曾遭劫火兼胠箧，可是精灵解护来？（戊辰[嘉庆十三年，1808]冬，邻家失火，书楼仅隔一壁；倾筐倒箧之余，幸而获免。甲申[道光四年，1824]赴粤，将诸公诗本带入行箧；道逢偷儿，险不被窃。）[其三]

青衫哀怨卧秋坟，汗简今朝好策勋。人世功名谁第一？尚赢身后有遗文。[其四]

殷兄张丈述交情，篇目编排次第成。身后齐名天早定，更[第18a页]生恰合继双生。（孙翁名“甡”，顾翁名“甦”，合编一卷，有若前定。）[其五]

高凉政简近悬鞭，搜剔残诗案牍前。此举若然轻错过，不知蠹蚀到何年。[其六][第18b页]

01－073　秋笳余韵

张廷济

初编二卷、二编二卷。张廷济辑，李兴盛整理，《秋笳余韵（外十八种）》本，黑龙江人民出版社 2005 年 5 月第 1 版。（见上册）

一、《初编》张廷济"《秋笳集附编》书后"（第 47 页）

余于四月廿三日舣棹吴江，过马仲修□肆，见潘稼堂诗翰一幅，云是吴汉槎后人所赠，将与文淑画扇合装。渠尚有数十页，正思易米也。爰嘱马取视，得书六通、诗词十九首，盖诸名人寄至塞外而汉槎自戍所携归者。又汉槎归后诸名人志喜诗廿八首，又周广庵诗四首（是书以就正汉槎者），而梅村、健庵诸作已阙，知其散逸者多矣。捐□〔当为锾〕袖归，录为二卷，附《秋笳集》后，并吴、徐诸诗及汉槎轶事皆摭附焉。吁！汉槎之奇才奇厄，有识同悲，而诸君子周旋申救，立哭秦庭，至于生入玉门，□〔疑为裁〕诗志庆，至今读之，犹觉泪痕满□，所谓风雨急而不辍其音，雪霜零而不渝其色者，非□汇而录之，可以见贤达之素交，亦未始非汉槎诸人所深愿也。倘再得广为搜罗而梓之，以永其传，则请俟之异日。嘉庆改元，岁在丙辰［1796］，五月廿九日，嘉兴张廷济识。［第 47 页］

则杰按：《秋笳集附编》即足本《秋笳余韵》之《初编》。

二、《二编》卷下翁广平"《秋笳集附编》序"（第 61—62 页）

《秋笳集附编》者，余友嘉兴张叔未梓其我邑吴孝廉汉槎唱和之作与友朋之尺牍也。余初未识叔未，而叔未数数问讯余。乙丑［嘉庆十年，1805］腊尽，挐舟过访于新篁里，纵观其所藏古书、金石文字与其所自著，及《秋笳附编》一册，皆从所购真迹录出，且谓余曰："余平生喜读吴汉槎诗，今幸获是，急与子共赏之。其《喜吴汉槎入关》一题，搜罗几尽，而徐健庵之首唱独阙焉，心尝恨也。"时余感而颔之，不敢答。既归，遍访诸藏书家，亦竟不得。天寒被冷，起坐读《叶学山遗集》，[第61页]而健庵首唱竟于是乎在，不觉拍案狂叫曰："天下事有无心求觅而适相合者，岂真有数定欤？岂叔未之诚有以感之，汉槎之魂魄有以护持之欤？"亟抄录之。又录同作之人诗，又健庵诸公寄汉槎塞外书数首，俾健卒走报叔未。越三日，叔未书至，乞余为序，因错综一二，以塞知己。

夫汉槎，"松陵四子"之一也。三子者，计甫草、顾茂伦、潘稼堂也。三子虽穷达不同，然皆得优游林下以自适，独汉槎遣戍万里之外，雪窖冰天，历二十五年之久，故其侘傺厄塞、悲愤无聊之况，一一发之于诗。余尝披其前后集而尽读之，其苍凉雄丽，如幽燕老将、河洛少年也；其情辞哀艳，如寡妇之夜哭、弱女子之捐躯也；其清婉溜亮，忧悱凄惨，如黄莺紫燕之和鸣、老狐断猿之啼啸也〔此处阙文未及录全〕。诗人之境遇至此而困极，诗人之体格亦至此而穷尽矣。或曰汉槎以磊落不可羁之才，使得与弘博之举，随侍从之班，不难与稼堂、竹垞诸词臣比，而乃为变徵激楚之音，其殆遭际使然乎？

余闻汉槎之出就外傅也，同学无不被其狎侮，其傅痛惩之，谓它日必罹文网。又闻同人出垂虹桥，意气岸然不屑，中途忽顾汪钝翁曰："江东无我，卿当独步！"旁人为之侧目。盖其矜己傲物，凌轹侪辈，出自性成；遣戍之事，其有以召致也欤？古今来恃才能而不遇者，若三闾大夫、李太白、韩昌黎、苏子瞻辈，其文章诗赋断为千秋绝调。然使此四人者不遭贬斥，其文章诗赋必不能若是之工，若是之悲壮，若是之流布而动人哭泣歌舞也。是汉槎之遣戍也，天亦玉成之而不朽之也。独是汉槎我邑人也，其遗编断句，子孙无能守者，而同邑诸君子又听其散佚焉；好古博雅之叔未，独编次而续刊之也，余能无愧乎？竭其驽钝为序此而不辞者，志余愧也。吴江翁广平撰。

［第 62 页］

三、"附录""后搜集之散页资料十二种"之十一、十二（第 76 页）

（十一）题《秋笳余韵》（嘉庆戊［丙］辰［元年，1796］五月，张廷济）

一□〔当作自〕［纸］冰天破泪痕，何期未死得重论。秦庭立哭□［贫］交谊，吴郡生还圣主恩。荐□［迟］陆机难赎［续］命，梦回李白只招魂。保才［身］缄口君［今］知否？容易诗［流］人返玉门。

（十二）又（沈恪曾幼清，嘉善县学生）

八月霜浓冷布□［裘］，说来敢不动离忧？双飞塞北凋红粉，独倚江南痛白头。刘向黄金容易□〔当作尽〕［就］，蔡邕青史竟难酬［修］（汉槎放还，旋卒［于京］，未得与词科、史馆之选）。空留几幅丛残纸，□〔当作挑〕［挑］尽寒灯读未休。［第 76 页］

则杰按：以上两首题诗，又载张廷济《桂馨堂集·清仪阁杂咏》（《续修四库全书》第 1491 册，第 754 页）——张廷济自作，标题作《秋笳集附编》，并有小序："嘉庆丙辰［元年，1796］廷济编辑，上卷是寄讯吴汉槎诗文，下卷是喜汉槎入关诗。"所"附"沈恪曾之作，标题作《书〈秋笳集附编〉后（嘉庆丁巳［二年，1797］冬日）》，正文文字均无脱漏、漫漶，即据以校勘如上。

四、张廷济"《秋笳余韵》全书跋"（第 77 页）

右陈素庵、陈直方、陈子长、顾华峰、姜定庵、陈其年、宋既庭、潘次耕书诗词各件，俱吴汉槎遣戍时诸人函致者。冯孔传、钱宫声、陆翼王、毛奇龄、戚笑门、张豫章、王虹友、宋叔邃、周广庵各件，俱汉槎□〔当为归〕后请人函致者。嘉庆改元丙辰［1796］四月二十三日，余从吴江购得。二十年乙亥［1815］秋日，命匠者装为上、下两册。此后余就所见诸书随时抄录，沈〔下阙十余字未抄〕。翁海村广平、徐山民达源助余搜□〔当为集或访〕，共得文与诗词不下百篇，成《秋笳余韵二□〔当为编〕》。〔下阙五六十字未及抄录〕。道光八年戊子[1828]六月廿九日，张叔未。[第77页]

【附录一】张廷济《桂馨堂集·顺安诗草》卷三《翁小海雒〈松陵四先生画像〉》四首之四《吴汉槎兆骞》(《续修四库全书》第1491册，第662页)

君恩如海许南旋，听了笳音二十年。难得尚书原唱句，封题寄自孝廉船。(徐健庵尚书《喜汉槎入关》"还"字韵诗，《憺园集》不载；余辑《秋笳余韵》两卷，承尊公海村征君钞寄。)

则杰按：此诗曾附入《秋笳余韵·二编》卷下(第65页)，次句"了"字误作"子"，末尾则有署款："道光丁亥[七年，1827]为翁小海赋，叔未。"

【附录二】张廷济《桂馨堂集·感逝诗·沈子幼清，名恪曾，余妇之第七侄也。颖敏异常儿，细书整而秀，五七言律诗得温、李神味。嘉庆二年丁巳[1797]来从余读，补嘉善县学生员。嘉庆丙寅年[十一年，1806]□月□□日卒，年二十七岁》(第784页)

长爪庞眉客，翩翩后树花。忆逢童子试，来住小姑家。骨相冲天鹤，年光赴壑蛇。几行题字在，哀怨落秋笳。(余曾集吴梅村、王渔洋、徐健庵诸家所赠吴汉槎诗词二卷为《秋笳余韵》，幼清题七律于后，甚工丽。)

【附录三】龚近贤《锡山旧闻：民国邑报博采》"1947年·秋笳余韵册"条(上海辞书出版社2011年1月第1版，第280页)

惠山忍草庵贯华阁，清康熙间乡先贤顾梁汾与纳兰容若去梯玩月处也。洪、杨时，毁于火。民十五六[年，1926]杨味云先生修复之，设位奉祀焉。梁汾工词，其寄吴汉槎宁古塔《金缕曲》二阕，最为士林传诵，而梁汾亦以此成名。胡汀鹭先生尝藏其手书此词扇面一页，今不知流落何所矣。去岁，偶于友人处，见有以尺页二巨册求售，一为汉槎戍宁古塔时，同辈所寄诗词手札，一则汉槎入关后，投赠庆贺之作也。梁汾手迹最多，而《金缕曲》亦赫然在焉。此二册原为嘉道间嘉兴张廷济所藏。汉槎曾著《秋笳集》，故颜曰《秋笳余韵》，并有廷济边跋四十一则，尤为贵重。惟梁汾《金缕曲》书，独与他书少异，且不精，疑为廷济所补，然与贯华阁关系之密，固未可谓即此少损。因告之侯晔华、杨恺龄二君，旋为杨君通谊所闻，遂出重金易得之，奉为尊人寿。盖味云先生适于翌年八十称觞也。（孙伯亮，8 月 13 日《锡报・雪檐杂记》）

【附录四】郑逸梅《艺林散叶荟编》第二千零十八条（中华书局 1995 年 1 月第 1 版，第 549 页）

杭人某曾得《秋笳余韵》二册，盖吴汉槎获谴赦归，诸名流所投之诗什也。有顾梁汾所书《金缕曲》等，凡四十余家。一度为张叔未所有，叔未一一书有传略。杭人某以是册有关杨味云家贯华阁故事，让给味云后人杨通谊，索值黄金二十四两，通谊如值付之，遂为杨氏物。汉槎著有《秋笳集》，故以《秋笳余韵》名之。

01－074 蔗根集

黄锡麒

十七卷。黄锡麒辑，道光十六年丙申(1836)清美堂刻本。(浙江大学图书馆藏)

一、金长福"蔗根集序"(第1a—2b页)

昔昭明撰集，肃往哲之英灵；裴潾著录，汇并时之才俊。甄综之情虽一，弃取之义攸歧。名存质亡，旨均乎感旧；事丰辞伟，谊隆乎盍簪。之二者，非不肸蚃千祀，脍炙众口；究厥旨归，殊嫌臆断。盖英华郁勃，翰藻绵丽。才不一家，人皆有集。必格乎体例，判兹存没，使轶尘之材，以同生而不录；轹古之彦，因伤逝而就删，呜呼！慎矣。吾友黄君也园，天骨开张，通眉秀慧。博采文献，潜研典坟。胸藏凤毛，学成麟角。出其余技，播为声歌。冬郎十岁，即号诗人；元稹英年，便呼才子。览其近著，成章斐然。尝谓诗为[第1a页]文章之一体，汉魏六朝唐人尚矣。宋元以来，互有得失。岁历绵暖，条流遂纷；作者代兴，渊源斯判。如奎壁合曜，各禀奇光；溵涣同流，厥分五色。精神独造，面目迥殊。近世区别存亡，毛举善败；灾梨祸枣，非滥则偏。若夫别裁伪体，标举正声，挚虞《总论》，既罕传书；孝穆《玉台》，犹伤俳体。讲贯资乎善本，遴选视乎专门。仆于师友之间，钻仰所逮，淑质誉其贞谅，老成诵其典型。或置身通显，书名册府；或困心铅椠，息影涧阿。其人皆文望夙秉，神采冠时。名山遗墨，搜及丛残；箧衍新词，珍逾球璧。狐裘以集腋成裘，蜜蜂以兼采为味。撷其菁粹，都为是编。至秘阁[第1b页]名公、布衣佳士，缣缃虽富，缟纻未投；蒙标榜之嫌，昧阐微之旨。又如闳章巨制，已见单行；断简零篇，未盈一卷，若斯之类，咸在所略。仆受而读之，见其体裁峻整，矩范矜严。凡夫庸音靡骨、促节曼词，陈言尽芟，雅音独奏。《河岳》《中兴》之佳什，咸备搜罗；《瀛奎》《鼓吹》之琐谈，悉从澄汰。寒暑载更，舛讹是正。既勤排纂，爰锡嘉名。夫味之甘，莫若蔗；蔗之甘，莫若根。凡枝条之鬯茂、浆液之充润，清而弥韵，澹而愈旨。以名斯集，殆得诗家三昧矣。集中逝者如干人，存者如干人。金石丝竹，调宫商而入律；丹黄碧绿，合纂组以成文。为总集之完书，扩前人之偏见。由是[第 2a 页]续访专家，勒成巨帙，以备輶轩之采、书阁之征，则是编也，不犹为艺苑之初桄、诗坛之嚆矢矣乎？道光丙申[十六年，1836]之秋，七月既望，高邮金长福雪舫序。[第 2b 页]

二、黄锡麒“凡例”（第 1a—2a 页）

［一］　余夙耽吟咏。帖括之暇，间涉五七言杂诗。见先达及师友稿本，辄录其佳者，置之案头，朝夕流览。适真州张石樵明经见而喜之，劝付剞劂。起乙未[道光十五年，1835]四月，阅丙申[道光十六年，1836]九月，而役始竣。岂曰选政是操？亦以尝鼎得甘，必分之同嗜者尔。

［二］　毕秋帆中丞《吴会英才》之选，人各一卷；卷或数十首，或百余首；合之则共为一集，分之则各自为集。是编略仿其意。惟诗境之进退、爵位之高卑、科目之有无，其在先哲既已盖棺论定，而现在诸公有不可以限量者，故但[第 1a 页]列郡邑、名字，略以年齿为前后，不复缀以小传。

［三］　是编表彰耆旧，阐发幽潜。其有先达宗工，夙负骚坛重望，而全集尚未梓行者，先为刊登若干首。而狷介之士，拈髭苦吟，积成巨帙，无力问世者，亦择其佳篇而传之。至于全集已自刊行，概不复载。

［四］　阳文、子都，天下之美也，而面目不必尽同。惟诗亦然。或清或浓，或高华或沉实，要于美善而已，不必同一格也。是编所

录，各随所长，不立成见。若分唐界宋，伐异党同，则吾岂敢？

［五］ 石樵多藏东南学者诗。是编除余所手录外，自其行箧［第1b 页］中选择而来者，得十之三四。不敢掠美，并表出之。

［六］ 拙稿篇什寥寥。下里之音，不足与雅乐并奏。择录数篇，腼颜殿后。景仰诸贤，即以就正有道云尔。

［七］ 余耽影家江，朋交绝少。是编专就耳目所及、缟纻所投，汇为一集。其有虽属朋旧而萍蓬转徙、急难得其著述者，尚俟求索，续付梓人。

丙申［道光十六年，1836］初冬，冶原［也园］谨识。［第 2a 页］

01-075 邻交征书

[日]伊藤松

初篇二卷、二篇二卷、三篇二卷。[日]伊藤松辑，王宝平、郭万平等编，上海辞书出版社2007年6月第1版。

一、仁科幹“邻交征书序”(第1—2页)

我邦巍立东方，亡论精华之所萃也。盖我之通西土，创于汉，盛于唐。缙绅缁流，或因使命，或受竺教。朝秘书、橘秀才，最澄、空海，为尤著矣。彼士大夫赠之以诗文，如有奖焉者。切[窃]怪彼于我动辄以“夷”称，而自处以“华”。华道之所存，夷道之所不存，华夷之分在斯，《春秋》之法为然。我皇正统万祀，奕叶休祥；宸位弗动，天象弗变。穆穆之美、郁郁之盛，莫之与京。纲常昭明，德泽悠久，不唯日月之丽天、雨露之润物已。呜呼！洪化如此，无为无加，而称之“夷”，可乎？北狄之陋，以天之所建自夸，固为不逊；东方之盛，以日之所出自标，谊固宜然。刘氏承嬴，李氏接隋，法章非不严，礼文非不备，土地非不广大，城郭非不坚固，然而蛙声中变，猲奴暴猾，竟并不过数世而亡。曹瞒、朱温如何哉？六代、五季亡论已。朝臣夕君，君臣相贼，伦理兹殄，可胜道哉！犹且皇张曰“中华”，曰“诸夏”，曰“赤县神州”，不自知牛哀化虎，不亦强颜之甚乎？杨坚之子之逆，在彼所希。父兄并弑，骨肉尽歼；蒸淫淫逆，无所不至；畜心禽情，鸩毒所藏。盖其恶百倍桀纣，犹且加我无礼语。我以日之所出自标，曷疑焉？道之所存华，华其道也；道之所不存夷，夷其无道也。非以地之大小也，非以人之众寡[第1页]也，非以服饰器械之美不美也，系道之存与不存也明矣。故曰“夷狄之有君，不如诸夏之亡”，是孔子华夷，而不华华也；其“欲居九夷”，夷华而不夷夷也。呜呼！变革如彼，丧乱无极，而称之“华”，可乎？我庆元以还，皇德愈昭，百官愈乂，众黎愈绥，而鸿生硕学，以道为任者愈兴，不亦文明之盛乎？彼土人不之知，岂我德之辉未延乎？抑亦地势邈绝，不得不然而然乎？古之缁流秀而文者，无如最澄、空海，然而其得止于密，其弘不过法，异我所谓道。秘书、秀才，古之一文人，非以道为任者，宜彼士大夫其不满我也，岂未知我邦自有神圣之道存焉乎？其史集稗说，往往载我事，谬传臆断，固为杜撰；流谈浮说，率属孟浪，譬之蠡测海，管窥豹，无知其全体。伊子有慨于斯乎？乃网罗和汉相与者，渔猎风马相及者，彼此斯揭，古今斯分，凡事无巨细、义无精粗，若文若诗，汇为若干卷，名曰《邻交征书》。或于〔干〕史集，或干稗说；或需华胄所秘，或索古刹所藏；隐帙奥编，靡弗遍搜毕览矣。前辈松下氏，著《异称日本传》，是为嚆矢，务则务矣，未能无遗漏，且紊乱杂举，编无伦次，事不明晰，伊子有惜于斯乎？此举也，洵令我读奇书，见闻所未见、所未闻，岂不愉快哉！若夫命世大儒，议论堂堂，以道为己任，而增光孔子，章句为陋，奥义是传，故能驾汉唐诸儒而上之。我顾百岁之后，彼必知我所前陈者，而载诸其史，笔之于其书，令彼国人知精华萃东方，伊子以为如何也？伊子名松，字贞一，号威山，博涉史传，最精国学，为人慷慨尚气节，所以有斯举也。天保戊戌[九年，道光十八年，1838]仲夏，吉备仁科幹撰。[第2页]

二、“凡例”(第1页)

一[一]　我邦与汉土相通交，尚矣。当时彼文关我事者不为少；经数百年，或罹兵燹，或散失，今存者千百之十一而已。可知虽其存者，又经数百年，杳无事之可征。故博求旁搜，录之，名曰《邻交征书》，上梓寿之，尔后随得辑录。

一[二]　和汉书籍，或传来之真书、临书及拓本、石刻、碑铭、行状等，皆录。

一[三]　历代以次第分之，不序其人前后。

一[四]　无善本可订者，及蠹简断篇、剥落隐灭、误脱不可读者，不敢加改窜，仍旧阙如。

一[五]　前后题辞、落款等，或大书，或细书，有注者，或取或舍；今新加者，以圈分之。原无题，今新加者，又以圈分之。

一[六]　书籍、石刻等，必记其书名原本；真书记其所在。[第1页]

01－076　幽华诗略

范　锴

四卷，附自撰《华笑庼词》一卷。范锴辑，道光二十一年辛丑(1841)刻《范白舫所刊书》本。(浙江图书馆藏)

一、孙煦"叙"(第1a—2a页)

昔人选诗，各有义类：或萃一代之菁英，或录一郡一邑之艺文；系以小传，纪其崖略，以备史乘之采择。若国初叶讱庵《独赏集》、施愚山《藏山集》、陈迦陵《箧衍集》，盖仿唐元结、殷璠之例，取交游赠答、风格相近者而选之；惟渔洋山人《感旧集》，则兼收存殁，山泽之臞居多。我友范君声山，少好学而淡于荣利，不妄交接；所与游，率皆岩穴韦布之士。居恒每获见先进暨朋侪散逸之诗，辄选录之。积有卷帙，藏诸家塾。继以衣食奔走楚蜀，垂三十余年。乙未[道光十五年，1835]夏自蜀归里省墓，求昔所录，已为好事者携去，叹息如丧至宝。君近为汉口寓公，年逾七十矣，追忆旧游，倏成宿草，心焉伤之。兹检行箧，偶得曩日传钞零星片纸，喜而汇录，附以"漫记"，识其生平，俾读其诗以知其[第1a页]人。惟较旧录仅得十之三四，爰题曰《幽华诗略》，厘为二卷，俟有所得可续编也。君之用意，亦良厚矣。余读其诗，不禁喟然三叹：夫庸夫俗子，或狃于声色货利之区，沉迷而不知返；生则扬扬自鸣得意，殁则泯灭无闻，古今来不知凡几。今《诗略》诸君，皆有志读书，修身砥行，莫不思见用于时，以展其抱负。既而不获所愿，守坚瓠而怀全璞，伏处草野，终老于铅椠之间。忽忽数十年来，张祐之故宅门荒，孟郊之无儿家替，久且莫举其姓氏。呜呼！天何丰其才而啬其遇耶？虽然，天心仁厚，必不令有志之士与庸碌辈同草木腐也，故潜使其残篇佚什，借君流传，盖有莫之为而为者。若夫诗之或存或亡，殆有数在，此天又无可为之主宰者也，君又何憾于旧录遗失，以沮授梓之意乎？我知此书出而问世，将见修郡邑志者争为[第 1b 页]采择以光文苑，岂徒嘉惠后学诵读已哉？道光戊戌[十八年，1838]季夏，汉阳孙煦书于沌上之晚香山馆。[第 2a 页]

二、陈文述“叙”（第 1a—b 页）

余自汉上归吴门之第三年，范君白舫邮寄所辑《幽华诗略》见示。是其平日专录所见故老与朋好遗佚篇什，类皆磊落不偶之士，或刊行传世、或缟纻未通者不与焉；远游日久，残帙仅存；有感于老友孙石楼“再事因循，便成湮没”之语，因付梓人，属为序其缘起。余受而读之，盖本《河岳英灵》《中兴间气》之义例，兼仿近人迦陵《箧衍》、渔洋《感旧》之体裁，而稍变其格者也。人各系以“漫记”，一篇之中再三致意，如听雍门之琴，如聆山阳之笛；如咏张衡《四愁》之诗，如讽杜陵《八哀》之作。茶半香初，灯残酒醒，展读一过，觉友朋聚散、死生契阔之故，触绪纷来，不知此心之何以悄然而悲也。君素性淡泊，寡外慕而敦友谊。中年涉历江峡，留心掌故，多长者交游。晚自蜀归，就[第 1a 页]养汉上。先后所刊《汉口丛谈》《蜀产吟》《感逝吟》《苕溪渔隐诗词》，弓衣蛮布，久已流播艺林。端居多暇，复为此篇。既辑丛残，兼资文献。更欲广搜酉穴，重录癸签；使已爨之木咸致饰于么弦，既没之珠悉还归于合浦。斯则翰墨中一大因缘也。某不舞之鹤，久无意于鸣皋；失晨之鸡，更何心于警夜？属庚邮之远寄，敢申旦之辞劳？勉作弁言，借资喤引。感乡梦于白鸥溪畔，方停八表之云；招诗魂于黄鹤楼头，更酹一尊之月。是为序。道光戊戌[十八年，1838]嘉平望日，钱塘陈文述序于吴门颐道堂。[第 1b 页]

三、孙爕“叙”（第 1a—2a 页）

士不得志于当世，退而从事于诗，果何为也哉？盖欲以自娱而已。然自娱而不以告人，不乐也。故夜半梦觉，偶获佳句，坐以待旦，亟呼其友而告之；友在千里外，则书以贻之。此如按歌者之必使人闻，饮酒者之不肯独酌，喜同好而厌寂寞，人之情类然。虽然，友可告矣，能使非其友者共欣赏乎？生前奉为至宝矣，死后不付之飘风乎？竭一生之心力，不治他事而专务于五七言之间，方其轩眉谈论，自诩千秋；下世未几，声称寂然，乡人罕举其姓氏。使其人殁而有知，能不抱恨于终古？于此有人焉，从白骨已灰之后，掇取其残章断句，悬诸国门而播在人口，譬犹出物于煨烬之中而拯人于重渊之内，其功与再造等——若白舫范先生之选刻其夙昔交游及故乡[第1a页]耆旧遗诗，是也。先生工诗。少日里居，好与友朋倡和。中岁以后，远游四方，所至极揽环结佩之乐，投赠之作箱箧恒满。既而久淹西蜀，尽失之。及还汉上，追忆向所洛诵，仅什之一二；惩前之失，亟欲付之剞劂。故里之诗，托沈君柳桥搜访。柳桥事冗，不及遍搜；然所搜得者，前辈风流已可略见一斑矣。其年少有识、不幸早夭，诗虽未工，亦过而存之，以寓悯惜之意。厘为四卷，共若干家。大半多憔悴不得志之人，名字未显于世，故名曰《幽华诗略》。自扬州寓书，属予序。赏花者必之乎园林之中，岂知深山穷谷、人迹不到之处，孤根擢秀，风致嫣然，迥非园林所能及。花以幽而香清，诗亦以幽而韵远，此《幽华诗略》之所由名也。夫世之选诗者，大抵徇乎名耳。名高者取之，名微者弃之，名虽微而子孙贵显者亦取之，其意盖欲借[第1b页]以通声气而为他时结纳之助。若夫高才不遇，门户凋零，虽有佳篇，概从屏黜。相马失之瘦，相士失之贫，谁能不以穷达置念，独留心于幽谷芳兰之采，而使寒士篇章得传身后哉？先生于是乎贤远于人。嗟乎！使选士场屋者而能具烛幽之识，则侥幸无由开；选官吏部者而知重幽人之贞，则奔竞可以息。然先生不当事任，而世之当事任者曾莫有以先生之心为心，此风俗之所以不能复古也。予重先生怀阐幽之志，而惜其仅用之以选诗，爰为序之如此。天下有心人，必有览予文而兴慨者焉。道光二十有三年，岁在癸卯[1843]，小

暑前一日，同邑孙燮谨撰。[第 2a 页]

四、熊士鹏“叙”（第 1a—b 页）

兰与桂，皆花类也；或产于幽谷，或折于幽人，淡淡然芳韵清绝，盖花而幽矣。诗之为体也，屡迁。韩子称其“正而葩”，“葩”即花华也。花贱莫如桃李，花艳而俗莫如牡丹，盖以其不择地与人，而辄争妍竞秀于其前，殆与诗之无品者不异。诗之品，由人之品而定：上焉含经咀史，指事类情，而无美不备，卓然为一代著作。次之模山范水，怀人感世，以自适其性。下则俳声揣称，吁炎吹冷，持其诗以游于诸公要人之门；无题不官，无官不诗；人之品坏，诗之品亦坏，论者比之“荐绅录”云。士有不得志于时者，韫其玉而怀其珠，独行其意，高驰而不顾，行吟于山巅水湄，不屑屑与人竞一韵一字之奇，任风雨水火而不自收拾。于是嗜古好学之贤，为之发潜德，阐幽光；搜罗乎残[第 1a 页]缺，藏弆乎箧笥；又不忍久而就湮，至节衣缩食，竭力付诸梓，以公之天下后世而乃快。兰以不言而独茂，桂以招隐而丛生，而《幽华诗略》由此传焉。斯人也，斯世之风雅祭酒也。其人为谁？即予前所叙《汉口丛谈》之范白舫也。道光十有九年[己亥，1839]秋九月，天门熊士鹏撰，时年八十有五。[第 1b 页]

五、范锴“跋”（第 1a 页）

曩余手录故里先进及同时朋好诗什数册，乃以久羁楚蜀，遂与书籍偕亡。尝念诸君生既磊落不偶，殁复著述无传，心窃伤之。丁酉[道光十七年，1837]岁晏，汉汭客馆偶检敝箧，得故友零星诗牍，喜而汇钞，并附“漫记”以志崖略，遽付剞劂。继得沈金坡茂才闻余斯举，搜采里中遗集邮示，而四三老友与昔之手录者略在。其余故老，稿久佚而重见；以及时人，身早逝而将湮，皆向所未睹，谊属枌榆，何可任其泯灭？因为续刻于后，较前加广焉。惟是年衰力薄，随录随刊，未克序次先后；或有专集行世，亦不赘及。以诗存人，以人存诗;聊寓怀旧之感,非敢云操选政也。三载竣工,草草蒇事,爰书于后,以纪颠末云。道光二十有一年,岁次辛丑[1841],季冬,乌程范锴识于汉汭寓居,时年七十有七。[第 1a 页]

01－077　端绮集

黄　奭

二十八卷。黄奭辑，台湾新文丰出版公司《丛书集成续编》第105册，影印道光甘泉黄氏刻《清颂堂丛书》本。

一、黄奭"序"(第431页)

向集投赠简什，无非佳者，未便去留。乃以夷轮入江，身在芜城而徙家袁浦；他无所携，惟故书满行箧耳。事定，归检纸堆，即此已十不存一。然而去留皆天，无我之见存，人转可以相谅。于是，就数十年同人之诗古文为天所留者，不分体而编年，以先后之。虽有断烂显然，亦仍之。年各一卷。而卷留空白，以待他处他日踪迹得之，或本人之存者自补之，不数年更续之。且不敢如《国秀集》自录其诗以相标榜，而保无以"有赠无答"少之。然皆无我之见[第1a页]也，然则何不并此委心任之，不更超乎？亦姑存之、姑识之而已。道光癸卯[二十三年，1843]小阳月，甘泉黄奭右原甫。[第1b页][第431页]

二、潘曾莹"端绮集序"(第513页)

黄君右原博极群书，所作诗古文辞卓然成家。复喜搜罗散佚，晨书暝写，寒暑无间。幼时曾以诗集呈屠琴坞前辈，读至"花驻天地春，月照古今白""多情沙上鸥，冷眼看游客""栏杆十二各春色，一花一态云徘徊"等句，为之拍案叫绝。由是诗名藉藉满人口，遍识天下贤豪长者。一篇脱手，举座为之心[第1a页]折。往复酬唱，积卷遂多。因集同人投赠诸作，汇为一编，名曰《端绮集》——盖取《古诗十九首》中"客从远方来，遗我一端绮"之句，其用意为甚深矣。夫人之相知，贵相知心。其神明所契合，固不在区区文字之末。然而性情所感，托于诗歌，如《伐木》之咏、《鸡鸣》之章，一时饥渴之怀，读之犹可想见。盖性情既真，凡长言永叹，皆以畅其欲宣之蕴而无所夭阏，故温厚绵挚，油然以深；千里之遥，如接良晤，则文字固可忽乎哉？仆年二十，随侍京师，诗酒之会殆无虚[第1b页]日，朱野云山人曾绘《宣南雅集图》；今曾宾谷、顾南雅、吴兰雪诸老辈俱相继下世，而存者又复天各一方，展读是编，不禁感慨系之矣。[第2a页][第513页]

则杰按：此序见于卷二十二，系本卷所收道光二十四年"甲辰"(1844)友朋投赠之作第一篇；又载潘曾莹《小鸥波馆文钞》卷一(《清代诗文集汇编》第629册，第222页)，文字颇多出入。

01－078　国朝正雅集

符葆森

九十九卷，卷首一卷。符葆森辑，咸丰七年丁巳(1857)京师半亩园刻本。(安徽师范大学图书馆藏)

一、陶樑“序”(第 1a—2a 页)

我朝诗教昌明，作者代兴。归愚尚书《别裁》诗选，荟萃乾隆以前之作，蔚为风雅巨观矣。嘉庆初，兰泉司寇予告归里，乃有《湖海诗传》之刻。予适在事，大都规仿《别裁》，后十卷中稍以时作附益，非本意也。洎予出守大名，复有《畿辅诗选》，所收较狭，犹前志也。自是持节湖湘，而山右，而豫章，轩车所至，赓唱遂多。然窃意四海九州之大，上下百数十年，名流辈出，佳制甚宏。每欲排纂成书，[第 1a 页]饷遗来者，以继《别裁》之后；属以风尘鞅掌，因循坐废，而中心藏之又数十年于兹矣。迩年奉职容台，休沐稍暇，颇思搜辑以偿宿愿。乃适符君南樵有《正雅集》之选，余见其体例一沿《别裁》而收采较富，实于鄙衷有合，心窃伟之。爰与二三同好怂恿付梓，而假馆鸠工，因时贷助，则朴山侍郎之力居多。书既告竣，属予一言弁首。予惟生平结习，于诗为深；师友渊源，与闻正始。嗣是名场阅历垂五十年，所在命侣倡酬，几无虚日。今八十之年又增其六，虽学殖荒落，远愧前人，而年寿之永，乃与两先[第 1b 页]生后先追逐，又得于是集乐观其成，不可谓非幸也。是为序。咸丰七年，岁次丁巳[1857]，四月朔旦，长洲陶樑撰。[第 2a 页]

二、祁寯藻"序"(第3a—4a页)

诗至我朝为最盛。前此操选者,或鸠数家,或系分地,至沈文悫而始合百年之作以统其会归;其名《别裁》者,本谓取裁乎"正",以别于"不正"也。孔子正《三百篇》而蔽以"无邪",诗教自以"正"为则。夫《诗》莫大乎"风",而形四方之"风"谓之"雅"。说者又谓,陈一国之诗,以"风"名;集天下之诗,以"雅"名。今将述取裁必正之义,而荟萃百年风化之所关扢扬,本"风"也,而尊之为"雅";既称"雅"矣,而著之曰"正"——"正雅"云者,在古[第3a页]昔以显四代之隆盛,处今兹亦以见一朝之陶淑也。咸丰六年[丙辰,1856],诗坛宿老陶凫乡、张诗舲两先生欲昌《别裁》以后之诗;因江左诗人符南樵孝廉,旧祖"持心"之训,积搜《寄心》之编,扩而广之,约而精之,公为鉴评,存乃贞愫,定名《国朝正雅》,仍与南樵商所可而综其成。开雕半年,已得百卷;征有后至,拟以廿卷为"补编"。由百二十年之凝熏酝酿,发为百二十卷之比兴敷陈;上自王公,下及士女,郁然粲然,可谓极当世之大观矣。书垂成,南樵属余为[第3b页]序,爰书数语于后。咸丰七年[丁巳,1857]季春之月,寿阳祁寯藻。[第4a页]

则杰按:此序又载《祁寯藻集·杂记·序、跋、题、记、识》(三晋出版社2011年2月第1版,第1册第658页),标题作《国朝诗正雅集序》,其他文字基本相同。

三、张祥河"序"(第5a—6b页)

江都符君南樵录乾隆以来人诗,总二千余家,厘为百卷,名之曰《正雅集》,以续长洲沈尚书《别裁》之选,请余为之序。其书大概仿《别裁》例,人各系爵里,间附评语;始于丙辰[乾隆元年,1736]鸿博一科,凡百二十年中,篇章之可传者罔不在焉。余发而读之,叹为伟观。夫诗之作也,《三百篇》尚矣。汉晋而降,代变新声,去古犹近;至唐而备其体,至宋而尽其变,至元明而二三作者亦复别具手眼,高睆一时。我国家文教聿兴，词坛先后相望。凡所歌咏，实兼累代之[第5a页]长。国初诸老具体唐贤，不失跬步。其后少肆，专以议论相尚，才气发越，与宋元大家为近。今则敛华就实，又渐趋于古矣。因思诗者，文之一事，本诸性情而充之以学，各就其意所欲言而发；人各一意，意各一言，而犹不免于为风会所转移，况其他哉！虽然，圣人能诗，极其用于兴观群怨，而验其效于达政能言，要归诸“无邪”之旨而止，故文有殊形而理无二致。此操选诗之柄者，盖亦有关于世道人心者也。南樵所选不拘一格，而名以“正雅”，则[第5b页]其去取可知。君以名孝廉屡困公车，沿江烽火，欲归未得；旅食都门，日以抄纂为事，而绝不为不平之鸣。天将老其才，益平其气以和其声。他日矢《卷阿》之音，而作《崧高》《烝民》之诵者，殆其人欤？余于斯集卜之矣。余于鸿博诸公虽未及见，而习闻其绪余；其他耆宿亲接光仪而熟聆謦欬者，或已化为异物，或久隔不相闻。间一披览，历历皆若晤对。然则是选也，奚啻为余作感旧之集耶？我乡青浦王侍郎《湖海诗传》及丹徒王柳村氏《群雅初、二集》皆继《别裁》而成，脍炙人口。然《湖海》止列交游，《群雅》[第6a页]终于嘉庆世；今南樵之书出，视二王所选为益备矣，爰不辞而为之序。咸丰七年丁巳[1857]春正月，华亭张祥河撰。[第6b页]

四、花沙纳“序”（第7a—8a页）

《诗》三百篇，上自郊庙朝廷，下逮闾巷，其间美善刺恶，旨綦备矣。而圣人以“思无邪”一言蔽之，亦可知温柔敦厚，凡以使人吟讽焉，自得其情性之正而已。以故自汉迄明，垂数千年，名章巨制能历久常新者，大约温柔敦厚、得“思无邪”之旨为多。我朝诗学昌明，词人杰出。往者沈文悫《别裁》之刻，去郑存雅，美不胜收，洋洋乎盛矣。顾《别裁》所编，由国初以来迄于雍正，而乾隆初年只及一二。夫乾隆时，[第7a页]海内富庶，人才焱起；鸿博诸老，不让前科。自时厥后，扬葩振藻者亦骎骎乎与前贤抗行。若听其沉埋散佚而弗撷英采华，非特无以和声鸣盛，广倡宗风，且将使古圣贤以温柔敦厚涵养后人性情之意暗而不彰，甚阙事也。江都符君南樵留心诗学，出所纂《国朝正雅集》问序于余。余取而阅之，是集托始乾隆丙辰[元年，1736]鸿博，网罗坠失，专集百二十年之诗，大意"雅"而不俚，"正"而不诡，务求合乎"无邪"之旨。昔昭明收梁代名人诗登诸《文选》，徐孝穆复有《玉台新咏》，下至唐人《中兴间气》、[第 7b 页]《河岳英灵》诸集，率皆流传弗替者，岂嗜好独与人同耶？抑世之相去不远，故取舍悉当也？南樵于文悫后，以本朝人选订本朝诗，欲使后学工吟者一本温柔敦厚之遗则，是选之为功于诗教亦伟已。至体例间有与《别裁》异者，其决择精严，能无阿好，当代巨眼必能鉴之，兹不赘云。咸丰七年丁巳[1857]仲春月，长白花沙纳松岑氏序。[第 8a 页]

五、瑞常"序"（第 9a—10a 页）

昔孔子论《诗》，蔽以"思无邪"一言，谓夫善者足以感，而恶者足以惩，厚人心、美风俗，诗之本教于是乎在。故诗教昌则世运盛，其关系岂浅鲜哉？古者"大、小雅"之材，其人类皆洽闻殚见，蓄道德而能文章，雍容揖让；播为诗歌，黼黻乎休明，光昭乎政事，彬彬乎儒雅之遗也。下至里巷歌谣，輶轩所采，圣人删诗仍录而不废者，盖将以验政治之得失、民俗之淳浇，其用归于使人得性情之正。故曰：诗与政通，道与艺合，此《三百篇》之大义也。后世此[第 9a 页]义不明而诗教愈晦。自汉魏六朝、唐宋元明，求其不背温柔敦厚、兴观群怨之旨，始卓然可以名家；否则无益身心，无裨政治，纤僻乖滥之音，其去诗教也实远。我朝经学昌明，人才蔚起，诗教骎骎乎复古。江都符生南樵，为余辛亥[咸丰元年，1851]所取士。好学深思，博闻强识。集乾隆丙辰[元年，1736]鸿博以来百二十年之诗，荟为一编，名曰《正雅》，将以续沈归愚尚书《别裁》之后。既成书，问序于余。余嘉其命名之美而用力之勤也，因述诗教之本，缀以数言。夫《三百篇》之体格，不必一一摹拟之也；而《三百篇》之奥窔，则以[第 9b 页]正性情为根本。今南樵以“正雅”名编，非如风云月露、夸多斗靡者之所为，可谓探论《诗》之本矣。虽近人之诗，以之当《三百篇》读可也。因广其意，以质夫天下之知诗者。咸丰丁巳［七年，1857］三月既望，长白芝生瑞常。［第 10a 页］

六、沈兆霖“序”（第 11a—12b 页）

卜氏《诗序》曰：“言天下之事，形四方之风，谓之‘雅’。‘雅’者，‘正’也，言王政之所由兴也。”故《周礼》教“六诗”，其五曰“雅”。“雅”有正、变，郑氏说云：“言今之正，以为后世法”，斯为“正雅”。夫汉唐迄今，作者夥矣，人自为师，流派歧别，莫可统同，而主持诗教，要必归于雅而后已。昔沈文悫公选《别裁集》，取“别裁伪体”之义——“伪体”之裁，所以“亲风雅”也。吾友符君南樵，后文悫公百有余年，综乾隆丙辰［元年，1736］迄咸丰丙辰［六年，1856］名公卿暨山泽词人所作，选［第 11a 页］《国朝正雅集》一百卷。其用心，犹夫文悫之用心。以为性情所近，存乎其人。取胜偏师，别开生面，在专集自不碍为新奇；至于标为世则，贻训后贤，则必准温柔敦厚之旨，以祈无悖于雅驯，斯已矣。此南樵之志也。综举百二十年之中，鸿博大科，沉博瑰丽之才，固与康熙朝后先媲美，而中间钱竹汀、翁覃溪、洪稚存、孙渊如诸公，类皆沉酣典籍，色泽醇茂，又为前此所未有。于是后之继此者，皆知不懈于古，非徒捃摭陈言。此则乾、嘉两朝别开之风气。良由承平既久，铅椠之士下帷勤业，书籍之出［第 11b 页］日益浸广，故发为词章，遂能晖丽华贵如敦盘彝鼎，可以荐之清庙明堂，使人不可亵玩，岂非风会所关，自然发越？《诗序》所云“王政所由兴”，郑氏所称“‘正’为后世法”，非妄语也。是集体例，皆宗《别裁》；间有不同者十之一二，具载南樵自著“例言”中，不赘述。窃考前代总集之编，大抵身在职局，载籍富而交游广，故搜采鲜遗，成书较易。若南樵之伏处衡宇，贫不能购书，又未及遍交天下贤士；次第访求，辗转丐借，穷十余稔之心力，始获成编，其难殆倍蓰于文悫，览者可以鉴其苦心矣。南樵著述宏富,[第 12a 页]诗词皆卓然成家。观其选辑之旨,其自著之一出于正、无盭于雅可知,因当与是集偕传不朽云。咸丰七年,太岁在丁巳[1857],孟夏中浣,钱塘沈兆霖拜撰。[第 12b 页]

七、朱琦“序”(第 13a—14b 页)

诗至国朝,盛矣。上自王公大臣,雍容揄扬,奄有风骚、汉魏、唐宋之美;下至田间野老、羁人逸士,莫不有诗,以自达其情性。顾其传者,或以专集,或零章断句;非裒而辑之,则无以观当时风尚,而极一代著作之盛。自沈文悫公《国朝[诗]别裁集》,撷今代菁华,综诸家体制,而为一编,播之海内,亹亹乎逮今又百余年矣。其间雅材迭起,作者飙辏。当乾隆初元,天下方全盛,晏然无兵革之警。其时又[第 13a 页]开鸿博特科,丰材硕儒铺张鸿藻,歌咏繁富。其见之著录,如《熙朝雅颂》《湖海诗传》《吴会英才》《沅湘耆旧》诸集,非不彬彬称备也;然其为书,犹区以时地,限以卷帙,未有如文悫萃诸家体制为一编,以极一代著作之盛者。符子南樵,少志于诗。及长,名益重,交游日广,而有意乎裒纂,为文悫之续。又自伤见之隘,而卑微之不获达也,于是之吴,之越,之豫章,渡江涉河,靡不搜访。积年既久,所录弥多。南樵自云:诗之道,以寄吾心也,其要归于雅音而已。“雅”有正有变:正者可备乐歌,于古所谓宣上德、抒[第 13b 页]下情者是也;变者伤逝感时、舒忧娱悲之作,而义不戾于古,词不病于激,则变而不乖于正,亦谓之“雅”焉。故曰:“发乎情,止乎忠孝。”又曰:“上以通道德,而俯以维风化。”“正雅”之谓也。是集初名《寄心》,去年南樵来京师,经陶、张两侍郎审定,更今名。既又馆朴山崇侍郎,昕夕探讨,凡诗之可录传者梓之。其编次一准之文悫,惟不拘存殁差异,而自为序例及“寄心盦诗话”固详言之,读者当能别择。夫以一人之力而综揽百余年来之诗,岂能无异同?其中正变得失,亦岂能尽当作者之旨?要其用力勤而[第 14a 页]采摭博,为诗至百卷,所存至二千余家之多，自乾隆丙辰［元年，1736］迄今皆可考，后之君子必有据而取之者无惑也。咸丰七年［丁巳，1857］春，桂林朱琦序。［第14b页］

则杰按：此序又载朱琦《怡志堂文初编》卷四(《续修四库全书》第1530册，第233—234页)，标题即作《国朝正雅集序》，其他文字略有出入。

八、崇实“序”(第15a—16b页)

先大夫昔官河督时，课士崇实书院，得符君南樵卷，谓其文笔意深邃，而诗尤运用风华，遂拔之以冠多士。嗣讯诸清河学博，识为扬郡之江都人，客于淮安，为教授周止庵先生高弟。未几，来谒先大夫，呈所著诗古文词，知非仅以时艺擅长者。是年丁酉［道光十七年，1837］秋赋，先大夫期其必售而所期竟否，甚怅然也。阅十余岁，今上改元［咸丰元年辛亥，1851］之初，南樵始以魁选中江南榜，距先大夫之殁也已数岁矣。明年赴礼部试，来都下相见；报罢后即出［第15a页］都，赴皖江方伯之招。又明年，江上之变，南樵家郡城，避寇去，不果来。至丙辰［咸丰六年，1856］，始复来，握手话乱时踪迹，几于泣数行下。试又报罢，将南归。维时当代诸名公知南樵者，善故所辑诗二千余家，谋集资以刊焉。先是，南樵思沈文悫《别裁集》迄今百余年无人起而继之者，乃于游览之际、交欢槃敦之余，力为搜访。积时既久，裒然成总集百卷。凡百余年海内诸家能诗者，靡不尽括之。而识之当、择之精，合乎“无邪”之旨，上接乎“风人”之迹。标为《正雅》，有自来也。余家有小园，为先大夫所遗，邀南樵寓其中，［第15b页］昕夕商订，窃喜鄙见与之合者得十六七焉。回念少时侍宦以来，奉先大夫庭训，不讳宣圣“小子学诗”之义，间有所作，自抒厥衷。洎往来齐、鲁、梁、卫之郊，于高山大川间写风景。近岁由三晋道秦入蜀，昔贤所经，讽咏独切；不揣弇陋，时赋一诗，以发欲言之隐。然于诗之意趣，愧未深窥。今得南樵时勖之，足以匡所不逮。南樵家既贫，奔走衣食，而又遭乱数年，犹能不废所诣，真有心人也。如余者，乃觉岁月之坐销矣。刊既竣，为述知交之颠末，并敬告先大夫于九原，见两世文字之缘于南樵有独[第16a页]深焉者。夫诗之升降高下，诸名公言之详矣。惟去古已远，时无輶轩，南樵之功当不在采风官以下也。则余之所称于是集者，如是而已。时咸丰七年，岁在丁巳[1857]，夏五月，长白世愚弟崇实拜撰。[第16b页]

九、符葆森"自序"（第17a—19b页）

曩者陈云伯先生云："法梧门、曾宾谷、郑梦白诸公，于国朝诗均有裒集，继沈尚书《别裁》之后。其稿半归诸陶云汀宫保；今宫保往矣，此事迄未就。"葆森当时闻之，慨然有志于是而力不逮。时方壮，俟少进或勉为之。乃因循数岁，奔走衣食，复不及为。自念习诗以来，于古作者之堂奥未能窥也。洎得乡先生与二三同学交游相指示，粗明"六义"之旨。每诵至国朝诸公之作，精深博大、幽邃澹杳，各造所长，几欲上[第17a页]掩前古；斤斤然惧其散佚，终思裒辑之，为沈尚书之续，冀稍酬数十年之岁月，俾免闲身而耗世之衣食也。夫今之有位者，不遑昕夕，既欲为而不暇，其有暇者复不欲为。葆森身居草野，暇矣而可为者也。于是以己亥[道光十九年，1839]之冬，借居梅花书院东偏之五贤祠，始假于诸所藏书者，得若干集。遂复之吴，之越，之豫章，渡江涉河，靡不访求焉。其世之传播者，易获也；其名不出里闬，并子若孙不能追忆者，欲获斯难。粤十年己酉[道光二十九年，1849]，岭南张南山先生闻之，叠函促梓，乃于庚戌[道光三十年，1850]春开雕。甫成二十余卷，而癸丑[咸丰三年，1853][第17b页]扬郡之变作矣。先期携稿本出，仓皇避地，伏处荒湖之旁，幸无恙也。又三年丙辰[咸丰六年，1856]，以公车赴礼部试报罢，陶凫芗、张诗舲两先生殷询是集，谓"烽火之余未或损也，皆子之精神与作者之精神相为默注，况子之所取之诗体正而意雅，可挽诗之流失而有功百年内者"，爰订名曰《正雅》，乃代谋于诸名公，鸠资梓焉。

先是，葆森取刘舍人之言曰“余心有寄”，谓为《寄心集》；虽上接《别裁》，而不敢言“续”也。自是订为今名，盖因所取之诗名也，亦非敢自谓“正雅”也。夫以我[第 18a 页]国家化育涵濡之久，令天下导扬盛美，鼓吹休明；挹风骚之趣，树汉魏之骨；拓晋、宋之襟抱，闳开、宝之规模；摆脱凌轹，契照超越，推为一代大宗。而十亩闲闲，终老自得；冶范山水，敲戛字句；虽无系属，乃所不废。若夸浮斗靡，嚣竞独逞；赋才有余，按意不足，夫奚取焉？方当天下盛时，为大臣者有“吉甫作颂，穆如清风”之度；其才人杰士接迹宇内，靡不著为篇章，以抒幽郁，而志微噍杀之音不作；下逮襜帏之淑女，《卷耳》怀人，《草虫》写忧，其所感然也；至黄冠缁衲之流，亦间出天籁，以鸣于世。此自有[第 18b 页]天地以来，元气磅礴；云霞月露、山川草卉、飞跂蠕动之属，均借诗以宣泄之，各言所言，各声其声，无古今一也。今所收者，于作者之林尚未及什之一二；倘不足以餍阅者之心，则其诸家之专集自在，可取而按焉。惟前此诸巨公所未辑成者，今当告诸九京之灵，得不讥为妄作而曲谅其苦心，斯已矣。自乾隆丙辰[元年，1736]鸿博科托始，迄今百二十有二年。由道光己亥[十九年，1839]有事纂辑，迄今历十有九年。所编诗人凡二千余家，厘其诗为百卷，其诗凡八千有奇云。[第 19a 页]咸丰七年，岁在丁巳[1857]，春三月，江都符葆森自叙于都门崇氏之半亩园寓斋。[第 19b 页]

十、符葆森“国朝正雅集例言”（第 1a—5a 页）

一[一]　沈文悫公选《国朝[诗]别裁集》，综诸家之著作，撷百年之菁华；精心删辑，汇为大观；复呈钦定刊行，允推善本。今去文悫已遥，韵事弥宏，雅材蔚起。葆森不揣固陋，博采旁搜；由乾隆丙辰[元年，1736]鸿博科始，上接《别裁》，专集百二十年之诗合为一集，名曰《国朝正雅》。其已为《别裁》所收，不复纂入。

一[二]　是集编次先后，准《别裁集》例，以科目与词人相间，不至年代参差。《别裁集》于康熙朝六十一年，三分科目、[第 1a 页]词人；

是集所收视《别裁》为富，故或十年或数年，以科目、词人间次之。

一[三] 《别裁集》暨《熙朝雅颂集》，皆以诸王冠诸作者之上。今仿其例，谨采诸王已刊本诗，别为"首卷"，尊天潢也。而载入《别裁》《雅颂》中者，不敢复为编录。

一[四] 我朝两次诏举鸿博，硕学宏才后先相望。是集上接《别裁》，托始后鸿博者，以教泽涵濡，世愈长而才愈盛也。丙辰[乾隆元年，1736]荐举，得职者十五人，补试取者四人，较康熙鸿博虽少，而乾隆十五年[庚午，1750]复有以经学举者，[第1b页]或举而获隽者，或复以召试用者。爰以鸿博得职者为冠；其不用罢归，与荐举而未与试，及不就征者，续次编入。先获隽而后举鸿博，归于鸿博；先举鸿博而后获隽者，仍归科目内。其他或召试或荐举经学、方正，均以年代、科目为次。至副、拔、优诸贡生，有科目可考者，亦附各科目后；无考者，按时列于词人中。若名氏里居援据未确，时代先后间有倒置，惟望阅者指示，以冀修改。

一[五] 诗人名字、郡邑及科目、官阶，别行注明。或有轶事可[第2a页]考、传志所载、名家所评，均纂入焉。昔朱竹垞检讨《明诗综》只采评语，不及传志，而"静志居诗话"则为各诗人作小传于后。嗣《湖海诗传》仿其例。葆森身居草野，不得为诗人作传；其或佳句可采，与诗中之事有可存者，撰有"寄心盦诗话"，并为附列。

一[六] 昭明选诗，存者不录，谓其人之成就未定，故虽以何逊之才，不登一韵。后之选本，无不视为成规。然古人有一篇不传，有一句而传者，惟在诗之传不传，不在人之生与殁也。且编诗异于修史，例可从宽。是集不[第2b页]拘生殁并收之，少异于《别裁》订本而自为一例，识者当谅苦心。

一[七] 是集以诗存人，非以人存诗，自宜弃短取长，未可拘于体格。如刘宾客不工古诗，韩吏部不专近体，作者有各至之处，不得以有所不足，遂因噎废食也。集中所收，多至数十首，少或一二首，皆择其精心结撰者。或多或少，绝无偏私之见轩轾其间，海内通才自有巨眼。

一[八] 诗理情性，温柔敦厚之旨，古今一揆。至寄托浅深，随[第3a页]人自造。若落语纤佻而无古味，立意媟嫚而有郑声；以及江湖赝体、钉铰旁支，辘轳进退之新格、"四灵"二派之末流，泛应广酬、更唱迭和；又如集句为藏拙之别径、联句为斗巧之滥觞，均于诗教无关，凡此者概不登录。

一[九] 闺媛诗，以毗陵恽太夫人《正始集》为最广，由国初至今凡一千五百余人。是集所登，较《正始集》仅及什分之一，以不专录闺媛也。"尊诗品"，"端壶范"，谨遵文悫之言，尤加慎焉。释子、羽士，于少明风雅者略登一二，[第3b页]于能读儒书、悉诗学源流者倍录之。属国流传之作，亦间为收采，以附集末。

一[十] 集中已殁诸家，有传播之集，纂入者正多；其未经刊布，获诸珍藏家，及断楮零编，亦复不少，似于博采之中微寓阐幽之意。若现在诸家，半属未刊之稿；或从远方寄至，或自交游得来，殊难一一访求，遂尔中多未备。

一[十一] 海内著书之家，何可偻指？其留心风雅，纂为一省、一郡、一邑之诗者，不下百数十种。至诸家文集中序传[第4a页]志状，与笔谈诗话，及府厅州县志书所纪，均就所获者略为采摘。自愧搜罗未广，必贻挂漏之讥，博雅君子务为垂谅。

一[十二] 是集皆借阅各家所藏与他方远寄者。葆森贫士，无力购书，故随借随阅，录竟则返诸其人，寄来者亦如之。集中缮写时，必有讹脱之字、异同之文或至不符原本，无从再为取校。倘蒙大雅指误，随时更正，俾成完书，则斯集幸甚。

一[十三] 是集既辱当代名公卿鉴订，至卷帙繁多，必借诸同[第4b页]好分卷参阅；谨于每卷中各编姓氏，以其共商之力与订误之功未敢没也。

一[十四] 征取诸集，刊成后甫寄至者，遂不及纂入。拟以二十卷汇录"补编"，续刊于百卷后。所希敦尚风雅者，毋终韫其宝焉。

［第 5a 页］

【附录一】《清史列传》卷七十三符葆森传（中华书局 1987 年 11 月第 1 版，第 19 册第 6052—6053 页）

符葆森，原名灿，字南樵，江苏江都人。咸丰元年［辛亥，1851］举人。少工诗赋。……尝仿沈德潜《别裁》例，编乾隆、嘉庆、道光三朝诗，总二千余家，厘为百卷，名之曰《正雅集》。谓国朝诸老之作，精深博大，体正而意雅，可挽诗之流失；是集以诗存人，非以人存诗，弃短取长，不拘体格，然于诗教无关者，亦置不录焉。沈兆霖谓总集之编，必身在职局，载籍富而交游广，故搜采靡遗；葆森伏处衡宇，辗转求借，穷十余稔始成是编，其难盖倍蓰德潜云。

【附录二】祁寯藻《祁寯藻集·诗词·䜩𫚥亭后集》卷九《题符南樵孝廉(葆森)〈半亩园订诗图〉(时选刻〈国朝正雅集〉百卷)》四首（第 2 册第 382 页）

别裁雅集溯权舆，高蹈文章盛国初。百二十年坛坫在，风流直接沈尚书。［其一］

小己何如大雅材，论诗自古有衡裁。一言会得无邪旨，曾是钩章棘句来。［其二］

笔海词林萃万端，搜罗差易取材难。亦知岩壑奇无尽，留作他时粉本看。［其三］

入画名园得旧基，清尊短榻款宾时。翩翩谁似佳公子，半亩能容万卷诗。(朴山侍郎崇实所居，曰“半亩园”。)［其四］

【附录三】朱琦《怡志堂诗初编》卷八《符南樵索题〈半亩园订诗图〉，越日复招子贞、润臣同饮》（《续修四库全书》第 1530 册，第 201 页）

忆昔舟航留述作，三月烟花照城郭。青帘白舫倚虹园，载酒论诗亦不恶(君有《湖山载酒图》)。东南半壁况全盛，转运风流纵歌咢。百余年来几坛坫，湖海流传仅一勺。正声微茫新声竞，诗老独余沈文悫。清裁玉映别伪体，当时大科启鸿博。前辈飞腾去已远，后生平原谁可托？维扬羁客寄鸥闲，收拾风月饱行橐。昆山之玉灵蛇珠，一日声名满京洛。公卿投诗如束笋，鲸鱼观海纷骇愕。朝腾百纸眼如电，暮投千篇手自削。园居半亩最疏秀，几案萧然画岩壑。黄鹂紫燕春事深，自云苦心慎尺度。更名正雅绝褊迫，我行我法意无怍。前日乘闲走酒市，翰林狂客大欢谑（谓子贞）。词律清温本一例，咄咄论锋出千镆。酒龙诗虎何激宕，古人可爱今不薄。岂有名心争时彦，但多悲愉感今昨。挽回风会付君等，莽莽江天正寥廓。

【附录四】何绍基《东洲草堂诗集[钞]》卷十八《题符南樵〈半亩园订诗图〉》（上海古籍出版社2006年7月第1版，下册第482页）

诗人诗自性情出，有时自有无自无。温柔敦厚乃宗旨，矫揉涂泽皆非夫。世上读书千万人，若论善本皆圣徒。乃其发见不一致，有实秋结华春敷。小子学诗四十年，交遍胜流贤与愚。但解扪心量损益，未敢出口轻瑕瑜。朅来旧雨苦寥落，论诗快遇南樵符。寻春古寺花四绕，命酒野亭云乱呼。容我大谈词太纵，归来默想生惭吁。城东北隅半亩园，有奇石兼松竹梧。主人好事款嘉客（主人崇朴山侍郎），赏奇析疑传画图。搜爬不嫌骥尾附，采录已过牛腰粗。百卷何时印本出，千万心光知不殊。隔城相见岂容易，细雨闭关吾订吾。

【附录五】叶名沣《敦夙好斋诗全集·续编》卷六《题符南樵〈半亩园订诗图〉（半亩园为完颜侍郎麟庆故宅，南樵馆其家，选诗百卷，曰〈国朝正雅集〉，以续沈归愚尚书〈别裁〉之后）》（《续修四库全书》第1536册，第519—520页）

完颜旧宅禁城偏，有客殷勤手一编。往日风骚如可作，异时文献借兹传。园花林鸟相酬酢，玉敦珠槃自岁年。不见归愚老尊宿，聊将心事慰前贤。

【附录六】王拯《龙壁山房诗草》卷九《题符南樵〈半亩园订诗图〉(诗即〈正雅集〉,继长洲沈氏〈别裁集〉而起者,蒙名与焉)》(《续修四库全书》第1545册,第73页)

风流不见沈尚书,符子声名愿岂虚?桃李春园能爱客,江湖夜雨独愁予。奇功异代如收骼,滥籍庾词比缀襦。十载卒劳遍阶涸,挂名论定愧何如。

【附录七】林寿图《黄鹄山人诗初钞》卷九《符南樵孝廉(葆森)〈半亩园订诗图〉》(《续修四库全书》第1548册,第162页)

不见江南沈尚书,中原榛棘待耰锄。杜陵广厦欲同庇,庾信小园还借居。成尔裳衣缫茧栗,飨人钟鼓冒鶢鶋(以拙诗刊入《正雅集》)。百年文献应多有,未恨遗编守蠹鱼。

【附录八】谭献《复堂日记》卷四(河北教育出版社2001年1月第1版)

阅《正雅集》百卷略遍。符南樵刻此集时,予方游京师,一接其人,以剞劂为羔雁。已而符死山东,书本南中不数见。平心论之,搜讨不易,宅体宽大,去取有意可寻。[光绪五年"己卯"(1879),第90页]

阅《国朝诗别裁集》卅二卷毕。归愚尚书之论诗,谢山人所谓"塑谪仙而画少陵"者也;《别裁》诸选,列子云"见吾善者机"耳。《国朝诗》前半疏略,后半迁就,然所见近正,可教学子;后来如王琴德《湖海诗传》、符南樵《正雅集》,皆有意为《别裁》之续,繁猥弥不逮矣。[光绪六年"庚辰"(1880),第103页]

【附录九】吴仰贤《小匏庵诗话》卷十(《清诗话三编》本,上海古籍出版社2014年12月第1版,第9册第6623页)

江都符南樵孝廉葆森,辑《国朝正雅集》九十九卷,以接归愚尚书《别裁集》之后。托始乾隆丙辰[元年,1736],迄咸丰丙辰[六年,

1856]止。体例仿《明诗综》。所辑诗多至二千余家，搜罗既广，不无滥及；且各家之诗未必尽见全集，故弃取不能悉概人心。然以溯源流、识正变，备一百二十年之见闻，实有资于艺林考镜也。

【附录十】袁祖光《绿天香雪簃诗话》卷八（《清诗话三编》本，第10册第7409页）

符南樵孝廉葆森选《国朝正雅集》，搜采宏富，计百卷，为归愚《别裁集》之嗣响。……南樵殁后，《正雅集》板亦散失；崇朴山侍郎将为之复刊，旋因兵乱而罢，至今遂无继斯志者。陈铁如寅每举此事，恒以为恨，有句云："何曾白袷无名士，安得黄金买逸诗？"

01－079　友声集

王　相

四十卷，附《白醉题襟集》《草堂杂咏》（各见该种）。王相辑，《续修四库全书》第1627册，影印咸丰八年戊午（1858）信芳阁刻本。

一、丁晏"友声集序"（第1—2页）

吾友王惜庵先生裒辑其故旧之诗，合为一集，嘱余为序。余受而读之，集中月江、少白、芷江兄弟皆吾邑人，且与余申素心之好。而慈雨吏部、秋碧明经，谛交尤密。月江长余廿余岁，为忘年交；少白年相若，芷江少于余。向之枌乡聚首，尊酒论交，至足乐也。余今年将五十，向之所谓三人者，宿草长封，久登鬼录；子弟孤露，有葛巾练裙之悲。惜庵眷恋故人，慨然矜恤，其[第1a页]笃于友谊如此；而又收拾剩稿，藏之名山，传之其人，余是以雅重惜庵，而嘉其用心之厚也。犹忆丙申[道光十六年，1836]入都，慈雨款余于宣南寓斋，出其所藏古砚相与欣赏，余为赋《九十六砚斋歌》；又出龚翠严画《金陵六桂图》，乞余题咏。是年四月之三日，慈雨与黄树斋鸿胪、徐廉峰太史、汤海秋郎中、汪孟慈户部，邀余及潘四农解元，暨海内之有学者四十有二人，为江亭展禊之会。余为叙以纪之，四农为诗歌；文酒之宴，洵[第1b页][第1页]一时之盛也。今忽忽六七年，树斋、海秋、孟慈皆远宦，廉峰、四农、慈雨俱已溘逝；独秋碧老而健在，羁栖一馆，落拓袁江，去余家三十里许，或经年不得一见。死生契阔之感，聚之甚难而散之甚易。浏览此集，未尝不怆然于怀也！惜庵本檇李人，徙居宿豫。今海上烽烟不靖，浙江之民焦头烂额，不忍言矣。惜庵移家而北，故乡友人，岂无中泽哀鸿，而慨然发咏者乎？惜庵将续有所辑，列之《友声集》中。诗者，所以厚人[第2a页]伦而正风俗；朋友为五伦之一，而风俗得失，是又诗人用心之厚，区区救世之苦衷。余与惜庵，且愿献平夷雅歌，拭目以俟太平也。道光二十二年[壬寅，1842]夏六月初九日，山阳丁晏叙。[第2b页][第2页]

则杰按：此序又载丁晏《颐志斋文集》卷五(《清代诗文集汇编》第587册，第140—141页)，标题作《王惜庵友声集序》；除删去最末“山阳丁晏叙”之外，其他文字亦略有出入。

二、王裴之、王禹畴、王颐正“凡例”(第2页)

一[一] 是编始事于嘉庆甲戌[十九年，1814]，告成于咸丰丁巳[七年，1857]。远搜近访，专主阐幽。其力能自显，并其人生存者，不与焉。

一[二] 是编为先君子手订，卷帙尚多。嗣因刻资不给，略加删汰，未免沧海遗珠之憾。倘获同志分任其事，原本具在，可以增选，乃大快也。

一[三] 是编大都因诗以传其人，间有因人以传其诗者。或以累世深交，或以毕生至好，虽诗为余事，亦不忍任其湮没，识者鉴之。[第1a页]

一[四] 是编首寄籍同邑，次邻县，次及故乡。要皆气求声应，具有渊源。伏处衡茅，见闻不广，倘蒙异地同心博征惠寄，容当续刊。

一[五] 是编《愿学斋吟稿》《苍水诗钞》，因系先君子手校，分冠同邑、邻县之首。《梦绿诗钞》，虽世次较远，属以方外，仍置卷末。

一[六] 《白醉题襟[集]》《草堂题赠[杂咏]》，刊行已久，亦《友声》之遗也，例得附传。[第1b页][第2页]

则杰按：此“凡例”原未署作者；据起下文“总目”所题“鸳湖王相惜庵辑，男裴之、禹畴、颐正校刊”(第3页)，并结合此处第二款“是编为先君子手订”云云，可知出自王裴之兄弟之手。

又,此集"总目",凡作者二十四人,人各一集,卷次各为起讫,总计为三十七卷。但第一家钱埰《愿学斋吟稿》,内文尚有"补遗"一卷(第16—18页);第十七家成儁《海鸥集存稿》、第十八家顾槐三《然松阁存稿》,内文均多一卷(依次见第162—171页、第171—191页),因此实际当为四十卷。可参见《中国丛书综录》(上海古籍出版社1986年2月第1版,第1册第860页)。

又,王褧之另外接续此集,辑有《续友声集》十卷(《中国丛书综录》参见同上,但编者混同王相),同见《续修四库全书》第1627册,影印咸丰刻本;但因其没有序跋,所以本拙编未予立目。

【附录一】王褧之《芬响阁初稿》卷七《舟次校〈友声集〉,感赋(集为先君手辑,今始付刊)》(《清代诗文集汇编》第647册,第216页)

开卷泪忽堕,脉脉精魂通。人生高唱年,天早悲其终。手泽惧零落,忍死传数公。谁识鲜民心,日夕摇霜风。

01－080　笃旧集

刘存仁

十八卷。刘存仁辑，《晚清四部丛刊》第四编第109—111册，影印咸丰九年己未(1859)兰州刻本。(下录均见第109册)

一、陈墉"序"(第1—2页)

友朋之乐，莫如谈肝膈性命。触而为诗，尤谈之邃者也。然出处聚散不常，或宦或游或归，甚或溘先朝露，辽邈阻绝，纷坠雨矣。惟单言只辞，及时搜弆，昏昕玩讽，则故人声音笑貌森列吾目，神授识与，如平生欢，虽不见犹见也。闽诗人刘念莪，历游南北，与贤士大夫交，辄录其诗；即未相接，或因其友而连及之。集成，朱伯韩观察名以《笃旧》，曰："念莪真好友者。"已而，就官甘肃，甓甗听鼓；赀郎纨袴，满座飞扬噪呼，噤不得申喙。乃键户出其书，编[第1a页][第1页]次付剜，私以语墉。墉曰："子无谓秦无人。伯韩，吾同年生。而集中羽可、四农、伯言、树斋，皆吾友也。今四子墓草宿矣；伯韩流寓江南，烽烟俶扰，消息不相闻，吾能无感哉？当暮天如墨，风猎猎走沙石，霜霰交作，吾避人，骑羸马抵门，可速具良酝三斗，把臂痛饮，倚醉长啸，展卷欷歔，赋停云而吊之，倘亦有出而应者耶?"咸丰十年[庚申，1860]十一月，钱塘陈墉序。[第1b页][第2页]

二、刘存仁"自序"(第3—4页)

余少好诗。师友间有佳什，辄录之。乙卯[咸丰五年，1855]后，羁滞京师，获从贤士大夫游，见闻益广。晨书暝写，都为一集。朱伯韩观察颜曰《笃旧》。戊午[咸丰八年，1858]，挈来兰州。明年，权庄浪同知，吏事稀简，发箧中藏读之，存殁相半。风窗雨枕，森列吾前，不啻对故人而把袂剧谈也。即有未经亲炙者，得自友朋传述，仪容謦欬，如见其人。爰重加厘定，凡八十五家。屈指平生畏友，因行箧无稿或未见全集而阙遗者尚夥，当为访葺，以俟续编。噫！老冉冉其将至矣。家山绵邈，干[第 1a 页][第 3 页]戈载途；踽踽边陲，拘娄尘鞅。茫茫此愿，何日能酬？遂取已录成者先付梓人云。咸丰十年，岁次庚申[1860]，春三月，闽县刘存仁自识于庄浪官舍。[第 1b 页][第 4 页]

01－081　感逝集

叶廷琯

十卷。叶廷琯辑，光绪六年庚辰(1880)潘氏滂喜斋刻《蜕翁所见诗录》本。(浙江图书馆藏)

一、潘祖荫序(第 1a—b 页)

叶调生丈，陈云伯大令之婿；与先伯小浮先生以文字唱酬，甚相得也。荫于道光甲辰[二十四年，1844]侍家君归里，始得见于先伯小浮先生座上。道光己酉[二十九年，1849]、咸丰甲寅[四年，1854]，荫归里时，亦时时趋谒。丈子香士大令道芬，工诗画，于丁未[道光二十七年，1847]、戊申[二十八年，1848]间待铨京师，荫又相识也。乙卯[咸丰五年，1855]以后，与丈久不通书问。咸丰戊午[八年，1858]，奉使秦中，犹晤香士于保阳，嗣后遂不知其踪迹。同治初，闻香士去世，丈亦旋归道山矣。沪上为丈刻所著《吹网录》《鸥陂余[渔]话》，乃知丈辑《所见诗录》稿本犹存石梅孙家。函属钞寄所选者京师，越六年而寄至。是书之刻，始于去年之秋，今年腊月竣事。荫入直南斋，备官秋曹，无暇校勘，其中误字知不免也，爰识刻是书之缘起于左。呜呼！若梅生者，[第 1a 页]庶不愧古人交谊矣。光绪六年庚辰[1880]，吴县潘祖荫识。[第 1b 页]

01－082　国朝诗铎

张应昌

二十六卷。张应昌辑，中华书局1960年1月第1版，书名改称《清诗铎》。（下录均见上册）

一、张应昌“自序”（第3页）

孔子曰“兴于诗”，晦翁以为兴起学者好善恶恶之心，取其为言易知而感人易入也。风云月露之词、山川草木之什，只自写性情耳，于世道人心无与也；即本《三百篇》兴观群怨之旨，于不敢显言者托喻以陈之，于不必深讳者亦隐辞以寓之，固不失为温柔敦厚，然解人默喻，而流俗未能明晓也。夫《三百篇》岂无直言讽刺之作？其不必讳者，固不妨言之，所谓“言者无罪，闻者足戒”焉，而坐而论者必可起而行也。苟授政不达，诵诗亦奚以为乎？尝读子美《潼关吏》《石壕吏》诸篇，及香山、文昌、仲初新乐府，洵所谓言易知而感易入者。当今之世，不少子美、香山、文昌、仲初之咏，散见于各集中。爰就所见，选辑汇编，名曰《国朝诗铎》，以是为遒人之警路，以是佐太史之陈风；览者苟兴起其好善恶恶之心，岂曰小补之哉？因忆康熙时，河督靳文襄之治河也，大要在深通海口，以淮刷黄，而潘次耕先生《河堤篇》已揭其旨；道光时，苏抚林文忠之恤灾也，令吴民质耕牛于官局，待次年春耕时赎归，全活普利无算，其事播颂江南，而蒋苕生先生《典牛行》已传其法。知巨公美政，皆有所则效，而虞箴原诵，实赖以通讽谕而抒下情；有心斯世斯民者，所宜口吟手披于座右也。国朝人集汗牛充栋，所未见者，愿友朋示我续补之。咸丰七年[丁巳，1857]夏五，钱塘张应昌仲甫氏书于彝寿东轩。[第3页]

二、张应昌“国朝诗铎自题”（第4页）

吾儒吐言辞，于世期有济。岂徒累篇牍，月露风云字？乐府爱香山，陈事比贾谊。诗史称少陵，三别与三吏。文昌仲初俦，歌行亦其类。上德宣忠孝，下情通讽刺。闻者足警戒，言者无罪戾。箴诵师矇职，兴观惩劝义。圣代求昌言，交儆励图治。咨诹拾阙遗，拜献补偏敝。惜哉充栋编，纷若散珠碎。不免闻见遗，曷资韦弦佩？披拣集众益，民生暨吏事。以充铭座词，以为采风备。［第4页］

三、张应昌“凡例”（第5—6页）

［一］ 原编本以诗人编次，一人之诗汇录卷帙中；照各选家之式，另立“题类便检”，于卷首分类，各将某人之诗注于下，以便遇事检查。嗣又商榷，是编本为吏治民风而辑，与他选之论世评诗者不同，以遇事有所矜式为居要，“便检”之目尚嫌翻阅之劳，未爽心豁目也。故又改为分类载诗，删卷首之“题类便检”，而移诗人履贯列于前焉，各类之诗人时代先后仍不紊也。（每类诗人先后，以科目为序；其无科目者，及布衣野老，约略以辈行先后相间序列之；闺媛、方外附于末。有诗人履贯未详，追查得而诗已先刻者，又有续辑诗篇于已编订之后者，排次间有差参；并有一类中又各有为类者，如“岁时”门又分春秋寒暑，“灵异物性”门又分孝义贞慈，排比后先亦未能画一，不免相错之病也。）

［二］ 某门已刊［而］有续选者，补于各卷之后。有补而又补者，续得续增，排类亦有错互。刻竣而选止，搜罗难尽也。

［三］ 各家有一时一地数篇数十篇，仿香山《秦中吟》《新乐府》者，原编本汇录一处，今改分入各类，删去总题，仍标注于各类各诗之上。

［四］ 有一诗可入数类者，酌归某类，而于别类注曰“见某门”，以便参观而省繁复。

［五］ 前人选诗，必论定于身后，生存例不入选；有入选者，或别之为附录。兹辑非论世论人，与他选有别，［第 5 页］第取其言足以警世，岂以其人存而遗之？亦无庸别为附录也。（昌不工诗，偶有纪事之句；从子兴烈诗才为胜，所录较多，均附存于后。）

［六］ 二百余年，诗满天地，征采颇艰。且多历岁月，佚亡不少。虽辗转搜访，谅遗漏犹多。蓄藏希本者，仰望录贻，待葺《续编》。其名人集中无此等诗者，不选及，则非遗漏也。

［七］ 辑始于咸丰丙辰［六年，1856］，至于今，随见随增入。凡粗率涂泽之篇不滥入。其入选者，已近千家。人或一二首，或数十首，共得诗五千余首。有一题众作多至数十首者，不皆佳构，且相仿佛，徒繁卷帙。选家贵精不贵多，故又重加裁别，择其尤雅精警之作存之，亦有二千余首矣。

［八］ 国朝朱愚庵先生（鹤龄）《愚庵小集》，著录于《钦定四库全书》中；集内《湖翻行》《刈稻行》咏康熙庚戌［九年，1670］、壬子［十一年，1672］时事，二诗皆有讽世语，并入著录，且采吴慎思评语云："抑扬哀怨之章，当陈之采风者。"煌煌圣训，咨儆臣工，足征此等诗无所忌讳也。

［九］ 各集各选本字工劣不一，豕亥乌焉，校如扫叶。恐漏误不免，且恐事实有考核未悉之处，阅者指示其失，以便更正为幸。

应昌谨述。［第 6 页］

四、朱绪曾"序"（第 7—8 页）

诗何以"铎"名也？《周礼·小宰》："徇以木铎。"郑君云："文事奋木铎，武事奋金铎。《胤征》'遒人以木铎徇于路'，此言文事；'鼓人以金铎通鼓'，此言武事。"《吕览》："奋铎以令兆民。"《淮南》："告寡人以事者，击铎。"古者上之谕下，下之达上，无不以铎。刘成国云："铎，度也。"孔子著六经以教万世，仪封人谓天将以夫子为木铎。铎不专属乎诗，然于诗之教也尤宜。此张君仲甫中翰《诗铎》所以作也。夫诗者，六经之一也。今之诗，犹古之诗也。太史采十五国风谣，以知俗之美恶、政之得失。汉魏乐府、枚叔、陈思，得其遗意。永明以下，风调靡靡。唐陈伯玉始为《感遇》；少陵崛起，直继《国风》；次山、春陵，参乎《小雅》；元、白、张、王，声新意古；李长吉《采玉歌》、聂夷中《田家咏》、杜荀鹤《时世行》，嗣响不绝。宋吕东莱编《文鉴》，所取诗多田里疾苦。铁厓、西涯，变为史论，古义浸微。然求其有裨风化、感发人心者，皆未若我圣朝制作之隆也。懿惟国初定鼎，化洽讴歌，勤求民瘼；广辟门之典，悬告善之旌，固已中外同风，若家人父子无不可告喻者矣。高宗纯皇帝，几暇之余，复和唐臣白居易乐府，畅其旨归，以风示天下。于是馆阁词臣，暨胶庠俊秀、山泽渔钓之人，皆有所兴起。凡见闻所及，于土俗民风、农桑水旱，无不播之声诗，以求合乎“六义”。虽格有高下，意有浅深，然其惓惓忠爱，所以通朝野上下之情则一也。其文散见各家，披寻非易；又或猎其春华，弃其秋实，未能得作者立言之心。仲甫中翰生阀阅之家，积缥缃之富；读[第 7 页]国朝诸人诗集，专择其关乎警觉之义者录于篇，名之曰“铎”，以宣民隐，以资吏治，以厚风俗，以清政原，可以劝，可以惩。夫风琴雅管，庙廷之器；土鼓蒉桴，田野之音，其用各异而不能相兼。其可以兼之者，铎也。金口木舌，“金”者禁也，有禁止之思焉；“木”者触也，有感触之机焉。上之以裨圣天子明目达聪之化，下之以作愚氓发聋振聩之资。然则诗铎之声，岂不大而远哉？咸丰八年，岁在戊午[1858]，秋七月，金陵愚弟朱绪曾序。[第 8 页]

五、应宝时“序”(第 9—10 页)

宝时承乏海上之三年，钱塘张丈仲甫先生惠然来顾，以所辑《国朝诗铎》稿见示，作而曰：此天下不可无之书！非独为功于诗教也，而诗教亦莫善焉。古者，自公卿至于列士献诗；而又有衣食于官者，使之求诗民间；又有轩车采诗之官，又有巡守陈诗之典，皆所以镜得失、察治忽，为临民出政之助。故孔子论次其诗，与郊庙宴飨诸什合而录之，列于六经。汉世去古未远，有吴、楚、齐、郑、燕、代之诗，有汝南、云中、陇西、河间、河东、淮南之诗，皆采录之以为乐府，而今已不可考。建安以降，诗格递变，千态万状。或唯流连光景、寻常酬赠是务，或则声病是谨，或且淫哇是趋，而诗教浸益湮废。然其间贤人君子愍时讽世之作，亦不绝于代。其最著者，如吾家汝南散骑之五言百三十篇，史称其有补时事。自后杜子美新乐府、白乐天讽谕诗之类，莫不上谈王政，下道土风。惜未有裒集成编者，故诗或佚不传，其传者亦杂厕众卷中，而不足耸读者之耳目；将欲比类参证，以求圣人录诗之本旨，不亦难乎？国家光宅天下二百余年，文治诞昭，诗篇益广。自名卿大夫、文人学士，以逮闺媛、方外之流，往往能本《国风》、"变雅"之遗意，作为歌诗。凡见于专集总集者，盖有关人心世道、吏治民生不少。仲甫先生病其散而无纪也，辑而录之，都为一集；以事标类，以类统诗，以诗存人，汇聚而区分，宏览而精择，凡二千余篇。盛矣哉！未之有也。其每类立目，仍各以时代相次，则《文选》《文粹》之例也；其每[第 9 页]人名字、里籍、科第、官爵，具著卷端，则姚少监《极玄集》之例也；其或以己作入选，则王叔师录《楚辞》、徐孝穆撰《玉台新咏》、芮挺章选《国秀集》之例也。至其所取诗，非关人心世道、吏治民生者不录；名之曰"铎"，盖取《说文》"遒人以木铎记诗言"之义，以求合夫子录诗之旨，是则历来选家莫之及也。夫为学者，观其所聚，则易为力；长民者，广其所闻，则惕于心。《诗铎》行而二美具，其功用殆未可量。荀卿有言曰："《小雅》疾今以思往，其言有文焉，其声有哀焉。"明乎此，可知《诗铎》为诗教之正矣。又曰："百王之道，后王是也。""后王者，天下之君也。舍后王而道上古，譬之是犹舍己之君而事人之君也。"明乎此，可知《诗铎》专辑国朝诗之意，而见其不独有功诗教矣。先生以名孝廉官中翰，不就职，好著书。尝撰《春秋属辞辨例编》八十卷，因沈文伯、程伯刚、赵子常、方凤九、顾震沧之书而益充大之，折中程、朱归于一是。其学其养，深厚纯粹；年垂八十，神明不衰，岂非穷经致用之耆儒硕师也哉？宝时陋不学，无窥先生之深微；唯是忝任分巡，兢兢以民瘼时艰为念，而罔克善所措，读先生兹编，不禁悠悠然思，怦怦焉其有动也。乃为出资刻之，而略陈所见于简首。同治七年[戊辰，1868]秋八月，永康应宝时拜手谨序于苏松太兵备道署。[第10页]

六、王庆勋"序"（第11页）

诗肇于《扶犁》《击壤》诸歌，而继之以《三百篇》，无一不与政事民风相关合也。嗣是作者代兴，凡政事之得失、民风之媺恶，散见于篇什者，指不胜偻，惜当时无专录此以成一集者。我朝雅化蒸蒸，诗人后先林立。微独名公巨制，媲美"喜起"、《卷阿》；即草野讴吟，何尝不与盛衰通消息？然非比类参观其得失与媺恶，究不能穷厥原委而知所步趋。张君仲甫以通达材主持风雅，惜不克大展抱负，俾验之于政事民风，而用心则弗以屈伸异也。爰于国朝诸诗家中，采其有关于得失媺恶者，汇而颜之曰《诗铎》，欲从事者知所警省也，知警省则必愯然于得失媺恶之故，何去何从，自不至相背而驰，君之设心亦良苦矣。余不敏，负惭骚雅，而于政事民风尤懵然无所措；君以是编索序，弁言何敢？即以是为遒人之徇可矣。咸丰八年，岁次戊午[1858]，季夏六月，上海王庆勋拜书于武林邸舍。[第11页]

七、"诗人名氏爵里著作目"张应昌后记（第70页）

是编既改分类，其中有仿白傅《秦中吟》《新乐府》，篇什多者，各篇分入各类，其总序即不能载，兹补录于此，以见其匡时醒世之旨焉：邵长蘅《吴趋吟》序（余久客吴阊，见风俗可慨叹者，效香山《秦中吟》，纪之以诗）、杨芳灿《宁夏采风诗》序（余牧灵武五年，听断余闲，宣上德意，而询其疾苦，惩其末流，亦吏职宜尔也。灵武隶宁夏，作诗备辅轩之采云）、赵怀玉《崇州乐府》序（余客通州四载，习见风土人情，赋乐府三章，俾知所警焉）、孙源[原]湘《吴趋吟》序（乾隆丁未[五十二年，1787]寓苏台作，辞质而径，事核而实，备采风者之取信焉)、周瀛《吴中吟》序(读白傅《秦中吟》有感,因摘诗中字为题,作《吴中吟》)、陈春晓《武林新乐府》序(湖山有美,推此名邦;里巷相沿,狃于积习。每慨浇风陋俗,力挽为难;但教革面洗心,托歌以讽。因仿石湖《村田乐府》,作此)、黄安涛《潮风十首》序(潮州民气悍惷,习尚浮嚣,有条教莫能施、礼法莫能禁者,可恶可伤,可叹可悯,慨然成咏)。至若数篇一事者、各题各序者,皆序载题下,如龚景瀚《平凉乐府》,蒋士铨、周有声《固原乐府》,朱实发《前溪乐府》;如商盘《江右纪风》、詹应甲《施州乐府》、乐钧《岭南乐府》、周凯《襄阳吟》之类是也。无序者,如蒋士铨《京师乐府》、梁绍壬《燕台乐府》、陈声和《北行乐府》、王苏《谚乐府》、罗安《洪州吟》、袁翼《珠江乐府》之类是也。[第70页]

则杰按:"诗人名氏爵里著作目"第十一家程嘉燧实际卒于明末(第12页),正如王士祯辑《感旧集》误收一样(参见该种)。

八、"清[国朝]诗铎分类目"张应昌后记(第74页)

是编选成,无力付梓。应敏斋方伯见而赏之,出资代刊,得以分贻传播,所谓乐取于人以为善也。既感且敬,永志不谖。应昌谨识。[第74页]

01－083　故友诗录初编

蔡寿祺

六卷。蔡寿祺辑，同治八年己巳（1869）京师娜嬛别馆刻本。（浙江图书馆藏）

一、蔡寿祺“采诗引”（第 1a—2b 页）

皇朝稽古右文，天章炳焕；作述之盛，隆古未有，懿乎美哉！是以风行草偃，朝歌野讴。开创之始、贞元之运，则钱、吴为余闰，屈、顾为变雅；陈厥首庸，先标施、宋；新城昆弟，大振元风；泽州相国、秀水太史，迭为晋楚，以率江黄。当是时，家握隋珠，人怀荆璧；同源别派，异本齐荣。世宗皇帝综核名实，吏治醇而文体正。亦越[第 1a 页]高宗，崇儒重道，再开大科。惟时博雅之士，以殚见洽闻相禒，盖群趋于朴学矣。而文章雅丽，追踪天汉，则同时诸贤，视康熙朝为未逮。然而惜抱之雅正、藏园之真挚、南园之奇伟、仲则之秀发，盖亦洋洋乎会于风雅。运无不复，变而益上。文章元气，乃在毗陵。茗柯、宛邻二张先生，连枝济美；探比兴之源，执忠厚之枢，于以品藻千秋，引接百世。后来作者，正路率由；“四始”可兴，“六义”不坠，盖企予望之矣。尝慨诗教最广，其用至多，而或以雕琢为工，嘲弄为志；匏瓜不食，亦何取焉？第著文之士，旨出多[第 1b 页]歧，因寄所托；绳以风人，或合或否。删辑之事，自古所崇。虽非其人，敢不自奋？夫甄综之书，若《吾炙》《藏山》《箧中[衍]》《感旧》，逮于《诗观》《国雅》，所见诸编，或传或微；季子请陈，未遽观止。长洲沈尚书《别裁》一集，源流略备，衡鉴未精。他如《吴会英才》《沅湘耆旧》，一国之士，自成风气。四库之例，别集既繁，总集斯赖。盖孤行易于失坠，荟萃始无阙遗。仆少好词章，有志藏写。浮沉薄宦，投赠稍多。徇名以求，十无三四。况山林憔悴之士、子孙世守之书，未布人间，益难著录。用是露书陈乞海内贤豪、文章坛坫：诗歌专集，[第2a页]不吝见遗；未付梓人，愿乞写副。期以五年，都为一集。乃者四方多难，烽燹频仍；水火之虞、缥缃之厄，不亟访求，沦落尤易。用忘鄙陋，布兹宏愿，期以黼黻盛清同文之治云尔。咸丰七年[丁巳，1857]仲秋，德化蔡寿祺。[第2b页]

则杰按：此文版心书名作“梦绿草堂文钞”，盖从作者文集抽出而借移此处，实际并非为“故友诗录”而撰。

二、蔡寿祺“故友诗录初编序”(第1a—2a页)

呜呼！言笑之欢，骨肉之爱也；声气之同，金石之贞也。是以桃、哀并粮而抗节，庄、惠游濠而感逝；死生之际，椎心之痛，有穷期哉？夫人事不齐，理殊显晦。下泽之雨，岂上于霄？零霜之叶，终离于本。好音既息，余响斯传。仆少习经论，志在尚友。樗栎之生既惭，蓬麻之扶斯在。何图薄质叹于运斤，嘤鸣废于伐木？若乃并抗劲草之烈，不忘沟壑之志；专城之寄，徇义如饴；天戈所临，赍恨地下，如希唐[熙堂，陈景雍]、资斋[李仁元]者，岂不慷慨丈夫哉？又况时艰一命，公车报[第1a页]罢；丰才啬遇，厚学薄植；转玉麈而入棺，望金门以万里，如清才[郭元英]、直侯[范元亨]其人，良足悲已。至栖逸于岩谷，养晦于蒿蔚；怀文抱质，终老简牍；衣冠罕识其面，遐迩未知其名，若古香[樊雨]、砚孙[陈世庆]两君，蔑不吐窈渺之音，通群怨之教。涉之于世，良用郁郁；笔之于书，正复斐然。仆幸结尘外之踪，旋撄寝门之痛。抚念畴昔，𧗾然心伤。蛩駏之栖、丝竹之宴，黄垆如近，渺若山河。已绝生平鸡黍之欢，不任执手妻子之托。缥缃所缀，颜色如在；音徽之际，梦寐可通。是用编纂遗文，杀青斯竟。

庶几徐垄封柎，因挂剑而靡；牙[第 1b 页]琴绝弦，存流水之引尔。呜呼！同治八年，岁在己巳[1869]，孟秋月上浣日，德化蔡寿祺梅盦氏纂。[第 2a 页]

01－084　故友诗录二编

蔡寿祺

八卷。蔡寿祺辑，同治九年庚午（1870）京师娜嬛别馆刻本。（浙江图书馆藏）

一、蔡寿祺"故友诗录二编序"（第 1a—b 页）

夫后死之责、知音之契，自昔交游，原于性情。笙磬不同响，而备于乐正；丹粉不同采，而受于染人。解散离合之迹，折旋文章之府，抑亦应求之元旨矣。"元二"之运，天人多故。三十年间，兵端始于南海，薄伐艰于越峤。南服飘摇，戈甲滋蔓，殆及万里。驯至弭定，而生民瘁矣。矧乃秦西，于今犹梗。于是乎缙绅先生，陈厥变雅；江关之士，和其哀歌。殊呻并痛，发响一怨，非时为之欤？余屡遭困厄，侥幸不死，寄兴文辞。夙昔唱和之雅，生举风谕之志。《故[第 1a 页]友诗录》，剞劂幸成。海内流传，冀垂久远。排纂未已，复成《二编》。黄司寇[爵滋]曲突徙薪之言，朱谏议[琦]知人任使之识；尚乔客[镕]之连蹇，符南樵[葆森]之奔驰；叶[名沣]有人伦之伤，王[式言]有绝塞之谪；至如"二张"[维屏、潮]，山水之吏、诸侯之客，缘情体物，殊辙同归。之数君者，郁其雍容揄扬之才，而时位所际，不无感慨。闻之古人，生则倾盖，殁犹挂剑。风义未衰，金石贞固。卒业遗文，岂不恤然增友朋之重乎？同治九年，岁次庚午[1870]，季秋月上浣日，德化蔡寿祺梅盦氏纂。[第 1b 页]

01－085　普天忠愤集

孔广德

十四卷。孔广德辑,《近代中国史料丛刊续编》(第二十三辑)第226、227合册,第228册,台湾文海出版社1975年11月版,影印光绪二十一年乙未(1895)石印本。(下录均见第226、227合册)

一、孔广德"普天忠愤集自叙"(第7—8页)

自来世有大变,则有大才应运以拯救于其间。然此大才者,必有忠亮不欺之诚,而又有发愤为雄之气,然后能戮力致身,得以登四海于衽席。乃自倭人作难,大才不出,忠愤销沉,驯至溃败而不可收拾。于是或则忧愤而上封章,或则感愤而抒议论,又或则蓄其孤愤而形之于咏歌。无非愤也,即无非忠也。今夏和议既成,余因采集《普天忠愤》一书,贵自士大夫而贱至布衣,以及泰西洋士、绣阁名媛,凡其绪论有关时局者,辄录之。书既成,求吾师庆兰圃先生序其缘起,先生曰:"子以忠愤集成《忠愤》之编,凡练兵筹饷、防海策边、兴利除弊诸政要,无不毕具。当此主忧臣辱之余,正我辈发愤为雄之日。此编一出,使读之者因耻生愤,因愤生励;秉其公忠,群思补救;挽既倒之狂澜,撑天下之全局;伤虀吹薤,亡羊补牢,胥在是矣。但子之所集,限于目前,曷不广为搜罗,以成一代龟鉴?"越月而先生物故,余乃追惟师说,博采成编,计共得十有四卷,标分三门:首"章奏",凡呈恳代奏者附之;次"议论",凡上书及书札附之;三"诗赋",凡赠答之作附之。客有读竟而咋舌者,谓此编杜牧《罪言》,多触时忌。不知"不愤不启",圣人所讥。此编果触时忌乎?则忌之者诚愤甚矣,正可启之以作忠之路也,而此编之收效不尤捷哉?愤笔愤书,此亦忠悃之所不能自已云。[第 1a 页][第 7 页]光绪二十一年，岁乙未[1895]，秋九月，曲阜庄客鲁阳生自叙。[第 1b 页][第 8 页]

二、庆裕“普天忠愤全集序”（第 9—10 页）

《诗》云：“普天之下，莫非王土。率土之滨，莫非王臣。”夫既莫非臣，则臣各有心，非君论爵而大小之也。去夏，倭为不道，扰我藩服，荡我边陲。我师一败于东沟，再败于平壤，三败于旅顺，而鸭绿江一带金凤、海盖相继沦陷。于是要盟求成，种种挟制；割地索赔，肆所欲为，普天公愤而无可如何也。门下鲁阳生，血诚朴直，蒿目时艰，爰集四海十年来诸名流忧世之作，内自公卿，外而夷狄；微如布衣，隐及闺秀，均各抒其忠愤，发诸危言，汇成全篇，为世龟鉴，而质之于余。余维前明一代忠臣不可更仆数，而熟传于世者，仅方孝孺《深虑论》，杨继盛《谏马市》《劾严嵩》二疏，岂潜德幽光之终闷乎？抑亦无留心大计者为之传于时耳？我朝圣圣继承，人文蔚起，四海之士莫不摅其诚悃，思补圣明，愈以知天命之常存而人心之未去也。余老矣，昨自热河奉命镇闽，过先帝文宗行在，涕泪欷歔。回思昔日，乘舆播迁而犹启中兴盛轨，皆赖忠臣义士发愤自立，转弱为强。及来闽省，道出马江，父[第 2a 页][第 9 页]老为予言，当日法夷构衅，都人士死事尤多，卒歼其主帅孤拔，报复深仇，万国震动，则皆激发于忠愤者深也。今和约已定，所望上自廊庙名臣，下及草茅多士，阅是集者，均能图其所难，勿忽其所易。绸缪未雨，时以雪耻为心，才智者见之于行，气节者见之于言。从此，守在四夷，弭兵争而销边衅，则是集之大有造于世变也岂浅鲜哉！是为序。光绪二十一年[乙未，1895]六月天贶日，长白庆裕兰圃，病起书于节署。[第 2b 页][第 10 页]

三、张之洞“普天忠愤集叙”（第 11—13 页）

《易》“穷则变，变则通，通则久”，此不易之论也。尝持此意以盱衡时事，而知之者惟鲁阳生。鲁阳生者，曲阜孔君广德，兰圃军帅之高足弟子也。窃愤中东一役，和局创千古未有之奇，目击心伤，自号为鲁阳生。而以其回戈反日之心，博采时流“章奏”“议论”“诗赋”，汇为一编，名之曰《普天忠愤》，以质其师兰帅。兰帅告以当再搜罗十余年前事凡有裨国是者，示当代龟鉴。遂又旁征远引，辑为成书。书成，请叙于予。予惟治国之道，如治病焉。七年之病，必求三年之艾；苟为不畜，终身不得。方今时事岌岌，局中人所扼腕太息而无可如何者，鲁阳生以局外之人，独能深知其受病之源，集诸家所陈富国强兵、攘外安[第3a页][第11页]内各大计以药之；以视局中人知而不能言、言而不能用、用而不能尽，如医者视病茫无术焉以起其沉疴而培其命脉，其愧愤又当何如也？恭读上谕，有“当此痛巨创深之日，正我君臣卧薪尝胆之时”二语，大哉王言！凡我普天臣庶，遭此非常变局，忧愤同心，正可变通陈法，以图久大。不泥古而薄今，力变从前种种积弊，其兴勃焉，又何难雪兹大耻？况以天下之大、人民之众、物力之厚且博，而徒株守成术，不能发愤为天下雄，使彼族不敢玩，此鲁阳生所为愤愤而不能已也。故以其孤愤，证诸当代公愤，且合薄海内外之羞愤、义愤，激而成《忠愤》一书，岂漫欲泄私愤于一旦哉？夫亦望我局中人有任天下责者，由此愤思[第3b页][第12页]愧，愧思奋，奋思勇，而确持以公而忘私、国而忘家之一心，则泥法而流于弱，变法即转为强，安在世变之一成而不可变也？视其所以变易者何如耳。不然，谋人军国，一误再误；苟且因循，不思变计，质之《普天忠愤》，其激怒而不能平者，当不容于普天之下矣。鲁阳生以为何如？大清光绪二十有一年乙未岁[1895]重九日，南皮张之洞孝达叙。[第4a页][第13页]

四、果尔敏“普天忠愤序”(第15—18页)

史家作史，有三长焉，曰“才”，曰“学”，曰“识”，三者缺一不可以为史。而诸葛先生之教，则曰：“学视才，才视识。”是又以有“识”而后“学”为有用之学，“才”为济变之才。故当隆中高卧时，其学、其才末由表见也，而澄观天下之变，遂能心造化，手宇宙，预定时局于未然。及三顾频烦，应命而出，不惜鞠躬尽瘁，立千万祀臣子之坊，得以绍王业而承正统。盖其识孕天下之先，所谓天民之先觉者也。今鲁阳生以滑疑之耀挥斥六极，采集《普天忠愤》一书，其才、学可以大秋毫，小泰山。[第5a页][第15页]吾不能睹其差数，然其识可得而言也。其书标分三门，如史家之各自为例。开函首先恭录上谕六道，使人读之，油然生其忠义之心，有不忍不图所以报称者。乃进而读其"章奏"，再进而读其"议论"，靡不关系时局，可转贫弱为富强。于是念前车之覆，则怨愤俱作。继念一误不容再误，则发愤为雄，其忠悃盖有不能自已者矣。然则斯集之有造于世变也，殆不窥牖见天衢，不出户知天下欤？虽博采旁搜，随手捃拾，才、学无从襮著；然集众思，广忠益，识微见远，亦颇不戾于武乡也。特恐愤然以兴，无优游渐渍之[第5b页][第16页]理以永之，忠或有时而竭；非以诗教行之，俾雍容揄扬，得以感发其善心，惩创其逸志，则可大之业可久为难，鲁阳生故采"诗赋"为此书殿，类皆伤时感事之作，呼天斫地以不平鸣者。纵慷慨悲歌，未免激烈，然《小雅》怨诽而不乱，盖其性之所固然也。一长言咏叹间，热血所洒，使人之意也消，而懦夫不振之气以振，况血性伟丈夫耶？此集[即]斯集之特识也，而有用之学、济变之才，亦于此见一斑焉。则谓史家三长未尝缺一可也。夫忠愤之良，人所自具；普天率土，义不容辞。太史公谓"前事不忘，为后事师"；今取斯集[第6a页][第17页]读之，前事可鉴，后事可为，治天下犹运之掌。但使为人臣子者顾时局，念遭逢，以力匡天下为己任，相与拯救时艰，为青史第一流人物，则忠愤之所成者大，而斯集之所鼓舞而兴起者岂微也哉？大清光绪二十有一年[乙未，1895]中秋日，科尔沁果尔敏杏岑叙。[第6b页][第18页]

五、孔广德"凡例十二则"（第19—20页）

一[一]　是书名《普天忠愤》，上自朝士大夫，以至布衣女史，旁及西人，凡立言有关时局，涕泣而道，言者无罪，闻者足戒，乃敢登之于篇，非有一毫私意。若谓其有心嫚世，则殊负采辑苦心。

一[二] 是书原止采越南、日本战事。因遵师命，特取曾文正、彭刚直疏有切时局者，采列十三卷、十四卷，务使留心大计者有所资取。

一[三] 是书费三月心血，旁搜博访，始克成书。凡富国强兵之谋、舍旧从新之政，无不灿然具备，非同书肆中凑积陈腐言，漫无弃取，仓促成编也。

一[四] 是书皆录光绪年间事。内有数诗及《偷头记》采及咸丰时者，因于今日时事可资印证者也。

一[五] 是书为救时计，故皆采有益时事者。末卷“诗赋”似觉无益，然伤时悯乱之作，读之使人增长忠义之气，其益亦不小矣。

一[六] 是书采及西人论说者，亦“问官郯子”之意也。但非我臣民，其所言或多过火，语有触忌讳者。然局外闲观，俱能痛抉我国之流弊；诚能反而求之，则亦与“忠愤”无异。[第 7a 页][第 19 页]

一[七] 是书除自家存稿及照他书采录外，余皆远近友人陆续寄来之稿，随到随录，年月先后故不及详，亦不必详也。

一[八] 是书因付人抄录，书手多人，故行字或有长短多寡之参差，非有他故也。且■抄错讹甚多。经诸君校订数次，想当无误。然抬头处或有违式碍难，更置谅之。

一[九] 当今秀才家及科甲中人，大都徒工文墨；除八股、试帖、经义、史学而外，一切时务、经济茫然不知；有粗知时务者，又皆不精不详。倘购此一册，潜心参究，亦可为当世有用才，老子所谓“不出户知天下”也。再能加以阅历，其庶几乎。

一[十] 是书仅就见闻所及者登之。茫茫天壤，岂乏伤心世变、创为伟论、欲解天下于倒悬者？虽恨不能收之此集，然此集已成，各处又复纷纷寄稿，故余又将有《续集》之刻。敢告同志，凡有“章奏”“议论”“诗赋”于时局有关系者，请即邮寄上海南昼锦里赐书堂。

一[十一] 是书本为拯救时局起见,故所采多为时下对证之药,非徒嬉笑怒骂,遣我牢骚,遂谓"忠愤"也。参之。

一[十二] "忠愤"二字,虽属普天自具之良,然不啻自天命之也。乙未[光绪二十一年,1895]四月十四日,为烟台互换和约之日;恭读上谕,有"忠愤之言"四字。十七日上谕,又有"忠义愤发,果敢有为"之语。然则"忠愤"为正言,即为生人血性,恰好为斯集一个大题目。[第 7b 页][第 20 页]

01－086　香痕奁影集

吴　仲

四卷、闺秀一卷。吴仲辑，宣统元年己酉(1909)排印本。(浙江图书馆藏)

一、袁祖光"香痕奁影集诗序"(第1a—2a页)

吴子梦兰选《香奁痕[痕奁]影集》既竣，问序于余。余曰：诸子之操是选而用是名也，欲免鄙夷于道学先生之侧也，得乎？夫诗以言情，用情者以闺房小儿女为最笃，故《国风》十五篇，强半皆男女赠答之作。其流沿及汉魏六朝，至有唐之温、李、冬郎辈出，争以绮语相尚，而各得以名为["为"字衍]家。盖古人之传是诗也，非必皆有所寄托，借男女之情以出之也。其用情之始也，相思相慕，喁喁呢呢，胥发于不自觉，充其量则为忠臣孝子、义夫节妇，百折而莫之或遏，无他，情之萌蘖[第1a页]于此，而树基于彼。凡天壤间可喜可泣、可惊可愕之事，罔不因至情所感触，遂传为千古不朽之奇杰；而其初，则惝惝恍恍于君父之大伦，无所用其血诚，但于男女之私爱见之。然则欲人之发露真际，无事以笔墨为隐晦者，必自绮语始。是编选国朝名宿之作，附以闺秀之辞，裒为四卷，大率以温柔敦厚、不舛正则为宗；其词则香艳凄婉，稍涉鄙亵者概屏弃不录。俾读是诗者，知用情之有自始，推其爱于君父国家，肫肫悃悃，识纲常之大、节烈之正，于所以养之者必思所以报之。是以男女用情之真挚充塞于[第1b页]天地而蔑视伦理之风尚，亦渐可挽回，未始非国家维新之一助也，彼道学先生又乌乎知之？宣统纪元[己酉，1909]嘉平月朔，太

湖袁祖光瞿园序于宣南寓斋。[第 2a 页]

二、吴仲“香痕奁影集序”(第 1a—b 页)

此集为仆居里时，与马先生伯梁所成，藏之行箧中久矣。比又补缀若干首，自国朝初迄嘉庆朝，专录七律，所以求一致也。虽其间时代先后、地名从今从古，未及详考，然尚不悖于达人之旨。同社借观者多，苦无副本，故不惜付手民以公同好。至诘其命意所在，仆敢本《诗》“大序”以序之曰：“上以风化下，下以风刺上。主文而谲谏，言之者无罪，闻之者足以戒。”意在斯乎？晋贤有曰：“太上忘情，最下者不及情。情之所钟，即在吾辈。”仆不才，亦深维发情止礼之训，不[第 1a 页]复以此集自私云尔。宣统元年[己酉，1909]嘉平月，江都羞翁吴仲梦兰序于京师晨风阁。[第 1b 页]

清诗总集序跋汇编

2

朱则杰 编

凤凰出版社

01－087　道咸同光四朝诗史甲集

孙　雄

八卷，卷首一卷。孙雄辑，《续修四库全书》第1628册，影印宣统二年庚戌(1910)刻本。

一、孙雄“拟刊印道咸同光四朝诗史预约集股略例(甲集分卷略例附)”(第299—300页)

不佞搜辑近人诗，用钢笔版陆续付印，名曰《道咸同光四朝诗史一班[斑]录》。现已出至十七编。其十八九等编，亦已写印矣。拟出至三十编为止。惟此仅长编体例，未为定本，今已合前数编为一集；凡三十编，分为甲、乙、丙、丁四集，重行刊印。已录诸家之诗，略行增损；未录之名篇，随时添入，期于博收慎择，以供艺林浏览。南皮张文襄公、建德周玉山督部、年伯贵阳陈筱石督部，均惠分鹤俸，督促成书。前辈盛心，殷拳可感(贵阳督部既赐俸金三百，又提倡僚友各任股款，意尤切挚)。同志挚友如江安傅沅叔提学(增湘)、乌程刘澄如京卿同年(锦藻)、祥符冯果卿观察(汝桓)、桐乡严凫[第1a页]芗太守(震)，悉慨分俸入，用作刊资。剞劂之事，势非得已。特因卷帙颇繁，众擎乃举，爰定《略例》，布告词坛。

一[一]　《四朝诗史一斑录》钢印本，约以初编至八编合为《甲集》，九编至十六编为《乙集》，十七编至三十编为丙、丁等集。

一[二]　剞劂之板式，仍系每页廿四行，每行廿二字。惟精加校勘，不用圈点。(初意本用铅印，以期迅速；后因铅印式样不雅，且多误脱，故改从雕版，惟出书视铅印略迟耳。)

一[三]　集股之例，每壹股得《四朝诗史》拾部，售京平足银伍拾两，概不折扣，亦不分析零售。所有银款，一次收足，给付收据。先行奉赠钢笔印《诗史》初编至十六编各一部（十七编至三十编仍随时出版奉赠）、《眉韵楼诗话》一部、“诗史入选姓氏”单[第1b页][第299页]张十份，均不取刊资。俟本年（宣统二年[庚戌，1910]）十二月付《诗史·甲集》十部，明年（宣统三年[辛亥，1911]）六月付《乙集》、十二月付《丙集》、又明年六月付《丁集》各十部。（成书后，每一集售京平足银四两，甲、乙、丙、丁四集共售京平足银十六两，概不折扣。）

一[四] 此次预约集股，均由同志好友及在位通人分任提倡，既不登报招集，亦不托京外各埠书肆代售股券。不佞自任五十股，先将甲、乙集付刊。拟于宣统三年[辛亥，1911]九月以前，共招集五十股，俟集满即行停止。（其非同志与提倡风雅者，虽欲附股，概从辞谢。凡入股，均写真姓名。）

一[五] 《诗史·甲集》稿，现已编排粗定。凡近代著名诗家、刻有专集、原录太少者，均分别增录数十首（合八编为一集，不过粗举大概；其九编以后名人佳作，亦多先行辑入《甲集》，以快先睹。盖钢笔印本仅代抄写之劳，原非定稿也），卷帙[第2a页]较前几增至一倍。每家姓氏爵里后，均节采诗话、诗序，以资考证（惟望大雅君子随时赐教，俾所录得以宏富，且免舛误，无任企祷）。原本题签有“一斑录”三字，今刻本已从删。

一[六] 钢印《诗史》，六编以后至十六编，敝处尚存有百余部；五编以前，仅存廿余部，如助股诸公寄款至京时，前五编业已赠竣或缺赠数编，务祈鉴谅（第一编至十六编，北京厂西门有正书局均有寄售，每编零售大洋四角；惟第一编售洋六角，因卷帙较多也。现查彼处，前五编存亦无多）。

一[七] 《诗史·乙集》，虽经编次，尚未定稿；丙、丁等集，存稿虽多，尚待博采，务乞海内同志广搜速寄（嘉庆以前诗稿，别辑为书，异日合成《大清诗史》，故顺、康、雍、乾、嘉五朝诗稿亦祈赐寄）。

一[八] 《甲集》“卷首”，恭录道、咸两朝御制诗，冠于简端，而

以亲藩继之。[第 2b 页]

一[九] 沈归愚、铁冶亭、阮芸台诸家选诗编目旧例，凡有科目者均以科第先后为次，无科目者约以辈行先后为次。又归愚《别裁集》，于顺治、雍正两朝均先科目而后词人；康熙朝六十一年，因恐辈行先后相悬太甚，故变通其例，以六十一年三分之科目、词人相间次第。今略仿厥意，凡道光朝人，均列卷一、卷二（元年辛巳[1821]至十五年乙未[1835]为卷一，十六年丙申[1836]至三十年庚戌[1850]为卷二）；咸丰朝人，列卷三；同治朝人，列卷四；光绪朝人，列卷五、卷六（元年乙亥[1875]至十六年庚寅[1890]为卷五，十七年辛卯[1891]至三十四年戊申[1908]为卷六。每卷人数、页数，多寡不能一律；多者有二百余页，分装数册）；闺秀，列卷七；方外及旧藩属遗民，列卷八（如朝鲜诗人金泽荣、越南诗人陈桂山，均附入卷八）。异日乙、丙、丁集，分卷亦用此例，以期画一。（甲、乙等集，乃以得诗先后分之，非分时代之先后也。）[第 3a 页]

一[十] 现先印红样本数册，分示同志（有正书局亦有寄售，每册售洋二角，京外同志诸君可径向该局函购。如有旧友介绍，贻笺索阅，亦可奉赠）。

一[十一] 通函及寄诗至敝处，乞寄“北京佘家胡同内东北园路北”为幸（函内有诗稿要件，如防遗失，务须挂号）。

大清宣统二年庚戌[1910]季冬，昭文孙雄（原名同康）师郑氏识。

（再：诗家小传及采辑事实、序跋附于姓氏爵里之后，现因未能脱稿，若仓卒为之，必多疏漏，故暂行从阙。其有管窥所及，亦附述一二，阅者幸勿鄙其体例之杂糅而有以教之。又各家科目，考查颇不易易，故先后之间亦多倒置，均待异日订正。《甲集》现定于本年十二月出版，即行续刊《乙集》；凡前数编内各家有漏、未入《甲集》者，均补列入乙、丙、丁等集。王柳村《江苏诗征》、阮文达《淮海英灵集》，均录至嘉庆朝而止；不佞此集，于江苏人搜采尤多，异日拟别为一书，以步阮氏、王氏之后尘，所望乡邦同志助我征录，无任企盼。《诗史阁图》题咏，已于钢印《诗史》十五六编以后每编附印数页；倘荷海内外墨客词人宠赐题咏，则幸甚，幸甚。师郑又识。）[第3b页][第300页]

则杰按：第九款所说拟“附入卷八”的“朝鲜诗人金泽荣、越南诗人陈桂山”，分别收在此集与《乙集》卷八。

二、“四朝诗史题词汇录”（第303—305页）

不佞近岁编辑《道咸同光四朝诗史》，故人投赠之章，积稿盈尺。林畏庐孝廉纾，又为画《诗史阁图》，同人题咏尤多。鸿什业经录入《眉韵楼诗话》第七卷（《诗史·甲集》中亦间有录入者，如徐倚虹前辈兆玮五言长律、潘兰史征君飞声七古诸作），兹因《甲集》刊成，爰录数首冠于简端，以代弁言。此后海内通人再赐题咏，则俟乙、丙诸集成后，赓续付梓。宣统辛亥[三年，1911]正月，孙雄谨识于双红豆斋。

[一] 郑孝胥，字太夷，福建闽县人。

近代诗才让达官，曾闻实甫论词坛。（易实甫云：“近日巨公，如南皮、常熟，诗皆最工。”）潜夫只有伤时泪，也作君家史料看。

则杰按：此诗又载郑孝胥《海藏楼诗（集）》卷七（上海古籍出版社2003年8月第1版，第197页），标题作《题孙师郑吏部雄诗史阁图卷》，自注文字略有出入。

[二] 陈衍，字石遗，福建侯官人。

杜陵久无人，兹事束高阁。[第1a页]微生踵秀野，水竹专一壑。君乃追浣花，草堂欲负郭。四朝闻见录，囊括亦何博。更将编纪事，夹持贵阳橐。吾复集耆旧，剞劂付鲁削。千秋诗话楼，江海两落落。胡为在泥滓，北陇听嘲谑？面山空三层，谡谡松风作。

五言九十字，奉题师郑诗人《诗史阁图》，所言皆两人修诗故事也。己酉[宣统元年，1909]七月，陈衍记于小秀野草堂。

则杰按:此诗陈衍《陈石遗集·石遗室诗集》卷五“己酉”编年诗(福建人民出版社 2001 年 6 月第 1 版,上册第 162—171 页)内未见。

［三］　秦更年,字曼青,江苏江都人。

杰阁凌虚倚夕阳,弥天忧患此归藏。可堪文字三千劫,讵忍风骚一代亡?阐发幽光珠在握,辛勤钩索月窥床。高情逸韵今犹昔,又见城南秀野堂。[其一]

独揽朝华当夕陨,芳馨自抱眼尤明。文章实系山河命,天地还留莽苍声。风雨飘摇秋一叶,鬼神歌泣夜三更。虞山何幸添斯阁,突兀人间万古名。[其二][第 1b 页]

［四］　刘善泽,字濡深,湖南浏阳人。

近世纷纷主风雅,就中先数丹徒王(丹徒王柳村,建“诗征阁”于焦山)。迩来孙子亦好事,奇书尽发名山藏。志在春秋寄孤撰,时辈谁欤堪颉颃?整齐见闻备故实,珠球璀璨腾巾箱。古人风谣拟笔削,以诗为史非荒唐。史所未及诗可补,小技况复关兴亡。只今西来扫文字,尘劫冷眼窥沧桑。讲舍颓敝鞠茂草,邹鲁榛芜暗不彰。儒林文人重太息,余子碌碌嗤诸伧。呻吟即事感今昨,绝业欲坠相扶将。振笔轩昂睨千古,邢家纸价高洛阳。知君意气凌天阊,葛巾布服居士装。杰阁缥缈蹲中央,豪歌浪哭风悲凉。乾坤真境本难得,秦火不到天莽苍。空山猿鹤争避席,突兀见此神为狂。翠壑丹崖息壤在,茶烟午榻松风长。万卷何假百城乐,庋架烂若云锦张。丹铅陆离雠青缃,别[第 2a 页]裁伪体如挽强。少陵诗台留鲁郡,直放远响参宫商。史席骚坛两牛耳,纵横异代遥相望。文献百年赖有托,裨[稗]官野乘皆秕糠。他日白虎考同异,斯道卓为群伦倡。愿将此图绘万轴,一一尽熏班马香。纵教丹青化迹象,诗魂已跻君子堂。

［五］　袁祖光,字瞿园,安徽太湖人。

千钧一发系斯文,突兀楼台独见君。秦火劫余何日月?海天高

处忽风云。可能长啸苏山顶？到此真空冀北群。珍重藏珠勤记事，眼前雷釜底纷纷？［其一］

瞢腾六十余年事，文献飘零大可嗟。或耀或潜皆鸟鼠，一鳞一爪自龙蛇。林宗合是人伦鉴，太史今无纪传家。何限青云思附骥，遥天白露冷蒹葭。［其二］

谐声鼓吹重京都，一幅兴公松树图。黯淡雨云开世局，寂寥天地剩吾徒。[第 2b 页][第 303 页]垂辉金石蛟长泣，食字神仙蠹渐苏。闻道遥闻今尺五，莫教张网漏珊瑚。［其三］

孤吟我亦鬓萧萧，夜雨藤花冷梦凋。旧日荒园仍杞菊，空山残雪有芭蕉。庖丁隐后全牛在，知已来时老骥骄。好咏印须趁舟去，九天风细正钧韶。［其四］

［六］ 关榕祚，字六生，广西临桂人。

风入松

结庐常住碧山陬，清极与天游。缥缃满架丹铅遍，似萧梁、文选高楼。四面云山入画，万篇珠玉齐收。　　有时松下独科头，诗兴傲沧洲。与君经历红羊劫，等闲身、真作浮沤。休问白云苍狗，随风天际悠悠。

［七］ 陈步墀，字子丹，广东饶平人。

琴南图画琴川地，史臣乃有诗人事。山被云围山复围（“山被云围住，围云更有山”，子潇庶常句也。太史为庶常后人，故云），一阁飞来自天际。中坐纶巾儒者流，读书目已无全[第 3a 页]牛。公幹升堂思入室，五言何止论苏州？忆从风雅沦亡日，抱器谁伤微子瑟。那堪离乱剩孤吟，应起春秋董孤笔。我闻高义叹君难，一编珍重枣梨刊。杜陵无人谪仙去，圣朝借此传骚坛。壮游归自扶桑岛，不爱扶桑山水好。人间无地似吴中，此与天真并垂老。八闽林子旧诗名，意匠经营惨淡成。月旦早传摩诘画，风流同萃仲谋庭。回翔六合乾坤窄，多少词人拜词伯。山灵长护到储胥，留与他年作方策。神交万里隔京华，文字由来共一家。独写数行附高阁，好凭归雁寄天涯。

［八］ 邱炜萲，字菽园，福建海澄人。

一阁俯丹霄，诗心萃五朝。苍茫天地阔，杂沓雨风潇。燕北台谁筑？淮南桂可招。神庐同意境，相望未为遥。［其一］

进退曹刘作，阳秋手自操。浣花千[第 3b 页]古盛，野史一亭高。大隐居金马，亡诗出楚骚。画图纷迹象，艺苑足翔翱。［其二］

［九］ 蒋智由，字观云，浙江诸暨人。

海内维新际，斯文赖有人。昭明楼嵲屼，孔氏笔嶙峋。泗水求周鼎，荆山择卞瑾。众流恣浩瀚，尺棰入陶甄。定许残编寿，还看故辙遵。星霜遗典则，风雨聚精神。字脱知三豕，功成获一麟。事同书纳壁，光识剑冲辰。国粹留菁美，天葩得崭新。六经河汉似，绍述在前民。

［十］ 汪述祖，字子贤，安徽休宁人。

孙侯早岁官太史，台阁文章无与比。表圣功名只赏诗，选楼高筑凌云起。杜陵一去一千年，诗中史法问谁传？嘲风弄月嗟何用，谁擅三长似孟坚？吾闻昔者天真叟，喤喤遗集传人口。仲瞿铁云并齐[第 4a 页]名，何论卢前与王后。维叟有子复有孙，范研摩挲手泽存。楹书万卷勤收拾，当世词章穷讨论。征文考献日无已，见闻如录四朝史。开编首冠阮扬州，太傅风流有如此。辅轩两浙叹多才，体例渔洋感旧开。兰泉司寇传湖海，确士尚书工别裁。怅望前贤叹弗及，近人乃编正雅集。南山征略遗珠多，那似孙侯富掇拾？上自道咸迄同光，名章奇句尽收藏。无数诗人齐感泣，梦中当遇古冠裳。八咏楼，草玄亭，空自哦诗与穷经。日月穷愁增著述，何如河岳集英灵？英灵不没千百载，一编如对古人在。纵横满架助新诗，披君图画想风采。述也交君廿载前，同官郎署鬓苍然。书画一家曾作志（余有《汪氏书画录》；近辑《耆旧诗存》，未成），诗传耆旧未成编。述尚无才敢言作？余园且图读书乐（余亦以《余园读书图》乞君题咏）。不能阁上画[第 4b 页][第 304 页]麒麟，当向山中招猿鹤。

［十一］ 周赟，字山门，安徽宣城人。

琴水条条入海流，陆沉谁与拯神州？接舆已叹文衰凤，树帜全凭耳执牛。人阅四朝如隔世，声分六律问千秋（以拙著《山门韵语》及《周氏琴律切音》邮呈）。独惭官与名俱冷，难共珊瑚一网收。

［十二］ 程霱，字甘圆，安徽休宁人。

嗟乎！前不见，梁昭明南朝文选楼。后不见，元遗山中州野史亭。徒令万古骚人墨客伤心句，长与荒烟蔓草同飘零。欧风亚雨迷离新大陆，星星藜火化作千流萤。耶歌梵曲杂凡响，阳春白雪古调无人听。天不雨粟四千载，苍颉庙前鬼哭青山青。虞山之西泖湖北，湖光吞吐烟岚色。深林大壑石径侧，中有江左孙炎著书宅。孙氏累叶皆清流，词赋家传五凤楼。麝煤香消[第 5a 页]红豆冷（君先德本生高高祖讷夫太守，有山水画册；高祖子潇先生，有《双红豆图》，均经名人题跋），天真阁顶风飕飗。眉韵主人述诗谱，学擅九能绳祖武。笺经上希郑高密，注书远绍颜师古。天教余事作诗人，高隐云栖谢缨组。发端征辑四朝诗，自述生平创解语。文中有韵文即诗，诗外有诗诗是史。颂诗为政岂疏科？删录微衷规正始。兴观群怨非小道，井蛙腐儒乌识此？世上流传诗史编，眼中突兀诗史阁。阁兮阁兮独立苍茫无倚托，坐阅桑海起丘壑。上下云龙五百年，把卷高吟劝寥廓。君不闻，校书天禄扬子云，闭户草玄穷典坟。世无桓谭孰论定？覆瓿奇字徒缤纷。何如君家诗史阁上，诗仙诗圣罗纵横，左图右史月旦评？零缣断锦尽搜辑，洛钟响应铜山倾。隋珠卞璧光照乘，金篦刮目呈晶莹。或为孤臣孽子表歌泣，或为后[第 5b 页]来学者垂前型。不必宗唐祧宋流派争，不必南主北客区品明。但使讽咏之间有史意，皆可大书特书存其名。宣统纪元[己酉，1909]二月闰，是月诗史阁图方绘成。图成向我索长句，展图如见君平生。题君此图辄神往，仰视藤花厅畔百鸟鸣嘤嘤。

［十三］ 徐乃昌，字积余，安徽南陵人。

述德曾赓绝妙词，还君簪笔凤凰池。鲁公清望三朝重，吏部文章百世师。海内英才多问字，闺中良友共论诗。巨编裒集群贤作，

想见芸窗正雅时。[其一]

记附青云赋鹿鸣，廿年重拾鹭鸥盟。人因话旧灯如笑，诗有同声月倍明。未忘把杯申缱绻，相期揽辔策澄清。燕南云树江南柳，好听春风出谷莺。[其二][第6a页][第305页]

01－088 道咸同光四朝诗史乙集

孙 雄

八卷。孙雄辑，《续修四库全书》第1628册，影印宣统三年辛亥（1911）刻本。

一、孙雄“自序”（第538页）

余所辑《道咸同光四朝诗史》，先以钢笔版陆续印行，每二册为一编，业已成有二十编矣。惟钢印本系随手拈取，不加抉择；且鲁鱼亥豕，纷纭杂糅，阅者憾焉。爰于督理大学诸生校课之余，将前数编合为甲、乙二集，付诸梓人。《甲集》已于去岁冬季刊成，《乙集》至今秋仅刊十之七八。乃自八月以后，各省新军变，革命军起，燎原之焰方扬，滔天之浸弥巨。行省仅存直、豫，致君竞效唐、虞（伍侍郎廷芳、张京卿謇等合词电请逊位，均以“致吾君于尧舜”为言）。人伦奇变，古所未有。成均干羽之彦，与厂肆剞劂之民，亦均风流云散。浙中周郎中嵩尧谓“都门之内，上自王公，下逮负贩，靡不惊心丧魄，寝馈无时”（见所为似昇长生册跋语），洵为实录。余坐困危城已三阅月，自思鷠寄曹郎，本无[第1a页]职守，不敢附“食焉不避其难”之义；而睹彼达官贵人，咸慑危邦而遁乐国，私心窃以为非。矧平生别无长物，惟此经史子集数万卷，均由三十年节缩脩脯所购，久共晨夕，不忍弃去，几欲以身殉之。又念《诗史·乙集》之成仅亏一蒉[篑]，因就已刊者编次为书；其未刊各稿，俟大局稍定，即行续锓，分别排入丙、丁各集，此时仓卒未能及也。呜呼！诵诗知政，季札所言；迹熄诗亡，子舆寄慨。世之盛也，上赓“喜起”“明良”之什，下进“优游”“泮奂”之章。及其衰也，朝堂寂弦诵之声，袍泽背好仇之义。烹鱼在釜，鸣鸟不闻。湝彼舟流，莫知所届。秋风容易，杜陵之茅屋同倾；来日大难，垓下之楚歌四起。而余于兹时，犹复摩抄[挲]积帙，校订残编，殆类酣歌漏舟之愚，几忘饿死填壑之困，既自伤，又自笑也。惟是甲、乙两集[第 1b 页]虽草草告成，实未能惬心贵当。既殊渔洋《感旧》之旨，又逊迦陵《箧衍》之精；欲附元氏《中州》之编，敢侪东涧《列朝》之集？（陈中丞昭常近日函询《乙集》出版之期，有"网罗放佚，使绝学不坠。遗山、虞山，不得专美于前"之语，非余所敢承也。中丞揞拄危疆，困迫万状；屡经乞退，中枢未允所请。）世变方亟，丛稿尚多；续雕之期，未知何日。恐河清之莫俟，黑白难分；望乡国兮迢遥，风尘方炽。前不见古人，后不见来者，又乌知夫涕之何从也。宣统三年[辛亥，1911]十二月朔，昭文孙雄（原名同康）师郑氏识于京师东北园之寓斋。

附自题诗史乙集七律二首

梁亡鱼烂载春秋，经训谁将古义搜（近十年来，上无礼，下无学；士大夫之通脱者，率恶圣贤经训不便于一己之私图，竞倡废经之论）？金鉴千秋怀圣相（张文襄临终遗疏，有云："治国以节用爱人为本，无忘祖宗'永不加赋'之言；养兵以明耻教战为先，当思古人'不戢自焚'之[第 2a 页]戒。"又易箦时赋诗，有"君民末世自乖离"之句），陆沉一月陷神州。啁啾相吊悲群燕，梁栋难揞困万牛。我愧遗山修野史，露钞雪纂蕴漦忧。[其一]

王孙困苦欲为奴，铸错伊谁忍沼吴？境内干城化伥虎，都中大屋赋瞻乌。校诗有误犹鲋豕，归隐无家枉忆鲈。秦岂无人谋不用（中国之亡，必以新军为祸始。余于今年六月中央教育会开大会时，登台慨乎言之。彼时闻者，咸为咋舌。然余亦不料祸发之速且烈如是也。马主政其昶《救时疏稿》，备论海陆军之弊，谓近日新军，用财如泥沙，会操如儿戏，养兵如骄子；蕴此数失，安得不变？余甚韪其言），中宵掩卷独长吁。（旧刊"教育会发言纪实"，附印此篇之后。）[其二][第 2b 页][第 538 页]

则杰按：据此序，可知《乙集》刻印，至少在此序写作之时尚未全部完成。又底本书牌，也作“宣统三年[辛亥，1911]冬至陈宝琛题”(第537页)。因此，今影印本将此《乙集》与前面《甲集》一并标为“宣统二年[庚戌，1910]刻本”，恐怕并不妥当。

又，此后原附“中央教育会三次登台发言纪实”(第539—541页)，系编者关于当时“军国民教育”的意见，与《道咸同光四朝诗史》一书实无关涉，兹从略。

二、陈夔龙“道咸同光四朝诗史序”(第542页)

子舆氏谓“诗亡而《春秋》作”，诗未尝竟亡也。《三百篇》下历汉魏，至唐之开元、大历而极盛。若宋之元祐、明之万历，流派殊别；苟不戾乎风雅之旨，不得谓之亡。逮我大清，列圣相承，重熙累洽；几政余暇，赓咏为乐；御制宏篇，超迈往古。其时教泽所被，上自王公卿相，下及草茅衣褐之士，往往娴习声律，驰誉坛坫，于是刻本盈帙。乾嘉以前，汇选尤夥。自兹而降，英彦辈出。或专集行世，或零篇断句，隐显于风尘榛莽之间，其不与烟云幻灭者亦几矣。孙君师郑夙以诗名，惧雅道日微，慨焉以搜讨为己任，辑道咸同光诸家编为四集，题曰《四朝诗史》。《甲集》已付[第1a页]剞劂。今秋《乙集》又成，乞序于予。尝以为诗通乎乐，发于声，根于心，正变殊体，固可以觇时会者也。故曰：“志微噍杀之音作，而民忧思；啴谐忧易之音作，而民康乐；顺成和易之音作，而民慈爱；流僻邪散涤滥之音作，而民淫乱。”其字栉句比，为法同而音各异；其异也，人所提倡，亦时为之。当四朝之时，海内人士以居诸之余力，雍容咏叹，名作如林，而皆承先朝德化，涵濡煦育且二百年，以有此也。今学风递嬗，更历岁月，未测途辙所循较前代奚若。倘此集告竟，不独存数十载士大夫骚人墨客、闺秀方外之謦欬，而政教典礼、风俗名物之繁赜，并因以散见其略。昔子美思力沉郁，抚时述事，论者尊曰“诗史”；一家之言且然，况纂次累朝篇什[第1b页]者哉？斯道未废，吾知必有主持风尚者防其变，守其正，引喤按节，循是而上跻国初明良喜起，以叶乎温柔敦厚之教，兹编功亦壮矣。宣统辛亥[三年，1911]秋月，贵阳陈夔龙序于北洋节署。[第2a页][第542页]

三、陈衍"四朝诗史叙"（第543页）

往者辛巳[光绪七年，1881]、壬午[八年，1882]间，余草创《元诗纪事》，借人之书麇集，终日翻阅抄撮。元人诗本事外，国朝人诗有本事者，遇之尤夥，思别撰《国朝诗纪事》。既而思之，凡人之情，物之难得者乃觉可贵。一友朋也，日夕往还，淡然视之；千里契阔，则悄然以思矣。一文字也，其人生存，虽至佳，亦寻常置之；一旦化为异物，则爱护有加焉。诗纪事之体例，在网罗散佚，搜集前人评品，多成于异代之手。故宋计有功撰《唐诗纪事》，国朝厉鹗撰《宋诗纪事》；郭元釪《全金诗》中有《金诗纪事》，周春有《辽诗话》，亦其变体也。其义既以事存诗，以人存诗，故与唐人选唐诗《箧中》《极玄》《中兴间气》《河岳英灵》诸集必其诗之中选者不同，所谓物以难得为可贵也。若以[第1a页]国朝人为《国朝诗纪事》，则有难焉者矣。三百年来，作诗者众，其集之存与不存而存于他人选本者，已不可胜数；又夫人而为诗话，卷帙繁而不杀，其号称名章秀句，益复不可胜数，准前人诗纪事之例，当尽采无遗也，则数百卷不足以容之矣，故逡巡而不敢为也。来京师而识孙子师郑，云将为《国朝诗纪事》，后改为《四朝诗史》，虽断自道光，然合已逝、生存者而并录之，则尤浩博无际涯者矣。既刻成《甲集》，问序于余。余曰："君作《眉韵楼诗话》，尝谓余生平论诗至严，则于君所为浩博无际涯者，固未易调停其说矣。"君曰："子言固也，然吾有一譬焉：外人每讥吾国无史学，所有历史，史料而已。吾所录无以名之，姑名《诗史》，亦史料而已；以为史则去取必严，以为史料则去取之不严，留以[第1b页]待后人之去取可也。苏堪题吾《诗史阁图》云：'当代诗人首达官，曾问[闻]实甫数词坛。潜夫只有伤时泪，也作君家史料看。'实甫所谓'达官'，曾文正、张文襄诸公是也。吾即取苏堪‘史料’之言以自说，勿终拒而不吾序也。”君言甚辨，遂以余所见及君所言并书之。辛亥[宣统三年，1911]又六月，陈衍叙。[第 2a 页][第 543 页]

则杰按：此序又载陈衍《陈石遗集·石遗室文集》卷九（福建人民出版社 2001 年 6 月第 1 版，上册第 523—524 页）；除删去末尾署款之外，其他文字亦颇多出入。

又，《陈石遗集》本篇陈步“题解”，称孙雄“号”师郑，“集道咸同光四朝诗话，名曰‘诗史’”（第 523 页），“本文作于一九一〇年”（第 524 页）云云，均与实际不符。

四、“四朝诗史题词续录”（第 545—548 页）

诸家题词，已汇录十余首，列于《甲集》目录之后，以代弁言。数月以来，投赠之稿又盈箧笥。爰赓续付梓，仍冠诸《乙编[集]》之简端（以下所录，亦有系前数年故人所赐题咏，今从行箧中检出者）。凡此录所未及，当俟《丙编[集]》出版时，刊为“题词再续录”矣。宣统辛亥[三年，1911]六月，昭文孙雄（原名同康）师郑氏谨识于双红豆斋。

[一]　秦绶章，字佩鹤，江苏嘉定人。

兀峙中区揽九州，诗坛史席夐无俦。拓开杜甫千间厦，压倒元龙百尺楼。自有典型追正始，略从笔削寓阳秋。四朝闻见关文献，岂独松陵补唱酬？[其一]

天真阁后嗣前型，一室图书发古馨。风雨深宵动歌泣，衣冠旷代聚精灵。珍藏合付长恩库，轶事同传野史[第 1a 页]亭。总是丹铅延绝学，莫辞天禄校中经。[其二]

[二]　何乃莹，字梅叟，山西灵石人。（时年六十有七）

鸿濛开辟何所有？万古那堪一回首。古人已往今人来，何术能教两不朽？麟经史笔垂千秋，马班继之史汉留。自汉以来二千载，大都治乱详其由。忠臣义士尚多遗逸不能载，而况一言一咏堆积如山丘。我朝龙兴纪圣武，小儒呫哔安足数？黄钟大吕珍元音，玉检金泥秘天府。道咸以来军事兴，东华载记臣所能。独有高人隐士忠爱之所托，拔剑斫地磊落不能平。奋然一人作，独抱济时略。用世无权诗有权，诗胆如天气磅礴。放怀横揽诗人才，尽入珊瑚网里来。四海风尘幻珠玉，五云宫阙辉蓬莱。临江突起玲珑阁，四朝诗人此中着。诗来涌似大江潮，岂必骑龙苦探索。君家先人流泽[第 1b 页][第 545 页]长，双红豆词遗馨香。天真阁接长真阁，继以诗史腾光芒。我曾拜瞻随园湖上授经图，闺阁才人照耀如冰壶。十三弟子推第一，高风绛帐贻孙謩。宜乎诗史旁搜到闺秀，一时鸾翔凤翥上及瑶池姝。我与诗史遇，惭已将衰年。亲见四朝事，欲言而难传。麻鞋奔赴行在所，杜陵不作空谁怜。岂意平生志之所未逮，而君一旦恢张如凌烟。从此四朝诗人灿灿森列宿，永与河汉北斗亘古光常悬。畏庐先生今画家，点染妙趣生烟霞。不画桃李画松竹，欲使岁寒风节弥天涯。闻君携图趋东瀛，涉海定使蛟龙惊。异邦之人见之应下拜，广宣诗教蛮貊都能行。笔则笔，削则削。君擅才学识，一字费斟酌。以史传诗诗尽传，以诗传事事有托。以此推之千万年，功名第一麒麟阁。方今海波撼神州，大[第 2a 页]雅沦亡愁人愁。极天一阁撑中流，俯视萧梁绮丽之高楼。

［三］ 黄睿，字秋岳，福建侯官人。

先生穆然醇淑姿，手把铅椠穷探披。百年文献当在兹，入梦罗拜森须眉。画中栋阁飞㭰㮰，选楼佳话重赓追。昭朝诗派棼千歧，秕糠尘垢扬葳蕤。如网在纲衣就㰊，如沙汰金陶取瓷。如执并剪清乱丝，如剖洲橘硕且饴。罗列甲乙无偏亏，以示来哲知导师。微生十载事嗢咿，骚雅宏旨难涉窥。掩窾障陋宁自欺？鼓箧再拜陈其辞。康乾学风全盛时，南北坛坫争为尸。掣鲸碧海光陆离，缓袂雅步鸣和熙。其间遝沓嫱与施，所惜颜色污粉脂。三家江左托格卑，摹袭宋貌亡骨皮。后来道咸多坛壝，炉铸秦汉矜瑰琦。同光体出骇世儿，变极风雅生古悲。沧海横流万波随，欲以清角更埙篪。巨灵一代郑太[第 2b 页]夷，诗境东野同分驰。胜流并起推石遗，着花老树无丑枝。义宁公子琼琚词，力抉凡近求崄巇。骛发大类南金狮，论交范叔及顾痴。神至俱泣千蛟螭，壬秋遁叟湘之湄。被服锦错弃茅茨，跨鸾自吹玉参差。恨乏真味沁腑脾，余子风什鱼蓰蓰。龙蛇入腕皆夔蚭，祧唐祢宋承师资。东南美尽珣玗琪，岂无暇璺招毁疵？骊黄各赏奚伤为？吾言醉呓舞僛僛。非以夙见区等衰，夭桃秾粲春风迟。先生危坐吟拈髭，捧砚闻有樊家姬，钞录应令右手胝。结楼人表容揞颐，寤寐冥漠千秋期。嗟哉禹域垂倾隳，群公退食犹委蛇。发祥郡县据屠耆，取次江水饮佛狸。出门矫首歌五噫，吾侪忧瘏安可辞？泽畔计有行吟宜，敷拾华藻供点嗤。披图三复拥涕洟，残觚断句勤扶持。行人太史失职司，看取椽笔[第 3a 页]传风诗。

［四］ 吴惟聪，字耳似，安徽休宁人。(《诗史阁图》序)

天开画本，钟灵则星次斗牛；地产英才，启秀则雷鸣倚马。门材趠铄，王谢后人；风骨崚嶒，金张望族。如我师郑先生者，崔卢甲第，已负雕华；丁到声名，遍传骚雅。守青箱之世学，等白社之隐贤。兰蕙芬芳，情更蔼于一室；葡萄绮丽，誉久满于中都。起八代之衰，争似掩骼埋胔？萃四朝之史，珍如拱璧连城。由是黄菊篱边，时满携尊之客；白杨巷里，时停问字之车。靡不登徐福之舟，海天啸咏；投陈遵之辖，山泽遨游。似瞻泰伯之祠，犹思风义(《诗史》中，多先人题咏)；若过要离之冢，只觉悲凉(《诗史》中，前辈遗篇，多系人亡物在，能不悲伤)。听雨怀人，看花中酒。红楼倚瑟，绿倾竹叶之觞；紫塞搊筝，青映莲花之幕。金迷纸醉，助彼酣嬉；水[第 3b 页][第 546 页]软山温，恣其跳荡。诗积百家，史成万帙。盥薇庄诵，篆竹难铭。聪也仇香师友，大慰平生；庾信家园，已成寥落。偶因蓬转，曾吹吴市之箫；借此萍浮，亦画旗亭之壁。(以知州听鼓吴门，九年于兹矣。曾至维扬供差者再。)听金石，歌盈天地，绝少同声；叹珠玑，吐遍山川，不盈一饱。生值太平之日，吟无安乐之窝。虽甥馆之忘忧(近供差鄂省，寓武昌马家巷张绍庭内兄处，数月于兹)，亦旅居而多感。玉台初下，红泪忽流；金镜未圆，青丝渐老。名场似海，孙山则屡困才人（五试棘闱，荐卷者三；两试优拔，陪榜者再，愤而入官）；往事如云，玄冢则长埋知己（回忆程颂清璠、徐次舟赓陛、俞梦丹启元、凌幼巢樾，及潘峄琴、徐六舟、徐季和、俞曲园、汪郎亭、裕蓉坪、谭仲修诸夫子，常哭失声）。或折分襟之柳，或拈出世之花（刘子香焜、徐花农琪、毕几庵希卓、沈缵文大麟，及家兄炯斋、舍弟惟允，皆寓京师）。对此茫茫，百端交集，能不怆怀落叶，恸谢傅之州门；挥涕斜阳，经黄公之垆舍者乎？所以结[第4a页]响空山，最多西气；寻声幽涧，更切商音。欣披文畅之全编，能令蛟泣；近读安仁之大著，只恐猿啼。播之当时，不愧骚坛之牛耳；传之异日，洵夸艺圃之龙头。岂如仆也，蝉嘒一林，蛩吟四壁？半生羁宦，愁与年增；廿载交游，才同金尽。白头母老，高堂无紫菽之供；黄口儿雏，破屋有青山之梦。每睹悲伤之作，益增顽艳之思。墨雨飞香，公拾名山之著述；笔花落纸，我多委巷之歌谣（著有诗文，以道太远，不能寄古作也）。行看驻足蓬瀛，天上奏霓裳之曲；自必关心鸥鹭（公近奏补大学监督，能为仆觅抄胥一席否），人间修焦尾之琴。是为序。（宣统元年己酉[1909]六月）

［五］ 陈昭常，字简始，广东新会人。

神州珠玉海山涵，近百年来现彩昙。葱郁烟云扶地轴，玲珑楼阁指江南。江南旧是伤心地，太息山河风景异。麻姑三见海扬尘，铜仙一夜铅[第4b页]成泪。溪流明媚剩琴川，红豆灵苗茁玉田。见说紫髯传世旧，还闻黄绢爱词妍。官闲风月谈心罢，诗买香山轻论价。秘本间关计驿驰，遗篇零落伤蟫化。况经阳九话咸同，劫火烧残万户空。委宛缄縢香尚在，江陵文武道几穷。我朝文治超前代，风采辅轩光纪载。世路朝昏杂雨晴，骚坛今古仍盘敦。盟主时推孙仲谋，春旗杨柳绕高楼。论交原不轻蓬累，长揖何曾拜贵游。浣花当日诗称史，苏李情怀班马旨。璧擅连城号一家，珠随赤水遗余子。曝书樊榭去烟霄，纪事诗章逐晚潮。前辈余馨凄露粉，有人懦响逐云韶。层青空曲开孤阁，幅巾坐者清如鹤。不碍幽寻树着烟，每逢逸兴泉鸣壑。我忆林泉意转迷，苍云如听子规啼。三年零雨濛金甲，万里春风入画鼙。羡君缳蕙崇兰佩，咫尺[第 5a 页]乡园峰泻黛。十级浮图半晌成，一编诗卷千秋在。阮王旧迹问焦山，日月当门海作关。郭璞苔岑人几辈，罗含茅屋夜三间。居然平地楼台起，渤澥回飙摇海市。前言合遣岭云闻，同心谁向河流指？晞发吟成玩晓曦，江山风雨易迷离。吮毫待问林和靖，消息梅花知未知？

［六］ 丁传靖，字秀夫，江苏丹徒人。

国朝选诗几巨子？归愚以后称兰泉。读之往往不称意，徒拾萧艾遗荪荃。虞山太史有诗癖，铁网在手探珠圆。道光以后世多故，百年沧海成桑田。士生其间易感慨，春容雅奏非雍乾。长篇短什并史料，小雅怨诽周播迁。编成庋置百尺阁，苍官青史相周旋。林子六法最超逸，披图满纸生云烟。此中容我置短榻，蘧蘧一梦宁非仙？[第 5b 页][第 547 页]

［七］ 蒋士超，字万里，江苏无锡人。

杜陵以后无诗史，孙子征诗比于是。四朝闻见萃一编，太史辅轩有如此。坐拥书城拟列侯，裁量玉尺空余子。虚境诗征一阁开，林逋平地起楼台。图中咫尺便万里，此境直欲疑蓬莱。中有人兮操月旦，卢前王后刊落无凡才。今日中原无乐土，此诗此阁足千古。深林绝壑真桃源，草堂不数浣花杜。诗圣诗仙把臂游，笔削尼山假以斧。坛坫风流继二王（渔洋、柳村），建安公幹并升堂。兴灭继绝在此举，一发千钧诗教昌。瓣香若广诗龛祀，梦中已是今冠裳。我家清流亦累叶，百年文献遥相接。金沙三蒋入诗征（先祖楚珍、虎臣、度臣三公之诗，均选入《江苏诗征》），感旧渔洋心亦帖（虎臣公生平逸事，屡见于渔洋诸杂记中，诗则采入《感旧集》）。金鹅拙老在雍乾，选楼未入我气慑（七世祖湘帆公《拙存堂诗》及高祖醉峰公《金鹅山房诗》，前人诸选集中罕见采录）。[第 6a 页]他日全朝诗史成，补录遗诗定周浃。

［八］ 陈诗，字子言，安徽庐江人。

海内相知者，神交得胜流。上林艳词赋，季野裕阳秋（君著有《国朝诗史》）。问道希重译（君近为文科大学监督，东瀛、西欧各国皆遣子弟来受学），行歌悔白头。萧条鹡鸰咏（君著《眉韵楼诗话》，采录予哭舍弟子修诗，且纪舍弟于癸卯[光绪二十九年，1903]、甲辰[三十年，1904]间入旅顺事綦详），寒日望乡愁。

［九］ 孙景贤，字希孟，江苏常熟人。

小阁藏山七尺屏，坐收佳句照丹青。黄门不立新宗派（《诗史》"略例"云，于洛蜀朱陆党派之分，及齐梁唐宋师承之判，合炉而冶，并为一谈），红豆还存旧典型（吾邑选诗家，牧翁《列朝诗集》后，于斯为盛）。官爱陆沉金马客，名胪鬼唱玉泉亭（卷中收谭浏阳、林侯官诸诗）。绿窗正好携明月，来聚诗坛八百星。

［十］ 许承尧，字际唐，安徽歙县人。

虚堂摇曳万诗魂，人海萧然自闭门。风雨此声秋满地，庵灯独夜佛无言。温馨芳草[第 6b 页]怀中字，婉娈修眉梦外痕。辛苦丛残生较晚，虞山历下倘同论。[其一]

弦外含咀说叩弹，月中清梵罗鱼山。何人迟暮倚高阁，却看回风生紫澜。草木零星春泪尽，关山摇落赋才难。卖珠空谷寻常事，剩有梅花共岁寒。[其二]

［十一］ 金葆桢，字实斋，河南祥符人。（四首录二）

敏夫樊榭谁宗仰？我识松山又石遗。更欲遇君聆謦欬，先从展卷见须眉。十年月旦劳删订，并世风骚赖主持。吾辈漫嫌高阁束，平津一例寄遐思。[其一]

天真阁接旧门庭，祖武遥绳有典型。重与熙朝存雅颂，肯教圣代闷英灵？俯看邗上题襟集，辉映南屏补史亭。他日书成应入贡，嘉名再锡下尧廷（期君仿铁冶亭故事也）。[其二]

［十二］ 戴坤，字喟庵，安徽休宁人。（四首录二）

云树苍茫匝九垓，悠[第 7a 页]悠终古郁崔嵬。斯文将丧经尘劫，词客无灵着死灰。淮水南来悲易逝，大江东去挽难回。骚坛牛耳谁

为主？端赖扶轮大雅才。[其一]

杰阁参差翠霭间，此中居住亦开颜。窗前花鸟频供奉，槛外云烟时往还。八表风骚归丈室，千秋事业在名山。乾坤六合皆诗境，临眺凭栏意自闲。[其二]

[十三] 黄瑞莲，字少白，安徽黟县人。（二首录一）

瞻仰藏诗阁，孤高迥绝尘。青钱随手选，花样逐时新。罗拜惊神鬼，衣冠梦古人（用沈涛园中丞书中语意）。名山千载业，大雅仗扶轮。

[十四] 张曹元燕，江苏吴县人。

石经峪畔昔徘徊，风送松涛沸夜雷。若向此间添此阁，词灵应入梦中来。[其一]

云栖十里竹成村，万绿云中白板门。若向此间留此阁，西泠招得旧诗魂。[其二][第 7b 页][第 548 页]

01－089　近代诗钞

陈　衍

二十四"册"。陈衍辑，民国十二年(1923)商务印书馆排印本。(浙江大学图书馆藏)

一、陈衍"近代诗钞叙"(第 1a—2a 页)

有清两百余载，以高位主持诗论者，在康熙曰王文简，在乾隆曰沈文悫，在道光、咸丰则祁文端、曾文正也。文简标举神韵，神韵未足以尽"风""雅"之正变；"风"则《绿衣》《燕燕》诸篇，"雅"则"杨柳依依""雨雪霏霏""穆如清风"诸章句耳。文悫言诗，必曰温柔敦厚。温柔敦厚，孔子之言也。然孔子删诗，《相鼠》《鹑奔》《北门》《北山》《繁霜》《谷风》《大东》《雨无正》《何人斯》以迄《民劳》《板》《荡》《瞻卬》《召旻》，遽数不能终其物，亦不尽温柔敦厚，而皆勿删。故孔子又曰："诗之失愚；其为人也，温柔敦厚而不愚，则深于诗者也。"故言非一端已也。文端学有根柢，与程春海侍郎为杜为韩为苏、黄，辅以曾文正、何子贞、郑子尹、莫子偲之伦，而后学人之言与诗人之言合，而恣其所诣。于是貌为汉魏六朝盛唐者，夫人而觉其面目性情之过于[第 1a 页]相类，无以别其为若人之言也。夫文简、文悫，生际承平，宜其诗之为正风正雅；顾其才力，为正风则有余，为正雅则有不足。文端、文正时，丧乱云膴，迄于今，变故相寻而未有届，其去"《小雅》废而诗亡"也不远矣。昔孔子作《春秋》，张三世，所见异辞，所闻异辞，所传闻异辞。据哀兼及昭、定，己与父时事，为所见之世；文、宣、成、襄，王父时事，谓之所闻之世；隐、桓、庄、闵、僖，曾祖、高祖时事，谓之所传闻之世。今窃本此意，论次有清一代之诗，文简以下，传闻之世也；文悫以下，所闻之世也；文端、文正以降，所见之世也。所闻、所传闻，先进略已论次。而身丁变雅变风以迨于将废将亡，上下数十年间，亦近代文献得失之林乎？虽位卑身隐，不敢比文简之有《感旧》、文悫之有《别裁》，然以数十年见闻所及，录其尤雅者，都为一集，视吾家迦陵之《箧衍》放而大之，其诸世之君子[第 1b 页]或亦有乐乎此也。岁在上章[昭阳]协洽[癸亥，民国十二年，1923]，且月，古侯官陈衍书。[第 2a 页]

则杰按：此序署款之岁名“上章”，盖从《史记》而非《尔雅》。

又，此序又载陈衍《陈石遗集·石遗室文三集》(福建人民出版社 2001 年 6 月第 1 版，上册第 640—641 页)；除删去末尾署款之外，其他文字亦略有出入。

二、陈衍“凡例”(第 1a—b 页)

一[一]　是《钞》时代，断自咸丰初年生存之人为鄙人所及见者。

一[二]　是《钞》无论已刻未刻之诗，但就见闻所及甄录之，其未见者姑从阙如。

一[三]　是《钞》无卷数，仿《宋诗钞》《元诗选》例，人各为卷；其先后之次，编一总目，有科第者次以科第，无则略准其师友之辈行次焉。

一[四]　是《钞》拟古不钞，寿诗不钞，咏物诗少钞，长庆体少钞，柏梁体少钞，长短句者少钞。

一[五]　各姓名下载字号爵里，集名外间缀诗话，仿《明诗综》《湖海诗传》之例，偶摘断句，并略附评品焉。

一[六]　各家中，科第、官职或漏或误，时所不免，一时无从查问，阅[第 1a 页]者谅之。[第 1b 页]

【附录一】陈衍《陈石遗集·石遗室文三集·近代诗钞叙》陈步“题解”（上册第640页）

一九二三年春夏，陈衍应李宣龚（字拔可）之请，在沪将原编《师友诗录》扩充，收清咸丰、同治以迄民国初年诗人三百六十九人，录诗五千余首，并附作者小传，编为《近代诗钞》，由商务印书馆于同年十一月出版。此叙作于一九二三年[农历]六月。

【附录二】王赓《今传是楼诗话》第一百十条“陈衍为时贤推重”（辽宁教育出版社2003年3月第1版，第68页）

散原有赠石遗监督诗，云：“胜流沈（子培）郑（苏戡）抗颜行，说子渊渊无尽藏。狼藉诗篇为客久，摩娑樆具看人强。过逢江汉头俱白，上薄风骚气独苍。更欲用心到圣处，将收俊语挂奚囊。（自注：君有选刻朋辈所为诗之意。）”其为时贤推重如此。君论诗语多甘苦；所为《诗话》及所辑《诗钞》，虽一时兴到之作，然沾溉艺林，固已不胫而走矣。

【附录三】刘声木《苌楚斋续笔》卷三“陈衍《近代诗钞》”条（《苌楚斋随笔、续笔、三笔、四笔、五笔》本，中华书局1998年3月第1版，上册第296页）

侯官陈石遗孝廉衍，编辑《近代诗钞》□□卷。当未刊印时，一般自号为诗人者，颇多奔走其门。时人谓此种诗钞，为各纱帽底下的诗钞。即此舆论，亦可以知其价值矣。

01－090　晚晴簃诗汇

徐世昌

二百卷。徐世昌辑，闻石点校，中华书局1990年10月第1版。（下录均见第1册）

一、徐世昌“晚晴簃诗汇叙”（第1—2页）

《晚晴簃诗汇》，都为二百卷；御制外，得六千一百五十九家。岁在屠维[己，己巳，民国十八年，1929]，将付剞劂。甄采周纪，荟萃清英。乘遭之途，较然可监。挚虞《流别》，总集肇端；昭明陈辞，沉思是尚。选诗故事，莫盛于唐。《国秀》《箧中》《极玄》《御览》；《中兴间气》《河岳英灵》，起例诸编，允为凯式。宋明纂辑，未餍缥缃。《江湖》《中州》《元音》《国雅》，具体嗟微，流风未沫。顺、康文学，照映昌时。“七子”余波，见讥糟粕。胜流南北，姓字如林。符孟、覆舆，坦园、秋水，孤芳夐响，矜服前修。江左、岭南，宁云多让？渔洋既出，神韵独标。坛坫迭张，词流锋起。声光所被，爰逮乾、嘉。支叶繁滋，更仆难数。归愚守宗法，随园主性灵，标榜偶缘，蔚为风会。道、咸以后，湘乡低首西江，湘绮导缘汉魏。广雅褎然，振奇郁起。宏开幕府，奄有众长。季世说诗，祧唐宗宋。初慕后山，嗣重宛陵。浸远苏、黄，稍张杨、陆。三百年间，诗满天地。综其卓绝，约有数端。庙堂巨制，炳若日星。鸿博两征，召试累举。柏梁联句，朝元咏歌。雅道既兴，流飙斯广。查田太液，赐谕烟波；竹垞南斋，言思贱日。狨鞍酋长，湛露兴谣；麟窟天孙，采风载录。灵珠在握，蛮徼姚声。诗教之盛，此其一也。考据之学，后备于前；金石之出，今富于古。海云鼎籀，纪事西樵；杜陵铜槃，征歌石笥。钟彝奇字，敷以长言；碑碣荒文，发为韵语。肴核坟典，粉泽苍凡。并足证经，亦资补史。苏斋备体，雷塘嗣音。滂憙洽闻，瓶庐精鉴。诗道之尊，又其一[第 1 页]也。中叶而降，文网渐疏。党锢不兴，风人多刺。宝鸡题壁，秋蟪成吟；龙壁从军，淋漓篇什。萝庵选韵，想望承平。感物抚时，微辞贞义。拾遗直笔，契厥精深；长庆新篇，举以讽谕。诗事之详，又其一也。海通以后，闻见日恢。三山引舟，八纮置驿。倚衡奉使，梦咏波涛；人境羁宾，集开世界。兰阁唱诺，瘉野谐声；槎路低徊，莼斋珥笔。能言四裔，散见诸家。兴寓竹枝，目营卉服。輶轩游履，极迹区寰。捃实摭华，夐焉博物。诗境之新，又其一也。凡兹四者，均异前规。陶镕英词，驰骛新作。春兰秋蕙，异畹同芳。蓝胁号钟，应莽协奏。风美所扇，鼓舞方来。上轶元明，自成轨范。昔所著录，如贞庵《溯洄》，伯玑《国雅》；思九《诗选》，孝威《诗观》；《感旧》《箧衍》之本，《别裁》《正雅》之音；《湖海诗传》《熙朝雅颂》，原其为体，取舍因时。虽各成书，殆[殆]同独赏。关河岁暮，往哲翛然。裒辑闳编，广为甄写。上自庙廊章制，下及山泽歌谣；宗室、闺秀，方外、属国，品酌往例，胥入网罗。吴之振《宋诗钞》，顾嗣立《元诗选》；虞山《列朝》之集，秀水《诗综》之编，取则差同，瞠尘恐后。石仓坠简，幸免劫灰；沧海遗珠，冀归冥契。江东昭谏，天祐登名；建昌季常，荆南缀咏。义非吾炙，任重藏山。采拾旧闻，羽翼惇史。民风升降，朝局隆污。绩学藻镜，借曰匏宣；艺圃沉酣，自嗟蠡测。爰抒绪论，缀厥简端。诵诗观风，庶有择焉。民国十八年[1929]十二月，天津徐世昌。[第 2 页]

二、"晚晴簃诗汇凡例"（第 1—2 页）

一[一]　选诗义例，本诸竹垞《明诗综》，参以渔洋《感旧》、归愚《别裁》，不分同异，荟萃众长；旨尚神思，务屏伪体。自名大家外，要皆"因诗存人""因人存诗"二例并用，而搜逸阐幽，尤所加意。

一[二]　九朝御制，超越前代；诗集浩繁，非管蠡所能窥测。恭录冠首，不尽万一。诗后谨缀案语。《明诗综》备列帝讳、谥号，《全唐诗》亦有之；今以时代较近，从省不书。

一［三］ 乐章多出御制，依《全唐诗》例，次于御制诗后。谨缀案语，与御制诗同。

一［四］ 《明诗综》诸王列诸家前，宗人列诸家后，隔越太远。今参用《文颖》《雅颂集》例，先录诸皇子，即继以王公；凡宗人受爵及未登仕籍者，皆入焉。中叶以后，宗人多以科目进；觉罗疏族，尤与庶姓无异，均依行辈，类入全篇。

一［五］ 明末诸遗老，虽有《明诗综》已收者，今仍择尤编录。从祀诸儒，别为一卷，冠其前。

一［六］ 诸家有科目者，以科目为次；无科目者，依时代以次间列；亦有以子从父、以弟从兄，不论科分者，此为变例。

一［七］ 竹垞曾举闺秀诗选本之多，而以真赝交错为病，故《明诗综》止列一卷。近代名媛相望，志传可征，未能过约，取其渊源有自及常见名人专集者。［第1页］

一［八］ 明末遗民，率遁方外。朱嘱之歌，流衍浸广。雍、乾以还，人慕风雅。道、释依附，篇翰繁兴，而弋名者众，抉择宜严，取其清修自好、不坠宗风者。

一［九］ 《明诗综》选朝鲜、日本人诗，兹编则以朝鲜、安南、越南、琉球为断，取其观光上国，曾与名人酬唱者。

一［十］ 从前选家，惧涉标榜，往往不录生存。兹编亦从其例，凡所甄采，以清代为断。

一［十一］ 选家好奇矜博，类附乩诗鬼语、里谚村谣，或涉诞妄，或近游戏，《明诗综》亦有之，兹皆不录。

一［十二］ 诗家派别纷歧，历来操选政者意为爱憎，遂不免有所轩轾。兹所采录，不设成心，吴孟举所谓“一代之中，各家俱存；一家之中，各法俱在”，良同此意。

一［十三］ 名大家风行海内，务采其尤，以示规范。其非专家，往往易归沦阙；或偶得孤本，或转假传钞，亦有采自各省方志及总集者，每从宽取，冀其流传。入选多寡，不以诗名为定。

一[十四]　“诗话”纪事求实，持论从平。国故乡闻，不取野语。品评诗派，绝无门户之见。

一[十五]　《明诗综》小传下采辑评语，冠以某人云，当时风尚如是。康熙以后，此例渐稀。兹编间采评语，皆择其最著者，意取矜慎，宁阙无滥。

一[十六]　选竣付梓，校雠至重。间有原本讹夺者，依校书通例，宁仍其旧，不轻增改。[第 2 页]

【附录一】《诗歌总集丛刊·清诗卷》影印本卷首闵尔昌《记晚晴簃诗汇》（上海三联书店 1989 年 12 月第 1 版，上册第 1—2 页）

天津徐公以民国七年[1918]任大总统。公笃于故旧，雅好艺文，其明年遂有“晚晴簃选诗社”之举。“晚晴簃”者，集灵囿西花园之一座落也。被邀入社者，厥初为恩施樊君云门、胶县柯君凤孙、新城王君晋卿、醴泉宋君芝洞、闽侯郭君春榆、天门周君少朴、闽侯张君贞午、固始秦君右蘅、汉寿易君实甫、汾阳王君书衡（尚有数君，以后不复至、不常至，不备举），而嘉善曹君理斋实司收掌、交际等事。府秘书同人继续入社者，为绍兴沈君吕生、长沙郑君叔进、镇江丁君闇公及尔昌，外此则吉林成君祝三、长沙章君曼仙、南海关君颖人也。萧县徐君又铮，尝斥数千圆购赠总、别集若干种，谦曰：“吾武人，不足言诗，第能为诸先生供奔走耳。”徐公既出所藏书，又由府秘书厅行文各省，广事征求。然以清代诗人众多，社中所有，皆群知而习见者，其珍异冷僻之本固甚鲜也。月凡数集。值星、房、虚、昴四日午后，徐公暨同人咸至，雍容谈论，半日而罢。每新年及旧历中秋，则设宴款焉。顾诸老矜重，于选录殊不置意。云门年辈高，则推其选《初学》《有学》两集；春榆、芝洞、书衡，尚乐于从事；余则偶录一二家而已。两三年来，写成者不过百数十家。徐公既去位，遄回天津，社事中辍。十二年[1923]，理斋承公命商量续选，旧友仍约书衡与尔昌，别邀江阴夏君闰枝、杭县吴君印丞、嘉兴金君篯孙入社，假江安傅君沅叔藏园，仍月四五集。同人分事搜采；以尔昌于清人事迹向尝究心，属为汇正邑里、时代、科分、官职，而因此与同人乃不能无违迕焉。斯集本名《清诗汇》，后以采录入民国诸人之作，乃去“清”字，如王闿运固尝为民国国史馆馆长矣。它如王存、夏曾佑、姚鹏图、周绍昌之等，或为国务院秘书，或为教育部司长，或为内务部司长，或为平政院评事。旧人新官，虽偻指数，在诸君身属汉人，旧土光复，还而为民国效能，未尝不心安理得，本无所用其隐讳；乃小传中尽削其新职，仅留清代仕履，盖有人以入仕民国不为官职，所谓“它人有心，予忖度之”，不惜以一己私意被诸人人，遂令龚鼎孳、曹溶辈错杂于顾绛、屈大均之间，凌乱无纪甚矣。《明诗综》之义例，果若是乎？尤可异者，有人以生于同、光者皆为清人。即如吾儿孙奭既丧之后，书衡见询“贤郎有诗否”，曾写数首付之。及《诗汇》出，而亡儿与焉，则民国北京大学毕业生耳。此实尔昌夙昔持论不同而中心滋愧焉者也。总之，斯选于清代名家甄采既未完备（以我乡里之见略举之，如顾图河、夏之蓉、马荣祖、余元甲、江藩、梅植之等，寒斋或有其集，或于总集屡见其诗，并卓然名家，无惭风雅。初未睹《诗汇》总目，孰知其尽同秀才之康了乎？在斯集讵免挂漏之讥，鄙人尤难辞隐蔽之咎矣。想它省它县，类此者当复不少），又不肯于总集中加意搜索，而于入民国之人更不免泛滥及之。窃谓前者固当有所补，后者尤当有所删——补者，补其阙遗；删者，入民国作官之人，不妨割爱删汰，留待选民国诗者予以采录也。十三年[1924]，印丞物故，尔昌亦辞去，仅夏、王、金、曹四人完成其事。序为书衡手笔。“诗话”，同人固各有所作，太半亦书衡润色，文章尔雅，方诸《静志居》，庶嗣其响焉。十七年[1928]，刊印毕事，于是创修《清儒学案》。

【附录二】黄山民《徐世昌之秘密》第十八章《徐世昌之晚晴簃》（民国十一年[1922]新学印书局排印本，第22—23页）

徐世昌既正位于新华宫，颇思逆取顺守。揣知国民厌乱恶武之心理，因利用文治为幌子。以自身出自玉堂金马之间，遂以文治派首领自命。从政之暇，评量风月，饮酒赋诗。一般遗老，趋之若鹜。而新华宫内，“晚晴簃诗社”遂应运而生。以星期日为常会。每至此日，如樊山、石[实]甫、范[凤]孙、湘帆诸遗老，咸集于此，分题拈韵，各尽所能，直借舞文弄墨以粉饰太平而已。于是有媚徐者进言曰：“兹值开国之初，尧舜在位（此四字，当日且见之书牍，并非著者信口开河；以徐世昌上比尧舜，直不知人间有羞耻事），宜将全清诗诠选合刊，以成一代巨制。如前清钦定《全唐诗》，向称一朝盛典。今既有晚晴簃之设，名公巨卿、硕彦鸿儒咸萃于此，苟能建此鸿业，不仅足为诗学前途无穷之利，而晚晴簃之盛名亦昭垂千古矣。”徐闻言，嘉慰有加，然实腹诽其人，以为书呆子真不解事，乃公岂真为提倡风雅而来耶？久之，媚徐者亦恍然悟。此项之建议，遂消灭于无形。晚晴簃之成绩，除却几首《有感》《书愤》之外，无他之可述，其寿命亦随徐世昌之总统而告终。

【附录三】汪辟疆《汪辟疆说近代诗·光宣以来诗坛旁记》“清诗汇”条（上海古籍出版社2001年12月第1版，第213页）

徐菊人世昌，于近三十年中，颇有振兴文教之志。既创“四存学社”，刊《颜李遗书》；又于其任总统时，创“晚晴簃诗社”，撰集《诗汇》；及退居津沽，则又编撰《清儒学案》。今其书皆早已陆续流布，惜传布不广；然在旧京，固俯拾即是也。《清儒学案》凡二百八卷，一百册。《清诗汇》，凡二百卷，八十册。所收自明清间遗老，下逮民国初年已卒诗家，不下六千一百五十九家，可谓富矣。其撰选既出众手，去取亦多可议。然在此扰攘世局中，能留意及此；书虽不甚精审，但能保留如许材料，以待后人要删，亦不可谓为无益之事也。曩在金陵,见黄君坦孝平曾代撰《清诗汇序》一文。此文为王书衡属君坦所拟,即取《晚晴簃征诗启》点缀成文,捃扯掌故,于清代诗原,亦复详审,姑录存之。至此文与本书所刊有无异同,今日无《诗汇》在手边,无从对照,它日当再取而比勘也。

则杰按:其下文所录《清诗汇序》,除开头所说书名作《清诗汇》,卷数、家数作"若干",末尾无署款之外,其他文字均同前录徐世昌自序(个别刊误不计),可知确系代笔。

【附录四】邹永修《烟海楼文集》卷五《与纪悔轩世丈论编辑〈全清诗〉书》(《民国文集丛刊》第一编第 140 册,第 192—194 页)

悔轩世丈先生道座:揖别龙门十五年矣。沧桑叠易,未知高轩所如?音问久疏,歉仄何极。然德言道范,未尝一日去诸怀。回忆二十年前,永修奉张文襄、梁文忠两师命,游学东瀛,参稽教育,湖堂赠别,冠盖如云,世丈启诲殷拳,有如骨肉,刻铭心版,不可弭忘。及先族父沅帆先生病殁武昌,人情已形冷暖,独世丈唁生送往,矜恤逾恒,尤可感,尤可感!乃者,大总统徐公搜采诸家别集,为《全清诗》,开馆编排,聘世丈为主纂。逖闻欢忭,无可言宣。徐总统稽古右文,保存风教。辅轩逸典,再见于今。甚盛,甚盛!夫诗,与史相表里也。萃一代之诗,可以观一代之政。此其为业,岂仅与富四海、首庶物较短长哉?世丈耆宿灵光,风骚泰斗;核量文质,精讨锱铢;发前哲之幽光,显逸才于来世;搜岩剔穴,侧陋俱扬。则赤水不至有遗漏之珠,而丹山不患无朋从之凤。网罗如此,勤渠如此,其功其德,宏博何如。惟编录条章,无因窥测。其照康熙时之《全唐》《全金》乎?抑仿吴之振之录宋、顾嗣立之选元、朱彝尊之综明也?两者料量,缥缃俱富,知不止归愚《别裁》、兰泉《湖海》也已。粤稽逊清诸老,若吴(梅村)若王(渔洋),若朱(竹垞)若查(初白),若施(愚山)若宋(绵津),若冯(定远)若毛(西河),若厉(樊榭)若黄(两当),若欧阳(涧东)若王(湘绮),一代作者,与古同符;即弗表扬,已如日月之经天,江河之行地。盖久已家有其书，脍炙人口。所恨者，布衣韦带之伦，名不出于里间，籍不登于仕版，竭毕生心血，短咏长吟，大而国典朝章，细而劳人思妇，形诸歌曲，伤心感人，而无人阐彰，遂埋没于荒烟蔓草之中，不知凡几，虽曰命也，谁之过欤？徐总统创为是举，蓝田之玉，从此生烟；廿二省风谣、三百年篇什，传诸千古，毗[媲]美列朝。永修为徐公与世丈贺者犹浅，为近世骚人不得志于时者幸实深焉。因而俯仰古今，如鲰生者未足分占一席，抑又悲已。永修今谨汇集寒门遗稿如景山（望眉先生），如黔筱（伯申先生），如萝谷（仲辰先生），如敦艺（叔绩先生），如海帆（叔升先生），如叔子（叔明先生），如滨竹（季池先生），如洋桥（伯韩先生），如雅雪（资山先生），如法仪（沅帆先生），如雪香（易卿处士），如石门（北藩通判）诸稿为《一家言》，寄尘[呈]座右，以备葑菲之取节。敝族故老，苟由是而光显，九原有知，感何可极。全编何日告成，永修拟走京师，趋承杖履，寓目其中，从一代之诗，证一代之史，而三百年中士大夫之流风余韵，借聆謦欬于一堂，亦陵谷变迁时，不幸中之一大幸也。关山敻阻，书罢惘然。惟万万为道自重，以保颐年，为时矜式。肃此。敬颂纂安。

则杰按：此札所说《全清诗》，当指《晚晴簃诗汇》。

01-091　太平天国诗文钞

罗　邕等

不分卷。罗邕、沈祖基辑，民国二十四年(1935)商务印书馆排印本。(浙江大学图书馆藏)

一、李济深"题诗"(第1a页)

奋梃云从四百州，已湔九世祖宗仇。旌旗河北摧胡魄，龙虎江南踞石头。儿女英雄俱一代，文章歌哭亦千秋。金陵王气依然在，统一中华甲子周。[第1a页]

二、罗邕"自序"(第1a页)

昔者洪、杨诸王倡民族之主义，导革命之先声。金田起义，响应者几遍全国。纵其后举事不终，然其豪气所钟，发为文章，吉光片羽，流传人间，则固皆可歌可泣。惟彼时法网綦严，所传述者仅凭官文公牍，遗其精华，存其糟粕，甚或极力丑诋，面目全非矣。迨革新后，遗文秘籍稍稍间出，于是始得一窥其真相。不揣孤陋，久经从事搜集，现已得文百数十篇、诗数十章，联语称是。虽其间或不免含有宗教意味，顾发难之初，不能不有所假借；赤帝、苍天，前史俱在，未足为洪、杨诸王病也。惟缅想其时，历年十余载，拥地十余省，其典章文物当不止仅此。区区今姑以此作为初编，先公诸世；余俟陆续访求，务使洪、杨一代之文章灿焉具备，此则区区之私愿也已。中华民国十七年[1928]六月，上虞罗邕鸿涛识。[第1a页]

三、罗邕"国难后第一版序"(第1a—b页)

拙编《太平天国诗文钞》,于民国二十年[1931]五月杪由商务印书馆出版刊行。未久,"一二八"之变起,日军进攻闸北。在飞机轰炸之下,该馆惨遭焚毁。鸿著巨籍,悉成灰烬,拙编亦不免于难。顾前书虽已付梓,而其间实尚有未惬于心者。约而言之,计有七端:一则各篇归类至不一律,前后散乱,参差不一;二则赝鼎伪作,时见入录,鱼目混珠,有失甄别;三则搜罗未周,遗逸良多,颇有有价值之文件未遑编入者;四则各文来历未曾标明,虽采集之有自,或杜撰之足疑;五则疑似之作未尝低格排印,致与他文略无差别;六则各人仅列职衔、姓名,未附小传,虽读其文字,而于其生平大概茫焉莫知;七则忠王供状,为太平最有价值之史料,而前书所采,并非官刻之本,仅属节录残文,其所存者才及十之二三,极感阙略。(此状现已由《文钞》类中抽出,加以评注,作为附录,附印书后[未见]。)此外瑕疵之处,所在多有。顾书已出版,无从追改。今经祖龙之一炬,适成增订之机会。爰复悉心改编,取昔日之所[第1a页]引为憾者一一而弥补之。而其间复承张菊生先生不鄙拙编,取俞大维君在德国图书馆所摄太平文件照片逐一为之校正增补,蝇头细书,钩乙涂写,想见其致力之劬;其有造于拙编,良非浅鲜矣。书成自视,虽未能遽造尽善之境,顾较之前书,或已略为完美。然粗劣之作,又何敢即以此自满。区区之意,聊以此求正于同好诸君子,俾得有所纠正而已。中华民国二十一年[1932]十一月十七日,上虞罗邕鸿涛识。[第1b页]

01－092　八家诗选

吴之振

八卷。吴之振辑，《四库禁毁书丛刊补编》第57册，影印康熙洲钱吴氏鉴古堂刻本。

一、吴之振“序”（第537—539页）

近诗之弊也，患在苟同而不求自得。唐之传者，如“李杜”“王孟”“储王”“高岑”，虽齐誉一时，而不相蹈袭，此作者之不同也。元和以后，皆师[第1a页]杜甫；然韩愈得其奇，孟郊得其古，白居易得其真，柳宗元得其澹，李商隐得其炼，温庭筠得其艳，李贺得其险，卢仝、马异得其肆，陆龟蒙、皮日休得其新，许浑、[第1b页]刘沧、贾岛、项斯得其工，共学一家而判若燕越，此师承之不同也。以唐人论唐诗，则殷璠之《英灵》，韦庄之《又玄》，高仲武之《间气》，刘明素之《丽情》，姚合之《极玄》，芮[第2a页]挺章之《国秀》，元结之《箧中》，皆集不多人，人不多什，其所取舍别有神理，自听内视，不受诮于愚卤书厨，此选论之不同也。夫生唐之世，为唐之诗，一时规摹叹[第2b页][第537页]赏，固宜风调画一矣，然而崖异迥然如此。奈何今世作者，取他人残剩之脔汁，更相沓絮。李所吟咏，无别于张；赠甲之篇，移乙亦得。试取方域氏姓、官爵名目[第3a页]为禁，则群噤不能发声。若调弄唐吻，则枵中捷口之徒，邪许而集，昼蝇晚蚊，相聚雷和，同则同矣，尚得谓之诗哉？余辛亥[康熙十年，1671]至京师，初未敢对客言诗。间与宋荔[第3b页]裳诸公游宴，酒阑拈韵，窃窥群制，非世所谓唐法也，故态复狂。诸公亦不以余为怪，还往倡酬，因尽得其平日之所作而论次之，皆脱弃凡近，澡雪氛翳。一[第4a页]集之中，自为变幻，莫可方物。岂道园所称“光岳气全,粲然间出”者欤?夫古之作者、师承者、选论者,所以求旨归之同也,至矣;而不同顾若彼,乃其所以同也。知[第 4b 页][第 538 页]不同之为同,则必有旨归之自得者矣。今八家,自不相为同;余之选八家也,非选其同于余,标一同之说以绳天下,斯不同者多。知吾之所谓不同,则可以同,[第 5a 页]此不同者正多也。其足以凌轹中州,摩荡风雅,亦在能诗者各求其自得而已矣,何必同?时康熙壬子[十一年,1672]季秋之朔,洲钱[第 5b 页]吴之振书于鉴古堂。[第 6a 页][第 539 页]

【附录一】施闰章《施愚山集·文集》卷十九《翰林院侍讲学士曹公顾庵墓志铭》(黄山书社 1992 年 11 月第 1 版,第 1 册第 380—382 页)

君讳尔堪,字子顾,别号顾庵。……初,君客都下,余以事适至,与沈、宋、王、陈诸公为文字交甚欢。君会必有诗,诗必数首。新城王侍读士禛,于时荟萃为《八家诗》,刻之吴中。

> 则杰按:《八家诗选》选录宋琬(荔裳其号)、曹尔堪、施闰章、沈荃、王士禄、程可则、王士祯(禛)、陈廷敬八人诗,人各一卷,卷次相属;此处以其编者作王士祯,误。

01－093　百名家诗选

魏　宪

八十九卷。魏宪辑，《续修四库全书》第1624—1625册，影印康熙魏氏枕江堂刻本。（下录均见第1624册）

一、吴伟业“序”（第425—427页）

诗莫盛于唐，而唐人选唐诗者，不过殷、元六家，亦綦严矣。昭代诗不让于初、盛，登坛论定者不啻数十家，岂古人固拙哉，抑[第1a页]今人多能事也？余诗不逮古人，亦不敢混今人之选，独俯心于魏子惟度。盖惟度，闽产也。闽中山水奇秀甲天下，咸萃于文人之身。自林鸿子羽崛起谈诗，一[第1b页]时相唱和者，有“十子”之称。嗣是郑继之俎豆少陵，陈幼孺、伯孺，徐幔亭、鳌峰，颉颃一代，为中原所景仰。而惟度令祖南台先生，以大观察归养；八十春秋，独擅[第2a页]著作，与于鳞、元美纵横于嘉、隆之间，使碌碌余子不敢仰视。宜惟度之家学既渊，私淑犹迩；一出而操选定之权，天下不得而议之也。然不但此也，余尝见闽[第2b页][第425页]之选家矣：高廷礼《品汇》，精心研究，有鉴别之材；邓汝高《正声》，严慎体裁，著弘博之誉；何匪莪《明文征》，采诗最多，网罗阙失，标新异之目，已与济南之《选》、竟陵之[第3a页]《归》脍炙人口。惟度置不问，而独为能始曹宗伯补《石仓》之选也，我知之矣：盖能始一代鸿才，尝言释有藏而儒无藏，欲以《石仓》代儒藏之缺，故上溯十二代，搜[第3b页]剔几备。而辍业后，惟度复为嗣续。且皇皇焉虑鼎革之际，黍离塞道，兵燹频仍，先辈遗篇散失无存，不惜以强仕方至之身，为名山千秋之业；弘揽昭代硕[第4a页]篇，博采启、祯逸稿；探石室未出之奇，悬国门不易之书；惟度之志，固深且远矣。余髫年受知于芮公周夫子，得追随于石斋、东崖、若椰诸先生后，亲睹乎闽之[第4b页][第426页]多才久矣。惟度访我梅花村中，把酒谈棋之不暇，日出诸名集手录而心志之。今所为“补石仓”者，犁然在天壤间也，岂复与寻常选诗沾沾一二言者同日语[第5a页]哉？余欲搴裳从之矣。时康熙辛亥[十年，1671]夏日，太仓年家弟吴伟业梅村拜书于虎丘之舟次。[第5b页][第427页]

则杰按：此序陆勇强已据魏宪《补石仓诗选》辑入《吴伟业集外诗文拾遗》(《古籍整理研究学刊》2002年第5期，第76页)，标题作《补石仓诗选序》。

二、魏宪“凡例”(第427—428页)

一[一]　是《选》以人为重，人以品节为主。或理学绍古，或经济匡时；或正色庙廊，或敦行草野，皆两间正气，一代伟人。衡量之间，宁严不滥。事缘实著，人以类从。

一[二]　先达诗集表见当世者，石仓曹先生前《选》收罗已得八九。兹于世远者，概不复及。惟于天启甲子[四年，1624]以后、康熙壬子[十一年，1672]以前，毋论仕隐，皆得补入，以成全书。[第1a页]

一[三]　四方名彦，河山阻绝。搜访有心，邮筒莫致。或仅尝寸脔，或未见一斑。今就箧中所存，先付剞劂。尚期海内同人，共怀懿好，各出秘藏，以光风雅。

一[四]　诸君子人各一集，集系一序。或取之奏疏语录，或取之丰碑行状，或得之实闻实见，皆略次其生平。至原集序文有可采录者，亦所不遗。庶几有其诗以存其人焉耳。

一[五]　迩来选诗，多表彰同时。已赴玉楼之召，终淹[第1b页][第427页]石室之藏。故是集所载，不问存没，一以佳篇为主。凡我同人，有慈孝至性、生死交谊者，勿靳遗稿，悉付拔尤。

一[六]　余《诗持》之选，自《一集》至《三集》，皆有评点。虽不敢遽为定见，亦快一时心目。兹集因照《石仓》原刻，期于板式一样，以成大观，故不敢僭加评骘。

一[七] 各家之诗，有以体序者，有以类序者，有以时与地序者，各从原本，未敢擅为改易。[第2a页]

一[八] 近来选家，如柏乡魏相国之《观始》《溯洄》二集，顾茂伦之《骊珠》《英华》《诗钞》，田鬊渊之《高言集》，陈伯玑之《诗慰》，邓孝威之《诗观》，徐松之之《云山酬唱》，多不胜述，俱见博采苦心，业已行世。是《选》不敢雷同，以滋物议。

两峰居士魏宪惟度书。[第2b页][第428页]

则杰按：以上序言及凡例，谢正光、佘汝丰《清初人选清初诗汇考》亦曾辑录（南京大学出版社1998年12月第1版，第127—128页、第129—131页），但均归魏宪此前所辑另一种明末清初诗歌总集《补石仓诗选》。据此序“今所为‘补石仓’者”及凡例第二款“天启甲子[四年，1624]以后”云云，的确均系为《补石仓诗选》而作；而此集底本版心，序言各页或题“百名家诗选”或题“补石仓诗选”，凡例各页均题“百名家诗选”，则当系同时借用。

【附录一】《四库全书总目》卷一百九十四集部总集类存目之四（中华书局1965年6月第1版，下册第1771页）

百名家诗选八十九卷（福建巡抚采进本）

国朝魏宪编。宪字惟度，福清人。杭世骏《榕城诗话》载所著有《枕江楼集》，今未见其本。世骏称其《同友宿白云洞》诗一首，则浮声也。宪以曹学佺有《十二代诗选》，止于天启，因选是集以补之。自天启甲子[四年，1624]以后、康熙壬子[十一年，1672]以前，由缙绅迄方外，共得百人；人各立一小引，并列字号、籍贯于前。其诗或以体序，或以类序，或以时与地序，各从原本。其登选，则以得诗之先后为次，不拘行辈，而宪诗亦附于后焉。今观所选诸人，大抵皆声气标榜之习；至叶方蔼以下十人，未得其诗而先列其目，益见其不为论诗作矣。

【附录二】法式善《陶庐杂录》卷三（中华书局1959年12月第1版，第78页，原标第十九则）

《四库书目》载，魏宪……选《百名家诗》……缙绅、方外得百人……余见宪辑，自魏裔介讫宪凡九十一家，所列叶方蔼十家目已芟去，殆后人重刻本耳。卷前恭载康熙二十一年[壬戌，1682]正月十四日御制《升平嘉宴诗》。

【附录三】方文《嵞山集·续集》卷四《柬魏惟度》（上海古籍出版社1979年12月第1版，下册第1113页）

清凉台畔郑公祠，千古高风永在兹。密树能留长夏客，闲窗重订列朝诗。殷璠元结人争慕，陆放倪迂我自嗤。葑菲何堪供采掇？愧无琼玖报相知。

【附录四】杨钟羲《雪桥诗话余集》卷三（北京古籍出版社1992年1月第1版，第162页）

魏宪惟度家福清，多财而好事。曾刻《诗持》及本朝诗，而不及秀水朱氏。竹垞诗“近来论诗兼论爵，不及归田七品官。直待书坊有陈起，江湖诸集一齐刊”，为惟度发也。自来选本，或尊重名位，或专为交游结纳，而论诗之意微矣。竹垞答徐辛斋求为荆山中丞表墓诗“昔人重碑版，论人不论爵。后来世俗愚，但取官显烁。纵然头衔长，往往词冗弱。巨公即能之，亦复多伪托。谁欤辨真赝？止解速镌凿。遂令贤达人，罕载金石略”，尤为砭俗良箴。

则杰按：魏宪“刻《诗持》及本朝诗”，远在朱彝尊（竹垞其号）“归田”甚或为官之前，因此其诗不大可能具体针对魏宪而发。

【附录五】郑振铎《西谛书话·劫中得书记》“百名家诗选”条（生活·读书·新知三联书店 1998 年 5 月第 2 版，第 251—253 页）

[原书各卷作者目录，略]

右《百名家诗选》八十九卷，魏宪辑，盖续《石仓诗选》者。实只八十九家。每家有一小序，足资知人论世之助。“百”字系后来挖改，疑非原来书名。余先有魏氏《诗持》三集，复于传新书局徐绍樵许得此，价甚廉。故虽阙前六卷，仍收之。绍樵云，有《石仓诗选》百二十余册。余力促其出售，未商妥，而先获此。南洋中学有此书全帙，当借抄补足。宪自附其诗于后，不脱明人积习。所选未必皆可观，然其中诗集不传者居多，赖此得窥豹一斑。

则杰按：以上附录除《陶庐杂录》之外，《清初人选清初诗汇考》按语均曾引及（第 135—138 页）。

【附录六】中国科学院图书馆藏本邓之诚题跋

宪著《枕江堂集》，寒斋有之。此则以续《石仓诗选》，凡九[八?]十九家，人为一卷；曰“百家”者，举大数言之。首载天章，继以魏、李二相。余多冠盖之流，绝少岩壑之士。以己作殿后，谓非啖名而何？昔跋《枕江堂集》，谓宪师法若真，必非遗老。今于此集收佟凤彩，小引中自序[叙]甲午[顺治十一年，1654]尝中副车，则予言信矣。宪尚有《诗持》四集，盖以此书射利，故不惮烦也。己丑[民国三十八年，1949]四月晦，文如居士识于成府村居。

目有冯云骧，而集中为黄蓓华[若]。何以易去，则不可知。字书无“蓓”字，未识何字之讹。竹垞有句云：“近来论诗多序爵，不及归田七品官。直待书坊有陈起，江湖诸集一齐刊。”或谓为宪此《选》而作。“百家”中无竹垞、西河，可怪也。（录自北京中国科学院图书馆藏本）

则杰按：此跋《清初人选清初诗汇考》据该藏本手迹辑录（第 134 页），兹转录于此。

又,《百名家诗选》有不同印本,所收作者不尽相同,可参见《清初人选清初诗汇考》相关按语(第135页)。

又,此处所说“蓰”字,就有关清诗总集而言,曾见姚佺《诗源》卷首“发凡”第三款“揽三湘之杜茝”句(参见该种),“茝”字也写作“蓰”,可知其就是“茝”的俗字。陶樑《国朝畿辅诗传》卷十六选录黄茝若诗歌,作者姓名即明确作“黄茝若”(《续修四库全书》第1681册,第206页),亦可为证。(前及《西谛书话》该条作“黄骐若”,“骐”字恐误。)

01－094　五大家诗钞

邹　漪

五卷。邹漪辑，《四库禁毁书丛刊》集部第 137 册，影印康熙五车楼刻本。

一、过珙“五大家诗钞序”（第 415—419 页）

盖闻温柔敦厚，诗教也。古者遭时盛明，天子大臣相与歌诗赠答，广为风雅，以宣其志而道其和。若《鹿鸣》[第 1a 页]《卷阿》《天保》诸什，皆可歌可诵。呜呼！何其盛也。然而诗有正变。孔子删诗，自《小弁》《巷伯》以下，其忠臣寡妇、幽人怼士，并立之为“风”，疏[第 1b 页]之为“雅”，而皆在所弗禁。何者？性情人各自有，虽圣人亦莫之相强，第发乎情，止乎礼义，如是焉而已。乃诗亡而《离骚》继作。《离骚》者，怨[第 2a 页]诗也；顾志托乎美人，而念深于君父，其亦有不得不怨者，即其怨之卒归于正者耶？《诗》有之：“知我者，谓我心忧；不知我者，谓我何求。”[第 2b 页][第 415 页]又有之：“我心忧伤，惄焉如捣。假寐永叹，维忧用老。”若是者，可不谓怨欤？而吾夫子顾许之，曰“可以怨”。然则忠臣孝子之心，亦可以见[第 3a 页]矣。世顾不察，遂谓诗人少达而多穷。欧阳子解之曰：“非诗能穷人，殆穷者而后工。”噫！是岂其言之至者？特以当时圣俞、曼卿辈，老而[第 3b 页]不得志于时，其为言皆感愤无聊，而悲歌慷慨，有动于中，必于诗焉发之；为之序者，亦导其湮郁，写其离忧，而从而慰之，一如昌黎[第 4a 页]之于东野，而道其不平之鸣，岂谓诗必出于古穷人之辞哉？而世且谓必穷者而后工，往往以贤豪宕轶自喜之气，自放于山巅水[第 4b 页][第 416 页]涯，以舒其奇崛崒嵂、夷旷幽眇之思而托于怨，以傲夫缙绅先生者之所难言，吾未见其足信也。夫唐三百年，诗学无虑数百家，而[第5a页]宋广平、张曲江皆位在宰相，其文章节义炳然烺然，似不屑屑于诗歌；然称极盛者，必首推曲江、广平。而李贺、卢仝之鬼怪，孟郊、贾[第5b页]岛之饥寒，莫或与京。然则殆穷者而后工欤，抑工者不必其尽穷欤，是未可知也。余今者得卒读虞山钱公[谦益]、娄上吴公[伟业]、合肥龚公[鼎孳]、莱[第6a页]阳宋公[琬]、江右熊公[文举]五先生之诗，而益信之。夫五先生者，其以功业文章鸣，不徒以能诗鸣，亦大约如唐之曲江、广平，而不等于宋之[第6b页][第417页]圣俞、曼卿不得志于时者之所为，故雍容啸歌，胸既无幽忧迫隘之气以激其不平，而其为言也达；且非若迁臣羁旅、墨客骚人以[第7a页]诗专家，故亦无所托寄，而不流于怨，卒归于温柔敦厚，亦极其正。是以大者，可作为歌颂，以登诸朝庙；而小者，亦可散华落藻，沾丐[第7b页]远近。虽“诗言志，歌永言”，而五先生者不必尽出于同，然而不为穷者之言明矣。非必穷而后工，而工于穷者之反若出于缙绅先生，[第8a页]抑又可见矣。夫子曰“诗可以怨”，而诗可尽托之怨乎哉？康熙岁次庚申[十九年，1680]，中秋前二日，锡山过珙商侯氏题[第8b页][第418页]于绍闻堂。[第9a页][第419页]

01－095　二家诗

傅泽洪

六卷。傅泽洪辑，清钞本。（浙江图书馆藏）

一、傅泽洪“刻二家诗叙”（第 1a—2a 页）

诗之连类以传，自苏、李之赠答始。历魏晋迄唐，而相比得名者遂指不胜屈。岂以德不孤立，物生必偶？造物之于才人，固乐以偶相赋；抑亦好事者从而品题之，标目之，曰若与若为类、若与若为类，自后视之，遂若一定而不可易。若然，固从乎其同而言之也，乃亦有甚不同，如雪帆、梅岑二子之诗者：雪帆以深厚，梅岑以疏朗；雪帆以沉挚，梅岑以轻俊；雪帆以苍凉，梅岑以颖发；雪帆以流涕太息，梅岑以嬉笑怒骂；雪帆以雄浑而缠绵，梅岑以隐秀[第 1a 页]而蕴藉；雪帆以步伐整齐、刁斗严急，梅岑以衫履不戒、轻狂自喜。由是以言，则二子之诗，其不类也实甚，余又乌能比而同之？虽然，二子之不同者，其诗；而无不同者，乃其所以为诗：夫诗以言志，而志同；诗以达情，而情又同；诗以见人之境遇品概，而二子之沦落不偶、厄穷自安，则又不期其同而自无不同。泽之吟欤？台之哭欤？谷之音欤？大约其斯之流亚，正不必似沧浪氏之论列家数，谓必如目辨苍素而拘拘于长庆、西昆、松陵唱和之类，气格相合也。前此高淳邢孟贞与三山顾予[与]治相友善，[第 1b 页]栎下老人为刻其诗，与“苏武子”王于一[猷定，撰《苏武子传》]之文并传，非以其合志同方，有把臂入林之雅欤？余不敏，不敢窃比栎下，而二子于高淳、三山又何不可相先后见乎？用即其所现存稿若干首并梓之，以见夫人之梗概；将来全豹之窥，则尚有待也。雪帆姓潘，讳问奇，钱塘人；梅岑姓田，讳登，江都人。于其工之竣也，并志之。康熙乙亥[三十四年，1695]秋孟，辽阳傅泽洪纂。[第2a页]

01－096　二家诗钞

邵长蘅

二十卷。邵长蘅辑,《四库全书存目丛书补编》第36册,影印康熙三十四年乙亥(1695)刻本。

一、邵长蘅“序”(第442—443页)

今海内称诗家,并称新城、商丘两先生无异辞,盖如室华之有太、少,禅宗之有南、北矣。两先生各专集行世,长蘅乃合钞之,锓之梨,而为序曰:一代风雅之归,必有正宗。“宗”之言主也,尊也,言其人能主持风雅,而学者尊事之也。夫其所以为一代之宗,其才足以包孕余子,其学足以贯穿古今,其识足以别裁伪体,而又有其地,有其时。夫才与学与识,人也;地与时,则有天焉。五者兼焉,故难也。今夫跻高位,都通显者,其气力能奔走一世,而或不暇问风雅为何语。而古今诗人多穷而在下,屈势与位,如孟郊、张籍、陆龟蒙、梅询、苏舜钦之徒,往往能自[第1a页]不朽于身后,而及其生存,往往困踣湮郁,不能自振,而世亦未有从而推之者,厄于地也。亡友汪钝翁先生,尝举元遗山语,以为金源之文,如宇文、吴、蔡诸人皆宋儒之仕于金者,大定、明昌间文派断自蔡正甫、党竹溪、赵闲闲始,因而推论本朝诗文,若常熟、太仓、合肥诸公,虽或为文雄,或为诗伯,亦皆前明之遗老。蘅心韪其言。窃疑正宗,别当有属。何者?轧于时也。然则本朝五十年间,能兼是五者而得之,而为风雅宗,意在两先生乎。蘅奉教两先生久,数闻绪论,因得以窥作者[第1b页][第442页]之旨。新城天授既高,变化愈出,如游贾胡之肆,光怪瑰玮,而珊瑚、火齐、木难之错陈也;商丘含吐蕴藉,标格隽上,如良玉之温润缜栗,而精彩肆映也。其体制故不相袭，而其渊源于风骚、汉魏、三唐，以自成其家，大概相同。而两先生既遭际昌时，受圣天子特达之知，为时名臣，而乃出其绪余，扬扢风雅。天下士之趋之，如波委云合，皆曰："两先生，一代之宗工也，而遭逢加盛焉，讵易得哉？"嗟乎！自祧唐祢宋之说盛，后生靡然，且谓两先生亦尝云尔。顾两先生诗具在，其所为，溯源风骚，斟酌汉魏、三唐，以自成其家者，各有根[第 2a 页]柢；虽间亦取于宋人，第以资泛澜耳。学者病不好学深思，不能知前人根柢所在，而争剽贩于景响形模之间，妄分畛畦。前肤附唐人而赝，今肤附宋人而亦赝；影掠李、何、王、李诸家而失，影掠苏、黄、范、陆诸家而亦未为得。没人笑溺，举世滔滔；自惟挽之无力，庶几尊两先生以挽之。是则余钞二家诗之旨也。夫新城王氏，名士祯，字贻上，学者称阮亭先生；商丘宋氏，名荦，字牧仲，学者称漫堂先生。集各如干卷，掇其尤者，次为《王氏渔洋诗钞》十二卷、《宋氏绵津诗钞》八卷。康熙乙亥[三十四年，1695]相月七夕，毗陵邵长蘅撰。[第 2b 页][第 443 页]

则杰按：此序又载邵长蘅《邵子湘全集·青门剩稿》卷四(《四库全书存目丛书》集部第 248 册，第 176 页)；除删去末尾署款之外，其他文字基本相同。

【附录一】《四库全书总目》卷一百九十四集部总集类存目之四(中华书局 1965 年 6 月第 1 版，下册第 1775 页)

二家诗钞二十卷(内府藏本)

国朝邵长蘅编。长蘅有《青门集》，已著录。此其所选新城王士祯、商丘宋荦之诗也。是时士祯为刑部尚书，荦为苏州巡抚，而长蘅实长洲人，又荦之门客。赵执信见之，有违言。故士祯寄荦诗，有"尚书北阙霜侵鬓，开府江南雪满头。当日朱颜两年少，王扬州与宋黄州"之句，盖言己为扬州推官之日，荦为黄州通判之日，已同以诗名，初不以致位通显，始并称也。然长蘅实不自远嫌，致干物议。至今论者不允，殆亦有由矣。

则杰按：关于此条所说编者邵长蘅籍贯，杨武泉《四库全书总目辨误》已反复论证当为“江苏武进人”，指出“此条作‘实长洲人’，误”（上海古籍出版社2001年7月第1版，第288—289页）。

又，此集内部，两家小集卷数不等，似见宋荦多少也有谦逊之意。另外《宋荦全集（附宋氏家集）·内编·西陂类稿》卷二十九尺牍《寄阮亭侍郎》第一通曾提道：“《二家诗钞》刻已竟，尚在校阅，容即续寄。”（浙江古籍出版社2020年7月第1版，第2册第682页）可知此集当时即由宋荦刻于苏州，王士祯（阮亭其字）也预知其事，且当时王士祯实任户部左侍郎；其官刑部尚书，乃在康熙三十八年己卯（1699）以后。

【附录二】《四库全书总目》卷一百七十三集部别集类之二十六（下册第1526页）

西陂类稿三十九卷（两江总督采进本）

国朝宋荦撰。……其官苏州巡抚时，长洲邵长蘅选士祯及荦诗为王、宋“二家”集，一时颇以献媚大吏为疑。……

【附录三】郑方坤《本朝名家诗钞小传》卷一《曝书亭诗钞小传》（《清代传记丛刊》第24册，第63—65页）

朱彝尊……诗名尤藉甚人口。时阮亭尚书以风雅号召海宇，一时名流无敢相骖驔者。济河海岱间，每以山姜田氏并举为言；而江南人士亦有渔洋、绵津《二家诗》之刻，此皆出于乡曲之谈、门下士阿私之论，附影随声，不可为典要。惟先生[朱彝尊]……匹敌……屹然为南、北二大宗师……

【附录四】郑方坤《本朝名家诗钞小传》卷二《西陂诗钞小传》（第183—186页）

宋荦……平生业诗为专家，老而不休。学者恒以渔洋、绵津并称，而武进邵青门有《二家诗钞》之刻，谓……其持论若此。两尚书诗，论者要不无轩轾；即先生[宋荦]曾有句云："绵津三舍避渔洋，诗屋新题讵敢当？"未敢以雁行进也。然当新城雷动风行之日，求其别开生面、旗鼓相当，而风流宏长，力能为一代主持文柄者，恐亦舍西陂一老，别无替人也。邵氏题词[序]，未可谓尽阿所好也夫。

【附录五】洪亮吉《北江诗话》卷五第三十四则（人民文学出版社1983年7月第1版，第98页）

康熙中叶，大僚中称诗者，王、宋齐名。宋开府江南，遂有"《渔洋》《绵津》合刻"。相传赵秋谷宫赞罢官南游，过吴门，宋倒屣迎之，以"合刻"见贻。赵归寓后，书一柬覆宋云："谨登《渔洋诗钞》，《绵津诗》谨璧。"宋衔之刺骨。时王已为大司寇，宋便中以千金贻之，欲王赋一诗作王、宋齐名之证，王贻以一绝云："尚书北阙霜侵鬓……"此诗不录集中，见卢运使见曾所辑《山左诗钞》。若平心论之，赵固伤轻薄，然宋岂止不及王，亦并不及秋谷也。至吾乡邵山人长蘅所作诗序，实系阿私所好，不足为据。余过黄州日，忆及此事，亦曾赋诗云："百年谁续雪堂游？苦竹寒芦起暮愁。毕竟后来才士少，诗名数到宋黄州。"未知诸君子以其言为谛否？

【附录六】舒位《瓶水斋诗话》（《清诗话三编》本，上海古籍出版社2014年12月第1版，第4册第2321—2322页）

"尚书北阙霜侵鬓……"此阮亭寄宋漫堂诗也。然两公诗格绝不相似，且宋实非王敌。邵青门合刻"二家"之诗，意在尊宋，适足以形宋之短耳。然宋漫堂诗亦自有佳句，如："哀雁去楼不盈尺，修竹摇风有数竿。"殆非烟火人语。

【附录七】延君寿《老生常谈》(《清诗话续编》本,上海古籍出版社 1983 年 12 月第 1 版,下册第 1797 页)

在墙上见人所粘诗草,案上见人所刻朱卷,论当从宽。盖能中式,能倡和,便好。若是刻了集,是出问世人,便恕不过去。此刊行之不可造次也。然有人吹毛索瘢,想来尚是有斑之豹皮,值得去吹索。绵津似不如渔洋,人能知之。当时有合刻诗稿,人吹索渔洋,不吹索绵津,是绵津死渔洋不死也。古人谓盖棺然后论定;到盖棺了,人品学问已定,一切功名势位、穷檐陋巷皆无分别,则真评出矣。

则杰按:此处"人吹索渔洋,不吹索绵津""绵津死渔洋不死"云云,其意费解。

01－097　国朝六家诗钞

刘执玉

八卷。刘执玉辑，乾隆三十二年丁亥(1767)诒燕楼刻本。(浙江大学图书馆藏)

一、沈德潜"序"(第1a—2a页)

往余有国朝诗选之刻，网罗散佚，得无锡刘君于根《南荣集》，真醇高简，亟登其古诗两首、近体一章，窃以为梁溪风雅之宗在是矣。顷者，其贤子复燕有《六家诗》之选，郑重寄示，且求为序。余卒读之，选择谨严，笺解精当，知复燕渊源于家学者深矣。我朝人文化成，力追雅颂，而执牛耳者，宜推阮亭[王士祯]。读其诗，明丽博雅，浑厚高华。谈艺四言，阮亭直自道耳。与阮亭相后先者，则查初白[慎行]，磅礴奡兀，步武眉山。他如愚山[施闰章]之敦厚温柔，荔裳[宋琬]之雄健磊落，虽各树坛坫，而生面独开。[第1a页]竹垞[朱彝尊]诗格稍变，而言必唐音。秋谷[赵执信]抱负异才，高而不诡。之六家者，类皆胚胎于汉魏六朝，自成一家言，以鸣国朝之盛。学诗者从此求之，因其异以求其所以同，而不惑于歧路，不染于习气，则此直可为渡海之航、登山之屐。余选国朝诗，以限于卷帙，割爱者甚多；今得是编，可补余之所未备矣。闻复燕以此六家诗教其乡之子弟，门下士家写一编；后来之秀，往往有佳句可传诵者。兹复开雕，以广其传，吾知当如昌黎所云景星庆云，必有争先睹之为快者，故乐为书之简端。[第1b页]乾隆丁亥[三十二年，1767]夏五，长洲沈德潜书，时年九十有五。[第2a页]

则杰按：此序朱泽宝已据以辑入《沈德潜佚文考释》(《古籍

整理研究学刊》2015年第2期,第47页)。

二、邹一桂“序”(第1a—b页)

宇宙大观,莫过于山水。而言山水者,辄举岳渎。揽岳渎之胜,而天下之山水举之矣。古之言诗者,何独不然?盖一代之诗,必有数人焉,集诸家之大成,如唐之李、杜、韩、白,王、孟、韦、柳,宋之苏、黄、范、陆,元之虞、杨、范、揭。此数人者,为一代风气之所开,即为一代主盟之所属。虽其外正不乏人,要之精华萃是矣。我朝文运昌明,名贤辈出,若宋荔裳、施愚山、王阮亭、赵秋谷、朱竹垞、查初白诸君子,后先踵起,并驾齐驱,犹唐之李、杜、韩、白,王、孟、韦、柳,宋之苏、黄、范、陆,元之虞、杨、范、揭。顾其全集汗漫,学者不能遍览而尽读也,同邑刘君复燕[第1a页]于是有《六家诗》之选刻。既成,请余为序。余喜刘君撷英采华,抉择精当,有足以鼓吹休明者,故不辞而为之序。时乾隆三十二年[丁亥,1767]七月既望,二知老人邹一桂书。[第1b页]

三、诸洛“序”(第1a—b页)

自昭明收梁代名人之什,登诸《文选》,徐孝穆《玉台新咏》继之,唐姚合、殷璠、高仲武辈《河岳英灵》《中兴间气》《极玄》《又玄》等集又继之。盖本朝人选本朝诗,其精神兴会适与相近,故采著取舍无有不当,而至于今不废也。我朝鼓吹风雅,诸先辈亦多采录时贤名篇,如虞山《吾炙》、迦陵《箧衍》、阮亭《感旧》,皆取平生往还之作,不能遍及海内词家。至沈宗伯《清诗别裁》之刻,洋洋乎大观矣。他如陈伯玑之《国雅》、聂晋人之《名家诗钞》,始虽矜重,不无滥及。下至汪瞻侯之《清诗大雅》,无非排比缙绅,风斯下矣。吾友刘君复燕,少承其尊府于根先生家学,尤深于诗。[第1a页]尝取我朝诸名集,反覆熟读,得六家焉,曰王阮亭、查初白、施愚山、宋荔裳、朱竹垞、赵秋谷,择其尤者选为若干卷。会以诗著于功令,吾邑之学诗者同然从之,复燕以此讲画;其及门恐庄写之不易也,谋付之梓。余惟诗之道,自汉魏六朝以至于今,其卓然成一家言者,类皆有不可磨灭之处,薪尽火传,各有其学问性情而不相袭。今六家之诗具在也,诚能知青之出于蓝而青于蓝,冰之出于水而寒于水;由此而上溯三唐、六朝、汉魏,则复燕是编,未必非大雅扶轮之一助也。丁亥[乾隆三十二年,1767]暮春,桂宜诸洛序。[第 1b 页]

四、刘执玉"凡例"(第 1a—2b 页)

一[一] 我朝诗家林立,步武汉唐。而精深华妙,擅场诸体者,首推阮亭、查初白,格意清雄,出变化于矩矱中,有神无迹;施愚山、朱竹垞、赵秋谷、宋荔裳,生面各开,功力深到。拔奇选胜,汇为"六家"。

一[二] 诗家派别攸殊,心得互异。作者自建旗鼓,务思压倒前人。故渔洋一代宗工,为秋谷诋諆不少。兹选裒两家之精华,正见魄力相敌,有两美无两伤,非惟化当日门户之嫌,更足启后生才思之益。[第 1a 页]

一[三] 是选于诸集中,取其上乘,体不尽拘。愚山五言、竹垞排律,名篇最富,故所收亦最多。心精结撰,各有不磨处,在作者不苟作,选者亦非敢意为去取也。

一[四] 是选用编年例。作者毕生阅历,随境有触,发为咏歌;知人论世,于此攸系。独施、宋二集原刻分体,兹略考其作诗次第,并证诸两家文集,例归编年;其次第或有未安处,识者鉴诸。

一[五] 敬业堂卷帙极富,美不胜收,遂多割爱。荔裳司臬蜀中,入觐,遽遭吴逆之乱,板叶残毁。后仲子思勃,复补订,而流传者绝少。兹特据安雅堂初刻及拾遗集,[第 1b 页]抡其尤者录之。博雅君子,倘惠我莱阳全集,重加选定,不胜厚幸。

一[六] 诗中佳境,读者各有会心。若缀以评语,未免画蛇添足。兹编惟旁用圈点,以清眉目,使读者展卷豁然。

一[七] 诗中援引故实,阅者诚难一览了了。兹编略加诠释,以便初学。第语出经传,夫人诵习者,不妨阙如。惟散见子、史、文集者,则考核务期精当;然亦节取简要,使与诗义相发,不欲贪多务博,反致炫人心目也。挂漏遗讥,知所不免;大雅君子,补其不及,惠而教之。

一[八] 渔洋笺注,征引该博。兹为删繁举要,转觉心开目明,[第2a页]然不敢忘所自也。自余诸集,诸同人为悉心荟萃,积有岁月;另列同辑姓氏,以志一时将伯之助云。

刘执玉复燕氏识。[第2b页]

【附录一】林昌彝《射鹰楼诗话》卷二十一(上海古籍出版社1988年12月第1版,第496页)

《国朝六家诗》以查初白、赵秋谷配朱、王、施、宋,甚为不伦,吾无取焉。

01－098 国初十家诗钞

王 相

七十五卷。王相辑，道光十年庚寅(1830)信芳阁木活字本。(浙江图书馆藏)

此集书名所谓“十家”，唯独书名页作“十大家”，不甚合理，故此不从。

一、成僎“序”(第 1a—2b 页)

两间清淑之气，以萃于岳渎者为最。外此，则琼岛璇渊，宝光四溢；冰崖雪涧，幽秀绝伦，有自来载籍所不及纪者。设登临间，或揽其胜，必且惊叹以为奇观。吾谓诗之传世也亦然：其人才冠当时，誉隆奕祀，而著作所垂，几于家传户诵，所谓五岳四渎也；否则业著青箱，品高白屋，际艰屯之运会而耻同瓦釜以雷鸣，流金石之铿锵而甘抱珠船以尘没，必俟其人识迈群伦，实能发潜德之幽光，搜残编于风霜兵燹中而[第 1a 页]表彰之。此奚啻辟天堑于鲛宫之阻，导坤灵于豹窟之藏；令娜嬛之福地重开、河洛之瑶函并启；著封濬于词坛，标高深于名勒哉？我朝定鼎而后，上自名公巨卿，下逮骚人逸士，凡以诗鸣者，具见于沈归愚先生《别裁》一编，而刘复燕《六家诗钞》固皆身都通显者也。至若汇数家为一帙，不计穷达，本激显阐幽之意，极旁搜博采之劳，而正谬订讹，去取精审，则惟吾友王君惜庵《十家诗钞》之选，其用意为尤至。十家，肇始于曹秋岳[溶]、周栎园[亮工]，至徐大临[昂发]、[第 1b 页]屈弱水[复]而止。秋岳性体刚方，笔底炉锤，饶有烛天光焰；栎园志气激昂，历夷险如一节，吐纳宏深，卒归浑雅。南田[恽寿平]诗如其画，屡变而鲜；青门[邵长蘅]诗根于文，益雄而肆。王西樵[士禄]则意新理妙，吴野人[嘉纪]则容寂气专。他如遗山[高咏]之清俊、青士[周筼]之淡永，徐毘垒[昂发]之才华绚烂、屈弱水之寄托遥深，清奇浓淡，异曲同工，胥堪为后学楷模，罔非诗肠鼓吹也。惜庵才高识卓，汉魏六朝唐宋元明暨国初诸大家诗无所不读，寝食浸淫；观所自著《无止[第2a页]境集》，可以征其得力。兹以十家诗原稿散佚，为坊间及藏书家所不概见，特加访辑，合刻成编，觉所云琼岛璇渊、冰崖雪涧，晦蚀于扶舆磅礴郁积之内，一旦经疏凿而蔚为奇观者，宛乎如睹矣。既成，请序于余。余嘉其与疏凿之功同一不朽也，爰为弁数言于首。道光十年庚寅[1830]秋七月，东川成僎左泉甫撰。[第2b页]

二、杨欲仁"序"（第1a—2b页）

诗以言志，道性情也。必温柔敦厚之旨，得《三百篇》之遗风，斯深于诗者也。古今作者，无不一之性情；而所处之境不一致，亦各言其志而已。其立言也，诚有关于世道人心、朝野风教之所存，则其诗皆不朽千古，卓然必传，固不待后来搜罗探讨以发其幽光而后传矣。然诗虽可传，而未遇赏识之人，则不传；幸遇赏识之人，而无好古绩学之士为之传，则亦不传焉。夫山川灵淑之气，何地不钟，何代不钟？而显晦升沉，遭[第1a页]逢各异。其或巍科高第而其志不获大伸，抑或困厄穷愁并其志末由稍遂，负抑塞磊落之奇才，不得已寄托于山川名胜，啸歌自得，一申夙抱，陶写其性情。后之人读其诗，即可想见其为人，则其诗传，而后人亦传，并历百余年来世道人心之所关、朝野风教之所存亦莫不与之俱传。孔子曰："君子疾没世而名不称焉。"此之一也。所可惜者，传之既久，而不无散佚；即有嗜古之士偶得其一二于残编断简中，为之爱慕流连，终以不得窥其全豹为慨焉。吾友王君惜庵笃[第1b页]志于古逾数十年，藏书最富；论世知人，考镜得失，崇高风雅，而讲求于国初诸家诗集尤加意焉。兹得十家旧印仅存者，并传钞之本，汇为《十家诗钞》，用付剞劂，期垂久远；公诸同好，不欲任其湮没无传，讵不以为其人虽不得志于一时而其性情可昭然共见于后世、其诗虽多散佚，不获遍览而备志其全，而其幸存未泯者亦足深人爱慕、什袭而珍藏之哉？然则读其诗以考其时事，则有集中郑荔乡十家小传在；传其诗以存其人，则[第 2a 页]惟惜庵《诗钞》一编，洵为百余年来十家真知己也。海内言诗之家比之威凤一毛，可藏也。时余主讲宿预钟吾书院，惜庵为余枧缕斯役颠末，余不获以谫陋辞也，于是乎书。上章摄提格[庚寅，道光十年，1830]壮月上浣日，古巢杨欲仁拜手题。[第 2b 页]

三、盛大士“序”（第 1a—2a 页）

昔昭明选诗，兼及梁代，而唐人选唐诗滥觞于此。嗣后遗山《中州集》，意主于金源文献，传其诗必详其人，其体例又稍变焉。明季诗人，好立门户。虞山《列朝诗选》，臆见轩轾，是丹非素，识者讥之。昭代鼎新，宏材蔚起；大科肇启，诗教益昌。由是振奇好古、英绝领袖之士搜耀符采，凌宋轹唐。世所传《六家诗》，特以树词苑之表缀，未及罄邓林之渊薮。崇山坠简，岁月绵暧。百数十稔来，抱残守匮，有博访藏书[第 1a 页]家亟谋厘订而什不能得一二者。此吾友秀水王惜庵《十家诗》之所由辑也。载考十家中，若倦圃、栎园、西樵、阮怀、大临诸君，皆通籍京华，翱翔仕路；景星庆云，海宇具瞻。若南田、青士、青门、陋轩、弱水诸家，虽猿鹤孤踪，薜萝野服，要皆颉颃才俊，平揖公卿；言之有文，行之自远；而乃鲁鱼雠勘，辗转沿讹；徒成脉望之仙，谁问龙威之守；千秋之名，寂寞身后，感慨系之。惜庵此编，将以阐扬曩哲，即以饷遗后贤，厥功巨矣。余与惜庵订交十年，知其笃行绩学，心古人而追之。今览[第 1b 页]所辑，肫然尚友之义溢于卷帙，不仅怀铅握椠、猎弋浮词已也。太白有言：“我志在删述，垂辉映千春。”余于惜庵见之矣。道光十年[庚寅，1830]七月九日，镇详盛大士。[第 2a 页]

则杰按：此序盛大士《蕴愫阁文集》（《清代诗文集汇编》第

501册)未载。

四、王相"刊十家诗钞自序"(第1a—2b页)

诗之可传与不可传有定品,诗之得传与不得传无定理也。杜少陵称苏端、薛复云:"文章有神交有道,端复得之名誉早。"又称薛华云:"近来海内为长句,汝与山东李白好。"而唐诗中,不传端、复、薛华所著。夫以少陵所称许如此,而卒不得与李、杜并传,非所谓有定品而无定理者哉?我国朝定鼎之初,丕振风雅,海内作者各有专集。后人因辑荔裳、愚山、阮亭、竹垞诗为《四家》,又益以初白、秋[第1a页]谷为《六家》。盖专集卷帙繁富,非插架之藏不能备列;汇之一编,不胫而走,于是家弦户诵,而流传始广。但病其所收太简;其时坛坫之盛,与"六家"相等埒者指不胜屈,而遗文零落,往往有不可得而睹者。然则诗之传不传,果有幸不幸欤?余数年来搜罗载籍,逾数万卷,贮之信芳阁。于国初诸家,尤加意访求。如曹秋岳《静惕堂诗》、周栎园《赖古堂诗》、周青士《采山堂诗》、恽正叔《南田诗》、高阮怀《遗山诗》、吴野人《陋轩诗》,皆得诸旧印仅存与传钞之[第1b页]本;又检得王西樵《十笏草堂诗》、邵子湘《青门诗》、徐大临《畏垒山人诗》、屈悔翁《弱水诗》,汇为《十家诗钞》。嗟乎!此十家者,当时皆名满海内,如曹、周以迄邵、吴诸家,与荔裳、愚山、阮亭、竹垞,迭主敦槃;即徐、屈二公,虽生不同时而亦与君代兴,后先辉映。乃作者甫逾百年,所存已若晨星硕果;迟之又久,其不至泯灭者几希。乃知作诗难,传诗更难。虽必传之作,亦有不幸而不传、传之而不能久者。倘任其残编断简,日就湮没,不几如薛华、端、复辈,令千载下慨慕无已乎?余旧有[第2a页]征刻逸诗之举,意在穷巷之士,单辞只字必珍护而采辑之,而禄位声誉力足自显者不与焉;徒以见闻不广,有志未逮。今兹所辑十家,虽出处不同、穷达各异,而网罗散佚、发潜阐幽之意则一也,急付梓行。如续有所得,尚思增订,更望海内出邺架之秘,惠我以成之云。道光十年,岁次庚寅[1830],夏六月,秀水王相

惜庵甫撰。[第2b页]

则杰按：此序又载王相《无止境存稿》卷十（《清代诗文集汇编》第563册，第391页），标题作《刊国初十家诗钞序》；除删去末尾署款之外，其他文字亦略有出入。又其卷十二有汇合起来的《十家诗钞跋》（第418—420页），兹从略。

五、王相“凡例”（第1a—3a页）

一[一] 十家诗集，多少悬殊。所存少者，余已散佚，尚恨无从搜辑，则原本内一字不容逸去，吉光片羽皆所珍惜也。如原卷既多，集中不能备载，稍事选录，以匀卷帙。宿迁卓借园（笔峰）寓予信芳阁，凡抉摘去取，与共商榷，例得附书。

一[二] 传其诗以存其人，读其诗当考其世。元遗山《中州集》，姓名下各列小传，实为知人论世之助，自后转相仿效。但缀以数语，意取简洁，未必该[第1a页]备。郑荔乡先生（方坤）有《国朝诗人小传》，余所服膺，录其全篇以冠各集之首。

一[三] 十家为国朝词坛巨擘。陋轩以上八家，其名氏互见各集中，为时不甚先后。畏垒、弱水二家，世次稍晚。是编次第，即本荔乡小传次序列之。

一[四] 各集或得自旧钞，或摘从汇刻。中如秋岳、南田、遗山三家，前无序文，各仍其旧。古人刻集，原[第1b页]有竟不用序者。如异日见于他处，再为补入。

一[五] 各集体例不一，有分体者，有编年者，均仍其旧。间有分立子集名目者，既从选录，概行削去，归之总集。

一[六] 各集或原载评语者，爱其精审，间录存之；其肤泛无当或未足发明作者之意，亦不录。其原本无评者，不敢妄参一字，以示矜慎。

一[七] 各集内凡恭遇朝廷[第2a页]皇御字，或抬写或空格，各从原本。

一[八] 各集行款参错不齐，如诗前小序，或高于题字一格或低一格，或用大字或双行细字；又如总题数首分标子目，或总题高一格或子目低一格，其子目或列诗前或附诗后之类，缘各集先后分刊，未能整齐划一。

一[九] 各集字体正俗杂出，如"商"或作"啇"，"原"或作"元"，"迴"或作"廻"，"踏"或作"蹋"之类，不一而足，亦未能一[第 2b 页]一订正。

一[十] 各集所得者，或自传钞，或余旧刻，一线仅存。钞写多鲁鱼亥豕，旧刻亦有漫漶磨灭处；既无别本参考，不能妄意添改，谨空其处以附古人阙疑之意。[第 3a 页]

01－099　四家选集

张怀溎

二十九卷。张怀溎辑，《丛书集成初编》（中华书局 1991 年版）第 1805—1807 册，影印乾隆至道光刻某《函海》（第二十七函）本。（下录见第 1805 册）

一、张怀溎“四家选集诗序”（第 1—4 页）

诗自《三百篇》后，开诗学一门。诗者，所以写人性灵也。汉魏以前，风气浑穆，性灵多见于直古。六朝以后，渐趋萎靡，性灵多藏于浓缛。自唐而诗法大备，格律森严，声调雄整，性灵与词藻并行。宋诗清丽芊绵，气格稍清，纯用性灵，不讲声律。元则反宋而流为纤新，明则学唐而流为肤阔。譬之刺绣纹象，生花枝叶，虽鲜明而生机失天趣矣。性灵者，人之天趣也。人心之不同于面，性灵之不一，亦如其人各有我在，不相袭也。我[第 1 页]朝文教覃敷，诗学大盛。自鸿博诸前辈出，宏章巨制，独冠千古。而海内所宗，尤以渔洋为坛主。然专取声色，刻意修饰，词虽好而性灵泯矣。予自束发受书，即于诗有天性之好。而求于近人诗家中，其能以书卷写其性灵、以神气露其天趣者，首推近日林下四老诗。四老者，皆乾隆中进士，人称“乾隆四子”。其一为钱塘袁子才先生，讳枚，字简斋，已未[乾隆四年，1739]庶常，散馆改授江南沭阳令，调江宁，乞归，卜居金陵之随园以终老。其一为丹徒王梦楼先生，讳文治，字禹卿，庚辰[乾隆二十五年，1760]探■[花]，授编修，升侍读，出守临安；降调归，即不出山，留心禅■■■。[第 2 页]其一为阳湖赵云松先生，讳翼，字瓯北，辛巳[乾隆二十六年，1761]由编修出守镇安，官至贵西道，乞归。其一为绵州李雨村先生，讳调元，字羹堂，癸未[乾隆二十八年，1763]庶常，散馆改吏部主事，升员外，提学广东，官通永道，乞归。四老惟子才寿最高，年[已]八十；梦楼、云松，亦七十余；雨村亦六十余。此四老皆又由太史至外任，且现居林下。而其诗皆以性灵为主，又善用典，以写其天趣者也。余读其稿而爱之，因选其十中之一二，名曰《林下四家选集》，以为读本，非敢于问世也。适客有劝余付梓者，遂为序其大略，以公诸同好云。乾隆六十年[乙卯，1795]正月初十日，广汉张怀溎玉[第 3 页]溪氏撰。[第 4 页]

01－100　嘉道六家绝句

[日]菊池晋等

六卷。[日]菊池晋、内野悟辑，明治三十五年(光绪二十八年，1902)日本东京筑地活版制造所排印本。(“中国哲学书电子化计划”网站影像版，原书藏美国哈佛大学哈佛燕京图书馆)

一、森大来“序”(第1a—b页)

“绝句”之名，见《玉台新咏》，其来尚矣。唐人所歌者皆绝句，用备一代之乐府。故宋洪迈有《唐人万首绝句》，渔洋尝删而存之，至今奉为圭臬。本朝选清人绝句者，前有《六家绝句》，谓梅村、渔洋、竹垞、归愚、随园、圣征也；先君子又有船山、碧城、频伽《三家绝句》之刻；顷者惺堂、皎亭二子编《嘉道六家绝句》以续其后，盖犹洪、王遗意已。“嘉道六家”者，前则铁云[舒位]、子潇[孙原湘]、兰雪[吴嵩梁]，后则莲裳[乐钧]、芙初[刘嗣绾]、琴坞[屠倬]，并推旷世逸才。顾六家所长不必绝句，而其绝句亦皆清妍俊妙，耐可讽咏。太白之“朝辞白帝”、龙标之“奉帚平明”，千秋艳诵，何必待其《蜀道难》《箜篌引》而后始称“大家”“名家”耶？若近世政保以来《十七家绝句》《三十六家绝句》之类，[第1a页]此皆文人好名，标榜声气，适足以供覆瓿耳。读者舍彼而就此，庶不徒费目力云。明治壬寅[三十五年，光绪二十八年，1902]仲春，森大来识于菊垒之说诗轩。[第1b页]

二、菊池晋、内野悟“凡例”(第1a—b页)

[一]　清朝右文，作者蔚然裔兴，陵砾唐宋。而康熙、乾隆诸家，颇有选本；迨嘉庆、道光，其选实寥寥矣。夫嘉、道之诗，媲之康、

乾，风调差变，灿若缛绣，凄若哀弦。举其卓卓者，吴兰雪、孙子潇之精丽，舒铁云、乐莲裳之俊逸，屠琴坞之清奇，刘芙初之冲秀，别开生面，互该众美，今汇为“六家”。

［二］ 诸集中，《天真阁》《尚絅堂》卷帙最富，故此选所收亦最多。但篇册有限，时从割爱，意实未慊，读者谅诸。

［三］ 王仲瞿与舒铁云、孙子潇有“三君”之目，当入选中，惜其集不存；《春晖堂丛书》中有《烟霞万古楼诗钞》一卷，绝句唯五六首，故省之。［第 1a 页］

［四］ 古来选本，多杂出古今礼［体］。此编止七言绝句者，固非以此自划，他日将及诸体。

［五］ 诗中佳境，读者各有会心。若叨付圈评，未免蛇足；一切阙如。

［六］ 选者学识浅陋，摘钞各集或有买椟还珠之憾。此选请森槐南、永阪石埭两诗宗校阅，不敢妄为去取也。

惺堂菊池晋、皎亭内野悟同识。［第 1b 页］

01－101　三子诗选

蔡寿祺

三卷、词二卷。蔡寿祺辑，咸丰七年丁巳(1857)刻本。(浙江图书馆藏)

一、蔡寿祺“三子诗选序”(第 1a—b 页)

《记》有之曰：“温柔敦厚，诗之教也。”故夫暴言竭辞，则倍者之为之也；促音厉节，则亢者之为之也；烦猥嘹悦，则謷者之为之也；婉娈佻巧，则窳者之为之也。夫“南”“雅”以来，作者代兴，王霸迭嬗。监正之豨，每下愈况。又碱砆竞炫，圭璧弗珍。崇远忽近，千载所同。名山之藏，类非得已。今武冈邓弥之[辅纶]、仁和谭仲修[献]、丹徒庄中白[棫]，之三君者，以盛年负绝学；相其意度，揖让晁、贾，凌厉祖、刘，斯不难耳。顾弥之在戎马间，未竟其用，而二君者噤不得施，故其矢诗之旨，皆眷君国之怀，揽衰盛之几；哀窈窕、思贤才，《关雎》之兴，其在斯乎，其在斯乎！仆浮沉侍从，职志[第 1a 页]咏歌，幸先后识三君；感邓诗之遒逸、谭诗之古秀、庄诗之绵丽，系于诗教，何必尽同？是以董而集之，都为一篇[编]，又各以其乡齐名友善者三人[王闿运、吴怀珍、郭夔]附焉。列国之世，楚与吴越独阙采风而骚人之词争光日月；延陵平章六代，聿振元风；《采葛》《渡江》之歌，忧思会于《小雅》矣。若“三子”者，声音之道，可云诣极。宣圣有作，岂必遗之“十五”哉？论列如左，俾后有究诗教之正变者览观云尔。咸丰七年[丁巳，1857]秋九月。[第 1b 页]

01－102　戊戌六君子遗集

张元济

十六卷。张元济辑，民国二十六年(1937)商务印书馆排印本。(浙江大学图书馆藏)

一、张元济“序”(第1a—b页)

丙辰[民国五年，1916]，余将谋辑《戊戌六君子遗集》。先后从归安朱古微祖谋、中江王病山乃征、山阴王书衡式通、闽县李拔可宣龚、南海何澄意天柱，得谭复生[嗣同]、林暾谷[旭]、杨叔侨[锐]、刘培村[光第]四参政，杨漪村[深秀]侍御遗著。独康幼博[广仁]茂才诗若文，未之或见，仅获其《题潘兰史独立图》绝句一首；屡求之长素，谓家稿散漫，且无暇最录，以从阙为言。然培村之文，经病山驰书其弟，索久不获。漪村之诗，则止于壬午[光绪八年，1882]以前；书衡求后集于其嗣子，亦不可得也。戊戌[光绪二十四年，1898]距今才二十年，政变至烈，“六君子”之遇害至惨且酷，其震骇宇宙，动荡幽愤，遏抑以万变，忽忽蹈坎阱，移陵堙谷，以祸今日，非直前代之钩党株累、邪正消长，以构一姓之覆亡已也。故晚近国政转变，运会倾圮，“六君子”者，实世之先觉。而其成仁就义，又天下后世所深哀者。独其文章，若存若亡，悠悠者散佚于天壤间，抑不得尽此区区后死者之责。[第1a页]循斯以往，将混于丛残旧文，益不可辑，可胜慨哉！默念当日，余追随数子辇下，几席谈论，旨归一揆；其起而惴惴谋国，盖惆于中外古今之故，有不计一己之利害者，而不测之祸，果发于旋踵。余幸不死，放逐江海又二十年，始为诸君子求遗稿而刊之。生死离合，虽复刳肝沥纸，感喟有不能喻者矣！复生遗著，尚有

《仁学》一卷、《石菊隐庐笔识》二卷，兹编所录止于诗文。丁巳[民国六年，1917]初夏，海盐张元济谨识。[第1b页]

则杰按：此序有关各作者字号写法较为随意，多有舛误，可参见其后“戊戌六君子遗集总目”(第1a页)。

01－103　晚清四十家诗钞

吴闿生

三卷。吴闿生辑，寒碧点校，浙江古籍出版社 2006 年 4 月第 1 版。

一、吴闿生“晚清四十家诗钞自序”（第 24—25 页）

先大夫垂教北方三十余年，文章之传则武强贺先生，诗则通州范先生。二先生皆从先公最久，备闻道要，究极精微，当时有“南范北贺”之目。其后各以所得传授徒友，蔚为海内宗师，并时豪杰未有或之先也。二先生外，则有马其昶通伯、姚永朴仲实、姚永概叔节、方守彝伦叔、王树枏晋卿、柯劭忞凤孙，咸各有以自见。其年辈稍后，则李刚己刚己、吴镗凯臣、刘乃晟平西、刘登瀛际唐、步其诰芝村、赵宗抃铁卿、张以南化臣、阎志廉鹤泉、韩德铭缄古、李景濂右周、王振垚古愚、武锡珏合之、谷钟秀九峰、傅增湘沅叔、常堉璋济生、尚秉和节之、梁建章式堂、刘培极宗尧、高步瀛阆仙、赵衡湘帆、籍忠寅亮侪、邓毓怡和甫等，皆一时才士。贺先生门下著者曰张宗瑛献群，范先生门下著者则推[第 24 页]刚己。刚己既从范先生受学，又久事先公，才气雄伟，涵弘迤演，益以光大，同时侪辈莫之能及。惜其早逝，流风所被未广。而刚己之子葆光子建，作诗颇有父风；其门人秦嵩山高，亦近今之贤隽也。今抄近代诗，以诗友源澜为主，凡四十一家可观览。当二先生从先公游，闿生方始髫岁，奉觞跪起，窃闻余议，以为宾客豪俊极一时之盛选，亦人事之适然者耳。当时忽忽，诚不深知郑重。俯仰数十年，时事日非，前踪日远，然后咨嗟太息，以为此数公者，皆千古不常见之人也。世变愈降，则贤哲之所树为弥高，宜其益不相及。往者不可接，来者无由知。持此区区残简，质之无极之人世，其存其亡，茫乎不可究诘也。兹余编览未竟，益惶然继之以悲也。甲子[民国十三年，1924]十二月，闾生自序。[第25页]

二、曾克端"晚清四十家诗钞序"（第26—28页）

必谓雕镂肝肾、歌泣鬼神之作无当于温柔敦厚之教、兴观群怨之旨，则《三百篇》可无作也。然而自《三百篇》而汉魏而六朝，而唐宋而元明，世愈降而诗愈卑。陵夷至于今日，江汉之游女、兔罝之野人，亦扬徽立帜以诗教天下，而民德乃日偷，国势益纷牾不可救。呜呼！是孰使之然哉？天下事不难于倡，而难于倡之不得其人，尤难于传之之不力。诗之有待于倡，盖不自今日始矣。自李、杜源本风骚，胎息汉魏，极天地古今之变，视《三百篇》无愧色，而犹不免蚍蜉之谤。得韩文公起而倡之，孟郊、张籍、樊宗师、李长吉和之，然后天下惟李、杜是宗。宋承五代，西昆方盛，欧阳文忠公又起而倡之，一以李、杜为归，东坡、山谷巍然起传其绪，规模益大。至今天下言诗者翕然称"李、杜、苏、黄"，非此四[第26页]家几不得为诗。而凡以诗鸣者，其格律、声色、神理、气味，苟不出入此四家，得其神似，即不为正宗。何其盛也，何其盛也！自是以降，陆、元承其流，王、姚绵其绪于不坠。覃及胜清之末，肯堂范先生卓然起江海之交，忧时愤国，发而为歌诗，震荡翕辟，沉郁悲壮，接迹李、杜，平视坡、谷，纵横七百年间无与敌焉，洵近古以来不朽之作也。自范先生没，当世负盛名者多能与范先生同源一趣。而轨辙较近、感发较切，示天下学诗者所从入之途，固莫捷于是矣。此吾师北江先生选录近代四十家诗之微意也。先生秉太夫子挚父先生之学，以古文诏后进；又尝问学于范先生，于诗所得尤深。慨晚近异说纷腾，李、杜、苏、黄之学将绝于天下，于是取师友渊源所自及当代名流所为不大背乎斯旨者凡四十一家，都六百四十六章，甄而录之。要以范先生为之主，精加评点，分别途径。积载二十，乃克成书。盖精力之勤，无过先生；开示始学，又无过斯集者矣。先生盖自拟于惜抱先生《今体诗选》，而有待于方来；又以克端为可教，命为之序。克端窃以为惜抱生当[第27页]承平，其所兢兢者，别裁伪体耳。若当兹异说纷纭、国学日蹙之时，求一寻常知咏歌、娴音律者且不易得，况语夫正宗之学邪？先生虽以韩、欧之才倡李、杜之学，非更数十百年之久，其孰有笃信其说者邪？然苟得其人，感寤于意言之表，嬗传于精微之际，安知其不相喻于旦暮间邪？君子独行其是已耳；纵环天下无解人，亦何足憾？而况斯道之未必遽绝邪？呜呼！此同门诸子所不敢自已，而克端诵习之余，不自知其感奋兴起也。以克端之庸苊而犹感奋不能自已如此，则凡天下士，才气千万倍于克端者，其感奋兴起宜如何邪？日月出而爝火熄，雷霆震而万物昭；是书之行，其亦诗学昌明之兆乎？吾师之传，于是远矣。民国十三年[1924]秋七月，门人闽侯曾克端谨序。[第28页]

三、贺培新“晚清四十家诗钞序”（第29—31页）

吾师北江先生钞晚清以来古今体诗凡四十有一家，都为三卷，培新与同门诸子谋而刻之。自太夫子垂教北方，教化所渐被，渊源本末具见于此；而有清一代诗学之大观，亦莫盛于是矣。夫诗之道至广。意之所寄、性之所感，与夫遭时处境之各异，而温柔敦厚、悲愤沉郁、空邃旷邈、雄酣光怪；及若韦、柳之冲和，元、白之平易，温、李之新，郊、岛之苦，皆自辟蹊径，不相沿袭，以成其体。要其至性所停蓄，忠愤所勃发，惊心动魄、元气淋漓之致，精能要眇，变駴鬼神，使读者愀然而色变，穆然而情移，非至于此，不足以言诗，则古今中外体异而旨同，貌象万而神唯一也。汉魏以降，诗莫盛于唐。自宋以来，则日就衰微，鲜克振拔者。虽其间不乏优游澹泊之音、温和闲雅之旨，然语夫源[第29页]本风骚，肸蠁李、杜，寓悲天悯人之旨、经纬天地之才，于隐显疑似之中视古初能事而无愧，则顾盼千数百年中，自欧、王、苏、黄、元裕之而外，邈无人焉。夫岂好而为者独少而乏深雄之致乎？倡之不得其人，学之者不免旁皇于歧路，虽有深雄之姿，乃且汩丧而莫彰也。悲夫！是以孔子删诗书，合道者著，离道者去，诗书乃以无疵。而退之追而慕之，卒以起八代之衰。尝以谓汉魏之盛，浸淫于孔子删定之力也；唐宋之盛，渐被乎退之振衰之功也。晚清之代，作者彬起，就诗一道见于是《钞》者已不乏人，其所以发扬光大极兹盛者，不因整齐删定之业、汰繁抑浮之功，勇于退之者有其人乎？大贤君子，包孕百家，甄别醇驳，以维系斯文于嬗化绝续之交，而圣迹高文精奥之蕴，赖以绵延于不坠，其功顾不休乎伟哉？呜呼！文学之敝，于今又极矣。学者益纷纶荒诞，靡所向往。老师风流，凌夷殆尽。国纲丧乱，民生毗离。然而美恶是非之辨自在天壤，犹东西判然不可以移易。其至理餍于人心，如饮食布帛之温饱而不能夺也。日月不出，爝火灿烂；冰雪[第 30 页]弥天，桧松见节。燕雀腾空，神鹰翼垂喙，未培风也；蛟龙汗漫起于沧海，而万国仰云雷焉。古君子立身行道、勤苦著书之本旨，其在斯欤，其在斯欤？培新不才，序先生是书，不禁钻仰前模，顾瞻当世，而兴高远之叹云。民国十三年[1924]十二月，门人武强贺培新谨序。[第 31 页]

四、“晚清四十家诗钞总目”吴闿生后记（第 5 页）

以上三卷，都四十一家，古今体诗六百四十六首。

夙不能诗，而颇知好慕。交游师友以及海内名流每有佳章，未尝不流连钞诵。既久，积若干卷；稍加诠次，写为一编。后生得此，于近代之诗亦可以尝一哈水而知江海也已。甲子[民国十三年，1924]夏五，闿生记。[第 5 页]

02 地方类

02－001　白山诗介

铁　保

十卷。铁保辑，《白山诗词》本，李亚（雅）超校注，吉林文史出版社 1991 年 6 月第 1 版。

一、铁保“自序”（第 1 页）

本朝以武功定天下，鹰扬虎视，云蒸霞蔚，类皆乘运会为功名。其后名臣辈出，鸿谟巨制，焜耀史册。又以文章为政事，不沾沾于章句之末。疑于风雅之道，或多阙如。及观诸先辈所为诗，雄伟瑰琦，汪洋浩瀚，则又长白、混同磅礴郁积之余气所结成者也。余尝谓读古诗不如读今诗，读今诗不如读乡先生诗。里井与余同，风俗与余同，饮食起居与余同，气息易同，瓣香可接。其引人入胜，较汉魏六朝为尤捷。此物此志也。余性嗜诗，尝编辑八旗满洲、蒙古、汉军诸遗集，上溯崇德二百年间，得作者百八十余人，古近体诗五十余卷，欲效《山左诗钞》《金华诗萃》诸刻，为“大东诸家诗选”；卷帙繁富，卒业为难。兹撮其精粹脍炙人口者，为分体一编，以供同好。质之翁覃溪、纪晓岚、彭云楣、陆耳山诸先生，咸谓有裨风雅，亟宜付梓，遂颜其集曰《白山诗介》——以所收不广，不足概全集，约之又约也。读是集者，怀前辈典型，战伐之余，不废歌咏；从政之暇，抒写性情。不必沾沾于章句，而自有卓荦不可磨灭之气流露天壤。可以兴，可以观，争自策励，以勉副我国家作人右文之盛。余于此有厚望焉。嘉庆五年，岁次庚申[1800]，三月，铁保自序。[第 1 页]

二、铁保“凡例”(第 2—3 页)

〔一〕 诗以地名者,如《山左诗钞》《金华诗萃》《晋风选》《蜀雅》各集,俱刻录同里诸前辈之作。本朝满洲、蒙古、汉军,既系从龙之彦,更生首善之区,名作如林,岂容缺略?是集多方搜罗,数阅寒暑,用备采风者之选辑。

〔二〕 旗籍诸诗,如卓悟庵《白山诗选[存]》、伊肩吾《白山诗存[钞]》,第有钞本,未为完书。保继二公未竟之志,用成是选。虽去取鲜当,有愧精详,然于二公显微阐幽苦心不无吻合。

〔三〕 是集有得自友人钞本者,爵里姓氏每未详载,谨就传闻精确者录于本人之下。其间时代先后,略为甲乙;间有差池,读者谅焉。

〔四〕 余于乾隆六十年[乙卯,1795]充《八旗通志》总裁官,得遍搜八旗诗文集,拟选辑一编,副《通志》以行,共得诗四十余卷;篇帙浩繁,尚未卒业。兹萃其精华汇为一集,先行付梓,以存梗概。

〔五〕 集中名公巨卿,功业文章,彪炳宇宙,载在国史,各有本传。是集以诗存人,概不赘叙。至一二畸人逸士,芳徽遗韵,有关风雅者,间为注明,以备诗乘。

〔六〕 诗贵真,各随其性之所近,不可一律相绳。李杜文章,光焰万丈,而元轻白俗,岛瘦郊寒,亦不妨各树一帜。故宋元人之诗,不必学唐,而未始不如唐;明人之诗,有心学唐,而气骨转逊于宋元,真不真之分也。是集之选,就当时之际遇,写本地之风光,真景实情,自然入妙。不但体裁不拘一格,即偶有粗率之句,亦不妨存之,以见瑕瑜不掩之意。

〔七〕 本朝文治之盛,崇德间,鄂公麟阁即以诗雄于辽沈,开风气之先。其后扬风扢雅,作者继兴。又以取士不拘科目,各途并进,擐甲之英、枕戈之士,俱娴吟咏;名章隽语,焜耀词坛。保或耳目未周,[第 2 页]遗珠之憾,负咎前贤;同志补传,窃有望焉。

〔八〕 文人韵士，拥鼻孤吟，白首青灯，悲无知己。至其人已没，其书亦亡，赍恨重泉，何可胜道？是集之选，凡遇前人钞本，急为登入。至其有专集行世，或事功可考者，久入词人之洛诵，无俟小集之揄扬；非有成心，稍从简例。

〔九〕 诗以气味品格为上，词藻次之。然老杜谓“语不惊人死不休”，未尝不以炼字炼句为先务。是集遇清新奇逸之句，每多收入，非徒取悦人目，实不没作者苦心。

〔十〕 旗籍黄冠缁服，俱干禁例，故诗无“方外”一门。闺阁中不乏诗人，兹择其词旨敦厚、格局老成者，附于各体卷末，以昭河洲之化。

〔十一〕 是集诗中句读，概不圈点；篇内佳处，间为标出。使观者目光一射，珠玉灿陈，亦不没人善之意。

〔十二〕 卷中各家，尽有篇什繁富，裒然成集者，恨未窥其全豹，仅能录其散珠；片羽吉光，殊伤挂漏。他日觅全集，更当补刻，以昭美富。

〔十三〕 是集征求草创，则舍弟阆峰、同里甘道渊运源之力为多；与共参订，则博西斋员外、冯星实通政、百菊溪侍御、德树堂司成、法时帆学士；校雠疵颣，则赵兰生孝廉，及门朱春山、吴山尊、张白亭、笪绳斋、陈耳庵诸子。

〔十四〕 是集久已成选，未克付梓。会东斋书公督鹾扬州，喜其祖俊公先生、父芝圃先生遗诗入选，遂授梓行世。记之以彰盛举。

〔十五〕 是集体例，仿陈其年《箧衍集》，各归各体，不唯取便读者，且使工拙易形。稍涉平衍，即从删例，故颜曰“介”。［第 3 页］

【附录一】纪昀《纪文达公遗集·文集》卷九《冶亭〈诗介〉序》（《续修四库全书》第 1435 册，第 362—363 页）

冶亭宗伯以所编《诗介》示余，人不求备，诗不求多，盖唐人《河岳英灵集》例也。适客至共读，客慨然曰：“美哉！‘七子’之余响乎。"余曰:"子于'七子'有歉耶?夫文章格律,与世俱变者也。有一变必有一弊,弊极而变又生焉,互相激、互相救也。唐以前毋论矣,唐末诗猥琐,宋杨、刘变而典丽,其弊也靡;欧、梅再变而平畅,其弊也率;苏、黄三变而恣逸,其弊也肆;范、陆四变而工稳,其弊也袭;'四灵'五变,理贾岛、姚合之绪余,刻画纤微,至江湖末派流为鄙野,而弊极焉。元人变为幽艳,昌谷、飞卿遂为一代之圭臬,诗如词矣;铁厓矫枉过直,变为奇诡,无复中声。明林子羽辈倡唐音,高青丘辈讲古调,彬彬然始归于正。'二杨'以后,'台阁体'兴。沿及正、嘉,善学者为李茶陵,不善学者遂千篇一律,尘饭土羹。北地、信阳,挺然崛起,倡为复古之说,文必宗秦汉,诗必宗汉魏盛唐,踔厉纵横,铿锵震耀,风气为之一变,未始非一代文章之盛也。久而至于'后七子',剿袭摹拟,渐成窠臼。其间横轶而出者,公安变以纤巧,竟陵变以冷峭,云间变以繁缛,如涂涂附,无以相胜也。国初变而学北宋,渐趋板实。故渔洋以清空缥缈之音,变易天下之耳目,其实亦仍从'七子'旧派神明运化而出之。赵秋谷掊击百端,渔洋不怒;吴修龄目以'清秀李于鳞',则衔之终身,以一言中其隐微也。故'七子'之诗,虽不免浮声,而终为正轨。吐其糟粕,咀其精英,可由是而盛唐,而汉魏。惟袭其面貌,学步邯郸,乃至如马首之络,篇篇可移;如土偶之衣冠,虽绘画而无生气耳。冶亭此集,大旨以新城之超妙,而益以饴山之劖刻,诚得'七子'佳处而毫不染其流弊者。如以'七子'末派并其初祖而疑之,则学杜者枒杈,学李者轻剽,亦将疑李、杜乎哉?"客怃然而去。会冶亭索余为序,因书以质于冶亭,然欤否欤,冶亭谅有以教我也。

则杰按:铁保字冶亭。纪昀此序,当为《白山诗介》而撰。铁保自序所谓"质之……纪晓岚……先生"及"所收不广""约之又约"云云,亦可参证。

【附录二】法式善《陶庐杂录》卷三（中华书局 1959 年 12 月第 1 版，第 91 页，原标第七十八则）

铁冶亭漕督向藏《长白[白山]诗存》《诗钞》二书。后奉命辑《八旗通志》，又得递钞八旗人诗，合旧存得二百余家，题曰《大东景运集》。余又为增八十余人。就余所知，为立小传一百八九十家，诗之源流、人之梗概一一及之。冶亭治漕，携入行箧。闻近又有所增；将来勒为全书，彬彬乎足以和声鸣盛矣。

则杰按：此处所说《大东景运集》，当即前录《白山诗介》自序所说"大东诸家诗选"，系《白山诗介》蓝本。

【附录三】袁枚《随园诗话·补遗》卷五第二十七则（人民文学出版社 1982 年 9 月第 2 版，下册第 686 页）

铁冶亭侍郎选长白山诗，皆满洲已故之人，命余校勘。余摘其句之佳者，如：国柱《伊犁》云："举头惟有日，过此便无关。"观补亭保《路行》云："云气常随马，秋声半在山。""冥心契道妙，谢客养苔痕。"福增格云："阴崖春色减，废寺夕阳多。"伊福讷云："落叶聚空巷，饥乌投远林。"寨[赛]音布云："风定树犹怒，日高霜尚飞。"鄂文端云："山果随风坠，秋花出叶开。""一杖立斜日，满园飞落花。"皆妙。

则杰按：袁枚卒于嘉庆二年丁巳十一月十七日（公元已入 1798 年，1 月 3 日）；此处"铁冶亭侍郎选长白山诗"，当指最初的《大东景运集》稿本。又同卷第二十九则提及《白山诗选》（第 687 页），则是《大东景运集》的泛称。

【附录四】《清史稿》卷三百五十三铁保传（中华书局 1977 年 8 月第 1 版，第 37 册第 11282 页）

铁保……留心文献，为《八旗通志》总裁，多得开国以来满洲、蒙古、汉军遗集，先成《白山诗介》五十卷。

则杰按:此处所说“五十卷”,疑据此集铁保自序“五十余卷”,“凡例”第四款“四十余卷”云云参酌而来,并非定稿实际卷数。

02－002　钦定熙朝雅颂集

铁　保

首集二十六卷、正集一百零六卷、余集二卷。铁保辑，嘉庆九年甲子(1804)刻本。(浙江图书馆藏)

一、嘉庆皇帝“熙朝雅颂集序”(第1a—5b页)

皇清荷天恩，承祖祐；开基辽沈，定鼎燕京，以弧矢威天下。八旗劲旅、荩臣世仆，同心一德，肇造[第1a页]亿万年丕丕基。都城分驻，列成云屯；黄、白、红、蓝，有镶有正。参赞河鼓之象，允协韬钤之机。皇哉，唐哉！世德作求，金汤永固；卜年应迈姬周，长巩河山带砺矣。夫开[第1b页]创之时，武功赫奕；守成之世，文教振兴。虽吟咏词章，非本朝之所尚；而发抒心志，亦盛世之应存。此《熙朝雅颂集》之所由作也。斯集为巡抚铁保所编，自八旗[第2a页]诸王、百僚、庶尹以及武士、闺媛，凡有关风俗人心、节义彰瘅诸篇，得一百三十四卷，荟萃成书，请名具奏。朕几余评览，遍拾英华；细绎旬余，未能释手，敬仰[第2b页]列圣作人培养之厚，穆然想见忠爱之忱、英灵之气。或从征效命，抒勇壮之词；或宰邑治民，发肫诚之素；炳炳麟麟，珠联璧合，洵大观化成之巨制、右文盛代之[第3a页]新声。是以命集名为《熙朝雅颂》，视周家《小雅》殆有过之。八旗涵濡祖恩考泽百有余年，名臣硕彦，代不乏人。经文纬武之鸿[第3b页]才、致君泽民之伟士，不可以数计。夫言为心声，流露于篇章、散见于字句者，奚可不存？非存其诗，存其人也；非爱其诗律深沉、对偶亲切，爱其品端心正、勇敢[第4a页]之忱洋溢于楮墨间也。是崇文而未忘习武。若逐末舍本，流为纤靡曼声，非予命名为“雅颂”之本意。知干城御侮之意者，可与言诗;徒耽于词翰,侈言吟咏太[第4b页]平,不知开创之艰难,则予之命集,得不偿失,为耽逸厌劳之作俑。观斯集者,应谅予之苦心矣。我八旗臣仆,岂可不深思熟虑?以乃祖乃父之心为心,以乃祖乃父[第5a页]之言为法;各勉公忠体国之忱,毋负命名"雅颂"期望之深意,朕之至愿也。嘉庆九年,岁次甲子[1804],五月十九日,御笔。[第5b页]

二、嘉庆皇帝"上谕"(第1a—b页)

嘉庆九年[甲子,1804]五月十九日内阁奉上谕:我国家景运昌明,文治隆茂。八旗臣仆,涵濡圣化,辈出英才。自定鼎以来,后先疏附奔走之伦,其足任干城腹心者,指不胜屈。而于骑射本务之外,留意讴吟、驰声铅椠者,亦复麟炳相望。前此铁保在京供职,曾有采辑八旗诗章之请,经朕允行;兹据奏进诗一百三十四卷,请赐书名。朕几余披览,嘉其搜罗富有,选择得宜,格律咸趋于正,而忠义勇敢之气往往借以发抒,存其诗实重其人,益仰见列圣培养恩深,蒸髦蔚起正未有艾,爰统命名《熙朝雅颂[第1a页]集》,并制序冠于简端,以垂教奕祀,非徒赏其淹雅博丽之词也。着将原书发交铁保,付之剞劂,用昭同风盛轨焉。钦此。[第1b页]

三、铁保"表"(第2a—7b页)

太子少保兵部侍郎兼都察院右副都御史山东巡抚兼提督事臣铁保,奉旨编录八旗满洲、蒙古、汉军人诗告竣,恭呈睿览。臣谨奉表恭进者:伏以神皋祥发,群材分川岳之灵;化宇文同,七萃衍诗书之泽。包垓埏而鼓舞,咏德咸符;浴日月而遵游,依光自近。萌成乔木,绵拱卫于亿龄;业在名山,普裁成[第2a页]于众制。观风典巨,化雨恩隆。臣铁保诚惶诚恐、稽首顿首上言:窃惟书成汗竹,代有篇章;雅美饴荼,是钟灵淑。丹陵若水,奥区诞圣之乡;夏谚豳风,福地歌勤之什。皋飏禹拜,产并近于姚墟;棠芾桃蕡,句遍传于陕治。然而八元八恺,起自名家;汝鸠汝方,收之敌国。并值龙兴而佐命,未偕凤翙以矢音。降自嬴刘，谁为周召？或驰驱草野，著作未遑；或翊赞轩墀，讴吟遂废。迨乎太平既久，大雅遂兴。辅轩遍于八方，庠序深于“六义”。而诗陈宝鼎，非沛上之英；客满瀛洲，无晋阳[第 2b 页]之产。极之萋苴周恪、杞梓楚材，胥入网罗，咸陪奔奏。论勋宿卫，词讵炳乎丹青；尽瘁前驱，技且穷于病竞。未闻畋渔迩化，并附歌薰；鼓吹从征，且能肄雅。近则振振麟角，道备亲贤；纠纠虎贲，才兼文武。璧府焕周庐之彩，光与星辉；戟门联幽谷之芳，章依汉倬。——有若今日之盛者也。钦惟皇帝陛下，禹文敷海，舜治从风。[第 3a 页]政在养民，旸雨锡蓂图之福；事必稽古，图书承麟绂之传。七德绥而秦蜀氛清，大经先正；一心尽而卫漳波靖，盲说胥芟。嗣幸院于九年，干支并叶；续藏书于四库，山海兼包。悉遵家法以观文，遂协天心之祐圣。九夏谱由庚之乐，弦诵达于瀛壖；六军腾脱甲之欢，咏歌洋于梐梱。[第 3b 页]天潢向学，柏梁联燕喜之篇；卿月承猷，槐位协凤仪之瑞。合官学、宗学而造士，子弟知书；胥同姓、异姓以兴贤，春秋上计。惟此八旗之臣庶，全凭列圣之生成。初则数取三单，继则名符八阵。色分镶、正，中军奉黄屋之威；考列源、流，太府藏丹书之籍。鸭江派近，从征既盟以河山；鸿泽居安，先附亦隶于臣仆。驻防兼内外，居行储武库之兵；胥宇共忧欢，赏恤费水衡之币。战饷、守饷，养成御侮之才；世禄、世官，荣与登科之选。持戟严更之署，亲瞻舞羽于尧阶；释冰壁水之门，饱听论钟于周囿。置官师而立[第 4a 页]教，示以大防；观礼乐而宣和，导之善气。溯二十一家之纪载，文德谁同；合百六十载之甄陶，雅才并起。惟国恩浃于禁旅，食德能言；况御集颁在儒林，修辞有式。虽联珠合璧，戒祥瑞于勿言；而东壁西清，许咸韶以共听。本支贵戚，家有赐书；一介单门，人多专集。幸作皇朝莪朴，争鸣盛于止戈；非无帝世巢由，亦效忠于击壤。值[第 4b 页]重熙之庆典，各献篇章；歌三辅之新恩，有裨纪载。竹匏骈奏，梨枣渐多。叩钟分大小之鸣，吹律异阴阳之应。将门贵其多艺，儒塾传以专长。未经睿鉴之删存，每虑众言之纷杂。臣授书束发，观俗乘轺；遍求国雅之惬心，益觉土音之悦耳。古诗人之遗韵，近在枌榆；乡先达之大篇，多存箧笥。集裘未遂，辟蠹恐疏。窃念河岳英灵，向多汇选；齐鲁文学，今有专钞。况兹旗籍之簪绅，幸傍羽林之部署？先泽倚[第 5a 页]邦家之芘，曾附风云；大旨贵忠孝之言，敢夸月露？臣久思广集，未敢上闻。辄从述职之余，敬有采诗之请。宸聪兼听，帝志旁求。俯鉴钻研，亲承指示。臣粗知下学，深昧别裁。搜玉有年，拣金无识。重蒙九重之烛照，命资众志以城成。有待编摩，先加钞撮。溯自作山伊始，文物已肇于兴京；暨乎定鼎大同，人才倍隆于[第 5b 页]寿宇。体展亲之义，首列宗英；志翊运之荣，次登朝彦。或后先凭诸仕版，百官之表可稽；或分合视其科名，千佛之经全列。白驹音远，山林有自逸之身；赤管徽明，闺阁多可存之句。幽潜均录，位号略详。述作并注于行间，篇章悉收诸身后。单词亦采，群雅毕陈。名或因诗而存，言不以人而废。幸观成于众手，自比保残；虽就正于同官，终惭示璞。疆圻寄重，敢分小臣求牧之心；洙泗源通，敬倚至圣删诗之笔。伏愿[第 6a 页]几余镜秉，论定衡悬。集金声玉振之大成，操六变九流之总辖。曰贡俗，曰见志，经鉴定而风雅道存；或旨缛，或文繁，奉品题而源流理汇。宠颁御序，小言附二典之巍；荣锡嘉名，故纸贲三都之丽。譬诸芝茎麦穗，遘皇风而史乘毕登；庶几玉海珠林，邀睿顾而儒宗益贵。臣学荒挂壁，识蔽正墙。闻沧浪而讵解辨声，遇镈于而不能索响。慕昔人之敬梓，幸迩[第 6b 页]典型；效童子之歌衢，敢忘讽诵？紬书石室，三写愁似豕之讹；访籍金台，群言惜维鱼之蚀。勉收散佚，思广流传。既奉丝言，仍惭举一复三之悟；果叨车指，得窥袭六为七之原。从此曰"雅"，曰"颂"，曰"风"，后"四始"而播诸金石；立言，立功，立德，先九州而锡以章相。世仆承恩，永载君师之教；皇舆巩吉，长延诗礼之祥。谨编次凡例一卷、目录一卷、[第 7a 页]诗一百三十四卷，校录告竣。臣铁保无任瞻天仰圣、激切屏营之至，谨奉表随进以闻。[第 7b 页]

则杰按：此表又载铁保《惟清斋全集·梅庵文钞[奏疏]》卷

一(《续修四库全书》第 1476 册，第 183—185 页)，标题作《恭进八旗诗钞表》；亦见吴鼒《吴学士文集》卷二(同上第 1487 册，第 424—425 页)，标题作《代铁师奉敕编录八旗诗进呈表》，文字各略有出入。

四、铁保“奏摺”(第 8a—12b 页)

[一] 山东巡抚臣铁保跪奏，为恭辑八旗诗成，敬呈御览，仰候钦定事：窃臣前充八旗通志馆总裁官，编辑艺文，得满洲、蒙古、汉军诗钞百数十家，篇帙浩繁，未能悉登简册，当于《通志》内列其名目；其所为诗，拟别辑一书，以垂久远。因复广为搜罗，悉心雠校，未曾卒业。适奉恩旨督粮储，继又拜巡抚山东之命，外任五年，职守重大，不敢驰心艺苑，分役精神。当于[第 8a 页]嘉庆六年[辛酉，1801]陛见时，奏交法式善、汪廷珍、陈希曾、汪滋畹、吴鼒等代臣编次，并送协辨大学士尚书朱珪、尚书纪昀、原任尚书彭元瑞先后校阅。兹据法式善等寄信到臣，业已缮成正本，敬谨装潢，伏候钦定。臣理合查照向例，恭具表文，望阙跪进。除将诗选全帙由法式善代臣敬呈御览外，臣谨专差恭摺具奏，伏乞[第 8b 页]皇上睿鉴。谨奏。

嘉庆九年[甲子，1804]五月初二日奉朱批：“诗留览。钦此。”[第 9a 页]

[二] 山东巡抚臣铁保跪奏，为恭谢天恩事：五月十九日内阁奉上谕：“我国家景运昌明，文治隆茂。八旗臣仆，涵濡圣化，辈出英才。自定鼎以来，后先疏附奔走之伦，其足任干城腹心者，指不胜屈。而于骑射本务之外，留意讴吟、驰声铅椠者，亦复麟炳相望。前此铁保在京供职，曾有采辑八旗诗章之请，经朕允行；兹据奏进诗一百三十四卷，请赐书名。朕几余披览，嘉其搜罗富有，选择得宜，格律咸趋于正，而忠义勇敢之气往往借[第 10a 页]以发抒，存其诗实重其人，益仰见列圣培养恩深，蒸髦蔚起正未有艾，爰统命名《熙朝雅颂集》，并制序冠于简端，以垂教奕祀，非徒赏其淹雅博丽之词也。着

将原书发交铁保，付之剞劂，用昭同风盛轨焉。钦此。"仰惟我皇上神枢成化，心矩敷言。承家法而巩金汤，艺先骑射；观天文而章云汉，洽洽讴吟。惟兹七萃之劲兵，近备亿龄之世仆。羽林星[第 10b 页]卫，禀庙尊而奏效止戈；璧沼风从，歌国恩而嗣声论鼓。雅言教立，人知忠爱之陈；《通志》书成，帝许艺文之载。锡名拜宠，存其诗益重其人；制序覃精，采其本不逐其末。道隆彰瘅，著人心风俗之纲维；化洽生成，溯祖德[第 11a 页]考恩之培养。文期载道，贵纤靡之毕删；职在宣劳，尚公忠之同励。臣学疏"四始"，道景三雍。奉圣谟，知雅颂之音；绎天语，思艰难之业。奖及搜罗之富，受宠益惊；示以期望之深，酬知敢懈？编摩有幸，得窥昭代曲章；文武兼资，请告熙朝臣仆。荷甄陶于列圣，世泽能言；遵准矱于吾[第 11b 页]皇，天章共仰。咏歌不废，宜归奏雅之程；弓矢自櫜，莫负习劳之训。迩者两阶敷德，群孽胥歼；四隩绥丰，大河永靖。芗升夏至，八风符十稔之占；泽继春膏，十雨慰三坛之请。神京日近，腾欢闻击壤之声；上塞云高，讲武裕干城之用。讴歌益盛，合亿万方同颂嘉祥；喜[第 12a 页]起攸符，超《三百篇》更陈大乐。所有臣感激下忱，理合缮摺恭谢天恩，伏乞皇上睿鉴。谨奏。

嘉庆九年[甲子，1804]五月二十七日奉朱批："此摺亦刊入书内，以垂不朽。钦此。"[第 12b 页]

则杰按：此处第二篇，又载铁保《惟清斋全集·梅庵文钞[奏疏]》卷一(第 185—187 页)，标题作《恭进八旗诗钞，赐名〈熙朝雅颂集〉，御制序文，具摺谢恩疏》；亦见吴鼒《吴学士文集》卷二(第 426 页)，标题作《代铁师谢御制八旗诗集序表》，文字各略有出入。

五、铁保"奏片"(第 13a—14b 页)

[一] 臣铁保谨奏再：臣去年陛见时，将臣在《八旗通志》总裁任内选辑《八旗诗集》一部，交翰林院侍讲学士汪廷珍校对，送朱珪、

彭元瑞、纪昀看定后，恭呈御览，奏明奉旨允行。兹因汪廷珍现放安徽学政，与臣札商将此项诗集交翰林院侍读法式善专司校阅，翰林院侍读学士汪滋畹缮写装潢。伏查法式善等诗学素优，在馆行走多年，办理书籍实为熟手。兹得其接[第 13a 页]手经理，必能妥善。臣又因续入诗集甚多，于乡、会试所得士中，札致庶子陈希曾、编修吴鼒，令其分司校阅，以期妥速。除俟办有成书，再行恭呈御览外，臣谨附片陈明，伏祈睿鉴。

奉朱批："览。钦此"。[第 13b 页]

［二］　臣铁保谨奏再：臣前选《八旗诗集》，仰蒙皇上鉴定，赏序锡名。臣现将正本敬谨领到。伏念此集经圣明钦定，准臣刊刻，以垂不朽，自应慎付剞劂，俾成善本。东省刻工甚少，艺亦不佳，难以集事。浙江抚臣阮元，系臣取中会试门生，学问优长，素善刊刻书籍。臣已选购梨板并备刻资，专派妥人将原本送去。更拟嘱其敬撰后跋，以识盛举。俟刻成后，另行[第 14a 页]装潢陈设，并备赏各部，恭摺呈进。所有进书表文及谢恩各摺，一并刊入。臣不胜荣幸之至，谨附片陈明。

奉朱批："览。钦此。"[第 14b 页]

六、"凡例二十则"（第 15a—18b 页）

一［一］　我朝重熙累洽，海宇同风；景运日隆，人材辈出。一时从龙硕彦、帷幄名臣，不少鸿篇巨制。太平既久，八旗涵濡圣化；百余年来，其究心风雅、卓然成家者，盖不乏人。至于介胄武人、帷闼女士，亦莫不歌传笳鼓，韵叶衣砧。猗欤盛矣！《八旗通志》裒辑诸家著作，各集名目已载《艺文志》。兹集备录其诗，用志[第 15a 页]列圣作人之盛。

一［二］　诗格既有高下，人品亦有妍媸。兹编恪奉钦定《皇清文颖》为圭臬，故于《文颖》所载之人，其诗未见于他编者，谨一一登载，不敢稍为遗漏，以示有所禀承。

一[三] 卷中抬头款式,敬遵钦定《皇清文颖》例缮录。

一[四] 八旗诗向无汇集定本;惟伊福纳有《白山诗钞》,卓奇图有《白山诗存》,俱未卒业。是书采之诸家本集,无专集者从伊、卓二书及各选本辑入,余或访之其族姓朋旧,凡有可存,酌加甄录;少或一二首,亦不敢遗。[第15b页]

一[五] 天潢诗,另编为《首集》,先亲王,次郡王,次贝勒、贝子;以近支为先,近支中以长幼为序。列悫厚镇国公于卷首者,尊近支也。余则公、将军以下,惟酌篇什之多寡,以分卷帙之后先。

一[六] 诸王各卷,标题书谥,而其名爵、世系仍详注于标题之后,谨符呈进诸书体制,兼备后人稽考。[第16a页]

一[七] 诸王如理密亲王、诚隐郡王、恒温亲王、淳度亲王、怡贤亲王、庄恪亲王之诗,皆未见有专集。惟钦定《皇清文颖》中诸王诗具在,足以传信。录存卷首,用昭示我国家启化之原。其有专集行世及杂见各选本确有可凭者,亦谨缮载。

一[八] 觉罗人员,考试、职掌向与满洲同,是以《国史列传》亦无区别。兹仿《国史列传》之例,按其年岁、科分叙入。

一[九] 各家本集,体例不一。有分体者,有据年编次者,亦[第16b页]有未经梓行、随手杂录者。是书卷帙既富,概以古、近体类次,以归画一。

一[十] 诸家排比次序,参仿钦定《国朝诗别裁集》体例,分若干年为一段落,中复按据科名;其无科名者,则按其行辈;有官爵者,则按其出仕岁月;未出仕者,则按其诗中酬赠之人与存没之日。亦有略为迁就,则以篇什卷帙之繁简不同故耳。

一[十一] 科目先文科,次武科,次翻译科,副榜即附本科之后。[第17a页]

一[十二] 诸家生平表著者,旗分、姓氏确凿可稽;余则难以缕核,统书满洲、蒙古、汉军人,庶免讹舛。

一[十三] 书官爵,均以最后者为定。其辗转传闻与自选本采入,仕履漏略,谨阙以俟考。

一[十四] 是编所录,自以品端学粹、诗律精深为最。其有诣犹未卓而夙望可风,则以人而存诗。亦有品或未醇而文名尚著,则以诗而存人。节取所长,不敢偏废。

一[十五] 是非之公,定于身后。兹集于其人现存者,诗概不录。[第 17b 页]

一[十六] 应制诗,义取庄重谨严,自成一体,拟另纂辑。兹编或因其人无诗而应制之篇又已采入钦定各书中者,录之以存其人。有专集者,不在此例。

一[十七] 选家每执己见以为去取,其诗与选人趋向不同者虽工不录。是编意在兼收,宁宽毋隘。

一[十八] 闺阁吟咏,采诗家所不遗。其性情淑嫕,节义凛然,有关风化,编诸各家之末,是为《余集》。

一[十九] 是编外,或专集行世而搜罗未遍,或短幅单章脍炙人口而见闻未及,统俟续辑。

一[二十] [第 18a 页]《钦定八旗通志》"艺文"一门,用《新唐书》例详叙仕履,兹集自当逐条征引。此外如《皇朝通志》《文献通考》《大清一统志》《四库全书总目简明目录》《盛京通志》、沈德潜选辑《国朝诗别裁集》,皆经高宗纯皇帝钦定之书;其中凡涉及其人事迹,虽片言单词,重文互见,亦为谨载,以昭论定。其他名家著录旧加评跋,暨本集序言词旨典要者,间钞存之,备品藻焉。[第 18b 页]

七、阮元"后跋"(第 1a—2b 页)

我皇上御极之九年[嘉庆甲子,1804],山东巡抚臣铁保采辑八旗诗进呈乙览,荷蒙皇上锡名《熙朝雅颂集》,制序以弁其首,诚圣代之大文、艺林之盛事也。随经铁保奏请,命臣刊刻,并恭赞跋语于后。奉旨俞允,臣不胜欣跃荣幸之至。伏读御制序文,仰见皇上于右文成化之中,兼肄武习勤之意;敬[第 1a 页]天法祖,垂训谆谆以品端心正为先、公忠体国为尚。凡兹臣仆获睹宸章，无不感激奋兴，竭图自效，何敢忘劳耽逸，专事讴吟？我朝圣圣相承，励精图治。万几余暇，间及篇章。巨制鸿编，永垂奕祀。涵濡既久，自[第 1b 页]天潢贵裔以及勋卫文武之臣，或近侍岩廊，或宣劳行阵；或致身馆阁，或扬历封疆，皆能以忠爱之忱发为咏歌之什，允宜搜采，勒为成书。兹铁保所辑，自崇德辛巳[六年，崇祯十四年，1641]后莫不详加甄录，格取其正，词取其真，百数十年间得书一百三十四卷。自今以往亿万斯年，景祚洪延，文明日启，则继斯集而作者，日益以富。是书于嘉庆九年[甲子，1804]九月开雕，四阅月而工竣。臣幸躬逢其盛，厕名简后。祇遵[第 2a 页]圣训，忠孝为本，词章为末。奎文示教，日月长昭，正不独斯集之媲美赓飏，和其声以鸣太平之盛也已。浙江巡抚臣阮元恭跋。[第 2b 页]

则杰按：此跋又载阮元《研经室集·二集》卷八（中华书局 1993 年 5 月第 1 版，上册第 561—562 页），标题作《奉敕撰〈熙朝雅颂集〉跋》；除删去末尾署款之外，其他文字亦略有出入。

【附录一】铁保《惟清斋全集·梅庵文钞》卷三《选刻八旗诗集序》（第 231—232 页）

一代之兴，秉川岳之灵秀，必有经天纬地之才挺生其间，以乘运会。则必萃其奇气，生瑰异英多之士，出其绪余，黼黻休明，和其声以鸣其盛。不借师承，不事呫哔；矢口成声，自合道妙。是有天焉，不可意度也。本朝自定鼎以来，文教之兴，超越前代。开国之初，达海巴克什、范文程等，创为国书，转注协声，成一代文字。其时人才代兴，如敬一主人鄂貌图、卞三元，于天聪、崇德年间，究心词翰，开诗律先声。厥后源远流长，一倡百和。如高章之、梦午堂、塞晓亭、李铁君、英梦堂，韩潮苏海，宋艳班香；近法三唐，远追两汉，不愧燕许手笔。又有“辽东三老”“农曹七子”，标新立异，迭出不穷。诗学之兴，至此大备。猗欤盛哉！近时伊肩吾、卓误庵，俱有《白山诗钞》

选本，卷帙浩繁，未能卒业。余十年前，即有志编辑，欲广二子之书，集诸家之成。自惭末学，操选为难，因循未果。乾隆甲寅[五十九年，1794]、乙卯[六十年，1795]间，余奉恩命，同纪晓岚宗伯充《续纂八旗通志》总裁，遍采遗书，汇入《艺文志》。又限于体例，止列书目，不能采诗。因欲就搜罗各集，汇为一书，附《通志》以行，力半功倍，庶不负国家振兴文教、嘉惠士林之意。此《八旗诗集》一书，所以迟之十年而后成，非偶然也。夫文学之士，生逢极盛，歌咏太平，其书必传，其传必永。然必得好事者，萃其精华，汰其糟粕，始得披沙而见金，集狐以成腋。且所收各集，半属钞本；若不汇而存之，久必散失。于《通志》存其名而终归汩没，执事者且不能逃其责；如仅以不文文其过，坐视其散失而不为之收拾，可乎，不可乎？爰不揣固陋，与二三同志并诸及门细心校雠，不遗余力。自天潢宗派并八旗满洲、蒙古、汉军名公巨卿、绅士布衣，以及闺阁能诗者，共得二百人，诗四十卷，仿唐人《河岳英灵集》，汇为一编，以成大观，以垂不朽，所以仰体圣天子教育八旗之恩、乡前辈贻谷后进之意。区区末诚，于以稍慰。至选择不精、搜罗未广，限于学识，余于兹犹未能自信云。

则杰按：此序尚有题注："集成，赐名《熙朝雅颂集》。"又末附："受业笪立枢谨案：此序在未经进书之前。后于嘉庆九年[甲子，1804]恭呈御览，赐名《熙朝雅颂集》，此序遂未刻入。"

又，此序所述作者人数及全书卷数，与《熙朝雅颂集》相去甚远。故此所谓"《八旗诗集》一书"，实际还只是一个阶段性蓝本。"迟之十年"之"十"，当系后来所改。

【附录二】铁保《惟清斋全集·梅庵诗钞》王芑孙序（第274—275页）

吾师冶亭先生方巡抚山东……手辑我朝崇德以来满洲、蒙古八旗作者三千人诗，为《熙朝雅颂集》，上之朝。上既命之名，又亲为制序颁行。盖自国家肇基建号，于兹百有九十年矣，然后满洲、蒙古八旗文献粲然备见于世，自非天以一代之文付公、公以一代之文自任，何由及是？……嘉庆十年[乙丑，1805]春三月，门下士王芑孙谨序。

则杰按：此处所说“作者三千人”，误差过大。

又，此序又载王芑孙《渊雅堂全集·文集·惕甫未定稿》卷四（广陵书社 2017 年 6 月第 1 版，下册第 536—537 页），标题作《铁制府诗集序》；除删去末尾署款之外，其他文字基本相同。

又，《惟清斋全集·梅庵诗钞》卷四有《读乡前辈遗诗，感赋十二首》（第 310—311 页），当系纂辑《熙朝雅颂集》过程中所作，兹从略。

【附录三】法式善《梧门诗话》卷十三第九则（《梧门诗话合校》本，凤凰出版社 2005 年 10 月第 1 版，第 373—374 页）

余佐冶亭辑《八旗诗集》，收罗长白诗人不下数百种。时有佳句，必默记之。五言如……七言如……各有胜处。

[编校者张寅彭、强迪艺]案：叶眉批有：“诗成后，冶亭刻成进呈，仁庙赐名《熙朝雅颂》数语。”

【附录四】法式善《陶庐杂录》卷一（中华书局 1959 年 12 月第 1 版，第 10 页，原标第二十三则）

《熙朝雅颂集》，《首集》二十六卷，正集一百六卷，《余集》二卷，共一百三十四卷。嘉庆九年[甲子，1804]两江总督铁保奏进。御制序文，奖许甚至。法式善实久预纂校之役，有荣幸焉。十年[乙丑，1805]刻成，颁行天下。

则杰按：《法式善诗文集·存素堂诗初集录存》卷十四有《奉校八旗人诗集，意有所属，辄为题咏，不专论诗也，得诗五十首》（人民文学出版社 2015 年 5 月第 1 版，上册第 349—361 页），据集内作品编年作于嘉庆七年“壬戌”（1802），当即为纂辑《熙朝雅颂集》过程中所作，兹从略。

【附录五】法式善《法式善诗文集·存素堂诗初集录存》卷二十《〈熙朝雅颂集〉题后》（上册第504页）

英灵不沦没，中必有凭借。经营阅岁时，主持实造化。我朝兴东海，臣庶习骑射。浃洽三百年，文教遂扬播。郁为忠义气，起衰更振懦。太古雄直音，不由万卷破。方今执戟士，乃爱奇书借。森森幽燕笔，肯受脂粉涴？昔年元裕之，采诗国史佐。宇文吴蔡辈，增人几涕唾。篇什伤寂寥，气运付摧挫。裔皇一代文，远矣唐宋驾。薄材荷巨任，十年忘坐卧。秃笔任轩昂，昏灯忍寒饿。扫尘狐迹憎，剔藓虎气怕。店废蜗污墙，寺荒萤烛夜。朋侪笑迂腐，僮仆肆嘲骂。肱折术始精，血呕志未惰。果蒙天鉴及，谓视周雅过。至道有所丽，虚名乌可嫁？文章变气质，礼义讲闲暇。区区补缀劳，庶几无罪谢。三复中州集，秋虫叫初罢。

则杰按：据集内作品编年，此起三首均作于嘉庆九年“甲子”(1804)。

【附录六】法式善《法式善诗文集·存素堂诗初集录存》卷二十《征修〈熙朝雅颂集续编〉，再赋一诗》（上册第504—505页）

从来贤子孙，必念乃祖父。音容慨难接，文字可时睹。勃勃忠直气，缠绵历今古。周家设輶轩，汉室立乐府。采诗协律郎，宣播列钟鼓。我朝雅颂音，鉴定由圣主。股肱喉舌司，乌能废言语？要期本务敦，岂仅华藻取？荟萃成一编，十年费织组。英灵恍释兹，精魄不沦土。善也寡学问，余勇尚可贾。挂漏势难免，从容待续补。诗教在人心，历劫未朽腐。身死心不死，苍茫托毫楮。云霞出新鲜，天地与仰俯。闻知暨见知，各自喻甘苦。天章跽读罢，小臣泪如雨。长安百万家，谁弗念依怙？门限几踏破，缣素约略数。何须开选楼，丛脞列千部。伪体为别裁，拔十或得五。零笺败简中，的皪珠光吐。蠹灰扫箧底，萤绿耿夜午。停杯略沉吟，掩卷起歌舞。肯让元裕之，巍然作鼻祖？

【附录七】法式善《法式善诗文集·存素堂诗初集录存》卷二十《寄南中同学》(上册第 513 页)

日月挽莫回,文章留万古。楮墨易灰烬,精理中扬诩。唐以前无论,宋元明可数。荟萃苟无人,不绝者如缕。辅轩费搜罗,丹铅慎择取。李(昉)姚(铉)吕(祖谦)苏(天爵)黄(宗羲),别裁意各主。贱子奉明诏,熙朝雅颂补。例沿元裕之,义宗尹吉甫。交游势利见,御之如御蛊。勿令石淆玉,勿使金错土。人勿区显晦,地勿判齐鲁。意在笔之先,气为理所辅。波臣岩穴客,闻风歌且舞。雍容士大夫,岂不思黻黼?

【附录八】周春《耄余诗话》卷一(《清诗话三编》本,上海古籍出版社 2014 年 12 月第 1 版,第 4 册第 2487—2488 页)

座主介野园夫子,家世戚畹,幼擅才名。早入词垣,洊登卿贰。前后衡文十次,最称得人。乾隆壬午[二十七年,1762]三月,扈跸来杭,行馆响水闸,召余夜话,有相见上京之约。公是夏卒于途。丙戌[乾隆三十一年,1766]入都,拜见师母施太夫子[人]——靖海侯襄壮公孙女。公伯子任佐领,仲、叔读书家塾,余有"因到师门增感旧,郎君相对痛如何"之句。师母出公遗集,欲余校录,惜匆匆南归。至今念及,未尝不自愧荒庄也。近读《熙朝雅颂集》,敬题云:"回忆南来面命谆,酒阑惜别圣湖滨。惊心五月台庄讣,此日吟诗倍怆神。(介野园夫子壬午[乾隆二十七年,1762]随驾回銮,卒于台庄。)""照眼琳琅妙绝伦,清辞丽句一时新。自怜闭户知交少,识面无过十数人。(集中福文端太夫子、阿文勤太夫子、留松裔太夫子,皆所亲炙。童子试时,受知于鄂筠亭先生。外此,李鹰青征君、鲍辛浦别驾、博晰斋观察、秦复山太守,及阿雨斋、于紫庭、富竹亭同年而已。)"

【附录九】袁枚《随园诗话》卷十一第十五则伍拉纳之子批语（人民文学出版社 1982 年 9 月第 2 版，下册第 852—853 页）

法时帆……其人诗学甚佳，而人品却不佳。铁冶亭辑八旗人诗为《熙朝雅颂集》，使时帆董其事。其前半部，全是《白山诗选》。后半部则竟当作卖买做：凡我旗中人有势力者，其子孙为其祖、父要求，或为改作，或为代作，皆得入选。竟有目不识丁，以及小儿女子，莫不滥厕其间。

【附录十】王昙《王昙诗文集·烟霞万古楼诗集》卷三《题法梧门祭酒诗龛图》二首之二（人民文学出版社 2014 年 5 月第 1 版，第 153 页）

诗海诗城不足夸，一茅顶上盖乌纱。撑床史料三千卷，满屋王风四百家。（今上命铁冶亭尚书纂选顺康以来八旗诗集。尚书出帅南漕，未遑裒辑；祭酒已收集四百余家。时奉旨多收宗室。）天下山林仰梁栋，细生毛发待袈裟。披图不觉逢弥勒，满纸圆光揖笑花。

02－003 辽东三家诗钞

刘承幹

十四卷。刘承幹辑，民国七年(1918)至九年(1920)吴兴刘氏刻本。(南京图书馆藏)

一、袁金铠“序”(第1a—2a页)

《睫巢》《雷溪》两集与《大谷山堂》三家诗钞，原椠在吴兴刘君汉怡(承幹)处。本年春，介长白金君息侯(梁)让归吾奉，保存于京师奉天会馆。《睫巢集》，李征君鹰青[锴]著；君隶汉军，原籍吾奉铁岭。《雷溪集》，马山人大钵[长海]著；山人系出长白，原籍吉林之乌拉。《大谷山堂集》，梦谢山[麟]侍郎著；公，蒙古族。其世系皆出辽东，故以《辽东三家诗钞》名之。康、乾时，海内诗人有“辽东三老”之号——有谓鹰青、大钵与戴遂堂[亨]共称“三老”，又有谓为鹰青、遂堂与陈石间[景元]者。遂堂有《庆芝堂[第1a页]诗集》刊本，石间诗稿已由吾乡荣孝廉祉宇(文祚)刊版，盖皆卓卓诗坛，足以传之不朽。谨按三家诗，源本汉魏，直接《三百篇》，境地甚高，皆以身心性命视此事，非世之靡丽为诗者可比。世有识者，读自知之，非余一人之私言也。山人有传；今附刊《清史》征君、侍郎两传，俾读者展卷而知其人。此义用祁君公亮(彦树)之说，嗣当印行以广其传，庶不负汉怡、息侯两君盛谊，而三家诗名益以大著，又岂只吾乡后学得所师承，为辽东之文化所关哉？以余[第1b页]经办此事，应揭颠末以告来者，故为之书。民国十七年，戊辰[1928]，三月，辽阳袁金铠序于清史馆。[第2a页]

02－004　辽东三家集

荣文祚

十卷。荣文祚辑，中国书店1985年刷印民国十七年(1928)刻本。(浙江图书馆藏)

一、杨钟羲"三家合集序"(第1a—b页)

怀德荣可民[文达]《鹿苹斋诗文》、辽阳房仲南[毓琛]《隅梦草堂诗草》、新民刘东阁[春烺]《看云听涛馆诗》，祉宇[文祚]户部合刻为《三家集》，丐序于余。尝考古人诗文，如《窦氏联珠》《汝阴唱和》，或棣萼齐名，或苔岑合契，都为一集，各有千秋，非《江湖集》刻于书棚，玉石混淆，兰艾杂遝，所可同年而语也。今观三君子，英儒赡闻，皆所谓琢玉工、射雕手。举凡"堆队仗""窘材料""费搜索""少变化"之病，一洗而空之。可民为祉宇哲兄，尝从受学，所为文才思发越，规矩备具，而能超出于规矩之外，尤为卓不可跂。辽沈文献，三家其巨擘矣乎。[第1a页]钟羲年衰材劣，不足涉津涯而窥潭奥；其洪笔丽藻，读者当自得之。太岁在著雍执徐[戊辰，民国十七年，1928]，冬十一月，留垞居士杨钟羲序。[第1b页]

二、荣文祚"跋"(第1a—b页)

先伯兄可民先生与房君仲南、刘君东阁诗，剞劂告成，因忆曩年东阁遗先兄书，略曰："隅梦一生，文胜于诗，而外集高于内集。直须淘汰精光，留得寒山一片石，令读者存见少之心，俾知姑射仙人绰约丰姿，别有掩映未窥之处为佳。尊见以诤字相嘱，煞有微会，此可为知者道也。"盖仲南卒于庚子[光绪二十六年，1900]，先兄卒于癸卯

[光绪二十九年,1903],东阁卒于乙巳[光绪三十一年,1905];此尚在辛丑[光绪二十七年,1901]、壬寅[二十八年,1902]间,两人商榷仲南遗集而存之者也。乃曾几何时,微特仲南遗集荡然,即二人者,断简零编,亦末由掇拾成册。辛亥[宣统三年,1911]国变后,祚隐居无事,遍加搜讨,[第 1a 页]仅得右诗若干首。其仲南文集,则遗孙稚弱,难再问矣。东阁移居医巫闾山,屡函询其嗣人,迄未报命。先兄有《戊戌[光绪二十四年,1898]元旦日食》七古一章、《杏园》七古一章、《三贤祠感旧》三律,皆失诸门人。今夏就正杨子勤师,兼求删订;既赐之序,谓祚曰:"是可勿删也。三子集本无多,留待后人,庸讵无刮金篦而辨鱼目者?昔陈思订敬礼文,去取过严,人每惜未窥全豹。苟得流传数语,供人指摘,亦佳话也。"先兄卒年五十六;房、刘两君先后谢世,亦均年五十六,志同,道同,年同,而遗集复同时刊行,非偶然已。岁次戊辰[民国十七年,1928],冬十一月,荣文祚祉宇氏跋于京都雪石斋。[第 1b 页]

02－005　杭防诗存

完颜守典

一卷、附存一卷、补遗一卷。完颜守典辑，光绪十六年庚寅(1890)刻本。(浙江图书馆藏)

一、潘衍桐“序”(第1a—b页)

国朝以武戡乱。及天下大定，分劲旅驻各省。在杭者，就会垣之西为城，地近西湖，最擅湖山之胜。于是公侯后裔，弓马而外，娴习吟咏，流连景光，佳什斯夥。咸丰庚[庚申，十年，1860]、辛[辛酉，十一年，1861]间，红巾之乱，人城俱亡。规复后，调乍浦、四川、青、德、福、荆诸州之人，以还旧额，而文献无征矣。光绪戊子[十四年，1888]，予奉命视学来浙，欲踵阮文达《两浙輶轩录》故事，采风续梓，于驻防仅得二人。完颜守生乃以所辑《杭防诗存》二卷进，又多十余人，兼附有集无诗者以备他日博访，可谓[第1a页]勤矣。守生将以此二卷先付梓人，此亦《輶轩续录》之嚆矢也，书以归之。庚寅[光绪十六年，1890]秋七月，浙江提学使者南海潘衍桐。[第1b页]

则杰按：此处所谓“二卷”，不知是否指初稿正集以及“附存”而言。

二、“例言”(第1a—b页)

一[一]　杭防自辛酉[咸丰十一年，1861]难后，诗家全集鲜有存者。谨就有遗集者，选录数首，以见其概。其散见别集者，则辑存之。

一[二]　乍浦自雍正七年[己酉，1729]始设驻防，盖由杭州、南京分驻者。其间诗家，亦不乏人。辛酉[咸丰十一年，1861]难后，寄寓杭防。今辑录《杭防诗存》，因附存焉。

一[三] 前辈姓字、旗属、事迹，谨就闻之庭训、见诸别集者次录。[第 1a 页]

一[四] 杭、乍驻防，若裕乙垣、喀清堂、连吉芝诸前辈，名盛一时，诗无存者。谨录其姓字、旗属、官集如左，俟后搜辑。[第 1b 页]

02－006　柳营诗传

三　多

四卷。三多辑，光绪十六年庚寅(1890)刻《可园杂纂》本。(浙江图书馆藏)

一、俞樾"序"(第1a—2a页)

六桥君者，余门下士王君梦薇之高足弟子，曾介梦薇见余于俞楼，风形瑰润，声姿清亮，昔人所谓"观其眸，表其韶慧；视其色，知其英朗"者也。以其所撰《柳营诗传》四卷见示，盖裒集杭州满洲驻防营中诸老辈之诗，附采诗余，兼及闺秀。其征文考献之功、抱残守阙之意，可谓勤且挚矣。余惟我国家发祥长白，遂荒大东，八旗子弟皆关外从龙劲旅也。其后混一区宇，分驻要区，而吾浙亦有驻防营之设；[第1a页]以丰、沛之余风故俗，而又濡染于湖山之美，宜其文与质之相兼，而气与韵之并胜矣。昔仲尼编诗，始于"二南"，盖文、武兴于邠、岐，而其风化自北而南，南国实首被之，故为《国风》之冠。我朝之兴于满洲，犹周家之兴于邠、岐也。八旗之分驻我浙者，即其德化流被于南方也。然则此一编也，若得孔公论定，安知不与《周南》《召南》并录乎？今闻营中多风雅士，弹琴咏诗、文酒游宴无虚日。梦薇遍交其贤士大夫，而余因梦薇以识六桥，得读此编；惜老病相寻，意兴衰落，[第1b页]不及追逐于骚坛雅坫间也。光绪辛卯[十七年，1891]季春，曲园俞樾。[第2a页]

二、王廷鼎"序"(第1a—2a页)

自来以征讨得天下者，往往视艺文为末务。及至右文之世，则又讳言武备。韃櫜干戈,此轻彼轩,比比然也。伊古以来,独能文武并尚,传数十百世而不替者,惟我圣清,洵超绝前后矣。杭州驻防之营,本为简士卒、捍海疆而设,乃数十百年,士大夫渐摩家法,于骑射而外,莫不亲文学而耽吟咏。由是掇巍科,建殊勋,以文名显者,代不乏人。顾其所能既多,则其所传不重。世祀绵杳,渐沦散佚;中间兵燹,焚掇殆尽。不有纪述,难免数典而忘[第 1a 页]之憾。己丑[光绪十五年,1889]冬,余曾为撰《杭防营志》;于"艺文"一门,颇有征订,惟以篇帙繁累,都不载其文。时襄余纂访者,有门下士三多六桥世勋。六桥为营中佳子弟,绮岁多才,留心掌故。既助余成书,复自专辑其营中诸先达遗诗,穷搜冥访,自国初迄今,都三十余家,先列其爵籍姓名,而后附录其诗,旁及诗余,兼采闺秀,厘为四卷,意在以诗传人,即名之曰《柳营诗传》,而请序于余。余嘉其网罗之勤、搜讨之广,非敢谓其能诗之人即尽于此,而其可传之诗要亦[第 1b 页]不外此已。是书也成,足征吾朝文通武达之风,其感在一隅一旅间者已神化若斯其甚,岂特发潜阐幽,有以补吾书之缺为足多乎哉?故喜而为之序。光绪辛卯[十七年,1891]中夏,震泽王廷鼎书于花市小筑。[第 2a 页]

三、三多"自序"(第 1a—b 页)

今夏,三多襄吾师王梦薇先生撰《杭防营志》,成其"艺文"一门。因篇幅冗繁,仅于各人传下,有专集者,载曰"著有某某集若干卷";其无专集者,载曰"能诗",或曰"工吟咏",而均不录其文。然恐难餍阅者之心,因属三多别辑《柳营诗传》一书,以补其阙,盖欲与《志》相辅而行也。三多敬受教,即将向所纂《武林城西诗辑》中,凡属吾营中人,概为录出,并以呈师,所去取者汇录之。又有承君筱珊、丛君兆丹,邮筒往返,相资考订。阅三月而书成,因志其缘起,[第 1a 页]复明言其例于后,以见是书与《志》实二而一者也。光绪十有六年庚寅[1890]之秋,乡后学钟依氏三多谨书于可园。[第 1b 页]

四、三多“凡例”(第 1a—b 页)

一[一] 诗则录自各家集中。其无专集者,或采诸廷沄岩太老师所著《武林城西古迹考》,或见诸他人诗文集中,及留都诸世家卷册留题。至有口授传闻者,未敢滥登。

一[二] 各传悉遵梦薇师《志》中节录。其有未备者,或质诸本营老成与庭训所及,悉有证据,疑者阙焉。

一[三] 是书意在以诗存人,故少则全录之。其有专集者,随录一二,多至七八首。工拙不计,以不敢居选诗之权[第 1a 页]也。其编次以科第为序,余依年齿附之。

一[四] 是书共为四卷,卷一、卷二诗,卷三存闺秀,卷四附诗余。[第 1b 页]

【附录一】吴庆坻《蕉廊脞录》卷五“柳营诗传”条(中华书局 1990 年 3 月第 1 版,第 165 页,总第二百二十二则)

杭州驻防三多,字六桥,撰《柳营诗传》四卷,盖裒集杭州满洲驻防营中诸老辈之诗,自巴泰(乾隆壬午[二十七年,1762]举人,官光禄寺丞)以下至玉昌(故江苏粮储道。咸丰庚申[十年,1860]在浙守营有功,辛酉[十一年,1861]全家殉难。赫特赫纳之从子)凡三十人,又闺秀二人,末附为诗余者三人。篇什虽不甚多,而百数十年间满营文物之盛,约略可见。其书刊于光绪庚寅[十六年,1890]、辛卯[十七年,1891]间,二十年后遂有黍离之叹;是书之存,不可谓非幸矣。前有俞曲园师序。六桥自言采录各家专集,其无专集者采诸廷沄岩《武林城西古迹考》。沄岩姓巴尔达氏,廪贡生,工画能诗,著《苍雪斋诗》《湖山胜迹补遗》《武林城西古迹考》八卷,今乱后不知其书犹存否?又盛恺庭丈元,尝著《杭防小志》,亦未刊行;乱离之后其家子姓雕落,此书遂不可问。

02－007　国朝畿辅诗传

陶　樑

六十卷。陶樑辑，《续修四库全书》第1681册，影印道光十九年己亥（1839）红豆树馆刻本。

一、陶樑“序”（第1—2页）

国朝创业辽沈，整旅入关，武功耆定，文治兴起。畿辅为辇毂近地，较之前汉，乃左冯翊、右扶风比。其沐浴于圣化，而以仰承至意，鼓吹休明者，尤非他省所可跂及。樑系官于斯，前后凡二十三载。先是在京师，已与其邑之人士游。至是，益习其土风，谙熟故事，而邑人士亦多以所藏选本见示，乃始荟萃诸作，录而传之。复为小传、诗话，以综其事。多者不敢滥，僻者不敢遗；有若宏儒硕学、名在人口而句律无存，亦复附详端绪，以待后人之补辑焉。盖昔者圣人采诗，凡列十五国风；其所编次，郑之与毛，小有异同，而其首“二南”也则一。“二南”者，先儒以[第1a页]为周在岐山之阳，古公始居其地；迨后文王徙丰，乃分岐周故地为周、召二公采邑，且使周公为政于国中，召公宣布于诸侯焉，故“二南”之诗独为正风。窃以为白山黑水，王气盘郁，如周之岐阳；燕京幽蓟，风化首善，如周之丰、镐；而近畿渥被皇泽，承宣懿孅，有如周南、召南及汉家三辅者然。然则此编之作，与夫成周“二南”之领在乐官者，意旨不殊；而《汉志》所列燕代邯郸河间讴歌之词不传者，亦庶几可以想见也已。樑虽不材，愿以入侍禁林，出典大郡，奉职棐忱，搜访遗佚，冀备𬨎轩使者之[第1b页][第1页]俯采。盖“风”也，而“雅”“颂”在其中矣，岂独为此都人士备掌故、资讽咏已哉？刻既成，爰扬扢而为之序。至于综辑微意，诸见

"凡例"中者，此不复载云。道光戊戌[十八年，1838]三月，赐进士出身前翰林院编修日讲起居注官国史馆提调直隶清河道署按察使司按察使知大名府事长洲陶樑。[第 2a 页][第 2 页]

二、陶樑"国朝畿辅诗传凡例"（第 2—11 页）

一[一] 声音之道与政通，教化之行自近始。畿辅为首善之区。我朝定鼎以来，重熙累洽，垂二百年。文治聿兴，人才蔚起。和其声以鸣盛者，指不胜屈。历来诗集选本，或兼采前代，或仅列时贤；或旁及他省，或限于郡邑，未为赅备。兹选自顺治丙戌[三年，1646]迄道光丁酉[十七年，1837]，共得八百七十五家，汇成六十卷；略仿《昭明文选》之例，生者不录，冀以表彰前哲，阐发幽光，不敢稍蹈标榜之习也。[第 1a 页]

一[二] 清庙明堂，《三百篇》以冠"雅""颂"，与变风、变雅体制各殊。我国家文治武功，典礼明备；载笔诸臣，鸿章巨制，雍容揄扬，足备一朝掌故。又如忠义节烈之事，垂之歌咏，足以翊名教而植纲常，有关世道人心尤非浅鲜，亟应采辑以广流传。盖不独以清词丽句见长，总期有裨实用。

一[三] 我朝开国之初，畿辅人才应运而生。顺治丙戌[三年，1646]会榜，几得一百余人，率多扬历中外，位望通显。而高阳相国，[第 1b 页][第 2 页]勋业巍然，泽州陈廷敬谓其诗"遭际盛时"，"有雍容太平之象"，允宜冠冕群贤，列于卷首。其同时从龙之彦，科目系在前朝，诠次较后，以示区别。至康熙己未[十八年，1679]、乾隆丙辰[元年，1736]两开博学鸿词科，旷典昭垂，为元明所未有；无论前此科目，均汇为一编，以志诗人际遇之盛。

一[四] 山林隐逸，时际沧桑，往往有高不仕之节者。如容城孙奇逢，倡道苏门，屡征不就，自谓胜国遗民，而《畿辅通志》列于儒学之首；所著《四书近旨》《理学宗传》诸书，业已著录[第 2a 页]《四库全书》中。同时如献县王余祐、曲周王体健、清苑高鐈等，均从受业，讲性命之学；因其志行相符，依类编次，亦犹元诗之存元遗山、明诗之存陶南村也。

一［五］　八旗分驻京师，氏族则肇自沈阳，流长源远。前见《熙朝雅颂集》搜罗宏富，选择精严，几于无体不备，无美不收，洵足萃长白之宏文，标盛京之杰作；迄今人材益盛，诗集日增，必有重编续集，以昭一道同风之治者，固非是集所能方驾，而亦不废并存耳。

一［六］　都会之地，四方辐辏。每值开科之岁，担簦负笈多［第2b 页］士来观上国之光，因而占籍者，历科皆有。即如大兴胡侍郎兆龙、昌平钱宫詹中谐、静海宫中丞梦仁、永平翁尚书叔元，均非土著。兹选总以太学题名碑录为断，不复再注原籍，以归画一。至舆图代有沿革，如磁州之隶于豫省，蔚州之隶于晋省，今既归并畿辅，其地诗人均一例采入。若原隶直省之内，黄、滑、濬等县，业经改隶中州，即有作者，概不著录。

一［七］　历观诸家选本，往往详于南而略于北，不知诗人何地蔑有。兹集所收如申凫盟，诗以少陵为宗，而［第 3a 页］出入高、岑、王、孟之间。同时杨犹龙，才力亦足相埒，入蜀后诗尤为波澜老成，于“南施北宋”外别树一帜。又如庞雪厓之冲淡，成过村之天才隽逸，即阮亭、竹垞诸词坛亦交口推之。近日如朱文正、纪文达、翁覃溪三公，诗集高文典册，足以鼓吹休明，久称燕许大手笔，窃恐同时馆阁诸公，未易齐驱并驾也。天之生才，不以地限；操觚之士未暇遍观，先存轩轾之见，岂通论乎？

一［八］　韩畕、梁以樟、刘文炤之诗，见于《明诗综》。沈归愚尚书复选韩畕入《国朝［诗］别裁集》，诚以其人虽胜国［第 3b 页］［第 3 页］遗民，既已食毛践土覆载之内，岂容自外生成？若梁以樟，官前明县令，康熙间其人尚在；刘文炤为新乐侯刘文炳之弟，顺治乙酉［二年，1645］年才十五，后复流寓江淮，其诗均应采录，不妨与《明诗综》并存。至鸡泽殷渊、大兴崔子忠，俱死明季甲申［崇祯十七年，1644］之难，仍不著录。

一[九] 是集征引书目，如《钦定明史》《钦定四库全书提要》，俱已敬录；他如《畿辅通志》、各府州县新旧志、太学题名碑录，朱彝尊《明诗综》《曝书亭[第 4a 页]集》《日下旧闻》《静志居诗话》，杨谦《竹垞先生年谱》，王士正《带经堂集》《居易录》《香祖笔记》《池北偶谈》《古夫于亭杂录》《渔洋诗话》《感旧集》，吴伟业《梅村集》，靳荣藩《吴诗集览》，魏禧《叔子文集》，毛奇龄《西河合集》，赵执信《饴山集》，施闰章《愚山集》，宋琬《安雅堂集》，陈其年《湖海楼集》，梁佩兰《六莹堂集》，田雯《古欢堂集》，姜宸英《湛园文钞》，陶澂《舟车集》，吴雯《莲洋集》，韩菼《有怀堂集》，李武曾《秋锦山房集》，汤斌《文正公集》，魏裔介《兼济堂文集》《观始集》《溯洄集》，王崇简《青箱堂文集》《文贞公年谱》，王熙《文靖公集》，魏象枢《寒松堂集》，[第 4b 页]邓汉仪《诗观》初、二、三集，陆次云《皇清诗选》，魏宪《百名家诗钞》，孙[蒋]鑨《清诗初集》，席居中《昭代诗存》，徐釚《续本事诗》，王企靖[埥]《七家诗选》，郜焕元《五鹿诗选》，宋荦《江左十五子诗钞》《筠廊偶笔》，顾祖禹《方舆纪要》，汪琬《说铃》，王晫《今世说》，方象瑛《松窗笔乘》，彭绍升《测海集》，方苞《望溪文集》，全祖望《鲒埼亭集》《词科摭言》，杭世骏《道古堂集》《词科掌录》，李富孙《鹤征录》，钱陈群《香树斋集》，卢见曾《山左诗钞》，董柴《如兰集》，杨方晃《磁人诗》，沈德潜《别裁集》，商盘《越风》，管干珍《旧雨集》，尹会一《北学编》，郑方坤《诗人小传》，陈仪《学士[第 5a 页]文集》，王步青《己山文集》，袁枚《小仓山房集》《随园诗话》，李中简《嘉树山房文集》，王昶《春融堂集》《湖海诗传》《蒲褐山房诗话》，查为仁《莲坡诗话》，蒋士铨《忠雅堂集》，顾光旭《响泉集》，纪昀《文达公遗集》《阅微草堂笔记》，朱筠《笥河文集》，朱珪《知足斋集》，朱锡经《朱文正公年谱》，姚鼐《惜抱轩文集》，吴锡麒《有正味斋集》，曾燠《赏雨茅屋集》，阮元《研经室集》《汉学师承记》《两浙輶轩录》，洪亮吉《卷施阁集》，赵怀玉《亦有生斋集》，张问陶《船山诗草》，黄景仁《两当轩集》，吴嵩梁《香苏山馆集》，查揆《筼谷诗集》，鲍桂星《觉生诗集》，刘大观[第 5b 页][第 4 页]《玉磬山房集》，舒位《瓶水斋集》，李基塙《墨霞堂集》，蓝瑛《图绘宝鉴续纂》，张庚《画征录》，冯金伯《国朝画识》《墨香居画识》，阮葵生《茶余客话》，戴璐《藤阴杂记》，法式善《槐厅载笔》《清秘述闻》，王家相《续清秘述闻》，黄崇兰《贡举考略》，张维屏《听松庐文钞》《诗人征略》，李燧《晋游日记》，李兆元《十二笔舫斋杂录》，朱滋年《苔岑诗略》，李简《历代畿辅诗选》，梅成栋《津门诗钞》，凡史传志乘、碑铭志状，下逮丛书荟说、琐事遗闻，共百十余种，仅止耳目所及，非敢谓考镜之资得此已足也。[第 6a 页]

一[十] 诗以专集为重。其得自选本者，零章碎句，未能窥见全豹。兹选如李霨《心远堂集》十二卷，魏裔介《兼济堂集》十二卷，魏象枢《寒松堂集》九十二卷，窦遴奇《倚雉堂集》十二卷，梁清远《祓园集》九卷，梁清标《蕉林诗集》十八卷，成克巩《清慎堂集》四十四卷，杜立德《太傅诗选》一卷，高尔俨《古处堂集》四卷，王崇简《青箱堂集》六十六卷，刘余祐《燕香斋集》八卷，孙昌龄《亦园集》四十卷，范士楫《橘州集》六卷，王熙《文靖公集》二十四卷，马鸣萧《惕斋诗集》一卷，佘一元《潜沧集》八卷，郝浴《中山集》四卷，周体观《晴鹤堂集》[第 6b 页]十六卷，孙奇逢《夏峰集》十四卷，李孔昭《秋壑吟》一卷，杜越《紫峰集》十四卷，王余佑《五公山人集》十四卷，高鐈《渊颖集》四卷，申涵光《聪山集》六卷，殷岳《留耕草堂诗》一卷，周鐈《葭里集》六卷、《二集》六卷、《三集》五卷，郭棻《学源堂集》十八卷，张湝《读书堂诗草》十卷，刘元徵《培园诗集》六卷，翟廉《宦游偶寄》一卷，井在《铁潭集》八卷、《篦蟫集》四卷，成克大《历游诗》十卷，张衡《听云阁集》二卷，马之駷《墨隐诗草》三十卷，黄茝若《留笏草堂集》一卷，王钟岳《香草亭诗》一卷，章汉《贮月轩集》六卷，边铭珣《东陵集》二卷，傅维枟《燕[第 7a 页]川渔唱》二卷，张瀚《纯白斋诗》一卷，申涵煜《江航草》一卷、《敏庵集》一卷，孔琦《果斋集》四卷，张榕端《宝啬堂诗》四卷、《兰樵河上草》二卷，李聘《余存集》二卷，马子骧《午梦堂诗稿》一卷，甲颋《耐俗轩集》三卷，庞垲《丛碧山房集》五十七卷，袁佑《雪轩集》二卷，纪炅《桂山堂集》八卷，李瑞征《篪余草》一卷，魏荔彤《怀舫集》三十六卷，王建衡《任庵诗集》九卷，孙枝蒨《腴古斋诗》一卷，林征韩《忘余草》一卷，边汝元《渔山诗草》二卷，刘骅良《支庄诗集》一卷，李经垓《东园集》七卷，孙洤《担峰集》四卷，张潡《馤田集》五卷，崔缉麟《段垣诗[第7b页][第5页]订》二卷，张壎《秦游诗》一卷，王煐《忆雪楼诗》二卷，成文昭《谟觞诗集》五卷、《二集》三卷，厉廷仪《双清阁诗稿》八卷，王企堂《雪坡诗稿》四卷，魏嵋《锄经山房稿》一卷、《且斋草》四卷，芮复传《衣亭诗草》一卷，查为仁《蔗塘未定稿》六卷、《外集》八卷，程可式《来山堂诗钞》八卷，王钧《松露堂稿》四卷，陈德荣《葵园诗集》四卷，纪麦宜《俭重堂集》十二卷，李基塙《墨霞堂集》一卷，陈仪《兰雪斋集》十八卷，赵尚友《山泉吟稿》一卷，姜顺龙《采鹿堂集》四卷，李鋮《邓尉山房集》三卷，周焯《卜砚山房集》二卷，边睿《土苴集》一卷，黄聪《蒸菌书[第8a页]室集》一卷，梁穆《列翠轩诗》二卷，李日茂《泽畔吟》一卷，查曦《珠风阁诗草》七卷，李才蕡《怡云堂集》一卷，尹会一《健余诗草》三卷，纪达宜《茧瓮集》八卷，魏元枢《与我周旋集》十二卷，王又朴《诗礼堂诗集》七卷，边怡《积翠山房诗稿》二卷，杨方晃《鸡肋集》四卷，陈浩《生香书屋诗》六卷、《恩光集》一卷，单钰《镂冰诗钞》五卷，周人骥《香远堂诗稿》八卷，常青岳《晚菘堂集》二卷，刘燉若《渠阳铎韵》一卷，李承恩《致远堂诗稿》一卷，张应楸《佩兰斋集》一卷，邵大业《谦受堂集》十二卷，李学礼《补过堂集》四卷，边连宝《随园诗草》八[第8b页]卷，苏鹤成《野汀诗稿》三卷，边中宝《竹岩诗草》四卷、《南游埙篪集》一卷，魏大名《一篑山人诗草》四卷，纪晋《宝树轩诗》二卷，张珑《平林遗稿》一卷，成怀祖《关西橐草》四卷，王太岳《青虚山房集》二十四卷，李棠《思树轩诗稿》四卷，刘炳《啸谷诗草》四卷，李中简《嘉树山房集》十八卷，朱珪《知足斋集》二十卷，边继祖《澄怀园诗集》二卷，吴肇元《桐华书屋诗稿》十卷，戈涛《坳堂诗集》十卷，翁方纲《复初斋集》七十卷，王继燿《不自收拾集》二卷，朱筠《笥河诗集》二十卷，纪昀《文达公遗集》十六卷，金玉冈《黄竹山房诗钞》三十[第 9a 页]卷、《田盘纪游草》一卷、《天台雁宕纪游》一卷、《粤游草》一卷，曹昕中《田间吟》一卷，边向禧《就昀斋诗》十卷，边思讷《云鹤诗草》一卷，俞光滏《柏园诗草》三卷，邵自镇《夷白山人行卷》一卷、《不须编》一卷，邵庚曾《香渚诗草》一卷、《使黔草》一卷、《消寒集》一卷、《雁门集》一卷、《视漕集》一卷，殷希文《和乐堂诗钞》五卷，崔迈《德皋诗草》一卷，李廷仪《杏琼斋诗集》六卷，马其《云亭诗》一卷，汪诚若《愿学集》四卷，李殿图《番行杂咏》一卷，纪曾藻《小痴遗稿》一卷，刘垲《宦游草》一卷，王鸿《红豆山房诗》一卷，李维寅《廉余诗集》二卷，沈峻欣[第 9b 页][第 6 页]《遇斋诗集》十六卷，查礼《铜鼓书堂遗稿》三十二卷，赵春熙《双琴堂诗集》六卷，王毓柱《粤游吟》一卷、《竹香楼诗》一卷，贾炎《蕉园诗稿》一卷，张浴《子午集》一卷，李廷敬《平远山房诗钞》四卷，邱桂山《依绿山房诗剩》一卷，张太复《因树山房诗钞》二卷、《令支游览集》一卷、《晋游草》一卷，邵自昌《世麟堂集》二卷，何梦莲《式古堂诗集》四卷，华兰《皖城集》一卷，李光谦《香国来人稿》一卷，张五伦《渌漪轩学吟草》一卷，戈涢《追逋集》四卷，芮熊占《蕉亭闲咏》一卷，张灼《十获斋诗稿》一卷，荆垲《片石山房诗稿》一卷，张德懋《石兰[第 10a 页]堂诗》九卷，张源《必为轩诗稿》一卷，樊宗浩《砚圃山房遗稿》一卷，樊宗清《留余山房诗集》二卷，翁树培《比部遗诗》一卷，舒位《瓶水斋诗集》十七卷、《别集》二卷，王发楠《鸿泥书屋诗草》一卷，邵葆醇《鞾华吟舫诗草》一卷，王殊渥《且住为佳轩诗》二卷，边士圻《爽轩集》四卷，步毓岩《乐饥草堂诗》一卷，田玉《附蓬小草》一卷，黄镃《鹤阴堂诗稿》一卷，李美《清华堂诗钞》一卷，鲁鳄《耕心堂草》一卷，梅履端《拙石山房草》一卷，黄掌纶《春倪草堂诗》一卷，邵廷杰《清吟巢诗钞》三卷，穆得元《渐于集》三卷，李燧《青墅诗稿》十卷，康[第 10b 页]尧衢《海上樵人稿》十二卷、《津门风物诗》四卷，张頫《寒竽山房诗》一卷，邵葆祺《司勋存稿》一卷，纪滏《豆花斋诗集》一卷，王廷绍《澹香斋咏史诗》一卷，李蕴《尺松斋集》四卷，王墀《游盘诗》一卷，王棻《吾溪诗钞》八卷，李光里《春熙堂诗》一卷，王履谦《游豫杂咏》一卷，边九鳌《时斋诗草》四卷，方履篯《万善花室遗集》四卷，陈祺龄《剑花龛诗影》一卷，李佛桐《愈愚蓬舍诗稿》八卷，郑成基《东园集》十二卷，马宗濂《通江诗草》一卷，刘锡《写梅阁诗存》一卷，刘栻《一石山房诗》一卷，查林《花农诗钞》六卷，张廷选《西湖杂咏》一卷、[第 11a 页]《冶堂草》一卷，卢廷栋《栖素山房诗稿》二卷，王拱端《芸窗诗》一卷，孙超曾《海岑集》一卷，缪共位《青棠书屋诗稿》一卷，郑朴《哀吟集》一卷，傅维鳞《四思堂集》，刘鸿儒《四留堂集》，吕缵祖《几园集》，王登录《梅轩诗草》，杨思圣《且亭诗》，郜焕元《猗园存笥稿》，石申《宝笏堂遗集》，胡兆龙《息游堂诗集》，戴明说《定圃诗集》，王公弼《景庆堂诗选》，董国祥《了余园吟草》，金镇《清美堂诗集》，王蔚《韦庵集》，胡凤阁《伏枥斋集》，李士焜《麟篆斋集》，李芳莎《威如堂诗集》，谷应泰《筑益堂诗集》，谢泰《蓼集编》《客中吟》，魏一鳌《雪亭诗草》，王体健《读[第 11b 页][第 7 页]骚斋诗集》，张盖《张子诗选》，刘逢源《积书岩诗》《学迂轩稿》，赵湛《玉晖堂稿》，赵吉征《菜根堂诗选》，纪元《卧游山房稿》，杜镇《宝田斋草》，戴王缙《萧云斋集》，魏双凤《南游草》，陈圣俞《寓瓯杂咏》《归田诗》，李如涝《行素堂诗集》，曹鼎望《楚游》《新安》二集，崔华《公余咏》，蒋宏道《来仲轩诗草》，郑茂《竹边楼诗集》，申涵盼《定舫诗草》，苏湄《圯上吟》，魏裔讷《逸休居诗》，连佳樗《损斋诗草》，王维坤《渐细斋诗集》，牛枢《滇游草》，刘文炤《揽蕙堂偶存》，梁以樟《印否集》，史可程《浮叟诗集》，韩畕《天樵子集》，杜依中《雨花诗集》，刘六德《智侯集》，辛民《辛[第 12a 页]子诗集》，孙望雅《得闲人集》，乔钵《文衣诗集》，米寿都《吉土诗集》，马之骦《□[旻]徕诗集》，刘佑《寻远楼诗集》，杨遗白《舟瓠斋集》，魏体仁《一枝堂诗集》《客吟续稿》，马鸿勋《醉庵草初集》，张昕《绿肥轩诗稿》，董昌龄《野心斋小集》，庞克慎《裕德堂稿》，胡介祉《谷园诗集》，成光《素园集》，傅燮詷《绳庵诗稿》，陈襄《容堂诗》，魏裔京《致远堂诗》，魏勷《玉树轩诗草》，王涵煐《拈须吟》，傅燮雝《笠亭诗集》，高绢睿《崇古堂诗》

《镜山阁偶存》，王元炬《三惜斋诗集》，何天宠《紫来阁集》，井镃《半草山房诗钞》，崔征璧《西清初学编》《东海集》《金台集》《怀州集》《游[第 12b 页]梁集》，李振世《裕昆堂集》，黄任《坦斋诗集》，王邻《问津园诗草》，张恂《二一山房稿》，王郎《墨妙堂集》，宫梦仁《齐鲁诗》，方峨《嵋雪集》，姚升《东岩草》，刘鼎《南游草》《淇澳草》《匪鱼草》，王作肃《复初斋诗草》，翁叔元《梵园诗集》，阎中宽《芸晖堂诗集》，米汉雯《漫园诗草》《始存集》，陈僖《燕山草堂集》，张霖《遂闲堂稿》，何林《弥年集》，崔岱齐《坐啸轩琐言》，李文秀《楚吴偶吟》，陈寅《主一堂集》，曹钊《鹤龛集》，曹鈖《瘿庵集》，曹鋡《雪窗诗集》，贾穆《瘦仙裔人诗稿》，杨自牧《潜籁轩稿》，张桥衡[恒]《积力斋百咏》，张霔《帆斋逸稿》《晋史集》《欸乃书屋集》《绿艳亭[第 13a 页]集》，许维祚《六雪斋诗草》，曹广端《初旸集》，曹广宪《石仓集》，金宪孙《埘园稿》，李晓《梧台集》，邓林尹《雪江草》，黄之琮《自娱草》，李爕元《慕庵诗集》，王洁《幽居山房稿》，殷四端《静远居稿》，金平《致远堂诗集》，张祯《焚余草》，江黄赞《目耕堂集》，金大中《可亭集》，黄仪《灌园草》，李旭升《游南草》，段大任《莘野诗草》，赵炯《香鱼山房草》，张坦《唤鱼亭诗草》，纪遴宜《式纶堂集》，李周望《论心堂集》，乐玉声《退闲堂稿》，王鎜《培风堂诗集》，赵董《修书楼诗草》，杜其旋《咏云斋诗集》，黄谦《历下吟》《太行行草》，王师旦《淑莘诗集》，龙震《玉红草堂诗集》，胡[第 13b 页][第 8 页]惟一《药余草》，李鎠《重积堂集》，杨大年《蘅香草》，褚爽《南村草》，沈起麟《诵芬堂诗》，童葵园《闲闲斋集》，戴宽《裕庵遗稿》，王居建《述园集》，牛天宿《谦受堂诗草》，纪暹宜《五芝楼集》，宫鸿历《恕堂甲乙游草》《淮壎集》，戴寅《小戴诗草》，周人龙《居易堂诗稿》，王僧慧《槐园集》，王履吉《修修斋诗草》，舒大成《试墨斋诗集》，魏廷珍《课忠堂诗钞》，李法颜《枣柏西林稿》，魏述祖《静远堂诗集》，于振翀《爱萱斋诗集》，胡捷《读书轩集》，马仲琛《乐仪堂稿》，牛焜《慎思斋诗集》，王不党《于役草》，王若琏《墨痴集》，梁雍散《朗斋诗稿》，朱函夏《谷斋集》，董桯[第 14a 页]《涉江草》《滨泺吟》《于役江干草》，查为政《兰亭诗钞》，辛志可《游艺园诗集》，纪恒《藤花书屋诗草》，马尔恂《客园蝉露草》，李之峠《秦役草》《旋晋草》，李培深《越游草》《燕山草》，陈凤友《素斋诗草》，纪邁宜《返吴吟》，张如鉽《兰谷诗草》，张冲之《素修堂诗钞》，陈德正《葛城诗稿》，田志勤《业精堂诗草》，王荣勣《澄斋诗草》，董榕《庚洋集》《庚溪集》《诗意集》，徐金楷《步青堂诗草》，田志苍《翙羽堂诗草》，田志隆《研悦堂诗草》，马兆鳌《醒流集》，纪复《宝树新屋诗草》，温如玉《静渊斋诗存》，丁时显《青蜺居士集》，牛思凝《谦受堂诗草》，李德举《三有堂诗[第 14b 页]草》，金振声《观善堂诗集》，汪舟《桐阴山房稿》，金世熊《竹坡存稿》，张模《贯经堂诗钞》，于豹文《南冈诗草》，王鸿典《抱经堂集》，李湜《海天书屋诗草》，纪淑曾《汉皋集》，张湘《大雅堂诗集》，王淑向《斗室集》，查善和《东轩诗草》，赵思《崠湳集》，周兆昇《萝月轩集》，王应楔《珊瑚集》，杜昌言《浣花庳诗集》，吕淙《秋冈书屋诗笺》，王彦《醉吟集》，赵松《偶存集》，边圣照《雪舟诗稿》，王履泰《饮香草》，边又禧《述德堂诗》，单道临《积雪山樵稿》，王希曾《一梧斋诗草》，季炬《宝廉堂诗草》，崔述《知非集》，董觐光《牧亭诗草》，赵瞵《橐中稿》，纪汝佶《半舫诗钞》，李[第 15a 页]蔚《岚秋山房剩稿》，宋赫《东野诗草》，纪承曾《紫藤书屋诗草》，张虎拜《妙香阁诗集》，王禄朋《秋坪吟草》，孔昭熺《医俗轩诗集》，包愫《留香书屋小草》，邱庭瀶《芝房剩稿》，栾樟《粤游草》，金永《归与草堂集》，杜正灼《卧鹏楼诗草》，周自邠《草龛诗集》，成诚《悔斋诗草》，王玑《损庐诗存》，牛克敬《眠云诗稿》，邓咸中《西园诗存》，张煦《世德堂诗稿》，陈居敬《映奎堂稿》，查诚《天游阁诗集》，王天禄《莲舫剩草》，张诠《东周诗草》，张丙震《悟兰室诗稿》，徐澜《砚北草》，冯智《梅墅诗存》，邓谐《百城书屋剩稿》，张中正《依云轩诗钞》，郑师《晚香草》，祝德全[第 15b 页][第 9 页]《葆初诗草》，王振绪《澮园草》，刘昇《东溪诗草》，李景程《红素山房诗草》，高占魁《三味斋稿》，徐通复《菊圃诗草》，马廷夔《梅亭遗稿》，沈峄《莺鸣集》，庞世骝《槐阴存草》，刘广恕《如心堂吟草》，刘廷楠《偶一草》，杜南棠《荔村诗稿》，边士培《延香书屋诗草》，边志醇《十笏斋诗草》，王定柱《鸿泥吟》《椒园诗剩》，金绍骥《竹村吟稿》，王廷建《吹剑集》，周廷俊《味雪庐诗稿》，施德宁《致园诗草》，沈乐善《黔中草》，李肄颂《放鹤轩吟草》，田籍《笃慎堂诗集》，孙鸣铎《木斋草》，纪曾华《暗香书屋诗草》，解培垍《鬲南诗草》，朱克振《方有斋集》，王企曾《西亭集》，[第 16a 页]王昭《卧隐斋诗草》，王彤《霞峰诗草》，王实坚《冰雪斋诗草》，袁正瑞《蕉窗存稿》，窦征榴《征次吟》《岳阳吟草》，张述椝《访渔稿》，张赐宁《黄花吟馆诗集》，左之准《百药堂诗稿》，沈铨《六琴十砚斋诗草》，王本仁《菘香堂诗草》，宁岐昌《又新堂诗稿》，樊宗澄《寒竽集》，王孙兰《晴雨轩诗草》，金铨《野田存草》，赵廷荃《湘三诗稿》，戈眴《味素山房诗》，乔耿甫《侨樵稿》，乔树勋《六桥诗钞》，王延襄《老圃诗稿》，沈士煜《闽海诗存》，林天培《又一村吟草》，王有庆《善舟吟稿》，鲍克庄《清穆堂诗集》，魏宗白《梦蝶诗草》，徐铨《藕船诗草》，田文洛《四铭堂诗[第 16b 页]草》，谷怀清《杏锦堂诗稿》，李珠光《梦厓诗草》，杨锳《翠雨山房诗钞》，纪树荣《积雪亭稿》，刘庚《少白诗草》，王瑞征《滇黔吟草》，李云章《恖闻斋诗稿》，杨际运《碧山草堂集》，张招觐《雨香龛诗草掇余》，邵自祐《蕙圃诗钞》，谷宗善《可亭诗钞》，陈靖《读石山房小草》，赵之城《琴鹤堂诗草》，邢元植《绿柳山房诗草》，翟际华《寒竽小草》，王城《万里行吟草》，张瓛《容膝轩诗草》，康钧《石斧集》，杨继曾《拂云轩诗草》，冯晋《梦陶山人学吟稿》，郑佐《红蕉花馆诗稿》，王际清《味古斋吟稿》，邓兴业《万竹山庄诗草》，冯嘉兰《爱竹山房诗草》，赵璋《所梦[第 17a 页]集》，步际梅《馥堂诗草》，共五百余种，或得从邮寄，或出自故家；胪举其目，用备他日续订《艺文志》之一助云。

一[十一]　是集虽主选诗，义在存人。凡二百年来，名公巨卿之作，固宜加意搜采，然如宛平孙侍郎承泽之博雅，祈州刁孝廉包之理学，所著皆卓然可传，乃诗则辗转求索，竟无从得其只字。窃恐此外挂漏尚多，所望当代同志摭拾奇零，汇寄补入，以免遗珠之憾。至是集征求既广，辗转传钞，往往一诗重出，字句不无小异，兹只择其佳者录入，无从更校原[第 17b 页][第 10 页]本，识者谅之。

一[十二] 采风问俗，职在史官。余备员畿辅二十余年，每车辙所经，即留心搜访。嗣闻崔明府旭、高孝廉继珩家有旧本，因各出所藏，互为考证。复驰书各府州县广文中之同志者，详加采辑。元城汤训导堃、安肃苏教谕元翼，尤力肩其事。其参阅者，为崔明府旭、梅广文成栋、高孝廉继珩、边茂才浴礼。代司剞劂者，为沈观察兆沄、吴参军景周。此外如白小山尚书镕、赵菊言侍郎盛奎、步香林侍御际桐、王谷庵比部庆元，皆有功于斯集，余不及一一备书。[第 18a 页][第 11 页]

则杰按：以上第九款所说朱滋年《苔岑诗略》，似即指其《南州诗略》(参见该种)。

02－008　龙江诗选

林传甲

不分卷。林传甲辑，《何陋居集（外二十一种）》本，黑龙江人民出版社 1997 年 9 月第 1 版。

一、林传甲“龙江诗选序”（第 1083 页）

孔子删诗，采风十五国，南不及荆楚，北不及燕赵。孔子既殁，骚人南起于湘湄，壮士北发于燕赵，风诗所被，由近及远。汉唐以后，闽粤滇黔，人文弥盛。鸡林贾人，亦传诗于朔漠；塞上之音，特为雄厚。是以辽金元清，入主中原，终归于同化。龙江亘古穷荒，山川间阻，郁而未发。余游兹土九年，博考五百年陈迹，著之图志，播之诗歌。门下士崔嵩，抄存其什一，遂有《龙江诗集》出版。余非诗人，本不欲以诗传，特诗以地传，亦足以补《国风》所未及也。往岁尝手抄桐城方皃宗先生《老羌来》《霜迟乐》诸乐府，及程雪楼、张季端诸先生之近作，凡百余首，题曰《龙江诗存》。门人传观，不知稿存何处，颇以为憾。近岁母妻相聚，仲季往来，各有篇什。日曜暇日，乃聚诸生讲学于奎垣学校，定为德行、言语、政事、文学四科，选近代及今人之诗关于龙江文化者以资传诵，名曰《龙江诗选》。又恐传观者或致遗失也，即付聚珍板铅印，以惠初学。嗟乎！今日之今，来日之古也。斯《选》以后，学诗者继起于龙江，必千百倍于今日，斯编其嚆矢乎？中华民国三年[1914]元月十五日，闽侯林传甲序。[第 1083 页]

02－009　江左三大家诗钞

顾有孝等

九卷。顾有孝、赵沄辑,《四库禁毁书丛刊》集部第 39 册,影印康熙刻本。

此集中国国家图书馆所藏康熙绿荫堂刻本,卷首多卢綋序言及赵沄凡例,即据以补录。

一、卢綋“江左三大家诗钞题”(第 1a—8b 页)

自风雅既兴,代有作者。然盛衰迭见,其能特立振起、主持气运者代不数家。至于精聚神会,彼应此求;或[第 1a 页]并时而生,或并地而生,此又世运之盛若有关焉,非但为骚坛树帜而已也。诗以经传,原非小道。先王以观民风,以答宴飨;以奏宗[第 1b 页]庙,以假鬼神,咸不易此。帝者之世,其音穆如;王者之世,其音雍如。昔贤观乐,于凡政之勤怠烦简、俗之奢俭贞淫,悉于诗乎征之,奚[第 2a 页]云小道?或者谓少陵之诗,凡寓讽刺,忠爱油然,故称“诗史”。恶知彼渊博沉雄,诸体兼备;风格遒上,正始浑全——诗运之盛,固存于斯;世[第 2b 页]运之盛,抑存于斯?仅于声韵间求其忠爱,犹浅之乎视少陵,并小之乎论少陵之诗者也。凡一代之兴,世际醇隆,诸贤辐辏,则若运[第 3a 页]开乎人;至斥黜浮嚣,力追大雅,则又若人开乎运。二者相待,洵非偶然。征诸近代,诗源肇启。初则如日始旭,盛则如日方中。迨后人[第 3b 页]竞新奇,互相角胜;从风而靡,举世若狂。适缘矫枉,不无过正;浸至流失,本真愈离,有莫知其所由然者。圣朝龙兴,崇尚文治,江左爰[第 4a 页]有虞山[钱谦益]、娄东[吴伟业]、庐江[龚鼎孳]三先生起而应运。始亦各生其地,各师其师,未尝谋其有合也。洎乎气类相召,旨若同归;一言一行,均以雅正为[第 4b 页]宗,以至性为本。其处也,风节足以砺俗;其出也,利济足以匡时,使海内同人翕然识所归向。居恒感会,偶寄诗篇。然三先生之学,原[第 5a 页]不尽乎诗;即以诗求,亦未尝不可以见三先生也。吴江顾君茂伦、赵君山子,有《三大家诗钞》之辑;刻既成,乃以弁言来命。忆纮于虞[第 5b 页]山相遇最晚。壬寅岁[康熙元年,1662],以驻节海虞,始得近趋函丈。初见欢若生平,勤勤慰勉,不二年且奄然逝矣。易箦之前二日,贻手书以后事见[第 6a 页]嘱,是不可谓不知己也。若娄东、庐江,则以丙子[崇祯九年,1636]乡荐同时受知,亲沐时雨之化者。被服宗风,既深且渥;规趋矩步,固不专主乎诗。然[第 6b 页]昔卜商为圣门高弟,亲授诗传;其后西河之教,遂以诗名家,至今为世称道。是即谓纮之私淑于三先生者专在乎诗,亦无不可也。[第 7a 页]然惟三先生知纮者深,而纮知三先生者为尤深;知三先生之生也,固气运所开,故终能主持气运者也。是诚为海内推仰之人、百[第 7b 页]代推仰之人,而适聚一方、适聚一时者,庸"江左"之所得私哉?顾、赵二君,获我同心,爰有是刻;纮分属弟子,何敢僭拟弁言?惟珍重斯[第 8a 页]编,敬述为跋。时康熙七年,岁次戊申[1668],春季,楚蕲受业卢纮顿首撰。[第 8b 页]

二、顾有孝"江左三大家诗钞叙"(第 3 页)

夫子删十五国风诗,吾吴不与。或疑泰伯"端委"之遗教,何独无风?吾以为吴非无风,盖风之首也。夫风所由兴,原本山川,托寄草木。今观《禹贡》职方所载,草夭木乔之秀润,瑶琨筿簜之菁英,与夫淮海之襟带、三江五湖之演迤而浩淼,物华天宝,当必有发其气于山农溪女、途谣巷咢间者。特地隔江表,故太师不陈其风,非无风也。春秋之季,季札以诸公子出聘,一观周乐,而十五国之兴衰治乱,无[第 1a 页]不点识神解,名卿硕彦,缟带交欢;言游氏北学洙泗,与序《诗》之子夏同登文学之科，卒能以歌诵管弦，宣化东鲁。斯二子者，岂非比兴之权舆、钟律之苞孕乎？吾故曰："吴非无风，盖风之首也。"汉唐至宋元，吴人以诗名者，自陆士衡兄弟、先希冯、张文昌、陆鲁望、范致能十数公外，指无多屈。有明之时，高季迪、杨孟载、袁海叟、徐幼文启秀于前，顾华玉、徐昌谷、文征仲嗣音于后；王元美兄弟出，遂劘中原之垒，而独建蝥弧。自时厥后，寥落不振者将百载。[第1b页]迨至今日，风雅大兴，虞山、娄东、合肥三先生其魁然者也。虞山诗如掣鳌巨海，决溜洪河，不与翡翠兰苕争柔斗艳；娄东诗如绛云卷舒，晖烛万有，又如四瑚八琏，宝光陆离；合肥[龚鼎孳]诗如天女铢衣、仙璈凤管，新声绮制，非复人间。虽体要不同，莫不源流"六义"，含咀三唐；成一家之言，擅千秋之目。江左之风，于斯为盛。岂非数千年来，江淮湖海所盘郁，林麓沃衍所秘藏，至今日乃发泄无余，而亦何非季札、言游二子之流风远韵所渐濡、浸灌而出之者[第2a页]乎？吾所谓"吴非无风，盖风之首"者，于三先生而益信之也。余不敏，于三先生无能为役；每读其诗，辄口呿目张，舌桥不下，如欧阳率更见索靖碑，驻马坐观，三日而不忍去者。因与赵子山子谋付剞氏，传布通都大邑，使海内之称诗皆以三先生为准的。三先生狎主齐盟，余二人庶几属櫜鞬、捧盘敦而竭蹶趋风于坛坫之下焉；非敢以此尽三先生之诗，亦非敢以三先生尽吾江左之诗也。是为叙。康熙六年[丁未，1667]冬日，吴江顾有孝撰。[第2b页][第3页]

三、赵沄"序"（第4页）

盖人必才大、学大、志大，而后道乃大也。道大则发为诗文，亦无所不大。我江左之有牧斋[钱谦益]、梅村[吴伟业]、芝麓[龚鼎孳]三先生也，卓然为人文宗主，声教德业且满天下，文章特其余事耳，而诗又其文章之余也，乌足以尽三先生之大？第就诗言诗，而三先生之为大家无疑也。昔高廷礼论李唐诗人，每一标目，辄有数家；至所谓大家者，止少陵一人。初窃疑之。既熟读少陵诗及其本传，证之诸家评论，方信廷礼品藻[第1a页]为不虚。夫善诗者，宁屑屑求工于诗哉？少陵平生自比稷、契，濩落困瘁中，一饭不忘君。斯其胸中蕴蓄不小，故其为诗沉雄浩博，诸体无所不备，非雕琢字句、饾饤为工者所敢望也。甚矣！大家之难言也。三先生以命世之才、贯古通行之学、先忧后乐之志，匡济时艰，扶掖士类；投之而不矜，撼之而不动；惟日孜孜，自任以天下之重。斯其蕴蓄何如乎？昌黎之言曰，"欢愉之辞难工，而穷苦之言易好"，谓裴、杨当日德、刑并勤，爵、禄两崇，乃能与韦布专一[第1b页]之士同其与[兴]会。若三先生者，各少年荣达，坐致清显，而未尝不深历于忧患之中。故际兴革之会，其道愈大，岂特荆潭酬和云尔哉？虞山往矣，光焰照人，学者仰为北斗；娄东高卧林泉，身系苍生之望；庐江扬历枢要，论道经邦，所谓当今之稷、契非耶？三先生未尝屑屑求工于诗，而世之学诗者必以三先生为模范。三先生之诗炳耀天壤，沾被后学，如元气之入人肝脾也，如丝枲稻粱之适人口体，可不一日去也。少陵而后，克称大家者，非三先生，[第2a页]其谁与归？余末学寡识，幸生三先生之乡，又尝亲承三先生之教，窃不自揣，与茂伦顾子共诠次三先生之诗，以公之天下，而庶几其不我咎焉者，则恃三先生之道大也。时康熙六年[丁未，1667]阳月望日，吴江赵沄撰。[第2b页][第4页]

四、赵沄"凡例"(第1a—2a页)

一[一] 当代风雅聿兴，亦既家曹、刘，户陶、谢矣。天下巨公，屈指不下数家，将嗣辑以问世。于三先生而冠以"江左"，固以炫其乡之所有，而不敢以此尽天下也。

一[二] 茂伦刻《骊珠集》成，近世能诗之家网罗无遗已。然编帙浩繁，每人不过三四首；以为未尽，复有《百名家英华》之选。既而又思三家之诗，《英华》未备也，故复为是刻。

一[三] 三先生先后同时，虽功用各异，而其为太丘之道则一。故稿中互有唱酬，各相引重，诚一时之盛也。合为一集，览者自知。

［第 1a 页］

一［四］　不编年，以三先生之诗传诵有日，天下所欲见者其未刻新诗也；新旧错综，识者无怪其紊乱。

一［五］　不分体，因三先生已刻稿中业已分体而诸体无不精妙，须使开卷便知，且耳目变换，读者忘疲。

一［六］　参订姓氏，止及江左。因三先生一时领袖，艺林君子罔不归宗，不能尽载；限之以地，仍不能尽列，四方其谅之。

一［七］　虞山先生之诗，其在《初学集》中者无论已，晚年吟咏益工，遗稿有《秋槐》三集、《高会堂》《夏五》等数种，四方所未见者尽已搜葺入编。

一［八］　娄东先生歌行，为世脍炙。他选中所习见者，兹或未［第 1b 页］备；其未刻新诗，载者实多。

一［九］　庐江先生，于京邸侍坐时求其全稿谋付剞劂，而先生时正悼亡，以篇什散乱为辞。近刻《尊拙》《香岩》二集，则先生所手自检定也。编中所录，十之三四耳。

一［十］　三先生之文，直驾韩、苏。宋子既庭与顾子茂伦，即日有《三大家文钞》之刻，是刻特其先声。

吴江赵沄山子谨述。［第 2a 页］

【附录一】沈德潜等《清诗别裁集》卷一“龚鼎孳”条（中华书局 1975 年 11 月第 1 版，上册第 20 页）

龚鼎孳，字孝升，江南［庐州府］合肥人。崇祯甲戌［七年，1634］进士。国朝官至刑部尚书，谥端毅。著有《定山堂集》。

合肥声望与钱、吴相近，又真能爱才。有以诗文见者，必欲使其名流布于时，又因其才品之高下而次第之，士之归往者遍宇内。时有合钱、吴为三家诗选，人无异辞。惟宴饮酬酢之篇多于登临凭吊，似应少逊一筹。

【附录二】林昌彝《射鹰楼诗话》卷十八（上海古籍出版社 1988 年 12 月第 1 版，第 411 页）

“江左三家”诗，以吴梅村为最，钱虞山、龚芝麓不逮也。

【附录三】朱庭珍《筱园诗话》卷二（《清诗话》本，上海古籍出版社 1978 年 9 月新 1 版，下册第 2355 页）

国初“江左三家”，钱、吴、龚并称于世；“岭南三家”，屈、梁、陈亦齐名当代。然江左以牧斋为冠，梅村次之，芝麓非二家匹；岭南以元孝为冠，翁山、药亭均不及也。

02-010 江左十五子诗选

宋 荦

十五卷。宋荦辑,《四库全书存目丛书》集部第386册,影印康熙四十二年癸未(1703)刻本。

一、宋荦"序"(第272—273页)

《周官》,大师之职,教"六诗",必以"六德"为之本;而《王制》,天子巡狩,则命大师陈诗以观民风。故观于诗,而其人可知也;观于诗不一人,人不一家,而民风亦可知也。予不敏,建节抚吴且一纪,修养以无事。既久,而民安乐之,则日以多暇,乃得振兴风雅。后先赏识名人才士于大江南北间,凡十五子,著于篇。夫人三为众;至五其三,而众大萃矣。虽江左人文实繁,然在吾左辖之内者,其亦庶几无留良矣乎?昔吴季札观周乐工歌"十五国风",本无吴,非自孔子删之,盖其时僻在荒服,风气未开。汉魏以来,文[第1a页]人代兴,诗乃渐盛,至于今而极,岂非由今天子濬哲文明,言成雅颂,久道化成于上,而大江南北丕然从风,遂甲天下也欤?夫上古之九歌,用以劳民劝相;而春秋君卿大夫,宴飨答贶,率歌诗以交邻国,往往尚礼而息兵,如郑七子及六卿赋诗见志之类,以其有用,故贵之也,岂若后世月露风云,为无益之藻绘也哉?今十五子中,有连茹而升岩廊者,亦有翙羽于将来者。予咸望其载赓"明良",矢音《卷阿》,作为雅歌,而追虞周之作者,讵不伟欤?予尝举是集与老友邵子湘氏共精选而存[第1b页][第272页]之,得三之一,授之梓。诗无甲乙,以齿次第。十五子者,曰王式丹方若,曰吴廷桢山抡,曰宫鸿历友鹿,曰徐昂发大临,曰钱名世亮工,曰张大受日容,曰杨棆青村,曰吴士玉荆山,曰顾嗣立侠君，曰李必恒百药，曰蒋廷锡扬孙，曰缪沅湘芷，曰王图炳麟照，曰徐永宣学人，曰郭元釪于宫；但著其地而不书其爵，盖所期者远也。噫！人才之生日盛，士本“六德”以陈诗于大师者，又岂十五子所能限乎？行勉而俟之，则吾犹有望。康熙癸未[四十二年，1703]且月，商丘宋荦序。[第 2a 页][第 273 页]

则杰按：此序又载《宋荦全集（附宋氏家集）·内编·西陂类稿》卷二十四（浙江古籍出版社 2020 年 7 月第 1 版，第 2 册第 580—581 页），标题即作《江左十五子诗选序》；除删去末尾署款之外，其他文字相同。

【附录一】宋荦《宋荦全集（附宋氏家集）·内编·西陂类稿》卷十八《康熙乙酉[四十四年，1705]扈从恭纪七首》之六（第 2 册第 450 页）

辟门有盛典，多士此云集。江左十五子，诗卷臣手辑。献颂者五人，文行素所习。荐牍并诗进，须臾荷收入。（荦有《十五子诗选》，在吴者吴士玉等五人，荦奏荐，并进其诗。）遣试就泮宫，引见到御榻。七字得殊遇（应制七律一篇），京国去何捷！

【附录二】宋荦《宋荦全集（附宋氏家集）·内编·西陂类稿》卷三十七《荐士摺（[康熙]四十四年[乙酉，1705]四月十二日上）》（第 2 册第 909 页）

窃臣奉命抚吴，向与所部文士扬扢风雅，后先识拔，共得十有五人。臣将其平日所著诗篇汇为一集，名曰《江左十五子诗》。此十五人内，王式丹、吴廷桢、徐昂发、钱名世、蒋廷锡，业蒙皇上擢居翰林；徐永宣，已中进士，今在籍候补；杨棆，已经除授知县；李必恒，久患耳聋，臣不敢轻荐；外所有吴士玉、顾嗣立、宫鸿历、郭元釪、张大受、王图炳、缪沅七人，久业铅椠，才学素优，惟缪沅远馆京师，王图炳偶尔患病，其吴士玉等见俱进有册页，奉旨考试，诚千载一时之嘉会。臣谨特举所知，恭候圣明采择。谨将《十五子诗集》一并恭呈睿览，合具奏闻。

【附录三】宋荦《宋荦全集(附宋氏家集)·内编·西陂类稿》卷四十九《漫堂年谱·三》"[康熙]四十二年癸未[1703]"条(第3册第1186页)

刻《江左十五子诗选》。"十五子"者,曰王式丹方若,曰吴廷祯[桢]山抡,曰宫鸿历友鹿,曰徐昂发大临,曰钱名世亮工,曰张大受日容,曰杨棆青村,曰吴士玉荆山,曰顾嗣立侠君,曰李必恒百药,曰蒋廷锡扬孙,曰缪沅湘芷,曰王图炳麟照,曰徐永宣学人,曰郭元釪于宫。

【附录四】宋荦《宋荦全集(附宋氏家集)·内编·西陂类稿》卷五十《漫堂年谱·四》"[康熙]四十四年乙酉[1705]"条(第3册第1191—1192页)

四月……十三日,具摺进选刻《江左十五子诗》,并荐吴士玉、顾嗣立、宫鸿历、郭元釪、张大受才学素优,蒙赐考试。

【附录五】《四库全书总目》卷一百九十四集部总集类存目之四(中华书局1965年6月第1版,下册第1768页)

江左十五子诗选十五卷(内府藏本)

国朝宋荦编。荦有《沧浪小志》,已著录。是编乃荦为苏州巡抚时,甄拔境内能文之士王式丹等十五人,各选诗一卷,刻之。考自古类举数人,共为标目,四八之所载,其来久矣。然文士则无是名也。文士之有是名,实胚胎于建安之"七子"。历代沿波,至明代而前、后"七子",广、续"五子"之类,或分垒交攻,或置棋不定,而泛滥斯极;往往以声气之标榜,酿为朋党之倾轧,覆辙可历历数也。荦与王士祯并以文章宿老领袖诗坛,士祯既以同时之人为《十子诗选》,荦亦以所拔之士编为此集,虽奖成后进,原不失为君子之用心,究未免前明诗社之习也。夫诸人诗倘不佳,裒刻何益?其诗果佳,则人人各足以自传，又何必借此品题乎？

【附录六】沈德潜等《清诗别裁集》卷十三“宋荦”条（中华书局 1975 年 11 月第 1 版，上册第 234 页）

商丘公……抚吴时……尝选《江左十五子诗》以提倡后学，固风雅之总持也。

【附录七】杨继昌《国朝诗话》卷一（《清诗话续编》本，上海古籍出版社 1983 年 12 月第 1 版，下册第 1693 页）

《江左十五子诗》，商丘开府时所选也。分道扬镳，一时竞爽。……商丘原序云，书地而不书爵，所期者远。厥后诸家多官禁近，擅词场，南沙蒋相公为世宗亲任，益叹商丘之鉴远矣。

【附录八】郑方坤《本朝名家诗钞小传》卷三《畏垒诗钞小传》（《清代传记丛刊》第 24 册，第 314 页）

商丘公开府三吴日，刻《江左十五子诗》，派别源流率以韩、苏氏为职志……

【附录九】李光国《甓湖联吟集》卷一陈兆兰《题江左十五子诗集》（《四库禁毁书丛刊》集部第 6 册，第 555 页）

吾郡诗名天下闻，宫王李郭总能军。如何隔绝殷璠去，不许江东旗鼓分？（谓殷画村先生。画村高邮人，以隶籍天长不与。）

02－011　江浙十二家诗选

王鸣盛

二十四卷。王鸣盛辑，乾隆三十年乙酉(1765)吴门幽兰巷刻本。(“中国哲学书电子化计划”网站影像版，原书藏美国哈佛大学哈佛燕京图书馆)

一、王鸣盛“江浙十二家诗选序”(第1a—2b页)

曩余有《江左十子诗钞》，皆受业予门者也。而平生老友、题襟雅故，或未之及。且浙西诗家麻列，不下江左；乃以限于一路，亦未暇甄综，有遗憾焉。于是复为《江浙十二家》之选。经始于乙酉[乾隆三十年，1765]初春，讫五月而蒇事。予惟诗教之盛，至今日极矣。钦惟我皇上天纵多能，文思光被，金声玉振，道一风同；江浙蒙化尤深，弦歌比户，蜚英声腾，茂实者霞[第1a页]蔚云蒸，鳞至麏集。予方以服阕家居，循陔多暇，凭轼而观风雅之盛，传钞玩赏，渐次成编。于以导扬皇风，不无小补。若乃删诗辑颂，扬榷品骘，自有当代诸巨公在，予岂其人耶？且江浙诗家，固不得以十二限之。予僻处一隅，见闻寡鲜，仅就所知略为诠次；挂漏之讥，谅所不免。曩《十子诗》序已言之，兹选犹前志也。“十二家”者，上江徽州一人，下江苏州三人、松江四人、太仓一人，浙西杭州一人、嘉兴一人、湖州一人。若葑[第1b页]田，若碧溪，若玉垒，若桐村，若琴学，皆予同社，而琴学又同年友也。盘溪则予弟，而陟庭，余甥也。笠堂、荪完、逊斋、少文、赤玉，谬以一日之长，自称弟子；而其诗格之妙，予方将以蓝谢青焉。错综位置，略以刻之；前后分卷而爵齿、里居概不复次者，亦以示无所轩轾之义云。是《选》辑评，并出我友澹澄高君；而编次校勘，则表弟范子紫庭、门人陈子时可之力居多。至于江浙而外，天下名流惠寄佳篇，行将别为《苔岑集》行世。而是《选》剞劂[第 121 页]先竣，聊书其缘[第 2a 页]起如此。[第 2b 页]

【附录一】法式善《陶庐杂录》卷三（中华书局 1959 年 12 月第 1 版，第 94 页，原标第九十三则）

《江浙十二家诗选》："十二家"者，李绳勉[绵]百、汪棣韡怀、姜宸熙笠堂、蔡忠立企闾、王廷魁冈龄、张梦喈凤于、顾鸿志学逊、高景光同春、廖景文琴学、薛龙光少文、吴璃[琦]赤玉、赵晓荣陟庭也。人各二卷。王西庄鸣盛采录。书成于乾隆三十一年[丙戌，1766]。选、刻俱不及宋商丘本。

则杰按：此集据前录王鸣盛自序，"经始于乙酉[乾隆三十年，1765]初春，讫五月而蒇事"；并且书名页上方，也明确题"乾隆乙酉夏镌"。因此，法式善此处所说成书时间，显然误晚了一年。

又，此条末尾所说"宋商丘本"，指同卷上一条著录的宋荦（籍贯河南商丘）辑《江左十五子诗选》（参见该种）。

【附录二】徐世昌《晚晴簃诗汇》卷七十五"李绳"条（中华书局 1990 年 10 月第 1 版，第 4 册第 3144 页）

李绳，字绵百，号勉伯，长洲人。……

诗话：王西庄汇刻《江浙十二家诗》，选勉伯及……赵陟庭，多西庄友及门弟子；冈龄其弟，陟庭其甥也。诸家诗皆姚武功、戴石屏一派，篇幅稍隘，清韵自饶。

【附录三】法式善《陶庐杂录》卷三（第 87 页，原标第六十三则）

《苔芩[岑]集》二卷、附录二卷，王鸣盛编。鸣盛前有《十二家诗选》。兹于乾隆丁亥年[三十二年，1767]服阕里居，复辑此集。

专录现在之人,已往者不载,与诸选本不同。江南一时知名之士,尽入网罗。诗则仅及其所见者抉择之,未必即其人杰构,以诗存人可也。

02－012　江苏诗征

王　豫

一百八十三卷。王豫辑，道光元年辛巳(1821)焦山海西庵诗征阁刻本。(浙江大学图书馆藏)

一、陈文述“江苏诗征序”(第1a—b页)

余识柳村王君二十余年矣。君敦行植品，尤深于诗。其论诗也，以王、孟、韦、柳为正宗，力持高澹醇雅，不为风气所转移。观其论诗，则其人可知矣。余羁宦江左十余年，君往还江浙，道出吴门，长得相见。以所辑《江苏诗征》见示，索序于余，久未有以应也。今年来治江都，君家距县治不三十里，仅以农田水利事一见过，余则非公不至，虽招之亦不至也。今天子初登极，诏举孝廉方正之士，余以君名应；君贻书，反覆数百言，力辞不就，非其高澹醇雅之一端欤？君家翠屏洲，杨柳桃花数万本；东濒大江，望京口诸山，皆在几案间，君隐居读书其中。又[第1a页]尝下榻焦山佛阁，辑为此书，姚秋农侍郎为书“诗征阁”。余师阮云台宫保，家在扬州；即隋曹宪及其弟子注《文选》之所，建“文选楼”，以复旧观。今君辑《江苏诗征》，即以名其阁，数百年后斯阁当与选楼并传，《诗征》一书亦即与《文选》并传。文章之盛，岂不独钟于斯地耶？至于《诗征》始末，则云台师序及君自撰“凡例”详言之矣，不复赘言。道光元年[辛巳，1821]四月，钱塘陈文述序于邗江官舍。[第1b页]

二、王豫“序”(第1a—2a页)

嘉庆十年乙丑[1805]秋，陈子豹章持潘子兰如书来，约同阮子梅叔同辑江南全省之诗。豫以书诺之。未几，潘子化去，陈子隐九华山中，不果举行。豫则铭诸心，未忘也。越一年丙寅[嘉庆十一年，1806]春，抚部阮公过访，见轩中所藏江苏诗集甚多，谓豫曰："余于扬、通诗，辑《淮海英灵集》；督学浙江，辑《两浙辅轩录》；久欲汇江苏诗刻之，勤劳王事，实无暇日，铭诸心而已。'惟桑与梓，必恭敬止'，诗人志也。君如任之，钞胥之费、梨枣之资，可无虑。"豫感其意，遂屏弃一切，日事搜讨，不遑寝食。尝移榻焦山孝然祠，携屋、敏两儿司雠校。披览至夜分，万籁不喧，一灯寂然，于残编断简中得一佳句，辄呼二子诵之。孤月横江，惊涛撼座，松声[第 1a 页]竹影间，啾啾唧唧，如有吟魂相助。自谓此境古人得未曾有。历十二寒暑，得人五千四百余家，编成一百八十三卷，名曰《诗征》。姚秋农侍郎闻之，额其地曰"诗征阁"。戊寅[嘉庆二十三年，1818]，阮公开府两粤，书来索稿，开雕节署。镌成，除夕设酒脯祭之，宾僚作祭《诗征》诗。呜呼！阮公表扬先哲诗人用心，拳拳如是，而况当世之才，足以备国家之用而沉沦不显者乎？以人事君，惟恐野有遗贤，古大臣心也。江苏文教甲天下。我朝圣圣相承，培养深厚，达而在上者，文章功业炳豹史册；即穷而在下者，亦争自濯磨，和声以鸣盛。是集就豫所见闻，与梅叔所收藏者，甄而录之，未暇各属采访，恐多遗漏，抱憾实深。留[第 1b 页]心文献者，拾遗补阙，以匡不逮，幸矣。潘子墓已宿草，不克睹此集之成，为可恨耳。皖江之贤如潘子者不乏人，其有能慰潘子未竟之志者，又不独潘子一人之幸已也。爰识其颠末而序之。道光元年[辛巳，1821]三月朔，江都柳村农隐王豫识于翠屏洲之曲江亭。[第 2a 页]

三、阮元"江苏诗征序"（第 1a—b 页）

嘉庆元年[丙辰，1796]，余在浙督学，选辑国朝浙人之诗，曰《两浙辅轩录》，刻之。又选辑国朝扬州府及南通州之诗，曰《淮海英灵集》，刻之。复欲辑江苏各府州之诗，劳劳政事，未能也。岁丙寅[嘉庆十一年,1806]、丁卯[十二年,1807]间,伏处乡里,见翠屏洲王君柳村储积国朝人诗集甚多,而江苏尤备。柳村欲有所辑,名之曰《江苏诗征》,余乃岁资以纸笔钞胥。柳村遂益肆力征考,于各家小传、诗话尤多采择。尝下榻拥书于焦山佛阁中,月色江声,与千百诗人精魄相荡。侍郎姚君秋农闻而异之,因题其阁曰"诗征阁"。柳村选诗,谨守归愚《别裁》家法。虽各适诸家之才与[第 1a 页]派,而大旨衷于雅正。忠节孝义、布衣逸士,诗集未行于世者,所录尤多,可谓摅怀旧之蓄念,发潜德之幽光者矣。丙子岁[嘉庆二十一年,1816],辑成五千四百三十余家,勒为一百八十三卷,属余订之。余方驰驱豫、楚,心力不足,目力亦昏,不能如在浙时从事于此。束其稿入粤,同里江君郑堂(藩)、许君楚生(珩)、凌君晓楼(曙)皆在粤馆,爰属三君子删订校正之。梓人告成,裒然巨集,庶几自酬夙愿,而柳村亦不虚致此力矣。庚辰[嘉庆二十五年,1820]夏六月,仪征阮元序。[第 1b 页]

则杰按:此序又载阮元《研经室集·二集》卷八(中华书局 1993 年 5 月第 1 版,上册第 571—572 页);除删去末尾署款之外,其他惟"侍郎姚君秋农"作"铁冶亭制府"(第 571 页)。

四、王豫"江苏诗征凡例"(第 1a—2a 页)

[一] 江苏诗人之盛,其未刻集者无论已,即已刻而未行世者,亦指不胜屈。是书仅就豫之种竹轩、阮氏之文选楼、秦氏之五笥仙馆、陈氏素村之瓠室所藏,选而录之。间有友人邮寄者,亦为分别载入。而未能各郡采访,遗漏恐多,当待同学者补之。又诗名甚著而全稿难觅、无从采者,亦暂阙焉。

[二] 是集以诗存人,以人存诗,固已。然或人非端士,诗或伤雅教者,皆屏弗录。

[三] 巨公鸿儒,名垂史册,不仅赖诗以传者,所收从略。若山林苦吟之士,名不出闾里,其集未刻或刻而未传者,所[第 1a 页]录

较多。

［四］　是书所录之人，多有科分、官爵失考者，谨从阙疑。其有讹误，望同学者补正。

［五］　是书所收之人，姓氏皆依韵编次，以便翻阅。一姓之中，有科名者则以科分为先后；惟子之科分在父前者，不用此例。其余则约略时次，错列其间，而颠倒或不免焉，知者正之可也。

［六］　是集间收流寓，必其人久客兹土、寄迹数十年者，始行收入；若暂寓者，概不滥登。

［七］　闺阁名媛集，豫家阃内所藏不下千家。兹取其温柔敦厚、可以感人而风世者录之，得五百余家。凡自他省来[第 1b 页]嫁，及生于江苏而出嫁他省者，皆列焉。

［八］　浮屠、道士，向列诗人；称“释氏”“老氏”者，从魏收例也。女尼亦仿旧选附入，而仙鬼不录焉。

［九］　所采诗话，皆本志乘、传状、序跋、文集、说部诸书，一以品诗表人为职志；若其人之名已显著于世者从略，无可考者阙之。

［十］　所采诸书，或全录，或节取，皆于各条上冠以某人某书，使阅者易于稽考。或有仅存书名而全书未见者，亦录其名，以俟后之辑《艺文志》者考焉。

王豫手订。[第 2a 页]

【附录一】阮元《研经室集·三集》卷五《王柳村种竹轩诗序》（下册第 686 页）

予昔闻翠屏洲王君名久矣。岁丙寅[嘉庆十一年，1806]、丁卯[十二年，1807]间，相遇于扬州。读所著诗，惊异之心为之下。既乃为翠屏洲之游。洲在焦山北岸，桃柳数万株，杂之以竹，人迹罕至，江潮到门。置诗人于此间，安得不异？于是相与选订本朝诗集于曲江亭上，此《江苏诗征》所由昉也。此后，予驰驱南北，别数年。复以癸酉[嘉庆十八年，1813]春，相会于扬子江上，同订《诗征》，已四千余家。王君复出《柳村诗选》，属序之。……王君身处蓬茅，名满海内，布衣而老。……王君子名屋，年尚幼，已工诗，有佳制。……

【附录二】姚椿《云腴仙馆遗稿》卷三《庚辰［嘉庆二十五年，1820］除夕，宫保师以〈江苏诗征〉全集刻成，设酒脯祭之，诗以纪事》（同治刻本，第22b—23a页）

人二千余诗万首，长吟短什手亲编。千秋精爽存先辈，一代风骚主大贤。肃肃灵芬椒桂接，迢迢岁月石金坚（师将以集送贮焦山书藏）。九原旧识怜才剧，故事休征贾阆仙。

则杰按：起句关于《江苏诗征》所收作者人数，称“二千余”大约只得其半。

02－013　金陵诗征

朱绪曾等

四十四卷。朱绪曾辑，翁长森订，光绪十八年壬辰(1892)萃古山房书庄刻本。(浙江图书馆藏)

一、汪士铎“金陵诗征序”(第1a—2a页)

朱文公作《言行录》，吕成公作《文鉴》，而宋代中原之文献裒然具存，厥功伟矣，然皆不及诗。选诗而详其仕履，若元遗山、钱牧斋、朱竹垞、王述庵诸先生，人为小传，善矣，又皆鸠合天下才士而非止一郡。至网罗桑梓前民之言，上溯秦汉，下逮于朋旧，并陈其人之生平，则吾友朱君述之之《诗征》，为用力勤而计功最。述之卒于官；哲嗣桂模，谨护其稿于兵燹颠沛中。今复缮为清本百有余卷，而问序于予。予谓金陵不以文著；桐城派兴，始有管、梅两君，而他罕以古文见。然文以阐道、释惑、记事、记言、记人者为上，考经史、议政事、模山水、辨坚白者次之。若夫赠序、寿言，乃其贡谀媚，以希恩宠之实证，必当去之。惟夫人之善言笃行，足以树风声而振顽懦，宜详载以为[第1a页]后进之圭臬。故述之略古文而搜诗，兼注其言行，以备尚友者之取法，此采掇之微旨欤？抑予别有议焉：有明嘉靖以后，吾郡主坛坫者二顾，而卓见之儒独取英玉。然则名家诗，已有集行天地间，与《诗选》《诗综》《诗传》所已录者，甄湝之而拾其遗珠。惟一二幽忧伊郁之士，外摈于有司，内不得志于戚里，甚或受侮市井，其枨触闻见，语默皆不可，遂取径曲而属词飘摇，采色秾至而意味苦，于“六义”为“风”若“比”，斯文所不能载，而诗足以达之，尤非疏其身世遭遇，不能笺其寄慨之旨矣。君与予同受知于归安姚文僖公，齿相次，嗜好相等，而君有良子继其志，俾无失坠，异时贤大夫修纂志乘，得君此书，于文苑庶备杞宋之征；予困穷且无后，粗有吟啸，未审后世有缵君之业者否也，因黯然识之。时[第 1b 页]光绪五年[己卯，1879]门[闰]五日，江宁汪士铎序。[第 2a 页]

则杰按：此序又载汪士铎《汪梅村先生集》卷八（《续修四库全书》第 1531 册，第 666 页）；除删去最末“江宁汪士铎序”，以及正文“百有余卷”作“□十□卷”之外，其他文字相同。

二、翁长森“凡例”（第 1a—b 页）

一[一]　尉氏临沂，六朝置县；勋戚军卫，著籍胜朝。迁居有年，即同土断。谨仍其旧。

一[二]　原本托始周秦歌谣。古之作者，荒远无征。六朝寓公，客多于主。稍从刊落，盖其慎也。侨居诸贤，断自唐始。

一[三]　原本为述之先生付胥传钞，有闻必录。但珍碎玉，未暇披沙。或专集久已风行，或前后不免歧出。经秦君伯虞、甘君剑侯、陈君伯雨、蒋君绍由稍加甄录，始付手民。其名存诗佚者，附注以传其人。

一[四]　是选先刊国朝；集腋无多，溯源有待。张君楚宝，为请之蕖田孙先生，商诸奉新许河帅，慨捐廉俸，以倡先声；登高而呼，艺林响应。克蒇是役，此其滥觞。[第 1a 页]

一[五]　是书校雠之劳，同志分任。刻期蒇事，兢此驹隙；积帙在案，粗若牛腰。奉手丹黄，自昕达夕。盖伯虞、伯雨，实总厥成；而刘君荩臣、罗君少田，著勤尤最。

一[六]　是书系述之先生钞本，又经辗转录副。嗣崇峄明经，校勘未竟，遽归道山。事阅卌年，人非一手。石鼓已阙，酒诰俄空。三写成乌，识者所哂。纠绳其阙，有余望焉。

一[七]　是书宝兹片羽，阐彼幽光。招贾岛之残魂，慰方干于身后。借《湖海》《英灵》之集，写梓桑恭敬之思。诗以人存，宁宽毋隘。

一[八] 是书导其先路，自六朝迄于国朝，作者悉加甄录。而咸、同以来，兵事既兴，诗人辈出。少陵同谷之哀、香山乐府之作，暇已汇成一集，先付钞胥；表而出之，以待来者。

光绪十八年壬辰[1892]孟春月，江宁翁长森谨识。[第1b页]

则杰按：第四款所说“是选先刊国朝”，指此前先刻之《国朝金陵诗征》（另见该种）。

又，清初遗民诗人归在“明”，可参见《国朝金陵诗征》陈作霖跋：“归遗民于胜朝之末。”

【附录一】陈作霖《可园文存》卷四《募刊〈金陵诗征〉疏》（《续修四库全书》第1569册，第368页）

夫星耀斗牛，山高茅蒋；菁华所萃，文物聿兴，由来久矣。然而白下群英，未搜韵语；青溪吟社，只集时髦。至若裒聚古今，都为一集；表彰往哲，罕见其人。朱述之太守，望重昌黎，学宗永叔。水云洗眼，冰雪浣肠。辑《金陵诗征》一书，远采六朝，近及昭代，凡名公巨卿之制、鸿儒学士之吟，山臞泽叟之谣、方外闺人之什，莫不诗因人著，人以诗存。玉尺所裁，皆为锦段；铁网有得，悉是珊瑚。酌雅禀经，不数艺苑《英华》之选；征文考献，即为建康《耆旧》之编。惟是卷帙太繁，剞劂犹待；欲谋绣梓，必集多金。捆将载以牛腰，珍豫筹夫狐腋。莫嫌饶舌，敢告同心。结骚客之因缘，仿佛门之布施。庶几龙蟠虎踞，发二千年潜德之光；鬼笑灵谈，梦数百辈衣冠之拜。斯文未坠，跂予望之。

02－014　国朝金陵诗征

朱绪曾

四十八卷。朱绪曾辑，光绪十一年乙酉(1885)刻本。(浙江图书馆藏)

一、俞樾"国朝金陵诗征序"(第1a—b页)

自輶轩采风之职废，而郡国之歌咏不上于朝廷。于是士大夫私辑其一方之诗，以存风雅，以征文献。《宋史·艺文志》总集类有孔延之《会稽掇英集》二十卷、薛传正《钱唐诗》前后集三十卷、曾旼《润州类集》十卷、鲍乔《豫章类集》十卷，皆其滥觞也。独怪金陵为东南大都会，六朝之时，王气钟焉；至有明，又为留都。其江山之胜、人物之英，甲于海内。而不闻有裒聚其诗，都为一集者。考明焦竑《国史·经籍志》，有姚汝循《金陵风雅》四十卷；及求之《明史》，无有焉，盖其书久佚矣。朱述之先生于是有《金陵诗征》之作，远自六朝，近至昭代；上自名公巨卿之制，下逮劳人思妇之词，旁及缁衣黄冠之作，网罗放失，含咀英华；有人以诗传者，有诗以人存者；其里居必载，其科目必[第1a页]书。盖不特采珠宝窟、取石瑶林，而其尚友之心、论世知人之识，亦居可见矣。都凡巨册二十有六，厚皆寸许。呜呼！觚编豪络，其勤至此哉。中经离乱，其子桂模奉以周旋，勿敢失坠；而卷帙繁重，刻以行世，力有未逮。合肥张楚宝士珩、江宁翁铁梅长森，皆与先生有雅故之谊，又念此书为金陵一郡七邑菁华所萃，不可听其淹没，乃谋由近及远，先刻《国朝金陵诗征》四十有八卷。刻既成，问序于余。余谓姚汝循《金陵风雅》，止四十卷；而此书于我朝一代之诗，卷帙已过之，其美富可知也。姑刻此以为先焉。其在《潜虚》，“隆”之二曰：“勿增勿亏，守之以祗。”“考”之二曰：“勿坏其基，以俟能为。”愿谨守而俟之。吾虽衰老，犹及见全书之毕出也。光绪十有三年[丁亥，1887]秋八月，德清俞樾书。[第 1b 页]

则杰按：此序又载俞樾《春在堂杂文·四编》卷七（《续修四库全书》第 1550 册，第 473 页），标题作《朱述之金陵国朝诗征序》；除删去末尾署款之外，其他仅最末一句“犹”后多一“当”字。

二、“国朝金陵诗征目录”朱桂模后记（第 23a—b 页）

吾乡牛斗之墟，峙茅镇蒋，襟带江湖，才望冠于东南。逸韵遗风，载谣人口；勤罗旁网，戛戛其难。先大夫搜辑是编，人系以传。洗马六朝，获麟嘉道。薄蹄蝇草，二十有六册，册厚寸许。上下二千年，萃一郡七邑十数朝乡达寓贤、闺秀方外放歌雅什，志里居，表科目，纪氏与时，觇缕故家赫望，宗系源流历历如贯。《襄阳耆旧》《於越先贤》，其嚆矢也。夫《三都》十年，资闻洛秀；《上林》百日，取丽蜀才。千室之求、一鸱之借，吴痴仙、王善之、甘实庵、朱锡侯诸先生与有力焉。桂模庭侍未几，黑山告警。屋宦焦土，金[第 23a 页]石沉渊。担笈盈车，间关拱璧。适赖天幸，出险秦燔。拾缺理残，独遗闺秀、方外之太半，他俱完好。桂模身世未遂，不获克竟先志，俾行世传后而不朽，复无大有力者资以有成。吁！可喟已。先是，薛师慰农、赵丈季梅索观且倩录焉。越乙酉[光绪十一年，1885]，张君楚宝、冯君梦华、秦君伯虞、顾君子鹏、田君撰异、翁君铁梅，议集资开梓；与侯君杏楼、张君子山、甘君建侯、方君子涵、陈君雨生、何君善伯、朱君豫生、邓君熙之、蒋君绍由，同职校字之役，而杏楼尤勚。帙富，苦资不继，先其就近刊《国朝金陵诗征》四十有八卷，古近体诗若干首；一一原本，不增不除。光绪十二年丙戌[1886]春二月，男桂模谨识。[第 23b 页]

三、陈作霖"国朝金陵诗征跋"(第 1a—2a 页)

吾乡朱述之观察,宏博渊懿,留情古典,平生撰著极富。而《金陵诗征》一书,尤有功于桑梓。其时助搜采者,吴痴仙明经之力为多,甘实庵部郎、王善之孝廉、朱金牧茂才亦与闻焉。盖经营于道光壬辰[十二年,1832],断手于咸丰辛酉[十一年,1861],三十年间殚精竭虑,成此巨观。呜呼!盛已。令子崇峄先生,宝爱遗书,不敢失坠,而又欲公诸同好,以广流传。霖因得受而读之。嗣修府、县二志,资为考证,左右逢原,然后叹是书之足备掌故也。第篇帙浩繁,未能骤付剞劂。丹徒赵季梅内翰,秉铎郡斋,好尚风雅,谓"名山所藏,必存副墨",与甘剑侯、秦伯虞两孝廉,翁铁梅茂才,倡议影抄,于是是书乃无虞残蚀矣。光绪乙酉[十一年,1885]之春,金坛冯梦花有彭城之役,同人饯诸冶城之竹居,合肥张楚宝明经与[第 1a 页]铁梅论及是书,欲先刊国朝诸册以为嚆矢,首发囊橐而征募以集其事。与议者凡十二人:梦花、楚宝、剑侯、伯虞、铁梅而外,则为上元顾子鹏、田撰异,江宁方子涵、邓熙之,江浦侯杏楼,溧水朱豫生。以贱子之庸鄙,亦得滥厕其列。曾未数月,捐有成数。崇峄先生遂发箧陈书,分部雠校。归遗民于胜朝之末,推寄籍于寓贤之中。闺秀、方外二卷,经乱遗失,其补未备者,仍之。道光以后诸贤,并世而生,其取甚略者,亦仍之。继述先志,不敢妄为增损,盖其慎也。点勘未毕,老病日侵。丙戌[光绪十二年,1886]夏初,召霖而属之曰:"是书之始末,惟子知之最详;书后之辞,将于子是望。"霖悚然以不文辞,先生曰:"余之意,非欲其文,欲其质耳。助搜采者若而人,议影抄者若而人,筹刊木者若而人,皆须记其姓名,以事存人,犹是先人志也。若以古文之法[第 1b 页]绳之,何能琐屑若是哉?"乃语未十日,而先生捐馆。霖虽自惭其不文,而有所不敢辞,且不忍辞。爰本先生之意,而为之跋。时光绪十二年[丙戌,1886]夏五月,江宁后学陈作霖谨跋。[第 2a 页]

则杰按：此跋又载陈作霖《可园文存》卷七（《续修四库全书》第1569册，第394页）；除删去最末署名之外，其他文字亦颇多出入。特别是其中“名山所藏，必存副墨”之后诸句，改为：“倡议影录，慨助钞资。而全椒薛慰农山长、吴县吴子和广文，与同里石东山方伯、杨竹村观察，孙征之、梅少庵、汤沐之、胡煦斋四太守，甘剑侯、秦伯虞两孝廉，翁铁梅茂才，共成之，于是是书乃无虞残蚀矣。”

【附录一】陈作霖《可园诗存》卷十八《〈金陵诗征〉告成，翁铁梅大令招同人祭诗于钵山精舍，作歌纪之》（《续修四库全书》第1569册，第582页）

江南灵气钟蒋茅，人才雅擅风与骚，仕为公卿隐渔樵。或和中声鸣盛朝，或遣愤懑聊自嘲，长歌短调工推敲。久之零落同秋毫，恍兮惚兮随风飘。司马稽古神与交（朱述之先生），征文考献毋辞劳。令子保护楹中韬（拔贡生桂模），牛腰束卷疲传钞。欲付剞劂谁流膏？翁子任事无将牢。解橐为倡举亦豪，成裘集腋非一毛。同志雠校忘昏朝，一书蒇事三年遥。灵爽倘在应嘉褒，钵麓祭告歌大招。冠带肃穆罗耆髦，荐新薄采溪中芼。是日酿雪冬阳骄，澄潭半顷冰皆消，山川秀绝空尘嚣。骖鸾诸老纷翔翱，云霄仿佛闻仙璈。

【附录二】陈作霖《可园文存》卷八《钵麓祭诗记》（第398—399页）

维光绪十三年，岁在强圉大渊献[丁亥，1887]，辜月戊寅日，《金陵诗征》刊事告竣，翁子铁梅邀集同志祭历代诗人于钵麓之薛庐，礼毕而宴，无算爵行，甚盛会也。时则池冰尚薄，山木尽童。竹摇碧以玲珑，梅染黄而细碎。启西头之精舍，佳胜为多；修北面之上仪，式凭斯在。冠裳綷縩，聚名士于江淮；盘敦纵横，联新交于怀札。《记》称“展事”，《易》筮“盍簪”。坛坫风流，罕其匹已。夫豪华弊俗，佳丽少年。拾王谢之唾余，踵齐梁之积习。恣情丝竹，溺志壶尊。曲宴迷香，浪掷黄金于虚牝；闲情作赋，终为白璧之微瑕。而兹独曲作迎神，文资会友。仿传芭于楚些，续雅集于郧园。发潜德之幽光，昌黎志远；循岁除之祀典，贾岛名沿。百罚不辞，觥政倍严于梓泽；群贤毕至，画图何减于兰亭。合今古以证盟，为湖山而生色，其在是欤？顾尝闻之，发端勇者临事怯，持论易者蒇事难。是役也，三年有成，千金猝办。用泉流而几竭，志山立而莫移。太冲多才，任讥为伧父；子晋镂板，遂行于通都。一洗南人罢懦之羞，力矫中道因循之失。牛耳是执，舍翁子其谁属哉？抑吾尤有感者：龙潭一曲，桑根所居。自河汾撤瑟以还，多羊昙挝门之痛。今者主酬宾唱，虽寻白社以言欢；室迩人遐，不免黄垆之叹逝。惟祝文章司命、风月主人，瞻望故庐，得闻韵事。或与凤逸龙蟠之士，骖鸾控鹤而来。重寻桃李之阴，同飨荔蕉之荐。则西州胜处，松庵久卜芳邻；他日寓公，藤馆定参坐席焉尔。与会者，凡三十五人。其为名德之后，世济其美，或宦或游，来居我里，则有若邵阳魏仲子桂、闽县郑太夷孝胥、庐江吴鉴泉学廉、长洲朱仲我孔彰、山阳鲁子刚桢；大府之客，沆瀣相投，从事书局，宾礼优游，则有若怀宁马钟山征麟、宝应成漱泉兆麟、仪征刘诚甫显曾、金坛冯寿同圻；居涂之阳，作客江乡，则有若滁州唐友兰芝荣；大启薛圃，作我地主，则有若全椒薛圣木葆柽；至于吾乡俊彦，有耆有髦，或望高北斗，或名冠词曹，以及暗修之士，英辞令韶，则有若长白常少村承恩、似村承厚，上元张紫珊兆钟、周柳潭嘉朴、金仍珠还，江宁杨西华长年，卢云谷崟梅、少庵寿康，张贯之传仁，孙小石绶昌，许石生长龄；若乃躬与是役，朝夕校雠，乐事之毕，交错觥筹，则有若合肥张楚宝士珩，上元秦伯虞际唐、顾石公云、蒋绍由师辙，江宁甘剑侯元焕、邓熙之嘉缉、甘子泌曾沂，溧水朱豫生绍亭，江浦侯杏楼宗海；手泽三世，宝藏勿坠，则有若上元朱少峄传荚；其三人鼎足分峙，璀璨冠裳，埙篪迭奏，坛坫生光，其乐无极，发为文章，以志岁月，永矢勿忘，则主会者江宁翁铁梅长森、绍文长芬，及作是记者江宁陈伯雨作霖也。

则杰按：以上两篇所说《金陵诗征》，具体即指此率先刻成之《国朝金陵诗征》。

【附录三】陈作霖《可园文存》卷十一《朱崇峄先生传》（第424页）

君朱氏，讳桂模，字崇峄，上元人。庄恪公桂桢，实其族兄。父讳绪曾，官浙江同知，博雅工诗文，尤留心金陵掌故，乡人所称述之先生者也。君面方颐垂，色近赪而舌微蹇吃，长不及中人。虽家世华膴，然服饰俭素，胸无城府。尝谓天下皆好人。凡交际，一出于诚，人亦不忍欺之。行路必从方逵，不知有快捷。众笑之，不顾也。既充拔贡生，朝考报罢，遂入举主鲍花潭学使幕中，襄校畿甸。满三年归，洪琴西观察延入金陵书局，又分纂《江宁府志》，为汪悔翁助教所重。中年丧偶不娶。兄弟析居，让产弗受。与溧水朱子期孝廉同，人称"二朱"。事母极孝，惧远游废色养。五十以后，遂不赴省试。抱父遗书，惟恐失坠。谓《金陵诗征》为文献一大宗，与翁铁梅大令募资刊印，苦心校雠，甫成而卒，以为目幸可瞑也。无子，以兄子某嗣，未几亦卒。其楹书尚夥，于今未知能存不。陈作霖曰：君长予近十岁，又与先君同谱，而折辈行与予交。尝以尊人所撰《曹子建集补注》见赠。临没前数日，复索予《金陵诗征跋》；虽宿诺未负，而君已不及见矣。独其握诀之状，至今犹在心目间，是可念也。

【附录四】陈作霖《可园文存》卷十一《侯杏楼拔贡传》（第428页）

君姓侯氏，讳宗海，字杏楼，江浦拔贡生。……性极诚朴，尤耽文史。于《金陵诗征》一书，与同年生朱君桂模句梳字栉，辨析毫厘，目力因以损耗，遂病瞽。

02－015　国朝金陵续诗征

朱绍亭等

六卷。朱绍亭等辑，光绪二十年甲午(1894)刻本。(浙江图书馆藏)

一、孙锵鸣“续金陵诗征序”(第1a—b页)

周自中叶以后，运会之迁流，民生之困悴，夷狄之抗衡中国，于是变风、变雅之诗作，其音哀以思，其旨怨而不怒；言之者无罪，闻之者足以戒，故采风者取焉。金陵自有明定鼎，迄于本朝，休养生息，繁盛甲天下。迨壬寅[道光二十二年，1842]夷警，戊申[二十八年，1848]、己酉[二十九年，1849]大水，稍稍衰矣。而咸丰癸丑[三年，1853]之劫，为六百年所未有。豺狼窟穴，岁凡一周。琐尾余生，始复邦族。以朝廷之涤瑕荡秽、中兴贤将相之旋定安集，而大难之后，公私赤地，历三十年元气未复。加以海疆不靖，责言屡告，至今未已。金陵士大夫于死亡播迁之由、政教风俗升降之故、桑土牖户绸缪之计，实身历而心危之。惩前毖后，纡轸郁结。既不获见之施行，乃一发之于诗。其上者，为家父、凡伯之伦；其[第1a页]穷而在下者，亦多忧生念乱之感，殆所谓“言之者无罪，闻之者足以戒”欤？甲午[光绪二十年，1894]之秋，金陵朱君绍亭、陈君作霖、秦君际唐、周君嘉朴，以所辑《续诗征》邮寄索序于余。余读未终篇，为之愀然以悲，惄然以忧，如见古诗人忠爱悱恻之遗。异日天子复采风之制，太史輶轩陈之朝廷，可以裨益政教，移易风俗，此岂独一乡一邑之间以诗人鸣者哉？余两主钟山讲席，居金陵久。四君曩从余游，皆好学、能文章，顾不从事于科举速化之术，而孜孜焉表微阐幽，抒其桑梓敬恭，谋传世而行远；抑《金陵诗征》刊于翁子铁梅，余尝为之醵资，曾不数年而诸君亦接踵而起，是何金陵之多贤也！光绪甲午[二十年，1894]秋八月，瑞安孙锵鸣序。[第1b页]

则杰按：此序《孙锵鸣集》(上海社会科学院出版社2003年8月第1版)未载。

二、"凡例"(第1a—2a页)

一[一] 翁铁梅大令醵刊《金陵诗征》，终于道光之季。后之作者，拟别为一集。搜辑未竟，匆匆出山。同人惧及今不图，将就湮没。赓续斯役，决于片言。四方之邮筒、藏书家之钞本；遗文得自覆瓿，善本出之老屋。日增月益，裒然巨观。亟付手民，用资模楷。固大令之志也。

一[二] 咸、同作者，高子安中翰苦心搜罗，积成卷帙。兹之所刊，半皆手录。襄阳之传未出，山阳之笛已凄。经始首功，不可没已。

一[三] 是书所载诗人，肇自咸丰初元，讫于本年。或宰木已拱，或墓草未宿；罗兹片羽，阐彼幽光。存者虽有鸿篇，不录一字，亦《昭明文选》之例也。

一[四] 是书所载，专录有关金陵人物、掌故及忧时感事之作。杜[第1a页]陵诗史，眷怀诸将；放翁家祭，引领王师。草茅歌哭，天下大局所系也。若夫流连光景，模范山水，稍从略焉。

一[五] 是书小传，皆采郡县志书及铭表行状，未敢虚美。有道之碑，允无惭色；《极玄》之集，兼及著作。后之考者，有所本焉。

一[六] 是书于三朝诗人，什得八九。其有生负盛名，没无一字；方干之诗不传于身后，鲍家之句仅唱于秋坟。缘在昔先正，夙耻标榜；楚人一炬，遂付劫灰。斯文运厄，无如何也。

一[七] 前《诗征》所载，尚有闺秀、方外、寓公三门。颂椒咏絮，近不乏人；慎兹内言，遂少传本。方外则酸咸殊味，土著寥寥；六朝诗僧,未闻嗣响。至此邦克复后,名德巨公提倡风雅,寓贤戾止,著作如林,集隘不能备登,俟之他日。

一[八] 是书作者名次,以年辈、科分为断。惟定本将成,榏书晚出;[第 1b 页]续有所得,不更诠次,阅者谅之。

一[九] 是书校雠之劳,同志分任。丹黄在手,昕夕靡辍。而排比收掌之役,张君伯鲁、周君阆仙著勤尤最。惟借本传钞,纸凡数易;剞劂蒇事,不逾一期。纠谬订讹,所望后之君子。[第 2a 页]

02－016　石城七子诗钞

翁长森

十四卷。翁长森辑，扬州古籍书店1987年刷印光绪十六年庚寅(1890)刻本。(浙江图书馆藏)

一、翁长森"石城七子诗钞序"(第1a—b页)

曾文正公戡乱石城，开馆冶山，搜罗天下才隽，论议其中。吾乡人士相与谈道讲业，颉颃上下。于时东南坛席称为极盛，而"七子"尤时辈所推挹云。自粤寇盗据吾郡，十有数年，弦诵之风荡然澌泯，虽贤人君子鼓舞振作而其气弗昌，大师宿学至老死不遇。既温温无所试，周旋里闬，为朋酒文宴之会，往来颇数数，多集于钵山之薛庐。薛庐者，距石城数武，全椒薛先生讲授之所，而山水都居也。长森以雅故，获从诸君子游。每有篇咏，辄喜存录，藏之箧衍，以供爱玩。日增月益，遂成卷帙。比年盛会寝辍，或橐笔远游，或闭门寂处，无复畴曩追逐之乐。[第1a页]长森端居多暇，因手自裒采，都为斯集，命曰《石城七子诗钞》，凡以著权舆所自，且欲志朋游之盛于不忘也。虽隋珠荆璧，家擅其宝，而连琴瓠瑟，独契其音。嗟夫！"七子"之诗，其纤洪抗坠不必一致，大都身经丧乱，深于涉阅。观其感时抚事，揽物兴怀，多郁咿怨悱之思，若抑塞而无谁与语；然而辞微旨远，抱厝薪捧土之忧而不蔽于时尚，流连忾慨，深情若揭，足使人歌哭无端，欷然长喟也已。斯编所辑，篇什无几，亦足想见其人。世有识者，定知余非阿好也。光绪十有六年，太岁上章摄提格[庚寅，1890]，相月，江宁翁长森撰。[第1b页]

【附录一】陈作霖《可园诗存》卷十九《哭何善伯四首》之二（《续修四库全书》第1569册，第586页）

石城七子集，编订亦前因。我甫雠丛稿，君真作古人。龙身愧攀附，马骨倍精神。读罢互相慰，愈令敝帚珍。（“七子”为伯虞[秦际唐]、子期[朱绍颐]、子鹏[顾云]、熙之[邓嘉缉]、绍由[蒋师辙]，君[何延庆，善伯其字]与予皆预焉。）

02－017　山阳诗征

丁　晏等

二十六卷。丁晏辑，王锡祺订，光绪二十四年戊戌（1898）小方壶斋排印本。（浙江图书馆藏）

一、丁晏"山阳诗征序"（第 1a—b 页）

山阳之能诗者，枚都尉开其先，其诗即《古诗十九首》之八，上接风骚，下启汉魏，实五言之冠冕也。魏有陈孔璋，"建安七子"之一。唐有吉中孚，"大历十才子"之一。宋有张文潜，"苏门六君子"之一。渭南之"长笛倚楼"，小杜赏之；节孝之"霜松春鸟"，大苏称之。明代有冰蘗老人、射阳先生、虞山逸民，三子可称鼎足；谢华启秀，各名一家，为竹垞、渔洋所称赏。我朝作者林立，"望社"诸子、"桐园"一门，风雅浸盛。气格雄古，则有南斋、西樵；风韵清超，则有风衣、浩亭；才力富赡，则有鱼门、庤山。它如百诗、惺庵、禹江、东涧诸公，经学理学，不必以诗见，而诗亦未尝不工。或以诗存人，或以人存诗。自学士文人以至武夫寓公、高人名媛、艺士贩夫、羽衣缁流，皆所不遗。其间忠孝节烈、道德文采，彪炳天壤，足为斯集之光。而一二穷愁之士，抚时感事、排闷写忧、剩觚烂札，未尝不借斯集以传。诗之裒集，又曷可少哉？曩潘中丞辑《淮郡文献志》，录诗颇夥。今故家，间有存者。邱季[第 1a 页]贞洗马有《淮安诗城》，未见传本。乾隆中，吴山夫征君选《山阳耆旧诗》，仿元氏《中州集》，系以小传，网罗采获，其用力亦綦勤矣。顾此书为征君未成之本，抄录未竟，以出游置之。征君自言为胸中一未了事，且世无刻本；间有传写者，重沓错迕，或为俗子所改窜，增损互异，甚且厌其繁而删之。余因征君之选，广为捃摭。其诗、其人，增多以倍；诗话、事实，又加详焉。其为《耆旧诗》所称道者，必标举征君姓氏，不敢掠前人之美也。余自少时窃尝有志于是，访求搜辑历十有八年，而后编定体例，汇为一集，总题曰《山阳诗征》。经曰："文献不足故也，足则吾能征之矣。"后之览者，读其诗、知其人、论其世，考求文献，一方之掌故存焉。补志乘之遗，以待輶轩之采，于是乎在，非徒扬扢风雅而已。道光七年，强圉大渊献[丁亥，1827]，壮月朔旦，柘塘丁晏自叙。[第 1b 页]

则杰按：此序又载丁晏《颐志斋文集》卷六(《清代诗文集汇编》第 587 册，第 170—171 页)，标题作《山阳诗征自序》；除删去最末"柘塘丁晏自叙"之外，其他文字相同。

又，此处所说《淮安诗城》，实际还有传本，可参《山阳诗征续编》王锡祺自序及凡例等。

二、李宗昉"山阳诗征序"(第 1a—b 页)

吾邑吴山夫先生，博洽耆古，尤喜网罗散佚，为信今传后之作。予尝刻其《金石存》，一应次第，悉从旧序。既又求所选《山阳耆旧诗》，则于书肆得法时帆祭酒钞本，缺误殊甚，为之怅怏。丁君俭卿，博雅士也。今春计偕北上，手一编以示，曰《山阳诗征》，大旨因吴旧本多所增加，诗话、事实详为纪载，或以诗存人，或以人存诗，披蒲削牍凡十有八年而成。于是邑之诗，十得其九，而作诗者之生平梗概，亦借是以传。此其搜讨之勤、援引之博、用心之苦，岂屑屑于文艺末者？夫淮郡当辐辏之区，射阳尤雅材之薮。自汉魏唐宋元明以迄我朝，俊彦辈出，大者垂勋业，次者通经义，次者擅词章；其间骚人墨客、武臣闺媛、寓公方外，先后驰誉，炳耀弗殊。又以时代辽阔，剥蚀散亡，苟非有心者荟粹剔抉，俾鸿笔巨制、烂简断篇一一为之厘正考定，则湮灭澌绝，而千百年来遗闻轶事，将孰从而征之？曩潘熙台中丞《淮郡文献志》，邱季贞洗马选《淮安诗城》，惜传[第 1a 页]本绝少；且作者踵起，一方掌故非一人之闻见、一时之笔削所能概括而无遗。

此书访耆旧则视吴详，志文献则较潘审，综掌故则补邱缺，诚知人论世之一助；其足以信今传后，无疑也。抑俭卿卓荦振奇，敦行励志，将摛掞天之才华，储妙选于顾问；朝章国典，用备史宬，非独树帜枌榆，羽翼儒雅，为一乡一邑之光。《诗征》之选，其嚆矢耳。然则，谓淮之志乘即于是存焉，亦无不可。道光己丑[九年，1829]仲夏，同里李宗昉叙。[第 1b 页]

则杰按：此序又载李宗昉《闻妙香室文》卷七（《清代诗文集汇编》第 530 册，第 640 页）；除删去末尾署款之外，其他文字亦颇多出入。

三、潘德舆“山阳诗征序”（第 1a—b 页）

明嘉靖乙卯[三十四年，1555]春，先九世祖中丞公《淮郡文献志》成，郡守蔡公世金序之曰：“上下数千载，表里三百余人；采先代之绝言，集诸家之佚旨；钩极玄深，搜穷广远；世代盛衰之明鉴、人事得失之法程。继此兴起者，余犹有望。”德舆生乎二百六十余年之后，不肖无状，弗能缵先世德业。妄拟采嘉靖以来此郡文献，附先中丞纂辑末，而梼昧谫劣，未敢施手。忆二十三四岁，与亡友赵子吉人，议同辑山阳先辈诗，为诗以要之曰：“河岳英灵休摭拾，襄阳耆旧惧沉沦。极知衮聚谈何易，略付艰难后死身。”然竟卒卒无余日，未践厥言，而吉人已不可作矣。丁子俭卿，亦予之至交也，志气坚决过于予。甫成童，即覃思著述，六籍皆有考定。复订《山阳诗征》，上溯汉魏，下迄近时已物故者；访其全集，详其出处，录其行谊，缀其轶事，凡撮拾十余年始成编，示予使商榷焉。予志既弗就，惭悚不暇，其又奚言？虽然，天下当为之事，在人与在己一也。俭卿好学深思，与予疑难[第 1a 页]相质几二十年，则尤不可以无言也。夫近时辑郡邑诗者，率题“诗征”，然皆繁冗无纪，未足系文献。若俭卿之所征者，文也而献实之，故足贵。然用诗存人，一二篇足矣；一二篇外，必至精者乃录之，弗以多贵也。俭卿然予言。予亦与删择役。要之，俭卿搜罗出处、行谊、轶事之功为大。后之览者，由诗以知人，得其行己之大方，则受范于先辈者深远矣；且以网罗掌故，庶几盛衰得失之明鉴法程。鄙拙如予，不克续采文献，竟先世未竟志者，而亦深幸是编之成，借以偿吾愿也。抑先中丞经济德望，衣被乡人，《文献志》特其一也。今俭卿年力甚富，方且浚水道，振荒灾，扩而充之，非直一方之幸也。俭卿勉乎哉！道光庚寅[十年，1830]二月，同邑潘德舆谨序。[第 1b 页]

则杰按：此序又载《潘德舆全集·养一斋集》卷十八（人民文学出版社 2016 年 1 月第 1 版，第 1 册第 412—413 页）；除删去末尾署款之外，其他文字亦颇多出入。

02－018　山阳诗征续编

王锡祺

四十四卷。王锡祺辑，张强点校，陕西人民出版社 2011 年 4 月第 1 版。

一、王锡祺“序”（上册第 1 页）

柘塘先生因潘氏《淮郡文献志》、吴氏《山阳耆旧诗》成《诗征》二十六卷，李芝龄宗伯序谓吾邑之诗十得其九。然考邱氏《淮安诗城》，失收者五十余家；又诸耆宿撰著未收者近百家，盖网罗散佚之难也。先生谢世久，老成日替，英隽踵逝；不有赓续，来者奚恃？去夏丐之徐师宾华暨程、李、沈、段诸先生，佥任搜采。不数月间，得诗数千首。窃谓操觚之士遐征全代，近征一省一郡邑，大要以诗存人，以人存诗，或人诗并存。祺何人斯，敢为立异？然诗以辨志，以觇俗。明末国初诗，噍杀以厉。康、雍诗，中正而和平。乾隆诗，崇尚理致。嘉、道诗，兼精考据。至咸、同间，风会丕异，士大夫幽忧愤郁，一倡百和，激为变徵之声。迄今十余年间，岛寇鸱张，兴议变法；间有感时纪事，形诸歌咏者，群非笑之，则细绎推寻，不亦可识时局之纯漓、趋向之同异耶？祺索居鄙陋，随得随录，挂漏必多。若有淹雅名流，更为广甄博综，非独慰柘塘先生之素愿，抑亦祺祷祀求之者已。光绪丙申［二十二年，1896］春三月，清河王锡祺谨序于小方壶斋。［第 1 页］

二、王锡祺“凡例”（上册第 1—2 页）

一［一］　正编后先错置，如王城乔梓；时代参迕，如石可玺，系天、启间诸生，标为崇祯朝。又程晋芳，系编修，小传作检讨。凡多处，蒙为重订，未知厘正，殊愧谫陋。

一[二] 《诗城》丁氏未见，兹据段氏世藏孤本，失甄者五十余家；又总集、专集，未甄者百余家，悉为增入。

一[三] 据总集，如《淮安诗城》《江苏诗征》《朐海诗存》、邓氏《诗观》诸书，凡数十种。

一[四] 据专集，如《牧海集》《秋心集》《晓渔诗草》《味书草堂集》《淮流一勺》《东征集》诸书，凡数十种。

一[五] 搜辑者，为徐师宾华（嘉）、程先生袖峰（钟）、沈先生婕庵（家驹）、李先生遹夫（钟骏）、段先生笏林（朝端）、程君小桥（锡珩）、项君芝生（发荣）、邱君于蕃（崧生）、丁君善甫（积福）。而订正惟徐师，襄订惟沈、段两先生。

一[六] 段先生有志续编，辑有《山阳诗录》，斯役举以见饷。又尝著《淮苑》十卷，厄于鼠齧；仅据其《淮人书目小传》，不无缺憾。

一[七] 叙次本《淮山肄雅录》案分为断；若国学、布衣、流寓，就同时之人论定。

一[八] 正编不取丁氏诗，兹援邱氏《诗城》例，凡寒家物故者，按时代羼入。[第 1 页]

一[九] 山阳人文渊薮，所登容有疏舛；凡属同志，祈匡不逮。

一[十] 缮稿者，卢君钧甫（晋衡）、云程（晋衢），族侄盈甫（兆万）等。仿秀野草堂例，分列卷首，不没其劳。[第 2 页]

三、王锡祺"跋"（下册第 1212 页）

今议自强矣，一旦颁令甲，更新法，微特制艺、试律、小楷，粪土视之；即经史考据、诗古文辞，学非所行，孰肯背驰枉取者？然闻旁行斜上之伦，发性情，征风会，长言咏叹，类古歌谣，则或者诗道未遽废也。予不知生予后者之诗何如，使殁予前者之诗，搜采或佚，其谓之何？续《诗征》甫三稔，化异物者踵趾错。酒酣评阅，悲从中来。拉杂书之，跋云乎哉？光绪戊戌[二十四年，1898]嘉平月朔，清河王锡祺瘦髯甫识于小方壶斋。[第 1212 页]

02－019　淮海英灵集

阮　元

二十二卷。阮元辑，《续修四库全书》第 1682 册，影印嘉庆三年戊午(1798)小琅嬛仙馆刻本。

一、阮元"淮海英灵集序"（第 1 页）

吾乡在江、淮之间，东至于海。汉唐以来，名臣学士概可考矣。我国家恩教流被百余年，名公卿为国树绩，其余事每托之歌咏。节臣孝子、名儒才士、畸人烈女，辈出其间。虽不皆借诗以传，而钟毓淳秀，发于篇章者，实不可泯。元幼时，即思辑录诸家以成一集，而力未逮。入都后，勤于侍直，亦未暇及此。乾隆六十年［乙卯，1795］，自山左学政奉命移任浙江，桑梓非遥，征访较易，遂乃博求遗籍，遍于十二邑。陈编蠹稿，列满几阁。校试之暇，删繁纪要。效遗山《中州》十集之体，录为甲、乙、丙、丁、戊五集；又以《壬集》收闺秀，《癸集》收方外，虚己、庚、辛三集以待补录。曰《淮海英灵》者，宋高邮秦少游［第 1a 页］尝名其集曰《淮海》，唐殷蟠［璠］选唐诗亦曰《河岳英灵集》矣。书成雕板，用广流传。余之录此集，非敢取乡先生之诗衡以格律而选定之也，亦非借已故诗人为延誉计也。广陵耆旧，零落百余年矣。康熙、雍正及乾隆初年已刊专集，渐就散失。近年诗人刻集者鲜；其高情孤调，卓然成家者固多，即残篇断句仅留于敝簏中者亦指不胜数。亟求之，犹惧其遗佚而不彰；迟之又久，不更替乎？且事之散者难聚，聚者易传；后之君子怀耆旧之逸辙，采淮海之淳风，文献略备，庶有取焉。嘉庆三年［戊午，1798］秋八月癸巳，乡人仪征阮元谨序。［第 1b 页］［第 1 页］

则杰按：此序又载阮元《研经室集·二集》卷八（中华书局1993年5月第1版，上册第569页）；除删去末尾署款之外，其他文字相同。

二、阮元“凡例”（第2页）

一[一] 通州如皋、泰兴，旧隶扬州。今录诗托始国初，故未便区别畛域，同为登载。

一[二] 所录诗人，皆以已故者为断。遗编旧集，或访之友人，或出之贤嗣，或购之书肆，或搜之别集。每人各为小传数行，以纪爵里事迹。或以诗存人，或以人存诗。讹舛遗漏，诚恐不免，尚希同志谅而增改之。苟有益于前人，何必出于吾手，断不稍存意见也。

一[三] 十集尚虚己、庚、辛三集，缘数年搜辑，虽得大略，而高人秘集未经人见，及人在近代反未得诗者正复不少，或俟今人补遗，或俟后人续录，庶几十集勒为完书。

一[四] 每集各为起讫。其甲乙分集，皆以得诗先后为定，并无[第1a页]分别义例。有以家集寄者，即其集之居前者为次，其余族姓以类相从。或一姓数人前后分者，随到随编，未便画一。

一[五] 外省人入籍扬州，其生卒在扬州者方入录。若流寓诗人，本极繁多；且昔王渔洋司寇、卢雅雨转运、马秋玉征君等招集名流，觞咏尤盛，多不胜收，当俟另纂。

一[六] 各家之诗，皆就其所擅长者录之，庶各体皆备，不敢存选家唐宋流派门户之见。

一[七] 小传中所载著述，经史子集名目皆从各家志传采入，多未亲见。原书想今亡者俱多，或本虚标名目，然与其删之，毋宁存之，庶将来录《艺文志》者，得据此采访云。

一[八] 忠孝节义之事迹，及宴会之韵事、园亭之废兴、彝言名[第1b页]句之流传、书画古器之赏鉴，元已别为《广陵诗话》若干卷，俟定稿后再为付梓。

一[九]　助元编辑诸友，为乌程陈无轩（焯）、秀水赵兰生（蕙菜）、钱塘陈云伯（文杰）、青田端木子彝（国瑚）、甘泉焦里堂（循）、家叔北渚（鸿）。助元征诗诸友，为仪征团椒墩（维墉），汪庆人（荣怀），程中之（赞和）、魏公（赞皇）、定甫（赞宁）、一亭（赞普），汪晋蕃（光曦），方静也（仕杰），薛二川（溶），王东山（文泗），李艾塘（斗）；江都叶文光（觐廷），史寿庄（椿龄），张既堂（维桢）；甘泉张筱轩（观海），黄伊宣（洙），朱春槎（□□），欧阳制美（锦），焦里堂（循）、季蕃（征），李滨石（钟泗），黄秋平（文旸），徐□□（元方），王东楹（授），谢成蔚（开基），江郑堂（藩）；高邮夏澹人（味堂），沈方钟（钫），王伯申（述之）；宝应刘端临（台拱）、建临（台斗），朱休承（士彦）；[第 2a 页]兴化黄药领（辞）；泰州陈理堂（燮），缪善夫（承钧）；通州刘仙培（□□）；泰兴季廉夫（尔庆）。此外尚有遗忘，续为补载。校字者，为吾弟仲嘉（亨）、子（长生）。[第 2b 页][第 2 页]

则杰按：第八款所说《广陵诗话》，后定名《广陵诗事》，有嘉庆六年辛酉（1801）浙江节署刻本（今有点校本，广陵书社 2005 年 5 月第 1 版）；《广陵诗话》盖系其初拟之书名。

【附录一】阮元《研经室集·三集》卷四《蔗查集序》（下册第 677 页）

宋宝祐废城，在今扬州城北。……废城之古木兰院……今名惠照寺。……已故诗僧诵苕者，旧居寺中，所为诗清微隽永，警悟脱俗。予曩辑《淮海英灵集》，竟未得诵苕诗入录，是余疏漏之咎也。

【附录二】刘声木《苌楚斋五笔》卷三"《淮海英灵集》中填讳等事"条（《苌楚斋随笔、续笔、三笔、四笔、五笔》本，中华书局 1998 年 3 月第 1 版，下册第 952—953 页）

仪征阮文达公元，编辑《淮海英灵集》，甲集至戊集各四卷，己集至辛集缺，壬集一卷为闺秀，癸集一卷为方外。惟戊集第四卷所录北湖阮氏六人诗下，注"乌程陈焯填讳"，此为文达先德，犹可说也。

又录歙县江氏十人诗下，注“甘泉林慰曾填讳”；西山林氏六人诗下，注“江都耿弓填讳”，未知其意。岂助其编辑者之先世，亦必如是，始昭慎终追远乎？

02－020　淮海英灵续集

王　豫等

十二卷。王豫、阮亨辑,《续修四库全书》第 1682 册,影印道光刻本。

一、王豫“淮海英灵续集序”(第 319—320 页)

予年二十时,即留心润州一郡之诗。得昔贤一字,不啻获至宝。积五六年,得二百余家,钞为一帙。当风清月白之夕,偶一展卷,竹声溪声中,古人之灵栩栩然如来左右也。读书松存阁,与张寄槎肆力搜采,又得二百余家,遂名之曰《京江耆旧集》。阅今十数年矣,竟无好义之士出全力以付之梓,此心尝以为恨。迨返翠屏后,屏迹读书,因念本籍丹徒,自先大父铁甫公卜居江都,已阅三世矣,凡遇扬郡诗人之作,辄录之。时阮云台宫保督学两浙,有《淮海英灵集》之刻;余亦钞写数家,托友寄去。宫保书既成,独缺己、庚、辛三集;宫保之意,恐遗佚尚多,特留此三集以待补。其表微阐幽之心,勤勤恳恳如是。求之古人,殆难其匹,况今人耶?岁丙寅[嘉庆十一年,1806],宫保谢浙抚任,家居[第 1a 页]读礼,余以诗谒于文选楼。宫保一见,即欣然曰:“子心乎古者,某知之审矣。某所辑《英灵集》尚缺三集,子其与某弟梅叔共续之,子毋辞。”余退而叹曰:所缺三集,宫保岂不能自续之,而乃迟之久,而必属之梅叔与余者?盖宫保今官制军,为封疆大臣,有察吏安民、兴利除害之责在,非若督学时,可优游于文翰也。宫保之用心,真弗可及已。余年四十有七矣,碌碌无可表见于世,而徒竭心志于残编断简之中,闻者窃笑之。然苟能表彰前哲,俾其不朽,使后之人文献有足征焉,则余且将附宫保以名矣。双峰之间，倘有如宫保其人者，《耆旧》一书，必久行于世矣。则今日之序《英灵》，不得不致慨于《耆旧》，而益重宫保之为人为不可及也。三集计十二卷，共七百七十一人，诗一千四百九十四首。因序之，以质于宫保。江都柳村农[第 1b 页][第 319 页]隐王豫识于翠屏洲曲江亭。[第 2a 页][第 320 页]

二、阮亨“凡例”(第 320—321 页)

一[一]　《英灵》前集所刊甲、乙、丙、丁、戊、壬、癸，宫保兄视学两浙，恐有遗漏，阙己、庚、辛三集，属王征君豫暨亨补之。

一[二]　淮海诗人之盛，其未刻集者无论已，即已刻而未行世者亦指不胜屈。是集仅就所见暨友人邮寄载入，遗漏恐多，当代同学者补之。

一[三]　通州如皋、太[泰]兴，旧隶扬州。今录诗托始国初，故未区别畛域，同为登载。

一[四]　外省人入籍扬州，仍载明原籍。其流寓诗人，亦分别载入。

一[五]　是集以诗存人，以人存诗，固已然。或人非端士，或诗伤[第 1a 页]雅教，概屏弗录。其前集已录者，兹不复录。

一[六]　巨公鸿儒，名垂史册，不赖诗以传者，所收从略。若山林苦吟之士，名不出里闬，其集或未刻，或刻而未传者，所录较多。

一[七]　每集各为起讫。以得诗先后为定，并无分别义例。或一姓数人前后分列者，随到随编，未便画一。

一[八]　闺阁名媛诗，取其温柔敦厚，可以感人而风世者录之。或自他省来嫁，及出嫁他省者，皆列焉。

一[九]　浮屠、道士，向列诗人称“释氏”“老氏”者，从魏收例也。女尼亦仿旧选附入，而仙鬼不录焉。

一[十]　所采诸书，或全录，或节取，皆于各条上冠以某人某书，使阅者易于稽考。或有仅存书名而全书未见者，亦录[第 1b 页][第

320 页]其名，以俟后之辑《艺文志》者考焉。[第 2a 页][第 321 页]

则杰按：据第五款，初集“已录者，兹不复录”；但此集内，实际有与初集重复者，例如“庚集”卷三方汝谦(第 390—391 页)，即已见于初集“戊集”卷二(第 262 页)。

02－021　白田风雅

朱　彬

二十四卷。朱彬辑，光绪十二年丙戌(1886)金陵刻本。(浙江大学图书馆藏)

一、姚椿“序”(第 1a—2a 页)

昔者太史氏乘辅轩以采风，凡民间俗尚之媺恶、风土之优劣、物产之殊异，莫不登诸咏歌。至于孔子删诗，远如豳，僻陋如秦，微末如曹、桧，皆所不废。然则萃集总汇，使前人之心思有所寄，来者轨辙有可征考，以待他日之采择者，是固士君子所宜亟为者也。宝应介江淮河海之间，波涛漾瀚，地势卑下，居民有昏垫之患。然其风气朴茂，笃学好古，文儒鸿笔之士，沨沨乎多出其间。予来是邑，幸获交于郁甫朱先生。宝邑既素以仕族相尚，先生世胄之懿，冠冕南服。有明中叶，大参府君、九江府君，皆以硕学丽藻，与一时闻人游。至国初，而侍御府[第 1a 页]君继之。其后，止泉先生复以醇儒暗修见重于朝野；厥嗣宗洛，缵绳其绪。盖自明以来，至今四百余年，而文学科目绵绎弗绝，知名之士相望于时。屈数海内世家，如朱氏者，诚未易以概睹也。先生清修俭节，谦以接士，寒暑嗜学，不少辍简。尝因邑中前辈之旧编，辑国朝以来诸家诗为《白田风雅》若干卷，网罗放失，搜纂轶事；善虽微而必录，人虽陋而必彰。盖古之君子与人为善，虽以道里辽远，山川间隔，彼其精神感通，有流连而不能自已者，况乎“维桑与梓，必恭敬止”者乎！此古之至人所为征“沧浪”、感“风兮”，反而后和之盛心，能使后之人兴起乎无穷也。吾知后有闳览博物君子者出，论著海内文字[第 1b 页]而考信其实者，意必将有取于斯。道光元年辛巳[1821]三月，娄县姚椿序。[第 2a 页]

02－022　徐州诗征

桂中行

八卷。桂中行辑，光绪十七年辛卯(1891)刻民国补修本。(苏州大学图书馆藏)

一、桂中行"徐州诗征序"(第1a—2a页)

《小戴记·王制篇》："太师陈诗，以观民风。"季札之观乐也，且知其国之兴替。故《汉·艺文志》亦云："古有采诗之官，王者所以观风俗，知得失，自考正也。"盖民隐之舒郁、俗尚之良窳、政教之窊隆善败，惟诗足以纪之，诗亦守土者所有事哉。中行不敏，再治徐七岁矣，惧无以导民成俗也，乃陈徐之诗观之，上溯有明，逮及并世。其宣民隐、彰俗尚、敷政教也，十尝七八焉；舒郁、良窳、窊隆善败之迹油然有会于心，善者有所感，而不善者有所讽也。其他之留连景物、藻雪衿抱者，十亦二三焉；虽若无与于政教耶，然民隐、俗尚之所系，[第1a页]犹于是得其倪。徐之父老子弟，其感且讽必有比于中行者，则亦恶可以已也？第而录之，得诗八卷，作者若而人。呜呼！盛矣。古之治《诗》者三家，独韩婴产燕，于徐邈不相属；若申公之鲁，后苍、辕固之齐，并迩徐。其所渐既深远，汉《大风》一歌且为百世风诗之祖；采诗于徐，自其所也。然炎刘而降，代不数人，其诗传者绝鲜，将治诗者或专或否欤？抑亦采风之职废，专门孤诣泯焉汩焉，无以大襮于世，以致然欤？是编所录，俯仰三百年而治诗之盛如是，则昔之自汉而明，其湮郁无传者且什百于是，是编不尤汲汲欤？经始于丁亥[光绪十三年，1887]，迄庚寅[光绪十六年，1890]而寿之木。佐之甄采者，吴王教授亦曾、金[第1b页]坛冯编修煦、宿迁陈孝廉环、铜山王训导凤池也。中行抑闻之,《诗含神雾》曰:"诗者,持也。在于敦厚之教,自持其心。"郑康成氏曰:"诗者,承也。政善则下民承而赞咏之,政恶则讽刺之。"由前之说,可以诏徐之父老子弟;由后之说,则又后之继中行治徐者所当交勉也。光绪辛卯[十七年,1891]春三月,临川桂中行。[第2a页]

二、王为毅"补刊徐州诗征跋"(第1a—b页)

曩桂临川师守徐,裒郡人之诗,属冯金坛师甄选为《徐州诗征》凡八卷,第七卷则先曾王父、先王父之诗皆在焉。板故存廨中,辛亥[宣统三年,1911]之变,毁者几半。癸丑[民国二年,1913]冬,为毅以事至徐。时郡治已废,假馆郡斋,摩挲残阙,慨然而叹。悼文献之散佚,痛先泽之埋蚀,且惧吾两师编辑之盛意委诸榛莽也。乃谋之陈君沅秋、王君惺三、祁君汉云、王君劭宜,鸠资补刊,复成完帙。忆光绪丙戌[十二年,1886]、丁亥[十三年,1887]间,为毅读书郡城,数从两师饮宴于逍遥堂,纵横文雅,极盛一时。今者世变沧桑,临川师久归道山,金坛师隐居海上,小子乃复与二三故人拨剔荒秽,理残编于斯堂,盖不胜代谢之悲、今昔之感也已。[第1a页]甲寅[民国三年,1914]暮春,宿迁王为毅谨志。[第1b页]

02－023　徐州续诗征

张伯英等

二十二卷。张伯英、徐东侨辑，薛以伟点校，《〈徐州诗征〉〈徐州续诗征〉》本，广陵书社 2014 年 12 月第 1 版。（下录均见其中《徐州续诗征》上册）

一、张伯英"徐州续诗征序"（第 1 页）

幼处里闬，所知乡老皆不之弃。入学而后，八邑文士纳交者众。岁月不居，风流销歇；其人既往，予亦衰老。读其文字，念其生平；《诗征》之续，所不容已。创始迄今，越及五年。因事因病，未克专力。选录非难，难于采访。八邑同志，悉为予助。总专各集、零篇散帙，源源而至。陈青舫、段芝晋相助最力，期成尤切，寓书督促殆无虚月，皆古人矣。王书衡知予为此，自任作序。书衡俪文秀出侪辈，彼非徐人而相知久。辛未[民国二十年，1931]之秋，来视予病，云已属稿，日望序至。别未浃旬，书衡长逝。倘予不起，累岁之积，东鳞西爪，笺楮丛残，孰为董理？偃卧病榻，执卷太息。未归委弃，是有天幸，其亦作者灵实相之。临川征诗，先金坛师为主选事；今续其书，一遵师例。诗五百家，增其一倍。乡邑旧闻、前哲懿孅，往往而在。以诗存人，不事苟求。应征而来，罔不甄采。审其优者，则多取焉。予之旧游，十及三四。声音笑貌，展卷如见。后死之责，庶其不负。编次雠校，属徐惠伯独任其劳。六旬老友来共几案，青灯滋味若少年时，斯可乐者。惜王、陈、段未见成书。征诗之简，已具本原，兹仍附焉。癸酉[民国二十二年，1933]闰夏，张伯英。[第 1 页]

二、张伯英“征诗小简(己巳[民国十八年,1929]暮春)”(第2页)

临川桂履真先生守徐,有《徐州诗征》《二遗民集》之刊,为吾乡文献所系,甚盛事也。《诗征》成书时促,遗漏者多寒族。铜、萧二邑,及闺秀诗选二十家,以予所见,犹有专集具在,篇咏甚富,名乃不与者。诗僧智朴,声驰辇毂,亦无其诗。由是推之,八邑遗珠之憾岂可胜穷?然此非选者之过也。长官征诗之举,乡里或未之知。作者后裔式微,不得与长官晋接,则亦莫由上陈,甚有深藏而不肯出者。采访之事,寄之一二人,其不周遍宜矣。前人文字,每赖总集以传。曩使无《诗证》之作,此数十百家之诗,吾且无从得见。今为时又四十年,其人一往,诗辄散佚众矣,况岁月之久乎?拟为续征,一以补前书所未备,一以存近贤之遗著。乞我八邑同志分任采访,见闻切近,庶鲜漏略;诗存人存,免就湮没,其亦仁人君子所乐观厥成者乎?

[第2页]

02－024　崇川诗集

孙　翔

十二卷、补遗一卷。孙翔辑，《四库全书存目丛书补编》第42册，影印乾隆刻本。

一、何廷模"叙"（第496—499页）

往予承乏如皋，时以公事至通州。间尝登狼五之峰，见其江山之壮丽、川原之绣错、沙洲岛屿之明媚，慨然[第1a页]想灵秀所钟，人文之盛，必有蔚然可观者。通之属邑三，曰如皋，曰泰兴，曰海门。四邑自五季以来，代多名宿；独诗之以专集流传者，间[第1b页][第496页]一二见，其余湮没而不彰，盖多且久矣。丙戌岁[乾隆三十一年，1766]，予已自留城迁秦邮，始闻如皋汪氏有《东皋诗存》之刻，私喜一邑中八百余年之幽[第2a页]光冷艳，一旦英气焕发于人间，非其力肩风雅，谁能为此者欤？顾犹窃憾三邑之诗未有搜而出之者，版牍劳形之暇，梦绕云山，殊深[第2b页]悒快。比年来，擢任海州，家人寄居如皋，儿子承燕日与邑人江樵所诸子歌诗赠答，樵所乃称通州孙君吕溪搜辑四邑之诗，勒为《崇[第3a页]川诗集》若干卷，属承燕以书来，请叙其简端。余维古陈诗之职既废，世多以讴吟为小技；魏晋而降，作者代兴，而穷阎下邑之士，或[第3b页][第497页]千佰而传什一焉。要其或传或不传，亦各有幸有不幸。昌黎云："莫为之后，虽盛弗传。"亮矣夫！其言之也。孙君笃桑梓恭敬之[第4a页]谊，不欲遏抑前美。是集之梓，四邑之人文传，而孙君之名亦与之俱传，斯可谓得江山之秀而为后起之杰也矣。独予以十数年慨[第4b页]慕之私，而竟得其人，以副予望，不可谓非予之厚幸也。抑吾闻古陈诗之职有輶轩以采民风，予既旧莅其地，是亦[第 5a 页]有辖轩之寄者；既幸获见四邑之人文，又得窃附采风之末，皆不可以无辞。书此以付承燕，使与樵所诸子道予感旧之情焉。[第 5b 页][第 498 页]乾隆三十七年[壬辰，1772]七月朔，西泠何廷模题。[第 6a 页][第 499 页]

二、孙翔“例言”（第 642—643 页）

［一］　通邑建始后周，人文未著。宋以后，名贤辈出，述作炳然可观。故兹集所登，厥自宋始。

［二］　吾通旧属广陵。前明万历间，卢山人子明纂《广陵集》，通诗附焉。至国朝雍正初，置为郡，领泰、如、海三邑。百年以来，作者云兴，视昔加盛。余惧其久而将逸也，不揣固陋，爰辑通郡诗汇为一集，凡一十二卷。

［三］　是集不名一体，不拘一格。古风、近体，固以汉魏、盛唐为正。即或宗派西昆、长庆、剑南、眉山，亦各[第 1a 页]就所长，不遗厥美。

［四］　前贤事实，具载史乘，兹集止列姓字、官阶、里居、著述，余不旁及。

［五］　是集以诗存人，间亦以人存诗，用昭阐幽之意。附近诗一卷，大率皆往来知名人士。投赠虽多，集隘未能备登，掇存什一。其有抱璞自秘者，不无遗珠之憾。

［六］　闺阁诗，风教攸关，取其有合于幽闲贞静者录之……

采风。……[第 1b 页]

［七］　缁衣、黄冠辈，不乏佳咏，并为选入，用……不敢滥入。

[第 642 页]赏。

［八］　流寓名作，有得于见闻者，附……，八阅寒暑告竣。……未足，所厚望云。[第

［九］　集始于乙酉[乾隆三……

同学诸子，商订之力居多。质……

2a 页][第 643 页]

【附录一】《四库全书总目》卷一百九十四集部总集类存目之四(中华书局 1965 年 6 月第 1 版,下册第 1777 页)

崇川诗集十二卷(两江总督采进本)

国朝孙翔编。翔字吕溪,南通州人。是集辑通州及州属如皋、泰兴、海门三邑之诗,自宋元至国朝,附以流寓。每人记其姓氏爵里。后缀《补遗》一卷。其第十卷所载皆同时之人,殊非《文选》不收何逊之义也。

02 - 025　东皋诗存

汪之珩

四十八卷、诗余四卷。汪之珩辑,《四库全书存目丛书》集部第413册,影印乾隆三十一年丙戌(1766)文园刻本。

一、袁枚“东皋诗存序”(原第1—5页)

乾隆庚辰[二十五年,1760],予过东皋,邑侯何西舫数称汪生楚白之才。予心识之,而以遽治装故,不获相访。今六稔矣。弟子秦云亭来,手一编曰:“此汪君所选《东皋诗存》也。汪君死,遗命呈先生,且索序,且付梓。”嘻!汪君此选,将以存东皋诗耶?然汪君存,则东皋诗因汪君而存;汪君不存,则汪君之名,又将借东皋诗存而存。其序与梓也,诚不宜缓也。何休曰,古者妇人五十无子,择其辨获[护]伉健者使居民间采诗,故幽隐必达。今其法已亡,虽有钧韶异音,听者一过,荡为飘风。无人焉汇而存之,诗宁能自存耶?汪君慨然仿《宛雅》故事,辑而存之,笃矣乎仁者之情,亦居东皋者之幸也。惜剞劂未已,赍志以殁,而余又相稽于邂逅,不获一交臂,共搉群雅,殊嗛人意。然亦岂料汪君于委化时,不瞀乱,不顾妻子悲泣,而转以鄙人之弁语为拳拳。方知韩仲卿称曹子建梦中求序,定非诞语。而汪君之于是集,果如是之不苟然也,宜表而出之,使后人知之。乾隆丙戌[三十一年,1766]冬十有一月,钱塘袁枚子才氏撰。

则杰按:此序影印本存在大量缺字,且系行书体,各处所缺字数不能臆定,故此从排印本袁枚《小仓山房诗文集·文集》卷十一录入(上海古籍出版社1988年3月第1版,下册第1393页),唯末尾署款依影印本保留。又据影印本现存文字对照,可知二者之间颇多出入。

二、汪之珩“征辑东皋诗存启”(第5—6页)

广陵故壤,皋邑名区。地得江海钟灵,代有人文蔚起。宋元以降,著作如林;曹、桧虽微,风诗略备。乃过其地者,凭吊前贤,留连往迹;尊师表则称安定纯儒,景风规则凛忠愍奇节。至于骚坛雅望、诗阵名豪,则石溪《草堂》之篇、水绘《同岑[人]》之集,海内腴同脍炙,人间宝若球琳;余者多湮没而未彰,或播传而不远。遂使一乡之风雅,未备选于萧楼;历代之词章,半深藏于鲁壁。珩披观邑乘,博采家珍,共友朋掇拾遗编于卷册,搜罗散记。前辈可稽姓氏近百余家,现在专集存留尚数十种,加以旧游亡友、[第1a页]已故时流,裒集成编,足备是邦之掌故;梓刊行世,堪资上国之辅轩。敢以弇鄙预笔削之权,幸与今古萃源流之盛。用是招延宗匠,聘礼司衡。坐李昉于园中,篝灯甲乙;奉徐陵于海上,握管丹黄。或品持名教、道重师儒,则诗以人传,登列无妨一二;或学擅风骚、才长声律,则人因诗著,遴选不惮再三。罔辞采访之劳,深抱缺遗之惧。伏惟箕裘世学、桑梓同人,邺架之所珍藏、家典之所载记:朽编蠹简,皆安石之碎金;断枣残梨,亦吉光之片羽。出名山而商订,不吝惠我好音;探秘笈以倾投,共许勷成夙志。庶声华不泯,聚秀采于蠙山;支派同流,广词源[第1b页][第5页]于雉水。敬先楮札,拜望琼瑶。谨启。璞庄汪之珩撰。[第2a页][第6页]

三、汪之珩“凡例”(第6—7页)

一[一] 吾皋旧本小邑。然自孙吴之世,已有名达可稽。沿及赵宋,若胡安定、王司封、龙图而下,大贤辈出。向无识宝如张华、雷焕其人,遂至埋精石匣。旧志具在,摭采颇略。纵有存者,吉光片羽矣。河东三箧,无存亡之安世;禹锡一编,罕护持之神物。缅仰前徽,不胜抱憾。矢志掇拾,以备采风。

一[二]　征选是集，以存不存。然诗可存则存诗；人不可不存，则诗虽未精，亦借诗以存人。其有文章、功业烂然史乘而诗不概见者，不得不略。名曰《诗存》，无旁及焉。[第 1a 页]

一[三]　国初丁君确，有《东皋诗汇》之选，今书阙焉无存。卢君纯学，刻扬州十属诗，皋邑仅存二十三人，人三数首，字号官爵，略而不书；证今考古，漫无所据。不得不广为搜采。四代以来，苟有可稽，即辑存之。已亡者不复存，未亡者庶无不存之憾矣。

一[四]　皋邑新志艺文部，载前辈传世诗集尚百余家。今人往风微，存者十之四五。不急为缀辑，他日湮没，伊于胡底？

一[五]　余性好吟弄，自愧不工。交游投赠，尺楮寸缄，珍若拱璧。久之，遂盈笥箧。兹良友云亡，遗编斯在，辑而存之，[第 1b 页][第 6 页]以附前贤之末，不忍殁知己也。

一[六]　诗局既开，皋邑数百里内贤嗣哲昆，各送家珍。虽八百年间多所遗缺，而近代名流不减前贤，铿锵并奏，五色交辉；辑而存之，备一代之骚雅，其庶几乎？

一[七]　是集遴选，不拘尺幅，惟旨惟多，即数百篇不为溢矣。少即片鳞一角，不敢遗弃。虽无其集，犹存其名。谁为来者，或可据迹而求。

一[八]　是集既以存诗，亦以存人。琳琅佳什，不敢掩没宝光。其有关忠孝大节及先代名迹者，虽格律稍逊，亦并采录。敢云备一代之掌故？聊以存先民之逸轨云尔。[第 2a 页]

一[九]　是集诗人，但存名号爵谥暨生平著述；其嘉言懿行，概不备录，避志体也。至号氏并不可考，即存其名，以俟知者。

一[十]　各家送到家集，但有选择取去，并无涂改点窜。佳篇巨制，或有字句微累，瑕不掩瑜，识者自有真鉴，不敢为美削痣，贻诮续凫。若其通转微讹、粘叶未安之处，间易数字，亦百无一二焉。至于圈评旧例，一概不施。丰城剑气，望而知宝；誉之不中，转愧知音也。

一[十一] 皋邑闺秀，最多颂椒赋茗之才。余曩所耳闻以熟者，竟与黄土同湮。搜罗近代，止得数人。然刘家三妹，但[第 2b 页]著悱妻；谢庭咏絮，仅传七字。有美斯存，即堪千古。

一[十二] 皋邑无名山远岳。蒲团禅板之间，名流不过数子；行脚高宗，过而不留，已为雪中鸿爪矣。搜存一二，缺亦有焉。

一[十三] 皋邑自澄心堂、隐玉斋、万花园而后，实有露香、水绘。当时名流远集，胜会何多！兹但存其家于斯与卒葬于斯者，著为寓公；其佳游未久，始留而终去者，不敢滥借荣光。

一[十四] 词者，诗之余也。诗存，则诗余例得而存之。减字偷声，雕琼镂玉，亦风雅之一端焉。[第 3a 页]

一[十五] 是集诠次，略以时代为先后。其各家诗稿，非止一集，岂无参差？随选随录，不拘体次。

一[十六] 是编缀辑遗亡，甚费搜索。余家僻处海滨，囿于耳目，挂一漏万，知所不免。吾皋名宿，藏书不少，尚冀不吝什袭，陆续邮筒，勷成胜事，发潜彰隐，不独鄙人叨光矣。

珩再识。[第 3b 页][第 7 页]

四、王国栋跋（此起两篇，底本页码续最末第四十八卷。第 770 页）

《诗存》一刻，璞庄与余筹之久矣。至去冬始发启征辑，设局文园，以待陆续纷投，赴珠槩玉敦之会。今年五月，梓人毕集，将付开雕，而璞庄殁。其时，变出非常，内外失措；其行其止，几不可定。幸阃君黄夫人能成其志，克蒇厥事。计启箧于乙酉[乾隆三十年，1765]十月，撤简于丙戌[乾隆三十一年，1766]十一月，为卷四十有八，历宋、元、明、清四代。八百年之幽光潜德，于是毕著。虽名儒硕彦，有名而无诗者，未免遗珠之叹；而年远代隔，搜访无[第 23a 页]从，此璞庄所为亟亟也。所可痛者，余与樵所、瘦石共勷璞庄纂辑前诗，而今乃兼纂璞庄之诗，为初念所万万不到也。然璞庄之名，以存前

诗而成；璞庄之诗，亦与前贤而著，幸之乎，益伤之矣。竹楼王国栋跋。［第23b页］［第770页］

【附录一】秦大士《汪璞庄小传》（第770—771页）

汪君之珩，字楚白，号璞庄。……尝刻“文园六子”诸诗，为时传诵。年来慨念如皋为江左名邑，文人学士抱景怀响，久而就湮，不急为表襮流传之，则其诗逸而其人亦遂无可考，用是搜集广博，抉摘幽粹，得诗若干，颜曰《东皋诗存》。工既集，而璞庄奄然物化矣。易箦时，唯此为惓惓，一语不及家事。一子为霖，甫四龄。妻黄，念其夫之魂魄恋此也，爰请同志蕆厥事，而属余为之传。……乾隆丙戌［三十一年，1766］季冬，江宁秦大士撰。

【附录二】江大铣《东皋诗余序》（第771—772页）

……余初与璞庄议辑《东皋诗存》，即有兼存诗余之订。今纂辑未竟，而璞庄逝矣。其家人刻期蕆事，更不及遍为搜罗。就各家送到诗集中有附存数十阕或一二阕者，辑而存之。所得才四十余人，存词才四百五十余首。嗟乎！皋诗之存于兹者，大都皆啬于前而丰于后，人往风微，不胜珠沉之叹矣；况词学久废，诗人多狃于“词体柔曼，有妨古音”之说，置而不讲，又何怪乎远者不复留，而近者不概见耶？虽然，大美不终秘；丰城龙剑，神光卒出人间。是书以璞庄之殁，不获宽以时岁，匆遽撤简。他日有好古之士，因是书而采其所不逮，必将有如刘禹锡之作，所在神物护持；壁间冢中，应求而出。兹编为之嚆矢，功不亦多乎哉？乾隆岁在柔兆阉茂［丙戌，三十一年，1766］之小雪日，樵所江大铣题于文园停云馆。

【附录三】《东皋诗余》卷四最末一家汪之珩词黄振跋（第837页）

……今年夏，甫梓东皋诗而璞庄逝，畏难者咸议中止。余斡旋其间，始获姊氏克成所天之志，克期告成，心窃喜矣。特前贤征集已得若干卷，而璞庄遗稿索之家人，蔑如也。余则倾笥搜罗，采之友人扇头、壁间、册子、图照，得诗二百六十九首，分上、下二卷；又得词十一首，附之集尾。虽散佚过半，亦足以存其大概矣。夫皋邑自宋元明以迄今代，人文湮没，不知凡几；璞庄毅然起而裒集成书，倘亦千百年来风雅未消、幽光当发之会乎？乃璞庄适以今年死，死而几寝其事，则此举也，吾又疑之卒得内助延师鸠工，不惜重资，踵成其美，而璞庄亦因之以显，倘又天道报施善人之明验欤？读璞庄诗与词，悯其才而矜其志可矣。丙戌［乾隆三十一年，1766］辜月，瘦石黄振跋于文园之停云馆。

【附录四】《四库全书总目》卷一百九十四集部总集类存目之四（中华书局1965年6月第1版，下册第1777—1778页）

东皋诗存四十八卷（两江总督采进本）

国朝王之珩编。之珩字楚白，如皋人。是集选其邑人之诗，自宋以迄于国朝，每人各详其字号官爵。所载既多近时之作，而之珩之诗自收至二百余首。王逸、徐陵、芮挺章自录已作，未如是之繁富也。

黄丽勤按：此处"王之珩"，"王"应作"汪"。

【附录五】法式善《陶庐杂录》卷三（中华书局1959年12月第1版，第79页，原标第二十八则）

《东皋诗存》四十八卷，汪之珩征辑。之珩字楚白，如皋人。是集选其邑人诗，自宋胡瑗迄之珩自作，详略不能悉当。乾隆三十一年［丙戌，1766］刻行。前有袁简斋序，盖其时之珩已没矣。

02－026　七十二峰足征集

吴定璋

诗集八十八卷(含词二卷)、文集十六卷(卷三未刻,含赋三卷)。吴定璋辑,《四库全书存目丛书补编》第 43—44 册,影印乾隆十年乙丑(1745)吴氏依缘园刻本。(下录均见第 43 册)

一、沈德潜"序"(第 1—2 页)

《周礼·职方氏》所载"东南曰'扬州'……其泽薮曰'具区'","具区"即《禹贡》所云"震泽",《左氏》所云"笠泽",《史记》所云"五湖";而勾吴、於越间,总谓之"太湖"也。湖跨江、浙二省,连苏、常、湖三府,袤延五百余里。中有七十二峰,星罗棋布。而东、西两洞庭,马迹实为之长。其滨湖诸峰,左右列者均不与焉。夫九州山水中,如长江、九江、彭蠡,以水名者不能兼山;匡庐、罗浮、黄山、天台,以山名者不能兼水;而具区七十二峰,山水兼之。[第 1a 页]其秀灵所钟,自巨儒名臣、遗逸寓公,与夫仙真佛子、闺房之秀,接时而生,既已代有其人矣。然而"三不朽"之一,惟德之硕、功之显者载于史书,焯焯不可湮没;而立言自见者,苟无人焉搜讨而表彰之,其不同烟云之变灭、花草之荣萎者几何?夫具区为扬州之胜,七十二峰又为具区之胜,而人文之擅秀灵于七十二峰者,不能使之必传,即湖山亦有因而减色者。此吾友吴子友篁不能已于《足征集》之葺也。友篁产具区之武山,夙擅风华,烟霞成[第 1b 页][第 1 页]性,固无心于经世理物矣。因思征文考献,本儒者责;而身为山泽之臞,无由论列朝家故典,乃采掇湖山前哲,存其言行,选其文辞。或本诸史传,或求之家乘;殚见洽文,原原本本;信者传焉,疑者阙焉;于扬风扢雅之中,寓知人论世之旨，其用心可谓勤且专矣。尝考前代太湖诗文，有《具区》《洞庭》等志，有《洞庭清气集》，有《续集》，有《震泽编》，有《包山集》，有《湖山风雅纪》诸书。然所编始于唐宋，未探往古。又所收多东、西两山，其余莫由遍及。友篁扁舟蓑笠，往[第 2a 页]来于七十二峰之间，诣荒僻，访烬余；枯禅野樵，相与咨询；即残编零落、一二语可传者，兼收并蓄而使之俱传。岂山水灵秀之气散焉而晦，聚焉而显；编书之功，几与造化分权者耶？抑此书之成，前后历二十余稔，意有积之弥久，斯发之弥光者耶？既又思职方所掌具区而外，如云梦、圃田、望诸、大野，以暨弦蒲、貕养、扬[阳，杨]纡、昭余祈[祁]之地，皆泽薮也；倘得有心如友篁者，起而采遗书，访故老，勒成一编，以备九州掌故，将足征者独在东南之域也耶？而此[第 2b 页]书则九州之先声也。是为序。乾隆甲子[九年，1744]夏五，长洲同学弟沈德潜题于燕台客舍之夷白斋。[第 3a 页][第 2 页]

则杰按：此序又载《沈德潜诗文集・归愚文钞》卷十一（人民文学出版社 2011 年 10 月第 1 版，第 3 册第 1307—1308 页），标题即作《七十二峰足征集序》；除删去末尾“是为序”及署款之外，其他文字基本相同。

二、秦蕙田“序”（第 3—4 页）

扶舆雄刚清淑之气，凝而为山，融而为水，崇巄澄涵，巍峨浑茫。故两间灵都奥区，辄以山水为职志；英才秀民，亦以山水为孕育。而山水又必相丽，山得水而滋，水近山而洁。隓山广川、陵阜沼沚，每不可得兼，然仅曰“相丽”已耳。山临水滨，水傍山麓，偻指宇内小大近远之境，相丽者便为佳绝。惟吾吴具区，汪洋演迤，以顷计者[三]万有六千；七十二峰浮青插翠，历落布置于烟光浩淼中；而全湖如镜，沉[第 1a 页]浸而范围之。间游湖滨，潋滟空濛，极望无际，若不可一苇杭而策足至。及泛澄波，登东、西洞庭，峰回路移，平畴茂林，桑麻庐舍，与丹葩绿藻掩映如画；村落经行，一重一掩，俄顷已忘涉川。

偶凌陂陀，陟岑冈，松梢屋角之外，忽如天门中断，水尽云连，荡胸决眦，震骇懔栗，始知渺焉一身，泛重溟而离人世。生长此邦，习焉不察；昧昧思之，庶几海上神山有此异境。方隅之内，匹此者谁所？夫水流山峙，其气清夷；水匝山重，其神宁固。又城市遥隔，在彼一[第1b页]方，其习朴茂而静安。故此中人，咸敦本力穑，悫谨俭勤；而秀良俊彦，则浸淫卷轴，被服古人，发为文章，言有根柢。盖兹山夙蕴灵迹，在道书为"第九洞天"，灵威丈人曾得禹书于林屋。真仙高隐，如刘根、角里之徒，载在前志。流风所渐，山癯泽叟，清修介节，代有其人。至明季，如施槃、王鏊、吴惠、蔡羽、陆治辈，诗篇翰墨，犹映照艺林。其间读书缵言，修业立名；处为硕儒，出为良吏者，志乘所书，更仆难数。大抵素封则好行推解，寒畯则力砥廉隅；赋咏见风[第2a页]雅之代兴，稽古幸斯文之不坠。地深境阻，居然名献之区；川泳云飞，蔚尔词宗之薮。所谓雄刚清淑之气，钟于山水，即毓为人文，不信而有征乎？两山去予家百里而近，曩顾未暇一游。客冬省假南旋，今春有东、西山宗人来谒，邀余戾止。其川原风物习俗之美，良如前所云；遍晤诸士夫，复皆好学能文，数典而不忘其祖。因与考遗编之著述，访先哲之流风，窃欲荟粹一书，为是中文献。而友篁吴子适以斯集见贻，其编纂至百余卷，首诗，次赋，次词，[第2b页][第3页]次文；略仿昭明太子例，诗八[强]，词、赋合得一[弱]，文一[强]；人以氏族序，不限时代，各系一小传，略仿遗山《中州》、虞山《列朝》例；东山、西山外，旁及他山；去取精严，搜罗详到，积数十年之力以溃于成，名其集曰《足征》。斯殆雄刚清淑之气，实式凭于友篁；而七十二峰文献之传，不能不取征于友篁也。予故乐为序之。乾隆乙丑[十年，1745]新秋，锡山同学弟秦蕙田拜手书。[第3a页][第4页]

则杰按：此序所说"首诗，次赋，次词，次文"，其中"赋""词"次序与实际不符，疑其由"凡例"第二款特别是第十二款（详下）误解所致。

三、“凡例”（第 4—6 页）

［一］ 是集表太湖之凡也。太湖诗文有选，肇自前明吴隐君思政之《洞庭清气集》。嗣之者，为孔参军道行之《续清气集》。皆始于宋南渡，迄明之中叶，入集不过三十余人，人不过数首，未尝有汉唐以上作也。其后予从祖不官，暨秦存古两先生选《两山风雅》，而传人浸广，然亦未及马迹、长沙、横泽诸山也。自是闻风兴起者，慎在兹有《太湖诗选》，陆仲飞有《洞庭明诗选》，叶石君有《东山诗纪》，凌圣功有《金庭合[第 1a 页]选》，叶苍舒有《两朝国雅》，席贡湖有《湖山灵秀集》。大概权舆于清气，取材乎风雅，而各出手眼，以成一家之选。第诸先生意在传其诗，予则意在传其人。人系小传，广采七十二峰，不拘一隅，务为吾乡先哲存其言行于什一云尔。

［二］ 征文：以诗为主，次以赋，以词。至于散体之文，名家具有专集，美不胜收，止采其有关湖山风物、足备考稽者录焉。

［三］ 征献：五湖七十二峰，世家大族、高人逸士多矣。史[第 1b 页][第 4 页]家有传，家有乘；或本事有阙佚，他书载其首尾；或学士大夫所未悉，而山臞泽叟能道之，参互考订。阙疑、传信，皆有原本，非敢凿空杜撰，以诬前哲而欺斯世。

［四］ 贡湖《灵秀集》，凡例仿元遗山《中州集》，今仍之。独不以时代为编次，而以氏族作类叙者，窃取世家世本之意，著其来历，以见家学渊源，相承有自；而门第之甲乙、箕裘之隆替，亦可考世次而得之。

［五］ 湖山荒僻，前辈诗人吟啸隐居者，止以自怡，不求[第 2a 页]人知。其梓稿问世者，十无二三。故《列朝诗选》《明诗综》两书胪列一代人物，而所载太湖诗人不满数家。予从事此书数年来，裹粮移棹于七十二峰，古里荒村，无远不到；残编剩卷，无有不搜，得二百八十余种，姓名可考者六百余人。苦力不能合梓，仅节钞十之五六，非敢云“选”也。

［六］ 前辈遗稿，十亡六七；间有流传一二，又非若“枫落吴江”“长笛倚楼”之句足以千古。叶石君《东山诗纪》中，有仅载姓名而削其诗句者，恐久之并姓名亦[第 2b 页]归湮没。今以氏族类编，其中必有魁然杰出者，为文采风流之冠；而残膏剩馥，亦足沾溉其余，则亦兼存而节取。

［七］ 闺秀出于名家巨族，咏絮吟风，绰有风范者，固不乏人；而衡门静女，夙具慧心，无所师承，天籁自鸣，亦复不少。或偶尔识字，便学吟诗，宜为桐城方夫人所嗤者；若出于苦节奇烈之笔，虽句不谐律，辞未雅驯，而其中有意味，是在以诗传人，以为后来贤女子劝，不得不存。[第 3a 页]

［八］ 寓公前代俱不可考，南渡后颇有闻人。有明以来，必故老见闻历历可据者方存，疑者宁阙。

［九］ 方外小传，悉本灵济、曹洞诸山塔铭，贤首宗乘；其余林栖云卧、声出金石者，采录其尤以登集。

［十］ 诗人小传，于他山颇略，而东山、马迹较详：东山故家大族，遗耇多闻，可以咨询博采，考订成文；马迹一山，得徐君起田搜罗事实，佐我不逮。若他山，既鲜同志，又无好事家有藏书可就钞借读、依据立传，是以仅纪姓名者居多。[第 3b 页][第 5 页]

［十一］ 立传有盖棺论定之义，故止录先哲诗赋文词，而现在者不与。惟是年高德劭，乡推祭酒，可卜其晚节之无他者，自古稀以上，附载各姓之后。

［十二］ 是集七十二峰诗人之诗七十三卷，闺秀三卷，寓公四卷，方外五卷，仙鬼仆伎一卷，赋三卷，词二卷，文十三卷。但世远年湮，恐多遗漏。伫望同志君子，鉴此区区之诚，倘有珍藏前辈遗集，出以见示，当即补入。[第 4a 页][第 6 页]

则杰按：最末第十二款所说“诗”“赋”“词”“文”，旨在交代各体卷数，而不等于集内先后次序。

【附录一】《四库全书总目》卷一百九十四集部总集类存目之四（中华书局 1965 年 6 月第 1 版，下册第 1776—1777 页）

七十二峰足征集一百一卷（江苏巡抚采进本）

国朝吴定璋编。定璋字友篁，吴县人。是集搜历代文士之生于太湖七十二峰间者，录其所作，共为一编。凡诗八十三卷，词二卷，赋三卷，文十三卷。所选之诗不叙时代，惟每姓各以类从，题曰“某氏合编”；仿《中州集》之例，人各冠以小传。征引颇为赅洽，而大旨在因诗以存人，不免夸饰之见，复不免乡曲之私；滥采兼收，固其势所必至。又如：称濮娄为吴季札之孙，录其《高山》诗三章；其诗自古未闻，不识出何典记。称周术即角里先生，为泰伯之后，载其《紫芝歌》一首；无论四皓姓名出于附会，先儒辨之已明，即旧籍流传此歌，亦但称四皓，未云独出角里也。是盖家牒地志自古相沿之通病，无足深诘者矣。

则杰按：此处所说“凡诗八十三卷”及全书“一百一卷”，均与实际不符，似该本缺“闺秀三卷”，或“八十六卷”误写作“八十三卷”，以致总数统计亦误。

【附录二】法式善《陶庐杂录》卷三（中华书局 1959 年 12 月第 1 版，第 82 页，原标第四十二则）

《七十二峰足征集》，诗八十六卷、词二卷，吴定璋编。定璋字友篁，吴县人。采历代文人产太湖七十二峰间者，录其所作，为是集。不分时代，每姓类从，题曰“某氏合编”。人系小传，意主该洽。前有沈德潜、秦蕙田二序。刻于乾隆九年[甲子，1744]。

则杰按：此处称“诗八十六卷、词二卷”，盖脱漏其后的文集十六卷。

02－027 [吴中]七子诗选

沈德潜

十四卷。沈德潜辑，《美国哈佛大学哈佛燕京图书馆藏明清善本总集丛刊》第3—4册，影印乾隆三十二年丁亥(1767)岭南刻本。(下录均见第3册)

一、翟宝沙"七子诗选序"(第159—161页)

自鸿濛开辟，狉榛无文。运际中天，人文炳焕。蔚而为诗，始自短吟。若《康衢》《击壤》《国风》"雅""颂"，与夫《离骚》之变格，苏、李之长吟，"白麟""神雀""天马""灵芝"之歌颂，声调各殊，体制不一。而建安、大历，南北六朝，以迄宋、明，又为一变。前、后"七子"树帜一时，具足千古。余尝随云峰罗公仕宦澄江埠丘，幕邸教读，阅历年所，因得亲炙长洲沈宗伯归愚先生，钦其言论风旨。先生夙领袖诗坛，富于著述。所选《古诗》《唐诗》《明诗》，久风行天下，奉为标准。盖惟杼轴群言，乃能权衡旷代。岁癸酉[乾隆十八年，1753]，又有《七子诗选》，其所录悉[第1a页][第159页]皆吴地诗人。夫吴为余夙昔久羁之地，其人才卓越最所稔知。及读《七子诗选》，益以征信。盖诸公抱俊伟磊落之才，著温厚和平之论，故其骚坛唱和，直追雅颂，诚盛世元音，轶超前哲者也。余反覆披吟，遂觉心胸顿拓。迨归，即出箧授徒，示为宗匠。及门简子渊堂，深信笃学，其浸淫爱慕之意更过于余。第其书珍若珠玉，流布岭表不可多购，索之坊间未见锓板，而传抄又多秘吝。渊堂因付诸梨枣，以公同好。余嘉其善，相与夜窗剪烛，检辑校雠；亥豕鲁鱼，务令定[第1b页][第160页]正，非如坊贾希企翻刻，致滋舛讹也。锓既成，因识之编端，俾便传诵，愿与读是

书者共扬扢商榷焉。时乾隆三十二年丁亥[1767]春日，东官翟宝沙倩鹓氏书于涵镜斋。[第 2a 页][第 161 页]

二、沈德潜“七子诗选序”(第 162—165 页)

前明弘治时，李献吉、何仲默结诗社，共得七人，称“前七子”；嘉靖时，王元美、李于鳞复结诗社，亦共得七人，称“后七子”。诗品虽异，旨趣略同，岂偶然“七子”耶？抑慕“南皮七子”之风而兴起者耶？今吴地诗人，复得“七子”，曰王子凤喈[鸣盛]、吴子企晋[泰来]、王子琴德[昶]、黄子芳亭[文莲]、赵子升之[文哲]、钱子晓徵[大昕]、曹子来殷[仁虎]。之“七子”者，其数相符，而其才又足与古人敌，殆踵前、后“七子”之风而兴起者也。爰合钞而刻之，为《七子诗选》。予惟诗之为道，古今作者不一，然约其大端，始则审宗旨，继则标风格，终则辨神韵，如是焉而已。予曩有[第 1a 页][第 162 页]《古诗》《唐诗》《明诗》诸选，今更甄综本朝诗，尝持此论以为准的。窃谓宗旨者，原乎性情者也；风格者，本乎气骨者也；神韵者，溢于才思之余，虚与委蛇，而不留其迹者也。譬诸山有山脉，泉有泉源；峙而嶙隐突怒，流而汗漫渊沦；极宇宙之大观而揽其金光黛色，澄练浮天，使人目惬心怡而不能名言其状，知有神明变化之妙流行于山水之间。“七子”者，秉心和平，砥砺志节；抱拔俗之才，而又亭经藉史，以培乎根本；其性情、其气骨、其才思，三者具备而一归自然。故发而为诗，或如巨壑崇岩，龙虎变[第 1b 页][第 163 页]化；或如寒潭削壁，冰雪峥嵘，曷尝沾沾焉摩拟刻划，局守一家之言哉？而宗旨之正、风格之高、神韵之超逸而深远，自有不期而合者。犹两界河山，条分南北，山不同而崚嶒之体则一也，水不同而混茫之态则一也，谓非诗教之正轨也耶？予年二十余，从事于诗。时方相尚流易浅熟、粗梗枯竭之习；赖同社诸君子中立不回，相与廓清摧陷。阅五十余年，而远近作者皆知复古。今诸君子斯文零落，而“七子”继起，独能矫尾厉角，骖驾李、何、王、李诸贤；而予以老髦之年得睹代兴有人，借以扶大雅之[第 2a 页][第 164 页]轮也，斯予所辍简而深庆也夫。乾隆十八年癸酉[1753]秋七月望日，长洲沈德潜题于灵岩山居。[第 2b 页][第 165 页]

则杰按：此序又载《沈德潜诗文集·归愚文钞》卷十四（人民文学出版社 2011 年 10 月第 1 版，第 3 册第 1360—1361 页）；除删去末尾署款之外，其他文字基本相同。

【附录一】陈康祺《郎潜纪闻二笔》卷八“吴中七子”条（《郎潜纪闻初笔、二笔、三笔》本，中华书局 1984 年 3 月第 1 版，下册第 459—460 页，《二笔》总第一百六十二则）

归愚尚书主吴下坛坫时，门下士王光禄鸣盛、钱詹事大昕、王少寇昶、曹侍讲仁虎、赵少卿文哲、吴舍人泰来、黄明府文莲汇刻“吴中七子诗”，以文章气节重天下，谈宗派者至今称颂。康祺以为就今日论之，师徒著述强半流传，二王、钱、曹诸公，其才学实出归愚上；而在当时，则陶成奖借，尚书未必无功。世之身负达尊，有气力足以庇士者，其亦留心雅道，收桃李门墙之效哉？（成就人才，挽回世运，是当今第一事业。一命以上，均有此责。但为史书附传、学案渊源起见，犹浅论也。）

02－028 ［吴县］二苕诗集

潘钟瑞

五卷。潘钟瑞辑，光绪九年癸未(1883)吴县潘氏刻《滂喜斋丛书》(第四函)本。(浙江大学图书馆藏)

一、潘钟瑞“二苕诗刻叙”(第1a—b页)

道光中，吾吴以清才鸿学提倡风雅者，有朱条生［棆］、叶调生［廷琯］两先生焉。两先生夙以姻戚订文字交，诗文酬赠以为常。学者以两先生皆自书其字作“苕”，于是有“红苕”“绿苕”之目，盖以姓别之。同时曹艮甫、赵艮甫，称“平甫”“仄甫”，亦犹是也。朱先生年仅中寿，而叶先生魁老耆硕，寿近八秩。咸丰庚申［十年，1860］乱后，岿然无俦侣，于是手辑朋旧之诗为《感逝集》，凡百数十家，独以朱先生《借绿轩集》散失为憾。叶殁数年，余乃搜得朱诗一册，钞藏之。余弟郑盦既刻叶选《感逝集》，又念叶所自著不可无传；前年得《忆存［第1a页］草》一卷，惜其不全。余审知海宁查君蕉坨处有叶诗全稿，特向乞之。蕉坨曾执弟子礼于叶先生，且为掇拾遗忘，以“补遗”存卷中，尝欲汇梓之。余重蕉坨保护殷殷之意，取其藏以告郑盦。郑盦遂并朱先生诗，刻以为《二苕集》，庶聊慰两先生于地下也夫。光绪九年癸未［1883］十月，邑后学潘钟瑞谨叙。［第1b页］

02－029　怀旧集

冯　舒

二卷。冯舒辑，顺治四年丁亥(1647)自刻本。（"中华古籍资源库"网站影像版，原书藏中国国家图书馆）

一、冯舒"怀旧集序"（第1a—b页）

向秀追寻曩好，栋宇空存；陆机还计生平，凋零殆尽。乃知阅水成川，阅人成世，古今之通慨矣。予也爰自丱龄，洎乎衰老。其间亲承负剑，时聆先执之绪言；相揖乘车，驯睹后生之可畏。四十年来，盖显显无有忘弃者。岂生初盛世，老际横流。火焰昆山，嗟玉石之莫辨；桑生沧海，痛人琴之两非。虽鲁殿独存，亦尧年道故矣。循发自念，顾影空潸。回首残编，时留佳句；还抽腹笥，剩忆赠言。于是和泪舐墨，朝书暝写，凡得二十四人，诗词二百余首，分为上、下两卷，名曰《怀旧集》，并各题小传，以见平生。其仅取维桑者，则以山川阻绝，搜索无从；兼之鸿鲤参差，存亡未审。若夫鹤师裔自练川，凤氏生从青社，则以松枝东指，已建育王之塔；虞峰西迈，亦有真娘之坟。书合牵连，人同流寓。昔称投漆，今非[第1a页]滥觞。呜呼！人间何世，山阳之涕凄然；天道宁论，华表之归已矣。所冀清风穆穆，未绝于微言；神理绵绵，不随夫气运云尔。太岁丁亥[顺治四年，1647]上巳日。[第1b页]

则杰按：据此序，此集关于作者"仅取维桑"；即使有个别原籍并非常熟者，也一定"人同流寓"，因此归入地方类，视为常熟县级诗歌总集比较恰当。

又，此序谢正光、佘汝丰《清初人选清初诗汇考》亦曾辑录

(南京大学出版社 1998 年 12 月第 1 版,第 1—2 页),盖以之作为全国类诗歌总集看待。

【附录一】中国国家图书馆藏该刻本叶万题跋

已苍,余之故友也。少有豪气,暮年复世变,为酷吏所杀,其诗文有伊侄窦伯为之搜集。伊弟定远,与余为世外交,皆好古博雅之士也。已苍当鼎革之时,旧交零落而追念之,因有此集。罗织者以为罪状而按之,遂死。呜呼!可哀也已。鹤汀。

则杰按:此跋据该刻本末页手迹辑录,作者叶万号鹤汀。

【附录二】中国国家图书馆藏清钞本严熊题跋

予年十四,即喜为诗。又二年而识在兹陈兄,又一年而识两冯翁,蒙两翁指诲甚切。已翁被祸之后,定翁又二十余年而殁,予未尝三日不侍函丈也。今之学者,有如定翁之善诱,如予之受教者,恐无其比矣。此册是已翁未刻时钞本,经已翁逐首指诲者,其论与定翁颇多异同,今亦无辨其源流者矣。太岁戊申[康熙七年,1668]重阅一遍,漫记数语。武伯。

则杰按:此跋原见该钞本"怀旧集姓氏总目"之后,作者严熊字武伯。

又,此跋署款年份可疑。冯舒(已苍其字)卒于顺治六年己丑(1649);冯班(定远其字)"又二十余年而殁",具体已经是康熙十年辛亥(1671。均可见江庆柏《清代人物生卒年表》,人民文学出版社 2005 年 12 月第 1 版,第 124 页),则此跋不可能撰于"戊申[康熙七年,1668]",疑其中至少有一个误字。

【附录三】王应奎《柳南随笔》卷一(《柳南随笔、续笔》本,中华书局 1983 年 10 月第 1 版,第 4 页)

吾邑冯舒,字已苍,嗣宗先生(复京)子也。尝以议赋役事,语触县令瞿四达，瞿深衔之。会已苍集邑中亡友数十人诗为《怀旧集》，自序书“太岁丁亥”，不列本朝国号、年号；又压卷载顾云鸿《昭君怨》诗（有“胡儿尽向琵琶醉，不识弦中是汉音”之句），卷末载徐凤《自题小[画]像》诗（有“作得衣裳谁是主，空将歌舞受人怜”之句），语涉讥谤，瞿用此下已苍于狱。未几死，盖属狱吏杀之也。已苍之孙修与余善，为述其颠末如此。

02－030　海虞诗苑

王应奎

十八卷。王应奎辑，乾隆古处堂刻本。（浙江图书馆藏）

一、陈祖范“序”（第 1a—2a 页）

古者考诗，有正变，有雅郑，而不及工拙。后代工拙之说密，而正变、雅郑不问矣。系诗以地，“十五国风”是也。歌而知盛衰焉，乃知其国之盛衰，非谓其诗有盛衰也，后代止辨诗之盛衰而已矣。善品诗者，莫先于吴季子，然蔑由自品其吴地之诗。楚无诗有骚，所谓雅颂之博徒也，而吴则寂寥无声焉。由周历晋，“二陆”始一振之。唐宋名家间作，至明而益盛。吾邑虽偏隅，有钱宗伯为宗主，诗坛旗鼓，遂凌[第 1a 页]中原而雄一代。里中属而和者，钝吟最有闻。余亦各以其情思资学，争鸣于联绝之间。或帙繁须汰，或篇寡足收；或遗编零落、散在他所，或姓氏沉沦、不省谁作。若任其放失，不简择汇成一书，久益消亡莫考。吾友王君柳南引为己责，勤搜博览，阅四载，始克告成，名曰《海虞诗苑》。夫“苑”，无论大小，必名材异卉，古干新葩；春风兰芷，秋水芙蕖；翠竹碧梧，鸾停鹄峙，种种物色，咸萃其中，斯堪称“苑”。所收诸作，不专一体，莫不呈材献美，以焜耀于兹集之内，夫亦犹之“苑”矣。兹“苑”也，虽在海虞片壤，何渠不与[第 1b 页]长洲、上林同其巨丽乎？人各系以小传，亦《中州》《列朝》之遗意也。柳南曰：“非敢有所予夺抑扬；谨录其崖略，备志乘缺轶而已。”以余尝与参斯举，属为之序。[第 2a 页]

二、王应奎"海虞诗苑凡例(共十二则)"(第 1a—3b 页)

一[一] 吾邑诗学,自钱宗伯起明季之衰,为一代宗主,而两冯君继之,其道益昌。迨入本朝,流风渐被,作者辈出;遗稿丛残,精英未耀。苟不早加编辑,或致归于散亡。吾为此惧,爰有斯役,遂不自知其梼昧尔。

一[二] 元氏《中州集》之选,寓史于诗,人立小传。钱宗伯《列朝诗集》,遂仿而为之。然此中体例,究于史传有别。宗伯《与施伟长书》云:"小传之作,务在采取佳事佳话以为点缀,正不必多引列传、家谱板[第 1a 页]实语,没却前人风华也。"此集撰次,盖亦略祖此意云。

一[三] 前明万历中,邑人张选卿撰《海虞文苑》,而诗居三分之一。盖仿萧氏选例,以"文"该诗也。是集所选,则专在诗,故目之曰《诗苑》云尔。

一[四] 是集之选,始自本朝,以前明诸诗家已见《列朝集》也。或谓钱宗伯自入本朝,历二十余年而后没,若按《列朝诗》刘青田之例,自应首载,讵可见遗?而不知唐人《才调集》,选李而不选杜;明人《唐诗正音》,李、杜俱不选,盖皆所以尊之。余于[第 1b 页]宗伯,亦犹是耳。况是集命意,专主发潜阐幽;若宗伯之诗,流布艺林,久而弥著,又何待余之阐发乎?

一[五] 是集之选,以诗存人也,而亦以人存诗。苟其人可传,诗虽不甚工,间亦采入。

一[六] 所选之诗,苟有关于邑中山川风俗、人物事迹者,即诗仅平通,亦必节取,庶于古人采诗之义,或不甚剌谬云。

一[七] 是集所载之人,有为邑志所遗者;余特核其行事,表而出之,用以补一邑之文献,俾他年修志[第 2a 页]者有考焉。

一[八] 邑中诗人,既有专集行世者,佳篇虽夥,采掇从略;所重搜残编于放逸之余,俾布衣穷老之士一生吟咏苦心,不至终归泯没耳。

一[九] 是集所选,不及流寓。而前辈如王西涧、张无闷两公,同学如梅圃侯君,并徙居吾邑者四五十年,以讫于没,而子孙又皆占籍于此,故即入之邑人中。

一[十] 邑中之诗,余苦心搜访,历二十年始得粗备,然究不能无遗。如归晟、陈芳绩两人,与顾宁人先[第 2b 页]生唱和,见之于《亭林集》中,此其诗当必可观,而姓氏翳如;访之邑人,罕有知者。此外湮没难考,更不知凡几矣。

一[十一] 方外之诗,固以本邑为主。其有薙染在他方而生长在本邑者,则仍选之。又本非邑人而移锡在此,以至终老者,则亦选之。其余则概在舍旃。

一[十二] 《列朝诗集》有"补人""补诗"之例,分附各卷。余自愧寡闻渺见,挂漏良多。集成之后,有能多方搜罗,示余以所未见者,当另为"补遗"一卷,以缀集后。至现在诸贤篇什,未遑登录,谨依翟氏《练音》之[第 3a 页]例,以俟后之君子。[第 3b 页]

三、王锡畬、王师韦、王绍祖、王绍昌"海虞诗苑跋"(第1a—b 页)

《海虞诗苑》共十八卷,自钱圆沙先生始,至童雪樵止,共一百八十三人,选定诗一千六百八十八首。先君子意主发潜阐幽,仿元遗山《中州集》、钱宗伯《列朝诗》之例,以诗存人,或以人存诗,苦心搜讨历二十载。原拟二十四卷,先梓成十六卷。后以应奉贤修志之聘,未经续编。前年秋间,编辑十七、十八两卷。甫经脱稿,小传尚缺,遽遭大故。不肖等抚手泽之如新,痛先志之未竟,勉力续刊,悉仍原稿,不敢妄增一人,滥收一诗,以诬先人,以欺当世。梓成,因记大略于简末。[第 1a 页]乾隆己卯[二十四年,1759]季冬,男锡畬、师韦,孙绍祖、绍昌百拜谨识。[第 1b 页]

【附录一】王应奎、瞿绍基《〈海虞诗苑〉〈海虞诗苑续编〉》"附录三"《海虞诗苑跋语二则》之一（上海古籍出版社2013年4月第1版，第654页）

东溆王君，余之外兄也。所居曰"柳南草堂"，故又号"柳南"。自少颖悟嗜书。年逾弱冠，游乡校，试辄高等。十踏省门，几遇终踬，竟以诸生老。才不为世用，良可叹也。平昔肆力于诗古文辞，旁及百家杂说，撰述甚夥。初刊《柳南随笔》，晚修《奉贤县志》，归刻其所著《柳南诗文钞》若干卷。继又选刻《海虞诗苑》，未竟而殁，年七十有四。距未殁前数日，谓余曰："《诗苑》以二十卷为规，已刻十六卷；今又编定三卷，将付梓。"迨殁后，搜其遗箧，仅得十七、十八两卷，而小传尚缺，其余佚不得诸[睹?]。余因携所编定二卷，商于家孝廉君德园，拟补小传。德园阅其手钞篇目姓氏，云："何不即照先生所定付梓，诗存人存，奚必述其生平而后可传耶?"余以其言为当，遂与柳南翁之嗣君辈谋付剞劂，因识大略如此。乾隆戊寅岁[二十三年，1758]重阳前三日，璜川散人许涀识。

则杰按：该《海虞诗苑跋语二则》，其二即已录王锡畲等四人跋语。

【附录二】乾隆刻道光九年己丑(1829)王绍文等增修本《海虞诗苑》新增《跋》（出处详下按语）

《海虞诗苑》先大父梓成十六卷，复经先君辈续刊十七、十八两卷，迄今七十载矣。原版间有残缺，绍文等倩剞劂氏补完之。用识数语于篇末。道光己丑[九年](1829)孟秋，孙绍文，曾孙大森、珪、璋、遵礼、宗仁、湘谨识。

则杰按：此跋录自张冬冬《江苏地方诗歌总集〈海虞诗苑〉的编纂与版本》第二部分《清代〈海虞诗苑〉的版本》(《周口师范学院学报》2018年第4期，第16页)。

【附录三】法式善《陶庐杂录》卷三（中华书局1959年12月第1版，第92页，原标第八十一则）

《海虞诗苑》十八卷，国朝昭文一邑之诗，王应奎编辑。应奎字东溆，号柳南。尝著《随笔》六卷、《续笔》四卷，遗闻轶事颇赖以传。《诗苑》前有陈祖范序，刻版于乾隆初年。雅擅别裁，不同泛常捃扯。

【附录四】孙原湘《天真阁集》卷四十《海虞诗苑续编序》（《续修四库全书》第1488册，第314页）

《诗》之有"风"，一方之风俗盛衰见焉。美者足以感发善心，刺者可以惩创逸志，使人优游讽味，以化其不善而底于善。故虽民俗之歌谣，上以贡之天子，列之乐官。古者于诗之为教，其用意微矣哉！自采风废，而人不知有诗。学士大夫辄鄙为小技而不为，传者类多侍从应制、黼黻太平之作，而美刺之义亡矣。美刺之义亡而善恶混，善恶混而廉耻丧，廉耻丧而风俗日以衰。有心世道者，诚能取前人之作，别择贞淫，用以激厉讽劝，以自成一乡之风，亦庶几采风之遗意也。吾邑自王柳南辑《海虞诗苑》，始顺治朝，迄雍正，得十六卷，彬彬乎盛矣。今自乾、嘉以来，历八十余稔，其间人才辈出；不有以裒集之，则穷阎漏屋之士，惧遂湮没。于是，秦君亦园奋然思继柳南而起，广搜博采，得三百三十余人，离为十一卷，附以"游寓"一卷；仍依王氏之例，人系小传，使览者读诗而知其人。其编次，则太仓徐君石渠之力居多焉。书成，索为弁其端。余尝观《江湖》之编、《中州》之集，以逮顾瑛、偶桓、徐庸之所辑，一代不过数十家，一乡得数人为多。今以滨海一隅之地，而搜采若是之富，其用力可谓勤矣。虽其间曼衍杂陈，繁响竞奏，而村讴渔笛之中，未必无美刺存焉。世有采风者，其亦将有取乎是哉？

则杰按：此序所说《海虞诗苑续编》，编者为秦昂若（亦园其号），以及徐校（石渠其号）。民国《重修常昭合志》卷十八《艺文志》"清"秦昂若名下有关介绍说："续海虞诗苑十四卷：依王氏应奎例，选清代诗二千余首，都三百余人，人各系以小传，孙原湘等序。《天真阁集》作十二卷。”(民国《重修常昭合志》，上海社会科学院出版社2002年5月第1版，下册第803页)如此则其书又名《续海虞诗苑》，并且总卷数增至“十四卷”，撰序者还不止孙原湘一人，但不知后来流传情况如何。

【附录五】徐校《徐石渠文钞》卷一《幽光集序》(道光十二年壬辰[1832]刻本，第23a—b页)

虞山自钱、冯两家提倡宗风，人握灵蛇，家抱荆玉；风流宏长，甲于一郡。王柳南《诗苑》一编，搜罗遗佚，传其诗，亦传其人也。百年来，复接无人，沉埋足虑。秦生昂若思续王氏之书，不果。已而去显存晦，掇拾若干人、诗若干首，题曰《幽光集》，将付梓人，而问序于余。夫以人存诗，诗以人重，其人固不待诗而传也；以诗存人，人以诗重，其人则必待诗而传也。彼列史乘、垂不朽，诗特其绪余耳。若夫憔悴专壹之士，生平无他表见，惟是刻雕万物，抉摘元化；争一字之奇，斗一韵之胜；精心所造，可贯金石；结习既坚，不移轩冕；而其所最难断割者，只此身后之名。顾乃敝帚弗珍，从残概弃；神明永谢，姓氏茫如，此则有心人所为衋然以伤，而亟欲传之者也。秦生景行曩哲，追念故人；嘘已烬之灰，泽久枯之骨，俾诸君子不遇于生前，犹得传于身后，岂非盛德事哉？是为序。

则杰按：此序所说《幽光集》，应该是秦昂若在辑《海虞诗苑续编》之前编就的另外一种常熟地方诗歌总集。

02－031　海虞文征

邵松年

三十卷。邵松年辑，光绪三十一年乙巳(1905)鸿文书局石印本。(浙江大学图书馆藏)

一、陆懋宗“序”(第 1a—2b 页)

昔之人，里居多暇，往往裒辑遗文，属意于乡之故老，借以探讨轶事，兼寓发潜阐幽之思，甚盛事也。而处今日，则尤有亟焉者。自新学勃兴，在上者鉴于呫哔之无用，将以鼓舞人材，旷然大变其俗，诚非得已。吾恐后[第 1a 页]生小子懵不知书，反诋《典谟》《训诰》，谓不足以经世，又乌知兴观群怨足以陶镕气质，如是其益人乎？伏思五经中，微言大义，固皆因文载道，而俪词韵语，实权舆于兹。《易》曰：“多识前言往行。”则征文考献，固学者之所宜从事，其[第 1b 页]历百世而不变者欤？运会所至，大启文明。或下逮贩夫走卒，莫不粗晓文义，乃幸事尔。若因其无补于时艰，而谓文与诗可以作薪，他日老师宿儒渐就零落，其流极将何底乎？邵君伯英，劬学嗜古。甫成志乘，又于《文苑》所不悉[第 2a 页]收者，手抄诗文三十卷之多，不特用力之勤，其用意所在至深且远，概可想见云。光绪三十一年[乙巳，1905]九月，后学陆懋宗序。[第 2b 页]

二、邵松年“序”(第 1a—b 页)

新学竞尚，旧迹易湮。往行前言，散见载籍。不有裒辑，日就佚亡。一邑文献无征，亦吾儒之耻也。岁壬寅[光绪二十八年，1902]，重修邑志，由旧家假得各种旧志。扣之，类皆获于劫火之余。古本罗陈，慨然有图籍飘零之感。次第翻阅，其中附载诗文，有《志》所不及载，或载不能详者，则随时抄录，间旁及诸家别乘。积年余，[第1a页]得文若干首、诗若干首。乃更分类编次，补缀联属，成文二十四卷、诗六卷，颜曰《海虞文征》。夫手所披者，书十数种；足所到者，附郭数里而遥，安敢谓一邑故实搜罗已尽，遂足备千秋文献之征？徒以年将花甲，不复能与后生辈重绎新书，借以怡情翰墨，消磨岁月，或冀得存什之一二云尔。乙巳[光绪三十一年，1905]暮秋，松年自序。[第1b页]

三、"例言"（第1a—2a页）

一[一] 是编因修志而辑。凡旧志所载诗文甚夥，不能尽行采入，遗之又将年远无征，随时抄录，汇为是书。而志中各门，碑记等类，只撮其大略；集文一门省之，诗悉不载。故得是编，可补志中所不能备。

一[二] 是编重在一邑掌故、先达事迹，暨一切因革。故诗文，无论是否邑人，凡有关于邑中者悉采入。

一[三] 是编先献后文。所收诗文，不能十分选择。苟无关邑事，虽先辈名作，概从割爱，盖论文自有《海虞文苑》《诗苑》在。

一[四] 诗文中，亦间有无关掌故者，因其人著作久佚，吉光片羽，[第1a页]不可多见，存其文即所以存其人。

一[五] 吾邑齐梁以来，方外高行不少，特增方外碑铭志传一门，其诗文则附于各代之后。

一[六] 邑中石刻，宋以前极少。所收唐志数种，文无可取，且多漫漶不可读者，依《金石萃编》例收入，以存古迹。宋以后，亦间准是例。

一[七] 是编仿《文选》，于各门依类编次，俾易检阅。《文选》主词章，首赋诗，此则以赋诗殿。

一[八] 先辈一二游戏之作，本无关文献，然旧志存之，不能割

爰，仍编入“杂著”中。[第 1b 页]

一[九]　是编于历代中，略各依其人之先后为序，断自前明而止，国朝另编嗣出。

一[十]　诗文除旧志外，半由抄本录入。其间讹字，揣拟不得，只仍其旧。诸博雅校出，随时见示，以纠其谬。

一[十一]　是编就见闻所及，采辑已越三年，所得不为不多。然遗文轶事，散见于各集者，岂能悉致？续有所见，当入补编，尤望留心掌故者有以赐教焉。[第 2a 页]

则杰按：第九款称“是编……断自前明而止”，而作者实际多有已经进入清代者；“国朝另编嗣出”，则不知后来是否已经成书。

四、庞鸿文“跋”（第 1a—b 页）

郡邑志乘，体例不一。历代国史，实为导师；诸家地记，复开先路。惟是创造伊始，缔构殊难。或建置未久，或区管不广。又或古迹榛芜，前闻零落。耆旧掌故，搜集艰辛。当其率尔操觚，不能裒然成集。欲充卷帙，端赖篇章。迨至续修，遂沿成例。此各州县志所以多附诗文也。鸿文羁宦积岁，引疾还家。甫解归装，剧握纂笔。爰检旧志，咸缀集文。大率益寡裒多，取新去故。悉归捃拾，既病指枝；将从沙汰，又嫌臆决。况吾邑系望大县，文学旧乡。人多专集，家有遗著。遽加甄录，弥苦陈因。惟时邵伯英编修，请告在家，端居多暇，墨井共汲，砚田耦耕。闾史一役，将伯相助。爰共商榷，稍变程式。摘取要言，附注新志。用资考证，兼省翻检。更录全篇，[第 1a 页]别编副墨。题曰《海虞文征》，亦非能旁搜博采，并蓄兼收也。文家词家、别集总集，若期括囊，殆虞充栋。是编也，仅就艺苑、入[儒]林取材，冀与邑志如骖有靳而已。其上起南朝，下迄明代者，志稿既成，排印将毕，特分前编，期快先睹；近人著作，改岁续辑云尔。光绪乙巳[三十一年，1905]冬十一月，常熟庞鸿文跋。[第 1b 页]

02-032　国朝松陵诗征

袁景辂等

二十卷。袁景辂等辑，乾隆三十二年丁亥（1767）爱吟斋刻本。（浙江图书馆藏）

一、沈德潜"国朝松陵诗征序"（第1a—3b页）

古来诗文有选，自梁代昭明太子"高齐十学士"始。嗣后唐有《河岳英灵》《箧中》《国秀》诸集，宋有杜清碧之《谷音》，金有元裕之之《中州》，明有钱牧斋之《历朝诗选》，或综几朝，或集一代。此可为诗学津梁，而非采风遗旨也。[第1a页]本朝王渔洋有《济南诗选》，一郡中取华泉、沧溟二家；吴梅村有《娄东诗选》，一州中囿于门下十人；宋商丘《诗选》遍于大江南北，而所收只一十五子，不专一邑，人亦略存。他如陆敷先之《虞山诗约》、潘蜀藻之《龙眠风雅》，专一邑矣，而所收之人准诸"十五子"之例，未有网罗搜辑，[第1b页]举一邑之诗荟萃成帙至二十卷之多者也。吴江袁生质中，髫龀能诗，著有《小桐庐集》十卷。近复选定《国朝松陵诗征》，自朱长孺、顾茂伦、计甫草、吴汉槎、潘稼堂诸公以至今诗人之为古人者无不收录，附以"寓贤""方外""名媛"。其选诗之意，谓"以诗存人、以人存诗，二者不可偏[第2a页]废"——"以诗存人，为后学导先路也；以人存诗，为前哲表苦心也"。洋洋乎一邑之风，固同郡他邑所未能完善者哉。呜呼！古来隐人骚客，以一生之智慧，毕能竭虑，磨精耗神，求有闻于艺林；及其溘焉澌尽，而鼠残蠹啖，至乡里不能指其姓氏，子孙不能举其绪言，真足慨也。今一[第2b页]旦存其人、存其诗，先采众人之藻鉴，后参一己之品评，揭揭焉若引星辰而联珠贝，只语单辞无不载入，搜遗文于既坠,发潜德之幽光,盖虽一邑之书,而知人论世,后之人可凭借以采焉。今质中虽辞世,而质中汇集之功为不没矣。《诗》曰:"维桑与梓,必恭敬止。"其质中之谓[第 3a 页]也夫。乾隆丁亥[三十二年,1767],长洲友生沈德潜,时年九十有五。[第 3b 页]

则杰按:此序又载《沈德潜诗文集·归愚文钞余集》卷八(人民文学出版社 2011 年 10 月第 1 版,第 3 册第 1719—1720 页);除删去末尾署款之外,其他文字相同。

二、陈毓乾"序"(第 1a—b 页)

吾友袁子朴村编辑《诗征》,既蒇事,余汇而读之,卷凡二十,作者数百家,得古今各体诗数千首。繄惟仰被圣朝雅化,户诵家弦,人才辈出,故吴淞、笠泽,渺兹一隅,类能淑其情性,扬其休和。而国初迨今百二十余年间,前哲囊篇,可歌可咏,称艺林之盛焉,何其幸也!然语云:"莫为之前,虽美弗彰;莫为之后,虽盛弗传。"吾乡前此不乏诗家,而刊集行世者寥寥数编;其有孤吟毕生、埋光箧衍,且或嗣续茫然,莫能诵厥清芬、守藏弗坠者,零落湮没,可胜慨哉?此朴村所为勤求博访,殚思耗力,四阅寒暑,忘寝食,以成是举也。朴[第 1a 页]村论诗,夙禀承于吾师归愚先生,风格流派兢兢辨之甚严;今观其所采辑,罔弗准于兴观群怨、事父事君之旨,亦可识其宗法之正、向往之专矣。昨岁先生评其诗稿,谓有合于古,可付之剞劂氏。朴村顾不自信,不欲轻出示人,而务搜前辈遗诗,寿之梨枣。且人必系传,诗有集评,俾后之考吾乡文献者庶几有所据依;斯其用意至深且厚,非徇名者可同日语也。嘻!学士文人之所以永其精神而与为不朽者,何必不在是欤?乾隆丁亥[三十二年,1767]秋,陈毓乾行之题。[第 1b 页]

三、袁景辂"序"(第 1a—2b 页)

诗之以地著者,"十五国风"是也,始于"二南",终于曹、桧。曹、桧在兖豫之境，计其方域不过一二百里，与今之州县无以异。使采风之典行于今日，则一邑之诗，其不见遗于太史明矣。不见遗于上者，可听其湮没于下哉？虞雍生有言："使里中文献无传，后生之责也。"我邑自张步兵、陆散人以来，代有作者，为海内所推重。而人才之盛，于今为极。盖仰列圣之天章，沐百余年之雅化，各欲出其心思才力以争鸣于一时，几于人握隋珠、家藏赵璧矣。处今日而事采辑，宜无姓氏沉沦、简编零落之虞。然如《去非楼》（顾工部御）、《清[第 1a 页]慎堂》（董司业闇）诸集，皆镌板而书不尽传。若仅藏其稿于家、并未编次成集者，子孙贤能，守之勿失，否则覆瓿糊壁，视为不足重轻之物；幸而存，亦千百之什一耳。甚则继体无人，末由搜访，毕生心力荡为飘风野火。呜呼！可慨也。前代无辑吾邑诗者；有之，自周处士梅坡始。处士选明以上诗为《诗乘》若干卷，诗拔精华，几无挂漏；人序崖略，具见体裁。继之者：顾雪滩有《诗略》，专采时贤。周笠川有《诗粹》，合两朝汇选之，表彰之功不在《诗乘》下；然同时交好如张雪窗，已议其志在博收、玉珉并列矣。雪窗即《诗粹》删之，名之曰《约》，所以志也。四书惟《诗略》付剞劂氏，余[第 1b 页]皆钞本流传；今且鼠侵蠹蚀，藏书家亦罕有全帙矣。遗集之流散如彼，选本之消亡如此，乡里后进能无惧哉？此予所以不揣谫陋而妄有是集也。是集始事于甲申[乾隆二十九年，1764]之春，已四阅寒暑于兹矣。康熙乙酉[四十四年，1705]以前，约本三书，诗则别有去取焉。余或从其家抄撮，或借同人搜葺，或从僧房村舍颓垣败簏中得之。岁月既久，纂录渐多。今夏汇而订之，得卷二十。未敢谓吾邑佳篇尽此无遗，然集富者抉其精，体杂者存其是；务纤浓者避之如汤火，崇古雅者宝之胜琼瑶；即所钞一二章，亦必无戾于风人之旨。庶几前辈之精神面目犁然具在，后之考文献于[第 2a 页]吾乡者不致有无征之叹，此予之志也。至表微阐幽，无愧于虞雍生之言，则予非其人也，乌乎敢？乾隆丁亥[三十二年，1767]秋七月，松陵袁景辂朴村题于小桐庐之爱吟斋。[第 2b 页]

四、袁景辂“例言”(第 1a—6a 页)

［一］ 选一邑诗，与一代有别。选一代诗者，当论其可传与否，不必有人之见存也。若一邑，则以诗存人，与以人存诗，二者不可偏废。盖名在天壤，不选亦传；今采诗独多，见吾邑倚数人为重，而骚坛当奉为圭臬也。若名虽表著，集未镌板，以及毕世吟哦，越境即不知其姓氏者，及今搜采已多散亡，诗虽未尽必传，一生精神所寄，忍听其泯灭哉？以诗存人，为后学导先路也；以人存诗，为前辈表苦心也。

［二］ 选乡先辈诗，以发潜阐幽之意为主。若涉现在，则名位[第 1a 页]交游纷扰于中，转于初志左矣。此集所采，皆已往之人。

［三］ 诗人无传，令读者如遇不相识人，虽父子亦莫辨也。然其体例，当取佳事佳话以为点缀，不必如史传家谱历叙生平也。牧斋《列朝诗》，仿《中州集》为之，剪裁予夺，具见史才。而朱竹垞《明诗综》集评之例，悉存评者姓氏，更能不没人善。此集撰次，略祖竹垞云。诗人名下，先书表字、世系、集名，而科目、官位之有无亦各系焉，复引名公评论以缀其下；若逸事琐言未经前人道及，或前人议论有当辨正者，就予鄙见，附缀数语。至名不甚著之人，核其行事，表而出之，视有盛名者较详焉，以彼有志传[第 1b 页]文集可考，此则借此以表梗概也。

［四］ 沈宫傅师《别裁集·凡例》云：“前代遗老而为石隐之流，如林茂之、杜茶村诸公，其诗概不采入，准明代倪云林、席帽山人例也；亦有前明词人而易代以来食毛践土既久者，诗仍采入。编诗之中，微存史意。”吾邑诗坛，国初最盛；或归前代，或属兴朝，其去取一遵师例。

［五］ 有科目者，以科目之先后为次，虽弟先兄后不复序也；无科目者，约计辈行、年齿，参差其间。

［六］ 诗之可传，在工不在多，刘慎虚十四篇是也；能工一体，

不必定兼各体，孟襄阳独擅五古是也。集中凡一首佳[第2a页]与一体佳者登之，余不旁及。

[七]　宗宋祧唐，固属悖论；尊唐斥宋，亦为偏见。予生平愿学，乃在唐贤；此集所收，不拘一律。盖前辈面目不同，则或唐或宋只求一是，何必定从吾好耶？惟温柔乡语最足惑人，沉溺其中有害心术，虽传诵之作，概不敢登。

[八]　诗要先辨雅俗。黄鲁直曰："凡病可医，惟俗不可医。"予谓医俗有良药，人特不肯服耳。良药者何？书是也。苟能多读书，则身心间皆古气盘结，一切尘氛俗念那有位置处？杜老云："读书破万卷，下笔如有神。"此千古作诗之秘，即千古论诗之秘。[第2b页]

[九]　诗可被之管弦者，乃名"乐府"。自汉以后，其法已亡。后人借古题发挥己意，其篇什长短各自成调，不必貌古也。魏武父子、李太白已然；杜陵则另立名目，并不借径古人；惟李于鳞字句多少一一拟之，便成诗魔矣。集中乐府，专取独出新意、笔力过人者；若合乐与否，吾不知也。

[十]　五古有三种：阮籍、陈子昂、张九龄为一体，宜于比兴；陶渊明后，韦苏州、柳柳州为一体，宜于山水闲适；杜子美为一体，宜于叙事。——而其要，总贵气骨坚苍、词句浑成。近日漫称"选体"，剿袭潘、陆、颜、谢字句敷衍一番，初看似有古色，按之不见用意所在，本来性灵反被汩没矣。集中[第3a页]五古，三体俱备。吾乡自有宗风，奈何随人作计耶？

[十一]　七古有"唐初体""李杜体""韩体""元白体""苏陆体"，其要不外"离合"二字。能合不能离，纵音节铿锵、情致缠绵，皆为平调。若能合能离，则忽来忽往，若断若续，如风雨云龙变化无端，而蛇迹灰线仍极严谨，斯七古之能事也。集中诸篇宗法不同，要皆操纵在手，曲尽离合之妙者。

[十二]　五律以苍劲者为上，淡远者次之，工秀者又次之；七律以气骨雄浑、声调高朗者为上，对仗工整、情韵悠长者次之。二者体

格不同，而炼意炼局、炼句炼字无不同也。又唐律起如闻迅雷，结如截奔马；宋则着意中联、不讲[第 3b 页]首尾矣。后人作律，多犯此病，大抵先有好句而后足成之耳。若宗盛唐，其病可免。予读前辈诗，遇起结佳者，即中联不用力，亦急登之。

［十三］　七律难于五律，五绝难于七绝。七绝贵有遗音，五绝非关人力。故龙标之外多嗣响，右丞以后无专家。集中七绝多于五绝，势使然也。五言长律，唐人应制、赠送俱用此体，属对工切，气血动荡，非后人所易及也。今庄重题，间有格律工整者；一涉应酬，便满纸谀言，令人气馁矣。虽有采录，宁从其略。

［十四］　咏物诗绝无比兴，就题赋之，纵极刻镂，终无生气。必将[第 4a 页]自己身分或置题中，或立题外，触景生情，随时寓意。于我有相关处，即于物有会心处。而它人读之，不但觉赋形惟肖，而且领悟无穷矣。试观《三百篇》中，鸟兽草木，何什无之？求其独赋而非比兴者，百不得一，即此可悟咏物诗法。

［十五］　和韵诗不宜多作。诗贵自然；若限定韵脚，是随人颠倒做韵，非做诗矣。盛唐和诗，同题不同韵；《早朝大明宫》诸作，其较著也。至元、白、皮、陆，因难见巧，悉次原韵，而诸公可传之作皆不在此。欧阳公曰："《薛苹唱和诗》，冯宿、冯定、李绅，皆唐显人；灵澈，亦以诗名后世，而皆不及苹，岂倡[第 4b 页]者得于自然，和者牵于强作耶?"此集和韵诗，苟其人无他诗可选者，勉登一二。

［十六］　凡登临吊古题，前有名作，苟能自出新意，亦可追配古人；若人云亦云，如业酒者取前人糟粕酾而漉之，知不复醇也。予遇此等题，必陈言务去而能道前人所未及者，方入选。

［十七］　前辈集中，苟有关于吾邑山川风俗与夫伦常大节、诗文盛事者，即诗仅平妥，亦必急登，庶采风者有所考焉。

［十八］　此集以土著为主，然流寓诸贤或与邑中前辈结诗社、订石交者，或设教吾地而后辈资其指授者，其风流文[第 5a 页]采至今犹津津道之，略而不录，转多余憾。今仿《诗粹》例，辑寓贤诗一卷。

其有专集行世者(如王尚书崇简、宋观察琬、方尔止文是也),只采有关吾邑之作;其集未镌而诗可传者(如徐高士白、殳高士丹生、沈山人祖孝、戴学士瀚,与吾师蔡学录是也),采辑稍多。

［十九］ 方外诗要得禅理,不可入禅语,犹儒者诗要得理趣,不可入理语。东坡所谓"蔬笋气",即禅语也。吾邑缁流能读书者甚少,故诗不多采。

［二十］ 自《午梦堂》一集流行海内,传为佳话,而闺房之内弃刀尺而事篇章者代不乏人矣。今遵诸选本例,采附卷末。虽闺阁词华,仍以有关名教者为主,其烘云托月、徒工[第5b页]绮丽者不与焉。

［二十一］ 景[辂]世居铜里。集中先辈,大半皆系姻戚。然逐一署名并详瓜葛,行尊者颇难称谓,世远者更多遗漏。今遵临文不讳之义,一概书名书字,阅者谅之。

朴村袁景辂识。[第6a页]

【附录一】朱春生《铁箫庵文集》卷四《袁朴村先生墓志铭》(《清代诗文集汇编》第463册,第427页)

先生名景辂,字质中,姓袁氏,朴村其自号也。生于雍正二年[甲辰,1724]□月□日,没于乾隆三十二年[丁亥,1767]闰七月七日,得年四十有四。所著《小桐庐诗稿》十卷、选辑《松陵诗征》三十卷,行于世。

则杰按:此处关于《国朝松陵诗征》的卷数,"三"字乃系"二"字之误。

【附录二】法式善《陶庐杂录》卷三(中华书局1959年12月第1版,第87页,原标第六十四则)

《松陵诗征》十七卷、寓贤一卷、方外一卷、闺秀一卷,袁景辂编次吴江人诗也。一卷朱鹤龄起,十七卷杨兆麟止;十八卷王崇简起,王[黄]思岵止;十九卷炤影起,王彰止;二十卷沈倩君起,钱珂止。

每人辑以小传，采诸家评语附焉；景铬间著诗话于后，铺叙典章文物，繁简得宜，仿佛静志居笔意，近人中所罕觏者，较周廷谔《诗粹》为尤精。

【附录三】郭麐《樗园销夏录》卷下（《续修四库全书》第1179册，第668页）

桐城姚南青先生范……题袁朴村丈《春郊揽胜图》云："九门风雪夜戡戡，拥袖人如抱茧蚕。一笑披图竟归去，梅花开日到江南。"吉光片羽，心识不忘也。朴村为吾友湘湄尊甫，有《小桐庐诗》行世。又尝搜罗国朝以来吴江之诗人，选为《松陵诗征》一书，荒山穷巷掘穴沉污之士赖之以传者不少，其有功于诗教甚大。南青先生题此图时，正朴村都中下第后也。

02－033　松风余韵

姚弘绪

五十卷、卷末一卷。姚弘绪辑，《四库全书存目丛书补编》第37册，影印乾隆九年甲子(1744)宝善堂刻本。

一、姚弘绪“松风余韵自序”一（第119页）

《三百篇》载十五国之“风”，而吴与楚不与。夫吴，让国也。至德之化既久，其风必有可观。非若《江汉》《甘棠》之后，杳无嗣音也。特以地界东南，境无乔岳，天王之狩不至，故太史之采无闻耳，岂与狡焉思逞，猾夏称雄，尽汉上诸姬者连类删之，以示外而摈弃哉？吾松濒海，而郡为东吴之僻壤。幅帧广延，几及二百里。曹、桧、邶、鄘，仅足当其属邑。山川钟夫灵秀，人物发其光华。游圣门而登四科之列，文学化被弦歌；聘宗邦而审六代之音，博雅名高贵介。其里居近相接也，流风之渐被；九峰三泖间，士女讴吟，岂无其音之肆好者？越沼秦燔而后，鲜不委诸逝水荒烟矣。迨夫由拳成谷，版图之隶常更；洎乎娄侯绍封，[第1a页]风雅之传浸盛。然犹统称吴郡，未闻实系云间。故夫文献有征，必以晋唐为始。兹从有明末造，上溯典午咸宁；搜列代之篇章，于群书之纪述。黄花白苎，新声竞艳吴歈；子夜阳春，妍唱实超郢调。若云比隆西气，媲美东讴，则有前此诸名家煌煌之巨集在。其可跻之“雅”、丽于“颂”者，不胜录也，姑录一二散见之什。衡诸《鸡鸣》《铁驷》诸章，诚未知何如，而要岂出曹、桧、邶、鄘下哉？由今思古，以后证前，即一郡之遗音而向之佚于十五国之外者，其“风”亦可悠然想已。雍正十二年甲寅[1734]秋九月，胥浦姚弘绪听岩甫自序。[第1b页][第119页]

二、姚弘绪“松风余韵自序”二(第 119 页)

昆山谷水,夙号风雅之薮,固灵秀之所钟也。隋唐而上,季鹰倡道于咸宁;宋元以来,大樽起衰于明季。遥遥一千四百余年,作者代生,不知凡几矣。兹辑佚而未之亡、传而未之尽之诗,名曰《松风余韵》,得五十一卷,言乎诗皆习见之余,人亦皆习闻之余也。或因诗而存其人,则残膏剩馥,散者聚之;或因人而存其诗,则潜德幽光,晦者发之。其间大而德业之足征,小而言行之有述,悉附以传焉。虽春华秋实,未克兼收;尺短寸长,不无并取。要使先正之残篇断什,与当年之文采风流,稍存千百之什一,不尽化为冷雾寒烟。庶几登古丘而凭吊,睹流水而溯洄;诵诗可以知人,征文因而考献。凡表彰先哲,尚[第 1a 页]友古人之意,即寓焉,而岂循扬扢之已事乎?第恐宏览博识者,以为撮残掇剩,无异舍崇岩巨浸而取拳石细流,不足备大雅之巨观、表地灵之钟秀也。因不避命名之杜撰,而申其说于简端,俾览是编者亦第作倚听岩水面观,或者其泠然善也。乾隆元年丙辰[1736]春,胥浦姚弘绪听岩甫又序。[第 1b 页][第 119 页]

三、姚弘绪“凡例”(第 120—122 页)

[一] 松人之以诗鸣也,始于江东步兵,而内史兄弟继之。五季三唐,则顾侍郎、陆宣公也。五先生或以旷达,或以文章,或以德业,旷世奇才,名标青简。其诗之尽传与不尽传,可毋论也。汇列卷首,以志风始。

[二] 宣公生于陆乡。居址族属,鉴鉴可据。特以登大历八年[癸丑,773]进士,籍占嘉兴,致启后人疑端。方志:华亭,古亭名,直一镇耳,属吴郡;至唐始立为县,与嘉兴并隶于苏州。钱起之诗,此是的证。[第 1a 页]

[三] 天水之代,名位著闻者,无如钱文惠、卫文节二公。钱不以诗名,而卫有《后乐集》五十卷,何所传寥寥,仅与钱等也?总计南

渡前后三百余年，诗之传者，郡不数人，人不数首；旁搜逖揽，一代之遗音止此。

［四］ 元时法令烦苛，继复疆圉扰攘。吾松僻处海隅，颇称乐土。一时旧家故族，富豪好客，园亭池馆之盛、酒坛文社之雄，甲于东南。海内逃名者，争借一枝之栖。东维子、南村叟、曲江居士、席帽山人，其最著者也。然萍踪匏系，视从祖父来长子孙于斯者，有间矣。纵或假青山而埋骨，犹寓公也。篇什虽多，其敢以客混主？

［五］ 元宋以前诗人，传序恒患不详，往往全载。洪、永以后，［第1b页］词意烦复，未免浮夸，间有节删。核补之处，高明恕其愚妄。

［六］ 有明国初诗人，皆元之遗硕也。既膺辟命，即非顽民，故悉列于明人之内。

［七］ 海叟而后，闻人接踵。自缙绅文学，以至艺士逸民，年世莫能细考。故诗以姓叙，姓以韵分。若风雅萃于一门者，即按本家世次挨列。虽前后少舛，而支系庶乎有征。

［八］ 集内诗有鄙俚可笑者，以采得不忍复逸，存诗所以存其人也。一之已甚。

［九］ 唐宋名人集中，寿诗绝少，以欢愉之言难工也，矧饰［第2a页］词干进，干权要之门乎？间存一二，夫岂得已？

［十］ “几社”之盛也，人潘、陆而家应、刘。一经板荡，凡积年之箧藏枕秘，悉与青磷并烬。《壬申文选》，“三子”“六子”诗刻，其幸存者耳。岂无硕果？匿影销声。一二有志之士弹冠而出，鸿词丽藻，佐国华而播新声，其敢与“哀以思”者并列乎？

［十一］ 乡先生之集，著录于郡邑志乘者，不下四百余种。其间居高位、享盛名、著述之富倾动当时者，不敢妄加别择，止就所遗者录之，如张南安、钱状元、顾文僖、孙文简、陆文裕、徐文贞、潘恭定、唐文恪、董文敏、张文节、莫方伯父子、冯宪使叔侄、周学宪、王侍御、徐少司寇、［第2b页］［第120页］杜大司空、林太仆、何孔目、陆古塘、陈仲醇等集是也。至若位不甚高、名不甚著，不挂词人之口、不登选

家之编，前如沈东老、徐长谷，后如张虞侯、彭钦之之类，即于各集略掇数章，以附见生平梗概。

［十二］ 前辈矻矻穷年，耽于构撰；寸编尺幅，手泽偶存，贤子孙必有爱护之者。前此诸友，曾以上世遗什见投，无不撷其精华，登诸简帙。余亦另缮副本，存诸箧中，以备捃拾之未尽。续有寄者，跂予望之。

［十三］ 古人登山临水，即景成吟，伸纸疾书，岂皆一一属稿，副诸记室？故不传妙句，间在故楮陈缣。向过亲友斋头，屏幛卷册，不惮心识手抄，如云"见某处""存某家"是[第 3a 页]也。远近好事家，清闷之珍多矣；倘于展玩时遇有可供采录者，不恤钞传，用光斯集。

［十四］ 东海翁尝欲断自国初，历选郡人诸作，名曰《云间雅音》，而终未之践。莫中江方伯有《吴淞诗委》四卷，自序云不过百十数家，生于异闾、没葬兹土者咸与焉；董紫冈太学有《云间诗文选》若干卷，二者俱未之见，大约皆洪、永以后，嘉、隆以前乡先生诗也。《白石樵稿》载《云间诗隽》一则，其所品骘不过同时一十二家，诗亦无传焉。倘曹仓邺架，肯出藏本，不负述者之苦心，亦称作者之知己也。

［十五］ 《文翰类选》《皇明风雅》《近体诗钞》，间载松人之诗。近则[第 3b 页]《列朝诗集》《明诗综》《扶轮集》《续集》《广集》等选，亦复索隐搜遗，家数略具。是编蓝本，皆诸编黄绢之辞也。惜《大雅集》《皇明珠玉》《沧海遗珠》《湖海耆英》《乾坤清气》《长律英华》《明诗正声》《诗律钩玄》《皇明鼓吹》《鼓吹续编》《皇明正音》《诗家精选》《江湖耆旧》《明诗粹选》《声文会通［选］》《明诗类选》《士林诗选》等，竟乏传本，使珊瑚未登于铁网，干将终閟于丰城。风雅云亡，岂独今日之憾乎？

［十六］ 说诗家宗尚不一。一人也，或此抑彼扬；一诗也，或众取独弃。余也不谙声韵，射猎群书，遇一未知之人，无异星云；得一未读之诗，如聆韶濩，急传子墨，冀为名山之藏，不敢妄有雌黄也。

[第4a页]

[十七] 寒宗自汴护跸而南,世居浙西。其通籍于松,自弘治辛酉[十四年,1501]水部公始。株守一经,登高而赋、拥户而吟者,代有其人。老成凋谢,卷策沦亡。兹从散弃之余,搜其仅存者,以备一家之言。

[十八] 寓公,非松产也,游于斯,客于斯。或乐山川之清美,或耽文酒之流连。凡有著撰,遂自称曰松人,人之称之亦曰松人,几昧其所自矣。前此难悉考也;兹就所知附录一二,以示吾松之工于诗者,土著而外,尚有余人也。或曰:"如东维子诸君何?"应之曰:"彼固无借兹集以传焉耳。"

[十九] 思妇游女之什,载在《三百篇》。采风者不遗闺阁,其来[第4b页][第121页]尚矣。吾松名门淑媛,动遵礼教,间有工于咏者,皆发于性情之正。凡可谱入《香奁》、续标彤史者,虽下逮绿衣,不敢弃也。

[二十] 峰、泖名胜之地,持瓢而至、挂笠而栖者,岂乏皎然、清昼其人?然而野鹤闲云,终类雪中鸿爪;止于松,老于松,未必产于松也。松之诗僧无多,故僧诗绝少。纵语或涉乎机锋,味未离夫蔬笋,要亦禅林本色。此又余之余也,不得概以大雅绳之。

[二十一] 言为心声,诗以言志。故凡禔躬行己之大防、经世庇民之伟烈,加意搜罗,用垂休美;而无所表见者,亦必详其履历焉。至于稗官野史所载琐事微言、诙谐调[第5a页]笑,可作艺苑卮谈者,虽传闻异词,亦有疑不阙。

[二十二] 记事之书,彼承此袭,未免异同。兹则并可疑者存之,所以俟考也。若夫谬误显然,稍为辨正,即附注于本条之下。

[二十三] 松人之书,记松人之事,如《人物志》《云间志略》《先进旧闻》,简核详明,可备文献之缺。若《云间杂识》《四友斋丛说》《樵史》《[云间]据目抄》《南吴旧话录》,冯元成之《谈行》《谈政》《谈艺稗》《谈书事》等编,不皆实录,而颇多可采。惟《峰泖先贤志》《云

间往哲录》《淞故述》《云间信史》数种，尚容访求，以备续辑。

［二十四］　学士持身，最难寡过。某以同乡后进，无美不扬，宜也。[第5b页]乃或以晚节隳前修，一眚损大德，聊述前闻，用垂炯戒；非敢吹毛索瘢，厚诬有道也。

［二十五］　诗后间附阐扬品藻，所以正闻见之讹，补纪载之漏。详略任意，整散不拘，难免偏颇之失，识者正之。

［二十六］　诗不能多录、诗不可全录者，摘其佳句，多至数十联。精华所在，不忍割爱，有目者共珍之。

［二十七］　是编试手于己丑［康熙四十八年，1709］，辍笔于甲辰［雍正二年，1724］。尽发先世藏书，兼借亲朋秘籍。风晨雨夕，检阅百千稿，成而易者至再。桑榆已逼，聊以娱日。敝帚千金，自享云尔。

［二十八］　上洋前辈之什，皆赖谔庭、景房、乐六诸君子，不惜以家藏名集及遍访未刻遗稿邮示，故得赏奇而拔尤[第6a页]焉。若在郡城，则徐子今吾，亦曾觅寄数种；而高小湖待诏，复间出名迹见示。是皆惠我遗珠，冀成群玉者。感不敢忘，徐谋诸梨枣，以永芳名。

［二十九］　余之初有事于是编也，纂辑之役，原令诸儿均任之。既而风尘奔走，辍多于作。日侍一室者，惟厚儿独耳。甫及脱稿，而儿以十试棘闱不得志，愤懑病狂，束之敝簏。荏苒五年，去夏童辈曝书，偶一寓目，不觉泪湿纸背。因念儿聪明好学，生平睛光腕力，惟此略存，因稍为增订重录而藏之。嗟乎！玉楼赋就，天上魂归；碧落碑成，人间梦返。倘过当年吟咏之地，思滴露研朱之勤，当不令断简残编，终饱鼠鱼之腹也。[第6b页][第122页]

四、姚培谦“跋”（第123页）

先伯父手辑是书，未及开雕，旋捐馆舍。一亭兄从汉兴解组回，感念遗编，恐年久散失，命培谦与宅安、坳堂、巽斋兄校订付梓。中间历寒暑数载，一亭先逝，宅安、坳堂继之。胜事不常，雁行零落，此足悲矣。嗟嗟！先伯父阐扬风雅，具有盛心；诸兄克承先志，殚力鸠工。今剞劂告成，披阅之次，琳琅触目，如游群玉之府，而伯父与三兄俱不及见矣，能不与巽斋兄同为抚卷凄怆也哉！乾隆九年，岁次甲子[1744]，五月上浣，侄男培谦百拜谨识。[第1a页][第123页]

五、姚湘“后跋”(第683页)

曾王父听岩公，在词馆七年，与修《明史》洎《渊鉴类函》，奉职唯谨。嗣以高王父春秋高，乞养退休。侍膳之余，殚心著撰。虑夫乡先生之嘉言懿行，久而湮没，爰是旁搜博采，上自晋唐，下讫明季，阅十六寒暑，成《松风余韵》若干卷。未谋梨枣，而曾王父捐馆。时先祖官汉兴观察，奉讳归，心伤手泽，独力开雕。迨予祖殁后二年，而剞劂甫竣。从祖辈先已相继徂谢；校雠之役，独五叔祖及族祖平山先生任焉，是可哀已。乾隆甲午[三十九年，1774]，兵部职方司郎中新安汪君启淑以是书进览，始得邀[第1a页]秘阁之品题，益臣家之荣宠。文籍异数，殆非偶然。湘敬承先志，藏弆是版，珍若珙璧；时一展帙，恍乎挹前人之清芬，因补镘《钦定四库全书总目提要》一则，以弁卷首。后之采风者，掇其一二，于以阐幽而表微，是书或不无小补云。嘉庆乙丑[十年，1805]夏日，曾孙男湘谨识。[第1b页][第683页]

【附录一】《四库全书总目》卷一百九十四集部总集类存目之四(中华书局1965年6月第1版，下册第1774页)

松风余韵五十一卷(浙江汪启淑家藏本)

国朝姚弘绪编。弘绪号听岩，娄县人。康熙辛未[三十年，1691]进士，官翰林院检讨。是选上自六朝，下迄有明，凡云间诸人之以全集传或篇什之仅存一二者悉收辑之，人各缀以小传，义取博收，不能一一澄汰。其“凡例”有云“集内诗有鄙俚可笑者，以采得不忍复逸，存诗所以存其人也。一之已甚”云云，则弘绪已自言之矣。

则杰按：此集虽说“下迄有明”，但作者实际多有已经进入清代者。

02－034 海藻

严昌堉

二十八卷、补遗不分卷。严昌堉辑，民国上海严氏渊雷室排印本。（浙江大学图书馆藏）

一、陈三立"海藻序"（第1a—b页）

上海，故江南濒海小邑耳。海通以还，远西贾胡颇委输万国镃货，辐辏其间；逐末行贾者流，亦争载吾山泽所饶材竹、纑牦、漆丝、果蓏、筋角之属，以与之互市，于是号东南一大都会。崇楼列肆，锦绣玩好，奇技淫巧，皇惑观听。遐荒四裔、山陬僻壤之人，即妇孺，莫不知有上海矣。顾文献阙然未备。凡被服儒雅，述作斐然，足张上海者，旧椠遗帙，晦昧散落。非惟后生小子贻数典忘祖之讥，即过客游士、辅轩使者，亦无所借以采风而觇国，此严君载如所以有《海藻》之辑也。所辑自[第1a页]唐以来，凡著籍上海，能为诗者若干人，人若干首。其中以陆宣公为最著。而元遗民王元吉，不为张士诚所污；明太祖征之，亦称笃不起。遭乱能自全，有足称者。他若"吴中七子"中之赵文哲、黄文莲，亦当时名能诗者也。夫一邑士夫，搜辑其乡先生诗文，都为一书，刊而布之，世所恒有；载如生当道丧文敝、用夷变夏之时，所居之地又声色货利之渊薮也，独翛然屏曹好、遗世纷，从事于举世不为之务，斯难能耳！抑吾又闻载如年方四十，闭户读书，若将终焉。此其意，殆有不止于网罗旧闻，表彰前𡠆者，倘亦元吉之流亚也欤？丙子[民国二十五年，1936]二月，义宁陈三立序。[第1b页]

则杰按：此序陈三立《散原精舍诗文集》（上海古籍出版社

2003年6月第1版)未载;刘经富曾辑入《陈三立诗集、文集的版本及其佚诗、佚文》,但系"录自1942年周维新钞本《散原精舍文存》",文字略有出入(见《文史》杂志2005年第二辑,第235—236页)。

二、郑永诒"海藻序"(第2a—b页)

自海外征九州之大,而寰中见万国之奇。烈烈欧风,航海梯山而至;堂堂禹甸,用夷变夏而穷。吾上海,沪渎垒荒,筑耶城圮。水长衣带,番舶破其烟波;地小弹丸,夷场变其阡陌。通五都之呼吸,扼全国之咽喉。商不非攻,士不悦学。熙来攘往,渐移稷下之风;斜上旁行,竞作鲜卑之语。论者以为纸醉金迷之窟,不闻高山流水之音。群飞刺天,惟有蓄其哀时之隐痛;万人如海,何从发其思古之幽情哉?而不知于今海上之天,在昔云间之地。赤乌碑下,寻古道之斜阳;鸣鹤桥边,映寒林之积雪。观朝旭则天空而海阔,卧沧江则雨细而烟疏。指点禅关,辨迢迢之钟磬;徘徊野渡,搴瑟瑟之蒹葭。晚风起而绿云深,秋涛兴而银山涌。尽饶选胜寻幽之境,以养怀真抱道之心。追慕前修,多谙韵语。天梳日帽,优游为白石之吟;雨笠烟蓑,酬唱悉素心之侣。而况文章千古,经营四方。风云郁其怀,江山壮其气。登高能赋,发奇采于云霞;得句惊人,飞英声于坛坫。古称作者,代有传人。至如咏絮之才,非无嗣响;颂椒之作,亦有余风。凡属诗家著作之林,具详邑乘艺文之类。风雅渊薮,犹想象乎当年;典籍笙簧,自归依乎往哲。惟是唐球心苦,谁收江上之瓢?思肖魂寒,独守井中之史。盖玄圃之遗书虽在,而华林之编略无闻。此吾友严子载如所以有《海藻》之辑也。探赜索微,本沧浪之[第2a页]家学;撷精选粹,广湖海之《诗传》。意挚而力专,愿宏而义正。无取界宋分唐之说,要以出风入雅为归。扫一曲之浮词,体原有别;存两间之正气,诗岂可亡?惟天地之心,亘万古而不变;斯江河之势,虽一泻而可回。总百氏之篇章,阅十年之寒暑。苍鹅起处,长闻鼙鼓之声；白雁来时，不废绨缃之业。莫问我辰之安在，不辞古调之独弹。既写其忧，兼求其志。旁搜远绍，恐遗沧海之珠；虑始乐成，待刻《中州》之集。诒谊关桑梓，乐共琴书。认字里之风霜，参案头之丹椠。剪吴淞半江之水，同洗牢愁；分宣城一碗之灯，亦耽寂寞。诵诗感旧，待补张为《主客》之图；作序陈词，愿闻季札邶鄘之辨。癸未[民国三十二年，1943]岁暮，同里郑永诒谨序。[第 2b 页]

三、严昌堉"海藻自序"（第 3a—b 页）

曩者庐江陈先生鹤柴，尝以三百年来上海诗人綦夥，而未有人起而搜辑，每举此以为言。余故有是愿，闻之益为兴起，思有以弥缝其缺。于是访诸故家，求诸冷肆，掇拾于鼠啮蠹蚀之余。积十年，稿可盈尺。操觚执简，从事兹役。会家国多难，时作时辍。迨今夏，厘定始竟。上起唐陆宣公，下讫国变后下世者数辈。不问功力之深浅、声闻之彰不彰，碎玉零珠，纤悉入彀，都为一集，颜之曰《海藻》。虽曰限于方隅，仅及章句，然于风俗政教之升降隆污、人物之淘浪、胜迹之晦显，暨乎忠义孝悌之湮没不闻者，于此亦略可考见焉。上海当乾隆中叶，赵璞函、黄芳亭以能诗扬声当时，名列"吴中七子"中；而璞函死金川之难，其词藻愈足增重。至若叶忠节权湖北布政，值夏龙逢之乱，骂贼自裁；乔敬亭历湖南知县，至开府，所在整饬吏治，拊循民隐；曹谔庭官给事中，屡上封事，殷殷于国计民生，至今传诵；其从子鸿书，官御史，劾和珅家人，以直言倾动朝野；陆健男以文学受知，奉使衡文，累岁不绝，纂辑群书至二百余卷。之数公者，其风节、文章、政治，自有所以不朽者在。顾出其绪余，发为歌咏，亦迈轶侪辈。此三百年来，上海诗教光昌之大概也。更进而溯诸明季，则乔忠烈身为战将，效命滴水涯；李忠节以中书舍人，守松江郡城，力竭以死继，大节凛然。其篇什流传，自非寻[第 3a 页]常骚人之比。而王玠右、名世兄弟，吴日千、李辰山、郭疊耻、陈长倩、莫紫仙之伦，际鼎革之交，不忘故国，销声戢影，以遗逸终，与元末王原吉比迹等类，先后相辉映。则其所为诗，抚时感事，又非所谓伤心人别有怀抱者耶？余以乡邑后生，流风所被，亦颇耽吟弄。辑为是编，导川渎使会归，论古人如尚友，而不可聊之岁月，溢乎帷席之风云。兴怀俯仰，愀焉怵焉！所以触情思，荡魂梦，时复心肝欲呕，而不能掩其为噍杀之声。倘诸先哲灵爽所凭，其亦鉴余此衷而深哀余所遇之时之不幸也欤！癸未[民国三十二年，1943]九秋，邑后学严昌堉。[第3b页]

四、严昌堉"海藻凡例"（第4a—b页）

一[一] 是编选历代上海人之诗以成书，命名《海藻》，以存一邑风雅之遗。

一[二] 是编资料，大半采摭各总集而再加抉择。其得见各家全稿者，更严定去取。若夫撰人手迹流传，及得之传抄或附见他人集中者，则一鳞一爪，悉为收录。

一[三] 上海乡贤祠，首列陆宣公，故是编即以宣公为群伦之冠。

一[四] 是编因人存诗，因诗存人，固已。亦有因题存诗者，如有关文献掌故，足以观风俗、知得失，及图芬纂懿之什，堪资咏叹者，皆是也。

一[五] 凡表扬忠孝义烈之作，不论工拙，在所必录，于以存乾坤之正气，挽末俗之浇漓。

一[六] 卷中篇帙，断代编次。其姓氏，依诗韵分先后，俾便检阅。至胜国遗民，不忘故旧，虽身遭鼎革而自托殷顽，不渝初志。今兹所选，凡易代不臣之士，仍以胜国为依归，所以从其志也。

一[七] 上海自元至元间，始立县。晋唐迄宋，为吴郡，为嘉兴，为华亭。隶属之沿革，志乘可考也。间有疑非邑产者，一以县志有传及散见选举表为准。

一[八] 所收各家，并系小传，俾诵其诗者得以知其人而论其世。其字号不详者,缺之。[第 4a 页]诗中有阙文者,仍之。

一[九] 凡寓公终老是乡,其后嗣遂入邑籍者,一例收录。

一[十] 青浦、南汇两县,皆分自上海;未分县前悉收之,分县后不复录。

一[十一] 凡诗涉奁体、伤雅教者,虽工弗录。

一[十二] 邑中缁流,不乏擅词翰者。顾是否土著,不能悉加考证。卓锡既久,亦不废焉。

一[十三] 闺秀之适他乡人者,仍采之,示从父也。异地闺秀之嫔于邑人者,亦采之,从夫也。

一[十四] 是编之举,并赖众擎。其助余甄别,用力颇勤者,庐江陈先生子言(诗)、同邑郑君质庵(永诒)也。惠假藏书,或抄示篇什者,金山高先生吹万(燮)、同邑秦丈砚畦(锡田)、姚丈孟埙(明辉)、李丈右之(味青)、曹君香孙(永荃)、顾君景炎(树炘)也。感铭盛谊,用志不谖。[第 4b 页]

02－035　云间三子新诗合稿

夏完淳

九卷。夏完淳辑，陈立校点，《〈云间三子新诗合稿〉〈幽兰草〉〈倡和诗余〉》本，辽宁教育出版社 2000 年 1 月第 1 版。

一、王植善"重刻云间三子新诗合稿序"（第 1—4 页）

清嘉庆时，娄县庄公师洛编刻《陈忠裕集》，跋言少时于书肆购得《云间三子诗》，读而爱之，而于忠裕[陈子龙]诗尤至，遂留意搜求忠裕著作云。"三子"者，陈忠裕外，李舒章雯、宋辕文征舆也。明之季世，天下言诗者，辄首云间。而"三子"齐名，或曰"陈李"，或曰"陈宋"，不敢有所轩轾。忠裕殉节，时丁亥（顺治四年）[1647]五月，年四十岁。李亦于是年北上道卒，年三十八岁。宋卒于康熙丁未[六年，1667]，年五十岁，距丁亥[顺治四年，1647]适二十年，是丁亥[顺治四年，1647]宋年三十岁也。宋少于陈十岁，李八岁。按云间当日自壬申（崇祯五年）[1632]刻《文选》后，"几社"日扩。癸酉[崇祯六年，1633]，陈、李刻《倡和集》，时宋年只十六岁。至丙子[崇祯九年，1636]，始在南园与陈倡和，故《送卧子至南都》诗有"十年裘马同知己，万里江湖等比邻"之句。陈至南都，按之年谱，癸未（崇祯十六年）[1643]、甲申（十七年）[顺治元年，1644]间也。至此《三子诗》之刻，当在乙[乙酉，顺治二年，1645]、丙[丙戌，顺治三年，1646]之际，鼎革之后。按《陈忠裕集·三子诗选序》（"庚辰（崇祯十三年）[1640]，予治狱越州。行役之暇，间有篇什，不能当囊者十之二。而二子在里门，相倡和无倦。尝一再过从，相与上会稽，探禹穴，投赠送别之篇亦有存焉。癸未[崇祯十六年，1643]，李子从其尊人太仆公入燕邸。予移书尼之，不听。明年春，先皇帝召予为谏官。未至，京师陷于贼，太仆殉难。虏师入，寇遁。李子守父丧，不得归。今天子起淮甸，都金陵，东南底定。予入备侍从，请急还里。宋子闲居，则梓三人之诗为一集，大率皆庚辰[崇祯十三年，1640]以后之所作也。")并观此集之诗，知《三子诗选序》即序此诗也。集中所选陈、李两公诗，大抵庚[庚辰，崇祯十三年，1640]、辛[辛巳，崇祯十四年，1641]、壬[壬午，崇祯十五年，1642]、癸[癸未，崇祯十六年，1643]所作，一则越州从公，一则入都行役，俱无甲申年[崇祯十七年，顺治元年，1644]诗。惟宋之《野哭三首》，及《闻吴大将军率关宁兵，以东西二虏大破李贼，二律》，皆甲申[崇祯十七年，顺治元年，1644]以后诗也。甲[第1页]申[崇祯十七年，顺治元年，1644]鼎革，陈方奔走国难，李则遭太仆公之变，故传诗特少耳。据宋甲申年[崇祯十七年，顺治元年，1644]诗及陈序云云，则书之刻于乙[乙酉，顺治二年，1645]、丙[丙戌，顺治三年，1646]无疑。又宋征璧序陈子《平露堂集》，言乙[乙酉，顺治二年，1645]、丙[丙戌，顺治三年，1646]之际陈子偕李子舒章、宋季辕文倡和勤苦。可知事变稍定，从事倡和，则于此时刻诗亦一证矣。惟《三子诗选序》"宋子闲居，则梓三子诗为一集"，而此诗刻有"门人夏完淳存古编录"字，又疑此序非序此诗。然"编录"一事，"刻"又一事。书端刻某某人编录者，或当时社刻之例如此。夫此书刻于亡国之际，正诸君子悲哀抢攘时，而诗又或触新邦忌，则流传之不易可想见，而书为至可贵矣。予偶得是书，爱读之情殆与庄公师洛同。书无序跋、目录，年月不可考，又多舛讹。赵子学南相与校刻之，盖亦窃比庄公师洛刻《陈忠裕集》之趣旨云尔。李之《蓼斋集》，其乙酉[顺治二年，1645]门生清苑石维崑为之刻行。宋之《林屋诗文钞》，当时亦有刻本，惜求之久而迄未得见也。爰略考三子作诗事实；藏书少不能详考，读者谅之。

明季云间社事极盛，社刻诗文至多，足以奔走天下士，杜登春《社事始末》叙述已详。迨夫国变，或以身殉国，或佯狂遁世、托迹黄冠，见之志乘者未可悉数。盖云间“几”“复”等社，渊源“东林”，固不独以文章著；而文章者，亦固激发性情、勉励志节之具。非然者，又曷足尚哉？今读“三子”诗，陈、李二子，当时社之领袖，宋子则社中青年英俊也。陈子投水死，编录是书之夏存古亦殉节于金陵。而李子、宋子之事迹，其可得而考者：李子父逢申，万历进士，劾梁廷栋误国，廷栋中以危法论戍。李子昆弟走京师为父讼冤，事得白。癸未[崇祯十六年，1643]，随父入都。甲申[崇祯十七年，顺治元年，1644]，父死国难，絜血行乞三四日，乃得版榇以敛，守父棺不去。满清定鼎，睿亲王荐授宏文院撰文中书，一时草创诏诰大文章皆出其手。乙酉[顺治二年，1645]，充北直乡试同考官。丙戌[顺治三年，1646]，以父丧归葬。道过淮安，故人万孝廉寿祺以僧服见。李子望之泣下，曰：“李陵之罪，上通于天。”明年北上，病瘵道卒。尝作《发责文》以见志。观此，则李子以迫于境遇，曾仕清廷矣。[第 2 页]李子有《东门行》(“出东门，草萋萋。行入门，泪交颐。在山玉与石，在水鹤与鹈。与君为兄弟，各各相分携。”“南风何飂飂，君在高山头。北风何烈烈，余沉海水底。高山流云自卷舒，海水扬泥不可履。”“乔松亦有枝，落秦亦有心。结交金石固，不知浮与沉。君奉鲐背老母，余悲父骨三年尘。君顾黄口小儿，余羞三尺童子今成人。”“闻君誓天，余愧无颜，愿复善保南山南。闻君痛哭，余声不续，愿复善保北山北。”“悲哉复悲哉。死不附青云，生当同蒿莱。知君未忍相决绝，呼天叩地明所怀。”)一诗，寄陈子而附以书。(“三年契阔，千秋变常。失身以来，不敢复通故人书札者，知大义之已绝于君子也。然而，侧身思念，心绪百端；语及良朋，泪如波涌。侧闻故人颇有眷旧之言；欲诉鄙怀，难于尺幅，遂伸意斯篇，用代自序。三春心泪，亦尽于斯。风雨读之，或兴哀恻。时弟已决奉柩之计，买舟将南。执手不远，先此驰慰。”)今玩诗及附书之意，知陈子当时必有绝交李子者。特李子以丙戌[顺治三年，1646]明年北上道卒，遂未获久仕清廷；其卒之月日，今不可考。陈子殉死在丁亥[顺治四年，1647]五月，或后李子亦未可知。王沄续陈子《年谱》:“顺治四年丁亥[1647],先生在富林庐居。时李舒章自北还,来访先生,相向而泣,旋别去。”知二子出处之间,或各有不得已者,而苏、李河梁永诀时之情感固自在也。至宋子之于陈子,按王沄《年谱》附记一则,言:“宋尝作《於陵孟公传》。宋虽旧交,而趋舍异路。传闻之辞每多失实,同郡袁介人作文以驳之,公论具在。”云云。所谓《於陵孟公传》者,今虽未之见,而可知宋子此文为与陈子立异而作。或当时恐株连之祸,故立异为趋避计欤?观《社事始末》,知诸君子于甲申年[崇祯十七年,顺治元年,1644]草檄攻击逆臣,闻变哭临,及上书乡绅四十家乞举义勤王等举,颇为同郡士绅所嫉。宋固云间世家子,膏粱少年,或即见嫉者之一人也。宋子顺治乙酉[二年,1645]即应试,得举人,丁亥[四年,1647]成进士。科第之念深,而国家种族之念薄。后外转官至福建提督学政,内擢官至都察院左副都御史。屈指仕清廷者二十年,其与陈子固道不同也。宋子与兄征璧,在明清之际诗名极大,世称“二宋”。《府志》载:“征璧中崇祯十六年[癸未,1643]进士,授中书。奉差督催苏松四府柴薪银两,未[第3页]复命,以国变归里。入国朝,以从征舟山有功,出知潮州府。”则不特道之不同,且反戈相残矣。宋子与陈子之立异,或以兄之故迫而然欤?夏存古《读三子合稿》七律(“十五成童解章句,每从先世托高轩。庾徐别恨同千古,苏李交情在五言。雁行南北夸新贵,鹞首西东忆故园。独有墙头怜宋玉,不闻九辩吊湘沅。”)一章,其不满之意已见。呜呼!穷达异志,生死殊途;刻“三子”诗,乌能无感于此?

时[民国]纪元三年[1914]孟春之月,培孙。[第4页]

则杰按:此序所说李雯、宋征舆二人享年及其他相关年龄,并不准确。

又,所说《於陵孟公传》,可见宋征舆《林屋文稿》卷八(《四库全书存目丛书》集部第215册,第334—338页),并非“为与陈子立异而作”。

二、陈子龙“三子诗选序”（第8—9页）

“三子”者何？李子雯、宋子征舆及不佞子龙也。曩予家居，与二子交甚欢。衡宇相望，三日之间必再见焉。见则有吟咏，互相劘切；申以旦旦，曰：“是无间寒暑而不辍风雨者也。”已而曰：“人生岂麋鹿乎，而得群游而常处哉？勉旃！各自爱。”相泣也，继而相笑，时人莫测也。庚辰[崇祯十三年，1640]，予治狱越州；行役之暇，间有篇什，不能当曩者十之二。而二子在里门，相倡和无倦。尝一再过从，相与上会稽，探禹穴，投赠送别之篇亦有存焉。癸未[崇祯十六年，1643]，李子从其尊人太仆公入燕邸。予移书尼之，不听。明年春，先皇帝召予为谏官。未至，京师陷于贼，太仆殉难。虏师入，寇遁。李子守父丧，不得归。今天子起淮甸，都金陵，东南底定。予入备侍从，请急还里。宋子闲居，则梓三人之诗为一集，大率皆庚辰[崇祯十三年，1640]以后之所作也。夫鸟非鸣春，而春之声以和；虫非吟秋，而秋之响以悲。——时乎为之，物不能自主也。当五六年之间，天下兵大起；破军杀将，无日不见告，故其诗多忧愤念乱之言焉。然以先朝躬秉大德，天下归仁，以为庶几可销“阳九”之厄，故又多恻隐望治之旨焉。念乱，则其言切而多思；望治，故其辞深而不迫，斯则“三子”之所为诗也。今身更大变，舆盖倾倒。我见夫山崩沙竭，而贵人之车裂者矣；我见夫榛莽之间，昔有庙社椎髻之首曾戴章甫者矣；我见夫君子为仆御，而饿隶享茅土者矣。试取曩者之诗而诵之，其游衍历[第8页]览之区，如奏钧天而射熊罴也；刺讥讽托之志，将假巫咸而诉九天也；赠答亲串之人，或墓有宿草而身羁异域也。悲夫，悲夫！人生离合，岂有常期哉？当此之时，虽飞鸟疾风之声，犹为魂惊。况乎追念畴昔，细绎篇章；思宴笑之期，体咏歌之志。诗则犹是也，而哀可知矣。岂必雍门之琴，乃能浪浪沾襟哉？今宋子方治婚宦之业，而予将修农圃以老焉。自此以往，未知所届。若夫燕市之旁，狗屠之室，岂无有击筑悲歌，南望而流涕者乎？芦漪之

侧,有渔夫焉;予将和日月之章,以续此编,不敢遂咏参辰之作也。[第 9 页]

则杰按:此序又载《陈子龙全集・陈忠裕公全集》卷二十六(人民文学出版社 2011 年 6 月第 1 版,中册第 806—807 页),文字相同。

【附录一】白坚《夏完淳集笺校》卷六《读陈轶符、李舒章、宋辕文合稿》(上海古籍出版社 1991 年 7 月第 1 版,第 284 页)

十五成童解章句,每从先世托高轩。庾徐别恨同千古,苏李交情在五言。雁行南北夸新贵,鹞首西东忆故园。独有墙头怜宋玉,不闻九辩吊湘沅。

【附录二】吴伟业《吴梅村全集》卷五十八《梅村诗话》(上海古籍出版社 1990 年 12 月第 1 版,下册第 1135—1136 页)

陈子龙字卧子……负旷世逸才。……李舒章特以诗故雁行,号"陈李诗";继得辕文,又号"三子诗",然皆不及。……卧子……晚岁与夏考功相期死国事。考功先赴水死,卧子为书报考功于地下,誓必相从,文绝可观。而李舒章仕而北归,读卧子《王明君篇》曰:"明妃慷慨自请行,一代红颜一掷轻。"则感慨流涕。舒章久次诸生不遇,流离世故,黾勉一官。返葬请急,遇卧子于九峰山中。期满北发,未渡江而卧子及祸,舒章郁郁道死。云间有为诗唁之者曰:"苏李交情在五言。"未尝不寄慨于此两人也。

02－036　云间两征君集

严昌堉

十卷，附一卷。严昌堉辑，民国三十八年(1949)排印本。(浙江大学图书馆藏)

一、曹元弼“云间两征君集序”(第 1a—3a 页)

天下之生久矣，一治一乱；而其所以能拨乱世返诸治，使乾坤不息、人类不亡者，则赖乎有治无乱。万古不易之大道，著在圣人之经；其所以使圣人之经迭更大乱而义理不绝于人心，文字不绝于人口，以待天之欲平治天下，举而措之，以重活吾民出水火而登衽席者，则赖乎守死传道、经德不回之君子，所谓“为天地立心，为生民立命，为往圣继绝学，为万世开太平”，天降下民作之师，师以道得民者也。昔周道陵夷，乾纲绝纽，孔子以天纵至圣，兼包伏羲、神农、黄帝、尧、舜、禹、汤、文、武、周公之道德政教，极悲天悯人、爱敬万世之仁，经论《易》《诗》《书》《礼》《乐》，制作《春秋》《孝经》，教育天下英才言、曾、游、夏等“七十”“三千”之徒，宣明至教，传业后贤；子思、孟子继之，阐性道，正人伦，六经大义、洙泗微言炳若两曜，虽遭诸侯去籍、暴秦坑焚而斯道不绝。入汉复兴，田、伏、申、毛、高堂、胡毋、董子之伦，昌明绝学，辅世长民，纯儒循吏接踵蔚兴。两京盛时，四海乂安；兆民乐利，几乎三代。自是人识君臣父子之纲，家知违邪归正之路，先王至德要道、大经大法深入人心，以迄于今。盖自战国、“吕、政”之[第 1a 页]乱，人类尽濒于死，而有汉之治以生之，且开万世之治道生机者，皆吾夫子天覆地载之仁；而“七十子”以及汉初经师守先待后之功，则如日月之经天、江河之行地。汉之衰，而天下将有数百年之乱。赖高密郑君，集两汉诸儒之成，注述六经，统归于礼，为儒者宗；弟子传授，枝繁流长。虽南国浮华，堕坏名教；北郊烽火，荡覆典文，而孝义之风不衰，义疏之学特密，实开贞观崇经术、行仁义、致太平之先。盖自魏晋以后，天下大乱，民尽濒死，而有唐之治以生之，惟郑君经训礼学是赖。自是孔、贾以博极渊深之学解经，昌黎以光明正大之文阐道，大都由郑学而来，儒者趋向无歧。是用更五季之乱，民尽濒死，而卒有宋之治以生之。周、程、张、朱子撷注疏之精萃，得圣人之道于遗经，讲明性理，探本穷源，义利之辨、诚伪之分、人禽之防、治乱之机，剖析至严。自宋季迄明，屡更治乱，数百年间名教纲常赖以维持，人心不死，以待圣治之兴，普大生广生之德，实惟仁人君子心力之所为。我朝列圣以尧舜周孔之道治天下，圣学所指，海内向风；名臣大儒，应运而兴。自故明遗老顾亭林先生，执天下高节，究心天下利病，以行己有耻、博学于文、通经崇礼、明体达用、中正无弊之学为儒林倡；同时张稷若，既而江慎修、惠定宇、戴东[第 1b 页]原诸先生以及各经大师，接武并起，实事求是，昌明经义。而曾文正、胡文忠、左文襄诸公，达诸政事，削平寇乱，大著儒效。德宗景皇帝时，先师瑞安黄公漱兰先生督学江苏，以经史实学、经济气节教士，立南菁书院，造就人才。元弼与肄业，因获交大江南北绩学敦行诸友。时则有娄县张闻远[锡恭]同年，邂逅相遇，其色睟然，其言蔼如，进退容止必依于礼，论学平心易气，不苟同异。时余随先邃翰仲兄同往，皆肃然心敬。及归，趋庭以闻；先君子曰："益友也。"自是函书往来，商榷经义甚密。每年君至南菁书院，往返辄过余，相得甚欢。时并治《礼经》，谨守郑学；剖别经旨，必求当理；责善规过，不少唯阿，先君子贤之。一日，与钱复初[同寿]同年俱至。余夙闻闻远言复初贤，相见深喜。复初立身至介、好礼笃学，与闻远同。两君皆不求闻达，知者绝希，惟张文襄师与故友梁文忠深重闻远学行。光绪末年，朝廷开礼学馆，征两君、先君直从兄及余同修《大清通礼》；余以主讲苏鄂存古学堂未能往，君直兄与复初同举于乡。又三人皆肄业南菁，久志同道。同时邪说流行，鼓簧雷动。虽古学稍有根柢之人，亦惑于时趋，援儒入墨，披发祭野，习为固然；告朔饩羊，尽废为快。惟三君子力障狂澜，义形于色。闻远每深惜余未来，不能奋笔相助；而余于存[第 2a 页]古，亦为恶其害己者所龋龁。天之方蹶、民之无禄，大厦将倾，固非一木所能支，悲夫！自是，闻远隐于乡，结庐于年丈夬斋先生墓侧，攀柏哀号，雪涕著书。历十余年，成《丧服郑氏学》，刘翰怡京卿为之刊行。又有《丧礼郑氏学》，金松岑、王欣夫两弟为集资付刊；卷帙较多，遭世变未及成。而《茹荼轩文集》，由封君衡甫校刊。复初愤世绝俗，不交一客，闭户著书甚多。二君者，海内贤士大夫望之若景星庆云，后进英髦仰之若泰山北斗。今其同乡里、好德有道君子，振伯夷之清风，缅孔氏之绝学，显微阐幽，以保阻饥之谷种，存人道于几希，醵金将闻远《茹荼轩续集》及复初《待烹生集》合刊以嘉惠士林，其中盖皆精发圣言、深探礼意之文，属欣夫弟征叙于余，余不胜为斯道幸，为斯民幸。呜呼！闻远名其轩曰“茹荼”，取《诗》“谁谓荼苦，其甘如荠”之义；复初自名曰“待烹生”，取西铭“无所逃而待烹，申生其恭”之义。孟子曰：“颜子当乱世，居于陋巷，一箪食，一瓢饮；人不堪其忧，颜子不改其乐。”茹荼之甘也。荀子曰：“皇天不复，忧无疆也；千岁必反，古之常也；弟子勉学，天不忘也。”待烹之恭也。呜呼！二君往矣，余目瞑意倦，日暮途穷，如之何哉？茹闻远之所茹，待复初之所待；一息尚存，此志不懈；独抱遗经，与子言孝，与臣言忠，为吾宗子，为吾同胞，求天永命[第 2b 页]而已矣！龙集己丑[民国三十八年，1949]二月既望，年愚弟吴县曹元弼拜撰，时年八十有三。[第 3a 页]

02－037　娄东诗派

汪学金

二十八卷。汪学金辑,《四库未收书辑刊》第九辑第 30 册,影印嘉庆九年甲子(1804)诗志斋刻本。

一、汪学金"例略"(第 2—4 页)

［一］　娄地介江濒海。至宋,龚氏、郏氏首以文学显。元初通海运,屹为巨镇,太仓之名始著。延祐间,为昆山治。其后杨铁崖、顾仲瑛主东南坛坫,冠盖云集,振起风雅,以逮明兴。凡瞿惠夫、姚子章、郭羲仲、吕敬夫而下十余人,考厥居址,皆为娄产。昔人登之里志,信矣。录其遗什,娄诗之权舆也。

［二］　龚安节,人品最高,性情、境诣雅近渊明,诗亦得其神似,实开娄派之祖。

［三］　张亨父,陆鼎仪、文量,称"娄东三凤",诗名著天顺间,李宾[第 1a 页]之极为推服。

［四］　弘治初建州,徐昌谷起双凤里中,祖述风骚,其格变而益上,为"七子"眉目,娄诗始盛。

［五］　王元美,以冠古之才,雄视宇宙,汪洋万有,靡所不包;小美亦称竞爽,娄诗之极盛也。

［六］　王辰玉,独辟畦町,清新俊逸;黄子羽以快婿嗣其遗响,冰清玉润,并有萧然出尘之致。

［七］　顾麐士、陆道威、陈言夏,通儒邃学,崛起海滨。诗亦精深华妙,各极其胜,卓然鼎峙,成三大家。凡胜国遗老,迹其志行,亦并为列。[第 1b 页][第 2 页]

［八］ 吴骏公，鸿才盛藻，独出冠时；阅历兴亡，发而为苍凉激楚之音，尤为绝调。海内称娄东诗者，必曰弇州、梅村，诚不诬也。

［九］ “十子”胚胎梅村。庭表、维夏，学博才赡，屹为两雄；虹友矜炼，翘秀诸弟。他如周云彦、唐仙佩、郁大本，才地卓荦，皆别张一帜者。

［十］ 王宪尹、唐实君嗣兴，一主名雅，一主宏肆。吴元朗以名父之子，才笔超隽，并驱一时。毛亦史、赵松一、张庆余之流，彬彬羽翼。徐方平、陆任三以偏师胜，亦其亚也。

［十一］ 沈台臣宗法少陵，出入香山。子大承其家学，晚年指授［第2a页］后进，提倡甚力，里中翕然宗之。吾曾祖芝田公，和平敦厚，专主性情，五言尤近陶、韦；生平志隐自乐，潜德弗耀。先君之于赠公，犹敬亭之于白溇也。

［十二］ “二王”同术，建初趣高于来珍；“两毛”齐盟，今培韵胜于东球。吴振西为梅村群从，王愚千为台臣女夫，各有师承。顾玉停则自出机杼，分道扬镳，足尽娄东之变。

［十三］ 太原若千、皋谟，与烟客同辈行而晚出，为文肃旁支。继之者，则有颍山、礼言，及吾外祖兄弟，皆以诗名家，允为才薮。

［十四］ 近时诗人，以朱子敬、毛罗照、陆日思为最。其余成一家［第2b页］言，不下十余子，皆能不失绳墨，恃原以往，娄派之津逮远矣。

［十五］ 方外，如晦山、龙荫，皆隐于僧者，已入遗老；余…… 薄少
寥，附末卷。

［十六］ 吾乡闺秀，始于茅氏《柏舟》遗什。…… 愧彤史。寻常闺阁目
君，高风洁操，流传篇咏。国朝名媛辈出，要……
至于凝翠楼之扶翼雅宗、瑶华子之涵…… 收颇广，惜未加鉴
之。别为“闺雅”一卷。 ……剂，各有取裁。［第3a页］

［十七］ 程迓亭曾……
择。是编汰其十之……

[十八] 录诗始于宋代，讫于国朝乾隆六十年[乙卯，1795]，时贤皆从论定后编入。恐久而易佚，故亟为刊布。嗣后踵增，以俟来者。

[十九] 是编，于嘉庆丙辰新元[1796]起手，戊午[三年，1798]卒业。越明年，赴召入都，携以自随，未暇检校。辛酉[嘉庆六年，1801]归里，重加订定，成书二十八卷。直塘任君楷，年老乡居，尝挈其家藏残稿数十种，畀予录而归之；未几下世，其用意良厚。是役也，搜采则有杨君云璈、王君铣，厘次则有胡君金诰，覆阅则有苏君加玉、沈君光春、顾君员，缮校则有王子履基、谦培，次子彦国亦与焉。[第 3b 页][第 3 页]

[二十] 壬戌[嘉庆七年，1802]之秋，将付剞劂，闻凤里张君应麟，曾辑《娄东耆旧诗》；亟往访之，得其稿本三卷，颇多幽轶篇什，因为增补阙漏。其掇拾之勤，亦有功于是书云。[第 4a 页][第 4 页]

二、杨云璈"后序"(第 490—491 页)

古今同貉，岁月飞乌。选愁于南涧之琴尊，娱悲于西斋之翰墨。作者皆食字而仙去，灵兮不剪纸以归来。幸词海之揽其玄珠，叹文苑之失其砥锡。前言敢逋诸责，此事厥有造端：昔云璈之从先生游也，登李膺之门而窃价，造张华之席而假成。拂瑶林，携问字之觞；拓疏窗，寓草玄之砚。箧中弆有前进士迓亭程公所录州人诗为《鸰集》者，先生循览再三，慨然曰："有心哉！撰述也。我娄东自惠安延祐建州；割十第之楼台，控三溟之潮汐；始则通贾舶而市声敦，恢儒囿而文物溱溱；[第 1a 页]讽之弦歌，泽之冠带；主之槃显者加 或路鼓灵鼗，或齐纨蜀锦；或潜虬隐凤，或颂菊征兰；将有复抉 者笥河重袭；岁复岁以闻见惑，人阅人而守待难；《太仓诗选 通而鉴之，抉 之虑？曩时李西白有《娄人逸诗》，顾湄有 程书独完；文献之征，意在斯乎？"于是 轮之始，抒特见为悬衡之诫；旨正无邪，体严裁伪；奉专城则综千言以连牍，隶附庸则标孤韵以断章；非爱非憎，不苛不滥；如氏族之别望而云礽正，如泉原之疏秽而支条分。肇自宋代，至国朝乾隆年，人计五百家，书勒廿[第 1b 页][第 490 页]八卷。当是时，风帘昼静，月幌秋澄；禅榻侍一串之茶，吟龛注双提之管。则有编蒲素士，抱瓮幽人；出鼠衔蠹啮之余，录蚕尾蝇头之细；褰裳请谒，投刺测交。先生秩之宾宴，接之醴席；挥纵横之谈麈，酬高下之论权。而白发故人，乌衣子姓；摭旧闻以充乘韦，捧先集以珍敝帚；莫不输怀款款，促膝断断，旦夕望是书之落成也。嘉庆己未[四年，1799]，先生应召入都，未遑卒业。辛酉[嘉庆六年，1801]归田，乘闲居之暇，加闭户之功；沙砾再淘，鲁鱼覆订。癸亥[嘉庆八年，1803]秋，始定稿付之梓氏，顾谓云璈曰："是书权舆于子，子其为我志之。"窃以目眯风骚，识陋章句；虽旌心之曷极，愧见手之未能。今[第 2a 页]春二月，先生脱屣尘壤，返旆云乡；齐物化于庄生，杜德机于壶子。而易箦前一日，锓本甫竣，留连谛玩。呜呼！岂系心于夙习，谅多情于古人；非有三削之勤惓，安得千秋之炳蔚？因念先生总持坛坫，汲引津梁；著韵语之阳秋，参闾史之月旦；前型准其物色，来学示以风声。感概[慨]昔游，怅惶冥契。公鉴于谁托所，私淑何以斐然？园花落而凄凉，阶苔掩而索莫。怆一言以效小巫之献，谨再拜以代《大招》之词。先生有灵，许之否耶？甲子[嘉庆九年，1804]四月望后三日，同里后学杨云璈拜撰。[第 2b 页][第 491 页]

【附录一】汪学金《静厓诗稿·初稿》卷六《舟中与元圃论娄东诗派，兼寄同学诸子》二首(《续修四库全书》第 1472 册，第 105 页)

烟月家家绮丽篇，吾乡正始独断然。徐王坛坫千秋事(昌谷、弇州两先生)，沈许门墙一辈贤(长洲许竹素先生、吾乡沈敬亭先生先后掌教娄东书院，振兴风雅，一时称诗者皆出门下)。尚论自知交有道，齐盟须仗笔如椽。欲弹流水高山曲，留作人间古调传。[其一]

畴昔论交冠盖通，沧江文采气成虹。南皮盛会联今雨，东海雄才数大风。遗稿青山悲宿草（时陆沁雪、胡载培、陆秋涯俱下世），生涯白发叹飘蓬。荒村剩有毛苌在（谓宿亭），冷落残尊夕照中。［其二］

则杰按：此题所论“娄东诗派”指诗学流派，而非所辑诗歌总集书名。

【附录二】洪亮吉《洪亮吉集·更生斋诗》卷四《消寒第二会，汪庶子学金趣园座上，追赋嘉庆戊午［三年，1798］四月编辑〈娄东诗派〉成，为诸诗老设供，建水陆道场，用瑜伽荐度法，并考生平行谊，分上、中、下三坛，别设闺秀一坛，七日乃竣，分赋得柏梁体一首》（中华书局 2001 年 10 月第 1 版，第 3 册第 1299—1300 页）

玲珑水上飞千灯，东海璧月同时升。佛香妙处翻大乘，扫屋更结坛三层。一坛别设列采缯，云鬟飞入皆鬅鬙。天人丰格不敢譝，净名居士智力宏。佐以百六高功僧，娄东词客繁名偁。恒河沙数量不胜，诗编大小束以絙。平生慧业此可征，魂魄化去心神凝。光采尚若燔薪蒸，灵车鬼马空际腾。一一彼岸祈同登，否亦尚冀天衢升。仙人心空鉴亦澄（品第甲乙，复经卟坛改定），品第甲乙殊兢兢。空中垂问空中应，忠如龙比孝闵曾。陈雷朱范笃友朋，贾彪郭泰偕李膺。拄世风骨真棱棱，就中节义尤所矜。生可模楷没豆登，列上上乘皆日应。其余稍或寓劝惩，亦不以爱不以憎。原心略迹目非瞢，大邦齐鲁小杞鄫。州蓼随绞郳薛滕，次等亦复难加增。灌夫骂座肆轹凌，楼护结客多依冯。胸中鳞甲手葛藤，甚或遇事全模棱。谏垣瑟缩噤冻蝇，酷吏忮猛同苍鹰。亡身破家刺史澄，降胡护汉都尉陵。品列下下无能升，知人论世最足凭。不以文笔相夸凌，大弦稍缓幺弦揯。笔法直似朱丝绳，定论无用参疑丞。此邦前代尤崚嶒，后先七子称代兴。两王（荆石相国、弇洲尚书）事业世所称，各有祠庙罗肴胥。迪功集若云霞烝，日观唠凤天池鹏。梅村祭酒绪复承，此道亦属三折肱。历年二百留云礽，流光疾若矢射堋。琅邪太原坛坫仍，品题直到骕与騄，语简而当争钞誊。我于彼法习未曾，服此论断非儚儚。忠贤奸佞各列棚，竟若二水分淄渑。学仙学佛纵不能，何必苦判沟与塍。山云欲冻海欲冰，万丈雪霰愁难夌。归装幸有十束绫，敬录一本随行縢。

【附录三】汪学金《静厓诗稿·续稿》卷三《春浮子编辑〈娄东诗派〉成，为诸诗老设供后圃，建水陆道场七昼夜，用瑜伽荐度法，并考生平行诣，分为上、中、下三坛，别设闺雅一坛，将以消绮业，结胜因，愿此文字功德回向三宝，普度一切有情，时嘉庆戊午[三年，1798]四月既望也。越辛酉[嘉庆六年，1801]，长至后，更生居士自晋陵过访，稔其事，曰“是不可以无诗”，首倡柏梁体一首。余不获辞，乃偕同塾诸子追赋焉》（《续修四库全书》第1472册，第329—330页）

华严世界兜罗云，大千涌现芬陀芬。人间慧业生天果，物外真言度劫文。海东迂生愿难足，普为才人种才福。乞师递演法三车，呈佛先钞诗百轴。戒香第一忏诗贪，婪想饕情不易芟。挦扯千篇矜獭祭，纷纶万绪困蚕衔。次为才人忏瞋恚，白眼高哦出狂醉。讥评有意托微词，怒骂无端作游戏。诗痴积习更多般，绮语消除指一弹。特开净社为吟社，但入诗坛即法坛。一坛直上须弥顶，河岳英灵最高等。忠孝文章重作家，神仙位业推班领。一坛论品居次中，冥阳生灭随轮风。根因不昧求无始，才命相妨怨岂终？一坛沉沉惨不乐，暂破铁围气萧索。雨湿秋坟鬼唱愁，烟迷夜壑魔风恶。别有一坛窈窕才，缟衣翠袖共徘徊。曾从飞絮庭边过，也到拈花座下来。流铃震杵声何疾，滴滴醍醐露珠溢。点笔休憎鬼董狐，传衣争礼诗摩诘。一诗一字印双林，了澈虚空水月心。普薰笃耨氤氲气，遍和频伽微妙音。太岁敦牂[午，戊午，嘉庆三年，1798]月在巳，转瞬光阴犹可指。六时缁白仰慈云，七日香灯赞流水。出山小别旧精庐，丛稿随身两载余。护持每欲烦龙象，校勘终须辨豕鱼。更生居士仙才纵，谪下蓬莱名愈重。行脚初从万里回，结趺同话三生梦。君言此事风谊敦，欲歌哀些为招魂。巾瓶偶证诗禅在，衮钺犹看诗史存。醉墨淋漓吐砰湃，五百诗灵向君拜。即看大雅播鸿篇，应识吾乡有真派。天寒日暮两相思，又是吴江月满时。吾投蒲褐重翻偈，君扫茆龛且祭诗（居士除夕祭诗，岁以为例）。

02－038　太仓十子诗选

吴伟业

十卷。吴伟业辑,《四库全书存目丛书》集部第384册,影印顺治刻本。

一、钱谦益"序"(第783—786页)

余息心空门,以谈经为戒禁。里中二三子间来告曰:"诗病深矣!今且抹杀韩、孟,诋諆欧、梅,如狂如易,不可为矣。子其[第1a页]奈何?"余心以为忧,而不忘《扬水》卒章之戒,相视一喟而已。娄江有"十子"者,英年华胄,含章秀发,相与摩砺为声诗,都人士望风却避;顾以余为可[第1b页][第783页]与言也,相与鼓箧而请事焉。余读之卒业,欣欣然有喜色,而告之曰:古之为学者,莫先于学诗。诗也者,古人之所以为学也,非以诗为所有事而[第2a页]学之也。古之人,十有三年学《诗》诵《勺》,十五成童舞《象》,春诵夏弦,秋学《礼》,冬学《书》;其于学《诗》也,没身而已矣。师乙之论声歌也,自歌"颂"、歌"雅"以逮于[第2b页]歌"齐",各有宜焉;自宽柔静正以逮于温良能断之德,各有执焉。清浊次第,宫商相应。辨其体,则有"六义";考其源,则有"四始""五际""六情",故曰:"温柔敦[第3a页]厚,诗教也。"古人之学诗者如是;今之为诗者,不知诗学,而徒以雕绘声律、剽剥字句者为诗,才益驳,心益粗,见益卑,胆益横,此其病中于人心,乘[第3b页][第784页]于劫运,非有返经之君子循其本而救之,则终于胥溺而已矣。今吾观"十子"之为诗也,直而不倨,曲而不屈,抑之而奥,扬之而明,曲直繁瘠、廉肉[第4a页]节奏,非放心邪气所得而犯干也;其为人也,威仪庠序,发言有章,离经辨志,相观而善,非有意为谡闻动众者也。是夫也,其有志于古之学诗者[第4b页]乎。赵邠卿之叙《孟子》曰:"帝王公侯遵之,则可以致隆平,颂清庙;卿大夫士蹈之,则可以尊君父,立忠信;守志厉操者仪之,则可以崇高节,抗浮云。"[第5a页]此古学之典要,亦救世之针药也。吾老矣,窃有厚望于诸子,故为其序以勉焉。然吾里二三子,以余为河渚之喑人,废书而退者数矣;闻斯言也,[第5b页][第785页]殆将有掉鞅摩垒、忾然而兴起者,余之忧不滋释矣乎?书之以勉娄江诸子,亦以勉夫二三子也。壬寅[康熙元年,1662]浴佛日,东涧遗老虞山钱谦益序。[第6a页][第786页]

则杰按:此序又载钱谦益《牧斋有学集》卷二十(上海古籍出版社1996年9月第1版,中册第844—845页),标题作《娄江十子诗序》;除删去末尾署款之外,其他文字亦略有出入。

二、吴伟业"序"(第786—789页)

吾州固昆山分也。当至正之季,顾仲瑛筑玉山草堂,招诸名士以倡和,而熊梦祥、卢昭、秦约、文质、袁华十数君子,所[第1a页]居在鸦村、鹤市之间,考之,定为吾州人。盖其时法令稀简,民人宽乐,城南为海漕市舶之所,帆樯灯火,歌舞之音不绝,虾须三尺,海人七寸,至以[第1b页][第786页]形诸篇咏。居人慕江南四大姓之风,治馆舍,庀酒食,杨廉夫、张伯雨之徒自远而至。呜呼!抑何其盛也。淮张之难,城毁于兵。休息生养百五十载,[第2a页]张沧洲始以诗才重馆阁,与李茶陵相亚;而早死,则弗以其名传。桑民怿、徐昌国家本穿山与凤里,名成之后,徙而去之,则弗以其地传。故至于[第2b页]琅琊、太原两王公而后大。两王既没,雅道澌灭。吾党出,相率通经学古为高,然或不屑屑于声律。又二十年,"十子"者乃以所为诗问海内。然则诗[第3a页]道之兴,岂不甚难矣哉?嗟乎!士君子居其地,读其书,未有不原本前贤,以为损益者也。晚近诗家,好推一二人以为职志,靡天下以从之,而深推[惟][第3b页][第787页]源流之得失。

有识慨然思拯其弊，矫枉过正，势不得不尽排往昔之作者，将使竖儒小生，一言偶合，遂躐等而踞其巅，则又何可长哉？即以琅琊王公[第4a页]之集观之，其盛年用意之作，瑰词壮响，而晚岁未免颓然自放；若必欲申此诎彼，以为有合于道，或未可以为定论也。今此十人者，自子俶[第4b页]以下，皆与云间、西泠诸子上下其可否；端士、惟夏兄弟，则为两王子孙。乃此诗晚而后出，雅不欲标榜先达，附丽同人，沾沾焉以趋一世之风习。[第5a页]《书》曰："诗言志。"使"十子"者不矜同，不尚异，各言其志之所存，诗有不益进焉者乎？吾不知世之称诗者，其有当于余言否也，亦聊与"十子"交勉之而[第5b页][第788页]已矣。时顺治庚子[十七年，1660]七夕前二日，同里梅村吴伟业题。[第6a页][第789页]

则杰按：此序又载吴伟业《吴梅村全集》卷三十（上海古籍出版社1990年12月第1版，中册第693—694页），标题作《太仓十子诗序》；除删去末尾署款之外，其他文字亦颇多出入。

三、程邑"太仓十子诗叙"（第789—790页）

昔建安中，有王粲、刘桢辈，称"建安七子"。大历中，有卢纶、钱起辈，称"大历十子"。嘉靖中，有王、李、边、吴辈，称"嘉靖七子"。以至"香山"之"九老"、"竹溪"之"六逸"，各有诗篇掩映今古。然生虽同时，产则异地；聚四方之英隽，成一代之国华，为力甚易，未有生同时、产同地如"太仓十子"者也。"十子"者，或系出乌衣，或[第1a页]情闲白社；并以高才，吐兹伟韵。每当春花秋月，送远将归；曲宴浮觞，伤今吊古，莫不云诡于笔区，波谲于艺苑。故掇其华实，可以衔山川而拾香草；表其铿锵，足以变丝簧而感金石也。然"十子"之体格风韵亦自不同：子俶沉骏，故兴踔而藻清；端士雅懿，故思深而裁密；九日淹茂，故气杰而音翔；庭表雄赡，故志博而味深；异公笃挚，故才[第1b页][第789页]果而趣昭；惟夏倜傥，故响矜而采烈；怿民赡逸，故言远而旨微；次谷静迈，故锋发而韵流；伊人淡荡，故情深而调远;虹友颖厚,□□[故骨]重而神寒。以"十子"之性情,持一方之□□,文明以健,表里相符,于以环"四始"而炳"六义",岂出建安、大历、嘉靖群公之下乎?异日者展其才猷,黼黻皇业,行以一州名四海也,岂独诗人也哉?抑[第2a页]娄江诗才,推梅村吴先生为领袖;"十子"晨夕奉教,故能各臻胜境,斯编亦其手定者。先生之诗,不独冠娄江,因不入"十子"之列,然则娄江信多才哉!顺治庚子[十七年,1660]初秋,白钟年家弟程邑题于吴门之翼经堂署中。[第2b页][第790页]

【附录一】《四库全书总目》卷一百九十四集部总集类存目之四(中华书局1965年6月第1版,下册第1767页)

太仓十子诗选十卷(浙江巡抚采进本)

国朝吴伟业编。伟业有《绥寇纪略》,已著录。是书采其同里能诗者得十人,人各一集:首周肇《东冈集》,次王揆《芝廛集》,次许旭《秋水集》,次黄与坚《忍庵集》,次王撰《三余集》,次王昊《硕园集》,次王抃《健庵集》,次王曜升《东皋集》,次顾湄《水乡集》,次王摅《步蟾[檐]集》,皆其同时之人。前有伟业序。盖犹明季诗社余风也。伟业本工诗,故其所别裁犹不至如他家之冗滥;特风格如出一手,不免域于流派,是亦宗一先生之故耳。

【附录二】王抃《王巢松年谱》"庚子"(顺治十七年,1660)条(民国二十八年[1939]排印《吴中文献小丛书》本,第28页)

《十子诗》已刻成,全是伊人[顾湄]为政。

【附录三】王士祯《分甘余话》卷四"王摅与兄抃"条(中华书局1989年2月第1版,第97页,总第二百五十五则)

"娄江十子",虹友(王摅)才尤高,余尝序其《金陵集》。鹤尹[王抃]诗才不及,而独工金元词曲。所为《筹边楼》《浩气吟》等传奇,不但引商刻羽，杂以流徵，殆可谓词曲之董狐。

【附录四】姚莹《识小录》卷五“太仓十子”条（《中复堂全集》本，《近代中国史料丛刊续编》第55册，第2230—2231页）

梅村文集有《太仓十子诗序》。……余考“十子”，大抵师法梅村，故诗皆以绵丽为工，悲壮为骨，中以端士、伊人、虹友为最。

【附录五】徐世昌《晚晴簃诗汇》卷三十八“周肇”条（中华书局1990年10月第1版，第2册第1448页）

周肇，字子俶，太仓人。有《东冈集》。

诗话：子俶与王揆端士……王摅虹友称“娄东十子”，大抵瑰词雄响，瓣香弇州者。梅村序其合集，云“与云间、西泠诸子上下其可否”；东南坛坫，互相辉映也。

02－039　国朝练音初集

王辅铭

十卷，卷首一卷、卷末一卷。王辅铭辑，《四库全书存目丛书》集部第395册，影印乾隆八年癸亥（1743）刻本。

一、张尚瑗“序”（第450页）

我吴自有明穆、神二宗以下，洎本朝二百余年，言诗文家多推重疁城。以唐、娄、程、李四君皆从学震川先生，入室而得其根柢，为学原本六经，综贯诸史子集，渟蓄深厚，不徒以词藻意度为诗文者也。虞山钱宗伯集《列朝诗》，于震川及四君之派别渊源，表彰特至。而疁自南宋宁宗朝设邑，而后元明代兴，不乏名贤长德。若诸、龚、金、王，文章著述，卓然自见于儒林。于是明经翟氏当孝宗朝，辑撰《练音》若干卷，疁之诗派以是为权舆。韩子称“余事作诗人”；震川以经术古义为吴中文匠，其所重亦不在诗。然豫章轮囷，构楶楹以树大厦，欂栌椳闑无一不需；苟群材斐然罗列文坛者，非诗亦无以博采而并[第1a页]进。昌黎之门，郊、籍莫非诗人。四君中，程松圆独以诗学别裁，与虞山相探讨。王子翌思，乃踵为《练音续集》。盖前者邑前哲马巽甫尝为之而未果；苏愓庵继之，稍有端绪；翌思为苏氏外孙，勤力博采，成于岁己亥［康熙五十八年，1719］，凡十二卷。吾年友唐东江考功，既为之序矣。兹者翌思更辑《国朝练音集》十二卷，犹翟氏处明之盛世，而成、弘以前与宋元并载，以成前集也。适予过疁城，出以相示，俾为之序。忆予未弱冠，以文会追随吴下诸名贤后尘。尔时尊甫补亭太史及侯君凤阿，实为疁城诸贤祭酒，领袖文坛；蒙泉、松坪，则以通籍同馆订交；子巽于岭北作令时，有同官之雅。

今阅集中第五卷,诸君子姓名俨然在焉。[第1b页]设少焉星移物换,有汇品三吴之诗者,鄙人以腐芥曲针不登磁珀之器,则可矣;如第以年代论,所谓既悼往者,行自念也,不亦岌岌也哉?翌思家学原本,天才烂发。所作《如斋诗稿》,风观鸾翥,与宋元名家抗行;而又勤力编纂,嗜学不厌,行当超轶唐、娄,入震川、蒙叟之室。本朝之作者将归焉,而疁城益于是重已。康熙辛丑[六十年,1721]中秋日,吴江张尚瑗序。[第2a页][第450页]

二、张鹏翀"序"(第451页)

吾友王君如斋之辑《练音》也,其在有明,踵翟博士校者,为《续集》;国朝则《初集》《二集》,以次采辑焉。其《续集》,已请序于唐东江、家朴村两先生而锓之矣。兹《初集》成,复将授梓。以予与如斋交且久,不惟知其搜辑之勤,且知其所以慎于简择之意,谓宜有言以引其端,且告予曰:"曩始从事于此,东江先生尝启以微言,谓'选诗亦当选人'。子审视所采择者,果有合于选诗选人之旨否乎?"予既久知其所以,闻其言,再为反复细绎焉,乃益叹如斋用心之勤且慎也。其所采之诗,不惟其辞之雅驯,且必有关于性情风俗之故,而稍近浮夸者诎而弗登。其前系以小传,必核其行实之详而著其尤巨者。虽穷僻幽隐[第1a页]之士,必为之阐扬,惟恐其人之不有闻于后也;虽单词片言之美,必为之附载,惟恐其诗之不有闻于后也。然则其人可传者,虽其诗不尽工,不害为可传;其人不足传者,诗虽工,未足贵也,奚暇搜辑其单词片言之美,而惟恐其不有传也哉?是则选诗选人,实寓讽劝之微旨。千百载后读是编者,将如见如斋之用心而为之感兴,岂予知己之私言云尔哉?雍正戊申[六年,1728]九月,同里同学弟张鹏翀拜手书。[第1b页][第451页]

三、沈德潜"序"(第451页)

《练音集》,前明翟博士校纂辑嘉定诸人士诗也。翟为成、弘时人，正、嘉以下阙如，如斋王先生续成十有二卷矣。既复辑《国朝练音》，成《初集》《二集》，卷帙与前集同。潜惟古人选诗之旨有二：有诗为主而人从之者，重在诗也；有人为主而诗从之者，重在人也。今先生所辑，于前明则战功如任司马，文章如归太仆，忠贞如侯太常得一一门、黄进士陶庵昆弟，而于国朝则如陆清献理学以下，多高文峻节、泉石激清之士，既以人为重矣；而所选之诗，亦复舒文载实，而不惟缘情绮靡之是尚，盖人为主而未尝不兼重乎诗也。前明选一方之诗者，推赵氏《中州风雅》为最，以北地李氏、信阳何氏、望之孟氏、茂[第1a页]秦谢氏诸公皆深于诗教者也。然只及数公之诗，未足概中州人士之备。今集中采取，遍及诸贤，俾读者俯仰凭吊间，有以知练川风土人物之厚；而当代重熙累洽，风教之远被海隅者，一展卷而如或遇焉，视《中州风雅》为较贤已。至选诗体例，及发潜阐幽之旨，见于先生自序及"凡例"中，不附[复]赘焉。乾隆七年壬戌[1742]秋七月，年眷侄沈德潜题于燕台客舍。[第1b页][第451页]

则杰按：此序潘务正、李言已辑入《沈德潜诗文集·辑佚·佚文》(人民文学出版社2011年10月第1版，第4册第2004页)，标题作《国朝练音集序》；但所据为嘉庆《直隶太仓州志》卷五十六《艺文·五》，文字亦略有出入。

四、王辅铭"引"(第452页)

[一]　岁已亥[康熙五十八年，1719]，《明练音》甫竣，就正于吾师唐考功，一见许可，弁以大文，并嘱予采录本朝诗，汇为《初集》。无何，予遘大故，草土余生，杜门谢客。因念先君子一生苦心著述，而鼎兴以来，吾邑以诗名家者亦多卓然可传；不总萃焉，则将散佚之是惧。乃复穷极搜罗，合家藏遗稿，次第编纂，凡十有二卷，悉如前集。其诗稿见投稍后者，仿钱虞山补人补诗之例，分附各卷，非敢有轩轾也。自愧寡闻渺见，挂漏良多；但就只字单词，采掇成集，用以补一邑之文献，志一家之绪言，而并副东江师之属望云尔。国家文

运方隆，畮邑人材蔚起，自此绵绵相续，卷帙递增，请俟后之君子。雍正甲辰[二年，1724]端午前一日，王辅铭谨识。[第 1a 页]

[二] 是集脱稿后，藏弆已久。会《练音补》锓版，寻以是请正于西园先生，过蒙奖许，复慨然任剞劂，并语予曰："君之为是集也，于邑之前哲搜讨无遗，采择固尽善矣。凡例悉依翟氏，见存不录。第畮邑人材辈出，当今风雅如南华太史以下诸君子，诗文烺烺炳炳，不让前哲。倘必俟异时论定，其有力者自足以传世行远，而布衣穷老之士，吟啸于荒江寂寞之滨，一字一句，及身犹自宝惜，久则篇章断烂，日就散亡，后即广事搜罗，仅从鼠啮蠹蚀之余，存什一于千百，不且与补辑前编同其忾叹乎？君盍变通其间，俾存、亡两无遗憾，而是集益成巨观？"予闻之唯唯，因就见闻所及，录其[第 1b 页]诗，标其姓氏，叙其目前出处，汇置第八卷；尚有阙遗，续当访求补入，以塞西园之请。嗣是诸君子，显晦不齐，品行各著，文章事业层累益上，则仍俟后贤之论定焉。乾隆癸亥[八年，1743]长至后三日，辅铭又识。[第 2a 页][第 452 页]

【附录一】《四库全书总目》卷一百九十四集部总集类存目之四（中华书局 1965 年 6 月第 1 版，下册第 1770 页）

国朝练音集十二卷（浙江汪启淑家藏本）

国朝王辅铭编。辅铭既辑补翟校《练音集》，复采本朝诗人之作，编为此集。所收自"官师"至"方外"，共三百人。其体例略仿翟校原本，惟"闺秀"一类为辅铭所增。至校"凡例"其人尚存者不录，深合古法；而辅铭此集，第一卷所载见存者至三十六人，并及其子所作，亦视校原本较为泛滥矣。

则杰按：此处所说"第一卷"，实为第八卷。盖原书第一卷所收作者仅三十一人，并且均非"尚存者"；而第八卷共收三十七人，均系"见存者"，最后一人又正是王辅铭之子王元令（见第 578 页）。前录王辅铭《引》之二，也曾明确提到见存者"汇置第八卷”，可证。

又，此集原书，各处均题《国朝练音初集》。唯其《二集》并未成书，故此处径称《国朝练音集》。

【附录二】王辅铭《明练音续集》卷首赵向奎《序》（《四库全书存目丛书》集部第 395 册，第 299—300 页）

疁之名士曰王君翌思，人地高华，嗜古不倦，而尤邃于诗学。尝本其乡先生翟贡士所纂《练音集》，踵而■之，为《明练音集》及《国朝练音集》。盖自前正德以迄于今，悉裒其邑之缙绅士大夫以及高人逸士之诗，继之以闺秀，附之以方外，前、后各为一函，将寿之梓。顾不以余为不文，属为之序。余受而读之，不禁喟然曰：“有心哉！王君之为是书也。”昔先王之于列国，命太师陈诗以观民风。夫先王之所以谨于民之风俗，而思以移易之者，术至详矣。而其所以观之，则必于诗，何也？盖诗者，人之性情焉耳。而人之性情，未尝不应乎其地之水土之气。孔子曰：“坚土之人刚，弱土之人柔。”风气之所感，理固然也。唯贤者能不囿于风气，而以学问变化之，则有以和顺于道德；而其英华之发外者，又足以为教于其地，以矫其所偏而归之于正。故诗之为教，其感人深，其移风易俗易。圣人于列国正变之际，盖兢兢焉。诗之系于民风，其本末之相应若此其微，而世儒之知此义者或鲜矣。嘉定国于东海之滨，其土风率多劲健。生其地者，士君子率慷慨任侠，往往多伏节死义之士。近时如侯豫瞻、黄陶庵诸先生，固其尤表表者；其他贞人孝子，不可胜述。以至闺中女子，类能贞节自守，如往史所传列女之事，志不绝书。故集中所载诗歌，大抵多激楚之声、清越之韵；所谓“练音”者，盖真能自成一音，非他处靡靡然言庞调杂之比。呜呼！是可尚也已。且邑至今日，先民之遗风亦少衰矣。民俗不均，至多有习于斗讼，以扞文网者。幸二三士大夫及文学之子犹能守其乡先达之余泽，质有其文，庶足以回狂澜而砥末俗；练水清音，尤渢渢乎在人耳也。诗云：“维桑与梓，必恭敬止。”夫君子之于其乡，虽一草木不敢忘，况贤人君子之心声、高人淑女之遗韵，且其父兄亲戚之手泽存焉。则王君之勤勤于缀辑，以补家乘邑志之不逮，不亦笃于为义之极思乎？且吾观其书，非直为艺文而已；每录一诗稿，必著其人之行谊本末；遇忠孝大节，则叙传之外，必旁及其轶事，阐幽微显，三致意焉。而所录诗，大段皆义心苦调，无一语涉浮佻艳冶之态。以此为练祁之正音，传诸不朽，使并居此邑者共知审其音而得其志，以永息夫傲辟骄志之声，而潜消其刚猛懻忮之习，则先王移俗之教，不且于此书有厚赖哉？夫居是邦而乐其有笃义之君子，得益表其先民之遗风，而可以为善风俗之一助，此皆为令者之所乐书也。故不敢以不文辞，而件右其语，以复于王君云。雍正二年甲辰[1724]良月之吉，闻喜赵向奎志。

【附录三】王辅铭《明练音续集》卷首张云章《序》（第300—301页）

嘉定初建，在宋宁宗时，遂以其年号名之。又因练祁市为邑治，其水之贯乎东西者为练祁塘，故别以“练川”名邑。居其地者，文人学士娴于歌咏，随所感而有作。其宦且游而来者，亦往往见诸篇什。裒而集之，遂成土风。故明正德间，有翟贡士校者为之倡始，名曰《练音》。今赖其书，而自宋元至明之中叶，四百余年之文献相传，得以考见焉，其所系岂不重哉？顾嗣是而来，又二百余年，其人之杰然出者固倍于前，其他操觚染翰，咸思以所长自见于时者，又数倍之。非有人焉从而掇拾其后，则其若灭若没，即乡里之人不知其姓名者可胜道哉？王子翌思有悯焉；其外祖惕庵苏丈曾有手辑而未成者，慨然起而任之，加以广搜博采有年矣。翌思才甚隽，思甚沉，承累世之家学而束修砥砺，益以久远自期，于众人之所为言一切屏去，其所自著洵足发闻于世，而标表于后矣；乃于乡里之贤，复不忍其无传，而有是编。举凡仕宦之族、幽潜之士，平时所号为读书纂言者，无不捃摭而会粹之。其所持择亦精，顾比之自著则有不能如是之严者，以其诗，或以人存，或以事存，亦有不必过求其工而无疵者，但不使至于滥耳。至其人自以集专行于世而四方所交推者，则必登其诗之尤者，以为来学者之准，则其用心可谓公矣，其为功亦已勤矣。合前明正德以后及本朝已故之名流，所得诗凡若干卷，若干首，而属予叙之。余昔与翌思之尊人补亭先生相驰逐于翰墨之场，每惊其才如水涌而山出，所至无不屈其侪偶，非独余之钝拙瞠乎后也。及见翌思与其元昆未岩殿撰，颉颃如士衡、士龙，心窃叹羡不已。今翌思犹未遇，而痛其父、兄之相继沦谢，人之望翌思者转深，谓必能复振其家声而张大之也。余今得览其所自著而喜矣，更见其所编次者而益喜，以其自所不朽者而不朽乎乡之前辈，其于家学不更有光乎？而且于外祖未成之书有以成之，翟贡士之倡始于前者有以续之，其有光于吾邑之文献何如哉？余是以不辞而为之序。雍正癸卯[元年，1723]五月，朴村张云章书。

【附录四】王辅铭《明练音续集》卷首《引》(第301页)

《续练音》十二卷，自正、嘉至启、祯，计三百余家，诗一千二百有奇，予踵外祖惕庵先生所辑而增补之者也。前此有翟氏《练音》，颇称详核，先生仿为《续集》七卷。天不假年，搜罗未竟，盖不免阙略之憾焉。要其所表彰功，固已伟矣。昨岁李侯炳斋命予从诸君子后补辑邑志，因检旧稿有关志乘者，始手是编而读之。窃叹前贤流风余韵，沾被后人；先生纂述苦心，不可使没而无传也。不揣固陋，妄为增补。寝馈于是者三年，乃告竣，视旧稿益几过半。虽然，敢谓遂无阙略哉？予生也晚，遗老凋谢，家鲜藏书。是编所采，或询其子孙，或访诸村塾，或购之卖浆、卖饼家。以较之先外祖，相去不五十年，纂辑已倍难；脱更经百年，则残编断简，有渺不可问者，不禁辍简三叹也。倘有博雅君子，留心志乘，广搜而严辑之，用以补我不逮，庶练川文献，不致终湮也夫。先外祖名瀜，字眉涵，与兄孝廉渊齐名，时谓“二苏先生”云。康熙己亥[五十八年，1719]七月七日，吴疁后学王辅铭谨识。

【附录五】王辅铭《明练音续集》卷首唐孙华《序》（第 302 页）

嘉定王子翌思，尝梓其所作《如斋吟稿》，属余为之序矣。至是，有《练音续集》之选，书成，复来问序于余。余考《练音》之作，自明正德间，翟博士起英氏裒其一邑之诗，起宋天圣，迄明弘治，汇为七卷，名曰《练音》。邑侯四明王公应鹏、姚江陈公克宅，命其幕僚滇南李君纶鸠工梓行，而是书也，遂与邑乘并传不朽。顾自翟氏而后又百余年，未有继之者。翌思惧其久而泯没也，乃为远征博采，复成《续集》，计自正德以逮崇祯，凡得三百余家，古今诗千二百余首，分十有二卷。较之翟氏此纂，凡数倍焉。盖畯自嘉、隆以降，人才辈出，如徐宗伯、殷职方，以及唐、娄、程、李、侯、黄诸先生，文采风流，足以蹑古人而行海内；其他高才绩学，犹未易更仆数。翌思覃精决择，取舍谨严。凡所采录，悉属一时杰作。人各系之小传，间复缀以逸事。考订之核，信而有征。可以观人，可以论世。用以补志乘之阙而备览观之资，厥功不鲜。因念人之传，传于世也难矣；传而以诗歌，而尤难。古之以诗歌传者，必其人果奇伟卓荦，乃不随世磨灭。至于布衣寒士，读书穷老，纵有瑰玮之作，日就散亡。虽其子孙，亦不甚惜，弃掷零落，视若土苴；欲求单词只字以供后贤之讽咏，渺不可得。幸遇知言嗜古之士，录而存之，使数百年之后，读其遗文，犹得考其姓氏，想见其为人。若起英氏之所纂，为功于先民良厚；而补辑如翌思，其用心又乌可及哉？更愿由此表彰之念，搜访今人之诗，裒为后集，以与二集并传，则今之人尤借以不朽；余虽耄，当将拭目俟之。康熙己亥[五十八年，1719]重阳前一日，娄东唐孙华序。

【附录六】王辅铭《明练音续集》卷首《凡例》（第 302—303 页）

一[一]　《练音》昉于翟氏。明季邑令四明谢公，尝嘱马巽甫先生续之而未果。兹特本予先外祖原稿，更为广所未备。人阙则补，诗少则增。非敢猎前人之美，期以共成全书，备一邑之文献云尔。

一[二]　翟氏首载宦稿，风化之所出也；释老亦附于末，取其言之有合于道者也，今仍之。至题赠，本以著风土交游之美，兹易为流寓者何？盖正、嘉以后，吾邑交道日广，四方留题惜别之作，汗漫不胜录；且风土异宜，交游异地，不若流寓者之见闻犹可考据也。另编闺秀一卷，以见吾乡僻处海隅，女子攻织纴，而闺阁余闲，亦谙风雅，要无桑间濮上一切靡曼之音，风俗犹为近古也。前后虽有异同，总与翟氏不相悖谬。

一[三] 前朝士大夫有功烈甚著而诗文散佚不传者，不敢伪托以致失真。或虽有篇什而非其所长，意在存人，间录一二。

一[四] 集中所载，有原籍鄮城而侨居他邑，如蔡尚书昂、张中丞九一、双梧先生汤珍、李按察吴滋等，悉依邑志采入。又有生长邻邦而由鄮庠登科者，如张介兹锡眉、曹忍生讷、朱尔凝元祯，楚材晋用，亦得附载焉。

一[五] 明季遗老，有终于国朝，而隐居守志、不登仕籍者，仍附启、祯之末。其有前朝乡荐明经而入仕国朝者，编入后集中。

一[六] 时地科名，本诸龚、韩、赵三《志》。顾其中不少舛错。如浦氏世有闻于鄮邑；御史铉，中正德庚午[五年，1510]、丁丑[十二年，1517]，而龚《志》失载。按《新蔡志》，张助甫九一领嘉靖壬子[三十一年，1552]科乡荐，韩《志》考作乙酉[四年，1525]。潘贡士士英，由龙泉司训移教江山，归太仆集中墓志可考；韩、赵二《志》不书教谕，而讹云富阳训导。嘉靖朝沈中丞人种，中己未[三十八年，1559]科；王参议圻，中乙丑[四十四年，1565]科，赵《志》误作癸丑[三十二年，1553]同榜。此类甚多，予再三考核，悉为更正。

一[七] 翟选号简核，雅有体裁，见存者不录。故龚尚书弘、沈佥事炤，中成、弘两朝甲科，并以硕果未经论定。余或限于见闻，阙遗者亦复不少。予搜罗所及，自明初以迄弘治，凡得若干篇，分附卷尾。外如宋景定朝，常邑侯楙居官以廉谨称，有《憩集仙宫》诗（“菊径松窗入梦频，公余乘兴去寻真。红尘物外常清境，白日壶中不老春。柏子灰寒烟寂寂，桃花风暖水粼粼。逍遥羽士闲如许，愧我浮名役此身”）；元泰定朝，杨教授大纶有《寄瑞竹轩孙炼师》诗（“练之沧海隅，琳宫枕蛟室。朝看五彩瑞，门对扶桑日。舢棱插银霄，楼观粲金碧。团团老桂阴，挺盖翠千尺。炼师苏门仙，丹灶煮白石。被服云霞裳，呼吸日月液。露舄蹑芝香，风帘罥花入。时作青鸾音，孤啸众仙集。笞凤辗飙轮，骖鸾翀云翼。顾我凡浊躯，百煎膏火宅。每来挹仙标，热恼涣冰释。一亭万琅轩，坐我清凉国。自笑缚征官，劳生空役役。来脱黄尘袜，清闲消不得”），翟氏均未采录。予不忍任其湮没，亦拟■登是集。而明诗杂以宋元，揆诸体裁不合，故第附著于此。

一[八]　吴疁称节义之乡，而明季尤盛。圣朝宽大，所撰《明史》，凡死事诸臣大书弗讳。予仿其例，上自绅袍，下暨巾帼，咸据实标明，以备史馆采择。

一[九]　朱九初先生尝作《吴疁文献》，侯凤阿先生有《吴疁诗钞》，皆本翟氏遗意，未及成书。今侯氏残稿犹在，而《吴疁文献》前、后集中诗篇散佚，第存遗目一卷。考其姓氏，如正、嘉间沈知县璧（字惟拱，正德丁卯[二年，1507]举人，建安知县）、陆经历沾（字惟泽）、沈孝廉炼（字成甫，嘉靖戊子[七年，1528]西充知县）、李孝廉重（字威甫，号立斋，嘉靖甲子[四十三年，1564]由长兴教谕升深泽知县），隆、万间刘高士维藩（字价伯，“练溪四饮”之一，徐汝廉先生有记）、金贡士可绶（字有章，一字縠所，与修邑志，有集《虚斋稿》）、五石先生严景陵（字伯皐）、白屋山人张敖（字子逸）、唐璐（字怀纯，号秋田）、李敬（号与鹿，隐于医），启、祯间唐文学昌全（字圣举，殉节）、秦孝廉宜弘（字道力，由青浦庠中式）、潘文学大纶（字仲宣，乙酉[顺治二年，1645]自焚其居，跃于水）、娄文学复闻（字思修，子柔先生子，死难）、先曾大父泰阶（字伯符，号紫霞，诸生）；其出处无考、字号未详者，则有赵博、陈嘉猷、朱鉴、侯荩臣等，俱号能诗，而遍访其集，流传绝少。兹以姓氏附著简端，嗣有见闻，容再补入。

一[十]　遗稿既经兵燹，残编复饱鼠蠹，固以采辑为难；而见闻不无异词，真赝未免杂出，更惟考订是亟。赖好古博雅之士，各就家藏，传钞借阅，相与商榷是非，考证同异，凡三易稿而始成。会闻喜梅塘赵公令吾邑，趣付剞劂，并捐资以助，冀得历久而行远，其功尤非浅鲜云。

则杰按：《明练音续集》虽辑“明”诗，但作者实际包含清初遗民及殉节之士，观“凡例”第五、第九诸款可知。

【附录七】法式善《陶庐杂录》卷三（中华书局1959年12月第1版，第81页，原标第三十六则）

《国朝练音集》十二卷，共三百人，略仿翟例。而载现存之人甚多，并其子之诗亦附入，识者讥其滥焉。刻于乾隆七年［壬戌，1742］，前有张鹏翀、沈德潜二序。

则杰按：此处所说刊刻年份，盖依据沈德潜序末尾署款；又所列序言，还缺漏张尚瑗一篇。

02－040　毗陵六逸诗钞

庄令舆等

二十三卷，附《六逸诗话》一卷。庄令舆、徐永宣、孙谠辑，《六逸诗话》庄杜芬、徐梅辑，康熙五十六年丁酉（1717）山阴孙氏刻寿南堂印本。（“中华古籍资源库”网站影像版，原书藏中国国家图书馆）

一、彭会淇“叙”（第1a页）

毗陵，人文一都会也。其间以诗鸣者，前后相望。岁丙申[康熙五十五年，1716]，孙子一士莅兹土，余薄游其地，出六家诗属稿示余。余读之，大都忧愁幽思，不遇于时者之所为；其赋物言情、怀人感事诸什，往往多可传者。孙子告余曰：“是同门庄荪服、友人徐辛斋所贻也。自公暇日，择其尤，厘二十三卷。两君加以发凡，并掇诸名人品骘于卷端，取班椽《艺文志》‘学诗之士，逸在布衣’，颜曰《六逸诗钞》，夫子盍叙而传之？”嗟夫！美不自美，因人而彰。兹六人者，其姓氏仅而存矣；微夫有力者遇之，讵能揭德振华若此？锓诸木以广其传，孙子之力也夫。康熙五十有六年[丁酉，1717]六月既望，七十七老人溧阳彭会淇叙。[第1a页]

二、王嗣衍“序”（第1a页）

“毗陵六逸”，予曩客燕邸，即耳其名，而言者不详。岁丙申[康熙五十五年，1716]，移守兹郡。每月吉读法，辄与绅士大夫接。庄编修荪服、徐主事辛斋，为予道之甚悉，且出其遗稿以相示。虽皆出于感发悲愤，然或以情胜，或以气胜，或以渊博胜，要自有不可磨灭者。惜其所遇独奇，未获少展其报负，而各赍志以没。昔人谓孟东野穷而后工于诗,“六逸”其殆工于诗而益穷于遇者欤?前此宋大中丞,欲汇成帙付剞劂,不果。孙子一士来宰是邑,毅然独任之,不数月告成。夫表彰幽隐,正吾辈事。“六逸”有知,其亦可以无憾也夫。康熙五十有六年[丁酉,1717]夏六月,贵阳王嗣衍序。[第1a页]

三、孙说“序”(第1a—2a页)

“逸”何以名?志隐也。昔颜斶有言:“士之被推选,膺爵禄者,尊遂矣,而形神不全。”盖深有味乎逸也。近代隐居子,指不胜屈。然唐有田游岩者,高宗幸其第,野服出迎,曰:“臣也泉石膏肓,烟霞痼疾。”由此观之,亦不过与烟波钓徒、江湖散人,同一放浪不羁,以成其逸而已。若夫不求闻达,键关著述,足以藏名山而传其人,则虽逸而有不能逸者存焉。晋陵有“六逸”者,恽子南田[寿平]、杨子起文[宗发]、胡子芋庄[香昊]、陈子道柔[炼]、唐子芑野[恽宸]、董子叔鱼[大伦],生秉颖异,非五经史汉屏不寓目;或豪于酒,或耽于画;其发抒性灵,著有诗词古文,最工亦最富。嗟乎!此数君子者,使得遇于时,承明著作,以五典为笙簧,以三坟为金玉,吾知其所以鼓[第1a页]吹休明者,当与“燕、许”“潘、陆”后先颉颃。而乃穷愁萧寂,以布衣老。且其所撰述,亦仅留断简残编,存什一于千百。此数君子者,乃真逸矣。夫表扬幽隐,不忍其人湮没弗彰者,乡大夫之志也;采辑遗文,使其人有所托以传于后,莅斯土者之责也。吾友庄君荪服、徐君学人,旁搜“六逸”生平所著述;而郡宪长寿王公,以琴鹤余闲,手自评骘,以出示余。余喟然叹曰:“此虽逸也,乃正天之爱惜数君子,使之闭户著书,以不朽于人世;其光荣更有过于被推选,膺爵禄者,岂仅作烟波钓徒、江湖散人,使千百世后屈指数之曰‘古之时有逸如某某其人者’乎?”爰取吾友所旁搜而得者,都为一集,而付诸梓。[第1b页]康熙五十有六年[丁酉,1717]夏五,山阴孙说叙。[第2a页]

四、庄令舆、徐永宣“凡例(十三条)”(第 1a—3b 页)

［一］　钞六家诗，始于丙申［康熙五十五年，1716］夏五，至丁酉［康熙五十六年，1717］暮春卒业，共得诗如干卷。王芷园太守、孙椒圃明府，既皆为之序，以揭德振华，复损俸趣剞氏开雕。于是六君子肮脏抑塞之志屈于人间者，可以伸于地下。

［二］　南兰陵累代人物，以理学、经济著，以忠义重，以制艺称，不专以诗鸣。然其诗，亦往往为论世之士所捃录。近际诗学昌明，才士辈出；顾俾骚坛老宿遗集尘埋，甚非所以暴扬潜德也。夫遐方谣谚，采风者弗遗，矧父母之邦乎？《诗》曰：“维桑与梓，必恭敬止。”

［三］　“六逸”出处本末，各见于小传中。因感班孟坚“学诗之士，［第 1a 页］逸在布衣”之语，遂以《六逸》名是集。

［四］　“六逸”诗无轩轾，以齿次第。

［五］　曩丙戌［康熙四十五年，1706］之冬，令舆、永宣偕在京师。寒夜酒阑，曾与钱侍讲絅庵，孙编修筠庭，唐给事益功，恽孝廉皋闻，蒋孝廉绍孟、东委，杨进士农先，约异时归田，修辑郡志、邑志，原本毛古庵、唐凝庵两先生所纂，严为缵续，核之唐洁庵高士(若营尊人)所著《续毗陵人品记》，冀以传信后来。而岁月飘忽，未偿此志。校“六逸”传，枨触不少。

［六］　恽逊庵(日初)诗刿目鉥心，神施鬼设；下视南田，尤审言之于子美也。张赞虞(以谦)负节义，工诗古文，与逊庵埒。至若邹欿伯昆弟、龚仲震、杨砥斋、徐与石、孙腾茂、刘旭［第 1b 页］采、冯成简、蒋栎庵、韩公严、蒋颖揆诸君子，诗稿散佚，惜未得见。黄仔薪(晞)、潘南村(高)，旧为吾郡寓公，诗并颉颃唐宋。顾诸先生皆遗民之在野者，与“六逸”辈行阔绝，未可屈以雁行，俟异日别加搜辑，推之邻邑，及于旁郡。准野史亭之例，识缘起焉。

［七］　邑中诗家，不止“六逸”。前辈董易农(文骥)侍御、黄艾庵(永)员外、许可园(之渐)侍御、邹程村(祗谟)进士、杨秋屏(大鲲)

观察、孙风山（自式）检讨、杨芝田（大鹤）谕德、陶艾圃（自悦）刺史，通籍者诗不录。钱学圣（养浩）、庄丹吉（绛）、杨雪度（玉），子既贵，必刊遗集，诗亦不录。董文友（以宁），有《正谊堂集》；邵子湘（长衡），有《青门集》；杨雪臣（瑀），有《旭楼集》；杨大声（昌[第 2a 页]言）、道声（文言），各有诗文集；董宾实（一甲），有《春树楼诗集》，皆不录，录未刊者。

［八］ 龚彦吉（士荐），汪钝翁先生称其才最高，李武曾征君为序其诗，今所见多七言近体。杨凫令（乔年），手笔高妙，得唐人三昧，集亦不知流落何所。张古迂（愿）、庄云谷（鉽）、徐翔念（介）、庄月采（捷）、徐静岩（永定），俱以诗名，诸集惜皆残缺。或四方知名，里闬未见其集。嗣有所得，当续编之。

［九］ 六君子生平各有著述；今此所录，仅仅韵语耳。杨起文文笔雄骜，惜乎年命不永，诗亦不多。恽南田诗，率幽渺凄戾，然其大者不可得而录也；录赠酬题画诸小什，又不足以尽南田，则俟后之论世而知其心者。[第 2b 页]

［十］ 胡芋庄幼不习帖括，其诗最夥。今所存仅甲戌[康熙三十三年，1694]以后稿；中年五七言古体，沉郁奥峭，惜皆散失，故所录止是。

［十一］ 虞山钱湘灵先生，馆于吾邑者久，著录弟子不下百余辈。胡芋庄、陈西林，皆为入室高弟；唐靖元、董叔鱼，则皆在游、夏之列也。

［十二］ "六逸"诗，自其嗣人所藏遗稿论次，间亦从友朋书屋残笺旧篓中录入，或旗亭驿壁、筝人酒徒所记忆者，见则缮存。故前后舛讹，不能悉合编年之体例。

［十三］ 商丘宋漫堂先生开府江左，选刻南田诸公诗，将次杀青矣，旋拜冢宰，乃致沉阁。今兹镂版行远，可见诗文显晦有时，而精气光怪必不与草木同腐。士君子苦心孤[第 3a 页]诣者，益可以自信。

庄令舆、徐永宣同识。[第 3b 页]

02－041　梁溪诗钞

顾光旭

五十八卷。顾光旭辑，嘉庆元年丙辰(1796)刻本。(浙江图书馆藏)

一、孙士毅“梁溪诗钞序”(第1a—4a页)

余昔受恩命，莅两江，饮“二泉”之水，观《竹炉》之图，仰奎章之炳耀、德泽之覃敷，而揽其山川风土，俯[第1a页]仰古今，错综人物，低徊留之不能去。盖梁溪之渐仁摩义，亦已久矣。既见晴沙顾廉访，出其所集《梁溪诗钞》示余，自国初至今凡若干卷已刊，汉唐宋元明具稿未梓，钱萚石侍郎序[第1b页]之。以余揽风之次，属为序。余曰：“輶轩之采，不及吴楚，非不录也；‘江永’‘汉广’，非吴楚而谁谓乎？况梁溪被泰伯之风者乎？”予顾鹿鹿于役，未遑卒业。然于蜀，熟闻廉访之声，未尝去胸。既又奉[第2a页]命入蜀，闻父老之颂廉访，如一日也。余恨不与共朝夕，得所匡襄。时于其甥杨荔裳观察问近状，发箧读《梁溪诗钞》，洋洋乎大雅之音。无论名公巨卿、端人正士之言，可以垂世行远；即野人游女[第2b页]之微吟、黄冠缁衣之寤叹，苟合于道而发于天，靡不录也。方今圣天子以诗教天下，迈古腾今，薄海内外相与和声鸣盛，上叶清庙明堂之奏。吾知《梁溪诗钞》出，踵而起者，及于山陬海澨矣。猗欤[第3a页]盛哉！至斯集之义与例，钱侍郎言之甚详，故不赘。以是为序，并以蜀人之思语廉访，吾知谢安掩口而笑也夫。乾隆甲寅[五十九年，1794]清和月，太子太保兵部尚书总督四川[第3b页]前两江总督世袭一等轻车都尉仁和孙士毅书于剑南行馆。[第4a页]

二、王一峰“梁溪诗钞叙”（第 1a—2b 页）

吾邑于江左东南之地，百分之一耳。而风化之原，启于至德。故吾邑敦让之意，与性俱成。当日岐阳风化，“二南”冠《三百》；而梅里遁迹荆蛮，无声诗，无得而称，不惟让其实，并让其名。迨后季札为闳览博物君子，出聘宗邦，审声知乐，亦深于诗矣，[第 1a 页]而季子时以逊节自持。夫诗，自汉魏六朝、唐宋元明以来，代有作者。其间有专家，有宗派，有风格，有升降兴衰；或主持坛坫，或联结社盟，崇尚各殊，门户非一。而吾邑无有；非无有也，避名也。响泉以为，让其实而并避其名者，先哲之遗风；避其名而不可不存其实者，后人之宗仰。风[第 1b 页]声自阏，气泽长留。爰细罗搜讨，成《梁溪诗钞》若干卷。其时代后先、爵里姓氏、出处梗概，具列焉。盖吾梁溪，得响泉晚矣。且道有隆污，时有显晦。风雅之兴，我朝为盛。诗古悬之令甲，五言已入制科。当有闻风兴起者焉。览是《钞》者，知非竞摇华掞藻之能，乃昔贤[第 2a 页]持志持身之实，亦土物心臧之义也。余素不晓韵语，为道土风，或有当云。乾隆五十九年[甲寅，1794]四月既望，梁溪九十三叟王一峰书。[第 2b 页]

三、钱载“梁溪诗钞序”（第 1a—2b 页）

乾隆己酉[五十四年，1789]秋，无锡同年顾观察华阳携所撰《梁溪诗钞》，使为之序。载虽老，不能卒业，然窃思之：“梁溪出惠山，入太湖；以重浚于梁大同中，故名也。泰伯来而仁风开，梁鸿适而介节重，于今实为东南弦诵之一区。是《钞》，其文献在兹矣。”观察曰：“斯光旭之所志也。往与从兄明经斗光，搜访者久。既官蜀，书来，谓购诗不易，且城南黄君正衡亦购之也。岁丙申[乾隆四十一年，1776]，光旭归自蜀，明经写稿粗定。而越日，黄君以大帙[第 1a 页]至，曰：‘某之为此，奔走山砠水涯，或得之野庙村寺、坏壁败簏，不记寒暑。’于是，乃合两家所辑，加以增删，勘之史册地志、总集专集，取例于元遗山《中州集》、朱竹垞《明诗综》，上遵御定《国朝别裁》之意，大要以诗传人，而亦以人传诗。忠孝节廉、丈夫女子、韦布寒饿，一事之合辄录之。梁溪，唐则李公垂以诗名；宋则李忠定、尤文简辈起，事功、文章彪炳；元无显士，倪元镇以隐逸称；明多君子，邵文庄续道南脉，顾端文、高忠宪诸先正继之，岂直以诗哉？君[第 1b 页]其有言以益之夫。”载则安能益子也？《戴记·王制》命太师陈诗以观民风，其三代之盛乎。孔子教人以诗，《论语》所言尽之矣。君之用心与力之勤，非必诗传而人传，人传而诗益传，盖望后之读者之有以感发焉耳。斯固风教攸关，而助流圣化之一端。然则兹集刊行，可想见二千余年人物升降、教化移易，其所兴起乎斯人者，不独在梁溪也。乾隆五十有七年壬子[1792]八月朔日，[第 2a 页]赐进士出身日讲官起居注诰授资政大夫恩予原品休致礼部左侍郎秀水钱载。[第 2b 页]

四、顾光旭跋（第 1a—4b 页）

［一］　乾隆丙申[四十一年，1776]冬，余归自蜀，从兄谔斋既辑《梁溪诗钞》，南塘黄可亭亦有《梁溪诗汇》。二君但序时代，尚未按甲科编定前后；其人不见于史乘者，俱无传；而其稿则尽归于余。余初归，未暇理也。明年冬，遭先大夫丧；营葬毕，又官逋私累，数年始定。癸卯[乾隆四十八年，1783]秋，得故友吴黼仙集而校定之。余之刻《梁溪诗钞》始此。于是，即由乾隆丁卯[十二年，1747]起，上而溯之国初，溯之明、元，又溯之宋、唐、晋、汉，下至庚[庚戌，乾隆五十五年，1790]、辛[辛亥，乾隆五十六年，1791]、壬[壬子，乾隆五十七年，1792]、癸[癸丑，乾隆五十八年，1793]近科诸君子，参之谔斋、可亭二选，各有增删，共集五十八卷，凡一千一百十人。其人显晦出处，各以[第 1a 页]其时附于甲科以次之。选诗大旨，见答王涵斋先生书，钱萚石侍郎序中亦略见之。萚石谓不须更立凡例也。自予忝东林讲席，节束脩以次付刊。又日与友朋切磋讲论故家旧族之积德发祥者藏弆书籍之久且富，数传弗替者；或遗稿放失，而得之丛祠古

寺、破瓿败簏者；又或始得其初稿、残稿，继又得其晚年手定者；又取其家集、家谱，参考确证于史乘之外，师友渊源流传有序，足资依据。余之见闻，殆多于谔斋、可亭，然而遗漏卒不免。呜呼！子孙无不宝其祖、父遗集；有携之他方辗转而失[第 1b 页]之者焉，久而不归者焉，子孙式微不可考者焉，既致于余而又失之，如华行九先生《攻玉斋草》之类，岂此事亦有数存焉耶？至于点画音义，余既不晓六书，姑就其原本录之。夫校书之难，自古为然。余从事于此十有二年，今且复校校书人之诗，而余亦老矣。缀辑而续之，俟后之君子。乾隆六十年，岁次乙卯[1795]，二月初六日，顾光旭跋。

[二] 右集：东汉一人，晋一人，宋一人，唐一人，寥寥焉。北宋九，南宋十二，蒸蒸乎日兴，其道南之始欤？元十四人。明三百人，前后相望；虽出处不同，要皆崇名节，[第 2a 页]尚实学，盖龟山先生之泽远矣。洎乎本朝，世应昌期，家沿旧学，郁郁乎人文之盛，百五十年间得七百余家，流寓、闺媛、方外附焉。凡千一百人，余手而次第之，校而刻之，去夏遭母丧而止。是年秋，相国嵇文恭公薨，诸孤以遗集来，同时又有先后谢世者，皆在所录。《诗》曰："虽无老成人，尚有典刑。"是刻也，有其"典刑"云尔。或有进而问曰："先生之志，在献不在文，既得而闻矣；若夫诗，可得而言乎？"余曰："余何敢言诗？虽然，尝观李忠定全集，郁乎苍苍，具忠君爱国之忱；迫而发之诗，其少陵之遗[第 2b 页]乎？观邵文庄《容春堂集》，春容大雅，所谓王公大人之容而寝处有山泽间仪者乎？观高忠宪遗书，怡然自乐，见道深矣。斯三集者，其至矣乎。若夫李文肃'三俊'并称，尤文简为'南宋四大家'之冠，倪云林诗如其品，浦长源、王孟端、华鸿山、顾子方之称于前，与夫国初之秦、顾、严三家并传不废，何待予言？其他则朴如秦泉南，逸如顾天石，秀如马云翎，最近如王晋川、吴黼仙辈，各有风格。今世之言诗者，辄曰：'诗有别裁，非关学也；诗有别趣，非关理也。'余以为'别[第 3a 页]裁'亦由乎善学，'别趣'亦生乎名理也。"客曰："善。谨闻教矣。"客退而笔之，将与言梁溪诗者共证之。月之八

日，光旭又书。

［三］　或曰：“《梁溪诗选》，曷仿乎？”曰：“《中州集》例也。”“曷取焉而仿之？”曰：“余居梁溪十余世矣。与吾父居者，与吾祖居者，更溯之先世，莫不有高曾规矩之思焉。故欲书其人，必举其人之爵里姓氏而书之。《诗》曰：‘维桑与梓，必恭敬止。’树犹敬之，况于人乎？若夫予之所以选是诗也，不以其诗而已。夫隐恶而扬善者，《春秋》之旨，即诗人温柔敦厚之志之所存，其微而善［第 3b 页］入、关于人心世道者甚大。不独忠孝廉节之行，形诸歌泣、垂于后世，以感人之深；即里巷之谣谚、贩夫牧竖之讴吟、劳人思妇之咏叹，苟合于道，虽一言亦登之，不敢废也。非是，不在是选。夫梁溪，山水清腴之地。上承江水之流，至邑而清；下得具区之浸，至邑而腴。而产于此邦者，视此矣。自泰伯端委以降，越千余年，而梁鸿、陆羽之徒于于然来，低徊不能去；又数百年，而龟山载道而南；又百余年，而倪迂出。其山川云物，与士君子之风略相近也。江以南三百里无山，至九龙峰起而蜿蜒平远，梁溪［第 4a 页］演漾于其间。是其得于和平之音、清远之气者，不已多乎？”余老是乡矣，聊与乡人言，复书诸卷末。月之望，光旭又笔。［第 4b 页］

则杰按：以上三篇跋文，五世族孙顾鸣凤曾据以辑入宣统二年庚戌（1910）木活字本顾光旭《响泉集》“文·一”《晴沙剩稿》（《续修四库全书》第 1451 册，第 442—443 页），即依次题作《梁溪诗钞跋一》《梁溪诗钞跋二》《梁溪诗钞跋三》，唯删去各篇末尾署款。

【附录一】王昶《春融堂集》卷五十四《甘肃凉庄道署四川按察使司顾君墓志铭》（上海文化出版社 2013 年 8 月第 1 版，下册第 928—932 页）

嘉庆二年［丁巳，1797］闰六月二十六日，署四川按察使司顾君卒于家。……君名光旭，字华阳，一字晴沙。……著有《响泉》等集，共若干卷。又以无锡东南文薮，而贤人淑士湮没未尽彰，网罗诗什，人各系以传，成《梁溪诗钞》四十八卷。

则杰按：此处关于《梁溪诗钞》的卷数，“四”字乃“五”字之误。

【附录二】赵怀玉《亦有生斋集·诗》卷十五《诗冢诗（有序）》（《续修四库全书》第 1469 册，第 439—440 页）

无锡顾观察（光旭）选《梁溪诗钞》，凡千一百一十人。既授梓，同邑贾生（崧）取诸家原本，以嘉庆丙辰[元年，1796]九月瘗于锡山之南，招同人会葬，名曰“诗冢”。丁巳[嘉庆二年，1797]夏，复来京师征诗，将勒石焉。

吾宗秋圃翁（讳彪诏，予曾大父行也，尝辑《毗陵百家诗》），文献桑梓熟。裒辑备采风，百家标厥目。观察今长康，起而踵芳躅。尽搜梁溪诗，十倍犹未足。寿者登枣梨，余焉剩膏馥。贾生恻然动，久恐滋蝶黩。覆瓿伤子云，投溷悲昌谷。爰仿墓大夫，葬令统枝族。孰古与孰今，三熏更三沐。盛之缥瓦缸，函以文梓椟。惟此敛精魂，异彼埋骨肉。庶几名山藏，差胜辽海哭。岂无象祁连，身名朽俱速。朝闻松柏摧，暮见狐鬼伏。何如兹冢安，佳城九龙卜。盗心阻摸金，嘉礼等瘗玉。句联新故吟，书任子孙鬻。人传香一瓣，客荐泉盈掬。同心既难得，好事亦堪录。后此千百年，谁为生也续？

【附录三】袁枚《小仓山房诗文集·诗集》卷三十六《诗冢歌》（上海古籍出版社 1988 年 3 月第 1 版，上册第 1044 页）

晴沙先生选诗毕（公选梁溪诗，自汉魏以至本朝），剩稿横堆三十尺。作何位置费商量，欲焚欲弃心未决。贾生闯入大叫呼，投诸水火诗无辜。盍将断简残编葬，当作枯骴朽骨乎？相彼惠山下，厥壤惟坟垆。殓以文梓匣，加以纯灰涂。二泉环流清似雪，较胜水银江海黄金凫。宾宾学子来会葬，都是郁郁佳城墓大夫。髑髅台，点鬼簿，团聚诗人无万数。树槚何妨七尺高，采樵应禁五十步。楚些招，鲍家唱，青山夜静闻声响。地下骚坛个个争，坟头吟草枝枝长。君不见，本朝顾侠君，选刻元诗三百人。夜梦高冠如箕一齐来拜谢，想见名心未死不以阴阳分。君今此举古来寡，文冢笔冢难方驾。泥封更比纱笼尊，火烧亦不秦皇怕。我欲高刊华表十丈碑，大书过路诗人齐下马。（贾生名崧。）

【附录四】赵翼《瓯北集》卷三十九《顾晴沙选梁溪诗成，瘞其旧稿于惠山之麓，立碑亭其上，名曰“诗冢”，为赋七古一首》（上海古籍出版社 1997 年 4 月第 1 版，下册第 938—939 页）

晴沙妙选梁溪诗，二千余年尽罗致。一将功成万骨枯，所余残稿将焉置？既非青史蕉园焚，敢托黄册后湖闭？锦轴虑掣桓玄厨，银杯恐化公权笥。同志有人出奇策，文冢笔冢可援例。遂傍龙山九陇长，选得牛眠一弓闷。或笑秦儒将被坑，或疑李集欲投厕。岂知琢石比椁坚，兼复立亭仿塔瘞？遂使此邑千才人，诗魂上天魄归地。虽悲一丘貉不分，且喜千腋狐已萃。昭陵匣殉修禊文，汲郡简藏编年记。多少精灵聚一团，行看蒸出菌芝瑞。清芬自少荆棘生，酸气并令蝼蚁避。宿草滋含文露浓，野花开带心香腻。呜呼才人苦爱名，虑到陵谷变迁异。元凯碑付江波沉，思肖函从井底坠。猛将甘作沙场尘，酒人愿化陶家器。此举正合古遗法，不怕窃钩出非意。发丘郎识无金银，掘坟贼岂要文字？况诸作者非并时，前不预知后徒企。赖君作合结同龛，不隔去来今三世。有如周秦纪行篇，蛾眉一堂集佳丽。又如幽燕悯忠寺，马鬣一坎聚烈义。故鬼新鬼纷并肩，旧雨今雨欣把臂。月下定有秋坟唱，岁除不烦诗草祭。九原词客果有知，此亦吟朋大快事。我来经过一凭吊，欲唤何人莽无次。但觉苍苍宰木边，常有光芒透山翠。

【附录五】法式善《法式善诗文集·存素堂诗初集录存》卷六《顾晴沙光旭观察选〈梁溪诗钞〉，贾素斋综其遗稿为冢，纪以诗》（人民文学出版社 2015 年 5 月第 1 版，上册第 169 页）

岁暮事祭诗，创始唐贾岛。梁溪盛风雅，诗冢谁所造？晴沙开选楼，群材归斧藻。扶轮仗贾生，文章结永好。惠泉如碧玉，顾山青未扫。烟澄石貌孤，树霁云华缟。古人去我远，心迹何由讨？言者心之声，闻声或倾倒。嗜好每不同，春荣异冬槁。世人玩珠玉，转瞬埋秋草。身没则已焉，智者不能保。兹冢表万古，神明托有道。九龙峰萦回，五泻水环抱。千里渺俦侣，诗龛月出皓。恨弗从胜游，荷锸霜林早。

【附录六】余集《忆漫庵剩稿·戏题贾素斋诗冢诗》二首（《续修四库全书》第 1460 册，第 390 页）

顾晴沙选梁溪诗人诗，前后得一千一百余家。书成，贾素斋埋其稿于山之阳，名曰"诗冢"云。

无端四尺表幽宫，故纸堆如马鬣丰。何事干卿风漾水，无情任尔雪留鸿。烟云变灭知何限，忠烈衣冠讶许同。生怕斫轮人齿冷，要将糟粕问威公。[其一]

能诗本是痴人事，想到埋诗事更痴。脉望忍饥空怅望，长恩无主废监司。山川郁勃群公在，风雨迷离过客知。何日梁溪容泛棹，也思携菊荐秋卮。[其二]

【附录七】张云璈《简松草堂诗集》卷十三《诗冢歌（并序）》（《续修四库全书》第 1471 册，第 465 页）

无锡顾晴沙先生选其里中诗，自汉魏迄今千余家，共五十八卷。已付梓矣，将毁其剩稿，其里人贾君素斋请瘗诸锡山之麓，立碑其上，号曰"诗冢"，邀名流会葬。诚一时佳话，咏其事者甚众。予以翻案立论，未免唐突，亦以备一说云尔。

君不见，万山下沉石一片，当时谁识征南面。千年而后或在山，陵谷从来有迁变。又不见，唐求山人一个瓢，贮以诗稿江中抛。为祝斯文不沉没，得者自识吾心劳。从古名心不肯死，姓氏长教堆故纸。骨虽已朽力可争，所志区区只在此。晴沙观察（光旭）操选政，隐然以诗为性命。对此如逢桑梓恭，采来似奉辅轩令。选诗既毕还梓诗，梓之不尽终有遗。录取精华置糟粕，其诗自在当听之。欲将剩稿投水火，素斋居士（崧）言不可。请从刘蜕文冢例，藏以玄宫位置妥。一抔黄土函精英，深山夜黑风雨惊。青磷熠熠来相迎，冷光闪烁如有声。如有声，不能语。多年故鬼小于黍，彳亍寒空泪如雨。吁嗟乎！文字潜幽气不灭，浆酒寒浇心尚热。请看一字二字间，犹是千痕万痕血。我闻嘉会惜未逢，今请一言陈贾公。昔人有诗集，曾藏佛寺中。何不将此置之龙光塔（锡山塔名）？阿护仗彼诸天功。旃檀香辟蟫蠹走，波罗巾拂煤炱封。安知五十八卷无人续，来补先生所不足？不教沧海有遗珠，更遣蓝田还种玉。沙中再拣几番金，椽外时逢一枝竹。但令死作焰如虹，莫便生将剑埋狱。我愿告君速启圹，定有精光一齐放。得书不比汲郡人，发丘且学中郎将。

【附录八】潘世恩《思补斋诗集》卷一《诗冢歌》（《清代诗文集汇编》第495册，第623—624页）

九龙之麓梁溪旁，诗骨乃有名山藏。文字精灵一点埋，不得熊熊奕奕万丈腾光芒。古今诗人代有几，大抵苍蝇附骥尾。啾啾啼出鲍家坟，至今寂寞荒烟里。晴沙先生选诗一千一百有十人，残编断简堆积高于身。何来贾生出奇计，瘗之石穴千载留其真。君不见，伯鸾不作长康死，名士风流长已矣。白杨树下冢累累，地角天涯竟何是。精魂寄与残诗俱，萍聚沙抟偶然耳。朽壤谁争牛耳盟，故鬼豪吟新鬼喜。我思英雄事业才人诗，一例皆欲流传之。选家意见各区别，沧海岂必无珠遗？倘使欂栌宗桷供博采，安在单词只句不与风雅相扶持？薛合苔封付岩薮，姓名零落知谁某。得无地下修文广额收，光怪不许人间有？呜呼！冢中诗魂兮听我歌，笔将汝扫墨汝磨，生前曷不驱吟魔？龙蛇蚯蚓一抔土，贤愚同尽将如何！

【附录九】秦瀛《小岘山人诗文集·文集》卷二《与顾丈响泉书》(《续修四库全书》第1465册，第114页)

瀛顿首响泉先生执事：今年春，有友自家乡来，语瀛以梁溪诸家诗原本，有某者请于先生，聚而埋之锡山之阳，名曰“诗冢”。瀛始未信，昨家叔父寄到“诗冢”石刻，则果然。瀛窃以为过矣。吾邑自汉以来，迄近今之诗，先生以前无有裒而录之者。先生殚数年之苦心，搜罗采择，发潜阐幽，人系以传，登之梨枣，甚盛举也。然诸家之诗之原本，或锓刻，或钞写；或专集流传，或错见别本；或藏之于其子孙之家，或不必子孙而他人藏之。先生之钞梁溪诗，多者不过一人钞数十首至百首，少且一二首至十数首耳，岂能尽其人之诗而钞之？即谓所钞之诗，其人之真精神已在于是，而此外未钞之诗，其人一生心血所在，亦应听其自存自亡于天地之间，不应举而弃之土壤也。瀛意先生方采诗时，邑中之人各以诗送钞，先生必且逐一标识，俟钞既成，一一还之。夫古人往矣，其骨已朽；幸其诗仅存，不至与形骸俱敝、为狐貉啖尽，今先生欲不朽之而又欲速朽之，何欤？且古来选家不乏，初不闻一经钞录即举其人之文与诗埋之也。刘蜕作“文冢”，蜕牢骚不得志，故欲自埋其文，未闻取他人之文而埋之。近日吾乡朱桐香尝欲为“诗冢”以瘗其朋旧之作，桐香穷士，其说亦出于一时感愤言之，而未尝行之。某何人，乃敢以怂恿先生；而先生不察，顾从之耶？顾侠君选元诗，元人之徒见于梦寐，侠君当日何不闻取元遗山诸家之诗而埋之耶？吾意先生钞梁溪诗，必有如元人之徒而来谢者；及其埋之，则有艴然而怒入先生之梦者矣。且今先生之诗，亦既裒然成帙，脱后之钞先生诗者亦取先生之原本埋之，先生有知，然耶否耶？夫钞梁溪诗，盛举也；钞梁溪诗而举诸家之诗埋之，非美事也。先生道高德重，不宜听后生小子无知之言而有是举。传曰:“友直,友谅。”瀛于先生为后进,不敢自居于友,而窃欲附于直谅之列;先生闻之,当不余罪。瀛再拜。

【附录十】徐世昌《晚晴簃诗汇》卷八十一“顾光旭”条(中华书局1990年10月第1版,第4册第3381页)

晴沙……归田后,辑《梁溪诗钞》五十八卷,自汉、晋至清中叶,凡一千一百余人。选毕,取诸稿埋之,号曰“诗冢”,作诗纪事,并征和,称佳话云。

则杰按:乾隆刻嘉庆增修本顾光旭《响泉集》(《清代诗文集汇编》第375册),最末卷三十《松风阁稿·十五》所收诗歌始于嘉庆元年(1796)“丙辰秋”“八月四日”(第663页),终于嘉庆二年(1797)“丁巳夏”(第663页)“六月望”(第673页),不久作者即谢世。“诗冢”建立、征诗,正在这个时间段内(参见前录赵怀玉诗小序)。然而该卷之内,并没有见到关于“诗冢”的作品。因此,此处所谓“作诗纪事”,即使真有所作,也很可能已经遗佚。

02－042　同岑五家诗钞

曾　煥

十四卷。曾煥辑，道光九年己丑(1829)刻本。(“中华古籍资源库”网站影像版，原书藏天津图书馆)

此集书名，除书名页之外各处均无“五家”二字，但不如带上“五家”更为适切。

一、曾煥“序”(第1a—b页)

《同岑诗钞》者，无锡赵艮甫[函]，顾蒹塘[翰]、兰厓[翃]；金匮徐廉峰[宝善]、杨伯夔[夔生]五家之所作也。或则才华飙举，铿响于华钟；或则词旨渊深，寓情于锦瑟。掇其藻才，则温、李之后身；论其精能，亦韩、苏之宗子。虽弦匏各奏，而均响于律；虽江汉异流，而同趋于海。昔郭景纯云：“及尔臭味，异苔同岑。”信乎气类之孚，自成馨逸；性情之契，克泯差池矣。因念曩者题襟扬州，一时过江而来，大雅鳞萃。其中如赵瓯北、秦小岘、洪稚存、孙渊如、赵味辛、杨蓉裳、徐阆斋、杨西河诸君，芝明蕙秀，并茁于一方；凤举鸾骞，不越乎百里。窃叹毗陵擅五湖之腴表，揽三江之雄奇；惟土厚而水深，故地灵而人杰。而风流易歇，日月不居。追泥印之重寻，已履綦之莫接。指间流水，空抱牙生之心；座上虎贲，无复[第1a页]中郎之似。岂扶舆之钟毓，有时衰微；抑河岳之英灵，固难会合？今则刘家弓冶，不出梁溪；许氏埙篪，依然阳羡。虽或人非土断，迹仅托乎寄公；籍改都家，地只详其先世。而楚材晋用，足征所产之原；代鸟越栖，即属同巢之侣。然后知琼田宝玉，虽铲而仍多；玄圃芝英，将衰而益茁。所惜此五家者，惟廉峰以著作之才，得与清华之选；余则簿书鞅掌，冷笈飘萧，以视老辈簪缨、同时圭组，不能无慨于时命之不同而升沉之小异焉。而要其白社声名，已超"十子"；缥囊事业，并有千秋。以余素发全凋，黄垆久痛；获观新制，俨睹前徽，感念苔岑，盖不能已于言矣。道光己丑[九年，1829]嘉平，南城曾燠。[第1b页]

02－043　江上诗钞

顾季慈等

一百七十五卷，附一卷佚。顾季慈辑，谢鼎镕校订，上海古籍出版社2003年12月第1版，影印民国二十年(1931)陶社排印本。

一、李联琇“序”(第1册第1—2页)

尝登君山而揽江海之胜，南戒烟涛云水，奇恣雄荡之气，横集于胸臆间。已而鼓枻中流，望鹅鼻以上诸峰，苍莽勃窣，怀延陵而吊春申，慨然想见古之豪杰。其郁为人文，应岩渎之秀，远者不及知，即宋元以来数百年瑰伟之士，必有不能尽彰于时而槁项老死，并其文章亦弃掷埋没于蓬蒿粪土者，所望于网罗散轶，盖无往不然。而暨阳名区，为尤甚。故搜人遗集，功等于葬人暴骸。况余以文为职，而三年视学于斯也。夫视学之使，今曰“学政”。《周礼·大司乐》有“治建学政”之云，为今官名所自昉。其时之所谓学政者，如乐德、乐语、乐舞皆是，而其职则今之国子师故掌国之成[第1a页]均。而郑注以为乐官之长。参之《王制》太师陈诗观民风，释者亦以为乐官之长。是太师即大司乐无疑。而《周礼》曰“掌乐”，《王制》则曰“陈诗”者，非二之也。《诗》，古之乐章也。昔季札观乐，自《周》《召》以至《曹》《郐》，风俗美恶，一歌诗而皆会焉。使其论乡邦之什，更当何如？惜吴歈不奏于鲁，致千古无真评耳。近数百年裒暨阳之诗者，明有许、邱二山人《澄江诗选》，国初有陈菊人《江阴诗粹》；志载其序，余读之而未见其书。今顾生心求踵益之，为《江上诗钞》，凡百七十六卷，万六千九百篇，均考证作者迹略，以示阐幽表微之意，而采辑务备，无诸选家誉此诋彼、专取所嗜之嫌，故典雅冲淡、豪俊秾缛、幽婉奇险之辞，随所宜而各适其位。余借诵久之，如蹑[第 1b 页][第 1 页]千寻之巅而猿鹤与飞也，如凌万顷之波而鼋鼍与泳也，如宫商抗坠抑扬，循声高下，同其休，宣其和，感人心而成文也。嗟乎！采风，吾职也。扃多士而试之，所得仅制举文字，一日之长；其暗修于家者，著述率不肯自售，或访其一二而遗者八九，况数百年名章俊语，能尽供一盼乎？余故深嘉顾生于是《钞》之得见，有幸慰焉。而因慨然于古今之殊，使四方者无陈诗观风之实，与《礼》之所谓太师即大司乐者异已。咸丰八年戊午[1858]七月，督学使者临川李联琇序。[第 2a 页][第 2 页]

则杰按：此集卷数，据此本正文为一百七十五卷，较两篇原序所说少一卷；经比较目录，盖原书最末所附一卷凡三家“俱轶”(第 1 册第 17 页)。

又，李联琇此序，又载其《好云楼初集》卷二十一(《清代诗文集汇编》第 682 册，第 188—189 页)，标题即作《江上诗钞序》；除删去末尾署款之外，正文文字亦略有出入。

二、夏孙桐“序”(第 1 册第 2—3 页)

古有采风之典。列国歌谣，并入輶轩，用以觇民俗，知国政，所系至重也。后世斯典既辍，乃近就一方郡邑，裒集成编，于以著耆旧之风流，表桑梓之恭敬；以人存诗，以诗存人，二者兼取，盖有数善：名臣言行，未必编录靡遗；巨儒著述，难得并传无佚。往往篇章寓意，謦欬如亲；巨帙鸿编，沾溉固大。一鳞片甲，窥管知全。斯一善也。乡里雅流，方志登其较著；烟霞陶写，吟咏出于别才。枫江断句，空谷遗音；片善可称，阐幽是赖。又一善也。斐然作者，剞劂或艰；蕞尔孤缣，覆瓿偏易。有诗而付刊者少，已刊而获传者亦少。惟有汇编，流传始久。又善之善也。是以重乡邦掌故者，每从事于[第 1a 页]“文钞”“诗钞”之役；而诗之存人倍多，尤汲汲焉。吾邑自明代有许氏学夷、邱氏维贤同辑《澄江诗选》，其后清初陈氏芝英有《江阴诗粹》，道光中李养一先生有《江干香草》，未经刊行。自养一久主暨阳讲席，网罗文献，士林闻风兴起，于是顾心求先生乃辑《江上诗钞》，承前人诸编，下迄有清，至道光朝止，成书一百七十六卷，凡八百五十九家，为诗一万七千首，搜罗所及，蔚为巨观。未几，东南寇乱，江左沦陷，烽燹所及，文物凋残，独赖此编存其百一，不可谓非大幸也。卷帙浩繁，刊印非易；故家传录，亦仅数本。余辛亥[宣统三年，1911]后，避地沪上，始从族祖彦保先生假阅全书。其时金粟香、缪艺风两君每共论及，咸谓宜就清代诸作广为搜采，详加订校，[第 1b 页][第 2 页]庶臻完密。勉余从事，窃病未能。昔赵氏曦明重订《诗粹》，亦有"事实多缺，收入太宽"之语。然体以诗存人之旨，宁宽毋隘，固不必以是为病耳。谢君幼陶绩学工诗，系心邑故，奋然继事搜辑，以续顾氏之后；尤以顾氏书未有刊本，虑不足以垂久远。祝君丹卿、钱君翰五雅具同志，集资校印，克期告成。延陵旧乡，千余年来名卿硕儒、文人逸士，同留光气于斯编，从此传布人间，有功于一邑甚巨。昔顾侠君选元诗成，梦衣冠而拜者甚众。不独心求先生编辑盛心，宜有此感应；诸君印行之功与编辑之功，同垂不朽矣。所谓"莫为之后，虽盛勿传"者，非欤？所尤望者，续编之举，旦夕毕业，同付印行，俾清末六十年作者蔚为并列，勿令后人以[第 2a 页]年远无征为憾，弥可愉快也。世乱未已，文献日芜。然自来诗道盛衰，往往世愈乱而诗益昌。即吾邑前贤如王梧溪、许北郭、孙大雅、黄介子、李介立诸公，皆在元明、明清之际，其所作且出承平雅颂之上，盖贞、元绝续之交，其英灵所激发而然。今诸君于旧学颓废之时，力成此举，殆将有以振之，且拭目以卜吾邑诗道之兴已。邑人夏孙桐谨序。[第 2b 页][第 3 页]

三、谢鼎镕"校刊例言"(第 1 册第 3—4 页)

一[一]　是书之刊，志在为前人广流传。故非万不得已，概不敢妄行删削。惟卷六十七阙名诗一百二首，及卷八十三阙名诗二十首，拟俟考定后另刊，兹暂从阙。

一［二］　葛文康胜仲，为有宋一代文学巨子。顾氏仅选十二首，且非其至者，知先生当日《丹阳集》必未寓目，不过据传钞所得者录入而已。兹从《丹阳集》重行选定，得诗凡若干首，顿觉改观。

一［三］　编中各诗人之诗，有散见他书而其诗转校本选为胜者。如冒氏《同人集》所载之曹玑、徐章诗，《云樵诗话》所载之殷圻诗等类，均酌量附录于后，但必注明从［第 1a 页］某书录出增入，以示区别。

一［四］　原编各诗人，各有小传。兹为慎重起见，凡小传事实，均经审查，或略有所修正。但邱资深为邱文浚之兄而误作其弟，审查时亦未及拈出。窃恐此类错误，或尚未尽免，阅者谅之。

一［五］　凡编中各诗人，正史有传或附见他人传者，小传下必添注某史有传或附见某史某某传字样；至传儒林者，则作某史传儒林；传文苑者，则作某史传文苑；其筮仕他省，有为方志传入名宦者，苟有所知，亦必添注某志传名宦字样。凡此皆所以为桑梓光，亦所以为后人征文考献之助也。［第 1b 页］［第 3 页］

一［六］　原编各诗人之诗，有冠以序者，有不冠以序者，在前人体例中甚属罕见，兹从删。

一［七］　王梧溪集中诗有小引者，多原选删节过甚，有不得不回复者，回复之。其他人诗中，一题数诗，前后颠倒、意义不贯及删去末一首则意无归束者，均回复之。

一［八］　原编次序，未免凌乱。如曹禾为康熙三年［甲辰，1664］进士，复登十八年［己未，1679］词科；孔毓玑为四十八年［己丑，1709］进士，此以科名言，固曹前而孔后也。孔毓玑小传，十三通子史，曹禾见而器之，致门下，此以辈行言，即顾氏亦未尝不知曹为师而孔为弟也。乃孔毓玑列入六十四卷，曹禾列七十五卷，不知是何命意。他如徐涧系徐津之兄，而［第 2a 页］列在徐津后；王灿系道光时诸生，而列入嘉庆朝，前后失次者正复数见不鲜，以一时难于尽改,姑仍之。

一[九] 是书之校,凡集有单行本,以单行本校之;有刊入丛书中者,以丛书本校之;有采自《澄江诗选》《江阴诗粹》者,则以适园所藏赵曦明手钞本校之;有散见于其他各选本者,则以其他各选本校之。如字有可疑而无从考证者,或从□,或仍其旧,以符"不知阙如"之例,概未敢妄行臆改。

一[十] 是编之校,虽一字必加详慎。如葛立方《和道祖韵》云"菟裘已向菁山卜,从此栖迟到发皤",盛刻《常州先哲遗书·归愚集》"菁山"作"青山";《题胡枢横山堂》云"白公筑[第 2b 页]室地三十",盛刻作"三一",两本互歧,未知孰是。及阅《归愚全集》有忆《菁山赋》,其父胜仲《丹阳集》亦有《初得庵基于菁山,用立方韵,请道祖同赋》诗一首,始知《江上诗钞》之作"菁山"是,而《先哲遗书》本之作"青山"非也;《横山堂》三章中有"横山老人兮独处廓,十七地兮三一屋",始知《先哲遗书》本之作"三一"是,而《江上诗钞》之作"三十"非也。其他如此类者甚多,均加考证。至两本字有歧异而皆可从者,则注"一作某"于其下。

一[十一] 原书边目,或从轩,或从斋,或从集,或从字;至他无可称者,始从名。兹概行从名,以醒眉目而便检阅。

辛未[民国二十年,1931]冬日,冶盦谢鼎镕拟于祝氏怡园之"陶社"。[第 3a 页][第 4 页]

四、顾季慈"江上诗钞凡例"(第 1 册第 5—6 页)

一[一] 选江上诗者,自万历间许、邱二山人《澄江诗选》为之倡,国初陈菊人《江阴诗粹》继之,二书并经付梓而家藏者甚鲜。有明以前之诗,于此略备。嘉庆中,杨封翁敔樵增之为《江阴诗存》七十卷,未及付梓,而颇有挂漏。嗣李山长《江干香草》之选,则仅就耳目所及,编而录之;有存其名而未得其诗者,有得诗一二首者,犹仅八十六家,此养一翁之未成书也。陈体静之《文献录》,略见一斑;赵

瞰江之《文献录》，则杳不可得。兹汇集诸家，参以专稿；穷乡僻壤，广为咨询，无滥无遗，庶不没先辈之苦心乎。[第1a页]

一[二] 《澄江诗选》三十七家，人各一卷，为"前集"，其他则统归"后集"。若陆墙东，卓然名家，仅选二首编入"后集"，想未见《墙东类稿》也。至张藻仲，编"前集"，而其父沟南，则入"后集"。古人有言，"子虽齐圣，不先父食"，久矣，况沟南之才未必逊于其子乎？兹选不论诗之多寡，一以时代之先后为序，虽未必毫发无讹；不可考者俟诸异日。

一[三] 许伯清先生，一代作手，选政綦严；语涉皮、陆，禁不得收。慈学识谫陋，何敢轩轾前人？苟有可存，概为采录，以为他日征文考献之助。

一[四] 元明以前诸公，年湮代远，吉光片羽，收录无遗；近时则美不胜收，钞录较简。不敢是古非今，亦限于篇幅[第1b页]也。

一[五] 元明人全稿无传者，悉仍诸选本之旧；已得全稿，则间出鄙见，不敢依阿也。

一[六] 诸选本有互异者，不专一家，各从其是。

一[七] 家响泉观察选梓《梁溪诗钞》，详于人而略于诗。窃以名公伟人，详载国史，次及《一统志》《通志》、省志、府县志、人品记诸书，无庸叠出。若诸书所不载，必为之考证搜讨，以见阐幽表微之意。至观察之述先德，则称第几世祖某公，以及高、曾、祖、考某公，是一家之书而非一邑之书也；窃以事关通邑，称谓似宜一例。

一[八] 《江阴诗粹》各体分类，不序世次，殊似不合体裁，兹不[第2a页]敢仍其旧。

一[九] 《诗选》方外不过数首，附入"后集"，《诗存》则另立一卷。窃意吾江本少诗僧，虽唐人曾附入选，而已出伦常之外，何取其言？偶有一二佳篇，禁不收录。

一[十] 《诗存》另录闺秀一卷，虽不尽可信，而巾帼之才，亦足表江山之秀也，录之较慎。

一[十一] 《诗存》另录流寓一卷，为修邑志计也；兹邑中未能遍及搜采，遑论其他。

一[十二] 邑志列传，叙次多舛，兹稍更定。革代时诸公，心乎明者则编于明，如梅有孑、李介立之属是也；其他则编于国朝，如高子返之属是也。是时重在名节，年齿[第2b页][第5页]稍有参差，弗暇计矣。

一[十三] 其人现存者，诗虽佳弗录。一遵成例，恐徇情也。

一[十四] 诗不甚佳而其人足为表率者，则诗以人存；或其事足以风世者，则诗以事存，明眼人当分别观之。[第3a页][第6页]

五、祝廷华"跋"（第2册第1473—1474页）

始吾以为办事者，不患无人才而患无经费，及今乃知人才之真难得也；始吾以为办事者，不患无机会而患无兴趣，及今乃知机会之真难逢也。吾邑顾氏所辑《江上诗钞》，始于唐，终于清之道、咸，年代远矣；著作者多至八百五十余家，搜采广矣；书凡一百七十余卷，得诗一万数千余首，卷帙繁矣；全书四十巨册，邑中文献，上下千余年，秩序灿然，美且备矣。顾自道、咸迄今，历八十余载，其间置身通显之士指不胜屈，而刊印是书之说无闻焉；即究心掌故，以搜罗地方文献为己任，如缪艺风、金粟香诸先辈，畴无阐扬文化之意，且均刊书数十百种，而于是书仅各手钞一[第1a页]部，什袭藏之，至刊印之说亦无闻焉。岂是书之价值不足以副众望欤，抑诸先辈之能力不足以号召乡里集资付刊欤？皆非也，盖以人才之难得而机会之难逢也。吾邑自国变后，社会趋向喜新厌故，风雅阒寂，不谈斯道久矣。甲子[民国十三年，1924]、乙丑[十四年，1925]之交，地方被兵，人心厌乱。邑中耆旧议设诗社，为岁时集合觞咏之所，且以正人心、维风教焉。丙寅[民国十五年，1926]春，"陶社"成立。维时，社友十余人，以曹公远模年齿最高，推为祭酒。曹公谦让未遑，乃命廷华滥竽斯席。自斯以后，春秋佳日，风雨萧辰，诗酒流连，兴会飙举。顾终岁唱酬之作，无非消夏消寒；平时杖履相遭，不过赏荷赏菊。积诗未梓，正待杀青；吟性方浓，忽闻变徵。自陈君念慈先归道山，复继之以[第 1b 页]章君绂云、向君玉池、族祖昧三。近两年来，又继之以章君巩瓯、钱君翰五，而王先生旋吉、许先生颂慈更相继作古。盛宴难再，好景不长；顾曹部之将空，叹大工之未竟，风流云散，能不悲哉！先是庚午[民国十九年，1930]春季，同人感世变之日亟，叹风俗之日敝，思有以补救之，而苦无良策。余谓"陶社"成立已久，诗酒之乐，渐亦疏懒。吾侪设社，初意既以正人心、维风教为职志，则刊订遗集，表彰前哲，亦今日切要之图，而刊印《江上诗钞》一书尤至急焉。同人佥以为然，咸询费从何出，且谓如此巨集，非万金不克济事，万一力不能继，事将若何？余曰："然。然天下事不办则已，办则必求其成。兹事余已筹之熟矣。"自曩岁走访顾君骧瑶，商得同意，愿以乃祖[第 2a 页]心求先生原稿付梓，后又以唐君讱斋所钞副本交社。廷华欣喜过望，穷日夜之力观之，旬余始竟。自得书后，日游扬于亲故间。钱君翰五慨然允诺，谓"余家与顾氏三代师门，兹事果拟实行，筹款之事敢不惟命！所虑者，全书付刊旷日持久，孰任全责？事或难尔"。余曰："此当与社友商之。"于是复邀同社诸君集议，佥推谢君冶盦主其事。冶盦欣然允诺，并指请钱君夔若、章君孙宜、陈君景侯助之；而社中耆硕如许君颂慈，曹君纶香，顾君骧瑶，章君松盦、滕粟昆仲，均自愿分任校刊。议既定，余与翰五购纸开办，时甚乐观。讵事有不可料者：自辛未[民国二十年，1931]四月八日开始杀青，未及半载，而翰五突然作古，[廷]华又以痼疾羁缠，历数月之久，足茧[第 2b 页][第 1473 页]不出门户。时江西产纸区域悉为匪踞，纸价翔贵，一月数涨，几逾原价之半。而吾邑凶灾叠告，哀鸿遍野，急待赈济。原议发售预约券若干，减收半价，无人过问。至诗人后裔，调查详确，指画凿凿，卒亦无可启齿。甚至登报布告，时逾半载，应者寂然。廷华此时大有进退维谷之势，然决不欲半途中止，虽甚窘迫，仍策进行。乃至秋冬之间，倭难复作，时局骤变。吾邑地处要塞，祸恐波及，急将已刊十六册先行装订妥放。迨腊尾年头，消息益恶。廷华与冶盦坚持初意，度岁以后，循旧开工。时许颂老已于去秋物故，而社友中又有因事他就者。冶盦疲精劳神，日与钱君夔若伏案校对，不以为苦。而印刷处以受冶盦奖劝，益孜孜工作，出[第3a页]版日多。维时校对益烦，日无暇晷，而冶盦更不言劳。呜呼！贤矣。设非冶盦，则此书不成。夫如是，而冶盦之功真不朽矣。若夫经济方面，全书工料连同局用一切开支，需费綦巨，虽百计罗掘，于事无济，不得已奔走沪上，商得同乡诸公赞助。若薛氏淦生昆仲，若奚氏萼衔叔侄，若葛君凤池、刘君善斋、崔氏福庄、夏君季瑜、朱君少鸿、程君厚坤等，靡不慷慨乐输。而最先提倡如马邑尊汉波、夏公使挺哉，亦解囊资助，其他捐户尚不乏人。俟刊续集，悉数登载，以彰盛德。为山九仞，不亏一篑之功；举鼎万均，须赖众擎之力。差幸大工开始，不及两载告成；即经几许艰难，亦已安排周妥。总之，如冶盦者，人才固一时无两，而机会亦千载难[第3b页]逢。他日读此书者，设并冶盦所辑《补钞》《续钞》观之，则吾邑千百年来兴衰治乱之迹，与夫政治之得失、文献之留遗，一展卷间皆了然于心目间矣。书既成，为述是书校刊始末，以告来者，亦以见办事者不患不成，而患无人才与机会耳。岁壬申[民国二十一年，1932]孟冬下浣，毅丞祝廷华。[第4a页][第1474页]

六、谢鼎镕“跋”（第2册第1475页）

右《江上诗钞》若干卷，系吾邑顾先生心求所辑，其及门唐讱斋文学守礼为之录副珍藏，都凡八百五十余家，为诗一万数千余首。迹其甄录富而搜采勤，洵足嘉惠艺林，岂独功在桑梓。书成以来，垂七十年，顾氏子孙无力杀青，姑不具论；即缪艺风、金粟香两先生，热心文献，刊播群书，对于是编，亦不过手写一通，以自供赏玩而已，其他更何望焉。“陶社”成立，首以诱掖后进、维持诗教为己责，因有刊印是编之议。顾卒以款绌工巨，屡议屡辍，而愿莫之遂。酝酿既久，始与锡山文苑阁主人商定，仿《武英殿丛书》用聚珍板印行故事，于辛未[民国二十年，1931]夏开始付印。筹款之责，由祝丹卿先[第1a页]生及钱君翰五任之，而刊政则属之予。乃开局甫半载，而翰五物故，款由丹卿先生独任，其势乃不得不出之于募捐；募捐不足，乃更鬻书以补助之，先生之用心可谓苦矣。予对于原稿，则审查修正，具详于鄙拟“例言”中。校雠之事，赖诸同社之分任，而循序进行。顾始终其事，朝夕相共，历二寒暑无间，而卒底于成者，则以内兄钱君夔若之力为多。虽书经覆按，不无失检之处，讹俗字亦未尽淘汰，然出之以恒心毅力，俾此煌煌四十册，粗若牛腰之巨制，不以经费支绌而中止，不以时局俶扰而暂停，而卒告成功，斯固同社诸君之所快慰，要亦海内同文之所深相庆幸者也。刊既竟，爰识其缘起如此。壬申[民国二十一年，1932]冬日，冶盦谢鼎镕识。[第1b页][第1475页]

02-044 江上诗钞补

谢鼎镕

十一卷。谢鼎镕辑,《江上诗钞》本,上海古籍出版社2003年12月第1版,影印民国二十一年(1932)陶社排印本。(见第2册)

一、陈衍"序"(第1476—1477页)

近世诗征之刻,几遍各省;下至一郡一邑,亦恒有之,此"十五国风"之支流也。在古人,陈之以观民风;在后世,则立言,殿"三不朽"。诗,特其小焉者耳,然德、功非言莫传。诗理性情,宜若异于书道政事。而上焉者,周文公、召康公、穆公、卫武公、苏公、尹吉甫、芮伯、仍叔、家父、凡伯以下,逮寺人、孟子,类以诗道政事,后世则有若元结、杜甫、韩愈、白居易之伦;下焉者,穷不得位,乃徒抱其登高能赋之才,与夫吟风弄月,孔门与、点之旨,以自理其性情,后世则有若陶潜、孟浩然、孟郊之伦。夫士不得志,至仅以文字自襮,祈有一二留人齿颊,倘亦所谓疾没世而名不称者,非邪?此吾门人江阴[第1a页]谢冶盦氏所以有《江上诗钞》补、续之刻也。尝论岷江贯注数省,江南为大江南,州县六十有奇,而江阴独尸江南之名,何则?水北称阳,水南称阴,江阴即江南也。县析置自晋,命名自梁,得毋以岷江入海,南通其口,江阴其咽喉,县境倚江为险,自昔擅控守重地?史称元嘉二十七年[庚寅,450],魏主焘南犯,至瓜步,沿江戒严,自采石至暨阳,陈舰列营亘六七百里。江阴,旧暨阳也,形势所在,地灵自萃人杰。胜清则督学使者驻节于兹,末造创建南菁书院,培植朴学人才,益以续编《清经解》,继阮太傅学海堂刊本,故人文辈起,数十年流风未沫。而顾氏《江上诗钞》原本,仅讫咸丰时代,凡殁于咸丰后者皆所未录，即咸丰前者亦缺有间。冶盦既殚[第1b页][第1476页]数年心力重刊顾氏原本，各附益小传，而坐听此外千百年作者没世而名不称，不其恫欤？昔顾侠君先生选元诗三百家告成，相传岁暮秀野堂前有隐隐见古衣冠人相率下拜者，去来甚众。今冶盦所补辑凡十有一卷，都一百六七十人，“续编”倍之，吾知冶盦堂前必有踵秀野而相率下拜者矣。友生侯官陈衍叙。[第2a页][第1477页]

则杰按：此序陈衍《陈石遗集》(福建人民出版社2001年6月第1版)未载。

二、章钟祚“序”(第1477—1478页)

吾邑诗家著姓，莫盛于宋之葛，元之邱，明清之缪、薛，大都荐绅名流，否则必文学世其家者。盖姓氏传即诗易传，势使然也。惟菰芦穷士、狐穴诗人，足不出里门，交不越州党，则啸歌槃涧，老死牖下，虽有鸿篇瑰制，而其子孙以覆酱瓿，兵燹或付劫灰，往往不数传而沉埋湮灭者，殆什八九矣。况风雅亡而淫哇作，礼崩乐坏，人惟恐“四始”“六义”之犹存，此正声既废，四夷交侵，有心人所大惧也。吾友谢君冶盦，博览多识，与予为南菁同舍生。自其少时，即喜掇拾梓闻，备乡乘掌故。每当萧斋风雨，一灯荧然，埋头露纂雪钞者，必冶盦也。既而渡闽海，走漳、泉，与其邦人君子相赓和。[第1a页]及其客宦豫章，与予共事于洪都法院，以搜求故乡文献相要约，暇则纵观书肆，得乡人士片鳞断爪，辄携归录之。予偶有所得，则付吾友裒存。盖彼积三十年之专心致力，故能得未见诗数百家，蔚为巨观；而予则作辍无常，旋得旋失，宜不如冶盦之克成厥志也。岁辛未[民国二十年,1931]，中东役起，冶盦家居。适祝吏部丹卿、钱茂才翰五汲汲焉有刻顾选《江上诗钞》之议，冶盦力任校雠，二君鸠资经始。板初锓，冶盦有言曰：“吾邑诗人宁止于是哉？溯清初，自‘江上七子’结‘友声社’以来，李养一大师曾选《江干香草》八十家。于时诗学盛兴，顾先生心求生丁其际，乃搜采唐宋以下诗，迄道、咸朝止，都凡八百五十九家，一万七千首，甄录而手钞之；又仿[第 1b 页][第 1477 页]元遗山《中州集》体例，人列一小传，俾不失以诗存人及以人存诗之本旨，意至美也。夫山左之有《诗钞》也，王渔洋补传之；江西之有《诗征》也，曾宾谷补序之；他若卢抱经之修《常州府志》，补列艺文；顾响泉之选《梁溪诗钞》，后多附益，诚以一时一地，吾人之耳目为有限；异时异地，众人之采摭实无穷也。吾踵顾先生后，断代为限，凡列咸丰前者悉入此编，列咸丰后者则另入"续编"，庶几灿然画然，无沧海遗珠之憾云尔。"冶盦之言如此，其皇皇于举世不为之日，并役役于烽火交迫之区，可佩也！祚年齿衰矣，征文考献，百不如愿。澄、锡百里之遥，牵于人事，不获一日助编订之职，吾对吾友，吾愧焉。因其来征言，而谨为之序。壬申[民国二十一年，1932]中夏，师[第 2a 页]涤章钟祚。[第 2b 页][第 1478 页]

三、曹家达"序"（第 1478 页）

吾乡顾心求先生既辑《江上诗钞》若干卷，谢子冶盦复于原书所不备者，搜罗他氏纪载，辑为《诗钞补》若干卷，阅数十载而后成。呜呼！可谓劳矣。顾吾闻之，江阴当大江之冲，山脉不厚而土性甚坚。民生其间，大率笃于念旧，不肯随时俯仰。向者明清之际，致命者号称六万；粤匪之乱，乡民白头军起，流血满野。故天下无事则已，天下有事，江阴必受其祸。庐舍既焚，书籍亦毁。文献之凋落，未尝不由于此。甚以藏书之家，动遭火劫。叶氏藏书弗具论，即如吾师陈子服先生家，毁于狐火；夏彦保姻丈手钞先哲遗书四千余种，及予所藏金兆燕、吴鸿璧两家诗集，并为灰烬，此尤近[第 1a 页]事之彰明较著者也。顾氏原书以咸丰朝为断，中间粤乱，距今仅数十年耳。当时诸家别集为顾氏所亲见者，至今了不复存，盖不独沧海遗珠之为可惜也。嗟乎！沧桑之变，族姓之盛衰系焉。昔者善化瞿公督学江苏，访翁霁堂及予族祖颂嘉公后裔，再四敦促，终无确耗。问其子姓，则曰"雕落矣"；问其旧宅，则子姓不能，有鬻之他氏矣；问其墟墓,则碑碣无存,难以辨识矣。设古人名心不死,宁不悲哉!今谢子冶盦既与祝毅臣同年集资刊顾氏原书,复于顾氏所未见者,为之裒辑,以永其传。令死者有知,当必有无数才魂感泣于秋风露草间也。壬申[民国二十一年,1932]中秋,拙巢曹家达。[第1b页][第1478页]

四、祝廷华"序"(第1479页)

《诗钞》何以有"补"?以顾氏原书之失选也。原书何以失选?以吾邑地界辽阔,人才众多,而耳目或有所不及也。谢子冶盦留心掌故,自幼即以博闻强识为乐。比长,绩学劬书,著述宏富,而于地方文献尤恣意搜采,不遗余力。自南菁辍学后,宦游闽、赣、苏、浙诸省,先后凡十余年。辙迹所经,凡山川名胜,靡不流连光景,发摅论说,撰叙佳胜,或因寄所托,形诸歌咏。而所尤关心者,则在书肆或图书馆,从公之暇,必往观焉。若纸版之考校也,若文字之辨正也,固一一详审;而评骘之间,有关于吾邑文献,或宦游政绩,或流寓珍闻,或骚人诗酒之倡酬,或才人伉俪之赠答,以至荒祠古[第1a页]刹、断碑残碣,破笥旧帙、零缣细锦,靡不周咨博览。偶有一得,珍同瑰宝。积之既久,裒然成书。梓闻固一再付刊,而囊锦尚搜罗未已。迨顾氏原书校刊过半,一日谓予曰:"是书征求如是之富,今日考订如是之勤,美则美矣,而美中有不足焉,则顾氏闻见虽广而犹未广也。沧海遗珠,昔人引以为憾,是不可以不补。"余曰:"然。顾诗从何来?且所补几何?"冶盦曰:"予蓄之久矣。原书八百五十余家,自唐宋元明迄清道、咸止;而余书百数十余家,则自宋元明清迄道、咸止,顾唐亦得一才女焉。原书不收方外,以异教也,取舍严矣,然狭义也;余则取广义焉,且兼收并蓄,为原书补所未备,以弥缺憾焉。"余曰:"嘻!子真具仲山补衮之才而宏束皙补[第1b页]亡之愿矣。今而后,补订蒇事之责,子任之;而补筹经费之责,余任之。"原书工竣,冶盦欣然付梓。余综览一过,体例悉依原书,入选无非名著。每至丙夜,更取印刷处样张覆阅,而上下千余年治乱兴亡盛衰之迹,时柢触于胸中。美哉洋洋！余不禁叹观止矣。抑有进者：客岁东倭肇衅，淞沪战祸蔓延长江。吾邑地处要塞，势尤危殆。冶盦不以室家为念，而戚戚于《诗钞》之寄顿。时众议以江北一带较为宁静，乃将原书络绎运北。迨消息日恶，冶盦手携双箧挈眷渡江。比登舟时，稍一不慎，失足坠水。黑夜茫茫，江涛汹涌，存亡之机，间不容发。冶盦于风涛中，高擎双箧待救。令弟少卿见兄危状，奋跃入水，互相抱持，冶盦得不死，而《诗钞》亦[第 2a 页]因以保存。冶盦出险后，急启箧视书，则顾诗原书已湿两帙，而《诗钞补》及续选数册则赫然无恙焉。呜呼，噫嘻！是书也，固天地鬼神所式凭者也。是书无冶盦不传，则冶盦之不死又天地鬼神所呵护者也。然非伊弟之奋跃抱持，则冶盦之存亡不可知，而是书亦泯汶焉，夫岂天地鬼神之心也哉？则冶盦之弟之入水，又天地鬼神所指导之、迫促之以救乃兄，即以救是书者也，然于此亦可见冶盦昆仲平日之友爱焉。斯文未丧，振灵响于既沉；大雅同扶，焕潜采于垂绝。非独艺林之盛事，抑亦吾党之美谈矣。岁壬申[民国二十一年，1932]小春，祝廷华。[第 2b 页][第 1479 页]

五、陈宗彝"序"(第 1480 页)

"陶社"既印行顾氏所辑《江上诗钞》，为吾邑文苑光，其网遗订坠、考正阙略，以谢君冶盦之力为多。此盖吾邑先哲灵爽所式凭，抑亦顾氏之功臣也。谢君既竟全功，付手民，顾犹恐有遗珠之憾，乃复悉意搜罗自宋元迄于清咸丰之前，得百数十家，为《江上诗钞补》。呜呼！其意厚矣。盖风雅之扇发，视乎先民矩矱所留贻，抑有借乎后来有力者为之宝爱掇拾，递推递衍，以相引于无穷。夫彰彰耳目者，既已灿然备陈于堂庑之间，而山林窅蔼、岩壑深邃之地，枯槁寂寞于其中者，不能无待于人以振其奇。或以夜光瑜璠之重，为洞房严室、缄縢扃鐍所閟遏，又非有嗜古之癖者，[第 1a 页]末由探索以发其光辉。彼耽于骨董者，昆吾剑头、茂林玉碗，信为无上之珍，而折铛残钲、零甃断甓，犹且以瑰宝视之。矧才人心力之所倾注，欢愉感喟之情之所寄托者哉？是惟深历此中甘苦之味然后知。自来名章俊句，不必尽求之裒然巨帙之中；即一爪一鳞，而全神具在，要不负作者当时伫立吟哦之意趣，与镂肾鉥肝之苦心。或因人以及其诗，或因诗以想见其人，故显晦巨细，靡有缺遗。其阐幽表微之用心，抑又在征文考献外也。宗彝自维嫆陋，尤拙于诗，茫然罔识其途径。向视"陶社"，有海若望洋之叹。故社中诸公成此盛举，曾未能与于校雠之役，夫何敢妄赞一词？顾《诗钞》之补，谢君乃搜得先曾祖乙舟公律师四[第 1b 页]章，见于章氏谱牒中。宗彝向未见先曾祖诗稿，承谢君见示，不禁狂喜。由是益知谢君用意之专且厚，不能无感于中。用敢抒其管蠡之见，以附于简末。能不为大雅所讥，则幸甚。壬申[民国二十一年，1932]十月，陈宗彝谨序。[第 2a 页][第 1480 页]

六、唐鸣凤"序"(1481 页)

《江上诗钞补》者，谢子冶盦补顾子心求所辑《江上诗钞》之所遗也。顾子辑《江上诗钞》，上溯唐宋元明，下迄有清道、咸。吾江千百年诗人之流风余韵，灿然大备，固极不世之功矣。而谢子尤能穷搜冥索，使沉沦不显之沧海遗珠，均得以吉光片羽传其名于后世。東广微之补亡诗也，以意为之而已；谢子所补，非特补其诗，补其人也。其功较顾子，为尤不可及也。方谢子之补遗诗也，适倭人寇我沪上。我军猛拒，烽火彻天。剧战为古未有，国府亦迁都洛阳。吾江为长江第一门户，风声鹤唳，一夕数惊。谢子恐波及遗诗，乃手抱丛残诸稿，拟渡江庋于乐土。当登舟时，失足坠江。谢[第 1a 页]子御敝裘，兀立江中，心甚镇定，两手犹擎诸稿，如小舟之张双帆然。其介弟少卿送行江干，遂一跃入江，一手挽堤练，一手援兄之衣角出水，而裘只半濡，稿亦不湿。此非稿中诸人之诗魂诗魄有以隐护默相于其间，曷克臻此？向使谢子如李青莲牛渚捉月故事，一往不返，与江童海若夜啸于荒江风雨中，自呼"诗伯"，岂非千古惨事，亦千古趣事？然而余敢深信其必不然也。今梓人告成，裒然成集，谢子屡索序于余。余以兹钞陈石遗、章砚芳、祝丹卿诸先生已序之矣，余不文，何敢言序？爰志兹钞之缘起及谢子出险轶事，与兹钞有关者。昔阮云台序王柳村《江苏诗征》，谓"下榻拥书于焦山佛阁中，月色江声，与千百诗人精魄相[第 1b 页]荡"；而王柳村自叙，谓"雠校披览至夜分，万籁不喧，一灯寂然，于残编断简中得一佳句，辄呼[二]子诵之。孤月横江，惊涛撼座，松声竹影间，啾啾唧唧，如有吟魂相助"，余于谢子之《江上诗钞补》亦云。民国纪元之二十二年[1933]三月，唐鸣凤序于梁溪寓庐。[第 2a 页][第 1481 页]

七、谢鼎镕"例言"(1482 页)

一[一] 是编体例，悉本顾氏正编，但于其搜罗所未及者搜罗之而已，故名之曰《江上诗钞补》。

一[二] 顾氏正编虽成于咸丰八年[戊午，1858]，然脱稿后仍时有增加，今观顾氏稿本可见。故是编断代，以咸丰朝为限，凡殁于咸丰前者入"补编"，殁于咸丰后者入"续编"。

一[三] 正编不录方外，谓其人"已出伦常之外，何取其言"。然鄙意昌黎订交，不拒大颠；欧阳论诗，独推秘演；方外之诗，亦不妨存之。故另辑方外诗一卷，非敢与原辑故有所异同也。

一[四] 是编叙次，意在矜慎。故有科名者以科名为准，有谱[第 1a 页]牒者以谱牒为准；若并二者无之，则约计其时，附之于各卷之末。

一[五] 正编闺秀，附载徐翩翩、洪梦梨之名而无其诗；是编则物色得之，故仍列入，当不嫌其复沓也。

一[六] 朱竹垞《明诗综》，每于诗家小传后附以诗话，兹略仿之。

一[七] "诗钞"与"诗选"不同，选诗取其严，钞诗取其备。况是编志在补辑，苟有可存，虽零章断句，亦珍同拱璧，阅者幸勿以选

诗之眼光视之。[第1b页][第1482页]

八、谢鼎镕“跋”(卷十一末,第1585页)

居尝窃怪乡先哲之遗著,如宋葛丞相邲和孝宗之《梅花诗》,明许义士用《守城曲》之《五更转》,当时人人能举其辞,而今竟失传。推之黄别驾憷之《菊花诗》一百十三章,高茂才爆之《望良常山十绝》,亦一时传诵,至今鲜有人[第7b页]能举其单词只字者。此固由于年湮代远使然,要亦无人焉为之收拾之所致也。三十年来,本此意以读书,故凡遇乡先哲之诗文,均手自钞录。即舟车劳顿,案牍纷纭,苟有一息之暇,亦必录而藏之。积久,得若干册。宦囊之重,不是过焉。岁壬戌[民国十一年,1922],自赣旋里,以时局日非,爱女(留育)夭丧,遂无复出山之志。乃取箧中手钞本稍稍整理,若者续顾氏《江上诗钞》,若者入《江上诗钞补》。甫成数卷,会乙丑[民国十四年,1925]苏、奉交哄,围城七日,仅乃得免。爰追随陈礼庭、吴希敬诸君,组织兵灾善后会,并出席江苏兵灾恤偿委员会,偕宝山袁观澜、昆山王元之先生奔走呼号,谋所以为桑梓补救地者,此事遂束之高阁,无暇计及。[第8a页]“陶社”成立,同人提议刊印《江上诗钞》,社长祝丹卿吏部主持尤力,余乃复从事补辑,以竟曩昔未竟之功。亲故有知其事者,间或录送先人诗稿,坚请纂入。余体仁人孝子之用心,凡其诗稍有可存,即不忍加以拒绝。久而久之,得诗一百六十九家,共十一卷。书成,呈之吏部。时刊《江上诗钞》将竟,乃即以是编付刊,并嘱迅将《续江上诗钞》脱稿,以便明春续梓,勿以日久而厌生,勿以款绌而气馁,情长语重,反复叮咛。昔人谓梓人遗诗,胜于埋胔掩骼;才魂有知,不必感余之广为搜罗,而当感吏部之勇于负责也。壬申[民国二十一年,1932]冬日,冶盦谢鼎镕识。[第8b页][第1585页]

则杰按：此跋及其他各处所说《江上诗钞》谢鼎镕辑之“续编”(《续江上诗钞》)，迄未付印，稿本“今已于北京国家图书馆访得”(见附录《〈江上诗钞〉之编纂与刊印》，第 1592 页)。

02－045 ［江阴］二介诗钞

夏孙桐

八卷。夏孙桐辑，台湾新文丰出版公司《丛书集成续编》第 117 册，影印民国二十三年(1934)陶社木活字排印《江阴先哲遗书》本。

一、夏孙桐“二介诗钞序”(第 103 页)

昔艺风老人尝云：“吾邑枕大江，山清而水激；生其间者，磊落英多，往往不谐于世。”其言诚然。顾于世不谐，则一意孤行，有百折不回之气；为烈士，为逸民，各因所遇以自见，在明清之间为特盛。其间以诗鸣者，黄介子［毓祺］、李介立［寄］两先生尤为巨擘。长歌当哭，声裂金石；壮士不返，风萧水寒，介子之诗也。登楼极目，春亦如秋；空山无人，猿鹤相答，介立之诗也。其境不同，其心则同。今诵遗篇，浩气畸情，如见其人，盖有不可磨灭者焉。两先生名高遇蹇，遗书并无刊本，仅由乡里传钞。道、咸之间，顾氏心求辑《江上诗钞》，似犹见其全稿。经兵燹后，仅见有《大愚老人遗诗》一帙，《听雨》《孤筇》《息[第 1a 页]影》三集而已，其他集皆不可物色。今以顾氏所钞及散见他书者各辑“补遗”一卷，以存其概。呜呼！“阳九”之厄，循环无穷。士气郁而横决，人心变而益漓。“后之视今”，与“今之视昔”，其同耶？其不同耶？古称柳下惠不以三公易其介，又曰有所不为而后可以有为。习俗移人，滔滔日下；诵两先生之诗，庶几可以廉顽立懦也夫。癸酉［民国二十二年，1933］闰月，夏孙桐序。[第 1b 页][第 103 页]

二、谢鼎镕"跋"(第 184 页)

右《二介诗钞》,于二先生诗为残本,然在今日已成孤本。自夏闰枝先生访得后,复大加搜辑,广为补遗;更录邑志本传,为"卷首";凡关于二先生之诗文笔记,悉载集后,为"附录"。虽非全本,其实贵殆不啻全本矣。然诗以人传;使二先生而仅仅工诗,虽汗牛充栋,亦何足动人嗟叹?夫严介溪之《钤山堂集》,非不卓然可观,而世人等之覆瓿者,以其人之不足传,遂并其集而弃之也。钱牧斋之《初学》《有学》二集,非不名震一时,而后人仍视同玩物者,以其人尚有可议,遂并其诗而轻之也。二先生于明季,一生一死,微有不同,然观介立先生之诗,与介子先生之惓惓于明者,如出一辙。[第 1a 页]至登由里山而观星象,喟然于天意之不可问而有明之坠绪终不可以复振,直与介子先生一腔心事相等。然则后之人视介子先生之诗为正则之《离骚》可也,介立先生之诗为渊明之"义熙"亦无不可也。"陶社"刊印《先哲遗书》,承闰枝先生以是编见饷。不揣梼昧,更于《天香阁笔记》得和昆山顾潜山茶诗一首,于《桑梓见闻》得论贵省事宜文一首,并入之介立先生遗集中;而于介子先生诗钞卷首,则增录乌程温睿临一传;介立先生诗钞卷首,则增录邑人徐镇一传。凡可以不朽前人者,固当不吝心力而百计以表彰之也。甲戌[民国二十三年,1934]季春,冶盦谢鼎镕识。[第 1b 页][第 184 页]

02－046　皖雅初集

陈　诗

四十卷。陈诗辑，孙文光校点，黄山书社2017年6月第1版。

一、陈三立“皖雅序”（上册第1—2页）

皖之为行省，居东南腹地，辖府八、州五、县五十有五。峙以灊霍，薄以大江。其山川盘郁衍迤，自古钟毓才杰，被服儒雅，号声明文物之区。入国朝二百数十年间，绝特擅经术文章之彦踵起辈出，焜耀海内。即用歌诗标置，为世所指数，亦无虑数十百人。而流风渐被，勤一世自娱所业，或名不著者，犹不可选纪。及至粤贼起，捻寇继变，蹂躏几遍天下，赖湘之湘军、皖之淮军，如雷如霆，百战戡定，成中兴之烈。武节既盛，文事亦与俱昌。一时人士推激风骚，扬扢篇咏，洋洋满家。在皖如刘壮肃、唐果介之伦，起卒伍，列战将，所为诗争腾播士大夫之口，此且为湘所希有也。顾诸行省，置逾二十；即处荒远，阒声气，类皆有人焉就疆土所界，掇拾其乡诗人之作，勒为成书。而皖文献表南纪，乃旷阙，历今无复起而董理之者。先民故老，辛苦所托，渐即澌泯。庐江陈君鹤柴，深有恫焉。先是，鹤柴尝辑《庐江诗隽》二卷、《庐州诗苑》八卷。兹复勤搜博访，辑尽皖所属诗之可采者，命曰《皖雅》，先成初集四十卷。起国朝顺治，讫宣统，附近人诗二卷、名宦诗二卷，大抵务网罗放失，彰阐幽隐，而稍略负高誉、显传于世者，不可谓非仁人[第1页]君子之用心也。独念鹤柴当盛倡灭古、嬗新体之日，大势之所趋，大力之所劫，毅然甘尸呵护残遗、拘狃顽旧之名，不恤时流之訾笑，以孤寄其意，钻研别择，不倦不惑，又所谓“从吾所好，不知老之将至”者欤？己巳［民国十八

年,1929]三月,义宁陈三立。[第 2 页]

则杰按:此序又载陈三立《散原精舍诗文集·文集》卷十五(上海古籍出版社 2003 年 6 月第 1 版,下册第 1064—1065 页),文字基本相同。

又,所说《皖雅》“附近人诗二卷、名宦诗二卷”,此本未见。

二、陈诗“皖雅初集自序”(上册第 3 页)

昔成周既衰,采风之官久不下。逮嬴秦暴兴,载籍煨烬。延及汉世,青青河草,十九无名;苏、李河梁,艳称当代。东汉文物蔚起,傅毅、王逸之伦,特以诗篇列于史籍,古未有也。降及后世,《襄阳耆旧》《河岳英灵》,考献征文,是为嚆矢。爰及有清,抚世康乂,民物殷阜,艺事绍兴。各省诗篇,咸有总集;导源《国风》,方舆以判。返观吾皖,乃付阙如。[陈]诗幼承家学,长历时艰;乐志衡门,遨游江海;搜辑皖诗,弥有年载。起顺治,讫宣统,得一千二百余家,分为四十卷,命名《皖雅初集》,志往也。又思并世诗人不可无纪,辑近人诗二卷;旷观各省诗人,宦游吾皖,布政兴学,灿若列星,瞩往伤今,讵能恝置,又辑名宦诗二卷。予终窭且贫,力难剞劂。同郡唐君伯平,果介之孙也,闻风捐金,毅然倡始;建德周君梅泉、合肥李君木公,复佐佑之,广劝捐助,以成兹编。恭桑敬梓,乐有同心;继往开来,期诸后起。嗣有所得,更为续编。己巳[民国十八年,1929]春三月,庐江陈诗自识于沪渎静照轩。[第 3 页]

三、“皖雅题词”(上册第 4—8 页)

[一] 中江王潜病山

鹤柴百无营,嗜诗天所授。既抽古人秘,乃撷昭代秀。朗朗持衡鉴,孜孜记耆旧。郡邑数百里,瑶编罗已富(谓《庐州诗苑》)。更挈方舆广,不朽创宏构。皖疆南服雄,江左淮注右。黄山与白岳,孕育地脉厚。其北通中原,屏列亳颍寿。山川毓灵奇,士气腾英茂。

兼启中兴运，绩并三湘懋。风骚出兜牟，歌颂溢褒袖。坯户江海上，万轴横清昼。十朝三百载，珠玉尽辐辏。或伐邓林材，百选乃一就。或披沙际金，碎细见必收。显懿略公卿，幽隐详岩岫。方外及闺闼，孤芳靡遗漏。体别荆吴艳，音洗桑濮陋。得失审毫芒，弃取杜杂糅。泱泱大邦风，怡目惬众觏。輶轩迹已熄，采风义孰究？借当文献征，亦备志乘佑。横流如可挽，导此笙镛奏。

［二］ 新建夏敬观吷庵

君前葺诗苑，采风始其乡。颇复罗掌故，岂徒录篇章？迩惴皖文献，后或数典忘。甄选遍［第4页］诸邑，求佚日不遑。禹金作宛雅，画域限一方。勤勤四五辈，后有施蔡张。（梅鼎祚辑《宛雅》，施闰章、施念曾、蔡蓁春、张汝霖辈续之。）奈何二刘外，无以存李唐。（《宛雅》于唐代惟得刘太冲、刘太真二人。）有唐岂无诗？虽有顾不彰。君今于近代，搜索未厌详。叹惜二百年，文字多消亡。曰有倪抚部（文蔚），遗墨仅数行。就我求其家，其家大雷塘。（君辑《皖雅》，就余介倪氏甥，求其祖豹岑抚部诗集。抚部殁四十年，楹书散失；予甥方幼，盖莫得祖集所在矣。）抚部贫佣书，初无隔宿粮。一旦俯拾芥，功誉归河防。其辞既达身，殁乃同幽光。吟卷杂薪烬，子孙谁得藏？古来不传诗，何限饱蠹肠？传不传有命，显晦曾何常？为君题卷端，祝君诗道昌。庶获所不得，如夙愿以偿。

［三］ 湘潭袁思亮伯夔

鹤柴先生口苦吃，穷愁老瘦百不惜。一生性命付诗卷，坐吟行谣万事毕。昔随使车度陇阪，奇变忽遘天地坼。山阴使者亦诗伯（谓俞觚庵学使），先生抱诗对太息。谓宜各写十数本，缄縢驿寄江南北。吾曹呕心吐向纸，肯殉兵尘供一掷？辗转间关竟得归，天留后死宁逃责？歌哭虚堂走万灵，追念逝者伤魂魄。江淮汤汤灊霍高，磅礴蜿蜒元气积。胎奇孕秀代有人，国朝才贤尤杰出。徽州经学桐城文，各有专书尊典册。中兴武功耀区宇，事业亦载史臣笔。独恨輶轩不采风，诗篇放散无人拾。发愤勤搜八九载，十朝珊网收蓬茁。零章断[第 5 页]句不忍弃，近人名宦同裒辑。可怜气类重寒儒，有如禹稷援饥溺。当时不自甘泯没，此日陈人劳祓饰。丹黄铅椠屋打头，定有痴魂夜中泣。

［四］ 辽阳黄式叙松客

皖在天东南，九州此沃土。其水曰洪泽，其山曰天柱。欧苏旧所游，遗韶百世睹。有清盛文藻，诗人吾能数。先之龚（芝麓）刘（公甗）施（愚山），次则李（容斋）梅（耦长）许（四山）。厥后作者多，不懈及于古。奕奕尊瓠翁，奋起八风舞。浩歌过秦陇，高咏入淞沪。诗思吞五湖，有如大国楚。今闻《皖雅》成，积玉采玄圃。秃笔褉乡贤，垂老意转苦。濛濛杨叶洲，簌簌桃花坞。三复名宦篇，怀哉眷江渚。（内列“名宦”一集，载吾乡作者数人。）

［五］ 长沙郑沅叔进习叟

颓波不已镇愁予，天问还应溯邃初。赖有高人扶大雅，忽惊椽笔照幽居。桐城文字千秋业，淮水勋名百战余。分付老儒勤掇拾，虹光静夜亘精庐。[第 6 页]

［六］ 桂阳夏寿田午诒

少室伽黎在，东洲暮雪寒。（余三十岁后，始从学，湘绮翁曾命摄船山讲席。）四愁平子易（余初受毛诗，湘师言“经生易得人，词章难其选，子且先学作诗”），三世劭公难（船山诸生，从湘师问《公羊》。师老，厌酬对，命余作答。诸生中有专门十年以上者，学皆深邃于余，余谢不能，乃已）。重子琅玕赠（赐诗以湘学见誉），怜余苜蓿餐（又承厚馔见饷）。焚香对皖雅，花雨道场宽。

［七］ 宁乡程颂万子大

诗家识草木，皖雅溯遥年。回忆故人迹，远寻河套边。（君曾为俞恪士襄校甘陇。）时穷文益富，劫罅客能禅。不尽杯中物，论文赖有传。

［八］ 闽县林葆恒子有讱盦

皖雅书成足据梧，十年心力此中枯。襄阳耆旧开生面，灊岳精

灵信奥区。已有声名惊薄俗，未妨骨相独清癯。一编便是千秋业，岂待松醪大斗斞？（君届古稀，出游避寿。）[第 7 页]

［九］　闽县李宣龚拔可

汝颍多能事，风烟感昔游。禹碑淮堰峙，襄磬泗滨浮。人物成新论，声诗入采遒。闭门勤觅句，不语有阳秋。

则杰按：此诗又载《李宣龚诗文集・硕果亭诗》卷上（华东师范大学出版社 2009 年 10 月第 1 版，第 83 页），标题即作《为陈子言题〈皖雅〉》（陈诗字子言），正文仅尾联上句“觅句”作“正字”。

［十］　嘉定余德壎伯陶

龙山会（子言道兄以所选《皖雅》见示，谱此书后）

万里寻诗去。陇阪人归，闭户眠秋雨。古今才有数。思乡彦、不绝名真如缕。风雅久消沉，把幽阐、淮应胜楚。想篝灯，词流百劫，朗吟声苦。　　新编开卷凄然，回首家山（予先世由歙[县]迁太仓），我亦成萍聚。飘零梁苑赋。空陈迹、付与青山黄土。一笠滞江南，鲁戈日、输君当午。輶轩废、采风所及，九京延伫。

[原书“校记”]乡：原作“卿”。[第 8 页]

四、陈诗“跋”（下册第 1511—1512 页）

《皖雅》凡四十卷，综千数百人；八郡、五州，靡不罗列。刊既竣，有未识予者，诧曰：“斯何人也？乃能若是耶？”余不得不有所述，以正告当代文学之俦：余产于粤，游于吴，陟乎华陇；度皋兰之塞，泛河套之舟；翱翔乎上京，旋归乎沪渎。迄于今，凡居沪三十有三年，余亦年垂七十矣。余少耽诗，受命于祖。（先祖菊生公，命余名曰“诗”。）见人佳句，若己有之。勤钞不倦，惟恐失坠。积久成帙，浩无津涯。言念故乡，皖本东楚。诗篇散落，越三百年。不有鸠兹，其何能彀？遂奋心纂述，历七八载乃成斯编。以是乐生，以是媚古。横览乎五洲，旷观乎千祀。饭蔬饮水，非穷也；鸣钟列鼎，非贵也。抱道而处，与天为徒。优游人寰，爰尽厥职。冀无负于此生，偕群公而并寿。然毋昭入蜀，首创刻经;扬云草玄,竟至覆瓿。斯人事之不齐,贫富之大殊也。所幸朋旧劝分,惠而好我;或同州里,或异山川;秦越一家,肝胆互照。微生多幸,罔敢告劳。遗佚滋多,续搜岩壑。愿畸人硕彦,匡余不逮焉。兹刊《皖雅》既毕,赋一律云:"欲学神仙羡蠹鱼,耄年墨守历居诸。醉乡早觅封侯印,皖国今看贮宝书。[第1511页]夏木阴森天泽厚,柴门徙倚晚风徐。五州八郡罗篇什,差胜文园赋子虚。"共和壬申[民国二十一年,1932]初夏,陈诗自识于尊瓠室。[第1512页]

【附录一】陈诗《陈诗诗集·凤台山馆诗钞》卷六《自题〈皖雅〉后,并谢诸公惠赠篇什》(黄山书社2010年11月第1版,第253页)

易世述诗派,偶斋垂典型。(吴彦复比部师,尝学诗于宝竹坡少宗伯。)百年同草草,孤立效亭亭。瀠霍收行橐,江湖任泛萍。遭逢九州彦,难得眼常青。

【附录二】陈诗《陈诗诗集·凤台山馆诗钞》卷八《夏映庵兄绘皖雅簃图卷见赠,赋此奉谢》(第288页)

三百年间事,都归皖雅簃。诗编蠹鱼剩,画法虎头痴。文字生涯薄,交情旷世知。披寻刚耄齿,留与后人窥。

【附录三】陈诗《陈诗诗集·凤台山馆诗钞》卷八《〈皖雅〉"初集"既成,秋凉,方编"二集",爰赋一律纪事》(第322页)

皖江千佛有名经,缀辑残篇一再行。罗汉或当能证果(予自谓予之诗在今世当居第三等,亦犹释教诸佛,菩萨而外之有罗汉也),铜驼曾见已生荆。山川游览风花瞥,藜藿艰辛雪月莹。七十植鳍天与健,一灯相守愿完成。

则杰按:据此诗所述,《皖雅》"二集"确实已在编纂,不知最终情况如何。

02－047　龙眠风雅

潘　江

六十四卷。潘江辑，《四库禁毁书丛刊》集部第98—99册，影印康熙十七年戊午(1678)潘氏石经斋刻本。(下录均见第98册)

一、宋实颖"龙眠风雅序"(第2页)

向予在都下，与海内贤豪长者相结，每邑不过一二人，独龙眠多闳览博物之士。如省斋、楼冈、邵村、默公、如三、梦敦、与三、敦四诸先生，皆一见契合，订乘车戴笠之约。盖其山深秀而苍郁，其水迤逦而荡潏，古所称九江之北、三楚之南，乃诗人骚客之所出也。今岁戊午[康熙十七年，1678]，余友潘子蜀藻卒业《龙眠风雅》一书，而来问序于余。余读之而喟然兴曰：呜呼！风雅一道，岂易言哉？《记》有之，肆直而慈爱、温良而能断者，宜歌"风"；恭俭而好礼、广大而疏达者，宜歌"雅"。吾夫子删十五国之"风"，而"二雅"卒存正、变，其意固有所寓矣。龙眠介南北之交，为江淮之都会，在春秋[第1a页]时名皖城，服役于楚；"江永""汉广"之诗，夫子采入《周南》，楚未尝无诗也。其后汉魏六朝之间，英雄率以此为战斗处，斜阳遗壁，折戟沉戈，亦有登高而作赋者乎？此苏子瞻、黄山谷、王荆公辈所感慨而流连低徊、不能去之者也。蜀藻少负才名，作为诗歌，踔厉风发，笼罩百代。其有事于诗选也，上自洪、永，下迄本朝；阐潜德之幽光，表哲人之忠孝，俾风雅源渊直可媲美于卜氏之序、毛公之传，岂独为龙眠职志而已哉？昔李公麟好古博雅，多识奇字，自夏商以来钟鼎尊彝皆能考定世次，辨别款识，号"博古图"；蜀藻之于诗也亦然，则即称蜀藻为"潘龙眠"可矣。[第1b页]康熙十七年，岁次戊午[1678]，春三

月上巳，吴门同学弟宋实颖拜题。[第 2a 页][第 2 页]

二、吴道新“龙眠风雅序”(第 3—4 页)

予读刘凤《吴先贤赞》，可媲美弇州《名卿纪》。盖以乡之人阐扬其乡之先哲，而海内崇之，国史采之；一邑之遗事轶闻，遂与海内之鸿献骏烈并垂不朽，为功于其乡綦大矣。所以然者，纪海内之鸿骏，博稽于四方，或挂漏于一隅；惟阐扬其乡之先哲，则耳目近而巨细毕抡，故搜罗能核，品藻咸臧也。吾乡方明善先生师此意，撰《迩训》诸书，桐先哲之芳规懿迹灿然彪炳。予惜其未附以诗文。夫援据繁缛，人容有疏忽于颐隐而不之探索者；不若诗文之遴梓，可以萃众甫而播之广远也。文又不若诗之怡悦性情，尤易征而可勒之金石、被之弦歌也。则[第 1a 页]诸先哲之诗，赖选者讨抉幽秘而宣其精彩于星移物换、散落之余，岂不亟哉？吾桐先哲诗，比于唐有三盛：以洪、永、宣、成四朝为“初”，弘、正、嘉、隆、万五朝为“中”，启、祯两朝为“晚”。亦不乏《箧中》《搜玉》，辉映梨枣。而矜慎自娱，如扁鹊之兄，誉不越乎闾里。是以蜚声寰宇者鲜，犹之湮没而无所表著耳。卯[乙卯，康熙十四年，1675]、寅[甲寅，康熙十三年，1674]之交，侨寓秣陵，予小阮鉴在偕钱子饮光有《过江》一选；返桐，予有《同声堂》一选，皆一时邺下、梁园诸俊彦登高怀古之作。而三百年内宿学巨公，洎夫逸民闺秀，究无合选总锓之集，以标吾桐大睹，仍嗛嗛阙典也。潘子蜀藻，戊子[顺治五年，1648]辑已刊、未刊五十余种，矢志斯举，而荏苒棘闱，未竣其选务。姚子经三，甲辰[康熙三年，1664]续辑数[第 1b 页]十种，携入闽，计就建川之剞劂。时予暨钱子饮光、陈子二如客富沙，翊襄商兑。姚子颜之曰《诗传》，“传”者，传其详也，宽之也；钱子颜之曰《诗存》，“存”者，存其略也，严之也。宽之者，宽于名，则难苛以真——譬之花，欲蕃其萼䔢，不妨卫以枝叶；严之者，严于赝，则必程以实——譬之玉，欲钦其珪璧，不应紊以碔趺。用是互相龃龉，选与锓遂因循。今潘子并经三之所裒储，而酌以饮光之评议，力任其事。取资既宏，删定胥确；发凡起例，犁然大备，颜之曰《龙眠风雅》。圣人据輶轩之什、郊庙之章而衍《葩经》，“风雅”二字，尽诗之义蕴矣。予观其命篇，则知所以操选之旨，浑而正，公而平，有脊有伦，无偏无党，善乎！潘子曰：“宽以收之，严[第 2a 页]以选之。收宽则诗不拘于一途，而无惩噎废食之弊；选严则人不流于过滥，而无鱼目混珠之疑，乃选家执中无方之要道也。”逾年而集告成。人之贤者，重其人，即重其诗；诗之佳者，惟其诗，亦惟其人。如是乎吾桐先哲之诗，多不因骈拇芟，寡不因寸玑置。污尊瓦鼎，不因朴质弃；虎威龙蜕，不因朽落捐。繁简详略，悉协其宜；真赝名实，悉昭其辨。不复虑向来之猥杂，可以悬之国门，式诸海内，俟燕许之手笔鉴定而甄裁矣。潘子且仿《品汇》《英华》，各作小传，志其人之端委梗概。斯又兼方、刘“赞”“训”之体，以彰诸先哲之芳规懿迹，俾颂其诗者论其世而知其人。然则潘子兹选，姚子所欲传者俱传，钱子所欲存[第 2b 页][第 3 页]者俱存，不啻两司马之有《世本》《长编》，而《史》《鉴》借以藏也。潘子阐扬乡先哲之功，不既大矣哉！潘子又曰：“虞山《列朝选》，龙眠诗登载寥寥，由吾乡前辈率尚暗修，流布稀少。”诚哉！是言。虞山《列朝选》祖石仓《十二代选》，而益以绛云之藏弆。石仓《选》云“十二代”，实则明诗之大全。予尝侍函丈校阅之：汉魏六朝唐宋元为《一集》，帙百；《二集》至《八集》皆明诗，帙千有二百；其邮寄虞山者，止于明诗四集五百帙也。而先生于龙眠诗，未尝有檄取，恶从翼飞胫走而乞其捃摭哉？兹集出，流布者广，则登载者必众。天下后世有如能始、牧斋两先生者开局设坛，扬扢风雅，必不逊于鸡林贾人之购求也。此潘子之功，所以为大欤。予谨胪述其始终兹集之志与事而为之序，以弁于[第 3a 页]首。康熙十六年丁巳[1677]季冬月，前水部郎旧山隐者吴道新汤日父撰。[第 3b 页][第 4 页]

三、陈焯“龙眠风雅序”（第 4—5 页）

予弱冠游吴下，即与华亭李舒章、宋子建辈，汇龙眠、云间诗合为一选。因取韩、孟倡和之意，以《云龙》名编。方授锓人，而当甲申[崇祯十七年，顺治元年，1644]之三月，其事中止。越三十载，同学潘君蜀藻乃专辑《龙眠风雅》以行。予时整比宋元诗，丹黄错互，弗克躬与校雠，而窃喜夙愿之借手也。刻成，属为序之。予观古今诗格之升降，系乎时，不系乎地。自唐殷璠有《丹阳集》，刘松有《宜阳集》，黄滔有《泉山秀句集》，于是诗始以地著矣。汴宋立江西之派，而推黄鲁直为宗；南宋立莆阳之派，而称林艾轩为长，于是以地著者又因以派分矣。顾《丹阳》诸集，自储光羲数人外，其诗多踳驳不[第1a页]传。严羽卿力辟江西为旁门；刘后村欲自异于莆阳，有"英豪忌苟同"之句。由是言之，诗固不得以方隅侈胜乎？然非所论于龙眠也。龙眠之为山，深秀而回复，蜿蜒百里，自为奥区，于天柱诸峰无所附丽。士生其间，禀山川苍迥沉郁之气，人尚实学，不竞浮名。尚实学，则含英咀华，先求根柢；风骚乐府，户习家传；虽闺阁童孺之言，必无粗俚寒俭之态。不竞浮名，则适性缘情，各摅才致；外诱莫夺，世趋莫移。故有明三百年来，诗体三变；龙眠之名卿硕士，与四方分坛立墠者未尝不声光相接，而坚守朴学，一以正始为归者，固自如也。每叹近日风雅一道，众喙争鸣；诋娄东为浮音，黜湘南为细响；纷呶愈甚，[第1b页][第4页]格调愈卑。使得龙眠学诗之旨而存之，则捞笼汉魏，埏埴三唐，前修之叠矩重规、后儒之一知半解，皆足为吾资而不为吾病；彼逐委忘源，絜长较短，亦只见其徒劳矣，又何地与派之可言哉？当嘉靖初年，"八才子"继李、何之后狎主齐盟，其《同游海甸》一诗独心折吴皖山为绝唱；万历间，公安袁氏兄弟掉鞅词苑，而不能不以大雅尊吴客卿。盖龙眠诗虽未全播艺林，其英华逗露，已逾十纪；至今日始尽发之，抑山川苍迥沉郁之气，有弗容终闷者乎？夫临平石鼓，千年不鸣；一旦引桐鱼叩之，声震远迩。蜀藻以秤量天下之手，扬榷土风，取人恕而衡句精；其所握三寸管，亦蜀之桐鱼也。相约明年同下吴[第2a页]淞，持此编示云间诸俊人，当必有踵李、宋而兴重酬合选之愿者，予尤有望焉。康熙丁巳[十六年，

1677]长至后三日,涤岑同学姻弟陈焯书于三应亭。[第 2b 页][第 5 页]

四、许来惠"龙眠风雅序"(第 5—6 页)

潘子蜀藻用三十年之力,辑《龙眠风雅》六十四卷。去年春,始授诸梓。凡逾岁,而书告成。里中父老子弟踏门购求,以为三百年来得未曾有,欢喜赞叹,如出一声。间有二三不知者,呶呶议其后。潘子愠焉,贻书以告许子。许子曰:"庸何伤?彼呶呶者,吾知之矣。其弊有二:一曰贡高,一曰媢嫉。贡高则好上人,谓一世莫己若;区区弹丸,焉得如许陶谢手?媢嫉则忌人之能,谓事不必自己立,功不必自己居,有竖子成名之叹。嗟乎!是何其不广也。夫天之生才,何地何时蔑有?贡高而不可为也。己则不能,何必忌人之能?媢嫉而不可为也。彼呶呶者,适足形其[第 1a 页]不广而已矣。庸何伤?"吾犹记潘子始事斯举,凡名山之藏、通都之副,故家之秘笥、兔园之残箱,刓编鬣翰、断楮废缣,莫不罗而致之几席。甚至藩溷间亦着笔墨,朱黄错互,衿袖皆污;手目旁皇,形神俱敝。移日分夜,矻矻不休。其搜访之专勤、荟集之弘备,近代采风家所罕见也。试观三十年来,晨抄暝写,不问晦明;雪纂星翻,罔歧炎朔。体分代别,全资独腕之渠;正谬雠讹,亦属一手之力。——天下有劳如潘子者乎?若子云之采《方言》,持铅握椠;似乐天之纂《六帖》,列架编瓶。因警句以进核懿行,搜家乘而并摭国史。远稽近溯,分部就班。——天下有勤如潘子者乎?或全书尽蚀于粉鳞,靡遗剩简;或佳句已宝于球璧,[第 1b 页][第 5 页]弗厕微瑕。纤纇小疵,间改窜以成人之美;单辞只句,亦掇拾于小传之中。不忍以赝鼎疑及子孙,何肯以捉刀逆其亲旧?——天下有矢念平恕如潘子者乎?或不无生前之睚眦,而殁后反肆搜罗;或未免来裔之抨弹,而先人倍多收辑。素有专集,精其选则持择稍严;仅见数篇,存其人则捃摭微恕。——天下有宅心长厚如潘子者乎?竭千旬之甄录,经百手之传钞。恣摸索于曹、刘,谁载玄亭之酒;挹光芒于李、杜,孰贻谀墓之金?而且僦笔傭以资财,犒书胥以肴醴。稿经数易，清亦再更。——天下有轻财乐善如潘子者乎？即今者剞劂将成，枣梨弗给，席先荫而若罔闻知、睹成书而懵不省察者有之矣；非潘子贬宴游[第 2a 页]之需，谋倍称之息，其能速溃于成哉？甚矣！潘子之功，于维桑者大也。夫以三百年未有之举，潘子一旦举而行之，先哲有灵，实式凭焉。吾知白月青磷之下，必有聚诵感叹之声。凡为子孙及亲故者，宜瞻礼服膺之不遑，而犹呶呶焉议其后，亦独何欤？即有大雅自命者起而发愤为雄，痛加芟刈，缩为径寸之书，重授锓人，亦不能不奉此为絜法而归功于经始之人也，而况乎其未必能耶？然则吾龙眠诗人，幸而有潘子今日之选也，亦不幸而始有潘子今日之选也。向使潘子早生二十年，当启、祯未罹荒乱之前，咨文考献，历有可征，出其全力延访四境，吾不知其明备又当何如也。此吾之所谓不幸也。[第 2b 页]然使潘子内吝钱刀，外畏谤忌，不及今毅然举行，亦如向之首鼠莫决，旋作旋罢，吾恐日月如驰，精力不再，虽有充栋之书，雠比成帙，其不与腐草荒烟共其销沉、败纸退笔同其委弃者几希矣。此又吾所谓不幸之幸也。故曰潘子之功，于维桑者大也。潘子淹博似张茂先，温雅似黄叔度，经济湛深又似王景略，宜不愧博宏之举；乃以州司马需次选人，赖有余暇，得以从事于此。因念曩者潘子与予同事选政，齐子古愚，张子如三、敦复实左右之，《文聚》《诗正》两书悬诸国门，千金不易；又曾膺邦君之聘，纂修邑志；应宗人之请，撰辑族谱，其有造于家国者，讵一端而已耶？潘子尝怊怅于邑志之役，以牵于[第 3a 页]共事，不得行其志；今此书人立一传，考据典核，于以补邑志之阙，不亦可乎？予一毡下邳，望故乡如河汉，潘子其速邮一函示我。彼呶呶者，吾知之矣。书此以释潘子之愠，并为之序。康熙戊午[十七年，1678]春，清明前一日，同学弟许来惠拜撰。[第 3b 页][第 6 页]

五、方孝标“与潘木厓书”（第 7—8 页）

标尝见古人闻有异书，必多方求之；有所撰著，必与其朋友相商订，以归至是。故欧阳永叔闻人有古本韩文，必索读之，而其文益进；蔡西山著《律吕新书》，朱子辑《通鉴纲目》，每缄书故旧门人，远相考正，六七易稿乃成。固知古人好学之诚，虽在数千里外，犹往来不倦，而况近在里闬之间，又皆里闬诸先正之遗文乎？仆尝谓吾乡人文之盛，唐宋以前尚矣；即自明洪、永而后，皇皇秩秩，岂亚汉之扶风三辅、唐之博陵陇西？而诸先正生当治世，敦本力行，辄不欲以虚声动海内。故当时之以诗文提衡月旦，如所谓茶陵、华亭，“五子”“七子”，晋江、震泽，竟陵、[第 1a 页]公安辈，诸先正亦多与之同朝同官，兄事弟事。向使曲籍标榜，岂不焕然？而诸先正之不肯为此者，其意盖谓有得于古可无求于今，有得于今则必传于后。然则表彰之责，岂不有待于后进者乎？是以仆不自量，每欲捃拾旧闻、整齐散佚，仿《襄阳耆旧》《河岳英灵》之遗意为一书。而洊更患难，奔走四方，挟册屡失，力不从心。向游闽海，见表弟姚经三，笥中有《龙眠诗传》一部，将选而刊之，不禁欢欣起舞，著序以力赞其成。而时有操严选之论者，仆辩之曰：“凡选宜严，此选宜宽。盖凡选主规模，此选主表彰也。其间功名显奕、著述繁多，子孙能世其业者，即少加删削，终无掩晦；若皓首穷经，未尝一遇，或子孙[第 1b 页]寥落，又经兵火，所遗本不多，而复以字句微瑕选而去之，则其人之精神不几与世抹杀耶?”经三亦以为然。而不知何故，中牵他议以阻，至今惜之。昨自楚归金陵，见友人处有足下所选《龙眠风雅》，其视《诗传》加备加整。借而读之，惜为索还，未能卒业，然已知其大略。足下此举，诚可不朽于家邦矣。又闻足下搜求甚苦，至踵门再四，不异私求；割薄田之入，独力程工，此岂非仁人学者斯文自任之道乎？且仆昔读虞山钱先生所编《列朝诗选》，体裁颇与足下此书合，但其客气未除，宅心未厚；于索瘢隐刺之言则详，敷扬盛美则略；门户玄黄之事则艳称长纪，而和平正大之气往往不足。以视足下此书，传[第 2a 页]贤贵者既详悉有度，而于隐逸之老、穷约之儒尤加扬诩，访咨遗迹极备，而又皆芟繁辨伪，抆善阐幽，毫无吐茹于其间。仆于此为足下服，且为足下庆矣。《传》曰:“方以类聚,物以群分,吉凶生矣。”夫吉凶何有“方”“物”?岂非谓阴阳之气自行天地间,而人心之吉凶往而迎之?心吉则吉生,心凶则凶生。若足下胸中则纯乎其吉,而天地之吉气自集尔躬。吾知足下等身之著述,异日必有辅轩之采、名山之藏,矜重爱惜亦如足下今日之于诸先正者等矣。若夫首以先断事之忠贞,终以家密之之苦节,于衰宗先后能诗者网罗略尽,而以先君子与先兄环青、亡弟子留各为一全卷,且云此家国之光,不徒桂林[第 2b 页][第 7 页]之盛,此又仆辈之承休席宠,借以光昭来兹,岂独一时感辑已哉?惜未获熟诵,故敢求足下以一本见示,俾得漱芳润而对典型,岂不幸甚?至仆愚,自为诗文亦久矣。少作不足存。近在数十年间者,诗曾自删成帙,为一敝门人刻之岭南。兵乱,板未携归。惟文二种,一为敝门人刻于广陵者,一为敝门人刻于浔阳者,词既固陋,刻复不精。然海内为文者多,知文者少,知文而平心、深心于文者尤少。若足下,则知文而又平心、深心于文者,故敢以就正。谚云:“抛石引玉。”《传》云:“它山之石,可以攻玉。”仆顽石也,何敢以引诸先正之宝玉?然惟以陋质,冀足下之不弃而赐他山之攻耳。临缄不尽。[第 3a 页][第 8 页]

则杰按:此札《方孝标文集》(黄山书社 2007 年 11 月第 1 版)未载。

六、潘江“龙眠风雅发凡十六则”(第 8—12 页)

[一] 吾里旧隶舒州,代称岩邑。朱司农遗爱桐乡,陶都督惜阴枞水,业已覃敷声教,蒸起人文。迨山庄图自公麟,读书台传鲁直,地灵所孕,弘长风流。惜邑治迁徙靡常。宋元以前,湮没莫考。断自洪、永,渐有闻人。方断事(法)踵汨罗之躅,姚参知(旭)流渤海之膏,狎主吟坛,允推鼻祖。嗣是家握灵蛇,人裁绣虎,莫不咀汉魏之芬苾,鼓六代之笙簧。但敝邑僻处山陬,邮筒阔绝,而先正鸿儒著书满家,又皆耻钓浮名,只用自悦,坐是流传益鲜,全集罕闻。予于

戊子[顺治五年，1648]秋，曾与方子子留(授)有志兹选，网罗放失，猎秘搜遗；已刻、未刊，约得六十余种。顾慁于帖括，作辍鲜[第1a页]终。庚子[顺治十七年，1660]、辛丑[十八年，1661]之间，钱子饮光(澄之)、姚子经三(文燮)慨然共事，乃尽发夙藏，倾筐倒庋；而沮于异议，未观厥成。予用是不揣戋陋，殚力搜求；久历岁时，捃摭较夥。因自念竭半生之力，阅三纪之勤，用意良劬，填咽箧衍，委置可惜，谬呼将伯助我庀工，今幸借手告成。予虽身职其劳，而方、钱、姚三子权舆兹集，表彰往哲，实归首庸，予其敢贪为己功乎？

［二］　曩与方子子留首倡斯举，颜曰《龙眠明诗选》，仅掇前代，不列今朝。钱、姚二子又广综已逝，采及时流，良以人亡论定，阐幽发潜，无歧古今耳。第姚曰《诗传》，盛推昔人著作；钱曰《诗存》，严持一己权衡；揆之鄙衷，均不敢出。因[第1b页][第8页]思诗首《葩经》，托始"风""雅"。太史公曰："《国风》好色而不淫，《小雅》怨诽而不乱。"摛词之家，取法乎上，"风雅"二字尽之矣。虽不能至，心向往之，亦曰此吾龙眠之"风雅"云尔；如谓方驾《三百》，比宣圣删定之书，微独予不敢诬昔贤，即昔贤地下有知，亦不敢自诬也。

［三］　唐人选唐诗，如姚合之《极玄集》，韦庄之《又玄集》，殷璠之《河岳英灵》，高仲武之《中兴间气》，间于各姓名下叙其爵里，概其事实，凡以阐扬当代，近而易稽；美行嘉言，均无攸伏。况生同闾闬，长接枌榆，其远者非吾高、曾射游之俦，即吾父、祖祝噎之老；至近在数十年内，予犹及见其笑貌声容，可勿飏彼懿规，光兹雅制？集中所列小传，率[第2a页]采诸国史，副以家乘，庶不致文采烂然，实行蔑据。其无所考证，又不以行状来者，未免阙如，非予过也。

［四］　良璧受点于纤瑕，纯锦蒙讥于微颣。点文窜字，裨益非轻。是以陈思定敬礼之作，云台改齐己之诗；苟有謇陈，弗嫌弋获。兹集所登，务期全体美善。第恐修章踳杂，斯借芟繁；累句厖茸，亦资饰陋。予于先辈杰构，不敢妄为更弦；惟韵脚欠稳及字义未安者，间效他山。至同侪果遘佳篇，稍亏警策，则不惜涂乙，僭事推敲，增

损出入，似有微长。览者鉴予苦衷，无非成人之美，非故为败鼓之搜，以贻"点金"之诮也。

［五］　古人篇什流传，每见甲、乙两存。只缘世远人湮，难从臆［第 2b 页］断。故婕妤、光禄，一歌互传；荀鹤、雄飞，同词并见。诸如此类，不胜枚举。予上下三百余载，间或传闻异辞。如姚子《诗传》所载江公弘济二诗，见于林鹃山刻本；《掌慧轩［集］》所载《石马谣》，见于谢中隐抄稿。——集中不无一二，惟有阙疑，以俟考辨之君子。

［六］　贤裔扬扢前人，义旧表襮亡友。人之欲善，孰无同心？顾有美弗扬，命之曰"隐"；无实而饰，名之曰"诬"。予有事斯役，即矢摈赝诗，概从刊落。而亲故见投，连篇累牍；鲁真齐赝，剖判奚从？彼既长跽而前，口陈仁孝之悃；何忍一麾而去，自蹈逆亿之愆？亦云可欺以其方而已。若予也，父、祖三世，未有遗集，不敢伪撰《青箱》；叔、季两人，本乏传文，［第 3a 页］焉肯托名《花萼》？以身作则，自信无欺。纵或捉刀相蒙，适彰假手之陋。

［七］　卷次悉依世代，不敢任意后先。惟以科目起家者，甲乙了然，按籍可考。至于俊民节士，末由编年，然初盛中晚，亦在仿佛之间，无甚辽绝。其有雁字连章，似《窦氏联珠》之集；嘤鸣接简，等《彭阳唱和》之篇，间或触手随编，并无成见。

［八］　吾邑人才之盛，不必尽以诗称。集中所未载者，代有传人。如孝友，则有檀孝子道清（郁）、吴秀才德升（堂）、夏文学以忠（子孝）、金孝子（韡）；忠谠，则有许御史（友进）、潘佥事（洪）、雷御史希曾（宗）、张光禄大被（泽）、吴通政石兰（自峒）、马冏［第 3b 页］［第 9 页］卿泰符（孟祯）；理学，则有何主事省斋（唐）、童布衣定夫（自澄）、姚文学崇孔（希颜）、赵均州子恒（锐）、陈孝醇蟠石（朝栋）；循吏，则有黄副使宗学（敏）、方天台与信（印）、吴方伯元石（一介）、方少卿惟力（克）、张大参希古（淳）。或勒功名于竹帛，或飨禋祀于瞽宗，皆此邦之典刑也。脱有篇帙流布，则春华秋实，二者兼收；竹简之载，必与輶轩之采并垂汗青。虽然，扬子云不为篆刻，曾南丰岂必能诗？一代

伟人，千秋物望，固不以兹集之有无为轻重耳。

［九］　龙眠彤管之盛，倡自纫兰（张夫人方孟式）、清芬（姚节妇方维仪），久登词埠。然如耀殉节于危疆，仲贤守贞于阿阁，大义彪炳，奚假雕虫？而节妇《宫闺诗史》一书，区明风烈，录正摈邪，尤［第4a页］裨风教。嗣是《玉台》《香奁》，平分鼓吹，吾母（《松声阁集》）实称鼎立。又有茂松（吴节妇方维则）、澄心（孙夫人章有湘）、蕙绸（方节妇姚凤仪）诸女宗，分路扬镳，云笺赓唱。大约夜半悲鸣，伤黄鹄之早寡；故人恩重，感孤燕之独归。岂欢愉之辞难工，愁苦之言易好乎？若夫环珠（何孺人吴令则）、棣倩（方夫人吴令仪），咸琢辞章；纕芷（姚夫人左如芬）、缄秋（张孺人姚宛），并工藻翰，可谓钟礼郝法，嗣京陵东海之徽；谢遏张玄，逊林下闺房之誉。笄帏女士，何减词人？然而内行肃雍，母仪贞顺。笔沾花露，皆宝金虹璧之吟；墨蘸香脂，鲜冶叶倡条之奏。则又闺阁铮铮，雅音与高行并传矣。

［十］　自三李赓龙眠之操，苏、黄税山谷之游，载在篇章，山川［第4b页］增价，固采诗所宜首及也。第土著自明初为断，则流寓以远溯较难。虽有名硕留题，姑从割爱。惟是邑有邦君，花封沛桃李之泽；学多博士，鳣堂流芹藻之香。倡导人文，厥功非细。然而棠阴既远，不闻《贼退示官吏》之诗；毡席久寒，亦鲜“盘中长阑干”之句。只余姚许君（浩），曾司训铎；题咏虽多，惜无合作。至近今贤侯，如三原石公二孺（朗）、武昌邬公梦阳（汝楫），并皆骚坛宿素而方赋初衣，嗣容续入，以效表扬。

［十一］　黄冠白足，类说法以拈花；金简琅函，亦寄怀而掞藻。吾邑“洞宾”名泉，“仙姑”号井；山灵结聚，厥产异人。况投子传卖油之赵州，浮山有谈棋之远录；法门龙象，代阐宗风，［第5a页］于今为烈乎？紫霄心常依道，一任三彭是非；道潜絮已沾泥，不逐春风上下。聆彼吟咏，足证功修。予采释、道两家，取其切事严偶，不堕机锋，庶几词场之一助云尔。

［十二］　是集肇举，经始于亡友子留。息壤犹温，玉楼忽赋，今

书成而宰木且拱矣。至友人方子尔止（文），杨子古度（臣诤），方子还青（畿），邓子颠厓（森广），陈子子垣（垣），祝子山如（祺），左子子兼（国斌），方子象山（兆弼），倪子南荫（士棠），齐子古愚（邦直），李子仲山（延寿），方子井公（里），齐子念修（绳祖），左子夏子（国鼎），马子一公（敬思）、永公（孝思），皆曾目击收辑，各出家笥，广为搜罗，相与昕夕扬榷者也。十余年来，宿草被坟，绿苔生阁。人既后先奄逝，诗亦次第洊登。授简[第 5b 页][第 10 页]徒形于梦魂，遗书翻问诸妻子。雠校所至，辄为抚卷唏嘘，不啻过西州之门、悲广陵之散矣。然生存翊襄盛事，功不可忘，所当备列简端，以志玉成之雅。

［十三］ 吾乡二三耆宿，凋零殆尽。惟旧水部函云吴无斋先生（道新），经神学海，岿然独存；折角解颐，沾丐后进。年来戢影旧山，间一来游阛阓。予小子追陪杖屦，窃聆绪言；剔隐宣幽，猥蒙是正。姚子经三所辑《诗传》，嘉、隆以前，半依原本，不更刊削。而钱子饮光又手一门合集，面授有年。其他拾遗举坠，竭蹶赞成；家集而外，多方摭拾，则李子石逋（铨）、陈子问斋（式）、李子芥须（雅）、陈子越楼（焯）、许子伊蒿（来惠）、李子叔济（明楫）、方子念培（逢月）、何子方屏（永炎）、[第 6a 页]张子西渠（杰）、姚子彦昭（文燚）、何子存斋（永绍）、齐子秋浦（山）、赵子湛斋（襄国）、张子敦复（英）、戴子导及（研）、左子橘亭（国治）、孙子嗜公（中凤）、方子子安（迁）、孙子卧公（中夔）、方子素伯（中履）、齐子怀芬（贤），门人何子凤翥（汉客）、杨子鼎（姬士）、谢子汉（云倬）、王子成绩（浩生）、赵子錧（良冶），从叔贻孙（九芝）辈，搜访之功为多。或发累业之笥藏，或输帐中之枕秘；有闻必告，无隐弗咨。甚至吴江枫落，亦传信明；长笛一声，不遗承祐。予因得披陈万卷，纵目渔畋。则诸子撷致盛心，当与昆刀薤字并寿贞珉，固非予一手一足之烈所敢专美也。

［十四］ 里中先正名什，镂版而外，强半钞誊，未有束若牛腰、动[第 6b 页]盈累尺者。近代惟方宫詹坦庵（拱乾）、方淮西尔止（文）、马枢部正谊（之瑛）、方太史愚者（以智）、方郡丞还山（畿）诸稿，卷帙

最为繁富，几于仞长源之架，溢茂先之车；览者目眩心摇，望洋而叹。予渺见谫识，如贫儿入宝藏中，莫知所割。赖同志五君各出手眼，匡予不逮。如陈子二如（式）之于《何陋居集》《甦庵集》，姚子彦昭（文燚）之于《鑫山集》，陈子默公（焯）之于《秫庄集》，李子士雅（雅）之于《浮山》前、后集，许子绥人（来惠）之于《四松斋集》，拔尤揽最，使作者骊珠独出，旌垒一新。良友佽助之劳，尤不可没云。

［十五］ 往见选家部署，陋辙相因。甫竣壶中，旋登方外；混缁流于袆翟，厕羽客以笄珈；铨次非伦，错淆失体。虽无伤于[第7a页]云水，实有碍夫闺帏。兹则妇丽其夫，表臻妻颂椒之慧；女缀乎父，扬谢媛咏絮之才。既以远别嫌疑，抑且微分正闰。至寓公生于斯土，终是踏雪之鸿；即古德来自他方，亦等游云之鹤（见六十三卷）。果系桑梓，另列枏檀（见六十四卷）。此则卷末所汲汲区分者矣。

［十六］ 是集成，或谯予不无溢滥，退有后言；不知三百余年吾乡诗人从未汇成合集，用备大观。当兹标榜之始，征文不得不宽，取人不得不恕。异时宗工硕彦，采风下里，庶不患裁择无资。苟存什一于千百，良为厚幸。夫十步之间，必有香草；百里之邑，岂乏风人？况以三百余年之久远，登载者仅三百余人，恶得谓之溢滥乎？古诗三千[第7b页][第11页]余篇，宣圣去其重，可施于礼义者存三百五篇。然则予兹选，即与古风雅比絜，亦宣圣未删前之三千余篇，非既删后之三百五篇也。诚欲执化权以进退词流，穷真赝，别妍媸，汰三千为三百，有志删定者，任自为之，其何以谯予为？

康熙十七年，岁在戊午[1678]，闰三月上浣，木厓潘江蜀藻氏自识于石经斋。[第8a页][第12页]

【附录一】施闰章《施愚山集·文集》卷三《龙眠风雅序》（黄山书社1992年11月第1版，第1册第58—59页）

潘子蜀藻以文辞名江上，多所辑撰。间搜其乡先生之诗若干卷，曰《龙眠风雅》，寓书以[示]施子。其言曰："诵诗而见其人，以是为尚友；集一乡一国者，先土音也。"余观孔子称述夏、殷，而叹杞、宋之无征，伤文献之不足。盖古史竹简漆书，虽以帝室天府之册，纪载未详；而殷之遗风余烈，后世犹见一二于《商颂》，然已亡其七篇矣。《诗》托始《国风》，"汉广""江永"见于《周南》，而楚大国无传，曾不得与邶、鄘、曹、桧比，岂以荆蛮摈楚而不见采录欤？抑太史采之，而地远多故，旋阙逸不存欤？三代以下，太史既不采诗以观风俗、考政治，于是有迹熄诗亡之叹；而风雅遗音不终绝于人间，往往剩咏残篇，垂耀简乘，则存乎网罗收辑之人。盖得其人则传，不得其人则废。唐人选唐诗，如《河岳英灵》《国秀》《箧中》等六种，所存不甚多，而传之至今。杜清碧之《谷音集》、元裕之之《中州集》，亦铮铮焉。盖全集繁而易失，选本合而易行也。潘子之为是书也，例仿《河岳英灵》，人叙崖略，诗拔菁华；其间有阙者，摘数语附见。呜呼！桐城故望国，昔之作者，更阅数百年，盈尺之书强半为鼠蠹啖尽，乡里不记其姓字，子孙不能举其绪言；一旦揭揭焉若引星辰而联珠贝，其[甚]或坎坷老穷巷，贞人义士，存其只语单辞，可歌可涕，所谓罗遗文于既坠、发潜德之幽光，虽限以韵语，不过一邑之书，而知人论世，殆与《汝南先贤》《襄阳耆旧》相伯仲矣。余闻之父老，江上人物，盖称"二城"，谓桐城、宣城也。吾宣之诗盛于宋，不乏继起。明隆、万间，梅禹金先生辑有《宛雅》一书。其后作者弥众，吾友蔡君大美尝见约为《宛雅续集》。会余视[学]山以东，大美又老病，造次卒业，其书不大显。而潘子乃独以《风雅》张龙眠，余何敢望潘子哉！《诗》有之曰："维桑及梓，必恭敬止。"余虽浅见寡闻，愿终有事于斯矣。

则杰按：此序《龙眠风雅》及后来《续集》内均未见。其中个别文字据《景印文渊阁四库全书》本施闰章《学余堂文集》同卷校补(第 1313 册，第 37—38 页)，其他出入从略。

【附录二】毛奇龄《西河集》卷三十五《龙眠风雅序》(《景印文渊阁四库全书》第1320册,第291—293页)

自昔邦贤国献,多得之雍、豫、燕、齐诸境,而吴、楚以南,传者渐少。顾其所为,可见者即一言一行,致足称述,又何尝定以文章为是邦耆旧高贤传哉!故七国文儒、东汉名士,原无爵履官阀可资撰引,然且泽不被于人,词不彰于世,而其名其氏,诵之赫然。今则非文不足以传人,而史馆文庬,无能轩轾,非其人所自为文足以嬗后,则虽言行之间原有可见,而其人不传。然而今之吴、楚,犹之昔之燕、齐、雍、豫,而高贤耆旧,往往不逮,致观者有古今升降之感。此非其文不足传,而其文之可传者,或不能传之、使天下见也。皖城为七国楚地,而枞阳入汉即为名县,其间高贤耆旧,代不乏人;且晚近以来,名士辈出,凡言行文章致足称述者,前后挽推,互相晖映,可谓盛矣。乃潘子木厓,复慨然念宋元以降,自武、乐、洪、宣下逮今日,有其人其文久传人间,而风雨兵革,侵蚀流散,渐至泗蔑而不可考者,将先辑其诗为集。因博采国志,旁搜家乘;凡夫故老之遗闻、闾阎之狎识,务必袪其可疑而征其可信,不泛不偪,以该以审,命之曰《龙眠风雅》。且不以予为不文,属为叙次。予思江左言诗,首推云间。而云间,又首推陈氏。当夫黄门崛兴,与海内争雄,一洒启、祯之末驵狯余习。而其时齐驱而偶驰者,龙眠也。故"云龙"之名,彼此并峙。当时习故者,其于江介诸先正,历历称举,皆有伦有等,可备谱牒。然而党同伐异,肆口雌黄。盖门户习气,则若有详于彼而略于此者。此生其后者所由辑遗诗,而愤然兴也。夫里门必式,梓桑必敬,此在乡之人固然,矧文章大事,宜辩方域?昔有见羊酪而夸莼羹、覩水嬉而歌河女者,其私其所处而矜其所秘,即偶然给捷,世且夸之为盛事,况乎南音之当操,而土风之可播欤?木厓著书等身,其所为诗久为海内所诵扬,然犹兢兢乎不忘先烈,而具为搜讨;今之所为后,即后之所为先也。予生为越人,僻处海隅;邑之文献,固无能与宇内颉颃。然尝考遗载,亦有乡先生诗共若干卷,自有明迄今判为二集,既镂版行远近，而数百年间眇无一存；即故家收藏兼本副录，亦罕有见者。大抵世近则相形者多忌嫉，而代远则因循忽略，易致轶落。予往欲辑之，而难之也。赋吴都者，矜灌注之能，扬薮囿之广，荒陬诡谲，旁魄而算，自以为竭智计词说，有裨吾土；而忽有人焉，控引逢涬，袭历块圠，聚鲛鲻而集跃蔓，举他人之所凭虚而谈、睟容而诰者，而皆有以著其实。则夫按"绿竹"之诗，以求卫产；诵"板屋"之章，以验秦风，而犹谓未足摅怀旧之念、发思古之情，不可已。

则杰按：此序《龙眠风雅》及后来《续集》内亦均未见。

又，以上两序，彭君华主编《龙眠风雅全编》已据以辑入全书《附录》(黄山书社 2013 年 11 月第 1 版，第 10 册第 4751—4754 页)。

02－048　龙眠风雅续集

潘　江

二十七卷、卷末一卷。潘江辑，《四库禁毁书丛刊》集部第99—100册，影印康熙二十九年庚午(1690)自刻本。(下录均见第99册)

一、张惣“龙眠风雅二集序”(第262页)

余束发，丁丑[崇祯十年，1637]以后，从游四方，即奉教□□□姚二三子。若潘子木厓，则闻声相思，不啻数十□。久之，读《龙眠风雅》一编，益慨慕其表彰深心，尤亟想见其为人。己巳[康熙二十八年，1689]春杪，始获一造河墅，订交焉。把手欢如，各恨相见之晚。因偕涤岑、霜鹤、羹湖、家西渠诸公，盘桓晨夕，日探龙眠之胜。睹其峰峦之峭拔横亘、溪壑之澄澈回旋，而后叹龙眠人才之盛，固本天授；抑其地之灵杰相映发、奇伟不可测，而渊源未□□□如是哉？余以《九华山志》之役，别去秋浦，木厓复致书曰：“《龙眠风雅》竣于戊午[康熙十七年，1678]之春。十数年以来，词坛耆旧，凋零殆尽。长夏无事，更为搜讨。□吴[第1a页]无翁、左眠樵、李士雅、徐羽先、陈问斋、赵东岑、杨嘉□辈，俱先后为道山之游；而表弟方素北，近又于蒲觞次日捐宾客，尤皆后死之责，不得不亟为表扬者也。约共廿有余卷。吟咏之盛，接先贤骚雅之传，拟为《续集》以问世。先生弁冕数语，得无意乎？”余捧读，为之悚然避席，兹不能无深慨矣。盖先王采访之使不作，而十五国之“风”无闻。近代选家不一，不过方列数人、人存数章止矣，而挂漏何限？间有标表各出者，前如《畿辅》《云间》《宛雅》诸集，嗣录罕闻；近如《太仓》《淮海》《溧阳》，亦仅初□，未经再见。余曩有《金陵先贤诗钞》之志，栎下周公亟□□□成之；会其仙游，余苦孱力，艰于钞纂，即二三先辈□□遗稿尚藏[第 1b 页]匣笥，时以湮没滋惧，可感也。今《龙眠》前集已传诵宇内，而《续集》又将出；其于故旧遗什残篇，不忍一字一句之散轶，广辑博征，不以存亡二，不以久□移，其孜孜汲汲，有心哉！若人殆历冰霜而莫改、贯金石而弥坚者矣。木厓著等身书，树坛坫帜，为一代宗工。年齿与余同，而眼过云烟，胸罗星斗，其精神耿耿不可磨灭。余卜其春秋方未艾，凡诸同人诗卷长留天地间，端有赖矣夫。秣陵南村同学弟张愸拜题。[第 2a 页][第 262 页]

二、张英"龙眠风雅续集序"（第 263 页）

吾友潘木厓先生，为江左道德文章之冠。曾选刊《龙眠风雅》一书，一时国门纸贵，坊间至欲翻版以传。今又辑戊午[康熙十七年，1678]后乡梓续逝之作，重授锓人，何木厓之不惮烦也？盖其性喜汲引人才，遇人一语一篇之善，辄称诵不去口实。犹记予治举子业时，木厓与予同许子伊蒿、齐师古愚、家兄西渠辈共事选政，品藻人流；一出一入，兢兢不苟。虽艺林夙负盛名、其文字脍炙人口者，为之刮垢磨光，弗嫌点窜。宜其于扬扢风雅之间，尤勤且慎如此也。第木厓之为人，刚肠嫉恶，不能容人过，人亦以是诋諆之。岂昌黎之磨蝎守宫、子瞻之斗箕值宿，固有莫之[第 1a 页]致而至者欤？姑无论其他，即如《风雅》之役，尝鬻产质田，为人父祖谋不朽之业；其苗裔非惟不知感戢，且有起而议其后者，予诚不知其为何心也。然木厓之为此选，自惟崦嵫颓景，无能再图续举，因自摭其前后诸集，附录于诸诗人之后，以待继起之删定，其用意良苦。善乎！学士方楼冈先生之贻书木厓也，曰："吾知足下等身之著述，异日必有辎轩之采、名山之藏，珍重爱惜亦如足下今日之于诸先正等矣。"然则木厓得一知己如楼冈先生，可以无憾；而况宇宙之大、将来之远，其为楼冈先生者岂繄无人乎？予独惜木厓以金华著作之手，追绮季之迹，伏处嵁岩邃壑中，老而好学不倦，双趺隐然。[第 1b 页]回思三十年前与吾辈丹黄错互，点定《文聚》《诗正》诸书，方期其握化权以进退天下之人材，而今竟以诗人老也。向使其早获枋用，珥笔承明，又奚暇晨钞夕纂，为诸诗人留身后之名哉？则谓木厓之不幸，即诸诗人之厚幸也，亦胡不可？康熙三十年，岁次辛未[1691]，孟春月，同学弟张英拜撰。[第2a页][第263页]

三、潘江“龙眠风雅续集例言十二则”（第264—266页）

[一]　《风雅》一书，予不揣蚊负，谬事纂辑，成于戊午[康熙十七年，1678]之春，颇为四方词人所购赏。自惟数十年搜采之功，不忍隳弃，心力已殚；戊午[康熙十七年，1678]以后诗篇，俟诸异时作者；仆华颠白纷，矢不再任劳怨。会是年大司冠姚端恪公薨于燕邸，嗣子注若（士塈）辈既编排其全集，属予为序，板以行世；又摘其诗卷，求入《风雅续集》，固辞不获。故是集卷首，仅以端恪公弁冕于前，未遑多及，徐待继起操选家广事捃摭。越七年丙寅[康熙二十五年，1686]，注若之长子崇修（孔钦）趋庭京兆，亦记瑶宫。崇修，予仲弟子厚之外孙也。注若又邮其诗稿，贻书诿诿。予虽不忍辞，犹逡巡未果。[第1a页]寻以予告归浣，谆恳者再。不得已，遍征戊午[康熙十七年，1678]后新逝诸公雅什，汇成巨观。然则是集之举，实权舆于注若子孝父慈，后先推挽，予特借手以告成事耳。

[二]　宋穆伯长有言：“吾亲有是而不为之传，是忘亲也；无是而故为之张，是愧亲也。”后裔表襮先人，讵不甚善？顾往往以捉刀相欺。仆不任咎，前集中“发凡”已详及之矣。友人尝语予云：“向所录诗，东乡如青山、黄华，间多失实，其乡人、宗人皆振振有辞。”予智炬不逮牛渚之犀，藻镜弗及鸡林之相，亦安从案验其真赝乎？惟就诗选诗，不肯以父母之邦，等诸秦、越之视。间有字句欠稳、声韵乏调者，僭为刊饰，刮垢磨光，以成合作，则[第1b页]区区“善善长”之厚道；若见美而嫉，闻人之善而疑，非仆所敢出也。

[三]　前集之刻，实赖姚端恪公龙怀、程太常公立庵轸念桑梓

文献散佚多年，慨然捐资首倡，共节俸入襄梓，仆始敢任事开局。然两公本怀，原虑先哲无传，洎后嗣之不振者无从助梓，代为表彰耳。岂知耳食者流，动云公费有出，甘附“无传”与“不振”之例，涓滴莫佽，累及选家。今则钟鸣鼎食，颇不乏人，如两公之好义者鲜矣。仆年老家寒，负郭数亩久授儿孙，不能如向之鬻产贷金。是集肇举，即遍告亲知：选额赢绌，视贤裔输资之饶俭为率。间有名篇尽夥，不获尽登，非仆之过[第 2a 页]也。然亦有丰资见饵，谨谢未能。圈鹿槛豕，讵肯为扬子云所笑耶？

［四］ 尊师重友，吾里素有淳风。故是刻桓谭、侯芭，辄多将伯之助。如：石子汉昭（经）之于师表李芥须（雅）、方邻汝（颖），前辈陈朗生（昉），同学左长孺（其旋）、金用舟（楫）、丘揆以（景）、黄六谦（永吉）、金曙方（文熿），捐资几及一镒。刘子超宗（鸿仪）之于妇翁盛春山（璟）；姚子吕若（士基）之于中表夏抡采（远）；何子孝禛（方曾）之于同学蒋蕙亩（蕙）；王子以清（来雝）、左子注我（之杜）之于故旧周恕行（孔忠）；方子素北（中履）、有怀（中发）、纮长（正瑾）、葆羽（正璒），吴子繁仲（绍芳），钱子卧南（象咸）之于友人汪河发（崑）；马子[第 2b 页][第 264 页]仲昭（潜）之于释竺怡（音时），多寡虽或有差，而忻然解橐为之镂版，皆诸君子之桓谭、侯芭也。之数子者，其于师友亲旧之间，非有必不可逃之责、必不可诿之势也，第以古处素期，不忍存殁歧视。若乃席父祖之余庇，捧手泽而涕洟长跽以请、兼金授镌如某某者，不胜胪载，良由仁孝至性，非博名高。然亦有始而佯请多登，既而暗央减额；辗转逾年，贻累笃老者矣。人之度量相越，岂不远哉？

［五］ 礼：为人后者，为其承宗祧、继嗣续、供祭祀、守宗器，任继志述事之责，非第享其田畴庐舍、徒冒守府之名而已。前集中，巨公名卿嫡子冢孙，往往刍狗遗文，顾而[第 3a 页]不问；至为人后者，利其所有，行同驵侩，方摧烧父祖藏板以代薪蒸，遑梨枣之是谋？又无论矣。是集如姚子律元（士塤）之于小山（文燕），王子儒席（地鈐）之

于甓亭(天壁),赵子孝广(锡类)之于东岑(襄国),李子恒升(奕丰)之于芥须(雅),皆汲汲以阐扬所后为请;九原有知,应有付托得人之叹,孰谓今人不古若耶?

［六］　亡友徐子羽先(翥)、周子未艾(卜年)、范子汝一(韩)、方子子安(迁)、赵子志则(曾)、方子继忠(正言)诸君,或在日悲邓攸之无儿,或身后余任昉之诸子,皆仆损膳服之需,仔肩剞劂,他尤不胜枚举。其平日学书问字之徒,握手出肺肝,酒食游戏相征逐者,颇闻户外屦满;今抚[第 3b 页]遗编而谋不朽者,几人哉?一死一生,乃见交情,于兹益信。

［七］　予年逾古稀,老病颓废。是集成于仓卒,再易暑寒,深惧一手足之力不克遍阐幽潜,犹多挂漏。嗣此三、四集之役,恐儿孙未能负荷,以俟后起有志之士;而崦嵫颓景,旧稿尘封,因觕择一二,预缀末简,以质海内。吾友陈子越楼,雅有同志;然是集只登既往,不录生存,略如伯玑《诗慰》之编、晚村《质亡》之集,不敢辄触讳忌,唐突征求也。

［八］　是集始事客夏,讫于今秋。屏居河墅,老友落落晨星。花会觞咏而外,罕获过从,无由质疑送难。幼儿仁樾,傅[第 4a 页]于吴趋;从游二三子,或客授他所,或应举都门,亦鲜邪许之力。一时搜讨之责,惟藐诸雏孙是赖。至整比散逸,勘正舛讹,义炳、义灿实与微劳,未忍没其勤渠耳。

［九］　近今选家林立,非借为贡媚之具,即借为网利之囮。往往攫取多金,未锓只字,又顾而之他,无惑乎见敲于有道也。是选不丐誉于贵游,不募资于津要,惟以贤子孙表彰父祖之费委诸锓人,随到随给,仆不与闻。间或受其诓骗,宁甘引咎,代为赔补,庶免不韦居奇之诮、承祚索米之嫌而已。扬风扢雅,则吾未之或逮。

［十］　吾桐地处辟匿,四方舟楫罕通。以予所获交诗人,辱临[第 4b 页][第 265 页]敝邑者指不胜屈。无如鸿泥偶踏,雁帛稀闻,靡从侦其存殁;即凶问间及,亦不深谙其生平。虽有酬寄投赠之篇,未便

攀附。惟皖郡与桐接壤，故前集寓公中借光一二。兹则断自戊午[康熙十七年，1678]以后，不敢滥登。至苾刍之翘楚者，仍存崖略。虽无蔬笋之气，亦非机锋之谈，览者分别观之可也。

［十一］ 廿年以来，里中词埠长城，鸾骞鹄峙。盛有诗名，未获录载者不少。虽贤嗣惠教已久，而不以刊资来，屡檄亦如充耳，仆实患力诎不能代镌，惟有什袭以藏，付之浩叹。岂唐瓢郑匣，神物之出，亦自有时节因缘耶？勿以遗阙见罪，幸甚！[第 5a 页]

［十二］ 前集网罗已备，尚多阙如。兹因《续集》重举，同人竞为访求，不遗余力。如正德、嘉靖间遗诗，刘省元尔玉（玺）得于从叔贻孙（九芝）之游装，檀孝子道清（郁）得于石子汉昭（经）之口授，西川方公惟力（克）得于族孙有四（宁）之旧谱，石溪王公应瑞（朝祯）得于后裔□□□□之家藏，皆遄为补缀，续入前集三卷，庶无遗憾。

康熙廿九年庚午[1690]季秋日，木厓耐翁潘江识于河墅南荣之北窗下。[第 5b 页][第 266 页]

02－049　桐旧集

徐　璈

四十二卷。徐璈辑，民国十六年（1927）影印咸丰元年辛亥（1851）刻本。（"CADAL 百万册数字图书馆"网站影像版，原书藏清华大学图书馆）

一、姚莹"序"（第 1a—2b 页）

昔人谈诗，才力或限于一代，风气或囿于方隅；有余者每恨粗豪，不足者又嫌浅弱，岂非作者之通病哉？至于钞选诸家，则又以意为进退，或去连城之璧而拾其碔砆，使作者面目不存，精神澌灭，是亦诗人之一厄也。国朝持论之善，足惬天下大公者，前有新城尚书，后有吾从祖惜抱先生，庶其允乎？归愚沈氏，所得本浅，论诗仅存面貌而神味茫如，其当乎人心之大公者盖寡矣。然此通一代或数代言之，非一都一邑之作也。至一都一邑之作，近世钞刻尤多，囿于方隅，往往又滋诟病。吾桐则不然。窃尝论之：自齐蓉川廉访以诗著有明中叶，钱田间振于晚季，自是作者如林。是以康熙[第 1b 页]中，潘木厓有《龙眠诗》之选，犹未极其盛也。海峰出而大振，惜翁起而继之，然后诗道大昌。盖汉魏六朝、三唐两宋以及元明诸大家之美，无一不备矣。海内诸贤，谓古文之道在桐城，岂知诗亦有然哉？亡友徐樗亭，尝以木厓未见后来之盛，欲通前后，更钞之。购求精择二十余年，乃有《桐旧集》之钞，其人存者不录。余在台湾，君从阳城寓书述意，而艰于锓刻之资，余深叹之。未几，君归家，旋卒。余亦多故，不能助君成之也。尝以属里中诸君子。是时光律原方伯，已有《龙眠丛书》之刻。于是，马公实通守，力任其事，复属樗亭之甥苏厚子重加审校，而附樗亭之作于徐氏末，为君已亡也。今将刊竣，乃为序之。夫《襄阳耆旧传》，古人景慕前贤所作也；兹以《桐旧》名集，樗亭之意，岂不曰吾以是著“耆旧”之思[第2a页]乎？矧前贤苗裔，其企慕又何如也。樗亭往矣，异时必有续是集而为之者。合律原《丛书》观之，可征吾桐之文献矣。咸丰元年[辛亥，1851]春正月，姚莹谨序。[第2b页]

则杰按：此序第1b页以上文字，所见此本《桐旧集》缺失，兹据今人点校本补足（安徽大学出版社2016年5月第1版，第1册第1页）。

又，此序又载姚莹《中复堂遗稿》卷一（《续修四库全书》第1513册，第119页），标题即作《桐旧集序》；除删去末尾署款时间之外，其他文字亦颇多出入，并且明显存在错误。

二、马树华“桐旧集序”（第1a—b页）

曩嘉庆之季，徐君樗亭自农曹假归，拟撰次乡先辈诗曰《桐旧集》，屡以见约。予方辑先世《诗钞》，又欲自唐曹校书，宋李检法、朱舍人，以逮近世人诗，辑为《桐城诗录》，议论未定而别。至道光乙未[十五年，1835]夏，予乞养归；樗亭方为阳城令，旋寓书来，言《桐旧集》已有端绪，属为网罗所未备。时予年已五十，自念精神渐衰，《诗钞》虽成，犹未付梓；其他尚有遗书数种，必须校刊；既恐《诗录》之未易就，而吾邑骚坛夙盛，前者潘氏选本已不复存，安得有深于诗学且殚心辑录如樗亭者？洵数百年一时之会也。遂举向所藏弆数十家，悉以寄之。嗣有续获，随时邮致。樗亭乃编定四十二卷。付梓十数卷，已用钱六十余万。庚子[道光二十年，1840]之冬言归，将谋竣其事，不[第1a页]意献岁遽卒。予亟具启同人，应者殊罕，忽忽又十载矣。今春，与姚君石甫语及，辄慷慨倡捐白金，闻者勃焉兴起。而樗亭之甥苏君厚子，适馆予家，力任其劳。数月之间，遂刊得数十卷，计日可以竣事。因思兹编，非樗亭渊雅夙学，一意表彰先哲，勤勤恳恳，昕夕丹铅，则选择固未必精审；非石甫勇于成人之美，作登高之呼，则集腋亦大不易；非厚子诚笃精密，搜补有名无诗之阙略，雠校稿本、写本、刊本之讹舛，兼综财用，督饬工役，亦未能如是之速成。虽显晦各有其时，得人而行，不可谓非吾邑艺苑之厚幸已。予自愧衰钝，无能为役，而始终与其事，亦深忻忭。故不辞鄙陋，述其颠末而书之，以谂后之君子。道光三十年[庚戌，1850]十月己卯，马树华谨序。[第 1b 页]

三、苏惇元"校刊桐旧集后序"（第 1a—b 页）

古者孟春之月，行人振木铎，徇于路以采诗，献之太师，比其音律，以闻于天子，此列国风诗所由载之简策，孔子所由删定而存三百篇者也。后世其制浸废，而郡邑各辑其诗为总集，亦犹古《国风》之遗意，其可阙乎？然而，非伯乐不能识骐骥，非匠石不能别梗楠。纂次郡邑之诗，必学深识明，始得品第公允，去取精当也。吾桐城之诗，康熙间，木厓潘氏曾辑之。今几二百年，诗家辈出而卷帙浩繁，或有选辑一乡一族之诗，而合邑通选，未有续其事者。吾舅氏徐樗亭先生深于"四始"，于历代诗究其源流，其所著作卓然名家。于嘉庆之末，始拟选辑合邑之诗，遂随时钞录若干家。道光乙未[十五年，1835]，待选京师，旅居闲暇，乃征诗选录。及授[第 1a 页]阳城令，公余丹铅，逾数年而成集。自明初迄道光庚子[二十年，1840]，凡四十二卷，作者一千二百余人，诗七千七百余首。其批评圈点，皆简要而中关键。大家、名家，选录尤为精当；小家无刻本者，或少从宽。奈舅氏自阳城解组归，甫七十日而捐馆舍。兹集所刊仅三之一，家计艰窘，未能续刊，淹滞已及十载。马公实通守，为之劝募，醵资续刻。去岁春，姚石甫廉访归里，慷慨倡捐，邑中多乐助之者。内兄徐汝谐、汝卿，亦请诸前辈为之筹画。通守任总其事。时惇元授徒通守家，相与商订校勘。越岁余，刊始蒇事。兹集实吾邑文献所关，为不可少之书，亦庶几备一邑之风，且为综录海内之诗者取资焉尔。

咸丰元年辛亥[1851]秋八月，苏惇元谨识。[第1b页]

四、徐寅、徐裕“跋”（第1a—b页）

先叔父樗亭先生，少好学，笃志敏行，于书无所不窥。嘉庆甲戌[十九年，1814]成进士，授户曹，改官县令，历任寿昌、临海、阳城诸邑。政教所被，颂声不绝。公暇，益肆力典籍，著有《诗经广诂》《牖景录》《河防类要》《黄山纪胜》及《樗亭诗文集》等书行世。居恒每留心桐邑掌故，于先辈诗文篇什，搜求阐扬，盖三致意焉。往者潘木厓先生选刻《龙眠诗》，自前明洪武迄本朝康熙间三百余年，为正、续二集，诚善举也。叔父念自康熙迄今道光间，又近二百年，作者林立，恐久而散佚，于是广为征采，合潘本而并选之，汇为一编，题曰《桐旧集》。诗以姓为区别，名字之下，系以事实，凡四十二卷，实吾邑文献攸关，惜仅刊刻三分之一。辛丑[道光二十一年，1841]春，叔父遽捐馆舍，事遂寝息。己酉[二十九年，1849]秋，弟裕归自吴门，每与寅商榷，思续成其事，弟昆亦[第1a页]邮书问讯。明年夏，相与咨请方植之、马元伯、光律原、姚石甫、马公实诸丈，为之筹画，蒙慨然佽助，遂续剞劂。凡讨论雠校，公实丈暨表弟苏厚子之功实多。叔父见背，于兹十稔，因以叔父诗附刊入集。兹幸刊刻蒇事，乃志其始末于后。异时辅轩之使，采一邑之风，将必赖兹集之信有征云。咸丰元年，岁在辛亥[1851]，八月既望，从子寅、裕谨跋。[第1b页]

五、徐璈“桐旧集引”（第1a—2a页）

宣城施愚山先生有言：“全集繁而易失，选本合而易行。”又曰：“昔之作者，更阅数十百年，盈尺之书，强半为鼠蠹啖尽，至乡里不能举其姓字，子孙不能详其绪言矣！”又新城王文简公云：“余邑先辈，文献无征，每以为恨。故于群书中遇有邑人旧事，辄掌录之。”今阮芸台宫保亦云：“尝欲搜辑遗逸，以尽乡里后学之责。”此其惓惓于乡邦之间者，诚惧前言之易坠、往绪之难寻，而溯典型于异世之间，发幽潜于朽骨之后；不有人焉采摭放佚、汇萃群言，几何不使前人之毕能竭虑、靡精耗神，憔悴篇章以求不敝者，亦皆澌为飘风，逝若流水哉？此汉唐以前所由有《襄阳耆旧》《陈留风俗》《鲁国先贤》等传，而宋元以后所由有《会稽掇英》《梁[第 1a 页]园风雅》《姚江逸诗》各集也。桐城在汉为乡；依山建城，肇于唐至德间。然自宋元以前，著闻记传之人，类统称为舒州——舒州者，兼今怀宁、舒城之域。惟洎有明以后，凡皖北、舒南之产，皆别之为桐，不至纷淆。而五六百年内，名臣硕儒、文人畸士，亦相继林出。其往行故迹、流风余韵，传于文字，见于篇什，较之宋元以前，近而可征，广而能备矣。国初以来，搜辑遗逸，编录韵章，若钱田间、姚羹湖、潘蜀藻、王悔生诸先生《诗传》《诗选》《龙眠诗》《枞阳诗》之类，皆为总集佳本；第其书，或未经锓梓，或已镂板而渐就毁蚀。其诸家专集，亦大半湮落，无可收拾。且自康熙迄今又百余年，名辈益众。余不敏，浮沉簿冗，无所酬能于世。而言念曩者，俯慨方来，窃欲效施、阮诸公辑《宛雅》《广陵诗事》之意，赓续钱、王诸先[第 1b 页]生之绪，采萃乡邑先辈诗章，并言行之表见于他书者，寸累尺积，汇为若干卷，颜曰《桐旧集》，以祈流示来兹，永言无斁焉。惟是衣食奔走，见闻媕陋，每于藏本莫备，辍颖而叹。尚冀里中同志，凡有专集、总集，与夫稗乘往编，或经刊布，或待传钞，示以所藏，俾就甄录，庶几盛有可传，善有同归，不胜引企之切云。道光岁次乙未[十五年，1835]，初夏，徐璈六骧氏识于都城之试馆。[第 2a 页]

六、徐璈“桐旧集例言”（第 1a—b 页）

一[一]　是编起于明初，迄于今之逝者。仿《江苏诗征》之例，分姓列卷，其间略以时代之先后为序。至族望之同异、辈行之尊卑、年齿之长幼，有不能尽详者，则有各姓之谱牒在，览者谅之。

一[二]　每姓以最前之一人为次第。如甲家之卷前一人系洪武朝人，乙家之卷前一人为永乐朝人，则以洪武朝人居前，永乐朝人居次。非有所轩轾于其间也，阅者鉴之。

一[三] 各家专集，繁简不同。今于诸家之诗所录，少者仅一二首，多者不过八九十首，非妄为去取也。凡千二百余家，不能不约之又约。若以去留失当、不全不备为訾议，则补缀增续、刊误纠谬，是所望于后之君子。[第 1a 页]

一[四] 专集未付镌者，往往渐就湮没，即刻本亦未能尽存。如《龙眠古文》，李芥须、何存斋两先生所阅各家集，今已什不存五六矣。至选本，如钱田间先生《诗选》、方盦山先生《四十家诗》、姚羹湖先生《诗传》、马湘灵先生《诗钞》，遍访无从得观，可胜浩叹？

一[五] 兹集计千有余家，所见原集不过三四百家，就各选本、抄本录出者居其大半。年来虽延友遍历城乡采辑，而挂漏尚不能无。自顾衰慵，未宜只留稿本；亟先付梓，续获再计增编。

一[六] 此编成书，篇卷颇繁。搜辑校订，赖同年马君公实之力为多焉。

樗亭徐璈识。[第 1b 页]

七、光云锦“景印桐旧集识语”（第 1a—2a 页）

《桐旧集》四十二卷，徐樗亭先生辑录。自明初迄清道光庚子[二十年，1840]，为诗都七千七百余首，作者凡一千二百余家，分姓列卷，视潘木崖先生所选《龙眠风雅》体例略殊。刊未及半，樗亭先生已前卒。邑中诸先辈鸠资续成之，藏[蒇]事于咸丰辛亥[元年，1851]，距先生之殁已越十年。一书之成，其难如是。越二年癸丑[咸丰三年，1853]，吾邑遭洪、杨巨劫，板片遂毁，书亦散失。同人欲觅原本重印，迄不可得。盖存者率残缺不完；间有全者，又或以独得自矜，不肯公诸于世。一书之传，其难又如是。去秋，于里门闻方槃君世丈收得是集，缺末册“列女”“方外”二卷。适余所藏残本，缺卷具在，竟合成完书。因请付诸景印，以广流传。槃丈慨允，同人复鸠资相助，而千二百余家呕心[第 1a 页]刻腑之篇什，幸得复传。夫木崖先生之《龙眠风雅》六十四卷、续二十八卷，久伤残佚。余从祖律原公尝集乡先辈著述为《龙眠丛书》，都百余种，与是集同时付剞劂。甫刊竣，未及印行，猝逢乱事，搜罗各家之稿本既悉付灰烬，所余零星板片现藏程绥园姻丈家，竟无一全者，诚乡先辈著述奇厄也。而自明迄嘉、道间，吾乡文献之存，惟此集是赖。兹距此集之成，又八十余年矣，代有作者；若能广为搜辑，继此流布，亦后起之责也。然樗亭先生生当承平，清初专集暨诸家选本已有“什不存五六”之慨；况经咸、同大劫以后，复值举世盛倡毁弃旧学之时，而欲从事续辑，其难殆又千百于樗亭先生之世矣。顾是集之成也，适当海宇鼎沸之际。今之重付印行，时会所遭，正复相类。千钧一发，卒底[第 1b 页]于成。不幸之幸，亦私心所窃慰耳。至集资同人姓字，谨援道光间重刊《龙眠古文》之例，备列左方，以彰风谊。民国十六年，丁卯[1927]，八月，邑后学光云锦谨识。[第 2a 页]

【附录一】萧穆《敬孚类稿》卷三《书〈桐旧集〉后》（黄山书社 1992 年 6 月第 1 版，第 77—79 页）

临川李侍郎穆堂有言：“凡拾人遗编断句，而代为存之者，比葬暴露之白骨、哺路弃之婴儿，功德更大。”噫！侍郎之言，何其痛切如是也。矧同乡先达，后生有睹其遗书，可听其沉沦而不彰欤？然侍郎之言如是，又在后人能善观之。盖谓高人德士，有佳篇之散逸则然也。若其人生平既无善状可录，而志识卑鄙，出言伧恶陋劣，后人亦拾为流传于世，在拾为流传者，以为存忠厚之道，尽后人之职；其实为作者显暴其恶于世，且以开侥幸之端，而亦见笑于大方家也。吾邑自明以来，词章最盛。乡先辈如钱田间、方盦山、姚羹湖、潘蜀藻、马湘灵诸先生，各有选本。然所谓《诗选》《四十家诗》《诗传》《诗钞》皆就散逸，独潘氏《龙眠风雅》一书，稍显于世，年久亦渐漶漫。其后王悔生学博有《枞阳诗选》，方拳庄明经有《方氏诗辑》，马公实通守有《马氏诗钞》，此三书颇为精核。然或只及一隅，或为一族而设,皆不若《龙眠风雅》一书之能包一邑之人才也。往者,徐大令樗亭尝心悼之,乃毅然广搜博采康熙以后之诗人,更参之以《龙眠风雅》等书,重加增损,积数十寒暑,辑为《桐旧集》。自明初迄道光庚子[二十年,1840],凡四十二卷,作者一千二百余人,诗七千七百余首。各分氏族列卷,每族以最前之一人为冠,中间略以时代之先后为序。其四十一、二卷,载列女、方外。各加评点。道光□□[庚子],大令自阳城解组归,甫七十日而殁。兹集所刻,仅三分之一。阅十载,而马公实通守醵资续刻。庚戌[道光三十年,1850]之春,姚石甫廉访回里,慷慨倡捐,邑中多乐助之。时苏征君厚子授经于马通守家,与商订校勘。越岁余,至咸丰元年辛亥[1851]蒇事;于徐氏卷末,更取樗亭大令之诗附之。每人名氏后,各取邑志、通志并外间名贤诗话、文集等书,有关于其人学行出处,概为收录,使读其诗即详悉其人,亦与秀水朱检讨竹垞之《明诗综》、德州卢都转雅雨之《国朝山左诗钞》体例相等。比年即印百余部,分给邑中士子。后二年,粤贼陷城,其板遂失,所印之书亦多云散。余于丁巳[咸丰七年,1857]之春,始得阅其书。既欣慕乡先辈功力之勤、搜览之博,使一邑之文献可考,而又惜其拾之太滥、择之不精也。夫前人流传之集,原为后人之所取法;而总集尤宜加谨严,不第为后人取法其词章之工,且以存一邑之人品学术,为后学之金鉴也。故欲存其人,必先核其人之学术邪正醇驳;欲存其诗,必先别其诗之雅俗浅深。其人可存则存之,其诗可存则存之。不避猜嫌,不徇私恩,不开后人侥幸之端。后有重加校订,梓以行世者,本此意以为之,亦诸先生之志也夫。

02-050　庐州诗苑

陈　诗

八卷。陈诗辑，民国十五年(1926)庐江陈氏排印本。(浙江图书馆藏)

一、陈诗“庐州诗苑序”(第1a—2a页)

在昔子游弦歌，因以化俗；买臣樵采，不废行吟。盖音旨发衷，斯丰蹷忘境。一习射而百拾决，此唱于而彼和喁。如响斯应，有感遂通。绵历千祀，旁及列郡。顾瞻吴越，盖有然矣。迄今里笃风谣，邑尚文雅。往往郡综一编，邑刊一集。挥金好事，人有奋心；刻楮成书，家矜逸足。发藏山之蕴，云笈重函；泯覆瓿之嗟，牙弦并世。每窥载籍，弥叹淳风。瞻望湖山，笃生英彦。惟我庐郡，域处淮南。灊岳则嵩华并祀，巢湖则吴楚争霸。羹颉侯渺，惠泽成陂；公瑾城荒，豪情顾曲。自天生物，成德因才；旷古如兹，流风未[第1a页]沫。非无芳草，寂寞空山；亦有孤松，沉埋画壁。人思独秀，地隔偏隅。况蚀之以蟫蠹，扰之以兵戈。歌南风而操土音，过广陵而伤绝调。如闻唐观，空诧琼花；不遇卞生，畴知荆璞？属当衰季，缅想前徽。广事征求，勤加抉择。遗文尽出，俨大造之无私；奉手受成，幸鸿编之粗就。始顺治，讫宣统，凡十朝；综五邑诗，得数百首，名之曰《庐州诗苑》。世有识者，倘许知音；语称君子，必能载义。续汝南先贤之传，仆本羁人；乘少游下泽之车，门多长者。铅椠万本，户庭九州。歌啸琴尊，神明规矩。效识途之老马，犹恋故乡；冀接迹于风人，群张旧楚。丙寅[民国十五年，1926]伏日，庐江陈诗，时年[第1b页]六十有三。[第2a页]

二、陈诗“庐州诗苑跋”（第1a—4a页）

《庐州诗苑》者，继《庐江诗隽》而纂辑者也。予自辛酉[民国十年，1921]刊《诗隽》毕，以遗漏滋多，复事征求，扩为此编；阅五年，乃蒇厥事。丙寅[民国十五年，1926]付排印，始于初秋，讫于隆冬。综是一编，凡二百二十一人，共得诗九百二十二首。首叙科目，志朝代也；继述遗逸，崇隐沦也。各为小传，间论诗篇，仿唐之《中兴间气》《河岳英灵集》也；或发摅胸臆，称述往事，效赵岐之《决录》、周密之《野记》也。忆予幼随宦粤东，既归里，壮复游粤、游吴，后家居累岁。庚子[光绪二十六年，1900]之秋，吴北山师相携至沪，遂旅食是邦有年。中间新会陈简墀中丞（昭常）抚吉林，尝[第1a页]相招，谢不往。友人冒鹤亭赠诗云：“堂堂东诸侯，干旌谢不屑。”谓此也。辛亥[宣统三年，1911]春，山阴俞觚斋学使（明震）相招度陇，经汉皋，至洛阳，游伊阙，历崤函，（俞公宿新安县，赋诗见贶云：“我从洛阳来，坦途无百里。峨峨见城阙，崤陵列屏几。车马乱流渡，隐隐如浮蚁。莫吊古战场，中原事未已。风起远天黄，落日淡如水。况为行路人，茫茫谁遣此。须臾日西匿，回光射成紫。幻影逐明生，饥乌投暗止。此是古今情，悠悠吾与子。”）入潼关，瞻华岳，遵灞浐而适汉唐之都，睹城郭之壮丽。既抵陇，经夏徂秋，而鄂、陕相继变作。陇固瘠区，馈饷道断。大府以俞公知兵事，檄摄藩司，兼护军。布衣蔬食，节用爱人。靖内攘外，陇疆斯固。共和诏下，历春乃归。道宁夏，泛黄河，循[第1b页]塞外，至绥远城，经张家口，而达京师。既南归，前护皖抚嘉兴沈乙庵中丞（曾植）羁寓沪渎，赠诗云：“庐江洄倚沼，淮水郁增波。市隐江南美，轺封塞上过。沙深迷赤柳，月冷渡黄河。病客昆仑梦，因君发浩歌。”先是，光绪丙午[三十二年，1906]，湖州朱彊村宗伯（祖谋）由广东学政任解组寓沪。凉秋九月，沽饮酒楼，朱公即席谱《应天长》词一阕见赠，兼送夏剑丞观察（敬观）之金陵，云：“旋鸦乱叶，驱雁断云，凉秋半剪楼幕。敛避醉乡闲局，风床病磅礴。

黄华社，催素约。认旧隐、阆风狂鹤。乱襟袖，一醽寒香，懒问哀乐。

无益是悲歌，渐老文园，同调正寥邈。去去渡江词客，花前欠深[第 2a 页]酌。青溪梦，梅半萼。待料理、探春双屩。更携手，指点银瓶，歌罢还索。”予迂拙无似，颓然江东；巨人长德，幸不遐弃，殆释氏所谓香火缘耶？迄于今十有五年，而《诗隽》《诗苑》皆告成。前乎此，里人游沪者，雍、乾间有何默斋泗渊，以名诸生居法华乡，教授终老，能诗文，而竟不传，则有数存焉矣。（何君一字向侪，与沪人王静山明经智古相唱和，有《嘤鸣集》，门人陈明经忠诚传其学。见《上海志》。）余为一律书后云：“谁向昆丘判璞玞，聊从碧海网珊瑚。青门瓜剖逢三伏，黄歇风高眷五湖。世宙沉沉飒风雨，人天莽莽幻龙猪。疗愁遣老凭何术？一瓣南丰证故吾。”或难余曰：“君贫士，何役役刻他人诗？”[第 2b 页]则应之曰：“昔先太高祖葑池廉访公尝捐金刻辽阳名士戴遂堂先生（亨）《庆芝堂诗》十八卷矣。（诗案：先廉访公与遂堂先生犹子昭文令蓝辉明府秉瑛为甲子[乾隆九年，1744]乡榜同年。遂堂先生乃康熙六十年[辛丑，1721]进士，授齐河令，逾年引疾，侨寓江南，以教授为生涯。乾隆中卒。其诗宗法王、孟，亦近储太祝，而选家罕传。兹录数首于此。《齐河雨后省耕，过刘氏山庄》云：“觇农出东郭，林壑夜初晴。春雨既云足，田家各有营。窗虚通燕语，花暖聚蜂声。民物欣如此，相看慰我情。”《山雨》云：“远峰深翠里，隐隐起轻雷。石气蒸云上，山风挟雨来。乱流争涧落，栖鸟破烟回。明月东冈出，披襟坐钓台。”《山行》云：“每至幽栖处，长怀出世心。缓随流水去，渐入白云深。墟里斜淡照，烟萝生暮阴。道逢樵牧侣，闲坐话中林。”《雨后偶成》云：“庭前新雨歇，把卷思无端。明月露松隙，草虫鸣夜阑。诗文随我贱，肝胆向人寒。薄劣从浮世，幽偏[第 3a 页]觅古欢。”）比者辽阳杨子琴太守（钟羲）所撰《雪桥诗话》，亦著其事。余虽不敏，敢忘承先绪哉？然此编卷帙闳富，非余薄力所能任。合肥助资者，则李君伯琦为首，其从弟晓耘、莼季，及王君景贤（泽宁），吴君诚斋（守忠）、介甫（守庆）昆仲（二君皆香畹观察之孙、壬卿司马鼎椿之子)，杨君熙载附焉。庐江助资者，则章君梦芙为首，刘锡之丈及予从弟仲达(於善，乃先叔景堂公次子，前山东候补知县)侄婿项蕴岩(修琳，乃仲达弟之婿，吾妹倩志方二尹之子)附焉。舒城助资者，惟孙太淑人一人而已。阐彰文献，例得附书。陈诗又记。(丙寅[民国十五年，1926]岁阑，有合肥李骏孙家煌持诗卷来问业。骏孙为玉泉光禄之元孙，光绪孝廉健父部郎国松之家嗣也。[第 3b 页]其诗宗法韩、孟，得其舅贵池刘龙慧太守慎贻之传。适斯编刊竣，不及附载合肥诗中，为录存于此。《夜读韩诗，闻蛩作》云:"去来今事不胜诉，百千万音皆为秋。聊取一篇与相和，声声金石出危楼。"《癸亥[民国十二年，1923]六月十五夜，拿舟吴门盘溪，侍舅氏纳凉南荡，泛舟荷丛而归》云:"清凉地证鼻功德，昼夜时凭花合开。水静心平湖月满，更无人语有风来。"自注:"《无量寿经》:'西方以莲花开合为一昼夜。'"骏孙年未而立，耽内典，蔬食不茹荤，亦畸士也。)[第 4a 页]

则杰按:此跋所述"余为一律书后云"云云，该诗又载《陈诗诗集·凤台山馆诗钞》卷五(黄山书社 2010 年 11 月第 1 版，第 237 页)，标题即作《自题〈庐州诗苑〉后》，正文仅颔联上句"青门瓜剖逢三伏"多一条自注:"是编伏日刻，腊日竣。"

【附录一】陈诗《陈诗诗集·凤台山馆诗钞》卷五《自题〈庐州诗苑〉后》附冒广生《〈庐州诗苑〉题词三首》(第 237—239 页)

子言拙言词，稀少见客面。所居既湫隘，客至亦不见。闻我新避兵，数来意不倦。昨来吾未起，今来大欢宴。袖中出新书，晨暝自钞纂。述祖扬清芬，阐幽见宏愿。堂堂廉访公，刻石峙东观。毡椎远寄子，子乃铭方寸。通门累世交，兹事何足算?归美及吾亲，用心殊惓惓。(子言先人葑池廉访有撰书关庙碑文，在镇江东观巷;子言感余访得拓寄，于葑池公诗内盛称其事，又归美于吾母之能抚孤。)[其一]

焦山有画图，中丞旧公案。前张与后黄，纸墨已断烂。得砚失砚间，如丝极棼乱。竭吾长日力，稍稍一以贯。（明万历间，合肥许中丞如兰梦见东坡，明日掘地得坡砚。后鼎革，其子失而思之。康熙中，中丞孙四山学使乞泾阳张稚恭作《梦砚》《得砚》《赏砚》《思砚》四图，藏焦山自然庵，又失去《梦砚》一图。乾隆时，黄瘿瓢补之。题者多未知许、张为何人，于是有以明神宗为宋神宗者，有以中丞称四山者，有不知以《思砚》一图应属四山之父者，有以四山为乾隆时人而稚恭为继瘿瓢之后作画者。余检庐州、绍兴诸府志，竭一日之力为长跋书后，然犹未得中丞之子之名。今阅《诗苑》，始知其名裔衡，字杜邻，顺治甲午[十一年，1654]拔贡也。）[其二]

伊平君先辈，下笔含刚健。诗如鸾凤喈，字复龙蛇眩。箧笥藏十年，影写亦良便。无粮馈子贫，将子以文献。（余藏庐江宋伊平学使为先朴人都督题《爱马图》一诗，又长绫草书寿都督诗，诗、字均极佳。都督为巢民征君孙，学使两诗均可补《诗苑》之遗。）（诗按：朴人都督名浑，乃谷梁主簿嘉穗子，官四川协镇。）[其三]

【附录二】陈诗《陈诗诗集·凤台山馆诗钞》卷五《自题〈庐州诗苑〉后》附黄式叙《读〈庐州诗苑〉》（第 239 页）

闲搜旧曲得阳阿，疑拨清商与和歌。万里昔闻灊岳峻，百年今见楚材多。残膏沾丐非无补，后世流传讵有讹？遥望五湖盛兵火，璇渊文物近如何？

02－051　宛雅三编

施念曾等

二十四卷。施念曾、张汝霖辑，《四库全书存目丛书》集部第373册，影印乾隆十四年己巳(1749)西陂草堂刻本。

此集原书与明末梅鼎祚辑《宛雅初编》、清初施闰章等辑《宛雅二编》(又名《续宛雅》)合刻，该两集"原序"之类一并照录。其中《宛雅二编》名义上收录明代嘉靖至崇祯年间的作者，但如卷八刘芳显等实际已经进入清代。

一、梅瑴成"叙"(第1—3页)

辛未[乾隆十六年，1751]春，张君芸墅自粤东贻书，致《宛雅》一部，曰："《宛雅》者，公家禹金先生所辑宣城人诗也。施愚山、蔡大美两先生尝续之。迄今百年，作者如林，应复裒集。汝霖不揣[第1a页]谫陋，窃附前人表微之意，矢志再续。而愚山先生之曾孙竹窗适有同心，相与广搜考订。始癸亥[乾隆八年，1743]，讫己巳[乾隆十四年，1749]，越七岁乃得成书。分为三编：以前刻为《初编》，续者为《二编》，今续为《三编》，俾后之君子继此续之，以至于[第1b页][第1页]无穷也。惜竹窗先事而殂。今杀青已竣，谨呈大雅，为之是正，并祈制序以弁其端。"余重嘉两君继美之谊，而此书又肇端于余家，何敢以不文辞？而公事鹿鹿，致淹报命。今春，公车诸君至，芸墅又札致《宛雅》数十部，俾分[第2a页]送藏书之家，以广其传，何张君用心之勤也！余少承家学，壮入承明，于前贤撰述，有志编集而未逮；今老矣，无能为役，此编之续，实获我心。公余挑灯展读，千余年间风会之流移、世俗之忠薄、政教之得失，莫不流露于[第2b页]字里行间，益叹古人陈诗观风之典，良为出政宣教之要道也。然余窃有疑焉：唐人以诗取士，而家都官以诗鸣于宋，则宣人之为诗者，乘时趋会，感发兴起，宜莫盛于唐宋，乃《初》《二》两编所载仅百四十余人，而《三编》所载不啻倍[第 3a 页]之，岂稽远者难为功，征近者易为力，果如李龙沙之所云耶？意者盛朝雅化，声教隆于千载，以故拈须苦吟之辈亦独多于前代耳。顾如唐之罗立言、李咸用、汪遵，宋之吴渊、李宏，元之吴琳辈，或名著于国史，或[第 3b 页][第 2 页]事载于邑乘，何《初》《二》两编俱无之？则夫孤臣旅客、畸士逸人之所为，弃掷埋没、不能自见于后世盖多矣。忆自壬辰[康熙五十一年，1712]赴召来都，背离乡井四十余年，只今衰迟钝拙，匏系南台；双羊、两水，时萦梦寐。古歌云："远望可以当归。"三复[第 4a 页]兹编，如陟昭亭绝巘，晴空晓望，登北楼之上，与乡邦耆旧接席联吟，不尤胜于远望也欤？时乾隆十七年，岁在玄黓涒滩[壬申，1752]，日缠寿星之次，七十二岁老人循斋梅瑴成序。[第 4b 页][第 3 页]

则杰按：此序称《宛雅》"初""二"两编"所载仅百四十余人"，不知是否就初稿而言，定稿则不止此数，可见两编"总目"（第 11 页）。

二、张汝霖"叙"（第 3—4 页）

余与施子蘗斋从事《宛雅》有年，岁己巳[乾隆十四年，1749]，乃克挈而授诸梓。是书也，其所以维系吾宣，与吾二人所以无忘前事者，诸叙、例言详哉其言之，余尚何辞？虽然，余与施子始终是书，念之乌能无感也？当雍正壬子[十年，1732]间，距顺治丁酉[十四年，1657]七十余年，《宛雅》续本浸已零落散亡，学士大夫举其名或未睹其籍，用滋怅惋。余二人惧焉，矢再续之约。居亡何，施子捧檄走岭表，余守诸生。逾三年乾隆纪元[丙辰，1736]，亦以试吏南来。窃料既同宦，宦同方，其有以偿夙志亡疑。顾余且随牒东西，迄无停趾。察枭雷水之阳，采矿垚山之[第 1a 页]首；扬帆鳄渚，走马鹤峰。而蘗斋入试大廷，出移神电；相避之巧，若参与商，不相见者凡七年。癸亥[乾隆八年，1743]，余苫块之中，家居无事。会蘖斋报最入觐，枉道省亲；握手忻然，共申曩约。于是发凡起例，启而征之。明年，复聚首西湖，益购诸书，考订编辑，粗成卷帙。其始也，搜之患其不博；其继也，择之患其不精。其续而忽散也，若有所甚易；其散而复续也，久而益其难。盖自湖上之役，去今又五六年，是书始观厥成也。吾用是幸，乃蘖斋独不及见是书之成，而溘先朝露也，则固可悲已。嗟乎！寒冰夕日，邻笛发声，过者感而作赋；伯牙琴断[第1b页][第3页]知音，流水高山，终身不鼓。余与蘖斋，相知雅托钟期，感旧不殊向秀。一编具在，其寥亮为山阳之笛欤，抑歇钦为海上之琴欤，是皆未可知也。蘖斋躬至性，孝行纯笃，颖敏博洽，播其先畬，旁逮书画篆刻、天文律算，靡不通晓。居尝语余曰："吾二人徒以亲老家贫，仕不择官，期他日勉赴初志，筑室聚书，毕意著述，以祈至于古。"顽劣如余，方以昔人所云"吾党但得一人传，即吾党俱传"者属之蘖斋，庶几不朽，而今已矣！平生之言，邈不可即，然且以区区未竟之编借手于余小子也，能不悲哉？乾隆己巳[十四年，1749]长至日，芸墅张汝霖书于铁城官舍。[第2a页][第4页]

三、刘方蔼"序"(第4—5页)

"大序"言，诗者，吟咏性情，达于事变，而怀其旧俗者也。《商颂》五篇外，周诗三百六篇，于千百国中，"风"止十五。自文、武以迄襄、定，历十五王而诗亡。文中子谓，下不贡诗，上不采风，非民之不作也；诗出于民之性情，性情岂能无哉？职诗者之罪也。於戏！其信然哉。然则职诗者不可无人。今犹古，一邑犹天下；以一邑之诗而有人焉职之，使下上千百年能吟咏者之性情所感发，山川草木、鸟兽鱼虫，与其方言土俗之敷陈，不至如过风往梦之不可踪迹，而国家累代风教之所陶煦，其兴替得失或借以[第3a页]有考，是亦圣人之所与也。吾宣城之有《宛雅》，订自梅禹金先生。续之者，施愚山先生。

由唐洎明千余年，凡百六十余人之残篇断稿留遗至今者，两先生前、后职诗之功为何如耶？或曰：宣，大邑耳；宣有诗，“风”可也，称“雅”何？余曰：先儒谓“二南”为周之正风，于商则为变风。太平非诸侯之力，不得有正风；是以先王之世，侯国不得自以其风著。宣城邑江东，于唐藩镇之变、宋南渡后，故代隶王官，渐被文教，所谓国不异政，焉得称“风”？而吾乡士大夫怀文抱质，以及好古能言之流，接时而生；上焉炳蔚天朝，下焉讴吟土俗。集中所录，以正为法。“雅”系宛，志正也；[第3b页][第4页]“宛”冠雅，志地也。顾不曰“宣雅”而称“宛”何？《史记正义》曰汉改丹阳郡，徙郡宛城，今宣州地也，故“宣”得称“宛”。然则两先生所以称名而订且续者，其以此也夫；嗣两先生职诗者，其可以无人乎？施君蘗斋、张君芸墅，博雅士也，今裒然征诗，再续《宛雅》，而嘱予序。予与诸君生逢大雅盛昌之世，仰惟陶铸于国家声教中者，百年于兹矣；吾邑僻在东南，自来肄雅，其沿旧俗而言情记事，足以鸣百年之雅化，而可歌咏者不知几辈，何忍听其散亡磨灭于荒江空谷，不为之摭群抉精，以表微而备采，且使吾辈厕在扢雅之列，兼[第4a页]得质诸后人，以俟续于无涯？是两先生之志也。予与诸君前望后顾，缅然远矣。乾隆癸亥[八年，1743]冬月，兰谷刘方蔼书于京邸。[第4b页][第5页]

四、梅鼎祚“原序”（第5—6页）

梅季子辑宛陵诸家诗，告大人订之，命名《宛雅》。言“雅”而系以“宛”者，明非概论于海内也。昔孔子说夏、商之礼，叹杞、宋不足吾征。嗟嗟！世远言湮，人亡泽斩，今古有同戚哉。粤舞马之年，承雕龙之庆，即不自权量，勤志献文。闻时有贤者、贤而多文者，辄津津喜，愿抠衣稽首庭下，一求睹其人；即远不得觌，神向往之矣。乡之先，独吾都官及贡尚书有遗集，称能诗云。都官铸词冲淡，范意陶、韦；尚书流丽可餐，清新堪挹。当其价重鸡林，声洋凤寝，抑可谓铁中铮铮，名不虚立者乎。逮览郡乘诸载记，悉亡[第5a页]当人心；间有之，已裁损过半，每令人读而於邑呼冤也。兹余方束发，恕录广征，杀青略就，得如干人，凡如干篇。惟今学士大夫说诗者，屈指可数千家；其标峻讨玄，谓不下大历而亡于建隆，甚则侵汉魏、《三百篇》后无诗矣。然者固究极其理，非通方之谈也。余以诗者，言之成韵者尔，贵在缘情赴景，体物彰性，令外无捐类、中无乏思，自叶其雅度而已。即以比世道——世道江河，其流日趋日下；又遐规造化——二曜有升沉，四序有孟季，候其盈虚，于斯昭晦。且诗既准《三百篇》，乃《三百篇》具在也。上而庙堂王公硕士，下之闾巷单妇羁人，靡不垂教区宇而流光[第5b页][第5页]竹素；非材相埒，盖所操均焉，删诗者殆有深叹矣。矧兹僻邑，讵当文薮？若论必欲尽法戒取中，堇堇如向所称述，他骈指持徽、师心舍筏者已亡论，即二先生未尽讲景龙、开元之间舍尚知其弗当也，此其蜚灾墨乡，而赘疣艺圃者邪？顾今则溺利刀锥，浚仇铅椠；阴鸣谢和，握笑于号，吾大靳言之尔。夫通蔽殊情，遐迩歧致，故宵人汶汶，可语崇朝；令士显显，直窥翌代。语曰："饿夫怀璧，不如得糜。"其斯之谓矣。余本乏睹闻，谬膺愤耻，窃悲夫斯人之耳目将渺所底止也，且惧其存者之或佚而不足以征，抑后死者其益有厚责欤？爰寿诸梓，以阐往而诏[第6a页]夫来者。万历纪元前一岁壬申[隆庆六年，1572]长至日，汝南梅鼎祚禹金撰。[第6b页][第6页]

则杰按：此序又载梅鼎祚《鹿裘石室集·文》卷二(《续修四库全书》第1379册，第127—128页)，标题作《宛雅序》，当即为《宛雅初编》而撰；除删去末尾署款之外，其他文字亦略有出入。

五、施闰章"原序"(第6页)

吾宣以谢玄晖诗著名，而宣之诗人漶漫无考，率多湮灭。禹金先生取宣之能诗者，无虑缙绅、布衣，始自唐人，迄明正德，汇而存之，命曰《宛雅》。其言以采一方之书，异核诸家之集；核欲其严，采欲其备，盖志恕也，然已洋洋一国之风矣。嘉、隆以还，又将百有余年，作者云兴，视昔加盛，余又虑其纷而将佚也。蔡子大美广搜，嘱余严拔。余芟者十之三，入者十之一，是为《续宛雅》。踵事增华，不忘旧也。既已命梓人，乃不禁废卷长叹也。夫晋乘鲁史，[第 6b 页]人专典册；郑歌卫什，国纪风谣，亦各存其地也。网罗放失，有美必彰，又先土音，岂非士君子之雅怀乎？然窃自悲悼：文人骚客以一生之智慧，毕能竭虑，磨精耗神，焦鬒发，槁朱颜，憔悴苦吟，以求不朽于天地之间；及其溘焉澌尽，化为飘风，百不遗一。又或连篇累篋，不如单词之岿存；纡组飘缨，不若带索之遗响。至于浮屠、方外、女妓之流，无意于传，往往见称，盖不可以势禁而力致。其幸而传者，又充栋盈床，卒难省览，如《汉魏百家》，及《诗纪》所录、《文选》所收者，皆文词之渊岳、风雅之侨肸也，近世士大夫之得举其名、诵其言者鲜矣，况其爵里生平乎，又[第 7a 页]况穷壤僻邑之残编乎？而吾侪区区，乃欲采一方之言，成一国之书，冀以传之将来，岂不戛戛难哉？虽然，我两人之志则苦矣，其曷可不一言，使后之君子，或得之山巅水涯之间，又复延颈望古而长叹也？双溪施闰章尚白撰。[第 7b 页][第 6 页]

则杰按：此序又载施闰章《施愚山集·文集》卷三（黄山书社 1992 年 11 月第 1 版，第 1 册第 57—58 页），标题作《续宛雅序》；除删去末尾署款之外，其他文字亦略有出入——特别是“正德”“嘉、隆”均改作“万历”，与实际反而不符。

又，此起四篇序言，均当为《宛雅二编》而撰。

六、蔡蓁春“原序”（第 6—7 页）

予与施子从事郡乘，省览《艺文志》，反覆寻绎，窃叹宛之诗人在唐者何寥寥云。唐以诗树鹄，士由此置身日月，流称今古。其宵画研弋，按部考班，方人披朝华，家振夕秀，胡“二刘”外罔闻焉？岂代谢时辽，莫为之后，虽盛勿传；抑青云靡附，谷菊川兰，通亿载而蔑津耶？及读禹金先[第 7b 页][第 6 页]生《宛雅》，宋元之季，又何风雅之有群欤？自唐历宋，多阅岁纪，遂无离众掞藻，鼓吹骚坛也者。《论衡》不值中郎，中土以之覆瓿；册命不宣太傅，谁知文出元茂？云委绮合，自在人间珍蓄；表彰之寡徒，鲜不道途委矣。因与施子有《续宛雅》之辑，予搜也费，施子遴也严。嘉靖洎崇祯，得卷八，得人五十有奇。或出水芙蕖，天才俊朗；或满眼列绣，言泉沉郁。孔璋之健而繁富，公幹之逸而未遒，如鹿裘书带，后先踵武。前之大雅，学优于才；后之神秀，才逾于学。居诸五古名家，近体失其丰韵；郊居清韵自流，短算薄其蕴蓄。素雯老将登坛，刁斗森列，议者几同赵括。[第 8a 页]他如调律难兼，韵格偏诣；亦有缘闻征见，未聚群腋。大概大成阃域，未易辄及；挈瓶昌言，安忍概捐？夫家有千里，骥勿珍焉；囊无盈尺，寸璞为贵。此固怜才雅愿，亦前贤所谓恕录广征，兹昔同辙乎？或曰："前选时之相去若许，人未盈百；今之集，盍滥诸？"不知风会隆替，时尸之。明初风雅，肇于高、扬[杨]，盛于何、李，炳炽鳞集于中原；吾宛蒸蒸之造，亦于斯为盛。计兹百有余岁，集之在嘉、万者佚三之一。过此不继前武而铨次，则前之经纬铺藻之业，有不沦亡于荒烟朽蠹者几希；将使后之人按籍而求，亦如余今之徘徊于唐之"两刘"而不能已已也。象山蔡[第 8b 页]蓁春大美撰。[第 9a 页][第 7 页]

则杰按：此序称《续宛雅》"得人五十有奇"，及下文李士琪"原序"，施念曾、张汝霖"凡例"第七款均称"五十余人"，不知是否就初稿而言，定稿则有"七十三人"，可见《宛雅二编总目》(第 11 页)。

七、李士琪"原序"(第 7—8 页)

曷言乎"宛"？志地也；以"雅"名者何？言之善者也。古者太史陈诗以观民：风俗之美恶，于是乎考之；志之贞淫，于是乎别之；政教之得失，于是乎鉴之。政以宣教，教以彰志，志以成俗，圣王之能事毕矣。古诗三百五篇，孔子皆弦歌之，以合于韶武雅颂之音；其名"风"也，其实"雅"也。宛为《禹贡》扬州之域，春秋时为吴地，说者谓吴无风，何有于宛？宛之盛以为风始，断自谢太守玄晖始也。太白“鸟尽云闲”之句，与“北楼”“明月”争光。二公之诗，非土音也。土音之盛，断自梅都官圣俞始也。欧阳子曰：“非诗能穷人，惟[第 9a 页]穷而后工。”人谓圣俞之诗，得欧阳子而名益彰。要圣俞自有所以不朽者，而不在乎欧阳子之揄扬也。然宛诗工于都官，而都官不足以概宛诗。沿至有明嘉、隆之世，禹金梅先生慨然振兴，始有《宛雅》一书。自唐迄明，千百年间宛之诗赖以传者，梅禹金之力也。迄今又百余年，其间荐绅先生以及文学隐士之属，岂无其人可以传者？而无人焉起而传之，更数十年，安知不与断烟荒草同泯灭也者？是故非真才不能作诗，非真爱才不能起而传诗。此施学宪、蔡文学有《续宛雅》一选，嗣禹金志也。余在都门，接学宪，告予兹辑。甫下车，急向文学索稿披[第 9b 页][第 7 页]览，遂授剞劂。前集板佚，因并前、续合梓之，托陆郡博为之校焉。按《宛雅》肇自唐之“二刘”，迄于明正德之季，中更千年，作者不及百人；《续宛雅》始于嘉、隆，迄于启、祯之末，百有余年，作者已五十余人。集古者难为功，征近者易为力，其势然也。抑是书之成，有三义焉：图新，一也；求旧，二也；审言知志，更化善俗，三也。夫春华以屡变而愈工，雅乐经八音而始备。故有昔人未发之旨，后人发之；未谋之篇，后人谋之者。今兼收博采，所以图新也。大匠因规矩以运斤，为山因丘陵而起智。故后人一时之学，必有所尚；一诗之体，必有所法。今按流溯源，所以求旧也。[第 10a 页]《记》曰：“奸声感人，而逆气应之；逆气成象，而淫乐兴焉。正声感人，而顺气应之；顺气成象，而和乐兴焉。”是故先王慎所以感之者。宛之风正矣；比年以来，得毋有君子溺志、小人嗜利发于心而见于言者欤？昔季札观列国之风，不禁其忧深而虑远也。若夫音律之工、风云月露之美，此骚人事，君子弗尚也。则夫谨风俗之枢机，识正变之原本，非吾党职司政教暨宛中贤士大夫之任也哉？此审言知志、更化善俗之方，将不得外此而求之矣。操斯志也，岂繄《宛雅》？虽以观吾宛者观天下可也。顺治丁酉[十四年，1657]春三月上浣

日，螺川李士琪龙沙撰。[第 10b 页][第 8 页]

八、陆寿名“原序”（第 8—9 页）

“叙”曰，诗之道，敦濬恬逸，吟咏性情而已。故其言被之管弦，足以供清庙明堂之用；播之歌谣，足以备皇华采风之资。源于《三百》，流其支者，古宗黄初，近则开元、大历。作者溯其本根，必由是假道焉，乃升堂域；舍是，终南辕北辙耳。是以诗有二道：援引组织，本乎典则者也；涵游讽喻，本乎比兴者也。典则者流，盖出于经史子集以及稗乘杂家，其要在淹通广厚，如大地江河，不择地可出；比兴者流，盖出于朝夕沐浴，渐至于优游自在，其要在于寄念缥缈，如和风披物，程形赋音。兹二者，考其音义乖离，大匠操斤，遥顾而却步矣。予凉植寡韵，复才馁性嵇；[第 11a 页]退就青氊，冀得一二吟咏友唱予和汝。乃宛上蔡子大美、施子尚白，称诗最著云。二子以梅禹金先生有前《宛雅》之辑，兹捃嘉、隆后，踵前志成之，有《续宛雅》。螺川李公莅宛，板而传之；又念前者板佚，重订授梓，属余校焉。予受读之，正声迭奏，律吕宣调；既典丽沉郁，复比兴遥深；穆然清风，发在简素；后先之间，璋判圭合，二子之志苦而功伟矣。予顾谓二子曰：“集梓里书，征言亦以征人；倘人逾其言，可援人以恕言乎？”二子期期不可，知其深于风雅之情者也。不有二子，无以绍前徽；不有李公，无以张宛军。公视事未期，兴学造士；退食公余，讽咏勿辍，[第 11b 页][第 8 页]殆性所近，非可强致也。吴门陆寿名处实撰。[第 12a 页][第 9 页]

九、施念曾、张汝霖“凡例”（第 9—10 页）

一[一] 《宛雅》一书，后先君子相继为之，至今不坠。此其志意，非徒以诗鸣盛也。或备纪述于篇中，或寄情文于言外，大都明伦察物，直与风俗相维。第平时易于散轶；搜辑之顷，合并复艰。岁壬子[雍正十年，1732]，即共矢厥志；荏苒逾纪，乃征夙订。遵前贤之旧轨，不敢忘也。

一[二] 是编大旨，固期诗借人传，抑或人缘诗系，参互考订，要归于雅而已。至若人堪不朽，而书与年湮；诗似无奇，而名从实著；更或隐身岩穴，毕志蒿莱，姓氏不挂于人口而篇章已上薄风骚，是当显微阐幽，尤不胜[第 13a 页]三致意焉。

一[三] 兹集仅取缘情之作，未可盖合邑之贤也。第颂诗即可论世，征献在于采风。前《宛雅》二编，于各姓氏之下，凡爵秩事实，或略纪数语，或缺而待核。今务广为搜辑：先考史传；史无可考，即征诸传记墓志；更无可征，则取郡邑各志登之。若其奄弃未久，行谊共悉者，备采舆言以载。惟荒邈无稽，不能悬断者，始佚。

一[四] 名人佚事，可诵可传。史传墓志不及详而散见他书、确有可凭者，亦节次附录。至于颐解而歌匡鼎之来，枫落而赏吴江之句，另编"诗话""逸句"二门，缀于卷末。[第 13b 页][第 9 页]要旨取裁旧册，未敢骋笔而凿空也。

一[五] 序跋评论，作诗者之品格，与论诗者之学识，具见于斯。故即今古殊时，褒贬歧致，亦皆分别节录，以广见闻、资讨论，俱载各家小传之后。小传大书，逸事、诗评细注，观者便可了然。

一[六] 前二刻选自有明以前，毋庸再添管见。然如唐之罗立言，五代之梅远，宋之吴渊等，或炳在国书，或垂诸家集，久而复显，敢任泯没？余如此类，尚有数家。今悉次朝代，冠于《三编》卷首，俾无遗憾。若乃《三百》具存，类多野女邦媛之什；六季以降，不乏禅流炼客之吟，此[第 14a 页]则出自创裁，要亦满夫前志。惜流传无几，征信寥寥，仅若干人，聊存其概。

一[七] 前编自唐至明正德之季，历有千年，仅得百人。续编始于嘉、隆，迄于天、崇，百余年间，得五十余人。兹由明末以迨今时，亦百余年，而人且浮于前、续两编之数。盖稽远者难为功，征近者易为力，李龙沙前序已先我言之矣。然则文人墨士呕出心肝，而卒消融于荒烟断草者，不知几谁何也，抑又伤矣。

一[八] 原集分前、续两编，今固再续也。易其原名，莫能统同；仍之，又无以示别。凡托始者一，而起而续之，与时无[第 14b 页]尽，爰分三编：前曰“初”，续曰“二”，今续曰“三”。后之君子踵事同功，固什佰而未有已也。

一[九] 今所续既浮于昔，通计三编，每人事实、评语，卷帙滋富。前、续编授梓，费出郡司马龙沙李公。此次杀青，数倍前时，要皆出自俸余，不敢旁呼将伯也。

一[十] 念、霖生也晚，文献就湮，见闻有愧于宏通，风雅未窥夫阃奥。然而志纯则忘其陋，功坚则益其勤；举手自今，留心实久。惜缄罗未遍，投示殊寥。幸而游踪四出，所至购求，往往逢崖石之多情，借鬼神之默相。如《太仓稊米集》《玩斋集》，旧编俱已注逸，而今竟得完本。且有[第 15a 页]宣籍缺如，而名篇大册呵护他方，因以稍偿渴怀，补次成集。惟逃名肆志，蔽叶空山，此则莫可如何者耳。若夫择务其精，宁严毋滥；前事可师，同心有助，全书具在，知者鉴焉。

施念曾、张汝霖同识。[第 15b 页][第 10 页]

十、“宛雅初编总目”梅鼎祚引言(第 11 页)

夫采一方之音，异核诸家之集；核务于精，采维其备。且贤多安世，或谊附公孙。故今锓镂，实恧练丝。庶几存羊，可需变豹？后有不群耳食者，尚识予苦心也欤。里人甘木生梅鼎祚志。[第 16a 页][第 11 页]

十一、“宛雅二编总目”蔡蓁春引言(第 11 页)

梅都官云：“作诗无古今，惟造平淡难。”旨哉！得《三百》之遗、驾三唐之法者欤？兹集次序视其显没，去取近乎李唐。间板籍散佚，未窥全豹；抑桑梓恭敬，恕录存目，前人已先之。至好恶难衷，俟夫来哲。象山蔡蓁春识。[第 17a 页][第 11 页]

十二、“宛雅三编总目”施念曾、张汝霖引言（第 12 页）

李龙沙云：“集古者难为功，征近者易为力。”然广搜博揽，未可自懈于“难”；采精抉微，未可稍宽于“近”。则残篇具在，体例攸存。考证确，而皆可以补曩日之遗；品陟严，而始足以继前编之末。去取不爽于往哲，孅好永诏于来兹。竹窗施念曾、芸墅张汝霖同识。[第 18a 页][第 12 页]

十三、孙喆“后跋”（第 407 页）

《宛雅》之刻，始前明万历间，禹金梅先生所手定也。迄本朝，施愚山、蔡大美两先生有续刊焉。兹越七八十年，愚山先生曾孙得仍，及张君云澍，广为搜辑，重加考订。盖授梓者，于是而三矣。所以然者，讵惟夸多斗靡，为一邑风雅盛事哉？人性感物而动；感有邪正，言有是非，采风以贡天子，陈而观之，用行黜陟。尼山讨论其籍，善者师而恶者改，故曰“思无邪”，可蔽《三百》。由是观之，诗之所关于性情得失、贤否理乱之故，正非浅小。《三百篇》以后，大约侈风云月露之情，转相仿效；至于庄和宽密、忠厚[第 1a 页]悱恻之思，去而万里，先儒所由云“自从删后更无诗”也。《汉书·地理志》谓吴粤之君好勇，民乐用剑轻身。又云：屈原被谗，作《离骚》诸赋，宋玉、唐勒之徒慕而述之。吴楚之诗，以是作始。楚灭粤，吴入于楚，故以楚而统吴。汉世传楚之为词，失之巧而少信。按班氏所论，亦其大概；其实郡县既分，各有风气土俗。如吾宣州，未尝好剑。而为诗，自宋以后浸盛，去楚甚远，非缘屈、宋之风而兴起也。季札观乐于诸国，皆有品评，惟雅颂则述其德之有度，无复疑词。吾宣一邑，与诸国何如，其篇什之当于雅颂与否，亦未敢决。班氏曰：“移风易俗，莫善于乐。”当壹之乎中[第 1b 页]和以成其教。然则不囿于风土，而出乎风土之上，以力追雅颂，与夫“失之巧而少信”焉者举楚为戒，其不在乎乡先生之善持风会乎？得仍、云澍两君，所谓参稽进退，务要乎庄和宽密、忠厚而悱恻，以正人之性情者也。两君名选拔，入对大廷，出宰粤东，谆谆以阐扬前辈、鼓舞后贤为事，家学之流风欤？义理浸灌，而不营心于华膴者欤？宣自嘉、隆以后，体究六经，躬行不倦，如贡受轩，沈古林、耕岩，吴石冈、街南，梅勿庵诸先生，及得仍之高、曾祖，濂洛宗风，一灯未坠；讲学之处，遗迹犹存。余小子欲汇其精义微言，[第 2a 页]都为一集，与《宛雅》并行，两君其有以成余之志也夫？选意见“凡例”，不著；著其所关系者于后。同里龙溪孙喆拜撰。[第 2b 页][第 407 页]

【附录一】厉鹗《樊榭山房集·文集》卷二《宛雅序》（上海古籍出版社 1992 年 6 月第 1 版，中册第 726—727 页）

宛陵为东南奥区，溪清驶而山秀拔，风气懋美。生其地者，不诱于见闻，而皆有以自立。故其发于声诗，和平淡雅，无噍杀啴缓之音。陆放翁序李虞部之诗云：“来为守者，风流吟咏，谢宣城实为之冠；生其乡者，歌诗复古，梅宛陵独擅其宗。”斯言盖实录也。继宛陵而起者，有明诸梅，若禹金、季豹、子马、杓司，均未足当其选。我朝施侍读愚山先生出而嗣踪开、宝，以溯汉魏；淳音至味，流辈所希。予尝谓渔洋、长水过于傅采，朝华容有时谢，惟先生独无坠响。《宛雅》一编，盖梅氏禹金为之倡，先生为之续；而再续以迄于成者，则先生之曾孙檗斋明府也。夫能选诗者必工诗，审矣。然非渊源有自，矩矱世守，则诗之工也，恒难言之。唐杜甫为审言孙，论者谓句律之细，实本于祖；而少陵亦云：“吾祖诗冠古。”又云：“诗是吾家事。”宋陈师道为洎孙，论者谓词格秀古，造句愈工；后山所自，亦如甫之于审言。今檗斋称诗江南，无愧祖砚，而《宛雅》之选，网罗幽隐，持择精严，有以补梅氏之阙而成先生未竟之业。是则乡国所用，輶轩所采，且足以标树海内之的，而为群唱所归，非伟观欤！予因之重有感焉：吾乡风雅之盛，不减宛陵；无好事者搜而辑之，恒以为欠事。往时吴丈志上，商丘太宰座中唱和客也，尝竭二十年之力，上自六朝、唐人，下迄前代，录为《武林耆旧集》。稿如束笋，头白眼昏，日夕钞撮，事未竣而殁。今其遗书具在，后人不能为之表彰；里中同志欲毕其绪，又不肯传写，置诸败簏，恐雨黣蠹侵，终归乌有。然则吾人之著述，其有赖于贤子孙，讵不亟亟哉？

则杰按：此序显系为《宛雅三编》兼及全三编而撰，不知是否当时厉鹗仅同施念曾（檗[蘖]斋其号）一人联系，张汝霖不一定知晓，而施念曾却不幸先期谢世（参前梅瑴成、张汝霖两序），因此导致失收。

【附录二】道光仰谢山房刻本《宛雅》系列张铭《序》（《宛雅全编》卷首，黄山书社 2018 年 1 月第 1 版，上册第 17 页）

《宛雅》一书，吾乡梅禹金先生所辑，今谓之"前编"；康熙〔顺治〕时，施愚山、蔡象山两先生增辑之，为"续编"；乾隆己巳[十四年，1749]，施竹窗、张芸墅两先生又增之，为"三编"，皆梓以行世。其书搜之广、选之精、考之详，经诸名家手订，后生末学莫赞一词。惟历年既久，板既漫漶残缺，印行者亦日亡日少。吾邑张惺斋征君，与歙县凌次仲先生谈及此书，未尝不叹息，欲补辑之而未能也。余因念楚有《楚宝》，滇有《滇系》；传其文，传其人，实传其地。禹金先生创之于前，施、蔡诸君续之于后；生其乡者，顾听其残废缺失，而不为□□订，无以绍述前人，即无以昭示来者。里居多暇，因将已刻之三编，漫漶者修之，残缺者补之。自乾隆己巳[十四年，1749]至今又将百年，作者继起，前修又有增订之为"四编"者，卷帙仅存，恐就湮没；余不揣固陋，复为网罗厘订，授之剞劂，俾与前三编并行于世。由是，宛之群雅，自唐宋迄今显显罔缺；以诗传人，亦以人传诗，不特足以备采风者之挹取，他日征文考献，庶几一助云。道光八年戊子[1828]初夏，邑后学张铭东渠谨识。

则杰按：此起三篇序言，《宛雅全编》列在前录各原序之后、凡例之前。

又，所说《宛雅》第“四编”，其书未见，不知是原“未板行”（参见下录刘慕燃《序》），还是刻后遗佚。

【附录三】道光仰谢山房刻本《宛雅》系列王成璐《宛雅续修序》（《宛雅全编》卷首，上册第19—20页）

宣城于汉为宛陵，隋时始立今县。地有敬亭、陵阳、华阳诸山，峰峦峻秀，洞壑幽敻。其水则句、宛诸溪，曲折萦抱，结为奥区。扶舆清淑之气磅礴蒸郁，而发为伟人杰士。道光丙戌［六年，1826］，余由翰林改官南陵，常往来其间。庚子［道光二十年，1840］量移斯邑，暇稽邑志，因知都人士，以忠节著者，则有王次卿、赵潜叔、陈景道；以孝友著者，则有俞伯高、吴子旦、孙阿麟；以朴学著者，则有孙敬夫、贡元略、施允升。其他瑰奇伟异之士，不可枚举。《隋书·地理志》称其川泽沃衍，君子尚礼，庸庶敦庞，风俗澄清，道教隆洽。盖宣城之衣冠文物盛于江左者且千载于兹，非仅词章才藻之士循生而迭起也。既，得读《宛雅》一书，上自唐代，下逮国朝，其彪炳于百世者不具论，即其憔悴岩穴中者率多可传之人，多可传之诗；又知宣城人士不矜词章才藻，而其词章才藻之美且多如是，固已他郡邑莫能及已。曩余官桐城，桐之人文甲江北。宣城在大江之南，其人文与桐城相埒。康熙时，桐城潘征君江搜辑乡先生遗诗，曰《龙眠风雅集》，施愚山先生曾为作序。《宛雅》创始梅禹金，而续编者则愚山与蔡象山，为“三编”者则有施竹窗、张芸墅，推波助澜，可谓盛矣。今张茂才铭复辑“四编”，表彰先哲，一灯相续，抑又盛焉。余闻桐城诗自《龙眠风雅》后，有王悔生学博《枞阳诗选》、徐樗亭明府《桐旧集》，窃叹两邑人文并美交盛，犹惜其不获前后相接，合为一书，学者得以考见其源流正变之故。而余备官两邑，得以流览其山川人物，综观其词章才藻，与一二好古之士扬榷其是非得失，可不谓幸欤？夫儒者伏处乡间，往哲遗风无可宣播则已，苟其有之，则美斯爱，爱斯传焉。非欲以吾乡所有夸炫于天下后世也，亦非惧死者之湮泯不传而欲为

留身后名也；以为是区区者，即文献之所存、学术之所寄，人才升降之所在、世运隆替之（下缺）

则杰按：此序由于后半缺失，所以其作者不详。但参照文内所述相关事迹，从光绪重修《安徽通志》卷一百三十二《职官志·表·二十》"州县"栏可以查得为王成璐：道光六年丙戌(1826)，官南陵知县(《续修四库全书》第652册，第603页)；十五年乙未(1835)，署桐城知县(第607页)；二十年庚子(1840)，改宣城知县(第609页)。又卷一百四十一《职官志·名宦·五》"安庆府·国朝"录有《桐城县志》一篇本传："王成璐，字廉普，湖北江夏进士，由庶吉士改知县。道光十五年[乙未，1835]任桐城，以兴文教、培人材为务，捐廉课士，劝学勤恳；地方利弊咨询父老，故能洞悉民隐。历……南陵、宣城，皆有声。官至贵州布政使。"(第701页)均可证。

【附录四】光绪宛溪刘树本堂刻本《宛雅》系列刘慕燃《序》(《宛雅全编》卷首，上册第21页)

《宛雅》"初""二""三编"，为吾邑梅禹金，施愚山、蔡象山，施竹窗诸前辈暨燃外高祖张公芸墅所辑。其诗则陵宋唐，薄汉魏，羽翼骚雅；其考文征献，则又繁称博引，足为一方掌故，俾读是集者论其世、知其人，其人传，其诗亦传，知先辈之用心良厚矣。初，板存外祖张厚田家，后以兵燹失传。燃于丙寅[同治五年，1866]旋里，路经吴村，见此板，查之，尚十存六七，遂即购藏，拟补刻。适杨舜俞师访有印本，燃遂付梨枣，以广其传。呜呼！人以诗传乎？诗以人传乎？设外祖家非有镂板，则此集不传；有镂板而尽毁兵燹，亦不传；不尽毁于兵燹，而师无印本，燃虽欲酬先外祖之志，无从补辑，又不传。而今"四编"虽未板行，"初""二""三编"犹行于世者，其果伊谁之赐乎？其殆诸诗人默为呵护欤？抑亦川岳之灵荟萃于此而不可磨灭欤？是为序。光绪纪元，岁在乙亥[1875]，嘉平月，宛溪刘慕燃舒文题。

【附录五】《四库全书总目》卷一百九十三集部总集类存目之三（中华书局 1965 年 6 月第 1 版，下册第 1764 页）

宛雅十卷、续宛雅八卷、宛雅三编二十四卷（浙江巡抚采进本）

《宛雅》十卷，明梅鼎祚编，所载皆自唐至明宣城之诗，凡九十二家。《续宛雅》八卷，国朝蔡蓁春、施闰章同编，采明嘉靖以后至崇祯末年诸作，以续鼎祚所集，凡六十五家。后施念曾、张汝霖又搜采唐宋诸诗为二集所遗者，益以国朝之作，为《宛雅三编》二十四卷，所补凡唐三人，五代一人，宋三人，元五人，明三十人，国朝二百十五人；闺阁明一人，国朝三人；方外唐五人，宋三人，元一人，明三人，国朝五人；妓女唐一人；附联句、逸句一卷，诗话三卷，视前二集为完备。惟近诗所录稍繁，盖选录一地之诗者，大势类然，不但斯集也。蓁春始末未详。闰章有《矩斋杂记》，汝霖有《澳门志略》，各皆已著录。念曾号竹窗，闰章孙也。

则杰按：此处所说《宛雅》"初编"卷数，以及"初""二"两编所收作者人数，与原书"总目"略有出入。

又，蔡蓁春，其"始末"在施闰章《施愚山集》内颇多记载，可知其字大美，号象山，别号芹溪，诸生。生于明万历二十五年丁酉(1597)，卒于清顺治十八年辛丑(1661)，享年六十五岁。

又，施念曾，据有关序跋，可知其字得仍，号竹窗，又号蘖(檗)斋。其于施闰章，正如其名所示，严格说来乃是"曾孙"(参见前录有关序跋)，而非"孙"；此处称"孙"，盖为泛言。其谢世，大约在"乾隆己巳[十四年，1749]长至日"张汝霖撰序之前。

02－052　南州诗略

朱滋年

十六卷。朱滋年辑,《四库禁毁书丛刊》集部第 100 册,影印乾隆刻本。

一、沈德潜“旧序”(第 515 页)

诗人多权奇雄骏之姿,而天高其兴,则又益以江山之助,此南州诗所由盛,而朱子树堂《诗略》所由辑也。昔皇甫持正序顾逋翁诗,盛称吴中景物,以为钩绵秀绝,出其中[第 1a 页]间,翕轻清以为性,煦鲜荣以为词,故非寻常所能及。南州山水,视吴中特瑰异。天门、采石,青山、白纻诸胜,得后先作者掉鞅词坛,驰骋下上,以尽泄其胸中之奇。宜其所[第 1b 页]作,时有出于轻清鲜荣之外,则信乎兴之所激与其境之所触者之不同欤。夫蛾眉不同貌而俱动于魄,芳草不同气而皆悦于魂;树堂承其家学,举诸作者动魄悦魂之所在[第 2a 页]而裒集之,则江山之胜,如在目前。予虽老,犹能假诗人之兴,以广予之卧游,岂不有厚幸哉? 予故乐得而书之。乾隆乙酉[三十年,1765]冬日,归愚老人沈德潜序,时年九十有三。[第 2b 页][第 515 页]

则杰按:此序潘务正、李言已据以辑入《沈德潜诗文集·辑佚·佚文》(人民文学出版社 2011 年 10 月第 1 版,第 4 册第 1998 页)。

二、朱敏闻“南州诗略序”(第 516 页)

《南州诗略》奚昉乎? 昉自先君子也。先君子生康熙朝,晚而讲学姑溪之上。远近诗人过南州者,多以诗卷相投,先君子悉取而藏之。敏闻素无户外交，记侍侧时，得见前辈风流。今老矣，暇辄以诗自娱。儿子滋年，性亦嗜诗；四方敦槃之会，咸与焉。旧以所辑是正长洲归愚宗伯，弁以序言；藏之数年，未敢问世。近日投赠益夥，恐渐次散佚，因命手录一通，如对故人，如逢新雨。其见闻所不及者，盖不得而编次也。挂漏之讥，知不免矣。朱敏闻。[第1a页][第516页]

三、朱滋年"例言"（第517页）

［一］ 编辑断自国初为始。前代诗人并前辈德业文章，另有《南州謏闻》一书，用征文献。

［二］ 宦游、流寓诸公题咏南州山水，及与南州士夫唱酬之作，悉登入首四卷。其侨居南州者，无论仕隐，皆散见各卷中。

［三］ 以诗存人，不以人存诗。先达名儒、高人逸士，有见即录。至身殁无传、郡邑志不及载者，必多录数章，以志阐发幽微之意。[第1a页]

［四］ 见闻不广，乘兴偶录。多或十数首，少或一二首。随到随刊，不分次第。至搜罗各稿，则陈君琴谷、谢君芥舟之力居多。

［五］ 先王父诗已有专集行世，家君亦有成书藏于家，谨录数章附编末。愚兄弟荒稿，非敢续貂，聊以借正大方云尔。

乾隆癸巳[三十八年，1773]四月望日，溪上朱滋年识。[第1b页][第517页]

【附录一】法式善《陶庐杂录》卷三（中华书局1959年12月第1版，第84页，原标第五十一则）

《南州诗略》十六卷，当涂朱滋年辑。滋年祖辂讲学南州，录其乡里之作，凡宦游、流寓题咏山水及与南州士夫唱酬者，皆散见于卷中。滋年补缀，刻于乾隆三十八年[癸巳，1773]，并以其祖辂、父敏闻诗暨己作附后，沈归愚尚书序之。

02－053　[芜湖]萧汤二老遗诗合编

黄　钺

二卷。黄钺辑，黄钺《壹斋集》本，陈育德、凤文学校点，黄山书社1999年9月第1版。（见下册）

一、“萧云从七言律诗三十首”黄钺序（第880—881页）

萧云从，字尺木，号无闷道人，晚又号钟山老人。芜湖人。父慎余，明乡饮大宾。云从始生之夕，慎余梦郭忠恕至其门曰：“萧氏将昌，吾当为嗣。”长而博学能文，与弟云倩有“二陆”之誉。中崇祯丙子[九年，1636]、壬午[十五年，1642]两科副榜。入国朝，不仕。著《易存》《杜律细》若干卷，《四库全书》载“存目”中。诗文集藏芜湖沈氏，今不知所在。工画山水人物，具有北宋人遗法。《太平三书图》《离骚图》皆镂板以传。尝于采石太白楼下四壁画泰山、华岳、峨嵋、匡庐，一时题者甚众，至今犹未剥蚀也。居城东，近梦日亭遗址，筑石种梅，号曰“梅筑”。卒于康熙七年[戊申，1668]己酉[八年，1669]，年七十八。乾隆三十八年[癸巳，1773]甲午[三十九年，1774]，四库全书馆进所画《离骚图》。高宗纯皇帝命馆臣为补《天问》以下，盖云从所未图也；又题其山水长卷，诗云：“四库呈览离骚图，始识云从其人也。群称国初善画人，二王（翚、原祁）恽（寿平）黄（鼎）伯仲者。二王恽黄手迹多，石渠所藏屡吟把。萧则石渠无一藏，侍臣因献其所写。（萧云从，芜湖人。国初时工画山水。昨四库馆进其所著《离骚图》。检石渠所藏，向无云从迹，侍郎曹文植[埴]因进所藏山水长卷，笔墨高简洁净，颇合古法。）堪备宝笈之遗阙，事属文房敦儒雅。展观长卷四丈余，观之不餍意弗舍。[第880页]崇山复岭绕回溪，古寺烟村接书社。士农工贾莫不具，飞潜动植乃咸若。运以神而法以古，丽弗伤艳富如寡。快哉名下果无虚，图末识语嘉诚泻。德寿曾赏晞古图（萧云从自识云：‘河阳李晞古年近八十，多喜作长图大障，至为高宗所眷爱，爰题其卷曰：“李唐可比[唐]李思训。”余草野中人，无缘献纳，虽衰老犹不肯多让古人，于是极力经营，勉为此卷，藏之以俟知我。’其言颇见诚恳。今百余年后，[卷]入石渠，竟符其愿，岂非翰墨有缘哉[耶]），自怜作此终田野。（二句隐括云从自识语。）岂知一百余年后，果入石渠珍弗假。是老人愿近天从，剪烛长歌题笔洒。”仰见圣人爱惜人才，虽荒江野老，身后一艺之长，犹蒙甄录，著之天章，云从老骨真可不朽。所居萧家巷，屋址犹存；乾隆年间曾访其后人，仅一担水夫，旋老病死。诗集仅七言律诗一体，裒集草草，又多讹字，盖村学究所钞者。今选得三十首存之，以见一斑。[第 881 页]

则杰按：此序内“康熙七年[戊申，1668]己酉[八年，1669]”“乾隆三十八年[癸巳，1773]甲午[三十九年，1774]”，年号纪年与干支纪年均自相抵牾。

又，所引乾隆皇帝该诗，可见其《御制诗·四集》卷八十七（《清高宗（乾隆）御制诗文全集》，中国人民大学出版社 1993 年 8 月第 1 版，第 7 册第 611 页），标题作《题萧云从山水长卷》；据集内作品编年，作于乾隆四十七年“壬寅”（1782）。

另乾隆《御制诗·四集》卷八十九乾隆四十七年“壬寅”（1782），《五集》卷二十六乾隆五十一年“丙午”（1786）、卷九十一乾隆五十九年“甲寅”（1794），还分别有《题补绘萧云从离骚全图八韵》五言排律，《萧云从关山行旅长卷》五言律诗、《题萧云从秋山红树卷》七言绝句各一首（第 7 册第 638—639 页，第 8 册第 647 页、第 9 册第 789 页）。《景印文渊阁四库全书》集部楚辞类，则收有乾隆《钦定补绘萧云从离骚全图》上、中、下凡三卷（第 1062 册），系“乾隆四十六年[辛丑，1781]十二月十五日奉旨”而从事补绘,有御制序及萧云从原序。

二、“汤燕生古今体诗六十首”黄钺序(第 890 页)

汤燕生,字玄翼,号岩夫,宁国太平县人。明诸生。国初流寓芜湖,教授方沂梦兆曾家。工诗,通六书,精篆籀。有《商歌集》若干卷,不传;传者《明诗综·赭山二首》而已。今从简翰留遗古今体诗裒集得六十篇,刻而存之。[第 890 页]

【附录一】黄钺《壹斋集》卷三十四《于湖祠从祀六君诗(并序)》(下册第 655—656 页)

道光八年,岁在戊子[1828],孟夏,移祀于湖先生于滴翠轩。因念国初萧、汤二老暨乾隆年间吴、洪、陈、谢四君,节义文章,久为乡里钦企,而皆抱伯道之痛,有不祀之嗟。爰制六主,奉以从祀。询之乡人,佥以为宜。复恐后生未尽悉其生平,述其大略,咏以五言,俾有所考焉。

[一] 萧明经云从

尺木老入本朝,隐居穷巷(今萧家巷,即其故居),图骚画壁以终余年。不期末艺获邀天鉴,云从老骨死且不朽。

萧沓居青杨,殁犹氏其巷。小筑傍能仁(有园名“梅筑”,近能仁寺,久废),剩听烟钟撞。图骚板已蠹,画壁色余绛。遗卷荷天题,长歌悯愚戆。老愿死竟酬,精灵感应降(恭本高宗圣制)。

[二] 汤秀才燕生

岩夫明诸生,太平县人,流寓芜湖。工诗,通六书,精篆籀,有《商歌集》不传,传者《明诗综·赭山二首》。然简翰留遗,颇多佳什,惜竹垞翁未之见也。

结庐在黄山,于湖来教授。善篆通六书,不落斯冰后。商歌出金石,遗编渺难购。我时拾得之,往往录其副。不独赭山诗,怀古意深厚。两地寂无人,千秋谁俎豆。

【附录二】许承尧《歙事闲谭》卷十四“萧尺木汤岩夫手写诗”条（黄山书社 2001 年 5 月第 1 版，上册第 459—460 页）

在沪见萧尺木、汤岩夫手书二诗，题梅道人画松，前半已失。以其涉黄山，录之。尺木诗云：“易水李君初姓奚，造墨寻松黄海栖。南唐天子好书画，赐以国姓名庭珪。宋代丹青尚工细，此墨精华遂淹闷。梅花和尚元季人，展楮舒毫渲灵气。君不见，烧松为烟烟即云，触石而生动纷英。千锤万炼化劲铁，煎胶捣合荆麋筋。制墨之人妙选松，松精变化为云龙。蟠绕沧溟朝暮霭，三十六叶莲花峰。巨石压松成掩盖，喷泉涤根几百载。墨为黄帝鼎中丹，幻出画师能志怪。”自注：“黄山松石便是墨，一种至理，非我能手莫得。七十翁萧云从。”二印，一“萧云从”，一“读书秋树根”。岩夫诗云：“老翁胸蟠徂徕色，千株万株荫寒碧。振袂须臾疾于风，扫除森梢二千尺。只疑萧贲是前身，生绡幅幅如有神。浓阴深障天台日，舞鬣横穿少室云。悬置高堂助萧瑟，峭壁飞涛寒更凛。华阳楼畔响犹闻，韦偃笔端神定出。观图读诗惊三绝，墨池千岁飞瑶屑。先生磊砢与相同，饱历冰霜壮晚节。”款书：“黄山樵者汤燕生拜观于授经堂中，漫题数语。”三印，前一曰“栖山饮谷”，后二曰“岩夫”，曰“补过斋”。岩夫书法奇拙可爱。

则杰按：此处二诗，为《萧汤二老遗诗合编》所无。

又，以上关于萧云从的某些情况，可参见沙鸥《萧云从诗文辑注》一书（黄山书社 2010 年 4 月第 1 版）。

02－054 国朝山右诗存

李锡麟等

二十四卷、附集八卷，各附若干。李锡麟等辑，《历代地方诗文总集汇编》第22—26册，影印嘉庆六年辛酉(1801)刻本。(下录均见第22册)

一、陈霞蔚“序”(第229—235页)

晋之风，见于《诗》之《唐》《魏》，详于观乐之有吴公子。余自总角受《诗》，时心窃向往之，未暇至其地也。庚申[嘉庆五年，1800]春，奉祭告命，至晋之西南境，于霍州[第1a页][第229页]祭霍山，于赵城祭女娲氏陵，于荣河祭汤陵，并望祭西海、河渎于蒲州，转而北出雁门，祭恒山于浑源，至其地矣。山川之秀、习俗之醇，目之所睹，证之郡邑志[第1b页][第230页]书，十得其四五。然往返仅两阅月，晋之风犹未览其全也。辛酉[嘉庆六年，1801]秋八月，又奉命视晋阳学，今而后备览晋风在此行矣。甫下车，举下车考故事。冬仲试汾州，[第2a页][第231页]阅月蒇事；于来春按试平、蒲、解、绛，约计试一周，不年余不遍。备览晋风，犹有待也。既张书绅广文以《山右诗存》索序，余受而读之，自国初下迄于今，先献、时髦，[第2b页][第232页]以及闺壶、方外，都为一集。美哉！晋之风具于是矣。夫诗有以代存者，《周颂》之末，兼及《商颂》是也；诗有以地存者，《周》《召》而下，《曹》《豳》而上是也。抑又闻之《书》曰“尔惟[第3a页][第233页]风”，风自上也；《记》曰“命太师陈诗以观民风”，风自下也。我国家声教暨讫，薄海内外靡不向风，矧其为密迩畿辅也者。上以是感，下以是[第3b页]

[第 234 页]应;游尧舜之日,踵唐魏之风;余不敏,愿与晋之大夫士共勖之。是为序。嘉庆辛酉[六年,1801]腊月,督学使者闽县陈霞蔚序。[第 4a 页][第 235 页]

二、李锡麟"弁言"(第 237—238 页)

山右诗,自赵懿侯《晋风选》、范彪西《晋诗选》后,曲沃秦紫峰辑《三晋风雅》,介休茹容斋辑《山右诗钞》,皆未成书。丁巳[嘉庆二年,1797]冬,王桂岩暨家东木将大合同人于会城,为搜辑之举。余适以事至,因得司抄胥役。手录自顺治丙戌[三年,1646]以来,凡作者五百八十有九人,诗四千二百一十余篇;得之搜罗者十七八,得之秦、茹二集者十二三;以盖棺论定者为正,当世名公大人、骚客墨士附集焉,以备宗工哲匠之采择,名[第 1a 页][第 237 页]曰《山右诗存》。"存"之云者,存所及存,非谓山右之诗毕集于斯也。嘉庆辛酉[六年,1801]立秋前三日,李锡麟铁船甫书于晋阳旅寓之启秀书屋。[第 1b 页][第 238 页]

三、李锡麟"例言"(第 239—242 页)

[一] 遵钦定《别裁集》例,自顺治丙戌[三年,1646]科起。

[二] 骚人韵士、布衣野老,略按世次,与科目相间序列。

[三] 为一方备掌故,非为后学示法程,故所存不执一格。

[四] 凡山右人流寓他方,其未更籍贯者皆收,已更则否;他乡流寓山右者不录。至名媛,则女以男[第 2a 页][第 239 页]为家,即他方适山右者亦收。

[五] 蔚州原隶山右,雍正二年[甲辰,1724]始改属直隶,故雍正以前如环溪诸公皆录,雍正以后则否。

[六] 泽、蒲二州于雍正六年[戊申,1728]改府,其未改以前人皆系以州,自雍正以后始系以凤台、永济。

［七］　以诗存人，不以人存诗。

［八］　诗无达诂，在观者以意逆志；不加评释，不着圈点，其原有自注者仍之。

［九］　凡本集有经前人论定，及其人懿行见于志乘、[第 2b 页][第 240 页]韵事见于诗话说部者，略摘梗概，著于爵里之下。

［十］　诗有好句而篇不完善，或所收已多不能尽载者，间为摘句存之。

［十一］　征到各集，多是抄本；且多摘录邮寄，非其全集；及身后散佚、友朋记忆录致者，故所存有不尽其人之长而佳者有不尽存之憾。又传写屡更，讹舛必多，阅者原之。

［十二］　搜罗及蠲资付刊者，姓名书前，以彰劳善。[第 3a 页][第 241 页]

［十三］　事始于戊午[嘉庆三年，1798]春初，竣于辛酉[嘉庆六年，1801]夏末。为时无几，故征收未尽。当世名流，远宦他方，未能走征者尤多。一切遗漏，姑俟续存。[第 3b 页][第 242 页]

【附录一】李锡麟《鹤栖堂诗集》"附卷·序例"四篇之一"山右诗存张师诚序"（三晋出版社 2011 年 8 月第 1 版，下册第 383—386 页）

地有文献而莫之征，生斯土者之责，亦官斯土者之忧也。余昔守蒲郡，径王官谷，式司空表圣之庐，慨焉想见其为人。洎观察雁平，往来古秀容道，望元子读书山，又叹遗山为一代宗工，郝文忠所谓"复几千年更有兹人也"，为低回者久之。然尝念三晋风诗，溯源唐、魏；吴札闻二国之歌，称为"美哉沨沨，思深忧远"。而自李唐以前，名家辈出；金、元以后，传述或鲜，则何以故？岁辛酉[嘉庆六年，1801]，余从江左臬司任迁晋藩，政治之暇，余友胥君燕亭乃以其乡人所辑《国朝山右诗存》索余序。余阅之，盖于午亭、莲洋诸贤外博采遐搜，逝者、存者得五百八十有余人，列为卷三十有二，视《晋风选》诸刻不啻倍之，用力其勤矣哉！夫太行、恒、霍之磅礴而崔巍，河、汾、漳、沁之滉漾而洄漩，今不异于古也。加以世际重熙，我朝作人之化远迈往古；山右密迩京畿，涵濡渐被。朱子云："圣人在上，则所感皆正，其言皆足以为教。"然则晋人之多能诗与诗之多可存也，固宜。抑余闻之："诗之外，有事在。"晋之乡先贤如魏、于、吴、田诸公，皆际得为之时，行其所学，此不借诗以传，其诗自无不可存；陈文贞原本经术，酝酿深厚，此即不居显位，其诗与表圣、遗山后先辉映，亦且长存，矧乎赓歌飏拜，上继皋、夔也，岂非知人论世者之所当矜式欤？若夫咏骏烈，诵清芬；别裁伪体，抒写性灵；伏处岩穴中，力不能自存其诗，抱一编以终老者，余固乐观都人士之显微阐幽，以昭国家文明之盛，而是编之功将不在《中州集》下。是为序。嘉庆六年[辛酉，1801]八月，承宣使者归安张师诚。

则杰按：此后三篇，即依次为"山右诗存陈霞蔚序"(第386—387页)、"山右诗存弁言"(第388—389页)、"山右诗存例言"(第389—391页)。

【附录二】茹纶常《容斋文钞》卷十《题〈山右诗存〉诗册，寄鲁心斋郡伯》(《续修四库全书》第1457册，第484页)

濩泽李牧坪孝廉辑《山右诗存》正集二十卷、《附集》十卷，刊成寄余，盖以北人之诗艰于流布，欲他日操选政者得有所借手。余伏读一过，虽未能媲美《山左诗抄》，然以授徒寒士发此洪愿，搜罗风雅，使山右百数十年间之骚人词客著作不尽泯灭者，其功岂浅鲜哉？暇日率题截句廿首，又题四首寄牧坪，既表前修，且欲策其后之补遗续刻也。吾友心斋数岁前以素册索书余诗，因书此以寄。第诗既颓唐，书复丑拙；他日视之，以博一笑可耳。

则杰按：此处所说《国朝山右诗存》正集、《附集》卷数均不准确。

又,所说"率题截句廿首",当即茹纶常《容斋诗集》卷二十七《题〈山右诗存〉》(《续修四库全书》第1457册,第370—371页),但只存十七首,并且都是分论具体作家,兹从略。

又,所说"又题四首寄牧坪",当指《容斋诗集》卷末"补遗"《寄李牧坪孝廉》(第390页),但也只存三首,兹从略。

又,《容斋文钞》此后一篇为《题自书"〈山右诗存〉诗"后》(第484页),也叙及该"绝句廿首",兹从略。

【附录三】王士桓《朗陵诗集》卷十二《寄曾抡阁广文》二首(《清代诗文集汇编》第523册,第610—611页)

回首论交四十年,瓣香同奉李青莲。君家群季多英俊(令弟兴举、兴万),夫子终朝事简编。三晋风骚归采辑,一朝诗学借流传。如何遗集裒然在,什袭珍藏尚待镌(谓《鹤栖堂诗文集》)?[其一]

再逐槐黄谒董帷,枯杨篮得女妻时。士安序借三都重(《山右诗存》序,方伯张兰渚撰,胥燕亭捉刀),韩愈名尤一榜推。献赋十年终未遇,选诗千古或堪师。当时已自灾梨枣,版片休教有阙遗。[其二]

则杰按:据其二颔联上句自注,前录《国朝山右诗存》张师诚(兰渚其号)序,实即胥绳武(燕亭其字)代笔。

【附录四】法式善《陶庐杂录》卷三(中华书局1959年12月第1版,第92页,原标第八十三则)

《山右诗存》二十四卷,"名媛""方外"二卷;《附集》八卷,"名媛"、方外一卷,共三十二卷。前二十四卷已往之人,后八卷现在之人。泽州李锡麟辑。虽有不纯不备之憾,要足为《晋风选》之继。前有张师诚序。刻于嘉庆六年[辛酉,1801]。

则杰按:《国朝山右诗存》正集在二十四卷之后,附有"名媛”“方外”“补遗”三项无卷数;《附集》在八卷之后,附有“名媛”“僧”两项无卷数。此处所谓“共三十二卷”,以及前录张师诚序所谓“列为卷三十有二”,均不含无卷数者。又关于序言作者,此处遗漏陈霞蔚。

02－055　潞安诗钞后编

常　煜

十二卷。常煜辑，道光十九年己亥(1839)寡过未能斋刻本。(“中华古籍资源库”网站影像版，原书藏天津图书馆)

一、常煜“潞安诗钞后编叙”(第1a—2b页)

《潞安诗钞后编》者，别乎《前编》而言也。《前编》因二漳选本，录止前代，《后编》则自国初至今之所作也。“编”分两集，所以别时代，志风尚；考人物之盛衰，辨趋向之同异也。潞踞太行山之脊，其土厚，其俗勤，其人质直而尚义。诗人之作，大抵席唐、魏遗风，犹有《蟋蟀》《山枢》余韵焉。顾吾观前代作者，名公巨卿，簪缨继美；扢雅扬风，源流有自。又且沈藩诸王公，雅尚风骚，相与倡酬赓和；一时[第1a页]交游之广、声气之投，若有极盛之下难为继者。于此而议搜辑，诚不能无难色。乃自征诗启出，八城诗草，陆续邮寄；琳琅珠玉，美不胜收。凡采录所及，则又若有驾前代而上之者。于以见我朝文运之昌，二百年来涵濡圣教，操觚之士类能本其性情，发为诗歌，则固非时与地之所能限也。编中所钞，远则如刘紫岩、王子衡、栗道甫、程湛园诸公，鼓吹于前；近则如贾月坞、程二漳、冯东山、靳绿溪诸公，嗣响于后。或以古雅胜，[第1b页]或以恬淡胜；或以宏博胜，或以秀丽胜；其他或出奇丽于艰难，或发纤浓于简古。凡稍近风雅者，一二篇录，十余篇亦录，以备一方之掌故。而要之大旨，所存总期不背乎诗序所云“发乎情，止乎礼义”而已。抑又闻之纪文达公曰：“人品高则诗格高，心术正则诗律正。”故读其诗，而其人之性情可知，即其人之学问、心术亦俱可知。至于一代之运会、一方之风尚，又乌不可知哉？此《潞安诗钞》之不容已于《后编》也。虽然，“莫为之前，虽美不彰；莫为之后，[第 2a 页]虽盛弗传”。余之继二漳而有是举也，亦望后之君子与我同志，嗣而编之，庶几表扬先哲，歌咏太平，“后之视今亦犹今之视昔”云尔。道光十九年，岁次己亥[1839]，季秋重阳日，晴川常煜书于寡过未能斋。[第 2b 页]

二、常煜“征刻国朝潞安诸先辈诗稿启”（第 1a—3a 页）

尝阅范鄗鼎《三晋诗选》、李牧坪《山右诗存》，吾潞诗入选者甚少。岂果作者之无其人欤？抑亦铁网珊瑚，雅切旁搜之望；而尘埋珠玉，或穷类引之方。遂使青山处处，爪印常淹；远水迢迢，萍踪莫溯？负知希于先哲，良可慨夫；冀物色于后人，或难已也。客岁仲冬，得乡先辈程二漳先生《潞安明诗选》四卷，作者百数十人，约计十余万字。虽删存待酌，惜剞[第 1a 页]劂之未遑；而卷帙将成，信搜罗之非易。积批风抹月之劳，赏音有自；补断简残编之碎，着手欲飞。更为钞录，重校去留。诚艺林之鸿宝、潞郡之吉光也。第以选只及于前朝，事有待于继踵。我国家治教昌明，人文炳蔚。雅管风琴，时多作者；庠笾里豆，地有诗人。况圣泉黎水，可濯清思；丹岭珏山，并成秀骨。扶舆之钟毓多奇，名哲之风流未息。则有累叶传芳，程若周誉隆夹寨；一门济美，李与高声震刈陵。漳源则介石、蓝虹并著，壶口则且庵、东山[第 1b 页]继传。莲塘、秋谷，克振宗风；花舫、鹤轩，允推嗣响。斯皆骚坛夙望，足增重于山川；可知逸彦辈兴，实无间于今古。独是门珍一集，终为韫椟之藏；何如响合众弦，克协元音之奏？而且珠光剑气，岁久斯沉；琴韵钟声，年深自哑。此尤搜辑之维殷、征求之难缓者乎？煜等不揣陋力，愿集大成。拟订程稿为前编，更征藏稿为后集。画葫芦于依样，敢云月旦操评？引针芥之相投，尚望友朋共助。夫诗人之遇不齐，作者之才甚夥。或身章金紫，本忠孝而荐之郊[第 2a 页]庙朝廷；或志结林泉，富吟咏而藏之名山石室。或源流宗派，自成一家之言；或风雨重阳，人诵偶传之句。又或河梁多赠答之章，泥雪志羁栖之感。高僧方外，兴寄烟霞；名媛闺中，韵流环珮。豆棚瓜架，听仙鬼吟；苔覆烟埋，留金石迹。总期无美之不集，庶几成帙之堪传。更有请者，诗萃八城，里居、姓字并望详书；人增小传，宦绩、科名统求钞示。将诗以人重，亦人以诗传矣。若夫青年才子、当代词人，著作之宏难限于今日，音律之细当俟诸晚年；论犹[第2b页]未能定也，兹故弗敢请焉。伏乞绛帐先生、青衿学长，注意乡音，留神前辈。同声相应，莫辞探幽叩寂之劳；有稿争来，共成集锦缀裘之美。孙子传先人之集，见绳武之多贤；生徒汇师长之篇，幸斯文之未坠。求友声而诗歌《伐木》，谊笃金兰；敦素心而酒唤"攀柯"，邻依宝树。称人佳制，可发潜德幽光；惠我好音，罔有遗芳剩馥。莫虞原稿失遗，后必期于归赵；伫望邮筒络绎，先有事于借荆云尔。道光乙未[十五年，1835]三月穀旦。[第3a页]

02－056　樊南诗钞一集

延君寿

不分卷。延君寿辑，李巍、张武、杨海娜整理，《阳城历史名人文存》本，三晋出版社2010年4月第1版。（见第7册）

此集书名，点校本添有“第”字，未详所据。

一、郭象升“序”（第303—304页）

邑志者，国史之小宗，而其事迹轻，以艺文累之也。在昔通人章学诚辈，皆以为邑志宜删去艺文，而别纂邑中诗文为一书，与志相辅而行，其说信伟矣。余总全晋志事，草创义例，不及艺文，由章先生启之也。然世人大共怀疑，或且谓艺文既删，志事寂寥，势将无以下笔。夫征文考献，虑非一志所能尽也。假如论者之言，博收诗文以增志料，及其去取之际，则又相率以泛泛不急者为准程。“八景”滥词，连篇接牍；其为土人所作，抑寓公、过客之文，又混不能别也，何如分而立之，志事既不失谨严，艺文亦得尽端绪耶？虽然，志者，官书也，数十年循例一修，得以绵褫无废；诗文之辑，私事也，苟非其人，事不虚举。任志事者，悼诗文之放失，而并包兼容，存十一于千百，此亦仁人不得已之苦心，而观者遂相与安之，曰“艺文在此矣”。编选之事，视等骈枝，此岂非提倡无人之为害耶？然则诗文之辑，盖其难哉！鄙州当太行之巅；文教敷施，在晋地为独后。逮朱明之季，风雅勃兴。讫清初，首尾百余年，作者相望，傅青主所谓“晋雅晚在高都、析城间”也。其后诸县稍凌夷，而阳城独擅吟事；虽五尺之童，矢口讽咏，无平仄钮铻者。延荔浦先生于是有《樊南诗钞》之辑，为书四卷，诗千余首，既章章在条牒矣。其凡例称《诗钞》初稿，仅得近代九人。久之，乃广为搜罗，以成定[第 303 页]本。然九人之诗，详略互见，意固不废前稿也。然刻本凋零，乡之人绝无藏弆者。田玉汝得一钞本，持以示余，每人各有小传，意在与邑志为表里，盖元氏《中州集》、钱氏《列朝诗集》义例然也。及纂定本，顾削小传不录，意其有所未暇欤？抑论定之事，更以望之后来欤？元、钱选诗之法，本于殷璠、高仲武，然推而大之，遂郁为史家之旁支。夫选诗埤史，非元、钱莫之任也。称心而言，则有埤于邑志亦足矣。延先生此《钞》，庶几可为法程。先生与张隽三先生同时称诗；风雅好事，百倍于隽三。然吾乡人传诵《六砚草堂集》者，远不逮《艳雪堂集》之盛，以先生诗近宋人，多瘦硬苍奇之音也。余固喜言宋诗者，少阅先生诗，谓惟我能知之。及出交天下士，乃知宋诗方为时尚。而闽人所标举以为新声者，往往皆先生《老生常谈》(先生所著诗话名)所已言。北人固黯于声华，要之亦不逐时风众尚而然也。此九人之诗，清奇秾淡，视《谷音》《河汾》无不及。先生操选，亦未尝以我法绳人。然传之海内，亦有能降意平心，阅之竟卷者耶？人能宏道，无如命何。但使一邑后进，绳绳继继，勿替引之，其亦可以已矣。余所以太息于文献之衰微，而欲悬此《钞》以为之劝也。玉汝留心邑中掌故，其好事不减延先生；既纠集众资，重刊此《钞》，余为序之如此。一邑文化之弛张所不论，庶几修邑志者，有以辨其疑眩乎。壬戌[民国十一年，1922]八月中秋节前一日，晋城郭象升。[第 304 页]

则杰按：此集作者最终所收凡十人，而非此序及其他某些序言、凡例所说“九人”或“八人”“八九人”。

二、田九德“序”(第 305—306 页)

总集之选，昉自昭明。厥后踵其例者，若《古文苑》《文苑英华》是也。其或诗文分选，有专系以诗者，《玉台新咏》是也；专系以文者，《崇古文诀》是也。自是从事选业者，诗与文遂判分为二焉。若乃搜罗仅系于一地，甄录止限于一姓；或专录同时交游，或全录一代或数代者，要皆本昭明之例，而莫之能外也。顾椎轮既著，流品亦杂。攀附功业，则以人而存者必多；张大门户，则同乎己者又往往滥收。推其原委，盖自两宋已然。元遗山崛起北方，以一代疏凿之才，历数十寒暑之久，勒成《中州集》一书，人各为传，兼以存史。清初之钱牧斋、朱竹垞、王渔洋、顾侠君褚[诸]人，并尊其法，而总集中又别开一例矣。总之，自昭明以来，操选业者，盖无虑数百家；而传于今者，固不必尽善，而善者为多。亦犹夫千人校射，而中者百人；其不中者固不足论，而百人之中，其能为众人所啧啧称道不置者，则必此百人中之尤者，可以当之而无愧。即此以观，述作之传不传，岂非自有公论哉？清代选本之善者，王渔洋《古诗选》、姚姬传《古文辞类纂》，其尤著也。其搜罗仅系一地者，则以卢抱孙《山左诗钞》、邓湘皋《沅湘耆旧集》为最。山右士风朴率，不务标榜，固自善矣；然循是以往，遂令前贤遗著，尽归湮没，亦可惜也。今约略以求，诗则间有纂集，文则从事者绝少。范彪西[第 305 页]《三晋诗选》，专录理学家言。李龟山《山右诗存》，选择亦未为精当。自余若程之珝《潞安诗选》、曹树谷《汾阳诗钞》，则自郐而下更无讥焉。吾阳自金元以来，代有闻人；明清两朝，益彬彬焉，述作如林矣。顾搜辑无人，日久半就湮没。清初有陈子容宏度者，始从事纂集；白氏象灏，续有增入。乾、嘉间，延荔浦先生出，乃合陈、白各选及诸家专集，刻意选录，勒为定本，曰《樊南诗钞》，兹其第一集也。先生之于诗，陶镕六代，出入三唐；凡两宋金元以逮明清诸大家集，无不批郤导窾，一一能言其得失，而犹惓惓于此一邑之诗者，其意盖欲继往开来，示乡邦后进以途轨者欤？是编所录，自田珩至李毅凡十家。虽多布衣隐逸之作，然皆戛戛独造，卓然可传不朽者。其于攀附功业、张大门户诸习，盖未之一见焉。以"樊南"命名者，用《会稽掇英总集》例也；每人为小传者，用《中州集》例也。至其选辑之精审，则又有识者所共见，固无俟乎赘辞也。斯盖抱孙、湘皋之流亚，夫岂范、李、程、曹诸人所能望其项背也哉？余以寡陋，属兹荒乱；惧文献之放失，致掌故之无征，爰纠集同人先印《一集》，以为赓印《二集》《附集》《别集》之引喤。后有所得，将续刊焉。昔贤有云："著书不如读书，读书不如刻书。"盖传布典籍，为古人延命脉，少室山人所谓"功同掩骼"者也。吾乡后进，如有能因余此刻，而闻风兴起、光大前业者，倘亦荔浦先生所含笑于九京者乎？拭目以望之矣。壬戌[民国十一年，1922]季夏，邑后学田九德序于太原寓舍尊刘师鄦之斋。[第306页]

三、延君寿"序"(第307页)

阳城诗人，前明以王疏庵先生为之冠，张藐山、杨沁湄两先生继之。同时羽翼之者，有无未可知，而传者不一二数，或亦后起者无以辑之之故欤？国朝陈午亭先生出，以燕许之笔，垂江汉之文，允为一代宗工，不仅式一乡一邑而已；一时陈氏诗人林立，其裔明轩曾刻《传家集》行世。乾隆初年，田退斋先生工诗，刻有《依园诗钞》。四十年来，继起尤多，然从未有自刻其诗卷者。余惧其久而湮没也，搜辑得八人，题曰《樊南诗钞一集》，而附隽三与余诗为《二集》《三集》；后有作者，将续刻焉。阳城东有樊山，樊水出其下，余居樊水南，故以名集，非袭"李樊南"之称也。诸公诗之得失，小传略言之，此不再及。嘉庆十一年丙寅[1806]夏五月，荔浦延寿序于京邸之玉极庵。[第307页]

则杰按：此处所说《樊南诗钞》的《二集》属于诗歌别集而非总集，与前录田九德序所说《二集》指称不同(另见该种)。

又，延君寿原先单名"寿"。

02－057　樊南诗钞[二集]

延君寿

四卷。延君寿辑，耿建华、李雪梅、尹变英、李瑞琼整理，《阳城历史名人文存》本，三晋出版社2010年4月第1版。（见第7册）

一、延君寿“序”（第395页）

阳城为泽州属县。金元时，吾族与郑氏始有登仕籍者。诗文可考，则自明之中叶始。余旧有《樊南诗钞》，辑近时八九人，前辈率不可得。从浙江归，至今凡数年，复得搜辑，稍见完好。余所居在樊山麓，樊水经焉，故曰“樊南”，非袭古人“李樊南”之号。诗为余所辑；已有前集，故不得更易名也。夫辑一邑之诗，多以人存诗。是集则盖棺论定，以诗存人，不敢稍滥。如前明杨贞肃（继宗）、原襄敏（杰），本朝田文端（从典），功业、文章显著后世，不在诗之工不工也。余仕宦走大江南北，谈艺家鲜有知阳城人者，所知则泽州相国而已；斯集之辑，容可已乎？今日辑之，而断稿残篇，多不可得；使更迟之，则并此而无之矣。夫使有如此之诗，沉匿而不彰，是亦仁人君子之所深戚者。他日刊行于世，见晋之一小邑，而能矫然自树者林林有人，其亦西北人之一幸也夫。道光六年[丙戌，1826]春，在五河官署鸥乡鹭国之馆，荔浦延君寿序。[第395页]

二、延君寿“例言”（第396页）

[一]　邑中旧有《阳城诗钞》，板久不存，亦无完本。此册所收前明诗，惟疏庵、藐山有集可采，余仅寥寥数首而已。

[二]　藐山诗，间有出韵、重韵者，此不足为古人病也。其他佳

句悉摘之，载余《老生常谈》中。

[三]　杨萍阁、张去偏、石翥云诗皆极佳，惜其集不可得。然失其传耳，非不足传也。传不系乎诗之多寡，则得其一，即如得其全可也。

[四]　卫贞元诗，只得其《采风咏》一卷，经济、学问已见一斑。同时田兼三亦能诗，然不常作，故录不得多。

[五]　陈午亭隶籍泽州，实世居阳城，其《文编》久行于世。兹选于乡前辈诗之佳者，一二首必录之。午亭则继藐山而启后之诸人者也，故取向所选本编次之，得诗四十余首。

[六]　前刻数人诗，兹册亦各登数首，不嫌再见也。尚有一二人为前刻所不及者，并入之，以次退斋之后。

[七]　阳城诗人，本朝自午亭后，惟田退斋掩出诸人之上。数十年来，又有隽三起而兴之，藐山之香于兹不坠。儿子赏及李毅，皆为隽三弟子，诗亦各有刊本，因录隽三诗，而即以两人附焉。[第396页]

02－058　樊南诗钞附集

李焕章等

一卷。李焕章、延常辑，杨海娜、李希昕整理，《阳城历史名人文存》本，三晋出版社2010年4月第1版。（见第7册）

《阳城历史名人文存》同册此集之后，还有相同责任者之《樊南诗钞别集》不分卷一种，但不再有专门的序跋。

一、田九德“叙”（第537页）

“樊诗”《一集》校勘竟，即拟赓印《二集》；以卷帙稍大，经费猝无所出而止。然《附》《别》两集，为延石似、李鉴塘两先生所选定，搜罗亦至数十家，关系一邑文献甚巨，又从来无刊行之本，不能不急图传布也。今所仅存两钞本，一为道光己酉[二十九年，1849]之原稿，予得诸亲友家者；一则同治乙丑[四年，1865]之定本，为杨世丈沚生所藏。两本均有李鉴塘序，而微有不同，此外未闻有第三本。庚申[民国九年，1920]季夏，沚丈来主并门农校讲席，出藏本见示，因合而对勘，重加厘定，录副庋诸箧笥。荏苒竟历四年，因忆鉴塘先生原序，盖道光时已写定待梓，暨同治中又序，则曰：“年力就衰，势不能不以荔浦先生昔之望于余者，转而望之后之能肩斯举者。”先生此言，殷勤恳挚，不忍令一邑文献湮没无闻；已为其难，而未能为其易；稿本虽仅存，倘意外遗失，不亦厚负作者、述者之苦心乎？然则刊布流传，吾辈之职责，可轻也哉？今年冬，商诸吴瀛仙、张紫绂两大令。承两君慨捐巨款，其余同人亦皆有所佽助，遂得快睹厥成，竟荔浦、鉴塘数先生未竟之志。诸君子热心、毅力，固前贤之所托命，不特余与沚丈为之欣慰已也。刊既成，仍冠两序于首，见前人从事之难，而吾辈所当勉继其易者，其道如此。他日者，吾阳人文蔚起，济济跄跄，以复乎康、雍、乾、嘉诸朝之盛；此集之刊，岂曰小补云尔哉？时在甲子[民国十三年，1924]孟冬，上距道光己酉[二十九年，1849]计七十六年，邑后学田九德序于太原寓舍之北乡亭。[第 537 页]

二、李焕章"叙"一（第 538 页）

昔荔浦先生辑《樊南诗钞》时，语余曰："吾邑不百里，擅文艺者，载于邑乘无虑数十家。二百年来，有集可按者，疏庵、藐山数公而已；或珠玑货贝，尚有待后人之发其藏也。吾老矣，网罗遗失，不可无同志以继吾业者。"此先生之厚期于余。惜余之力，不足以任斯举也。自先生殁二十余年，稍有所集，录订成册，得诗又百有余篇。附之前《钞》，存为《别集》，此其中亦有幸有不幸。然而文与献常相因；作者之失其传，由于传者之无其人也。近日先生嗣子彝九兄弟，于六砚草堂遗书尚未尽刊，而汲汲于先生所辑一邑之诗亟行问世，而并以是编付梓。呜呼！此固先生之志，而不得独委为彝九兄弟之责也。余不才，方自愧其搜求之未富；若以为借先生之言，可以自售其姓字，其谬误当不至是。爰以芜言，载之卷首，以见先生生平不欲没人之名如此，而继之者竟难其人，为可叹也。道光己酉[二十九年，1849]初春，李焕章鉴唐[塘]谨识。[第 538 页]

三、李焕章"叙"二（第 539 页）

昔荔浦先生辑《樊南诗钞》时，语余曰："吾邑不百里，擅文艺者，载于邑乘无虑数十家。二百年来，有集可按者，疏庵、藐山数公而已；或珠玑货贝，尚有待后人之发其藏也。吾老矣，网罗遗失，不可无同志以继吾业者。"此先生之厚期于余。惜余之力，不足以任斯举也。自先生殁已四十年，稍有所集，录订成册，得诗近二百篇，存为《别集》。盖文与献常相因；作者之不失其传，由于传者之代有其人。乃二十年前，先生嗣子彝九、少池，于六砚草堂遗书尚未尽刊，而汲汲于先生所辑一邑之诗梓行问世。曾不数年，毁于兵燹。因取所辑各稿，于前集已见之人，附之前诗之后；其未见者，附之前集之后，以待重刊有日。然彝九已淹逝，余与少池年且七十，势不能不以荔浦先生昔之望于余者，且转而望之后之能肩斯举者也。爰以芜言，载之卷首，以见先生生平不欲没人之名如此，而名之见厄于冥冥之中者又如此。呜呼！天下事固有不能不委诸有待者，其为想弥殷，而为愧滋深也。同治乙丑[四年，1865]季冬，李焕章鉴塘谨识。[第539页]

四、延棠"延少池来札"（第549页）

《樊南诗钞》前板已毁，宜找出刷印本一部，将已见者归入前《钞》，未见者作为《别集》可也。他日将子正及家兄诗补入，存为善本，以待有力者之剞劂之耳。

右录少池来札一段，鉴塘记。[第549页]

五、杨兰阶"跋"（第550页）

"樊诗"《附集》一卷，为家四，为诗三十七首，皆《二集》所已见之人，佳什尚未尽收，此则补其遗佚者也。在鉴塘先生原意，以《二集》板片已毁于覃怀，本欲重寿枣梨，以此若干首类归《二集》各诗之后。既不果行，乃别写如右。每人下各标"见前"二字，不重出小传者，从其朔也。今从事校印，则以《二集》曾经刊布，尚有传本，一时经费支绌，仍未能符鉴塘原意；他日重印《二集》，此册亦自单行，不复再见也。《二集》者，即延荔浦先生所选四卷本也。其子少池付刊时，径题曰《樊南诗钞》。兹既拟赓续印行，以荔浦已有《一集》之选，为使阅者知有统系，即依次称四卷本为《二集》。于此并发其凡，庶划归一律焉。岁在甲子[民国十三年，1924]，仲冬，邑人杨兰阶跋。[第550页]

02-059 国朝山左诗钞

卢见曾

六十卷。卢见曾辑，乾隆二十三年戊寅（1758）雅雨堂刻本。（浙江图书馆藏）

一、卢见曾“序”（第 1a—2a 页）

国初诗学之盛，莫盛于山左。渔洋以实大声宏之学，为海内执骚坛牛耳，垂五十余年；同时若宋荔裳、赵清止、高念东、田山薑、渔洋之兄西樵、清止之从孙秋谷，咸各先登树帜，衣被海内，故山左之诗，甲于天下。盖由我朝肇兴辽海，声教首及山东。一时文人学士，鼓吹休明，黼黻盛业；地运所钟，灵秀勃发，非偶然者也。顾百余年来，未有专选。渔洋《感旧集》，遍及海内之知交故旧，而于山左，或缺略未备。先生尝以为憾。今距先生之殁，又四十余年矣。《孟子》曰：“诵其诗，读其书，不知其人，可乎？是以[第 1a 页]论其世。”元遗山《中州集》，人列一小传，欲读者因其遭遇出处，以得其诗之兴会所寄。钱牧斋《列朝诗选》、朱竹垞《明诗综》，亦递相祖述。余近刻渔洋《感旧集》，为之补传，每叹遗文散失，姓氏无征。吾乡文献，及今不为搜辑，再更数十年，零落澌灭尽矣！此后死者所大惧也。窃不自揆，属同里宋蒙泉弼、平原董曲江元度及诸同人遍搜昭代之诗，上自名公巨卿，下及隐逸方外，莫不毕载，厘为六十卷；每人各附小传，具列乡里出处，间缀名流评骘，以备一代之诗史，以昭我圣朝风雅之盛。在昔周室初兴，“二南”之诗播诸弦歌，用[第 1b 页]之乡人，用之邦国，诚以王化所首被，为“雅”“颂”之肇基。而当时国史，题为小序，后之学者宗焉。今余钞本朝之诗，即不能每篇尽求其故，而因其人之生平行事，可考见其诗之仿佛，用以上继遗山诸公之遗，此则区区编是诗之志也。若其诗之品格高下、宗派异同，世之览者当自得之。乾隆戊寅[二十三年，1758]八月既望，德州后学卢见曾序。[第 2a 页]

二、卢见曾"国朝山左诗钞凡例"（第 1a—6b 页）

一[一] 是集本采昭代之诗，依《史通》例，限断自国初。凡名节事迹著在前朝，已载《明诗综》者，概不重录，以见诗随世变，兴朝雅音之不袭乎启、祯也。至遗民已入本朝，服习声教，如赵伯濬、董莺谷、徐东痴，《明诗综》选收无几，均为补钞入集，以备大观。

一[二] 选诗有传，始于殷璠，详于元遗山《中州集》，钱宗伯《列朝诗选》又加详焉。牧翁以诗存史，意自有在。窃[第 1a 页]谓《明诗综》前详爵里，后系诗话，于选诗体制为宜。向《感旧集补传》从之。今仍其例，以行实居先，逸事次之；见闻最确而书无可征者，以案语附后。

一[三] 编次先后，不得不以科第为断。然前辈遗诗，多少不同；每本以多者冠其前，从渔洋《感旧集》例也。国初宋荔裳、赵清止、高念东三名家集最大，故列为纲，而诸公则按科第先后附焉。念东成进士在清止之后，而清止叙宋诗，谓其以弟畜；予乡党尚齿，故先荔裳。他如子先父登第，仍先其父；兄弟叔侄，则各从本科。隐逸诸公，约略世次为叙。若诗本无多，[第 1b 页]或因人相附，或因事类编，例以义起，固不妨于变通也。

一[四] 是集以"钞"为名，不敢居于"选"也。"选家"标立风旨，合者收之，不合者去之，使入吾选者如金入冶，融炼一色，乃为宗匠；"钞"则各存本色。窃尝谓诗有二十四品，非一格之所可拘；入主出奴，亦古今文人之一病，非余末学所敢加于前贤也。

一[五] 盖棺论定。以何水部之诗，而昭明弗录，诚慎之也。蒙泉持此论甚坚，今从之。

一[六] 渔洋先生集诗学之大成，主盟骚雅五十余年。海[第 2a

页]内风从，浸淫规摹，流而为翡翠兰苕，而不知先生之所谓“神韵”，即在“雷霆走精锐，冰雪净聪明”一时并到之中，而“羚羊挂角，无迹可寻”者，原非虚无玄杳、枵腹谈空也。兹集所钞最富，非缘不能割爱，正以示天下，使知先生之诗精微广大，无所不备耳。又平生宏奖风流，吾乡前辈见于先生赠答而征诗未得，及表扬忠节、无别见者，皆录之以碑铭传记及笔记诸书，附载于后，以存其人。若本传已载所赠答之诗，先生集内即不重录。

一[七]　诗有关于吾乡名胜古迹、园亭物产及小说遗闻，[第 2b 页]隶事之僻秘者如鱄鲟露沉之类，用音之平仄合乎古义者如罘门告归之类，各附考辨于下，述古证今，以释滞而晰疑，固好学深思者所共赏也。若夫诗有轶人，乡有轶事，皆为补载。其前朝人物、他郡事迹，亦间及之。以世不经见，故随笔纪录，以广见闻。

一[八]　《明诗综》多附评语，然所评必出宗工。吾乡有渔洋，亦如建安陈思、元嘉谢客，同时诸贤之诗，大半经其品藻；而西樵、山薑、秋谷诸公及《国雅》《诗观》各评语，亦多采入。至渔洋集，往往自述作诗之旨，散[第 3a 页]见《池北偶谈》《居易录》诸书，附载于下，以见诗之不苟作也。

一[九]　渔洋论诗之道，有兴会焉，有根柢焉。兴会发于性情，根柢原于学问。世谓“诗有别才，非关学”者，非笃论也。如任文水《十三经注疏序》、五泡斋论经史、刘沧岚“郑康成论”，非读书万卷，不能具此卓识。今分载于各小传之下，所以开拓学诗者之心胸，使知诗非袭取。此外所采诸文，或因诗而见，或因掌故而存，皆文献所关。惟李检讨因笃、张侍郎瑗二疏，非山左故实，而有关于劝孝作忠之旨，故附及之。[第 3b 页]

一[十]　诗有和韵，始自元、白。渔洋、秋谷两先生，皆尝论之，以为非关至极。然出自名手，或袭而愈工，或变而益上，读者如入五都之市，陈百戏而集千珍，目眩神移，左袖右取，亦艺林之奇观也。山薑移居之作，备载名篇。又有不和韵而同赋者，如朱碧山银槎，亦类编之。其时都门唱和之盛,亦可见一斑云。

一[十一] 近体用唐韵,古体用古韵,此一定之法。故吴才老《韵补》,郑庠《四声通转》、杨升庵《古音转注》、陈季立《毛诗古音考》、李天生《古今韵通》、顾宁人《音学五书》,皆论古音,而宁人尤博而精。今诸贤有用古音者,则[第4a页]用宁人之《唐韵正》以证之;其于四声通转之法,略见一二。世之通古学者,当有取焉。

一[十二] 秋谷先生谓"古体两句一联中,断不可与律诗相乱"。渔洋先生亦云:"古诗通首一韵者,中不可阑入一律句。"又谓"律诗最要辨一三五"。秋谷亦云:"一三五不论,便是古诗;即有拗体,有拗必有救。"皆不易之法。此集搜葺虽勤,别裁甚谨,识者鉴之。

一[十三] 诸贤之诗,钞自本集者,或分体或编年,各从其旧。有采于志乘,以及说部、诗话,或友人以一二篇邮寄者,往往宿负诗名,而收录无多。如章丘李侍御[第4b页]思永,曩与唱和都门,每多传作,而三征未得全集,深为故友抱憾者,固不一而足也。

一[十四] 孔恭悫父子,统承先圣,爵袭大宗,不可以世次为序,今另列卷首。其支子以下,则以昭穆为序,而先贤之后诸博士亦附见焉。

一[十五] 史传列女,志兼侨人。故闺秀、流寓二门,选诗家之所不废。载闺秀而不及北里者,薰莸不可同器也。流寓则不可胜载:集内所录,皆子姓之已著籍者;若夫仕宦游客,寄居本暂,固不须借才于异地也。至于缁流黄冠、青衣仙鬼,近乎风雅者,亦间采之,[第5a页]而附诸卷末。

一[十六] 是集征求草创,同里编修宋蒙泉弼之力为多。与共参订考核于京师者,庶吉士平原董曲江元度、明经曲阜颜介子懋价、编修献县纪晓岚昀也。其在扬州,则长洲惠定宇栋、华亭沈学子大成。曲江继至,下榻年余,与儿子谦遍检原本,搜剔遗落,漏下三鼓犹就余商榷。余行则舟中,止或馆舍,必携集以从,凡历五年之久,而后成书。若夫订讹考异，参较旧闻，则侍讲武进刘圃三星炜、比部秀水王谷原又曾、中翰王兰泉昶，及受业生江宁严东有[第5b页]长明。而购访遗集当事诸公，则中丞郭子肩一裕，方伯李蒙涯渭，观察朱晓园在东、熊东山绎祖。借观藏书，在京则黄崑圃夫子，在扬则马秋玉员外曰琯，及其弟半槎曰璐也。

一[十七]　是编起于癸酉[乾隆十八年，1753]仲春，成于戊寅[乾隆二十三年，1758]仲秋。得人六百二十余家，得诗五千九百有奇，又附见诗一百十九首。搜集虽广，而阙佚尚多。如堂邑张尚书蓬元之礼乐，沾化范雪崖、长山刘果庵之经术，名德未湮，而遗诗莫考。兹于各传后及题咏赠答之下，略载事实，以志景仰。此外轶人轶诗，尚待咨访，拟作续[第6a页]编附后。凡有藏本，仍望寄达。

一[十八]　渔洋拟选吾乡明诗五十余家为一集而未果。不揣鄙陋，欲踵成之，广征明代作者以为前编。故蒙泉原本所录姜如农、刘节之以下数家，俱不入此《钞》。所望于梓里名流访辑邮致者，又其一也。

雅雨曾载识。[第6b页]

【附录一】宋弼《山左明诗钞》卷首李文藻《序》（《四库全书存目丛书》集部第412册，第1—2页）

《山左明诗钞》三十五卷，德州宋仲良先生之所辑也。先是，其州人、两淮监运使卢君，属先生选国朝山东人诗，成六十卷，刻于戊寅[乾隆二十三年，1758]、己卯[二十四年，1759]间，因而遂征山东明人诗。先生时长泺源书院，郡县之士来学者，使各探讨其所知，而予所购得者盖数十种。后先生入京，逢人求索，有得即手自誊写，无寒暑游宴之闲。岁癸未[乾隆二十八年，1763]，卢君致仕归里，先生以全稿畀卢。予适授徒德州，趣卢付之梓，而卢以所辑未备为辞。及先生由赞善出为巩秦阶道，予又购寄叶廷秀、李主中辈十数人诗，且以书与先生论王乘箓终于明季，及董樵、张尔岐诸人诗，皆宜移入此集，而未得先生答书。戊子[乾隆三十三年，1768]秋，卢君得罪，籍家。而先生以甘肃按察使入觐，道卒洛阳。予恐此书之遂湮也，己丑[乾隆三十四年，1769]正月走德州，从州官求买此书。卢氏书入官者数十万卷，吏为检三日，得《明诗选》凡三本：一为路中允斯道本，一为惠文学栋本；路惟钞撮十郡志乘，惠所录仅数十家，皆未成卷帙。其一即此本，裒然三十五卷，作者四百三十一人；中间评点，先生手迹也，惟小传一册佚去。越数日，先生柩至自洛阳。予迎哭，已，启笈得小传，则先生所手录也。是秋，予谒选，得广东恩平令，携以行。庚寅[乾隆三十五年，1770]夏到官，其冬政稍暇，校而梓之。颇有疑绪未晓之处，又或有传无诗，先生既往，无从质正，不敢遽有增改，谨完其为先生之书而已。昔新城王文简，尝欲辑海右五十家诗而弗果；先生此集之成，岂偶然哉？予郡先达，正德、嘉靖间有《海岱吟社》一集，仅存写本，予尝以奉先生；先生方食，辄辍匕读，命酒豪吟，十二卷立尽其半，其于先正遗文，诚笃好而深嗜之，天性然也。登、莱、青三郡寄选诗，其草稿多付予收藏，今尚盈簏。此集刻于恩平；明年署新安，乃获蒇事，而先生不及见矣。乾隆辛卯[三十六年，1771]冬十一月，益都李文藻序。

则杰按：《山左明诗钞》所谓“山东明人诗”，作者实际也有已经进入清代者，例如卷三十三姜埰、姜垓兄弟。（另可参见前录卢见曾《国朝山左诗钞凡例》首、末两款，姜埰字如农。）

【附录二】法式善《陶庐杂录》卷三（中华书局1959年12月第1版，第78页，原标第二十则）

《山左诗钞》五十六卷，“家集”一卷，“闺秀”一卷，“流寓”一卷，“方外”“青衣”“仙鬼”合一卷，共六十卷，德州雅雨山人卢见曾纂。……每人各系以小序[传]，颇称详备。其自序云“用以上继遗山”，殆是集之微意欤？

02-060　国朝山左诗续钞

张鹏展

三十二卷。张鹏展辑，嘉庆十八年癸酉(1813)四照楼刻本。(浙江图书馆藏)

一、张鹏展"序"(第1a—9a页)

德州卢运使雅雨堂纂《国朝山左诗》六十卷，表乡献也，梓里之[第1a页]谊也。嘉庆庚午[十五年，1810]，余奉命典试，因留督学。校士余暇，征十郡二州之著述，巨编散帙，裒[第1b页]集汇萃；后先咸叙，高下并收，续纂三十二卷，观民风也，輶轩之职也。盖自《三百五篇》齐列于"风"，鲁[第2a页]登于"颂"，流徽渐被，濡染斯深。故汉初传《诗》者四家，申培始倡于鲁，辕固继兴于齐；即河间毛公先儒，[第2b页]并存鲁人之说；惟韩生燕产，而数传以后，则琅邪王吉、太山栗丰、淄川长孙顺、东海发福，派沿支分，[第3a页]并在济河海岱之间。山左，固诗学之渊源、风人之林薮也。魏晋以还，下讫元明，联辔分镳，代有作者。入我[第3b页]国朝，文治彪炳。自荔裳、念东、西樵、渔洋、秋谷、山薑诸巨公后，家诵户弦，继声接武，于今未艾。且夫《诗》有三义，[第4a页]曰"志"，曰"承"，曰"持"，岂惟是摛华敷藻、比偶谐声、剽陈缀琐云尔哉？谣咏之兴，本于性情；性情之移，积为风俗；风俗之[第4b页]成，关乎政治。司马氏曰，齐俗宽缓阔达而足智，好议论；鲁俗好儒，备于礼，俭啬畏罪，远邪？谓有太公、周公[第5a页]之遗泽焉。三千年来，俗成而不变；民气之淳朴、士习之端方，往往于其诗遇之。然善与弊相倚，泱泱大风，间[第5b页]即于夸；断断虚文，或流于薄。故齐音反以骄志，鲁史每多侈词，古已不免，理势然也。夫为治之道，修其教[第6a页]不易其俗，齐其政不异其宜，然则莅斯土而膺绥民训士之责者，调剂于张弛宽猛之间，斟酌于因革缓[第6b页]急之际，采诗宣风，或亦少有裨益。虽运会迁流，格律递变，而比兴所托，惩劝维昭。广大廉静之意，兴[第7a页]观群怨之用，其致一也，宁得谓吟写性灵，流连光景之作，不足以通讽谕哉？余粗涉吟咏，学识拘虚，然三载[第7b页]于兹，循分思职，昕夕兢兢，不揣鄙陋，辑录成书，于齐鲁之士习民风三致意焉。且余著籍粤西，稽族系，前[第8a页]明实自青徙，则輶轩之采诗，即以为梓里之恭敬也可。时嘉庆癸酉[十八年，1813]，钦命提督山东学政[第8b页]赐进士出身通政使司通政使上林张鹏展序。[第9a页]

二、"国朝山左诗续钞凡例"（第1a—2a页）

一[一]　《山左诗钞》德州卢雅雨先生原本，鸿篇巨制，搜采无遗。今相距五十余年，佳章继出。其裒然成集者，自可传世；残篇断页，日久益恐散逸，故亟纂之。

一[二]　诗以"钞"名，不同"选"例，前《钞》之论具矣。今从其义，题曰《续钞》。

一[三]　前《钞》有顺治时人而搜采偶遗者，今由各府州县学采送，并沿棚绅士呈出，悉为登入；无从限断，仍自国初起。[第1a页]

一[四]　前《钞》成于乾隆戊寅[二十三年，1758]，有康熙、雍正间人而其时现存者，未入前《钞》，今并采入。

一[五]　前《钞》于诸家名下，前详爵里，后系诗话，论世知人，不容废也，今并用其例。

一[六]　凡小传所载懿行嘉话，多据其人墓志家乘及本集序文或府州县志，皆著明所据。间采掇散遗，均有所自，非无征也。

一[七]　编次先后，多以科名为断；惟子居父前者，不能不稍为更易。至于文学隐逸之士，或无从详核，则按其世次约略叙入。[第1b页]

一[八]　字之异音、句之拗法，苟有来历，考古者自可推寻。前

《钞》或附辨证,今概从略。

一[九] 诗中故实,其有关山左文献者,并存原注,或间附征引。若已见于古书,无庸更加详载。

一[十] 郡县沿革,今昔各殊。如武定、沂州,后升为府;钞中先注武定、沂州,后注惠民、兰山,各从其时。

一[十一] 张观察荨楼有《掖诗采录》二卷,李孝廉味初有《武定诗钞》六卷,刘明经芳曙有《渠风续集》四卷,兹钞采取颇多。

一[十二] 各家本集,或分体或编年,兹钞并依原本。至零[第2a页]星搜辑者,则随手钞录,难拘体例。

一[十三] 应制之作,自有矩度,宜别为专选,故前《钞》不载,今仍其例。

一[十四] 前《钞》凡其人存者不录,今遵之。

一[十五] "集古""回文"等体,皆文人炫博逞才,原非注意之作;联句一体,亦一时兴会所寄,只可存之本集。虽前《钞》时一收入,兹则均归裁汰。

一[十六] 诸家有人本居前而本集寄来颇迟,在开雕以后者,特设"补遗"一卷,以待增入。其最晚者,随时补入,不得尽拘科分矣。[第2b页]

一[十七] 采集多按试时所得,阅卷稍暇,随即涉目,未及悉心厘订。所有纂辑,实学博高密王天柱宁延、文登李蔼蹊允升、胶州宋松涧绳先、栖霞牟卢坡应震终始其事,而兰山马平野孚来、即墨林丹圃元桂亦与有力焉。

一[十八] 前《钞》于癸酉年[乾隆十八年,1753]创始,戊寅年[乾隆二十三年,1758]告竣,凡阅六岁而后成。今钞自辛未[嘉庆十六年,1811]夏起,至癸酉[嘉庆十八年,1813]秋而蒇事,搜辑仓卒,僻远者或未及送,恐亦难免漏略,故所采不及前《钞》之多。他日再续、三续,推而沿之,尚有望于后之君子云。[第3a页]

02－061　国朝山左诗补钞

宋　弼等

四卷。宋弼辑，张鹏展订补，《山东文献集成》第一辑第42册，影印嘉庆十八年癸酉(1813)四照楼刻本。

一、张鹏展“序”（第667—669页）

蒙泉宋廉访，当雅雨堂汇选前《钞》，邮筒往来，备细商榷。迨钞成后，所得未及附入，共二百十[第1a页]七人，手录为《续钞》四卷；又以前《钞》之人其佳篇未及尽登，郁不忍释者，手录为《补钞》七卷，合作一序，缄识以存之。披[第1b页][第667页]读终卷，想见先辈爱善无已之心，流溢楮墨间，至今令人生敬。余因葺《续钞》，得之于宋步武学博。其《续钞》四卷，采[第2a页]入今钞，以年代先后，与今所搜辑者相为排次，不必复为区别。至《补钞》七卷，先生札记云：“荔裳先生全集征之不得，他[第2b页]日宜另补之为第一卷。”今从《安雅堂未刻诗》及《入蜀集》选登若干首为第一卷，以竟其志。其七卷略为裁减，并[第3a页]作三卷，合原序刻之，庶几先生爱重乡献之意、数十年汇萃精心，借以不没，与前《钞》有合爀也。刻成，因书其缘[第3b页][第668页]起于卷端云。时嘉庆癸酉[十八年，1813]季夏，上林张鹏展识。[第4a页][第669页]

二、宋弼“国朝山左诗续钞补钞序”（第669—670页）

钞诗而系之“山左”者，以其为山左之人之诗也。称“国朝”者，以别于明代也。称“续钞”“补钞”者，以有前《钞》也。有前《钞》矣，又必续之、补之者，其人其诗有所未备，而“钞”之之义与意亦有所未尽也。夫存其诗以存其人也，故征文考献，义在于表彰而事归于详博。古人有云："善善欲长。"故与其过而去之，勿宁存之，使夫一联一绝，苟有可取，悉传于后，而后之人亦得以有所考焉，岂不善欤？奈何过为芟夷，而与初心相谬戾乎？夫论甘[第 1a 页]忌辛，是丹非素，古人讥之。是以群言淆乱，必折衷焉。君子著书立说，大义昭晰；纵有出入，不至径庭。若折衷于一而又以群言淆之，彼夫腾虚声而希厚宝则已矣，是则何知？卒使沙砾与宝玉杂陈，瓦缶鸣而黄钟弃，不亦惜哉！往者钞诗之役，仆实尸之，是非取舍具有权衡。又昔人云："佳篇既多，则中驷亦逸；雅制未协，虽次乘必录。"由斯以言，岂非彰阐之微义而爱憎所不能加，附和标榜所不能混者哉？前刻既成，殊戾本怀，而成事不说，固执无益。是以收其简漏，益以新[第 1b 页][第 669 页]搜，凡得姓氏若干、诗篇若干，以为《续钞》；其原选不当逸者，及前仅摭录而后睹全本者，录为《补钞》，共若干卷，将藏之箧笥，以俟后贤，于乡国前哲庶可以告无罪，即于仆之初心亦可以少安，非若昔人争立门户、伐异党同者也。丁亥[乾隆三十二年，1767]秋仲，校订成帙，辄述本意，书于卷首。奉政大夫整饬甘肃兵备道按察司副使广川宋弼序。[第 2a 页][第 670 页]

02－062　国朝山左诗汇钞后集

余正酉

三十九卷。余正酉辑，《山东文献集成》第一辑第42—43册，影印道光二十九年己酉(1849)海棠书屋刻本。(下录均见第42册)

一、宗稷辰“国朝山左诗汇钞”“后集书后”(第722页)

咸丰五年[乙卯，1855]三月，始晤秋门余君于孔氏邸第，得见其所选《山左诗汇钞后集》，盖继卢、宋、张三君子而作者也。越翼日，秋门属孔叙仲舍人属余序之。既全读其诗，见自序者再、人序之三，无事复序，乃书其后曰：成周时，命使陈诗，列国皆有“风”；齐以“大风”称，鲁因“颂”著而“风”转隐。至孔子以诗教为雅言，而门弟子多知诗，洙泗之间，家户弦诵，然则齐之“风”大而鲁之“风”不已醇矣乎？自汉魏以降，章句远而词章兴，有若巢父声唐，徂徕鸣宋，边、李振明。迄我圣清，而诗教遂大盛。宋、王、高、赵诸家，导扬于前，百四十[第1a页]年嗣响日众，经三家选存之而未尽也。秋门早为逸士，晚为漫郎，搜齐鲁近人之诗，斟酌咀味，久而不倦。选中如于左村、钟退轩、尹畹阶、刘松岚、孔荃溪、单芥舟、鹿雪樵、赵秋客，王氏之大柱、闲云，阎氏之浩持、星持，及周二南、李萼村辈，皆卓卓无遗憾。余亦一峰一涧，各见意致。或有未见全稿而但存残鳞片羽，下此偶有过存，要其全体，则固蔚然韶濩奏而鸾凤鸣也。出以行世，与前三选并传，夫又奚疑？旧乡愚弟涤甫宗稷辰。[第1b页][第722页]

二、余正酉“国朝山左诗汇钞”“总序”(第722—723页)

国朝诗学之盛，度越元明。山左词人，后先接武。微论名卿硕彦，如荔裳、渔洋、山姜、秋谷诸公，并以文章巨擘领袖骚坛；即下至山泽之癯、韦布之秀，亦莫不出风入雅，各自成家。海岳英灵，夐乎尚已。惟是代有传人，人有传稿，而选本朝诗者，盛名数巨公外，往往不获多见，良以无人为之裒集扬扢，甄综成书，遂使隋珠和璧，末由逞其连城照乘之奇，以邀有识者之真赏，久将与鱼目同腐，碱砆俱尽，致可慨耳。乾隆戊寅[二十三年，1758]、己卯[二十四年，1759]间，德州卢雅雨先生辑《山左诗钞》六十卷。宋蒙泉先生继之，成《补钞》七卷、《续钞》四卷。嘉庆庚午[十五年，1810]，上林张南崧先生督学山左，又[第 1a 页]续三十二卷。统计二千余家，得诗万二千首。海右人文，于斯为盛。顾三钞摭拾虽勤，尚有漏略。而由庚午[嘉庆十五年，1810]迄今，宗工哲匠，又复指不胜屈，亟宜及时搜采。酉不揣固陋，自嘉庆癸酉[十八年，1813]，即雅慕编摩。爰取三先生所辑，荟萃厘订，撷其精华；间就闻见所及，略加诠补，意在存诗，编为"前集"。新搜者，并稍变旧例，兼收见在诸公，以俟论定，存诗且以存人，列为"后集"。于一例钞存之中，微寓区别之意。矻矻几四十年，至道光戊申[二十八年，1848]始克蒇事，总百有余卷，名曰《汇钞》。庶吾乡文献，举得各挟其瑰奇，用征表海之风，而篇什流传，足以备后世辅轩之采，亦不致有鼠璞燕[第 1b 页][第 722 页]石之憾。是则区区继三先生编是诗之志也。钞既成，同人援唐贤《箧中》《国秀》二集之例，怂恿以家集、拙稿附诸卷末，勉从之，盖非敢窃比先民，亦聊以借正有道云尔。道光己酉[二十九年，1849]仲冬，济南余正酉谨叙于平陆官廨。[第 2a 页][第 723 页]

三、周乐"国朝山左诗汇钞""后集序"（第 723—724 页）

吾友余秋门，素工诗，又好评骘古今人诗。盖自汉魏六朝，以逮近今名家，靡不日事搜讨，而于乡国文献尤龂龂留意。尝取德州卢雅雨、宋蒙泉两先生及上林张南崧学使所辑《国朝山左诗》诸钞，甄综增订，勒成一书。余前在关中，读而善之，为题七言古诗一章。一日，又谓余曰，兹钞虽就，然自庚午[嘉庆十五年，1810]以还，其间以诗鸣者尚指不胜偻，他日当别为一集以附于后。余心韪之，而窃虑其难也。迄今未及十年，竟由平陆以《山左诗汇钞后集》三十卷寄示，不鄙谫陋，谬预参校。其决择之审，与前集同。秋门可谓有志竟成者矣。嗟乎！士大夫一行作吏，案牍[第 1a 页]埋头，其无暇究心于著述者多矣。乃秋门锐意编摩，既合前续诸钞汇为“前集”，而服官以来，又于政余网罗物色，裒诸新搜，编为“后集”，若惟恐海右人文有久而沦没于陵谷者。用是亟亟搜辑，前后数十余年，曾无寒暑游宴之闲。微特精神识虑迥越寻常，其惓怀桑梓之谊，抑何勤且笃也！且其俸钱所入，视三先生为不侔矣，顾皇皇焉罄所积，以从事枣梨，俾耽心风雅之士得有所借以传诸久远，不致令后世叹姓氏之无征，岂非吾东一大幸事哉？是刻既竣，而所汇“前集”亦次第付梓，近又闻有《山左明诗》之选。斯其殚心著述，历久不渝，足与雅雨[第 1b 页][第 723 页]诸公并有千古者，其不朽之盛业为何如耶？道光庚戌[三十年，1850]仲冬，同学愚兄周乐序。[第 2a 页][第 724 页]

四、花寿山“国朝山左诗汇钞”“后集序”（第 724 页）

嘉庆岁癸酉[十八年，1813]，余授徒于南山枣林王氏，秋门亦假馆主人，相切磋焉。时学使者张南崧先生选《山左诗续钞》甫出，秋门即拾其所遗及当时例不入选者数十家，裒集而手录之。余以其方习帖括，劝以有待。后肄业成均，充八旗教习官，居京师者六七年，日与大人先生游，学益进，搜采日益多。既乃出宰于晋，用压装以行。道光辛丑[二十一年，1841]，假事东归，则裒然数巨册，皆缮写而线装焉。余谓之曰：“子数十年之志竟成矣，锓木以公同好，可乎？”秋门曰：“唯唯。”今年冬，果以《山左诗汇钞后集》初印本见贻，且諈诿志其缘起。夫山左之有《诗钞》，昉自德州卢雅雨先生，而[第 1a 页]同里宋蒙泉先生继之，粤西张南崧先生又继之。顾三先生操选政时，类皆有门下士为之左右；秋门则簿书之暇，决择排纂，一一皆出己手。而遇人辄访求，获同志必数与商榷，勤勤恳恳，历四十年如一日。噫！亦劳矣。乡国文献，安得常遇此有心人哉？至其搜罗所及，人不以存殁限，虑其久而佚也。卷末载其家集，于古有所征也，亦一书自一例也。然卢、宋、张三先生之书，秋门尝掇其菁华汇为一编，朝夕而讽咏之，逡巡未出，何也？余虽老，尚乐得而读焉。道光三十年，岁次庚戌[1850]，仲冬，同学愚兄花寿山序。[第1b页][第724页]

五、余正酉"国朝山左诗汇钞""后集序"（第725页）

国朝山左诗之有《钞》，昉于德州卢雅雨先生。先生当乾隆戊寅[二十三年，1758]、己卯[二十四年，1759]间，偕同里宋蒙泉先生纂《山左诗钞》六十卷。嗣蒙泉继成《补钞》七卷、《续钞》四卷。嘉庆庚午[十五年，1810]，上林张南崧先生督学山左，又续三十二卷。统计人二千余家，诗万二千首。海岳英灵，网罗几遍。惟是搜采虽勤，仍不能无所遗漏。况由庚午[嘉庆十五年，1810]迄今又四十年，其间以诗鸣者复指不胜偻，若不及时搜辑，亦恐渐至散失。爰殚心力，裒集成帙，并稍变旧例，兼存见在诸人，以俟论定，名曰《汇钞后集》，共若干卷，用继三先生之后。钞既成，同人以家集、拙稿请附卷末，盖唐贤《箧中》《国秀》二集例也，从之，[第1a页]并以质知言之君子云。道光己酉[二十九年，1849]仲冬，济南余正酉谨识。[第1b页][第725页]

【附录一】余正酉《秋门诗钞·重订〈山左诗汇钞〉成，题卷末》四首（《山东文献集成》第三辑第35册，第297页）

作者诚难识更难，纷纷红紫炫朱丹。金沙历尽恒河劫，莫作寻常月旦看。[其一]

仙乐琅璈奏玉金，林泉幽兴入清吟。侧弦幺响销除尽，俱是云山韶濩音。[其二]

秋风落叶哀蝉曲，绝塞阴山敕勒歌。儿女英雄总千古，谁将花

雨悟维摩？[其三]

宗风提倡卢鸿一(谓德州卢雅雨先生)，骚雅总持宋广平(谓德州宋蒙泉先生)。一代文章山斗在，遗书谁问济南生？(《山左诗》前《钞》为卢雅雨先生所辑；《明诗钞》《续钞》《补钞》为宋蒙泉先生所辑。)[其四]

则杰按：此组诗歌，郭绍虞、钱仲联、王蘧常三位先生合编《万首论诗绝句》亦曾辑录(人民文学出版社 1991 年 2 月第 1 版，第 2 册第 913 页)，标题作《〈山左诗汇钞〉成，书后》四首，正文文字亦颇多出入，可能原始依据不同；又作者姓名作"余心酉"(第 912 页)，则"心"字盖因"正"字行书形近而误。

【附录二】周乐《二南诗钞》卷下《读余秋门〈山左诗汇钞〉，赋赠》(《山东文献集成》第三辑第 35 册，第 421—422 页)

黄鹄摩天凤巢阁，柳畔新莺松栖鹤。婪尾鼠姑斗春阳，岭梅篱菊发寒萼。万物同此生天地，飞潜各自适其适。况乃人为万物灵，面目不同心亦异。心有所得发为声，笔舌所到皆天成。愁苦难作欢娱语，丈夫讵同儿女情？读书论世人可知，何分汉唐宋元明？吾友秋门才卓越，看诗眼明皎如月。抉剔珠玉出泥沙，牛鬼蛇神纷殄灭。有时尊酒共论文，心心相印同一辙。二东自昔称大风，文章海岱多巨公。宋廉访(名弼，字仲良，号蒙泉，德州人，乾隆乙丑[十年，1745]进士，官甘肃按察使，辑《山左明诗钞》三十五卷，《国朝山左诗续钞》四卷、《补钞》七卷、《纠谬》一卷)暨卢都转(名见曾，字抱孙，号雅雨，德州人，康熙辛丑[六十年，1721]进士，官两淮盐运使，辑《国朝山左诗钞》六十卷)，品题缀辑光熊熊。南崧学使继搜讨，东海网尽珊瑚红。(张南崧学使名鹏展，字南崧，广西上林县人，乾隆己酉[五十四年，1789]进士，官通政司使，充嘉庆庚午[十五年，1810]科山东正考官，遂留学政，辑《国朝山左诗续钞》三十二卷、《补钞》一[四]卷。)其间不无碱砆杂，亦或月旦失至公。秋门慨然为太息，沙汰费尽钧陶力。直教得失判毫厘，却从冥漠辨白黑。阙者补之遗者搜，吉光片羽等琳璆。自谓品诗如品味，五味适口能兼收。自谓审诗如审音，五音悦耳无苛求。搦管不啻南面坐，右则右之左则左。途逢歧路稳立脚，船到乱流牢把舵。但使诗中自有人，何必胸中横一我。廿年心力苦销磨，霜后落叶剩无多。书成细字藏箧笥，高吟携过秦关河。灞陵官舍幸一见，挑灯夜读不知倦。卷中俨睹古衣冠，簪笏裙屐风流擅。又如把臂登吟坛，五色旗帜来酣战。精神发越毛发动，令我旁观目惊眩。此诗得君此删存，字字竟可悬国门。一手堪起万朽骨，数帙能慰千吟魂。地下诸君如有知，俯首至地复何言。吾愿急付梨与枣，使人共睹吾乡宝。隋珠和璧照古今，撼树蚍蜉一例扫。文献从兹信可征，无复雕虫嗤摛藻。千秋万世谁瓣香，定配雅雨蒙泉两诗老。

02－063　般阳诗钞

孙锡嘏

十三卷。孙锡嘏辑，《山东文献集成》第三辑第39册，影印稿本。

一、佚名题记（第3页）

般阳老名士孙锡嘏，号东泉，道光间举人，所著有《东泉闲话》八卷、《诗集》四卷、《文集》六卷、《刘逆纪略》一册，收藏聊斋先生遗墨甚富。公生有二子：其长子讳济奎，字星垣，同治举人，官邹县教谕。次子济泰，号[字]星阶，优贡生。昆仲皆邑之名士。此《诗钞》系先生晚年手辑同邑诸文人诗。先生享年八十六岁，今去世八十余年；手迹遭刘逆变乱，罕有，此为先生手迹也。［第3页］

则杰按：此文"道光间举人"处另有批注："此不确，光绪副贡。"又所说"享年八十六岁"，可能也不准确。有关情况，可参见李锋、孙启新《孙锡嘏及其子侄"补考"》一文（《连云港师范高等专科学校学报》2015年第4期，第41—45页）。

02－064　安德诗搜

程先贞

十二卷。程先贞辑，《山东文献集成》第三辑第38册，影印稿本。

一、程先贞“安德诗搜引”（第580—581页）

安德三佰年间，士大夫接踵称诗，未尝乏才。而地方朴陋，人鲜好名；简牍篇章，十不存一。及今无所总萃，恐益复散亡。往见余外祖李岱云先生《广川人文初搜》，其中有诗一卷，惟张公海、邹公颐贤，与先高祖三人而已。余承其遗志，复得十余家，编次成帙，仿诸“诵诗读书，知人论世”之意，各具数语，载在篇首。非曰洗发前贤，聊以尽吾心耳。至如广川一郡，延袤数佰里，非今州界咫尺之地所能尽其幅也，故题曰《安德诗搜》。有人斯有土，如是而已。嗟乎！抚新感旧，每于元好问《中州集》为之三叹。今既不能博采旁求，纵观海内，而独为此编以备一国之谣，亦未为不可[第580页]也。顺治戊子[五年，1648]首夏，里中后学程先贞拜书。[第581页]

二、石璨“读安德诗搜[并]小引”（第582—583页）

《诗搜》一册，萃吾州三百年之人文，焕发其灵气，以阐其幽光。正夫恐其沦亡，益复不可问矣，遂汇而成帙，敬授于余。余一披阅，恍如登作者之堂，亲聆面命，不禁有俯仰之思焉。聊作鄙句，用志感怀。

吾郡名安德，其中生哲人。淑气钟斯土，奇文应惜珍。世远哲人萎，诗乃传其神。里近下帷处，流风醇乎醇。或为羲皇叟，或为葛天民。或为烟霞侣，或为名宦臣。文追两晋汉，直造盛唐秦。三百年以上，灏气迈嶙峋。三百年以后，学步蹑后尘。恨我不见古，怀古我独亲。俯仰论其世，前身应后身。吾欲探灵异，须向此问津。[第582页]斯道存如线，勿嗟生不辰。安得平原酒，重酌共细论？

同里后学石璨谨题。[第583页]

02－065　国朝武定诗钞

李衍孙

十二卷、补钞二卷。李衍孙辑，《历代地方诗文总集汇编》第310册，影印乾隆刻本。

一、李衍孙序（第3—4页）

吾乡于雍正癸丑[十一年，1733]改作郡，领州县十，其先盖济南之东北鄙也。自先文襄公起家进士，历有武功，同时以经术显，为沾化范雪崖先生；讲声偶之学者，则杜湄村观察。吾宗吉津詹事，率与王贻上、高念东诸前辈订缟纻交，学有渊源，非偶然者。他若升堂入室，嗣响前哲，代不乏人。顾往往不自收拾，流传綦少。卢雅雨山人仿元遗山《中州集》例，钞山左诗，人各为传，欲读者知其人有以论其世，吾郡得四十余家。窃维古人称诗，镂肝剜胃，各肖其人。幸而拥高爵，有闻于世，遂与钟鼎不朽。不幸而穷巷[第1a页][第3页]幽愁，埋头著述，虽卓然成一家言，只如断港绝潢，不能自至于海。有雅雨公显微阐幽，可谓千古矣；究所存录，有搜罗不能尽，仍泉下所隐憾也。甲寅[乾隆五十九年，1794]春，予谢客里居，偶检案头郡人诗，并益以家集，辑成十二卷。自惭孤陋，力不足于搜剔，是编仅后人嚆矢耳。所望继德水而起者，从而胪陈之，将沧海之涘、荒凉之野，阑及风雅者，藉藉人口，有以步范、杜诸君子后尘，固不止四十余家之载在卢编也已。惠民李衍孙。[第1b页][第4页]

【附录一】稿本《国朝武定诗钞》卷首李衍孙序（《山东文献集成》第二辑第 40 册，第 715 页）

吾乡于雍正癸丑[十一年，1733]改作郡，领州县十，其先盖济南之东北鄙也。自先文襄公起家进士，历有战功，同时以经术显，为沾化范雪厓先生；讲声偶之学者，则杜湄村观察。吾宗吉津詹事，率与王贻上、高念东诸前辈订缟纻交，学有渊源，非漫然者。他若升堂入室，嗣响前哲，代不乏人。顾往往不自珍惜，流传颇少。卢雅雨山人钞山左诗，吾郡得四十余家。雅雨之书，仿元遗山《中州集》例，人各为传，使读者知其人有以论其世，考核详赡，得未曾有。间有不合人意者——吾东诗人如《带经堂》《栖云阁》诸大集，所钞甚富，煞费苦心；余则一鳞片甲，零篇断简，持择较易，或门下客为之，公不及检欤？窃惟古人称诗，镂肝刿胃，各肖其人。幸而拥高爵，有闻于世，遂与钟鼎不朽。不幸而穷巷幽愁，埋头著述，虽卓然成一家言，只如断港绝潢，不能自至于海。有雅雨其人显微阐幽，可谓千古矣；究所存录，或不尽如其人之诗之真面目。且名有不及附焉者，泉下所隐憾也。戊申[乾隆五十三年，1788]春，予奉讳里居，屏绝交游，偶检案头郡人诗，并益以家集，辑成□□卷。自惭孤陋，力不足于搜剔，是编仅后人嚆矢耳。所望继德水而起者，从而胪陈之，才海才江，尽归囊括；即信明一句之传，亦不令澌灭以尽，将白屋之士与簪绅之胄并辔征逐，有以步范、杜诸君子后尘，固不止四十余家之载在卢编也已。乾隆五十七年[壬子，1792]四月之六日，惠民李衍孙谨序。

则杰按：此本文字多有出入，特录资比较。

又，此本此序之前还有李衍孙另外一篇序言（第 714 页），乃为《武定明诗钞》而撰，参见下文。

【附录二】稿本《武定明诗钞》卷首李衍孙“武郡明诗钞原序”（《山东文献集成》第二辑第 40 册，第 656—657 页）

武定一带，无大山为之屏蔽，而东濒大海。每飙风怒号，恍万弩射潮声，骇人耳目。严冬雪厚数尺，手皲瘃不可以握。产斯土者，得天地孤冷之气，端劲其天然也。前明熹庙间，袁侍御华中，同杨、左诸公死于珰。同时杜公诗，布政江西，不附珰祠之议，罢归。士大夫扶持人纪，疾风劲草，直不可以威劫。顾吾乡妇人女子，亦质直有胆略，无脂韦气。如马夫人，万里舟车，妥夫榇于山魈水魅之乡；割肺摧心，匍匐北阙，卒以疏夫劳绩，得赠恤，闺壸中有是人邪？君子立身行己，德行为根本，文艺为枝叶。千古词人，至短气于《郁轮袍》一曲，良可叹耳。然则吾桑梓若袁、杜，其人争光日月，尚雕虫为欤？文盖不足以重公等也，而公等墨渖所及，心血耗竭；残篇断简，亦何敢弁髦视之？余戊申[乾隆五十三年，1788]家居，与历城朱九莪浦搜吾郡明人诗，凡得若干人、诗若干首，厘为四卷。窃幸杜氏有光吾编，袁侍御公则有文无诗。其他脍炙人口，杨梦山太宰巍为最。太宰诗温厚和平，一变烈风猛雨之习，究其人与袁、杜等。如抚陕日，补戍卒，尽还军地之夺于藩邸者；在晋，单骑行边，谕大盗李九经立散其众；入转吏部，王大臣之狱，连及高拱，力诤不回，一味模棱者能乎哉？吾辑是编，以诸名家为纲，附以人之不甚传而诗之间见者，而殿以马夫人。遥遥千古，贞魂烈魄，并及巾帼，非天地孤冷之气之钟于人，何接踵有若是？孙子荆[王武子]云："其地坦以平，其水淡以清，其人廉且贞。"又[孙子荆]云："其山嶵嵬而嵯峨，其水泙渫而扬波，其人磊落而英多。"吾土惟马谷一拳，肖形培塿；水则灵海于郭，长为委输。后人睹泱泱之风，兼吊其人其地于霜雪之表，而诗可知已。乾隆五十六年[辛亥，1791]小春之七日，惠民李衍孙谨序。

则杰按：《武定明诗钞》又名《武郡明诗钞》。此序底稿即稿本《国朝武定诗钞》卷首第一篇序言，文字略有出入。

02－066　武定诗续钞

李佐贤

二十四卷。李佐贤辑，《山东文献集成》第二辑第40—41册，影印同治六年丁卯(1867)利津李氏刻本。(下录均见第40册)

一、李佐贤"序"(第818—819页)

《国朝山左诗钞》，经卢雅雨、张南崧、余秋门诸先生凡三选。予田居多暇，尽取而读之。因考吾郡作者卢选四十余人，张选八十余人，余选仅七人耳，慨然曰："吾郡诗教，岂今不逮古欤？何向之多而今之寡欤？抑亦无人为之编辑、操选者无凭采录，以致遗佚者多欤？"吾郡诗钞，自惠民吾宗味初公编辑，始明代，以洎[第1a页]国朝，得诗十二卷，文献略备，诚盛举也。迄于今，又七十余年矣，而嗣响无闻。此数十年间，后学继起，未必不可追踪前人；况前《钞》所选，尚有人虽存而诗有遗者，更有诗与人并遗之者。及今网罗散失，千百中尚可有什一之存；倘再听其散佚，恐不免与风烟俱化，岂不重可惜哉？昔雅雨先生序《山左诗钞》，曰："此后死者之责也。"吾于吾郡诗钞，亦曰："诚哉！后死者之责[第1b页]也。"独是收吾郡诗有倍难者：文人片长自见，每乐表扬，斯世所同也；而吾郡士习，知希我贵，往往并一生之心力抱残编以终老，甚至传之子孙、遗命不以示人者所在多有也。夫无足观而灾梨祸枣，妄思问世者，不自量也；有可观而深藏若虚、惟恐人知者，亦未免情之矫矣。孔子曰："君子疾没世而名不称焉。"微论宿儒硕学不得志于时者，其人易湮；即达[第2a页]官显宦焜耀当时，生则荣，没则已焉，数百年后且有莫举其姓字者。惟赖有著作流传，令后世如见其人。则诗之存亡，其所关岂浅鲜哉？

吾虑吾郡之著作，今犹及见者，久或无存，因即前《钞》以后之诗，访而录之；又即前《钞》所遗之诗，补其缺略而增辑之。而海邑吴仲怿孝廉，及吾邑赵余田明经，复助余搜罗于各邑。诗稿有一征即至者，有屡征而后至者，亦有辗转[第2b页][第818页]征求而仍不至者。迟之年余，集成廿卷。又益以家集四卷，共得《诗品》之数。其人则自爵位显赫，以逮寂寞无闻之士，苟诗有足录、为吾所及见者，未尝不录焉，非敢有所轩轾也。其诗则自关乎风教，通乎政事，或正言或谲谏者，固有足尚；即游览赠答，吟风弄月，自适其性情者，亦并收焉，不敢拘一体格也。虽摭拾不必无遗，然裒然成帙，倘异日輶轩之使有采风于渤[第3a页]海之滨者，以是编进之，庶吾郡文献不致叹无征焉。是则鄙人搜辑之志，冀告无罪于前人者夫。同治丁卯[六年，1867]春，旧史官李佐贤谨序。[第3b页][第819页]

则杰按：此序又载李佐贤《石泉书屋类稿》卷二（《续修四库全书》第1534册，第638—639页），标题即作《武定诗续钞序》；除删去末尾署款之外，其他文字亦略有出入。

二、李佐贤"凡例"（第824—826页）

一[一]　惠民吾宗味初公，有《武定诗钞》之选。今七十余年，尚无续刻，恐各邑诗人湮没者不少，是以有兹编之役。体例多仍前《钞》；惟前《钞》于明诗、国朝诗各分卷帙，兹因续收明诗无多，故合而为一，其朝代但于卷下注明。

一[二]　前《钞》于诗人之字号、籍贯、科目、官阶、著作，俱列小传；其有事迹可载者，夹注于小传之下，以寓知人论世之意。兹仍其例；不知其详者，则但有传而无注。凡前《钞》已注者，兹从略。

一[三]　是编以诗为主。其诗已见前《钞》者，概不重选。若其人已载前[第1a页]钞而诗有遗珠者，无妨补选，但于人名下注"见前《钞》"三字。至前《钞》未载之人，一概不注，以示区别。

一[四]　自《昭明文选》止载已往，不登现在，历代选诗文者多从其例。顾吾郡诗钞，自味初公编辑后，年久未续。余今极力搜罗，仍多未备。自今以后，再续郡诗，未识更属何人，更待何年。如今世现存者一概不登，倘后人访求未备，致滋湮没，不亦重可叹乎？近时余秋门明府《山左诗汇钞》、符南樵孝廉《国朝正雅集》均收现在，谅同此见。兹钞于征文考献之中，寓攻玉断金之意；后进诗有可采者，间为梓入，以质骚坛，识者谅之。[第 1b 页][第 824 页]

一[五] “诗钞”与“诗选”异。选诗者，或标立宗旨，合者留，不合者去，以成一家之言。钞诗则但存本色；清奇浓淡，不拘一格，但期广收博取，以备輶轩之采择，而于积学无闻或韦布终老者尤加意焉，盖兼寓发微阐幽之意云。

一[六] 以诗存人，果有佳什，虽布衣必录。而亦有以人存诗者，必其人之大节昭著者也，否则文名彪炳者也，否亦爵位烜赫者也；若是者，录诗不过数首，不求备也。

一[七] 是《钞》录诗，每人限百首以内。惟吾邑魏东溟公，系前代名臣，幸诗稿之年远未湮；惠民味初公，则有功于郡诗钞者，故破[第 2a 页]例各登百余首。此外割爱者多，以限于剞劂之资也。

一[八] 乡党尚齿。编次先后，约略以时代世次为序。年远不知其详者，或以科第为序。其一族者，则以辈行为序。弟虽早达，不得先兄；侄虽年长，不得先叔也。

一[九] 古体用古韵，近体用唐韵，乃一定之规。兹钞古体必取其韵之可通可转者，近体则专用本韵，否则不敢滥收。

一[十] 卢选《山左诗钞》，每卷以诗多者冠首。兹仍其例；虽序齿微有参差，可不拘也。

一[十一] 渔洋先生谓“古体通首一韵者，中不可阑入律句”；又谓“律诗[第 2b 页]最要辨一三五”。秋谷先生亦云：“一三五不论，便是古诗；即有拗体，有拗必有救。”皆不易之法。是集皆取其合是格者；其不合者，虽有佳句，未敢滥收。

一[十二] 前《钞》于小传字号之下，书某人子弟者则不书某县人;其书某人,皆称其名。兹小变其例,改称字号而不称名;仍书某县人,令阅者醒目。其先达前辈,则称某“公”;同辈及后进,则不加“公”字以别之。

一[十三] 小传之字号、科第、爵里、著作以及夹注内之事迹,多以郡志、县志、家传、墓志为据。其近人尚无传志而为余所稔知者,则[第 3a 页]以案语注后;不知者及后进者,则多阙如。

一[十四] 《关雎》《卷耳》多作于妇人女子之手,闺媛未必无诗人也。故历来诗集,多有“闺秀”一门。吾郡士夫家,每谨守“内言不出阃”之义,闺房之咏不肯轻易示人,故所收寥寥。

一[十五] 方外、流寓,他集多有收者。吾郡方外,通翰墨者殊乏其人;流寓则来往无定,即欲搜访,必多挂漏,是以一概不登,不必借才于异地也。

一[十六] 卢雅雨、余秋门两先生《山左诗钞》,皆以家集附后。兹钞附以家集,循成例也。特以先人之诗,未敢妄为去取,因乞同年张[第 3b 页][第 825 页]翼南选订填讳,而佐贤事编校之役。至兄弟子侄之诗,仍多自为选择焉。

一[十七] 是集征求采录,年余始克告竣。自愧谫陋,皆借助于戚友:海丰则王兰洲农部(毓宝)、张子绢比部(衍熙)、吴仲怿郎中(重憙)、吴庚生铨部(峋),滨州则王子武学博(绳曾)、张筠农茂才(芝田)、杜桐巢茂才(翃),沾化则苏蕉邻廉访(敬衡),利津则张翼南太守(铨)、赵余田明经(维畬)、吴笠江明经(岷源)、张守泉孝廉(葆恩)及余族楼辉叔(文萼)、族侄(贻谋),皆与有劳焉。而采访之勤,尤莫过于仲怿;商榷之密,尤莫过于余田也。[第 4a 页]

一[十八] 是编搜集虽勤,而阙佚尚多。吾郡先达,或有无诗可征者,或有征而不至者;至宿儒终老牖下,及隐逸不求人知者,更不可枚举,未尝不叹文献之难征也。同人如有藏本,仍望寄达,当再为补编。[第 4b 页][第 826 页]

02－067　曲阜诗钞

孔宪彝

八卷。孔宪彝辑,《山东文献集成》第三辑第39册,影印道光二十三年癸卯(1843)曲阜孔氏刻本。

此集美国哈佛大学哈佛燕京图书馆所藏原刻本,卷首多陈功、黄爵滋两篇序言,即据以补录。

一、陈功“序”(第1a—b页)

盖闻地灵每生人杰,歌咏必本性情。分泰岱之精华,文人接迹;溯昌平之世胄,诗学传家。陆海潘江,落笔挟波涛之势;班香宋艳,裁笺吟风月之章。有美弗彰,同归于尽。感老成之凋谢,惜文献之无征。哲匠难逢,良材奚择?珠沉沧海,幸象罔之搜求;剑隐丰城,喜张华之赏识。君真好士,直同北海之豪;人尽呈才,应毓东山之秀。劲节访高冈之竹,遗芳采空谷之兰。手擅探骊,骨矜买骏。贮锦囊之豆蔻,字字生香;罗铁网之珊瑚,枝枝挺秀。振文章于一代,事属风骚;定著作于千秋,评凭月旦。不异輶[第1a页]轩之采,居然闾里之光。聚十一姓神仙,颜延之何惭领袖;抗五百篇旗鼓,陈无己独殿雄师。显晦毋论,有长必录;后先不紊,以齿为尊。昔年阙里编诗,曾佩趋庭之训;此日群英合稿,还夸秉尺之才。道光癸卯[二十三年,1843]季春,陈功谨书。[第1b页]

二、黄爵滋“序”(第1a—b页)

夫“莫为之前,虽美弗彰;莫为之后,虽盛弗传”,昔贤所感,乃在勋业;至于文学,亦莫不然。顾人情多忽于所近,曲士恒囿于所私;

贤者不然。语云："十室之邑，必有忠信；十步之内，必有芳兰。"近而取之，不可议其无择也；博而存之，不可诮其非族也。此吾读孔生《曲阜诗钞》而深许之矣。生既编《阙里孔氏诗》，因念曲阜世家，孔氏而外，颜氏最著，次则东野氏；其他如魏氏、贾氏、陈氏、黄氏、桂氏、王氏、毛氏，皆盛于时，复辑为此书八卷，共五十一人，人系以传，得诗五百余首。于是微显悉具，典型咸在；曲阜之[第 1a 页]诗传，曲阜之人传矣。生所谓"不忽于近"者也——不忽于近，则由近而可推之远矣；抑"不囿于私"者也——不囿于私，则由一家而推之一国，由一国而推之天下，而远者益远矣。生所谓志昔贤之志者也，其循是以学昔贤之学可也。爰书以弁其端。道光壬寅[二十二年，1842]三月六日，宜黄友人黄爵滋序。[第 1b 页]

三、梅曾亮"书后"（第 726 页）

余友孔绣山，葺《曲阜诗钞》八卷，予得而读之，凡五十一人，计十一姓，惟东野氏得三人焉，而颜氏称盛。其修来考功，则渔洋同时称"十子"之一者；虽未知于渔洋何如，怀文抱质，斐然有述作之意矣。而异乡士大夫知之者尚少，况其他乎？嗟乎！士固贵有所凭；其所凭过厚，则后起者难为工，理自然也。昔东坡喜誉其子过，过固不愧能者，而《斜川集》学者亦罕见之；使非东坡为之先，则其集必易称于世矣。为闻人之子孙而其难且若此，况贤圣之裔乎？绣山汲汲乎存之，盖有见于是矣。道光二十[第 1a 页]二年壬寅[1842]夏，上元梅曾亮书。[第 1b 页][第 726 页]

则杰按：此跋又载梅曾亮《柏枧山房诗文集·文集》卷六（上海古籍出版社 2005 年 12 月第 1 版，第 137 页），标题即作《〈曲阜诗钞〉书后(壬寅)》；除删去末尾署款之外，其他文字亦颇多出入。

四、郑宪铨“后序”（第726—727页）

嗟乎！学不能称名没世，尽人之所惴惴也，即文辞亦岂不然哉？然而，恐己名之不称，力求可传之实，此第为己而不足以及人。若于前人既没之后，必欲择其名之可称者，尽力表扬之，使人人皆得传诸久远而不朽，此其推己及人之量可谓宏矣。余表弟孔绣山同年，锐意著述，留心文献。尝编辑《阙里孔氏诗钞》十四卷，既寓诵芬之意，兼深阐幽之旨，诵其诗即可以知其人、知其家世、知其事迹，实于孔氏家乘有所裨益。既又编《曲阜诗钞》八卷，得五十一人，计十一姓，先君子得与焉。一日，持全[第1a页]册嘱校字，且索弁言。宪铨何敢哉？然宪铨不言，他人亦安得有深知其意者，宪铨更何敢哉？吾邑人士，皆务朴实而厌虚名，其流弊遂至于名不能出乡里。故区区音韵之学，非学士之所难也，而今之人每以为北人之所未娴，岂知山左为古圣贤之邦，而曲阜尤承先圣学诗之训为最近，接迹风雅，岂难之耶？绣山特辑是编，以期没世者传诸久远，邑之中尽人得免无称之憾，其意甚美，而量实宏矣。宪铨既未能诵扬先人，又不能表彰乡先辈，实有愧于绣山之所为。然宪铨尝欲力务可传之实，果能实至名归，始更有所编辑，以称前人不朽之德[第1b页][第726页]业，为后世学士之劝；今虽未能而步趋之，志在此矣。世之学者，其亦可以观感欤？道光二十三年癸卯[1843]正月望日，郑宪铨子斌谨书。[第2a页][第727页]

五、孔宪彝“序”（第727页）

余既编《阙里孔氏诗钞》，因念曲阜世家，孔氏外惟颜氏称盛，次东野氏；其外如魏氏、贾氏、陈氏、黄氏、桂氏、王氏、毛氏，皆尝盛，而今稍凌夷衰微矣。颜氏澹园、修来、学山三先生，皆有盛名；修来考功为国初“十子”之一，其子女孙曾，席道风、能诗歌者十余人，可谓盛矣。然考功之曾孙运生明府，尝患先世诗多散佚，欲编总集，未能也；所录者才十二人，存微波榭。老成凋谢，闻见日鲜。其盛者且久而失其详，其凌夷衰微者尤可念也。爰搜访故实，葺《曲阜诗钞》八卷，自孔氏外皆归是《钞》。较《山左诗钞》[第 1a 页]所载曲阜诸家，人则倍之，诗加详焉。且仿《武定诗钞》之例，人系以传，以志其遗言、轶事。其伦次先后，以行辈年齿定之，不以科第断；乡党尚齿，异国闻也。闺秀一人，即考功之女归孔氏者，已见于《孔氏诗钞》；妇人内夫家，且二《钞》相表里，故不复见云。道光二十一年[辛丑，1841]夏五月，曲阜孔宪彝书于韩斋。[第 1b 页][第 727 页]

六、孔宪庚“跋”（第 801 页）

《曲阜诗钞》八卷，得诗五百六十余首，仲兄之所编辑而余与参校者也。以邑之人辑邑人之诗，又断自近今二百年，宜其赅备，乃所钞止此；非独采访之难也，盖其中亦有幸不幸存焉。颜氏如采荔先生崇椝，有《从吾山房集》；蕉坪先生怀宪，以才艺著，求其稿皆不可得。而所钞诸家，亦多未见全稿者。由此例之，其他湮没不彰者，何可悉数哉？然此《钞》出，而已传者愈传，未传者亦传。总集之行，固较专集为尤远也。倘邑之同志者，缘此例搜访而增益之，安见乡先辈名章遗墨之不复续出耶？是《钞》[第 1a 页]凡十一姓，有因流寓而占籍者六人，计五十一人。方氏一人，则刊板时续入者，故与原序不合云。道光癸卯[二十三年，1843]夏五，曲阜孔宪庚跋于十三经阁。[第 1b 页][第 801 页]

02－068　牟平遗香集

宫卜万

十六卷。宫卜万辑，《山东文献集成》第三辑第40册，影印道光二十年庚子(1840)牟平宫氏四香馆刻本。

一、刘绎“叙”(第496页)

牟平宫君，汇其乡先生之诗一帙，题曰《遗香》。其间孝行如卜思敬、曲松庵，忠烈如王芝房、宫云池，政绩如常晋侯、张钟峰，芳风清韵，披卷如挹。下逮骚流羽客、逸士贞媛，靡不载馥[第1a页]流馨，咸归采摭。独惜嵎夷古邑，世有清芬，何以唐宋数朝，竟无一字；金元两代，仅得五人？即近如胜国，成、弘以前，篇什寥寥；正、嘉而后，第列姓氏。古香郁而不发，宫君其有遗恨乎？虽然，斯文元气，潜见有时，遗不遗固恃采[第1b页]撷者之力，而不尽恃一人采撷之力。往时卢雅雨先生搜辑山左诗，其力大矣，顾于李司空仅登扇头一绝，而麻岩、阜台两公遗焉。今宫君于三人之诗，收至百数十首之多，夫复奚恨？宫君亦尽其采撷之力已耳。吾知一州之大，百[第2a页]世之遥，必有好古如宫君而拾“遗香”之遗者，则是编其犹董龙脑者之先爇沉片欤？道光十有八年，岁次戊戌[1838]，仲秋月，永丰刘绎书于济南试院之四照楼。[第2b页][第496页]

二、张宗光“叙”(第497—498页)

余于宁海见宫生寿卿《牟平遗香集》凡十六卷，自金元以迄昭代，计诗若干首、作者若干人，存诗也，非第存诗也，存其人、存其事也。竭数十年搜讨之功，其志切，其力勤；其于文献之存没，俯仰感喟，每为之再三[第3a页]徘徊焉。夫造化之迹，其不遗而遗者，著而明；其遗而不遗者，变而化。日月光华之所融炼，山川精英之所扬诩，来而不已，亦去而不留，而况著述之在世者乎？且夫大文之焕发，莫如六经。夏殷之《连山》《归藏》，不与《周易》并永。四代之《书》，惟百篇，而目或空列。《诗》载[第3b页]自商，而"颂"之十二，不及其半。《乐》无可言矣。《周官》非《考工》可补，而五篇亦似非孔孟所言。《仪礼》仅十七篇，《戴礼》为汉儒拾掇圣人之作。如是，而况学士文人之所纂记乎？史诸家"经籍""艺文"，未尝不备举名录，而按数以稽，或什得其一、百得其一，抑或千得其一，况[第4a页]穷乡僻壤，编辑尤难者乎？古谓名山之业，倚之其人。《洪范》之学在箕子，非访于武王不传；官述于郯子，非问以孔子不传。然历世以来，有可存而磨灭，有不必存而暴著，斯又变化于时数，而不可一概论也。宁海于汉为牟平。于钦谓即"嵎夷"，则见于《尧典》。"檿丝"[第4b页][第497页]之"中琴瑟"，则见于《禹贡》。《诗》之《齐风》不及牟，亦到今不染轻儇夸诈之习。集中诗，或有关忠孝，或发抒性情，不失雅正。而宋以上无可考，金以下不能备。冀无遗者之或有遗，恐有遗者之不终遗。以数十人之诗而有数百人之望，以数百年之作而有数百年之[第5a页]心，非他选之所可同语也。题曰《遗香》，以诗存人，则香在臭味之内；以人存诗，则香在臭味之外。由是以推，如汉刘司空、魏刘司农之清操，宋吕仲英、初有成之经术，金郭中议、郝都尉之文学，与明以来之立德立功而不见之吟咏者，何莫非无臭味之香耶？寿[第5b页]卿此编，自可与昆嵛之秀、沧海之灵，共发馨香于不已，其遗不尽遗者听之天地古今可也。道光四年[甲申，1824]夏月，济南张宗光撰。[第6a页][第498页]

三、屠道彰"叙"(第499页)

余阅寿卿所撰州志，旁搜博采，考订綦详，心许之而未能梓也。既复见示《牟平遗香集》十六卷，余案牍劳形，诗中滋味未暇细辨，顾其意,则以一州之诗存一州之人,一州之人存即一州之山川风土与[第7a页]夫时事之变迁、景物之推移,大而忠孝节义,小而人情习俗,凡有关于掌故者,无不可得之啸咏之下。是集也,谓之《牟平文献考》可也,谓之《州志外编》亦无不可也。寿卿乎,直以一瓣之心香,撷一州之菁华,而使之与昆嵛、[第7b页]沧溟并寿矣。余感其惠而好我,顾无力为之谋梓;今去矣,检卷再披,有流连不能舍者,因书此以志愧云。道光丁酉[十七年,1837],登濮屠道彰拜撰。[第8a页][第499页]

四、赵子辕"跋"(第500—501页)

雪浪奔腾蹴诸岛,姑余插天青缥缈。海上仙人时往还,拨云下瞰孤城小。仲公笃志祖汉封,海岳英灵欠搜讨。一钱循吏刘使君,但有风规传清皓。尔时苏李与傅枚,始为五言工者少。茫茫六朝迄五代,岂无一句似谢朓?[第9a页]于今惟知郭曼卿,集名昆嵛后失考。莫为之后盛弗传,安知当时飞矫矫。他人寂寞尚可想,于中太息老梁灏。瑶琴泠泠弹归山,山泉潨淙山月皎。丹阳老仙不要名,仙胎丹语无人晓。相传化鹤似令威,声息何曾来华表。我亦山中未归人,修名不立归难早。[第9b页]文献散逸五百年,颇思收拾付梨枣。香海逸史宫寿公,闭门索句看翠筿。忽携数册竹间来,浮烟冷翠纷缭绕。窃讶所著过放翁,开函乃是遗香草。我睹是名心微动,无暇问询舒指爪。压卷便是归山操,以次列名如插标。平生此愿恐不随,拣之若获无价宝。[第10a页]揖语寿卿卿且去,吾将闭户窥浩淼。胜国搜罗二十家,叔季已苦干戈扰。常王诸君忠孝言,非为谗讥忧心悄。河东数子号大风,不施羁勒何悍慓。崎岖百篇离乱中,吞声也似杜陵老。太平后见雅颂兴,人握灵蛇驰騕褭。翰林风月属杨盛,尚书沈范归李肇。当[第10b页][第500页]涂五字真长城,直从韦柳窥庾鲍。自云瓣香浣花翁,华泉渔洋争窈窕。荔裳宗人江东生,南山结庐似孟浩。藏书万卷水部家,十年下榻恣看饱。归来韵律逼王苹,三唐两宋析毫杪。博物独推张茂先,山蚕精核惊人倒。君家老凤是宫声，[第 11a 页]东巡八颂凌崔颢。其余往往金在沙，翠翎缚帚一时扫。蒙泉德水任表扬，吾州只见诚斋稿。宋生后起埋秋虫，祝李消沉良足恼。遗山论诗终自然，侬非东坡安能保？吟人官大例不符，百年岁月空中鸟。谁知身后更何如，啾唧只似虫食蓼。修竹几竿松几株，与[第 11b 页]子一日几回绕。仙乎仙乎归去来，向平婚嫁何时了。君不见，烟霞年年啼子规，仙人传语归去好。

嘉庆乙丑[十年，1805]冬日，题于岿山精舍。稚均赵子辕。[第 12a 页][第 501 页]

五、宫卜万“叙”（第 502—503 页）

吾牟南接昆嵛，北枕渤海；群山万壑，吐纳其中。昔人谓山水钟韵士，想必有孕毓菁华，称一代才者。溯自汉刘会稽，遗事藉藉千古，而文词阙如。洎乎南渡以还，若郝中丞德美、郭秘书长倩、孔都尉固、范殿试怿、鞠翰林孝[第 13a 页]恭，一时文帜并峙，不无哲匠，乃名氏徒存。到今艳指，即丹阳子，早岁工诗，日与高巨才、范明叔，清吟大唱，为一时之盛。据《史纂左编》所称，丹阳有《圆成》《精微》等集，凡六卷，亦难足据。岂果风雅之缺欤，抑无人焉辑其遗以留诸奕世耶？至胜国，正、嘉以来，擅骚坛[第 13b 页]者林立矣。王氏子弟，号称“乌衣”；河东曲氏，名重“三凤”。他如常晋侯父子、胡涑水昆季、贺鉴湖、曲泗源、王那居、吕吾与诸人，一时刻意弄吟，大倡诗社。而明季沧桑、干戈风雨、燹烬零落之余，存者什一、千百耳。国朝涵育大化，风雅竞起，则有大司空[第 14a 页]李绳其、侍御杨岱桢、县令祝骏功[公]、明经宋贞子、孝廉张钟峰父子，斌斌继作，主盟骚坛。而单词只艺，未锓梨枣，残缺者不胜举。或秘诸枕囊，藏之箧笥；半锁蛛丝，半销脉望，浸沿浸废，至有不能指其姓氏者。[卜]万恐其久而没灭也，文献之责不敢任，有夙愿焉。忆[第 14b 页][第 502 页]自髫龄时，检架上书，得乡先辈遗草，辄欣然整其残蠹而雠校之。又访诸同人，凡有所得，即手抄存。前卢都运征山左诗，而余生也晚，不获汇辑以寄，是可憾也。昔张茂先谓左思，君文未重，人互讥议。[卜]万之欲辍笔屡矣；诚使诸君之作不即没灭，前贤之心血、[第 15a 页]后学之步趋，志乘之文献、山水之灵秀，以[卜]万稍稍而辑、稍稍而传，[卜]万纵少[稍]得罪亦无所顾。兹谨荟萃纂辑，略述本末，以俟来者，弁为《遗香》云。嘉庆十年，岁在乙丑[1805]，冬日，书于四香馆。后学宫卜万谨识。[第 15b 页][第 503 页]

六、宫卜万“后叙”(第 503—505 页)

斯编之成于乙丑[嘉庆十年，1805]也，客有披帙而笑曰：“汝名不传于当涂，汝学不著于乡曲，乌以辑为?”余曰：“古人著书，有借以文显者，有附以人传者，固彰彰矣。抑斯辑也，辑于邑乘之散佚耳。夫志书，合五六十年而一纂，故凡达也、显也，[第 16a 页]勒勋业于旗常，荣鸿功于钟鼎；与夫忠臣也、孝子也、义士也、节妇也，抱幽贞于泉壤，亦间世而一出；他如一名一艺，下至青衣、闺闼之流，其琦行瑰异、脍炙人口者，无不笔之于志，俾足以显当代、垂奕祀，饬风教、端士习，岂浅鲜哉？吾邑志书，在弘、成以前，无可[第 16b 页][第 503 页]考。正德中，仪部杨君谦志，名虽列于国史，而弗可觅。惟嘉靖以来，州判焦公希程创修州志，言简而意括，多史笔，稿甫成而未梓行，良足悼也。然书中文登、威海，合参互引，原属宁籍故尔；而山川人物，分部排类，苦于相混。恐代远年沿，稽古者不能了若指掌[第 17a 页]也。嗣后州牧杨公引祚，续修州志，既限于前无所据，又苦于后无所采。人物也，挂漏者有之；艺文也，散失者有之。苟不亟为登采，迟之又久，浸淹而浸失之矣，将何以寻遗徽于烟销雨蚀中哉？昔石翁夫子，稽古儒也；邑乘之任，有同志焉。每与[卜]万论此事，未尝[第 17b 页]不再四溯洄，拟欲请之州尊，以襄盛举；尚未果，而已修文地下矣。[卜]万不获已，遂成斯编，并于诸前辈爵里、行谊，可知者传之，可疑者阙之。举凡显达之品、忠烈之气、孝悌之行、羽士布衣之流，靡不表；于凿凿可据者，缀一小传，不敢凭臆，亦不敢溢美。庶后之览[第 18a 页]者，与吾同志，用以备轩輶之采，未必非刍荛之一得云。"客又问曰："胡为乎《遗香》而名之乎？"[卜]万怃然曰："噫！'莫为之前，美弗彰；莫为之后，盛弗传'。撷幽香于隔代，搜遗逸于沉沦，而断碑烟封、蠹鱼香渺，遗而无存者，比比也。况僻在海陬，巨公卿迹履罕到，间有一二[第 18b 页][第 504 页]孤吟者流，芜没于榛莽；其姓氏虽存而弗彰者，尤何可胜道哉？前雅雨先生荟萃诗薮，采访虽殷，而吾邑秋一、骏功[公]两先生不无遗草，竟无人焉寄送入选，大是憾事。如斯连篇累牍，尚不得吉光片羽以显当代；即李大司空，仅登一绝，亦只得之扇头，兹独非[第 19a 页]遗欤？[卜]万论列其人与世，垂廿余年，由分而合，由散而聚；纂定深愧于遗山，补亡终惭夫束晳。顾又不自揣，居贫食贱，窃恐笑者甫列于前，而诋者辄踵于后矣，乌能辑，尤乌能传哉？抑亦不遗之遗耳，宜乎客之笑斯编之成之不自揣也夫。"[第 19b 页]道光元年，岁次辛巳[1821]，荷月，寿卿居士又识于观海堂之客馆。[第 20a 页][第 505 页]

七、宫卜万"凡例"(第 506—507 页)

一[一] 前辈集稿，已梓者如常时庵父子《松柏堂集》二卷、祝骏公《姑水琴泛》二卷，余或秘而未梓，梓而复轶。摭拾残简，殊少伦次。爰仿诸选例，以古、今分体。

一[二] 曩哲事迹，自前明以来，志乘缺如。延访多年，凡有所据，撰其故实，缀以小传，裨异日修志者之刍荛；如无确证，姑阙疑焉，不敢稍参臆见，以讹[第 1a 页]来者。

一[三] 明诗，自成、弘以前，篇什寥寥。正、嘉而后，虽主盟骚坛多人，而专稿散轶，搜讨维艰；或散见他集，仅留姓字，徒深景仰。如王知事拙斋(郁)，有《拙斋吟草》；俞侍御忠轩(价)，有《绿野堂稿》；孙上舍葵秋，马佥事绍庭(承绪)，胡指挥芪庵暨涑水、祥卿，贺蓟州(景禄)暨嵩山、玉山，蔡汉房(如芝)，及先高祖文学愈千(锳)、叔高祖文学唐一(鉴)诸前辈，不胜[第 1b 页]偻指。兹并标厥姓字，缀诸简端;后有同好,或得所网罗欤?

一[四] 增订斯编,垂三十年,次第成帙,凡卷十有六。末三四卷,宜在"补遗"之例。窃惟诸作者,[卜]万忝厕艺林,幸灸光仪。或倡吟坛而主盟,或共芸窗以刻烛。转眼宿草埋香,登名鬼箓矣。既以"遗"名编,旋遗之而旋拾之,不辞翠掇片羽,亦无容尾列续貂焉。[第 2a 页]

一[五] 年代悉依科目为序;其或系叔伯、甥舅、师弟,源渊之谊之可按者,略有位置于其间,亦乡党尚齿也。

一[六] 斯编订于乙丑[嘉庆十年,1805]以前也,赵石翁夫子(子辕)相与商榷取舍;订于丙午[寅][嘉庆十一年,1806]以后也,济南张华林夫子(宗光)相与次第雠校。由是陆续参补,凡五易稿。而赵觉翁先生(希憬),暨赵慎庸(田在)、吕石渠(凤藻)、孔廉亭(继堂),亦各以次检阅,校正押韵,几历[第 2b 页][第 506 页]寒暑。孙绍亭(志祖)监督剞劂。借数君子撷馥扬芬之力,乃克竣役。

一[七] 募刊之举,倡于学宪刘状元詹岩(绎)及学师赵天衢(步云)、薛介臣(维锦),而成于同里诸人,爰署姓氏于左,以志弗谖。[第 3a 页][第 507 页]

【附录一】王懿荣《王懿荣集》卷一《文集・序跋及其他・宁海王棣轩明萼〈瓣香斋诗钞〉叙》(齐鲁书社 1999 年 3 月第 1 版,第 75 页)

道光间,宁海宫明经卜万集其乡先辈遗诗为《牟平遗香集》十八卷,所录国朝以来宁海诗人诗凡七十三家,噫其盛矣!

则杰按:此处称《牟平遗香集》为"十八卷","八"字乃系"六"字形近之误。至于统计"国朝以来宁海诗人诗凡七十三家",可能是在卷四至卷十五明确标"国朝"者六十七家之外再加上最末卷十六所附的第一类"流寓六家";而卷十六所附的第四类"闺秀五家",与"流寓六家"一样也明确标为"国朝",却没有计算在内。

02－069　涛音集

王士禄等

八卷。王士禄、王士祯（禛）辑，《山东文献集成》第三辑第 38 册，影印乾隆五十七年壬子（1792）掖县儒学刻本。

一、翁方纲“序”（第 428 页）

《涛音集》八卷，皆掖县人诗，盖西樵教授莱州时，阮亭省兄于学舍，相与观海赋诗，因撰次其邑人之作也，往往有两先生系评云。予访此书三十年不得见，今按试于莱，始见之。试竣日，亦观海于蠡勺亭，而求所谓亚禄窟室、黄门别墅者，则堙废久矣。渔洋《窟室画松歌》，盖和孙黄门作；所谓“江南吴生”者，赖此集以传其姓名。而注渔洋诗者皆失之，则是集之久不著于世，可知也。集内附载渔洋诗，“吴生”前后凡三见，中以“道子”衬托耳。今所行渔洋诗，则删去中间“吴生”句；虽视初本若稍薙其芜，而于层折乃转未了然也。黄门［第 1a 页］原唱，亦有未合拍处，当是一时偶以石几刻画见其神致飞动耳。集中类此者亦尚复不少，读者第赏会其神致，而姑勿深论可也。是集之成，在顺治十四年丁酉［1657］，正两先生昆季盛年驰声艺苑之时。其后渔洋作西樵年谱，于《然脂》《涛音》二集，皆追叙及之，盖已不能无陈迹之感，而况今日考新城著录者耶？莱之人士方谋重锓于木，欲方纲为之叙，故独就其切于渔洋者言之。乾隆壬子［五十七年，1792］夏五月，北平翁方纲。［第 1b 页］［第 428 页］

则杰按：此序又载翁方纲《复初斋文集》卷三（《续修四库全书》第 1455 册，第 373 页），标题即作《涛音集序》；除删去末尾署款之外，其他文字亦略有出入，并大抵属于失误。

二、汤惟镜“跋”(第 509 页)

《涛音集》八卷,新城王西樵先生教授莱州,所选掖人诗也。无刻本,山东藏书家亦未见;惟莱人仅有存者,又秘不肯出,将恐久而失其传矣。余官掖之明年,曲阜桂君未谷馥来摄训导事,求得一本,募金开雕;力或不副,余助成之。东莱旧称胜地,水有北海之大,山有寒同、亚禄、云峰之秀;其诗派则衍于唐之王无竞,故国初诸人,饶有余风。西樵既到官,阮亭来省其兄,相与登蠡勺亭,观窟室画松,作为长歌,莱人至今称之。余每览前贤故迹,惜不及追随杖履,游咏其间。今与未谷校理此集,品陟旧艺,联缀新篇;山川满[第 1a 页]目,琴尊间作,亦极文酒之兴也,安知来者不追慕于今耶?乾隆五十七年壬子[1792]十一月,长洲汤惟镜书后。[第 1b 页][第 509 页]

【附录一】王士祯《王考功[士禄]年谱》“顺治十四年丁酉”(1657)条(《王士禛全集》本,齐鲁书社 2007 年 6 月第 1 版,第 4 册第 2500 页)

先生年三十二岁。……撰莱人诗若干卷,为《涛音集》。

【附录二】法式善《陶庐杂录》卷三(中华书局 1959 年 12 月第 1 版,第 89 页,原标第六十九则)

《涛音集》八卷……乾隆五十七年[壬子,1792]掖县儒学开雕,卷一毛宗鲁以下十二人,卷二孙镇一人,卷三宿凤翥以下九人,卷四赵士喆一人,卷五王汉以下十八人,卷六宿孔晖以下四人,卷七张端以下五人,卷八赵涛以下二人。

则杰按:此处所说“卷五王汉以下”,实际只有整十人,“八”字乃属于衍文;全书合计,作者为四十四人。又所说“卷六宿孔晖以下”,“晖”字系“韡”字繁体形近之误;而其兄宿孔晖,为此前卷五第四人。

02－070　掖诗采录

张　彤

六卷。张彤辑，《山东文献集成》第四辑第33册，影印嘉庆乌程张彤刻光绪南昌魏起鹏补刻本。

一、张彤"序"（第239页）

彤自束发就傅，家大人暨先太夫人每于灯下授读唐人诗，心摹口讽，窃窃学为篇章。弱冠出游京师，与公卿名士词场角逐，畅聆绪余。乾隆丙午[五十一年，1786]登京兆贤书，丁未[五十二年，1787]考充教习，皆以诗见取。迨官滇海，入瘴乡，从事戎马，周历楚蜀黔粤，每借吟咏以写边徼危险之概、劳人鞅掌之怀。三十年来，虽未敢云窥作者之堂，然于此道亦偏有枣芰之嗜矣。嘉庆甲子[九年，1804]，奉命备兵登莱青。莱自《禹贡》作牧，声教已讫。风谣之作，肇见于《春秋》"莱人之歌"。洎后文献无征。在唐，以诗名者惟王仲列；金则刘无党；若宋之王定民，获见称于东坡，而求其词[第1a页]翰，渺不可得。我朝王西樵考功选《涛音集》，断自明始，仅四十三人。嗣掖人张大支，又有《掖海诗钞》，所收浸广，亦只至康熙间而止。今荏苒又将百年，国家重熙累洽，文德日新。即莱子一隅，士之泽躬尔雅，鼓吹休明，与时辈出。彤虽军筹簿领，恒恐斯文之久而遂湮也，猥欲表彰前哲。会邑人李勺洋大令兆元，方养亲里居，殚心风雅，爰属博为搜讨。自明迄今，共得一百四十八家。残帙巨编，诸体咸备。彤公暇，详加甄别，刊其枝蔓，撷其菁英；并引及门张白亭进士振德、周蓉裳秀才鸿新、张渌卿[第1b页]上舍诩，参同厘正，题曰《掖诗采录》，析俸刊之。复刺取志乘，旁稽乡评，各标其出处事功于首。盖诗乃心声，德不懋者调不宏，行不芳者语不洁，斯又采风问俗之旨也。若云希迹西樵，则吾岂敢？嘉庆丁卯[十二年，1807]仲春，中宪大夫山东分守登莱青海防兵备道乌程张彤书。[第 2a 页][第 239 页]

则杰按：此处称王士禄（西樵其号，曾官吏部考功主事）兄弟辑《涛音集》所收作者“断自明始，仅四十三人”，实际则有四十四人（参见该种有关附录）。而《掖诗采录》本身“自明迄今，共得一百四十八家”之内，卷一、卷二“明诗”作者累计刚巧四十三人，很可能即因此牵连而致误。

二、崔钟善“跋”（第 240 页）

诗，言志也。志形于言，风俗见焉。庚寅[光绪十六年，1890]秋，予东守莱郡，睹张鄂楼观察所辑《掖诗采录》，自明迄今，诸体大备，而词旨温厚，实有关于世道人心。惜板存学署，久[第 1a 页]经阙略，此诗[集]遂失而不传。今春，司铎者搜获原编，少程魏大令捐廉雕补，完璧始成，为作者幸，尤为邑之主人幸，可兴可观。而诸君劝风振俗之志，亦于斯乎在。笔而书之，以见与人为[第 1b 页]善，实有同心，独鄂楼乎哉？时光绪辛卯[十七年，1891]夏五，畿南崔钟善跋于莱州府署之四知堂。[第 2a 页][第 240 页]

02－071　渠风集略

马长淑

七卷。马长淑辑，《四库全书存目丛书》集部第411册，影印乾隆八年癸亥(1743)辑庆堂刻本。

一、曹澣"渠风后叙"(第1—2页)

吾渠号青郡巨邑，人文攸萃，名公硕士接踵骈肩，宜乎鸿章杰构，传诸载籍綦夥矣；乃文献凋零，昔贤著述寥寥罕觏，风雅衰歇，无乃表彰无人之故欤？吾师蓼亭先生溯洄渊源，恭敬桑梓；缅怀邑之先辈势[第1a页]位浮名比于飘风过耳，而性情精神仅托文字以传者吉光片羽，忍不球图珍之乎？用是博采遗篇，遍求夙构，毋论簪缨之贵、蓬荜之儒，流寓之高人、隐逸之野老，以至空门缁衲、绣阁香奁，凡有所作，搜辑罔遗。顾劳劳簿书，未遑独为翻阅，因以扬榷取[第1b页][第1页]舍之任委之孙子树本。树本不幸谢世，先生命澣及李子立斋共为卒业。肇于乾隆庚申[五年，1740]首春，迄于壬戌[七年，1742]冬杪。数年来，集稿满案，删繁去芜，披沙拣金，计得诗七百首有奇、长短句四十余阕，名曰《渠风》，分为六卷，将付剞劂。披读之下，或高华典贵，如商彝[第2a页]周鼎之严重也；或老健雄深，如苍松古柏之森挺也；或夭矫离奇，如飞龙腾蛟之变化也；或清润闲雅，如虞琴湘瑟之谐和也。片长悉录，诸美毕登，洵足鼓吹休明，垂为不朽盛事夫。乃叹先生之操凛饮冰，他务未遑，而惟以阐扬前辈、扶轮大雅为务，高[第2b页]怀雅量，真超越流俗万万矣。而澣与立斋，亦得附名简末，叨沐余荣，可不谓厚幸乎哉？乾隆癸亥[八年，1743]桂秋，门眷小侄曹澣谨题于滏阳官署。[第3a页][第2页]

则杰按：此序称“分为六卷”，与实际七卷不合，盖当时尚未最后定稿。

二、李大本“渠风后序”（第 3 页）

磁州夫子辑渠丘前修之诗，谋割俸金付剞劂氏，属曹子幼旬及大本校定，得如干首，颜曰《渠风》。夫风行于太虚，凹凸林壑，所触不同而声斯异，诗犹是也。时有平陂，遇有显晦，而正变因之，要皆有触斯鸣，[第 1a 页]各抒其情之不容已，此十五国所以各有其风也。渠之诗，即渠之风，谓不失《三百篇》遗意尔。顾余窃有感焉：吾渠自汉魏以来，沐管、郑余泽，含英咀华、商榷风雅者代不乏人，乃采辑仅得此数十家；又以集隘，不能备载，则此数十家外，埋没[第 1b 页]于劫灰残烧者，不知凡几。假非寿之梨枣，安知不并此数十家之诗亦且渐就澌灭耶？然则文字之传，亦有幸有不幸，而兹刻诚不可以已也夫。乾隆八年[癸亥，1743]夏至日，峰山门人李大本敬跋。[第 2a 页][第 3 页]

三、马长淑“渠风题词”（第 4—5 页）

风雅一道，自《三百篇》后，历汉魏六朝，以逮唐宋元明，作者继起。然每代不过数人，落落相望今古间。而欲于一邑一乡之中，求其卓然成家、可以颉颃前哲，是犹驱沟渎之水与溟渤争雄，吾知其难矣。然而持拘墟之见，不足驰域外之观，安见荒邑僻壤，独无奇才绩学，可与于风雅之传者？忍听其湮没无闻乎？吾[第 1a 页]渠虽蕞尔丸邑，而博物洽闻、扬镳艺苑者，代不乏人。第屡易沧桑，散轶略尽；即残编断简，存十一于千百，使无有心者为之珍爱而阐扬之，迟之数十年后，将悉付之烟消云散矣，岂不惜哉？先君子耽心风雅，崇奖后进，无论前辈名章俊句，咀味不忘；即穷乡下士，有单词只句之长，必流连讽诵、逢人说项以为快。淑数岁时，随侍杖履，每[第 1b 页]熟闻而窃识之；顾久而辄忘，弗得窥寻全豹。稍长，专攻帖括，未暇究心声律。中年幸叨科名，乃思绍述家学，从先兄竹船公学为韵语；第才疏学浅，无由探其阃奥。追忆少时所闻先君子讽咏遗诗，已如落叶随风、禽音过耳，思欲收拾而无从，虽悔何及耶？自是矢志搜罗，尽发故箧，先君子与前辈先达赠答倡酬诸什尚有[第 2a 页]存者；且访诸故旧，各出所藏，凡残楮断墨、书壁覆瓿之作，无不搜集。虽稂莠杂糅，而名篇佳构亦复不少，因荟萃成帙，与曹子幼旬、李子立斋等共加校定。其已锓板行世者，采择欲精，不妨从略。至若遗册残帙将就淹没者，必博采而广收之。甚至落魄儒生、飘蓬羁客，与夫方外缁流、闺中名秀，凡有一篇、数语可传者，务尽发其幽[第 2b 页][第 4 页]光，使垂名于后世。此固作者之精神不容泯灭，而回想先君子怜才念切，花前月下、酒醒梦寤、沉吟往复、流连叹赏之景况，犹宛然如在目中。白发盈颠，桑榆日暮；俯仰今昔，恍如隔世，能无喟然？后之人有能搜遗续梓，以补吾邑文献之缺者，岂非千秋盛事哉？是所望于同志者。乾隆癸亥[八年，1743]嘉平上浣，邑后学马长淑题[第 3a 页]于滏阳署中。[第 3b 页][第 5 页]

四、马长淑“序”（第 5—6 页）

《渠风》之名，何昉乎？吾邑张杞园先生，尝辑邑中古今人诗，名曰《渠丘诗留》，又曰《渠风》，属东武李渔村太史选定行世。渔村先生尝有“答杞园以《渠丘诗留》属选”[第 1a 页]二律，载《杞菊斋诗集》中。其诗云：“龙腹龙头非所期（自注：客嘲余，有‘龙头龙腹一时分’之句），饭牛新换五羊皮。张衡作赋才无敌，匡鼎谈诗力渐衰。遗稿谁知传后世，定文常恨不[第 1b 页][第 5 页]同时。春来汶上多风雨，云满南山忆别离。”（一）“欲避春风类鵩鶋，衡门高卧梦华胥。何来萧统垂文选，不使齐丘尽化书？津逮岩深应有待，淮南枕密想无余。更[第 2a 页]将疑义从君析，远道常愁崽子驴。”（二）后以搜罗弗广，事遂中辍，遗稿亦澌灭无存。两先生先后谢世，固已四十余年矣；今荟萃成书，刊布传后，而仍以《渠风》名[第 2b 页]集者，良以两先生苦心高

义，不敢忘所自始云。长溆又识。[第 3a 页][第 6 页]

【附录一】《四库全书总目》卷一百九十四集部总集类存目之四（中华书局 1965 年 6 月第 1 版，下册第 1776 页）

渠风集略七卷（山东巡抚采进本）

国朝马长溆编。长溆字汉荀，安丘人。雍正庚戌[八年，1730]进士，官至磁州知州。初，安丘张贞，欲辑其邑自明以来迄于国朝之诗，名曰《渠风》，久而未就。长溆因踵成是编。称《渠风》者，安丘，古渠丘地也。书凡四卷；其五卷则专辑马氏一家诗，其六卷为“流寓”“方外”“闺秀”“续编”四门，其七卷为“诗余”。然意主夸饰风土，不免附会古人，如“方外”内阑入唐释皎然一诗，殊不合断自前明之例；而“流寓”内首列苏轼，亦非事实也。

则杰按：此集卷六内部，在“续编”前后还分别有“补遗”（第 88—90 页）、“联句”（第 95—96 页）两门，共六门。

02－072　渠风续集

刘芳曙等

八卷、补遗一卷。刘芳曙辑，张善恒重辑，《山东文献集成》第三辑第40册，影印山东大学图书馆藏钞本。

一、刘芳曙"渠风续集小叙"（第393页）

《渠风》之有成书也，昉于马蓼亭先生，盖以备文献，表幽潜，洵盛事矣。今距先生之殁余六十年，其间名流辈出，扬风扢雅之儒较前维多，而散佚亦复不少。倘不亟为收拾，则断楮零笺，澌灭殆尽，亦先生之罪人也。间与辛子秋岩、周子葭村搜遗剔秘，数易寒暑而荟萃略成，得人八十余家，得诗九百三十有奇，厘卷为八，敬录以存。后之贤士大夫，倘有阐发幽光，踵成先生盛事者，未必不于是编得一裨益也。后学霁亭刘芳曙识。［第1a页］［第393页］

二、刘芳曙"渠风续集凡例"（第394页）

一［一］　蓼亭先生《渠风》之刻，上自前明，下讫昭代，洵吾邑文献之书也。兹集所载，则断自先生未及采入及继世晚出者。故凡前辈诸公已见前集，概不重录。

一［二］　诸家之诗，有脍炙人口，及见手订稿本而字句不同者，皆晚年改削而成。盖文章与德行相符，亦须盖棺而定也。是集搜辑虽宽，而其人现存者概不录。

一［三］　风雅一道，家学濡染，渊源不可没也。集中所载，多前集诸公后裔。故于历履注明族属，以见诗学之传，其来有自。［第1a页］

一[四]　选诗有传,始于殷璠、元遗山。雅雨山人《山左诗抄》因之,于体为宜,兹仍其例。

一[五]　诸家之诗,有钞自本集者,有得之传录者,所见不同,不能不有多寡之殊。又有夙负诗名而遗集散失,如王茂苓、韩坤五、李履谦诸前辈,访之数年,只字不得,深为前人抱憾者不一而足也。

一[六]　诗有关于吾邑人物事实、园亭古迹者,略附考证于下,以备参稽。若夫因诗及人,因人隶事,亦间及之,以资一邑文献之助。

一[七]　前集马氏诸公,另为一卷,在选家区别亲疏,例应如[第1b页]是。吾刘氏遗诗,载在前编已称大备,兹约略世次,散附于各卷之中,不必定遵旧例也。

一[八]　"方外""闺秀""流寓"诸门,选诗之所不废。吾邑方外,自寒灰而下,仅得一人。闺秀,仅得二人。流寓,则不可胜载。集中所登两人,皆终老渠境,子姓已隶版舆者;若夫仕宦之游客,寄居本暂,不必借才异地也。

一[九]　《续集》八卷之外,另有《补遗》,缘是编成于嘉庆丁卯[十二年,1807],序次已定而遗集始出,如周子柔、逯戆臣,年代久远,既遗前编,又不可抑置今集,故另标卷首,附于集外;又有丁卯[嘉庆十二年,1807]以前其人尚存而忽焉陨谢者,亦急采焉,惧散佚也。[第2a页]此外挂漏尚多,末学小子既隘于知,复绌于力,识者谅之。

一[十]　是编草创粗成,俾邑之贤士大夫踵续渠诗者稍便搜罗,但其中卷帙多寡尚须更定。俯望同志君子不弃谫陋,凡有藏本,务即示下,以便增入。

后学刘芳曙识。[第2b页][第394页]

02－073　东武诗存

王赓言

十卷。王赓言辑，《山东文献集成》第三辑第40册，影印嘉庆二十五年庚辰（1820）化香阁刻本。

一、王赓言“序”（第2—5页）

诸城属琅琊郡，界鲁齐之间，襟山带海，疆域袤延，家诗书而户阛阓，为东南一大都会焉。顾秦汉以前无征矣。魏晋五季隋唐，上下千余年间，并未闻有显著[第1a页]之人；或姓氏里居互有异同，遂湮没而不彰欤？宋苏子瞻牧胶西时，建“超然台”以寄意。今台尚仍旧；采杞菊地在城东，犹有能迹其地者。当时环城之山如马耳、九仙、卢山、障日，水如洪、潍、铁[第1b页]沟，亦往往见诸诗歌。学宫内一石，有东坡隶书题名曰“明叔、传道、禹功、子瞻游”九字。按明叔名杲卿，禹功名叙，皆邑人，为本郡教授，与长公同官于此而以诗相唱和者，今并不传。其《玉盘盂》[第2a页]诗注载：“得之于城北苏氏园中，周宰相莒公之别业也。”又《密州宋国博以诗见寄，次韵答之》，又《送孔密州》诗有“阳关三叠君须秘，除却胶西不解歌”之句，又《谢郡人田、贺二生献花》诗曰“城里[第2b页][第2页]田员外，城西贺秀才”二语，均未详其名字。邑旧有梓潼帝君祠，阁上悬一额曰“十万人家尽读书”七字，传为东坡弟子由书，则当时文教聿兴，彬彬称尔雅者，定不乏人。而残膏剩馥，寂寂无[第3a页]闻，其为屡经兵燹，散佚可知。甚矣！没世之称，亦有幸有不幸焉。吾诸自明季，始有邑乘。其科名，则始于翟文懿父子。而《艺文志》内又载有元朝王致道之诗，注为邑人礼部尚书而不详其出[第3b页]身，则当时已有缺佚矣。明季邑人之诗，有刊本者仅四五家，其余多系摘录之本，互有异同。入本朝，文教昌明，诗学大振。刘子羽，丁野鹤，邱楚村、柯村父子，李彭仲、渔村昆季，与同时新城之[第 4a 页]王、莱阳之宋、益都之赵、德州之田，分道扬镳，和声以鸣国家之盛，岂不伟哉？厥后各家，瓣香私淑，有专集者不可枚举。故卢雅雨运使《山左诗钞》、张南崧学使《续诗钞》，登诸城诗数百[第 4b 页][第 3 页]首，计百余家，外此不能及也。顾《诗钞》系通辑一省之人，渔洋、清正、荔裳诸公外，其余每家钞录不过数十首、一二首不等，割爱者甚多，后之读者终以未见全豹为憾。[第 5a 页]国初，吾诸隋昆铁先生，刊《琅琊诗略》，卷帙无多，嫌有挂漏。且渔洋昆季父子，虽原出于诸，而明代科名仕宦，甲于海内，天下无不知有新城王氏者，似未便强为攀援也。余生也晚，不及见尹姞[第 5b 页]衣冠，而耆旧之传闻，及各家所世守，时时借钞。廿余年来，搜辑颇富，意欲仿近时曾宾谷先生之《江西诗征》、阮芸台先生之《淮海英灵集》，付之剞劂，以广其传。蓄志数年，力绵未逮。丙子[嘉庆二十一年，1816]秋，余[第 6a 页]督运公竣，请假归里，与李公岫仙及李月汀兄弟谈及此，均以为然，极为怂恿。遂札致张公师默、臧公际唐，及宗人道南、云子、藕堂、汉桥，广为采访，不期年而大备。遂携稿南来，延东乡吴公[第 6b 页][第 4 页]兰雪、湘南刘公雪盌，详加厘订，凡字体讹错或韵有歧出者悉属更正。名曰《东武诗存》，盖存诗与选诗异，有以人存诗者，有以诗存人者；诗多则存者多，诗少则存者少。其诗钞旧有小传，及[第 7a 页]志乘所载，或各集原序事迹之卓卓可传者，悉为摘录。凡欲令其文行永垂不朽，并冀后之读者有所观感而兴起，亦庶几征往俟来之一助云尔。嘉庆二十五年，岁次庚辰[1820]，仲春，邑后学王[第 7b 页]赓言谨识。[第 8a 页][第 5 页]

二、聂铣敏序(第 6—8 页)

东武，海岱名区，琅琊胜迹。超然台畔，词客之所留连；卢敖洞边，仙人于兹来往。山川荟萃，俊哲蔚兴。其间：通籍朝端，观书秘笈。声施彪炳，登名臣言行之编；学问淹通，入儒林文苑之传。诗虽由[第 1a 页]于人重，人无待乎诗传。然广平良相，曾赋雪里之梅；晦翁巨儒，亦咏枝头之鸟。对风月而恖其襟抱，赖丝竹以陶其性情。必谓传人端归竹帛，竟以功业掩其文章；亦何累乎前贤，非所望于来[第 1b 页]者。抑或空山高蹈，古调独弹。半世耽吟，惟闻流水答响；孤筇寄傲，但借白云写心。杨绾惧知音之难，秘而不出；子云抱覆瓿之虑，退而自伤。以至名不出于里闾，久并湮其世代。才可名山而不[第 2a 页]著，国有颜子而不知。谁之咎乎？蒙滋惑矣。篑山观察扶轮大雅，提倡宗风。分燕寝之余闲，搜鸡次之典故。斯文不坠，购北海以千金；老成云亡，引虎贲为上座。爰自有明，迄于[第 2b 页][第 6 页]熙代。凡乡贤之诗可加采录者，广为搜罗，裒然成帙。系曰《东武诗存》，不滥入于他郡，不借才于异乡，重梓谊也。夫拘方隅者，难驰域外之观；语蹄涔者，莫测沧溟之大。朵颐瑶席，而但取一脔之甘；游心邓[第 3a 页]林，而第求寸木之美。无乃窘于边幅，致恨阙隅。不知九州大矣，人才众矣。与其斗靡夸多，徒矜篇帙之富；曷若搜岩采谷，先收枌榆之材？譬之太史奏德星之聚，近在彼都；"洛社"联群英之欢，图惟"九老"。流风[第 3b 页]未沬，仰乡前辈之音尘；矩矱犹存，习鲁诸生之礼乐。又岂止方干"鸡栖"之句、鲁望"酒旗"之诗，借慰九原之吟魂，足称千秋之知己也哉？于是仿杜本之《谷音》，缀龙门之小传。每于篇首，补叙平生。是则读[第 4a 页]《襄阳耆旧》之编，辄深仰止；诵楚国先贤之志，如见古人。斯真艺圃之逸馨、吟坛之盛轨已。顷承诿谬，命申喤引；辄系数语，敢辞不文？陈诗问俗，漫劳使者之輶轩；显微阐幽，即是宗邦之文献。[第 4b 页][第 7 页]赐进士出身特恩授职编修充庚午[嘉庆十五年，1810]科贵州主考国史馆纂修武英殿纂修起居注协修本衙门撰文提督四川学政年愚侄聂铣敏顿首拜序。[第 5a 页][第 8 页]

三、王赓言"庚辰[嘉庆二十五年,1820]秋,辑刊乡前辈诗成,敬赋一律"(第 8 页)

琅琊文献旧相推,流韵余风尚可追。旷世宁无知己感?遗书空益后人悲。声名事业俱千古,俎豆馨香共一时。夜半英灵应聚[第 1a 页]语,此中甘苦有谁知?

邑后学王赓言谨跋。[第 1b 页][第 8 页]

02－074　高密诗存

单作哲

初编二卷、续编一卷。单作哲辑,《山东文献集成》第四辑第33册,影印民国十年(1921)高密綦震祥等刻本。

一、单作哲"序"(第183—184页)

乾隆壬申[十七年,1752]冬,由广川病假旋里,杜门却扫,发故簏,得生平交游赠遗诗百余首。计余自饥驱燕越,以及宦游畿南,前后仅十余载,故交零落,其诗存而人不俱存者亦十有余人,因怆然者久之。甲申[二十九年,1764]春,佐守池阳,闲曹无事,命邵儿第录成帙,并益以吾乡先达与数年来三数故人之有遗诗者,共三百二十一首,将以授梓,而颜之曰《高密诗存》,非以存诗,存其人也。盖言为心声,而[第1a页]诗尤肖心以出。当其触物起兴,率尔成吟,非有意以自表襮,而性情之悲怆、际遇之亨屯,偶一矢口,即毕载以俱传。盖有良朋聚首,不堪持赠;时地相远,未尝晤言,而讽咏遗篇,恍若于鸡鸣风雨中,共歌哭于一堂。试观唐宋以来,若李、杜、王、孟,元、白、苏、陆诸君子,距今千数百载矣,读其诗,犹如见其人,况生平交游,其性情际遇可一一指数者乎?抑吾乡先达见于邑乘者,如康成之经学,彪炳今古矣。他如鞠著作常、侯文穆蒙[第1b页][第183页]之文学,魏征士纯之理学,乡后进至不能举其姓字;即綦学士崇礼,志称有《北海集》六十卷,仅得诗一篇,以弁斯集。则夫有诗而不存,与无诗而名湮灭不彰者,可胜道哉?乾隆二十有九年[甲申,1764]仲秋上浣,高密单作哲题于池都之延绿轩。[第2a页][第184页]

二、张沛恩“重刻高密诗存跋”(第 235 页)

《高密诗存》,吾邑单侗夫先生汇宋明清初至雍乾间,得五十七人,诗三百二十一首,编次而授之梓者也。又本附《续编》,仅两人,与先生为同时,诗二十八首。意或初刻时,作者尚存,未入选;迄盖棺,板印已行,故续而附其后欤?前刻为乾隆甲申[二十九年,1764],先生有序言;《续编》后,疑当有跋语志年月,惟残蠹之余,按目录诗仅无缺,后无余纸焉。计上下百数十年间,密城无大兵燹;板亡,不知何[第 1a 页]时。求故本,即藏书家不一二存,无可借证。邑诸同人虑本之久而佚也,为醵资重付剞劂,而以后言相属。呜呼!自教术易,六经且束高阁;声病之学,益视为秋虫之吟,遇寒而歇。诸君此举,无亦昌黎韩子所谓“味人所不味”者乎?故自世言之,事诚可已,而风雨如晦,眷怀曩哲,虽碎金片玉,不忍听桑海之后,尽销沉烟莽间,则可已而不已者,为志亦可悲矣。然乌知非文字不朽,其精灵有以启之也哉?[第 1b 页]岁次辛酉[民国十年,1921],七月望后,邑后学张沛恩敬识。[第 2a 页][第 235 页]

02-075　国朝中州诗钞

杨　淮

三十二卷。杨淮辑，张中良、申少春校勘，中州古籍出版社1997年8月第1版，书名改称《中州诗钞》。

一、许乃钊“原序”（第7—8页）

望轘辕而策马，古意苍凉；访梁园而停车，赋才荟萃。亭传逆旅，骚人之魂魄常依；里指高阳，才子之声华杰□。此乃二百年新调玉烛，风雨会于名邦；五七字多付锦囊，河岳传其佳什。而乃辎轩不采，未见成书；邑乘旁搜，终嫌阙事。此宝丰杨君澄波所以有《中州诗钞》之选也。君崆峒逸客，应国高门。人登戏马之台，落笔尤工怀古；家近御龙之国，著书何用谋新？鳣舍吟哦，士之嚆矢；龟山讲授，今有灵光。闻望日隆，号经师于四国；扶持风教，怀诗侣于千秋。指萼岭而振衣，每想异书同读；住兰岩而秉铎，遂教秘笈争传。试绎分编，敬之胪颂。念夫金谷荒墟，风流云散；玉津陈迹，花谢莺啼。久经烟霏，空访次山之遗迹；平泉月吟，并烟上客之题名。怅绿野之名区，一代文章消歇；抚青山之片石，几人姓字模糊？非徒温国之园，荒凉谁问；何幸冷官之署，摭拾偏殷。遂使燕许名篇、夔皋遗韵，并豫山而争寿，偕河水以俱长矣。又况青山落拓，终阻龙门；彩笔纷披，难逢狗监。独惊心于迟暮，蟋蟀声中；同堕泪以哀吟，蟾蜍影里。零纨断墨，徒移才士之情；蔓草荒烟，谁吊词人之墓？欲望生前之恨，残卷谁收？使留身后之名，遗书遍采。西苑之才人可作，精魂应亦合欢；北邙之文冢有灵，枯骨定皆衔感。并念地传“挹翠”，原多拾翠之人；楼号“玩花”，不乏簪花之格。托锦笺而益显，萃颂椒咏絮之才；并彤管以争传，删赠芍采兰之句。顿觉蓬门写怨，咳唾俱馨；不教金屋联吟，芳华易息。压江南之金粉，香生翡翠奁中；疑海外之[第7页]珠尘，光灿琉璃匣里。别有游泽作赋，鸟倦难归；入洛哦诗，燕巢暂托。行到愁思冈畔，吟眺偏偏；羁栖丰乐楼边，饥驱未免。代人作嫁，故乡不返峨嵋；到处为家，中土遂封马鬣。恨锁隋堤烟柳，频教过客消魂；吟残汴水风花，自写寓公落魄。下及场开选佛，人妙谈经。打包探风穴之奇，卓锡选石淙之胜。结名山之伴侣，吟到梅花；传净土之因缘，题从贝叶。一龛灯火，频吟献佛之诗；半榻茶烟，聊和游人之咏。悟吟坛之妙偈，欲扣如来；选名士之清谈，肯遗支遁？别有偶咏其诗，即难割爱；同生斯世，无使引嫌。并世而有达人，不入简编之耳；此座谁非寒士，讵关阿好之私？譬萧统之选文，释孝穆、兰成之憾；类延年之留咏，阙巨源、浚仲之名。所登不乏名流，旨若未嫌于滥；且别题为附录，体裁仍见其严。莫不系之佳传，选入新编。奋巨笔以切指陈，勤八年之愿力；向寒毡而争膜拜，招九郡之诗魂。三生想释梵之缘，证夙因于诸老；几辈溢应真之数，传慧业于靡涯？拾遍遗珠，穿成一串；装联袭锦，集可单行。添桑梓之传人，功能独擅；托枣梨以寿世，睹快争先。仆也深慕优闲，未遑删订。想故山诗境，目与云飞；愧前哲嘉言，手提风雅。诗评未补，敢云不负初心；文献能征，此事竟输捷足。爇心香之一瓣，凝眸笔尽生花；对官烛之两行，弁首词惭潦草。吾将安仰，想嵩山少室峰头；后之视今，在元氏《中州集》上。时道光二十有三年，岁次癸卯[1843]，秋八月，河南督学使者钱塘许乃钊撰。[第8页]

二、张祥河“原序”(第9—10页)

古之王者巡守四方，必命掌乐之官陈诗以观民风，孔颖达所谓观《天保》之诗“民之质矣，日用饮食”，知其政之和也。然则诗也者，岂惟是流连光景、模范山水，以适兴娱意已哉？将以待性情，验风俗，而达诸政事也。宣圣删诗，“风”自《周南》《召南》至于《豳》，皆以国为断。然则考诗者,固当以地求之也。而选爰者流,自昭明、徐陵而下,体例各殊焉。惟崔光《百国诗集》,为能复古,久佚不传。今之存者,则宋孔延之《会稽掇英总集》,其最著已。我国家右文尚古,德泽涵濡,二百年于此矣。士生其间,莫不思含英咀华,润色鸿业。近人所辑,有《南岭[岭南]诗钞》《山左诗钞》诸书;前岁陶凫芗观察又辑《畿辅诗》,篇章日盛;摛英撷秀,粲然可观。而中州南控淮、徐,北连赵、魏,西有成皋、洛阳之奥险,东抚汝、邓、陈、蔡之名区,大气抚[扶]舆磅礴,厚积而时出之,宜乎宏词丽藻,宣德抒情,与岳色河声相焜耀也,乃未有人为辑而传之者。其间名臣如汤潜庵、张仲诚、张敬庵辈,词臣如宋牧仲、梁曰辑[缉]、赵锦帆辈,皆各有专辑[集];千金之璧,固已不胫而走矣。若夫瓮牖绳枢之士,未登科目与虽登科目而无远名于世,徒相羊于山颠水涘以自写其抱负者,自非搜剔岩穴,网罗志乘,阐幽烛隐,过而存之,几何不湮没于荒烟蔓草中耶?余两奉恩命,秉臬中州;治事之暇,时究心文献,庶以周知此邦之掌故习俗。适宝丰杨笠舟学博,辑《中州诗钞》,刊成寄余。[第 9 页]见其搜采该博,条例谨严;而所收之诗,类皆和平中正,醇雅渊懿;其间钩沉探迹,用心弥挚,洵为两河南北必不可少之书。以视《岭南》诸编,如骖之靳,足以考邦政而正民俗,以复于三代采风之盛典不难也,厥功岂仅在桑梓间耶?欣诵之余,遂援笔而为之序。道光二十三年,岁次癸卯[1843],夏五月,河南按察使华亭张祥河撰。[第 10 页]

三、杨淮"原序"(第 11—12 页)

我国朝以《诗》《书》《礼》《乐》辅翼群伦,操风化之原,启文明之运。于朝则卿云有咏,于野则康衢有歌。於烁哉!媲唐、虞而迈三代已。所以墨卿词客,分道扬镳,发为诗歌,胥本温柔敦原[厚]之旨,以摅其忠孝之怀,几与泰华竞秀、日月争光。其采而录之,荟萃成编,则权舆于《国朝诗别裁集》。嗣是,各直省辑诗者踵接,罔不衔华佩实,刻羽引商;既玉粹而金和,复云蒸而霞蔚,洵足以黼黻郅治,鼓吹休明。独中州诗，至今未辑，论者憾焉。夫水之积也不厚，则负舟也无力；风之积也不厚，则负翼也无力。中州地迩畿辅，被化尤先。兼复诗圣故里，近在巩洛；弘治“七子”，半居两河。梁园高会，想见邹、枚风流；邺下多才，尚存曹、刘词赋。士生其地，沾濡雅化，模楷乡贤，安见河声岳色，不能浚发后人之性灵也乎？此时，急赖人之采掇而汇刻耳。淮幼服庭训，少通韵语。及长，忝膺司铎之任，身列末僚，报称无方。伏念移风易俗，莫善于诗，而依永和声，乃国家风教所关，用是窃不自揆，括取家藏昭代豫省之诗，更属同志者搜访诸郡县名作。数年以来，盈箱积案。或鸿编巨册，比邓林之千章；或剩稿残篇，同吉光之片羽。其得之难也，如伯喈帐内之书；其得之奇也，如头陀瓠中之史。淮枕葄饮馈其间，八阅寒暑；去糟粕，存精华，厘为三十二卷；并考作者爵里行实，分注姓氏之下，使读者得以知人论世。先后襄其事者，则王松泉、苏菊村两先生云。癸卯[道光二十三年，1843]夏，剞劂[第 11 页]告成。惟恐才识谫疏，有乖体例；仰希当代宗工，矜其愚衷而匡正之，是则淮之所厚幸也夫。道光二十三年[癸卯，1843]四月既望，笠舟杨淮序于桧阳学舍七十二泉之侧。[第 12 页]

四、杨淮“凡例”(第 13—15 页)

〔一〕 是集中诗人，始自顺治丙戌[三年，1646]科。维时文运宏开，海内鸣盛；扬休之士，星罗云布，而中州亦人文渊薮，故采取甚富。其有前代官阶、科目者概置不录，以见我朝开国声教之盛。

〔二〕 诗人立传，肇自唐殷璠，而详于元遗山之《中州集》。顾嗣立之《元诗选》，国朝《山左诗钞》《山右诗存》，皆祖述之，亦知人论世之道。今仍其例，于诸贤爵里行实，详加考核，间附诗话以发明之，使后世读其诗而尚友有自也。

〔三〕 中州诗向无汇刻者。乾隆时，密县钱南淳先生辑中州历代诗，名《河岳集》，未蒇事。余借其原稿，采录三十余人。嗣闻许州孙森圃、淮宁钱柳圃两先生，俱有汇辑之意，皆不果。是集特承前人欲举未举之志耳。

〔四〕　编次先后，以科目为序；其无科目者，约以辈行先后，相间录之，以昭画一。

〔五〕　体裁以古风为主，今体次之。朱竹垞曰："余近录明三百年诗，阅诗不下四千部。凡古诗多者，其诗必工；开卷即七言律者，其诗必下。"竹垞一代词宗，持论最当。

〔六〕　诗所以道性情。性情敦厚，人品必归醇正。集中所载，如汤潜庵、张仲诚、张敬庵、窦静庵、冉蟫庵、李礼山诸先生，微独以诗论也；其立身制行，虽百世而后，亦足为中州生色。谨录之，以志景仰。

〔七〕　梁园雪苑，自昔为风雅名邦。近如宋牧仲、梁曰缉、赵锦帆，与海内诸名士掉鞅词坛，此则中州风雅之极盛也。外此如[第13页]襄城之刘太乙、刘芳草、万西田，新安之吕元素、吕天益，邓州之彭中郎、彭直上，孟津之王大愚，郏县之仝平山，密县之钱南浦、钱南渟、李鹤坪诸君子，亦皆扬风扢雅，骎骎乎驾金、元作者而上之。其余自成一家，卓然可传者百有余人；而风雅之士，又不下数百人。录其残膏剩馥，聊存发潜阐幽之意。

〔八〕　集中诸贤之诗，有已刻而板驳残者，有传写讹阙者，有但存原稿者，有仅余一二首者；若不荟萃成编，恐数传而后，不可复问矣。付之剞劂，以永其传，庶不负作者之苦心耳。

〔九〕　郡志邑乘所载之诗，可抄者十无一二。兹择其近于雅驯者酌入之，而"八景"之诗不与焉。

〔十〕　题目择其大雅，朱弦疏越，一唱三叹，有遗音者矣。若鲍明远之谜，梁简文之"药名""卦名"，以及"离合""回文"，皆涉于游戏；其它叫号撞搪、山歌村讴、牛鬼蛇神、待月疑两[雨]等作，一概从删，庶几有当于依永和声之义。

〔十一〕　前人选诗，不废闺秀；然往往淑媛与北里并收，所谓兰艾不分、薰莸同器也。中州妇女，惟知勤针黹、议酒食而已。悉心搜辑，二百年来，仅得廿二人。如马士骐、李文慧，皆有才有德，可上追班大家、韦逞母者。青楼不录一人，以端阃范，以尊诗品。

〔十二〕 中州沙门，焚香洗钵而外，别无事事求。如沈归愚所云“习口头禅说，以偈为诗”者，千百中尚无一人，况其上乘者乎？兹编共得十人。然十人之中，如野蚕之清新、明昆之条畅，自属奈苑翘楚。苟不采而录之，不几使如来弟子笑此邦无诗僧耶？

〔十三〕 流寓诸贤，昔人多以入籍者当之，是集以侨居时久者当之。若已入籍，即属某县人，只须注明原籍。如李湘北，永城人，原籍江南合肥；赵宽夫，密县人，原籍直隶滦城，是也。他如筮仕中州及游幕中州者，实繁有徒，且来去无常，难以尽录。故集中仅收陈其年、张庆余、童二树三家，以概其余。

〔十四〕 前人选诗，必论定于身后，生存例不入选。然拈髭呕[第14页]心之士，未登仕途与已登仕途而未显达者，若不收录，恐有散失；姑附于后，以待后之选者，如鄂文端公选《南邦黎献集》、沈归愚以诸生入选故事。至若名公硕辅，自能传于不朽，因未录入，识者谅之。

〔十五〕 凡生存者不编科目，所以别为附录也。

〔十六〕 校字之难，昔人譬之扫叶，随扫随有。明冯启祯等校正南雍诸史，开卷冠以小序，每卷尾记其时日，诚慎之也。是编与同志复阅数四，亥豕乌焉渐觉无有。至若殊方异域，山水人物，或有考核未悉之处，尚祈名公硕彦指示其失，以便更正。

〔十七〕 是集以“钞”为名，不敢言“选”也。“选家”标立风旨，合者收之，不合者去之，使入吾选者如金入冶，融炼一色，乃为词坛宗匠；“钞”则各存本色，不持入主出奴之见。昔苏长公论书曰：“短长肥瘦各有度，玉环飞燕谁敢憎？”孰谓诗学其理不相通哉？

〔十八〕 选本多有评语，如《明诗综》《国朝诗别裁集》等书。然所评必出宗工，淮则何敢？

〔十九〕《山左诗钞》,每家收录甚多——宋荔裳一百六十二首,赵清正一百六十三首,高念东一百五十一首,王阮亭至三百九十八首。是集隘甚,不能多登,至多者不越五六十首。挂漏之讥,所弗敢辞。

〔二十〕两河九郡,道里修阻,征采颇艰。是编除家藏、邮寄外,遍托同辈留心风雅者各处搜访。其登膴仕,享重名,遗漏者少;诚恐考槃硕人"独寐寤歌",遗漏在所不免,拟作《续编》附后。凡有藏本,仍望寄达。

〔二[十]一〕是集起于道光乙未[十五年,1835]季冬,成于道光癸卯[二十三年,1843]仲夏,采录五百余家。订正其事者,西华王松泉、鄢陵苏菊村之力为多。余若参订,若校写,若采访,厥功均不可泯。谨将姓字列于卷首,以志玉成之雅意云。[第 15 页]

【附录一】卷二十七李方《〈中州诗钞〉书后》(第 653—654 页)

熙朝开国二百年,圣圣相承日中天。菁莪棫朴培士气,词臣朝朝侍讲筵。鼛鼓轩舞人向学,两河之士尤争先。两河名贤不胜纪,巩洛煌煌诗圣里。继肩风雅元遗山,有明嗣响何与李。学问事业发诗歌,箫韶共奏钧天和。异曲同工无褊迫,炳然云缦复星罗。近世诗人间代生,高凌汉唐轹元明。清风肆好见经济,志和音雅傅性情。苞符泄尽天地秘,大河乔岳同纵横。朱弦疏越宫商调,才人百辈称诗豪。日增月盛卷册繁,无人收拾恐易凋。谁欤古道照颜色,求珠采干存风骚?宝丰杨君澄波氏,词源倒泻巫峡水。家藏玉海三万轴,交遍两河知名士。不惜千金购遗书,诗草束与牛腰比。共推澄波司丹铅,澄波逊谢不敢前。佥曰中州诸老今已往,忍使琳琅终弃捐?乙未[道光十五年,1835]十月言始定,爰委友朋搜遗编。数经寒暑方竣事,甲乙排定付雕镌。景星凤凰睹恐后,名山著述真不朽。表微显幽心力殚,多少孤寒齐额手。澄波本属予故知,两世通家常和诗。予今出守君司铎,两情相念每相违。寄来新纂中州集,读之拍案大称奇。诗圣里闬有后进，梁园风雅重鼓吹。羡君此举超恒流，事业彪炳垂千秋。两河从此足文献，端赖砥柱立中流。嗟予不敏得附骥，倚马愿献韩荆州。

【附录二】钱仪吉《衎石斋记事续稿》卷三《答王解元(骧衢)书》(《续修四库全书》第 1509 册，第 105—106 页)

中州采诗之举，弟到汴，即有意于此。鞠村为言宝丰杨君志在甄辑，因以所得诸集多付鞠村，以畀杨君。杨君以乡试事来省，曾示所选数卷，去取似有未惬。即直言告之，属其更定，杨君诺而去。逾二年，书成镌木，赠予一编。去取当否，可勿论；即金根臆改之处，触目皆是。卷前列弟名于阅定姓名之首，尤令人惶悚。昔沈文悫撰进《国朝诗别裁》，每有点窜，如竹垞《玉带生歌》末句，至今为艺林口实。《山左诗钞》初出，赵秋谷《月夜》绝句有改字，秋谷后人至上书大府，请铲去乃祖之作，不愿与妄庸子并列。仆何人斯，敢唐突前贤如是哉？尝与张诗舲、许信臣诸公言之，又与周稚圭、王春岩言之，因欲别为一集，以自湔洗。惜乎前此岁月久虚，而已得之集又多散失，年来衰病日增，能否卒业未可知也。……惟拙著限断，自[至]嘉庆朝而止。……

02－076　二南遗音

刘绍攽

四卷。刘绍攽辑，《四库全书存目丛书》集部第 412 册，影印同治十二年癸酉(1873)刻本。

一、刘绍攽“自序”(第 727—728 页)

五言始于苏、李，说者谓皆秦产。夫秦，尚■力而弃仁义之国也，安得表风雅之盛哉？彼其始封天水，即今秦州。宁公、德公，渐徙鄜；穆公葬雍，皆西州也。丰、镐、扈、杜，均未之及。太史所陈《驷驖》、“板屋”，率襄公报父击戎之什，远在西陲，故先儒以为风刚劲而乐战斗。至孝公都咸阳，不数世而运已潜移，[第 1a 页]秦恶得而擅文、武、成、康之旧哉？晋不能易唐风，楚不能除荆号，原始定名不易之经也。关中沃野千里，周室积德累仁之区，朱子谓：“土厚水深，其民厚重质直，以善道之易以兴起。”当时歌咏，在“二南”、岍、岐之间；虽妇人女子，皆能发乎情，止乎礼义，开十五国风化之原，岂《驷驖》、“板屋”所能仿佛哉？汉[第 1b 页][第 727 页]唐以来，作者如林。今少宰彭公翰文论己未[康熙十八年，1679]鸿博，独推关西李氏第一。而一时扬风扢雅，越至于今，鼓吹休明者指不胜屈。盖终南、太华之融结，贤圣、大儒之贻泽，与夫宗工哲匠之流风余韵，未歇绝也。鸿章巨制，若豹人、黄湄辈，传播已久；而隐显殊途，其怀才抱异、伏处岩穴者，既不克附青云[第 2a 页]之士，又不得东南剞劂之便，覆瓿饱蠹、湮没而不彰者不知其几矣。余窃伤之，因与二三同志缀辑遗文，张子青柯采撷尤多。爰得百余家，掇其英华，用著于篇。恨见闻孤陋，玄珠或遗。六一有言：“物莫不聚于所好，而常得于有力之疆；有好之者，力或不足，仅得其一二而不能使其聚。"余之谓矣。[第 2b 页]怀西方之好音，尝九鼎于一脔，览者勿遽云观止也。乾隆二十八年[癸未，1763]夏四月，三原刘绍攽序。[第 3a 页][第 728 页]

二、刘绍攽"凡例"(第 731—732 页)

一[一] 先天图，坎、艮居于西北。故天下山水之源，多在关中(详《坤舆考》)。山水者，上应玄象，下循地络，郁而为人文。是以"风"始"二南"，"雅""颂"始丰、镐，五言始苏、李，皆关中也。代有传人，世所共见。故兹集断自国朝始。

一[二] 国初诸公，皆有专集。孙豹人、李天生、王幼华，久已脍炙人口，故第择其尤者冠之篇端。若康[第 1a 页]孟谋、张康侯，并为秀杰。康侯仅存写本；孟谋虽经杀青，亦豹一斑。其他含章，咸有借于弋钓。撮壤崇山，是集所由作也。然必求精，无取夸多。

一[三] 是集以阐微表幽为主。若其人已显，力能问世者，无资繁引。唯萤窗名士，致嗟覆瓿者，虎气必腾，多多益善。酌前修之海笔，准于兹焉。

一[四] 诵诗必论世，古之道也。集中诸公，或为名臣，或为理学，或多识畜德，修辞立诚，皆综其生平，略述梗概。其地远年湮，囿于闻见，则从阙文之义。[第 1b 页][第 731 页]生同时者，仿《箧衍集》之例，著其里籍、出处、著述而已。

一[五] "六义"当前，览者自有会心。故编诗者，例不加评。其有须注以明者，用按语以识其下。

一[六] 关中幅员广阔。虽下邑僻壤，采录必及，终不免遗珠之叹。有知其人而仕于他方者：商州王学逊、长安李品镐、泾阳张五典也；有知其人而篇什零落，不可遽得者：富平曹陆海玉珂、洛南王天玉之球、韩城薛霖若澍也；有少读其全集，忽[第 2a 页]焉以没，仅从书画中掇其吉光者，临潼王灏也。矧耳目难周，未见未闻，不知凡几。所望乡先生不鄙弇陋，诗筒频来，拾遗补阙。讵独含英者幸铁

网之必得，而和其声以鸣国家之盛，河山亦借以生色也夫。[第2b页]
[第732页]

则杰按：此下原附第一款所说《坤舆考》(第732—733页)，兹从略。

【附录一】《四库全书总目》卷一百九十四集部总集类存目之四(中华书局1965年6月第1版，下册第1777页)

二南遗音四卷(陕西巡抚采进本)

国朝刘绍攽编。绍攽有《周易详说》，已著录。是编所录，皆国朝关中人诗，自孙枝蔚以下共一百四十人，每人俱载履贯于前。其曰"二南遗音"者，以周时岐、丰建国而言；其实周、召"二南"之地，不止关中也。

则杰按：此集后来还有《续集》，另见该种。

02－077　二南遗音续集

刘绍攽

一卷。刘绍攽辑，《四库全书存目丛书》集部第412册，影印同治十二年癸酉(1873)刻本。

一、刘绍攽“序”(第824—825页)

诗者，修辞之一。而韩子于李、杜，则曰“天欲长吟哦”；于魏晋以下杂乱无章者，则曰“天丑其德”，一若含毫邈然，天实属意于其间者。余编次关中诗，乃益有以征其不诬也。篇什所陈，类皆雪案萤窗，■自等于覆瓿饱蠹，而海底珊瑚，终归铁网。其甚[第1a页]者，若富平曹陆海舍人，王黄湄集中悲其遇而惜其才，当时未及汗青，传者绝少。余求之二十年不得；访其姻族购之，皆云断篇残简，但束高阁而已，相与叹息者久之。甲午[乾隆三十九年，1774]春杪，蒲坂崔漫亭先生宰斯邑。余闻之，喜曰：“事济矣。”修函达之。未几，遣一介相诒；开缄，则重为校录者也，舍人用[第1b页][第824页]兹不朽矣。夫物莫不聚于其所好；好之而无其力，与不好同。前之姻族，非不好也，而力不足以致之；宰斯邑者多，其非无力也，奈不好何？一旦遇善与人同之长官，有力而好之，遂不终致嗟于相需殷而相遇疏也。其它李河滨之零落、申幼舆之潦倒颓然，於戏！此天也。欲知天心，但观圣心。没世无称，圣人之所疾也。诗[第2a页]传则名传，名传则精神意气常在人间。故名誉之光，与道德之行并称。而《国语》叔向语单之老曰，君子万年者，令名不忘之谓也。斯文兴丧，天实为之，谓非有爱惜而保护之者乎？以是知天之不没人善，人当善体天心也。或曰“千秋万岁名，寂寞身后事”，或曰“名垂万古知何用”，是皆未知圣[第 2b 页]人之心。所谓“默识盖不早”者,又何怪庸庸者流驰骛靡终,率不觉忽焉以没也。乾隆三十九年[甲午,1774]季冬腊月,三原刘绍攽题并书。[第 3a 页][第 825 页]

02-078 关中两朝诗钞

李元春

十二卷。李元春辑，道光十二年壬辰(1832)守朴堂刻本。(陕西省图书馆藏)

一、李元春“关中两朝诗钞序”(第1a—2b页)

予既选钞关中古文，诗固不可无选。选既成，亦有欲言者。夫诗，今之所尚也。天下才士或不能为文，而多能为诗。然诗岂易能哉？论其可传，前人之有文无诗者亦不少矣。盖诗与文一也。不本之身心，无益于世道，未可为文，亦未可为诗。古人为文与诗，皆有不得已于中与天下之故。不然道不足而强言，黄陶庵讥之矣。故其人可传，其文与诗皆可传。否则，微论言之伪者，人弗信也；模山范水，状景写物，又或赠送酬答，[第1a页]以此为诗，犹之文，才士适意自矜丽藻事耳，君子何贵有是？吾论诗文，持此为衡，每觉取择为难，顾亦不得尽拘也。兹集所选，明如空同、渼陂、苑洛，国朝如先河滨、王幼华诸人，鲜不合矩。以对山之才，两朝未可多得，后人或犹不尽足。然其诗之醇淡，迥不似平生豪横。正其敛才就法，未可轻议也。若泾野、溪田、斛山、王复斋、丰川辈，本不以诗名，而诗孰不本于道德节义所存，岂可竟废？其诗名之盛、传诗之多者，国朝先后李天生、屈悔翁、吴信辰为最，而《弱水集》书中[第1b页]《干蝴蝶》二十首，识者谓其命题已伤大雅。依此推之，《受祺堂集》之《镜中美人》，《松崖诗录》之《门神》等篇，居可知矣。抑其词意深稳，尚可讽咏。至如吴之答人病其存诗太多，存诗太少，不过口角尖巧。袁子才亟称之，吾无取也。呜呼！吾何知诗，亦不得起集中先达就问诗教，妄以意为去取。其所去者，不必先达以为可去也；其所取者，未尽先达所谓可取也。即吾所选，与世质之，聊见秦风之大略而已。文选首端毅，诗选首空同，以前所见少，不能成卷也。其他多寡不均亦然，皆[第 2a 页]不必均也。文集成，端毅前余张鹗庵数艺，存箧笥。诗集成，始记《渔洋诗话》有端毅七绝诗一，又得河州王庄毅七律诗五，俟他日以为续刻之首。李元春。[第 2b 页]

02－079　国朝浙人诗存

柴　杰

十六卷。柴杰辑注，乾隆三十三年戊子（1768）洽礼堂刻本。（浙江图书馆藏）

一、柴杰序（第 1a—b 页）

余少奉庭训，留心学古。虽命蹇才拙，长无所闻，而此志乾乾不敢少懈。丁丑岁［乾隆二十二年，1757］游粤东，奔走衣食，学殖荒落。丙戌［乾隆三十一年，1766］羁寓羊城，纂辑旧稿，颇识载籍极博；探本穷源，良非易易。越一载，蒇厥事。更检行箧，得诸前辈诗，汇录五、七律成帙，日夕流览，知我朝诗教日隆，而吾浙不乏风雅之才。顾搜罗未遍，徒深景慕而已。窃不自揣，竭早夜之力，东挦西扯，即所存诗而笺释之。敢谓漫无遗漏？亦欲借此以广见闻。语云："前事不忘，后事之师。"余虽未得奉教诸先辈，而诵其诗，读其书，窃幸私淑有人。识大识小，［第 1a 页］聊以存什一于千百云尔。集成，付诸剞劂，用公同好。世之君子，补其缺失，正其舛讹，进而教之，是余之厚幸也夫。乾隆三十三年［戊子，1768］七月七日，钱塘柴杰临川识于羊城旅馆。［第 1b 页］

二、柴杰"凡例"（第 1a—3b 页）

一［一］　是集存诗，得自田叔禾先生《西湖游览志》，蒋玉渊、翁武原两先生《清诗初刻》，李又玖先生《西湖志》，沈归愚先生《别裁集》者居多。余则购之友人，搜之行箧。于浙中名公挂漏实繁，统俟二刻搜罗。

一[二] 是集只存五、七律二种。缘古体意义深微，初学未能领悟；排律则选本亦多笺注；截句于应试不合体裁，俟再参订。[第1a页]

一[三] 前辈事迹，大概得之王丹麓先生《今世说》、沈归愚先生《别裁集》、郑方坤先生《名家诗钞小传》、先省轩公《文钞》，只于首章注明，后俱不列姓名。余或采之先辈评语。亦有真知确见者，谬附数言。若见闻未实，第载表字郡邑，所有事迹不敢妄置片言，冀以传信。

一[四] 存诗有五、七言俱备者，有只存五言、只存七言者，各随其诗之有无，非敢云"选"也。

一[五] 是集存诗，半经前辈选过。增入各诗，亦经再四斟酌。大抵以温柔敦厚、醇正典雅为宗，稍涉疑[第1b页]似者概不敢登。

一[六] 诗以言志。大则有关伦纪，小亦足资博物。他如《香奁》《无题》等作，似非所以理情性也，概从删节。

一[七] 增入各诗，亦属其人已往，一依《别裁集》论定身后之意。

一[八] 科目、词人序次先后，亦依《别裁集》四朝分别之例而小变之。一卷顺治朝科目，二卷顺治朝词人，三卷康熙三十年[辛未，1691]前科目，四卷康熙三十年[辛未，1691]前词人，五卷康熙六十年[辛丑，1721]前科目，六卷康熙六十年[辛丑，1721]前词人，七卷雍正朝科目、词人先后总[第2a页]列，八卷乾隆朝科目、词人先后总列。中惟四卷、六卷，间有诠次未清者，再为补详。

一[九] 是集笺注，始于乾隆三十二年[丁亥，1767]闰七月，成于乾隆三十三年[戊子，1768]七月。恐日久废弛，匆促告竣。保无错误？惟海内风雅正之。

一[十] 笺注过繁，拟便初学，知诗人下字无一字不本古人。浸淫穿贯，不惟可免杜撰之弊，亦寒瘦者之药石也。

一[十一] 笺注见前者，后注明"见某人诗"。其有注见五律，重见七律，注明“见五律某人诗”，便易寻觅。间有[第 2b 页]前后叠见者，亦宁详毋略之意。

一[十二] 客中书籍无多；间有稽考未周者，不敢附会，查明补注。

一[十三] 诸家选诗，或尊重爵位，或借为交游光宠。余夙乏酬应，且在客中，尤少交接，爵位、交游之念毫无所见，此差可自信者也。

一[十四] 闺阁、方外，不乏佳咏，集隘不及备载，行当另增二卷附行问世。

一[十五] 续编即出，并拟注各省诗。倘有赐教者，祈填明里闬始终，邮寄武林，以便笺注汇刊。[第 3a 页]

一[十六] 是集世侄俞敬元字体乾手录，沈师睿字若霖参校。

临川氏再识。[第 3b 页]

02－080 两浙𬨎轩录

阮　元

四十卷。阮元辑,《续修四库全书》第 1683—1684 册,影印嘉庆仁和朱氏碧溪草堂、钱塘陈氏种榆仙馆刻本。(下录均见第 1683 册)

一、阮元"两浙𬨎轩录序"(第 109 页)

余督学浙江时,辑《淮海英灵集》成,盖江淮间一郡之诗,采录尚易;欲辑江苏一省之诗,则力有未能。继思余督学于浙,乘𬨎轩采风,非力之所不能为也。爰访遗编,求总集,遍于十一郡,自国初至今,得三千余家,甄而序之,名曰《两浙𬨎轩录》。嘉庆三年[戊午,1798]书成,存之学官,未及刊板。六年[辛酉,1801]巡抚浙江,仁和朱朗斋、钱塘陈曼生请出其稿,愿共刊之,乃畀之,重加编定,序而行之。别为条例,以志其详。此虽余少年好事之所为,然力有可为者则为之耳,未计其他也。独念吾乡自国初至今,诗人辈出,他时或有好事者,乘使者车至大江南北辑而录之乎?是有望焉。[第 1a 页]嘉庆六年[辛酉,1801]夏六月甲子,扬州阮元撰。[第 1b 页][第 109 页]

则杰按:此序又载阮元《研经室集·二集》卷八(中华书局 1993 年 5 月第 1 版,上册第 573 页);除删去末尾署款之外,其他唯"朱朗斋"作"未朗斋",则"未"字显系刊误。

二、阮元"两浙𬨎轩录凡例"(第 110—111 页)

一[一]　是编始自国初,迄于近年,皆取其人已往、可以论定者录之。

一[二]　前明遗老,凡已列《明诗综》者不复录入;其有入本朝至二三十年之久者,间为甄录。

一[三] 是选因人存诗,因诗存人。因诗存人,则诗在所详;因人存诗,则诗在所略。

一[四] 两浙人文渊薮;百数十年来,名人辈出。兹自嘉庆丙辰[元年,1796]至戊午[三年,1798]三年中,按试所到,或访诸耆宿,或询之多士,各出所藏,随收随录;己未[四年,1799]以后,续有所得,并增录之。其有山陬僻壤、搜采未及者,遗漏尚多,势难赅备;又有诗名甚盛,全稿已亡,仅得一二首者,皆待后人续补。[第1a页]

一[五] 是编采录,随所得为先后,[原]有初编、续编、补遗之分;兹并各编,通以时代为次。但期大致不甚悬殊;中间小有参错,在所不免。

一[六] 是编仿诸家选辑之例,首列姓名,下注字号爵里、诗文集名。间有经史各著,别详小传。讹舛遗漏,恐所不免,尚望学者订而正之。

一[七] 小传所采,凡志乘传状、序跋诗话,有足表见行谊、传为韵事者,节录之,所以摅怀旧之蓄念、发潜德之幽光,惟无可考者始阙之。

一[八] 选诗自一二首以及数十首,多寡不一,未能甄择悉当,要皆可见作者之性情学力,读其诗如接其人焉。

一[九] 诸大家宏编巨集行世已久者,略采数篇,以备一家;其[第1b页]有未刻遗稿者,转多录之,以防散佚。

一[十] 所录诗,或从汇选,或从单刻;或从传钞,或从手稿,不无字句不同之处,悉依所得之本。间有一篇之中,警句可传而首尾或有未称者,稍为改易一二字,以期完善。

一[十一] 乡会、馆阁之作,别有体裁,与抒写性灵者有别,是编概不搀入。

一[十二] 闺媛以德言为先务,释道以心性为宗旨,诗其余事,本非所尚;然既有所得,不可湮没,仍照前人选诗之例,缀录卷后。

其余无关风化者，概从摈削。

一[十三]　作者姓名，列目各卷之首。又取各卷姓名，分韵编次，总列全编之首。俾览者欲知某人在某卷，依韵求之即得，取其便于检阅也。闺秀、方外，卷帙无多，不复编韵。[第 2a 页]

一[十四]　是编所采诸书，如秀水诸锦选《皇朝风雅》、会稽商盘选《越风》、平湖沈季友选《槜李诗系》，乌程戴璐《湖州诗摭》、归安陈焯《湖州诗录》、永嘉曾唯《东瓯诗存》、太平戚学标《三台诗录》、海盐朱炎《金华诗录》、钱塘朱彭《武林诗选》、钱塘张廷俊《台山怀旧集》、桐乡汪淮《两浙诗钞》、萧山毛奇龄《越郡诗选》、余姚张惟枚《姚江诗派》、秀水许灿《梅里诗辑》、兰溪江伯容《兰皋风雅》、海宁陈世修《平昌诗钞》，又宁波之《甬上耆旧集》《诗文草创》，以上各本或已刻或未刻，皆择其尤雅者录之。

一[十五]　分任采访诸人，如仁和邵志纯、海宁俞宝华、萧山顾一麒、萧山孙度、平湖钱仁荣、鄞县袁钧、东阳楼上层，各有所采；荟萃成帙、参校补采诸人，则浦江戴剑溪（殿海），仁[第 2b 页][第 110 页]和朱朗斋（文藻）、汤点山（礼祥），嘉兴吴澹川（文溥）、李香子（富孙），吴江郭频伽（麐），钱塘陈曼生（鸿寿）、陈云伯（文述）、朱闲泉（壬），仁和蒋蒋村（炯），海宁陈晴岩（传经），乌程张秋水（鉴），石门方铁珊（廷瑚），会稽顾郑乡（廷纶），平湖朱椒堂（为弼）也。又戴太仆（璐）、法祭酒（式善），亦于京邸校阅一过，多所订正。[第 3a 页][第 111 页]

【附录一】法式善《陶庐杂录》卷三（中华书局 1959 年 12 月第 1 版，第 89 页，原标第六十九则）

阮芸台中丞督学两浙时，有《两浙輶轩录》。己未年[嘉庆四年，1799]夏，芸台官侍郎，退直，邀余至琅嬛仙馆读画品诗，遂以此书委勘。尚未分卷数，束为十六捆。余约十日阅两捆，历三月始毕，间有为增入者。今其书分四十卷，得三千一百三十三人，诗九千二百四十一首，刻版于嘉庆六年[辛酉，1801]。

【附录二】阮元《诂经精舍文集》卷十三胡敬《〈两浙辅轩录〉题词》四首

（嘉庆扬州阮氏琅嬛仙馆刻本，第 38a—39a 页）

校士余闲仔细评，琅嬛仙馆卷纵横。仁风自抱嘘枯愿，艺圃同邀不朽名。千古爱才关盛德，万间广厦比高情。寒郊瘦岛知多少？金砾烦公采择精。［其一］

天教浙水启龙门，文士泉台尽感恩。一代登楼操选柄，千秋覆瓿慰吟魂。家无专集名难假，才偶同时例不存。（闻条例，凡诗无专集及生存者，俱不入选。）甲乙编排微意在，续修留待后贤论。（闻条例，以十干编次，缺末四字，以待后人补编。）［其二］

国风从此补三吴，尚有羲娥未摭无？一品集繁存爵里（闻条例，凡名公巨卿集足单行者，只选有关出处数诗，以存梗概），四灵家小辑江湖。艺文采备他年志，诗派分添此日图。感极樗材荷培养，更蒙摭拾到潜夫。（先人字沧来，有《葑唐诗钞》八卷，闻朱朗斋业师云，已蒙采入《录》中。）［其三］

吉金贞石暇搜罗，珊网收材道最多。自有冰壶悬藻鉴，尽看黍谷转阳和。武林耆旧曾何幸，淮海英灵共不磨。霖雨在公犹小试，浙东西已遍滂沱。［其四］

则杰按：此题第二首、第三首又载胡敬《崇雅堂诗钞》卷二（《续修四库全书》第 1494 册，第 155 页），自注文字略有出入。

又，所说“条例”，与《两浙辅轩录》定本实际多有不符。

又，所说“先人”为胡涛，《两浙辅轩录》收在卷三十五（第 1684 册第 334—337 页）。

又，陆以湉《冷庐杂识》卷四“两浙辅轩录”条说：“胡书农学士之尊人葑唐上舍涛《古欢书屋诗》，亦采入《录》中。学士赋诗以志云……”（中华书局 1984 年 1 月第 1 版，第 217 页）所引胡敬（书农其号）此题诗歌乃据《崇雅堂诗钞》，唯自注“专集”误作“书集”。

【附录三】阮元《诂经精舍文集》卷十三汤锡蕃《〈两浙輶轩录〉题词》五首（第 39a—b 页）

分唐界宋太偏枯，图派西江有若无。何意至今闻正始，顿教一着古人输。［其一］

一纸丹黄手自添，遥从空外辨洪纤。编诗更比吟诗苦，看取骚坛义例严。［其二］

西泠诸子总超群，次第何曾着意分？莫怪昭明遗禊帖，千年拟议尚纷纭。［其三］

骚人韵事半沉沦，耆旧遗闻也未真。为问吴江枫落语，是人传句句传人？［其四］

玉尺衡量此一时，大醇端不杂微疵。它年太史陈风后，若个能为鼎说诗？［其五］

【附录四】阮元《诂经精舍文集》卷十三王仁《〈两浙輶轩录〉题辞》三十首（第 39b—42b 页）

南国茏葱佳气开，蓬莱胜地擅奇才。吴头楚尾遥相接，多少词人得得来。［其一］

花草曾闻三国艳，楼台竞说六朝烟。摅怀各自鸣天籁，魏阙江湖拟共传。［其二］

采风盛绩遍荒遐，吴楚无诗未许夸。接迹葩经风十五，东南重见擅声华。［其三］

摘艳分香翰墨林，遗编收得是知音。迂辛短李纷相列，不尽吴歈与会吟。［其四］

含毫吮墨忆当年，叶叶松烟染锦笺。秋水春山频琢句，好词分得岭南天。［其五］

俊逸清新众妙该，凝思定不减邹枚。曾怜茂藹登龙誉，更羡风流倚马才。［其六］

旗亭酒旆思初生，禅榻龛灯赋乍成。胜境引人偏不尽，轻裁细

舞谱新声。[其七]

汇得精华仔细论,从教别派更探源。长吟雅忆挥毫客,一句能销一缕魂。[其八]

万帙冥搜转拾遗,苦心聊慰古人思。碧纱红袖休相竞,次第陈来锦字诗。[其九]

扶轮大雅唱高风,呵护应凭神物功。不似十联杨学士,枉书警句玉屏中。[其十]

休夸约略说杭州,玉局香山记旧游。珍重多才勤访问,西泠遗迹待旁搜。[其十一]

鹤湖潋滟绿波翻,官舫春游草色暄。槜李一编堪补阙,由拳雅足溯渊源。[其十二]

更寻茗霅水如银,托兴曾烦赋白蘋。东野萧条留古井,才高魏晋苦吟身。[其十三]

芙蓉峰上蔼岚光,定有天孙织锦裳。玉轴牙签收不尽,更寻古隶付奚囊。[其十四]

歌阑白纻舞前溪,玉字曾留重品题。八字传来饶美举,好罗肴馔佐香奁。[其十五]

绣川定有锦心留,婺女星悬万派流。秋月春云增态度,至今八咏缅高楼。[其十六]

月波亭古净无尘,潇洒吟怀忆昔人。岭接仙霞三百级,莫教风雅付全闽。[其十七]

幽谷名山赏不虚,锦沙村里赋闲居。南华一卷传来旧,漫把幽情属钓渔。[其十八]

白云曲奏曾书石,春草吟成乍启缄。华盖山中无限好,独追谢客上层岩。[其十九]

紫芝瑶草属仙家,梦里神游兴未赊。好句惊人搜殆遍,高怀长绕赤城霞。[其二十]

桃花洞口爱春深,定有高才谱越吟。云卧何妨天际住,殷殷广

乐奏元音。[其二十一]

补亡订谬定谁能，千卷勤披一一登。剩水残山嫌未备，欲将诗史续千灯。[其二十二]

修绠便娟汲古须，藏钩应得媲珊瑚。讨论不把零星记，肯效唐人选句图？[其二十三]

记室名篇嫌挂漏，津阳旧注损淹通。不教神韵空摹写，三昧曾标艺苑功。[其二十四]

樊南花萼莫夸多，此箧应教着意摩。浑取杜诗韩集读，麻姑搔痒竟何如？[其二十五]

陆海潘江雅可齐，携来画舫映红霓。讵同采辑成诗载，漫拾残碑纪粤西？[其二十六]

味外味传余妙谛，平奇浓淡合相宜。品分廿四犹难企，不数闲情记竹枝。[其二十七]

琅琊才子掩云关，绝句联翩手自删。何视此编称雅雅，披吟令我解心颜？[其二十八]

耆旧诗篇传甬上，当年韵语号阳秋。赏心到处钦淹雅，土俗民风一览收。[其二十九]

缥缃压架恣研寻，百代还留鼓吹音。休说洛阳夸纸贵，武林传写到鸡林。[其三十]

【附录五】张宗泰《鲁岩所学集》卷十五《跋两浙輶轩录》（《近代中国史料丛刊续编》第161/3册，第914—916页）

《两浙輶轩录》四十卷，乃嘉庆元[丙辰，1796]、二[丁巳，1797]、三[戊午，1798]年间，仪征阮云台先生校士浙省时，所搜辑而甄录之者也。诗凡三千一百三十三家，前有自序一篇、凡例十五条。又按韵排列诸家姓名于前，以便检寻；其次第先后，仍分编各卷之首。所取之诗，率以声调婉谐为宗，不尚生硬杈枒之习；多者数十首，少或三五首及一二首不等。每人下，略载爵里及所撰述，以存梗概；然后博引当代说部诸书，及各家诗话、郡县志乘；而襄事诸人如楼上层、朱文藻等，又各据所闻见，举凡师友渊源、朋旧往还之迹多所登载。其巨者铭勋旗常，树绩封疆；或口碑在一郡一邑，或孝友于家庭，或名德在里党；与夫游情书画，凡有一长一艺之见称于人世者，莫不详考而备书之。至若方外有释道，闺阁有名媛，亦采择其名章隽句，与其琐闻轶事，备著于录，用供好事者之流览。巨细不遗，本末兼该，实足为一方征文考献之资，不但有裨于吟咏已也。

【附录六】张宗泰《鲁岩所学集》卷十五《再跋两浙𬨎轩录》（第 916—918 页）

《𬨎轩录》卷帙浩繁，亦间有一二失检之处。如《吴兴诗话》，据卷十七戴炳下，知为戴某撰，以所引《吴兴诗话》有“先伯茶星”云云，“茶星”者，戴炳之号也；而卷二十七沈棠臣下，又以为棠臣撰《吴兴诗话》。卷十陆寅下，引《国朝[诗]别裁集》，谓“冠周为高士丽京之子，丽京不归，冠周访父，几遍宇内，终不可得”；而卷一陆圻下，引朱彭说，则谓“寅旁求见父于徽州，奉之归”。此失于对照者也。卷九吴农祥下，“召试体仁阁”下，“同试者八十余人”。按李集《鹤征录》，已未[康熙十八年，1679]词科，一等二十人，二等三十人，授内阁中书舍人七人，与试未用者九十七人，共得一百五十四人。兹以为“同试八十余人”，此失于参质者也。又总集编录之体，摘其名句于前，而其全篇或见于后，或不复见于后，皆例之可通者。今《𬨎轩录》卷一宋谊《子规》诗、卷二岳昌源《双溪舟中口号[占]》、卷五徐倬《舟中戏题》、卷二十二周大枢《雨夜》诗、卷二十四陈撰《白[古]荡归途》诗，既引《定香亭笔谈》《吴兴诗话》《梧门诗话》录其全诗，而其诗仍错见于前后，不免伤于烦复，此则其失于刊削者也。又谢重辉字千仞，当是取贾谊赋“凤凰翔于千仞兮，览德辉而下之”之意；而卷二叶封下，作“于仞重辉”，既不着其姓氏，又讹“千”为“于”。《南宋杂事诗》“陈芝光字蔚九”，杭世骏《爱日轩遗稿序》亦有“石芝九光”语；

而卷二十三赵昱下，则作“陈芝蔚九”，脱去“光”字，此则其有待于补正者也。

则杰按：此处所说《吴兴诗话》，实际为同名异书，而非作者“失于对照”。

【附录七】张宗泰《鲁岩所学集》卷十五《三跋两浙輶轩录》（第918—920页）

今人读古人之诗，诵习之久，往往有袭为己有者。在其人，或出于不及觉，而采诗之人，要当分别观之也。《輶轩录》中，如卷六朱彝尊下，“岂意尚烦西顾策，翻教暂领朔方军”，是从杜工部《诸将》诗“岂谓尽烦回纥马，翻然远救朔方兵”来。卷十二林之枚下，“村春山外急，驿火树中明”，是从杜工部《春[村]夜》诗“村春雨外急，邻火夜深明”来。卷二十九钟和梅下，“嫩草萦新带，青榆缀古钱”，是从王勃《还郊》诗“草绿萦新带，榆青缀古钱”来。其钞录前人旧句，或不免“点金”之诮矣。又三十二卷，黄庭《题林逋像》诗云：“到死难忘封禅书，空传高隐占明湖。春风笑问梅花墓，梦在长杨从猎无?”按和靖临终诗有云：“茂陵他日求遗稿，犹喜曾无封禅书。”盖自标风格，不肯以长卿之媚君于身后者自居也。黄庭诗乃全作讽刺之语，岂别有所谓耶？又卷十五汪筠下，引《梧门诗话》云：“可是香山老居士，长为元祐太平人。”按“元祐”为宋哲宗年号，香山生当唐宪、穆朝，“元祐”字亦疑有误也。卷十六杨绾[琯]《驱蝗》云，“岁在戊午[乾隆三年，1738]七月秋”云云，“蔽野顷刻残来牟”。按七月岂复有来牟在地，亦趁韵之失也。又卷四十金士珊，“与姊婿陶轩唱和相得”，“姊婿”何人，乃“唱和相得”耶？亦岂女流远嫌之道耶？

【附录八】张宗泰《鲁岩所学集》卷十五《四跋两浙輶轩录》（第920—922页）

《輶轩录》中所引诸家说部书及诗话，概不着撰人名氏，遂令读者于其中所叙述之事，茫然不知其所谓，亦一憾也。兹特就耳目所及，与本书逐细对勘，为补其缺漏如左，其不可知者姑置之。如《湖壖杂记》，为陆次云撰。《今世说》，为王晫撰。《诗人[文]草创小传》，为谢兆昌撰。《南野堂笔记》，为吴文溥撰。《续耆旧传》，为全祖望撰。《觚賸》，为钮琇撰。《藤荫杂记》，为孙庭铨撰。《炙砚琐谈》，为汤大奎撰。《清波小志》，为徐逢吉撰。《画征录》，为张庚撰。《浙江采辑遗书总录》，为沈初撰。《词科掌录》，为杭世骏撰。《柚堂笔谈》，为盛百二撰。《视昔编》，为王昶撰。《尊闻录》，为汪维宪撰。《南宋画院录》，为厉鹗撰。《西庐杂识》，为严殿谔撰。《画渔余话》，为俞永思撰。至《采若编》，知为魏某所撰，而不得其名。若《见闻随录》《彴西杂记》《词科余话》《山静居画论》，则均不知为何人所著也。又如《吴兴诗话》，为沈棠臣撰。《云蠖斋诗话》，为吴城撰。《碧溪诗话》，为朱文藻撰。《凫亭诗话》《全浙诗话》，并陶元藻撰。《雨村诗话》，为张廷俊撰。《梧门诗话》，为法式善撰。《莲坡诗话》，为查为仁撰。《艺苑名言》，为蒋澜撰。《桂堂诗话》《榕城诗话》，并杭世骏撰。《柳亭诗话》，为宋长白撰。《沐云诗话》，为秦锡淳撰。《槐堂诗话》，为汪沆撰。《山静居诗话》，为方薰撰。《国朝诗话》，为杨鲁藩撰。《海屿诗话》，为胡如瀛撰。《灵芬馆诗话》，为郭麐撰。《西河诗话》，为毛奇龄撰。《谢山诗话》，为全祖望撰。《菊坡诗话》，为陶章焕撰。至《严门诗话》，知为查某撰，而不得其名。若《此君亭诗话》，则并不知其姓名为何也。窃以此书，合于凡例中增入一条——某书系某人撰，逐一注明，便令读者得所依据，而无揣测之劳矣。（按：《词科余话》，杭世骏撰。《山静居画论》，方熏撰。）

则杰按：此处所说《见闻随录》《彴西杂记》，分别为刘文蔚、法式善撰。又该种《吴兴诗话》，实为戴璐撰（可见《续修四库全书》第1705册）。

【附录九】张宗泰《鲁岩所学集》卷十五《〈两浙辅轩录〉讹字》（第922—925页）

云台先生好著书，好刻书，其所以嘉惠士林者正复不少。惟其成事欲速，故其所刊刻之书，多错讹之字。如《辅轩录》卷一：曹尔堪《抱书叹》“丹黄姿搜阅”，“姿”是“恣”字。卷二：包秉德下：“孙度曰：‘波折不不苟。’”下“不”字当作“少”。卷三：陆士楷《别义山弟》“臣朔当苦饥”，“当”是“尝”字。卷四：姚世靖《今昔行》“佣千里之豪以食”，“千”是“于”字。卷五：陈钦《送吴熙台年伯之官沔阳》，“年伯”字不典，或易作“年丈”差可耳。卷六：李良年下，《梅里诗辑》云，“心目间岂有千古，而皆心折征君”，“岂”疑当作“并”。卷九：诸朗《钓台歌》“刘季一饵连黔彭”，“黔”是“黥”字。卷十五：郑江下，失载邑里。吴焯下，“风尘空裋褐”，“裋”是“短”字。卷十六：金以成下，“取研订《唐贤三昧集》贻之”，“研”当作“所”。卷十七：严遂成下，“皆夺于西地之焰”，“西地”疑当作“北地”，“北地”李梦阳号也。《定香亭笔谈》“雕盘大汉寒无影”，“汉”是“漠”字。徐志莘下，“五代翰林，吾卿仅见”，“卿”是“乡”字。周永铨下，“客有谈黄山之胜者，使可追高风”，“使”是“便”字。杨鸿逵《秋夜亦寄轩》诗，“夜深梦断”句脱一字。卷十八：商盘下，《灵芬馆诗话》“官情大似云林画”；卷十九：徐以升下，“官情共软红”，“官情”并当作“宦情”。戚振鹭《元夕》“令节因之故国情”，“之”字或是“动”字。龚培学下：“顾光曰：‘劾力两河。’”当作“效力”。卷二十一：厉鹗《宝应舟中月夜》“明日堕烟霜着水”，“明日”当作“明月”。戴永植“湖上蘋开王暮雨”，“王”是“正”字。卷二十二：齐召南下，“使十二经脉，复具本初”，“具”是“其”字；“不如何处山神也”，“如”是“知”字。倪承宽下，《庚辰［乾隆二十五年，1760］重阳前一日》“微茫圆影小真滓”，“滓”是“宰”字。倪大成“怪石昂头歪面多”，“歪”是俗字，入诗不雅。卷二十三：钱载下，“举鸿博报能”，“能”是“罢”字。沈心下，“赤乌飞出腾九芒”，“九”当是“光”字。张果下，“骨月四散纷飘零”，“月”当作“肉”。戴文祥下，“东山亲课生童，宁署无间”，疑是“寒暑无间”也。

【附录十】张宗泰《鲁岩所学集》卷十五《又〈两浙輶轩录〉讹字》（第925—927 页）

卷二十五：金甡下，“官海风波亦饱经”，“官海”是“宦海”。方梅著《富屏诗有》，“有”是“存”字。孙毓敏“一字勉齐”，当作“斋”；“以为学者最”，“最”是“最[冣]”字；“益数百年物也”，“益”是“盖”字。卷二十七：郑炎《度梅岭》云：“约略伏羲封。”“封”是“卦”字。卷二十八：金辂下，“孤界不谐俗”，当作“孤介”。陈荣杰《宿虔州城外清江寺，题铎上人壁》诗，脱二字。王路清[《破涕歌，为何太史韦江母夫人作》]“骨月”，“月”是“肉”字。卷三十：吴修道“种学积文”，韩[愈《蓝田县丞厅壁记》原]文是“绩文”。毛元存下，“其格或入古，或流为入”，“入”当是“今”字。卷三十二：高文照下，“再贬江舟亦可叹”，“江舟”是“江州”。方鱼下，“一自感怀聚散”，“怀”下空一字。《莲花庄图》：“千载一时夸韻事”，当作“韵”。黄庭下，“把灯写此”，当作“挑灯”。卷三十三：李照下，“东破有腊日”，“破”是“坡”字。梁履绳下，“君生官家”，当是“宦家”。卷三十五：傅调梅下，“花信江南旧满槁”，“槁”是“桥”字。朱维诰下，“风来佛佛香”，“佛”作“拂”。卷三十七：陈玉瑛下，“动伤意莫剖”，“动”作“恸”。厉志黼下，“全尝于冬夜访之”，“全”是“余”字。卷三十八：陆志道下，“相将风俗咏而归”，“俗”是“浴”字。卷三十九：本昼下，“不落大复以下”，“大复”是“大历”。宏修下，“宜兴陈巩卫玉”，“卫”是“衡”字。彬远下，“其书法不落诗蹊”，疑是“恒蹊”。卷四十：宝钿下，“虽然世上撇天伦”，“撇”疑当作“抛”。卢芝泉下，“字殁未”，疑当是“未字殁”也。

02－081　两浙辖轩录补遗

阮　元等

十卷。阮元、杨秉初等辑，《续修四库全书》第1684册，影印嘉庆刻本。

一、阮元“两浙辖轩录补遗序”（第509页）

予督学时所辑《两浙辖轩录》，既梓行矣，其间应录而未录者颇有之。惟以为疆吏之政，不复能从事于此。杨孝廉（秉初）等，各以所辑补者将刊板行之，就正于元。元翻阅之，诚能补前《录》之所阙佚。巨卿名士，本不以入《录》为重，而录诗者不可遗之；至如一介之士，或恃声律以自表见，与其删之，毋宁存之。故元于此补录者，较之前《录》，删汰为少也。嘉庆八年［癸亥，1803］夏，浙江巡抚扬州阮元序。［第1a页］［第509页］

则杰按：此序又载阮元《研经室集·二集》卷八（中华书局1993年5月第1版，上册第573—574页）；除删去末尾署款之外，其他文字亦略有出入。

二、“两浙辖轩录补遗凡例”（第510页）

一［一］　是编“补遗”，采辑诸家，一切规式悉照前《录》之例。

一［二］　诸家选本，虽经前集采入，然不免有遗。即如入《国朝别裁》《四库·存目》及名家选本之类，概行补入。

一［三］　诸家刻有专集，未入前《录》者，酌选补入。

一［四］　两科鸿博，未入前《录》者，搜访补入。

一［五］　名臣循吏，虽诗稿散佚，准“以人存诗”之例，搜访补入。

一[六] 诗关本事、可资文献者,搜访补入。

一[七] 闺秀、方外,仍照前例,酌选补入。

一[八] 辑补者,为杨书巢(秉初)、俞莲石(宝华)、潘初晴(学敏)、陈晴岩(传经)、汪东村(嘉谷)、华复堂(日南)、余心白(习);采有成帙、[第 1a 页]汇寄入选者,为袁陶轩(钧)、徐雪庐(熊飞)、朱椒堂(为弼)、陈曼生(鸿寿)、张秋水(鉴)、郑简香(勋)、杨芸墅(文荪)、施少峰(嵩)、蒋蒋村(炯)。[第 1b 页][第 510 页]

02－082　两浙𬨎轩续录

潘衍桐

五十四卷。潘衍桐辑，《续修四库全书》第 1685—1687 册，影印光绪十七年辛卯(1891)浙江书局刻本。（下录均见第 1685 册）

一、崧骏“两浙𬨎轩续录叙”（第 1 页）

同年潘峄琴学使，辑《两浙𬨎轩续录》成，示骏且索叙。因思学使是编，继阮文达公而作也。综其凡例，有足以抗衡曩哲而谦退不敢自居者，有不必尽绍前修而详密增于踵事者；盖过人之处，约有三难：夫文达公以鸿儒硕望，炉锤万物。昔有先正，轻拟为訾。故前《录》作者迄于乾隆之世，百余年来更待搜辑，而嗣响阒然；非必无意修明，谅亦知难而退。学使衔命来浙，虑诗教之废缺，下车伊始，即檄学官广为征集，今果遹观厥成。——其难一也。文达公生当平世，家富图书，综核万变，易为探颐；学使戾止，则偃戈未逾廿载，昆明之灰犹在，邺侯之架多虚，乃能录芳百氏、穷业五际，采风之任，心力尤劬。——其难二也。众妙方集，斯待别裁；折衷无所，多亦奚为？文达公前[第 1a 页]《录》，人系以传，本欲因诗存人；学使引申其义，专主阐扬忠节，表彰潜德，故是编所登，视前尤富，而于扬葩振采之中，寓匡扶名教之旨。虽学使抑然自下，犹以不无割爱，恐憾遗珠，然宗尚有归，应叹观止。——其难三也。合此三难，乃举事甫周两期，裒然成此巨帙；语其孤诣，斯曾子所谓“难者弗避，易者弗从”乎？语其盛美，斯欧阳公所谓“物必聚于所好，惟强有力者能得之”乎？是编一出，上则迪光前贤，下则兴起豪杰；知言之选，允矣斯人。更有进者：学使洸洸盛名，门盈桃李；轺车所至，浇俗顿移。异时出膺节钺、入掌丝纶，功业之盛，行与文达公后先辉映，纪武林旧事者且播为佳话，以光上庠，又不独是编之存，方轨文达公而不朽也。爰不辞固陋，敬为之叙。时光绪辛卯[十七年，1891]仲秋，叶赫崧骏撰。[第1b页][第1页]

二、潘衍桐"自叙"(第2页)

余于往春，有征诗之事，启布两浙，搜采群集；輶轩所至，最录实多。嗣是荐绅大夫、学官生徒，或取诸家刻，或拾其遗烬，投赠纷纭，写官络绎。未及期年，已逾万家。试事既毕，益并力于此。以六百日之久，集数十人之力，博收慎选，穷日至夜，迄于今兹，书乃告成。窃惟风雅大谊，所存綦重；《六月》诗序，致为儆心。当国家盛时，雍容揄扬，发挥文采，歌咏平世；先辈风流，及于百年。逮宗尚歧别，风会递变，各极心意，以企作者；虽雅诰丽字或未同，然览其遗篇，殆英隽之流乎？其簪缨泉石之彦、顺生赴死之伦，词各有肖，未能相强。懔乎輶轩之职，以观民风，百年之间，若遇一旦，其诸君子亦有取于是欤？书凡五十四卷，[第1a页]刻资六百万钱，兹事之成，实同年镇青抚部之力也。光绪十有七年[辛卯，1891]，星槎入牛斗日，南海潘衍桐书于缉雅堂。[第1b页][第2页]

三、潘衍桐"两浙輶轩续录凡例"(第2—5页)

一[一]　阮《录》断自顺治以来，迄乾隆朝。总集、专集，搜采殆遍。至于手钞珍闷，未登梨枣；幽遐之遗，在所不免。近年新出刻本，多有前此未见之书。是《录》起例，仍昉自国初，以次编辑，非谓拾其已唾，或亦补所未备。

一[二]　阮《录》"凡例"有云，"诗名甚盛，全稿已亡，仅得一二首者，皆待后人选[续]补"。是编初拟分列"补人""补诗"二目，重为搜辑；嗣以再登姓氏二书并见，眉目易淆，今定为已见阮《录》者即有遗珠，概从割爱，以为限断。

一[三] 诗主庄雅，不尚浮艳。其有表彰至行、匡扶名教之作，虽选词近质，亦备著于篇，借表敷教之心，庶协采风之旨。

一[四] 咸、同之际，经历篯难，文学之彦则因事书愤，志节之士[第1a页]则临难赋诗，拾其片玉，可维正气；有见必收，不限篇幅。

一[五] 是编谊主阐发幽光。名家巨集，流传众口；略采精华，足见宗尚。至若才丰遇啬，声采销沉；谷痔山臞，身名俱晦；著述即已授梓，犹恐行之不广，凡在此列，甄录从宽。

一[六] 两浙总集，以宋孔延之之《会稽掇英集》为最。如大历浙东唱和五十余人，录唐诗者或不能举其姓氏，深赖孔集获传于后。今兹网罗放失，是其职志；若绳以格律，必撷英华，事归选家，命意有别。《录》中正变并收，不分蹊径；幸勿以门户多歧，訾其总杂。

一[七] 是编得自搜岩剔穴，什居八九，多有出于各家专集之外。亦有诗见集中，别楮钞存，字句互异；絜取所长，不必尽依刻本。昔明初偶桓编元诗为《乾坤清气集》，曼硕、雁[第1b页][第2页]门诸大家皆有佚诗入选；其倪高士云林《斋居》六十言，同本集者仅十七字，《四库提要》极称其参校精善，去取不苟。辄遵此旨，以为确的。其间商斠，颇具苦心。

一[八] 阮《录》间有数县无入选者。我朝文治昌明，浙才为盛。十室之邑，亦闻弦诵。按部所至，加意访求，庶几兴起鼓舞，以扬休明。今兹所得，居然赅备。编综之余，斯为愉快。

一[九] 杭州驻防，历有年所。文风日上，歌咏间作。稽之前《录》，篇什阙如。特为访求，俾臻美备，殆亦《熙朝雅颂》遗意也。

一[十] 排次姓氏，略以科第为准，本非所安；若别为序列，更无良法。有如康熙、乾隆两朝，历年最久，坛坫尤盛，容有早成晚达；即在祖孙父子，不无以卑先尊，又况未必尽由[第2a页]此途。后先年辈一无凌躐，夫岂易言！所可详者，不敢不慎。

一[十一] 读诗不详事迹，亡以论世知人。每家名氏之后，备著里居出处，昉自元遗山《中州》之集。是编参考志乘传状，摘要书之。集中叙跋之属，大率足征生平学行，可得作诗派别；逮于师友赠答、名人纪述，能详轶事，堪助雅谈；不拘存殁，并为撷采。编校之隙，偶缀诗话，芳型如接，借抒余怀。

一[十二]　诗家名字，往往登科之记，异于谱牒；老成宦达，更其幼名。采访不由一手，题署间有参差。再三商斠，期无复沓。

一[十三]　各家专集，钱塘丁氏八千卷楼、归安陆氏皕宋楼，收藏最富；嘉兴陈桂庼（其荣），最其郡人诗集，亦多至一百余[第 2b 页]家；许我借钞，资以甄择，不烦一瓻之报，成此千腋之裘。它若永康胡观察（凤丹）之《金华诗续录》，黄岩王孝廉（棻）、王明经（维翰）之《台诗待访录》，东阳周孝廉（庠）之《东阳诗存》，武义何明经（德润）之《武川诗钞》，天台金生（文田）、齐生（毓川）之《国朝天台诗存》，临海叶生（书）之《临海诗录》，西安郑生（永禧）之《西安怀旧集》，皆因此役特成一书；嵊[县]吕生（锷），至专开书局，编集呈选，均宜标列，用志高谊。

一[十四]　阮《录》始于视学之年，刊于宣抚之日，首尾六载，易稿者三，参互考订而后成书，尚不能一无可议。是编倡始于往春，促成于兹夏，十有余月，次第上版。以今视昔，既时日悬殊，加之初稿未就，旋旋增删；订诗补传，兼研字句；丹墨交下，点窜时有；未造副本，遂付书人，乌焉鱼鲁，尤[第 3a 页]为难免。刊误匡谬，深望后贤。

一[十五]　是编综计四千七百九家，诗一万三千五百四十三首。准之阮《录》，所收较夥。然初存万家，芟薙及半。恐滥竽之有诮，或剩馥之尚多。以兹二事，弥用愧歉。

一[十六]　全编之首，列“姓氏韵编”；每卷之首，复列卷中姓氏，式如阮《录》。至驻防诸君，其受姓可考者略见名下，不能殚悉，只取本名首字按韵编入，以便寻求。

一[十七]　是编所采诸书，如青浦王昶《湖海诗传》，吴县吴翌凤《印须集》《怀旧集》，上海王庆勋《应求集》《同人诗录》，江都符葆森《国朝正雅集》，钱塘张应昌《国朝诗铎》，兰溪王尔纲《名家诗永》，仁和柴杰《浙人诗存》、高凤台《书画舫诗课》，宜黄黄秩模《柳絮集》，上虞许正绶《两浙校官诗录》，钱塘[第 3b 页][第 3 页]吴颢《杭郡诗初辑》、吴振棫《杭郡诗续辑》，丁申、丁丙《杭郡诗三辑》，钱塘汪远孙《清尊集》，嘉兴李富孙《鹤征录》《续录》，沈爱莲《梅里诗续辑》，平湖胡昌基《续槜里[李]诗系》，石门屈元爔《石门诗存》，仁和宋咸熙《桐溪诗述》，平湖李道悠《闻湖诗三钞》，归安郑佶《吴兴诗续录》、吴钟奇《吴兴诗三录》，鄞[县]全祖望《甬上耆旧续集》，慈溪尹元炜、冯本怀《溪上诗辑》《溪上遗闻集录》，萧山陈家騄《金薤集》、鲁燮元《永兴集》，上虞谢聘《上虞诗集》，诸暨郦滋德、郭肇《诸暨诗存》，余姚倪继宗《续姚江逸诗》、张廷枚《姚江诗存》，临海宋世荦《台诗三录》，黄岩王棻《黄岩集》，兰溪邓钟玉《兰溪诗辑》，江山王珏《须江诗谱》，上元宗源翰《严州诗录》，泰顺董斿《罗阳诗始》，缙云汤承烈《缙云诗征》，以上各书有刻本有写本，[第 4a 页]广搜慎取，必絜长短，衷于尤雅。录自何本，则祈省繁复，不复标注。

一[十八] 各府采辑，事有专属。嘉兴为海宁许壬伯（仁杰），湖州为归安丁月河（兆庆）、吴子常（钟奇），宁波为鄞[县]董觉轩（沛），绍兴为余姚施衡甫（继常）、会稽陶心云（濬宣），台州为黄岩王子庄（棻）、王筱林（维翰），金华为永康胡月樵（凤丹），温州为富阳朱少眉（寿保）、镇海郑啸云（一夔）、余杭褚敦伯（成炜）、钱塘吴祁甫（承志）。杭州地居省会，采辑者众；衢、严、处三府，家数较少，率由郡县学官先后汇送，及门诸子次第排纂，事无专属，不标姓名。

一[十九] 各学学官，如富阳学施教谕（启瑞）、平湖学许教谕（仁杰）、长兴学孙教谕（德祖），先行檄调，来省襄校。此外分任采[第 4b 页]访者，若杭州学陆教授（贡珍）、陈训导（锦藻），仁和学叶教谕（希迪）、朱训导（启淦），钱塘学叶教谕（金诏）、袁训导（震），海宁学陈学正（汉章），余杭学金训导（受鋆），临安学张教谕（家驷），於潜学俞教谕（斯瑁）、徐训导（福昌），嘉兴学王训导（震元），嘉善学林教谕（梦枬）、宓训导（鸿年），海盐学陈教谕（启元）、黄训导（以周），平湖学鲍训导(谦),湖州学樊教授(芝生),乌程学张训导(岱年),长兴学费训导(德宗),德清学陈教谕(嘉猷)、夏训导(恩纶),宁波学吴教授(敦)、查训导(亮采),慈溪学李教谕(中龢)、关训导(维震),定海学陆教谕(钟夔),会稽学王教谕(彦起)、洪训导(日澜),萧山学许教谕(大钧)、陈训导(锦荣),余姚学徐教谕(恩绶)、沈训导(颂清),上虞学童训导(章),台州学俞训导(棠),临海学蔡教谕(锡崑)、陆训[第5a页]导(鸿烈),兰溪学姚教谕(昉)、陈训导(容保),东阳学陶教谕(方琦)、屠训导(仿规),义乌学王教谕(徐庠)、陈训导(常夏),浦江学王教谕(仁)、任训导(骏),江山学俞教谕(凤翔)、叶训导(秉钧),严州学丁训导(乃昌),寿昌学朱教谕(凤毛)、杨训导(友声),瑞安学许训导(福桢),处州学王教授(启渠)、盛训导(传均),松阳学钮教谕(福安)、徐训导(士骈),龙泉学韩教谕(焜),庆元学沈训导(镜蓉),云和学任教谕(凤璋),前奉化学张训导(景云),前遂昌学黄教谕(蕃),前桐庐学高训导(鹏年),前寿昌学沈教谕(景修),凡六十余人。其它姓氏不及悉载,惟采录至数十家者登之。

一[二十] 本省同官,如满洲瓜尔佳中丞(崧骏)、番禺许方伯(应鑅)、善化唐兵备(树森)、仪征吴兵备(引孙)、上元宗观察(源瀚)、[第5b页][第4页]长洲彭观察(祖润)、绩溪胡太守(元洁)、贵[县]陈太守(璚)、上海刘太守(至喜)、阳湖吴太守(唐林)、湘乡傅太守(泽鸿)、长洲吴大令(念椿)、元和柳大令(商贤)、同县周大令(炳麟),咸助搜采,贶我实多。它省邮寄,则有常熟陆先生(懋宗)、茂名杨大理(颐)、东莞邓粮储(蓉镜)、番禺曹太守(秉濬)、宿迁王明经(为毅)、同县潘训导(福撰)。师友投赠,敬佩勿谖。

一[二十一] 本省士大夫之在京者,嘉兴钱侍郎(应溥)、乌程冯侍讲(文蔚)、鄞[县]陆编修(廷黻)、会稽王编修(继香)、黄岩杨侍御(晨)、桐庐袁户部(昶)、归安沈刑部(家本)、秀水金工部(蓉镜)、德清蔡助教(右年)、海宁查治中(光泰);其在外者,钱塘张中丞(曜)、归安姚方伯(觐元)、义乌朱侍御(一新)、萧山朱兵备(其煊)、秀水金观察(福曾)、钱塘许太守(善长)、海宁许刺史[第6a页](颂鼎)、安吉张鹾尹(行孚)、海宁查生(文清);其在籍者,瑞安孙学士(锵鸣)、孙太仆(衣言),会稽马编修(传煦),海宁吴检讨(浚宣),钱塘杨编修(文莹),海宁朱编修(福诜),余姚黄舍人(炳垕),临海葛兵部(咏裳),黄岩王刑部(咏霓),永康应廉访(宝时),山阴平观察(步青),海盐朱太守(丙寿),会稽徐太守(树兰),诸暨蔡大令(启盛),瑞安孙孝廉(诒让)、许孝廉(黼宸),慈溪冯孝廉(一梅),钱塘丁孝廉(立诚),山阴胡孝廉(道南),永康潘拔贡(树棠),海宁居明经(育馨),石门胡明经(镬),山阴陈生(陔)、茅生(立仁)、孙生(模),萧山王生(履咸)、沈生(祖燕、似嫌),诸暨孙生(廷翰)、傅生(振海)、郭生(荫萱),上虞朱生(赞汤)、谷生(肇寅)、许生(传霈),慈溪杨生(家骥)、童生(赓年),镇海方生(桂、崇年),奉化孙生(锵),象山陈生(汉章、得心)、王生[第6b页](子衮),钱塘许生(承绶)、程生(良驭)、凌生(赓飏)、鲍生(德麟)、吴生(宝坚)、丁生(立中),仁和严生(曾铨)、孙生(灏)、高生(尔夔),海宁查生(燕绪、济元),归安陆生(积昌)、许生(鑫)、沈生(唐)、严生(以盛)、孙生(志熊),长兴王生(承湛),黄岩喻生(长霖),兰溪汪生(朝铨),汤溪章生(萼衔),瑞安洪生(锦标),乐清黄生(鼎瑞),常山徐生(思谦),均为征访,采辑成帙。德清俞院长(樾),适来湖上精舍,相与讨论,多所是正。

一[二十二]　采辑初定,分别删存。杭州、湖州、宁波,则仁和谭仲修(献)主之;嘉兴,则仁和高白叔(云麟)主之;金华,则仁和许迈孙(增)主之;衢州、严州、温州、处州,则娄[县]杨古蕴(葆光)、吴[县]俞筱甫(廷瑛)主之。会稽孙彦清(德祖),既阅绍兴、台州二郡,复取全《录》一再斠订,载离寒暑,罔间昕夕。余乃甄择去[第7a页]留,反复商榷,求合体格,不敢惮烦。

一[二十三]　兹事创始,条绪棼如。钱塘杨春浦(振镐)、余姚施觐初(启瑞)、余杭孙补山(树义)、海宁许生(淮祥),参校排比,日不暇给。仁和严生(曾鉴),综编韵目,毋或舛漏。仁和张小云(大昌)、余杭孙生(树礼),亲督写官,兼雠样本。永新刘生(秉衡)、同县熊甥(炳堃),日在衙斋,检书录副。兄子(元杰),在粤采录参斠,邮寄质正。若简点众集,诸务咸理,则仁和高生(保康)也。夏初开雕,秋末断手,实赖群力,用溃于成。

一[二十四] 前刻征诗小启,附以凡例,与此首尾相贯;今并刊存,庶使览者互文见义。[第 7b 页][第 5 页]

四、潘衍桐"拟辑两浙辅轩续录征诗启"(第 6 页)

昔仪征相公视学浙江,倡始风雅,彰表幽隐;此邦诗人,咸就甄采,成《两浙辅轩录》四十卷、《补遗》十卷,甚巨观也。兵燹以后,版片无存。乃请诸中丞,合《两浙防护录》《两浙金石志》重付手民,欲以表前贤之盛心,资来学之多识。自惟菲质,屡辱恩知,夙夜循省,以不称为惧。使车所至,岁试一周,亦尝咨访文献,慨想曩轨;流览山川,兴思昔人。计前书之成,将近百载。其间才人雅彦,俊句名篇,或流诵海内,或藏灭岩壑;及时搜录,尚易成帙。矧咸、同之间,城邑沦陷;忠烈之士,不可胜计,尤当博征广辑,以存大节。此后来之责,亦使者之职也。窃不自揆,谬为貂续,于科试之始,略述己意,缀以例言,刊播远近,访求遗集,冀两浙鸿儒,敬恭桑梓,拾鸾片羽,折桂一枝,协成斯[第 1a 页]编,实所忻企云尔。斟定例言、条例如左。

一[一] 初编阮叙,题"嘉庆六年[辛酉,1801]"。是编所选,凡后阮刻出者,一律访求。或有在前而当时未获,及近日始见写本、刻本者,亦愿得之,以备补辑。

一[二] 其人已往,乃可论定;编中采列,不及时贤。

一[三] 征诗之举,意在阐幽。大家巨集,行世已久,其书易得,尚可购观;若山陬僻壤,传本甚稀,无论已刻未刻各稿本,均望搜录,庶归美备。

一[四] 吟风弄月,班诫不著于篇;语言文字,彼教引以为障。是编体例既依前《录》,闺秀、方外各集亦所兼收。

一[五] 应制诸作,体裁不同,兹选不复登录。

一[六] 两浙名流,百里相望。或居乡党,或官京朝,及筮仕它省[第1b页]者,见已分函奉请搜访。至各学师生,声气既同,见闻尤切,均望代为广采。

一[七] 各府藏书家,以及诸生,采辑所得,即缮副本送阅,随阅随选;其或无暇缮写,即用原本选过交还。均宜开列清单,就近由各学陆续封送,勿庸备具公牍。除严饬本署书吏人等,收发书籍毋得取费外,各学书斗,一律禁绝需索。

一[八] 是编裒辑,意欲赅博。海内藏书家,如有浙人诗集钞本、刻本,为世稀有者,均望惠寄,决无遗失。

一[九] 凡送诗者,于每人名下各系小传,所有名号里贯、科第官阶,并有无专集,已刻未刻,均须开载,幸勿舛误。

一[十] 署中见刻收书印记,写明某年月日收到某处交来某[第2a页]集几种几本,清列字号,以便选毕凭条领回原书。

一[十一] 编诗以时代为次,编定即难移易,故送诗宜定限期。凡杭、嘉、湖、宁、绍、衢、严七郡,送至本年腊尾为限;台、金、温、处四郡,送至明春二月为限。偻计岁暮科试告蒇,来年政隙,庶可编纂成书。

一[十二] 分任采访诸君名氏,书成之日,拟悉登诸篇,以期传播艺林,香名同饮。[第2b页][第6页]

02－083　两浙輶轩续录补遗

潘衍桐

六卷。潘衍桐辑,《续修四库全书》第1687册,影印光绪十七年辛卯(1891)浙江书局刻本。

一、潘衍桐"两浙輶轩续录补遗叙例"(第248页)

余以暇日复阅续来各集,得《补遗》六卷,知此邦之多才,喜诸子之同志。书既编定,并付削氏。有迫于时刻,不及选录者。零圭碎璧,遗落尚多。掇拾之功,且俟来哲。南海潘衍桐叙。

一[一]　采辑排次、履历小传,壹是规式悉如正编。

一[二]　《续录》成书,仅周寒暑。卷帙繁富,无待增补。乃有它省绵远,传闻较后,原稿郑重誊副纡期;春来三月,接续邮达。稽览时代,互有先后;随时录存,不适排比。画以二月之杪,后来篇什概入《补遗》。

一[三]　正编排次,其有未与科名,难定行辈,辗转参酌,悉归斯《录》。它若志乘无稽,姓氏不达,其言清斐,未忍愸置,间采一二,以表幽芳。[第1a页]

一[四]　各郡搜访,数逾万家。《续录》成书,恒虞漏略。爰取总集及所未定者,再为拣补。且有清门寒素,流播孤篇,名借诗存,诗删名佚者,但期无戾雅裁,不敢过为苛论。

一[五]　《补遗》编定,已届夏五。倘有续送,不及选登。

一[六]　方外、闺秀诸集,采访易周,悉存正编,不复补遗。

一[七]　阮《录》[之]《补遗》,未有"姓氏韵编";今属许壬伯(仁杰)特为补辑,刻入前书。是编姓氏,仍于卷首分韵,以归一律。

一［八］　协志补辑者，为孙彦清（德祖）、施覲初（启瑞）、杨春浦（振镐）、高龚甫（保康）、许子颂（溎祥）、孙和叔（树礼）、严镜陶（曾鉴），始终不倦，并成兹帙。余复加鉴别，订其字句；非云善本，或免大疵。［第1b页］［第248页］

【附录一】俞樾《春在堂诗编》卷十三《庚辛编·潘峄琴学使于署中筑一小亭，环植修竹，名曰此君亭。时方续辑〈两浙輶轩录〉，因绘〈此君亭选诗图〉，索余题诗》（《续修四库全书》第1551册，第503页）

曾闻古有采风使，采取风诗献天子。汉唐以后旷不修，昭代右文重有此。仪征文达来观风，收拾珊瑚归网中。排比略依科甲乙，征求已遍浙西东。茫茫坠绪无人继，欣见森然重起例。广文冷署奉官符，都讲高材献私议。驿使平添传送忙，戟门投递总诗囊。梅圣俞诗搜算袋，柳耆卿句觅垣墙。零珠坠玉搜罗众，诗律宽严常互用。果然人各以诗鸣，有时诗亦因人重。夜烛晨灯手一编，不辞辛苦费丹铅。觚编豪络五十卷，考献征文一百年。是时轺车行部毕，归到节堂多暇日。满院亲栽绿玉君，无边秀色侵诗帙。何来妙手擅传神？敬为先生一写真。修竹万竿诗万首，仪征而后此传人。我忝诂经主函丈，讲堂文达留遗像。（诂经精舍讲堂有阮文达公像，石刻嵌壁。）愿移君像配仪征，万古烟云同供养。

【附录二】俞樾《春在堂诗编》卷十三《庚辛编·潘峄琴学使前以〈此君亭选诗图〉索题，已为赋一诗；今又以〈辑雅堂校诗图〉索题，又为赋此》（第506—507页）

昔题"此君"图，我已尽厥旨。今披"辑雅"图，欲言反无以。惟念中兴来，二十余年矣。欲求上理登，必自文教始。文教之盛衰，转移在学使。安危将相外，尤宜注意此。江浙两行省，夙擅人文美。天子甚神圣，万几躬自理。妙简左右臣，往教东南士。公昔乙酉年，轺车临浙水。（乙酉［光绪十一年，1885］典试浙江。）今又奉简书，来将浙学视。按行十一郡，搜罗杞与梓。传授旧衣钵，培植新桃李。果然三年来，文风蔚然起。衡文有余力，采诗趁暇晷。李家锦囊中，梅家算袋里。长篇固足珍，短章亦可喜。觚络又豪编，昼夜不停指。裒然六十卷，罗列满棐几。下可示浙人，上可献天子。侧闻王祭酒，用意亦类是。续辑经解成，价贵三吴纸。（王益吾祭酒视学江苏，刻《皇清经解续编》。）皆于仪征后，殷殷仰而企。方今号治平，隐忧犹抱杞。鹿或铤于险，蜃或嘘为市。安得如公等，持节行万里？远探学海源，严立修途轨。文轸交中外，弦歌遍遐迩。岂惟文治兴，兼可兵端弭。中兴麟阁功，在此不在彼。吾言大非夸，可使国史纪。独惜金石志，编纂犹未已。（拟辑《两浙金石志》，未成。）文达之遗意，将无犹有俟？甲午[光绪二十年，1894]公再来，观成当可跋。

【附录三】俞樾《春在堂杂文·五编》卷六《倚红楼诗草序》（《续修四库全书》第 1550 册，第 585 页）

辛卯[光绪十七年，1891]初冬，学使者潘峄琴学士辑《两浙輶轩续录》剞劂告成，先寄示余于吴下。展而读之，于闺秀诗中见有潘云仙女史之诗，其集名《倚红楼草》；其所选五言诗四章，笔致秀逸而命意不凡，有《检书》一绝句云："夜半雪压庐，剪烛伴君读。愿读有用书，他年期报国。"此岂寻常闺阁中语欤？令人想见林下高风，而以未得读其全集为憾。乃未逾月，而女史之子葆谦，介其友人以《倚红楼诗》求序，始知"云仙"其号也，女史实名"淑正"，仁和潘君鹤龄之女，而上虞连君芳之室。《輶轩录》不载其为连君室，而又误以为上虞人，不知上虞者其夫氏所在，非母氏所在也。女史有句云："莼鲈风味好，时忆六桥中。"则其为仁和人，诗固有明证矣。女史幼承父训，长适名门。虽不永其年，而有令子能传其母之诗；其诗传，其人亦传，夭寿可不论也。余因书此于简端，备述女史名字里居，以告读女史诗者，且以订《輶轩录》之误；异时寓书峄琴学士，或附及之，当犹可改正也。

则杰按：此文所说“潘云仙”云云，《两浙輶轩续录》见于正编卷五十三最末（《续修四库全书》第1687册，第205页），未及改正。

【附录四】丁丙《松梦寮诗稿》卷五《题潘峄琴宗师（衍桐）〈缉雅堂校诗图〉》八首（《续修四库全书》第1559册，第467页）

彭朱毛陆厉汤查，四库荣收集八家。从此词源开浙派，采风翘首使君车。[其一]

仪征一代伟人尊，风雅惟求正始存。不论冠缨及韦布，品题声价振龙门。[其二]

版藏经阁比兰台，兵火摧残委草莱。（阮刊《輶轩录》版，旧藏杭州府学尊经阁上，咸丰辛酉[十一年，1861]毁于兵。）重削汗青辉血碧，论功继往复开来。[其三]

桂籍量才百十辈，芹庠撷秀万千人。天公别使开文运，又见朱衣点笔新。[其四]

渊微心迹一轮冰，忠爱缠绵寓劝惩。奚止群贤留小集？直扶间气佐中兴。[其五]

露筱风篁绕座隅，定香亭下静研朱。竹君子与莲君子，便是诗中主客图。[其六]

府厅州县志披寻，闻政谁知用意深？察吏安民即张本，更同文达节旄临。[其七]

临安文献继吴搜，风雨青灯只雁秋。多感珊瑚收巨网，诗篇长附姓名留。（《杭郡诗辑》《续辑》为吴氏所编，丙与先兄复为《三辑》，书未成而先兄已逝；兹蒙采录甚夥，尤所深幸。）[其八]

【附录五】王先谦《王先谦诗文集·虚受堂诗存》"辛卯(光绪十七年,1891)"《〈缉雅堂校诗图〉,为潘绎庈题(绎庈督学浙江,为续〈两浙輶轩录〉六十卷,以继阮文达,绘图寄题)》(岳麓书社2008年9月第1版,第566页)

采风税夙驾,入府罗尘编。虚堂心镜光,锱铢若衡悬。阮公既好事,吾子复蝉联。百年骚客魂,微命寄大贤。忆从赭寇扰,两浙失诵弦。金石变清商,缣素随飞烟。绝簪拾哀玉,杂花缀遗钿。用此心力勤,永结文字缘。輶轩典陈诗,今亡古则然。高情绍百代,壮观回千篇。乐职畅风化,文昌焕星躔。山光与湖渌,一倍增清妍。聊同会稽集(宋尤延之有《会稽掇英集》,最精博,故以为况),更广湖海传。披图献短什,愧我输先鞭。

【附录六】张杰龙《南海诗征》"清代"廖廷相《题潘学士〈缉雅堂校诗图〉》四首(岭南美术出版社2009年8月第1版,下册第274页)

仪征去后颂声寂,百载迢迢见此图。自是东南坛坫地,不教沧海有遗珠。[其一]

显德由来重采诗,軺车两度息陬时。雅材大小归珊网,珍重丹黄下笔迟。[其二]

佚事丛残比碎金,征文考献遍词林。平生风义知何在,试向毛公小序寻。[其三]

精鉴素推苏玉局,写生难得李龙眠。陈髯亦有填词制,争似琼瑶溢万篇?[其四]

【附录七】潘飞声《说剑堂集·香海集·家学士衍桐〈辑雅堂校诗图〉》(光绪二十四年戊戌[1898]仙城药洲刻本,第14b—15a页)

选楼两浙輶轩录,越百十年谁继躅?吾家学士驰星軺,玉尺评量万花谷。扬州不作大雅沦,几家遗集成灰尘?使君采风发潜德,搜百万卷重扶轮。竹垞诗后少真意,樊榭尖新已流弊。要追正始别三唐，尽扫淫哇符六义。张为主客夸薪传，辉映此图相后先。秀野草堂遗事在，衣冠应有拜灯前。

【附录八】梁鼎芬《节庵先生遗诗》卷三《题潘学士丈〈辑雅堂校诗图〉》（《清代诗文集汇编》第787册，第27—28页）

江山挺英奇，輶轩扇芬馥。嘉兹来轸遒，宛与前轨续。词人身不还，光气久愈伏。谁欤抉精密，惟公愿追逐。征诗朝发启，访书夕修牍。达者采庙廊，穷者至岩谷。远者来江海，近者追乡曲。厥数过万家，所得非一族。同堂丰俊秀，齐志觏耆宿。时代要先列，郡县复分属。不厌牛毛纷，那恤兔尖秃？初若挑散锦，久见笋成束。百体都骈罗，一事戒卑熟。孝子心温仁，忠臣韵清肃。文儒语详雅，才士词纷郁。聆音别治乱，取派任同独。所好无彼此，如花有兰菊。既订陶阴讹，不使乌焉复。功夫到八九，斟酌又五六。只字严吹毛，万象森在目。定例宽而慎，成书美且速。敻哉南海彦，撷此西湖玉。嗟我如飘蓬，客杭住深竹。何幸观盛事，且与溯芳躅。评论已近数，感叹肯忘夙？吾师训最早（自注：鼎芬七岁，执业丈弟潼商先生门下），少日学不笃。先生时未遇，季叔实从读。（自注：同治六年[丁卯，1867]，先君延丈授七叔父读。）我喜老父在，公又兄弟睦。年光二十过，世事千百覆。师门竟宿草，亲墓悲拱木。蹉跎负乌兔，踪迹已麋鹿。未镌同怀集（自注：先君及四叔父、七叔父皆有文集未镌），待补诗教录（自注：鼎芬五岁，先母日授《毛诗》数章）。回头真隔世，行脚走平陆。采风见贤者，念旧说经塾。论交忘辈行，感事杂歌哭。春草梦难断，冬松节须矗。讴吟知性情，搜访识风俗。精神极百年，收敛入尺幅。小雅未尽废，大道倘可卜。酒醒题君图，月斜挂林屋。

【附录九】徐绍桢《徐绍桢集·题潘绎庐学士〈缉雅堂校诗图〉二绝(一九三〇年三月二日)》(四川师范大学出版社 1991 年 6 月第 1 版,第 368 页)

锁院沉沉夜漏频,衣冠罗拜尽诗人。吉光片羽都留得,浙水东西万古春。[其一]

玉尺量才彼一时,承明旧事系人思。即今世界新文化,犹有温柔敦厚词。[其二]

(据《学寿堂庚午日记》)

清诗总集序跋汇编

3

朱则杰 编

凤凰出版社

02－084　浙西六家诗钞

吴应和等

六卷。吴应和、马沩等辑，道光七年丁亥(1827)紫微山馆刻本。(浙江大学图书馆藏)

一、吴应和"浙西六家诗钞序"(第1a—2b页)

昌黎非三代两汉之书不敢观，北地、信阳不读唐以后书。立论之严如此，故其制作不懈而及于古。然而文章风气，随时代递迁；志乎古而遗乎今，则源流升降之故不明，何由拟议以神其变化？此少陵所以"爱古人"而"不薄今人"也。昔渔洋山人欲选《古今二十五家诗》未成，予窃取其意而更定之——陈思王、陶靖节、谢康乐、鲍参军、谢宣城、庾开府、李供奉、杜工部、王右丞、韦苏州、白太傅、韩文公、李义山、苏长公、黄涪翁、陆放翁、元遗山、虞道园、高青丘、李[第1a页]空同、何大复、吴梅村、王渔洋、朱竹垞、查初白，为《古今二十五家诗选》，又有《汉魏诗选》《盛唐诗选》。少年用力于汉魏六朝、三唐两宋、元明之诗，多縻岁月。今老矣，懒于纂述。偶然兴之所发，编刻《浙西六家诗钞》，将必有诮予喜新厌旧，不免为习俗所移。而孰知予近日言诗，不复以时代为界限。上下千百年，穷极变态，变而不失乎性情之正，则皆可以感人而兴起于善。虽今人之诗，作《三百篇》读，有何不可？六家诗各自成家，樊榭[厉鹗]征君之清峭、海珊[严遂成]刺史[第1b页]之豪迈、谷原[王又曾]比部之沉静、萚石[钱载]宗伯之博大、随园[袁枚]太史之奇诡、谷人[吴锡麒]司成之工炼，皆足继朱、查，为世取法。独怪随园专尚才情而不师古，放浪亵狎，自命风流，数十年来学诗者争相揣摩，不得不严汰之，以求不悖于“无邪”之旨，斯可矣——是则辅翼诗教之微意也。至于吾郡钱、王两先达，有古人之性情而得古人诗之精诣，非浅识浮慕者所能窥测；表而出之，以见不侔乎同时诸家，直与古作者并有千古。若谓古今人不相及，而沾沾于千百年之上，[第 2a 页]执轨迹以为步趋，何异专己守残之说经者哉？道光七年，岁次丁亥[1827]，夏四月既望，海盐吴应和书于硖石紫微山馆。[第 2b 页]

二、吴应和“浙西六家诗钞凡例”(第 1a—2b 页)

［一］ 乾隆丁亥[三十二年，1767]，锡山刘氏执玉选刻康熙朝宋荔裳、施愚山、王阮亭、朱竹垞、赵秋谷、查初白诸先生之诗，为《国朝六家诗钞》，南北家数相等，审定精当，风行海内。予曾与查梅史妹婿欲同选乾隆朝诗为《续六家诗钞》，缘多浙江人，遂尔中辍。厉樊榭、严海珊、王谷原、钱萚石、袁简斋、吴谷人诸先生诗集，予皆向有评本，令子侄辈钞撮成帙，名《浙西六家诗钞》。仿[第 1a 页]钱塘龚氏翔麟《六家词选》之例，专取浙西，不以限于方隅为嫌。道光丁亥[七年，1827]，同志醵金刻之，距刘氏选刻之年一周甲子。百年以来，吾乡继朱、查而起，正不乏人，足征我朝人文之盛，远轶前代。

［二］ 阮亭先生《古诗选》品论诸家优劣，皆详在凡例。兹选六家，各附管见于每卷之首、小传之下，以发明作者宗旨；而抉择大意，亦已昭然于展卷之初。是以凡例不更赘一辞。[第 1b 页]

［三］ 选诗用评语，为读者豁心目、启途径，正不可少，何必托于大方，弃置勿用？惟是六家诗引僻书、述时事，各有双行小字注于诗下，抄录之时未及标出“自注”二字，似与新加评语相混。然评语只言诗品，未尝引书述事，更添注脚。间有笺释、议论，亦皆为诗而发，较原注之例迥然不同，读者易于分辨。独海珊咏史诗自有评语宣达诗意，概用“自评”二字以为识别。

［四］ 是编圈点去取，悉有所本，不敢全凭臆见。《樊榭集》，[第

2a 页]有蘀翁阅本。《海珊集》，有朱梓庐表叔阅本。《丁辛老屋集》，以蘀翁删改重刻本为主；借得故友戚余斋校勘原刻本，益见重刻本之善。同里吴樵史先生与王、钱两先生相交契，心知其得失；曾见阅本极精细，惜无评语。《蘀石斋集》，蘀翁孙一斋明经以老人自加圈点本示予，借得窥见樊篱；此外虽有吴谷人先生及家澹川兄选本，不复旁求参酌矣。至于《小仓山房》《有正味斋》两集，仅二三知己相商，草率从事。另列参订姓氏，以志将伯之助云。[第 2b 页]

【附录一】日本明治三十六年(光绪二十九年，1903)嵩山堂排印《评订浙西六家诗钞》卷首近藤元粹《序》(《历代地方诗文总集汇编》第 233 册，第 203—205 页)

赵云崧曰："盘空硬语，须有精思结撰。若徒挦撦奇字，诘曲其词，务为不可读，以骇人耳目，此非真警策也。"旨哉！言也。近世清人之诗，往往有如此弊，故云崧特警戒焉耳。顷日，浪华书估嵩山堂主人将翻刻《浙西六家诗钞》，来乞余批评而校订焉。余曰："浙西六家"诗中，有弊习殊甚者，则何必刻之乎？方今吾邦诗学大行，而世多嗜好清诗，称为新调以相夸。往时明诗弊习之行天下也，人皆争尸祝"江南四家""嘉隆七子"等之什；如唐宋诸大家之集，则束之高阁，甚焉则至于忌口唾骂如仇雠。今之尸祝"国朝六家""浙西六家"等之什者，无乃与此相类乎？夫《三百篇》邈矣，汉魏六朝亦不易摹仿焉。袁子才尝云："古风须学李、杜、韩、苏四大家，近体须学中、晚、宋、元诸名家。"此语可以为初学指南车也。余因谓清人之论已如此；今人一意学清诗，却不学清人所学，安得谓之善学者乎？虽然，清人之什，气骨崚嶒，激壮挺拔，亦非无一二可观者。博览该通，取长舍短，是学者所当为焉。则今日读"浙西六家"诗，亦不必为不可也，只不要弊习如云崧所论耳。近世菅、赖诸贤辈出，主张唐宋，以一洗明诗弊习。而当时已刻斯书，山阳翁亦尝有所批评焉。余于是仿颦，且杂引翁评，更布演之。其鄙意不善者，则驳击痛论，不遗余力，意盖在欲矫时弊也。数年之后，亦安知不与明诗弊习俱一洗哉？批评已毕，校订一过，弁一言于卷首，以与书估云。明治三十六年，癸卯[光绪二十九年，1903]，南州外史近藤元粹撰。

02-085　国朝杭郡诗辑

吴　颢等

三十二卷。吴颢辑，吴振棫重订，同治十三年甲戌(1874)钱塘丁氏刻本。(浙江大学图书馆藏)

一、吴颢"国朝杭郡诗辑序"及"例言"(第1a—2a页)

国朝诗辑夥颐；惟辑杭郡者，鲰生之鲜闻也。前人选诗，皆综括宇内诸家，以征宏富。《国朝诗别裁》选本，曾经钦定，亦合天下而言诗，故杭人之入选者少。且高宗御序在二十六年[乾隆辛巳，1761]，则此后数十年之诗，多未选录。今颢以杭人辑杭诗，窃谓旧选所遗及后来继起，皆有不可泯没者。用是仿《檇李诗系》《三台诗录》及《越风》《甬上集》之例，就吾杭一郡辑之，自国初以迄嘉庆，采四朝熙皞之风、一百五十余年之作，而且上及遗民，旁及闺秀、方外，兼录及于姓名未著、寄籍流寓之诗，凡得一千四百[第1a页]余人。其名家有集行世者，皆仅存一二，谓其无借此书；其名位未显、姓氏将湮者，不以寒士遗之；或后嗣式微，则勉为多刻，非偏有好憎也。搜集所本，除名家专集及《诗观》《别裁》所选外，有孙可堂以荣《湖墅诗钞》、赵笠亭时敏《郭西诗钞》、柴临川杰《浙人诗存》。又于朱朗斋文藻处，得二百余家，以增补所无。而同里先达梁山舟、叶古渠，同年叶绛岩、龚匏伯，又各汇交数十家，且各为酌定。其闺秀一门，则芷斋汪夫人以《国朝名媛集》见益，而璧池蔡夫人用朱墨择取之。书成非一人之力，特裒聚钞录之责，有不敢辞耳。既付梓，因述其略于简端。嘉庆五年，岁在庚申[1800]，春三月，钱塘吴颢退庵序。

例言附

汇录小书，不敢云“例”。惟是书之辑，存吾杭诗学之粗略，而[第1b页]作意尤重表微，故卿大夫与布衣同列。人以时序。先科第者，以有年份可稽；其无科目者，约以辈行之先后为次。但科第之先后易查，辈行则不能无误，阅者谅之。至所辑皆已往之人，亦《别裁》论定身后之旨。又邓汉仪谓诗忌应酬，以其肤袭好语，无有性情，亦不关学问；予此集则有所不免，特欲因以存其人。至此外名作鸿篇，不能广见，幸同志录稿贻我，以便续镌。颢又识。[第2a页]

【附录一】法式善《陶庐杂录》卷三（中华书局1959年12月第1版，第88页，原标第六十七则）

《杭郡诗辑》十六卷，吴颢编其郡人之诗。自黄机起，凡一千四百余人。刻于嘉庆五年[庚申，1800]。卷一顺治年间有科目者，卷二顺治年间无科目者，卷三康熙三十年[辛未，1691]以前有科目者，卷四康熙三十年[辛未，1691]以前无科目者，卷五康熙六十年[辛丑，1721]以前有科目者，卷六康熙六十年[辛丑，1721]以前无科目者，卷七雍正年有科目者，卷八雍正年无科目、没乾隆二十年[乙亥，1755]以前者，卷九乾隆十五年[庚午，1750]以前有科目者，卷十乾隆二十年[乙亥，1755]以前无科目者，卷十一乾隆十五年[庚午，1750]以后有科目者，卷十二乾隆四十年[乙未，1775]以前无科目者，卷十三乾隆四十年[乙未，1775]以后无科目者，暨时代无可稽者附之，卷十四无名氏、遗民、流寓，卷十五闺秀，卷十六方外。其自序云：名家有集行世，仅存一二；其名位未显、姓氏将湮，或后嗣式微，则勉为多收。所采除专集及《诗观》《别裁》外，有孙以荣《湖墅诗钞》、赵时敏《郭西诗钞》、柴杰《浙人诗存》。又于朱文藻处得二百余家，而同里梁山舟、叶古渠，同年叶绛岩、龚匏伯各汇交数十家。闺秀一门，芷斋汪夫人所集，璧池蔡夫人加朱墨者。盖以诗存人之意，多非断断讲求声律者比。

则杰按：此条所述，当为《国朝杭郡诗辑》吴颢原本情况，参见《国朝杭郡诗续辑》吴振棫序言。

02-086 国朝杭郡诗续辑

吴振棫

四十六卷。吴振棫辑，光绪二年丙子（1876）钱塘丁氏刻本。（浙江大学图书馆藏）

一、吴振棫“序”（第 1a—b 页）

《杭郡诗辑》十六卷，先大父退庵公刊于嘉庆庚申[五年，1800]。越二十年，而毁于火。又十年庚寅[道光十年，1830]，棫居忧里门，得旧印本，重加纂录，厘为三十二卷。伏念顺、康以来，原辑间有脱漏。先大父尝为续辑，而未及成书。自庚申[嘉庆五年，1800]去今，逾三十年，名卿耆宿、魁儒俊流，飘忽徂谢，不可计数。遂复搜罗编次，得一千七百五十八人，为《续辑》四十六卷。凡原辑、《续辑》，所录之人有可考见，辄为缀叙。或采自杂家，或征之闻见。碎事脞言，亦加捃拾。其或未详，姑阙以俟。贯履间与他书参差，亦详著焉。草稿既定，补官北行，遂以属之汪君小米（远孙）。小米敦崇道谊，耽味骚雅；素尚既洽，赞助是勤；削板未毕，遽闻噩耗。嗟哉！生平丧此良友。哲弟又村（适孙）继任厥事，用底于成小米之志，棫之幸也。参校疑误，实赖多贤。至于抽掇沦逸，增益未备，虽至羸疾，自力忘[第 1a 页]倦，则黄君芗泉（士珣）之劳，蔑以加之。或曰兰艾兼采，珉玉并贵，持择之道，得毋戾乎？棫谓品骘良楛，责在宗匠。以诗存人，务广甄录，则先大父显微阐幽之旨，于焉斯在。小子愚瞀，不敢异同。若夫芜滥之病，又何辞焉？钱塘吴振棫毅父氏序。[第 1b 页]

则杰按：此序又载吴振棫《花宜馆文略》（《晚清四部丛刊》第五编第 104 册，第 5—6 页），标题即作《国朝杭郡诗续辑序》；

除删去末尾署款之外，其他文字相同。

【附录一】汪远孙《清尊集》卷十四黄士珣《仲耘辑诗图序》（道光十九年己亥[1839]钱塘振绮堂刻本，第 1a—b 页）

吾郡地有湖山之美，星分牛斗之光。巘冕所兴，风雅斯萃。在昔南屏标“八社”之目，西泠著“十子”之称。自是以还，代有作者。退庵吴先生，溯元声于华始，采奇律于归昌。力任铨排，义均潜耀。揽百花而为带，统大魁而成笙。刊《杭郡诗辑》一十六卷，盛世之音璨乎备矣。卅年成世，作述相承。其文孙吾友仲耘，起而继之。领振裘茸，迹求履完。珊瑚万树，入网而争荣；矞云五采，聚霄而弥曜。左右供其采获，前后合为辉光。祖德斯传，絲绳有续。此《辑诗图》之所为作也。今夫黄妳不灵，青灯徒老。空谷之兰既委，丰城之剑同埋。而使向尽之云，孤影不灭；已失之鹤，蜕翮犹留。此固义在阐幽，功同收暴。至于盛名鼎鼎、大集洸洸，窥到一斑，即同全豹；登其只羽，如曜长离。非惟丰藻兼呈，抑亦大文益著者也。嗟乎！廊庙勋名，待传人而乃显；江湖寒瘦，得知己以尤难。而仲耘上懋先基，克光来牒。岩有剔干，渊无辍澜。班孟坚续父之书、吴师道敬乡之录，合之两美，自有千秋。今者卿月方升，使星载出。去襜帷而行部，持英簜以观风。采康衢耕凿之谣，纂绝代輶轩之语。民咸食德，政乃大和。将见南丰瓣香，祝来户户；放翁团扇，画到家家，此图即为之嚆矢已。

【附录二】汪远孙《清尊集》卷十四胡敬等《题仲耘〈辑诗图〉》（第 1b—4a 页）

［一］ 胡敬

吾乡遗老慨抟沙，重与扶轮待子华。述祖遍征佳著作，课儿闲理旧生涯。砚田付托经三代，花萼联翩聚一家。惭愧月泉同社客，欲搜唐彦愿成赊。[其一]

莫作风云月露看，泪珠多少此中弹。传因纪事探幽遍，诗为存人割爱难。主客不须图强别，江湖真已集全刊。一灯如雪篇如海，想见披吟到夜阑。[其二]

隐晦名寻岛与郊，半甄剞劂半传钞。吴歈自昔原成俗，浙派何人敢作嘲？手定又绵先世泽，心知无过故乡交。愿君察吏还同此，弃取分明见莫淆。[其三]

西泠才调若为俦，东里风流幸未休。八百孤寒泉下慰，三千词赋箧中收。漫将河岳英灵比，总在枌榆里社求。传爱瓣香心一缕，清芬从此卷长留。[其四]

则杰按：此组诗歌又载胡敬《崇雅堂诗钞》卷九(《续修四库全书》第1494册，第232—233页)，标题作《题吴仲耘〈辑诗图〉》，正文仅其一最末添有自注："时余辑《唐人科目记》，未成。"

[二] 钱师曾

暂得闲身与宦离，归来肯负旧心期？重开箧衍珍珠网，掩尽东南幼妇词。有志竟尝贻砚望，含毫犹忆课孙时。三间纸阁收风雅，坛坫家声再主持。[其一]

珠玉苍凉前集存，卅年词客又星奔。诗牌几处逢僧舍，遗稿谁家抱后昆？长日怀芬仰文献，朅来感旧满琴尊。幽光取次留天地，慰尽沉冥宿草魂。[其二]

[三] 夏之盛

采诗如采珠，珍搜纇可弃。辑诗如辑玉，璞献璧群致。吴越况诗薮，夙昔菁华萃。与我祖游者，十不存一二。与我父游者，十不存三四。儿时唱酬侣，半隔重泉地。坛坫废东南，人琴凄梦寐。吉光片羽留，珍惜意弥挚。屋梁落月情，彼此感不置。我莫赞君勤，君先得我志。独念君宏才，非徒诗是寄。飏拜慕皋夔，鸣盛和声试。胡独念郊岛，寒瘦一例识？盟肯车笠渝，臭岂苔岑异？君是盛德人，应多盛德事。披图感君情，展卷识君意。悲风萧然来，使我心长悸。

多少古吟魂，一一呼欲至。人生有百年，立言原易易。但恨不逢公，幽光千载閟。

［四］ 汪远孙

西泠风雅百年乖，十子才华亦等侪。扫尽浮辞归正始，论功第一是西厓。［其一］

杭厉觥觥号两雄，晚年过岭集尤工。浙西诗派分明在，底事偏遗堇浦翁？（近海昌吴榕园选《浙西六家诗》，有厉无杭。）［其二］

别拓诗城张一军，随园才调自超群。生谀死谤寻常事，后世终须有子云。［其三］

漫将书法掩诗名，学士篇章冰雪清。经史传家留别集，文人从此莫相轻。（外伯祖谏庵先生著《史记志疑》，外祖夬庵先生著《左通》，并能诗，有集。）［其四］

君家祭酒承平调，神味居然逼杜陵。不似中州何李辈，描头画角自矜能。（翁覃溪先生谓谷人祭酒诗最深于杜，非貌似也。）［其五］

曾从末座仰灵光，八十词仙发未苍。老去文通才不尽，吟坛犹自气飞扬。（仲雅先生自湘潭解组归，"东轩诗社"推为祭酒。）［其六］

燕语蛩声亦性情，潜园妙语本天成。真州作牧扬州死，可惜匆匆过一生。（"春气渐深宜燕语，秋心先得是蛩声"，琴坞论诗句也。）［其七］

青湖朱老有薪传，格调先教伪体删。放浪江湖悲短李（西斋），空将面目认庐山。［其八］

诗学传家绝世无，一门师友鲤庭趋。栾城他日刊成集，定把才名压大苏。［其九］

大集云篇萃雅材，祖庭旧日选楼开。而今绳武重编辑，多少吟魂入梦来。［其十］

则杰按：此组诗歌又载汪远孙《借闲生诗》卷二（《续修四库

全书》第1519册，第684页)，标题及正文文字相同。

【附录三】程恩泽《程侍郎遗集》卷三《吴仲容〈选诗图〉》(《丛书集成初编》第2212册，第62—63页)

吴君行政若琢句，果力精心不旁骛。吴君选句若选才，广甄约取能别裁。翰林主人贤太守，永叔荷花柳州柳。九重温语慰循良，万室弦歌动星斗。簿书如山磨不磷，玉壶秋水凝吾神。三生结习爱佳什，批风判月书白云。书堂夜静高呼啸，都是越侬庄舄调。一家选手续丹黄，十万诗魂向君笑。人夸浙派君不应，人訾浙派君不凭。破除门户还风雅，知君是有心秤者。

则杰按：吴振棫号仲云，或因音近而作“仲耘”“仲畇”，也作“仲容”。杨钟羲《雪桥诗话》卷十说：“程春海题其《选诗图》云：‘人夸浙派君不应，人訾浙派君不凭。破除门户还风雅，知君是有心秤者。’谓仲云所续乃祖退庵《杭郡诗辑》也。”(北京古籍出版社1989年12月第1版，第494页)

【附录四】梅曾亮《柏枧山房诗文集·诗集》卷八《题吴仲云〈辑诗图〉》(上海古籍出版社2005年12月第1版，第606页)

先生昔作湖山主，补葺乡诗继诗祖。江湖台阁岂区分，不薄今人如爱古。钱塘八月银涛堆，雪后孤山梅半开。英声秀色谁收取，都向花南砚北来。

【附录五】祁寯藻《祁寯藻集·诗词·䜱䜲亭集》卷十九《题吴仲畇(振棫)同年〈花宜馆辑诗图〉》四首(三晋出版社2011年2月第1版，第2册第157页)

左史才名冠里闾，西泠风雅溯权舆。翩翩谁似吴公子，历历能谈越绝书。诗卷五朝耆旧在，砚田三世典型余。定知点笔桐阴下，门巷时停长者车。[其一]

要使輶轩备土风，非关华藻斗雕虫。孟坚家学承西汉，后郑诗笺付小同。鼓铸总归欧冶术，精英不废刮摩工。却将绘日摹天手，一掣鲸鱼碧海中。[其二]

黄尘乌帽几人闲，大儿明窗坐掩关。万里归来湖草绿，三春送尽鬓毛斑。马卿游倦偏多感，谢艾文繁不可删。解识秋兰纫佩意，女婴山鬼破愁颜。[其三]

城南韦杜数追寻，慷慨论文惬素心。五马一麾才卓越，十年重见气深沉。思归我已如汾水，感旧君方忆越吟。莫便掉头沧海去，松云高处有薰琴。[其四]

【附录六】邵懿辰《半岩庐遗诗》卷上《题吴仲云先生〈辑诗图〉》（《清代诗文集汇编》第 635 册，第 306 页）

今古诗人一丘貉，好音过耳良可哀。丈夫雄豪贵特起，往参大雅之群材。黑黄苍赤有本质，天妙欲自人间来。谁云流风日绮丽？柴桑一出元音回。子昂太白未高蹈，刻镂锦彩几穷哉。试将苏陆杂两宋，屹如巨人俯童孩。砉然九奏洞庭乐，世间百蛰喧春雷。吾浙朱查衍诗派，太鸿而下成陪台。尔来阒绝又几时，湖山气象皆低摧。方伯勤勤搜国秀，古贤早已归镕裁。独持北斗向斟酌，一空万马区龙骀。不使清词失传讽，更遣坠句扬幽埋。览观作者百年内，风雨变灭须臾才。文章传世岂足恃？喟然物外穷胚胎。名成扬马亦安用？公作霖雨休徘徊。他日相逢一尊酒，锦囊坐对西湖开。

02－087　国朝杭郡诗三辑

丁　申等

一百卷。丁申、丁丙辑，光绪十九年癸巳(1893)刻本。(浙江大学图书馆藏)

一、吴庆坻“序”(第1a—2a页)

总集之兴，肇于《文章流别》，而盛于萧《选》。其裒一郡一县之文若诗都为一集，见于隋、唐《志》者，未可更仆数。将以征考文献，兴起后学，非独猎文词之美而已。往者先高祖学博君，尝辑《杭郡诗》，上自国初，下逮嘉庆，刊成于庚申[嘉庆五年，1800]之岁。越三十年，先大父更为《杭郡诗续辑》，益网罗旧闻，人系以传，载其行事及他所著录，刊成于道光甲午[十四年，1834]之岁，距今甲子将一周矣。而同里丁丈竹舟、松生两先生，复有《杭郡诗三辑》之选。两先生劬学嗜古，中更兵燹，奋然以抱遗订坠为志。既取《诗辑》《续辑》复刻之，乃博采道光以来之诗，而前百余年为旧所未采者并补录焉。庚[庚申，咸丰十年，1860]、辛[辛酉，咸丰十一年，1861]之难，抗节者众，别为四卷，以阐潜德。八旗驻防，历二百年，人文炳然，甄采所作，以彰[第1a页]国家教养培育之厚。人系以传，一如前例。左采而右获，晨钞而暝写，盖二十年而始成。於戏！勤矣。吾乡承国初诸老之遗风，当乾、嘉盛时，民物繁富，士大夫多敦尚道谊，扢扬骚雅。道光之初，风流未坠。汪氏“东轩吟社”，份份称盛焉。亡几何时，而耆硕凋落，东南寇乱起矣。省城再陷，人民孑遗。戡定以来，载苏载息，而故家文物，零替略尽。名贤俊流，至有求只字不得；叩其子姓，亦茫无知者。一灯风雨，俯仰今昔，往往颓叹累息而不得已。后有作者，爬罗掇拾于臭蠹之余，事诚有所不容已。彦和有言："百龄景徂，千载心在。"将非数千百人之精魂，托以不泯者耶？若夫诗之为道，与学浅深；良楛杂糅，其失也滥。则以诗存人，先大父尝言之。采录行事，有褒而无讥，亦厚之道也。比者吾郡有修志之役，前言往行，求他[第1b页]书不得，必于是乎取资。矧夫绝续之际，用力弥专，托志弥远者耶？两先生友爱笃挚，邕邕一室；里中利济之举，为之而不怠。《三辑》脱稿，甫授椠人，竹舟先生遽殁。逾期而告蒇。庆坻与两先生文字定交，既内愧不克绍先世旧业，犹幸是编之成，为乡里文献所系。而循览卷帙，乃动山阳邻笛之感。会将北行，泚笔叙之。质之松生先生，其亦有楸然以悲者乎。光绪十四年戊子[1888]孟冬之月，钱塘吴庆坻敬彊氏序。[第2a页]

02－088　郭西诗选

赵时敏

四卷。赵时敏辑，周膺、章辉点校，浙江工商大学出版社 2013 年 6 月第 1 版。

一、齐召南“序”（第 1 页）

钱塘佳丽，多诗人。其爱清净而寡交游者，半居吴山西南麓。林壑峥泓幽邃，俗客罕来。虽同在一城，杳若别墅遥村，与市廛嚣尘迥隔。诗人风格亦然。此赵生时敏所以有“郭西集选”也。诗本文章中一体，然原本情性，发为咏歌；兴趣所存，天机呈露，随才力深浅、际遇苦乐，皆可以自见，较他文为最真。选中六十五家，或仕或隐，皆生长光天化日之中，饱饫山水滋味，诗稿颇繁。今则殁者稿已化为云烟；存者老寿食贫，不能付诸剞劂。若非赵生好事，遍掌录于邻里友朋、残书败壁中，安能片词只字，存十一于千百乎哉？唐人自选有数种，唯元次山《箧中集》专采开元间遗佚数人，其姓氏篇章至今犹在人耳目，赵生其亦闻道州之风而兴起者欤？乾隆戊寅［二十三年，1758］重阳节，天台息园齐召南书于万松冈。［第 1 页］

则杰按：此序齐召南《宝纶堂文钞》（《续修四库全书》第 1428 册）未载。

二、赵时敏“凡例”（第 3—4 页）

〔一〕　聂心汤《钱塘县志》载，吴山、万松岭俱属城西隅。今集中所刊，城内自吴山至涌金门，城外自万松岭至涌金水门，统名曰“郭西”，宗聂氏万历己酉［三十七年，1609］旧志。

〔二〕 是编专为搜访遗逸,故布衣、诸生十居八九。其已仕而物故者,亦得收其遗集,以光是《选》。

〔三〕 里中流寓最多,今取其久居者三四人附载卷帙,窃比于郡邑志兼收流寓之例。至里中耆宿,全稿未刊者亦皆入选。若年犹壮盛,进而未止,自有专集,概不敢登。

〔四〕 吾里向多火患,书籍大半为六丁攫去,固有全稿湮没只存一二首者。间从他处搜得,虽非全璧,亦不敢以少见遗。

〔五〕 是集本以年齿为序;其已刊之后,续收付刻者,不无先后失次。[第3页]

〔六〕 是编卷帙无多,仿《箧衍》《诗持》等集,只载诸家姓氏、著述,阅者勿嫌其简。

〔七〕 是集搜辑两载,始得六十余家。其有见遗者,或片纸不存,或后人远出,非访求之不力也,识者鉴之。[第4页]

三、朱彭"跋"(第151页)

昔徐丈紫山卧疴湖湾,辑《清波小志》以资谈柄,而城中逸事尚多湮没。于是墨樵先生暨予柳亭夫子,搜隐剔幽,荟撮盈帙,别其名曰《类志》,亦乡里之文献也。迨江声观察归里,增撰《吴山志》二十卷,纪载始备。然三志所列艺文,率备考证,其余遗集无关志乘者未免阙如。吾友赵君笠亭,访残简于蟫窝鼠穴中,两易寒暑,裒然成集,因手一编以示予。予曰:予初从诸耆旧后得闻绪论,窃欲采一郡之全汇为一帙,愿丰力啬,迄无所成。笠亭专事一隅,遂先我告竣。然则继前辈而有功斯里者,其在是集乎?吾愿读是集者,合三志而尚论焉。取其生平,以证其诗;俾集中诸人,借以不朽,是则赵君编诗之旨也。至若推广焉,希风于陈伯玑之《国雅》,行将与吾友共勉之。乾隆己卯[二十四年,1759]春仲,青湖朱彭跋。[第151页]

四、赵时敏"跋"(第153页)

曩余弱冠时，侍家湖友伯，访紫山徐丈于黄雪山房，论及郭西诗学。自国朝以来，唯稚黄毛先生得衍陈黄门遗派，为里中诗学之祖。一时东琪、岱观诸先生迭相唱和，诗浸以盛。惜其间传者无几，遗者甚多。即稚黄先生尚有未刊遗集，何论其他？因相顾喟然曰："诗之传不传，人也，亦天也。顾辑而存之，是后起者之责耳。"余敬志之不忘。今徐丈墓木已拱，伯父亦相继徂谢；追念前言，益增惋惜。因于丁丑[乾隆二十二年，1757]春，辑里中先辈遗稿并耆老近作，录请息园齐老夫子选定。迄戊寅[乾隆二十三年，1758]冬告竣，得六十五家，为诗四百一十九首。亟付诸梓，用以践紫山丈、湖友伯曩昔之言，并使诸君子借以不泯，是则余之志也夫。至大雅鼓吹，非一隅可限；推广以集其成，容俟诸续举云。乾隆己卯[二十四年，1759]暮春望后一日，钱塘赵时敏书于双砚草堂。[第153页]

则杰按：此跋有点校者"校勘记"："'四百一十九首'底本误作'四百一十八首'。"

【附录一】吴颢、吴振棫《国朝杭郡诗辑》卷二十八"赵时敏"条(同治十三年甲戌[1874]钱塘丁氏刻本，第24a—b页)

赵时敏，字立廷，号笠亭，钱塘诸生，有《竹园山房吟草》。

退庵氏曰：笠亭笃学博闻，辑《葩经多识》一书。又采国初以来吾里诗人之居西城者为《郭西诗选》四卷，足备搜讨。

02－089　湖墅诗钞

孙以荣

八卷。孙以荣辑，光绪五年己卯(1879)钱塘王氏刻《湖墅丛书》本。(浙江图书馆藏)

一、赵金简"湖墅诗钞小序"(第1a—b页)

忆余壮时，即次石经屋，与此间士夫吟觞往复。忽忽三十年，纸墨皆成陈迹矣。宿雨晨星，寥落不堪追溯。每访旧交，老苍特甚，幸犹有可与言者。今昔风流，大都如是耳。今年初夏，有父杖子随，手挟一编来谒者，湖墅耆儒孙子可堂也。坐而叩之，善于说诗。发其编辑，载湖墅百年来诗人甚悉。夫天下大矣，杭其小者也；杭大矣，湖墅其小者也。即小见大，若歉然于识小焉，其稽古而有得者欤？抑亦将穷经暮齿，表彰德华者欤？窃念沐浴清化，[第1a页]咏歌太平，吾党乐心之事也，况乎谊美在三、节敦从一者欤？固宜刻金石不朽矣。无以存没言哀而不足于乐，无以儒门贫窭而有累于心，是则仆赠言之厚意也夫。乾隆三十一年丙戌[1766]四月下浣，书于古杭之石经屋，鉴鸠老人赵金简。[第1b页]

二、沈如焞"序"(第2a—3a页)

余友可堂孙君，北墅名士也。雅擅才华，思敏笔健。甲寅[雍正十二年，1734]春，可堂以十三艺受知于西江帅兰皋学使，大加称誉，面谕五经；入闱定掇高魁，讵今犹困场屋！上年乡试，瑞安任宁坡明府，以名进士分校浙闱，获可堂佳卷，力荐不第，惜哉！迩年余妹丈陈帝舟延请西宾，训迪二甥。余时往北郭，与可堂剧谈终日。视案头罗列湖墅诗稿，稔知受根亭沈先生临终之托，急思践诺，因多方求索。如方舟，家湖墅，工诗，侨寓金陵，归愚宗伯以谱谊契厚；客夏托袁君简斋札向吴门宗伯处，觅见方舟遗稿，归愚云[第 2a 页]"此盛德事"，贻札相答。可堂广搜前辈名作之苦心，亦甚劳矣。杭君堇浦，先君门下士也，辑《武林耆旧诗集》，而可堂适有《湖墅诗钞》。其间半皆忠孝节义之发抒，非骋风花雪月之吟咏；有关名教，动人跂思，岂浅鲜哉？凡诗八卷，骚坛固多誉望，绮阁亦载篇章，以见省会人物之盛、西湖钟毓之奇，美秀甲于它郡，由来久矣。雕竣，可堂书来问序。予病后余生，笔砚久废，自愧无能；第予伯叔久居湖墅，先君假馆高介石太业师家几三十年，集中皆大概亲故，而又素知可堂祖父昆弟皆以诗名，子女亦[第 2b 页]俱工诗，家学有源，岂不足称一门盛事也哉？乾隆丙戌[三十一年，1766]谷雨日，同学老弟溉翁沈如焞谨序，时年八十。[第 3a 页]

三、孙以荣"自叙"(第 4a—5a 页)

余素不长于诗。回思曩者偕诸弟侍父侧，偕诸友立师门，均未讲于声韵之学，恐不专于举业故也。今且老矣，学愈荒落，况敢辑录前辈名贤之作而妄言去取乎？然闻之父曰："某某，吾家之世交也，工于诗。"闻之师曰："某某，里中之宿学也，工于诗。其瘁一生精力，陶古铸今，卓然成家；第未登剞劂，而湮没不彰者，良可痛念。"余谨志之不忘。迨家由半道红迁锦里，交游尽湖墅。其中望衡对宇，白发萧萧，卖卜垂帘，酷嗜吟咏，则有根亭沈先生，茕[第 4a 页]独一身，年七十一，方受知于邓东长文宗。越五年疾作；当垂危时，余候之，凄凉卧榻，手出诗稿一编，叩首枕上，洒泪嘱余曰："为我刻之。"余应云："有力定当如命。"言虽若此，此心窃许之矣。讵意二十余年，余竟穷愁以老。先人窀穸、儿女婚嫁毕，旧约思酬，独此为未了事，冥冥中恐负所托。商之老友文江与诸同学，选根亭集中古风、近体、绝句各一。特虑吉光片羽难于久传，刻犹不刻也；回思曩者父、师所云诸前辈暨同人作，购索汇集，爰命季子文爔校订付梓，颜之曰《湖墅诗钞》。[第 4b 页]乾隆乙酉[三十年，1765]春月，仁和孙以荣序于步瀛书塾。[第 5a 页]

范晨晓按：据“自叙”，此集乃孙以荣辑，其“季子文爔”则仅为“校订”。《中国丛书综录》作“孙文爔辑”（上海古籍出版社1986 年 2 月第 1 版，第 1 册第 877 页），误。

四、孙以荣“凡例”（第 6a—b 页）

[一] 是集为根亭先生起见，搜辑仅西湖之墅。以力绵，故集隘。

[二] 集以伦纪为重。凡里中忠孝节义，见闻所及，有诗必录。孝子忠臣，如草营巷李中华昆仲，左家桥虞鈖，北新关徐德延，归锦桥南许昭远夫妇、卢必升，桥北夏诚、邬象鼎诸公外，里居不获悉载。

[三] 以诗体分卷，每卷以时之先后编次。或名下序世系，序事实；未经详考，不获悉序。[第 6a 页]

[四] 已发仅详科分，未发有待者不注。

[五] 有集刊刻者不录，录亦偶尔。

[六] 凡迁去湖墅、移来湖墅，采择及之。或流寓于此，诗佳亦录。

[七] 里中知名之士，犹易溯源及流，注从简。闺秀，有知者，有未及知者，注加详。[第 6b 页]

五、张培“跋”（第 1a 页）

可堂表舅氏之外祖，与培之外祖亲支也。昔外祖之五世祖霁峰公（锐，字惟一，嘉靖乙卯[三十四年，1555]举人，《钱塘志》载“居乡谨厚”）为诸生时，督学阮忠定、中丞胡宗宪皆以两浙人才屈指第一。且一子七孙，而孙之游庠者六；独似木公与伯兄洵美、仲兄正甫，一门鼎峙，艺林啧啧曰“三钟”。讵知书香接续，篇章尽毁。《湖墅诗

钞》虽为根亭先生发端，实则有感于是而梓。前贤佳什，庶几其不朽欤。愚表甥蓉沚张培拜跋。[第 1a 页]

【附录一】吴颢、吴振棫《国朝杭郡诗辑》卷二十三"孙以荣"条（同治十三年甲戌[1874]钱塘丁氏刻本，第 15a—b 页）

孙以荣，字可堂，仁和诸生。

可堂家北郭，受沈氏根亭疾革之托，辑《湖墅诗钞》八卷，凡古今体诗二百三十五首，上兼胜国，下逮并时。又掺以己作，人或诮之。然北郭文献借以流传，亦未可尽废也。

02－090　槜李诗系

沈季友

四十二卷。沈季友辑,《历代地方诗文总集汇编》第185—190册,影印康熙四十九年庚寅(1710)敦素堂刻本。(下录均见第185册)

一、金南瑛"序"(第1—3页)

天高地迥,大有人文;泽媚山辉,长留风雅。是以岭南、西蜀,供采摭于遐荒;金华、赤城,播讴吟于下邑。杂卉酿而为蜜,残翠集以成裘。况乎西浙名区,嘉禾绣壤。唐宣宗龙潜之地,淡淹风光;宋寿皇电绕之邦,扶舆形胜。伊周经术,接奏议于宣公;濂洛儒宗,仰传贻于辅子。梅花冢上,高节千秋;五云传中,蛾眉绝代。其他韵士,间亦卜居。倘曰诗家,数难更仆。然而襟连苕水,犹虚掌故之编;履接闻亭,未备献征之录。雕虫挥麈,只属琐言;花史酒歌,徒供漫戏。石田之《英华》具在,乃弃古而收今;尚宝之诠次虽勤,亦挂一而漏十。遂使《鸳湖》百绝,难追铁笛《西湖》;"殳社"千篇,不敌云间"几社"。岂非艺林之阙事,而梓里之[第1a页][第1页]大惭欤!乃有青箱贵胄、锦轴才人,巨眼观诗,胜情论世。自汉元光而降,阅残无算之年;由干散骑以来,搜尽出群之辈。华阳逸句,再揭藤笺;梅屋清言,重挥宝砚。合溪丛桂,不斥琐尾愁吟;"惊隐"《岁寒》,半录黍离变雅。他若霏霏玉屑,白足黄冠;艳艳管彤,闺贞林秀。疑仙疑鬼,幻或甚于睽车;亦谚亦谣,博可助夫罍瓦。既经持择,有字皆香;偶荷品题,无人不俊。元遗山《中州》之集,佥曰近之;钱蒙叟《列朝》之诗,瞠乎后矣。嗟乎!李贺之呕心书纸,辄弃溷中;唐球之捻稿为圆,空沉瓢底。沧浪迁客,险致失传;秘演高僧,懒不自惜。火燎假庵之旧什，鼠啮槐堂之新篇。天亦忌其孤芳，人或憎夫大雅。不加排纂，奚自表扬？[第 1b 页][第 2 页]必待雕镌，庶垂久远。仆也拙性违今，希心鉴古。顾有堵而陆有宅，远想风流；鹤在庐而龙在湫，近崇节概。维桑必敬，忍使金玉销沉？是石可攻，得免虎鱼错杂。曩时握椠，夸尘寰未见之书；此日悬门，信名山不朽之业。固已序超玄晏，群推重夫史公；如其评续汝南，尚印须于我友。时康熙四十有九年，岁在上章摄提格[庚寅，1710]，嘉平望日，当湖后学金南瑛拜序。[第 2a 页][第 3 页]

二、朱彝尊“序”（第 5—6 页）

比来索居长水，编辑有明一代诗。陆子聚缑过朌舫，贻示南疑沈君《槜李诗系》。其于逸民、寓公，方外、闺秀，搜罗甚备，余颇得什一之助。宋元而上，以迄今代，诗人间有阙略，即偕聚缑手钞补入，越三月而卒业。噫嘻！是足以竟南疑志矣。夫《诗》十五国风，非孤臣悲愤之作，即羁客、寡女愁苦之吟；其诵美君公大夫者，《淇澳》《终南》、《羔裘》《鸤鸠》，特寥寥散见耳。后之称诗者，动曰“七子”“八家”，推崇轩冕，而忽意于山林闲旷，毋乃与风人之旨适相剌谬也欤？南疑是书，汲汲乎表微阐幽；若其势利熏心，纵言有可采，挥斥不遗余力。或者以为持择过严，而不知是书之足以行远传世，正在乎此。且其间忠节孝义之事，森[第 1a 页][第 5 页]然胪列；山川古迹、土风物产，捃摭靡遗，虽曰一郡诗林，是又千秋文献资也。嗟乎！作述之难，古今三叹。往者蒋布衣之翘所辑《槜李诗乘》，其卷帙之富，什倍朱翰《英华》；尝从雁川访求之，其身甫殁，而遗稿也化为蛛丝蟫粉。他若刘常《武原集》、徐赞宸之《海谷遗风》，一时转相抄撮，流布未广；洊经岁月，亦几几有失传之虑。南疑负才早世，荏苒十余年矣，同里夏声金子乃能锐意校雠，付剞劂氏，以永其传，谓非时贤所难欤？余老而好事，窃谓我郡数千百年渊涵蕴蓄而待发者，在此一书；爰缀数语，以促其成，及吾且[目]得周览之也。时康熙己丑[四十八

年,1709]夏四月中浣,秀水朱彝尊撰。[第 1b 页][第 6 页]

则杰按:此序王利民、胡愚等已据以辑入朱彝尊《曝书亭全集·曝书亭集外诗文补辑》卷五(吉林文史出版社 2009 年 12 月第 1 版,第 948 页)。

三、陆奎勋“征刻槜李诗系续编启”(第 7—8 页)

槜李自宋庆死[元]后,聿称文献之邦。乃朱汉翔所选《英华》,不越有明一代诗;戚尚宝希仲《往哲列传》,虽表微阐幽,顾亦嫌其挂漏。南疑沈三兄,向有《槜李诗系》选本,由汉魏六代以迄国朝,乡达寓公、方外闺秀、仙鬼谣谚,搜辑靡遗,且人各立传,考核详而品骘当,洵足以夸艺林之荟萃,供辅轩之采摭矣。东表三甥,久藏箧衍。近得金子夏声校雠亥豕之讹,镌版行世。窃念戊寅[康熙三十七年,1698]距今,岁历一纪,诗老之游道山者指不胜屈;有其始之,莫或终之,大惧阙于表彰,无以昭美备之观,拟仿前例,选定“续编”。诸君子惠而好我,凡刻集、写本,与夫家传、墓志,所望即[第 1a 页][第 7 页]赐观览。其或谊非亲故,著作可传,亦所[祈]加意搜罗,钞撮邮示。夫爱古而薄今,贵远而弃近,浅夫陋见,高明者之所刺讥也。《诗》不云乎:“维桑与梓,必恭敬止。”又曰:“虽无老成人,尚有典型。”持此鄙怀,以质诸夫大雅,其尚有访善咨周,从而挽推佽助者欤?时康熙己丑[四十八年,1709]涂月,平湖陆奎勋拜启。[第 1b 页][第 8 页]

则杰按:此启又载陆奎勋《陆堂文集》卷十一(《四库全书存目丛书》集部第 270 册,第 654—655 页);除删去末尾署款之外,其他文字亦略有出入。

又,此启所说“槜李诗系续编”,与后来胡昌基所辑《续槜李诗系》无涉(参见该种)。

四、沈季友“凡例”（第9—12页）

一[一] 是集名《槜李诗系》，明其为一方之言也。于姓氏下，叙列小传，纪其一生梗概。自忠孝节义、文章理学之家，以及高人奇士，莫不备具。使千百年后读之，论人可以知世。且于题咏之下，考据邑史，附注其山川古迹、土风物产，俾开卷者得其地之胜观，盖咏歌之中而寓纪载之意焉。

一[二] 我郡自严夫子以来，骚雅代不乏人。余闲居之日，尝叹乡贤著作，殆将芜没；不揆固陋，有志纂辑。其在五季三唐者，如顾野王、邱为、顾况、陆贽辈，寥寥数家之书，久已行世。降而宋元，虽去今尚近，然为耳食者所[第1a页][第9页]弃；残编断简，其仅存者什不得一。余订是集，五更寒燠，乃无挂漏。次及有明三百年，一郡文献，采录靡遗。而当代诗人，其已辞世者，亦得附焉。虽曰妄作，实出苦心。

一[三] 是集所重在诗，而实兼论人，是以有去取而无褒讥。故有借诗以存其人者，姑不深论其工拙；其或生平不免遗议者，苟非惊才绝调，不敢入集。要以发潜德之幽光，讵敢以删润而希作者？知我罪我，听之而已。

一[四] 集中无论缙绅、韦布，闺秀、方外，或土著或流寓，凡有诗可传者皆录之。其或征索数四，而瑶章未锡，俱不敢混入赝作。[第1b页][第10页]

一[五] 史体撰传，俱称名，从古也。曩辑《柘上遗诗》，概以“公”称，意取顺时而已。是集虽于前辈达尊，不讳其名；窃比史传之例，庶免贡谀之讥。

一[六] 从遗文征往迹，传或未真；凡所胪载，岂皆契合？第志在表彰，法难刻核；一言一行，即是楷模，识者幸毋以滥收为诮。

一[七] 《槜李英华》一书，景泰间朱翰选刻，其所存者未尽驯雅。而《成都诗钞》有贝琼父子，《历下诗删》有姚绶、李孟璿，《列朝诗集》有怀说、姚纶、屠应埈诸家,兹集搜罗毕尽,庶云大全。

一[八]　是集既成,将有古杭、姑苏、苕溪、云间四郡之选,事属[第2a页][第11页]千秋,非迂非琐,仰唯速惠瑶华,以慰饥渴。

康熙三十六年丁丑[1697]涂月,平湖沈季友南疑识。[第2b页][第12页]

【附录一】《四库全书总目》卷一百九十集部总集类之五(中华书局1965年6月第1版,下册第1732页)

槜李诗系四十二卷(浙江巡抚采进本)

国朝沈季友撰。季友有《学古堂诗集》,已著录。是编辑嘉兴一郡之诗,自汉晋以迄本朝。凡缙绅、韦布,闺秀、方外,土著、流寓,有吟咏传世者皆录之,而以仙鬼、题咏、谣谚附焉。姓氏之下,又各为小传,略叙梗概。其山川古迹、土风物产,亦间加附注,以备考据。初,明景泰中,嘉兴朱翰尝诠次洪、永以来郡人之诗为《槜李英华》一书,所收不尽雅驯。崇祯末,秀水蒋之翘复续为《槜李诗乘》,其卷帙之富,什倍《英华》,而遗稿散佚,遂无传本。季友此书踵二家之后,而更加详博。残章剩句,搜访靡遗。捃摭之勤,殊为不苟。其间若赵孟坚小传,沿《山房随笔》之误,以为卒于元时;吴镇没于至正间,与杨琏真伽时代迥不相及,而谓杨发诸坟,不及镇墓,此类皆为疏于考核。然其甄综颇备,一乡文献,亦有借以足征焉。

则杰按:关于此条末尾所说宋人赵孟坚,胡玉缙《四库全书总目提要补正》、杨武泉《四库全书总目辨误》均有考辨(分别见卷五十八,上海书店出版社1998年1月第1版,下册第1643页;上海古籍出版社2001年7月第1版,第278—279页)。

【附录二】法式善《陶庐杂录》卷三(中华书局1959年12月第1版,第81—82页,原标第四十则)

《槜李诗系》四十二卷,平湖沈季友编其一郡之诗,前有朱彝尊、金南英[瑛]二序。一卷汉、晋、陈、唐、五代，二、三卷宋，四、五、六卷元，七卷至二十二卷明，二十三卷至二十九卷国朝，三十卷至三十三卷方外，三十四、三十五卷闺秀，三十六卷仙鬼，三十七卷至四十一卷题咏，四十二卷谣谚。去取精当，辑录家最善之本。

02－091　续檇李诗系

胡昌基

四十卷。胡昌基辑，宣统三年辛亥(1911)刻本。(浙江大学图书馆藏)

一、徐士芬“续檇李诗系序”(第1a—b页)

吾邑沈南疑明经辑《檇李诗系》四十二卷，自汉以来，一郡之诗略备。然是书成于康熙三十六年[丁丑，1697]，其采国朝诗只七卷。陆陆堂太史拟续之，尝为文以征诗；时才阅一纪耳，而云“诗老下世者多，惟阙于表彰是惧”。迄今又百余年，诗人辈出。康熙己未[十八年，1679]、乾隆丙辰[元年，1736]，国家两举鸿博科，吾郡与选者、膺荐者先后凡若干人；其他“大、小雅”之材，亦蒸蒸日上，蔚为国华。然网罗非易易事，故如陆堂之有志者，虽不一其人，而卒未有成书。同里胡云伫先生惧其湮没，悉心搜访，得三十九卷。或以诗存人，或以人存诗，大旨与前书同。其以科目人居[第1a页]先，兼载诗评、诗话，诸例与前编异。而顺治以后、前编所遗者，亦补之。先是，先生长子瘦山，实任搜访之役。瘦山殁，次子东井继之。今东井又殁，先生年逾八十，病矇十余年，今忽重开，因得卒其业，安知非天欲存之而默相之欤？前编已采入《四库》；是编行将备天禄石渠之著录，则所关者岂一郡文献云尔哉？平湖徐士芬序。[第1b页]

则杰按：此序称全书“三十九卷”，乃指稿本，详下金兆蕃“后序”。

二、沈曾植“续槜李诗系序”（第1a—3a页）

昔余读宋人所编郡县总集，若《会稽掇英》《成都文类》之属，大都详题咏而略于文献。深山石刻、荒冢断碑、祠坛园馆之风物，各得借搜辑以长存；而州郡先贤抱质怀文，发为辞章，足以表故家旧俗、流风善政之盛衰，咏志颂见，厚伦而美化者，专家之集、耆旧之篇，或任其放逸，靡所借以考溯焉。彼固循唐世以来图经地记旧例为之，抑准《诗》列“国风”，《七略》序诗别“吴楚汝南”“燕代”“齐郑”“淮南”之旨以论之，潜德不彰，国闻靡绪，不已阙乎？自南宋林咏道《天台集》，专辑一郡诗文；元汪泽民《宛陵群英集》，专辑一郡之诗，而后州郡总集之体，网罗限断，完然成[第1a页]备。有明以来，作者继起。在吾郡，则朱石田之《槜李英华》、蒋楚稚之《槜李诗乘》，各有成书，而未能行远。惟国初沈季友先生之《槜李诗系》，雕版流传，录登《四库》，为一邦先哲诗山，足以资考献征文之助。踵之而作者，纪以县，则有若《海谷遗风》《魏塘诗陈》《桐溪遗诗》；纪以乡镇，则有若《梅里诗辑》《濮川诗钞》《新溪诗钞》，皆准其体例为之。而平湖胡云伫先生，复有《续槜李诗系》之作。沈氏所辑，起前汉以讫国初，为卷四十有二，著录一千九百余家。胡氏所辑，起国初以迄嘉庆，为卷四十，著录亦一千九百余家。自搢绅耆德、显学名家，荒江老屋之幽光、禅林闺襜之逸响，擢英捃逸，幽隐不遗。呜呼！备矣。吾禾[第1b页]县邑起春秋，州于晋，府于南宋。控吴引越，实乐且讦。诗道自先唐邱、顾以来，南宋坛坫属寓公。元、明之交，徐、鲍、贝、程，名流辈起。厥后虽鲜大家，而相质披文，音和且平，亦不诡随于当时风气。以迄我朝，竹垞老人综唐宋之大成，建标海内，坛宇崇闳；萚石宗伯以渊才邃学继之，事博趣昭，溯洄弥广。同时并起者，前者若曹、彭、“三李”，后若柘坡、丁辛，其人皆旷代逸才，在他方足以雄长群伦，而在我郡乃附翼同条，若骖之靳。承学之士，人自得师；本其乡闾所诵习，出而应世，往往不祈胜人，而人自有不能胜者。吾郡文学之盛，近二百年，盖前古所未有。学者或日用不知，抑不可不诵其本末，诏我后生，勿慜勿[第 2a 页]忘，保之勿坠者也。胡氏萃毕生之力，成此一书，藏弆于家，未能行世；中更兵火，幸未毁伤。葛词蔚比部得其稿本，亟谋所以传诸久远者。醵资未充，倾囊先事。劳玉初学使、金篯孙太守助之，顾谓曾植宜为叙纪。余尝循班、郦"三江"旧说，诊寻地阞，自战国春秋以追禹迹，吾郡盖实为南江流泆覆被之都。先秦二县，长水播具区，而武原朝东海，鱼盐蟹稻，观游舟楫；东山之府，媲盛海隅。汉后海远溇湮，原隰乃益增饶衍。王武子所谓"其地坦而平，其水澹以清，其人廉且贞"，常璩所谓"士多仁孝，女性贞专，称为士大夫之郡"者，吾郡近之。户口蕃息，著于唐；而文章炳蔚，盛于宋。元、明以降，世进代昌。及咸丰庚[庚申，十年，1860]、辛[辛酉，十一年，1861][第 2b 页]之际，隳于兵劫耗矣。中兴元气，逾久未苏。近且有废除府制之议，解纽弛纲，易视改听；自今伊始，我服畴食德之士民，其且随政令以转移，急功近名，以同风于都省乎？其或眩见闻之靡丽，去故即新，而同流于异地乎？其终能葆其旧俗，操其土音，安安而不迁乎？夫审音知乐者、表微而明乎得失之迹者，怀其旧俗。词蔚勤勤刻此书于今日，可谓难能。顾余乃闵然兴念于发策谛题之际，思其地，思其系，后有达者，宁无谓乎？宣统三年，岁在辛亥[1911]，姚埭老民沈曾植序。[第 3a 页]

则杰按：此序本师钱仲联先生已据以辑入《沈曾植海日楼佚序（上）》（《文献》杂志 1990 年第 3 期，第 180—182 页）。

三、劳乃宣"续檇李诗系序"（第 1a—2a 页）

宣统庚戌[二年，1910]，余官京师，葛君词蔚议醵刻平湖胡云伫先生所辑《续檇李诗系》，同人赞其成。辛亥[宣统三年，1911]，余出任江宁学使，词蔚携书来，刻于金陵，余与金君篯孙共董其役。是秋，余复以事入都。甫行而南方乱作。未几，金陵不守。遥计是书刻方未竣，未知其存亡何如，念之不去怀。国变后，遁居涞水之野，錢孙书来，言稿本经乱，散佚四卷，幸原本尚存，补录付刻，与词蔚赓续经营，已将毕工，属为之序。呜呼！是编托始于康熙已未[十八年，1679]鸿博一科，上溯顺治，下逮乾、嘉，成于嘉庆丁丑[二十二年，1817]。其间吾乡人文蔚起，名公宗匠后先相望，下及闺秀、方外，作者如林，正一代全盛之[第 1a 页]会也。今未百年，而陵谷变迁，已成异代。吾辈今日读之，何异黍离之大夫读"二南""雅""颂"之篇乎？忆在金陵与錢孙商榷刻事，时相过从讨论，方冀剞劂告成，相与咏歌，以张其事；不谓书成而已丁今日之世也，不亦悲哉！余去金陵时，学廨尚存有书帙。城陷，廨为兵据，有人见其以书筥饲马，地上书厚尺许，杂以马粪。此书竟未罹斯劫，亦云幸矣。相传咸丰间，粤寇陷平湖之前一日，云伫先生之裔孙秋潭检视书籍，见此书内有两蠹鱼极巨，恐被蚀，曝诸庭。明午贼至，诸书仓卒不及携，亟以此稿纳诸行箧以行，因而未失。噫！再遭兵燹，再得幸存，岂书之存亡显晦，果有数耶？抑众作者精神所寄，固有不能[第 1b 页]磨灭者在耶？原书编辑源流与体例，备详原序，例不具述；述刻成之颠末如此，俾后世知是编克永其传之非易，而词蔚之功为不可没也。壬子[民国元年，1912]夏五月，桐乡劳乃宣序。[第 2a 页]

四、朱福诜"续檇李诗系序"（第 1a—2a 页）

尝读竹垞先生为沈氏南疑所辑《檇李诗系》序，言病世之称诗者，推崇台阁而忽意于山林闲旷，谓沈氏斯编，表微阐幽，挥斥势利，其不可及正在于此。窃意先生固非不遇之士，而乃为此言，殆晚年有所寄慨而然欤？今观云伫胡氏续辑《檇李诗系》，即以鸿博诸先生冠首，至嘉庆季年而止。其间多大雅宏达之彦，入承明著作之庭，雍容揄扬，著于后嗣。其序次先后，悉以科名为断，疑其用意与沈氏特异。然当康熙时举行词科，亭林有诗云："时情尊笔札，吾道失弦歌。"亭林氏为前朝遗民，宜其挥斥及此。余以为金源氏入主中国，壤地之广狭、年祚[第 1a 页]之修短，不及有清远甚；然大定、明昌间，声明文物之盛，后世莫能废之。况清康、雍、乾、嘉四朝，即以吾禾一郡人文之盛，视黄山、黄华诸人，已远过之；世之论诗者，必不能执先生之言以相绳也。慨自道、咸以降，“《小雅》尽缺，四夷交侵”，不独闾巷失职之士自言其伤，即通籍于朝者，贾生痛哭，屈子行吟，忧伤憔悴之音往往而作；变风、变雅，固乎其时。后之人或赓续胡氏而辑为一编，不知后之读者，其于竹垞先生之所寄慨，当复何如也。余弱冠后，以拔萃入都，即与同年张君公束、沈君蒙叔议胡氏《诗系》。迄今几五十年，始得葛子词蔚为之校定付梓。中更乱离，盖几失之；卒获保存流布，亦云幸矣。昔沈氏前[第 1b 页]编为之刊布者，同里金氏夏声；今胡氏兹编为之刊布者，亦同里葛氏词蔚。斯则郡邑艺文之流传，与夫作者英灵之所寄托，各有缘契，非偶然也。癸丑[民国二年，1913]夏四月中浣，海盐朱福诜谨序。[第 2a 页]

五、胡昌基“凡例”（第 1a—2b 页）

［一］《诗系》前编，上自周、秦，下逮元、明，至我朝康熙而止，遥遥三千载，汇成巨观，敻乎尚矣。是编志在续纂，而彼此分画岂能截然？爰托始于康熙己未[十八年，1679]鸿博一科。盖是科虽仿唐制，实亘古旷典，我郡与选者四人，于此见昭代之文治跨越前朝也。其余有、无科目诸人，仍从顺治初起，既以全一代冠冕，且以补前编之漏。

［二］前编于每人姓名上署一字号及官爵，如“严夫子”“干散骑”之类，虽仿元遗山《中州集》例，然未免近赘，且多牵率。是编概为削去，其较著者或注于姓名之下。[第 1a 页]

［三］前编人立小传，或洋洋千百言，次亦不下数百字。窃意其人之德业闻望彪炳一代者，将来自有国史传信；其名在一乡一邑者，或已见志乘，毋容缘饰。是编兼仿朱太史《明史[诗]综》例，仅书爵里撰述，间附轶事一二，以志梗概，亦足备征文考献之一助。

［四］前编于诗后，详注山川古迹、风俗土物，以备一郡掌故。

是编于纤悉隐僻者务为考证，余不多赘，以郡邑志已详载故也。

［五］　诗评、诗话，所以证明原诗，断不可少。是编博采而约取之，详明原书或某人云，不敢掠美。间述旧闻私见，概以“石瀨山房诗话”命名。［第 1b 页］

［六］　是编或以人存诗，或以诗存人，大要以阐微表幽为主。其有鸿儒硕学、超前轶后者，自有专集行世，故所收较略，亦王荆公选唐诗不载李、杜之意。

［七］　是编分门别类，以每朝有科目者居先，而无科目者略按时代并厕于后。其间稍有参差，固所不免。其闺秀、方外、流寓，各为一门。若谣谚、仙鬼，历年未久，不敢滥登。

［八］　前编以朱翰《槜李英华》、蒋之翘《槜李诗乘》为权舆，故最为详备。自南疑先生后，如陆陆堂太史、王谷原比部、诸草庐宫赞、曹种梅广文、沈双湖铨部、张端门明经、杨蘋香进士，皆有志续纂。或以见闻限，或以工费［第 2a 页］巨，迁延岁月，迄无成书。基留心搜访，历有年所。各邑征求，大儿金题实任其劳，不幸溘先朝露。恐此事遂废，爰命幼儿金胜克期蒇事。其搜罗荟萃，均借友朋之助；另刊参订姓氏于左，以志雅谊。嘉庆二十有二年丁丑［1817］涂月，平湖胡昌基云伫识。［第 2b 页］

六、金兆蕃“后序”（第 1a—3a 页）

昔在景泰中，嘉兴朱氏翰辑《槜李英华》；崇祯末，秀水蒋氏之翘复续为《诗乘》。自沈南疑先生《诗系》出，二书皆不传。沈先生书，起汉、晋，迄顺、康间，一乡文献，甄综详备。自后陆陆堂、王谷原、诸襄七、曹种梅、沈双湖、张端门、杨蘋香诸先生皆有意续辑。至嘉庆中，胡云伫先生始克承诸先生绪论，勒成斯编，上继沈先生书，下逮乾隆之季，都三十九卷。胡先生成书时已大耋，二子瘦山、东井两先生皆前卒，未及授剞劂。原稿藏于家，副本有三：其一不知谁氏所录。道、咸之际，孙次公先生尝为勘订。同、光间，在善化许雪门太守所。太守典吾郡最久，颇提倡风雅，尝别钞郡人诗三百八十家，若欲有所增删而未就[第 1a 页]者。高升伯丈故为太守客，得此书，谋于葛煜珊丈，挟以至都门。钱恭勤、徐忠愍诸公，皆许佽以资。葛丈旋下世，未集事，高丈以书归张闻惺丈。张丈补书中有录无诗者数家，又采诸家评论，佐诗话所未及，用力甚勤。其一为许壬伯丈钞本。潘峄琴学士师督学政，续辑《两浙輶轩录》，先君子及许丈皆助搜采，以此本寄学士。凡《輶轩续录》录我郡诗，有采及"石濑山房诗话"者，皆自此本出。旋亦为张丈校定，丹墨备具，与第一本略同。其一为朱竹石丈志慕斋钞本。兆蕃昔为朱丈从事，未尝言有此本，去年骏侯始以相假对勘，盖从许本钞出，当时亦议付刻而未就——骏侯，朱丈孙也。去年辛亥[宣统三年，1911]初夏，劳玉初丈[第 1b 页]为江宁提学使，兆蕃亦客金陵；葛君词蔚先已发议刻是书，遍告郡人醵资，至金陵乞劳丈主其事，乃属兆蕃以胡氏原稿与许、朱二副本参校，稍稍厘正。原稿中，有明人已入沈先生书而复收者，周拱辰、高道素、项佩凡三家；有本书自相复者，朱鼎铉、陈思光、濮光孝凡三家，今皆删去。有录无诗，为张丈校补者，丁允洤、黄凯钧、郑湘屈、何焕、徐贞、孙湘畹凡六家；但补诗话者，冯广誉、朱衣珍凡二家。原稿已收复删、今仍增入者，马棻、施茝江、李元绣凡三家。又以闺秀一卷诗最多，析为二，次为四十卷。得诗一千九百廿一家，写定清本。劳丈又延缪君书屏佐校雠。怀宁李道义有书铺在江宁，曰"宜春阁"。劳[第 2a 页]丈畀承斯役，期以来年六月毕工。时海内已多故，民烦政急，劳丈典学校，簿书期会至繁重；顾兆蕃以勘本乞审定，未尝不反覆商榷，祈得当。一日语次，丈言少时随宦过镇江，江流尚绕金山麓，登山必以舟；今来复过，忽忆前游，得一诗，举以相示。兆蕃辄谓陵谷迁变不常，安知他日不复见江流绕麓如丈昔游时？丈大笑噱，因顾而喟："今兹八月，我将诣辇下，参资政院议，当以明年复来。然仕宦不自由。子客此，亦几时能待？此书成否，都不可知。"相慨叹久之。岂意今日书垂成，而世事已大异。丈行遁釜麓，兆蕃屏居乡里，遥遥天末；偶一得消息，欲求如去年执卷相问对，邈焉何可复期？乃喻江山有形，运[第2b页]会无眹，所谓迁变而不可知者，固在此不在彼也。去年秋冬间，李道义尝再就兆蕃谋求所以竟其事者。今年春，道义病殁。其妇陈，吞指环以殉。兆蕃书抵劳丈，乞以诗旌之。会丈为此书作序，邮筒相往复，书屏亦来告汗青有日。乃备举传钞勘定始末，凡丈序中所未言者拉杂记于后。高丈抡元、葛丈金烺、张丈宪和、朱丈之榛，皆平湖人。词蔚为葛丈季子，名嗣涉。许丈仁沐，海宁人，尝为平湖校官。缪君九畴，江阴人，艺风先生从子，始终任校雠于此书，劳最多。壬子[民国元年，1912]八月，秀州金兆蕃记。[第3a页]

02－092　梅会诗选

李稻塍等

初集（梅会两名家诗选）十二卷、二集十六卷、三集四卷、附刻一卷。李稻塍、李集辑，《四库禁毁书丛刊》集部第100册，影印乾隆三十二年丁亥（1767）寸碧山堂刻本。

一、李稻塍“梅会诗选序”（第205页）

本朝朱竹垞太史诗名之盛，与新城王尚书相埒，世所谓“南朱北王”是也。顾吾里称诗，则必并举“朱李”，盖秋锦征士与竹垞太史，生同时，居同闬，又同举制科；其掉鞅词坛，力追正始，实在伯仲间，宜有瑜亮之目。是二家者，各有专集，而篇什浩瀚，览者未免有望洋之叹。予比来家居无事，爰与族弟敬堂仿《渔洋精华录》之意，掇其菁英，得古今体诗各若干首，厘为十二卷，梓而行之，庶与《渔洋》一编并传不朽。独念梅会多诗人，非独朱、李二公也。自前明以迄国初，名流辈出，著作如林。其卓然可传者，亡虑数十家。用是诗派流传，久而益盛；得其瓣香，亦莫不以诗名世。顾诸公往矣，遗集散亡，良可悼惜。因[第1a页]复广为搜罗，依其辈次续纂两编，并付剞劂。昔竹垞太史与叶井叔论诗，谓海内谈诗者每过于规仿古人，又或随声逐影、趋当世之好，于是己之性情汩焉不出；惟吾里之诗影响虽合，取而绎之，则人各一家，作者不期其同，论者不斥其异，不为风会所移。今诸公之诗具在，试以质之同好，当知太史之言为不诬也。乾隆三十二年[丁亥，1767]陬月上浣，蜕庵居士李稻塍书。[第1b页]
[第205页]

02－093　梅里诗辑

许　灿等

二十八卷。许灿辑，朱绪曾补订，道光三十年庚戌(1850)嘉兴县斋刻本。(浙江图书馆藏)

一、朱绪曾“梅里诗辑序”(第1a—2a页)

《梅里诗辑》者，辑嘉兴梅会里人之诗也。徐硕至元《嘉禾志》，大彭、嘉会两乡，俱有梅会里。姚桐寿《乐郊私语》：“王店镇有工部尚书王逵者，世居大彭都官滩里。逵购屋于梅溪，聚货贸易，因名‘王店’。尚书公子曰令安，孙曰延福，皆成进士，簪缨相继。王店日就殷庶，遂成巨镇。”今其地去嘉兴县南三十六里，朱竹垞太史曝书亭在焉。王文简公送竹垞南归诗有“梅里幽栖”之句，金注引仲雍葬梅里，惠注引吴城梅里平虚，皆未深考《嘉禾志》《乐郊私语》，故未免误解。《静志居诗话》云：“岁己丑[顺治六年，1649]，移家梅里，亦名王店。”“或曰晋时镇遏使王逵居此，或曰宋尚书居正之宅，或曰元学士纶也。”采里人诗人王镛以下二十家[第1a页]入《明诗综》；镛诗云“吾家旧住梅溪上”，以为王店著名之证。晚年欲修《梅里志》，尤拳拳于里人著作，编辑未竟。余所见杨未孩《梅里志》、李蜕庵《梅会诗选》，皆因竹垞之稿以成书也。道光戊申[二十八年，1848]，余自海昌移宰嘉禾，因事至梅里，爱其风俗淳厚，里人皆彬彬礼让，慨然慕竹垞之遗风，访所谓曝书亭者而憩焉，桑浓竹萎，甌舫半倾，相与摩抚柱石，谈往哲诗事，娓娓入听。里人因告余曰：“乾隆中诗人许晦堂有《梅里诗辑》之作，亦因竹垞之旧稿广为搜辑，较蜕庵《诗选》为更备。”余深叹竹垞之不可作，而犹幸梅里之文献不泯也。因议修曝书亭、醧舫，建“三忠祠”；而晦堂《诗辑》，仅传钞之本，尤不可不刻。里人莫不欣然乐之，遂觅得《诗辑》稿本见赠。余暇即披阅，潜心抉择，删其繁芜；复得其所未采者十数家，按时代以增入；属孙君次公[第 1b 页]雠校付梓，共得诗人三百三十四家，得诗三千四百七十三首，分为二十八卷。里人多以编辑之名属于余，余谢之曰：“晦堂以三十年精力成此编，余何敢掠其美耶？惟余所增入、管见所及者，加按语以别之可耳。”原本每家不满五首者为“辑余”，今悉依次纂入，不复另标门目，以省繁碎。夫梅里一乡镇耳，得竹垞领袖风雅，而诗人众多遂如此。然非晦堂之编葺，则竹垞而外亦多淹没不彰；非里人之能谈先达珍藏稿本，余又何能知竹垞未竟之志，得晦堂而始就？使《梅里诗辑》不公诸世，虽博如惠定宇者，犹不知梅里之在嘉兴，又谁知嘉兴梅里诗人如此其众且多耶？然则是编之刻成，不亦大慰乎竹垞之志乎？后之人得以观感而兴起者，又将何如乎？道光三十年，岁次上章阉茂[庚戌，1850]，相月既望，序于拳石山房。[第 2a 页]

则杰按：此序所说“王文简公送竹垞南归诗有‘梅里幽栖’之句”云云，实际出自王士禛（文简其谥号）《送杜肇余大宗伯予告南归二首》之二尾联：“亦欲投簪东海去，便从梅里问幽栖。”并非为朱彝尊（竹垞其号）而作，可见惠栋、金荣《渔洋精华录集注》卷十二最末（齐鲁书社 1992 年 1 月第 1 版，下册第 1549 页）。

二、孙瀜“跋”（第 1a 页）

梅里诗，向有李奕庵《梅里诗钞》，李遁庵《梅里[会]诗人遗集》，李蜕庵、敬堂《梅会里诗选》诸槧本，均不若许晦堂《梅里诗辑》之赅备。沈君远香携以见示，适金陵朱述之师莅治嘉禾，因乞鉴定，汰其诗之繁芜者；增李世科以下诗十余家；竹垞、秋锦、雪堂诸家重选一过，多取其有关于吾乡风土者，厘为二十八卷，属编校付梓，间附管见于卷尾。晦堂自著诗，选入《续诗辑》中；又著有《春风录》，与李金澜《天香录》均于里中文献足资考证，俟即商付手民，以备遗闻之采

辑云。道光庚戌[三十年,1850]秋七月,秀水县孙瀜次公氏跋。[第1a页]

则杰按:此处所说"李蜕庵、敬堂《梅会里诗选》",当指李稻塍、李集两人(各以其号为称)合辑《梅会诗选》(书名衍一"里"字),参见该种。

02－094　续梅里诗辑

沈爱莲

十二卷、补遗一卷。沈爱莲辑，道光三十年庚戌(1850)嘉兴县斋刻本。(浙江图书馆藏)

一、朱绪曾“续梅里诗辑序”(第1a—b页)

余既梓许晦堂《梅里诗辑》，沈君远香又以别本《诗辑》至，为李芗沚广文所藏。眉间有阮文达公笔，则辑《两浙輶轩录》时所选择者。后有芗沚所续辑，凡十六家。余因与警石学博、味根山长两钱君论，梅里诗人后先接迹，仍当广为搜采，以衍竹垞之诗派。于是徐君砚芬、曹君玉俦、王君苣亭、王君春渔，及竹垞后人西舲、欣甫两君，各有所得。余又属沈君远香，合芗沚所辑，汇而续之；孙君次公，助为讨论。共得一百五十四家，一千二百五十六首，为卷十二，自李晴峰以下是也。盖梅里之诗人，于是乎略备矣。后有作者，续之勿替可也。然余有感焉：始余之至梅里也，修亭建祠，锐意兴举。迨己酉[道光二十九年，1849]夏大水，邑[第1a页]中田庐淹没，议抚议赈且不暇，而修建与剞劂之事几为中辍。乃梅里八月有天蚕成茧之异，济活者万人。里中谓竹垞太史佑我也，且谓工作者亦济我饥黎也。今年庚戌[道光三十年，1850]八月，亭舫焕然矣，祠宇巍然矣，而余《诗辑》之刻，亦裒然成帙矣。是皆里人恭敬桑梓，以成竹垞太史之志，余何力之有？然余因是以采风谣，明教化，亦为政之助也，又何幸欤！竹垞欲建“三忠祠”，余易以“四忠”者，祀明王公允昌、李公士标、李公自明，复增以李公毓新也。祀吴越镇遏使王公逵者，王店之开先也。《诗辑》自元学士王纶始，即镇遏使之裔。至里中之诗人又为之建"清芬祠"以祀焉，亦皆竹垞太史之遗意也。道光三十年，岁次上章阉茂[庚戌，1850]，壮月朔，序于槐荫书屋。[第 1b 页]

二、沈爱莲"跋"（第 1a 页）

司马朱述之先生令吾邑时，既取许氏《梅里诗辑》，序而行之；复命续为搜辑，以附许氏之后。先生治禾，多惠政；阐幽表微，尤不遗余力，不仅吾乡诗人有玄晏之感也。顾谫陋如余，何足与斯事？惟少侍先征士公，得接见里中诸前哲，往往习闻其绪言逸事，间窥其撰述；不数十年，硕果晨星，凋谢略尽。即同时掎裳角艺诸君，亦半随物化；而投贻赓倡之编，恒存箧中。于是益以李明经所纂十六家，及同人所采，都为一集，以就正先生。其间遗编零落，或家藏秘惜，故所录止此。后有留意乡国文献者，尚冀补亡拾遗，嬗流风于弗替云。咸丰纪元，岁次辛亥[1851]，三月既望，里人沈爱莲跋于西埏寓舍。[第 1a 页]

【附录一】余楙《白岳庵诗话》卷上（《皖人诗话八种》本，黄山书社 1995 年 5 月第 1 版，第 211 页）

上元朱述之司马绪曾，治禾有惠政。梅里曝书亭圮，赖重修之。落成时值水灾，民大困，忽桑野遍生天蚕茧，竞采取，以资生人，咸谓竹翁灵佑也。司马有书癖，虽在舆，卷不释。远香丈尝以《续梅里诗辑》就正之。一日过公署，见司马科头坐，左手诗一编，右手以消息子洁耳，入选者即其柄蘸墨记之；兴酣，误用墨汁污耳颊不知也。其风趣若此。

02－095　柳溪诗征

周　斌

六卷。周斌辑,民国二十六年(1937)中华书局排印本。(浙江大学图书馆藏)

一、柳亚子"序"(第1—2页)

亡友嘉善周君志颐既没后二年,介弟志成出其遗纂《柳溪诗征》六卷,将付手民,索余一言。按"柳溪"今名陶庄,属浙江嘉善县,地濒分湖之南。志颐世居斯土,曩有《柳溪竹枝词》正、续百五十首行世,敬恭桑梓,网罗文献,吾无间言;《诗征》之辑,犹此意也。余祖籍江苏吴江县北厍区之大胜村,在分湖东北隅。先高祖古樵府君,且有《分湖小识》《胜溪竹枝词》诸遗著。暨余稍长,徙居同邑之黎里,去湖稍远。然窃慕刘季歌风,每谓千秋万岁后,魂魄当犹眷恋斯湖焉。盖分湖为吴越间巨浸,汪洋数十里;南属嘉善,北属吴江;浩淼烟波,颇钟灵秀,故能诞育巨人长德。剑客酒徒,咸郁郁彬彬,无惭作者之伦。余曩时,乡居无俚,拟辑《分湖诗征》暨《分湖全志》。既属陶庄于志颐,遂以西塘属嘉善蔡文镛,周庄属青浦王德钟,芦墟、莘塔、黎里、金泽分属同邑沈昌眉、凌景坚、顾无咎、陆明桓,北厍则属诸族兄鸣鸿。造端宏大,有志未成。十年以还,世变益亟,去乡益远。骎至赭衣塞路,群盗满湖。曩者歌呼文酒之场,沦为啸聚萑苻之窟。余偃蹇春申,未知死所,遑问归期?而同好诸子,自蔡、凌以外已尽为异物。读向子期思旧之赋,有不激昂慷慨、涕下沾襟者哉?犹幸志颐斯集之先成,而介弟复能传播之也。虽在流离[第1页]颠沛之中,不可以无词。酒酣耳热,天地苍茫;掷笔狂吟,举杯遥奠;志

颐,志颐！尚能尽此一觞否耶？中华民国二十四年,乙亥[1935],三月二十一日,吴江柳亚子叙于海上寓楼。[第2页]

则杰按:此序又载柳亚子《磨剑室文录·四集》(上海人民出版社1993年12月第1版,下册第1161—1162页),标题即作《柳溪诗征序》,其他文字略有出入。

二、沈德镛"序"(第1—2页)

诗之为教,上通乎道德,而下达乎人情。自孔子删诗以传《国风》,楚屈平作《离骚》,其后诗人亦往往三致意于时政之得失、民族之隐微。咏叹所及,时足补传志之阙疑。而工部一集,世宜以"诗史"称之,其亦文献渊薮也哉？顾诗之传世,必赖人力为之先。矧草野岩穴之士,暗修寂处,生而名不出里巷,其身后之遗什不久亦必澌灭以尽耳。是以后之君子,慨然有"诗征"之辑。昔孔子言夏殷之礼,深慨于杞宋文献之无征。"诗征"者,由文以及献,因献以存文。其事则文也,而导源于史,固不仅总源流之变、窥治乱之音而已。从事于斯者,要在能贯古今而彻远近,原始要终,以类相系,始为无乖于体要。大抵征郡国之诗,常忽于僻远,其失在不遍。故"诗征"之作,最宜以一乡一邑为之范,取其约而能遍也。且夫人之有其乡,犹有其家。生乎百世之下,上溯其乡里之先贤,诵其诗想见其为人,其向往笃慕之情亦若后裔之视其列祖,不尤亲切而有征乎？余见世之辑"诗征"者多矣,其纯驳亦互见。盖非深于诗者,要不能无讥。我邑周芷畦先生斌,今日深于诗者也,又多识于乡里之往事,居分湖之滨曰"柳溪",既老不得志,乃博采其乡先贤之遗诗,成《柳溪诗征》若干卷。去年冬[秋],以疾卒于家。越二月,其弟志成[第1页]星使出稿本以授袁弘深先生,谋付剞劂,因问序于余。余受而读之,上起宋元,下迄晚近,盖向之所残脱而无考者,今皆萃于兹编矣。柳溪在县西北三十六里,宋绍兴中,保义郎陶文幹居此,故亦称"陶庄"。其地虽蕞尔小市,而烟水清淑之气沾溉人物,代有作者。芷畦袭清芬之余绪，奋其才力；出则与当世贤士大夫游，入则以斯文为乡里倡；隐然自居于后劲，即其乡里亦争奉为坛坫矣。今于其乡先贤之遗著，阐扬发微，郑重而手订之，固应有事哉。余识芷畦垂二十年，而相见之日少。近三年来，且未尝获一面，孰谓今遂序其遗稿耶？悲夫！芷畦状貌奇伟，有才略，自小即以诗名远近，然终落落无所遇。嗜古玩金石，破铜烂铁靡不蓄。拙于书；每与人见，辄急索纸墨书示其近作，走笔特绝，非习见其书者多不可猝解云。尝一游雁宕，两游旧京，著《雁宕游草》及《燕游草》行世；其它未刊诗尚多，此稿则成于燕游归后者。余悲芷畦之才，逡巡浊世，卒坎壈终其身，所成就者仅乃见之于一乡之文献，然吾知其无闷也。甲戌［民国二十三年，1934］二月，斜塘沈德镛序。［第 2 页］

三、周斌"自序"(第 1—2 页)

"诗征"之作，不能综历代、括郡国，而仅仅限于一乡，抑陋矣。虽然，《国风》起于里巷，十室必有忠信。柳溪自风开陶塾，题王孙之画图，和铁崖之游什，名流所萃，淳风斯扇。洎乎竹林迁居，"四子"继起。子重、杞山，抒其忠愤；钓鳌、文璐，发以矞皇。两行震耀中外，实上承一螺之遗，下振抱膝之绪。而东斋、司寇，亦皆名噪一时，奋其藻采。此宋元以迄有明之一盛也。鼎革之际，已畦随侍于积翠，山夫偕隐于蒋湖。乃至瓢粟逃禅、竹垞避乱，僻壤穷乡，浸成诗薮。水村倔起，遂抗手与诸鸿博争衡。是以当日投赠之篇，不胫而走寰宇，此又清初之一盛也。顾兵燹屡经，市井未集。雍、乾之际，文人多散于村居，而东柯、愓三辈卒能不坠宗风，以俟后劲。自瘦客振响酬和，灵芬、香湄父子资其输溉，丙唐继之，颐安继之，竹厂、李仙又继之。时则赵田之诸袁、绛田之诸吴、虹殿之诸丁，各守一隅，流为馨逸。而青箱、守研、课花，复鼎峙争鸣，蜚声坛坫，此又嘉、道时之一盛也。同、光虽浸衰矣，然次游寓后，濂溪迭掌文衡，棣园驰名瀛岛。讲易、师竹，亦拔帜而自成一队。流风不替，有足多者。他若竹居茅屋之题、愁言焚余之稿，方外、闺秀，代起有人，亦可谓彬彬乎备已。脱无人焉为之搜讨成编，将何以存文献、识风土乎？予自壬子[民国元年，1912][第1页]家居，窃不自量，慨然有志于是。则就见闻所及，参稽载籍，征访友朋，历六年之久，晨钞露写，得诗若干首，都如干人，仿《槜李诗系》《魏塘诗陈》例，厘成如干卷，名之曰《柳溪诗征》。其间虽有以年湮代远，志乘不详，不无遗漏之憾，然得是而存之，使杞宋有征，诗亡可补，或亦足以备异日𬨎轩之采云。庚申[民国九年，1920]新正月，柳溪周斌自序。[第2页]

四、“题词”（第1—2页）

[一]　吴县叶楚伧

好事当年若噢咻，故人如梦见山丘。华灯鏖酒江楼夜，刺艇寻图水阁秋。天地风波今荡决，史书评断孰绸缪。一言题外怜难寄，我亦衰颓苦未休。

[二]　吴江柳亚子

南冠几辈楚人咻，狐死还怜枕首丘。犹见淳庞秦父老，忍轻断烂晋阳秋？风波早信年时恶，文献终期桑土缪。倘以一觞奠渔侠，青山青史我休休。（志颐自署“汾南渔侠”。）

则杰按：此诗又载柳亚子《磨剑室诗词集·诗集》第四辑《丽华集（1936—1937年）》（上海人民出版社1985年1月第1版，上册第843页），标题作《题〈柳溪诗征〉，亡友周芷畦所辑也》，末尾自注作：“芷畦别署‘分南渔侠’。”

[三]　嘉善李康佛

投老汾南意惘然，当门柳色为谁妍？一乡文物闲征遍，扇起淳风六百年。[其一]

六载多君写稿成，不教埋骨负平生。如今四海仓皇日，下笔难为乡土情。[其二]

[四]　齐天乐　嘉善余十眉

偶园已废心香烬（偶园为吾邑金安清先生藏书处，今已荒废。又乡先辈郁彝斋搜罗乡邦文献，著有《平川诗征》；后因心香阁不戒于火，付之一炬），乡社秘储星散。谢蝶灰扬，崔鸳梦杳，一例飘零无算。春回雪案。料骚客英灵，未应枯烂。薇露轻研，[第 1 页]砑笺乍擘绿窗展。　　流光消尽古翰。东风难绘影，骖鸾人远。酒袂尘污，墨痕泪洗，溪上柳花飞满。斜烟乱水。付一笛黄昏，谁家池馆？寄语渔娃，月明休唱晚。（芷畦有《柳溪竹枝词》行世。）

［五］　前调　吴江柳亚子

天魔舞冷湖波绿，金粟珠帘都散。气节杨袁，文章钱魏，弹指枯棋劫算。逃禅公案。叹骆丞魂枯，苌弘碧烂。一角沤盟，铁函心史从头展。　　皕年鼎鼎诗翰。有草堂瘦沈，风流未远。游子轻寒，女郎薄病，襟上泪痕休满。汾南烟水。奈吊古伤今，黄垆谢馆。垂老英雄，江山愁畹晚。[第 2 页]

则杰按：此词又载柳亚子《磨剑室诗词集·词集·磨剑室词三集·一九三七年》（下册第 1803 页），标题作《齐天乐·题〈柳溪诗征〉，次十眉韵》，正文“丞”后有自注：“叶仄。”又“汾”作“分”，“畹”作“畹”。

五、蔡文镛“跋”（第 1—2 页）

芷畦先生，博学敏于才，负诗名垂四十年。今岁中秋，忽捐馆舍，知者痛之。平生富著述。其中《柳溪诗征》六卷，更其一生心血之所在。自宋讫今，一乡先贤之遗诗具萃于是，是可传已。念余与芷畦交逾十稔，风雨过从，每及乡邦文献事，盖余时亦有《平川诗存》之辑。尝谓余曰：“维桑与梓，必恭敬止。吾辈在乡，则言乡耳。若欲推而及于一邑一郡，恐非一二人所能胜者。”余每叹为知言。乃者介弟志成星使返自东瀛，将以斯稿付梨木，谋于袁弘深先生。袁先生以余与芷畦有雅故，属为参校。余不才，安敢辱芷畦于身后哉？因忆庚申［民国九年，1920］冬，柳君亚子效铁厓故事，招集吟侣泛舟游分湖。时亚子以分湖文献失坠为念，倡辑《分湖诗征》。其区域，则合柳溪、鹤溪、芦漪、莘溪、禊湖、斜塘、金溪、东江八区，缘延百数十里。纂辑之事，议各隶籍者任之，庶里合附庸，汇为大国。顾十余年来，世变丛生，人事多故，竟无所成，可慨焉。芷畦当时虽不与斯游，而独能本其在乡言乡之义，蔚为绝业，实先获亚子之心者也。使亚子见之，或得奋发，毕其所愿，宁非快事乎？然则斯编也，其《分湖诗征》之嚆矢也。叹参校既竟，遂僭书之，聊以答袁、周两先生之意，亦以见芷畦之所成者不仅有功于柳溪一乡而已。癸酉[民国二十二年，1933]冬，斜塘蔡文镛[第1页]谨跋。[第2页]

六、柳亚子后记(第1页)

《柳溪诗征》六卷，志颐殁后，其邑人袁弘深君谋为剞劂，未果。介弟志成遂以稿见畀，余为列入《南社纪念会丛书》，付中华书局印行云。中华民国二十五年[1936]六月，亚子病中记。[第1页]

则杰按：此跋张明观、黄振业已据以辑入《柳亚子集外诗文辑存》“1936年”(上海人民出版社2011年6月第1版，第140页)，标题即作《柳溪诗征后记》。

02－096　濮川诗钞

沈尧咨等

四十三卷。沈尧咨、陈光裕辑，《四库全书存目丛书》集部第 414 册，影印民国二十一年(1932)石印本。

一、陆奎勋“濮川诗钞序”(第 1—2 页)

从来地以人重。辋川之以王，浣花之以杜，类皆文采风流，炳灼千叶，濮川何独不然？濮川向名“梧桐乡”，为宋吏部侍郎濮斗南赐第。杨铁崖、宋潜溪后先有记，名昭志乘。自宋元来，代多述作。明季沈海鸥先生，与孝子濮澹轩前辈，以诗倡率，里中人翕然风从。入国朝，号称极盛。海内月旦之评，谓其诗得正宗焉。顾诗之散见于选刻家者殊少，既无手辑专集，或集虽成而未及开雕，几几乎零落无存。噫！人不幸仅以诗传，又不幸而无以永厥传，此其亟为表彰者，责不在乎后人欤？梅泾沈君山臞，[第 1a 页]海鸥之从子也，幼工诗，克世家学，而欲发潜德幽光，因偕谨堂陈君，检得前辈遗稿及同社之能诗者数十家绣梓，题曰《濮川诗钞》，蔚然成巨观矣。我郡滨湖负海，人文辈出。蒋翘之[之翘]《槜李诗乘》，虽什佰朱翰《英华》，要不若南疑《诗系》搜罗广博。南疑殁后，予复为之钞补缺漏，付之剞劂。己丑[康熙四十八年，1709]距今，已阅三纪，诗老游道山又指不胜屈，行将事“续编”之选。禾中若鹿干新编《南池诗钞》《同会倡和》，我邑若“东湖”“洛如”两社诗集，均可引为将伯之助。今喜诵《濮川诗钞》，不亦大慰予怀也耶？山臞于锓成日，寄诗索予序，有云：“即今不收拾，是则谁之咎？”又云：“吴地无风[第 1b 页][第 1 页]诗，愿附《诗系》后。”予是以不能默而息也。衰年多病，笔秃少文，不敢虚沈、陈

两君之请，用题数语以归之。时乾隆庚申[五年，1740]，当湖易窝老人陆奎勋书于宝啬斋。[第2a页][第2页]

则杰按：此序陆奎勋《陆堂文集》(《四库全书存目丛书》集部第270册)未载。

又，此序所引沈尧咨(山臞其字)诗句，见于集内所收沈尧咨《晚盥集钞》卷三《寄呈陆聚缑内翰》(第168页，陆奎勋字聚缑)。

二、陈梓"濮川诗钞序"(第2页)

幽湖有双贤桥，以宋潜溪、杨铁崖得名。当元之季，濮仲温乔梓饶于资，为"聚桂文会"。一时名士，以文卷赴者五百余人，请铁崖主牛耳，骘优劣。四方避地诸贤，皆来侨居，日以文酒酬和。桐庐姚桐寿目为"乐郊"，洵不虚也。然顾阿瑛玉山堂名胜，裒然至今存；而幽湖倡和之什，无闻焉。余每怅然惜之。当明之季，濮澹轩复以诗鸣幽湖。时沈海鸥、戴曼公亦多慨慷之音。嗣后风雅渐开，迄于今，土著、流寓，几于家有传集。使不汇而登之枣，将毋散佚湮没，复踵前恨耶？此吾谨堂之裒辑鼓励，为功不小[第1a页]也。其诗合之则成全集，分之各为一家。搜罗续镌，方兴未艾。后之览者得有所据，观于今昔盛衰之故，以为振起一隅人文之助，重有赖焉。庚午[乾隆十五年，1750]壮月，客星山人陈梓识。[第1b页][第2页]

三、"濮川诗钞题词"(第3页)

[一] 科学风行文学熄，嬴秦火后火翻奇。天怜累代穷吟苦，人爱故乡先进师。槜李爪痕终不灭，梧桐尾响有相知。欧西不少离骚客，莫笑书生中国痴。[其一]

诗本輶轩采访来，国风源自国民开。梓桑褒贬斯文职，里巷讴吟野史材。堪与棹歌同口吻，先教镇志费心裁。乘书自古浑无例，父老流传劫不灰。[其二]

新溪后学盛同枝拜题。

[二] 濮川诗钞存孤本，掩骼埋胔宛似之。即此灵魂以不死，请观三十三人诗。[其一][第 1a 页]

凡事飞沦各有缘，碧纱笼护出朱仙。诗魂葬后重苏醒，掀起尘尘覆瓿眠。[其二]

后学程量书谨题。

[三] 卅五诗篇存库目，未详姓氏失传人。集增其九家增四，辑佚功尤属沈陈。[其一]

如今花样竞新翻，求旧尤欣硕果存。检点遗编重写定，濮川诗派识渊源。[其二]

《濮川诗钞》，其载入《四库·存目》者仅三十五卷，凡二十九家，惜不详编者姓氏。今沈氏红药山房藏有孤本，为沈山臞、陈谨堂两先辈所辑，都四十四卷，凡三十[第 1b 页]三家。夏颂椒先生修志时，曾命其子祖年录副一通，委余校雠。朱君励深假此本写印若干部，以资流传。因赋二绝，借述颠末云。民国第一壬申[二十一年，1932]之秋，郑曰章谨识于让水轩下。[第 2a 页][第 3 页]

则杰按：此处郑曰章诗歌称"卅五诗篇""集增其九"，跋语称"都四十四卷"，与实际不符。其后"濮川诗钞总目"(第 4 页)，原载作者三十四家，其中第二十七家屠嘉正注明"原阙"，确实为三十三家；但别集三十五种，原列四十五卷，其中第二十四家曹士勋《萍梗集》、第三十一家沈孔键《柴门集》正文各少一卷，则实际为四十三卷。各小集名称，详略与正文多不相同。

【附录一】《四库全书总目》卷一百九十四集部总集类存目之四(中华书局 1965 年 6 月第 1 版，下册第 1778 页)

濮川诗钞三十五卷(浙江巡抚采进本)

不着编辑者名氏。所载濮淙《澹轩集》一卷，沈机《梅泾集》二卷，沈朗《恬翁集》一卷，冯允秀《梅花逸叟集》一卷，杨炜《云竹集》一卷，杨燮《勖亭集》一卷，杨炯《南游草》一卷，周映康《雪芝[芸]集》一卷，周龙雯《怀孟草》一卷，周甸《峄山集》一卷，陈选［勋］《蓝染斋集》一卷，徐晞《赤岩集》一卷，徐嘉《得月楼集》一卷，张其是《碧草轩集》一卷，陈曾祉《心隐集》四卷，沈履端《竹岳楼草》一卷，沈尧咨《晚盥集》三卷，濮光孝《学圃集》一卷，程琦《芳峻稿》一卷，陈乐《故乡草》一卷，曹［士］勋《萍梗集》一卷，钟梁《来霞集》一卷，陈光裕《荻书楼稿》一卷、《石墩草》一卷，张宏牧《懒髯集》一卷，陈梓《客星零草》一卷、《寓硖草》一卷，张宏范《霁阳集》二卷，沈钟泰《荻书楼遗稿》一卷，潘亮《一得吟》一卷，释佛眉《龙潭集》一卷，凡二十九人之诗。观张宏范《霁阳集》后有陈春宇跋，称"从祖谨堂公选刻《濮川诗钞》"，而陈光裕《荻书楼稿》前题曰《谨堂集》，是编殆即光裕所辑欤？

则杰按：此集编者，据上录有关序跋，可知其为沈尧咨、陈光裕（谨堂其号）二人。

又，此处所列作者仅"二十九人"，小集仅三十一种（次序与影印本不同）、三十八卷，可知实际为残本；较之原书，所缺为原第二家仲弘道《瓯香集》二卷、第十八家周暾《顺宁楼稿》一卷、第三十一家沈孔键《柴门集》一卷、最末第三十四家释豁眉《随扣集》一卷（次序均据卷首总目）。其标题总称"三十五卷"，亦与具体所列三十八卷自相抵牾。

02－097　同岑集

李夏器等

十二卷。李夏器、潘居贞、沈宗圻、李令晳辑，台湾新文丰出版公司《丛书集成续编》第116册，影印民国十一年（1922）吴兴刘氏嘉业堂刻《吴兴丛书》本。

一、李令晳“序”（第125页）

《同岑集》者，镌吾郡同人之诗，举景纯赠太真“异苔同岑”之句，以名其集者也。忆余病且五年，得景纯故址，小构一室，颜曰“是山”。晨花夕月，拈须抱膝，得句往往在有意无意之际。而远近以诗教者，积帙充案。因与同学偶语，若罗吾茗、霅间诗，汇为一集，以寄臭味，亦一快事。夫诗自《三百篇》而下，汉魏六朝、三唐两宋，风调各殊，体裁不一，不暇远引。近如高、杨、张、徐，雄浑清越，非隽永可味者欤？一变而为成、弘“台阁”之体；怀麓首唱，和者流易。北地、信阳，洗发浣花之眉目，非不居然卓绝也，而正变云扰，谈者互有异同；琅琊、历下，好古力学，起而乘之，而希声[第1a页]掠影者，亦复充满天下。竟陵矫以清深幽渺；迨其末流，不失之纤，即失之寂。风骚之帜，一予一夺如此。总之，靡缛相师，性灵掩抑；求其直举胸怀、独妙闲旷者，几人哉？吾湖素称清远，人皆潇淡迂烈，孤情绝照，与山水相映；发其所投诗，或数日而得一什焉，或一日而得数编焉。大阮不器，暨菊旃、云石辈，不间寒暑，为之遴选诠次。逾年而集成，清音亮节，洵可歌而可咏也。江云陇树，不隔相思；对宇望衡，犹存雅咏。其间纵出处云泥，而臭味自同水乳，宁无人焉各出性灵，希景纯之超逸，追太真之裁鉴者乎？当世子云，必有知予言之不妄者。是山石

孄李令晢撰。［第1b页］［第125页］

二、“辑同岑六则”（第125—126页）

［一］ “及尔臭味，异苔同岑”；出世用世，两不相谋。亦何郭生之倾倒于温公也？洵所谓交以淡成者欤。此方戢影于菰芦，彼则蜚声于霄汉。爰搴异藻，独羡鸿冥；载揽奇葩，咸矜凤翥。但使韵谐金石，何嫌迹判云泥。

［二］ 卷分十二。拟先老成，人以典型。一郡乃瑶缄络绎，寓目纷纭。或韶英之篇什先投，或耆硕之咏歌晚掷。况复未邀謦欬，莫觌容仪；纵欲约略岁年，亦甚参错难稽矣。随到随梓，何轩何轾，孰后孰先？未闻《桓》《酌》《驷》《那》，遂逊《邶》《鄘》《齐》《魏》。

［三］ 自乙未［顺治十二年，1655］秋仲，剞劂伊始。两更裘葛，幸告成劳。讵意甫［第1a页］锡琳琅，玉楼赴召者若而人；旅披珠玉，板屋羁栖者又若而人。痛人琴之永别，怅形影之长离。并载初编，忍忘夙雅？

［四］ 一郡已分七邑。一邑之中，环聚城市者十之一，散处村落山泽者十之九。作者如林，岂尽宿名之士？不独丰神莫接，抑且姓字未谙。或珠盈万斛，锦错千端，原不觉其有余；或光珍片羽，味惜寸脔，未始见其不足。至于屡托邮筒，转加什袭；我怀子情，顾安得携手一豁也？毋金玉尔音，以宠嗣刻。跂予望之。

［五］ 景行方来，作宾斯邑；栖山枕谷，郡史志之。若乃陂门余不蚤招寓公于元始之年，青笠绿蓑，笔床茶灶，往［第1b页］［第125页］来苕、霅间，自此不绝。于今贤豪辐辏，唱和联翩。谁煮藜羹，谁餐白石？若非烟霞钓叟，便是江湖散人。敢借寓贤，以垂斯集。

［六］ 教外别传，不贵语言文字。偶来兹土，岂是买山？到处不即不离，知他是凡是圣？云闲自然散彩，漫逐青黄；月迥曾不矜秋，肯随音响？请看半满，总是全提；偶尔成文，并无一字。即使去住莫定，原自宾主历然。爰辑斯编，不遗方外。［第2a页］［第126页］

三、姚贤俊“跋”(第 194 页)

《同岑集》十二卷,为潘天行、李不器诸人所辑,而李霜回序其首。霜回厄于史案,此书亦在禁例。我家旧有其书,藏之百余年,后亦遗佚。杨、洪劫后,予于无意中得之,什袭珍藏五十余载。异代之后,禁网渐纾,粟舟侄因得借观。其友朱君谷生,见而好之。适南林刘氏有丛书之刻,介绍颜君冠三,愿借原书校对。俊以原刻为人间孤本,未敢轻许;而刘君翰怡表彰乡先哲遗著不遗余力,许允影抄一部以应所求。寒暑未辍,半载而成。间有缺字,可补者补之。借刘君之力,是书重行于世,诚快事也,因记其缘起如此。我家宏远堂基,为是山园旧址;旁有郭[第 1a 页]璞井,园即景纯故宅也。有稚川烧丹处,尝镇蛟于此,留小池以通蜃气,时人呼之为乌盆潭,其故址犹存。后之留心掌故者,因其迹溯其源,未始非此书之一助云尔。戊午岁[民国七年,1918],邃含老人姚贤俊跋于临苕小筑,时年七十有六。[第 1b 页][第 194 页]

四、刘承幹“跋”(第 194 页)

《同岑集》十二卷,归安李令皙与同郡长兴李夏器诸人所编辑。令皙旋以庄廷鑨史祸染连得罪,是书亦在禁网中,原版无存。姚氏宏远堂有藏本,中更咸丰庚申[十年,1860]之乱,失而复得;又秘藏五十余年,不轻示人。余从颜君冠三辗转借钞得之,盖三百年来仅存之幸草也。当日惧祸,自不敢传布。今覆核之,并无违碍字样,自应不在禁例中。卷中录吾郡诗人,益以寓贤、方外;自明季及国初,凡三百数十人;多胜国遗老,而兴朝贤杰亦并甄采,如归安严我斯、德清徐倬,皆由翰林历阶卿贰。叙例所谓“但使韵谐金石,何嫌迹判云泥”,可见当时风雅气谊。虽集菀集枯,所遇不同,然随感而发,各写欲言,此“异苔[第 1a 页]同岑”,书名所由昉乎。惟铨次不依先后,由其时征访所得,随到随刊,未及排比。重以卷中诸人有罹祸者,仅存初编，遂无续刻耳。国家右文，康、乾两朝连举大科，浙人预选者吴郡称盛，要由前辈流风所渐。观此，借可考见文字师授渊源。然时经兵燹，又值史祸，多有寓词隐约、不敢显言者。第三卷陈忱《感赋》，有句云："今世断难容季布，当时原不重扬雄。"惊弓之鸟，可知其怀抱矣。今是书久晦复显，不可谓非前哲之灵所呵护，假手后来者以存之也。壬戌[民国十一年，1922]闰五月朔，吴兴刘承幹跋。

[第 1b 页][第 194 页]

02－098　国朝湖州诗录

陈　焯等

三十四卷。陈焯辑，郑佶订，道光十年庚寅(1830)小谷口刻本。(浙江图书馆藏)

一、郑佶“湖州诗录续录合刻序”(第1a—2a页)

湖州诗，自齐梁间沈约、邱迟提倡而后，代有多人。元人汇编《吴兴绝唱集》、明邱秀才吉《吴兴绝响录》、常熟钱大令学《吴兴诗选》，久行于世。国朝沈太史树本，昉六朝以迄康熙，编《湖州诗摭》一百八十卷，未梓而散佚。士林不得尽见，叹为恨事。陈无轩学博焯，有志掌故者也。以戴冏卿璐专录国朝人诗，仍太史旧名《诗摭》者，从而广之，改题《湖州诗录》。自明季迄嘉庆，凡得九百余人，厘为三十四卷。无轩殁后，乌程邑侯彭明府志杰颇尚风雅，任刻资；刻仅四卷，罢官去而止，于今有年矣。原本留[第1a页]存沈叙轩观察惇彝处，叙轩与其族叔禹门明经鲤跃，详加校勘，为善本也。岁丙戌[道光六年，1826]春，叙轩寄余谋梓，余读而叹曰：“美矣！备矣！”而例以已故者为限；今距无轩殁几二十年，昔存而今亡者又多焉，合编“续录”。以书商之，叙轩亦以为然。于是互相采访，邮筒致者往返如织；远近闻而投赠，纷至沓来，又得二百余家，编为十六卷，题曰《湖州诗续录》。夫以一郡之诗，二百年间，前后共得一千一百余家，岂非我朝诗教振兴，渐摩久远，生其地者际歌咏太平之盛，而又得父兄师友之涵濡，朝咏夕吟之所致也哉？余少壮时，见乡先哲遗集，尝与徐雨亭上舍[第1b页]溥(有《双溪十二诗人传》)、姚荃汀明经文泰(有《双溪棹歌》一百四十首，半纪前人残篇断句)、柴墨池秀才友诚

（有《双溪诗选》）分钞藏之，以备汇刻。而三君先后归道山，余亦奔走四方而未果。今年八十，乃得躬亲是役，独赖叙轩相与以有成。叙轩为太史三世下族子，以诗世其家；前所谓太史手葺一百八十卷者，搜得其全，刊以行世，洋洋乎湖人诗之大观也，余深有望于叙轩。道光九年，岁次己丑［1829］，孟冬月，柳门氏郑佶识。［第 2a 页］

二、郑佶“凡例”（第 1a—2a 页）

一［一］　是《录》陈无轩学博手编，而无序文、凡例。读其诗，平奇、庄逸、浓淡，各择所长，不拘一格。《续录》亦仍此例。

一［二］　沈雪樵祖孝、沈蓉乡懋华、张雪子映斗、孙苏门培、沈石塘三秀诸先哲，吾湖素称作家，前《录》所载无多。无轩当时不见全集，都从别本采入。今访得之，有卓然不可废者，谨为补入《续录》。于其人下，则注见前《录》某卷以别之，庶不没无轩采访之功。

一［三］　凡一人里居后载某孙某子某弟，必其先人有诗于前者，以见家学渊源。［第 1a 页］

一［四］　凡一人一二诗［者］，吉光片羽，洵足宝贵；间有平妥之处，不敢弃遗，以仍因人存诗之旨。

一［五］　吾湖夙号山水窟，地多伟人名流。游历所至及往来赠答，在在有之。即如王烟客时敏、金寿门农、沈樗崖延瑞诸公，家先哲尝相往还，曾寓双林之澄心庵。原本寓贤止四十余人，而烟客诸公皆不与焉。无从遍访，未免挂漏，今删去。

一［六］　原本第三十二卷系无轩父子诗，依芮挺章选《园［国］秀集》附己作之例，亦无不可。今归入《续录》，仍以行辈先后排次，非脱略也。［第 1b 页］

一［七］　凡迁居他处入籍而于原籍注销已历一二世者，例不入选。兹若登江南辛巳［道光元年，1821］科解元张铁甫海珊，虽籍震泽而其叔鸣高系浙江乾隆丙午［五十一年，1786］举人，兹故登之，非借才异地也。

一[八] 《续录》已编过半。后有投赠，随到随编。科名行辈，间有参差，阅者原之。

一[九] 吾湖七属，地甚广远。见闻浅陋，深恐采访未遍。凡同桑梓惠而好我，代为搜罗，寄到随录，拟刻“补遗”，翘首望之。[第2a页]

02－099　国朝湖州诗续录

郑　佶

十六卷。郑佶辑，道光十一年辛卯(1831)小谷口刻本。(浙江图书馆藏)

一、郑佶“国朝湖州诗续录编后感旧杂诗”十五首(第1a—6b页)

[一]　莫须谷师峦，字学成，岁贡生，佶从游最久。手编诗集，颜曰《芸窗小草》。佶曾钞录一通，辛丑[乾隆四十六年，1781]不戒于火，被焚。后九年，师亦遭此厄。今《续录》不存片羽，负疚无极。

回思风雪立程门，诗派源流细讨论。遗集空教留副墨，烟云过眼了无痕。

[二]　方筠谷先生森，字越珊，廪膳生，从兄棹亭师也。录其诗一卷，行止必携；兄殁戍所，不知流落何所。先生为佶嫂氏之胞兄，以雁行视佶。少时妄希学步，忝[第1a页]承奖誉。近编《续录》，无从采访。记取题先伯小照诗，忘末二句，沉思不得；忽于梦中闻有朗诵全篇者，觉后记之。录中存者，仅有此耳。

映翠楼头开讲席，涂鸦少作许评量。一从迁客边陲老，赖有吟魂入睡乡。

[三]　严苕门惇彝，字湘云，戊戌[乾隆四十三年，1778]成进士，早卒。孙春帆携其手钞诗集赴粤谋梓，不逾年客死，遂佚。陈无轩前《录》，仅登数首。今沈懿哉以钞存一卷付予，读之，不觉四十年前亡友遇于吟瓢酒盏间也，为之狂喜，增入《续录》。[第1b页]

风情萧洒悲歌少，病里闲吟最自然。不道骊珠沉海底，还留鳞甲露云间。

［四］ 孙春帆嘉言，字贻三，苏门先生孙，以诗传家。与予为中表昆弟，甚相得也。尝安砚于武林王氏园中，名流争投缟纻。寻应居停观察粤东之聘，竟死于粤。及门王香谷辈欲刻孙氏三世诗，行箧中检无遗稿，乃止。无轩前《录》，仅存《同园杂诗》数首。回忆当时酬唱甚多，吟朋凋谢，亦归乌有。予编《续录》，抱憾滋多。

恶竹丛中斩万枝，工于琢句苦沉思。青箱世业谁传述？［第 2a 页］零落同园壁上诗。

［五］ 徐兰谷芝仙，字玉亭，廪膳生，早擅文名。钱稼轩先生督试吾郡，已定选拔；偶病卷违式，遂落。旋游京师，考取四库馆誊录，未就职而归，郁抑以殁。子春熙以遗稿属余校勘，亦被焚于余家。辛丑［乾隆四十六年，1781］之火，每一念及，作恶数日。

骈体专攻庾子山，高华典重孰追攀？回头卅载文人厄，那得明珠合浦还！

［六］ 袁月樵宏望，字海峰，诸生。徐兰谷妹婿，又高弟也。与予相知甚早。书札见贻，必界乌丝，颇精雅。著有《兰［第 2b 页］亭边旁考》一卷，考证详明。早卒，不知今归何处。其诗仅于沈太初稿中录存一首。今定《续录》，视前人之一无存者，差慰尔。

翩翩风致冠当时，度曲工书雅善诗。归去蓉城何太速，黄金若个铸袁丝？

［七］ 严虚白谦，字抑之，少工诗。辛丑［乾隆四十六年，1781］成进士，出宰山西武襄、江西高安二邑。后即赋归田，益肆力于古文，诡不言诗。余就养南康，虚白掌教白鹿书院，常来官舍。有三村看花之游，载酒于圆觉寺中，赋《城南纪游》五断句；酒半酣，向余曰："三十年诗戒，为君开矣。"［第 3a 页］稿留箧中，俟检得之，登之《续录》。未窥全豹，已见一般［斑］。

辞官高卧严虚白，希有文章仰斗台。犹记三村桃李宴，卅年诗戒为余开。

［八］ 沈东桥鼎生，字承风。隐居竹墩，志行高洁。所居墙垣多隙漏，其弟为之补葺，蹙额曰："风霜中，正好坚其筋骨，焉用是为？"呼彻［撤］之。有姊适吾里蔡氏，早寡，时来讯问。至，每过予，谈诗竟日。与随园有连，爱其山色，借司笔札，以恣吟眺，几二十年，老死其地。兹编《续录》，索取遗稿，竟不得，为之叹息。传与不传，有数［第 3b 页］存耶？

打头破屋似僧寮，老客随园破寂寥。万树梅花吟坞里，有谁来吊沈东桥？

［九］ 谈枝春遵□，字齐贤，国学生。与予为中表兄弟，酷嗜诗。凡有所咏，即以示予，惜今无存。近检徐雨亭《卧云轩集》，见有《寄怀枝春》题，阅之，枨触于怀，为之三叹。东庄，枝春故居。

卧云集里怀君句，应是多情有报章。搜遍遗囊无觅处，几番含泪问东庄！

［十］ 沈问庄飞霞，字振华，诸生。工书诗，负才气，时辈多畏［第 4a 页］之。今检沈漫士《雪泥集》，有《寄怀家问庄》题。予犹记昔时分咏"八台"，问庄得《韩侯钓台》"片石垂纶国士风"一句，余无所见，不胜呜咽。徐兰谷《黄金台》云："异代不教良马去，全师那有火牛侵。"袁月樵《鲁连台》云："交游羞伍三千客，谈笑能挥百万兵。"二君稿佚，因连及之。

纵横意气短刘曹，造物怜才恶太豪。莫向八台夸国士，真留名氏感同袍。

［十一］ 倪东庄应泰，字文山，诸生。早擅名誉；年将六十，始博一衿。喜吟咏，随作随毁。与予为忘年交。一日会文，［第 4b 页］自夸饮茶可尽二十四碗；试之果然，一座抵掌大笑。后好仙术；居近虹桥，朝昏立桥上，目对日月呼吸，竟以狂死。遗集散佚，可慨也。

儒冠道服街头走，日月精华桥上吞。痛饮卢仝茶七碗，掀髯奇气向谁论？

［十二］ 俞苏庄应樾，字庑之，诸生。少有才，乡先辈均以大器

期之。遭家多故，又困棘闱，牢骚寡合。后病足，不能出门。舍柴墨池、徐谷耘，与予，无过问者。予尝往视，剧谈忘暮，临去依依不忍舍。年未六十而殁。其子赓夏以遗稿属予订定付梓，阅后归之。未几赓夏[第 5a 页]死于南浔外家，稿竟无索处。

不合时宜一肚皮，横空硬语墨淋漓。玉盘珠走空迷目，悔失当年幼妇词。

[十三] 映谷兄遵朝，字宸瞻，国学生。以子仕，封登仕郎。工诗。间作墨兰，颇饶逸气。草书得右军笔法，名冠一时。诗不多赋，亦不收拾，今无存。予犹记其《陕西道上晓行》一联"瘦马缓行三十里，前村初唱五更鸡"，当时传诵，惜不能忆全篇。

能诗竟被书名掩，画笔还堪入品题。马上梦回传好句，缓行卅里唱晨鸡。[第 5b 页]

[十四] 草堂兄龙跃，字在天，诸生。读书默诵。凡有所作，彳亍中庭；腹稿就，奋笔疾书，不易一字。从方筠谷先生游，尝谓其书法诗笔，文皆苍老，见者不知是少年。年十九补弟子员，逾年而卒。著有《草堂吟稿》，辛丑[乾隆四十六年，1781]室灾无存。兄弟行中，予最后，于予颇期许。余编《续录》，不及登一鳞片甲，满目悲凉，不堪回首。

阿兄手迹久云烟，我愧当时属惠连。五十年来春梦醒，池塘依旧草芊绵。

[十五] 僧两峰德源，澄心庵住持，云林延主方丈不赴。早起诵经罢，喜攻诗。同人修禊石漾，得句云："镜中双刹[第 6a 页]诸天近，树里扁舟一叶飞。"合座倾倒。遍索遗稿不得，能无怃然？

诵罢楞严早掩扉，龛灯枯坐悟玄机。流传石漾惊人句，树里扁舟一叶飞。[第 6b 页]

02－100　浔溪诗征

周庆云

四十卷、补遗一卷。周庆云辑，民国六年(1917)梦坡室刻本。(浙江大学图书馆藏)

一、姚文栋“序”(第 1a—2a 页)

诗家之有总集，或以体分，或以代分，或以地分，其源皆出于《三百篇》。如“十五国风”，即以地分者也。后世若《会稽掇英总集》，若《严陵集》，若《鄞江集》，自宋人创其例而于浙为多，大旨主于网罗放佚，惧文献之无征。虽各限以方隅，实与志乘相表里，意至善也。吾友周子湘舲，家于浙之南浔镇。镇中先有范氏来庚《南浔诗征》、沈氏登瀛《南浔诗文汇录》、纪氏磊《南浔诗录》，或已失传，或阙略未备。因重事搜罗，自元明以来，得三百四十余家，为诗五千九百余首，都四十卷，名曰《浔溪诗征》。浔溪在镇之南，镇[第 1a 页]以是得名也。夫《国朝诗人征略》限于代，而溥及全国；《两浙輶轩录》，溥于全省；《湖州诗录》《吴兴诗存》，溥于全郡，其范围广，则偏隅僻壤，所录寥寥，势不能以遍及，岂若周子搜岩剔薮，穷力所至，无憾于心；在乡言乡，使千载沉埋，一朝毕显哉？抑闻之，古者太史陈诗，凡里巷歌谣，在所必采，将以验教化而觇风俗。今天下之镇类于浔者，无虑百数，不能如周子其人一一尽表彰之，则姓名之湮没终古者，何可胜道？诗教衰而民亦无所劝惩。予序周子之书，辄回溯近世名人——序《浔书》者，有董氏说；序《浔溪文献》者，有潘氏尔夔；序《南浔文献志》者，有方氏熊；序[第 1b 页]《南浔镇志》者，有汪氏曰桢。浔之人何以皆能爱其乡，联袂接踵而起，若斯之盛也，岂天亦有偏厚于浔者欤？因此深冀他邑之人，咸知爱其乡，以浔为法，毋使浔专美于前，则周子所以广其浔，为他邑倡者，其心亦将大白于天下也夫。丁巳[民国六年，1917]秋九月，上海姚文栋。[第 2a 页]

二、宗舜年"序"（第 1a—2b 页）

吴兴蚕织之利闻天下，衣被赤县，暨于海西。浔之人用贸丝起家者，连甍接栋，猗顿相望。吾友周君梦坡，生于殷赈之乡，被服儒素，萧然若无与，博学多通，而尤深于诗。辛亥[宣统三年，1911]后，侨居海上，益发愤著书。今岁以余力成《浔溪诗征》四十卷，自元庞夷简以下，凡三百四十余家。舜年受而读之，慨乎有慕。近古以来，鄞遂之间，都亭一隅之地，以诗文总集鸣于世者，求之诸家书录，盖不数观。浙西多巨镇，弦诵之盛，比于都邑。以舜年所知，则有许灿《梅里诗辑》二十八卷、沈爱莲《续辑》十二卷、陈光裕《濮川[第 1a 页]诗钞》四十五[三]卷、曹宗载《硖川诗钞》二十卷。而梦坡继之，岂惟山川清淑之气，磅礴郊垌，抑亦一二贤哲敬乡之盛心，采玉搜岩，郁为风会，凡老死不出家巷之穷生、幽营秘削之孤唱，更千百年，出诸榛莽之墟而登之堂庑，诚盛德事矣。浔溪文物，掞张于明中叶，极盛于乾、嘉。梅林董氏，代有闻人。他若曹敦山、谢文若、杨秋室、施北砚、邢书城、刘疏雨、张秋水、范声山、孙愈愚、沈子敦诸家，类皆方闻缀学，姚声当世，则斯编之眉目也。陈、曹两家之书，未见传本；其人物之盛衰、采摭之疏密，不知视此书奚若。若《梅里诗辑》，则竹垞老人创稿于前，李奕庵遁麓、[第 1b 页]蜕庵敬堂赓续于后，而许晦堂集其成。又历百余年，至道光之季，吾乡朱先生绪曾官秀水，始为校补梓行。《续辑》，则朱先生得李芗沚原稿，而沈远香辈足成之。梦坡今日所遭何世，不特竹垞、芗沚如在天上，即吾乡朱先生，当海禁棣通之始，犹得从容与邑之贤士大夫征文考献，亦有渺若山河之感。风轮火劫，礼坏乐崩，昔日掎裳角艺之同辈，逡巡舍去，独梦坡奋髯抵几，勤心力于深冬之绨绤，怀铅吮墨，甘之如饴。梅里诸贤为其易，梦坡则为其难，可不谓豪杰之士欤？先大夫平生宦辙遍浙东西，曾手辑《严州诗录》；两守湖州，重建爱山台，绘图[第 2a 页]赋诗。汪谢城丈和之，有“差幸中郎识元叹”之句。忽忽四十余年，如露如电。先大夫既早谢宾客，汪丈姓名亦登斯集，遂为浔溪耆宿之殿，此则舜年所为掩卷怃然者已。丁巳[民国六年，1917]重九，宗舜年。[第 2b 页]

则杰按：此序所谓“陈、曹两家之书，未见传本”，实则至少其中“陈光裕《濮川诗钞》”尚有传本，可见该种。

三、李详“序”（第 1a—2a 页）

浙西二郡，嘉、湖并称。嘉兴之有梅会里，乌程之有南浔镇，一县之人材荟粹于此。英俊之兴、文采之迭霸，举其姓氏，几与名都会相埒；僻左之行省，且莫逮焉。梅会里既有《梅里志》，又有《梅里诗辑》；《南浔志》自汪谢城书出，蔚然卓裁，一掩前人之迹，驾而上之。《浔志》集文之外，又有《莲漪文钞》。乾、嘉以来，若杨傅九、施非熊、张春冶、沈子敦等，诸家精骑之文，略著一斑。谢城自承见里人诗文百有余家，特钞近时十家之文，刊附《志》后，以永其传；而以诗集过繁，未暇及此。此红巾乱前之言。庚申[咸丰十年，1860]之后，意谢[第 1a 页]城所谓百余家者，亦仅有存者矣。吾友梦坡居士，去谢城修志六十年，有《浔溪诗征》之举：苦心捃拾，裒录至三百四十余家之夥，都凡五千九百余首，为卷四十；一以遗山“以人存诗，以诗存人”为法，而于槁项黄馘，湮没而不彰者，少从宽假，拯之使显于世；小传轶事，宁繁不杀，以俟世有再续《两浙輶轩录》者，取资于是。其盛德被于乡里，而迫欲为先辈计百世者，至可敬也。梅里诗见许晦堂所辑，李香子言，于里中缀学之士无人不登，据此似有滥收之敝。窃谓梅里之清芬，恐不及吾梦坡之都录矣。昔顾侠君《元诗选》成，梦有衣冠拜门致谢；梦坡之[第 1b 页]邦懋乡耋，精灵未泯，意必有愉愉，无瞿瞿，俯而拜者多，立而盱者绝少也。谢城可作，有不引为同志也邪？丁巳[民国六年，1917]七月七日，扬州兴化李详。[第 2a 页]

则杰按：此序又载李详《李审言文集·学制斋文钞》卷一（江苏古籍出版社 1988 年 6 月第 3 版，下册第 909 页），标题即作《浔溪诗征序》；除删去末尾署款之外，其他文字基本相同。

四、孙德谦“序”（第 1a—2b 页）

《诗》者，国别之史，声教著焉。宣尼删订，取合弦歌，一言蔽以“无邪”，“四始”昭其得所，昔人所谓“不更孔公，风雅无别”者，斯固选家之托始矣。后世选文之例，昉自萧梁。论者以其宏综百家，包举八代，谓与龙门纂史异辙同轨，夫岂不然？顾“国风”十五，政俗攸关；方州志乘，实为嗣响。若乃沈莹《水土》，拾其旧闻；殷璠《英灵》，证其坠简。最录乡产篇咏，以备一方之史，盖尤具体而微焉。吾友周君梦坡，特善歌诗。或述酒寓言，隐伤履运；或抚琴余弄，辄抒幽襟。诗以言志，其道然也。夫空文垂世，其在不朽；芳流歇[第 1a 页]绝，今古同嗟。君以浔溪偏隅，诗人踵系，咸蓄盛藻，独秀当时；苟非搜采英华，网罗放佚，是则莫为之后，虽美勿传，良可惜也。于是颖露笺云，瞑钞昕写，凡自元、明而降，下讫嘉、道以来，得三百四十余家，勒成四十卷，名之曰《诗征》。不惟汲冢古文，摭汗竹之逸；故家遗俗，笃维桑之恭。古者太史采诗，以观民风，君殆冥寤于怀，荟兹巨帙乎。考之往昔吴兴纪咏，鄙宗莘老，首辟山林；子由、倪氏，更为分韵。唯此浔溪，无闻鸠聚。范、沈二集，既叹散亡，或又辍简雍、乾，未贯终始。呜呼！先士有作，贻美方来。使夫神剑沉埋，玄珠沦丧；揆之史氏述故，宣阐幽微，岂其若[第 1b 页]是？夫《诗》三百篇，闾里讴谣之作、妇女哀怨之吟，国史所以明得失之迹，达于事变，而怀其旧俗；先圣又施之礼义，手定为经。此录萃茂陵之遗草，范会稽之掇英；文献征存，备哉灿烂。兼复博甄坟籍，附缀评论。观其命意，非取法于史家传赞，借广异闻乎？要之，子舆氏有言，诵诗读书，贵在知人论世；知君研治乎诗教者深也。往者，疆村侍郎辑有《湖州词征》，余读而善之，以为郡国之史，导源于诗词者；诗余都为一集，而孝侯风土之思、乘祚耆旧之录，于是在焉。君则厥协诗篇，丘言或囿。弱年山水，萦情乎钓游；托兴风云，取资于故实。名山盛业，足以与[第 2a 页]之并传。虽然，吾吴人文，夙称皋薮。近者曹复盦观察，始焉理董骈文。至于诗家杰出，代有闻人，允宜恢闳别裁，整齐前藻；撰庾楼之记，继乐圃而兴。三复君书，益使余心向往之矣。丁巳[民国六年，1917]秋八月，隘堪居士孙德谦。[第 2b 页]

五、喻长霖“序”（第 1a—2a 页）

余昔丁未[光绪三十三年，1907]，长两浙师范学校，始识周梦坡先生，甚敬其人。一别忽忽数年。国变后，侨沪，过从渐密，联尊酒文字之欢，益敬其博雅渊粹，深愧向者知君之浅。沪上俗侈靡，豪者日征逐六博，侍伎酣歌，穷日夜，往往流荡忘返。君饶于资，顾独恂然敛抑，无富豪气，惟宾敬魁儒雅士、时贤长者，赋诗论文以为乐。每晨起，临池数纸，书翰逼近古人。又审音谙琴律，抚弦顾曲，渊然作金石声。每日如是，以为常。性闲雅，淡于荣利，一生无姬妾，惟好文史。公余有暇，设席招同志，会文讲艺，擘韵敲诗。数年之间，[第 1a 页]已成《晨风庐唱和诗》十卷，前后付梓。又与刘翰怡诸君，创为“淞社”，会中多海内知名士。国变后，荐绅南下，“超社”“希社”，诸名不一，不久旋灭，惟“淞社”至今嶷然犹存。固由同人多志节气概之士，不随时变为转移；亦由梦坡二三君子维持雅意，足以贯注于永久也。生平好著述，前后刊《灵峰志》四卷、《琴书存目》六卷、《盐法通志》一百卷。近又辑《浔溪诗征》，自元迄今，选录三百余家，诗五千余首，为卷四十。浔仅菰城一弹丸地，而作者林立，近尤通材辈出。刘澄如京卿，撰《皇朝续通考》四百三十卷；其故弟紫回郎中，撰《国朝诗萃》若干卷；子翰怡京卿，撰[第 1b 页]《南唐书补注》十八卷、《明史例案》九卷，又刻《求恕斋丛书》《嘉业堂丛书》《吴兴丛书》各若干卷；张石铭，刻《适园丛书》十有六集；其余纂著尚夥，不能枚举。昔曾文正尝言，湘乡一县，旌旗遍十八行省；今浔溪一村，而著作足

树之江十一府之帜，异军特起，殆于吾两浙为有光矣。丁巳[民国六年，1917]阳月，黄岩喻长霖。[第 2a 页]

六、吴昌硕“序”(第 1a—2a 页)

昔者张南山举有清顺、康，迄雍、乾之诗，勒为《国朝诗征》[《国朝诗人征略》]；龚定庵先生序之，谓选诗与作史并称。先生后为邵子显序《校刊娄东杂著》，则曰：“爱其乡先辈，而乐以其言饷天下者，岂乏其人，何居乎不效子显之所为?”综是二端，征文考献，实系于此。然求之吾乡，惟朱沤老近有《湖州词征》之刻，他无闻也。今周君梦坡，竭数年之心力，成《浔溪诗征》四十卷，既将墨版，授序于余。夫浔溪为地，周遭仅十余里，而元明迄清，诗人辈出。当其摅篇振翰，信有可传。然中更朝社，半归堙失；即幸而存者，兵烬鼠蠹，所[第 1a 页]留遗于荒村故屋之中，其孰从而知之？况选诗之重，等于作史。谀闻之士，复惮其难而不为。故虽乐以乡先辈之言饷天下，非其才，亦懔焉旁顾而却走矣。梦坡熟于乡邑故献，复工为诗；一编告成，彰其宏愿，使浔溪一隅之文字蔚为巨观，诚有合于张、邵之所最录，龚氏之所嗟慕者也。余家安吉之古鄣，距浔溪至近；掇拾佳篇，惜无撰著。近岁始求得先集，重加校印。惟限于年力，有愧于梦坡为多。余尝闻之，顾侠君选元诗既竣，梦有古衣冠者来谢；语虽近诞，有以见文字精灵横绝宙合，竖尽古今，不能磨灭，忾然感中，曷云能已?用为序，以归梦坡；[第 1b 页]詹詹大言，亦以引申龚氏之绪论也。丁巳[民国六年，1917]夏六月既望，安吉吴昌硕。[第 2a 页]

七、刘锦藻“序”(第 1a—b 页)

浔于菰城东，仅弹丸地。嘉、道间，作者林立；经史词章，著述夥颐。迄咸、同而渐衰。至光绪初，几阒寂矣。然余童时，犹及见汪谢城、陆瓣香两先生，须眉浩然，每过吾塾，与吾师谈文娓娓，终日不倦。闻其时欲鸠资刊《南浔丛书》，事未集而二先生归道山。逮余既壮访问，则乡贤遗著，已太半散佚。相距不过二十年，而流风余韵，无复存焉矣。嗟乎！士人捐纷华，忘寝食，萃毕生之力，苦形劳神，以从事于斯文，以靳传世而行远，乃转瞬间与众人同澌灭于无有，岂不大可哀耶？吾友周湘舲学博，近有《浔[第 1a 页]溪诗征》之刻，亦犹汪、陆二先生志也。搜辑至三百四十余家之多，仿竹垞氏“因诗存人，因人存诗”之旨，选录从宽。数十百年中之零篇断句，已灿然大备。其用力之勤、程功之迅，实不可企及。方今教化陵夷，风雅道丧；彼世之所谓俊杰，能一切以富贵显荣者，方讪笑而鄙弃之。而君独抱守丛残，振音于空谷之中，何用心与世俗确然异尚欤？盖惧夫因循玩愒，故乡文献将与众人同澌灭也。其敬恭桑梓之意，讵不盛哉？编既成，以序见属；俯仰身世，慨然太息而归之。丁巳[民国六年，1917]花朝，刘锦藻。[第 1b 页]

八、周庆云“序”(第 1a—b 页)

浔溪诗家，唐宋以前无征已。元明而后，隽彦超翔；风雅之盛，甲于一邑。范来庚尝辑《南浔诗征》，惜其书不传。沈登瀛有《南浔诗文汇录》，稿亦散佚。惟纪磊《南浔诗录》，采辑一百三十余家，遗稿尚存。此外名家诸什，散见于《两浙輶轩录》《湖州诗录、续录》《吴兴诗存》《幽花[华]诗略》各书之中。其子孙编刊专集者，董熜之《董氏诗萃》外，纪磊又有《纪氏诗录》，编定未刊。然各编所载，均属之嘉、道以前；《輶轩续录》，鳞爪而已。则名篇隽句之隐显于风尘榛莽间者，何可胜数？窃不自揆，谬有《浔溪诗征》之编；非敢方驾[第 1a 页]范、纪二氏，亦以慨乡贤著作日久无征也。搜采频年，得三百四十余家，厘为四十卷，付之剞劂，将以扬先哲之清英，资来学之多识云尔。丙辰[民国五年，1916]腊月，周庆云。[第 1b 页]

九、周庆云“浔溪诗征例言”(第 1a—2a 页)

一[一] 浔溪诗家，唐宋无征；自元迄今，采录三百四十余家，计诗五千九百数十首，厘为四十卷，题曰《浔溪诗征》。

一[二] 是编意在阐发幽光。其有专集行世者，采摭稍略。至于未刊遗稿，以及孤篇警句，精英未耀者，则必广为搜采，惧后散佚。

一[三] 是编以诗存人，亦以人存诗。诗虽不工，而其人可传者，间亦采入。

一[四] 凡诗之有关于里中故实，及纪一时灾异之类，虽仅平通，亦必节取，以备志乘之考订。[第 1a 页]

一[五] 是编既第时代，而以生卒先后为序，每人各署字号、官爵及所著诗集之目，附以小传，并采及志乘传状、先哲评语，以为知人论世之助，其无可考者阙之。

一[六] 选诗自一二首以至百数十首，多寡不定。所录之诗，或从传钞，或从手稿；或从汇选，或从单刻；或从图画题咏，或从简册题辞。其间字句，不无有错误之处。若无可拟者，则填一空格；其可以推测而知者，则为改正。不敢妄为润色，以乱庐山真面。

一[七] 凡闺媛、寓贤、方外，仿志乘之例，皆缀录卷后；降及奴隶，亦附录之，以仍因诗存人之旨。[第 1b 页]

一[八] 是编范围，镇以外，兼及附近村落。如南桥、辑里、式间港、方丈港、丁家港、集木村等处，不乏诗家；虽多方搜罗，所得盖寡。即镇之人湮没难考者，更不知凡几。他日续有所得，当另为“补遗”，以缀集后。[第 2a 页]

十、“题辞”(第 1a—5b 页)

[一] 钱塘吴庆坻(子修)

百年绨帙理丛残，唤起吟魂续古欢。义取敬乡勤辑逸，功同收暴例从宽。苦心宜有通神笔，凡手谁寻换骨丹？宛雅越风前轨在，较量应叹后来难。

[二] 铁岭杨钟羲(芷姓)

大节温于石，遗民董漏霜。诂经秋水擅，释地落帆良。湖录编

谁继？蕢洲业独光。辑诗图绘否，心秤几衡量。［其一］

随讳留诚节，金年署泰和。昔贤有微尚，世事只颓波。旧德维桑敬，流光刻楮过。谁能废文字，一挽鲁阳戈？［其二］［第 1a 页］

［三］　新建夏敬观（剑丞）

湖诗录始大胡孙，倪辑征疑例过繁。人物自来全郡盛，土风矧要一乡存。得名未比花村旧，占席还分笠泽尊。试与沿流睹归宿，溪声终岁足寒暄。

［四］　昆山李传元（橘农）

网罗文献日栖栖，勤过熙宁沈与倪。壤地桑麻封万户，名流裙屐掩双溪。（康熙间，吴兴有《双溪唱和集》。）樵堂句在吴山雨，狂叟踪留岘首题。多少吟魂托千古，锓材珍重选山梨。

［五］　番禺潘飞声（兰史）

菰城文藻盛流传，主客图成箧衍编。已见輶轩搜两浙，［第 1b 页］那知董纪富千篇。怀中明月看谁拾，卷里幽花故放妍。一例草堂论秀野，衣冠应有拜灯前。

［六］　宝山施赞唐（琴南）

秋坟鬼唱酸人鼻，斗觉泉台有生意。白杨树底起春风，一齐吹入青云里。太湖南注霅与苕，浔溪斜抱如虹腰。湖上芙蓉七十二，喷薄秀气干层霄。直赴浔溪作归穴，地灵钟毓材多翘。轩冕章缝逮韦布，源本雅颂流风谣。上之足供荐清庙，下亦可备询刍荛。斗量车载不计数，遗珠未可尤星轺。自元迄今六百载，覆瓿雄文晦光采。生存华屋半丘墟，尘世复经几沧海。长吉当年欧［呕］肺肝，［第 2a 页］荒原磷走知何在。濂溪先生佛化身，诗魂普渡枌乡亲。蔡碑百衲集其粹，崔枫五字存其真。遂使濒湖千亩邑，斗奎上烛光弥纶。我闻襄阳传耆旧，文献征如金石寿。又闻莲社传高贤，缁黄丹素同一编。区区等是弹丸地，奇书胜读嫏嬛记。何必今人让古人，风流宏奖陈高谊。后有作者当继之，毋令玉石同捐弃。

［七］　江阴缪荃孙（筱珊）

午夜挑灯字字斟，乡邦文献纪湖浔。留为后学观摩式，窥到前贤著作心。敢以私衷分去取？不从名辈论升沉。张炉薛镜夸珍品（前日偶谈及二事），何似兹编重艺林？［第 2b 页］

［八］　江阴金武祥（粟香）

百年文献销沉后，范沈风流接此乡。收拾遗闻供史乘，表彰先哲发幽光。论功掩骼差堪比，好古通心却未偿。似读中州乐府集，一编身世感沧桑。

［九］　奉化孙锵（玉叟）

风流太守记当时，湖郡吟笺喜拾遗。（上元宗公，曾有《湖郡诗辑》之刻。）公瑾由来能顾曲，浔溪今又见征诗。床前可有衣冠立（用顾嗣立选元诗故事），梦里宁滋笔削疑（汪端选《明三十家诗》，独不登宋潜溪，见之纪梦）？大雅扶轮真健羡，知同玉局证心期。［其一］

附凤攀龙意气扬，林泉养望独徜徉。客谐人瑞洞房烛，［第 3a 页］兴继风流曲水觞。（二事见“淞滨吟社”。）喜有琴书娱径菊（君著有《琴书存目》），肯忘壬癸阅沧桑（君又有《壬癸消寒集》）？避秦纵羡桃源乐，东道应输歇浦黄。［其二］

法雨庵前塔影沉，礼瞻不厌入山深。（君为母太夫人建塔理安寺前。）灵峰辑志先刊木（君著有《灵峰志》），旌节题祠赖布金（两浙节孝总祠曾蒙助款）。风雅翩翩夸上海（“淞滨吟社”为迩年上海韵事之最著者），雪泥隐隐忆南浔（壬辰［光绪十八年，1892］六月曾过南浔）。寓公也许登鳞爪，惭愧奚囊负苦吟。［其三］

宦海浮沉二十年，书生结习未全捐。潜溪历劫成完帙（在成都刻《宋文宪公集》，时阅七年，两经兵变，片板无失，今夏始告成矣），剡水关怀有续编（敝邑旧有《剡川诗钞》十二卷，余既重印行世，复同友人成《补编》二卷、《续编》一十二卷）。敢诩造车能［第 3b 页］合辙？勉从废簏拾残篇。早知哲匠门墙近，马首东瞻愿执鞭。［其四］

［十］　石门沈焜（醉愚）

海月吐新霁，商飙战空庭。病榻枯无聊，一灯青荧荧。点勘鲁鱼误,从杂诗编横。荟萃百名家,苕霅斯菁英。古人殚著述,尘海掩深扃。悠悠缅古思,眷眷怀乡情。存人亦存我,各擅千秋名。[其一]

浔溪僻一隅,代有诗豪出。至元讫光宣,搜采亦云密。董氏实华胄,雍容盛文物。其余纪典范,差足河间匹。后来嘉道间,俊彦竞英发。施(国祁)张(鉴)杨(凤苞)沈(垚)俦,要是[第 4a 页]一时杰。汪(曰桢)陆(长春)既萎谢,文教浸衰歇。岂无骚雅才,终乏清奇骨。多君集千腋,宁滥无遗佚。谁与证素悰,笑指溪头月。[其二]

苕南吾旧隐,倏忽十六年。卜居邻水月,陈迹冷荒烟。客燕栖未定,一巢今几迁。会看结行窝,于兹终老焉。后有继君者,纂辑罗宏编。滥竽固所愿,非敢名寓贤。[其三]

我妇慧而秀,惜哉早玉殒。断句秘笈中,开看意何忍。泪涩鸾镜辉,梦杳鹿门隐。斋奠久不营,甚矣愧元稹。登君萧选楼,甄录到红粉。岂敢匿闺名,文藻堕沦泯?珊枝挂铁丝,网底无余蕴。沧海感深情,灩灩意靡尽。[其四][第 4b 页]

[十一] 乌程蒋文勋(殿襄)

宛雅越风后,兹编实嗣音。爱才今北海,增色古南林。派不区唐宋,声惟别正淫。连畦栽众卉,合冶铸兼金。鱼虎勤刊谬,鸳鸯暗度针。观成由力果,辑佚见情深。是处饶文献,何人耐讨寻?篇章从放失,姓氏付销沉。抑抑濂溪叟,愔愔越鄙吟。敬恭切桑梓,臭味感苔岑。雪案毫驱兔,风窗帙散蟫。图新分主客,灰冷拨何阴。辛苦千丝网,斑斓百衲琴。表微君子事,收暴大贤心。葭水方回溯,芝函忽贲临。擘笺良自愧,搜访未能任。(丈尝以搜访事相属,荏苒数载,迄无以报。)

[十二] 宝山杨芃棫(瑟民)[第 5a 页]

风雅积三朝,浔溪望古遥。精魂飞碎月,心血汇洪潮。我佛题名塔,斯民济渡桥。鸥波亭子外,寻响到渔樵。[第 5b 页]

十一、刘承幹“后序”（第 1a—2a 页）

右《浔溪诗征》四十卷，周丈梦坡先生所裒辑焉，凡三百四十余家，五千九百数十首；自元明迄今，吾乡有韵之文于是乎囊括靡遗，其用心不綦勤且周欤？先生学无不窥，尤博综经世之略，期出而有当于世。继而世变增棘，不得不降心俯首，还从事于诗古文辞。《诗征》之编，亦于名山暇豫成之。先虞衡公烬余数篇，幸邀登刊；承幹校雠及之，不觉斯心戚戚，深致憾乎先虞衡公《国朝诗萃》一书未克及早竟业，偕《诗征》同时行世焉。念先虞衡公平生学务世用，耻以空文垂后，与先生同。既连不得[第 1a 页]志于名场，退而订寿世之业，与先生又同。《诗萃》之辑，将以承新城、宜兴、长洲、青浦之绪，益张而恢之、光而昌之，冀有清一代之诗无不要删最录乎斯编，庶几作者之心无憾，先虞衡公之心亦因而无憾；与先生纂集《诗征》，先后或异其年，其表彰贤哲高逸之情仍无不同也。先虞衡公兢兢晉辑，顾年不副志；汇总集、别集，博收而精选之，由顺、康编次至道光年，遽捐馆舍。承幹以弟子为其后，时方四龄耳，故咸、同、光、宣四朝之诗，未得敬绍先烈。岁乙未[光绪二十一年，1895]，不戒于火。先虞衡公所遗诗若文甚富，遂遭殃及，并空文亦无以自见于当世，伤已！《诗萃》积稿盈笥，[第 1b 页]幸庋他室，至于今无恙，不谓非郁攸之仁焉？闻之继志述事，古谓达孝。《诗萃》一编，为先虞衡公志与事所凭托；承幹苟自任不力，曷以慰冥冥？今《诗征》版行，不啻坚承幹之继志，并速承幹之述事焉已。敬撰后序，敢质诸先生云。丁巳[民国六年，1917]七月，刘承幹。[第 2a 页]

02-101 续甬上耆旧诗

全祖望

一百二十卷。全祖望辑，沈善洪、方祖猷、魏得良、孙如琦、方同义点校，杭州出版社2003年10月第1版。

一、梁秉年"原序"(上册第9—10页)

吾乡全绍衣先生，以浙东硕学，任一代文献之重。是编辑于晚年，系续杲堂李氏《耆旧集》而作。自隆、万讫明季，得诗八十卷；国朝顺、康间，得诗四十卷，总凡六百家，选录古今体诗一万五千九百余首。其小传多载遗闻轶事，为野乘所未见。习凿齿《襄阳记》、元裕之《中州集》，二者兼之矣。稿甫成而先生殁，门下士蒋樗庵、董小钝、卢月船、张望槎诸公各录副本，详略互异。别风淮雨，日久沿讹。道光戊戌[十八年，1838]，徐柳泉舍人因而厘正之，三校既毕，系以题词。同、光之际，外舅镇海谢逋声广文，据徐氏所编次者，参考他本，录成全书；博咨诸宿学，随时审定。及任金华学官，携之行箧，未获付雕，身后几为有力者所得。余在甥馆久，深知外舅一生心血萃于是编，为偿其值而保存之。嗣官京曹，卒卒鲜暇，如是者有年。吾师陆镇亭编修，亦得黄氏钞本，集诸家旧藏，招及门分别校录；尝假余所藏谢本诗目，参订成帙，望是书之印行，非一日矣。盖吾乡藏是书者，以谢、陆两本为最完备；而溪上冯贞群孟颛留心掌故，所搜储旧本又不止一家。年来时局变更，余垂垂老去，深恐长此沉埋，无以竟后死者之责，爰发大愿，谋刊斯编。出所藏灵蕤馆本，假陆氏本重加校勘。复得冯君随时考订，余率瓒儿躬预校字之役。卷多费巨，则集同人函请邑长平阳王君理孚，酌拨地方余款，借资开始，而以将来售书所入，弥补刷印之费。始事丁巳[民国六年，1917]仲秋，竣工戊午[民国七年，1918]夕抄，盖成书之难如此。今距全先生续辑之时，已百七十余年；而徐、谢先生先后捐馆，亦数十年矣。幸镇亭师岿然健在，犹得就而质疑。而一时同志分任校雠，遂[第9页]成乡邦盛举，使前贤之浩气英光，久而表襮于世，庶足以告慰先民，传示后进也乎。戊午[民国七年，1918]季冬月，邑后学梁秀年识。[第10页]

二、张美翊、冯贞群"原凡例"（上册第13页）

一[一]　是编为全氏未竟之稿，及门诸子各以己见参订成书，故卷帙多寡、篇什增损，各家藏本互有异同。今编《考略》一卷，冠之于首，而以原有题词、序跋列入其中，俾前后接贯，一览了然。

一[二]　是编据灵蕤馆谢氏本为主，复以镇亭山房陆氏、伏跌室冯氏二本参校，凡谢本所遗，悉为补录。如卷一已付印，复得冯氏残册，增出黄刑部景峨、李尚书康先、陆右都世科三家遗诗，另附卷后。其余补遗，皆入各卷之内。

一[三]　诸家钞本，间有圈点。或云出自全氏手定。惟书经传写，多为后人窜乱，无从别白，兹依谢、陆两本从芟。

一[四]　是编系续杲堂李氏前编而作，凡体例、目录多仿胡刻，今悉从之。

一[五]　是编流传日久，或因原稿蠹蚀，辗转沿讹，帝虎鲁鱼，多涉疑似。兹仿《逸周书》例，用方空以阙疑。

一[六]　作者时代不同，凡遇当时庙讳，代字缺笔，如"检"作"简"，"玄"作"元"之类，各存其旧，仿宋刻李鼎祚《周易集解》例也。至述当代事，有空一格者，亦仍原本。

一[七]　是编古今体诗从诸集选录，往往先后不分，岁月倒置，且各本传钞互异，叙次未能画一，阅者谅之。

一[八]　是编卷帙浩繁，虽经覆校，仍有讹错，博雅君子幸纠正焉。

张美翊、冯贞群。[第13页]

则杰按:第一款所说“《考略》一卷”,全称《续甬上耆旧诗集考略》,点校本移作卷末“附录”之三(下册第1024—1034页);其中有不少“原有题词、序跋”,兹从略。

三、梁秉年跋(下册第1019页)

戊午[民国七年,1918]冬十有一月,余校《续甬上耆旧诗》竟,窃有感于有明三百年养士之报,微特亡国大夫固多奇节,即山海遗民亦惓惓于故国故君,而不忘麦秀黍离之痛。由今思昔,一若天地贞烈之气,有独钟于是时者。而吾乡忠义接迹,尤为世所指目。自陈恭洁公殉甲申[崇祯十七年,顺治元年,1644]之难,忠介、忠烈两公建义浙东,画江固守;蛎滩鲸背,“汐社”联吟,其所存《正气堂》《奇零草》诸集,并足为故国河山增重。一时豪杰之士,云集响应,如董次公之亢直,董天鉴之孝友,陆文虎、万履安之气节文章,皆与“东林”遥接。其余唱和诸家,“汉陂社”有杨南仲、陆敬身诸人,“榆林社”有周囊云、王水功诸人,“鹤山集”有林荔堂、徐霜皋诸人;“西湖社”中陆春明、董晓山、宗正庵其著也,“秋水社”中高隐学、朱柳堂、钱蛰庵、张即园其著也。其称“五君子”“六狂生”者,更不惜沉身赴难。此外环[瑰]奇畸逸之伦,尚不胜胪举。凡一歌一咏,类多西台恸哭之音,其遇可悲,而其碧血丹心,固历万古而不可磨灭也。至若故家望族,世在吟社集中搜采更博:“槐庭三林”“砌里三李”,尚矣,又有“(蚕)〔鬵〕瓮居四高”;而“寒碧”“冬青”,尤为表表。“证人社三黄”,皆寓公魁硕。南雷讲学甬上,高第弟子谈经论史而外,多喜为诗。其卓然雄视讲社者,时则有若“‘三万’熊熊,‘二董’雍雍”。燕人梁公狄来鄞[县],亦称“甬上多才,莫如万、董”。呜呼!可谓盛矣。洎夫承平日久,薄海同风,士大夫雍容坛坫,日以诗相赠答,如胡鹿亭、张莼山辈,皆变噍杀之音而返之正始。康熙中叶以后,诗派稍不如前,是殆昌黎所云“穷苦之言易好,而欢愉之辞难工”乎?要之,先正瓣香流传未坠，虽所重不尽在诗，而诵其诗，皆可想见其人。然则此一集者，小之主持风雅，萃一邑之词宗；大之扶植纲常，存两间之正气。苟非全吉士网罗散失，后生小子乌知数百年来，乡先生之浩气英光，寄诸诗歌者，固如是不可磨灭耶？愿持此以质当世知言之君子。邑后学梁秉年谨跋。[第 1019 页]

02－102　四明清诗略

董　沛等

三十二卷，卷首三卷；续稿八卷。董沛辑，忻江明订补，民国十九年(1930)排印本。(浙江大学图书馆藏)

一、“总目”忻江明引言(第1a页)

诗者，人心之形于言。《诗》之有“风”，以觇国俗之美恶，朱子序《诗》论之详矣。有一代之人心风俗，而成一代之诗。噍杀啴缓之殊音、盛衰隆污之异迹，辄与其时之政俗相应。而其人之性情，亦各不相掩。吾四明自明清之际，士敦尚风节；中更洪、杨之乱，下逮清季，孝义独行，志不绝书。风俗于古为近，今尚有存焉者否？诵其诗，知其人，可以兴矣。是编董孟如先生所辑，起“卷首”，讫“补遗”，为卷三十有五；《续稿》自咸、同，讫宣统，为卷八，总曰《四明清诗略》，都二千一百九十四家，诗九千四百六十八首。[第1a页]

二、忻江明“四明清诗略校订凡例”(第1a—3a页)

一[一]　原稿未标书目，以先生所著《甬上宋元诗略》《甬上明诗略》例之，名曰《四明清诗略》。四明占有旁郡之地，而前人多以称“宁波”；曰“四明”者，沿习之辞也。

一[二]　原稿自清初迄光绪中叶，依时代分装成册，无卷第目次，庋置日久，散失滋多。此次校订，凡先辈之诗，见于各县总集，或散见他本，有可掇拾，及续得刊本、稿本者，悉为补入。

一[三]　原稿首录明遗民诗一册，皆当时诸生韦布侧足焦原、悲歌慷慨，或乃心故国、隐约终身者；其在明有一官一职，虽荒朝之命、荫袭之官，皆所不与，凡以明大谊也。兹特列为“卷首”，以示别异之意。

一［四］　先生是稿，意在网罗放失，故正变并收，不分蹊径。袁陶轩先生《四明诗萃》残本，几于悉数采入。此次校订，敬体此意，［第1a页］不敢妄有所删汰。

一［五］　名家之诗，甄录较多，意以示一郡诗学之源流，且俾好古之士得此一编，借窥诸家崖略。此次校订，于篇什繁多、诸体略备者，或列专卷，或数人为一卷，犹前志也。

一［六］　原稿于每家名氏之下，备注字号爵里及所著诗文集，间及世系，以同著录集中者为断；其有他种撰著，别详小传，凡以论世知人也。此次校订，于有可查考者，必加详审。

一［七］　所书爵里，悉依当时之制。惟镇海本为定海，康熙二十六年［丁卯，1687］始改今名，而移定海于舟山。是编开卷即称“镇海”，从今名，免歧出也。

一［八］　小传所采传状、序跋之类，皆摘要书之。征引各志列传、艺文，但称某府县志，不着“传”字、“艺文”字，省文也。各县总集，如《续甬上耆旧诗》《溪上诗辑》等书，引据尤多，不着撰人名氏，［第1b页］或径称“续耆旧传”，亦省文也。兹仍之。

一［九］　原稿所采之诗，或从汇选，或从专集，或从传钞；字句异同，往往絜取所长，不必尽依何本。兹仍之。

一［十］　原稿庋置日久，文字蠹蚀；或所采原本亦有沿讹之处，帝虎鲁鱼，无从校正。兹仿《逸周书》例，用方空以阙疑。

一［十一］　排次先后，以科第年分为依据，本非所安；但舍是，更无序列之法。早成晚达，年齿悬殊；伦纪所关，尤惧凌躐。排次之际，一再致审；父必先子，兄必先弟。而年远地隔，稽考难周，舛误实多，懔乎若负罪焉。所可详者，不敢不慎。

一［十二］　校订是编，时经两载，而搜求终苦未备。先生序《黄氏一家稿》，自称“前编《国朝四明诗》，网罗一郡，凡千六百家，黄氏则三十家；兹阅此稿，增多二十四家、闺秀亦一家”云云。今访求《一家稿》不可得，无从照补。即此类推，尚多遗轶。摭拾[第 2a 页]补正，有待后来。

一[十三] 《续稿》之辑，补先生身后应存之人之诗；依仿倪继宗氏《续姚江逸诗》例，即以先生诗冠首。体例一从其朔，不录生存之人，不列寓公、方外之诗。各家小传著所征引，曰“某志稿”“某集稿”，未刻之书也；录诸人论列之词，所见知者也。惟是搜访未遍，幽潜或遗；识见所拘，甄录失当，以兹二事，深用疚心。

一[十四] 各县之诗，皆有汇选，而定海则阙如。汤尔规明经濬，近著《翁洲诗征》，手录成帙，许我借钞，资以撷取。鄞[县]张延章，为雪汀先生后裔，好搜罗县人之诗，倾筐见示，裨益亦多。至各处访求，端借群力。拟以采录较多者列名于册，其他不及备载。将伯之助，敬志勿谖而已。

一[十五] 是编卷帙较繁，检寻不易。兹将各家姓名分韵编次，标明[第 2b 页]籍贯、卷第，列入简末，以备检查。

一[十六] 校雠难于精审。卷中误字，列表更正，附入卷末。至排次先后之失序、事实舛误之失检，深愿博雅君子加以纠绳，逐条见示，俾得别制校勘记，以救前失。他山攻错，跂予望之。[第 3a 页]

三、“四明清诗略目”忻江明后记（第 17a—18b 页）

外舅董孟如先生编辑郡人诗，起清初，讫光绪中叶，凡一千六百余家。江明方弱冠，从先生游；文字之役，盖身亲之。[第 17a 页]先是岁庚寅[光绪十六年，1890]，浙江学政南海潘公续辑《两浙輶轩录》，宁波一郡属先生主政。先生竭一载之力，采嘉、道后郡人诗八百余家上之。书成，所甄录者不及其半。先生以搜集之非易、文献之有存毋废也，乃追辑国初以来诸家之诗，合之所上底本，厘订增补，别为一集。未及审定，而先生遽归道山。藏弆不慎，浸致散佚。同、光两朝，至全遭蠹蚀。今距先生殁且三十六年，中更丧乱，此残本者仅而得存，可谓幸矣。江明每抚手泽，慨焉兴叹。思欲校补、录副，而逡巡未果。友人胡文学璠、毛茂才雍祥，辄怂恿付梓，且任行销之责。胡君率银五百圆，毛君率千圆。既成约，乃集郡之俊彦，谋所以校正者。佥曰："稿多散佚，宜再征求，以复旧观。"复更端言曰："今清祚既讫，例当断代。先生殁后三十余年中，凡属清代之人之诗宜续辑，以成一朝之录。"于是延耆宿，置写官，[第 17b 页]广征博采，得稿近千家。阙佚者补之，讹脱者订正之，近三十余年中之诗别存之。方事之始，佥议用聚珍版精印，以广其传。凡阅时两载有余，縻款逾万金，而是集乃出尘箧而登签轴。江明始念不及此；其及此，宁非先哲之灵所牖启者哉？嗟乎！今之世，何世也？古学消沉，异说坌起。人乐与放佚，相率嗤节义为愚顽，薄文章为无用。一二抱残守阙之士，扼于众势，喑嘿无声。夫宋之亡也，吾乡王深宁、陈西麓诸公悲歌慷慨，唱酬于荒江寂寞之滨；明之亡也，"汐社"尤盛，遗臣野老黍离麦秀之感一托于诗。而今何阒寂耶？岂诗教亦中绝欤？虽然，节义者，人道之原；文章者，不朽之业。自逊国十九年来，人人厌薄古学，此集已若存若亡矣；今幸借诸君之力，竟先生未竟之绪，既以存一代之风气，且俾后之尚论者见先民之矩矱而思复其旧，于世道人[第 18a 页]心或不无少裨焉，宜诸君之亟于观成而欲有以广其传也。是役也，校印之资出自捐募，乐君俊宝、曹君显瑛左右余筹款尤力。与凡有助于是集者，援汉碑阴例，书名简端，以彰其伐。至《续稿》之辑，搜采未备，遗漏滋多，所存或非其至者，窃拟庋藏以待增补；诸君曰"非前所云断代意也"，且虑久而散佚，因连缀付印，而并志其缘起如此。上章敦牂[庚午，民国十九年，1930]之岁，冬十有一月，忻江明谨识。[第 18b 页]

则杰按：此记又载忻江明《鹤巢诗文存·文存》卷二(黄山书社 2006 年 10 月第 1 版，第 61—63 页)，标题作《〈四明清诗略〉缘起》；除删去末尾署款之外，其他文字基本相同。

【附录一】杨钟羲《雪桥诗话续集》卷二（北京古籍出版社1991年8月第1版，第105页）

同治间，董沛觉轩遍读家藏书，复求之同县烟屿楼徐氏、抱经楼卢氏、天一阁范氏，继至杭州，借文澜阁书阅之，辑：《甬上宋元诗略》十六卷，采诸先辈之诗，各注所出，凡二百八十余人，较杲堂《耆旧集》宋元两代多至八倍；《甬上明诗略》二十四卷，本李氏全书而别采他书附益之；《甬上诗话》十六卷，亦采诸家之书，间附己说。光绪辛卯[十七年，1891]，潘峄琴学使续阮文达《两浙輶轩录》，觉轩辑四明嘉、道后诗凡九百余人上之；以局于卷帙，因复辑国初至今，别为《四明诗》，以益前、后《輶轩录》所未备，可谓勤矣。

则杰按：此处所说“九百余人”，与前录忻江明所说“八百余家”略有出入。

02－103　越风

商　盘

初编十五卷、二编十五卷。商盘辑，乾隆三十七年壬辰(1772)王大治刻嘉庆十六年辛未(1811)闰三月徐兆再修本。(“中华古籍资源库”网站影像版，原书藏中国国家图书馆)

此集版本特别是“闰三月”的提法，参考张桂丽《〈越风〉版本考》一文(《古籍研究》杂志2009年上、下合卷，第216—221页)。

一、商盘“原序”(第1a—b页)

春秋时，十五国有“风”，而越无“风”。然《采葛》一歌，已传村女。王、谢之游踪继至，湖山之秀气渐舒。自唐历明，代兴作者。贺、吴、严、秦，揽辔于前；陆、杨、王、徐，扬镳于后。郁郁彬彬，称极盛矣。兹值典学熙朝，人文蔚起。世享升平之乐，诗多和畅之音。东隅坛坫，堪与中夏抗衡。其时钟鼓聿宣，管弦迭奏；耆旧俊髦，承芬兢爽。顾年湮人远，篇什散忘。将使沧溟浩叹遗珠，抑或吉光仅存片羽。逝者有知，能无抱痛？至若青袍同学、彩笔才人，被质怀文，孤芳自[第1a页]赏；不逢宏奖，虽美弗彰；待敬礼以定文，丐玄晏而作序，修名汲汲，志可悲已。是用留心采撷，上溯顺治，迄于乾隆，百余年来，得诗若干首，厘为若干卷。藏之笥箧，聊备土风。皆择其敦厚温柔、有关教化者，以臆见品题之。集中体兼比兴，义取劝惩。宛渢渢之正声，异靡靡之浮响。倘輶轩下采，则谣谚上陈；诗虽“风”也，进乎“雅”矣。乾隆丙戌[三十一年，1766]三月，旧史氏会稽商盘书。[第1b页]

二、蒋士铨"序"(第1a—3a页)

"风"者,风也,教也。风以动之,教以化之;用之乡人焉,用之邦国焉,所以感人心而出治道者也。越自无余立邑,至鲁昭公五年[甲子,一537]入春秋。其前疆域遥分,界居南服。《三百篇》中,无吴、越之诗,想其时文物未盛耳。予游四方二十年,纵观天下都邑,山川风俗,虽以渐而变,而臂指相连,犬牙交错,百里之间不能甚异。迨东探禹穴,窃有辨焉。夫罗刹一江耳,波涛汹汹然,潮汐往还,挟杭州城郭,摇曳震荡,虽湖山清丽,而市人鸦鹊喧嚣之气,獶杂而弗靖。[第1a页]士夫居武林,胸臆间又恒若有事者。盖吴地尽处,而西北列郡纷华,可逆溯焉。既而涉西兴,泛乌篷,橹声鸦鸦,绿波如带。仰睇云光竹树中,若高人隐士,以和以逊,徙倚相属,是会稽诸山来矣,何其静也!爰履其郊,则桑麻沃若,鸡犬不争也。入其郭,则闾井恬熙,市廛弗扰也。问其俗,则孝悌相劝,贫富无侮,礼神报本,歌舞弗息也。友其人,则温雅秀良,恭敬克敦也。而览其文词,则清雄深远,如厥山川然。呜呼!越州在东南都会间,与各郡若近若远,若续若断,而自成其国俗。当时画疆定霸,形势规[第1b页]模,隐然可念。则其感于心而见乎词,发乎声音而被诸管弦者,可无一萃其精乎?宝意先生为一代名流,少日与郡中"十子"结"西园诗社",慨然以风雅自任。及仕宦垂四十年,而手不停披,口不绝吟,海内谈诗者辄相推重。廿载来,手辑国朝郡人诗数百家,题曰《越风》。而始终商订裁择者,只老友豹君刘丈一人而已。公既下世,宗君芥帆抱其稿,护持恐失,欲梓而无资。王子又新,裕而才者也,力任之,于是豹翁与芥帆再加雠校,而先生扬扢之志,遂昭然显达于身后。两君授予读之,美哉诗乎![第2a页]洋洋其大观也。夫沃土所滋,嘉树丛生。枝叶华花,异体也,而香色分明焉;栋梁榱棁,异用也,而材质同焉。越之风,越之才也。越之才,越之岩壑灵秀所钟也。向使輶轩采于今日,则"二南"、豳、岐、唐、魏之美不相远矣,而邶、鄘、曹、桧奚数耶?

国朝施愚山辑《宛雅》，吴冉渠辑《粤风续九》，皆借存其土风。然宣城非一代之人，广右半侏儒之语，未足称盛。今会稽五百里内，一百年间，作者林立如此，虽地灵人杰使然欤，实我朝教泽之厚，于以获觇治化之成也。名之曰“风”，不亦宜乎？乾隆己丑[三十四年，1769]夏五月，同馆后[第 2b 页]学铅山蒋士铨清容氏撰于蕺山书院。[第 3a 页]

则杰按：此序又载蒋士铨《忠雅堂文集》卷一(《忠雅堂集校笺》本，上海古籍出版社 1993 年 12 月第 1 版，第 4 册第 2022—2023 页)，标题即作《越风序》；除删去末尾署款之外，其他仅“洋洋”之后多一“乎”字。

三、徐兆“序”(第 1a 页)

《越风》一编，系商宝意先生采辑国朝同郡诗人佳制裒然成集者也，周桥王氏梓而行之。兹王氏已将全板售归于兆。第沉阁数十年，就中不无残阙漫灭之处。曩者阮芸台中丞镌《两浙辅轩录》，购求是编，刷印颇艰。兆重加厘正，以公同好，庶吾郡先辈诗篇展卷犹新，即宝意先生评选至意亦不至湮没云。嘉庆辛未[十六年，1811]闰三月，山阴徐兆汉云氏识。[第 1a 页]

四、刘文蔚“后序”(第 1a—2a 页)

余亡友宝意商公，初从编修改授镇江司马，即寄书于余，欲采国朝同郡人诗汇梓一集，名曰《越风》，属余代为搜辑。寄选者不下百余家，类多康熙、雍正间人。后公迁转楚粤，契阔二十年。至乾隆申[甲申，二十九年，1764]、酉[乙酉，三十年，1765]之交，公以内艰里居，则《越风》已裒然成集矣。朝夕商榷之余，并委一言弁其简端。余未及应，而公服阕赴都，旋出守云南。丙戌[乾隆三十一年，1766]之秋，再接公书，以《越风》自序及凡例数纸寄商，并附《春晚感怀》四律索和。余次韵酬寄，甫得回音，俄惊凶闻。呜[第 1a 页]呼！公早饮香名，掇巍科，上玉堂；外迁郡职，未竟所用。虽清华旧梦，耿耿难忘，而襟怀洒落，殊不以功名介意。其于长歌短咏，如饮食嗜好之不能暂离。所著《质园集》数十卷，已不胫而走海内，惟《越风》尚未行世。兹灵輀东旋，公子掌诸昆季欲竟先志，而宦橐萧然，不能举。宗君芥帆商于其友王君又新，力图剞劂。适铅山蒋定甫太史以请假归乡，来主蕺山讲席。太史与商公同馆神交，于诗学津梁，前后相望，爰偕芥帆造请一言以弁其首，而胜果遂圆。呜呼！此集之成，岂特本朝百年来越风借[第 1b 页]以扬扢哉？后有信好之士，能承公志，上自《采葛》诸歌，下迄胜国诗人遗集，采录成编，俾越风源流相贯，继起得所遵循，绵绵弗断，不更休欤？乾隆己丑岁［三十四年，1769］，律中林钟之月，同里刘文蔚楠亭拜书。[第 2a 页]

五、商盘“凡例十四则”（第 1a—3b 页）

［一］　国朝稽古右文，俗娴风雅。选诗者自《国雅》《箧衍》《感旧》《别裁》《诗观》《诗的》之外，不下数十家，皆博采遐搜，不拘人地。是编所登者，止同郡诗人；凡海内篇章，未暇旁及。

［二］　越自定伯之后，幅员甚广。蠡垣，实勾践之郊、岐。兹以《越风》名集，本其始而言，毋以拘墟讥我。

［三］　并世辑诗者，唐殷璠有《河岳英灵集》，高仲武有《中兴间气集》，韦縠有《才调集》，陈卧子有《皇明诗选》。殷、高所选皆少，韦、陈所选独多。兹集收罗未免泛滥，然欲萃全郡菁[第 1a 页]华，以俟当代宗工采择，宁失之宽，毋失之严。

［四］　秀野草堂《元诗选》、曝书亭《明诗综》，各有小传、诗话，使览者得以知人论世。余于乡前辈中，有卓操可纪、轶事可传者，略缀数语，以佐麈谈，自惭不及朱、顾两君之详雅；其余仅表字、里居、科名、爵秩而已，并有于此四端未能备载者，聊存阙疑，弗敢失实。

［五］　归愚宗伯《别裁集》中，以科目、辈行为先后，皆属已往之

人。兹集后先，仍其旧贯；而诗人不皆已往，凡旧交、时俊悉与焉。[第 1b 页]

［六］ 刘彦和云："诗有恒裁，思无定位。"诗中妙语，全在乎思；意胜于词，方臻上乘。唐诗含蓄，宋诗流露；祧唐祖宋，时尚不齐。兹选专取唐音；间有流入宋格、稍存唐贤风味者，亦不议汰。

［七］ 诗中佳境，要人自得，原以不加评点为宜。然一经品跋，倍显精神。不拘我法以绳，惟赏厥音之善，作者、评者两无憾矣。

［八］ 诗宜得体，尤在选题。秽亵轻儇，均乖大雅。诗品所在，人品系焉。故所选多上关名教、内抒性情之言；旨失风人，[第 2a 页]不登于卷。

［九］ 诗衷于理，要有理趣，勿堕理障；诗通于禅，要得禅意，勿逞禅锋，合之方见超迈。凡作学究语、入宗门派者，概从舍旃。

［十］ 西河太史向有《吴越诗选》《越郡诗选》行世。其诗专尚浮华，殊少隽意。"七子"余习，濡染未除。倘遇蒙叟、阮亭，必至共加棒击。是集所选，一洗陈词，庶作者之真性情、真面目俱出矣。

［十一］ 诗学流传，必有渊源授受。好奇野战，总非正宗。仆少承[第 2b 页]家学，法本先民。此集大旨，全取气体风神；自铸伟词，仍流逸韵。不失前人矩矱，可为后学津梁。若云手挽江河，则吾岂敢？

［十二］ 越中闺秀，自先冢宰等轩公暨祁忠敏公两家外，虽不乏香阁丽才，究恐文士嫁名，难分真赝。且吾乡妇女勤于纺绩，不以知书搦管炫长，故所收从简。至于林下卷终，继登方外，其诗或气含蔬笋，或语堕梼檀，概不多列。

［十三］ 吾乡新［昌］、嵊［县］两邑，僻处东隅；工诗有人，所征甚少；见闻未广，容俟继登。[第 3a 页]

［十四］ 乾隆甲子［九年，1744］在润州时，征诗梓里，得之刘山人柟亭者居多。迄今丙戌［乾隆三十一年，1766］，逾二十二年。其间历官吴楚，迁守粤滇，旅次公余，借以送日。自分学殖荒芜，何敢

妄操进退？顾性所深好，手不停披。寒暑屡更，积而成帙。意归温厚，义取劝惩。存诗即以存人，有言必本有德。只堪自怡，谬思问世，余甚愧之。[第 3b 页]

六、王大治“跋”（第 1a—b 页）

宝意商公采录《越风》廿九卷，连家集一卷，共三十卷。于诗人，依科第、辈行为前后。例言虽已载明，而中有疑而未定者，尚欲另入补编。先生仙逝后，宗君芥帆属治编刻。治生也晚，不获亲承先生之指示。于诗人前后辈行，实多所未悉。虽刘丈枘亭时就参补，而各邑诗人辈行亦有未尽悉者，嘱入补编。刻才及半，而刘丈又作黄岩之游。时适有友人急待刊成，刷携入楚，匆匆催促竣工，只循原本辑成而已。经年刘丈归，始知半部后错误颇多，猝难改正。乃细与刘丈酌议，[第 1a 页]分作两编：自卷一至卷十五，定为“初编”；自卷十六至卷三十，将误入者检出别刻补编一卷，更为“二编”，庶合先生之初意，而《越风》一书，可免“夏璜之有考”云尔。乾隆壬辰[三十七年，1772]仲春，山阴后学王大治又新氏识。[第 1b 页]

【附录一】法式善《陶庐杂录》卷三（中华书局 1959 年 12 月第 1 版，第 93 页，原标第八十八则）

《越风》三十卷，会稽一郡之诗，商盘选。盘字苍雨，号宝意。雍正八年[庚戌，1730]庶吉士，授编修，改镇江司马。出守云南，卒于官。书成于乾隆三十一年[丙戌，1766]，刻版于三十四年[己丑，1769]，前有蒋士铨序。

则杰按：此条所述《越风》，当系法式善所见初刻本。

【附录二】中国国家图书馆藏本卷首“越风二编目次”末李慈铭题跋（第 5a—b 页）

右《越风》三十卷。弱冠之岁，于此书用力甚勤，卷必有记，篇必有评,字必有点。箬船篮轿,每以自随。平生得诗法之正,实由于此。庚戌[道光三十年,1850]以后,束架不观。癸丑[咸丰三年,1853]与乡人结诗社,中有才而无行者,好大言,土苴先民;发论及此,辄揶揄如不欲闻。予每规之曰:“越人固无以诗名大家者,然或远承秦公绪、吴子光,则深秀工整;或近淑杨老铁、徐青藤,则惊艳诡諔。渊源递传,矩矱斯在。而南宋有放翁,国朝有质园,六百年间后先杰出,皆足名家。是集为质园心力所萃,不特甄庞裁伪,诗教有功;抑且征献考文,典型可溯,不宜妄下雌黄、轻为月旦者也。”己未[咸丰九年,1859]入都,留此书于家。去岁越郡陷没,西郭李氏之宅无一存者,插架之物尽为劫灰。今冬,间阅厂市,先得杜禾子孝廉《越中金石志[记]》,既得《祁忠惠公集》——集有《越中园名[亭]记》,后又得是书。于是故乡风俗,稍可寻玩,而沧桑之感,悲来无端,不啻洛阳老人摩抄铜狄矣。侥国威灵,枌榆速复;归装故箧,载以俱还,得于奉母之余,有《闲居》一集附此以传,斯为幸耳。同治元年壬戌[1862]十一月二十一日,柯山子李慈铭识于都门青厂相国邸中。

则杰按:《越风》一书,至少中国国家图书馆、浙江图书馆、绍兴图书馆各收藏有李慈铭的批校本,但可能不一定都是亲笔。批校内容以及辑录情况,大致可以参见张桂丽《李慈铭〈越风校语〉》一文(《文献》杂志 2009 年第 4 期,第 77—87 页)。

又,李慈铭此跋,张桂丽《李慈铭〈越风校语〉》一文亦曾辗转辑录(第 78 页)。另外浙江图书馆编《浙江图书馆馆藏珍品图录》(西泠印社 2000 年 10 月第 1 版),“校跋奉璧”部分最末一种为此集书影(第 176 页),而恰巧包含此跋的后半页。两处其他毋论,至少文字均有出入。

【附录三】张寿镛《约园杂著三编》卷一《藏书题跋·一(批校本)》“集部”“李莼客慈铭手批《越风》”条(《民国丛书》第四编第96册,第14b页)

《越风》三十卷:此为会稽商宝意盘采辑清初同郡诗人佳制,而周桥王氏刻于乾隆丙戌[三十一年,1766],其后板归山阴徐氏兆汉[徐兆字汉云],嘉庆辛未[十六年,1811]徐氏重修者也。余丁丑[民国二十六年,1937]夏得是书于杭州,乃李越缦慈铭藏书,自卷一至卷十诗人小传一一考证,用朱笔题缀书眉,光采跃跃;卷十以后则略,惟二十一卷题吴蓉塘寿昌而已,意者越缦老人随得随题,初未求其备也。然仅此其补证者已多,况皆出自老人手笔乎?后人宜宝诸。乙酉[民国三十四年,1945]春,约园。

则杰按:其后“附录李越缦原跋”(第14b—15a页),亦即前录该跋,而文字同样又有出入。

02－104　诸暨诗英

徐道政

前编十一卷、续编七卷。徐道政辑，民国二十五年(1936)石印本。(浙江大学图书馆藏)

一、王廷扬"诸暨诗英序"(第1a—b页)

诸暨之以诗鸣者，皆曰铁崖、元章，余鲜有知者。岂其无诗？抑有之而不若二者耶？或未始不如二君，以无人为之罗取而广播之耳？郦君黄芝因有《诸暨诗存》之辑，则有诗而无专集者亦得以传。书未授梓，郦君捐馆。会丁粤乱，散佚什二。幸哲嗣方之，克缵前绪，请其父友郭君复亭重为订定。复亭别辑《续编》四卷，遂得醵资刊布。顾郦君所编《诗存》，讫于咸丰辛酉[十一年，1861]，而刊行于光绪辛卯[十七年，1891]，其间相去余三十年。今距辛卯[光绪十七年，1891]，又四十余年矣。七十余年来政治风化之迁流，必有为骚人韵士欣感所寄，足以觇国故而征史迹者。若无人为之罗取而广播焉，则诗可不作，文献何征耶？老友徐君病无虑其然，因广事选辑，分成二编：《前编》选自《诗存》，并求之遗稿；后编[《续编》]搜罗七十年来诸作，兼采时贤近作；无取史传之义，并仍《感旧》之风，名曰《诸暨诗英》。家仅中资，未遑授梓。同邑蒋君铭三首先捐金五百，同志慕义，立集千[第1a页]金。书既成，命廷扬为之序。廷扬不学，何足与言诗？姑记其始末如此。病无尚以宋元以前无诗可选为憾，愚谓宋元以前非无诗也，实如复亭所言，诸暨风尚敦朴，不欲自炫，因岁远而就堙耳。继自今有闻病无之风者，庶几乘时搜集，毋使遗珠，且可向曲园"流连浣纱"之语而为之一解嘲也。中华民国二十五年

[1936]四月三日丑刻，金华王廷扬谨序。[第 1b 页]

二、陈诜“序”（第 2a—b 页）

邑以诗鸣，盛于季元竹斋、铁厓，同时弁冕，蔚为一代宗匠。逮明至清，代有传人。其或韫椟迷宝，甘心弃沦；网罗散佚，有赖志士。辑诸暨诗者，前有郦滋德黄芝《诗存》评选十六卷，郭肇复亭暨黄芝子方之校补《续编》四卷，锓于光绪辛卯[十七年，1891]，俞樾曲园为之序。匆匆五十余年，继起群彦，龙翔凤锵。遭时变乱，儒溺文丧。蔽金以沙，锢玉于璞。抉择抱守，捍而勿失，读书谈道于穷岩蓬户如吾友徐病无者，慨然于斯道之废，乘危将颠，不懈益张，将以彰国光而饷后学，倡为《诸暨诗英》之选，曰“彼‘存’云尔，吾更咀其华而掇其英”，订为正编[《前编》]十一卷、《续编》七卷，而诗余附焉[作为《续编》卷七]。五言七言、长句短句，缘情绮靡，瑰奇謷迈，类皆锼镂造化、呕吐心肝之作。开卷琅琅，掇光耀明；精灵声响，息息相通；作者、读者，神与为一。手此一编，不啻作九原而謦欬也。编中以诗系人，以人系传。初拟仿金元氏《中州集》、明钱氏《列朝诗集》，兼采生人著[第 2a 页]作；继思兹事体大，无裕之、牧斋之位望而贸然为之，恐取舍偶乖，困于指摘，故所选仍以亡者为断。其宁阙无滥、谦以自牧之意，可称道云。岁在柔兆困敦[丙子，民国二十五年，1936]，端月，陈诜。[第 2b 页]

三、徐道政“募印诸暨诗英启”（第 1a—b 页）

诸暨为允常故都，其山崋巍而嵯峨，其水泙渫而扬波，其人磊落而英多。其功名忠节之士，垂声竹帛者，固与日月争光。而风人雅士，著作等身，往往委诸草莱。唐以上无问矣，自宋讫清，竹斋、铁厓之外，鲜见遗编，岂非“莫为之后，虽盛勿传”哉？向者郦黄芝、郭复亭前辈有《诸暨诗存》之葺，募刻流传，文献足征，厥功甚伟。惟事经五六十年，旧板已漫漶不全。且此五六十年中，诗人名誉卓绝者，稿本多有散逸；重以风尚敦朴，士人不好自炫，魂魄一去，化为秋草。倘非续采有人，任其芝残蕙焚，声尘寂寞，何以彰国光而助文化？仆不自量，窃思嗣徽前烈，遗饷后贤，选刻《诸暨诗英》，诗余亦附；当此新旧绝续之交，而有扶轮大雅之思。顾事有与前稍异者：《诗存》者，存其诗以存其人，所选未免过滥。《诗英》则分前、后两编：《前编》选诸《诗存》及访求遗编，补选务求精诣；后编[《续编》]稍为降格，兼具存人之义。《诗存》持盖棺之论，[第 1a 页]不采生人著作；《诗英》则兼及时俊，亦商宝意《越风》、王阮亭《感旧》、陈古渔《所知》各集之例。至诗人各系小传，仍遵旧贯，可补前志之阙而备新乘之采。美哉！萧楼建而群公之姓氏俱香，吕《览》成而百家之著述可废；名山不藏而自久，辅轩虽废而独存也。虽然，《诗存》之刻，以郦、郭两家三人毕生之精力、当时诸公之资助，始克竣功。仆年已衰残，识又谫陋，乌能独任？且吾邑幅员既广，宅幽势阻，搜采难周；或藏颖不欲示人，或清秘不肯借观。伏愿同志广为网罗，各搜箧笥。或示全稿，或寄抄本。虽片楮之遗留、一什之传诵，苟有佳章，无吝邮费。庶沧海无遗珠之叹，艺林有完璧之称。夫申桑梓之情，表彰自有同好；而谋枣梨之寿，邪许尤贵同声。所望诸君子羽翼风流，阐扬幽逸。慨其斥橐，贶以承筐。则既毕力于校雠，遂得从事于剞劂。庶几竹冠铁笛，远播流风；勿使浣水萝村，徒存艳迹也。徐道政病无甫谨启。[第 1b 页]

四、徐道政“凡例”（第 1a—2a 页）

［一］ 古来乡人自采其诗汇刊成集者，如卢雅雨《山左诗钞》、曾宾客《江西诗征》、戚学标《三台诗录》，皆本桑梓敬恭之谊。是编虽局于一邑，而以观土风、征文献，亦犹乎诸先生之意也。

［二］ 选诗之家，不出以人存诗、以诗存人两端。以人存诗，则失之滥；以诗存人，则失之严。是编以《诗英》名，思核其实，宁严勿滥。

［三］　是选分《前》《续》两编。《前编》选诸郦、郭二先生《诸暨诗存》，复求遗编补入。《诗存》之辑，存人之意为多。故《前编》务求精诣；《续编》则征光绪辛卯[十七年，1891]以来五六十年间未入《诗存》者，故稍为降格，兼具存人之意。

［四］　王阮亭《感旧》、陈古渔《所知》、商宝意《越风》各集，兼及旧交时俊。是编本拟采及时人；后与余铁珊、陈季但诸君驰书反复商略，坚持盖棺之义，遂违前启，卒从公是。[第 1a 页]

［五］　诗人各系里居、事略及论诗之语，本诸元遗山《中州集》、汪允庄《明诗选》。是选《前编》皆因《诗存》之旧，间有鄙见附益者，《续编》则皆鄙人创稿。

［六］　清者诗之神，真者诗之骨。兹编所收，务求清真。宗唐祖宋，不分疆界。淫哇粗俗，所在屏弃。

［七］　《诗存》铁厓、竹斋皆列元人，一则白衣还山，一则不受参军，咸为逸民，早有定论。《续编》诗人虽有没于鼎革之后者，凡未服官民国，皆定为清人。

［八］　吾邑幅员既广，搜罗难遍。虽经登报征求诗稿，应者无多。鄙人以七十衰朽之年，深愧采访未周，难免挂漏之讥。从事一载，力倦神疲。急于结束，未能舂容。鲁莽灭裂，敢辞厥咎？若其大备，以俟来哲。

［九］　闺秀、方外，《诗存》别为一类，兹仍其例；虽有附益，不分《前》《续》，共为一卷。

［十］　词为诗余，古今选家别为一种，我邑工此者寡。兹循《诗存》之例，《前》《续》共为一卷，置于末。《续编》中，骆篙孙先生行辈差先，应在吴亮公之前；因其诗稿[第 1b 页]选定失去，迨重订已付印过半，故列于第五卷。[第 2a 页]

02－105　国朝嵊诗钞

吕岳孙等

四卷。吕岳孙等辑，光绪十六年庚寅(1890)刻本。(浙江图书馆藏)

一、吕岳孙序(第 1a 页)

嵊[县]，小邑也，然编户十万，青衿数百人，望计望孝踵相接，弦诵之声方百里不绝，其有诗也宜矣。乃嘉庆间阮文达公辅轩采风，嵊诗寥寥，则何也？时无任采访者耳。今督学潘公继文达志，遍谕诸生续是集，因邀同人穷搜博采。二百四十七年间，得二百十五人，甄诗一千五百十九首，遵例生存者勿录，质言之曰《国朝嵊诗钞》。光绪十有六年[庚寅，1890]重阳后二日，吕岳孙书。[第 1a 页]

02－106　姚江逸诗

黄宗羲等

十五卷。黄宗羲辑，倪继宗重订，《四库全书存目丛书》集部第400册，影印康熙南雷怀谢堂刻五十七年戊戌(1718)倪继宗重修本。

一、黄宗羲“序”(第71—72页)

《孟子》曰：“诗亡，然后《春秋》作。”是诗之与史，相为表里者也。故元遗山《中州集》窃取此意，以史为纲，以诗为目，而一代之人物，赖以不坠；钱牧斋仿之，为《明诗选》，处士纤芥之长、单联之工，亦必震而矜之，齐蓬户于金闺，风雅、衮钺，盖兼之矣。然天下之大，四海之众，欲以一人之耳目，江湖台阁，使无遗照，必不可得，是故不胜其逸者之多也。即以姚江而论：陈、隋而上，止存虞氏一家之诗。有唐一代，见之《唐诗纪事》者，虽下邑偏方，皆有诗人点缀，而姚江独缺。宋之诗人，高菊涧、孙常州皆为眉目，其集皆不传。元之郑山辉、杨元度，其时诸老集中，多见其唱和姓名，今求一篇亦不可得。数百年以来，海内文集，列屋兼辆，而姚江独少。既有成刻[第1a页]者，问之子孙，间供茶铛药灶之用。亦有诵咏已落四方之口，邑中反无知之者。盖科举抄撮之学，陷溺人心，谁复以此不急之务，交相劝勉？由是言之，前此之逸者，宁有既乎？余少时读宋文宪《浦阳人物记》而好之，以为世人好言作史，而于乡邑闻见尚且未备，夸诬之诮，容讵免诸？此后见诸家文集，凡关涉姚江者，必为记别；其有盛名于前者，亦必就其后裔而求之，如是者数十年矣。以其久，故箧中之积，多有其子孙所不识者。然而兵尘迁徙，蹇篷下担，时有坠落，如柴广敬《金兰录》、魏尝斋文集之类，正复不少。及今不为流通，使之再逸,自此以往,皆余之罪也。欧阳子言,文章言语之在人,无异草木荣华之飘风、鸟兽好音之过耳,不可为恃。虽然,此为作之者言之也。士生后世,凭虚而观[第 1b 页][第 71 页]盛衰之故,彼富贵利达,蝇翔萤腐,没于晷刻之间,复令其性情深浅,无所附丽,文责谁归?是为忍人。故余与静岳先生为此选也,名之《逸诗》,盖有二义:前乎此者,是编为所逸之余也;后乎此者,庶几因是编而不逸也。证人书院堂长黄宗羲序。[第 2a 页][第 72 页]

则杰按:此序又载《黄宗羲全集·南雷诗文集·序类》(浙江古籍出版社 1993 年 10 月第 1 版,第 10 册第 10—11 页),标题即作《姚江逸诗序》;除删去末尾署款之外,其他文字相同。

又,此序《黄宗羲全集》本标题之下注有"壬子",可知作于康熙十一年(1672)。

二、倪继宗"跋"(第 72—73 页)

梨洲黄先生选《姚江逸诗》若干卷,静岳郘先生刻以行世,诚不朽盛事也。顾流传未久,其原本即散失脱落,莫可究诘,余窃忧之。岁庚辰[康熙三十九年,1700],余为先君子购寿木,黄子主一以其尊人梨洲先生沙板见贻。盖是板系先生门人范国雯太史官福州时所赠,缘先生在日,自凿石穴于南雷山麓,遗令毋得具棺椁,主一遂奉是板藏之乃祖忠端祠有年。里中富人有重其直以请者,而主一坚辞弗与。至是,乃举以见贻。盖主一与余交善,而梨洲先生与先君子有通家之好故也。余心德主一高谊,思所以报之而无自,适见忠端祠壁为淫雨所圮,不觉跃然,曰:"得之矣。"爰为之鸠工庀材,经纪其事。间以其暇,主一携余登祠楼以眺四明诸峰,见[第 1a 页]有《姚江逸诗》旧刻佰拾余板散佚其间,因欲与主一谋补刻之而无其资,为之感慨者久之。数年后,于我师俞吾之先生所刊《学要征略》中,检得旧刻《逸诗》什余板,但其字多模糊难辨。又数年后,于朱子若邪处得《逸诗》原本全集以归,亟命次儿学山录置案头。间一翻阅,举吾姚前哲所作之诗，与其人其事，无不完美具备，觉向之苦于散失脱落、莫可究诘者，至此已无遗憾焉。独恨余以贫故糊口章安，主一亦以昆山徐氏之聘北走燕都；及余倦游旋里，而主一已客死数年矣！耿耿素心，谁为告语？一日，偶与金子若水兴言及此，若水即以余意达之主一之犹子传书。传书能诗文，尤高于立品，平日师事若水，遂尽出其祠内旧刻畀余。余又为之拮据者数年，乃得补刻其全，以传不朽；非[第 1b 页][第 72 页]敢自附于大雅之林，亦期无负黄、邬两先生当日之遗意云尔。同里后学倪继宗谨跋，时康熙戊戌[五十七年，1718]重九后七日也。[第 2a 页][第 73 页]

【附录一】黄宗羲《黄宗羲全集·南雷诗文集·序类·景州诗集序》（第 10 册第 15 页）

余尝辑《姚江逸诗》，千年以来，称诗者无虑百人。……他年有定姚江诗派者……当不舍吾言而取定于前人矣。

则杰按：此外《黄宗羲全集·南雷诗文集·碑志类·外舅广西按察使六桐叶公改葬墓志铭》也曾叙及此集（第 10 册第 380 页），兹从略。

【附录二】《四库全书总目》卷一百九十四集部总集类存目之四（中华书局 1965 年 6 月第 1 版，下册第 1772 页）

姚江逸诗十五卷（浙江巡抚采进本）

国朝黄宗羲编。宗羲有《易学象数论》，已著录。是编皆录余姚一邑之诗，自南齐迄明，以时代为叙。其方外、闺秀、仙鬼，则总汇于末卷。每人各为小传，颇足以补史事之阙。然第十五卷韩应龙传，末云："梨洲先生选《逸诗》，广极搜辑，不解何故遗此。"则此卷为后人所续无疑，非宗羲[梨洲其号]之原书，不知何以混而一之。又刘妙容事，出于吴均《续齐谐记》，其人乃吴令刘惠明之女，没后魂见，是鬼非神，题曰"神女"，已大谬；又王敬伯虽余姚人，而女则不知何方之产，所遇之地又在吴中，引而入之姚江，尤为无理，亦必非宗羲之旧也。

则杰按：《姚江逸诗》所收作者时代，名义上确实止于明代，但实际有些已经进入清代，例如卷十三孙嘉绩、卷十五释智远等。并且如卷十四第一家宋人莫子纯小传后，有倪继宗按语称："原本刻有黄宗会、姜廷梧两家诗数十余首，今改入《续集》[指《续姚江逸诗》，另见该种]，而以莫子纯诸诗补十四卷之数。盖以宗会系梨洲先生季弟，后学之称有所未惬也。"可知原本所收入清者本来还要更多，例如黄宗会、姜廷梧两人即均为清初遗民。

又，此本《姚江逸诗》，各卷均明确署"后学黄宗羲辑选，郇景从汇刻，倪继宗重订"；而《四库全书总目》本条怀疑其非黄宗羲原书，却没有明确提及倪继宗重订，不知何故。又所说"第十五卷韩应龙"，按之影印本在卷十四（所引文字见第 193 页）；并且此集总共即十五卷，韩应龙非"末卷"方外、闺秀、仙鬼之人，故此"第十五卷"必为"第十四卷"之讹。想《四库全书总目》很可能是由于下文所述"刘妙容事"在卷十五（第 201 页），而卷十四第一家莫子纯小传后也有倪继宗类似按语（详前），因此牵连而致误。

又，倪继宗另外独立纂辑的《续姚江逸诗》，其中颇多提及黄宗羲此集以及重订之事，详见该种。

【附录三】丁宿章《湖北诗征传略》卷首沈用增《湖北诗征传略序》（参见该种）

后世选其乡人之诗者，黄梨洲有《姚江》，梁崇一有《广东》，王[郑]慎人有《莆田[风]清籁》，煌煌巨帙，如日月之丽天。

02－107　续姚江逸诗

倪继宗

十二卷。倪继宗辑，《四库全书存目丛书》集部第410册，影印康熙六十年辛丑(1721)倪氏小云林刻本。

一、马豫“序”(第673—675页)

风俗之厚薄，视乎人心；人心之贞淫，征诸吟咏。《书》曰：“诗言志，歌永言。”自忠臣孝子以至骚坛遗逸、彤管徽音，莫不触于[第1a页]境，感于时，而发为歌诗，以写其胸中磊落之奇、缠绵之致，则信乎吟咏之本乎人心也。我皇上御极以来，海以内颙颙然归化，固已风俗无不[第1b页][第673页]同，人心无不洽；而万几之暇，不废声韵，或近体或古体，以颁赐群臣，所以鼓舞而振兴之者，亦无不至也。庚子[康熙五十九年，1720]冬，余奉[第2a页]命视学两浙。浙固人文之地、风雅之薮，而山川清淑之气，尤钟姚江。盖自王文成以理学名家，而倪文忠以节烈振起，后人迄于今，顽者廉，懦者立；[第2b页]即形之篇什，而登山眺水、赋物穷神、往来赠答之语，要皆有忠厚悱恻之意存乎其间，不犹然《三百篇》之遗哉？次年春，余驻节绍郡，校阅之下，[第3a页]得士倪生继宗，文忠之裔孙也，以删补《姚江逸诗》呈余，余决其必传。嗣又辑本朝诗为《姚江续选》，进而嘱序之。夫陈诗采风，太史[第3b页][第674页]之职也；敬教劝学，衡文之任也，而况是编也，风俗之厚，于以观人心之贞，于以见皆我皇上菁莪棫朴之化之所征也，其又安敢以不文辞？[第4a页]爰是而为之序。时大清康熙六十一年，岁次壬寅[1722]，两浙督学使者扶风马豫撰。[第4b页][第675页]

二、裘琏“序”（第675—676页）

吾浙文献之盛，莫如姚江。其以理学、节义、勋名著者，自六朝迄有明千百年间，彪炳寰宇，尚已；若夫诗，艺文之一事耳。能是三者，即骚雅吟咏稍逊他邦，宁即以是见少？而诸巨公乃必兼擅而后已。他姑无论，若虞永兴、王新建、谢文正、倪文忠、孙文恪、黄忠端，即第取诗与前人较，亦足凌铄千古，而其理学、节义、勋名又复卓卓如是。呜呼！天之生才实难，何独盛于姚也。梨洲黄夫子旧选《姚江逸诗》十五卷，脍炙艺林。予尝谓：立德、立功、立言，古称“三不朽”。后世读书论古之士，览其事，知其人，固莫不慨慕流连，向往无已。然惟诵其诗，则与其人之性情相与缠绵笃挚，若寝食其旁，寤寐其室，从而论其世，推究其隐微，洞悉其源委，则与泛[第1a页]然读书信书者有别。甚矣！诗之为教，义蕴无穷，孔子所以诏小子学诗，而谓有可以兴观群怨、事父事君者也。夫子殁后，同邑倪君复野，复有“续逸诗选”，断自南雷而下，辑本朝之能诗者六十余家。督学扶风马公既为序以行世，君更属予一言。昌黎云：“莫为之前，虽美勿彰；莫为之后，虽盛勿传。”夫山川清淑，代钟英贤，古今人固非不相及。向之所谓理学、节义、勋名，亦将随时随事而著。后之读诗者，论世以知其人，前后一辙。予之言，何足为诸君子重？而予叨附名简末，仰企前徽，慨焉兴怀，不可谓非予之幸也。予曩倦游四方，垂老获通贽夫子之门。夫子赏余诗，尝与予言，欲选句章时贤诗一编，若姜编修西溟、郑高州寒村、周黄门迈园、编修之从弟孝廉友棠，及予共六七人，惜乎夫子殁[第1b页][第675页]而兹事不遂也。倪君为文忠小野公裔孙，博学嗜古，以制举业受知扶风，不以予为不知诗而俨然辱予；予故以受知吾师者向君言之，聊志知己之感，且以取正于君也。时康熙壬寅[六十一年，1722]仲吕月，翰林院庶吉士慈溪年家眷弟裘琏拜撰。[第2a页][第676页]

则杰按：此序称此集收作者“六十余家”，与实际不符（详下附录《四库全书总目》),疑当时所见尚非定本。

三、倪继宗“叙”(第676—677页)

扶风马公以木天才望持衡两浙,培植先贤。凡遇忠孝节义、理学文章之可传者,靡不表彰而传之。其为功于世道人心,抑何大也。辛丑[康熙六十年,1721]春,行部按绍,继宗以先文忠《小野集》八卷并《姚江逸诗》一十五卷后先呈览,公为之叹赏者累日,曰“此必传之业也”,复命多进几部。继宗即遣次儿学山驰归,捧十册上之。夫文以人传;苟无其人,虽可传而亦不传。扬雄之文可以传矣,必待桓谭而后传;左思之文可以传矣,必待皇甫谧而后传。非扬、左两贤之文不足传也,必得其人如谭与谧者始足以传之,斯两贤之文亦赖以俱传也。梨洲黄先生选《姚江逸诗》,本欲举向之不及传者悉有以传之也,而不遽传;且不久而原板即散失脱落,不可[第1a页]收拾。继宗虽不自揣固陋,妄为删补,亦未见其必传也。公顾叹赏之,曰“必传”,斯必传无疑矣。夫大人君子,学贯古今,海涵山负,天下文章之仰赖以传不朽者,亦复何限?又何有于一乡一邑之书,既已经其品题,而顾患其不传也哉?《续选姚江逸诗》一十二卷,继宗辑、欲传之几十年矣,以贫故不及镂板。今获以驽劣谬受公知,始请序而刊布之;岂敢显附于梨洲先生之后?亦庶几吾姚一代诗人得借是以传不朽也。或者曰:“梨洲之选,起自六朝,迄于有明,几[读阴平]千余年只得诗若干卷;今子《续选》,仅本朝八十年耳,所录诗几与原本相埒,得毋失之滥觞乎?”而不知非也。盖梨洲之选,为世远,传其所不及传也;余今之选,为世近,传其所及传也。传其所不及传者,欲多以传之而不得也;传其所及[第1b页][第676页]传者,欲俭以传之而又不可也。况乎广揽遐搜,纵不无爱博之弊,而寻章摘句,保无有以拘墟而失之者乎?或删或补,是又重有望于后之续而传之者。康熙辛丑[六十年,1721]腊月朔日,后学倪继宗叙。[第2a页][第677页]

【附录一】《四库全书总目》卷一百九十四集部总集类存目之四(中华书局 1965 年 6 月第 1 版,下册第 1776 页)

续姚江逸诗十二卷(浙江巡抚采进本)

国朝倪继宗编。继宗字复野,余姚人。初,黄宗羲作《姚江逸诗》,所录自齐迄明。此集续选国朝之诗,即以宗羲为首。所录凡七十五人。每人各为小传;采辑事实颇为详备,然亦时有附会。如第二卷"谭宗"条下曰"一日,于维扬酒楼唱《西楼·错梦》,按板谐声,备极婉转。俄有人起自邻座,曰:'子歌诚善,但中有某字犹未尽调耳。'宗初犹负气不相下,继询其人,即谱曲之于叔夜也,遂相与登西楼,访穆素徽,尽兴而别,顾其时穆已红颜化为白发"云云,案《西楼记》为袁于令所作,王士祯诗所谓"红颜顾曲袁荆州"者是也;"于叔夜"乃其寓名,何得云即于叔夜?况西楼在今吴江县,距扬州尚远,何得即相与同登?恐流传失实,似此不检者多矣。

02－108　国朝姚江诗存

张廷枚

十二卷。张廷枚辑，乾隆三十八年癸巳（1773）宝墨斋刻本。（浙江省余姚市文物保护管理所藏）

一、邵晋涵“叙”（第 1a—2b 页）

吾余姚先民撰著之书，放[昉]于虞仲翔《易注》。承其流者，代有其人矣。其以诗绵馨于后，则自齐虞子阳庵，至于伯施虞氏，世受诗法。宋则有孙烛湖、高菊涧，元则岑梣桤，名闻甚盛，传其遗集者久而不失。逮明，而行世之集益多于前。黄梨洲先生纂为《姚江佚[逸]诗》，自六朝迄明，人系之传，县之文献略备焉。吾友张君罗山，世居余姚，诵法先民，而性耽风雅，录本朝余姚诗人诗，搜采幽微，稽其爵系而载之，缀以诗话，编为十二卷，持诠予曰：“自黄先生后，康熙六十年[辛丑，1721]复[第 1a 页]野倪先生又有《续佚[逸]诗》之刻。距今五十年，莫有继者，此后进之责也。国初耆旧若吕蓼园、谭曼方、邵得鲁、朱楚屿诸君子，四方士大夫往往推重其风节，遗文零落，不尽流播；其诗仅有传者，尤不可不亟为著录也。书渐具，子为我叙之。”余考南宋诗人若“汐社”“月泉吟社”，见于人间仅数篇耳。余从《永乐大典》裒其散见者，而后高耻堂、连百正诸君子方成专集。乃知古人文章、忠孝精神固有历久不可湮灭者，要必其名氏纪载，而后后之人始知措意而访求其书；非然者，即乡党且不复晓其姓字，■■■■■[无论著述矣]。[第 1b 页]蓼园、曼方诸君子，躬耕四明，杜户浩歌，其■■■■■[志未尝一以]当世名称撄其痻瘵，讵遑计及身后遗篇之或为雨淋熏渍乎，虫穿鼠啮乎？之或为雕梨镌枣、缥缃装帙乎？今罗山乃整齐于尘封蠹蚀之中，怀尚友尚论之素，以广其恭敬桑梓之情，以近寓其慕远古、追荒寂之概，且慊然以闻见未周为憾，其于诸君子之用心，同不同未可知也。夫以并世并里居之人，表彰国故，曾不百年，遂已缺佚而不完；则百年以前，四隅万国之遥，志节之士终竟无闻者，岂不重可叹也哉？罗山为此书，凡阅数年甚勤，而编次条理甚得；所录诗，多和平敦厚大雅之音。命[第 2a 页]曰《诗存》者，盖兼取以人存诗、以诗存人之义云尔。大清乾隆四十年[乙未，1775]三月望日，邵晋涵谨撰。[第 2b 页]

则杰按：此序又载邵晋涵《南江文钞》卷六（《续修四库全书》第 1463 册，第 442 页），标题即作《国朝姚江诗存序》；除删去末尾署款之外，其他文字基本相同。上文两处漫漶字，即据该本补注。

二、陶廷珍“叙”（第 1a—b 页）

姚之诗，自宋以前，存者不及二十家。自黄氏■■■■诗[当指《姚江逸诗》]出，而姚之诗始存。然惧其逸也而存之，其不存者固不知凡几。甲午[乾隆三十九年，1774]秋，余至京都，获见《永乐大典》，散片中采出孙氏应时《烛湖集》三十卷；其半为诗，无虑千百余篇，而《逸诗》所采仅古今体各一。又见宋氏玄僖《庸庵后稿》三卷，则尽诗也，而《逸诗》采不及此本。且黄氏于应时小传中称《烛湖集》止十卷，与今所见本又不合。以是知黄氏之于姚江诗，元明以前搜录固未尽也。《逸诗》起六朝，讫明，凡百二十家。倪氏续之，止录顺治、康熙两朝，凡七十余家。尝疑两书之外，姚之诗犹有逸者。今罗山张氏[第 1a 页]起而甄综之，复自国初讫于今，得百六十余家，盖恐其诗之易逸也而存之，并及其人之未逸也而存之，其用心亦良苦矣。然而王苹氏、高士奇氏、桑调元氏，皆姚产，卓然名家，而特以寓籍他郡县，罗山概不之存。然则罗山所存，不第不遗也，亦固不滥也。乾隆四十一年，岁在丙申[1776]，孟夏望日，会稽陶廷珍撰。[第 1b 页]

三、高抡印"题词"（第 1a—2a 页）

不佞窘于才，蠹书等虮虱。垂老未知诗，漫寄勾余邑。投赠已盈筐，答谢惟拱揖。乘兴乱咿哦，舌本苦蹇涩。譬彼学语儿，吻张气先急。格格隐喉间，如有物哽噎。环顾同袍人，淋漓纸与笔。骅骝骋康庄，鸾鹤无短翼。一挥几千言，扬葩耀星日。纵未光枣梨，亦足扃石室。穷疑传授奇，百手同彀率。伟哉张夫子，风雅洵无匹。博物众所推，文采尤熠熠。坛坫为主盟，骚赋时出入。每思接膝谈，稍稍励孱劣。忽然庭雀喧，果枉长者辙。遗我一编诗，文献传其佚。开卷览弁言，君心已高揭。在昔梨州［洲］公，凤麟间世［第 1a 页］出。及身遘沧桑，力任删定职。眷怀古词人，挑灯理旧帙。自从虞氏来，精气存奇崛。昭代谁续修，倪氏实绠繘。两贤不复生，零玑与碎璧。弃置五十年，悲风莽萧瑟。惟君拾残笺，珍赏犹秘笈。烬灰力扬收，寒冰手排辑。枯条倏以荣，萎草复如裛。习听爨后音，搜抉并庋集。令彼既朽骨，顷刻天光及。历久附青云，幽魂慰歌泣。我尝洛诵余，三叹未能毕。唐贤选唐诗，好手百无十。孰是正法眼，箧中爱元结。吟社与题襟，标榜半亲昵。若今所见闻，视古弥超轶。或云浚词源，或■［云］著流别。此语理诚然，恐未窥奥密。大贤用■■，■■■［第 1b 页］人识。古道日沦胥，遗文将暗汈。以兹敬先民，■■■■溢。以兹息淫哇，日月回薄蚀。千钧挽微茫，一线存呼吸。风声之所树，能使闻者怵。庶几后起材，挺植皆侨肹。南山高莫跻，舜水深莫测。鼎峙黄与倪，厥功垂无极。我未穷高深，古训以为式。自今眼界宽，非复瓮中仄。愿摹万万本，播为四方则。仁和高抡印拜草。［第 2a 页］

四、张廷枚"例言"（第 1a—2a 页）

［一］　唐贤选诗，各具宗旨。元遗山《中州集》，始兼以诗存人、以人存诗之义。今略仿其例，据见闻所及，录邑中先正遗诗，详书字

号爵系，间缀诗话，旁及其人品艺，论世者或有取焉。

［二］ 黄梨洲先生选《姚江逸诗》，自六朝迄于明代。倪复野先生续选，自梨洲而下，得七十余家，刻于康熙壬寅[六十一年，1722]，至今又五十余年矣。接武承流，宜有总集。爰就箧衍所存，以及故家所收藏、贤子孙所保手泽，参以四方选本、州邑志乘所载姚人之诗，次第编排，得十二卷，一百六十五[第 1a 页]人。此外尚多遗佚，未及遍搜也。

［三］ 温柔敦厚，诗教也。古今作者，代不一人，人不一体，要无不根柢风骚，渊源忠孝。故兹集所载，平奇浓淡，体制虽殊，总不敢失诗人之旨。

［四］ 我姚钟江山雄秀之气，夙称文献。科第旗常，既炳然史册；即寄迹山林、不求名誉者，亦无不击壤抚缶，歌咏圣世。恐岁久遗书零落，易致淹没，故于前数卷登载较详。

［五］ 维楚有材，晋实用之。迁姚已历数世，如程鸣者，例应■入。若姚产而流寓他所，身自刻集，即不系■■■《■■[清吟][第 1b 页]堂集》，自署“钱塘高士奇”；《二十四泉草堂集》，自署“■■■[历城王]苹”；彧甫《五岳集》，自署“钱塘桑调元”，今不复载。

［六］ 廷枚自庚寅[乾隆三十五年，1770]春，即从事采诗。历四载，始得裒辑成编。然有旧见其集而今无从访求者，有未见其集仅从别本录得数篇者；搜轶补遗，尚俟异日，更望邑中同志匡余不逮。

乾隆癸巳[三十八年，1773]三月望后三日，罗山张廷枚识于宝墨斋。[第 2a 页]

【附录一】法式善《陶庐杂录》卷三（中华书局 1959 年 12 月第 1 版，第 85 页，原标第五十五则）

《国朝姚江诗存》十二卷，张廷枚辑。黄宗羲编《姚江逸诗》十五卷，倪继宗刻《逸诗》外七十余家，此殆沿其例而续之者也。一卷至十一卷，黄宗羲以下一百五十五家；十二卷，闺秀、方外十家，皆余姚人之作。刻于乾隆四十一年[丙申，1776]。邵晋涵、陶廷珍序之；邵序论余姚诗甚详，陶序论余姚诗极核，皆精妙之篇。

02－109　姚江诗录

谢宝书

八卷。谢宝书辑，民国二十年(1931)中华书局排印本。(浙江大学图书馆藏)

一、诸章达“叙”(第 1a—2a 页)

甲子[民国十三年，1924]之秋，余安砚于余姚县立农蚕学校。校所在汝仇废湖之塘东，而谢子培卿之宅又在学校东。以地在四门镇之南，镇内外人多谢姓，故号其地曰“南谢”；“四门”我[或]加水旁曰“泗门”，故南谢亦曰“泗南”。初，农蚕校为谢子培卿等私立，谢子宅则在大方伯第，第距校约一里有奇，日仆仆往来而不告劳。继则范围扩充，改为县立，举谢君茀青为校长，己冀少事休息，而又被举为校董，至是始买宅于学校之东，而移居焉。已而茀青以他事谢去。迨举张君振东长是校，适余于是秋至。既与谢子为邻，谢子又以董校事无日不来校，无日不与余相见。尝谓余曰：“昔我与胡君子唯共管六仓公学一款，是君所强也。厥后张君郁香请以是款移纂《六仓志》。君自以为仓外人，虽不发一言，而却在旁席。议既定，设局辑志，聚仓下老辈诗文集不少。我于所爱诗，间有择而钞之者。君今来此，性又耽诗，我将效黄梨洲、张罗山两先生法，搜求明以后余姚人诗，使不至于散失。君能相助为理乎？”余即怂恿曰：“际兹风云扰攘，右武轻文之日，若不及时搜辑，后虽有握怀铅椠，勤于搜访者，恐亦不可得矣。其速举哉，其速举哉！余将奔走疏附，以助子成焉耳，子殆可以继梨洲、罗山之后已。”培卿曰：“不敢，我何敢继两先生之后？我不过录见存之诗，以待后之操选政者得因而取资焉，甚或因

[第 1a 页]其诗之存而其人之名即不致没没焉，是则我之所冀也。”章达曰：“善哉，善哉！”果之中含生生不绝之意者，谓之仁；性之中有不忍绝人之天者，亦谓之仁。培卿天性仁厚，笃于伦理。我闻其长农校时，每夕必归省其母而返宿于校。今来此，闻其言必称先人；又见其求当代巨子手笔，以显其亲；敬兄友弟，刑妻孥；入其门，雍雍穆穆，而无嘻嗃声；朋友慎交于始，无凶终隙末者；对众人则和易近情，无疾言遽色。夫子谓入孝出悌、谨信亲爱，培卿有焉。录姚人诗，其诸不忍绝文人一世苦心之见端欤？又谓乡党宜尚齿，非如官印书之仅以科第为先后也，故一姓之诗，必详考其祖孙父子兄弟从兄弟再从兄弟，以至于族而后已；并考其当时之师友，以为尚论之资。孳孳屹屹[矻矻]，阅六七寒暑，而后成。吁！勤已。昔金元之世，汉人由进士而大官者岂少也哉，而史皆无传；即文学传，王鼎而外，亦颇寥寥；后人欲撰金元书，则元好问、刘祁诸人之记载，足资之以为典要焉。培卿如此详慎，不将为姚儒先[先儒]之典要欤？我闻卫正叔尝纂《礼记集说》矣，其病世儒剿取前人之言以为己出，而曰“他人著书惟恐不出于己，予此编惟恐不出于人”，我于培卿亦云。培卿每假一书，采一诗，必大书假自某、采自某，从未有假而不还，亦未有采而不书者，人亦乐得假之书而听之采哉。培卿名宝书；茀青为培卿族子，名凤藻；又培卿之族叔虚谷，名景崧，俱明太傅文正公之后；又有[第 1b 页]诸以雅君名炳南，为诸理斋先生之族孙，皆创办农蚕学校，输财不足，呼号奔走而求助于戚友者。附书于此，以见四子之仁义出于性天，非矫饰也。若夫《诗录》襄事诸人，则有培卿自撰之叙例在，兹不赘。庚午[民国十九年，1930]小雪节前一日，天自诸章达序。[第 2a 页]

二、谢宝书“自叙”（第 1a—b 页）

戊[戊午，民国七年，1918]、己[己未，民国八年，1919]之交，张郁香同年方为《六仓志》，开局历山，访得邑中先正艺文不少。余尝过之，曰："吾邑黄梨洲先生创为《姚江逸诗》，续之者，倪复野、黄华陔、张罗山、霍臞仙、周藕香诸先生，惟其书有刊行有未刊行，余所见者仅倪编之半及张编而已。距今百余年，借此网罗散佚，事半功倍，亦一邑之文献也。"人事棼如，忽忽未果。岁甲子[民国十三年，1924]，诸子天自设教泗门，过从密迩，亟怂恿之，谓盍亦成曩者编诗之议乎。会周秋伊姨丈愿助印费，亦怂恿之。惟是我邑自洪、杨变后，故家遗著，大半荡焉无存；间有存者，雨淋霉渍，鼠嚼蠹穿，甚以供茶灶药炉之用，因叹欧阳氏所谓荣飘音过者，不知凡几。然亦有无意中得其一二，或翻为子若孙所未及见者，岂文字之表襮与否，亦有莫之致而至者欤？夫以邑中先正之诗稿，印行者无多，印本既嗟残缺，钞本又苦错讹，或且有枕中秘藏不以示人者，向微天自之到处咨询，随时商订，与夫秋丈之慨助印费，斯《录》之成不成又未可知也。嗟乎！世变亦亟矣，当务其大者远者，胡乃为是不急之务？则自愧才力之不如人，又以时宜之不合，饱食无用，借遣无聊之岁月。舍己耘人，良足哂已。昔徐文长先生序《会稽志》云，旁观者严于责备，任事者苦于得谤，而不知任事者果肯握管，即不能悉副旁观者之所云，然岂无一二之补，不犹愈于无一字征[第1a页]于文献者乎？兹之所录，诚有鉴乎采集之为难。凡六仓志局所见之诗稿，相去不过十年，已辗转访求不可复得；更数十年，其采集之为难，当复何如耶？故宁多取之，以待后人之选择。若责以玉石并陈，兰艾分植，无当于大雅之体裁，吾知过矣，吾知过矣。庚午[民国十九年，1930]夏日，谢宝书识于永思居之北窗下。[第1b页]

三、谢宝书"姚江诗录凡例"（第1a—2b页）

一[一]　黄梨洲先生所编，曰《姚江逸诗》；倪复野先生所编，曰《续姚江逸诗》；张罗山先生所编，曰《姚江诗存》。是《录》悉依黄、倪、张三编体例，只惭寡陋，不敢赓续前贤，故别于《逸诗》《诗存》，曰《姚江诗录》，以待后贤之选取。

一［二］　倪编访之五桂楼，已有录无文，仅从他处借来残本。查原书都十二卷，计录七十五家，兹但卷七之［至］卷十二姓氏可以考见加入。梨洲先生实只四十九家，其余二十六家姓氏无从悬揣。唯四十九家之姓氏，核与张编不同者只有八家；高江村先生父子，张编以籍隶钱塘不录，是姓氏别出者只有六家。准此以推倪编与张编之姓氏，亦大略从同也。

一［三］　张编成于乾隆癸巳［三十八年，1773］，当时雍、乾诸老以生存未录者不少。兹拟断自清初，凡倪、张二编所未录者一并录入；其已录者，即有佳篇，亦从割爱。

一［四］　蔡奉型丈惠示陈执斋（县志有传）《姚江逸诗》抄本，卷首无序言，但署“历山陈祖法执斋增删”九字，与黄编大致从同。“增删”云者，似就黄编有所增删也。此书未录县志“艺文”，想抄本尚未刊行，致足宝贵。查编中为黄编所未录者计十七家，除黄梨洲、邬静岳、胡匡岩、孙声远四先生已入张编外，用将张非文、翁好坚、吴勔生、邵鹤［第 1a 页］间四先生诗录之卷首；其余九家系属明代，别纸录出，俟编姚诗总集时依次补入。

一［五］　《两浙輶轩》正续录、《两浙校官诗录》及《越风》所采同邑诗家为倪、张二编所未录者，兹皆次第录入，以期美备。唯每家所作别有考见，仍为增录。

一［六］　《逸诗》都凡百二十家，《续逸诗》都凡七十五家，《诗存》都凡一百六十五家；兹得五百十八家，计诗三千五百首，毋乃太滥？缘邑中诸老诗稿，有刊行而仅存残本及已经散佚者，其孤单抄本更易销灭；考县志“艺文”所载，大率有录无文；兹之所录，宁滥毋苛。诗学浅深，原不一例，唯是诗人一生心血所系，苟有可传，不敢抹杀。区区此心，还期共谅。

一［七］　选家率从精严，以区域既广，免占篇幅。兹则限于一邑，宜少从宽；且欲悉诸老出处及怀抱，更宜择尤多录。若皆枫落吴江，恐未足以餍读者。唯流传实少，搜访无从，只得录存一二。其有诗不擅场，无可多录，则又不在此例。

一［八］ 凡关于山川、风俗、人物、祥异之作，多所采录，俾后之志邑乘者有所取材。

一［九］《录》中以时代编次，窃取恭敬桑梓之义。不拘拘于科目先后，以早贵晚达不一例也；不知者仍从科第年甲。［第 1b 页］

一［十］ 诸家所采志乘、传状，意在事增文减，删烦存要；若序跋、诗话，则从详；间附按语，并仿摘句图，以志向往。

一［十一］ 凡名字不能兼详，及祖孙父子兄弟有关连者，又或出身无从查考，俱从阙如，重赖后贤补正。

一［十二］《輶轩录》每家已采其祖若父之诗者，于本人小传注某某子若孙。兹则其祖若父凡见于县志"选举表"者，悉为分注，用证家学渊源。

一［十三］ 兄弟年龄有相差数十年者，兹以弟列兄后，似嫌凌猎同时先辈，借便考见一门风雅而已。

一［十四］ 所访诗稿，未署作者姓氏，而循览篇中，确系本邑先正，别录无名氏诗于卷尾，分甲乙丙丁，以次编定，期后贤别有考见，可列名焉。

一［十五］ 张编以姚产流寓他处、本集不系余姚本籍，即不复录其诗。唯卢抱经先生，以余姚通籍，虽本集系以钱塘籍，似应录入。乃父《白云诗集》，遂并录之。

一［十六］ 编诗，例先古体，后近体。唯来稿率多凌杂，且续有所见，随时增录，亦有本系编年、不拘体裁者，今悉仍之，不复为之排比。

一［十七］ 倪、张两编，已不多见。兹先录两编诗家姓氏，庶合并参观，邑中清代诗人，略具于［第 2a 页］是。

一［十八］ 此次辗转访求，颇极困难。且多抄本，无从校正。计乙丑［民国十四年，1925］春之［至］己巳［民国十八年，1929］冬，首尾五年，始成书。私人为力有限，疏漏脱误，自知不免；拾遗匡谬，是在后贤。

一[十九]　周秋伊(缉熙)姨丈,蔡奉型(凤仪)丈,诸天自(章达)、徐月笙(拱垣)二兄,采集丛残,贶我良多。叶谱人(振铎)丈,阮小楼(其昌)丈,张郁香(宝琛)同年,华鲁卿(汝愚)兄,杜鹏展(文治)、黄桢卿(廷柱)、经贯之(寿诒)三君,伯兄劭卿(宝善),亦多采集。至钞录副本,若黄菊香(丙照)、陈亦兴(家祺)、黄吉初(锡元)、丁馨山(桂芳)、黄子初(肇基)、黄鲁穿(芦川)诸君,族弟蒖生(茂墀)、金惠(如熨),兄子芷寿,实借群力,用溃于成。

一[二十]　全书印费,计一千七百余金,悉由周秋伊姨丈佽助。又族弟瀫卿(凤藻)适旅海上,即烦就近参校,八阅月而印毕。高谊厚情,敬佩勿谖。

一[二十一]　稿本正在印竣,杨馥生丈遽归道山,特为破例补入第六卷后,以为是《录》之后劲。[第2b页]

02－110　国朝上虞诗集

谢　聘

十二卷。谢聘辑，道光二十二年壬寅(1842)吟香馆刻本。(浙江大学图书馆藏)

一、王煦"国朝上虞诗集序"(第1a—2a页)

吾虞自炎汉以来，素称望县；勋名德业，彪炳范《书》。自汉季分南乡为始宁，虞之东山隶焉。晋室既东，谢太傅据为别墅。至宋，而谢康乐遂以诗雄南朝。自是而后，谢家兰玉，裒有成编，盖不独梦草有惠连，咏絮有道韫矣。前明吴征士(昶)纂《古虞诗集》，未葳事，而谢海门(说)续成之。则吾虞诗人与辑诗之人，谢氏实为风雅宗也。本朝会稽商宝意(盘)辑有《越风》，吾虞之采入者才十数人。自商氏迄今，又百余年。躬逢圣朝，久道化成。山陬海澨，沐膏而咏勤者日新月盛。此谢君味农[第1a页]《国朝上虞诗集》之举，所以迪光康乐而继武海门者，意深远也。观其搜罗之富、纂辑之勤，较商氏所收，几数十倍。上自胜国遗老，下逮时贤之已归道山者。其间佳制名章，多固可喜；残珪断璧，罕亦见珍。虽诗人出处不同，然序其科分，纪其宦迹，列其吟稿，升沉显晦之殊，已略具梗概焉。至或旁涉经史而别为著述者，亦附缀于其末。盖因讽咏而知性情，因性情而知学问，既发幽潜之德，兼为考证之资，味农诚无愧为风雅宗哉！味农本工诗，所著《吟香馆诗草》行世已久，士林多推重之。兹乃出其所学，鉴别前人，具征卓识。将授梓，问叙于余。余老矣，爰莫能助，而乐观厥成，爰不辞而叙之如此。[第1b页]道光十有五年，岁次乙未[1835]，六月之闰，八十一老人王煦汾原氏识于观海楼西簃。[第2a页]

二、毓秀"国朝上虞诗集序"(第 3a—b 页)

上虞为声明文物之邦。自汉迄今数千百年,其间德业文章,往往标垂史册。盖扶舆灵淑之气,钟毓于是,至深且厚。况我国家圣明作述,文教覃敷,生长是邦者复得沐浴休明,优游化宇,久之而发为吟咏,以润色鸿猷,承平雅颂之声于斯为盛。谢君味农,邦之彦士也。兹裒集《国朝上虞诗》若干卷,而问序于予。予惟谢氏自晋太傅暨南北朝之康乐昆季,以及明之密庵、海门等,皆以诗名一世。而味农复天才隽逸,抱负不凡,洵为风雅流传,后先济美,宜其殚心搜罗,不辞劳勚,以成斯举,俾异日采风者[第 3a 页]执是简以登诸庙堂,不甚幸欤! 至其搜罗之富、选择之精,读是集者自昭然若揭,余亦不必多赘。是为序。时道光丁酉[十七年,1837]孟秋之月,铁岭晴帆弟毓秀拜撰。[第 3b 页]

三、童槐"国朝上虞诗集序"(第 4a—5a 页)

上虞自后汉,才杰挺出。魏晋以来,迄于明季,人文之谢华启秀,掩映会稽、东海间者,略备前人诗选矣。逮入国朝,文化累洽,涵濡且二百载,故风雅尤盛。味农谢君辑之,为卷十有二,寄以示余,且属序其端。其集首列胜国遗老。自后荐绅,赵氏,则铁岩司空、盖峰方伯、竹堂太守及骊渊、谷林、意林三征君;徐氏,则仲山征君及鹿野、百云二学使;范氏,则恭亭给谏;马氏,则韩山农部;郑氏,则鉴塘礼部;钱氏,则小坰观察,皆伟然人望,当暨其有宦迹诸公入"人物志",不独以诗称者也。自外以诗按之,如钱荆山、王文白、徐更斋、李梅墅、郑谷渔、叶芝谷诸先生,迭为骚坛领袖;[第 4a 页]同侪后进,响附踵接,不懈而及于古,余亦不失风人之旨者,并当以"艺文"著。若其前后甲第科贡,则足以征"选举"。或别有撰述,附志名下,可采以登"儒林""文苑"。而诸所歌咏,复备具乎"忠节""孝义","隐逸""方技",以及"列女""仙释"之事迹,"风俗""物产"之形名。虞与鄞[县]

密迩,余生平不知几涉虞境。今读是书,乃始恍如游历其间,与今昔群贤相晤对也;又如新撰《虞邑志》成,而乐得先睹以为快也。夫采风之典既渺,郡国赖志乘以考镜得失,而诗文总集则又为志乘所资,虽断楮零墨,不容听其废坠。吾浙如《槜李诗系》《甬上耆旧诗》,并著录于《四库书目》,诚重之也。然修志系有司职,总集则靡所责成,何怪乎旷世不一觏哉?若谢君,盖知所重也已。[第 4b 页]虽然,殆有数焉。虞疆以舜井、娥江,擅胜往古;而风流文采,则倡于太傅东山,是兹地以谢氏为眉目也。在前明时,君族祖海门先生尝辑有《古虞诗集》,君绍其业而成此,是兹地人文,又以谢氏为职志也。异日志乘中,将以千数百年事归之一家,得非有自然者存耶?抑君固尝有见于此,而引以自任耶?余初未识君,归其书,因以谂之。道光二十一年,岁次辛丑[1841],闰上巳,鄞[县]童槐书于古红莲阁。[第 5a 页]

四、许正绶"国朝上虞诗集序"(第 6a—7a 页)

国朝诗学极盛。操选政者,大率皆骚坛领袖。然或务搜罗,甚驰域外观,以诩赅博;或矜鉴别,好斥名下士,以示谨严;而于桑梓之谊、文献之征,多阙焉不讲。其有从事于斯者,亦皆各立门户,非滥即遗;且多列时贤,近于标榜;附登己作,以自夸张,非所以发幽光、腾绝诣也。兹读谢君味农《国朝上虞诗集》,洵法美意良,毫无遗憾焉。吾虞在绍属八邑中,多暗淡之士。乡先生味道之腴,往往于穷阎漏屋间,歌声出金石;其通籍登仕版者,每风骨崚嶒,不为依媚;凡所著作,幽芳自赏。于是味农溯衣冠于在昔,恐人琴之俱亡,毅然以搜葺选存为己任。山陬海澨,断楮剩墨,所见所[第 6a 页]闻,悉罗而致之,而为之审源流、考出处、删繁碎、定旨归。凡阅八九寒暑,始底于成。批读数过,恍若聚吾虞二百年老成典型,相晤言于简编,而倡和于梦寐也。呜呼!可谓盛矣,斯足风矣。且其功更不仅在诗。古者观风之典,与国史、邑乘通;今之秩然在集中者,皆"人物志""艺文志"也。既足以供辅轩之采,而乡党后进,食旧德,诵清芬,有一展卷而情动于中，不能自已者。此固知人论世之资，亦训俗励行之助也，其有关于风教者甚大。然要惟识之精，即以搜罗兼鉴别；惟见之明，仍于赅博寓谨严；敦桑梓之谊，备文献之征，无滥、无遗，无标榜、无夸张。味农洵领袖骚坛，能操选政者矣。而[第 6b 页]国朝诗学之盛，不且于吾虞一邑推验之也哉？道光二十有一年，岁在辛丑[1841]，仲冬之月长至日，愚弟许正绶顿首拜书。[第 7a 页]

五、谢聘“国朝上虞诗集凡例”（第 8a—9b 页）

一[一]　吾虞自魏晋以来，诗人代有。《兰玉》一编，风雅所自。前明族祖海门公，辑有《古虞诗集》。洎乎国朝，重熙累洽，名贤辈出。裒然成集者固多，散佚不收者亦恒有。百数十年，谁其网罗之而缀辑之？会稽商宝意《越风》，详于他邑，而吾虞被录者只十余人。钱汉村《历朝[上虞]诗集》，又止于明季。余是以不揣固陋，念切绳武，广搜博采，得作者三百八十四人，诗一千四百七十五首。虽名篇雅什，或不止是；欲求赅备，尚希同志。

一[二]　征诗原期多多益善，然亦必有限制，方成体裁。今以道光二十一年[辛丑，1841]为止，凡登斯集者，皆已归道山者也。[第 8a 页]其时贤之现存者，一首不敢阑入。

一[三]　是集意在存诗，非在选诗。然有已付梓而岁久就湮，或板无存及后嗣式微者，则以选为存；其未付梓者，则以存为选也，阅者幸谅鄙意之所在。

一[四]　名人本有诗集，其征诗后未蒙惠寄，或征启所未遍及者，姑从阙如，以俟续刻。

一[五]　出籍、入籍，本以三代为断。其有实系本籍而姑寄他籍，及已入别籍而不忘故籍者，仍为录入。

一[六]　昔人选诗，意欲以诗存人，每人下系以小传。今余僻居海堧，闻见无多；既不能纯构虚词，亦不必尽涉套语。故有行事卓绝者略载数言，余则详其功名爵秩[第 8b 页]而已；其无功名爵秩而有字或号犹可考者，亦只详其字与号，否则阙之。

一[七] 诗人升沉显晦，各有不同。其曾经登科者，照干支前后排纂，固属甚易；余或应后反先，或应先反后，并非有意颠倒，实无从确核耳，阅者谅之。

一[八] 诗有古风、近体不同。兹集所录，于每人下，先五古，次七古，次五律，次七律，次五、七绝句，以体分，不以时分。故虽有编年之什，而限于诗体，识者幸勿以倒置见讥。

一[九] 自古编诗之家，所取各明一义。兹集既隘以时地，每得一卷，取长而录，并无举一废百之见，观者幸勿以[第 9a 页]芜杂致讶。

一[十] 其人并无稿本，仅得屏障、画幅中题咏，亦间为采入。

一[十一] 有诗句本佳而题系香奁、语涉轻艳者，概不敢录。

一[十二] 诗人集中，长篇有至一二百韵者，以集隘难于尽登，只从割爱。

一[十三] 闺秀、方外，非文人学士可比。故其诗虽不甚佳，亦不尽删去，且亦不暇计存没也。

道光二十有二年，岁在壬寅[1842]，孟春之月，味农谢聘识。[第 9b 页]

02－111　天台诗选

许鸣远等

六卷、补遗一卷、续补遗一卷。许鸣远辑，许佩苏补辑，《四库全书存目丛书补编》第35册，影印民国元年(1912)排印本。

一、褚传诰“重订天台诗选序”(第1—2页)

天台之有诗集，自《江东天籁》始也。南宋隆兴间，号称能诗，无出刘氏兄弟右者。嗣是厥后，若抱犊，若高林，若江村，若新山，若桧轩，则《全芳备俎[祖]》称之，《后村诗话》著之，顾侠君《元诗选》又并载之。洎乎有明，斯道赓续，卷帙滋多。其尤为时推重者，则有鲁氏之《竹素》《游思》等集，褚氏之《贻笑集》，杜氏之《乐全集》，范氏之《丹台集》《柏轩稿》，许氏之《捋稻吟》，庐氏之《黄州集》，夏氏之《赤城集》，陈氏之《霞山漫草》，以及陈竹窗，袁知止，庞石壁，潘留鹤与双涧、梅壑，许醉梦，陈秋鹤，而以《竹居》《得月》两集为之殿。独恨年代湮遥，风流易主；故家遗稿，[第1a页]多埋没于水火兵燹、转徙坠遗中。其更代保守，憖遗而至于今者，惟方外寒山子最古，余则各族谱牒寄存一二，盖寥寥无几矣。借非有网罗散佚之人为之逐一编辑，其安知不随大江东去，风流浪淘，无复有古人名氏于来代读者之口，岂不大可悲乎？此乡先生带存许氏所以有《天台诗选》之刻也。考《四库全书提要·总集》列此卷“存目”类，前有小寒山陈函辉序，盖即徐黾翔订本，而刻于崇祯十五年[壬午，1642]者。迄今垂三百载，散亡殆尽。许氏之后贤曰佩苏品兰者忧之，以为吾邑诗人，虽或收于戚氏《三台诗录》《风雅遗闻》暨天台山方外各志，而无专选；幸而有此，而又令其日就[第1b页][第1页]湮灭，非惟辜吾祖辑选之意，抑亦台人之辱也。因愿设法重印，而商之吾友金君性山。时性山方有《国朝天台诗存》之选，用聚珍版排印，业已告竣。凡自国初“三高士”以下，迄于同、光诸子，得一百八十余家，裒然成一代巨观。惟为例甚严，宁以人存诗，不以诗存人；虽有才华清卓而行事不轨于正，概行删黜无登载者，亦谢灵运“心邪不许入社”之例也。而是《选》则闻见较远，只辨其非天台籍者削之，而补以谛见于各家之作，使无漏遗。又或时代倒叙，方外、闺媛杂糅其中，为前刻所未尝纠正者，一一为之厘剔，务与原刻不相反而实相成。品兰顾而乐之，将以某月日付印，并[第2a页]道所以醵资之故，而丐余序其简首。余维继承先志，一举而三善备焉，后世之名君子所必争。高山之上，深渊之下，尚欲寄姓字于其间，而况为之苗裔者，可听其渐即沦弃乎？此举出于家族，有木本水源之思焉。磨沙洗戟，可认前朝。古有以一物之憖留，卜声名之永短。出之灰尘，加以拂拭，是生死人而肉白骨也。千年龙光，终当复出，正其时矣。江右、云间，划疆而霸。诗虽小道，亦借人灵。台山夙称奇秀，倘无佳章雅什为之鼓吹，不令松桂笑人乎？即前贤亦不任受过也。持此心也以往，吾益于品兰有厚望矣。虽然，循以《通鉴》不载文人之例，则或者疑其无补于时；而际此沧[第2b页]海扬尘、劫灰再黑之秋，与其滔滔横流，靡知所届，孰若返吾初服，相与聚先正一堂，庶几由陶咏所及，或可留吾道之万一于将来也夫，岂仅敝帚自享而已乎？时壬子[民国元年，1912]中秋后五日，同邑后学褚传诰。[第3a页][第2页]

二、金潜“序”(第3页)

予既排印《国朝天台诗存》告竣，而许君佩荪拟重刊其远祖、明季淮安同知带存先生《天台诗选》，与予商定其体例。谨案：是集之葺，当崇祯之壬午[十五年，1642]。是时流贼已逼庐凤，陷开封，残汝宁，京师岌岌，朝不保夕。台虽未被兵，亦风鹤告警。而先生独汲汲以《诗选》为事，所志若并不及乎他者，逆知天下已坏，不可复支也。故不二年而明鼎遂革，中原离析荡尽，而台之文献独不与兵火俱烬、河山俱分裂者，则此次先生收葺之功为不可没也。顾其体例，亦颇有未善：所取皆本籍人，而间入寄寓；释道与闺媛并列，不复别异；前[第1a页]后时代，亦有讹舛。斯三者，固略知编纂者所解道，而先生于此若独有未尽然者，名托于选诗而意不专在乎诗也。宗周将陨，嫠不恤纬；漆室之忧，鲁女且然，而况仁人君子蒿目时艰，关心于君国之故者乎？呜呼！当先生摄篆新城，集民兵御贼，严斥堠，警烽火，浚濠堑，擒剧盗，抚饥民，政绩伟然。使群州县皆若是，则流寇不作而明可以不亡；其卒亡者，贪官墨吏之充斥于天下，而如先生等辈噤不得施用故也——卒以漕事为当道所中，解职归里，杜门撰述。《诗选》之葺，特借之以消遣日月，终吾余年。而其耿耿不得已之心，抑郁幽忧无可陈诉，计惟古人可以告语，默相印证，而[第1b页]于初志，殊不然也。然先辈之名篇雅什，精神心血所寄，转借是以得绵延于世，不可谓非厚幸。而语言文字，较量分寸，体例有未尽吻合者，固先生所不屑屑措意也；且亦是手定未成之书，经徐明经光允等续葺，而义例仍参差别出。爰是与许君重加校正，缺者略为增补。惟是《选》曾经采入《四库全书·存目》，流传必广；今考吾邑止有此本，一经遗失，则广陵散遂绝，因促其急行付梓。当兹废经蔑孔，异学猖狂，吾道沦胥之会，刻此亦复何益？然为乡邦文献之所系，抑亦国粹将亡之转借以保存也。然先生生不忍见亡国之戚，不数月而卒。范文子祝宗祈死，竟如所愿。予不幸[第2a页]遘非常之变，与先生相似，而祸势剧烈，更甚于亡明。虽所葺《诗存》或可与[于]《诗选》为后尘之步，而趋义效节，委懦不立；隐忍苟活，偷延视息；秉笔为序，愧先生多矣。壬子[民国元年，1912]季春，邑后学金潜。[第2b页][第3页]

则杰按：金潜原名金文田(性山其字)，可见《国朝天台诗存》该种。

三、陈函辉“原序”(第4页)

天台之闻于天下也，自孙兴公一赋始也。然汉即有高察，齐又有顾欢，隐居其内。溯而上之，天冠应真之开拓，韦卿子乔之神通；晨、肇耦而游仙，昙、颤分而衍教，台山不久以异迹著乎宇内。八垓共宗五岳；若言及石梁、华顶之胜，则群望俱俯首而揖让之。夫洞天之为天宝也，福地之为地灵也，其指可屈也，而在台山不一而足也。台以“天”名，上应泰符之阶，下禋星鸟之瑞，天纵之矣。《诗》曰：“维岳降神，生甫及申。”名山不产异人，是顽石也。则名人之所以报名山，肃爽凝而菁华吐，其大者为高勋伟烈、忠臣孝子之光，而其[第1a页]次即散观于骚人高士金石声歌之绪。日星布彩，川岳出云，其气然也。辉考古人之咏天台，如沈隐侯、徐孝穆之诸记，李巨仁、孟浩然、元微之之诸篇，碑藓未湮，星濑犹兀。顾任翻三过，终非卜筑之幽居；《天姥》一吟，仍属梦游之逸客。惟吾友许带存先生所选诗集，始自有宋之“二刘”，下逮我明之今日，或标举一家之英，或近取一邑之乘，而余即台郡名贤，皆不得以阑入焉。在台言台，明岩、楢溪之结秀，生动须眉；赤霞、瀑布之争奇，渊源昭穆。言善必及其祖先，言文必举其家传。训国人以孝悌之道，而阐名岳以诞孕之房，在是集矣。其诗以有所删订，则必言选，而亦有佚于选[第1b页]以外者，亦有恕于选以内者，父兄子弟之教、阙文征献之方也。然合乎诗以论山，山为五宗之伯仲，诗亦六代之裔苗；非金庭玉京之秘，无以发为物华；非巨卿才子之章，无以抒为邦彦，谁谓一隅之为邾莒乎？自兹以往，代兴复霸，夫岂乏人？笔橐家猷，以扶大雅，吾于继起之后贤，不能无望矣。崇祯壬午[十五年，1642]仲冬，小寒山陈函辉谨撰。[第2a页][第4页]

四、许鸣远“自序”(第5页)

天台先正诗，无论顾、张、王、展诸君子失传；即南渡后，黄待制，宋阁学，贾正叔、静学，太祖《幽忠录表》，表见于邑乘者，亦多淹没。潘梅壑先生汇集之，夏赤城先生有序，惟时已不能多得之久远矣。迄今百余年，手编残蚀，后学目不经见，虑并此近今者而失之。因登之剞劂，以永其传；重加搜补，间入仙释及占籍之士，共得诗若干卷。高者似华顶之嵂屼，深者似石梁之崩注；悲壮似琼台之孤清，旷逸似桃源之闲懒；藻采分披，又似赤城之秀丽。或以诗传，或以人传。总之，于声沉响灭之余，寄高山仰止之意；遗之后人，遂及[第1a页]他善；某功某德，以不没台山之灵云尔。彼闻猿不忘机者，句虽工不录；采诗之中，尤重旌品。愿吾台士各相淬励，立德立功，俾台山因我而益重，毋使我因台山而重也，更于先正有光焉。崇祯壬午[十五年，1642]仲冬之吉，许鸣远书于赭霞溪房。[第1b页][第5页]

五、许佩荪“凡例”（第10页）

一[一]　是集为先祖带存公手辑，每卷卷首谨遵原书登载；惟参订为母弟鸣逵，从弟鸣钦、文慎，抄录为嗣子君求、君扬、君简、君徵、君罗，胞侄君辅、君匡、君藩、君翰、君盖、君靖、君恭，增补为徐明经光允，名氏既繁，不能备列，而又不可遗漏，特首揭于此，以著一时相与有成之谊。

一[二]　是集颇非完本，如杨子肃十首，余誦一首，杨子伟五首，杨士化二首，杨士弘一首，袁从韬一首，戴庆一首，夏铎一首，目录具存而诗已失，无别本可以考证，今[第1a页]亦无从参补，只付缺如。

一[三]　是集如方明敏、陈泽云，确系非本邑人，删去不载。释宗泐及列女严蕊亦然。其《补遗》中在疑似之间者，不在此例。

一[四]　此次增补，正集宋之瑞等十五人；《补遗》及《续补遗》，张令闻等二十六人、闺媛三人、方外十人，较原书差备。

一[五]　《四库全书提要·总集存目》称是《选》二百二十四家。今案原书目录，续选与初选姓氏重复，凡三十三家；又除去杨子肃及方明敏等十二家，实只得一百七十九家。此次增补，凡五十五家，一共得二百三十四家，[第 1b 页]较原书为数加巨。尤冀博雅君子订遗拾坠，匡我不逮。

一[六] 集中如徐一夔、汉三老、董公碑铭等类，宜入文选。惟原本既经选入，今不复删削，仍从其旧。

一[七] 原书第五卷俱系补辑，第其诗前后错出，有同是题而数首见初选，数首见续选者，令人猝难辨识。今合并为一，庶读者一览了然。

一[八] 在《诗选》之后，如徐印卿、朱觉庵、张菊人诸先生，明虽亡犹心乎明，即诗亦宜编入明。然皆入清数十年犹存，故金性山先生辑《国朝天台诗存》即首为登载。今[第 2a 页]不复列入，以避重出。新补入者，除带存公诗外，从祖鸣逵等凡八家。

一[九] 原书释道、闺媛杂然并出，不分门类，似乖体制。今另为标出，以清界限。

一[十] 原书时代，间有讹舛。今悉为厘正，免致前后淆乱。

一[十一] 原书五卷，今厘为六卷。《补遗》不列卷数。其《续补遗》皆在带存公后，因刻公诗而并及之。

一[十二] 排印经费，系祀下公产提拨。其不足者，多由从叔新连、堂兄芬同行担任。继志述事，以共成美举，例得并书。

裔孙佩荪谨识。[第 2b 页][第 10 页]

则杰按：据第八款所云，此集似乎不收清初遗民，但实际仍然还有。例如《续补遗》第二家许鸣逵，小传就明确说他在“金陵不守”亦即南明弘光小朝廷灭亡之后，“遂隐居明岩，自号明岩逸叟”(第 114 页)。

六、许佩荪“重校天台诗选后序”(第 116—117 页)

佩荪就傅时，检家藏书簏，得《天台诗选》一帙，颇残缺。手为整理，初不究所自来也。后从诸昆案上见是书较完好，心以为善，然亦不甚措意。最后阅《四库全书·存目》，始知是书系吾先祖带存公所手辑，亟欲重梓。以家藏非完本，乃从诸昆处求是书，不可得；退而索诸吾邑藏书家，又不可得；旁县益鲜有闻者，而是集岿然如鲁灵光矣。亟取而读之，则上自宋元，下至有明，凡二百余家。其诗有如山川出云，磅礴氤氲，倏忽万状，疑鬼疑神，变动不能自名者。如日之曙，如花之明；如竹雨之潇爽，如玉雪之晶莹；如镜潭之[第 1a 页]倒影，内涵虚碧；如松风之震瀑，天籁自成，无穷出清新者。雄兵百万，疾雷怒发；风雨杂沓，势不可遏；而严整部伍，止齐步伐，雄壮仍不诡于律法者。空山无人，水流花开；真境独造，脱落凡胎，超妙宁得谓非仙才者。抚时感事，拔剑斫地；哀猿啼鸟，壮士陨涕，尤足助人悲慨者。其他所造，更不能以殚述。斯其人，固皆吾台山水灵杰之气所聚而钟也。而此鸿篇巨制，又诸名贤之精神心血所寄也。惜中多参差脱落、字体漫漶，无别本可以考证。使并此而俱失之，是先人之手泽不复记录，无异籍谈之数典忘祖也；是乡邦文献，听其与飘风飞霰、昆池劫灰同归灭没，比于杞宋之[第 1b 页][第 116 页]无征也；是异学猖恣、国粹沦亡，并此区区者而不慭遗也；是斯文将尽，后生小子恬然于时势之所趋而不之怪，虽有贤杰振起，以复古为事，亦苦于无所依据，而见异思迁也。会性山先生刻《国朝天台诗存》已竣，因亟与商定，而著其义于"凡例"中；间亦就正九云先生，以求归于至当。呜呼！世变日棘，风驰电掣，不可究诘。是集之刻，未知将来之果传，或虽传而不及于久远，则传与不传等。然经此次赓续之后，安知后之人无缵述祖先及搜罗乡邦文献为务者，则是此集终竟不泯，与吾台山水并名于无穷，而必不令华顶、石梁之独秀东南，转致慨于人文之不振也。壬子[民国元年，1912]重[第 2a 页]阳前五日，九世孙佩荪谨识。[第 2b 页][第 117 页]

【附录一】《四库全书总目》卷一百九十三集部总集类存目之三（中华书局 1965 年 6 月第 1 版，下册第 1765 页）

天台诗选五卷(浙江巡抚采进本)

明许鸣远编。鸣远字有望，天台人。自序谓天台先正诗多湮没失传，虑后学并此近今者而失之，因加搜辑，间入仙释及占籍之士，起南宋，迄明，凡二百二十四家。搜采不可谓不广，然元以前仅得二十余人，余皆明人也。

02－112 国朝天台诗存

金文田等

十四卷、补遗一卷。金文田、齐毓川辑，光绪三十四年戊申(1908)木活字本。(浙江图书馆藏)

一、金文田“序”(第 1a—2b 页)

台，僻处万山中，一岩邑也。然华顶、石梁，山水之胜甲东南。又际国家累叶文教覃敷，熏陶渐染，故人才之杰出者若齐小宗伯息园以博学鸿词蔚为海内人望，外此才人韵士后先相望，代不乏人。所尤异者，风雅多萃一门，诗学半出乎家学焉。何以言之？国初朱觉庵兄弟与许云怡兄弟，以中表之亲，分标对垒。觉庵人品似渊明，而咏史诸作雅近太冲；楢溪抱东篱采菊之志，犹之兄也，而气稍夷然，其诗特悲壮；云怡以和雅[第 1a 页]胜，弟蓼伊以雄浑胜，皆诗人也；螺舫于觉庵、楢溪为从子，而其诗具有家法；�仙兄弟并秀出，南陔老人起而振之，父子祖孙俱擅诗名，以至闺阁贤媛亦娴吟咏，甚盛事也。宗伯兄弟与鹾使兄弟，拔萃于雍、乾之际。“马氏五常”“河东三凤”，二难竞爽，足称佳话。继此以诗鸣者，蘧圃、桐山、耕圃、甦庵为最。蘧圃，桐山叔父也；耕圃，亦宗伯从亲；而甦庵则父子叔侄亦皆能诗，仙尉家风，焕然生色。嘉、道之间，称能诗者率推无言；然朱氏自觉庵以来，作者不绝，而柯亭尤称才子。外此父子兄弟以诗鸣者，不能悉数。然其大略，居可睹矣。所可惜者，康熙甲子[二十三年，1684]距今二百余年，志乘不修，先[第 1b 页]辈名章零落殆尽；又咸、同之际，城邑沦陷，其存者半毁于兵火。检诸家之有刻集者，陈攸县《泳川草堂诗草》、胡鹾使《种香诗草》、齐侍郎《宝纶堂诗钞》、陈上舍

《有竹山房诗草》数家而已。其用聚珍板式印者,间亦有之,然寥寥可数。外此各家遗编残稿,或幸为子孙所藏,或为他人所得,或散见于各氏谱籍中,大半皆为风雨所侵,参差脱落;甚至鼠伤蠹蚀,鲁鱼亥豕,讹不可辨。则夫先辈之精神心血所在,迟之又久,其不至于湮没而无存者,几何矣。属南海潘峄琴学使有《辅轩续录》之举,饬县采诗以进,吴侯念椿以此事见属,用是遍征同志,旁搜博访,细加校订,凡四阅月,晨夜[第2a页]无间,共得一百八十余家,为诗九百七十余篇,颜曰《天台诗存》。其采之宁从宽,毋从严,盖欲存十一于千百,而为乡邦文献之所取征也。其沉埋而未出者,容俟续成之。顾吾台虽属偏隅,是编亦多挂漏,然二百四十年人才之蔚起、诗学之源流,颇具于是;揆厥所由,而国家甄陶涵育之功,与夫山川灵淑之气,可览而得之矣。其"闺媛""释子"诗,系齐君渭占手葺,并删存之,亦使不没于后云。光绪十有七年[辛卯,1891]上巳,邑后学金文田谨序。[第2b页]

二、"凡例"(第1a—2b页)

一[一] 天台自明以前及宋元诸诗,既有许氏鸣远《天台诗选》,载入《四库全书·存目》中,故是编所葺,以国朝为断。

一[二] 《四库全书·存目》称《诗选》间及占籍之士;是编所收,率皆系本籍,外县人概不阑入。

一[三] 《天台诗选》于各人名下,只序履历;是编于事实较详,不似《诗选》之略。

一[四] 是编如朱君巽、君正,张九夏诸先生,《三台诗录》俱列[第1a页]明季,然皆入国朝以来数十年犹存,故是编仍复选录。

一[五] 是编所葺,概不及时贤。

一[六] 诗为风教攸关,凡表彰节义、阐扬幽隐者,亟行登入。

一[七] 是编为乡邦文献所系。凡名下各传有所考据,俱加意详备;其事实无所见,或得之于传闻,亦必察其真实可信者载之;其未备者，容俟访补。

一[八] 是编以诗存人，亦以人存诗。故有生平不以诗名而其人足传者，亦间登一二，惟无诗者始行缺如。

一[九] 《三台诗录》以集隘，每人不过八九首。是编为例稍宽，[第1b页]有多至数倍者。然以视《诗选》所收，则加严矣。总期于存先辈之诗，无妨广为甄录。

一[十] 文献无征，自昔为叹。先辈每有所作，率不轻行付梓，故遗稿多散失。计是编所采录，多至一百八十余人，而有刻集者，不过数家。零篇残稿，尚未至为劫灰荡尽，亦幸矣。此外湮没不传，曷胜风流云散之感！

一[十一] 是编于闺媛，虽间取才华，而尤重节义。惟生存者，概不列入。至如玉京女史齐修兰，夫死守节；母殁，庐于殡所；既葬庐墓，手自营筑，风雨霜雪弗离左右，前后几二十年，又非寻常节孝可比，诗画特其余事也。以[第2a页]尚见存，既附著事略于其父传下，并标识于此，用旌殊行。

一[十二] 彼教诗文，自有彼人为收录，似可无庸登入。然其诗可存，则亦存之。且台多名僧，不容忽也。惟羽士无所见，姑从阙如。

一[十三] 是编系光绪辛卯[十七年，1891]征集各家藏本，仓猝编成。嗣经原书归还，或更遗失，虽有讹误，无从校正。谬盭之处，知所不免，阅者谅之。[第2b页]

三、褚传诰"国朝天台诗存题辞"（第1a—3b页）

阔袖方巾慨孑遗，每因讳日涕横颐。闭门自撰闲情赋，甲子依然署义熙。（徐先生印卿）[其一]

方外栖身死亦甘，诸生抗节痛何堪！铜驼已没铁函在，心史长埋郑所南。（朱先生觉庵）[其二]

逊敏堂中乐有余，小苏名更大苏如。挽姜一什尤增价，羡煞昆山老尚书。（朱先生梢溪）[其三]

击节人来陆丽京，翩翩浊世负高名。黍离并有遗民感，两世文章见鹤鸣。（张先生九夏，暨子高士菊人）[其四]

鸳湖外史今梅福，七载吴门更写经。白首往来谁客主，全[第1a页]禾人忆晚香亭。（袁先生实斋）[其五]

永叔诗才早岁惊，源流唐宋苦分明。湖南百咏充囊锦，一片承平识此声。（陈先生南陔）[其六]

汝南佳句戛琳琅，首肯钱塘毛稚黄。不嗜曹刘嗜陶谢，故应冲秀擅词场。（许先生云怡）[其七]

创言复古百年才，遗响今传画卦台。毕竟藩篱温李近，江湖变相莫惊猜。（许先生蓼伊）[其八]

盘盘才思一时横，道是吟成太瘦生。呕出心肝已无母，人间谁忍读噍声？（朱先生螺舫）[其九]

生小深闺养玉姿，徘徊罗帐太矜持。规模自与武功合，一[第1b页]笔惊人不敢施。（叶先生苍霖）[其十]

博洽高名出紫衣，遗篇星散共嘘唏。谢敷当日非求死，争奈台垣陨少微！（张先生律旋）[其十一]

东箭南金起并时，当年藉甚种香诗。一官淮上铜琵碎，自制新歌付雪儿。（胡先生卓亭）[其十二]

奇士难为海内容，道袍诗卷纪行踪。休谈此后延平事，雷焕干将已化龙。（齐先生巨山）[其十三]

两浙吟坛松岭高，白苏以后一诗豪。赓歌久际朋良盛，应记畅春夺锦袍。（齐先生息园）[其十四][第2a页]

蹭蹬名场三十年，曾从献赋冠群贤。只今为诵迎銮句，肯让诸昆早着鞭？（齐先生鲲池）[其十五]

计偕昆季踏京尘，轼辙才名似积薪。却把青毡传慧业，文人漫现宰官身。（齐先生荪圃）[其十六]

躬行实践李刚主，复性明心薛敬轩。笔下具呈飞跃理，漫将名论作闲言。（施先生穆亭）［其十七］

皮陆清新落晚唐，看如平易却昂藏。别饶一种宜人处，秋色空阶媚海棠。（陈先生苍圃）［其十八］

圆泽三生自可人，何期化作羽渊神。诗家不信凡胎换，惟见弹丸脱手新。（陈先生省园）［其十九］［第 2b 页］

经史烂胸善养时，百年文阵见雄师。岳家自有神机运，不向他人借鼓旗。（齐先生耕圃）［其二十］

六十须髯尚戟张，当歌对酒老何妨。古风汉魏见音节，不管旁人笑折杨。（徐先生葵圃）［其二十一］

马异卢仝未是奇，险中取径履如夷。本来神韵关天事，多少谈龙只相皮。（徐先生桐山）［其二十二］

米老才华举世惊，不因书法掩诗名。即看小集兰亭句，片楮流传亦笔精。（梅先生甦庵）［其二十三］

左道旁通备九能，债台无奈筑千层。可怜穷老诗仍富，灵隐山门倚骆丞。（朱先生符年）［其二十四］［第 3a 页］

三国当时盛里谣，可堪名迹等烟销？只今谁似留芬稿，文藻江山横六朝。（李先生朝梧）［其二十五］

官厅依旧守寒窗，椽烛修书愤满腔。援据春秋存直笔，五经江夏本无双。（陈先生赓廷）［其二十六］

百年两见庶常名，经术词章各挺英。独恨南行老供奉，锦袍夜月去骑鲸。（袁先生海帆）［其二十七］

论文夜火缩冬皴，回首西湖二十春。剩有遗篇供撰刻，墓前泪洒李元宾。（邵先生兰生）［其二十八］

双塘遗句旧雕梨，风雨年年更惨凄。二十五家山谷后，已将姓字附江西。（朱先生濬生）［其二十九］［第 3b 页］

四、齐毓恺“国朝天台诗存告成,诗以志喜”(第 4a 页)

二百年来岁月深,茫茫浩劫历昆明。堪嗟旧志多寥落,却喜新编近告成。收拾珊瑚沉铁网,扫除瓦缶振金声。斗间紫气龙文见,认取丰城向赤城。[第 4a 页]

五、金文田“后序”(第 1a—b 页)

此予光绪辛卯[十七年,1891]所辑也,及是又十七年矣。时局岌岌不可终日,而予年已老,深惧乡先辈名章雅什或致散失,罔由刊布。许生哲卿、济泉昆季,慨然为力任此事也。夫所云“诗存”者,以诗存人,以人存诗;志乘不修,所以备乡邦文献之缺也。顾自吾道之将亡也,群天下方敝敝焉务于侏离左衽之言,学之惟恐不似;圣经贤传,土苴弁髦,略无所爱惜。学之亡也,国且从之,而何有于诗?即以诗论,微特大雅不作,颂声无闻,而屈之骚、杜之诗,出于忠爱之忱,为千古诗家奉为圭臬者,亦且为时所不韪;而夷歌袜舞,编为乐谱,著为学科,日渐月摩,与之俱化,势不尽举中国数千年之[第 1a 页]声明文物而扫地以尽不止,又何有于一邑?天台虽处万山中,然人才辈出。国朝以来,作者尤夥。惟咸、同间,城邑沦陷,今所传者半出煨烬之余。以此言“存”,所亡多矣,乌乎存?第念沧海横流,乾坤翻覆,不早为收拾,迟之又久,必且与昆明劫火灰灭无余。是国粹既亡,并此乡邦文献之留遗亦听其日就湮没,不但异时纂修志乘无所考证,后生小子习为异学,耳闻目见,转疑乡先辈已是如此,而不复知学术之变,中国有沦胥之势而无可挽回。则此一卷之传,所谓“虽无老成人,尚有典型”,存人心于既熄之余,所关尤为不细也,仅存诗云乎哉?光绪戊申[三十四年,1908]夏五,金文田又识。[第 1b 页]

02－113　浦阳历朝诗录

郑　梆

二十三卷。郑梆辑，董雪莲、徐永明点校，浙江大学出版社2016年10月第1版。

一、董学丰“序”（第1—2页）

原夫倾涧怀烟，水出山而不浊；玄麓钓雪，石涌浪而能飞。张孟兼讲学之区，莹莹白石；宋学士著书之地，袅袅青萝。林泉激其清音，峦壑孕其间气。遐哉铸人之冶，允矣捣诗之窝。唐以前未有县，宋以降可得言。观夫容州官去，绍宗派于唐贤；深褭神来，嗣洪音于外祖。作文章之正印，宠墨一丸；赋农圃之古辞，击几九拍。飘零万里，愤海上之孤忠；丧乱十年，泣江边之孺慕。加以悲歌击石，航紫海以投帆；痛哭吁天，度赤城而负笈。吴子善曰友隐语，曾寄萍踪；黄晋卿玺口驰名，亦停桃泛。丹鸡盟誓，黄鹄酬歌。交契云霞，集名风雨。又且门旌麟水，赓同义者鸿来；坛筑月泉，咏杂兴者麕集。侃侃焉，铿铿然，极一时之盛矣。无如作者虽夥，逸者实繁。检韵于《七星集》中，一声啼鸟；访迹于五云亭外，四座霏烟。偭宾寄客之名，徒留榜上；柳圃槐窗之录，孰秘枕中？则牛角山河，不少伤心之赋；而鸢肩事业，倏为过眼之踪。存雅堂空，巢云册散。《天地间集》，韶父纂而久湮；《桑海遗编》，草庐叙而亦替。古人如此，来者若何？惟我圣朝，六宇同文，八风协颂。传诸九译，鸡林尚识中音；谐以四声，龟兹亦能乐府。而况延醇风于邹鲁，跨丽质于齐梁。手握灵蛇，胸吐素凤。坐景阳于两庑，黝艭增辉；奉贾岛之一龛，瓣香不堕。——如浦邑者乎？然而狴户之剑，掘之则芒舒；骊窟之珠，探之则光耀。词工双枕，必托惠连以传；赋丽子虚，尚借狗监而显。蔡中郎不顾，则爨灶之桐，摧为薪而拉沓以烧之；薛道祖未来，则公厨之石，镇其肉而污蔑以毁之。岂不悲哉？为可惜也！浦阳义门郑君竹岩，胸藏水镜，目刮金錍。纸醉金迷，闲尝品画；仙花神剑，忙为[第1页]临书。几同顾恺之痴，复染简文之癖。守口防意，勿下雌黄；察理聆音，非徒嘿黑。惧琲玑之莫宝，同瓦砾以俱灰。以为积有两娑，能装瓠本；空惟四壁，曷问麻沙？掷渡江瓢，漂流胡底；焚具茨筐，搜讨匆勤。必使刘蜕半世之词，长埋废冢；殷浩前身之作，永秘荒丘。谁谓选政之端，非此之急？而况辑渤水之歌谣，哀吴宁之篇什。维江与董，皆有成书；自元历明，我独缺典。则诗之诩扬，浦为盛；而诗之散落，浦为尤，又何以言乎？爰是掣鲸謦于碧海，拾凤毳于丹陵。或剪艾以留芝，或抽英而衔蕊。淘之汰之，陆氏良金；卷之舒之，崔家丽锦。三年铁网，目满红珊；一尺金壶，腹贮玄液。人其总总，旨则多多；体不同同，才亦各各。薄豪情于斜汉，直欲惊天；轸幽怨于空蹊，尝教泣鬼。怅烟波于穷岛，自足移人；写梦影于闲池，偏能活景。以至钓徒樵逸，聚蓑笠以间吟；酒漫渔聱，染烟霞而互唱者，莫不搴芳撷秀，截贝编珠，以就絛绳，以充缃帙。亦云备矣，何其勤也！昔其尊人姬山先生，结友生为性命，耽吟咏作生涯。款款输诚，栾栾写孝。曾著《乐清轩诗集》二十卷，以表一生之素履；后竹岩续裒《奕叶吟集》八卷，以传一族之和声。今扩而广之，创为是编，曰《浦阳历朝诗录》二十二卷。凡四朝八百余载，而挹其华，裁同《国秀》；总七乡三十都图，而扬其藻，美比《箧中》。体不类分，有异晏元献之续萧选；人以时次，实同韦端己之仿姚编。不必取数他邦，借才异地。而上以鸣朝廷之雅化，下以扶乡国之土音。继以觇川岫之舒荼，终以测人文之彬蔚。吾知后有作者，踵而续之，考而订之；删而去之，增而补之，必以是编为开山卓锡、溯河浮槎也已。时大清道光十有六年，岁次丙申[1836]，孟冬月，候选直隶州州判愚弟金华董学丰秋都氏拜撰于东明书院之敬轩。[第2页]

则杰按：此集最末卷二十三注曰“续编”，故某些序言或只称“《浦阳历朝诗录》二十二卷”（另可参见凡例第七款）。

二、王芳“序”（第3页）

郑君竹岩爱古乡先达诗集，读《金华诗录》有“金华之诗，盛于浦阳”之语，窃怪国朝与选者仅得数人，何采人无多而称其盛也？慨然曰：“是非能诗之无人，有诗而无人采辑之故也。”乃旁搜博采，汇为一编，嘱予序之。予惟婺为理学名区，高风亮节，原不必以能诗传；而根本伦纪，抒写性灵，长篇短什可供辖轩之采者，亦足觇士习之淳浇，验文风之隆替。故尝取《金华诗录》考之：金华有《长山诗集》，失传已久；兰溪有《兰皋风雅》，东阳有《东阳历朝诗》。其采入《录》中，惟兰、东二邑居多。而他邑之所录者，仅见焉。然则采辑之功，顾可少耶？予曩主东明教席，郑氏诸书既得受而读之，以各先辈著集见示，则知浦阳固多诗人。予去年幸入馆选，乞假南旋。谒义门，与竹岩先生晤，时方续镌其先尊《乐清轩诗钞》及《郑氏奕叶吟集》，而又汇编各家之诗，颜曰《浦阳历朝诗录》，何先生之克承先志而留心骚雅也？是《录》也，其义与《志》同，而其间残编断简几于埋没无传者，得所表彰以垂不朽，厥功甚伟。且使异日续订《金华诗录》，奉是编而登选之，藏之名山，传之其人，亦觉事半功倍；一邑之光，不且为一郡之幸哉？道光十有四年，岁在甲午［1834］，孟冬之月，赐进士出身翰林院庶吉士庚愚弟王芳蘅皋氏拜撰。［第3页］

三、王可仪“序”（第4页）

“浦阳无诗人”，前哲有言矣。顾非无诗人也，自朱、吕讲学月泉书院，士敦实行，从事身心性命之学，而于雕音饬声、吟风弄月之事，若在所后，故前哲不以诗为重，而后人亦不以诗为习也。虽然，吾闻古之说诗者曰：“诗，之也，志之所之也。言其志，谓之诗。”又曰：“诗者，人心之操也。”又曰：“诗，持也，自持其心也。”又曰：“诗，性之符也。情动于中，不容已于言，而发为诗，即愚夫愚妇各有不可磨灭之句，而为文人学士所不能及。”然则浦阳之人物，笃生历世，不乏其或抒忠孝之忱，或写友恭之谊，各操持其心性之所得，以流露于一吟一咏之间，岂无可以上追风雅者乎？尝读《金华诗录》，自唐宋以迄本朝，所采入者，浦阳不过数人，而朱笠亭先生序云：“金华之诗，盛于浦阳。”盖非盛其能诗者之多，而盛其诗之不在于雕音饬声、吟风弄月为也。昔姑父姬山先生，著有《乐清轩诗稿》，尤见赏于当世之名公巨卿，因悟诗不必求工，而发乎情、止乎礼义，惟各有合乎古人之诗教可矣。忆自乾隆癸巳[三十八年，1773]刊《金华诗录》，迄今六十余年，浦之作诗者较多；苟无人梓以传之，其弃掷埋没者正是不少。今竹岩中表广为搜罗，编曰《浦阳历朝诗录》二十二卷，将以镌板，俾得借以流传，不至湮没，则有功于浦之人文，不独区区在诗也。爰是览是编者，知吾浦之士，实行是敦，即以见风俗之醇，尚秉朱、吕讲学之旧也，而以为无诗人也可，以为有诗人也可。道光二十三年癸卯[1843]仲春月，愚表兄深溪王可仪味经氏拜撰。[第4页]

四、郑梾“汇辑浦阳诗引”(第5页)

窃读《金华诗录》，有“金华之诗，盛于浦阳”之说；然浦阳之诗，自宋元明以迄国朝，而国朝之诗唯乾隆癸巳[三十八年，1773]以前所采入者四人而已，其所称“盛”者岂在先朝，而今人不继耶？忆昔年先大夫耽吟咏，邑中能诗者往来题赠，莫不出风入雅，含英咀华，汇而镌之曰《乐清轩外编》，则所谓“盛于浦阳”者，至今尤信。而《诗录》中无多采入，或子姓失传欤？或流落他手，未肯公诸同好欤？梾足不出里巷，才不任搜访；乃取《金华诗录》再三翻阅，见夫金华有《长山诗集》，兰溪有《兰皋风雅》，东阳有《东阳历朝诗》，而《长山诗集》久已失传，故《诗录》中惟兰、东二邑居多，是可知其先有编辑也。去年续刊先大夫《乐清轩诗钞》《郑氏奕叶吟集》，业已告竣，因念邑中诗人非昔盛今衰；况自乾隆癸巳[三十八年，1773]迄今六十年来，诗人辈出，又不知凡几也。伏望诸君子将有本邑先哲之诗，于名下各注明字某、号某及生平履历，悉寄敝斋，缮誊成帙，奉请名公鉴定，题曰《浦阳历朝诗录》，庶几所谓“金华之诗，盛于浦阳”者，不致有今昔之慨也。是为引。时大清道光十三年，岁次癸巳[1833]，秋九月望后，义门郑梯竹岩氏拜言，书于存义堂之醉墨轩。[第5页]

五、郑梯“编辑浦阳历朝诗录凡例”（第6页）

一[一]　是编专采浦阳人诗；有自浦阳迁居他邑者，不汇入《录》。

一[二]　自宋迄今，历年八百有余，鸿章巨制散轶者不少，所登甚隘，识者谅之。

一[三]　所采诗，不拘一格，体不类分，人以时次，然专为人亡而诗不可亡，窃寓向往之心。

一[四]　姓氏下有注明讳某某弟，某子、侄、孙者，因其先人名流，以见其家学相传云。

一[五]　诗有少存一二首者，未见其原集，未甚奇异，不敢弃遗，亦诗以人存耳。

一[六]　凡诗稿收到誊抄后，即还其原稿（凡原稿内，各有“选入浦阳诗录”印章）。内有不注明字号及履历小传者，编次先后所由参差，阅者原之。

一[七]　予家先人诗篇已载《金华诗录》及《郑氏奕叶吟集》中，复为收入，充美缃帙，不避重出之嫌。合编曰《浦阳历朝诗录》二十二卷，又“续编”补遗若干卷。

一[八]　吾浦地虽不甚广，惟恐采辑未周；凡同人惠而好我，代为搜罗寄舍，随刊合录，翘首望焉。[第6页]

六、朱能作“跋”（第335页）

癸巳[道光十三年，1833]冬，余乞假归觐，先抵家。一夕，过义门郑氏外家，见竹岩棣台书室案上，瑶函手钞盈箧，问竹岩，曰："余刻先大夫诗稿，后又续刊《奕叶吟》，以次竣事；此所搜辑者，为本邑先哲遗诗。其有流传佳什，必录之，今始成编。"余曰："君不见世之称著述者乎？或托风云月露之章，以自矜风雅；或侈诞幻虚荒之说，以自炫新奇。或伏块垒于胸中，薄前古后今之论；或寄逍遥于世外，逞愤时嫉俗之谈。孰若此述而不作，信而有征；可以表彰前哲，可以嘉惠后儒，可以征吾邦文献之原——著述有加于是者乎？"且竹岩平日工行草，精篆隶，所临唐碑晋帖又无不入神，《诗录》特其一斑耳。余今受读之，时历四朝，得诗若干卷；至诗之品格标诣，宜就正于方家，余曷敢有所评骘哉？今将是《录》而推广之，且以待继竹岩而起者，未尝不深望吾浦之大有人也。书此而为之跋。愚表兄朱能作雅斋题于兰台书屋。[第 335 页]

七、郑遵泗"跋"(第 336 页)

昔杨敬之有爱士癖，见人文章，讽玩不释手，此结习所不可解者也。竹岩之待士，盖亦有之。生平雅爱先哲之诗，钞读几无虚日。如吾郑氏《奕叶吟集》，竹岩续辑，独梓而新之，详加考订，兼附近今诗章，亦云盛矣。然犹仅为一家计，未及阖邑计也。因念《金华诗录》有云："金华之诗，莫盛于浦阳。"恐琲玑之散失，疏刻小引呈送同人，汇诸先哲之片楮长篇，欲以付梓，何其勤也！此又非敬之所可仿佛者也。是役始于道光癸巳[十三年，1833]，越数年而成，集曰《浦阳历朝诗录》二十二卷；吾以知竹岩爱古之深心，且以嘉竹岩之癖之大有功于名教也，独浦阳云乎哉？族友生遵泗霁亭氏，时年八十，题于书种堂。[第 336 页]

八、郑荣美"跋"(第 337 页)

古有不朽者三，立言其一也。乃有不必自立言而于人之立言者，不惮瘁心力以求之；将人所立之言，莫不赖其心力以传，则斯举不又在立德、立功中哉？如义门竹岩先生者，为诗人姬山封翁哲嗣也。前数年，余宦游过登其堂者二次，见斯《录》适方始事。洎壬子［咸丰二年，1852］，余乃忝居东明讲席，因得与先生朝夕聚首，促膝谈心。见是《录》已付剞劂，将告竣，请而读之。其诸诗之写性抒情、扬华摛秀，种种妙处，诸公品之详矣。盖以是《录》自宋以至国朝，合有三百余人，为诗约计千余篇，分二十二卷，并有"续编"补遗若干卷，先生之心力不可谓不瘁矣。昔人云："能传人一二首诗者，其功德为无量。"然则先生斯举，其功德为何如耶？余近亦欲编《严江诗存》，搜辑十之一二，勉策心力，以效先生之功德焉，惜有志而未逮也。是为跋。遂安宗愚弟荣美樗仙氏拜题。［第 337 页］

九、张致嵺"跋"（第 338 页）

姨丈竹岩先生搜辑《浦阳诗录》，付之梓人；工竣，授余读之。余惟我浦风骚，昌于《存雅》；踵生其间者，若吴若柳，若戴若宋，英英才杰，如仙华五峰与浦阳为终始，洵千载一时也。嗣是以来，风流不坠。拈髭耸肩之侣，或刊有专集，或散见各集，类皆研精覃思，骎骎乎入诸大家之室。顾作者如林，非连而属之，无以知时代之后先，萃乡邦之文献。先生性耽风雅，笃念先贤；体不类分，人以时次；凡著于编者，口吟手钞，得如干首。□继思夫藏山有作，人往名留；耿耿幽光，惧将灭没。爰是冥搜博访，遍告同人。遗墨索诸世家，传钞得之同好。寸玑尺锦，不弃零星；排比成编，都为一集。虽律以大雅，尚待别裁，然先生不以选政自居，故不曰《诗选》而曰《诗录》。始事于癸巳［道光十三年，1833］，告成于丁巳［咸丰七年，1857］；由宋元明以迄于国朝，得廿有三卷，计千有百首，堪与《浦阳人物》一书抗行，厥功甚伟。余因之有感焉：我浦之为县，置自唐天宝中，而简首于、梅诸公并皆北宋时人，则自盛唐以逮五季二百余年间，岂无一二人赓唱喁于，震当时而传后世？而乃名章□句阒寂无闻，是岂诗教大昌之代风行边徼，转不行于吾浦耶？抑当日采风搜佚无其人，任其湮没不彰耶？然则宋以前之诗之未入《录》者，正多矣。是《录》之镌，乌可□哉？咸丰八年，岁次戊午[1858]，仲秋月，姻愚侄张致嵺谨跋。[第 338 页]

02－114 国朝严州诗录

宗源瀚

八卷。宗源瀚辑，光绪二年丙子(1876)刻本。(浙江图书馆藏)

一、宗源瀚"序"(第 1a—2a 页)

古者太师陈诗以观民风，而吴季札之听工歌，凡国势之盛衰、人心之忧乐，皆于声诗间得之，不啻履其地而接其人焉。诗之为道，岂仅以供讽玩已哉？严州山峦深秀，川流清激，代有伟俊生于其间，其杰者往往魁人文而树勋节。入本朝以来，稍稍衰矣。然一二百年间，以文章著者未尝乏绝。国初鸿博大科，应举者踵起，如遂安之毛氏、方氏，淳安朴山、荔帷诸昆季，争起竞爽；其文字流播艺苑，至于今称道弗衰。咸、同间，连岁兵燹，人民殄瘁，一二杰士逐风尘而不返，其仅存者又皇皇焉谋朝夕不给。文学之替，势有不得不然。乡先生之姓字，或有不能举者矣。岂无有志之士？而孤处不足以自壮，一若退焉无敢与海[第 1a 页]内相角。呜呼！前哲沦亡，风流销歇，兴起无借，是岂邦人之过哉？源瀚不肖，典州数年，不能有所兴牖，而于本朝严人诸集亦未获遍读。顾其诗之流传，见于阮氏《辅轩录》、六县旧志与诸家纂辑者，未尝不时时遇之。盖不胜流连追慕，慨乎其有感也。爰属幕中诸君子与书院肄业诸生各为搜辑，得国朝百余人诗三百余篇，录为一集。简编散佚，闻见已寡；漏略之诮，所不敢辞。然窃比于观乐陈诗，亦守土者所当有之事。虽其诗之深浅高下各有不同，而言志咏声，无乖风雅，则先后不殊焉。严之人士取而读之，噬噬乎，沨沨乎，知其时与地如是其近也；诵其诗，论其世，由是而远溯之近古以上，旁推之列郡而遥，所以优柔[第 1b 页]餍饫、兴起感发者，岂第诗云乎哉？而诗其嚆矢焉矣。光绪二年[丙子，1876]夏五月，浙江补用道严州府知府宗源瀚叙。[第 2a 页]

02－115　桐溪耆隐集

袁　炯

一卷、补录一卷。袁炯辑，光绪十六年庚寅（1890）桐庐袁氏刻《浙西村舍丛刻》本。（浙江图书馆藏）

一、袁炯“桐溪耆隐集叙”（第1a—b页）

睦州诗派，创之滕元秀诸公，方虚谷谓其集自南宋时已多亡佚。至列代作者，亦未有诗征总集荟萃存之，存者仅别集落落数公耳。其体律要亦不必尽合，第视其才性孤诣所至耳，于流派乎何有？此以一郡之诗论也。桐庐僻左，文物朴陋，裁方罫县耳。然唐之方雄飞，章八元、孝标及碣，皆有能诗声。北宋之江晦叔，南渡流寓之江子我、吕居仁，及“汐社”之严侣，元末之徐方舟，代有作手。（宋倪隐君千乘、方侍郎壸，以经学著闻；南宋先待制机仲府君，以史学显；明代姚闻敏、俞庄襄、俞荩诸公，以事功显。皆非专业词章，故不之及。）其人非特寄意篇章也，抑亦风节介然，砭激顽懦矣。入国[第1a页]朝百六十年间，严濑耕钓，畸材间生。乾隆中修府志县乘，及阮文达辑《两浙辅轩录》，以僻左之故，搜录寥寥，遂而阙如。至嘉庆以后诗，亦无汇辑之本。中更咸丰辛[辛酉，十一年，1861]、壬[壬戌，同治元年，1862]兵火之劫，文献澌荡，社稿差足讽诵者讫无留余。虽有丹砂竹箭之异，付诸猿鹤虫沙，乃与遗民同烬。零篇断句，蘊湮终闷，可慨叹已。今就耳目所及诸老，先多方搜录存之；文句零落，裁存百一，俾将来修图经、述人物者有所据依。同里有好事者，幸继予广为采访甄录，以存其真，或能推兹义例，广搜一郡之作，以补吾阙憾，则亦不亡耆旧之志也夫。同治戊辰[七年，1868]冬十一月长至日，芳郭里人袁炯羲庭父识。[第1b页]

02－116　东瓯诗存

曾　唯

四十六卷。曾唯辑，张如元、吴佐仁校补，上海社会科学出版社2006年12月第1版。（下录均见上册）

一、曾唯“东瓯诗存叙”（第1—2页）

《东瓯诗集》一书，前明蔡廷玉、赵士忠两前辈先后编辑，自宋元迄明成、弘间，所收良云备矣。顾至今屈指三百余年，版既无存，书亦罕觏。虽国朝初，乡先生周天锡辑有《慎江诗逸》初、续集；未经剞劂，亦复就湮。吾瓯人之诗，不几泯灭无传哉？尝观郡邑志，载历朝以诗学名世者不下数百家；求其残编断简，仅存什一于千百。迟之又久，岂惟诗亡，而其人亦并亡矣！心窃忧之，思欲网罗放失，以继前修，而转恐耳目有所未周也。闻瑞安余君国光，志存风雅，而于诗集，辑有成书。丙午[乾隆五十一年，1786]至瑞急访，余君出所藏卷帙以示；批读之下，实获我心。惜诗家不多，篇什简略，似未足以尽瓯诗之大观。乃归而检家中旧录先辈遗稿，并赴会垣搜觅书林，复广咨良友，于鹿城则有陈君翼诗、徐君淮，于乐城则有赵君翼照，于横阳则有陈君观海，于罗阳则有叶君惟挺，协力采访。历四寒暑，而鸿篇蠹册，积案盈箱矣。然后取余君手钞，参酌增订，荟萃成集，再就正于高阳任君大文，暨同邑程君浩。既鉴定，厘为四十六卷，名曰《诗存》，以为存诗也可，以为存人也可。且“存”之云者，别于“选”之谓也；若以谓瓯诗尽存于此，则又不然——寡闻浅见，遗漏良多。雅承诸同人裒集之力，虑其久而散佚也，因黾勉捐资锓板焉。回忆曩者蔡氏之书成于成化年，赵氏之书成于弘治年，其间相去未远，接踵授梓，前人留心于文献何其勤也！后之有心人，[第 1 页]复起而续辑之，补其所未备，匡其所不逮，是又予之所厚望也夫。乾隆五十有五年，岁次庚戌[1790]，二月花朝，永嘉曾唯识于依绿园之服膺轩。[第 2 页]

二、高树勋"东瓯诗存序"（第 3 页）

庚戌[乾隆五十五年，1790]春，乐成范广文以近堂曾君所纂《雁荡山志》乞序于余，既为序而畀之。仲夏上浣，余奉檄赴杭；濒行，曾君复以所辑《东瓯诗存》见贻，自宋迄今计四十六卷，采择精详，备诸体格。炎歊溽暑，肩舆颠簸于欹峰仄径中，手一册以敌夏帝威，觉字里行间时有习习风生肘腋。抵於越，易舆而航，把轴长吟，挑灯不寐，又似橹声轧轧助我高歌于曲滩回濑间也。至钱塘，始卒业。抚卷叹曰：瓯之诗亡久矣。自前朝成、弘后，其不存者几三百余[年]；今曾君独起而辑之，虽云存其所存，其功讵在赵、蔡下哉？自晋渡永嘉，名贤硕彦萃集于斯，其所以启佑斯文者盖厚。故洎宋迄元明，以山川灵秀所钟，贤哲接踵比肩，立德、立功不胜指数，因而有"邹鲁"之称；区区吟咏之末，宁足多焉？然而近世称风雅者且寥寥，抑又何也？岂瓯之人士或染于近习而不师古欤？抑显微阐幽，所以动人仰止者无其具也？今天子以诗教造士，士之肄声律者，固已薄海同风矣。诚能取所存而效法之，使学问文章克继前贤，行见宋"四灵"、元五峰辈且累累而起矣，又孰非曾君之刻之所倡哉？而余犹有望于曾君，更搜所未存，而不仅存其所存，俾余观全瓯之盛也，抑何幸哉！乾隆五十又五年，岁在上章阉茂[庚戌，1790]，蕤宾月，瓯括使者铁岭高树勋撰。[第 3 页]

三、曾唯"凡例"（第 4—5 页）

一[一] 古诗"十五国风"，不及吴越。东瓯地也僻处海滨，自汉初驺摇王肇封其地，始得通名上国。历晋及唐，风雅寥寥。至宋时，理学辈出；间作韵语，特其绪余。南渡后，王忠文、叶文定、陈止斋诸公，为一代伟人，诗亦雅擅作家。洎乎“四灵”，大倡唐风，专工声律，而斯道以盛。故采瓯诗者，概自宋始。如旧刻之宋《诗林》、元《遗芳》暨明《初》《续》二集皆然，兹因之。

一[二] 宋《诗林》、元《遗芳》，书缺有间。前明《东瓯初[诗]集》仅存，而诗多放失；《续集》重复，且亦未备。兹值国朝百余年来文治昌明，瓯人士之和声鸣盛者篇什日积，是刻补古录今，虽尚有遗珠，已较旧帙为繁。

一[三] 古今编诗家，其例不一。梁昭明《文选》编以诗体，元好问《中州集》编以人代。今《东瓯诗存》，存东瓯诗也，则仿《文选》；且存东瓯人也，则仿《中州集》。然其中先后鳞次，其人其诗间有倒置者，只缘随收随刻，或初得乙诗，续得甲诗；或已得今体，复得古体，不忍割舍，未免错出，阅者谅之。至于时代后先，或其人当鼎革之际，未详颠末，尚赖有识者订正。

一[四] 《初》《续》二集所列诗家，如卢挚、刘克庄、真山民、郑滂等，均非瓯产，只以流寓既久，与乡前辈倡和颇多，蔡、赵二君拉入瓯诗。虽非无因，但究系别籍，岂宜楚材晋用？是编一一核删，庶免贻笑大方。

一[五] 集内诸家，诗多者近百篇，少者惟一首，非敢任意去取，[第 4 页]其故有三：或诗有集存，则录所其录，而录遂多；或诗已失录，则存其仅存，而存自少；至近人著作如林，有罗而致之者，有转相传述者，就见闻以为多寡，总期存诗以存人耳。故概名曰《诗存》，而于各家名下仍分别注明或“录”、或“存”、或“见”字样，阅者亦可鉴其无成心焉。

一[六] 历来诗选，每旁及裨[稗]史，作为小传。然以误传误，复多挂漏，何关轻重？是编仅载姓名爵里，不饰华言。又有掇拾散绮、捃摭评语者，亦属蛇足。故集中有见于《瀛奎律髓》《宋诗钞》《宋诗纪事》《元诗选》《明诗综》等编者，虽极一时宗工倾倒之语，概置不录。

一［七］ 志乘艺文，必兼采流寓，体制宜然。《金华诗集》仿之，恐美不胜收。东瓯为山水窟，名人游咏，代有佳章，亦不胜载。是编止存瓯人之诗，他无与焉。至闺秀、方外，既系瓯产，自当并录。诗虽不多，亦急存之，以附卷末。

一［八］ 学殖随时而进。少陵云"老去渐于诗律细"，真阅历有行之言。曾见所传诗稿有晚年删订、迥胜初本者，可见生前之作，其浅深醇驳，未可遽定。故集中所录近代人诗，虽前后不同，皆属论定之人。

一［九］ 郡志所载诗人，不为不多，而本集百无一存。间有借名人选本以传者，求其全稿，往往失在。他邦即有一二，在瓯者亦残缺不全，殊费搜补。更有藏箧手抄，供愚子孙覆瓿；或借阅亲朋，没后遂秘于枕中，正以见少为奇，未肯流布；或付之蠹守，置诸无何有之乡，殊堪叹息。间有吉光片羽，剥蚀仅存；访其后裔，已无传人，后进至不能举其姓氏，更可慨已！是集旁征博访，上溯《初》《续》二集三百余年，见闻有限，遗漏良多，尚期后之同志更相采补，汇为续刻，庶几文献不坠云尔。［第5页］

【附录一】孙诒让《温州经籍志》卷三十三集部总集类"曾氏（唯）《东瓯诗存》"条按语（上海社会科学出版社2005年9月第1版，下册第1557—1558页）

曾近堂《东瓯诗存》，所录宋以来乡先辈诗，凡九百六十八家，五千三百七十七篇，较之《东瓯诗集》《续集》卷帙多至三倍，诚吾乡征诗之巨集也。其编录各以人为次，凡采自原集者，于姓名下注"著有某集，今录诗若干首"；其集已不存，或本无专集，从他书转录者，则注"存诗若干首"，义例颇为明晰。其《东瓯》二集所录姜元鼎、卢挚、刘克庄、真山民、晁叔用、徐渊子、郑滂等诗，非温州人作者，亦皆一一刊削，考证亦尚不苟；惟谢草塘、李璧、白湛渊三人，仍未考正（以上《东瓯诗集》《续集》误收诸诗，并详上本书下）。又所增之诗，出蔡、赵二集外者，亦尚有讹舛。如倪涛父徙广德军，陈雷父秀民徙居嘉兴（并详《辨误》），并非温产，而此仍收其诗（倪诗见卷一，陈诗见卷十二）。又黄文雷，盱江人（见《中兴江湖诗集》、黄文雷《看云小集》及《宋诗纪事》六十九），《浩然斋雅谈》中载其《昭君行》，误题永嘉，此遂据录入（卷九）。此类亦不免疏舛。然《东瓯》二集，止及弘治以前。中叶以后，荡南醇雅，上溯唐晋；汲古高华，近沿"七子"，永嘉诗社莫盛于兹，其大较悉具于此集。且所录明代遗集，若梅颐《苏闇存稿》（十六）、洪孝先《操舟集》（二十四）之类，今皆未见，赖此存其一二。至国朝诸集，采辑尤为赅备。较之周氏《慎江文征》，盖如骖之靳矣。

02－117　杨园诗录

杨　青

不分卷。杨青辑，谢作拳、吴显军编，《杨青集》“附编”，上海社会科学出版社2005年12月第1版。

一、谢作拳、吴显军“编者按”（第447页）

本卷录自永嘉乡著会抄本，温州图书馆藏。原图书馆馆长梅冷生《郡斋征书记》云：“杨淡风丈，居简巷之杨园……生平尚有一不朽盛业在，尝手录乾嘉至清季郡人遗诗数十卷，每集各有题词，稿册盈簏，深自秘惜。余旧相过从，见其据案钞辑，矻矻终日，深叹用力之勤。比往商其哲嗣中竞君，许为见假，俾陆续携会写录。其卷帙完整者，仍列目单行；原稿过少者，则合数人为一卷，以《杨园诗录》之名括之，为一总集。”原稿的遗漏、错误之处，梅冷生先生已加以订正。还有遗漏之处在这次编著中承蒙胡珠生先生加以补上。本卷记录了乾嘉之后的温州先贤的遗诗数十编，还揽入刘绍宽文（诗序）一篇，留下了一笔宝贵的财富。［第447页］

【附录一】梅冷生《梅冷生集》卷一《郡斋征书记》（上海社会科学出版社2006年12月第1版，第13—14页）

杨淡风丈居简巷之杨园，穷老哦诗，今长逝矣。生平尚有一不朽盛业在。尝手录乾嘉至清季郡人遗诗数十卷，每集各有题词，稿册盈簏，深自秘惜。余旧相过从，见其据案钞辑，矻矻终日，深叹用力之勤。比往商其哲嗣中竞君，许为见假，俾陆续携会写录。其卷帙完整者仍列目单行，原稿过少者则合数人为一卷，以《杨园诗录》

之名括之，为一总集。瓯郡选诗，自明蔡先生璞、赵先生谏《东瓯诗集》《续集》始行，至曾先生近堂《东瓯诗存》颇增益之，然体例未醇。陈春堤《瓯雅》虽为删存，但所见亦不大。余尝私议：选郡邑一隅之诗，故当以诗存人存事；其仅刻画风月之作，如张南山《诗人征略》例，为摘句圈[图]足矣。民国甲寅[三年，1914]、乙卯[四年，1915]间，冒鹤亭榷使曾辑《永嘉诗传》一书，离任时携与俱去。近托陈君仲陶询之，久未得复，未知其体例若何、家数若干。而会中同人亦有此议，函聘夏君瞿禅、陈君穆庵、宋君墨庵、陈君仲陶、孙君师觉为特约编辑，共操选政。他日从事铅椠，于南宋之“四灵”、明之馆阁及布衣、清初之“五”“七子”、乾嘉之书院诸生、道咸之吟社，钩稽排比，著为诗事，纪诗格之变迁，觇世运之升降，诚不朽盛业也。今日征录别集，储为选料；前驱负弩，夫亦奚辞？

02-118　江西诗征

曾　燠

九十四卷，附《论诗杂咏》一卷；补遗一卷。曾燠辑，《续修四库全书》第1688—1690册，影印嘉庆九年甲子（1804）赏雨茅屋刻本。（下录均见第1688册）

一、曾燠“叙”（第1—2页）

著录家总集之例，或断代以举其凡，或画疆以搜其佚，大要因文考献，义存掌故，与一意论文者别其画疆，而论者或出之乡人，或出之官其地者。宋孔延之《会稽掇英集》、董弅《严陵集》，及近世所传《粤西诗载》，皆官其地为之也。钱谷《吴都文粹》，及近世所传《山左诗钞》《檇李诗系》《松风余韵》，皆其乡人所自为也。絜诸古采风、陈诗二者，义皆有处。然推之《小雅》诗人桑梓敬恭之说，则出诸乡人为尤宜。今江西布政使司，领府十三、直隶州一、厅二、州县七十六。其地负江瞰湖，襟吴带越，控引楚粤，文物甲东南。自欧阳、曾、王氏并起，当宋之盛；而虞、范、揭氏，继踵元世，天下言文章者归［第1a页］之江西。其诗自汉魏以降，流传绝少。洎乎唐宋，作者代兴。其间乘世而显几何人？随世而晦几何人？与世浮沉又几何人？其烜赫耳目间者，固已眉列角立；乃其不幸沉湮毕世，风流坠地，一篇一句亦且为狐貉啖尽，里巷莫得而举其姓氏者，不知其几矣！燠承南丰之后，生盱江之上。从先公游宦，少长四方。忝冒登朝二十余年，居家日少，不克与父老子弟寻求黎献。虽于乡先生之文辞无能遍观而尽识也，顾尝有志学诗，涉猎差广，因是网罗囊籍。每遇乡人士君子藏本，渝墨敝纸，辄从购得。岁久积多，略为比葺。断自彭泽先生，迄乎燠所逮见,得作者若干人,凡诗若干首,厘为九十四卷,镂板行之,[第1b页][第1页]曰《江西诗征》。江西于秦汉兼有会稽、豫章、九江诸郡,于唐宋元为江南西道、江南西路、龙兴诸路,疆域分并,代沿代革;燠之此书,名既从今,例难泥古;人非断代,义取画疆,一以今江西布政使司所隶为界。于是东晋至今千有余年之作,画然粲然,区分畴布。以诗存人,亦以人存诗。浏览盛衰升降之间,可以追往者而论其世,亦可以引来者而示之程。区区二十年来搜辑比缀之心,庶稍慰矣。惟是鲜学寡闻,一官笼头,中多作辍,亦恐挂漏,犹愿乡大夫、乡先生以若海内通流,鉴其勤而开其塞,相与讲正疏违而补其遗阙;其自彭泽先生以下,实嘉赖之,岂唯燠敢私其贶焉?书成,因志岁月,为之叙。嘉庆甲子[九年,1804]孟秋,南城曾燠。[第2a页][第2页]

二、曾燠“江西诗征例言”(第2—4页)

一[一] 江西疆域,历代沿革不同,分合靡定,是编谨遵《大清一统志》所分郡县为断。

一[二] 江西郡县,有古名而今异者,如钟陵、昭武、富州、安成之类,未便以今没古;唐则唐名,宋则宋名,悉仍旧纪,特注明某地即今某地,兼用史家、注家之例。

一[三] 诗家郡邑,诸本间有异同。是编悉本《江西通志》及各府州县志,详加校定,仍行注出,用备参考。郡不详者,系之省;邑不详者,系之郡。

一[四] 江西历代诗人,土著而外,有迁来者,有徙去者,概行收入;徙去而年代过远,及流寓不终者不录。[第1a页]

一[五] 是编以编年为体,序次先后均按列代年纪,不以郡县分编。

一[六] 编年次序,专以科第为据。其无科第者,或依其父兄,或依其师友。无可依者,或诗题、诗语有可取证,即据以为次。第若绝无可考，则从原采之本，约次时代，未敢率意倒置。

一[七] 是编诗较多者，或分体或不分体，悉依原本，随选随钞，故难画一。以其无关体要，不复诠次。

一[八] 是编托始靖节。其东汉李朝所作《张公神道碑歌》九章，虽见于洪适《隶释》，未敢遽以为信；且其词主颂扬，体近骚赋，故编入“歌谣”类。[第1b页][第2页]

一[九] 是编惟陶诗全录。余如宋之欧、王、黄，元之虞、范、揭，篇什繁富，限于卷帙，未能尽收，谨择其精者以百首左右为率。其他诗可成家、未经传刻，及传刻未广者，亦或多至百首，庶几阐幽之义。

一[十] 是编各诗，有采自本集者，采自总集者，采自说部、诗话、志乘及选本者；有行世刻本，有家藏钞本，均不注所出书目。惟人地著述，各本偶有异同，则加按语于传后，以资考订。诗有见两人集者，不两收。

一[十一] 诸诗见于各本，亦多有异同。惟陶诗于某句某字下注“一作某”云云，余皆择善本校定，不能兼载。

一[十二] 唐宋人但有一诗者，概行录入。元明以来，有诗不甚[第2a页]佳而其人足传者，俱登一二首。人以诗存，诗亦以人重也。

一[十三] 五代南唐诸人，遵《全唐诗》例，统入唐诗；惟于总目及卷中人名下注明，不复另标朝代。

一[十四] 金诗人数寥寥，不能足卷，编置宋后，仍为标出。

一[十五] 前明及国朝诸家，除奉禁销毁，悉置弗录外，其止禁他书或文集而诗集初无违碍，并经入《四库书目》者，仍选录。

一[十六] 是编于国朝诗，采录较严。志乘所刻名胜景物诸作，择其佳者略登一二，不敢滥收充数。[第2b页]

一[十七] 历代诗中，有纪述时事、维系风教者，登载略宽。考古论世，于是乎寓。

一[十八] 历代诗人，身际两朝者，断代诸编往往互收。是编稍窃史法，综核生平，准度心迹，严为界画。虽义无褒刺，庶存断制。

一[十九] 是编仿殷璠《河岳英灵集》、元好问《中州集》，各为小传，列于姓名之后。

一[二十] 小传体例，名氏爵里而外，有学术、事功见于史传记载者，取其大端隐括数语；至于畸士逸流，高行轶事，亦特叙其梗概，庶读其诗者可以知其人。甚显著者从略，行谊无考者亦如之。名媛以后诸传，特用变例，[第 3a 页]不在此数。

一[二十一] 祖父兄弟，有盛名及有诗入是编者，传中俱载明某孙某子、某兄某弟，并有载某父者。师友渊源，亦从此例。

一[二十二] 诸家著述，止载诗集。所著他书，流传已久，不复胪列。惟于前明及国朝，所载稍详，以为征文考献之助。

一[二十三] 传中旁及之人，或引其名，或字号，或爵或谥，俱仍所采原本，未能一例。

一[二十四] 诸家诗话，不胜采录。惟小序、小注，发明本事者，仍旧本存之。[第 3b 页][第 3 页]

一[二十五] 姓名异同者，即于名下注出。同姓名别为一人者，加按语。

一[二十六] 诗中有阙文者，仍之，不敢妄补。

一[二十七] 自晋迄今，时越千载。中间制作，湮晦孔多。是编博采群籍，穷搜逸句，稍有他刻所无之人、他选所无之诗，补苴联缀，颇竭心力。然藏书不广，浅见鲜闻，挂漏滋惧，以俟君子。

一[二十八] 所采近世诸公，诗多非刻本。或友朋缄寄，或乡里流传。人既莫详，诗亦仅见；颠前倒后，取粗舍精，均所不免，览者谅之，知者正之。

一[二十九] 名媛诗，元明以前皆据刻本，以后间有传钞入录者。[第 4a 页]时地本末，往往不详；限于耳目，无从稽考。

一[三十] 释道诗，或江西人，或住江西寺观，俱收入；行脚云游，暂来旋去者不录。

一［三十一］　女僧诗，仅得一人一诗，附释子后，仍标出。

一［三十二］　杂流名妓，诗次释道之后，合无名氏为一卷。

一［三十三］　仙灵诗，或江西人，或江西事，俱收入。若经由题咏，如吕纯阳、白玉蟾之流，所在多有，均不采列。鬼怪之例仿此。

一［三十四］　卜仙，不皆仙也，有鬼有怪；然以其能灵，姑谓之仙。诗亦未必皆卜，然已见纪载，亦姑存之，入“仙灵”类。口传者不录。［第4b页］

一［三十五］　歌谣、谚语，诗之流也。音本天籁，义关风俗；太史所采，转在于斯。谶记，或纪地灵，或寓禨祥，既叶声韵，并堪编缀。

一［三十六］　全诗无传，止存一二语者，零金碎玉，弃置可惜，仍录“散句”一类，置于编末。有本事及诗题者，详之传中。有全诗者不录。

一［三十七］　是编所收，不下二千余家。盛衰升降、大小正变、浅深优劣，未能具论。特取主持风教、关系运会者若干人，评以韵语，以著历代之源流，备一方之职志。凡五十四章，附刻是编之后。

一［三十八］　是编所辑［第5a页］国朝诗，仅四百余家，卷帙尚隘。盖乡先达及山林隐逸专集遗文，多未行世；燠远宦历年，无从搜采，尚冀桑梓诸公各以家藏旧本随时惠寄，当补刻续编，以臻广备焉。［第5b页］［第4页］

则杰按：最末第三十八款所说“续编”，当指此集末尾所附《补遗》。

【附录一】法式善《陶庐杂录》卷三（中华书局1959年12月第1版，第93页，原标第九十一则）

《江西诗征》九十五卷：晋一卷；唐三卷，内附五代；宋二十卷，内附金；元十四卷；明二十六卷；国朝二十卷；补遗一卷；名媛二卷；释子四卷；道流一卷；杂流、名妓、无名氏一卷；仙灵、鬼怪一卷；歌谣、谚语、谶记、散句一卷。南城曾燠纂辑,刻于嘉庆九年[甲子,1804],采录颇称繁富。

则杰按:此集“补遗一卷”虽然作者均属“国朝”,但卷次另起(第1690册第162页);此外正编九十四卷,卷次相属。

02－119 ［江西］四子诗录

陶福祖

四卷。陶福祖辑，民国二十八年(1939)欧阳淳存、欧阳瀚存排印本。(浙江图书馆藏)

一、陶福祖“序”(第 1a—2a 页)

余性简憺，里闬之间罕交接，独与勒子元侠［深之］、从弟稚箕［福祝］年趣相若，称亲善焉。岁甲戌［同治十三年，1874］，应礼部试，走京师，识瑞金陈户部次亮［炽］，数为文酒之会。乙亥［光绪元年，1875］，次亮乞假南旋，复与君交丰城欧阳元斋［熙］。之四人者，操尚稍殊，而类能抗心希古，矫然自振于流俗。顾元侠随宦在闽，稚箕就婚浙中，次亮频岁里居，皆不可数数见。辛巳［光绪七年，1881］，馆会垣外家程氏，与元斋邻，过从较密；而元侠、稚箕自闽、越归，次亮亦以事至省，乃得尽究所学，相与谈艺、商榷者数阅月。爰先取“四子”诗，就余心所忻惬者，最录成帙，而叙之曰：今［第 1a 页］天下之言诗者，或主性灵，或矜格律，几几家李、杜而户曹、刘矣。夫二者，譬犹筋骨、血气之相附丽；有所偏废焉，则将夭阏而不灵，支离曼衍而无所统纪也，其失也均矣。“四子”之诗，其服古也甚挚，道情甚真。百炼之金镕而为剑、为镜、为尊彝之属，其锋森然，其光黝然、烨然，使人咨嗟爱赏，宝重不能自已，而终不可狎而玩也。江西诗，自宋吕居仁祖祧山谷，别为宗派，推尊江西者甚至。然余谓江西山水雄深朴厚之气磅礴郁积，畸人硕士不间世而生；必悬一格以求之，适以形其所见之不广耳。［第 1b 页］四君年始及壮，锐于为学，作诗特其一事；即以诗论，虽未必突过前贤，亦庶几无失温柔敦厚之旨，异于世儿之自命风雅者矣。福祖既与诸子同志,间有所著,亦欲出以问世,因以是为先路之导,付诸剞劂。海内有目者,庶共鉴而征吾言。若乃嗤为夸饰,比诸标榜,则固无惜焉尔。辛巳[光绪七年,1881]仲冬,新建陶福祖刚伯父叙。[第 2a 页]

02－120　楚风补

廖元度等

四十八卷，卷首前编一卷、卷末末编一卷。廖元度辑，吕肃高订，湖北省社会科学院文学研究所《楚风补校注》本，湖北人民出版社 1998 年 9 月第 1 版。（下录均见上册）

一、夏之蓉“序”（第 14—15 页）

古者有“诗”之名，而不立“风”之义。至周公时，太公所掌，则有曰“风”者。而“大序”曰：“一国之事，系一人之本，则谓之‘风’。”是“风”者，统名也。汉魏以后，乐渐凌夷，始则“风”“雅”不分，次则“雅”“颂”无别；而当时识者，犹能辨之。是“风”者，又非统名也。然《记》有云：“命太史陈诗，以观民风。”亦可统乎下言之，则“风”之义于是而后广。楚故有“风”，《甘棠》《汉广》其选也。孔子存诗而不存其国，其削之也，诗存则“风”存，“风”存则国亦存。且夫孔子之删诗也，采其温柔敦厚、不悖圣人之道者著之《经》。而其他如《河水》《祈招》诸诗，又未尝不使人散见于天下。何则？圣人之删之者，所以准诗之常；而天下士君子之存之者，所以尽诗之变。则夫诗之删、与天下之人之存之者，其意未尝相悖也。吕君南村出守长沙，为政一以诗教。政之暇，取楚人廖大隐所集《楚风补》一编，摘其粗而存其精，网罗其散失而整其不齐，综神农氏以迄乎有明，夫亦极古今之观矣。梓既行，属余为序。余观夫楚之“风”，天下之“风”也，所以斡斯文盛衰之运，而维乎绝续之迹者也。何以明其然也？周之东迁，《苕华》之声已终，《大风》之歌未起，四五百年间，天下之响盖寥寥焉。而楚之屈原、宋玉、唐勒、景差，出而振其声，才力足以变古人之体，忠爱足以继古人之志，使天下君子翕然从之。夫以三代而下，下而为周，周之诗为极盛，而楚之声实踵其终。由宋、唐而上，上而为汉，汉之诗亦极盛，而楚之声实开其始。以盛三代之心盛之，则楚未免为衰；以盛汉之心盛之，则楚固夐然莫及矣，谓非斯道一大关键欤？况乎其后，一转而为阴、庾，再转而为孟、杜，炳炳烺烺，成一家言者不下数十辈。举一国之才，赅百代诗人之致，岂尚为未备者乎？而吕君之欲序而传之者，则又非独存一国之音已也。古有曰："维楚有材。"又曰："'风'以动之。"夫[第 14 页]以楚之多材而动之以"风"，则是邦之人寻其风化之原而归之于正，是又吕君之志也夫。乾隆十四年[己巳，1749]仲夏之月，高沙夏之蓉撰。〔注：本书依际恒堂刻本。积庆堂本落款作："乾隆十四年[己巳，1749]仲夏之月，提督湖南等处学政翰林院检讨加三级纪录五次高沙夏之蓉撰。"〕[第 15 页]

则杰按：此集名义上"迄乎有明"，实则收有大量清初遗民及抗清殉节之士，并且个别作者与后此专收"国朝"之《楚诗纪》重出。

二、吕肃高"序"(第 16 页)

余自丙寅[乾隆十一年，1746]来守长沙，搜辑郡志，得郡人廖大隐所汇次《楚风补》一书，上自禅通疏仡以来，数千百年，凡楚人之言韵而可"风"者皆在焉。余嘉其业之慧而惜其不得大力者吹嘘遍天下也，既厘定授之梓，乃题其首简曰："风"何始乎？周以前无"风"也。《周礼·地官》："诵训道方志，以诏观事。"故天子宴寝，则陈列国之诗。今所传"十五国风"，盖准孔子删定为义耳。周道衰，孔子没，继周而治者峻堂廉，陋草野；上无太史輶轩之采，下各私其所学，陈诗之典阙焉。然则周以后亦无"风"也。前无"风"者，朴略之遗也；后无"风"者，矜尚之异也。今夫天地之气，日趋于文。南方适当离明之位，故其"风"日以竞。前此与世安其朴略，后此与世开其矜尚。衣冠俎豆，不祧先型，况骎骎乎江、汉之声，早导其源哉？昔吴、越无“风”，而其后《吴越春秋》《越绝书》之类既补外史。楚当春秋时，亦有观射父能作“训辞”，左史倚相能道“训典”，恨其书无传。屈子扬江、汉之波，铿铿别调；中原承学之士，和者继声焉。其“六义”之终，而变声之始乎？夫楚之“风”，足以吹嘘天下也久矣。骚赋兴，而《三百篇》之响无能续者，且亦不复为也。《传》称古诗三千余篇，“风”三之一耳。以成周封建之广、历年之远，而裒辑不多；后世作者，一人之身，动至数千篇。是集所存，局于方隅，犹累累若此，则以合之天下之言，其倍蓰又何如也。岂其陈之为王朝之“风”则见少，秘之为专家之业反见多耶？于此又可观世变也。邵子云：“自从删后更无诗。”以为无诗，则凡其叶金石、感鬼神者，皆可废矣；以为犹有诗，《三百篇》以前，《三百篇》以后，宜亦有关世道人心者。则是书之补“风”，讵同束皙补《经》之例也哉？书凡若干卷，录自明止；其在国朝者，别为《楚诗纪》云。特授中宪大夫知湖南长沙府事河南吕肃高南村氏撰。［第 16 页］

三、孙良贵、谭之纲、陈益、高翔“凡例十则”（第 17—18 页）

一［一］　是编人以地著，言以韵比。除《前编》以外，人皆楚产，而其言则首二、三卷中，假借者多不皆韵语也。原本欲因言以纪人，节采传记、问答之语，未免割裂补凑。兹不没裒集苦心，各于卷末附存。其或为有韵之篇而词欠雅驯者，亦概从附存之例。

一［二］　谣谚之类，原本不论名氏有无。兹并编入附存一例，其鄙俗不经者注之。亦略按世次前后，以察时变。其一切鬼怪传疑之句，类所不废；然不敢以乱正，亦概从附存。

一［三］　名次先后，原本未经校定，兹按年代编序。其闺秀、方外，类纪各朝卷尾。惟明诗卷帙繁多，不能总汇，即于各帝年号之末，因时纪入。而凡附存之类，亦按世次录焉。

一［四］　人物小传，原本杂采汇纂，未免冗沓。兹并改正，务归简要。讹者订之，略者补之。其本末著见者不详，其履历无考者仍阙。又或其人醇疵不一，则取其醇而略其疵，亦“善善长，恶恶短”之意云尔。

一［五］　古歌之类，各书标题不同，如黄帝《兵法》为《巾机铭》之类。又或有一辞而所隶之人不同，如神农《蜡辞》为尧《蜡辞》之类。传闻者异，各得一书为据而已。要不独上世为然，辨之不胜辨也。自唐以下，古体、近体并崇，其叙次则先古体后近体，一仿《全唐诗》法。

一［六］　此编独力搜求，固多遗漏。而中间稿本又为人攘去，廖氏追而录之，存者什七。故或有同时同地犹未及编入者，遑问其他。且亦有忠孝节义之夫，余韵销歇，不能臆而附之。夫古今贤达，其文章德业彪炳天壤，而不为有韵之言者何限，岂以此重轻耶？既去之无庸去，亦增之不胜增。其各种体裁，俟有志者别汇辑之，以补《楚纪》《楚宝》三楚文献之遗，不必强为猎取。［第17页］

一［七］　明代之诗，其名次先后，除藩封外，一以乡、会科目为准，次明经，次诸生，次荫袭、名途、宦籍，次有里无爵，悉改原本次第，庶考世知人者便焉。其汇辑之详，惟嘉靖、万历、崇祯三朝为最。

一［八］　胜国末造，狼烟满地，龙宫覆天。忠愤之徒，哓音并激，大抵皆《麦秀》《黍离》者类也。虽多海岛之情，莫抑顽民之痛。昔比干有墓，封自宁王；韩通不生，褒荣艺祖，纲常之例所不废也。谨次其诗，以为千古效忠者劝。

一［九］　是书旧序诸名家，为山阴何天宠，为毗陵岳宏誉，为梁溪季麒光，为花源罗人琮，为广济金德嘉，为汉阳江蘩，共六首。今止录何公、岳公、金公三序，盖大隐原有删存之意云。

一［十］　自廖氏手辑成书，阅今多载，尘封椟笥。虽经同志者数番征费刊布，而道旁议筑，三年不成。今得贤太守表彰文献，大张楚风；二三同学，编次酌取，一一皆禀教令。间有臆附绪论者，则以“按”字及“参订”字样别之。其镂板之资，均出自湛开文奉宪檄饬存照。原书四十四卷，今析为四十八卷，末附“拾遗”一编。其国朝《诗纪》，原本草创收辑，今并改订前后重谬，一仿序明诗次第，区为二十二卷如左云。

长沙郡孙良贵、谭之纲、陈益、高翔谨识。[第18页]

四、谭之纲“校刊楚风补题词”（第19页）

大隐先生之辑是书也，上溯农、黄，下迄明季，凡诗歌、辞赋、箴颂及谚谣之类言之有韵者，纤悉毕备，可以称吾楚之大观矣。其说以为十五国有“风”，而楚无“风”，因为网罗搜辑以补之。夫楚诗之不列于《经》，是当时适无，非夫子删之也。借谓“僭王猾夏”，以故不采于辅轩，此特周之末造耳。武、成、康、穆之世，列国有诗而楚独无，又何也？“风”之补不补，无事深求也。第观先生所辑，博收旁采；虽片语只词，兢兢罔敢失坠，亦足以明其敬恭桑梓而鼓吹风骚，其精勤有不可泯灭者。今先生往矣，是书之淹没已四十余年，适吾郡太守河南吕公修辑郡志，搜罗及之，命纲等偕孙君邻初校其篇次，并所辑国朝《诗纪》、自著《息机园》诸稿付之剞劂，使好古之士，上下吾楚数千百年运会之迁移、文章之盛衰，洞若观火，谓非阐发幽隐、嘉惠来学之盛心也哉？但卷帙浩繁，纲等不敏，颇有所未尽精核；晰疑正谬，愿以俟博雅君子焉。乾隆己巳[十四年，1749]孟夏之五日，茶陵后学谭之纲履常甫谨题。[第19页]

五、何天宠“旧序”（第20—21页）

楚何以无“风”？楚之“风”——“江永”“汉广”，《周南》已载之。楚何以无“风”？后儒以为删诗不录楚风，非通论也。夫陕以东，周公主之；陕以西，召公主之。陕之东，自东而南也；陕之西，自西而南也，故曰“二南”。系之以“周南”，则是隐括乎东之南、西之南也。朱紫阳疏称：“南国被化，化行及远。”是江汉乃化所远及之地也。周公元子封鲁，无风诗。召公封燕，亦无风诗。鲁无“风”，则曰进乎“颂”

矣。燕无“风”，岂召非周之小宗，退而不录耶？抑亦召伯《甘棠》“勿剪勿拜”，其人、其地、其“风”已辑于“二南”而无遗欤？然则楚何以无“风”？江汉“游女”，“错薪”翘然，楚风之洋洋盈耳，沨沨乎入人深者，自古在昔，而非今斯今矣。余自丁未[康熙六年，1667]冠进贤，志在山水。庚戌[康熙九年，1670]过岳阳，访包郡伯，登楼览洞庭之胜，上溯三湘，谒岳麓书院，陟回雁峰，不禁作飘飘欲仙想，洵大国之风也哉！嗣游闽粤，历山川激湍之奇，遥与沅、湘争流竞秀，至今低徊不去于心。上下江湖、耳目睹记几十载，兴致亦复不浅。乃正襟束带入都，叨擢铨曹。丁卯[康熙二十六年，1687]典试粤东，事竣顺道归里。家弟隆吉任湖南武攸司马，亦旋里。昔年昆季，风雨晦明，肄业及之，互相考订；今策名圣朝，首以得人为上务。屈指楚粤人文，各抒所见，而家弟极口长沙廖子大隐。其文章诗赋绝似《离骚》，而悲愤长歌、遭时忧悯，亦仿佛近之；于以肆情纵志，博极群书，尤精于诗律；且不惮钩隐搜遗，历有年所，上自皇初，下迄昭代，汇成《楚风补》一书若干卷，将以问世，并出其“征引”、尺牍，欲挽海内诸名士一序以弁其首。余窃爱季弟能知人，而于诗文有磁铁之孚、桴鼓之应也。不揣鄙俚，愿赠言为诸公倡。俯而思之，由绎其旨，所谓“补”者，乃补前人未经采辑之“风”，非补删诗不录之“风”，而同王者迹熄诗亡之悼也。王者不省方采风，故“风”不及楚。上溯黄、虞，巡历九州，浮洞庭，溯衡湘，临苍梧广漠之野；忽焉没矣，陵寝犹存名山大川，厥灵式[第 20 页]实凭之。是楚在帝世，巡行咨询、察俗观风所不废，何以楚风不录于周诗而少之？倘或以是见少，岂郑、卫淫风见录，反足多耶？余故曰：删诗不录楚风，非通论也。其不录云者，犹史之阙文；阙而不存，非删之而不录也。嗟乎！诗文亦有遇有不遇焉。世无博物君子，往往散轶汗漫而无稽；抑又年湮旷渺，不可征考，名淹没而不彰者，可胜道哉？廖子其萃楚山川之灵特钟此一人，应期而起，困其身，老其才，专其研矻之力，振幽潜未发之光，创一代不朽之业。是集成，而楚国方城为城，方池为池，人文辈出，详姓氏，志行谊，风雅炳著天壤间，则楚之风诗嗣续不亡，而《三百》之风诗亦借是表彰以不亡也。行矣！亟剞劂从事，悬之国门、都会，定当纸贵。余知廖子将起屈父而问之水滨，声应气求，骚雅不坠，其在斯乎，其在斯乎？时康熙戊辰［二十七年，1688］，山阴何天宠昭侯氏题。［第 21 页］

则杰按：此起“旧序”凡三篇，据“下迄昭代”之类叙述，对象实际包含《楚诗纪》，亦即《楚诗纪》原先合在《楚风补》之内。

六、岳宏誉“旧序”（第 22—23 页）

《传》不云乎：“维楚有材，晋实用之。”楚之有材，不自今始也。材不自今始，而《诗》三百篇独无楚风，以其材足任军国之远猷，谋征会之大计，而非所谓诗歌吟咏之材也。孔子删诗，上自朝庙享祭，下至里巷委琐，有备观感者毕登。邶、鄘、曹、郐，不以附庸小邦见遗，岂于洋洋雄楚而故逸之耶？且吴亦大国也，延陵季子观乐，赞叹抑扬尽致，孔子过墓三致意焉，而谐声叶韵，未之前闻，吴亦无“风”也。卫蘧瑗［瑗］、晋叔向、郑国侨辈，夙称贤大夫，倘其有诗，讵反不若“桑间”“河上”“沮洳”“芍药”诸篇乎？唐、卫、郑虽有“风”，而瑗、侨、叔向辈仍无“风”也。盖其时风会未开，韵学未广；无诗则阙之，有诗则存之，可删则删之；因其诗非以其人也，取其诗非以其国也。而或者不察，乃以为楚有他故，而故外之、摈之；是何异近今选家，竞势位，尚声气，趋骛结纳，征逐名利，而以意为好恶取舍，岂大圣人之所用心也哉？屈、宋、唐、景，为骚为赋，词章烂然；经国之才，渐次发越矣。然其意调舒长，情致反复，即生于孔子之时，亦当另置一格，而断不可入于《三百篇》之列。何也？体不同也。踵比兴为乐府，变古风为近体，代递更而法愈备。晋魏唐宋以来，家弦户诵，巷咏途歌，使孔子而生于今日，取而删之，去其俚俗，存其大雅，成一巨观，将江淮吴越、巴蜀滇黔皆有“风”矣，而又何患乎楚之无“风”也？余奉命至楚，历试两湖，于山见衡岳、峰顶、九疑之高，于水见洞庭、潇湘、沱、潜之大且深;登高以思,临流而叹。古来贤豪,或生于楚,或仕于楚,或流寓于楚,代不乏人;九京如可作也,吾当起而问之,亦欲穷高极深,探幽测微,索古今之秘奥,发天地之灵奇。而三载之内,程限促迫,足迹难遍,卷帙缺如,每有志焉而未之逮。适星沙廖子大隐,以经生家嗜古好学,博稽广览,上自神农,以及昭代,搜辑群书,编成百卷,凡十易寒暑,名曰《楚风补》,乞序于余。余受而读之,[第 22 页]学问有本,才识兼到,芟繁去靡,宗风正雅。其高华巨丽,如崇山峻岭之峰峦突兀、烟云万状而莫可端倪也;其沉郁浩瀚,如长江大湖之缥缈汪洋、一望无际而莫可纪极也。美哉!是集也,不特有补于"风",而且有补于"雅"与"颂";不特有补于楚风,而且有补于"十五国"之"风";不特有补于前之作者,而且有补于后之学者。美哉!是集也,岂但效虞卿之穷愁、仿束晢之补亡而已哉?时康熙丙子[三十五年,1696],毗陵岳宏誉题。[第 23 页]

则杰按:此序所说"编成百卷",当指初稿而言,或系泛指。

七、金德嘉"旧序"(第 24—25 页)

楚之先鬻熊为文王师。《汉·艺文志》:"《鬻子》二十二篇。"唐贞元间柳伯存所谓"子书"起于《鬻子》是也。三闾大夫忠君忧国,乃作《离骚》,太史公曰:"《国风》好色而不淫,《小雅》怨诽而不乱,《离骚》兼之矣。"宋玉、唐勒、景差,皆左徒弟子也,而玉之词赋独传,是以屈、宋并称于来世。昭武黄长睿有言:"屈、宋诸骚,若'些''只''羌''谇''蹇''纷''侘傺',楚语也;悲壮顿挫,或韵或否,楚声也;沅、湘、江、澧、修门、夏首,楚地也;兰、茝、荃、药,蕙、若、蘋、蘅,楚物也。故谓之'楚词'云。"考亭朱文公《集注》之作,《离骚》名"经",独有千古,《诗》十五国风当年如此者几人哉?唐以诗取士,而杜审言、孟浩然、席豫、皮日休、李群玉、鲍防、薛据、綦毋潜、朱放、崔道融辈,或仕或隐,要皆弁冕艺林,鼓吹风雅。若工部以"诗史"称,论者直谓《三百篇》后,一人而已。夫自淮北,沛、陈、汝南、南郡,史称"西楚";

彭城以东，东海、吴广陵——“东楚”；九江、江南、豫章、长沙——“南楚”。幅员广，故代有闻人。即胜国、昭代，内自三公九卿、翰苑台谏，外中丞、藩臬、郡县大夫，下逮章缝彦士、岩壑隐人，操觚握椠，自名一家者，不可胜数。长沙廖佣客网罗楚诗，溯上古至近代，荟粹成编，属胡康臣广文涉湘逾汉，征言以勒简端。不佞承乏史官，与修《明史》《大清一统志》，搜讨人物，尝叹奓衡江汉，蜿蟺孕结，炳炳麟麟。道州周子，远绍鲁邹圣学，宸翰表彰“学达性天”，昭垂濂溪书院。云汉章天有如此，然则楚人之可传者，岂仅有韵之言乎？康臣书言，佣客承世父黄门家学，为潭州知名士；枫窗篝火，覃心雠校；邮筒捃拾，几至充栋，窃谓楚无“风”而以是补之。不佞复书曰：柱下、庄、列诸子，《鬻子》先之也；汉魏六朝四唐人之诗赋，《离骚》先之也；横渠、“二程”、考亭诸先生之微言大义，《太极通书》先之也。楚人开疆启宇，往往为其难者。鬻子尚矣；借令屈、宋二大夫[第 24 页]生当圣人之世、及圣人之门，《九歌》则祖“风”“雅”，《九辩》则祖“三颂”，受经请益，未知视卜子夏何如。濂溪仰观俯察，推一理、二气、五行之分合，立象尽意，悟超无言之先而论彻万物之始，若亲炙无隐之诲，岂直闻夫子之文章已乎？天之生才不一时，人之立言不二辙，奈何以楚无“风”也而少之？是故上下数千载，人文辈出，继继绳绳，譬诸奓衡之气，蒸为云霞；而江汉之水，流行于地中也。当明世宗时，有学士廖公道南，著《楚纪》一编，人到于今称之。是集也，剞劂告竣，知与道南《楚纪》后先辉映，同为一家张楚之书。后之君子，得毋望之而骇曰：此娲皇五色石也，小补云乎哉！时康熙癸酉[三十二年，1693]孟春，广济金德嘉蔚斋氏题。[第 25 页]

八、廖元度“征诗小引(康熙甲子[二十三年，1684])”(第 26 页)

尝闻石韫玉而山辉，水效珍而川媚。宝物如此，诗文宜然。然蝇非附骥，安有越都之才？剑不因人，枉负干霄之质。彼夫忠君爱国，吟老三湘；学佛谋仙，笔摇五岳。须知前贤有待于后生，始作亦需于继述。吾楚“江永”“汉广”，昔叨宣圣之删订流连；“沅芷”“澧兰”，续深灵均之悲歌怨慕。至若兰台、云梦，素号雄风；衡岳、洞庭，代钟间气。怅公子兮未远，思美人兮何堪？缅惟泽畔行吟，可惜江潭客去；近想郢中别调，未是巴曲声希。孳孳瘏瘵，梦切连床；落落晨星，谁当知己？度也学愧淹通，地偏卑湿。丁年问字，忝窃雕虫；辛苦论交，几怀灭刺。讵意遭家不造，遇世多艰。翩翩乎莺迁出谷，哀哀者雉罹于罗。倏尔覆巢，顷无完卵。嗣是双林依倚，八载淹留。霜凄月诉，绕林而乌鹊难忘；吊古怀人，隔水而蒹葭宛在。所恨秦人一炬，空留卜筮之科；争看宋石三函，莫辨连城之璧。尔乃掩紫[柴]门而抱膝，借楮墨以写心。拟征楚人之什，以补楚国之“风”。无如湖北湘南，江云渭树。窃意清新俊逸，宁无庾、鲍之章；老病端居，定有孟、杜之作。敬伸短引，遥达素心；谅在骚坛，必敦大雅。家传帐秘，幸简灰劫余编；玉振金声，毋忘琼玖是报。或忠臣孝子、隐逸渔樵；或节烈军戎、缁流羽士。不拘当代历朝，即付缥囊卷轴。大言小言，必有以也；我疆我里，当共宝之。仰名山之大业，追惟学道之精；发潜德之幽光，敢曰稽古之力？伏冀璨璨邮筒，肯问铜官旧渚；戋戋碎锦，都成石室新书。俾得传之其人，勿吝惠而好我。长沙后学廖元度谨启。[第26页]

九、周人骥“旧序”（第27—28页）

周先有采诗之典。“十五国风”，皆诸侯采贡王朝，列于乐官；孔子删诗，录之以为《经》者也。顾犹是诗耳，别之曰“风”，何哉？夫大块噫而为风。其在于人，则水土之气生其间者，钟为性情，成为音韵。志有所触，山川草木、鸟兽虫鱼，悉以摭其见闻，抒其欣戚。扶舆清淑，酝酿于兹，以是为一国吹嘘，妙动物之能神渐披之效。《记》所谓“以观民风”、《序》所谓“以风天下”，非此义欤？楚之为“风”，其贡与王朝与否，莫可知也。说者因录存之诗独无楚国，于是有以“僭王猾夏”删之为楚疑者，有以《汉广》《江汜》统于“二南”为楚辩者。而楚中之彦，肆好多“风”，则又以不得与“十五国”并录于《经》为楚憾。遥遥千载，廖氏大隐始以文学发愤搜罗，辑为《楚风补》一编，溯自炎、虞，迄于明代；二广之域，有韵之言，靡不毕登。太守吕君梓之行世，已越年矣。坊人以予八年南楚，历臬而藩，实预此邦风教，乞为加序，俾广其行。予惟楚处荆山、岐阳设望以来，其国非复蓝缕之旧；彼接舆、孺子歌，且见述孔门，岂论次风诗，顾以其君“僭猾”，并举其国风尚概使从删？即《江》《汉》二篇，“风”在文王之世，熊芈未国，亦岂得以山林后启，冒及其先？夫楚风之不录于《经》，大抵王朝之贡不入，是以乐府无传，孔子阙之。盖亦如《春秋》之例，赴告不及，则不书云尔。其有抱忠爱之忱，持敦厚之体，放厥辞于三湘七泽间者，固王者所弗禁而孔子所乐闻也。况维楚有材，屈、宋、唐、景，阴、庾、孟、杜，海内词宗。其他郢曲千家、“阳春白雪”，余韵悠然。以此嗣“十五国”之音，备贞淫而该正变，觇得失而考盛衰，谁谓删后无诗，使椒、桂、荪、荃，反逊扶苏、蔓草哉？且风诗之亡，非但由《经》阙也。汉魏六朝以诗唱和，李唐而后以诗制科，学者惟声病是求，不复及乎治忽之本，胡必心悬君国，永叹流连，如哀怨为《骚》、博综成史者，而后言婉思深，不失风人之致？廖氏之以“风”系“楚”，为国征其实，[第 27 页]亦为诗挽其流也。然则是编之行，此都人士接响争鸣，当共振其水土之气；而二三君子，有事陈观，方城之雄、云土之沃、茅蕝之肃、兰佩之芳，厥风非遥，扬之斯在。诵诗达政，必泥在古经《三百》耶？爰书以授坊人而去。乾隆十八年，岁在癸酉[1753]，秋九月，湖广湖南等处承宣布政使司布政使纪录八次天津周人骥莲峰甫撰。[第 28 页]

则杰按：此序据其内容，并核之末尾所署时间及前录孙良贵等《凡例十则》之九所述，当非“旧”序。

十、高翔"廖大隐传"(第 29—30 页)

大隐,长沙人。名元度,字次裴,一号佣客;大隐,其晚年号也。世父孟符黄门,以直谏名于明季。黄门弟仲符,国子生,即大隐父。生子三人,大隐其次。生而颖慧;稍长,偶词属对,应声辄谐,孟、仲二公深器之。年十八,补弟子员。雅不事举业,博闻强识,而肆力于古。尤喜拈弄四声,纸窗驴背,恋恋不休。或行吟于市衢里巷,作月下推敲状。观者或笑以为痴,而大隐咏歌自得,旁若无人也。一时名儒硕彦,愿与之游。如刘沙河杜三、郭石村幼隗,皆其父行而与为忘年交。岁丙午[康熙五年,1666],营雪蕉堂于郡城,北枕大江,登临寓目,廛郭之嘉憩也,遂有《雪蕉堂集》。此后复放迹于九嶷、衡岳、潇湘、云梦、岭南,感时赋物,更唱迭和,所著有《秋思百韵》《岳游草》《湘山随笔》《粤吟》诸编,大抵皆歌咏太平、抒情适性之所作也。岁丙辰[康熙十五年,1676],滇逆兵犯湖岭,长沙苦之。大隐挈其家避本邑之清泰乡,遇逆军执之曰:"若能为吾任负乎?"曰:"不能!""若所携有金币乎?"曰:"无有!"贼疑其诈也,解其装,书册之外无长物。贼怒,投其稿于江。大隐赴流力护之,遂受重伤,奄奄一息,偃卧沙滩,自暮达旦。适缪齐公过其侧,不知谁氏子;检其书,乃所自著诗,因大呼曰:"子非廖子次裴乎?"大隐从呻吟中作应声。缪百计救苏,舁至其家。其子璞,时年始十二,已为逆军掳去矣。是时,家室不保,贼势愈炽,因飘泊于麻潭山之白云兰若。其所著《覆巢余笔》《猿啸集》,以歌当哭,皆羁寓寺中之所为也。己未[康熙十八年,1679]后,妖氛既除,长沙恢复,乃携其书册归来。而向之第宅园林,荡然尽矣!经营数载,始卜筑于郡城之东隅,署其园曰"息机"。至己巳[康熙二十八年,1689],其子璞始踉跄而归,大隐年已五十矣。闭门著述,刻意覃思,以古作者自期,而得诗为尤多,自题曰《息机园稿》。又手辑《楚[第 29 页]风补》一编,起农、黄以迄明季;至国朝之诗,则曰《楚诗纪》,大湖南北名臣硕儒有韵之言咸在焉。大隐生于崇祯庚辰[十三年,1640],而没于康熙之丁亥[四十六年,1707]。没后,其书为他人所得。其子璞告哀于同人,郡人士同呈请于武进、宜兴两中丞,相继追复之,时康熙四十七年[戊子,1708]也。至乾隆甲子[九年,1744],璞又没。生平著述湮没不彰,经今四十余年矣。呜呼!大隐其亟亟立言之士乎哉,方之古之作者无愧矣。迹其生平所为,流离颠沛,必于是而不违,其诚足以感天地、动鬼神,而又岂逆军之所能灭、郭象之所能掩乎?人往风微,得贤太守表彰于数十年之后,岂偶然哉![第30页]

【附录一】《四库全书总目》卷一百九十四集部总集类存目之四(中华书局1965年6月第1版,下册第1773页)

楚风补五十卷(浙江巡抚采进本)

国朝廖元度编。元度字大隐,长沙人。是书成于康熙甲子[二十三年,1684]、丙子[三十五年,1696]之间,乾隆丙寅[十一年,1746]长沙府知府吕肃高重为删定刻之。然意主夸多,冗杂特甚,又疏于考证,舛漏尤多。如神农因茶山之葬而收其《蜡词》,虞舜因苍梧之巡而收其《南风诗》,甚以楚为高阳之苗裔而收其《丹书》,假借牵附,不一而足;而罗含《湘中记》所载禹《玉牒词》见《后汉书·郡国志》注者,乃遗而不载。沈诸梁、石乞诸口语,靡不滥入,而《楚词》乃删削不完。至戴凯之《竹谱》之类,本非诗篇;汉高帝《鸿鹄歌》之类,无与楚事,亦牵率并登,殆不可解。又如刘跛子乃北宋人,而列于六朝之内;严羽乃昭武人,而引于三湘之间。盖州县志书,率多附会先贤,借为光耀,而元度乃据志书以为之,宜其至于如是也。

【附录二】法式善《陶庐杂录》卷三(中华书局1959年12月第1版,第80—81页,原标第三十四则)

长沙廖元度汇集《楚诗纪》二十二卷、方外一卷,顺治乙酉[二年,1645]起,康熙癸酉[三十二年,1693]止;《楚风补》二十六卷、拾遗一卷，皆明代之作，共五十卷，刻于乾隆十八年[癸酉，1753]，天津周人骥、河南吕肃高作序。《四库[全]书总目》则载《楚风补》五十卷，不载《楚诗纪》，且谓此书成于康熙甲子[二十三年，1684]、丙子[三十五年，1696]之间，乾隆丙寅[十一年，1746]长沙知府吕肃高删定刻之，意主贪多，冗杂特甚，摘其舛漏附会数条。此殆吕所订者，非元度原本，与余所见不同。

02－121　楚诗纪

廖元度等

二十二卷。廖元度辑，吕肃高订，《四库禁毁书丛刊》集部第122册，影印乾隆十八年癸酉(1753)际恒堂刻本。

一、周人骥“序”(第2—4页)

诗非史也：史以记事，诗以言情。然情之所周，事亦备焉，则诗犹夫史也。廖氏大隐，已取历代楚诗为《楚风补》矣。而于时贤之咏，则分勒厥函，名曰[第1a页]《楚诗纪》。是岂不知“纪”之为史例耶？其意盖谓：陈诗观风，先王之典。方今天子训方，𬨎轩命采，正当其会。草茅下士，歌咏太平，亦惟是类。此国之情，寓此[第1b页]土之事，如稗官记载，聊述见闻焉耳。敢以私家操觚，窃附陈诗之义哉？顾予于此有说焉：楚，大国也。山括玉衡，水横天汉；虞巡禹贡，自古为隆。况今二广分藩，三苗拓郡；车书大同之盛，[第2a页]声教暨讫之遥。非有高奇壮阔、极显穷幽、博涉旁通之致，骋厥情于荆潭南北之间；何以抟峻嶒、吞浩荡，烁殊光于鹑尾，幻谲怪于蛟宫，使楩楠竹箭[第2b页][第2页]不得而称其材，金锡丹砂不得而当其宝耶？且夫情之渺忽于作者之胸，人世沧桑所不能名其变也。方其在感，窈纠凭心，或已失其江山之助。及发而有言，呻吟继之，又复[第3a页]依违于獭祭而忘其本，矫揉于鬼语而失其真。此诗愈工，情愈伪，事愈离，古今诗人通患也。而廖氏乃欲以百家之词，该三楚之故，是其所望此都之人者甚厚，所律此邦之[第3b页]诗者亦甚严矣。昔“大序”论变风曰：“发乎情，止乎礼义。”礼义者，即一国之事之谓也。情发而以礼义为止，言情而以国事为归，意将毋同欤？予故因坊人之请，为推廖氏之意而[第 4a 页]申其说。并告搦管诸贤，果能礼义为宗，扬德广于泳思，保深仁于蔽芾，将教化所系，歌咏传焉，采贡王朝，光乎简帙。彼廖氏之《纪》，虽不敢自附于陈诗，而事备以情，[第 4b 页][第 3 页]葩而能正，则固洋洋大国之风；诗也犹史，而仍非史也。乾隆十八年，岁在癸酉[1753]，秋九月，湖广湖南等处承宣布政使司布政使纪录八次天津周人骥莲峰甫撰。[第 5a 页][第 4 页]

二、吕肃高"序"(第 4—6 页)

楚，予家三世宦游地。先大夫主庚子[康熙五十九年，1720]乡试，其时重湖南北全辖也；因洞庭波涛之险，奏请分闱。先君亦由武昌观察，晋蜀臬。而予今忝为长沙守，与江华从父适同时。先是，予武昌从祖、溆浦[第 1a 页]从父，前后仕楚几二十年。夫古之君子出守一方，则必于其一方之山川、人物、习俗周知其美恶，然后可以达于政而有为。自予髫壮时，饫闻先人诵说楚风，已悉梗概。兹奉天子命，历重湖而南，适守上游。昔之[第 1b 页][第 4 页]所闻，今之所见，将毋有同者？又何幸博征文献，而有廖氏《楚诗纪》一帙存也。本书踵《楚风补》纪之，起顺治乙酉[二年，1645]，讫康熙癸酉[三十二年，1693]。凡前此数十年山川之奠丽、人物之嬉泰、习俗之淳良，皆于一歌一咏见焉。伏惟我[第 2a 页]朝廓清天宇，远近同风。楚，南服也，畸行瑰异之士，思觐耿光。制科初开，熊、刘二君子裒然举首。嗣是而黻休明、登荐绅者，先后辉映。虽其显晦不齐，亦或有穷苦阏塞之音，自嗟卑老，而烟云泉石中，得与友朋文酒相慰劳。一[第 2b 页]时野人女子、方外杂流，又多有抒幽绪、助群籁者。人生此数十年间，如阳初暾，如春初馥；不识不知，歌咏■[帝]力，沨沨乎治世之音；集所纪者，可覆诵也。然予犹恨天下不皆为是书，使各志一方之胜；抑犹恨[第 3a 页]是书所纪，终廖氏见闻止耳。今之楚，犹昔之楚也。大湖南、北，仍统于制府；声教之浃洽、师友之渊源，将有进于是。珍文献之传者，其复继廖氏之业乎哉？昔予司农从祖，经楚中诗云："大造缘动静，山水有恒德。古之登临人，[第3b页][第5页]于兹见所得。”读斯集者，诚津津乎见所得矣！抑独不知楚之人，于予家屡世宦游之地，其民间歌谣、士林弦诵者果若何？而予则有不容已于楚者，故于是书亟表而布之。特授中宪大夫知湖南长沙府事河[第4a页]南吕肃高南村氏撰。[第4b页][第6页]

【附录一】丁宿章《湖北诗征传略》卷首《凡例》第一款（参见该种）

综辑楚诗之最古者，莫如廖大隐之《楚风补》《楚诗纪》，搜罗详富，曾收入《四库全书》。第大隐为长沙产，详于湖以南。岂重湖间阻，采访难周，如迈制府修《通志》，详于北而略于南欤？

则杰按：此处称廖元度（大隐其号）两集“曾收入《四库全书》”，实则仅《楚风补》著录于《四库全书总目》卷一百九十四集部总集类存目之四（详见该种），而《楚诗纪》更只字未及。

02－122　湖北诗征传略

丁宿章

四十卷。丁宿章辑，《续修四库全书》第1707册，影印光绪七年辛巳（1881）孝感丁氏泾北草堂刻本。

一、俞樾"湖北诗征传略序"（第91—92页）

孔子编《诗》，采列国之风者十有五，而楚独无风。说者谓"二南"多江汉、汝坟之诗，实即楚诗也。其后本《三百篇》旨而能别开一局，以寓忠君爱国之思者，厥惟《楚辞》。然则楚之诗歌，实冠《三百篇》首而继《三百篇》后，为千古诗教津筏，尤非他国[第1a页]之风谣所得比者。魏晋以降，骚人名作踵接代兴；使历朝不变周制，时遣辅使下采风诗，犹必以楚为弁领无疑。乃世异法殊，士夫布衣往往工于诗而未必尽传于世，即传矣亦未必广而久，不独于楚为然，而楚实为诗之渊薮也。丁君皇海，以楚北名宿，既喟乡里先达辈有可传之[第1b页][第91页]作而至湮没散佚，且恐后之学者有数典忘祖之诮，因就大湖以北各郡县之以诗名者上溯旁搜，先叙其生平，复论其品格，历五寒暑而成是书，题曰《湖北诗征传略》，而邮寄属序。受而读之，不啻复睹"二南"、《九歌》之风，即《三百篇》之宗绪亦隐然犹存于世，其视我浙胡文学之《甬上耆[第2a页]旧集》、沈季友之《槜李诗系》仅征一隅之诗，以阐扬为志者，分上下床矣。谨赘数语，以志钦佩云。光绪九年癸未[1883]夏，德清俞樾，力疾书于吴寓曲园。[第2b页][第92页]

则杰按：此序末尾以浙江诗歌总集与《湖北诗征传略》相比，仅随便取《甬上耆旧集》《槜李诗系》这样两种府级诗歌总集而不取同为省级诗歌总集的《两浙辅轩录》为例，拟非其伦。这在俞樾似乎不应该如此，不知是否出自他人代笔。

二、杜贵墀“湖北诗征传略序”（第 92—93 页）

吾友孝感丁君星海，青箱竹素，宝先世之藏书；绿水芙蓉，作诸侯之上客。鼓钟倦飧，铅椠时操。于是遥结古欢，多闻轶事。合千狐之美，选上驷之良。祧屈子之《骚经》，溯从汉魏；续襄阳之《耆旧》，近逮明清。咸撷秀而擢华，遂连篇而累牍。编《湖北诗征传略》，讫若干卷。江夏王溥，刊《东阳联句》之吟；进士莫君，裒《汉上题襟》之什。区区辑缀，万不足方兹勤劳。宜广流传，爰为叙述。原夫《吴兴绝唱》，仅三代之篇章；《宛陵群英》，特一方之文献。若地则幅员辽阔，时则祀载绵延，先民有作，所谓《楚风补》者，已不无遗憾之留矣。夫识不足以兼一代者，不足以选一代；识不足以兼诸家者，不足以选诸家。人不数[第 1a 页]篇，篇或数句，欲使玩味者甫尝脔而餍易牙之烹，赏音者不终曲而饫伶伦之奏，自古为难，斯言岂妄？矧复断代为编，因人系传；效计有功之《纪事》而去其俳谐，仿元好问之《中州》而防其曲笔？至兼取古今评骘，则又《诗林广记》，体制在总集、诗话之间。难有数端，请毕吾说：自来方志陋习，强借名人。杜甫系出襄阳，而或讹京兆；欧阳应举随州，而实本庐陵。确有明征，无烦博考。然或名标郡望，宅徙乡闾。孙可之自称关东，地包函谷；牟献之著籍湖郡，集署陵阳。常侍非渤海之高，翰林非陇西之李。——此里居之难辨也。“杨花”“草色”，偏同李益之名；“寒食东风”，别有韩翃之句。又如《马嵬》《濮上》，作者无本，而非即阆仙；“巴陵”“岳阳”，题以周贺，而仍为清塞。宋王宋玉，点画[第 1b 页][第 92 页]微争；鲍照鲍昭，音均误叶。而“东南”“孔雀”，“西北”“高楼”，但着时人，不知谁氏者，更类先生之乌有，非但郭公之阙文。——此姓字之难稽也。帽落孟嘉，司马登高于姑孰；亭怀叔子，太守陟岘于吴兴。首阳不尽属夷、齐，洞庭岂两归皮、陆？“白云明月”，赋何处之东山？“细雨”“斜风”，非此间之西塞。——此诗之系以地者，考据难核也。广平佚《梅花》之赋，补自李纲；摩诘无《书事》之诗，拟从苏轼。凡本集之阑入，戒一字之滥登。否则庾信收杨炯之文，江淹冒陶潜之作。钱珝诗附钱起，而以祖易孙；陆机诗赠陆云，而变兄为弟。任情颠倒，腾笑简编。——此诗之系于人者，淆似难分也。璇宫答少昊之母，《河梁》增苏武之妻，但嗜新奇，率多伪托。又若“中央”“四角”，谁序苏蕙之圆图？“三墨”“八儒”，仅见[第 2a 页]宋庠之旧本。“江潮”“海日”，或谓宾王；《雀乳》《鸡鸣》，原非乐府。——此诗之存于古者，真赝难审也。书综异代，体近编年。彼采武平者，乃收入《唐诗鼓吹》；编山谷者，云录自《文苑英华》。步兵作中散之碑，鉴湖歌《柳枝》之曲，踳僢不顺，自郐无讥。若夫旌题“容州”，稿名《吾汶》；无韩亡秦帝之奋，有黍苗麦秀之悲，则箕子本殷之仁人，陶令实晋之征士。乃心当涂者，不宜厕诸典午；未仕蒙古者，仍须还彼金源。——此诗之系以代者，断制难定也。将论世以知人，必考信于载籍。然杜牧之纪薛愿，事异《唐书》；班固之传方朔，词殊《史记》。野录多误，小说无稽。郑都官主持风骚，史无列传；韩昌黎追逐李杜，序有微词。——此叙传之难于征实也。蛾眉讵同貌？而俱动于魄；芳草宁共气？而皆悦于[第 2b 页]魂。顾乃论甘忌辛，好丹非素。主宗派之说，专祖庭坚；挟门户之私，盛推安石。修怨则抑居中品，感知则谓集大成。——此议论之难于持平也。别雨淮风，不无蠹蚀；陶阴典舆，原待雌黄。然“鸣葭”不作“鸣笳”，《晋书》宜考；“弱枝”读为“弱杖”，颜《训》所嗤。日头何与老僧，而改“白”为“日”？天笑曾由玉女，而以“添”代“天”。堪诮蹲鸱，宁论雌霓？——此校勘之难于精审也。夫惟大雅，卓尔不群尔。其收撮漂零，网罗放佚，开帙而百城坐拥，分章而十手疲供。巨构宏规，汇《极玄》之集；断珪碎璧，入《摘句》之图。良苦殊工，薰莸异器。月三让以成魄，退然丰腹笥之储；派汇万以同归，遂尔翕尾闾之会。审其详略，则《河汾》荟诸老之诗，稀存专集；《谷音》聚逸民之作，录及无名。剂其宽严，则沈约、范云，不见[第 3a 页]遗于六代；佺期、之问，亦许列于三唐。至于公安、竟陵，承太仓、历下之余，矫优孟衣冠之习，弊流纤巧，意主清新。夫卢、骆江河，尚不废于天宝；杨、刘风采，讵遭禁于祥符？星海悬照胆之明，屏吹毛之刻；冀存庐山之真面，借救沧海之横流；岂第以崇尚典型，为敬恭桑梓已哉？他如韦縠《才调》，不缀拾遗；萧统选楼，未登水部——盖恐蹈笔削之僭，亦谨避标榜之嫌。具有前规，非由创设。而徐陵之附己作，邱吉之书父名，炫才悖教，则无取焉。亦可谓博观慎择，不苟于作者矣。贵墀把观过日，兴叹望洋；方自怀巴曲之惭，曷从匡《楚纪》之谬？钟毓盛楩楠杞梓，未丧斯文；照耀及衡岳湖湘，愿分余勇。光绪九年[癸未，1883]季夏，巴陵杜贵墀谨序。[第3b页][第93页]

三、沈用增“湖北诗征传略序”(第94页)

诗以理性情，无古今，无畛域也。然《三百篇》后，自汉魏六朝迄唐宋，论者已有升降焉。孔子删诗，十五国并列。后世选其乡人之诗者，黄梨洲有《姚江》，梁崇一有《广东》，王[郑]慎人有《莆田[风]清籁》，煌煌巨帙，如日月之丽天。夫梨洲、崇一诸君之怀铅握椠，矻矻不休者谓何？盖悯夫乡里荐绅先生、山林憔悴之士终身抱膝拈髭，欲传其诗而未必传，即传未必久，久亦未必能尽，因据其耳目之所近、都邑之所遗，无论为汉魏，为六朝唐宋，但温柔敦厚，不失圣人删诗之旨者汇入选录，以传于世。迹虽涉于诗人标榜之习，实则纯乎仁人君子之心。如五季即有创是举者，则方雄飞辈已称慰九京，尚何慕张文蔚身后及第之一请哉？吾楚夙[第1a页]称诗人渊薮。洎钟、谭起竟陵，矫何、李之弊，一变而为幽深，海内谈诗家遂指《诗归》为口实。楚风不竞，三百年矣。余友丁星海中翰，少即与程维周广文称诗江汉。庚午[同治九年，1870]、辛未[十年，1871]之际，为广文论定其诗，付之梓。或有劝中翰并梓己诗者，中翰瞿然曰：“吾诗果可传乎哉？吾诗可传，则湖北宜传之诗不少矣。溯自权舆骚雅，作者代兴。由汉魏六朝、唐宋元明以逮国朝，名作如林，殆不可以什百千万计。而数典忘祖，传诵寥寥。固楚人为名之不善，亦楚人自谋之不臧也。”中翰乃于大湖以北各郡县之诗家，不惮僻壤偏陬，苦搜冥索，丹黄甲乙，竭五寒暑而书始成。且甄核慎详，不遗不滥。其于诗人出处大略，与公安、竟陵说诗得失之故，[第1b页]皆连类并及，隐持《春秋》之义，以寓其知人论世之慨焉。吁！中翰于此，可谓极桑梓之阐扬，操风雅之枋柄而无愧者矣。昔闵景贤辑刊有明韦布之诗曰《布衣权》，夫布衣何权？能以一卷诗与造化争千秋之名，则无权而权实甚。吾是以读《姚江》《广东》等集，而叹梨洲诸君之善用权也。使天下留心诗教者闻风兴起，各征其邑人之诗，辑为成书，以待輶轩使者之采，则寰宇无不发之幽潜，风骚有同声之求应，岂尚复畛域之云分，而有古今不相及之感耶？能得斯旨者，始可与读中翰之《诗征》。同里沈用增。[第2a页][第94页]

四、丁宿章“湖北诗征[传略]凡例”（第95—96页）

弍[一]　综辑楚诗之最古者，莫如廖大隐之《楚风补》《楚诗纪》，搜罗详富，曾收入《四库全书》。第大隐为长沙产，详于湖以南。岂重湖间阻，采访难周，如迈制府修《通志》，详于北而略于南欤？兹编划湖以北为限，非云自严体例，实因囿于见闻。

弍[二]　曩于天门镏孝长明经处，借读江陵张旋均所辑《湖北诗佩》，于历代乡先生著作采访尚为详赅，而以郡县次第诗人，例体尤见斟酌。第诗人籍贯，有一人而隶籍数省者，有流寓历世即以为著姓者。《诗佩》断自《通志》；《通志》既已列入，似未容臆为去取。是编皆仿其例，不敢妄肆区别。[第1a页]

弍[三]　诗人冠以传略，用殷璠《河岳英灵集》例。又仿朱竹垞《明诗综》“静志居诗话”例，选载诸家评语，间采零句断章。而于诗人之伟节畸行，必详纪之。不仅备一代之文献，且使读其诗知其人。虽生不同时，庶几楚国先贤、襄阳耆旧，时深景仰焉。

弍[四]　征诗与选诗，似相类而实不相侔。于寻章摘句之中，寓知人论世之义；以诗存人，亦以人存诗。凡忠孝节烈、理学文苑，及方外闺秀、艺术童稚，莫非山川间气所钟；其人虽不尽以诗名，而一行足称，一言足纪，即未容任其迹匿声销。兹编于此等处特加之意，或见谅于兴观之君子，而免冗滥之讥焉。

弍［五］　人必论定已往，始可征信将来。故昭明选诗，不登何逊。兹编［第 1b 页］专列往哲，时贤概置不录。既泯声气之嫌，亦雪羔雁之耻。

弍［六］　作诗难，选诗亦不易。钟退谷曰："选诗者，必使其人之精神耳目自我一新。"又曰："精于选者，选其所必可传，使读者疑其全者或不止此，真作者功臣也。"持论极为允快。予学、识两疏，它山寡助；目眯珠遗，在所必有。知我罪我，夫复何辞？

弍［七］　湖北著作家，何可偻指？从前留心风雅，纂为合省、合府、合县之诗者，亦不下十余种。至诸家文集中序传志状，与笔记、诗话，及省志、郡县志书所纪，搜罗难周，挂漏不免。尚望海内同心，慨假藏书，资我孤陋。若天假我年，亦必随在访求，汇为"续编"，以期幽隐咸周，草野无遗，是则区区之一片愚诚也夫。［第 2a 页］

弍［八］　兹编于国朝作家网罗较富，初恐见非当世。及读纪文达评《明诗综》，谓于隆、万以后收采稍繁者，盖"世远篇章易佚，时近部帙多存；当亦随所见闻，不尽出之标榜"。真足窥见选家苦心，予亦得借以自解焉。

弍［九］　兹编始于戊寅［光绪四年，1878］夏，迄于辛巳［光绪七年，1881］秋，再阅寒暑，粗具端倪。偶阅《卧园诗话》，有云成庙时，吴门陶凫芗侍郎樑观察黄州，为吾楚风雅主持，曾招王子寿比部、王香雪明经入幕，为《湖北诗征》之辑；未几内迁，遂携稿北去，近闻已散佚净尽矣。始知三十余年前，已有导吾先路者。兹编谓之续貂则可，若云竟前人之续，吾又何敢？［第 2b 页］［第 95 页］

弍［十］　搜采固宜富有，校雠尤贵精详。钱塘张少南《全浙诗话刊误序》，有"以上下数千年，徒恃一手指之力，爬罗抉剔，求其完善无谬戾，难矣；为之理其粗疏，补其缺憾，非好为是掊击，窃欲自托诤臣”等云，读之不胜悚惕。掩卷自省，求过不遑。吁！安得当世有少南其人，为吾诤臣，是则莫大之幸也。跂足俟之。

光绪辛巳[七年，1881]季冬，孝感丁宿章谨识。[第3a页][第96页]

02－123　资江耆旧集

邓显鹤

六十卷，附一卷。邓显鹤辑，熊治祁、张人石校点，岳麓书社2010年1月第1版。

一、邓显鹤“资江耆旧集序例”（第1册第1—4页）

三十年前，思萃辑湖以南文献为一书。念搜讨非易，当自近始。因就耳目所易及者，先为掇拾，名曰《邵州耆旧集》。今两江总督、安化陶尚书语余曰：“《禹贡》‘九江’，大者沅、湘、资、澧四水而已。沅、湘、澧，并艳天壤；资于湖，源远而流长且巨，顾僻在一隅，为冠盖所罕及，称者或少，余甚嗛焉。子资产也，盍广为《资江耆旧集》？凡滨吾资者，皆得备采择，不犹愈于一郡之志乎？”余韪其言，爰托始鄙郡及资流经受之地，以次搜辑。自官沩宁校官，又念沩西密迩资阳，吴以前同为汉县，而楚先耆旧陶、郭并称，实产斯土，因同连道牵连附益。凡阅二十余年访求之力，始克成书。编辑略竟，适尚书奉命省墓归里，过余泠署一宿，得以就正商榷，补订舛漏。其时尚书方以资江石门潭乡贤萸江公授经之所，上达圣聪，荣邀宸翰，恭摩崖壁，海内所称“印心石屋”者也，而是集适以其时告成。茱萸山峡间，数百年未宣之秘，一旦依附末光，炳焉呈露于星日照耀之际，岂偶然哉？逾年，余亦假归。复携商老友欧阳涧东，详审删定。起自明代，讫于近世。通计三百余人，为诗四千有奇，都六十卷，缮写成帙。今年春，儿子琮、兄子瑶贡入成均，余请咨送之行；取道金陵，携入筬衍，将重质尚书谋刊版，以广流布，然则资江其遂大显于世乎？昔裕之辑《中州集》，历二十寒暑，仅成卷帙，无力刊行。后得赵提学国宝资借，始锓木以传。设非裕之搜访百至，则无以起词人将坠之业；非赵侯好古博雅，则无以慰士子愿见之心。盖成书之难如[第 1 页]此。今是集定议之初及竣事之后，皆尚书终始主之。余不敏，特效奔走抄胥之役云尔，敢云有功于乡里先哲哉？书成，因序其首，而附例言于左。

一[一] 集名“资江”，以资水发源、经过、归受之地为断。《汉书·地理志》注：“都梁山，资水所出。东北至益阳，过郡二，行千八百里。”《水经》：“资水出都梁，东北过夫夷县，东北过邵陵县之北，又东北过益阳县北，又东与沅水合湖中。”今按资江发源武冈，会夫夷水，过邵阳、新化、安化、益阳，经流至沅江，入洞庭，为今沅江县地；支流至陵子口入湘，为今湘阴县地。今集断以宝庆一府，及长沙之安化、益阳、湘阴，常德之沅江四县，以其为资水经过归受之地也。有云资水正派经流于乔口入湘者，此方志之误。而齐氏《水道提纲》主其说，不可从。

一[二] 宁乡在汉为益阳，吴始分为新阳，晋改为新康，宋始立今县。《水经注》：“沩水出益阳县马头山，东径新阳县南。”《宋史》：“梅山溪洞，传东起司徒岭。”今司徒岭在安化县东一百二十里，其麓即宁乡地也。又《水经》：“涟水出连道县西，资水之别流。”连道为今湘乡，与安化、邵阳毗连。显鹤匏系沩西，遂已十稔；敢希畏垒？聊等寓公。至涟溢壶天，实先子诞生之地。每过斯土，如出里门。敬援枌榆乡社之义，一抒桑梓敬恭之怀，故以宁乡、湘乡二县附焉。

一[三] 资江先贤，唐以前著名者少。如邵阳之胡曾、益阳之齐己，具载《全唐诗》。宋之名人，惟湘阴邓氏为最。若邓忠臣《玉池集》、邓深《绅伯集》、邓渊《中丞家集》尤著。今惟《绅伯集》二卷散见《永乐大典》，《四库全书》采入，余均佚。至王南美，《一统志》载：“安化人，隐居伊溪之大小仙山。”或又以为新化人。今所存《钓月楼》诗，亦惟“居士作层楼，不爱风花雪。待得[第 2 页]野云收，独钓溪边月”二十字耳，兹不复采列。断自明代始。以科目先后为次。骚人韵士、布衣野老，则略按世次年代，与科目间叙。中有一家父子兄弟汇存者，如益阳陈氏、胡氏，安化黄氏、陶氏，各占一卷，不在此例。

一[四] 集名“耆旧”，文献所系。以诗存人，亦以人存诗。用备一方掌故，非为后学程式也。故集中所录，不拘一格，要以表扬前哲、搜剔遐隐为心。其人功业昭铄，又有专集，如夏忠靖公者，固不可多觏。此外如刘太常应龙之清惠，林佥事璧之严毅，夏参议宝之明敏，邹太仆廷望之循绩，邵户部敏之孝义，罗礼部敦仁之经学，郭考功谌之笃行，易参政先、刘大令孔晖、陈推官有光、陶明经炫等之忠烈；近代儒硕，狷介若新化段明经起玲，博淹若邵阳周明经思仁、新化邓文学承旨，笃实若安化邓文学宏宇、新化黄文学遇清，皆足以俎豆一乡，风厉末世，而无诗可采，都付阙如。时贤则盖棺论定，现存者不敢遽登。

一[五] 征文考献，意在表彰，不嫌详尽。兹仿遗山《中州集》例，人各系以小传。凡生平轶事为见闻所及、纪载所略者，不惮详登琐载。若其人无他表见，则止叙爵里。

一[六] 集中名人，如车孝思、陶密庵、郭些庵三先生，关系全楚文献，不仅一方掌故已也。《高霞堂集》，廖氏《楚风补》已佚其名姓；密翁虽有专集，久已残毁；些翁则散佚过半。兹广为搜辑，十不逮一。此外若潘章辰、邓子与、王稚潜、唐袖石、易内美诸先生，诗极工，存亦极少；零章断句，比之凤毛麟角。至吾邑时贤，如孙白沙、周素芳、吴兰柴、杨荪圃诸老，及湘阴之周半帆、湘乡之蒋师大兄弟，名在海内，均无专集，尤不可听其湮没，故所存较多。

一[七] 世族地望，昔人所重；首丘之义，贤者不忘。故广陵仍[第3页]江夏之称，考亭系新安之号，示返本也。集中有流寓著籍、不绝本贯者，间为采入，非敢借才异地也。

一[八] 闺秀以所适之地为主，方外以卓锡之地为断，故非资江所产亦收。

一[九] 吾乡前辈，多务朴学而厌声称。资江上游，僻在一隅，尤为冠盖不到之地。深岩穷谷，抱奇蕴愤，老死不求知于人，而人遂无从知之者，多矣。兹征到各家，多系村塾抄本，且多摘录，或就方志抄写。若宁乡陶氏，世有闻人，而松门、补伧二老诗，遍索不得。松门《诗的》一选，与《诗归》并称，今藏书家犹有之；而其诗散佚殆尽，仅存《诗的》后附刻《石溪诗抄》数篇，其他又何论矣！故集中所存，不尽其人之长，而佳者又有不尽存之憾。挂漏之讥，诚所不免。所望枌榆耆硕、桑梓英髦，遍为搜罗，用资续辑，是所幸甚。

道光十八年[戊戌，1838]春三月，新化邓显鹤谨识。[第4页]

则杰按：序言"敢云有功于乡里先哲哉"以上，又载邓显鹤《南村草堂文钞》卷三（岳麓书社2008年8月第1版，第56—57页），标题即作《资江耆旧集序》，其他文字略有出入。又其后附录下录裕泰、陶澍两序（第57—59页），而以陶澍居前。

又，关于此集所收作者、作品，此处称"通计三百余人，为诗四千有奇"，当非定稿。

二、裕泰"资江耆旧集序"（第1册第5页）

湖以南水，《禹贡》曰"九江"，《国策》曰"五渚"，实则沅、澧、资、湘四水而已。资流长且大，其力可独达洞庭，而称名则不及沅、湘之著。湘皋居资上游，乃综其地之贤士大夫，与夫布衣野老、士女方外，凡有诗可采者，辑为一编，名曰《资江耆旧集》。起自明代，至近日。为卷六十，为人四百一十有一，为诗四千四百有奇。先是，陶文毅开雕于金陵，文毅亦资产也。顷湘皋以其书来质，且乞余言。余谓古者太史陈诗，以观民风，故尤乐书数语，以弁简端。闻湘皋年来又辑《沅湘耆旧集》将成，其表彰先哲不遗余力如此，岂仅资江之光，又岂仅沅、湘之幸哉？道光二十年，岁次庚子[1840]，秋七月，长白裕泰序并书。[第5页]

三、陶澍“资江耆旧集序”（第1册第6—7页）

《禹贡》荆州之域，言“九江”者四，而未著其目，亦不言洞庭。洞庭山名，见《山海经》。《禹贡》前半言导水，故未及山也。大约古无湖名，皆湘水经流而群水入之。唐虞以前，但称湘水，故君山称湘山；而湘君、夫人，凡湘之古迹，多在洞庭也。惟江虽有九，而归并处在上流。如湘之称三，旧矣；而澧亦称九；五溪皆入于沅。独资自一江，与沅、澧、湘若五口然，故《国策》又谓之“五渚”也。然资虽独流，介沅、湘之间，而于湘水实相为首尾。“三湘”之称，俗以湘乡、湘潭、湘阴当之，此皆后世县名，征之不古。朱子以潇湘、蒸湘、沅湘易之，而“蒸湘”之目亦不的。蒸本细流，湘水所纳，如郴、如渌、如涟、如浏、如沩、如汨，不下数十水，何独言蒸？且古无是说也。窃谓湘水在“九江”最长且著，必综其首尾核之，而后“三湘”之名可定也。湘出广西之全州，北至永州城外，而潇水自西北来入之，谓之“潇湘”，此旧说也。及至长沙，过湘浦，而资水分流东入之，谓之“资湘”；地在湘阴，一名临资口（即陵子口），古黄陵庙也。又北入湖，与沅水合于湖中，谓之“沅湘”，此则《水经》之原文也。以“潇湘”“资湘”“沅湘”为“三湘”，当为不易之论。惟是资水在“九江”之中，不当孔道，冠盖罕临，诗人墨客往往弗能道，故典籍不多见，而人文亦萧索已甚。惟《水经注》记载颇详，其源流与《汉书·地理志》“都梁”注合；而于涟水则注为资水之别，与汉别为潜、江别为沱相同，盖特笔也。其实资水发源都梁，稍东纳新宁县之夫夷水。夫夷亦出全州，与湘源近。又北至邵[第6页]阳纳邵水，西过新化苏溪关，始东转入安化境包神山而至敷溪口，即县治前之伊水。又北纳善溪水，出武陵界善卷祠前。自此入益阳，遇四里河、桃花江，径县治前，东北流至沅江县入湖。——《汉书》注所言流一千八百里者也。中间变名为茱萸江，迸流山峡，多在新化、安化，本益阳地，故《水经注》邵陵以下即言益阳也。其间溪谷轩豁，岩石灵奇，山明水秀，几于应接不暇。大湖以南，资水之蟠亘广矣。仆生长其间，受书潭上。适道光乙未[十五年，1835]，自两江入觐，天子雍容接见旬有四日，垂询资江源委及少贱读书之所，亲书“印心石屋”四字大小二幅以赐，命勒石资江之崖壁。于是星日光芒，烛照荒陲，数千年之郁积焕然一开，而资江之御书遂巍然与神禹岣嵝之碑炳耀南天，海内名山胜水皆竞相传摹，一时称为极盛。适吾友新化邓湘皋辑《资江耆旧集》六十卷，携至金陵，因捐廉镌之，并附《盛事》一卷，冀与荒山木石永戴恩光，以纪千载一时之胜。至其诗，采及宁乡、湘乡、湘阴，则以沩本益地，涟为资别，而水口分由陵子、临沅入湖，亦与湘为首尾之意云。大清道光十九年己亥[1839]夏五月，安化陶澍序。[第 7 页]

则杰按：此序又载《陶澍全集·文集·文集补遗·二》(岳麓书社 2017 年 3 月第 2 版，第 6 册第 499—501 页)，据题注“辑自安化县文物所藏原件”，文字略有出入。

又，前述邓显鹤《南村草堂文钞》卷三所附陶澍此序(第 57—58 页)，文字亦略有出入。

四、周诒朴“跋”(第 2 册第 1121 页)

道光戊戌[十八年，1838]闰夏，新化邓湘皋广文显鹤自长沙来金陵，携所辑《资江耆旧集》五十四卷，质我外舅宫保陶公。公深嘉其征文考献，志在表扬，亟为捐廉付梓氏，以广流布。宫保好学性成，不没片善。童时尝袖置笔墨，偶见侪辈洽心之作，辄手录存之。其时方抱疴节署，力疾趋公，不遑昕夕；检旧所手录本，命诒朴分编入集，成六十卷，以补湘皋搜采所未备，并属新化李子木建与诒朴同其校雠之役。今年五月，锓版将告成；宫保病眩甚剧，朝夕问讯至寝门。一日见其强起据案，挥翰洒墨；问何为，曰：“余资产也，《耆旧集》中不可无余叙。”叙成，授诒朴读之，洋洋千余言，而资水发源以及经过、归受之地无不典核详明——固由学养素裕，宿构在胸；然非天禀异人，神明不乱，安能于支离困惫之中行其浩气，抒为伟词若是哉？方将庆勿药之占，晋乔松之寿，以恢闳其华国之文章，而孰意其绝笔于斯耶？悲夫！己亥[道光十九年，1839]六月既望，湘潭周诒朴挥泪谨跋。[第 1121 页]

02－124　沅湘耆旧集

邓显鹤

二百卷。邓显鹤辑，《续修四库全书》第1690—1693册，影印道光二十三年癸卯(1843)邓氏南村草堂刻本。(下录均见第1690册)

一、裕泰“沅湘耆旧集序”(第461页)

圣人删诗，备十五国风，而楚独无。说者谓“江沱”“汉广”，《南》可兼楚；“澧兰”“沅芷”，《骚》且名“经”。——楚之称诗，由来远矣。顾独无有萃辑为一编者。乾隆中，湘人士所刻廖大隐《楚风补》，识者颇病其固陋，不足为楚重。迩来新化邓湘皋学博，既辑《资江耆旧集》，经安化陶文毅公刻行，余曾为之序矣，比复辑大湖以南，自洪、永以来至昭代五百年诗为二百卷，仍以资江各名人按朝代编入，统为《沅湘耆旧集》。盖湖以南言诗家，尽在是矣，其用心之勤且笃如此。书成，复专使来乞余序。余以湖湘为风雅故乡，是集为湖湘掌故，殆鬻熊以后不可少之书，因勉从其请，而复为之序。若云借以张[第1a页]大国楚，犹非湘皋辑是书之意也。时道光二十有二年[壬寅，1842]重阳前日，太子太保兵部尚书兼都察院右都御史总督湖广等处地方军务兼理粮饷赏戴双眼花翎长白裕泰序。[第1b页][第461页]

二、邓显鹤“序例”(第464—471页)

叙曰：在昔襄阳传《耆旧》之传，近世甬上辑《耆旧》之诗；征文考献，异世同揆。今海内“诗征”之刻殆遍，吾楚风骚旧乡，独阙焉未备。湘中耆彦，屡谋而未成。推原其故，亦有四难：屈、宋而还，汉魏以降，骚坛寂历，代祀绵悠。中惟南平阴子坚，振响萧梁。顾疑外来，又少并起。自余单章，率乏奇采。唐宋而后，楚风振矣。然襄阳、少陵，类非湖外所得攘；其见于《全唐诗》者，湖以南不过数家。北宋湘阴邓氏诸老诗，散见《永乐大典》，内府所藏，外间反不及见。南宋各家，亦止《雪矶丛稿》在世，余率多缺佚。洪、宣以后，《怀麓》一集，孤行天壤。若杨文襄、何文简，并有千古，而《石淙》《燕泉》两集，行世寥寥，他更何论？至如洞庭渔人、高霞居士、夕堂老人诸先生，当时[第 1a 页]奉为坛坫，今且不识姓名。石渠天禄，渺若云霄；玉律金科，委同草莽。今欲远绍遗闻，光我简册，则上溯之难也。家乏藏书，人鲜专业。高门右族，手泽既不轻以示人；蠹简鼠编，下士亦各私其祖父。无不视为奇货，秘比琅函。造观既乏向导，借钞绝少写官。下至荒山古寺、委巷农家，村学传钞、老僧粘壁，亦有名章可资采录，自非身历其地不知。又若定、哀之间多微词，沅、湘之地多激响；忌讳滋繁，嫌畏尤甚。若莲冠道人、食苦和尚、砍柴行者之流，声出金石，光争日月。散在榛莽，飘若云烟。鬼神护持，流风不坠。偶得片语，如获异珍。惊醒狂拜，至于泣下。凡此之类，若没若灭，何有何亡；今欲网罗散失，勒成一编，则旁求之难也。虽有碔趺，不[第 1b 页][第 464 页]掩璆琳；虽有兰茝，不废菅蒯。选楼一开，邮传麕至。堆塞几席，蔽锢聪明。徐凝不少恶诗，僧虔正多累句。所恃删繁领要，搜隐获奇；识鉴不淆，取舍斯允。若乃矜言瑰博，则以高简为空疏；矫语性灵，则以纤佻为妙语。驯至浅人俚语，累幅不休；逸响孤音，古调欲绝。夜叉菩萨之句，传遍人间；龙头豕腹之篇，翻疑赝鼎。取冯子粟《梅花百咏》，忘刘昭禹“四十贤人”。一唱众咻，殆难以口舌争。《楚风补》《诗的》二书，俱坐此病。捃摭虽勤，榛楛未剪；固陋实甚，遗佚更多，则抉择之难也。班固《人表》，差等有九；钟鑠[嵘]《诗品》，区分有三。自来馆阁宗匠，各有师承；布衣名家，实具宗派。执牛耳者，不定拥麾旌；捧盘盂者，不定在韦布。坛坫递嬗，门户攸分；支派相承，[第 2a 页]源流可考。惟为之定其品目，论其世次，考其家世弓冶之详，溯其师友渊源之自，各以类从；位置既定，流派自清，人风亦辨。若乃漫无区别，任意颠倒；屈上座与髡流一床，致老子与韩非同传。进豪门而退素族，既涉攀援之嫌；抑钟鼎而崇泉石，亦坐矫枉之过。驯至一人被摈，切齿者数世；一目偶乖，指摘者千夫。以风雅之林，成恩怨之府。知我罪我，孰得孰失，则品藻之难也。以兹四难，遂成五患：一曰滥收，二曰挂漏，三曰去取失当，四曰评骘不允，五曰草率将事，尚望其书成不刊、信今而传后乎？显鹤窃不自揆，尝欲荟萃湖以南文献为一书。念搜讨非易，当自近始。曾就耳目所易及者，先为掇拾，名曰《资江耆旧集》，陶文毅公业为[第2b页]开雕于金陵矣。已，念全楚之大，非一道所能赅。自湖外诸郡分隶湖南布政，其间巨儒硕彦、通人谊士，断璧零珪，湮埋何限？文采不耀，幽光永沉，此亦阙于采录者之罪也。因发愤推广，辗转搜索，复成《沅湘耆旧集》，而以资江诸名人仍按时代编入，起自洪、永，至于近日，凡得一千六百九十九人，诗一万五千六百八十一首，厘为二百卷。盖湖以南文献，略在是已。伏处荒村，见闻孤陋；故家名集，十不得一，大惧瞢昧获咎。书成，乃蒙同里诸君子争先寄资助刊，遂开雕本宅先祠。始于壬寅[道光二十二年，1842]春仲，至次年秋工竣。凡费缗钱一百八十万有奇。昔裕之辑《中州集》，历二十寒暑，仅成卷帙，无力刊行；后得赵提学国宝资借，始得锓木以传；今是[第3a页]集告成，实借诸君子之力。显鹤识暗才疏，因人成事，敢自以为功哉？谨序成书之始末岁月，而条系例言于左简，祈与天下后世大雅君子共证之。

[一] 征文考献，当自其乡始。历观古记载，史部所列，若《襄阳耆旧记》《零陵先贤传》《临川名士传》《锦里耆旧传》《楚国先贤传》，皆传其乡之献也；集部所列，若《苏州名贤咏》《浙东酬倡集》《河汾遗老诗》《会稽掇英集》《宛陵群英集》，皆传其乡之文也。若元遗山《中州集》，合文、献为一书，遂为一代史宬之本。盖著述家采拾搜讨，有功国史，关系之重如此。今仿其意，曰《沅湘耆旧集》，亦仍《资江耆旧》之例也。

［二］ 湖以南水，《禹贡》言“九江”，《国策》言“五渚”，实则沅、湘、资、澧四水[第 3b 页][第 465 页]而已。而资水入湘，澧水入沅；湘长于东，沅雄于西，故举“沅湘”而湖以南水尽在是，即湖以南郡县尽在是。其曰《沅湘耆旧集》，即《湖南诗征》之变名也。

［三］ 文集日兴，散无统纪；网罗删汰，总集以兴。《三百》以后，权舆王逸，惟所裒仅《楚词》一家。《四库总目提要》以为体例所成，当以挚虞《流别》为始；其书虽佚，其论尚存。《文选》以下，互有得失。然选楼初开，何逊犹在；不录其诗，犹为近古。若师叔[叔师]《楚词》之录，并入《九思》，则以己作入选，与徐陵《玉台新咏》同。唐芮挺章《国秀集》亦然。《提要》诋之，以为虽有例可援，不可为训。至《国秀集》前有天宝进士楼颖序，而其诗即列集中，《提要》以谓一则以现存之人采录其诗，一则以选己之[第 4a 页]诗为之作序，后来互相标榜之风，已萌于此。其言可谓深切。近代吾楚陶烜[煊]《国朝诗的》、彭廷梅《国朝诗选》，均坐此病。今本以盖棺为定，差免诗社锢习。

［四］ 洪荒以前，无可采录。中古文字简略萌芽，韵语渺焉悠邈。《三百》以后，吟咏备矣。然昭明有言：“姬公之籍、孔父之书，与日月俱悬、鬼神争奥……岂可重以芟夷、加之剪截?”自来谈楚故者，以茶乡为炎帝之陵、九疑为虞帝之寝、洞庭为黄帝张乐之野，遂乃远稽蜡辞，旁及政典，杂引兵法丹书、广成道要，以及“解愠”“阜财”之歌、《履霜》《水仙》之操、“汉永”“江广”之什、《山鬼》《国殇》之篇，无不旁搜远绍，节取断章；意存夸张，适形鄙陋。今欲一从删汰，难于托始，姑断自洪、永以来，迄于[第 4b 页]昭代，为一书。元以前诸家，别为《前编》；发凡起例，自具简首，兹不复云。

［五］ 选家向多书名，惟《文选》于班孟坚、张平子以下皆称字。《中州集》祖其意而变之，有以官称者，如吴学士、张秘书、马御史之类是也；有以名位称者，如礼部闲闲赵公、承旨党公之类是也；有以官之地称者，如刘邓州、高博州、冯临海、张偃城之类是也；有以名德

称者，如常山周先生昂、黄山赵先生沨、黄华王先生庭筠是也；有以隐德称者，如王隐君、薛继先之类是也；有以异人称者，如拟栩先生、明了居士、无事道人之类是也；有以其号称者，如刘龙山、愚轩居士、姑汾漫士之类是也；有区分门户，各以类从者，如“三知己”[第 5a 页]“南冠五人”“诸相”之类是也；有直书其名者，如吕仲孚、李端甫、王元节之类是也；有爱其诗、亲其人，郑重而谥之者，溪南诗老是也，其例甚纷，其称不一。钱受之《列朝诗选》、顾侠吾[君]《元诗百家选》，皆用此法。今仿其例，冠以官阶，系以字号，用表敬恭桑梓、不敢直名之意。

［六］ 位尊书谥。无谥书官；官书其终，书其地，亦书其著。无官书科目，如进士、举人，恩、拔、副、岁、优贡之类，一依功令，无取别称；惟府州县学生员及监生，仍《列朝诗选》旧称曰“秀才”“国子”。其余布衣处士，少变其文，亦用前例。至其人素以字著、不因官显者，则舍官从字；其人字本共著而官有事迹可考者，仍舍字从官。若平生亲故知旧，则一例书字；字履[第 5b 页][第 466 页]俱无，则直书其名。意在表彰，义无轩轾。

［七］ 世嬗岁迁，名流辈出。家数既多，主名不一，人风易淆。昔人有云：“世之选家，坐取诸集，录其擅名及子孙方贵盛者为冠冕；若单门逸响，附录一二，辄有德色；但略去取间，遂裒然大集。至问其集中诸公风格高下与诗学源流，辟草莱者几人？主坛坫、相羽翼者几人？选者、读者皆茫然不知也。”其言沉痛，可为炯戒。湖以南名公全集，行世者少。今集托始胜国，首推一初李先生，文章志节，卓越千古，为《怀麓》一集风雅发源，所谓高曾规矩也。洪、永之间，学士刘公（三吾）、方伯彭公（友信）、尚书夏忠靖公（原吉），昔吾先正，尚有典刑。宣德以后，忠宣（刘大夏）、恭简（朱英），名德宿望，不必定以诗名。若王侍郎[第 6a 页]（伟）、杨佥事（廷芳）、李叙州（鉴）以下，清词名章，体裁略备。至文正公出，卓然为一代大宗，论者谓其：以金章玉衡之质，振朱弦清庙之音；含宫咀商，吐纳和雅。大韶一

奏，俗乐俱屏；老鹤一鸣，啁啾皆废。虽以北地、信阳之气焰，劫持一世，不能上掩长沙之光。而其时同乡诸君子，晋楚匹敌，则有杨文襄公（一清）；苏门秦、晁，则有何文简公（孟春）：《石淙》《燕泉》两集，亦《怀麓》之亚也。此外联镳接轸，如尚书邓公（庠）、参政严公（永濬）、兵部李公（永敷）十数辈，篇章酬酢，具见集中，而又有相得益彰之老友彭民望（泽）与其晨夕。盖其时湖外之吟事，彬彬然称极盛矣。自时厥后，龙湖（张治）、东雩（廖希颜）共显于正、嘉之间；君御（龙膺）、雪涛（江盈科），竞响于隆、万以后。读浯池（易舒诰）、紫园（曾朝［第6b页］节）之作，知骚国不少词臣；诵八厓（周廷用）、终太（艾穆）之编，信郢中犹多高调。《净礼》一集（徐一鸣），既无愧于《燕泉》；讲学诸篇（冀元亨、蒋信、刘稳、伍让诸人），乃导源于《击壤》。布衣而主坛坫，克副洞庭、云梦之观（洞庭渔人孙宜、云梦山人孙斯亿）；外吏而谈风雅，足壮五溪、六岭之色（武冈曹一夔、邵阳车大任、溆浦邓启愚、靖州许潮诸人）。尚书词翰，或少掩于勋名（刘尧诲）；宗伯文章，实允符其风节（庄天合、罗喻义、李腾芳）。况复扬芬七叶，诸黄代有闻人（善化黄氏）；接武一门，“三范”时称名士（桂阳范氏）。其余或结社于白下，云水仙踪（傅孔说、米云卿）；或偕隐于空山，烟霞痼习（龙人僎、邱当世诸人）。此皆湖湘之故事、乡曲之美谈也。若夫天、崇以后，世变渐滋；鼎革之间，遗民尤盛，无不家函井史，人矢《谷音》。如些、密二公（郭都贤、陶汝鼐），倡社于湘中；邵陵一老（车以［第7a页］遵），主盟于资峡。夕堂（王夫之）浩歌猺峒，居然正始之音；长史（邓祥麟）高咏鹿崖，宛具初唐之格。虎塘（刘象贤）、须竹（唐瑞笏），具体少陵；樵隐（朱之宣）、江声（蒋之菜），希踪坡、谷。又若冯介列（一第）之严冷幽峭、郭遗民（金台）之简远萧疏，黄九烟（周星）之驰骤谲诡、邹艮厓（统鲁）之僻苦棘涩，长苍父子（杨嗣昌、山松）之奇伟苍郁、食苦兄弟（唐访、唐诚）之清厉凄怆，斯又各有性情，自具宗派者也。至若春容含蓄，则有屡征不起之潘章辰（应斗）；沉郁苍凉，则有九死不悔之夏叔直（汝弼）；清婉深秀，则有刻苦自厉之陈耳臣(五鼎)。质亮清刻,整赡雅饬,则有沉晦无名之程或委(本);雅洁高老,格律浑成,则有负气不屈之王稚潜(嗣乾);幽冷名隽,翛然尘外,则有功高不居之陈乃锡(宏范)。以及船山诸友(洪业[第7b页][第467页]嘉、刘惟质、管嗣裘、郭履跹诸人)、仗节诸君(陈来学、唐谊、周继圣、左天民、俞一鳞、吴愉诸人),行遁遗黎(陈五箎、王二南、袁准、谭雅诸人)、苦吟衲子(髡残、一念诸人)。名氏半湮于湖外,敦盘未莅夫中原(《列朝诗选》《明诗综》多未及)。各有千载,犹然"楚中三户"之遗;自成一家,不愧"南宋群贤"之目。爰为之拾残补缺,部别区分。或特设一床,或同登上座;或编为合传,或各以类从。综厥全编,骤难更仆;敢云张楚,莫谓无人。若夫"衰世之音哀以思,治世之音安以乐",诸贤入本朝后,雍容簪笔,歌咏太平,含和吐气,沨沨乎归昌之音、疏越之响,二百年来各有师承,源流备矣。就其所见,审为编录;成例具存,不复宣究。

[八] 世远代积,辈行先后最易混淆。今一以科目为断。恩、拔、岁[第8a页]贡,有年岁可考者,亦依科目序列。至诸生韦布、骚人逸士,难以意断,则视其家世交游前后为次,与科目间叙,大抵以三十年为一辈。其无可考者,则注明附录卷末,而采到较迟者亦一例注载,不敢任意颠倒,自乱其例。惟十七卷之冀闇斋、蒋道林,皆《明儒学案》中人,因与龙潜之、唐子充理学诸人各以类从,科目稍淆,此又一例也。

[九] 集名"耆旧",文献所系。以诗存人,亦以人存诗。用备一方掌故,非为后学程式也。故集中所载,不拘一格,要以表彰先哲、搜剔遐隐为心,不敢侈口妄谈,轻议前人,贻误后辈也。然愚山有云:"诗如其人,不可不慎:浮华者浪子,叫号者粗人;窘瘠者浅,痴肥者俗;风云月露,铺张满眼,识者见之,直[第8b页]一叶空纸耳,故曰'君子以言有物'。"又云:"山谷言,近世少年,不肯深治经史,徒取给于诗,故致远则泥。此最为诗人针砭。"是集虽不敢自居诗教,严立程式,苛为去取,然市井里巷叫嚣轻薄之习,在所痛惩。上下五百

年，家数以千计，诗以万计，岂能人及西涯之门、家服夕堂之论？总览全集，容有粗浅，而必无叫嚣；有平直，而断无轻薄。此则可以自信、可以共白者也。

［十］　征到诸家，全集苦少。或出自谱牒，或摘自方志，或采自岩洞。亦有家世写本、坊市俗刻，辗转传钞，参互不一。或一题而彼此错见，或一篇而首尾互异，疑既难阙，信亦谁从？要惟择其稍完善者登之，比识曲之听真，异买菜之求益。比［第 9a 页］较原本，或稍不符；览者谅之，幸毋深罪。

［十一］　征文考献，意在表彰；论世知人，无嫌详尽。集中各传，俱采自史志；史志无传，旁及家谱、别记。其或传闻失实，仍核之本集。即如开卷两人：希翁登第，一以为元统，一以为泰定；坦翁末路，一以为戍边，一以为赐死。及核之本集，皆非其实，因为之详细辨证，不惜补《四库》之遗，纠正史之谬。如此者亦非一事。故集中诸贤事迹，无论见正史与否，均不惮一一详载。若其人无他表见，则止叙爵里。

［十二］　世族地望，昔人所称。土音之操，乐工不忘；首丘之义，贤者尤重。故广陵仍江夏之呼，考亭系新安之号，示返本也。若先世流寓斯土，子孙著籍已久，即同本贯，非比外来；苟有［第 9b 页］［第 468 页］名篇，必为采录。其有著籍他地，未绝本贯者，亦间为收入，如彭襄毅泽，以湘阴籍兰州；文总制贵，以湘乡籍东昌；郭太平本，以平江籍广西；李解元士英，以麻阳籍贵州；以及邵阳车氏籍上元，武陵胡氏籍无锡，溪州田氏所在著籍，皆是也。至闺秀，以所适之地为主；方外，以卓锡之地为断。虽非楚产，亦登表而出之，以免借材异地之诮。

［十三］　楚诗向无总集。今所传廖氏《楚风补》《楚诗纪》、陶氏《诗的》二书，挂漏讹舛，不一而足：《诗的》无论矣，《楚风补》见《四库》总集类“存目”，提要以为其书意主夸多，冗杂特甚，又疏于考证，舛漏尤多；假借牵附，不一而足，如刘跛子乃北宋人，而列于六朝之

际;严羽乃昭武人,而列于三湘之间。经其指[第 10a 页]驳,大凡十则。今按其谬,尤不止此,如:范浚,兰溪人,而以为澧州;周渭,恭城人,而以为桂阳;曹唐,桂州人,而以为湘州;廖正一,安州人,而以为衡山;余阙,色目人,而以为罗田。此犹谓仍方志之讹也。尤可异者,元浙江天台有黄庚,字星甫,著《月屋漫稿》,见《四库》著录、《浙江通志》,廖氏因《湖南通志·宋选举表》有常宁黄庚,名姓同,遂以其诗实之,则不顾朝代之隔矣;金源氏之王庭筠,《中州集》所谓黄华先生者也,爱相下山水,自称黄华山主,廖氏因《南岳志》黄华观有黄华老人,并以其名与诗实之,则并不顾南北之阻矣。又以方志所载长沙好善乐施之许有壬,为许文忠公;文忠著籍汤阴,为有元一代伟人,详《元史》本传,有《至正集》八十[第 10b 页]一卷及《圭塘欸乃集》,见《四库》著录;乃以疆域远隔、姓名偶同之人当之,是岂足以为楚重乎? 至不知周朴有二人,李焘有四人,此尤其误之小者也。今本去取详慎,凡若此类,概从删汰。

[十四] 相传明代科举取士之制,定自刘公三吾。洪武乙丑[十八年,1385]进士榜,湖南至二十三人之多。中惟澧州张庭兰、武冈于子仁二人有诗;于诗神似太白,飘飘有仙气,故世谓之仙去也。二人集均佚。大抵明代诗集,佚者甚多。以余所见,《怀麓堂》外,有名者亦不过忠靖、忠宣、文襄、文简数十家而止。此外名位昭著,若巴陵邓襄敏公廷瓒、道州熊庄简公绣、巴陵方简肃公钝、长沙李恭懿公棠、零陵陈恭节公纯德,及祁[第 11a 页]阳陈尚书公荐,名德硕望,垂型乡里,都无一诗可采。恭节公以身骑箕尾、气壮山河之人,且不免于外论,其余更何言矣。至一代名集,见《四库》著录"存目"、《明史·艺文志》《传是楼书目》者甚夥,若茶陵尹尚宾《一经堂集》《斗庵集》,刘一峰《衡云集》,当时盛行;衡阳吴国瑞诗,曾选入曹能始《石仓历代诗》,今欲求其单章只字,亦无有。而醴陵徐提学一鸣,父子相继成进士,官部曹;迹其生平谏南巡、忤刘瑾、争大礼,为文简引重,其人气节凛然,其诗风格遒上,差胜"七子"中吴明卿辈,亦可以

不朽矣，乃迄今无有能道其名姓者。余辑提学诗，仅得十二首，尝以不见全集为憾；比友人寄到一册，则已在是集刊成之后矣。吾楚人湮没不彰，多类此。[第 11b 页][第 469 页]贤达且然，况闾巷韦布、山林憔悴之士哉？发愤创为是集，或存什一于千百，亦不得已之苦心也。

［十五］ 有明之诗凡三变，而风会所趋，每转移于吾楚。文正主持文柄，为一代大宗，固已。嘉、隆“七子”气焰方盛时，海内求名之士，即有“东走太仓，西走兴国”之语。至公安、天门出，而王、李之势遂衰；《诗归》一选，天下翕然宗之，亦哗然诋之。论者谓有明一代之诗，以茶陵倡于前，以竟陵殿其后。吾楚诗人，至与国运盛衰相终始。然此就全楚言之。若湖外诸君子，闭户暗修，多务朴学而厌声称，尚气节而恶标榜，故始不附王、李以求名，终亦不附钟、谭以累名。凡“七子”“五子”“四十子”之目，楚南诸老漠然若不闻焉。深山穷谷，抱奇蕴愤，[第 12a 页]老死不求知于人，而人遂无从知之者，多矣。兹集所存，往往不尽其人之长，而佳者又有不尽存之憾。枌榆耆硕、桑梓英髦，谅其颛愚，指其罅漏，是又印须之至切者也。

［十六］ 《楚宝・文苑》论次云：楚自鬻熊发忠敬和严之旨，而后世始有子书；倚相读坟典丘索之文，而历代始尊史学。《离骚》振风雅之衰，太极抉羲文之秘。靡不自我作祖，以待来兹。天下文章，莫大于楚矣。顾不能无深慨者：自汉迄今，湘澧英灵，类多遗佚。其一二传闻者，又复流离乡土，生卒难稽。岂熊子迟暮之气、湘累忠愤之感，楚材晋用，有开其先？抑洞庭浩瀚，沐日浴月；九疑、二岳，负岭分天，使造物泄而无余、鬼神忌而不惜乎？今集托始胜朝，远遗前代；反爱古薄今[第 12b 页]之习，昧先河后海之义；知忽近举远之非，失沿流溯源之旨；于典既缺，于心靡安。老矣眊及，姑俟异日。窃恐白头有志，青汗无期；如其委化，一朝遂成千古。爰就儿子琮积年所掇拾，详为审定编次，自元以上至汉魏六朝共若干卷为一集，名曰《沅湘耆旧[集]前编》；而以向后所得明以来诸家为《续编》，勒成全书，冀无遗憾。里多世族，家有藏书，务望示知，不嫌求假。

［十七］ 子厚著《先友》之传，昌黎重久故之交。总角嬉戏，老死难忘；衡宇休畅，欢情易洽。先云渠兄尝欲辑先世旧闻、闾里耆彦为《北山小志》，以家世居县之北郭也。自兄云亡，倏又三载，每思编缀遗文，以报地下，呜咽掩卷，不能自已。今仿其[第 13a 页]意，凡先世交游、儿时师友，单章断句，皆为缀辑；家世履系，详为载记；语不厌烦，事惟求实，终仿阮翁《感旧》意，窃取《箧中》收季川、《中州》登敏之之例，以云渠兄诗终焉。后缀佚名补遗一卷。女士、方外后，幽则索之鬼神，下并征诸谣谚，庶几纤细靡遗矣。至湘中诸贤文集，记叙海内名公歌咏篇什，有与楚事比附者，亦为采录，牵连附存。如密公《孤儿吁天录序》、亭林先生《闻楚僧元瑛谈湖南三十年事》诗之类，此又事关清议，义系诗史，当谨书于册者也。

［十八］ 诗重将伯，礼戒孤陋。为其事，必求其功；集众思，尤资众力。显鹤家世寒素，别无嗜好。自束发授书，即喜闻老先［生］称说古今巨人长德、乡邦文献。迨长，以诗获交海内名宿，于吾[第 13b 页][第 470 页]乡唐陶山丈、陶文毅二公尤称投分。忆三十年前，与唐丈同寓淮南，即举《湖南诗征》相勉。近文毅总督两江，为余校刊《资江耆旧集》，甫竟而公卒；卒前半月，手书寄余，犹谆谆属以此事。迩来家居多暇，日事编铲，稍成卷帙。凡游历所至，必以自随。然未敢自谓完书，遽希锓木也。念裕之《中州集》，编成二十年，始得赵提学资借付板；而渔洋《感旧集》，身后久之，雅雨山人始为开雕。古人成一书，其难如此。老境磋跌，日事大窘；缩衣节食，无能为役。乃书成，今贵州巡抚贺公闻之，首先寄助百金。于是哲弟柘农侍御熙龄，与陈尧农水部本钦，以书遍抵同乡诸君子，先后寄到多金，遂开雕本宅。凡阅两年竣事。至此书编辑之始，所与商榷校[第 14a 页]订者，鄞县沈栗仲道宽、长沙毛青垣国翰、湘阴左仲基宗植；搜访之勤且慎，则湘潭罗研生汝槐、张玉夫声玠，武陵杨杏农彝之力居多；督刊校字，则兄子瑶伯昭与有劳，皆有功于是书者也。其捐资诸公、采访诸君子姓氏，及引用书籍，具见别简。

道光二十有三年，岁在昭阳单阏[癸卯，1843]，立秋后一日，新化邓显鹤湘皋谨识于邵州濂溪讲舍。[第14b页][第471页]

则杰按：此文又载邓显鹤《南村草堂文钞》卷三（岳麓书社2008年8月第1版，第59—70页），标题即作《沅湘耆旧集序例》，正文文字略有出入。

【附录一】邓显鹤《沅湘耆旧集前编》卷首贺熙龄《沅湘耆旧集叙》（《续修四库全书》第1690册，第180页）

湘皋学博辑湖南诗为二百卷，既成，以示余。湘皋，资产也。先是，与陶文毅公有《资江耆旧集》之刻。文毅，亦资产也。既乃湘皋更推而广之，为《沅湘耆旧集》，富于前数倍。湘皋之志，抑亦文毅与湘皋相往复之志而未就者也。溯湖南之水，入洞庭者虽曰九江，而东则湘水为宗，西则沅水为长，举沅、湘而湖南之水尽之。四方之人，知有沅、湘，不知有资。今文毅既已辉煌天听，渥邀宸翰，光耀宇内矣；四方之人因资江以思沅、湘，其神往于澧兰沅芷之间者，当不知何如。昔太史公南浮沅湘，而其文疏宕多奇；张燕公、柳子厚入岳、永而后，文章凄惋激发，得江山之助；况乎生长其间，涵泳于山川钟毓之灵者哉？顾前明至今五百年来，湖湘之间名流著述不知凡几，而遐溯前徽，风雅之道暗焉未彰，岂其时沅湘兰芷之芬郁积而未发欤，抑亦修实者不求闻，又乏表彰之人，而零落于故纸陈箧之不知收拾者多欤？其事巨，则任之者难。文毅公尽一生之功名才知[智]，一发其奇于山水之间；湘皋尽垂老之精力，一发其奇于文字之胜，其功足与山水相敌。而湘皋一官落拓，宦橐萧然，搜剔零缣碎锦于数百年后、荒江寂寞之滨，其力为尤难也。吁！此吾楚之诗，所以历数百年而未有表见于世欤？是集之成，上自公卿，下及闺壶、方外，多者百余篇，少者数韵，可谓发幽郁于千秋、振楚骚之逸响矣。至于才艺区分、流品攸别，则又因诗以考其人，论其世，观其出处师友之故，得其性情心术之微；而于孝子忠臣、高人逸士，尤惓惓三致意焉。回忆昔时寓居京邸，与文毅篝灯旅馆，每为予夸资水之胜。文毅既善谈山水，而吾乡之山水又适足动羁居旅客、文人墨士之思，于是溯洄于梅峒萸峡、芳风藻川间，思一往读其地之人之诗，以遇其人于山水之外。今乃合沅湘数百年之孝子忠臣、高人逸士于兹集中遇之，又有非前日意料所及者。序此，以志吾楚之盛，抑为四方之士读吾乡耆旧集者幸也。此集断自明初；闻湘皋一往情深，又将由明而上溯之，以寄其桑梓之情于不已，然则吾乡孝子忠臣、高人逸士之幸，又岂有涯量乎哉？道光二十三年[癸卯，1843]春三月，善化贺熙龄。

则杰按：此序当为《沅湘耆旧集》本编而撰，因当时刻印不及而补录于成书稍后的《前编》卷首。

02－125　湘雅摭残

张翰仪

十八卷。张翰仪辑，曾卓、丁葆赤标点，岳麓书社 1988 年 6 月第 1 版。

一、张翰仪“弁言”（第 1—2 页）

吾湘风雅，向无专书。廖息园之《楚风补》、陶松门之《楚诗的》、陈淡园之《胜国忠魂》，类皆简略，君子病焉。有之，自邓湘皋先生《沅湘耆旧集》始。先生志在表彰文献，初为《资江耆旧集》《楚宝考异》诸书，而犹以为未尽也，乃撰斯集。□□□□，终于逊清中叶，共二千余家，都为二百数十卷。搜罗宏富，巨细靡遗，信湘雅之大成、楚风之渊薮也。厥后，常德杨性农、湘阴郭筠仙、永明周荔樵、吾邑吴俪山诸先哲，相继从事补编，裒然成帙；未付剞劂，先后沦亡。其稿或没于水火，或散于兵燹。灾祸频仍，篇章隐佚；广陵遗响，荡然鲜存。降及晚近，欧风东被，科学竞谈；风雅一途，几成孤绝。余浪迹湖湘，浮沉宦海，退食之暇，坐拥遗编。默念吾乡自道、咸以来，洪、杨之役，曾、左崛起，不独事功彪炳于史册，即论诗文，亦复旗帜各张，有问鼎中原之概。偶事搜讨，日积月累；或传自刊行之专集，或征自待刊之遗墨，得近百年耆旧、闺秀、方外遗诗达一千五百家；法湘皋先生编例，称为《沅湘耆旧集续编》，选抄成帙，存箧待梓。讵料戊寅[民国二十七年，1938]秋九月，倭寇窥湘，长沙大火，庐舍丘墟，而余之此稿亦同付劫灰矣。噫！吾湘近代风雅，竟一再为造物所忌，散于垂成。文采弗彰，潜德遂泯。孤灯回忆，能不痛哉！[第 1 页]余慨坠绪之茫茫，抱孤怀之耿耿；仍拾余烬，易录是编。搜求既病狭隘，抉择复欠精当。孤陋自惭，固不足以永湖湘耆旧之传，亦聊以偿扬风扢雅之夙愿焉。博雅君子，尚祈垂察。醴陵张翰仪纯安甫编。[第 2 页]

02－126　蜀雅

李调元

二十卷。李调元辑，光绪七年辛巳(1881)广汉钟登甲乐道斋刻《函海》(第三十五函)本。(浙江图书馆藏)

一、李调元“蜀雅序”(第1a—2a页)

今之论人文者，皆以为取材必于邓林，视鸟必于薮泽，固已。然而，阆风玄圃，不借高于坻垤；悬黎结绿，不假观于琼珉。何者？拘井谷之隘，不知辰极之高也；澄秋毫之视，不见寥天之阔也。吾蜀诗亦然。自汉唐以来，百家腾跃，指不胜屈。最著者，如汉司马相如、扬雄，唐李白、陈子昂，宋苏洵父子，元虞集，明杨慎，作为文章，类皆沉博绝丽，雄视百代；构沉[深]玮之风，介骚坛之表，洵古今来文雅之渊薮也。残膏余馥，不知沾丐后人几许。而贱目贵耳者，顾谓今不如古，方隅之别也，[第1a页]岂不悖乎？慨自明末献贼之乱，衣冠文物，半委青羊。我朝定鼎休息，百余年来，英才蔚起，而岷峨之气又磅礴而郁积之，故往往轹古切今，不少鸿章巨制，轩翥奋飞，和声以鸣太平之盛。而以巴为孅，多不入采风之听，则是钟期亡而伯牙之弦绝，玃人殁而匠氏之斤辍，非作之难，知之难也。若不为之网罗而表彰之，有不泯于荒烟蔓草者几何？余束发授书来，即矢此志。广搜远采，靡不收录；披沙拣金，阅有岁时。汇为一册，统名曰《蜀雅》。大半理不空绮，清丽居宗；句不贾奇，浑润为上。登大雅而刊淫哇，此中具费苦心也。[第1b页]虽丹帏接荫，丑姿可翳；朱漆错涂，枯木或隐，然而出污泥者，要皆宝光剑气。譬之止水之修鳞必现，名之美者，实必归也。司马、扬雄之徒，去今未远；风雅之道，岂遂坠乎？若夫览此篇者，存町畛之分，索吹毛之垢，则所谓播尘埃于白珪、生疮痏于玉肌者，亦听之而已，吾安能以人人之性情为我之性情哉？是为序。乾隆四十六年，岁次辛丑[1781]，孟冬月，罗江李调元雨村撰。[第 2a 页]

二、李调元“凡例”（第 1a—2a 页）

一[一]　是集意在收罗全蜀文献；或多或寡，悉就佳者录之。其有因人存诗者，则以圈点为别。非忍而不能锲，徒具数也；降格以从，亦聊以存百余年风雅云尔。国朝顺治与明末相连，终于明者悉不选入。其有明科甲而入仕本朝者，或流寓、隐居者，悉入卷首，庶不混淆。

一[二]　是集悉依科甲编次；其有老于诸生、布衣者，则按其时代以附之。总以诗取人，不定归千佛名经也。[第 1a 页]

一[三]　是卷各体具备，而就一人，亦必先古后今，先五言后七言，以便翻阅；余仿此。

一[四]　人必论定于身后，盖其人已往，则其品量、学问俱定，否则是非醇驳未经定评，何由综其生平而辑之？故集中所登，皆已过之人，且亦以杜交游、结纳之渐也。

一[五]　先君诗稿，本不敢汇入一例。因唐子鸳港夙有选本，几易丹黄，并有评释，累属登梓，不得已列十八卷；编次、圈点，唯唐子任之，不敢置一词。

一[六]　释道、闺秀，不少名篇；搜罗非易，约得数人以作一[第 1b 页]卷。神仙、鬼怪、碑谣等，亦间录之。

一[七]　是选恐有漏遗。凡我同里诸君子有家藏鸿篇巨制，或抄录邮寄，或掷示全集，以便续选，亦表扬之意也。

一[八]　此外尚有所选《续蜀雅》，皆近日诗人名作及师友酬倡之什，另当附梓。

一[九]　尚有所辑《全蜀诗话》，分代编纂，此书亦间采之，嗣出

就正。[第 2a 页]

则杰按：以上序言及凡例，李调元《童山文集》(《续修四库全书》第 1456 册)未载。

【附录一】法式善《陶庐杂录》卷三(中华书局 1959 年 12 月第 1 版，第 79 页，原标第二十六则)

《蜀雅》二十卷，罗江李调元选。调元字雨村，刻书甚富。惜卷帙繁重，不克风行海宇。此书虽于全蜀诗人不能完备，而亦足觇大凡矣。闻有续刻，未见。

02－127　国朝全蜀诗钞

孙桐生

六十四卷。孙桐生辑，巴蜀书社1985年8月第1版，影印光绪五年己卯(1879)长沙刻本。

一、孙桐生“叙”(第1—2页)

诗之有选本也，自唐殷璠《河岳英灵集》、高仲武《中兴间气集》始也。选诗之区以地也，自元汪泽民《宛陵群英集》，明袁表、张燮同选之《闽中十子诗》始也。夫天下作者众矣，诗日出而日新；苟不自近者著录之，将近者亡而远者愈无征矣。蜀居天下西南徼，岷、峨秀而奇，江、沱激而驶，山川清淑之气磅礴郁积，必有所钟。汉则司马相如、扬子云，唐则陈子昂、李太白，宋则苏氏父子兄弟畅其流而汇其宗。元之虞伯生、明代杨升庵，咸以倜傥宏博[第1a页]之才，发为诗歌，故能掉鞅词坛，雄视百代。巴蜀好文雅，所由来旧矣。我朝制作明备，英贤辈出；含咀风雅之士，家鹤膝而户犀渠。二百余年虽体裁递变，升降各殊，然要不可谓无诗。而迄今未有整齐荟萃，勒成一书者，此非学士大夫之责哉？窃谓昭代名家，如费滋衡之雄浑、傅济庵之沉着、王镇之之酝酿深醇，而张船山尤能直道心源，一空色相。此外若张玉溪之清丽、李梦莲之豪宕、刘孟舆之超炼、朱眉君之恢瑰、舍侄梦华之俊迈苍雄，皆力追正[第1b页][第1页]始，笔有千秋，此不待选而后传者也。次则掇辑菁华，附庸风雅；虽非大雅之音，不骫风人之旨，此必借选而后传者也。降而单词小言，偶有会心，如珠汩泥，如兰没草，其不终于覆瓿者几希，此则非选必不传者也。虽才气有大小，学识有浅深，然莫非天地精英所萃，可坐视其湮没而不为之所哉？余自束发受书，即耽吟咏；自顾无殊才绝艺可表著于世，深念一代文献具见于斯。兹当风尘厌倦，息影蓬庐；流览篇章，未忘结习，爰取四十年来所物色采辑者，都为六十四卷。只字必珍，微长必录；[第 2a 页]不徇爱憎之私，不分门户之见，必欲使古人已逝之魂魄复见于寸楮尺集中，呼之欲出，相视而笑，庶俾无憾于九泉，而后即安。昔李穆堂先生谓“拾人断句遗编，代为收存刊布者，其功等于哺遗婴、葬枯骨”，何其言之痛切乃尔耶？诚以古人往矣，而不往者其诗，诗传即人传；即人之介于或传或不传者，亦因之以传。至耳目所限，势有难周，不得不先举其凡以存其概。嗟乎！求心苟足，待后无期；人之欲善，谁不如我？则请以斯集为嚆矢焉可也。时[第 2b 页]光绪元年，岁在乙亥[1875]，中秋前三日，左绵孙桐生小峰甫序于卧云山馆。[第 3a 页][第 2 页]

二、孙桐生“凡例”（第 3—4 页）

一[一]　是编以存我朝全蜀文献。其已臣前明而复仕我朝，及前明科第而卒于我朝者，悉不录。良以作人雅化，代出名流，不必借才于胜国也。

一[二]　是编有以人存诗者，亦有以诗存人者。采访所及，悉就佳者录之。其有词坛尊宿、风雅名家，未获睹[第 1a 页]其著作，无从登载，容续采补入。

一[三]　所选诗家，卷帙繁富者，择尤著录。其有人止一二首者，少而可珍，备录之，以存其人。《全唐诗》中，每有人止一首者；限于耳目，正不以少为嫌也。

一[四]　字句之疵，古人稿中，间有难免，然究属瑜中之瑕。兹有就原作稍为改易节删，以归纯净者。“文章千古”，“得失寸心”；必熟读全诗，与作者体格气脉相称，方敢酌加润色，幸勿诮其点金成铁也。

一[五]　乾隆三十年[乙酉，1765]以前之诗，均照李雨村先生

《蜀雅》选[第1b页]本录入。惟于其时代、科分舛错者，详为订正。其三十年[乙酉，1765]以后之诗，均系予物色于残编蠹简，访求于故家书肆；得之不易，辑而理之尤不易。然所采百余年之诗，较《蜀雅》已多三四倍。在登是集者，固可无憾，而究不免有遗珠之叹。甚矣！采诗之难也。

一[六] 论人必于身后，诗文亦然。集中所录，均系已往之人，且以杜标榜声气之弊。惟其中偶有一二人，年深途远，莫定存否；未能割爱，暂登简端，非敢自乱其例也。[第2a页]

一[七] 试帖近于干禄，与古、近体本不相同。但查唐人诗内，崔曙之《明堂火珠》，钱起之《湘灵鼓瑟》，悉载集中。我朝王兰泉先生所选《湖海诗传》，于纪晓岚宗伯诗专录试帖，良以作者一生精力毕注于是也。吾蜀杨少白、李西沤两先生，于是体尤为工赡。兹于咏古、咏物诸作，录归排律类。若题系五、七言诗句者，概从节删，以免“戏中戏”之诮，且以严诗律之防。

一[八] 刻专集只应编年，若选本则应分体，先[第2b页][第3页]古后今，先五言后七言，庶体格清而眉目朗，足以便于诵阅。

一[九] 集中名次先后，悉依科名序列。其有诸生、布衣，则按时代以编之，方免混淆。

一[十] 《全唐诗》末卷附以妇女、方外，兹编亦仿其例，且以见我朝文教涵濡，凡闺阁名媛、缁流羽士，莫不宜风雅而娴吟咏，于以媲“二南”之化，且增韵事于无穷也。[第3a页][第4页]

则杰按：此处第一款称不收清初遗民，实际仍然有收。

02－128　国朝全闽诗录初集

郑　杰

二十一卷、续十一卷。郑杰辑，《全闽诗录》本，福建人民出版社2011年9月第1版。（见第5册）

一、齐弼“序”（第1—2页）

亡友郑君昌英，嗜学士也，家富于藏书。自弱冠为诸生时，即潜心稽古，不汲汲以科名为务。尝刻《尔雅郑注》《说文字原》《隶书正讹》等书，皆有裨于学者。予自乾隆壬子岁[五十七年，1792]宦游湖湘，至嘉庆戊午[三年，1798]以忧旋里，与昌英一别逾六载矣。晤时握手问无恙外，即询以近所著述，昌英语予曰：“吾闽自有唐至今，代多风雅之士。吾恐其久而多所湮没也，因旁搜远采，辑为《全闽诗录》若干卷。每人必详考其生平出处，兼折衷乎众论，时或附以己意，旁注其后，俾览者有所稽考，庶几知人论世之一助乎？”予谓闽人不善为名，故文采风流不足争衡上国，非独地势限之，亦缘无好事者流为之搜采，时为表彰；今幸既有成书，是不可不急谋付梓也。昌英曰：“是集卷帙浩繁，非予一人一时力能猝办。今先录刻国朝诗数百余人，分为初、续二集，余姑俟诸异日焉。”及岁庚申[嘉庆五年，1800]五月，工未及半，而昌英病革。予往视之，伏枕呻吟，犹手校是集不辍，因嘱予代分其任，不数日而昌英逝矣。悲夫！昌英积数年之精力辑成是编，而天竟不少[稍]假之年，使得毕其事以传于世；是昌英之不幸，抑亦吾闽诸君子之所不幸。此予所深为扼腕者[第1页]也。既而其尊人慕林先生抱其遗稿付予，曰：“此昌英未竟之事也，予欲与君共成之。”予既感念昌英永诀之词，而重以先生之情，故不敢辞，而为之校次。第念数年来风尘仆仆，铅椠久疏，恐无以窥风人之旨而订亥豕之讹，重负昌英之所托，用滋愧耳。工既竣，予因复于先生曰："今而后，昌英之志可以稍售矣。然昌英所选，非独是编已也。倘异日者更有好古、强有力之人能尽发昌英之所选者，自晋以及元明尽为校次开雕，俾仿《山左诗钞》《浙人诗存》之例著为成书，则尤昌英之志也夫；岂独昌英愿之，即闽之诸君子得垂名于集中，九原有知，亦必引以为快也。思及此，即先生与予亦必为昌英大快也。"传曰："人之好善，孰不如我。"其必有出而力任其事者乎，因为先志其始末如此。至是集为昌英已成之书，选择自有深意，予固未尝稍有所增损于其间也。嘉庆辛酉[六年，1801]秋七月，兰皋齐弼书于话雨轩。[第 2 页]

二、郑杰"序"(第 3 页)

自有唐迄胜代，已录闽诗数千家，尚未付梓。国朝闽中诗人辈出，集多秘而未传，急为搜辑。历半载，得作者若干人，分为若干卷，先登梨枣。所录之人，俱已盖棺论定。其曰《初集》者，《次集》《三集》留而有待也。曰"续"者，补《初集》所未备也。至明季绅士如陈静机、黄处庵辈未登我朝仕版者，悉归明集，兹不载。嘉庆庚申[五年，1800]四月望后，侯官郑杰书。[第 3 页]

则杰按：郑杰构想的《国朝全闽诗录》系列，包含《初集》《次集》《三集》等；其《初集》之"续"，属于《初集》内部的组成部分，与《初集》中的初编相对而言，而与通常相对于《初集》而言层次不同。前录齐弼序所谓"分为初、续二集"，容易引发歧义。

02－129　重订昭阳扶雅集

徐　幹

六卷。徐幹辑，光绪八年壬午(1882)邵武徐氏刻本。(浙江大学图书馆藏)

一、徐幹“重订昭阳扶雅集序”(第1a—2a页)

七年[光绪辛巳，1881]春，余厘订《樵川四家诗》，以严粲、黄清老二家编入；《昭阳扶雅集》中所称“二家诗”，仍复其旧。回忆卅年前，郡守周铁臣先生有《昭阳扶雅》之刻，命余与何雪岩、李香农董其事。今何、李云亡，而余为饥驱，犹混迹于风尘俗吏中，视曩昔之枕藉一编，翛然自得，不啻有仙凡之别。然结习未忘，见猎辄喜，心犹怦怦欲动也。冬日，友人朱霁峰从樵川来，与余谈诗甚洽。适王仲钧亦馆于余，雪夜围炉，出旧本同为品定。其体格卑靡者删之，大约十存其六。视前此以人[第1a页]存诗之刻，则体例较严矣。计自癸丑[咸丰三年，1853]至壬午[光绪八年，1882]，三十年中，虽经乱离，不无作者。彼何、李之锓稿仅存，亟宜登之集中；即如王莘夫、虞寿河诸人，亦未忍其烟[湮]没。爰函致张绍苍，广为搜采，邮寄之江。自宋迄今，存诗一千三百余首，都为一集。虽未敢上拟宗唐诗选如黄元镇为风雅之宗，而人以诗存，想先辈吟魂，亦当含笑于九原矣。嗟乎！余离家十有六载，一官落拓，不克与故乡耆宿尊酒论文；犹幸于听鼓之余，检烬余之佳什，捐廉付梓，未始非天假之缘也。“后之视今，犹今之视昔”，望吾樵继起有人，庶几风雅不坠也[第1b页]夫。光绪八年，岁次壬午[1882]，三月望日，小勿徐幹序于浙江四明榷舍。[第2a页]

02－130　杭川新风雅集

丘　复

三十卷。丘复辑，民国二十五年（1936）潮安集文排印本。（浙江图书馆藏）

一、丘复“序”（第 1a—2b 页）

“杭川风雅”之有集，始于此乎？曰：“明李梅隐先生已有之矣。”然则曷为以“新”名？曰：“以别于梅隐先生之旧，且以明杭川旧有《风雅》，先哲辑之，而地方不能保存，为可惜也。”予之辑录是集也，初名《上杭诗录》；拟卒事，更为《文录》。乃日月易迈，精力就衰，《文录》之辑恐有未逮。爰废旧名，改从先哲，冀地方人士赓续保存，弗坠梅隐先生之盛心焉。曩读侯官郑杰《全闽诗录》，清顺、康、雍、乾四朝，于杭仅得丘钟灵一绝；郭柏苍本郑氏明代未刻稿编为《明诗传》，于杭则仅得胡时一律、刘廷标一绝，窃怪其寥寥若是，岂上杭乏风雅之士哉？抑网罗之无其人也？溯自宋淳化甲午[五年，994]升县，至今岁丙子[民国二十五年，1936]，历九百四十三年。而宋元三百七十年，其诗无一存者。明贤撰著，惟李职方之《烬余》、刘遗民之《天潮》；职方殉节明末，遗民生于明亡之际，谓明代无一刻本可也。有清一代，刊行于世者所见仅《东山》《离垢》《后乐》《医楼》《荻庐》《师竹》《云章》《经余》《求志》数家而已，又皆版本零落，藏弃者寡。夫既刻者尚在若存若无之间，其未刻者欲不湮灭，得乎？窃谓杭人著述就湮，厥有数因：士[第 1a 页]禀山川质厚之气，不愿轻自表襮，一也；山乡穷瘠，士皆安贫守分，剞劂乏资，二也；交通梗阻，无交游有力者为之延誉而推毂，三也；山岚湿气，蛀蚁易生，《闽小记》云“书十年即腐也”，四也。此四者，皆足速其湮灭。而兵乱散亡，水火焚荡，犹后焉。是必有人网罗散失，拾坠钩沉；涣者萃之，汇为一集，庶易保守。梅隐先生于是有《杭川风雅集》之辑。永丰丘贤序，称其广询故老，博访遗文，得宋元至明初三百余年间名公若干人、诗若干首，用心良至，力亦良勤矣。旧志不详时代，传云“开封教授诚孙”；以教授乡举之年推之，当为宣、正间人。是其时，宋元之诗未尽亡也。今其书又不传，所云“兴念前修，落落如霜木晨星，翰墨皆散亡无存”者，今日更将如何慨叹哉！予于廿年前，即有志搜辑。见前人遗诗，辄录存之。饥驱奔走，未遑卒事。重以赤祸，藏书荡然。此稿出入与俱，幸存行箧。留落金城，迄今八载。旅居多暇，乃编次之。壬[壬申，民国二十一年，1932]、癸[癸酉，民国二十二年，1933]之际，族侄素庵自故乡来，属为缮写，又未蒇事他去。老友包千谷连年广为掇拾，邮筒络绎，视前稿几倍。乙亥[民国二十四年，1935]旧正，重行编次，手自写定，十阅月告成，计明一卷、明遗民一卷、清十八卷、民国八卷、女士暨方外[第1b页]各一卷，合三十卷。既募资付印，县中续有所寄，分卷补入。起[总]四百五十九家，得诗六千一百三十五首。杭人诗，其遂毕萃于此乎？曰：“未也。”浩劫以还，故家手泽销亡殆尽；间有存者，或据为希世之珍，秘不肯出；或视为不急之务，漠不关心。不知前人著作之流布，地方均与有责，为之者非好事，秘之者亦非善藏；与其私之一家、饱蠹鱼之腹，何如公诸同好、流金石之声？乃所见不必尽同，而征求力竭，只得取诸私家钞本。然流传之诗，率取轻灵洒脱，尤以律、绝为多。佳者或未经人传诵，传者又未必其人佳构——据以辑录，恐减作者之色而无以餍读者之心，迟疑而未敢执笔者久之。尝与千谷往复相商，千谷则曰：“其人全稿已不可得，此区区者亦可借见一斑；与其慎重失之，毋宁过而存之。”予以为然，遂成兹集。凡生存不录，避标榜也；断句亦录，存梗概也。间或瑕瑜互见，亦过而存之。盖吾于兹集，非选诗也，辑录云尔。且使邑人士读之，指为有所遗漏，或未尽其人之菁华，各出所藏，广为搜补，尤予所切望矣。今春，家大令海山、及门包伯芾书来，于集名有所商榷，均以“杭川诗录”为宜。惟已写定付印，难于更易。且前人[第2a页]已有此名，书佚序存；表而出之，不没先哲，固予志也。昔李寒支先生以雷幼韫有《翠萃诗乘》之编，言：“何不编唐宋元明与近日十五国诗乘？破山之剑，不用以采瑰宝而以斩荆榛，虞剑之失神。”予谓寒支此言非通论也。观其书中引赵贞吉之言：“古公欲大周业，必迁岐；陶朱欲富其积，必宅陶；士欲追古哲而迈流俗，取材畜德，又将何如？”是其言固欲规拘墟自大之失，非置地方文献不顾，必骛远以为名高也。予愧非破山之剑，但信榛荆之中亦未尝无瑰宝耳。顾予于此，重有感焉：因循迁延，历时至廿余年之久，而素庵齿少于予，遽溘先朝露，且不能迟数月以观此集之成。然则人生岁月几何；欲有作为，其敢有所恃而迟迟以待哉？中华民国二十五年，丙子[1936]，立秋后十日，念庐居士丘复序于金城寓楼。[第2b页]

二、丘复“辑录大意”(第3a—4a页)

［一］ 是集原名《上杭诗录》，改用今名，已详序中。

［二］ 吾杭前人遗著就湮。宋元无论已，朱明一代，极力访求，或得诸旧钞，如丘聪诗；或寻之庵匾，如丘道隆《游金山未果书怀》及刘佐诗；或搜自族谱，如丘岩诗及丘弘《癸未春闱失火》；或采自他志，如胡子俊《村居》、刘廷标《正笏门》及丘子瞻、詹弥高、陈于阶诸诗；或录自选本、丛书，如李颖及刘廷标《自缢口占》诗，合县志并《烬余集》所载，仅得六十三首。“后之视今，亦犹今之视昔”，此辑录之所以不容缓也。

［三］ 凡前哲行谊，足使后人取法者，虽残篇断句必录存之，以传其人。其有诗可录而未审其人者，注明略历未详。

［四］ 是集本为辑录而非选钞，前人遗诗存者甚少，故有过而存之之处。

［五］ 是集所录，刻本不满十家。如张治安之《医楼诗稿》，虽

刻而不经见，余亦版片散亡。其刻而已佚者，如丘焯之《春晓堂》；编次而未刻者，如江乾达之《璞山余[第3a页]草》，丘芳林之《荆溪集唐》，丘鼎轩、峙峰父子之《两世诗钞》，林枢之《白水山房》，丘凤冈之《江雨楼》；未编次者，如陈东注之《芑亭诗草》、华作猷之《墨田诗草》、邓铭之《人境庐》、薛之垣《梅花山房》、薛耕春《邻竹山房》、黄同文《醉月山房》、李英华《丹厓别墅》、林含春《嚣嚣草堂》、张炜辉《琴南遗稿》、丘维岳之《浣花溪屋》以及释超拂之《伊蒿存诗》，皆可单行。惟须编次，非有长久之时日不能也。

［六］ 是集所觖望者，如王国玙之《探骊书屋诗稿》，鼎革之交，曾经寓目；刘昭诗稿，华岳人家有存本，极力推许，包一琪曾采入新《艺文志》；"在城二雷"（起龙、熙春），皆负诗名——起龙《道情轩诗集》已写定，亦经采入新《艺文志》，今皆访求不可得。其余诸先生，或一鳞一爪，或只字不存。拾坠钩沉，是望来哲。

［七］ 始事之初，寿诗本不轻录。如《鹤曲摛华》刻本，当日仅录丘钟灵、李梦登二首。嗣以搜求廿载，前哲遗诗渺然无存，乃增录至三十余人。又得《江烈妇挽诗》刻本，以事关风化，亦备录之。至于不佞五十、六十和诗，本不宜附入，致近标榜；乃浩劫以还，朋旧凋落，录之所以志思旧之痛也。[第3b页]

［八］ 是集虽经始廿年前，而近三年所得为多。流寓在外，全赖邑中同人搜辑。其最力者，首推包千谷，次为罗青塘，而邓筱縠、黄宪民、华品玉、傅丹初诸君亦多所赞助；余有所寄，均注明题下，以不没搜采之劳而明辑录之所自。

［九］ 是集写定、校雠，皆经一手。年齿已衰，精力不逮。形似讹误，实多不免。虽经刊误，犹有未尽，阅者谅之。

［十］ 是集印刷千部，印费皆由募集。每部定价国币三元，预约二元。其特捐者，勿论公团或私人，均酌送数部，并书名卷端，以志交谊。

［十一］ 因序言、总目未就，先从第二册付印。既印，寄至海山

所，覆书以卷四丘钟灵诗似有误收石天基者，未指明某首，大约当是《白头叹》《咏怀》二首。行箧无书检查，且书经装订，特附记于此，以俟阅者之鉴别。

念庐居士谨识。［第 4a 页］

02－131　莆风清籁集

郑王臣

六十卷。郑王臣辑，《四库全书存目丛书》集部第411册，影印乾隆三十七年壬辰(1772)刻光绪二十六年庚子(1900)印本。

一、钱琦“莆风清籁集序”(第290—292页)

余昔为四川布政使时，莆田郑君慎人以州佐来蜀候补。其后累迁至兰州知府，病归以卒。子学邹，持其所撰《莆风清[第1a页]籁集》请序。盖《周官》“六诗”，一曰“风”，谓《国风》也。延陵季子聘鲁，请观周乐，为歌诸国之风，皆致叹美焉，而自郐以下无讥，为其国小且陋，风教猥薄，[第1b页][第290页]不足取义也。莆田文物，于闽中称极盛。自欧阳行周与韩、李二文公及崔敦诗游，学行著闻，而其后蔡忠惠、陈正献、郑夹漈、刘后村诸公磊落[第2a页]争出。陈监丞众仲，以文术显于元。胜国尤盛，多至不可数；而彭惠安、林贞肃，遂赫然为当世名臣，与忠惠、正献后先相望。盖其风气休美，自古[第2b页]而然，宜斯集之璀璨瑰伟，蔚然可观也。顾幽荒逋逸、世远迹湮者犹众。而诸公虽名人，其诗文遗集流传，显晦不一。斯集所采诗至三千余篇，[第3a页]自唐宋至国朝，仕宦至方外、闺秀，著录者凡一千九百余人，其搜讨之勤可谓至矣。昔唐人选诗，若殷璠、高仲武之类，尝略缀品评，[第3b页][第291页]传其警句。至金元好问撰《中州集》，则事迹粲然明白，后人谓之“诗史”。而近时吴孟举选宋诗，朱竹垞选明诗，时有论列。兹集于诗首各附诗话[第4a页]一则，体盖略同。而述父老之旧闻、传先贤之轶事，以致乡曲桑梓之敬，其于意尤美也。君工诗绩学，有吏才，由冗散超陟方面，方将显用而病[第4b页]

卒，时年仅逾艾，余甚惜之。昔苏伯修撰《元文类》，君邑人陈众仲序之，以为世人多私，朝夕只为身谋而不恤天下之艺文，因深美伯修之用心。[第5a页]由众仲之言论之，君之设施虽未究于时，读斯集者可以推见其志矣。时□[乾]隆壬辰[三十七年，1772]七月既望，仁和钱琦谨序。[第5b页][第292页]

则杰按：承夏勇见教，蒋寅《清诗话考》下编《清诗话经眼录》之二《雍正、乾隆卷》"兰陔诗话"条曾指出："此序见朱仕琇《梅崖居士外集》卷二代《莆田清籁集序》，知出于朱仕琇代撰。"（中华书局2005年1月第1版，第379页）经核对该集（《清代诗文集汇编》第336册，第521—522页），除删去末尾署款之外，其他文字基本相同。

二、刘尚文"跋"（第773页）

莆诗之有选，自昌凤冈《郊居诗钞》始。嗣后如林懋杨之《壶华毓秀集》，谢山子之《莆阳诗编》，林少威之《木兰风雅》《风雅同时》，林中子之《莆阳风雅》，林公韫之《乐园秘帙》，为时未久，类多散佚。兰陔采撮群籍，而成是编。上自有唐，下迄昭代，凡一千余家，搜罗之富，可谓盛矣。所附各诗话，足补梓桑遗闻；又为明季殉节诸公阐扬遗烈，厥[第8a页]功尤不可没。客夏有以是板求售，急为购归，并缀数言于后。又按兰陔所著如《兰陔诗集》《兰陔四六》《续南湖风雅》，均已板行；惟《黄石山人全集》高几盈尺，无能代梓，殊为憾事。兰陔，吾邑黄石人，故以名其集云。光绪庚子[二十六年，1900]季冬，里中后学刘尚文谨识于续梅花百咏斋。[第8b页][第773页]

【附录一】《四库全书总目》卷一百九十四集部总集类存目之四（中华书局1965年6月第1版，下册第1777页）

莆风清籁集六十卷（福建巡抚采进本）

国朝郑王臣编。王臣字慎人，一字兰陔，莆田人。乾隆辛酉[六年,1741]拔贡生,官至兰州府知府。是集选兴化一府、自唐至国朝之诗,凡三千余篇,作者一千九百余人。仿金元好问《中州集》例,于诗首详其人之里居出处、生平著作;并缀以各家评语,而所自著《兰陔诗话》亦附载焉,则朱彝尊《明诗综》例也。其仙游一县,本莆阳旧地,唐时析置。明郑岳撰《莆阳文献》,尝并载入。王臣则别为三卷,以示区别。然蔡襄、蔡卞、蔡京本为同里,襄以名流推重,遂收之莆田;京、卞以奸迹彰闻,遂推之仙游;郑樵夹漈草堂,今仙游尚有遗迹,而以其博洽,又移之莆田,则亦不符公论矣。

则杰按:关于此条所说宋人郑樵籍贯,杨武泉《四库全书总目辨误》已反复论证"确为莆田人。《总目》此条作'仙游人',误也"(上海古籍出版社 2001 年 7 月第 1 版,第 289 页)。

【附录二】丁宿章《湖北诗征传略》卷首沈用增《湖北诗征传略序》(参见该种)

后世选其乡人之诗者,黄梨洲有《姚江》,梁崇一有《广东》,王[郑]慎人有《莆田[风]清籁》,煌煌巨帙,如日月之丽天。

【附录三】郑振铎《西谛书话·劫中得书记》"莆风清籁集"条(生活·读书·新知三联书店 1998 年 5 月第 2 版,第 255 页)

郑王臣辑选,六十卷,十六册,清乾隆三十七年[壬辰,1772]刊本。

余不喜收故乡文献,以其过于偏狭,有乡曲之见也;尤恶稍稍得志,便事编刊乡里丛著。友人滕固,以介绍希腊罗马及德国文化为职志,与余有同嗜。及其任职南京,久不相闻问。一旦相见,乃出所刊宝山文献诸集见贻,余颇怪其染时习之深。近从事《文学考》之纂辑,乃知地方诗文集之重要,复稍稍收之。然实浩如烟海,不能以一人之力、一地之资搜罗其百一,聊备其所当备者耳。此《莆风清籁集》,余偶得之于抱经堂架上,殊罕见,足资《文学考》之参订,固非以其乡邦文献而收之也。

02－132　广东文选

屈大均

四十卷。屈大均辑，《四库禁毁书丛刊》集部第136—137册，影印康熙二十六年丁卯(1687)刻本。(下录均见第136册)

一、刘茂溶"广东文选序"(第126—127页)

予承乏广州，甫下车，即以征文考献为先务。会番禺翁山屈子有《广东文选》之役，书成，予览而善之，为之裁定，以为岭海人文，其光明俊伟，瑰丽多奇，于此得其大概。是可与唐之《文苑英华》《文粹》，宋之《文鉴》《正宗》相为颉颃者矣。噫嘻！百粤之文献，自汉以[第1a页]来，其盛遂有如此。而昔之人猥谓祝融之墟、日南之地，其阳德之所炳耀、炎精之所孕含，多钟于珠玑、丹砂、石乳、伽南诸物而罕钟于人，夫岂其然乎哉！昔王僧孺为广州太守，首表彰董正、唐颂、罗威三孝子，以为粤献之宗；复表彰陈钦之《春秋诂》、杨孚之《南裔异物志赞》、王范之《交广春秋》、黄恭[第1b页]之《十三州记》，以为粤文之祖。而韩愈刺史潮阳，首置乡校，延进士赵德为师，勾当一州学事，于是潮人彬彬向学，遂与广州诸望县翕然有海滨邹鲁之风。予不敏，向为珠江义学，窃心昌黎之心；兹于《广东文选》，复思事僧孺之事。用是，捐俸刊之，俾与省志郡乘相为表里；不敢云有功于前贤，亦[第2a页]使论世者镜其得失，谋国者准其经权。语云："睹一隅，知天下。"斯亦策书之渊府，为周官外史之所掌，未可以一邦而少之也。今天子右文，覃精载籍；数诏天下献遗书，以充金匮石室之藏；又命儒臣编摩古今艺文，以为十三经、二十一史之羽翼。此一书，虽涨海珊瑚之一柯、[第2b页][第126页]罗浮孔鸾之片羽，网罗捃摭，未获大全，然其间以明经者，极其精研；以综史者，极其宏博；以言道者，极其渊邃；以议典礼者，极其正大；以施政治者，极其和平，咸体正而辞醇雅，莫不出入《史》《汉》，沉酣"八家"，言言有典有则，斯又宗匠之规绳，而学者所宜取法者也。今天下直省凡十有六，使皆有《文[第3a页]选》一书，萃其精华，俾无散佚，则天下之文献庶几大备，斯不亦洋洋乎成一代之巨观哉？此不佞所以厚望于著述之贤如吾屈子，而将以此一书为先声者也。然予又有说焉：昔萧仿为岭南节度使，官闲无事，日以谷纸写书；而刘崇圭知广州，姻旧或有所干，率不答，但写《荔枝图》与之。是书梓[第3b页]成，予可以无费谷纸，免异时薏苡之嫌；而宦橐中，以此为南物焉，为聚珠扇焉，即以为《荔枝图》焉，亦无不可者，斯盖拙者之所得也哉。时康熙二十六年，岁次丁卯[1687]，十月既望，知广州府事梅川刘茂溶谨序。[第4a页][第127页]

则杰按：此序又载屈大均《翁山文外》卷二(《屈大均全集》本，人民文学出版社1996年12月第1版，第3册第43—45页)，标题下有一"代"字；除删去末尾署款之外，其他文字相同，可知实为屈大均本人代撰。

又，稍后黄登辑《岭南五朝诗选》刘茂溶序，曾提及"先是，屈子翁山亦以《广东文选》请订于予。予览《文选》，于古者最多，近代次之，国朝差少，而屈子已赴玉楼之召"云云(详见该种)，可并参。

二、屈大均"广东文选自序"(第128页)

夫子称"述而不作"，述之中有选存焉，若《书》《诗》是也。《书》始唐尧，而五帝以来，言不雅驯者勿道；《诗》始殷汤，而白帝、皇娥《涂山》之歌，言而荒诞者勿道。夫子之慎其言如是。彼夫左氏之述《国语》，昭明之述《文选》，是皆夫子之志也哉。《书》《诗》如夫子一家之言，《国语》《文选》亦如一人之所作，以我范围古人，不以古人范围我。夫子者，述者之圣；二子者，述者之明者也。大均不敏，窃尝取广东先哲之文，纂为《越语》，以附于左氏《越语》之后。既而思之，不如称为《广东文[第 1a 页]选》之善。盖以予先有《广东文集》之役，自两汉至明，人各为集，大家数十，名家百余，凡为二百余集。譬之水焉，《文集》为牂牁大洋，而《文选》为一勺；譬之山焉，《文集》为罗、浮二岳，而《文选》为一卷。使观者从一勺以求牂牁大洋，从一卷以求罗、浮二岳，是一勺为牂牁大洋之所必须，一卷为罗、浮二岳之所不可少。《文选》为《文集》之车右轮，相辅而行，而不可废一者也。嗟夫！广东者，吾之乡也。不能述吾之乡，不可以述天下。文在于吾之乡，斯在于天下矣。惟能述而后能有文，文之存亡在述者之明，而不徒在作者之圣。吾所以为父母之邦尽心者，惟此一书。[第 1b 页]于先哲之文，如桑与梓；存者为先哲显其日月光华，删者为先哲藏其珠玉瑕颣，是吾之所以为恭敬也云尔。书成，合诏、令、疏、奏、序、记、传、论、碑、志之属，与赋、颂、乐府、四五七言诸体，凡为四十余卷，梓而行之，以为《广东文集》之先声。[第 2a 页][第 128 页]

三、屈大均“凡例”（第 128—129 页）

一[一]　吾粤旧有《岭南文献》一书，乃督学蕲阳张公凤翼所撰。又有《岭南文献续集》一书，乃督学晋江杨公瞿崃所撰。皆起自唐开元年，至明万历年而止。今合二书为一，删者五之，增者五之；删其不文，增其文；起自汉文帝时，至明崇祯时而止，[第 2a 页]名曰《广东文选》。不仍称“岭南文献”者，盖以“岭南”非今代所命名，而是书主于“文”，不主于“献”也，其说则在《广东文集·自序》中矣。

一[二]　予所编纂《广东文集》，自汉至今，凡有二百余家，人为一集，集分诸体，卷首载其原序，卷末则载行状、传志。但是书浩繁，未能尽刻，姑于诸集中拔其十之二三，以见大概。不能连篇累牍，为先哲多所表彰，予之所不得已也。

一[三]　予所选止于文，盖以文而存其人，不以人而存其文。故其文未能尽善者，虽大贤弗敢多录。《传》云：“言之不文，行之不

远。”[第2b页][第128页]

一[四] 是《选》以崇正学、辟异端为要。凡佛老家言，于吾儒似是而非者，在所必黜。即白沙、甘泉、复所集中，其假借禅言，若悟证顿渐之类，有伤典雅者，亦皆删削勿存，务使百家辞旨，皆祖述一圣之言，纯粹中正，以为斯文之菽粟、绝学之梯航。

一[五] 为文当以唐宋大家为归；若何、李、王、李之流，伪为秦汉，斯乃文章优孟，非真作者。吾广先哲，文体多出于正，可接大家之武者实繁其人，是《选》无遗美焉。

一[六] 吾粤诗始曲江，以正始元音，先开风气。千余年以来，作者彬彬，家三唐而户汉魏，皆谨守曲江[第3a页]之规矩，无敢以新声野体而伤大雅，与天下之为袁、徐，为钟、谭，为宋元者俱变，故推诗风之正者，吾粤为先。是《选》中正和平，咸归典则，于以正人心、维风俗，而培斯文之元气，于是乎在。以此选一邦，即以此选天下无不可者。以《春秋》之谨严，为诗人之忠厚，不佞窃有志焉。[第3b页][第129页]

则杰按：以上自序及凡例，又载《翁山文外》卷二（《屈大均全集》本，第3册第41—43页），总标题作《广东文选自序》，正文文字基本相同。

又，凡例第一款称此集所收时代范围“至明崇祯时而止”，实际有些作者已经进入清代，不过总体上如刘茂溶所说“国朝差少”而已。

【附录一】雷梦辰《清代各省禁书汇考》浙江省第八批次奏缴书目（“乾隆四十二年[丁酉，1777]十一月初二日奏准”）（北京图书馆出版社1989年5月第1版，第222页）

广东诗文集，一部，刊本

是书屈大均选，汇录粤东人著作，自唐迄明季，分类编，共四十卷，内明季人诗率多感慨。

【附录二】梁善长《广东诗粹》卷首王之正《广东诗粹序》(参见该种)

华夫《诗选》,似无可议矣,而去取未驯,令观者望洋,无所适从。

则杰按:此处"华夫"系屈大均别号,《诗选》当指《广东文选》卷二十六至卷三十九诗歌部分(又最末卷四十为词)。另可参见《广东诗粹·例言》第一款。

02－133　岭南五朝诗选

黄　登

三十七卷。黄登辑，《四库全书存目丛书》集部第409册，影印康熙三十九年庚辰(1700)自刻本。

一、袁景星"序"(第84—90页)

余自丁卯[康熙二十六年，1687]休致归里，于今十年。亲友强半广州，故十年之中，客[第1a页]游广州者居其五。广州文章礼义，自昔称优。士君子尚风雅，喜交游，尊贤重道。虽五[第1b页][第84页]尺童子，观壁上、扇头古今诗文，皆能吟哦讽咏，寻其旨趣。盖风俗化移，不自一日而[第2a页]然也。余乐得广州士君子而与之游；广州士君子亦不鄙弃，而乐与余游。惟与黄子[第2b页]积庵游最晚，而相得较迟。积庵颀然而长，体貌丰伟，器识惟深，内养精神不使外扬；[第3a页]年虽老而力学不倦，家虽贫而安遇自娱。余造其庐，环堵萧然，花树茂密；图书满架，[第3b页][第85页]编刊未已。古所称"市隐"者，其斯人乎？抑好学深思之士也。积庵乃尽出生平著述以[第4a页]示余：《嘉言》有功于名教，《合璧》足资夫风雅。《见堂》一刊，则积庵之感于心而形于咏也。[第4b页]《宦游诗选》，现在剞劂。《五朝诗选》，则自唐宋元明以及本朝为五，其诗则皆粤[第5a页]东之名公才士也。积庵欲余一言以序之。顾诸君子之叙琳琅满纸矣，余复何赘？然[第5b页][第86页]不得辞。归寓细阅本集，其选始自唐，唐以曲江为宗，古近体共三十七首；降而邵，而[第6a页]卢，而莫，共十一首。唐以诗取士，今亡而存四人，亦可慨矣。宋自余靖以至陈应辰共[第6b页]九人，合得诗二十三首。元则仅有王景贤、陈颖庆二人，人诗一首而已。夫南海浩荡，[第7a页]五岭茏苁，其秀俊汪洋之灵钟而为人，人之性情见之于诗，必有一种惊人佳句，无[第7b页][第87页]古无今者。以广州之崇尚风雅，唐、宋、元三朝之诗百不存一如此，良可慨也。向使三[第8a页]朝篇什俱存，积庵得而选之；积庵好学，得窥岭南三朝之全豹，合明而上及[第8b页]本朝，讵非宇宙之大观乎？虽然，岭南三朝之诗，不可复得矣。本朝、胜国，篇什浩繁，积[第9a页]庵殚一己之心思，最诸家之吟咏；流之天下，传之后世；心非慕名，意非射利，诚哉！好[第9b页][第88页]学深思之士也。粤东先辈赖积庵而传；粤西亦岭南也，他置不论，近世若蒋文定、吕[第10a页]文简，事业诗文一时千古，子孙衰微，无好学之士录而存之，表而彰之，几经沧桑之[第10b页]后，只字无存，观乎此而益叹积庵之好学、有功于先辈非浅浅也。[第11a页]康熙岁次丙子[三十五年，1696]，季春，赐进士出身中宪大夫通政使司左通政经筵侍班官前右通政[第11b页][第89页]翰林院提督四馆太常寺少卿通政使司左右参议内府光禄寺少卿年家[第12a页]眷会弟昭潭袁景星题于羊城旅次。[第12b页][第90页]

则杰按：此序所说唐、宋、元三朝作者入选诗歌首数，较此集内文要少，可知编者后来又有增补。又所谓《宦游诗选》，疑即《岭南五朝诗选》之“前集”(详下)。

二、鲁超“叙”(第90—94页)

今之人皆言诗矣。然必上下千百年间，于古人之诗取材也富，[第1a页]而操鉴也精，辨其正伪，别其醇疵，体裁风格剖析毫芒，而后可与之作诗。亦必己之[第1b页][第90页]诗穷幽抉隐，凌颜轹谢；搜索锦囊，推敲驴背，至于发白齿脱，亦经营惨淡，抒所独得，[第2a页]而后可与之论诗。予尝执是说以求今之人，而邈乎其寡俦也。粤东黄子俊升，瑰玮[第2b页]士也，抱道著书，历有年所，余稔其名而未之见。适晤云间陈子山农，遂得悉览所著。[第3a页]其《历代嘉言》，既萃圣贤仁义道德之语，为天下后世法；而《唐诗合璧》一选，采掇精华，[第

3b 页][第 91 页]总归风雅，不袭旧选家蹊径而手眼一新；其《五朝诗》之选，则又搜罗闻见，淘汰平芜，[第 4a 页]成岭南一大观。予读是三选，而知黄子之能诗也。最后阅黄子《见堂集》，格律苍老，声[第 4b 页]调隽永；凡山川景物、烟霞月露，风雨晦明之状、草木鸟兽之灵，悉收吟咏，符于自然——[第 5a 页]李西昆所谓“太虚无状，太贲无色”，诚哉！正始之音、玄酒之味也。先辈有云：“人静则气[第 5b 页][第 92 页]清而思幽，读书多则学赡而力厚，交游皆贤者则见闻广而不泛。”三者黄子有焉，故[第 6a 页]其诗华实并著，复有空灵之神；情景交深，更多清脱之致。根之以性情，敷之以学问，[第 6b 页]复益之以友朋探讨，诗安得不工哉？其自序云“年四十始解声律”，此二十余年之学[第 7a 页]盖亦深矣。昔高渤海五十始工诗，遂与嘉州、辋川、襄阳并驱齐誉；予谓黄子堪媲美[第 7b 页][第 93 页]渤海矣。夫黄子之立言有本，固不独以诗名也，亦无不可以诗名。读其诗，益以知其[第 8a 页]人。昔之称汪汪千顷者，非欤？故余必谓如黄子者，而后可与论诗，而后可与作诗也[第 8b 页]矣。康熙庚辰[三十九年，1700]蒲月，会稽鲁超题于粤东薇署。[第 9a 页][第 94 页]

三、刘茂溶“序”（第 95—97 页）

郡士俊升黄子，日选粤诗；搜遗网逸，阐幽发潜；由唐迄[第 1a 页]今代，名曰《岭南五朝诗选》。予时督创广州镇海楼成，登临赋咏，闻于四远；予汇而识之，名曰《镇海楼诗[第 1b 页]选》。黄子不以予为俗吏，出其《五朝诗选》请序于予。先是，屈子翁山亦以《广东文选》请订于予。予览《文选》，于[第 2a 页]古者最多，近代次之，国朝差少，而屈子已赴玉楼之召。予览《诗选》，于古者固多，近代愈多，[第 2b 页][第 95 页]国朝益盛；前仕宦，次绅衿，后僧媛。元音逸响，已成径尺之书，而复有加无已，黄子之心其百年如是乎。夫吾人[第 3a 页]周流海内，片言只字，凡有得于心者，既无可语之人，复无可藏之地。至今有黄子，则风人足迹，更谁不思[第 3b 页]至粤。予惟愿黄子寿，且欲其云仍风雅相继，则是书诒谋也，不为选政之符哉？独《镇海楼》梨枣，[第 4a 页]予将束装出岭，后有珊瑚，当在黄子铁网中；或有以示予，则又不负引领天南望鱼雁矣。噫！予与黄[第 4b 页][第 96 页]子同时而各有所选也，可不为相得之庆，而亟叙之哉？广州郡守年家弟楚[第 5a 页]黄刘茂溶顿首拜撰。[第 5b 页][第 97 页]

四、秦桂“序”（第 97—100 页）

自五岭而东，渡郁水，溯双流，以望罗浮之胜，而叹其晴波洄澜，奇峰积[第 1a 页]翠，灵气所钟。丹砂、赤贝，珊瑚之枝、明月之珠，不足以当之也；必有词人学士，激昂青云，吐纳于荣光[第 1b 页][第 97 页]休气者，始足以发山川之灵异焉。余奉命作宰番禺，乐其民风之近古；与其贤士大夫游，而知[第 2a 页]其风雅有自来矣。盖自有唐迄今代，其间才士接踵相继。余吏治之暇，尝欲考其遗文，[第 2b 页]而残编断简，散逸山林，欲往求之不可得。其后得黄子俊升所刻《五朝诗选》，披而阅之，其间缙绅、名宦，[第 3a 页]闺秀、缁流，爵里详明，姓氏昭晰，而所选诸体又能独出眼光，不与时尚为取舍，诚善本也。昔高达夫[第 3b 页][第 98 页]五十始学诗，卒为少陵所推。今黄子耄年好学，日有事于选场，又能不惜芰荷之囊，以继枣梨之业，黄[第 4a 页]子其高达夫之流亚欤？余读其书，益想见其为人。无何，黄子悉携所选造余，且请为之序。余谓黄[第 4b 页]子之书，奚借余言以传，而黄子三四请不倦；感其雅意之勤，聊复为之说曰：愿黄子老而益壮，选事日多，[第 5a 页]则穷山绝谷之讴吟，皆得传于万古，不致与竹木冰霜而共尽，岂不足以成一家言，而藏之名山，传[第 5b 页][第 99 页]之其人哉！昔扬子云谓“后世复有扬子云，当必有知我者”，吾知千百世下，倘复有黄子俊升其人，则必有[第 6a 页]以知黄子俊升矣。是书之奉为拱璧也，宁有既耶？文林郎知番禺县事加一级年家弟晋阳[第 6b 页]秦桂顿首拜撰。[第 7a 页][第 100 页]

五、王士桢"序"(第 101—104 页)

余昔与诸子赋诗于岳阳楼,获订交欧阳子伟人,于今十有余岁矣。今[第 1a 页]春来粤,日过欧阳子,得其全诗而读之。偶于案头见序稿未就,因问之。欧阳子曰:"吾友黄子俊[第 1b 页]升,吾粤高士也。今选粤诗,由唐宋元明以迄今代,凡有风雅,曾已梓而板灾兵燹者,与未梓而[第 2a 页]稿束寒斋者,咸加意搜罗,识为一帙,寿之枣梨,名曰《岭南五朝诗选》。吾嘉其雅怀,乐为之序。子[第 2b 页][第 101 页]亦能弁一言以借光,可乎?"余曰:"子之友即余之友,而况黄子之才之义,而顾靳兹一言哉?"但余[第 3a 页]放废,乌足为世重,乌足为黄子重,又乌足为黄子所选之诗重?然余虽未荆识黄子,闻而敬之[第 3b 页]慕之者,以黄子于余实有同心也。余白下诸子,亦多能诗;其间近体古体之不同,显隐出处之[第 4a 页]各异,洵彬彬乎大雅之音,然有力能梓者十仅三四焉,不能梓者十尝六七焉。余久欲汇而选[第 4b 页][第 102 页]之,以公诸海内,乃积思二十年,而力竟不逮。因叹天下事成与不成,诗之传与不传者,亦自有[第 5a 页]时与数于其间也。今黄子能忾然于全粤已、未梓之诗而汇成全集,以十载之校雠,成五朝之[第 5b 页]风雅,其好义彰善为何如欤?粤固海邦邹鲁,词章炳炳,代多异人。自今有黄子,则珊瑚尽归铁[第 6a 页]网,沧海尽聚明珠矣。是粤之人士幸,而吴之人士犹有待而未遇于余也。[第 6b 页][第 103 页]古吴年家眷弟王士桢拜题。[第 7a 页][第 104 页]

则杰按:此序作者"王士桢",字"幹臣"(均有印章),"白下"(今江苏南京)人,与山东新城(今桓台)王士祯非同一人。

六、梁佩兰"序"(第 104—108 页)

粤有诗,始自唐张曲江。然史称周武王十八年[?],越裳入贡,陈诗观乐以归,则粤[第 1a 页]有诗,又当昉自周。乃孔子删诗,于十五国之"风",独楚无诗。粤为扬州之域,在战国时属楚;楚已无诗,粤安[第 1b 页][第 104 页]得有诗？论诗以孔子为断，粤之诗在周时者既不传，则诗以曲江为溯源矣。自是由唐宋而元明，迄今凡[第 2a 页]五朝。千载辽邈，有能胪列人物爵里氏族，以为考镜得失之林，已难其人；何况搜奇剔幽，取其人之风雅[第 2b 页]而甲之乙之，以鼓吹一国者鼓钟[吹]天下，传之今日者传之异时，其欲不朽夫人之心，为不可及也哉！黄君[第 3a 页]积庵之为《五朝诗选》也，殆欲不朽夫人之心也。然欲不朽今人，今人之诗能自传者，业已传之矣，其不朽[第 3b 页][第 105 页]犹易言也；欲不朽古人，古人之诗不能自传者，竟不传矣，其不朽人之心不易言也。盖小人以选诗为市[第 4a 页]利：见今之达官贵人，则过为扬诩；至单寒之士，虽惊才绝世，亦必黜而没其名。古人之名位重当时，其子[第 4b 页]孙尚贤者，亦存之；否则弃而弗顾。此无他，其意在人不在诗也。积庵隐居不求闻达，故其选诗之心为至[第 5a 页]公。上自车骑，下逮蓬荜，与夫高僧羽流、名媛闺秀，莫不表而出之，殆又忠厚长者之道也。积庵常谓诗以[第 5b 页][第 106 页]自然为宗，以平淡为旨，贵雅而黜浮，故是《选》率类此。初予与积庵结识，修琴社于苛林也，积庵时裘马少[第 6a 页]年耳——抽弦剧棋，击剑饮酒，侠事、韵事，欲以一人之身任之。已而避地江乡，闭门读书，著《古今嘉言善行录》[第 6b 页]为一集。已而选唐人诗，复有兹选。予于是叹积庵老而好学，不徒用心使人不朽已也。抑积庵尝刻《见堂[第 7a 页]诗》行世，其将以不朽夫已者，因推以不朽夫人也欤？然则读是《选》者，虽粤诗不尽乎此，即谓无不尽乎此，[第 7b 页][第 107 页]可也。同里梁佩兰撰。[第 8a 页][第 108 页]

则杰按：此序吕永光已据以辑入梁佩兰《六莹堂集》附录《补佚》之二《佚文》(中山大学出版社 1992 年 6 月第 1 版，第 416—417 页)。

七、陈恭尹“叙”(第 108—111 页)

五岭之南，山川盘郁，别为结构，广州其都会也。西江发源滇桂，道牂牁数千[第1a页]里，与东、北二江汇而南入于海，于地理家为南龙之外支，不与中土山川同其流峙。故其人大抵尚闲逸而薄[第1b页][第108页]声利，每于天下所群趋者必居人后，而其所自守者亦往往执而不移，地气使然也。诗所以自写其性情，而[第2a页]无与得丧荣瘁之数者也，故不以时代而升降。吾粤作者，自张曲江而下，源流相接，代有其人，矩矱不远。[第2b页]余童年侍先大夫读书于云淙公写叶山房，睹所积粤中前辈诗集，自唐以下凡千有余家，大半为[第3a页]抄本。丁亥[顺治四年，1647]之后，与劫灰俱烬矣。继以庚寅[顺治七年，1650]之屠城、滨海之迁撤，故家文献，零落殆尽。而平生交好，读书博[第3b页][第109页]古之士，五十年来老死岩穴者十而八九，益无由聚其离散，考其同异，使不至终于淹没，每用叹息。积庵[第4a页]黄君，独奋然以为己任，萃其所得古今诗，为《五朝岭南诗刻》。其选于世所共有者则严之，于幽隐僻远则[第4b页]宽之，所以存其人于千载，用意良厚。粤之为郡十，而地绵二千里。积庵不能家至户索，唯随得随选随[第5a页]刻。有心之士，将必出其所藏，与之共订，以成大观。向所见前辈千余家，庶几因此而获完乎。积庵年近七十，[第5b页][第110页]喜其能不以编辑为劳，而用心于远且厚如此，故亟为序之。罗浮陈恭尹拜题。[第6a页][第111页]

则杰按：此序郭培忠已据以辑入陈恭尹《独漉堂集·补遗》(中山大学出版社1988年8月第1版，第891—892页)。

八、欧阳隽“序”(第111—113页)

诗始唐虞之赓歌，而继则商周之“雅”“颂”，楚人之《离骚》，汉人之五[第1a页]言，至大唐而各体兼备。历宋元明以迄今兹，风雅日盛矣。今圣天子右文尚诗，虽未[第1b页][第111页]以此课士，而天下莫不兴起而工诗焉。吾粤先达与今之名公巨卿，辞章炳耀，文采[第2a页]风流。然已梓者半罹于干戈，而未梓者徒饱于蠹腹。日远年深，不与天下共见，诚可[第2b页]慨也。吾友黄子俊升，老而好学。其自著《见堂》各体，两寿枣梨，为士林推重；复梓其手[第 3a 页]选《历代嘉言》《唐诗合璧》，大行于世。兹复搜罗全粤五朝风雅，志为专书。十载校雠，不[第 3b 页][第 112 页]辞寒暑。卷凡十六，得诗三千有奇。如逸去明珠，全归合浦。从此而光争日月，声披管[第 4a 页]弦，功业自当并传不朽矣。后有采风君子，又奚不于兹集而是赖哉？[第 4b 页]同里弟欧阳隽伟人氏撰。[第 5a 页][第 113 页]

九、郭亩“序”(第 114—116 页)

吾粤风雅，自曲江先生而后，人怀荆玉，家尚隋珠。即党塾少年，以至竹[第 1a 页]院蓬舟、征人淑女，莫不音流肺腑，思入风云，足称盛矣。然高尚之士，性每敦庞，行吟至老，不求闻[第 1b 页]达；迨至身后，残编断简，百不存一。譬诸帖括，世无欧阳，即才若子瞻、山谷辈，不无知希之感。故輶轩虽[第 2a 页]停采风之辖，而衒玉终怀求售之羞；欲窥全豹，殆戛戛乎难矣！当今奔走声气，如火燎原，不可向迩。同[第 2b 页][第 114 页]里二三子间为之倡，而有志之士栖神澹泊，终不易心，岂非中有所主，而一切浮华，视之若浼哉？嗟乎！球璧[第 3a 页]琬琰，粲然炫目；璚珠翡翠，陆离缤纷，乃竟韬藏山巅水涯间，不与天下共见，谅亦有心者所同慨也。[第 3b 页]吾友黄积庵先生，寝食风骚，老而弥笃，荐绅先生敬之慕之。癸酉[康熙三十二年，1693]春，慨然发刻《岭南五朝诗选》，拾[第 4a 页]明珠乎沧海，采美玉于昆山，尽使吾粤今昔之传闻存者逸者，戋然共著于今日，先生之功诚巨矣。予[第 4b 页][第 115 页]近见选家假风雅为利薮，冒浮名为口实；是非舛谬，取舍游移；流运至此，何可终穷？而先生独解清[第 5a 页]囊，阐扬今古；非真以文章为性命者，孰能如是？选事将竣，问序于予。予自顾足不出蓬蒿，名不闻贵显，[第 5b 页]先生何有所取而三致言焉？辞不获已，聊缀数言于篇末；亦枯木寒岩，触之成声耳，乌乎言哉？[第 6a 页]西樵同学弟郭亩南耕氏拜撰。[第 6b 页][第 116 页]

十、李长华“序”(第117—120页)

士君子无读书论世之识,虽汗牛充栋,炫博矜奇,未有能上下[第1a页]古今,而出己见以为论定者也。吾友黄子俊升,杜门著述。酣吟之暇,旁辑百粤诸诗。[第1b页]由唐宋元明以迄当代,命曰《岭南五朝诗选》。譬之聚百川于龙门,而使观水者有莫[第2a页]尽汪洋之叹;揽万卉于华岳,而令寻芳者有莫穷丛郁之思,盖诚可与读书论世者[第2b页][第117页]欤。今海内诗名之士,辞论意旨,各自为家;文采风流,互徇标榜。黄子独于争长妒技[第3a页]之日,公善好义,毅然以阐扬风雅为己任。且当断简残篇,风遥人远,求什一于千百[第3b页]之中,纪姓名于湮没之后。显藏今古,靡不遐稽。选美玉于昆山,因重连城之价;拾遗[第4a页]珠于沧海,愈识照乘之奇。其已传者,至此日而益彰;其未传者,待此日而始著。此则[第4b页][第118页]黄子之挟持者大,而意量甚高远也。汇选既成,自此汉魏三唐之作,不得专美于前;[第5a页]十五国之风谣,知吾粤为最盛。其所借以备辅轩,登清庙,播当时而传后世[第5b页]者,不但咸颂黄子之力于不衰,且将以观诸邦之校雠相继而起,则近代元音,可拭[第6a页]目而见之天下也。是为序。时康熙岁次癸酉[三十二年,1693],重阳,[第6b页][第119页]同里弟李长华东园氏拜撰。[第7a页][第120页]

十一、黄登“凡例”一(寓贤类,第120页)

一[一] 名宦风雅,从志中订者,多是省郡名胜之作;从原集订者,则各体并录,不区区于岭吟也。

一[二] 叙宦途品秩,自须次第详明。然在任同时,断无紊乱之患;倘后先遥远,则随诗邮至,编列不能尊卑取次也。

一[三] 宗门风雅,俱从先后次第编之;若名分,不及考[第1a页]也。

一[四] 仙道,唐只司马退之,宋只胡衍,俱各附名宦之末,不另分卷。

见堂黄登识，男学华、学锦、学元编录。[第 1b 页][第 120 页]

十二、黄登“凡例”二（土著类，第 337—338 页）

一[一] 先当代名人诗集，多有未遑剞劂。盈笥积帙，束之寒斋；平生苦吟，终成弃物。即有寿之梨枣，亦复毁于沧桑，未及流通海内。五朝之久，纂辑未闻。竟使明珠，遂成朝露。词坛选阁，流览无从，殊增慨叹。兹不惴[揣]愚鲁，加意搜寻。或检之蠹纸残篇，或得之藏书断简。徘徊若宝，敬授梓人。冀名篇传之太史，庶玄响披之管弦。拭目可期，原非[第 1a 页]臆说。

一[二] 粤中风雅，祖自曲江张文献先生。今考自唐宋元明以迄今兹，其得共见于天下者，从上诸贤，余皆湮没。兹分五代，识为一编；古借今而益彰，今借古而益显。仍于姓氏爵里，详加订核，使千古而下，诵者必知其人。

一[三] 名编原以待采风之肆考。闾巷讴吟，圣贤不废。如诞妄讥刺之言，概不选录。

一[四] 从上先贤，遗帙多有失传，难从全集稽览。间有[第 1b 页][第 337 页]仅录一二首，乃得于史氏别藏；虽未能盛于举扬，庶几借垂其姓字。

一[五] 诸词坛近作，家有隋珠。然十得一二者，不足以尽其全豹。兹拟邮至者先刻，未邮至者陆续补入。中有不能齿序，览者垂谅。

见堂黄登识，男学华、学锦、学元编录。[第 2a 页][第 338 页]

【附录一】《四库全书总目》卷一百九十四集部总集类存目之四（中华书局 1965 年 6 月第 1 版，下册第 1775 页）

岭南五朝诗选三十五卷（浙江汪启淑家藏本）

国朝黄登编。登字俊升，号积庵，番禺人。是编分为二帙：第一帙二十卷，皆载诗之为粤东作者；第二帙凡十五卷，则皆粤东人诗也。第一帙谓之"名宦"，颇为无理：无论其人不仕于粤东；即开卷之杜审言、宋之问、沈佺期，《唐书》具载其事，何可以"名宦"称欤？

则杰按：此集所谓"二帙"，即两大类：前一类作者为寓贤，后一类为土著。寓贤类又分两块：前一块无论以何种原因入粤，是否为官，均称"名宦"，凡十七卷；后一块为"高僧"（三卷）、"才女"（一卷），凡四卷；两块卷次各为起讫，合计实为二十一卷。土著类影印本凡十六卷，另外卷十一之前还有"卷十一上"专收屈大均。如此即使撇开土著类"卷十一上"不计，全书也有三十七卷。四库馆臣所说的"三十五卷"本，很可能经过某种抽毁。

又，土著类十六卷，卷次同样自为起讫。如此通观全书，可知其体例不免有些混乱。不过前录各序，有些明显只针对土著类而发，因此很可能原先两类即分别成书。唯寓贤类内部两块，卷次又不相属，则不知何故。

【附录二】法式善《陶庐杂录》卷三（中华书局1959年12月第1版，第86页，原标第六十一则）

《岭南五朝诗选》三十五卷，番禺黄登编。刻于康熙三十五年[丙子，1696]。前二十卷，诗之为岭南作者；后十五卷，岭南人之诗。卷首载袁景星、鲁超、刘茂溶、秦桂、王士祯[桢]、梁佩兰、欧阳隽、陈恭尹、李长华九序。决择未见允当，搜罗尚称富有。

则杰按：此处所说集内构成情况，可参见上录《四库全书总目》；又刊刻时间，盖据卷首第一篇袁景星序言署款；同时所列"九序"，实际还缺漏郭亩一篇。

【附录三】钮琇《觚剩·续编》卷一《言觚》"樾巢近体"条(上海古籍出版社 1986 年 1 月第 1 版,第 183 页)

近时有选岭南五朝诗者,意在胪列时贤,而不在表彰前哲,故四朝之诗止三之一,而国朝之诗反居其二。然求其律细词清,则自梁、屈、陈三家而外,惟何子巩道五七律为可诵也。

02－134　广东诗粹

梁善长

十二卷、补编一卷。梁善长辑，《四库全书存目丛书》集部第 411 册，影印乾隆十二年丁卯(1747)达朝堂刻本。

一、王之正"广东诗粹序"(第 107—108 页)

《诗三百》，首《国风》。国之有风，先王借以观政，命太史采而陈之，不綦重哉？东粤，汉唐以前，风气未开，言诗者所弗及。自张曲江开文献之宗，扬风扢雅，代不乏人。明初，"五先生"结社"南园"，声应四海。逮乎嘉、隆，兰汀盛年，名噪"七子"。仑山、瑶石，则为"广五子""续五子"之最；叶石洞所谓"驰两广于中原，望而知为南粤之麾"者，此也。国朝，程石臞振响于京华，与新城、尧峰迭相唱和；屈、梁、陈三家继起为后劲，一时盘敦，直趋岭表。呜呼！可谓盛矣。然自唐以来，诗集叠出，精华散见；明珠不聚于媚川，翠羽不栖[第 1a 页]于仙洞，夫谁得而珍玩之？顺德进士梁君崇一，久提倡于骚坛，搜罗十三州郡，荟百家而纂葺之。几阅春秋，成广东历朝诗十二卷，名曰《诗粹》。余承乏兹邑，聘梁君为书院师。谈经暇，出以相订，因得窥岭海之风俗、士夫之性情，志和音雅，何其粹然一出于正若是也！前之选者，《岭南文献》，荒秽不择，近于滥；《五朝诗选》，志在胪列时贤，表彰绅绶，沦为陋；华夫《诗选》，似无可议矣，而去取未驯，令观者望洋，无所适从。梁君取裁于汉魏，斟酌于《选》《骚》，而折衷于至道。天下之粹者莫道若；造道深者，其言如精金美玉，粹然无疵，为人所宝重也固宜。世有采风于[第 1b 页][第 107 页]粤者，问九真五岭之俗，余将出是编以应之，谓可以续《三百》之遗，非妄也。乾隆丁卯

[十二年,1747]仲春,北平王之正书。[第 2a 页][第 108 页]

则杰按:此处提及另外两种有关清代广东诗歌总集,《五朝诗选》指黄登《岭南五朝诗选》,"华夫《诗选》"则当指屈大均《广东文选》诗歌部分,各参见该种及下录"例言"第一款。

二、梁善长"例言"(第 108—110 页)

[一] 吾粤旧有《岭南文献》及《岭南文献续集》,二书所选唐宋元明诗颇富。翁山从而删节,载入《广东文选》者十之二三。黄俊升增减之,续以国朝诗,为《五朝诗选》。屈选不专于诗,故搜罗未备;黄选专于诗,而持择未精。兹从唐宋以迄国朝,广为采访,细加校订;因其诗而传其人,非因其人而收其诗也。

[二] 《广东新语》载:南汉时,番禺有钟允章者,官工部郎中,知制诰。刘主晟游罗浮,命为《蓬莱上界》诗,极为褒赏。汉和帝时,南海杨孚为《南裔异物赞》,亦诗之余也。孝惠时,南[第 1a 页]海人张买侍游苑池,鼓棹为越讴,时切讽谏。晋时,高州冯融汲引文华士,与为诗歌。梁,曲江侯安都为五言诗,声情流丽。此皆开吾粤风雅之先者。余尝按求其诗,皆散失无考。故兹集以张曲江居首,而唐代诗湮没亦多。柳宗元称廖有方诗"有大雅之遗",今亦失传,可惜也!

[三] 诗但据诸家选本及志乘记载、同人传诵,便即钞梓,未免多误;兹选悉从各家原集钞出,某人某诗、某诗某题,编校谨慎,庶无移甲作乙之弊。

[四] 《岭南文献》编诗,先宦达,后布衣才士。兹于有爵位者,各以科目分先后;非科目者,则随时代附入其中。至诗,则[第 1b 页][第 108 页]先古体而后今体。虽集有不分体类者,亦为编次。盖乐府歌行,诗之源,欲学者由源以及流也。

[五] 历朝诸宦达,其道德节烈彪炳史传志乘者,不复赘述,但书其姓氏爵里及选家评语而已。至高人逸士、羽客缁流及闺阃之秀

者，则间详其轶事，以补缺略。

［六］　唐宋元明诗有原刻、重梓互异者，诸家选本亦间有删改。余逐一雠校，使无帝虎讹错；或有改本胜者，依之，不以原本拘也。至不惬鄙意者，以单点别之，不敢改窜，致失作者本旨。

［七］　诗人寄托深远；非息心静玩，未易得其旨趣。而体无论［第2a页］今古，篇无论长短，作者各有主意，有章法，有句法，有字法，有虚有实，有正有变，佳胜各出，有目共赏。故集中从俗，略加圈评。其无名句可择、通首不加密圈者，读者须观其一气浑成之妙，勿以平浅忽之。

［八］　诗中所引典故，大抵皆本经史子集，篇中略为指出。至于吾粤山川名胜、鸟兽草木，省志舆图或未详载，细加笺注，以便观览。

［九］　古来虽大家名家诗，亦难诸体兼善。吾粤自唐曲江而后，或长于乐府歌行，或长于近体，或五、七言互有优绌。姿学所限，不必曲为之讳。兹所选不论古体、今体，五言、［第2b页］七言，多不过三四十首，或十余首，或三四首，或止一首，志在复古，取惟最上，庶繁响息而雅音奏矣。

［十］　诗以理意神骨为主，次论气格，又次论声调，又次论色泽，而兼之者实难。兹集所选，意趣不同，而悉衷于理；精神骨相各别，而根本性情，和平中正，粹然无疵，庶与风教有裨焉。

［十一］　诗有似奇恣而实粗豪、似宏阔而实肤廓、似华丽而实纤靡、似真朴而实空滑、似整炼而实板重、似新脱而实鄙俚，更有用奇字险句以为博雅、入禅言学语以为超妙者，此皆不轨于正，有背于道，概不采入。［第3a页］

［十二］　乐府莫盛于汉魏，大抵因事起义，缘义定名。后来拟作，多借其题目，另立新意，不得执旧题旧说以求解也。兹于古乐府题，略疏其源流，博采各家笺释附载于下。

［十三］　唐人尚律诗，乐府虽张曲江集中亦罕见。明孙西庵

（賁）、邱琼台（濬）、黄泰泉（佐）、区海目（大相），国朝程石臞（可则）、方九谷（殿元）、梁药亭（佩兰）、陈独漉（恭尹）、罗仲恭（宁默）诸家所拟乐府，俱得古人神理，而按之音律，亦未必尽谐，阅者不必以乐府声调绳之也。

［十四］　五言古体，唐张曲江整密中古气流逸，非后人所能仿佛。邵谒虽逊其蕴藉，而清婉可诵。明初孙西庵、黄雪篷[第 3b 页][第 109 页]（哲）两家，并有古人遗意。洪、永而后，邱琼台以奥博胜，陈白沙（献章）以冲淡胜。继起者黄泰泉、黎瑶石（民表）、梁兰汀（有誉）、欧仑山（大任）四家，似琼台；湛甘泉（若水）、何古林（维柏）、许吾野（炯）、李青霞（时行）四家，似白沙。至隆、万，则有郑承孟（学醇）、区海目、韩月峰（上桂）、黎二来（崇宣）、黎柱流（密）；启、正［祯］，则有黎美周（遂球）、陈岩野（邦彦）、邝湛若（露）、陈独漉、一灵上人；国朝，则有程石臞、方九谷、罗仲恭、韩桥村（海），虽宗尚各殊，体裁不一，要皆不失张曲江之正轨者。

［十五］　七言古体，宋崔菊坡（与之）高华壮亮，犹有唐人遗音。明[第 4a 页]初孙西庵遒炼醇古，仿佛老杜。嘉、隆间，黎瑶石、梁兰汀、欧仑山气格沉雄，实为同调。万历间，区海目瑰丽，韩月峰宏畅，邓玄度（云霄）爽健，各极其胜。明末，黎美周、邝湛若、一灵上人感时伤乱，慷慨悲歌，《离骚》之遗也。国朝则程石臞闲雅，方九谷疏宕，梁药亭超旷，此外罕与为敌。

［十六］　五言律，唐曲江兼有众美，敻然独上。宋余武溪（靖），有晚唐风致。至明，则陈琴轩（琏）峻洁，陈白沙自然，黎瑶石高华，欧仑山典赡，区海目浑雅，罗季作（宾王）激壮，李烟客（云龙）空灵，邝湛若洒脱，王说作（邦畿）真朴，一灵上人清[第 4b 页]俊，此十公各有得力，卓然成家。国朝则程石臞、廖昆湖（文英）、梁药亭、方九谷四家，为清超越俗者。

［十七］　七言律，由唐以迄国朝，佳什甚多。集中所收，不拘一格，春容大雅，意味深厚。如黎瑶石、梁兰汀、欧仑山、邝湛若、陈独

漉、一灵上人、程石臞、方九谷诸家，其最上也。读者知余之所以取，则知余之所以不取矣。

［十八］ 五言长律，唐张曲江整炼流丽，雄跨今古。五言绝句，瑶台、白沙，雅淡自然，含蓄不露。六言绝句，惟明朱季美(完)擅长。七言绝句，明孙西庵、黎秫坡(贞)、陈白沙、湛甘泉、黄泰泉、王青萝(渐逵)、许吾野、谭永明(清海)、黎美周、程石臞、[第 5a 页]方九谷诸家，并称佳品。而有作竹枝词体者，非绝句正声，读者须分别观之。

［十九］ 自唐以迄国朝，诗有因人既往而锓散失者，或见诸各家选本，或见诸志乘及各名胜留题，苟有足传，悉为采录。迩来诗教日广，现存诸公专集行世者不少，统俟汇齐，另编一集，非敢曰观止也。

［二十］ 善长学识浅陋，此编历十余年乃成，共四百十三［八］家，计诗一千五百五十余首。借同人搜访研订，裨益实多，详列姓氏于简端，以示不敢专能而掠美云尔。

顺德梁善长识。[第 5b 页][第 110 页]

【附录一】《四库全书总目》卷一百九十四集部总集类存目之四(中华书局 1965 年 6 月第 1 版，下册第 1777 页)

广东诗粹十二卷(浙江汪启淑家藏本)

国朝梁善长编。善长字崇一，顺德人，乾隆己未［四年，1739］进士。此集所选广东诗，上起于唐，下至国朝，凡四百一十三［八］家，一千五百五十余首，各为之评注。先是，黄登有《五朝诗选》，善长以其持择未精，故更加搜访，定为此集云。

【附录二】法式善《陶庐杂录》卷三(中华书局 1959 年 12 月第 1 版，第 83 页，原标第四十五则)

《广东诗粹》十二卷，顺德梁善长编。第一卷唐六人、五代一人、宋二十二人、元四人，第二卷明二十三人，第三卷明三十八人，第四卷明四十三人，第五卷明三十八人，第六卷明三十一人，第七卷明三十九人，第八卷明□[二]十□[七]人，第九卷明□[四]十□[六]人，第十卷明二十人，第十一卷国朝十九人，第十二卷国朝五十九人。虽收明人诗过多，甄核称审确，论粤诗数则亦简当。印镂甚精，成于乾隆丁卯年[十二年，1747]，前有王之正序。

则杰按：此集所收作者，据各卷目录核对、统计，上列正编十二卷共四百十六人；此外还有“补编”一卷明二人（第288页），实际总数为四百十八人。

【附录三】丁宿章《湖北诗征传略》卷首沈用增《湖北诗征传略序》（参见该种）

后世选其乡人之诗者，黄梨洲有《姚江》，梁崇一有《广东》，王[郑]慎人有《莆田[风]清籁》，煌煌巨帙，如日月之丽天。

02－135　粤东诗海

温汝能

一百卷、补遗六卷。温汝能辑，吕永光等整理，中山大学出版社1999年8月第1版。（下录均见上册）

一、李威“序”（第13页）

江，吾知其源于岷，入于海。汉，吾知其源于嶓冢，入于江。济，吾知其源于王屋，入于河，溢为荥，达于海。淮，吾知其源于胎簪，会于泗、沂。熊耳之洛、鸟鼠同穴之渭、大盂之汝、陪尾之泗，吾亦知其源而竟其委。河，虽迁变不测，然而葱岭、于阗、积石、星宿海，吾知其为源也；碣石、渤海、天津、千乘、淮口，吾知其为历代改流之委也。至于海，则沖瀜沆瀁，渺弥湠漫，茫不知其几千万里矣。而珊瑚、玳瑁，骊龙之珠、鲛人之绡，举凡希世之宝，必待浮海之贾而后得之，岂非所聚者必多而后所生者始能奇耶？顺德温谦山先生既编粤东之文，复广征诗词，纂辑成书，得一百余卷，而皆名之曰“海”；其亦欲世之学者涉乎不测之渊，穷乎积流之中，以求所谓珊瑚、玳瑁，骊龙之珠、鲛人之绡，为希世之宝耶？其所聚则已宏矣。夫粤东自曲江开正始之音，嗣后作者继兴。至“前、后五先生”，创立“南园”以提倡风雅，古诗必宗汉魏，近体必效盛唐，皆能兴复古昔，蔚为词章之华，然而未能变也。邝、黎奋起，或师骚、雅，或师李、杜，其体变矣，然犹未能化也。国初陈、梁诸公，寝馈百家，陶镕万汇；独运其心力，而不兢兢先正典型，而选声设色、措词运意，又无一不合于古，至哉其神乎！越至于今，文教日昌，自卿大夫以至山林墨客、羽流衲子、童仆闺阁，莫不有讴吟，以写其胸中之籁。而冯鱼山之浑厚，黎二樵之幽峭，又能各竖一帜以指麾群英,信乎无体不有,无奇不备矣。先生已为之编次,又为考其源流,论其得失,俾览者如涉海之得楼航,虽泛乎浩浩之中,而无浮沉之虞,其功不其伟欤。余故乐而为之序。嘉庆癸酉[十八年,1813]重阳,龙溪愚弟李威谨叙。[第13页]

二、温汝能"序"(第14—15页)

自唐以诗取士,海内多事声律。五岭以南,作者奋兴,日月滋广,遂蔚为奇观。明区启图尝会萃诸集,编为《峤雅》。采择孔翠,芟简繁芜。自唐迄明,得五百余家,可谓盛矣。而刊未及竟,浸已散佚。国朝乾隆间,车蓼洲、罗石湖、何西池诸先生惧其久而散,散而无以征其奇也,更为广征传刻。已属番禺冯箕村启局于羊城,远近邮寄,绳绳不绝。乃功未及半,亦相继殂谢。今所传《岭南文献》《广东文选》《五朝诗选》《广东诗粹》,或搜辑未富,或采取未精,均未足以尽其奇。夫粤东固海国也,昔在大荒,水泛无归,天乃廓灵海、导百川而注之。江河之大、沥滴之细,莫不来会。其在东粤,若黔,若漓,若郁,若贺,若湟泉,若浈水,若槎江,若汉阳,若濂、鉴、钦、韩诸大川,悉皆网络群流,商擢涓浍,会于南海;嘘噏洗涤,经途瀴溟,遂成巨浸。蛟龙、鲸鲵、鼋鼍、蜃蛩、珊瑚、珠玑、玳瑁之属,咸育其间。此番禺之所以成都会也。向使百川潜渫,涓流泱瀼,仅得薮泽以为之汇,亦安能会其归哉?粤自曲江以来,文献已开。荐绅解组归,往往不事家人产业,唯赋诗修岁时会。至于今日,廊庙之英、山林之彦,类能文章,娴吟咏。雄者、豪者,淡者、雅者,劲而健者、高而古者,绮丽而典则者、自然而和平者,各建其旗鼓以驰骋中原。大则萦洄磅礴,千变万状,洋洋乎如修江万里、巫峡千寻。小则漪漪清润,如漪流,如春泉;采采蓬蓬,络绎交会,无浅深广狭之不得其源。而观者犹不免崖涘之见,则未有海以为之归也。余已论次桑梓之文,复遍征诗词。自甲子[嘉庆九年,1804]迄庚午[嘉庆十五年,1810],凡七阅寒暑。四方缄寄者千余家;与二三同志稍加裁择,咸使雅驯,共得诗一百卷、《补遗》六卷。上[第 14 页]自公卿，下征谣谚；旁及僧道，幽索鬼神；无体不有，无奇不备。书成，名之曰《粤东诗海》，其亦庶几人文之渊薮矣。且夫诗者，所以观民风者也。故古者太史尝乘輶轩，采之四方。天子巡狩所至，亦命太师陈之，以观其贞淫。夫风之贞淫，由于习之邪正。粤东居岭、海之间，会日月之交，阳气之所。极阳则刚，而极必发。故民生其间者，类皆忠贞而文明，不肯屈辱以阿世，习而成风。故其发于诗歌，往往瑰奇雄伟，凌轹今古，以开辟成一家言。其次者，亦温厚和平，兢兢先正典型，不为淫邪佻荡之音，以与世推移。是则广东之风也。后之览者，因其风而知其习，因其习而求其人，则文献、文庄、白沙、忠介之流，其犹有兴焉者乎。徒以诗为诗，则虽海涵岳负，无物不具，犹未足以尽其用也。作《诗海》序。嘉庆庚午[十五年，1810]孟冬，顺德温汝能书于听松阁。[第 15 页]

三、温汝能"例言"（第 16—24 页）

[一]　吾粤传诗，始于有唐。而《新语》载孝惠时，南海张买侍游苑池，鼓棹为越讴，时切讽谏。晋时冯融，汲引文士，与为诗歌。梁曲江侯安都为五言诗，声情流丽。则自汉晋，既开风雅之先矣。特散佚无考，诸选刻皆未之及。故兹编仍旧选，自曲江始。

[二]　曲江相业，固卓绝一时，而诗文亦昭灼千古。玄宗称为"文场元帅"，又谓公所作"自有唐名家皆弗及；朕终身师之，不得其一二"，其见誉如此。丘文庄谓"自公生后，五岭山川赫赫有光"，信哉。但其遗文较多，不能尽录。故《文海》稍加裁择，而诗则全依本集收入《诗海》，所以志景仰之深也。

[三]　王阮亭"五古诗选"，于唐仅得五人，曰陈伯玉、张曲江、李太白、韦苏州、柳柳州，谓五人者足以存古诗于唐诗之中。窃谓曲江五古，太白或逊其醇，韦、柳不如其厚。张说谓为后出词人之冠，非溢美也。其五律细腻熨贴，又有灏气行乎其中，实为太白之先声。

吾粤如白沙、海目、湛若、一灵、湟溱诸公，皆其嫡派。

［四］ 有唐苦学之士，未有如邵谒者。为县掾，不屈于令，遂奋志力学。截髻县门，以发明誓。里儿呵嗤，终不顾。卒之，温庭筠主试，榜其诗三十余篇以振公道，由是释褐。夫庭筠之诗尚文，而谒诗贵质，乃见赏如此。明眼人品骘文字，自不执私意以绳成材，亦见苦学之有实效。

［五］ 陈嵩伯或作鄱阳人，然马氏本传谓其世居岭表。御定《全唐诗》，及沈选《别裁集》，俱作岭南人。兹本从之。至其诗，时有灵奇之气，似师法长吉。后来惟李易庵近之。曲江堂堂之阵，正正之旗，所向无前。而[第 16 页]嵩伯偏师一旅，神计百出，亦能制胜。皆岭海英灵，为粤诗有唐之冠。

［六］ 唐代作者既未多，又或散佚失传。如廖有方诗，柳州称为“有大雅之遗”，今已沦亡。其它遗逸，想亦不少。故传作概行收入，恐更失坠也。至孟宾于、陈陶等，或列为五代。兹从御定《全唐诗》例，仍列于唐。

［七］ 宋初风雅寥寥。古亚奭登进士，始倡为吟咏。尝历官魏城、绵竹。邑人以其雅意林壑，尝为洞天福地之游，遂疑为仙去。事属渺茫，未可尽信。兹仍依科第，列为有宋诗人之冠。

［八］ 曲江本一僻县，而前有张文献，后有余襄公，相业后先辉映，亦异矣。襄公《武溪》一集，骨格清苍，吾粤宋诗无出其右。

［九］ 宋自余襄公外，若崔清献、李忠简诗，力持气格，济以葩华，皆有本之学。而季世赵玉渊，亦以诗文名世，与陈景元、蔡西野、马南宝诸公，值厓山之变，悲歌当泣，慷慨激烈，颇近文文山。惜所著《覆瓿集》今已沦亡，故仅就旧选所存数篇录之，俾无失坠。

［十］ 宋诗多苍劲有骨，而其失或迂拙乏致。故取瑜弃瑕，稍加选择。

［十一］ 元人诗多以丽缛为病，刻翠剪红，或近晚唐小令。独吾粤罗希吕圭臬盛唐，元气浑然，调高字响，开“南园后五先生”之

派。惜稿已散失，无由搜罗，故仅依顾侠君《百家选》所存收入。

［十二］ 有明以来，粤诗大盛。洪武之初，高青丘雄视词场，而广南孙西庵崛起岭表，为之羽翼。尝与赵伯贞、王彦举、李仲修、黄庸之开“南园社”，称“五先生”。西庵自汉魏六朝、初盛中唐，无所不学，而炉锤独运，自铸伟词，固卓然名家。若赵、王二公，虽存诗不多，亦清超拔俗；庸之淋漓神致，时近青莲；仲修雕镂肺肝，或仿长吉，皆一时之杰也。

［十三］ 西庵先生虽有专稿，实后人重其名，随所闻见，撮辑成编。其舛误实多，不如五人合稿，尚是明人定［第 17 页］本，为约而精。然在崇祯时，此本已伤漫漶，幸葛介龛使君手订而传之。康熙时，李崇朴重登梨枣，始不失坠。故兹编全收之，以防沦逸。

［十四］ 明人好为乐府，句摭字捃，每不求通。“辛苦学妃豨”，渔洋讥之，审矣。陈琴轩《铙歌》《鼓吹》等词，独一意孤行，笔墨奇丽。献之文皇，大加称异。论者至以相如赋奏比之，宜也。各体诗亦极豪宕清超，可称正轨。

［十五］ 理学名儒，多不以诗见长。而本性原情，自然超妙。朱晦翁后，推吾粤白沙先生一人。论者谓白沙蜚英腾茂，黎秫坡有以倡之。顾秫坡质实近俚，白沙美秀而文，不可同日语也。然白沙亦时涉理语，出于平率。而腐儒得之，反奉为玉律，转相效法；承《击壤》之余波，为“打油”之下派，风雅扫尽矣。故读白沙诗者，不可不审。

［十六］ 丘琼山诗，清淑典丽，鉴然莹然，深得风人温柔敦厚之旨。而世极称其五指峰之作，非知诗者也。只以其形容尽相，寓意关合，为后来试律滥觞，遂多爱之，然失庐山真面矣。论者又以其有与友绝句云：“吐语操持不用奇，风行水上茧抽丝。眼前景物口头语，便是诗家绝妙词。”疑其信口为诗，不事锻炼。不知其矩度精严，并非不锻炼而成者。一时率意之言，未足为据。

［十七］ 霍文敏喜为四字诗，师法西京，或追“四始”。其宏博

之学、峭岸之气，足以举之。真意内郁，健笔独扛；遗貌得神，一时无两。

［十八］　有明一代，吾粤文章昌明博大，无逾丘琼台、黄泰泉。其在词垣，后先相望；南离曙色，照映九州。《琼台集》及《大学衍义补》，已家有其书。而《泰泉集》，尚未甚显。然其言皆有物，可以措施。虽埋之粪壤，终不泯灭矣。其诗体貌雄阔，思意深醇。旗鼓振发，群英竞从。一时词人，如“南园后五先生”，皆出其门，粤诗大著。[第 18 页]窃谓唐代诗人，能鼓舞后进，作兴人文者，唯昌黎一人。泰泉，其即吾粤之昌黎也耶？

［十九］　嘉、隆时，王、李倡“七子社”，吾粤梁兰汀与焉。朱竹垞谓兰汀“所得于师友者深；虽入王、李之林，习染未甚”。窃谓兰汀等均有习气，五古必师《文选》，今体必效盛唐；矩度有余，未极变化。其游览及赠送诸诗，“五先生”如出一手；颠倒名字，难以猝辨。于此叹“国初三家”为不可及。

［二十］　“七子”诗虽未免摹拟，然气象浑含，音节浏亮，自胜公安、竟陵数倍。“五先生”若欧桢伯、黎维敬，虽不与“七子”数，而才情笔力，足亚王、李而配四溟。梁兰汀习染稍重，然风流蕴藉，亦过徐、吴。李青霞冲和有味，惜稍庸。吴兰皋明季已无传稿，所存仅十余诗；然以比肩青霞，当亦无愧色。

［二十一］　曾人倩诗，意到笔随，无摹拟之气。其古体整炼不如“五先生”，而近体沉郁或过之，亦殊材也。

［二十二］　模范百家，陶镕万象；含华佩实，纯瑜无疵，必也其海目乎。海目与泰泉之诗，皆博带峨冠，周规折矩，一望而知为端人正士。而海目取材必新，说理能妙，较泰泉尤有风采。《新语》谓明三百年岭南诗以海目为最，非欺我也。

［二十三］　隆、万人古诗，终不免习于摹拟。唯韩孟郁品节高超，才力雄迈；任意挥洒，而语意格调无不合于古，足以推倒一时，宜《列朝诗选》推为万历间岭南第一才人。然亦不能驾海目而上，其近

体又或失于疏拙。钱氏止取孟郁，而遗海目，非余之所能知。

［二十四］　天下无拘迂之豪杰。黎美周少负才名，花酒声歌无所不染。国变后，翻然改行，提一旅之师，力守孤城，巷战奋呼而死。前后如出两人，可谓奇矣。昔文文山杀身成仁，精贯星日，少时亦癖声伎。美周，其即文山后身耶？崇祯初，美周尝游郑超宗影园，赋黄牡丹诗，名流百辈悉为屈服，号“黄牡丹状头”，至今传为美谈。其所著《莲须阁诗》，屈伸如意，不为格律所拘，而灵光异采，迷离满目。徐巨源谓为太白以后一[第19页]人，良有以也。

［二十五］　郭菽子或染竟陵之习，然戛戛独造，骨格清苍，自胜蹈袭家。以世尚知希，故所收从富。

［二十六］　吾粤诗笔，老健无逾陈岩野先生。先生身著大节，诗亦力企大家。感时之作，气啮长虹，骨凌秋隼，直摩少陵之垒而拔其帜。当时名流，如湟溱、一灵、药亭、蒲衣，皆从之游；而分镳异轸，不相沿袭，又能各臻上乘。其教化之神，尤莫与并。所遗《雪声堂诗文集》，已残缺失次，予曾搜辑订正而刊传之。兹更择其尤者，登诸是选。

［二十七］　余与友人尝论：黎美周为吾粤之太白，陈岩野为吾粤之少陵，邝湛若为吾粤之灵均。三公俱凛然大节，意欲合为一编，名《岭南前三大家集》，卒卒未能。而湛若主文谲谏，语意精深，时露宝光，如夏鼎商彝，古色璀璨，品格尤在二家之上。

［二十八］　明鼎革，吾粤节烈之士多妄思恢复，愚忠之气激而为诗，研泪和麋，长歌当哭，往往无意求工，自然法立。若陈秋涛、梁未央、张元子，固为卓卓，其他亦有可传者。博采而录之，亦发潜显幽之意也。

［二十九］　李英侍欧虞部为青衣，历游河岳，走燕、赵、齐、梁、吴、楚，登临吊古，辄寄以诗。音节爽朗，取事不苟。宋辕文谓其清劲可诵，能宗法主人。俞汝成《盛明百家选》、钱受之《列朝诗选》、朱竹垞《明诗综》，皆取之。故兹编终明诗后，亦别附一卷，以见南国之多材。

［三十］ 读晚明诗，如雨晦风潇，猿啼鹤唳，令人不欢。得国初程周量《海日堂集》，觉天地开辟，日月重光；凤凰来仪，音中六律；天君泰然，神和气爽矣。闻当时都人士传观惊叹，等于《上林》《羽猎》之书，至今犹想见开国元音。

［三十一］ 周量诗声早擅海内，与刘公戬、汪钝翁、王阮亭称为“四家”。刘、汪远逊周量。阮亭雄厚过之，而澹远［第20页］亦不及。其五字俱工，律体尤上。资清以化，乘气以霏。曲江流风，于兹未坠。

［三十二］ 元遗山诗云：“万古骚人呕肺肝，乾坤清气得来难。”诗之贵清，固矣。然绮丽雄奇，亦不害为清。譬之神仙宫阙，虽金银珠贝光怪陆离，何尝有一点尘埃污其灵境？时士不明其理，只以潦尽潭寒相矜尚，可谓陋矣。如何不偕诗，清超拔俗，有蝉蜕轩举之风。然赋形渺小，抟翼不高；清寒清薄，亦所不免。乃遂谓能绍曲江，肆然自矜，目当时大家以为卤妄，亦多见其不知量也。

［三十三］ 王震生文尚古奥，诗亦不肯平庸。罗季作沉鸷独往，王说作冲澹自流，皆奇才也。数公为前明贡士；至国朝虽未通显，而沐浴洪化已数十年，且日与宦达诸公往来酬唱，故仍编之国朝。若陈元孝、薛刚生诸公，俱依此例。

［三十四］ 罗仲恭最称奇杰，诗品如空潭写春，古镜照神，不在湟溱、药亭下。惜其稿未获睹，而前此选粤诗者又多未之及。兹仅就梁选《诗粹》所登收入。

［三十五］ 余生平最不喜时流稿本，开卷即《天门开》《君马黄》等乐府数百首，彪炳乔皇，不肯作一语落魏晋人后。究之意兴索然，神明不属；连篇累牍，嚣烦可厌。国初方蒙章《九谷集》亦多乐府，然深情一往，弦外有音，多寄托之作，非剽窃者比，故兹编仍多收之。

［三十六］ 吾粤乐府，独陈元孝擅场。选声、设色、寄兴，无一不合于古。骤而如浅，复而弥深，洵未易及矣。其五古高绝，感怀诸作，不袭曲江之貌而得其神。《挽王将军》及《王华姜哀词》，绝无《孔

雀东南飞》作滞其笔端。七古亦璧坐玑驰，鸿翩鸾耸，最宜学步。比肩翁山，称为大家，盖有以也。而世只称其怀古诸作为七律上乘，转相效法，才力学识又不足以济之，议论多粗率不经。元孝有知，当亦为之愀然。

［三十七］　梁药亭才情绝大。其七古跌荡淋漓，时胜元孝。而乐府、五古未免太露，近体亦平平。学是家者，宜[第 21 页]加酝酿深厚。

［三十八］　薛刚生、伞山兄弟，奋笔峻嶒。黄葵村含情凄惋，可称名家。罗晓园、周乳峰亦清稳有致，但以追薛、黄，尚差道里。

［三十九］　屈、陈极盛之后，实难继轨。车蓼洲、许真吾、韩桥村、何西池、罗石湖、劳孝舆诸公自度才力不足以抟羊角争九万里，遂退处于樊园丘圃，飞鸣饮啄，乐意相关；闻者忘机，见者喜狎，亦清才也。自后风雅日沦，紫色蛙声不免窃据坛坫矣。

［四十］　何西池学甚博，而才能敛；罗石湖才颇大，而气不嚣。“惠门八子”，是为铮铮。

［四十一］　自黎美周赋黄牡丹诗于广陵，称状头，夺黄金爵，乡人艳之，遂延其风，日为校诗之会。题尚么麽，体惟律绝；六街九陌，粘题烂然。诸名士拈须叉手，屠沽贩竖亦争效之。黄璞、谭湘最称擅场，然多求工于语言，不复计其雅俗。世儿转相师法，习染日深，愈降愈下。数十年中，诗教不昌。予录诗至此，用心亦良苦矣。

［四十二］　自乾隆二十年［乙亥，1755］以来，风雅中兴。刘松崖追摹楚骚，得其神理；张玉洲绰约仙姿，目无下土；李杏墅光芒剑气，影掣层霄；胡同谦敏妙高超，赵渭川端庄流丽，皆一时之隽。至冯鱼山出，笼盖群英，直追往哲；无体不备，无美不臻，可谓至矣。盖其秉性孝友，又复胸罗万卷，足迹遍天下名胜，故造诣独高。

［四十三］　王兰泉《湖海诗传》，尚未甚许鱼山，而推黎二樵为“岭南三家”后一人。或者疑之。予细审《五百四峰堂诗钞》，昌明博大不如鱼山，而微妙精深，巉岩峭削；镂肝雕肺，摄魄勾魂，实有过乎

鱼山者。其无笔不到，无韵不稳，无声不谐，格虽奇而实平。正如桃源洞天，桑麻鸡犬、男女衣服，悉无异于外人，但其取径稍曲，世儿惘惘自迷其津，遂疑流水桃花为人间天上耳。[第 22 页]

［四十四］　鱼山诗如虬松偃盖，修荫普垂。二樵诗如玉梅拒霜，古香独绝。皆岁寒友也。曩余欲合刻为一部，名曰《岭南二大家》，惜未得暇。兹先择其尤者入诸是编。

［四十五］　二樵与张药房、黄虚舟、吕石帆，世称“岭南四子”。其始品题于蜀中李南涧，数十年来咸无异议。“四子”奇正不一，俱各有所长，非自为标榜者比。而药房冠裳佩玉，木天殊才；鼓吹休明，应推此种。

［四十六］　贤媛淑女，不择地而生。而粤位南离，“离”为中女而象文明，故女生其间，亦有才情绚烂而明照四方者。如唐上元初南海女制《鞶鉴图》，百九十字，回环可读，措思精巧，寓词箴规，与苏若兰《璇玑图》并传。武后时，七岁女子应命赋诗，后甚异之。明代郭贞顺，上诗俞将军，得保全寨。斯固卓卓，其他亦多以诗显者。余力为搜罗，自唐迄今，得数十家。姿辉金屋，词烂玉台，五岭山川亦与有光。

［四十七］　方外之人，虽栖心禅寂，亦往往留情声韵，以写其山水之乐。又或始为知名士，继而有托而逃，故其诗亦多可传。兹复广为搜罗，而择其佳者登之。其或语有过激，未能忠厚和平者，概行淘汰。若习口头禅说，以颂偈为诗，时带蔬笋气者，更无容问焉。

［四十八］　自五仙布穗，六祖开坛，士民熙熙乐育，雅歌不绝，闾巷时闻矣。夫仙佛别具慧根，苟有传诗，固不可没。而田野痴儿呆女，绝无粉饰，矢口自成天籁，亦不可不传。故兹编以仙佛及谣谚杂语终焉。

［四十九］　知人论世，为颂读之急务。故是编于每人名下，必详记其字号爵里，或撮其生平事迹，作一小传。又附以前贤评语，俾阅者有所考焉。然所重在诗不在人，故有德行勋业震于一时而诗非

所长者，亦姑置之。

［五十］　编人次第，以科目先后分。无科目者，略依少长行辈。诗之次第，以古、近各体分。未能诸体兼长者，则录其所优。但此书已名曰“海”，则鲸鹏虾蟹、玑贝沙石，当无所不容，故未免稍从宽滥。若欲探骊得［第23页］珠，是在习于浮海者。

［五十一］　是书之编，初得百卷。及覆审诸稿，仍多遗漏，更为补编六卷。然沧海遗珠，终知不免。尚祈高明指示，以补我不逮。

［五十二］　现在诸公，未便杂入古人。故另为一册，曰《诗海续编》，即附前编行世。兹已开雕，少俟异时，便当公诸同好。［第24页］

陈凯玲按：据吕永光《前言》统计，此集“共收粤诗人一千零五十五人，其中唐代十三人，宋代三十人，元代九人，明代四百五十九人，清代四百一十六人，闺媛七十八人，方外三十人，仙佛十八人，托名为鬼者二人。另辑有谣谚杂语十六种”（第8页）。

02－136　岭南群雅

刘彬华

初集三卷、二集三卷、初补二卷。刘彬华辑，《续修四库全书》第1693册，影印嘉庆十八年癸酉(1813)玉壶山房刻本。

一、刘彬华“序”(第97—98页)

吾粤詩，自曲江而下，“明季三家”以上，作者前后蜿蟺相望，炜哉！盛矣。窃校前人能事，近体为最，次则五言古，多溯源汉魏六朝，有醇无疵。若七言古，风格高，不过高、岑、王、李。间或驰骋才华，则覂驾之马，不暇顾衔勒；繁会之音，不尽谐钟吕。求其毫发无憾，往往难矣。国朝巨手迭兴。迨鱼山、药房、二樵诸公崛起，研炼诸体，各擅所长。独七言古诗，专以李、杜、韩、苏为之师，引气必盛，征事必实，运思必沉，矢音必洪，置阵必整，彬彬乎入大家堂奥，有起衰式靡之功。粤中诗教，于斯称极盛焉。夫人情狃於近习，不能远揽，而是古非今者，[第1a页]又或拾目前之宝而不以为奇。予少从先君子始学为诗，即获与数公游处，饫闻其说而信好之。间又广咨时彦，旁罗遗佚。其中歌投颂、吹合雅，莫不允洽乎予衷，方轧乎前秀。爰汇数十家，择其尤雅者，断自鱼山以下二十九人为“初集”，而先君子遗诗附焉。其现存者，自芷湾以下四十三人为“二集”。统名曰《岭南群雅》。“《诗》，《小雅》之材七十四，《大雅》之材三十一”，言众多也。司马长卿曰“载云罕，掩群雅”，言求之者勤也。予赋性謭陋，区区一目之罗，不能引而上之以绍乎古，犹欲推而广之以不遗乎今。远壤词人，搜访未遍；倘[第1b页][第97页]肯惠示鸿篇，仍复续事剞劂，俾庆承平雅奏，而予幸免暖暖姝姝之诮也乎。嘉庆癸酉[十八年，

1813]八月，番禺刘彬华。[第 2a 页][第 98 页]

二、曾燠“岭南群雅序”（第 333 页）

天之生才，不数数也，况岭外偏隅哉？少陵哀张曲江，云“相国生南纪，金璞无留矿”；昌黎送区宏南归，云“野有象犀水贝玑，分散百宝人事稀”，盖深叹海南之才少也。今以诗家论之，唐后千年，作者寥寥。至明，而始有“南园前、后五先生”。然其诗无愧于大雅者，惟区海目、欧桢伯二子。而末季屈翁山、邝湛若，庶几嗣音焉。本朝百余年来，自陈元孝、程周量而外，亦罕与于斯道者。今刘朴石太史汇选《岭南群雅》，于乾隆、嘉庆间即得若干人，如瑇珠翠羽、丹砂石英，一时毕现。呜呼！[第 1a 页]盛矣。然岂独岭南哉？余尝谓本朝之诗，至乾隆、嘉庆而极盛。以余所见海内已刻未刻诗集，无虑数百家。此数百家中，有真性情、真学问而卓然自立、远过先达之上者，已数十人。而余未见之才，又不知凡几也。夫文章关乎运会，余与朴石生当斯世，得与诸名人俯仰于宇宙之间，不大幸欤？朴石自有集，其付梓待诸异日云。南城曾燠。[第 1b 页][第 333 页]

三、“初补”刘彬华“序”（第 333 页）

《群雅》剞劂既竣，见者不余鄙，辄复以诗示。合之瑶圃先生，共得廿一家，爰补录焉。曰“初补”者，补不一补，此其嚆矢耳。沧海殊珍，其不在人耳目前者，岂有量哉！嘉庆癸酉[十八年，1813]十月，番禺刘彬华又书。[第 1a 页][第 333 页]

02－137　国朝岭海诗钞

凌扬藻

二十四卷。凌扬藻辑，道光六年丙戌(1826)狎鸥亭刻《海雅堂全集》本。(中山图书馆藏)

一、凌扬藻“序”(第1a—2b页)

余年逾弱冠，喜撰次同人诗，得蕴而未施于世者二十八人，号《停云集》，取靖节思亲友意以自娱，非借言选政也。顾从学之士，辄手录以去。三十年来，远近传写；四方才彦，邮稿就质，而以粤诗续辑相怂恿者日至焉。余维濩落在野，鲜揽环结绶之欢；纵令十三州郡荟蕞成编，究无以遍天下十五国风之广大，则亦乡曲焉已尔，方隅焉已尔，乌乎可？虽然，昔人有言曰：“士生圣人之后，不能师其作，当师其述。述而有其本焉，父母之邦是也。”夫吾父母[第1a页]之邦之诗之选，如《岭南文献》《广东文选》，皆自唐而宋而元、明止尔；录本朝之作，则自高士黄积庵、进士梁崇一始，然采摭未富，不可以为巨观；近则温谦山舍人《粤东诗海》，号称大备，而见在者弗登；刘朴石太史《岭南群雅》，存没兼收，又数十家而止，曾莫有处右文极盛之世，撷岭徼之菁英，搜海壖之光怪，使与珠玑瑇瑁、珊瑚木难、石英钟乳诸瑰玮以争衡上国者，不亦为南交之宅、祝融之墟，阳德之所孕含，炎精之所凝毓，一大阙憾事哉？爰出箧衍所储与群公选本而甄综之，既又取向[第1b页]所辑《群居课试析疑集》芟附焉，合《停云集》，得六百四十余家，更曰《国朝岭海诗钞》。夫而后见我朝涵育之厚，虽海隅一曲，其云霞蒸蔚，有如是焉。则夫天下十五国风之大之盛，不从可推欤？后之人诵其言而窥其心，知皆为精神志趣之所寓，则无论隐显崇卑，要祈有合于道者为至诣，勿谓寥寥华胄外，多穷阎韦素、憔悴专一之徒而易视之，则得矣。若乃雄奇绮澹，体制之各殊；升降源流，旨归之有自，已散见小传、评语中，固无俟屑屑焉骈枝其说而妄加轩轾为也。嘉庆二十五年庚辰[1820]春[第 2a 页]上元日，番禺凌扬藻题于桃花潭畔之柘阴草堂。

[附识]是编成于嘉庆二十五年[庚辰，1820]，后六年同人乃取以付剞劂，故科目编至道光丙戌[六年，1826]，而序文岁月仍纪庚辰[嘉庆二十五年，1820]也。[第 2b 页]

陈凯玲按：同治年间南海伍崇曜跋凌扬藻所撰《蠡勺编》，称"《群居课试析疑集》，今未可得见"云云(《续修四库全书》第1155 册，第 581 页)。唯该集原序尚存，详下附录。

二、凌扬藻"凡例"(第 1a—3b 页)

[一]　粤中风雅，自唐曲江公，宋余襄公、崔清献公、李忠简公外，莫盛于前明。《诗海》所收至四百七十余家，亦云多矣。我朝文治诞敷百八十年，薄海遐陬，贤才辈出；使不为之汇粹，奚以跻其盛于唐宋元明之上，而见昭代培植之深乎？

[二]　岭海士习，喜实行，耻浮名。故有著作等身，裒然成集者，亦取自怡悦，未尝辄付剞劂以问世。若篇什无几，积经岁月，必蠹而不可复留。居恒矻矻孳孳，而身后抱不言之痛者，比比矣。是编于零墨断[第 1a 页]素，弥费苦心；表而彰之，庶存阐幽之意。

[三]　诗之大要，其道在兴观群怨，事父事君。虽或借物引怀，而其中之欣戚悲愉，千载下犹若共见，非拈弄虫鱼、批抹风月，毕乃事也。故有原本忠孝，维系伦纪，及关古今成败理乱，而可以匡政治、考得失者，必亟登之。

[四]　儒者之道，舍穷理无余事。诗本性情，尤当以理为主，而气与辞自行乎其间。盖穷理之功，即养气修辞之功。所谓集义，而非义袭者也。否则狐鸱张霸，才无主尚，安望沉涵理趣，而有弦外之

响耶？[第 1b 页]

[五] 凡操选者，必遍观是人全稿，然后精心抉择，采瑜弃砆，铁网所由无遗憾也。是编非行征取，随见纂辑，全豹多未及窥。且存殁兼收，则其人后日造诣益高，尚难限量，讵谓耳目所及，遂足定其生平乎？故名之曰“钞”，以示不与“选家”同例。

[六] 编内以诗存人者十而七八，以人存诗者十而二三。盖桑梓之中，诚欲略兼考献也。然宽以居心，仍复严以命笔。视世之希结纳、重名位、采誉闻以相标榜者，有间焉。

[七] 孟子谓诵诗读书，当知人论世。作者名下，略缀小[第 2a 页]传，或撮志传以著其勋伐，或采诗话以存其品概，或纪轶事以见其风裁；若行谊未详者，亦载其表字、邑分与科目、官位之有无，令后之读者可即此而得尚友之义。

[八] “家人”卦以“离女”为主。“离”为南，为文章。故粤中士女，多知书，娴吟咏。盖居阴而丽乎明，含风吐雅，有不知其然而然者也。但作易而工难，工而可传者尤难。兹录“发乎情，止乎礼义”者十余家，取无失“家人利女贞”之旨；非独以尊诗品，亦所以存风教焉。

[九] 自曾宅师以显阀高才，嗣法空隐，一时士大夫之[第 2b 页]托于名义者，多髡发以出世，宜其诗皆铮然有声矣。用薙存之，使百世下想见其为人。而其余之奉《宏秀集》《九僧诗》为楷模者，亦并登入。使知迦陵有鸟，原推善鸣，非以面壁枯禅、不犯如来绮语业者乃为克守戒律也。

[十] 向欲编驻防广东旗籍，暨广州商籍诸君，为“流寓”一门；以所得未多，遂概入科目、时代、世次中。余惟杨东莱，其先西域人，成化中由北平勋卫调粤；耿湘门，长沙人，雍正间就盐策家羊城，今皆著籍南海；胡秋篔，山阴人，乾隆庚寅[三十五年，1770]由商籍领荐后，归任[第 3a 页]慈溪教谕，而眷仍在粤，非寻常侨寓者比也，固当并存。[第 3b 页]

【附录一】凌扬藻《药洲花农文略》卷十三《群居课试析疑集序》（道光狎鸥亭刻《海雅堂全集》本，第 13a—14b 页）

自科举之学兴，士之槁项黄馘于其中者，类皆束四声，诫勿习，谓足以妨业致穷。以故帖括诸君，头白汗青，多不能道风雅只字；即或涂鸦祭鱼，猎较而为之，亦蹇轞不成家数。噫！沈诗任笔，歧而二之，无怪乎风雅一道视若荆蓁，避焉而惟恐不速也，抑知古人有韵之文辞，奥旨深直，与诗书相表里？岂俭腹而不达于道者所能窥其万一耶？窃尝谓才华本诸性情，声韵原诸天籁；果能穷理养气，沉浸浓郁，道其中所不容已，即历之千百世而光景常新，原非与"四子""六经"别分途径。故理学宗师无过朱子，而题咏所及，曷尝不干以风骨，润以丹青？使欲以学究一科牢笼大雅，将青天寡色，绿水无文；《猗兰》诸操阒若哑钟，金石之歌喑如布鼓；既非通人所自命，而亦岂父师诱掖后进意乎？余少孤失学，固穷寡欢，日惟向故纸堆中讨生活。迩来饥驱，博馆谷为奉母计，始得与乡邻后出之士相切劘，见夫殊颖异质，要不乏人；然局守一隅，因陋就简，末由开拓其心胸。因于朝夕讲论之余，制义虽先而必兼以词藻，寻源别派，殊切谆谆，诚不欲以嬇鄙无文贻羞吾党也。但浅学轻材，罔敢自信；丹黄甲乙，负咎良多。爰取震川归氏《群居课试录》之例，裒乙卯［乾隆六十年，1795］、丙辰［嘉庆元年，1796］、丁巳［嘉庆二年，1797］三年中课诗、古文，择其驯雅者约二百余首，令各录成帙，藏诸箧衍，归以自质其父兄。或袭谬沿讹，再加批抹，使知学问之功，尤当深造；而评骘之鲜当者，亦得有以教我焉。区区之心，所愿望者如此。若夫饮沖拾唾，竞诩专家，守帖括为金科玉律，则当世之简炼揣摩者所优为，而非余之所能及也。

02－138　国朝岭表诗传

梁九图等

十卷。梁九图、吴炳南辑，道光二十三年癸卯(1843)顺德梁氏紫藤馆刻本。(中山图书馆藏)

一、吴炳南"序"(第 1a—b 页)

余与梁子福草梓《岭表明诗》成，剞劂氏即以《国朝岭表诗》为请，因网罗撮录，择其精者复为一书，仍名曰"诗传"，毕前志也。夫诗以言志；人各有其志，即人各有其诗。然非学问无以培其基，非性灵无以妙其用。语坦易者少蕴藉，矜淹博者泥词章。兼学问、性灵以言诗，庶乎真诗出矣。国家以实学造士，山陬海澨，文教遐敷。吾粤虽距京师八千里而遥，然食二百年和亲康乐之休，凡学士大夫、山林野老，类能讲求声律，鼓吹升平。唯其地由大庾抵琼海，道里广袤，采访难周。姑就耳目见[第 1a 页]闻，亟为登录。异日搜辑或备，再梓"补遗"。卷末择录《紫藤馆诗》《华溪诗》各若干篇，使得附诸贤后，就正于当代巨公，皆非敢自谓其足传也。是为序。道光癸卯[二十三年，1843]，吴炳南题于仙城挹翠山房。[第 1b 页]

02－139　楚庭耆旧遗诗

伍崇曜

前集二十一卷、后集二十一卷。伍崇曜辑，道光二十三年癸卯(1843)南海伍氏刻本。(中山图书馆藏)

一、伍崇曜“楚庭耆旧遗诗序”(第1a—2b页)

维粤诗倡自曲江，至我朝力追正始，昔人论者详矣。故由开、天以迄洪、永，屈、邝以逮冯、黎；赫然悬通国之门，不仅贮名山之寺；业经传诵，无俟阐扬已。所可念者，风流顿尽，结习未忘。头衔欲署诗人，身后倘存文集。丁敬礼之言达，徒知以为美谈；陆平原之书成，难说更无遗憾。班兰台谁与伯仲，自古相轻；李昌谷不乏亲知，弥年竟绝。敢轻万户，能值几文？辄夸威凤之毛，终饱蠹鱼之腹。昔者，双鬟迭唱，十手曾钞。德林才名，业谓古贤之比；侍郎文藻，何来贾客之求？月苦风酸，草亡木卒。果知神物，仍与护持；同是鬼才，定增凄紧。窃与玉生谭学博言及，未尝不怆怀逝者，慨念斯文也。然而，古往今来，天[第1a页]壤之生才不少；山长水远，江湖之叹逝可知。谊切维桑，悲深宿草耳。亦有通儒硕学，手笔典裁。早付琬镌，吟研叹服。朝成暮遍，为后进之所宗；剩馥残膏，笑他人之未足。庐山宫里，苦学贾阆仙之诗；吐谷床头，业有温鹏举之集。嗟嗟！文字公器，宜穷达而靡遗；岭海人材，庆遭逢而辈出。理原合辙，艺擅专门。玲珑其声，波澜莫二。并当甄录，俾益流闻者也。爰与学博露钞雪纂，好写留真。或称兄弟之交，或属文人之行。或执业所曾事，或闻声辄相思。或望重纪群，或姻联秦晋。禆残补缺，刈楚芟芜。或与古维新，或当今无辈。或精思能至，或偏嗜所存。得前后集若干卷，署曰《楚庭耆旧遗诗》。末附东坪先伯、霖川先从兄著撰焉，亦元遗山[第 1b 页]《中州集》、小长芦叟《明诗综》例也。讥遗佚以奚辞，待搜罗其敢缓？寿之剞劂，慰彼英灵。尤可慨者，家青田大令：与闻此事，业作古人。地下修文，倘论契阔；人间撰集，又益姓名。循览篇章，弥增怆恨。又简永庵孝廉：正抱人琴之痛，倍深邻笛之悲。同属故人，嘱为将伯。乃安石之碎金未睹，而醴陵之余锦先贻。薤露易歌，藤阴谁醉？能不悲哉！素车白马，未践前言；斗酒只鸡，宛然旧约。则此集之刻，又乌能已？昔王阮亭尚书《感旧集》、曾宾谷直指《朋旧遗诗》，来特感乎今雨，乐非操乎土风。又直指《江西诗征》、阮仪征相国《淮海英灵集》，则遍征文献于乡邦，不复分人物于今古。至毕秋帆尚书《吴会英才集》，又仅论所见，半属生前。今者勒成一书，稍[第 2a 页]异厥旨。谁附选文之僭，犹然挂剑之哀。业此半生，冀公千古。此册敢期其不朽，所言肯听其无征？漫疑独私乎岭南，更合所知于海内。平生略见，第仿张为《主客》之图；勋业何如，此亦王粲《英雄》之记。道光癸卯[二十三年，1843]闰七夕，南海伍崇曜谨序。[第 2b 页]

则杰按：此序位于“后集”卷首，实际当兼为“前集”而作。

又，此序又载谭莹（玉生其字）《乐志堂文集·续集》卷一（《续修四库全书》第 1528 册，第 336 页），标题下有一“代”字；除删去末尾署款之外，其他文字相同，可知实为谭莹代撰。

02-140 楚庭耆旧遗诗续集

伍崇曜

三十二卷。伍崇曜辑，道光三十年庚戌(1850)南海伍氏刻本。(中山图书馆藏)

一、伍崇曜"楚庭耆旧遗诗续集序"(第1a—2a页)

夫羲轮娥魄，曾无晷刻之停；燕睇鸿来，但有燠凉之序。人非金石，如橘叟而幸存；世尽沧桑，定麻姑而始见。独许文章千古，眷怀岭海诸贤。不乏碎金，迭嗟埋玉。虽惊波动竹，知灵爽之如何；而秋菊春兰，慨英华之靡绝。此仆与玉生广文所以有续《楚庭耆旧遗诗》之辑也。昔同撰集，原待补亡。选文敢绍乎维摩？立传略追夫陆允。叹老成之代谢，犹有典型；知遗佚之孔多，忍教沦没？而且赋鹏屡闻，骖鸾谁信？去岁已伤刘子，今兹复悼王生。昔人所悲，信非虚语。谣征灵鬼，曾歌白马之牵；游有故人，谁梦素骡之去？值良辰美景，果瞻微暗之献酬；执《老子》《法华》，尚说生平之风调。柩中着麈，恸绝王长史之亡；床上抚琴，难期顾彦先之赏。哭[第1a页]房公之榇，江汉同流；过斛斯之庄，园林非昔。嗟嗟！此数子者，或骑箕尾，或感风雷。或闻甲马之声，或兆白鸡之谶。或天上作记，或地下修文。或殉《尧典》一篇，或置《孝经》一卷。或斜衾不事，或荷锸相随。或同朱仲卿之去思，或似杨王孙之薄葬。倏如露电，邈若山河。庾兰成有《思旧》之铭，陆平原有《叹逝》之赋。任敬子少时谁恐，知命则同；赵台卿重疾难瘳，遗言易泯。敢谓钟期既死，牙生辍弦？迥殊惠施已亡，庄子寝说。恨人生其至此，冀诗卷之长留已。于是，或业付琬镌，或方虞㒵朽。或收从良友，或索自后人。或断楮零缣，或盈帙满笥。或应接不暇，或去留各难。义例已见于前书，编纂无劳于复赘。或卢殷书言后事，并寄新诗；或杜牧梦遇[第1b页]咎征，欲焚剩稿。桓谭《新论》，何须班固之续成？向秀旧注，尚虞郭象之窃取。苏端明之遘疾，死屡出于误传；臧文仲之立言，殁均期其不朽。自癸卯[道光二十三年，1843]以迄于今，复得若干集而付梓焉。呜呼！宿草非春，拱木未古。中年哀乐，盖代才名。怅旧雨兮不来，似晨星而亦殒。西州策扣，能教文靖之复生？北海尊开，奚取中郎之酷似？犹幸《法言》卒读，原扬子之并时；《中论》常观，即伟长之犹在。披一品之集，如谒赞皇；诵千首之诗，益怀李白。携酒未尝言别，愧非卢郎；刻碑待署醉吟，均同太傅。九原可作，依然角逐之如龙；四海盛传，翻幸姓名之附骥。此后词章宿老，年龄犹云涧飞仙；我曹铅椠生涯，酬唱仿"月泉吟社"。道光庚戌[三十年，1850]小除夕，南海伍崇曜序。[第2a页]

则杰按：此序同样又载谭莹（玉生其字）《乐志堂文集·续集》卷一（《续修四库全书》第1528册，第367页），标题作《楚庭耆旧遗诗续编序（代）》；除删去末尾署款之外，其他文字相同，可知亦系谭莹代撰。

【附录一】谭宗浚《希古堂集·乙集》卷三《楚庭耆旧遗诗再续集序》（《续修四库全书》第1564册，第404—406页）

曩者先君子尝偕伍丈紫垣方伯同辑《楚庭耆旧遗诗》凡三集，共若干卷。后又欲广为"再续集"未果。先君子尝谓宗浚曰："汝他日必当成之。"今年秋，始与方伯喆嗣子升比部同辑得若干卷。刻既成，爰弁其首曰：呜呼！昔彪、固史才，备谙汉事；善、邕词翰，增誉萧楼。夏侯则代守经传，渤海则世工笔札。古人之事，则既然矣。若宗浚者，涉猎罕精，行能无算。魏公存箧之笏，睹之而增哀；晏子凿楹之书，读之而未遍。自惟荒陋，安敢妄续先人之著撰哉？惟是昔在髫龄，荷蒙面命。虽窥管自惭浅隘，而析薪敢勿祗承？加以粤中诸老宿，或京兆营阡，或少微殒曜。修文者既主遮须之国，证果者复还兜率之宫。中岳峰摧，长淮水涸。属者独者，频增敛魄之区；窈兮冥兮，空赋招魂之操。哀其形骸已尽，而姓字翳如。忆镜杜之曾题，幸羽陵之未蠹。青枝黄鸟，谢法曹第剩孤吟；春蔗江鱼，孟山人奄终长夜。然则拾其遗稿，付彼梓人，抑亦后死者责已。犹忆觿辰入塾，绮岁趋庭。先君子尝训宗湲云，选一乡之诗，与选累朝之诗有异。其或专集裒然，文名早噪。左太冲之词赋，曾竞写于洛阳；温鹏举之篇章，竟流闻于吐谷。斯则芟繁擢秀，别赝存真。勿震于沈约之虚名，勿惑于吴均之伪体。王摩诘言言珠玉，只称《观猎》之篇；何水曹字字笙簧，仅录"咏梅"之句。此因诗以传人者，其例固宜稍严也。亦有台阁巨公、窐衡下士。或未娴吟咏，或绝罕流闻。张巡则五律仅传，祖咏则两联已罄。袁彦伯风流自赏，第存咏史二章；束广微博洽多闻，只剩补亡数什。外若唱酬多暇，连缀得书。温飞卿"汉上题襟"，罗公福"月泉"结社。韦迢、郭受，附杜集而遂得播传；潘子、顿生，经苏句而获登题品。既备乡关之典实，足征耆旧之风流。此因人传诗者，其例转宜稍恕也。若夫攘利之徒、啖名之客。借缇油而媚俗，投绫刺以混人。陈太丘交道太宽，魏伯起抑扬自恣。胁陶奴之贵势，遂增虚誉以相加；受蜀贾之馈钱，或许微名之附列。此譬之承祚求米、孟坚索金。其事则殊，其心则一。时贤有此，幸勿效焉。今兹甄录，搜罗悉遵前训；然已怆甚，废莪悲深荐芰。诵颜光禄过庭之诰，尚忆提撕；读王右军誓墓之文，已惭禄养。痛哉，痛哉！比部玉管工吟，金籯守学。夙传子骏之业，共抱皋鱼之悲。延访编摩，辄同商榷。昔司农注传，稿本付于服虔；燕国撰书，参订许乎韦述。以今方古，先后同侪。嗟嗟！驷隙难留，驹光易度。漆园吏比于过客，大雄氏拟于抟沙。俯仰卅年，老成顿尽。鲍坟呜咽，又唱新吟；刘冢光芒，倘存生气。徒抱桓司马生前之志，空剩张季鹰身后之名。爰汇一编，俾传千古。其先君子诗暨方伯《粤雅堂诗》，亦并录焉，仿秀水朱氏、长洲沈氏例也。尚拟搜求故事，别成《梓里遗闻》之书；聊为叙述生平，特仿柳州《先友》之记。

则杰按：谭宗浚系谭莹子，此序所说其与伍崇曜（紫垣其字）之子伍绍棠（子升其字）合辑之《楚庭耆旧遗诗再续集》一书，很可能已经遗佚。

02－141 岭南诗存

何藻翔

不分卷。何藻翔辑，民国十四年(1925)商务印书馆排印本。(浙江图书馆藏)

一、张元济“跋”(第1a—2a页)

元济幼随宦广东，颇留意此邦文献。《南园前、后五子集》，乾隆间重刊，久经散佚。即明末遗老脍炙人口之句，亦仅散见于《感旧》《箧衍》集中(见学海堂黄子高论粤诗绝句)。虽屈翁山、丁勗庵、王蒲衣、梁崇简辈，皆尝有志采辑，而未见传书。道光末，温谦山舍人辑《诗、文海》，上起曲江，下迄冯[冯敏昌]、黎[黎简]，都凡九百余家，颇称详赡。嗣是而《粤诗搜逸》《鸿雪轩十三家》继起，搜遗补缺，尤足补《诗海》之未逮。然《诗海》版近经焚毁，市肆购至数十金，且不易得。而向日所编《广东诗粹》《岭南风雅》等书，凡数种，胥湮没无存。此吾友何翙高同年所以有兹编之选也。《诗、文海》志在网罗文献，务求详尽；以人存诗，卷[第1a页]帙繁重；多束高阁，仅备检查。虽以古人如元遗山之《中州集》、钱牧斋之《列朝诗》、阮文达之《两浙輶轩录》，皆不免榛兰并采之憾，体制则然也。兹编以诗存人，主约而精，取便讲诵。嘉、道后作者，《楚庭耆旧集》《学海堂集》具有存书，所采从略。而宋、明遗老之作，甄选独富，殆由身世之感，针磁相投，而明清之际亦粤诗极盛时代也。余因读此编，别有感焉：余先后旅粤二十余年，稔其土俗，窃怪粤人善歌，好为窈窕眇曼之音。海滨日落，蛋船姑嫂倚棹为粤讴，缠绵悱恻，节拍天然。(俗称“咸水歌”。)猺峒月夜，男女隔岭相唱和，兴往情来，余音袅娜，犹存歌仙之遗风，一字千回百折，哀厉相长。（俗称“山歌”，惠、潮客籍尤盛。）嫁女前夕，姊妹恋别，哭以当歌，随口成文，[第1b页]如古谣谚。（古称“坐堂词”，俗称“送嫁曲”。又妇女送殡哭临亦然。）乡村秋获，星月在天，村农醵钱，席草地唱木鱼（俗称“大棚”），十数童子联腔合唱，跌荡激越，声泪俱下，语浅俚而情遥深，时得楚骚、古乐府遗意。广东音韵之妙，殆出天性，故于学诗尤近。王渔洋谓其“僻处岭南，不染江左习气”，犹未尽也。粤自张曲江开有唐一代正声，陈白沙讲学江门，复重诗教，故历代名臣硕儒殆无不工诗者。故即此一编，而广东名人古迹已十得七八矣，其诸谈粤乘者所不废欤？诗随选随钞，行辈先后未及诠次，亦汲古阁《六十家词选》例也。海盐张元济谨跋。[第2a页]

则杰按：此文关于广东地区诗歌总集的介绍，颇多错误，具体从略。

02 - 142　岭南三大家诗选

王　隼

二十四卷。王隼辑，《四库禁毁书丛刊》集部第39册，影印康熙刻本。

一、王煐"序"（第156页）

岭南三先生以诗鸣当世，予耳其名者久矣。翁山［屈大均］之诗见于世最早。其所为《道援堂集》，予髫龀时习知之。然得之传闻者多，实未得竟其集也。药亭［梁佩兰］先生举其乡，丁酉［顺治十四年，1657］以乡进士第一，制艺喧传都下。予为诸生业时，即诵其文，思见其人矣。迨通籍后，见其诗于真定相国座上，捧读不能释手。先生以戊辰［康熙二十七年，1688］榜进士授庶常，而予亦旋出守岭南之循州，遂得定交于京邸，实以诗作之合也。元孝［陈恭尹］诗行世最晚。盖其操心虑患，不敢骤以诗问世。而长安公卿［第1a页］曾游岭南者，皆极口称元孝诗不置。故三先生之诗，相伯仲于世，而颉颃于其乡，无间也。予以己巳［康熙二十八年，1689］秋受事惠阳，尝以间抵会城，而三先生居址皆在番、禺两山间；每一过从，即事吟咏，而三先生之诗始得出而遍读之。药亭之诗如良金美玉，韬锋敛采，温厚和平，置之清庙明堂，自是瑚琏圭璧；然宝气难掩，时复光焰夺目。翁山诗如万壑奔涛，一泻千里，放而不息，流而不竭，其中多藏蛟龙神怪，非若平湖浅水，止有鱼虾蟹鳖，故翁山诗视两先生为独多；今《诗外》固已等身，而著作无时少辍，传之［第1b页］后世，当无与敌矣。元孝诗如哲匠当前，众材就正，运斤成风，既无枉挠，亦无废弃，梁栋榱题各适其用，准程规矩，不得不推为工师；时或呻嘤若伸所痛，则亦《小弁》之怨，孔子不删，未足病也。予尝私评三先生之诗，曰药亭之诗，才人之诗也；翁山之诗，学者之诗也；元孝之诗，诗人之诗也。予乃得于一日而并交其人，尽读其诗，此予之厚幸矣。使予守惠而前此十年，则三先生之聚散不可知，而予有得一失一之憾；即后此十年，而三先生之聚散亦不可知，其憾亦犹夫前也。予于三先生，何适逢其[第 2a 页]会耶？岁在壬申[康熙三十一年，1692]季秋，适蒲衣王子有《岭南三大家》之选，既成，问序于予；予以平时所素服膺于三先生者，序其始末，而书之以为序。蒲衣名隼，能诗，好声律，取古今人词曲之佳者谱入琵琶，著有《琵琶楔子》，自谓得未曾有，亦岭南诗人之杰出者。盘麓王煐。[第 2b 页][第 156 页]

则杰按：此序宋健已据以辑入王煐《王南村集·王煐文存》（天津古籍出版社 2015 年 1 月第 1 版，第 418—419 页）。

【附录一】林昌彝《射鹰楼诗话》卷十四（上海古籍出版社 1988 年 12 月第 1 版，第 320 页）

“岭南三家”，梁药亭佩兰不及陈、屈二家。然观其《六莹堂诗》，亦不无佳句可采。……

【附录二】林昌彝《射鹰楼诗话》卷十八（第 411 页）

“岭南三家”诗，以屈翁山、陈元孝为最，梁药亭不逮也。（药亭乐府，字摹句效，更不足取。）

【附录三】朱庭珍《筱园诗话》卷二（《清诗话》本，上海古籍出版社 1978 年 9 月新 1 版，下册第 2355 页）

国初“江左三家”，钱、吴、龚并称于世；“岭南三家”，屈、梁、陈亦齐名当代。然江左以牧斋为冠，梅村次之，芝麓非二家匹；岭南以元孝为冠，翁山、药亭均不及也。

02-143 岭南四家诗钞

刘彬华

四卷。刘彬华辑，嘉庆十八年癸酉(1813)刻本。(中山大学图书馆藏)

一、伊秉绶“岭南四家诗钞总序”(第1a—2a页)

粤风雅自曲江后，至“南园”十先生，暨海雪、独漉、溱湟、药亭诸公踵出而一盛；洎于今冯鱼山，暨张、黄、黎、吕四家并出而又一盛。岭南，余熟游地，诗人识几遍。与鱼山夙惇古欢，于张药房为同年友，并得尽读其所为诗，以媲古作者无愧焉，盖把臂定交，犹在余未度岭时也。迨余出守惠州，始复与黄虚舟、吕石帆游。虚舟丰仪隽逸，石帆奇气崚嶒，诗皆肖乎其人。时鱼山主讲粤秀书院，虚舟适监院事。余因公至羊城，辄相过从，会文酒，旧雨今雨并集于一时，致足乐也。惜乎药房已逝，黎二樵又病且死，不获一觏。止与鱼山、虚舟相对怆然，悼药房之未竟其用，而读二樵之诗[第1a页]而思其人，又多欷歔弗置。今者，余三至岭南矣，鱼山、虚舟先后归道山，惟石帆岿然独存，又老且贫，抑郁弗得志。匆匆廿年间，故交落落如晨星，悲已！念鱼山诗已有都中巨公选本，而四家诗未有裒为一编者，欲辑之而未暇也。番禺刘朴石太史，余素交也，促膝道故，出所辑《四家诗钞》见示，且属为序。余受而读之，药房诗雅健雄浑、正声镗镗，虚舟其雁行也；二樵诗清澈窈峭、新响轧轧，石帆亦其劲敌也。虽是丹非素，论者或殊，而异曲同工，在四家固自有可传者在。盈尺之珍、径寸之宝，不已略备于兹选乎哉？归舟将发，援笔书此；回念故人，江波渺渺，怅盘桓而不能去云。嘉[第1b页]庆十有八年[癸酉，

1813]四月朔,宁化伊秉绶。[第 2a 页]

二、刘彬华"岭南四家诗钞序"一(第 1a—b 页)

张药房锦芳,字灿夫,顺德人。性质端和,学问淹雅。少暨其弟玉洲锦麟,以文行相切劘。玉洲早有诗名,举孝廉,未几卒。药房初与钦州冯鱼山敏昌、同邑胡豸浦亦常,称"岭南三子";既又与黄虚舟丹书、黎二樵简、吕石帆坚,号"岭南四家"。其推许皆自益都李南涧始也,于是海内咸知有张药房者。乾隆庚子[四十五年,1780],领省解入都,得与名卿大夫上下其议论,所诣益上。己酉[乾隆五十四年,1789]成进士,官编修。以父年迈,且闻伯兄讣,仓卒乞养归,遂不复出。工书,出入李、米、董、赵诸家,而直造北海堂奥。晚乃学钟太傅,兼工绘事。得其尺幅者,珍若拱璧。著有《逃虚阁文钞》《诗钞》《南雪轩诗余》。其诗格律醇正,才[第 1a 页]力富健,诸体兼胜,而五七言古,炼骨于韩、杜,得气于大苏,尤极其妙。冯鱼山谓:"吾粤自曲江而后,风雅中微。前明作者,稍起而振之。至药房出,而汪洋驰骛,牢笼百态,直可接武曲江。"其服膺至矣。而尚奇诡者,或病其平易。要之药房之诗,譬诸堂堂之阵、正正之师,纪律精严,壁垒深固,虽有出奇制胜者,亦未攻而克之也。诗六卷,今选诗一卷。[第 1b 页]

三、刘彬华"岭南四家诗钞序"二(第 1a—b 页)

黄虚舟丹书,字廷受,顺德人。天才秀颖,读书过目不忘。年十三应童子试,辄冠军。稍长,从学伯兄叩山孝廉臣鸣,益肆力于诗古文词。西川李雨村督学见其诗,叹曰:"'抗风轩'之不坠,其在虚舟诸子乎?"以优行贡太学。廷试归,筑"听雨楼",隐居养亲。暇则命俦侣,怡情翰墨,若将终身。性和而介,平生未尝干谒官府。乙卯[乾隆六十年,1795],举于乡。上春官不第,都下巨公争延而馆之,辞不就,人皆服其高致。晚官广文,所学弥粹,士林尊之。诗不矜才，不使气，出入唐宋诸大家，于苏尤近，清新俊逸，固自卓然可传；工真、草、隶、篆各体书，笔意直追古人；画得石田、白易真趣，人称“三绝”。所为诗多默识[第1a页]于心，数十年不忘一字；推敲未惬，不肯脱稿示人，故所存绝少。搜其书迹，得《鸿雪斋诗钞》八卷、《文钞》一卷，《胡桃斋诗余》一卷；今选诗一卷。[第1b页]

四、刘彬华“岭南四家诗钞序”三（第1a—b页）

黎未裁简，字简民，顺德人，世所称“二樵山人”者也。生于粤西，十岁能诗，遍览桂林山水，多留题焉。既归里，益肆力于古。时张药房以诗名里中，得二樵为劲敌。李南涧令潮阳，见其诗，曰：“必传之作也。”造庐访之，于是二樵之名倾动一时。己酉[乾隆五十四年，1789]，以选拔贡太学。巨公来粤者，咸折节下之，门外多长者辙。而志益恬淡，日以挥毫拂素自娱。书兼工真、草，八分得汉晋人笔意，画法倪云林、吴仲圭而直入其室。所至求墨妙者履相错；意不合，虽金币罗列，挥斥不顾，然二樵故贫士也。有《五百四峰堂诗钞》二[第1a页]十二卷，及《文钞》《药烟阁词钞》《芙蓉亭乐府》《注庄韵学》等书。其诗意境幽峭，吐嘱深警，戛戛独造，刿目怵心，以非经营惨淡，不能成一语者。顾才思绝敏，无论长篇短什，援笔立就。盖其天姿既高，而又深造自得，故虽缒幽警险，如出天成。方之药房，一奇一正，旗鼓相当，未可以意为轩轾也。选诗一卷。[第1b页]

五、刘彬华“岭南四家诗钞序”四（第1a—b页）

吕石帆坚，字介卿，番禺人。负姿卓荦，师张海门先生大进。海门博极群书，文笔奥赡，石帆尽受其学，以故博洽，工诗古文辞。为诸生时，李南涧见其诗奇之，由是得名。性兀岸自异，少所许可，豪于饮，高谈雄辩，四座皆惊，人颇目为狂。家贫甚，然胸次落落无所介，虽箪瓢屡空，笑傲自若也。大兴朱石君相国莅粤，粤之名士咸被延接，而石帆与二樵尤见称许。顾蹭蹬名场，老而不遇。磊落抑塞之气，时发之于文与诗，幽艳陆离，奇情郁勃，不肯作一常语。文安纪小痴曰："石帆负气崚嶒，其言有所愤[第 1a 页]慨，其中有所积而然也。"可谓知言。所著《迟删集》六卷，文附焉；今选诗一卷。[第 1b 页]

02－144 粤东三子诗钞

黄玉阶

十四卷。黄玉阶辑，道光二十二年壬寅(1842)广州刻本。(中山图书馆藏)

一、翁方纲“粤东三子诗钞序”(第1a—2a页)

昔朱竹垞论粤东诗派，惟兰汀小变而欧桢伯、黎瑶石、区海目皆仍“南园五先生”之遗音。此盖为有明一代前、后“七子”递变而为公安、竟陵发也。予之论粤东诗，则不然。我国朝经学、考订之精，十倍于前明，诗文之盛亦倍之。居今日而言风雅通途，岂得执屈、梁、陈“三家”以区流派乎？予昔于药洲草堂与诸贤论诗，大旨以杜为宗；而所得士如冯鱼山、张药房辈，亦皆不专以“三家”自限也。厥后，药房归里，已刻其诗，而鱼山[第1a页]犹未有专集。近日其门弟子辈始为抄撮刻之，究之非其心也。然而涉河海者，必溯诸昆仑发源之处。当鱼山向学之初，予与陆耳山、李南涧击节推赏于羊城，又与钱萚石把卷欣叹于都门，皆鱼山早岁诗也。今又三十余年，而吾门陈荔峰于粤得张南山[维屏]、黄香石[培芳]二诗人，又因南山得见谭康侯[敬昭]之作，三子诗各有所就。粤中将刊此三集，而问序于予。予方日与南山论诗，又得见香石《诗话》持论皆正，恶可无一言所勖？吾学侣宜博精经史，而后其诗大醇；诗必精研杜、韩、苏、黄以厚根柢，而后其词[第1b页]不囿于一偏。此则于士习人心皆重有赖焉，岂仅不执“三家”流派而已也。嘉庆十六年辛未[1811]闰三月望后二日，北平翁方纲。[第2a页]

则杰按：此序又载翁方纲《复初斋集外文》卷一(《清代诗文

集汇编》第 382 册，第 638 页），标题作《粤东三子诗序》；除删去末尾署款之外，其他文字亦颇多出入。

二、“总目”黄玉阶后记（第 1a—2b 页）

岭南诗派，张文献弁冕三唐；虽李、杜尚宗仰之，他无论已。自是，代不乏人。有明作者尤盛。“南园前、后五先生”而外，如白沙子不以家名，而自能俯视一切。其蔚为大宗者，则有泰泉先生。泰泉为“后五先生”之师。“后五先生”中若梁公实、欧桢[第 1a 页]伯、黎惟敬，皆旗鼓中原，当时所称“七子”“五子”者也。嗣响为区海目、邝湛若、黎美周。我朝屈、梁、陈“三大家”崛起，而程湟溱与渔洋、愚山辈齐名为“国初八家”之一。乾隆间，张药房、黎二樵、黄虚舟、吕石帆并称一时。冯鱼山、胡豸浦、张玉洲又逴砾乎其间。嘉庆辛未[十六年，1811]，家苍厓提举复有《粤东三子诗钞》之刻，翁覃溪阁学序称“三子诗各有所就”，盖谓各成面目，各有精神。迨越二十余年，“三子”篇什益富，造诣益深。惜乎阁学不及见而提[第 1b 页]举所刻大都少作为多，海内欲读“三子”中年以后之诗，无以厌其所请，则续辑之役诚不容缓也。吾粤代守正声，谈艺者无异词。方今运际昌期，才智之伦日新月异，其间好为驰骋者或未能范我驰驱。今观“三子”诗自辟径途，仍循轨辙；扶轮大雅，复何间然？玉阶侍粤岳山人门墙最久，文章经术一禀师承；听松老人亦以子夏之门人得闻绪论，未为非幸；独谭农部中岁殁谢，未及瞻仰光尘，至今为憾耳。不揣固陋，谨为择录如左，仍以齿为序。至其诗，与诸先哲[第 2a 页]代兴，洵无愧色；经诸巨公论定，无俟赘言。刻成，因书其缘起于目录后。道光二十二年，岁在壬寅[1842]，夏五月，番禺黄玉阶撰。[第 2b 页]

则杰按：此处及翁方纲序所说黄乔松（苍厓其字）原辑本，其书未见。

【附录一】黄培芳《香石诗话》卷四(《续修四库全书》第 1706 册，第 190—191 页)

门人辈录余诗，合张南山、谭康侯为一编，漫赋一律云：“诸生多爱诵侬诗，更喜张谭得并时。清庙风和闻瑟奏（南山），银河秋净倚笙吹（康侯）。不嫌臭味差池别，漫拟云龙上下随。平实纵横吾岂敢？正声千载足相师。”程乡颜大崇衡题余诗卷云：“解道风骚有正声，最平实处见纵横。”落句故及之。翁覃溪先生为撰《粤东三子诗序》。

【附录二】汤贻汾《琴隐园诗集》卷二十九《寄张南山司马，兼怀黄香石学博》三首之三(《续修四库全书》第 1502 册，第 313 页)

为问云泉侣（云泉山馆，君与黄香石学博同筑别业），何时返鹿车？风骚同一代，岭海敌三家。（君与香石及谭康侯户部有《粤东三子诗刻》。）但入春风座，齐看上苑花。（闻及门皆贵。）白鸥谁作伴，秋水满蒹葭。（闻借居花埭某氏园。）

02－145　东莞诗录

张其淦

六十五卷。张其淦辑，杨宝霖点校，政协东莞市文史资料委员会2001年4月排印本。（下录均见第1册）

一、陈伯陶"原序"（第1—2页）

粤东诗人以篇什传者，始陈刘正简（删）。至唐，而张文献（九龄）以勋业显，陈嵩伯（陶）以节操称。其诗世推大家；虽或初或晚，正变不同，皆选唐诗所必录者也。吾莞于唐代人物，旧志失载，故无以诗传者。逮宋之季，赵秋晓（必瑑）以天潢贵胄，慷慨从军。不幸宗社沦亡，隐居终老。所著《覆瓿集》，悲歌当泣。如"一雨鸣蛙乱深夜，数声啼鸟怨斜阳"诸句，《四库提要》特称之。而其时与相唱和者，则张恕斋（登辰）、陈淡交（纪），并云龙追逐，不相上下。今所传数十篇，皆卓卓可传。明时风雅蔚兴，作家林立。然开其先者，则陈琴轩（琏）；殿其后者，则张文烈（家玉）。顺德温谦山（汝能）选《粤东诗海》，谓琴轩诗"《铙歌》《鼓吹》……笔墨奇丽"，"各体亦豪宕清超，可称正轨"；文烈诗则"愚忠所激，研泪和麋；虽无意求工，自然法立"。——斯亦时会使然，犹初与晚之不同者耶？沿及国朝二百数十年间，师友相承，规模先正。士大夫以至韦布，各以集行。唯陈献孟（阿平）《钵山堂集》十九卷，《四库》采之入"存目"中，而称其"东风归故国，孤烛对高楼""明月又将满，秋风吹别离"诸联饶有风味。余尝欲求其集读之，不可得。然则诸家著作，其散佚不传者多矣。［第1页］同年张君豫泉，文献弟九皋之后，恕斋之裔孙，而文烈则其族祖也。夙承其先大夫介愚家学，工于声律。童时，介愚年伯命从先君子游，先君子一见即决其以诗鸣。其所著《梦痕仙馆集》久已行世，近作《五代咏史诗》尤脍炙人口。以余辑淡交吟稿入《宋东莞遗民录》，又刻《琴轩集》《献孟遗诗》于《聚德堂丛书》中，君亦搜集遗亡，为《东莞诗录》凡六十五卷；书成，属余为之序。余惟《宝安诗录》创自琴轩，其后祁巽川（顺）续之为《后录》，国朝蔡平叔（均）因之为《东莞诗集》，邓朴庵（淳）又增选之为《宝安诗正》；君之此编，博收精择，冀以延一邑诗人之血脉，比前诸录为尤备。而又各为小传，述其行谊，俾诗与人并传。并仿朱竹垞《明诗综》、阮文达两辑《輶轩录》例，前摭各家评论，而以自作诗话次之。搜罗宏赡，品骘精详，其用心甚勤至。昔巽川为《后录》序，言"吾宝安诗人，为岭南称首"。语虽稍过，然世之阅是编者，知吾莞能诗者众，而又皆本文献、嵩伯正变之遗，渊源有自，则岂特君与余族乘有光云乎哉？甲子[民国十三年，1924]四月，九龙真逸陈伯陶谨序。[第 2 页]

二、张其淦"原序"（第 3—5 页）

国朝御定唐宋元明各朝诗，合一千七百余卷；暨李调元《全五代诗》一百卷、吴之振《宋诗钞》一百六卷、元好问《中州集》十卷、顾嗣立《元诗选》一百一十一卷、朱彝尊《明诗综》一百卷，历朝之诗备矣。至曹学佺《石仓历代诗选》五百六卷，上启古初，下迄有明，搜罗亦富。若阮、潘前后辑《两浙輶轩录》，为卷近百，得八千余人，则一省之诗也。使各省皆仿而行之，则风雅之遗，更臻美备，然而辑之者鲜。若夫一县之诗，自唐宋迄今，有能搜而录之者，则更鲜矣。吾邑先达陈琴轩侍郎、祁巽川方伯，先后有《宝安诗录》之辑，未及付梓，今已散佚。唯邓朴庵征君辑有《宝安诗正》六十卷，自宋迄国朝，得六百余人。征君在道光年间，时际升平，故家书籍搜采尚易，阅数月而书成。然较之陈、祁二公辑录，已綦难矣。吾友苏君选楼向其后人借钞，余得是书，宦晋宦皖，无日不在行箧中也。征君为吾粤儒林之选，究心理学，不愧人师；诗歌一道，乃其余事，即其所作亦意不求工。平生著述,有《岭南丛述》《粤东名儒言行录》《乾惕录》《家范辑要》《主一斋随笔》《东莞志稿》《邓氏征献录》《家谱》《朴庵存稿》,合二百二十二卷。《宝安诗正》乃晚年所辑,故其示子侄书云:"余近日选辑《诗正》,[第 3 页]精神耗惫,老年苦境。"又云:"《广东新语》曰:'《宝安诗录》,尚得源流之正。'便从此'正'字上着想,上稽夫子之删诗,与《春秋》相为表里;中述朱子之诗序,为'正'字作根源;末靠《新语》,言莞诗得源流之正,便非自夸之语。所选之诗,删去浮荡淫邪之词,悉取正言庄论,有关风化,暨乎借题抒写,吐露胸臆者。"嗟乎!征君论诗之言,可谓雅矣;征君辑诗之功,可谓勤矣。然余犹疑其选择之未尽善也。韩昌黎曰:"诗正而葩。"其言最当。"思无邪",所谓"正"也;"可以兴、观、群、怨,多识于鸟兽草木之名",所谓"葩"也。朱子注《诗》,谓"《郑风》多淫奔之作",然则孔子何以不删之而存之耶?《三百篇》后,首推《离骚》,美人香草,寓意深远。彼夫文采鸳鸯,合欢裁被;《古诗十九首》上接风骚,下至"山采蘼芜","将缣比素";《玉台新咏》"彤管""猗欤",亦未尝以为流荡忘返而弃之也。且言诗者,以唐贤为正宗;青莲诗仙,少陵诗圣,其所作如"吴宫花草""晋代猗罗",以及《清平》之调、《丽人》之行,"鹦鹉""凤凰"之句、"云鬟""玉臂"之思,其绮丽为何如?又如义山《无题》,楚雨含情,皆有托耳。即谓因诗传人,因人传诗,必取庄词,尽删绮语,独不念陶渊明偶赋《闲情》,宋广平亦赋《梅花》;韩致尧之直节,乃有《香奁》一集乎?征君之论,可以训及门,示子孙,而持以选诗,其义则隘。吾邑至宋以来,贤哲辈出。奇节伟行,彪炳史册。即以科甲仕宦而论,明代尤[第 4 页]盛,甲于他邑。邱琼山云:"岭南人才最盛之处,前代首称曲江,在今日则皆以为无逾东莞焉。"夫所谓人才者,立德立言立功也;以其余力而作诗人,本不足奇。矧复"凤台诗社",嗣响骚坛;哲匠宗工,联镳接轸。吾恨未得吾邑诗人之集,一一披读而选择之。犹幸有征君此编,存什一于千百;虽宦游异地,仍得与吾邑诗人如相晤对。公余之暇,因为删其烦芜,芟其累句,得《诗正》十之六七,编为《东莞诗录》。其有专集者三四十家，亦重为选入，盖犹是陈、祁二公录诗之意，且以成征君未竟之志。要而言之，谓《宝安诗正》之选即陈、祁所录之诗，征君未敢信也；谓《东莞诗录》之所传，可以得东莞诗人之面目，吾亦未敢信也。渊明诗云："慰情聊胜无。"是之谓矣。征君原书，各人名下或缀以小传，及诗话、评语，然割裂特甚。因取吾粤通志、府志、县志于诗人之有传者，全行钞入，庶使后之读诗者，论世知人。并仿竹垞《明诗综》附《静志居诗话》之例，将余所撰《吟芷居诗话》，皆著于编。又闻苏君选楼与罗秋浦明经有《宝安诗正续集》之辑，他日当借抄之，并录于后。是则征君诸人为其劳，余为其逸也。因付手民，以垂不朽。宣统庚戌［二年，1910］十二月，张其淦自序于安徽寓庐。［第 5 页］

三、张其淦"后序"（第 6 页）

苏选楼茂才与罗秋浦明经，于邓朴庵征君辑诗之后，复搜罗吾邑人诗，得百余人，名曰《宝安诗正续集》。吾借观之，因采入《东莞诗录》之内。其中或有添补、删节，并将闺媛一卷，方外、仙鬼一卷附录于后。于是《诗录》告成，析为卷六十五，共得诗七百余家。适陈子砺方伯新修《东莞县志》成书，因取各诗人之有传者钞录之。选楼曰："此书关一邑之文献，当由邑局公款刊之，与《县志》并传不朽。"吾则曰："闻《县志》之成，邑局尚需筹款，付梓无期，岂能兼刻《诗录》？"因独任剞劂之费，阅数岁而书成。余既序之，并附录朴庵《宝安诗正集序》、选楼《诗正续集序》，不敢没其功也。吾邑风雅之士，蝉联不绝；后有作者搜罗选录，以续斯编，是则后贤之责也夫。辛酉［民国十年，1921］三月，张其淦自序于上海吟芷居。［第 6 页］

四、苏泽东"题词"（第 7—8 页）

桑梓论风雅，琴轩首录诗。巽川曾补缺，征士又搜遗（谓邓征君淳辑《诗正》）。鲁壁珍藏久，苏斋赏识奇（太史以余助搜遗稿，有"留

心文献”之誉）。起衰吟芷客，斧藻正葩辞（《诗录》序以“诗正而葩”为宗，洵属不刊之论）。[其一]

燕国如椽笔，诗歌次第编。怜才求杞梓，论世采兰荃。不堕沧桑劫（《诗正》辑于道光丁未[二十七年，1847]，迄今七十六年），犹留翰墨缘。四朝文献在，亦仗石船贤（罗秋浦号石船山人，此《录》亦赖共[其]搜罗之力）。[其二]

翰林风月手，上可继祁陈。罗拜衣冠古，披吟卷轴新。凤台欣得主，鳌海愧传[第 7 页]人（余辑诗稿八本备选。太史云：‘诸生中如选楼者，决为莞邑必传之人。’愧甚）。保护丛残力，期扶大雅轮。[其三]

不吝千金价，镌书有祖风（令祖合德，尝捐资刻莞志）。英灵黄岭异，耆旧楚庭同（谭莹撰《楚庭耆旧集》）。薇诵思浮白，芬遗接曲红。邵村新咏史，指日又成功。（太史尚有《邵村咏史乐府》付梓。）[其四][第 8 页]

则杰按：“题词”自注，点校本逐条移在各首正文之后，兹予以插回原处。

02－146　潮州诗萃

温廷敬

甲编十二卷、乙编三十六卷、闰编二卷。温廷敬辑，吴二持、蔡起贤校点，汕头大学出版社2001年1月第1版。

一、温廷敬“潮州诗文萃征乡先哲遗集启”（第1—2页）

粤自泰山斗北，昌黎起化之邦；明月海南，赵子婆娑之地。洎夫炎宋，益懋人文。许漕使代握隋珠，刘安抚家传和璧。尚书三疏，震直节于小朝；夫子万言，著华声于大学。以及《礼经》析义，传伊洛之渊源；《易范》成书，跻孟京之堂奥。知邹鲁独在潮阳，虽小民亦知礼义。时登末季，竞切勤王；运入胡元，独多隐士。歌钓矶之明月，吊战垒之落晖。乃至一曲平元，大义能明于巾帼；七言上俞，先几犹胜乎须眉。吁其盛矣！然而揭阳巨集，惟存栖凤微吟；天水奇编，仅见序韩一作。考高阳之旧著，记剩苏楼；访大宝之遗文，赞惟韩木（大宝尚有大云洞一赞，见阮《志》“金石略”，惟不甚著）。寥寥短什，歌传江上之山；落落名章，人吊郧中之家。遂使问天无术，难资呵护于鬼神；出土有灵，冀丐搜罗于金石。弥足贵也，不其稀乎？胜国右文，海隅渐化。人知砥砺，士竞濯磨。中叶以还，人材益盛。虽寇盗方殷，而弦歌不辍。岂第科名足翘岭表，即论事业亦比中州。翁襄敏之威名，功存塞北；薛中离之道学，统辟天南。太乙名儒，接渊源于若水；东莆殿撰，追著作于眉山。薛氏祖孙，休论“三凤”（指饶平薛清埜五世）；萧家昆季，不让“八龙”。鼎革沧桑，岁寒松柏。郭正夫之大节，罗铨部之高风。桑浦行吟，何殊泽畔；湖山处士，独傲首阳。昭代以来，气节稍衰，而文章尚炳。球琳琬琰，源探宛委之编；

鹤膝犀渠，识迈制科之业。中兴间气，崛起异材。丰[第 1 页]政中丞，著三吴之治绩；埔阳太仆，奏两汉之循良。各有高文，足辉近代。况复天涯沦谪，流连“十相”之祠；海上播迁，慷慨“三仁”之节。穷愁有志，领[岭]海成书。侨寓弥多，采风不少。皆足备此邦之文献，供南国之輶轩。而乃珊网莫搜，宝山终弃。羽陵蠹简，谁收三箧之书；龙威秘文，俨等穷荒之迹。岂真偏隅著作，难进于中原；抑[或?]僻陋文风，无当于大雅欤？曩者方崖都督，曾观《诗苑》之成；默斋广文，亦有《耆旧》之集。而或则取材太狭，致贻窥管之讥；或则断代是拘，不免遗珠之憾。迩者海水群飞，风云日亟。四夷成交侵之势，文武有道尽之忧。未习新弦，遽委旧轸。汉廷儒士，徒知利禄之途；郑国子衿，但传佻达之状。而环顾夫西海名邦、东邻岛国，方且博考东方之古学，研究中土之文明。聚环瀛之简册，具有侈心；顾乡土之阙残，能无泚颡？是用不辞谫陋，愿竭驽骀。一代巨编，敢追姚铉？方隅总汇，庶配吴都。所望孝子慈孙、故家世族，惠之秘册，假以遗书。俾得众卉纷罗，饱掇春林之秀；群流共集，蔚为沧海之观。岂徒彰微阐幽，先民有作？亦使知人论世，后起同资云尔。[第 2 页]

02－147　粤西诗载

汪　森

二十五卷。汪森辑，桂苑书林编辑委员会校注，《粤西诗载校注》本，广西人民出版社1988年11月第1版。（下录均见第1册）

一、汪森“粤西通载发凡”（第4—7页）

［一］　自昔南滨于海，西濒于金沙江者，皆为蛮乡，王化所不宾。而蜀开最先，粤、闽继之。其兴文教也，蜀推汉之文翁，闽推唐之常衮，尚已。若以粤西论，则宜推柳子厚始。昌黎云：“从子厚游，经其指授者，其为文悉有法度可观。”子厚在柳五年，其造就柳士必多，惜其无一传也。窃谓唐季诗人，粤西独推“二曹”——尧宾桂州人，业之阳朔人，其去柳甚近，且中唐、晚唐又不甚远，即不能亲炙子厚，当亦闻子厚之风而起者；而中间授受，必有其人。独恨世远年湮，无从考其源流耳。

［二］　昔人云：“张栻、吕祖谦之道被于桂，范祖禹、邹浩之正气行乎昭，柳宗元之文著于柳，冯京、黄庭坚之德动乎宜，‘二陈’‘三士’之经启乎梧，谷永之恩、陆绩之儒播乎浔，马援之约束播乎邕。”斯言良然。顾唐以上无论已；今观子厚、志完、鲁直、敬夫，其诗文传于粤西甚夥，引掖后进，为斯文宗主，固当与文翁、常衮并称也。

［三］　岭南瑶僮窃发，或雕剿，或大征。小者以岁月计，大者累数年。小民之休息无时，官府之捍御良苦。其以名宦著者，大抵武功居多，而文学之事有所不遑。如以南轩之理学，而一至其地，首修武备，日日谋所以饷足兵精，而后可恃无恐，则其他可知矣。然其经营倥偬，不废吟咏。他若北宋之范旻、柳开、姚坦、陈尧叟、陈执中、

孙抗、梅挚、陶弼、余靖、赵抃、李师中、张田、刘谊、苗时中,南宋之何先觉、李弥大、吕愿中、张孝祥、范成[第 4 页]大、朱晞颜、廖德明、吴猎、詹体仁、林岊、方信孺、张自明、赵师恕、李曾伯、黄畴若、谭惟寅诸人,文章政绩,皆卓然可观,其余尚不能悉数也。故兹编所录,宋之文人为最盛。

［四］ 唐宋之时,以岭南为迁谪所居。然苟非诸君子,则无以开辟其榛芜,发泄其灵异。在汉则刘熙、程秉、薛综、虞翻,讲学交州,著述不倦,此文教之始也。在唐则宋之问、于邵、吴武陵、李涉、李渤、韦宗卿、戎昱、李商隐、李群玉、卢顺之、杨衡、陆弘休诸人,在宋则范祖禹、王巩、秦观、黄庭坚、邹浩、李纲、王安中、曾几、路允迪、胡铨、折彦质、尹穑、孙觌、陈藻、汪应辰、刘克庄、吴元美、赵夔、胡寅、林光朝诸人,在元则陈孚、傅若金、刘三吾诸人,或侨居其地,或经行其间;或为参佐,或则贬谪;登高而赋,遇景而题,甚且有搜奇剔隐以表彰之,故当与粤西山水并垂不朽。

［五］ 粤西故无通志。明弘治癸丑[六年,1493],提学副使庐陵周孟中始创为之。嘉靖庚寅[九年,1530],提学佥事香山黄佐,因旧为新,续加增辑。稿甫就,而以省母归。总督莆田林富为之裁定,其本比周较详。万历间,布政司左参政晋江苏浚,曾复修之。阅《紫溪文集》,仅得其序论诸篇,惜乎未见其全书也。至粤西九郡,止见八郡之志,而柳州志竟未得寓目。总以粤西迭经兵燹,书笈荡然。嘉靖前,犹有旧通志可考,其后则文献无征矣。故新修通志,即如万历以来之秩官姓名,亦阙如也。此编所录,间有补新志所未录者。然毕竟自隆庆至崇祯,凡诸纪载,所见无多,不无遗恨。

［六］ 志所载者,惟《记》为多。若城郭、公署、学校、书院、题名等类,或至三至四,不能遍收,稍稍删之。至如赋序、制[第 5 页]敕、奏疏、书启、题跋、铭赞等类,载者绝少。今搜阅历代史及诸家文集并类书、小说,不下二千余种,大约志得其三,他书得其七。凡遇唐宋元人,虽断简片楮,无不采辑。至明人著作,竟有题虽为粤西而设,

而篇中绝不与粤西有关者，则概去之。

［七］ 唐宋时，平蛮之功，见之于史，颇得其详。至明世之最著者，韩雍之于大藤峡，姚镆之于岑猛，王守仁之于八寨、断藤峡，张岳之于鱼窝、马鞍，殷正茂之于古田，吴善之于北三、北五，吴文华之于昭平、河池，张任之于十寨，郭应聘之于府江、怀远，陈大科之于五山。阅诸奏疏、碑记，煌煌伟烈，足高千古；其碑文概无不录，而奏疏则稍节其繁。独惜姚、殷、"二吴"、郭、陈诸公，未见其集，不免挂一漏万，良用缺然。

［八］ 韩襄毅、王文成、张襄惠，既建奇勋，而雄辞健笔，遗迹尤多，真不减轻裘缓带风也。而其他，仕宦则陈琏、偶桓、彭清、万霁、黄润玉、李棠、叶盛、孔镛、桑悦、张吉、周孟中、彭甫、宗玺、顾璘、刘节、蒋山卿、田汝成、茅坤、黄佐、潘恩、袁袠、谢少南、王宗沐、徐浦、方弘静、苏浚、岳和声、曹学佺诸人，迁谪则解缙、孟洋、程文德、吴时来、董传策、何乔远、曾伟芳诸人，率多宏才硕学，以发挥其奇秀，足令粤右增光。而董幼海，尤到处探幽，题咏殆遍；且爬梳青山，称述无穷，篇章之富莫有过焉。虽于题之重出者去其一二，然采录之多，当作首推矣。

［九］ 粤西虽僻陋，唐宋间，科第未尝乏人。唐则临桂赵观文，五代则平南梁嵩，宋则永福王世则，皆状元及第。而宋世"三元"止三人，镡津冯京居其一。至他进士出身，未易［第 6 页］枚举。然诗文传者寥寥。观文与嵩，尚有一二；世则与京，竟至绝响，何也？明世登春秋两闱者甚众，而求其著作，仅见戴时亮、蒋文定、李月山、张羽王三四种而已。若冯俊、陈琬、陈瑶、包裕、张澯、吴廷举、蒋昇、蒋曙、萧淮、张星、屠楷、陈邦偁、徐养正、吕调阳、张翀、舒应龙、萧云举诸人，位既通显，品多方正，而欲觅诸家之集，索之粤西不得，访之我浙之藏书家亦不得。今间有采者，亦散见之一二耳。故是编所辑，出之本省者，不及十之二三。

［十］ 诸书编次，大约赋先于诗。今兹编先辑诸诗，业已成帙，

遂付之梓，因即置赋于《文》之前。《文》之所载，录其大者。至纤小诸类，有不获入《文》者，更辑《丛载》若干卷。凡舆地山川，或别有纪载；宦迹名人，或间有轶事；其他无论妍媸美丑，前所未备者，复为之补其缺略。余并及诸诡奇琐屑、诙谲见闻，以见天壤之大，无所不有；遐方异俗，且骇且笑，以作稗官小说观。[第 7 页]

二、汪森“粤西诗载序”(第 8—9 页)

粤西僻在遐陬，声明文物之盛虽逊于中土，若林壑岩洞之奇特，则夙称山水区者亦莫或过之。自汉唐以来，名流迁客身历其地，登临凭眺，往往发为篇章，以纪其胜。而又置亭构馆，以增美丽之观；镌题名氏，遍诸岩壁，使后之人有所考焉。迄乎猺蛮递扰，兵火相寻；兽窜鸟飞，村原寥落。向之所称某水某山，率多为荒烟野蔓之圩。今虽生齿日繁，人文丕振，犹慨其未能复旧观也。岁癸酉[康熙三十二年，1693]，余倅桂林。每于簿书之暇，耽寻遗迹，陟险扪萝；读前贤碑碣，辄徘徊不忍去。尝搜求郡邑志乘及文献载籍，邈不可得。即本朝所新辑者，惟省志暨浔州府、全州、养利州、临桂县志数种而已，苦其未详。于是更倾笈中携本，凡系粤西之事，形之诗与文者，抄撮成一编。然第亦十之一二，徒怦怦于心。庚辰[康熙三十九年，1700]秋，调官太平，由平乐、苍梧、浔州、朗宁以达其境，舟行二千余里，内杂土司，外邻交趾；僻陋益甚，购书愈难。至壬午[康熙四十一年，1702]春，获蒙量移之命，束装就道。旋罹母忧，归来桐溪，杜门不出。爰尽发先世遗书，并力搜讨。继得海虞毛氏所藏各省志，而粤西之郡志粗备。老友朱竹垞先生寓居吴门，又以旧集之攸关粤西者频复邮致。汇萃厘订，[昕]夕不遑。盖未[癸未，康熙四十二年，1703]、申[甲申，康熙四十三年，1704]两年间，遂成一省之书矣。用编为《诗载》二十四卷，附词一卷，先锓之梨枣；而所编《文载》七十五卷、《丛载》三十卷，行将公诸同好，俾粤西之山川风土不必身历而恍然有会，其仕于兹邦者因其书可以求山川风土之异同、古今政治之得失，且以为他日修志乘者所采择焉，未必无裨益也。嗟[第8页]乎！一官瘴土，自惭无补于世，顾犹穷年矻矻，仅欲以此纂辑之书，冀其传之于久，讵不为有识者所讪笑邪？康熙四十三年甲申[1704]秋八月望日，小方壶汪森序。[第9页]

则杰按：此序又载汪森《小方壶文钞》卷二（《清代诗文集汇编》第185册，第440页），标题作《粤西通载序》；除删去末尾署款之外，其他文字亦略有出入。

【附录一】《四库全书总目》卷一百九十集部总集类之五（中华书局1965年6月第1版，下册第1731页）

粤西诗载二十五卷、粤西文载七十五卷，附粤西丛载三十卷（浙江巡抚采进本）

国朝汪森编。森字晋贤，桐乡人，休宁籍。官桂林府通判。森在粤西，以舆志阙略殊甚、考据难资，因取历代诗文有关斯地者，详搜博采，记录成帙。归田后，复借朱彝尊家藏书，荟萃订补，共成《诗载》二十四卷，附词一卷；《文载》七十五卷；又以轶闻琐语可[未]载于《诗》《文》者，更辑为《丛载》三十卷。其中如录谢朓诗，误为晋人；又唐郑愚、蔡京授岭南节度使二制，本《文苑英华》所引《玉堂遗范》之文，初无撰人姓名，乃讹"玉堂"为"王堂"，颇有舛误。其"志""传"二门，多采黄佐、苏濬之《通志》，亦殊挂漏。然其体例明整，所录碑版、题咏多采诸金石遗刻，如宋何麟曾，元曹师孔、鲁师道、石天岳诸作，皆志乘所未备；其《文载》中所分"山川""城郭""官署""学校""书院""宫室""桥梁""祠庙""军功""平蛮"诸子目，皆取其有关政体者，故于形势扼塞、控置得失、兴废利弊诸大端纪录尤详，以视《全蜀艺文志》虽博赡不及而体要殆为胜之。至《丛载》所分二十目，虽颇近冗碎，而遗文轶事多裨见闻，亦足以资考证，固未可以近于说部废之焉。

02－148　粤西十四家诗钞

陈　柱

不分卷。陈柱辑，陈湘、高湛祥校评，《〈粤西十四家诗钞〉校评》本，广西人民出版社 1997 年 6 月第 1 版。

一、苏绍章“《粤西十四家诗钞》序”（上册第 1—3 页）

选诗之道古矣，然而难言之矣。古诗三千，尼父取三百焉。盖取其尔雅，有关风俗家国者耳。然则选诗之道，不其难哉？徒尚文章而无关于得失兴亡之际，固君子所不取；若徒取其关于政教而文章鄙陋，亦不以行远，之二者皆讥焉。吾西粤僻在南徼，朴僿芒昧。自周秦以前，不列负版。两汉以降，文章经术，始略见于载籍。而采诗者往往见遗，地实画之，非天之降才独靳也。然则不特吾西粤文学无由表见于世，而世亦何由而考吾西粤风教之得失哉？此学者所以引为大憾者也。民国十四年[1925]，值夏历清和之月，绍章寓梧江别墅，门人陈柱尊在无锡驰书相告，有选刊粤西诗钞之举，属序端委，以告读者。且曰：“西粤文章不振久矣。远者不具论，近考清代诸儒，其文章之著于海内者，只吕、龙、朱、王、彭五家，见采于王氏《续古文辞类纂》，其他不少概见，而著于诗选者盖[益]寡。杞宋无征，斯非尼父之所叹乎？”绍章感其言，因益以夙昔所采，属并付梓。呜[第 1 页]呼！西粤之以诗鸣者，古亦仅矣。昔蒋文定公跋《桂林二曹诗》曰：“诗之显晦，系乎时，尤系乎人。邺之、尧宾二曹公诗，在唐宋时尝显矣，至元乃几湮没。及明嘉靖，而邺之诗集始获与中唐晚[晚唐]诸集号‘四十家’者皆显于世，以为厚幸。”呜呼！吾西粤之文学之传于世也，如此其难，此岂非吾西粤学者之耻欤？兹柱尊所抄者，自前明至于今兹，共十有四家，其意固非谓西粤之诗人尽在乎是，是特举耳目所及，而以近乎风雅、关于风俗治乱者，思以共赏于世，亦将使世之学者，略知吾西粤之文化为何如耳。夫西粤虽僻陋，而山川之奇、草木之珍，自晋唐来，达官魁儒骖鸾记胜，已不胫而走，与中州文物竞美，况文章之士，萃山木[水]之英灵，撷草木之华实，腾芳桂海，接迹嵩华，尤非晋唐疆索之所能封其步也。抑吾闻庄生之言"地籁"也："大木百围之窍穴，似鼻，似口，似耳；似枅，似圈，似臼；似洼者，似污者"，则形之各形其形而不必同，其[而]后其形之奇乃见，可知也；"激者、嗃者，叱者、吸者，叫者、譹者，宎者、咬者，前者唱于，后者唱喁"，则声之各声其声而不必同，而后其声之奇乃出，可知也。夫风，吹万而不同。此翏翏、调调、刁刁者，杂然并兴而不必同，宁非人之所乐闻乐见者乎？今观诸家之诗，五音繁会，抑扬高下，纷然并陈，莫不各自鸣其鸣；其鸣而[第 2 页]不相同而奇者，乃不可胜数也。呜呼！诗乎，风乎？风乎，诗乎？钞是诗者，亦将俟夫观人风者采焉尔。且柱尊之于《三百篇》之诗，亦尝穷探乎"六义"之旨，著书以显诸世，则诵斯编者，其必将有心知其意者乎。民国纪元十有四年[1925]，粤容苏绍章序于梧州之容安别墅。[第 3 页]

二、陈柱"《粤西十四家诗钞》序"（上册第 4—6 页）

吾闻山水富丽奇秀之区，必多文章卓荦之豪杰。是故江南之地，五湖漫漭，江流澌沛；吸呼万里，喷薄天外。而士生于其间者，亦多环[瑰]玮卓异；发为文章，往往浩瀚自喜。巴蜀则崇山峨峨，郁盘参差；剑门峨嵋，鬼斧神柯。而其间文士若司马相如、扬雄之徒，极文人之才思，穷文章之崇丽，伊古以来更鲜有其比焉。荆楚之地、洞庭之间，江山吞吐，烟波漫漫；屈平、宋玉之伦，感故国，怨从兰，泣神鬼，撼河山，于《三百篇》之外壁垒独营，旗帜自树，盖泱泱乎霸国之雄风矣。若夫泰岱之高、秦晋之雄，则发于六经、诸子书者，更难以更仆数。《诗》曰："惟岳降神，生甫及申。"盖山水之所钟毓，自古以来其大抵然也。然而，求之于吾桂，则又何其异乎？是吾桂僻处国之西南，万山争高，水流峻急。自阳朔而北，至桂林之间，流益速，水益清，往往十余尺可见沙石，石壁崭然如丛篁，连绵百数十里，故有“桂[第 4 页]林山水甲天下”之语。而自阳朔至苍梧之郡，则又昔日重华南巡之地（据简朝亮说，今苍梧确舜崩之地），居三江之总会，握两粤之咽喉；山水之英灵，抑尤西南之奥区神皋焉。由苍梧折而西，沿北流江而上，则有都峤、勾漏、西竺之胜，为幽人羽客栖养之地；而大容十万之险，笼罩数百里，又群山之雄者也。自藤溯大黄江而上，而浔而邕而太平；自武宣溯抑江而上，而柳而庆，源益深，山益峻。益尽吾桂之地，几无地非山，无山不奇，而水又无流不迅。吾尝奔走桂林、邕、梧、柳、庆之间，出幽入险；可怖可畏、可爱可喜之状，笔难尽纪。吾尝以为山水灵秀之所钟，必多有文章之士；而考之于古，求之于今，抑何其少也？岂山水之灵气，特能验之于彼，而不能验之于此欤；抑地方僻陋，而风气之固塞使然欤？虽然，唐宋而后，古文之盛，首推逊清二百余年。而长沙王氏继桐城姚氏撰《古文辞类纂》，于近代选本最为谨严，中间作者凡三十有九：有[首]江苏，凡十有三家，为最盛；次安徽，凡八家；次湖南、广西，各凡五家；次江西，凡四家；次山西，凡二家；次福建、浙江，各凡一家，余省蔑称焉。由此观之，又岂可谓之少邪？虽然，文章之范围至广，岂此区区一家一派之文所能尽而已哉？而自此以外，又何其少也？吾尝进而求之于诗，十余年来，足迹所及，师友所访，不可谓不[第 5 页]勤矣，而仅得者十有四家焉；而此十四家者，如朱伯韩氏、龙翰臣氏、彭子穆氏、王定甫氏，则又皆王氏书中之人焉，则信乎作者之少也。虽然，作者固少矣，而诸先生之作，则未为少也。今即就朱、龙、彭、王诸先生之古文而论，自王氏书所录寥寥数篇之外，得窥其全者几何人邪？不惟异省，即其人之本乡本家，能有其书者尚有几人邪？夫朱、龙、王之古文，可传者不止王氏所录；而自王氏所录外，卒鲜传者。则吾桂先哲遗著之少，固不仅作者之少，抑亦发辉光大者之少也。昔欧阳永叔序《唐书·艺文志》，以谓文之存亦有幸有不幸，岂非以遇其人之知与否欤？夫然则，吾桂以僻远之故，虽有聪明卓异之才，而不遇青云之士，卒埋没于众草之间者，固已不可胜数；而其艰难辛苦，特立独行，不为地方僻陋之见所囿，能独自发愤著书以传后者，又重以死后不遇其人，而卒烟销烬灭者，又不知其凡几也，岂不重可悲哉？吾生也晚，值斯文将丧之日，窃恐诸先生之遗著幸而不亡于昔日者，或将亡于今日，故尝欲网罗先哲遗著，名曰《粤西丛书》，以刊行于世。而力有未逮，仅就鄙陋所及，先成《诗钞》若干卷云。呜呼！抱残守缺，庶几吾心；若云继往开来，则吾岂敢？大中华民国纪元十有四年[1925]五月一日，北流陈柱柱尊父自序于无锡国学专修馆。[第6页]

三、陈柱"《粤西十四家诗钞》发凡"（上册第7页）

〔一〕 本书所选，起于明末清初，讫于民国十三年[1924]，共得十有四家。以其人足以诗名，且存有数十首以上者入焉。此外诸前辈之作，亦有佳者；以其诗不多，故别为选本，不入于此。

〔二〕 吾桂僻远，选[先]哲遗著流传甚少。此十四家中，有在《杉湖十子诗钞》内者；以其所存已少，故一仍其旧，不复删削。

〔三〕 凡各集中去取，固以工拙为衡；然其关于吾桂山川人物、历史风俗者，尤三致意焉。

〔四〕 是书各集，除柱所搜获者外，吾师苏寓庸夫子及友人封浊吾君，皆多赞助。特志于此，永矢弗谖。

〔五〕 是书之成，任校勘之劳者，为锡山国学馆门人杨焱、庞天爵等若干人，邑子冯志及舍侄拔清、拔彰，儿子一百等若干人，均各识姓名于各集之后，永为纪念。

〔六〕 柱闻见浅陋，省内外诸君子倘有以桂省大家遗著借钞者，当再续刊。[第7页]

四、陈柱“《粤西十四家诗钞》编辑提要”（上册第9—12页）

［一］ 王贵德，容县人，字正源。当明之末造，以孤臣作完人，卒于家。著有《青箱集》。鼎革后，书多散失。其七世孙维新编为前编二卷、后编二卷、补编一卷。其诗多爱国忧时之感、抑郁危苦之志，时时溢于言表。于有明亡国之历史，尤有关系焉。

［二］ 汪运，临桂人，字任之。著有《沐日浴月庵集》。所存虽无多，而飘飘有凌云之气。如《到家》《游仙》诸作，尤高妙。

［三］ 商书浚，临桂人，字麓原。著有《存恕堂稿》，有清逸之致。

［四］ 朱琦，临桂人，字伯韩。著有《怡志堂集》。敷陈得失，足称诗史。如《题金陵》《被难记》《道经河北》《客问当时守浚事》等篇，最为杰著。《官诫》十六，尤关吏治；《感事》一篇，慨陈鸦片之祸，尤足唤醒世人。

［五］ 龙启瑞，临桂人，字辑五，号翰臣。工诗古人［文］，词亦绮婉并精。小学著有《尔雅经注集》《古韵通［第9页］说》。近儒仁和谭威［献］著清代《师儒表》，称其集韵学之大成，惜其诗、词、小学均为古文所掩。

［六］ 彭昱尧，平南人，字子穆。著有《致翼堂遗稿》。诗笔峻健，工古文。

［七］ 王拯，马平人，字定甫，自号龙壁山人。诗学韩、杜，大气盘旋，古今罕其伦比。如《出门》一首，叙述身世；《书愤》一首，感怀家国，最足以代表其著作之精神。著有《龙壁山房诗文集》。工书，能得争座位之秘。

［八］ 郑献甫，象州人，字小谷。著有《四书翼注》《论文愚一录》《补学轩文集》《鸦吟》《鹤唳》《鸡尾》《鸥闲》等集。诗近白香山。

［九］ 苏时学，藤县人，字爻山。著有《墨子刊误》《爻山笔话》

《宝墨楼诗集》等。《墨子刊误》考订甚精。瑞安孙诒让著《墨子间诂》，集墨学之大成，于苏书极称之。诗甚俊逸，有苏子瞻气度。然如《余孝子歌》等，则又近昌黎，为最关风化之作。

［十］　况澄，临桂人，字少吴。著有《西舍诗钞》。其诗多关系于民情风俗。仿香山《讽谕》九首，尤见忧时忧国之怀。予得其集于桂林；集为分类，因兵燹失其五言一类，遍访不获，殊可惜也。

［十一］　许懿林，苍梧人，字粤樵。书学米南宫。著有《松石书屋诗集》。句多清逸，肖其书法。然七律如［第 10 页］《由衡州至洞庭》云："直从上下天光里，想见东南地缺时。"《登岳阳楼》云："我来吊古频搔首，闻有飞仙在上头。"又甚雄伟。

［十二］　封祝唐，字眉君，容县人。著《味腴轩诗稿》。其《题父［外］祖王望卿诗》云："白傅才华平淡好，杜陵诗卷乱离多。"不啻其自道。集中如《栈中见流亡》及《无题》诸作，均诗人恻隐怀［忧］国之怀也。

［十三］　王维新，容县人，字景文，号竹一。著有《绿猗园诗草》《峤音》《丛溪集》《十省游草》《宦草》《红豆曲》《海棠词集》《峤山志》《天学钩钤》《乐律辨正》等。诗甚清真，多从性情流露而出。其《嫁婢》诗云："后来相忆否，主母送当楣。"又云："由来父母意，不必在亲生。"可见其恩爱及下，可令世之虐待婢仆者读而生愧。

［十四］　甘曦，平南人，字云庵，原名德蕃。著有《沧瓠诗集》。诗甚俊逸。与柱为忘年交，卒于民国十有三年［1924］夏历十二月。存诗不多，故谨去数首而已。呜呼！公如有知，或稍慰于地下乎。

右凡十有四人，自正源以外，皆逊清嘉、道以来，大抵音容相接、唱和相及者，可见当时友朋之盛、切磋之益，蔚为风气；宜其文章之盛，前后皆莫及也。选录既竟，无任神往。呜呼！今岂无人乎？爰书数语于此，以待后之作者。十四年［1925］十二月一［第 11 页］日。

朱玉仙，北流黎氏妇，咸、同间人也。著有《画诗楼稿》，颇有隽

句；虽不能卓越成家，然闺秀好学，亦世之所希也，故以之附焉。[第12页]

五、陈柱“跋”（下册第737页）

吾桂以僻处西南，文学之士倍难于他省。然亦惟其难，而成就者乃确乎不可易。盖能者尚不易传，则其不能者必无幸传矣。然又以流布之难，即此不易传者，久之亦淹没而不传，可慨也夫！诸家之别集既无论矣，即有网罗众家编为总集，如上林张鹏展之《峤西诗钞》、福州梁章钜之《三管英灵集》等，而流传亦绝少。省中学子既难睹先哲之典型，而海内文人欲一觇吾桂之文化亦戛戛其难，岂不重可叹哉？今世通行，惟有临桂况周仪之《粤西词见》，惜乎其少耳。余以数年访求所得，录为斯篇。久欲通流，独苦无力。今年夏月，友人安徽黄朴存先生为介绍于上海有正书局主人某君，慨允付梓，以发幽光。於戏！盛矣。谨跋数行，用志雅谊。乙丑[民国十四年，1925]重阳后三日，北流陈柱。[第737页]

02－149　岭西五家诗文集

黄　蓟

六十七卷，附二卷。黄蓟辑，民国二十四年(1935)桂林排印本。(浙江大学图书馆藏)

一、黄蓟序(第1a—b页)

有清道光、咸丰之交，桐城之学流衍于广西，而月沧[吕璜]、伯韩[朱琦]、翰臣[龙启瑞]、定甫[王拯]、子穆[彭昱尧]诸子，诗古文辞并著名当世。湘乡曾文正公，于《欧阳生文集序》述其渊源特详。长沙王益吾、遵义黎莼斋两先生，复相继以其文选《续古文辞类纂》。由是天下学者莫不知有“岭西五大家”矣。五家遗集，子穆而外，亦久已专刊行世。顾其书无一存于吾乡；而吾乡之欲读五家诗文者，反从他省多方购求，今且不易得，实一憾事也。去岁，蓟养疴里门，从吕君镜秋案头，得见吾乡唐氏涵通楼所藏《经德堂》《浣月山房》及《致翼堂》诗文钞本，欣喜过望。昔谢子受乡先辈及黔阳金子诚观察，尝欲合刊五家诗文集，亦以未得子穆全稿为憾。乃今一旦得之，岂物之显晦有时？丰城紫气，其烛于人世也久矣，天将不靳其延津之合耶？亟假归，取旧藏诸家刊本，悉心校订，付之手民，用广其传，且以成先辈未竟之志。若夫表彰先哲，则吾未之敢也。承吕君镜秋，魏君育清、棣清，侯君景甸，莫君念兹，陈君仲武，翟君秋莪，蒋君秋民，孙君黼公，黎君东观，分襄校订之役。越一年而始蒇事。[第1a页]谨志其缘起于此。中华民国二十四年[1935]二月，桂林黄蓟谨识。[第1b页]

则杰按：本篇系全书总序，而版心误作第一家吕璜第一种小集《月沧文集》“跋”。

二、魏继昌“跋”(第1a—b页)

“岭西五家”,以子穆差后出而又早世。其诗文遗稿,吾乡雁山唐氏尝择其尤者刻于《涵通楼诗友文钞》中;其全者则由伯韩、翰臣、定甫相与编订评校,然卒未刊行。月沧以下四家遗著,虽有专集行世,顾其书漫存各省,近复稀少,且不易得。月沧归向桐城;宦浙时,尝问义法于宜兴吴仲伦,归以所学饷之后进。伯韩、翰臣、定甫、子穆,皆闻风兴起。其后四人同集京师,又请业于上元梅伯言,所学益进。伯言为之语曰:“天下之文章,其萃于岭西乎!”由是海内学者盖莫不知有“五家”者。然卒未得尽读五家之书。谢子受先辈尝欲集五家诗文,以未得子穆全稿而罢,至今尤遗憾也。去年春,黄君毅先以财政厅长,自邕宁乞假养疴归里,钞得涵通楼所藏子穆遗稿,为翰臣手编,伯韩、定甫评校者,文二卷、诗四卷;及[翰臣]《经德堂文集》六卷、《浣月山房诗集》五卷、《汉南春柳词钞》一卷,皆伯韩、定甫所手自评点;益以月沧、伯韩、定甫三家诗文集刊本,将合刻以公于世,来商于予。予喜而愿自承校刊之役。遂合订五家诗文,都为六十九卷,目曰《岭西五家诗文集》。其[第1a页]款目次第,一依原书——以子穆遗著翰臣手编、四家集既行刊本,未敢妄易之也。民国二十四年[1935]二月,桂林魏继昌谨记。[第1b页]

02－150　樕湖十子诗钞

张凯嵩

二十二卷。张凯嵩辑，广西师范大学出版社 2012 年 10 月第 1 版，影印同治七年戊辰(1868)江夏张氏刻本。

一、张凯嵩“樕湖十子诗钞序”(第 5—9 页)

余宦粤久，知粤为悉，于粤士夫相知亦夥。尝叹粤中近数十年人文之盛，而诗其尤著也。遘时多事，蹀躞风尘戎马之间，鲜能从容谈议文事，顾从诸贤往往得其概焉。方乾、嘉间，海内人文极盛之秋，最后袁、赵以诗鸣，一时风靡。子才名初起自桂林，老复来游。时临川李松甫郎中侨家于此，门地颇盛。子才来，实主之，然松甫为诗宗陶、韦。又时有桂林朱小岑、高密李少鹤两君子，与松甫师友，风尚颇遒。粤人皆知朱、李诗法之高；于子才来，初不甚尚之也。朱、李既往，粤之诗人益多辈出，尤莫盛于道光之初。余来虽已不及其盛，然尤得与朱[第 1a 页][第 5 页]伯韩侍御、龙翰臣学士游。两君故，时健者，松甫之客零落久矣。然如陈君心艿，老犹健在，官学博。杨君柳塘，年更老于心艿，时亦尚存。而汪剑峰、曾芷潭、彭兰畹数君者，又各以其孤杰雄奡之才，兀律自起于粤诗人盛衰绝续之交。松甫之子小韦，能读父书，为诗乃不相袭，于伯韩、心艿、剑峰、兰畹故皆往来倡和。至黄香甫、赵澹仙者，又小韦客之尤著也。余既为心艿刻其诗，得伯韩、翰臣两遗集诗，欲钞刻之。又以柳塘从孙嘉甫客余幕，久而得柳塘之诗。剑峰诗极自秘，余亦曾延之幕为子弟教授，心餍其人，久而亦知其诗，先后钞存。所可慨者，诸君往矣；遗书经乱，或存或亡。余之钞诸君诗，虽未必[第 1b 页][第 6 页]借以传于世，然亦足使世之读者于兹先睹,可得其概。夫人才诚不择地而生,然而山川磅礴之气实郁泄焉,故与其人性情、才力必有相应而发见者。桂林阳朔,奇峰罗列,镵天拔地,嶒崪万丈;漓江天下之清,滩泷数百,水石相激,雷滚雪喷,以东之海。昔范致能谓此间随地一丘壑,使携吴中,足诧其人所未尝见,诚不诬也。读诸君诗,崭然如见此邦山水之奇,使人几不复忆壮游五岳,吁其胜哉!夫粤人诗,岂尽于此?即此数子,亦不尽为粤人,然皆生长或老死于其间;如小韦、澹仙虽侨家,实粤产也,故题之曰《榭湖十子诗钞》。其中独伯韩诗,曾一刻于京师,所谓《怡志堂初编》者,今即其本择尤胜[第 2a 页][第 7 页]者为若干首。翰臣、柳塘、剑峰、兰畹、小韦、香甫、澹仙,集皆未刻,或仅即所见,或撮抄其略,都为一集。香甫诗得最后,乃王定甫通政归自京师所携至者,因又从得麓原、芷潭两家遗诗。香甫籍汉阳,距余里一江,惜余来粤,知其人,未一见而遽已中岁殂。麓原、芷潭,亦皆未永。通政所携,皆昔假归所钞得者,非全稿也。丙寅[同治五年,1866]岁暮,余自邕管班师桂林。粤事少定,方于秀峰、榕湖两书院重与生徒稍理旧业。又一疏陈象州郑小谷比部学行,请叙于朝,为国人式,而以心芗副之。区区之心之所愿望于粤人者,夫岂有尽?公余,又与王君芝庭、唐君仲方议及此刻;两君赞[第 2b 页][第 8 页]助,厥意尤殷。数月之间,余乃奉督滇黔之命,行且有日,遂属芝庭、仲方襄成其事,豫为叙其缘起于此。他日考粤西文献、论诗教者,必有取焉。刊成,寄余滇中读之,依然如在桂林万山之间,暇与诸君尊酒谈艺时也。同治六年丁卯[1867]夏五,总督云贵前抚粤使者江夏张凯嵩序。[第 3a 页][第 9 页]

02－151　滇南诗略

袁文典等

四十七卷。袁文典、袁文揆辑，上海书店出版社《丛书集成续编》第150册，影印民国三年(1914)云南图书馆刻《云南丛书》(初编集部之七十八)本。

此集系将袁文典辑《明滇南诗略》与袁文揆辑《国朝滇南诗略》《滇南诗略续刻》穿插合并而成，《国朝滇南诗略》另见该种。

一、袁文典"明滇南诗略序"(第37—39页)

滇在赤虺炎河外。汉以后，声教或阻。张叔、盛览、尹珍、许淑、张志诚诸人，空存其名，著作不少概见。故《渡澜沧》《白狼》等歌，即韵语[第1a页]之始。骠信，赵叔达，杨奇鲲、渊海各什，亦声律之先。迄于有明，尽变蒙段旧习，学士大夫多能文章、娴吟咏，一时名流蔚起，树帜词坛，滇诗始著。顾劫火之余，闻[第1b页]见异词。如郭舟屋只存游览数什，张南园仅载《春园叠韵》一编。即杨升庵所称"七子文献"，亦惟禺山、宏山、中溪犹有锓板，而蠹蚀漫漶，不可卒读。其他率皆断[第2a页]简残编，等于吉光片羽。欲求备一代之文献，戛戛乎其难哉！乾隆庚戌岁[五十五年，1790]，季弟文揆自陇右归，以纂辑滇诗为请。余惧迟之又久而益无征，爰检旧存张、杨、李[第2b页][第37页]诸公集，与先后客昆明、官泸西所抄滇诗若干首，悉付揆编次，以古歌诗弁首，并方外、闺秀，共得十卷，统曰《明滇南诗略》。书成，将付梓人，说者或以少惜之。余[第3a页]谓子云有言："雕虫篆刻，壮夫不为。"昌黎亦言："余事作诗人。"盖贵乎弹毫属笔，祖述六艺；若徒骋风云月露之词，究四声八病之学，虽多庸愈乎？兹集本得性情[第 3b 页]之正，由此而衔华佩实，征存亡，辨得失；赋以见志，歌以贡俗；登太史之辅轩，为五经之鼓吹，则取精用宏，即非小补。因序其由如此，俾学者知选诗无取乎多，[第 4a 页]且以见今者扬风扢雅之滇，断自文襄、禺山诸先生首；纪其略，是亦先河后海之意也夫。嘉庆己未[四年，1799]小春上浣，[第 4b 页][第 38 页]保山袁文典仪雅甫撰并书于九隆味灯斋。[第 5a 页][第 39 页]

则杰按：此序之前原有罗瑞图“重刻滇南诗文略序”（第 35—36 页），之后原有袁文揆“弁言”（第 39—41 页）、“序”（第 42 页），均详见《国朝滇南诗略》该种。

二、袁文揆“序”（第 42—44 页）

或问于余曰：“《滇诗略》何为而续也？既续矣，何又言‘略’？”余曰：子不见滇之山水，可得而尽名之乎？而安得不“略”乎？又不见滇之山水，有称为[第 1a 页]南干之祖、大江之源者，孰非气脉源流之相续而无穷乎？则诗亦何可不续乎？夫天下事，惟虞其断而不能续耳；苟续矣，何必强以为非“略”乎？惟是文章之出与续[第 1b 页][第 42 页]出，亦自有时会焉。曩志乘所载兰山庵以下遗稿只存其名者，几二十种。近见《钦定四库全书总目提要》，于它省所进滇南遗书，已收录十余种。如[第 2a 页]杨文襄公之《关中奏议》《石淙类稿》，闪仲侗之《鹤和篇》，他省见而进之，册府收之；滇人士之同里者，犹未闻知也，“略”也。兹幸诸同志加意搜罗，遗书渐著。而叶琴柯先[第 2b 页]生视学滇南，亦出其母夫人《蘩香草》；法时帆学士复邮寄所购《钱南园剩稿》。谓非文治光华，时会日趋于成之一验乎？又况新搜如郭李船、张舸园、倪东平，皆怀抱[第 3a 页]利器，湮郁以死，而著作仅存。合之前贤，或为遗珠，或为晚出，是续者，机也。于斯时也，可续而不续，是将使九原之下有向隅之诗魂；且如复归散佚，致“后之视今，亦犹今之视昔”，岂[第 3b 页][第 43 页]不大可惜哉？揆于是不惮烦，不惜费；商去取于老兄，资讨论于益友，合两朝文献为一集。代远者，以获睹遗诗之先后为次；时近者，以其人下世之先后为次。辑成十■[第 4a 页]卷，名曰《滇南诗略续刻》。异日者，逸编秘笈乘时渐著，则犹愿诸同志源源续之，俾后起者得所观摩，因“略”以会其全，亦如滇山之衍为南干、滇水之朝宗东海，绵绵延延。文章报[第 4b 页]国，是则余之志也夫。嘉庆八年，岁次癸亥[1803]，仲春月，袁文揆苏亭氏书于五华山馆。[第 5a 页][第 44 页]

三、初彭龄“序”（第 45—47 页）

余奉命抚滇之次年，政稍暇，取五华、育材两书院课士文选订之。尝谓滇虽僻远，圣天子声教遐敷，士气文风骎骎日上；[第 1a 页]独声韵之学，多未讲求。爰与诸生约，每吉月，扃试诗赋。盖亦言志永言，以为事父、事君之先资也。适保山袁氏昆季典、揆，裒辑《全滇明诗略》暨《国朝滇诗略》，请余鉴定且序之。余反[第 1b 页]覆讽咏，喟然曰：滇固非无声韵之学也！当在前明，自郭舟屋、杨文襄、“杨门七学士”以下，代不乏人，皆能以天赋超逸之才，加稽古之功、师友之益、江山之助，缘情托物，沉冥发舒，金碧吟坛，已非复赪木盘蛇之旧矣。迨我[第 2a 页]皇朝削平滇乱，士竞沐浴咏歌。国初能诗者，不下数十家，而以赵玉峰、徐石公、朱子眉、张退庵为最。自是而何石民、段浴川、王畴五、张月槎、李鹤峰继之。近则周立厓、菊畦，李载庵，唐药洲，孙髯翁，万荔村，钱南园，彭南池，[第 2b 页][第 45 页]李松屋诸公，典雅雄浑，劲正淳古；不相蹈袭，自名一家，足以超迈前贤，凌砾胜国，是岂非圣泽涵濡，风会日趋于上之验哉？典、揆昆季搜罗不遗余力，汇为三十余卷，集评授梓，其志亦勤而心亦苦矣。顾或[第 3a 页]讥其贪多务得，细大不捐，体裁未能画一。余谓诗以言志。苟学焉而得其性之所近，上不悖于《三百篇》、骚、赋，汉魏六朝唐宋以来诸大家，则具体可也，一体亦可也；连篇累牍可也，一鳞片甲亦可也。使不本诸性情之正，关于伦纪之[第 3b 页]大、古今之治忽安危所系、人物之贤否邪正所判，徒流连景物，驰骋才华；寻章摘句，袭貌遗神；言愈工而理愈失，词益支而意益违，于风雅奚取焉？是编所选，悉以大雅为宗。譬之于水，涧溪沼沚，派别支分，而[第 4a 页]同归于海；譬之于山，峰峦冈阜，雄峙卓立，而环拱乎岳。上自台阁名贤，下至山林隐逸，以及闺秀、流寓，收撷靡遗；洪纤浓淡，不出乎兴观群怨之旨。滇之人士，即是编以求其性情之正，由是而涵濡乎[第 4b 页][第 46 页]朝廷道德之泽、礼乐之化，渐于心志而慆于咏歌，将所谓资于事父、事君者其庶几乎，区区声韵之学云尔哉！余嘉袁氏昆季之志，爰不辞而书之简首；滇贤有作，当必以余为知言也。[第 5a 页]大清嘉庆六年，岁次辛酉[1801]，仲春上浣，抚滇使者莱阳初彭龄撰并书。[第 5b 页][第 47 页]

四、萧霖“滇南诗选序”（第 47—49 页）

粤有经传，司马风声早播于遐方；迄乎兵败，鲜于文教弗通于中国。蜻蛉塞外，半聱牙鴃舌之音；鄯阐城边，仍鸟迹虫书之习。况河分玉斧，有成东帝之规模；虽师渡革囊，未变北朝之[第 1a 页]文物。是以碑传德化，郑回本是唐人；乐献侏离，骠信犹然夷俗。遂令九隆风土，空留载纪之书；六诏声诗，不列輶轩之史。肇开文运，实始前明。上多董劝之师儒，下有振兴之贤哲。加以孤臣放逐，时作悲歌；远客[第 1b 页][第 47 页]栖迟，间留题咏。因风移而俗易，乃户诵而家弦。地泄英灵，代生豪杰。龙吟虎啸，得遇诸梁州黑水之区；玉节金和，适协夫大吕黄钟之响。我国家四海同文，八风从律。及海澨山陬之外，皆衢歌巷[第 2a 页]舞之天。罔弗鼓吹休明，挖扬风雅。投珠洱海，腾空流奎壁之精；濯锦昆湖，落地灿云霞之色。岂徒蒙氏使臣，忠愤曾抒七字；梁家慧女，悲吟仅著一篇而已哉？然深山大泽，恒湮没而无闻；断简残篇，苦搜罗之莫[第 2b 页]遍。五都市上，非具波斯之识，骨董难分；万马群中，未经伯乐之知，骊黄曷辨？求珊瑚于象罔，验宝剑于斗牛。此事端属何人？有志定需来者。永昌袁学博陶村，与弟少尹苏亭，贯串百家，陶镕“六义”。长安卧雪，久擅[第 3a 页]家风；

神武挂冠，齐标里望。梦江花而作赋，名高大小之山；联姜被以谈经，谊洽东西之屋。念前辈风流，于今未坠；而古人著作，非我奚传？遍索名山，如探异宝；旁搜箧衍，并作家珍。难兄稽胜国之遗章，令弟采[第 3b 页][第 48 页]兴朝之秘笈。寸金尺璧，固有美之必收；片甲一鳞，亦无长之不录。三千里内之文人学士，尽看日丽星悬；四百年余之雅制名篇，齐作云蒸霞蔚。汇丛编而成巨帙，照耀缥缃；读遗什而缅先型，敬恭桑梓。使知西方[第 4a 页]乐土，原不乏楩楠杞梓之林；南国偏隅，无弗沾礼乐诗书之泽。功何大乎？志亦勤矣。余聪惭师旷，宁解审音；识昧延陵，敢求观乐？偶参评骘，间事披吟。但觉千花绕摩诘之身，五色眯离朱之目。或大声喤呷，疑撞[第 4b 页]洪钟；或逸韵悠飏，恍调锦瑟。藻思绮合，胡异曲而同工；秀句葩流，咸出风而入雅。各为小传，何异《襄阳耆旧》之编？只载乡贤，有殊遗叟《中州》之集。藏诸石室，彩云合见于封中；持向骚坛，纸价应腾于洛下。用述原[第 5a 页]起，以弁简端。年愚弟江都萧霖年[奉]题。[第 5b 页][第 49 页]

则杰按：此序之后原有江濬源"国朝滇南诗略序"（第 50—51 页）、翁元圻"国朝滇南诗略序"（第 52—55 页），均详见《国朝滇南诗略》该种。

五、乐恒"续刻滇南诗文略序"（第 55—57 页）

吾滇士风有最近古者，不妄刻诗文是。或曰："呕血断须为之，而不思载而出之，并其名惧日湮灭。"嗟乎！好名，天下大患也。既好名，将饰名，名尚可问哉？昔者君子独行恐人见，独言恐[第 1a 页]人闻。《古诗十九首》，上可继《三百》，而作者卒不传，夫岂恶名哉？期勉其实耳。滇处天末，士多朴质相尚。力所能及者，竭力以致其所有；事其有不及，则不为涂泽以炫其长。夫是，故底蕴易窥，而面目之真不失也。曩自司马[第 1b 页][第 55 页]持节，文物渐兴。有明以来，骎骎日上。士大夫奋志功名，往往行事表见当时。如杨文襄之出将入相，傅忠壮之按黔制秦，杨念尔则独力任重，王伯举则孤鸣效忠，类卓卓荦荦，更仆数未易尽也。我[第 2a 页]朝圣化伦洽，士风益盛；万里孤臣，屡邀矜恤。自赵少宰、李中丞后，如傅岩■、周立崖、钱南园诸公，皆世所同钦，而当其时，未闻因诗文增重。然则诗文，士之余事哉？夫学问之事，非朝夕所能。其自束发受书，至于穷经皓首，习[第 2b 页]一业，精一艺，动合先民矩矱者，盖代不过数人，人不过数篇，是乌可弁髦视？而士大夫直余事了之，偶有撰述，随任逸去；即裒然成集者，亦聊以课其子孙。其子孙什袭而藏，不轻示人。彼此相习，浸以成俗。若夫兴致所托，或拾[第 3a 页]他人余唾，津津夸珍宝以自相推重，诩诩灾枣梨问世，甚且赂操选家，削短益长，成优孟衣冠，俨然持示人，谓不翼而飞、不胫而走者，此其于名，未尝不掩袭于一时，而清夜自思，赧焉汗下，其中岂复有士哉！吾滇之士不为[第 3b 页][第 56 页]此，故曰：士风之最近古者，不妄刻诗文是也。夫自我作之，不自我刻之。其所聊以课其子孙者，一听其什袭而藏。而必且博搜密访，出诸箧笥，标其名氏，以为某某者为是、某某者为是，刻之不已而补之，补之不已而续之，如保山袁氏[第 4a 页]金昆陶村、苏亭，勿乃多事实甚！虽然，二君之为此，传其实也，非徒传其名也。其不自刻者，至今尚存其实。故代为刻者，无容或遗其名也。二君勤勤恳恳，以表彰幽隐为志，日夜搜罗，经十载始成帙。觇斯刻者，因名以征其[第 4b 页]实，且亦思夫人之余事犹如此，遂夷考其生平行事以为师资，而吾滇朴质之风仍缘以不坠。则夫是刻者，诚非妄举。而其用心之苦，天下后世当共谅之。至前、续所刻诗文若干卷，果足寿世与否，自有理数存其[第 5a 页]间，固不暇沾沾置辩也。时嘉庆八年[癸亥，1803]孟春月下浣，固坪居士乐恒拜手书于面壁书屋。[第 5b 页][第 57 页]

则杰按：此序之后原有肄雅堂主人“凡例”（第 58 页），详见《国朝滇南诗略》该种。

六、袁文典“刻滇南诗略后序”（第760页）

诗有以人传者，亦有人以诗传者。其可传虽异，而传之则同也。滇届西南极边，而永昌更僻处天末。伊昔中州文献罕得其传，越有明而传人崛起，亲师取友，如吾郡张禺山之于空同、信阳、华泉、升庵是也。自升庵太史戍滇，旧与禺山先生属总角交，寻前盟，点定其诗文，可传者实夥。其他即人以诗传者，亦复见赏于当代宗匠，而安宁杨文襄公已为之先路矣，此诗以人传者也。本朝鼎兴，滇南人文丕变。若玉峰、石公、子眉、退庵、秀山、石民、畴五、月槎、鹤峰、立厓、载庵、菊畦、药洲、荔村、南园、南池、［第1a页］栗亭、思田、符庵、簪厓，暨流寓诸人，后先继响，或诗以人传，或人以诗传。家各有集，率多抄本。余弟揆纂辑成书，欲以表彰前人，终畴五诸公未就之志。滇人刻滇诗，其犹方隅之见乎？虽然，方隅之见，贤者不免。诗果可传，故不必以人地拘也。余性蹇拙，素不知诗，然尝身亲海珊、南冈、息圃、兰泉、云岩、曙堂诸公，近与默斋常以尺牍往还。其说诗，各随其性之所近，亦有不免于方隅者。要其大旨，亦惟以诗言志，本乎性，发乎情，止乎礼义，温柔敦厚，不离乎《三百篇》者近是。次则变而为楚骚，乐而不淫，怨而不乱，犹有风雅之遗意焉。独念滇人文襄、禺山诸［第1b页］公，今其后十无一二存。即玉峰、浴川、畴五之数公者，其后亦十无四五存。夫其先人而既以德业见，则诗之传否亦可勿论也。不则，德业竟无所表见，而仅传其诗；即其诗之可传者，或存而其后人苦不能知，或知而力不能振。戋戋一线，其不蚀于鼱鼩蟫蠹者，盖亦仅矣。后之人过其里居，拜其墓道，吊古伤怀，徒怅然于蔓草死灰。不亟收其五字七字呕余之心血，怜惜珍重之，以广其传，则长逝者魂魄恨有穷乎？兹所搜辑前明刻本、抄本得若干首，又与吾弟揆采摭国朝得若干首，相于［与］发潜阐幽，授之剞劂。所谓存什一于［第2a页］千百，安在其不略也？然使质之当代宗匠如海珊、兰泉者，化方隅之见，虚明公溥，表扬沉晦，俾其诗得以人而传，并其人亦得以诗而传，则虽略，其何憾矣？时嘉庆五年，岁次庚申[1800]，嘉平上浣，陶村袁文典再书于肄雅堂。[第 2b 页][第 760 页]

七、师范“袁苏亭滇南诗略后序”（第 761—763 页）

滇无诗？滇非无诗也。浮夸者无论矣，秀杰之材，负性迂僻，一吟一咏，唯求适情而已，多不存稿。其子孙之贤者，珍如拱璧，秘不示人，不数传而化为乌有。其愚者，则以供[第 1a 页]妇女之针包线夹，或同废纸鬻之市肆。其一二名作，非拾自水火之余，即夺诸鼠蠹之口。此滇之所以无诗也。有之，自袁苏亭《滇南诗略》始。苏亭性□[通]而介，情■■[侠而]痴。其学受教于兄陶村先生，沉潜笃实。自丁酉[乾隆四十二年，1777][第 1b 页]选拔后，分丞甘肃，权倅河州，日吟哦松竹间。逮请养归里，惟以著书为事。是役也，有疑者，有忌者；有四起而挠之者，有袖手而揶揄者。纵心孤往，毅然不顾，风雨以之，寒暑以之，寝食行坐无不以之，历十载而卒[第 2a 页]溃于成。予尝谓：成天下事，必合时、地、人俱得之而后可。赤壁之战、淝水之捷、澶渊之策，无不然。曹操、符[苻]坚、契丹、萧后之来，其气虽盛，将嚣卒惰。吴、晋据长江以为固，宋则后拥天雄，左犄中山。鲁肃、黄盖、谢石、谢玄、[第 2b 页][第 761 页]高琼、曹玮之徒，志同意协，而后行之以断，持之以静，临之以权，则事鲜不济矣。然亦有时、地、人全而无成者。桓玄子、刘寄奴、宋高宗，皆有可以复中原之势，而皆自弃之。若诸葛武侯，三者一无可恃，以攻为守，终[第 3a 页]其身卒存弱蜀。夫公，则千载一人耳！文章虽小道，何以异是？苏亭游今方伯云岩先生幕前后十余年，因得广结纳，博采访，以行其意所欲为，此其所际之时也。会垣多藏书，而三迤贤有司之至者，无不愿友苏[第 3b 页]亭；借其便，朝邮夕递，近者十许日，远者数十日，而零笺断简皆源源而来，此其所处之地也。研北、笏山、望山、达夫、酉山、芷汀、小东、香海诸君子，每多商榷，复寄质于陶村，或削木补■[雕]，必至得当而后止，此其所得[第 4a 页]之人也。三者全而成此旷举，苏亭之功不已较公瑾、安石、平仲而无愧哉？昔顾秀野钞元诗竣，梦古衣冠者百许，向之致谢。苏亭兴酣就枕，其亦见乡先辈若而人揖让于其前乎？先大人遗集、亡儿剩稿，俱蒙录入；[第4b页][第762页]而品藻参订，屡列予名。梨枣之光，荣及三世，未识乡父老子弟亦如予之感而不忘乎？予交苏亭在戊戌[乾隆四十三年，1778]，神交则自壬辰[乾隆三十七年，1772]。交非独诗，而谈诗无不合。兹既取永斋学使、月槎侍御、髯翁布衣、栗亭孝廉之所不能[第5a页]成者而一旦成之，余因有《诗略抄存》之役，意欲约之又约，以广斯传焉。出滇日，曾有后序之订。俗务嬲人，迄不果。襄阳舟次，旅泊无聊，勉为之，四寸烛已见其跋。诗之起讫、体裁，具备凡例与诸巨公序及自序中。[第5b页]今惟记其搜罗之苦、编择之勤；而其廓清之功，至欲比之武事。盖滇至是始有诗，始有正声之诗。书付芷汀，转寄五华山麓，其亦掀髯而连釂数盏也必矣。余虽止酒，当瀹敬亭绿雪，遥佐之。[第6a页]嘉庆七年，岁次壬戌[1802]，除夕前二日，愚弟师范拜序于载书船中。[第6b页][第763页]

则杰按：此序又载师范《二余堂文稿》卷二(上海书店出版社《丛书集成续编》第132册，第506—507页)；除删去末尾署款之外，其他文字乃至行文次序亦多有出入。

【附录一】袁嘉谷《卧雪堂文集》卷八《重刻滇诗略序》(《袁嘉谷文集》本，云南人民出版社2001年12月第1版，第1册第294—295页)

诗以理性情；人而无诗，谓之无性情可也。诗以发己之性情，而非徇人之性情；诗而徇人，谓之无性情可也。《滇诗略》，辑滇人诗。《兰津》《白狼》之篇，南诏君臣之作，滇中古风，展卷如见。性情中诗，非无性情之诗也。独是袁氏昆弟辑诗苦心，与辑《文略》同。卷八乃方外、闺人作，错简于罗星、刘联声之前；当日急于刊成，既刊者无力改刊。《续集》继之，煌煌美备。盖袁氏先为其难，事可钦，心可谅也。重刊特为其易耳，易犹弗为乎？天下事概可知已。当道有心,《诗略》刊成。吾滇人士,其有茫然、悍然不知写其性情者,将举是书教之,叩宫夹商,引绳削墨;为之歌诗曰:“古训是式,威仪是力。”其有依人宇下,不知自写己之性情者,将举是书进之,自抒其天,自铸其人;为之歌诗曰:“上帝甚蹈,无自瘵焉。”盖生际今日,视袁氏辑诗时又变矣。不发愤自立,学无以成,滇无以兴,奚独诗哉?抑又闻之,黄氏琮主讲五华,尝集[辑]《滇诗嗣音集》,续袁氏书后。诗较《诗略》稍逊,而存古人以传至今,功则一例。枣梨久灭。欲窥嘉、道间滇人之性情,舍《嗣音集》而无从。倘亦有重刊《嗣音集》者,愚将以家藏本敬授之,俾滇人士无遗憾。

【附录二】杨钟羲《雪桥诗话》卷七(北京古籍出版社 1989 年 12 月第 1 版,第 331 页)

保山袁氏为永昌旧族。陶村学正文典,与弟苏亭文揆、作山文康,咸能读书,谙悉滇中旧事,辑《滇南诗文略》付梓行世。其《滇南诗略序》谓:“滇在赤虺炎河外。汉以后,声教或阻。张叔、盛览、尹珍、许淑、张志诚诸人,著作不少概见。故《渡澜沧》《白狼》等歌,即韵语之始。骠信,赵叔达,杨奇鲲、渊海各什,亦声律之先。迄于有明,尽变蒙段旧习,学士大夫多娴吟咏。顾劫火之余,闻见异词。如郭舟虚[屋]只存游览数什,张南园仅载《春园叠韵》一编。升庵所称‘七子文献’,亦惟禺山、宏山、中溪犹有锓板。其它率皆断简残编,等于吉光片羽。与弟文揆纂辑编次,共得十卷。”法时帆与师荔扉刊《南园诗存》时,亦尝采取其书。南园有《题袁十三苏亭〈春雪归岫图〉》诗。

【附录三】徐世昌《晚晴簃诗汇》卷一百“袁文揆”条(中华书局 1990 年 10 月第 1 版,第 5 册第 4216 页)

袁文揆,字时亮,号苏亭,保山人。……

诗话:苏亭与兄陶村编次“滇诗记略”,托始《兰苍[澜沧]》《盘木》诸歌，下逮乾、嘉之际，至为详审。其后昆明黄矩卿琮编《嗣音集》，石屏许麟篆印芳编《重光集》，相继赓续。天南风雅，灿然大备。先河后海，“二袁”创始之功大矣。

02－152　国朝滇南诗略

袁文揆

十八卷、补遗四卷，附《国朝滇南流寓诗略》（另见该种）。袁文揆辑，光绪二十六年庚子（1900）五华书院刻本。（“CADAL 百万册数字图书馆”网站影像版，原书藏四川大学图书馆）

一、罗瑞图“重刻滇南诗文略序”（第 1a—4b 页）

《滇南诗、文略》二集并续篇，嘉庆初保山袁苏亭昆仲搜辑有年，经初颐园、潘芝轩、江岷雨、翁凤西四先生后先鉴定，当代诸公序，刊勒成书，并纪作者小传。读之者，不第见乡先达之诗文荟萃，兼可识其伟烈丰功、品量卓[第 1a 页]荦，与夫笃伦纪、抒性情，学术之精纯、文章之典奥，实足以资考镜而备滇南掌故，诚于《通志》《滇系》外，可为征文考献之助。瑞图弱冠披览，窃叹滇虽边陲，然自有明以迄国初，风气宏开；其间名公巨卿、高人咏士，后先辉映，矫然特出，学术、文章、经[第 1b 页]济埒于中邦。每当月白风清，晓窗雨霁，手执一编，往复吟诵，俨与乡先达相晤对，顿增学识。其为诗文也，典重裔皇、光芒陆离者，如睹球图彝鼎；奇伟雄杰、淼茫浩瀚者，如临泰华江河。翔九苞，跃五色；驰骛八埏，牢笼万态。且精圆则仙露明珠，清朗则光风霁[第 2a 页]月，极金碧苍洱之大观。苏亭昆仲之辑刊，可谓勤且博矣。咸丰六年丙辰[1856]，滇乱作，阅十有八载而难始平，五华藏书悉为灰烬。历年以来，当道诸公加意培植，先后购置、刊刻经史子集若干卷，庋藏书楼，以复旧观，惟《诗、文略》阙如。瑞图忝居讲席十[第 2b 页]有七年矣，屡寻旧篇而读之，渺不可得，乃属友人吕君心源暨及门诸子网罗散佚。昔年板片，荡然无存。兼以叠经兵燹，家少藏书，即间获数帙，亦残缺失次。嗣多方搜罗，始获全书。屡欲镌板，艰于资。深虑始愿难酬，而苏亭昆仲当年之盛举、滇南之文献掌[第 3a 页]故，日久就湮，不亦大可惜乎？己亥[光绪二十五年，1899]春，林赞虞前辈来权藩篆，商允筹款刊布。议定，即付梓开雕。是役也，校勘则属之张右星、刘瑞伯诸君，瑞图总其成。经始于光绪己亥[二十五年，1899]秋八月，告成于庚子[光绪二十六年，1900]冬十月。自兹以往，获是书者，可以观乡先达之品量、功烈以及学术、[第 3b 页]经济、文章；即就此考献征文，亦足以备滇南掌故。此则瑞图重刊广布之愚意，抑以借慰苏亭昆仲当年辑刊之苦心。赞虞前辈慨允筹资，俾得锓印而布之，其嘉惠滇人士，岂有极哉？曾请其序，弁简端，适有陈臬黔中之行，未果，殊为歉然。至小爨碑文，苏[第 4a 页]亭当日未经辑入，今为补之，以资好古者有所稽焉。若夫编中之体例章句，谨仿原本刊刻，未敢妄易。博雅君子如藏有善本，纠正而补刊之，则尤幸甚。刊既竣，谨序其崖略如此。光绪二十六年[庚子，1900]冬十月，河阳罗瑞图序于五华书院。[第 4b 页]

则杰按：此序为同时重刻袁文典、袁文揆（苏亭其号）兄弟合辑《滇南诗略》与袁文揆辑《滇南文略》而撰，《滇南诗略》另见该种。

二、江濬源“国朝滇南诗略序”（第 1a—4a 页）

《诗》三百篇，传于删后。其作者往往系北方贤圣之徒，南人未之与也。顾天地之气，磅礴乎日新。山川之神之灵，盘郁垓埏，迟之又久，而益闳以肆。江之左右、浙之东西，以洎广[第 1a 页]岭闽海之人士，代振风雅，竞与楚骚蜀赋后先咸耀于光明。盖曩时所称昏昧荒远之邦，后已蔚兴豪杰，斌斌乎腾蜚声，实有以接中原文献之传，而深表彰大业者之向往久矣。滇云，其尤极南之区乎？[第 1b 页]汉唐以前，儒者有韵之言不少概见。迨由元历明，风会渐渍而日上。至我皇朝累洽重熙之世，轩豁呈露，懋启人文；律和而谐、声大而远者，遂各得随所遭逢以自见，此保山袁君时亮所为继乃[第 2a 页]兄仪雅《滇南明诗选》后，复有《国朝滇诗》之选也。其于三迤十六郡七厅州百有五十余年之作者，自名公巨卿、文人学士，旁逮寓迹天涯、栖心尘表之流，诸有关于君臣、父子、夫妇、昆弟、朋友之大伦，显之存[第 2b 页]劝戒、微之道性情，以及穷通隐见、欢愉悲戚，因寄所托、游目骋怀，不悖诗人宗旨者，虽散寄于残笥剩帙之中，罔不博取广征，都为一集；而又虚衷将伯，汇海内同好之品骘，缀列于其间。昔昌黎先生谓[第 3a 页]"扶树教道，有所明白"，是编不愧其言矣。然且谓之"略"者，尚瞿然虑潜德幽光未获周探而扬厉之也，仰拾俯收，孜孜不已；前规往古，后望方来，真以盛心行盛事者哉！予披而览焉，谬附以管蠡之窥测，既[第 3b 页]羡南中诗人之炳焕埒于北方，且喜时亮表彰之功沾溉后学无既也，于是乎序。古皖江濬源岷雨氏撰。[第 4a 页]

则杰按：此序又载江濬源《介亭文集》卷二(《续修四库全书》第 1453 册，第 517 页)；除删去末尾署款之外，其他文字相同。

三、翁元圻"国朝滇南诗略序"(第 5a—11a 页)

今上御极之四年[嘉庆己未，1799]，举行礼部会试，滇中成进士者七人，选词垣、习部职者各三人。滇之人士，靡勿雍容揄扬，颂[第 5a 页]圣天子云汉作人，尤加意边陲，为数十年未有之盛轨。而保山袁君时亮《滇南诗略》，适裒然成编，余亦既品评之矣。考滇僻在西南，自司马相如通夜郎、王褒[第 5b 页]祀金马碧鸡，已通文教。维时盛览从相如游，著《赋心》四卷，相如答书褒之，与张叔辈同为滇南文章之祖。后汉兴平中，武侯南征，觏瑞云文石之异，占云："石为云根，云为文彩；[第 6a 页]千余年后，文运将开。"历代以来，绵绵延延，流风弗替。前明杨文襄公树帜连然，勋名耀天壤，诗文载入册府。关中李献吉既评点其《石淙类稿》，且与西涯并称"我师崛起杨与[第 6b 页]李，力挽一发回千钧"。盖公实一代文人，不独为滇南大开风气。自是而张禺山承南园家学，又师事献吉，友何仲默、杨升庵，力追正始。比升庵以议礼杖谪来滇，处荒凉寂寞[第 7a 页]之乡，赖有禺山及王钝庵、杨宏山、李中溪、唐池南、胡在轩、吴高河诸君子诗酒酬唱，放浪于明诗台、写韵楼、昆池、碧峣、太华间，以抒其抑郁无聊之气，故至于有“杨门七学士”之[第 7b 页]称。是滇诗在前明，已发其凡而起其例矣。是编上自馆阁巨公，下至山林隐佚，凡我朝百余年来滇之工于诗者，采撷靡遗，而流寓亦附焉。要以大雅为正宗，格律次之，才[第 8a 页]华又次之。后之采风南服者，舍是编，其谁与归？抑又考古之选诗家，或以时，或以地。以当代人选当代诗，实权舆于《河岳英灵》《中兴间气》二集。以地则“南皮七子”而后，难更仆[第 8b 页]数。他如明之“闽中十子”“北郭十子”“南园五先生”，本朝则“江左三家”“关中七子”“江左十五子”，近至“吴中七子”，犹传播至外藩。然皆录其最著者，而吉光片羽，湮没勿彰，[第 9a 页]转令人有遗珠之憾。是编多者百数十篇，少者一二篇，搜抉爬罗，既醇且备，与雅雨堂《山左诗钞》未知孰为伯仲。读之者，咸翕然从风，思和其声以鸣[第 9b 页]国家之盛，奚至效升庵之无聊抑郁，必愁苦而后工？行见三迤之交，人文蔚起——出则黼黻河汉，希踪杨文襄之功业文章；入则光宠里闾，媲美“七学士”之流风余韵，岂不盛哉！[第 10a 页]时亮籍隶永昌，其兄仪雅时已选有《明滇诗略》，二君与盛览同郡，“千余年文运之开”若合符节。《易》曰：“观乎人文，以化成天下。”然则圣天子文教覃敷，获是编而[第 10b 页]益信矣。嘉庆五年[庚申，1800]嘉平立春日，余姚翁元圻载青甫撰。[第 11a 页]

四、袁文揆“弁言”（第 12a—16a 页）

滇至明初，风气渐开。迄于中叶，声名文物之美，几埒中州矣。我朝声教覃敷，建宁诸郡，户诵家弦。百六十年来，诗歌声律，翊运[第 12a 页]扶轮，视明为盛。文章关乎气运，信不诬也。然书仅藏家，集鲜传世。如王畤五、张月槎两太史，暨赵永锡大尹、孙髯翁布衣、杨裕如孝廉，其才、学、识皆足以表彰[第 12b 页]前哲，乃征诗有启，采风有诗，各存一说，讫未成书。金碧苍洱间，其埋没者何可胜道？不急为搜罗，将使前人著作终于郁湮，岂非后死者之责哉？揆不敏，一行[第 13a 页]作吏，旧学疏芜。逮陇右乞养归，风木遽痛，名念顿灰；白首兄弟，连床话旧，共欲带经而农，远绍旁搜，以述传乡先生之冥心孤诣。而揆适耕砚会城，虽勉焉不[第 13b 页]移其植，第忧患未蠲；抚兹坠绪，益觉茫茫；风雨晦明，盖亦几经作辍矣。幸而三迤友朋，乐为将伯之助，遗阙互征，缄本并寄。于是缃素縢帙、烬简断札，莫不聚[第 14a 页]于所好，因得诵读尚论，砻错兼资，如是者有年。时则伯兄仪雅已将胜国遗诗纂辑成帙，揆愈不敢惮劳弗终厥事，遂编次国朝诗，始顺治辛丑[十八年，1661]，迄嘉庆己[第 14b 页]未[四年，1799]，凡诗二十卷，题曰《国朝滇南诗略》，从伯兄纂前明诗例也。自愧末学肤受，才识远不如畴五诸先生，于诗教源流十分未得其一，去取不精，挂漏[第 15a 页]滋甚，亦犹之乎折春虫之股、戡秋蝉之翼也云尔。爰与诸同志商付剞劂，以就正于海内宗匠。若夫补阙漏、酌损益，达旨该情，克昭文献，是所望于后之君子。[第 15b 页]大清嘉庆四年，岁次己未[1799]，丙子月甲戌彀旦，古滇九隆袁文揆时亮甫撰并书。[第 16a 页]

则杰按：此处称此集“凡诗二十卷”，不知是否脱漏一个“二”字，或者当时“补遗”还只有二卷亦未可知（参见下文附录）。

五、肄雅堂主人“凡例”（第 1a—2b 页）

[一] 集名“诗略”者，以吾滇作者多不刊稿，厥子孙虑祖父钞本为人剿袭，珍秘存之，故向无萃集梓行之诗文；兹集既成，或遗稿渐出，尤望同志者博采而增益之。以诗存人，不以人存诗。有科目者，以科目之先后为次；无科目者，约以辈行之先后为次。凡所采取，均属已往之人。此前人选本朝诗例也，其论颇正，今从之。

［二］ 集中各体，平奇浓淡兼收者，以滇诗甫萃成集，未便绳之过严；且末学操觚，不敢妄居删削。择焉不精，诚[第1a页]所不免，大雅君子自能汰之也。

［三］ 作者小传，悉依《通志》及故老传闻。考订本宜从简；是集为乡人言乡事，稍详原委，高谊畸行庶几共著，俾后进有所激劝，故不厌辞费。

［四］ 评点亦非古式。因同社诸友咸欲以为乡校子弟劝，特标眼目。其中难免无溢美苛论，惟识者谅焉。

［五］ 注释惟近事僻典；有原注者存之，无者补之。盖此道不容有谜语，亦以便于后进也。

［六］ "奇文共欣赏，疑义相与析"，靖节犹然，何况其下。是集经诸贤士大夫参订，均辱品题，事半功倍。故行间总[第1b页]批单评，必载姓氏。其有原评及另求宗匠评骘，悉载格上。

［七］ 搜罗最难。惟石屏罗琴山孝廉、蒙化刘辉山主政，采辑较多。其次或取之各郡州县志，或捃拾废纸小肆，或得之朋侪陆续钞寄，传闻异辞，繁简不一，有当于雅音者概存之。

［八］ 古诗必用古韵，昔人论之详矣。然古韵有可通、不可通，今悉依邵子湘《[古今]韵略》校正。其用宋吴才老《韵补》者，注明简端。至长篇，则悉遵《御选唐宋诗醇》，而参以萧山毛西河、福清张惕庵校订[第2a页]之七音为均、四声直下，暨李安溪先生别为三部之法，其详另附简末。

［九］ 缮书当从《正韵》，第存帖意，捐除俗笔，谅不见嗤于艺林。惟校雠最难，恐仍有鲁鱼亥豕之讹，观者幸垂教焉。

肄雅堂主人识。[第2b页]

六、张允楫跋(卷十八末，第31b—32a页)

国初滇南诗人，自于赵少宰、彭松溪、徐石公、朱子眉、张退庵、涂玉华、徐德操诸公，首屈一指。逮鲸浪既平，永清大定，人才倍出。

如钱亮采、许秀山、何我堂,皆一时之隽,而以段皆山、王永斋挺生其间,集厥大成,超前轶后,固已然;即赵我轩、常石堂、涂煦庵、孙南村、张蛰存、许澹园、李亦人诸公分道扬镳,亦何可多得?至于鹤峰中丞继[第 31b 页]起,直接皆山、永斋坛坫,嗣是而和声鸣豫者有之,孤芳自赏者有之。又得李载庵、周菊畦、唐药洲羽翼其间,暨孙布衣、万廉使、钱侍御、彭司马、杨孝廉为之砥柱,李松屋、廖恩田为之扬波,故皆山、永斋、鹤峰之绪,借以绵延不坠矣。苏亭曩客平阳,与余为文字饮。别来二十载,不知其志趣何若、造诣何若。适余作吏滇南,苏亭已赋归田,不再捧毛义之檄,遨游金碧,书记翩翩。偶一过从谈宴,宛然昔日臭味,而于诗古文辞精进逾昔。复出难兄弟所辑滇诗,属余参订。余既重离合之感,且喜苏亭好学不倦,谬参末议,因赘一言,以报知己。临汾张允楫拜跋。[第 32a 页]

【附录一】王昶《湖海诗传》卷四十四"袁文揆"条(《续修四库全书》第1626 册,第 406 页)

袁文揆,字时亮,保山人。……永昌袁氏家风醇谨,子弟咸能读书敦品。乾隆己丑[三十四年,1769],余以筹军驻其地,时亮同其群从咸来受业。滇中风雅久衰;今以诗鸣者,蒋太史鸣鹿、陈明府文锦及时亮而三人,皆出予门下。时亮又撰《滇南诗略》二十四卷,遗文旧事,稍存十一,亦足为边隅文献。

【附录二】法式善《陶庐杂录》卷三(中华书局 1959 年 12 月第 1 版,第88—89 页,原标第六十八则)

《滇南诗略》十八卷、《补遗》二[四]卷、《流寓》二卷,保山袁文揆编,嘉庆四年[己未,1799]刻版。自序云:"王畴五、张月槎两太史,赵永锡大尹,孙髯翁布衣,杨裕如孝廉,征诗有启,讫未成书。伯兄仪雅纂胜国遗诗成,揆愈不敢弗终厥事。编国朝滇南诗,始顺治辛丑[十八年,1661],迄嘉庆辛巳[己未][四年,1799],题曰《国朝滇南诗略》，从伯兄纂前明诗例也。”搜辑之功，可谓勤矣。金碧苍洱间奇气，何幸荟萃于此笔。

则杰按：以上两条所说《滇南诗略》，实际均指《国朝滇南诗略》。

02－153　国朝滇南流寓诗略

袁文揆

二卷。袁文揆辑，袁文揆《国朝滇南诗略》附（参见该种），光绪二十六年庚子（1900）五华书院刻本。（“CADAL 百万册数字图书馆”网站影像版，原书藏四川大学图书馆）

一、袁文揆“序”（第 1a—b 页）

昔杨升庵历叙唐世蜀之诗人，始陈子昂、李太白，迄杜光庭，共二十四人，并他方流寓而老于蜀若张蠙、韦庄、牛峤、欧阳炯又四人，欲裒集其诗为一帙而未果。予谓生当右文之世，景仰前徽，阐扬幽隐；凡恭敬桑梓之心，皆从文同律之义，固不必于千百年后援引殊方已负盛名之古人为闾里荣，自形方隅之隘。然如流寓诸人，非吏非隐，怀抱利器，郁郁适兹土，其生平不皆侘傺不平之鸣，实有言志永言之旨，将听其薄蚀零落，其情不更可悲，其言不重可惜哉？矧其子若孙，宅尔宅，畋尔畋，既舍[第 1a 页]滇无与归，且有并无人焉承厥宗祀，惟此五字七字珠零锦剩于金碧苍洱间，未曾达于上国者，是又岂可歧而视之而置弗道欤？爰继“滇诗略”而编“流寓”二卷，亦就耳目之所及者而已矣。大清嘉庆庚申[五年，1800]秋七月既望，苏亭袁文揆序。[第 1b 页]

02－154　滇诗嗣音集

黄　琮

二十卷，附方外一卷、闺秀一卷；补遗一卷。黄琮辑，台湾新文丰出版公司《丛书集成续编》第117册，影印民国三年（1914）云南图书馆刻《云南丛书》（初编集部之八十）本。

一、陈荣昌"重刊滇诗嗣音集序"（第581—582页）

滇诗之纂辑，自保山袁氏《诗略》始。继之者，有昆明黄氏《嗣音集》，又有石屏许氏《重光集》。《重光集》未成而许氏殁，其余稿归剑川赵氏续成之。《诗略》与《嗣音集》，咸、[第1a页]同间遭兵火，其板毁矣。罗星垣太史请于林赞虞中丞，重刻《诗略》，袁氏之书乃复行于世。而《嗣音集》传本尤稀，物色久之，始获其全部。慨然捐资，以畀梓人，则吾师陈栗斋先生力也。[第1b页]先生以同治甲戌［十三年，1874］进士、工部主事改外为四川安岳令，致仕归昆明，于乡先辈遗书有表彰之志。刊是集未毕，先生遽归道山。哲嗣香圃继其志，卒刊之，印百部，以饷同人。呜呼！幸哉。吾滇士习[第2a页]朴，其失则鄙。先辈所著书，往往藏之家，不以问世，"朴"故也。即问世矣，历年久，板片残缺，甚且煨烬，其书亦渐就消灭。后之学者，既不加搜访；偶得其书，又不甚珍惜。间有能珍惜者，亦只插架[第2b页][第581页]束阁，不能再付剞劂以广其传，终亦必亡而已。穷措大固不任其责，有力者但治家人生产，视此等事若无与于己然。他人或议及之，非唯弗赞其成，且谓此迂生所为，相与非笑之。呜呼！岂不谬哉？责以[第3a页]"鄙"之咎，其又奚辞？若吾栗斋先生者，力足副其表彰之志，惜乎志未竟而身先死也。使其身不死而竟其志所欲为，则先辈遗书赖以流传者，岂止一《嗣音集》耶？天何夺吾先生之速也！呜呼！先[第3b页]生已矣，先辈遗书待刊者尚不知凡几。噫！谁之责；噫！谁之责？此后死者所为惄然伤，惶然惧也。光绪三十四年，岁在戊申[1908]，八月十五日，昆明陈荣昌谨序并书于翠湖之稻花香处。[第4a页][第582页]

二、黄琮"序"（第583—584页）

若夫履苍山而搜屏石，如登群玉之峰；泛滇水而采钵莲，俨入众香之国。星云丕烂，二百年圣化涵濡；桢干骈罗，十四郡人文炳蔚。握灵蛇而誉重，称绣虎以才雄。摹诗体于三唐，陋赋心之一卷。广收楚梓，合纂《襄阳耆旧》之编；浓爇班香，奚让《河岳英灵》之集？曩者澜沧老宿，卧雪高风（陶村、苏亭两先生）。轼、辙齐名，郊、祁接武。擅惊人之奇句，发思古之幽情。采风冀遍乎全滇，作赋俨期诸十稔。盘蛇赪木，远搜旷代之谣；半谷中溪，兼录胜朝之作。逮夫天开文运，南见彩云。金碧多才，有凌谢轹颜之彦；琅嬛选胜，擅崇山宗海之奇。罗洱水之遗文，成艺[第1a页]林之盛事。此犹蓝田剖璞，收白璧之一双；赤水探珍，获明珠于四寸者矣。然而风霜屡易，山水方滋。五十载作者代兴，都谐凤吹；三百篇斐然之制，漫哂虫雕。虽宝剑腾精，共识斗间气紫；而焦桐入听，孰怜爨下声清？宜披卷而浣薇，或连篇而覆瓿。将使落霞秋水，鸟啼王勃之魂；冷月荒坟，鬼唱鲍家之句。敬伸桑梓，久钦前辈之才名；艳摘兰苕，犹待后人之荟蕞也。家古村舅氏，评公月旦，坛主风骚。交遍结乎老苍，室多藏夫竹素。琮乃请沉铁网，罗彼珊瑚；借引金针，赖兹磁石。道存知白，不辞集狐腋之裘（去取多出舅氏衡裁）；功靳杀青，恒自写蝇头之楷（钞胥乏人，为书底本）。经始己酉[道光二十九年，1849]之夏，编成庚戌[道光三十年，1850]之秋。既入谷以寻[第1b页]兰，每披沙而见宝。识韩门之诸子（刘寄庵先生《五子诗钞》，李即园、杨丹山《池篇庭诗》，皆入集），笙磬同音；羡窦氏之连枝（师荔扉先生及哲弟素人），珠玑百琲。元次山《箧中》名集（寄庵先生《五华诗存》、荔扉先生《小停云馆芝言》），采摭居多；温飞卿《汉上题襟》，流传不少（徐勉斋《太华山诗录》、尹退谷《存遗录》）。竹林玉露，心惊董子之才（勿轩茂才）；燕麦春风，手校刘郎之稿（春舫大令）。剜苔剔藓，有时录向鸡碑；鲤往鸿来，大半传之驿使（王英斋观察、范廉泉明府、戴云帆侍御、何乐山检讨、喻芳余孝廉）。载甄文格，无取乎琼岳铣溪；如此诗肠，何假于引商刻羽？若乃门施行马，遇等攀鳞。梦屡兆夫三刀，集早成于一品。丹纶洒翰，赏春城御柳之篇；纨扇标题，署陇首飞云之什。技本工于夺锦，字合配以笼纱。而或邑乘无征，楹书久蠹。有愧鸡林良[第 2a 页]贾，远求白傅之诗；等诸狐史新编，竟缺韦公（应物）之传。复有方干蠖屈，周朴鸿冥。既久困于盐车，犹耽吟于醋瓮。白头不遇，翻嘲榜上无名；红粉难逢，畴拂壁间题句。独弹雅调，问谁知韶濩之音；大有清才，竟未梓江湖之集。怜呕心于长吉，古锦为囊；合俯首于浪仙，黄金铸像。斯则稿求司马，探骊颔以皆珍；句录高蟾，获凤毛而逾贵者矣。且夫购肆中之奇作，久疑阳五于古人；更亭上之新名，始信孟六为才子。骏已空而市骨，豹既陨而留皮。惟没世以名扬，亦盖棺而论定。江文通之残锦，才即尽于生前；林和靖之咏梅，稿半求诸身后。文收累牍，多缘卷束牛腰；诗取一篇，不使疵留鹤膝。以逮松风水月，[第 2b 页][第 583 页]爱瓶钵之清吟；兰质蕙心，摹璇玑之妙绘。经名千佛，录著百家。可不谓价重球琳，声铿金石者乎？至于操觚甫竟，刻楮犹悭。讵能本缩兰亭，寿之珉石；不比经钞藩邸，贮以巾箱。乃有敬舆怜才（稼堂中丞），盈川好事（春峤大令）。幸廉泉之分澜，传枣木之新镌。计鸠工者逾年，得鸿文于廿帙。芟去钟嵘诗品，差免是丹非素之讥（卷中评点，概从阙如）；续将萧统选楼，任来看碧成朱之诮（余例一仍《诗略》）。好音可嗣，请聆兹南国之风；遗稿犹珍，拟瘗彼西山之麓（将瘗稿西山，为“诗冢”云）。时咸丰元年[辛亥，1851]四月，浴佛后二日，矩卿黄琮序于五华书院之藏书楼下。[第 3a 页][第 584 页]

【附录一】李伯元《南亭四话》卷一《庄谐诗话》“滇诗嗣音集”条（《李伯元全集》本，江苏古籍出版社1997年12月第1版，第4册第11页）

昆明黄矩卿侍郎，辑刊《滇诗嗣音集》二十卷，得诗人二百六十余家，美不胜收。兹录杨文源《示幼子纯》云：“吁嗟乎！儿无母，亦何苦。饥寒不自知，晨昏泪如雨。餐宿随尔祖，诵读随尔父。诵读不勤尔父怒，尔母地下裂肠肚。何不思尔母，握手遗尔语：儿读书，守规矩。无违父言，少受箠楚。自今以后，母不能顾汝。”词意沉痛；末语不结之结，尤觉酸楚动人，是亦昌黎《履霜操》之变调也。又袁文揆《抵苏州》云：“两月水程秋过半，一城花气县分三。”造句新隽。案：瓮安傅玉书有《黔风鸣盛集》，与是集足征云贵文献。侍郎讳琮，曾官四川学政，在籍殉回逆难，谥文洁。……

02－155　滇诗重光集

许印芳

十八卷。许印芳辑，上海书店出版社《丛书集成续编》第151册，影印民国三年(1914)云南图书馆刻《云南丛书》(初编集部之八十二)本。

一、王先谦"滇诗重光集序"(第1页)

凡事以利赖及天下为最巨，而功必自一隅始。君子之为学，非区区善其身已也，将由家而溉之国焉，推之四海焉。得其位，则求满吾位所及之量，然后为能自尽；不幸穷居，亦必随时与事，充吾心力所能至，而以未至者俟诸人。惟有作于前，乃有述于后。政教所系、文献所征，彼苍默寄于人，人听知道者起而自任。端木氏言"大小分识"，孟子称"守先待后"，此物此志也。彼龌龊者，乌足以知之？石屏许麟篆广文，寄示近所刊滇诗若干卷，且告曰："吾滇文学，代不乏人，国朝尤盛。嘉庆初，宝山袁广文文典昆季，有《滇诗文略》之[第1a页]刻，而乾隆前作者赖以有传。咸丰初，昆明黄文洁公琮刻《滇诗嗣音集》，道光以上风雅略备。丙辰[咸丰六年，1856]后，毁于兵。大乱初平，文物凋丧。学人间作，雅音未衰；率以无力梓行，旋就湮佚。吾为此惧，辑光绪以前文逾十家，诗逾四十，先刻诗编，仿《嗣音》例，命曰《重光集》。前之遗者补，略者增；次辈行，附事实，俾论世者有考。已编而毁者，重刻之；费无出，损俸入，赓续成之，有助与否非问也。"余闻之喜甚。昔吾乡邓湘皋先生，当道光承平之世，辑刊《沅湘耆旧集》；曾文正志其墓，美其用心之厚，以为长逝者所托命。若麟篆掇拾于丧乱残缺之余，岂不尤难能邪？夫德莫优于好善，义莫尚于轻才，量莫广于与天下为公，恶莫甚于不乐成人之美。广文，世[第1b页]所称卑官而贫者也；以麟篆居之，乃汲汲然修废起坠，捐己资而代谋焉，其意识闳远，足以兴起颓俗，感激好事。它日持此心以膺人民之寄，则何施之不溥，何幽之弗扬邪？文于道未为尊也，诗又文之一端，而麟篆所辑，特方域之书也。然军兴以来，直省人文垂烬，苟闻者皆慕效其所为，则海内之文学得所托而不忧泯灭。虽一隅而足以及天下，其机与理固存焉。此余所为嘉叹而不已也。语曰："人之欲善，谁不如我？"麟篆亦将闻吾言而自壮也夫。光绪十八年，岁次壬辰[1892]，秋八月，长沙王先谦叙。[第2a页][第1页]

则杰按：此序又载《王先谦诗文集·虚受堂文集》卷五（岳麓书社2008年9月第1版，第92—93页）；除删去末尾署款之外，其他文字仅"若干卷"作"十六卷"。

二、袁嘉谷"滇诗重光集跋"（第2页）

五塘师卒后之一年，嘉谷归石屏，登师门，检遗书。于已刻《重光集》十八卷外，得未刻诗稿百七十余家，寄之赵樾村先生。今又十三年矣。时逢国变，樾村先生与虚斋师及我同志诸友为滇文献计，辑刊《滇[云]南丛书》，将欲续百七十余家于《重光集》中。佥曰："不可。'重光'者，始道光迄光绪；今不可仍其名，惟有刻之《丛书》中耳。"呜呼！师之《重光集》竟十八卷而止，天耶？人耶？犹忆辛丑[光绪二十七年，1901]之岁，师病危。医诊脉已，状若惊。师问之曰："吾将死乎？"医诡曰："未也。"师曰："吾非畏死，所以问者，恐死后心事无以告人耳。吾生平有友樾村，吾将托以未刊之稿。二三门人，亦当手谕其继吾志也。"家仲兄铭泉[第1a页]广文在侧，闻之凛然。述之谷，谷尤凛然。虚斋师作诗哭之，并讽及世之富资财而不助刊书者。于是富者多感动，或愿助刊之。余外舅张竹轩先生，与师素交，执不可，曰："五塘生前捐资刊群书数百万言。不得已，欲集众力，众或讥之。今忽助之死后，五塘瞑乎？且五塘既属之樾村，今但将稿寄樾村可也。”谷谨遵之，不敢违。岂料时异事迁，“重光”之名无以存，即《重光》之诗无以续耶？顾书虽未续，而樾村先生与虚斋师及我同志诸友犹得于茫茫沉陆中分一席地，搜残补缺。所谓百七十余家者，或全刊，或选刊，终借以传诸不朽，斯亦可慰师于九京者矣。师原刻《重光集》，卷数未分，目录并阙，板存滇图书馆。因与馆中何君小泉补编目[第 1b 页]录，厘次卷数，俾斯集为完书，并备述缘起如此。小泉，昆明人，私淑于师；师已刊之《五塘诗草》《五塘杂俎》《诗法萃编》《诗谱详说》《律髓辑要》《陶诗汇注》《滇秀集》《三字经》，其板皆小泉宝存者也。乙卯[民国四年，1915]五月，石屏袁嘉谷。[第 2a 页][第 2 页]

则杰按：此跋又载袁嘉谷《卧雪堂文集》卷九（《袁嘉谷文集》本，云南人民出版社 2001 年 12 月第 1 版，第 1 册第 352—353 页）；除删去最末署名之外，其他文字亦略有出入。

02－156　滇诗拾遗

陈荣昌

六卷。陈荣昌辑，台湾新文丰出版公司《丛书集成续编》第118册，影印民国三年（1914）云南图书馆刻《云南丛书》（初编集部之八十四）本。

一、陈荣昌“滇诗拾遗序”（第51页）

吾滇僻在天西南，其人士往往安于朴陋，不以文采自炫于当时，则身后寂寞无名，亦何足怪？然天之生才，不限以地，亦时有怀奇抱异，不能自秘，而发之为咏歌者。方其呕心血，镂肝肾，长言咏叹而为之，讵不曰“千秋万岁，或有人知我”哉？及其老且死，其所作或竟不传，或传矣而不能久，皆可悲也。后之人得其所作，又弗为之珍护，卒使之飘零散落，无一字一句流播人间，此尤堪为痛哭者。而贤人君子，顾不之措意，岂以诗为小技，非古圣贤所重耶？吾意古圣贤者，淫哇绮调则不屑为。正大之声、和平之响、忠厚悱恻之词、慷慨悲歌之语，[第1a页]得志则为之，以鸣国家之盛；不得志则亦为之，以自鸣其不平。《诗》三百篇，其彰明较著者也，奚为而不重？故吾于乡先辈之诗，凡已刊者、未刊者，及已刊而复毁者，或有心访得之，或无意邂逅之，必择其优雅者，以存诸册，名之曰《滇诗拾遗》。盖欲于袁氏《诗略》、黄氏《嗣音集》、许氏《重光集》之外，广其搜罗也。本欲俟积之既多，裒然成帙，乃次其时代之先后而汇刊焉。继思予之孤陋，交游不能广，耳目不能周，安能网罗散失，有裒然成帙之一日？不获已，乃随所得而录之，即随所录而刊之。积至数十页，则别为一卷；又积至数十页，则又别为一卷。期于入吾手者，不使之飘零散落，斯已耳。至时代之先后，阅[第1b页]者合观其人之叙略，自能见之，今固不及一一为之次第也。乡之士大夫有藏先辈遗稿者乎，谅此苦心，庶几出以示我矣。光绪癸卯[二十九年，1903]十月，昆明陈荣昌识于五华山麓。[第2a页][第51页]

二、卷六“目录”陈荣昌后记（第173页）

此卷为李厚安庶常手钞以付予者。予既辑明代乡先辈诗五卷，厚安又为旁搜博采，成此一册，因列之卷六。时代益远，网罗益艰。附刻赋数篇，亦以得之不易，欲其不复散失耳。厚安与予，皆婴世事，偶于暇时随得随钞。故其人其事，孰先孰后，不及铨次。姑存旧什，以摅怀古之深情云尔。宣统纪元[己酉，1909]三月，荣昌识于升平坡寄庐。[第2b页][第173页]

则杰按：据此叙述，此集编者实际还有李坤（厚安其字）。李坤另外又单独辑有《滇诗拾遗补》四卷，同见台湾新文丰出版公司《丛书集成续编》第118册，影印民国三年（1914）云南图书馆刻《云南丛书》（初编集部之八十五）本；但因其没有序跋，所以本拙编未予立目。

又，此集所收作者时代范围，实际并不限于明代，而多有已经明确进入清代者。

02－157　滇八家诗选

王　灿

八卷。王灿辑，民国三十一年(1942)云南印刷局排印本。(浙江图书馆藏)

一、王灿"滇八家诗选序"(第1a—b页)

吾滇诗学，启于明而盛于清。有明一代，如止庵、邃庵、禺山、恕卿、中溪、伯举，以及方外之苍雪、担当诸人之诗，海内颇有采录，知者亦多。逮于清，而以诗鸣者不亚于明，顾见采者寥寥，因而知之者亦鲜。虽钱牧斋、沈归愚、袁子才、王兰泉、洪北江、金湝生、金粟斋[?]、李伯元、孙师郑，亦曾选及滇人之诗，然采访不周，只爪片鳞，不足以悉滇诗之美备。清之末季，主持风雅、号诗宗而操选政者，莫如陈石遗。远收近取，所选《近代诗钞》不下数百余十家，而滇竟未及。尝与谈论，并略举清代滇之能诗者数人，询之石遗，则谢以未知为憾。岂滇之诗，不能与于作者之林耶？亦地居边远，致为采风者所忽略而未之见也，不亦重可慨哉！昔居南京，结"青溪""石城"两诗社，社中人往往讯及滇之能诗者，一时不克尽述。意欲选抄滇诗数家，用贻同好；以困于案牍，未暇握笔。迨戊寅[民国二十七年，1938]避寇还山，间与印泉道[第1a页]及，极力赞助。嗣又得董君澄农，允为捐资，以促其成。历时十阅月而选竣，名曰《滇八家诗选》。八家中，如南园[钱沣]之硬语盘空，思沉力厚；矩卿[黄琮]之遣才运情，志和音雅；云帆[戴䌹孙]之明丽典则，妥帖排奡；丹木[朱雘]之精思健笔，傲岸不群；樾村[赵藩]之肃括宏深，风骨峻峭；天船[张星柳]之清新刻挚，波澜老成；虚斋[陈荣昌]之劲气直达，弹丸脱手；厚安[李坤]之清深华妙，味美迂回，均各具面目，自辟户牖。滇诗固不止八家，以八家论亦不仅百首。此则撷取精华，虽未罄其蕴而尽其美，而即此一斑，亦足以窥见各人之性情学问也。呜呼！诗岂限以地乎？岂限以人乎？岂限以时乎？之八家者，所抱之才不一，所生之世与所处之地不同，故其成就之境界，亦各有一生平以寄乎诗之中而可概见于诗之外，置之中原坛坫亦不多让，要非一乡一邑所得而囿之也。世之欲读滇诗者，或亦有取于斯而先睹之为快耶？民国三十一年，岁次壬午[1942]，秋八月，昆明王灿识于西壩村之偕庐。[第 1b 页]

二、董万川“序”（第 2a—b 页）

昆明王惕山先生选辑《滇八家诗》竣，走书商于万川曰：“子向留心滇中文化，于乡先辈著作尤表彰不遗余力；今《诗选》八卷，实足以焕发金碧光采，子其印之以广流传？”万川应之曰：“诺。”夫滇中刊刻前辈诗，有袁氏《诗略》、黄氏《嗣音集》、许氏《重光集》、陈氏《拾遗》及近日袁氏之《丛录》，搜集既多，意在网罗散失，补拾残阙。先生此《诗选》，虽仅八家，然有清一代滇之能诗者无出其右；即以八家论，诗之尤精且雅，而与身世有关诸作要亦无过于是。窃尝谓滇之山水，首数昆华，次及苍洱；此外虽亦不乏名山大川，然自来谈山水者辄称昆华、苍洱之胜，而其余之山水足以概之矣。言诗，何莫不然？此编撷英采华，抉择谨严。今当风雅凌夷之际，独能寻吾滇耆宿之坠绪而传之，继往哲，开来学，不独裨益雅道。吾知书一出世，海内自知滇诗固大有人在，当与“岭南三家”“江左三家”、浙之“六家”后先[第 2a 页]辉映而骖靳连镳、并驾齐驱于中原也。中华民国三十一年[1942]秋九月，大理董万川谨序。[第 2b 页]

三、纳汝珍“滇八家诗选跋”（第 1a—b 页）

吾师昆明王惕山先生，擅著述才，尤工诗。其论诗，必轨于雅正，别裁綦严，而一廓门户、地域之见。尝谓近代滇诗，如南园、渠卿、云帆、丹木、樾村、天船、虚斋、厚安诸先辈，皆酝酿深醇，精思独诣，而积中发外，见之咏歌者，洵属正宗，非时下之诗可比。徒以地居边僻，表彰乏人，流传不远，以致主选政者采访不及。是亦地方文化莫大之憾事，而海内言诗者真以吾滇为无人矣。先生鉴及之，自南京解组归，遂纂编《八家诗选》，拣金撷华，裒然成帙，所以发乡贤之幽光、绍前哲之坠绪者，意良深矣。书编竣，又得董君澄农力助其成。董君好古敏求之士也，表扬乡邦文献夙具挚忱。其先德董难先生，蜚声文苑，尝与李元阳、杨升庵[此处行右有添补"又清董正官司马"数字]相酬唱，著有《蓝溪唱和集》，董君曾刊刻行世。董君之尊人德春先生，为优贡生，曾与"八家"中之樾村先生砥砺学行，极敦契好。适遭丧乱，遂弃儒服贾，经营滇缅边地[第 1a 页]盐务，有陶朱之遗风焉。然笃嗜风雅，著述甚多，于诗尤有深造；而毁于兵燹，吉光片羽，今亦无由缀拾。比闻先生辑"八家"诗，遂欣然愿捐巨资即行付印，用广厥传。董君之善承先志，阐扬文化，可见一斑。窃谓"八家"之诗，既得先生之采辑品藻，又倚董君之赞助资金，俾滇中雅音未歇；德莫大于扬美，义莫尚于轻财，斯举均不朽矣。予陋拙无文，而甚服先生用心之厚与董君乐善之雅，嘉叹之余，爰缀数语，聊志景仰云尔。开远纳汝珍谨跋。[第 1b 页]

02－158　丽郡诗征

赵联元等

十二卷，卷首一卷。赵联元辑，赵藩补辑，上海书店出版社《丛书集成续编》第151册，影印民国三年(1914)云南图书馆刻《云南丛书》(初编集部之八十一)本。

一、赵联元“丽郡诗征序”(第561页)

生是邦者，采是邦之长谣短咏，画疆为限，著录成书，征文考献寓其中，发微阐幽寓其中。盖准诸古人陈诗之遗制，抑亦《小雅》诗人所谓“桑梓敬恭”之义也。联元少读保山袁氏、昆明黄氏所选滇诗，未尝不嘉叹其用心，而窃不能无遗珠之憾，妄思踵武，加意网罗。十年中，所萃稿以尺计。同治戊辰[七年，1868]，毁于兵火。甄综之志，颓然尽矣。亡友陈君士礼、李君玉湛，见辄诿诿，谓：“大乱初平，正斯文绝续之会。吾子承楸园之遗芬，有优闲之岁月；摭遗补阙，非伊异人；■[及]今不图，则浸且日就澌灭，忍乎哉？”循绎[第1a页]忠告，后死之责，怦然动心。然跧伏里门，局于耳目；博搜远揽，究谢未遑。继而闻许君印芳已有《滇诗重光》之选，乐观其成，不啻己出。乃姑即乡郡之近，而从事焉。家咨户询，劳于托钵。或掇剩于煨烬，或乞余于鼠蠹。渝墨敝纸，随得随钞，又不觉与日月俱积。今岁儿子藩有纂辑州志之役，剑川采访所获，视丽、鹤增多，于是出而悉付比缀。丽江为郡，领县一、州二、厅二。而二厅甫设学，韵语鲜有闻。二州、一县之为诗者，断自前明，迄于今兹，得若干人，凡诗若干篇。略以年辈为序，分厘为《丽江诗》三卷、《鹤庆诗》三卷、《剑川诗》六卷，总十二卷，曰《丽郡诗征》。《汉书》[第1b页]所录益州刺史朱辅，译进《白狼王》乐诗三章，考其部居，即今郡地，则别录于书首，以著声诗之萌芽。著录之例，折衷先民：作者名氏之下，间附小传，为知人论世之助，用元遗山《中州集》例也；原稿或有微瑕，间加删润，期成其人之美，用陈卧子《明诗选》例也；感旧怀人，不区存殁，后进与及门之士并附见焉，用王述庵《湖海诗传》例也。抱遗订坠，非曰操选。然上下五百余年之间，郡之达人畸士，鸿篇巨制、断句零章，固已灿陈而森列。以诗传人，以人传诗；途径不敢隘，持择不敢苛；不以恩怨为去取，不以多寡为轩轾；盛衰升降之故，览者可自得之。此区[第2a页]区裒辑之苦心，或可以告亡友而无愧者。惟是谫浅鲜闻，极知挂漏；正其疏舛，补其亡佚，与夫递为采辑，尤不能无望于郡之贤人君子云。书既成，因弁言以记岁月。时光绪二十五年己亥[1899]冬十二月，拙庵老人赵联元撰。[第2b页][第561页]

02－159　剑川罗杨二子遗诗合钞

赵　藩

二卷。赵藩辑，台湾新文丰出版公司《丛书集成续编》第117册，影印民国云南图书馆刻《云南丛书》（二编集部）本。

一、赵藩“剑川罗杨二子遗诗合钞序”（第187页）

光绪乙[己]卯[五年，1879]，乡闱功令罢时文试律，改试经义策论。云南榜发，剑川中试者四人，周钟岳惺甫领解额，其三人则罗宿星桥、杨志中涤庵、张鸿举逵伯也。距榜发阅月而罗宿死，又一年而杨志中死。其死也，皆年未三十，皆无子，皆以攻苦咯血，不永其天年。呜呼！悲矣。士生斯世，舍科目无由出身；其得科目者，材不材又恒错出也。材者固不能必得；即得矣，而亦无与于身心之学、仕进之路，钵精敝神以殉一纸上之题名如“二子”者，数百年间世固不知凡几，然又何能不为“二子”悲也？“二子”尝从余问[第1a页]诗古文辞法，而日力夺于制举业，不常为之。庚戌[宣统二年，1910]冬，余乞养还山，问“二子”之家，仅得其遗诗各数十篇，含咏萌芽，难言深造。然舍是，即“二子”之性情言论，且无从得其仿佛。乃为删存罗子诗二十一篇、杨子诗十篇，以畀罗子之弟克暹，合钞为卷，属付之梓氏；而克暹又死，乃附刊于《滇[云]南丛书》中。其与纸上之题名，有以异乎？无以异也。悲夫！石禅老人赵藩书于拙修庵中。[第1b页][第187页]

02－160　黔诗纪略

莫友芝

三十三卷。莫友芝辑，同治十二年癸酉(1873)遵义唐氏梦研斋金陵刻本。(浙江图书馆藏)

一、“明目录”莫绳孙后记(第16a—17b页)

先君子尝病黔中文献散佚，欲私成一书以纪之。逮于逸编断碣、土酋世谱，有足征文考献者，罔不穷力搜访，几于大备。衣食奔走，不获专力成书。咸丰癸丑[三年，1853]，遵义唐■■[威恪]公欲采黔人诗歌，荟萃成编。以国朝人属之黎先生伯容，因乱，稿尽亡失。先君任辑明代。旧所征录既多，而黔西潘君文炳及先君门人胡君长新益相助采拾。讫甲寅[咸丰四年，1854]夏，得二百十又六人，方外及杂歌谣又卅六首，都为一集，成卷三十。其书因诗存人，亦因人存诗，旁征事实，各系以传，而大要以年为次；无诗而事实可传、文字有关暨山川可考者，相[第16a页]因附见，按以证之；国朝人文字足备掌故者，间附录焉。及甲寅[咸丰四年，1854]秋，遘桐梓杨漋喜之乱，原稿亡其三册。乙卯岁[咸丰五年，1855]，旁搜补缀略具，犹虑见闻未逮。戊午[咸丰八年，1858]冬入都，携置行箧，随所见增录。居京师两载，益十余人。辛酉[咸丰十一年，1861]春至鄂，直发贼上窜，行省戒严，复寄归黔中，是故年来未得校核。同治庚午[九年，1870]春，六叔父庭芝乃取其稿，自安顺寄至江宁旅舍，始合京都及近年所益共廿有六人补入。■■[威恪]公嗣君鄂生观察炯，复自蜀助资促刊。辛未[同治十年，1871]九月，始略整定第三至二十一诸卷，他卷尚待审定，而先君遽逝，痛矣！绳孙幼不向学；即先人著述，亦茫不了了。读礼中，检理遗著，开卷泫然。其未经[第16b页]核定之卷，书眉笔识及粘贴片稿，欲增置未定者，不敢妄自阑入；删改未定者，亦不敢辄去。仅就原稿共三十三卷，亟付剞劂。唯第二十二卷何忠诚公传，以甲寅[咸丰四年，1854]之乱阙佚不完；今检先君行箧所录忠诚遗事，请之江宁汪梅岑先生为补撰焉。先君尝言：吾黔自军兴十余年来，苗、回诸夷，土匪邪教，相继倡乱，蹂躏全省十二府、一直隶州。城仅完者，唯贵阳、安顺、黎平。而遵义，贼犹攻入北城；团民巷战，旋却之。自余府、厅、州、县数十，残破千里，人民能孑身脱难者百不一二，何问文献！是编若仅论诗，则孙、谢、杨、吴诸家以降，应录殊少，是故不能无桑梓之私。然数经大劫，尤获[第17a页]全者，亦岂偶然耶？如孙文恭《学孔精舍稿》，岁甲寅[咸丰四年，1854]，麻哈艾茶村先生据其祖侍讲公手录，录副相寄；麻哈旋不守，原稿已烬。其他仅赖是编以存者，不知更几何也。同治十二年[癸酉，1873]十月丙子，第二男绳孙谨记于江宁旅舍。[第17b页]

则杰按：此集所收作者，部分实际已经进入清代。

二、卷一“明”莫友芝按语（第1a页）

友芝按：黔自元上而五季，皆土官世有。致汉唐郡县，几不可寻。英流鲜闻，安问风雅？逮有明开省增学，贡士设科，文献留诒，乃稍可述。故是编甄录，断自胜朝。先教授犹人府君，有《贵州置省以来建学记》，谨引附于篇，以见黔文兴起之所由。《记》云……[第1a页]

三、卷二十一“杨文骢·下”莫友芝按语（第1a—b页）

友芝岁壬子[咸丰二年，1852]，之都匀省墓，道贵阳，伯庸挟《山水移集》偕诣子方方伯，饮待归草堂，遂有记录黔诗之议。甲寅[咸丰四年，1854]春夏，于遵义湘川讲舍编完明代；当龙友两卷间，而方伯湖北殉难报至。入秋，以两卷付雕，而杨瀓喜之乱作，阁置者十五年。庚午[同治九年,1870]开岁,舍弟庭芝寄此稿来江南,携之扬州整理。乃取壬戌[同治元年,1862]客皖所收石首夏云鼎四云选《崇祯八大家诗》校龙友旧编,以遣伏暑,而方伯子炯鄂生寄资促刻之书至。此《略》废兴,适于[第 1a 页]龙友,可异也。……[第 1b 页]

【附录一】王柏心《百柱堂全集》卷三十三《黔诗纪略序》(崇文书局 2016 年 8 月第 1 版,下册第 634—635 页)

天地以淳美中和之气,萃于方夏;而以瑰奇闳丽,储蓄于边陬塞落。古之帝者起诸夏,故十五国之“风”咸登太史;至荒服,则遗之。譬诸寒柟,掩蔽沙砾霜雪间;至晚春盛夏,敷荣吐花,与百卉竞艳矣。蓄之也久,则发之也盛,理固然也。今夫巴蜀瓯越、闽广滇黔,自古不通中国,采风者所不录。汉武开拓,乃置初郡。由是司马相如、王褒、扬雄,起西蜀;严助、朱买臣,起东越。唐宋时,则闽广之士,冠冕文章,骎骎与上国竞爽;惟黔,尚未有闻也。迨明,乃罢宣慰指挥而设行省,学校解额比内地。魁杰踵兴,蔚然不变;勋名功烈,彪炳史册。而绨章绘句之流,亦骈肩累迹,与中州士大夫扬镳齐轪,彬彬为西南才薮。夫非曩者峭崖峻壑、灌莽丛篁之区,狐狸豺狼所嗥、狌鼯鼪蜴所悲吟窜伏,而其人亦自视以为睢盱魋结,无与于声明文物者哉?何以忽摛华掞藻,不下齐鲁吴越也?岂不以帝王威德覃敷,声教暨讫,荡涤而鼓动之之效欤?彼鬼神造物,非惟不能闭藏,使磅礴蜿蟺之气亘终古不复呈露;方且贡灵效淑,蒸为才俊,以导源乎比兴,而拓宇乎骚辨。至于今,菁英晖烛,若发縢缄,耀琮璜焉。吁!何其盛也。按黔列郡县,始自明;黔人称诗,亦始自明,以其僻远而后通也。选家所采,百不一二。遵义黎子伯庸,独慨然取胜国黔中诗人,加之裒辑,网罗钞撮,罕有逸遗,名曰《黔诗纪略》。其友独山莫子子偲,又为之人系以传,多所附见,足兼方志。当草创时,遵义唐子方廉使见而重之,以授梓自任。未蒇事,廉使殉难金口。会黔亦乱,黎子羁宦楚北,汲汲编纂,始克告成;勒为若干卷,邮示柏心,俾序卷首。窃谓是书也成，凡有三善：版图后启，风气晚开；表而出之，暗汶光明，一善也。丧乱宏多，典籍煨烬；亟加甄录，无虞放佚，二善也。因诗存人，因人纪事；博稽旁证，文献具足，三善也。嘉二子之勤，且伟其功，乐见盛事也，欣然愿以微名缀简末。

则杰按：此序笔者所见几种《黔诗纪略》内均未载。

又，此序所说两位编者情况，似乎与实际不尽相符。

【附录二】汪士铎《汪梅村先生集》卷八《黔诗纪略序》（《续修四库全书》第1531册，第665—666页）

世与世相嬗而无尽；人与人相待，若有尽而亦无尽。黔之为省，夜郎、句町之前，其世不可考。后此为牂柯、兴古，又后此为牂、夷、盘、费、思、奘诸州，又后此为罗施、鬼大、万谷落，又后此为府、州、县如内地，此世之相积也。然必有网罗放失者，为之记纂其山川物产之瑰丽、人士风谣之讴思喁于，而后前人之心思，始赖以不朽。使数十百年间曾无一为之经纪者，则前哲呕心刿肝之所寄，亦烟灭于箐林蛮荒之墟，不重可为太息哉？莫君子偲，故上元人。自明世从征都匀，遂为都匀人。既又迁于遵义。暇则搜辑黔中诗人，自明迄今，凡若干卷，其详见君自序中。会唐鄂生观察自蜀寄金来趋刊，君深惜其遗佚之过半也，将已之余力劝其先梓有明一代之诗，谓所遗者或可访而得也。梓未竟，君遽归道山。介弟善征刺史，暨哲嗣仲武明府，卒君之志，谓余不可无词。余维黔地处西南，维万山之中，葐蒀纠结。其水北入江，南下交广，东走洞庭之野，溪峒盘遣。唐蒙以来，乃置苴兰、母敛等县。元至元中，置亦奚不薛[薛]、于矢、乖西、乌撒、乌蒙诸宣慰、安抚，语杂戎方，莫能详究其所谓。永乐十一年[癸巳，1413]，始建官设学，比诸夏。则黔诗之断自有明也，宜。尹道真北学于许君，其邑里必有能以文学自见者，顾绵二千年无以艺鸣者。虽承学之士鲜，毋亦搜辑而表彰之者无其人欤？然山川之气，菀之久者发之愈光。凿洪荒于明初，而人才后先继轨者，已踵相及。今兹以后,日晶月华,其炳蔚必更甚于昔。子偲既集之于前,安所见延江以南、豚水以东,不更有集昭代人诗以补君所佚失者哉?惟君书体例,仿遗山、蒙叟、竹坨之遗,得孟子知人尚友之旨,此则君所望于后贤者,非徒以其诗之传于无穷也。

则杰按:此序笔者所见几种《黔诗纪略》内均未载。

又,此序所说"其详见君自序中",盖为事先揣测之辞,或莫友芝"自序"后来亡佚。

【附录三】黎庶昌《拙尊园丛稿》卷四《莫征君别传》(《续修四库全书》第1561册,第346—347页)

征君讳友芝,姓莫氏,字子偲,别号郘亭,晚又称眲叟,贵州独山州人。……自是,客文正者逾十年。江南底定,寓妻子金陵,遍游江淮吴越间,尽交其魁儒豪彦。与南汇张啸山文虎、江宁汪梅村士铎、仪征刘伯山毓崧、海宁唐端甫仁寿、武昌张廉卿裕钊、江山刘彦清履芬数辈尤笃。……又综明代黔人诗歌,因诗存人,因人考事,翔实典要,为《黔诗纪略》三十三卷,贵州文献始烂然可述。

02-161　黔诗纪略后编

莫庭芝等

三十卷，附《黔诗纪略补》（另见该种）。莫庭芝、黎汝谦辑，陈田传证，宣统三年辛亥（1911）陈夔龙京师刻本。（浙江图书馆藏）

一、陈夔龙"黔诗纪略后编序"（第1a—2a页）

黔本梁州徼外地。元明以来，文物始盛。今则东楚西滇、南粤北蜀，实介四省之中而为腹壤，声教涵濡，久成邹鲁。田山姜侍郎论黔中人物，叙其以理学、文章、气节著声闻于明代者有数十人，以孙淮海为之最。国朝先达，则周桐野宫詹才名最盛，同时张豆村谕德与为骖驔，诗歌跌宕，海内极艳称之。近世则郑子尹、莫子偲两征君尤为杰出，时称"西南二子"。是皆大雅扶轮、菁英特达，中原名硕未能或之先也。曩者莫子偲征君尝憾黔中文献散逸，辑明代黔诗，得二百数十人，并旁征事实，系以传证。其弟芷升偕黎君受生复仿其例，辑[第1a页]本朝黔诗。吾宗松山给谏为之传证，并将汇刊之，以观其备。征君导其先，给谏竟其绪，而吾黔作者遂蔚然成巨观焉。昔欧阳公读班固《艺文志》、唐《四库书目》，见其所列著书之士不可胜纪，而散亡磨灭，百不一二存焉，因悲其人，比诸草木荣华之飘风、鸟兽好音之过耳。今观黔中诗人，其显者歌咏天衢，雄长坛席，"大、小雅"之材传遍通都大邑，学行事业茵蔼于简编，所传者不仅在诗，而其诗自著。其隐者，青灯老屋，韬伏明姿，枯吟于云深箐密之乡，不知凡几。孟浩然诗集，不遇王士源，不过数十张故纸耳。给谏笃念维桑，聚三百年来黔人诗卷，罗列于一编；或仿高仲武之评，或缀元裕之之传，使巨人长德与夫山林遗逸各以生平著纂、遗事轶闻，传播于风[第 1b 页]微人往而后。后之览者，因其诗以考其人，虽学行华实，各具造诣之不同，要皆有行事、篇章与后人相质证，而不致有飘风过耳之感如欧公所云者。例诸《会稽掇英》之集、《甬上耆旧》之篇，用意正无多让，则表彰发明之功，不滋盛欤？贵阳陈夔龙筱石氏序于北洋官廨之嫏嬛精舍。[第 2a 页]

二、“国朝目录”陈田后记（第 21b—22a 页）

搜辑国朝黔诗，自傅竹庄父子始。厥后，一辑于黎伯容，再辑于莫芷升、黎受生，中间又有铜仁徐蔗塘。余丙戌[光绪十二年，1886]请急归，芷升以此事相属，始克竣事。他如郑子尹之《播雅》、胡子何之《上里诗系》、赵知山之《桐故》，其采辑一郡一邑者，又不在此数。合十数人之力，阅时百年，筚路蓝缕，傅氏为劳，而黎氏、莫氏搜采之勤、闻[第 21b 页]见之博，子尹、子偲二先生亦有力焉。余才荒陋，获与兹役，又得小石制府慨捐千金，始克播之海内。二百数十年黔人之诗，乃蔚然斐然，铿锵鼓舞，而出诸荒山古箐中，亦快事也。若乃诗派流别、品次高下，余别有论列，详于各家小传，兹不复缀云。宣统辛亥[三年，1911]仲冬，黔灵山樵陈田识。[第 22a 页]

【附录一】黎庶昌《拙尊园丛稿》卷六《与莫芷升书》（《续修四库全书》第 1561 册，第 370 页）

芷升六兄亲家足下：多年旷绝音问，今春舍侄汝谦书来，始悉山中兄弟近状。从兄介亭、季和，徙居省垣。郑子行表兄，遂已物故。蹇子振作，宦蜀都。而郑伯更甥，亦客游粤土。庶昌更远适数万里之海外。二十年来，人事迁变，风云变灭，不主故常。独足下岿然灵光，仍为老师祭酒，主讲会城，汲汲以古学倡导后进。闻与汝谦辈，撰《国朝黔诗纪略》六十余卷，网罗放轶，阐幽发微，功在桑梓，诚甚盛业。窃谓黔人之诗，本朝如周渔璜宫詹，郑子尹及令兄子偲两征君，允足为黔南冠冕；自余众家，如家兄伯庸、筱庭，亦皆能戛戛独造，克树一帜，合以二百余年鸿篇巨制、裒然大集，润色穷荒，计不在卢雅雨《山左诗钞》、阮文达《两浙輶轩录》、邓湘皋《沅湘耆旧集》诸书之下，似宜趁令弟善征亲家及唐鄂生观察仕宦得意之际，集资付刻，以广流传，一塞后死者责。岁月不居，世变多故，正未可视为缓图也。

【附录二】黎庶昌《拙尊园丛稿》卷二《莫芷升墓志铭》（第 303 页）

君讳庭芝，字芷升，独山莫氏，犹人先生之子，子偲征君弟也。……［父］教授君没，君兄子偲征君继之，高名宿望，震襮一时；撰《遵义府志》《黔诗纪略》，以存国故，黔事始烂然可述。厥后子偲游江南，君又踵为《黔诗纪略后编》，专综国朝之事，搜讨尤勤，润色益备。盖自嘉庆中叶以还，君家父子兄弟绵嬗赓续垂七十年，斯文赖以不坠。及君没，而遗献尽矣。

02－162　黔诗纪略补

陈　田

三卷。陈田辑，莫庭芝等《黔诗纪略后编》附（参见该种），宣统三年辛亥(1911)陈夔龙京师刻本。（浙江图书馆藏）

一、卷上“明目录”陈田后记（第1b—2a页）

明代黔诗，傅、莫二先生搜采之博，可谓不遗余力矣。[第1b页]余自光绪癸未[九年，1883]从事《明诗纪事》，于黔人尤极措意。至今几三十年，仅获专集一人。掇拾总集、说部、杂志者，补七人。《纪略》中有诗而事未详、诗未备者，补十人。又邱庶子《循陔园集》，为黔人某所获，秘惜不肯示人，此集不得补录，又以见通怀好事之难。而区区补掇之意，或可告无罪于先哲也。宣统辛亥[三年，1911]夏，黔灵山樵识。[第2a页]

二、卷中“明目录”陈田后记（第2b—3a页）

辛亥[宣统三年，1911]夏，余辑补明代黔诗，将次刊竣。铜仁徐尚之参事，出其先世十二代诗集，并其远祖棨所辑《黔诗萃》三十卷。余得之狂喜，亟录其溢出莫氏《纪略》之外者十九人、莫氏有诗而未备者十五人，又参以余向所[第2b页]搜采者三人，黔中诗家可谓备矣。徐氏世擅风雅，尚之又能好事，何可多得也！黔灵山樵识。[第3a页]

三、卷下“国朝目录”陈田后记（第3a页）

明代黔诗，余既补辑矣；国朝诗家，尚有遗漏者。余复旁采得二十二人。内改正莫氏《纪略》误列于明代者一人,《后编》有诗而未备者补十九人,芷升、受生诗亦附于末。此后续有所得,当另为一编云。宣统辛亥[三年,1911]冬,黔灵山樵陈田识。[第3a页]

02－163　播雅

郑　珍

二十四卷。郑珍辑，民国二十九年(1940)贵州印刷所排印《巢经巢全集》本。(浙江图书馆藏)

一、唐树义“序”(第 1a—b 页)

壬子[咸丰二年，1852]秋，余养疴省寓待归草堂，同县郑君子尹过视，出所编次《播雅》，云将付刻，属审勘且为序，未暇也。越今年夏，余奉命安抚湖北，子尹来送余也，其书已刻印就。四月望，与别，挟其本行。舟中无事，重取阅过，乃为识之。子尹之学，精核淹赡，于乡国文献尤所究心，尝慨然谓：“播之称诗者，前此概未有采辑。”于是孜孜搜讨，广咨碎掇，钩沉发幽，凡十有余年，再易稿诠次乃定，都为二十四卷，梓行之，而播之诗始蔚然可观。预是选者，人系以传，传纬以事，凡贤哲出处、政治学术、议论著录与夫山川疆域、要害名胜、风俗物产，莫不博证旁见，耆旧掌故略赅备焉，非直以诗而已，其用意可不谓勤哉？余尝闻诸父老言，郡自前明万历改流，迄国初，其间避奢、安、张、李难，从他州来者，类多杰人隐君子；讴吟流闻，间在人耳，然无荟蕞家，其遗佚者多矣。迨入国朝，揉擩雅化，才俊踵兴，扢扬风雅，皆彬彬乎质有其文。顾风气愿朴，耻立标榜，怀奇掞藻之士罕以缟纻遍于四[第 1a 页]方，四方论诗者亦遂视播为僻壤而未尝征引及之。自非子尹网罗捃拾，发扬光耀，则旷历年载，什九零落；后虽有心者穷加搜索，即姓字且莫能举，奚有于名章秀句之纷纶简册也哉？嗟乎！余以是嘉子尹之用意，又以是伟子尹之功为尤巨也。至是编体例与去取本旨，子尹自详之，固无待于余言。咸丰癸

丑[三年，1853]六月中浣，遵义唐树义书于武昌行署。[第1b页]

二、郑珍“播雅引”（第1a页）

余束发来，喜从人问郡中文献，得遗作辄录之。久乃粗分卷帙，名曰《遵义诗钞》，弆箧衍有年矣。屡欲整比锓行之，无资且不暇。去秋在行省，见前辈唐子方方伯。方伯谓：“乡里耆旧，其行义、文采已多无传；赖有此，不宜更閟。”手劂费，属归为之。穷冬多暇，尽出前钞，重加去取，复增新获二三十家，命儿子知同写定。计自明万历辛丑[二十九年，1601]改流至今二百五十二年间，凡得二百二十人，诗二千三十八首，次为二十四卷。所登载不必尽工，然纤佻恶俗则鲜矣。更曰《播雅》，奉方伯订正而刻之。例皆仿元裕之、沈客子遗意，或因诗存人，或因人存诗；或因一传而附见数人，或因一诗而附载他文、按及他事，要据前钞，略备一方掌故。体非“选”诗，必可准绳；亦非“征”诗，必侈人数，观者谅诸。一人之力，耳目讵周？创难为功，苛詈非恤。补遗纠谬，是所望于后之贤。咸丰癸丑[三年，1853]三月初十日，遵义郑珍子尹引。[第1a页]

三、莫友芝“序”（第1a—2a页）

郑子尹学博选辑遵义一郡本朝二百年耆旧诗，而略溯诸有明改流以来，为《播雅》二十四卷，唐子方方伯资之刊成。友芝为覆校一过，而序之曰：於戏！我国家文治诞敷，虽僻远山郡而风雅铿异若此邪？然亦岂不赖乎萃之者邪？遵义自汉訾为犍、牂著县，道真尹公经术教授，长通盛公诗赋先导，遗迹犹时时仿佛，何只士单语无闻者？历晋五代讫唐，播、珍、溱等州县犹见诸史。而刘梦得谪播州，柳子厚至谓非人所居，愿以柳州易，便其将母，刘、柳又皆不果来。李太白坐流珍、夜郎，亦已半道放还。及唐末杨氏据有其地，阅八百余年，累代羁縻，不叛而已。虽宋自轼、粲、文、价相继好文，兴学养士，以得冉氏琎、璞兄弟文武才，又请得岁贡士，比腹里州县；元汉英益急教化，能诗文，尚体要，著《桃溪内外集》六十四卷，而其后裔在明中叶乃至禁学愚民，骄蹇不受节制，以取覆灭。往昔大编短述，亦遂荡无一存。改流未久，兵革相仍。我大清平定西南，铲孽桂，诛逆藩，[第 1a 页]民得休息，乃申讲教法，增学解额，大惠远省。于是边郡人士行谊、文章，彬彬与中原争雄长。按以兹集，著录多至二百余人，诗二千余篇。夫犍、不狼、降珍之山，延、鳖、黚、温、汉、鳛之水，其灵光清气必增益于曩时也。士生右文承平之朝，得涵濡汪濊，争磨淬以自见，亦何幸欤！唯是南中风气朴质，其文士雅不以声华标榜，其后生又不以耆旧张诩。向者友芝尝欲略取贵州自明以来名能诗家之制为一帙，于遵义尤措意李卓庵（先立）、罗鹿游（兆甡）、李知山（专）、李冀一（晋）四先生。最先得知山《白云集》于尹文学良稷，为其先世师知山、没后掇录本，中间遗阙尚十余年；零章逸句，时别拾诸他弆。卓庵《笔峰诗文钞》，数以访其裔孙，数枝梧不肯出，可见才年谱、郡乘所及数十篇。鹿游诗，得赵明经商龄持示一册，仅《明日悔》《覆瓿》《北上》《问石》等小集。冀一《伴铎吟》《萃奇堂》两草，近乃先后得之赵文学旭，并止数岁之笔。闻鹿游集之全在其后人者，竟胠散于不解事人，至今不能释然。夫诸老最著者，而友芝搜求已难如此，而吾子尹二十余年不遗余[第 1b 页]力以成此编也，可知矣。昔胡道南讥世之选家，坐取诸集，录其擅名及子孙方贵盛者为冠冕，单门逸响附载一二，但略去取，已裒然大集；至问集中诸公风格高下、诗学源流，辟草莱、主坛坫、相羽翼各几人，选者、读者皆茫然也。若吾子尹之为此编，存人存诗，一用裕之《中州》法。人不得诗，牵连旁附；渊源流别，丝穿绳引。郡之山川风土、疆里沿革、旧城残垒，有所钩核，亦参他例并借书之。其搜订之勤、别裁之审，一展卷而曩昔若存若亡之文献，烂然表襮于后人之耳目，道南之讥庶几免夫。而吾独惜尹、盛之后，杨氏兴文之时，独无一人荟萃当时人物文字以为兹集先河，则使太白能来、子厚果易而复有造就，亦将与《桃溪内外》同泯泯于顽酋积燹中也。后之览者，能勿郑重于斯编？咸丰三年[癸丑，1853]秋八月，独山莫友芝。[第 2a 页]

03 宗族类

03－001　毕氏两世遗诗

宋　弼

二卷。宋弼辑，《山东文献集成》第三辑第42册，影印民国十三年(1924)淄川毕先敩钞本。

一、宋弼"毕氏两世遗诗序"(第168—169页)

往侍舅氏孙莪山先生，每称当世之士有冯大木、赵秋谷、毕公权三先生者。时予方垂髫，第心识其姓字而已。及长，学文事，乃见大木、秋谷两先生之诗，公权先生之文，读其书，因想其为人。既而与大木孙茂远同砚席，又识秋谷季子万君，而茂远辑其祖之遗诗，远谒秋谷，定为《冯舍人集》，独公权无闻焉。其后读渔洋山人所为《传》，乃知公权先生纯孝无间，器度宏远，砥[第1a页]砺名行，不独文章之盛倾动四方。《传》又云："水边林下，行吟萧散。意有所契，欣然神释。云情霞思，迥绝町畦。"意其所为诗，必有仗气爱奇，轮囷郁茂，以凌跨于冯、赵诸先生之间者，而惜乎其不可见也。盖先生既不永其年，其子崑朗尚幼，遗文散失。崑朗又以贫故奔走于外，力不能表彰前人。蹉跎数十年，崑朗既没而家益落矣。先生从外孙高生木欣，幼学于崑朗，从故簏中得残稿一册，为蒲聊斋先生所录，惊感珍重，藏之[第1b页][第168页]箧笥。乾隆丙子[二十一年，1756]，木欣从予泺源，为予搜罗山左诗人，不遗余力。既请于予，重录其先司寇公诗为《拾遗》三卷，又定其先司李公诗为《留耕堂遗诗》四卷，又钞其邑人胡君近光诗一卷，悉付梓人。己卯[二十四年，1759]再来济南，乃举所藏先生《困佣家草》及崑朗《涧堂诗[草]》，属予别择以传诸世。先生诗虽不多，一种轮囷郁茂之气溢于卷帙而不可掩；崑朗诗则清腴温润,风致嫣然,不类穷悴者。毕氏两世所遇若此,岂诗必穷者而后工耶?冯、[第 2a 页]赵两先生诗既有专集,而茂远、万君皆已下世,莪山先生家子弟有登仕籍者,予方将辑舅氏遗诗而传之,并识诸此。乾隆二十四年[己卯,1759]仲秋,同郡后学宋弼撰。

宣统三年,岁次辛亥[1911],秋七月七日,侄曾孙毕先望录于小隐轩。[第 2b 页][第 169 页]

二、毕先敩跋(第 169 页)

世代书香之家,于圣贤典籍靡不加意珍藏,况先世之遗集乎?《困佣家草》《涧堂诗草》,叔太高祖公权公、崑朗公父子所作,自乾隆间宋弼先生作"撰"后,至今二百余年未重梓以公诸世,殊属可憾。甲子[民国十三年,1924]秋,予游麻秸庄宫氏书馆,见族兄梦臣案头有《毕氏两世遗诗》一卷[册],遂携归上河庄学校,于课毕之余,谨照原本钞录,欲先世遗集永传于世。但鲁鱼亥豕,恐不能免,是所望于后之览者。[第 1a 页]中华民国十三年,岁次甲子[1924],仲冬上浣,侄曾孙先敩谨识。[第 1b 页][第 169 页]

03-002　吴州四程诗文集

程嵩龄

不分卷。程嵩龄辑,《近代中国史料丛刊续编》(第三十一辑)第309/1—2册,台湾文海出版社1976年6月出版,影印民国三十七年(1948)石印本。

一、程绍昌《春晖草堂诗文稿》卷首程嵩龄"春晖草堂诗文稿叙"(第309/1册,第39—40页)

叔曾祖文伯公著作,多不存稿,子文袁先生言之详矣。按《续纂扬州府志》,载公著有《春晖草堂诗文集》,洪、杨乱后,荡焉无存。公诗:"前年兵革走还乡,手持遗编脱生死。此外家珍存有数,零珪断璧随烟雾。"亦足见散失多矣。此册系抄自故弟毓斋处藏公遗稿,均公晚年在泰避兵乱时作。公跋高麓庵等画册云:"自郡城避乱,余回故里,所存书卷,断璧零缣。"又诗云:"家乡我羁旅,何处采文无?"其为回泰时作可想。间有购得数稿,或抄自友人者,藏之久矣。记得曾有《关山月》诗三首,今已不获检到。若不从事辑录,嵩既衰老,且值[第1页][第39页]兵荒;稍一怠惰,如何保存?况毓弟殁已十年矣,故箧旧藏,可危之至。今幸由十月二十一日至二十九日,荟录竣事。次日正,邀伯龙、识生、劲斋、公权、叔梅、搏[抟]九诸弟,瞻楼闲聚,固乐获睹先人手泽,且乐参校之人多也。公嫡玄孙大年,客游雅安;他日归来,获观是集,勉力付梓,是更嵩所馨香祷祝者。时民国三十二年[1943]大雪后,嵩龄叙于因树园之获室。[第2页][第40页]

二、程宇光《因是斋诗文稿》卷首程嵩龄“因是斋诗文稿叙”（第309/1册，第131—133页）

韬庵公生于铜陵，十岁回里。年二十二，姚岁入州学。二十五，食廪饩。三十九，北闱获解。其生平著作，宜有专集，奈经见止此。默想原因，厥有三端：一，公晚年适值洪、杨之乱，避居东乡，一意净修，对于著作文字不无淡视。故叙赵渔亭诗，末云“删去绮语外，存诗五六百首，亦拟汇钞”云云。“亦拟”二字，可想尚未成帙。其时盖惑于修炼，故于文字前途发生一种障碍。一[二]，叔祖秀皋公，为人浑厚。二十岁外，以诗古[文]博青衿，屡取一等。小松公回泰后，事物纷繁，一切丧葬及建宗祠皆赖秀皋公主持。故时而城，时而乡，光阴半虚耗矣。余[第93页][第131页]犹忆六岁时，公来阮巷，见余即执以手，笑问需何物。余向索扇，果往购斑竹扇与之。未多时，惨闻公病温邪，殁于税务桥家，时年四十二。丧中，余随先慈往吊，见厅事西房及方厅纸堆盈尺，皆绫表轴上下。据闻川中着人来取，公生前不知察，足见公浑厚极矣。后由乡迁城，其家具被人窃去者多。馨颜叔（公孙也）长余三岁，再迁东虹桥，又回税务桥楼下，焉能将先人手泽保存勿失乎？此原稿所由散失也。一[三]，余二十二岁后，曾随先严慈居税务桥花厅数年，亲见周麻业旧货者，日往来楼下，叔犹故讳之；即有存者，亦被人零星携去，可惜也。记得余受业高表兄子愚先生塾中，曾闻高星[第94页][第132页]仲姻丈说：“扬属词家，推韬庵公第一名手。”故《柏影轩词》，早蜚声于《扬州府志》。惜全稿未之见，相去仅七十余年耳。兹谨拾遗汇录，吉光片羽，足为世珍；并述所知，借书感喟，想见公身处兵乱，不是之过，何恬淡乃尔。时民国三十二年[1943]十月十八日晨，嵩龄志于稔稼庄之获室。[第95页][第133页]

三、程祥芝《延晖书屋诗文稿》卷首程嵩龄"延晖书屋诗文稿叙"(第309/1册,第173—175页)

先祖父屡试秋闱,未伸厥志,卒以优贡老于乡。中年馆淮、馆苏,晚乃馆于泰兴、江都间,成就后进不少。馆谷所入,不事生产。叠遭吾高祖考星泉公、曾祖考香严公、叔祖考瀛仙公丧,痛门庭之衰谢,嗟后嗣之虚悬。他人处此,难免愤懑不平气,时流露文字中。独公涵养有素,慈爱性成。闻由馆携修金回里,途遇难友,每不惮倾囊周助。邑之人,争推公董"清节堂"事。时洪、杨方炽,堂用支绌,公宁为堂负债;至岁暮有催索者,公因失信,宁向人在陈家汪边服礼道歉,视后来之皇皇大董若何?时而堂中什物,顿形缺乏,即搬阮巷[第135页][第173页]物与共,不计也。年六十一,生吾先严,继生吾二三叔父。回忆嵩生之年,距公殁十四周耳。得闻邑人及远近邻父,每每称道父之隐德不衰;并闻赵家庄馆主人之子孙说:"某年文伯叔曾祖偕包安吴先生,由扬避乱,来馆访旧,终日纵酒谈艺,伸纸作书;书室中弃纸山积,散后悉令馆童火之,若不甚爱惜者。"其于平日著作之不存稿,可想见矣。盖圣门以德行、文学分科,公优于德行,不免视文学较次。殁后,先严辈才十岁上下,乌知公之手泽乎?曾聆先严遗训,阮巷小书房,昔悬兴化李复堂《鸲鹆山石》一画帧,被某故家子无端携去,后向探询不承认,以稍长吾先严辈数岁,能知鸲鹆美;[第136页][第174页]是否知复堂何如人,终未敢信也。一画如此,遥想其时散失多矣,独零星遗稿乎哉?此八十年来一大憾事也。兹仅就历年搜集已经及见者,荟录成帙,庶几"四程"遗墨,得同传于将来;讵因篇数无多,一任散存故箧乎?尝见古人对于邑名流之残篇断简,虽片纸只字,且珍同拱璧,况亲为其子孙者,责职所在,其勉焉勿忘。时民国三十二年[1943]小雪后,冢孙嵩龄谨志于因树园之获室。[第137页][第175页]

四、程祥栋《松承堂诗文稿》卷首程嵩龄“松承堂诗文稿叙”(第 309/2 册,第 191—195 页)

先通议公由川回里,生平著作,散失多矣,乌睹所谓家藏诗文十卷乎?盖公初为科名,专攻诗古文词。后游石梁,留心吏治。入川后,一心家国矣。当守宣威州行营,及办温江防堵事,方且捐躯不顾,奚文词为?其欲以文词传者,闭门读书之老书生也。公本书生,出仕川省。古人投笔从戎,不是之过。《府志》不列公于“文苑”,而列公于“人物”,以文仅能载道,未可以一艺尽生平。墓志称公九岁丧母。食饩后,亲往亳州,奉大母及母榇归葬。其“谒外祖”及“呈外祖”诸诗,参合以观,足证公至孝也。公《呈胡敬溪夫子》及《题傅少崖师小照》诗,[第 1 页][第 191 页]足证公尊师也。公于“翠竹庵晤家篁山”,春草轩“呈家禹山”诗,足证公敬族也。邑人如汤悔庵、康伯山、常继香、田少泉辈,在家则朝夕过从,出则寄诗述怀,足证公爱友也。其赠诗吴步蟾,作哀文哭纪内弟,陪永山、蔼山两舅氏夜话,足证公睦姻也。此皆公馆于仪、幕于淮时,其心迹堪以传世者。入川后,读公“九秋即景”,及《敌楼落成》诗,知公羽檄飞驰,手指口画,为擒贼也;筑敌楼,设炮位,为守邑也;浚城濠,办乡团,为卫民也;表王、左之忠烈,哀李、潘之孤守,激军心也。运米入城,期民食之能济;寄书过栈,俾民气之获舒。此军事时期之所擘画者。地方稍安,刻《东湖草堂赋钞》以造士,刻《洗冤录外[第 2 页][第 192 页]编》以恤冤,刻《朱子小学》以固民生根本,刻《先农坛碑》以劝惰农工作;又手录医书多种,广为流传,以预防灾区病疫,此善后时期之所举办者。痛吾先祖去世后,家室萧条,蒙公寄书垂询,坚属吾先祖母,领吾先严兄弟辈,从师读书;并常川寄俸银分给,以恤孤寡。嵩兄弟子孙,绵绵延延,所以得有今日者,公之赐也。公嫡孙居成都童子街旧宅,嵩子侄辈近常来往川中或旅居者四人(文、成、年、千),得奉公及纪太淑人像以归,想见公思乡切也。墓志称公归泰时,愿竭囊中资,议田议塾,及邑中诸巨功，将次第举行。奈未及三日而疾作，一月而殁。此同治十年[辛未，1871]六月事，距今七十年耳。公堂弟秀皋[第3页][第193页]公，成公遗念，舍家宅，建宗祠，办义田，刻书立石。至今春秋祭日，族人环而拜者，食公旧德不少。其足令乡人观感者，岂仅恃一艺之长之传诵后世哉？嵩年近衰颓，目力尚可，谨将数十年心慕神追，所搜集之零珪断璧，不敢乱叠毁弃，亟录成册，分为三卷，仍其旧曰《松承堂诗文》；酌加"遗稿"二字，因原编未及见也。不然，公同时同好，刻集多矣——如何子贞《峨眉瓦屋游草》、顾复初《乐余静廉斋集》、王琴轩《绿阴山馆诗钞》、汤秋史《听云馆吟草》，皆备载与公倡和诗词；独公无专集行世，何欤？盖公一心家国；区区刻诗文以传世，不屑也，且亦无暇。闻公宦迹在新繁、乐山、江津诸邑，迄今称道公德泽[第4页][第194页]犹在，有为公建祠、将事实登诸邑志名宦传者。将来国事平定，访求清末乡贤，某也合先总理三民主义，某也合旧道德之忠孝节义；信如我公经历，诚无愧前乡贤。爰录《府志》，与鄞县王光裕《东湖因树园图记》，及夏蠊庐、孔宥函两跋，并同里王子勤先生撰公墓志，冠之卷首，以代序。至录公遗稿时，容有穿凿互[附]会、鲁鱼亥豕；读者苟详加考察，尤所极愿，是有望于后之君子。时民国三十二年[1943]古重阳日，侄孙嵩龄谨志于因树园之瞻楼。[第5页][第195页]

五、程大千"印后记"（第309/2册，第375—376页）

[民国]三十六年[1947]春，余缮印《城西草堂诗史》既竣，家君复以手编先叔高祖文伯公、韬庵公，曾祖小芗公，叔曾祖小松公诗文遗稿，畀余付印。时余以中原局势纷乱益甚，先后奔走徐、郑间。简书羁旅，曾无宁晷。冬十一月后，常住徐州。公余，读家君所为叙言，知先人手泽保存非易，乃恭为缮印，汇成上、下卷[册]。以先叔高祖等当时文名藉江南北，号"吴州四程"，因名曰《吴州四程诗文集》。"吴州"者，吾邑之古称也。印既成，适家君书至，促余归省。

家君年逾七旬，性嗜诗，平生编著都十余种。自前年先慈逝世后，益寄情[第 1 页][第 375 页]诗歌。余迭以整理付印为言，尚未获请。是帙之成，固不仅永垂家乘，抑足为地方文献征考之资欤？中华民国三十七年[1948]三月十二日，江苏泰县程大千于徐州旅次谨识。[第 2 页][第 376 页]

03－003　瑞芝山房诗钞

戴燮元

八卷、补遗一卷。戴燮元辑，光绪元年乙亥(1875)广陵刻本。(浙江图书馆藏)

一、戴燮元“序”(第1a—3a页)

吾家为京江望族。自先赠光禄公以来，世传儒雅，代有闻人。叔曾祖羡门公扬历中外，叔祖子宜公蜚声词馆；治行、文章，同族荣之。迨世父桐孙公以经学、才行负盛名，大江南北一时称才子[第1a页]焉。至如叔高祖补堂公、莼浦公、理堂公，伯曾祖双溪公、孟起公、玉溪公、松岩公，伯祖次山公、廉石公，叔祖已山公、雪农公，世父肃斋公、召亭公，叔父汝舟公，或以文诗名，或以经术称，或以性理著，累世有集，不自修襮。道、咸两朝，吾郡两经[第1b页]兵燹，家藏各集一再为六丁所收。燮元生也晚，均未及见也。夫数典忘祖，士人所耻；矧先人之著作等身，为子孙者欲求零缣寸楮而不可得，岂不大可悲也耶？家大人尝欲辑吾家先人及伯叔兄弟之诗都为一集，命燮元任[第2a页]其事。于是邮书族人，索得古今体诗凡已刻、未刻若干卷，殆不过十之二三；其全稿无存者，间见诸《京江耆旧集》，亦寥寥无多什。燮元谨为编次，并益以家大人、涧邻叔及诸昆弟所作，汇为《瑞芝山房诗钞》八卷，付之梓人，俾后之子孙知先[第2b页]人之心血在是，且以备当代诗家之采择云尔。光绪元年，岁次乙亥[1875]，仲秋之月，丹徒戴燮元和甫书于广陵之愚斋。[第3a页]

二、戴燮元“例言”(第1a—2b页)

一[一] 吾族居京口六百年。自我朝康熙年间迁城后,始以科目显,人才辈出,著述滋多。燮元思欲辑先代文、诗,梓以行世。缘润城两经兵燹,族中人迁徙靡常,稿多散失。兹先辑古今体诗钞八卷,合五世共二十有五人;至古文、制艺、试帖、杂著,俟辑录成集,再行续刊。

一[二] 是编之辑,为发潜阐幽起见,亦数典不敢忘祖之意也。其有全集,摘录数十首或百首;其无全集而见诸《京江耆旧集》,及由子孙录送者,虽一二首亦必[第1a页]登。若云选政是操,则吾岂敢?

一[三] 语曰:“诗言志。”又曰:“诗以道性情。”诗虽小道,而其人之志、之性情寓焉。自夫人或好新奇,或喜流易,或夸堆砌,或爱艳丽,而本诸性情以言志者盖鲜。是编之辑,虽系一家言,皆不失诗人宗旨,而无新奇、流易、堆砌、艳丽之弊,识者谅之。

一[四] 前辈名流选辑诗集,或以诗传人,或以人传诗。是编之辑,扬先世之清芬,示子孙以世守,仍不失以诗存人、以人存诗之意。

一[五] 莼浦叔高祖《春萍集》十二卷、松岩伯曾祖《听松轩[第1b页]诗钞》四卷已刊行,小山伯祖《客游草》十卷、已山叔祖《露洗春腴馆诗钞》一卷、雪农叔祖《停云集》上下卷、桐孙伯《三适斋诗草》二卷均未刊行。是编限于篇幅,不能全登。譬之窥豹,略见一斑而已。

一[六] 燮元学诗年久,著有《听鹂轩诗钞》十六卷;诸兄弟亦均有专集,是编各采录若干什。续貂之诮,所不免耳。

一[七] 族中能诗者不乏人,其有诗稿续经送到者,当别录“补遗”。

一[八] 是编之辑,助燮元搜辑者,家兄宇春熙元;佐燮元[第2a页]誊录校对者,表仲龚铸九鼎元、仲坚斌,何星垣金魁,家弟新斋鼎元、慕侨惠元,例得附书。[第2b页]

03－004　戴氏三俊集

汪曰桢

三卷。汪曰桢辑，台湾新文丰出版公司《丛书集成续编》第118册，影印光绪四年戊寅(1878)乌程汪氏会稽学署刻《荔墙丛刻》本。

一、奚疑“序”(第3页)

天下材之美者，推松柏与竹箭。松柏之生，由径寸而拱把，而合抱，以至拔地参天，皆铢积寸累而成，故其寿恒以数百岁计；竹箭怒长未两月，而高数十尺，比至数岁，辄有斩刈及之。要其成器以为天下用，则数百岁之松柏非有余，数岁之竹箭亦非不足。天之速成此竹箭，一若早虑其不克久在于世，故日夜鼓励，克期而必满其量。而竹箭既已成材，足以表见于世，虽早伐而亦可无闷于心。在人何独不然？自古硕儒，恒享大年。辅嗣之经、[第1a页]长吉之诗，独以弱龄夭折，擅名千载。人之年寿有限，惟名为无穷。古之所谓不朽者，身殁言立。盖其言留一日，即其人在一日，岂以形骸之住世论修短哉？戴氏三子，皆有俊才。予与其尊甫铜士交最久。三子亲予，每有所作，则就予论定之。骏伯与贻仲长于制举业，羹叔善说经，而诗则皆工。雕刻物情，笔端无难达之隐。又辞多凄惋，读之令人悄焉不怡。忧能伤生，予深虑其年命之不永。骏伯果早卒；羹叔继之；贻仲登贤书，人望其贵显，再应礼部试不第，卒于京邸。予友年逾六旬，茕茕孑立。呜[第1b页]呼！天之于戴氏，酷矣。然三子之诗，实能摆脱凡近，直追古人。夫古人之诗，必殚数十年之精力磨砻锻炼，而后世乃得而称之。今伯、叔之亡，年皆不满三十，仲亦仅三十有三；他人数十年难到之境，三子辄以数岁之力造其颠。其气雄，故其进锐；其才敏,故其悟速。此正如惊雷之后,篷龙争出,三枝成鼎峙之形;乃曾几何时,狞飙忽起,加之雨雹,摧折一空,有心者能不过而悲之?虽然,竹不幸而折,而竹之用,自在杀青以写诗书之说、吹管以应律吕之和,有声于当时,有传于后世。彼以樗栎得全[第2a页]其天年者,数穷运尽,何尝不有摧折之一日?人之遇之者,惟有薪之槱之而已。天下之可悲,固在彼而不在此也。汪子谢城痛三子之早夭,为编其遗诗,而友人醵钱以刻之,请予一言弁诸首。予老矣,方欲倚三子以为身后之托,而天遽夺之,不禁尽伤于心。幸其诗之得传千世,遂为言之如此。其辞不免于夸,亦欲以稍舒我友之悲云尔。道光甲辰[二十四年,1844]之岁五月既望,乌程奚疑撰,时年七十有三。[第2b页][第3页]

二、孙燮"戴氏三俊传"(第4页)

"戴氏三俊"者,德清戴铜士茂才铭金之子也,生而皆有俊才,故乡人称为"三俊"。伯芬,字骏伯,工诗。仲福谦,字贻仲,亦能诗,而尤精制举业。叔莼,字羹叔,初为辞章之学,后肆力于经史——于经,长《毛诗》;于史,尤熟《宋史》,皆有所发明,欲著书而未就。骏伯最先卒,年二十六。其母以哭子得心疾,亦卒。羹叔痛母、兄之相继而亡也,哭泣连昼夜不辍,遂成呕血症,时发时止,病中犹不废学,披阅典籍,日有常课,越六年卒,年二十五。独贻仲在,念兄弟皆以[第3a页]诸生终,读书未食其报,慨然以门户为己任,锐欲得科名,以亢其宗。偕一时名士为文会,从已得科第而有时望者游,为文务循有司法度,而时时别出新警。试辄高等。旋食饩。入闱,屡荐不售。丁酉[道光十七年,1837]始举于乡。戊戌[道光十八年,1838]应礼部试,报罢。考取觉罗教习,遂留京师。庚子[道光二十年,1840]复应礼部试,分校者赏其文,力荐之,主司亦以为佳;入选已十余日,忽摘其微疵黜去。榜发后,郁郁成疾,卒于京邸,年三十三。予识羹叔时,骏伯已卒;羹叔言及其伯兄,未尝不流涕也。予称其仲兄时艺之善，勖其联镳并进，羹叔曰："士各[第3b页]有志。科举之学，非某所愿。当读书砥行，力追古人耳。"余甚壮其言，而忧其多病之余，力将不继。后果以勤学太过，疾益增剧，致夭天年。及闻贻仲举于乡，以为戴氏厄于前，当昌于后，孰意祸福相倚，贤书之登，适使之不获终于牖下。呜呼！悲夫。夫天之生才，甚难也；生才而萃于一门，尤难之难也。乃既已生之，而复摧折之者，何也？说者谓果实繁者耗树力；善养果者，必摘之使稀，而后可冀其硕大，天之于人也亦然。故自古一门而产数才子，势不得并盛，然亦摘之使稀而已，而不谓竟尽空其树！[第4a页]悠悠苍天，果何为而出此？骏伯无子。羹叔卒后，其子亦殇。独贻仲有一子存。铜士年已六十；有父在堂，年逾八十矣。垂暮光阴，频视其贤子孙之夭折，人世酷祸孰甚于此！汪子谢城述铜士之意，请予文以传之。予于羹叔有一日之雅，而骏伯、贻仲亦夙闻其名，义不可辞，因略述其生平学问志识，作《戴氏三俊传》。区区之文，何足以传"三俊"？夫亦聊以塞铜士之悲而已。[第4b页][第4页]

三、汪曰桢"乌程县志寓贤传"(第5页)

戴铭金，初名如琦，字师韩，号铜士，德清人。父维丁，诸生，幼孤，育于乌程汪氏，遂家郡城，寿八十余，乡人推耆德，著有《晴岩日记》。铭金，诸生。尝以失言忤人，故更名以自警。生平无妄语。有横逆犯之，不与较。母病下痢，侍疾，衣不解带；中裙厕牏，洗涤皆自任之，不以属婢媪，累月不懈。妻徐氏，名延照，号藕香，有贤行，亦能诗。生三子：芬，字骏伯，号清来，诸生；福谦，初名芳，字贻仲，号琴庄，道光丁酉[十七年，1837]举人；莼，字羹叔，号秋忆，后更号味秋，又更名福震，诸[第5a页]生。并幼慧工文，人称"三俊"。皆早卒。铭金家本小康，中年为人所干没，渐落。晚与孀媳孤孙相依，益困，赋绝命词四章，自经死。著《妙吉祥盦诗集、词集、骈体文》。芬、福谦、莼诗，合刻为《戴氏三俊集》，人各一卷，其友汪曰桢所编也。莼于“三俊”中尤秀出，幼有“诗郎”之目。避俗如浼，取友犹严。非砥行方闻之士，虽昵近之，弗顾焉。以哭母呕血，力疾劬学。读书日有常课，潜心经史。经长于《诗》，史尤熟于宋代，皆有所发明，遇疑义必质难商订，实事求是，欲著书而未就。福谦子望，字子高，号水苍，诸生。博学有才，不[第 5b 页]屑世务。避乱出游，居无定所。既而赴江宁书局，佐理校刊，数年遂客死，无后。著《尚书义赞》《论语故言》，又《论语注》二十卷，《颜氏学记》十卷、《证文》四卷，《管子校正》二十四卷。[第 6a 页][第 5 页]

四、杨大墉“题词”（第 6 页）

一门师友唱酬工，年短才长讶略同。差比西江三魏集，就中叔氏最清雄。[其一]

狂风轻折三珠树，造物难埋千载名。赖有良朋慰亲意，不须掩卷泣纵横。[其二]

丙午[道光二十六年，1846]炎夜读《戴氏三俊集》。毗陵杨大墉伯厚属草。[第 7a 页][第 6 页]

【附录一】俞樾《春在堂诗编》卷二《乙巳编·题〈戴氏三俊集〉后》（《续修四库全书》第 1551 册，第 337 页）

“三俊”者，戴琴庄孝廉（福谦）及其兄骏伯（芬）、弟夔叔（莼）两茂才也。三君并有俊才，不幸短命，身后故人为刻其诗，人各一卷，题曰《三俊集》。余与三君有中表之戚，又尝请业于琴庄孝廉，且与孝廉为同年友；览其遗诗，怳如复面，而三君之墓草宿矣。区区身后之名，传不传与[于]九原何有哉？因漫书数语于其后，盖不仅为三君慨也。

三株玉树委蓬蒿，幽怨空留楚客骚。殉尔微名一鼠首，较人福命九牛毛。文无可卖如薪贱，命竟难回比铁牢。独抱清琴真自误，世间多少郁轮袍！

则杰按：徐世昌《晚晴簃诗汇》同时选录“戴氏三俊”诗各一首，明知其兄弟排行，却按照科名高低，将戴福谦编在卷一百三十九（中华书局 1990 年 10 月第 1 版，第 7 册第 6076 页）而将戴芬与戴莼（以“戴福震”立目）一起编在卷一百四十一（第 6170 页），不知是否受了俞樾此诗小序的影响。

03－005　董氏遗稿

鹿林松

四卷。鹿林松辑，《山东文献集成》第三辑第 40 册，影印嘉庆十三年戊辰(1808)福山鹿林松刻本。

一、鹿林松“序”(第 742 页)

董樵字樵，亦字樵谷，莱阳人。明末游成山，遂家焉。父应雷，字如水，一字长孺。子道东，自号不夜。流寓三世，诗名皆震。予每求其遗稿，寥寥无多见者。丙寅[嘉庆十一年，1806]之春，偶与宋子步武论诗历下；步武藏有樵谷诗，出而读之，成山岳君载臣所手抄本也。昔读阮亭诸集，谓樵有诗三四十卷，曾属阮亭论定，未及报而樵卒。竹垞《静志居诗话》，则谓樵诗“合雅掩骚，惜不多传”。是樵诗于当日已散轶久矣。迄今百六七十年，而是编犹存，盖亦樵谷节义之气所不没[第 1a 页]者也。予因寄语岳君，又得如水《远游草》，而道东诗则无复可得。予恐久益散失，爰于客夜之暇，详为编次，如水诗存三十首，樵谷诗存一百五十首，并录道东诗之见于《山左诗抄》者共五首，汇成一编，更酌定于宋子而付之梓，统名之曰《董氏遗稿》云。嘉庆十三年，岁次戊辰[1808]，闰五月，福山后学鹿林松雪樵氏谨识。[第 1b 页][第 742 页]

03－006　秀水董氏五世诗钞

董宗善等

一卷。董宗善辑，徐珂校，台湾新文丰出版公司《丛书集成续编》第118册，影印民国十二年(1923)杭县徐氏排印《天苏阁丛刊》(二集之五)本。

一、徐珂跋(第252页)

秀水董氏，文献之家也，夙闻以诗、书、画闻于时者五世矣。予既纳交于询五(询五鹾尹，名宗善，小匏先生之叔君)，乃语之曰："云间王氏有《七叶诗存》(近人王文甫辑其家十三人之诗，曰《王氏七叶诗存》)；君家五世亦有诗，可得闻欤?"询五乃出其所辑《五世诗钞》以畀予。予读之，俊逸清新，使人忘寐；而海内承平，啸歌自适，楹书传世，不求闻达之高致，亦可于此想见之。习凿齿之论繁仲皇也，曰"虽无名德重位，世世作书生门户"(见《襄阳耆旧传》)；吾于董氏，今亦云尔。懵昧若予，又何幸而得友询五，且因之而得友其兄东苏(东苏明经，名寿慈，小匏先生之长君)耶?东苏善诗又善书，询五乃善画，是皆[第12a页]能继志述事，各得父之一绝(《旧唐书·宋之问传》：之问父令文，有勇力，而工书，善属文，当世称"三绝"。既之问以文词名，其弟之悌以勇力闻，之逊善书，识者云各得父一绝)而不坠家声者也。今之若是者几人耶?读竟，并以所知五代六先生之履历(履历，生平经历之事也。《魏书·源子恭传》：据其履历清华，则家累应不轻；今来归化，何其孤迥)注于姓名之下焉。癸亥(中华民国十二年[1923])谷雨，徐珂仲可识于上海寓庐。[第12b页][第252页]

03－007　述本堂诗集

方观承

十七卷，附一卷。方观承辑，《四库全书存目丛书补编》第30册，影印乾隆二十年乙亥(1755)桐城方氏刻本。

一、方登峄诗集卷首黄叔琳"序"(第253—254页)

故友凫宗方先生之孙，今制府宜田，奉其王父诗造余曰："先王父笃学致行，晚益勤纯。虽处绝塞寒天，手一编，终日忘其身之在难也。喜为诗，积之盈笥，又尝检存少作及官京师诗十之三，阅今二十六年矣，乃克编次成帙。先人执友惟公也存，乞公为序之。"余既受以卒业，念始得交于先生时，刘君北固、狄君立人、汪君文升皆能诗有声，春秋佳日，登西山，寻郊墅，并辔联吟，先生诗出，辄惊一座人。辛卯[康熙五十年，1711]冬，先生坐乡人累，谪迁东北塞外，而子中翰[第1a页]君先卒，悲忧穷蹙，一发于诗，诗益工。是时宜田甫成童，与其伯兄勤营菽水，更迭出侍塞上，归则橐先生诗以质于交游。余每读之，未尝不惨凄颜变，且叹先生身虽穷而所以处困者不失也。雍正十一年[癸丑，1733]，宜田以辟召起家中书舍人，七迁而为御史大夫，秉节畿辅，政安人和，乃编校遗诗，授梓人而刊布焉；使读其集者，人人如见先生，先生亦可以无憾矣。韩子曰："秋冬之闭冻也不固，则春夏之长养草木也不茂。"先生父子怀才坎坷，婴难蒙垢，不忘忠爱，而宜田兄弟少历险艰，备危苦，能曲达其[第1b页][第253页]孝思，此其所以既跌而复振欤？抑吾闻古之君子，不以己之得于外者为亲荣。今畿辅所辖地方数千里，宜田为天子重臣，内可以造辟而言，下可以振达幽隐，必恢宏其先志，立德立功，比迹汉唐名贤，则后世推本于所生，而先生之诗益称重焉。呜呼！吾老矣，六十年间亲见其父祖子孙三世，故因序先生诗，陈古义以相勖。先生诗取法少陵，情思刻至，音节朗厉，而一归于和雅，不以颠沛失性情之正，观者宜自得之。乾隆十八年[癸酉，1753]仲秋之月，北平黄叔琳。[第2a页][第254页]

二、方登峄诗集卷首方棨如“序”(第254—255页)

始读少陵“诗是吾家事”语而疑之，何大而夸若是？偶一念至，则固先师遗训也，抑诗教也？鲤庭之趋，不闻曰学诗乎？而子夏序诗，谓先王以是成孝敬，厚人伦。人伦、孝敬，非家事而何？《东山》零雨之作，上继《采薇》；《卷阿》游歌之音，下开《常武》。作之述之，以诗为家人言，盖自《三百篇》已然矣，而岂惟少陵？又怪少陵接武必简，厥子宗文、宗武，明云觅句知律，而一毛片甲，遗风蔑如，岂终颓其家声耶？极盛固难为继耶？或者书缺有间，故不传之其人耶？於戏！此[第3a页]述本堂三世诗之刻之不可以已也。吾家系自西陵，而居皖桐者为大。名人魁士，自前代率磊落相望。上之穷讨六籍，恢博而贯统，自成一家书。他若摛风裁兴，意语铿耀，屈五指而顿之，即王氏过江，人人有集，一似无所与让。而宫詹《甦庵》诸集，则尤如目之有眉；往尝受而读焉，沉郁顿挫，固知宪章少陵。顾少陵不能使人继其声，而宫詹风流未沬，积水成渊。复有水部公震发其间；未已也，又重之以沃园先生；未已也，又申之以问亭制府。各为一集，各非一集。苍苍者天，欲其使才皆尽，故不惜左[第3b页][第254页]右以之，一东一西，回互万里；辽水无极，雁山参云，凡幼安之所未家、博望之所未凿，俾皆有车辙焉。文以情生，悲雅俱有，盖所遭或幸或不幸。然而欢词既工，苦言弥好；旨归要会，教总柔敦，其可以成孝敬而厚人伦，固三代共之也。则以为是家人言，即以为是吾家事，举少陵语移而从之，夫宁曰大而夸者？棨[如]往在京师，托末契于沃园先生，蒙谢公一扇之授；而以妙画通灵，不知谁何攫之而去，为作数日恶。今忆之,四十余年于此矣,而违制府下风者又七年;叹旧怀贤,思署纸尾,以编杜集有荣[第4a页]耀焉,然又未尝不发愧也。家世自膳卿公,颇以诗鸣,所著有《玉磬斋集》,略具《青溪诗选》中;嗣是先君子有《偶存诗》,亡弟药房有《缘情诗》,纵不敢高颉颃于述本堂世学,而为之玄晏,至辱西河、鹤舫两毛公。鄙人无似,哑钟不鸣。昌黎有言:"顾惟未死耳。""我心忧伤,念昔先人",其能以急景凋年,诵清芬而效一词之赞乎? 盖操笔欲书,将下复止者且久之。时乾隆二十年[乙亥,1755]三月既望,还淳八十四岁老人桑如识。[第4b页][第255页]

三、方式济诗集卷首蔡世远"序"(第345—346页)

予同年友桐城方沃园先生,盖种学树文,绩行之君子也。己丑[康熙四十八年,1709]榜后,相往复于京师,扣其中渊然,视其外泊然;以予之迂拙而无所能于人也,先生顾之,类属好久而弗厌者,故两人者弥亲善。暇则出所为诗共读之,秀骨独异,清音自远。虽怀人赠答,感物造端,一出于至性至情。至于君亲朋友之间,动关至极。于是不唯叹先生之学之才,而益见"诗以咏志",君子之言类如是也。夫[无]何,予以病谒告,归漳南。壬辰[康熙五十一年,1712]、癸巳[五十二年,1713]间,尊甫水部公以乡人累,牵连谪[第1a页]辽左,先生侍养出关。予既铲迹穷巷,故人万里,无由相问讯。间有自塞上来者,闻先生侍其尊人,时寝兴、奉色笑外,独坐一土室,罗群经撰说之;溢其余能,日事吟咏。用是益知君子乐天知命,不以穷达易其固常,而造次颠沛,有必于是者,其斯为无入而不自得欤? 雍正元年[癸卯,1723],今上登极,予蒙恩内召,侍皇子书。甫入国门,即于亲旧所,问先生起居,则已前殁者数年矣。又数年,先生之子问亭客京师,相[第1b页][第345页]见欷歔,始备闻先生出关以后事。问所著书,曰《五经一得》者,属草稿未定,未出也;出前后所为诗,优柔和平,宽裕而自得,有非羁人迁客之为之者。呜呼! 其能勉之使然欤？抑亦因其言，求其志而知其俯仰皆可以无憾也？问亭自是过从无虚日。会上方简宗亲，视师北边，畀主赞画；濒行，请曰："愿有序。"予惟先生负忠孝至性，身既坎壈不试矣，其所留遗只在于是。问亭早以行能发闻于时，行将为天子立功万里外，为时名臣，乃简书仓卒之际，独惓惓罔释者，《诗》不云乎："念昔先人，明发不寐。"其于[第 2a 页]君若亲之间，犹先生之谊也。而予幸获私于两世父子称执友，然则又恶容以无言？遂诠其绪而归之。雍正癸丑[十一年，1733]孟秋，鳌峰蔡世远。[第 2b 页][第 346 页]

则杰按：此序蔡世远《二希堂文集》(《清代诗文集汇编》第 250 册)未载。

四、方观承诗集卷首钱陈群"序"(第 396—397 页)

巨人之功业，与才人之词章，天之所以赋予之者，类有不同，而成就之则同。版筑渔盐、海滨市贩，极人世流离困顿之境，而帝臣王佐，勃然兴焉，所谓"动心忍性，增益其所不能"者也；孤儿羁客、绝域塞垣，当上下无交之日，而《白石》《河梁》发于音声，令人读之流连往复而不能去，所谓"穷而后工"者也。制军太保问亭先生，实兼有之。先生桐城望族，祖水部公、父中翰公，皆以高才著闻于世。康熙辛卯[五十年，1711]，水部公坐乡人累，谪迁塞外，中翰公随行。时先生未[第 1a 页]弱冠，偕其兄重趼徒步，奉侍重闱，怡然色养。扫马通为薪，点潼乳为饵。暇辄读书，穷讨经籍；作为歌词，道性情而记风土，有《白华》《华黍》之遗音焉。尔时先生穷益甚，益不欲自弃，凡险阻、隘塞、畜牧、防守、攻占、备储，无不周知者。间亦往来故里，涉洞庭，游大梁，登泰岱，历吴会，所至周览名胜，托之咏歌，浩然有牢笼一世之意。雍正十一年[癸丑，1733]，平郡王奉命统师北路，夙知先生才，奏掌书记；世宗宪皇帝授中书舍人，以行军中多所赞画，有兼人之能。嗣值[第 1b 页]皇上诞膺宝箓，远夷效顺，奉诏撤兵。于是先生由铨曹擢用监司，跻方伯。其抚吾浙也，值婺州苦旱，民食不给，先生设法以赈，全活无算。既总制直隶，为群岳首；河渠、井牧、关隘诸务，所肩任尤重。先生宣上德意，舒阳肃阴，民怀吏畏。凡所擘画，四方咸取则焉。回忆少时跨驴背，坐船唇，席帽经过，目营而心计者，至是悉见诸施设，无有阻阂。向使先生席祖父之盛，振翼文坛，其俯拾巍科如操左耳。然不能读万卷书、行万里路，其才必不能闳通肆应若[第2a页]是；即其诗，亦仅成一家言耳，何遽足以刻画众形，含和万籁，为宇宙间必不可腐之文耶？然则天之成就先生，有独厚者矣。先生镌祖、父诗集既竣，乃检未遇时所为诗，凡八卷，卷自为识。以予少时贫贱，游学都下，其艰苦之状有略似者，因属序于予。予受而读之。一二名彦评先生者，见其学问淹博，笔格雄浑，比之少陵，固宜；予以为先生之遇，亦有与少陵相类者。唐以诗赋取士，而少陵以布衣拜官，先生亦以布衣通籍。唐史称少陵为审言孙，审言善诗，故少陵得诗派之正；先生克绍家学，又与[第2b页][第396页]少陵同。至于生逢尧舜，柄用岳牧，直可以少陵许身稷契之愿见诸实事，则又少陵所万万不及先生者也。先生勉乎哉！甲戌[乾隆十九年，1754]九月，嘉兴同学弟钱陈群。[第3a页][第397页]

则杰按：此序又载钱陈群《香树斋文集》卷十四(《四库未收书辑刊》第九辑第19册，第153—154页)，标题作《制府太保方问亭述本堂诗集序》；除删去末尾署款之外，其他文字亦略有出入。

五、方观承诗集卷首陈兆嵛"序"(第397—398页)

桐城宜田先生，起家中书舍人，累任中外要职，秉节钺，晋宫保，保障上都，天下震于其名业之盛。而余自忝尹京兆，二年之中，公牍往来，荷款接较密，则始知先生用心之所存。会先生排纂家集，镂板既竣，余受而读之，益用怃然膺服，则又以知其由心征事之有自来焉。雍正乙卯[十三年，1735]之岁，余始官中书，从众中望见丰采，尝私语同辈曰："是公长趋阔步，意度凝远，宜有异人者。"因踵门愿得交于先生，而先生遽辱投分；每文酒之会，辄惠然来，久乃成大[第4a页]好。乾隆元年[丙辰，1736]，举行鸿词科，海内征士大集；阁中同牒举者，推先生为冠冕。廷试之日，平郡王监试，先生尝为平邸记室参军事，引嫌不赴。其才高而过自敛退，即又如此。凡先生今日之名位与其事业，则固于二十年前知之。何者？见表知里，静者之所明也；用晦而明，道家之所尚也。理有固然，无足异者。顾犹未为知先生之深：先生之用心，心乎为国家爱养百姓者也；先生之为国家爱养百姓，乃其本事祖若父之至性以事吾[第4b页][第397页]君者也。先生少撄家难，间关单步，櫜饘万里。迹其伤心拂郁之境，备见于出入关塞诸篇，有古豪杰之所不能堪者；而先生之气愈和，神愈谧，略无怨怼不平之鸣。洎乎遭时显贵，为所得为，惟一意奉公，上纾军国之筹，下以究民疾苦，而于人世嗜好，一无所营。当其渊然独居，歌声若出金石，不异向者逆旅萧条时也。吾闻之："求忠臣，必于孝子之门。"又曰："贫贱忧戚，庸玉汝于成也。"盖人惟躬阅乎饥寒劳苦，与夫崄巇万态，而后可以悉人间幽隐之情。亦惟名阀旧族，萃山川英淑之气，而又积贤达[第5a页]之义训，自襁褓而饫闻，斯其学之成，能为有用之文章，而移其事以报国。余既稔知先生之用心于其行事，而证之于诗，又得其所由然，因乐为之阐以谂士大夫之志远大者。钱塘年眷侍生陈兆崙顿首拜书。[第5b页][第398页]

则杰按：此序又载陈兆崙《紫竹山房文集》卷八（《四库未收书辑刊》第九辑第25册，第317页），标题作《方宜田先生家集序》；除删去末尾署款之外，其他文字亦颇多出入。

六、顾光"后序"（第506—507页）

司马子长之述《离骚》，称其志洁行廉，而极之明道德之广崇、治乱之条贯，其言为甚备。论者以为原遭乱无聊，不能自已，非如后世能文之士竭心力以供著作，从事于此，而幸其传焉者也。然其二十五篇之中，情至而物芳，辞繁而义苦；无论后之人也，即其弟子宋玉、景差之徒为之，登高望远，临水送归，以自为文则可矣，视原之作相去为何如耶？刘、扬诸人，袭其词而不得其意，拟之反之为原诟病，于原何损益乎？惟唐杜子美，以五七韵言陶铸风雅，得原之意；其生当天宝乱离之际，家国播迁，[第1a页]愁苦陻郁，有所感触，一见于诗，其托意也深，其取类也博，其于文也直而不疏，丽而不杂，子长之称《离骚》无少异焉。夫是二子者，遭遇特穷，其心皆不欲以文词自见，乃其所作成一家之业如此，此固才之过人，而实其人原本自有所不可及也。世之艰饥羸寒、蒙难抵厄、捽抑无告，穷矣而不能文，文矣而不能传，传矣而不能大且远者，是岂不系其人耶？吾师宜田先生，少更患难，从其先人羁栖塞上凡二十年，斯人之奇穷，自古之难处，其与左徒之在江潭、拾遗之居同谷，孰难易焉？而先生系怀[第1b页][第506页]君父，流连友生，恻然一出于忠孝；作为诗歌，恢奇深厚，浸入于前古，盖其本原之地有大过人者，不求见于文而文已传。推此意也，虽奴仆命骚可也。嗟夫！夫古人之穷或终其身而不息，而今先生已致身通显，其所遭遇前后若出两人，是天所以成先生之奇，而益不可以穷达论先生矣。先生家多名人，祖孙父子之间渊源有自，而多穷于遇。今其诗具在，先生刊而行之，以其少作附存于后、不自别异者，盖有《小宛》"念昔先人"之意焉。嗟夫！是不可感也耶？先生集，凡有名者十数种，自出关至从军，[第2a页]皆自为之序。光受而读之，抑塞感激，泫然不知涕之流落也。于是以有古穷人之说以白于先生，当寓言之意；若以此为论次先生之诗，则浅之乎言先生已。乾隆十有八年，太岁在癸酉[1753]，四月八日，受业仁和顾光谨序。[第2b页][第507页]

七、张凤孙"后序"(第507—508页)

才不巨，不能发造化之微；遇不艰，不足彰性情之至。故文章如李杜，则三才万象，尽见端倪；原本出风骚，斯孝子忠臣，并遵轨则。迁流百代，屈指几人？泥古者，肖貌求声，谁复空诸依傍；炫俗者，标新领异，曾何裨于兴观？惟公间世而生，得天者厚。桐山钟阜，地兼吴、楚之灵；玉树琼芝，门掩郗、王之秀。论家学，则书诒丁觊，卷至八千；擅文名，而赋拟陆机，年才二十。胸中武库，早知万甲能藏；手底蚕丛，真似五丁独辟。属门庭之多故，遂险阻以备尝。重闱侍毡雪之乡，双踵策风沙之路。间关负米，马头生[第 3a 页]角以何年；薄幕呼灯，鼠穴乘牛之入梦。身同鹤骨，炼冰雪以愈坚；色映鸢肩，表风尘而直上。无何，宗王授钺，幕府谈兵。朝为韦布之儒，夕拜丝纶之命。金微连紫塞，那知堕指寒深；玉帐枕雕戈，只觉酬恩气壮。师占贞吉，雅歌而穆醴还陈；烽报平安，磨盾而班铭载作。坐使欃枪之气，净扫遐边；归依日月之光，洊通显籍。枢机密勿，家声联四叶薇香；简要清通，人望属一厅藤荫。不熟稔而旌麾自致，武纬文经；以一身而水土兼资，皋陶益赞。惟遭逢之旷绝，兼根柢以盘深。故其激宕为声诗，实可陶镕[第 3b 页][第 507 页]乎品汇。金元迹古，霜笳□[并]铁马齐鸣；燕赵歌悲，渐筑与雍琴迭奏。一览众山俱小，烟光遥点齐州；三秋万弩争开，潮信初回江上。题壁吊青莲学士，月拥蛾眉；登楼招黄鹄仙人，花翻玉笛。鱼龙夜水，添来绕笔惊涛；兰芷春风，并入盈囊碎锦。盖才多而善用，十万可将于淮阴；亦气盛无不宜，八九真吞夫云梦。若夫侧身天地，结念君亲。风雨泣梁山，衔索抱曾参之痛；江湖怀魏阙，搴芳荪屈子之思。遭■道兮曷归，憯予家而遑恤。书传雁碛，几回对月思兄；梦隔鸰原，尽日看云忆弟。历历大雷之景，依[第 4a 页]依采石之情。仰慈荫以靡瞻，俯悲泉而忽涌。推其友爱，及尔交亲。葛藟思庇其本根，松柏贞盟于晚岁。石曼卿蓉城已化，契若平生；陶渊明“莲社”来游，情深方外。酹酒桥君之墓，偕辽鹤以同悲；分瓢支遁之林，指海鸥而独笑。穷达不渝其素，性天弥见其真。乃其束腹高吟，心殷饥溺；褰裳问渡，志切澄清。谱蚕事于卌章，豳风可绘；纪军容于百首，王会成图。此皆政学所见端，遂为古今之绝调。裒前后廿年八集，寿金石以长存；合祖孙三世一编，信渊源之有自。□□□同萤照，学类蛩吟。念蓬梗于当

[第4b页]时,谙知辛苦;预铅黄于此日,粗识旨归。讵云余事作诗人,真觉斯文若元气。佐虞帝挥弦而理,益奏九功惟叙之歌;从卫公削简以须,还裁一品会昌之序。东吴后学张凤孙拜手谨序。[第5a页][第508页]

【附录一】《四库全书总目》卷一百九十四集部总集类存目之四(中华书局1965年6月第1版,下册第1774页)

述本堂诗集十八卷(内阁中书方维甸家藏本)

国朝桐城方氏三世家集也。凡《依园诗略》一卷、《星砚斋存稿》一卷、《垢砚吟》一卷、《葆素斋集》三卷、《如是斋集》一卷,皆方登峄撰;《陆塘初稿》一卷、《出关诗》一卷,皆登峄之子式济所撰;《东间剩稿》一卷、《入塞诗》一卷、《怀南草》一卷、《竖步吟》一卷、《叩舷吟》一卷、《宜田汇稿》一卷、《看蚕词》一卷、《松漠草》一卷,皆式济之子观承撰。登峄字凫宗,号屏垢,康熙甲戌[三十三年,1694]贡生,官工部主事,坐事谪黑龙江卜魁塞。式济有《龙沙纪略》,本附刻此集之中,今别著录。观承别有《薇香》《燕香》诸集,亦别著录。

【附录二】《四库全书总目》卷七十史部地理类之三(上册第628页)

龙沙纪略一卷(内阁中书方维甸家藏本)

国朝方式济撰。式济字屋源,号沃园,康熙己丑[四十八年,1709]进士,官中书舍人。是编乃式济之父澄[登]峄谪居黑龙江时,式济往省,因据所见闻,考核古迹,勒为九门,一曰"方隅",二曰"山川",三曰"经制",四曰"时令",五曰"风俗",六曰"饮食",七曰"贡赋",八曰"物产",九曰"屋宇",总名曰《龙沙纪略》。……旧附《述本堂》诸诗集后;今以所载悉属地理,故析而录诸史部焉。

【附录三】汪师韩《上湖分类文编·补钞》卷上《陆起潜诗集序》（《续修四库全书》第 1430 册，第 437 页）

余为北客，虽卖文为活，未尝与人论诗。即以方恪敏公之自命作者，其述本堂家集刊成，余为指其讹误十数处，公实时改削凿补，惟不能改者二处仅存。而在幕府时，时与考订文史，独不及于诗，余旋自觉余之持论拘而性拙直也，叹虚衷若方公者之难其人。

03－008　述本堂诗续集

方维甸

五卷。方维甸辑，《四库全书存目丛书补编》第 30 册，影印嘉庆十四年己巳(1809)刻本。

一、姚鼐"序"(第 509 页)

吾乡方宫保恪敏公，以经济之才上辅圣治，膏泽被萌庶，功业垂信史，而又秉受异姿，嗣增家学，作为诗歌，超轶闳肆，自进于古，盖以名臣而兼诗人之盛者也。公自少即以诗名，北穷徼塞，南涉江湖，其词多沉郁慷慨，固古人所云"诗以穷而工"者。然诗人之情词，因时而变易；朝野穷达，各有所宜，岂必尽出于穷愁而后工哉？公之诗，旧已刻行世者有八集，其七集皆雍正以前之作。至乾隆以后，官位转登，淳意鸿文，上答[第 1a 页]天藻；政事之暇，亦间自操翰吟咏，而已刻者《蚕词》一小集而已。自丙辰[乾隆元年，1736]以至戊子[三十三年，1768]之作，别为《薇香》《燕香》二集凡五卷，藏于家。今公子南耦尚书，将赴闽越督军，过江宁，出以示鼐。鼐窃论国朝诗人，少时奔走四方，发言悲壮；晚遭恩遇，叙述温雅，其体不同者，莫如查他山。今公诗前后分集，颇同他山；其述情纪事，直达胸怀，自能兼包古诗家变态，亦无愧他山也。然他山侍直，频年不出禁闼；公则督领畿辅，远使龙沙，障决流以奠民生，筹过师以助[第 1b 页]圣武，忠悃感奋之志、忧慜笃至之忱，举见词间，存诸续集，非第如他山纪恩扬美而已。论公诗至是，当以匹唐燕公、曲江之伦，故曰"以名臣而兼诗人"者也。鼐家与方氏，世有姻亲。公与家伯父姜坞先生相知尤密，于鼐为丈人行。而鼐昔里居，公居江宁；鼐侍京师，时公又在保定，竟不获瞻谒阶砌。今南耦尚书将以公后集付工雕版，俾述为序，鼐不辞固陋而辄为之，盖以摅平生仰慕之情，又以发海内论诗者之意也。嘉庆己巳[十四年，1809]九月，同里后学姚鼐谨序。[第 2a 页][第 509 页]

则杰按：此序又载姚鼐《惜抱轩诗文集·文集·后集》卷一(上海古籍出版社 1992 年 11 月第 1 版，第 264—266 页)，标题作《方恪敏公诗后集序》，其他文字相同。

【附录一】《四库全书总目》卷一百八十五集部别集类存目之十二(中华书局 1965 年 6 月第 1 版，下册第 1680 页)

薇香集一卷、燕香集二卷、燕香二集二卷(内阁中书方维甸家藏本)

国朝方观承撰。观承字遐谷，号问亭，又号宜田，桐城人。由监生荐授中书舍人，官至直隶总督。谥恪敏。观承遭遇圣朝，备蒙恩眷，封疆宣力，积有勤劳，而性嗜诗篇，政务之余不废吟咏。旧所著有《东园[闾]剩稿》《入塞诗》《怀南草》《竖步吟》《叩舷吟》《宜田汇稿》《看蚕词》《松漠草》共八种，皆编入《述本堂诗集》中，已别著录。是编三集，则其为直隶总督时所作，其子维甸编录别行者也。

03－009　常熟二冯先生集

张　鸿

三十四卷。张鸿辑，民国十四年(1925)排印本。(浙江大学图书馆藏)

一、张鸿跋(第 1a—b 页)

右[冯舒]《冯默庵先生集》，世豸堂原刻本，目载诗文十卷，而仅诗八卷，文则阙焉。幸有传抄本，因觅补之，得符原目[并增“附录”一卷]。[冯班]《冯钝吟先生集》，陆氏贻典原刻本，诗文十三卷、《杂录》十卷，凡二集。内间有讹字，悉照原刊。其有避清讳“胡”“虏”等字，无疑者以意补入，疑者缺焉。咸雠校，俾可传信。呜呼！维二先生家承素业，并负通材；缟纻所投，无非时望簪缨之族。于今清门、启、祯之间，虞山文学，蔚然称盛。蒙叟、稼轩，赫奕眉目；冯氏兄弟，奔走疏附，允称健者。祖少陵，宗玉溪，张皇西昆，隐然立虞山学派，二先生之力也。所生不辰，乃丁季世。托迹林泉，忍辱草莽。缅想经历，时多恋旧之辞；目击涂炭，不无怨诽之语。加以君臣之义方隆，诗书之泽未斩。衣冠瞻视，自负清流；师友慷慨，咸多奇节。而宵小无耻，苟附新朝；乐易胡服，喜作虏语。纷然在目，宁不痛心！千[于]是，谈宴之际，时感沧桑；[第 1a 页]悲愤之积，激成狂易。彼其之子，积恨致毒。婞直者冤填牢户，含忍者槁恶衡门。盱衡陈迹，可为悲悼。抑余重有感焉：读默庵所记，弘光之季，七月十三，北兵入邑，屠杀千万。稚艾淫掳，旄倪颠踣；文武道尽，锋镝孑遗。冤愤之况，历历如昨。嗟乎！悲痛之泪，入纸犹赤；惨酷之史，易世难忘。迄今胡运告终，亡辙自蹈，因果相寻，百不逮一。九世之仇未复，重泉之恨可知。乃有不通大义，谬托遗民；保持辫发，如护头目。非特忘其仇雠，抑亦负厥宗祖。九原有灵，当为裂眦。后之览者，亦将有感于斯文。中华民国十四年［1925］五月，燕谷老人张鸿谨跋。［第1b页］

03－010　顾氏家集

顾燮光

二十六卷。顾燮光辑，民国十八年(1929)会稽顾氏金佳石好楼排印本。(浙江大学中文系资料室藏)

一、金蓉镜"总序"(第 1a—b 页)

尝考家集之著于《四库》，有宋《刘氏三家》、明《文氏五家》，皆祖孙父子相嬗为业，因以识其家世之美与风会之盛。盖文字之运与国家相终始，其积厚者流益光，殆有不能相掩者也，予每以观世变而审家修。会稽顾氏，自郑乡先生以文字受知阮文达公，随使车者几十年，与于诂经精舍题名、《经籍籑诂》编辑之列；又随铁梅庵尚书于戍所，义声播于一时，争以名节归之；所著诗文，博丽雅正，以是焘其后人。子古生翁，以孝廉试令秦中，号为循吏；其《语录》一卷，皆研经治事之余，身体力行所得，每树一义，坚确不移，最为有识；《学医随笔》，依经辩证，简要入理，仁民之具；诗亦质厚而达，信乎有以端出治之本矣。孙祖香翁之为文，慕其乡石笥之风，古涩似汉赋，不屑为晚近流便之作。下逮曾孙华伯，诗亦意绪明整，能承其家学。联华四世，传授一经。虽未知于"三刘""五文"如何，而沿流溯源，皆不替郑乡翁门业，可谓难能矣。当夫世之盛也，士必有学，家必有法；及其衰，则人不说学，委随进取而不顾其安，而世道亦亟。顾[第 1a 页]氏历咸丰庚申[十年，1860]、宣统辛亥[三年，1911]两大变，绵衍百余年间，备历盛衰，独能怀旧俗而不变，抱遗书而不坠，予又洒然异之。鼎梅世兄承贤父之贻，笃好金石考订之学，多所造述。今又出《家集》，将付影刊，来督序言。予与尊甫辅卿先生共事志局，敦文字之好。又先曾祖绮园公，与郑乡先生同为诂经精舍高才生，著于五松园题名之记。累世之旧，虽无言，亦愿挂名其间，况又礼币殷拳耶？爰叙家世之美、文物之盛，与世所以盛衰之故，以复之。独念先曾祖之书，荡于兵火，家无一字之存，仅见《太初太岁超辰考》一篇于《经义丛钞》中，以视顾氏之炳麟缃素、传业多贤，则有泚在颡矣。青龙在己巳[民国十八年，1929]，十月上浣，嘉兴金蓉镜拜序。[第 1b 页]

二、金骏“述略”后记（第 4a 页）

会稽顾君鼎梅，笃嗜金石文字之学。光、宣时，供职京曹，以综核才，颇受当道器许。辛亥[宣统三年，1911]后，访碑河朔者十年。旋隐于商，主持上海科学仪器馆者六年于兹，暇时以研究金石文字为务。骏幸与编校之列，尊酒论文，西窗剪烛，至可乐也。顾君惧先德之湮，编印《家集》，自曾祖及其令兄止，凡四代。其尊甫勳堂先生著作，以另编《勳堂遗书》，故不与焉。南朝惟王氏人人有集，艺林已侈为美谈。挽近国学沦夷，能代有著述者，已不可多觏。况顾君鼎梅所著金石考订之书及诗文集等，出版者已十余种，刻在编订者亦方兴未艾。顾氏积累之厚、流泽之长、孝思之笃，洵可佩矣。兹者编校既竣，爰就集中各书，择要述其大略云尔。中华民国十有八年[1929]十一月，后学婺源金骏一啸谨记。[第 4a 页]

三、顾爕光“总跋”（第 1a 页）

吾家自先大父郑乡公以次，世务读书，人人有集，百余年来幸得无恙。光绪初叶，先君子官于南昌，始将《玉笥山房要集》《鹤巢诗存》两书付梓。若《孟晋斋集》，则阳湖吕氏刊于《关中三书》，原板均移存秦寓。迩来屡经兵事，未知能无散佚否？壬戌[民国十一年，1922]返秦，于书笥中，得《北征日记》《衍洛图说》《鹤巢语录》及《孟晋斋外集》各稿。以手泽所遗，珍护尤密。癸亥[民国十二年，1923]以还，经商沪渎，目觌时艰，抱残是惧。以先德不可湮没也，商诸昆季,编印《家集》。六年于兹,幸得葳事。至先君子著述,以较繁颐,另编《勫堂遗书》,故未与焉。所痛心者,先兄已逝,竟不获睹此集之成。爰以所著《漱尘室集》,附印于后。四世著述,萃于一编。他日言清代越中文学者,或当有所参考者焉。至校勘此集者,青浦徐君调均、婺源金君一啸,皆绩学士也,合并志之。己巳[民国十八年,1929]十一月朔,顾燮光跋于海上遁世无闷楼。[第1a页]

03-011　郝氏四子诗钞

李玉清

十卷。李玉清辑，《山东文献集成》第三辑第41册，影印道光十三年癸巳(1833)李玉清刻本。

一、李玉清“郝氏四子诗序”(第228—229页)

齐河郝氏，世能诗。其先，元陵川先生裔也。明之季，有本伯、木仲二先生者，以诗名启、祯间，尚已。迨本朝乾隆中，以诗称者，曰镜亭[郝允哲]先生，弟曰水村[郝允秀]先生；镜亭之子曰餐霞[郝答]，女曰秋岩[郝簟]，并能以其才力角胜于词坛。余于郝氏，姻也，因得登其堂，尽读其所作。镜亭之诗，新而颖。水村之诗，质以朴。餐霞[第1a页]之诗，凄以艳。秋岩之诗，哀以真。虽其体不同，其制各异，而其大意要皆本乎性灵，自吐胸臆，一秉乎温柔敦厚之旨。盖镜亭先生学宋元者也；水村则学中晚者也；秋岩则趋法初盛，杂以魏汉者也；餐霞则源本义山，托体风骚者也。一门之中，父子兄弟以及闺房之彦，各能跻盟坛，树赤帜，自成一家言。呜呼！亦云盛矣。虽然，余窃有悲焉：[第1b页][第228页]古之诗人，少达而多穷；然岂无一二福泽深厚，登廊庙、入仕版，蜚声艺苑，以其力自名于天下者？今镜亭先生以名进士未仕而卒；水村以广文终；餐霞则以诸生困场屋，郁郁不得一第；秋岩则夫死子夭，饥寒困迫，穷苦已极。呜呼！将毋古人所云“贫者士之常”“诗必以穷而后工”欤？噫！何其甚也。今其家日落，力不能梓。余惧其淹没而不[第2a页]彰也，因为编汇删订，付诸剞劂氏，毋亦显微阐幽之义欤？且俾世之读是诗者，知才之不能胜其遇也。梓成,因书数语于简端,以为之序。时道光癸巳[十三年,1833]孟春之吉,齐东李玉清香谷氏书于紫芸别墅之邀月轩。[第2b页][第229页]

03－012　丹溪诗钞

胡　鼎

二卷。胡鼎辑，台湾新文丰出版公司《丛书集成续编》第116册，影印民国二十九年（1940）安吴胡氏排印《朴学斋丛书》（第一集）本。

一、胡韫玉“跋”（第424页）

吾族处万山中。出县治东三十里，曲折行山隙，颇有“山从人面起，云傍马头生”之概。再三十里，忽然开朗；有山崔巍而葱秀，皆在十里外。地名“龙坦”，比屋千余家。有水自山麓出，屈曲穿村而过，曰“丹溪”，此吾胡姓生于斯、长于斯、聚族居于斯之处也。吾姓迁泾，当在宋元之际。谱牒零落，语焉不详。耕食凿饮，有明一代，绝少知识阶级中人。清初文化渐起，颇能以商业发展于国内。两湖、川、赣，苏、浙、鲁、豫之间，多有吾姓踪迹。清雍、乾时代之建筑物留于今者，不仅高出江北乡间之上，即江南苏、常之乡间，亦无此堂皇爽垲，足征当时物力之丰富，而士子读书者亦因是日多。惜僻处一隅，少师友切磋之益。其著述蔚然成名者，惟墨庄先生承珙，与绩溪胡匡衷、胡翚培号称“三胡”，所著《毛诗后笺》《仪礼古今文义疏》收入《续清经解》中，固不朽之书也。其他诸先生亦颇有著述，惜当时未能播之于世。太平天国时，吾乡受兵最巨，书卷与其他[第1a页]物产同归一烬，前辈之著述荡然无存。先父于同治间由［另“由”字衍］上海回里，于颓垣断壁之中搜拾前辈之著述，仅得各人所作之诗若干首，钞而存之，题曰《丹溪诗钞》。吾族盛时，虽不能以文化称雄，而亦不至如三家村挟兔园册子之比。自太平天国以后，经商者渐改旅居为定居,故乡经济力日薄弱;自通海以来,宁、广商业崛起,吾族商业随徽商而衰落,故乡经济力日愈薄弱,而文化即因之低下矣。民国成立,户籍法变更,乡土观念不如往时之深。朴安迁居上海三十余年,只民国七年[1918]返里一次。共第七世祖之同族,亦皆迁居上海。所谓“龙坦”,所谓“丹溪”,虽时时在想象之中,不过仅于小时游钓之处,使我不能忘情而已。兹印《丹溪诗钞》成,聊寄吾之概[慨]想,并以示子侄辈吾族文化之悠久,而深叹先父搜拾吾族文化于劫灰之余,其用意之深远也。民国二十八年[1939]一月,男朴安敬识。[第1b页][第424页]

则杰按:此跋作者,名韫玉,朴安其号。

03－013　丹溪诗钞补遗

胡有恂

一卷。胡有恂辑，台湾新文丰出版公司《丛书集成续编》第116册，影印民国二十九年（1940）安吴胡氏排印《朴学斋丛书》（第一集）本。

一、胡韫玉“跋”（第429页）

吾族前辈之诗，惟《求是堂诗集》在《墨庄遗书》内，尚有存者。其他若《立经堂诗集》《五石瓠斋诗集》《小蓬莱馆诗集》《杏轩集》，皆在若存若没之间。先父辑《丹溪诗钞》于劫火之余，不知费几许心血，始辑得三十五人之诗。吾族能诗者，断不仅三十五人；能诗而刻集者，亦不仅三十五人。劫火一炬，半为灰烬。战争之消灭文化，此其小焉者也。伯春于三十五人之外，又得十三人为“补遗”。自清顺治至咸丰，吾族诗人之诗，可征者只此已。庐江陈子言辑《皖雅》，吾族人之诗入选者胡仲韵（承谱）、胡乾九（元晖）、胡墨庄（承洪[珙]）、胡时栋（贞幹。《皖雅》作“胡时栋，字杏轩”）四人。朴安在《国粹学报》所刊者，亦仅胡墨庄、胡玉樵（世琦）二人之诗。吾族人之诗，外间得寓目，仅此五人也。又胡丽玉（珠林），玉樵之女，吾族闺秀之诗存于今者只一人——《小红楼[另“楼”字衍]吟草》附刻在《立经堂诗集》后，而《丹溪诗钞》遗之者，先父尚未见《立经堂诗集》全帙也。一诗之传，诚不容易，古今有同慨焉。民国二十九[第1a页]年[1940]七月，朴安记。[第1b页][第429页]

03－014　续丹溪诗钞

胡有恂

一卷。胡有恂辑，台湾新文丰出版公司《丛书集成续编》第116册，影印民国二十九年（1940）安吴胡氏排印《朴学斋丛书》（第一集）本。

一、胡韫玉“跋”（第437页）

《续丹溪诗钞》二十五人，惟陶轩（鸿泽）官江西上饶县知县，卒于任所；朴安幼居乡里，未曾见面。其他皆身见之人，仅四五人年事长于朴安或二十岁、或三十岁，余皆十年以长、五年以长，亦有稍少于朴安者。今二十五人中，惟宾卿（瑚）与息求（镜海）二人现存也。忆朴安二十六岁以前居乡里时，此二十五人中至少有十人与相唱和。朴安之诗，幼稚不足存，已拉杂烧之矣。今此《诗钞》中无有一首与朴安唱和之诗，岂亦幼稚不足存耶？亦以见保存之不易也。朴安旅居沪上三十余年，于乡里情形未免隔膜。既不能广搜前辈之著述，即同辈之著述，亦任其若存若没之间。幸有此册，后之览者，知吾族在清同、光以后，其流风犹未歇也。夔文（璧城）生长于六安，时往来苏、沪等处。朴安虽尝与晤面，未有一字之唱和。盖朴安隶属“南社”，世目为草泽文学，为搢绅文学所不道。入民国以来，此界尚未泯也。民国二十九年［1940］七月，朴安记。［第1a页］［第437页］

03－015 黄氏诗钞

黄守平

六卷。黄守平辑,《山东文献集成》第二辑第42册,影印稿本。

一、黄叔琳“叙”(第334—337页)

今夫宗工崛起,扬砾以进,类能自成为一家言,而海内人士亦无不推为词坛巨手,此非无所[第1a页]原本而能然也。诗文一道,有源有流。人而恪守高曾,不忘旧德,必有积乎文字之先者。于是融养醇淑,随遇感发,乃无[第1b页]不各载其性情智慧、学问才力以出。居今日而可语于是者,其吾即墨黄氏诸公乎?黄氏由青徙墨,历今几四百年,家[第2a页]世自前明高平公始大。绂皆,高平公嫡裔也。甲戌[乾隆十九年,1754]谒选都门,出所手辑《黄氏诗钞》,请予一言题首。余受而读之,自高平[第2b页][第334页]公而下十有七人,人各一集,多者不过百余首,少者数十首或十数首而止,而所谓性情智慧、学问才力,虽分数多寡[第3a页]各自不同,要无不一展卷而如遇焉。夫诗,立言之一节也。而谋不朽者,如人拥厚资谋起宅舍,门堂楼庑、屏蔽开阖,将[第3b页]无一不极轮奂之美。是宅也,必非凭空结撰,如海上之蜃楼,如三山之云气,将必有所托基焉。而其基,又必不于荒江[第4a页]穷壑、阛阓村市、湫隘卑污之地,将必于平直深厚、水风环聚者,然后始基而经营之,乃可次第告成。吾黄氏诸公,生时[第4b页][第335页]不同也,出处不同也,欢愉忧愁、离合今昔之感又不同也,而自祖若父,以逮数世孙子,论忠说孝,敦诗执礼,一堂元气,[第5a页]笼罗万象,既已薄雕绘而继风骚矣。由是随所遇之人之境之事之物,乃一一触类而起,因遇达情,因情敷句,而后有[第5b页]诗,而后诗真，自成一家言。盖性情和而智慧生，学问豫而才力出，是必先有诗之基焉。而即诗求之，当无不合也。五代[第6a页]宋齐之际，康乐、玄晖，典丽新声，独步一时；诸谢篇体惊奇，迭相映蔚，是岂无所短长于源本之地而徒手翻四声、笔涉[第6b页][第336页]五字，遂足创持一代文柄耶？绂皆其审思吾今日论诗之旨，并以上溯百余年来作者属诗之义，弗论诗，即以斯《钞》备[第7a页]吾黄氏家乘矣。宗人叔琳撰。[第7b页][第337页]

则杰按：在黄守平之前，其曾叔祖黄簪世（绂皆其字）曾经纂辑同名《黄氏诗钞》，上、中、下凡三卷，收作者十七人，有乾隆三十一年丙戌（1766）盐官官署刻本。黄守平在此基础上，增辑至七十一人，大抵新增者以手钞配补，而原有者即现成采用刻本。黄叔琳此序，实际乃为初辑本而撰。有关情况，可参见中共山东省委党校图书馆王晓兵《清即墨黄守平纂稿本〈黄氏诗钞〉考述》一文（《山东图书馆学刊》2009年第5期，第117—122页）。不过由于增辑本本来就是初辑本的扩展版，所以黄叔琳此序也未尝不可以当作增辑本的旧序来看待。至于初辑本最末的黄簪世自跋，因在增辑本中被推移到了中间的卷四，故此另外处理（详下附录）。

又，《中国丛书综录》著录黄簪世初辑本（见上海古籍出版社1986年2月第1版，第1册第896页），系上海图书馆藏本（见同上第1118页，编号“2588”），书名作《即墨黄氏诗钞》。该“即墨”二字，不知是刻本原有，还是《中国丛书综录》的编者为了更加明晰，酌情予以添上的。而《山东文献集成》第四辑第33册所收一种“不著辑者”的稿本《即墨黄氏诗钞》，实际属于初辑本《黄氏诗钞》中的一部分，而其编者自然也就是黄簪世。此可参见徐雁平编著《清代家集叙录》“黄氏诗钞”条（安徽教育出版社2017年11月第1版，上册第536—537页）。

又，《清人别集总目》黄叔琳名下（安徽教育出版社2000年

7月第1版，第3册第2020页），著录有一种中国科学院图书馆藏“清刻本”“黄氏诗抄3卷”。这很可能是受黄叔琳撰序牵连，将黄簪世所辑即墨黄氏诗歌总集当作了黄叔琳的诗歌别集。

又，黄叔琳此序，今传其《养素堂文集》稿本（《清代诗文集汇编》第229册）内未见。

【附录一】《黄氏诗钞》初辑本黄簪世跋（第541页）

吾黄氏自青徙墨，以文学世其家。高平而后，绩学掇甲科者代不乏人。数百年来，风雅相尚，罔不拔帜词坛，称极盛焉。第日月迁流，箧笥日就沦落；一线手泽，将不可复识，是则子孙所大惧也。簪世用采各家藏本，钞录成帙，向质诸宗先辈崑圃公。兹刻于盐官官署，固将寿世，尤以示吾子孙也。俎豆衣冠，流风斯在，为黄氏后者尚其勉诸。乾隆三十一年丙戌[1766]六月既望，第十二世孙簪世谨跋。

03－016　香山黄氏诗略

黄映奎

二十二卷（总目缺卷十三），存十二卷。黄映奎辑，《清代稿钞本》（初编）第38册，影印稿本。

一、张其淦"序"（第3页）

吾粤香山黄双槐、粤洲、泰泉三先生，皆以著述巨儒著于前代，而诗名亦震铄今古；流风所被，传十余代，其后嗣多以能诗称，盖几于人人有集矣。惟三先生诗，流传于世极鲜，学者恨未得一见。今其哲裔日坡乔梓，为予旧交至契，特汇其家藏遗稿，上自前明三先生，以迄国朝十代孙朗珊，共十数家，录而刻之，名曰《香山黄氏诗略》，诚盛事也。今春录成寄示，余讽诵久之，窃叹其搜讨丛残，用功独挚。昌黎韩子云："莫为之前，虽美不彰；莫为之后，虽盛弗传。"斯之谓矣。昔黎美周之子方回，有《黎氏存诗汇选》之作；吾友潘君兰史，近有《番禺潘氏诗略》之刻，皆敬宗收族，传诵一[第1a页]时。吾族自宋迄今，能者[诗]者众，如小山、文烈、璩子诸公均有诗集流传，因辑成《东莞张氏诗略》六卷，正拟付梓。日坡兹编，实获我心也，故乐而序之。丁巳[民国六年，1917]春正月，张其淦谨序于春申浦。[第1b页][第3页]

二、黄映奎"香山黄氏诗略凡例"（第4页）

一[一]　前人总录先集成书者，唐有廖光图《廖氏家集》；而专录诗歌者，近代则有番禺黎方回《黎氏存诗汇选》、宣城梅清《梅氏诗略》，是编谨仿其例。

一[二]　我族先世自元始迁祖至粤，至明洪武间四世，有朝贵府君讳温德者，双槐府君之祖也，为诗清丽，得诗人声律，文待诏征明尝称之，惜已散佚。敬著首简，用志渊源。

一[三]　《双槐》《粤洲》二集俱佚，兹从诸书采录，盖十不存一矣。

一[四]　《泰泉集》，康熙时重刻，存本已稀，谨全钞刊布。

一[五]　《仰山堂集》《瑞谷诗钞》《梅庐吟卷》，均从刊本录出；《岭海楼集》，则由各家选刻本合钞；余皆家藏遗稿，或辑自诸书[第 1a 页]者也。

一[六]　集中有寥寥数首或一二首，谨援以诗传人之例；手泽所存，虽吉光片羽，未敢湮没。

一[七]　集中阙文疑字无从校补者，悉仍其旧，未敢妄自增窜。

一[八]　家乘“艺文”门所载先人遗诗如十三世穗亭府君讳銮之《穗亭诗草》、十四世淡村府君讳冕之《蠹余集》，《广州府志》所著录之十五世湜池府君讳绍缙之《湜池诗草》，容俟搜采补刊。

一[九]　寒宗著述，集外尚夥，拟搜刻为《香山黄氏丛书》如■。海内博雅君子，或有名山藏本，幸代钞寄惠，俾付剞劂。奕[第 1b 页]

[第 4 页][下缺]

03－017　湖陵江集

江八斗等

七卷，卷首一卷、卷末一卷。江八斗、江蟾、江虹、江蟠辑，《四库全书存目丛书补编》第44册，影印八斗堂刻本。

一、苏春“序”（第466—469页）

苧溪多草，长侵书带之□；□□□□，先入枕函之梦。山水以□□□□□，诗文由校阅而光华。所以龙□，□□自信，乃以传人；闻诸左氏，心□□□，故能命世。虽云作者代有其□［人？］，□□［第1a页］书存缈矣隔世。此则子云奇字之居，侯芭幸在；正则《离骚》之赋，唐勒功多。慨自苍鹅兆衅于淮西，三□□赋，尽为战士之衣；黄石未祠□□□，“四始”徽音，裂作糇粮之裹。后□□之而不幸，前贤亦以而告哀。仆□□［生也？］晚，志倾［第1b页］［第466页］仰夫高山；道出有基，居相联夫桑梓。忽有湖陵嗜学之夫，即□艺圃传经之后。通名饼肆，未知君□□□；觌面铜街，止言我能终事。而江□□则曰：“居吾语女，吾宗之卷帙飘零，久求范晔；某尔惟风，斯世之文章垢敝，重托［第2a页］苏耽。刷晨昏而宝镜重开，淬锋锷而干将更利。百朋之锡，千载难忘。”开帙而蝌蚪奔腾，文河有赴腕之波涛；盈箱皆蛟龙奋攫，学海起撑眸之墨气。四国仰其实学，咸、籍成叔侄之名；一家佩以声华，机、云擅兄弟之美。或赠［第2b页］言成于祖帐，倚马挥毫；或谏疏达于枫宸，临轩视草。名贤接续，雅韵悠长。江天信月黑砍营，孤军破高坚之垒；江午坡风清挥麈，全国效车赋之攻。江贞斋则细柳为屯，严刁斗以壮旌旗之色；江扩我则量沙聚米，唱更筹［第3a页］而克兵革之威。明伯、省庵，形势若剑门高壁；畏三、崑振，风云则鱼腹为图。共推文坛树帜，光摇春岫之花；尽说墨海腾云，气结蜃楼之彩。油厮夺吴宫新锦，粉笺漾蜀国奇葩。春雷数玉笋仙班，莫穷妙算；学海横珊瑚铁网，[第 3b 页][第 467 页]无限雄才。况又三有、拙轩，彪、固着连茹之庆；鹤亭、青上，览、祥发佩剑之符。又存、绿汀，调埙篪以济美；中山、于夏，式金玉以赓扬。绿字赤文，蛇吐瑶珠于秘箧；黄花香稻，鸟衔琐牖于双环。观其鹄立绛云，仙何有谪；闻其鸾翔[第 4a 页]青冥，才岂非奇？金戟常拓于临风，慷慨沉雄之句；玉箫偕吹于夜月，淋漓艳丽之章。加以策论奏疏，彪炳若周廷之诰；箴铭碑序，楷模法殷代之规。何一而非后学之津梁，亦何一而非未来之品式也哉？独念贞斋先生，议[第 4b 页]礼甫达夫九重，招谤即腾于群小。织贝在主于礼闱，雪冤实赖乎时畯。昆湖不忝，沧溟多才。旋而赵壹之冤既白，既而陶公之赋亦成。门前杨柳，阴连彭泽之村；阶下樱桃，花簇武陵之洞。南陌种豆，任落为萁；东陵锄瓜，结[第 5a 页]钩成带。假使天无长醉，不焰秦灰；若其地不埋愁，谁修楼赋？故遗后世之咨嗟，挑灯拭泪；使见先贤之出处，握卷兴思。驰文园之疾辔，察在詹明；求赤水之玄珠，计惟象罔。兹役也，辟榛芜于荃香之国，何啻蚕丛；变商徵于[第 5b 页][第 468 页]丝管之场，无输黍谷。以校订之力，窃成就之功。使文通之家法恒存，而江左之文章不替。时虽前后，道则相同。藏诸王表峰头，莫使飞龙攫去；贮入上清洞口，犹疑老鹤衔来。辞虽有迹，志自无涯。序。[第 6a 页]时乾隆二年丁巳[1737]蒲月泛觞日，饶江苏春青圃谨撰。[第 6b 页][第 469 页]

二、江八斗“凡例”（第 475—476 页）

［一］　此书本宜分定名次，以知时代前后。缘以不便观看，故但分诗文各体而汇辑之，使欲观某体之诗若文，探手易得。重其著作，正所以传其人也。

［二］　集中之文，有宗《左氏》，有宗《国策》，有法唐宋八大家者，有酷似两汉者。今不敢分为先后，而恐邻于轩轾。为后人者，止

欲远绍前绪而已。若其采[第1a页]为肄习，则存乎其人矣。

［三］　集中诸体之诗，有摩汉魏，有选体，有三唐，亦有近于苏、黄者，各臻其妙。亦不分先后，是在人之取近而嗜之耳。

［四］　诗文多为应酬而作者，今取其性灵发越而存之，人情过重者芟之。非刻也；去瑕，正所以珍瑜也。

［五］　诗余：长调、小令尽多可选，有《花间》《草堂》之铮铮者，有"十美""九宫"之入彀者。今概不载，惧其详于[第1b页][第475页]声律，必略格调也。

［六］　落笔皆是念念君亲，故虽至幽独言情，风云寄友，或短句，或长篇，均载之简端，欲使读者忠厚菀落之心油然以生。

［七］　应酬而至于寿人之诗文，乃应酬之至末耳。今亦聊存其一二者，非重其宾，则重其主，读者谅之。

［八］　钟石公、贞斋公各有全稿，板被兵毁，仅存书二部，抚台宋公取去。今之所得者，乃吉光片羽之[第2a页]辉。先型在望，吾道斯存。

［九］　先哲著作若林，各有专集。因世远年湮，仅存什一。即如少峰公著有《东华集》，又有《铜鼓赋》，今皆散失。是所望于后之君子，共为采补。

［十］　某以一人之见闻有限，搜求多有未尽，更有望于族友搜求补续，同志不朽。

［十一］　卷首刊刻钟石、午坡、省庵公原集序文者，后人之述，不敢掩先哲之善也。

［十二］　卷首刻敕命、制诰者，窃取《春秋》"春王正月"[第2b页]之意，尊君之义也。

［十三］　此书卷末刻他氏之歌若文者，取其足为楷式，亦以见其不敢掩作者之善也。

［十四］　此书名曰《湖陵》，以始祖公荣字伯俊，号"湖陵"，祠曰"湖陵宗祠"，谱曰《湖陵宗谱》。凡集中所载，皆其嫡派而支分。因

冠以“湖陵”，统于所尊，且以睦族也。

［十五］ 是书之辑，非沽名利也。某志切显扬，长而无闻，可见文章事业自有天定，难以妄干。因思先人[第 3a 页]之著作，不忍散而不聚，是以不惮三十星霜，合为一集。且以见尊尊亲亲，代有著作，实为一本，以终其志，以谢万一之罪于祖宗云尔。

时乾隆二年丁巳[1737]孟冬月望日，钝夫八斗谨识于八斗堂。[第 3b 页][第 476 页]

三、杨自卓“跋”（第 717 页）

读名贤之书，辄加鼓掌而叹赏不置者，公善也。读本家之书，他人极其赞赏，自己则不敢形之于口。然口虽无言，而其心较之赞赏之人不啻其倍蓰而千万者，何也？孝思也。盖人无论亨困，皆欲思报夫先人，况其读书怀古，一见手泽之存，如闻其训诲之謦欬欤？余舅氏江钝夫先生，今将其散失残遗汇集成书，复丐同道之人参考校订，寿以枣梨，使先人之志气长伸，又附今时英俊之文，此其前后相望之间，各有所[第 1a 页]得。《易》云：“系于苞桑。”《礼》曰：“有成事，然后雕镂文章。”其斯之谓欤？时乾隆二年丁巳岁[1737]孟冬月，受业甥杨自卓立千百拜谨跋。[第 1b 页][第 717 页]

四、杨自艾“跋”（第 717—718 页）

昔嵇康好煅，终身守煅灶，客来不顾。阮籍好蜡屐，出必携俱，而不敷其用。彼二子者，一以惑于仙，一以惑于戏。夫戏与仙，有何分其轻重而知其得失哉？心性之所适，泰山不为重，沧海不见深，必其自以在心者为至矣。今舅氏江钝夫先生，酷好古书，破产购取。凡[第 1b 页][第 717 页]诸名贤专集，装璜满架，比之于求仙、游戏，情更笃焉。念彼稽、阮既已成名矣，而痛惧己则未成，故又搜求本家诸缙绅大人残阙遗稿，敦请识者订正，然后丐本族勷佽，剞劂成工。某闻之，舞忭达旦，然后知昌黎云“莫为之前，虽美而不彰；莫为之后，虽盛而不传”，是前后之人缺一不可。前朝诸君子将此诗文播于海内，今有象贤之孙汇集成书，传于后世，此其嗜好有所偏隘而浅狭哉？若生与稽、阮同时，吾知煅必以乾坤为洪炉，屐必以曾城为阶梯，岂肯以其大者而弃[第2a页]之，反以戋戋自误耶？此书止重其大者。时乾隆二年丁巳岁[1737]孟冬月，受业甥杨自艾子迁百拜敬跋。[第2b页][第718页]

五、江八斗“跋”(第718页)

两大间不朽者三，首在立德，末在立言。然言不本于功、德，虽有言，不如其不言也。有其实事，借乎言载之以出入；听其言，则缅想当时持定君父之大伦，行遭乎触藩，遇困于葛藟，千盘百折，不激其愤懑，不任其诡随者，非所谓养之既深而定之者豫也？八斗不肖，不能读先人之书；然而箕裘之绪犹存，捧之而战兢[第2b页]若堕，故于作苦之暇，搜葺列祖遗稿及今时著作，誊聚成帙。其间板毁书亡，寻之实是茫茫堕绪。或得诸他卷所存，或得诸族友传录，或得诸覆瓿糊隙。自康熙戊子[四十七年，1708]至乾隆丁巳[二年，1737]，已阅三十星霜。书既成，又恐缺陷遗讹。著者固难，而修者不易。盖诗文不为天下之所刻求者，必非至奇。故复访求名宿，校订补正，务使既立之言与宏功硕德并起而传之。虽世远年湮，后有欲立功者，先蓄厚德，善以诒人，难以责己，发之于言，温和而无怨怒也，廉洁而不尘滓也，则是书之[第3a页]刻，足以供鸡林之采择矣。时乾隆二年丁巳[1737]九月朔日，三十世钝夫八斗四达敬跋。[第3b页][第718页]

【附录一】《四库全书总目》卷一百九十四集部总集类存目之四(中华书局1965年6月第1版，下册第1778页)

残本湖陵江氏集五卷(江西巡抚采进本)

国朝江八斗编。八斗字四达，号钝夫，贵溪人。其始祖公荣，自宋建炎间官弋阳，始迁居于贵溪之湖陵，是为湖陵江氏。其后仕宦颇盛。故八斗辑其先世诗文，分体编次，以成此集。八斗所自作，亦载入焉。目录列文五卷、诗二卷，弁以历代“敕命”“制诰”，而终以“附录”。此本阙第二卷、第七卷，及“附录”，疑装辑佚之。其编次颇为参错，如“祷疏”在“题草”之先，“四言”“六言”在“词调”之后，《子夜》《采莲》本为古诗而别之为“曲”；其“都议”“关议”诸名，他集亦不经见也。

则杰按：此集影印本完整不缺，书名无“氏”字。又卷首“总目”题“芗溪钝夫江八斗四达偕男蟾丹书、虹卧波、蟠萸溪辑”（第477页），因此编者当加上江蟾、江虹、江蟠三人。又此集内“诗”跨卷五至卷七，卷五、卷七两卷内尚有其他文体，因此总计虽不妨称为“诗二卷”，但分布则实为三卷。其中有清人作品，例如江八斗本人“自作”即是。

03－018　阙里孔氏诗钞

孔宪彝等

十四卷。孔宪彝辑，盛大士选订，道光曲阜刘文炳刻本。（浙江大学图书馆藏）

一、朱锦琮“序”（第 1a—b 页）

道光二十二年[壬寅，1842]，余守东郡，延曲阜孔孝廉宪彝主讲启文书院。暇日过从，以手订《孔氏诗钞》属余序。余以不文辞。既而顾其名，按其凡例，而得其已然之迹也。曰“孔氏诗”者，以诗教出自宣圣，承过庭之学也。子曰：“不学诗，无以言。”又曰：“不为‘二南’，犹墙面立。”传曰：“九功之德，皆可歌也。”夫子之教，盖统德、功于言之中，合而一之，非分而二之。故于孔氏，为诗人最难也。君子之泽，五世而斩。夫子以万世为土，历今七十余代，代有诗人。故诗之多，又莫如孔氏也。多而辑为一编，例当从删。曰“钞”者，举存以见[第 1a 页]删也。后人之于祖先，不敢曰“删”，故惟曰“钞”也。《国风》传其诗，阙其名，则系以国。孔氏诗，有其稿，知其人，故系以名也。好名之人，圣贤鄙之；诗辑遗稿，刻所未刻，没世之名不可无称故也。代远诗多，钞之不尽；《国风》取周一代，故《诗钞》亦断以本朝。凡若此者，皆遵先志而罔敢越也。余祖文公为《诗经集注》，今《孔氏诗钞》之序，欲辞而不辞者，职是故也。海盐朱锦琮撰。[第 1b 页]

则杰按：此序又载朱锦琮《治经堂集续编》卷三（《清代诗文集汇编》第 800 册，第 642 页），标题作《孔氏诗钞序》；除删去末尾署款之外，其他文字亦颇多出入。

二、阮元“序”(第 1a—b 页)

“风”“雅”“颂”《三百篇》,若非孔子于春秋时定之,则必不能全传于后世。然则百世之诗,皆洙泗教也。伯鱼过庭,受学诗之训,且为“周南”“召南”,然则阙里家庭,世世皆当学诗,更为家教矣。绣山先生为至圣七十二代孙,勤学善诗,在大宗近今二百年,辑录诗百余人,足以见温柔敦厚之风,蔼然聚于一门。其间如东塘、㧑约诸先生有经史文章著述者,别已专行,此不过采录数篇而已。末录闺秀十余人。元为七十三代[第 1a 页]门婿,亡室《旧经楼诗》,亦得采焉,以是为幸。道光十八年[戊戌,1838]春,绣山先生以稿本见示,将付梓人,属序,其事亦祖庭之掌故也。扬州阮元书于京邸节性斋,时年七十有五。[第 1b 页]

三、盛大士“序”(第 2a—b 页)

阙里孔君宪彝尝手录《孔氏诗钞》,自曲阜寓书淮上,属为选订,将付剞劂。以余之衰迟颓废,学诗数十年,漫无心得,何敢抗论风雅?况序诗而至孔氏,犹登高而陟岱宗也。朝暾出于扶桑,则九野为之晃耀;松柏拱于秦畤,则万木失其葱郁。玉华金碧,希世之宝,稍窥一斑,终迷五色,其敢妄操选政乎?然宪彝之意,主于发潜阐幽,敬宗收族,故自汉唐以来,著述彪炳后世者,不复赘录。即宋元以后诸集为大宗重刊者,亦无容裒辑。惟断自我朝开国之初,距今二百年,又必没世后已经论定者,始[第 2a 页]采入焉。其搜访精详,其识见审慎,而其用意为良苦矣。忆自宪彝随任瓢城,赁庑淮郡,余与君家父子兄弟缔两世文字交,联襟谈诗,无间晨夕;一篇之出,更唱迭和,别裁伪体,磨砻切劘,必求其惬然无憾而后止。今虽执别千里外,犹屡辱来讯。花月之晨,风雨之夕,眷念故人,不忍一日释诸怀。余虽不文,而是集之刻,不可无余之一言也。宪彝夙负隽才,少承门业,天必以昌其遇者昌其诗。异日辅车采风,使南渡诸宗、四方流寓,

悉归掌录，并入简编，斯更极艺府之巨观，不仅光东鲁之家乘也，余窃更为宪彝勉焉。镇洋盛大士序。[第2b页]

则杰按：此序盛大士《蕴愫阁文集》（《清代诗文集汇编》第501册）未载。

四、孔庆镕“序”（第3a—4a页）

总集之名，昉于《文选》。如《唐文粹》《文苑英华》诸书，皆博采诗文，分体编纂。钦定《全唐诗》，始汇录别集，名曰“诗钞”。宣城《梅氏诗略》，则合一姓，编为家集。然始唐迄明，仅数百人。以千余年之菁英，始成简策；未有以一代文章辑为巨册，传诸艺林者也。惟我孔氏，自过庭闻训以来，撰述名世，代有其人；诗礼之传，子孙法守。余尝读先世北海公以降暨我列公诸诗，窃叹圣泽相承，永永无已。故敬谨重刊列公先集，藏于家庙，以示子孙。又以族人遗集多所湮没不[第3a页]彰者，思欲编录，以就正于海内诸君子。而以奉职主鬯，夙夜骏奔，弗遑搜辑，又未得有心者为余助，有志未逮，非一日也。绣山从叔留心文献，精于学诗。今年春，以所辑《阙里孔氏诗钞》属序于余。余受而读之，体例精详，征求博富。国朝二百年来著作，灿然大备。其诵述清芬，搜访幽潜，实有先得我心者。《记》所谓“尊祖故敬宗，敬宗故收族”，是《钞》实寓继往开来、慎重勤勉之意，岂仅与《梅氏诗略》继美而已哉？余故不敢以不文辞，为书数语于简端，且亟劝付梓以寿世云。[第3b页]道光十六年，岁次丙申[1836]，孟夏之月，孔子七十三代孙主鬯庆镕谨序。[第4a页]

五、孔宪彝“凡例”（第1a—3a页）

一[一] 孔氏诗，向无合钞。自先恭悫公以降，其有专集行世者，卷帙浩繁，猝难遍览。其有未经镌板者，子孙珍藏手泽，又不轻以示人。宪彝夙诵清芬，不敢自秘，故亟为是举；又以先人之诗，何敢妄为去取，爰汇录各集，乞镇洋盛子履师选订填讳，而宪彝躬事编录之役，以成巨观焉。

一[二] 孔氏别集，自十一代族祖臧、二十代族祖融而下，不下千余家。而世祀辽远，每多散佚。如三十七代族祖巢父集十卷，虽载在《唐书》，竟鲜传本。其他亦多类是。[第1a页]深惧搜采未富，挂一漏万。况北海、"清江三仲"集，已经先高祖六十八代公重刊。其余亦有专集行世，无事再刻。是集皆采昭代之诗，断自国朝，仿《史通》例限也。

一[三] "宏、闻、贞、尚、衍、兴、毓、传、继、广、昭、宪、庆、繁、祥"十五字，孔氏辈次也。编次不论支派、科第远近，俱以辈次为先后。惟衍圣公为大宗主鬯，不在此例，故列之卷首，用志敬宗之意。

一[四] 每字辈首名下，书孔子几十几代孙，以备考核。自[第1b页]"兴"字辈以下，则书于大宗名下，后皆从省。

一[五] 五经博士，例应衍圣公次子世袭；常博荫生，则无定例。故凡袭博士者，不书某公子；常博荫生，则书某公第几子。若世袭知县执事官，则由拣选授职，不在此例。

一[六] 是《钞》或以诗存人，或以人存诗，例与选诗异。故有全稿行世者，所录亦止数十首；而一二残篇，则不暇持择，亟为登入，盖以征求遗逸，表阐幽潜为初志也。

一[七] 是《钞》止载已往；现在作家虽多，概不登入，从《昭明文选》例也。[第2a页]

一[八] 是《钞》兼附小传。其爵位事迹，俱本之《阙里志》《阙里文献考》《曲阜县志》等书。亦有《考》《志》未载，取诸家传、墓志及族谱者。若轶事可传，诗话可引，不惮纂录，以备知人论世者采览焉。

一[九] 孔氏支分派别。若南渡诸宗及流寓户汇为一编，可至数百卷。是《钞》由近而推，限于闻见，不能遍及。广收博采，增辑续编，是所望于吾宗之同志者。

一[十] 是《钞》征求校录，三载始克成书。实愧谫陋，皆借力于戚友伯叔兄弟。而同事商榷考证，则尤以从祖广权，从叔昭任、昭薰、昭焜，从兄宪墀、宪琮、宪璜、宪绅，伯兄[第 2b 页]宪恭，季弟宪庚，从侄庆铢、庆鏚为多，故既详列于简而并识之云。

孔子七十二代孙宪彝叙仲敬识。[第 3a 页]

六、孔繁灏“后序”（第 1a—b 页）

绣山族祖手编我孔氏诗，断自已往，得百余家，选录如干首，厘为十四卷。削稿既定，先君为序卷首，劝其授梓，以事未果。今年秋，复出稿本见示。繁灏受而读之，则较前又增数家，而先君遗诗已登入矣。繁灏为之掩卷泣下，曰：“呜呼！日月不居，奄至数月，手泽如新，而音容不可复睹。”今此钞首载我列代先公诗，即以先君次之。名称没世，海内之所推许，固在于斯，而繁灏哀戚之怀，亦于此而倍切矣。绣山族祖近又有《曲阜诗》之选，将附此钞，刻之以传于世。以繁灏忝膺主鬯，属为后序。谨书数言[第 1a 页]于末。至于是《钞》之详备、编录之精审，先君序之详矣，故不具论云。道光辛丑[二十一年，1841]秋八月，孔子七十四代孙主鬯繁灏谨序于安怀堂。[第 1b 页]

【附录一】孔宪彝《对岳楼诗续录》卷二《刻〈阙里孔氏诗钞〉成，书后六首》（咸丰六年丙辰[1856]刻本，第 14a—b 页）

学诗遗训愧难承，文献搜罗力不胜。他日祖庭留掌故，品题合忆阮仪征。（阮芸台相国序，有“祖庭掌故”之语。）[其一]

遗稿丛残未敢删，几经江上寓书还。六年回首师门渺，那得琅函寄弇山？（《诗钞》为镇洋盛子履先生选订，先生于戊午年[咸丰八年，1858]下世。）[其二]

位业文章玉册镌，山林台阁体争传。集归阙里原非隘，南渡诸宗未入编。[其三]

断句零章等凤麟，流传有数悟前因。湖山八子俱清彦，零落诗坛少一人。（同族衍钦、衍谱、衍志、毓璘，颜氏懋龄、懋侨、懋伦，陶

氏湘，同时称“湖山八子”，独衍志诗无传本，衍谱诗亦仅有存者。）［其四］

昭明选例有前模，何逊生存一字无。裙屐凋零多老辈，当年藤舫共研朱。（《诗钞》编成，续入者甚多；琴南从叔，则曾同校订者也。）［其五］

补集重编续雅音，后来作者重南金。名山副墨须珍惜，莫遣他年费苦寻。［其六］

03－019 冠山逸韵

来畹兰等

十卷、附集三卷、补遗一卷。来畹兰辑，来翔燕订，光绪三十三年丁未(1907)会宗堂木活字本。(浙江图书馆藏)

一、何国泰“冠山逸韵序”(第1a—4b页)

往于史君东溟斋头，见抄录吾邑前哲各体诗一帙，携归读之，如睹其人其志之所在。时窃欲广为搜订，刊刻以垂来兹。既而闻西[第1a页]河烟霞琴者王述早有是志，余将俟其采集后，共观厥成。而忽忽数年，王已谢去。询其家，知皆散失，不可复检。嗟乎！前哲往矣，后人既不获亲其行诣，倘得于[第1b页]诗歌吟咏残篇断简中仿佛想像之，犹为可幸。奈余学薄性懒，为齐人而管、晏不知，妄欲因人，终违素志，蹉跎未就，良可叹也。今春，余友来子道成，偕其族俊[第2a页]彦，博采渠先世遗章；多者存其要，少者录其全；剞劂既成，题曰《冠山逸韵》，问叙于余。余既悲余向切表彰前哲之志而不能，乃益羡来氏诸君之先得我愿，不[第2b页]揣谫陋，为著简端。且吾邑巨族，首推来氏。其道德文章、功名事业，见诸竹册史籍者甚多；而博学能文，奇而不偶，赍志以殁者，正复不少。今自斯编出，将显者[第3a页]益显，而晦者亦不终晦矣。古人祀祭时，思其所嗜，思其所好，第于影响中自致其诚；当不若此书之一展卷，而时命通塞、忧悲愉佚、性情肝膈，皆如在也，斯又[第3b页]来氏诸君之所以为孝也。虽然，求宝玉者必于天府，而亦往往散处于深山穷谷间。则由巨族而推之一村一乡，其湮没不出者必尚有在也。罗而致之，纂有[第4a页]成书，俟当世硕士鸿儒选择流播，厥功不更伟乎？嗟余老矣，尚于来氏诸君跂

望之。时乾隆壬辰[三十七年,1772]春梢,秋田何国泰书于拾香书屋。[第4b页]

二、金衢"序"(第1a—2b页)

诗本乎性,发乎情,止乎礼义。自《三百篇》后,作者盖皆然也。顾作诗之人多,选诗之人亦甚夥。而其裒然成集者,大率合数代之人,供一人之选;否则统一代之人,垂一代之书。曾未有汇子姓十余世百余人,以成一家制作者。来子杏梁,予之妹婿也。其尊人道成先生,博览渊古,不忘先世遗泽,尝辑《冠山逸韵》一书。今杏梁商之族氏,敬[第1a页]付开雕,邮寄而问叙于予。余思冠山为来氏世居之地,南涵重湖,北环大海;云岩栖碧之下,皆予向日与杏梁览眺处。今虽远隔万里,而层峦叠巘,宛在目前,盖梦寐犹将遇之也。且读其诗,自南宋以来五百余年,绳绳继继,代有杰人。其中如沈、宋之沉静者有之,如李、杜之高华者有之,如王、孟之幽远者亦有之,要皆出于至情至性,以[第1b页]不拂乎礼义之止。是诚来氏之家学流传,渊源有自,而亦未必非山川灵秀之气之有以钟而毓之也。夫以杏梁之才之学,今即未获升之廊庙,而往来族党间,与二三同志为祖宗垂不朽之业,非子孙之难能而可贵者欤?愧予远羁他邦,陟屺而嗟,时怀不遑将母之恨。今读冠山诗,且念来氏之相率而致孝于其先,不益动我思乡之[第2a页]感也哉?兹因家季衡南旋之便,爰述其大略以应命。时乾隆壬辰[三十七年,1772]正月望日,晓庄金衢顿首书寄于狄道署中。[第2b页]

三、"来氏家藏冠山逸韵世次诗目""附例"(第6a页)

一[一] 始祖无古体诗,故将近体列前,以示尊崇之意。

一[二] 近体凡一人另一开头,恐外有留遗,以俟增入。

一[三] 刻有专集及诗稿夥甚者,仅登什五,未获备载。

一[四] 五言入上卷,七言入下卷,古及排及诗余附后。

一[五]　总目用〇见上卷，用●见下卷，用┃上、下并见。[第6a 页]

则杰按：此处以及下录跋文所谓“卷”，与卷数无关。

四、来翔燕“冠山逸韵跋后”（第 1a—2b 页）

念自弱冠以来，尝见家大人同诸父兄弟搜辑宗中遗诗，自始祖递下罔不手录，得缮本若干，颜曰《冠山逸韵》。兹不知视古何如，而一家流风概可见矣。夫“冠山”，由“五云”发脉，渡江而东，绵亘数十余里，重峰叠嶂，有龙盘凤舞之势，为省会南岸第一山。[第 1a 页]余来氏世依其麓，聚族而居。南宋迄今，上下五百年间，或祖孙相应，或父子相承，或兄弟日相唱和；和声叶律，代不乏人。《诗》曰：“泰山岩岩，鲁邦所瞻。”又曰：“维岳降神，生甫及申。”其冠山之谓欤？“逸韵”之名，所由寓也。捧诵之下，妄不自揣，凡得三五首以上者又摘录之，五言、七言分为上、下两卷，而[第 1b 页]名仍家大人之旧。但念我宗公虽犁然辑有成书，收拾尚虞未尽；且求之近代，继起多人。厥后，更同仑山侄氏不惮寒暑，远采旁搜，增什之四。忽忽以来，近十年于兹矣。恐久复失坠，亟与二三同志校次汇梓，俾成一家言，以昭先泽，非敢夸示一世也；亦曰藏之宗祏，[第 2a 页]永垂勿朽云尔。岁次乾隆辛卯[三十六年，1771]，孟冬吉月，廿世裔孙翔燕顿首谨跋于野获园书室。[第 2b 页]

03－020　冠山逸韵续编

来鸿瑨

十卷。来鸿瑨辑，光绪三十三年丁未(1907)会宗堂木活字本。(浙江图书馆藏)

一、来鸿瑨“续辑冠山逸韵序”(第1a—2a页)

昔班孟坚《西都赋》云：“丰冠山之朱堂。”谓其山形如冠。山之以“冠”名者，自此始。吾族始祖平山公，有宋扈驾南渡，以龙图阁学士出知绍兴府事，遂占籍萧邑，卜居于冠山之麓。其山西枕钱江，东揽湘水。邑乘载天启朝，一夕光焰烛天，石明如镜，为族中路然公入阁之兆。以山川之灵秀，蔚为人物之菁英。如恬斋、潭居之积累，公贵、新宇之方严，两山、继山之沉毅，瞿唐、成夫之道学，九畹、泽兰之孝友，熙庵、马湖之勋绩，倘湖、[第1a页]真斋之经术，凌今轹古，代出闻人。其品则超逸也，其胸则豪逸也，其学则隽逸也，其迹则馨逸也。并以余绪发为歌咏，亦成一代正声。此前人畹兰公、翔燕公《冠山逸韵》之所由选也。今年，瑨与族侄秉奎监修宗谱毕，秉奎谋重印《冠山逸韵》。余因念自旧选《逸韵》后，嗣音接踵，其间性情事迹犹得于残篇断简中恍惚见之，不可谓非后生之幸也。爰不揣谫陋，辑成《续冠山逸韵》若干卷。虽其人有已见前《冠山逸韵》者，吉光片羽，少而弥珍，因并照世系编次登之。盖远则高曾[第1b页]规矩，近则师友咳唾。悼广陵之遗散，溯旧梦于池塘。开卷怀人，不胜今昔之感。士有研摩半世，奄乎一朝，而平时呕出心肝，子孙听其蠹蚀丛残，或覆扬于瓿，或投贺于溷，致光焰销歇，无只字存，谅亦主持风雅者所万不获已也。兹特诠次请付手民，始令碎玉零金，得窥半豹。

将来后人继起，亦庶见一家流风，闻而兴起，并前辈幽光长与血祀同绵延于靡尽矣。是为序。光绪二十六年，岁次庚子[1900]，裔孙鸿瑨谨序于绿香馆。[第 2a 页]

03－021　合肥李氏三世遗集

李国杰

二十四卷。李国杰辑，《近代中国史料丛刊》（第七辑）第62/1—3册，台湾文海出版社1967年5月初版，影印光绪三十年甲辰（1904）合肥李氏刻本。

一、秦际唐“叙”（第62/1册，第1—4页）

昔韩昌黎为殿中少监马君作墓志铭，述其累世交谊，末又言自始至未未四十年，哭其祖、子、孙三世，若不胜其哀者。窃叹以北平之家世勋业、昌黎之文，均堪不朽；而微惜自北平以下，于史传无所表见，尚不足张昌黎之文。然则近今之家世勋业、代有令名，孰有如合肥李氏者哉？李氏自光禄公[李文安]以名进士官比部，持法平恕，有于定国、徐有功之风。逮以乡兵讨贼，实为淮军所自始。文忠[李鸿章]昌大其绪，率光禄公之训，纠合旧部之父老子弟，用克龛[勘]平大难，为中兴勋臣冠。[第1a页][第1页]其子仲彭[李经述]京卿，自为孝廉时，即超然有遗世之志，视声华富贵一不厝意，其深识远见往往托之于文。文忠既薨，天下之人爱其父而思其子，乃袭爵。未几，遽以毁卒，世尤惜之。际唐生也晚，不及见光禄公。然自癸丑[咸丰三年，1853]以后，避地江北，闻公孤军转战，屹然为淮肥保障，私心向往之。同治乙丑[四年，1865]，始以文字执贽文忠门下，受知最深。薄祜弃材，不任培植，沉吟至今。仲彭京卿尝握手于宣南旅邸，一见卜为伟器。上下三十余年，文忠骑箕，仲彭亦中道徂谢。际唐为天下痛，兼哭其私，而以不得尽读私家所著述为恨。今年，仲彭哲嗣[第1b页][第2页]荃曾通侯，以《合肥李氏三世遗集》见示，始知文忠所志所学，光禄公实开其先，仲彭实继其后。因叹光禄公父子，家世勋业过于北平；仲彭虽未竟所施，而纯孝至行，朝廷已旌其间，入祠祀，宣史馆，其视殿中君仅以门荫致通显，相去又远甚。独际唐文孱弱，愧昌黎耳。今夫召公之棠、魏文贞之笏，伊古名臣硕辅没世之后，流风余韵，虽一草一木、一器一物，后之人犹摩挲爱护，况于累世所著述，忠孝大节托之楮墨，足以传世而行远者哉？荃曾通侯读礼之暇，汲汲以表彰遗集为事，排比搜辑，丹黄铅椠，未尝去手。其能[第2a页][第3页]继武前修，保世滋大，抑又可知。惟际唐出大贤之门，淹蹇抑塞，仅借校雠文字之役报我知己，诚有如昌黎所云，人欲久不死而视居此世者，何为也？循览斯集，良用怃然。光绪甲辰[三十年，1904]季夏，门下士秦际唐谨叙。[第2b页][第4页]

二、张士珩“叙”（第62/1册，第5—7页）

自北平以逮少监，阀阅著矣，而门荫仅恃武功；由明允以迄斜川，文采彰矣，而信史未详勋业。其有传家忠孝，词翰并擅专门；累世馨香，著述亦垂不朽。有一官一集之盛，无惭卿惭长之嫌。则《合肥三世遗集》，有足多焉。光禄公久困名场，始登上第。爽鸠矜恤，蔼然仁人之言；饮马驰驱，壮矣从军之什。他若社仓条约，义兼任恤睦姻；治家格言，教始进退洒扫。楹书庭诰，用启后人。文忠公绍其家学，蔚为国华。作赋摩空，李程五色之日；斯文复古，南丰一瓣之香。燕国作翰苑[第3a页][第5页]楷模，应制有《早朝》诸作；司马负天下重望，公余成《通鉴》一书。出其绪言，传播艺苑。仲彭袭侯，生于富贵之家，泊然声利之外。希文经略，尧夫不预戎行；魏公当国，南轩但知讲学。读破万卷，奄有三长。太冲咏史，友古人而抗希；东莱论事，得《春秋》之断制。所业未竟，识者惜之。士珩生也晚，不及见光禄公。才非子幼，义法夙仰龙门；书读中郎，建树终惭羊傅。缅怀謦欬，邈若山河。至若军谋之参，无忌敢云酷似；宅相之誉，魏舒曾受深知。计先后侍文忠三十年，每有所作，辄示士珩读之。津门衣泪，忧穆公之无人；武库行吟，望征南[第3b页][第6页]之大用。中表之爱，有若弟昆；姻娅之联，更钦风义。抚今追昔，感旧悼逝。眷言被裘之谊，尤切掛门之痛。乙巳[光绪三十一年，1905]孟春，仲彭哲嗣伟侯通侯将刊家集，来乞弁言。是则我所自出，永念渭阳送舅之诗；人之云亡，愿绵乔木世臣之泽。追维畴曩，不知涕泪之涔涔；兼叙哀伤，弥觉情怀之忍忍。光绪乙巳[三十一年，1905]孟春，外孙张士珩谨叙。[第4a页][第7页]

三、李国杰"跋"（第62/3册，第1425—1426页）

先曾祖光禄公著述等身，兵燹转徙，存者寥寥。惟《棘垣纪事》一诗，京师风行，咸叹为仁人之言，至今官比部者家置一编。其他诗文，尚十数卷。先大父文忠公屡欲付梓，以王事贤劳，讫于尽瘁，卒卒未暇也。文忠公自未通籍时，即以天下为己任，雅不愿以文人自命。然诗赋古文辞，模楷后进，仰若山斗。晚年偶有所作，先袭侯辄手录之。文忠督畿辅三十年，先严趋庭之暇，好作史论及咏史诸诗，文忠亟赏之，卒未尝示人。文忠骑箕，先严以哀毁卒。国杰读礼家居，发箧笥[第1a页][第1425页]所藏，排比编次，校其传钞之讹，以付写官，哀然成集。呜呼！国杰少遭闵凶，茕茕孤露。虽以累世之泽，譬之析薪，弗克负荷。展读遗编，大惧学殖荒落，贻先人羞。若再任其湮没不彰，则不孝之罪滋大。爰请于诸世父，付之剞劂，俾三世遗集传世行远，读其文而益仰其生平，而李氏子孙亦得世守不失，思所以勉绍家学，则国杰之志也。光绪三十年[甲辰，1904]季冬，曾孙国杰谨跋。[第1b页][第1426页]

03－022　二客吟

刘大观

二卷。刘大观辑，《山东文献集成》第四辑第34册，影印乾隆吴门近文斋穆氏局刻本。

一、刘大观“李怀民传”（第2页）

怀民名宪噩，以字行，又字仲敬，又字仲浑。所居村圃有十桐树，因复自号十桐主人。同人称之，亦曰“石桐”。

按：石桐律体初学王右丞，浑沦不破。因抄《张王乐府》，改学张、王五七律，于仲初尤笃好。后复专攻水部五言，得其律格。及选《主客图》，遂奉水部为清真雅正主，盖有意附为及门云。得诗五十七首。［第1a页］［第2页］

二、刘大观“李宪乔［传］”（第2页）

宪乔字子乔，一字秋岳，一字少鹤。怀民弟。

按：子乔律体初学李太白，把捉不定，因学韩昌黎、孟贞曜古诗。得贾生诗，大悦之，遂改学其五七律，后益专攻阆仙五言。及兄怀民选《主客图》，遂相与尊阆仙为清奇僻苦主，而自附为门下。得诗五十二首。［第1b页］［第2页］

【附录一】李怀民《重订中晚唐诗主客图》卷首刘大观《重订主客图序》（《唐诗总集纂要》“清代·重订中晚唐诗主客图”条“序跋凡例”之一，上海古籍出版社2016年11月第1版，下册第811页）

余与高密李少鹤先生同官粤西，时临川李松圃为寓公，称“岭南三友”。松圃及余皆从少鹤学诗，而少鹤又受诗法于其兄石桐先生。石桐尝裒录贞元以后诸家五言律诗，仿张为例，重定《中晚唐诗主客图》，尊张、贾为主，而以朱庆余、李洞以下诸贤为客，学者宗之。因以石桐为张客，少鹤为贾客，曩余所刊《二客吟》者是也。……嘉庆乙丑[十年，1805]嘉平望日，丘县刘大观序。

【附录二】焦循《里堂道听录》卷三十“二客吟”条（广陵书社 2016 年 2 月第 1 版，下册第 1037 页）

乾隆壬子[五十七年，1792]、癸丑[五十八年，1793]之间，丘县刘松岚大观游扬州，以《二客吟》一卷赠余。“二客”皆其乡人也。其一李怀民，松岚序云：“怀民名宪噩，以字行，又字仲敬，又字仲浑。所居村圃有十桐树，因复自号十桐主人。同人称之，亦曰‘石桐’。按：石桐律体初学王右丞，浑沦不破。因抄《张王乐府》，改学张、王五七律，于仲初尤笃好。后复专攻水部五言，得其律格。及选《主客图》，遂奉水部为清真雅正主，盖有意附为及门云。得诗五十七首。”其一李宪乔，松岚序云：“宪乔字子乔，一字秋岳，一字少鹤。怀民弟。按：子乔律体初学李太白，把捉不定，因学韩昌黎、孟贞曜古诗。得贾生诗，大悦之，遂改学其五七律，后益专攻阆仙五言。及兄怀民选《主客图》，遂相与尊阆仙为清奇僻苦主，而自附为门下。得诗五十二首。”

【附录三】翁方纲《复初斋诗集》卷四十六《题〈二客吟〉，呈崧岚》（《续修四库全书》第 1455 册，第 94 页）

诵尔埙篪唱，如披主客图。翻新生顿挫，峭响出临摹。（如五律第一字、第三字仄平互换之格。）是有君形者，于谁匠意乎？终须窥杜法，万象一玄珠。

则杰按：《复初斋诗集》本卷小集为《苏斋小草·二》，所注起止时间为乾隆五十九年（1794）“甲寅四月至十月”（第 88

页)。由此也可以知道,刘大观(崧岚其号,一般作松岚)辑刻《二客吟》确实应该在本年以前。

【附录四】法式善《梧门诗话》卷九第十六则(《梧门诗话合校》本,凤凰出版社 2005 年 10 月第 1 版,第 274—275 页)

山左近日有专工五言者,王考功宁焯、刘大令大观为最。二人又盛推其乡人李石桐、子乔昆季为最。……石桐学右丞,其旨微;子乔学阆仙,其体洁,各臻其妙,宜考功、明府低首也。……松岚选二李诗,题曰《二客吟》,颇称简当。其全集王熙甫刻之,要其七言究不及五言也。

【附录五】法式善《法式善诗文集·存素堂诗初集录存》卷十三《柬王熙甫(宁焯)侍御,兼示子文(祖昌)秀才,乞石桐、少鹤诗集》(人民文学出版社 2015 年 5 月第 1 版,上册第 347 页)

石桐少鹤吾不识,千里春风辄相忆。熙甫子文皆奇人,独于二客称先民。乾坤清气大小李,前无古人况余子。我读刘侯二客吟,泠泠如鼓松间琴。摩挲略嫌篇帙少,想到残编与剩稿。忽传秘籍新雕成,纸坚墨润笔画精。诚斋苦索东坡集,病眼望穿情太急。今古词流嗜好同,蠹鱼游泳纸堆中。二客地下应含笑,覆瓿免矣吾早料。月明展卷秋声来,胸中郁热须臾开。

03－023　来紫堂合集

李祖望

三卷。李祖望辑，咸丰二年壬子(1852)止足园刻本。(浙江大学图书馆藏)

一、李元春“来紫堂合集序”(第1a—2b页)

辛丑[道光二十一年，1841]家居，谢徒生并一切文字之求，杖履自适。兴至，间取《东坡全集》评之。一日，华下家少宗老友乘肩舆渡渭来，携其先世焦娄、莲峰、小泉三先生《来紫堂集》，委予点订。予主“臣不敢任”，曰：“何能订三先生文哉？”忆少时，耳熟华下李氏之名士，相聚辄争道其一家横据文坛以为快，虽童子无不知者。后公车北上，谒韩城王文端公。时文端年已八十，犹殷勤问小泉先生起居。知名公巨卿时望紫气，心折犹龙。老子使鲰生如关尹喜传《道德》五千言，夫何敢？虽然，以与少宗交，又夙慕诸先生，乌能辞也？盖[第1a页]予尝评选关中两朝诗文矣。前明以家崆峒为冠，国朝以家河滨为冠。两夫子才大而学博，非特关中，一时海内之所共推，他莫敢抗横[衡]。名家林立，韩圣秋搜罗固多不尽，即予之所选，岂无遗珠？与河滨接踵而起者，华下推山史无异；山史后，几无人焉。当时悉心征求，仅得小泉先生《邈云集》一序。读之，文情隽异，笔墨外别有笔墨，谓可以继王氏者断归李氏，幸吾家固代有作者也。而此外鲜见，则予之耳目诚隘矣。今观斯集，乃叹三先生之名擅一家，人之知之者俱未尽也。自焦娄先生发解陕闱，旋捷礼部，以庶吉士出宰大邑，诸子遂鹊跃而起。莲峰、小泉[第1b页]两先生，尤久踞文坛，顾人争称其制义而未知其古文诗与制义出一辙也。前人咏当涂曹氏曰:“文章自一家。”唐宋以来,自当以眉山苏氏为著。予读“三苏”文,其气体真若箕裘之相传。中东坡文为独富,而其才与学要不能过为轾轩。后人善学之,其渊源津涯固易寻矣。然则少宗此集之刻,不可已也。少宗为小泉先生文孙。其尊人凤坡公,以乡进士尝试才百里;少宗老犹能夺帜秋闱;而其从叔吉人,现以名进士观察河北,家声不替,讵非三先生贻泽之远哉?点订其集毕,少宗复命予为序。自愧佛头着粪,然亦窃幸附骥矣。[第2a页]道光辛丑[二十一年,1841]仲春,朝坂宗后学元春时斋谨序。[第2b页]

二、许乃普“来紫堂合集序”(第3a—4a页)

乃普束发受书,即知西岳华山为神皋隩区。长而宦游都下,从蒲城王文恪省厓先生游,先生为述华山之奇秀。退检郦善长、王得臣、李于鳞、杨文弱诸记,益为神游不置。自古在昔,先民有作。入我朝来,王山史结庐华麓,名流如李二曲、李因笃诸先生皆与摩切,甚至昆山顾亭林不远数千里入关来访。其所注《易说》及《杂著》采入《四库》者,曾得读之,辄有高山仰止之思。乃今读《来紫堂合集》,而若或遇之。《来紫堂合集》者,华阴李焦娄、莲峰、小泉三先生所著,今吉人大中丞所敬辑也。李氏自山西蒲坂[第3a页]迁于华,潜德不耀。至焦娄先生,始以翰林起家。百余年来,科第相继,文章、经济、忠节卓然为海内望。而山左历城,皆有焦娄先生以下两世宦绩载在志乘。中丞适来抚是邦,固由圣主知人,畀以重任,抑亦名德之后,必有达人,益信天道之不爽也。乃普以典试事来此,中丞命以弁言。乃普受而读之,循绎吟讽,自叹生平足迹半天下,独未入陕,而不啻登落雁峰、青柯坪,揽芙蓉、玉女之胜。日月出入,烟云变幻。“黄河之水天上来”,蜿蜒其下;“天外三峰削不成”,翔舞其间。又不啻与王山史诸先贤上下其议论,探羲文之奥义,阐洛闽之精言,而郦善长诸记为可废已。[第3b页]至三先生世系,详中丞所述,不具书。咸丰壬子[二年,1852]重阳后五日,钱塘许乃普谨序。[第4a页]

则杰按：此集各卷，作者之外均题（李）“祖望少宗录辑”，“僡吉人参订”，“启让晋三、启讷缄三、启恩锡三校字”，并结合李元春序，可知编者实际为李祖望而非李僡。

又，此序末尾所说“中丞所述”“三先生世系”，集内未见。卷一李天秀（焦娄其号）“文”内《先考先妣合葬墓记》（第40a—42a页），叙及“三先生世系”，可以参看。

03－024　澄远堂三世诗存

李绳远

八卷。李绳远辑,《四库全书存目丛书》集部第394册,影印康熙三十六年丁丑(1697)刻本。

一、蒋薰"澄远堂三世诗存总序"(第169页)

余年二十有三始成诗。自崇祯壬申[五年,1632],历今六十载,《留素堂》编年集几数十卷。其间伤时嫉俗之作,爱我者规,憎我者谤;亦或近于委巷歌谣,则又嘲我者戏谑而已。客曰:"昔杜子美不喜陶诗,欧阳公不喜杜诗,古人尚尔,况于俗子?"虽然,我敢陶、杜自许乎?乃当湖陈令亹斋复以"六十年来万首诗"拟之塞翁,不仰愧放翁哉?独是陇外归来,避地梅里之南村,遥望横、殳诸山:横有顾况父子,殳有鲍恂、贝琼,当年风雅流传,高山可仰。而元末明初,梅里绝少闻人,能不喟然?惟霁岩李公,为万历名孝廉,读书盈万卷,交友满四海,九上公车不第,放怀赋诗,著[第1a页]有《青莲馆》诸稿凡九种,往往上追汉魏,下薄齐梁。后此相继者,窿庵、晓令二公,皆以诗名。范氏雕龙,已擅三世;王筠家集,将传七叶矣。今斯年、武曾两表弟将合梓前集,以薰李之自出,素忝末戚,早诵遗编,谬谓老能知律,属序之。夫杜甫工诗,当时无序;李白既殁,仅表阳冰。方正学先生以为序之有无,不足为二子轻重,而序者反托以传。则是予弁首数言,非能冠鳌,却同附骥,使千载下知梅里犹有人焉,起而张楚,亦何幸欤!康熙壬申[三十一年,1692]仲夏,南村蒋薰序。[第1b页][第169页]

二、李绳远“后记”（第273—274页）

先曾祖父博士府君诗，凡九集：曰《青莲馆初稿》，曰《藿园集》，为先后家居时作；曰《汗漫游》，曰《蓟易寓言》，为游历南北时作；曰《寄苕漫草》，为侨居湖州时作；曰《两都社草》，为游寓两京时作；曰《河梁编》，为谒选出国门时作；曰《两目纪游》，曰《偶寄轩稿》，为官临安时作，皆已刻诸梓，而总之曰《澄远堂汇稿》。其未刻者，古文若干篇。先祖父赠司丞府君诗，已刻者曰《苍雪斋稿》；其官上林及宁海时为诗最夥，围城尽节之余，莫可追考。先考国学府君诗，刻于崇祯壬申[五年，1632]以后者曰《视彼亭诗》，刻于庚辰岁[十三年，1640]者曰《鱼喁草》；其未刻者，辛巳[十四年，1641]以后讫顺治庚寅[七年，1650]入岭表诸诗。此先世诗集之大较也。自甲申[崇祯十七年，顺治元年，1644]、乙酉[顺治二年，1645]兵燹之时，强暴四起，避[第1a页]地苕、霅间，移徙不常，犹几被于难，载籍之因以散亡者一。暨丙戌[顺治三年，1646]，先君子罹非望之祸，围掠逮系，后乃事解，举凡囊箧器具、居室所有，荡然无存，载籍之因以散亡者二。经此两厄，虽重累若碑版之属，亦一切零落。其时，绳远兄弟皆尚童稚。迨先君弃馆舍，日南匍匐，扶榇归葬，痛念先人著作之不可泯没，始搜购于故旧姻属之家。已刻者既鲜完书，未刻者犹不多觏。康熙甲辰[三年，1664]，绳远远客黔南，属两弟良年、符重加录校。复承吴江顾处士茂伦手为点次，总题曰《澄远堂三世诗存》。乃未及授梓，两弟相继殒殁。绳远弗类，无能裒辑全编，益惧藏版之无日，遂与从子昌后、潮偕谋事剞劂，并令同男长策细订[第1b页][第273页]讹误，约略今存较原本不啻什亡六七，而未刻之诗洎古文不与焉。是岂非嗣守者之责欤？自今以往，或更搜获遗篇，当为续刻云尔。康熙丁丑[三十六年，1697]三月十有五日，曾孙男绳远谨记。[第2a页][第274页]

【附录一】《四库全书总目》卷一百九十四集部总集类存目之四(中华书局1965年6月第1版,下册第1769页)

澄远堂三世诗存八卷(浙江巡抚采进本)

国朝李绳远编。绳远有《姓氏谱》,已著录。是集合刻其曾祖应征、祖士标、父寅之诗。应征,字伯远,万历癸酉[元年,1573]举人,官临安县教谕,迁国子监博士,所著曰《藿园诗存》,凡六卷。士标,字窿庵,官山东宁海同知,所著曰《苍雪斋诗存》,凡一卷。寅,字寅生,县学生,所著曰《视彼亭诗存》,凡一卷。应征诗有《青莲馆》《汗漫游》《蓟易寓言》《苕溪漫草》《两都社草》《河梁编》《两目纪游》《偶寄轩稿》诸编,兹集总题《藿园诗存》,盖绳远汇为一集也。朱彝尊《静志居诗话》谓"弇州标榜前、后'五子'而外,广为'四十子',若似乎此外无遗贤矣。说诗者遇隆、万朝士,或置不观……不知隆、万诸人[隆庆诸臣]已力挽叫嚣之习,归于平淡;而定陵初年,人皆修辞琢句,出入风雅之林",若李伯远、郑允升、归季思、区用孺辈,"尤卓然名家……未见万历初之不及嘉靖季也"。今观《藿园》一集,诚戛戛独造,亦能自立门径者。其子孙,则沿波而讨奇耳。

则杰按:此集所收"三世"作者,其中第三世李寅已经进入清代,卒于顺治七年(1650)"庚寅之冬"(见其小集《视彼亭诗存》卷首《晓令公传》,第260页;并参前录李绳远《后记》)。

又,此处所引《静志居诗话》,可见单行本卷十五"李应征"条(人民文学出版社1990年10月第1版,下册第441页)。经对照,其中"隆、万诸人",原文作"隆庆诸臣"。盖其上文合述"隆、万朝士",接下去则分述"隆庆诸臣"与"定陵[即指万历]初年";"隆庆诸臣"与"定陵初年"之间,实际还有一个时间上的关系,反映出诗风的递变。《四库全书总目》改"隆庆诸臣"为"隆、万诸人",不但"隆、万"的"万"与下句的"定陵初年"重复,而且"隆"与"万"之间的时间关系以及诗风递变也都被掩盖、曲解了。

03－025　石园全集

李元鼎等

三十卷。李元鼎辑，李振裕补辑，《四库全书存目丛书》集部第196册，影印康熙刻雍正修版印本。

此集系李元鼎、朱中楣夫妇合集，通常作为别集看待。因此关于责任者，像《清代诗文集汇编》影印本（参见下文），即题作“李元鼎、朱中楣撰”；《四库全书存目丛书》影印本，甚至从其主要作者考虑，更只题“李元鼎撰”。而作为总集，则其责任者应当署李元鼎、李振裕父子先后两位编者。

一、李振裕奏疏（第1—2页）

经筵讲官户部尚书加三级臣李振裕谨奏，为恭进遗集，恳祈御览事：臣伏睹我皇上圣学广渊，远超千古；天文炳耀，函盖百家。宵旰之余，必研精于坟典；万机有暇，恒游艺于篇章。而且造士程才，寸长必录；旧编往籍，片善无遗。臣窃念先臣元鼎，逮事世祖章皇帝，历官兵部左侍郎；平生淡泊无营，性耽吟咏。臣母朱氏，内则自娴，唱酬成帙。虽下里之卮辞，无关典册；而先人之手泽，未忍湮沦。臣少本鲁愚，老[第1a页]怀铅椠。禀父训以修臣职，何能窥睿志[智]之高深；乘政暇而启书函，未敢辍遗经之吟诵。当此声教覃敷，斯文蔚起；家愿明扬于圣代，人思阐白于昌时。而臣父永托幽潜，末由表著。倘荷九重垂鉴，实为奕世殊荣。第寻常尺寸之材，恐难陈于黼扆；而神圣包容之度，知不弃于菲葑。臣父所著诗集十陆卷、臣母所著《随草》陆卷，合宜重加校订，手自缮写；目昏腕弱，艰于楷书，谨将原刻冒昧进呈。臣被皇上锡类之雅化，因希推及旧臣；沐皇上优渥之深恩，乃敢献其家集。臣无任悚惕衔感之[第1b页][第1页]至。谨此奏闻。

康熙四十二年[癸未，1703]五月二十一日，亲赍诣畅春苑，交传事侍卫存柱转奏，[奉]旨取进留览。[第2a页][第2页]

则杰按：《石园全集》凡三十卷，前二十二卷为诗歌(含词)。此疏称"臣父所著诗集十陆卷、臣母所著《随草》陆卷"，当即指这个部分，而不包含最末八卷散文(参见下文附录)。

又，《石园全集》诗歌部分之内，卷十一、卷十二《倡和初集》上、下两卷，系李元鼎、朱中楣共同唱和的诗歌作品集，另见该种；此外卷十六《镜阁新声》性质相同，但没有序跋。

又，李振裕此疏，又载其《白石山房集》卷二十(《四库全书存目丛书》集部第243册，第763—764页)，标题作《恭进先人遗集疏》，正文文字颇多出入。其中"臣父所著诗集""臣母所著《随草》"卷数，分别作"十七卷""二卷"，对应关系不明。

二、宋荦"石园全集序"(第2—3页)

前兵部左侍郎吉水李公梅公，今大司农之显考也。大司农文章政事重天下，与予雅故。曩予抚江右时，加礼其地之遗献，无日以怠。时侍郎公墓木拱矣，每忾想其名德，以不及见为恨；而数数从其乡搜辑公遗文读之以自慰，然未睹其全也。今年春，大司农邮寄公所为诗文曰《石园集》者示予，且属以序，夫然后尽得公之为人，心益向往不能置。公生平节概及文章政事之卓卓可传者，详大司农《行述》中，兹不具道。第读公集，其诗若文皆真机流露，输写性情，不假雕绘，多自得之趣。谢玄晖尝云："好诗圆美流转如弹丸。"苏子由亦云："予作文，要使心如旋床，每句如珠圆。"盖熟后所诣如此也。韩昌黎言：[第1a页]"文章之作，恒发于羁旅草野；至若王公贵人，气满志得，非性能而好之，则不暇以为。"公诗若文大半皆宦成后所作，不第性能而好之，又何多暇也？盖公配朱淑人亦能文；今集中所载倡和诗词，高情独秀，有林下风。予惟欧、苏皆名父之子，其母又贤，然不闻其能文也。朱淑人克相君子，佑启后人，贤而多才，实称女士。公优游暮齿，琴瑟静好，宜其所作工且多也。而隋有李元操者，少善属文，晚年不复留意；人问其故，慨然叹曰："五十之年，倏焉已过。鬓垂素发，筋力已衰。宦意、文情，一时都尽。悲夫！"公家居二十年，以寿考终。读公晚年诸作，宦意虽忘，文情益壮，胜元操远矣。今大司农又克光公之遗绪，文章[第 1b 页][第 2 页]政事益大以远。尝观史策，父子继美者代不乏人，要惟公姓夥颐。如德林、百药，词藻并雄；道广、元纮，赞皇父子，皆再世宰相，作述重光；而宋朝父子掌诰者九家，文正昉与子宗谔居其一焉。唐代宗称李揆曰："卿门第、人物、文章当世第一，信朝廷羽仪。"故时人有"头头第一"之说；其公与大司农之谓夫。昔苏子瞻序范文正公集云："公文不待序而传，然不敢辞者，自以八岁知敬爱公，今四十七年矣，获挂名其文字中，岂非畴昔之愿也哉？"则予今日幸序公集，犹有斯意也。康熙壬午[四十一年，1702]初夏，商丘后学宋荦撰。[第 2a 页][第 3 页]

则杰按：此序刘万华已据以辑入《宋荦全集（附宋氏家集）·内编·集外诗文》卷二（浙江古籍出版社 2020 年 7 月第 1 版，第 3 册第 1510—1511 页）。

三、朱彝尊"石园全集序"（《清代诗文集汇编》第 9 册，第 447—448 页）

今礼部尚书吉水李公辑其先公兵部左侍郎梅公先生之诗文，镂版行世，乃遗书彝尊序之。序曰：周之诗，采诸国史，独南风不著于录，毋亦辅轩所未至欤？迨王迹既熄，群雅不作，顾屈、宋、唐景，骚人于焉代兴；诗虽亡，而骚实继之，未见南风之不及于北也。江西，非楚之分壤乎？自晋以降，代有作者。至宋，涪翁黄氏厌格诗近体之平熟，务去陈言，力盘硬语；于是吕居仁辈演为诗派，同调二十五人，斯云盛矣。元则虞、杨、范、揭，率皆豫章之彦。及洪武初，此邦隐居之士犹撰《元音遗响》一编。于时仕于朝者，则有金溪危公素、进贤朱公梦炎、泰和刘公崧、新城黄公肃，咸以经国之余，研心风雅；以视“吴中四杰”[第1a页]“粤五先生”“闽十才子”，殆方驾而骎骎先路焉。隆、万以后，楚人倡为诡异噍杀之音，见者多惑其说，然西江不尽变也。以予所闻，梅公先生典铨法久，有清通之才、明白之鉴。既历卿寺，右有左宜。发乎文章，雍容典雅，斤斤守其矩矱。诗则力追正始，温柔敦厚，出之不穷。且与郡主朱夫人琴瑟静好，门内唱随；所传《石园随草》，附著于录者是已。考诗派二十五人，如王立之、夏均父，皆为宗室女夫，然二子仕皆不达，兼未闻有闺房酬和之乐。则公之所遇为独丰，有非前贤所敢望者。若夫诗文之工且多，传之远且著，则后之君子共见之，非末学一言所能赞也。先生以天启壬戌[二年，1622]释褐，出先太傅文恪公之门；尚[第1b页][第447页]书公又彝尊史馆前辈，通门相洽，久而靡间。先生集刊成，不请之在廷元老，而远属序于归田之野人，亦以征世好之不同乎流俗也已。秀水年通家后学朱彝尊谨序。[第2a页][第448页]

则杰按：此序《四库全书存目丛书》影印本缺，盖其底本系辽宁省图书馆藏本；而《清代诗文集汇编》影印本，则其底本系北京大学图书馆藏本。

又，此序又载朱彝尊《曝书亭全集·曝书亭集》卷三十八(吉林文史出版社2009年12月第1版，第436页)，标题作《石园集序》；除删去末尾署款之外，其他文字基本相同。

【附录一】《四库全书总目》卷一百八十一集部别集类存目之八(中华书局1965年6月第1版，下册第1632页)

灌研斋集四卷(江西巡抚采进本)

国朝李元鼎撰。元鼎字梅公，吉水人。前明天启壬戌[二年，1622]进士。入国朝，官至兵部左侍郎。所著诗文凡三十卷，统名之曰《石园[全]集》。此集杂文四卷，乃其中之一种也。

则杰按:《石园全集》凡三十卷,最末自卷二十三至卷三十为《灌研斋文稿》,凡八卷。此处称"四卷",可能属于残本。另外不以《石园全集》立目,大概也是由于全书未见之故。

03－026　李氏诗存

李　浩

十四卷。李浩辑，台湾新文丰出版公司《丛书集成续编》第117册，影印民国三年（1914）云南图书馆刻《云南丛书》（初编集部之二十五）本。

一、熊士鹏“叙”（第195页）

鹏于乾隆乙酉[三十年，1765]之秋，侧闻吾楚北人士言：今科监临院为李鹤峰中丞，双眸炯炯有精光，诚伟人也。生平读书，目十行并下；为诗文，操笔直书；每裁决公事，剸钟无声，应机立断；励清白，杜请托，风节凛然，一时官民咸畏爱之。历六十年，为今道光乙酉[五年，1825]，又值中丞孙篆卿学使，按部历试楚府州凡十一属，电烁星驰，周而复始，所取士皆高才生，远近肃然。于是楚中人士，深感佩学使之教，且益思中丞之德弗置也。鹏时退处武昌东坡，既见学使，试竣，因承颜接谈。乃尽出其家藏三世诗而遍读之，[第1a页]然后知学使之渊源甚远。盖始于稜翁之善承先志，而盛于中丞之丕著政迹，以递及乎衣山、兰溪、云华三先生之皆有隽才也。自古先贤叙诗，以诗成孝敬，厚人伦；趋庭之训，首及乎诗。顾鹏尝远稽时代，近观世族，其间多达人名士，而极盛难继，或及身而止，或一再传而止。诗莫盛于唐，唐之诗莫盛于杜少陵。少陵于诗，尤谆谆垂训，既告以“诗是吾家事”，又申以“熟精文选理”，宜其觅句知律者趾踵相错，卒未闻宗文、宗武，有一毛片甲挂人齿牙间者，岂书缺有间而不传欤？抑天实有所分予而物固莫能两大欤？乃今得读学使三世诗，摛风裁雅，[第1b页]为屈五指而顿之：稜翁古而朴，中丞大而远，衣山太史精而深，兰溪县尉清而腴，云华侍御博而文，继继绳绳，自成一家书。即拟之“过江王氏，人人有集”，夫复奚让？况又得学使为之编纂而校刊之，以存先泽，以裕后昆，甚盛事也。鹏素于诗无所知，窃读学使三世诗而心好之。诗之中所载滇风黔雨、楚水燕山，大半操泓峥萧瑟之音，写缠绵恺恻之意，皆足以成孝敬而厚人伦。学使校刊既讫，不以鹏荒陋无文，而亟命鹏一言。鹏追维上下六十年间，既与吾楚人士不忘中丞抚楚之德，又且亲炙学使之教，故谨承命而为之辞，亦以见前于后喁之[第 2a 页]磊落相望于楚也，岂无故哉？道光乙酉[五年，1825]秋七月，天门后学熊士鹏顿首拜撰。[第 2b 页][第 195 页]

二、李彭“跋”（第 196 页）

《诗存》一册，先曾祖侍讲公视学楚北时汇而敬刊者也。计岁月历七十余年，江湖转徙八九行省，经兵燹者屡矣。所幸护守甚谨，板片得以完好，手泽如新，孺忱窃慰。忆是编每刷印一次，家中及亲串必有喜庆事。道光丁酉[十七年，1837]，三叔曾祖应江南乡试归，适值先高祖母邵太夫人八十寿，戚友咸欲称觞祝嘏，太夫人辞曰：“余寿何足贺，惟性喜咏吟，今拟印侍御公《诗钞》，苦无资，盍作将伯之助乎？”迨《诗钞》成，而捷音适至。太夫人为澄江太守常熟邵钧庭公长女，湛深经史，文章渊懿。曾祖弟兄五，家贫不能延师，凡诗文俱自批改。嘉庆庚午[十五年，1810]，侍讲公举于乡，[第 1a 页]闱中谓卷有江南笔致，太夫人之教可想矣。己酉岁[道光二十九年，1849]，乡前辈拟选《滇南诗草》，先祖装订十部赠之，是秋先大夫中宛平副车。明年庚戌[道光三十年，1850]，亲戚试礼部者惟太表叔谢梦渔先生一人。先祖欲验其吉否，因又刷印一次，先生果以一甲第三人入翰林。先生之祖母，彭之姑高祖母，博学能文。先生自成童至通籍，皆祖母手自训诲，绝不少宽假，盖冀其显扬者切矣，一时有“姑嫂两严师”之语。咸丰癸丑[三年，1853]，先祖以亲友索观者众，复印数十余部。正月彭生，六月先姑丈徐肖坡先生与先大夫同考取官学教习，姑丈并考授内阁中书。姑母尝肆力于诗，爱读衣山[第1b页]公诗集。丙辰[咸丰六年，1856]春，肖坡姑丈为印订一帙，置诸案头，俾供哦咏。姑母工花卉，间作山水，尝为先大夫代绘屏扇，与先大夫笔墨能毕肖，或云过之。平日博览群书，藻采华赡，撰有《李氏琐言》一书，记光禄公事迹颇详，惜稿散佚。先大夫每一言及，为之怃然。五月，姑丈入词馆。己未[咸丰九年，1859]庆榜宏开，姑母望兄中试，意甚亟，爰以印是集作镜听。先大夫即于是秋登贤书，先外祖观察公亦拜守夔州之命。庚申[咸丰十年，1860]以后，全家避兵，东西南北，无一定所。直至同治甲戌[十三年，1874]冬，先大夫外艰服阕，仍以教习知县需次山右。乙亥[光绪元年，1875]出京，虑此集或有遗失，命工装印，谨藏诸箧。三月，彭[第2a页]之长男应春生。秋间，先大夫权长治令，肖坡姑丈由雅州守调授成都守，并署建昌道。此后无复刷印之矣。去冬，旃昀初乡长言："光禄公有'才高天下'之称，乡人皆以不获见遗集为憾；今既有《诗存合刻》，尤所乐睹，可速印成帙，寄滇以备选刻，而彰先德。"彭曰："诺。"而力有未逮。迟迟至今，始克办。岂果家有吉事欤？抑亲串有喜庆欤？则不可得而知矣。光绪二十五年[己亥，1899]三月，李彭谨识于长沙寓斋之十二吟楼。[第2b页][第196页]

03－027　东武刘氏诗萃

刘延圻

八卷。刘延圻辑，《山东文献集成》第三辑第43册，影印民国十二年(1923)刘氏爱闻簃石印本。

一、张英麟“序”(第2—3页)

诗虽小道，而一代之篇什，每与一代之气运为盛衰。《葩经》三百篇，“三颂”荐于郊庙，自为一体，渊懿典重，大致尽同。而正风正雅与变风变雅，迥然有春温秋肃之分。盖开国之初，圣人作则于上，而大小臣工皆一时贤俊；即置散投闲之士，亦复涵濡恺泽，优游山林，故发为咏歌，皆有浑灏磅礴之气、和平忠厚之音，使千载下诵习之者辄复悠然神往，不胜低徊景慕之[第1a页]思，则世道人心，纯美可想矣。即如有唐一代，初、盛之际，清奇浓淡，无格不备，而昌明博大，正轨具存，视晚唐之逞妍斗巧、标新领异者，固判然不侔。前而汉魏及晋，后而宋元及明，虽格律各有参差，而世运胥觇升降，天实为之，人固不能相强也。大清定鼎，泰运维新，一时和声鸣盛，人材辈出。海内作者，首推吾乡新城王文简公；次如荔裳、秋谷诸贤，与南之“施、朱”、北之“二查”，皆杰出各树一帜，如旭日初升，如朱霞天半，彪[第1b页][第2页]炳郁郁，何其盛欤！诸城刘文正公、文清公，乔梓济美，皆以经纶黼黻辅佐休明，事功炳然垂于史册；公暇吟咏，足步明良喜起之休，而诗名皆为勋名所掩。今读《诗萃》一编，始知前乎文正、文清者，有西水、木斋诸先生；后乎文正、文清者，有信芳、燕庭诸先生，都七十二人，汇为一集，倘龚定庵所云“一门鼎盛亲风雅”者耶？读是编者，莫不羡家学之渊源、人文之聚会，实则世家大族默与国运相终始。则是编之温纯尔雅、继[第2a页]继绳绳，固不仅为刘氏之祥瑞已也。不佞年届耄期，遭逢世变；采薇无地，禾黍凄凉，而一展是编，恍然如游于熙皞之天，蔼然如睹乎永平之世，而况于躬逢其时乎？作是诗者，其福泽兴会又何如耶？太史公云："高山仰止，景行行止。虽不能至，然心向往之。"余于是编亦云。历城后学张英麟顿首拜序。[第2b页][第3页]

二、傅丙鉴"序"（第3—4页）

一族人文之盛，光于一代，历朝有之。盖国家气运之隆，所以鼓吹休明也。国家之气运，以三不朽者柱之，而后国脉长而家道昌。夫立德、立功者，彪炳于今古矣，而言亦非有德者不能立也。诗也者，立言之精华者也。《尚书》曰："诗言志，歌永言，声依咏，律和声。"是故以声律而发其志者，遂以成为有德之君子。三代以上诗，垂为经，尚矣。汉魏唐宋以来，以迄于今，诗之气运[第1a页]盛衰，无不关乎国脉。而士君子之以诗传者，亦各成为一家之言。然至父子祖孙，守家法而不替者，不数数睹也。自前明以来，山左诗人为盛。新城王氏，德州卢氏、田氏，临朐冯氏，而以诗显者，一族数人，卓著于明季国初，占文运者以为甚盛矣。迄今读《东武刘氏诗萃》，乃一族之诗，汇为成集。自顺治而下，二百七十年来，得以诗传世者，已七十二人；其为诗者，莫不守先人声律，而运以自得以立言。呜呼！一代族运之盛，[第1b页][第3页]何若是之隆耶？其光于海岱而系于一朝者，岂浅鲜哉？刘氏自文正、文清两公，以相业光于国史；而两公前后服外官，以惠政著绩祀于名宦者，人皆艳其功、德，而不知求其文教。是后之学者失根基而骛浮慕之弊也，有心者可不反而求之哉？余辛酉[民国十年，1921]与刘璧臣维城遇于龙口，论旧姻表，则璧臣弟也。璧臣以四册诗见示，自文正公以下至于今之存者共十余人之集，嘱为名之。余叙其事，署曰《诵芬诗存》。璧臣生于宦[第2a页]中，年将五十，始得回籍省墓，又未能久居，是以仅得四册。今岁在癸亥[民国十二年,1923]夏季,璧臣又以书来,并《刘氏诗萃》复乞余作序。此集较前加倍,而存者皆不预也,洵可谓一族之巨观矣。后之读是集者,即一族之文献览一代之风会;其有摅怀旧之念、发思古之情,而振兴其不朽之思者,必将于是编得之,岂仅为刘氏之光也哉?郑公乡后学傅丙鉴敬序。[第2b页][第4页]

三、尚庆翰"序"(第4—5页)

诸城刘君绍庭辑其先世之诗,自西水公以下八代,得七十二人,将刊而布之,以著其簪缨世业,与夫子孙当慎守继绳无替之意,其志极可嘉。抑余读之,既慕其门阀人物之美,又怆然有所不能释于怀也。国家际昌明之运,所谓巨人硕士,爵命有高下,功施有广狭,要皆本其所学,以佐主济时,无惭于临民之上;即穷而在下,无一官一邑之责,亦以诗书田园为乐,[第1a页]安于贫贱,无逾位悖妄之想,其制行严,其持心平,故其机务之暇、耕读之余,兴之所寄,渊雅深厚,绝其亢厉。"昔吾有先正,其言明且清",所谓治世之音也。《诗》三百篇中,变风变雅多诗人悯时嫉俗之作,由于王室东迁,无复"二南"、丰、镐之盛。然桓文创霸,犹知宗周。陵夷至于战国,诸侯放恣,处士横议,天下大乱,而诗之亡也已久矣。诗之有关于世运也,岂浅鲜哉?今《诗萃》虽一家之诗,然吾读其诗,思其人,考其世,俯仰今昔,[第1b页][第4页]百感交集,知时人之读《诗萃》,必将有与吾心默相契合者。世无孔子,不能作《春秋》于诗亡之后,以伸褒贬之权;人得《诗萃》而读之,恍然见百年前升平之景象,或将兴起其仁孝之思,复动其天良之善,各循其分以尽职,亦可以易乱为治。则绍庭之此举,不唯有功于家,抑且有功于国。呜呼!岂不伟哉?癸亥[民国十二年,1923]七月三日,平度后学尚庆翰谨序。[第2a页][第5页]

四、王昭范"序"(第5—6页)

去吾邑东北六十里,有水自东南来,蜿蜒流入潍水者,涨溪也。

自明之中叶，刘氏来居此溪之右，历年百余，及有清而大显。文正、文清，既已致身宰辅，勋彰史册矣，而先后任封疆、列卿贰者，复代兴不乏，此高庙赐诗所称“海岱高门第”也。区区以诗传，固不足为刘氏重；然尝考海内右族，其学术文章往往度越等夷，非独科名事业之为盛而已。刘氏之先，读书惟期致[第1a页]用，不暇著述；而探索之余，恒嗜吟咏。故自西水先生以来，诗集之流传者颇多。其诗或婉约而深丽，或澹古而清淳，迄今读之，犹想见当时坛坫之盛、家学渊源之有自，则其所以著迹前代，非偶然矣。刘绍庭君为西水先生之九世孙，勤学嗜古，而于其先世遗文尤留意收藏。己未[民国八年，1919]春，与其族叔祖松坪[屏]先生及族兄法三、少文，族侄星甫诸君，辑成《刘氏诗萃》八卷，诗前附以传略，盖以诗集寓家乘，意至善也。昭范谬与参[第1b页][第5页]校，又家涨溪左，与刘氏世为姻好；先伯太高祖木舟、伯寿诸先生辈，与刘氏先公居恒以诗倡和，而遗集仅存，未尝会刊，兹睹《刘氏诗萃》之先成，益有触于怀而不能释云。癸亥[民国十二年，1923]三月，后学王昭范谨序。[第2a页][第6页]

五、刘辉业跋(第230页)

戊午[民国七年，1918]春，族侄孙延圻养病师竹轩。师竹轩者，为族侄凤冈故居。凤冈出佐河州，卒于任所二十余年矣。延圻移居之，得其家藏先公诗集二十余种，始斐然有纂述之志。继读邑乘艺文志，知吾家诗集尚多，而此次所得有未尽，于是多方征求。数年来，购置借钞，先后略备。乃出其所藏，邀诸族人按世次详慎编录，至今年四月始克成书。呜呼！亦难矣哉。向使延圻不病，病而不移[第1a页]养师竹轩，则先公遗集终归湮没，兹其所得盖有天意焉，抑先公之灵所默佑也。自古文章之传于世者，固必有精卓之诣，然中遇乱离，篇籍崩废磨灭而不彰者固亦有焉，非独世远风微，人之知重者少；而兵燹之灾，每不及防，是又重可惜也。吾家之诗，经此次校印，或可借以不坠；然诗集之外可传者尚多，征辑而汇刊之，是所望于延圻矣。书成，凡八卷，编校多出族侄孙筠[第1b页]及侄曾孙兆钤之手，而监造则侄孙肇基之力为多云。癸亥[民国十二年，1923]夏四月，辉业谨识。[第2a页][第230页]

六、刘维城“跋”（第231页）

吾家累世业儒。有清二百余年，科第称盛。往者有《贡举文集》之刊，以为家塾模楷；于先世诗古文辞，多未付梓。昔先曾大父燕庭公，尝录集七世伯祖木斋公、太高伯祖石庵公、太高叔祖澹园公古今体诗若干卷，镌板于杭城。复欲汇刊先世遗著，未果行。维城自束发受书，每闻先世遗事及遗著诗文，辄手录于册，都若干帙；欲付剞劂，苦为资力所限，时用内疚。辛酉[民国十年，1921]春旋里，谒[第1a页]祠墓，见族弟绍庭方从事于辑录先世遗稿，自六世祖西水公以下凡八代七十二人，得诗千四百余首，视维城录存者多至数倍，其搜集之勤与表扬先烈之志之笃，贤于维城远矣。犹复遗漏是惧，别时殷殷以继续搜访为嘱。今年春，绍庭以所辑付石印存，俾我刘氏子孙有所观感，先将稿本邮示。维城敬受读讫，谨乞叙于乡先生弁诸卷首，以光先德云。岁次癸亥[民国十二年，1923]，仲秋，维[第1b页]城谨识。[第2a页][第231页]

七、刘延圻“跋”（第232页）

吾家迁于诸邑，当明之中叶。至清顺治时，西水公始以诗闻。厥后作者相继。文清公及澹园公诗，燕庭公尝梓行；而筠谷公诗，又为新城王秋水，山阴童二树、卢絅斋三先生刊定。迄今仅百年，板已损失，唯澹园公诗板尚存。其余诸公诗稿，皆未刊行。延圻恐日久散佚，尝有汇刊之志。及戊午[民国七年，1918]春，家居多暇，乃广为征辑。至年庚申[民国九年，1920]，先后共得若干集，往往随意钞录，重复错讹，层见[第1a页]沓出，因与族叔祖松屏，族兄少文、法三，按先公世次详慎校录。诗前各附小传，于辑诗之中，略具家乘之义。

自西水公至声山公，共分八卷，为《东武刘氏诗萃》。昔族曾大父燕庭公尝欲辑先公遗著为家集一书，而曾祖雨亭公辑刻《刘氏贡举文集》，于吾家科第略可考见。今延圻之辑是编，犹仍先志云。九世孙延圻谨志。［第1b页］［第232页］

则杰按：孙雄《旧京文存》目录所附《禹斋文存》溢出篇目（《旧京文存》卷首，《近代中国史料丛刊》第548/2册，第19页），卷一（即《诗史阁丛刊》卷三）有一篇《东武刘氏诗萃序》，应该也是为此集而撰。

03－028 罗氏一家集

蒋国榜

五卷。蒋国榜辑，台湾新文丰出版公司《丛书集成续编》第106册，影印民国五年(1916)上元蒋氏慎修书室排印《金陵丛书》(丁集第十九种)本。

一、蒋国榜"罗氏一家集跋"(第188页)

右《罗氏一家集》四[五]卷，上元罗心鱼先生与其子雨田、捷三、叔重三先生之所作也。心鱼先生负异才，洞于当世之故。丁粤寇难，支离兵间，数以策干东诸侯。虽宠异之，亦不能有所假手，连蹇以没，曾不中寿。其所著，亦零落略尽。雨田先生承家学，博涉多通，耻为无用。汉学则师汪梅村先生士铎，宋学则师成心巢先生孺，并能通两家之邮，不局于一孔。尤笃行义，造次必衷于礼，服膺张杨园最久，每以则法古昔、裁掖后进为己任。讲学之友，若冯蒿厂先生，与蒋幼瞻师轼、绍由师辙两先生，及蒯礼卿京卿光典、张弢楼观察士珩、李筱园副贡钱，并方闻缀学，有声南戒，则先生之所诣可知矣。先生没时[第1a页]年三十有五，捷三二十八而夭，叔重亦不得四十，并不获竟所学，以备一日之用，世争惜之。雨田先生所著，尚有《续经正录》四卷、《古文觚》一卷、《明辨录》二卷，藏于家。乡后学蒋国榜。[第1b页][第188页]

则杰按：此集卷首有署名"希巢"者"自序"(第123页)，但内容并非为此集而撰，疑其窜自别处，兹从略。

03－029　如皋冒氏诗略

冒广生

十四卷。冒广生辑,《丛书集成三编》第100册,影印民国如皋冒氏刻《如皋冒氏丛书》本。

一、冒广生"凡例"(第755页)

一[一]　是编是从各家总集及地志家乘、先世留遗墨宝,按照世次、支派,排比成帙。经始于庚子[光绪二十六年,1900]三月,写定于戊申[光绪三十四年,1908]正月,先后从事凡八年。

一[二]　编中如伯麐先生、巢民先生,均搜得专集。无誉、谷梁、青若三先生诗,均有广生辑本,已次第刊入《冒氏丛书》中。故汪之珩《东皋诗存》、杨廷撰《五山耆旧集》所选五先生之诗,不复再刻。其他虽零缣断墨,亦必悉登。

一[三]　是编仿朱彝尊《明诗综》、王昶《湖海诗传》例,各附传志及遗闻轶事,间益以广生所撰家世旧闻,以诵清芬而资谈助。惟乾[第1a页]隆以后所修家乘过于简略,殊有文献不足之憾。

一[四]　吾冒氏自元明以来,以诗书世其家,海内目为清门。门材之盛,殊不仅此。广生既弇陋、鲜所通解,而里居又日浅,亟知搜罗未备。嗣有所得,当为《续集》,以饷后人。

一[五]　是编以诗存人。其有生平文章政迹见于他说而苦于无诗可采者,载广生所撰《先世潜徽录》中。

一[六]　是编之后,附《词略》一卷。比年竭力搜求先世遗集,尚苦十不得一。海内宏达及吾宗彦,如有藏弆,无论专集,即片纸只字,肯录副见诒,俾刻入《丛书》及补是编,世世子孙感且不朽。[第1b

页][第 755 页]

则杰按：第六款所说《如皋冒氏词略》一卷，《丛书集成三编》误当作“词别集——清”而另外收在第 64 册。

二、吴重熹“如皋冒氏诗略叙”(第 756 页)

吾济张用和中丞，与冒有恒中丞同中明成化十一年[乙未，1475]进士，同于正德朝以廉直迕刘瑾被逮，同于瑾诛复官，载于《明史》，是济人与冒氏缔交之始也。冒氏地灵人杰，蔚为大家。自潜德先生佑启后人，水绘极其盛，萛原集其成。名世伟人，相继代出；联翩著述，霞蒸云起。鹤亭京卿乃辑冒氏诗词为一集，属重熹叙之，不敢以不文辞。古之萃一家言成集者，《窦氏联珠》为最著；嗣是《三孔》《三刘》《二程》《三苏》均著声北宋；金段氏之《二妙》、明钱氏之《三华》，亦相继代辑，汇录《四库》。古人敬宗收族之意，后人于以为嚆矢焉。今京卿收冒氏之诗词，自永乐迄今五百余年，发幽阐[第 1a 页]懿，搜剔丛残，为《诗略》十四卷、《词略》一卷，列名者至八十六人，存诗词至一千一百七十首。凡成一家之言者，可谓无与比隆者矣。重熹幼读孔绣山侍读所辑《阙里孔氏诗钞》，显晦并著，幽隐毕宣，心焉慕之。里居时，鸠集《海丰吴氏诗钞》为四卷，以步趋其后。独山莫友芝氏，亦辑《莫氏家集》，谓黔西诗学莫盛于潘氏，始明万历，迄国朝道光，二百余年风雅相续。以视冒氏，不瞠乎其后乎？阮文达公辑《淮海英灵集》，得冒氏诗仅四家；即《江苏诗征》所录，亦只二十二人。观于此集，益以征京卿搜辑之勤，既获多篇，复考事实，广征博引，使冒氏家学如贯珠、世系如指掌，收族之功，讵不伟哉？重熹幸得叙京卿之书，又济人与冒氏之重[第 1b 页]缔文字姻缘也，幸何如之。宣统三年辛亥[1911]五月中浣，海丰吴重熹叙。[第 2a 页][第 756 页]

03－030　梅氏诗略前集

梅　清等

十二卷。梅清等辑，康熙三十年辛未（1691）刻本。（浙江大学图书馆藏）

一、汤燕生“梅氏诗略序”（第1a—4a页）

溯夫梅氏之甲于宛陵也，其先本汉仙尉名裔，支庶流衍，居址繁错。厥后宣城始祖胥柏枧山之下而宇之，遂以“山口梅”著。嗣是，微独簪组鼎钟，冠盖蝉联，即诗人之媲美乎都官者亦踵相接，而宣之柏枧山口[第1a页]又为天下诗人之一大都会也。余家仙源黄山之麓，距柏枧仅三百里；幼时尝从梅氏诸君子为柏枧游，辄感兴而叹曰：“嘻！山之灵异若是，宜诗人之如林乎。”盖有独钟者矣。有所独钟而攻之者众，故其为诗，气格不一。有若盛而为燕、许，见其为触境生[第1b页]情之诗；有若孟襄阳，见其为山人逸客之诗；有若郊之寒，岛之瘦，李、杜之沉郁，见其为不得志于时之诗。所谓触境生情者，峄阳、宛溪、大庾、镜水诸先辈有焉；所谓山人逸客与不得志于时者，季豹、禹金、华平、泰符、子马、孤山、勉叔诸先辈有焉。迨余获交[第2a页]瞿山先生，暨小阮朗三、杓司、季升、昆陵及昆白诸子，其为诗也，取汉魏唐宋诸大家之鹄而凌轹变化之，自树坛帜于中原白雪间，人望之而奔者逐响附声，惟恐不及，岂非柏枧之灵异有独钟而攻之者众耶？然而梅氏诗人最著者，如《宛陵集》《居诸集》[第2b页]《鹿裘石室集》《埙篪集》《林中七子集》《沧州集》《云驾楼集》《平绿阁集》《九如堂集》《弧矢集》《王程草》《结缕集》《唾余集》《湄庵集》《淇园集》《书带园集》《响山集》《声风集》《青溪稿》，未能枚举，非不流行于世，独是世远年湮，知者半，不知者亦半，而况未梓者不啻数十余种，其残[第3a页]编断简，兵燹灰烬，类多散佚无存者。于是瞿山先生起而忧之，特有《诗略》之编。集分前、后，兹先梓其“前集”，乃已往者，自远公而下得百有余人，辑诗若干首，分为十二卷。虽一脔寸瑜，吉光片羽，靡有遗焉。噫！昌黎有言：“莫为之后，虽盛弗传。”瞿山先生之后[第3b页]都官而起也，微显[显微]阐幽，搜遗补阙，而传梅氏之盛也者，厥功讵弗伟哉？余敬力疾竟读，率叙以报属辞之命。黄山同学弟汤燕生拜手撰。[第4a页]

二、梅铒“梅氏诗略序”（第1a—4b页）

瞿山叔祖辑《梅氏诗略》将竣，寓书京邸，嘱余序，余览之而不禁喟然也。夫不朽有三，立言处一焉；立言多端，诗赋处一焉，然亦不易言矣。非夫天才俊雅，属思迈逸，既无能卓然有以自见；有所撰著，而非有人焉[第1a页]绍明于后，则且赫奕于一时，而未必传于久远。甚哉！不朽之难也。况乎陵谷既改，岁月屡更；耆旧凋零，书卷散佚，而欲于兵燹之后、蠹蚀之余，摸索遗珠，缀拾碎玉，此倍难矣。吾族称诗者，在宋都官为最著，有明则余杭公昆季唱和于前，而季豹、禹金数[第1b页]公振兴于继。厥后衰盛靡常，然未尝乏也。数百年来，或已刊而行未广，或未镌而稿全佚；及今不为裒集，过此将有欲辑而无从者。叔祖慨焉太息，以阐幽表微为已任。上自有宋，以讫当代，博搜广采，先亡而后存。或得一稿，或得片纸数行，必反复校雠[第2a页]至于再三，既喜且惜——惜其不多，喜其仅存也。自丙午[康熙五年，1666]迄今二十余年，采辑将备。今年休夏，闭户五阅月，始卒其业，得人一百有八[六]，分为十二卷。斯其用心有独至，用力为已勤，而其为功亦甚大矣。夫诗也者，性情之所寄，精神之所注也。以先人性情之所[第2b页]寄，精神之所注，而使之荡为灰烬，化为乌有，为子孙者何以自安？而亡者亦且衔恨于九京。有是辑，而存没均慰；后人读之，仁孝之心油然而生，将各自淬厉，思踵前武。

然则是书之不朽，其关系何如哉？吾因之有感矣：以叔祖之才，而见屈于春官，当事[第 3a 页]知叔祖者咸相与叹息，以叔祖不遇为恨；余窃以为不然。士君子出处，亦何常之有？要以出则为朝廷分忧尽瘁，受心膂股肱之托；处即整饬宗党，奖掖后进，上扬先业，下诏来者。则虽出处不同，其为家国所倚赖则均耳。向使[第 3b 页]叔祖获捷南宫，速通仕籍；勤劳簿领，鞅掌风尘，其能日夜伊吾，手不释卷，既自成一家言，又能为前人谋不朽，为如此胜事耶？然则叔祖之优游林下，天所以幸里人而赐之领袖也，且所以幸先人而使之饶有暇日、得以任绍明之责也。诗虽云"略"，他日[第 4a 页]太史陈诗以观民风而及吾宣邑，则吾梅之诗其可采者抑多矣，故窃喜而序之。辛未[康熙三十年，1691]重九，桐崖梅铜书于长安署中。[第 4b 页]

则杰按：此集所收作者时代范围，上起唐代梅远。此处称"上自有宋"，不够准确。

三、梅清"书诗略后"（第 1a—2a 页）

曩岁丙午[康熙五年，1666]，族人三修家乘，嘱余谬首其事，群从载笔者十人，计阅两载。中间搜采艺文，得诗稿五十五种。维时同事群从朝夕商酌，乃建《梅氏诗略》之议，谓七十载之谱牒不可不修，五百年之风雅流传亦不可不辑。盖家谱与《诗略》，人物文章，实相表里，交借为不朽盛事。甚哉！前人之有赖于后人也，固自不小。时余年尚壮，议焉而未辑，将有待也。岁癸丑[康熙十二年，1673]，郡守庄公嘱修《宛陵志》；岁壬戌[康熙二十一年，1682]，郡守王公又嘱修《宛陵续志》；岁癸亥[康熙二十二年，1683]，总制于公、抚军徐公聘修《江南通志》；岁丙寅[康熙二十五年，1686]，邑令袁公又嘱修《宣城县志》。十年之内，四膺其任，或总或分。余所司者，大略多山川、人物、艺文之类。[第 1a 页]当其在一邑一郡一省之时，广搜博采，纷见错出，图书典籍几于充栋。而我梅氏之诗文，散见于一邑一郡一省者，所在都有，余因得采拾为缮本；或全册，或片笺残简，不敢或遗，于是又得零稿数十种。维时辑而未竣，将犹有待也。讵意族事日非，人心渐易；忌者在前，毁者在后，相助为理者不过寥寥数人。欲卒业既不能，将置之又不可，迟之又迟，而余年七十矣，不可待矣，酒酣长望，不禁爽然自失也。夫世远言湮，古今同慨。疾人之我侮，而使先人抱遗恨于九京，谓之不孝。夫侮可受也，不孝不可受也。今年辛未[康熙三十年，1691]，贾勇闭户，自夏徂秋，阅五月而是集始告竣。屈指癸亥[康熙二十二年，1683]以前，同事者为季赤、定九、子彦、尔止、耦长诸子；癸亥[康熙二十二年，1683]以后，[第 1b 页]同事者为中伯、子蔚、采南、汝为诸子。集分前、后，先亡而后存。“前集”得人一百有八[六]，分卷十二，已付剞劂，“后集”当于来岁成之。曷言乎“略”？多不敢滥，少不敢遗也。“梅氏”云者，成一家之言，或异于采十五国之“风”也。然则是集也，得已不得已，余志亦苦矣。后之览者，因时辨志，亦将有感于斯编。辛未[康熙三十年，1691]长至，瞿山清识于茶峡草堂。[第 2a 页]

四、“征诗原引”（第 1a—b 页）

尝闻琅琊之门，人皆有集；卯金之族，士并能文。求诸近今，罕俪斯美；维我先世，代有闻人。文献相承，奕叶勿替。自《埙篪》（诗集名，凡三人）、“林中”（诗社名，凡九人）递倡，骚雅蔚兴；迨季豹、禹金两公，风流特擅。功成排纂，早升作者之堂；富有篇章，式廓都官之业。一时群从，则有泰符、子马诸贤；方驾并驱，复有《书带》（朗三公集名）、《孤山》（象先公集名）数稿。敢谓声蜚艺苑，标榜能私；庶几家号词宗，菁华未歇。独是未刊尚广，继起尤繁；加以兵燹洊更，缥缃失次。白舍人之什，全寄名蓝；韩吏部之文，半留败簏。嗟乎！大雅不作，吾党犹存。及此莫征，后将何述？用是裒诸旧帙，附以新吟，汇为前、后两编，目曰《梅氏[第 1a 页]诗略》。广为捃拾，务令断简悉收；间有去留，不妨慎余斯阙。在昔家风作咏，安仁以之永怀；祖德不忘，康乐于焉载笔。共相搜剔，冀有同怀。其副在名山，既重须

刊布;若尚淹簏笥,当亟为表扬。毋令音徽,仍多遗响;凡兹美盛,庶可观成云尔。[第1b页]

【附录一】王士祯(禛)《王士禛全集·蚕尾文集》卷一《梅氏诗略序》

(齐鲁书社2007年6月第1版,第3册第1786—1787页)

予尝观唐末五代诗人之作,卑下嵬琐,不复自振,非惟无开元、元和作者豪放之格,至神韵兴象之妙,以视陈、隋之季,盖百不及一焉。宋兴,以文治,变衰乱之俗。其始沿杨、刘之习者尚数十年,而欧、梅始出。二公既相友善,而诗亦齐名当世。顾永叔之于圣俞,独推尊之如古人。其评圣俞之诗,以为清丽闲肆,涵演深远,使得见于朝廷,宜作为"雅""颂"以歌咏大宋之功德,荐之清庙,而追商、周、鲁"颂"之作者。其推之可谓至矣。同时赵康靖公,亦尝列言于朝,谓当使讲论道德,作为"雅""颂",以歌咏圣化。而韩献肃疏言:"祫祭太庙,当更制乐章,以荐祖考。惟梅某为宜。"盖当庆历、嘉祐极盛之时,圣俞之诗,其贵重于世如此。世人但习谓欧阳子之言足以重圣俞,而不知圣俞当日虽浮沉下僚,能使公卿知之,外夷知之,特相知之深莫如欧阳,而非欧阳子之言之足以重圣俞也。又几百年,风会递迁,淫哇杂作。圣俞之诗,譬如雅琴古澹,不谐里耳。而宛陵诸梅,独能继风雅之绪,守高曾之矩。迄于今,圣俞远矣,而其流风余韵,犹仿佛遇之于高山流水之间者,非贤子孙而能若是乎?有明自禹金而下,风雅益兴。新安潘之恒论梅氏之诗,谓禹金宏博,季豹高古,子马俊逸。其在今日,则渊公、杓司、耦长、子翔、定九、素五,之数子者,吾皆得友其人、诵其诗矣,虽才具不必同,要之皆有圣俞之风,能不坠其家学者也。昔江左诸王,七叶之中,人人有集;谢氏《兰玉集》,自太傅而下,凡十有六人。以视梅氏,又多乎哉?于是瞿山辑《梅氏诗》既成,而予为序述之,若曰此非梅氏一家之书,凡承学者皆当闻风而兴起云尔。

【附录二】法式善《陶庐杂录》卷三（中华书局1959年12月第1版，第79页，原标第二十五则）

《梅氏诗略》十二卷，梅清集[辑]定。唐梅远，由吴之宣城为掾，家焉。自远迄翱，凡一百一十六家。一门风雅，可谓盛矣。前有汤燕生、梅铜二序，铜序作一百八家。

则杰按：据卷首《梅氏诗略总目（前集）》统计，全书作者确实为“一百一十六家”；正文作者，仅缺卷十二倒数第二人梅岭一家。

03－031　旧德集

缪荃孙

十四卷。缪荃孙辑，台湾新文丰出版公司《丛书集成续编》第118册，影印光绪二十二年丙申(1896)江阴缪氏刻《云自在龛丛书》(第五集)本。

一、牌记(第294页)

光绪己丑[十五年，1889]冬季，修家谱毕，以聚珍字印行旧存诗文二卷，颇患漏略。因广为搜辑，编校成一十四卷。谨雕梨版，以垂永久。丙申[光绪二十二年，1896]春初。[第294页]

【附录一】陈作霖《冶麓山房丛书·冶麓山房藏书跋尾》丁部总集选本类《缪氏旧德集跋》(《明清未刊稿汇编》初辑本，第7册第2539页)

此缪筱珊编修(荃孙)所辑《旧德集》也。肇自元代缪君实处士(鉴)，下逮国朝光绪中缪柚岑部郎(祐孙)，凡若干人，各录其诗，杂文附焉。而明季文贞公(昌期)，大节炳然，反无著作，其散失概可知矣。柚岑为旧相识，同受业于李廷尉师(联琇)；篇中诸什，间有讲院试题，偶一披吟，犹仿佛三十年前挑灯角艺时也。书凡四册。

03－032　潘氏三君集

潘守廉

三卷。潘守廉辑，《山东文献集成》第四辑第 34 册，影印民国十八年(1929)济宁潘氏排印本。

一、潘守廉“合刻潘氏三君诗集序”(第 74—75 页)

孟子曰：“颂其诗，读其书，识其人，论其世，是尚友也。”有味哉，斯言！古之达人，以友天下善士为未足，更必得延揽前乎我生之贤者，并处一堂，与为晤对，而后识人之量乃充，“乐取于人以为善”之义乃尽。虽然，仍非诵其诗，读其书，则不足以识其人。由是观之，诗之为诗，岂非古人以此为识人之准则耶？盖世间有真贤豪，必有真性情；有真性情，必有真文章；文章之有诗，尤为真性情最易流露者也。故每逢千家并列，而一卷在手，则作者其人之生平、时代、境遇，乃至声音笑貌，画莫能图，言莫能述者，莫不一时涌现于读者之眼前，而引起无限之同情，随与为歌哭。此在千里贤圣、百世上下，诗之可以识人尚友，其为益乐已不可胜言矣。又况乎时无间于异朝，地无隔于他方，族无别于外姓，行同伦，言同文？若任城吾宗之秣陵[潘呈雅]、铁庵[潘遵鼎]、亢父[潘矩健]三公者，或生不同时，或亲承教言，或相共晨夕；一旦得荟萃而读其诗，其为乐讵可量耶？按三公之所同者，同为君子儒，同为风尘客，同为怀才未展，抑郁不得志之人，此其同也。至三[第 1a 页]人之情性文章，各率其真，以自陶写，则亦各有不同者存，吾今请得而识别之：大抵秣陵之诗，如雕冰镂雪，彻体空灵，又如太华仙人，不食人间烟火；铁庵之诗，如璞玉浑金，八方圆厚，又如田家作乐，虽在布帛菽粟，耐人咀嚼寻味；亢父之诗，如珠光剑气，飞动逼人，又如幽燕老将，挟长戟，骋大马，顾盼不可一世。若更以古人比例之，则秣陵之高洁，当在王、孟以上；铁庵之沉挚，似近香山居士一流；而亢父之豪迈，则浸浸乎欲游韩潮而临少陵之域矣。世有读三君诗者，回环合璧，当自得之，庶不以余言为河汉之无极。独是三君往矣，其各留真面目于诗中者，互不相同既已若是，而余则于搜求乡邦文献之余，忽获此三家奇伟连犿之异宝殊珍，合付剞劂，使同显现于一函之内，是又三君所未尝逆料；九京之下必相视而笑，互乐为一门之同调，无所差池，则当无疑也。至若扬潜德幽光之盛业，萃采风流于本宗，在世间之论者，或莫不欣欣乐道，以此为家乘中难得之荣华；然在余之颂其诗，读其书，识其人，论其世，则但认为邹鲁缙绅人家后生子弟所应尽之责任而已。至吾潘氏，自均四公[第1b页][第74页]迁居济宁，至秣陵为十二代，铁庵十五代，亢父十六代，守廉为十七代，皆六世祖明宇公之后裔云。时民国十有八年[1929]仲冬，潘守廉谨序。[第2a页][第75页]

二、袁绍昂“潘氏三君集序”(第75页)

任城潘氏，蔚为望族。余随对凫老人游，一星周矣。老人言，先代由浙迁济，自六世祖至十七世对凫，均列黉序。比光绪壬午[八年，1882]，老人举于乡；己丑[十五年，1889]捷南宫，出宰河南，任修武、南阳、正阳、杞县、邓州、睢州、长葛者二十年，口碑载道，政绩灿然，盖积之久而发之厚也。老人性好善，尤笃爱宗族；于保存文献，厥功尤多。其宰南阳也，手纂《南阳志》。比归里，又主修《济宁志》，余与焉。他如里中之粥厂、栖流所、慈善院、保节会，或创或因，一一经营之。复慨捐三田，公诸族众：一祭田，一学田，一义田，老人有长歌纪其事。伟哉！何德之普也。近又以《潘氏三君集》付印，属为序。余维三君派别不同，其趋于高远一也。秣陵诗仅百余首，中分《西堂草》《兰陵草》《江上草》，盖其剩稿也。其《在郑二半憨席上，歌儿度曲，即先生所制石湖词，坐惊，复走笔衍小秦王调二章，令赓续歌之》，此与旗亭画壁何以异？铁庵诗以《鲁门杂咏》《戊己先生墓》《烈妇篇》《五君咏》为最，是能以真性情、真感慨发挥于纸上者。亢父诗，古体尤胜，《鼓书王娘歌》借他人酒杯浇自己垒块，如[第1a页]读白香山之《琵琶行》也；其《轮舶过峡，阻水观音滩》一章，惊魂悚魄，咄咄逼人，似摹仿昌黎《陆浑山火》而为之者。至于三君全集之妙处，对凫老人序尽之矣。惟旧稿鲁鱼亥豕，太判[半]模糊，余为之校正，经月始蒇事。若亢父诗草中有有诗而无题者，则玩索其义，为之标题焉；其无可捉摸，而诗句又无惊人处，则径删之矣。阅既竟，喜潘氏多诗人，而下走文字之因缘，亦与之赓续而未有已也。民国十有八年[1929]，江苏南通袁绍昂性之序。[第1b页][第75页]

03－033　番禺潘氏诗略

潘仪增

二十三“册”。潘仪增辑，光绪二十年甲午(1894)刻本。(中山图书馆藏)

一、潘仪增“自序”(第 1a—2a 页)

自我十七世祖文岩公于乾隆间由闽入粤，遂籍番禺。公之次子毅堂高伯祖，清班通籍，秘省抡文；家学渊源，代传著作，有如王筠所言“明德重光，人人有集”者。省邑志乘，可考而知也。惜所著《南雪巢诗钞》，未付剞劂。他如《万松山房》《黎斋》《三十六村草堂》《双桐圃》等集，俱已锓板；惟迭经兵燹，半皆散佚，怅然者久之。忆同治壬申[十一年，1872]，仪增曾于族中裒录制义为《河阳集》，即思得先世诗本汇成一编，敬藏家塾。因搜寻各集，径寸之宝、盈尺之珍，罔敢或遗。积十余年，卷帙渐富。今春，复搜得高伯祖《南雪巢诗钞》，暨先大父《六松园遗稿》，喜不自胜，亟谋付梓。会兰史[第 1a 页]从弟馆园中，晨夕讨论，匡我不逮；复从刻本采撮精华，网罗遗佚，且由志乘他书，搜录传记，弁列每集之前，使读诗者考求先人实行，一览而知。是书之成，则兰史之力为多焉。按古之总录一家言者，始于唐廖光图《廖氏家集》。厥后，《王氏文献》《陈氏义溪世稿》《李氏花萼集》《窦氏联珠集》《谢氏兰玉集》《钱氏传芳录[集]》，或专述先作，或兼录生存。兹援南海朱子襄先生《朱氏传芳录[集]》之例，谓“其人既往，然后其文克定”，故所捃拾者，皆前人作也。又古者著书，罕标义例。至杜预序《春秋经传集解》，谓“经之条贯必出于传，传之义例总归于凡”，遂有“发凡起例”之说。[第 1b 页]书标凡例，此为权舆。然家集编摩，无关著作，因不立凡例，但题曰《诗略》，以后人不敢选前人之作，恐仍有遗编未见也。是书编成于光绪十九年癸巳［1893］五月，刻成于逾岁甲午［光绪二十年，1894］十一月。仪增跋于潘氏家塾之六松园。［第 2a 页］

【附录一】潘飞声《说剑堂集·老剑文稿·番禺潘氏诗略跋》（光绪二十四年戊戌［1898］仙城药洲刻本，第 97a—98a 页）

自我十五世祖文岩资政公于乾隆间由闽入粤，遂籍番禺。公之次子毅堂高伯祖，通籍清班，趋翔廊阁；撰文秘省，名达九重；风节文章，著于海内；振兴儒学，代传著作，几如王筠所言“明德重光，人人有集”。省邑志乘所著录、名家总集所选抡，可考而知也。先大父尝欲综辑先世之诗为一家集，以未得高伯祖手定《南雪巢全稿》，故不果行。飞声既长，乃于族人处搜得之。而先世散佚各稿，其见于他家选本者，皆捃拾无遗。虽仅存什一于千百，然瑰玮绝特之作，则虽历劫而精神益显。至于曾伯祖《万松山房集》，虽经雕刻，而板多残缺；曾祖《黎斋集》、叔祖《三十六村草堂集》，曩遭兵燹焚毁，尚未重锓，因从家藏沙［钞］本校定编次完善。又先大父《双桐圃集》，总集久刊，惟卷帙富繁；兹援谭叔裕约编《乐志堂诗略》之例，括为一卷。合之先著二十余册，则煌煌巨作，已成鸿编。自愧谋食四方，无力以付剞劂。族兄伯澄茂才见之，许任梓费。先府君《梧桐庭院遗稿》，亦得以行世焉。按古之总录一家言者，始于唐廖光图《廖氏家集》。厥后，《王氏文献》《陈氏义溪世稿》《李氏花萼集》《窦氏联珠集》《谢氏兰玉集》《钱氏传芳录［集］》，或专述先作，或兼录生存。兹援南海朱子襄先生辑《朱氏传芳录［集］》之例，谓“其人既往，然后其文克定”，故所荟萃者，皆前人作也。又古者著书，罕标义例。至杜预序《春秋经传集解》，谓“经之条贯必出于传，传之义例总归于凡”，遂有“发凡举例”之说。书标凡例，此为权舆。然家集编摩，无关著作，因不立凡例，但题曰《诗略》，以后人不敢选前人之诗，恐仍有遗篇未见也。是书编成于光绪十九年癸巳[1893]五月,刻成于越岁甲午[光绪二十年,1894]十一月。虔爇炉香,陈书先灵前,拜告成书而已。

则杰按:潘飞声(兰史其字)此跋,与前录潘仪增(伯澄其字)该序,文字约半数相同,可知该序即据此跋改写而成。又《番禺潘氏诗略》"总目"题"潘仪增伯澄编,潘飞声兰史校",而从此跋来看,其主要甚至真正的编者应该是潘飞声。

又,此跋本身,正如"兹援南海朱子襄先生辑《朱氏传芳录[集]》之例"所透露,其中不少语句明显抄自朱次琦(子襄其号)《朱氏传芳集》"凡例"(详见该种)。

03-034　宜兴任氏传家集存遗

任光斗

八卷。任光斗辑，同治十三年甲戌(1874)宜兴任氏一本堂刻本。(浙江大学图书馆藏)

一、孙家鼐“序”(第1a—2b页)

古今来，事之最可恨者，莫如暴秦焚书一事。圣人之于天下也，犹天之有日月也。天地无日月，无以明；世无圣人，无以立。世不能恒有圣人，赖有圣人之言以明之。秦氏举而付之火，是诚何心也！信乎，天地之大，人犹有憾圣经贤籍遭劫有时。后人传信传疑，抱残守阙，各执一说，聚讼不休。士君子读书稽古，所由叹息痛恨于无穷也。我朝二百年来，文教日新。圣德所感孚，凡在遐荒，莫不敦诗书而说礼乐。乃粤匪倡乱，流毒江南。贼所过处，残暴无所不至。凡名人著述藏于家者，荡焉泯焉。呜呼！是无异昔之火于秦也。火则已矣，果[第1a页]安得有人焉，检拾遗编，搜其残阙，吉光片羽之流传，俾其人其学不尽湮没而不彰乎？今上御极之三载[同治甲子，1864]，家鼐奉命视学楚北。任笑春司马时以避难游楚，公余接见，谈及家藏，泫然出涕，曰：“家刻尽付劫灰矣！听其散佚，无以慰祖宗拳拳斯道之心。当各处搜辑，汇成一编，传家以示孙子。未知此愿何日能偿。”夫任为宜兴巨族。国初时，王谷先生与商丘侯朝宗、宁都魏冰叔、长洲汪苕文诸公治古文，有盛名。葵尊先生以刚正不阿，居谏垣，圣祖褒为直臣第一，其奏议具有经籍光。迨钓台前辈以[第1b页]理学名家，著书数十万言，如《周易洗心》等书，先后采入《四库》。踵而起者，文人学士尤指不胜屈，著述之富甲于江左。一旦遭兵燹而尽付诸火，求其断简残编，不诚难乎？笑春之用心苦矣。今春寓书来都，云数年中搜得先代诗文若干篇，名曰《存遗》，商诸其弟筱沅观察，将付梓，广流传，以彰先德，乞一言以为序。家鼐自惭谫陋，乌足以序先辈之文？惟念物理之兴衰有数，检而存之，存乎人。圣人之典籍亡于秦，后儒纂发而明其义，圣人之学未尝不尊；贤人之著述毁于寇，后人搜辑而得其遗，贤人之学未始不因之而仍显。且安知夫今日搜而未得者，不尽得之于他日[第2a页]乎？家鼐幸任氏先辈之文之不尽泯也，尤幸笑春不忘先德，竟能遂所愿也。笑春与家鼐辛亥[咸丰元年，1851]同年，而筱沅则又己酉[道光二十九年，1849]选拔同年，叨居谱末，不敢以不文辞，因述其缘起而为之序。同治己巳[八年，1869]三月既望，赐进士及第日讲起居注官翰林院侍讲学士前提督湖北全省学政加三级年后学孙家鼐顿首拜撰。[第2b页]

二、"总目"任光斗后记（第2a页）

先代著述甚富。兵燹后，已刻者片板不留，未刻者原本尽失，心焉伤之。数载搜求，仅得志乘所载、《皇朝经世文编》所采，及散见于诸名家选本者，随见随录，共得诗文若干首，各以类次，分为八卷，颜曰《存遗》，庶以绵先泽于不谖云。同治辛未[十年，1871]仲秋月，二十四世孙光斗谨识。[第2a页]

03－035　高密单氏诗文汇存全集

单步青

八十四卷。单步青辑，《山东文献集成》第三辑第43—44册，影印民国十六年(1927)高密单氏上海石印本。(下录均见第43册)

此集书名，底本“总目”作“高密单氏诗文全集”(第378页)，书签作“单氏诗文汇存全集”(例如第377页)；影印本拟作“高密单氏诗文汇存”；而《清史稿艺文志及补编》(中华书局1982年4月第1版，上册第686页)、《续修四库全书总目提要(稿本)》(齐鲁书社1996年12月第1版，第26册第192页)均综合作“高密单氏诗文汇存全集”，兹即从之。

一、单步青“叙”(第377页)

吾族自有明以来，科第蝉联，统将制艺帖括合为十册，颜曰《世业》，锓板而弆诸家庙，世世保存，所以表前徽而励后嗣，盖三百年于兹矣。前清之季，学堂兴，科举废，《世业》亦断而弗续。此后族中文字，无复汇存，为可慨也。爰念吾族世有闻人，《世业》而外著作颇多。其业已梓行者，核实记之，犹不及半数。余则历年既久，断简残编，零落湮没。抚坠绪之茫茫，恨我生之已晚。此时编纂之功，大非易易。若不及今为之，则后来更难收拾矣。用是，聚族而谋，遂有“诗文汇存”之刊。是举也，创始于壬戌年[民国十一年，1922]春，告竣于丁卯年[民国十六年，1927]春，前后六易寒[第1a页]暑。黾勉从事，口沫手胝。始而搜辑，继而选择，终而校对，而全集以成。集中共分五种，曰《文集汇存》《文集拾遗》《诗集汇存》《诗集拾遗》《诗集拾遗补》，各按部居，都为三十册。开首叙其缘起，继以例言，列以目录，提纲挈领，有绪不紊，俾览者便于检阅；并俟百年以后有能踵而行之者，可循此为前辙云。民国十六年二月，即夏历丁卯年[1927]正月，步青谨识。[第 1b 页][第 377 页]

则杰按：此集第三大种《诗集汇存》，更像是普通意义上的丛书，并且没有单独的序跋。第四大种《诗集拾遗》及第五大种《诗集拾遗补》，序跋另见该种。

二、"例言"(第 378 页)

一[一] 凡诗文成帙者，虽入《汇存》而各有专集，不相儳混。

一[二] 凡诗文不成帙者，列入《拾遗》，合而刊之。

一[三] 《拾遗》刊成后，而又得若干，则补于《拾遗》之后。

一[四] 诗文编列，悉按行辈，挨次顺递；女史诗亦然。

一[五] 是刻之前凡有专集行世而卷帙浩繁者，为节费计，不复登入。

一[六] 《浣俗斋》《愚溪集》等，旧日刻板不无舛讹，兹于诗后各附校勘记，纠其谬误，识者自能辨之。[第 1a 页]

一[七] 诗文内偶有字迹模糊未能传信者，则概从阙疑。

一[八] 搜辑诗文，凡得自某处者，必叙明来历，不敢没人之善。

一[九] 叙中年月，皆按撰文时记载，不依诗文次第之先后。[第 1b 页][第 378 页]

03－036　高密单氏诗集拾遗

单步青

一卷、补一卷。单步青辑，《山东文献集成》第三辑第 44 册，影印民国十六年（1927）高密单氏上海石印《高密单氏诗文汇存全集》本。

《高密单氏诗文汇存全集》另见该种。据其总序所述，内部《诗集拾遗补》原与《诗集拾遗》等四大种并列；但《诗集拾遗补》没有单独的序跋，兹即参照集名，以之作为《诗集拾遗》的附录。

一、单步青“叙”（第 491 页）

吾族诗集，自明季迄雍、乾时，县志列之详矣。然名存诗亡者，已不知凡几。厥后《高密诗存》并亡友遗诗继续叠出，综而计之，亦不过千百之十一而已。今定刻诗体例，凡存有专集者，均入《汇选[存]》；其原有专集而久经散佚，或原无专集而得诗若干不能成帙，及仅有一首数首零金碎玉流传于世者，悉为裒而集之，颜曰《拾遗》。至集中编次，则以行辈分先后，俾昭穆相当，谨守秩序云。民国十五年八月，即夏历丙寅年[1926]六月，步青谨识。[第 1a 页][第 491 页]

03－037　三盛诗钞

盛研家

四卷、附刻二卷。盛研家辑，同治五年丙寅(1866)磊思巢刻本。(中国国家图书馆藏)

一、刘绎“重刊三盛诗钞序”(第 1a—2a 页)

国初江西“三魏”著称，继而有“三盛”，皆以诗古文名。“三魏”集盛行于时，而“三盛”书不少[稍]见。余尝读仲子文于选本，心慕之。适广文胡君司铎于丰，为武宁人。余问以《字云巢集》，则曰板已毁，不可得。既而武宁广文李君兰九，寄“三盛”诗钞本四册至，且致书云：“‘三盛’诗文，旧刻久已散佚。兹其旁裔名研家者工诗，有盛氏风，辑而钞之，存箧中盖数十年。研家今已八十岁，惧不能存，出而相示，且属校订焉。故[第 1a 页]寄以相质，乞序其端。”余乃得而卒读之，而后叹名士之无虚也。三子名噪于英年，兄弟竞爽，互相切劘；时有异同，而各造其极。大约仲功力较深，叔襟怀冲旷，季则才大而能敛，皆超出尘壒之外。武宁昔黄文节公衍江西诗派，独辟町畦，拔俗于千载之上；“三盛”诗亦尽去渣滓，纯任真性，殆可希风前哲者乎？至其诗境之变化，与其自道之甘苦，则王公讷夫序之详且切矣，余不敢更赘一词。夫“三魏”之文，实高于诗。而“三盛”之诗，乃卓然可传如此；余[第 1b 页]未得遍读其文，不知于“三魏”何如，愿兰九更寄读为幸。此稿亟赞贤裔付梓，毋令庸耳俗目但震“三魏”之名而忽“三盛”，是则兰九为之功臣也。同治四年[乙丑，1865]季春月，恩江刘绎谨书。[第 2a 页]

二、王世章“三盛诗钞序”（第3a—5a页）

豫宁“三盛”，仲子少嵚崎，以古诗文鸣；所录有《于野左氏录》，皆奇辟，书行未弱冠。而叔子、季子，方年少有才，硉矹自喜。一时角出，相与上下，轰轰若海外三峰，缥缈不可即，而友人称之曰“三盛”。仲初学洎阳，力古能自振，于诗近少陵，故所得多沉雄郁壮之音，而骨力坚伟，直捣其壁。时季为童子，杰杰有奇气；作《日苦短歌》，险怪不可测，闻者汗骇，名以大噪。而叔独冲闲自若，其意澹远；浮之无上，入于无[第3a页]朕；杳然欲冥，泠泠乎人境俱绝，其所至于仲、季为独异。叔与季，幼并受仲学，仲督之严。已而二子自成立，仲颇不以弟畜之。间语人曰：“吾于诗文中少所畏者，惟畏吾季。”人疑其大言奖借，恶之。然余见其为诗，季出，仲必加掊摘，而叔与季尤喜嗤仲诗，至或片言只字、高下抑扬、声响之希微，出入往复，互相争执，数四不休。余戏之曰：“杜甫晚年，诗律始细。君兄弟皆年少，何自苦？”而三子卒不少恕。城南一轩，露光斗许，尝与予坐卧其间。酒半，于野取季[第3b页]诗大声诵之；节促处，激昂悲壮，断续低徊，若古箜篌苍凉欲绝，若海涛夜卷鲸龙欻起也，若秋风之度林飒然而寂，其意境倏忽，独往独来，盖不知其所属也。季才大而气盛，为诗锐于叔、仲，日能数千言，皆入古，叔、仲惮之；而季独好叔，叔自以为不及。叔、季诗，其源皆出于仲，而所就特异，卒之叔不掩季，仲亦不为叔掩也。仲所著，向多属余点定；余不精诗，问于叔、季，叔默然曰：“《三百》尚已，晋魏以来皆兰茝也。夫工瑟而合轩辕氏之律，遂为一世所不[第4a页]好，恶知铁堂之峡犹有嵌空太始之雪在乎？”季则以为：“饥专粟，寒专帛，治玩好者专珠玉；且强天下嗜太羹而废蔵脔，不可也。”其论如此。“三盛”，仲子于野，名谟；叔子名镜，曰于民；季子名乐，曰水宾。先是，成十先生官洎阳，又迁吉州，“三盛”或离或聚，诗不一稿。戊申[雍正六年，1728]先生归里，而“三盛”始合；“三盛”之著作，益互相切磨，得汇成帙。一岁所积，不下千首。今梓者，不及十之一二。然皆以俟之其人，百世上下当有在者；必谓集行而因以间执悠悠者之口，非“三盛”[第 4b 页]意也。雍正十年壬子[1732]夏，浔江王世章讷夫氏书于三山旅舍。[第 5a 页]

清诗总集序跋汇编

4

朱则杰 编

凤凰出版社

03－038　石氏乔梓诗集

潘钟瑞

二卷，附一卷。潘钟瑞辑，光绪九年癸未(1883)吴县潘氏刻《滂喜斋丛书》(第四函)本。(浙江大学图书馆藏)

一、潘钟瑞“石氏乔梓诗刻叙”(第1a—b页)

梅孙石丈，辱与余为忘年交最深。始余知丈精于文律，教授乡里，力振文风之靡，而未尝自以诗鸣。然乡里中，竞称石氏三世能诗，固不可得而掩也。远梅先生，《清素堂诗文集》久已传世。蔼士先生，善自韬晦；诗不多作，作必精纯。其《听雨楼诗》稿，先生殁后，梅孙丈始出以示人，为武康徐雪庐先生所鉴定，梅孙丈夙抱梓行之志而未果。今年郑盦弟奉讳归，重念吾吴乡先辈遗著之未刊者，欲为之流传。既刊朱、叶《二茗诗》，因又刊石氏父子诗为《乔梓集》。盖朱先生为远梅先生之女夫；叶先生有[第1a页]令子，又为蔼士先生之女夫，姻娅相交，渊源一派，四种并行，皆为乡里所尤推重者。郑盦之意诚笃矣！《清素堂集》梓行已远，天壤间当有留存者，兹不重刻，观者勿谓三世之阙其一也。光绪九年癸未[1883]十月，邑后学潘钟瑞谨叙。[第1b页]

03－039　王氏一家言

王如英等

二十八卷。王如英、王怀琪等辑，《山东文献集成》第三辑第 42 册，影印民国七年(1918)顺和堂石印局石印本。

一、王如英“一家言记”(第 242 页)

《一家言》者，所以载我王氏之德业文章，以留于后者也，讵备观览哉？则阁学两[？]公之肇修，意深远矣。然始于宁波公，终于银台公，不过九册。即续于法娄两[？]公者，惟阁学公一册而已。他如锦亭、易安、鹭溪诸公，著作虽富，则未之及也。且前集仅存一帙，曾无副本。如英惧其久而易失也，壬戌[乾隆七年，1742]冬，搜诸公文集，得诗古文词若干，继前集续为一编，凡十有八册。迄癸亥[乾隆八年，1743]秋，告竣焉。呜呼！我王氏文人多矣，斯集讵能悉备？亦惟“有则载之，失则阙焉”而已。后有作者，庶览于斯而知所郑重，则幸甚矣。[第 1a 页]时乾隆癸亥[八年，1743]仲秋榖旦，如英谨识。[第 1b 页][第 242 页]

则杰按：据此所述，此集编者在王如英之前，至少曾经有过王敷政(即卷二十作者“阁学公”，曾官内阁侍读学士)、王居正(即卷二十一作者“法娄公”，法娄其号)两人，并且以王敷政为创始者。

二、王绍德“王氏一家言序”(第 243 页)

《王氏一家言》，我王氏先人之著作也，奏议记传以及诗词杂作皆备录之。音容虽渺，一开卷如亲謦欬焉。累世续增，未付剞劂，仅钞本若干卷。丙子岁[光绪二年,1876],族之老成惧旧帙朽败,无以传后,别钞副本,弆藏宗祠,为久远计。钞毕,命绍德序其事。德谫陋不文,安敢妄赞一词?然扬祖德清芬,存先人手泽,孙子之责也。我王氏自胜朝迁般阳,世以文学传家,都人士咸推为邑之望族,如司农、银台二公之勋业,海州、宁波二公之吏治,苑卿、理丞二公之清风高节,列于国史邑乘者,固垂不朽;即未登仕版者,亦以[第 1a 页]文章濯磨,执骚坛牛耳。念东高司寇、豹岩唐太史、昆仑张山人,负海内重名,素慎许可,而其序子下公、乃孚公、淑子公诗,皆击节推服,其非阿好可知。百余年来,继起者则惟我叔父荣县公,刻烛摊笺,提倡风雅,凡碑版大手笔代人捉刀者指不胜屈,著述十数种,刻有专集行世,卷帙繁复,集隘不胜登,亦不必登也。且叔父《管见举隅》一书,蜀人又重锓板,流传遐迩,更非一家所得私藏矣。我后人诗书世守,虽未敢废坠,而功名德业未能接迹前人,睹思编者,应惶然抱愧,共思奋厉,庶不负宗老重钞之意也夫。[第 1b 页]时维光绪丁丑[三年,1877]四月上浣,闻孙绍德谨序。[第 2a 页][第 243 页]

三、王肇铨"修一家言序"(第 244 页)

士大夫生乎百世之上,而百世之下犹令人景仰不置者,盖精神之郁薄,发为文章。文章不与草木同腐,精神即与乾坤并永。古今来,得以流芳百世者,赖有此耳。我《王氏一家言》,皆我先人精神之所寄也。吾乡高念东、唐豹岩、张宪松诸前辈,为推许者久之,非后人之私其亲也。顾相传仅手钞数册,其间散失无考者不知凡几;非急思收而宝之,恐代远年湮,并此亦不可得。《记》曰:"先祖有善而弗知,不明也。知而弗传,不仁也。"子孙虽愚,忍听其埋没,贻"不明""不仁"之诮乎?丁巳[民国六年,1917]续谱告竣,余族叔怀琪慨然[第 1a 页]议付石刻,用垂久远,俾后之人一披卷如闻先人之謦欬,或有所观感而兴起乎。爰命族兄肇桓、肇权、肇茗,族侄维屏,重加校阅。舛讹太甚者,略事修正;疑者阙焉。阅三月而事竣。上起宁波公，下迄梦白公，共二十八卷。告成之日，命余为序。惭不能文，又不容辞，聊叙数语，借以记此事之始末。呜呼！余自束发受书，即发愤立志，以期继武先人，不敢过自菲薄。今三十余年矣，悠悠半生，建树毫无。每读《一家言》，惭愧交集；上之不能如司农、银台诸公握军符，柄政权，建功业于国家，下之不肯如月芦、易安诸公守田园，逃姓名，借诗酒以怡情；徒仆仆风尘，随俗俯仰，势将[第 1b 页]与草木同腐，伤已！然获列名先人文字末，亦幸矣。后之观此文者，能奋然兴起，媲美乎前人，光大乎我家，而《家言》一书，又将续增无穷焉，庶不负此次石印之意也夫。时民国七年，岁次戊午[1918]，三月中浣，耳孙肇铨谨志。[第 2a 页][第 244 页]

03-040 瑞竹亭合稿

王元坤等

三卷，附一卷。王元坤辑，王琨订，《四库全书存目丛书补编》第30册，影印光绪三十一年乙巳(1905)萧氏趣园刻本。

一、魏禧“序”一(第608—609页)

壬子[康熙十一年，1672]秋，与吾友彭躬庵聚首于吉之水云庵中。未几别，余还里，犹忆躬庵与余谈次，谓吾来吉郡，得一门下佳士王侣薪[愈融]，因识其兄进士若先[王愈扩]，二人俱博学好古，以能古文名，见者闻者争相推重；吾阅其文，深嘉其才品识力，东坡兄弟后所仅见者也。余中心藏之，屡欲过访不果，而王子兄弟且来。若先中道病作，回泰之金莲山，命弟侣薪诣庵请谒，并携文取正。余评文之暇，见其起居端重，知为非常士也。居数月，辞归。[第1a页]次年春，余赴金莲山，谒若先，留寄，又同避兵云坞，与若先兄弟促膝议论，《左》《史》以下，各尽其所见，因出《竹亭合稿》属余序。余于侣薪文，业已校订。今阅若先文，大小修短，各有意思，不苟作，尤长于论古人，与弟侣薪颉颃。是时，若先成进士四年，侣薪才念二龄。二人所言，有抱道穷山之士所不能言者。人但知王子兄弟之文为不朽，不知不朽者何在；但知王子兄弟之才有用于世，不知其何以用也。天下奇才志士，磅礴郁积于胸中，必有所发；不发于事业，则发于文章。名[第1b页][第608页]理之言、经物济世之说，在世人皆可以袭取；独其所以不能名言之故，斟酌古人之是非，宛转低徊，苦心精思，则亦惟天下非常士可以想见，其余何足以知之，而况于袭取而伪托之乎？今古文遍天下，莫不自命不朽。然志识卑陋，不出米盐杼臼之间。及夫临文，拘牵万状，首尾冲决。是其终身所经营，意皆在于速朽，而顾求为不朽左矣。噫！其孰能如王子兄弟之文之继美前哲，远驾时贤，而为西江非常之士耶？康熙十二年癸丑[1673]菊月上浣，年家眷同学弟宁都魏禧[第2a页]勺庭撰。[第2b页][第609页]

则杰按：此序当经王元坤改窜，参见下文魏禧序第二篇及王琨《书后》。

二、彭士望“序”（第609—610页）

古今之以文传者，代不数人。求其文与人不为世所疵颣，大江以西，当必以欧阳公为首称矣。公起家制科，而宋制犹近古，其制题不过问经书大义，文不过论策诗赋，未尝割裂破碎，上下拘忌，以为摹画口吻肤色，靡曼之文如季明之甚者也。而欧阳公，子瞻兄弟，既得第，犹心疚少年应举之文，谓为穿蠹经传，移此俪彼，以口舌得官，深自惭憾。欧公成进士，始大改其所为，以为庶几有立；然言出而罪辱随之，有为彼[第3a页]获誉、为此受伐之叹。子厚亦谓文章一道，得之难，知之愈难，至自比于蜀日越雪，其亦有激而不能自已者矣。有明数百年，天下聪明才辨之士，屈首沉溺，殚有生之精力，揣摩变迁，务求一当，而殊绝者又未可必得，老死兀兀，不能自奋，徒令天下之人才、学术，强半靡耗于其中。其既得之者，则遂有官，守钱谷，簿书讼狱之繁、律令刑罚之惧，日惴惴以顺时远戾，犹恐不给。夫古人学而后入政，今所学非所用，又不能以政学。一旦佐明堂，出政教，下及民事，举行先王之大[第3b页][第609页]经大法，定非常，决疑变，抑几何其能济也？间尝与吾友王子若先、吾门王子侣薪，私语叹息。今进士服官须次且十年，有志者慕欧公改为之言，因尽革其幼学之习，沉酣古人之书，与良友讨论辨析，出而娴习典故，周见闻察，识人之情伪，以自植其身，明理道，增长意识，敏练通达，而归之于实用，即不必相及古今数人之列，而不愧科名，为当世不可少之人。欧公所谓“道胜者，文不难而自至”，而兼收焉，此亦士君子之所当为者也。而王子兄弟,则固已知之早矣。若先成[第 4a 页]进士已七年,侣薪亦补弟子员,二人循循雅饬,于父母邦族无间言,益自砥砺,思有以勉其所未逮,视仕宦泊如也。今虽以兄弟年来所为古文稿付梓,正以质诸海内名巨,非汲汲要誉者比,吾安得不代为揭之?吾于二人之文,久已评定。兹复详加点次,反复吟玩。其书序传记,隽爽淡折;其衡论往古,精切透亮,识力高,见地远。举凡世道民生、盛衰盘错之际,了然心口,岂可以寻常测之哉?大率王子兄弟之文,并皆绝去雕绘,独抒性情,而未尝不参以古人之法,要无不[第 4b 页]可传者;不必尽效欧阳公专家之言,然后为吾西江之文也。康熙十五年丙辰[1676]蒲月上浣,年家眷同学弟南昌彭士望躬庵撰。[第 5a 页][第 610 页]

则杰按:此序又载彭士望《耻躬堂文钞》卷六(《四库禁毁书丛刊》集部第 52 册,第 102—103 页),标题作《瑞竹亭初集序》,原为王愈扩一人而撰;除删去末尾署款之外,其他文字亦颇多出入。

三、魏禧"序"二(第 611 页)

泰和王子竹亭[愈扩],以能古文名于时,天下非常之士则独称其志识。丙辰[康熙十五年,1676]秋,与吾友彭躬庵相见于富田,曰:"吾往言王竹亭,今为湖西一人无疑,吾今而后其可以死矣夫。"予惊叹,急欲见之,而竹亭且来,中道病作。已,诣予金莲山,又同避兵于云坞。所言皆天下伟人大事,并恨相见晚。然竹亭终好古文,相与议论,《左》《史》以下,各尽其所见。又出平生所为文,使予论定。竹亭之文,大小修短,各有意思,不苟作,尤长于论古人。是[第 1a 页]时,竹亭成进士已七年,其言有抱道穷山之士所不能言者。天下皆称竹亭之文为不朽,不知不朽者何在;知竹亭之才有用于世,而不知其何以用也。天下奇才志士,磅礴郁积于胸中,必有所发;不发于事业,则发于文章。名理之言、经物济世之说,在世人皆可以袭取；独其所不能名言之故，斟酌古人之是非，低徊叹息，百折而不忍下，其苦心精思，则亦惟天下非常之士可以想见，其余何足知之，而况于袭取而伪托之乎？今古文遍天下，莫不自命不朽。然志识卑陋，[第 1b 页]不出米盐杵臼之间。及夫临文，拘牵万状，首尾冲决。是其终身所经营，意皆在于速朽，而顾求为不朽之文，噫！可叹也。云坞去郡城数十里，去孔道数里。时郡中大攻战，炮声彻左右耳。而予方序竹亭之文，与竹亭上下古今，意气益激昂闲暇。惜躬庵先予去，不得使之一论定也。康熙十五年丙辰[1676]，宁都魏禧勺庭撰。[第 2a 页][第 611 页]

则杰按：此序又载魏禧《魏叔子文集·文集外篇》卷八（中华书局 2003 年 6 月第 1 版，上册第 425—426 页），标题作《王竹亭文集序》，原为王愈扩一人而撰；除删去末尾署款之外，其他文字基本相同。

四、王元坤"跋"（第 703 页）

坤始祖讳休文，籍湖广，仕南唐端明殿大学士。子讳徽，任吉州法曹，留居泰和梅冈。代列科名者，俱博学好古。其文集诗稿，各后裔收藏颇多。惟坤亲支祖讳幼裕公之《兰亭集》，讳伯焘公之《绿野堂诗稿》，明进士太高祖讳育仁公之《瑞鹊亭文集》，明进士高祖讳尔康公之《青原山房遗稿》，明举人曾祖讳锡玄公之《信芳集》，明兵备道祖培乔公之《宜园集》《山堂肆考补》，清举人叔祖讳培青公之《雪松亭文集》，暨清进士伯[第 81a 页]父讳愈扩公、先君邑庠讳愈融公之《瑞竹亭合稿》，其板俱贮坤家；后遭寅[甲寅，康熙十三年，1674]、卯[乙卯，康熙十四年，1675]藩变，举家逃窜，只字无存，诚恨事也。至康熙五十七年[戊戌，1718]间，建昌布衣梁讳份先生，以古文见重于本省各上宪；有臬宪陈，原籍泰和，央请梁先生来泰查寻。陈姓、梁先生于寅[甲寅，康熙十三年，1674]、卯[乙卯，康熙十四年，1675]之前曾与先君同游彭、魏两先生门下，以故吉郡泰邑素所熟悉，到日即访坤家住址，信宿盘桓，详述从前世好旧交。见坤近况荒落，泪盈盈下，解囊厚赠。旋出先伯、先君遗稿，云“当日聚首时，亲见二人古文各数百篇，所[第 81b 页]抄录者止此耳”，嘱坤珍藏不可遗失。坤悼伤祖上著作并无只字，兹幸得先伯、先君手笔，悲喜交集，因思贷费付梓；虽不成帙，抑亦先人之精神所寄，可想见其学问、经济之大概，非碌碌寻常者可比也。乾隆元年，岁次丙辰[1736]，春三月上浣，元坤谨跋。[第 82a 页][第 703 页]

五、王琨“书后”（第 711—712 页）

吾邑以古文鸣者，莫盛于元明间。及入国朝，虽代不乏人，要当以梅冈王竹亭先生首屈一指。考先生先世，南宋时，科名极盛。有约斋进士致尧，与文信国公讲《易》于道体堂，公尝书“履恒谦益”四字以遗之。其曾孙秋涧，建“万丈楼”贮焉。明初，有起予者，尝遣其子颖从先侍御子启公学。及颖卒，刘槎翁尚书铭其墓。而约斋五世孙道济，博学工词赋。其子伯熊，复建“好古楼”储经史以课子姓，梁泊庵侍读为之记，杨文贞[第 1a 页]公则记其“樵雪斋”。其从弟子朋，与讷庵尹宫允尤称莫逆，俱详诸先达集中，郡邑志因之以立传。迨嘉靖间，阳冈大参鸣臣，复以进士起家。其从子延化刺史，即竹亭先生兄弟之高祖也。据侣薪先生之子远峰明经跋称，刺史而下，五世七人，人各有集。不仅“三进士”“两孝廉”，足为世俗耀，而其学术之所自，亦于此可概见矣。其后，侣薪复游躬庵、勺庭两先生之门，而竹亭亦以学行，与易堂、程山诸子互相磨砻。使天假以年，精进不已，安知其兄弟之文不卓然与彭、魏二家[第 1b 页]并驾齐驱也？独是其集藏版，经三藩之变，悉为灰烬。而是编为南丰梁质人先生所手抄，梁即程山高足弟子，授明经时，距二先生之卒已四十年余。以故竹亭所作之《游陶湖记》，载邑志中者，竟未收录；其游子瑶山记，邑志暨《王山遗响》俱署竹亭名，而是编羼入侣薪稿中。至简端魏序，本为竹亭集而作，《三魏集》及《国朝二十四家文钞》可覆按也。是编乃增减其词，一若为兄弟合稿而作者，疑明经作伪，欲借以增重乃尊耳。独不思二篇俱载邑志，而《王山遗响》为蒉山[第 2a 页]先生之子世坤所手辑，得之目睹，决不致误；况《遗响》有竹亭诗，而侣薪又非不解吟咏者，若果躬游胜境，谅亦忍俊不禁，何竟无只字留遗耶？予尝以是质之萧蒲村中翰，中翰固喜表彰乡先达，凡乡先达遗集有堪垂后而其裔力难规复者搜罗殆遍。如刘恭介公之《槎翁诗文》正、续各集，萧正固先生暨其子坦行长史、孙雪厓大宗伯《三世合集》，以及萧宫师之《尚约集》，曾学士之《松朧集》，业已次第开雕，所费不赀。兹闻予有是编，复捐金付梓，而以雠校见属，且取《泰和诗[第 2b 页][第 711 页]征》所录竹亭先生诗凡十九首，与《游陶湖记》并附卷末。而魏序亦复更正，俾还旧观。惟《子瑶山记》，以手民亟欲蒇事，艰于移置，故辩证于兹，而姑仍旧贯。其他有疑难者，悉检征引各书，补遗订讹，期无遗憾，务使是编与乡先达诸集并流布远迩，庶吾邑之闻风兴起，或因是而有志古文者，庸讵知其不若元明间之盛耶？光绪三十年，岁次甲辰[1904]，仲秋月，邑后学龙湾王琨识。[第 3a 页][第 712 页]

【附录一】《四库全书总目》卷一百九十四集部总集类存目之四（中华书局 1965 年 6 月第 1 版，下册第 1772 页）

瑞竹亭合稿四卷（江西巡抚采进本）

国朝王愈扩及其弟王愈融撰。愈扩字若先，泰和人，康熙庚戌[九年，1670]进士。愈融字侣新[薪]，终于诸生。兄弟俱从魏禧游。愈扩文长于论古，颇能曲折如意，盖其师授如是也。愈融笔力稍弱，风骨尚未老成，较亚于其兄。是集初刻毁于兵。后愈融子元坤得旧本于建昌布衣梁份所，又手录而重刊之。

则杰按：此处著录王元坤辑四卷本，疑其对应今四卷本之前二卷。

03－041　宁都三魏全集

林时益

五十九卷，附二十四卷。林时益辑，《四库禁毁书丛刊》集部第4—6册，影印道光二十五年乙巳(1845)宁都谢庭绶绂园书塾刻本。(下录见第4册)

一、林时益"魏氏三子文集序"(第2—3页)

"魏氏三子"者，宁都魏天民征君之子：长曰际瑞，字善伯，是为伯子；次曰禧，字冰叔；曰礼，字和公，是为叔子、季子。"三子"平日以父为师，而兄弟相为朋友。其四方[第1a页]及乡里之贤者，"三子"莫不折节请受其益。或讲求天下古今之故，或穷圣贤之理义，或谈论诗赋文章，皆欲究得其所以然者，于是而各有所著。伯子、季子阅历十二国，所经恒数万里，其于[第1b页]世务人情多所谙识；而叔、季二子所交奇伟蕴抱之士，则视伯子为至多，天下遂谓之"宁都三魏"。而或比之"眉山三苏氏"，则非"三子"之意也。"三子"尝曰："人各自成其我，虽兄弟至亲不期相类，[第2a页]何事高拟以辱古人?"然则"三子"之各具其本末者，亦可见矣。今简其所作，欲出而与天下相正，爰付梓人，以代钞录，盖不特其文，即其人亦于是乎似之。予于"三子"为易堂友，而齿则兄行也；[第2b页][第2页]叙其始末，无溢美焉。其曰世杰，字兴士者，是为伯子之子；世傚，字昭士；世俨，字敬士者，是为季子之子，又本伯叔、父兄以为师，于是亦附其文于编末云。南昌林时益确斋氏书。[第3a页][第3页]

则杰按：此序未署作期。编者林时益，原名朱议霶，明宁王后裔，曾官奉国中尉。魏禧《魏叔子文集·文集外篇》卷十七

《朱中尉传》,记其卒于康熙十七年“戊午”(1678。可见中华书局 2003 年 6 月第 1 版,中册第 868 页)。据此可知,此集最初成书不可能晚于该年,部分内容当系后来递补。

又,此下有一篇魏禧“序”(第 3—4 页),实为第一家小集而撰,并非总序,兹从略。

03－042　呈贡文氏三遗集合钞

赵　藩

十六卷。赵藩辑，台湾新文丰出版公司《丛书集成续编》第105册，影印民国三年(1914)云南图书馆刻《云南丛书》(初编集部之十六)本。

关于此集内部分卷：第一家文祖尧集，《明阳山房遗诗》标为"卷一"，又《明阳山房遗文》不标卷；"附录万里赠行"标为"卷二"，又"附录交游赠挽诗词"不标卷。第二家文俊德集，《余生随咏》《醉禅草》各一种，均注"附"字而不标卷。第三家文化远集，《晚春堂诗》卷一至卷八。底本全书的书名页左侧题"共十卷"，可能没有把前两家集内不标卷者计算在内；或者依照下录赵藩序所述，把前两家集各视为一卷，均欠妥。

一、陈荣昌"文氏三遗集序"(第93—94页)

呈贡文氏，故儒家也。诗书之泽，至于今未坠。而有开必先，则自明季介石先生始。介石先生之子为秋水先生，其孙为又山先生。合三先生之诗为一集，收入《云南丛书》中，名之曰《文氏三遗集》云。介石先生为明遗老，秋水先生承父志不仕，又山先生壮岁入官，旋舍去，皆卓然有以自立者。予平日心慕三先生之为人，尝形诸歌咏矣。读介石先生诗，题七律二首云："君去已经三百载，安知我又抱君忧。山沉日月难回照，海溢波涛尽倒流。心事但看发种种，人生莫问天悠悠。一端差比先生胜，得[第1a页]免思乡万里愁。""感深沧海盼还山，七十三龄旧冷官。独客归来半道死，金[全]城居尽一家安。天心厚薄人难料，世事乘除我怕看。古迹已陈今未了，灯前掩卷泪阑干。”读秋水先生诗，题七绝二首云：“醉禅何处证禅心，但把余生付苦吟。老死一衿不求仕，孤忠何减顾亭林？”“时危群盗乱如麻，两不能伤孰敢夸。流寇安知攸好德，皇天自佑善人家。”读又山先生诗，题五律一首云：“咄咄晚春堂，斯人特异常。多才方领县，未老早还乡。高咏空余子，豪游遍四方。父书兼祖砚，家学有辉光。”予之钦崇三先生者如此。至文氏之后裔，予所见数人，或读书或不读书，[第1b页][第93页]皆循循有规矩。今复以《三遗集》请予作序，岂非数典不忘其祖者耶？予病方起，惮于构思，爰录旧所为诗以应之，而三先生之风概亦略可睹矣。岁在昭阳大渊献[癸亥，民国十二年，1923]，秋七月，昆明后学陈荣昌敬撰于翠湖旧庐之又次轩。[第2a页][第94页]

则杰按：此跋所署写作年份可疑。岁名“昭阳”如不从《尔雅》而从《史记》，则对应“辛”，辛亥为宣统三年(1911)。

二、赵藩“文介石先生父子遗诗序”(第94—95页)

呈贡文介石先生《明阳山房遗诗》一卷，附子俊德《余生随咏》《醉禅草》一卷，皆先生之孙化远所辑存。而先生十一世孙大章，又迻钞副本，并奉先生遗像，暨娄人赠行诗文卷子、顾士琏《思贤庐记》、提学王岽祭先生文，款余昆明寓庐，出以见示，乞为编订成书，并附录先生交游赠处篇什，汇为二卷。既卒业，序之曰：先生名祖尧，字心传，一字介石，晚而自号“日月外史”，滇之呈贡人。明天启辛酉[元年，1621]选贡，任四川名山县训导。崇祯壬午[十五年，1642]，迁江南太仓州学正。甲申[崇祯十七年，顺治元年，1644]国变，乙酉[顺治二年，1645]南都继陷，弃官，从里人释读彻[第1a页]遁迹中峰寺。已而定居昙阳庵，倚青鸟术自给。屡谋归，未果行。顺治辛丑[十八年，1661]始首途，八月至湖南桃源县，病中闻缅变，悲愤不食，卒于舟次，年七十有三。孙化兴迎柩归葬呈贡黄土坡。子俊德，字士宾，一字秋水，亦明季诸生。敦品喜施，乡里称善人。流寇之屠呈贡也，其酋诫勿扰文善人家，家以获全。仰承先志，隐居不出。吴三桂招之，力辞以免。孙化远，字又山，举康熙丙午[五年，1666]乡贡，亦工诗，有《晚春堂集》，已梓行，子献能以文学世其家。先生德粹学纯，操履严正，敦尚实行，以圣贤为法；挹其言论风采，如坐春风，令人自化。司铎名山、娄水，皆自订儒学进修日程，[第1b页][第94页]颁之诸生，俾日记善过，躬为考校。一时士论翕然，以为安定复出。迨隐遁萧寺，门人犹追随讲学，与陆桴亭、盛圣传、陈确庵、顾斯士、王石隐诸遗老最称投分，三吴士夫以得延致先生一饭为幸。壬寅[康熙元年，1662]，娄人闻先生讣，则就县阳庵旧所营别室，榜曰“思贤庐”，奉祀先生栗主，私谥为贞道先生，拟之以管幼安、陶元亮，洵非阿好也。先生所著书，曰《儒学日程讲义》十四卷、《春秋析疑》二卷、《周易阐微》四卷、《南都纪闻》二卷，俱未梓而佚。惟《明阳山房诗文》六卷、《离忧集》三卷已刊行。乾隆中抽毁违碍书籍，仍付劫烬。今此二卷之存，已历二百余年，得逃于鼠蠹[第2a页]兵火之厄；先生父子之性情风节，使读者犹于楮墨间若亲炙之，吁！足贵矣。适会吾滇有《丛书》之刊，亟付锓木，以永其传焉。甲寅[民国三年，1914]秋八月，剑川后学赵藩序。[第2b页][第95页]

则杰按：此处所说文祖尧辑《离忧集》（后面汤冔跋称《栗忧集》），实乃陈瑚辑《离忧集》（参见该种）；盖其所收作者第一家“滇南先生”即文祖尧，由此牵连而致误。

三、汤冔“后跋”（第196页）

天壤间事事物物，亭毒万象，然瞬息即逝，或刹那已空，大抵皆凡品庸流，非天心所贵者。至若历风霜水火兵革而不渝，迟之又久而终获表彰于世者，厥惟纲常名教，亦厥惟纲常名教中之至文也。是岂天之故厄于此而宽于彼耶？盖植此纲常名教之人，往往数百年一仅见，而其所为之文亦往往数百年一仅有，传之于世，立人之极，天又安得不一困再困，一慎再慎，使之一出而不可复泯，以祈夫旷远绵亘，流泽无疆也哉？吾滇文贞道先生遗诗及讲义，其十一世孙、余中表翰卿授余读，如《饭足窝解嘲》，以素餐自责；仿杜七歌，慷慨悲愤，血[第1a页]与泪零；送弟兄归隐，词严而直，独立不惧。其余感怀酬和诸作，字字句句均从义胆忠肝流出，固不得仅以诗目之。至《诚恒敬讲义》，孜孜以躬行实践相孟晋，尤可想见先生抱朴守真之丰度，于以知先生诚有功于名教纲常也。翰卿执先生稿，属余表扬，并问序于余。余愧尘露之微，何补名山？适月村前辈纂辑《滇[云]南丛书》，余闻而欣幸，不自知其造次，辄执稿以请附刊。前辈于先生历史，知之最审，极乐表同意。余并商之翰卿，将所存其子秋水公《遗[余]生随咏》《醉禅草》，孙又山公《晚春堂诗集》，裒八卷汇呈审定。前辈更广为搜罗，裒成合集，付之剞劂，以公[第1b页]诸世。昔《三苏论》刊行，鼎重一时。今三文诗集，或值国祚倾圮，风云变态；或值天运初归，光华复旦。讽刺感伤，完乎正命；匡救将顺，树之风声。各于其时，后先辉映。为戒者著，为法者彰。世道人心，胥于是乎赖其鼎重，更为何如耶？余考先生所著，如《栗忧集》《善过格》《儒学日程》及《讲义》诸书经刊行者，迄今已不获睹；而并此秋水公诗为清代所讳，弗能揭橥之，遗稿由明以迄今日，历年将三百；又山公集，亦历二百廿余稔。中间经过之沧桑，不知凡几，竟各各岿然独存。三先生之志与节，即此历历可数。虽曰诗集，谓非纲常名教中之至文，为天心所贵者，[第2a页]乌能厄郁至此之久，始放大光明乎？余承月村前辈，得应翰卿之属，更得以挂名于三先生手著之诗之末，抑何幸甚！因念比来正学荒芜，人纪崩颓，爰提出三先生之纲常名教，以自勉勉人。异日顽廉懦立，不益信三先生之流风余韵，皆嘉惠后来之师资；三先生之德泽，不更与山岳并峙、江河共长乎？时在民国四年[1915]八月，晋宁汤奡顿首谨跋。[第2b页][第196页]

03－043　海丰吴氏诗存

吴重憙

四卷。吴重憙辑，《山东文献集成》第三辑第43册，影印光绪十年甲申(1884)海丰吴氏陈州府署刻本。

一、吴清俊“海丰吴氏诗存跋”(第374页)

《海丰吴氏诗存》，太守仲饴吴公辑其历世家集之所存也。公来治于陈，俊猥以文字受公知。辛巳[光绪七年，1881]秋，谒公于郡阁，出是编见示，凡四卷八代，作者二十有五人，彬彬乎可谓盛矣！山左诗人，巨手代兴，坛坫乎海内。若胜国之历下、熙朝之新城，其尤著也。至才高学富，蹊径独辟，则莫如德州。其精诣处，殆兼唐宋之胜而有之。夫《国风》之宗尚，程之者在先民；家学之渊源，导之者自初祖。吴氏为山左名阀，科第簪缨，世济其美，而实始于少参公，诗学亦由是开焉。是编也，诗之或少或多，人之或出或处。若云洲处士，乃少参之惠连；山左才人，纪仁庙之天语。黄梅麾江汉之英[第1a页]灵，半阁谐松泉之琴趣。聘吴七載，其铁厓之苍凉欤；雪心诸篇，其香山之隽永欤？由是尚书题华峰之石，中丞吟潍水之秋；得句蝴蝶之阶，濡毫獬豸之省。翰林风月，吏部文章；缅郊居于细雨黄花，摹春色于夕阳新绿。或清高而淡远，或酣畅以淋漓。风趣不必尽同，要其大旨莫不以温厚和平为归，盖有所受也。今读少参公《我堂存稿》自序，得诗之源流于田蒙斋先生；迨游滇，值先生抚黔，复走简相质。而德州之序《万行草》也，谓鼓吹一代，欲以“滇风”补“十五国”之缺，引吴明卿之衡文至黔自况，而以何大复之奉诏至滇比少参，其推许不已至乎？及观莲洋序《劳云草》，又举河[第1b页]汾诗本纲常之论，以为观诗知政，温厚和平，自协乎雅颂之音，此即德州“滇风”补“十五国”之旨，而诗教在是矣。今则溯自少参公而后、恭定公以来，鸣珂绾绶，中外相望，其为诗大旨如前所云，信有雍容揄扬，著于后嗣者。迨太守之先大夫阁部公《武定诗钞》，李竹朋先生序之，称其气清笔健，神似坡公，则又振先哲之逸响，扩艺苑之康庄。而太守之以风雅饰吏治，方且继阁部公惠此中州，有以知少参公诗教之传，其得力于温厚和平者，宗法正而世泽长矣。俊不足以知诗，因妄与校字之役，疑者从阙；间以蠡管所及，标其胜概。既卒业，复赘述数语，窃以少参公诗法例全[第 2a 页]编，读者其可以悠然会乎？壬午[光绪八年，1882]中秋，正阳后学吴清俊敬跋。[第 2b 页][第 374 页]

03－044　杨氏五家文钞

杨兆嶦等

十二卷。杨兆嶦、杨以兼等辑，《四库全书存目丛书》集部第 395 册，影印康熙刻本。

一、张尚瑗“□□杨氏五家文钞序”（第 1—2 页）

□□杨子又平，携其家三先生文集见□，且以表彰之□□□，余踧然不敢当。比今岁而退圃大令书踵至，汇□□□□□□□，将次成书，俾末学序其简首，于以示海□□□□□□□人世守，两君之用意勤矣。五家□□□□□□□□□□□□维庄之《强恕斋集》也，于《赣府志》文□□□□□□□□□□□文坫之□□□维庄平日所□□□□□□□□□□□西汉文以高□疏拙□□，盖□□□□□□□□□□□□□转换，都不用缴句，起句直□□□□□□□□□□□□□语謇气涣，曰“我两汉也”。此[第 1a 页]为造之者富，随之者贫，非其质矣。翻史至宋咸淳、德祐两朝，忆少时乙[乙酉，顺治二年，1645]、丙[丙戌，顺治三年，1646]遗事，辄呜咽废书，泚笔拟郑尉虎臣诛贾相露布一通，曰：“诛贾，所以诛凡为贾者。”汝[尔]逢学博，族行下于维庄一辈，而年乃倍之。所作《栩栩园集》，有《谢吕豫石大司马书》，论前明之文，若书序传志等，拘于起伏照应，不能自辟门户；或阑入二氏、诗赋之语，杂以诙谐滑稽，学无本领，妄称感慨，气骨索然；惟奏疏一种，忳诚恳恻，简练以成揣摩，纵横变化，按之不乱，呼之应节，真可传也。高识卓论，与《强恕斋》等。《强恕斋》《栩栩园》两集，皆无诗。《寓鸿亭》独好为诗，遂以诗为宋漫堂冢宰抚江[第 1b 页][第 1 页]右时所嘉赏。尔翔是时犹低头困于学博，江右士论，遂以诗名誉之。其实，尔翔于文遒古排奡、高昀霞表，于维庄为犹子，而才堪伯仲。《赣志》所登《西山岩记》，足为山川生色云。退圃所增两家，盖尊人延会明经，诗文最夥，丙戌[顺治三年，1646]湮于水灾，退圃追忆而旁搜之，曰《影居余稿》；并维明文学《汲亭稿》，合为五家。余闻延会翁平生沉静朴遬，不知樗蒲几齿、棋几道，于关西一姓分最尊，却兴安司训不就，惟日与子姓群从原本性命宗旨，砥磨气节，谓：王文成公理学、功业、文章三大不朽，为前明人物第一流；其《谏佛疏》，匹韩，《象祠记》，匹柳；近世文士，于荆川、震川、遵[第 2a 页]岩诸大家，非但不知作文精髓之所在，求能举某篇某句、猎其皮毛亦不可得，侈然自命为文章家，所以去古愈远。延会之人品文章，族子维庄极口推重。而维庄与维明兄弟相师友，尝与论文，见于《强恕斋集》中。其《陈石山记》，余已录入郡志。盖五家之文，实足为杨氏重；而杨氏一门而有五家之诗若文，实足为瑞邑重，且为岭以北、江以南重。先儒有言："文章者，天下之元气也。"又言："元气之在国家，必下有不为利回威诎之士，上有不拒逆耳之君，而后可相维于不坠。"杨氏五家，皆布衣诸生，小试仕宦，曾未得邀一命；观其立言，以知其志意之所存，[第 2b 页]多在乎国脉之兴废、世道之污隆、人品之贞邪、天道之阴阳消长。文章也，而功业、气节具见于其中。杨氏于明季褎然首亢其宗者曰维节先生，早世，不究其用，为文甚少，不名一集；以国博官留都，与娄东天如、受先两张先生相友善；受先令临川，与其邑陈大士及东乡艾千子两先生，实为两江左、右文章气节之宗主。"复社"名儒，步"东林"后尘；际贤不肖混浊之时，蕴义生风，共维植此不坠之元气。五家者，衍维节之传而受教于艾氏，家法、师承，相守弗替；退圃、又平，汇五家而镌之，用意深矣。先兄九临先生创始"复社"，实宗主娄东、东乡而盛其羽翼；[第 3a 页]吾吴师友渊源，同出此一脉。末学无闻，因序五家之文，而有感于贤人君子臭味之不远，不胜清流仰止之思焉。康熙丁酉[五十六年，1717]春正，吴江张尚瑗谨序。[第 3b 页][第 2 页]

则杰按：此序所说"退圃所增两家，盖尊人延会明经……

《影居余稿》，并维明文学《汲亭稿》，合为五家”，这里“维明文学《汲亭稿》”实际当为“维庄”杨以俨《强恕斋文钞》，参见下录杨兆嶦序及附录有关按语。

二、杨兆嶦“家三先生文钞序”（第3—4页）

余西杨氏，自太中大夫阅濂公，好讲濂溪之学，开辟文教，故启、祯之际，英才挺出。祭酒公维节、孝廉公希元、茂才公尔基，联社赤水，皆以高文卓行，震耀当代。一时流风所被，通经学古之士比肩接踵，而制举之文流播海内者，指不胜屈。迄今百余年，彬彬乎称盛矣。独诗古文词，沉埋于故纸堆中，而不一传。余读族父维明，兄尔逢、尔翔三先生文，不禁怆然有感于怀也。余生晚，不及亲炙三先生绪论。然余先君子与三先生同出九世祖，以古学相镞砺者数十年，谓三先生之文必传于后无疑。[第1a页]余小子耳熟焉，至今犹能记忆之。维明先生垂髫时，即以古豪杰自命，好吟咏，擅声誉，于书无所不读，所交皆当世知名士，尤与宁都魏叔子兄弟、同邑谢怡古、方外采公相亲善。赋诗则自抒其性灵，不以敲推刻铢为能事，才情烂漫，风调斐然，极跌宕潇洒之趣。文多散失，不可踪迹；后从松窦败簏中搜得一帙，读之则与诗相上下。盖先生才气通敏，每有所作，从人事周张时，落笔如风雨；间有不修饰处，要是才人本色，终不得而攀跻也。余家文章之盛，推太中公一门。汝[尔]逢先生为公季子，少时，随父与叔父祭酒公宦游，声名即大噪，与南都诸名宿[第1b页]树帜词坛。评先生文，有曰“老气横九州”，又曰“本之太史，以著其洁”。余谓先生所长，犹在书序记传状志之文，胸罗三长，贯穿百氏，其深奥之思、简老之笔，自是半山一流人物。闻先生晚年学诗，遂臻妙境，惜散佚弗传也。读《寓鸿亭集》，则诗不敌乎文：其议论之卓荦、笔墨之秀润雅洁、风度之博大昌明，俨然大家规范；而一种淡宕淫泆之致，流溢于行墨外，此尔翔先生学欧阳子之文，而得其神味者也。先生教上饶时，宋大中丞以西江诗派等题，课一十三郡人士，先生得首拔，称为东南儒者；将荐之于朝，而先生逝矣。三先生生同族，长同砚席；叔侄[第2a页]兄弟，徒聚首唱叹于荒村寂寞之滨。其最不幸而早死者维明先生，名仅厕诸生，年不过四十有三；尔逢、尔翔两先生虽老寿，亦不能大有所建白，仅以明经膺一学博终。呜呼！高才绩学如三先生，自宜食文章之报而垂范无穷，顾屈指三先生之殁，近者三十年，远者亦不出五十年，文章几同劫灰，幸而存者则又凋零磨灭，不可胜数，岂文之不工哉？推挽无人，以致湮没如斯夫！收拾遗文，属在后昆。余为三先生族属子弟，三先生与余先君子又有文章气谊之投，把其遗文，其能无生存殁已之怆也哉？因搜三先生文得若干篇、诗若干首而梓之。[第2b页][第3页]余谫陋无似，敢谓能表彰三先生而传其文哉？念及遗文待人收拾，则余于三先生终不得而辞其责矣。至于搜访校雠，不遗余力，则余侄朗士之力为多。是为序。恬村兆嵱谨撰。[第3a页][第4页]

则杰按：以上两序所涉部分作者表字，“维”字据此集内文均应作“惟”。

【附录一】《四库全书总目》卷一百九十四集部总集类存目之四（中华书局1965年6月第1版，下册第1770页）

杨氏五家文钞十二卷（江西巡抚采进本）

国朝杨长世及其从子以睿、以俨，从孙兆凤、兆年合刻稿也。长世字延会，瑞金人，官兴安县训导，著《影居文钞》一卷；以睿字维明，邑诸生，著《汲亭文钞》一卷、《诗钞》二卷；以俨字维庄，贡生，著《强恕斋文钞》四卷；兆凤字尔翔，官上饶县训导，著《寓鸿亭文钞》二卷；兆年字尔逢，官宜黄县训导，著《栩栩园文钞》二卷。以睿《汲亭稿》中有诗二卷，而总题曰“文钞”，用《文选》例也。

则杰按：此集依《四库全书总目》体例当首先交代编者，影印本亦仅称“杨长世等撰”，兹予以考察如下。

首先据上录张尚瑗、杨兆嵱两序，可知此集成书原分两步，即从“三先生文钞”到“五家文钞”。今影印本第二家杨以叡《汲亭文钞》《诗钞》，第三家杨兆凤《寓鸿亭文钞》，第五家杨兆年《栩栩园文钞》，各处均没有题署具体编者；联系杨兆嶦该序所说“余读族父维明，兄尔逢、尔翔三先生文，不禁怆然有感于怀也。……因搜三先生文得若干篇、诗若干首而梓之”，可知这就是起先的“三先生文钞”，其编者即为杨兆嶦。此外第一家杨长世《影居文钞》、第四家杨以俨《强恕斋文钞》，则其卷首“目录”分别题为“男以兼惟才、以介惟工编次”（第4页）、“曾孙方渔雪舫、方樵雪巘、方佃雪村、方诗雪庐、方赋雪楼编次”（第80页）。如此全书总计，其具体编者共有八人。

又据张尚瑗该序，这八人中，最主要的是“杨子又平”和“退圃大令”二人：“杨子又平”即杨兆嶦，“又平”其字，可见《四库全书总目》卷一百八十四集部别集类存目之十一《钝斋文钞》有关介绍（下册第1666页）。“退圃大令”即杨以兼（可见曾燠《江西诗征》卷六十七小传，《续修四库全书》第1689册，第452页），“退圃”其号，顺治十七年庚子（1660）举人，曾官河南涉县知县，故称“大令”。如此则参照《四库全书总目》其他类似总集的著录，此集于编者可题“杨兆嶦、杨以兼等编”。

附带关于此集内部五家小集，《四库全书总目》以杨以俨《强恕斋文钞》居第三家；此盖依五家辈分排列，最为合理，不知影印本何故次于杨兆凤《寓鸿亭文钞》之后（原书各小集卷次自为起讫，互不相属，此或许为错简所致）。

03－045 耕道堂诗钞

伊玉彬等

八卷。伊玉彬辑，伊贤珊补辑，福建省宁化县彩色印刷厂1999年1月排印本。

一、丘幼宣"《耕道堂诗钞》重印序"（第1—5页）

《耕道堂诗钞》者，宁阳先德、清代伊府七君子诗歌之合集也。七子各以别号名其诗集，曰《呆斋诗钞》，曰《砺隅诗钞》，曰《藕航诗钞》，曰《赏轩诗钞》，曰《晓潭诗钞》，曰《左弧诗钞》，曰《鹤史诗钞》。藕航登嘉庆辛未[十六年，1811]科进士，官东粤开平、徐闻县令；晓潭中道光己酉[二十九年，1849]科举人，官东粤石城、香山县令；左弧为邑廪生，援例出仕东粤盐大使；鹤史荣获光绪甲午[二十年，1894]科解元，历任浙省石门、钱塘、永嘉县令，并著政声。其余三先生端居乡里，敦品励行，绛帐传经，著述自娱，德望素著。真乃书香门第，奕世簪缨；诗文世家，人才济济，可云盛矣，美矣。古有"三曹""三苏"，史乘称美；今有"七伊"，古人不得专美于前矣。伊氏为吾邑望族，闻人辈出，[第1页]后先济美。清乾、嘉间，复有用侯，仕至光禄寺卿，著有《赐研斋集》；子墨卿，官扬州知府，为清代大书法家，著有《留春草堂诗钞》；孙少沂，官严州同知，著有《守研斋诗钞》；降至清末民初，后裔峻斋官无锡知县，善篆隶，蜚声沪渎。猗欤盛哉！何苍天钟情伊氏乃尔，文星荟萃一门，占却人间八斗才耶？

丁丑岁[1997]之清和月，家慈九秩初度，余诣清流舍弟幼华处，为萱堂祝嘏。因顺道返梓，于挚友何子康民之醉墨斋获观《耕道堂诗钞》。风檐展诵，清词丽句，美不胜收。如临宝肆，炳炳烺烺，光华射目；如飧天厨，珍馐甘旨，流香齿颊；如入夏屋，千门万户，奥藏迷人；如游胜地，林壑泉石，悦目清心。古体、近体、乐府，五言、七言，言志、抒情，[第 2 页]纪游、唱和，怀人、怀古，咏史、咏物，粲然大备。上起嘉庆[乾隆]，下迄民初，百有余年，内容丰富。七子之诗，渊源唐音，格调高雅，风格纷呈，皆能自成面目，自辟境界。无论诗品人品，足为后生楷模，裨益后学多矣！七子之作，各有千秋，而砺隅、藕航、鹤史尤为特出。

《耕道堂诗钞》初印于民国十一年[1922]，迄今已历七十余载，绝版已久。是册已有敝损，赖吾友何君珍藏，幸逃劫火，得以存留至今，不啻吉光片羽。今者鹤史府君之令侄贤珊先生，嘉谋远虑，惧先人著述之湮没，决心重印《诗钞》，以广流传，以励来者，既发扬先人之业绩，复沾丐今日之诗坛，志行可嘉，功亦伟矣！

此次重印，贤珊先生增入令叔少文先师遗作若干首。[第 3 页]少文先师乃鹤史府君之从弟，舍从弟先猷之外王父，余砚兄人龙君之令先子也。四十年代中，先师宦游归里，执教省立宁化中学，膺高中国文都讲多年。其时余方肄业宁中，幸从先师受业，多蒙诲勗，铭感不忘。先师久归道山；今拜诵遗作，先师之音容笑貌仿佛目前。而余已两鬓苍然，年届古稀，老大无成，愧对先师在天之灵。因岁月沧桑，风云变幻，世路崎岖，先师著述散佚殆尽。今贤珊先生录此数篇，虽非全豹，借窥一斑云尔。

《耕道堂诗钞》重梓在即，贤珊先生不弃愚陋，问序于余。余虽不佞，叨在葭莩，义不容辞。爰书余与《耕道堂诗钞》之因缘如上，是为序。[第 4 页]

公元一九九八年，夏历岁次戊寅，天中节前六日，福建省诗词学会常务理事、原福建教育出版社副总编辑正编审、眷晚生丘幼宣拜撰。[第 5 页]

二、黎景曾"序"(第6—8页)

余冠时,与左弧、鹤史联文社。左弧、鹤史兼善言诗,有晋"二阮"风。时余方营举子业,独少唱和,而诗亦不工。顾二子每有作,辄喃喃就商,若以余能解者。忽忽垂三十年,余之履境益拓落,觉天地间可痛可恨可歌可泣之事皆足为生平写照,遂舍文而论诗,逢人鏖战。追寻曩日知交,左弧已作古人矣;鹤史宦成归里,间一唱和,旋亦逝世。乃折而与贞民联社吟诗。贞民于左弧为侄,于鹤史为弟。懋承家学,出风入雅。向随行雁行,今乃相逾恐后。境缘变幻离合,不可测度,有如是耶?余自去年滥竽修《志》,常以网罗旧闻、[表]彰先达为职责。适贞民集高祖呆斋以下,至左弧、鹤史,五代得七人诗稿,校刊,[第6页]名《耕道堂诗钞》,征序于余,实获我心。欣欣然急明窗净几,朗吟一遍,觉呆斋五言古风,冲淡深远,得彭泽之遗。尝谓彭泽诗根于忠荩,故其格最高;呆斋诗根于孝慈,故其格相似,诚为发源钟秀之基。砺隅博学多才,故能识高而语卓。下逮左弧以情胜,鹤史以气度胜。中间藕航、赏轩、晓潭,无不各有所长;大抵原本香山,而充以他家者。人云伊氏世德相承,渊源有自,洵不谬也。宁化僻在遐荒,近百余年,无与李、杜争席者;然匪风下泉,卒以伊为望族:云林光禄,有《赐研斋诗钞》;墨卿太守,有《留春草堂诗钞》;北庄先生,有《粤游小草》,两代一堂,风流文采。今呆斋先生家学,迄五世不衰,岂非于斯为盛哉?贞民校雠,间加考究;厥子以增钞己诗之说进,[第7页]艴然曰:"吾以表扬先泽耳,岂自炫哉?"卒不允。余益知贞民自视之高,《耕道堂诗钞》未有艾也。特未知吾子若孙,能世其交,如余与左弧、鹤史、贞民否耳。中华民国八年[1919]秋九月,同里黎景曾谨撰。[第8页]

三、张守先"序"(第9—11页)

伊子贞民工吟咏,与余诗交久矣。五六年来,书笺往复,杯酒流连，莫不以诗，相得欢甚。其兄鹤史，解组归，间与山人选韵，风致洒然，尚悔唱和不多。其叔左弧，则余泮水同游之旧友也，倜傥以诗闻。芳草王孙，旋有玉楼之赋。暮云春树、落月屋梁，只付诸思梦间。领略前疏，今尤悒悒。岁己未[民国八年，1919]，贞民以初春觞咏，相促过从；白社诗人，咸在谈次。余以阮竹谢草推贞民，佥谓王氏门中，优者龙凤，劣犹虎豹；读伊氏各诗，如山阴道上，步步引人入胜，目不暇给，盍探源星宿海乎？贞民之高祖呆斋、曾伯祖砺隅、曾祖藕航、伯祖赏轩、祖晓潭，诗皆杰出；合左弧、鹤史，五代凡七人，累累乎若联珠，以诗世其家[第 9 页]者也。余闻而色动，争先观之为快。时得左弧遗稿，读之异样风流，拟为小杜。其他则家藏手泽，未能骤罗而至。别后，贞民搜高祖以下、阿哥以上七人诗，汇校若干卷，题曰《耕道堂诗钞》；将以付刊，因见示，并嘱序，余始得窥全豹：旷者奥者，清者高者；慷慨者，悲歌者；浑金璞玉者，突骑鸣刀者，流水行云者；有得秋冬气者，有得春夏气者；有苍凉如《离骚》者，有长啸如苏门者；有趣如松风梅雪，情如柳线莲丝，壮如玉宇琼楼，妍如美女时花者。大抵性情境遇，各有所异，即吐属不同，云谲波诡；千类万品，不可名状，而皆萃于伊氏之诗，伟矣哉！昔人谓从古诗人多穷，穷而后工于诗。呆斋、砺隅、赏轩、左弧四君子，各以丰才博学，不得志于时，其寓词[第 10 页]咏歌搜奇抉怪，以愁思发要妙之声，宜也。藕航、晓潭先达，鹤史亡友，则科第名宦，受特知，非若方雄飞识在身后、罗昭谏泪洒渔船，又非若李义山、温飞卿世路崎岖，掣肘于权贵也，乃亦呕出心肝，与落魄憔悴、怨慕沉吟之士较量毫厘分寸，绚烂风月，树帜词坛，殆全于天者欤？今贞民著作，又伊氏后盾；冬郎丹山舒啸，不让老凤声清；以诗合编，正如柯交玉树，而贞民坚不肯。余曰："然。《赐研斋诗钞》外，别刊《留春草堂诗钞》；君家范具在，要自有说。"中华民国八年[1919]秋九月，同里张守先谨撰。[第 11 页]

四、伊玉彬“凡例”（第12—13页）

一[一]　是编标名《耕道堂诗钞》，取伊氏耕莘乐道之义，中以各人别号分名目。

一[二]　是编系予一家著作，自高祖至先兄，旁及胞伯祖、胞叔手泽，共得七帙。

一[三]　各卷《诗钞》之首，另加《行略》一篇，以便其人其事一览而知。

一[四]　自高祖以降，得七人手泽，即分为七卷，以派之层次分前后。

一[五]　是编中各有五七古、五七律绝，作者随意作；予将其体裁而类及之，以五古冠首，七律殿后。

一[六]　作者有前后年次不同，予于分体裁之后，再行递分年次。

一[七]　是编之有用僻典处，另加注释，惟通典不注。

一[八]　予家自高祖以来，瓣香五世相继。予惧先德之或泯也，故为[第12页]刻集，诗未敢言佳；然为表扬起见，工拙非所计尔。

伊贞民识。[第13页]

五、伊玉彬“书后”（第298—299页）

己未[民国八年，1919]夏，修《宁化县志》。将落成，志局诸君子，采访乡先达轶事，征考各姓族谱，知予家五世青箱，四传吏治，进予而言曰：“汝祖德先芬，脍炙人口；诗文遗集，积累必富，盍检付手民刊刷行世，以公诸同好乎？”予曰：“唯唯。表扬前徽，后人之责，曷敢辞？”爰搜集先世手泽，自高祖以至先兄，得诗稿七帙。然先大父以上之稿，皆他手钞录，不无亥豕之讹。乃详加校勘，考核典选，丹铅章句，而后誊真。是役也，钩钩格磔，三阅月乃获告竣。其殆先世之灵，有以启发之欤？未可知也。细读诸手所作，或而渊博高古，或而摇曳缠绵；或而诗中有画，写景逼真，或而笔致含情，流露纸上；光怪陆离，使人[第298页]目眩。虽未足为旷世之珍，亦予家之宝笈也。至若顺孙公之孝行、砺隅曾伯祖之介节、藕航公以下政绩，更俟大人君子，为发其幽光。伊贞民识。[第299页]

六、伊贤珊等"《耕道堂诗钞》重印后记"（第300—301页）

《耕道堂诗钞》为先祖文虹公后裔云崧公等七君的诗作。二伯父玉彬曾为其点校、诠释。经大伯父象昂收集，整理后付印。《诗钞》问世于民国十一年（1922年）。因印数不多，存世量本就稀少；几经浩劫，幸存者已是凤毛麟角。经多年寻访，终无所获。今蒙何秉爵先生将珍藏的版本借予一读（是册已有破损，多蒙丘幼宣先生从福建师范大学图书馆藏书中找到该《诗钞》全本，并给予补齐），使先祖遗著有幸再度问世。为保存祖先珍贵的文化遗产，经多方奔走，筹措，得以再版。

此次重印，增收从叔、先父少文公诗作三首，文一篇，贤甥丘先猷[第300页]为外祖父撰写的生平传略一篇，谨以志念！

重印中，蒙福建省诗词学会常务理事，福建教育出版社副总编、正编审丘幼宣先生在百忙中为其撰序，审稿给予多方的指导和帮助，谨此致谢！

吾等学识肤浅，时间仓促，编印中错误和不当之处在所难免，祈望专家、读者指正。

第六代孙贤珊、人龙，第七代孙昭灏、昭翔、梅生、京生谨识。记于耕道堂书斋，一九九八年八月八日。[第301页]

03－046　两孤存

俞　晌

四卷。俞晌辑，《四库禁毁书丛刊》集部第91册，影印康熙卧斋刻本。

一、张自勋“卓庵先生序”“两孤弁言”（第3—4页）

今天下言诗者众矣。非优孟衣冠，则掇拾饾饤。岂惟弗克仰追陶、谢，将期为沧浪、景陵不可得，恶在其能诗乎？亡友吾体[俞塞]与余称莫逆，居恒以濂洛之学，为风雅之辞。当其至性所及，透出纸背；而遭世仳离，备极生人之苦。每览本传，未尝不潸焉涕也。方谓伯道仲车，敻绝千古，讵复有鹰中[俞晌]其人者，并辔齐驱，华鄂[花萼]掩映，则又未尝不愕然惊也。鹰中至性类吾体，所遇[第1a页]虽殊，而悲愤淋漓，宛然如出吾体之口。名为“两孤”，实则“二难”，求其继此而三者谁哉？忆己丑[顺治六年，1649]与难光泽，存亡呼吸之际，人所震慑而莫可谁何者，吾体偕袁子友岫屹然不少动，非中有所守，能若是乎？及抵草堂，兵荒洊臻，义不以口腹累。居停芑山，由间道趋葛川。余与二子将图返子舍，而吾体适拥疴，弗克前。余进退维谷，挥泪告别，迄今犹悔之。甲午[顺治十一年，1654]，复从芑山寓秣陵。每手书来山中，辄推高余。余以时方嫉贤，未敢溯游往，而吾体矢与余聚首梅谷，互相切劘。余惟日[第1b页]迟吾体之来，岂计其舍我而先逝哉？余病不及扶，窆不及临，负疚无已。而鹰中始终襄事，既经纪窀穸，复封其先茔，非独克恭厥兄，尤匡同人所未逮。故余虽未识鹰中之面，观其所以待吾体者，其为仁人孝子可知也。而且及先芑山之门，一见遂有老友之称，则其为芑山所推许又何如哉？今鹰中捐橐为芑山镌遗集，专伻索稿，并属余叙其诗。窃忖堙厄如余，谁复知有张子者？鹰中独惓惓若是，可无一言以报之？况余生平所持以论人者，不在辞章之工拙，而在设诚[第 2a 页]砥行与古合符。则虽喑聋跛躄，余犹欣慕而敬惮之。况文行兼优若鹰中，余能已于言乎？虽世莫我知，未足为“两孤”重，而因鹰中以念吾体，盖犹若或见之也。虽然，吾体往矣，鹰中年甫强仕，德业未易量；凡吾体所欲为而弗克竟者，行将于鹰中见之；其所以慰吾体于九原者，尤远且大，仅区区篇什云尔乎？且芑山遗文，方借手告成，岂特不朽吾体而已哉？然则鹰中内全其兄，外忠于师，不必别求功业，即此内外殚尽，已过人远矣。嗟乎！近世学士大夫求如鹰中之情至[第 2b 页][第 3 页]义备，指顾可数屈也哉？吾用是益重有所感矣，为我归告俞子曰：“张子将擢棹东下，稽首玄亭，以谢俞子之生死而肉骨也。”弁言恶足尽俞子哉？庚申[康熙十九年，1680]季夏月，卓庵张自勋书于梅谷之俟圣堂。[第 3a 页][第 4 页]

二、王丝“王俟斋先生序”（第 4—5 页）

携霹雳琴，上芙蓉顶，此何人也，而作此快诗也？今则廷一[俞晌]先生哉。先生所愿交者天下士，凡历医无闾之胜、华不住之良，每与臆对，江淮早收襟带间。然倜傥不羁，调高和寡；数来淝上，罕接晤。一日见予，亶孙之犹能竞爽也，辄许百年之约。予从此拜床下，得诵先生诗若文，殊矫矫，是何其不用人而用独也。其植体也，未尝随人之薄；其营句也，未尝拾物之余。为想其立言时，必以为古之作者非无人，何我之遂人于今[第 1a 页]也；古之作者名以家，宁我之不家于古也，是以不用人而用独耶？予因之而有感焉：夫天下之流与峙杂出，或此外无奇，或此外无秀，推之莫齐其形；或向若而叹，或穷涯而返，推之莫侔其状。倘天下之流峙等焉，则观者亦不复游目而邀魂矣。先生自作一律，搜于寸曲，越乎畴人。结构成，而脱后而畸前；笔张行，而左顾而右盼。顷者更示予《戒余》十章，靡不意是江蘋，词非海枣；由其兴之所至，咏之所生；于以巅逼芙蓉，琴挥霹雳；音发金石，声满天地，不亦快哉其所为乎？[第1b页][第4页]独是先生书生也，而竟书生耶？贫也不与病同，素也不与纷战，游也不与干伦；时而抱膝长吟，时而挟策载道；怀一气于千林，横孤舟于野水，此其中不有大且远者乎，而将奚待也？然其大且远者，既在不有期乎，而奚弗可以坐待也？至于先生与吾体先生，本“二俞”，称“两孤”，盖吾体多悯，谢“俞”为“孤”。先生伯乃家之伯，即“孤”乃兄之“孤”。及营葬吾体、父、祖甚厚，仁也；曾从张芑山先生游，刻其集行世，义也。俱载张卓庵先生序中，兹不赘。康熙己巳年[二十八年，1689]季秋，淝水八十老人年家眷姻弟王丝拜识。[第2a页][第5页]

03－047　保山二袁遗诗

赵　藩等

十二卷。赵藩辑，陈荣昌订，台湾新文丰出版公司《丛书集成续编》第117册，影印民国三年(1914)云南图书馆刻《云南丛书》(初编集部之三十四)本。

一、赵藩“保山二袁诗稿叙”(第397页)

滇在乾、嘉间所称“保山二袁”，一谓广西州学正文典陶村，一谓云南县教谕文揆苏亭也。兄弟怡怡，互相师友，搜罗滇中先辈诗文，辑刊为《诗略》《文略》二书，有功于文献者至巨。后有踵事，而先河之导，举国推袁无异辞也。余先于昆明华生世尧许，得《陶村诗》一卷，为檀墨斋、萧曙堂、钱瘦石评点本。后于蜀中得河阳解叔平观察持赠所藏苏亭《时畲堂诗稿》十一卷，首有道光九年[己丑，1829]仪征阮文达公手书小序；诗以年编，似尚缺末数卷。《陶村诗》为完本，苏亭尚有遗佚，然花萼联珠，佚而复聚，良非偶[第1a页]然，致足贵矣。亟付丛书局，合而刊之。仪考二袁先生之为人：陶村服官甫一载，即乞养归，陔华洁白，孝于友于，为里党矜式。晚年重宴鹿鸣，优游考终。苏亭以选贡官甘肃县丞，亦以告养归。终丧后，客陈云崖布政幕为久。布政罢官，有责偿官帑，苏亭为奔走南北，乞籴输官，一时称其有古侠士风。晚而改铨司谕以卒。二先生生平节行，要不借诗乃传；即以诗论，志和音雅，固不失先正典型也。综速[述]之，为知人论世之助云。后学剑川赵藩撰。[第1b页][第397页]

二、《陶村诗钞》陈荣昌"序"(第397页)

《陶村诗钞》一卷,清保山袁文典撰。有檀默斋、萧曙掌[堂]、钱瘦石诸先生评点,盖当时商榷未定本也。为剑川赵月村所藏。今录存八十二首,仍为一卷。按:文典,乾隆丙子[二十一年,1756]举人,官广西州学正。甫一载,遂乞养归。性嗜风雅,以著述为乐,所辑有《明滇南诗略》。其集曰"陶村",慕渊明之为人也。宁州刘寄庵先生赠诗云:"投簪何意便归田,采菊由来慕引年。漫笑寒无毡坐客,须知老坐地行仙。风尘傲骨三山换,花萼新诗六诏传。最是儒林称盛事,宾筵重奏鹿鸣篇。"此可以略见其生平矣。陈荣昌撰。[第1a页][第397页]

三、《时畬堂诗稿》陈荣昌"序"(第407页)

《时畬堂诗》十一卷,清保山袁文揆撰。文揆,乾隆丁酉[四十二年,1777]拔贡,官甘肃县丞,母老告归。既终养,客昆明为久,又远游江浙,后改官为云南县教谕。所辑有《滇南文略》《滇南诗略》。与其兄文典均以诗名,时号"二难",而文揆造诣殆过其兄。阮文达公督滇时,曾阅其稿,称为"老诗人",非虚誉也。诗皆手自删定者,藏剑川赵月村家。今仍其卷帙,付诸梓。陈荣昌撰。[第1a页][第407页]

四、《时畬堂诗稿》阮元"原序"(第407页)

乐山通家以《时畬堂稿》来,阅其前后各作,则游历于江浙者亦颇久,江山主客、兴会性情皆见于诗。是时元在吴会,惜未见此老诗人也。王柳村,元家乡诗友也,忆其曾屡言及荔扉、苏亭。今又二十余年,来滇南,阅苏亭集,以证柳村之说,益怅然向往之矣。时道光九年[己丑,1829]秋,阮元识于宜园。[第1a页][第407页]

03－048　金石堂诗

曾　灿等

十五卷。曾灿、曾尚倪辑，曾灿《过日集》附（参见该种），《清代家集丛刊》第161册，影印康熙宁都曾氏六松草堂刻本。

一、钱谦益"原序"（第399—400页）

宁都曾侍郎二濂有才子曰传灯，字庭闻；传灿，字青藜。兄弟皆雄骏自命，负文武大略，而其行藏则少异。庭闻脱屣越峤，挟书剑，携妻妾，走绝塞数千里，行不赍粮；俄而试锁院，登天府，簪笔荷橐，取次在承明著作之庭。青藜与其徒退耕于野，衣袯襫、量晴雨者六年于此；襆被下估航，出游吴中，褐衣席帽，挟策行吟，贸贸然老书生也。庭闻之诗，朝而紫塞，夕而朱邸；凉州之歌曲，与凝碧之管弦，繁声入破，奔赴交作于行墨之间。吾读之，如见眩人焉，如观侲童焉，耳目回易而不自主也。青藜则以其诗为诗，晤言什之，永叹五之；其思则《黍离》《麦秀》也，其志则《天问》《卜居》也。夷考彭氏诗史，章、贡之役，青藜年才二十，独身搘拄溃军；眇然一书生，如灌将军在梁、楚间。旋观其诗，求其精强剽悍之色，[第1a页][第399页]瞥然已失之矣，为掩卷太息者久之。吾向读范史，马伏波在壶头，中病困卧，每闻升险鼓噪，辄强起曳足观之，因笑其老惫不知止，徒念生平少游语也。老而阅内典，紧那罗王奏乐，须弥岠[峘]峨，大迦叶如小儿舞戏，不能自持，然后知习气粗重，不克湔除；伏波之老病技痒，无足怪也。今余既萤干蠹老，归向空门，读青藜之诗而求问其往事，楚炬秦灰，沉沙折戟，为之欷歔烦酲，心荡而不自已；伏波之曳足欤？迦叶之起舞欤？余固不能以自定也。知我者，亦为之三叹而已矣。天之生才，以有为也。青藜兄弟，固不应为旅人，为农夫。自时厥后，其事业当与其言俱立。余倘不死，他日与寓目焉。心灰漏尽，知不复作迦叶起舞状，更以谂青藜兄弟，追念平生，视文渊、少游何如也？岁在己亥[顺治十六年，1659]，夏六月十八日，虞山蒙叟■■■[钱谦益]序。[第1b页][第400页]

则杰按：此序又载钱谦益《牧斋有学集》卷十九（上海古籍出版社1996年9月第1版，中册第808—809页），标题作《曾青藜诗序》（所有"藜"字均作"黎"）；除删去末尾署款之外，其他文字基本相同。

又，此序版心题"金石堂诗原序"。但是，《金石堂诗》包含曾畹（原名传灯）《曾庭闻诗》、曾灿《曾青藜诗》、曾炤《曾丽天诗》凡兄弟三人之集，成书于康熙十二年癸丑（1673）辑刻《过日集》以后；而钱谦益此序实乃早先为曾灿诗集而撰，同时兼及曾畹诗歌，这里不过借作《金石堂诗》总序而已。

二、曾灿"金石堂诗叙"（第401—402页）

灿年十四五，即学为诗。已，又为诗余、骚赋。年二十益多，要无足存。吾伯子为诗日颇迟，三十则名于天下，天下士皆曰江以西一人也。灿亦以诗闻，乃不及伯子远甚，然天下往往曰"曾氏兄弟能诗"。予有六弟炤，年少负才，为诗无甚久，则又不及予；其风调有足取者，不幸客死彭城，稿多散佚。吾少时好情艳之作。丙戌[顺治三年，1646]、丁亥[四年，1647]以后，课耕六松山庄，诗好清省。及出游吴、越、闽、广、燕、齐，则登临者十三，酬赠者十七，欲求其工难矣。而伯子诗且三变：边草塞霜，多秦凉气者为一曹，歌钟冶服、青闺红楼之作为一曹，入山求道以还为一曹；按其前后，知其诗，即以知其人也。独六弟不永年，不得成所学，为足深悲。呜呼！诗之道，难言矣。或百里而无一人，或千里而无一人。吾兄弟六人，叔、季皆早死，五弟[第 1a 页][第 401 页]煇专攻制举业，学诗者独吾三人耳。而炤不及予，予不及伯子；今闻人言“曾氏兄弟能诗”，则未尝不面惭发赤、色惨然而心伤也。灿有《过日集》之役，伯子属在他方，未得与校定，仅录其诗；又不敢以三家村语混厕黄钟大吕之间，爰命儿子侃编次，别录卷末，以就正于大雅云。宁都曾灿止山题于毗陵之寓斋。[第 1b 页][第 402 页]

则杰按：此序又载曾灿《六松堂集》卷十二（《清代诗文集汇编》第 98 册，第 279—280 页），标题作《金石堂诗序》；除删去末尾署款之外，其他文字基本相同。

【附录一】邓之诚《清诗纪事初编》卷二曾灿小传（上海古籍出版社 1984 年 2 月新 1 版，上册第 216 页）

灿尝刻兄畹诗八[六]卷、弟炤诗一卷，合己作六[八]卷，为《金石堂集[诗]》，附于《过日集》之末。

【附录二】孙殿起《贩书偶记》卷十九集部总集类“家集之属”（上海古籍出版社 1982 年 11 月新 1 版，第 529 页）

《宁都三曾诗》：《曾庭闻诗》六卷（曾畹撰）、《曾青藜诗》八卷（曾灿撰）、《曾丽夫[天]诗》一卷（曾炤撰），宁都曾[尚]侃编，顺治己亥[十六年，1659]刊。

则杰按：此所谓《宁都三曾诗》，当即《金石堂诗》，“宁都三曾”盖受“宁都三魏”影响而臆定。

又，所谓“宁都曾[尚]侃编”，盖由前录曾灿序“爰命儿子侃编次”而来。据《杨宾集·晞发堂文集》卷四《曾青藜、姜奉世合传》记载，曾灿“子三：伯尚侃，仲尚倪……季……尚倪”（浙江古籍出版社 2012 年 5 月第 1 版，第 141 页）。但结合《过日集》来看,《金石堂诗》第一编者仍然应当是曾灿,曾尚侃则至多参与一部分具体编纂事宜。

又,所谓“顺治己亥[十六年,1659]刊”,盖误据前录钱谦益“原序”署款。

03-049　合刻诗文稿

张　讷

三卷。张讷辑,《山东文献集成》第四辑第34册,影印同治五年丙寅(1866)高苑张氏孝友堂刻本。

一、张蕙圃"序"(第35页)

文章关乎天资,成于学力。师友讲习,均赖切磋。而惟渊源于家学者,其根柢为倍厚,其流泽为倍长。班叔皮乔梓继武,宋尚书花萼齐芳。至"三苏",而父子昆季,济美一堂,号为极盛。虽文格各开生面,独树一帜,而寻其生平得力之故、门径趋向之归,终有异派同源,不谋而合者;无他,一脉相延,得于传述者真也。吾邑自文教聿兴,代有伟人。若求一门之内,后先竞爽,均足为艺林圭臬者,恒未易数数观。忆廿年前,曾得鼎元明府诗钞一帙。明府高狂[第1a页]不羁,磊落有奇气,读其诗想见其为人。灯灺酒阑间,与上下其议论,迄今犹耿耿弗忘。癸亥[同治二年,1863]秋,敏生学博复以《孝友堂合刻类稿》见示。盖即族伯履轩刺史父子,宦辙抒怀、林园寄兴之作;论记铭赞,并蓄兼收。披阅一过,觉刺史诗平易近人,从容讽谕,有似白香山;明府卓荦俊伟,骨格稜稜,有似岑嘉州;学博明丽秀婉,控纵自如,有似陆务观。杂体亦俱树议正大,考核详赡,足以砭讹订误,为后学津梁。固天才之高隽,亦渐染于家学者素耳。余夙耽吟咏,间留意于古文辞;惟以束于贴括,不获专致[第1b页]其力,心窃憾焉。得是集为之楷模,庶步趋有准,不终骛于迷途,亦俾后进之士借以甄陶其情性,推扩其见闻,其为功于吾邑之文教者岂浅鲜哉?爰乐得而为之序。同治五年[丙寅,1866]春正月,族弟蕙圃纫芳氏撰

于浙江海盐县署。[第2a页][第35页]

二、张讷"自序"(第36页)

昔元、白暮年,自整诗文,传于后世。尝读其唱和之诗,微之云:"天遣两家无嗣子,欲将文字付谁人?"乐天云:"各有文姬才稚齿,俱无通子继余尘。"今予有女,仅识"之无";不若犹子,能雠"帝虎"。爰令若璇裒集先父先兄诗文与予杂作,谨藏箱笥,待时付梓。因不禁抚今追昔,慨然兴叹焉:以予生长蛮邦,嬉游宦署。姿同蒲柳,食佐耆苓。三冬辍洛诵之声,二竖肆专居之虐。前人诗云"青灯有味似儿时";少小乐趣,病魔扰尽矣。及南辞滇水,北仰岱云。试际丁年,[第1a页]贡当酉岁。虽多家累,未冷名心。踏京华之缁土,饶野店之寒风。过客光阴,忽焉八载。卒以舛运蝎磨,病躯鹤立,遂挂名铨部,不事场屋矣。斯时先兄久任学博,超升县令;远宦陕省,奉养无人。予因弃置仕版,定省晨昏;不效毛君捧檄,但慕莱子斑衣;觉生人之乐,无逾此者。庐陵《泷冈阡表》云:"祭而丰,不如养之薄。"比物比志也。有时抚几吟诗,开窗弄笔;考吉金之款识,证贞石之艺文;古人墨迹丹青,或一题跋,聊作却病延年方耳,而世事尽付烟云矣。讵意水灾兵燹,递至连年,惟两世手泽,守阙抱残,[第1b页]兢兢恐其失坠。适族弟纫芳,联捷归里,进说予曰:"润及枣梨,兄之责也,岂宜再待?"爰请作《合刻》之序,予亦映末光而接余响;乃一行作吏,匆匆赴浙,不果序,许以异日序之。嗟乎!诗文为精神所托,实恐祖龙生忌,敢云水府借观?此纫芳所以迫促于予也。高情所属,何待言诠?故急于编次,命侄抄校,谋诸梓人,以成吾志,非敢妄比唐贤也。同治四年[乙丑,1865]讷序,时七十有二岁。[第2a页][第36页]

【附录一】底本吴保琳题记(第 34 页)

此系高苑张氏一家集,可遇而不可求。今以贰毛得之,庆幸万状。吝白吴氏记于济上,癸未[民国三十二年,1943]夏。

则杰按:吴保琳字林伯,一字吝白。

03－050　张氏艺文

张元济

一卷。张元济辑，台湾新文丰出版公司《丛书集成续编》第118册，影印民国十七年（1928）上海商务印书馆排印《海盐张氏涉园丛刻》（续编）本。

一、张元济“序”（第255页）

吾国有史以来，历数百年必有一大乱。乱之方生，士大夫习于颓靡，恇怯无所措。而犷悍无识之徒风起云涌，竞以武力相尚，本其残酷之性，济以平日忿怨之气，所至之处一切破坏无所顾惜。吾辈生古人后，欲求一千百年前之宫室器物而瞻望焉、摩挲焉，不可得也。焚书之祸，嬴秦而后无复再见；然试检历代艺文志，其书之存于今者有几？盖不亡于帝王之火，而亡于民众之火矣。而犹诩诩然夸于世界曰“我四千年之文明古国也”，能不羞乎，能不羞乎！余家海盐，号称旧族。历数百年，读书种子不绝。家乘所纪先人遗著凡数十种，中经洪、杨之乱，大半散佚。余搜求数十年，所获仅什二三。最后得《张氏艺文》二卷[种]，为桂垣公、华胥公之作，明季朴全公所刊，一称《天香馆》，一称《鼎泰堂》；意必汇刻先世遗集不仅限此二种，不然如以成公之被荐贤哲、克明公之刻意经籍、敬哉公之旌奖德寿、龙洲公之遗爱八闽、亲泉公之崇祀乡贤，宁无一字之留贻者？是必[第1a页]闯、献之乱，祸及文献，甚于洪、杨。先人手泽，为家乘所不载，不传于今者，不知凡几也。余生也晚，丁兹世变，惧祖德之陨坠。旧存家集，先后印行已如干卷。其专集就佚，或偶有题咏散见他书者，咸为葺录次之，凡得三十八人；仍以《天香馆》《鼎泰堂》诗冠于首，总称曰《张氏艺文》，承朴全公志也。继自今，民智日启，世局演进，其必不复有“闯、献”“洪、杨”之乱。兹之所集，吾子子孙孙，其或能永保勿失乎？戊辰[民国十七年，1928]春，海盐张元济谨叙。[第1b页][第255页]

03－051 荻溪章氏诗存

章　奎等

不分卷。章奎等辑，民国十七年(1928)排印本。(浙江大学中文系资料室藏)

一、“荻溪章氏诗存目次”章乃炜后记(第 3a 页)

右霞桴公以次，凡百有十人，诗都一千六百十五首。

族先诗稿，容谷公外，率多散佚。间存稿本，亦颇残缺。兹编收集，仅存鳞爪。凡我戚族世好，倘获遗珠，敢乞录示，刊入续补。

乃炜谨识。[第 3a 页]

二、章奎“跋”(第 1a 页)

集一姓之诗而著之于篇，使先泽不忘，后世子孙得有所观感，意至善也。吾族人谋之久矣。伯父丽农公创诸前，兄芸伯、侄怡田、侄曾孙茝生踵其后，网罗散佚，搜葺丛残。积数十年，凡得先代诗若干帙。功垂成矣，而诸君即世。余惧其从兹失坠也，乃偕锡三、晋荣、道腴、筱梅、衡之、爰存、觉庐、季鳌诸侄，赓续搜采，并分任编校。鸠资付劂之役，族人咸踊跃赞助，遂以告成。谨识数语，以纪始末。民国十七年[1928]三月，奎跋。[第 1a 页]

03－052　朱氏传芳集

朱次琦

八卷。朱次琦辑，《清代稿钞本》(三编)第101册，影印咸丰十一年辛酉(1861)刻本。

一、梁燿枢"朱氏传芳集序"(第96—106页)

盖闻昆仑柱地，导河者必臻其源；泰岳摩天，因云者群栖其荫。自来金[第1a页]版鸿裁，青箱世学。石声奏响于天水，家录振采于潜溪。诗高《世彩》之篇，集美《连珠》之号。以至《兰[第1b页]玉》著录、《花萼》流声，莫不各擅门风，炳垂册府。然而平原世德，至陆机而掞张；怀县家风，待安仁[第2a页]之纂述。范氏八儒，《穀梁》集解于武子；郑门六艺，《问答》述志于小同。不有人焉，发皇油素，摭拾丛[第2b页][第96页]残；启旧箧之葡萄，庀囊篇于梨枣；安能懋先基而不坠，托副墨以久存乎？则有《朱氏传芳集》者，[第3a页]吾师子襄先生，裒先世之宏文，附名公之赠著；手疏凡例，属其弟宜城明经鸠僝编次之者也。[第3b页]朱氏为四姓华宗，九江甲族。门成鼎贵，代产名德。人呼廉里，地涌忠泉。溯嘉、隆而崛起人文，讫[第4a页]启、祯而弥工著作。千篇食蹠，璘斌史乘之光；万卷雕龙，焜耀名家之选。固已较王筠之积帙，七[第4b页][第97页]叶犹多；拟陈氏之齐名，一编可合。不幸中更兵燹，洊历乱离。烽摇麋竺之家，雾卷张超之市。或[第5a页]则一旅思奋，排阊阖以呼天；或则五帅无归，坠虞渊而捧日。河山满目，风景伤心。卵息仅延，巢[第5b页]痕竟扫。箧衍藏珍，共珠囊而不见；帐中鸿宝，与银雁而俱飞。束生十志，罕复略存；谢监百篇，多[第6a页]从炀没。此则杜征南之碑，凄其陵谷；庾开府之集，磨灭风烟。吁其悲矣！既而[第 6b 页][第 98 页]圣主当阳，文轸遐播。人矜蛇握，随沐日浴月以光生；家有凤毛，绍拔地倚天之玮作。犹之悬黎[第 7a 页]既轶，池隍升继起之珍；皇娥岁淹，夷光荐代出之色。所谓长离去而宛虹来，曜灵沦而望舒睇[第 7b 页]。美矣世家乔木，洵兮南海明珠。然而著述既多，阙遗不少。未必《玄经》，终遭覆酱；能无《论语》，或以[第 8a 页]代薪。蔡中郎当年篇翰，付与何人；张茂先畴昔见闻，徒存《博物》。斯又茫茫身后，脉脉斯文；扇奕[第 8b 页][第 99 页]叶之遗芬，待后起之捃逸者也。先生英襟命世，古道照颜。既赋遂初，言寻先业。望九京之人远，[第 9a 页]惧"二雅"之道淹。爰录遗文，缀存家集。此一役也，有数美焉。夫裂月撑霆之手、钩河摘洛之才，类[第 9b 页]能交奏铿耾，独炳符采。而后嗣乏得笔得文之彦，替人无接武布武之能。遂令渊泉辍澜，球石[第 10a 页]停响。光明美锦，老兵既裂以补袍；散落零珠，文士亦借之作贼。楹书鲜读，壁简终熸。是集总妙[第 10b 页][第 100 页]门以弥罗，仰谟觞而斟酌。铭赞传序，包亮美于锱毫；骚赋歌吟，导幽悰于篇什。伤往则情遥于[第 11a 页]祭状，切今则义蔚于论奏。晖丽万有，荣镜九宗。遂使六诗三笔，誉并彭城；高摛浓熏，名仍钱相。[第 11b 页]于以视彼通都，副之延阁；悬国门而不易，惠宗公而罔恫。其不可及者，一也。文章之事，作如牛[第 12a 页]毛，传如麟角。震六丁之电，留乃毫芒；寿一卷之书，荣于令仆。士有遗弃一世之务，流连身后之[第 12b 页][第 101 页]名。而全豹既亡，吉光复闷。将使呕长吉之心肝，而湘纨寡色；洗西江之肠胃，而绮札不芳。更何[第 13a 页]以擢秀前徽，钩沉坠绪？是集典册高文，固掩群雅；残篇断简，尤庇仅存。积玉俾以成山，碎金使[第 13b 页]之跃冶。约束滔绳，虑江陵之道尽；搜牢碎屑，出嬴政之灰余。丹墨所栖，惊魂欲泣。庶几尝鼎上[第 14a 页]之一脔，犹思大嚼；见云中之寸爪，便识之而。君子表微德，修念祖。其不可及者，又一也。文体代[第 14b 页][第 102 页]降，真鉴斯难。五服五章，色分正闲；八风八音，声别雅郑。烛龙衔照，而熠耀亦逞其光；雕虎炳文，[第 15a 页]而狸狌或袭其貌。向非古尺工量，心犀善剖，则伪体纷呈，溺音腾沸。去道益远，虽多奚为？而是[第15b页]集也，杼轴性灵，禀式经术。蹄涔可羞，博窥容氏之掌；咫闻弗尚，必稽仲尼之心。统政事、言语为[第16a页]一科，总节义、文章而合辙。非言中有物，藻饰厌其虚车；即弦外有音，桐徽肖其远致。能超方格，[第16b页][第103页]并应圜程。以《正宗》真氏为师，以"开卷王昌"为戒。是则愈质观辞，咸羡学林之矩；左志右物，皆由[第17a页]选政之精。其不可及者，又一也。至于左思得皇甫赠言，使所作风行海内；孝穆与总持酬唱，谓[第17b页]吾诗寄弟集中。文者公器，相得益彰。矧属传家，尤关数典。核之古昔，贺监归乡，逋翁过宅；魏公[第18a页]考德，王氏家碑；钩勒成书，班班往载。况当日前喁后于之什，更奕祀知人论世之符。是集粲列[第18b页][第104页]斐然，用彰贻厥。比史家之附录，如《庄子》之《外篇》。读李、杜光焰之作，喜昌黎能识生平；缅王、裴闲[第19a页]适之吟，想辋川特工唱和。同心之言，千载乐闻其謦欬；孝子不匮，一编永奠乎宗祊。其不可及[第19b页]者，又一也。枢以菲材，叨陪绛帐。愧传衣钵，爰叩莛钟。通德门高，方仰藏山之盛制；春风座满，忽[第20a页]惊授简于鲰生。命作引嗅，弁兹端牍。欲使朱儒奋喙，高谈清庙之筵；黄鷇叫音，妄议垂天之翼。[第20b页][第105页]荣以为愧，言恐无文。嗟乎！先生善诱，不忘宰我之雕；小子何知，敢作徐陵之序？有同饮郛，何当[第21a页]窥天？咸丰十一年，龙集辛酉[1861]，嘉平前三日，门人同郡梁燿枢谨撰。[第21b页][第106页]

二、朱次琦"朱氏传芳集凡例"（第106—108页）

一[一]　古者著书，罕标义例。自汉有《春秋释例》（公车征士颖容撰），魏有《周易略例》（王弼撰），始以例言。至杜预序其《春秋经传集解》，谓"经之条贯必出于传，传之义例总归于凡"，遂有"发凡举例"之说。书标凡例，此为权舆。乃者家集编摩，何关著述；而抗希微尚，窃有别裁。约贡数端，用鑯首简。

一[二] 古人文字,不以“集”名。《汉志》载赋颂歌诗一百家,皆不曰“集”。晋分《四部》(荀勖撰),四曰“丁部”;宋作《七志》(王俭撰),三曰“文翰志”,亦未以“集”名也。文集题称,始见梁阮孝绪《七录》。《隋书·经籍志》以谓别集之名,汉东京所创,属文之士日众,后之君子欲观其体势而见其心灵,故别聚焉,名之为“集”。然则古所谓“集”,[第1a页]乃后人聚集前人所作,非作者自称为“集”也。今荟萃家言,正符斯旨。猥名曰“集”,谅非鬻言。

一[三] 书目集部,有“别集”,有“总集”。其总集,有总当世之集,有总一家之集。总录当世者,始于《文章流别》(晋挚虞撰)。后来《集苑》(谢混撰)、《集林》(刘义庆撰),其流也。李善所谓“搴中叶之辞林,酌前修之笔海”是也。总录一家者,著于《廖氏家集》(唐廖光图撰)。后来《王氏文献》(录王氏褒、肇、亶、佐、译、希旦、炳杲诸人作)、《陈氏义溪世稿》(录陈氏周枨、振栖、炜、燿、迟、达诸人作),其流也。陆机所谓“咏世德之骏烈,诵先人之清芬”是也。是编专辑上沙朱氏著作,聊便置怀,非云悬国。扬榷古今,铨衡雅俗,夫岂敢然?

一[四] 古人文集,只以名氏命篇。南朝张融,创加美号(融有《玉海集》十卷、《金波集》[第1b页][第106页]六十卷),而总集之《玉台》《珠英》仿之(徐陵有《玉台新咏》,崔融有《珠英学士集》)。其在家集,则《李氏花萼集》(李乂、尚一、尚贞)、《窦氏联珠集》(窦群、常、牟、庠、巩)、《谢氏兰玉集》(宋汪闻集谢安等十六人作),咸缘义锡名者也。若夫“传芳”之“集”,编自洛阳相君(钱惟演辑祖父以下作,名曰《钱氏传芳集》);“传芳”之“录”,定于金华学士(宋濂裒集家文,名曰《宋氏传芳录》)。不揣弇陋,滥与同称。犹之“解诂”“系传”,罔避雷同;“会要”“蒙求”,弗嫌数见。思存窃比,拟愧非伦。

一[五] 刘勰《文心》,“明诗”先列;昭明《文选》,备录诗歌,盖诗即文也。尔后,《文粹》《文鉴》诸书(《唐文粹》,姚铉撰;《圣宋文鉴》,吕祖谦撰),禀承靡异;但姚氏惟取古风(真德秀《文章正宗》同),吕氏兼遴近体,同源各委,稍别衡裁。窃谓五言、七言,造端《三百》(刘勰谓五言,“《召南·行露》,已肇半章”;孔颖达谓七言,“‘如彼筑室于道谋’,是其始唱”);排比声韵,具体梁陈(阳湖赵氏谓阴铿《安乐宫》“‘新宫实壮哉,云里望楼台’一首,竟是律体”)。[第 2a 页]谓唐律不与汉魏同风,则汉魏亦未与风骚合派。径途日辟,运会攸关。观其会通,理无偏废。

一[六] 昌黎古文,尊曰“起衰”;王、杨时体,亦云“不废”。曰骈曰散,两艺分驰。全椒吴氏谓:“一奇一偶,数相生而相成;尚质尚文,道日衍而日盛。‘旸谷’‘幽都’之名,古史工于属对;‘觏闵’‘受侮’之句,《葩经》已有俪言。道其缘起,略见源流。”沿流似分,叩源即合。所谓“古文若肤,不如骈体;骈体有气,即是古文”,信也。萧选浑合不分,于义为古;谨循往躅,不复分门。

一[七] 程试之文,是称帖括。昔人总集,间亦兼收。《英华》采取律赋极多(《文苑英华》,李昉、宋白等编),《文鉴》亦登经义数首。其专书别见者,则《唐志》之《宋元嘉策》,《通志》之《赋苑》(徐锴所集律赋),《文献通考》之《宏辞总[第 2b 页]类》(陆时雍刻)、《指南论》(淳熙以前时文)、《擢犀策》《擢象策》(元祐至绍兴科举场屋之文),皆专书也。风檐所限,晷刻成文;置列艺林,不无轩轾。是集概不羼入,别录以行。

一[八] 选家弃取,古有微诠。吕氏编《宋文鉴》,朱子谓其“有取于文理佳者;有文虽不佳,而事理可取者;有文理且如此,而众人久以为佳者;有文理不甚佳,而人贤名微,恐其湮没,亦编一二者”;水心叶氏谓其“巨家鸿笔,以浮浅受黜;稀名短句,以幽远见收”。近世朱彝尊辑《明诗综》,或以诗传人,或以人传诗,大旨在崇正抑邪,与一代国史相表里。兹编录止一家,无斯干系。然原集具存,爰施决择;零篇散落,必与甄寻。固云手泽念先,盖亦匠心师古。[第 3a 页]

一[九] 我上沙始祖(讳子议),为元时处士。明兴,不仕以终。厥后,儒学蹶兴,盛于岭表,自嘉、隆以讫启、祯,几如王筠所言“明德重光,人人有集”。省邑志乘所著录,名家总集所选抡,可考而知也。

不幸明季省垣之变，湖州公府第沦没（讳谟，有承德第，在会垣大市街五仙观侧），篇籍多湮。而侍郎、学博两公，举义于乡（侍郎讳实莲，国朝赐谥烈悯，举义师殉难，详《明史列传》《钦定胜朝殉节诸臣录》《御批通鉴辑览》《唐桂二王本末》及各志书；学博讳名臣，官高明训导，殉难，详《沛国世纪》），身歼家踣，宗族窜亡。累传文献，半就零落。虽其间瑰玮绝特之作，亦自历劫不磨，然已存什一于千百矣，可叹也。今辄网罗存佚与国朝以来之粲存者，校录于编。其有续收，俟登《后集》。

一[十] 扬厉宗功，光宣嗣德，烜赫鸿懿，多赖文字以传。荟合成书，最[第3b页][第107页]征传守。《隋志》有《太原王氏家碑诔颂赞铭集》二十六卷，是其先声。后世风流弥劭，好事益多。投赠，则有《朝彦过顾况宅诗编》《名臣赞种隐君书启录》（祥符诸贤与种放书牍）、《艇斋师友尺牍》（南丰曾季狸师友书，其子潍辑）；饯送，则有《贺监归乡集》《白监归东都诗》；哀吊，则有《考德集》（强至辑韩琦薨后祭文挽诗）、《苏明允哀挽》；寿言，则有《世彩集》（政和中，廖刚曾祖母、祖母享年最高，俱及见五世孙，刚作世彩堂奉之，人为赋诗）。靡不琅琅炳炳，照耀来兹。它如士大夫篇咏唱酬，出风入雅，若《汉上题襟》《松陵唱和》诸册，又不胜数矣。式衷古谊，略与搜求，都为“外集”。

一[十一] 德施《文选》，不录生存；孝穆《玉台》，并登见在。窦常谓《文选》以何逊在世，不录其文；其人既往，然后其文克定，故所捃拾皆[第4a页]前人作也。谨按：论人以盖棺而允，谈艺亦以没世而公。去啖名学士之嘲讥，就公是先生之笔削。勿矜哗世，遂议藏山。窃以不登见在为正。其存殁之例，“正集”以作者为断，“外集”以所为作者为断。[第4b页][第108页]

则杰按：此凡例又载朱次琦《朱九江先生集》卷八（《续修四库全书》第1535册，第82—83页），文字相同。

04 唱和类

04－001　东山酬和集

钱谦益

二卷。钱谦益辑，谷辉之点校，《柳如是诗文集》附编之一，上海古籍出版社2000年10月第1版。

一、沈璜"东山酬和集序"（第183—184页）

璜也懒性幽寻，避人小筑。红妆画舫，畏东寺之繁华；蓬径席场，傍西丘而至止。辛巳[崇祯十四年，1641]元夕，虞山半野翁偕河东君俨然造焉。于时竹户萧闲，清阴寂历。白云残雪，映人面而不分；兰气梅香，与清言而无别。谈谐间作，献酬不烦。染翰论文，重剪西窗之烛；张灯促席，共开北海之尊。洞里吹箫，下飙轮与嬴女；筵前度曲，驻月驾于素娥。既醉言归，逡巡称遽。寒轻春浅，即席之诗立成；月避花轮，倚答之词加丽。洵吴都之盛事，实艺林之美谈也。卧病经年，荏苒隔岁。壬午[崇祯十五年，1642]元夕，通讯虞山，酬和之诗已成集矣。观其东山葱岭，赠切同声；白首红颜，感深相和。旌心信誓于白水，通词遥托于微波。及其婉娈定情，低回惜别。南湖七字，折文无以为媒；南国千言，扳柳枝而为赠。昔者鄂君绣被，徒感说于棹歌；蜀国朱弦，但留连于琴曲。岂如今日，以清文为蒲苇，以微词为缗丝，赠以芳华，止乎礼义者欤？君方珩璜闺阁，裘褐山林。清旭绡帷，西室羽陵之籍；夜窗绛蜡，三元八会之书。逝将刊落丹华，涤除妖冶。然而灵箫绣带，曾鼓枻于牵牛；罗郁青衣，亦栖情于条脱。鸟爪接侍于为陆，戴胜唆记于复来。虽天上以不殊，在人间而何讳。自今天孙机畔，不候渐台；朱鸟窗前，唯看柳宿。隃麋史笔，长傍娥眉；桴鼓军容，尚资纤手。斯又可以区明彤管，流布清乔者矣。瓉少慕风流，老耽寂寞。回灯开宴，叨陪珠履之宾；击钵催诗，幸逃金谷之罚。附名卷尾，喜借宿因；题序简端，聊传好事云尔。[第183页]崇祯十五年[壬午，1642]二月望日，吴门寓叟沈瓉璧甫谨序。[第184页]

二、孙永祚"东山酬和赋"（第184—185页）

吴国王孙，金门仙史。登玉堂，拂兰锜。冠天上之才华，揽人间之丽傀。既离忧而靡托，望北渚兮帝子。接太傅之风流，陈令公之声伎。列屋兮粉黛，满堂兮罗绮。恍若有思，黯若无视。未有疑艳质于鬼神，娴雅步于诗礼；旷绝世而独立，妙倾城而可喜者也。尔乃感意星妃，降精柳宿。骖青鸾以翔回，度弱水而邂逅。丑膏泽之容华，陋蘅麝之芳臭。素质凝脂，真香拂袖。皎兮明月写秋天，烨兮花枝照春昼。容与艺林，跌宕文囿。托微波以通辞，知不可乎遽就；讵目挑而心招，乃魄动而意授。于时东山陪屐，葱岭申情。唱白雪而遥订，感红颜以结盟。捧上寿之觞于椒颂，拥合欢之被于书城。芳心自许，密讯方成。犹有留连徙倚，偃蹇犹夷。乍离乍合，若信若疑。青翰同载，银烛未移。削玉管而征韵，量明珠以赠遗；怅春灯而惜别，指秋河以为期。带绾同心，恨垂条之尚短；烟含青眼，锁纤眉而可思。分手涕洟，游情郁滞。西溪梅落，余香未分；仙掌瀑悬，素练欲遇。浴汤泉怀如玉之温，登云峤望真仙之御。寄愁心以遥缄，托芳词而先赴。暮雨不来，行云何处？于是驾桂楫，理兰航；溯洲渚，凌沧浪。流苏百宝，钿车七香。烧石叶以熏路，烂卿云而催装。客星犯斗牛之位，天姝降井鬼之旁。嬴女乘鸾向烟雾，天孙填鹊渡银潢。连理枝头，共宿女墙之树；郁金堂上，双栖玳瑁之梁。花影拂笺，丽句斯在；玉声度曲，清音未[第184页]亡。记绸缪于三星，侍巧笑于一粲。刻珊瑚以作枕，染翡翠以饰幔。垂珰委珮，陪甲帐而横陈；敦礼说诗，吹乙藜而染翰。绿华条脱，纤手宵分；红烛帘帷，蛾眉夜半。青青长在，彩云不断。来朱鸟于窗前，情绸结以泮奂。岂若宋玉恍忽于梦中，江生仿象于水上；陈思感洛灵而空回，相如拟神女而永叹者欤？若夫误曲引顾，秉烛投文。笑倚柳枝而起草，醉扶桃叶而书裙。掌记纾忧于行役，援桴贾壮于从军。莱公受谏于蒨桃，学士鼓腹于朝云。莫不志一时之艳事，资千古之谈芬。况良缘之非偶，洵佳人之难得。锵和鸣于玉箫，谐婉娈于瑶瑟。止礼义而不淫，等《国风》之好色。倚酬唱于曲房，传风流于通国。宁芍药之盈篇，竞龙鸾之共织。虽靡滥于风人，亦不伤乎丽则。俪玉台之新声，猗彤管之有奕。岁在壬午［崇祯十五年，1642］，孟陬之月，门人孙永祚稿上。［第185页］

04－002　倡和初集

李元鼎

二卷。李元鼎辑，见李元鼎等《石园全集》卷十一、卷十二（参见该种），《四库全书存目丛书》集部第196册，影印康熙香雪堂刻本。

一、钱谦益序（第69—70页）

盘根仙李，长庚新谪于人间；积庆璇源，张星旧驻于天上。媲兹嘉偶，嗣以徽音。思美人兮西方，降帝子兮北渚。阳律六，阴律六，吹凤管以参差；前唱于，后唱喁，拊鸾歌而叶应。珊瑚笔格，绿沉之管交挥；玳瑁书签，云母之笺双擘。花深网户，每刻烛以分题；燕乳绮疏，或摊书而征事。芙容［蓉］秋水，笔花与脸际争妍；杨柳春山，烟黛并眉间俱妩。东吴才子，金闺传内史之篇；南国佳人，《玉台》写令娴之什。珠林琪树，洵彤管之美谈；金柯玉枝，实天潢之盛事。丹楼烟熠，朱邸灰飞。交语而肠断白衣，登车则泪［第1a页］沾红袖。猗欤燕婉，娈彼鸿休。在御之琴瑟依然，中庭之兰玉滋长。雕轩文驷，骖玉马以北朝；翟茀鞠衣，伴角巾而东下。水精帘幕，镇日焚香；云母丹黄，千年辟蠹。轮依桂数，无复月孤；矢激莲花，惟应天笑。岂若敬通见抵，但对孺人；子美漂流，长随妻子。又况衡阳飞雁，空约刀环；兰沧鲤鱼，难传锦字。望曰归于六诏，怨其雨于三春者哉？伊余生稊之年，爰有齐牢之遇。绛云东阁，绿窗署禁匾之新题；红雨西泠，紫陌诵夭桃之旧句。劳劳赪尾，依依白头。茗碗熏笼，杂居烟爨；缥囊缃帙，夹注米盐。笑十指于悬锥，嗟满头之蓬葆。怜兹憔悴，睹此芳华。托副墨以归诒，俾杀青而传写。原借光明于东壁，敢希颦蹙于［第1b页］［第69页］西家。沉香小像，庶几得染妙熏；刻玉芳

名，抑亦附垂墨会云尔。虞山蒙叟钱谦益撰。［第 2a 页］［第 70 页］

则杰按：此序又载钱谦益《牧斋有学集》卷二十（上海古籍出版社 1996 年 9 月第 1 版，中册第 860—861 页），标题作《李梅公唱和初集序》；亦载《牧斋杂著·牧斋集再补》（同社 2007 年 6 月第 1 版，下册第 921—922 页），据注“辑自《听嘤堂四六新书》卷三”，标题作《唱和初集序》。两处除删去末尾署款之外，其他文字前者基本相同，后者颇多错误。

又，此起三篇序言，均见《石园全集》卷十一正文之前。

二、熊文举序（第 70 页）

尝揽闺阁之名篇，辄有香奁之逸艳。未窥壮采，罕听高徽。岂机、云之秀有别钟，而光、岳之灵无全畀欤？乃今读石园倡和之诗，俨然翟茀英雄之概。夫非以其源濬银潢，情深芳草。流览乎楚水燕山之奇特，感悼于隋堤吴苑之荒凉。黍离麦秀，既恸殷周；铁马冰车，亲伤锋燹。况复世态千移，宦途九折。幸际清宁，君子阳阳，左图右史；叠遭叵测，风涛浩浩，前胆后荼。而作者有相之道，绅笏寒芒；遇者履困而亨，琴瑟静好。有时拈险韵以搴奇，司马亦八面受敌；有时领词媛而角句，诸姬咸五色相宣。［第 2a 页］觚稜金爵，想见沉思；残月晓风，输其逸调。斯固词坛之锦伞、艺苑之琪株。岂与撒盐飞絮，偶尔称佳；其雨朝阳，篇什流美者可同日语哉？余不佞，枢掖锋轮，曾随司马；十清三洞，远揖飞琼。读君倡和集中，见“朝廷有道思良弼”之句，不觉敛衽正襟；再咏“从古惟闻四［绮］皓存”，芝草可馨，冥鸿自远，怅何如也？愧何如也？新建熊文举撰。［第 2b 页］［第 70 页］

则杰按：此处“朝廷有道思良弼”“从古惟闻四［绮］皓存”两句，均出自《石园全集》卷十二第一题《辛卯季夏，赴召北上，舟次清源，内子持扇索书》朱中楣（远山）和作（第 75—76 页）。

三、李元鼎序(第70页)

癸巳[顺治十年,1653]之夏,携家南还。患难之余,此身飘泊,几同䕷吹,宁独舟如断梗,泛泛若水中之凫哉?蓬窗卧疴,笔研几欲焚弃。内人每拈题送韵,不为交谪之言,多有开愁之句。古人云:"休官不谋之妻子。"岂其然乎?日久途长,骎骎成帙。因取从前倡酬诸诗,选付锓枣。见十余年怀抱之恶,[第2b页]不至抑郁委顿者,得此慰藉良深耳。夫冀缺躬耕,负馌相敬;鹿门偕隐,矢志同归,古今犹艳称之,而况余两人之于喁自适,金石相宣?即言之无文,不暇计矣。但余职倡而诗多属和,亦以见愁思要眇、书空咄咄之大概,良足三叹云尔。乙未[顺治十二年,1655]秋日,梅道人识。[第3a页][第70页]

四、薛正平跋(第79页)

余观昔谢太傅、山巨源,往往夫妇间相与品定,一时名士,令人益增伉俪之重。然未闻倡予和汝,若声出金石[第9a页]也。浣花老仙有云:"老妻画纸为棋局,稚子敲针作钓钩。"此不得志于时之所为,若自喜伯通庑下之所未有。宛陵诗曰:"酌酒与妇饮,犹胜俗侣对。"苏玉局亦艳称之。然何似梅道人石园中刻烛限韵,如鼓琴瑟之为愉快乎?其为诗,出入王、孟,无香奁气,亦无高轩气,真司马敌手。至五言如"出山诚草草",七言如"从古惟闻四皓存",岂不千古?余请进以《月上女经》一卷,买丝绣作摩耶夫人,庶不虚一代淑媛中之慧业文人耳,梅翁必当首肯。丁酉[顺治十四年,1657]清和之望,薛正平题。[第9b页][第79页]

则杰按:此跋见于《石园全集》卷十二正文之后。

04-003 顽潭诗话

陈 瑚等

二卷、补遗一卷、附录一卷。陈瑚辑，陈陆溥订，《续修四库全书》第1697册，影印民国六年（1917）昆山赵氏峭帆楼刻《峭帆楼丛书》本。

一、唐文治“顽潭诗话序”（第501—502页）

呜呼！天下最可感叹者，以道德纯粹、学通今古之儒，而厕身乱世之末流。世莫我是，言莫我省，活国之计莫我询。譬诸凤凰居鸱鸮之林，美玉侪碔砆之列。生平所蕴蓄，不得已而托之于言论，寄之于诗歌。一遇乱离，凡所著述，付诸荡然；或且煨烬零落，仅留残编。一二守阙之徒，辗转钞写，或下己意妄加涂删，而作者之心理与真面目卒不可得而见。呜呼！此讵非天下最可感叹之事乎？吾乡陈安道先生，生丁明季，学贯天人之奥，而不获见用于当时；所著《治统》《圣学入门》诸书，世鲜传诵，斯可[第1a页]感叹者一也。遗书埋隐，仅存于传钞之余；或者不察，不免有所改窜，斯可感叹者二也。昔年吾师陆文慎公，有请以先生从祀两庑之议，因循未果，赍志以殁；而爱护是书者，若学南先生之令兄仲宣先生，并其爱女兰，均先后逝世，斯可感叹者三也。然则天道岂终有知乎？或曰感叹之中有可幸者：天虽厄先生，而学南先生卒能传先生之书。自此书外，别刊有《离忧》《从游》两集。迩者，《周易传义合阐》亦见于世。他日汇而刻之，或且如“桴亭先生遗书”，得成全璧。然则天道岂终无知乎？呜呼！黍离麦秀，中心噎矣。铜驼荆棘，悲何极矣。桃源缭远，渺不可即[第1b页][第501页]矣。溯洄伊人，宛在水中央矣。莲花洁白，钦迟而神往矣。孔子曰:“莫我知也夫!”又继之曰:“知我者,其天乎?”呜呼!知我者其天乎?丁巳[民国六年,1917]夏,同里后学唐文治谨序。[第2a页][第502页]

二、陈瑚“顽潭诗话序”(第502—503页)

昔者王迹熄而诗亡,诗亡而《春秋》作。然则诗不亡,《春秋》可无作乎?曰:《三百篇》所载其国之政事美恶,与其人之性情邪正,炳如也。诗不亡,何事乎《春秋》?汉晋以来,称诗之能道性情者,莫如元亮;能述政事者,莫如子美。是二公者,虽名为诗,而微文渺旨之中,时陈悲痛之辞、刺讥之实,盖犹有《春秋》之遗意焉。然以视《三百篇》,则“风”“雅”之变矣,此时为之也。自此以后,其体弥弱。宋承五季大乱之余,明君贤相,皆尊尚儒术,以礼义渐渍其民。而周、程、张、朱,真儒辈出,阴相诱导,以助教化。是以垂亡之际,人[第1a页]心愈正,抱遗孤,走海岛,死而后已;虽三代之世,未闻忠厚恻怛有如此者。逮蒙古袭位,而肥遁穷荒之士,进退存亡,不失其正。纵多方网罗,曾不少动其心。其间杀身成仁、长往不顾者,大都以悲愤忠壮之气,发之于诗歌骚雅之间。其最著者,则如文山之《指南》、所南之《心史》,皆没身而后传,易世而始出。至若石湖“月泉”之社,与《谷音》所记番阳布衣、罗浮狂客之徒,稽之史传,则姓氏无述焉。后之人观其寄托,而后得原其心;颂其篇章,而后得论其世。则诗也者,岂非可以补史氏之阙逸者耶?予不幸身罹世变,与前人相似。年来屏迹荒村,租水田数十[第1b页][第502页]弓,岁以其半种秫,奉养之余,可供好客也。所居有莲潭七十二,环茅舍皆莲花,吾与友弄舟嬉游处也。予二子,年近舞勺,好戏弄,客至则辍笔罢书,嘻嘻然乐也。家无婢仆,理铛具者一人、荷锸者一人,然未尝以客来为厌也。客来,近者归,远者止宿。林阴篱落之下、飞觥斗采之余,篝灯风雨,清谈永夕,不及时事之治乱、他人之是非;往往托之诗歌以见意,又不必尽出于其所自作,而凡所目见耳闻,皆可咏吟,以消岁月。间于吾友散后，笔而志之，编年别部，汇成一帙。始自甲申[崇祯十七年，顺治元年，1644]，以迄今兹。其间有一人为一类者，《指南》《心史》之续也；有一事为一类者，《月[第 2a 页]泉吟社》之续也；有一时为一类者，《谷音》之续也。当夫客去独游，无所事事，或犁古庙之旁，或钓寒潭之上，即以是述之田夫渔父，鼓掌互笑，以为欢乐，又何必唱《缓声》之歌、歌《子夜》之曲也哉？若曰知我罪我，同于《春秋》，则吾岂敢？顽潭主人陈瑚确庵序。[第 2b 页][第 503 页]

三、顾师轼"顽潭诗话跋"（第 567 页）

《顽潭诗话》向无刻本，叶征君涵溪道光年间得钞本于玉峰书肆，均系高人逸士酬倡诸作，一字一句，洵足宝贵。惜蝇头行草，恒苦读不终卷，欲借钞未果，今忽忽四十余年矣。蘅甫缪君近假叶氏藏本录副见示，展读一过，曷禁愉快；特其中尚有阙字疑字，无从订正，未惬予心尔。光绪九年癸未[1883]夏六月，邑人顾师轼识，时年八十有五。[第 1a 页][第 567 页]

四、徐敦穆"顽潭诗话跋"（第 567—568 页）

委校《顽潭诗话》，一二疑误，分别签出。旧校偶有未当处，妄附签末。承询编辑条理，窃意编辑之道有二：一，依确庵先生自序，以"人"与"时"与"事"，各以其类归附；一，原稿[第 1a 页]本系编年，但当别以甲子，酌分数卷，次第悉仍旧贯。此书本非诗话，而以"诗话"名者，大约聊存当日挂瓢诸君互倡迭和光景。如此厘订，或尚不失初意；若竟以诗系人，则全属总集体裁矣。校毕，系以二律，并呈蘅甫仁兄大人教正："故宫禾黍写幽衷，半局残棋劫已终。白社竟逃天地外，青山长在蕨薇中。百年士气完臣节，一卷离骚续变风。我欲扁舟蔚村去，莲花深处访渔翁。""桃源一曲水沦涟，晞发山林别有天。太史占星五百里，谷音遗集一千年。读书粗识先民意（拟依确庵先生序意编次），绳武[第 1b 页][第 567 页]终惭后起贤（先大父曾拟编刊，未果)。异代幽光谁发覆?篝灯重为整遗编。(蘅甫将刊是书。)”丁亥[光绪十三年,1887]夏,秋孙徐敦穆初稿。[第2a页][第568页]

五、潘道根“顽潭诗话跋”(第568页)

咸丰纪元[辛亥,1851]季冬望前,从涵溪丈借钞,呵冻草草录毕,因识:“竹中犹喜纸窗明,日日钞书作课程。纵使钞成无所用,也胜尘土负平生。”新阳潘道根确潜。[第2a页][第568页]

六、王德森“顽潭诗话跋”(第568页)

旧钞《顽潭诗话》上、下卷,并订一册,密行细草小于蝇头,有批评夹杂圈点间,难于辨别,向藏娄东叶[第2a页]征君涵溪先生讳裕仁处。余于今年春二月,从其孙伯云茂才假得之,手自录副,凡四阅月而始毕。此书向未梓行。咸丰纪元[辛亥,1851],潘晚香先生借钞一本,有诗题于原钞本之后;屈指已六十四年矣,不知潘本犹在人间否。光绪癸未[九年,1883]七月,镇洋缪蘅甫朝荃亦借钞一过。癸丑[民国二年,1913]夏,赵学南诒琛借缪本录于沪上。六月“制造局之变”,毁于火。学南从兄仲宣明经,别录一本于信义。此书除原钞本外,凡有五钞本。一毁,一不知所往。难得而易失,将何以广其传耶?学南矢志阐幽,不惜重资谋付剞劂,不禁为之[第2b页]欣喜。因书数语,以志此书钞传源流,而拭目以俟镌工之成焉。甲寅[民国三年,1914]仲夏,昆山后学王德森谨识。[第3a页][第568页]

七、赵诒翼“顽潭诗话跋”(第568页)

癸丑[民国二年,1913]七月,学南从弟借太仓缪蘅甫先生校录《顽潭诗话》示余。余以是书向无刻本,世间罕有,力疾手钞,月余而竣。今夏,老友王君严士,亦在太仓借得原钞本,录副属校。按此原钞本,即叶涵溪征君得诸玉峰书肆者也。字迹模糊,不可辨识;纸亦残损,片片欲飞。王君细心体认,终卷无鲁鱼亥豕之讹,曷胜钦佩!

核对一过，校正良多，并录潘晚香先生题诗于后；特惜先生手钞本流落何所，无从搜[第 3a 页]访，为可惜耳。甲寅[民国三年，1914]六月，昆山后学赵诒翼谨识。[第 3b 页][第 568 页]

八、赵诒琛“顽潭诗话跋”（第 568—569 页）

余于壬子年[民国元年，1912]校刻陈确庵先生《离忧集》《从游集》于沪上，见吾邑潘晚香先生跋《离忧集》云：“向[从]娄东叶涵溪借《顽潭诗话》，呵冻钞一副本。”于是知两集外尚有是书。癸丑[民国二年，1913]季春，函询娄东缪丈蘅甫，逾月即以钞本寄示，附书云：“此《诗话》拟刻未果，成吾志者其在君乎？”卷末附顾（师轼）跋，知缪丈亦传录叶氏本也。余亟为录副，月余始毕，而病其帝虎岛鸟之多。方欲详校付梓，讵知天未厌祸，人心好乱。六月中旬，谣诼繁兴，一夕数惊。余独坐峭帆楼，校勘不[第 3b 页][第 568 页]辍。既望下午，事更危急，不可久留，避至租界。十七日，女儿兰归家取衣，见案上一册，即挟以出，则缪氏所钞《顽潭诗话》也。越二日，乱大作。峭帆楼以近于制造局，遂毁于火，独此书仅存。从兄仲宣，笃好娄、昆前哲遗著，因录一本；同邑王君严士，适得叶君所藏原钞本，亦重录一过。于是从兄以原钞及新钞两本，互勘改正。丙辰[民国五年，1916]春，余移寓苏垣，即取从兄钞本校订。今春付梓，吴兴刘君翰怡助以巨资；娄东唐君蔚芝、李君颂韩，重其为乡先哲遗著，亦各资助，俾溃于成。余独念当日乱离情状，宛在目[第 4a 页]前，而缪丈则墓有宿草，从兄亦遽归道山，女儿兰又于去冬夭折，惟严老与余，昕夕会谈。世事之变迁、人生之不测，有如此者，余能无感乎？原稿本分二卷，缪丈钞本分三卷；今仍编为二卷，《补遗》《附录》次于后。此书虽以“诗话”名，实系清初高人逸士唱和诸作，隐寓故国之思，读之令人悲叹。而《戳谶谣》及《刘河》两序所云，与今世习尚及借端生事者，有以异乎？呜呼！吾殆不欲言矣。丁巳[民国六年，1917]仲春，昆山后学赵诒琛谨识。[第 4b 页][第 569 页]

【附录一】杨钟羲《雪桥诗话三集》卷二（北京古籍出版社 1991 年 8 月第 1 版，第 58 页）

陈确庵自号七十二潭渔父，毛子晋令其二子受业。顺治戊戌[十五年，1658]，诠次同志之诗，为之传记，曰《离忧集》。明年己亥[十六年，1659]，复评次其门弟子之歌诗，为《从游集》。其《顽潭诗话》，则一时酬唱之作也。

04－004　湖舫诗

沈奕琛

一卷。沈奕琛辑，台湾新文丰出版公司《丛书集成续编》第116册，影印光绪二十一年乙未(1895)竹书堂丁氏刻《武林掌故丛编》(第二十二集)本。

一、李际期"湖舫诗序"(第541页)

钱塘其名胜，古不甚称，称自有唐中叶。一二名部使、郡牧，巨掌高蹠，搜导采染，湖山奕然。在昔江左胜流，选幽撮翠，如谢傅、右军，前筇后屐，大都会稽、蒋麓间。西泠坦浅，无谽谺窅窐。其次临安以西，金堂玉室，犹诸酒涔麓垤也。唐贤因吏治开拂，亦非名都杂沓。视苍龙九罗、云梦五湖，缀于片玉之琦，不称巨丽。自五季丧乱，扬一益二，宰务春寨，所在灰荡，而临安独完。钱武狐嗥客，犹能临"陌上花歌缓缓归"。其时罗隐、胡岳、贯休之徒，吏禄僧厨，峰堤觞咏，诚忽然不复知有[第1a页]何天之飞也。宋承其华，实由五季开采。永叔不信于史，他日作《有美堂记》，乃云"其民富完安乐，十万余家"。然赵氏都汴，中国华盛；此为偏方下州，偶有名人游历，与唐哲辉映耳。建、绍驻跸，仓卒苟安。曩所谓苍龙潜鹤、巨丽华盛之地，遂如云烟过眼，不可复计。而后中原士大夫，阘骈猬附。始但攀就龙南，偷生避地。既而作苑囿、兴歌舞，诗场酒坛其间。钱塘乐国，为豪杰所讥叹，而此坳隅乃极盛。嗟乎！西泠涔垤下州，古今盛衰兴亡之感集焉。大致王化隆则九衢均平，故遴梧不萃于下都；世运陂则洪涛先翻，故择沮每因乎[第1b页]偏壤。今夫西泠，在唐宋则掩于潜鹤苍龙；降在江左，亦掩于秣陵、具区；惟五季、南宋独显，岂其盛衰回互、兴亡恍惝耶，亦地势使然欤？然至今日，既非谢傅、右军笻屐之年，亦非五季、建、绍阗骈之日。而我等适复来此，荒凉刺目，所谓“其民富完安乐”者安在？而“陌上”之“缓缓归”，与夫“钱塘乐国”者，皆不可计也。则是唐季以来，西泠未有之衰，而我等适遭之。诸君子乃能选幽撮翠，哦骚举白，徜徉乎吏禄僧厨之间。嗟乎！此其事不大难哉。虽然，先雅不亡，后晖难倡，夫岂尽夺于其时哉？以吾石友沈公巨掌高蹠之所倡，又得高士[第 2a 页]汪然明西湖诸曲，复标胜迹，重新画船，皆绝韵事，足以补《西湖志余》。而余亦得厕诸君子后，凭高览古，纵苇茫如。西望玄盖，李伯纪、朱元晦之俎豆在焉，余所愿搴裳而未能也。近眺孤山，时见白鹤飞来引人，其林君复之清风乎？余则慨然兴怀，有不止举白哦骚之概者，得毋曰天目、台、宕，徒愁岱、华也？顺治己丑[六年，1649]秋日，通家旧寅治弟李际期顿首草。[第 2b 页][第 541 页]

二、沈奕琛“引”(第 542 页)

春方苦雨，节届禁烟。湖敛艳阳之天，人共水萍之感。良朋觏止，云出岫以何心；高韵横生，月满梁而自喻。小泛揽山川之胜，幽期足杖笠之缘。聿载方舟，溯洄孤屿；由斯倡和，吊彼古今。坐蒲团以追白社高风，望竹阁而振青琅逸响。雨沉林瘦，黄鹂桥畔骂桃花；雪漫山空，白鹤亭中倾竹叶。拈双联以杼烂漫之锦，集[第 1a 页]八韵而霏慷慨之辞。将寄趣于澜光，亦留声乎黛影。予役惭星使，迹类波臣。问张绪于当年，但有莺梭谁是主；感林逋于此日，试看梅眷尚成妆。漫兴岳树之歌，徒盼苏堤之路。情其能抑，籁自为音。爰授简以次倡予，用杀青而贻同志。[第 1b 页][第 542 页]

则杰按：此集诗歌总题《清明前二日，不系园社集，用吴岩子书联“雨丝风片，烟波画船”为韵，各即事八首(有引)》(第 542 页)，唱和者凡十四人，此“引”见于第一人沈奕琛诗歌正文之前。

04－005　冰天社诗

释函可等

一卷。释函可、释今羞辑，见释函可《千山诗集》卷二十，《续修四库全书》第1398册，影印康熙四十二年癸未(1703)刻本。

一、释函可序(第155页)

序曰：白莲久荒，坚冰既至。寒云幂幂，大地沉沉。嗟塞草之尽枯，幸山薇之尚在。布衲氇毶，非独杲长老之梅州远逐；孤臣憔悴，尤甚韩吏部之潮阳夕迁。珍重三书，萧条只杖。每长歌以当泣，宁寡和而益高。兰移幽谷，非无人而自芳；松植千山，实经冬而弥茂。悲深猿鹤，痛溢人天。尽东西南北之冰魂，[第1a页]洒古往今来之热血。既不费远公蓄酒，亦岂容灵运杂心？聊借雪窖之余生，用续"东林"之胜事。诗逾半百，会未及三。搕𢶍漫题。[第1b页][第155页]

则杰按：释函可自称"搕𢶍和尚"，即其后"同社名次"第一人。

04－006　今乐府

吴　炎等

二卷。吴炎、潘柽章辑，《四库禁毁书丛刊》集部第74册，影印清钞本。

一、吴炎"潘子今乐府序"（第112页上、第113页下—第114页上）

余与潘子生同[邑]，幼同志，长同业，又同隐也。予长潘子二龄。方己卯[崇祯十二年，1639]、庚辰[十三年，1640]间，余从家叔父南村先生舍游[游，舍]笠泽王氏；而潘子亦从其先尊人贞靖先生，舍康庄吴氏，相距二里许。诸往来二氏者，向潘子称余，亦向余称潘子，余于是始耳潘子。距三年，而余稍稍挟中书君与时贤从事，而潘子亦来，余于是始目潘子。当是时，予已薄制举业，谓非吾曹用武地。及与潘子谈，辄仆欧、苏，儿韩、柳，弟班、杨[扬]，兄《左》《史》，犄蒙庄而夺之席，于是[乃]相视而笑，莫逆于心。自以潘子类我，潘子亦以余为类[潘子]。即识余与潘子者，谓无弗类也。用是，卒与世相枘凿，无所概见。又三年，而陵谷变。予窜西吴，与潘子不相闻者二年。无何，而余遘闵凶，潘子来唁。已，收涕问[第1a页]潘子"云何"，潘子亦曰"子云何"。予曰："天其或者厄我以百年，而数倍报之乎？"潘子曰："愿子无忘此言也。"因出所谓歌诗，大都悲愁怨怒，不啻雷霆号而风雨集矣。明年，而家叔父东篱先生为"逃之盟"于溪畔，而潘子辄来；予亦数过潘子，与潘子日益亲，歌诗益多。又五年，而余遂舍莺湖上。莺湖，潘子故所家也；虽退耕韭溪别业，顾时时归省其母夫人，辄过余。潘子或四五日不至，予辄命棹过潘子。一日酒酣，潘子谓余[予]曰："息壤在彼，而徒与子老四声，为唐后人耶？"余矍然曰："不敢忘也。虽然，何遽废诗？夫诗亡而后《春秋》作，则诗者，盛周之史；而《春秋》者，衰周之诗也。女不睹姬姜，不为不知色；鼎不尝熊掌，不为不知味；诗不续'四始'，不为不知咏歌；史不仿《春秋》，不为不知纪述也。"潘子曰："善。《房中》《铙歌》，[第1b页][第112页上]诗之变也，而汉后无乐府；纪传书表，史之变也，而司马迁后无能方《史记》者。明兴三百年间，圣君贤辅、王侯外戚，忠臣义士、名将循吏，孝子节妇、儒林文苑之伦，大官郊祀、礼乐制度、兵刑律历之术[属]，粲然与三代比隆。而学士大夫，上不能为太史公叙述论列，勒成一书；次不能为唐山夫人者流，被之声韵，鼓吹风雅。今予两人故在，且幸未老，不此之任，将以谁俟乎？"因相与定为目，凡得纪十八、书十二、表十、世家四十、列传二百，为《明史记》。而又相与疏帙[轶]事及赫赫耳目前、足感慨后人者，各得数十事，潘子为题，予为解；予为题，潘子为解，损之又损，以至于百，为《今乐府》，而《铙歌》《骑吹》、"雅""颂"不在焉。巳[癸巳，顺治十年，1653]之冬，成十三；午[甲午，顺治十一年，1654]之春，成十七，三阅月而余百章悉成。后三日，潘子亦悉成。交相示，有同有异，有[第2a页]详有略，即两人未知以为孰善也者。及以问同人，则胥善之；善之，欲从而梓之；予两人不应，则醵资而授之，虽欲不梓不可得已。潘子乃来言曰："余两人方为史而乐府先成，遽以问世，惧世之以余两人为莛撞而并观也，故非予不能序子，非子不能序予也。且自乐府成，后半岁而得纪十、书五、表十、世家三十、列传六十有奇，盖史事已过半矣，予与子固可谢'息壤'盟也；至乐府之工拙，则知诗者能辨之，余两人意固不在是，无相谀也。"潘子言既，别去。适夜风雨，忆始交潘子，迄今十五年，家国之倾荡、亲故之存没，踪迹之聚散、岁月之迁流，悲从中来，可不[不可]断绝。而予与潘子幸无恙，且稍稍有所著述；予虽蹇产，敢不执羁绁，从潘子后哉？因述所与潘子往复之言而为之序。其和余两人者，家[第2b页][第113页下]叔父南村先生、王子寅旭也。寅旭又助予[余]两人为史，所作十表皆出其手。家叔父及寅旭尤恶名，“今乐府”成，皆不肯问世。同学弟吴炎撰。[第3a页][第114页上]

则杰按：《四库禁毁书丛刊》影印本两序拼版错乱（相当于第112页上与第113页上互置），今已予以调整。

又，此集台湾新文丰出版公司《丛书集成续编》影印民国十七年(1928)东方学会排印《殷礼在斯堂丛书》本（第209册，书名作《吴潘今乐府》），吴炎序在后而潘柽章序居前（第647—648页），且文字颇多出入，明显较好，今即据以校补。

二、潘柽章“吴子今乐府序”（第113页上、第112页下）

余雅不能诗，然好言诗。自汉魏六代，被乎三唐而止矣。国朝作者崛兴，洗宋人之陋；独乐[府]规模古调，未能卓然。李文正咏史之作，得少陵遗意；惜其体弱，不能起其文。尝与吴子言而然之。余又好言史。好读左氏、司马书，即穷其当[堂]奥。若班，若陈，犹有良史之[“之”字无]风；范氏，芜累已多；自晋以下，无讥焉。而司马《通鉴》，总荀、袁诸氏之长，虽以质胜，要亦编年之善也。尝与吾[吴]子言而又然之。然余固不能为[史]。尝作《通鉴后纪》，起有宋以引蒙古；其入国朝，则为《长编》，颇采实录家传，旁及辅轩，列[勒]成数百卷。而吴子适过余，深言：“编年之体，往往一人一事而跨越数世，文易抵牾，义难综贯；又况律历兵刑之事，本末不备。故自汉以来，守太史公家法：本纪、[第1a页]年表，犹编年之纲；而世家、列传，其目也。予窃欲续《史记》，述汉太初以后，讫宋祥兴。本纪略具，而载乘繁芜，未遑卒业。今以子之志，盍[曷]相与为《明史记》，网罗天下放失旧闻，取材于《长编》，而折衷于荐绅先生及世之能言者，以成一代之书?”余又闻而然之。吴子善诗与史，皆十倍于余；而其好之笃，则余不敢多让也。草创且半，同志者或谓余两人“固无徇名失实之病，然所褒贬，多王侯将相有权力者；且草创之臣，见闻多隘，子其慎诸”。两人谢不敢。私念是书义例出入，必欲质之当今，取信来世，故不得已而托之于诗，则《今乐府》所为作已。解题二卷，余创之，而吴子成之；其诗则吴子倡之，而余和之。既成，而读之相乐也。已而遂相为序，不敢轻乞名公长者之一言。盖非序《今乐府》之难，序吾两人[第 1b 页][第 113 页上]所托者之难也。读吴子《我行自东》《悲土木》《赭山》诸章，则本纪之权舆乎？《古濠梁》《旧内曲[行]》《伯温儿》《国有君》，又年表、世家之本也；《伏阙争》《跻献皇》作，而礼、乐、郊祀书具矣；《龙惜珠》作，而河渠书究矣；《大宁怨》《两[“两”字无]搜套》、前后《捣巢》作，而边防书饬矣；《梳篦》有谣，而律书陈矣；《采珠》有怨，而赋役、食货诸书晰矣；《钦明》有狱，《红铅》有狱，而刑书密矣。他若《雷老》《危不如》之作也，传开国臣之初也；《东角门》《星犯座》之作也，传逊国臣之烈也；《和尚误》《玉泉寺》之作也，传靖难臣之遇也；《老臣泣》《留提督》之作也，传忠世名臣之盛也；《悲贾庄》《芜城叹》《明月洞》之作也，传殉国诸臣之忠也；《把滑》之歌、《楚宗》之哀，可以训宗室；《昭德宫》《建昌侯》，可以箴外戚；而《征君归》，核儒林也；《望三台》《射东楼》，责宰相也；《折柳枝》《豹房乐》，讥佞幸也；《囊土[第 2a 页]谏》《椒山胆》，重直臣也；《两歌妓》《三娘子》，刺将帅也；《阁中帖》《客夫人》，戒宫[宦]官也；《杨漆工》《五人墓》，壮游侠也；《韩贞[真]女》《妾无夫》，广列女也；《大小东》《移哕鸾》，痛朋党也；《赍宫》，恶方技也；《罢南交》《封关白》，警四夷也。夫吴子之志如此，则其辞之工拙、音之高下，且不必论，而况予乎？然其善善恶恶[之]合《春秋》之旨，虽予[余]亦无弗同也者；无弗同，则余又何以誉吴子？假令乐府出，而有识者取吾是非而是非[非是]之，则所济乎史事者，不既多哉？吴子名炎，字赤溟，原名锡琦，字显庚，邑之庄溪人。同学弟潘柽章撰。[第 2b 页][第 112 页下]

三、凌泗跋(第 114 页下)

权门犬，吠权门。好官自我为，笑骂谁复论。嗥以南，嗥以北，权门有窦恣出入。卤簿都城天地黑，徒令志士空叹息。一朝权门冷落车马稀，群犬狺狺失所依。犬兮犬兮良可悲，摇尾权门空尔为。（右《权门犬》）

椒山胆，何壮哉！一月官四迁，远自狄道万里来。君恩一何渥，臣心安敢灰！一腔热血不敢冷，九死百折终不回。宁与夏曾同日死，不顾权奸怒若雷。捐此七尺躯，上报明天子。忠臣之心聊复尔，刀锯鼎镬甘如旨。十罪五奸义不移，疏草一入人人危。椒山自有胆，何用蚺蛇为！（右《椒山胆》）

右二诗见钮玉樵《觚剩》，系从钮易庵《贞白楼稿》中录出。易庵亦潘、吴同志。是当时和作，不仅南村、王晓[第 1a 页]庵两先生也。附录于此，我邑前辈风流之盛，略可想见。同治壬申[十一年，1872]秋九月，邑后学凌泗录毕并识。[第 1b 页][第 114 页下]

【附录一】钱谦益《牧斋有学集》卷三十九《答吴江吴赤溟书》（上海古籍出版社 1996 年 9 月第 1 版，下册第 1367 页）

去岁逼除，得见《今乐府》一编，深推其采撷之富、贯穿之熟而评断之勇也。

【附录二】钮琇《觚剩》卷一《吴觚·上》"今乐府"条（上海古籍出版社 1986 年 1 月第 1 版，第 23—24 页）

李西涯《拟古乐府》，久传于世。我邑潘、吴二子分类作《明史记》成，各撰今乐府，咏有明一代之事，复辑《解题》三卷，俱于被难时散轶。余家易庵夫子，亦潘、吴同志也，《贞白楼诗稿》中有《今乐府》，其辞曰……[诗二首，详上凌泗跋]。录存遗响，以著题所自始焉。

则杰按：此处称"《解题》三卷"，据前录潘柽章序，则应作"二卷"。又此处所说"余家易庵夫子"，指钮琇堂兄兼老师钮棨（易庵其字），可参见《觚剩》同卷"贞白楼诗"条（第 3 页）。

04－007　云间棠溪诗选

陶　悰等

八卷。陶悰、卢元昌、王宗蔚、董俞等辑，清初刻本。（“中华古籍资源库”网站影像版，原书藏中国国家图书馆）

一、陶悰“序”（第1a—3a页）

诗雅之作也，树四国之风声，移百年之运会，开一代之人才。然原其始，四国之风，必始一乡；百年之会，必由一时；一代之才，必始一二人。圣人微其旨，而首之曰“风”。“风”也者，触物而兴，善能感物。盖自《三百篇》以后，历汉迄唐，时盛时衰，而风之降莫宋元若；宋元降之，而有明起之，此一时也。有明三百年来，始于开国，成于弘治，盛于嘉靖，而风之降莫万历以后若；万历降之，而崇祯[第1a页]中造，吾郡实起之，此又一时也。我犹及见二十年前，岂无高世之才、美名之士？顾其篇什，又何陋也！自大樽先生出，崇尚汉魏初盛，一时作者顿还大雅。今则家自以为济南，人自以为北地，作乐象功而鳌不祧之祀，非先生其谁归？夫先生者，吾见其忧时悯俗，俯仰长怀；其触物者深，故其感物也顺。天下之大，人才之众，莫不祖大樽而宗云间——非归云间也，归风雅之正也。然昔之云间系之大樽，今之云间系之吾党数人，此[第1b页]同学诸子因有《棠溪》之役也。“棠溪”，以地名。诸子风雅之集，必于棠溪之草堂，倡予和汝，继美元康故事。虽所造不一家，要其微言相感、称诗喻志，无不含玉吐金、烂然成章。是诗学之又一振也。往自壬申[崇祯五年，1632]迄癸未[崇祯十六年，1643]，人才方盛，又席承平之余烈，作者斐然，有承明著作之思。今则锋镝之余，或仕或隐，或散走四方；感物多自伤之情，而离群有索居之叹。以今视昔，为时又何等也？然诸子著述益多，而格亦弥进。夫诸子虽显晦欢[第2a页]戚或有不齐，其所感触大略可睹矣。故其源虽出于大樽，而各有奇才胜概以自振拔：或气若江汉之潢；或彩若缛绣之炳。或优游按衍，绰有余度；或运思云回，逸致飘渺。或文彩巨丽，斐以敷其艳；或渊懿温雅，灼以扬其藻。吾观其会意遣词，比物连类，莫不有古风人遗意焉——亦曰继大樽先生而起，其所宗者正而旨归固自得也。夫荆多良璧，攻其缺者则为玉人；豫章多名材，审其曲者乃称匠石。吾党之为是集，岂以自侈？[第2b页]顾当世有真知风雅者，指其得失而进教之，吾党实拜其赐。是则予之志也夫，亦诸子之志也夫。同学陶悖玉寒甫撰。[第3a页]

二、王宗蔚、董俞"凡例"（第1a—3a页）

［一］　云间诗学，自袁侍御而后，作者代兴。滥觞之余，芜音间出。至陈黄门倡明风雅，维持坠绪，一时作者如繁星之向辰极，百川之赴沧海。今棠溪诸子英华相鼓，莫不源流曩哲，聿归正始；艺苑载振，厥勋懋焉。

［二］　古诗远宗汉魏，近体上法初盛，此诸子论诗之概也。但格调既高，意象须合。昌谷自立，无惭独秀；崆峒摹杜，间隔形神。若仅存升降之观，犹未[第1a页]析异同之见。兹集所录，各极才会；声情允洽，篇律无乖，洵八音之金石、"六义"之鼓吹也。

［三］　诗以志感，因感生辞，因辞成体。山林宴游，兴寄清远；朝飨侍从，制存庄丽；边塞征役，凄惋悲壮；流离患难，沉痛忾悼。"缘机触变，各适其宜"，昔贤之言，诚为笃论。吾党诗必规体，体必符感，故集中所采大率旨深而气达，响切而虑长云。

［四］　辞以纬理，情以经文。晚近体情之制日疏，逐文之篇愈滥。诸子摅情导性，要约写真；博不溺心，[第1b页]文不灭质；庶免男子树兰之讥，亦谢群[翠]纶失鱼之诮。

［五］　雅颂之章，升歌郊庙；风谣之什，寄情草野。时地既殊，吟咏自别。诸子生同里闬，少贱无事；偶有唱和，聊当萱苏；汇为一编，以备采问。其诸作者，家珠人玉；或先入金闺之籍，或久悬咸阳之市；嗣有专选，兹不概登。

［六］　延年学博，常诵"澄江"；灵运嗜奇，只惟"春草"。有美斯传，片言臻妙。诸子之诗，多者或至盈尺，然分［第 2a 页］铅互摘，宁简毋滥。盖志在可传，不矜道广。至于一字之瑕，必加砻琢；他山攻玉，务在全瑜。

［七］　"云间"，志里也。十五国风，厥从近始。今海内古道聿兴，雅风相扇，不乏作者。行将博为搜采，共昭同风之盛。其有调高白雪，集成等身，伏祈惠而遗我，以垂琬琰。

［八］　"棠溪"，志时也。越自丙申［顺治十三年，1656］之春，倡兴诗会，一时群彦征商刻羽，导扬古业，予二三人实推首庸。兹集原订，止拟一十六人。嗣承瑶华之投，遂进云［第 2b 页］璬之响。邓林之木，聊采一枝；丹穴之辉，仅存片羽。总期续集，用广表彰云尔。

同学王宗蔚峡文、董俞苍水同识。［第 3a 页］

则杰按：以上序言及凡例，王兵《稀见清初社群诗选三种叙录》之二亦曾辑录（《明清文学与文献》第五辑，社会科学文献出版社 2016 年 12 月第 1 版，第 38—40 页）。

04－008　柳洲诗集

陈增新等

十卷。陈增新、李炜、毛蕃、魏允枏、李炳、魏允枚、蒋璟、曹鉴平辑,《四库全书存目丛书》集部第386册,影印顺治刻本。

一、魏学渠“序”(第1—2页)

《柳洲诗集》成,诸子手一编,视余而问序焉。余谢不敏。诸子则曰:“我党所不可少子之一言者二,而子所不可无一言者一,何谢为?人之称魏里也,文之称柳洲也,子之兄弟既始事焉,寻流溯源,当莫详于吾子。我邑声气,雅为四方所重,迩者坛坫角立,左右分袒,主琴瑟之和,以释水火之斗,人则世讲,道则同学,子既许我矣。二者所不可少子之一言也。是集之成,子之犹子交让、卜臣,栉风沐雨,以襄[第1a页]兹役;淝水师捷,虽属阿玄;而围棋赌墅,当不禁屐齿之折也,子又可以无一言哉?何谢为?”余乃为之序曰:昔者仲尼采十五国风,凡君后、公卿大夫士,以迨田庚女红之所讽咏,各以其国分隶之;而雅颂郊庙之作,则不名一地,不名一人。夫亦萃九州之良,选其尤丽者播之乐章,非一地一人所能工也。若乃高会柏梁,公宴邺下,颜、谢、鲍、袁,扶轮宋代;江、沈、任、刘,鼓吹梁朝。三唐以诗取士,“四杰”开风于前,李、杜鸣盛于后。《极玄》《间气》《国秀》《英灵》诸集,称彬[第1b页][第1页]彬矣。然皆东西南北,遥和代兴,非皆生同里闬、并辔康庄者也。我里僻处越西,提封最狭,而尚节义,工文章,海内颇以小邹鲁相推许。岁丁丑[崇祯十年,1637]、戊寅[十一年,1638]间,余兄弟盟八人于柳洲,讲经艺治事之学,以其暇为诗古文辞。朝夕砥砺,务成一家书,以无愧先民之业。而陵谷迁变，感慨系之；升沉显晦，遂成今古。壮心积学，所不尽泯没于烽燹险难中者，惟此数卷有韵之言尔。客岁偕子更、稚宾扁舟南下，相约抵里门时，便当倡同志数人振举诗坛，搴其菁英，[第 2a 页]汇成一编，以问当世，而不谓二李子、二曹子、一蒋子，暨我家交让、州来，已营树壁垒，旗旌一新矣。陈子、毛子，遂乐而受成焉。重九、上元之会，余执鞭弭，从事分韵授简，与观斯盛，则敦诗书、说礼乐，其主谋之帅、驭军之将，皆贤杰也；前茅虑无中权，后劲右辕左蓐，皆戒备也；望之如火如荼如墨，央央旆旆，皆精色也。故邑仅当郲、莒之赋，而狎主齐盟。是集也，论断商确，实惟子更、稚宾、格斋、烛崑、禹书、掌公、交让、卜臣为政，诸子惟是筚路蓝缕，桃弧棘矢，[第 2b 页]以告厥功，今其饮至受勋之日哉？余请得扬觯而揖次之。子更专精研思，于诗之体格神韵，靡所不工，而藻鉴人伦，十不失一；稚宾天才敏妙，学识相副，诚能雄视侪辈，而片善寸长，孜孜采择，锐意成书，弘长风流，斯功伟矣。先是，我里称诗者有数家，而菁藻之中，时见芜秽。断然崇述古学，以北地、济南为宗，则摧陷廓清，交让称我家锐师焉。格斋、禹书，沉雄高迈，于经史百氏无所不贯综，下笔则有溯汉魏、跨开元之思，与家卜臣并驱争驰，未审谁[第 3a 页]者先到河源尔。烛崑为格斋难弟，文情玄爽，自然神骏。掌公昆仲，乌衣年少，世其家声，所为诗无不妍隽赡博，横绝一时。畴昔同人，以“娄东二美”推顾庵、子闲，今复以此目“二曹”，何谯国多才也。若集中之彦，珠玑英瑶，粲然列陈，则自有诸子之评论。在当世而有采风若吴季子者乎？未敢称“观止”，或曰“美哉！始基之矣”。顺治己亥[十六年，1659]暮春，同学弟魏学渠子存氏拜题。[第 3b 页][第 2 页]

二、“凡例”（第 3 页）

［一］　我里人文蔚起，莫盛于丁丑[崇祯十年，1637]、戊寅[十一年，1638]间。切磨道谊，敦尚古学，则“柳洲八子”实首功焉。中更兵燹，风雅不废。年来同志，益振起之。诗古文辞，几与制举义等

富。今先以其诗行，而仍以“柳洲”名集，志源流也。

［二］ 诗学深造，诚不易言。我党力崇正始，义归骚雅。乐府考求音节，《郊祀》《铙歌》《横吹》《清商》诸曲，取合本调。五言古诗，以汉魏六朝为宗，登选唐音颇少。七言古诗，规摹“四杰”，宪章李、杜，要不落张、王、元、白境中[第 1a 页]也。近体气贵浑雄，声期高朗；间入中晚，不失风格。缘轓缘素，论次颇有苦心焉。

［三］ 是集始于戊[戊戌，顺治十五年，1658]之阳月，成于亥[己亥，顺治十六年，1659]之寎月。商榷周详，始得成书。其间搜美剔瑕，参酌尽变，八人而外，则子存、亭彦，以弟侄任丹铅之役。壁上观军，时有评骘。若辉六、古喤、越石、肃陶、州来、达夫、徵之、廉伯、上衡、渭扬、汉彬、求仲、安上、心微，实多采择襄事之功云。

［四］ 诗文妍媸，无取丹黄；称誉过实，亦非古道。是集因岁时会课颇有评断，褒多抑少，偶仍其旧，聊存鼓[第 1b 页]舞崇尚之意，非敢阿好。次集问世，定当汰去。

［五］ 从来诗选，不以先辈仕籍为限。我里领袖骚坛者，如钱尔玉、尔斐、仲芳，徐道招，丁文博，曹顾庵，柯岸初，扶桑旸谷，照耀已久。是集取同人倡和之作为多，未获借重。嗣有子存《柳州诗选》之刻，差无遗憾。

［六］ 往者三吴两越，英杰林立；坛坫所树，不无彼此。而我邑同好，严气正性，颇为四方所推重。申[甲申，崇祯十七年，顺治元年，1644]、酉[乙酉，顺治二年，1645]以来，或人自为政矣。顷子存、亭彦诸子寻举旧盟，申以正义制举之作，嗣有《柳洲己亥集》一编即出。[第 2a 页]

［七］ 四方名流命驾，篇什倡酬，初拟借光梨枣，既而金错貂褕，充盈箧衍，俟专勒成书，以志同岑之盛。[第 2b 页][第 3 页]

【附录一】《四库全书总目》卷一百九十四集部总集类存目之四（中华书局 1965 年 6 月第 1 版，下册第 1768 页）

柳洲诗集十卷（浙江巡抚采进本）

国朝陈增新等编。增新字子更，嘉善人。柳洲在嘉善熙宁门外。顺治初，增新与同里魏学渠等结诗社，相倡和，称"柳洲八子"。其后攀附者日众，因递次所作，录为一编，共七十余人。其诗体格相似，大抵五言多宗选体，七言悉学唐音，犹明季"几社"余派也。

则杰按：此处称"顺治初，增新与同里魏学渠等结诗社，相倡和，称'柳洲八子'"，实误。据光绪重修《嘉善县志》（《中国地方志集成》浙江府县志辑第 19 册）卷三《区域志·三》"古迹"门"柳洲亭"条所载"崇祯间，钱继振、郁之章、魏学濂、吴亮中、魏学洙、魏学渠、曹尔堪、蒋玉立，每月于此会文。邑侯李陈玉题其堂，曰'八子会文处'"（第 321 页），以及卷三十二《艺文志·三》"杂文"门李陈玉《魏里八子序》所述"魏里有'八子'：魏学濂、学洙、学渠……钱继振……郁之章……蒋玉立、吴亮中……曹尔堪……倡予和汝，结社鹤湖之阴"（第 886 页），并参考上录魏学渠序、编者"凡例"第一款等，可知"柳洲八子"的活动时间主要在明末崇祯年间，此集八位编者对于"柳洲八子"来说都属于后辈，陈增新本人也并不在"柳洲八子"之内。

04－009　花信倡和

叶奕苞

一卷。叶奕苞辑，叶奕苞《经锄堂诗稿》附，《四库禁毁书丛刊》集部第 147 册，影印康熙刻本。

一、刘[雷]恒“序”（第 602 页）

微之在江陵，以《梦游春》诗寄乐天，题其序曰：“斯言也，不可使不知我者知，知我者亦不可使不知；乐天知我也，吾不敢不使吾子知。”予读其言，未尝不叹古人交谊之重也。夫门柳全低，檐樱半熟，此何地也？更深悄悄，晨雨濛濛，此何时也？戏调微拒，柔情暗通，此何人也？转面流花，登床抱绮，此何事也？《长庆》一编，只载酬和之作，而原唱不传。今以“会真”之言逆之，则七十韵中约略可想见，而曾不少为知己讳。元、白之交固如是。夫风雏叶子，心醉遏云[第 1a 页]之曲，目成回雪之容，与迎风动影，情事迥别。然而来兮飞燕，去矣惊鸿，未能叶叶相当，花花相对，因之蠲虑成端，没情多绪；试探彩笔，遂满香笺，不既与元才子作同工异曲也哉？独惜予与风雏之交，诚有如乐天所云“肺腑都无隔，形骸两不羁”者，既不能同拈黄绢之辞，争长乌丝之价，又何敢以“艳色空花，浮生焦谷”之语相期三复乎？仍借微之之诗，为风雏进曰：“闲倚屏风笑周昉，枉抛心力画朝云。”风雏以为然否？西山同学弟刘[雷]恒震修题。[第 1b 页][第 602 页]

则杰按：此序作者“刘恒”，集内和作居第五家，署名为“刘雷恒(震修)”(第 604 页)。

二、马鸣銮"序"(第 602 页)

古今来文章之士,何以独贵于常人耶?方其泊然静处,与人无异也。及其有感而发,清词逸翰,波委云属,喜者有所舒而不至于荡,怨者有所寄而不至于郁,此文章之士所以贵也。叶子九来,少负异才。与之游者,亦不见其常读书也。几案之间,史集纷纭,笔砚狼藉而已。乃其作诗文,诸体毕具;洛诵成河,子墨如雾;直堪方架古人,何止压倒时辈?《花信》二韵,有为之作也。同人和之,汇为一集。层叠婉转,万变千妍,如出水芙蕖,临风欲笑;如明霞天半,[第 1a 页]映日弥鲜。反复吟览,能不为之咨嗟称绝乎?借令无文之子,始则不能自持,既而展侧无聊,以底于沉郁困殆,岂复能为清词丽句以自遣哉?且我尤有感焉:古今艳丽,何可胜数?如杨太真者,千古尤物也。及其惊葬马嵬,风流澌灭矣。读《清平》三调,犹得想见沉香亭北,笑斟玻璃之态。则美而易渝者,色也;美而长新者,诗。以易渝之色,得长新之诗而可以永存,诗顾不重欤?百年之后,《花信》中人不可复问,而九来与诸子之诗风华照耀,竞爽不衰,吾独何能无感也?同学弟马鸣銮殿闻撰。[第 1b 页][第 602 页]

三、吴殳"序"(第 603 页)

文章,措词随作者手笔,而命意则必确有旨归。诗也不然:寓言十九,比兴兼资,不独词无定则,即意亦不可以一端而取。如平子《同声》,寓意深厚,而读者见其柔怀婉态,可以为艳情;致尧《香奁》,本出艳情,读者以其《落花》诗叹乱忧亡,而若《香奁》亦为隐思悱恻之所寓夫。然则作者之意不必自见,而可以感人;读者亦不必见作者之心,而皆可以有得。子瞻云:"作诗必此诗,定非知诗人。"风骚以来,其道固然矣。九来叶子,才情英敏,洒笔万言。今之春,作[第 1a 页]《花信》诗二章。同人步韵,又得若干首。皆清新婉丽,比美《西昆》。或欲推原其诗之所以作,予则曰:情生于文,文生于情。九来与同人各自有其意，诗则因题而偶合，读者亦不必尽知其所以然；而幽思采笔，可赋可比，其莞然而喜、怆焉以悲者，亦不必尽出近日作者之心也。同学弟吴殳修龄撰。[第 1b 页][第 603 页]

四、宋征舆“序”（第 603 页）

草木之有花也，无与于人，而人顾有好焉。其将作也，刻时日以望之；其既盛也，招宾朋、置酒食以乐之；其过时而落也，则又为之期曰：“明岁日至，且复观焉。”花既岁不爽其约，而人岁以其约赴之。于是春时号曰“花信”，而能言之士为之咏歌。叶子凤雏，家于玉峰之阳。斋前无物不备，而草木之英为最富。三春花事，甲于吾吴。子[庚子，顺治十七年，1660]之春，缘花有异遇，乃作《花信》诸刻，清新俊逸，兼庾、鲍之美。从而和之者，无虑数十家，竞华争妍，灿若云锦。读之者如登春台[第 1a 页]而望香国，盈吾目者无非芳草矣。昔灵均先生自言曰“吾滋兰九畹，树蕙百亩”，然而上官、子兰之徒视犹蓬艾也。今生于叶子之斋者，期之而有信，信之而有诗；花未尝祈请于主人，而主人之优礼于花也亦至矣。或叶子之别有取夫花也，究而思之，为草木者何所与于其间哉？使灵均先生复生，闻余言也，必且自畅于兰蕙之前，而《离骚》可无作矣。凤雏曰：“志子言，以质明岁之来游者。”云间宋征舆敬基甫题。[第 1b 页][第 603 页]

则杰按：此序又载宋征舆《林屋文稿》卷五（《四库全书存目丛书》集部第 215 册，第 314—315 页），标题作《花信诗序》；除删去末尾署款之外，其他文字亦颇多出入。

又，此处“子之春”云云，“子”应作“丑”，详下。

五、叶奕苞引言（第 604 页）

辛丑[顺治十八年，1661]春，和刘震修、顾华峰《无题》七言律十九首后，更得二首。南村吴丈摘首章落句，题曰《花信》。辱诸公和教，随到付梓，故无伦次。[第 1a 页][第 604 页]

则杰按：此集诗歌，连叶奕苞（九来其字，凤维当系其别字）原唱在内，凡作者三十九人，人各二首。其中如第三十八家钱曾（第610页），其诗谢正光整理《钱遵王诗集笺校》（台湾“中央研究院”中国文哲研究所2007年12月初版，遵王其字）未收，可为补遗。

04－010　经锄堂倡和诗

叶奕苞

一卷。叶奕苞辑，叶奕苞《经锄堂诗稿》附，《四库禁毁书丛刊》集部第147册，影印康熙刻本。

一、叶奕苞“序”（第585页）

家君水部公与先叔父奉常公隐居不仕。花辰月夕，辄召子姓长筵促坐，征僻事、射隐语以行酒。既而命题授简，分韵刻烛，两先生交相酬倡，往复不穷。如是者，岁必数举。或谓“科名之士，必由帖括；叶氏之所以教其子弟者，谬甚”，两先生弗然也。七八年来，叔父弃世，家君叹曰：“埙篪之器，不可以独吹。”于是不复设宴，即宴亦不复赋诗，盖伤之也。亥[己亥，顺治十六年，1659]之役，讱庵四兄以诗赋受知于世祖皇帝，又以为两先生之所以教其子弟者[第1a页]固自有在。呜呼！是岂知两先生之志哉？两先生友于之爱，出于至性，借赋诗饮酒以迪后人，遑计吾之所以教子弟者，或于是焉遇否也？今年春，讱庵兄里居无事，好为诗歌，于元日得七言长句四首。苞属而和之。自后适时寓兴，属物命篇，率用是韵。积而成帙，大有类于两先生昔日之乐者。夫才有工拙，性无显晦；吾兄之才十倍于余，而余敢于往复，夫亦性之所属，自忘其拙也。呜呼！苟非两先生之教渐洽甚深，乌能使余自忘其拙若是哉？壬寅[康熙元年，1662]秋，叶奕苞自序。[第1b页][第585页]

则杰按：此集收录叶方蔼（讱庵其号，谥文敏）、叶奕苞兄弟两人唱和之作。其中叶方蔼作品，其本人诗歌别集《读书斋偶存稿》（《景印文渊阁四库全书》第1316册）、诗文别集《叶文敏公集》（《清代诗文集汇编》第113册）均未收入，可为补遗。

04-011　经锄堂唱和集

叶奕苞

一卷。叶奕苞辑，叶奕苞《经锄堂诗稿》附，《四库禁毁书丛刊》集部第147册，影印康熙刻本。

一、归庄"经锄堂唱和集叙"（第595页）

盛唐以前，诗人唱和，每和意而不和韵。盖恐局于韵而意或不达，且伤气格也。余谓俭腹拙手，固不能无此虑；若在能者，更可见奇。盖韵定则路狭，路狭则思深，思深则句妙；盘根错节，乃别利器，其理然也。乙巳[康熙四年，1665]仲冬，偶与叶子九来闲步寻花，得七言近体一首，九来和作倍之。于是更唱迭和，题杂出而韵不易。旬月之间，诗筒往来如织，斗捷争妍，兴益陡发，遂合得五十余首。九来清辞迥句，卓然名家；余才尽笔枯，难与词坛飞将争雄，聊复效颦，自[第1a页]宜藏拙。会九来欲付梓人，不能止也，书以志一时之兴。鏖鏊钜山人归庄漫题于万家基。[第1b页][第595页]

则杰按：此集卷端题《经锄堂倡和诗》，版心标"经锄堂唱和诗·二"，盖承前面第一种《经锄堂倡和诗》而来，但实际各自独立。兹依据归庄序言标题立目，以便区别。

又，此集收录归庄、叶奕苞两人唱和之作各数十叠，另附马鸣銮、孙翊两人和作各一首。其时间据此序及作品最末一题，可知在康熙四年（1665）"乙巳仲冬"至"除夕"（第601页）。

又，归庄此序，今本《归庄集》（上海古籍出版社1984年6月新1版）未载；其唱和作品，目前《归庄集》也仅卷一"诗词"内的第八个小集《看花杂咏》收有前四叠（上册第96—97页），而其余均缺，可为补遗。

04－012　北上录倡和诗

叶奕苞

二卷。叶奕苞辑，叶奕苞《经锄堂诗稿》附，《四库禁毁书丛刊》集部第147册，影印康熙刻本。

此集书名，原作"北上录(倡和诗)"，兹删去括号。

一、万言"序"(第611页)

《忆鹤诗》者，叶子九来在京思归，与其友人倡酬之作也。叶子有园曰"半茧"，在昆城东南陬，茂树深池，重冈曲径，四时之景皆宜。中有二鹤，毛羽亦鲜洁可爱。余尝与叶子晏坐小有堂，前有平台，覆以桐荫，鹤即翔舞其上，若以孤特自好之概，仿余两人者。及乎登樾阁，憩唐亭，二禽更飞鸣戛戛，往来松表，以相应和。去年冬，叶子应荐入都，当梅开兰茁时，余曾三至其园，肃客无人，落英满地，鹤亦莫与[第1a页]为欢，徒彳亍于竹林石磴之间而已。则叶子于此，自有不容不忆者。然余观当途仕宦之俦，诵德璋"鹤怨"之《移》，则嘿焉知感；披子瞻"招鹤"之《记》，则慨焉怀归，若无一人之不出于是而后快者。究竟好爵情长，怡云兴浅，亦仅托之空言、付之悬想已耳。余谓不然。使其道德可以正时，谋议可以靖乱，虽过门不害为慈，绝裾无伤于孝；彼禽鸟又何知？宁足为系恋无已者？非是，则进为尸禄，退为蠹人，徒沾沾欲与清远闲放之鹤为侣，鹤亦岂乐受之乎？叶子惊才卓识，克绍文庄、水部之学，固疮痏之民所[第1b页]旦暮待之者。乃当群贤竞逐之时，忽为故山猿鹤之想，而翛然远引，卒不负其初志焉，则非余之所能测者矣。草堂有灵，且将重纳桂风，更延萝月，叶子其许吾携书以共之也夫。[第2a页][第611页]

【附录一】卷一《忆鹤》叶奕苞引言(第612页)

久客长安,怀归颇切。故园仙骥,时入梦中。偶赋此诗,忽邀同志枉和。到即登梨,遂无伦次。己未[康熙十八年,1679]三月望日,二泉居士叶奕苞识。

【附录二】卷二《后忆鹤》叶奕苞引言(第614页)

时将南还,聊以志喜。辱赠过情,感不能已。四月之初,奕苞又识。

04－013　敬亭倡和集

梅　清

不分卷。梅清辑，梅清《天延阁删后诗集》卷十六"唱和诗"第一种，《四库全书存目丛书》集部第222册，影印康熙刻本。

一、唐允甲"题辞"（第360页）

乙巳[康熙四年，1665]冬，吴越知名之士数辈咸集于宛，竞谓敬亭名胜拟于兰亭、梓泽，游其地者曾不一褰裳濡足，将毋令千载上笑人寂寂耶？于是梅子渊公、耦长，沈子方邺，奋轡先驱，载油囊，挟藤箱，要诸君子为信宿之游。仆以衰蹇，不果行。逭归，而以倡和诗一卷，命仆叙以传之。叙曰：敬亭之名，以太白传，其来旧矣。夫太白自夜郎还，一落魄之羁人耳，筇屐所至，辄能使僻壤山川雄视县宇，人之足为地重也如此。太白往矣，迄今[第1a页]千有余年，太白之名不朽，敬亭亦不朽，则"众鸟""孤云"之句留之也。使当年漫无题咏，不几与荒丘废榭同其湮没欤？今诸君子，后太白而登此山，其俯仰流连，旷世同调；至于唱酬之什，诸体咸备，无境不臻，以视寥寥一绝，岂不更称壮观哉？"二梅"夙有顾、陆之癖，或当仿西园轶事，绘染成图，而方邺拟兴公后序勒之岩石间，亦他年郡乘中一佳话也。耕坞老人唐允甲识。[第1b页][第360页]

则杰按：据全书卷首《天延阁删后诗集总目》，其最末卷十六所谓"唱和诗"（第218页），实际包含此《敬亭倡和集》以及另外的《敬亭唱和诗》《天延阁联句唱和诗》凡三种总集，后二种均无相应的序跋；又"唱和诗"下所注，除"唐序一首"之外，尚有"自序一首"，而后者今影印本内未见。另外此序末尾所说沈泌

（方邺其字）“拟兴公后序”，影印本内亦未见。

又，据梅清别本《瞿山诗略》卷首“目次”（《四库全书存目丛书》集部第222册，第541页），所谓“唱（倡）和诗一卷”亦曾附刻于《瞿山诗略》之末。

04－014　姑苏杨柳枝词

汪　琬等

一卷。汪琬辑，周靖笺注，《四库全书存目丛书》集部第 395 册，影印康熙刻《钝翁全集》本。

一、汪琬“自序”（第 598 页）

予按郭茂倩《乐府》有《折杨柳词》，凡四调：其二为横吹曲，则梁元帝有诗，及古词“上马不捉鞭”五曲是也；其一为相和歌瑟调曲，则“默默施行违”一篇是也；其一为清商西曲歌，则《月节折杨柳词》是也。又有《杨柳枝》者，白乐天尚书所制，其词皆咏杨柳。《本事诗》云：尚书有妓樊素善歌，小蛮善舞。年既高迈，而小蛮方丰艳，乃作《杨柳枝词》以托意，曰“永丰西角荒园里，尽日无人属阿谁”。宣宗闻是曲，问谁词，左右具以对，因东使命取永丰坊两株植于禁中。[第 1a 页]尚书感上知名且好尚风雅，又作词一章，曰“定知玄象今春后，柳宿光中添两星”。其后乾符五年[戊戌，878]，薛能为许州刺史，令部妓少女作《杨柳枝》健舞，复赋其词为新声《杨柳枝词》。本末如此。又按乐天此词，自《本事诗》所载之外，复有八首；中间或云洛阳，或云馆娃、钱塘，盖不尽为小蛮作。刘梦得属和亦然。《本事诗》云云，未可泥也。今此卷倡和，虽非专宗刘、白，然不可不知其缘起，故录于卷端，以示览者有考焉。长洲汪琬自序。[第 1b 页][第 598 页]

则杰按：此序又载汪琬《钝翁续稿》卷十五（《汪琬全集笺校》本，人民文学出版社 2010 年 1 月第 1 版，第 3 册第 1451—1452 页），标题作《杨柳枝词序》；除删去末尾署款之外，其他文字基本相同。

二、叶舒崇“序”（第 599 页）

钝翁先生卜居西郭，屡易春秋；解组南归，惟栽杨柳。飞花满屋，正幽人和畅之时；落叶盈阶，亦秋士悲吟之候。攀长条而赠远，未免有情；抚短笛以横吹，能无所感？爰成小什，聊以写忧。昔者《小雅》诗人，系归思于曩日；金城司马，兴长叹于暮年。栗里门前，摛词寄傲；忘忧馆里，赋笔争奇。若以方兹丽则，庶几独擅风流。于是南国王孙，咸和青阳之句；东都上客，争投白雪之章。刘宾客之新词，乏其酬唱；杨廉夫之好事，逊此流传。崇也惭蒲质之秋零，悲[第2a 页]长年于摇落。灵和阿那，天上徒闻；灞岸风光，离情不少。睹依依而陨涕，我亦欲愁；比濯濯而伤神，树犹如此。爰缀数语，并附短章云尔。分湖叶崇舒序。[第 2b 页][第 599 页]

三、汪琬“倡和姑苏杨柳枝词约”（第 599 页）

琬按元浦江吴渭清翁《月泉吟社》一刻，前有题意、诗评数则。今略仿此例，凡用事未有根据者；误作《竹枝词》体，不咏杨柳者；泛借“柳腰”“柳眉”等字成篇，犯薛能所呵者；竟咏隋堤、灞岸，与姑苏无与者；仍袭前人此题旧语，及改窜一两字，点金成铁者；前后不相贯穿，无章法可寻绎者；凑句趁韵，不知兴比所在者，概不及录。其余虽有微暇，未敢删弃。琬也不敏，或盲心眯目则有之；若爱憎毁誉，杂出私心，则吴清翁所谓“三辰在[第 3a 页]上，可誓诗坛”者也，惟诸作者谅之。尧峰樵逸汪琬钝翁书。[第 3b 页][第 599 页]

则杰按：此文李圣华已据以辑入《汪琬全集笺校 · 佚著》卷二《佚文》（第 4 册第 2212 页）。

四、严熊“跋”（第 600 页）

倡和诗，近代惟石田先生《落花》有刊本；牧翁先生《东山酬和》，亦曾孤行于世。然《落花》未经选择;《东山》选矣,疵处犹欠点窜。今钝翁所撰《姑苏柳枝词》,倡既绝伦,和亦力敌;间有点窜一二者,如予次诗“触着”改“才触”,“一自”改“为是”,“看他”改“见伊”,回环自吟,真有点铁之妙,其他可知也。此集一出,当与铁崖《竹枝》并传;《落花》《东山》,翻觉后来居胜矣。常熟严熊跋。[第 1a 页][第 600 页]

五、周靖“跋”(第 600 页)

翁谓靖曰:“著书易,注书难,子能为我注此乎?”靖唯[第 1a 页]唯。翁因详示旨趣所在,而靖为之援笔诠次,不数日告竟。盖此集皆系翁手选,凡杜撰里俗、绝无据依者,悉不之入,故得速成如此。残膏剩馥,其亦可果俭者之腹矣。吴县周靖跋。[第 1b 页][第 600 页]

六、周公贽“跋”(第 600 页)

有客谓予:“尝读《柳枝词》,然后知钝翁之志荒矣,何杜门扫轨、读者养性之有?”予曰:“非也。古之为诗者,博取而罕譬。或以美人香草,或以山川鸟兽。其词侈,其旨约;其所托者小,而所喻者大,故曰‘发情止义’。古人皆然,翁亦犹是也。中间属和累百,惟唐孺[第 1b 页]舍首章之‘芍药蒲陶’、次章之‘桃花得气’,周孙云首章之‘短簿祠前’,稍切本事。翁再四吟咏,以为此赋而比也,盖有讥讽警诫之意存焉,故特标而录之。翁之旨归如此,夫岂得谓之‘荒’欤? 吾子其犹蓼中之虫,宜未知蓝之甘也已。”客既退,遂以是告翁,翁曰:“有是哉? 姑存其言,以志吾过。”因述于卷末。吴县周公贽跋。[第 2a 页][第 600 页]

【附录一】汪琬《附题倡和〈杨柳枝词〉后四首》(第 624 页)

身如枯树渐蹉跎,奈此闲情未遣何? 惆怅今年才尽也,梦中锦段已无多。[其一]

谁家新调入银簧，遥逐轻风度短墙？倦倚绣床听一曲，等闲误了刺鸳鸯。［其二］

剧怜杨柳最风流，拈出春来一段愁。若个解于团扇上，为侬细细写蝇头？［其三］

正值嬉春最好天，幸逢才子与新篇。尊前一曲谁相顾，分付周郎作郑笺。［其四］

则杰按：此组诗歌又载汪琬《钝翁续稿》卷一（《汪琬全集笺校》本，第3册第1139—1140页），标题作《题〈杨柳枝词笺注〉后四首》，正文文字相同。

【附录二】汪琬《钝翁续稿》卷二十九《题〈杨柳枝词〉后》（《汪琬全集笺校》本，第3册第1642—1643页）

杨柳枝词七言绝句，体虽权舆于白尚书乐天，而实原本风雅。后之人既相与师承其意，又从而变易其体而推广言之。是故有言离别者，即《诗》"昔我往矣，杨柳依依"之意也；有言闺房男女者，即《诗》"东门之杨，其叶牂牂"之意也；有感身世之仳离，上借之以示讽刺，次借之以自鸣其不偶者，即《诗》"折柳樊圃，狂夫瞿瞿""菀彼柳斯，鸣蜩嘒嘒""有菀者柳，不尚息焉"之类之意也。其间或兴或比，所以师承风雅而寄意于杨柳者，其旨趣固显然明白，读者可以吟讽细绎而恍然遇之于不言之表者也；特其体与风雅异尔，若其意则未尝异也。近世后生浅学，不能诗者往往敢为大言，鄙此词近于儿女子之语而傲睨以为不屑为。果如此也，则《三百篇》之内诸诗咏杨柳者具在，孔子何故不删？而自汉以来诸儒之传笺训诂者亦何故尊之为经，使得厕于风雅之列而又相与师承之乎？至于稍能诗者，方其为此词也，则一切取前贤之残膏剩馥，饤饾襞积，以自附于骚人墨士，以厌塞求者之请，若有程课督责、不得已而后作者；而徐按其中，举无有也。盖其能成章者，亦仅仅矣。于是倡和诸词，多至一千六百余篇，而所录止于如此；就其所录之中，又皆瑕瑜优劣，层见迭出——求其旨趣之所在，则未知视《三百篇》之兴比，果孰离而孰合，孰近而孰远也，岂不难哉？予故不敢以绳他人，姑题其后，而愿私与诸门人共勖之云。

【附录三】汪琬《钝翁续稿》卷十八《伐杨柳记》（《汪琬全集笺校》本，第3册第1491—1492页）

杨柳易生而宜于水涯。春夏之间，往往多美荫。吾吴，故泽国也。人家濒水，率栽杨柳以取荫焉。然其木稍久则空中而易朽，不足备梁栋器物之用；髡之，惟可用以薪尔。此庄周氏所谓不材者也。而吾党顾作词以宠之，传相仿效，多至数百首，倘亦杨柳之幸耶？刻词甫竟，而官中造火药，需其木为炭，巡抚下令长洲、吴两县命伐城内外杨柳，民间骚然。而无知者惧所由之扰，复私自伐之。公私所戕，殆不啻十之六七。或咎予词若为之谶然……

【附录四】汪森《洞仙歌·家钝翁有〈姑苏杨柳枝词〉，和者百余人，与杨铁崖〈西湖竹枝词〉可并峙也；余既有诗，复记以词》（《全清词·顺康卷》，中华书局2002年5月第1版，第16册第9268页）

锦帆泾侧，记东风才晓。稚眼纤浓向谁好。对绿波似镜、雨润烟姿，无限意，眉妩画来初照。　　拂丝看渡水，依旧青青，转首河桥送人早。小阁渐藏鸦、次第飘绵，春已暮、暗伤孤抱。叹西郭、分题已三年，比旧日长亭、攀折多少？

【附录五】王士祯（禛）《王士禛全集·渔洋续诗集》卷十二《题〈苏台杨柳枝词〉后二首（汪钝翁编修首倡，吴越和者数百人）》（齐鲁书社2007年6月第1版，第2册第907页）

白家半格诗曾见，爱说苏州柳最多。（“不似苏州柳最多”，乐天诗也。）今日钝翁吟卷里，雨条风絮奈君何。［其一］

雁齿红桥鸭嘴船，麴尘风起艳阳天。明湖忆得吟秋柳，惨绿当

年最少年。（予赋《秋柳诗》，时顺治丁酉岁[十四年，1657]，海内和者亦数百家。）[其二]

则杰按：《渔洋续诗集》本卷为《己未京集》，康熙十八年(1679)作于北京。所谓“苏台杨柳枝词”，即指汪琬所辑《姑苏杨柳枝词》。

【附录六】王士祯《王士禛全集·古夫于亭杂录》卷四（第6册第4907页）

宋末浦江吴渭清翁作《月泉吟社》，以范石湖《春日田园杂兴》为题，中选者若干人，谢皋羽所评定，至今人艳称之。顺治丁酉[十四年，1657]，余在济南明湖倡“秋柳社”，南北和者至数百人；广陵闺秀李季娴、王潞卿亦有和作，后二年余至淮南始见之，盖其流传之速如此。同年汪钝翁在苏州，为《柳枝词》十二章，仿“月泉”例征诗，浙西、江南和者亦数百人。

则杰按：此处称汪琬首唱“十二章”，没有顾及其后“又六首”。

又，汪琬首唱之“又六首”，其《尧峰文钞》卷四十七作《后杨柳枝词七首》(《景印文渊阁四库全书》第1315册，第706页)，较此集多第五首：“花落莺啼水寺前，那堪柔柳更生绵。行人到此休轻折，留取清阴覆画船。”

【附录七】释元璟《完玉堂诗集》卷四《感旧诗二十首》之六《汪检讨钝翁(琬)》(《四库全书存目丛书》集部第211册，第574页)

竹榻茶炉留结夏，谈空研妙开襟期。斜阳只在丘南路，怕唱苏州杨柳枝。（检讨筑书屋在虎丘二山门外，颜曰“丘南小隐”。有《姑苏杨柳枝词》，和者甚多。）

【附录八】《四库全书总目》卷一百九十四集部总集类存目之四（中华书局 1965 年 6 月第 1 版，下册第 1770 页）

姑苏杨柳枝词一卷（内府藏本）

国朝汪琬编。琬有《尧峰文钞》，已著录。初，琬自翰林告归，居尧峰别业，偶仿白乐天作《姑苏杨柳枝词》十八章。一时东南文士，多相属和。琬乃手自选定，得一百十二家，一百九十七首；令周枝楙排次成帙，而周靖为之笺注。刊本题为枝楙所辑，非其实也，今仍题琬名焉。

则杰按：《汪琬全集笺校·钝翁续稿》卷一《姑苏杨柳枝词十二首》李圣华笺指出，汪琬"自翰林告归"乃康熙二十年辛酉（1681）事，此处所说创作时间有误（第 3 册第 1137 页）。前录叶舒崇序所谓"钝翁先生卜居西郭，屡易春秋；解组南归，惟栽杨柳"云云，指此前康熙九年庚戌（1670）以后辞官家居，与后来举康熙十八年己未（1679）博学鸿词科、官翰林院编修无涉，而四库馆臣可能即因此而混淆。汪敬源《续修文清公年谱》卷首附录此条四库提要，也加有按语："《杨柳枝词》有叶舒崇跋及和诗，是为公未官翰林前之作也。崇应征未试，即以病故；公应征后，始得翰林，故前说非是。"（可见《汪琬全集笺校》附录之三"诗文评"《姑苏杨柳枝词提要》"附"，第 5 册第 2294 页；年谱对应处见《汪琬全集笺校》附录之五"汪琬年谱三种"最末一种，第 5 册第 2462 页）可以并参。

又，关于和作的首数，集内正文有现成统计数字——"属和共一百九人，诗一百九十二首"（第 605 页）、"补和三人，诗四首"（第 625 页），经核对完全正确，因此总数应该是一百九十六首而非"一百九十七首"。

【附录九】周春《耄余诗话》卷六（《清诗话三编》本，上海古籍出版社2014年12月第1版，第4册第2529页）

兰泉[王昶]掌教万松书院，以“柳枝词”命题课士，选刻二册，意欲仿铁崖《竹枝词》，似未见钝翁《姑苏杨柳枝词》者，其诗亦不如远甚矣。案《类稿》自钝翁原唱外，[属和]凡八十八[九十六]人、方外五人、闺秀八[六]人[另“无名氏”二人]，又补和三人[内“无名氏”一人]，共一百四[“四”应作“十二”]人。内海宁三人：[第三十七人]查诗继（字二南），云：“隋堤春色近如何，贾舶空传水调歌。谁似张王城外柳，东风岁岁客愁多。”[第五十七人]查嗣梿[琏]（字夏重，即《敬业》原名），诗云：“听到莺声春尽头，绿杨围处是苏州。吴儿缓控行骢马，吴女停桡系彩舟。”[第六十人]查镃[鉉]（字声山，即《澹远》原名），诗云：“萧郎经岁断归音，柳陌春光渐渐深。早识飘绵复飞絮，悔将蒲带结同心。”此集吴县周靖笺注，王不山绘图，无一不精，觉后来之草草也。

则杰按：周春所见此集，可能系残本。即以所收海宁人而论，也还有“属和”第三十九人查容（第612页）。

04-015 依园七子诗选

徐 行等

七卷。徐行、曾灿辑，康熙二十年辛酉(1681)吴门顾氏依园刻本。(“中华古籍资源库”网站影像版，原书藏中国国家图书馆)

一、徐行“序”(第1a—4a页)

“依园”者何？顾子逸圃读书之所也。园介阛阓间，而萧闲澹远，无尘嚣湫隘之累；高柳荫门，疏篱绕径，有长林丰草之思焉。顾子既雅抱微尚，不慕荣利，枕经藉[第1a页]史，日焚香啸歌其中；一时名流胜侣及四方之士假道吴门者，无不愿交顾子，户屦恒满。顾子必为之设茗布席，上下千古，酬对终日，了无倦意。暇则拉二三知己，以诗文相淬砺。其最契者，[第1b页]则金子亦陶、潘子双南、曹子德培、黄子宪尹、金子篮文、蔡子右宣，相与倡和之时居多。今秋，余旅寓金阊，偕曾子止山共访依园主人，因得遍读七子之诗——或慷慨用壮，或温厚和平，并驾齐[第2a页]镳，功力悉敌，为击节叹赏者久之；遂语止山：“《过日》一集，罗百氏而藏名山，子洵有力矣；若依园诸子，自当仿玉山草堂故事，另成一选，不妨孤行。”止山欣然与余先订若干首授梓，题曰《依园[第2b页]七子诗选》，志所自始也。嗟夫！大雅不作，诗道榛芜；身都通显者辄高自矜许，而穷巷绳枢之子往往卑靡龌龊，鲜克树立。观兹集之选，人有其学问，人有其性情，人有其志节；既无纨袴裘马[第3a页]之习，复不作山林寒瘦之态；于以歌咏先王，幕席天地，其所得殆非易量，以视雕镌影响比于蚓窍蛙声者不可同日语矣。夫以顾子之砥行力学，而其所定交又复章章如是，将“依园”之名[第3b页]日益有闻；而“依园七子”之所以传，又不

徒以其诗也已。康熙庚申[十九年,1680]小春,会稽徐行蘗庵氏拜题。[第4a页]

则杰按:此序王兵《稀见清初社群诗选三种叙录》之三亦曾辑录(《明清文学与文献》第五辑,社会科学文献出版社2016年12月第1版,第41页)。

二、顾嗣协"跋"(第1a—2a页)

先考功弃余最早,少从家兄尼备氏受举子业;经史而外,间涉猎秦汉唐宋诸大家,而于诗则未之学也。年来读书依园,四方君子时相过从,阳春白雪之篇投赠盈箧,余深慕焉而愧未能。乃取《三百篇》及《楚词》《古诗十九首》、汉魏五言、李杜二集枕藉而观之良久,不觉浩乎其有得也。因知诗之为道,本乎性情,形诸音律;苟性情不正,则音律亦乖。所贵立志以端其趋,力学以广其识;超悟入神,以臻于不可名言之境。诗固未易为,而岂易言工哉?余性豪放;每有不平,辄呼酒问天。近则愈抑郁无聊,思古人有处此而不能自[第1a页]已,则必托物起兴,发为咏歌,以寄其牢骚不平之概;若《三百篇》《楚词》《古诗》、李杜诸公,皆是也。余遂学焉良久,亦不自知其诗之工与否也。同里金子亦陶、篮文,潘子双南,黄子宪尹,曹子德培,蔡子右宣,皆深有得于诗学;与之语,志同道合,遂以依园为诗会地,迭相唱和,累年于兹矣。庚申[康熙十九年,1680]小春,稽山徐蘗庵、宁都曾止山两先生过访;偶出诸子诗就正,两先生谬相许可,汇选若干首,以属剞劂。余不敢辞,驰告诸子,俾助厥成,而并述其颠末如此。嗟乎!世之学古人之诗者寡矣,学古人诗而并得古人之性情者则尤寡。今幸诸[第1b页]子交相期勉,以始终勿替,则虽才不逮古人远甚,而古人之性情何不可因今人之性情而各出也?斯集之刻,固两先生之意,亦借以就正四方大君子;倘谓余诗之工,而滥厕诸子之末,则余岂敢?康熙辛酉[二十年,1681]端月,依园主人顾嗣协逸圃氏谨跋。[第2a页]

【附录一】曾灿《六松堂集》卷十二《依园七子诗序》(《清代诗文集汇编》第98册,第286页)

庚申[康熙十九年,1680]八月,予同山阴徐子蘗庵,访顾子逸圃于依园。逸圃出七子诗,属予同蘗庵校雠,且以问序。予读而叹曰:"诗之至于今日,盛矣哉!"盖自王者采风而有《三百篇》,率多忠臣孝子、征夫思妇之什,皆能自道其性情,而无所勉强。六朝三唐而下,渐失其真。应制有诗,登眺有诗,以及宴会、赠答莫不有诗。人擅其名,家各有集。至于今日,举生平未识面之人,亦必以诗贻赠;卿士大夫寿言挽章,不论其人之能诗与否,必欲乞为诗歌。呜呼!不喜而笑,不悲而啼,而欲求为真诗,难矣。是诗之盛,盛于今日;而诗之衰,亦衰于今日也。天道十年而一变;盛极必衰,衰极必盛,理固有然。逸圃少年为贵公子,负瑰伟之才,不汲汲于科名,而乐与贫士游;莳花种竹,饮酒赋诗,怡然自适也。夫性能闲者多独善,才有余者欲凌人。逸圃啸咏于依园林石间,与金子亦陶、潘子双南、黄子宪尹、曹子德培、金子篮文、蔡子右宣,朝夕唱和。观其《感遇》《杂诗》诸篇,恬淡冲融,理明而气足,岂非有感于治乱盛衰之故,而不为世所推移者耶?七子皆吴中知名士,出处虽有不同,而要以敦气谊、崇风教为本,故亦陶之诗清淑雅驯,双南之诗排奡奇峭;宪尹秀逸而幽闲,德培老朴而淳厚;篮文则气度安详,右宣则词章修整,噫嘻!盛矣。昔嘉靖中李于鳞、王元美"七子",以诗雄一世,家弦户诵,至今不衰;及取其诗而读之,声调情词如出一人之口,皆不能自标风概,自具机轴——其故何也?性情失其真耳。然且或数百里而一人,或数千里而一人,人才之难在休明之时且然;予独得见"依园七子"之诗于今日,何其幸欤!夫"七",阳数也。《易》曰:"七日来复。"以一阳乘其初长,犹能复见天地之心,矧七君子同心协力,当硕果不食之后,岂特关于诗道之复,衰极必盛已哉?予虽老,得追陪玉山草堂,与诸君子为文酒之会,岂非盛事?逸圃其勿笑予之潦倒而无成也。

则杰按:此序前及王兵该文亦曾辑录(第42页)。

【附录二】徐崧《百城烟水》卷三“长洲县·依园”条（江苏古籍出版社1999年8月第1版，第193页）

依园，在阊丘坊南，顾逸圃宅后圃也。中有一丘，相传为梁时妙严公主墓。（逸圃为松交铨部第七[十]子。年未二十，风雅豪迈。约同志金亦陶侃、潘双南镠、曹德培基、黄宪尹玢、金篮文贲、蔡右宣元翼，酬唱往还。曾子青藜、徐子蘗庵选其诗付梓，称“依园七子”。）

【附录三】顾嗣立《闾丘先生自订年谱》康熙“二十一年壬戌”(1682)条（《北京图书馆藏珍本年谱丛刊》第89册，第62页）

十八岁。……十兄[顾嗣协]葺治后圃，曰“依园”，以其地相依“雅园”而名也。时十兄首创诗社，有《依园七子（金侃、潘镠、黄份[玢]、金贲、蔡元翼、曹基、顾嗣协）诗》之刻，余自此稍知声律。

则杰按：此处年谱所定年份，较前录《依园七子诗选》序跋所述显然过迟。又所注“依园七子”各家次序，与《依园七子诗选》卷首总目未尽一致（曹基应当移至黄玢之前）。

【附录四】吴肃公《街南文集》卷八《依园社集序》（《四库禁毁书丛刊》集部第148册，第142—143页）

海内文人游士之涉迹吴门者，无不交顾子迂客。迂客名家子，年少隽才，翩翩豪举；方拓地为园，沼沚林峦、花亭月榭，皆足供宾朋文酒之娱。而予以访涧上翁，亦适过吴，班荆把酒，不嫌衰腐。亡何，复有诗社之约。会予方疾，且买棹还宛，迂客特先期以举，属曾止山为留行。予不佞，深山之野人，踽踽蹩蹩；词坛诗社，未尝与知，亦何为及我哉？然不可谓非盛事也。因忆元至正时，饶介之延名士作歌，张仲简、高季迪、杨孟载诗成，各赉以黄白金若干，此吴故也；顾德辉卜筑玉山，园池声伎甲天下，日与名士置酒赋诗，张翥、杨廉夫、柯九思、张伯雨俱远诣之，萃其诗曰《草堂雅集》，此顾氏已事也。今自不佞外，何讵不若季迪、廉夫、九思辈？而迂客无介之之位、德辉之富，风流胜概擅美东南而金镃声伎不逮往昔，予谓迂客得毋未惬已乎？抑以笑诗人之穷也？虽然，犹幸迂客之不为介之、德辉耳；即使如两人称其豪举，不中于娼嫉之口，且中于贪馋之腹矣，其能宴然也哉？果其素心晨夕，道谊是饫；贵之以德业，富之以经史；不屑屑矜风雅而有裨教学，庸今人之不远胜古人乎？于时与者，为宁都曾止山；侯官张超然；莱阳姜勉中、学在；新安吴园次；吴县杨震伯、明远，蔡九霞，周敉宁，王勤中，金亦陶，史苍山，黄宪尹；长洲熊焦占、俞犀月。而予力疾以往，舆疾而退；翼日登舟伏枕，诗成又序，以塞迂客之意，为诸子糠秕焉。

04－016　洛如诗钞

朱彝尊

六卷。朱彝尊辑，康熙尊道堂刻本。（浙江图书馆藏）

一、朱彝尊“序”（第 1a—b 页）

黑黄之与苍赤，错而成章；琴瑟鼗鼓、笙镛柷敔，比而成乐。故夫孤吟独讽，曾不若赓歌属和者洋洋乎八音之盈耳、焕乎五采之彰施于五服也。禾中觞咏，盛于元季。明初，濮仲温“聚桂文会”，以卷赴者五百人，杨廉夫为之甲乙。南湖景德寺之集，少亦不下十三四人，缪同知德谦、曹教授新民为之后先推挽。当是时，戎马倥偬，在会诸君子率皆避地侨居，而能酌酒赋诗，镂版镵壁，风流照耀远迩。今则承平日久，文治聿兴，乃我乡少俊，往往汩没于钱刀，甚至以裘马狭邪、投枭博进为豪举。即有赋质循谨者，剽袭时艺，将借是以梯荣显；经史子集，庋阁不观；语之以诗，辄动色相戒为穷人具。人材之颓堕，[第 1a 页]不意迁流至此极也。甲子[康熙二十三年，1684]、乙丑[二十四年，1685]之交，同馆陆义山里居，与李期叔、沈南疑、陆懒真数辈，著有《当湖倡和诗》——相继殂谢；懒真如灵光之存，而又游于方外矣。陆子聚缑，惧风雅之中衰，偕其侄伯機[机]，为“洛如雅集”：陆氏凡十二人，益以亲知能诗者十有五人；洊历再期，得诗二千二百有奇。余选存十之三，厘为六卷，音节和平，色泽妍秀，大概以中晚唐人为宗，非直移宫羽、妃青白，竞胜一时已也。禾中人士有志道古，亦可览此而幸气谊之不孤矣。康熙戊子[四十七年，1708]橘涂月，小长芦朱彝尊序。[第 1b 页]

则杰按：此序王利民、胡愚等已据以辑入朱彝尊《曝书亭全集·曝书亭集外诗文补辑》卷五(吉林文史出版社2009年12月第1版,第944—945页)。

二、彭始抟"序"(第1a—b页)

往在都,从渔洋师论诗,窃叹近人缣囊日盛,风雅愈孤。渔洋师曰:"弊在同也。"予尝持此意,以定诗人之工拙。夫造物之铸形也,盈尺之面,而耳目口鼻丽焉;自邃古以迨于今兹,其数至不可算亿,而卒无有沓出者。其声音笑貌,有似之者矣,而弗同也。是化工之巧而人物之灵也。其模塑而不能变化者,是土偶与傀儡耳。诗文一道,何独不然?及门当湖冯幼茗,余初识其文而亟赏其不同。盖幼茗气专神寂,攻苦觳淡,曹试辄倾其偶如此。既而知其善诗,间来请业。其所为不屑苟同者,一如其文。迟之,持同社《洛如诗》来质,皆清迥密丽,别舒手腕,信夫当湖之多才也。诸子既颖然负异,吐弃凡襟,风流裙屐[第1a页]照灼一时;益相与切劘,翡翠兰苕、鲸鱼碧海,所谓转益多师,以祈至于古人,不难矣。秀水朱竹垞太史,吾瀛山之尊宿也,其论议与渔洋师往往相合,幸以吾言质之。康熙己丑[四十八年,1709]暮春,南阳彭始抟书。[第1b页]

则杰按:此序《四库全书存目丛书补编》影印本(第42册)"原缺前半叶"(第652页),并置于朱彝尊序(第653页)之前。

三、姜实节"跋"(第1a页)

迩来称诗者,独学无友。此故钉铰打油,相沿陋习。或则矫之,往往陷于牛鬼蛇神、筱骖虬户。二辙虽殊,其无当于风雅之归则均也。平湖陆君聚缑,访余谏草楼,贻示《洛如》新制,一时宾朋唱和之盛、群季宴游之乐,不禁令人神往。其诗淡浓得中,修短合度,驾《河汾》《玉山》而上之。稍待秋凉,余以白头拦入斯社,其可乎?寓吴莱阳姜实节顿首。[第1a页]

四、蔡方炳"跋"(第 1a 页)

戊子[康熙四十七年,1708]夏,雨后溽暑特甚,杜门谢客,焚小宗香,烹庙后茗,聊以遣日。程子汝谐轻舟款门,以《洛如诗钞》见示。就桐阴浓处,快读一过,如对姑射仙人,举冰瓯雪碗,清风拂拂从纸上出也。潜寿老人蔡方炳跋,时年八十有三。[第 1a 页]

五、魏少野"跋"(第 1b 页)

数年来,客有称当湖"洛如"诸子倡和之盛,余每举里门"小东林"以敌之。今《洛如诗钞》开雕已竟,行将流布通都,而"小东林"诗尚未成集。客携《诗钞》示余,且曰:"此岂'小东林'所能敌耶?"余谓诗之为道,显晦各随其时;苟两家文章、人物足以相当,则并驾齐驱,吾党愧不能与之争先耳。方外弟魏少野书。[第 1b 页]

则杰按:以上三篇跋文,《四库全书存目丛书补编》影印本均缺。

六、陆载崑"约言五则"(第 1a—b 页)

[一]　丙戌[康熙四十五年,1706]春,读书西皋,与群从昆弟相约为"洛如之会"。虽云求友,实以亲师。推都讲者,家陆堂叔;前辈则古民、梓园诸先生咸与。期于陶铸性情,非敢创竖旗鼓也,知我者幸勿罪我。

[二]　面会诗,以唐人试帖为宗,遵毛西河先生教也。次题则古体、律、绝,以次递更。与其闭门觅句,学后山之苦心;何若对客挥毫,分少游之乐境?

[三]　前五日具柬,兼致遥题。已刻毕集,例不再邀。存古人真率之意,肴不期丰;当幽情畅叙之时,酒宜索醉。

[四]　每月正集之外,写情赋物,有唱必酬。或四方名流至止,[第 1a 页]促席题襟之句,间亦采入。

［五］ 诗追正始，不尚牛鬼蛇神；友贵心知，无论白头倾盖。法嗣宗之口不臧否，戒季野之皮里春秋。敬告同人，务遵斯约。

寓宣阳陆载崑伯机拜启。［第1b页］

【附录一】《四库全书总目》卷一百九十四集部总集类存目之四（中华书局1965年6月第1版，下册第1772页）

洛如诗钞六卷（浙江巡抚采进本）

国朝朱彝尊选录，陆奎勋编次。彝尊有《经义考》，奎勋有《陆堂易学》，皆已著录。此集皆康熙丁亥［四十六年，1707］平湖人社集之作。据奎勋诗集载，“洛如”之唱，起丙戌［四十五年，1706］三月，至丁亥；而中间诗什，则奎勋集中编次颇有前后不同，未详其故。其以“洛如”名者，洛如，花名，干如竹，实似荚，郡有文士则生也。

则杰按：此处称“此集皆康熙丁亥［四十六年，1707］……之作”，与实际不符：集内各卷作品，均按作期先后编次，其卷一开头两题，为《丙戌上巳，集陆鱼沧集虚堂，赋得“风帘入双燕”（仿唐人试帖体，录三首）》《即席用范石湖上巳日万岁池座上呈程咏之韵（七律，录五首）》（《四库全书存目丛书补编》第42册，第654页）；卷六有明确时间的倒数第四题，为《戊子上元，陆藻亭、渟川携酒早服堂，集字，限成五律（录三首）》（第708页），可知实跨康熙四十五年“丙戌”（1706）至四十七年“戊子”（1708），头尾凡三年。而所说“奎勋诗集”，尽管下限仅“至丁亥”并且“中间诗什……集中编次颇有前后不同”，但其所载“‘洛如’之唱，起丙戌三月”，这个开始年月却显然并无差错。另外就作者籍贯而言，所谓“皆……平湖人”也不符合实际。

又，关于此集编者，全书各卷均署“小长芦朱彝尊竹垞选”，而并无陆奎勋其名。所谓“陆奎勋编次”，盖因卷首朱彝尊序曾提及“洛如雅集”系陆奎勋（聚缑其字）倡导，凡“得诗二千二百有奇”，而朱彝尊据以“选存十之三”（第 653 页），所以《四库全书总目》在“朱彝尊选录”之后还要加上这句话。而如果就此集本身而论，则陆奎勋似不应冠名。

04－017　南湖倡和集

章世丰

一卷。章世丰辑，台湾新文丰出版公司《丛书集成续编》第116册，影印光绪七年辛巳(1881)钱塘丁氏刻《武林掌故丛编》(第三集)本。

一、章世观“致肯堂启(戊子[康熙四十七年，1708]长夏)”(第551页)

三伏渐终，九秋将届。蝇营扰扰，慨世俗之萦怀；驹隙匆匆，奈韶华之过眼。虽我辈风流俨在，不废啸歌；顾同人星聚时疏，还应雅集。爰有云卿之后圃，适凭功甫之南湖。人是名流，窗临胜地。城外则青山隐隐，并[第1b页]列栏间；阶前则绿水潺潺，争环槛下。茭菰猎猎，翠浪连翻；莲叶亭亭，碧筒堪把。准拟明晨于此地，共为高会以聊吟。感玉照之荒凉，叹香林之阒寂。临流吊古，争看鸳绮新裁；对酒当歌，伫待骊珠先得。惠而好我，谅不弃予。谨成下里之词，以速高贤之驾。[第2a页][第551页]

二、章世观“致书苍启”(第551页)

火云天际，未敛奇峰；水阁湖滨，全消溽暑。秋菰猎猎，依稀鸥渚之亭；残照萧萧，仿佛烟波之观。虽隔岸倾颓古寺，剩有荒凉；而开窗潋滟南湖，适当佳胜。拟因此地，暂屈名流。运笔阵而摩空，快文澜之倒峡。但人[第2a页]亡物在，重游恐增此愁怀(水阁为君亡友故居)；然草长台荒，明日反添君诗料。彩笺谨达，文旆须临。[第2b页][第551页]

三、章世观“致东郊启”(第551页)

曾闻古昔招裴迪而入山林，何事明晨屈东郊而来尘市？盖灵鹫烟霞，描摹殆遍；南湖风月，吟咏未经也。此地原为锦绣之名园，近作榛芜之废寺。连云百雉，横夕照而依微；狎水群鸥，弄残烟而荡漾。临流剧饮，足散闲情；对景聊吟，偏多佳句。锦袍未夺，专看之问之来；木榻犹悬，伫待南州之至。鱼书此附，蜡屐随过。[第2b页][第551页]

四、章世观“致菊公启”(第551—552页)

不披云雾，倏又兼旬；企想芝兰，何堪永日。当火云之未敛，正畏景之方骄。座有琴尊，门无褦襶。阴阴竹径，想尘垢之都消；习习松风，自炎蒸之不到。兴酣落笔，片纸千行；手倦抛书，方床一觉。高卧北窗之下，应傲羲皇；怀古南湖之滨，须推禹锡。拟因来日，用屈名流。主盟李、杜之坛，独树岑、王之帜。俾令蓬户，俄来长者之车；爰就芜词，以速良朋之驾。至若为穆生而设醴，原订侵晨；待汉伯之连床，相期卜夜。弗忘斯语，敢布高怀。[第3a页][第552页]

五、章世观“致茜园启”(第552页)

聿考南湖，原居北郭。白蘋红蓼，始为曹氏之荒园；碧甃朱栏，更作张公之胜地。丛丛竹树，环以为轩；漠漠烟波，临之筑馆。驾霄亭畔，松声萧飒以摇风；玉照堂前，梅影横斜而挂月。粉围香阵，夜夜征歌；凤管鸾箫，朝朝侑客。及繁华之过眼，人去象台；悟色相之成空，家归龙藏。荒凉古寺，遗迹在焉；滟潋澄波，风光邈矣。敢于此地，敬屈高贤。会胜友于湖滨，临流吊古；寄遐心于物外，即景留题。素纸闲裁，走千行之墨妙；清尊漫设，听一曲之琴音。何妨赤脚科头，惟拟标新竞异。人人有作，俱堪助我风流；事事都佳，更可登君日记。[第3b页]至若颁来雅什，已共叹其鉴金；附到短章，愿垂观而挪

玉。诘朝请见，清晓为期。[第4a页][第552页]

六、章世观“致梅林启”（第552页）

碧水青茭，旧日哦诗之地；黄流白雪，明晨角技之场。想先生风雅无俦，有期必至；但我辈形骸自略，不速毋嫌。爽气方佳，扫门以待；炎威未炽，载屐须临。腹稿携将，伫看众中之珠玉；天才独步，谅皆物表之琼瑶。早祈惠我而过，莫使企予之望。烦更寄声秀老，可偕介甫而来（谓桐村）；转语照邻，须共子安而至（谓书苍）。复成四韵，以达初寮。[第4a页][第552页]

七、章世观“致平川启”（第552页）

纵情诗酒，固我辈之高怀；托志弦歌，实幽人之雅致。以幽人之雅致，叶我辈之高怀。宜其万卷楼头，比千寻之沧海；幽栖亭畔，坐一月之春风也。拟屈名流，共为高会。鸾回凤吐，惊看丽则之都佳；雁落乌啼，静听清音之绝妙。想相思命驾，昨朝尚尔能来；而角技挥毫，明日定然肯顾。爰促东山之屐，聊附小诗；早携西省之琴，以增佳话。[第4b页][第552页]

八、章世观“致松厓启”（第552—553页）

已订同人，争歌白雪；敢邀来日，共试青萍。征题沈氏[第4b页][第552页]之楼，凭吊张公之宅。烟波在望，的是吟场；风月无边，都成诗料。至若青山城外，隐隐当窗；绿树湖滨，遥遥绕屋。有时而云横古雉，雨响团荷；有时而虹挂长空，霞飞远岫。变阴晴于顷刻，易凉燠于须臾。俱足佐清谈、伴酣饮也。想隔衡门数武，定尔肯来；还祈总角相知，惠然早顾。谨援毫而成韵，聊代柬以效颦（君孟夏曾招饮）。[第5a页][第553页]

九、章世观“致桐村启”（第 553 页）

三秋桂子，曾夸高士湖头；六月荷花，实逊张公宅畔。虽红衣渐褪，而翠盖犹擎。水静香来，窗开绿映。不将团扇，自有清风；未设凉棚，全消溽暑。临流把盏，人人[第 5a 页]并以为仙；即景拈毫，笔笔都疑有鬼。朝看丽日以餐霞，暮对长天而揽月。企想幽人，谅同高致。小诗今日，聊凭素楮书呈；雅什明晨，伫待紫芝携至。[第 5b 页][第 553 页]

十、章世观“速陈博山暨令坦杨振兮启”（第 553 页）

击石铿金，早已迟君甲乙；清冰润玉，亟来为我品题。昨曾走札相邀，今特修函再速。想君翁婿，于我弟兄；非若寻常之交，不应咫尺见弃也。且澄湖在望，足散闲情；画阁凌空，尤多胜概。郭外则青山缥缈，疑海上之三峰；栏前则碧水澄鲜，敌城西之双镜。几片明霞远映，一池爽气常浮。高下畦田，茭菰猎猎；周遭雉堞，[第 5b 页]蔓草离离。至若凉风起而荷气清，落照收而林烟翠；遥岑渐隐，远树都迷；一声萧寺之钟，数点前村之火；依微云月，淡荡水天；相与俯清流、步幽径；衔杯漫饮，曳履微吟；情随境迁，心与物会；托志形骸之外，忘怀天地之间——何乐如之？洵快赏也。非乐、卫天机清妙，自难领略斯言；想郗、王风致高闲，定肯凭临此景。顾惭崔瑗，无以获讥；莫效黄充，期而不至。[第 6a 页][第 553 页]

十一、章世丰“奉柬同人社集沈氏水轩”（第 553 页）

古南湖畔休文宅，水榭风轩夏亦凉。竹树几行翻翠袖，藕花千点闹红妆。挥毫雅称临流兴，角饮偏宜脱[第 6a 页]帽狂。为报骚坛飞将道，好追河朔共徜徉。[第 6b 页][第 553 页]

04-018　于野集

王　原

十卷。王原辑,《四库全书存目丛书补编》第50册,影印康熙遂安堂刻本。

一、顾嗣立"序"(第628—629页)

云间,故风雅奥区也。自昔平原、清河以后,代有名人。至前明,而考功、黄门诸君子以文章、声气相砥砺,卓然为海内词场冠冕。世异时移,老成凋谢。予尝求其诗古文集读之,而有存有不存。既有慨于古人之不可复作,而又未尝不有冀于今也。近者一二知爱示余近时诸贤《于野》一集,集为其乡先生王给谏西亭之所论定。余读之,则吐纳英华,含嚼宫徵,虽格调不主一家,而心力各能自尽,俾读者洞心骇目,如游贾胡之肆,光怪陆离,而珊瑚、火齐、木难之杂陈于前也。以彼诸名士之才,人握灵[第1a页]蛇,家藏拱璧,假令生数十年前,与前明诸君子连镳掉鞅,余不知其位置何如,又安得谓今人不及古人哉?而余以谓作诗至今日为难,论诗至今日尤难。盖今人生极盛之后,慨然欲有所作,势不得不日趋于新,以动天下之耳目;而持论者苟无确见,则伪体无由别裁,而精英无由披露,何以撷众芳之尤,成不朽之业?此论诗之难较难于作诗也。给谏文章品望,为一世所君宗。解绂以来,益肆力于搜讨,真有如皮袭美所云"五岳为辞锋,四溟作胸臆"者,宜其"既作风雅主,遂司歌咏权"。而是集之[第1b页][第628页]选,不难以传世而行远也欤。余家与云间相去二百里,不获徜徉峰、泖,与诸名士共晨夕、乐埙篪,而读《于野》一集,不觉穆然神为之往,且幸考功、黄门诸君子之风烈蔚然将复振于今;而给谏之于诸名士，品题扬榷之功，不可诬也。于是乎言。康熙辛丑[六十年，1721]春日，长洲顾嗣立书于秀野草堂。[第2a页][第629页]

二、王原“序”(第629—630页)

《于野集》，吾郡朱、张诸子赓唱之作也。诸子居郡城之西郊，并擅才美，怀奇未试，寄之咏歌，唱予和汝，动盈卷轴。一日邮书见投，属为点定。余憨拙无能，忧患失志。放废以还，杜门却扫。风雅一道，仅涉樊篱，未窥阃奥。今更衰病支离，日惟偃仰药炉茶灶间。何意长须叩门，鱼缄郑重；珠玑的皪，栴蔔郁芬；抚玩回环，色飞眉舞。窃意诸子名编之意，取之“同人”。《易》曰：“同人于野，亨。利涉大川，利君子贞。”程子曰：“圣贤大公之心，不系于私，能与天下大同，何险阻之不可济？何艰危之不可亨？故同人之道，利在君[第1a页]子之贞。”彖曰：“惟君子为能通天下之志，惟其能，应乎‘乾’也。”《序卦传》曰：“物不可以终否，故受之以‘同人’。”程子释“‘否’之初六，拔茅茹，以其汇贞，吉，亨”，则曰：“‘泰’之时，以同征为吉；‘否’之时，以同贞为亨。初六能与其类贞，固其节则处否之吉，而其道之亨也。”诸子负用世之才，处旷远之地，区区与骚人逸客弄柔翰、抒素怀，吾不知将以是为处否之贞乎？抑亦深惟涉川之故，为应“乾”之贞乎？吾意斯集也，非徒推激夫风骚，殆将假是以通志而亨贞，斯真得“于野”之道矣。余既取其所作，略为厘择，而复系“于野”之[第1b页][第629页]说于卷首，以为之序。是集之作，昉于朱子耕方(霞)、姚子平山(廷谦)、陆子圃玉(崑曾)、陈子咸京(崿)、董子弘辅(杏燧)、张子玉田(琳)；而闻风继响者，如徐子景子(是僦)，姚子翼扶(翿)、沾扶(培枝)，朱子芳垂(奕)，何子尚愚(默)，胡子澄麓(映巖)，陆子式如(鉽)，暨家益存(集思)，日以益广，姓氏篇什，备见集中，不能以悉数云。康熙六十年[辛丑，1721]春三月，七十六翁西亭王原拜撰。[第2a页][第630页]

【附录一】《四库全书总目》卷一百九十四集部总集类存目之四(中华书局 1965 年 6 月第 1 版,下册第 1773 页)

于野集七卷(江西巡抚采进本)

国朝王原编。原号西亭,青浦人。康熙戊辰[二十七年,1688]进士,官至给事中。是编刻于康熙庚子[五十九年,1720],乃其同郡朱霞等三十二人唱和之作,请原厘择而选定之。名曰"于野"者,取《易》"同人于野"义也。

则杰按:此条疑惑颇多。一是关于此集卷数,所标"七卷",与实际十卷不符(另参下文)。二是关于编者王原,称其"号西亭",却反而不提其字令诒或仲深(可见《碑传集》卷五十五王昶《王原传》,《清代碑传全集》本,上海古籍出版社 1987 年 11 月第 1 版,上册第 290 页),似乎仅仅根据其自序署款,而明显与一般体例不合。三是关于所收作者,此处称"三十二人";而根据目录统计,实有四十八人。其中,王原序末所列凡十四人,在正文开头两卷均已出现;而其"不能以悉数"的其他作者,至卷七倒确实只增加十八人,刚好符合"三十二人"之数。如此看来,似乎不能排除当时所见此集仅仅是一个"七卷"残本或初刻本的可能;然而关于此集的刊刻时间,尽管现今的影印本没有明确的标识,但此处称其"刻于康熙庚子[五十九年,1720]",却显然与实际不符:不但前录两序均作于康熙六十年辛丑(1721),而且正文各题明显按时间先后排列,而卷五第一题就已经是《康熙六十年春正茸城蹋歌》,至卷七有明确时间可考的题目则已到《午日杂咏》。因此,此集即使有"七卷"本,其刊刻时间也不可能早于康熙六十年辛丑(1721);而所标"七卷",不知是否有可能因"七"字与"十"字形近而误。至于乾隆《钦定皇朝文献通考》卷二百三十八、《钦定皇朝通志》卷一百零四著录此集也都称"七卷"(《景印文渊阁四库全书》本,分别见第 637 册第 490 页、第 645 册第 426 页),则其本身即系沿袭《四库全书总目》而来，不足为据。

【附录二】法式善《陶庐杂录》卷三（中华书局1959年12月第1版，第79页，原标第二十四则）

《于野集》十卷，青浦王原选而序之，朱霞、姚廷谦、陆崑曾、陈崿、董杏燧、张琳、徐是儆、姚翱、姚培枝、朱奕、何默、胡映巄、陆鉽、王集所作，刻于康熙六十年[辛丑，1721]。

则杰按：此处所列作者仅十四人，明显采自王原序，而忽略了其下文"日以益广，姓氏篇什，备见集中，不能以悉数"诸语，因此其缺漏比《四库全书总目》更加严重。另其中最末一人"王集"，还脱漏一个"思"字。

【附录三】王豫《江苏诗征》卷十七"朱霞"条（道光元年辛巳[1821]焦山海西庵诗征阁刻本，第10b页）

朱霞，字耕方，号初晴……

[阮元]《江苏诗事》：初晴与陆圃玉、陈咸京、董宏辅、张玉田等联诗会，王西亭选刻，名《于野集》，顾嗣立序之。

【附录四】焦袁熹《此木轩文集》卷二《答初晴先生(辛丑[康熙六十年，1721])》（《清代诗文集汇编》第207册，第311页）

读姚氏所刻《于野集》，诗皆工妙。吾乡文学之盛，其在是乎。然而执旗鼓者之首庸，舍长兄莫属也。此事似缓而实急，似轻而实重。惟贾竖妇人，乃以为不若铜钱之为紧要耳。今日大病，正在于此。此乃国脉所系，非细故也。不知者或以弟为戏言，是岂然哉，是岂然哉？愿诸君子益复为之，即此便不是白吃了饭，作天地间一蠹虫。此义定非贾竖妇人所能知；因兄札有"冷淡生活"一语，似犹以弟为不识此义，故发愤一道之。所云《云间百咏》题目，竟未见示。弟故甚乐从诸君子后尘者，但恐似平原之客，蹒跚可笑，为之奈何。不宣。

则杰按：此札乃答朱霞而作，似朱霞曾函邀焦袁熹参加诗会。此处所说《于野集》，当系初刻本。后来焦袁熹有诗，见于卷十第二题《荒斋五咏》（目录见第644页）。另"《云间百咏》题目"，集内未见。

又，《此木轩文集》此札后一篇《答姚株亭（辛丑岁暮）》，亦曾叙及"辱示尊刻《于野集》"（见同页），但下文缺字较多，兹从略。

04-019　御定千叟宴诗

康熙皇帝

四卷。康熙敕辑,《景印文渊阁四库全书》第1447册。

一、纪昀等"提要"(第1—2页)

臣等谨案:《千叟宴诗》四卷,康熙六十一年[壬寅,1722]奉敕编。钦惟圣祖仁皇帝昌运膺图,冲龄践祚;削平三蘖,砥属四瀛;圣德懋其缉熙,[第1a页]神功昭乎启佑;用能钦崇永保,无逸延年,寿考康强,符薄海无疆之祝,而深仁厚泽,涵育庞洪,啿啿春祺,桐生茂豫,所谓"皇建其有极,敛五福,用敷锡厥庶民"者,验以箕畴,允符古义。是以平格之瑞,翊运者咸登;淳固之气,饮和者靡算。鲐背黄发,骈联相属。既俯允臣民之请,肇举万寿盛典,欢心普洽,陬澨嵩呼,业已恭勒鸿编,昭垂[第1b页][第1页]奕祀。复诏举高年,宏开嘉宴;申延洪之庆,表仁寿之征。酒醴笙簧,赓歌飏拜,彬彬焉,郁郁焉。自摄提、合雒以来,未有如斯之盛也。爰命裒集诗篇,通为一集。首以圣制,与伊耆神人交畅,旷代齐光;继以群臣和章,与"周京"、《天保》诸什,雅音接响;其余诸作,亦与《豳风》[第2a页]称觥之文、尧民"击壤"之咏后先一轨焉。伏而读之,如华鲸奏,威凤仪,铿锵震耀,八音会而五色彰也。化国之日舒以长,盛世之音安以乐,具见于斯,允宜袭琅函而贮石渠矣。乾隆五十四年[己酉,1789]四月恭校上。总纂官:臣纪昀、臣陆锡熊、臣孙士毅。总校官:臣陆费墀。[第2b页][第2页]

【附录一】陆奎勋《陆堂文集》卷二《恭拟御制千叟宴诗序》（《四库全书存目丛书》集部第270册，第551页）

国家郅隆之运，必始自法宫，讫于寰宇；积累涵濡，广博悠远，然后太和洽而雅颂兴。皇初之世，沕穆淳庞，人皆上寿，顾史册所纪不详。自有虞氏上庠以养国老，下庠以养庶老，三王遵而行之，盖未有遗年者。虽用飨用食、衣缟衣燕，不无异制；而立爱立敬、教孝教悌之心，四代同揆。《礼经》所载，可考而知也。朕躬膺天眷，在位六十有一年，寿届古稀，罔敢自逸。在廷诸臣，皆老年矍铄，赞襄治理。因念时值太平之不易、君臣相遇之为难，既惮勤劳，宁忘燕豫？择于首春之吉，弘开养老之典。凡满汉大小臣工年周甲以至耄耋者，得一千三百余人，锡宴于乾清宫阶前，设席命坐，酒行三爵，饫以香秔，庶合周人兼用燕飨食之礼。爰唱一诗，以纪其事；廷臣赓和，渐次成帙，题曰《千叟宴诗》。夫三代以还，汉唐令辟，如永平间，亦尝躬亲袒割，食三老五更于太学；开元中，仲春赐臣下酺，宴于兴庆宫，赋诗，非不可云一时旷典，而人数差寡，恩泽未周。以今方古，殆有过焉。然而称诗之意，岂徒用以扬诩治化，流传汗简而已哉？将使遐迩臣庶，体予一人敬老尚齿之心，事亲则孝，事长则顺；先王之至德要道，风行四海；兵刑自此靖，礼乐自此兴。则夫歌诗之作，不于国家郅隆之运大有造乎？《洪范》"中五"之畴曰："皇建其极，敛福锡厥庶民。"盖福必敛而后锡也。五福以寿居首；寿国寿民，乃成其为仁者之寿，斯则愿与在廷臣僚永矢无斁者已。

则杰按：此处所说本次"千叟宴"与宴者年龄、人数，与实际不符。（参见下文）

【附录二】《四库全书总目》卷一百九十集部总集类之五（中华书局1965年6月第1版，下册第1727页）

御定千叟宴诗四卷

康熙六十一年[壬寅，1722]奉敕编。钦惟圣祖仁皇帝昌运膺图，冲龄践祚；削平三蘖，砥属四瀛；圣德懋其缉熙，神功昭乎启佑；用能钦崇永保，无逸延年，寿考康强，符薄海无疆之祝，而深仁厚泽，涵育庞洪，嗞嗞春祺，桐生茂豫，所谓“皇建其有极，敛五福，用敷锡厥庶民”，验以箕畴，允符古义。是以平格之瑞，翊运者咸登；淳固之气，饮和者靡算。鲐背黄发，骈联相属。既俯允臣民之请，肇举万寿盛典，欢心普洽，陬澨嵩呼，业已恭勒鸿编，昭垂奕祀。复诏举高年，宏开嘉宴；申延洪之庆，表仁寿之征。酒醴笙簧，赓歌飏拜，彬彬焉，郁郁焉。自摄提、合雒以来，未有如斯之盛也。爰命裒集诗篇，通为一集。首以圣制，与伊耆神人畅曲旷代齐光；继以群臣和章，与“周京”、《天保》诸什雅音接响；其余诸作，亦与《豳风》称觥之文、尧民“击壤”之咏后先一轨焉。伏而读之，如华鲸奏，威凤仪，铿[锵]震耀，八音会而五色彰也。化国之日舒以长，盛世之音安以乐，具见于斯，允宜袭琅函而贮石渠矣。

则杰按：此条文字，与前录原书“提要”极少出入。

【附录三】乾隆《钦定四库全书简明目录》卷十九集部总集类（《景印文渊阁四库全书》第6册，第374—375页）

御定千叟宴诗四卷

康熙六十年[辛丑，1721]奉敕编。首为圣制，次为诸臣和章，次则预宴诸臣之诗。化成久道，甲子重周，四海臣民咸登仁寿，赓歌扬拜，鸣盛和声，为自古未有之旷典。

则杰按：此处“康熙六十年[辛丑，1721]”，应作“康熙六十一年[壬寅，1722]”。

又，此集卷首，为“圣制”一首、“诸臣和章”十三人各一首，均为七言律诗，同韵。正文卷一“计诗七十首”，作者为部分“预宴诸臣”，人各一首，均有署名；卷二、卷三、卷四各“计诗三百二十首”，不署作者，仅标序号；所有诗歌均为七言绝句，并且大都不同韵。

【附录四】《清实录·圣祖仁皇帝实录》卷二百九十六（总第6册，中华书局1985年9月第1版，第869页）

康熙六十一年壬寅[1722]，春，正月，丁亥朔。……戊子[二日]，召八旗满洲、蒙古、汉军文武大臣官员及致仕退斥人员年六十五以上者六百八十人，宴于乾清宫前，命诸王、贝勒、贝子、公及闲散宗室等授爵劝饮，分颁食品。辛卯[五日]……召汉文武大臣官员及致仕退斥人员年六十五以上者三百四十人，宴于乾清宫前，命诸王、贝勒、贝子、公及闲散宗室等授爵劝饮，分颁食品，如前礼。御制七言律诗一首，命与宴满汉大臣官员各作诗纪其盛，名曰《千叟宴诗》。

【附录五】乾隆皇帝《乐善堂全集定本》卷八《恭跋皇祖圣祖仁皇帝〈千叟宴诗〉》（《清高宗（乾隆）御制诗文全集》，中国人民大学出版社1993年8月第1版，第1册第116—117页）

古昔圣王，诞膺天命，表正万邦，建中立极，渐仁摩义，胥天下之民跻之仁寿之域者，必其身为继天首出之圣人，然后能敛福以锡民而受非常之庆。帝尧在位一百一年。帝舜三十登庸，三十在位，履至尊者又五十载。时若禹、皋陶、稷、契、夔、益诸臣，同心同德，白首黄发，赓歌喜起于一廷之中；而击壤老人，含哺鼓腹，耕田凿井于光天化日之中者，莫不忘帝力于何有，用登世运于郅隆，而后世颂其巍巍荡荡。三代以降，淳风浸微。惟殷中宗，严恭寅畏，天命自度，肆享国七十有五年。高宗不敢荒宁，嘉靖殷邦，肆享国五十有九年。周文王受命惟中身，厥享国五十年。然其时君若臣以至庶司百职及耕夫野叟同登寿域、共宴一堂者，自古无闻焉。洪惟我皇祖圣祖仁皇帝，久道化成，深仁厚泽，六十一年官称其职，民恒其业，群生沾濡，德被乎方外，所谓继天首出之圣，敛福以锡民而受非常之庆也。康熙六十一年[壬寅，1722]春，皇祖于乾清宫开千叟之宴，命年六十以上者乃得预。惟时在位之臣，自大学士以下，至翰林、御史，凡七十人；庶司百职及致仕之员、近畿之民，又六百六十人，雅歌赋诗，和乐寿恺。皇祖命子姓孙枝百余人，执爵献酬，济跄在列；远追馈酳之义，弗限三爵之仪。孙臣时年十二岁，得与有事之荣，觏兹盛典。皇祖又作为歌诗，命儒臣依韵迭和，为图以寿世，传之无穷。雍正七年[己酉，1729]冬，得诗与图而披读之，窃见我皇祖如天之德、如天之福，与春阳秋露同其煦妪，甘雨和风同其润泽，合朝野臣民、老耆期艾而锡之以宠光，介之以繁祉；方之帝廷赓歌之景象、华封颂祝之休风，规模宏且远矣。敢恭纪于后，以志太平之盛事云。

则杰按：此处所说该次“千叟宴”与宴者年龄、人数，与实际不符。

04－020　豫章书院唱和诗

梁　机

一卷。梁机辑，梁机《三华集》附，《四库全书存目丛书补编》第7册，影印清刻本。

一、何人龙"豫章书院唱和诗序"（第628页）

昔舜命后夔典乐，教胄子，良以声音之道与性情通。故于"直""温""宽""简"之后，而即继之曰："诗言志，歌永言。"则欲观教化之成，不可于诗觇之欤？兹馆丈惠亭梁老先生，应中丞常公祖之聘，掌书院教事，督课谨严，科条尽[第1a页]善佳。与生徒从砚田学圃中，夕耨朝耕，相观而化。夫以豫章多材，更入大匠之门，不期年而多士之器识、文艺，翕然丕变。其学问相长，直是鸢飞鱼跃，活泼泼地。每于课文之暇，师、弟唱和，一写其心旷神怡、学海会归之概，讵非教化有成之明验，克副[第1b页]中丞公责成之厚望，于以上报圣天子作养人材之雅化也哉？既成帙，命及门郭子经暨先生犹子玉，来请余言，爰书此以弁其首。雍正十三年[乙卯，1735]仲秋上浣，年家眷弟何人龙拜手题。[第2a页][第628页]

二、彭廷训"豫章书院唱和诗序"（第629—630页）

盛事景运，宜以文章而益隆。而文章之大雅流传，则一视乎贤大臣而有文学者之节镇兹土，为能弘奖以兴起之。顷岁，皇上命直省建立书院，江乡豫章书院之席重开，大吏犹以故事奉行。迨甲寅[雍正十二年，1734]夏，[第1a页]中丞常公节钺来临，首以诞敷文教为急务上事。未几，即礼聘词馆旧名宿梁先生惠亭为诸生师；轩车时过，讲论甚欢。而其时，督学使者则为浙西姚先生葑塘；公屡与论文，意益洽。盖公德器端凝，风度秀整，读书淹贯百氏，与两先生心赏流连，固非偶[第1b页]然也。昔庾元规镇武昌，追随皆江左名士，秋月南楼，传为盛事；钱思公惟演镇龙门，尹思鲁、欧[阳]永叔辈皆充宾客之选，雪夜文酒，流美至今，然于造士育才，均未遑焉。公则志在作育，视古人不啻过之。卯[乙卯，雍正十三年，1735]秋八月，宾兴置酒，宴饯应试诸生，凡二百余人；又为诗二章，以振励其志气。[第2a页]两先生为之酬和；诸生解吟咏，竞为嗣音继响。一时风流标映，孔硕肆好之风，蔚为国华，为从来书院所未有。于是惠亭取原唱、迭和，厘次其前后，附益以其平时师、弟酬赠诸什，汇之成编，颜曰《豫章书院唱和诗》而开雕之，命其门人郭生经、徐生文弼暨余婿宗生朝相，来问余言。[第2b页][第629页]余目睹其盛，窃以为传之艺林，则为佳话；而以鼓吹休明，则教泽所被、文治所成，将人怀通儒之志，异时之虞廷载响、《卷阿》矢音，已权舆于此矣，遂不辞不敏而备志之，以为江乡斯文之庆焉耳。雍正十三年[乙卯，1735]中秋，年家眷弟彭廷训拜手书。[第3a页][第630页]

04－021　齐召南移居倡酬集

齐毓川

四卷。齐毓川辑，宣统二年庚戌(1910)上海国学扶轮社石印本。(浙江大学图书馆藏)

一、金文田“序”(第 1a—b 页)

齐子渭占，辑其从祖侍郎息园先生与会稽学士周石帆先生移居倡酬及诸名公次和诗为四卷，刻之，而属予为之序。两先生俱以鸿词科进，沉博绝丽，笼罩古今，而侍郎膺上眷尤厚。故即一倡酬之作，当时和之，后人慕之，致足述也。夫本朝人才之盛，远过汉唐。而其尤盛者，莫如前、后两词科。康熙己未[十八年，1679]，得士五十人；乾隆丙辰[元年，1736]，复得士十五人，续又得四人。或理学，或名臣，德业、事功，国史所书，累累不绝。而我圣祖、高宗乐育人才之至意，存神过化，如化工之付物，有勃发于不自知之处。故其时应运而兴者，奇才辈出，实与祖宗之精神为附丽。窃尝谓前之开科，如五臣之遇舜；后之开科，如十乱之遇武王，各极一时之选。迄今观其文章，雄深瑰玮，皆系元气所结，发为正声，足以鸣国家之盛，诚千载一时已。近来人才浅狭，士专攻于八股，揣摩声调，讲究时趋，而不习于古今，不娴于世务。又中更兵燹之后，元气衰薄，如病者之疲惫尪羸，脉息[第 1a 页]日以虚耗。循是而行之，恐将来之患，有不止于文章之不振者。而渭占生于百有余年之后，独心慕而手编之，亦足见其志之所存也。后之读是集者，知两先生之可慕，当思其所以可慕者，则奋然于学；而豪杰之士，固不待而兴，将必有闻而感动者矣。谓之“齐太史”者，侍郎移居酬倡时，盖充明鉴纲目馆纂修官也。时

光绪十二年丙戌[1886]，花朝前二日，同谱弟金文田性山谨序。[第1b页]

二、齐毓川“序”(第1a—3a页)

《齐太史移居倡酬集》一编，系川从祖侍郎息园公充明鉴纲目馆纂修官时，移寓半截巷，会稽周石帆先生倡赠，而公暨邹慎斋诸学士十六人酬和之诗也。当乾隆初元，天下方全盛晏然，无兵革之警。丰才硕儒，铺张鸿藻，歌咏繁富。其掉鞅词坛者，早各有专集以表于世。而独于公《宝纶堂诗钞》，闷迟至五六十年而后发。阮宫保文达公尝序公诗，称为宏伟秀彦，非山泽之臞可比。惟公自以为余技，则人亦以其所后者后之。然公诗虽经文达序，显于时，不胫而走四方，鼓箧之儒争先睹以为快，几于家置一编；究亦未闻有裒诸公酬倡辑而成集，以极一代著作之盛者。夫诗权舆《三百篇》。汉唐以后，代有升降。沿至元明，绮丽争趋，淫哇竞作，遂不逮古。我朝崛兴东土，光宅方夏。定鼎之初，人心返朴，已尽涤前朝嗜习。故自世祖章皇帝以来，浑浑噩噩，皆开国元音。圣祖仁皇帝昌运膺图，道符[第1a页]帝载，扬风扢雅，兴学维勤。御定《全唐》《四朝》等诗，乙览之余，用能别裁得失，勒诸鸿编，非第词苑借捷金桴、儒林仰精玉律也。御极之十有七年[康熙戊午，1678]，诏开鸿词科，中外应命，荐送大廷者一百四十三人。十八年[康熙己未，1679]春二月，召试于体仁阁，举五十人，率称学问渊通、文藻瑰丽之旨。至高宗纯皇帝龙飞首岁[乾隆元年，1736]，复[第1b页]制举鸿博，海内征士一百八十四人，毕集皇都。秋九月，召试于保和殿，拔十五人。我从祖侍郎公，即以是科进勤馆职，入直内廷。文章淹雅，初在庶常之列，已与周石帆声价相齐；博识多闻，开发经史，复与邹(慎斋)、郑(筠谷)、李(玉洲)、张(南华)诸前辈，暨陈(星斋)、于(鹤泉)、沈(椒园)、胡(稚威)诸同年润色词章，颉颃上下，直可追踪前哲。又恭逢高宗纯皇帝游心藻府，陶铸群才，譬诸伏羲端策而演卦，则谶纬小术，不敢侈其前；虞舜拊石而鸣韶，则弦管繁声，不敢奏于侧。即此倡酬之作，虽若余技，靡不从真性情溢涌而出，亦极一代著作之盛者。迄今阅百数十年，几警兵革，犹幸纫阙遗之迹于乾隆丙申[四十一年，1776]家乘，复得雠诸朱氏家藏《赐砚堂》原稿以补残纨，以及吾友金君性山先世所传散录零钞，互校一过，厘为四卷。第一卷得诗七十三首，第二卷得诗八十四首，均更唱迭和者也；第三卷得诗五首，未次韵，赠贺者也；第四卷得诗四十八首，再迁时[第2a页]酬唱者也。首弁公入史本传，明公之被眷特隆，化育涵濡，导扬休美，蔚为大宗，允足征一代著作之盛。尾附公与石帆联句一首，则乾隆丁巳[二年，1737]上元因同入朝贺，天未曙，闻爆竹声，即朝房拟重华殿侍宴咏爆竹联句至八十韵，刻烛而成。袁简斋太史以其所举爆竹故事，皆类书所未有。吾郡戚进士学标大令，曾于《风雅遗闻》中及之。川今而后窃喜拾前人之剩馥，蟫蠹未埋；竭群力以网罗，豕鱼难免，则此编之辑，固不足以异公也。尤异者，公于诸公倡酬外，畅春苑伏观御射诗进，以一介之儒，迭蒙至尊赐和，诚千载一时之遇；俯视《南岳倡酬集》之致讹误脱佚之传、《西昆酬唱集》之有优伶挦扯之戏，不犹日月之于爝火哉？光绪十有二年，太岁在柔兆阉茂[丙戌，1886]，律中姑洗之月既生魄，天台玉塘居士齐毓川[第2b页]诞日，自识于万卷楼之西研古斋。[第3a页]

三、朱国华“跋”(第1a页)

《移居倡酬集》一编，乡先生齐息园侍郎与会稽周石帆诸公移居时倡酬之作，盖余友齐君渭占所辑也。渭占为先生族孙，与余交久。丙戌[光绪十二年，1886]春，余将计偕北上，渭占邀余饮饯其庐，出是编见示。披读之余，觉天才秀发，赌韵争奇，亦范、陆，亦苏、黄，亦钱、刘，亦温、李，学宋人而兼得唐人风味者，致足珍已。且夫先生当日以鸿词科进，后累官至侍郎，膺上眷特隆，事业勋名，炳载国史；间以其胸之所蓄积，被之著作，皆综贯古今，牢笼百氏，如日月之丽于天、江河之行于地，后有作者，弗可易也。是编特其偶然倡酬之笔，原不足窥见夫一斑。第念先生以才学名当世，虽片笺只字，海内士之见之者，犹什袭藏之，宝如拱璧。况移居诸作，其所次和，率多名公巨卿、高才夙学，窃谓一时之人才聚于斯，非夫后生小儒限韵分笺，自号风雅者比。渭占既先生族孙，裒其从祖之手泽，付剞劂氏，以公同好，俾读是编者，于先生平日所著作，纵不足窥见一斑，而传之为艺林之佳话，其亦有心人之所许也。则知是编之辑，固不可少；而如渭占者，亦庶几数典不忘其祖者矣。光绪十二年，岁丙戌［1886］，三月既望，同谱弟朱国华谨跋。［第 1a 页］

04－022　西湖修禊诗

鄂　敏

一卷。鄂敏辑，台湾新文丰出版公司《丛书集成续编》第224册，影印光绪五年己卯(1879)钱塘丁氏刻《武林掌故丛编》(第二集)本。

一、鄂敏“序”(第87页)

诗者，先王之教也。古意存斯，雅音播矣。古人韵事，沾丐后来，可效者意焉而已。意合而音以谐，音谐而诗以著，诗著而教以传。发响幽岩，洗心川上；鼓舞风骚，步趋前轨，其裨益岂小小哉？“兰亭”，禊饮也，即诗教也。持衰盛，泯彭殇，疏襟远趣，各见一斑。顾其所得者，沂水春风之意；故其所陈者，写心雪性之音。后人莫参其意，谁矢其音？诗歌绝响，教且渝荒，何述古之难欤？余守土于杭，期月有余，愧无古人之诗可彰先王之教；而特以山水清音，此邦为最，又况两浙东西士夫集萃于兹者指不胜屈，无与合之则调孤，有与倡之[第1a页]则和起，余安得拘俗吏之规规乎？此拟“兰亭”之所由作也。重逢上巳，适值闰余，不泥古而自堪复古。湖头风雨，实足咏怀。四言五言，体仍其旧。而分韵抽毫，引商刻羽，各追夫意之所欣，以振其音之所协。落纸无陈言，浮觞无算爵。诗情方懋，风教油然，安知“兰亭”之为“兰亭”而拟“兰亭”之非“兰亭”邪？呜呼！振起斯文，移风易俗，守土者之责也，余有志焉而未逮。今幸群贤云集，诗酒移情，不减永和盛事。倘由是而之焉，共熏蒸而淫液焉，传播四方，讴歌金石，今日之事，岂徒教起兹邦，希踪先哲云尔哉？满洲鄂敏筠亭序。[第1b页][第87页]

二、周京“后序”（第98页）

《周礼·春官》：“女巫掌岁时，祓除衅浴。”其修禊，用上巳。《风俗通》谓“禊，洁也……水上盥洁之也。巳，祉也，邪疾去，祈介祉也”。《汉[后汉书]·礼仪志》，三月三日，官民并禊饮于东流水上。魏以后，只用三月三日。俗尚既古，篇章特繁。禊堂文宴，见于张衡、蔡邕、王融、沈约之文。独晋右军王羲之之“兰亭会”，一觞一咏，流为美谈。迨元至正，参军刘仁本仿“兰亭之会”于秘图湖，会者亦四十二人，各补未成诗二十四篇，颇传人间。方今朝野恬熙，庶物蕃庑；江乡好春，明湖映郭；闲居则幽意独耽，盍簪则逸兴具举；三春有闰，方华正长，因续永和旧会于湖之[第1a页]滨。抚嘉树，临清流，顾瞻兴怀，赋诗相答。遥遥历千有五百余载之风流，如昨日矣。嗟乎！江左晏安，群屐是兴，谁谓觞咏之不足于用哉？况吾侪生当盛明，人逢闲世；流连日夕，足永千龄，正不必念俯仰之顿殊、劳今昔之致感也。因次述作，记爵里，凡若干人、若干诗，著于卷。乾隆十一年[丙寅，1746]闰三月三日，钱塘穆门周京序。[第1b页][第98页]

则杰按：此序又载周京《无悔斋集》卷十三《闰上巳，湖上续修禊，仿兰亭会体》二首“附”（《四库全书存目丛书》集部第277册，第231—232页），标题作《湖上展修禊事序》；除删去末尾署款之外，其他文字亦略有出入。

【附录一】袁枚《随园诗话》卷七第八十则（人民文学出版社1982年9月第2版，上册第238—239页）

同年舒瞻，字云亭，作宰平湖，招吾乡诗人施竹田、厉樊榭诸君，流连倡和，极一时之盛。同时杭郡太守鄂筠亭先生，亦修禊西湖，名流毕集，各有歌行。临去时，布衣丁敬送哭失声，云亭偶成一首云：“芳草青青送马蹄，垂杨深处画楼西。流莺自惜春将去，衔住飞花不忍啼。”鄂公《修禊序》云：“诗者，先王之教也。……山水清音，此邦为最。……无与合之则调孤，有与倡之则和起。余安得拘俗吏之规规乎？此拟‘兰亭’之所由作也。”呜呼！似此贤令尹、贤太守，何可再得？（鄂公名敏，上改名乐舜。）

则杰按：此处以舒瞻“偶成一首”为“西湖修禊”之际所作，误。盖该诗原见舒瞻《兰藻堂集》卷一《赏音初编》（《清代诗文集汇编》第316册，第80页），题为《偶占》，作于此前在北京时。

【附录二】吴振棫《养吉斋丛录·余录》卷七（中华书局2005年12月第1版，第422页）

“兰亭”之会，尚矣。唐大历中，朱迪、吕谓、吴筠、章八元等三十七人经兰亭故池联句，有“赏是文辞会，欢同癸丑年”之句。迨元至正间，参军刘仁本仿“兰亭”故事，修禊于秘图湖，会者二十四[四十二]人，颇传人口。乾隆十一年丙寅[1746]闰三月三日，杭州太守满洲鄂筠亭敏修禊事于西湖，赋四言、五言诗，会者凡六十一人：钱塘梁溪父文濂、周穆门京、金江声志章、金冬心农、厉樊榭鹗、丁龙泓敬、张柳渔湄、陈句山兆崙、陈眉山兆嵋、吕耜堂伊、吴瓯亭城、施竹田安、陆抑斋秩、吴蓝田玉增、施北庭亭枢、周闻鹤宸望、丁诚叔健、吴奂若璠增、施大醇学濂、吴兰林玉墀、厉绣周志黼，仁和许初观大纶、孙晴湖陈典、胡质孚兟、汪复园台、梁薮林启心、顾栟榈正谦、杭堇浦世骏、王茨檐曾祥、顾寸田之麟、张南漪熷、皇甫药[筠]坡鲲、孙瑶圃庭兰、杭县圃世瑞、赵勿药一清、吴万洲中麟，归安茅湘客应奎、孙武水林[霖]，慈溪郑雪崖羽逵，会稽鲁秋塍曾煜，平湖陆恬浦培、张铁珊云锦、叶迎坡銮、陆云轩腾，海宁施兰垞谦、许复斋承祖，鄞县全谢山祖望，秀水钱箨石载，德清徐南墅以震、徐柳樊以泰、徐根苑以坤，衲子则炅虚明中、让山篆玉；其非浙产者，南陵刘迴含琦、歙县汪秀峰启淑、宣城施蘖斋念曾、满洲舒云亭瞻、长沙周雪舫宣猷、闽县林余斋绪光，及筠亭太守也。太守汇刊其诗，而明中为之图，穆门为之序。

则杰按:此处所列“会者凡六十一人”名单,“仁和……杭董浦世骏”之后脱漏原第二十二人“仁和江源敬斋”(第91页)。

04－023　焦山纪游集

马曰琯等

一卷。马曰琯等辑，道光三十年庚戌(1850)刻《粤雅堂丛书》(初编第九集)本。(浙江大学图书馆藏)

一、厉鹗“焦山纪游集序”(第1a页)

京口金、焦二山，为天下绝景。金山去瓜洲咫尺，南北帆樯所经。焦山相去稍远，岩亭幽夐，孤峙盘涡巨浪间，游人迹罕至。东坡云：“同游尽返决独往，赋命穷薄轻江潭。”自非耽奇好事者，未易津逮也。予平生三游，皆马君嶰谷、半查为之主。一在庚戌[雍正八年，1730]冬，一在丁巳[乾隆二年，1737]夏。今年戊辰[乾隆十三年，1748]冬仲之望，复因江月发兴；同游者凡九人，往返两宿南庄，留山中凡三日夕，人各赋诗七首，联句一首，次第为一集，属予序之，以见兹游之不易，而江山倡酬之为可乐云。樊榭老民厉鹗。[第1a页]

则杰按：此序又载厉鹗《樊榭山房集·文集》卷三(上海古籍出版社1992年6月第1版，中册第750页)；除删去末尾署款之外，其他文字相同。

二、伍崇曜“焦山纪游集跋”(第1a—b页)

右《焦山纪游集》一卷，亦国朝马曰琯等编。盖秋玉昆仲，偕其友厉鹗樊榭、杭世骏堇浦、陈章竹町、楼锜于湘、方士庶西畴、闵华玉井、陆钟辉南圻，同游焦山之诗，属樊榭老人序而刊之者也，越林屋之游七年矣。昔顾阿瑛有《玉山纪游》一卷，其友袁华所编，游非一地，而必有诗。所与游者，自华而外，为会稽杨维桢，遂昌郑元祐，吴兴郑韶、沈明远，南康于立，天台陈基，淮南张渥，嘉兴翟智，吴中周砥、释良琦，昆山陆友仁等，皆一时风雅胜流。而山水清音，琴尊佳兴，风流文采，千载下尚如将见之。[第1a页]今马氏昆仲此游，遍阅卷中姓名，殆足与后先辉映，恨不获厕身于笔床茶灶间也，特重刻之。道光庚戌[三十年，1850]端阳后二日，南海伍崇曜跋。[第1b页]

则杰按：此跋叙及马曰琯等人焦山之游与“林屋之游”的关系。据上文所录厉鹗序，焦山之游在乾隆十三年戊辰(1748)冬；而“林屋之游”，则据《林屋唱酬录》沈德潜序(详见该种)，乃在此后乾隆十七年壬申(1752)春。因此，这里称焦山之游“越林屋之游七年矣”，似乎将两次游历的先后次序给颠倒了。究其原因，很可能是伍崇曜把乾隆十七年壬申(1752)春误解作了乾隆七年壬戌(1742)春。

04－024　林屋唱酬录

马曰琯等

一卷。马曰琯等辑，道光三十年庚戌（1850）刻《粤雅堂丛书》（初编第九集）本。（浙江大学图书馆藏）

一、沈德潜“林屋唱酬录序”（第1a—2a页）

浙西之山明丽，吴中之山静深。明丽比诸美人，静深比诸逸士。故游览者，浙西多于吴中。又西湖出杭城跬步可到，而吴中名山在郡城西，多濒太湖。至石公、林屋诸胜，必渡湖涉风涛约百余里可携筇屐，故游者殊少，游而发为咏吟者尤少。唐皮袭美、陆鲁望，明高青丘、徐昌谷诸公外，寥寥无闻焉。马君嶰谷，雅嗜山水。今春偕昆弟、友生，自扬入吴，过惠山，历武丘，憩明瑟园，乃攀天平，历支硎，俯寒泉，蹑华山鸟道，上灵岩，陟邓尉，由天池石壁渡太湖，探石公、包山、林屋、缥缈峰、消夏湾诸胜，饮明[第1a页]月坡而返。流连唱和，并得诗五十余首，体格各殊，性情自契；林壑云日，烟霞鱼鸟，尽归诸寸楮间，可云不负斯游也已。考袭美当日，以祀事至洞庭，而其余不能遍及；鲁望和诗，半托之想象；昌谷亦仅游缥缈、石公；青丘游历最广，然其《洞庭》诗云：“久欲寻春未能去。”则诸什亦属咏古者多，不皆亲历其地。今诸君子境无虚过，过必有诗，是古人所不能兼者，而诸君子兼之也。且诸君子远居维扬，维扬称华膴地，乃能涉江航堑，叩寂逃虚；舍明丽之区，入静深之境，以其笔墨发山水之灵，岂陶贞白[第1b页]所云“见朱门广厦，无欲往之心；望高岩，瞰大泽，恒欲就之”者欤？予于丁巳岁[乾隆二年，1737]，游石公、包山，得交嶰谷，相订重游。十五年来，尘世纷扰，爽约山灵。读诸君子诗，神往于幽

虚左神间矣。壬申[乾隆十七年,1752]秋日,长洲同学弟沈德潜撰。[第 2a 页]

则杰按:此序又载《沈德潜诗文集·归愚文钞余集》卷二(人民文学出版社 2011 年 10 月第 1 版,第 3 册第 1547—1548 页),标题作《林屋唱酬集序》;除删去末尾署款之外,其他文字相同。

二、伍崇曜“林屋唱酬录跋”(第 1a—b 页)

右《林屋唱酬录》一卷,国朝马曰琯等编。案:曰琯字秋玉,一字嶰谷。其弟曰璐,字佩兮,一字半槎。乾隆元年[丙辰,1736],同荐举博学鸿词。是书则其昆仲,偕友人陈章竹町、闵华玉井、楼锜于湘,自扬入吴,遍游林屋诸名胜,各得诗若干首,录而刊焉者也。沈文悫固召试同征之友,特序焉。王兰泉《蒲褐山房诗话》,谓秋玉祁门人,居扬州。是时卢雅雨见曾,前后任两淮运使各数年,又值竹西殷富,接纳江浙文人惟恐不及;秋玉、佩兮咸与扶轮承盖,于是四方辐辏,而小玲珑山馆尤为席帽所归。斯游也,乃[第 1a 页]独与二三韦布之士,泛舟升陟,取畅幽情;借访荔萝,谈讨芝桂,亦可谓放怀事外者矣。偶得传本,重刻之,以识景慕之私。后有朱书,欲补《雨中联句》《渡太湖联句》二首于佩兮诗内,谓袁简斋大令笔也,似可不必。杭大宗检讨,曾为秋玉作传,见《道古堂集》中,亦召试同征友也,附录之以传其梗概。道光庚戌[三十年,1850]端阳令节,南海伍崇曜跋。[第 1b 页]

04－025　甓湖联吟集

李光国

七卷。李光国辑，《四库禁毁书丛刊》集部第6册，影印乾隆刻本。

一、赵青藜"序"（第536页）

诗发乎情。情之为感也微，而其相得也无间。此"消寒诗会"所由。惟有历年联"七子"若一人哉？高邮李君雪邻，樗巢先生子也。先生诗名布海内；商丘宋中丞选刻《十五子诗》，先生风格最上。此其渊源有自。而"七子"之切劘于是者，良非苟焉已也。无何，雪邻谢世。"七子"者情不忍忘，仍于冬至后，刻期举"消寒会"如故。至是，复举所得诗，邮筒千里，质吾友于祁阊。然则诗之为道，诚无间远近；而"七子"之用情，亦綦深矣，其诗之工也固宜。且夫观人，必于其所与。余未得交"七子"；余固知吾友定斋性耿介，未能[第1a页]谐俗，不妄许可，而"七子"独推定斋，定斋独为余称述"七子"，其必有咀至味于太羹、叩遗音于朱瑟者。不然，当世名公卿，力足以张"七子"者正复不乏，何前之见推一不谐俗之定斋，而又且索余于寂寞之滨邪？嗟乎！诗发于情者也，吾永吾情而已。情不淡，曷以永？即知希我贵，并不入"七子"意中，而张之云乎哉！顾余闻广陵陈孔璋，"建安七子"之一；兴化宗子相，又明"七子"之一，后先相望，率皆乡中前达，其情为之往乎，抑别有托也？夫会盟歌诗，永言观志，安在古今人不相及？余今复睹"七子"之志矣。时[第1b页]乾隆十九年，岁在甲戌[1754]，长至日，泾上赵青藜题于紫阳山舍。[第2a页][第536页]

二、夏之蓉“序”（第537页）

诗莫盛于唐，倡和之体亦莫多于唐。若元、白，若皮、陆，其较著者矣。自宋以下，逮元安阳许氏，而其体弥盛，今所传《圭塘欸乃集》是也。明代王、李倡“七子”社，高风所扇，作者继起。盖友朋萃处之乐，以道相与，而端绪时见之于言。诗，言志者也，则七君子《甓湖联吟集》之所由刊也。忆吾乡自秦淮海后，代有替人。予为童子时，犹及见鱼川李先生、画村殷先生、檀村贾先生诸老辈，扶植风雅，作骚坛之领袖。迄今数十年来，音徽销沉，浸成往事。吾友李君雪邻，于乙丑[乾隆十年，1745]、丙寅[十一年，1746]间赓续前事，复整坛坫于三十六[第1a页]湖之侧。时昭阳李君定斋亦与焉。有志之士，翕然从之。不幸雪邻下世，定斋亦浮沉博士员中，风雅一道，不绝如线。而此七君子者，顾能服膺旧闻，益加恢廓；风晨雨夕，摅景写怀；酬答之篇，积而日富。呜呼！讵不谓之卓然者欤？今就其诗按之，大抵人不一体，体不一例。畹园、沛舟、磐泉，和平之音也，时亦踔厉风发；椒园、荆门，冲寂之响也，而神采内蕴，奕奕有余；礼畊、铁崖，则奇情肆溢，硬语独蟠，希踪昌黎而与之上下。是皆本其质性所涵、学力所到，肖心而出，不假雕饰。揆诸言志之本，洵有合矣。友[第1b页]朋萃处之乐，亦孰能有乐于此哉？或曰诸君子抱魁梧杰出之才，方当发其光耀，以表见于世；骤为此穷者之工，不太早计乎？是又不然。刘子政云，诗起于思，思然后积，积然后发，发然后流，初不系乎时之早暮也。今诸君子扬风扢雅，角险斗奇；此倡则彼和，一倡则众和；其神于于，其声锵锵，譬则金石之互宣、宫商之递应，唐宋以来诗人不具论，即谓大畅雪邻、定斋之宗风，以上续鱼川、画村、檀村诸老辈未坠之绪，岂不可也？予老矣，不能为洴澼洸，亦安所事不龟手之药？顾平生结习，未能自割，[第2a页]尚思从事坛坫，奋其一吷，与诸君子更倡而迭和焉，不识诸君子许我乎否也。同学弟夏之蓉顿首拜序。[第2b页][第537页]

【附录一】卷七沈锜《定斋先生选定〈鼍湖联吟集〉,各赠序言,寄至,长歌志谢,用昌黎〈石鼓歌〉原韵》(第724—725页)

凉风萧萧动万里,阶前蟋蟀中夜歌。晨起盥漱嚼杨木,祁山客至喜如何。开缄启视先生书,银钩铁画监隶戈。为言斯道甚微渺,君等踊跃相砻磨。冥心造化供镌刻,脱手珊瑚入网罗。深者重渊共澄彻,高者绝壁争嵯峨。矫如雄剑挥壮士,艳如妙舞传阳阿。人建车轮当一队,勖哉无令识者呵。谬膺推奖惊逾分,更须检点严舛讹。少小读书少识字,茫茫不辨篆与科。漂荡诗城缺维楫,中流窃恐遭鼋鼍。又似危崖索拄杖,绕树欲斫无斧柯。常年故纸觅生活,浮沉轧茁困机梭。有时乘兴拟雕虫,铺陈排比期委蛇。惭无健笔追祢衡,岂能妙语传曹娥。也思竭蹶自树立,山有曲径江有沱。飞觞朗咏尽足乐,缶鸣知不碍天和。瞑目收声真宰泣,耻袭陈言落臼科。若将比似古作者,小巫气短汗颜多。鸦之长鸣托彩凤,马之肿背称橐驼。先生怜才心独苦,千里魂梦犹经过。荆山太璞久寂寥,手把碱砆为切磋。一峰亦可取拳石,一泓亦可扬清波。亡羊歧路杨朱哭,示我周行平不颇。感激遥陈数百言,吾师吾师宁有他。吁嗟俗眼尚纷绘,搔头弄姿空婞婜。兔园册子逾拱璧,饾饤剽贼勤摩挲。烦劳翰墨无新语,拈须刻烛费吟哦。虚声烜赫走聋瞽,不似写经徒换鹅。人貌荣名非一日,无灾无害受福那。吾曹三五赓同调,入世枘凿增坎坷。经天炯炯有日月,行地浩浩有江河。老苍况复真知己,蓬门何事叹蹉跎?

04－026　刻烛集

曹仁虎

一卷。曹仁虎辑，嘉庆南汇吴氏听彝堂刻《艺海珠尘》(石集[乙集])本。(浙江图书馆藏)

【附录一】吴玉纶《香亭文稿》卷三《曹习庵刻烛集序》(《续修四库全书》第 1451 册，第 486 页)

戊戌[乾隆四十三年，1778]孟冬，曹宫允习庵于消寒席间出《刻烛集》一卷示余，属为序，盖自癸未[乾隆二十八年，1763]至乙酉[乾隆三十年，1765]，与诸同人京邸联句诗也。诗，有赠答，有唱和，有分题、分韵，尚矣。汉武《柏梁篇》，说者谓联句所由昉。唐宋集中，间有作者。大抵争奇斗巧，总期不诡于大雅耳。今夫轮辐盖轸，闭门而造，不出一手而同适于九轨之用者，其功力均也；琴瑟柷敔、钟磬鼗鼓，八音繁会而同协于黄钟之律者，其音节谐也；熊蹯麟脯、春韭秋菘，杂陈于五都之肆而皆以备易牙之供者，其气味和也。由此意推之，可以读此集矣。余窃又有感也：诸君子遭逢圣世，祈至于立德、立功、立言之大，以其余闲以觞以咏，可谓一时盛事。迄今才十数年，如东亭、厚石、少华，既相继徂谢；璞函又殉木果木之役，与先六兄左黄同邀恤荫，士论荣之，而逝者皆不可作矣。其存者，或奉使驰驱，或归故里；其聚于京者，陟九列、董四库，类皆夙夜在公，匆匆无寸晷暇，欲如曩时从容游宴，游戏于笔墨间，而亦不可多得矣。今习庵出是集而余为之叙其缘起也，聚散存殁之感各有深焉者也。抑所以相勖于不朽之故者，当何如也？不然，诗乃诸君子之绪余；联句之作，诸君子诗之绪余也，岂果以是为重轻乎哉？

则杰按：曹仁虎号习庵。此序王昶又辑入《湖海文传》卷三十二（《续修四库全书》第1668册，第678—679页），标题即作《刻烛集序》，其他文字略有出入；又附入嘉庆《直隶太仓州志》卷五十六《艺文·五》“嘉定县·国朝”曹仁虎《咏典堂诗》诸集之后（同上第698册，第165页），文字与《湖海文传》略同。

【附录二】王昶《春融堂集》卷二十二《舟中无事，偶作论诗绝句四十六首》之四十六（上海文化出版社2013年8月第1版，上册第436页）

玉钩捣素接风骚（君《玉钩斜》诗、《捣衣曲》，仿“四杰”体，最婉丽），击钵联吟兴更豪（又有《刻烛集》，皆联句之作）。十叠聚星堂上韵，一时才气冠词曹。（曹学士来殷）

则杰按：曹仁虎字来殷。

04－027　南屏百咏

张　炳

一卷。张炳辑，台湾新文丰出版公司《丛书集成续编》第116册，影印光绪七年辛巳（1881）钱塘丁氏刻《武林掌故丛编》（第二集）本。

一、张炳“南屏百咏序”（第511页）

《南屏百咏》者，青湖夫子与同里诸君结社于万峰庵山舫中所作也。南屏自宋南渡后，为西湖名胜第一。距城不一里，南走湖堤六桥，高视灵鹫而俯揖胥山；千岩万壑，莫出其右。以故佛阁森严，洞石窅奇，树木幽峭，邑之贤士大夫皆乐游焉。其左称小南屏者，即万峰庵山舫是也。昔庵主让山和尚，以高行见称于杭堇浦、陈句山、厉樊榭、金江声、朱青湖诸先生，游屐所至，劈笺分题，仿十洲之故事，溯“八社”之遗风，洵盛事也。维时有禅一号心舟者，日侍让山，见其师寄情山水，托兴高逸，以为远公“莲社”而后，此其继欤。乾隆［第1a页］丁酉［四十二年，1777］春，适青湖夫子自北旋里，主讲于沈君笠人家，从游日众，炳亦请业焉。青湖夫子于论文之暇，兼许游览，而又与心舟有旧缘，遂偕沈君笠人、胡君三竹结社于山舫中。一月一至，来者日多。而因恐不羁之士之涉于诙笑嬉亵也，不则习为粗浮怒张，言之发于情而未必止于礼义也，以南屏古迹为题，以七律限韵为例，敛才就范，和若笙镛；抚今吊古，足以移情。吾杭之会友乐群，相宜以道者，孰盛于斯乎？年久集成，刊以质世。若夫摅怀旧之蓄念，发思古之幽情，后之游南屏者，亦将有慨乎斯篇也矣。钱塘张炳谨序。［第1b页］［第511页］

04－028　乐游联唱集

毕　沅

二卷。毕沅辑，杨焄点校，《毕沅诗集》本，人民文学出版社 2015 年 1 月第 1 版。（见下册）

一、杨芳灿“乐游联唱集序”（第 983—984 页）

原夫桂苑之游，篇章并美；兰台之聚，文笔皆工。荆潭有酬和之诗，汉上有题襟之集。命俦啸侣，则凤德有邻；散采摛华，则鸿文无范。斯并矜奇藻府，擅誉词坛者焉。至于联唱以成章，尤属谐声之至妙。汉代则柏梁兆轨，晋年则曲水扬波。绨章绘句，梁说何、刘；洪笔壮词，唐推韩、孟。自兹而降，鲜有专长。盖胜地难逢，良知罕觏。罳闻自拘，何以皋牢五际？么弦独抚，亦难挥绰三雍。其有材全能巨，体大思精。含万汇以吐辞，包众妙以为质。鹑分虎位，河山则三辅之雄；鹰扬翰飞，才俊则一都之会。于以激扬声律，杼轴襟灵；宜乎迈古无前，冠时独出矣。《乐游联唱集》者，我灵岩夫子与同幕诸公之所著也。夫子文章圭臬，神化丹青。东阁琴尊，南楼风月。每诗酒流连之会，适筹谋闲暇之初。捧袂言欢，旧手原推莫敌；倾衿得侣，逸才更是无双。金函瑶笈，森陈于“精思”之亭；豸角鸡香，翔步于“乐贤”之馆。当夫开花落叶、早雁初莺，选胜张筵，探奇蜡屐。咸抽宝思，各罄兰襟。云蓝官纸，驱烟墨以如飞；青镂神毫，洒珠玑而竞落。古体今体，五言七言。标骨气之端翔，极音情之顿挫。乃若荥河九曲，龙门竹箭之波；神岳三峰，玉井莲花之掌。考遗经于太学，尚有残碑；寻故物于昭陵，惟余石马。温泉荒址，骊宫旧墟；韦曲风花，灞桥烟水。莫不陈之华简，纬以雄辞。今风古辙，当歌对酒之余;远迹崇情,范水模山之外。以至蠡钟篆鼎,断瓦零[第983页]缣。品题华实之毛,搜罗水陆之产。如承天之识威斗,如文成[收]之辨哑钟。可以补子云之《方言》,可以废郇公之《食宪》。探幽索隐,殚见洽闻。银涌而金鸣,鸾歌而凤舞。兰荃之气,同岑而共馨;鼍蜃之珍,量谷而且溢。般、倕齐巧,千寻构凌云之台;夔、牙并时,九变叶咸池之奏。洵学海之洪澜,艺林之秘宝也已。芳灿飘摇羁宦,零落缣缃。忆绛帐之清严,慨素交之暌阔。闻玉敦珠盘之会,不觉神移;睹挟辀拔戟之材,能无色动?喜一编之入手,写万本以难停。属以绪言,命为喤引。过玄圃之瑰奇,侈陈燕石;听宫悬之嘈喷,滥列齐竽。未知所以裁之,多见不知量也。门生梁溪杨芳灿谨序。[第984页]

则杰按:此序又载《杨芳灿集·芙蓉山馆文钞》卷四(人民文学出版社2014年5月第1版,第493—494页),文字基本相同。

04－029　官阁消寒集

严长明

一卷。严长明辑，台湾新文丰出版公司《丛书集成续编》第116册，影印民国三十七年(1948)合众图书馆得版编印《怸园丛书》本。

一、王昶"官阁消寒集序"(第565页)

乾隆丁酉[四十二年，1777]冬，予为通政司副使，职事清简，暇辄与钱阁学萚石，朱竹君、翁覃溪、陆耳山三学士，曹中允习庵，程编修鱼门，举消寒文酒之会。会自七八人至二十余人，诗自古今体至联句、诗余。岁率一举，都下指为盛事。辛丑[乾隆四十六年，1781]，予居忧归里，习庵寄所刻《消寒联句诗》来，则旧作在焉。予既以不文之词自愧，而又以附名其间为幸。良以予辈遭际升平，故得从容退食，以文墨相娱戏。虽遇沍寒凛冽之时，而酒酣以往，词赋杂出，如融风彩露，熏熏熙熙。后世考诗以论世，当不独为予辈幸，且重为海内[第1a页]幸也。今来西安，道甫侍读复示《消寒》之集，则分题斗韵，略如予辈都下所为。盖河间中丞一时风雅，总持东南；宿望英才，半在幕府；而竹屿舍人复主席关中书院，园林钟鼓，相与更唱迭和，故其工若此。夫西安，四方冠盖所冲；节使之署，文武兼资，书疏填委，疑若异于京卿之清简，而乃能从容文酒——诗不拘体，体不拘格，往往驰骋上下，出怪奇以相角胜，殆少陵所云"游泳和气，声韵浸广"者欤？读是诗也，区宇之隆平、政事之易简、宾主之盛而能文，皆于此稔之。斯集虽小，讵可忽诸？今者秋将中矣，或岁晚务闲，从中丞后，与诸君子唱于唱喁，继京洛[第1b页]之旧游，以续兹集，其事不尤可幸欤？时道甫以序见属，因为道遭际之盛，且寄示习庵

于京师。岁在癸卯[乾隆四十八年,1783],八月上浣,青浦王昶述庵书于宝慈书屋。[第2a页][第565页]

则杰按:此序又载王昶《春融堂集》卷四十(上海文化出版社2013年8月第1版,下册第729—730页);除删去末尾署款之外,其他文字亦略有出入。

又,此处所说"习庵寄所刻《消寒联句诗》来",当即指曹仁虎(习庵其号)所辑《刻烛集》(详见该种)。

04－030　苏文忠公生日设祀诗

毕　沅

一卷。毕沅辑，乾隆四十九年甲辰(1784)青门节院刻增修本。(浙江大学图书馆藏)

一、毕沅“苏文忠公生日设祀诗并叙”(第1a—2b页)

月建嘉平，日在辛巳，宋故端明殿学士礼部尚书苏文忠公岳降之辰也。览乎遗文，嗟不并世；求其宦迹，近在于兹。兼以岁序将阑，丰年告庆。爰集胜侣，洁彼庶馐。几筵既清，画像斯肃。致恪则式歌且舞，崇仪则迎神降神。于时和气在堂，清光向夕。朋襟之雅，既绍南皮；啸歌之声，有逾东洛。庭余积素，如登聚星之堂；山送遥青，居然横翠之阁。嗟乎！尚友之志，诵诗读书；仰止之诚，列星乔岳。七百余岁，抚几而如存；十有四人，操觚而竞赋。逮至斜月没树，音犹绕梁；严霜袭衣，饮始投辖。中心好之，《骊驹》之咏且止；岁云暮矣，《蟋蟀》之旨毋忘。预斯集者，■■[诗无][第1a页]不成。昔孝若作赞，言图岁星；陈留聚宾，致征纬象。■■[今序]而传之，亦以纪嘉会，著良时，并使后之祀公者有所述也。镇洋毕沅。

奎星降精纱縠宅，堕地云霞化砚石。七百年前今夕是何夕，玉京仙人沦谪人间作词客。人间尘劫几回抡，后生思公如公存。巫阳披发招吟魂，灵衣玉剑栖我终南仙馆之明轩。终南峨峨终古峙，南山不平公不死。酌酒寿公公色喜，满堂尽是诗弟子。予生总角时，母氏口授一卷东坡诗，卷端笠屐图公姿。饮食必以祝，卌年向往之。苏门门户窥者谁？末学钻死蚯蚓窍，坛坫反借公为尸。予不识公频梦公，指点诗法启瞶蒙。公诗渊源骚与[第1b页]风，风灯霜鬓多专功。

老莲貌公笔力工(画像为陈洪绶笔),飘然鹤氅长须翁,画中梦中神明通。消寒近什盈诗筒,执卷请益如儿童,冰天雪地照公阔达高朗之心胸。秦关亦公旧游处,岐下山川今即古。红亭宛在东湖中,想象当年宴游所。桃花三月覆新祠,展拜昔同严道甫。(东湖有先生祠堂故址,余于乙未岁[乾隆四十年,1775]重辑,与道甫游览,赋诗刻石。)太白西南作霖雨,公前请封后及予。(郿县太白山神,先生曾请封公爵,后降。沅于甲午岁[乾隆三十九年,1774]复为奏请,蒙恩加"昭灵普润"四字。)师公从政学公诗,终愧粗才近莽卤。载拜陈词览揆辰,呜呼先生真天人。奇文一世供罗织,慧业三生记夙因。风波无限凭空构,剩有丹忱光宇宙。雪鸿飞去爪痕留,磨蝎生来命宫守。国士声华重乐全,罪人名氏书□□[元祐]。[第2a页]贤如韩琦司马光,挤之不许上玉堂。西台营营鼠□□[子辈],诗人例得投穷荒。期之以宰相,称之曰奇才,三朝知遇何有哉!一场春梦随飞埃,公乎公乎茫茫云海空归来。新诗聊当神弦曲,罗列芋羹及姜粥。吾辈或免门墙辱,愿公年年此日来不速。公骖鸿都之白鸾,予为赤壁之孤鹤。回翔御风游太清,免予上下而求索。秦栈西连蜀道长,灵之醉矣乐未央。英声各有千秋业,私淑终留一瓣香。丹青肖出神仙骨,咫尺云旗去飘忽。文在兹,公不没。锦江水,峨眉月。[第2b页]

则杰按:此诗及小序又载《毕沅诗集·灵岩山人诗集》卷三十一(人民文学出版社2015年1月第1版,下册第736—738页),标题作《十二月十九日为东坡先生生辰,集同人设祀于终南仙馆,赋诗纪事,敬题文衡山画像之后(并序)》;小序末尾无署款,正文文字亦颇多出入。并且正因为正文"老莲貌公笔力工(画像为陈洪绶笔)"被改作"衡山貌公笔力工",所以标题才相应称"敬题文衡山画像之后"。

又,《洪亮吉集·卷施阁文乙集》卷六《十二月十九日终南仙馆同人祀苏文忠公诗序》(中华书局2001年10月第1版,第1册第342—343页),文字与此小序基本相同,可能即系洪亮吉代笔。

二、汪照"题苏文忠公生日设祀诗卷后"(第 18a—19a 页)

兰陵城外浮轻艭,昔曾系缆秋柳桩。西子湖头住十载,苏堤蹀躞驰花駹。坡公所到我亦到,访古尝剔莓苔矼。曷来飘转历秦栈,但见高陇连崆岘。弇山中丞雅爱士,招携节署挑银釭。出示长歌气磅礴,寸莛还许洪钟撞。[第 18a 页]天才掞发大如海,谁数激浪奔涛泷。月惟嘉平日辛巳,芳园尽敞明油窗。雪霙欲下云滃滃,池冰未冻泉淙淙。纱縠诞降值初度,老莲妙绘又长扛。修髯仿佛精爽在,不作戴笠芒鞋双。芋羹皛饭追嗜好,真一酒泛玻璃缸。花猪竹鰂钉盘俎,杂以芹藻并蓠茳。铃斋如水夜更静,铜琶铁板听砰䃔。思渺渺兮神瓜瓜,管嘒嘒兮鼓逢逢。神弦递奏迎送曲,何减仙鹤南飞腔?瓣香经术敷政业,况兼笔力龙文扛。一时宾从斗险句,妙技类舞都卢橦。譬诸秦黄迭赓唱,笙竽琴瑟交琤瑽。独惜坡公宰相器,桄榔荔子投蛮江。琼楼玉宇本忠爱,乌台诗案犹增愯。红亭至今空寂寞,东湖水影涵青稯。元祐罪人题背像,[第 18b 页]徒余著述惊愚惷。讵比中丞逢盛世,坐拥红籀麾旌幢?峨峨风节太华峻,饮水拔薤归淳庞。放丁减赋拜疏请,关辅是处勤耕垅。前贤倘与后贤遇,应亦企羡心为降。恍有精虔格紫府,云车风马来铮锹。愧未追陪肃瞻拜,邾莒那得盟雄邦?走僵流汗诵万遍,挥毫只觉词纷哤。[第 19a 页]

【附录一】沈范孙《又希斋集》卷二《马二墨卿从关中来,携示毕秋帆中丞所刻苏文忠公生日设祀诗卷,题后,兼寄王秋塍(复)》(咸丰三年癸丑[1853]刻本,第 14a—b 页)

大峨山人玉局翁,万牛笔力铿洪钟。华严法界在腕底,磨蝎自与昌黎同。宁分蜀洛矜意气,肯向章蔡争鸡虫?三迁清要宵小忌,摭拾制诰交相讧。东京党祸续元祐,晚落儋耳如飞蓬。屡更大赦量移郡,奎宿竟返蓬莱宫。中丞慕公诗即公,七百载后追遗踪。秦黄刘晁作宾佐,一一口吐青芙蓉。中堂设像老莲笔,以诗介寿能感通。

髯仙仿佛骑两龙，灵旗飒沓来碧空。式歌且舞进三爵，神具醉止乐则融。我不与事心忡忡，作歌聊寄程王洪。俚言啁啾惭未工，慎勿流布嗤童蒙。

则杰按：徐世昌辑《晚晴簃诗汇》卷九十八最末录此诗（中华书局 1990 年 10 月第 1 版，第 5 册第 4152 页），标题“马二墨卿从关中来，携示”作“马二墨卿来，从闽中携示”，语序不同，又“闽”字当系“关”字繁体形近而误。

04-031　钦定千叟宴诗

乾隆皇帝

三十四卷，卷首二卷。乾隆敕辑，《景印文渊阁四库全书》第1452册。

一、"谕旨"（第1—2页）

［一］　乾隆四十九年［甲辰，1784］十月初九日奉上谕：繄古帝王御世，建极凝庥，上有敷锡之君，下享康宁之福。洎乎近代，史册鲜称。我皇祖冲龄践阼，统驭寰区，仁渐义摩，涵濡休养。康熙年间，曾举行"千叟宴"，与中外臣民跻寿宇而迓繁禧，诚为千载一时之嘉会。朕诞膺丕绪，敬绍鸿图。仰承昊苍眷顾，福佑朕躬，年逾古稀，尚能康强勤政。惟是敛时锡福，期举世咸登仁寿。著于乾隆五十年正月初六［第1a页］日，举行"千叟宴"盛典，用昭我国家景运昌期，重熙累洽，嘉与中外臣民耆老介祉延禧之至意。所有一切事宜，著各该衙门敬谨预备。钦此。

［二］　十一月二十三日奉上谕：明岁举行"千叟宴"，原定四品以下官员年六十五岁以上者始准入宴；现在人数［名额］已增至三千，而官员与兵丁不同，如必六十五岁以上方准入宴，则年过六十之职官不得邀荣者甚多，著加恩凡在京四品［第1b页］［第1页］以下现任原任各员年过六十者俱准其入宴，用昭普锡春祺、加惠耆臣之至意。钦此。

［三］　十二月二十三日奉上谕：新正举行"千叟宴"，所有与宴之官员兵民年在九十以上者，俱准其子孙一人扶掖入宴；其文武大臣年逾七十者，令其自行揣量，如步履稍艰，亦准其子孙一人扶掖入

宴，以示朕优待耆年有加无已之至意。钦此。[第 2a 页][第 2 页]

二、纪昀等“提要”（第 2—3 页）

臣等谨案：《千叟宴诗》三十六卷，乾隆五十年[乙巳，1785]奉敕编。洪惟我皇上斟元陈枢，体乾行健，会归有极，德合无疆，曼寿延洪，固预卜亿万斯年[第 1a 页]康强逢吉；而品汇含生，得沐盛朝之涵育，亦萝与盛长，百昌蕃秀，熙熙然弗异华胥。在廷绂珮，既多符君奭之铭；即蔀屋茅檐，岁以百龄蒙赐者，春官之籍，亦偻指不能殚数。岂但东都耆旧，仅有潞公；晋邑老人，惟传绛县而已哉？斯诚太平至治之征也。昔我[第 1b 页][第 2 页]圣祖仁皇帝，以海甸承平，咸登仁寿，曾以康熙壬寅[六十一年，1722]诏开嘉宴，以“千叟”为名。我皇上扬烈觐光，克绳祖武。岁乙巳[乾隆五十年，1785]正月六日，亲临赐宴，式继前规。一时庞眉皓首，扶鸠杖、瞻[第 2a 页]龙颜者，计三千余人；仍以“千叟”赐名，举成数也，亦循旧典也。宴饮欢洽，锡赉便蕃。睿藻先颁，颂声竞作。儒臣排次成编，凡得三十六卷。既恭呈御览，剞劂颁行，谨恭录入《四库全书》，以昭[第 2b 页]久道化成之盛美。夫草木滋荣，根柢盘深，人知草木之滋[荣]，不知天之功也；川岳流峙，亘古贞固，人知川岳之流峙，不知天之力也。然则四海恬熙，高年耆者，非臣民之自能寿，惟皇上之深仁厚泽，培养而致此寿。此臣等所以拜手稽首，为圣人颂也。抑德侔天地者，[第 3a 页]寿亦必符于天地，臣等能勿拜手稽首为圣人祝哉？乾隆五十四年[己酉，1789]四月恭校上。总纂官：臣纪昀、臣陆锡熊、臣孙士毅。总校官：臣陆费墀。[第 3b 页][第 3 页]

【附录一】《四库全书总目》卷一百九十集部总集类之五（中华书局 1965 年 6 月第 1 版，下册第 1729 页）

钦定千叟宴诗三十六卷

乾隆五十五年[庚戌，1790]奉敕编。洪惟我皇上斟元陈枢，体乾行健，会归有极，德合无疆，曼寿延洪，固预卜亿万斯年康强逢吉；而品汇含生，得沐盛朝之涵育，亦萼与盛长，百昌蕃秀，熙熙然弗异华胥。在廷绂佩，既多符君奭之铭；即蔀屋茅檐，岁以百龄蒙赐者，春官之籍，亦偻指不能殚数。岂但东都耆旧，仅有潞公；晋邑老人，惟传绛县而已哉？斯诚太平至治之征也。昔我圣祖仁皇帝，以海甸承平，咸登仁寿，曾以康熙壬寅[六十一年，1722]诏开嘉宴，以“千叟”为名。我皇上扬烈觐光，克绳祖武。岁乙巳[乾隆五十年，1785]正月六日，亲临赐宴，式继前规。一时庞眉皓首，扶鸠杖、瞻龙颜者，计三千余人；仍以“千叟”赐名，举成数也，亦循旧典也。宴饮欢洽，锡赉便蕃。睿藻先颁，颂声竞作。儒臣排次成编，凡得三十六卷。既恭呈御览，剞劂颁行，谨恭录入《四库全书》，以昭久道化成之盛美。夫草木滋荣，根柢盘深，人知草木之滋生[荣]，不知天之功也；川岳流峙，亘古贞固，人知川岳之流峙，不知天之力也。然则四海恬熙，高年耆耇，非臣民之自能寿，惟皇上之深仁厚泽，培养而致此寿。此臣等所以拜手稽首，为圣人颂也。抑德侔天地者，寿亦必符于天地，臣等能勿拜手稽首为圣人祝哉？

则杰按：此集编纂时间，据前录原书“提要”，乃“乾隆五十年[乙巳，1785]”；此处称“乾隆五十五年[庚戌，1790]”，误。又原书“提要”据署款撰于“乾隆五十四年[己酉，1789]四月”，亦可证此集编纂不可能迟至“乾隆五十五年[庚戌，1790]”。

【附录二】乾隆《钦定四库全书简明目录》卷十九集部总集类（《景印文渊阁四库全书》第6册，第375页）

钦定千叟宴诗三十□[六]卷

乾隆五十年[乙巳，1785]奉敕编。我皇上健行不息，无逸永年；和气涵濡，桐至[生]茂豫；上绳祖武，式举嘉筵，一时预宴献诗者殆四千人，以次编录，汇为斯集，盖醲化愈深而人瑞亦遂愈盛矣。

则杰按：此集据全书“总目”统计，卷一至卷三十四“预宴”

者刚好“三千人”；加上“卷首”两卷一部分不重复的零星作者，至多也就三千出头。此处称其“预宴献诗者殆四千人”，明显过于夸大。

【附录三】《清实录·高宗纯皇帝实录》卷一千二百二十二（总第24册，中华书局1986年4月第1版，第385—389页）

乾隆五十年乙巳[1785]，春，正月，辛亥朔。……丙辰……上御乾清宫，赐“千叟宴”。亲王、郡王，大臣、官员，蒙古贝勒、贝子、公、台吉、额驸，回部，番部，朝鲜国使臣，暨士商兵民等，年六十以上者三千人，皆入宴。……命以“千叟宴”联句，颁赏如意、寿杖、缯绮、貂皮、文玩、银牌等物有差。……御制《千叟宴，恭依皇祖元韵》诗……

04－032　和鸣集

郝懿行

一卷。郝懿行辑，《山东文献集成》第二辑第49册，影印光绪十年甲申(1884)郝联薇东路厅署刻《郝氏遗书》本。

一、郝懿行“和鸣集序”(第67页)

金石无情乎？磁针胡为而相引；草木无情乎？花叶胡为而相当？凡品汇之伦，生成于阴阳，斯应感以声气，而况人乎？人于阴阳，尤得其灵秀，非若金石之顽冥、草木之无知也。虽然，亦有异焉：或漓而薄，或泛以滥；心非石坚，性类金寒，若彼其人，殆不可转。乃若终风写怨，阴雨孤恩。苟两美其未合，固独弦之难张。仰寥廓而莫承，亦虽鸣而勿善。譬诸草木，薰莸判矣，安望同心之言，臭如兰也？夫情之至者，恒不可解。昔人有言“理之所无，情之所[第1a页]有”，乃今见之矣。兹有两人，瑞玉、兰皋。其于情也，盖其深焉，而瑞玉尤甚。方其未见，或征诸梦，或遇以神，结同心矣。既而，雝鸣雁，尚琼英，如宾友焉。盖臭味之投，定于有生之后；而精神之契，在乎未接之先。两人者，真奇遇哉！兰皋曰：“兹嘉话也，不可以弗传。诗者，人所借以鸣也。金石不和则不鸣；草木之无声，风挠之鸣。维诗亦然。集而曰《和鸣》者何？懿氏有言：‘凤凰于飞，和鸣锵锵。’是其征也。昌黎亦云：‘和其声，以鸣国家之盛。’今两人所为诗，虽未敢云播之金石也，岂如薰莸之不可同器藏乎哉？”瑞玉[第1b页]曰：“善。”于是著于篇。兰皋氏撰。[第2a页][第67页]

则杰按：郝懿行号兰皋，妻王照圆字瑞玉。据此序，此集编者即可定为郝懿行。

04－033　涉园修禊集

张元济

一卷。张元济辑，台湾新文丰出版公司《丛书集成续编》第117册，影印民国十七年(1928)商务印书馆排印《海盐张氏涉园丛刻》(续编附)本。

一、吴骞“涉园修禊记”(第95—96页)

涉园在海盐县城南三里，故给谏螺浮张先生所创，《志》称乌夜村故址也。亭池林木之胜，甲于一邑。而主人鸥舫雅好事，又与余有连。岁甲寅[乾隆五十九年，1794]暮春之初，鸥舫招同人修永和故事于园，以予有前约也。先是壬寅[乾隆四十七年，1782]冬，予偶游武原，购得杨忠愍公手书真迹；公时在请室中，寄端简郑公，勉以后事者。书后题跋累累，皆名贤手毕，故为郑所藏。自明迄今二百三十年，未尝易主。一旦落余家，虑有所失坠，思得郑氏之贤而归之，怀此志盖岁星一周矣。郑子羹和为端简嫡裔，年少有隽才，识之数年前，意谓庶几其可托。是日羹和亦在会，爰举以归焉。四座传观，佥以为善举，始知予有前约者，盖以此也。既，相与流觞于“居然濠濮”间。酒中，余谒诸君而言曰：“昔人谓典午名流，类多好清言作达，致使神州陆沉，其信然欤?”曰：“然。”清言作达，果能致神州乎陆沉，则吾未敢以为必然也。窃谓苟清言而[第2a页]不至于废务，作达而不至于妨教败俗，庸何伤？且如“兰亭”一集，王、谢诸公实为风雅领袖；当日一觞一咏，畅叙幽情，曷尝断以清言作达为禁哉？若羲之慕会稽山水，徜徉忘返；安石携妓东山，流连丝竹；至于立朝政绩，多有可观。要之，士君子或出或处，其风怀气节故自有不同，非若后世士习委蛇，污身秽迹，偷为一切，苟得志则万事瓦解，为世所姗笑。唯是为人主者，于股肱心膂之寄，实治乱兴亡所关，尤不可不慎之以慎耳。试观晋简文、孝武之时，国如缀斿，安石一出而疆寇歼殄，中外又安；明世庙委政分宜父子，奸党恣炽，诤臣弼士诛夷黜逐略尽，而国事遂不可问。至今读忠愍手书与诸公之跋，犹为之唏嘘流涕。故予尝谓，使忠愍、端简幸而与王、谢诸公同时，故当金兰契合，把臂入林；王、谢诸公设不幸而处忠愍、端简之境，亦唯有剖心沥胆，见危致命，正简文所谓“既与人同乐，必不得不与人同忧”也。然则谓典午之清言作达而致神州陆沉，岂笃[第 2b 页][第 95 页]论哉？诸君咸曰：“子言是也，盍书之以告来者？俾知吾辈斯集非徒饮食宴衎，盖亦有知人论世之道存焉。”是日也，风日清美，不减永和癸丑[九年，353]。诸君既觞咏尽欢，各有所述，而余复为之记。[第 3a 页][第 96 页]

则杰按：此记又载吴骞《愚谷文存》卷八（《续修四库全书》第 1454 册，第 259—260 页），文字相同。

二、胡文蔚“涉园修禊诗序”（第 96 页）

去岁冬杪，文鱼张君谓予：“顷得兔床先生书，明年上巳，至涉园修禊，且有物赠郑生。此雅集也，不可以不来。”郑生名鼎镧，余门人，明刑部尚书端简公十一世孙，兔床曾忘年与之交。今三月三日，兔床果至我邑，清流毕会。予以宗祀事，不及赴。翌日，文鱼书来，具道尔日胜游，及兔床以杨忠愍狱中与郑端简手书归郑生事。予维城南禊饮，凡风景之美、友朋之乐，无过于斯，非甚风雅不能数举也。而兔床之意，似又不尽在此。夫当觞咏之地、欢宴之时，幕天席地，往往不暇尚论古人；或以诗文书画、彝鼎珍玩相与鉴赏评品者，则有之。乃兔床忽焉出[第 3a 页]前贤手迹，凛凛烈烈，生气满前，意必四座为之色变，至相对愕然者。嗟乎！当分宜枋国，炙手之势，畴不怵息？忠愍以闲曹新进，辄条其奸罪，欲挤之死地，不暇计其济与否，甚矣忠且壮也！至予杖入狱，手割其创，吏执烛颤欲堕，公自若也，且洋洋洒翰若是。是虽自有胆，要惟天地正气有行于生死外者矣。迨法纪彰而贤奸定案，钤山冰雪，曾不得与牧田竖子争一日之名，则又论古者所愉快。泝东风而酹忠魂，何弗共浮一白矣？抑又闻东楼之陷王中丞忬也，非仅以弇州经纪忠愍丧事；史称琐事相构，直谓《清明上河图》，洵乎异物之不足贵已。今兔床于此卷，其藏之也，谓杨公风烈足以廉顽立懦，故重其物，实重其人也。兹挈以付郑生，非不甚爱；得其人而归之，亦以重其物也。此其用心，且远轶乎爱古嗜奇者，又何弗共侑一觞欤？若郑生者，宜思先人功业品望所以见重于古今者奚似；今而少陵夷衰微矣，宜若何奋厉，使家声不坠，即兔床相属之微意[第 3b 页]矣。是当酌酒，先座客为兔床寿，则是举也，岂徒以柔荑绵羽、肴蔌觞醳，摹曲水之故事已哉？兔床姓吴氏，名骞，字槎客，兔床其号，贡生，休宁人，今隶海宁州籍。会者凡十有七人：某某；有诗者几人，无诗者几人，不与会有诗者几人。[第 4a 页][第 96 页]

04－034　皋亭倡和集

阮　亨

一卷。阮亨辑，台湾新文丰出版公司《丛书集成续编》第116册，影印光绪二十四年戊戌（1898）钱塘丁氏刻《武林掌故丛编》（第二十三集）本。

一、阮亨跋（第581页）

皋亭余屡游，看桃探梅均有诗，时往来于心胸。一日，云公来辞，移席佛日，出示《皋亭云隐图》，深得黄鹤山樵笔意，属余录家兄与同人先后倡和之作。随检旧稿，写付之，留作山中故事，为将来重寻鸿爪之券。乙亥［嘉庆二十年，1815］春三月，阮亨识。［第10b页］［第581页］

04－035　是程堂倡和投赠集

屠　倬

三十卷，存二十五卷。屠倬辑，道光五年乙酉(1825)刻本。(“中华古籍资源库”网站影像版，原书藏天津图书馆)

此集前二十三卷为诗歌，包含十九个子总集——《山居足音集》(卷一、卷二)、《僧寮吟课》(卷三)、《销夏汇存》(卷四)、《小檀栾室题辞[词]》(卷五)、《说诗类编》(卷六)、《读画录》(卷七)、《耶溪渔隐题辞》(卷八)、《日下题襟集》(卷九)、《双藤录别诗钞》(卷十)、《从政未信录》(卷十一)、《弦韦赠处集》(卷十二)、《湘灵馆杂编》(卷十三、卷十四)、《銮江怀古集》(卷十五)、《江上咏花集》(卷十六)、《[真州]官舍十二咏》(卷十七)、《三十六峰吟》(卷十八)、《潜园吟社集》(卷十九、卷二十)、《养疴杂编》(卷二十一、卷二十二)、《病榻拜恩集》(卷二十三)，并且各有屠倬自序(或记文)。其中《潜园吟社集》另见该种，余不一一。

一、胡敬“是程堂倡和投赠集序”(第1a—3a页)

夫人当少年豪举、胜地登临，良朋沓来，雅咏间作；削稿如叶，挥毫成云。于斯之时，亦不甚惜。及乎悲欢异其枯菀，聚散感夫萍蓬；偶检丛残，动深驰溯。是以草堂人日、吟社“月泉”，赋止一题，制才数韵，尚复怆怀时序，追赏风流。矧夫汇千百章，成二十帙；其间金台之彦、玉堂之英，吴下名流、江左畸士，莫不掎裳联襼，送抱推襟；大雅扶轮，清风作诵，如斯集者乎？潜园同谱，性情迈往，结纳宏通。羔雁之投，贽以行远；骚雅之什，唱而愈高。溯自通籍以前，暨乎归田而后。交遍海内，酬答綦多；编存箧中，琼玖同视。梨枣之寿、金石之契，存焉已尔。乃覃思著述，息影岩阿。古朴当门，疏篁映牖。一时戴笠携琴之侣、判[第1a页]花颂酒之徒，望柳攀嵇，抽篷访戴。僧寮觅句，则钵为催成；渔隐填词，则樵能唱出。读画而明月在手，说诗而秋月当头。室檀栾以写图，五君嗣咏；堂陔华而高会，九夏联吟。于以记友谊于苔岑，于以表师资于名宿。编集凡七，著缘起也。若夫强台再上，秘省初登。偶题壁而歌彻梁间，未碎琴而名喧都下。沆瀣之合，契均欧、苏；襟期之超，游尽郭、李。秋芦挈榼，铭纪重阳；春水拿舟，序传上巳。紫藤双绾，翠墨千番。添客囊以诗筒，盛祖帐于词府。非直獐肥鲟美，招燕市之酒人；潭柘沟芦，状蓟门之风景。编集为二，庆遭际也。至于才号谪仙，迹彰循吏。琼楼玉宇，光价虽留；手板脚靴，尘容讵免？得毋簿书督责，遂闲步兵之厨；抚字辛勤，致停中散之操。而乃佩韦寻绎，[第1b页]座揭为铭；从政然疑，怀虚若谷。湘馆辑采风之录，銮江摅怀古之篇。小展经纶，拓轩楹于官舍；偶偕宾从，赏花月于江滨。重新有美之堂，还仍旧额；好畜奇礓之石，此是归装。来暮载其歌谣，去思勒为籀篆。编集有六，详宦迹也。乃者解组中年，养疴故里。名园暂借，资十万以难偿；雅集频摹，赋三千而未已。鬓丝禅榻，茗碗炉香。邀弥勒与同龛，假维摩而示疾。回思旧雨，大半晨星。逝者如斯，慨当以慷。而乃主上鉴龚、黄之为政，授赤紧之提封。两郡量移，一麾迟把。即家诏拜，异数身叨。君以为露冕专城，难胜羸瘵；刀圭量药，冀得俞跗。参苓助乞夫同侪，鞭策报期于异日。编集成五，书病候、[第2a页]纪恩遇也。嗟夫！人生百年，事会万变。易迁者境，难没者才。所贵白水之盟，勿渝其素；他山之益，能阐其微。此日“四灵”，姓名分附；他年一品，集序重裒。发潜德之幽光，志下臣之荣幸。冰清心迹，证宦况于生平；山长头衔，副才人之迟暮。因君憔悴，慨我龙钟。悔不学早入山，书成仰屋。从人非笑，呼以马牛；与子徜徉，订为鸥鹭。效天随之采杞，罢廷尉之张罗。兰艾别其町畦，松筠参其通介。纵匡济之无策，尚文章之有神。可奈人事相牵，岁华空迈。社翁无酒，何以治聋；庄子生杨，竟于左肘。祀虎林之耆旧，徒抱冬心；忆鸾掖之交游，遂如春梦。守遗编以终老，览少作而增惭。无已，请歌君耶溪乐章，为我起幽忧之[第 2b 页]疾，可夫？道光五年，岁在乙酉[1825]，仲秋望日，年愚弟胡敬拜序。[第 3a 页]

则杰按：序文所说此集"成二十帙"，即指前述诗歌部分的十九个子总集，以及卷二十四、卷二十五的《诗余(一、二)》(附带统计在最末一批"编集成五，书病候、纪恩遇也"之中)。其后据卷首"总目"应该还有卷二十六、卷二十七、卷二十八的《杂文(一、二、三)》和卷二十九、卷三十的《尺牍(一、二)》，但内文未见，不知当时是否已经付刻。

又，此序又载胡敬《崇雅堂骈体文钞》卷二(《续修四库全书》第 1494 册，第 265—266 页)，标题作《屠琴坞同年是程堂倡和投赠集序》；除删去末尾署款之外，其他文字亦颇多出入。

04－036 潜园吟社集

屠 倬

二卷。屠倬辑，见屠倬《是程堂倡和投赠集》卷十九、卷二十（参见该种），道光五年乙酉(1825)刻本。（“中华古籍资源库”网站影像版，原书藏天津图书馆）

一、屠倬“潜园吟社集序”（《是程堂倡和投赠集》卷十九之前，《潜园吟社集》卷首，第 1a—b 页）

乙亥[嘉庆二十年，1815]冬，于役京师。明年闰夏，以先大夫忧南还，得城东北何氏小园以居。居室不多，无高深崇闳之观，而饶池石花木之胜。闭关伏匿，抱影呻吟；几蹈子美故纸之劾，窃怀右军誓墓之感，爰名之曰“潜园”。于时切切而悲，冥冥而行。凡园中一草木之荣悴、一风雨之晦明，皆吾抚膺结轖，呜咽而摧伤之具也。茫乎若迷，嗒然若丧我。息机累年，遂有终焉之志。逮鼓祥琴，宾客稍集，觞咏间作，于是吟社兴焉。寻盟风雅，所不敢当；而占地殊美，亦聊以释吾烦忧，陶我性情而已。居三年，贫不能留，辄徙去，赁周氏之半宅。妇子偪处，介乎灶觚鸡栅之间。宅隅数椽，俯池一曲，犹强颜而谓之园，仍其名，而吟社如故。[第 1a 页]或谓余以未老之身，处逸自放，殆非乡党之所许也。然竟以未老之身，衰病不足自振，虽处逸自放，又庸讵知非乡党之所许也？因地而园，择人而社；优游乎初服，忘怀乎世事，然则吾将终潜于此矣。潜园漫士书于盟山堂。[第 1b 页]

二、屠倬"自题潜园吟社图后四首"(《是程堂倡和投赠集》卷二十《潜园吟社集·下》,第24a—b页)

出门既畏暍,闭户复苦闲。张口只饮酒,倦眼聊看山。惟心无所用,但坐痴与顽。苟不有篇什,何以排忧患?独吟而独谣,匹若弹孤弦。孤弦不成声,宫商何由宣?所喜有同调,时或能往还。倡余紫芝曲,和君白云篇。知音定不乏,相赏松石间。[其一]

往昔清平山,吟侣各星散。岂不有所思,思之末由见。穷达分出处,老丑易颜面。借有诗卷在,踪迹可覆按。前年还旧山,百事废莫办。比当鼓祥琴,稍稍弄笔砚。病余心力孱,挥毫强作[第24a页]健。寒蝉与候鸟,亦各寄愁叹。[其二]

作诗无性情,不如不作诗。奈何强涂饰,羊质而虎皮?西泠风雅弊,杭厉一振之。近今少衰歇,此道人久疑。不有千里足,骐骥何由追?太常(秋药丈)七十翁,神骏不可羁。骚坛树赤帜,谈笑风云驰。诸公复整暇,各建鼓与旗。陈郎(小云)最少年,力抟生象犀。我方壁上观,羸师效偏裨。快哉尊俎间,此乐无人知。[其三]

溽暑行过半,西风迓凉秋。潜园多水竹,庭户日夕幽。此中无杂宾,不惊池上鸥。诸公肯一来,吟啸豁乾愁。湖山风日佳,蜡屐方可游。招邀迭宾主,斗酒不待谋。云烟供抒写,古迹穷雕搜。诗筒排日递,火急如置邮。闲云出无心,芳草绿未休。正恐天壤间,长此一卷留。[其四][第24b页]

则杰按:《潜园吟社集》卷下《题〈潜园吟社图〉》一题(第12b页起)作者凡三十六家,屠倬居第二十六家,其他各家作品从略。

又,屠倬此组诗歌又载其《是程堂二集》卷二(《清代诗文集汇编》第535册,第156—157页),标题作《题〈潜园吟社图〉四首》,正文文字相同。

04－037　同人唱和诗集

黄丕烈

梦境图唱和诗集一卷、状元会唱和诗集一卷、虎丘诗唱和诗集一卷。黄丕烈辑，道光四年甲申(1824)刻《士礼居黄氏丛书》本。(“CADAL百万册数字图书馆”网站影像版，原书藏清华大学图书馆)

一、潘世恩序(第1a—b页)

壬午[道光二年，1822]新正同人唱和诗，荛夫取以付梓，俾一时嘉会流传不朽。大贤高致，固非世俗之见所能窥其万一也。惟拙作有因注始明者，如“敢向同年说同馆”二句(棣华与予壬子[乾隆五十七年，1792]同举乡榜；壬戌[嘉庆七年，1802]大魁，予忝翰林教习。蔼人出桂[第1a页]文敏门下，戊辰[嘉庆十三年，1808]廷试，予忝读卷)、“为霖自养东山望”(谓竹堂前辈)、“爱日常殷北阙情”(予与蔼人先后告养)、“稽古人尊少傅桓”(竹堂曾入直上书房)，附识于此，庶后之览者借资考证云。道光甲申[四年，1824]立秋日，潘世恩书。[第1b页]

二、石韫玉札(第1a页)

昨日草草杯盘，而情话颇畅，想弟亦同此情也。所要四元诗录上，查收。侍萱《春波卷》题讫，奉缴，祈转致。顺候即佳！不具。韫玉顿首。[第1a页]

则杰按：以上一序一札，别本《士礼居[黄氏]丛书》或归入此集下属第二个小集《状元会唱和诗集》。

三、黄丕烈“梦境图唱和诗集小引”（第1a页）

夫天下事，皆梦境也，然梦境必有实事以生之。如修志，实事也；修志有竹堂、芝轩两先生，实事也；予忝随两先生后，实事也。乃忽遇诸梦境，则全乎虚矣。然明明有诗句，意又可解不可解，似非无因而至者，安知梦境之不有实事耶？予喜征梦，因刻《梦境图倡和诗》为第一集。道光四年甲申[1824]季夏月望日，荛夫识。[第1a页]

四、《梦境图唱和诗集》黄丕烈诗小序（第1a—b页）

道光辛巳[元年，1821]夏，郡有修志之举，石竹堂、潘芝轩两先生实主其事。余以忝与纂修之列，因访书赴琴川，于八月二十一日泊舟常熟西门之仓前。天未明时，梦见一空旷之所，竹堂、芝轩身凭一石几，对坐二鼓凳，作谈诗状。余自外入，但闻七字句云“不使闲情管落花”。寤后，足成七绝一首。及归，再用句中平韵衍之，复得二首。窃思我三人幼学相随，壮行各异；今以郡志事，得陪两先生后，未始非文字因缘也。爰乞属和第一首韵，[第1a页]并绘图纪事，以志一时佳话云。黄丕烈。[第1b页]

五、黄丕烈“状元会唱和诗集小引”（第1a—b页）

客有见予《梦境图唱和诗》者，曰：“子殆不忘情于状元，故假诸梦耳。即真有是梦，亦恋恋于功名富贵，故形诸梦想。”殊不知，予之梦，其因在闻谈诗也。诗之教，彻乎上下。谈诗者为状元，遂谓有功名富贵气乎？不然也。国家功令所在，凡入仕必科第。人不学举业则已，如学焉，谁不思为状元者；必以状元为功名富贵中人，而非我辈所愿为——此不愿为之心，出诸山林隐逸之士则可，如我辈断不宜作此违心之论也。状元何浼我乎哉！予知有诗而已。因刻《状元会倡和诗》为[第1a页]第二集。道光四年甲申[1824]季夏月望日，荛夫识。[第1b页]

六、《虎丘诗唱和诗集》潘亦隽“虎丘杂诗十四首(并引)”引言(第1a—b页)

苏城西北虎丘山者，秀挺单椒，体包群壑。寺宇丹绚，林亭翠交。危磴平栏，延瞩引步；嘤声夭采，间发乱飞。春秋皆有可观，晴晦迭呈变态。洵四方人士游览毕集之地，亦是邦英彦吟眺不厌之区也。爰有三泖诗翁，停桡振响；洽园词客，授简继声。仆也掩关逃暑，索居鲜欢。惬盍簪于素心，慕投桃之高谊。喜生见猎，丑忘效颦。况夫批风抹月，本是弱龄游钓之乡；兼之捩笛弹丝，不[第1a页]少上客唱酬之日。登高能赋，两美不碍殊姿；即事多欣，同调何妨异撰。书成拉杂，合新愁旧恨以齐宣；体仿讴谣，汇昔款今情而并图。惭技道之不兼进，按宫商而弗克谐。难希子夜新歌，或作兽山故事云尔。[第1b页]

七、《虎丘诗唱和诗集》黄丕烈诗小序(第3b—4a页)

《虎丘杂事诗》者，潘榕皋先生所作也。绝句限以七言，开先为王、范二老；和章拘于一韵，继美有尤、彭两君。仆也素懒游遨，几同飞鸟之倦；久荒吟咏，强效寒蝉之鸣。嗟病足兮兼旬，负赏心于八月。笑我庭无丛桂，盼粟影之全虚；羡君堂有三松，听涛声而互答。欣风什之见赠，叹步趋之[第3b页]为难。爰矢口以陈词，似构思之好异。摹当年石刻，想沈礼明之纪游；操今日土音，学朱乐圃之记事云尔。[第4a页]

八、《虎丘诗唱和诗集》吴云诗后记(第8b页)

丁丑[嘉庆二十二年，1817]十月廿有七日，余置酒花津桥下。翌日，荛圃投诗十四首属和。先是，榕皋丈有原唱，今荛圃乃追和前诗也。雨窗无俚，继声亦如其数。侨居于此，往来多穷愁枯槁之士。寄兴无端，抗希作者，而一切雕红剪翠、浮滥之音汰焉，览者可以知其志之所存。萍翁并记。[第8b页]

04－038　清尊集

汪远孙

十六卷。汪远孙辑，道光十九年己亥(1839)钱塘振绮堂刻本。(浙江大学图书馆藏)

一、吴德旋“清尊集序”(第1a—b页)

公宴赋诗，建安尚矣。其后则“金谷园集”及“兰亭修禊集”最著。而“兰亭”以有王右军之叙，当时与会诸贤，风流文采，至今犹可想见；“兰亭”诗，则以有唐之善书者书之，而流传亦广。然方其修禊兰亭时，群贤之毕至，觞咏之间作，不过寄兴于暮春之初之一日间，而未闻有赓续而为宴集之举者。陈太建初，东海徐伯阳与张正见、贺循、陈暄、孔范等宴游赋诗，动盈卷轴，伯阳为其序。然污世之士，不足取重于后人，故时虽盛传，卒亦寂寥而莫有闻焉。唐之诗人因事宴会而以韵语相唱酬者，往往有之，然非必有宾主迭为期之以月日者也。至如宋之西昆、江西，明之前、后“七子”，则以诗体之相同也，而建以为名，未免示人以不广。近[第1a页]时浙中故事，如厉樊榭、杭堇浦、符幼鲁诸先生，称诗倡和之雅，人艳称之；然在当日，亦第西泠数子之相为往复，而外此之得间诗席者盖鲜矣。今钱塘汪君小米之“清尊集”，虽迭为其主者仅有八人，而浙东西千里间知名之士以及寓公过客之娴吟事者咸在，而闺秀之遥同者亦附录焉，可谓极一时觞咏之盛，而为前此所未有矣。小米卒后，其弟又村以小米遗纂《清尊集》视予，属为其序。予于小米仅一再见，未及与之深谈，然其好尚风雅、宾礼贤士大夫，则既闻之熟矣。又村固亦集中人，感念哲兄而梓其遗纂行世，友恭之谊诚足嘉尚，而孔怀之悲，且欲借是

以少慰也。遂不辞而序之。戊戌[道光十八年,1838]重九后二日,宜兴吴德旋序。[第1b页]

二、"清尊集凡例"(第1a—2a页)

一[一] 是集宾主八人轮值,每集作竟日叙,题为主人所命,诗成汇钞存册,月一举行。

一[二] 每题即席外,或咏古,或咏物,或志胜游,与夫书事、纪时、饯别、感逝,题不一例,各随所值;诗不一体,各从所长。

一[三] 诗皆编年。作诗之人皆以齿序。总题后,人各按齿编列。惟主人另题列后;有次韵者不序齿,均以原作列前。

一[四] 命题原以赋诗,然亦有别作文与词者。若因体裁复分门类,题既重出,且与编年之例不符。今取每集所作文载诗前,而词附诗后,以题为主,俾阅者了然。

一[五] 原存诗什甚多,兹选不过十之四五。异时家有专集,自可[第1a页]补刊。

一[六] 岁中常叙,合前后不过十数人,集中诗可按也。其间有偶与会而诗仅一二首者,吉光片羽,并录存之。

一[七] 每集诗,或所作本少,或所存较多,故多寡不一。又有在后补作者,亦汇入,仍以齿编。

一[八] 闺秀工吟,间有拟作及所题图册,其题亦见集中;或诗或词,为择其可存者,依次附录。

一[九] 集中所收诗,皆席上所命题,一切投赠篇章概不羼入。

一[十] 诸人里居年齿,均于卷首载明。其科目官秩概不书,以示真率。

一[十一] 集分十六卷。卷首备载诗题,以便检阅。至某人有某作,具[第1b页]见后各题下,故不复详。

一[十二] 是集起甲申[道光四年,1824],讫癸巳[道光十三年,1833],凡十年,为集百,为诗若干。后此甲子再周,伫刊续集。

[第2a页]

【附录一】黄士珣《东轩吟社图记》(费丹旭《东轩吟社图》附,宣统上海世界社影印本,无页码)

道光甲申[四年,1824],海昌吴子律衡照假馆武林驿汪氏之东轩。东轩故汪氏先人雅集之地,因与主人小米远孙续为吟社。月一会;会不必东轩,而东轩为多。久之,孙雨人同元之官永嘉,梁久竹祖恩之官始兴,子律之官金华。子律、久竹先后卒官,张仲雅云璈、姚古芬伊宪、周南卿三燮、李西斋堂亦并殂谢,而吟社终不废,今且岁阳周矣。小米乃属乌程费晓楼丹旭图之:灌木依岩,略彴横水,随负花童子度而来者,汪剑秋鉽也。一童子扫花径,穿岩背,出老树下,倚石阑、执葵扇者,秀水庄芝阶仲方。背侍女郎,指池荷而语者,黄芗泉士珣。池旁石壁插天,曲阑尽处,童子涤砚,坐石上填词者,项莲生鸿祚。水槛半露,二人对坐,其中女郎执拂侍者,为余杭严鸥盟杰及小米,小米执卷若问难状。小阁相连,据案作《吟社图》者,晓楼自貌也。其倚案观者,高爽泉垲;以手指图,若有所商榷者,诸秋士嘉乐。阁前柳阴覆地,置壶焉,坐盘石上,观童子拾矢者,吴仲云振棫;持扇联坐者,夏松如之盛。童子捧壶,坐桐树下,浮大白者,汪觉所皋。据石几,拈吟髭者,胡书农敬。其弟子邹粟园志初,执诗笺立于后;展笺洛诵者,赵雩门钺。童子捧杖,坐而听者,龚闇斋丽正。小童递诗筒至,二人对展诗卷者,左为阳湖赵季由学辙,右为归安张仲甫应昌。古松蟠拿,下荫怪石,坐而琴者,武进汤雨生贻汾;并坐者,陈扶雅善;侧听者,钱蕙窗师曾;倚松根抚膝而听者,汪又村适孙。松旁有石壁焉,童子捧砚,执笔就题者,嘉兴张叔未廷济也。茂林修竹,别成境界,二人自水石间来,持白团扇者汪少洪迈孙,奚童捧诗卷于旁者汪小逸秉健。飞流急湍,石梁间之,童子烹茶侍坐,而执拂谈经者,南屏释了义,旁坐则子律遗貌也。夫人世之聚散何常,出处靡定,重以死生之别,此生若寄,图于何有?然当夫掎裳联襼,松竹有朋，同岑之谊，终不可谖，则《吟社图》之作，非他日东轩故事乎？于是乎书。甲午[道光十四年，1834]长至后，芗泉黄士珣记，爽泉高垲书。

【附录二】汪远孙《借闲生诗》卷三《诗社久阒，仲秋二十四日招同人集水北楼，漫成二律，以当息壤》(《续修四库全书》第 1519 册，第 698 页)

草堂结社一星终，多少悲欢此集中。卧榻看山输贱子，骚坛树帜仗群公。杯盘随分休拘例，诗卷娱情底要工？惆怅仲文偏示疾，杜门三径长蒿蓬。(谓蕙窗)[其一]

因闲习懒竟无诗，喜值秋清雨霁时。坐拥湖光忍孤负？久疏朋从剧相思。近来酒量都从减(书翁、芗翁，病后节饮，余亦守止酒之约)，中岁情怀已不支。可惜涪翁归棹速，未教摩垒斗偏师。(谓霁青)[其二]

【附录三】胡敬《崇雅堂诗钞》卷十《题〈清尊集〉，用剑秋韵》四首(《续修四库全书》第 1494 册，第 248 页)

劳将东里老迂儒，写入西园雅集图(小米绘有《东轩吟社图》)。耆旧昔曾陪杖履，朋侪今已别京都。病余始觉名增累，衰甚非关醉索扶。忽忆趋庭年少日，尊前悲欲效唐衢。[其一]

软红尘绊几多时，那有豪吟比牧之。交淡未嫌投纻少，才疏深悔解缨迟。眷怀故里频通梦，检点归装剩有诗。一自湖山容啸傲，云烟凭我笔驱驰。[其二]

分拼丘壑过余生，鸥鹭闲招值浪平。入座浑忘宾主谊，侑觞相戒管弦声。醉成鸲鹆翩跹舞，听到虾蟆历乱更。时序十年诗一帙，就中多少合离情。[其三]

清风明月不论钱，谬冢讹鱼待细研。北乐府参闺秀作，西泠社继国初传。词坛公辈须肩任(近闻夏松如诸君复联吟会)，姓氏吾家

合首编(集自载拙作,香山会亦首胡杲,故云)。却怅音容半凋谢,梓成无术寄重泉。[其四]

【附录四】张应昌《彝寿轩诗钞》卷十二《汪三子用(曾唯)以乱后所存东轩吟社图卷见示,感题四绝句(东轩,汪小米书屋也,结吟社久。道光壬辰[十二年,1832],费晓楼丹旭写图,黄芗泉士珣为记,写像三[二]十七人)》(《续修四库全书》第1517册,第200页)

雅集图传卅五年,余生重展涕潸然。岂惟宿草晨星感,各各家园堕劫烟。[其一]

家园逆旅任蒿蓬,痛哭图书一炬空。册府墨林销灭尽,此图何幸返轩东。[其二]

轩东画里未衰时,小友而今短鬓稀。顾影龙钟惭老丑,登临著作事都非。(卷中家同庄诗,指余为小友,以童试时曾逐队也。)[其三]

心灰著作倦登临,惟有良朋乐事寻。旧侣三人存者仅,可能尊酒续题襟?(图中今存者,吴仲云督部、汪小逸大令及余三人而已。吴、汪客于晋、粤,皆未归。)[其四]

【附录五】胡凤丹《退补斋诗存》卷十四《题汪蓉垞(远[遹]孙)征士山水册页》四首之四(《续修四库全书》第1552册,第244—245页)

清尊十载主诗盟,余事何妨画得名。寄语鲤庭勤护惜,摩挲手泽胜瑶琼。(蓉垞一门风雅。所刻《清尊集》,名作如林。其子子用大令,携画册征诗,故及之。)

【附录六】陈衍《陈石遗集·石遗室诗集》卷五《穰卿属题〈东轩吟社图〉》(福建人民出版社2001年6月第1版,上册第176页)

人间结社无时无,其流传者诗与图。太鸿大宗派云徂,叔未叔美皆吴趋。晓楼写生工雪肤,华清出浴红罗襦。十洲子畏惊且呼,东轩长老非小苏。龙眠西园宁所摹,楮墨生色西子湖。我有闺中主客图，大家贞节轮与扶。婉佺无非相于喁，新雕注本走五都。小米先生惜已殂，不然乞叙为揭橥，湖西陈迹堪嗟吁。

【附录七】吴振棫《养吉斋丛录·余录》卷九（中华书局2005年12月第1版，第443页）

汪小米中翰远孙，嘉庆丙子[二十一年，1816]举人。累世清门，藏书富有。性淡雅，劬于著述。而尤笃贫交，里人争贤之。尝结吟社，凡十年，得一百集，择存所为酬唱诗若干首为《清尊集》；又属费晓楼丹旭，貌社中人，仿《西园雅集》之意，为《东轩吟社图》，余亦厕焉。今相去三十余年，复更丧乱，社中人十九宿草矣。既恸人琴，又悲桑海；前尘如梦，能无怆然？

【附录八】吴庆坻《蕉廊脞录》卷七"东轩吟社图"条（中华书局1990年3月第1版，第211页，总第二百七十四则）

道光间，海昌吴子律衡照创吟社于杭州，始道光甲申[四年，1824]，讫癸巳[道光十三年，1833]，凡十年，为集百，入社者七十余人。时振绮堂汪氏擅池馆之盛，藏书甲一郡。汪氏有"静寄东轩"，社集在东轩为多，费山人晓楼为作《东轩吟社图》。庚[庚申，咸丰十年，1860]、辛[辛酉，咸丰十一年，1861]之乱，汪子用丈曾唯携之武昌，未遭兵火。图作于道光壬辰[十二年，1832]。先大父居忧里中，亦与槃敦之会，图中状貌与《花宜馆辑诗图》同，盖同出山人手也。光绪丁丑[三年，1877]，余游武昌，子用丈出以见示。越三十年，由京师还，丈亦谢病归，再见之。辛亥[宣统三年，1911]避地上海，三见之，则图已归颂阁、社耆兄弟收藏矣。

【附录九】李慈铭《越缦堂读书记》集部总集类"清尊集"条（上海书店出版社2000年6月第1版，第1198—1199页）

病卧阅《清尊集》，汪氏振绮堂所刻也。凡诗词十六卷，作者七十六人，道光甲申［四年，1824］至癸巳［十三年，1833］间汪远孙小米、适孙又村兄弟偕仁和胡学士敬、余杭严明经杰、仁和孙学博同元、武进汤贞愍贻汾、归安张舍人应昌、钱塘吴总督振棫等为文酒之会，每月一集，分题赋诗，选其最而刻之。诗词皆缚于浙派，多饾饤局束之病，而言必典雅，多关掌故。承平觞咏，风流可思。“汉上题襟”“玉山酬唱”，相去正不远耳。同治戊辰［七年］（一八六八）闰四月初一日。

则杰按：《清尊集》作者，据“凡例”第八款所述，实际还包括若干“闺秀”，而不止卷首“清尊集目”所列七十六人。此处及下条附录称“作者七十六人”“凡七十有六人”，并不准确。

【附录十】胡玉缙《续四库提要三种·许庼经籍题跋》卷四《〈清尊集〉书后（辛酉［民国十年，1921］）》（上海书店出版社 2002 年 8 月第 1 版，第 778 页）

《清尊集》十六卷，钱塘汪远孙、汪适孙编。远孙有《国语三君注辑存》等。适孙字又村，远孙之弟。道光甲申［四年，1824］至癸巳［十三年，1833］间，汪氏兄弟偕仁和胡敬、余杭严杰、仁和孙同元、武进汤贻汾、归安张应昌、钱塘吴振棫诸人为文酒之会，月一集，拈题分咏，得诗词若干首，选其尤者刊成斯帙，凡七十有六人。大致措词典雅，选韵和谐；无驰骤之观，有雍容之度。其中多涉掌故，颇可以称诗史，非止风流文采，照映一时已也。李慈铭《受礼庐日记》讥其“皆缚于浙派，多饾饤局束之病”，盖囿于风气使然；又拟之《汉上题襟》《玉山酬唱》，则似不伦。考《宋史·艺文志》有苏易简《禁林宴会集》、欧阳修《礼部唱和诗集》，惜今不传，或者此乃其类欤。

则杰按：《清尊集》编者，据卷首吴德旋序所述，乃汪远孙一人，而汪适孙则仅仅以之付刻。

04－039　白醉题襟集

王　相

四卷。王相辑，王相《友声集》初集附（参见该种），《续修四库全书》第1627册，影印咸丰八年戊午(1858)信芳阁刻本。

一、王相“白醉闲窗记”（第240—241页）

丙戌[道光六年，1826]之秋，始营草堂。规画粗具，庀材度工，事未集而岁云徂。于是辍工作以待春及。惟西偏之隩室曰“白醉闲窗”者先成。余饮素不豪，复以疾节；醉乡之封，已自免归矣。是居面东右南，温几熨席；饮朝阳，酌夕晖，亦是醉乡之白战也。于时拂纸濡墨，将大书而揭之，复悄然以思曰：“天之赋我者何？若年未四十，是岂闲与醉之人耶？又岂闲与醉之时耶？是不可以示人。”余五龄入家塾，一日过庭，先大人呼之曰：“儿读书，当作何许人？”余不敢对，大[第1a页]人曰：“汝试言之，不汝责也。”对曰：“儿愿作正经人。”时姊若妹之肩随者、婢仆之环侍者，皆笑其言之童呆也。余赧然，窃窥大人色喜而无语，乃逡巡退。其后戏余者，每以其语呼之，余辄赪发于面。越岁，塾师为余讲解，省句读。或遇事偶触，曰“是所读之某句也”；顾师训作文而不及日用，心窃疑之。久之，于所读书心指曰“是某事也，是某事也”，而师之训终弗及，益疑之。数年未敢质于师。十余岁，始泛涉汉、宋诸儒心性体用之说，乃怳然曰：“圣贤立言，原切日用。后世经师所授者，只作文法也。”从兄玉为自闽归，喜与余讲论，余始学为诗。兄试则冠军，即岁举[第1b页][第240页]于乡，公车北上；余终夜奋思，辄汗浃于背。是时，大人客游，年逾六十矣，呼余随侍，日与姊夫钱春渠俱。春渠以经济客诸侯，尤深于诗。闲即与余共论，或及当世事，至午夜不寝。不数年，先母见背，大人年益高，眷恋庭闱，百念都废。而今风木之悲，三年一瞬，亲丧行外除矣。应人接物，处处窒碍。每忆童时语，复赧发于面，而吾亲不可复对矣。余固甫中年，而天属之亲骨肉重泉，空余涕泪。姊若妹逝者二，室人亦不永年，兄玉为客死京邸，近春渠入赣榆令幕，复以丧归矣。余所欲树立者，力不逮矣。若人世之富与贵，吾欲奉之谁乎？与吾共者谁乎？生也[第 2a 页]有涯，为子若孙计者亦奚以为？则此子敬人琴之叹、山阳邻笛之感，皆余出世之符也。然而非以鸣高也，顾亦审其机矣。草莽之见，闭门之车；庙堂之谋，出门之辙也。以余之固陋，不足周旋于乡里，其足应当世之务乎？其出而摧挫也，固宜；摧挫之，其刚而折也，幸矣。其或持之不坚，而化为绕指，不几失吾孩提之心乎？醉者，所以全吾天也；闲者，所以葆吾真也，是余之药石也。书之揭之，欲其不忘也。爱我者施之针砭，起我膏肓，是即余之疾也，亦不敢为医者讳，终大书而揭之，并为之记。[第 2b 页][第 241 页]

则杰按：此记又载王相《无止境存稿》卷十(《清代诗文集汇编》第 563 册，第 393—394 页)，标题作《白醉闲窗自记》，其他文字亦略有出入。

二、卓笔峰“白醉闲窗序”(第 241—242 页)

丙戌[道光六年，1826]冬月，吾友王君惜庵，构消寒小斋，邀同人作“九九诗会”。余以颓唐不为世知，杜门久矣。君独驰简相招于数十里外，至再，余不觉兴勃发，策蹇赴之。入其室，蔼若春台；视所书额，曰“白醉闲窗”。客指而笑曰：“主人欺余哉！吾见其朝铸史而夕研经，挥洒绢素，屏营花竹，终日矻矻，绝少闲时；且饮兴不豪，动以疾谢，客至不过三爵，又安云醉？”予曰：“不，不。夫醉不在于衔杯，而闲不在于憩日也。主人虽取高太素‘映檐白醉’之语，盖深得醉中之情与闲中之趣者。若夫晴窗咽日，脏腑生华；静室倾阳，[第 3a

页]肝肠自暖，此乃醉中之和畅也。迨夫白堕重檐，百朋俱润；红蒸双颊，四座回春，此乃醉中之英华也。或读书得闲，即侧弁以长哦；阅史不平，每扼腕而太息，此乃醉中之号呶也。当其凝神纂组，坐隐空斋；极意推敲，走入醋瓮，此乃醉中之麻茶也。有时擘窠书字，竟以头濡；泼墨成图，乃用脚蹋，此又醉中之幡幡迁迁也。凡此皆《国风》所谓'中心如醉'，而《雕龙》所谓'入兴贵闲'者也。《列子》云：'善治内者，物未必辞，而性交逸。'旨哉！言乎。开物成务，天下之至烦也，而庄生乃曰'大知闲闲'；沾手涂足，天下之至劳也，而诗人乃曰'桑者闲闲'。苟非然者，惰其四肢，偃然[第3b页][第241页]一室，石居麇处，君子何取焉？若惜庵者，惜阴则减寸为分；其勤也，将以希夫上圣负暄而推己及人；其诚也，可以献之吾君矣。"故为之序。[第4a页][第242页]

三、成俊"白醉闲窗赋"（第242页）

吾友惜庵王子，抱山林钟鼎之器，兼高明沉潜之长。成杜陵之小筑，追太素之遗芳。朝曦卯饮，夕曛滥觞。岂东坡之学佛，实次公之醒狂。盖其缥缃插架，可称白衣山人；丹篆吞胸，本是紫薇仙吏。谢东山之石隐，望系苍生；寇莱公之葵忧，寄情白醉。爰构西轩，适当南至。梦入华胥之国，瞢腾觉后三竿；律回幽谷之春，怀抱欣然一试。于是摛掞天之才，奋生花之笔。镂月裁云，吟梅诵橘。雪点红炉，香生曲室。其乐陶陶，德音秩秩。醉翁之意不在酒，百年觞三万六千；先生之业可谓勤，一月得四十五[第5a页]日。矧复书法黄庭，碑工碧落。三余肆志，尤传草圣之颠；八斗论才，足解诗仙之缚。客饮公瑾之醇，人谢杜康之虐。花鸟列于几筵，云烟供其杯杓。有酒酾我，时复中之；如诗不成，何以为乐？乃邀旧雨，重整诗盟。八砖刻晷，七步催成。垒期五字之坚，全凭意匠；笔佐千军之气，共斗心兵。图继北风，画境不嫌冰冷；春生南国，诗才要比梅清。云水客来，不啻西园雅集；扶桑日出，何殊东海蓬瀛？[第5b页][第242页]

四、陆从星"白醉闲窗赋"(第 243 页)

宇宙间,难索解人,漫言酒国;名教中,自有乐地,何必醉乡。独醒者,徒自苦耳;天全者,复奚所望。身列寰中,形骸莫放;神游象外,意趣自长。守株何须兔在,得意大可言忘。陶令赏音,悬绿绮而宫商莫谱;屠门大嚼,占朵颐而齿颊流芳。惜庵者,擅郑虔三绝之才,抱郝隆五经之笥。龙腾虎卧,书参换鹅之工;霞蔚云蒸,笔有生花之瑞。使人之意也消,饮君之醇皆醉。同气相求,群贤毕至。盖用之则杜陵之厦,庇以千间;藏之则彭泽之居,膝容一室。爰拓南轩,以迎冬日。春生客座,居然花气融融;香浥襟[第 6a 页]怀,恍展瓮头苾苾。烟霞供其笑傲,原多弦外之音;天地之无尽藏,不是壶中之术。矧君乐天知命,能藏干镆之锋;因地随时,小试经纶之略。诗书借以沉酣,志量原甘淡泊。应人接物,动窥忙里能闲;治剧理繁,实于简中得约。佳日岂任悠悠,大谋何妨落落?今也,因"九九消寒"之会,远招心侣;闲三三锄梅之径,重结词盟。树赤帜于坚垒,邀白战以短兵。《题襟》之集编成,君当继汉上之侣;作赋之年已度,余惭非入洛之英。嗜古参众妙之门,有为者亦若是;关心在千秋之业,有志者事竟成。[第 6b 页][第 242 页]

五、王相"长至日消寒第一会小启"及"会约"(第 243—244 页)

草堂西偏为隩室,曰"白醉闲窗",适于长至日落成。室四壁以御寒飙,拓六牖而迎朝旭。一椽初就,四序将周。当天时人事之相催,怅秋月春花之屡负。急整词坛之律,壁垒重新;思收岁计之功,桑榆非晚。爰于是日,举"消寒"第一会。红炉绿酒,天边雪意成无?活色生香,窗外梅痕开未?野人之负暄而乐,献也何从;诸君之着手成春,袖之可惜。用疏短引,遍简同人;各具胜情,均摅雅抱。欲其渐入佳境,思发于九九图前;亦足畅叙幽情,神溯夫三[第 1a 页]三径外。

《会约》附正

一[一] 一“九”一会，即以交“九”之日为定期。同人有兴，欲添设一会者，亦听便，如月之有闰可也。

一[二] 同人轮转邀集，各随兴致，毋拘次第，似觉活泼。前三日或诗或文，传送一邀；不烦折简，以避俗例。

一[三] 会日芳尊苦茗，山肴野簌，取朴去华，以存文人本色。

一[四] 辰刻聚集，酌题分卷。早餐后有要事者，不妨分应；晚酌毕，灯下补成，艺全方散。[第1b页][第243页]

一[五] 六艺外，不及余事。外扰之来，概宜谢绝；不获辞则入别室，毋败人意。

一[六] 会友文字外，或工书或善画，皆可订入；会时正课毕，别留妙翰，以志雪鸿，添助雅兴实多。

一[七] 远道不能至者，可附鳞羽；期于九日之内，尊作寄到，则下课之题并前课诸友之作，坛主人录寄。[第2a页][第244页]

则杰按：本次会启见于卷一，此后各次从略。

六、卓笔峰“后序(集《文心雕龙》)”(第269页)

仰观吐曜，臭味晞阳；苑囿文情，篇章户牖。况清风与明月同夜，奔星与宛虹入轩。实群言之奥区，而文章之宅宇也。夫设情有宅，属思无方。仲宣溢才，而析辞尚简；王朗节省，而吐纳自深。惊绝乎妙心，才为盟主；发端之首唱，蔚为辞宗。枝附影从，事不孤立；树杂云合，辞忌失朋。是以四牡异力，两字连形。支体必双，服乘不只。暇豫文会，揄扬风流。秘响旁通，焜燿似缛锦之肆；同声相应，岳湛曜联璧之华。方是时也，雪霰无垠，有逾画工之妙；金[第1a页]玉殊质，并归雕文之区。蓄隐而意愉，观倚而心跃。盖阳气萌而玄驹步，木体实而花萼振。动植皆文，物色相召。选言于宏富之路，锐思于神机之区。余味曲包，若远山之浮烟霭；伏采潜发，譬卉木之曜英华。镂心鸟迹之中，窥情风景之上。夫文变无方，辞动有配。则舒怀而命笔，并思合而自逢。莫不渊岳其心，梗楠其质。声似竽籁，和若球锽。观澜以知源，殊声而合响。理欲吹霜喷露，深浅而各奇；譬诸裁云制霞，抑扬以发藻。斯又小制之区畛，亦心声之献酬也。且夫思有利钝，气有刚柔。瑰颖独标，拙辞难隐。必兼解以俱适，凭情以会通。是以将阅文情，[第1b页]鲜无瑕病。献可替否，共相弥纶；沥词镌思，各照隅隙。裁文贵于顺序，改章难于造篇。陆贾叩其端，各入讨论之域；敬礼请润色，必归艳逸之华。若择言于泾渭之流，每驰心于玄默之表。则顾盼可以驱辞力，盖纤瑕不能玷瑾瑜也。详观近代之论文多矣，多贱同而思古；四序之动物深矣，则披文而见时。气以贯志，高论鸿裁；序以建言，辞翰鳞萃。譬乘舟之振楫，集雕篆之轶材。攀响前声，未变古式。各含殊采，并总群芳。若夫绝笔断章，以意新得巧；至于割情析采，而虑动难圆。识在瓶管，固中人之常资；艳溢锱毫，乃小子之垂梦欤。[第2a页][第269页]

04－040　百八唱和集

马国翰

一卷。马国翰辑，《山东文献集成》第三辑第44册，影印光绪十五年己丑(1889)绣江李氏刻本。

一、马国翰“百八唱和集序”(第528页)

长律昉自唐人，元、白《长庆集》多有之。后之作者，或百韵或二百韵。我朝诸公，尤极其盛，然未有用全韵者。全韵之作，创自李君戟门，而翰与焉。丁亥[道光七年，1827]夏夜，同宿济南客邸，挑灯小饮，偶话昌黎《城南联句》诗好用险韵而妥帖排奡，怦怦然技痒于心，思效为之。因检案头韵书，得上声“二十九豏”，遂同赋《夜酌》诗，终韵而止。他日又偶见壁间藤带一具，翻得去声“十卦”，联吟亦终韵。当其时，搴新探秘，恢诡离奇，自谓蚕丛力辟，不必前人已有此也。[第1a页]后戟门出宰新昌，余亦株守敷城，燕秦分壤，案牍劳形，虽公余之隙吟咏不辍，而无复赓酬之豪兴矣。甲午[道光十四年，1834]冬，戟门自新昌寄余书云：“秋窗偶暇，闻搅林风雨声，忆潘大临寄谢无逸句，因以为题，用‘豪’韵作试帖一章。因此韵较难，选字更作，竟亦成篇。又迭进之，遂终全韵。如登山者，层岚翳荟，怪石孱颜，几谓无径可寻；逮身历其间，则细路侵云，曲蟠线引，遂以通屐群峰而振衣绝顶。虽雕虫小技，颇亦快意耳。”玩味书语，其一时拈髭之苦、得句之乐，有非个中人不能知者。顾新稿秘不即示，先以[第1b页]原押之字按次排列，俾依和之，盖欲于千里之外观志之同昔否也。数夕经营，和成邮递。阅月，得报书，始以原唱见寄，清丽超旷，弹丸脱手，过余作远甚，而遣词命意及押韵字略同，此可见吾两人性情之合大抵不远也。诗凡十三首，有起句入韵者四首，共得韵一百八字，因以《百八唱和》颜之。复取前《夜酌》《藤带》二诗，及戟门旧作“咸”字全韵一首，余旧作“江”字、“咸”字全韵二首，并附于后，合为一帙存之。夫昔人往矣，来者为谁？天地悠悠，吾曹自在。信心手之所适，借金石以娱戏。嗜新爱僻，任不知[第 2a 页]己者诟厉，弗恤也。马国翰竹吾甫。[第 2b 页][第 528 页]

则杰按：此序又载马国翰《玉函山房文集》卷三（《清代诗文集汇编》第 586 册，第 140—141 页）；除删去末尾署款之外，其他文字相同（另同册所收《百八唱和集》，卷首此序见第 456 页）。

04－041　南园秋社诗

徐元润

一卷。徐元润辑，《南园雅集》本，凤凰出版社 2016 年 6 月第 1 版。

一、陆麟书“南园秋社诗序”（第 3 页）

吾州南园，太原王氏别业，梅村祭酒所为赋《琵琶行》也。当时觞咏之盛，见竹娱先生所编《南园风雅》中。数十年来，浸以颓废，里中人亦莫有护惜之者，或则裂为羽士之舍。余去乡早，莫测其所由，然惟每一归则芜圮滋甚。最后癸巳[道光十三年，1833]过之，丛烟蔓梗，行迹几断。去岁钱方伯伯瑜、家大令子范自浙寄资，任徐大令秋士以葺治，二三君子复从而助之。今兹蒇事，盖陂池亭榭不必尽复旧观，而竹石卉植之胜，焕于目焉。于是沈先生沧洲、盛先生兰雪及秋士相与作消暑之会于此，幽赏既惬，吟咏继之；更唱迭和，积成卷帙，命曰《南园秋社诗》。而秋士寄示余扬州，余读之，惘然不自知欣慨之交集也。夫南园，当邑殷盛时，固乡先贤讲道德、亲风雅地也。胡然而废，废而莫之惜，惜而又裂为羽士之舍，盖必有其说矣。今诸君子以仕宦之身惓惓乡井钓游之地，又时和年丰，土居者得出力以助，而三君因以觞咏于其中，读其诗皆翛然自得，足以瀹性灵而导来者。则一园废兴，而人心之厚薄、物力之丰歉、士大夫学术之纯疵，将于是乎在。夫邑之中，物力丰而人心厚，士大夫去疵即纯，以振乡先贤讲道德、亲风雅之余绪，此虽殊疆异域之人闻之想慕，愿置身其间而自憾其不获，而况生同里闬、四十年漂泊羁人，能勿为之掩卷而思、引领而跂也乎？爰书此以志余感；如曰“序”也，则吾岂敢？

时道光丁酉岁[十七年,1837]七月二十七日,子愉陆麟书书。[第3页]

则杰按:此本上一页有原刻底本此序"书影",可据以校勘。

二、王宝仁"南园秋社诗跋"(第63页)

秋士徐君自城固寄示《南园秋社诗》一卷,盖道光丙申[十六年,1836]奉讳家居,与沈沧洲、盛兰雪两丈倡和之作;在南园者居多,故以是名。今两丈俱归道山,为之序者陆君子愉亦已殂谢。秋士取而梓之,必有感于耆旧之云亡、良朋之遽逝。余读之,亦有感于秋士之所感,又有视秋士为感之深者。南园乃先文肃别墅,向为名流觞咏之所。乾隆间,族祖竹娱卜居于此,尝集《风雅》一编,以志其胜。近则渐就荒芜,而文肃手植之"鹤梅"、华亭尚书之"话雨"遗墨、先司农麓台之画壁,至今尚在。余昔与友人过此,欲为补葺而力有不逮。秋士家居时,钱方伯伯瑜、陆大令子范寄资佐葺,遂得招携故侣,徜徉歌啸其中。夫以先人钓游之地,子孙弗能自理,而徒借诸君子留心旧迹、从事修除,得不恧然滋愧乎?此则余之所感视秋士而深者也。虽然,平泉花木,不久无存。即吾州之弇山、学山,名著海内,皆已化为乌有。以南园区区之隘,历今三百余年来,尚有如诸君子之乐事于此,使之无废后观;余小子又适当其会,获诵高歌雅什而追维先泽于勿谖,则亦何必非厚幸哉?因盥手而为之跋。道光庚子[二十年,1840]仲秋,同里王宝仁书于六安学舍之十二竹斋。[第63页]

则杰按:此跋又载王宝仁《旧香居文稿》卷十(道光二十一年辛丑[1841]六安学舍刻本,第33a—b页);除删去末尾署款之外,其他文字亦颇多出入。

【附录一】徐元润《徐秋士先生自订年谱》道光"十七年丁酉[1837]五十一岁"条(《北京图书馆藏珍本年谱丛刊》第139册,第355页)

钱伯瑜、陆子范寄资属余修葺南园,落成。时盛子履、沈沧洲两先生俱在籍,有《南园秋社诗》一卷。

【附录二】王宝仁《王宝仁自述行年纪略》道光“二十年庚子[1840]五十二岁”条(《北京图书馆藏珍本年谱丛刊》第143册,第377页)

秋士自城固寄示丙申[道光十六年,1836]《南园秋社诗》,盖其时南园初加葺治,秋士奉讳家居,与沈沧洲、盛兰簃(大士)倡和之作也,为之跋。

则杰按:此处“丙申”,实际应当是“丁酉”(道光十七年,1837)。

【附录三】杨钟羲《雪桥诗话余集》卷七(北京古籍出版社1992年1月第1版,第451页)

太仓南园,为明王文肃别业,吴骏公所为赋《琵琶行》也,向为名流觞咏之所。乾隆间,族裔竹娱卜居于此,尝集《南园风雅》一编。绣雪堂有董华亭“话雨”题壁,及陈眉公诸人倡和诗。廊壁“墨池”二字,为米海岳书,系弇山园旧物。道光丙申[十六年,1836],徐秋士葺而新之,与沈沧洲、盛兰雪倡和其中,有《南园秋社诗》一卷,兰雪为画《南园图》。多蓄古镜,作《铜仙传》一卷,嗣孙元[敦]穆并刻入《蜕学翁遗集》中。

则杰按:此处所说徐元润等人“倡和”,也已经是道光十七年“丁酉”(1837)之事。

04－042　城西草堂诗史

程嵩龄

不分卷。程嵩龄辑，《近代中国史料丛刊续编》（第三十一辑）第310册，台湾文海出版社1976年6月出版，影印民国石印本。

一、佚名“城西别业记”（第1—3页）

古人所以有别业者，大都以居室为烦，而别业较静。因其别营于外，故曰“别”也。菟裘而后，不可胜纪。若谢傅之东山、裴相之午桥，其最著矣；而皆不若右丞之辋川，照耀千古，令人歌咏不衰。盖右丞本诗人，而辋川之幽，尤在墟里苍翠间，不同于山墅之丝竹、绿野之车马，有得于荒僻之趣者多也。海陵无名山大川之奇。旧时一二园亭，如俞氏之渔壮园、缪氏之清响园，瞬皆荒废，罕有存者；只宫氏之春雨草堂，其基址在今之小西湖，而又湮芜不可复识矣。百余年来，倾圮者多，创建者少，固其地运使然，其亦曩之经营[第1页][第1页]土木者，不免失之侈欤？窃尝谓人生逆旅，百年过客；游观之所，不必模山范水，云谲波诡，峻其宇而雕其墙也。惟当前寂寞之区，苟有茂林修竹映带其间，无在不可以流连；诚有其地，茅屋数椽可矣。盖有愈朴愈真，愈阔愈妙者，又奚取繁缛为也？然而窘于境者，有其胸襟，而难以卜其成；丰于资者，拓其规模，而不肯为其简，故二者交失之。城中西南沈庄数顷地，犁雨耕烟，翳然尘外，小桥流水，人迹罕至；临溪竹树蒙密，俨然桑麻之村，三家五家，隔水望之，不啻桃源也。主人于是慎选其佃，去其向之惰者，徙勤苦者家于斯，俾之咸知力穑，先敦其本业。又以农隙之余功，遣其累土为小[第2页][第2页]阜；继又植棘为篱，杂莳花树于中——然无屋也。兹则毵毵其柳，灼灼其桃，一切梅桐榆槐皆蔚然而葱茏，乃始为屋五间，茅茨其风，陶匏其器，如斯而已。并为条约于壁，客至无仪文之繁，小酌只菜根之咬，凡以称乎其地也。予闻之，觉与素性最合。虽地之奇奥，未能如辋川之竹里、柳浪、茱萸沜、辛夷坞诸胜，而真率之味，殆将过之，谁谓此墩不可作华子冈哉？予与主人交最洽，故亦欣然乐为裴秀才也。主人嗜吟，予亦同癖，唱和之欢，可终老此乡也。主人者谁？同里尤氏振玉、柳村昆仲也。[第 3 页][第 3 页]

二、程嵩龄“城西草堂诗史序”(第 5—10 页)

城西草堂之建筑，盖始于清道光，至今百年耳。最盛时可考者，盖在道光二十年庚子[1840]后，宾朋宴集，诗酒倡酬。仅十数年，而粤事近矣，扬镇失陷，江南北之名士多集泰州，奈有其地、有其客而主人无心招待，实一大憾事也。荒废之由，曷胜浩叹！余自幼喜过其地，必流连至再。其时回廊之茶灶犹在也；屋后大竹，犹百尺干霄也；门外垂槐，犹龙爪盘拿也；堂前松屏，犹苍翠茂密也；四围绿树，一溪碧水，天然之图画，不减当年。爰于民国三年，甲寅[1914]夏四月，筑屋三楹，临近草堂之南，开窗北向，赏野趣也。落成后，书额纪事。为[第 5 页][第 5 页]爱树色葱茏，偶检叔祖小松公新繁署内题额“因树园”三字拓本，特于辛酉岁[民国十年，1921]镌而新之，借明志也；且地系小松公产，食德报本，后人所宜。其时中表尤望三、同学尤晋孙均在世，词章均有研究，惜惑于家事，不免对于先人经营之园林，无暇整理，此又一憾事也。中间仅海树先生砌圆门一座；望三补椐树四围，近已合抱可观矣；又将茅亭葺而新之，仍有时雇工拾屋编篱，期无再废。奈终有愿莫尝，而殁者旋踵。溯自余目睹所及，如海树先生，暨望三兄弟、伯符兄弟，及嗣宗、孝叔，皆该草堂之子孙，而不复见矣。草堂固有之诗书画册，晋孙售出不少。此册系辛巳[民国三十年，1941]七月二十六[第 6 页][第 6 页]日，侄婿尤木生宴客城西，邀余入座；是日携示其先人尤霖山先生诗集抄本，及借储邻旧藏

《草堂倡和诗》。余于陪客之余，展读未竟，当嘱借余一观霖山先生诗集。读后即还，当步集中《赏桂》二律韵，书赠木生，志当日之事实，并喜园林之可复旧也。迨十月十八我介第六虞日，木生又携《草堂倡和诗》来，供余览。余欣然手录一本，计八日竟事，仍还之；莫笑老眼昏花，聊愧世之借抄孤本书历久不归原主者。书既还后，胸襟一快，因更旁搜群集，补入各诗，荟聚成册，分年编次，并互考事迹，附于篇末，名曰《城西草堂诗史》，冀留他日征文考献资也。嗟乎！地运不兴，人事终拙；高堂大厦，朝而[第 7 页][第 7 页]装潢，暮而灰烬者，且不知凡几矣。遐想当日沈家园，早经地以姓传，断非无人经营者，或废于吴张陷城后，故载籍无所征；或其主不似春雨草堂之宫紫玄，且不如城西草堂之尤柳村，宜其名字不彰于后世。今读春雨草堂之别集，固依然在也。城西草堂之吟咏，虽未窥见原稿，幸遗留有抄本，藏之储邻。录后悉心辨之，盖出于南卿姑丈之手笔，故附和诗一章，辗转入于储氏者。倘非储代收藏，则其卜筑之精神，与夫宾朋会聚之兴趣，从何窥及？况由二十八年[1939]三月二日，城西驻兵。至七月二十六日，城墙渐拆。八月六日后，大役兴矣。乡之人靡不征工来，分砖去，人声潮涌，镵锸云集。[第 8 页][第 8 页]向所谓“古堞云帆”者，一变而为环城车路矣；向所谓“草堂课读”者，一变而为卫士荷枪矣。是时电灯电话，一改旧观；虽衡之当日，如严公枉驾草堂，杜工部诗所谓“竹里行厨洗玉盘，花边立马簇金鞍”者，不是过也。回首年半，行路之难，筹避飞机之设备，皆迫于不得不然。至二十九年[1940]九月十日后，方迁岳墩侧之僧舍，仍宫氏春雨故址也。斯时城西之景象，忽而一变。举前所盖草屋十数间，只留兵守；临近之耕童牧竖，却未敢越一步。方私幸园地获安，奈迁延一百十日，至十二月二十八，又驻杨眷属及其军人一排；此三十年[1941]二月二十夜间，所由接触开火，比天明而草堂全圮矣！俾余[第 9 页][第 9 页]不忍卒读开府之《小园赋》者，以花无长乐心也，然已饱尝虚惊矣。及今思之，能使余安心抄书，游观艺圃，想系园主人神魂默注，欣梅柳之回春，指帆樯之环树，致促成木生今秋之宴集也。《诗史》既成，草堂不朽；余忝属南邻，援浣花锦里先生例，本可附带传世，故不嫌叙事之冗且杂也。至尤氏初创草堂之经过，有《城西别业记》一篇在；虽不敢定谁氏作，应冠之首，当《诗史》之前叙读。时十二月冬至后一日，畯僧程嵩龄序于因树园之瞻楼。[第10页][第10页]

三、程大千"印后记"（第127—129页）

客岁春三月，家君七十寿辰，余归自沪上，捧觞为祝。暇读所为日记，中多抚时感事之什，当请整理付梓，因别以《城西草堂诗史》一册授余，且曰："此余民国三十年[1941]所编，中有尔先曾祖小芗公等唱和诗，可先以此付印，以传先人手泽，兼为乡土文献之助。且此草堂也者，自三十年[1941]毁于兵，至三十四年[1945]秋，抗战胜利，吾邑大军云集，炊爨所需，草堂四周及因树园竹木重遭砍伐，大好园林，除破屋三楹、老桂数株外，只丘壑依然耳。乡人且就其故址，辟畦种菜。回首前尘，何限沧桑之感！若无此册以传，则后之人或将不[第1页][第127页]知有所谓草堂者矣！"余谨受命，携之沪渎。为珍存家君手迹，乃托表弟徐忠诲君代抄副本，秋九月始成。时大陆板荡，中原鼎沸，余奉调旅次郑州，苦无铅印，遂以石印代梓。谋倩名家捉刀，一时难于物色；欲别雇抄胥，尤恐不足仰副家君之意，乃亲为誊录；虽书法粗拙，重以家君手编，其意义或有胜于他人之为之也。先是余携是册转沪时，家慈尚在堂，意者冬腊寿辰前，当能印就携归献寿。讵知昊天不吊，同年十月二十八日，家慈竟弃养而长逝。余以电讯迟滞，不获言归一诀，致成终天之恨，可胜痛哉！迨奔丧后返郑，绝世俗往还，乃得以其余闲，恭书付印，凡三阅月[第2页][第128页]蒇事。自惟谫陋无文，爰略志始末如上。中华民国三十六年[1947]三月十二日，江苏泰县程大千，时客郑州旅次，谨识。[第3页][第129页]

04-043　新春宴游唱和诗

张维屏

一卷。张维屏辑，谭赤子标点，张维屏《张南山全集》本，广东高等教育出版社 1994 年 12 月第 1 版。（见第 3 册）

一、张维屏"新春宴游唱和诗序"（第 548 页）

少壮之岁月安在哉？草草劳人，忽有老态；滔滔逝水，孰障狂澜？知我者谓我心忧，爱我者云何不乐。于是琼筵羽觞，召太白之烟景；青蛾皓齿，放少陵之楼船。况乎烽火虽经，夏屋无毁；海氛既息，春台可登。赏花岂待遨头，呼酒适逢婪尾（闻乡间诗会以"婪尾春"命题）。乐彼之园（庆春园、怡园），式歌且舞；沔彼流水（珠江），驾言出游。风中二十四信，开到鼠姑（牡丹咸开）；水上三十六鳞，招来鱼婢（渭[谓]花舫众花）。鱼龙曼衍，依然富庶规模（城内、城外皆出龙灯）；箫鼓喧阗，洵属升平景象。且往观夫，亦既觏止。今夫有张有弛，王道于此寓焉；斯咏斯陶，天机于此畅焉。"何不鼓瑟，且以喜乐"，"风"所以永日也；"神之听之，终和且平"，"雅"所以求友也。且饮食宴乐，见于《易象》；藏修息游，著于《礼经》。得朋有庆，既排日以宴游；矢诗不多，遂挥毫而倡和。意兴所至，何妨或速或迟；形迹胥忘，不问谁宾谁主。抛砖引玉，贱子请作前驱；连臂张弓（昔人谓作七律如挽强弓），诸君同为后劲。存诸此日，窃比康衢击壤之声；传之他时，或助里社衔杯之兴。道光丙午[二十六年，1846]春社前一日，珠海老渔张维屏。[第 548 页]

04－044　蜀道联辔集

王者政

一卷，附《蜀道停绣草》一卷。王者政辑，《山东文献集成》第四辑第34册，影印道光刻本。

此集编者，据下录王者政序文酌定。

一、周乐"叙"（第117—118页）

尝谓风雅一道，声应气求，具有夙缘。观于韩、孟，愿为云龙之随，则知杜工部"文章有神交有道"之语，为非虚矣。第诗人当仕宦时，劳心簿书，吟哦每难得佳作；而偶一鞅掌风尘、游历山川，或悬车归里，即往往名篇佳什，层见叠出。又或孤坐一室，拈髭搜句，吟兴不动，数日竟不能成一字；而偶有吟侣偕游，相与酬唱，遂风发泉涌，机不可遏。此其故，不可解；即问诸作诗之人，亦不能自解也。余老居湖干，癖嗜苦吟，鲜过问者。己酉［道光二十九年，1849］秋，忽有宦蜀［第1a页］文登王春舫太守归里过访，云曾闻淄川王雪峤明府诵余诗句，神交已久。谈次，出《蜀道吟》一编，属余论定。诗不甚多，而即景抒怀，不事雕镂，逸气横出。旋又闻其德配箴史陈恭人为奉天进士、绥定太守问山先生女公子，以诗礼家传，亦有《蜀道停绣草》。索阅之，诗尤少于春舫；其眺赏幽邃，凭吊古今，闲雅雄迈，绝不类巾帼人语。伉俪如斯，何殊后汉秦嘉、徐淑夫妇？余既各题一诗归之，而犹以未见雪峤诗为憾。既而雪峤亦寄其蜀道吟卷来，属春舫示余。余亟读之，词气深稳，音调谐鬯。虽与［第1b页］［第117页］春舫面目不同，而其原本性情，言之有物，则固若合符契也。噫！元、白唱和，非必尽在客途；陶令归来，未免独行踽踽。今雪峤、春舫同为东人，同宦西川，同时解绶旋里，又同路联辔歌咏，此殆天使两诗人珠联璧合，引商刻羽，以壮蚕丛之观，而增宦游之色乎？合而梓之，借志鸿爪，固宜。至箴史恭人《停绣草》，春舫本不欲付刻；余谓两诗人旗鼓相当，足称吟坛健将，而娘子军自成一队，固不妨另为一卷殿后，以为艺林佳话云。道光庚戌[三十年，1850]孟春，济南周乐漫翁拜识。[第 2a 页][第 118 页]

二、王培荀"叙"（第 118—119 页）

蜀地山川奇矣，又多奇才，随处留遗迹，以待后人登临凭吊。故诗人入蜀，诗亦奇，非得所助而然乎？余素未学诗，道光乙未[十五年，1835]捧檄入蜀，触景偶吟，未有同志商订，亦不足存。己酉[道光二十九年，1849]归田，文登王春舫先生亦将归养，约同行。一路揽奇探胜，夜挑灯各写所为诗，交相赏，亦互相攻，每至快心辄抚掌大笑，仆圉为之惊骇。盖共舆马者两月，得诗若干。夫生同乡，官同地，此人生之大幸也。第宦辙分驰，或经岁不一见；见亦匆匆分袂，无暇论及风雅。今[第 1a 页]与先生同路扬镳，林峦供其啸傲，风雨荡其襟怀；云栈剑阁之险、太华黄河之胜，洞心骇目，无不助人逸兴。而俯仰古今，垒块填胸。两人于此啜清茗，浮大白，驱染烟云，相视而嘻，谓此乐不易得也。虽然，余质钝，有作不能自达其意。先生天才亮特，平日精于吏事，不屑与墨客争胜；及落笔，出人意表，天马之行空，非驽骀所能并驾，余故为之俯首至地也。然余有作，必待先生论定指示，诗功大为之进，则此行为不虚矣。余更有歉者，适有奉倩之戚，感不自禁；先生则携眷而行，箴史夫人鸣琴烛[第 1b 页][第 118 页]前，吹箫月下，偶与先生唱和，如鸾凤之相应。得读其诗，余又为之拜下风也。因思昔人入蜀，皆有集，独少联吟合刻；今汇为一编，箴史夫人诗亦附载焉，志一时之盛，固不必与前人较工拙尔。余由此老于农圃；春舫先生寄居明湖，济南名士多，将日相唱和，巨制佳什异日得睹为幸。而余笔墨荒芜，又寡朋友之琢磨，其自愧为何如矣。

己酉[道光二十九年,1849]冬,般阳王培荀雪峤氏书。[第 2a 页][第 119 页]

三、王者政"叙"(第 119 页)

余少以制义掇科名,继复劳形案牍;诗之一道,既未暇肄习,亦遂度外置之。己酉[道光二十九年,1849]秋,乞养东归,暂寓锦官客邸;淄川王雪峤明府时亦引退,因订偕行之约。雪峤本吾东宿儒,著作等身,而尤邃于诗;途次得山川之助,益事吟哦。余时挈眷而行,脂车秣马,未免关怀;兴之所至,亦偶握管,就雪峤正之。雪峤知无不言,言无不尽,不觉引人入胜,前后共得若干首。雪峤曰:"朋友居五伦之一;独至名场,多致隙末。吾二人以丙申岁[道光十六年,1836]定交,时相规勖,益[第 1a 页]见亲厚。十五年中,有如一日。今相率归田,复声歌互答,交相切磨,可谓始终不渝者矣。交谊若斯,行将判袂,不可无所留遗以示子孙;称诗喻志,其唯刻《蜀道联辔集》乎?"噫!雪峤老矣,此行曷可复得?不欲重违其意,爰按日程先后,编次付梓。然余于此道,偶尔学步,遽与耆学名宿参错其间,不特多寡相形,亦复工拙迥别,乃雪峤方引为同调,而余亦不讳鱼目之诮者,盖所刻者诗,而所以刻者不在诗也。不夜春舫王者政叙。[第 1b 页][第 119 页]

四、"题词"(第 120 页)

[一] 漫劳舆马过茅茨,新雨倾谈若故知。解绶文翁何太早?能诗高适不妨迟。蚕丛境邃攀寻遍,皋屣才宏唱和宜。自笑龙钟吟兴减,玩君佳句又拈髭。

春舫先生过访,以蜀道吟卷见示,赋题。二南弟周乐。

[二] 蜀道漫云如上天,归来五马乐陶然。风涛海涨三年梦,剑月关云一路仙。难得友朋伴歌啸,更偕琴瑟阅山川。邮程曾否频回首,去后文翁人颂贤。[其一][第 1a 页]

坐对镜湖秋水清，高车忽报到先生。开编如入山阴道，拍案恍游鱼复城。赤甲白盐留胜迹，佛山圣水话新盟。年来吟社凋零甚，重整骚坛最有情。［其二］

春舫太守自蜀归，以途中吟草见示，赋题。秋桥弟王德容。

［三］ 昨舣明湖访契友，无端锦云坠我手。云飞西自峨嵋来，倾河唾地惊天才。独怪弄墨何酣畅？雅是功深妙酝酿。忆我剪烛聚京华，每仰文章与古抗。逾年释褐果通名，燕蜀两地遂分向。那识三生夙愿深，重晤巴西慰离心。［第1b页］酒酣大叫说今古，骚坛未联风月吟。嘉陵六载一江水，揖别斗山只弹指。是后海云时偶通，情况传凭管城子。江郎笔花生未生，翘首锦官争拟似。前冬买鞭驰建南，雪花千里埋峰岚。叱驭直下九折坂，邛海泸山绕宁远。蜡梅风里春花香，支篙酣饮波中央。一时倡和竞名句，酒星诗史皆颠狂。怅别裘葛又三易，传稿居然称连璧。学富才高笔凌云，偶事揣摩已入格。墨花馥郁十指腾，造语真抵人千百。胸中丘壑别有天，后尘何妨步高适。洛诵浑愈我头风，君其仙人偶见谪。愧我诗窟得素癖，［第2a页］值此神工空踧踖。莫说文海人心倾，此编一出天下惊。

春舫四兄亲家《蜀道联辔集》题后。心樵弟慕曰镡。［第2b页］［第120页］

04－045　梅花诗社同吟集

杨庆云

不分卷。杨庆云辑，李雪梅、扬挺整理，《阳城历史名人文存》本，三晋出版社 2010 年 4 月第 1 版。（见第 7 册）

一、田九德“序”（第 577 页）

《梅花诗社同吟集》，咸丰戊午[八年，1858]邑令王公莲溪以政事之暇，步张船山《咏梅》原韵八首，一时邑中属而和之者数十人；公品第甲乙，题以今名，而釜山杨先生又就所见而辑录成册者。公两世宦吾阳，父子均祀贤侯祠，事具邑乘《名宦传》。是集向无刊本，亦为沚丈所藏，釜山即沚丈之曾伯祖也。作者多道、咸、同三朝人，为“樊南诗社”之尾声，此后则浸以式微矣。今年孟冬，因刊“樊诗”《附》《别》两集，叶寥寥不成卷，乃请于沚丈，以此册附之。丈以为可，并嘱补缀作者小传；意在存献，故兼及世系。王作旧在卷首，今退诸末，以别宾主。斗韵之什，固非诸先生所乐存，然足见当时人文之盛；录而传之，用鼓舞乡邦人士之从事吟咏者焉。岁在焉逢困敦[甲子，民国十三年，1924]，阳月，邑人田九德序于太原图书馆。[第 577 页]

二、田九德“跋”（第 613 页）

昔元遗山先生选《中州集》成，题诗其后曰：“百年遗稿天留在，抱向空山掩泪看。”盖感于故国之沦亡，又以叹孤调之独弹也。往岁吾邑同志倡刊“樊诗”《一集》，赖友人曹石芳毓兰经营惨淡，始得摹印千部；书未及成，而曹君物故。今校印此册，认购者寥寥。惟吴瀛仙、张紫绂两明府，各慨认百五十部。自余少数同志，又共得三百部。合之数才六百，此外则渺乎未有应者。呜呼！是亦可以以“掩泪看”矣，顾安得复有曹君其人耶？我同志其各珍视之哉！甲子[民国十三年，1924]嘉平月上浣校竟，玉汝识。

邑人卫家振孝兴、璩象咸星汉、乔鼎年象九、杨兰阶沚生、卫树模叶正、阎裕珍伯儒、田九德玉汝同校。[第613页]

04－046　西泠酬倡集

江顺诒

初集五卷；二集五卷；三集五卷，存二卷。江顺诒辑，光绪刻本。（浙江图书馆藏）

关于此集编者的认定，据任聪颖《中国文学识小录·近代编·"西泠吟社"考》第二部分《有关社集的编辑者与体例问题》相关论述（山西经济出版社2018年3月第1版，第111—114页）。

一、方鼎锐序（第1a—2b页）

西泠酬倡，先后多人，有梁溪澹如先生为之提倡，主持坛坫，故能裒然成集，蔚为大观。嗟嗟！殁者多黄垆之感，存者有素食之悲。经济、文章，两皆可见。诸君子[第1a页]岂愿以是传哉？太史公曰："《诗》三百篇，大抵圣贤发愤之所为也。"诸君子抱瑰奇俶傥之才，穷愁抑塞，托此自遣。然啸歌赠答中，各具应世济民之隐愿。顾不能独行[第1b页]其志，良可慨夫。仆昔承乏瓯括，宾僚中颇有能咏吟者，暇时相与倡和，曾有《且园赓倡集》之刻。迨量移省会，得读斯集，不数年间，作者盖仅存其半，又多奉檄[第2a页]四方，风流顿歇。虽率长材短驭，而襟期大雅，勉为循良，他日颂声之作，当必有讴歌不置者，诸君子岂徒借是以传哉？光绪己卯[五年，1879]三月，仪征方鼎锐序。[第2b页]

【附录一】王韬《淞滨琐话》卷六"水仙子"条（重庆出版社2005年5月第2版，第142页）

江君秋珊，名顺诒，字子穀，安徽旌德县人。由明经出为浙江知县，需次杭垣，以名士而为循吏，一时声名藉甚；上游俱器重之，侧席咨诹，待若上宾。旋同宦浙西诸君子举行“西泠酬倡集”，请君为之执骚坛牛耳。

04－047　雪鸿吟社诗钟

袁保龄

二卷。袁保龄辑，见袁保龄《阁学公集》，宣统三年辛亥(1911)清芬阁排印《项城袁氏家集》本。(浙江图书馆藏)

一、袁保龄序(第1a—b页)

辛未[同治十年，1871]冬，与同郡萧子仁庵、光州黄子香谷晨夕过从，谓："枝官无事，曷寻乐为？"爰招李宪之、张致夫、徐小亭、邬小山诸太史，吕喧樵吏部，吴毓甫户部，高守吾舍人，吴幼岑、周子兰两邑令，立诗钟会。效前人"织锦体"，每次作七言一联。限两字，有定所。仿击钵刻烛之例，以线系香寸许，赘一钱于线，置铜钲其下；香燃线断，钱落钲上，声锵然而限毕，虽有佳卷不录矣。盖无钟，乃以此代也。期每十日一集敝庐。社中皆吾豫人。虽校录甚严，而情话欢洽。时乃辩论蜂起，终无畦畛。当其苦吟，攒眉缩背，不知所争何事。旁观或拊掌大笑，谓"何处集如许痴客"，亦终不顾也。子兰为保龄姊婿，尤好吟咏，作七古纪其事；同社和之，将以张我豫军。[第1a页]龄不能诗而好弄，喜诸君子之不弃也，爰为记其颠末。同治壬申[十一年，1872]人日，袁保龄识于"雪鸿吟社"。[第1b页]

二、袁世传跋(第38a页)

先考诗稿散佚，多无存者。即此十数什，亦仅于故纸堆中得之。如先伯诗稿中有和先考《壬申[同治十一年，1872]春暮书怀》之作，遍寻原作，竟不可得。今于书簏中检先考旧日诗钟原本，惜当日未分注作者姓名，无从辨识，因汇录之，想见先考辈当日觞咏风流之盛云。男世传敬识。［第 38a 页］

04－048　南苑唱和诗

潘祖荫

一卷。潘祖荫辑，同治十三年甲戌(1874)吴县潘氏京师刻《滂喜斋丛书》(第二函)本。(浙江大学图书馆藏)

一、潘祖荫序(第 1a 页)

同治十三年甲戌[1874]秋八月二十七日，扈跸南苑，往返十日。无事，相与唱酬为乐，得诗六十余首。因录而存之，以志朋盍之盛。时同行者，黄孝侯少寇钰、徐颂阁庶子郙、孙子授侍读贻经、欧阳用甫赞善保极也。九月六日，吴县潘祖荫识。[第 1a 页]

04－049　齐燕联唱

李贻隽

二十四卷。李贻隽辑，《山东文献集成》第三辑第45册，影印稿本。

一、李贻隽题记（第3页）

是编为初稿，尚未细加厘正，疵颣尚多，字之讹舛处亦复不少。同好诸先生阅是编者，尚希严加删削，正其讹谬，以匡不逮，是为至幸。伟卿漫识。[第3页]

则杰按：李贻隽字肖朋，一字伟卿，号味琴。

二、“齐燕联唱题词”“题齐燕联唱诗册，并简李伟卿”（第4—8页）

［一］　奚烦臭味说苔岑，诗淡酒浓共酌斟。花样万千风雅颂，云容顷刻去来今。敢云斯世逢青眼，难得吾人尽素心。附骥三生真有幸，龙门翘望一长吟。

表兄赵维畬稿。

［二］　伟卿今李白，豪兴冠吾曹。齐燕联吟社，洒翰无虚朝。吟稿积尺许，诗筒如梭抛。光怪纷陆离，纸上起风涛。淡浓不一致，雄奇还清超。嗟人为形役，终日徒劳劳。坐使性灵梏，鲜能识风骚。缅想味琴子，淡雅远追陶。结庐尘境里，唱酬避[第4页]烦嚣。吟朋花下聚，乐此昕与宵。推敲吾何有，披读如饮醪。三复心益醉，楼登百尺高。

表舅潘锡珍。

［三］ 我诗岂是西昆与玉台，尔诗未必长吉之鬼、太白之仙才。狂来不觉相倾倒，同心何必句同胎。诸公下笔如有神，我诗必欲彼美为销魂。分张旗鼓殊可笑，不知千秋谁是真传人。此也肆而雄，直上阊阖排天风。有汉三十六宫柳烟重，忽地金丸跳出扶桑红。彼也险而陡，五丁力具开山手。太华三峰削不成，玉关千里鞭之走。有时豪宕而风华，模糊我醉美人家。美人艳曲吹红蕊，客子高唱拨铜琶。有时[第5页]慷慨更激烈，赤壁之箫武溪笛。碧草埋残汉塞秋，青山愁煞秦时月。其他众家之美各擅长，珍珠船里百宝光。开卷不知谁好丑，但见少陵摩诘香山玉川同聚首。一编坐对无绍介，一回读之心一快。只恐鬼泣鬼舞三千场，狰狞凌厉起光怪。［其一］

一双钤尾猩唇红，邃古庐主味琴翁。仙笔生花囊制锦，合为一手开鸿濛。联唱快读齐燕卷，不落窠臼开生面。苍凉脆竹兼柔丝，旖旎娇莺合乳燕。昔共春风今索居，报章愧我非琼琚。殷勤更问谪仙语，未了应续牙签书。［其二］

分得吾家藜杖火，囊开古锦对青莲。卷中光怪连宵起，一[第6页]万鸡声月堕天。［其三］

同砚表兄刘羲龄拜题。

［四］ 联吟牛耳执吟坛，八斗才华压建安。一代风骚归简册，九州烟雨助悲欢。莫嫌脱俗狂难束，未许催诗令放宽。潇洒襟期辞绝妙，开编秀色许分餐。［其一］

结契词场乐若何？光阴深悔我蹉跎。群惊风雨毫端快，共讶云烟眼底过。妙语东方天下少，豪情北海座中多。无须更羡登瀛客，已抵霓裳咏大罗。［其二］

齐燕社辟李青莲，磊落清才是谪仙。艳绝笔端垂比露，澜翻舌底涌如泉。工诗妙悟超三昧，对酒狂歌富百篇。旗鼓[第7页]诸君皆劲敌，惭予螳臂敢争先？［其三］

妙手空空有白描，古今天地入诗瓢。挥毫尽许千军扫，落笔无难五岳摇。佳句鑪鎚光愈艳，仙才烟火气全消。简端题罢增予恧，

聊附鸿章学续貂。[其四]

同砚世弟崔廷选拜题。[第 8 页]

【附录一】民国《利津县续志》卷七《列传·儒行列传第三》盖重熙传

(《中国地方志集成》山东府县志辑第 24 册,第 598 页)

盖重熙……光绪丁未[三十三年,1907]考取岁贡生,部选县丞。然病士习日伪,视科名淡如也。……因不复言仕进,讲学自娱。与盐山叔逸先生及邑李润民、李伟卿诸吟朋,倡"齐燕联唱"诗社,托名教风雅于吟咏。燕赵齐鲁知名士闻风兴起,砻淬砥砺,士气大振。

则杰按:此前第二人为李贻隽传(见同页),较为简略,未及"齐燕联唱"。

04－050　支社诗拾

周长庚等

一卷。周长庚、林纾辑,《清末民国旧体诗词结社文献汇编》第1册,影印民国二十五年(1936)排印《墨巢丛刻》本。

一、周长庚“支社诗拾序”(第215—218页)

忆畴曩之暇,乐究史编。领繁于诠评,寻绪于头讫。而神用既绌,博记弗强。往往师丹善忘,华峤苦赜。虽案头班马,暂对酒以呼来;而笔底丹黄,辄掩卷而飞去。罗胸文字,如转轮回;入手缣缃,都成刍狗。遂遍咨同志,祈锡良方。适李大畲曾,偕其仲次玉,时亦读史,过余谋曰:“昔人鸣鹿依声,探骊怀古。吾才不逮,此例可援。果使撷要以命题,借珠而记事,或者因提绵纪,括太古以镂心;造化小儿,悔当初之钝我。”于是,其昆季扫席半榻,闭香满帘。邀白社之胜流,作南皮之雅集。乃刻银烛,割剡藤。号召[第1a页][第215页]汉唐,鞭笞志乘。残灰黑劫,扫蜗角而皆空;古血铜花,问狼牙其安在?直觉南天金粉,醉入行间;两戒河山,飞来纸上。而余独避人三舍,如拘魁父之丘;藏甲一丝,思遁修罗之孔。同辈之稿每脱,鲰生之舌辄挢。初唱兰陵,多集其舍。林大琴南,起为要束,曰:“七律一道,结响维艰。倘使浮英不刊,媚粉自傅,则扪来败籥,难登太室之庭;撞破哑钟,不入钧天之座。又况华离前载,斟酌谟觞。独不思满纸酸声,天胡此醉;一支秃管,鬼解笑人。而顾吹律失胸,负声无力。将欲悬镜黄灵之馆,歃牲古梦之场,得乎?”虽然,傲步坟素,日缔古欢;触绪烟霞,亦饶天趣。每当[第1b页][第216页]深杯笑倒,独月西流;叫石籁以高飞,扶花魂而齐起;莫不兴随风发,神与天行。分题和靖之梅，高咏支公之鹤。凉釭写叶，蛩语围纱；寸楮摘秋，雁声坠几。此则满庐风雨，起孤籁于毫尖；何殊一卷沧桑，探六朝于囊底。咏史而外，所以不废体物诸作也。铜钵一声，网轩三面。年或数集，集或数人。敲铿以取洪，吹吻以速藻。互第甲乙，高唱堂皇。引觥相酬，笼烛始散。余与琴南，与集最多。然而破砚短檠，不医食指；鞭丝轮铁，思走中原。向平之婚嫁累人，孙楚之风尘锐趾。鸥边梦浅，马首天长。明岁之春，同人或供职郎曹，或绾绶外秩。拂衣入洛，重缁日下之[第 2a 页][第 217 页]尘；飞梦过江，学画左司之戟。一官来绊，七字遂抛。回首爪痕，难忘心血。因以重搜梵夹，谋授梓人。而箧衍巾箱，散佚大半，所得仅若干首。颜曰《福州支社诗拾》，志韵事、永款悰也。他日兰台史笔，愿诸君非文苑中人；此间秦望吟坛，且裒稿付手民以去。侯官周长庚。[第 2b 页][第 218 页]

二、林纾“支社诗拾序”（第 219—220 页）

纾幼时学为短章，多萧寥悲凉之音，响发而辄断，声飏而不还，古人所谓文家之吃也。储稿径寸，愤而烬之，遂不更作。洎壬午[光绪八年，1882]，始友李畬曾、次玉兄弟；观其咏史诸诗，于孝烈忠果之士，抗声凄吟，积泪满纸，心悦其同趣。时周辛仲广文亦未就官，相与招邀同人，结为吟社。月或数集，集必数篇。吴锦舜英，而神骨不靡，则义山之遗烈也；尽锐拔萃，而进无遗力，则空同之后劲也。独纾才力沉腿，妄与诸子追角，每营度欲出口吻，声呜益悲；操笔欲书，将下复止，竟亦不能奇也。轩辕弥明之讥，吾足以[第 3a 页][第 219 页]当之矣。顾蹞步百蹶而犹乐从诸子之后者，古人蓄素以弸中，散采以彪外；诸子既乐取孝烈忠果之士形而为诗，揣其情愫，必有所近。然则《诗拾》之刻，借之自鞭，诸子及纾，固不能无畀也。闽县林纾。[第 3b 页][第 220 页]

则杰按：此序又载林薇《百年沉浮——林纾研究综述》第五章《林纾散佚作品》第一节《林纾早期诗文辑佚》（天津教育出版

社1990年10月第1版，第128页)，标题作《福州支社诗序》，末尾无署款，其他文字亦略有出入；唯未明出处，而写作时间定为光绪十七年辛卯(1891。见本节开头篇目处，第125页)。

三、“支社同人齿序”李宗言后记(第230页)

吾社凡十有九人，存者仅余与琴南、芝南、叔伊、又点、楚渔六人耳。追念南皮之游，不胜北邙之感。《诗拾》刊于辛卯[光绪十七年，1891]，倏忽将二十年，板且散失。丁未[光绪三十三年，1907]，余访琴南都门，纵谈旧事，相对欷歔者竟日。曾约重刊，而未果行。客秋，由赣改官来皖，旋有创设印刷局之役。部署匝岁，日伍手民。爰检箧中所藏本，付之排印，以贻同好，亦借偿前约云尔。己酉[宣统元年，1909]嘉平，闽县李宗言校讫附识。[第1b页][第230页]

四、“支社作者姓氏爵里表”李宣龚后记(第235—236页)

右《支社诗拾》，初刻于光绪辛卯[十七年，1891]，为福州吴玉田镌板，印行无多。迨宣统己酉[元年，1909]，先世父偿园先生需次皖省，领官纸局事，始用铅板重印。阅今二十余年，又散佚殆尽。顷释戡十三弟从行箧中检得一册，相顾惊喜。校读一过，亟用仿古活字重印第三版，存诸《丛刻》中。并依作者姓氏，次第系以出处，备后之人之稽考，计凡十有九人。今健在者，则石遗年[第3a页][第235页]丈，为岿然灵光；而刘楚渔同年，当时年最少，南北乖违，久缺闻问，盖亦垂垂老矣。丙子[民国二十五年，1936]二月，李宣龚谨跋。[第3b页][第236页]

04-051 池上小集

谭 献

池上题襟小集、池上迎秋小集、寿华吟馆小集(附)、池上送秋小集、池上第四集、池上第五集,不分卷。谭献辑,台湾新文丰出版公司《丛书集成续编》第105册,影印光绪仁和谭氏刻《半厂丛书初编》本。

一、《池上题襟小集》周星誉"叙一首(并诗五言)"(第545页)

光绪九年,岁在癸未[1883],田日向登,蚕月告至。谭君仲仪,吏事既修,寓欢林溆城之东隅;樾馆斯在,演畅稽阴写其土思——乡人所侨置者也。君乃牵拂相招,宾主八人,饮酒其间。俯临大江,东流浩森,春为之远,赋诗饯之。九年、三月,妙合偶然。阎君海甡,图写其事。而誉为之叙,曰:永和一觞,酒痕千古。卓尔仙才,飘然胜集。前尘往矣,邈不可追。妙墨初写,翌日不再。固已。若夫鸿致所归,将毋同新亭之慨。夫岂不愿张河朔之饮,乃近金谷之游乎?生际承平,桐生茂豫,所以穷胜事于园林,乐清时之钟鼓。文宴过[第1a页]从,目为习见。忆夫路遇醉人,瑞事希有。以今盼昔,不觉抚时而生恋。彼山居水村,田家泥饮;好鸟自鸣,芳华未歇;天趣古欢,转在语言文字之外,又不禁爽然失矣。诗曰:"郁郁树深碧,濛濛草远青。山气沁心绿,江光逼酒醒。晴云涤晶宇,余花媚幽庭。兴感既有合,嘉会良可铭。"[第1b页][第545页]

二、《池上题襟小集》方宗诚"跋一首"（第547页）

昔圣门侍坐，诸贤言志在兵农礼乐者，夫子皆相对于无言；志在春风沂水咏歌者，则喟然而叹，以为吾与。是岂若后世清谈高举之士，鄙吏事为俗情，乐游泳为雅致耶？夫君子或处或出，或语或默，无非任天而动，与时偕行，有春风沂水之襟期，而后能素位而行其兵农礼乐之实际。若弊弊焉以物为事，而无超然乐天之怀，则又何能循理奉法，有悠然自得之趣于职事之内也？光绪壬午[八年，1882]夏，安庆属邑蛟暴起为灾。大府以谭令君仲修贤，令权首邑。大祲之后，综理烦剧；稽灾氓，勤拯恤；修堤防，备水患。尝食宿郊坰，逾旬弥月，不惮劳瘁，而政暇则稽古考文，喜为[第4a页]咏歌。癸未[光绪九年，1883]三月，天气晴和，渐有丰年之象。集同人于城南宾馆池上，循修褉故事，流连竟日。古者学问之道，有藏修，必有息游以涵蕴之；文武治世，张弛互有其宜，所以蠲除烦苛，与民休息，以养元气，非懈驰也。令君仕优则学，敬贤好士，吟咏风月，养民以和，吾知其胸中必有所以自得，而非厌弃吏事者流也。是日游罢，令君倡为诗，诸君属而和之。阎君为作图，敷叙其事。予以部民幸与胜会之末，因识数语于图后云。[第4b页][第547页]

三、《池上吟秋小集》周星誉"词（并序）"（第548页）

癸未[光绪九年，1883]七夕前一日立秋，复堂主人续有池上之集，誉亦与焉。客有问曰："今夕何夕，人间秋来？托始几时，艳流千载？遂令倾城士女，情满一宵。虽事出神衿，然理深玄感矣。则夫水域驱光，璇宫瑟怨；仙坛花落，凄入鸾心；揽文似绮，寻义斯遒也。"主人曰："然。客之言，所谓和者好粉，有殷勤之意者好丽乎？夫羽陵之简蠹矣，难可天问。愿诵东人之诗，以进一觞，何如？"酬酢既毕，主客将散。[第6b页]仰视空碧，云流有声。罅月劙黄，暝烟组翠。归途所经，赍此意往。乃系之以词云："凭栏试问，者银潢、清浅几千年？可有乘槎客犯，来自海西边？从此鲤鱼风起，怕箜篌、一曲怅离筵。便挽回鲸浪，填平蜃市，费许好金钱。　　恰笑世间儿女，羡双星、乞巧拜庭前。那管月中霜里，遮莫斗婵娟。已是抛残云锦，把支机、剩石补情天。叹君平谁访，垂帘老向蜀中廛。（《南浦》）”［第7a页］［第548页］

四、《寿华吟馆小集（附）》胡志章启（第549页）

独在异乡，笑痴人之忘老；适逢佳节，亦结习之尚存。操铅椠以会同人，陈壶觞而招近局。用以陶写幽怀，流连冷序。各有悠然之趣，谅非达者所嗤。时为九月，节届重阳。晶宇澄鲜，喜游氛之净扫；绪风凄厉，感急景之将临。思取畅于灵襟，亦借摅夫羁抱。爰驰芜启，奉约苔岑。半郭半村，矮屋新葺；为农为圃，比邻而居。远山一眉，时窥垣墙之外；浅水四面，宛在蒹葭之中。可称林泽之游，不减濠梁之兴。清思雪浣，豪无待于题糕；野性风疏，狂何嫌夫落帽。又况邑有神君，户兆维鱼之梦；坐皆妙士，门无题凤之人。寻池上之前欢，添客中之韵事。伏波横海，我辈徒为袖手［第9a页］之观；时过境迁，他年请认泥爪之印。志章谨启。［第9b页］［第549页］

04－052　冰泉唱和集

金武祥

一卷、续和一卷、再续和一卷。金武祥辑，台湾新文丰出版公司《丛书集成续编》第118册，影印光绪江阴金氏刻《粟香室丛书》本。

一、秦焕“序”（第520页）

梧州界两粤之冲。士夫往来，綦履相接。其名胜，首数冰井。唐经略使元公次山，刻石勒铭，筑漫亭其上，载于图经，迄今盖千余年矣。光绪壬午［八年，1882］，余由桂林移守是邦，尝与易观察衡樵、赵太守子绳辈，携酒寺中；簿领倥偬，不克以篇什相酬答。岁月未久，旋受代以去。越二年乙酉［光绪十一年，1885］，淮生同转沿牒至梧，亦时时招邀同人，宴集于大云山麓。文采流播，名迹益彰。间以所为诗，寄余属和。今年重［第1a页］建漫泉亭，补刻次山铭词，并缀录唱和诸什，邮书索序。君监梧州鹾三年，兴除之暇，笃好风雅；揽江山之胜，据坛席之雄；鹤冈龙洲，焕然生色，盖有与次山先后辉映者焉。人生跌宕文酒，流连景光，初以寄一时之兴。洎乎境迁时易，云散波逝，已漠然不复置怀。一旦振触坠欢，乃觉友朋啸咏之乐，良不易得。余去梧已久，不获与君角逐于诗场酒国间，颇恨向者卒卒鲜暇，罕有设施，歉然未尽吾意。而同时故人，如易观察、赵太守辈，则皆墓［第1b页］草已宿矣。循览此编，追忆畴昔，不禁有邻笛之感，而益叹君之旷怀高致为不可及也，遂不辞而为之序。光绪十四年戊子［1888］十月，山阳秦焕。［第2a页］［第520页］

二、汪兆铨“序”（第 521 页）

光绪乙酉[十一年，1885]，江阴金丈溎生，沿牒岭右，榷鹾梧州。喜霞外之游，抗尘表之致。簿书清暇，杖履徜徉。间尝出闉阇，经略彴，至于东郭之外。其地有冰泉焉，唐容管经略使元公次山之所题目也。空山一泓，古甃三尺。水气蒸日，荡为云英；波纹皱风，碎见山影。凭襟有寄，命笔成篇。既而宾朋从迈，酬和相继。川原骋其暇瞩，山水惊其知己。倜倜乎，毵毵乎，盖有游观之娱、应求之雅焉。又以次山[第 1a 页]旧铭亡佚已久，望古遥集，抗文奏怀，遂属家君补书刻石。峄山之碣，复立于大徐；孝娥之碑，重书于逸少。记履綦之迹，结金石之缘，良足多已。今年，丈来广州，编集唱和诸诗，都为一帙，出以见示，命为序之。夫皮、陆清吟，《松陵》纂集；朱、张酬唱，《衡岳》成编。前徽未遥，继响斯在。睹苔岑之合契，耀茗翠而同鲜。非徒骋骚雅之奇，亦可补图经之阙。传之异日，其殆欧公所云“托诸文字，可以无穷”者欤？兆铨徒闻任诏之诗，未鼓漓江之棹。幸披众制，[第 1b 页]不啻卧游。遂以馊词，谬为叙引，符采弗、耀主臣而已。己丑[光绪十五年，1889]四月，番禺汪兆铨谨序。[第 2a 页][第 521 页]

三、陈陔“序”（第 522 页）

吾友金君溎生，海宇壮游，风尘吏隐。汲古得绠，遐契邃欢；真想在襟，流连名迹。隽豪推坛坫之宗，文字得江山之助。曩者税辔苍梧，访碑冰井。问次山之铭碣，空考图经；忆坡门之酬倡，徒留吟什。韩陵片石，磨灭已多；萧磬遗篇，流传未广。赖诗人之好事，想循吏之生平。于时春秋佳日，裙屐雅游。室启谟觞，府罗群玉。烟霞跌荡，鱼鸟相羊。寒潭千尺，阳春一曲。俞允文荆溪之作，不让古[第 1a 页]人；萧颖士洛下之选，代有作者。况复“兰亭”高宴，诸子共号胜流；“松陵”新集，过客亦皆名宿。品题金管，襟抱玉壶。是固冰泉之知音、次山之嗣响矣。陔望风有怀，嘉会未与。愿附尾以联吟，惜非见景;乃赏心而索序,弥愧不文。遗芳慨想夫唐贤,冷渫有符于素履。读《箧中》之集,借志前尘;题"汉上"之襟,可方往哲。于是叙述缘起,景慕流风。羡丛刻之日增,冀后游之或续。异日者,漓江放棹,古井寻源;鲁直补方响之诗,铁崖作芝泉之记,或可附缀斯[第1b页]编也夫。光绪十五年己丑[1889]五月,山阴陈陔谨序。[第2a页][第522页]

四、尹恭保"序"(第523页)

今夫山河修阻,则感切停云;魂梦相怀,则愁深落月。是以子卿足下,得都尉而唱酬;越石平生,引中郎而赠答,岂非以良朋之夙好,借逸事而舒怀者哉?吾友金湝生同转,逸亭廉访之弟也。山传大小,世笃忠贞。廉访于咸、同年间,手歼狂贼,身解重围。旗明绛天,羽耀赤日。破王则于河北,缚宗权于军中。武为边才,文著治行。同转继武元方,抗声持国。虽一行之作吏,犹"四始"之素怀。英贤[第1a页]联嵇、吕之游,聘问订肸、侨之好。七子酬答,托嘉树而寄思;五君从容,入竹林而把臂。遂出其《冰泉唱和集》示予。冰泉者,唐容管经略使元漫叟所辟也。蛮通乌浒,滩近铜船。江声五月而犹寒,瀑布千岩而独界。铭镌石上,寺拓山中。月华如水,有竹树之交横;云影随人,拨藤萝而直上。以循良之遗迹,候朋侣之声谣。展诵清芬,皆臻大雅。澄江如练,惜谢、李之不同时;病树生春,恨刘、白犹为寡和。本兹篇之炳焕,即贤者之音尘。譬诸桃李相投,深[第1b页]情如昨;弥喜芙蓉可赠,远道依然。光绪十五年己丑[1889]夏六月,丹徒尹恭保仰衡拜序。[第2a页][第523页]

五、吕椿培"序"(第524页)

世有淹雅通博之才,怀搜芳阐幽之志。虽簿牒倥偬,尘缨牵缚,而能琴歌不断,酒赋杂陈。是用发藻艺林,辨章曩哲;扬扢休美,荡写性灵,岂非考古之渊矩、珥彤之均事哉?吾友金湝生同转,禀酌六经，逍遥百氏。习桓宽之论，裕刘宴之才。监鹾梧州，事称其职。“四始”夙承乎家学，九能可以为大夫。于是选胜名区，寻碑野寺。州东郭外，有冰井焉，唐元结为容管经略使时遗迹也。甘棠有[第1a页]爱，世永其思；樾下之荫，人忘其暍。井东北有寺，在大云山麓，遂以冰井得名。拾级而登，有亭翼然，曰“漫亭”。振衣千仞，飞阁百重。水木清华，不徒游客徜徉之地；春秋觞咏，恰宜朋辈欢宴之场。然使恩我簿领，腾笑烟萝。岩阿寂寥，畴领江山之盛概；好音不作，孰为风雅之替人？又使吴苑花飞，念叔度而已远；屋梁月满，望青莲而不来。诗酒无俦，云霞谁侣。岂非解人之难索，抑亦欢会之难逢者欤？今也，江天揽盛，坛坫高张。尊俎飞英，俊乂麕[第1b页]集。或上巳修仪，雅泛流觞之水；或重阳高会，抗怀落帽之风。或握手河梁，怅故人之远别；或班荆道左，欣之子兮重逢。旧雨今雨，冠盖两三；大山小山，宾朋杂沓。遐瞻远瞩，则叠巘当窗；振采负声，则飞云入盏。拱袂扪斗，披襟荡胸。金尊之浊酒浇来，铜钵之吟声乍起。慨豪情之迈古，挟爽气以横秋。镡江碧而漓水清，羚峡晴而火山紫。曹、刘入社，望者比之为神仙；皮、陆联吟，咳唾悉成为珠玉。烟云供其挥霍，山水恣其雕搜。凡遐彦游历之地，[第2a页]金石剥泐之余，莫不劚剔险幽，牢笼诡异，于以托之毫素，发为咏歌。彼酌酒盈尊，常满北海之座；浮瓜沉李，不忘南皮之游。凡兹风尚，曷以加诸？走也一官落拓，十稔羁迟。青山笑我，负郭无阳羡之田；白云在天，命驾乏当时之驿。闭门谢客，空乞效于陈编；提椠怀铅，未克徒夫计吏。犹幸山人长往，拾古贤之坠欢；词客有灵，极文囿之乐事。聊书简末，窃附箴言。茫茫身世，我本如出岫之云；皎皎头衔，君无忘在山之水。光绪己丑[十五年，1889]十月，吕椿培序。[第2b页][第524页]

六、吴翊寅“序”(第525页)

出苍梧城东二里许，有冰井焉，唐容管经略使元公次山之所铭也。粤西地值炎徼，星躔火维。阳乌耀芒，金石被其消铄；烛龙衔采，山川增其辉映。寒泉易涸，鱼尾赪而若烧；断甃全荒，牛角砺而犹热。射鲋谁渫，语虫自惊；灵源所通，燠壤斯改。一勺之水，涤心神而不烦；半规之渠，鉴毛发而亦竦。味淡而弥旨，气清而愈盅。甘醴惭其缔交，影缨濯其尘垢。修绠堪汲，不闻劳者之歌；美樾可[第 1a 页]依，无待暍人之扇。洵神州之璇渊、福地之宝液也。时代屡更，铭石久佚，览古者惜焉。金丈湝生同转，监鹾此邦，簿领多暇。爰寻都峤之碣，复筑漫泉之亭。琴尊迭开，啸咏无废。题襟同于汉上，饮禊比于洛中。盍簪朋集，因结云霞之交；投辖宾留，未销湖海之气。倡酬相继，篇什遂多。昔次山录王季友、孟云卿辈七人之诗为《箧中集》，腾川原之逸藻，激山水之清音；英飙沉寥，嗣响阒绝，越千载于兹矣。丈抗希囊轨，抚念前尘；纂此一编，贻诸同[第 1b 页]好。元、白之流连镜水，皮、陆之回溯松陵。东坡集中，辄存投赠之作；南岳道上，争写纪游之诗。譬诸丰山之钟，应清霜而奏节；延津之剑，淬赤堇而呈锷。可谓相得益彰，并传不朽者矣。翊寅僵逾冷蠹，噤等寒蝉。炎洲瘴海之地，过岭来游；让水廉泉之乡，买邻待隐。猥承授简，谬预校文。携冰雪于袖中，擘云烟于纸上。萝薜在眼，已簪组之久忘；兰茗相鲜，况藻采之俱发。他日碑拓万本，吟联八叉。华阳真逸，重摹《瘗鹤》之铭（冰井铭旧石已佚，属汪先生瑔补书刻之）；[第 2a 页]桂管壮游，更读《骖鸾》之集。光绪岁在上章摄提格[庚寅，十六年，1890]，壮月，阳湖吴翊寅。[第 2b 页][第 525 页]

七、金武祥“序”(第 526 页)

出梧州东郭外，有准提禅林，阒寂幽窈，已远尘俗。迤逦东北行，有小桥。桥下水声潺潺，冰泉之所旁溢。有曲涧分注，以达于江。缘涧而北，则冰泉在焉。方甃寒流，大旱勿竭，盖唐元结为容管经略使时所凿也。旧有铭，而石已佚。越桥而东数十步，有寺巍然，即以冰井名之，曰“冰井寺”。寺依大云山麓。拾级以升，有亭曰“漫亭”，为游览宴集之所。山色江光，近在几席，与准提禅林同为东郭胜[第1a页]境，而冰井寺之名尤著。余自乙酉[光绪十一年，1885]监鹾岭西，尝屡至焉。嗣是春秋佳日，修禊登高，咸会于此。缙绅之往来过梧者，盍簪题襟投赠之作，积久成帙，因并刻之，颜曰《冰泉唱和集》。当癸未[光绪九年，1883]、甲申[十年，1884]之际，法越交哄，海防戒严于东，镇南关扼守于西。梧值东西两粤之冲，羽檄旁午，警报沓至。余时在广州佐筹集饷，日不暇给。乙酉[光绪十一年，1885]款议成，而余适至此邦。南徼绥靖，闾井晏然。从公之余，得以览其山川，访其古迹。而千百年循吏诗人之遗韵，穆然犹可想[第1b页]见。俯仰流连，从容歌啸，是又余之私幸也夫。光绪戊子[十四年，1888]冬十一月，江阴金武祥。[第2a页][第526页]

八、"题辞"一(诗一家)(第527页)

[一] 德清俞樾(曲园)

南方地苦热，炎毒常侵淫。发而为光怪，罗列诸南琛。珊瑚与木难，紫贝兼文禽。客游其地者，耳目为昏沉。亦因地而热，利欲熏其心。异哉此冰泉，千古常清森。无怪猗玗子，对此神为歆。先生吏隐者，远游南海浔。偶然酌此泉，一酌消烦襟。古碣为重刻，新诗时长吟。裒然遂成集，富哉琅与琳。老夫读而叹，慨然思当今。人心既熏灼，海气尤腥焊。安得挹此泉，一勺成洪涔。涌而为神瀵，散而[第1a页]为甘霖。既以祛俗障，兼以靖海祲。熄彼祖龙焰，润我清角琴。长如太古世，同依婆罗阴。烦恼出火宅，逍遥登寒林。寄言褦襶子，盍一来酌斟？[第1b页][第527页]

九、"题辞"二(诗十四家)(第527—531页)

[一] 武进屠寄(敬山)

窈窈苍梧云，冷冷冰井水。逶迤出东郭，披拂得古寺。依岩结危亭，过涧掔芳芷。江光动列筵，山色到隐几。疏泉忆漫叟，勒铭志前史。胜赏远可追，风流属吾子。林峦信得地，宾从亦信美。觞酌仍时行，咏歌乃间起。凭高恣幽瞩，临渊学洗耳。清镳惜未陪，孤躅在泥滓。

［二］　洪洞刘德恒(子占)[第 1a 页]

十年不泛苍梧水，一卷新披白雪吟。倦客犹能温旧梦，雅游强半属同岑(唱和诸公，多恒旧友)。长松谡谡谈经地，寒甃泠泠访古心。珍重残碑认初拓，漫郎千载有遗音。

［三］　剑川赵藩(樾村)

火维炎荒泉沸蒸，泠然古井如藏冰。铭之咏之识泉德，古人不死今人兴。冰壶一卷绝尘滓，松下清斋漱寒齿。夏虫纷纷宁语此，怪哉粟香居士犹玕子。

［四］　宝山袁康(竹一)[第 1b 页][第 527 页]

懒窟春深锁薜萝(余斋额曰"小蓬窟")，席门喜见故人过。江湖怜我仍漂泊，岭海怀君有啸歌。廿载循声传白水，千秋绝调唱黄河。新编莫讶清如许，涤笔冰泉快若何。[其一]

管领河山继漫郎，风流长此艳南荒。浇胸酒共倾三雅，有口碑还话五羊。仙圣诗才齐甫白，儒生宦绩迈龚黄。他时炎海来相访，丹荔朝餐白颗香。[其二]

［五］　阳湖吕景端(幼舲)

奉题五古，用《养一集》"书陈笠渔《五溪游稿》"韵[第 2a 页]

吏隐展遐躅，端居构奇赏。旷游足命啸，日涉递愉怆。晖晖苍梧云，荡胸意深广。招提面东郭，支筇拂题榜。冽彼冰井泉，澄湛照林莽。(王象之《舆地纪胜》："冰井澄湛不涸，味甘且冷。")银床转窈曲，石甃界寥恍。汲深亦云绠，导甘或可杖。火山静不燃，名迹一时两。(宋欧阳忞诗："冰井有泓间漱玉，火山无焰漫生烟。")邈无桔槔机，宛有濠濮想。漫郎昔奉使，披豁驻尘鞅。镵铭越千载，苔蚀土花长。(次山勒铭，在唐大历三年[戊申，768]。)萧云发沉晦，遗爱嗣高响。(宋宣和间，郡守萧磐求井铭得之，有句云："井铭未磨灭，自我发沉晦。"又有句云："寄声此冰井，为我留遗爱。")我公簿领[第 2b 页]

暇,选胜时孤往。筑亭拾坠简,文宴归典掌。近希宣和踪,远竞大历爽。题襟百酬和,理屐几慨慷。示我骖鸾集,豪翰欻云上。钟吕纷前陈,筝筑赧相响。何时桂管游,歌激海云朗。

［六］ 长白宝康(硕彭)

庭柯萧萧下木叶,一卷新诗濯冰雪。峤西灵境恣幽探,水石清粼讶奇绝。此铭此井皆千年,石栏藓晕青可怜。卧游我亦足欣赏,梦随极浦苍梧烟。(读此集时,正在病中。)[其一][第 3a 页]

漫叟风流不可再,冰井荒荒历年载。粟香主人雅好事,搜奇汲古两无对。题襟狂胪酬唱诗,植碑补檠卅二词。它时骖鸾有续集,巨编索赠公无嗤。(《粟香丛书》数种,蛰庵师所赐,然未尽睹也。)[其二]

［七］ 长白继昌(莲溪)

岭表八千里,斯游始遇君。清华吴下胄,宏富箧中文。胜迹搜冰井,幽居寄水云。簿书期会里,风雅几曾闻。[其一]

汉上题襟集,何须让昔人。江山仍万古,觞咏各千春。此[第 3b 页][第 528 页]事关提倡,能诗合主宾。幸容居庑下,文字续前因。[其二]

［八］ 南丰刘孚京(镐仲)

苍梧城外泮泂水,冠盖匆匆亦可怜。如此江山烦燠地,几人来访漫亭泉。[其一]

想见闲亭独往时,井关亲觅漫郎词。中兴亦有浯溪颂,却向冰泉酹一卮。[其二][第 4a 页]

［九］ 祥符周星诒(季贶)

炎徼著冰井,始唐元道州。故亭委榛草,芳甃替春秋。旷世稀清德,多君复胜游。壶觞今古接,藻思企风流。

［十］ 安吉吴俊卿(昌石)

羡君游宦去,古寺得相羊。遗迹访冰井,前身疑漫郎。烟霞双蜡屐,珠玉一奚囊。动我寻山兴,开编对夕阳。

［十一］ 山阴金石(夔伯)

大云山麓下，重睹漫亭铭。旷代风流继，南荒草木馨。道[第5a页]州不可作，泉水自清泠。千载成遐契，诗心入窈冥。[第5b页][第529页]

［十二］ 元和邹福保(咏春)

粟香先生山水友，掉鞅词场八叉手。一官一集真风流，跌宕烟霞纵文酒。冰泉之胜在苍梧，冰泉之咏在人口。良辰修禊多佳篇，三月初三九月九。先生吟诗学王韦，先生填词压秦柳。联珠缀璧纷唱酬，如骖之靳有某某。一词一跋汪与沈，粤中佳士尤居首。(汪君兆镛、沈君宝枢，皆仆壬辰[光绪十八年，1892]春闱所荐士。)并时豪俊争挥毫，盛事岂徒传岭右。人谓先生以次山，题名恰附漫亭后。我谓先生似东坡，冷泉判事同[第6a页]不朽。我与先生识面来，回头忽忽十稔久。(丁亥[光绪十三年，1887]游粤，曾一奉手。)比年旌旆莅吴门，两度高轩访下走。(癸巳[光绪十九年，1893]初冬、今岁初夏，俱失倒屣。每趋答，则先生已去。)会逢襆被出门游，花径未呼僮缚帚。贻我珍籍累累然，我欲宝之如琼玖。戏写新诗当谢函，诗中空洞无所有。唯有一片玉壶心，冲夷冷澹蠲尘垢。附入冰泉唱和篇，我诗不落旧窠臼。(集中题词，各体粗备，尚少七言长歌。)此编传之三千年，逸少兰亭合为偶。后人访古大云山，荒涧寒林风雅薮。[第6b页]

［十三］ 阳湖恽毓珂(瑾叔)

毗陵清淑多才子，我识暨阳一太史(缪筱珊丈)。为道邑中振奇人，使君岳岳天下士。昔浮东海游岭南，六鳌负舟龙为骖。海神列炬照题句，赤蛟乞献双珠函。醉卧罗浮狂叫啸，万树梅花向君笑。一剑登台哭尉佗，玉匣珠襦萤火烧。归装压卷光琼瑶，两蛟劫宝翻波涛。拔刀断流斫海水，咄哉公是今诗豪。清河夫子(张筱浦师)为我述，公也游踪非一一。间征佚事仿容斋，我曾读公五随笔。就中胜[第7a页]景谁足传，漫亭之下流冰泉。昔也次山恣游宴，公今文采追前贤。大碑拔地负赑屃，天狗敛芒狐鼠避。深夜寒光射斗牛，五色云中画唐字。（次山旧铭三十二字久佚，先生补刊勒石。）亭前风雨凄然鸣，空山百道飞秋声。古井之波地不热，冻龙潜蛰鳞甲青。亭外诸峰尽罗列，北走桂林山百折。九疑鬼哭帝子坟，美人泪竹啼鹃血。南天瘴岭浮云端，墟场连臂歌声欢。猺洞草春蛮菁黑，月明夜照沧江寒。西接罗池柳水曲，馨香一瓣祠秋菊。黄蕉丹荔荐神君，尽日[第 7b 页][第 530 页]灵旗风肃肃。群山飙涌奔苍梧，驱走炎云归太虚。六月疑冬下霜雪，啾啾赤帝回龙车。亭前四顾开奇景，留与先生作诗境。挥毫落笔如有神，藻绘江山雄簿领。当筵宾从都名流，举杯折简相唱酬。削牍乃以授不佞，无才转恐为公羞。恨我未谒伏波庙，跪持杯珓亲祈祷。神鸦吹火千年红，坎坎滩头鼓回棹。潮州不拜韩公祠，恶溪潭冷行人稀。佛灯暗淡朝云墓，一声清磬苍烟飞。花田乱落如零雨，月夜魂归咽秋语。绿珠井塌胭脂荒，红颜[第 8a 页]寂寞春无主。徒作十年江汉游，醉中踢翻鹦鹉洲。先生之诗如崔灏，我将笔搁黄鹤楼。公等才人皆不朽，诗成许我附公后。先生一笑顾孔融，小友当年犹在否。[第 8b 页]

［十四］　阳湖女史钱希（梦龟）

如公可谓不虚生，杖履飘然处处行。好水奇山都作记，文人闺秀借留名。新书四海争先睹，循吏千秋总有声。叹我吟诗才太短，愧将韵事付鸦鸣。[其一]

宦途大半属腥膻，潇洒如公便是仙。除去溪山无胜会，广搜笔墨不论年。好官原不妨高士，清景非全属昔贤。或是前生元刺史，又留佳话在冰泉。[其二][第 9a 页][第 531 页]

十、“题辞”三（词二十六家）（第 532—538 页）

［一］　浏阳舒佐尧（棠陔）

锦鳞迢递尺书传。破羁愁、快展瑶编。鸿爪志鸳江，游踪历历当年。千秋事、一勺寒泉。幽寻处，想见渊襟雪淡，野趣云连。坐僧楼听雨，黄叶下萧然。　　联翩。名区召佳客，吟声和、涧语潺湲。谁似出山清，盟心只在鸥边。趁官闲、遍结诗缘。殷勤意，累我荒江倦旅，也费蛮笺。念山高水远，遥夜鼓冰弦。(《高山流水》)[第1a页]

［二］　临桂况周仪(夔生)

对云山、分泉话茗，诗人曾占前度(指次山)。斜阳玉勒城东路，隔断几重烟树。纷绮绪。料愁听、江南柳七销魂句。苔深甃古。问寂寞苍梧，飘零素绠，残碣倩谁补？　　林泉癖，合向溪山小住。漫亭遗址难据。何时坐我清凉国，一洗东华尘土。心赏处。要结个清缘，更比冰坚固。狂吟醉舞。恨不共词仙，霜前雁后，觞政肃飞羽。(《买陂塘》，即和集中酬谷盦原均)

［三］　番禺汪兆镛(憬吾)[第1b页]

占苍梧、溪山一角，风光休把虚度。红泥亭子清泉侧，掩映小桥疏树。添意绪。记断甃、当年彩笔曾题句。斜阳吊古。比石柱文翁，井栏王粲，铭字试重补。　　登临好，惯被烟萝留住。高吟苔磴堪据。蛮笺万幅传都遍，艳说桂林风土。幽绝处。还涤却尘襟，静证冰心固。长歌起舞。怅瑟瑟湘弦，迢迢漓水，天际渺飞羽。(《买陂塘》，用况夔笙舍人奉和原韵)

［四］　阳湖刘炳照(光珊)

与粟香别于白门，十余年矣。壬辰[光绪十八年，1892]夏日，小叙吴[第2a页]间，又将由海虞、澄江以返毗陵，赋此奉赠，即用《冰泉唱和集》中酬谷庵韵。

荡秦淮、半篙新绿，刘郎犹记前度。西风吹送征帆远，极目云中江树。萦别绪。闻说道、天南唱遍屯田句。牂牁吊古。更冰井留题，赤溪采俗，名宦传重补。　　归思动，高蹋兰陵暂住。骚坛今让君据。扁舟七里山塘过，重认苏台风土。倾盖处。便击钵敲诗，五字长城固。酒酣起舞。待访旧虞山，寻碑申浦，尺素递鳞羽。(《买陂塘》)[第2b页][第532页]

［五］　嘉兴张鸣珂(公束)

试寻漫叟登临处，有当年、井阑铭语。宦迹著炎荒，喜同此、骖鸾小驻。大云山色最青苍，望不断、濛濛烟树。涧底响潺湲，听石罅、流泉注。　　一泓止水空亭古。洒微雨、碧苔润础。寒甃汲诗瓢，叹照影、尘颜似故。煮茶僧舍涤烦襟，问味比中泠甘否？翠墨久凋残，好倩词仙补。（《山亭宴》）

［六］　会稽王继棻（孟余）

如此林泉，也值得、者番歌啸。羡几辈、流觞修禊，登高落[第 3a 页]帽。累叶貂蝉传汉代，词坛牛耳尊炎徼。展瑶编、朗诵夜灯明，檐花笑。　　烟霞窟，供诗料。群屐会，添吟草。譬词源万斛，冰泉一窑。我学邯郸难布武，君才漫叟真同调。待铸金、磨石泐勋名，唐贤绍。（《满江红》）

［七］　金匮邓濂（似周）

漫郎去也，只危亭犹在，绿萝深处。如此江山供吏隐，洗尽软红尘土。寺古秋多，泉喧梦静，一枕桄榔雨。泠泠漱玉，冷光飞上诗句。　　当日选胜林阿，斜簪散髻，都是神[第 3b 页]仙侣。自与山中猿鹤别，为问白云谁主？流水年华，抟沙身世，分付闲沤鹭。瘦藤无恙，甚时来访桑苎？（时订惠麓品泉之约。）（《百字令》）

［八］　阳湖陈烺（叔明）

溯苍梧、地规形胜，阳乌躔次星度。穷荒例有诗人迹，极目乡关云树。甚意绪？历桂岭漓江，赢得狂吟句。流连吊古。认冰井泉香，漫亭蔓掩，残碣待重补。　　归田兴，但有溪山便住。书城坐拥高据。五湖烟柳丝丝好，拂尽繁华[第 4a 页]尘土。零落处。怕飞絮沾泥，泥湿花粘固。休教醉舞。看天半朱霞，云中白鹤，重自惜毛羽。（《买陂塘》，用酬谷庵原韵）

［九］　南昌万钊（涧民）

青山如嶂，看绵延不断，苍梧云气。冰井一泓方甃古，风景炎荒迥异。拨叶寻泉，披榛觅碣，漫叟曾题志。溪猿啸晚，夕阳红上亭子。　　犹记簿领余闲，攀岩陟磴，不尽登临意。胜日壶觞频唱和，

循吏亦兼名士。手版辞官，角巾归第，著纂穷年岁。甚时鼓棹，约君同泛烟水？（《百字令》）[第 4b 页][第 533 页]

［十］ 阳湖吕景端（幼舲）

甲午[光绪二十年，1894]春日，将之京师，题《冰泉唱和集》，即送淮丈重官粤中，用集内酬谷庵韵。

莽南天、苍梧缥缈，前番云气犹度。江关萧瑟兰成意，赋就小园枯树。萦别绪。看一舸轻装，都载新诗句。骖鸾访古。有漫叟风流，千秋片石，遗迹待公补。　　泮泂水，堪抵廉泉乡住。吴中坛坫分据。罢编桂海虞衡录，好记故园风土。停尊处。羡斗韵拈题，五字长城固。离筵起舞。又岭[第 5a 页]峤山河，蓟门烟柳，怅望迟鸿羽。（《买陂塘》）

［十一］ 江阴缪荃孙（筱珊）

酌冰瓷、半规凉玉，依稀元叟襟度。井亭山角斜阳晚，翠绕几重烟树。愁万绪。试初汲朝华，好诵屯田句。泉新甃古。更绿铲苔茸，黄镌山骨，四字旧铭补。　　莼鲈梦，依旧江南小住。萍踪谁道无据？鸳江鸿雪留新画，犹忆桂林风土。凭吊处。只得意文章，高揖迂和固。墨花飞舞。叹逝水韶光，抟沙踪迹，远恨寄归羽。（集中汪芙生、金仲安均逝。）（《买陂塘》）[第 5b 页]

［十二］ 番禺叶衍兰（兰台）

溯词仙去后，冷落空亭，半壁斜阳。剩有寒泉注，又雕栏树老，玉甃苔荒。雅游踏歌呼侣，幽兴继壶觞。趁鹤畅琴闲，禅扉静扣，来说沧桑。　　疏狂。恣筇屐，对槛外云峦，都付奚囊。惠麓鸿泥在（余曾三次游惠山，品第二泉），怕芙蓉江客，归梦鲈乡。爱此一泓清冽，茶话涤诗肠。更断碣重摹，晴萝翠湿秋露香。（《忆旧游》）

［十三］ 番禺张学华（汉山）[第 6a 页]

访苍梧、漫泉亭畔，沧桑还认前度。颓垣断甃斜阳里，依旧濛濛烟树。添意绪。羡裙屐风流，题遍新诗句。频来吊古。看雁外峰青，鸥边水绿，重把画图补。　　莼鲈约，笑我乡关小住。词坛应让君据。况曾涤笔冰瓯里，一洗软红尘土。题咏处。正桂水西来，旧志稽班固。狂歌起舞。愿手拓残碑，重摹翠墨，相寄托鳞羽。（《买陂塘》）

［十四］ 秀水沈景修（蒙叔）

烟甃苔荒，露阑梧老，翼然尚有空亭。剩铭题翠碣，识篆[第 6b 页][第 534 页]法斯冰。自漫叟、游仙去后，一泓寒碧，清到于今。泻琤琮、琴筑何人，来浣尘襟？ 宦情似水，喜重逢、儒吏车停。记修禊春三，登高秋九，同调新赓。占断大云深处，微风度、梵呗虚声。和铜琶歌唱，山中猿鹤潜听。（《扬州慢》）

［十五］ 无锡顾应杓（吟樵）

莽关河、龙门幸接，一舟南海同度。趋亭喜挈亭亭玉，兰臭得亲谢树。消客绪。好剪烛焚香，披诵琳琅句。苍梧吊古。爱汲井评泉，剔碑摹篆，漫叟旧题补。 林峦胜，佳趣[第 7a 页]何妨小住。主宾坛席分据。山亭惯驻仙凫舄，已见政成斯土。狂吟处。想酒熟茶香，赌负诗城固。颂声歌舞。待再领名都，重翻官集，引刻听商羽。（《买陂塘》）[第 7b 页]

［十六］ 铁岭郑文焯（叔问）

湝生词长，闻声相慕十余年矣。曩以《冰泉唱和集》索题，卒卒未有以应。丙申[光绪二十二年，1896]夏，始邂逅吴城，流连文酒。爰赋是解，以当皋苏。

斗玉花田，题琼梅岭，清词绣遍蛮弓。梦换萝衣，倦怀乌帽尘笼。故山落尽酴醾雪，怕燕归、还误东风。漫销凝，暗草池尊，乱叶楼钟。 苍梧旧迹追遗赏，忆呼猿烟语，招鹤云踪。一掬寒湫，采珠应叹江空。袖中重见沧洲稿，倩[第 8a 页]夜弦、弹泪蛟宫。感年芳，红雨桃榔，碧月芙蓉。（《高阳台》）

［十七］ 余杭褚德舆（绎堂）

碧甃蒸云，翠罂趁月，清游长忆蛮乡。婉晚芙蓉，冬心独抱空江。通辞欲借微波讯，漫流连、素羽明珰。凭荒凉，步步回旋，楚怨苍茫。　　承平文酒仍尊罍，问十年踪迹，老尽垂杨。旧约烟萝，而今闲了斜阳。婆娑照景成华发，几沉吟、别梦星霜。感沧桑，一卷乌丝，合贮轻囊。(《高阳台》)

漫郎去后，指翠亭一角，落照犹凝。禅天梵唱，几回化鹤[第 8b 页][第 535 页]来听。绕碧萝荒磴，汲诗瓢、尘梦都醒。松径悄，春生石鼎，佛火分青。　　百岁沧桑过眼，叹玉甃苔迷，波冷霾云。蛮村吊古，乱山景里登临。残碣绿镌钗脚，有铜仙、铅泪成冰。鸿雪印，壶觞不负(平)幽盟。(《露华》，用叔夏体)[第 9a 页]

［十八］　阳湖张鹤龄(筱浦)

海天南、梧云万叠，诗情犹记前度。当筵宾从都疏俊，流憩招提烟树。吟绮绪。看绣上弓衣，压倒都官句。残碑订古。写峿石三铭，同镌翠墨，遗集与商补。(《次山集》无《冰井铭》。又考次山有《峿台铭》《庴庼铭》两石刻，及《浯溪考》所载《东崖铭》一首，皆足为《次山集》补遗。)　　廉泉好，三载皇恩许住。词坛君况雄据？郁林片石归装认，阳羡暂编风土(先生曾补辑周孝侯书)。觞咏处。便整顿偏师，难抵长城固。为君起舞。对今日芳尊，莫言憔悴，还自惜毛羽。(《买陂塘》)[第 10a 页]

［十九］　阳湖恽毓龄(介骞)

甃古凝寒绿。冷生生、垂杨画里，涤尘三斛。试上漫亭抬倦眼，苦恨炎荒郁燠。猛听得、喷珠鸣玉。云影千鳞霞万褶，愿人间、洗尽浮荣辱。却孰有，神仙福？　　前身端合呼金粟。趁芳辰、茶香酒酽，大云山麓。缀菊簪茱重阳节，转瞬杯流水曲。更不管、谁清谁浊。冰作头衔心似井，脱红埃、结出萧闲局。虫夏语，不堪续。(《金缕曲》)

［二十］　阳湖恽毓巽(季龛)[第 10b 页][第 536 页]

风吹雨打千年里，炎乡又开奇碣。片石烽余，危亭劫后，犹认三唐妙迹。孤怀独绝。有金粟词仙，海天收拾。渺渺苍梧，云山应许重生色。　　摩挲冰井寺畔，命俦流赏处，分占吟席。嚼雪飞尊，凭

烟吊梦，拓出淋漓艳笔。余音未歇。便主客西昆，倡酬成集。如许清襟，唤将鸥鹭说。（《齐天乐》）

［二十一］ 山阴胡念修（右阶）

漱蛮天、寒波皑雪，难忘容管丰度。清名千载留冰井，偏对火山红树。（冰泉井与火山相对。）寻旧绪。恨碧藓苍碑，竟蚀泉源[第 11a 页]句。铭辞考古。已崖石重摩，亭檐深护，灵迹羡君补。（次山铭词第三句，诸本均佚，湝丈据《全唐文》补“惟彼泉源”四字。） 梧云远，犹似蓬莱乡住。（次山诗有“谪居犹得住蓬莱”句。）骚坛先后同据。箧中细写蝇头字（次山录王季友辈七人诗为《箧中集》），修禊再来炎土。倾倒处。有万斛凉珠，荡涤心胶固。笔歌墨舞。对江左诗人，海南廉吏，自笑未丰羽。（《买陂塘》）[第 11b 页]

［二十二］ 阳湖吕景楠（少木）

羡归云、郁林装俭，搜奇最忆前度。井亭幽绝冰泉冽，咫尺苍梧烟树。寻坠绪。把片碣摩挲，题遍琳琅句。胸罗千古。更碑录宵余，词瓮秋半，金石记同补。 珠江月，曾泥使君小住。南州坛坫高据。漫郎铭字才人笔，谱入陶庐风土（丈著有《陶庐杂忆》百首）。商略处。愧五字偏师，难捣诗城固。为公起舞。待南峤重游，东山再出，一刷九霄羽。（《买陂塘》）

［二十三］ 宜兴蒋兆兰（南星）[第 12a 页]

泛冰瓯、井花如雪，松声何处飞度。名贤遗迹无人惜，秋老白云红树。牵恨绪。幸有个词仙，高唱文房句。空山吊古。喜亭筑红泥，铭镌青玉，更写画图补。 朋簪盍，羡煞苍梧小住。词坛三载雄踞。罢编桂管题襟集，记辑孝侯风土（近有《阳羡风土记》之刻，并辑“补遗”）。心赏处。便相约扳跻，勇夺齐高固。掀髯起舞。待兴极幽探，茶烹阳羡，还作品泉羽。（“阳羡茶泉”为“荆溪十景”之一。丈将以秋冬揽胜荆南，故及之。）（《买陂塘》）[第 12b 页][第 537 页]

［二十四］ 江阴蒋玉棱（頫青）

雅游重订骖鸾录，苍梧野阴摇暮。万感郁骚心，况鸡鸣风雨。

林泉谁是主？且招我、忘机鸥鹭。冻绿浮杯，坠红飘帻，乱山如俎。　泉畺。漫亭荒，磬仙去、残题更无寻处。翰墨古缘深，剔苔花重补。诗情浑漫与。尽赢得、兰成辞赋。紫箫暖，楚怨凄迷，和泬寥鸿语。（《徵招》）

［二十五］　金匮华世芳（若溪）

碎琼瑶、新词一卷，游踪犹记前度。芒鞋踏遍城东路，指[第13a页]点火山烟树。萦意绪。忆漫叟当年，四字留题句。斜阳吊古。剩草浸清泉，苔荒碧甃，残碣待君补。　　林峦好，薄宦三年小住。天南坛坫雄踞。溶溶一滴寒冰水，洗净炎荒尘土。觞咏处。看锁钥牂牁，百雉金城固。狂吟醉舞。正彩笔新镌，蛮笺细拓，远道递鸿羽。（《买陂塘》）[第13b页]

［二十六］　阳湖女史吕景蕙（琁友）

展瑶编、诗人循吏，披吟如挹风度。苍梧几辈留陈迹，空忆当年烟树。寻坠绪。仗丹荔黄蕉，渲染新题句。泉清亭古。算石甃银床，漫郎去后，剩有藓痕补。　　江乡好，偶为莼鲈小住。前游历历堪据。费他多少才人笔，绘出南荒风土。微哦处。怎一样词坛，此便金汤固？墨花试舞。看珠玉前头，筝琶细响，也要杂宫羽。（《买陂塘》）[第14a页][第538页]

十一、金武祥"重建漫泉亭记"并考（第556页）

梧州东郭外二里许，有古寺，以"冰井"名。井在寺西北，清而甘寒，大旱勿竭。唐容管经略使元公次山过此，为之铭。今铭词载志乘，而石已佚。井故有亭，曰"漫泉亭"。乾隆时，李少鹤观察诗序以为宋绍兴间太守任君所建。亭久圮，《府县志》或云在寺后，或云覆井上。近世乃于寺内建亭当之，失其旧矣。井离寺数百步，复隔小涧，城内外汲水者趾错于道，风雨烈日苦无憩止所。光绪戊子[十四年，1888]，武[第1a页]祥监鹾岭右，商之梧州守，陈可亭观察倡首捐廉，苍梧令顾紫封司马及沿牒于兹者亦各醵资建亭，以复其旧。复补勒铭词于石，庶考古者得所依据。而往来行汲，亦可小休。饮水思源，徘徊陈迹，于以知循吏之泽，历千余年而不衰。登斯亭者，可以感矣。光绪十四年[戊子，1888]十月，江阴金武祥。

考《元次山集》无《冰井铭》，而《全唐文》载之，并序云："苍梧郡城东二三里，有泉出焉，在郭中，清而甘，寒若冰。在[第1b页]盛暑之候，苍梧之人得救暍。泉与火山相对，故命之曰'冰泉'，以变旧俗。铭曰：火山无火，冰井无冰。惟彼泉源(此四字诸本俱无，惟《全唐文》载之，《苍梧县志》实本于此)，甘寒可凝。铸金磨石，篆刻此铭。置之泉上，彰厥后生。"共三十二字。《梧州府志》云"复斋《碑录》及王象之《舆地》，碑记全铭俱阙四字；复斋作'其寒'，象之作'甘寒'，应从'甘寒'为是"云云。余按铭字，诸本尚有不同者，"冰井无冰"句"井"或作"泉"，"甘寒可凝"句"凝"或作"征"。[第2a页][第556页]

十二、胡念修"冰泉赞(并叙)"(第557页)

粤有巨渎三：曰黔，曰郁，曰桂。黔在北，为右江；郁在南，为左江；而桂即漓江，古称湘漓同源分流者也。桂自北而南，经梧州，适与西南来之黔、郁皆会于城西。由城西折而东，冰泉在焉。昔元次山经略容管，来莅兹邦。蓬莱仙吏，清风飒然；岭峤蛮荒，赤地燠若。剖瓜析藕，曾无咸池之游；逐日倾河，几兆邓林之暍。乃就其地凿井，以利邦人；更刻铭辞，垂之久远。至宋绍兴，太守任公为建漫泉[第1a页]之亭。亭东南故有寺曰"冰井"，以泉得名也。斯泉也，荟三江之精液，涌万斛之灵源。澄潭激玉，廉让同芬；瘦石凝寒，坚贞筮固。苍云变幻，青磷萧条。断碣卧于空亭，疏钟咽于古刹。兴废靡常，今昔共慨。而惟此寒流一泓，不入桑田之劫；黝甃三尺，恍见灵光之巍。岂非天地有知，抚胜境而自惜；山川无恙，借高贤而长留者乎？寺久兴复，井铭缺如。亭移寺中，尤失考证。将使黄河古道，迁地沿讹；赤壁盛名，同称漫指。前构无征，遗恨何极？及金丈[第1b页]淮生榷鹾于此，醵资同僚，筑亭故址，千载阒寂，乃还旧观。兰亭陈迹，重振于右军；峄山残碑，新摩于骑省。高会置酒，希踪镜水之游；佳咏伸怀，嗣响《箧中》之集。在山一勺，能助诗清；及泉九仞，应思源远。庶几井寒漱齿，来作桂海慈云；亭凉泻珠，永变火山旧俗。赞曰："苍梧之野，大荒之南。赤水经地，翼轸司天。户曰北向，岭乃西嵁。无冬无夏，火云上炎。惟彼冰泉，沁脾沥胆。清比玉壶，凉招球槛。石门罢贪，冲霄绝焰。瘴海蛮烟，镇此坎[第2a页]窞。"[第2b页][第557页]

十三、刘可毅"书冰泉访古图后"（第558页）

湝生先生监鹾梧州之三年，既刻唐容管经略使元公漫郎铭于冰泉，而复补建宋故太守任公"漫泉亭"于水次；后十年，而以《冰泉访古图》示可毅。夫漫郎际大历之盛，树漓江之节；威德远鬯，欢爱咸被。不于此时勒颂崖石，张词烟垌，独拳拳苍梧一郡，负郭一勺，岂不以炎徼之俗？郴岭之南，湿蒸成菌，瘴疠为国，惟冰泉者可以涤烦虑、祛热中。士君子挹之，则清明在躬；其乡曲寡识，亦[第1a页]借灌溉榛翳，开洗胸臆。《书》曰"作新民"，此之谓乎？而前后千百年，大藤之间、思州之域，果蜂聚豨，突发扬逴，厉不可遏。小则夷城撕邑，大且毒痡四海。稽讨延戮，穷数十纪。一再为乱，旋薙旋蘖。将毋在上者以苟抚为得计，以擒渠扫穴为盛烈；弓矢既櫜，教养仍失，何以荡彼腥俗，瀹我皇化？然则漫郎之铭泉，任公之筑"漫泉亭"，与先生之补铭筑亭，清操绳绳，后先相因，其有意乎？而漫郎秉钺西南，生际隆盛；发抒意气，休养闾里；取鉴止水，自当[第1b页]其义。即任公以贤守来郡，踵漫郎之迹，因寄所托，景仰前徽，自砥官常，复与民更始；官斯土者，又岂不宜然？而先生以一寓公临梧，但使牢盆之入如旧、番禺之策无损，官综其治，而民乐其利。则阳朔山水，春秋明晦，每当佳树发荣，时鸟变声，携酒出郊，脱帻踞地；江萦如镜，草细如茵；何欢不腾，何屐不乐，而必斤斤焉补铭筑亭，此何为者也？今者先生去梧未十年，海西人攘梧为互市地。风物无恙，山川未改，而碧瞳高冠之种，植杖僵视；飞[第 2a 页]车潜舟之制，腹地四达。问犹有徘徊准提之寺，行吟水井之旁；大云万山搏江不飞，小桥一弓涉涧自镜；流连于斯泉斯亭，以俯仰古今者乎？然则漫郎之铭、任公之亭，有先生彰之；而机械日滋，大雅恐坠，后有作者无能为先生之续，但抚斯图而益惘然也。光绪戊戌[二十四年，1898]首夏，武进刘可毅。[第 2b 页][第 558 页]

十四、沈宝枢"跋"(第 559 页)

右《冰泉唱和集》一卷，江阴金淮生先生権鹾梧州，与朋辈更唱迭和之作也。先生于役三江，荏苒四载。簿书多暇，芦浦成编；水火拯灾，茆檐遍惠。固已善可娱亲、廉堪励俗矣。维此梧郡，实为胜区。先生弄月镡江，访碑都峤。登白鹤之冈，入青蛇之庙。望赵佗之剑气，辨刘鋹之钟铭。爰饮冰泉，来寻古寺。俯仰循迹，曲畅游情。暇日假以销忧，怀旧摅其蓄念。而况暮春三月，凉风九秋。秉兰于[第 1a 页]水暝烟初，采菊于霜晨月晚。莫不佳节毋负，闲情倍忻；孤怀互投，幽绪迭引。宜其风希逸少，雅慕流觞；狂逾孟嘉，都忘落帽也已。加以辋川觅句，惯事沉吟；兰陵赋诗，不妨赠答。唱骊歌而已歇，附骥尾而益彰。所由玉戛金锵，高歌靡倦；露钞雪纂，大集裒成。著作一编，风流千古。若夫寻漫亭之胜，顿复旧观；勒次山之铭，重摹古篆。一椽小筑，憩止行汲之人；月碣长存，缱绻来游之客。斯宜讴吟之泽远，岂惟文字之缘深？宝枢流览图经，心仪韵[第 1b 页]事。仨披行卷，顿豁兰襟；三复清词，如游桂管。渊源可溯，允同《南岳》之篇；酬唱群推，曷愧《西昆》之集？爰于简末，缀此芜言；非曰能文，以识向往云尔。己丑[光绪十五年，1889]冬十一月，番禺沈宝枢跋。[第 2a 页][第 559 页]

十五、沈宗济"书后"(第 560 页)

柳子厚云："兰亭不遭右军，则清湍修竹，芜没于空山。"是知名区胜境，岁久沉毁，必赖后之人能修举表彰之，又得托诸篇什，斯陈迹借以永久。观柳、永诸州山水，恃有记序，而至今犹如亲历；柳子之言，洵不诬哉。吾友金子湝生，具济世才，尤擅风雅。宦粤十余年，从公之暇，著述日富。尝沿牒桂林，所至穷览山川之胜；作诗一卷，清峭幽邃，有渔洋《蜀道》《蚕尾》诸集风范，予曾饱读而选录之。[第 1a 页]岁在乙酉[光绪十一年，1885]，榷鹾梧州。睹郭外冰泉遗址，谓是唐贤元次山留题处也；碑识久阙，第抱瓮负汲者相属于途。因与郡守邑宰醵资建亭，俾行汲者有庇，复勒石补刊次山之铭。既复于大云山麓所称冰井寺者，本缘泉以得名，谓合于古人居高明远眺望之义，缨佩莅止，觞咏酬错；春秋佳日，与宾从游宴于斯，赋诗抒怀。积久都为一帙，刊成示余。余惟业贵勤于所习；习之既深，斯乐山乐水，兴趣不同而无不可适吾性。余自丙子[光绪二年，1876]洎甲申[光绪十年，1884]，两膺[第 1b 页]梧策之役，居梧数年，第知饮泉而甘。于冰井寺，亦一二至，而足蹇力疲，兴尽辄返。又素未娴诗律，缘是久贻林泉之愧。以视君之能怡情适性，惠足及人，其雅俗勤怠为何如哉？君今摄赤溪厅事，海滨风土俗尚异宜，城郭人民商贾异制，旧未有裒集成书者；君临行，言将搜辑遗佚与所闻见，勒为一编，以备他日采风问俗之助。吾知是书也成，当与《桂海虞衡》《岭外代答》诸书媲美，不仅歌咏流连，供一时吟赏已也。予老且病，尤以先睹为幸[第 2a 页]焉。遂书《冰泉集》后，以为异日券。光绪十六年庚寅[1890]季冬，嘉兴沈宗济。[第 2b 页][第 560 页]

十六、何嗣焜"书后"（第 561 页）

余友金君湝生，以盐运同需次岭南。广西全省食粤盐，纲运最繁重，设局梧州监之。光绪乙酉[十一年，1885]，君司其事。梧东郭有冰井，唐元次山为容管经略使时磨石勒铭，词佚久矣，君为补刻于石。井旁有寺，故游宴地，君常与宾从觞咏于此，录其唱和之诗及友朋投赠之作，都为《冰泉唱和集》，序之者六七人，皆能藻绘雅怀，铺扬高致，美哉！辞也。嗣焜窃惟次山有文武才，沉浮人间之日久，一出[第 3a 页]而献议轩陛，全城讨贼，绩效烂然；再起南陲，抚顺荒余，八州绥定，其所设施于军国者甚伟。后人因冰井之铭、浯溪之颂，几以文人学士结习视之，而次山之志行隐矣。往者君兄逸亭廉访，率师办贼，君亦出入兵间。癸未[光绪九年，1883]、甲申[十年，1884]间，越南事起，环海骚然，嗣焜方参两广幕府，攘外绥内，势棘言尨，岌岌不可终日；每与君纵论事变，未尝不恤乎廑次山议野之忧。然则君之仰企漫亭，摩挲陈迹，自有抗怀希古于诗酒文翰之外者，而斯集特其寄[第 3b 页]焉云尔。光绪十九年[癸巳，1893]六月，武进何嗣焜。[第 4a 页][第 561 页]

【附录一】金武祥《粟香三笔》卷八“冰泉唱和”条（《粟香随笔》本，凤凰出版社 2017 年 10 月第 1 版，下册第 644 页）

丁亥[光绪十三年，1887]上巳，偕同人至冰井寺小集，陈象九大令为绘《冰泉修禊图》，余复用《登高》旧韵成诗云：“风尘惭久役，山水爱清游。修禊逢三月，登高忆九秋。幽情觞咏畅，好景画图收。仿佛兰亭盛，何劳轶事搜？”“曲磴连云迥，空亭枕水虚。莺花何旖旎，松竹自清疏。访古怀循迹，偷闲羡隐居。形骸聊放浪，一笑谢筌渔。”余自前岁游冰井寺，唱和诗凡数十首；后来用韵者，赓续成帙，名曰《冰泉唱和集》，将付梓以广其传云。

是夏六月，张丹叔廉访赴任桂林，道出梧州，亦觞之于冰井寺。和诗云：“万山围一寺，片石重千秋。”“如何王事迫，转与古人疏。”又即席成七律诗，有云：“云气黑垂经阁外，山光青到酒杯前。”皆可为冰井寺故实也。

【附录二】金武祥《粟香五笔》卷五“冰泉唱和词”条（《粟香随笔》本，凤凰出版社 2017 年 10 月第 1 版，下册第 980 页）

余所辑《冰泉唱和集》，海内胜流题词、属和者凡百余家。既汇梓总集矣，甲午[光绪二十年，1894]重来粤东，越华院长叶兰台部郎衍兰和词二首，谓“初成《陌上花》一阕；偶忆昔时惠山品泉之乐，再填《忆旧游》一阕。两首中词意有相同者，不可并刻”云。余既将《忆旧游》刻入集中，而初成之词亦复清超绵邈，未忍割爱，因分刻于此，以志雅谊。词云：“林峦路曲，诗仙何在、宦游前度。玉甃苔花，青到断无人处。漫亭雅继风流会，啸傲壶觞俦侣。更词笺斗擘、井华同唱，柳屯田句。　　恁秋芜遍踏、旧题铭字，待向石阑重补。细酌清泠，证取素心如许。夕阳瘦映禅关静，淡写大云烟树。料山灵、定讶逍遥琴鹤，笑携尊俎。”按第一、第二泉皆在余乡，叶词因冰泉而忆惠泉；张公束大令亦有词寄题云“问味比中泠甘否”，则又忆扬子江心水，皆切合人地，故情韵尤胜也。

则杰按：此处所录《陌上花》以及前面所录《忆旧游》，又载叶衍兰《秋梦盦词钞·再续》(《续修四库全书》第1727册，第230页)，标题分别作《陌上花·题金溎生同转(武祥)〈冰泉唱和集〉后(粤西梧州城外有冰井寺，井为元次山所凿，寺依大雪山麓，即漫亭故址也。溎生监鹾其地，时偕宾客游咏。井旧有次山铭，石已佚，倩芙生补书重刊。并刻〈冰泉唱和集〉，属题，谱此应之)》《忆旧游·前词成后，偶忆从前惠山品泉之乐，再填此解》，正文文字亦略有出入。

又，《粟香五笔》此条标题，原刻本或无“词”字(可见《续修四库全书》第1184册，第239页)。

【附录三】裴景福《睫闇诗钞》卷三《题金溎生冰泉纪游诗册》(《民国诗集丛刊》第一编第23册，第116页)

戊土弱尽子水强，浮沤泛滥开鸿荒。微尘聚沫成大块，水轮明润含十方。坤坎相克不相让，万窦喷薄森星芒。冰生于水寒于水，凿井泉出冰斯藏。烧之不融击无焰，莓苔白骨秋雨凉。大地何尝着冰炭，人情冷暖纷千场。幽房横飞霹雳火，举勺至口成沸汤。(自

注：佛经：目莲母在大地狱中，食至口边，皆化猛火。）先生吏隐来炎疆，皎若玉壶贮雪霜。幅巾逍遥苍梧野，郁林对酒青茫茫。风流文采照南纪，手招北斗斟天浆。众宾求取沃余沥，净涤万古诗人肠。

则杰按：金武祥《粟香五笔》卷五“刘、裴诗录”条曾叙及此诗并录其“后段”，明确说是“题余《冰泉唱和集》”（《粟香随笔》本，凤凰出版社2017年10月第1版，下册第982页），所引“后段”为最末八句，文字略有出入。

【附录四】郑孝胥《海藏楼诗集》卷八《金淮生（武祥）属题所著书三种》三首之一（上海古籍出版社2003年8月第1版，第233页）

帅师次苍梧，未及酌冰井。尝自比漫郎，戎旃亦逾岭。君作漫泉亭，心若隐之冷。相看真逸民，刻诗娱晚景。（右题《冰泉唱和集》）

04－053　冰泉唱和闰集

金武祥

一卷。金武祥辑，台湾新文丰出版公司《丛书集成续编》第118册，影印光绪二十七年辛丑（1901）江阴金氏刻《粟香室丛书》本。

一、潘昌煦“序”（第565页）

溎生先生，儒林丈人，词坛尊宿。明月入抱，结唾不埃；赪霞贮颜，照座皆暖。今春二月，陪宴适园。初承履綦，亟宣饥渴。幸褚亮之晚出，得预胜流；许丁廙是知音，窃疑过听。一笑为乐，此生无恨。会有《冰泉唱和闰集》之刻，命缀小文，以代幽赞。盖先生壮年仕宦，建旐天南。听漓江之清讴，步次山之逸轨。明漪濯魄，叠石围甃；幽蹊引趺，搜苔补碣。拾坠欢于榛莽，披茂制于兰茖。酬倡一编，早播海内；[第1a页]自寻初服，益浚灵襟。十日裹粮，百钱租艇。问津北郭，结邻东园。茶灶笔床，携天随之具；隐囊皂帽，款管宁之庐。读雪饮冰，古怀遥契矣。岁在著雍[戊，戊戌，光绪二十四年，1898]，序当春闰，洒扫芳榭，展饮禊辰。软草为茵，万绿如醉；杂花迸乳，群沤欲仙。于以放端忧，发妍唱；萃青霞之俦，征白雪之和；出入怀袖，又复裒然。先生因披众制，眷念前游。江上芙蓉，忽思远道；梦中荔子，犹咽余津。岁已眨夫一星，秋渐染乎两鬓。宾客欢宴，不忘南皮之游；巾袷清谈，有感西洛之[第1b页]会。淋漓泉石，篇翰常新；评泊风花，觞匏又续。盖不胜怀旧之思、逝华之慨焉。然而沧海为家，登临亦寄；阳春召我，烟景皆同。味虾菜而情长，觉家山之梦好。先生既迈往不屑，耻陟势阶。冶黄金而铸范蠡，指青山而怀谢朓。春醪晨酽，秋琴夕凉。俊侣两三，订支鸡软局；险韵八九，秃狡兔瘦毫。

署逍遥之公，忘风波之路。以今视昔，其劳役为何如也。是则兹集之成，可以纪尘外之踪，状霞表之致。小山招隐，大雅扶轮。固不仅知己欣联，继《松陵》之[第 2a 页]别派；古贤可抗，题《栾城》之后编已也。昌煦行塍小弛，别绪又棼。白云在天，紫骝嘶陌。怅薜萝之在眼，狃楮墨以摅怀。他日者，布帆重抽，松坞可访。造门撰杖，捧手庞公之床；煮酒论诗，厕名知章之社。山灵倘诺，后约无愆。言之悢悢，书此为券。已亥[光绪二十五年，1899]夏五，元和潘昌煦拜序于暨阳官舍。[第 2b 页][第 565 页]

二、“题词”（第 566—567 页）

［一］　铁岭郑文焯（叔问）

斗玉花田，题琼梅岭，新词绣遍蛮弓。梦换萝衣，倦怀乌帽尘笼。故山落尽酴醾雪，怕燕归、还误东风。漫销凝，暗草池尊，乱叶楼钟。　　苍梧旧迹追遗赏，忆呼猿烟语，招鹤云踪。一掬寒湫，采珠应叹江空。袖中重见沧州稿，倩夜弦、弹泪蛟宫。感年芳，红雨桄榔，碧月芙蓉。（《高阳台》）

则杰按：此词已见正集卷首“题辞”之三第十六家。

［二］　吴县曹毓秀（实甫）[第 1a 页]

峿石台空，窊樽亭圮。尚留古井苍梧地。一泓秋水冷于冰，鬓丝曾照猗玗子。　　替补铭词，重修题记。天南万里骖鸾至。访碑人踏绿萝烟，恐伊误仞[认]贞元字。（《宝刻类编》云：“冰泉铭，贞元十二年[戊戌，638]正月十六日韦武重书。”）（《踏莎行》）

［三］　武进庄宝澍（仲芳）

走炎荒、偶来骢马，题名犹说冰井。土花寒雨扪碑读，汲古倩君修绠。君莫问。只雁语秋边，一爪模糊认。苍梧宦隐。溯漫叟疏泉，漫亭选石，诗骨至今冷。　　容江路，自古[第 1b 页]才人管领。稔侯闻又觞咏。海天回首苍波急，指点晚潮烟艇。劳寄讯。正小火红泥，自煮钗头茗。涧蘋持赠。想神雪（琴名）横琴，响霞制谱，风味玉

壶永。(《摸鱼子》)

［四］ 仁和张上龢(沚莼)

帝子灵旗,才人簿领,大云横碧。蛮歌掩抑。月落桄榔残笛。采江蓠、奇石袖归,岭梅笑折图画识。似西园雅集,南皮高会,玉尊沾臆。　　溪山别后,携美酒兰陵,倚阑重拍。鲛绡绣句,苦为名泉留客。拔苍云、古苔弄春,漫亭墨雨[第 2a 页]珠乱滴。剩相思,老鹤招来,梦影成叹息。(《月下笛》,用片玉韵)[第 2b 页][第 566 页]

［五］ 上元宗彭年(子容)

甚西风吹冷宦游心,寒泉静无波。自漫郎去后,裁笺人杳,谁共吟哦。天与在山清福,老去一渔簑。漫说西湖胜,唤起东坡。
犹有诗人重到,怪蛮花阅遍,醉不成歌。怅残碑难觅,着意写烟萝。待掬取、清流细问,问冰心、可比玉壶多?空搔首、旧题诗处,有梦经过。(《八声甘州》)[第 3a 页][第 567 页]

【附录一】金武祥《粟香五笔》卷八"枌榆雅集"条(《粟香随笔》本,凤凰出版社 2017 年 10 月第 1 版,下册第 1050 页)

余丙申[光绪二十二年,1896]后里居,月必至兰城为文酒之会,寓读雪山房最久,成《冰泉唱和闰集》一卷。以戊戌[光绪二十四年,1898]闰上巳宴集于此,用"冰泉修禊"旧韵,因以名集也。

04－054　霞城唱和集

金武祥

一卷。金武祥辑，台湾新文丰出版公司《丛书集成续编》第 118 册，影印光绪江阴金氏刻《粟香室丛书》本。

一、金石"霞城唱和集叙"（第 509 页）

夫组纠章制，能绳绍则业闳；谐叶磬笙，在家庭则音瞥。宣飞悆舞，序而不枝；叠葩重璪，泽而有纪。渊源臧会，闻者称焉。况复公府昼静，养堂日暄。褰帷滂其政声，娱目锵其逸奏。综厥逌愉，弥蔚风雅。湝生同转，六艺周阐，九能备兼。元亭著书，文翁化俗。熊瀨虎门之交，黄茆白蕉之蔽。赤水珠树，森烟屿而湾回；鹅潭玉虹，饮云涧而石搏。荒徼恢奇，炎峤藻缋。偲闻搜辑，记踵岳阳；雅游啸咏，［第 1a 页］诗规漫叟。刻烛流唱，题襟挹芬。既洽宾僚，尤娱帷帟。盖奉舆揽胜，柔翰欢于莱衣；分甘展吟，清词旨于兰膳。官阁扶帐，南花腊红；圆峰纵眄，估帆波出。岁暮怀旧，绝岛班春。辨区域于图经，厓门矬峒；罗丛奥之物产，蚝田蚬塘。莫不敷绮鱿笺，酝舙麝墨。彊均之押，王筠让研；词宗之盛，太丘逊孃。兹者同转追念先德，手泽怆怀；而仲安已赴修文，益触凄膈。编摩此集，諈诿叙言。蒙以为隙驹易迈，逝波不留；惟姚响发渊云之衷，渺虑游溟涬之表，［第 1b 页］具兹馨逸，终古鲜华。则夫北户帙开，西山笏拄；岩疆吏隐，邹鲁海滨。订坠钩沉，哀成虞衡之志；更唱迭和，岂徒鞶羽之辞？巩璧同辉，宫羽一气。家学楙穆，叹观止已！歌传蜑舶，知畏垒之风移；句绣蛮弓，陋柳州之思飒。乐道端末，以识仰钦。辛丑［光绪二十七年，1901］涂月，会稽金石夔伯。［第 2a 页］［第 509 页］

【附录一】金武祥《粟香四笔》卷八“霞城唱和集”条（《粟香随笔》本，凤凰出版社2017年10月第1版，下册第835—836页）

余摄赤溪，拟撰《杂志》，以纪山川风俗、人物土产。家君就养，暇辄吟诗以纪。汪憬吾孝廉属而和之，武祥亦率儿辈步韵。数月间，得古近体已将百篇，名曰《霞城唱和集》，久当汇刻之。家君诗如《登眺偶成》云：“万叠峰峦绕，岩疆气象雄。九州炎徼尽，一览大瀛东（赤溪三面皆山，惟东面距海）。官柳经秋碧，蛮花破腊红。老夫占物候，扶杖快吟风。”《衙斋即事》云：“山色墙头似画图，一庭花木称清娱。下帷佳客诗频和（谓汪孝廉），绕膝曾孙杖可扶。荫美垂檐排密筱，蔬香入馔有甘瓠。欧阳公府如僧舍，恰好持斋有老夫。”武祥有《野望》七律云：“运甓辛勤漫学陶，偷闲曳杖又东皋。横塘雾白春捞蚬（蚬生于雾），荒岛波红夜种蚝（种蚝者以石烧红投海，蚝生其上，谓之‘人蚝’）。涧曲平分双派远（分水凹，一流赤溪，一流田头。厅境水源，此为最远），山多独涌一峰高（谓曹峰尖）。归来闭阁哦诗罢，快煮尖团醉浊醪（境产蟹，团脐为膏蟹，尖脐为肉蟹，四月即肥满，膏蟹尤美）。”录数首，以志大概。

04－055　台海击钵吟集

蔡汝修

不分卷。蔡汝修辑，《台湾先贤诗文集汇刊》第五辑第1册，台湾龙文出版社2006年6月出版，影印清末民初排印本。

一、蔡见先"台海击钵吟集序"（第1—3页）

光绪丙戌[十二年，1886]秋，余与吾竹诸友倡立"竹梅吟社"而为击钵之举。初尚吟侣寥寥，继则闻风至者甚多。月夕花晨，炉香碗茗；刻烛命题，摊笺斗捷，佥谓后起风雅不减晋安。己丑[光绪十五年，1889]而后，或则应官远去，或则作客他方；甚有骑鲸长辞，相继而赴修文之聘者。吟坛乐事，于焉中止。甲午[光绪二十年，1894]春，陈君瑞陔礼闱报捷。锦旋后，复与余兴怀前事，雅订后期。正拟大会衣冠，重张旗鼓；不谓良缘有限，盛事难逢。当天心烂醉之时，正海水群飞之日。江山无恙，风景全殊；城郭依然，人民非[第1a页][第1页]旧。欲求如昔日之晨夕过从、诗酒从事者，不可复得。台山苍苍，闽海茫茫，此恨其将曷极耶？所幸曩时所作，剩稿犹存。再三展读，觉吉光片羽，愈见可珍。虽以良朋星散，天各一方，而往事上心，恍然如昨。则夫出诸劫火之余，而留此泥痕之迹者，岂苍苍者亦有所呵护于其间耶？爰令儿子汝修录而藏之。凡诸君子之名姓、里居，悉载于右。其诗之多寡，或一二篇，或数十篇，各随乎遇之后先、聚之常暂，非敢以意为去取也。名之曰《台海击钵吟集》，共四百余篇。后之君子，取是集读之，将应求之感，谅有同情；而文献之征，[第1b页][第2页]此亦一事也。岁次戊申[光绪三十四年，1908]，仲春谷日，客村蔡见先启运题序。[第2a页][第3页]

则杰按:此集实际所收作品,时间下限并不止于光绪十五年“己丑”(1889),总数也不只“四百余篇”,可能系蔡汝修后来所补。参见汪毅夫《〈台海击钵吟集〉史实丛谈——兼谈台湾文学古籍研究的学术分工》一文(《福建师范大学学报》2007 年第 1 期,第 47—52 页)。

二、“附录”赵钟麒“挽栎社长新竹蔡启运先生”(第 181—182 页)

诗星昨夜坠中台,一代风流付劫灰。黄土莺花齐下泪,青春桃李有余哀。枌榆山斗孚人望,坛坫文章失霸才。一点可怜心坎血,只应莲社日飞来。[其一]

哀乐中年感不支,人生草草竟如斯。乍迟春酒三年约,望断秋葭一水思。击钵记催金曜会,遗琴怅失玉温仪。生刍百里凭诗寄,大雅云亡益可悲。(今春“南社”大会,约为予题《鸳鸯百寿图》;又明年,为君花甲之期,拟集同人彼此觞祝,竟弃我先逝矣。噫,噫!)[其二]

素生心迹玉珑玲,每对莺花倍有情。到处春风诗酒乐,爱人冬日岸崖平。玉楼召合天仙去,蓉郭欢为地主迎。千里[第 91a 页][第 181 页]词林齐作诔,谁能浪得好声名?[其三]

旗鼓骚坛气未衰,管城多谷燕能诒。落花时节人归去,遗稿人间血呕为。杜氏宝田传德业,王家琼树有馨儿。知君撒手成功退,含笑泉台日赋诗。(君与诗社,联吟无不赴会。去年赴台北“瀛社”诗会,今赴“南社”春季大会,又时与“栎社”诸君子作击钵吟。)[其四][第 91b 页][第 182 页]

04－056　湘社集

易顺鼎等

四卷。易顺鼎、程颂万辑，《清末民国旧体诗词结社文献汇编》第15册，影印光绪十七年辛卯(1891)长沙刻本。

下文所录，均见"序集第四"。

一、易顺鼎"序"(第249—253页)

余以沅士，获交湘人。帝子落叶，大夫香草。龙堂鳞屋，若见水仙；赤豹文狸，相从山鬼。奇服自喜，雅芬未沫。后遂乖违，驰驱六州。五试都堂，七浮沧海。华年电逝，素交雨绝。今岁辛卯[光绪十七年，1891]，重客长沙。去壬午[光绪八年，1882]秋，又十稔矣。是行也，送弟叔[朩]由，鼓箧校经；己亦裹粮，将游衡岳。宁乡周公子，好文喜客，留居蜕园。时湘中故人，有宁乡程氏昆季海年、[第1a页][第249页]子大，道州何五，长沙袁三。先过资水，得王君景峨、景嵩。后饮长沙县学，又识姚君肇椿。其他朋好，亦尚有人；朝夕过从，惟斯数子。今雨旧雨，大山小山。时或星晚露初，人则云间日下。掎裳连襼，刻烛题笺。婉娈琴歌，流连酒赋。娥魄将堕，犹跳听诗之鱼；羲晖甫升，已喧吠客之犬。或一篇初出，赓和沓来；或半字未安，推敲忘倦。笼灯立待，仆足告疲；给札督钞，胥腕欲脱。弦外之赏，既无愧于牙期；梦中之路，始不迷于敏惠。《湘社》名集，由此兴焉。尔乃谢太傅之丘壑，何将军之山林。径满青苔，园依渌水。[第1b页][第250页]夜舸拿月，几作骑鲸之仙；春衣坐花，大似听鹂之客。此一境也。簧暖笙清，钗飞钏动。臣冠偶挂，余褋将遗。子夜四时之歌，丁娘十索之曲。枇杷花底，初访薛涛；豆蔻梢头，绝怜杜牧。目成眉语，心醉肠回。此一境也。若乃毳肩斗酒，风雨渡江；驴背囊诗，溪山如画。中流高咏，蛟龙欲攫其帆；芳草醉眠，蜂蝶相绕于袂。渔村愁泊，灯似湘星；僧壁狂题，墨为岳雨。此又一境也。夫丰山九钟，冥应霜响；延津二剑，精烛斗极。气类之感，远近攸同。何况昔邪聚于一岑，都梁生于十步。喁于集椒，怀响沫之濡；嘤鸣[第2a页][第251页]萃林，贵翕羽之和。而寒暑数十，乐少哀多；弦望三五，合难离易。今夕何夕，与君相对；昨日之日，弃我不留。曾几何时，复当为别。是以子桓论文，悲漳滨之游；向秀怀旧，恸山阳之饮。临河初集，已慨彭殇；吹台再登，徒思高李。鲁国男子，高阳酒徒。他日或南山之南，北山之北。此则指薪道尽，绵绵者语言；舟壑运穷，悠悠者文字。《松陵酬唱》，编成皮、陆；《汉上题襟》，集仿温、段者矣。计凡匝月，得诗词如干首。零笺碎楮，丛残襞积。诸子黾没，欲谋刊行。会余将发朱陵，乃授稿子大、赤由，使稍编定。余兄弟道中[第2b页][第252页]所作，亦列于端。至若"断句"之称，无稽于古。异龙鸾之比物，讥鸟鼠之非类。以其体近联珠，戏同击钵。细虽甚于蚊睫，味或等于马肝。姑亦过而存之，以贻好事云。光绪辛卯[十七年，1891]三月，易顺鼎叙。[第3a页][第253页]

则杰按：此序王飙已辑入易顺鼎《琴志楼诗集》附录之二《序跋题辞》(上海古籍出版社2004年4月第1版，下册第1481—1482页)，标题即作《湘社集序》。

二、何维棣"序"(第253—255页)

秋兰作佩，楚台辞赋之乡；春草怀人，谢客池塘之梦。则有西园胜侣，南国多才。袖卷梁州之尘，马带燕山之色。琴尊十日，鼓吹一时。乍题凤以寻觞，倏歌骊而命驾。河桥杨柳，问苏武以何之；潭水桃花，眷汪沦[伦]而不去。今雨旧雨，帐饮连朝；长亭短亭，帆开几处。能无雅唱，竞写高[第3a页][第253页]情。于时蘋风扇和，榆火迎节。龙称"二许"，乌唤诸王。钟鼓园林，何将军之别业；门衢屣履，郑博士之横庐。莲桡移而潭鲤惊，桦烛烂而城鸦晓。客难宾戏，搜声邺苑之先；玉斝琼杯，审句唐贤之亚。驱谈作屑，走翰如飞。元子何憾于音雌，扬雄不讥于口吃。斯亦云霞之投分、主客之成图者焉。是集也，江总侧篇，兴公锦段；曼倩滑稽之语，史游急就之章；诚茗碗之杂联，疑选楼之弃简。然而《西昆酬唱》之作，杨大年本号无双；草堂《醉樵》之歌，高季迪且居第二。笙簧在手，杼轴因心。管豹一斑，泥鸿千载。于[第 3b 页][第 254 页]是辰阳易子，振铜琶于前；沩山程生，总金羁于后。合鲭为饔，聚腋成裘。荒榛必锄，落叶尽扫。仆工输咏絮，契托同岑。谬备序言，用标清赏。“月泉吟社”，劳吴渭之分题；《河岳》诗人，待殷璠之评语云尔。岁在重光单阏[辛卯，光绪十七年，1891]，病月，何维棣叙。[第 4a 页][第 255 页]

三、袁绪钦“序”（第 255—258 页）

易君中实，少踔厉鸿博，跌宕雄迈。未冠举省试。往来燕晋黔蜀三吴之地，登览山川，咨访材彦，造述斐然。辛卯[光绪十七年，1891]春二月，与其弟朩由来长沙，居周氏之蜕园。唐时刘蜕尝为文冢，此其故宅也。保靖胡巡抚曾就其地，辟治为[第 4a 页][第 255 页]园林。廊馆修郁，澄波溶滀。层台复道，高下隐伏。虹桥凌烟，飞渡水际。舟过其下，靓渌阴翳，岸石环薄。文鸳锦鸭，飞鸣翔泳。时既春仲，花药芬敷，芳草靡曼，风日晶丽。中实则具壶酌，招客泛楫，穷日夕为文酒之娱。每会，必赋诗填词，笺笔交飞，盈藉几案。炫新斗捷，风驰雨骤。不逾晷而属草已竟，相戒不复省视。酒酣传观，墨其甲乙，以为笑乐。于是逾月而稿纸䕺䕺，遂成巨轴。已而中实将行，复为舟中之会，又更增益。中实乃与程君子大，取而撰次之。此《湘社集》所由辑也。其中诗词，则中实、朩由、子[第 4b 页][第 256 页]大三人为多。子大瑰丽谲诡，驱驾气势，劲出横贯，多而不竭。朩由则遒壮凄艳，吐纳珠玉。其发扬秀气，若融风彩露之袭人也。诸子或以他事牵率，不常与会，故所作独少。然庄谐杂出，莩甲新意，雕画奇辞，取给俄顷，高骋夐厉，足相为比俪焉。是集之刻，往往日晏操觚，未夕雕板，或不精意裁汰，然以极一时之兴趣，有足多焉。往者陈吏部伯严，居湘中，喜文好客，尊酒谈宴，月必间举，顾皆清言高睨，激扬意气；间有诗歌，未尝著录。今中实一倡而诸子和之，子大又检而存之，遂能隆然成集。然则[第5a页][第257页]友朋之聚散、文章之兴废，盖亦时为之，而实有其相遭于适然者欤？光绪辛卯[十七年，1891]春三月下浣七日，袁绪钦叙。[第5b页][第258页]

四、姚肇椿"序"（第258—260页）

楚称词国，屈宋初祖。酌奇玩华，衣被弥广。馨风所扇，千载未歇。士生其后，辄复援荃荪之取兴，写芳菲之情愫。希齐驾于往哲，冀流声于当代。不其夸欤？然而沐浴香泽，同祖骚雅，虽不能至，心向往之。岁在重光[辛，辛卯，光绪十七年，1891]，月旅太簇。辰阳易君中实，偕弟汞由。买舟沅水，言寻衡岳。道经湘上，暂止蜕园。招携朋侣，流连文宴。琴歌酒赋，靡间晨夕。开尊集雅之馆，击钵竟陵之宅。雕章缛采，振翰摛藻。曜[第5b页][第258页]灵匿景，继以华烛。或娟魄素掩，而淡墨犹湿；或寒漏严摧，而秃毫怒扫。追高辞于思明，竞险韵于李谔。选胜匝月，得诗词若干首。宁乡程君子大，嗟时序之淹忽，怅游欢之易坠。品盈尺之珍，搜径寸之宝。都为一集，名曰《湘社》。非云嗣响骚些，炫奇楚秀；抑以言艰思苦，须臾立成，传诸好事，略志陈迹而已。嗟乎！人生邂逅，殊非强致。飞蓬乘风，聚沙而雨；朋类之感，何莫不然？余与中实初未簪盍，追饮长沙司训何君学舍，把臂伊始，情盼日密。顾乃豨膏棘轴，忽焉远适。其余诸子，或留或去。嘉会曷月，[第6a页][第259页]离踪各天。白云悠悠，余怀耿耿。结言之雅，具见斯集。后之览者，不必以"西园"之鸿裁、"兰亭"之盛藻，比采而推，上衡曩制，惟总揽篇翰，撮举辞趣，庶知吾侪俯仰之感、恩款之笃，非直衔杯酒，叙殷情耳矣。重光单阏[辛卯，光绪十七年，1891]夏四月朔，姚肇椿叙。[第6b页][第260页]

五、郑襄"序"(第260—262页)

楚南夙称人文渊薮。襄幼时避地江淮,尝以诗问业湘潭周子坚先生诒朴,又数与邵阳魏刚己、檠仲昆季游,皆名父之子。稍稍闻湘中先达风流文采,恨生不并世,慨慕而已。壮游南北,多与湘人款接。然或非久处,或久[第6b页][第260页]处而无暇谈艺。岁壬午[光绪八年,1882],以属吏谒黔按察使易公,魁奇伟杰人也。退又辱交中实、赤由两公子,之晋之蜀,昕夕与俱。惊才硕学,夙所罕觏。间用诗歌赠答为乐。别十年,复相见长沙客次,乃命俦侣,为文字之饮。再集周氏蜕园,一止篁墩精舍。又获尽识同游十数君,大率颉颃中实昆仲。相与赓唱叠和,英词壮采,泉涌飙发,至穷日夜不休。夫人抱奇负异,无所施设。特以身世之故,束缚抑遏,俯仰随人。闭郁既久,遭值同志;槎枒芒角,不暇择言,触境激发,固其理也。独襄以生晚,弗克瞻对沅湘耆旧。[第7a页][第261页]而于衰癃未甚之年,获与诸英少,履綦相接;抚今缅昔,未必才美遂让前贤。虽韵语无能为役,幸与兹会,附名简末,固所不辞而欣然命笔者也。社以"湘"名,惟刓其滇人,乃产于湘;襄里贯犹隶湖广督部封内,或循史例得牵连相及云。光绪辛卯[十七年,1891]孟夏月,郑襄叙。[第7b页][第262页]

六、易顺豫"序"(第262—267页)

易顺豫序曰:《湘社》为集,盖有兄弟朋友之忻感焉。于是中实先生归,子大亦将北征,顺豫与伯璋留长沙为校经弟子。中实先生行二日,风不利,去长沙十五里三汊矶泊;顺豫与子大、伯璋以小舟往追送之,一夕得诗八[第7b页][第262页]篇、词二,故集止于此。顺豫尝自太息,以为二十之年,不能如邓仲华拜衮作侯,亦当如贾长沙陈政事,使天子前席。顾不屑屑为言语章句,而好游名山大川。西南行,入牂牁、黔中。复北经中原,至京师,走幽并。已,复溯岷山江,犯瞿唐、淫[滟]预，遂至成都，登三峨乃去。涉海，由吴达越，以观具区。始稍稍横览矣，亦坐是潦倒。诸生十年，亦终不善属文，而好从当世文人游。则在蜀为“蜀社”，在吴为“吴社”，与中实先生实始终之。今年，顺豫当来长沙，与中实先生别者三年矣。去年夏，中实先生大梁假归，居一[第 8a 页][第 263 页]月之匡庐，后归在十二月。正月，则顺豫行。中实先生谓顺豫曰：“余兄弟盖尝别矣，然三年间会两月耳。二十年皆如此，十年多得三年会耳。余必送子行，即苦复别，当为诗成一集。”顺豫亦自念年二十七，无所成。吾兄弟别离事诚如此，后乃不可知。微中实先生言，顺豫固不能已于斯，且亦使后世知余兄弟别苦矣。顺豫少，好乘，以二骑行，中实先生因亦得乘，为连[联]句诗。而龙阳至长沙四日道，道短易至，中苦无流连。渡资，迂三里，访伯璋、中蕃千家洲，一夕得百韵诗，“湘社”始萌芽矣。行七日至长[第 8b 页][第 264 页]沙，因莲父，得居蜕园。子大，余一日长，于故交最亲，至不可一日不得见。居五日，伯璋自其乡来，湛侯、棠孙先后携酒蜕园，自是文宴无虚日。又天久雨，中实先生亦遂不复言归。然社稿积寸许，作者方未已也。蜕园故长沙名胜，有池亭之美。莲父事母谨，不能有所治，然恒得天。余兄弟来居，则十日雨。雨止，当上弦，则十日晴。诸来会，不以雨即月。而子大、伯璋必后留。当是时，之四人则掉小舟往来池上，或行吟败柳中。酒酣耳热，辄歌呼达旦。至纵论今古，又未尝不慷慨起立，相对泫然，以为今海[第 9a 页][第 265 页]内外九万里，得如吾数子徜徉同志，逍遥忘忧，当世复有几人？今夕复同此乐？而别阔会稀，斯乐难常；兴尽哀来，能毋伤欤？然子大、伯璋亦恒先归。余兄弟则每夕坐池上，月尽始寝，以为常也。居无何，中实先生思岳游，买舟去蜕园。顺豫不能从，乃邀子大、伯璋同送之麓山。其暮，步莅山半。明日，大风雨，竟不能登，赋诗而归。中实先生解维去，至湘乡，以事折还。再往不果，则家书促归。中实先生行，文宴亦遂废。盖一月留，中实先生已两言别。故同社所作，多别言。而海年亦言省父大定，竟亦不果[第 9b 页][第 266

页]去。中实先生则竟行。当三汉矶还，顺豫顾子大、伯璋而言曰："余兄弟别，盖不可纪数矣。曾几何时，如蜕园泛舟之夕，已不可得；即得，时已非，又安知其仍吾数人哉？子大其毋北征！"已，乃与伯璋同还讲舍中，都社稿为一集，属子大论撰之，志斯会也。顺豫既无所成，又平日所作多不自著录，以己所为当长得记忆，乃亦遂忘，仅存连[联]句词《吴社集》中，而《蜀社》所存惟断句。今乃得此，则以是为余所成，余所成如是夫，如是夫。[第 10a 页][第 267 页]

七、王景峨"序"（第 267—272 页）

王景峨序曰：夫发言之道有常，而见志之途非一。系一[第 10a 页][第 267 页]人之本，则以独奏为程；观"七子"之志，则以并称为义。是以孤臣远引，呼天吁地，永其哀；众宾嘉会，一倡三叹，展其志。昔南风托始，即兆赓歌；中露短章，不废同咏。五字著于降将，唱起河梁之篇；七言断自建元，连为柏殿之体。降及唐构倚声之制、齐标隶事之规。回波之辞，作者百族；羽扇之赏，竞矣一时。然则倡和所兴，与声律而俱始；联比之起，自舞咏而即形矣。夫情性自我，岂假旁参；酬酢多方，终归独制。而词人才士，必有务乎此者，讵不以琴瑟专一，虽应不和；笙磬同音，以南愈畅？是以楚台[第 10b 页][第 268 页]郑陇，导高韵于前；梁苑邺园，振芳尘于后。"两潘二陆"，嘤鸣太康之朝；"五谢一颜"，响起元嘉之世。虽云风会，抑亦有遗音者矣。吾湘旧悼骚之邦，中兴又主文之日。士之握灵珠、抱荆玉者，盖彬彬于时矣。岁旅苍龙，月轨奇陆。目极心伤之地，献岁发春之晨。抱景者与奋雷共声，怀响者与蛰虫并启。易子息匡庐之驾，至自沅阴；程生辍周京之行，翻飞汉北。汝南公子，扫榻以迎；楚国狂生，负薪而返。其他游宦之杰、人士之英，吮墨自前，怀铅恐后。每至科条锋起，文雅横飞。或一篇连约三章，或心手各[第 11a 页][第 269 页]营一艺。或昆弟不相借假，或僮奴亦预低徊。当此之时，笛云梦之竹，不足为和；筝泗滨之梓，无以比韵。昆仑倒，未足称其猛气；泰山覆，无以匹其雄心。隐隐乎，沨沨乎，盖亦千载之一期、百年之一日矣。虽同乘并载，魏后之念皮南；昆弟友朋，谢客之称邺下。以今视昔，殆未多殊。则是光绪之年，即元嘉、太康之代；湘中之集，亦楚台、梁苑之朋。不恨我不见古人，所恨古人又不见我。不其然欤，不其然欤？乐极哀来，聚兮散伏。诸子慨斯游之难再，惧余韵之将零。纲以一言，纪为四卷。遇诗则取，例本谢[第11b页][第270页]公；逢士即书，体由张骘。事无浃月，业倍半生。昔曹子桓之撰文，都为一集；徐伯阳之序友，预者十人。今日之为，亦犹曩志。至于游宴之踪、论撰之略，易序、程录详焉，不假景峨一二谈也。惟是新亭置酒，流涕神州；平原论文，慷慨上国。今者边关四启，海水群飞。通道自黔巫以西，和亲尽濛汜而北。瞻言乐土，临睨旧乡。不有长风，曷乘巨浪？而诸子或服箱坂上，仆也亦曳尾途中。托醇酒为功名，倚翰墨为勋绩。斯则《国风》好色之旨，乃一倡而百偕；《小雅》怨诽之音，虽千篇而一律者也。又家弟仲蕃，耽[第12a页][第271页]道山中，猎名简末；远称滥吹，独乞刊除。而子大倚以张军，存其糟粕；叔[赤]由叹其高致，望若神仙。斯其志意瑰奇，视彼丐"莲社"而莫从、入"竹林"而更黜者，又可同日语哉？夫语其忧愁愉乐，其同调也既如彼；论其飘摇淡泊，其遗物也又若此。则是编也，传之奕祀，即湘累发愤之书；采自辅轩，亦国史观风之掌已。[第12b页][第272页]

八、程颂万"序"（第272—276页）

大凡《湘社集》四卷，为古今体诗一百九十一篇，为词一百一十三阕，为断句一百连[联]，为序集八篇，最四万八千一百余言，作者十有二人。起光绪辛卯[十七年，1891]春二月乙未朔，[第12b页][第272页]越夏四月甲午朔，杀青斯竟。宁乡程颂万叙曰：比二十载，江淮戡定，长沙贫国，郁为冠盖园林之里。俊彦云踊，清言高瞩。篡郑、许之绝学，企颜、谢之盛轨。蕴抱荆璧，萃时秀于中兴；搜材邓林，振芳尘于楚宝。前超后绝，新变代雄。文学之隆，罔后武烈。夫惟斜日贾生之宅，灵波湘女之祠。地重鬼谣，天开骚泽。湛湛江水，迎雁峰之客；凄凄楚些，有龙堂之音。“辰阳二易”，击汰而来；湘州群英，盍簪并起。夕月孤而滕爵，朝花明而洒笺。言笑晏晏，拥欢襟于匝月；星辰离离，等翕羽于六州。风雷郁其怪肠，猿[第 13a 页][第 273 页]鸟抗其标格。况复崔慰祖之卖宅、石征虏之别庐。日拥高甍，波澄缭涧。桃柳贡媚，夹荫于飞梁；兰药纷敷，扇芬于曲馆。僮讽妙句，时窥鹦廊；客来玄谈，泛彼鸥艇。才闻击钵之响，遽成踏壁之什。苍然千里，迴接婵媛；藐矣一岑，委怀毫素。昔徐伯阳之文会，预者十人；王僧孺之诗令，成无寸烛。以今况古，殆无殊焉。矧乎风雨晦冥，川途寥敻。百年之游，若湍赴壑；三春之乐，如飙卷尘。天边灵蛤，空销逐望之胎；溪上寒猿，只有临崖之眩。胜侣既阒，风迹谁契？感骚雅之流沫，述山川之丽藻。庶使后世，得[第 13b 页][第 274 页]睹著录焉。

［一］ 连[联]句次韵，纂藻含章。赓始八代，述体三唐。飞雨抗岳，奔涛下湘。歌同楚愤，客似吴狂。龙门群彦，马巷诸王。长吟跳荡，短什琳琅。蛇光绕树，虹气攒梁。白月忽堕，青琴捧觞。字题江驿，名署僧廊。一杯浩浩，万劫茫茫。录“古今体诗第一”。

［二］ 夜郎词祖，沧水驿壁。渔父竹枝，载宏骚域。“沩山双程”，“汉寿二易”。停筝传歌，隔烛点拍。亦有诸郎，攘袂抗席。花损湘弦，波凉楚魄。井水无人，旗亭有帜。不见红箫，敢云白[第 14a 页][第 275 页]石？录“词第二”。

［三］ 物类攸曼，奇偶判殊。辞惟巧绮，制近连珠。一脔之龙，千腋之狐。禁体载录，行觞与俱。西园宾戏，南中短书。录“断句第三”。

［四］ 松陵修尚，石鼎遐轨。韩孟皮陆，式垂鸿纪。南岳之堂，十有二子。江夏郑侯，五十为吏。袁生何郎，擢秀振绮。惟易程王，昆才并起。滇南之吴，魁崖英跱。姚周倩倩，云谲波靡。综述景光，摇襞札纸。韧盦纂成，瓠斋虑始。掉辔蘅皋，扇馨兰涘。非申述作，粗备野史。录“序集第四”。[第 14b 页][第 276 页]

04－057　于湖题襟集

袁　昶

十卷。袁昶辑，光绪二十一年乙未(1895)桐庐袁氏刻《渐西村舍汇刻》本。(浙江图书馆藏)

一、饶轸“叙”(第1a—2a页)

国初王新城为司李维扬，吏牒清简，颇招徕山泽遗民若林古度、邵潜夫、杜于皇、费此度之流，创立诗社，好事者谓其“昼了公事，夜接词人”，以为美谈。夫终岁绵绵矻矻，以三百六旬勤课吏事，而遇一二春秋佳日，偶为游息高明，攀跻林壑，以适其怡旷之远性、孤往之夙抱；文武之道，一弛一张，盖达者所无讥焉，而岂浮文妨要，虚谈废务之为乎？吾师重黎先生，剖竹于湖，六条察吏。地故鄣郡，山越聚垦，民教杂糅；严猛则怨讟繁兴，清静则吏民玩法。先生以经术饰吏治，不言而民信。案牍之暇，偶以禊朝月夕，与二三宾旧，登临宴集，上下论议古今，滔滔清驶，若河决上源而[第1a页]导之东注，曲折往复，必穷其滥觞而竟其尾闾。其所宾礼，皆一时之才隽。缘兴而作，既唱且和。诗多清新雅饬，斐然可读。文句之间，有性韵高胜，迥绝尘表处。其下者，亦足以雕锼万物，秕糠众家。因付写官，辑而录之，以志一时雅集。所钞杂文，亦积二卷[后增至三卷]，颇多搜雅故之芳润、切古近之事变，殆古之良吏所不废也。轸出门西笑，道由江介，谒先生于官舍，得读是编。性耽朴学，不习为诗。顾以王内史写临河帖，闻人比于潘安仁《金谷集叙》，亦殊欣然惬其标寄。此集方之王司李之“冶春诗社”，宾贤之盛、投赠之雅，无多让焉，亦一时胜事也。至于先生之存期窈妙，殷忧时局；

孤怀悄[第 1b 页]然，志周事外，则又非轸之所能测识者矣，岂徒以吏余社集，供好事者美谈云乎哉？光绪甲午[二十年，1894]三月，门下士嘉应饶轸。[第 2a 页]

04－058　蛰园律集前后编

郭则沄

前编榕荫堂律集一卷、后编松乔堂律集二卷。郭则沄辑，《清末民国旧体诗词结社文献汇编》第25册，影印民国三十年（1941）排印本。

一、黄懋谦“蛰园律集前后编序”（第29—31页）

光绪中，乡人官京朝者，有《榕荫堂律集》之作；余方里居，不及与也。丙午[光绪三十二年，1906]冬入都，郭匏庵、叶稚愔诸公始招为续集，兼得读《榕荫堂》椠本，名章络绎，至今挂口不能忘。余虽继声，窃愧弗逮。同人欲尽上、下平三十韵为一集，甄选而续刊之。未及半，而稚愔病卧，余亦有西江之行，社事遂辍。迨己酉[宣统元年，1909]再入国门，旧侣星散，间或沉泉。每过宣武门之南，辄忆当日聚唱夜归，毡车轣辘，雪光与车灯相照映。此景犹依依在目，则愈惜曩集之弗终也。国火久移，流寓都下，居止距蛰云密迩，因与蛰云议振坠绪。其命题拈韵，限期交卷，互评甲乙，一如榕荫堂之例，而集唱则于蛰园之松乔堂。是时社侣寥落，不复能限乡籍，然意兴甚盛。中经烽燧，嘐鸣弗辍。凡寒暑再易，而三十韵已周。前后两集，相距几四十载。举集中数十姓氏，其及与于榕荫堂前集者，只蛰云、徵宇二人；不与前集而及与丙午[光绪三十二年，1906]续集者，蛰云、徵宇外亦只补庐及余而已。蛰云求丙午[光绪三十二年，1906]断稿不可得，又以榕荫堂前集锓版已失，虑终至失传，乃谋精选后集，合前集[第1a页][第29页]选本，综付剞劂。议甫定，而徵宇、补庐先后归道山，余与蛰云亦垂垂老矣。比且以饥驱入吴，相望隔南北，欲如昔者望衡对宇，日夕谈诗之乐且不可得，况清时榕荫之游乎？蛰云书来，谓三十韵之既周，盖悬愿至久，今始获践；君为议倡后集者，又前后两集皆预名，不可无一言以弁诸编。余不敢辞，顾积感侵寻，捉笔辄不能自制。嗟乎！前集之世，何世也？当都邑清泰，赓唱从容，宁知数十年后沧海推迁，遂有今日？又焉知沧海推迁而后，犹有踵清尘、扬雅绪如后集诸人者？虽然，后集之作，诚为与前集者所不及知，即其人亦不及见。然其事则晋安雅游之续，其人皆贞元朝士之遗，针芥不谋而合，铜洛不期而应。虽谓为灵山香火之缘，可也。世变日歧，斯文凋丧，旧人亦零落仅在；即兹后集，异日恐无复继唱《渭城》者。则斯集行世，以永风雅一发之传，乌可不亟亟乎？余客故都日久，于集中人类有渊源；离逖之感、山丘之悲，固非楮墨所可殚述。蛰云则云路扶摇，遽丁桑海，抱持先集，来往兵间，其所以缵承先志者，初岂在抡扬之末？时移世舛，蹙蹙屏居，若舍是，无以自托。丹徒丁闇公称为“如纪有群由[第 1b 页][第 30 页]有会”者，蛰云固当之无愧，抑岂深知蛰云者哉？孤儿当室，一星已周；陵谷万殊，周京益远。俯仰忾叹，当何如耶？岁在重光大荒落[辛巳，民国三十年，1941]，孟陬之月，黄懋谦序于白下。[第 2a 页][第 31 页]

二、杨秀先“蛰园律集前后编序”(第 33—34 页)

夫丰城之剑光，动乎星躔；铜山之钟响，答于霜旦。气类所感，闵嘿斯通。方彼嘤鸣，无间潇晦。王城如海，萃兹人文；胜日盍簪，半为流旧。敦古欢于夙契，抒遥情于寤歌。奕奕冠裳，抗怀“月泉”之社；落落文酒，欲续晋安之游。景光常新，流风未沫。“蛰园律社”者，吾师蛰云先生所主也。其地则近依丹霄，旧为朱邸。飞甍高跨，修廊四周。花石饶于平泉，尊罍拟乎北海。宾主笑谑，相忘乎形骸；醒醉歌呼，不碍于风月。每当芳春宛宛，静昼愔愔。奇花媚人，幽禽导径。吟裾翕集，宾筵始张。斗雪堂之尖叉，赓乐府之竞病。导源靡竭，相矜险奇；卜昼未酣，乃继膏烛。故国竦叹，房陵山水之讴；骚人寓怀，楚泽芳荪之旨。又或试灯风细，传漏宵迟。鱼钥弛严，鹤檠初耀。散春星于万户，俪华月于九衢。火树彻宵，唐花拥座。相与连情发藻，因物抒襟。竞龙头而标新，刻凤烛而忘晏。至若重帘暑退，清簟秋生。延东阁之吟朋，列西斋之珍玩。拓叉分画，人窥顾氏之厨；刻竹成图，家爱放翁之扇。从容谈宴，犹似承平；陶写篇章，尚存典范。终岁之乐，[第 1a 页][第 33 页]选夕为佳；一字之传，千秋斯在。时历五稔，韵将再周。惧乎陵谷变迁，缃素散佚。爰裒众作，都为二卷，以殿诸《榕荫堂律集》之后。盖一则荷衣早岁，跌宕高轩之吟；一则桑海余生，啸傲清尊之集。雅裁不异，哀乐斯殊。萃而刊之，弥彰济美焉。嗟乎！世丁叔季，人抱幽忧。各以渺怀，相尚孤诣。喁于于声音之末，駊騀于烟墨之间。虽襧裷自怜，无假于海运；而羁逋暂托，莫望夫河清。激危涕于横流，结幽情而独往。其将以此为隐豹之雾、韬鳞之渊乎？秀先留滞京关，侵寻岁路。覆巢之卵，犹附拳枝；熸玉之冈，乃遗幸草。属以荒殖，预兹华流。授简征辞，捧笔载惧。夫浮踪靡定，杳若经空之云；流光不停，倏如过隙之驷。徂欢可念，视此琳琅；坠谱仅传，已如霓羽。倘寻馨轨，追述骚盟；犹赖是篇，以存风矩。敢辞僭墨？略举大凡云尔。辛巳[民国三十年，1941]中春，门人成都杨秀先谨序于夜坐厂。[第 1b 页][第 34 页]

三、郭则沄"蛰园律集前编序"（第 35—37 页）

律集昉于闽。同、光间，有"支社"者，李次玉、畬曾兄弟主之，极园林宾宴之盛。社中玉如、巴园、畏庐、石遗诸老，皆当世名俊，谈笑忘形，或至互诋，有"竹林"之遗风焉。光绪甲午[二十年，1894]、乙未[二十一年，1895]间，乡人官京朝者始倡为之；与者十七人，闽县叶氏居其四，吾家居其五。余甫舞勺，触所好，亦强效涂抹；先公不之禁，有疵辄为改削。今集中《雪意》一律，即社作。是题以乏佳作，从删，独余作颇获诸先辈称许，故别存之。社之健者，推叶肖韩侍御、陈徵宇参议。时肖韩与其从父铎人丈同官翰林，徵宇甫由中书舍人迁主事，自余官翰詹者五、曹部者二。余与迺谨、肖文方侍宦京邸，后乃通籍。自国铁之挫，士大夫竞言时务。然辇下尚清肃，犹忆元夕集唱灯月中，声出金石，夜午乃益酣；烛见跋，未已。彼时诚不知有人世沧桑事也。会肖韩奉讳归，吟侣疏而社事中辍。铎人丈选社稿付梓，曰《榕荫堂律集》，盖虎坊郡馆之堂，同人恒集唱于此。未几，丈出为雷琼道，寄板于肆，遘乱散佚，故印行者绝少。近年余与徵宇谋复举“律社”于蛰园，既三十余[第 1a 页][第 35 页]集，将选稿继刊；又虑旧集岁久失传，议并刊之而别为“前”“后编”。顾遍求旧集不可得。比乃乞陈子用刚于徵宇遗箧检得之，盖徵宇亦前卒矣。余手录一过，遗篇历历，若诸老之丰采言笑接于吾前。孤露余生，触绪增痛。集中存者，为题三十，序以先后不以韵，今仍之。手民字画，间有从别体者，谂为肖韩手录之遗。肖韩一世清才，甫转西台，遽伤朝露；人生实难，乃不敌纸墨之寿，亦可欷矣。《（洛阳）耆英会》一题，非最后之作；编集者殿之，若以券曼龄緐福，顾人事乃有绝相左者。幼沧、扆丹两丈之卒，皆不及中寿，与肖韩同慨。扆丈甫超擢府丞，方响用世，尤嗟惜。同社余子多屈志。乞外者，类以牧令终。其滞京者，挺生丈久官驾部，论资京察当一等，为拟陪者所敚，恚愤以卒。铎丈以京察外简矣，坐嗜好，几被劾，乞归乃免，其为抑塞等耳。独石孙丈出守皖鲁，有循称，晚节孤全，年逾八十，于“洛社”诸贤差近，然位亦不称。及观集中诗，乃有成谶者。肖文咏萍云：“文章在水春如活，生世无根质易销。”余颇讶其萧飒。后以庶常与殿直，乞假归娶，俦辈称羡；乃未散馆，遽赴修文之召，则两语皆先兆也。余通籍后，稍历外[第 1b 页][第 36 页]台，似视肖文为胜。然躬丁国变，负恩偷息，徒滋罪戾。今老矣，丛残遮眼，万感侵逼。先公晚年尝以梨洲横身苦趣自喻，况今之世尤非廿年前之比耶？集中录余咏浯溪《中兴颂》云：“身历艰巇详国故，老余撰述答君恩。”亦若为此生写照者。余诚恨不得为肖文，然龆年吟讽，无意中出之，辗转而终践，则数之前定也。是集得失，事之小者。余既遍觅之矣，不得已，乃求之于徵宇；徵宇逝，又谋诸用刚；用刚之于槐楼遗笥，亦再三检之，几绝望矣，卒乃复得。是又安知非数耶？因忆甲辰[光绪三十年，1904]冬，肖韩起官北来，尝再举是集，稿存肖韩许，未及选刊，今不可复觅，仅忆有《孟蜀主鸳衾》及《福橘》诸题；苟有数焉，俾意外得之，以存为前集乙编，其快幸又当何若？嗟乎！陵谷万变，一堕而不复整者，天也。吾辈拾补蹉跎，乃徒斤斤于简编之末，纵复有传，又奚足重？"支社"之盛邈矣，顾安得鞭叱羲驭，还我于龆年捧杖时耶？庚辰[民国二十九年，1940]嘉平雪后，郭则沄录竟，识于遁圃。[第 2a 页][第 37 页]

四、郭则沄"蛰园律集后编序"（第 99—101 页）

呜呼！吾辑"律集后编"竟，悄然以思，愀然以叹，不知涕泗之何从也。忆年十有三，始从先太保与律集。时学为制艺，甫完篇，以庭训兼治经世之学，初未尝役志于诗，庸知以文学受天子知？蹉跎弗克报，偷生草莽。行年六十，幽忧樛结；若舍诗，无以自鸣。坦荡吾世，欻其徂矣。隅坐之我，老且孤矣。陵谷几迁，事事非昔。百一存者，惟此律集，斯可累欷而长叹者也。律集昉于吾闽，然乐为之者殊鲜。乡之老辈，有惮为击钵者，况言律乎？宜不若折枝之盛。顾余不喜折枝；以悦亲，乃屡为之。今不复作击钵，则吾家风也，少即乐之，而每集必从先公。天夺吾怙，并"蛰社"百集靳不获践，今亦岂忍复作哉？幽忧中无以自遣，乃复事律集。曩与前集者，惟三人在：周熙民师、黄嘿园丈，及陈子徵宇也。熙师、嘿丈入社少，后所作未及选刊，故名不著于集。徵宇则前集健者也。与商复举吟事，咸韪之。乡人旅京者寥落，则不复限里贯，且以邮筒遍走南北。熙师自沪，高子迪庵自宁，宗子子威自湘，皆以诗来会。津之寓公，愿与者亦数人。社[第 1a 页][第 99 页]事顿振。甫数举，而氛壒遽腾。余蜷栖栩楼，若雷池之限，然吾社之应期集唱如故。迪庵书来，至以邮诗为戒，语特深重，余为一噱。事后思之，余之愦愦可哂，而诸君子之潇鸣不辍，良足多也。曩余往来京津，间或居津，则嘿丈代主之。寻嘿丈就食于南，则陈子莼衷为助。月一集，集必二题。每岁首张灯，列唐花为犒；夏则以扇或刻竹、刻铜之属，其书画皆出同社。莼衷复浼人即题为图，汇装成巨册，署之曰《蛰园酬唱》。凡是，皆前集未有之盛。然以诗论，殊不逮前集谨严，又多涉黍离、苕华之感。余所作《新柳》句"但得春归迟不恨，忍教人折弱无依"，甫集唱，已传播行都。同社因题触绪，寄声绵邈，亦若喁于互应。吾辈身名坠甑，岂复如貌遗逸者，抗音竦格，以希青史；毋亦言为心声，芳馨悱恻之情，有动于不能自已者欤？夫诗，本于骚雅，忧伤离乱之辞为多。故世愈乱，诗亦愈盛。若谢皋羽"月泉吟社"壹志沉虑者，上也。次之，若元遗山之《中州集》、顾仲瑛之《玉山草堂集》，歙欱风雅，寄其歌思，庶几不失其正。吾辈安敢方皋羽？而生丁板荡，幽忧樛结，舍是无以自鸣，固于遗山、玉山为近。抑遗山、玉山之世，自今视之，已[第 1b 页][第 100 页]为明盛。嵬波稽天，浩劫未已，其能终容吾辈有园林歌咏之适否耶？且同辈齿皆六七十以上，心危苦而兴易颓，又后罕继者，其能终如前日之潇鸣弗辍否耶？此吾所为悁然以思，愀然以叹，而不禁涕泗之横集也。社集以来，上、下平之韵已周。嗣易月为岁，春秋两集，比又五举矣。计五年且将再周，余虽未笃老，而世变、人事，容有难言者。乃截至辛巳[民国三十年，1941]春社止，手录丛稿，乞外舅斐盦翁甄选，而同年夏子蔚如覆勘之，将以付手民。别于前集，故曰"后编"；每集皆于蛰园之松乔堂，则署之曰《松乔堂律集》，从其地也。后有所作，姑俟续编。吾家自先中丞以降，狎主坛坫，盖四世矣。兹集中，亦廉叔、养庠弟，并余父子，亦四人，扬扢之遗，差为不坠。余既愧平昔志事与夫秉教于吾祖吾父者，百无一践，所恃以稍存门绪者止此，抑犹望世运自剥而复吾宗风雅，尚有蝉嫣继起者，勿以是集为尾声也。辛巳[民国三十年，1941]春正，蛰园主人郭则沄序于景山祠屋之瓶花簃。[第 2a 页][第 101 页]

五、陈宗蕃“松乔堂律集后序”(第 297—299 页)

吾闽袭《晋安风雅》之遗,凡所谓“折枝”“击钵”以至“律集”,皆闽人倡之。每集必评甲乙,评定则发唱,盖取鸿胪唱榜之意。承平时,岁晚务闲,竞以鏖诗为乐。里巷间,吟声相接。其在京朝者,或于寓斋,或于郡馆,常集必推主司二人上坐,抗声朗唱,抑扬中节;大集则与会者各自评阅,长筵列坐,更迭递唱,谓之“大唱”,亦曰“连环唱”。故其计诗也,不曰若干“集”,而曰若干“唱”,以集必有唱也。余登朝晚,不及与“榕荫堂钵集”“律集”之盛。然闻先辈言,每郡馆集唱,以烛计筹,恒至夜深乃罢。叶铎人观察、周熙民侍御,皆善唱;每唱愈高,唱至前茅,兴酣声朗,渊渊如出金石,听者亦为之忘倦,所谓神明之律吕者欤?比岁,蛰云郭子倡为“蛰园律社”,余始与焉。每集仍用“连环唱”之法,然同社不皆闽籍,方音既异,唱亦不酣,且无复如铎人、熙民诸老之善唱者。余尤拙讷,强效嘤鸣,如出蚓窍。因叹风会升降之殊,即求之于声,且有不相及者,无论诗律矣。蛰云辑“律集后编”成,语余曰:“君在社久,宜有一言缀于后。”余自[第 1a 页][第 297 页]谂不文,且蛰云于“律社”始末叙述已详,余言又奚足赘?乃举唱诗之有合于古者,引伸其说曰:夫诗者,古之乐歌也。自《卿云》《击壤》以迄于《三百篇》,靡不可被诸管弦,协诸宫徵。春秋时,宴飨乐歌,皆诗也。秦汉以降,去古稍远,然《虞兮》《大风》诸作,犹可以应节而舞。《晋书·乐志》谓王粲等各造新诗,吟咏神灵,赞扬来飨,则诗即乐也。沈约云:“天机启则律吕自调,六情滞则音律顿舛。”又谓:“韵与不韵,复有精粗。”非唱何以见之?自乐府既兴,诗与歌乃渐歧出,于是凡可被管弦、协宫徵者别属于乐官,而骚人学士之篇咏不与焉。至唐以诗取士,始别体为“律”;“绝句”者亦曰“截句”,律体之断章也。其时云韶诸工合播弦管者,以乐府为多,然旗亭赌唱皆截句;而元、白之“元和体”,至于闾阎下俚争传唱之,意其诗亦必谐于声律。至南唐北宋,词与曲乃相继代兴。其于词曲也,殚究四声，乃至于阴、阳平，而诗之协律与否非所问也。后来诗人如王阮亭，其言律可谓细矣，然亦第声韵之高下而已，体例之正变而已，平仄之转换、虚实之相称而已。于是世之言诗律者，以为诗家之律度在焉，而非律[第 1b 页][第 298 页]吕之谓。余窃疑其非古，尝与宰平林子切论之。晚近迁流所极，乃有无韵之诗，且不讲平仄者；文教之衰，而世道亦因之而变，滋可慨也。兹集虽未敢比拟前贤，特《晋安风雅》之遗，乡先辈所从容扬扢者。陵谷屡迁，余韵未绝。平陂相乘者，天道之变；盛衰递嬗者，人事之殊。即兹斯文一线之留，安知数年或数十年后不有观感兴起者乎？异日诗学之传，复趋明盛，或更如汉魏以前被管弦而协宫徵，则斯篇其嚆矢也。庚辰[民国二十九年，1940]嘉平，莼衷陈宗蕃。[第 2a 页][第 299 页]

04-059　翠屏诗社稿

冯誉骢

十卷。冯誉骢辑，光绪二十四年戊戌(1898)云南东川府署刻本。(云南省图书馆藏)

一、冯誉骢“诗社牌示”(第1a—b页)

照得本府莅治兹土，接连观风、月课，此邦文风已知梗概。诸生于八比之文，虽深浅不一，于法尚不甚谬。至于韵语，则合格者甚少，良由无人提倡风雅之故也。本府一行作吏，笔墨久荒，然日课一诗，虽不能至，心窃向往之。兹拟于文课外，创设“翠屏诗社”。以五月十五日为始，亦不点名给卷。每月十五会课一次，届期由本府拟诗题数道，粘贴府署大堂，诸生自行钞回，宽以时日，脱稿送阅。同寅诸友及在籍绅士有愿作者，均请入社。俟会萃成帙，择尤付梓，俾广流传。本府亦按课拟作，与诸生[第1a页]互相质证。有志风雅者，谅不以此为迂谈也。此谕。[第1b页]

二、冯誉骢“诗社牌示”后记(第1b页)

“翠屏诗课”起于光绪二十二年[丙申，1896]夏月，讫于二十三年[丁酉，1897]冬月，会课数十人。选存各体诗十卷，略加修饰，特为付梓，用跋前言。并刻“牌示”于篇首，以当叙云。署东川府事蜀西冯誉骢识。[第1b页]

04－060　金城唱和集

王恩翔

二卷。王恩翔辑，《台湾文献汇刊》第四辑第10册，九州出版社、厦门大学出版社2004年7月联合第1版，影印光绪二十五年己亥（1899）岭南宝经阁刻本。

一、王恩翔序（第417—420页）

仲阏［丘逢甲］来，持菽园［丘炜萲］书，索余与仲阏唱和诸作，因谋钞寄菽园。计余来潮在戊戌［光绪二十四年，1898］之秋，凡四阅月，两人得诗几二百首。其不愿以示人者，则化灰和泪吞之。综两人诗，犹得百五六十首，不忍泯没，姑名之曰《金城唱和集》云尔。其他有所作，非唱和之什不入焉。嗟乎，嗟乎！江湖魏阙，昔人所悲，孰使我两人哀乐无端而至于此也。入天地于孤舟，［第417页］苍茫四顾，百感丛集，而天道变迁于上，人事变迁于下。哀乐无端而至此者，孰使之然耶？亦两人之不幸耶？岂独我两人之不幸耶？虽然，仲阏年方壮，大才横溢，当为世用，得时将复出。余年已半百，发如此种种矣，奚能为夫世之琐琐者？既不足与语，而老师宿儒一切迂谈腐论又掩耳而不欲闻，眼中复畏见年少气盛、飞扬腾达之人。［第418页］只此热血填胸，今且冷如死灰，若不能复燃者。此余诗之所以多苦语也。世人嗜甘恶苦，海内舍仲阏谁知我者？仲阏则身经离乱，其才又横绝一世，而郁郁居此，悲壮苍凉之声流溢而出楮墨之间，具有身世之感，一唱三叹，独有千秋。余诗何足传？仲阏诗则必可传，且不仅以诗传；然余得附仲阏诗以传余诗，此固余不幸中之大幸［第419页］也。今又得关心时事人如菽园，提倡风雅。得一知己可

以无憾，况知己不止一人，复何憾哉？当破涕为笑耳。光绪二十五年己亥[1899]春王正月，嘉应王恩翔晓沧序。[第420页]

【附录一】丘炜萲《挥麈拾遗》卷四（厦门大学出版社2017年9月第1版，第152—153页）

潮州有凤凰台。嘉应王晓沧广文（恩翔）来游，偕丘仙根[逢甲]工部登焉。仙根援笔放歌，晓沧和之，诗成传观，一气挥洒，颇似太白狂吟之草；仙根不觉叹服，可于金陵凤凰台之外增一佳话矣。诗云："君不见，高台屹立悬中流，千年上下几人游？游人本是凤凰侣，招引凤凰作凤语。雏凤老凤时一鸣，空山百鸟皆噤声。三层阿阁一以眺，天风吹落孙登啸。凤为百鸟王，九子声锵锵，等是生成毛羽有文章。胡为天寒湘水寻竹实，叹汝独作饥凤千仞翔？丹穴养成九苞异，安巢岂必忧无地？曾闻太白游金陵，高台当时谁共登？金陵王气销草草，只有青莲作诗好。谁识青莲万古愁，不为晋代悲山丘？凤去台空天水碧，江湖魏阙多烦忧。吉光片羽世珍重，古来文笔矜鸣凤。凤山凤水绕凤城，今日高台得君共。台亦不为高，水亦不为深，为有歌凤一曲愁人心。君歌自是鸾凤音，前无古者后有今。歌声遏，箫声发，与汝秦台吹璧月。梧桐枝上月徘徊，凤兮凤兮可重来？人间何代无仙才？"晓沧尝集其游潮时与仙根唱和之作，自戊戌[光绪二十四年，1898]九月至岁晏，两人得诗[近]二百首。其不愿以示人者，则化灰和泪吞之。综两人诗，犹得百五六十首，名之曰《金城唱和集》——以潮郡有金山，故又称"金城"也。蒙其全稿寄余，属委校订，余因版而行之。

04－061　昆仑集

叶德辉

一卷、续一卷、附一卷，另附释文一卷。叶德辉辑，台湾新文丰出版公司《丛书集成续编》第106册，影印民国二十四年(1935)长沙中国古书刊印社汇印《郋园先生全书》本。

一、吴士萱“昆仑集序”(第191页)

《昆仑集》者，叶焕彬吏部与友人游宴之作也。东山丝竹，感慨中年；南国荃荪，相思彼美。永嘉风雅，文物犹新；开宝繁华，声歌未歇。误曲待周郎之顾，新词征江令之题。钟情既深，发韵愈远。《三百篇》之什，属之思妇劳人；《十九首》之诗，托之娼楼荡子。南风自竞，奚别乎雌雄；东日初升，有怀于婉娈。喤引相导，匏奏同宣。斯集之成，有由然已。吏部金殿词人，玉皇案吏。承明厌直，殚于著书；风会总持，富而好礼。太平三世，多取证于见闻；清昼六时，偶陶情于歌舞。兰成哀思，雅眷萧韶；休伯审音，最怜车子。楚艳汉侈，男女助其歌谣；簧暖笙清，湖山供其跌荡。每至南皮宴敞，北海襟倾；倚[第1a页]玉人来，醵金客满。琼筵醉后，分将弥子之桃；碧盏斟余，掷去安仁之果。花围四壁，并入品题；芸拥百城，间多酬唱。则有西昆旧侣、东观名流，同裁芍药之章，竞写樱桃之韵。悱恻如李商隐，指锦瑟而知年；悲壮如杜少陵，观舞剑而斫地。余霞成绮，拾唾皆珠。既已被之管弦，方将寿之金石。嗟乎！《疑雨》《无题》，彩云易散。曲终人去，惟余江上之峰；羽换宫移，莫按墙边之笛。蜂窠巷陌，生已销魂；牛角山河，醉仍落魄。俯仰异趣，觞咏何之；流连曩游，琴声欲绝。不言本事，亦谁识孤怀也乎？士萱青衿城阙，颇采郑风；武库甲兵，同有左癖。落花时节，愁遇乎龟年；明月清宵，凄歌乎欢子。问南朝之狎客，我尽知名；话北里之冶游，君偏短气。胡卢一笑，[第1b页]无非殿屎之声；笺注百家，谁喻尻轮之旨。已亥[光绪二十五年，1899]秋重阳前一日，长沙吴士萱序于永丰道中。[第2a页][第191页]

二、叶德辉“昆仑集叙”（第192页）

昆仑百咏，作者四人：龙阳易实甫观察、莲花厅朱莼卿太守、湘阴李佛翼茂才，及余也。诗皆近体，而体各不同。实甫生而哀艳，自其少时柔情温貌，人比之《红楼》中之宝玉，是以所为诗词芬芳悱恻，能使读者回肠宕气，此一体也。莼卿以词臣改官湖湘，蓬莱三山，时萦寤寐，而思君爱国，一托之于吟咏，以发抒其性灵，其人品在苏、黄之间，诗格亦正相类，此一体也。佛翼以名家年少角逐坛坫，酒酣耳热，往往感叹时事，凄然有举目山河之异，其诗繁缛不如实甫，而流荡过之，此一体也。余诗宗法玉溪，且不得其貌，莼卿目以奇恣，实甫则以为设色工丽，奇想天开，余知其阿[第1a页]好而姑妄听之，此亦一体也。是时实甫督醝湘中，莼卿为提调，文宴之胜，同于卢、曾之在扬州；余与佛翼追陪其间，篇什相酬，靡间旬日。此特一时事耳，而唱和至百首之多。他日赓续相成，溢于捆载，以视元、白《长庆》，皮、陆《松陵》，积时既久，仅得诗数百篇，其神勇为何如耶？已亥[光绪二十五年，1899]夏六月初伏日，长沙叶德辉叙。[第1b页][第192页]

则杰按：《昆仑集续》《昆仑集附》内各有不少作品相当于《昆仑集》初集以及《昆仑集续》的题辞，兹从略。

04-062 鲸华社诗钟选存

吕景端

二卷。吕景端辑,《清末民国旧体诗词结社文献汇编》第 26 册,影印光绪三十一年乙巳(1905)上海通元书局石印本。

一、孟昭常序(第 185—189 页)

"鲸华社"诗钟,起辛丑[光绪二十七年,1901]四月,讫癸卯[光绪二十九年,1903]十月,凡四十集。其期会之疏数、宾朋之众寡,无定形,亦无常主。或一月再三集,或间三四月一集。前集之人,与后集不必相谋。盖同社之中,宦游四方者什六七;其它或迫于生事,仆仆奔走;或过客傀焉至止,一集辄去,乍归复出,倏来倏往;其悠游闾巷,无官私之牵率者,无数人焉。癸卯[光绪二十九年,1903]以后,不复举,亦以散者不可猝聚,故莫之止而止也。史子朗存,每集必赴,罢辄裒一日所得句,挟以归,[第 1a 页][第 185 页]纂次而藏之,都四千余联,时时出示同社,共相披览,想见当时壶觞倾倒、纸笔传递、酒痕墨渖狼藉几案,夕则烛光熊熊,人影杂沓,相与研精思、角功力,组织锤冶,斧藻神鬼;过后省忆,如游丝之罥浮尘、落月之照断梦,因指而数之曰:某今在某所,某今为某事;某也志得,某也意沮;某也病,某也死矣,乃大叹惋。或曰:"是宜选录付石印,令社中人各藏一册,庶几浮尘断梦犹可寻觅。"众皆然之。乃推吕幼舲舍人选[第 1b 页][第 186 页]其佳者,得九百余联。恽季绅太守又独任其印资之大半,以速其成。恽子季安颇思为之叙,未及属稿而殁。至是,石印将竟,幼舲自沪寓书于郎存,属余为叙,以卒成季安之志。余自辛丑[光绪二十七年,1901]十月始预于会,其后或因事不常赴。癸卯[光绪二十九年,1903]至京师。今年秋,得南中书,闻吕子少穆、史子皆六相继徂逝。后十余日,又得季安之讣。既会哭于城南僧寺,越三日,汀州之讣踵至,又哭其兄叔坤焉。一月之中,哭少年四人,觉人世恍忽如[第2a页][第187页]林花烂漫,风雨骤至则飘落无迹,悲诧不自胜。及还常州,与郎存语诗钟旧事,叹曰:"前者已丧丁子旋仲、恽子仲珊、张子仲常,今年连丧四人!"比又丧刘子淮生、华子若溪矣,益相与感喟。嗟乎!逝者如是矣,存者常戚戚。为百年之计,夫文章、道德、政事,择术不同,其为销磨岁月则一。今三年之中,以四十日销磨于是,而犹留此浮尘断梦之影迹,顾其它则悠悠忽忽,若飘风过影,不可复拾,又何为者耶?仕宦而达[第2b页][第188页]者有人矣,彼其于文章、道德、政事将皆必有可观;抑其沦落如余者,志行不可必达,著述不可必传,而久混此是非之世,而今而后,所以销磨此岁月者又何如也?书此以质同社,凡以系感慨云尔。不然人或不幸而以诗传,尚非志士之所屑,而况诗钟,其犹足存耶?光绪甲辰[三十年,1904]十二月,庸生孟昭常叙于沤风草堂。[第3a页][第189页]

二、"例言"(第197—198页)

[一] "鲸华社"诗钟,先后与社者四十有四人。三四年来,踪迹离合可念,辄汇登姓名爵里于篇首,以便省记。

[二] 是社创始于金湝生运同、刘葆良兵备。第一集"双白燕堂",刘兵备之所居也;四十集"粟香室",金运同之所居也;其他会所,皆备录于姓氏之后,亦记念之所系也。

[三] 往时都下诗钟之集,初次例举一人为试官,去取而甲乙之;一人为誊录,以糊名易书之法行之。第二次则以上次首名为试官,尾名为誊录。今仿其例,凡卷中所注名次,皆当时试官手定者也;试官所作者为"拟卷",未入甲乙者为"遗卷"。角逐尊俎之间,[第1a页][第197页]推敲声病之末,亦俨有得失升沉之竞焉。

[四] 近人诗钟刻本,颇多佳制。然彼皆得翻检书籍,或得题

后越日来会，始各出所得句相传示。此《选》皆徒手即席构思，庸有选词引实？稍有未安，不复删润，亦不忍割弃者。亦有预会日少，终社仅一二联，亦必登录以存其人者。兰艾同畦，瑕瑜一璧，读者幸勿苛绳之。[第 1b 页][第 198 页]

04－063　梁社嘤鸣集

萧惠清

八卷。萧惠清辑，《清末民国旧体诗词结社文献汇编》第11册，影印民国二十三年(1934)开封聚丰印刷所排印本。

一、萧惠清"梁社嘤鸣集序"(第3—4页)

有清光绪丙午[三十二年，1906]，仆解馆归汴垣寓庐，获与陆君春霆、王君梓琴、周君公阜、张君萃航时相过从，皆通家之客豫者也。时杞县蒋君恢吾，主讲吾浙旅汴学舍，一见倾心，恨相知晚。值世谊陈君松圃，由徐州寄庐回豫需次。而仆之仲弟雅轩、季弟立斋，亦自外郡返梁。吟朋荟萃，相得益欢。先是癸卯[光绪二十九年，1903]秋，春霆、梓琴、公阜、萃航、立斋，暨郑君毓琴，结"秋心诗社"，继改"梁社"。旋以毓琴回闽，汴校课繁，因而中止。丁未[光绪三十三年，1907]重九，梓琴、春霆与在汴诸友作"茱萸会"，共议重开"梁社"，拟定章程，以齿为序，按课轮次命题，完卷后汇集同观。每课必备酒肴，飞花射覆，兴高采烈。暇日尚彼此过访，恒作竟日谈，或挑灯夜话，纵谈今古，莫逆于心，可谓极朋友埙篪之乐矣。洎宣统己[己酉，元年，1909]、庚[庚戌，二年，1910]间，恢吾赴河朔主讲，公阜游学燕京，萃航从公楚北，松圃、梓琴回里省亲，雅轩赴馆他邑，仆以迁葬先茔，日逐形家奔走，社随停止焉。既而烽烟四起，海内鼎沸，戎马苍黄，不遑宁处，亦且毓琴、松圃、春霆、雅轩、立斋[第1a页][第3页]相继丧亡，其存者又远在他乡，或竟不知所在，年来居汴者只仆与恢吾二人而已，纵有吟朋偶聚，大都忙里偷闲，求如"梁社"之优游闲暇，杳不可得矣。癸酉[民国二十二年，1933]、甲戌[二十三年，

1934]间，恢吾与仆追思往事，不胜今昔之感，因议将“梁社”诗章选成一集，以志鸿爪。简商公阜、萃航，咸以为然。乃检社稿，选如干首，名曰《嘤鸣集》，付诸手民。虽无惊人奇句，不足传世而行远，然晦明风雨，把卷一观，如见“梁社”之友焉，如睹昔年之境焉，谓之感旧亦可，谓之无聊之极思亦可。乃诵楚辞，曰：“风飒飒兮木萧萧，思公子兮徒离忧。”又诵曰：“时不可兮再得，聊逍遥兮容与。”岁在阏逢掩茂[甲戌，民国二十三年，1934]，且月，若耶萧惠清吉甫氏识。[第1b页][第4页]

二、“凡例”（第5页）

一[一]　是集专录“梁社”诗，自清光绪丁未[三十三年，1907]开社始，至宣统庚戌[二年，1910]停课止；丁未[光绪三十三年，1907]前旧作，间附。

一[二]　编次仿沈归愚《唐诗别裁》例，首五言古诗，次七言古诗，次五言律诗，次七言律诗，次五言排律，次七言排律，次五言绝句，次七言绝句。

一[三]　每体中，以作者年齿为序。

一[四]　是集义重感旧，题名中于社友姓氏、名字、别号、籍贯、生年月日依次详载。[第1a页][第5页]

三、“梁社简章（光绪丁未年[三十三年，1907]）”（第9—10页）

一[一]　社名：本社定名“梁社”。

一[二]　社友：社友以齿为序，轮流值社，为临时社长。

一[三]　社期：每两星期开课一次，由临时社长出题，是日略备酒肴，以便聚谈。

一[四]　社题：每社限定古风、排律不得过一首，律诗不得过二首，截句不得过四首，限次星期缴卷；如欲出乐府或诗余题者，备酌邀请特社。

一[五] 社评:公备社稿一本,由临时社长经理,于收卷后倩人随时誊录;次社携至社所,轮评甲乙,标写一二三四诸等第;合计时,以所取次第数目最少者为第一名,以下挨次排列,将稿本交次社社长接收,其社友原稿由本社社长收存。

一[六] 设所:每次开社,在临时社长寓所;如斋舍窄小,可借用社友之寓。

一[七] 入社:凡旨趣相同、稔熟之友愿入社者,应向社中达知,即可邀请入社,按[第1a页][第9页]年齿叙入轮次。

一[八] 退社:社友如有游宦、赴学、佐幕、省亲、旋里诸要务,声明退社。[第1b页][第10页]

【附录一】萧惠清等《衡门社诗钟选》卷首许钧《衡门社诗钟选序》

(《清末民国旧体诗词结社文献汇编》第24册,第5—8页)

史称梁孝王居天下膏腴之地,筑东苑三百余里,大治宫室,招延四方豪杰,于是司马相如、枚乘、邹阳之徒咸以客游梁。孝王尝集诸名士,各使为赋。此梁园风雅所自昉也。迨宋都汴,人文荟萃,欧阳、宋、王、"三苏",石、梅、晁、孙诸公,文章诗词,辉映千古,尤为极盛。沿及明清,余韵流风,至今未沫。香雨居士萧吉甫先生,以若耶名士作梁园诸侯上宾,结社赋诗,抡扬风雅,执骚坛牛耳垂三十年。己巳岁[民国十八年,1929],重开"衡门诗社"。余以赋《春日田园杂兴》和韵,被邀入社。四五年来,同人雅集酬唱,其乐曷极?溯"衡门社"之先为"秋心社",嗣改为"梁社",嗣又改为"衡门诗钟社"。顾诗钟社为最盛,得联不下数千。嗣以试卷间有遗失,颇引以为憾。于时同人有付梓之议,公举吉甫、秋川两先生操选政,既又命余覆选,并嘱补作首课题,是余已不啻入诗钟社矣。夫诗钟仅七律中之一联耳,不惟诗之绪余而又近体之余也;乃世之硕彦巨公、名流韵士皆酷嗜之者,以其径愈仄而意味愈无穷也,真有"一粒芥子现大千世界"

之概。作者如狮子搏兔——兔之为物，虽渺乎其小，而狮之搏之必萃全力，方克有济。二物之不类，判若天渊；两字之无情，势如水火。一经构成，则妙造自然，巧不可阶，恍若天衣之无缝。其间才华艳发、吐纳风流者有之，藻思绮合、清空一气者有之，钩心斗角，鬼斧神工，心弥苦而句愈佳，如武陵源鸡犬桑麻，别有天地，其乐不可言喻矣。是以诗才愈大、功力愈深者，嗜之愈笃。汴中前此无诗钟之刊，有之自"衡门社"始。嗟乎！梁园风雅，至今而犹盛者，香雨社长与诸君子提倡之力也。余幸附骥尾，复承同人嘱，作序言，谨书其源委，并略言诗钟意趣，以弁诸简端。癸酉[民国二十二年，1933]仲夏，夷门许钧平石甫书于怡情吟馆。

【附录二】萧惠清等《衡门社诗钟选》卷首萧惠清《序》（第9—11页）

诗自汉魏而下，以迄晚近，作者代有传人。陶写性情，宜风宜雅；根茂实遂，敻乎尚矣。有明末造，闽中文士创为诗钟之体，另辟蹊径，格局翻新。洎清代林少穆、沈幼丹两先生，极力振兴，虽戎马倥偬中，莫之或废。一时风行海内，钟社迭兴焉。岁甲寅[民国三年，1914]，汴中"梁社"友人陆君春霆建议改课诗钟，众论韪之。爰仿闽例，每课社友各拟两题，拈阄定之，即日完卷、分评。开榜后，小酌清谈，或飞花数筹，或抚琴寄意，兴高采烈，可谓极一时之盛矣。丁巳[民国六年，1917]冬，春霆遽归道山，同人凄怆，社随沉寂。己未[民国八年，1919]孟秋，予与汪晓岚、李秋川诸君重兴斯社，而易名曰"衡门"，专课诗钟，法度较"梁社"略有因革，每课由各友轮次命题，得卷糊名易书，公评发榜。诸友联句，莫不勾心斗角，刻露工整，其温而能丽、雅而且驯者亦恒有焉，盖不纯效闽派也，予则瞠乎其后矣。丙寅[民国十五年，1926]之年，戎马苍皇，邮递艰阻，而社事停顿。迩者检点书笥，计存六十余课，都数千联。同人惧其散失也，爰就已取之联重加选定，裒集成帙，附以"梁社"残余，醵资付诸郘[手]民，颜曰《衡门诗钟选》，俾茶余饭后一观览焉。吾因之有所感矣：士生斯世,不能有所建树,只寄情吟咏,固已深愧雕虫。频年来,风云变幻,社友凋零;同人把此一卷,相与忾然于塞草霜寒、屋梁月落者,又何如也?绍兴萧惠清。

【附录三】张景延等《衡门社诗选》卷首萧惠清《衡门社诗选序》(《清末民国旧体诗词结社文献汇编》第 23 册,第 225 页)

大梁为人文渊薮。邹、枚而后,代有传人。遗韵流风,诚千古所景慕者矣。所谓"虽不能至,心焉向往"者非欤?有清光绪癸卯[二十九年,1903],汴中诗友结"秋心社"。丙午[光绪三十二年,1906],改"梁社"。甲寅[民国三年,1914],改课诗钟。己未[民国八年,1919],易名"衡门诗钟社"。嗣以时局章皇,社随停顿。己巳[民国十八年,1929]春,惠清与蒋君恢吾、李君秋川复开"衡门诗社",效元代至元时浦江吴渭、谢翱诸公之"月泉吟社",以《春日田园杂兴》为题,就社友之在汴垣及作客四方者寄简征诗,得数十首。从此按月开课,轮次分题,远近吟朋相将入社,可谓一时之盛矣。虽诸作秾丽、淡远,意境不同,要不离乎兴观群怨之旨也。岁乙亥[民国二十四年,1935],同人共议选刻,乃裒集自己巳[民国十八年,1929]以迄甲戌[民国二十三年,1934]诸作,公推章丘张曼石先生操选政,入选者都八百余首,付诸手民,名曰《衡门社诗选》;其乙亥[民国二十四年,1935]春夏社诗及丁卯年[民国十六年,1927]社友唱和之作,亦附及焉。吁嗟乎!方今列国交通,固宜讲求经世;吟风弄月,不免贻笑伟人。然际遇不同,士各有志。唐尧之世,岂无巢、许闲民?"泌水""衡门",固与世无争,与人无患也。爰记数语于简端。岁在旃蒙大渊猷[献][乙亥,民国二十四年,1935],涂月,若耶萧惠清吉甫识。

【附录四】张景延等《衡门社诗选》卷首蒋藩《衡门社诗选序》(第 227—229 页)

《国风》十五,而中州之诗居半。正则《汝坟》之歌孔迩,变则《风雨》之思君子、《考槃》之念硕人、“衡门栖迟，泌水乐饥”之咏高士。或和声以鸣盛世，或行迈而赋离忧。敦厚温柔，胥合乎兴观群怨之旨。此邶、鄘、卫、郑、陈、桧以上达王国，所由与齐、秦、唐、曹诸风同列輶轩之采者也。降及后世，建安才人，横槊于邺下；李白、高适、杜甫，联吟于吹台。《梁园风雅》，作者九人；“雪苑”词坛，前后“六子”。萃一代之人才，会八方之风雨。中州文物，昌明博大，由来旧矣。“衡门诗社”者，梁苑寓公绍兴萧吉甫先生所主持，而与中州人士及海内同声倡和之所也。先生今年七十有九，旅于豫者六十有五年矣。早岁习法家言，精究内典。束修谨饬，老而弥笃。诗宗新城，有清深婉丽之目，同人推为祭酒。光绪末，余客夷门，与先生缔交，结“梁社”。民国戊午[七年，1918]，创“衡门诗钟社”。丁卯[民国十六年，1927]课诗，有《倡和集》一卷。旋以时局俶扰而止。戊辰[民国十七年，1928]冬，先生与余及李秋川同年倡议兴复，因名曰“重开衡门社”。肇己巳[民国十八年，1929]，迄甲戌[民国二十三年，1934]，阅六寒暑，积稿盈尺。同人拟付剞劂，推十五人分选而请张曼石先生总其成，复由吉甫先生补选乙亥[民国二十四年，1935]春夏之作，而以丁卯[民国十六年，1927]一集附焉。都六卷，为诗千一百九十二首，作者百一十有八人。其刊资，则同人胡石青、张中孚、何右宾诸先生与余分筹；校勘，则余与吉甫先生任之。数月书成，将分布同人，并就正海内。吉甫先生既为之序矣，而复以诿余。余荒陋寡学，乌足言诗，又乌足为社诗序？惟社事始末，则粗能记忆。盖初时同调仅十数人，渐至数十人，最近则在百人以上。先后六七年间，虽时有间缺，而应求之广，不限方舆，可不谓盛欤？独惜秋川墓有宿草，曼老、荫南、公阜又淹滞北平。其他旧雨新知，散处异地者，更未易偻指。即同在梁苑，亦多各以事牵，不常合并。不惟清季“梁社”过从之乐不可复得，即己[己巳，民国十八年，1929]、庚[庚午，民国十九年，1930]之际，素心晨夕，盍簪小聚，亦渺同旷世。盖天时人事之变，有非意想所及者矣。嗟夫！宇宙泯棼、生民涂炭，至今日而极矣。憔悴忧伤之士，不获一援其手，则往往岩栖谷隐，以与世暌绝，如古所谓“衡门”诗人者。至不得已而有言，则又愁苦之音多而欢愉之辞少。语曰：“古今人不相及。”观吉甫先生名社之意与同人唱和之作，觉风潇雨晦，独寐寤歌；前古后今，去人不远，诗境虽异而意绪则同。此吾所以流连往复，顾名思义，而为之废书三叹也夫。丙子[民国二十五年，1936]春惊蛰前十日，睢阳蒋藩恢吾父序。

【附录五】张景延等《衡门社诗选》卷首《例言》（第231页）

［一］ 本集选诗，自己巳[民国十八年，1929]春复开“衡门诗社”起，至甲戌[民国二十三年，1934]冬止；其乙亥[民国二十四年，1935]课作、丁卯年[民国十六年，1927]唱和诗作，为副集。

［二］ 每课诗，以收卷先后为序。

［三］ 社友题名，以全集中见诗之先后为序。

［四］ 每课所附诗钟，皆未入集。缘诗钟自明季导源闽省，名“改诗”时，即特立专社、刊专集也。

［五］ 各课有以某“词”为题者，此如古人诗中《闺怨词》《凉州词》之类，非诗余也；凡填词者，皆未入集。

【附录六】张景延等《衡门社诗选》副集卷首萧惠清题记（第441页）

前集经张曼石先生选定后，尚余四课。初意此后每岁阑选印一帙；兹以仍仿丁卯年[民国十六年，1927]社规“兴到彼此唱和，不按期开课”，乃将三十二课至三十五课，及丁卯年[民国十六年，1927]唱和诸作，附印于后，备观览焉。香雨识。

【附录七】张景延等《衡门社诗选》副集卷二“附录”《衡门诗钟社特社咏史诗》蒋藩跋（第501—502页）

右《衡社咏史诗》，乃乙丑[民国十四年，1925]辜月香雨先生邀集特社，事在丁卯[民国十六年，1927]倡和之前，故别行著录，未归珊网。集将出版，复检得原稿一编，遂浼梅溪先生补选，缀诸卷尾。计诗一十八首，作者姓氏多见正、副集中。惟李君珊园，早归道山(君讳湘，字珊园，别署静禅，河北大兴人)；诗钟虽经选刻，遗诗惜未一见。得兹辑补，则“衡社”旧侣已无遗珠之憾矣。丙子[民国二十五年，1936]花朝后八日，蓼龛居士蒋藩识。

04－064　百老吟

钱溯耆

一卷。钱溯耆辑，《清末民国旧体诗词结社文献汇编》第8册，影印宣统二年庚戌(1910)太仓钱氏听邠馆刻本。

一、刘炳照“百老吟叙”(第241—242页)

唱和专集之最著者，唐有《松陵集》，宋有《西昆集》，元有《庚辛集》。明以后，诗社倡酬，裒录成集者，更仆难数。大抵不外乎诗人“伐木求友”之遗意也。予自甲辰[光绪三十年，1904]罹灾，焚弃笔砚。海滨浪迹，穷愁无聊。扶醉行吟，同声相应。丙[丙午，光绪三十二年，1906]、丁[丁未，光绪三十三年，1907]之际，钱君听邠以诗订交，邮筒赠答，月无虚至，今所辑《南园赓社诗存》者是。君偶次艺风“老”字韵诗寄怀，予复依永酬之。沪渎、娄江同社诸子各有所作，传笺之使不绝于道。予亦兴往情来，叠至四十余首。唱和之盛，前此所未有也。曲园老人叙《吴中唱和集》有云：“昔东坡先生最喜[第1a页][第241页]叠韵，然亦不过数首而止。明李西涯、吴匏庵两公用‘斑’‘般’韵更唱迭和，各至五首，一时有搀夺苏家行市之戏。”今两家行市，得无又见夺乎？予生坡公后八百有余年，世居公流寓之乡，亲见舣舟亭、洗砚池遗迹，瓣香所在，心向往之。我公在天之灵，其亦许小子为可与言诗否邪？听邠编次诸家叠韵之作，选录成帙，凡三十人，诗百有五十一首，付之剞劂，以志一时喁于之乐。不特李、吴两公复起，有后生可畏之叹；即陆、皮、杨、缪诸贤，生今之世，亦望而却步矣。宣统二年[庚戌，1910]季冬之月，阳湖刘炳照。[第1b页][第242页]

则杰按：此序亦见太仓市档案局(馆)编《南园雅集·百老吟诗选》卷首(凤凰出版社2016年6月第1版，第125页)。

二、缪朝荃“跋”(第341—342页)

岁丁未[光绪三十三年，1907]暮春，访家筱珊同年于白下，䜩叙逾旬。归后，以五古二章贻余，余即次韵酬之。听邠同年继声迭和，并寄怀刘丈语石。丈本骚坛健将，赠答往复，积什尤多。由是远近知交，同声相应；名章隽句，络绎纷投，几如山阴道上，应接不暇。听邠乃汇录成帙，以首韵“老”字，名曰《百老吟》，付之剞劂。前后共得三十家，诗一百五十一首，可谓极一时之盛矣。顾念自近岁以来，世变日亟，风雅凌替。语石丈与听邠诸君皆伏处海滨，厌闻尘事；邮筒往还，惟以倡酬为乐。而余亦得厠屚其间，讵非厚幸也欤？[第1a页][第341页]刻既竣，听邠以首唱为筱珊赠余而作，余不可以无记。爰述颠末，以谂来者。宣统二年，岁次庚戌[1910]，冬十月，蘅叟缪朝荃。[第1b页][第342页]

04－065　百老吟后编

钱溯耆

一卷。钱溯耆辑,《清末民国旧体诗词结社文献汇编》第8册,影印民国元年(1912)太仓钱氏听邠馆刻本。

一、缪荃孙“序”(第345—347页)

光绪丁未[三十三年,1907],吾宗太仓衡甫先生寄赠五律六首,荃孙以五古一篇答之,即“老”字韵首唱也。听邠同年、复丁老人复约同人和之,积得百篇,付诸削氏,署名曰《百老吟》。夫以四时代谢,闭塞而成冬;一日消磨,荏苒兮迨暮。盈颠白发,颓唐羞师锡之诗;照水苍颜,矍铄逊马援之壮。惟以忘形之友,共成和汝之辞。思比花开,叠成笋束。远慕“尖”“叉”之和韵,各斗清新;近俪“门”“村”之巨编,自抒胸臆云尔。至壬子[民国元年,1912]九月,避乱海滨,听邠又以新诗示我,云和“老”字韵者已盈二百,来征余序。受而读之,不自知涕泗之[第1a页][第345页]横流也。嗟乎!杜鹃声里,多天荒地老之悲;蝴蝶梦中,尽避地离乡之感。堂堂春去,歌三叠之《阳关》;莽莽愁来,听一声之《河满》。盖自一军夜噪,四海尘飞。篝火狐鸣,中原鹿走。天柱于焉摧折,神州倏其陆沉。竟逢“元二”之灾,莫回“阳九”之数。于是芦中穷士,吴市吹箫;陌上王孙,路隅佩玦。变黄冠于江左,难返故乡;表皂帽于辽东,徒矜高蹈。创“月泉”之“吟社”,降《黍离》为《国风》。徒泣庚申,只书甲子。西台竹石,同为变徵之声;东海沧桑,又到扬尘之候。固不期而共集,亦劳者之自歌。仆本恨人,又逢晚境。偷生海角,乞活经方。和韵未能,彩笔已还。郭璞屑涕不已，鼓[第1b页][第346页]琴何待雍门？固不徒身世衰落之悲，抑又抱家国无穷之恨。以视衡甫、听邠、复丁，盖同兹一叹也。是为序。江阴缪荃孙。[第2a页][第347页]

04－066　南园赓社诗存

钱溯耆

一卷。钱溯耆辑，《清末民国旧体诗词结社文献汇编》第 8 册，影印宣统元年己酉(1909)听邠馆刻本。

一、刘炳照“叙”(第 199—200 页)

南园风雅，有“秋社三老”继起，坠绪复振。予生也晚，不获揽“绣雪堂”“香涛阁”诸胜，及王文肃公手植鹤梅、华亭尚书“话雨”题字、麓台司农山水画壁遗迹。仅于披读《南园秋社诗集》，想象及之。钱君听邠，文字神交，邮示与兰、菊二老追和“秋社”叠韵诗，再接再厉，可称后劲。予亦贾勇，唱酬赠答。积久成帙，共得若干首。视沈、盛、徐三先生原作，有过之无不及也。前、后“三老”，天然对待，彼苍若有意生此诗人，为南园生色。爰命钞胥最录清本，题曰《南园赓社诗存》，授诸剞劂氏，以谂来者。予及沈、吴二子遥和[第 1a 页][第 199 页]各作，亦附于后，与前编附蒋君茎士诗将毋同？台榭之兴废、坛坫之盛衰，即于此寓焉。慨念名区，追惟旧德；俯仰陈迹，异地同情。“后之视今，亦犹今之视昔”。凡物久必敝，惟托于文字者无穷。听邠之大父颐寿老人，旧有《南园补梅图》，作于戊申[道光二十八年，1848]，失于庚申[咸丰十年，1860]，得于甲辰[光绪三十年，1904]，历劫不毁，若有神物护持，此亦南园一重公案，抑乃君家之甘棠也。宣统建元，太岁在酉[己酉，1909]，孟冬之月，阳湖刘炳照。[第 1b 页][第 200 页]

二、钱溯耆“跋”(第 237—238 页)

此《南园赓社诗》,乃追和昔年“秋社”而作也。秋孙首唱,余继之。一时远近诗人,投赠络绎,积久成帙。今秋重加编次,凡十人,得诗七十八首。同人怂恿付梓,以留鸿印。近世新学盛兴,斯文将丧,声韵之学尤举世所鄙夷而不屑为。吾辈尚咬文嚼字,侈谈风月;雕虫小技,不为壮夫讪笑者几希。顾念南园为畴昔觞咏之地,王父中丞公自江右罢镇归,与徐秋士,王小村,黄雪蕉,毕恬山,顾子雨、雪堂,李少峰,杨师白诸老辈联裙屐,携尊瓶,游宴于此。月必有集,集必有诗。优游林下,主盟坛坫者垂二十[第 1a 页][第 237 页]年。流风余韵,后人犹乐道之。今则名园胜地,改为劝业会场。梅鹤荒凉,亭台减色,骚人墨客终岁绝迹不一至。秋孙有感于此,故为是作,其亦可以觇世变矣。刻既竟,爰识数语于卷尾。宣统己酉[元年,1909]秋九月,听邠老农钱溯耆。[第 1b 页][第 238 页]

04－067　百和香集

周庆云

一卷。周庆云辑，民国三年(1914)吴兴周氏梦坡室刻《晨风庐丛刊》本。(浙江图书馆藏)

一、潘蠖“百和香集序”(第 1a—b 页)

古娄钱君听邠、吴兴周君梦坡，皆能诗者也。余初识梦坡于沪上，因识听邠。二公雅志离俗，春秋佳日，选胜携尊，招集同志，相与流连觞咏，有作辄录而梓之。故凡能诗者，咸乐与酬唱云。一日梦坡以“香”字韵索和，余赋数章，复征乡人诗若干首。及观听邠所刊《南园赓社诗存》，知此韵之更唱迭和，得声气应求之乐，非一日矣。在昔沈沧洲先生首唱七律两章，一时和作如林，刻《南园秋社诗集》。继而听邠联诸友追和成帙，刻《南园赓社诗存》。今梦坡复和其韵，征录诸什，共得百首，更名曰《百和香[第 1a 页]集》。余用是知文字之兴废、坛坫之盛衰，非关时代，有存乎人焉者。听邠继“秋社”刊于前，而梦坡又继之，其雅契相投，孜孜以提倡风雅为事，足令人兴起。已，闻梦坡集海内知名士，创设“淞社”，分题唱和，今已裒然成集；他日付之剞劂，则当于《松陵》《西昆》《庚辛集》外，又添一番韵事，是编特其滥觞耳。余固好言诗者，爰承其嘱而为之序。甲寅[民国三年，1914]孟夏，虞山潘蠖识。[第 1b 页]

【附录一】周庆云《晨风庐唱和诗存》初集卷首刘炳照《晨风庐唱和诗存序》(民国三年[1914]吴兴周氏梦坡室刻《晨风庐丛刊》本，第 1a—b 页)

予性耽吟咏，遇穷而诗不工。吏隐浔溪，五阅寒暑，仅得一人焉，曰沈醉愚。其穷殆甚于予，而诗工于予。闻周君梦坡名，未获奉手。甲辰[光绪三十年，1904]罹灾，浮家海上。其地多富商大贾，无可与言诗者。最后，因醉愚得识梦坡。梦坡开敏伉爽，有经世才。治事余闲，嗜琴甘酒，而尤癖于诗。自与予交，即鸠同志作销寒会。寓公过客，闻声相慕。每集，梦坡与予诗先成。嗣后，续结“淞社”，应求益广。此《晨风庐唱和诗存》一帙，皆梦坡与诸子赓歌各作，录而存之，以志一时喁于之乐。慨自辛亥[宣统三年，1911]国变以来，淞南两经兵火，淞北侨民托庇外人宇下，偷安食息；逋臣穷士，咸集于斯。梦坡坐客常满，尊酒不空，有孔北海遗风。所居与予寄庐仅半里许。诗筒赠答，兴往情来。生平作诗之多，无逾于此者。予穷于世久矣，病废闲居，日课一诗，消磨岁月。梦坡谨正盐策，日无暇晷。见予所作，有倡必和。传笺之使，日或再至。予赠诗有云，“忙里偷闲爱说诗”，纪实也。欧阳公“穷而后工”一言，予与梦坡各得一字。予年愈老而遇愈穷，君诣益进而诗益工。至于身世濩落之感、邦国殄瘁之忧，今之视昔，殆有甚焉，当亦“淞社”诸子所同声永叹也夫。癸丑[民国二年，1913]秋七月，阳湖复丁佚老刘炳照。

【附录二】周庆云《晨风庐唱和诗存》初集卷首《题辞》(第2a—3a页)

[一] 赵汤

遗老群居海谷多，忧时涕泪发狂歌。一编体格追长庆，四座风流绍永和。重见耆英开洛社，果然行市夺苏坡。凭他世外沧桑变，文字从来劫不磨。

[二] 潘蝬

我生叹不辰，世路方危阽。注经隐虞麓，石室披牙签。亦尝联遗老，雪夜吟叉尖。今春客海上，执简论鱼盐。濂溪真道友，霁月光风兼。气和琴愈协，襟澹酒弥甜。永谢新鼎业，独辟利锁钳。选胜敞文宴，分题韵亲拈。掷笔杯在手，雄跨剑铓铦。清词贯珠玉，锦句绚缃缣。否极心贵泰，伏处吉惟谦。行藏各前定，不必神龟占。一编存甲子,高节希陶潜。竹溪萃六逸,道义相针砭。丘隅止黄鸟,秋水怀苍蒹。下泉继豳诗,周道何时瞻?诸贤征不起,流涕悲龙髯。逸情振云鹤,洁羽丰霜鹣。远继月泉社,累卷新诗添。展读晨风集,法律皆精严。西山咏薇蕨,足令顽夫廉。我求致虚学,微妙沉心觇。谈玄忏结习,恬淡期羲炎。见猎忽心喜,瓦釜和韶咸。微名附骥尾,岩穴复何嫌?

[三] 齐天乐 秦国璋

避秦同泛春江棹,人文蔚成渊薮。阁敞晨风,琴弹流水,星聚一堂耆耇。芳辰莫负。且结社开尊,放怀诗酒。赌韵飞觞,座中仅有八叉手。 沧桑易生感触,悲歌声激越,溅泪盈袖。体仿西昆,集编南岳,佳句枣梨堪寿。雕镌甫就。定价重鸡林,饼金争购。韵事遥传,远宾还辐辏。

[四] 法曲献仙音 王蕴章

香篆琴心,笛侵帘额,好个深深庭院。雪北题襟,水南修禊,风流尽教诗战。唤梦转、银屏底,双鬟唱都遍。 玉觥劝。最难忘、舞葱歌倩,奈曲谱霓裳,羽移宫换。门外软红飞,浣秋心、淞碧寒剪。(集中唱和者,多"淞社"同人。)料理丹铅,伴天涯、丝鬓吟短。待今宵酒醒,付于啼鹃声乱。

【附录三】周庆云《晨风庐唱和续集》卷首李详《晨风庐唱和诗续集序》(民国七年[1918]吴兴周氏梦坡室刻《晨风庐丛刊》本,第 1a—2a 页)

余友周君梦坡,有超世夷旷之致。虽生长华腴,轩轩焉如修鹤之避鸡群。昔于稠人广座中,一见洒然异之,定交五年矣。梦坡为"淞社"领袖;社诗经君督刊印行,即今所传《淞社甲乙集》是。又自编与友人倡酬之作,为《晨风庐唱和诗》初集,刊于甲寅[民国三年,1914]。今复锓其续集,征序于余。因叩其命名之义,答以"魏桓范《与管幼安书》'请见于蓬门之侧,承训诲于道德之门,厥途无由,托思《晨风》'；今景仰贤者，故以名庐"云云。嗟乎！此尤是《秦风》钦钦思贤之心，梦坡独寄思幼安，意其有在乎？窃谓有北林之郁，而后有晨风之集。雕鹗历霄，何所不可？其"鴥彼"者，必有所以致之。君好贤如《缁衣》，《权舆》大具；宿老放士，岁必数预君宴。如余之衰病偃蹇，亦以末至授简为乐，故余诗亦附焉。往尝私论梦坡如马嶰谷，行庵之客多附《韩江雅集》以传，而以君乡浙人为最。樊榭、鲒埼、堇浦，皆天下士也。君业鹾，与嶰谷等，所致宾客在今季世亦殊有名，自为诗又不减沙河逸老，梦坡其嶰谷后身耶？不然何以好事如此？念嶰谷当乾隆盛时，君不幸际方州幅裂，焦然无所附丽，偷息一隅，仍以仄席幼安，寓其思贤之意。士之抱一节之行，有不从君游者，则可谓之无识。彼桓氏虽名智囊；梦坡视桓，其亦貌同心异也欤？昔魏太子击诵《晨风》，而文侯谕其旨意，太子以讽文侯之忘。梦坡志在思贤，断章取义，各有所在。而余终以吾辈，即不如幼安，若《韩江雅集》上、中之辈，尚可与之为齐盟之狎主。然则梦坡无为远慕幼安，且日谋种树，郁然以待鷻鹯鹰隼之集，则于此诗将有"再续""三续"而不已者。请以余之言为左契，可乎？戊午[民国七年，1918]中秋后三日，扬州兴化李详。

则杰按：此序又载李详《李审言文集·学制斋文钞》卷一（江苏古籍出版社1988年6月第3版，下册第910—911页）；除删去最末署名之外，其他文字亦略有出入。

【附录四】周庆云《晨风庐唱和续集》卷首《题辞》（第1a—b页）

[一] 李详

晨风诗续玉山吟，老铁倪迂结素心。肸蠁潜通坡梦协，江湖钩取谷音沉。子云嗜好唯携椠，中散平生善赋琴。吴李论交俱白首，蹇修难喻此情深。（详与安吉吴缶庐为同社友，由君绍介，甫以书札往来，并许为详画扇。）

则杰按：此诗李详《李审言文集·学制斋诗钞》未载。

［二］ 戴振声

一编唱和续联吟，托咏晨风寄意深。珍重先人遗墨在，得君笙磬叶同音。（先君有诗四篇刊入。）［其一］

起视晨星渐渐疏，古今代谢意何如。纪群我愧论交契，徒恸人琴读父书。（“淞社”中汪渊若、刘语石、洪鹭汀、汪符生诸老，皆先君旧交，均早下世。）［其二］

04－068　著涒吟社诗词钞

沈宗畸

一卷，附《著涒吟社诗钟集》一卷。沈宗畸辑，《清末民国旧体诗词结社文献汇编》第 10 册，影印光绪三十四年戊申(1908)北京广益印字局排印本。

一、刘枏“著涒吟社同人录序”(第 191—192 页)

岁戊申[光绪三十四年，1908]，番禺沈子于京师肇立吟社，锡名“著涒”，纪年也。名流墨客，景附云属。曾不逾月，达百余人，来者未艾。杰构钞传，屑玉唾珠，一时纸贵。余于沈子，订交非夙；媒介之始，盖由文字。君耳久失聪，彼此晤答皆以毛颖。然邃于诗，格老律细，翛然绝俗。亶哉！听于无声，胜吾辈筝琵耳万万矣。扬子云：“雕虫小技，壮夫不为。”今时事荆榛，新学坌涌。仕版既登，乃有余暇，钻及故纸，兹扬子所哂也。顾食苦嗜痂，已成夙癖。自适其道，他非所知。末俗谲觚，得新厌故。仓颉旧文，不复研肄。更阅十稔，惧遂芜废。然则同社诸君争先投刺，如响斯应。瑰词异彩，修禊艺林。非曰竞名，盖有东瀛国粹之思焉。居诸迭积，削牍夥然。沈子既裒排成帙，复录姓氏，付诸手民；借彰苔岑，兼志鸿雪。“汉上题襟”，今古一契。社事方殷，余改官出都，旧雨离索，自外风雅，余之咎也。谫陋如余，滥厕简末，鱼目充珠，蹇驴侣骏，抑又幸也。沈子寓书征序，书此邮之。戊申[光绪三十四年，1908]七夕后二[第 1a 页][第 191 页]日，崇阳刘枏撰于汴垣旅次。[第 1b 页][第 192 页]

二、沈宗畸"小引"(第193页)

夫圭塘鱼鸟,元承旨之风流;辋水烟霞,王右丞之雅集。每缘暇日,遂播芳徽。音异器而同宣,锦殊机而一制。况复花新叶早,地依帝里之光;玉洁冰清,人属仙曹之选。宗畸扬州梦觉,人海身闲。罢题明月之桥,爰诵清风之句。梅花索笑,耳虽冷于空山;茧纸分题,兴正浓于春酒。爰立吟社,定名"著涒"。托丝竹于中年,集羽霓于同日。刻烛而征绝唱,挈尊而论高文。秋蟀春鹏,声四时而迭奏;畹兰畮蕙,香百和而弥清。所冀名流,同兹雅咏。或缘情吐恨,蚕抽宛转之丝;或得句狂吟,鸾舞团圞之镜。谁欤健者,倾珠玉而挥毫;仆也请前,捧槃敦而待命。[第1a页][第193页]

【附录一】张文森《著涒吟社同人小传》卷首陈止《著涒社同人小传序》(《清末民国旧体诗词结社文献汇编》第10册,第309—311页)

原夫命名之初,实寓编年之意。七易岁华,中更多故。白马裸京,嗟天步之忽改;青牛望气,痛柱史之无存。投彼君亲之命,人鄙臧洪;拥兹身世之荣,世多冯道。霓裳再舞,涕泪初收;风景不殊,沧桑可感。而乃顾厨健在,坛坫岿然。话子训之铜人,集令威之华表。知蛤蜊之是食,赋鹦鹉而未终。乐此不疲,等杜预之左癖;治之无罪,似刘峻之书淫。亦可谓秋荼之是甘、硕果之独抱者矣。又复征求小传,编辑成书。乞我短言,为之弁首。弥天四海,冀姓字之流传;日下云间,省里居之询问。未解谋人,既怵于三凶五鬼;不求闻世,尤惭于八达四聪。防风载骨,既著作之专车;浑沌画眉,信倏忽之好事。玄文覆瓿,褉帖糊门。只此遗留,何关得失?或比之射策题名、同官著录,微有雅俗之分乎,故不惜尊前剪烛为之。甲寅[民国三年,1914]春三月二日,大灯居士陈止谨序。

【附录二】袁祖光《绿天香雪簃诗话》卷一(《清诗话三编》本,上海古籍出版社2014年12月第1版,第10册第7211页)

近日南省多诗人,当风雅星坠之会,犹复唱和无已。是政学家于此道以饩羊刍狗视之,若不甚爱惜,而爱惜转出自朝吟暮唧之流,得以存一发于不绝,至足重也。番禺沈太侔礼部宗畸于京师创"著涒诗社",南人以诗稿寄者源源而来,积久益多。太侔惧归灰灭,属余摘拾佳什警句,一一录之,如聚首一堂,时有吹竹弹丝之乐,亦消遣之一法也。

【附录三】兰陵忧患生(萧亮飞)《京华百二竹枝词》倒数第二首(《清代北京竹枝词(十三种)》本,北京古籍出版社1982年1月版,第138页)

年来旧学等灰尘,吟社宏开号著涒。小道亦能存国粹,可怜一发挽千钧。("著涒吟社"既立,海内名家联翩入社,争先恐后,称盛一时;文采风流,赖以不坠。)

【附录四】王赓《今传是楼诗话》第三百六十九条"沈宗畸结诗社"(辽宁教育出版社2003年3月第1版,第248页)

沈太侔曩于胜清戊申[光绪三十四年,1908]结"著涒吟社"于都门。辛亥[宣统三年,1911]六月,诗社星散,越两月即有武昌之变。太侔为诗纪之云:"主文谲谏抱深悲,八表同昏哭向谁!风雅沦亡关国运,此中消息几人知?"今坊间有所谓《国学萃编》者,皆吟社中刊物也。

04－069　明湖载酒集

陈　琪

一卷、补遗一卷。陈琪辑，《山东文献集成》第三辑第44册，影印光绪三十四年戊申(1908)排印本。

一、周学渊“明湖载酒集小引”(第720页)

天有风雨寒暑之序，地有丘陵夷险之状，人有悲欢愉苦之情。天地不仁，以万物为刍狗，庄老所以有委心任运之说也。人之生也，与忧俱生。愚者为忧所愤发，或劳心或劳力，以求一日之安；贤者视忧为不可控抟之物，于是味道德，研诗书，积大乐于方寸，以破其苦。呜呼！芒芒大地，直忧乐逆旅尔。乐未毕也，哀又继之。志士劳人，寄托于文字中者，尤可悲耳。余来往济南，前后近十年，乐其山水清腴，而骚人逸士时出其间，洁其身，与世不相顾，而独居深矌，太息于世变国故，发为歌咏，有不能自已者。“忧从中来，不可断绝”，诗人哀思之言，信不予欺也。陈屺庐先生以《明湖载酒集》见示，篇中所载皆先生今岁居小沧水榭时，朋侪宴集投赠唱和之作，觞咏无多，妍媸并录。呜呼！徜徉于湖山之间，亦复抱逝水劫灰之感。往日欢娱，广场零落；铜驼感慨，锦瑟凄凉。十年尘影，往来于吾两人心目之中者，日与月俱逝，而耿耿之忧不能与之俱逝者，是犹未深识夫达人逃空虚之乐也夫。光绪戊申[三十四年，1908]荷花生日，建德周学渊。[第1a页][第720页]

二、李庶“明湖载酒集叙”(第721页)

风雨昼冥，琼泣无端；白云常痴，青天已瘦。慨荃兰兮憔悴，作虫鸟之沉吟。伤心之人，乃若萍合。时在戊申[光绪三十四年，1908]之春，明湖之涯。寥落吾徒，苍茫烟语。信湖山能悴秋士，亦词客自抱幽忧。觞咏流连，写心毫素；残笺短梦，瓯匣遂盈。虽无百赋千歌，竞流骚雅；而威凤一羽，亦足验五德矣。乃者，荷花生日，台榭易主。弦匏之地，如被兵戈。屺庐先生念此周旋，珍及篇什；畀之梨枣，以志雪泥。嗟乎！飘风既过，好音谁怀；一卷横波，几多烛泪？他日过柳影蘋香之地，值雨丝风片之天；回览故基，枨触前梦；萧聊恍惚，增欷累叹而已。光绪三十四年[戊申，1908]六月，宝坻李庶。[第1a页][第721页]

三、"明湖载酒集题辞"（第721页）

[一]　金缕曲，四叠前均　周学渊

歌泣无端耳。且逍遥、著书岁月，扶犁身世。柳絮榆钱漂泊久，翻羡桃花心死。抛旧约、东风燕子。历历星河关塞冷，拂征衣、销尽男儿气。哀乐甚，中年忌。　　算来春水干卿事。更何堪、金尊月满，玉容花悴。懊恼都因文字得，拣取空明心地。破万卷、封侯无计。不乞梦中传彩笔，黯销魂、两字鸳鸯里。翠袖薄，天寒倚。

[二]　前调　卜纶章

风雨渠渠屋。展琅编、诗裙酒屐，泠然匏竹。英采美成倾四座，一卷流传片玉（旡觉著有《晚红轩稿》）。更才调、青莲惊俗。剑胆箫心楼百尺，写珠玑、光射迦陵椟（是编皆屺庐搜集之力）。走也笑，貂难续。　　湖云山影交虬曲。有斯人、高吟竞病，浅斟酃渌。眨眼西风黄箨里，吹老池荷惨绿。更谁跣、沧浪双足。觞弄花飞刹那影，旧襟痕、留作[第1a页]秋灯读。聚散事，如棋局。[第1b页][第721页]

四、陈琪"跋"（第736页）

旡觉先生由粤回避东来，有暇辄过我小沧水榭，欢然道故；时或刻烛裁诗，与微尘、頯斋、忆萝诸君觞咏其间，颠倒不厌，所谓"竟日淹留”,“百年粗粝”,“腐儒”“佳客”笑傲一室,致足乐也。半年以来,积稿成帙,合之友朋投赠之作,共得诗词若干首。刻以官报停办,余将他适,无觉先生亦将去济,恐此篇什散佚,仓卒之间付诸排印,舛讹良多。它日手执此册,追忆当时欢乐,不无事过境迁之感。前尘往事,如梦如烟;寄怀风月,托体兰荃;千金敝帚,能相视而笑乎?戊申[光绪三十四年,1908]六月晦日,祁阳陈琪。[第1a页][第736页]

04－070 明湖载酒二集

陈 琪

一卷、补遗一卷。陈琪辑，《山东文献集成》第三辑第44册，影印宣统二年庚戌(1910)济南片云楼排印本。

一、周学渊“明湖载酒二集序”(第737页)

祁阳陈屺庐先生，狷介士也。安贫乐道，平生无世俗嗜好，终日布衣粝食，崖岸自高，落落然有踽行一世之概。惟笃嗜古籍，每得异书及前人精刻本，若获奇珍瑰宝，恒通夕不寐；或得而旋失，或值昂不谐，则为之不怡悦者累月。其于前人所散失而沉埋之残文坠简，及胜国诸老片羽潜鳞，尤搜求网拾，不遗余力。盖其嗜书笃古，慨慕无穷，天性然也。以君专壹心志之勇，视今世号为才俊，奔命富贵功名得失之场者，有未逮者矣。而先生之视千乘之富、公卿之贵，则敝屣尘芥之不若，曾不暇萌夫一念一睨之劳也，何其勇怯之顿殊欤？抑人生之嗜好固有不同欤？《记》曰：“道义重则轻王公。”判然若泾渭薰莸之不类，有如此者。先生前居山东官报馆，曾印行《明湖载酒集》，集中皆友朋投赠之作，及自作亦附焉。今又复裒集所得诗词为《二集》。“虽有丝麻，不弃菅蒯”。一体之中，瑕瑜互列而不删削者，盖不断断较论文字之工拙，而特以征一时朋友气谊之广尔。杜老句云：“不薄今人爱古人。”先[第1a页]生笃古阐幽之情，于斯益征其本于天性，而非近时公卿追慕风尚，与词章家褖名炫才者所可比并。余故稍论此编宗旨渊源所在，使名列集中诸公知先生用意之深厚焉。先生交游日广，投赠诗篇日益富，赓续成之，斯亦《汉上题襟》、渔洋《感旧》诸集之亚匹矣。宣统己酉[元年，1909]嘉平月，建德周学渊。[第1b页][第737页]

二、李书田"明湖载酒二集序"(第 737—738 页)

自古穷愁幽郁,不得于时之士,无所放其意,往往隐于诗酒以抒其佯狂牢忧之思。而魁人杰士负盛志、树伟绩者,亦或借一艺一能以成名乎天下后世。李、杜之于诗,阮籍、陶潜之于酒,近世方、刘、姚、梅之于词章,彼岂必沉酣溺没于其中而不自悟哉?一则有托而逃,不得已而遁之乎此;一则意有所寄,假于物以自娱,而由于性之所嗜而然也。昔者尝怪韩愈、杜甫、柳宗元、黄庭坚之伦,以彼其志量,以彼其才学,亦何求而不得?而穷一世以肆力于文辞,追章凿句,头童而不息,何其不知避趋若此?及读诸子所著书,进而求其所以立言之意,乃知文字者,古人不得[第 1b 页][第 737 页]已而借以自见者也。其胸中孕育万有,蓄焉而未之发者,殆倍蓰于文字之所传。而一诗一歌之诵述,特其精气、光怪、鳞爪之外溢者耳。苏氏之称杜甫,谓此老诗外大有事在,诚确论也。浅识者概以辞章之士卑夷之,亦可谓大惑者矣。盖思意者,乃一种动荡不羁,能动而不能静之物,不之乎此则之乎彼,类不能孤悬而无所寄。之乎声色狗马、纷华靡丽之场,则穷天下之力而不足以偿其欲,而其身乃入于苦恼烦冤而不可救。之乎高人逸士、文墨风雅之所有事,则其意日与古相会而有以自适,乃能操纵天下而不为事物所制,有所为而无不成。故吾尝谓,必有超世之思,使其意无外慕,而后可以成绝学;必有自娱之途,使其心有所摄,而后可以成大业。曾文正公治军旅,不废文字;李文忠公每日治事,必临摹古书数行,殆以此也。日逐逐焉随众人之好以为好,不得则拂逆于心,将终其身无一可乐之境,久且忘其故我,无觉先生所谓"举动失其常度,因利致昏"者也,又安能博观天下之故而克成吾志事乎?近日欧风东渐,利己之说盛行;词章暗淡无光之[第 2a 页]学,久矣无人置问。而识时俊彦,又复薄斯文为小道,此文字所以衰颓而韵事浸以就湮软?齐鲁自古以文学称,而济南多名山水,尤为文人渊薮。其间以诗鸣者,往往而有。特无人搜采而提挈之，则其业不昌，存者亦散佚埋没而无以传于世。祁阳陈君尧峰有《明湖载酒集》之刊，皆历下一时友朋之作。今又刊续集，较前集尤夥。尧峰刊此书意旨及其性行，建德无觉先生及尧峰自叙已尽言之矣，兹不复赘；特揭文字与世消息之故，书于简端，用质尧峰与近世学者。嗟乎！举世方竞为有用之学，而尧峰独与二三友人选奇角胜，从事于所谓阒寂无人置问之诗词，而餍饫之不能自已，亦可谓独行其是者矣。宣统元年[己酉，1909]夏五月，枣强李书田序。[第 2b 页][第 738 页]

则杰按：李书田此序据末尾所署时间，作于宣统元年己酉(1909)的“夏五月”。其中已经提到前面周学渊(无觉其号)序、后面陈琪(尧峰其字)自序，则该两序的写作时间自然不会晚于同年的“夏五月”。然而周序末署“嘉平月”，陈序末署“嘉平四月”，不知是否误将十二月(腊月)的别称“嘉平”当作了四月的别称。

三、卜纶章“明湖载酒二集弁言”(第 738 页)

夫豫章之木，翻风而号；合浦之珠，映川而媚。盖动天宣籁，虽贲而莫遏；因时晞光，非娄而亦见者也。况乎桑落叶而长年悲，柯悦春而秋风戒？冉冉年时，欢乐恒乏；汤汤流水，我怀不归。穷躅歧路，唱鹒答蛩，莫不奇怀喷薄，幽思邅回。集往日之繁[第 2b 页]忧，佚中年之丝竹，一岁之中又盈帙矣。屺庐陈子感斯芳躅，古之伤心，此《明湖》续集之所由刊也。网罗酬答，转写篇章；阮生咏怀之制，谢公纪游之兴；杜陵之感时凄怆，义山之缘情绮靡；分茅设蕝，掉鞅连镳，盖几乎《箧衍》之嗣、《感旧》之裁也。纶以蛙声，得追骥尾。嗫嚅之窦巩，惭附于兰亭；寒瘦之岛仙，罔弃于吏部。负屈步于蜾蠃，补狐裘以黄犬，用自恧矣。然而感物者气，撄心者景。羊太傅有登山之喟，吴季重多长愁之病。憧憧尘躅，睊睊牢愁，亦未有以已也。风雅三百，半出劳人；哀乐万千，悴兹秋士。“人生适意耳”，“寂寞身后事”，又奚必争诗胆于刘叉，呕心肝于长吉；标帜一家，享帚千金哉？岱青未了，停云继徽。湖水湖风，光景依稀犹昨；今雨旧雨，泥痕宛约能寻。明年此会，他日题襟，载展是编，纡郁横集已。己酉[宣统元年，1909]四月，武进卜纶章。[第3a页][第738页]

四、陈琪“自序”（第738页）

《记》有之，“诗本性情”。性情之真者，其于诗也，喜引人喜，哀感人哀；其湛思渺虑，惊心动魄，回肠荡气，往往非文笔所及。是以友朋交谊，恒以诗合；《吾炙》《箧衍》，其来尚矣。[第3a页]予不工诗而好诗，则根于天性，自幼已然。又喜读近人之诗，以为同其时，识其人，知其事者；美人香草，长言永叹，更有味乎其言之足以见其人之性情而悦吾之性情，不得与古人之诗同其读也。济南居南北之冲，自古为胜地；“秋柳”之社，《停云》之集，其遗风余韵犹有存者。然非及时收拾，恐后之视今，揽者且不复有斯文之感，亦今日我辈之责也。往援斯谊，有《明湖载酒集》之刻。寒暑忽忽，又再更矣。而今雨旧雨，篇什日富，所钞既多，因刊《二集》。计其行墨，倍于旧刊。区区自忖，于生有涯，于世无补，此亦不佞及时之乐、往日之惜也。由兹而后，赓续尚多，拭目以待诸君之惠。酒杯块垒，亦聊以适予之性情焉尔。宣统元年己酉[1909]嘉平四月，祁阳陈琪。[第3b页][第738页]

五、“明湖载酒二集题辞”（第739页）

[一]　屺庐先生辑《明湖载酒二集》成，为题二律　周学渊

儒雅风流自性存，萧然古衲不回温。（屺公方冷绝俗，而于友朋文字，保存如性命。）敲诗午夜鸦栖树，携酒春郊马在门（屺公年来乐事，以同游佛峪为最）。南部烟花余涕泪，东山鱼鸟换心魂。药炉留得寒灰在，亭榭沧桑待我论。（屺公寓小沧水榭六年，宾朋极盛。）[其一]

一撮闲情等逝波，锦囊佳句苦搜罗。陈雷肝胆今安在，鲍谢文章总不磨。群屐风光犹婉娈，湖山意兴极嵯峨。那堪泪掩题襟集，黄发青衫逸事多？（集中二李及濮青丈皆先后作古，有人琴之感。）[其二]

[二] 屺庐刊印《明湖载酒二集》成，因题二律 姚鹏图

先生抱膝自长吟，每见新诗喜不禁。风雅网罗今世史，文章消息古人心。毕升活字流传易，王粲登楼感喟深。为我丛残苦收拾，多君此意抵千金。[其一]

芳茂停云已逝川，渔洋秋柳更凄然。销磨岁月追前辈，感慨湖山异盛年。一卷中州留姓氏，几家秘阁供云烟。征诗只道多多善，费我新裁百幅笺。[其二][第 1a 页]

[三] 满江红 胡柏年

无限沧桑，乍举首、湖山依旧。叹一自、渔洋绝唱，可怜秋柳。三百年来觞咏歇，五千万轴虫鱼朽。问诸君、一例忽高吟，天惊否？

俊难忍，推敲手。笑难掩，侏儒口。只我能索解，狂歌呼酒。赋骨骚肠牢落甚，美人香草沉吟久。算新亭、涕泪属谁多，看双袖。[第 1b 页][第 739 页]

六、陈琪“《明湖载酒二集》刊成，自题四绝，集唐人句”（第 796 页）

芳词空怨路旁人（王硕），明媚鲜妍绝比伦（方干）。独倚栏干意难写（崔鲁），一场闲事莫因[第 13b 页]循（李山甫）。[其一]

王杨卢骆当时体（杜甫），休遣玲珑唱我诗（元稹）。试问酒旗歌板地（李贺），此中情状更谁知（白居易）。[其二]

月自斜窗梦自惊（赵嘏），好题幽怨写闺情（花蕊夫人）。声中唱出缠绵意（李群玉），尽是人间第一声（崔涂）。[其三]

百尺蛟绡换好诗（罗隐），缓遮檀口唱新词（张祜）。不胜惆怅还惆怅（释贯休），惟有妆楼明镜知（陈陶）。[其四][第 14a 页][第 796 页]

04－071　南社丛刻第一集

南　社

不分卷。南社辑，《南社丛刻》汇编第1册，江苏广陵古籍刻印社1996年4月第1版，影印宣统元年己酉(1909)排印本。

《南社丛刻》原先已印者凡二十二集，前四集成书于清末，而仅此《第一集》卷首有一篇总序。

一、陈去病“南社诗文祠[词]选叙”(第1—2页)

盖闻隆中促膝，犹传《梁父》之吟；庑下赁舂，未忘《五噫》之句。投清流于白马，诗品终存；极迁谪于哀牢，雄文独健。自古羁人贬宦、寡妇逋臣，才子狂生、遗民逸士，苟其遭逢坎坷，侘傺穷途；志屈难伸，身存若殁，莫不寄托毫素，抒写心情。对香草以含愁，怀佳人其未远。凄馨哀艳，纷纶兰蕙之篇；悱恻缠绵，曲尽温馨之致。入幺弦而欲绝，弹不成腔；未终卷而悲来，涕先沾臆。凡若此者，其故何哉？亦谓谊存忠厚，不离江湖、魏阙之思；意切忧伤，遂多《匪风》《下泉》之什。词虽嫌其过激，心欲往而仍还。湘水沉吟，比三闾兮自溺；江南愁叹，等贾傅而烦冤。此不得已者一也。抑或揽旄丘之葛，重慨式微；采首山之薇，将归曷适？竹石俱碎，凄凄朱鸟之味；陵阙何依，黯黯冬青之树。吊故家于乔木，厦屋山丘；寻浩劫于残灰，铜驼荆棘。此不得已者又其一也。而且乘车戴笠，交重金兰；异苔同岑，谊托肺腑。携手作河梁之别，苏、李情殷；聚星应奎斗之芒，荀、陈契合。或月明千里，引两地[第1a页][第1页]之相思；或邻笛山阳，怅九京之永逝。此不得已者又其一也。要诸因缘，都成感慨；偶逢好事，遂尔风流。“南社”之作，得毋类欤？然而语长心重，本非无疾以呻吟；兴往情来，毕竟伤时而涕泣。寥寥车辙，不同“几”“复”当年；落落襟怀，差比河汾诸老。辨足音于空谷，一二跫然；追“逃社”于前盟，数人而已。每相逢其恸哭，或独往而迢遥。时从詹尹卜居，辄向祝宗祈死。黄冠野服，惊看方外之人；跼地蹐天，如抱无穷之恨。倘逢忌讳，必疑当代之怪民；幸托清朝，便尔疏狂以玩世。不祥文字，敢希《壬申文选》之伦；终古河山，用依《次尾》《国玮》之集。大夫君子，倘无罪焉；幼妇外孙，且自赏也。吴江陈去病。［第1b页］［第2页］

则杰按：此序又载《陈去病全集·序跋集》（上海古籍出版社2009年10月第1版，第1册第324—325页），标题之下注有写作时间“己酉”（宣统元年，1909），正文文字存在不少刊误。

【附录一】高旭《高旭集》卷二十一《南社启》（社会科学文献出版社2003年5月第1版，第498—500页）

国魂乎，盍归来乎！抑竟与唐虞、姬姒之版图以长逝，听其一往不返乎？恶，是何言，是何言！国有魂，则国存；国无魂，则国将从此亡矣！夫人莫哀于亡国；若一任国魂之飘荡失所，奚其可哉？然则国魂果何所寄？曰：寄于国学。欲存国魂，必自存国学始。而中国国学之尤为可贵者，端推文学。盖中国文学为世界各国冠，泰西远不逮也。而今之醉心欧风者，乃奴此而主彼，何哉？余观古人之灭人国者，未有不先灭其言语文字者也。嗟乎，痛哉！伊吕倭音，迷漫大陆；蟹形文字，横扫神州。此果黄民之福乎？人心世道之忧，正不知伊于胡底矣！或谓：“国学固不宜缓，然又奚必社为？”曰：一国之事，非一二人所能为，赖多士以赞襄之。华盛顿之倡新国，非一华盛顿之力，乃众华盛顿之力也。社又乌可已哉？然则社以“南”名，何也？乐操南音，不忘其旧，其然，岂其然乎！“南”之云者，以此社提倡于东南之谓。“率土之滨，莫非王臣”，原无分于南、北，特以志其始也云尔。鄙人窃尝考诸明季，“复社”颇极一时之盛。其后国社既屋矣，而东南之义旗大举；事虽不成，未始非提倡“复社”诸公之功也。因此知保国之念,郁结于中,人心所同然,岂待有所激而然哉?当是时,主盟者为张天如。余观天如,文学亦未有大过人者;所以能倾倒余子者,徒以其名位而已。一时风气所趋,吴门、金陵两次大会,莅会者不下数千百辈,似亦可谓壮举。特余所深鄙者,科举痼疾更甚曩时,门户标榜在所不免。要其流弊,历史遗羞。艾千子,文学未必过人,而论文之见实远出张、陈诸子上。千秋论定,当以鄙言为不谬。文章公物,无庸杂私意于其间。阿其所好,君子所大戒。欲知来,先知往。当世得失之林,安能不三致意耶?善哉!吕晚村之言乎:"今日文字坏,不在文字,其坏在人心风俗。父以是传子,师以是授弟子;子复为父,弟复为师,所以传授子弟者,无不以躁进躐取为事。"吕氏此言,诚感慨弥穷矣!今者不揣鄙陋,与陈子巢南、柳子亚卢有"南社"之结,欲一洗前代结社之积弊,以作海内文学之导师。余惟文学之将丧是忧,几几乎忘其不自量矣。试问今之所谓文学者何如乎?呜呼!今世之学为文章者、为诗词者,举丧其国魂者也。荒芜榛莽,万方一辙,其将长此终古耶?其即吕氏所谓"其坏在人心风俗"者耶?倘无人也以支柱之,则乾坤或几乎息矣!此乃不特文学衰亡之患,且将为国家沉沦之忧矣!二三子有同情者乎?深望同声相应,同气相求,与之同步康庄,以挽既倒之狂澜,起坠绪于灰烬。若是者,岂非我辈儒生所当有之事乎?《诗》有之曰:"伐木丁丁,鸟鸣嘤嘤。……嘤其鸣矣,求其友声。相彼鸟矣,犹求友声。矧伊人矣,不求友声?"鸟声耶,友声耶,世岂有不喜闻鸟鸣之嘤嘤者耶?"溯洄伊人,宛在水中央",毋金玉尔音,令余踯躅而傍徨也。云间高钝剑。

[《高旭集》编者题注]原刊于《民吁日报》1909年10月17日,署名云间高旭钝剑。其后转载之报刊特多,不一一列举。(第498页)

【附录二】张明观、黄振业《柳亚子集外诗文辑存》"1909年"《南社例十八条》(上海人民出版社2011年6月第1版,第19—20页)

一[一] 品行、文学两优者许其入社。

一[二] 各社员意见不必尽同，但叙谈及著论可缓辩而不可排击，以杜门户之见，以绝争竞之风。

一[三] 入社须纳入社金一元。

一[四] 愿入社者，须写明何省何县人及其通信处，能以著述及照片并寄尤妙。

一[五] 社员须不时寄稿本社，以待刊刻。

一[六] 所刊之稿，即署名[刊名]《南社》。

一[七] 寄稿限于文学一部，不得出文学之外。

一[八] 集稿稍多，即行付印，或一月或二月不拘定。

一[九] 社中公推正社长一人、副社长二人。

一[十] 选稿之权，悉操诸正、副社长，余人不得顾问。

一[十一] 社中所刊之稿，各社员皆得分赠。

一[十二] 前人未刊之集，实为难得、至可宝贵者，各社员如得此项时，当出而附刊于《南社》中，以公于世。

一[十三] 各社员散处，每以不得见面为恨，故定于春、秋佳日开两次雅集；或于秣陵、吴门，或于云间、海上，临时再定。

一[十四] 社长每岁一易人，雅集时由众社员推举，如连任者听之。

一[十五] 印《南社》费，即以社员入会金充之；如不足时，概由提倡人担任，不另筹。

一[十六] 雅集费临时再行酌捐，社员既各因闻声相思而至，当无不欣然乐从。

一[十七] 社员有过，但当面为劝戒，不得背后非笑。

一[十八] 条例每半年于雅集时修改。

(《民吁日报》，1909 年 10 月 27 日)

则杰按："南社"的刊名，封面都只称"南社第×集"，版心则多"丛刻"二字("第×集"或有脱漏)。

【附录三】宁调元《宁调元集》上编《太一文存·南社[诗]序》(湖南人民出版社1988年12月第1版,第212—213页)

诗者,志之所之也。《春秋说题辞》:“在事为诗,未发为谋。……故诗之为言志也。”扬子亦言:“说志者莫辨乎诗。”李注:“在心为志,发言为诗。”人各有志;志之卑抗殊,而诗之升降亦于以判。故古有采诗之官,先王所以观民俗、知得失、自考正也。延陵季子聘鲁,请观周乐,自郐以下无讥,诗之为义大矣哉!吾友高子天梅、柳子亚卢等,既以诗词名海内,复创“南社”以网罗当世骚人奇士之作,蔚为巨观。钟仪操南音,不忘本也。昔启、祯之际,太仓“二张”,首唱“应社”。贵池刘城和之,为“广应社”。嘉鱼熊开元宰吴江,进诸生讲艺,而“复社”乃兴。由是云间有“几社”,浙西有“闻社”,江北有“南社”,江西有“则社”,历亭有“序社”,昆阳有“云簪社”,而吴门有“羽朋社”“匡社”,武陵有“读书社”,山左有“大社”。流派虽别,大都以诗古文词相砥砺,而统归于“复社”。山鸣谷应,风起水响,于斯为盛。“春木之芚兮,援我手之鹑兮”;“去之”三百载,“其人若存兮”。有踵接而起者,固可以观,可以群,可以怨也。虽然,余选古近诗,至宋、明尝略而弗录。其持论曰:诗运降戾,爰兹历年几千,代有迁移。温厚以则,宋以前也;纤丽以淫,唐以后也。且五言际宋、梁,犹七律之际晚唐,衰递以渐。学汉、魏不能,或犹类唐;学宋、明不能,将蔑所似也。然则,斯编何取乎?[曰]辑诗,非选诗也。于先王之书,《乐记》道之曰:“治世之音安以乐,乱世之音怨以怒,亡国之音哀以思。”故哀乐感夫心,而咏叹发于声。斯编何音?斯世何世?海内士夫庶几晓然喻之,而同声一慨也夫!嗟嗟!“《小雅》尽废,四夷交侵”,君子生斯时也,于是夫有惧心。

[《宁调元集》编者题注]一九〇九年。本文初稿作于一九〇八年五月长沙狱中,后经修改。此为改定稿。(第212页)

则杰按:此序未见刊载《南社丛刻》某集特别是《第一集》卷首或其中的“南社诗录”专栏之首,而只作为一般散文收在《南社丛刻第二集·南社文选》中(《南社丛刻》汇编第1册,第139—140页),标题作《南社诗序》,其他文字基本相同。

【附录四】陈去病《陈去病全集·启笺集·南社雅集小启(己酉[宣统元年,1909])》(第1册第357页)

孟冬十月,朔日丁丑,天气肃清,春意微动。詹尹来告曰:重阴下坠,一阳不斩;芙蓉弄妍,岭梅吐萼。微乎微乎,彼南枝乎,殆生机其来复乎?爰集鸥侣,觞于虎丘。踵东坡之逸韵,载展重阳;萃南国之名流,来寻胜会。登高能赋,文采彬焉;兹乐无穷,神仙几矣。凡我俦侣,幸毋忽诸。敬洁清尊,恭迟芳躅。

04－072　曹南诗社倡和集

李经野

十二卷。李经野辑,《山东文献集成》第三辑第44册,影印民国七年(1918)刻本。

一、柯劭忞"曹南诗社倡和集序"(第540页)

孔子作《春秋》,列国大夫见于经、为圣所与者,不及十人。曹得二人焉,一公子喜时,一曹羁也。喜时以让国,羁以合君臣之义;经于羁之事尤详,后世之诤臣所宜取法者。吾友李莘夫,曹人也。宣统二年[庚戌,1910],君以广东知府擢道员,董湖北造币厂,固辞不就。明年辛亥[宣统三年,1911],湖北兵事起,国祚遂微,人始服君知几之早、去就之衷于义也。劭忞窃谓曹羁三谏不从,故去之而远于难;君无言责,见事不可为,故去之而远于难,其揆一也。自辛亥[宣统三年,1911]以后,君杜门不出,日与乡人姚释筠、徐悔斋、贾来臣诸君唱和为诗,其意闲而远,其词肆而中程,能使读者得其悲凉抑郁之怀于语言文字之表。信夫!曹人之多君子,而莘夫之能取友也。孟子有云:"王者之迹熄而诗亡。"吾尝读《曹风》[第1a页]矣,"小人在位",至于"三百赤芾",虽诗人,能斥言其不肖。然曹羁去国之时,曾无人焉哀其君之死、大夫之婴罪戮,则谓之诗亡可也。呜呼!如吾莘夫者,不独可媲于曹羁;即其唱和之诗,亦庶几"《小雅》怨诽"之义。天下虽大乱,诗或不至于亡乎?戊午[民国七年,1918]夏四月,胶州柯劭忞序。[第1b页][第540页]

二、徐继孺"曹南诗社倡和集序"(第540页)

予尝读《曹风》四篇:好奢而任小人,则《蜉蝣》作;远君子近小人,则《候人》作;在位无君子,则《鸤鸠》作;至乎《下泉》,丁乱极之会,忾然而思明王贤伯。诚使观风者体诗人之意,念"斯饥"之"季女",屏"赤芾"之"彼其",则周道之兴可计日而待也。诗教之有关于世道人心,岂其微哉!曹州以古曹国得名,春秋盟于曹南,即诗所谓"南山朝隮"者也。汉唐作者,多失其传。宋则鄄城张复之之《乖崖》,巨野王元之之《小畜》、晁无咎之《鸡肋》、无咎从弟叔用之《具茨》,洋洋乎称极盛焉。明则濮州苏舜泽、李北山,国朝菏泽刘苏村、单县李梅楼,其尤著者。咸、同以来,流风亦少衰矣。宣统三年[辛亥,1911]春,菏泽李莘夫表兄养疴黉山,约予同游。予闻莘夫言,胶州柯凤孙、临清徐梧生,以诗相切劘,欣然从之,[第1a页]冀得一就正焉。行至汴,与同县陈愚轩、郓城李心海、巨野姚释筠、定陶曹铁如叠相唱和。比至黉山,邮筒赠答,纷纶不绝。莘夫谓予曰:"自科举废,古学衰,淑性陶情莫善于诗,盍于吾曹结诗社乎?"四月初旬,予先归,复过汴,以质陈、李诸子,皆以为然。抵里后,寄书同县扈翰廷、张西箴,单县贾来臣,城武孔香岩,复约同县张速卿、谢耀庵先后入社。是年十月,莘夫归来,隐居避乱,昕夕过从,惟以吟咏为事。所得篇什,颜曰《曹南诗社倡和集》。继此以往,人与诗日积,互相观摩,且未已也。莘夫曰:"子盍序之?"予问宗旨如何,莘夫曰:"不为标榜,不作香奁,不讥切时事,以祈不失乎《三百篇》温柔敦厚之意云尔。"予曰:"唯唯,请以质诸同社。"壬子[民国元年,1912]夏六月,悔斋书。[第1b页][第540页]

则杰按:据卷首"同社姓氏"(第二人),徐继孺字悔斋(第541页)。

三、李经野"曹南诗社倡和集后序"（第 717 页）

昔圣人论诗，蔽《三百》以一言，复诏门弟子曰："何莫学夫诗？"诏其子曰："不学诗，无以言。"诗之道，诚未易识；诗之教，所宜学也。然自后世，为诗者日益多，而诗教亦日益晦，何也？诗本性情；至于争一字之奇、矜一韵之巧，于是精能之习尚而性情之道微矣。余素不知诗。光绪己亥[二十五年，1899]，柯子凤孙尝强使为之。凤孙深于诗者也，都下名人咸推其能诗，乃听其言，稍稍为之，间亦出以就正。然一行作吏，困于簿书期会，虽为之，未有得也。迨岭海归来，世变日亟，因与三五同志结一诗社，以为世外优游之地。时悔斋方著书复壁，出其余技为诗；余老病无能为役，借消岁月而已。各子弟亦见而效之；其有可节取而不免疵累者，相与略为删润，俾亦附列于册，以示诱掖。自世教[第 1a 页]陵夷，子弟不计功名，而读书者寥寥也。倘由此引之以向学，虽未必有当于学诗之旨，亦足见诗之感人者深耳。自辛亥[宣统三年，1911]立社，至戊午[民国七年，1918]，更倡叠和，得诗裒然成帙。同志咸欲付梓，俾得各置一编，随时翻阅，如与良朋晤对，初非以之问世也。乃为删去十之二三，存如前数。然诗社非止于是也，学之不已，再积有成数，当有谋续刻者。岁在戊午[民国七年，1918]，清明节，曹南钝士识。[第 1b 页][第 717 页]

则杰按：据卷首"同社姓氏"（第一人），李经野号"曹南钝士"（第 541 页）；又书名题签，径署"钝士"（第 539 页）。

04-073 海门吟社初编

赵光荣

不分卷。赵光荣辑,《清末民国旧体诗词结社文献汇编》第9册,影印民国五年(1916)海门吟社排印本。

一、叶玉森序(第265—266页)

间尝泛扁舟,陟狮岩之巅,俯瞰海门,波谲而云诡,固天然之诗境也。而宅是邦者,不能发挥而光大之,致使山水英灵,于焉歇绝,不其惘欤?曼珠不纲,极于辛亥[宣统三年,1911]。某日,谒同里赵枚叟先生于百尺梧桐阁,枚叟愀然诏予,谓此变风变雅时也,盍为诗?盍鸠合一社,使众为诗?所谓不得已而以之鸣也。予力赞斯议,谋之于君觉庐,亦慨然以社务为己任。爰召诸友,奉枚叟为之长。枚叟抑然辞曰:"吾家芍亭宜。"乃襆被渡江,访芍亭丈于竹西,丈忻诺。枚叟亟驾舟归,中途遘风雨,飞浪及髯,几殆。而吾"海门吟社",于是乎立。甫三集而武汉举义,海内骚然,吾社乃诎然止。未几,芍亭丈亦逝世,同人呜咽之声遂与海门潮相应答,伤已。共和既建,文质并重。于时,黄发白眉之彦,先后立社于燕,于淞,于某郡邑,一倡百和,播之于报章,流之于简册;诗教之盛,炳焉[第1a页][第265页]与三代同风。枚叟乃拂衣而起,谓吾社当复兴。同人欢然,复议奉枚叟为之长。枚叟复抑然辞曰:"角艺结习,吾衰未忘。吾社当如华胥国制,不立长。"予乃延奚君度青、吴君眉孙、白君中磊,迭主之。甫三集而滇黔变起,海内复骚然,吾社复诎然止。噫!何吾社之不祥若是耶?回忆吾社之兴,枚叟凌渡江之巨险。而一集题出,枚叟必速藻;或作二三卷,必朝暮走索各友稿,往往唇为之焦,其苦心良不可没。因与觉庐谋编历集之卷，付诸梓以慰之。而辛亥[宣统三年，1911]第三集，卷已散失。枚叟闻之，大戚。时方病齿，力索积卷去，忍痛编次；于短檠下支颐缮写，辄至夜深，勇哉！叟也。予不文，顾不能无辞，爰略述颠末于尾。他日印成，将携一卷，从枚叟之后，陟狮岩，览海门潮之络绎而联翩，用觇吾社之未艾焉。是为序。民国五年[1916]蒲节，丹徒叶玉森。[第 1b 页][第 266 页]

二、吴清庠序（第 266—269 页）

昔者文删敬礼，慨后世之知音；赋草休文，喜相要之数句。同调难求，前贤兴叹。况夫与数晨夕，皆素心之人；能中宫商，是我辈之语。今雨旧雨，各擅其专长；小巫大巫，无取乎让美。“月泉”社集，高悬摘句之图；题襟馆开，险斗分题之韵。最难风雨，同听鸡鸣；偶而雪泥，宜留鸿爪。此赵丈子枚所由有《海门吟社初编》之作也。忆自江山助兴，翰墨结缘。吟袂时携，华笺分劈。小词协律，有井水处能歌；绝句题名，唱旗亭时赌胜。自成风骨，何妨白乐韩悲；不是功名，无碍王前卢后。春秋佳日，文酒欢场。韵事足传，古人何让？无何，白马军来，红羊劫急。玉树空后庭之花，金仙泣铜盘之露。浮云四散，龙门之游遂空；散雪一歌，兔园之简莫授。惊心沧海，到处横流；堕泪阳关，三叠绝唱。盖自辛亥[宣统三年，1911]国变，社事中辍。而社长赵丈芍亭，亦归道山矣。凄凉风月，难为白社之[第 1a 页][第 267 页]吟；绵邈山河，痛断黄垆之饮。乃者时更丧乱，心渐太平。壶觞久停，车盖无恙。收沧桑之危涕，聊接笑言；问兵火之浮家，粗安笔砚。子枚丈乃选莺花之辰，重申鸡黍之约。龙头之席，还仗老成；牛耳之司，迭为盟长。浮瓜沉李，念昔游而莫忘；露草风枝，喜故人为偶集。垂泪说风尘疣赘，工部归来；伤心见世界繁华，玉田老去。世事茫茫，江山寂寂。嗟嗟！百年岁月，速于风狂；四海交游，忽如雨散。仆也暂与斯役，旋有远行。栖毫牍以自伤，通梦魂而未倦。承命作序，抚景宣情。数生平丝竹，莽哀来乐往之思；忆乱后田园，极念乱忧生之致。所幸风烟南诏，已息干戈；翰墨西园，可邀簪履。惟愿推襟送抱，长毋相忘；染翰操笺，锲而不舍。松柏能悦，必无间乎岁寒；萍絮有缘，或相逢于流水。谂我同岑，验兹陈迹。丹黄甲乙，胜传钞绛云《吾炙》之编；名字芳香，许上配[第 1b 页][第 268 页]水绘《同人》之集。共和五年[1916]仲夏，丹徒吴清庠。[第 2a 页][第 269 页]

三、“海门吟社同人姓氏”后记(第 272 页)

本社自辛亥[宣统三年，1911]革命七月至本年二月，共举六集，诗词都四百二十首。中经世变，散佚甚多。故第二集系从底稿录出，颇有佚名，无可稽核。第三集作者本鲜，卷又遗失，均从阙如。倘同人有能保存旧卷或更正名号、籍贯，函知本社者，无任企盼。编者于此，既增沧桑之感，而益重香火之缘已。丙辰[民国五年，1916]六月，本社附识。[第 1a 页][第 272 页]

04－074　寒山社诗钟选甲集

寒山诗社

五卷。寒山诗社辑，《清末民国旧体诗词结社文献汇编》第13册，影印民国三年(1914)正蒙印书局排印本。

一、王式通“序”(第239—240页)

诗钟雅集，盛于闽中。片玉碎金，时传佳句。湘粤踵兴，务为典博。鼎脔知味，流别分途。为韵语之骈枝，亦词人之狡狯。京师才薮，厨俊毕臻。遂有胜流，具兹旧癖。好子云之深湛，擅少孺之敏捷。清谈有侣，白战无喧。薙烛沉吟，奚奴睹而匿笑；断缣累积，写官见而生厌。数典偶误，杂以庄谐；校艺或偏，区于好尚。题名放榜，类已废之科场；把臂入林，似投时之党籍。跌宕裙屐，流连琴尊。游宴之娱，得未曾有。嗟乎！良辰易迈，嘉会何常？太傅谈玄，见挥麈之高致；谪仙作达，思秉烛之名言。俯仰之间，已为陈迹。矧复王尼有沧海之叹，庾信动江关之悲。倚竹天寒，餐梅骨瘦。不有佳作，何伸雅怀？胜博赛之欢娱，拟丝竹之陶写。玩物丧志，可无讥焉。用知信陵之饮醇酒，与士行之运斋甓，迹虽迥殊，心乃一致。异同之故，境实为之。夫屠龙至巨，雕虫至细。技之大小，所挟不侔。无当于时，同归于废。而无用之用，非可言思。盖自风雅道衰，弦歌声渺。略存韵事，即蒙泉剥果之遗；待启[第1a页][第239页]元音，亦后海先河之例。将使兰亭绝唱，长在人间；柏梁联吟，重来台上。蔚为风气，兹其权舆。若夫括高论者，病其有害学诗；挟褊衷者，斥为好行小慧。类斯疣见，胥等譫言。区瞀沟犹，宁复有当？昔渔洋论诗，谓当如云中之龙，时露一鳞一爪。彼主神韵，此取镕裁。余锦零纨，亦鳞爪欤？“寒山社”者，地居京国，思寄姑苏。郊、岛闻声，钟、牙答响。门稀热客，室有古欢。觞咏于斯，月必数举。岁时既积，光景弥新。成主客之图，署花萼之集（谓吉符、颖人）。典传金缕，凄入心脾；吟到梅花，香生齿颊（皆见实甫诗）。凡此缘情之作，都付举座之观。仿汉上之题襟，黯然一别；赋平原之叹逝，已矣三君（谓印伯、味春、芷青）。盖一载之中，已不胜风雨之怀、人琴之戚焉。关子颖人，旷世逸才，主持坛坫。比以社集，属缀弁言。式通移家吴中，参禅萧寺。寒山香火，夙有因缘。白云在天，阊门若练。甫一展卷，觉诗梦钟声，如在枫桥霜月间已。癸丑[民国二年，1913]仲冬之月，王式通。[第1b页][第240页]

二、罗惇曧“序”（第241页）

焦螟巢于蚊睫，焦螟之睫又有巢者，小之已甚。中有极宽之天地焉，高睨大谈天下之故，曰“吾将以救国”。而谈者愈多，国乃愈削；非谈之足害，不自量而妄谈之足害也。假一物以游暇日，虽声色非所屏。樗蒲一掷巨万，闻者皆骇然，举国溺焉，痛乎风俗之移人也。雕虫小技，壮夫弗为。小至吾曹之诗钟，非焦螟蚊睫之类哉？吾曹游息文字之囿，苛法所弗禁。既不愿高睨大谈天下之故，又不能真掷巨万，从诸豪之后。日营营于壮夫所弗为而私自悦，虽为世笑，然此中有一趣焉。蚁穴之中，富贵非常，安知争一刹那之得丧者，有以异于世人之逐富贵乎？吾自乐此，不为疲也。易地而观，则引为大苦。吾徇吾欲，而皆出于机，皆入于机，终始焉未有止也。刻棘端之猴，贯悬牖之蝨，弄丸者累十丸而不坠，夫非小之至巧者耶？取其巧者，为知者道，小宁足讳耶？是则“寒山社”诗钟之所为流布也。癸丑[民国二年，1913]十一月，顺德罗惇曧。[第1a页][第241页]

三、易顺鼎“序”（第243—244页）

诗钟者，相传出于闽人，而其风盛于近代。余每与友聚，辄喜为之。盖尝有《燕社》《蜀社》《吴社》《闽社》之刻。“寒山社”者，起于京师，成于诸子，而余之入社为稍后焉。社之始也，岁在壬子[民国元年，1912]。于时金人辞汉，玉马朝周。然而管弦无凝碧之悲，糯匣少冬青之恨。既未至于黍离麦秀，更幸免于瓜剖豆分。诸君托足王城，藏身人海。亭疑野史，姑辑日下之旧闻；谷异王官，聊创“月泉”之吟社。——此一时也。社之盛也，岁在癸丑[民国二年，1913]。于时牛心争炙，羊头满街。政客多于鲫鱼，议郎音如鸮鸟。或非驴而非马，或如蜩而如螗。违山十里，尚闻蟪蛄之声；览晖千仞，讵有凤凰之下？既而龙战再酣，狐鸣又发。倏忽称帝，争凿中央；蛮触成邦，欲踞两角。一篇梼杌，为群盗之春秋；两部槐檀，是众虫之世界。而诸君既不思朱毂，亦慵草玄经。甘雕虫而弗作壮夫，食蛤蜊而那知许事。十步之内，香草弥多；一山之中，馨桂愈烈。蒲牢送响，何止一百八下之声；“莲社”题襟，多至六十余次之集。——此又一时也。夫处九[第 1a 页][第 243 页]土抟抟之上，但求无过，不求有功；居众生攘攘之中，不求为善，但求不为恶。诗钟诚小技，然虽无功，亦尚无过；虽非为善，亦非为恶也。同人之数，殆将倍四十贤；所聚之贤，不止两五百里。关子颖人选刻之，得若干卷，亦有感于嘤鸣伐木之诗，不忘此异苔同岑之雅云尔。癸丑[民国二年，1913]岁除，易顺鼎叙。[第 1b 页][第 244 页]

则杰按：此序又载《易顺鼎诗文集》(第四编《辑补》)卷三十七《集外文存·序跋》(湖南人民出版社 2010 年 6 月第 1 版，第 3 册第 1750—1751 页)，标题即作《〈寒山社诗钟选甲集〉序》；其他文字略有出入，则似系校勘不慎所致。

四、黄节“序”(第 245 页)

诗钟之兴，肇于近世。唐宋而上，殆无闻焉。繄维雅废国微，风变俗敝。谊薄而辞弱，文寡而制简。诗钟之兴，其于诗之衰欤？然秦汉最近，顾已淳漓殊音；赋骚虽晚，而有恻隐古意。以此例之，诗钟于诗，视赋骚于《三百》尔。予游京邑，乃接“寒山”诸老。相与唱和，用解憔悴。比将甄录旧制，积素累帙，锓而存之。夫投壶称诗，庶几博物；登高能赋，可为大夫。大雅不作，吾衰谁陈？则执籥自乐，岂无招我之诗；垂带可怀，且续都人之赋。顺德黄节。[第 1a 页][第 245 页]

五、关赓麟“序”（第 247—249 页）

人之生块然天地间，与万物者无别也。所由异者，心灵之作用焉已。人有其心，而不能无所寄。方夫入世而应物，于是耳目、思想、精神之所接近，必有所专注、习惯，积久而嗜好生焉。夫嗜好之为物，万有不齐。从其外观之，有善有恶，有贤有不肖，有有益有无益，有有用有无用。自其主体言之，则皆以为欲而非性，见为乐而非苦，盖皆与物接近以来，随其人之身分、境遇、才力、天赋积累变迁而后成。而有益与否，有用与否，则从事后或他面而名之者也。论者常言，不为无益之事，无以遣有涯之生。浅哉！斯语。吾至今乃知其不然。夫善恶、贤不肖，以是非而立名；而有益与无益，有用与无用，则由应世而始见。人之身分、境遇、才力、天赋既不同，则各就其耳目、思想、精神之所专注而习惯者，求己性之所适，无所谓无益与无用也。是非者，无定之称也。是非无定，则苦乐亦无定。我以为是者，安知人不以为非；我以为苦者，安知人不以为乐？今世普通之嗜好，若淫若[第 1a 页][第 247 页]赌，若烟若酒，若音乐饮食，若金石书画，若虫鱼鸟兽花木，何一非消遣时光之具，何一非人见其苦而自谓乐此不疲者？闻之某公之嗜斗牌，治公既毕，深夜必往，讫天晓乃已；如是则治事之时精神焕发，盖不以为劳，而直云以此休息其脑力也。是说也，人以为疑，吾弥信之。人之一身，其五官百骸莫不效用。用之久，则倦而求憩。于是用乙而憩甲，用丙而憩乙，使之休息，涵养而健全，清明之气由之而常新。盖吾心不可以无养，而耳目、精神、思想之用久则有时而竭，由是不能不更番受役以为息。譬如学校之课程，读书而缀文，体操而习算；或口耳，或肢体，或心思。善为教者，其时刻必使相间，互易其用，而养生之法寓焉。岂必筋骸颓放，高枕酣卧，而后谓之休息哉？泰西娱乐之地至多，公园、林坰，球场、射圃，动、植物园，博物、图书各馆，在在而有。吾国惟无此，各就其所接近以为嗜。于是文人学士因其身分、境遇、才力、天赋之所毗，而以文为乐。有如文会、诗社、词坛、剧场，当古学浸失之日，保全号召，义有取焉。若夫敏捷相尚，赡博为能；属[第 1b 页][第 248 页]对务工，片言居要，如吾辈所为诗钟者，盖文约旨博，成如易而却辛，昔人所谓"富于万篇，贫于一字"，修词之用，至此而极矣。而又诙嘲间出，为乐弥永，使用心之时至少而娱意之方甚多。征之于古，则谈经夺席者，征典上座者，隶事得物者，其豪兴乐趣未知视今奚似。要之，皆求己性之所适，而初非以为劳苦之具，则一也。吾人既不以为劳，而将有所寄，以息吾方苏之脑力，则是裒然五卷者，岂特与普通之嗜好殊科，其诸可云无益之益、无用之用者矣。吾"寒山社"诸君，以为何如？南海关赓麟序。[第 2a 页][第 249 页]

六、"题词"（第 251—253 页）

［一］　寒山诗钟第一集印成，颖人索题，聊书二绝，兼戏实甫　郑沅（叔进）

黍油麦秀不成歌，萧瑟词人可奈何。难得大家吟断句，夜深孤馆赌黄河。［其一］

卅载高名海内称，北来甘饮潞河冰。玉溪笔力如牛弩，今日惟观对属能。［其二］

［二］　寒山社诗钟选第一集题词　陈庆佑（公脯）

字如骰子安红豆，句似屏风画折枝。此体东坡曾戏作，郑容高莹一章词。［其一］

不须当哭说长歌，夜半钟声唤奈何。一事开编重怊怅，贞元朝士已无多。［其二］

［三］ 题寒山诗钟第一集 陈士廉(翼牟)

少年豪气薄雕虫,侧帽填词苦未工。今日旗亭重画壁,几人侥幸碧纱笼?(余少时偶学作词,旋弃去,以妨学业也。十年来居京师,学殖荒落,中更事变,乃时时借作诗钟以自遣,可悲亦可笑也。)[其一]

明月清歌第几回?危城风雨一尊开。人间沧海知何世,莫向张灵问劫灰。(辛[第 1a 页][第 251 页]亥[宣统三年,1911]兵事方亟,余与罗瘿公、谭篆青诸人为诗酒之会,烧烛飞笺,唱酬竟夕,几忘身在危城中。追思昔游,恍如隔世事矣。)[其二]

寸截双雕创格奇,诗家别体比骈枝。卅年韵事尤堪记,南沈(文肃)北张(文襄)是导师。[其三]

诗亡俗敝感王风,小慧人夸对属工。毕竟江湖名士盛,一钟一钵一诗翁。(近日工诗者少,工诗钟者多,亦一时风俗使然。闽人又好为小诗,拈题限韵,谓之"击钵吟",亦诗钟之流亚也。)[其四]

诗派新传摘句图,谁分荆艳与吴歈?碎金蕃锦都成集,留作他年记事珠。[其五]

小集消寒走腐儒,微吟拥鼻胜呼卢。瑶林片玉君休采,恐被遗山笑珷玞。[其六]

吟社何因仿月泉,漫抛心力送华颠。贞元朝士销磨尽,感旧怀人又六年。(戊[戊申,光绪三十四年,1908]、己[己酉,宣统元年,1909]之际,钟会最盛,恒数十人。及经变乱,同人多星散。今入"寒山社"者,不获三四也。)[其七][第 1b 页][第 252 页]

历历钟声记昨宵,酒痕茶梦一时消。年来怕听山阳笛,曾吊诗魂赋小招。(社中顾君印伯、杨君味莼、朱君芷青,先后归道山,同人集城南岳云别业,设会追悼。)[其八]

［四］ 又 金葆桢(实斋)

吾道无须问长消,晦鸣风雨正潇潇。且忙属对供娱乐,共事研精慰寂寥。句重兼金皆寸截,联成片玉总双雕。尤欣编作侯鲭录,鸡跖熊蹯味更调。

［五］ 题寒山社诗钟第一集，齐天乐 章华（曼仙）

疏钟花外宫莺散，萧条过江名士。八面弹棊，双声斗律，谁识贞元游戏。尊前镜里，看延让拈髭，普贤连臂。夜半乌啼，两行新句两行泪。 春婆一梦唤醒，麝尘香不断，飞上诗被。殿帚平明，河云远上，都付旗亭清吹。欢场游水。剩吴袖杭襟，玉零珠碎。更写泥金，雁题留锦字。[第2a页][第253页]

七、"例言"（第255—256页）

一[一] 辛[辛亥，宣统三年，1911]、壬[壬子，民国元年，1912]之交，未始有社；名流偶集，遂成例会。兹编所录，托始于此。存稿日多，久恐湮佚。迄癸丑[民国二年，1913]冬，为课四十有八。群怂付梓，用公同好，是为"甲集"。

一[二] 诗钟之体，为类至繁。不揣浅陋，分而二之：曰"建除体"（亦曰"嵌字"），凡"对嵌""魁斗"，"辘轳""蝉联"，"鼎峙""双钩"，"杂俎""碎锦"，皆属焉；曰"赋物体"，凡"分脉""合脉"，"晦明""笼纱"，皆属焉。社中所作，"建除体"为最多。逐字对嵌，周而复始，即名"一唱"以至"七唱"。

一[三] 社中初议，公推名宿主持选政。入彀之作，务从严格。比较积分，取定多数。久之不成，乃由实甫、掞东、公俌、蔚如、砚农、晦闻、颖人分任校阅，仅始蒇事。而编录主旨，则一取宽大，借志社员鸿爪。至于芟除凡卉，选撷菁英，姑俟贤哲，幸毋讥焉。

一[四] 诗钟以敏捷为工，非若外间吟社推敲兼旬之比。作者短晷疾书，多未修饰。兹选悉仍其真，而群贤风雅，咳唾珠玉，较之坊间选本，已复矫然杰出，洵可[第1a页][第255页]宝贵。

一[五] 雷同之作，率择其尤；燕雀未称，或从割爱。其隶事偶误，瑕不掩瑜者，辄代更正，大雅恕焉。

一[六] 主司衡文，目迷五色；好恶攸殊，遗珠遂多。加刻烛夜深，往往引去；胪唱之下，不得主名。作者从阙，多由于此。同人倘承见告，当补入续编。

一［七］　覆校既终，去甲取乙；纷然涂改，钞胥不慎。联句脱落，恐所难免，亦俟补遗。

一［八］　录稿先后，依社中誊录之本，非以佳卷为次，请勿误会。

一［九］　社员姓氏，截止癸丑［民国二年，1913］腊月为止，以曾纳社费、赞成社章者为限。其有偶一与会，仅属来宾者，虽集中间有采录，而名表不列。如广东李君汉珍绮青、梁君攸侯用弧，安徽徐君季龙谦，皆是。附志于此。

编者识。［第1b页］［第256页］

04－075　寒山社诗钟选乙集

寒山诗社

十卷。寒山诗社辑,《清末民国旧体诗词结社文献汇编》第14册,影印民国四年(1915)正蒙印书局排印本。

一、樊增祥“序”(第5—7页)

粤人“属对”,闽人“改诗”。风气既开,浸成嗜好。嗜好既笃,务为竞争。竞争既久,穷极工巧。其始,以合侪偶,消永日,视古人投壶弹棋、蹙融双陆之戏为有益,而较韩、孟联句,皮、陆酬唱为省心。既乃易“改诗”为“诗钟”,分“嵌字”“咏物”二体,而金声之振,遍天下矣。夫极千万人之心思、才力,毕致之十四字之中,积百数十年之久,其风气不能不变者,时为之;而流派不得不分者,地为之也。以今日之流别言,大率闽派空灵,粤派典实。空灵之至,非不典也;看似寻常而具有故实,如水中着盐,有味而无滓,此闽派之至妙也。典实之至,非不灵也;花当叶对,玉质金相,妙造自然,无牵合饾饤之迹,此粤派之上乘也。执是以求其震于广座而惬于幽独者,或什得二三焉,或百不得六七焉。盖天成偶得,若斯之难也。都门“寒山社”,为南海关君颖人所立。君故豪于诗者,又得贤兄吉符、罗君掞东、陈君公俌,助之。月凡数集,集必数十人。海内硕学博闻之士、裁云镂月之手,悉出其中。每发[第1a页][第5页]一题,斗角钩心,禀经酌雅;量珠盈斛,织锦为裳。往者选玉昆山,捡金林邑,尝有“甲编”之刻。一年以来,万花被谷,言采其兰;八蚕欧丝,言抽其绪,又将以“乙集”问世。仆自客腊入都,屡同宴集。私以为近人所作,较前益进,然才流胆大,英雄欺人,时亦有之。其弊在于征僻典,求工对,割裂倒置，虚造冥擿。卒之，蛇神牛鬼，可以骇世俗而不可以质通人。须知诗钟亦诗也；无理无法，无情无味，一句而用数典，无一虚字钩贯其间，上下不相属，语意不可解，是亦不可以已乎？科场之废，仆所乐闻，以主司之公且明者少也。大抵阅卷亦有数弊，或慑于才望高，或因其名心重，必欲置之首选。于是，以主司之情面，效士子之揣摩，逆料某联当是某人，不论佳恶列之榜首，往往错认颜标，转失方叔，此一弊也。昌黎之赏魁纪，务取恢奇；永叔之刷刘几，终归雅正。奇而无法，僻而成妖。初观所作，如扬子云之奇字，问者纷来；还质其人，如张丞相之草书，自亦不识。夫不知者即不取，固有遗贤之忧；不知者即不敢不取，更广售欺之路，此二弊也。至于一人阅卷，[第1b页][第6页]群贤聚观，往往前幅未终，后幅倏被攫去；此人窃议，彼人又复儳言。主文者目迷五色，耳聋八音。榜已定而重更，主有权而宾夺。往日乡、会场之蒙昧，朝、殿试之纷纭，流弊相沿，迄今犹在。或曰："此游戏耳，何法律之足云？"嗟乎！文字之役，聪明才智之所萃也。以聪明才智之所萃，而作者俶诡相尚，阅者去取不公，一事无是非而天下之是非可忧矣，数人好怪异而天下之怪异百出矣。吾揭其弊，倘亦用人行政之鉴乎？颖人选"乙集"既竟，问序于余。余虽未见选本，然深知吾社不乏佳作。颖人又社中巨擘也；吾所谓花当叶对、妙造自然者，颖人实兼有之。则其所选，亦必不越乎是矣。流弊云云，乃考试之通病，非专为吾社发也。乙卯[民国四年，1915]三月，樊山樊增祥序。[第2a页][第7页]

则杰按：此后尚有高步瀛"序"（第9—14页），形式"集唐"，兹从略。

二、"题词"（第15—18页）

[一]　题寒山社诗钟选乙集　太仓陆增炜（彤士）

又见南华第二篇，绿衣朗诵句如仙。詹詹且莫讥言小，两字筌蹄有妙诠。[其一]

落笔良朋共品题，未工獭祭漫相诋。一名我纵居先甲，属对无能愧玉溪。[其二]

烛烬三条似棘闱，夜深头点盼朱衣。榜花姓氏人犹识，一梦春明事已非。[其三]

都门嬉戏竞樗蒲，诗酒谁将大雅扶。莫笑雕虫成小技，荒唐犹胜牧猪奴。[其四]

翰苑当年集众英，江南老辈数潘彭。一编诗梦钟声录，犹是承平雅颂声。[其五]

结社秋曹记昔游，白云旧侣渺弇州。词场亦有沧桑感，又向京华集胜流。[其六]

苦吟岛佛费推敲，赢得诗心似孟郊。岂有文章供乙览，洛阳纸贵已传钞。[其七]

寒山古寺话姑苏，禅味诗情两不殊。叹我有家归未得，秋风岁岁忆莼鲈。[其八]

[二] 颖人属题寒山诗钟乙集 钱塘吴士鉴(絅斋)

寒山清响应樊山，南北诗才见一斑。今日合流非异派，百川都到尾闾还。[其一][第1a页][第15页]

闽粤同驰大雅轮，为分俊逸与清新。课虚责有应兼擅，不薄闽人爱粤人。[其二]

刻烛分笺梦想中，来迟每苦句难工(余于去秋始入社)。吟安一字思千转，枚马当前拜下风。[其三]

稊园庯峻结亭台，摘句图成有别裁。我喜买邻同季雅，花时不厌百回来。[其四]

[三] 奉题寒山社诗钟乙集 开封金葆祯(实斋)

名流多杰构，断句一囊储。言对夸精巧，诗裁广建除。百回真不厌，续集又成书。原作如林在，传观道唱胪。

[四] 题寒山社诗钟乙集 闽县曾福谦(伯厚)

诗钟创格推吾闽，诗钟命名非闽人。近今海内盛风尚，目以闽派宁无因？我生少小嗜章句，碎金屑玉疑奇珍。骚坛旗鼓辄奋勇，自谓百战沙场身。一行作吏此遂废，笔砚与甑同生尘。兹来乞米长安市，见猎心喜时效颦。著涒潇鸣（皆社名）及艺社，先后把臂情何亲。主持风雅有宗匠（谓颖人社长），寒山一社尤超伦。羊公之[第 1b 页][第 16 页]鹤愧不舞，骊珠未得徒爪鳞。莫言雕虫本小技，不富腹笥焉通神？仿樊南集分甲乙，展卷光景常如新。博弈犹贤师此意，大叩小叩无昏晨。寒山钟声尚在耳，廿年前泊枫桥滨。

［五］ 寒山诗钟集题词 开封顾瑗（亚蘧）

关侯兄弟皆好奇，簿书丛里耽吟诗。黄钟大吕惟恐卧，刻画独在鳞之而。诗钟之名始何所，好事闽人镂肺腑。流传逸句满江湖，特起异军遍荆楚。我来京国三十年，时从老将驰幽燕。韩潭醉宴伎偕作，萧寺铿鲸僧不眠。贞元朝士垂垂老，徐（澄园师）盛（意园）王（半塘）黄（仲弢昆弟）俱宿草。陆沉弥恸浙西亡（袁忠节师），过江独有瞻园好。瞻园好客今无俦（樊山开藩江宁，余曾与诗钟之会），陈（散原）缪（艺风）陈（子砺）钟（子勤）盛宴游。何休漫说张三世，温峤原非第二流。低徊往事浮云改，来向槐安问荃宰。诗魂重返大罗天，钟声竞起华严海。粤人丰盛闽人癯，甘浓肥厚人所趋。手携健者一百辈，立帜寒山启霸图。名言隽语同欣赏，十卷琳琅无伪响。吸收四海与弥天，闽派徐徐[第 2a 页][第 17 页]归粤党。身云后至牛耳操（樊山上年冬间始入社），两童神圣横弓刀（实甫“神童”、重伯“圣童”）。拔山力尽时不利，愤王竟挈虞兮逃（伯浩旅居天津，每值社集，必携其姬人来京）。楚歌四面吾何畏，大泽虽迷围可溃。有时瞋目赤泉侯，一叱犹能擒一尉。

［六］ 寒山社诗钟选乙集 汉寿易顺鼎（实甫）

闽人学宋诗，闽诗始宋代。诗钟盛于闽，亦用宋诗派。寒山独不尔，典丽发光怪。应坐俦侣多，不止一都会。珍味五侯鲭，定胜庾郎菜。或仿西昆格，卅六体皆备。或采唐人诗，三百首非隘。争夸安石金，讵惋次山碎？昔者甲集出，先睹共称快。乙集今复刊，纸更洛阳贵。我惭比江淹，才尽笔早退。张楚久未能，行且等自郐。

［七］ 题寒山诗钟乙集，踏莎行　满洲骆成昌（子蕃）

博物张华，传经刘向，天吴紫凤翻新样。五都银海眩生花，汤盘周鼎难详状。　　萧选规摹，夷坚志仿，洛阳纸贵争欣赏。我来学步唱邯郸，虎贲漫误中郎将。［第 2b 页］［第 18 页］

三、关赓麟“选辑大意”（第 19—20 页）

［一］ 本集凡分十卷：百课以前，为卷一至卷五；百课大会一日之集，最称盛举，是为卷六；百课以后，迄甲寅［民国三年，1914］岁除，是为卷七、卷八；樊君樊山北来入社，同人欢宴，迭为宾主，谈艺尤进，别为专册，列之卷九；集中类“建除体”也，外此诸格凡若干条，卷十附焉。十卷中，编选体例一仍前集；惟互异之处，略举其概。

［二］ 社员骤增，复多名宿；标新颖异，无义不搜。前集尚宽，此集则力从严刻。限于卷帙，遗珠甚夥，思之歉然。

［三］ 本集惩前此之濡滞，故选政略由编者主持，大率根据阅者四人之旧，复加以抉择、搜补，然后与同人商定，故所录尤为精核。徒以事繁时促，评骘厘定、编辑校雠悉萃一身，不克细审；引义之失，当仍恐不免。

［四］ 入选之作，无取雷同。惟有时互有佳处，亦或不惮骈枝。又拗体为钟律所禁，不知者往往而蹈；此次偶尔从宽，然才三五联而已。［第 1a 页］［第 19 页］

［五］ 古字平侧，恒多相通；词人惯用，尤喜假借。是以一字疑于两读，阅者辄屈意取之；或同时兼搜，致相抵牾。集中此类，恐未尽芟，幸弗深诋。

［六］ 词章之选，文愈奥博，校雠愈难。本集印成，粗阅一过，勘误之表已复盈幅。暇时细读，扫叶之积，虑不至此，读者教之。

［七］ 未入社之名流，时一与会。援前集李、梁之例，间经采择者，有浙江徐花农琪、湖南陈梅生善言诸君，附记于此。

［八］　社员名录，编至百三十会为止，都一百六十八人。

［九］　去岁，杨子味春、顾子印伯、朱子芷青相继下世，余悼未忘。一年以来，沈子砚农、陈子简墀又弱其二矣，书以志痛。

关赓麟识。［第 1b 页］［第 20 页］

04－076　寒山社诗钟选丙集

寒山诗社

六卷。寒山诗社辑，《清末民国旧体诗词结社文献汇编》第14册，影印民国八年(1919)同益书局排印本。

一、邵瑞彭“序”（第451—452页）

诗钟者，谐隐射覆之流，文章之枝派、暇豫之末造也。夫文之为德，关乎运会。三代以降，迭为隆污。世莫盛乎汉、唐，故元音彪炳；祚莫衰乎宋、元，故风雅寝声。有清受命，质文共举。人怀枚、马之才，户习贾、郑之学。灵响所孚，国治而民休。及其衰也，士乐异言，俗趋吊诡。往往摩挲罍彛，以傲服、许；揲钘简帛，以证申、辕。矫之者，则又溺于姚易之笔札，与蹇涩之讴吟。诗钟之兴，亦当其会，务以驱扇故实为能，以字字相俪为工，以荒僻恢奇为巧，故文虽鐾而质实肆。至其为之犹贤，自譬博弈；[第1a页][第451页]既远穿凿非圣之嫌，又无门户矜夸之气；虽未知于古人“技进乎道”何如，要亦岁晚务闲，朋来盍戠之良会也。若乃琐细支离，无当大雅，则运会所絯，夐非人谋。“寒山”立社，于今数年，为会三百有余。其所作，已刊为“甲”“乙”二集。今兹有“丙集”之撰，为叙要略如此。瑞彭猥以沟霿娄附清游，谀闻未周，高论徒切。异日贞元转运，金相玉式，挈镣中磬，神人以和，若诗钟小技，虽檏绝焉可也。己未[民国八年，1919]五月，淳安邵瑞彭。[第1b页][第452页]

二、“例言”（第453—454页）

一[一]　本社自辛[辛亥，宣统三年，1911]、壬[壬子，民国元年,1912]成立以来,“甲”“乙”两选业付梓人。兹编即踵“乙集”,由一百二十会起,至二百五十三会止,为年三载(起民国三年[1914]二月中,迄五年[1916]十一月初),为会一百三十三,为题二百七十,是为“丙集”。

一[二] 丙辰[民国五年,1916]以来,社课积存如干,即已着手选印。适以社址迁移,人事纠纷;鹤俸难分,牛腰转巨,递迟数年,良非得已。今“丁集”亦已裒然,行将继续出版。

一[三] 社存旧卷,佚去者可三十课。不得已,以备印“丁集”者弥其阙。他日求得,当载之“丁集”中。

一[四] 同人矫“甲”“乙”两集之宽,力主精核,一再复汰,遗珠必多。惟付印时,以卷页不足,临时增附后数卷,间有去取,从宽者实由于此。

一[五] 诗钟体制,初无定格。本集仍分“建除”“分咏”“合咏”“鸿爪”“笼纱”“晦明”“魁斗”“蝉联”“碎锦”“双钩”诸格,以次录入。其中“建除”最多,“鸿爪”次之,盖命题积久而易同,用思因难以见巧云尔。

一[六] 同人因夜深途远,往往引去,以致胪唱之下,不得主名;作者谁某,因之从缺。甚盼见告,以便[第 1a 页][第 453 页]再印时补入。

一[七] 录稿先后,依社中誊录之本,非以佳卷为次,请勿误会。

一[八] 本集社员众多。兹编所列姓氏,专就此三年间曾经到社者录入,仍以曾纳社费、赞成社章为限。其偶一与会,仅属来宾者,不复列之名表,以符向例,如江西朱益藩艾卿、湖北周树模少朴、湖北左绍佐笏卿诸君是。

一[九] 社员田君北湖、李君姚琴、宋君敦父、何君鬯威、金君实斋、胡君湛园、杨君杏城、赵君芝山、蔡君伯浩,届本集付印时,均已先后归道山。附记于此,以志人琴之感。

编者识。[第1b页][第454页]

【附录一】稊园诗钟社《稊园二百次大会诗选》卷首樊增祥《稊园诗钟社二百次大会招客启》(《清末民国旧体诗词结社文献汇编》第12册,第91—96页)

霜夜闻钟,系出三唐界外(同人谓作诗钟,以不似诗句为佳);"月泉"结社,名高茴宋楼中。"稊园"与"寒山",同源而异派者也。"寒山"今年五百会,"稊园"亦二百会矣。论封则薛先于滕,争霸则楚后于晋。譬诸一家而分爨者,人皆两利而俱存之。序属三秋,时维九月。园主关君颖人,大启芳筵,备陈彩品;群贤毕至,两社兼容。殷二百之官属,采选成图;秦百二之关河,称尊殊妄。阴历重九,阳历双十。月呈光朔之晖,冥灵五百;秋献弧南之瑞,大椿八千。插茱萸之兄弟,不少一人;赋牡丹之状元,宁惟十子(合"前、后五先生"而言)?于是分题务僻,赌韵须强。钵不辍音,烛羞见跋。七步速成于绣虎,百尺高踞乎元龙。聚五纬之珠光,房、柳、张,南箕、东井;仿两闱之蕊榜,解、会、状,榜眼、探花。赌棋争半子之输赢,走马角两棚之胜负。仲初佳语,闲分白打之钱;摩诘归鞍,尽带青丝之笼。同文新唱,汴都之枣板争雕;晚节寒香,韩圃之菊花增重。爰成短引,以速同人。盍兴乎来?于斯为盛。癸亥[民国十二年,1923]九月朔,增祥启。

【附录二】稊园诗钟社《稊园二百次大会诗选》卷首丁传靖《稊园二百次大会小启》(第97页)

纫秋香于萸佩,才开重九日之觞;数社约于"稊园",已蜡二百回之屐。嘉辰既届,往事宜征。溯斯社之滥觞,即"寒山"之支派。稊桄乍举,筚路初兴。颂酒弦诗,最为盛事。既而"寒山"社址,移置宣南。虽西园雅集之画图,盛传日下;而东郭先生之綦履,弗便宵征。乙卯[民国四年,1915]之秋,"稊园"特起。八年以来,一时称盛。角宿、奎宿，按周星以为期；东城、西城，各扬镳于分道。若“慎交”“同声”之并峙，等“东林”“复社”之代兴。往者压倒元、白，只须鲤庭鸾掖之联；近则赌唱高、王，更唱羌笛旗亭之曲。纵难争光日月，比二百年吏部文章；亦既绵历岁时，如二百滩严州水石。爰择重阳后三日，开二百次大会。田家春兴，笑“月泉社”绝少名篇；篱落秋花，比黄牡丹更饶逸韵。青牛望气，期今雨、旧雨之偕来；红蜡分曹，听钟声、钵声之间作。谨疏短引，恭迓高轩。癸亥[民国十二年，1923]九月，丁传靖启。

【附录三】稊园诗钟社《稊园二百次大会诗选》卷首李绮青《稊园诗钟社第二百次大会序》（第 99—101 页）

在昔“月泉会课”，传野老之闲情；《乐府补题》，振遗民之残响。记春明之录，梦后惟多；逢“汐社”之朋，尊前易感。何必旗亭赌唱，定有双鬟；毋嫌石鼎联吟，力争险韵。准“寒山”之故事，留老圃之秋容。本无名利之纷争，不外田园之杂兴。则有“稊园”时彦，羊石词流。居邻鄠杜之豪，地饶花竹之胜。机云比屋，家传花萼之编；群纪齐肩，室聚芝兰之气。自开吟社，召集骚人；酌定会章，公诸同好。但求真率，不居牛耳之名；为广交游，耻窃龙头之号。设只鸡之局，略具盘飧；集群鸥而盟，何分宾主？旬日一叙，如约偕临。嵇、阮无形迹之拘，皮、陆皆倡和之作。于是，盍簪已订，槖笔同来。共标体物之佳题，先仿晚唐之断句。刻烛以俟，试竟陵之妙才；击钵而催，数温岐之叉手。如廉、白之争鼠穴，难辨雌雄；比庄、惠之游鱼梁，各鸣志趣。听任时人之覆瓿，如当天女之投壶。亦有别出新裁，专搜属对。严整同于伏马，和谐等若呼銮。俪白妃青，灿此七襄之锦；钩心斗角，难于一字之安。妙有类乎藏阄，巧实同于射覆。攒眉瘦佛，尽费其敲推；敛手词仙，亦窘于竞病。马牛之风不及，燕雀之称胥平。名曰撞钟，实如琢玉。然而“山阴修禊”，尽是清流；“汉上题襟”，类皆名士。仿玉溪之丽制，偶赋风怀；异金谷之俊游，不科酒数。合干将、莫邪于一冶,并春兰、秋菊而齐芳。花发毫端,尽出文通彩笔;珠生字里,都归孝穆绦绳。况夫云翳砀山,已无广德;烟深厓海,仅系祥兴。沈初明通天之文,不无寓感;王仲宣登楼之赋,半为思乡。并无避地之晋安,姑且行歌于燕市。临江宅里,谁问旧居;野史亭边,或存俳体。斯又磨抄铜狄,终生离黍之悲;惆怅金梁,不少梦华之作也。岁值昭阳[癸,癸亥,民国十二年,1923],月逢重九。(二百次社课,适值重阳;循向例,展于十二日举行。)集社经二百次,心赏如初;钞胥易数十人,手腕皆脱。九衢豪第,孰为泛菊之名区;三市伧夫,那识题糕之雅事?遂循故例,大会词场。嗟乎!日月弗居,人事代谢。桓南郡龙山仿佛,参佐徒存;刘彭城戏马荒凉,风流安在?雪鸿无恙,认印迹于泥中;秋蟀何知,托哀吟于笼里。略抒关河之感,益光坛坫之盟。此尤即事拈题,不必滕王阁上;登高任意,无须太华峰头者也。绮青才谢骆丞,怕见寻花之序;贫同陶令,室余漉酒之巾。忝预咏觞,叨陪裙屐。马工枚速,半是颓唐;王后卢前,两无位置。幸恕当筵之风汉,许鸣布鼓于雷门。谬作引喤,还随殿后。自云某也,犹是东西南北之人;愿质诸君,再定甲乙丙丁之稿。归善李绮青汉父序。

05 题咏类

05－001 四家咏史乐府

宋泽元

十五卷。宋泽元辑，台湾新文丰出版公司《丛书集成续编》第264册，影印光绪十二年丙戌(1686)山阴宋氏忏花庵刻《忏花庵丛书》本。

一、宋泽元"四家咏史乐府序"(第475页)

乐府一道，于古歌谣为近，盖"风""雅""颂"之变声也。自汉武定郊祀之礼，乃立乐府名。夫乐府者，教乐之官耳，必调律吕，谐八音，始称合作。六朝以还，节奏浸失，古意亦乖。或假借古题，抒写胸臆；或径以时事，创立新题，此又古乐府之变格也，李、杜之《蜀道难》《新婚别》之类是已。杨廉夫[维桢]先生乃择取历代史书，一人一事，以韵语歌咏之；李茶陵[东阳]、洪北江[亮吉]，后先继起；尤艮庵[侗]则专就明史而作。名曰"乐府"，实有韵之史论也。予尝取四家之什而考骘之：东维[杨维桢]高古浑沦，才力纵肆。偶一放笔，辄若天上黄河，滔滔[第1a页]汩汩，挟沙泥而俱下。又好为昌谷奇语，夭矫神幻，令人莫窥涯涘。曩有"铁雅"之称，当之奚愧？茶陵、北江二家，气概渊雅，书卷纵横，而格律谨严，实相伯仲，如行九折坂中，步步均求实践。李以逋峭胜，洪以遒健胜，高下正未易轩轾。西堂[尤侗]熟于胜国掌故，议论悉有根据。生平好以游戏行文，故诗中每有诙谐之笔。然风骨高张，词旨朴茂。其不矜才、不使气之处，断非浅学所能几及。予因并刊行之，为论史家别辟蹊径，成一大观。集中各逞词锋，各申论断，既可诵辞章之声韵，复可证古义之是非。譬如日月照而代明，韶武奏而并美。吉金大贝，璀璨于前。[第1b页]吾知艺苑中得此，必有眉飞色舞者矣。西堂资序先于北江，惟所咏专属明史，因以殿之。光绪太岁在柔兆阉茂[丙戌，十二年，1686]，长至日，山阴宋泽元叙。[第 2a 页][第 475 页]

二、洪亮吉咏史乐府宋泽元序(第 622 页)

咏史乐府，自元明以来，于铁崖、西涯[李东阳]、西堂外，可与三子卓然并峙者，惟洪稚存[亮吉]先生当之无愧。先生著作等身，而所撰《两晋南北史乐府》及《唐宋小乐府》，悉皆濡古涵今，准情酌理。其论断之精卓、音节之雅驯，非兼擅"三长"者能之乎？予髫龄时，与果庭家兄同读先生乐府，即爱不忍释。每于家塾课毕，徜徉游钓间，辄争相背诵以为乐。今忽忽壮且老矣，而家兄久归道山；言念昔时情况，不禁涕下。年来校刊杨、李、尤三家乐府告成，因取先生之作并付剞劂。譬之八珍胥陈，各臻其美。固诗城之创格，亦翰墨之奇观也。世之攻史学、诗学者，当与予有同[第 1a 页]好焉。光绪丙戌[十二年，1686]陬月，忏花主人识。[第 1b 页][第 622 页]

05－002　二家咏古诗

樊增祥

不分卷。樊增祥辑，涂晓马、陈宇俊校点，樊增祥《樊樊山诗集》本，上海古籍出版社2004年4月第1版。（见下册）

一、樊增祥“序”（第1568—1569页）

同治庚午[九年，1870]，从孝达[张之洞]师于武昌试院，纵言至于诗。师曰：“诗非有事勿作。吾少时流连光景、雕绘风霞之什，大半轶去。独通籍后，与同年数人作咏古诗，既熟史事，且觇学识。每一篇中，必取材于本传之外，以为旁搜博识之验，凡数十首，今亦不存矣。”光绪己丑[十五年，1889]，师由广州移节两湖。余在幕府，与苏卿公子检视书箧，得师手稿一册，起辛酉[咸丰十一年，1861]，讫丁卯[同治六年，1867]，都七十余首，而咏史诗在焉；自汉高至司马迁，得十四首，盖亦非其全矣。余从苏卿假归，录副以传。后见袁重黎所刻《广雅碎金》，则余所录十无一二；盖自苏卿逝世，此稿又亡轶矣。庚子[光绪二十六年，1900]夏，京师俶扰。余尽室入关，珍玩图书概从委弃，而吾师副本独完，若亦有数存也。是年冬，旅食行京，端忧多暇，与胡研荪、易湘农两观察篇翰往复，多至盈尺，相约作咏古诗，仿《西昆集》中秦皇、汉武诸什。研荪寻守西安，不果作。湘农旋作旋辍。余独得六十首，与师曩作合为一集，曰《二家咏古诗》，以授梓人。前人咏史多矣，最著者为鲍双梧、王楷堂，各二百四十余首。今视所作，殆犹披沙拣金，时时见宝。北齐孙搴曰：“精骑三千，足当羸卒数万。”吾其畏前贤哉？师原稿时[第1568页]有阙文，未敢为广微之补，志慎也。光绪二十七年，岁在辛丑[1901]，端午日，恩施樊增祥叙。[第1569页]

05－003　吴越杂事诗录

钱保塘

三卷。钱保塘辑，民国三年(1914)清风室刻本。(浙江大学图书馆藏)

一、姚文枬“序”(第 1a—2b 页)

《吴越杂事诗》三卷，所录自罗隐迄饶智元，凡百有八人，诗二百三十九首。谶诗托于隋唐前者，录为各诗冠，凡三首。文之足以证诗者，附录全篇，各系本诗之后，凡九首。行间征引事实，标举出处，间附按语。各家本集原注或自注，亦并采焉。其编录者，则海宁钱铁江先生也。先生为武肃王裔。咸丰己未[九年，1859]举于乡，与先君子同岁。先君子宦浙，终于浙；先生宦蜀，终于蜀，未尝相见。先生有子曰剑虹，尝来上海，与文枬同学龙门书院，别廿年矣；今岁来晤，以所刊先生遗著《清风室诗钞》五卷、《文钞》十二卷持赠，并奉是书稿本，授简征序，云方付剞劂未竟者。文枬谫陋，奚足序先生之书？顾累世通家谊，弗敢辞。按宋熙宁间，孔延之知越州，以会稽山水人物著美前世，而[第 1a 页]记录赋咏多所散佚，因博加搜采，自汉迄宋，得铭志歌诗八百五篇，辑为《会稽掇英总集》二十卷，实总集中之创例。踵其后者，有姚孳之《桃花源集》、董棻之《严陵集》、李庚之《天台集》、张一村之《武夷山集》、王宾之《虎丘诗集》、吾邑一庵和尚之《静安八咏集》，并见著录，然大抵流连光景，无关家国。是编题咏，皆一姓故实，阐扬祖德，略似郑太和之《麟溪集》、叶翼之《余姚海堤集》，但光气发越，远出两家上；而断代轶闻、方隅掌故，又可与《南宋杂事诗》并传不朽，盖兼有诸家之长，体例虽因而实创也。先生别有《吴越备史补注》若干卷，殆与是书相表里者。昔林逢吉续陈篔窗《赤城志》，因取记志、书传、铭诔、赞颂之文为志所不载者，荟而辑之，成《赤城集》二十八卷。先生是书，疑[第 1b 页]亦类此。读《文钞》第十一，有《跋两浙金石志》一篇，于吴检讨《十国春秋》"钱镠传"卒年之误，于阮文达题跋内武肃生年之误，皆据《备史》纠正之，考订极精审。盖先生博洽好古，实事求是，而于《备史》致力尤深，几与汉圣唐鉴公之专精相若。《补注》之作，虽因蜀中少古书，尚待搜辑，未为定本，而网罗之富，已十倍原注；乃以世乱毁于劫火，今不可复见，良堪惋惜。而是书之仅存，弥可宝已。夫五季之乱极矣，独吴越晏然，无兵革之祸，东南保障，民受其福，宜乎泽流后裔，代有贤哲；虽世变迭更，国祚屡易，而钱氏世德之绵远，正未有艾。于先生是书，于剑虹之刊是书，皆足以见之。嗟乎！苏湖松沪，亦当日武肃辖地也；去岁兵燹，绎骚震惊，民受其祸，益叹保障一方，盖非易[第 2a 页]事。展诵是编，感慨系之矣。中华民国三年[1914]十二月，年家子姚文枬谨序。

此编所录，凡一人有诗数首者，则第二首以下不署名。一题数人同作者，则第二人以下不标题。惟原钞第二卷不标题者，蒋士铨列袁枚后，商醇列吴蔚光后，皆非与前一诗同题；细审之，盖错简也，今更正。香树诗与南园同题，原列沈、齐间，今移后。又第一卷王祎诗缺三字，第二卷聂大年诗缺两字，须觅本集校补。文枬又记。[第 2b 页]

05－004　南宋杂事诗

赵　昱等

七卷。赵昱、赵信辑，虞万里校点，浙江古籍出版社1987年10月第1版。

此集著录，通常只列作者而不详编者。兹以最初由其中赵昱、赵信兄弟小山堂荟萃刊刻，即姑定二人为编者。

一、"南宋杂事诗目录"姚祖恩后记(第2页)

《南宋杂事诗》七家，人各百篇。成于乾隆丙戌[三十一年，1766]、丁亥[三十二年，1767]间，小山堂荟萃开雕。七朝百五十余年掌故，鉴核既精，援引更博，童时即酷嗜之。登涉湖山，恒手一编，用资考证。洎宦岭表，藏之行箧，以当卧游。每一展读，如归故里。初印本为友人携去，续购率多漫漶，因录出以便省览。严子厚民(杰)谓吾杭文献攸关，亟宜梓行，以惠后来。爰属沈晓园(芳林)缮付剞劂，厚民纂订。既讫工，厚民携以归浙，邮寄邗江。复偕惠子秋韶(润)详加校正，而记其缘起如右。道光庚寅[十年，1830]春月，钱塘姚祖恩笏园氏识于扶荔山房。[第2页]

则杰按：此处及下文各处所谓"人各百篇"云云，盖举成数而言；据目录(第1页)，其中符曾所作凡一百零一首。

二、查慎行"序"(第1页)

吾杭自建炎南渡，号称帝都。虽偏据规小，顾历七朝。百五十余年间，事亦綦赜矣。其载在潜说友《咸淳志》者，视他书较详，犹不无舛漏。余尝欲就世传单本，证其瑕衅而补其缺略，别成一编，名

《武林备志》；炳烛之光，力未逮也。钱塘沈栾城、吴尺凫、陈蔚九、符幼鲁、赵功千、厉太鸿、赵意林，相约为《南宋杂事诗》。大而朝庙宫壸，细及闾阎风俗；或取诸志乘，或取诸稗史，或取诸名家诗文集；一篇之中，或专举一事，或连缀数事；网罗散逸，巨细不捐；人各成七言绝句百首。合七家之作，得七百篇焉。大抵绚者若霞锦，淡者若云烟；领异标新，目不暇给。而今而后，于故都旧事可无舛漏之憾矣乎！综其旨归，在补田副使《西湖志》之未备，洵田氏之功臣也。尝考《汉书·艺文志》，"杂家"者流，盖出于议官，兼儒、墨、名、法而为言者也。张河间亦云："小说九百，古秘书所掌，其流实繁。班氏刊之诸家，于以见王治之悉贯、小道之可观。"然则"杂事"之什，岂世之雷同剿说、贵耳而贱目者所敢望其涯哉？昔刘后村生当南渡时，曾取中兴以后诸家五七言绝句，各选百首；而江湖派诸人如姜夔、赵蕃、[赵]师秀、徐照之流，不在此数。以今拟古，殆将过之无不及也。观兹集者，于事不厌其杂，于辞则味其醇，庶几不失诸君立言之旨也夫。南书房旧史官查慎行序。[第 1 页]

则杰按：此序又载《查慎行集·敬业堂文集》卷中（浙江古籍出版社 2014 年 7 月第 1 版，第 7 册第 70—71 页），标题即作《南宋杂事诗序》；除删去末尾署款之外，其他文字亦颇多出入。

三、万经"序"（第 2 页）

国史综其大纲，野史补其缺略，然传闻失实，不可尽信则一也。如《胜国愍帝遗录》载"[崇祯]十七年[甲申，顺治元年，1644]三月甲辰，李自成陷昌平州，毁十二陵"，余核之，实止昭、定二陵。西山口天下大师坟乃蒙古僧，朱竹垞《日下旧闻》辨之极明，屈翁山《谒陵》诗至指师为建文君。夫有明事，其近者也，犹难信如此，况其远者乎！南宋遗事如亦斋《桯史》、放翁《老学庵笔记》、东发《日钞》、草窗《齐东野语》之类，皆记述详核，近而可据，足以取信而行远。兹"武林七子"抗怀卓荦，伟然为儒林艺苑中人，于千百年事协志搜遗，因事系诗，诗各百首；其词凄楚沉冥，不堪卒读，而上系庙廊，下逮里闬，言外显垂法戒，不当与《桯史》《笔记》诸书永永传信于后世哉？抑遗事之最巨者，莫如六陵；兰亭后、天章寺前，旧有冬青穴，今寺僧灭其迹为寺地，酷烈不下于杨髡，姚江黄耒尝作《兰亭寻冬青记》。"七子"以阐微发幽为己任，其东渡钱塘一问之乎？九沙万经拜手序。［第 2 页］

四、章藻功"序"（第 3 页）

三十里西湖，侈说金牛故事；一百年南宋，争传泥马新闻。业是偏安，势同全盛。君臣佚宴楼船，则锦幕珠帘；士女骈阗灯市，则遗钿堕珥。凌虚有阁，澄碧为池。花繁静乐之堂，乐奏载忻之馆。泉于何冷？峰不能飞。俨愚叟之移山，类神人之驱石。若果旧殊可念，频尝五嫂之羹；奈何本已都忘，徒赛二郎之酒。双胜之连环安在，漫夸聚景延祥；一杯之御酝未干，但见埋魂委骨而已。嗟乎！西湖实水利之原，不专游览；南宋有土崩之渐，何事奢华？无数离宫，过丘坟而指点；难忘胜地，对缃帙以寻探。揭奚斯共与纂修，田叔禾别为辑撰。或搜罗之未备，或委屑而不收。乃有群贤，用加博采。参百家之说，以广聪明；摘一语之奇，而资吟咏。笔歌墨舞，剧当年鼓吹之欢；粉掠绡笼，供此日赓酬之料。绝句只廿八字，合斗、奎列宿以罗胸；全集共七百章，开高、孝盘游之生面。稗官野史，处处搜余；断简残编，时时觅得。二三盍各，宁嫌坐席之分；八九靡遗，具识行都之概。纪天宝之遗事，仿日下之旧闻。爰补《志余》，盍可少也？嗟乎！汉朝陵墓，晋代衣冠。松柏薪摧，梧桐叶落。以竹枝之逸韵，为黍离之变风。极南宋所不堪，与西湖兮何涉？独是一泓碧水，有情亦老之天；四壁青山，回首可怜之地。谁能遣此，尚忍言哉！章藻功序。［第 3 页］

五、“题辞”(第 4—10 页)

[一] 余往来钱塘久,心爱湖山之胜。每轻舆小舫,兴至辄游。旗亭酒旆、禅榻龛灯,几许低徊。虽数十年,历历在怀抱间,胜地之引人若是哉!今年从吾友尺凫问交于功千、意林兄弟,因得读诸君所倡和《南宋杂事诗》。凡百五十年之事,一一释其颠末,遐搜冥索,析考而汇编之。如散珠在盘,贯系于丝绳之上,可举指而便览焉。其有功于兹土,亦甚巨矣。余足迹半天下,每遇邦之士大夫,未有弗乐道其风土者;欲求其望古遥集如诸君者,吝乎微已。清润白长庚。

[二] 昔南宋孝宗朝,京尹周淙曾撰《乾道临安志》十五卷,书已散亡,其目仅存于马氏《文献通考》。后咸淳间,京尹潜说友续撰郡志,通一百卷。虽后来之纪述周详,然不可谓无所本也。余又从《通考》见有《西湖古迹事实》一编,乃绍兴中钱塘进士傅牧所著,其体增广杨蟠《百咏》,凡一百八十三目,今其书久寂无闻。古来载籍散亡,皆因后人无与流传,遂使遗闻放失。阅久而有识者起,求其考究,已藐不可得。嗟乎!古人何尤,斯今人之不幸乎?诸君赋《南宋杂事诗》,前以述古人,后以启来者,此吾乡之文献也,诗云乎哉?胥山柴世堂。

[三] 杭地襟江带海,即《禹贡》扬州之域。前此载籍未详,至唐以来始称佳丽。有宋绍兴,肇建行都,依凤凰山为大内,而以西湖为游观之地,一时制画规模悉与东京相埒。迨世易时移,所谓故宫遗址,[第 4 页]只荒烟蔓草,动人悲凉而已。余曩时亦尝凭吊,托为诗歌,然止言其大概。今读《南宋杂事诗》,巨细毕该,皆史乘所未备;不特其诗华妙绝伦,而后之留心往事者,亦借以有考。顾余老且病,未得与诸君角逐砚北为可恨耳。东亭张奕光。

[四] 西湖当山水之区,南宋尚繁华之习。迢迢禹迹,比屋蝉连;膴膴周原,提封鳞次。一隅偏据,谓万年长王之郊;半壁偷安,岂亿载不迁之土?春深楼阁,到处云烟;永日郊原,缤纷绮组。纵金人

之辞汉，专事嬉游；任玉马之朝周，惟耽欢宴。璧台金屋，巀嶭连云；玉树珠帘，斑斓耀日。昧新亭之极目，昵此湖山；忘故国之伤心，恋兹花月。乃竟处堂以燕，因之罹网于鸿。烟冷空宫，咽萧萧之暮雨；月沦古榭，闪瑟瑟之凉飔。呜呼！南渡君臣，甘忘社稷；中原父老，泣望旌旗。叹麋鹿之来游，俱为昨梦；仍凤凰之耸峙，知是谁家？辇道苍凉，鞠为茂草；歌台阒寂，响答梵铃。古树婆娑，问遗松于何处；层崖赑屃，尚片石之孤蹲。凡彼旧闻，俱经纪载。疏花病叶，虽前事之增凄；剩水残山，怅遗编之未备。渊、云墨妙，爰缀碎金；刘、白词妍，各飞片玉。怆离宫之三十六所，综旧纪于百五十年。作者七人，无嫌盍各；诗皆百咏，为补遗亡。较记室之名篇，彼多挂漏；拟津阳之旧注，此更淹通。同里汪熷。

［五］　宋社既屋，南渡事迹俱湮。其杂见于志乘纪载诸书者，悉零椤孑屑，缺而未备。予本鄞[县]人，侨居是地。屡欲搜讨，勒成一编。而遗文放失，秘籍莫窥。无已而阅市借人，掌题舌舐。迄今数易寒暑，尚未卒稿。盖燃糠拥絮，既苦寒瘠；抗尘走俗，又嗟鞅掌。抉幽隐而穷浩博，非独力有所难，兼境有[第 5 页]以夺之，洵非诬也。乃小山藏书，充楹负欐。而诸君能于琴歌酒坐之余，读破万卷。复取其有系于南渡以来诸书凡如干种，一一取而寓诸篇章，摄徂影于既往，传散佚于后来，读之皆山川风土、俯仰徘徊之感；以视竹枝、杨柳，罔裨世教，所云"虚车轮辕，饰而弗庸"者，不大有间耶？昔杜陵以诗为史，袁宏、左思以史为诗，若诸君可谓能兼之者。自惟浅陋，不获与击戛笔砚间，而深喜闻见之可资于纂述也，因识数语于简端。玉几山人陈撰。

［六］　吾乡田氏父子，在明时擅淹贯之目。佥事公尝同五岳山人遍游武林诸山，撰《西湖游览志》及《志余》。观者惊其繁衍，无敢异议。至朱竹垞先生著《诗话》，始有挂一漏十之诮。而比来耆旧凋疏，承学之士不暇深究，亦莫知竹垞先生之说为何如也。同学诸君耻之，以南宋关于西湖甚巨，各为诗以续《志》阙。如：钦宗祔庙，而

《志》云不祀。度宗为理宗侄，而《志》云同母弟。渊圣梓宫，金人未经奉还，而《志》云杨髡发钦陵，只灯檠一枝。有美堂在吴山，而《志》云在凤凰山。苏小墓在嘉兴，而《志》云在西泠桥。富景园在百花池上巷，而《志》云白花蛇散巷。潮鸣寺高宗书东坡诗，而《志》云御制。三茆观赐牛鼎，本刘宋孝建物，而《志》云汉建元鼎。陆放翁《过聚景园》诗，而《志》云玉津园。白塔有二，而《志》以镇南塔为白塔。里湖堤本白沙堤，而《志》云白公堤。此订讹之最大者也。德寿宫在望仙桥，而《志》失载四地分榜额。张功父园在南湖，而《志》失载桂隐、百果诸池馆名。宝奎寺在石龟巷，而《志》失载见沧阁。张循王府在清河坊，而《志》失载乔木亭。杨和王府在癸辛街，而《志》失载流觞曲水之胜。他若睦亲坊，《志》失载陈宗之故居。九里松，《志》[第 6 页]失载俞商卿故居。蒲桥，《志》失载杨万里寓居。白龟池，《志》失载朱少章寓居。灵芝寺，《志》失载朱文公寓居。李博士桥，《志》失载李性传寓居。清湖桥，《志》失载杜仲高寓居。水磨头，《志》失载姜白石寓居。长桥，《志》失载郑起水南半隐。七宝山，《志》失载王仲言寓居。西马塍，《志》失载宋伯仁寓居。吴山，《志》失载廉宣仲寓居。此补亡之大者也。读之，双眸豁然。经行处，辄兴考古之思。惜竹坨先生已归道山，不及见诸君之作，为佥事公一洒前说耳。同里金司农。

则杰按：此文丁丙曾据以辑入金农（司农其字）《冬心集拾遗》，今可见《金农诗文集》（《扬州八怪诗文集》第三集本，江苏美术出版社 1996 年 11 月第 1 版，第 147—148 页），标题即作《南宋杂事诗题辞》。

［七］　绝句体有咏史，论古事也；有竹枝，纪风土也；有宫词，叙禁掖也。是编众裁萃焉。其间警句，属对则有：“堤上风开及第柳，山中春到状元花。”“别抛柘弹驱鸦地，高缀金铃放鸽天。”（太鸿）“洛花总入南园去，越果新从项里来。”“国事已荒蓝貌鬼，南人惟恃黑灰团。”（尺凫）“在昔曾闻呼冷盏，至今惟见说韩梨。”（功千）“红颊香孩

梳鸦角，青鬟娇女簇牙鱼。”“柳堤红舫宣鱼户，暖殿春灯点蟹胥。”（意林）巧缀则有：“医身医国皆司命，星陷无如奴仆宫。”“谶语何须忧鼎折，元勋一代在春秋。”（栾城）“岳家昔与张家并，今日韩家有赐田。”“江上竹光方快饮，庭前何惜碎生姜。”（功千）“墙西措大穷寒甚，只读江东陆氏书。”“儒官讳道天飞雹，祭酒应为捕酒来。”（太鸿）“纵有迎康天赐兆，都缘贵相产重瞳。”（意林）幽艳则有：“绿荷障子临秋水，一穗疏花上草虫。”（幼鲁）“赵家小景佳山水，画上春衣雪色绫。”“金钱买得秋多少，秋傍玉人云鬓来。”（太鸿）“楼中妆点娇儿女，荷叶新裁半臂纱。”“手把轻罗还絮语，每逢三月病恹恹。”“揾尽深闺儿女泪，玉钗何处寄相思。”（意林）“啼痕染就红心草，谁葬金钗葛岭东。”（尺凫）“地上天宫春九暮，牡丹新插马头篮。”“胎仙尚与鸣皋字，故遣荒亭塑鹤栖。”（功千）悲楚则[第 7 页]有：“凄凉望断中天路，朔雪横空雁影稀。”“十景亭边春事散，风光老去旧楼台。”“攒宫已建容车出，万国齐簪白奈花。”（栾城）“谁知天上春生曲，流入金源总泪垂。”“迁客墨痕萧寺壁，相逢生怕唱杭州。”（蔚九）“明月夜寒弹怨语，琵琶声咽故宫秋。”（意林）“木波不断幽人怨，梧叶声中蟋蟀灯。”（尺凫）“凄凉老抱东都感，犹谱金人捧露盘。”（幼鲁）“檀板一声双泪落，无人知是李师师。”（太鸿）“歌断红兜杨铁史，柳丝风漾不胜春。”“忍听笛吹南来怨，三十六宫秋草寒。”（功千）巨丽则有：“一尺绣茵尘不动，退朝禹步寂无声。”“瓜果进来销永日，宫官小殿讲中庸。”（栾城）“潮沙筑得平如席，五辂新从大礼来。”（幼鲁）“内门唱彻连珠诺，珂伞摇心促那行。”（功千）“因有宵衣难昼锦，白麻红烛敕摛文。”（太鸿）严正则有：“闻说相公多睡语，休将心学误苍生。”（栾城）“可知故鬼依新鬼，祏室前头已奉安。”“不计本根江乘垒，空教保护剑门山。”（尺凫）“芙蓉玉貌描添线，休遣君王怒净师。”（太鸿）“名孙死节留余羡，难洗当初老凤奸。”（蔚九）风趣则有：“不信香山老尊宿，玉颜花貌坐莲台。”“从今阁下乘龙耷，莫解金刀与别人。”（尺凫）“一盏鹤飞消渴露，软屏风底笑夫人。”（意林）“齿冷虚无新拜号，太师竹倚一枝红。""郎君可是无金屋,画取湖山近卧床。"(太鸿)"东风过了花飞尽,不及销魂有粉儿。"(蔚九)"不道东风花有主,空教分帖野猫家。"(功千)雄壮则有:"笳鼓满城驰铁骑,伯颜江上看潮回。"(栾城)"巫师但击灵鼍鼓,更有何人赋大招。"(尺凫)"白骨难为补天石,太行久已不能山。"(蔚九)如画则有:"劈开溪石寻微径,窗外江光一抹间。"(太鸿)"筑得团蕉香裹住,野桥支杖一僧来。""桃花数万随流去,恍在武陵源上头。"(功千)"几处桑麻村舍外,渔姑多住藕花洲。"(意林)"柳丝高飐红旗小,兰枻平移妓乐来。"(栾城)昔[第8页]唐人有选句图,余特标出,与览者共之。赵殿成。

[八] 苍山碧水思无穷,今昔池台了不同。蟋蟀感秋吟败砌,狐狸乘月瞷离宫。西陵车马青松下,南渡冠裳白塔中。手把此编和泪读,斜阳衰草自悲风。石仓吴允嘉。

[九] 回首西泠十二桥,雨花风叶恨萧萧。前身尽是江湖客,重剔残灯话七朝。歙[县]程鸣。

[十] 乾坤恨几许。那得江花吟恨赋。依约湖山翠妩。早风去西陵,鹃催南渡。宫斜夜语。叹旧情多未曾谱。千年后,淡霞怨脸,看煞柳枝舞。　　凄楚。重听霓羽。有七子邺中才侣。珊瑚沧海网取。尽砚袅梨云,笺啼兰露。水光翻野树。自怕近、花光小住。(余家湖上,近宋聚景园,旧有花光亭。)披衣起,华胥一梦,正在鸟啼处。右调《霓裳中序第一》。紫山徐逢吉。

则杰按:此词《全清词·顺康卷》徐逢吉名下(中华书局2002年5月第1版,第17册第9643页起,以"徐昌薇"立目)及《全清词·顺康卷补编》(南京大学出版社2008年5月第1版)均未收录。

[十一] 细数南朝事,于今五百年。江山犹故旧,花月尚新鲜。汉上题襟句,东吴理钓篇。古今纷倡和,那得似群贤。江都程梦星。

[十二] 千古茫茫白驹顷,赖有笔墨留余影。历数兴亡何代无,行都此地饶风景。七朝一百五十年,江柳山花绝可怜。南内楼

台悲牧马，西陵风雨听啼鹃。其间多少繁华事，凄凉指出伤心地。宫廷典礼雅堪传，委巷丛谈犹可记。临安旧志有咸淳，周老（密）吴生（自牧）亦具陈。后来田志多舛漏，谁翻旧事作新闻。武林才子何奇矫，千卷冥搜非草草。七人七绝七百章，订谬补亡功不小。我来湖上步迟迟，春烟秋月忆当时。销沉故国三杯酒，零乱南朝一局棋。须知妙句传图画，不比闲情赋竹枝。一编杂事今重谱，恍惚盘游见歌舞。偏安大事重讨论，更把零星纪风土。如君高唱复微吟，世人那识[第 9 页]其心苦。我是清凉居士孙，每听话旧便声吞。试看七子苍凉句，一句能销一缕魂。吴兴韩云。

[十三] 钱家宫殿赵家陵，转眼繁华感废兴。不有才人追七子，谁将诗史续千灯。白苏往迹随波逝，杨郭遗编踵事增（宋人杨公济、郭公父，皆有《西湖百咏》）。怀古搜奇频叹息，几多名胜属山僧。石仓吴允嘉。

[点校本]注：程梦星、韩云、吴允嘉[第二首]三诗，据芹香斋本、同治本收入。[第 10 页]

六、“凡例”（第 1—2 页）

一[一] 此编作者七人，诗皆百首。其间采摭故实，各不相侔。然或诸书纪载错出，亦可取以互证。若书名虽别，事迹则同者，斯无取焉。

一[二] 此编为补田副使《西湖志》《志余》而作。凡田《志》所有，则避之。或同一事而田《志》所录未详，广为搜罗，用资博览。其中或有抵牾，随事考订；非敢翻驳前贤，亦述田先生未竟之志也。

一[三] 杭郡古称名区，前人著述甚多。此则以南宋百五十年事迹为断，其外不复阑入。然于南宋有可发明者，间亦采取。亦有古今地理不同，于杭郡维系者，虽南宋以上之书亦备参阅。

一[四] 南宋事迹綦繁，无系行都者概不入咏。故上自宫庙省寺，下逮瓦市坊隅、人物风土、山川园囿，以及职贡聘问之纷蕃[繁]，学校科名之盛美，图史金石之流传，禽鱼卉木之浩侈，士女伎乐之嬉游，器玩服御之精丽，仙梵方技、鬼怪梦呓之诞幻嵬[猥]琐，甄综掌录，略云备矣。若夫晚季苍凉，感均顽艳，庶几乎风人之旨或不废焉。

一[五] 田《志》于西湖古迹名胜所录诗古文辞，饶于近代。故此编缀述南渡诸贤居多，所以使遗文之不终芜没尔。

一[六] 翻阅群书，几及千种。其遗轶不传、散见诸书者，不敢滥登其目，所以核实也。至于家传碑状通[第 1 页]列，从朱竹垞太史《日下旧闻》之例，亦志金石家所弗遗尔。

一[七] 簿录家先经次史，而史类则先正史，继以编年、通史、杂史，此《通考》例也。此编因纪南宋之事，故以《宋史》居首；凡系于史家者，比类入焉；次金，次元，次通史、传记，别是一例。地理原附史后，并及碑刻，皆于杭郡有关系故也。经不多载，惟南宋人所著或传刻者间列一二，与制度为一类；虽非《通考》旧例，此所采择，故不专系于经。次类书，次说部，次书目，次书画，次物谱，次诗话，次题跋，次诗文集，次选录，旁及二氏九流杂著，并所以志遗闻，故与诸簿录登记者不同。博识幸无讥焉。

一[八] 诗以纪事，事即注于下。往往合数事以成一诗，鳞次分注，详载书名，并列总目于首，登纪作者姓氏。诗仅七百首，而隶事几数千条，冀观者因诗绎注，或他日修郡邑志乘者于斯弗弃。第辞意未工，援据未确；索瘢指垢，愿俟君子。[第 2 页]

【附录一】《四库全书总目》卷一百九十集部总集类之五（中华书局 1965 年 6 月第 1 版，下册第 1733 页）

南宋杂事诗七卷（浙江巡抚采进本）

国朝沈嘉辙、吴焯、陈芝光、符曾、赵昱、厉鹗、赵信等同撰。鹗有《辽史拾遗》，已著录。嘉辙字栾城，焯字尺凫，曾字幼鲁，皆钱塘人。芝光字蔚九，昱字功千，信字意林，皆仁和人。七人之中，惟曾以荐举官至户部郎中，鹗以康熙庚子[五十九年，1720]举于乡，余皆终于诸生。是书以其乡为南宋故都，故捃摭轶闻，每人各为诗百首，而以所引典故注于每首之下，意主纪事，不在修词。故警句颇多，而牵缀填砌之处亦复不少。然采据浩博，所引书几及千种，一字一句悉有根柢；萃说部之菁华，采词家之腴润；一代故实，巨细兼该，颇为有资于考证，盖不徒以文章论矣。

【附录二】法式善《槐厅载笔》卷六录李绂《穆堂初稿》（《续修四库全书》第1178册，第398页）

雍正十有一年[癸丑，1733]，世宗皇帝特诏开博学鸿词科。……今上登极，再诏督促。余方蒙恩以久废起官户部，与仁和赵公同为侍郎。其从弟意林来谒，投《南宋杂事诗》七卷，同赋者七人，人百首，而意林与其兄谷林并在焉。诗七百首，隶事至三千余条，其学可谓博而词亦可谓鸿矣。亟欲举意林应诏，意林辞让……因举谷林，以成意林之意，而意林旋亦被举。

【附录三】史承谦《青梅轩诗话》卷一（《清诗话三编》本，上海古籍出版社2014年12月第1版，第2册第1476页）

长水《鸳鸯湖棹歌》百首，一时寄兴之言，补缀旧文，以资驱使，古人所谓"有一不可有二"也。后之效者，《南宋杂事诗》遂得七百首；纸札无情，任其摇擘，果何取乎？

【附录四】法式善《陶庐杂录》卷三（中华书局1959年12月第1版，第90页，原标第七十四则）

《南宋杂事诗》七卷，沈嘉辙、吴焯、陈芝光、符曾、赵昱、厉鹗、赵信等撰。七人皆杭产，以其乡为南宋故都，所为诗主纪事，典故故皆注诗下。所引书几千种，可谓博矣。

【附录五】法式善《梧门诗话》卷十第六十二则(《梧门诗话合校》本,凤凰出版社 2005 年 10 月第 1 版,第 321 页)

近人《南宋杂事诗》征引甚博,议者病其似作论,不似歌诗。

【附录六】张宗泰《鲁岩所学集》卷十四《〈南宋杂事诗〉注引事之误》(《近代中国史料丛刊续编》第 161/3 册,第 875—877 页)

陈骙撰《中兴馆阁书目》七十卷,《宋史·艺文志》入书目类;又著《馆阁录》三十卷,《艺文志》入故事类,本各自为书。吴焯《南宋杂事诗》注,乃误认《馆阁书目》为即[即为]《馆阁录》,不知《馆阁录》今尚收入《四库》中,而《馆阁书目》久已散佚,今世岂复有《馆阁书目》其书者?且《馆阁录》分沿革、省舍、储藏、修纂、撰述、故事、官秩、廪禄、职掌九门,于书籍源流无干,不当牵合为一也。又《提要》于洪迈《唐人万首绝句》下云:"迈于淳熙间,录唐五七言绝五千四百首进御。后复增辑,得满万首,为百卷,绍熙三年[壬子,1192]上之。"符曾诗则曰:"搜阅虚劳岁月迟,御前册进笑支持。仅将妇女神仙语,括凑唐人绝句诗。"注但据叶绍翁《四朝闻见录》,谓:"孝宗从容清宴,洪公迈侍上。上问唐人绝句有几,以五千首对。洪归,搜阅凡逾年,仅得三之一。"是不知迈初所进者已得五千四百首,而光宗朝所进,则更广至万首矣。又赵昱诗注,引《紫桃轩杂缀》云:"峡石人积梅雨水,以二蚕茧缫丝织绫,有自然碧色,名曰'松阴色',享上价。此法本宋宁宗宫禁有为之者,一时号为'天水碧'。天水本赵宋郡望,'碧'者'毕'也。未几,果有航海之应。"按《五国故事》:李后主时,建康市中,染肆之旁,多题曰"天水碧",寻而皇家荡平之,悉前兆也。"天水碧"因煜之内人染碧多露于中庭,为露所濡,其色特好,故名之。据二书,"天水碧"之说,一以为李后主煜为皇家荡平之兆,一以为始自宋宁宗,为宋末航海之应,总之皆附会之谈也。

【附录七】张宗泰《鲁岩所学集》卷十四《〈南宋杂事诗〉注正误》（第877—881页）

卷一：第二页："太学养士，最盛于崇光间。""光"字何指？当是"崇观"，以声相近而讹。第五页："姜尧章《铙歌鼓吹曲》，乃是步骤鲁师尹。"当是"尹师鲁"，尹洙有《皇雅》十篇也。第十二页："四岁能诵书，切韵变四声。""变"当作"辨"。第二十一页："张、谭、王、陈四人，皆知郡夫人。""知郡"是"列郡"。又"国用漫亏"，当作"浸亏"。第二十四页："孟趫捷，善走之人也。""孟"当作"盖"。第二十八页："以鸟兽鱼鳖咸若作禹事。"《伊训》"古有夏先后"云云，正是说禹，此有误也。卷二：第十一页："苏黄不作文章客。""客"常[当]作"伯"。第十三页："《读书附志》：'《江湖集》九卷。'"检《读书附志》，无《江湖集》，当作《书录解题》。第十五页："淮蔡底平，实以会昌之诏。"会昌为唐武宗年号，与淮蔡事远不相及，或是"泽潞"之讹。第二十一页："朱静正。"《宋诗纪事》作"周静真"。[第]二十二页："《山存存稿》一卷。"《浙江采集遗书总目》作《山居存稿》。卷三：第二页："吴彦高，米友仁之婿。"《中州集》作米元章之婿。[第]十八页："我师之敌，十三万军一时溃散。""之敌"当作"迎敌"。卷四：第十一页："白下金陵，四百年无此豪逸。"检《宋诗纪事》，是"自从李白下金陵，四百年无此豪逸"。第十五页："陈奏云：'过唐不及汉，纸钱使不得。'处数百年前，已先知止钱塘之谶。"按陈抟所云"纸钱使不得"者，自指关子、会子言之，《贵耳集》是附会其说也。又"绍兴八年[戊午，1138]至二十五[乙亥，1155]十年"，下"十"字是衍文。第十八页："今《於湖集》载此词。"张孝祥号于湖，作"於"者误。第十九页："闾阎婺妇亦何知。""婺"当作"嫠"。卷五：第七页："孙觌志、汪思恩。"下文作"思温"，当有一误。全谢山《湖语》云："江干遗爱，百世犹甘棠。"注"汪少师思温"。又其"舟人结直有定估"，"结"是"给"字。第十二页："苦苦坏了多少生菱。"当作"生灵"。第十五页："殆三京之师一出。""殆"是"迨"字。[第]二十六页："王称《东都事略》一百十三卷。""称"当作"俩","十三"当作"三十"。卷七:第一页:"今以临安府为行在。"卷五第一页:"建康为行在,临安为行宫。"当有一误。又"《浑尘后录》",当作"挥麈"。第二页:"灵隐寺僧尢[元]肇,号淮海。寺有古松,史弥远遣人伐之,淮海作诗。"云云,《宋诗纪事》作"维琳"。第十九页:"类诸求贵臣,改为坟院。"当作"类求诸贵臣"。又"於湖张紫微孝祥","於"亦当作"于"。第二十页:"出汲聚散如神。"当作"出没"。又"秦州周�也",当依《宋诗纪事》作"泰州"。第二十三页:"刘存存",当作"存行"。又"宜春晏七",当作"晏乂"。又"周公瑾"为三国周瑜之字,宋之周密则字"公谨",不当混合为一也。

则杰按:此文所说各种疏误,盖针对某种旧刻本而言;今点校本以多种版本互校,基本上已经不复存在。

【附录八】刘声木《苌楚斋五笔》卷三"论《南宋杂事诗》"条(《苌楚斋随笔、续笔、三笔、四笔、五笔》本,中华书局1998年3月第1版,下册第950—951页)

《南宋杂事诗》七卷,为沈嘉辙、吴焯、陈芝光、符曾、赵昱、厉鹗、赵信等同撰。每人撰七言绝句壹百首,以咏南宋故事,各注出典于下,所引之书几及千种,极为博赡。内中以厉鹗最负盛名,诗材隽异,撰述等身。余子文学虽少见,而所作乃功力悉敌,亦皆当时博赡之士,故厉鹗引为知己,同列一社,实非无因。以七言绝句柒百首,引书有千种之多,亦古今艺林中少二寡双之绝作,宜《四库全书提要》深为夸许也。

【附录九】潘衍桐《两浙輶轩续录》卷二十四臧寿恭《读〈南宋杂事诗〉,题后》三首(《续修四库全书》第1685册,第679页)

宗社犹存半壁支,可如西晋渡江时?怜他宗岳皆名将,只逊温陶被主知。[其一]

一代兴亡事可寻,兰荪区列费初心。如何绝代芳华手,但向丛

残拾碎金？[其二]

樊榭曾编纪事诗，词人疏放史裁迟。后生已晚殷勤甚，旧作龙州试管窥。（余方撰《南都事略》，未成。）[其三]

【附录十】邓显鹤《沅湘耆旧集》卷一百四十八晏贻琮《书〈南宋杂事诗〉后四首》（《续修四库全书》第1692册，第450页）

中兴南渡谶先成，王气全荒夹马营。岂独庸臣解亡国，儒生长计在休兵。[其一]

醮设天台墨未干，东窗事业最堪酸。只言南国存司命，不识西湖有判官。[其二]

残碑草没三皇庙，御画烟生五国城。绝痛两宫归不得，燕山今日又清明。[其三]

报国空闻四字铭，君王终恋小朝廷。孤臣一掬中原泪，老却英雄是此亭。[其四]

05－005　杭城辛酉纪事诗

吴　淦

一卷。吴淦辑，《近代中国史料丛刊续编》（第九十八辑）第 980 册，台湾文海出版社 1983 年 6 月出版，影印浙西铁骨生藏“原稿”本。

此集作者两人，此本题“钱塘东郭子、杭州蒿目生”；丁丙辑《庚辛泣杭录》卷十五收录此集，光绪二十一年乙未（1895）钱塘丁氏刻《武林掌故丛编》（第十八集）本（可见台湾新文丰出版公司《丛书集成续编》第 280 册），作者径题“张荫榘、吴淦”，但都不提编者。兹参考吴淦（钱塘东郭子）跋文，即定该人为编者。

一、许五辰“杭城辛酉纪事诗序”（第 1a—5b 页）

极飘零于海角，虞卿非穷愁不著书；伤板荡于江南，庾信以悲哀而作赋。写苌宏之碧葬，恨血千秋；飞隋苑之青磷，扬州十日。诗堪作史，吴祭酒摹哀艳于圆圆；生本工愁，张平子呼苍穹而负负。手兹一册，良足怆怀。则有延陵后人、富平公子。以浙西名士，为沪上寓公。始而击楫波涛，继则[第 1a 页]联床风雨。每当金猊香冷，玉兔光沉。事感沧桑，毫飞楮墨。有伯舞仲歌之雅，无马迟枚疾之嫌。成《杭城辛酉纪事诗》一卷，以示余。余受而读之，窃有感焉：夫木再实者根不坚，鸟惊弓者飞必速。声闻张郃，小儿方且怖啼；卒授李陵，疲兵难言再战。吾杭翟泉苍鸟，既已惊飞；佛劫红羊，非同小数。楚囚对泣，伤怀旧日山河；汉祖归来，非复新丰鸡犬。即[第 1b 页]使萑苻永靖，草木不惊。黄巾争拜夫郑玄，白帢有资夫谢艾。而石季伦金谷，何来七尺珊瑚？韩侂胄玉津，已化一抔焦土。裹余马草，父兄之暴骨谁收？断尽猿肠，儿子之归来何日？缘写经而刺血，朱寿昌空说寻亲；欲纾难而毁家，楚子文争相报国。固已南山罄竹，难言乱后之凄凉；安可北海冲波，更扰劫余之戈戟？尔乃地惊封豕，星起贪狼。张角[第 2a 页]竞煽夫天书，孙恩争驰夫海道。南飞乌鹊，三匝无依；东去大江，投鞭欲断。斯时也，咸阳宫之余焰，尚觉郁攸；参合陂之哭声，犹多酸楚。千门万户，尽飞列缺之鞭；夕汐朝潮，如和守陴而泣。十万横磨之利剑，空说江南；五千捆载之粮艘，虚传浦口。斛律明月，徒闻敕勒之歌；南八霁云，谁作进明之使？坡惊凤落，人何事而云亡；地惨赐鹑，天胡为而此醉？[第 2b 页]假使腐鼠易吓，猛虎难撄。困兽无思斗之心，铤鹿有走险之势。纸鸢望断，未遑列栅求全；门牡虽扃，竟欲开门揖盗。则溃同鱼烂，势失鸡连。安能取义以舍生？未必蹈仁而尽死。而乃目皆眦裂，心不胆寒。鸟惊射而哀音不号，马闻战而杀声愈壮。振已疲之气力，叱咤风云；聚枵腹之生灵，轩昂节概。激之忠义，何难啮血指以同仇；用以驰驱，亦可握空[第 3a 页]拳而杀敌。设或赵家将相，廉、蔺协和；睢阳城郭，巡、远共守。则拜韩信为大将，不顾一军之皆惊；守晋阳之孤城，何患三版之尽没。壮北门锁钥，可高借寇之勋；蹈东海波涛，安有帝秦之想？恩循遗孽，既无敢窥我幅员；侧贰贱俘，且可以膏吾斧钺。无如隋、何无武，绛、灌不文。界若划沟，谋同筑室。索伦劲卒，虚张九道之旌旗；司马参戎，坐视三军之成败。[第 3b 页]不特茂宏安东之节，既虚假夫事权；抑且武穆朱仙之师，亦难乎为孤注。于是龙门揖客，纸上谈兵；鹤坡先生，阃中膺寄。为民请命，鸾飞拜沙上之书（乩坛连日多吉语，中丞信之）；计日成擒，赝本说江南之捷（各大宪告示借安民心，侈说大捷云云）。帝子苍梧之泪，倾尽波流；女儿黄竹之箱，堆如山积（传谕民间解送箱笼到城，为叠土城，以通饷道计）。搜粟都尉，既倾囊倒箧而求；拾橡儿童，有易子析骸之惨。远望申池竹木，焰若薪焚；近思负郭芙[第 4a 页]蓉，蒂同瓜落。内附则人非季裕，虚牡靡百镒之金；孤守则冢是王罴，同志有万人之骨。而且兵贼交通款曲，何烦隐语河鱼（守城军暨贼于城堞交相告语，了无顾忌）；士卒尽欲远飏，思作高飞海鸟。就使仙能吐饭，石可化金。不嫌巧妇之难炊，惟望武夫之借一。而貉奴不能作督，尽披靡于军前（带兵诸君多不能驭其下）；鸦儿纵足冠军，仅逍遥乎河上（城中喧传援军，皆虚语耳）。红巾一抹，尽通李煜（兵多授[受]贼赂遗）之金；白羽谁挥，无复顾雍之扇。[第4b页]固难言城成众志，又岂能关当一夫？况乎洛蜀党分，战守议左。羊叔子同居铃阁，只传裘带雍容；李临淮纵握牙璋，未必靴刀潜插。其能不天为痛哭，人尽悲号。昆明池边，重话未灰之劫；暨阳城下，将飞已断之头者乎？嗟乎！杭城之不被兵革者，几五百年；中丞之不解衣带者，几七十日。方谓庚申[咸丰十年，1860]气尽，酉岁[辛酉，咸丰十一年，1861]可符得酒之谣；何图甲子将周，丁户□[半]有覆宗之惨。儿乎奚罪，天实难言。吾友大劫重罹，只[第5a页]身窜难。结壶中之小隐，话江上之孤忠。成此百篇，索余一序。践赵家干净之土，许我羁栖；读杜陵兵车之行，同兹慷慨。此日探将骊颔，尽二十八字之玄珠；他时秘说龙威，是千亿万年之信史。同治纪元，岁次壬戌[1862]，秋七月，养时轩主人叙于申江旅次。[第5b页]

则杰按：《庚辛泣杭录》本此序，末尾署款作者题“养时轩主人许五辰”（第5b页），其他文字亦略有出入。

二、陆以湉“跋”（第1a—2b页）

呜呼！观于杭城之亡，而叹军政之失，未有若是其甚者也。庚申[咸丰十年，1860]之变无论矣，辛酉[咸丰十一年，1861]主军政者，奋发有为，以殄寇自任，乃其始不慎选将帅，师屡挫屡创，陷城益多；其继不论守险要，寇日逼日近，束手无策。其弊总由于积粮不广，教士无数[素]，以致围城两月，群情瓦解，遽溃败而不可救。当是时，城中将士，非不多也。然自提镇以至游都，[第1a页]无亲自督战者，是将不身先士卒矣。御寇不接仗，但搜索乡民食物，且强占妇女；或与接仗，亦惟遥施枪炮，是兵不遵纪律，不死长上矣。密书约战，诡投贼营，是将不能驭下，转为下误矣；信贼诈降，连失营卡，是将不能防寇，反为寇愚矣。甚至搜米之谕，出自军门，则将纵兵也；投贼之衅，启自亲军，则兵叛将也。当危急之秋，而法不肃，令不行，情不洽，气不振，欲城之克保，尚可得乎哉？嗟乎！士大夫[第1b页]韬略未谙，侈谈经济。一旦任艰巨、临患难，虑浅识暗。有才不克用，所暱者惟私人；有言不克从，所信者皆下策。张皇补苴，动失机宜，大事以去。斯民何罪，同遭荼毒。至是而以一死塞责，不已晚乎？悲夫！杭城三万户，死者不知凡几。其幸存者，皆室家毁弃，骨肉凋零；蹈水火，冒锋镝，九死而一生，漂泊天涯，托身无所。彼子山之赋江南，不足比其哀；杜老之哭江头，未能喻其惨矣。钱塘东郭子、杭州[第2a页]蒿目生，夙负隽才，并罹斯厄。间关险阻，流寓沪上。爰以所见所闻，作《杭城纪事诗》百篇。直言无隐，不知阙如。垂涕而道，伤心何极！昔者备员杭城，曾与庚申[咸丰十年，1860]之难，作诗六十首，皆纪实事。要未若辛酉[咸丰十一年，1861]之祸之烈，亦未若二君之作之慨切而悲壮也。是诗也，告哀拟之雅歌，传信等于史笔。后之君子，膺军政之寄，扶危戡乱，尚其以此为龟鉴哉！同治壬戌[元年，1862]孟冬，七上黄鹤楼散人撰。[第2b页]

则杰按：《庚辛泣杭录》本此序，末尾署款作者题"七上黄鹤楼散人桐乡陆以湉"（第2a—b页），其他文字亦略有出入。

又，此序所谓"昔者备员杭城，曾与庚申[咸丰十年，1860]之难，作诗六十首，皆纪实事"者，《庚辛泣杭录》收作"卷十四上"，总题《杭城纪难诗》。

三、吴淦"跋"（第3a—4b页）

壬戌[同治元年，1862]夏五月，余与蒿目生窜难沪江。每于酒阑灯灺，言及虎林被难情事，各潸然泣数行泪下。蒿目生缘有纪事诗之举，约余同作。越五昕夕，各得诗五十首，期以记实，兼之[志]余两人痛，藏之箧中，与同志者赏焉。养时轩主人见而爱之，为作序千余言，洋洋洒洒，哀响顽艳，不堪卒读。讵料于八月间，患疫于沪殁哉！养时轩主人，以仁和名诸生，不获稍酬其志，牢愁困顿，阖然而逝，岂文字之厄未[第 3a 页]尽，抑天不欲张吾军耶？先是，蒿目生于七月下旬，为应明岁礼闱试，挈眷赴都。方期万里鹏程，从此发轫矣；乃于九月中浣，殁于天津寓庐。呜呼！痛哉。蒿目生怀奇负异，英气逼人。尝为余言："在贼中时，曾书片纸，于正月朔日焚香告天，誓一旦得志，必殄灭此贼，以泄吾愤。若不获遽脱虎口，惟求速死为幸。"言已，凄然久之。又言："吾人读书明理，若跼跼如辕下驹，不能稍自树立，直虚生天地间耳。"此[第 3b 页]情此景，回想酒酣耳热，慷慨激昂；曾几何时，竟成永诀矣。况余与蒿目生有金兰之契，臭味相投，能不悲哉？夫二人者，不得展其抱负，赍志以殁；生平著作，复尽付秦灰。幸留此序此诗，天殆不欲终没其人耶？嗟乎！养时轩主人殁，蒿目生不及知；蒿目生殁，养时轩主人不及觉。独以余之顽然者，悲亡悼故，时忽忽若有所失，余亦殆将抑郁终耶？质之七上黄鹤楼散人，博采见闻之确凿者，重加[第 4a 页]删订，缮写成帙。览是编者，即其言之痛，想其情之悲，不责余无病而呻，则幸甚焉。同治壬戌[元年，1862]冬十一月望前一日，钱塘东郭子记。[第 4b 页]

则杰按：《庚辛泣杭录》本无此跋。对应诗集两位作者，"杭州蒿目生""钱塘东郭子"分别为张荫榘（科名举人，故拟"应明岁礼闱试"而卒）、吴淦。

05－006 杭城纪难诗编

王震元

一卷。王震元辑，见丁丙《庚辛泣杭录》卷十六，台湾新文丰出版公司《丛书集成续编》第280册，影印光绪二十一年乙未(1895)钱塘丁氏刻《武林掌故丛编》(第十八集)本。

一、王震元序(第652页)

东南粤匪之祸烈矣，而吾杭两陷之，惨为尤甚。庚申[咸丰十年，1860]，猝然城破，死刀兵与自死水火绳药者几及十万人。辛酉[咸丰十一年，1861]，城围久，而先死于饿者数又如前，则后之死者更不能偻指计已。震元侥天之幸，先后出走，均免于难。难后，闻人追述难中情事，未尝不泪涔涔下。偶欲纪以诗歌，辄悲愤塞胸，断续而不能成声。及读他人之作，或伤今，或悼昔；叹巢覆，幸瓦全，与难中抒哀、临危绝笔，无非《天问》问天、《楚辞》辞楚，正不必自行歌哭[第1a页]也。积二十年，录一百六十余章。今松生丁君有《庚辛泣杭》之刻，因编而畀之，请附于末。虽未敢遽称诗史，然留之天地间，以之伸正气也可，以之寄兴感也亦无不可。光绪二十一年乙未[1895]夏闰五，仁和王震元筤圃序。[第1b页][第652页]

05－007　咏物诗选

俞　琰

八卷。俞琰辑,《四库禁毁书丛刊》集部第137册,影印雍正宁俭堂刻本。

一、钱鋆"序"(第241页)

诗能体物,每以物而兴怀;物可引诗,亦因诗而睹态。《周南》篇首,托兴雎鸠;楚客词中,寄情兰茝。崔氏《鸳鸯》之什,擅美三唐;谢家《蝴蝶》之篇,著名两宋。聿缘情之有作,唯咏物之为多。然而佳制连篇,散分麟阁;新文满箧,杂寄鸿编。非借集狐,曷窥全豹?吾友长仁,才同绣虎,藻并雕龙。闭户殚思,探简编于二酉;下帷攻苦,学文史于三冬。拂纸则银管千言,挥毫而瑶词满幅。熏香摘艳,既妙解夫文章;戛玉敲金,尤精研乎诗律。爰搜秘笈,复襞云笺;遍采歌诗,独编咏物。观其牢笼百态,会集群英;分类标题,发凡启例。上穷苍昊,不难镂月裁云;下■神皋,真足[第1a页]模山范水。长门永巷,时属新词;绀宇梵宫,每题佳句。思公子而不见,宛转传神;望美人兮未来,娉婷现影。以至征令选艺,纬武经文。错落珠玑,不遗布帛之作;辉煌黼黻,仍留冠冕之篇。入大官之庖,珍馐备列;游五都之市,器用杂陈。拾香草于词间,灿新花于纸上。珍禽奇兽,俱着品题;春蚓秋蛇,曲摹形象。将天地间殊形诡状,尽入奚囊;为古今来才子词人,留充武库。加以删繁就简,领异标新。有要有伦,亦精亦博。采昆山之尺璧,微玷皆捐;探合浦之寸珠,群玑悉弃。秘诸玉枕,可为学海之珍船;列在牙慧,不啻文河之宝筏。乃若征途旅馆,寂寞多闲;[第1b页]雪案萤窗,悠游少托。春花秋月,动其妍思;鸟语虫吟，引其芳绪。方当开兹缃帙，对此芸编。喜万象之必陈，任供采拾；睹众形之悉具，足备渔畋。真堪作我清供，添人藻句。銮居同里闬，学附渊源。回思立雪之年，曾陪问难；今值截蒲之际，聊助校雠。乐观厥成，伫卜金轻夫吕氏；家藏断集，行看纸贵于洛阳。亦曰赏奇，敢云弁首？同里世弟钱銮拜题。[第 2a 页][第 241 页]

二、俞琰"咏物诗选序"(第 242 页)

凡诗之作，所以言志也。志之动，由于物也。感于物而动，故形于言。言不足，故发为诗。诗也者，发于志而实感于物者也。诗感于物，而其体物者不可以不工，状物者不可以不切。于是有咏物一体，以穷物之情，尽物之态。而诗学之要，莫先于咏物矣。古之咏物者，其见于经，则"灼灼"写桃华之鲜，"依依"极杨柳之貌；"杲杲"为出日之容，"瀌瀌"拟雨雪之状，此咏物之祖也。而其体犹未全，至六朝而始以一物命题。唐人继之，著作益工。两宋元明承之，篇什愈广。故咏物一体，《三百》导其源，六朝备其制，唐人擅其美，两宋元明沿其传。其佳者，往往拟诸形容、象其[第 1a 页]物宜，不即不离而绘声绘影。学者读之，可以恢扩性灵，发挥才调。顾巨帙鸿篇，难于卒读；一朝专稿，挂漏实多。从游沈子尧封偕弟赓虞，欲得一简而该者以供记诵，请业于余。余不获辞，爰取名家诸集及选本而手录之。断自六朝，至于明季；集分八卷，诗逾千篇，名曰《咏物诗选》。聊便初学，用塞其请。或曰："雕虫篆刻，壮夫不为；月露风云，古人所贱。"则是书之辑，余滋愧焉。或曰："传有之：'多识于草木鸟兽之名。'又曰：'不学博依，不能安诗。'"则是书也，亦未必非学诗之一助云尔。雍正甲辰［雍正二年，1724］十月朔，俞琰序。[第 1b 页][第 242 页]

三、俞琰"咏物诗选凡例"(第 242—243 页)

一[一]　诗有古风、近体之不同，而是集所选，专于近体，即长律亦止录十二韵以内者,以集隘,难于尽登。且咏物体制,正宜稳顺声律、不蔓不枝;累句芜词,亦无足取。

一[二] 是集选自六朝,止于明世。若国朝人文蔚起,佳作如林,琰孤陋寡闻,无由遍识,惟就古人所缺与同里诸子诗,略附一二,故加"附"字以别之,明非备录。

一[三] 咏物之诗多者,莫如李巨山。下迨谢、瞿,广至百首。专门名家之业,选录宜多。更有以一篇之工擅名千载者,如"崔鸳鸯""郑鹧鸪""谢蝴蝶""杨春草""袁白燕"之类,无[第 1a 页]不毕采,以备诗林佳话,且使学者有所感兴。

一[四] 唐人以诗取士,故其诗独工。是集所载居其大半,明所尚也。然在唐以前者,岂无观止之什?唐以后者,亦有居上之篇。心思所至,风会难拘,惟择其佳者而录之,亦不必定存唐作也。

一[五] "岁时",非物也。然是集本为初学而设,良辰美景,存之可以备取材。谨遵《佩文咏物诗选》之例,亦为编入。

一[六] 集中所载,如"山部"之有诸山,"水部"之有诸水,"居处"与"寺观"等亦然,例得附入。若概为删去,未免闻见寂寥;然必欲备采,即汗牛充栋,犹有所遗,故略存其要。如[第 1b 页][第 242 页]五岳四渎之类,或题非紧要而诗则甚佳者,亦得与焉,识者鉴之。

一[七] 是集虽名"咏物",而众体兼全。"岁时"之内,不乏感兴;"地部"之中,亦多凭吊。游览即存乎"山""水",闲情已备于"丽人"。言怀酬赠,附见诸诗。学者读之,正不必广览旁搜而运用有余矣。

一[八] 一题之诗,多者不过六首,少者仅存一首。盖既欲其约,又欲其该,第取备物,不能备诗也。

一[九] 是书"部"分三十。其先后次序,略以天、地、人、物为纲。首"天部";而"岁时"者,天之运行也,故"岁时"次之。次"地部";而[第 2a 页]"山""水"者,地之属也,"居处""寺观"则附于地者也,故"山""水"与"居处""寺观"次之。次"人部";人有"丽人",而"文"

“武”者人之所能，“乐”“艺”者人之所习，“器用”“杂玩”所以奉人，“玉帛”“冠服”所以资人，“饮食”所以养人，“果”也“谷”也“蔬”也皆饮食之品也，故诸部次之。下此则为物矣。百“花”“草”“木”，植物也；“禽”“兽”“鳞”“介”“水族”“昆虫”，动物也。或无情或有情，而统归之于物，故以数者终焉。

一[十]　每部之中，其叙次必先灵而后蠢，先巨而后细，先有用而后无用，无夺伦也。然其中更有以名附者，如“秋海棠”之附于“海棠”，“珠兰”之附于“兰”是也；有以类附者，[第2b页]如烟火之附于香炭，笋之附于竹是也。

一[十一]　每咏一物，以单名总咏者居先，而后及于分咏，又次及于杂咏。分咏者，如“天部”《日》后之继以《早日》《日午》《夕阳》《返照》之类是也。杂咏者，如“天部”《中秋月》后之继以《鹤林寺中秋夜玩月》，“地部”《郊墅》后继以《初夏郊行》之类是也。余可类推。

一[十二]　序诗之法，或以体序，或以世序，此大较也。是集专为咏物，故惟以物序。若一物而数诗者，仍以体分；物同而体亦同者，仍以世次。

一[十三]　古人题目，多为后人所增删，殊失本来面目。是集各[第3a页]从旧本，不敢妄更。惟题上有“咏”字者，概为削去；盖既以“咏物”名书，则“咏”字无庸复赘，读者幸勿致讶。

一[十四]　数诗共题者，后止书“又”字；一人叠见者，后不书人。一览自明，省文可也。

一[十五]　是书稿经屡易，剧费苦心。共商榷之任者，为余友钱扆御；助校阅之劳者，为及门沈尧封及赓虞。始事之勤，所不敢泯。然而识非萧嗣，博愧边生。燕石自珍，骊珠难探。高明君子，尚其有以教我。

俞琰长仁氏识。[第3b页][第243页]

四、沈又彭“咏物诗选跋”（第412页）

右《咏物诗选》八卷，乃余师长仁先生所辑以为家塾课本者也。先生尝言：“诗之有咏物，犹时艺之有小题；作诗者以咏物为先，犹作时艺者以小题为始。”故录成一帙，以示又彭兄弟。其诗共一千四百有四首，卷帙无多而物类已备，诚诗学之津渠也。又彭不敢自私，谨梓行世，以公同好。世有从事于诗者乎，请先咏物；世有从事于咏物者乎，请先是编。乙巳［雍正三年，1725］午日，嘉善沈又彭识。［第1a页］［第412页］

【附录一】雷梦辰《清代各省禁书汇考》江西省第十一批次奏缴书目（“乾隆四十四年［己亥，1779］四月初五日奏准”）（北京图书馆出版社1989年5月第1版，第100页）

咏物诗选

浙江嘉善县俞长仁编辑。内有钱谦益、吴伟业诗，应铲除。余书仍行世。

05－008　人海诗区

佚　名

四卷。佚名辑，北京图书馆善本组标点，陈高华校订，北京古籍出版社 1994 年 7 月第 1 版。

一、彭元瑞题记（上册第 1 页）

《人海诗区》四卷，购自马氏丛书楼，不著编人姓名。视《日下旧闻》所收为多。彼志地，此选诗，各有旨也。所收元诗为多，亦其胜处。于忠肃条下注有“吾杭”语，盖浙人所辑。壬子[乾隆五十七年，1792]孟秋朔，芸楣记。[第 1 页]

二、“附录”傅增湘“人海诗区跋”（下册第 1031—1033 页）

元方世讲，韦平贵胄，终贾年华；雅好文章，兼耽典籍。频年阅市，颇获异书；枕秘所储，常共欣赏。顷以新收写本《人海诗区》四卷，属为审定。余曾阅彭文勤公《知圣道斋集》，有是书跋语，迄未得寓目，不审其体例若何。今得观此帙，正文勤藏本，卷首朱笔题识宛然。披览一过，乃知此书为辑录燕京古今吟咏而作。分类十有六：卷一为都城、宫殿、桥闸、祠墓，卷二为苑囿、驿馆、园亭、坊市，卷三为畿甸、边障、山峪、水淀，卷四为岁时、风俗、寺观、杂咏。每类之诗，分五、七言，古、近体为次，而以词附焉。其录诗，自晋、宋以迄于国初。诗题下多有注释，于地理古迹咸注明本书而加以考订。惟编辑不署人名；文勤以诗注中语断为杭人，外此无可考见。余观其于国初诗词，只及王渔洋、吴梅村、田山姜、龚芝麓诸人，则其人当在康熙初矣。卷首未撰序例，惟“都城”“宫殿”“苑囿”“驿馆”“园亭”“坊市”六门前有小序。余颇疑其书采辑粗成，尚未详加厘叙、勒为定本,[第1031页]故序跋未及备完也。余久居京师,先后垂及四五十年,颇有志于燕京采诗之役。近览金元人集,凡关涉风土人物者,辄存其目,以俟编排。今睹此集,乃先获我心,为之欣抃无已。顾尝通观而详核之,其未能惬适而有待商榷者,为事正多。如:“苑囿”宜附之“宫殿”,“桥闸”宜附之“水淀”;“边障”“驿馆”大足关联,“风俗”“岁时”勿庸分析;或立“古迹”一门,则“祠墓”可以并入;或增“名胜”一类,则“山水”亦足包容,此分门之可商者也。“祠墓”所录,有楼桑先主庙、望诸君墓、燕昭王墓;“驿馆”所录,南及杨柳青,北抵赤城;“山峪”所录,远及遵化、蓟州、燕山、盘山;“水淀”所录,推至易水、直沽、白沟、霸水,过为宽泛,似涉铺张,此区域之可议者也。“祠墓”之诗,采及李颀、刘禹锡、李商隐、罗隐;“畿甸”之诗,采及张华、何劭、刘琨、卢谌,年代过远,颇嫌非类,此撰人时代之宜酌者也。余谓录燕京之诗,宜以燕地建都之时为断。考辽天显十三年[戊戌,938]以幽州为南京,则选诗固宜自辽始。若远溯晋、唐,似于名实未符。且山川古迹,亦宜取近在郊垧百里;若外州属邑,势难遍及,转易疏遗。谓宜借此成规,重标新例:辽、宋以前之作,概予芟除。其金、元以后之诗,此集所收固已鸿富,然僻集遗编颇多晚出,尤当穷搜广索,勿令遗珠。至如有清一代,雍、乾而后,人文蔚起;各[名]章俊什,传者如林,更宜采撷菁英,庶足彰明故实。大率往古务在博收,而晚近宜严选择;方域勿庸侈大,而事类端取详赅。揽三辅之黄图,存五朝之文[第1032页]献,庶几露钞雪纂,创始者不为徒劳;尘壤涓流,继事者或资裨益。仿《帝京景物》之《略》,益以恢闳;征《日下旧闻》之编,借同传播。杀青有待,炳烛知惭。当世方闻之士,其或谅区区之微志也乎。岁在庚辰[民国二十九年,1940],八月,江安傅增湘识,时寓昆明湖上清华轩。[第1033页]

则杰按:此跋又载傅增湘《藏园群书题记》卷十九集部总集类“地方艺文”之属(上海古籍出版社1989年6月第1版,第984—986页),文字基本相同。

05-009 梓里联珠集

华鼎元

不分卷。华鼎元辑，张仲点校，天津古籍出版社1986年11月第1版。

一、华鼎元“序”（第1页）

此余所汇津门竹枝五种[汪沆《津门杂事诗》、蒋诗《沽河杂咏》、樊彬《津门小令》、崔旭《津门百咏》、华鼎元《津门征迹诗》]也。津邑虽在畿南，颇有江南风景。故名人寓居是地者，每流连忘返，托诸篇章以寄意。此汪征士诸公之诗所由作也。余津人也，近廿年来，或随侍奉天，或宦游京邸；纵返里门，亦不过数月而复去。客冬需次吴门，听鼓余暇，乡思顿增。爰取汪、蒋诸公诗及余旧作，抄录成帙，付之手民。嗣后如有咨询津邑风土者，即以是编赠之。光绪己卯[五年，1879]春三月，华鼎元谨识。[第1页]

05-010 草堂杂咏

王　相

一卷。王相辑，王相《友声集》初集附（参见该种），《续修四库全书》第1627册，影印咸丰八年戊午（1858）信芳阁刻本。

一、李友香“百花万卷草堂记”（第270页）

百花万卷草堂者，吾友王子惜庵新营之墅也。夫其抗志霞表，结想云构；泉石绕其梦魂，林亭涤其襟抱；意匠独辟，灵修默运，非一日矣。淮北地阔，实鲜灵秀。白日晦匿，惊沙怒飞。凝寒积霜，溽暑漏雨。车响辘辘，床几皆动；滩声嘈嘈，风雨倏至。此即拓平泉之隙地，当少文之卧游；决穿清漳之渠，罗致仇池之宝，而位置失措，搜获维艰，未足供其延揽也。惜庵乃别有创焉：以为入午桥之庄，则芳菲袭人；探西山之秘，则琳琅夺目。异河阳而手亦能栽，类曹仓而经原可贮。规画既定，经营伊始。宋廇[第1a页]耀华，橤棁承藻。垣缭白而欲飞，天蔚蓝而欲滴。朝日晃朗，射影于罘罳；檐禽啁啾，掠羽于廊庑。一室之内，旷如奥如。折而东焉，流云嵌青，石屏落翠。长河之帆，近睐若接；遥天之星，举手可摘。小雨乍霁，辨林表之断虹；孤月渐升，瞰娲宫之顾兔。插架签富，饰函锦新。不饱蠹于案头，悉书鹭于纸尾。虚灯夜静，虫鸟助其讴吟；回栏香多，蝴蝶纷其翩舞。何必一瓻两瓻，望若蚨飞；五步十步，比于鳞次哉？时或薰风醉人，烈日如釜。荷盖昼静，槐荫午浓。则修篁径夹，戛玉佩而声清；苦茗泉翻，漾茶烟而影直。萤火流碧，蝉响咽凉。瓜李纷陈，蒲葵不动。其迹清，其[第1b页]神淡也。更或残云送冷，古梅拒寒。晴暄在窗，冻雀噪树。则炉火细爇，戏陈九九之图；苔篆渐封，斜辟三三之径。燕息致乐，巢栖是安。塞向墐户，又足多矣。窃思绿墀青琐，雕甍绣闼；云屏玳瑁之饰，崇台绮罗之盛。非不绵亘窈窕，逶迤纷布；作百代之想，甲一时之制。而究之前作后竭，朝更夕改；榛莽杂乎沙砾，蟏蛸网其户牖。鞠为茂草，是可慨焉。孰若分买山之资，移情卷轴；抽蜡屐之暇，着意池台？一膝可容，十笏无过。春酒待客，佐以盘飧；秋菊媚人，护之篱落。爰居爰处，载笑载言。悠哉游哉，是亦足矣。余别惜庵将五载，青山之约，守之终身；白石之盟，[第 2a 页]要之息壤。同抱灌园之志，终输运甓之勤。悠悠我思，能无增愧？幸辱瑶章，索传胜概。欲放山阴之棹，自不返于半途；将为辋川之游，请以俟之异日。[第 2b 页][第 270 页]

二、卓笔峰“百花万卷草堂赋”（第 271 页）

余好山水，而生无丘壑之乡；余好诗书，而贫乏缃缃之圃，皆憾事也。第思境地何常，会心不远；随时引兴，触景抒情。若夫麦秀盈畴，风交远浪；禾生遍陇，稼错层云。构一室于田间，种百花于舍右。弦诵余以学圃，咿唔倦而窥园。闻新异之书，一瓻可借；执钞胥之役，三箧难忘。于时李径桃蹊，春风布锦；豆棚瓜架，秋霁蒸红。夏日闲云，即是窗中远岫；崇朝暴雨，便为屋上流泉。叹风月之无边，得文章于大块。是处有鸢飞鱼跃，足以怡情；何必定石居麋游，方为快意哉？吾友王惜庵，所好皆与余同，而[第 3a 页]所处则与余异，盖君内足于财而能丰其蔀者也。余闻古人，诗书不阅百家众氏，则闻见无多；为学不历名山大川，则胸襟不大。今惜庵则勤于读而独倦于游，何哉？顾学求放心，游与读虽所兼爱；而玩足丧志，游与读不可并行。读宜急乎英年，游且俟诸异日。与其载书画之舫，务广而荒；何若绘卧游之图，啸歌不废？此百花万卷草堂所由作也。白醉（窗名）取其御寒，而三冬史[驶]足；沁绿（轩名）所以消暑，而六月埋头。建信芳阁以舒怀，营曝书廊而晒腹。双藤绕架，撷其芳而掇其英；百草生庭，玩其华而登其实。隐泉（泉名）源以秘思，酿春（坞名）意于满腔。此皆学问[第 3b 页]之极功，非独游观之是务也。且筑台以观晓日，凿池而号鸳湖，斯又数典不忘其先，咸述以志其道者矣。将见他日学成，然后如太史公之遍游名胜；迨夫晚年著作，不几同张燕国之得助江山也哉？故弁数言，以观其后。[第 4a 页][第 271 页]

三、成僎“百花万卷草堂赋”（第 272 页）

天宇职覆，八柱何当？二氏以劫尘傲物，达人以云水为乡。空诸所有，舍之则藏。睇月窟兮渺云汉，瞻日域兮极扶桑。不愁勒移文于钟阜，何妨效卜筑于山庄。则有若王氏惜庵之百花万卷草堂，地拓数弓，在河之涘。秉肯构之义，以植其基；敦安宅之仁，以钦厥止。结庐作陶令闲居，前身本玉皇香吏。凭缔构于性灵，谢雕饰于华靡。大千世界，唯所欲为；醇古文章，固当如是尔。其撷秀三春，探奇二酉。晓日临轩，晚风动牖。砌列东西，架分左右。寻芳者竞赋褰裳，问字者群思载酒。纷扶荔兮烟云，吞[第 5a 页]郷嬛兮八九。时展卷以坐花，抗千秋而尚友。庞公岁月，杜老乾坤。濠梁发兴于庄叟，谷口著名于子真。非有沈隐侯郊居之感喟，不似庾开府人外之沉沦。槐荫世泽，辋水前因。守以玄牝，休乎天钧。啸歌达环中之趣，藏修涵象外之神。爰是阁号信芳，亭名沁绿。蕉雨天青，鸳湖水渌。镜面芙蓉，户外修竹。玉检标楼，牙签满屋。景不一所，如往而复。何烦夸美于瑶池之月径三三、匡庐之云峰六六？彼夫穷泰极侈，斗丽争妍。朱紫匝地，弦管沸天。构数丈之杰阁，费百万之金钱。梓泽之繁华毂击，樊重之第宅云连。才一流眄于转瞬，未几陵变而谷迁。举昔[第 5b 页]时之金铺玉甃、舞榭歌筵，已莫不集乌鸢而走狐兔，滋蔓草而委荒烟。孰若制崇简质，识透升沉。虽取象于台沼，不滞迹于高深。造化与处，风月相寻。春草记荣枯之候，寒梅见天地之心。启缣缃于梁栋，恣考索于古今。第观其范身立训，触物成吟。经学待传于虎观，诗价早重及鸡林。则安得不叹百花万卷之取材适当，允堪协苞桑之吉，占磐石之固于淮阴？乃为之歌曰：“蕙帷兮荃壁，葆谷神兮此淹息。世人营营兮怀所居，化绨锦兮空一碧。维返朴兮归真，永纯嘏兮锡尔极。”又歌曰：“百花开放兮，流卷轴之馨香。万卷酝酿兮，储花圃之芬芳。两美必[第 6a 页]合兮，天一方。伊人兮，宛在其[中央]。信有此夙好兮，共高山流水以俱长。”[第 6b 页][第 272 页]

四、王相“百花万卷草堂自记”(第 279 页)

人生建树，各视境地，要有所当为者。营居处之安，徇游观之乐，亦殊陋矣。身世百年，流行坎止，攘造物之有以为吾私，又甚愚矣。余籍嘉禾。先曾祖仕河工，家宿豫，家公路浦。先大人寓桃源久，晚遂家焉。有屋一区，有田数塍，是亦先人之敝庐也。岁丙戌[道光六年，1826]，淫雨四阅月，冲决飘摇，沮洳颓败，几无完宇。雨霁，乃葺而新之。目营心画，庀材鸠工。逮丁亥[道光七年，1827]秋八月，粗得蒇事。曰“百花万卷草堂”，以力所能致者，纪其实也。堂之外，周以缭垣，自署“奚暇外慕，句范其心”，固其圉也。堂之西，为隩室，曰“白醉闲窗”，备祁[第 1a 页]寒也。堂之东，为“信芳阁”。阁之南，为“沁绿轩”，轩洞敞，设疏寮，防徂暑也。东绕为回廊，贮书数千卷，金石碑帖、法书名画藏弆于此，曰“曝书廊”。阁之上，拓东垣；履而登，为平台，东向可观日出，曰“日观台”。台之前，浚方塘，分植红、白莲，曰“小鸳鸯湖”，寄於越之思也。台之下，为小室，曰“香远益清之室”。其北，屋三楹，南向以纳冬日，为众芳闭藏之所，曰“酿春坞”。绕屋梅花数十本，铁骨冰心，夫亦仰吐耀而臭晞阳也。屋后一井，甃以石，汲饮者有年，灌花洗砚，胥取给焉；阴以力济物而人罕言之，命之曰“隐泉”。其隙地，罗致水陆草木之花，纷然杂植之。余之为是，无攀[第 1b 页]石穿渠之费，无飞檐杰阁之观；俯仰优游，忘其卑隘，固不知绿野平泉之何若也。惟是所处则大河之滨、堤防之外，鹊巢燕垒，得毋昧虚幕之险，贻处堂之诮乎？昔白乐天置草堂于香炉峰下，为《记》曰：“余自思从幼迨老，凡所止，虽一日二日，辄覆篑土为台，聚拳石为山，环斗水为池。其喜山水，病癖如此。”其诗则曰：“舍此欲焉往，人间多险艰。”味其言，若将终焉。然而未几，除忠州刺史，去之，若逆旅然。盖性情偶寄，位置得宜，贤者不废；人事之萍飘蓬转，谁则知之？风波之险，世之隐伏于不闻不见之间者，且什佰此矣。余以中年哀乐之感，心怦怦有似怔[第 2a 页]忡；又性疏懒，与世违，行将谢绝尘事，息影此中，补平生读书之志。先人之遗，非我所得弃也；造物之有，非我所得据也；天地蘧庐，光阴过客，委化任运，奚庸切切为过计哉？儿子炯，年始成童，徒见余营造而不深维吾意，惧其为习见所移，欲其思负荷之重，凛晏安之戒，而勉所当为也，书以示之。[第 2b 页][第 279 页]

则杰按：此记又载王相《无止境存稿》卷十（《清代诗文集汇编》第 563 册，第 394—395 页），文字基本相同。

又，此记后面所附王炯《草堂杂咏，拟辋川体》组诗，“炯”下注其字“絅之”（第 280 页），可知王炯后来盖以字行，并易“絅之”为“褧之”，即《续友声集》编者。

05－011　西湖览胜诗志

夏　基

八卷。夏基辑,《四库全书存目丛书》史部第 243 册,影印顺治十二年乙未(1655)刻本。

一、夏基"西湖览胜志序"(第 1—3 页)

快哉!西湖之志,胜志也。诸若他山之志,有奇迹矣,而无名人;有名人矣,而无题咏;有题咏矣,而无古今[第 1a 页]名人题咏之多诗。譬之天姥、九嶷,可想而不可即,吾亦托之梦中、意中而已。若西湖者,帝王之所都会,贤达之所遨游,又若仙佛缁黄、才子佳人之所毕集。或买山而隐,或[第 1b 页][第 1 页]结庐而居。或属意寻山,篮舆日至;或耽情问水,野艇常通。苟有可观,辄有题咏。故吾谓:"西湖之志,胜志也。"予寄迹湖山、揽胜丘壑者,已非一日。风花雪月,既已无所不搜;楼[第 2a 页]榭亭台,亦已靡所不至。挂杖头之钱,时时访逸;挈奚囊之韵,处处寻幽。暇则垆头畅饮,买醉山家;倦则僧房假榻,探奇石骨。春夏撷全湖之胜,桃花尽而荷花开;秋冬采两[第 2b 页]山之幽,桂萼摧而梅萼秀。三竺五云,九溪八涧;园历千家,寺名无数。盖无景不在予卧游指顾中也。然犹有不尽载者。无名之园宇,时创时更;无考之僧寮,倏存倏毁。或穷[第 3a 页]山顽石,目所厌观;或僻坞荒郊,足所难蹑。非吾不志,实苦于游;非吾不游,实穷于览也。若乃不朽之亭台、不灭之茔宇,不磨之碑阴、不刊之禅寺,更若忠臣义士、逸史名姝,[第 3b 页][第 2 页]则非吾所敢略者矣。客有起而诘之曰:"叔禾田先生之《志》,则备矣,曷为芟而纂之?"予曰:"嘻!叔禾之《志》,备载都城,兼考大内;市井里坊,皆备悉焉。然宋代已更，景物澌灭，靡有[第4a页]存者，于山水何与焉？且武林有《志》，不必附之西湖。故予纂而修之，大约芟叔禾之所不必备，而非芟叔禾之所必备也。又或增以野史外家遗事者，不欲使名人淑媛、逸士[第4b页]高僧沉沦淹没，贻山水之恨于无穷也。且叔禾去今百余年，隆、万以后，缺然无诗；又其书不加点，令观者疲目。予故增以新篇，畅其序事；略史家之长，而存志事之逸。"爰偕[第5a页]宋子，点次成书，庶几无胜不载。则西湖大概，令人一览而晰；宁必备载都城，兼考大内，遂为擅美也哉？顺治十二年[乙未，1655]花月吉旦。[第5b页][第3页]

二、宋维藩"西湖览胜志小引"（第4—5页）

盖闻邓尉游吴，买山而隐；梁鸿入越，蹈海长噫。青莲发天姥之吟，蓬莱入梦；康乐耽龙湫之癖，雁宕寻幽。故笔床茶灶，涪翁溪上逍遥；好鸟娇花，秦客山中唱和。春风归辋水之园，王、裴赠答；明月登牛渚之舫，袁、[第1a页]谢高谈。斯知景以人传，品因诗贵。令节无多，人日偏言杜曲；良辰不再，安石到处东山。历观往古遐踪，罔弗耽情逸事。矧如西湖者，尤山川之佳胜、宇内之特著者哉？晋元[帝]以前，不复论矣。粤稽湖山著自中唐，台榭盛称南渡。禽鸟慕白公之泽，处处扬飞；[第1b页]桃李拂苏老之风，年年馥郁。慨自带江为城，钱宫鞠为茂草；因山作阙，宋殿悉付啼鹃。于是山山有寺，林峦竞起绕民庐；水水皆亭，烟波尽随登画舫。过断桥而玩雪，葛坡、玛瑙，凭杖履以俱臻；踏长堤以问春，石屋、烟霞，乘舟舆而可近。以故名人雾集，方[第2a页]外云蒸。访高僧于灵鹫之峰，慧理白猿，洞口呼来泉石冷；諏大隐于孤山之屿，林逋老鹤，亭前飞去野梅横。西陵致书宗吉，松菊依然；东郭寄语傒斯，诗盟尚在。子久画楼频徙倚，隔邻风接文长；虞生馆里任遨游，泛艇烟寻伯雨。虎跑、龙井，代有传灯；圣[第2b页][第4页]水、云居，雅多佛迹。许迈稽留身遁，爰以名峰；葛洪锻炼丹成，因之命井。至于岳、于庙貌千年拱，皋、宪精英与并传；朱、陈大节一般心，徐、陆清风应共赏，斯尤其卓者矣。若乃青石得驾玉泉，妓推琴操；朱笼释飞鹦䳇，句羡周茗。钱塘江上松涛冷，苏小宅寄[第 3a 页]渔樵；青芝坞里竹风凉，淑真冢栖乌鹊。楼题"醉白"，美哉太守风流；庵号"栖云"，旷矣酸斋逸趣。朱观奴之造塔金沙，何殊陈郡侯之祠更妓宅；柯敬仲之建楼藏帖，岂异韩令尹之解绶辞官？张雨玉钩为桥，欲通游屐；衍公藕花结社，颇好幽盟。狂客题诗，□[不][第 3b 页]避平章之焰；先生道古，居然无着之心。总之，视山水为情真，等尘名于泡影。予以暇日，得披斯《志》。虽纪载弗备，庶令游者不费深思；点阅近迂，抑使览者可无疲目。或因书而思廉洁，识贪婪之堕迷关；或览籍而觌高踪，知奔竞之殊胜算。或过墓而生忠[第 4a 页]孝，执卷可考遗言；或登坛而见禅心，谋篇得亲佛偈。名姝题咏，感动香奁；烈士清哦，可资谈麈。读是《志》也，未必无补于当世；阅是诗也，未必无赖于纂述云。顺治十二年[乙未，1655]，富水宋维藩价祝氏题。[第 4b 页][第 5 页]

三、夏基"西湖志总序"（第 6—7 页）

杭州为古临安地，濒海之乡。周前为蛮夷国，不通声教。至吴越后，其地渐拓。历秦汉，皆山蓁草莽。至晋元帝渡江，都建业，文人逸士、名公巨卿，始得游览斯地。故谢灵运有"临安风景丽，无石不玲珑"之句，盖谓此湖也。湖处万山之中，集百泉之胜。晋时有金牛起湖中，人称之曰"金牛湖"。又以其水清泓，有光接天；朝云暮烟，变化不测，或称之曰"明圣湖"。至唐，李泌使临安，见其地佳胜，山川茗秀，特其民患苦卤，不能远汲，往往星散。泌因上疏乞浚泉源，引湖通井，以拯民困。虽其时湖山[第 1a 页]草创，景物清幽，未有如后日之亭台堤榭、古刹名园之奇丽者也。厥后，自白乐天为郡守，而西湖始盛。郡治在凤凰、龙山之下，湖处其西，因名之曰"西湖"。乐天耽情诗酒，留意丘壑；搜泉剔石，表异开幽，无所不到。故其时士大夫家，相沿成风，因而各创园宇。名僧、奇士，往往来游；挂瓢、下榻，接踵而至。自乐天去后，人始知有西湖之胜焉。唐末黄巢反，兵侵临安。钱武肃王镠乃起徒卒，招盐贩诸人，兴义拒贼，贼遁他走。故钱氏有功兹土，遂奉敕镇临安，旋进爵为王。历后五代，凡子孙四世，吴越土地俱属钱氏。钱王乃大营城郭，号“衣锦城”。建都于[第 1b 页]郡治凤凰、龙山之下，襟带钱江；高筑塘，以御海潮之患。故其江与县，以钱氏得名。宋兴，钱王俶知天命有属，遂以其地归宋。故兵不犯临安，人民至今富强，皆钱氏之泽也。世代虽更，而湖中旧迹，多钱氏所建。哲宗时，东坡倅杭州，法乐天之遗，耽情山水，故人称东坡为乐天后身焉。二公共居杭州凡八九载，以故湖上佳景、良辰美夕、风花雪月之奇，莫不题咏殆尽。自兹以往，学士大夫家，有豪怀雅致者，率皆追白、苏遗事。当东坡之守杭州也，民苦旱，兼有食卤之苦，亦连疏为倡开□□[西湖]。其时世界清平，当事无扰，因奉诏给米二万，兼以蠲[第 2a 页]助无算，遂得拓地三千余顷，周环计四十里。又因其土为湖堤，十里六桥、两峰三竺，俱列目前；游者莫不快心，观者莫不畅意。湖中每患葑蔓，公为尽去翳障。其中方圆留数十亩，为湖亭、湖寺之地。而祠院台榭之观，居民好事，以时修葺，故西湖称再盛焉。宋祚中微，高宗为道君第九子，南渡临安，袭吴越王之故基，建为大内。其时稍稍偏安，因大创宫阙，皆依名山之胜。而隐逸之庐、高僧之寺，遂因京师之盛，旌表无遗。故贵戚巨卿之家，与居民从龙自汴来者，莫不新构门第，竞造园林；栽花种竹，插柳编桃；凉台燠馆、奇亭美榭，莫不毕兴。凡[第 2b 页][第 6 页]翠华所幸，暨官宰遨游之地，璀璀璨璨，焕若蓬瀛。楼船箫管、池阁弦笙，达曙通宵，靡有歇日。湖山之盛，殆莫过矣。厥后，浪子平章当国，极欲穷奢。时已古木成荫，荷花遍水；堤无隙地，岸无空扉。贾复夺民故居，大兴土木，经营再造，虽私其台榭者十九，而佳山水点缀殆尽。元兴，僧杨琏真伽坏大内为诸寺，仅留古刹数十，然而旧迹犹存，风光不改。销歇八十余年，至明兴，都建业，而吴越缙绅，始甲天下。浙之学士大夫辈，皆因其旧迹，改造园宇，湖山稍稍增饰。

嘉靖间，杨公温甫来守是邦，亦有开湖之举。未几，以事见斥。嗣即有东瀛孙公，以织[第 3a 页]造之命，来游斯土。宦官权重中外，台省畏不敢言。公因居杭十有余年，凡所获俸金，暨诸羡余等物，不啻百有余万，皆为西湖之费，筑堤修寺，建亭造殿。自断桥垒土为堤，以通孤山，号"十锦塘"，花木浓茂，郁郁青青。又复因湖心高地，筑土为亭，依形建寺。其搜奇抉幽，饰陋增美，无限豪肠，正与白、苏不减。故人谓东瀛又东坡后功焉；湖之盛，又无以加矣。明初二百余载，浙之居民，暨往来游士，受东瀛之泽者不少，一如昔之受乐天与东坡之泽者然。今虽牧马蹂躏，樵苏不禁，而湖光如旧，山色依然；后有起而修之者，人又食其泽矣。基不敏，细[第 3b 页]阅田《志》，见其序事浩繁，因略而修之，以为游览者快观焉。[第 4a 页][第 7 页]

四、夏基"诗选凡例"(第 8—10 页)

［一］ 西湖朝云暮烟，变化万状；花明水秀，姿媚千端，其景岂可条指！近来画家，景取有十，而骚人韵士，足未历山水，遂作诗配之，以为湖上大观实穷于此。噫！亦陋矣。即如"苏堤春晓"，"锦塘"岂乏春光；"花港观鱼"，"玉泉"讵无锦鲤？至于雪取"断桥"，何山无雪；云取"两峰"，何岫无云？荷岂必"曲院"，月岂必"三潭"？"雷锋夕照"，宁不雨奇；"南屏晚钟"，岂无天籁？"三竺"春鹃啼夜月，"六桥"翠鸟唤晴花，百啭莺声，何独"柳浪"？此画工之拘、骚人之陋也。佳诗杂入诸景，集不偏载。[第 1a 页]

［二］ 蹑屐登山，骚人之逸致；摇舟问水，达士之佳怀。近好事者以湖山为宴集地，是矣。而杂沓笙簧，极意歌舞。豪奴悍仆，纷扰于前；健卒厮役，排挤于后。惛惛梦梦，坐失风光。试思湖山何地，喧嚷何心，达者宜为戒焉。凡西湖探讨不真者，其诗必泛，一切不载。

［三］ 古今一部诗料，莫过西湖矣。从心所适，移步换形；冷处愈浓，艳去愈淡，人迹所不到处愈奇。遨游一日不厌，留连终岁不

倦。无论鸟啼花落，尽是文章；风片雨丝，皆成好句。而触目凄神，感怀撩意，无不各随所味，观者毋忽视之。[第1b页]

［四］　人伦之大，莫如忠孝，次莫如名节，次莫如文章。夫文章无论矣，若武穆王之父子，忠能启孝；张宪、牛皋、施全之诸人，义以翊忠。于少保，社稷之勋臣；徐太学，千秋之烈士。须眉皆竖，冢表刚中；清白矢心，墓称朱弁。诸如流寓名宦、才子佳人，有裨风雅者，集并列之。

［五］　仙佛从来称罕。名都大地，指不数屈。而西湖之可纪者，历历目前。慧理、中峰，衣钵特著；参寥、辩才，灯火相传。定光之成佛作祖，法相犹存；莲池之立教归禅，云栖可谒。鸟窠出迹凤林，济颠发源净寺。塔有无着、了义之名，寺著惠勤、中庸之号。倘[第2a页]使山水无灵，胡皆集此？若乃真人择处，丹客埋踪，尤难悉载者。如葛洪之炼丹井、许迈之稽留峰，王方平之仙姥墩、吕纯阳之玄妙观，宋琴操之青石桥、蒲衣道之凝神庵，皆清风高迹，人所难期，而亦集此地。非湖圣明，何易得此？

［六］　湖山之灵，多聚仙佛名哲，固称不朽。然其烟波淡宕，雪月风花，使无骚人韵士、淑女名姝点缀其中，西湖亦是八股腐物，一时称赏，久则厌弃。吾观览胜诸人，除李、杜少诗，其余罔不备载。盖以唐初湖方草创，少陵老历瞿塘，青莲迹穷宛水；即间有一诗入选者，皆后人好事，搴扯入集，细阅其情不合，岂[第2b页][第8页]有李、杜之才，既入此山，能无畅所欲言耶？唐自乐天去后，暨宋、元、明，湖山佳丽始出。是以游者莫不有诗，览者莫不成集。瑶章琼句，竞出香奁；锦肠绣心，纷投箧笥。观者疲目，选亦搜奇。

［七］　古称“诗中有画，画中有诗”，此佳论也；曾亦知有诗画之出于湖山者乎？宋人粉本，不足语矣。画莫妙于元人，而子久、子昂、元镇、叔明、仲圭暨戴文进等，或出于吴兴，或生于槜李，或起于钱塘、富春之间，往往日来湖上，探讨山水，久成画家。故人谓：子久之画，得之宝石诸峰；子昂之笔，得之南屏曲壑。孤山[第3a页]数点，

乃元镇之逸怀；雷峰一片，实仲圭之豪致。飞来苍藤怪石、宝莲窍洞深苔，叔明得其大端，文进分其皮貌。观者有心，能无憬然？

［八］ 留去思而造生祠，请显绅而作碑记，一时快为逢迎，千古终成瓦砾，湖山何取荣焉？至若不朽芳迹，自应悉载；无裨湖山者，削之。

［九］ 凡有功于西湖者，其人不序，千古风流澌灭矣，亦且以阻后人开湖修岸、栽花插柳之兴。然概序，则又无褒讥劝惩，亦非予志事初心。如西湖之功，莫大于贾秋壑，而秋壑为万古之[第 3b 页]罪人；点缀生色，莫巧于韩平原，而平原实人间之奸贼，《志》中每多削之。南渡以后，功臣世戚，惟张功甫稍有清气，《志》多褒之。其余皆无旧迹，既不足观，亦不足志。若唐宋之李长源、白乐天、范希文、苏子瞻，明之杨温甫、王钱、孙隆等，皆啧啧人口，有裨于湖山者不少，予何敢略焉？

［十］ 景之著者，名家诗题最富；其冷胜者，则不佞某与宋价祝窃补焉。非敢僭以碱砆混入璠玙也，特以名人游览，选其胜者，遂成篇章；至于湖山冷寂之地，足所未经，故多缺耳。予因阅《志》，见其缺者，则以诗补之。盖以不佞湖居二十年，惟是留心[第 4a 页]山水，故所见愈确，所题愈真，因敢续貂，以存方鉴。

［十一］ 近诗投览者，累累盈尺。《志》中非不具载，但其所题不过三竺、两峰、六桥、湖心诸胜，武穆、忠肃二祠而已。然其诗，宋元以来，名家入选者颇富颇佳，芟之不得，续之不能。嗣有《西湖览胜诗选》，广罗名篇，以成盛事，即田叔禾《志余》之意也。

［十二］ 按诗家姓氏，或书其名，或书其字，因旧本也。予生也晚，考之未详，故草草耳。至于近时人物，一切书字，非敢苟也。识者谅之。

［十三］ 往来湖上者，日不乏人，人亦不乏诗。除古集选载而外，投稿[第 4b 页][第 9 页]者莫不珍重选入。倘未蒙见示，往往有遗珠之叹，《览胜诗选》不得不再从事矣。然不肖多浪迹吴门，梓事命钱

塘门外汤伯伦主之，有投览者乞付汤手。

泊庵夏基谨识。［第5a页］［第10页］

五、“西湖览胜诗志目次”引言（第10页）

《志》以游览为选。凡无景之山川、无名之寺宇，无关之人物、无考之园林，无情之士女、无味之诗词，皆略不载。至于藉藉有声，与夫泠泠可采者，游可不倦，览亦称奇，皆备载焉。［第1a页］［第10页］

【附录一】《四库全书总目》卷七十六史部地理类存目之五（中华书局1965年6月第1版，上册第667页）

西湖览胜志十四卷（内府藏本）

国朝夏基撰。基字乐只，杭州人。是编因明田汝成本重修。十四卷中，题咏居其六卷。

则杰按：此处所著录《西湖览胜志》十四卷，不知是否包含八卷《西湖览胜诗志》及“六卷”所谓《西湖览胜诗选》（参见上录《诗选凡例》第十一、十三两款）。

【附录二】吴庆坻《蕉廊脞录》卷三“西湖多遗老”条（中华书局1990年3月第1版，第97页，总第一百十六则）

西湖山水甲天下。鼎革之际，胜国遗老隐姓名遁迹湖上者尤多。先高祖《杭郡诗辑》无名氏一卷，据夏基《西湖览胜诗选》所载，得二十四人：曰“闭户先生”，曰“河渚生”，曰“花间散人”，曰“靠天翁”，曰“墨憨”，曰“皃友”，曰“泊庵”，曰“漱石翁”，曰“粹庵”，曰“渡船翁”，曰“焦梧生”，曰“龙井山樵”，曰“烟水客”，曰“天容子”，曰“小林逋”，曰“竹逸”，曰“心庵懒叟”，曰“松窗书史”，曰“甓庵”，曰“藤石”，曰“山泽癯叟”，曰“拙存生”，曰“艺园遗老”，曰“长啸客”。是殆“月泉吟社”之流，不仅膏肓泉石也。

05－012　孝慈庵集

佚　名

一卷。佚名辑，台湾新文丰出版公司《丛书集成续编》第49册，影印光绪七年辛巳(1881)钱塘丁氏刻《武林掌故丛编》(第七集)本。

一、程锡龄“武林东城孝慈庵附小云栖放生社集缘起”(第753页)

今岁九秋，丁君竹舟出新刊《孝慈庵集》见贻，以龄方葺治是庵也。庵倚艮山城隅，门径幽僻。兵燹后，人迹益灭。其南一里之隔，旧有“小云栖”，创自阮文达公，丁双湖、王心如诸善士相继举放生社。一时飞走潜跃，生机咸若。咸丰辛酉[十一年，1861]，亦毁于兵。会垣克复，大府即其地为火药局，遗迹悉湮。东里王君兆森过而蠹焉，与同志王君耀祖，就孝慈庵址，认纳国赋，外启山门，中建佛屋，仍“小云栖”旧规，续修放生社约，浚鱼池，盖牲房，条绪秩然。东城比户多业机杼，[第1a页]集事之所，为“观成堂”；乞其按货募资，以备经费。未几，兆森逝世，耀祖独立坚持，志不稍倦。光绪辛巳[七年，1881]八月二十二日，龄往修佛事，仰见堂额揭曰“等个人来”，不解所谓；扣之耀祖，以孳生日加，度支日绌，大有不继之惧，默待有缘者来。龄何人斯，敢担是任？惟念大劫重生，人、物一致，况“小云栖”因孝慈而兴，一废则两废矣。闻旧时牲粮捐自盐纲，今汾伯吴君、贯之许君、协轩沈君、仰川范君、昌来何君，实鹾业领袖也，虔乞劝募浙东、浙西众商每引慨输钱一文，由四所甲商总司收发，并于同善堂所收监捐内每年协济钱二百[第1b页]千文，壬午[光绪八年，1882]为始，专应牲粮，不移别用；岁杪开列清册，陈之神明，达之善信，俾久不替。又构宗镜堂三楹，环以松柏，奉远公、永明、莲池三座于中，晨香夕灯，以志诚敬。及读集中序记，乃悉溪芷、溪筠二大师之孝行，母氏之慈善，觉种种功德、种种因缘，不谋而合。因塑大师母子三像，供奉莲池堂后清池之上；复“半亩居”旧榜，置炉以焚遗字，范钟以振幽冥。次第勾当，期于美备。是举也，借放生以消[第 2a 页]劫，其运会讵止孝慈一庵已哉？龄幸观厥成，用表王君耀祖之精进，与诸善士之信心，并望后之赓续恢宏者更有人来也。光绪九年，岁在癸未[1883]，小春月，南屏永明塔皈依佛弟子程锡龄，法名静尘和南谨撰。[第 2b 页][第 753 页]

二、张玉书“序”（第 754 页）

余尝跋履山川，过都越国，所历丛林庵舍不知凡几，所遇缁衣上人不知凡几，所览偈言语录又不知凡几，大约去而父子去，而昆季去，而爱养之道，以为清净寂灭，则孝也慈也，遂略焉而不讲，比比皆然。此犹木之忘其本也，犹水之忘其源也。虽行高德劭，心性超豁，能无遗憾耶？若夫溪芷、溪筠二师，则异是。夫二师幼失怙，惟母氏是赖。一日者，呼二子而谓之曰：“予不幸而丧所天，汝不幸而丧厥父；伶仃孤寡，相依为命，不可一日离也。予欲偕汝同入沙门，庶几朝夕承[第 1a 页]欢，孝养无失；晨昏鞠育，慈爱无亏。”二子欣然从之，筑舍于城之东隅；名其庵曰“孝慈”，不亦宜乎？虽然，以母之贤，熊丸截髢，何难训子成名；以二子之才，抵掌立谈，何难附于青云之上？要皆不屑为也。于是矢志焚修，旦暮不辍，母子昆弟聚首于禅灯宝炬之下，或诵经，或礼佛，安然也；或参禅，或止静，陶然也；或说法，或作偈，朗然也；或明心，或见性，了然也。至于园蔬野蔌，较胜于好爵厚糈；竹杖芒鞋，更逾于纡青拖紫。方丈之内，母子怡怡，兄弟怿怿，惟期无忝于“孝慈”而后安，此又加于凡为僧者一等矣。余宦游都中，自武林[第 1b 页]来者咸称三大师之行实不衰；虽未面，心向往焉，于是为之序。赐进士第光禄大夫文华殿大学士兼户部尚书加一级张玉书拜撰。[第 2a 页][第 754 页]

05－013　韬光庵纪游集

释山止

一卷。释山止辑，《四库全书存目丛书》集部第410册，影印光绪七年辛巳(1881)武林丁氏竹书堂刻《武林掌故丛编》(第六集)本。

一、许汝霖“序”(第801—802页)

自来名胜之境，必因人以传。或高僧之所栖止，或名流之所题咏。而后，向之寂历于嵁岩空谷中者，人始辐辏而寻访焉。即我杭灵鹫，境旷峰奇，实甲海内。迤北数十武，盘折而上，层峦久峻突厄，周遭约三里许，《志》曰“巢坞”；临高四望，远景毕呈，古所云“楼吞海日，门涌江潮”，真绝胜也。然自陈、隋以前，山径[经]地乘，不少概见。唐时，韬光大师卓锡于此，又值白傅守郡，公余游陟，倡和流传，于是浙东西及十五国名臣逸士揽胜留题，无不知有韬光庵者。余于康熙丙午岁[五年，1666]，偕葛子子嵩读书灵鹫，而同学邓子蓉洲、朱子人远则下[第1a页]帷庵中，花晨月夕，往还过从，不夜午不止。一时大禅公如具德、豁堂闻之，握锡来迎，把臂啜茗，流连风月，两刹数百僧共叹为苏、白所未见。时则上人山止，年少工诗，相与追随登眺，如置身霞外，无复尘埃之想。阅数载，陈、顾诸及门暨子侄数人，重订祇园，传经三载，而韬光咫尺，月必数登；诗伯山公，则所谓素心人相与数晨夕者。逮庚申[康熙十九年，1680]而后，旅馆宦游，对帝里之风光，阅官斋之景序；崎岖蜀道，跋涉河滨；欢娱、困顿，无一息不神游此庵也。辛卯[康熙五十年，1711]仲春，谢政归来，岁辄再三至。翠竹黄花，皆为旧识。扶筇啸傲，低徊于疏钟清磬[第1b页][第801页]之余。问前此诸禅侣谁复在者，顾海、超然两公而外，惟方丈谛晖，如鲁灵光岿然独存；而诗伯山公，已颓然一老头陀矣。抚今追昔，信宿高谈，往往含泪而别。亡何，戊戌[康熙五十七年，1718]冬，忽抱言疴，卧床褥者两载，不能移跬步。倏念双峰三竺，少壮神俍；今年七十九矣，桑榆景逼，恐不能复睹，抱恨何穷？于焉奋然鼓棹，重卧衹园，挑灯夜话。笑语方酣，鸡喔喔，晨钟忽于天际遥应。披衣冒雨，直踏峰巅。山公泠泠然笑而迎曰："公不忘旧耶？"出一图，曰："此旧游地也。白傅虽亡数百年，代有其人，人有其句。江山如画，翰墨带春。娄东王公督学时，捐[第 2a 页]俸付梓，已成帙矣。邓、朱两序，并垂藉藉，公独无一言乎？"余曰："此余志也。"余不敏，虽不能如香山为一代风骚主，而年当致仕，寄迹薇山，庶与香山先后相望。况山公精心白业，足绍韬光之幢；王娄东以起衰巨手，剞劂表彰；而我师稼堂先生总持三教，复扬扢而敦劝之。网罗散佚，辉映千秋，则山公之搜辑于今，不犹韬光之倡和于昔乎？余故不揣媸陋，继邓、朱而乐为之序，以附不朽；并录卯[辛卯，康熙五十年，1711]秋一律，俾千载下，想山公如韬光者，读其诗恍见其人云。康熙五十七年戊戌[1718]秋十月朔，洛溪许汝霖谨识。[第 2b 页][第 802 页]

二、朱尔迈"序"(第 802—803 页)

按《西湖志》，韬光庵旧名"巢坞"。唐代宗朝，蜀僧韬光者，辞师出游。师嘱曰："遇'天'可前，逢'巢'则止。"至此，值白太傅乐天守郡，曰："是吾师之命也。"遂卓锡焉，与白唱和往复，后人即以"韬光"名其庵，位纯阳子其中；而境幽景旷，来者便拟诸蓬、阆间矣。其地当北峰之右、灵鹫之上。海鸥江练，卷幔收之。而西湖烟树、三竺云峦，了了都在舄下。予尝读书山中，花月晨夕，把斗酒坐金莲池上，摹苏子瞻、赵阅道之题名，读孙高士、高忠宪、陈黄门之遗咏，未尝不为之俯仰前型。酒酣耳热，或登峰顶，四望痛哭，以继西台之恸；或梯藤而下，过涧[第 3a 页]西桥，濯足冷泉，作长啸数声，山谷响应。当是时，不自觉其散诞至此，而古近体之作亦不下百余篇。后即稍稍自悔，尽焚其稿。然狂奴故态，至今樵僮云客犹能称道之。越兹且二十有三年矣，中间汗漫出游，只身万里；椎心落魄，发白齿摇。尝思以归里之余闲，寻旧游而问道，乃愁绪无端，忽忽中止。三时梦寐，往返实劳。洞口桃花，宁不笑刘郎寂寞耶？虽然，酒人纵老，狂态未消，犹能以笔墨张我山灵也。况我方外交如山止者，擅风雅，继韬光之席，扶主宗风，先后一揆，于焉再盛。一日，贻书于予，兼汇古今名人题咏见寄，为[第3b页][第802页]学使王公捐俸，属付剞劂，索予序之。予惟王公之莅吾浙也，以制艺古学振兴多士，一时怀瑾握瑜者流，无不拔而出之，有冀北空群之目；尤汲汲于博采诗声，为山川润色——比诸乐天当日，夫何多让？予以村鄙农人荷锄自矢，文章之事更无所知，乃葑菲勿遗，俾得附名简端，以道其今昔之感，愧孰甚焉，愧孰甚焉？康熙岁在著雍执徐[戊辰，二十七年，1688]，塞壮之月，中秋日，观山樵朱尔迈人远氏题于槃溪之南陔草堂。[第4a页][第803页]

三、邓锡璿"序"（第803—804页）

灵隐寺右，由涧西桥盘折而上，怪石鳞次，或仰或伏，如虎踞，如狮蹲。溪水傍石而流，淙淙有声。其旁多松柏枫樟之属，竹万竿，缘溪丛生，参天而立。溪多蒲苇，亦或生金碧鱼，乘流上下。沿溪行，路迂山峻。杖竹行可四五里，始见组宇巍然。登而肆目焉，澄江碧海，弥天在望；而圣湖则如镜照面，隐隐江帆湖艇在林木间；灵隐寺顾处其下，白云盖之。莲花峰侧峙其右。东有峰，曰"狮峰"；有亭，曰"候仙"。南有洞，曰"维摩洞"；有池，曰"金莲池"。日月系天，风物奇丽，诚西山之最胜者也。唐白居易刺杭州，爱斯境幽旷，屡枉车过。时禅士韬光[第5a页]结茅栖止，颜其庵曰"韬光"，志隐也。间与刺史唱酬至再，碑镌犹存。继之，缁流稍集，构祠，祠吕仙人洞宾。祠□□□□□□□□□□□□□□光两人又从而辟之□□□□□□□□

□□□□□□□□日不肯去，去必□□□□□□□□□□□□□□□□□□淡滟突□□□□□□□□□□□□□□□□□□□□□□是余□□□□□□□□□□□□□□□□□□□□□□□□□而逸。余最爱之，曰：“若何自而得?”山止笑而发笥，取前辈所存诗授余。卒读之，缘知山止才虽高，而亦出于兹山之胜；名公卿大夫之志胜，其有以起之也。若是，则□[第 5b 页][第 803 页]公亦可谓不虚所游矣。山止生古今之际，居斯地也，而忍使古今之才之名俱灭殁不传耶？于是□而编之，梓以传焉，而并系之以图，山如其峙、水如其流而止。余憔悴以老，而恒乐名山与斯文以并传□。是为序。康熙二十八年，岁次己巳[1689]，秋七月之望，钱塘邓锡璿蓉洲氏题于有竹书舍。[第 6a 页][第 804 页]

四、潘耒“募刻韬光诗文小引”(第 804 页)

环西湖而刹者以十数，韬光最胜。自灵隐入，磴路幽折。至则江山森罗，气象开豁；石壁出泉，琤琮作风雨声；静憩少时，令人名利之心顿尽，真佳绝处也。自白傅留题后，游者率有制作。今住持僧所蓄诗词记铭，不下五百余首；惧楮素易漫灭，久而失传，将梓为一集，而难其费，谋于余。余曰：“是易耳。凡留诗文者，孰不欲传？孰不乐与古人并传？计此剞劂之事，不过斤金可了。倘来此者，或乍游，或旧游；若已作，若未作，各捐少资，助成胜事。既为古人谋，亦自为谋，策之甚便。试[第 7a 页]号于众，当有应者。如或不信，请以余为嚆矢。”康熙乙丑[二十四年，1685]仲冬，吴江潘耒题于飞雨轩。[第 7b 页][第 804 页]

【附录一】《四库全书总目》卷一百九十四集部总集类存目之四(中华书局 1965 年 6 月第 1 版，下册第 1776 页)

韬光庵纪游集(无卷数。浙江巡抚采进本)

国朝释山止编。初，唐沙门韬光，卓锡西湖之巢坞。白居易守杭日，相与倡和。后人因以“韬光”名其庵。庵踞山之胜，历代游人颇多题咏。山止康熙中住持是庵,因裒集付梓。自唐迄本朝,得古今体诗五百余首。然其中多同时投赠山止之作,声气攀援,不尽为胜地作也。

则杰按:此集包含两个部分:前为初刻"韬光庵纪游集"(底本第1a—60b页),后称"韬光庵纪游集续刻"(底本第61a—85b页),不标卷次,亦无目录。初刻内部,作品大体上按写作时间顺序编次,但并不严格;"续刻"内部更为混乱,并且与初刻多有交叉。

又,此本此集之后,还有丁丙"附刻"《韬光纪游诗册》,另见该种。

05－014　韬光纪游诗册

戴廷熺等

一卷。戴廷熺、金呟辑，见释山止《韬光庵纪游集》"附刻"（参见该种），《四库全书存目丛书》集部第410册，影印光绪七年辛巳（1881）武林丁氏竹书堂刻《武林掌故丛编》（第六集）本。

一、丁敬题辞（第847页）

予丙辰[乾隆元年，1736]长夏，同友人倪余疆游韬光，所作每欲写一通，留之僧阁，用答山灵泉石之贶，辄以懒废。今年仲夏，吾友戴鹂亭、金闻石两君发兴入山，三宿而返。斯地为闻石课诵旧馆，故所得诗八章，皆流连悠适，有一唱三叹之音。鹂亭倚而和之，如回琴点瑟，清弦高张，自非尘土之胸、筝琶之耳所可倾企而听也。两君既各书一册，留为山中故事，复要予写斯作于首。予虽不克同两君入山，今乃附名其间，则山中潭光鸟影、竹[第86a页]色泉声，犹把臂共之也。因并记此，以志吾喜。乾隆八年[癸亥，1743]六月初十日。

满坞苍寒曲复深，僧龛占老白云岑。一溪漱雪盘盘下，万竹闻泉步步阴。小有江湖分静眺，频来钟梵结空音。金莲凋瘦清池在，洗净人间热恼心。[第86b页][第847页]

则杰按：此集编者，即据丁敬题辞酌定为戴廷熺（鹂亭其号）、金呟（闻石其字）两人。

二、高望曾题辞（第851页）

光绪纪元乙亥[1875]六月八日，仲瀛、白叔两弟招游[第93b页]云林，遂登韬光，赋五古二章以纪游。翼日，松生出是册见示，因次龙泓韵再题一律，为异日重游之券。

爱游尤爱入山深，信步寻幽上翠岑。烟墨尚留前辈迹，风篁顿减旧时阴。洞中丹灶经尘劫，石上清泉答梵音。目注江湖似杯勺，何当挹取涤烦心？[第 94a 页][第 851 页]

三、许增“题韬光纪游诗册”(第 851 页)

结庐无碍入山深，山外凉云护翠岑。界道飞泉分上下，捎烟修竹误晴阴。烦襟能雪知灵境，清籁都消得梵音。我祖龙泓老居士，径须息累证初心。[第 94a 页][第 851 页]

四、丁丙题辞(第 851 页)

韬光藏弆法书名画甚夥。辛酉[咸丰十一年，1861]之劫，无一留者。此册不知何时流落邗上；张君颖仲因余三辑《杭郡诗》，影写见寄。既以戴秋谷三诗入《辑》，复请颖仲作缘购归，还纳庵中，留为故事。依龙泓韵，以饷后游。

竹里禅关深复深，纪游夙昔集苔岑。百年灵迹龙飞壁，两世家声鹤在阴(谓丁龙泓、诚叔，戴鹂亭、春坛、秋谷乔梓)。圆到扬州新月色，经来沧海旧潮音。从今永作山门镇，同悟金莲不坏心。[第 94b 页][第 851 页]

则杰按：此诗又载丁丙《松梦寮诗稿》卷四(《续修四库全书》第 1559 册，第 444 页)，标题作《张颖仲为余作缘，购〈韬光纪游集〉还纳庵中，依龙泓韵书后》，正文及自注文字相同。

05－015　养素园诗

王　钧等

四卷。王钧、王德溥辑，台湾新文丰出版公司《丛书集成续编》第116册，影印光绪七年辛巳（1881）钱塘丁氏竹书堂刻《武林掌故丛编》（第五集）本。

一、卷一《十景旧作》王钧序（第597页）

余卜居湖墅，宅之西有地可五亩，旧为金氏“友庄庵”。“养素园”之名，余所新易也。地旧有“十景”之目，题咏甚多。余力为搜罗，所得无几。阶前老树，多近百年；屋数廛，石数卷，颇称朴野。高贤胜友，倘有当于吟情，惠以佳咏，俾林泉生色，何幸如之。乾隆癸酉[十八年，1753]长夏，七十老人王钧书。[第1a页][第597页]

二、卷二《十景新作》齐召南序（第605页）

人生陶情适性、朝夕可息可游之乐，莫如家园有景，足以豁愁闷而畅啸歌。故虽一亭一沼、一树一石、一花一草，稍堪寓目，即自欣然吟赏忘倦，谓近在左右，足迹不出户庭，时候不拘晴雨，行李器用不计有无全缺，园居无异家居，乐其便也。若夫亭沼高深，树石奇古，花草灵异缤纷，得景不止一二，当时必号名园，后世且仿为图画，问有地背湖山，自为区域；外隔阛阓，中富烟霞；迹因前人，名曰“养[第1a页]素”，如容大王生之奉亲养志，园有“十景”可乐，自昔竞传题咏者乎？王生能谨守家训，言行慥慥，以教子孙；敦崇实学，不为时俗陋习所转移；闭户读书，不知有户外事。陶靖节云：“园日涉以成趣，门虽设而常关。”可得其崖略矣。今将汇诸公前后题咏，来征序言。余谓斯园也，君子所居，即名教乐地也。“风”有《考槃》《衡门》，“雅”有《南陔》《白华》，序其集者将无同？乾隆乙酉［三十年，1765］重阳，天台齐召南。［第1b页］［第605页］

则杰按：此序齐召南《宝纶堂文钞》（《续修四库全书》第1428册）未载。

三、卷三《十景后作》王曾祥序（第616—617页）

吾宗驭陶先生，少负干济，薄游京师，公卿大夫交重之，将荐以官。先生瞻望旧乡，顾怀先业，告归，守父母坟墓，不复出。买宅北墅，为金氏故居。西偏有园，曰“友庄庵”；中具“十景”之目，见于前人题咏甚夥。先生时加修葺，使不废，独易旧所为“友庄”之名曰“养素”。先生之言曰：“夫人身世之际，自有素分焉，不可或逾也。吾见一时宵人，有窃居非据者矣，当其得意，形神炎炎，车马之挥诃、僮奴之歌笑、衣服饮［第1a页］食之充斥，人世歆艳爱悦之物莫不集于其门；迨夫事穷运尽，颠扑随之，有欲为委巷平民不可得者，岂非自忘其素者耶？吾心窃凛之。又或矫语逃名，矜情晦迹；心未忘乎轩冕，言每涉乎烟霞；托清士之栖盘，希古贤之游践；探奇叠嶂，选胜危岑，则又见其登顿为劳，而优柔顺养之道有所未足，亦非吾所慕。吾于斯园，广不过数亩，吾朝夕得经行焉。有会而兴，时倦而息，山原、林麓无不与吾意亲也，草木、土石、水泉无不与吾情惬也。粲然而有色，吾目不穷于赏也；隐然而有声，吾耳不绝于娱也。［第1b页］［第616页］户庭之间、杖履之下，见天地之旷焉，接品汇之蕃焉，吾亦愿与斯园终老已矣。”先生为人夙具至性，向学不厌。其居身也，尝不使有余；其视人也，悯悯焉惟恐有不足。故其平居所以教子若孙者，曰“忠孝读书，勤俭积德”。“勤俭积德”者，《易》“颐贞吉”之义也；“忠孝读书”者，《记》“素位而行”之道也。斯园之游憩，特一见其端焉，然不可无述也。予假馆于先生有年，因即夙所闻于先生者次第焉，以为之记。茨檐［王］曾祥。［第2a页］［第617页］

则杰按:此序作者“曾祥”姓王,集内作品屡有署名“王曾祥”字“茨檐”者可证;与此集编者王钧(驭陶其字)、王德溥(容大其字)父子同姓,所以开头称“吾宗驭陶先生”云云。《杭州运河文献集成》本(杭州出版社 2009 年 2 月第 1 版,见第 3 册)、《杭州文献集成》本(同社 2014 年 6 月第 1 版,亦见第 3 册)于此集编者均增加第三人所谓“曾驭陶”,盖因误解此序所致。

四、卷四《介寿诗》丁敬序(第 628—629 页)

湖墅归锦桥之南,有园曰“养素”,花深鸟闲,亭榭疏窅,周不五亩,而流目散武,则旷如奥如,景趣递变,即游衍竟日未欲遽去者,为王秀才容大奉其尊人驭陶先生怡老之所也。旧为武林金氏之宅,吾乡柴秩于、顾且庵、洪稗村诸先达皆有题咏。其树石奇秀,悉百年以外物,山臞张适为写图传之。国初黄文僖公额其概曰“涧阿幽赏”,信品目渊妙之语已。驭陶先生既有是宅,顾斯园而乐之。每风日[第1a页]佳好,辄诣园中,登小阁,临清池;眺山色之连蜷,赏花影之明靓;悦性导和,相羊忘倦。容大时率诸子撰杖以从,隅坐绕膝,济济跻跻;曳彩分甘之娱,率为常事。人咸谓驭陶先生之能安其素,而叹容大之善事其亲也。容大天质纯懿,事其尊人能曲体意志;自处甚约,遇寒素侘傺之夫则情义款笃,务塞其意,而歉然若谷,惧或有几微德色之见于眉睫之间也,人以是益多之。性尤勤敏于学,绮妙之年即已声噪艺林,为侪偶所推。乃益聚四库书,构“宝日轩”藏之。日键户披诵,严督课其诸子。吾友茨[第1b页][第628页]檐王先生,鸿笔硕学之儒也,风性高简,非其人未尝一逾其阈。容大延之家塾,久而弥敬;论文课诗,相得欢甚。暇则手自排纂旧闻,勤勤不已;北墅之掌故,赖以渐举。于是胜流长者,多折行辈,乐与容大交,而驭陶先生之风素益以远矣。若夫标榜之子、趋附之徒,容大望而避去,惟恐其将浼于己也。《白华》之诗曰:“堂堂处子,无营无欲。鲜侔晨葩,莫之点辱。”容大有焉。今年仲夏,驭陶先生七十称庆,既张群公韵言于屏，以侑康爵，以衎嘉会，而容大更请予序次其端。予闻御板舆，周家园，见潘岳《闲居》[第 2a 页]之赋，摛辞家掇为养亲乐事。然而岳与石崇辈招“望尘”之讥，遗恫厥亲，为儿童所羞；视容大之砥学自爱，见重于贞洁芳茂之士，其贤不肖为何若，必有能辨之者。是知容大之克遵其庭诰也深，而驭陶先生之所得于“养素”之乐者不既多乎哉？当循陔奉觞时，先生定为引满，加爵无算，喜可知也。予交容大盖十年于兹，每出北墅，未尝不过其家；间或一涉其园，小留移晷而后返。他日尚当蹑诸乡先达之后尘，为次第以赋园中之趣，容大得不为我和乎？龙泓丁敬。[第 2b 页][第 629 页]

则杰按：本卷除《介寿诗》之外，尚有《浴鹅图》题咏、《耕读图》题咏等，兹从略。

05－016　紫阳庵集

丁　午

一卷。丁午辑，台湾新文丰出版公司《丛书集成续编》第49册，影印光绪八年壬午(1882)钱塘丁氏刻《武林掌故丛编》(第八集)本。

一、丁午“紫阳庵集序”(第729页)

钱塘山水甲天下，而居阛阓中得岩壑之趣者，厥惟吴山。由吴山东南行，为瑞石山。其地蹊径幽奥，林木森秀；左江右湖，烟水一碧；天然名胜，为群山冠。兵燹后，屋宇尽圮，荆棘满前。余尝跻登其巅，访野鹤之仙踪，问紫阳之遗址，不可复得矣。及考《天一阁书目》有《瑞石山志》一卷，《聚乐堂艺文志》有《紫阳庵志》一卷、范栖云《紫阳庵集》二卷，《赵氏族谱考》有赵允中《瑞石山志》一卷，皆明人书也，今俱不传；至国朝，凌太史绍中有《紫阳道院志》，莫柳泉先生栻有《瑞石山志》，并不知其卷数、存佚，用是慨然久之。自惭[第1a页]弇陋，未及精研掌故，而名流之碑碣、骚客之咏题，洵有不容冥没者。使征文考献，后起者不任其责，难免山灵笑拙矣。窃念“紫阳”以丁仙阁擅名，“重阳”以青衣泉擅名，泉亭又明人丁启东所创，流风余韵，辉映名山，非与吾家有夙缘乎？第《重阳庵集》久已传世，书为明道士梅古春所辑；吴志上先生允嘉辑《武林耆旧集》，据此入选，丁龙泓老人以隶书题其眉，盖书虽芜杂，而事关掌故，宜为两先生推重如此。余不揣梼昧，辑成《紫阳庵集》一卷以配之。管窥蠡测，不无挂漏。或后之人求凌、莫两《志》不可得，亦有如志上、龙泓其人[第1b页]者，此书将与梅《集》并传已。光绪三年，岁次丁丑[1877]，五月二十六日，钱塘丁午自序。[第2a页][第729页]

05－017 东郊土物诗

朱　点

一卷。朱点辑，台湾新文丰出版公司《丛书集成续编》第224册，影印光绪八年壬午(1882)西泠丁氏刻《武林掌故丛编》(第八集)本。

一、朱点“东郊土物诗序”(第307页)

杭人有“城西骄子，城东力子”之目。以城西所饶，仅一湖水，而笙歌游宴，夙比之为“销金锅”。城东蚕桑之利甲于邻封，织纺纠绞之声不绝于耳。场圃间，瓜蔬果药实繁有丛。居人筋力自课；手足所效，多为他邑仰用。其堪称方贿、擅奇出者，旧志乘每未尽书。点读书城东廿有余年，乐其风土；欲表述一二，未能也。丁亥[乾隆三十二年，1767]秋，过翟晴江先生无不宜斋。时自吴西林先生以下，不期集者凡一十八人。偶数城东所有土物，备录为题，人阄四物，各赋五言短古四章。闻风嗣音，又得邱晴岩先生以下十一人。为诗凡百十六章。窃惟风物[第1a页]之饶，固宜表见，而偶然高会，文彩炳麟；阐朴野以华腴，扇馨香于琐细，尤一时胜谈也。匆匆六载，不时复至东郊。当日获与吟坛，惓惓心目，不能自已。爰装册乞诸公一一书之，并附拙作于末，以时把玩；不惟风景难忘，或亦俾后来者有采焉。乾隆壬辰年[三十七年，1772]冬十月望，古心朱点并识。[第1b页][第307页]

二、吴庆坻跋(第318页)

《东郊土物诗》一卷，吾乡古心朱先生与同时诸老分咏东乡物产之作也。旧藏吴君半耕所，经乱未失，颇珍惜之；尝语其友山阴陆君廉史，冀刊布以永其传。今年正月，吴君殁；陆君感其意，介严君容[第 22a 页]孙携以畀余。时松生丁丈搜辑里中掌故，凡前人著述涉杭事者辄板行之，余遂以是书怂恿付梓。夫东郊一隅地，土物又一隅中一事耳。虽然，南方草木之状、闽中海错之疏，苟禆来者，虽纤弗遗。《尚书·酒诰》曰："惟土物爱，厥心臧。"孔传谓："土地所生之物，皆爱惜之，则其心善。"吾郡东乡，风土清淑，物产饶溢；居民终岁勤动，惟本业之务。而数先生者，生当乾隆中叶承平之时，隐居乐志，田衣山屐，脱然尘绁之外，故其为诗夷犹冲澹，得真朴意为多，倘所谓爱物心善者非耶？是书世鲜传本，然乾隆《杭[第 22b 页]州府志》"物产"门已征引及之。迄今更百余年，几在若存若灭间。而卷中诗人有可考见者，仅三之二。岩栖谷饮之士，姓氏翳如；因诗存人，不可谓非幸也。先是，丁丈求晴江翟先生《艮山杂志》，累年不获；得是书，谓可补是乡文献之缺，大喜过望。刊成，属余识其缘起。余既嘉丁丈之用心，又叹吴君护持之力为不可没也，故乐书之。吴君名俊琪，家于翁家埠，著《有至乐斋集》，其自署曰"长乐乡民"。壬午[光绪八年，1882]花朝，钱塘吴庆坻跋。[第 23a 页][第 318 页]

05－018　武林新年杂咏

吴锡麒

一卷，附一卷。吴锡麒辑，台湾新文丰出版公司《丛书集成续编》第116册，影印光绪七年辛巳(1881)丁氏八千卷楼刻《武林掌故丛编》(第八集)本。

一、王鸣盛“新年杂咏序”(第469页)

昔盛宏之有《荆楚岁时记》，韩鄂有《岁华纪丽》，冯应京有《月令广义》，皆据时令以征典故，而骚坛吟事，未闻有专咏节物者。武林吴太史[锡麒]乃出《新年杂咏》一编见示，太史与其友舒子[绍言]、黄子[模]、姚子[思勤]、项子[朝棻]及令弟[吴锡麟]六人同作者也。发而读之，觉熙恬景物宛在目前，而才情风调之美，丰蔚庞鸿，高华卓铄，诚足以黼藻隆平，可谓事、辞两称者矣。余尝慨夫诗家大病，总坐画肚无书，撑船无字。是故翻空则易奇，征实则难巧；每见一着题诗，反以降格为疑，遂致无人不有咏怀，开卷动陈感寓，究之空疏相蹈袭，张甲之帽赵乙亦可戴也。孰[第1a页]若咏物着题诗，必稽典籍，必按队仗，迥非高心空腹之子所能假托者乎？若乃咏物而限之以时令，则征实弥甚。所题所咏，似不越乎途巷之间，而一时可以为职志焉，后世足以资考览焉。华阳之士女、陈留之风俗，播诸声韵，谐以律切，所谓国史明乎得失之故而太史采诗以观民风者将于是乎在，读书人之可贵不由此哉？余平素称诗必先多读书，而江左风尚辄好空运，惟武林多汲古士；六君闳博都雅，尤我臭味也。此编特其碎金耳，然亦足以见理不空绮、言皆有物矣。且彼周密、吴自牧之所述，或偏安而局于一[第1b页]隅，或桑海而追维昔梦，孰若我国家景运全盛，杭城名郡繁雄，适得六君之鸿笔以发抒之？余谓此编一以劝学而励空疏焉，一以观风而扬盛美焉，喜剧而著之简端。同学弟吴郡西庄王鸣盛。[第2a页][第469页]

则杰按：此集通常只署作者而不署编者，兹即参照此序，酌定吴锡麒为编者。

二、顾光“新年杂咏序”(第470页)

闻之三微七始，首重元正。上之朝堂，则有颁赏称寿之典；下之闾里，则有卜岁饯腊之俗。崔氏《月令》：立春食菜，意取迎新。“新年”之名，其权舆于此乎？吾杭自宋留都而后，人家正旦有粉荔蜡燕之遗风。加之士女丰昌，习尚华丽；圣人在上，养之如春。生斯时者，服风献暄，优游无事；采灵花于上日，制柏酒于颓龄；风光不异，人情亦同；真太平之盛事也。爰有说经稽古之儒，盍簪而会亲，制铭而传座。文可送贫，意求如愿。采掇近事，作为新词。合六人，得百事，成诗百四十首。自授时颁朔之巨，[第3a页]至熏盘膏粥之细，无不具者。体物既工，而言情亦胜。思深哉！美乎其观止矣。在昔乡先进，“八社”之后，有“桂堂”诸老，感怀节物；新醅软火，杂见于篇咏。今六君子者，方乘朝气，无迟暮之伤，与前人固异。夫神明推移、精华结纽者，春之谓也。前史所称，孟春之月，行人振铎以采诗。若此杂咏之作，其神明、其精华，如鲜云条风，流布远近。异时太史陈民风而进于朝，是六君子者将载笔授简，奏为雅音；和上寿之歌，进宜春之帖，以是卷为先声。六声、六十声，更唱迭应，将于“新年”始已。光垂老无欢，时日虚过。虽欲补《梦粱》[第3b页]之别录，续武林之《旧事》，力孱不任，无能为役。然追惟畴昔，未免有情；若以胶牙蓝尾饮食之者，则老饕健在，于六君子未之肯让也。乾隆四十年[乙未，1775]正月补天日，梅东里人顾光撰。[第4a页][第470页]

三、"新年杂咏题辞"(第471—474页)

[一] 回首辞家卅载余,旧乡风土梦华胥。卷中重认新年景,却似初来占籍居。[其一]

岁时荆楚记曾翻,那得清词拟露繁。韵语编成谣俗备,采风良足待辅轩。[其二]

湖山尽遣幽奇探,城市谁将琐屑夸。为有春华助摛藻,一时点笔细搜爬。[其三]

太平风景共优游,南北逢春假日游。愧我当年文酒会,拈题只办咏春毬。(己卯[乾隆二十四年,1759]在都宴集分题,曾咏春毬,于集中乃不及百分之一也。)[其四]

春台胜赏寄清酣,六琯雄鸣凤律含。伫看联翩登馆阁,元正赐宴纪传柑。[其五]

天生史笔济诗才,碎事聊凭试剪裁。堇浦葰林都下世,主盟喜得涑园来。[其六]

海住金甡。[第1a页]

[二] 少小闻新年,心喜如啖蜜。先期偻指数,遥遥恐难达。美服制绮纨,佳果聚榛栗。樗蒲每卜夜,歌吹几匝月。迩来贫与病,屠苏欲不设。况复马齿增,愈嫌驹影疾。抚景辄心惊,何暇追欢悦?诸君斗辞翰,年富兴方逸。搜寻风俗通,欲补小正阙。读之真失笑,儿嬉如昨日。乃知春色回,只在才人笔。安得倩青阳,为我染华发?

丹徒王文治。

则杰按:此诗又载《王文治诗文集·梦楼诗集》卷十四(人民文学出版社2014年5月第1版,第293页),标题作《题吴谷人、姚春漪诸君〈新年杂咏〉诗卷》;除删去末尾署款之外,其他文字亦略有出入。

[三] 条风乍转一番新,簪彩同为寿域人。缀玉联珠歌淑景,待看帖子进宜春。[其一]

旧事武林曾有著，岁时荆楚久成书。物华纪丽翻新样，好与西湖续志余。［其二］

小楼卧听[第 1b 页][第 471 页]卖瓯兰，枨触前尘感百端。垂老尚思争钵韵，一杯娄尾咏辛盘。［其三］

又添历尾十三年，节物惊心纷眼前。红纸贺正非我事，太平箫里乐尧天。［其四］

槐塘汪沆。

［四］　绣袋牢盛压岁钱，彩丝细袅打春鞭。一番节物从头数，六客才华异样鲜。　　罗饾饤，荐盘筵，临安风俗有遗编。只应坡柳逋梅在，我亦将家住十年。

右调《思佳客》。古歙汪立。

［五］　新辞新篇两相偕，贺客无缘混等侪。尽敛青阳归笔格，先看红艳发吟怀。岁华西蜀难专丽，节物中吴不[第 2a 页]厌俳。未到踏灯三五夜，双鬟宛转唱春街。

晴江翟灏。

［六］　祝富贵，鞭聪明，笔尖落处春风生。均调律吕鸾凤鸣，吹花擘柳香满城。笑酌屠苏倾翠斝，百事吉利那般者。途歌巷语亦关情，谱入春笺总妍雅。老辈风流盛往时，花斋齐唱踏灯词。联吟别具翻新格，如意珠穿五色丝。

山舟梁同书。

［七］　越地春回早，东风湖上香。新年添胜概，遗事问游航。才子乘时出，轻衫检韵忙。升平原有象，图写答韶光。［其一］

感我寻芳晚，来过三月天。莺花余丽景，丝管负华筵。梦逐群仙会，吟酣元日篇。他时春帖子，赓和叶[第 2b 页]虞弦。［其二］

华亭王鼎。

［八］　小试迎年笔，联吟节物真。古杭添杂录，月令志齐民。吉语都沿俗，华辞足压春。上元曾有纪，故事喜翻新。

秀水蒋元龙。

［九］ 物阜人和月复闲，太平摹写贵辞翰。轮将题目翻新做，要使年头带笑看。［其一］

一编鼓吹叶金丝，干吕东云乍见时。不是杭州当日曲，新春乐府国风诗。［其二］

松老丁佺。

［十］ 迢递西泠有素知，萧斋镇日坐相思。寄来一卷宜春帖，恰配同人销夏诗（云间同人近有《销夏杂咏》）。岁尾年头征故事，吴歈越谚铸新词。无端牵我三生梦，多半乡风忆昔[第 3a 页]时。

禾中汪大经。

［十一］ 岁朝喜见物华新，雅咏能回万象春。不为武林传旧事，直同要术补齐民。西湖继和联双美（《西湖百咏》，宋董嗣杲倡，明陈贽依韵和之），南宋分题萃七人（前辈樊榭诸先生分咏南宋杂事诗，人各百首，合为七卷）。此册枌榆添掌故，太平风俗颂真淳。

古缘严果。

［十二］ 武林六君子，正月递吟筒。欲补岁时记，须知风俗通。方言讹彀乳，俳语隐胡咙。不尽年头事，搜罗五字中。

云间张宝镕。

［十三］ 花农昨返西湖棹，示我西湖六子诗。乐事叔禾笺未尽，上灯风里写乌丝。［其一］

芋郎君与花师子，遗俗多从南[第 3b 页][第 472 页]渡传。山色湖光无恙在，试新诗咏太平年。［其二］

娄[县]徐大容。

［十四］ 物换一年人，诗人不厌频。漫推乡俗始，分占岁华新。格韵梅花瘦，形容楮叶真。眼前成一笑，短鬓好禁春。

雪庐陈嵇。

［十五］ 收拾消寒宴。嚼梅花、吐将春色，香生几砚。腰鼓城头歌吹闹，都为吟场布演。更休说、耍儿事件。琐屑米盐书太史，况乡风、一一堪留恋。五杂组，压金线。　　频年拼作西泠伴。偏逢

着、放魂时候，乌篷未唤。冷落东风应笑我，杜牧寻春迟惯。早不信、迟来赏遍。一卷黄粱曾录梦，梦升平、何似身亲见？数乐事，兹篇冠。

右调《金缕[第4a页]曲》。秀州汪大纶。

［十六］ 献岁共娱嬉，诗家斗胜宜。西湖春事早，南宋土风遗。丽景催新句，华笺饷故知。他年火城里，应忆钓游时。

全椒金兆燕。

则杰按：此诗《金兆燕集》(人民文学出版社2018年12月第1版)未载。

［十七］ 传座倾芳酌，粈盆暖高阁。熙熙太平人，共乐新年春。春风复春日，瞥若过羽疾。鸟啼花乱开，由此诗句催。催来试相较，声色究谁好？

小迂倪印元。

［十八］ 韩送穷，送不得。贾祭诗，祭难默。灰堆打了如愿来，哦成妙句烛花焞。醉一盏，读一章。且读且饮歌声狂，李绀酒尽除漏忙。椒盘守岁戎家里，痴呆叫卖老翁喜。[第4b页]履新寿，全盛时，风流才子太平词。

百药陈寅。

［十九］ 春来宴喜迎芳岁，共洒清辞纪物华。新事授君夸彩笔，旧题任尔赋惊蛇。钧天乐奏初翻曲，胜地名传独振葩。醇化谱奇赊月令，古杭余俗占休嘉。

嘉树倪一擎。

［二十］ 荔粉饧香，春人送老，堪禁几度新年。回首故园景物，怕付云烟。唤起桂堂社客，圆毫描就小乡天。忺不管，鸬鹚笑倒，网两图全。　　评泊梦粱胜事，算踏灯时候，费尽蛮笺。同是登台老子，戴胜吟仙。一醉青囊绿果，公荣不与叹余偏。何时便，座连袂促，学谱乌盐？

右调《庆[第5a页]清朝慢》。竹虚孙锡。

［二十一］ 开门先喜得甜头，好语还从荔柿求。三日年朝四日节，十分打扮是杭州(黄公绍句)。［其一］

十五团圆月正明，踏灯齐上大街行。清辞写出新年乐，压倒当时杜孟平。(《西湖游览志余》：杜孟平有《踏灯词》十五首，杭人称之。)［其二］

�洲宋永。

［二十二］ 春漪姚子余比邻，示余一卷佳咏新。卷中作者六逸均，笔花共洒阳和辰。维春王月乐事频，就中琐屑难具陈。诸君得非好事人，繁征博引谈津津。我曾十年游八闽，目中少睹家乡春。得于纸上游心神，惜哉无分搀吟身。寻常节物著简筠，椒花柏酒陈陈因。始知［第 5b 页］［第 473 页］后古作诗诀，争奇只在祛陈说，似此方不负新节。

小泉高家骥。

［二十三］ 元旦元宵次第过，吟成百事费搜罗。出新诗思偷新格，妆点年光尔许多。［其一］

和平辞旨答升平，年事都将乐事迎。试向天官书里觅，便如候岁听宫声。［其二］

消得宜年酒几壶，欲连屏障写为图。纷纷锦绮裁华胜，得似诸君彩笔无？［其三］

太平鼓打帝城春，踏遍东华十丈尘。旧雨客非今雨客，新年人是去年人。［其四］

绛甲看周百廿期，六家番迭斗妍辞。咬春来与兴盘会，可许分曹共拈髭？［其五］

绣水沈叔埏。［第 6a 页］

［二十四］ 长命杯传醉百巡，分排丽句纪颁春。岁朝图里寻常见，那及拈来事事新？［其一］

历头大小数年朝，写出熙朝乐事饶。连袂东风传唱去，太平鼓叶太平箫。［其二］

隶事须将故事除，儿童解识也轩渠。宜春帖子翻新样，鞭得聪明总不如。［其三］

四水潜夫纪述强，耳新掌故各争长。从今传座添征令，算作宜年韵字箱。［其四］

灯市前头付踏歌，一时吉语尽骈罗。沈吴南宋诗编后，六子才名较更多。［其五］

秀水沈珏。［第 6b 页］［第 474 页］

【附录一】袁枚《小仓山房诗文集·诗集补遗》卷二《杭州项金门诸公〈新年杂咏〉题词》二首（上海古籍出版社 1988 年 3 月第 1 版，上册第 1139 页）

一卷诗传记事珠，依稀风景岁华初。西泠六逸真才子，能续昭明锦带书。［其一］

小别西湖四十霜，新年还记幼年忙。而今再看宜春帖，恍作前生梦一场。［其二］

【附录二】袁枚《随园诗话》卷九第六十二则（人民文学出版社 1982 年 9 月第 2 版，上册第 312 页）

杭州姚君思勤、黄君湘圃、吴君锡麒八九［六］人，同作“新年百咏”，俱典雅，而吴诗尤超。……

【附录三】法式善《陶庐杂录》卷三（中华书局 1959 年 12 月第 1 版，第 86 页，原标第五十九则）

《新年杂咏》，杭州吴锡麒及弟锡麟、黄朴［模］、姚思勤、项朝荣［菜］、舒绍言所作。不分卷数，以类相从。刻于乾隆四十年［乙未，1775］。前有王鸣盛、顾光旭［“旭”字衍］二序。

则杰按：此条凡三处人名错误，其最末一处“顾光旭”盖由《梁溪诗钞》编者牵连所致。

【附录四】丁丙《松梦寮诗稿》卷四《小除日以〈新年杂咏〉呈筠轩丈，有诗见谢，用韵报之》(《续修四库全书》第1559册，第454页)

松枝送灶柳枝车，赋出青红节物赊。要与武林传旧事，惊看老笔着新华。典型蔼蔼三元里，风俗熙熙百姓家。不负麻沙坊手刻，年头大好向人夸。

【附录五】王景彝《琳斋诗稿》卷五《丁松生重刊杭州〈新年杂咏〉诗成，于岁除日分送"铁华"社友。其诗乃杭州先达吴谷人、箸村兄弟及舒古廉、黄书厓、姚春漪、项莲峰六君子择其乡新年诸风俗分咏而成者，先辈风流，兹可想见。除夕不眠，展读一过，敬题数语于后》(《清代诗文集汇编》第660册，第203页)

老辈风流甚，乡风岁首夸。人间欢喜事，笔底吉祥花。春色三千界，杭州十万家。一齐入图画，蔚起赤城霞。

则杰按：此诗之后，还有《又谢松生〈新年杂咏〉》《〈新年杂咏〉与吾楚相同者十居七八，且读且和，如见乡国景况也，合得二十首》《是日水星阁之游，众议以为新年宜作吉祥语，乃抄〈新年杂咏〉中题目，彼此拈题拈韵，限以七律，并约禁悲歌怒骂语，亦所以顺春令也，余拈得后二题》等题(第203—205页)，兹从略。

05-019 嘉善风土诗两种

蔡文镛

二卷。蔡文镛辑，民国十一年(1922)排印本。(浙江大学图书馆藏)

一、陆炳琦"序"(第1a页)

予向见老友王兰坪孝廉(文溶)为人书箑面，辄录乡先生徐雪鸿(涵)《平川棹歌》数首，而未窥其全豹也。又柯鹭夫明经(陛勋)与予敦世好，兼戚谊，尝以其祖小坡先生(万源)《斜塘竹枝词》刊本见示。柯诗系和乡先生倪默卿(以埴)而作，因得并见倪本。而我里遗闻轶事，略见于斯，终以未窥雪鸿先生全豹为憾。壬戌[民国十一年，1922]夏，蔡子韶声搜采得之，共五十八首，并以小坡叔啸山先生竹枝词百首，醵资付诸手民，为将来订乡土志者有所参考焉。嗟乎！志乘之作，文献之征也。我镇三百年来文献缺然，欲修志乘，将何凭借？今鹭夫归道山久，而兰坪亦新捐馆舍，遗老且垂垂尽矣。得四先生作著，后先公世，搜故实而订残编，凡敬恭桑梓者与有责焉，我与蔡子诸君勉乎哉。岁在壬戌[民国十一年，1922]，夏正五月，同里后学陆炳琦拜序。[第1a页]

二、郁世烈"序"(第1a—2a页)

平川虽方隅地，固于无尽虚空、无量时分中而占一位置者也。地之通塞、产之[第1a页]丰歉，与夫人物之贤否、风习之良窳，其所演进而留为陈迹者，准诸拓都么匿之理，固与世界息息相关焉。春秋以前，勿可知已；见诸文字者，曰"范泾"，曰"伍子塘"，地固以人传欤？顾官书所载，语焉勿详。吾侪生二千年后，犹得于文献无征之余而想见其时情况于万一者。自予儿时获读柯小坡、倪默卿两先生所为《斜塘竹枝词》，乡里遗轶，大都萃是。清季陆师景涵，赓唱百绝，其所以拾遗闻而补缺者，视昔尤劬。嗟乎！唐宋来之建筑物耸峙于平川四境者，若马鸣庵，若福源宫，若永寿禅林，若雁塔禅院，其实虽非，而其名固所在是也。且其时，代有传人，乃求一详赡之记载而无有，即较近者亦不可得。盖初厄于予家心香之火（心香阁，先曾祖彝斋公藏书处。时方辑《平川诗征》，搜罗颇富。以不戒于火，悉毁去），掇拾未竟；而红羊劫至，遂乃荡然无存矣。壬戌[民国十一年，1922]夏，蔡子韶声得徐雪鸿先生《平川棹歌》五十八首，及柯啸山先生《斜塘竹枝词》百首，谋付剞劂，持以示余。余维前人所著述，为水火虫鼠所毁灭者何可数计？而二先生之著述，得于重重劫运中，待蔡子而始新，之二先生之幸[第 1b 页]也。然而往昔平川之社情，得二先生之著述而益彰；吉光片羽，弥足珍已，岂徒与柯、倪、陆三先生后先辉映已哉？中华民国十一年，壬戌[1922]，长至日，邑后学郁世烈序。[第 2a 页]

三、蔡文镛“跋”一（第 1a 页）

《平川棹歌》五十八首，为先辈徐雪鸿作。其生平事略，及此帙显晦之因缘，则陈范川、万葵衫两先生已言之详，可毋复赘矣。柯啸山为余妹倩玉阶高伯祖，皓首一经，旁耽风雅，于乡邦遗闻亦有必恭敬止之盛心，成《斜塘竹枝词》百绝。乃时越数十载，稿本以庋藏之不善，已残烂不完，闻者惜之。今余获其原稿，校雠数过，俾与雪鸿之作合付麻沙，堪与倪默卿、柯小坡两先辈所作《斜塘竹枝词》后先辉映矣。而梓里之遗闻轶事、风俗人情，使后生小子得资以博求而详考焉，宁非一乡之幸事欤？夫棹歌、竹枝之作，所以补志乘之缺，注释固不厌其繁衍，故两稿中注释有不详者，余略为加墨，邦人君子倘毋尤焉。中华民国十一年，壬戌[1922]，端午节，邑后学蔡文镛谨

跋。[第 1a 页]

四、蔡文镛“跋”二(第 1b 页)

《平川棹歌》与《斜塘竹枝词》都二十页,印三百部。同志醵资印者:陆景涵炳琦金二,郁慎廉世烈金二,郁佐皋世为金三,郁佐梅世羹金二,江雪塍树棻金三,江汝为树霖金三,李篆卿秉鉴金二,沈禹钟德镛金三,李良士勋谋金三,朱景舒源金二,柯玉阶增金二,蔡韶声文镛金三,都三十金。于壬戌[民国十一年,1922]十月卅一日印成。文镛记。[第 1b 页]

05－020　涉园题咏

张鹤徵

一卷。张鹤徵辑，台湾新文丰出版公司《丛书集成续编》第117册，影印宣统三年辛亥（1911）商务印书馆排印《海盐张氏涉园丛刻》（初编）本。

一、叶燮“涉园记”（第43—45页）

涉园者，海盐张都谏螺浮先生所作也。康熙辛未[三十年，1691]冬，都谏令嗣皜亭邀余馆于园旬月，悉得其园之概，因为志其广狭高下寻丈。凡峰岩溪壑与木石屋室，悉得其状而知其名，遂以次而著之，各以其序，亦异于游览者以寓诸目者为文也。

出邑南郭门，由石堤南行三里许，至涉园门。门东向，颜曰“涉园”。入门西北行，石径阔三尺，两旁皆高崖。缘崖箐篆密布，高六七八尺不等。从篆中，高梧老梅夹路倚崖，如垣如屏，崖外缭以石墙。行二十五步许，得门。门隙墙中，广四尺，名“栖贤”，拟庐山谷名义；游庐山者，自栖贤为入山第一步也。进栖贤门，有两路。大路自门往西折北，又折西折北三，共得三十六七步，至来青门。栖贤至此，两崖益隘，伏怪石箐间，高低百数，不可状，路遂坂上下。坂下澄潭涟漪，杜芷靃靡，高木[第1a页]荫不见天，名“桐阴蒿径”。来青门作圆照，进照三四步又一门，门题青莲句“月下飞金镜，云生结海楼”。复西南行，三折又折西，径如来青，坂益高，树丛益密益幽。步五十余，始出谷，临希白池、颓云岩石壁下。

希白池，慕乐天池上游，故名。池居园中央，东西四百余步，南北不及三百步，周约千步，纳五龙涧南涧、西涧之水，而出水于石梁涧。池正南，翠照三峰。迤西则翠照坡，与南涧坡东西对。犬牙相峙处，则南涧口也。西北则西涧口。稍迤北转东，为石梁涧，涧口在焉。翠照三峰，正中趾为洄洑濑。稍东为苍龙壑，壑下即五龙涧口。绝涧而北，为颓云岩一带，怪石为壁，波溃焉，逸过蒿径口，即入园至濠濮馆之初径。濠濮馆踞池之北面，南临池。此池周遭之大路。

濠濮馆三楹，广三十四尺，方二十六尺。“居然濠濮”额，为合肥龚先生作。堂背书“香山九老会”诗，都谏公意将投老焉。阶前地约三十尺，怪石拏攫，作坡入池。盖[第 1b 页]池之东迤南尽南，及西而稍北，池面八方，以北一为馆，其余七皆峰壑、岩顶、坡坪、桥濑、溪涧；木之干霄拔立，俯地纷披，无不萃濠濮馆前。盖园以此为正衙，无一不在几案也。由蒿径口出，临池东北涯，循颓云岩东壁，行约十余步，至五龙涧口北岸。岸口石竦立池沿，丛木罗生其上。循涧东北岸，行约十五步，上杏花台，杏数十本，四覆台畔。又东二十步余，对涧北岸，可漱亭在焉。由杏花台下坡，石栈二十余级，至五龙峡。峡为四山交会处，陂陀龙攫螭舞，蓄水停泓，涓涓流入，涧石棋布水中。褰裳涉，复缘石磴曲折二十余级上坡，东北届梅海坪。坪中间为石台，旁设石十许，可坐卧；横尖石长丈许，如匡庐簝头箭峰，因名“簝头箭石”。梅海跨五龙峡南北界，纵横千尺余，疏枝老干为百者二，亦名“香海坪”。东接桂林，老桂百枝，敷荣密布，如幕列石布。坐傍一石，蹲踞嵌空，空深五尺许，如虎豹窟。桂林东尽处，一石高八尺余，径五尺余，屹然立。石背即石墙，界蒿径者也。[第 2a 页]凿墙为小门。出门右为丛桂小山桥。桥南、北二道：北道由桥东北行，右皆高冈，迤逦竹千余竿。左则桂、梅、桐，共百数。右冈下，有溪微流，自竹间透迤出，三十步过丛桂桥下，横经桂林、梅海中，盘旋入五龙峡。出涧行三十余步，复隙墙为门。门外傍一石，高丈余，径十之七，丛牙竖羽，崒嵂耸立。循石西行十步许，至栖贤门内会蒿径，即至濠濮馆；径，分处也。小山桥南道，由桥南西行二十五步，至偏宜偏室，范抚军觐公笔，有跋。室北向，方广一丈二尺。室东南隅有牖。出牖循西廊至朴巢。巢南向，三大楹，东西三十八尺，南北二十六尺。后有轩，鸾翥峰窥轩而立，高十六尺，连峰两翼稍下展障。轩后石竹葛藟，丛纠上下。巢东室为半眺阁，室左为望海楼。楼高俯园内外，东、南、西皆窗，无不窥。额"方壶几案"，亦范抚军笔也。巢前有榆七株，高可十丈，荫五六亩，虬枝霜干，横列巢前，亏蔽阴森，树下散置黄石百许。磴折渐高，自望海楼趾上冈，坌起连属，盘磴连栈，如群马奔槽，[第 2b 页][第 43 页]六十余步尽。冈西高四十余尺，名"风篁顶"，为冈之西峰，而实为揽潮之东峰也。冈上下绿竹万竿，如千叠云，清荫滴沥；石磴苔藓幂䍥，痕没不可辨。由朴巢西趾，缘冈上至冈腰，又折而上，三折四十步许，至笠雪岩。岩为冈西北分支，高亚风篁顶。顶平，方二十余尺，周以朱栏两层；有横石丈余，补朱栏南面阙，玲珑而平，可施坐。岩北临梅海，西俯五龙，西南与风篁顶对峙，苍松上出冈顶，翠竹缘冈上下，作东南障，四望如在千溪幽谷中。下笠雪岩，西行十五六步下坡，横石如眠牛，为喘月峰；稍西北为踽步峰；又西折南两步，为舞袖峰，皆以形似也。踽步峰正当可漱亭南檐际。亭壁为卧龙岩，双石如龙，夭矫而卧。亭枕五龙峡南岸腰，西对南、西两涧峰；峡口灌木蓊郁，青籁戛戛；南涧峰高松如盖，数十屏障于前，幽秘如在世外。此园东界北、南之境也。

由可漱亭循五龙峡南崖而西，石皆壁立，高二十丈不等。步二十许，经苍龙壑，[第 3a 页]石壁作环抱，峡稍宽，松密布壁上下。壑西又十数步，为翠照三峰。中一峰高三十五尺许，左右两峰稍亚，峰势削成，石理旋纹洄潏，奇骇不可名。峰趾逼希白池，为洄洑濑，濑东即五龙峡口也。翠照北面，正当濠濮馆南面；希白池界其中，为园之南、北分处。由翠照西十五六步，渐高又下，入初峆谷。谷广三尺余，深二十余尺，峆内作蜿蜒状。扪壁出谷，循级登，西南行，忽折而上，登朝宗坪。坪以园之北、东、西诸山水、屋室、木石皆向如朝宗，故得名。顶平阔，约可盘马。其下即峆中空坪，背枕一线天峰。峰为峆中南壁，由峆罅一线透而出也。从坪东下七八步，入中峆谷。

行十余步出谷，拾级升南折西，上六步许，至四照顶。登顶北视翠照三峰，如人露肩以上，翠髻螺鬟，罗列于前。顶方广三十余尺，杂花四周如栏。由顶西南下坡，盘磴窈窕，一步一折。夹路高杉如植戟，路隘仅尺。行三十许步，转北复西，至南涧桥。桥石板三折。过桥循南涧峰麓涧西岸，南行三四十步，至[第 3b 页]坐云口。此南涧西支源尽处，故以“坐云”名也。过口往南而东，经天放阁背二十余步，过双鲸桥。桥南北跨，傍双石如鲸。过桥北循南涧东崖十五步，复东而北三十步，为南涧东支源尽处，盖南涧又上承东、西二小涧也。南涧两崖皆黄石坡，高者为石壁。仿黄子久画，坡上竹随石坂高下为疏密。前行者四折而登，后行者有时反见其面，此真鸟道矣。盘磴行二十余级，为黄石海。到中峰腰，又攀陟而南，骤高十许步。复向北过小涧，永思亭在焉。为都谏公妥灵处，故名。亭方广十五尺许。亭下涧，即名“永思”，至东溪以入南涧。过亭东北行十五步，登落落坪。坪四面皆长松，海风自东来时作怒号，微风则作竽筑，无时息，取孙兴公赋“荫落落之长松”句也。坪设石桌，周围环石座，可为觞月地。南即揽潮峰，群峰之首峰也。峰拔坪起二十余尺，不可登。从峰背东、西迂回行三十余步，西上五折，至揽潮顶，为绝顶处。顶为揽潮峰之肩，东望大海即在峰趾。绕顶古梅松柏数[第 4a 页]十树耸出，翠綦参差被顶畔；东揽笠雪，西俯双涧峰，北睇濠濮，映掩丛篁古木中，层次远近，一一可数。复循顶渐下，南三十余步至双柏坡。坡广容五六十人。坡上高松数百，中二柏挺然高出松顶五六尺。坡东不五六步，至得松亭，方广十五尺许，两松偃蹇亭前后檐。亭北二十步许，花神阁，方广如亭。复从亭西下坡，西南拾级行，至松涧桥。涧长仅二十尺许，水入南涧之东溪。过桥有听松阁。阁前山皆黄石垒，高十许尺，竹千余竿。南为退思轩，三楹，东西三十尺，南北二十四尺，后复有轩。前轩庭海棠六七株，扶疏摇曳，皆百年物。有石高丈许，阔如之，色温然，名“补衮石”，推“退思”义也。由轩廊往西，得绿净阁。阁横开纵短。退之诗“绿净不可唾”、子瞻诗“朝雨洗绿净”，两取义也。阁前有峰三柱，北上天放阁。阁方广十尺余，推窗尽揽北界诸胜。复自退思轩东廊出卧雪门，门外为卧雪坡。往西南十余尺，过梧石濑，至莲叶池。池周遭皆廊，池水至坐云口入南涧，以入[第4b页][第44页]希白池。傍池东涯南行十六步，至乘槎桥。桥三折而东，至揽翠阁，阁左对鸥亭，皆南向临池。桥西揽翠坡，坡曲有石名“流波”，其文理诡谲，复作臃肿支离状，又如松化石，群石中质之最异者，高广皆五尺余。南入莲叶坞，室亦名“筼谷”。室南北三十尺，东西二十尺，窗四面，外缭以周廊，南、北、东皆池，西南一带植牡丹二十余本，界以奇石，高低断续，与帘幕掩映，丹桗翠楹，互相亏蔽，为园中繁华处。自揽潮中峰至此，皆园之南界南涧及峰之南、西境也。

出筼谷，复历卧雪坡，往西过小濑，又西二十步下，北循流觞溪，溪仅如带。傍溪而北四十步许，至万杉口，杉色青翠，皆高四五十尺，林立无算。又北历坐云口五十步，上南涧峰南麓十三四步，下麓北行又二十步许，上西涧峰麓东北行二十步，绕麓东面行又西北环峰趾二十余步，至西涧桥。桥跨南北，石坂长十四尺。西涧水从西壁灌莽箐篆中流出，过桥下入希白池。桥北傍西有室二楹，[第5a页]题“莲动竹喧，水回云度”八字于壁。自室往东皆长廊，临池二十步为虚亭。亭东西三十尺，南北一十二尺。亭东、南、西三面入池，踞水中央；南对天放、绿净诸阁；稍东则翠照三峰，翠照坡斗入于池为圆屿，南、西两涧峰坡与翠照坡相错，环峙于前；又东则五龙涧口，迤北颓云岩一带，壁立如城；西则北、西二涧交流汇合，北则石梁涧一道回抱于后，四山竞奇，顾览不暇。亭栋间书东坡“水清花动，月晒鱼蓑；百年底事，不饮如何”十六字。从亭东北长廊行五折四十余步，至濠濮馆。馆西北一门，门西有亭曰“在河之干”，北临官河。河北有放庵，与亭相对为精蓝，以栖高缁。河亭南临北涧口，天雨则合东、西、南诸溪涧池水从石梁下，琤淙流出北涧，以入官河。涧两岸花药密莳，石苔厚寸许，斑驳如烂锦。亭西斑竹千余竿，亭南古木桐梅，斜横直耸不计。由亭西南曲廊宛转十五六步，至翠深处，屋东西二楹，设蒲团清磬，为休憩偃息地。翠深处西南有半阁二楹，稍下又[第5b页]得阁一楹，俱绕以桂，短墙外皆梅花，一望无涯。此园西界西涧及峰并北涧之境也。

濠濮馆东北隅，有书室二楹。又往东迤北，为柳亭，东西二十尺，南北一十尺，北临官河，柳植官河北岸一带二十余丈。又东迎笑居，即来青门蒿径口，客来则于此迎也。左有青未了，五楹如长廊，每楹十尺，亦临官河。截青未了南壁，亦为长廊，广如南楹，沿廊外植梅、竹、桐及枇杷、樱桃、杨梅、李诸果木。廊南一带即蒿径，廊尽一便门出园。此园之东南界濠濮馆之南东偏也。[第6a页][第45页]

二、孙眉“涉园赋”(第46页)

若夫崔嵬叠嶂，始皇驻跸之区；迤逦丛台，伯牙听琴之所。裴公以绿野为堂，摩诘以辋川作墅。既连陌以望廛，亦前郊而后市。嗤梓泽之非华，陋研山之未巨。溯夫都谏先生之经始也，补衮功多，言辞凤阙；批鳞志在，梦切螭坳。乃事期乎钟鼎，亦兴托乎菰茭。谢东山丝竹在座，韦安石杖履居郊。于焉剪丛棘，开盘磴。环海若以庀材，面横山而结胜。般、倕施斤斧之神，倪、黄点烟霞之径。行则抱夫先忧，居暂怀于独醒。名曰“涉园”，志可知已。洎乎主政公之善述也，续飞翚之阁阁，增灌莽之苍苍。险峻则千寻鸟道，迂回则百折羊肠。坡以平而爽垲，路屡转而遮藏。尔其曲奥幽深，修廊重沓。凌云以文杏为梁，布地以青瑶作甓。大之错落千门，小者经营十笏。葛庐之燠馆凉台，李训之飞甍复壁。帘则蔽日却寒，额则奔雪堕石。若乃铁炉泥料，吐雾献花，仿佛王官之谷，依稀李愿之家。香炉之[第7a页]四山悬瀑，赤城之千丈飞霞。扪彼幽岭，想烛龙熠耀之可鉴；陟兹绝巘，见素车帷盖之靡涯。石则泗滨浮罄，邗上排牙。麾七宝之鞭，始于秦政；炼九天之采，肇自皇娲。人异熊渠，固无劳于射虎；地殊蛉邑，宁有征于化猳？常山应丈而为相，谷城受书以解緺。水则甘醴兴，神瀵湓。泛青鹢兮沦涟，浮大瓠兮浩羕。地分高下，拟三峡之奔腾；壑有会归，像五龙之旋绕。摇明镜于林端，偃苍龙于木杪。若乃浮李沉瓜，乌稗白莕。偃以大夫之松，屈以交离之叟。果则有杏有桃，材则为榆为柳。服帝休而不怒，采冥灵而得寿。连理与交让成行，无患与长春作偶。一寸二寸，足满詹何之车；三竿两竿，不尽渭川之亩。占春则梅先，傲霜则菊后。居空谷而为主，入绿池而结友。祥生翠蕤，瑞起丛蓍。共命同心，望陂塘而啁唼；嗽金吐绶，得洞壑而差池。近水则机忘鹖鸭，绕梁则巢窥鷦鹂。轩禽衔字，雪客传辞。缴不加而无惧，矢不射而何危？别有化麂仙翁，赋芧狙公。涉眠锦带，铃制乌[第 7b 页]龙。腾攫于葡萄馆外，啼啸于酸枣台中。然则日当上巳，流右军之觞；序及三庚，避刘松之暑。篇成宋玉，风飘木叶之时；赋出谢庄，雪误川原之处。雨未滴而鹳鸣，日方中而葵举。恍逢仙客，接灵宿于烟槎；差类碧城，踏阆风之岛屿。山既尽而丛翠重开，水欲穷而挼蓝复起。虽使博如《尔雅》，未谙异卉之名；阅尽《山经》，孰定群峦之比？真可谓极海上之奇观，尽寰中之胜景矣。且夫人生行乐，所贵及时。从古地灵，尤资人俊。假令殷勤石丈，小异元章；啸咏此君，略殊子敬。虽复衺延绣陌，绵亘交衢。连闼有樊重之雄，绿墀拟王根之盛。未足迓其数临，曾何关其一瞬？兹则石苔刷碧，花气迎芬。检点濠梁，偏爱在山之水；提携筇竹，不矜出岫之云。盖其才过金鉴，达类步兵。粉署星郎，久驰声于博物；金门鹓侣，长流瞩于研京。而犹植江东之早韭，佩湘南之杜蘅。喂鹤饲鱼，不嫌费日；编篱艺圃，自爱呼伻。绿皴如花，座陈乎商鼎；红斑作晕，案设乎姬珩。点染则徐熙、曹霸，篆草[第 8a 页]则梁鹄、张英。高阁飏风，书摇甲乙之轴；丛篁出响，子落冷暖之枰。于是向、庆烟水之俦，邹、枚文华之彦。或裹粮而赋同心，或策驴而谋觌面。开尊罍，接欢晏。揽雪袖之频回，听珠喉之屡转。林花艳艳，名士挥毫；池水沉沉，平头涤砚。笑蜗阵之纷争，指蜃楼之忽现。仙都可辟，讶一时造物之无权；盛事堪歌，启千载风人于不倦。[第 8b 页][第 46 页]

三、"涉园图记"(第47—49页)

[一] 宛平王熙(子雍)

槜李螺浮张君始游成均,以文字受知于先文贞。后成进士,官给谏,慷慨敦气节,与余友张秾侯善。秾侯南游,舍于其家数年,归而为余言给谏之所谓"涉园"者,台沼林木极为幽胜。余闻而乐之。已而嗣君皜亭至京师,出此图相示。观其位置纡折,坡陀高下;涧沚潆洄,草树蓊翳;乔松怪石、嘉蔬珍药,莫不备具。又读叶已畦《记》,则次第井然;凝神睇思,已不啻身历其境矣。秾侯言给谏构此园,经营有年;后居京邸,时时念之不置;乃请假归,日从宾客游息其中。传之皜亭,则堂宇益修饬,果树益滋殖。顾亦以系官于朝,乃绘为此图,置之笥箧中,时一展对。夫人苟心力之所聚、精神之所注,未有释然于怀者,况斯园实东南之胜,为给谏与皜亭所朝斯而夕斯者乎?京师苦无佳树,泉石尤极难致。余室之西有地数十弓,叠石引水,视涉园之旷淼,远不相及。然每自直庐返舍,辄休憩焉;一[第9a页]丘一壑,欣然自得,独怪皜亭之有此而不能日涉也。虽然,天地逆旅,烟云幻景,目之所成、心之所寄,安往不可骋怀?又何必身履其境,乃可畅心而得意乎?则余之日涉于西园,与皜亭之日涉于此图,其趣一也。图留案间凡十许日,为书此以归之。

[二] 桐城张英(敦复)

自昔言园林之胜,不能兼者六事:务宏敞者少幽邃,人力胜者罕苍古,具丘壑者艰眺望。欲兼此数者,则又有三:一水泉,一石,一林木,而台榭堂室不与焉。洪波清流,容与浩渺;澄潭曲沼,萦回映带,最为增胜。然城郭之间,非可力致;波非有源,易涸易淤,则水泉难。奇峰崒嵂,怪石碕砑;龙蟠虎攫,鸾翔鹤翥;空庭曲径,林下水边,最为宜称。然千里求之不易,百夫运致为劳,则石难。乔柯古木,臃肿轮囷;干挺十寻,阴笼数亩。园林得此,如端人正士,垂绅正笏于岩廊之上;又如[第9b页]古君子仙人相与晤言寝处,可瞻仰而不可亵玩,风雨寒暑皆作异态,洵园林之宝也。然非养之百年,贻之奕世,则不可猝得;东坡有"仓皇求买万金无"之叹,则林木为尤难。能兼此三者,然后六事不谋而集,吾仅见之《涉园图》耳。希白池渟泓涵蓄,其源来自山岩间,琮琤曲折;为滩为渚,为桥为涧;穿林度壑,随处可赏,则水泉胜也。翠照、流波诸峰,备极奇诡;高者触云,低者临水;苍藓绣涩,紫苔斑斓,则石胜也。松杉栝柏皆可合围,海棠可荫广庭,老梅修桐随地皆有;美箭十亩,古桂百丛;翠色干云,苍烟蔽日,则林木胜也。然后为深堂邃阁、曲磴长廊,以襟带乎其间。又且地临渤海,望接沧溟;登台遥瞩,紫澜万状,沐日浴月;番樯海舶,出没于几席之间;岛屿沙湾,隐现于帘栊之际,此又涉园之所独,而非他园之所能兼有者也。噫!亦奇矣。都谏螺浮公与余同官于朝,予兄事之,而兴会高卓乃尔。兹园皆其手自部署;皜亭继葺而新之,益增嘉胜。皜亭官于朝,不能[第 10a 页]朝夕居此园,而绘图置诸左右,不忘先德也,不忘山林也,不忘故乡也。噫!皜亭远矣。予有田一区,茅屋数间,在龙眠山中,薄有溪光山色,手种松桂皆不及拱把,而犹念念不能释,矧皜亭之于涉园哉?其绘藻为图,形诸吟咏,以纾欲见之忱,固其宜也。康熙丁丑岁[三十六年,1697]十月望,桐山学圃英顿首为之记。

[三] 太仓王掞(藻儒)

世之论游者,谓逸于心目,劳于攀陟。崇山峻岭、幽岩邃壑,近或数百里,远数千里,非裹粮蜡屐不可以至。若夫不出户庭,坐得胜概,有佚之趣而无其劳,惟园为宜。然度地鸠工,征材辇石,动费年月——其成之既难,又或身为王臣,东西南北,势不能挟之以趋,则劳与佚无当均也。惟有佳山水而标以园林,有园林而揭以图画;收云烟于尺素,聚江山于寸眸,斯称善游矣。吾于《涉园图》见之。涉园为张都谏螺浮先生所构,而为之图者则令嗣大行君皜亭也。图有泉有池,有树[第 10b 页][第 47 页]有石,有轩楹之疏豁、台榭之高敞、密馆曲房之窈窕,冬燠夏凉,春辰秋夕无不宜者,固宜皜亭之拳拳于斯也。然我知皜亭之意又不仅此。螺浮先生慷慨负直节，为时麟凤，顾不克竟其用，独经纶泉石，啸傲烟水，日与海内胜流宴游觞咏其中；其生平结轖磊涧[砢]之情，于是焉寄。夫孝子之于亲也，思其居处，思其笑语；思其所嗜，思其所乐。皜亭披图而先人之所缔构、所游处，显然寓于目而触于其心，有怆然、忾然而不能自已者。徒较量于劳逸间，以善游目皜亭，犹浅之乎测皜亭也。予家娄城郊之外，有园一区，先文肃所经始，而先太常拓而成之者也。近稍葺其颓废，修其篱援，而系官于朝，仅时时寄诸梦想间。观于此图，能无慨然感兴矣乎？康熙岁己卯[三十八年，1699]腊月廿二日，娄水王掞恭题。

［四］　长洲韩菼(元少)

记涉园者详矣，余何记？记主人。天地间皆有形之区也，而无形者君之。故达者[第 11a 页]入焉，无往而非客也，春非我春、秋非我秋矣；亦无往而非主也，春为我春、秋为我秋矣。以余观园林，所在皆是，谁中作主人？涉园之始也，自都谏螺浮先生。先生侃侃负直声，克称其官。退而卜筑于斯以终老，盖可以归矣。可以归者，主人也。长公皜亭，以名进士官大行，闻誉日起，未竟之绪其在斯乎，可以出矣。可以出者，主人也。而皜亭乡关之思不暂忘，尤不忍先构之遗于目，为图以朝夕焉。夫誉嘉树而赋角弓，朋友且然，况其子乎？于此益可以觇主人。然余谓主人之佳，固不仅此。其胸中之位置，皆丘壑也；无边而不自得，皆濠濮；古质道貌，皆松心竹筠也；吞吐万象，牢笼百态，则风月之神襟、烟云花鸟之至致；而僻书异闻、金石文字，搜罗富有，尤不啻鼎卣彝舟之在列，而云雷山罍钿窠之斑驳也；所习古贞臣杰士之显晦语默，为之啸歌而寤叹，亦如素心三益，相与赏奇而析疑也。以是而披图，当亦自命主人不负矣。余尝慨渊明三径，以阿舒辈一传而[第 11b 页]遂无闻；而宗敬微欲游名山，乃写祖少文所作尚子平图于壁。则今涉园之主人，其叠无弦之琴，动众山之逸响乎？余老矣，不辨有菟裘，或堪作客耳。而主人大佳，客亦不易；褰裳从之，其许我乎？长洲年弟韩菼记。

［五］ 华亭王鸿绪(季友)

园亭之胜，著美前录；巨公名贤，耽玩沉溺。要其大凡，厥有四者：古巢居穴处曰"岩栖"，栋宇居山曰"山居"；在林野曰"丘园"，在郊郭曰"城旁"。谢康乐《山居》之赋，分擘犁然。螺浮先生涉园，去盐邑南郭门一里而近，长君余同年皜亭居之，所谓"城旁"者也。池馆亭榭之美，见于已畦叶子《记》中，具得梗概已。石崇之金谷太绮绣，温公之独乐太朴素，兰成之小园太陋狭，裴相之午桥太浩衍；酌是而得其宜，殆他人南北而己居中央者欤？试披园而覆核之：锢走螺排，则嵩山之旧隐也；瑶翻碧潋，则绛守之园池也；华堂别业、秀木清泉，则薛大夫之上亭也；石潭竹[第 12a 页]岸、松斋药畹，则韦尚书之东山也。凝睇之顷，已为神怡心醉，况日涉成趣，朝斯夕斯，开阁室以远临，辟高轩而旁睹乎？皜亭官京师，出图与《记》以示余。余郊居数亩，仅所谓檐妨帽、户碍眉者，顾时时忆之，非久将投老于是；阅张子之园亭，不觉旷然于蓬瀛昆阆间矣。

［六］ 桐乡冯浩(孟亭)

国初海盐张螺浮先生，谏垣名臣也。归田后，葺治涉园于近郭。峰岭泉壑、台榭亭馆，高低向背、离合盘纡，审势相宜，各成面目。林樾阴森，卉草蓊郁，禽翔鱼泳，化机畅洽。登临舒眺，近则四境群山，霏岚拥黛；村落原隰，错绣铺芬；远而溟海浸天，万里无际；洲屿点点，隐现于晴光晃荡、雾气昏濛[又"濛"字疑衍]中，洵乎擅秀挈奇，迥非园林恒趣也。黄门子皜亭，官行人，仿王摩诘《辋川图》，属王补云绘成长卷，吴江叶星期详为之《记》，细大不遗，曲折毕露，俾观者按迹遵途，不烦跬步，恍身入[第 12b 页][第 48 页]而遍穷其胜。中朝名公卿，竞为欣赏，制文赋诗，洋溢翰墨之林。世衍支繁，图归一室，不敢轻心亵玩。黄门曾孙东谷学博于壮岁时，倩查日华别摹缩本，自以小楷备录诸公之作，总万余言，笔笔端谨，仁孝之思蔼然寓。兹园到今百数十年，景物更苍古；旧所缔造，浑合天成，真不减辋川之美。辋川有郭忠恕先摹本，视摩诘自写，差无辩[辨]处；补云、日华，虽远不如唐宋神品，事则相类，且近时亦推好手。东谷年渐老，与余有姻串，近复与次儿同为杭州学官，属题斯卷，固吾郡艺苑一大佳迹可传世者，后之人其永有征焉。

［七］ 海盐陆以谦(太冲)

涉园者，明孝廉张大白先生读书处也，国朝给谏螺浮公拓为园。迄今四五世，园之一树一石，无毁损者。芷斋、东谷两先生，为给谏曾孙，年来葺治旧园，又增饰亭馆数处。谦尝游是园，仰瞻古杉挺立、奇石磊砢，如见给谏公正色立朝，[第13a页]蹇蹇谔谔气象。一日，东谷出是图索题。披图数过，作而叹曰："是何给谏之树德懋而流泽长也！"古之名园，莫如洛阳。李文叔记之特详，历叙盛衰，末言公卿大夫方进于朝，以一己之私自为而忘天下之治忽，欲退享此乐，得乎？唐李卫公平泉庄，自作《记》云："鬻平泉者，非吾子孙！以一石一树与人者，非佳子弟。"转瞬五季，奇花异草、珍松怪石即为洛阳有力者取去。醒酒石，平泉一石耳，德裕孙延古求复之，不可得。窃谓卫公当唐之季，相业可观，但前小用于节使，后分心于报怨，论者惜之。给谏公遭逢圣朝开国之初，昌言不讳，千载一时。所著《入告编》，上关天下国家之故，下究桑梓利害之端；《亲政》一疏，建白尤伟，有过于丹扆六箴者。则与文叔所讥私一己而忘天下者迥殊，宜其百数十年园树如故；与国咸休，永世无穷，可为张氏卜。而给谏公襟期旷达，不闻以木石细故诫子孙，窃又笑卫公之陋也。谦故表而出之，为张氏庆，且为仕宦者鉴焉。[第13b页][第49页]

四、张鹤徵跋(第58页)

先五世祖大白先生读书处，树木蓊郁，有山林景象，相传乌夜村故址，冯具区、董香光尝过从焉。高祖都谏公归田后，复疏泉叠石，拓其基，颜曰"涉园"。迄今百余年来，虽时加缮葺，殊失旧观；赖有绘图，得国朝名流题咏，为士林传诵。因念胜地不常，昔人致慨，鹤徵辈敢不坠绪是凛？今夏无事，谨取题咏三复编次，偕从子赐珍校录付梓;窃比玉山佳话,恍见先公与诸前辈把诗行酒,其流风余韵犹足令人低徊不置云。嘉庆十一年丙寅[1806]夏日,南曲后人鹤徵谨跋。[第32a页][第58页]

五、张元济"跋"(第59页)

余幼时在粤东,闻先大夫言:"吾家世业耕读,自有明中叶族渐大,而以能文章、掇科第者首称符九公。然绝意仕进,潜心义理、经济之学。门弟子极盛,咸称曰大白先生。尝筑屋城南,读书其中,今所谓'涉园'是也。入国朝,螺浮公官京师,直言敢谏,有奏议《入告编》行于世。汝年既长,宜取而习之。"又言:"螺浮公不乐仕宦,引疾归田。即城南书屋拓而充之,颜曰'涉园'。既以体若考作室之心,且以示后人继述之义。历皜亭公暨筼谷公,皆秉承先志;未跻通显,遽辞簪绂,先后归隐。增葺故园林泉台榭,极一时之胜。啸歌之暇,率族中子弟读书其中。盖犹是符九公之志也。"又言:"吾'涉园'藏书极富,积百数十年未稍散失。嘉、道之际,江浙名流如吴兔床、鲍渌饮、陈简庄、黄荛圃辈犹尝至吾家借书校雠。青在公博通群籍,性耽吟咏,尤喜刻书。群季俊秀,咸有著述剞劂流布,为世引重。自更洪、杨之乱,名园废圮,图籍亦散佚罄尽,而先世所刻书更无片[第1a页]板存焉矣。"言次若不胜唏嘘也者。余心感动,至今不能忘。年十四,侍吾母归居于乡。春秋暇日,尝偕群从昆季出城访涉园废址。至则林木参天,颓垣欲堕,途径没蓬蒿中,小池湮塞,旁峙坏屋数椽,族人贫苦者居焉。踯躅墙畔,偶于苔藓中见石刻范忠贞诗,摩挲读之,徘徊不忍去。既觅得《涉园题咏》,吾母督令摹写,乃与伯君从兄合成之,其他所刻书则渺不可得。阅数年,又假得《入告编》。开卷庄诵,乃知吾螺浮公立朝大节,有非常人所能及者。圣祖践阼,方在冲龄;权奸柄政,盈廷结舌,而螺浮公乃有恭请亲政一疏。本朝入关之始,满汉不无歧视。雷霆万钧,孰敢抗违?而螺浮公乃有"刑部审鞫录供,不宜但凭满官执笔"及"人民投充满洲,余地拨给壮丁,不许复圈民地”之奏。吾于是益晓然于致君泽民之道，而懔然于吾父诏以诵习之意。释褐而后，世方多难。先帝励精图治，而魁柄已移。当国之臣，不学无术，至以汉肥满疲之旨标示[第 1b 页]一世。追怀祖德，愈益慨愤。先帝诏言时事，不自揣量，封章数上。忤触当道，放归田里。亦欲闭门屏迹，息影故庐；依祖宗之丘垄，迹童时之游钓。而田园已芜，归耕无术，来居海上。嚣尘湫隘中，恃笔砚以自给。缅想昔时林泉台榭之胜，杳不可即。时一还里，往来于荒烟蔓草之间，俯仰陈迹而已。海上为商市渊薮，故家遗物群萃此邦，因稍稍获睹先世遗稿。搜求数年，卷帙略备。而涉园所藏刻书，亦有归于故主者。余既不德，不克善承堂构，而先人手泽所寄，犹不为保存之谋，高曾矩矱将自我而堕失，岂不重滋罪戾乎？吾父之殁逾三十年，而耳提面命如在昨日。兹刻既成，吾潸然泪下，不能自已矣。宣统三年，岁次辛亥[1911]，六月，裔孙元济谨跋。[第 2a 页][第 59 页]

05－021　涉园题咏续编

张元济

二卷、补遗一卷。张元济辑，台湾新文丰出版公司《丛书集成续编》第117册，影印民国十七年(1928)商务印书馆排印《海盐张氏涉园丛刻》(续编)本。

一、张元济“序”(第63页)

余家涉园，为大白公读书之处，创于明万历之季。逮螺浮公，始观厥成。林泉台榭，为一邑之胜。历康、雍、乾、嘉四朝，修葺不废。四方名士至余邑者，必往游，游则必有题咏。嘉庆丙寅[十一年，1806]，鸥舫公集而刊之。又数十年，而洪、杨难作，园始毁。然至于今，出南郭，访其遗址：崇冈崔巍，危石欲堕；登揽潮之峰，犹可以远望大海也。问濠濮之馆，龚合肥书额虽不得见，而老屋数楹，犹峙立于希白池畔，而池亦未尽淤也。若榆若桐，若松若桂，若杉若梅，虽不尽存，而丛篁古木，周遭掩映；树之大可数围者，依然参天而拔地也。徒以工巨力薄，未能兴复。俯仰盛衰，慨然兴叹。昔皜亭公官京师，系怀斯园，尝绘为图，置诸左右，以寄卧游之意。今图犹藏宗人所，顾朽敝甚，不堪触手。余请出资重装，至再至三，迄不获命。余甚惧夫园既废，而图复将毁也。每念昔时繁华胜境，裙屐络绎；四时佳日，觞咏称盛；昔人游览诸作，散见集中，多有为前刻所未及者，余悉录而存之。桐乡冯孟亭先生[第1a页]图记，谓东谷公当壮岁时，倩查日华别摹缩本，自以小楷备录诸公之作，总万余言。求诸同族，咸无所知。去夏忽遇于海上，输金赎归。展而读之，公所录虽不全，然可补前刻之阙者凡二十余篇。又近人诗词，杂咏园中事物者，亦时有所见，不忍舍弃，因连类而及之。略变前例，辑为上、下二卷。集印既终，复有所获，则为《补遗》附录于后。开卷庄诵，如见康、雍、乾、嘉之盛，则斯园虽废而终不废也。余今将以所赎之图，遍乞友朋贶以篇什；百朋之锡，异日更为是编之续，斯园将借以长存，而斯图亦随以不朽，岂不懿欤？戊辰[民国十七年，1928]春日，海盐张元济。[第1b页][第63页]

05－022 滕王阁全集

蔡士英

十三卷。蔡士英辑，《四库全书存目丛书》集部第393册，影印顺治十四年丁酉(1657)刻本。

一、蔡士英"滕王阁全集序"（第343—348页）

自余经营于斯阁也，盖从断岸稠棘中，刈丛薄，畚瓦砾，追摹古[第1a页]人匠意之微。阁以内，广狭之所宜度，高下之所宜称，径砌之所宜置，楞栏之所宜设；[第1b页][第343页]阁以外，景物之趣所由收，向背之形所由适，山川之情所由萃，今昔之况所由殊，而[第2a页]寸木块石，左俯右仰，莫不心筹口授，悉营于意表。拟开九日之宴，庶乎马当风送，复[第2b页]几古人盛事。顾以衔命督漕，兼程淮海；鞅掌之余，未尝不徘徊瞻恋于斯阁也。幸四方[第3a页]诸君子嘉与同心，或躬移绛州之棹，或遥致昌黎之思；名篇藻什，云烂星辉，不期而[第3b页][第344页]会者如许。视"落霞""秋水"之句，更称尽态极妍。湖山千里之间，愈使人人自得。业已属[第4a页]选登梓，体各俱备，洋洋大观，固足鸣当代之盛，据千秋之席矣。虽然，山祖于昆[第4b页]仑，而垤巃岳岱、岛屿汀洲，莫非呈其具体；水源于宿海，而湫潦潴泽、溪沼川湖，要皆[第5a页]衍于朝宗。器稽诸古，而斝彝瓒卣盘匜之取，珍于漉物也；音溯其元，而抟拊戛击歌[第5b页][第345页]吹之用，昭其大成也。凡物，莫不有其本原矣。若夫孤峰特秀，一水潆洄；巧制惊新，清[第6a页]音独赏，亦可默契前人，自我作古。然而一时之盛，与千古共成其盛，有心尚论者果[第6b页]孰多而孰少哉？滕阁自唐迄今千有余岁，成毁虽云不一，修废举坠，代有主持之人；[第7a页]即代有操觚者，比词角艺于其间，固此阁相承之宗派也。只今所传者，惟子安、退之[第7b页][第346页]两公之序、记耳。子安序，人犹诵之；若退之之记，有不能举其字义者矣。矧唐宋元明[第8a页]以来，巨公杰作，累累如林，可使简淹蠹蚀，不与鸟跂翚飞共新人耳目乎？于是广搜[第8b页]坊逸，密访笥藏，得旧帙数种，俾汇全集，并寿诸梓，庶使古人之文与事不晦于来兹，[第9a页]而凭吊者获于几席间评骘前代，卧游江阁，不更愉快乎？汇集成，而予经营斯阁之[第9b页][第347页]苦心始无遗憾矣。虽云张饮不遑，高朋未宴，然以视夫元省臣之修葺，犹请隆福之[第10a页]缗五千；唐都督之夸宾，仅得过客之文一时，而予差足骄云。顺治十四年[丁酉，1657]玄月，奉[第10b页]敕总督漕运巡抚凤阳等处地方海防军务兼理粮饷兵部左侍郎兼都察院左副都[第11a页]御史三韩蔡士英撰。[第11b页][第348页]

二、周岐"滕阁古今诗文汇选序"（第349—353页）

名山之隈、大川之曲，造化有自具之文章，供人渔猎。惟领取无主，只属悠悠之沮壤。自解人擘画，度其奥[第1a页]区，选材鸠工，临高以为阁，因川以为沼，登之者若山水皆为我呈，烟云皆为我设，遂成名区胜地，岂非所称青山绿水中主人乎？虽[第1b页]然，犹未足云也。歌舞或有歇，台榭或有颓；一时一隅所嬉娱，宁能诏之天下、传之后世？有嘉客焉，一经咏游，遂高位置。写烟云于纸[第2a页]上，跃鱼龙于笔端。村墟篱落，恍对桃源；城郭川原，如开图画。取大块之文章，供才人之铺叙。而景与文，遂相因而不朽。信乎山川胜[第2b页][第349页]地，非才人不能主领，非文章不能传后耳。如云名迹，自不可磨。彼凌歊戏马、姑胥章华，讵不争艳一时；即金谷辋川、平泉绿野，孰非[第3a页]擅名一代？迄今指其处，有杳不可得者，岂非前无文以纪其美，后无人以振其轨乎？滕王阁者，何多幸耶？阁何由名？唐显庆间，滕王[第3b页]元婴之所建也。婴于诸王中为最劣；区区一阁，恶能使千百世凭吊欷歔无已？揆厥所因，盖有作兴于其后者，以都督閻公之雅宴，[第 4a 页]而绛州子安之佳序也。迨至元和中，观察王公仲舒重修而葺之，袁[州]刺史昌黎韩公再为之记，阁是以愈显。嗣是，即有成毁，此一序[第 4b 页][第 350 页]一记，烺烺千古，俾读其文者辄神游，履其地者总继美。滕王一阁，竟与西山、章水鼎峙，而居不朽矣。中间毁于火、毁于兵者不一，然[第 5a 页]代有踵事之人。韦悫之记，则大中中，观察纥公于众所重建也。宋大观年，复葺之左丞，范致虚为之记，王临川、苏眉山、朱紫阳、文庐[第 5b 页]陵诸先生咸有题咏。元至元、元统间，累修不坠；直学士姚燧、虞集撰记，其著者也。明兴，殪伪汉，饫至斯阁，诸儒臣张灯应制，胡宾客[第 6a 页]赋之，于斯为盛。景泰三年[壬申，1452]，都御史韩公雍因旧地而广之，锹以石，建重屋焉；延尉李公奎、司成萧公镃、翰苑刘公俨，皆有文以纪其[第 6b 页][第 351 页]概。嘉靖六年[丁亥，1527]，冢宰罗公钦顺之为记也，因抚军陈公洪谟撤其旧垣而更新之也。崇祯壬申[五年，1632]，巡抚解公学龙，环楼翼翼，汾王、韩之叙、[第 7a 页]记，征汇诗文。曾几何时，而竟鞠为茂草乎。悲夫！黍离之歌、华表之鹤，几堪破涕。值大中丞三韩蔡公以副都御史司马侍郎出抚西[第 7b 页]江，奋武揆文。公余之暇，悯名胜之忽淹，构嶒嵘之新阁。使飞云卷雨，顿还旧观；槛外长江，宛如宿构。遍采诗歌，搜珠剖玉。洵郁郁乎[第 8a 页]盛事矣。余流寓其间，因得纵观篇什之美，裒辑历代诗文，汇为全集，庶知名山大川，待人以兴；启后光前，非文莫永。以视夫黄鹤、岳[第 8b 页][第 352 页]阳，诗、记孤行，犹觉音响寥寂，未若斯之洋洋大观也。皖桐樵逸周岐谨序。[第 9a 页][第 353 页]

05－023　滕王阁征汇诗文

蔡士英

不分卷。蔡士英辑,《四库全书存目丛书》集部第393册,影印顺治十四年丁酉(1657)刻本。

一、钱谦益"叙"(第456—462页)

今司马中丞三韩蔡公,保厘江右,政成峻擢,锋车遄发,重新治[第1a页]滕王阁,复其瑰伟绝特之观。海内学士大夫,揽胜采风,铺张盛美,削牍投匦,溢缥盈[第1b页][第456页]缃。公移镇长淮,雉门多暇,采撷菁英,都为一集,而命余为叙曰:"斯阁修葺不一,而姑[第2a页]苏韩襄毅公为之后;其有集以传也,锡山邵文庄公为之先。甚矣!吴人之有意于斯[第2b页]阁也。集以[已]告成事,子其叙矣。"余辞不获命,退而稽诸故椟,喟然叹曰:在昔唐永徽中,[第3a页]滕王以高祖之子,亲贤仗钺,临江面山;屹立巨阁,流丹耸翠,极登临骋望之胜。咸亨[第3b页][第457页]中,阎伯屿棨戟遥临,王子安为之序。元和中,王仲舒观察重修,韩文公为之记。斯阁[第4a页]之盛事,终唐之世,与国运相终始。迨乎有元之初,省臣请隆福宫赐钱,出五千缗为[第4b页]重屋,以大其故;记之者,柳城姚文公燧也。有元之季,大兵下鄱阳,驻跸饮凯,放畜鹿[第5a页]于西山,观灯火于南浦;赋之者,故宾客俨也。卜年三百,氛祲绎骚。昆冈焚如,陆浑焦[第5b页][第458页]烂。而蔡公以补天巨手,还其旧观。唐人韦悫有言:"易旧图新,树非常之绩,天其或者[第6a页]必将俟魁岸博达,负出人知能,而俾张大其所为。"地灵人杰,岂偶然哉?嗟乎!陵谷贸[第6b页]迁,何常之有?遭时升平,物力鼎盛。檐牙山飞,柱础云出。指麾湖山,吞吐风月。方其盛[第 7a 页]也，不知其变且衰也。已而华观飞烟，琼台骤雨。向之丹楹刻桷，绣闼雕甍，皆化为河[第 7b 页][第 459 页]沙劫尘，不可复迹，而况于宴游之俦侣、歌舞之陈迹乎？自唐以来，雄文丽藻，与江山[第 8a 页]并峙者，惟三王之文与韩、姚两公之记在。俯仰天地，不与劫灰俱坏，独文章耳。公[第 8b 页]既修复盛观，而犹兴感于斯文，谨谨不置，良有以也。后之君子，览斯集者，以斯阁为[第 9a 页]召穆公之棠阴，以斯集为羊叔子之沉碑，相与仔肩佽助，铭诸鼎钟，载在琬琰，则岂[第 9b 页][第 460 页]唯江山之好、登望之乐？将斯阁与公之令名，与龙沙剑池共敝天壤，顾不休欤？阁之[第 10a 页]成也，公自为之记，其文雄健逼古；公不敢自多也。然而词垣宿老，承公命而为之者，[第 10b 页]每自谓心慕手追，肝鉥肾刻，不能摹公文之万一。则公之文，故当弁冕斯集，其声价[第 11a 页]已早定矣，而又何待于余言乎？顺治十三年[丙申，1656]闰五月十有二日，石渠旧史[第 11b 页][第 461 页]虞山蒙叟钱谦益拜手谨序。[第 12a 页][第 462 页]

则杰按：此序又载钱谦益《牧斋杂著·牧斋有学集文钞补遗》（上海古籍出版社 2007 年 6 月第 1 版，上册第 395—396 页），标题作《新修滕王阁诗文集序》；除删去末尾署款之外，其他文字亦略有出入。

二、吕宫"重修滕王阁序"（第 462—467 页）

洪都为江右名区，其山川之瑰丽甲于天下，而帝子阁尤揽其[第 1a 页]胜。余往时，客游登览，留连匝月；浦云山雨，槛外殊观，至今犹依依在心目间。比因兵[第 1b 页][第 462 页]燹之余，古迹颓败，而此阁遂翳没于荒烟衰草，岂非人杰不兴、地灵抱恨乎？幸我[第 2a 页]祖台伯彦公，以节钺抚是邦，恩威并茂，奸息民安，绩用有成，百废具举，乃捐俸重修，[第 2b 页]增其旧制，大率以山为屏、江为带，虹梁云栋空洞其中，而渔舲沙鸟、村岚竹树，变现[第 3a 页]于阁以外者，旷然于几席收之。视夫始建之规模，则大有异。越九旬而工告竣，问序[第 3b

页][第 463 页]于余，余因之有感焉：古迹之兴废，天下之盛衰也。当其壄茨于唐，丹雘于宋，荆榛于[第 4a 页]明季，阅千余年，而阁与之相终始；俯仰之间，迨已陈矣。今圣天子龙飞御宇十有[第 4b 页]三祀，时和年丰，民熙物阜；维新之象，四海同风，岂特封禅山川为盛事哉？又得贤佐[第 5a 页]如我公，作镇雄藩，安攘奏最，是宜山灵为之献瑞，河伯于以安澜；台[第 5b 页][第 464 页]沼称灵，草木知泽；缔伟造而成大观，亦润色隆平之一助也。以视前此戎马蹂躏、烟[第 6a 页]火焚燎之日，其欲逮此，得乎？余故曰："古迹之兴废，天下之盛衰也。"然则登斯阁者，览[第 6b 页]胜事之更新，挹风景之美丽；处江湖则思何以席安履顺，居朝宁则思何以保盛持[第 7a 页]盈；以此阁新故之因，为身世安危之鉴；树德去疾，补敝救偏；相与登伊、吕之堂，而入[第 7b 页][第 465 页]孔、颜之室，庶其优游化日，以无负我公覆庇天下之意乎？则是举也，固不徒媲[第 8a 页]美于伯屿诸人，仅饰游观之末；方将咏《斯干》之什，为国家颂盘石，为我[第 8b 页]公歌堂构焉——地以人灵，共传斯阁于不朽矣。是为序。赐进士状元及第内翰[第 9a 页]林弘文院太子太保大学士前吏部右侍郎秘书院学士右春坊右中允秘书院修[第 9b 页][第 466 页]撰壬辰[顺治九年，1652]会试分考通家治弟吕宫顿首拜撰，时顺治岁次丙申[十三年，1656]，季夏[第 10a 页]朔日。[第 10b 页][第 467 页]

三、熊文举"序"(第 467—471 页)

亘古山川，但推名胜；支持世宙，赖有文章。我豫章滕阁，自唐代[第 1a 页]传至今，盖传以王子安"落霞孤鹜"之佳句；滕王元婴宴集，但有鸣銮佩玉、管弦歌舞[第 1b 页][第 467 页]而已，无可传者。阁之递废递兴，不胜纪载。大中丞蔡公伯彦简擢节钺，巡抚江右[第 2a 页]。命下之日，过予长安旅寓。谈及滕阁，不觉栩栩眉舞。予语公："岂谓犹是画栋珠帘之[第 2b 页]飞阁乎？盖自戊[戊子，顺治五年，1648]、己[己丑，顺治六年，1649]兵燹之后，业已荡为丘墟，惟有兔葵燕麦动摇春风耳。公即往矣,[第3a页]其将问之水滨。"公怅然曰:"是诚在我。"公抚江三年,绸缪万绪。江右席公之庇,漠然重[第3b页][第468页]见山高而水清,而公复有总漕左司马之擢。予力疾过公,再申前诺。公曰:"予未敢须[第4a页]臾忘之,顾逡巡其有待也。是诚在我。"捐资选材,鸠工集匠,浃月而功成。会公且行,微[唯][第4b页]时景色熙和,春风淡荡,公大集士绅而落之,遂授简征言。巨硕鸿儒,名篇沓至。公次[第5a页]第成帙,寄我江皋。余方卧病,读之霍然,有如《七发》,作而叹曰:"是非穆叔所谓'三不朽'[第5b页][第469页]乎?"盖公抚江之茂绩,著在旗常;爱民礼士之盛心,秾于棠芾。古今立德、立功,孰有如[第6a页]公者?惟此雄文雅什,自公倡之,海内诸君子乐而和之,非徒留恋[连]景光,实以昭宣令[第6b页]德,视彼当日子安于都督阎公何如哉?昔羊叔子佐晋平吴,功德宏浩,而俯仰岘山,[第7a页]犹不胜湮灭无闻之感。邹湛以明公德冠四海,道嗣前哲;令闻令望,且赞且慰,夫固[第7b页][第470页]知羊叔子自不朽也,而邹湛因之以俱传。然则附言兹集者,非借阁以传,而借公以[第8a页]传;借公以传其言,即谓借阁以寿其言可也。余虽病落,而终始怂恿,颇为覼缕;言犹[第8b页]在耳,公岂忘之?谬赘简端,青云之附,荣且侈矣。顺治岁次丙申[十三年,1656],嘉平[第9a页]月廿六日,南州治弟熊文举顿首拜撰。[第9b页][第471页]

四、孙中象"重建滕王阁汇集后序"(第472—473页)

闽越分藩,南昌夙称都会;楚吴接壤,洪都独据中枢。左插庐峰,饶叠嶂层峦之秀;右环章水,兼三湘七泽之奇。梅岭危冈,地灵攸聚;龙沙胜概,人物繁华。徐孺子之高风,试问图书亭畔;许旌阳之秘术,犹疑鸡犬云中。构杰阁于江滨,始基帝子;宴高贤乎台上,继美阎公。上耸青霄,风静光摇日月;下凌碧汉,波掀影动鱼龙。荆玉隋珠,竞抒精彩;南奎北斗,互映光芒。吞吐可尽三江,挥斥欲穷八极。一时盛事,千古美谈。几历[第1a页]星霜,共仰东南巨镇;顿销烽燧，谁寻山水奇观？冷露湮颓垣，但有萤灯燃蔓草；寒蛩吟断砌，空余鸟字蚀莓苔。馆废平津，兴屈鳌之永叹；道芜陈邑，致单子之腾讥。故址依然，芳邻谁接？鼎新良由圣代，举废必赖人豪。幸节钺之遥临，人赓保障；庆金瓯之永奠，帝倚长城。鲸鲵剪而狐鼠藏，旗旐雄开八库；鹿洞修而鹅湖建，弦歌声彻千郊。湛恩厚，凋瘵苏，民风如故；康阜歌，残缺补，制度维新。辑唐室之遗墟，昭[第1b页]兴朝之旷典。画檐鸟跂，绣闼翚飞。雉堞周遭，星躔旋绕。栋横鳌背，重飞南浦朝云；帘卷虾须，仍洒西山暮雨。撤危墙以右向，坐看入座江山；转曲槛而中空，遥来拂窗帆桨。澜平风细，锦鳞偕彩鹢浮沉；野旷天高，白鹤并青鸾翔舞。冈峦奇特，竹树葳蕤。凫汀媚其沦涟，烟村供其点缀。鲤鲂咸若，猿鸟无惊。晓雾合而岩色空蒙，午日晴而波光潋滟。霆驱鼓怒，驮千顷之奔腾；星照澄虚，见一泓之渟注。蘋花秋老，目穷天际孤鸿；杨柳风清，怀抱江心明月。陟层霄而簪笔，乾坤尽入[第2a页]诗囊；坐高阁以飞觞，川陆俱成酒国。衡阳雪艇、彭蠡渔灯，景发元规之啸；吴会朝霞、峨嵋夕曜，爽开靖节之襟。偕游子而怀乡，悲满潭壑；挟骚人以散赏，思尽波澜。望紫气于函关，睇赤文于禹穴。跨鲲鹏之健翮，击水三千；摩若木之灵光，离天尺五。览周六幕，势控九江。物华闭而斯开，沙披金现；气运剥而斯复，月晦光苏。集东壁之云霞，乘风毕至；裒西园之锦绣，不异遄飞。咸倾开府之宏模，何数伯屿之雅望？鸿儒似雨，杰作如林[第2b页][第472页]。名胜入少文之图，卧游已遍五岳；山川纪太冲之赋，披览如历三都。彖骨相郊寒，性资参鲁。希光前辈，难逃虎鼠之嘲；附影名流，空抱鸾鸠之愧。向瞻江右，愿轻万户以识韩；偶客淮阴，获扣重门而御李。快逢盛事，谬缀微言。下里恭陈，高山仰止。治下皖桐后学举人孙中彖谨撰。[第3a页][第473页]

五、蔡士英“凡例”（第473页）

一[一]　是集诸体俱备。群公惠寄诗文，悉分类汇于各体中，以志一时之盛。

一[二] 诗文邮至者，随征随刻。故集中姓氏爵里次第之间，以到日为前后，非序置之失伦也。惟鉴之。

一[三] 斯举前契古人，今符同志。凡属惠章，或邮筒有浮沉，则不能概诘；但袭笥中者咸付梓工，[第 1a 页]并无去存，致虚雅意。

一[四] 集中名公杰构，光气自烛斗霄。具眼者搜珠于浦，剖玉于荆，妍媸自能鉴别，故不漫加评阅。

一[五] 斯集实欲萃六宇之名流，振千秋之盛事。集腋为裘，多多益善。诸君惠篇，尤冀踵投。予不佞，搜梨选梓，以俟续成。[第 1b 页][第 473 页]

六、蔡士英"重建滕王阁征诗文檄"(第 475 页)

窃以洪都故府，东枕庐峰，西跨鹤岭。二江襟带于前，百花裀褥于后。其中揽秀而特峙者，惟帝子一阁。据山川之胜地，擅今古之芳名。童子挥毫，丹青宛在；初唐杰构，景物依然。只以兵燹连年，遂尔烬灰一炬。地灵久锢，人杰待兴。不佞承乏江抚，仰赖皇灵。窃幸赤羽昼消，犹幸青磷夜息。民安物阜，庶几小康之启运较早；时和年丰，似乎百废之更新复宜。捐薄俸以壮大观，筹之熟矣；询佥谋而缔伟造，时则可[第 1a 页]之。兹落成有日，本欲踵阎伯屿临风宴集之雅；而奉命弗遑，未可卜王子安登高作赋之期。嘉会不逢，胜事须集。敬祝域中才士，尤希宇内名人。或朝或野或宦游，遥挹天风之送；为赋为诗为记序，咸期月露之披。笔阵凌匡岚，南浦朝云，伫飞画栋；词源倒郧水，西山暮雨，待卷湘帘。莫惜倾泻珠玑，定不浮沉锦绣。不佞羽羞鸦翼，未许凌云；群公彩发鸾毫，欣瞻披雾。共集千秋之盛事，丕昭一代之宏文。速惠瑶章，用光剞劂。三韩蔡士英谨启。[第 1b 页][第 475 页]

【附录一】钱谦益《牧斋有学集》卷六《丙申[顺治十三年，1656]闰五月十又四日，读新修滕王阁诗文集，重题十绝句》（上海古籍出版社1996年9月第1版，上册第298—301页）

翼轸星连箕尾雄，飞楼幻出化人宫。夜深南斗龙光起，不为干将在狱中。[其一]

南戒山河列树眉，雕甍画戟闪朱旗。铙歌竞奏升平乐，莫纪星移物换时。[其二]

尊俎湖山对坐隅，壶觞宴笑盛文儒。落霞飞鹜真堪画，还似滕王蛱蝶图。[其三]

隆福东朝出禁钱，龙兴遗事北庭传。柳城亦是文章伯，光岳休论五百年。[其四]

飞阁行营御仗排，烧灯五夜似秦淮。只今苍顶西山鹿，犹挂天家放免牌。[其五]

问讯金陵估客航，云帆尽处指滕王。老夫自驾樵风便，不许江神送马当。[其六]

八百分明著籍仙，樵阳名记石函镌。珠帘正面龙沙树，记取垂垂拂槛前。[其七]

吴楚风烟接上游，凭栏极目总神州。吴儿爱说韩襄毅，题破江南第一楼。[其八]

拍肩群讐说文章，大树蜉蝣可自量？珍重袁州韩刺史，欣将名姓次三王。[其九]

四韵俱成胜饯收，江神也为采诗愁。词坛无复临川叟，点笔新裁揽秀楼。[其十]

则杰按：此组诗歌所谓“重题”，盖即针对前录两日前所撰序言而言。

【附录二】《四库全书总目》卷一百九十四集部总集类存目之四（中华书局1965年6月第1版，下册第1769页）

滕王阁集十三卷、滕王阁续集（无卷数）（江西巡抚采进本）

国朝蔡士英编。士英字伯彦，奉天人。官漕运总督。顺治十四年[丁酉，1657]，士英巡抚江西，葺滕王阁，因集自唐至明登临记胜之作，分类诠次为十三卷；又征近人诗文为二巨册，但分体而不分卷，盖欲附入前集各体后也。陈维崧《迦陵集》有《滕王阁赋》，绝工丽，非诸人所及，然是集不载，或刊版时尚未得其稿欤？

则杰按："前集"作者，实际也有已经进入清代者。

又，此处"滕王阁集""滕王阁续集"书名均不准确，且易与此前明代人所编者混淆。

05－024　黄州赤壁集

汪　燊

十二卷，附二卷。汪燊辑，民国二十一年（1932）武汉中西印务馆排印本。（浙江大学图书馆藏）

一、王葆心"黄州赤壁集序"（第 1a—2b 页）

齐安在宋时，为淮西军事下州，只黄、麻三县归其隶属。州治僻僿荒陋而乏城郭，民物凉踽无况。惟自王内翰、韩魏公宦处，继以苏、秦、张氏诸寓公，被江山风月以文藻，并有高情胜致倡逮此邦，知名之士而有"二潘""二何"者出。后人齿邠老斯举，于《江西诗派图录》之中，以有闻于天下后世。惟斯举在当时，爰有黄州杂咏之作，铺写此间胜迹，而祓濯其土风。薛艮斋官寿昌时，曾从黄州守沈氏求印《齐安杂咏》，有诗纪事。当时士大夫重视斯举所作者如此，惜其书不传于今世。余为按绎大要，当时景物，皆入吟咏。今犹有《答韩子苍赤壁》一诗，熟在人口。当日宦寓斯土[第 1a 页]者，兼有李訦之《图经》、厉居正之《齐安志》、许端夫之《齐安集》并《齐安拾遗》，王中实复有《齐安故实》，韩之美、时衍之并时为《齐安百咏》两种，其矜诩黄州，实侈于元明以来，但不必专侈赤壁之一胜地也。迄明代，而卢氏濬《古黄遗迹集》继之，并有王氏同轨为《苏公寓黄集》，以与阎氏士选《东坡守胶西集》争胜，闻风有作。而茅氏瑞徵勒前人文、诗，为《赤壁集》一编。又久之，而贾氏鋐更为赤壁作《志》。诸人黼我黄郡，虽固隘于宋贤，而精撷著名景物以登荐诸当世，亦开宋人所未开也。若王象之氏，揭"赤壁诗"一目于所著《纪胜》书中，特管豹一斑耳。近自国变以来，郡域变为甲乙之区，而宋贤留贻之景物，如海内盛称之赤壁，郡人士反益[第1b页]加爱护，仍出郡力以鼎新之。一时纪其胜者，孝感徐征士焕斗为之纪略；黄冈谢秀才功肃仿《全蜀艺文志》之目，为赤壁志艺文。而谢君里人汪大令燊，先有董治赤壁土木工役之劳，复慫志艺文者之孤隘，夥鸠郡士放佚之诗词，并求助于余。余为之发箧陈书，所得于诸家之外者，不下百余篇。又为之增入收藏家图卷一目，并书目一卷，其溢出于贾《志》"题画"者尤奢。尚恨藏书无多，而日力迫促，又不足以悉供余钩考也。要此次之搜聚，实博赡于古近诸人，差可自信者。书成，大令踵吾宗文薮教授及余商订义例，余更倩蕲水闻惕生教授为董理之。其力矫前辑隘与杂之失而归诸方雅，岂今日弇薄士风所及知？若其宝[第2a页]爱文献仅存之旧迹，尤非今日勇于蔑古、宕激自豪之流俗所可望。特为推求宋明旧献发皇耳目之简编，昭开先之功，冀异时继大令接踵而作者应声于百载下也，于是乎书。辛未[民国二十年，1931]春三月，郡人王葆心。[第2b页]

二、方本仁"黄州赤壁集序"（第3a—b页）

自来地以人传。苟有其地而无其人，不传也。必也文人学士，相与游览，抚今追昔，触景生情，凭借诗文，发抒胸臆，如东坡赤壁之胜，后人辑其文、诗，汇为总集，其一端也。是集首经明茅伯苻[符]先生编纂，清贾可斋先生续订《赤壁志》，均毁于兵燹。洎民国壬戌[十一年，1922]，谢伯营先生多方搜集，成《赤壁艺文志》五卷，经汪筱舫大令捐资梓行。未几，赤壁重修，并添建亭楼，气象一变，题咏益多。筱舫复从事辑纂，名曰《东坡赤壁集》，付诸铅椠，期广流传。讵丙寅[民国十五年，1926]秋，武汉事变横生，印馆被劫，散失无存。事定后，筱舫几经搜求，购还甚鲜。兹拟再行付印，并乘便增编。得诗文若干首，分门别[第3a页]类，合前后为十二卷，厘然井然。扢雅扬风，乐喜不倦，筱舫其亦有心人乎。书成，属序于余。余奔走国事近三十年，学殖荒落，曷敢言文？第念时至今日，邪说纷乘，沧海横流，莫知所届;兹幸得保存国粹,提倡固有文化,以维持旧道德,如筱舫者实不多覯,筱舫亦将与东坡赤壁并传而不朽欤。故不揣谫陋,聊贡数语,弁于简端,序云乎哉?中华民国二十年[1931]孟春月,耀庭方本仁撰。[第3b页]

三、汪燊"黄州赤壁集自叙"(第4a—5b页)

吾鄂赤壁有五,而黄州之赤壁特著,以有东坡前、后二赋也。东坡谪宦吾黄,在恒人则不胜其牢愁抑郁,而东坡则借山水以写其幽怀逸兴;升沉得丧,略不撄其心。故此地山川,与东坡俱高千古,而嘉鱼鏖兵之赤壁翻不逮焉。自宋元丰以后,代有建置。明季毁于流寇。至清康熙间,于清端公守黄郡,始重建之。咸丰时,粤逆倡乱,又为所毁。及同治间,县人刘斡臣尚书复捐资重修。越数十寒暑,迄民国庚申[九年,1920],势将倾圮。适李隐尘巡按自粤东解组归,道出赤壁,慨名胜之就颓,爰集旧郡八属士夫,集议修葺。时余亦由湘南卸篆归,遂公推余董其事,数阅月告竣;徒[第4a页]以集资无多,不能大加改造,但略复旧观而已。乙丑岁[民国十四年,1925],萧公珩珊巡阅两湖,割巨资,建挹爽楼于苏公祀左。适余又自钟祥解任归,仍属余监修,四阅月始成。复以余资,增建喜雨亭于剪刀峰旧址之上。于是形胜倍新,而游人憩息有所矣。其时浙东范子畯塍以杨公葆初摩刻景苏园帖进,萧公又出资购之,余为嵌诸楼壁,游览者畅目其间,益生景仰之思焉。复虑日久培修费绌,乃将附近营产在矶窝湖者,地二百四十亩有奇,陈请当道,永为赤壁岁修之资。计前后六年间,余两供董理之役;一切规画,商承萧、李两节使,岂敢贪为己力哉?不意丙[丙寅,民国十五年,1926]、己[己巳,民国十八年,1929]间,两节使相继归道山,益深人往风微之慨。惧文献久且渐归销歇也,遂[第4b页]有裒辑《赤壁集》之作。至赤壁之有专书,自明季茅伯符先生始辑《赤壁集》,清贾可斋先生续广为《赤壁志》,均已失传。逮民国壬戌[十一年,1922]秋,谢子伯营编辑《艺文志》五卷;虽未知于茅、贾何如，其用力亦可谓勤矣，因代为之梓行于世。但其后增建楼亭，形胜又大加革新，而骚人墨客之题咏，亦渐增多。余于丙寅[民国十五年，1926]官武昌之暇，复加搜辑，得旧友陈子文仙为之佐纂。仍用茅氏体，名为《东坡赤壁集》。梨印甫毕，时局猝变，籍没乃及印书馆，是集因之全失。后于书肆，仅购得数十部，又不足应知好之求。如是蛰居汉上，复搜得赤壁诗文如干首，乃商订于罗田王青垞先生及同邑王君闻麓，所得诗文倍之，合原集都为十二卷，颜曰《黄州赤壁[第5a页]集》，割资重付手民。非欲借此欲与前人夸多斗美，实不忍令茅、贾两先生表彰先贤遗迹之盛意，终淹没于无闻云尔。民国二十年，岁在辛未[1931]，孟春月，黄冈汪燊筱舫序于汉皋行馆。[第5b页]

四、"黄州赤壁集题词"（第1a—6b页）

[一] 文章千古，壁垒一新。民国二十一年[1932]秋月，蒋中正。[第1a页]

[二] 李文藻（采卿，武昌）

时代迥殊，江山不改；文章各别，心理相同。

[三] 傅向荣（鹤岑，监利）

不薄今人爱古人（借成句），汪伦处处见深情。文章一线关薪火，风月千秋壮色声。手泽殷勤寻玉局，体裁迁就变昭明。只惭弄斧班门客，挤壁墨痕洗未清。（谬收拙句，展卷赧然。）

[四] 李华秾（藓青，武昌）

千古高风前后游，琳琅满目灿黄州。雕龙大笔人何在，孤鹤横江影尚流。博采残编搜鲁壁，怆怀轶事想清流。扁舟他日匏尊[第1b页]举，与客吹箫共唱酬。

[五] 毕惠康（斗山，蕲水）

一烧兼两赋，岩壁亦千秋。后有如林作，因之同宝收。文章归大壑，江汉会东流。潭水桃花外，裒然巨帙留。

［六］　朱继昌（峙三，鄂城）

屡宰名区阅世深，中原多难托闲吟。幽居试结珊瑚网，亦是求贤若渴心。［其一］

清奇浓淡总天真，旧什新篇尽列陈。千载苏黄留胜迹，故将遗韵属诗人。［其二］

［七］　李廷禄（劭谷，黄冈）［第 2a 页］

一炬炎炎，江山变色。东风不作，英雄迹熄。谁将磨洗，认为折戟？有鹤飞南，无马嘶北。逝者如斯，滔滔不息。鸿爪雪泥，徒供翰墨。东坡先生，几遭迁谪。儋惠栖迟，只遗笠屐。适来黄州，发现赤壁。前后二赋，妙手偶得。留赠后人，风清月白。崇楼杰阁，骚坛吟席。兴废无常，往来如织。不说周郎，但称苏轼。慷慨悲歌，发摅胸臆。如附尾蝇，如噀墨鲫。摩崖刻石，苔藓侵蚀。收拾无人，珠毁玉摘。惟我大令，搜罗孔亟。裒集成编，灿然全璧。有目欣赏，有口脍炙。传之无穷，视今视昔。

［八］　汪逸（经五，黄冈）

蜀国眉山出异人，奇才天语为生春。金莲烛赐送归院，苏学士［第 2b 页］名满寰瀛。小臣失声泣先帝，愿触龙鳞隆盛世。汉主方思用贾谊，绛灌诸臣相妬忌。宵人谗谄从中来，铄金销骨真堪畏。蜚语震天天为聋，连城白璧遭毁弃。贬窜谁知身愈贵，不比秋风思脍味。君王自赐游西湖，浙江惠政苏堤最。有美堂中会宾客，黑风飞雨天外至。胶西自写超然怀，彭城代作放鹤记。梦里早经来海外，足迹不只遍海内。晚贬儋耳犹自乐，中谪黄州粹盎背。初来寓居定惠院，时复寻春安国寺。鼓角或从对江闻，城名还有女王丽。歧亭忽遇方山子，欢谈往事相把臂。雪后筑堂舍临皋，黄泥阪在今无异。子由来共游西山，安节侄到喜不寐。骨肉聚首乐何甚，悲来不能滴老泪。回思谗人欲公死，公亦自分无［第 3a 页］生理。何期圣主恩自深，狱解但谪黄州止。黄州一住番五载，不知谪宦忧何在。直以黄人作乡人，黄州之福天为买。从此黄州名亦香，脍炙人口永不改。

我黄自宋始有称，竹楼名著王禹偁。魏公去黄数十载，恋恋以诗遗黄人。黄州风味多素朴，坡公不厌食无肉。从民所好多种竹，常云无竹令人俗。公居黄州趣味多，说鬼吟诗且不录。一生自比白香山，坦怀天然乐天福。遂有东坡老人号，志林之作亦此出。平生杰构皆无匹，赤壁二赋尤第一。遂使黄州赤壁名，掩却嘉鱼旧赤壁。不争杜牧题诗地，不管周瑜鏖兵事。前后两游信非虚，佳话其能夺去无。从游二客果谁氏，吹箫和歌岂俗士？不必详其姓与名，亦知定非无是子。[第3b页]风月江山虽自好，当时犹幸来坡老。点缀烟波更觉奇，东西一望空如扫。才人笔墨真千秋，霸业英雄何足道。我昔赴试入黄州，携友同作赤壁游。再拜公像久瞻仰，读公之赋更低头。俨如史公入孔庙，不忍去为低徊留。鲁班门前弄大斧，亦曾题诗自忆不？回头魂梦尚留连，不到黄州三十年。世变河山虽未改，久闻风景顿非前。栋宇半消为朽木，祠堂庙貌宁肃肃。竟是荒江僻县城，苍凉废迹徒满目。山川都似甚萧条，草树亦如意踏蹋。魏武横槊赋诗才，羽衣孤鹤蹁蹁来。不知都是梦中否，借问而今安在哉！过客扁舟此山下，神形不尽费疑猜。吾家筱舫笃嗜古，重寻胜迹悲无睹。始与郡人募资来，督修旧迹江之浒。庾亮[第4a页]南来作开府，努修百废不渎武。保存古迹剧多情，莫指萧公作骑兵。鹤俸飞捐饬再修，凌风涌月出层楼。高揭爽气名标榜，巍巍峙立百仞上。当时天时苦大旱，楼成甘霖忽下降。仿坡公意建高亭，名曰喜雨志不忘。两次监修皆谁手？吾宗之功庶不朽。牧马厂今为弃地，呈请拨作祭修费。不背躬耕废垒营（东坡在黄，困匮，请故营地数十亩，躬耕焉），东坡地下首肯未？黄冈旧令阳山杨，其名久识曰寿昌。平生酷嗜苏公字，景苏园帖刻为式。凡石一百二十六，宝视浑如荆山玉。杨公为令守清白，四知风起马头烈。杨公一身更何喜，青眼爱客爱佳士。居官囊橐空如洗，解印归时徒行李。廉吏可为不可为，杨公潇洒自若尔。厨无米炊割所爱，刻石尽[第4b页]质钱商矣。萧公出值为购回，吾宗运之赤壁隈。嵌之新建高楼下，拓者四集仍纷来。

萧公此德可何比，吾宗更乐成人美。有如怀旧赎文姬，当仁不让非今始。何人不读赤壁赋，名人过此车必驻。梅花雪里露亭台，蓑笠图中题诗句。一弹指顷九百年，两宋元明清过去。或拟苏公二赋词，或作来游赤壁诗。或制楹联悬高壁，或填词曲谱江湄。壬戌之秋或数几，七月既望或同期。清风徐来仍似旧，人影在地尚如斯。何人高唱大江东，一天晚烧半江红。青天明月几时有，古人今人所见同。过江名士开笑口，樊口鳊鱼武昌酒。黄州豆腐本佳味，盘中新雪巴河藕。如此良夜不易得，吾人岂无所自适。各挟一枝五色笔，润色江山倍[第 5a 页]生色。吾宗更有快哉风，袖中却出赤壁集。为道此集亲手编，几经寒暑成兹帙。初刻既遭烽燧丧，再刻勿为风雨蚀。呵护端赖有鬼神，波涛忽似起咫尺。莫道文章遭天忌，帝遣五丁来收拾。藏之名山避水火，深于金匮与石室。传之一十二万年，紫府仙人同珍惜。一次固已穷搜罗，沧海犹恐遗珠多。再次参订经名手(罗田五季芗先生为参订焉)，原刻删去无偏颇。王子读书一万卷，皓首穷经学人仰。二十八宿藏心胸，矍铄精神何爽朗。为喜吾宗嗜好别，濡染太笔加丹墨。鱼目燕石恐遗笑，点窜非敢为异说。焚膏继晷欲忘劳，细阅几穷昼夜力。胸中云梦吞八九，珊瑚网张尽收入。璠玙琬琰皆可贵，珠玑不使有遗失。既为抉出玉与金，复[第 5b 页]为淘去沙与砾。毫发敢谓无遗憾？尽心犹谓得失半。自古校书如扫叶，扫去复有宁避谤。海内名贤多如鲫，江东罗隐无人识。岂无江湖大布衣，行吟过此知音稀。虽有著作高等身，乡里小儿交谤讥。扬雄奇字覆酱瓿，赤壁集外岂无有。王子含笑曰然然，吾宗不敢曰否否。但以所得供同赏，只期吾心不相负。他人更有赤壁作，来者为谁勿疏略。同调把袂在寸心，千载一笑犹如昨。掩卷合眼一沉吟，赤壁之游真可乐。监修赤壁既两番，编刻此集亦云再。百东坡合与之游，古衣冠人齐下拜。筱舫出仕二十载，自谓宦场本孽海。抽身退出名利界，洗眼却立云水外。桃花潭上踏歌声，亦此秦人迷汉代。两刊家集传其先，两刊此[第 6a 页]集敬名贤。惨淡经营费精神，代价何只十万钱？天下几人有此志？动曰无钱力不逮。人心不同如其面，筱舫要自别有见。不为夕阳忧子孙，要竭绵力了心愿。赤壁山高看月小，披览此集何了了。鸡林国人远购置，国粹还须自珍宝。苦心岂有人不知，十年不负穷精讨。此集寿世等山河，编者名字永不磨。我亦有诗欲附骥，筱舫索我纪其事。心许将为筱舫歌，却于昨夜梦东坡。东坡笑我才力薄，问我将奈此歌何？[第 6b 页]

则杰按：此下尚有"赤壁正面图""赤壁侧面图""赤壁形势与马厂地形图""东坡笠屐图"（以上均无页码）"笠屐图题咏"（第 1a—3b 页）等，兹从略。

五、汪檠"黄州赤壁集例言"（第 1a—3a 页）

一[一]　本集为史部地理杂地志之书，而标目曰"集"者，章实斋有言"《隋志》所收，已有郎蔚之诸州图经集"，可见史部地理书而有"集"名，于流别为阂，但其来已久。宋人陈田夫《南岳总胜集》，其区类列目，全是志体，而亦以"集"名之。兹编窃所取裁，非我作古。

一[二]　搜旧文诗词曲，用总集例，皆文、诗为大名，各体为小名。其文目，参用《文选》《唐文粹》《古文苑》《古文词[辞]类纂》分类；诗目，参用《钝吟杂录》《围炉诗话》《八代诗选》《唐诗选》之旨，分古体、近体，又各以五言、七言、杂言、绝句别之，酌古今之宜，不过泥[第 1a 页]古，亦不作"五古""七古""五律""七律""五排""五绝""五[七]绝"诸坊行流俗之称，期于古雅有法而已。

一[三]　严铁桥氏辑《全上古三代至六朝文》，每篇及单词断句，必注所出。今人辑诗，亦仿之。此本近代纂辑家通例，用之修史、纂方志、选文诗，罔不循之，一以见取材之博，一以见所采悉有依据。故此区区十卷之总集，采书乃至数百种；即传钞旧稿，亦必注明，以昭核实。

一[四]　本集原名《东坡赤壁集》。继思此四字，本前知府郭朝祚所署，其人乃汉军旗籍，初未熟思；不知"东坡"乃黄州地名，"赤壁”亦黄州地名——在他处称东坡，人知其为子瞻；若在黄州[第1b页]用之，易与地名相混，或且疑为东坡与赤壁两地之诗文集合编者，殊嫌含混。故改题曰《黄州赤壁集》，免涉疑似，非好异也。

一[五] 贾氏《赤壁志》，有“题画”一目。今考自宋明以来，收藏家著录名家所书之二赋及为赤壁作图，其目甚夥。《佩文斋书画谱》“石渠宝笈”以下诸书，著录尤富。此诚赤壁一胜，远过黄鹤、岳阳诸胜之处。贾氏以画家，所见名迹必多，故志中特立此一目以表之。今仿其例，更拓充摭采，尤增山水之光胜。

一[六] 自来海内胜迹，其最著者，都人士类为作志，或裒采题咏[第2a页]为集，大都一再见而止。独赤壁一地，宋元以来，有为之作传奇、杂剧者，有为之志名迹者，有为之遴辑文、诗者，虽其书有存有佚，然皆有目录辄见群书中，此亦他胜地罕与比伦者，因特增此门。其可考见原书崖略者，仿《四库提要》及《书录解题》例，略缀大凡，以存其概。

一[七] 张石舟纂《顾亭林年谱》，一事考证，往往备列同时诸公按语。何子真勘本《宋元学案》亦如之。今本集经吾郡同好诸先生助我搜辑，间有考订异同语，即鄙薄隅见，或有一得，均低格录入；不掠美，不辞繁，用志盍簪之雅。

一[八] 校书如扫落叶，往往乍见似无讹夺，及省览再三，又见创[第2b页]痏，幸阅者随时指正。至作者年代先后，虽考究经时，仍有不免失次之处。若所援据书籍，应取最初原书收入，又往往求之不获，姑从近刊转载者，自知不免辗转沿误之失，统祈闳雅君子谅之。

一[九] 自来方志多收案牍，各家谱牒亦然，以备将来查考，所谓有用文字是也。此次重修赤壁，为筹岁修产业，将使永归保有。故汇其旧产，及此次案牍，归诸“附录”；但吏牍文字向不雅驯，故列之“附录”中，亦犹近人注名家诗集皆有“附录”之比也。[第3a页]

六、张翊"黄州赤壁集跋"(第1a页)

汪君筱舫既于丙寅年[民国十五年,1926]编刻《东坡赤壁集》,兹又增订《黄州赤壁集》。王季芗学部、方耀廷主席诸公,叙于篇首,复征跋于余。余以两度黄冈赤壁为旧游地——最初民国五年[1916],与邑人李开侁、朱泽霖诸君谋重修葺,未竟而去;越五年,再莅黄,则轮奂一新。其主持计画,筱舫之力独多。今去黄,又忽忽数年。时事日迁,蜷伏武昌,意兴萧索。然一忆江上清风,山间明月,辄怦怦然,恨不能奋飞也。今读斯集,而前后两游,如在目前。东坡可作,其将掀髯共倒一觞乎。汪君之贶我多矣!因缀数语,以志胜缘。民国二十年,岁在辛未[1931],春二月,湘潭张翊六贡甫。[第1a页]

七、汪燊"黄州赤壁集跋"(第1b页)

《东坡赤壁集》一书,为丙寅[民国十五年,1926]余宰武昌时所编刻,迄今七载矣。是岁,民军起自粤南,不旋踵而湘,而鄂。武昌围城四十一日,节届"双十",城围始解。其时人民逃避不遑,是集未及发行。而印书馆突被民军没收,卷帙全失,予心怒焉。事定后,因有重订之志。复陆续搜得名人藏稿甚夥,重行编辑。去岁辛未[民国二十年,1931],早拟付梓;余因权篆乡邦,值洪水为灾,兼县属西北一带匪风吃紧,剿匪、勘灾迄无宁日,因是中止。今年伏居汉上,缘了初愿,将是集重付手民。虽囊橐空虚,将伯无助,而不得不勉竭绵薄,刊印千部,以供同人宿好,非敢言传世也。而郑重古迹、保存文献之苦衷,当可共谅矣。壬申[民国二十一年,1932]重九,黄冈汪燊筱舫跋于汉皋行馆。[第1b页]

05－025　八砖吟馆刻烛集

阮　元

三卷。阮元辑，《丛书集成新编》第 58 册，影印嘉庆道光间仪征阮氏刻《文选楼丛书》本。

一、阮元“八砖吟馆刻烛集序”（第 1 页）

元积得汉晋八砖，贮之小室，题曰“八砖吟馆”。诸友于三浣之暇，吟咏于此。但只刻烛一二寸，匆匆不似赋日五色矣。名之曰“刻烛集”，犹草稿也。其间覃溪先生暨蒋蒋山、陈云伯三诗，乃曩日之作，羼于今诗内者。编为三卷。后有作者，当再续之。阮元识。［第 1a 页］［第 1 页］

【附录一】杨钟羲《雪桥诗话》卷十（北京古籍出版社 1989 年 12 月第 1 版，第 475—476 页）

阮文达积得汉晋八砖，题其室曰“八砖吟馆”，宾友联吟，编为《刻烛集》三卷。元和蒋征蔚蒋山《分咏后汉窦武印》曰……（结语殊弱）张秋水《汉金钉歌》云……二诗于两汉兴亡，凭吊苍凉，语极沉郁。集中如平湖朱为弼右甫、钱塘陈文述云伯、会稽顾廷纶郑乡、石门方廷瑚铁珊、仪征许珩楚生、南城王聘珍贞吾、济宁王宗敬礼思、吴江程邦宪竹厂、吴县吴廷琛棣华、奉贤陈廷庆古华，及陈曼生、陈恭甫、何梦华，皆一时胜流。文达置西汉定陶鼎于焦山，媵之以诗，考焦孝然、严分宜二事，谓等诸勿稽，至为精核。

05－026　落霞琴题咏

张　涛

一卷，附一卷。张涛辑，《山东文献集成》第三辑第45册，影印光绪二十年甲午(1894)历城张氏刻本。

一、孙葆田序(第750—751页)

历城张氏家藏有古琴，相传为其先世月梧公奉使福州时所得，晓峰司马以拓本示予。按月梧自记云："嘉靖庚戌[二十九年，1550]夏，游沙邑洞天岩，徘徊瞻眺。忽闻岩畔有声，响如霹雳。骇然视之，土崖中分，古碑半露，乃宋故进士陈瓘之墓。旁有石匣，晶莹夺目。启而视之，则古琴也。"记乃嘉靖壬子[三十一年，1552]杨椒山镌字，盖椒山与月梧为乡举同年。椒山以辛亥岁[三十年，1551]谪狄道典史；明年八月仇鸾诛，乃起用兵部员外郎，字或镌于此时。然记内不言此琴制自何代。予索观其琴，龙池内有隶书二十六字，文曰："大唐兴元元年，岁在甲子[784]，三月朔，南阳退[第1a页]之氏韩愈采桐于凤凰山。"则琴乃韩退之故物也。考《旧唐书》以退之为昌黎人，《新书》则易为邓州南阳人。朱子尝辨其误，而疑李翱所谓上世尝居南阳，当为河内修武，非邓州也。《大清一统志》："修武县北六十里，有凤凰山。"以琴内题款证之，则退之为今河北人，益信。唐德宗兴元元年[甲子，784]，退之时年十七，而其笃嗜琴理若此，宜乎《琴操》诸作夐绝千古。而了翁宝此琴于数百年后，尤有契合，非偶然者。予又考别史，言了翁葬广陵禅智寺，明季墓碣始出。今以记考之，是墓仍在剑南。而琴轸旁题："元祐二年[丁卯，1087]，莹中氏珍藏。"则了翁[第1b页][第750页]是时年甫二十有六，去其卒之岁尚有四十余年，至明嘉靖二十九年庚戌[1550]则遥遥四百六十余年矣。张氏自得此琴后，题咏甚多。数传至司马，乃复裒集近人所作，将择其尤者付梓，而以序属予，予辄为考辨如右。光绪二十年[甲午，1894]春，荣成孙葆田。[第2a页][第751页]

则杰按：此序又载孙葆田《校经室文集·补遗》（《清代诗文集汇编》第745册，第279页），标题作《昌黎落霞琴拓本跋》；除删去末尾署款之外，其他文字亦略有出入，并且明显存在错误。

二、周麐勋序（第751—752页）

夫器以人重。苟非其人，虽有其器，亦何足重轻？惟其人可传，而器乃与之俱传。兹吾于落霞琴而益信焉。是琴也，始于韩，中于陈，终于张。三公皆负一代伟望，而琴遂因之以俱传，岂果物能择人耶？抑亦三公之经济文章，天特遣神灵默为呵护者耳。历城月梧张公为明奉国将军忠敏公六世孙，嘉靖中出使福州，于陈了翁墓侧得韩文公手制落霞琴，迄今阅三百[第3a页]余年矣。使非张氏后裔之贤，善承其器，亦乌能留贻至今？是得之难，而守之为尤难也。呜呼！海门司马之功，伟矣哉。海门名涛，乃月梧公十一世孙。咸丰间投效金陵，曾文正公保奏，以花翎同知补用。因亲老不仕，著书自娱，所著有《拟古音考》《韵学大全》《历代纪年考》《增注读史论略》《诗法浅说》《团练密诀》《剑学指南》《义塾条规》《博古图》各若干卷。念落霞琴屡经兵劫，几失[第3b页][第751页]复得，亟绘图征当代题咏，汇为四集。兹先将初集寿诸枣梨，而问叙于余。余素弇陋不文，何足为斯琴重？而海门平日与余交最笃，尝登其堂，摩挲其器，流连其著述，不至阿好作溢美之辞，固也。然余尤所服膺者，以海门兼善绘事。尝见其《江山无尽》长卷，不禁拍案惊奇，喟然叹曰："此真可与落霞琴并垂不朽者也！"卷凡五十余丈，溯六法之源流，极四时之变化，一[第4a页]生精力毕萃于斯，洵洋洋乎大观哉！卷后多有题识，从此海门后嗣再征诗词，一如海门之于琴焉，将见珠联璧合，辉映后先，谓非继述之美谈也乎？海门性耿介，不随流俗，年届古稀而精神矍铄，家清贫而能为人所难为。凡地方善政、宗族义举，皆黾勉不遑。近又设祭田，立义塾。《落霞琴题咏》刊布外，复刻《渔洋诗法》及《诗法浅说》《义塾条规》行世。其[第4b页]余著述，以无力梓行，均藏于家。暇则兀坐斗室中，弹琴作画，翛然自得。吾知一弹再鼓之余，万里江山尽在眼底，又何须访成连于海上三山，始为移情哉？是则此编一出，争睹为快，恍然见三公萃集于一堂也，器云乎哉？光绪二十二年[丙申，1896]七月，胶州周麐勋。[第5a页][第752页]

三、曹鸿勋序（第753页）

琴理余素不精，然见古人名琴，每拂拭而不忍去。琴自唐而下，虽有传者，而稀如凰凤，况名人手制，留贻至今耶？“落霞”为韩文公琴名，久闻之，未见也。壬辰[光绪十八年，1892]、癸巳[十九年，1893]年，主讲泺源，得晤历城张司[第6a页]马海峰，出其家藏落霞琴，池内款识、琴腹题跋皆确有可据。因倩司马奏一曲，如听钧天广乐，耳可得闻，口不可得而言者；七弦作歇，四壁皆惊，洵乎司马能守宗器而传古音者也。司马因[第6b页]摹勒琴形原题，并当代诸君子题词录后，寿诸枣梨，以垂永远，以公雅赏；因资费不足，先刊一集，容续成之，属书原委于此。光绪二十年[甲午，1894]五月，潍县曹鸿勋。[第7a页][第753页]

四、曹鸿勋又记（第763页）

余曩者见历下张司马海门为其世祖月翁辑《落霞琴题咏》四卷，窃羡其人文荟萃，标集风雅，和声以鸣盛世之休；余亦谨步后尘，留数韵于简端。自客岁忝主泺源，曾于公牍之暇翻阅李沧溟集，中有《张驾部宅梅花》一首（见八卷），《夏日同元美、徐子旋、贾守准、刘子成集张氏园亭，得“谈”字》一首、《张氏园亭》一首（俱见九卷），足征骚人雅士往来酬答，簪笔雍容，各抒其才，以趋跄国家之盛，何绮丽

之靡已、潜德而弥光乃尔也。因复赘于此，以志一时之风韵不朽云。平寿鸿勋记。[第 24a 页][第 763 页]

五、张涛序（第 763 页）

先月梧公所藏落霞琴，涛搜采已往诸先生旧作，并绘图征时贤题咏。海内诸名流见者，莫不吮毫濡墨，竞标风雅。久而汇为数本，涛拟分作四集，寿诸枣梨。惟以时有先后，分有尊卑，人有长幼，乃求鉴定于观察赵菁衫先生，先生笑曰："如以此厘定甲乙，则必一一考其题咏在于何年何月，以及职位若何，齿录若何，然后序其姓氏，以加编辑，亦未免太烦矣。今既裒然成帙，即照所钞原本之次序发刊，亦奚不可？虽诸公见之，当不至责以无伦次也。"余曰："诺。"因就原本之所胪列者以付梓焉。光绪乙未[二十一年，1895]二月，海门张涛自[第又 24a 页]记于落霞仙馆之北窗下。[第又 24b 页][第 763 页]

六、松年"跋"（第 780—781 页）

干将莫邪，古称名剑；高山流水，海上移情。琴剑之制，代有新变者。或寄意以托锋芒，或因声而传怨愤，非仅传玩好、丝竹陶情已也。张海门司马雅喜琴书，尤精六法。其[第 1a 页]先忠敏公在明季[初]，官至将军。至六世孙月梧公，于嘉靖间提学入闽时，得韩昌黎落霞琴，传留至今，永为家宝。琴之得所，良非偶然。纪实征诗，已盈成帙。海门司马勉承先志，敬谨收藏，一片诚孝之心肫肫[第 1b 页][第 780 页]且笃，真令人钦仰之至也。题咏既富，亟付手民。不揣固陋，滥作跋尾，又作一诗曰："古人已云远，琴声传至今。岂钟玩好物，悠悠一片心。"时光绪丁酉[二十三年，1897]正月，蒙古松年敬跋，并书于济南寄庐。[第 2a 页][第 781 页]

七、张裕馨跋（第 781 页）

忆咸丰辛酉[十一年，1861]，余方九龄，随家君受读于同里杨令史渡口，距月梧公之村仅数里。尝过其墟墓庙堂，家君示余曰："此吾宗胜国名儒也。"余敬志之。是年发捻北窜，吾乡蹂躏尤甚，月梧公之著作版刻皆罹于燹。幸庙堂西间未毁，而落霞琴庋置壁中无恙。海峰司马收拾于灰烬之余，携归省寓，什袭藏之，遍征当代题咏。今已三十余年，历浩劫而弥新，落霞琴固云幸矣。而月梧公之著作竟付一炬，并无吉光片羽，殊令人浩叹也。倘得物色其遗刻全编，补刊以行，与落霞琴并寿于世，是则海峰之夙愿，而亦吾宗之[第1a页]大幸也欤？琴之始末，集中言之已详，不敢复赘，谨记海峰之宝是琴而不徒宝是琴者。同里宗后学裕馨敬跋。[第1b页][第781页]

05－027　云林寺贝叶经题咏

魏成宪

一卷。魏成宪辑，周庆云《灵峰贝叶经题咏》附（原注“见《云林寺续志》”），民国吴兴周氏梦坡室刻《晨风庐丛刊》本。（浙江图书馆藏）

一、丁敬《借秋阁藏贝叶经并序》序言（第1a页）

庚辰［乾隆二十五年，1760］重阳，奉香天竺，入云林寺，与佛基上人登寺右借秋阁，林容艳爽，茶倚颇久。阁主出贝叶经见示，奇古尊重，开策肃然；绨几徐翻，恍游忍土。但愧懵昧梵字，未辨摄自何藏耳。因赋长歌，以俟彦琮、玄奘其人，且幸吾生斯缘之非偶。［第1a页］

二、魏成宪《贝叶经诗》后记（第6b页）

丁隐君龙泓先生《贝叶经歌》，旧与经同弆灵隐之借秋阁。此歌凡七易稿，张芑堂同年全得之，举以见赠。因装池成卷，属寺僧并藏之，以为山中故事云。嘉庆丙寅［十一年，1806］腊月朔，春松魏成宪并识。［第6b页］

【附录一】周庆云《灵峰贝叶经题咏》卷首《灵峰贝叶经记》（第1a—2a页）

《唐书·西域传》：“天竺国……有文字，善步历，学《悉昙章》，妄曰‘梵天法’，书贝多叶以记事。”《宋史·天竺国传》云：“僧道圆自西域还，得……贝叶梵经四十夹。”《翻译名义》：“多罗：旧名‘贝多’。……其叶长广，其色光润。诸国写经[书写]，莫不采用。”知西国梵书纪事、写经俱用此叶，犹中国古代书用竹简也。佛经翻译华文，权舆于汉。今《大藏经》内所传汉译，高安世居多。至唐贞观时，玄奘周游西宇十有七年，穷历道邦，询求正教，于是一乘五律之道、八藏三箧之文，尽播中夏。观皇太子撰《三藏圣教记》云“石室归贝叶之文，金匮流梵说之偈”，皇太后御制《大唐新译三藏圣教序》云“贝叶灵文，北天之训愈远；贯花微旨，新秦之译更详”等语，可知当时经典未经翻译者，皆系梵文书诸贝叶也。予习闻其说，而未睹其状。宣统二年[庚戌，1910]冬十二月，武林报恩禅院通慧上人以贝叶经见赠。外裹锦袱，缠梵文锦带，以白绫书眉。启而视之，叶阔二寸，长一尺六寸。缘涂金，上下装朱漆夹板。板及贝叶有孔二，以竹签贯其中。启竹签，得展阅经文，皆梵字，笔画细致。都二百有七叶。其二百二叶两面均有字，首二叶半面有字，前后三页[叶]无字。据僧云：“是《无量寿佛经》。”惜不识梵文，莫能考之。昔云林寺借秋阁，藏有宋咸平贝叶经四十四叶。乾隆时，钱塘丁敬身作《贝叶经歌》，凡七易稿而成。其诗与经同弆阁中，后为魏成宪所得，梁同书、吴锡麒、黄模及成宪均有题咏。嘉庆丙寅[十一年，1806]，装池成卷，仍付寺僧以为山中故事。咸丰庚[庚申，十年，1860]、辛[辛酉，十一年，1861]之间，经与卷已失所在。予得是经，尝发愿舍施灵峰寺，拟与频伽室所印《大藏经》同置庋经室，已载入《灵峰志》。宣统辛亥[三年，1911]，予避地沪渎，携以相随，幸无恙。今将送入山中，乞东南耆旧播为歌咏，与借秋阁藏经后先辉映，亦梵刹中一佳话也。因泚笔记之。乙卯[民国四年，1915]孟陬，乌程周庆云。

05－028　群芳诗钞

俞鹏程

八卷。俞鹏程辑,《四库未收书辑刊》第八辑第30册,影印乾隆二十六年辛巳(1761)刻本。

一、刘墧"叙"(第62—64页)

余自解组归里以来,老病残躯,闭门却扫,未尝妄接一人。至声诗一道,复以研田久荒,未敢轻谈。是岁季秋月,以河防之役,得晤少[第1a页]府俞君霞峰。偶尔道及,见其意兴勃发,语津津如也,风雅可人,已大非寻常风尘中俗吏之比矣。复出其所订《群芳诗抄》一册以相质。夫《群芳谱》一书,原出自[第1b页]新城荩臣王先生之手。有谱即有诗,霞峰类而分之,推而广之,荟萃唐宋以来诸名人佳什,依类编入,序次厘然,校正无讹,此《群芳诗抄》之所由名也。窃意宇[第2a页]宙之大,其足供诗家之采摘者众矣,而独斤斤于水陆草木之物,无乃略于大而详于细乎?非也。盖天地精英之气,感被不遗于细小。花卉虽微,而品类之繁,[第2b页][第62页]千态万状,变幻莫可究诘。至其发越也,奇花异草,竞秀争妍;光怪陆离之致,时焜耀于高原下隰之间。是天地精英之气之所流露者,独于花卉为甚著。既随[第3a页]在而皆有,亦随取而各得。以故骚客词人、征妇怨女,或借以绚藻彩,或借以摅幽思;而忠臣义士,亦恒假以写其忠君爱国、忧愤不平之气。则群芳之有益于[第3b页]诗学也,岂浅鲜哉?目今圣天子雅化作人,于乡、会试牍中,特增徘[排]律一首,科、岁试亦一体遵行,缺者摈不录。诗诚重矣,而诗固不可以枯肠为[第4a页]也。夫士自束发受书,抱膝长吟,将用以致身通显,黼黻休明,而顾以词彩未工，声韵未协，不免郊寒岛瘦之讥，良深惋惜。霞峰负颖异之资，搜罗经史，兼综百[第4b页][第63页]家，以成是编。简而能该，华而不缛；敲金戛玉，花簇锦攒。于以付剞劂而公同好，俾学诗者案头各置一册，花朝月夕，展卷讽咏，宁仅图青紫已乎？感兴不离窗[第5a页]前篱下，而雅意深情，已在千里百里、上下古今而遥。是详者自详，而略者究未尝略也。以补风骚，以光文治，皆将取足于是编。则是编诚诗学之津梁，而霞峰[第5b页]编辑之功，其为益于学人者亦不小矣。是为叙。乾隆辛巳[二十六年，1761]仲冬，予告奉政大夫湖北施南府同知前四川茂州直隶州知州内阁中书加一级治年[第6a页]家弟刘墧拜撰，时年八十八岁。[第6b页][第64页]

二、刘峻"序"(第65—66页)

登高作赋，触物成诗，根抵乎风雅骚庄，以抒写其性灵；自古才人达士，往往皆然。吾独怪夫居心褊私者，才不善运：或依傍门户，略窥肤末，遂率其坐井之见，睥睨沈、宋，糟粕李、杜，妄思挟其新编以欺世；不则一唾一吐，未必果同珠玉，辄秘惜宝贵，吝不示人，且讳其得力之由，[第1a页]绝人攀跻之路，若惟恐学步者得以齐其声价而损其闻望。吁！骄吝互逞，此有才者之所以多不足观乎？吾邑少府霞峰俞公，淅[浙]水佳士也。天资既敏，又自少喜涉猎。其于汉魏两晋、唐宋元明以及国朝诸家之集，讲论探索，非伊朝夕。顾犹不自是，复束装就道，北游京师，于水见[第1b页]黄河之深，于山见泰岱之高，更与当世贤士大夫游，眼界既宽，心境更辟。使当此而取青缀紫，驰骤乎艺林名公之间，孰能测其所至？乃其赋性高旷，绝意功名，甘就乎抱关击柝之班，而以吏隐。余甲戌[乾隆十九年，1754]以公车北上，适值公荣选新郑之期，因得晤于燕京旅舍。一接谈间，温温尔雅，绰有名士风流，遂心契其人，以为[第2a页]吾邑福星，其在斯乎？是岁之秋，公来辅政新邑。予以是科明通榜，司铎济源，不获常奉清尘。至逾年冬，予不幸遭故旋里，见其利兴弊除，讼息盗清外，时与吾邑二三君子往来唱和，不下千余首，要皆不作艰深之态、汗漫之词，如风入松而自然成音，入水而自然成文。且其雅韵所流，熏蒸涵濡，凡吾邑之素号能诗[第 2b 页][第 65 页]者，更进数筹；即未娴音律者，亦皆加意推敲，吟风弄月，彬彬可观，宛然一风雅世界。予不禁击节叹曰："昔武城弦歌有声，得毋类是！"予乃诣公之堂而拜谒之，冀得窥其全豹，以为后生阶梯。而公忽悚然起立曰："区区伎俩，何堪问世？向有手钞《群芳诗》数卷，不敢自言得力处，然亦煞从辛苦中来，将欲付梓，公之同人，[第 3a 页]幸赐一览以定之。"予携归读竟，自天文时令以及花卉草木之类无一不备，分门别户，列若画眉。俾留心学古者，既可因流以溯源；即急志帖括者，亦可守约而施博，真渡世之宝筏、济人之金丹也。而予益嘉其学之博、择之精，且深契其法眼婆心，不骄不吝。善居才者之才，乃真不可及矣。噫！公之辅政新邑也，职司[第 3b 页]父母，而出风入雅，余徽所感，更以亲而兼师焉。行见是集一出，殆不啻瑞世麟凤，争先睹之为快；而教思所成，将不止区区新邑间，而其志乃畅然一满也夫。岂若封人晨门，同以吏隐者之仅独善其身云尔哉？乾隆辛巳[二十六年，1761]仲冬上浣穀旦，癸酉[十八年，1753]科举人甲戌[十九年，1754]科明通榜原任济源县教谕候[第 4a 页]选知县东里治年家弟刘峻顿首拜题。[第 4b 页][第 66 页]

三、郝璋"叙"（第 67—68 页）

《群芳谱》一书，乃有明新城王氏康翁先生所著也。其裒采而引证之者，自经史子集，旁及百家传记，无书不具。而其中厘然成章者，[第 1a 页]唯历代之声诗为尤多。吾邑少府俞公扶九，深于诗者也。政事之暇，于谱中五、七言诗，繁者选其尤而录之，缺者参他集而增之；全璧列前，碎玉附后；分为八[第 1b 页]卷，汇为一编，名之曰《群芳诗钞》。虽曰手钞，而实皆心得也。庚辰岁[乾隆二十五年，1760]，友人樊子千寻力赞剞劂，而卒未果。辛巳[乾隆二十六年，1761]夏，公出谋于余。余翻阅再三，见所钞名人诗句，间[第2a页]与他本不无异同。要皆本已刻之成书，而初非独创之私见。爰是辨厥鱼豕，付诸枣梨。至于时代之次第，则亦随所见为后先；物类之名称，不过即所引为注[第2b页][第67页]释，而毫无琐琐于其间也。高菊涧之诗云："种花甚少四时有，谏草不多千古无。"公其得此意者乎？斯《钞》一出，当与王氏原谱并行而不悖也夫。是岁冬，镌事告[第3a页]竣，公复嘱余一言以冠其首。余与公以诗筒相寄甚夥，相知甚深，故为之叙其原委如此。若公之出风入雅，戛玉敲金，行且次第问世矣，余复何赘焉？[第3b页]乾隆二十六年[辛巳，1761]长至前一日，念山郝璋拜撰。[第4a页][第68页]

四、高特用"叙"(第69页)

盖自欧阳率更有《艺文》之选，《酉阳埤海》《山堂肆考》诸书相继而作，其名不可胜纪。而新城先生《群芳谱》，由天文时令以至草木鹤鱼，无不分门别类，附以经史子集之精华，择焉而精，语焉而详，其文尤美盛矣。余自束发受书，即深嗜之，置案侧，随时检阅。而心力不健，多苦遗忘，[第1a页]思欲提要钩玄，自勒成一书而未能也。吾邑少府俞公，沉静闲雅，不肯作风尘吏。每当公务之暇，辄登高赋诗，明秀有古人风。一时文士，皆愿从其游。予亦时至其室，与之上下今古。汉魏三唐以来，公靡不穷其源流，而考其正变，可谓风雅之士矣。辛巳[乾隆二十六年，1761]秋，开筵相召，出《群芳诗钞》见示。门类仍新城旧，而专摘五七言[第1b页]诗。又旁罗名大家文集，以补新城所未备。酌酒纱窗读之，如入万花谷中，五色陆离，而天清日朗，乃复井然不乱，则公之深心是书者久矣。吾有以知制锦才，非割鸡所能尽；而秦汉唐宋之酝酿，舒之而笔底有花者，抑发之而论定堪程。爰是于鞅掌之余，出其精识，汇纂成书，而谓风尘吏之为，其将焉能？学者试取[第2a页]而珍璧奉之，胸有所疑，即开卷可得，不至如唐宋诸类书，惊河汉而无极矣。然则新城《群芳谱》，固统类书之精；

而公之《诗钞》，尤其简要而详明者。其沾丐于后学者，岂浅鲜哉？治年家弟高特用顿首拜撰。[第 2b 页][第 69 页]

五、冯永祚"序"(第 70 页)

诗以言志，志原于性而师乎气。气之所禀，清浊攸分，而雅俗亦因以见。所禀浊者，虽置之山巅水湄，如鹰隼盘空，非不高出云霄，而双眸所注，唯腥膻是见。所禀清者，即往来宦途，簿书鞅掌，而胸中一段风雅闲情，时发见于啸歌著述之间。是故雅俗不关于境；气之清浊分，而性亦若有异焉。吾[第 1a 页]邑少府俞公，浙东佳士也。家学渊源，世尚文墨，性嗜书而尤长于推敲。读其诗，浩浩落落，皆从性情中自在流出。一日，承教冰署，见示以所纂《群芳诗钞》。上自天文时令，下迨花卉草木，类聚群分，各缀以诗。诗凡千余首，俱历代名作。古风、近体悉备，平奇、浓淡兼收。捧读之下，见少府之所禀过人远矣。新邑地当冲要，佐理维艰，而[第 1b 页]片刻余闲，复留心风雅，以公海内，此皆少府禀气之清，率于性而不能已者也。夫清者常至于废事，而不废事者又不免为俗吏，为粗人；公其少府中铁面梅山之后身乎？治下布衣冯永祚拜稿。[第 2a 页][第 70 页]

六、郝璋"跋"(第 71 页)

戊寅[乾隆二十三年，1738]春，以公事得晤少府俞公，片语相投，如旧相识，因述其《遣怀诗》云："过去事犹心上记，未完诗在枕边吟。"则其肆力于诗歌者，非[第 1a 页]伊朝夕矣。自是数数以诗筒往来。每遇风花雪月之期，公稍有余暇，辄首倡高韵；一时同年诸君，咸属和焉。即或驰驱王路，有勤劳纪事诸作，亦无[第 1b 页]不质之同人。尼父所谓"学优则仕，仕优则学"者，公殆其人欤。岁辛巳[乾隆二十六年，1761]，镌所钞《群芳诗》出以问世。余既为之校其差讹，而复为之述其源流。敢希附骥尾而名彰[第 2a 页]哉？亦欲俾世知案牍劳形之余，犹有留心风雅也如此夫。念山郝璋书。[第 2b 页][第 71 页]

05－029　梦醒芙蓉集

苏泽东

三卷。苏泽东辑，光绪二十六年庚子(1900)东莞苏氏祖坡吟馆刻本。(中山图书馆藏)

一、陈嘉谟"梦醒芙蓉集序"(第1a—2b页)

人情易溺于所安，而祸患恒中于所忽。古今风会之变，虽曰天数，岂非人事哉？原鸦片之所以禁，与其所以不能禁者，可以知之矣。慨自海禁初开，洋药始入；乾、嘉继世，人多嗜染。朝廷虑为民患，裁其税则，禁其入口，而奸商蠹役犹私贩以蛊人。道光中，林文忠公出，知其害甚于洪水猛兽，乃痛哭伏阙，奏议六条。十上其书，九重嘉纳。面承训谕，假以事权。欲绝外邪，先清内惑。科条森布，雷厉风行。法网必严，根株务拔。何其壮哉！[第1a页]厥后功欲垂成，政由中沮。大臣恐开边衅，洋商惟顾身家。媒孽多方，禁令遂弛。卒至与额罗金立约，编为正税。由是烟林烟馆，对宇望衡；品白评公，势成延蔓；官民并吸，父子联床；毒雾漫天，痴云匝地。洎文忠复出，旋即骑鲸；烟海茫茫，载胥及溺。呜呼！诚足悲也。是岂天不好生而使人沉湎至此欤？抑其成败之迹、祸害之机，由人之自取欤？或曰："天心以风会为变迁。中土民情，好逸恶劳，喜新厌故。西人乘其间，而以急功利、斗淫巧者投其所好。凡导谀贡媚之物，日新月异，入于中国者不一而足，[第1b页]岂独鸦片为？"然而究其显削民脂，隐伤国脉，害之至深且巨者，莫如鸦片。若覆辙相寻，漏卮愈竭，恐四万万生灵日蹙而中原之贫弱不可复振矣！吾友苏生选楼，蒿目时艰，伤心疢疾；广搜文艺，俾作针砭，因问序于余。余喜其书之成而嘉其心之苦，虽膏肓病人，不能一一起其沉疴，而药石箴言，或冀一醒醉梦，法律所不能禁者而文字禁之，风会所不能禁者而人心禁之。读是编者，慎毋溺于所安，中于所忽，委以天数之适然，身体而力行之，庶回元气于黑甜之乡，而一身可自强者天下亦[第 2a 页]可自强，则谓是编为寿世之书也可。光绪庚子年[二十六年，1900]三月季春，陈嘉谟石樵氏撰于宝安书院。[第 2b 页]

二、刘秉奎"梦醒芙蓉集序"（第 3a—b 页）

天下事，至有理喻势禁之不可，君子未尝不委心任运而太息痛恨于今兹也。要之，任运之说，君子终不忍言。世变愈大，忧世愈深。彼苍岂终无悔祸之心？特发越天音，原系霜钟雷鼓，冀斯人之废而思返。是又不得不举劝惩之说，存以俟之。道、咸继世，海禁宏开，天下之运会易，古今之变局成，中土之受祸烈。粤邦，其被之先者也；罂粟，其害之尤者也。考之《本草》，一药品耳；西人牟利，和料成膏，以投耽逸者所好。始则富商巨贾、纨袴大家，继[第 3a 页]而筋力劳人、闺帷妇女，竞为时尚，海内同风。宴安即鸩毒之媒，何吾人梦梦若斯欤？数为之也。苏生选楼，布衾清俭，论切经纶，独欲唤斯人于醉梦之中。乃掇拾遗文旧制，欲令其可行者，质之于余。余嘉其志，固愿是编之出，如登高一呼，林木振响，则幸矣。窃恐气数之大，移易尚非其时；况岭南风气儇薄纤憋，富者即于慆淫，贫者流为剽窃，求观是书者读未终篇，仍一欠伸思卧耳。光绪丙申[二十二年，1896]嘉平月，豫章刘秉奎枬轩氏撰。[第 3b 页]

三、苏泽东"梦醒芙蓉集自序"（第 4a—5a 页）

昔林文忠公云："洋烟之毒，甚于洪水猛兽。"盖人无论贵贱，家无论富贫，举国若狂，皆沉迷罂粟之瘴。虽自荡其产，自残其身，而有所弗恤。斯诚不可解之事，固开辟以来一浩劫也。余尝盱衡世变，谓当此他族逼处之日，非卧薪尝胆，痛除积弊，诚恐不能以自立。

洋烟,积弊之最甚者也。考洋土每岁进口约十万箱,箱值五百两;除税厘外,约漏银四千余万两。以中土有用之财,填海外无穷之壑,况缘此而犯法伤生、废时失业者,不下亿万人。[第4a页]国日益贫,兵日益弱。故甲午[光绪二十年,1894]一役,丧师辱国,谓非洋烟流毒不至此。夫吸食者杀无赦,外洋悬为厉禁,人莫敢犯;吾华既不能禁,凡为华民者又贪利忘仇,纷纷仿种以助其焰,其如贻笑泰西何!夫强盗谋财陷命,人心所共愤,即国法所难容;乃明知其谋己之财、陷己之命,反因国法宽大而甘自蹈之,遂令遍地乌云,幻成一片糊涂世界,岂真有数存焉?抑因生齿日繁,彼苍特以烟劫代刀兵之惨耶?余不自量,深悯世人沉溺,妄思有以援之,遂搜罗名流诗歌词赋、文檄奏疏之可诵可惩者,附[第4b页]以戒方,裒为一集,名曰《梦醒芙蓉》。虽未必骤能唤醒梦梦,而百人中能醒一人,则一人受其福;千人中能醒十人,则十人受其福;推之数千万人中,能醒数万人,则御侮有资,而天下并受其福,岂不快哉!或疑"国家刑法犹不能禁,何论空言",遂以迂阔视之。夫世固有逃乎刑法之外,偶闻晨钟暮鼓而天良油然其自生者,是集亦作晨钟暮鼓观可耳,其敢避迂阔之讥而以独醒自喜哉?光绪二十二年丙申[1896],苏泽东选楼甫自序于祖坡吟馆。[第5a页]

四、苏泽东"例言"(第6a—b页)

一[一] 感应阴骘、劝孝戒淫,诸书已臻美备。惟洋烟流毒百余年,劝戒尚无善本。是集纂辑诗文各体,盖补其阙。

一[二] "鸦片"之名,初见明李时珍《本草纲目》,聊备药物。嘉、道以来,人多吸食。论者以阿芙蓉种出印度,莫不归咎英人。然外洋悬为厉禁,中国反乐此鸩毒,实自贻伊戚。故所辑以严于内治为主。

一[三] 是编先列诗歌,以便讽诵;后载论疏,以扩见识;并作者里居姓字搜求备录之,无非引人入胜。纵间或伤[第6a页]时触讳,惟求无失夫“言者无罪，闻者足戒”之旨。

一[四] 劝言贵高下咸宜，雅俗共赏。兹编所录，均意味深长，情辞警透。倘题多佳构，未克尽登，惟择其尤者加按语以释之，而俚言不堪寓目者概不滥收。

一[五] 酒色伤生，赌博伤财，吹灯则兼有其弊。今中土贫弱日甚，悉由于此。欲变法自强，莫若禁烟，故附各药方。

一[六] 近人诗文集凡有关于戒烟者，均极力搜罗。惟自愧见闻寡陋，不无疏略；尚望博雅补正，匡我不逮焉。

祖坡吟馆主人谨识。[第 6b 页]

五、“梦醒芙蓉集题词”(第 1a—10b 页)

[一] 邓蓉镜(莲裳)

病入膏肓剧可怜，如痴如醉只贪眠。读君梦醒芙蓉集，警世真成寿世篇。[其一]

称名雅甚癖烟霞，手把芙蓉乐趣夸。寄语黑甜乡里客，漫耽高枕误生涯。[其二]

[二] 尹庆举(翔墀)

芙蓉异物出殊方，嗜好争趋举国狂。一卷名言真药石，愿教众病起膏肓。[其一][第 1a 页]

海舶通商传毒种，生灵贫弱渐难支。当时若用文忠策，早为中原塞漏卮。[其二]

卧对银灯焰放红，氤氲香气逗帘栊。天生一种阴柔物，误尽英豪盖世雄。[其三]

觉世多君著述新，一空烟瘴振精神。三千黑劫沉迷久，唤醒灯前醉梦人。[其四]

[三] 徐夔飏(莞珊)

芙蓉花国此功臣，搜辑箴言笔有神。从此烟云诸世界，换回元气一团春。[其一][第 1b 页]

听说番轮泊海浔，来船黑土去船金。中邦文物衣冠盛，谁识泥涂陷溺深？［其二］

杵借金刚抵伏魔，休将饶舌笑东坡。漏卮争说筹当国，都付天心奈尔何！［其三］

［四］ 骆根深（叔颖）

莺粟花中开世界，毒雾妖香出狂怪。幻成黑劫满神州，人痴若梦鬼称快。梦迷人鬼烟层层，玳枪银盘玻璃灯。蘧蘧蝶醉恋香国，手足自缚如瘿藤。手足如藤缚犹可，销铄形神甚于火。朝况典宅暮典田，并化芙蓉花一朵。［第2a页］我朝设禁复弛禁，百余年来祸弥甚。禁设原难塞漏卮，禁弛更难防毒鸩。旋设旋弛奈伊何，国势贫弱成颓波。地球从古无此劫，四百兆众愁天魔。苏君奇欲破鬼胆，箴言药石纷搜罗。大呼梦者使之醒，直洗黑狱翻银河。吁嗟人生本梦耳，梦中痼癖犹如此。惟除莺粟梦时花，庶几中国沉疴起。

［五］ 李鉴人（勉吾）

一气呵成吐似虹，谁知气竟短英雄。名心灰尽孤灯里，壮志销沉尺竹中。设使临崖非勒马，必令腐物遍生虫。［第2b页］读君新辑芙蓉集，棒喝当头警聩聋。［其一］

文忠训示极严明，君若为官一样情。梦醒睡魔超苦海，心如生佛拯愁城。羊亡牢补时非晚，龙制潭空毒自清。从此烟霞无痼疾，千秋同庆简编成。［其二］

［六］ 李杜文（惺余）

莺粟香迷可奈何，鸿篇同此发高歌。凭君汇作晨钟警，唤破人间熟睡魔。［其一］

考献征诗梓里搜，又因中毒慨神州。黑甜借醒编成集，不愧平生号选楼。［其二］［第3a页］

［七］ 张蝶圣（子才）

贩传夷舶阿芙蓉，错着都缘海禁通。信有祸心藏鬼子，由来花样创天公。徒令国课征输急，断送苍生老病同。悼煞个中人梦熟，

谁持棒喝起痴聋？[其一]

居士心存一片婆，劝惩篇什重搜罗。名臣抗疏谈经济，骚客摛辞托讽歌。浩劫毒流征首末，晨钟猛击代头陀。愁烟队里冤魂泣，光吐鸿文奈尔何。[其二]

［八］　李作人(翰香)

艺林珠玉撷奇珍，编得箴言药石陈。世界大千沉黑劫，[第 3b 页]有人烟海觉迷津。[其一]

今古文搜体制兼，婆心度世苦针砭。烟云一枕瘴仙梦，乡里应教悟黑甜。[其二]

宏开海禁互西东，莺粟花熏遍地同。忙到布衣忧国病，千秋何止一文忠？[其三]

满胸奇气喷如霓，且铸鸿篇寿枣梨。寸楮雄于兵十万，封关从此绝丸泥。[其四]

［九］　刘锡铨(濂仿)

客有携筇蹑西岳，黑风吹气出岩壑。浓非云雾淡非烟，[第 4a 页]黝然万丈冲碧落。陡高陡下西而东，飞入华疆混城郭。胡为一气突来如？蛮氛更甚海氛恶。归来喘息叹奇哉，谈余四座客惊愕。休征咎征说纷纷，众说雷同非确凿。忽闻欧亚海禁开，洋商洋舶载洋药。洋药疗疾疾亦瘳，珍购奚翅[啻]参苓若？始而小病偶一试，继复燃灯当行乐。青灯有味度昕宵，贫不购书亦挥榷。可怜丈夫七尺躯，壮志沮丧形销铄。举国若狂习为风，茗烟款客等闲著。英雄气短元气耗，那怪中邦贫且弱！昔贤俗耳痛箴砭，长篇短篇不惮数。苏君苦心遍搜罗，上忧国计下民[第 4b 页]瘼。芙蓉醉梦久未醒，一棒当头唤昏眊。嗟嗟祸岂降自天，搔首踟蹰屡咨度。砒霜鸩羽毒杀人，胡乃争吸如醴酪！不然印度种芙蓉，安能助英以为虐？英邦莺粟来我邦，我邦地大物亦博。竟使国帑漏如卮，利源立可待其涸。岂真黑气即乌烟，劫系前生原有索？何时劫满天心回，旋乾转坤复其剥？安得五洲控全球，非种必锄根株削？天河洗甲荡妖氛，箕好毕好无

有作。庶几饮食凿而耕，万物材能无所角。上天明明人惺惺，此卷即是匡时略。[第 5a 页]

[十] 罗晋(志雨)

茫茫尘劫未如何，喜读君书醒睡魔。借草化身工指点，卧薪尝胆痛蹉跎。特生祸本挑情窦，拟假丸泥塞爱河。体备例严良史在，一腔热血付高歌。

[十一] 张崇光(子勉)

吐纳烟云日困眠，个中人说小游仙。谁知惨甚无形劫，多少苍生血肉煎！[其一]

烟海沉沦苦莫名，漫思香国主蓉城。及时行乐何须此，入梦应知误一生。[其二][第 5b 页]

年年醉卧芙蓉帐，面目惊看改旧形。镜下更输人及第，怎堪长恋此灯青？[其三]

感君救世日搜寻，可奈烟霞痼疾深？迷觉觉迷人不醒，几时厌祸转天心？[其四]

[十二] 陈纬宇(霞骞)

卤生苔，炭生材，蚕船嘘毒飞尘埃。入几贯麾尼，作无遮大会，誓除魔障魁堆。心愿未酬，毛吹已及，平地忽轰雷。于嗟乎！痛咽燕吴侠子一声哀。[其一]

养[氧]吸锌，磁吸铁，仁质相摩浑不灭。仗几册鸿文，漉数升[第 6a 页]闷血，净洗芙蓉根蘖。我悼文忠，君从米辣，磊落翻前辙。于嗟乎！试屈指四万万中人杰。[其二]

[十三] 罗景伦(韬吾)

著就新书击节歌，痴情奇气羡东坡。云乌鬼国来番舶，劫黑神州遣睡魔。十载搜罗心血耗，千秋传诵口碑多。董狐史笔离骚意，争奈苍生聋聩何！[其一]

芙蓉一梦醒黄粱，烟火神仙叹渺茫。砭俗共惊真著述，忧时独具热心肠。见闻不让张华博，痛哭休嗤贾谊狂。寿世鸿文快先睹，

洛阳纸贵墨生香。[其二][第6b页]

[十四] 钟卓林(幼枬)

自从印度莺粟花，吹将毒雾来中华。迷人有似饮闷药，不惜荡产兼倾家。始犹富室继贫户，吐纳呼吸纷如麻。既非膏肓恋泉石，顿使痼癖耽烟霞。岁费银钞数百万，金珠挥霍如泥沙。夷船一泊客麕集，捆载满篝还满车。忍将此物祸中土，英人惨毒良可嗟。苏君警世具至意，爰辑正论祛群邪。大呼梦者使之醒，晨钟猛击暮鼓挝。普劝世人发深省，免使歧路迷三叉。回头便可登觉岸，孽海沉溺终无涯。戒之戒之勿姑息，根株力拔芟萌[第7a页]芽。譬如乍脱黑暗狱，拘困不受锁与枷。弱者可强病者起，四体既壮精神加。更采良方缀编末，但能笃信功无差。受痛不似肤灼艾，除热真胜心镇瓜。药石美疢义斯在，利害不爽言非夸。伏愿普天大地诵读者，同登寿宇蒙休嘉。

[十五] 李焕枢(星垣)

腥风作毒黑云团，谁为吹开瘴海宽。百万膏脂民命尽，三千文字鬼辛酸。也知谏果都无味，长愿蛮花不耐寒。孰是神仙食烟火，试披此卷静中看。[其一][第7b页]

沉沉黑劫乱红尘，迷路多君觉我津。一棒头陀诚老佛，百篇千选抵功臣。肯教豪杰心先死？顿醒痴呆梦亦春。当日文忠书十上，到今犹幸有传人。[其二]

[十六] 吴恩铨(波如)

坡老如椽笔，芙蓉大集传。论文空旧调，救弊仗新编。侠气惊神鬼，婆心侣佛仙。负才偏抑塞，禁戒苦无权。[其一]

烟海茫茫感，惟君矢独清。希文忧世意，太傅愤时情。莺粟花成劫，鸿谈树厥声。一篇堪不朽，何必定科名。[其二]

[十七] 周颂熙(煦儒)[第8a页]

劫果有乌烟，莫使若或使。天非祸吾华，流毒胡靡已？祸自天为之，不谅实天只。我今憬然悟，天远人道迩。物腐虫乃生，人事类如此。生既逢不辰，忧天枉如杞。长抱杞人忧，忧讵胜屈指？群蛮恣鲸吞，日蹙国百里。割地界称租，涂炭怜桑梓。泰西异教兴，仇视孔孟子。奸民薮逋逃，左袒蔑纲纪。薪桂米如珠，萑苻蜂四起。旱潦郁灾祲，流离嗟琐尾。斯民不聊生，有司亵充耳。厂税厂厘抽，竭泽渔廛市。上下利交征，中饱肉食鄙。蠹役巧舞文，翻覆法任骫。蒿目忧时艰，事事堪拊髀。即在洋药禁，理先蹈不[第 8b 页]韪。官厘正饷归，贩卖何禁彼？官吸禁民吸，正人未正己。不恕难喻人，厉禁从此弛。弛禁毒逾深，漏卮讵能弭？异哉阿芙蓉，毒涩非甘旨。癖嗜子邕痂，作俑伊谁始？浪说天祸民，天视自民视。我读君辑篇，颇喻箴规理。书灯夜深明，偶亦尝旨否？曾子曰戒之，出尔反乎尔。矛与盾相攻，自揣堪冷齿。咎天抑咎人，莫解具所以。问谁与易之，天下滔滔是。否综地天泰，卜易望予跂。奢望何日偿？迂比河清俟。挽澜寸无权，等此布衣士。其如世道何？尽心焉耳矣。[第 9a 页]

［十八］ 骆翰征(怿溪)

芙蓉花谢孽缘空，手挽狂澜大有功。奇祸创开天地外，名言多在笑谈中。青灯读史怀今雨，白璧持躬见古风。举世梦梦君独醒，能超烟海是英雄。[其一]

乌鸦流毒百年余，孰辑箴铭座右储？魔瘴誓除逃黑劫，慈航普渡返黄初。贾生痛哭惟忧世，虞氏穷愁好著书。一片婆心求有济，鸡林价重问谁如。[其二]

［十九］ 陈官桃(恭甫)

中国伤贫弱，都缘嗜好纷。苦心搜药石，大著薄风云。少[第 9b 页]穆匡时疏，榕门训俗文。正人能正己，独醒仰清芬。[其一]

笔扫乌烟劫，东坡手一编。毒销五万里，书创四千年。陆羽茶经著，刘伶酒颂传。布衣饶干济，欲塞漏卮先。[其二]

［二十］ 李濬枢(飏初)

未奋风云达九天，欲除孽障苦无权。冤沉黑劫三千界，脂竭苍生数百年。积弱常忧心抱棘，化顽妙说舌翻莲。文忠去后烟波阔，

谁假丸泥向海填？［其一］

乌烟浩劫遍神州，棒喝当头梦觉不？辞诵屈平嗤独醒，策陈贾谊慨同忧。漏卮终古谁先塞，孽海从今挽末流。［第10a页］药石箴言堪疗病，一编著就足千秋。［其二］

［二十一］ 自题 苏泽东（选楼）

乌烟浩劫陷人深，突越倾亡感不禁。误尽苍生缘毒鸩，祸延赤县化冤禽。通商印度居奇货，忧国文忠费苦心。日岛维新曾首禁，自强端赖此良箴。［其一］

徐君倡会大瀛东，我愧无才志趣同。遍采鸿文湖海内，历陈莺粟劝惩中。立身讵忍随流俗，觉世还期备采风。孤愤编成知触讳，但求献曝效愚忠。［其二］［第10b页］

六、“题词续刻”（第10b—14b页）

［一］ 陈嘉谟（石樵）

毒雾濛濛遍九垓，望洋太息海门开。土膏不绝民膏竭，元气全亏士气颓。举世嗜痂忘雪耻，何人拯溺尚怀才。多君笔伐同良史，热血淋漓心未灰。［其一］

春婆一唤记当年，坡老原来解脱先。黑狱冤中超病鬼，黄粱梦里醒癯仙。杞忧漫诮书生拙，艾畜方知国手贤。寄语关心民瘼者，免教莺粟植桑田。［其二］

［二］ 罗承绪（竹孙）

漫天妖雾气淋漓，流毒中原自外夷。黑劫沉迷魔误人，［第又10a页］苍生贫弱势难支。万金人竞增膏税，一觉君传绝世诗。谁是烟霞成痼疾，从今梦醒未为迟。

［三］ 陈家光（朗如）

满载芙蓉番舶来，中原从此漏卮开。染将毒鸩民脂竭，误尽英雄士气灰。百万黄金挥不惜，三千黑劫难挽回。文忠没后谁同志，一读君书一溯洄。［其一］

溯洄宛在想伊人，掇拾遗篇簇簇新。药石良言砭痼癖，烟波宝筏渡迷津。黑甜唤醒灯前梦，元气培成天下春。中国自强无别策，勿教荼毒害生民。[其二][第又10b页]

[四] 张伯桢(子幹)

误人黑甜，形同槁木。日恋青灯，长耽短竹。洋药熏心，腥风脸目。病入膏肓，累及心腹。内失漏卮，民生日蹙。海禁既通，龙蛇起陆。他日中原，为谁之屋？他日妻孥，为谁之仆？他日生灵，为谁之肉？我念此时，一痛一哭。今读宏篇，满胸血漉。普劝世人，敬告邦族。勿种蛮花，以害百谷。根孽痛除，着鞭宜速。随俗人皆，觉睡我独。滚滚大地，辑之以睦。嚣嚣微尘，敦之以穆。此集告成，千秋尸祝。

[五] 蒋子敏(兰史)[第11a页]

身毒当年种毒深，神州沉陆到于今。通商计已苍生误，举国狂皆黑劫侵。但使独醒能苦口，何难一悟换痴心。可怜权利筹当轴，莺粟教栽满地阴。[其一]

说偈君原祖老坡，独从梦里醒春婆。例严序目成良史，棒直当头喝睡魔。觉世恍贻卢士枕，回天端赖鲁阳戈。遥知终食文章报，为卜芙蓉镜下科。[其二]

[六] 黎朝恩(云台)

闻道名公屡禁烟，重劳搜采汇成篇。从今一觉沉迷路，痴梦谁甘昼夜圆？[其一][第11b页]

莺粟花攒患气深，黑甜乡里听销沉。问谁能解烟霞癖，幸有新镌药石箴。[其二]

海禁宏开怪物多，铒钩黔首任销磨。布衣与有维持责，忍睹群生入睡魔？[其三]

沉沦瘴海孰相援，欲拯时艰隐念存。扫尽蛮烟凭寸管，复培元气壮中原。[其四]

[七] 刘书绅(景庵)

中原受毒实难禁，闭户搜罗作苦箴。一棒喝醒痴客梦，万言警破野蛮心。锄他莺粟无遗种，选出蟫篇有赏音。[第 12a 页]民命维持君相责，不期用意布衣深。[其一]

脂膏煎尽一灯红，唤破痴迷字字工。艳说丸泥非壮士，辟除烟瘴是英雄。编成梨枣言多味，斩断芙蓉笔有功。谁为苍生疗痼疾，挽回元气赖苏公。[其二]

[八]　卢崇恩(誉门)

嗟我炎黄种，环球夙见重。治法祖姬伊，心源溯颜孔。问谁酿厉阶，顿慨微且肿。自有阿芙蓉，毒雾神州拥。智者暗其谋，强者失其勇。无鬼亦病魔，非仙疑炼汞。昂藏忽籧篨，骏爽旋阘茸。翘首眺五洲，惴惴深忧恐。北虏侈狼[第 12b 页]吞，西夷思蠢动。非有大法力，洪流回洚洞。不效突厥微，惧即波兰踵。况当阳九厄，民气尤怂恿。石勒啸东门，陈涉辍耕陇。起舞中宵剑，当何如奋踊？乃自痼疾耽，枯槁鸢肩耸。在野固病狂，登朝弥怙宠。天下大事去，安能恃高拱？昧昧我思之，瘖瘵魂惊悚。惟君识其故，特以良言董。编成警世歌，词旨删烦冗。醒到梦中人，听之宜敬竦。

[九]　卢崇达(金门)

莺粟遥从印度栽，洪流厄后此奇灾。觉迷幸有匡时论，烟海狂澜只手回。[其一][第 13a 页]

病夫谤已盖环球，重以烟霞痼莫瘳。倘为自强筹起点，舍兹应更乏良谋。[其二]

[十]　罗瑞球(铭石)

天下半梦梦，烟霞癖好同。闻君编雅集，觉世不居功。钟报五更夜，诗存三代风。针砭皆药石，家学祖坡公。[其一]

韦布忧时志，功归述作间。烟氛清瘴海，毒雾拨尘寰。醒世名言在，开篇绮语删。闻风若兴起，气已慑群蛮。[其二]

[十一]　卢颂祺(桐伯)

谁道支那鄙陋风，文明原可冠西东。自从海国思争鹿，[第 13b 页]

顿使神州气不雄。九万里中民独弱，二千年内运几终。惟君洞悉迁流故，瘾戒芙蓉警世功。[其一]

白屋奇才不见知，酒酣斫地逸思驰。忧时未献匡时策，救世先编醒世诗。警代晨钟言痛切，毒除瘴海力支持。自强第一文忠疏，岂独中原塞漏卮。[其二]

[十二] 叶溥霖(峅甫)

座中佳士，手把芙蓉。悠悠花香，行气如虹。浓尽必枯，御之以终。富贵冷灰，窅然空踪。忽逢幽人，真体内充。取语甚直，娟娟群松。书之岁华，走雪连风。薄言情悟，人闻清钟。[第14a页]

[十三] 自题 苏泽东(选楼)

芙蓉原号断肠花，举国沉迷等嗜痂。不惜黄金换黑土，糊涂世界慨中华。[其一]

沉沉梦恋黑甜多，蒿目时艰托讽歌。最是伤心毁烟案，虎门血战白门和。[其二]

枢臣弛禁税公烟，见诮欧西弊政传。神豆波斯能痛戒，支那应愧国无权。[其三]

四十年来未问津，苦心谅可对君亲。任人罪我兼知我，一卷欲回天地春。[其四][第14b页]

七、陈节超“梦醒芙蓉集书后”(第49a—50a页)

谱兄苏君选楼，吾邑畸士也。家贫，性耿介，落落寡合。恒留心经济，于国家之安危、民生之利弊眷眷于怀。坐而言，能起而行。惟制艺、试帖、楷折，均鄙夷不屑。故虽负异怀奇，连不得志于有司。抑塞无聊，遂托著述以见志。随园云：“自笑匡时好才调，被天强派作诗人。”可为选楼写照矣。前刻《国朝东莞题名录》九卷，罗秋浦前辈序谓其“矜尚气节，见义勇为”。此《录》不胫而走，传播艺林。复辑《历朝诗学正声》十卷，分一百类，皆有关政治民风之[第49a页]作。诗集独开生面者，刘栩轩邑尊序有“负才而思济世，抱道而隐槃阿”

语。其余《请禁勒索媒仪以重婚姻禀》《上拟修东莞县志体例议》《上岁饥禁抢掠以疏通谷米书》，暨咏时事诸诗，所谓“一腔热血千行泪，不是词人月露章”，皆言人所不能言，大有造于一邑。卒以位卑言高，未罄其抱负。兹有《梦醒芙蓉》之辑，为近今要务，百余载未有之书。其搜罗之富、考据之精、编纂之善，无体不备，有美必臻，洵戒烟集大观，欲医中国贫弱，警聩振聋，其功岂在林文忠公下？故邓莲裳观察鉴定而品题之，促其[第 49b]刊行也。以选楼抱悲悯怀，负干济略，三十余年来苦行戒僧，习俗嗜好无一染，独于当世义举如赈济、合婚等事，实力奉行，故多隐德。矧与搢绅往还，皆道义交，言不及私，灭明之亚也。第其果敢戆直，不肯狗苟蝇营，竟致浮沉市井；满胸孤愤，徒为扣角之歌也，悲夫！光绪二十五年[己亥，1899]季春，同谱弟陈节超少莱甫敬书于后。[第 50a 页]

05 – 030　名贤生日诗

孙　雄

十卷，附《名人生日表》一卷。孙雄辑，民国十年(1921)排印本。(浙江图书馆藏)

一、齐耀珊“孙师郑同年名贤生日诗序”(第 1a—2a 页)

夫不导引而寿者，百龄非促；结神明之契者，千载非遥。是以逝川之叹，等昼夜于宣尼；九京之游，独流连于随会。芬采无歇，风期若亲。此我同年师郑先生《名贤生日诗》所为作欤？先生学该流略，诗衷正始。九变复贯，万言不休。出其绪余，以为斯辑。余观其旁揽传记，周综文词。首汨罗之放臣，殿虞山之故相。《大雅》之材三十，“风人”之作百家。虽隐显殊途，明晦异术。立德之基不一，垂世之程靡恒。莫不履信资忠，根道核艺。交贞亮以为辫，袭椒兰而弥襟。语其风规，则顽廉懦立；丐其膏馥，则志洁行芳。而祀瞽宗者，代不数人；食乡社者，秩非群望。遂使简编衍溢，徒供甲乙之储；俎豆尘废，蔑闻庚子之拜。香花献塔，翻礼释迦；椒浆下马，竞祠恶子。岂非士多荒落，人昧本初；经记绵褫，载祀旷邈；无与发幽光于潜德，仰高山而景行者乎？且夫晞颜慕蔺，志尚所存；画[第 1a 页]盼图侨，标寄斯在。性真玄感，谣咏滋兴。类以摅襟抱于当年，非必树人伦之模楷。岂若网罗群彦，鼓吹前修？榖旦于差，竹帛爰著。以日系月，殆周三百六旬之期；有与疑年，盍推五十三家之历。稽之往载，即真灵位业之图；次以近闻，亦师友渊源之录。班尹吉于都人士，无男贵女贱之讥嫌；立定、哀以指隐、桓，用详近略远之家法。闳意渺旨，嗟叹长言，将令读者沿波而讨源，测表而知里。滋兰九畹，茂枝叶以俟时；见骥一毛，竦辔衔于十驾。是则古人可作，若岁计而有余；来者无穷，信火传之不尽者也。或者谓世变玄黄，群言淆乱；更张方亟，识小徒劳；论诗者且不欲傫谪仙而画少陵，学古者讵复当饰虎贲而袭优孟？不知惓怀旧德，簪履弗遗；郁望故都，梓桑生敬。岂况左弧右帨，昔登众寡于夫家；牛奋箕张，或感神灵之扬簸。讳字忌日，犹镌于汉碑；寿文入集，亦征之明代。苟遗闻之未泯，宁数典而忘诸？所谓“非有为而为”，“亡于礼之[第 1b 页]礼”；有其举之，莫可废矣。至若居今稽古，特立独行；通介随时，儒玄并综；射己之鹄，与古为徒；譬举例以发凡，非贵耳而贱目；岂与夫杜园贾谊、挦扯义山，取佐谈资，借为口实哉？若乃北海缺定庵之作，东坡佚春海之篇。元则席帽、铁崖，宋则原叔、安道。卧子抗节，宜与娄东并书；曹髦直成，可援陇西之例。偶资拾补，无碍宏纲。采掇弥繁，巨编益蔚已。耀珊炳烛后时，视月显处。猥同举选，叨共师传。奏下里之小词，瓣香犹爇；督弁言于拙笔，喤引知惭。诗卷长留，谷神不死。度越诸子，何须后世之子云；扬榷前闻，无假并时之玄晏。辛酉[民国十年，1921]季夏之月，年愚弟齐耀珊照严拜序。[第 2a 页]

二、孙雄“名贤生日诗自序”（第 1a—2b 页）

生日追祭之礼，始于南朝之臧荣绪——史称荣绪惇爱五经，尝以宣尼生庚子日，陈五经而拜之；溯先民之有作，因览揆而荐馨，意至厚也。前贤生日之可考者，以屈灵均及郑康成为最古。“庚寅吾降”，载在《骚经》。近世邹叔绩氏以殷历推校，周显王二十六年[戊寅，－343]，入第七蔀九岁人正[大]庚午朔，其月庚寅二十一日为屈子生辰；又从是年推至楚怀王十六年[戊申，－313]作《离骚》之岁，屈子年三十一，故云“年岁方壮”；至秦昭王三十年[甲申，－277]卒，年六十有七。郑君生日，见于《太平广记》所引别传，谓于永建二年[丁卯，127]七月戊寅生。胡墨庄氏、莫子偲氏范以[以范]书《顺帝纪》是年七月书“甲戌朔”推之，知戊寅为七月五日。本传载君以献帝建安五年六月卒，年七十有四；是年岁在庚辰[200]，上溯永建二年丁卯[127]，正七十四年也。之两贤者，实为吾国经学、文学之大师，而其忠謇之忱、高尚之节，尤足炳史[第1a页]册而光日月。百余年间，如沈文忠、郭筠仙，均追祭屈子；祁文端、胡竹村、陈石士、钱衎石、潘文勤，均追祭郑君，并各为诗文以纪其事。至欧、苏两文忠生日之祀，由宋牧仲、毕秋帆、曾宾谷、法梧门、翁覃溪诸公之提倡，其举行之岁，较屈子、郑君为早，故诗文之散见者尤多。而东坡生日之诗，尤为覼缕难尽。网罗放失，景仰老成；汇为一编，用资考镜，固亦后学之责也。辛亥[宣统三年，1911]国变以后，不佞养疴都门，惟以文字自遣。尝辑《名贤生日诗》四卷，自屈子、郑君以降，迄于近代之胡文忠、翁文恭，凡三十一人。四卷中诗文及词，都凡三百五十余首。有清一代名家集中凡因前贤生日而有作者，兹编最录略备；即生存人所作及拙稿，亦附著焉——盖以名贤生日为主，初不以标榜为病也。至名人之有生日可考，而未经咏歌纪述者，则别为《名人生日考》四卷，附载其生日见于某书，并略述遗闻轶事，以供诗料。又排比四时之月日，为《名人生日表》；表中[第1b页]所列，凡五百四十余人。编次甫竣，就正于樊樊山、郭春榆两前辈，极荷称许，并惠题词。“寒山”“稊园”两诗社同人，多欲假观录副。因以《生日诗》四卷付印，用代钞写之劳，而以《生日表》附于后方；至《生日考》四卷，则尚拟旁搜补辑，故付印不妨稍迟。自愧见闻谫陋，行箧书籍无多，表中缺漏讹误在所不免，惟冀大雅君子理董而补正之耳。十余年来，神州陆沉，纲纪废坠；风雅道熄，《论语》为薪。当世才智之士，方竭其耳目心思，裨贩夫政法经济之说，以炫庸俗之听而攫权利之私；后生小子遂习于谚诞，动云“昔之人无闻知”。不佞目击横流，蛰居人海，乃为此雕虫琐琐之役，其见弃于世宜矣。然吾闻逸诗有云：“昔我有先正，其言明且清。国家以宁，都邑以成，庶民以生。”先正之关系于邦国、民生，如此其重。若屈子、郑君之学问、文章、风节，固已敻绝等伦，宜为千秋万祀所尸祝。即降自有宋欧、苏诸贤，以迄于近代咸、同老辈，此数十人者，亦均[第2a页]能砥学砺行，待后守先；生有自来，死无所憾，卓然具先正之典型。凡今之人，苟能读其一书，效其一节，即可存人道于将绝，挽风教于既衰。然则世之秉国钧者，苟欲宁国家而阜民生，正未可忽视乎此编也。共和九年庚申[1920]十月，常熟孙雄自序。[第2b页]

则杰按：此序所说“《名贤生日诗》四卷”云云，乃指此集陆续增订过程中的一种版本。

三、“名贤生日诗题词”（第3a—4b页）

[一] 题师郑吏部所辑名贤生日诗册 郭曾炘（春榆）

大贤不世出，间世偶钟毓。后生慕前哲，何由接芳躅？岳降溯生辰，瓣香志私淑。礼有以义起，盥荐讵云黩？此举孰开先，向来阙著录。当代孙太初，故事胸烂熟。瓶社尝数典，上推苏玉局。腊筵簇朋簪，共泛杯中渌。探怀出巨编，次第若贯肉。经师表一尊，诗派汇群渎。提倡尽名流，咳唾成珠玉。千载十数公，灵爽如在目。礼笺诗史外，余兴犹不俗。繄余旧学荒，余光惭炳烛。学山等蚁垤，饮河陋鼷腹。一歃容借钞，尚友兹已足。

则杰按：此诗又载《郭曾炘集·匏庐诗存》卷五（人民文学出版社2018年12月第1版，第102页），标题作《题师郑新辑名贤生日诗册》，正文文字亦略有出入。

[二] 己未[民国八年，1919]东坡生日，师郑招同春榆、石甫、润芝、孟符、书衡、保之、公俌、子威，酒肆小集，即题其所纂名贤生日诗后 樊增祥（樊山）

年年杯酒及兹辰，依旧熙宁元祐春。世共玉清宫榜换，官除紫府押衙新。逢[第3a页]场戏笑聊谈鬼，惊世文章各有神。倘得及门陪杖履，吾曹亦未减黄秦。[其一]

名贤生日瓣香供，好事孙郎以类从。娄尾虞山前阁老，开先北海后司农。（《名贤生日诗》初稿二卷，凡十六人，始东汉郑康成，迄

近代翁文恭，师郑自言尚须增辑也。）数几丑月人更始，十六辛阳世所宗。若论平生倾倒意，眉山一老是真龙。[其二]

［三］ 师郑道长近辑名贤生日诗卷，因次樊山老人东坡生日诗韵，以博一粲　李岳蘅（茹真）

盘古开天弧矢辰，千秋万岁世同春。苏仙已去空怀旧，日月于今异样新。图画须眉留笠屐，文章嬉笑见风神。瓶庐上溯尊坡老，旷代涪翁淮海秦。[其一]

香花酒醴岁时供，儒雅风流一脉从。及第九经孙学士，研精三礼郑司农。命宫磨蝎人同惜，词笔腾蛟世所宗。论到眉山三父子，长公风骨殆犹龙。[其二]

［四］ 师郑吏部以名贤生日诗属题，意有所感，杂成六绝句　王式通（书衡）[第3b页]

始屈终翁寄意深，虞山史笔表同岑。可知杜宇余生泪，便是灵均九死心。[其一]

身后嘉名典录光，生前归梦在湖塘。腊筵待作陈书拜，日记新刊越缦堂。（越中先贤祠典录堂，近增李炁伯先生神位，时《越缦堂日记》甫于沪江印成。）[其二]

树人苦为百年谋，乱世群才遍九州。岁岁清和瞻画像，瓣香私奉岳云楼。（岳云别业在盆儿胡同，岁祀长沙张文达，楼榜为郑叔进丈所书。）[其三]

北门罢镇晚开轩，亲酹坡仙酒一尊。（庚戌[宣统二年，1910]嘉平月，端忠敏在京作东坡生日。）旧日西园宾客散，谁从蜀道赋招魂？[其四]

数载新黉对玉绳，萧然一榻似枯僧。自从再世知初度（闻人谈于文和转世事），香火因缘记昔曾。[其五]

便作移家郑子真，百千万劫未销尘。故人含笑陈芳国（时易实甫新逝），坐看吾曹叹不辰。[其六][第4a页]

［五］ 庚申[民国九年，1920]辜月，郑斋夫子编次名贤生日诗，

命元默襄助校录，谨赋七绝六章，附题词之末　张元默（蕙芬）

庚寅吾降证前闻，高密经神汲古勤。我是不其山下婢，草拈书带撷余芬。［其一］

不合时宜满肚皮，东坡在日几人知？寿苏名作多于鲫，忠孝文章百世师。［其二］

晋国名媛有典型（集中有傅青主先生之母贞髦君生日诗），采薇贤子播芳馨。南楼小韫皆千古（陈南楼生于二月初三，汪小韫生于正月十八，均列入表中），巾帼须眉眼共青。［其三］

长真诗集流传遍，字字珠玑出性灵。旧德留贻名氏在，涂鸦我愧学风丁。［其四］

昨岁曾镌感逝篇，寒宵剪烛勘乌焉。郎君下笔千秋想，愿典金钗补俸钱。（近岁都城百物昂贵，佣书之资积欠已数月矣。）［其五］

沧桑转瞬海为枯，思古情深计太迂。试问百年成佛后，祝公生日有人无？［其六］［第 4b 页］

四、"名贤生日诗题词续录"（第 10a—15b 页）

［一］　敬题师郑仁兄先生名贤生日诗册，即祈郢正　朱嶲瀛（芷青）

放眼空人海，无穷尚友情。别增班氏表，绝异汝南评。览揆稽初度，讴思写大名。文章风节外，举世等虚生。［其一］

吾友孙常熟，生辰王郑间。感时怀降岳，守道类栖山。经训群盲启（近著《读经救国论》），贤关一蹴攀。期公迈先正，伏处靖时艰。［其二］

［二］　师郑世丈编辑名贤生日诗，以屈左徒、郑大司农居首；白文公，欧、苏两文忠继之。余为灵均后裔，近岁适宰通德之乡，更与欧阳公同生日，景行向往，若有前因。丈自京师以样本邮示征题，谨赋小诗八章，寄呈郢削　屈蟠（钧侯）

我愧餔糟与啜醨，高阳苗裔诵骚词。感君思古幽情发，手把芳

兰九畹滋。[其一][第10a页]

莘莘俎豆式经神，小试弦歌再及春。私祝英贤重诞降，黄巾罗拜靖边尘。（自注：余于己未[民国八年，1919]孟冬，奉檄来宰高密。郑大司农墓在郑公庄，离城五十余里，地属昌邑，而每年上巳、重九之春、秋两祀，则由高密县署遣员，约其裔孙会祭。惟地近于四县交界之所，迩岁萑蒲之盗时时出没，行旅咸有戒心。以通德乡而成窝匪地，以书带草而变荆棘丛，今昔悬殊，此有司四境不治之罪也。）[其二]

庐陵文藻绍班扬，同日生天附骥彰。酒冽鱼肥谋一醉，似闻禽鸟乐斜阳。[其三]

丰神奕奕绘须眉，九百余年文在兹。四十无闻劳赠句，惭无琼玖报新诗。（邵位西《欧公生日宴客记》云："公之生仅六十六年，其丰躯伟貌，美髯而秀目，可见于今者，以其画像；而精神意气，如见其深静而旷远者，则赖文章之存。"庚申[民国九年，1920]六月二十一日，余四十生辰，丈赋诗邮寄高密，愧未能和。）[其四][第10b页]

钱吴小录著疑年，人表今看续孟坚。日计有余成创例，报功崇德礼前贤。[其五]

离黍沧桑寄慨深，亭林转徙二毛侵。孤臣哀郢赓初度，谁识先生九死心？[其六]

江亭私祭我追从，瞻拜乡贤习礼容。立德立言同不朽，虞山高密两司农。（己未[民国八年，1919]四月二十七日，丈招集同门、同邑诸子，追祭翁文恭协揆于陶然亭，是为"瓶社"第一集，会者三十余人，余亦与焉。）[其七]

后贤启迪赖先民，文化何分旧与新？沧海横流嗟未已，今居中国去人伦。[其八]

[三]　师郑吏部辑名人生日诗附表成，属题请正　吴昌绶(伯宛)

有清纂辑备众制，任举义类工搜牢。旷分一一便寻检，后人甚逸前人劳。疑年小录始嘉定，四家赓续纷传雕。纪年载考生月日，创例愈密沿枝条。虞山吏部风雅主，抗心希古皆神交。后千百岁补为寿，炉烟烛影杯倾醪。大师荦荦数屈郑，庚寅戊寅同不祧。名公硕彦卅辈出，丰采照映空云霄。欧苏觞咏[第11a页]昔最盛，掌故犹及承平朝。朅来首夏拜瓶社，白头弟子相招邀。长言连犿各称意，病夫退舍输君豪。赠遗篇什积盈尺，远征礼意追诗骚。西砖老屋校雠暇，一编籁艳矜吾曹。清娱日侍太史氏，旁行斜上能移钞。风城春事此依旧，梅边笑索呵吟毫。

［四］ 题师郑先生名贤生日诗集后　成多禄(澹堪)

我读名贤生日诗，不解诗人作诗故。有生同坠形气中，古人今人一旦暮。维诗有史经有神，独往独来帜已树。公何仆仆不惮烦，遍爇南丰香一炷。先生闻之哑其笑，高叟言诗固哉固。我岂平生低首人，把酒问天向谁诉？不观亭林辞祝书，身世飘零感流寓？逐子小弁说我辰，故臣哀郢言初度。生日盖从忧患始，泪洒沧桑不知数。即今岂少嵩岳才，一样变同陵谷赋。及时行乐良有以，聊假名贤动倾慕。年年岁岁作生辰，花时雪时城外路。彦流醉作鸾凤[第11b页]吟，掷地金声出韶頀。任他文字说西来，那管焚坑竟东渡。结成一家香火缘，借酒浇胸庶无忤。先生结社本偶然，胶柱求之无乃误。是庄是蝶两不知，非我非鱼同此趣。方知八九皆寓言，我亦因之豁然悟。忌辰何必故国思，年谱何须诸老注。古往今来只如此，生日循环在指顾。后千百年谁寿公，留题当认公题处。

［五］ 奉题名贤生日诗册，即呈师郑吏部教正　俞钟銮(次辂)

庚子曾传纪素王，奚斯颂有閟宫章。直从古义征初度，不薄今人共瓣香(《生日考》兼采近代)。班表九科殊等级，名贤五百媲沧浪。长编待辑兰台笔，一放嵩生岳降光。

［六］ 师郑先生辑名贤生日诗征题，偶忆乡先生故事，率成两律呈教　丁祖荫(芝孙)[第12a页]

喜睹先民汲古风，五经陈拜日方中。瓣香红豆尚书墓，祓禊青词宰相宫。无酒不歆大痴子，有诗合介小毛公。独怜两度庚寅降，角黍迎神一曲同。(自注:牧斋尚书墓,于去年新修。乡人禊游,多在秋报门外三桥、严祠间。黄公望居小山日,以酒发其高旷。毛子晋六十初度,集寿言为《以介编》,今已刊行。牧翁角黍词《迎神曲》,以瞿忠宣比之屈灵均,有"忠謇庚寅征览揆"句,注云:"君生于庚寅[万历十八年,1590],甲子一周而终,故引'庚寅以降'之词也。")[其一]

天真小阁拜词宗,文雅而今尽附庸。老去风流苏内翰,再传经学郑司农。疑年日月纷难纪,长历春秋类可从。为缀故乡新掌录,助君香火及时供。(为补《生日表》,得吾乡先贤姓氏二十九人。)[其二]

[七] 师郑同年以名贤生日诗命题,赋呈大教:周绍昌(霖叔)

落落千秋事,茫茫万劫身。诗编留甲子,骚降溯庚寅。放眼今何世,伤心古有[第12b页]人。一编勤考订,此意重经陈。[其一]

扶舆清淑气,钟毓代多贤。彝鼎勋华盛,山林姓氏传。受生稽往哲,披策数流年。师友渊源在,心香一瓣虔。[其二]

亦有名山业,能争日月光。诗才压元白,吏绩美龚黄。独立原无偶,余情自信芳。岁时明盥荐,应为酹椒觞。[其三]

世本无终极,生还有自来。道将文武坠,力欲地天回。蓬矢桑弧志,箕霖岳衮才。礼经诗史外,展卷为低徊。[其四]

老辈风流尽,苍生涕泪多。毫端深寄托,掌故尽搜罗。今古遥相接,精神久不磨。命宫谁坐蝎,感慨意云何?[其五]

岁元新建子,岳降旧生申。觞咏宜初度,文章信有神。诗书遵古训,矩矱守先民。史阙烦重补,真逢览揆辰。[其六][第13a页]

[八] 读名贤生日诗,赋呈师郑吏部 姚宗堂(筠如)

滥觞典数荐椒馨,庚子南朝拜五经。有例在先修莫废,瓣香奉到鸽峰青。[其一]

高密经神岳降祥,灵均尤系楚兴亡。同寅千载渊源远,尸祝重开万柳堂。(屈左徒生于戊寅年〔周显王二十六年〕[—343]正月庚寅日，郑司农生于丁卯年〔汉永建二年〕[127]七月戊寅日；师郑生年为同治丙寅[五年，1866]，又与郑君同月。郑君生日之祀，始于胡竹村、胡墨庄二君，于万柳堂举行。)[其二]

祀苏牧仲倡宗风，祭酒庐陵展拜同。道德文章真不朽，易名无忝两文忠。[其三]

贤哲生原有自来，百年一一咏余哀。编成忠爱相终始，风世同岑表异苔。[其四]

[九] 再题师郑道长所辑名贤生日诗后　李岳蘅(茹真)

人身一太极，阴阳互生灭。浮生大化中，终古俱一辙。孰者为英豪，孰者为圣哲。草木同腐朽，奚以示区别？抱道甘隐沦，矧逢冠冕裂。天泽可易位，乾坤忽[第 13b 页]闭塞。名世生昌期，莫由探遗碣。所以古今来，哀哉混沌穴。吾党孙夫子，俯仰胸郁结。搜讨诞降辰，新语著世说。上稽旷代贤，下讫当时杰。三立德功言，各有千秋节。吊古崇襟期，伤今奉圭臬。微特传篇章，姓字亦表列。郑重没世名，清风扬芳烈。是为续命丝，抑为继世绝。高歌动鬼神，孤怀涤冰雪。清流异浊流，堤防不可决。穷奇酿世乱，错铸六州铁。愿秉钬钺严，称天诛饕餮。此中寓教诲，教诲亦不屑。

[十] 名贤生日诗题词　宋伯鲁(芝田)

玉书夜半祥麟止，昌平圣人降庚子。高阳苗裔兰蕙芬，亦曰庚寅皇览揆。后来初度绝不闻，偶然流传在口耳。香山眉山纷俎豆，好事往往接踵起。雕章秀句充尺幭，文采风流照千祀。常熟太史老不仕，日伏乌皮钻故纸。史家所略君独详，想见旁搜穷百氏。嵩生岳降有自来，勋德文章并休美。椒黄荔丹[第 14a 页]拜嘉辰，转觉古人真不死。愧无丽句追昔贤，却望高风仰前轨。欲持此卷寄兰台，一一补入前朝史。

[十一] 题师郑吏部所辑名贤生日诗册，即次册中樊山老人诗均一首　程学恂(伯臧)

何须论世更知人，有客能回去后春。直薄风骚千叶上，要令儒墨一流新。渊源不独尊师友，文字都应泣鬼神。览揆呼天生此会，六经重见劫嬴秦。

［十二］ 辛酉［民国十年，1921］相月，名贤生日诗十卷校印竣事，再赋七律八首，附于诸家题词之末　张元默（蕙芬）

忠孝文章永不磨，休悲劫火与铜驼。屯蒙草昧经纶苦，鼎革诗篇感慨多。文（文山）谢（文节）孤忱沉恨海，顾（亭林）王（船山）绝学启先河。一编歌泣神来告，风雨鸡鸣夜枕戈。［其一］［第14b页］

立身如此太悲凉（用彭甘亭先生集中成句），思古情深黯自伤。怀旧感恩心怅触，咏诗独立意苍茫。荒郊故鬼三更泣，副墨名山一尺强。略仿孟坚人表例，岁时展拜画图旁。［其二］

夫子年华近六旬，浮沉人海蛰吾身。经师王（厚斋）郑生同月，刑克韩苏命不辰。结想千秋能道古，藏书万卷未为贫。学期寿世征文献，鹤算真宜迈大椿。［其三］

令伯衰迟子姓单，兰成萧瑟鬓丝残。孤怀世外求知己，傲骨山中耐岁寒。味道醰醰耽简籍，升香草草具杯盘。别开生面成新著，录订疑年号二难。［其四］

独抱遗经事校雠，离离彼黍我心忧。传神略似纪文达，览揆还同江慎修。九老香山思盛会，太玄扬子畔牢愁。樵青煮茗依修竹，徐扑流萤望女牛。［其五］

仰止高山奉瓣香，漫谈齐物一彭殇。典型先正尊师表，奎宿中天有耿光。世界大千等泡影，名贤五百媲沧浪。删诗不废周姜什，黼黻裙钗一例芳。［其六］［第15a页］

溪毛潢水贡芜词，阳曲（傅陈太君贞髦）阳湖（完颜恽太夫人珠）是我师。子作遗民驹谢絷，集编正始凤来仪。心伤浊世多梼杌，手抚徽容重鼎彝。解放狂澜期挽救，千钧一发岌乎危。［其七］

愧乏妍词赋受辛，鸿编商略颂生申。蝇头楷法摹夫婿，燕颔功名让世人。勘误渡河书己亥，荐馨降岳溯庚寅。滋兰九畹灵芬挹，欲觅桃源共避秦。［其八］［第15b页］

【附录一】孙雄《旧京文存》卷八《名人生日表自序(丁卯[民国十六年,1927]孟秋作)》(《近代中国史料丛刊》第548/2册,第313—314页)

余于戊午[民国七年,1918]、己未[八年,1919]、庚申[九年,1920]数年之间,纂辑《名贤生日诗》十卷,首列屈灵均、郑康成,迄于近代之曾、胡、翁、潘诸公,凡五十余人。十卷中诗文及词,都凡一千一百余首。有清一代名家集中凡因前贤生日而有作者,兹编略备;即生存人所作及拙稿,亦附及焉。……辛酉[民国十年,1921]秋间,《名贤生日诗》印成,以《名人生日表》附录于后;当时虽以"表"名,实未排比成表,仅鳞次钞录,聊备遗忘而已,非敢问世也。

则杰按:此序乃为后来的《名人生日表》增订本而撰,所以写作时间较晚。

【附录二】孙雄辑《漫社二集》卷上"漫社第二十三集"(《名贤生日诗题词》)孙雄《壬戌[民国十一年,1922]五月二十四日"漫社"第二十三集,以拙辑〈名贤生日诗〉十卷乞同社诸君赐题,先赋七律二章》(民国十一年[1922]排印本,第24a页)

扰扰虫沙万劫身,问谁矩矱守先民?自怜并世无知己,且诵遗经说降寅。长帽髯翁真不朽,大师高密早成神。百篇冰雪堪医俗,此是桃源当避秦。[其一]

诸公彩笔郁琳琅,我乞题诗锦七襄。愁绪万千晦风雨,名贤五百绘沧浪。亭林岳降良辰近(五月二十八日为亭林生日),洛社尊开韵事长。九拜孤臣心事苦,日知一集爇心香。[其二]

则杰按:孙雄诗后,即"漫社"该次集会其他成员所作《名贤生日诗题词》(第24a—25b页),作者有张朝墉、成多禄、萧延平、周贞亮、程炎震、陈士廉、路朝銮。又其后"附录"《名贤生日诗题词》(第26a—29b页),作者有郭曾炘、吴昌绶、俞钟銮、宋伯鲁、程学恂、徐兆玮、李岳蘅、樊增祥、王式通、周绍昌、朱嶲瀛、姚宗堂、贺良朴、黄维翰、向迪琮、曹经沅。此两组题辞,与前录《名贤生日诗》卷首两组题辞,实际各有交叉重合,又都不完全对等。兹从略。